दस्तावेजी महत्त्व की अद्यतन एवं संपूर्ण विलक्षण कृति-

# भाषा-विज्ञान का रसायन

(विश्वविद्यालय अनुदान आयोग द्वारा सन् 2004 से निर्धारित सम्पूर्ण भारतीय विश्वविद्यालयों के बी.ए. (हिन्दी-संस्कृत), एम.ए. (हिन्दी-संस्कृत), शोध (हिन्दी-संस्कृत), नेट, स्लेट, जे.आर.एफ. तथा किसी भी प्रदेश की हिन्दी माध्यम की पी.सी.एस. तथा आई.ए.एस. की मुख्य परीक्षा के लिए देश के श्रेष्ठ और सर्वोत्तम ग्रन्थों में एक मात्र ग्रन्थ)

डॉ. कैलाश नाथ पाण्डेय

एसोशिएट प्रोफेसर तथा अध्यक्ष

हिन्दी-विभाग

स्नातकोत्तर महाविद्यालय

मलिकपुरा, गाजीपुर (उ.प्र.)

लोकभारती प्रकाशन

**लोकभारती प्रकाशन**
पहली मंजिल, दरबारी बिल्डिंग, महात्मा गांधी मार्ग
प्रयागराज-211 001

वेबसाइट : www.lokbhartiprakashan.com
ईमेल : info@lokbhartiprakashan.com

**शाखाएँ :** 1-बी, नेताजी सुभाष मार्ग, दरियागंज
नई दिल्ली-110 002
अशोक राजपथ, साइंस कॉलेज के सामने
पटना-800 006
1, अनमोल सोराबजी सन्तुक लेन, धोबी तलाव,
मरीन लाइंस, मुम्बई-400 002

**पहला लोकभारती संस्करण :** 2012
This book is printed on **Print on Demand**
Technology : 2026



BHASHA-VIGYAN KA RASAYAN
*by* Dr. Kailash Nath Pandey

ISBN : 978-81-6031-645-6

**मूल्य :** ₹1795

# भूमिका

पिटी-पिटाई, बासी या पारम्परिक लीक से हटकर अपने किसिम की विशिष्ट जमीन पर लिखी गई **डॉ. कैलाश नाथ पाण्डेय** की कृति भाषा-विज्ञान उनके वैदुष्यपूर्ण अधीति और भाषा-चिन्तक व्यक्तित्व को लेकर उपस्थित हुई है। वस्तुतः कठोर परिश्रम, गंभीर चिन्तन, तर्कसंगत सुसम्बद्ध विचारों द्वारा लिखा गया भाषा-विज्ञान का यह मानक ग्रन्थ है। क्लिष्ट विषय पर पुस्तक लिखने से पूर्व जो मानसिक तैयारी होनी चाहिए, वह मुकम्मल तौर से यहाँ दिखाई देती है। भाषा जीवन्त, शैली सजीव और तथ्य प्रामाणिक तथा जमीनी हैं। इस कृति के लिखने की उनकी शैली निजी तथा भिन्न है। वे तथ्यों को करीने से सिलसिलेवार उठाते हैं। उन्हें पता है, कहाँ क्या देना है। उन्हें यह भी पता है कि जरा-सी चूक पठनीयता की हत्या कर देगी, बल्कि प्रस्तुति को भी शिथिल कर देगी, इसलिए वे निरन्तर सजग, सचेष्ट रहे हैं। हिन्दी में भाषा-विज्ञान से सम्बन्धित शताधिक पुस्तकें हैं, पर पुस्तकों की भीड़ में इतने जटिल विषय और उसके रोयें-रेशे को-नितान्त सरल भाषा, मोहक शैली, आत्मीय टोन और लय में बिना किसी रूमानी अतिरंजना, उग्रता, बड़बोलेपन, फिकरेबाजी और मुनादी के-प्रस्तुत करनेवाली हिन्दी में सम्भवतः इतनी सुघर और बढ़िया पुस्तकें कम हैं। सच तो यह है कि डॉ. पाण्डेय का मूल रूप शोधनिष्ठ भाषा-वैज्ञानिक का है। चाहे इनकी कृति 'उर्दू : दूसरी राजभाषा' हो या 'हिन्दी : कुछ नयी चुनौतियाँ', 'प्रयोजनमूलक हिन्दी की नई भूमिका', 'सुन्दरदास', 'तुलसी-विमर्श' हो या 'गाजीपुर जिले की बोली' हो-इनकी एतद्विषयक कृतियों में बहुपठित ज्ञान की प्रबलता है।

कुल मिलाकर अपने ढंग का रचनात्मक स्वाद देनेवाली यह ठोस और सार्थक कृति है। यह कृति यह भी सिद्ध करती है कि डॉ. पाण्डेय एक कुशल शिक्षक, विश्वस्त शोधार्थी और भरोसेमन्द भाषाविद् हैं। इस पुस्तक के माध्यम से डॉ. पाण्डेय ने भाषा-विज्ञान पर अपने अधिकार का प्रमाण दिया है। एक अध्यापक की गरिमा से संवलित इन्होंने अपने लेखन को निरन्तर ऊँचाई देते रहने की कटिबद्धता जताई है। मैं जानता हूँ, डॉ. पाण्डेय संकल्प के धनी हैं। अतः मेरा विश्वास है कि घोर श्रम और अकूत निष्ठा से लिखे गये इस ग्रन्थ के माध्यम से वे राष्ट्रीय स्तर पर तो जाने ही जायँगे, भाषा-विज्ञानियों के बीच पांक्तेय भी बने रहेंगे।

**-डॉ. उमाकान्त यादव**
प्रोफेसर, संस्कृत-विभाग
इलाहाबाद विश्वविद्यालय

# पुस्तक के सम्बन्ध में

वर्ष १९८६ में भाषा-विज्ञान से सम्बन्धित **भाषा-विज्ञान का अनुशीलन** नाम से मेरी पहली कृति का प्रकाशन हुआ। उस समय मेरे लेखकीय जीवन की रेख और मूँछ उग-जम रही थी,,तब उस कृति में फकत दस अध्याय थे ,किन्तु सतत् अध्ययन-अध्यापन की ऊष्मा और ऑच-ताप तथा बढ़ती उम्र के दबाव में वही रेख-मूँछ जब पकने की स्थिति में आयी तो अब नितांत ताजा-टटकी इस नयी कृति **भाषा-विज्ञान का रसायन** में ५० अध्याय हैं और यदि क्रिया वाले सम्पूर्ण अध्याय को जोड़ दें तो कम-से-कम ७७ अध्याय हो सकते हैं। बहरकैफ, आपको बताते हुए मुझे लोकोत्तर आनन्द की अनुभूति हो रही है कि दस अध्याय वाली मेरी पहली कृति ने पाठकों के बीच मुझे छोटी-सी शिनाख्त, परिचय तथा पहचान दी; बनारस, इलाहाबाद, देहरादून, नागपुर, पूना, राउरकेला, गुवाहाटी, सागर, दिल्ली, मुम्बई तथा विश्वभारती-शांतिनिकेतन, कोलकाता आदि स्थानों से उसकी प्रशंसा में ढेरों पत्र आये। पाठकों ने मुक्त मन से पुलकभरा स्वागत तथा इस्तिकबाल किया। डॉ० भगीरथ मिश्र, डॉ कुबेरनाथ राय, डॉ० शिवप्रसाद सिंह, डॉ० काशीनाथ सिंह, डॉ० विवेकी राय तथा आलोचक-डॉ० पी० एन० सिंह आदि विद्वानों ने भी उसे सराहा। डॉ० भगीरथ मिश्र ने लिखा कि, ''यदि यह तुम्हारी कृति किसी बड़े प्रकाशन से छपी होती तो तुम्हारा नाम राष्ट्रीय स्तर का होता।'' पर, सवाल है- आज के बाजारवाद के कठिन दौर-दबाव और आर्थिक लूटपाट के फ्रेम में जो कृति फिट नहीं बैठेगी, प्रकाशक उसे क्यों छापेगा ?

बहरहाल, मेरी पहली कृति ने पाठकों का अच्छा बाजार तैयार किया। उत्साह बढ़ा। बस क्या था ! मैने अंग्रेजी-हि'न्दी के भाषा विज्ञान के अधिकांश बड़े लेखकों को पढ़ा। फलतः सतह पर हाथ-पॉव पीटने वाले सामान्य पाठकों से लेकर भाषा-विज्ञान में जो लोग दखल रखने के नाम पर अपनी मूँछ टेते-ऐंठते हैं, उन्हें भी प्रीतिकर लगने वाली भाषा-विज्ञान की दस्तावेजी महत्व की इस दबीज कृति की सर्जना सतत् सात साल के जद्दोजहद और श्रम से हो गयी। यह नयी कृति अखिल देशीय स्तर के पाठ्यक्रम अर्थात् **जे० एन० यू० , दिल्ली विश्वविद्यालय, बी० एच० यू०, इलाहाबाद, अलीगढ, लखनऊ, अवध, कानपुर, आगरा, पूर्वान्चल जौनपुर, गोरखपुर, सागर, रीवा, जबलपुर,** जयपुर, पूना, **मुंबई , नागपुर, पटना, रॉची, गुवाहाटी, डिब्रूगढ़ तथा विश्वभारती, शांतिनिकेतन** आदि विश्वविद्यालयों के **बी० ए० (हिन्दी तथा संस्कृत) एम० ए० (हिन्दी तथा संस्कृत)** के सम्पूर्ण पाठ्यक्रमों को अपने भीतर मुकम्मल रूप मे तो समेटती ही है, **हर प्रान्त की हिन्दी माध्यम की पी० सी० एस०, आई० ए० एस० तथा यू० जी० सी०** (विश्वविद्यालय अनुदान आयोग) द्वारा सन् २००४ से अखिल भारतीय स्तर पर बदले गये नए पाठ्यक्रमों -**नेट, स्लेट** आदि को भी अपने में समाहित कर भाषा-विज्ञान में अपनी प्रकृति की पुस्तकों में गम्भीर पुस्तक बन गई है। चलते-चलाते एक आग्रह और। रउवा सभी जानते हैं , भाषा-विज्ञान की सरहद-सीमाओं और क्षितिज का फलक अतिविस्तृत है। फिर भी यदि आप मेरे आत्म मुग्ध अंध-भोलेपन, बाल सुलभ भावुकता और बड़बोलेपन को क्षमा करें तो मैं आप से सवाल करूँगा कि इतनी प्रभूत-प्रचुर, विश्वसनीय-प्रामाणिक तथ्यों से लैस, फगुनहटा आम के बऊर की तरह हिन्दी, संस्कृत तथा अंग्रेजी के उद्धरणों से लदरी अति वैज्ञानिक ढंग से लिखी इस तरह की कितनी पुस्तकों को आपने हिन्दी में देखा है ?

इस कृति का भाषा-विज्ञान का रसायन नाम आपको पल भर के लिए चौंका-छका सकता है, क्यों कि हिन्दी तथा संस्कृत में भाषा-विज्ञान की पुस्तकों के नामकरण के इतिहास में ऐसा नाम कदाचित् किसी भी पुस्तक का नहीं मिलेगा।। दरअसल, **भाषा-विज्ञान का रसायन** के रूप में मैंने आपके हाथ में **श्री राम रसायन** सौपा है। यह राम-रसायन जब तक ''तुम्हरे पासा'' रहेगा, बजरंगबली की कृपा से तब तक इस कृति के पाठकों का भला निर्बाध रूप में अजस्रम होता रहेगा, ऐसा मेरा दृढ़ और पुख्ता विश्वास है, क्यों कि -

**कौन सो काज कठिन जग माहीं।**
**जो नहिं होय तात तुम पाहीं ।।**

**डॉ० कैलाश नाथ पाण्डेय**

# आभार

कहते हैं ,गांव की छानी-छप्पर , मड़ई-पलान भी बिना दस लोगों के हाथ लगाए अकेले नहीं उठती, अतः जाहिर है, बरगद की आकृति-आकार और सकल-शबीह वाली इस भीमकाय कृति की रचना, अकिंचन प्राय ठेठ ग्रामीणांचल में स्थित महाविद्यालय में आंधी-तूफान में भी नियमित कक्षाध्यापन के लिए प्रातः ८ बजे घर से निकलकर पुनः सायं ५ बजे घर लौटने वाले अध्यापक के सामर्थ्य और बूते की बात नहीं थी। वस्तुतः यह प्रभु प्रताप और माता-पिता का आशीर्वाद है। अतः इस क्रम में मैं सबसे पहले अपने माता-पिता श्री तथा इस धरती के महानायक अविनाशी भगवान श्रीराम, उनकी अर्द्धांगिनी जगत की वंदनीया सीता जी तथा "सियाराम दरबार" के निश्छल-निष्काम सेवक, ज्ञानियों में अग्रगण्य श्री बजरंगबली का अनाविल स्मरण करते हुए इस कृति को पूरा करवाने में उनके सहयोग के लिए आभार व्यक्त करता हूँ। सच तो यह है कि मेरे जीवन में जब-जब संकटों के घटाटोप अंधकार ने मुझे अपनी जद में लपेटा-छेका है , तब-तब बजरंगबली के आशीर्वाद की निष्कंप लौ बिखेरती-जलती मशाल ने उन संकटों के सफ्फाक संन्नाटे से मुझे मुक्त किया है।

आप यह पढ़-सुनकर अँकनिये-चौकियें मत कि श्री हनुमान जी बहुत बड़े भाषा-वैज्ञानिक भी है। छंद और व्याकरण शास्त्र में इनकी गति अमित है। संवादों को जिस सुन्दर लय और टोन में वे बोलते हैं , दूसरे नहीं बोल पाते। वे कम-से-कम तीन भाषाओं -बंदर (स्वयं) , मनुष्य (राम) , और राक्षस (रावण)- में पारंगत और निष्णात् हैं तभी तो श्री राम और रावण के बीच संवादों का पुल तैयार करने की कोशिश करते हैं। इधर ,श्रीराम भी उनकी भाषण पटुता पर मुग्ध होते हैं और इसीलिए सीताजी की तलाश में लंका जाने के लिए वे उन्ही का चयन करते हैं। अतः उनके भाषाविद् होने में अब किसी को शंका नहीं होनीं चाहिये, यदि इतने पर भी कयास न हो तो वाल्मीकि रामायण (कि०का० ०३/३०) की यह पंक्ति देखिये - " **नूनं व्याकरणं कृत्स्नमनेन बहुताश्रुतम् बहुव्याहरताऽनेन न किंचिदपि भाषितम्** " यह कृति उसी भाषा-विज्ञानी श्री हनुमानजी की कृपा का मूर्त फल है।

आभार प्रदर्शन के क्रम में अब अगला पड़ाव आता है- बिहार। पंच 'ब' कार- अर्थात् बाढ़ , बालू , बलवा, बवाल और व्याकरणिक अराजकता (यथा घोरा लोग सरक पर सरपत दौर रहे हैं) के सन्दर्भ में बिहार का चेहरा भले ही इस समय बदशक्ल होकर चटक-दरक गया हो, इसकी खनिज सम्पदा बँटकर भले ही झारखण्ड चली गई हो पर ,भगवान महावीर ,बौद्ध स्तूप तथा नालंदा से अनुस्यूत होने के कारण इस प्रदेश की पवित्रतोया रत्नगर्भा भूमि में अब भी अकूत ज्ञान-सम्पदा की आँच धधक रही है। इस प्रदेश के सुप्रसिद्ध भाषा-वैज्ञानिक आदरास्पद डॉ० रामदेव त्रिपाठी , डॉ० अवधेश्वर अरुण तथा लक्ष्मण सिन्हा का मैं बहुत ऋणी हूँ। पुस्तक लिखने में जहाँ-जहाँ भटका हूँ , इनकी कृतियों ने शिक्षक की तरह मेरा निर्व्याज मार्गदर्शन किया है। इसी तरह डॉ० कैलाश चन्द्र भाटिया, डॉ० बाल मुकुन्द ,डॉ० भोलाशंकर व्यास ,डॉ० रत्न चन्द्र शर्मा, डॉ० माता बदल जायसवाल, केन्द्रीय हिन्दी निदेशालय, दिल्ली के सुप्रसिद्ध भाषा वैज्ञानिक आदरणीय डॉ० सुबच्चन पाण्डेय, गाँधी स्मा० स्ना० महाविद्यालय-समोधपुर-जौनपुर के विद्वान हिन्दी विभागाध्यक्ष तथा अधिष्ठाता, कला संकाय, पूर्वान्चल विश्वविद्यालय, जौनपुर- डॉ० कैलाश नाथ सिंह, गाँधी स्नातकोत्तर महाविद्यालय सिधौली, सीतापुर के प्राचार्य डॉ० एच० एन० सिंह श्री सुदृष्टि बाबा स्ना० महा० सुदिष्टिपुरी, रानीगंज -बलिया के हिन्दी विभागाध्यक्ष डॉ० संतोष कुमार सिंह, नागरी प्रचारिणी सभा काशी के प्रकाशन विभाग के अध्यक्ष श्री रामअवध मिश्र एम० ए० तथा दिल्ली विश्वविद्यालय के मेधावी छात्र अभिनव विक्रम सिंह ने मेरे इस लेखकीय यज्ञ में प्रभूत सहायता की है। अतः इन्हें मेरा धन्यवाद और साधुवाद।

इसी तरह विश्वभारती शांतिनिकेतन कोलकाता के हिन्दी विभागाध्यक्ष डॉ० हरिश्चन्द्र मिश्र, काशी हि० वि० वि० वाराणसी के अंग्रेजी विभागाध्यक्ष डॉ० ए० के० त्रिपाठी, इलाहाबाद वि० वि० के संस्कृत विभाग में प्रो० डॉ० उमाकान्त यादव, जवाहर लाल नेहरू महावि० पैलापोल, सिल्चर -कछार (असम) के हिन्दी विभागाध्यक्ष डॉ० अंजनी कुमार दुबे 'भावुक' तथा नागरी प्रचारिणी सभा काशी जैसी सुप्रसिद्ध संस्थाओं और विद्वानों ने मेरी अकूत मदद की है, एतदर्थ मैं इन्हें मैं प्रणाम करता हूँ। स्नातकोत्तर महाविद्यालय, गाजीपुर के ग्रन्थालय में कार्यरत श्री प्रेम नारायण पाण्डेय, ज्योति शंकर मिश्र, अरविन्द मिश्र तथा राजनाथ पाल का भी मैं बहुत आभारी हूँ। सुख-दुख की सहचरी-साक्षी पत्नी श्रीमती आभा पाण्डेय एम० ए० ने बराबर प्रोत्साहन दिया अतः उन्हें मैं आशीर्वाद देता हूँ। सहयोग देने वाले जिन बन्धुओं का नाम नहीं आ पाया है, उनसे मैं क्षमा माँगता हूँ। इस पुस्तक में छपाई संबंधी ढेर सारी अशुद्धियाँ आपको मुँह बिरा-चिढ़ा सकती हैं, अतः उसके लिए भी आप मुझे क्षमा करेंगे। धन्यवाद।

**कैलाश नाथ पाण्डेय**

# विषय - सूची

## प्रथम पर्व

के अन्य अनुशासन अथवा भाषा - **विज्ञान का ज्ञान की अन्य शाखाओं या शास्त्रों से संबंध**, भाषा-विज्ञान एवं व्याकरण (क)समानताएँ, (ख) विषमताएँ - भाषा-विज्ञान और शरीर विज्ञान, भाषाविज्ञान और भूगोल, भाषाविज्ञान और इतिहास, भाषा-विज्ञान और भौतिक शास्त्र, भाषा-विज्ञान और समाजशास्त्र, भाषा-विज्ञान और पुरातत्व, भाषा-विज्ञान और साहित्य, भाषा-विज्ञान और मनोविज्ञान, भाषा-विज्ञान और तर्कशास्त्र, भाषा-विज्ञान और मानवशास्त्र, **5- भाषा-विज्ञान: उद्देश्य, उपयोगिता तथा महत्व** - भाषा-विज्ञान भाषाओं के वैज्ञानिक अध्ययन की नई जमीन सौंपता है, भाषिक संरचना की सम्यक समझ भी भाषा-विज्ञान द्वारा ही होती है, भाषा-विज्ञान शब्दों के विविध अर्थों, कारणों का कुशल और प्रामाणिक प्रवक्ता है, भाषा के विविध रूपों का सुस्पष्ट ज्ञान भाषा-विज्ञान द्वारा ही संभव है, भाषा-विज्ञान भाषा के अशुद्ध प्रयोगों से हमें बचाने में सहायक होता है, भाषा-विज्ञान शब्दों के स्वरूपों का दिलचस्प उद्घाटन करने में पूर्ण सक्षम होता है, प्रागैतिहासिक खोजों में भी भाषा-विज्ञान का प्रचुर प्रयोग किया जाता है, विश्व-बंधुत्व की भावना भी भाषा-विज्ञान द्वारा पल्लवित होती है, साहित्य के अध्ययन में भी भाषा-विज्ञान यथेष्ट योगदान देता है, प्राचीन सभ्यता और संस्कृति संबंधी ज्ञान भी भाषा-विज्ञान से उपलब्ध होता है, आधुनिक संचार-साधनों के उपयोग में भी भाषा-विज्ञान की प्रमुख भूमिका को नकारा नहीं जा सकता, वाणी हकलाहट में भी भाषा-विज्ञान का प्रयोग आजकल निदान के रूप में हो रहा है, **6- भाषा-विज्ञान के भेद एवं अध्ययन की प्रमुख पद्धतियाँ तथा दिशाएँ** - वर्णनात्मक भाषा-विज्ञान की पद्धति, ऐतिहासिक भाषा-विज्ञान की पद्धति, तुलनात्मक भाषा-विज्ञान की पद्धति, प्रयोगात्मक भाषा-विज्ञान की पद्धति, **7- भाषा-विज्ञान की शाखाएँ, क्षेत्र, विभाग या विविध अंग, प्रमुख शाखाएँ** - ध्वनि या स्वन विचार, रूप-विचार,वाक्य-विचार, अर्थ-विचार **गौण शाखाएँ** - भाषा की उत्पत्ति, भाषाओं का वर्गीकरण, व्युत्पत्ति शास्त्र, शब्द-समूह, लिपि, प्रागैतिहासिक खोज, **8- परम्परागत व्याकरण** - प्रकृति और रूढ़ि, सादृश्य और वैषम्यवादी, सिकन्दरिया युग, **9- ग्रीक व्याकरण**- रोम युग, मध्य युग, पुनर्जागरण काल **ग्रीक रोमीय परम्परा का प्रभाव**- भारतीय परम्परा,**10- आधुनिक भाषा विज्ञान** - द सोस्यूर, **11- आधुनिक भाषा-विज्ञान की विशेषताएँ** - बोलचाल की भाषा प्राथमिक होती है, भाषा और लिपि के मध्य संबंध नहीं होता, ध्वनि-उच्चारण पद्धति शीघ्र परिवर्तनीय होती है, जबकि लिपि की गति मन्द, उच्चरित भाषा का पूर्ण रूपान्तरण लिखित रूप में असंभव है, लिखित भाषा और उच्चरित भाषा के असमान विकास से दोनों में अन्तर आ जाता है, भाषा विज्ञान वर्णनात्मक विज्ञान है, अनुशासनात्मक नहीं, भाषा की प्रकृति स्वत: परिवर्तन की होती है, आधुनिक भाषा-विज्ञान हर कोटि की भाषाओं का अध्ययन करता है, समकालिक वर्णन की प्राथमिकता, भाषागत परिवर्तन का कारण काल या समय नहीं होता, भाषा जाति विविध वर्गो का समवाय है, संरचनात्मक पहुँच, लाड. और पैरोल या पारोल।



**1- भाषा का अर्थ तथा स्वरूप, 2- भाषा के प्रकार, 3- भाषा का महत्व, 4- भाषा के तत्व, 5- भाषा के अंग या अवयव, 6- भाषा और वाक्। वाक् के प्रकार** (क) वैखरी (ख)मध्यमा (ग) पश्यन्ती, **भाषा और वाक् में अन्तर, 7- भाषा और समाज, 8- भाषा की संरचना, 9- भाषा व्यवस्था और भाषा व्यवहार, 10- भाषा और प्रतीक व्यवस्था, 11- भाषा और यादृच्छिकता, 12- भाषा : द्रव्य या सत्व तथा आकृति या आकार - निबंधन, सह संबंध, 13- सत्व और आकृति**- हर भाषा का अपना अर्थ तंत्र होता है, अर्थात्मक समाकृति, सत्व और आकृति के संबंध में सोस्यूर के विचार, वर्ण शब्दों के द्वारा शब्दार्थ-संरचना, भाषा की प्रकृति : भाषा आकृति है, द्रव्य नहीं, भाषा की द्रव्य रूप में उपलब्धि, प्रयुक्त और लिखित भाषा का द्रव्य, द्रव्यात्मक उपलब्धि ऐच्छिक होती है, ध्वनि द्रव्य की प्राथमिकता, संयोग और वैषम्य- संघात्मक या संयोगात्मक कार्य, विषमतामूलक कार्य, अभिव्यक्ति अवयवों की पृथकता, व्याकरणात्मक और ध्वनि प्रक्रिया जन्य शब्द, भाषा वैज्ञानिक सिद्धान्तों की निरपेक्षता, **14- सम्बन्ध सह चार क्रमात्मक या रूप क्रमात्मक तथा विन्यास क्रमात्मक** -रूप क्रमात्मक तथा विन्यास, क्रमात्मक वितरण की धारणा, उन्मुक्त विचरण, रूप क्रमात्मक और विन्यास क्रमात्मक - रूप क्रमात्मक संबंध, विन्यास क्रमात्मक, रूप क्रमात्मक तथा विन्यास क्रमात्मक संबंध, **15- भाषा विज्ञान की समकालिक या एक कालिक तथा बहुकालिक या काल क्रमिक अध्ययन की पद्धतियाँ, 16- भाषा की परिभाषा और अभिलक्षण** - भारतीय विद्वानों द्वारा दी गई भाषा की परिभाषाएँ, विदेशी विद्वानों द्वारा दी गई भाषा की परिभाषाएँ, निष्कर्ष, 17- **भाषा की प्रकृति या स्वरूप और विशेषताएँ** तथा **भाषिक प्रकार्य** - भाषा भाव प्रकाशन - सम्प्रेषण का मुख्य साधन है, भाषा और समाज का रिश्ता अटूट होता है, भाषा परंपरागत वस्तु है, भाषा मनुष्य की अर्जित सम्पत्ति हैं, भाषा स्वतंत्र व्यक्तित्व की विशिष्ट संरचना है, भाषा का बहाव नदी की भाति बेरोक होता है, भाषा में लोकोत्तर सृजनात्मक शक्ति होती है, बदलाव भाषा का महत्वपूर्ण गुण है, भाषा की प्रवृत्ति समासात्मकता को छोड़कर व्यासात्मकता की ओर होती है, समस्त ज्ञान भाषा सम्पृक्त होता है, **18- भाषा की उत्पत्ति- दैवी उत्पत्ति का सिद्धान्त** - समीक्षा, **संकेत सिद्धान्त** - समीक्षा, **अनुकरण सिद्धान्त**- समीक्षा, भावावेग सिद्धान्त - समीक्षा, श्रम ध्वनि सिद्धान्त- समीक्षा, धातु सिद्धान्त- समीक्षा, इंगित सिद्धान्त - समीक्षा, संगीत सिद्धान्त - समीक्षा, प्रतिक्रिया ध्वनि अथवा संपर्क सिद्धान्त - समीक्षा, विकासवाद का समन्वित सिद्धान्त -

अवेस्ता : तुलनात्मक सिंहावलोकन, **4- ईरानी भाषाएँ - (क)- प्राचीन युग,** 1- पूर्वी ईरानी या अवेस्ता, 2- पश्चिमी ईरानी या प्राचीन फारसी, **(ख)- मध्य युग -** 1- फारसी या पहलवी (हुज्वारेश तथा पारसी या पाजन्द) **(ग)- आधुनिक युग -** 1- पश्तो, 2- बलूची या बिलोची, 3- पामीरी, 4- कुर्दी या कुर्दिश, **(घ)- दरद भाषाएँ** (कश्मीरी तथा कोहिस्तानी)

**अध्याय - 10 भारतीय आर्य भाषाओं (भा.आ.भा.) का परिचय** पृष्ठ-160-235

**काल विभाजन - (क)- प्राचीन भारतीय आर्य भाषाएँ -** 1- वैदिक संस्कृत, 2- लौकिक संस्कृत, 3- वैदिक और लौकिक संस्कृत में अन्तर तथा उनकी विशेषताएँ, 4- वैदिक संस्कृत की ध्वनियाँ, 5- लौकिक संस्कृत की ध्वनियाँ, 6- वैदिक भाषा की विशेषताएँ, **(ख) मध्यकालीन भारतीय आर्य भाषाएँ - नामकरण तथा काल विभाजन (क)- आदि काल - पालि युग या प्रथम प्राकृत या प्राचीन प्राकृत -1- पालि का प्रारंभिक स्वरूप, 2- पालि शब्द का अर्थ - अभिप्राय तथा उसकी व्युत्पत्ति - निरुक्ति, 3- पालि भाषा का क्षेत्र या पालि किस प्रदेश की भाषा थी ?, 4- पालि भाषा और व्याकरण की प्रमुख प्रवृत्तियाँ या विशेषताएँ -** ध्वनि वैशिष्ट्य, व्यंजन परिवर्तन, 3- शब्द रूप, 4- धातुएँ, **5- पालि साहित्य की विशेषताएँ या पालि की साहित्यिक प्रवृत्तियाँ - त्रिपिटक साहित्य, सुत्त पिटक,** दीघ निकाय, मज्झिम निकाय, संयुक्त निकाय, अगुत्तर निकाय, खुद्दक निकाय - **विनय पिटक - अभिधम्म पिटक, त्रिपिटक साहित्य का वैशिष्ट्य -** सामाजिक चित्रण, राजनैतिक चित्रण, सदाचार के नियम, **अनुपालि -** नेत्ति प्रकरण, पेटकोपदेश, मिलिन्दपञ्हों, दीपवंश, **बुद्धघोष युग -** अट्ठकथा युग, बुद्धदत्त तथा धर्मपाल, **उत्तर बुद्धघोष युग - 1100 से अब तक -** सारिपुत्र की तीन टीकाएँ, वर्मा में रचित साहित्य, वंश साहित्य - महावंश, अन्य ग्रन्थ, **6- पालि साहित्य का मूल्यांकन -** पालि साहित्य लोक भाषा में लिखा गया, व्यास शैली का प्रयोग, गद्य और पद्यमय भाषा का प्रयोग, धम्मपद साहित्य मानवता का शाश्वत काव्य है, जातक साहित्य, आचार्य बुद्धघोष का साहित्य, वंश साहित्य, महात्मा बुद्ध का संदेश, संक्षेप में पालि की कुछ मुख्य विशेषताएँ, **(ख)- मध्य काल - प्राकृत या द्वितीय प्राकृत या मध्यकालीन प्राकृत युग - 1- प्राकृत शब्द (पद) का अर्थ, 2- प्राकृत या द्वितीय प्राकृत की व्युत्पत्ति, 3- प्राकृत या द्वितीय प्राकृत के प्रकार, भेद या वर्गीकरण, 4- द्वितीय प्राकृत भाषाओं के विविध रूपों का परिचय तथा उनकी विशेषताएँ - (क)- शौरसेनी-**नामकरण, उदाहरण, व्याकरणिक विशेषताएँ **(ख)पैशाची** - नामकरण, व्याकरणिक विशेषताएँ **(ग) महाराष्ट्री या माहाराष्ट्री** - नामकरण, उदाहरण व्याकरणिक विशेषताएँ, **(घ)- मागधी** - नामकरण, उदाहरण, व्याकरणिक विशेषताएँ, **(ड.)- अर्ध मागधी** - नामकरण, व्याकरणिक विशेषताएँ । **5- प्राकृत की साहित्यिक या साहित्यगत प्रवृत्तियाँ अथवा विशेषताएँ -** काल विभाजन, प्राकृत साहित्य की रचना - विधाएँ, आगम साहित्य (जैन साहित्य), शौरसेनी आगम साहित्य, आगम साहित्य का साहित्यिक अवदान, शिलालेखी साहित्य, प्रियदर्शी सम्राट अशोक के शिलालेख, सम्राट खारवेल का हाथी गुम्फा का शिलालेख, प्राकृत महाकाव्य, सेतुबंध, गउडवहो, द्वयाश्रय काव्य, लीलावई, सिरिचिंधकव्व, खण्डकाव्य, चरित काव्य, गद्य - पद्य मिश्रित चरित काव्य, प्राकृत मुक्तक काव्य, गाहासतसई, नाटक और सट्टक, चन्द लेहा, आनन्द सुन्दरी, प्राकृत कथा साहित्य, प्राकृत साहित्य की देन, **6- प्राकृत भाषा और व्याकरण की प्रमुख प्रवृत्तियाँ अथवा विशेषताएँ -** ध्वनि वैशिष्ट्य-स्वत: उत्पन्न, परिस्थितिजन्य परिवर्तन, कुछ और व्याकरणिक विशेषताएँ, स्त्रीलिंग, सर्वनाम, क्रियारूप, प्रेरणार्थक रूप, कृदन्त रूप, तद्धित प्रत्यय **(ग) उत्तर काल- अपभ्रंश युग या तृतीय प्राकृत या अर्वाचीन प्राकृत या परकालीन प्राकृत, 1- अपभ्रंश शब्द का अर्थ, 2- अपभ्रंश शब्द का प्रथम प्रयोग, 3- अपभ्रंश का नामकरण : विविध नामों का जमघट, 4- अपभ्रंश का काल, 5- अपभ्रंश का कालगत सामान्य सर्वेक्षण, 6- अपभ्रंश भाषा का स्वरूप या अपभ्रंश का भाषिक परिचय, 7- अपभ्रंश की सीमा या विस्तार क्षेत्र या प्रभाव - विस्तार, 8- अपभ्रंश के भेद, विविध रूप, प्रकार या अपभ्रंश की विभाषाएँ, 9- अपभ्रंश की विशेषताएँ या अपभ्रंश की भाषागत एवं व्याकरणिक विशेषताएँ -** ध्वन्यात्मक वैशिष्ट्य, पद - विधानगत वैशिष्ट्य, व्यंजन ध्वनियाँ, व्यंजन विकार, कुछ अन्य परिवर्तन, अपभ्रंश व्याकरण - संज्ञा, वचन और लिंग विधान, कारकीय परिवर्तन - निर्विभक्तिक प्रयोग, सविभक्तिक प्रयोगों में परिवर्तन, अपभ्रंश के विभक्ति चिन्ह, परसर्गों का प्रयोग, अपभ्रंश के परसर्ग, धातु रूप, प्रेरणार्थक क्रिया, तिङन्त रूप, कृदन्त रूप, संयुक्त क्रियाओं का विकास, अपभ्रंश के शब्द-समूह, **10- अपभ्रंश की साहित्यिक विशेषताएँ, 11- हिन्दी भाषा के विकास में अपभ्रंश का योगदान** अथवा **अपभ्रंश भाषा का हिन्दी भाषा और साहित्य को योगदान -** अपभ्रंश हिन्दी की जननी हैं, क्या हिन्दी की जन्मदात्री प्राकृत भाषा है, क्या जन सामान्य द्वारा बोली जाने वाली लोकभाषा हिन्दी की जननी है ? **अपभ्रंश का हिन्दी को व्याकरणिक अवदान -** ध्वन्यात्मक अवदान, व्याकरणिक अवदान, निर्विभक्तिक प्रयोग, परसर्गों का प्रयोग, सार्वनामिक विशेषण, क्रिया रूप, आज्ञार्थक, पूर्व कालिक क्रिया, प्रेरणार्थक क्रिया, कृदन्त, अव्यय, **अपभ्रंश का हिन्दी को साहित्यिक अवदान -** प्रबंधात्मक रूप, मुक्तक रूप, डिंगल कवियों की वीरगाथाएँ और वीर काव्य, रामकाव्य, कृष्णकाव्य, सन्तकाव्य, प्रेमगाथा काव्य, अपभ्रंश का हिन्दी के रीतिकालीन साहित्य पर प्रभाव, **12- अवहट्ट या परवर्ती या उत्तर कालीन अपभ्रंश -**

अवहट्ट नाम की प्राचीनता तथा आदि कालीन (पुरानी) हिन्दी में उसका महत्व, अवहट्ट का काल, अवहट्ट की प्रसिद्ध रचनाएँ, अवहट्ट भाषा की विशेषताएँ अथवा अवहट्ट का व्याकरणिक स्वरूप ध्वनि विकास, व्यंजन व्यवस्था, व्याकरण, अवहट्ट के परसर्ग, अवहट्ट और विभक्तियाँ, सार्वनामिक विशेषण, क्रिया रूप, कर्मवाच्य, **13- अपभ्रंश, अवहट्ट तथा पुरानी हिन्दी का परस्पर संबंध तथा अन्तर : एक तुलनात्मक विवेचन** - उच्चारण स्वर, अकारण अनुनासिकता, उकार बहुला भाषा, शब्द उच्चारण में स्वर रूप परिवर्तित हो गए, संयुक्त व्यंजनों के सरलीकरण की प्रवृत्ति - अपभ्रंश, अवहट्ट, पुरानी हिन्दी, व्याकरण -संज्ञा, कारकीय रूप, निर्विभक्तिक प्रयोग, परसर्गीय प्रयोग, करण, अपादान,सम्प्रदान, काल रचना, शब्द संसार, **14- पुरानी हिन्दी या आदिकालीन हिन्दी - हिन्दी भाषा की आविर्भावकालीन प्रकृति और परम्परा, पुरानी हिन्दी का अर्थ तथा परवर्ती अपभ्रंश से पुरानी हिन्दी का संरचनात्मक विकास** - सिद्ध साहित्य, जैन साहित्य, नाथ साहित्य, अवहट्ट भाषा में लिखित पुस्तकें, प्राकृत पैंगलम और पुरातन, प्रारम्भिक संत साहित्य की भाषा, राउर बेलि, दक्खिनी हिन्दी तथा हिन्दवीं में हिन्दी का परिष्कृत रूप, मध्यकालीन राजस्थान में प्रयुक्त हिन्दी के प्रारम्भिक स्वरूप, डिंगल और पिंगल, मूल हिन्दी का वास्तविक स्वरूप, पुरानी या प्रारम्भिक हिन्दी का व्याकरणिक वैशिष्ट्य - ध्वन्यात्मक वैशिष्ट्य, व्यंजन वैशिष्ट्य, संयुक्त व्यंजनों में परिवर्तन, पुरानी हिन्दी का परसर्ग विधान, पुरानी हिन्दी के क्रिया रूप, काल आदि।**(ग) आधुनिक या नव्य भारतीय आर्य भाषाएँ** - 1- सिन्धी, 2- मराठी, 3- बंगला, 4- गुजराती, 5- पंजाबी, 6- उड़िया, 7- असमियाँ, 8- काश्मीरी, 9- हिन्दी। **आधुनिक भारतीय आर्य भाषाओं का वर्गीकरण -1- हार्नले का वर्गीकरण** - पूर्वी गाडियन, पश्चिमी गाडियन, उत्तरी गाडियन, दक्षिणी गाडियन। **2- ग्रियर्सन का वर्गीकरण**- पहला (i) बाहरी उपशाखा, मध्यवर्ती उपशाखा, भीतरी उपशाखा, (ii) दूसरा बहिरंग शाखा, मध्यदेशीय शाखा, अंतरंग शाखा, **वर्गीकरण का आधार** - ध्वन्यात्मक आधार, व्याकरणिक रूप, शब्द समूह **डॉ. सुनीति कुमार चटर्जी द्वारा ग्रियर्सन के मतों का खण्डन। 3- डॉ. सुनीति कुमार चटर्जी कृत वर्गीकरण** - उदीच्य, प्रतीच्य, मध्यदेशीय भाषा, प्राच्य भाषाएँ, दाक्षिणात्य भाषा, **डॉ. ग्रियर्सन तथा चटर्जी के मतों की तुलनात्मक समीक्षा तथा अपना निष्कर्ष। 4- डॉ. धीरेन्द्र वर्मा का वर्गीकरण** - उत्तरी वर्ग, पश्चिमी वर्ग, मध्य वर्ग, दक्षिणी वर्ग, पूर्वी वर्ग। **5- डॉ. हरदेव बाहरी का वर्गीकरण** - हिन्दी वर्ग, हिन्दीतर वर्ग, पूर्वी उपवर्ग, दक्षिणी उपवर्ग, पश्चिमी उपवर्ग, उत्तरी उपवर्ग।**6- डॉ. भोला नाथ तिवारी का वर्गीकरण** - शौरसेनी, मागधी, अर्द्धमागधी, महाराष्ट्री, ब्राचड-पैशाची। **आधुनिक भारतीय आर्य भाषाओं की विशेषताएँ।**



**1- ध्वनि या स्वानिकी विज्ञान के अध्ययन की भारतीय परम्परा तथा महत्व एवं उपयोगिता। 2- ध्वनि के तीन पक्ष** - उत्पादन मूलक ध्वनि विज्ञान, भौतिकी ध्वनि विज्ञान, श्रवण मूलक ध्वनि विज्ञान, **3- स्वन या ध्वनि क्या है ?** अथवा स्वन या **ध्वनि का स्वरूप, 4- ध्वनि की उत्पत्ति, 5- ध्वनि का संवहन या प्रकाशन, 6- वाग्ध्वनियाँ और वर्ण** - भर्तृहरि द्वारा वाक् का विश्लेषण, वैदिक साहित्य की दृष्टि में वाक्, व्यक्त वाक् ही सम्पूर्ण ज्ञान की अभिव्यक्ति का माध्यम, वाक् प्रकृति है या ज्ञान, वाक् के भेद - वैखरी, मध्यमा, पश्यन्ती, ध्वनि, ध्वनि के भेद, वर्ण की निष्पत्ति, **7- ध्वनि यंत्र अथवा वाग्यंत्र** - ओंठ, दाँत, वर्त्स, कठोर तालु ,कोमल तालु, जिह्वा, जिह्वाग्र, जिह्वा मध्य, जिह्वा पश्च, जिह्वा मूल - स्वर यंत्र, स्वर तंत्री,काकल, अभिकाकल, नासिका विवर, मुख विवर, कंठ, कंठ पिटक, कंठ मार्ग, अलिजिह्वा या कौवा, श्वासनली, भोजन नली, दन्तमूल, मूर्धा, फेफड़े, **8- हिन्दी तथा संस्कृत स्वनों या ध्वनियों का वर्गीकरण, वर्गीकरण के आधार - (क)- स्थान**- काकल या काकल्य, कंठ्य, तालव्य, मूर्धन्य , वर्त्स्य, दन्त्य, ओष्ठ्य - दन्त्योष्ठ्य, द्व्योष्ठ्य -**(ख)- प्रयत्न** - (अ)- आभ्यन्तर प्रयत्न -स्पृष्ट, ईषत्स्पृष्ट, विवृत्त, ईषत्विवृत्त, संवृत्त, (ब)- बाह्य प्रयत्न - विवार, संवार श्वास, नाद, घोष ,अघोष, अल्प प्राण, महाप्राण,उदात्त, अनुदात्त, **स्वरित उदात्त, अनुदात्त तथा स्वरित की स्पष्ट परिभाषा तथा परस्पर भेद, (ग)- करण** - अधरोष्ठ, जिह्वा, कोमल तालु,स्वरतंत्री, **स्थान प्रयत्न तथा करण में अन्तर**, सारांश, **ध्वनियों के दो भाग, स्वर तथा व्यंजन की परिभाषा, स्वरों के उच्चारण में,दोष व्यंजनों के उच्चारण में दोष, स्वरों का वर्गीकरण - (क) जिह्वा के विभागों के विचार से** - अग्रसर, मध्य स्वर, पश्च स्वर, **(ख)-जिह्वा की ऊँचाई के आधार पर** - संवृत्त स्वर, अर्द्ध संवृत्त, विवृत्त, अर्द्ध विवृत्त, **(ग) ओठों की बनावट की दृष्टि से** - अवृत्ताकार स्वर,वृत्ताकार स्वर, अर्धवृत्ताकार स्वर, मान स्वर या मानक स्वर, संयुक्त स्वर, केन्द्रीय अथवा मध्य स्वर, मूल स्वर, संयुक्त ध्वनियाँ **व्यंजनों का वर्गीकरण - (क)- स्थान के आधार पर व्यंजन ध्वनियों का वर्गीकरण** -काकल, कंठ्य, तालव्य, मूर्धन्य, वर्त्स्य, दन्त्य, ओष्ठ्य, दन्त्योष्ठ्य, जिह्वा मूलीय,**(ख)- प्रयत्न के आधार पर व्यंजन ध्वनियों का वर्गीकरण** - स्पर्श, स्पर्श संघर्षी, संघर्षी, पार्श्विक, लुंठित, उत्क्षिप्त, अन्तस्थ या अर्धस्वर, अनुनासिक **(ग)- बाह्य प्रयत्न के आधार पर व्यंजन ध्वनियों का वर्गीकरण** - विवार, संवार, श्वास, नाद, घोष, अघोष,अल्पप्राण, महाप्राण, संयुक्त व्यंजन, क्लिक ध्वनियाँ। **9- ध्वनियों के गुण अथवा विशेषताएँ तथा उनकी सार्थकता - ध्वनि गुणों के चार प्रकार** - मात्रा या परिमाण, स्वर या सुर, तान, लय, बलाघात **या आधात के तीन प्रकार** - सबल, समबल तथा निर्बल।

सुनिश्चितता, 8- अक्षरों की लिखावट में समानता, 9- स्पष्ट और सरल वर्तनी, 10- प्राविधिक (Technological), वैज्ञानिक (Scientific) तथा दुर्लभ ज्ञानराशि के संचय की अपूर्व लिपि, 11- ध्वन्यात्मकता की अन्यतम विशेषता, 12- प्रचुर और नयनाभिराम वर्णमाला, **9- देवनागरी लिपि की समस्याएँ, दोष या त्रुटियाँ -** 1- भ्रामक वर्णों का जमघट, 2- लेखन, टंकण तथा मुद्रण में असुविधा, 3- क्रमानुसार उच्चारण एवं लेखन की अवैज्ञानिकता, 4- स्वरों के स्थान पर उनके चिन्हों का प्रयोग, 5- मात्राएँ कभी ऊपर - नीचे, कभी दाएँ -बाएँ, 6- संयुक्ताक्षरों को लिखने की विविध पद्धतियाँ, 7- देवनागरी की अक्षरात्मकता इसके ध्वनि शास्त्रीय अध्ययन में बाधक, **10- देवनागरी लिपि में समय-समय पर किए गए सरकारी, गैर-सरकारी सुधारों का इतिहास अथवा देवनागरी लिपि-संबंधी समस्याओं का समाधान अथवा देवनागरी लिपि के मानकीकरण की दिशा में किए गए प्रयासों का इतिहास तथा महत्व, 11-** देवनागरी लिपि में व्यवहृत होने वाले कुछ चिन्हों का परिचय।



**1- हिन्दी शब्द की व्युत्पत्ति तथा अर्थ -विकास, 2-** भाषा के अर्थ में हिन्दी शब्द का प्रयोग, **3- हिन्दी भाषा का उद्भव तथा विकास** (क) प्राचीन भारतीय आर्य भाषा काल, (ख)- मध्य भारतीय आर्य भाषा काल (ग)- आधुनिक भारतीय आर्य भाषा काल - 1- आदि काल, 2- मध्य काल, 3- आधुनिक काल, **4- हिन्दी भाषा के विकास का ऐतिहासिक सिद्धान्त, 5- हिन्दी भाषा -शृंखला के विकास का चित्र, 6- हिन्दी की भौगोलिक सीमा या हिन्दी भाषी क्षेत्र, 7- हिन्दी की बोलियों या उपभाषाओं का वर्गीकरण- (क)- पश्चिमी हिन्दी- 1- खड़ी बोली** - परिचय, नामकरण, उत्पत्ति, खड़ी बोली शब्द का प्रथम प्रयोग, ,खड़ी बोली की सीमाएँ, बोलने वालों की संख्या, साहित्य, खड़ी बोली की व्याकरणिक विशेषताएँ **-** खड़ी बोली गद्य का नमूना, खड़ी बोली पद्य का नमूना। **2- हरियाणवी -** परिचय, व्युत्पत्ति, सीमाएँ, बोलने वालों की संख्या, साहित्य, हरियाणवी की व्याकरणिक विशेषताएँ, हरियाणवी गद्य का नमूना, पद्य का नमूना **3- ब्रजभाषा -** परिचय, उत्पत्ति, सीमाएँ, बोलने वालों की संख्या, साहित्य, ब्रजभाषा की व्याकरणिक विशेषताएँ, ब्रजभाषा गद्य का नमूना, पद्य का नमूना, **4- कन्नौजी -** परिचय, विकास तथा नामकरण, सीमाएँ, बोलने वालों की संख्या, साहित्य, कन्नौजी की व्याकरणिक विशेषताएँ, कन्नौजी गद्य का नमूना, पद्य का नमूना, **5- बुन्देली या बुन्देलखण्डी -** परिचय, व्युत्पत्ति, सीमाएँ, बुन्देली के प्रकार एवं क्षेत्र-बोलने वालों की संख्या, ऐतिहासिक विकास, साहित्य, बुन्देली की व्याकरणिक विशेषताएँ, बुन्देली पद्य का नमूना, गद्य का नमूना, **(ख)- पूर्वी हिन्दी - 6- अवधी -** परिचय, नामकरण, सीमाएँ, अवधी का ऐतिहासिक विकास, बोलने वालों की संख्या, साहित्य, अवधी की व्याकरणिक विशेषताएँ, अवधी गद्य का नमूना, पद्य का नमूना, **7- बघेली या बघेलखण्डी -** परिचय, नामकरण, सीमाएँ, बोलने वालों की संख्या, साहित्य, बघेली की व्याकरणिक विशेषताएँ, बघेली गद्य का नमूना, **8- छत्तीसगढ़ी -** परिचय, छत्तीसगढ़ नाम की व्युत्पत्ति, छत्तीसगढ़ की संस्कृति, छत्तीसगढ़ में आस्ट्रिक, दाक्षिण या निषाद परिवार की बोलियाँ, सीमाएँ, बोलने वालों की संख्या, साहित्य, छत्तीसगढ़ी की व्याकरणिक विशेषताएँ, छत्तीसगढ़ी गद्य का नमूना, पद्य का नमूना, पश्चिमी हिन्दी और पूर्वी हिन्दी में अन्तर, **(ग)- राजस्थानी हिन्दी, 9- मारवाड़ी -** परिचय, सीमाएँ, बोलने वालों की संख्या, साहित्य, मारवाड़ी की व्याकरणिक विशेषताएँ, मारवाड़ी गद्य का नमूना, पद्य का नमूना। **10- जयपुरी या ढूँढाड़ी -** परिचय, नामकरण, सीमाएँ, बोलने वालों की संख्या, साहित्य, जयपुरी की व्याकरणिक विशेषताएँ, जयपुरी गद्य का नमूना, पद्य का नमूना, **11- मेवाती-** परिचय, नामकरण, सीमाएँ, बोलने वालों की संख्या, साहित्य, मेवाती की व्याकरणिक विशेषताएँ, मेवाती गद्य का नमूना, पद्य का नमूना, **12- मालवी-** परिचय, नामकरण,सीमाएँ, बोलने वालों की संख्या, साहित्य, मालवी की व्याकरणिक विशेषताएँ, मालवी गद्य का नमूना, पद्य का नमूना, **(घ)- पहाड़ी हिन्दी - 13- गढ़वाली -** परिचय, नामकरण, गढ़वाली का उद्गम, सीमाएँ, बोलने वालों की संख्या, साहित्य, गढ़वाली की व्याकरणिक विशेषताएँ, गढ़वाली गद्य का नमूना, पद्य का नमूना, **14- कुमायूँनी -** परिचय, उत्पत्ति, सीमाएँ, बोलने वालों की संख्या, साहित्य, कुमायूँनी की व्याकरणिक विशेषताएँ, कुमायूँनी गद्य का नमूना, पद्य का नमूना, **(ङ)- बिहारी हिन्दी - 15- भोजपुरी-** परिचय, नामकरण, उत्पत्ति, सीमाएँ, बोलने वालों की संख्या, साहित्य, भोजपुरी की व्याकरणिक विशेषताएँ, भोजपुरी गद्य का नमूना, पद्य का नमूना, **16- मगही -** परिचय, नामकरण, सीमाएँ, बोलने वालों की संख्या, साहित्य, मगही की व्याकरणिक विशेषताएँ, मगही गद्य का नमूना, पद्य का नमूना, **17- मैथिली -** परिचय, नामकरण, मैथिली शब्द का प्रथम प्रयोग, सीमाएँ, बोलने वालों की संख्या, साहित्य, मैथिली का व्याकरणिक वैशिष्ट्य, मैथिली गद्य का नमूना, पद्य का नमूना, **हिन्दी की विभाषाएँ या विविध शैलियाँ -** 1- हिन्दी, 2- हिन्दुई, हिन्दवी अथवा हिन्द्री, 3- रेख़्ता-रेख़्ती, 4- दक्खिनी, दखनी या दकनी, **दक्खिनी हिन्दी की व्याकरणिक विशेषताएँ,** 5- हिन्दुस्तानी, हिन्दोस्तानी अथवा हिन्दोस्थानी, 6- उर्दू । **हिन्दी प्रदेश की प्रमुख बोलियाँ - परस्पर संबंध - व्याकरणिक समानता तथा**

## द्वितीय पर्व

### भाषा - विज्ञान की कुछ अन्य शाखाएँ या अनुप्रयुक्त भाषा - विज्ञान

## तृतीय पर्व

## चतुर्थ पर्व

# प्रथम पर्व

अध्याय-1

## भाषा-विज्ञान के अध्ययन का इतिहास

भाषा-विज्ञान के अध्ययन की परंपरा-धारा संपूर्ण विश्व के साथ- साथ भारत में भी सदियों से सतत्, अप्रतिहत-अविच्छिन्न और बेलौस प्रवाहित हो रही है **"चत्वारि वाक् परिमिता पदानि"** तुरीयां वाचं मनुष्यावदन्ति,'तां (वाचं) विश्वरूपाः पशवोवदन्ति",- किन्तु आपको यह जानकर सुखद और प्रीतिकर आश्चर्य होगा कि भारतीय मेधा तथा मनीषा ने भाषा-विज्ञान के जटिल और अनछुए पहलुओं के रोएँ-रेशे का जितना सुन्दर उद्घाटन-प्रकाशन किया है, वह संपूर्ण जगत के लिए आज लोकोत्तर निदर्शन और चुनौती बन गया है। अपनी विपुलता और जटिलता में भारत यूरोप जैसे महाद्वीप के समतुल्य है। भारत में यूरोप की तरह पंथ,विचार,भाषा आंचलिक संस्कृतियों आदि की इतनी लंबी और अटूट बहुलता है कि जब तक मनुष्य को अपने अतीत और नियति को समझने की जिज्ञासा और आवश्यकता बनी रहेगी, तब तक भारत विद्या सजीव और प्रासंगिक बनी रहेगी। यूरोप के अलावा जर्मन, जापान कनाडा, अमेरिका तथा आस्ट्रेलिया आदि देश भी यह अच्छी तरह जानते हैं कि विश्व में भारत ही अकेली ऐसी सभ्यता है, जहाँ परंपरा की अटूट लय सनातन काल से निष्कंप लौ की तरह प्रज्ज्वलित होती हुई चली आ रही है। बक़ौल कवि **अशोक बाजपेयी** हमारी परंपरा में विभिन्न अनुशासनों के बीच जो अन्तर्सम्बध हैं, उस पर वे मुग्ध हैं। पश्चिम यह भी जानता है कि भारतीय परंपरा की समझ का एक विश्व-भूगोल है। उन्हे यह भी जानकर अचरज होता है कि भारतीय परिस्थिति में संस्कृत, पालि, प्राकृत, अपभ्रंश और आधुनिक भारतीय आर्य भाषाओं की अटूट श्रृंखला कैसे चली आ रही है। वे रामायण, महाभारत, गीता, बौद्ध दर्शन, अद्वैत वेदान्त, मंचरात्र, उत्तरमीमांसा, ईशोपनिषद, अश्वघोष, कालिदास, तुलसीदास, ऋगवेद, ब्रह्म निर्वाण, शंकर, संवित्प्रकाश, वामन, अविद्या आदि के विषय में जानकर, विस्मय विमुग्ध होते हैं। संस्कृत भाषा को लेकर भारत में आज भले ही गंदी और पतिष्णु राजनीति होती हो, लेकिन भारत से बाहर सारे संसार में वह भारतीय अस्मिता और अस्तिव की भाषा मानी जाती है। पश्चिम यह भी जानता है कि मानव प्रज्ञा के सर्वोच्च कीर्ति स्तंभो में महर्षि पाणिनि रचित व्याकरण का प्रमुख स्थान है। वे यह स्वीकार करते हैं कि पाणिनि के व्याकरण में शब्द-साधना, रूप-रचना तथा वाक्य-विन्यास का जितना सूक्ष्म विवेचन-पर्यवेक्षण हुआ है, वह अन्यत्र दुर्लभ ही नहीं अलभ्य भी है, It was in India, however, that there arose a body a knowledge which was destined to revolutionize European ideas about language .......... Generation of such labour must have proceeded the writing of the oldest treaties that has come down to us, the grammar of Panini. This grammar is one of the greatest monuments of human intelligence. It describes with the minutest detail, every inflection, derivation and composition and every syntactic usages of its another speech. No other language, to this day has so perfectly described....... The Indian grammar presented to European eyes, for the first time a complete and accurate description of a language based not upon theory but upon observation [1]

आज के 'ग्लोबलाइजेशन' अर्थात् वैश्वीकरण-भूमंडलीकरण, बाजार तथा प्रबंधन के दौर में भले ही भारत का 'ओरियंटलिस्ट रूपक' थोड़ा बदल रहा हो, इसके बावजूद पश्चिम में समकालीन भारतीय साहित्य के अकादमिक आकर्षण में कमी नहीं आयी है। सच तो यह है कि पश्चिम का बहुत पहले से ही यह भरोसा और विश्वास दरक और चटक चुका है कि उनका सब कुछ पूर्व से श्रेष्ठ और अच्छा है, बल्कि यह विश्वास उनमें बढ़ा है कि कुछ ऐसा है, जो उन्हें धर्म और आस्था की जमीन भारत से मिल सकता है। इसी क्रम में भारतीय भाषा-विज्ञान का भी गंभीर और अक्षुण्ण प्रभाव पश्चिम के ऊपर बहुत पहले से रहा है। पश्चिम के सुप्रसिद्ध भाषा-विज्ञानी **ब्लूमफील्ड, डब्ल्यू. एस. एलेन जे . आर. फर्थ राबिन्स** आदि ने कहा है कि संस्कृत के ध्वनि-विज्ञान से ही पश्चिमी भाषा-विज्ञानियों ने

1. Language- L. Bloomfield, P. 10 Edn. 1975

अपने यहाँ ध्वनि-विज्ञान के बहुत से पारिभाषिक शब्द तथा विभाग निर्धारित किए हैं। कयास के लिए देखिए न, वे क्या कहते हैं,-

1. "Our Phonetic categories and terminology owe more than is perhaps generally realized to the influence of Sanskrit Phoneticians."[1]

2. "For no language of the past have we a record comparable to Panini's record of his mother tongue, not is it likely that any language spoken to day will be so perfectly recorded.[2]

3. "Without the Indian grammarians and Phoneticians whome he introduces and recommended to us it is difficult to imagine our ninteenth century school of Phonetics."[3] तथा

4. "The Indian tradition of Linguistic scholarship devoted to Sanskrit Language was a very high order and its influence on Western Linguistics was profound and is by no means over."[4]

लेकिन इसका अर्थ यह नहीं है कि भारत में हुए भाषा-विज्ञान संबंधी उच्चस्तरीय कार्य के नाम पर हम अपनी मूँछ ऐंठते हुए अपने भीतर श्रेष्ठता का दम्भ पालें, पश्चिमीकृत भाषा-विज्ञान संबंधी कामों को खारिज करते हुए उसे उपेक्षा के बट्टे-खाते में डाल दें। सच तो यह है कि पश्चिम में भी भाषा-विज्ञान पर पुख्ता शोध की एक गहरी परंपरा रही है, जिसकी 'नोटिस' भारतीय विद्वानों ने भी समय-समय पर लिया है। यदि हम यह कहें कि **यास्क, पाणिनि,पतंजलि, भर्तृहरि ,कात्यायन** आदि भारतीय भाषा-विज्ञान की अध्ययन धारा के महत्वपूर्ण पड़ाव हैं तो पश्चिम में भी **सुकरात, प्लेटो, अरस्तू, विलियम जोन्स,श्लेगेल,रास्क, ग्रिम, मैक्समूलर, डेनियल जोन्स** आदि उस धारा के उतने हीमहत्वपूर्ण पनघट हैं। पश्चिम के महत्वपूर्ण भाषा शास्त्री **श्री ऑटो जेस्पर्सन** (Otto Jespersen) कहते हैंकि भाषा विज्ञान का अस्तित्व और उपस्थिति पश्चिम में बहुत पहले से ही है,-

1- **जेस्पर्सन** महोदय लिखते हैं कि आज कल भाषाविज्ञान में ऐतिहासिक दृष्टि पर बल दिया जा रहा है, अर्थात् भाषा-विज्ञान वहाँ बहुत पहले से ही था, जिसमें केवल ऐतिहासिक दृष्टि पर बल नहीं था-"The Distintive feature of the Science of Language as conceived now a day is its historical character, a language or a word is no longer taken as some thing given once for all.[5]

2- **इन्साइक्लोपीडिया ब्रिटानिका** का कहा देखिए- "It is not till the beginning of the 19 th century that we see the rise of Philology as it as now understood with the chief stress laid on comparison of related languages and the historical development of their structure.[6]

बहरहाल विषय की मूल जमीन पर लौटते हुए आइए, भारत तथा पश्चिम में हुए भाषा-विज्ञान संबन्धी महत्वपूर्ण कार्यों को पड़ताल की जाय। इस क्रम में सबसे पहले हम भारतीय भाषा-विज्ञान पर हुए कार्यों का विवरण देखेगें। अध्ययन की सुविधा के लिए भारतीय तथा पाश्चात्य भाषा-शास्त्रियों द्वारा किए गए भाषा-विज्ञान संबंधी कार्यो को हम दो टुकड़ों-प्राचीन युग तथा आधुनिक युग -में बाँटेगें।

## प्राचीन युग

**प्राचीन भारतीय अनुसंधान-** भाषाविदों का विचार है कि भारत में भाषा-विज्ञान का जन्म ऋगवेद काल में ही हो गया था। ऋगवेद में अनेक सूत्र तथा मंत्र भाषा-विषयक हैं। **डॉ. रामदेव त्रिपाठी** लिखते हैं कि वैदिक काल से ही प्रत्येक ऋषि ने मुख्य रूप से या प्रसंगवशवाक् तत्व पर अपने कुछ विचार अवश्य प्रकट किए हैं। प्रायः हर संहिता, ब्राह्मण, आरण्यक और उपनिषद में इसकी चर्चा या संकेत हैं। छह वेदांगों में- शिक्षा, निरुक्ति, व्याकरण और छंद - इन चार में तो शब्द ब्रह्म का ही वर्णन है, किन्तु कल्प सूत्रों में भी इस पर यत्र-तत्र सामग्री बिखरी पड़ी है।[7] ऋग्वेद का यह मंत्र ब्रह्म में प्रस्तुत बीज-रूप अनंत अक्षरों का वर्णन करता है,-

**'ऋचो अक्षरे परमे व्योमन् यस्मिन देवा अधिविश्वे निषेदुः।**
**यस्तन्न वेद किमृचा करिष्यति य इत्तद्विदुस्त इमे समासत।।'** -2-3:,21,24

1. Phonetics in Ancient India- W. S. Allen, P. 3, 1953, Oxford University press
2. Language- Bloomfield, P. 270
3. J. R. Firth about Sir William Jones, Page- 188
4. General Linguistic: Introductory Survey-R. H. Robins, P. 85, Edn-1975,
5. Language, Its Nature, Devolopment and Origin- Otto Jespersen, P. 83, 1954, P. 83, 1954
6. Encyclopedia Britanica- Philology (Introduction)
7. भाषा विज्ञान की भारतीय परंपरा और पाणिनि-डॉ. रामदेव त्रिपाठी, पृष्ठ -11, प्रथम संस्करण, बिहार राष्ट्र भाषा परिषद्- पटना-800004, मूल्य 31 रूपया, अगस्त- 1977

ब्राह्मण ग्रंथों में भाषा को गो, श्वास को वृषभ और उसके वत्स को मनुष्य का मष्तिष्क कहा गया है।'महाभाष्य' में एक स्थान पर कहा गया है कि ब्राह्मण को बिना किसी कारण के छहो अंगों के साथ वेद का अध्ययन करना चाहिए -**"ब्राह्मणेन निष्कारेण धर्मः, षडङ्गोवेदोऽध्येयो ज्ञेयश्च।"**[1]

भाषा-विज्ञान के विश्व इतिहास में सर्वप्रथम ब्राह्मण ग्रंथों में ही व्याकरण और धात्वर्थ-चिन्तन काप्रयास किया गया। यद्यपि इन ग्रंथो का यह मुख्य विषय नहीं है तथापि ये प्राचीन संकेत भाषा-संबंधी भारतीय चिन्तन को स्पष्ट करते हैं।[2]

**डॉ. भोलानाथ तिवारी** लिखते हैं कि भारत में प्राचीनतम वाङ्गमय-वैदिक वाङ्गमय - अनेक अन्य दृष्टियों से संपन्नता के साथ-साथ भाषा-चिन्तन की दृष्टि से भी कम संपन्न नहीं है। इस संपन्नता का इससे बड़ा प्रमाण और क्या हो सकता है कि अकेले ऋग्वेद में डेढ़ सौ से अधिक ऋषियों के नाम भाषा-चिन्तक के रूप में मिलते हैं। भारतीय ध्वनि शास्त्रियों में प्रथम महत्वपूर्ण नाम **औपमन्यव** का है। ऋक् प्रातिशाख्यकार शौनक, शुक्ल यजुर्वेद प्रातिशाख्यकार कात्यायन, प्राचीन शिक्षाकारों, पतंजलि, परवर्त्ती शिक्षाकारों तथा प्रातिशाख्यकारों से होते ध्वनि अध्ययन की यह परंपरा आगे बढ़ी है। व्याकरण की परंपरा कदाचित और प्राचीन होगी। इसकी विकास यात्रा के मुख्य स्तंभ हैं- **शाकल्य, शाकटायन, गार्ग्य, पाणिनि, व्याडि, वार्तिककार कात्यायन, पतंजलि, काशिकाकार वामन तथा जयादित्य,न्यासकार जिनेन्द्र बुद्धि,** पदमंजरीकार **हरदत्त मिश्र** तथा सिद्धान्त-कौमुदी-प्रणेता **भट्टोजि दीक्षित**। इस प्रसंग में यह भी उल्लेख्य है कि जिस प्रकार आज भाषा- विश्लेषण के विभिन्न स्कूल हैं, ठीक उसी प्रकार प्राचीन भारत में भी व्याकरण के कई सम्प्रदाय थे, जिनमें मुख्य- ऐन्द्र, चान्द्र जैनेन्द्र, शाकटायन, हेमचन्द्र, कातंत्र, सारस्वत, वोपदेव- आदि हैं। इतने सम्प्रदायों का विकास भी हमारी व्याकरण परंपरा की आढ्यता का ही परिचायक है। अकेले ऋग्वेद में ही लगभग पौने सात सौ शब्दों की व्युत्पत्तियों के संकेत मिलते हैं। इसमें तीस से अधिक ऋषियों के नाम व्युत्पत्ति-चिन्तक के रूप में आए हैं, जिनमें **उचथ्य, गृत्समद्, दीर्घतमस्** मुख्य हैं।

ब्राह्मण ग्रंथों के पश्चात् भाषा वैज्ञानिक अध्ययन शुरू हुआ। पदपाठ में वैदिक संहिताओं को पदरूप प्रदान किया गया। **डॉ. रत्नचन्द्र शर्मा**[3] लिखते हैं कि इसके लिए सर्वप्रथम संहिता पाठ के अशुद्ध उच्चारण को पाप घोषित किया गया। तब पदपाठ की व्यवस्था की गई जिसका श्रेय **शाकल्य मुनि** को दिया जाता है। पदपाठ से वैदिक भाषा की सामासिक रचना, स्वराघात, सन्धि, पद-विश्लेषण आदि का बोध हो जाता है। पदपाठ के बाद क्रमपाठ, जटापाठ और घनपाठ की व्यवस्था की गई। पाँच प्रकार के इन पाठों के साथ-साथ सन्धि और समास के भी नियम बनाए गए और उदात्त, अनुदात्त, स्वरित नाम से स्वरों के भी तीन भेद किए गए। भाषा चिन्तन की यह परंपरा आगे बढ़ती गई और आधुनिक भारतीय आर्य भाषाओं - बंगला, मराठी तथा गुजराती आदि में भी पर्याप्त भाषा-वैज्ञानिक कार्य हुए। दक्षिण भारतीय भाषाओं में भी भाषा-विज्ञान संबंधी ठोस चिन्तन की गंध मिलती है। बहरहाल, पदपाठ के बाद छः वेदांगों का विकास हुआ। इनके नाम हैं- शिक्षा, व्याकरण, कल्प, निरुक्त छंद और ज्योतिष।

कहते हैं, भाषा के विभिन्न रूपों पर इतना अधिक विचार हुआ कि अब भाषा-विज्ञान वेद की एक स्वतंत्र महान शाखा ही बन गया, जिसका उद्देश्य हुआ- वैदिक वाणी का विश्लेषण। स्वयं भाषा-विज्ञान में भी इतनी अधिक उर्वरता बढ़ी कि इसकी कई प्रशाखाएँ बन गयीं। उक्त छः वेदांगों में पाँच तो भाषा-विज्ञान के लिए बनाने पड़े। वर्णो के अध्ययन के लिए शिक्षा, पदों के अध्ययन के लिए निरुक्त तथा वाक्यों के अध्ययन के लिए व्याकरण बना। छन्द के अध्ययन के लिए छन्द तथा वाणी के कार्यान्वयन के लिए कल्प। पद पाठ काल में ही 'छन्दो विज्ञान' का सूत्रपात हो गया था। छन्द की रक्षा के लिए किसी पद को विकृत ढंग से पढ़ने की अनुमति केवल मौखिक ही नहीं, कुछ जगहों में लिखित रूप में थी। मात्रा पूर्ति के लिए ही 'श्रुधि' को 'श्रुधी', 'अच्छ' को 'अच्छा', 'ऋतवृधौ' को ऋतावृधौ' और 'सचस्व'को 'सचस्वा' (ऋग्वेद- 1.1.9) किया गया। छन्द के अनुरोध से पदों कोविकृत करने की प्रवृत्ति बाद के सभी कवियों में पाई जाती है। **तुलसी दास** ने भी- ' जोरि पानि प्रभु कीन्ह प्रनामू, पिता समेत लीन्ह निज नामू', तथा 'इतिहासा', 'भगवाना',रघुवीरा जैसे प्रयोग किए हैं। यद्यपि बाद में छन्दों विचार में चरण में एक अक्षर की कमी को स्वीकृत कर उसे 'निचृद गायत्री' नाम दिया गया।[4]

**शिक्षा-** भाषा-चिन्तकों का विचार है कि शिक्षा वेदों की नाक अर्थात् भाषा-विज्ञान की नाक है- **'शिक्षा घ्राणं तु वेदस्य'**।[5] संभवतः इसीलिए शिक्.. के ही वेदांगों में प्रथम स्थान दिया गया है। शिक्षा का प्रारंभिक नाम संभवतः वर्णोच्चार शिक्षा या वर्ण शिक्षा था। शिक्षा का संबंध मूलतः ध्वनि विज्ञान से है। **सायण** का यह कथन प्रसिद्ध है कि स्वर, व्यंजन आदि के उच्चारण-भेद का समझाने वाली पद्धति को शिक्षा कहते हैं-, **'वर्णसवराद्युच्चारणप्रकारो यत्रोपदिश्यते साशिक्षा'**।[6]

1. महाभाष्य पस्पशान्हिक।
2. भारतीय भाषा विज्ञान की भूमिका--डॉ. भोला नाथ तिवारी, भूमिका, दिल्ली
3. भाषा-विज्ञान और मानक हिन्दी- डॉ0 रत्नचन्द्र शर्मा, पृष्ठ-35,सूर्य प्रकाशन,नई सड़क दिल्ली, प्रथम संस्करण, मार्च-1977,
4. भाषा-विज्ञान की भारतीय परंपरा और पाणिनि- डॉ0 रामदेव त्रिपाठी, पृष्ठ-33
5. पाणिनीय शिक्षा श्लोक-42
6. ऋग्वेदादिभाष्य भूमिका - सायण, पृष्ठ-49

इधर, विष्णुमित्र ने शिक्षा का अर्थ 'स्वरवर्णोपदेशक शास्त्र' किया है,-**'शिक्षा स्वरवर्णोपदेशक शास्त्रम्'**।[1] इस प्रकार शिक्षा के अन्तर्गत स्वर और व्यंजन ध्वनियों के उच्चारण स्थान, करण, प्रयत्न आदि के आधार पर वर्गीकरण किया गया है और शब्दों के शुद्ध उच्चारण की पद्धति सिखाई गयी है।[2] वैदिक भाषा में शुद्ध उच्चारण का बहुत महत्व था। पाणिनीय शिक्षा में स्पष्ट निर्देश है कि -

**'मन्त्रो हीनः स्वरतो वर्णतो वा, मिथ्या प्रयुक्तो न तमर्थमाह**
**स वागवज्रो यजमानं हिनस्ति, यथेन्द्र शत्रुः स्वरतोऽपराधात्'**।[3]

संक्षेप में कहा जा सकता है कि शिक्षाग्रंथ आधुनिक ध्वनि-विज्ञान के मार्ग-दर्शक हैं। ध्वनि-विज्ञान के साथ-साथ पद-विज्ञान और शब्द विज्ञान पर भी इसमें सम्यक् प्रकाश डाला गया है। **डब्ल्यू. एस. एलेन** महोदय लिखते हैं कि ध्वनि विज्ञान का शिक्षा से घनिष्ठ संबंध है। शिक्षा ग्रंथो में ध्वनि विज्ञान संबंधी अनुपम सूक्ष्म-दृष्टि दिखाई देती है-"The link between the Ancient Indian and the modern Western schools of linguistics is considerably closer in phonetics than in grammar."[4] विद्वानों का विचार है कि प्राचीन काल में शिक्षा ग्रंथो की संख्या काफी अधिक रही होगी। हिन्दी के अधिकारी विद्वान **डॉ. सिद्धेश्वर वर्मा** ने अपनी एक पुस्तक में 65 शिक्षा ग्रंथों का उल्लेख किया है, पर दुर्भाग्य से उपलब्ध शिक्षा ग्रंथों की संख्या आज उतनी नहीं है। जो उपलब्ध हैं, उनमें से कुछ प्रमुख हैं, (1)पाणिनीय शिक्षा, (2) याज्ञवल्क्य शिक्षा, (3) कात्यायनी शिक्षा, (4) पाराशरी शिक्षा, (5) माध्यान्दनी शिक्षा, (6) केशवी शिक्षा, (7) वासिष्ठी शिक्षा, (8) माण्डव्यशिक्षा, (9) माण्डूकी शिक्षा तथा (10) अमोघानंदिनी शिक्षा आदि।[5]

**प्रातिशाख्यः शिक्षा और प्राति शाखा का परस्पर संबंध** - आचार्य **माधव** कहते हैं कि वेद की प्रति शाखा से सम्बद्ध होने के कारण इनका नाम प्राति शाख्य पड़ा। शिक्षा का ही बड़ा संस्करण प्रातिशाख्य कहा जाता है। कुछ विद्वान दोनों में अभेदमानते हैं, तो कुछ लोग कहते हैं कि शिक्षा और प्राति शाख्य- दोनों ही ध्वनि-विज्ञान के ग्रंथ हैं। फिर भी जो अंतर ध्वनि विज्ञान और प्रायोगिक ध्वनि विज्ञान में है, वही अंतर शिक्षा और प्रातिशाख्यों में हैं। बहुत से लोग शिक्षा कोअलग वेदांग न मानकर 'शिक्षा प्राप्ति शाख्य, को छह में एक वेदांग मानते हैं।[6] विद्वानों के अनुसार 'प्रतिशाख्य' का अर्थ ही है- प्रति या एकेक शाखा का- **'शाखां शाखां प्रति इति प्रति शाखम तमधिकृत्य कृतं शास्त्रं प्रतिशाख्यम्'**। इससे यह भी निष्कर्ष निकलता है कि चारों वेदों कि जितनी शाखाएँ थीं- उनमें प्रातिशाख्य थे। **विंटर नित्स, मैक्समूलर**, और **ह्विटनी** आदि अनेक पाश्चात्य विद्वानों के मत भी इससे भिन्न नहीं हैं।[7] लेकिन **डॉ. सिद्धेश्वर वर्मा** उक्त मतों से असहमत हैं।[8] फिर भी, 'प्राति शाखा' शब्द उपर्युक्त अर्थ में अधिक प्रभावित रहा है।

पश्चिमी भाषा चिन्तक **एलेन** कहते हैं कि छह वेदांगों में गणना शिक्षा की ही की जाती है, प्राति शाख्यों की नहीं,-"Whilst it is likly that the Pratishakhyas are based on an early siksa (Such as that referred to in the Taittiriya Aranyaka) our extant text of the letter appear to be of later date than the former.[9] 'इधर, एक श्लोक में उक्त बात की पुष्टि की गई है कि ' प्रातिशाख्य' नाम वेदांग के नामों का वर्णन करने वाले प्रसिद्ध श्लोक में नहीं है,-

**'शिक्षा, कल्पो, व्याकरणं, निरुक्तं, छन्द सां चयः।**
**ज्योतिषामयनं चैव वेदाङ्गानि षडेव तु'।**

अतः कदाचित् वेदांग से इनका रिश्ता नहीं है।[10] विद्वानो का एक दल यह मानता है कि शिक्षा ग्रंथ प्रातिशाख्य से प्राचीन हैं।[11] प्रसिद्ध

---

1. ऋक् प्रातिशाख्य (बनारस संस्करण), पृष्ठ-10
2. भाषा-विज्ञान और मानक हिन्दी- डॉ0 रत्नचन्द्र शर्मा, पृष्ठ-35
3. पाणिनीय शिक्षा श्लोक-52
4. Phonetics in Ancient India- W.S. Allen,Page-4
5. भारद्वाज शिक्षा-पृष्ठ -1 (भूमिका भाग), पूना-1938
6. Phonetic Observations of Ancient Hindus - Dr. Siddheshwar Verma, P.91
7. (a) History of Indian Literature- P. 284, Part-I, Calcutta, 1924
   (b) A History of Aneient Sanskrit Literature- Maxmuller, P.III, London, 1860
   (c) Gernal of American Oriental Society- Whitney, P. 342
8. Phonetic Observations of Ancient Hindus-Dr. Sidheshwar Verma P. 12
9. Phonetics in Ancient India- W. S. Allen, P. 4
10. The History of Indian Literature- Govin, P. 150, New York
11. (क) Phonetics in Ancient India- W. S. Allen, P. 5
   (ग) पाणिनीय शिक्षा भूमिका-डॉ मनमोहन घोष, पृष्ठ -39
   (घ) भारद्वाज शिक्षा- डॉ. दीक्षित तथा अय्यर, पृष्ठ -1 भूमिका
   (ङ) मांडूकी शिक्षा- भगवद्दत, पृष्ठ -12 (भूमिका), प्रथम संस्करण

विचारक **श्री मनमोहन घोष** कहते हैं कि शिक्षा वंदांग प्रायः 1000 से 600 ई. पूर्व. तक लिखे गये, तथा प्राति शाख्य, जिसे वे सेकेन्डरी शिक्षा (Secondary Education) कहते हैं, 600 ई.पू. से 200ई.पू. तक में लिखे गए। **डॉ. सिद्धेश्वर वर्मा** ने आरंभिक शिक्षा शास्त्रों का काल 800 ई.पू. से 500 ई.पू. तक तथा प्राति शाख्यों का काल 500 ई.पू. से 150ई. तक माना जाता है। [1] लेकिन कुछ विद्वानों का यह भी मानना है कि अधिकांश शिक्षा ग्रंथ प्रातिशाख्यों के बाद लिखे गए और कुछ ही शिक्षा ग्रंथ प्रातिशाख्यों से पहले रचे गए।

कुछ विद्वानों ने 'पार्षद' शब्द से प्रातिशाख्य का संबंध जोड़ा है। इनका मानना है कि 'पदं-प्रकृतीनि सर्व चरणानां पार्षदानि' के कथन में 'पार्षद' शब्द अर्थ 'प्रातिशाख्य' ही है। [2] **डॉ. भोलानाथ तिवारी** ने 'ऋक् प्रातिशाख्य' को पार्षद कहा भी है।[3] वस्तुतः 'पार्षद' का अर्थ है-'पर्षद' का, अर्थात् जिसका किसी 'परिषद' से संबंध हो, वह 'पार्षद' है। **यास्क** ने इन 'पार्षदों' का सम्बन्ध सब चरणों' से बताया हैं। इधर, **काशिकाकार** तथा **जगद्धर** के अनुसार 'चरण' का अर्थ वेद की किसी एक शाखा से सम्बद्ध अध्येताओं का समूह है, -**'चरण शब्दः शाखा निमित्तकः पुरुषेणु वर्तते'** । [4] विद्वानों के अनुसार प्रत्येक चरण में विविध आवश्यकताओ के अनुसार अनेक 'परिषदें' हुआ करती थीं। कालान्तर में इन्ही का उच्चारण 'पर्षद' हो गया था। इन परिषदों में विचार विमर्श से सम्बद्ध कोई ग्रंथ तैयार होता था, उसे 'पार्षद' कहा जाता था।[5]

प्रातिशाख्यों के वर्ण्य विषय को लेकर भी भाषा विदों में गहरा मतान्तर है। कुछ लोग इसे महज व्याकरण ग्रंथ मानते हैं [6] तो कुछ लोग इससे असहमत भी हैं। [7] बहरहाल, इतना तो तय है कि सामान्य ध्वनि-विज्ञान (General Phonetics) शिक्षा का लक्ष्य है और प्रयोगात्मक ध्वनि-विज्ञान (Applied Phoneties) प्रातिशाख्य का प्रतिपाद्य है। इस आधार पर हम टटोल कर कह सकते हैं कि शिक्षा पूर्ववर्ती है और प्रातिशाख्य परवर्ती। हालांकि निम्न श्लोक में प्रातिशाख्यों को शिक्षा से अधिक प्राचीन बताया गया है-

**'शिक्षा च प्रातिशाख्यं च विरुध्येते परस्परम्**
**शिक्षैव दुर्बल्येत्याहुः सिंहस्वेव मृगी यथा।।'**

अर्थात यदि शिक्षा और प्रातिशाख्यों में विरोध हो तो शिक्षा ही दुर्बल पड़ती है, वैसे ही जैसे सिंह के सामने मृगी। यहाँ प्रातिशाख्य ही अधिक प्रामाणिक और पुराने बताए गए हैं। आजकल निम्न लिखित प्रातिशाख्य ग्रंथ ही मिलते हैं,- शौनक कृत- ऋक्प्रातिशाख्य, कात्यायन कृत-शुक्लयजुः प्रातिशाख्य, कृष्णयजुर्वेद के तैत्तरीय प्रातिशाख्य, सामवेद का पुष्पसूत्र, मैत्रायणी प्रातिशाख्य तथा शौनक कृत अथर्व प्रातिशाख्य।

**निरुक्त (यास्क)-** 'निर्=स्पष्टतया, पूर्णतया+वच्=कहना=व्याख्या करना' अर्थ में प्रयुक्त होने वाले 'निरुक्त' का आशय है-निर्वचन या व्युत्पत्ति अर्थात् किसी शब्द का अर्थ क्या है और कैसे है यह बताना 'निरुक्ति-विज्ञान' वस्तुतः भाषा-विज्ञान की एक महत्वपूर्ण शाखा है। अंग्रेजी में इसे Etymology (शब्द-व्युत्पत्ति भी) कहते हैं। **चैम्बर्स डिक्शनरी** में इसका अर्थ लिखा है-"The Science, that treats of the origin and history of words" अर्थात वह विज्ञान, जो शब्दों का उद्‌भव एवं इतिहास बताता है। यजुर्वेद की काठक एवं मैत्रायणी संहिताओं में 'निरुक्त' शब्द का प्रयोग स्पष्ट रूप से 'निरूपित' अर्थ में देवता या सामन् आदि के विशेषण के रूप में पाँच बार हुआ है। शाङखायन आदि में भी यह शब्द इसी अर्थ में प्रयुक्त हुआ है।

---

1. Critical Studies in the Phonetic Observations of Indian Grammarians Dr. S. Verma P. 9
2. (क) पार्षदानिउस्व चरण पर्षद्येव यैः प्रतिशाखा-नियमेव पदावग्रह-प्रगृह्याप्रगृह्य-क्रम-संहिता-स्वर-लक्षणमच्यते, तानिमानि=प्रातिशाख्यानीत्यर्थ"।
   (ख) An Introduction to the Comparative Philology of Indo-Aryan Languages- Jaha Geerdar, P.155
   (ग) Phonetic Observations of Ancient Hindus- Dr. Siddeswar Verma, P.21
   (घ) मांडूकी शिक्षा- भगवद्दत, पृष्ठ 7, (भूमिका) प्रथम संस्करण
3. भारतीय भाषा-विज्ञान की भूमिका- डॉ. भोला नाथ तिवारी, पृष्ठ 221
4. मालती माधवम्- जगद्धर, प्रस्तावना, पृष्ठ -6 निर्णय सागर, सं. 1926
5. (क)A History of Anicient Sanskrit Literature- Maxmuller, P. 110. Edn-1968, Varanasi
   (ख) पाणिनि कालीन भारत वर्ष- डॉ. बासुदेव शरण अग्रबाल, पृ. 143, चौखम्भा, वाराणसी
   (ग) निरुक्त के पाँच अध्याय- पं. शिवनारायण शास्त्री, पृष्ठ -143, नेशनल पब्लिसिंग हाउस, नई दिल्ली, 1972
6. वैदिका भरण तथा अथर्ववेद
7. Panini: His Place in Sanskrit Literature, P. 195, Edn-1954

भाषा शास्त्रीय पारिभाषिक अर्थ में इसका प्रयोग सर्वप्रथम 'मुण्डक उपनिषद्' में अपर विद्या के प्रसंग में वेदों के बाद शिक्षा आदि वेदाङ्गो में चौथे वेदाङ्ग के स्थान में 'निरुक्तम्' के रूप में हुआ है। इसी प्रकार छान्दोग्य उपनिषद् में भी 'हृदय के निर्वचन' को निरुक्त कहा गया है। सच तो यह है कि निरुक्त उस शास्त्र का नाम है- जो शब्दों की व्याख्या करता है। यह व्याख्या ही 'निरुक्त' कहलाती थी-

**'तत्रापरा, ऋग्वेदों, यजुर्वेद, सामवेदोऽथर्ववेद।**
**शिक्षा, कल्पो, व्याकरणं, निरुक्तं, छन्दो, ज्योतिषिमिति'।**

भाषा-चिन्तक निरुक्त को वेदांग मानते हैं, ग्रंथ विशेष नही। निरुक्त की प्रकृति और स्वरूप के संबंध में निम्न श्लोक सुप्रसिद्ध है,-

**'वर्णागमो वर्ण विपर्यश्चद्वौ चापरौ वर्णविकारनाशौ।**
**धातोस्तदर्थातिशयेन योगस्तदुच्यते पन्चविधंनिरुक्तम्'।**

**निरुक्त की परंपरा और यास्क-** निरुक्त का प्रारंभ ऋग्वेद से माना जाता है, किन्तु विद्वानों का विचार है कि निरुक्त विज्ञान का सर्वप्रथम ज्ञात ग्रंथ **यास्क** रचित निरुक्त ही है। ये **यास्क पाणिनि** से उम्र में बड़े हैं। यास्क निरुक्ति-विज्ञान को व्याकरण की ही एक शाखा मानते हैं-**'तदिदं विद्यास्थानं व्याकरणस्य कार्त्स्न्यम'**। **यास्क** ने अपने निरुक्त में कई निरुक्तकारों का उल्लेख किया है, यथा- औदुम्बरायण, शाकटायन[1], शाकपूणि, गार्ग्य[2],आग्रायण, ओर्णनाभ, स्थौलाष्ठीवि, औपमन्यव, कौत्स, वार्ष्यायणि, गालव,[3] तैटिकि, क्रौष्टुकि, कात्थक्य, शतबलाक्ष, मौद्गल्य तथा चर्मशिरा। कई लोगों का विचार है कि बहुत संभव है, इनके अपने-अपने निरुक्त रहे हों, लेकिन जिस प्रकार **पाणिनि** के व्याकरण के सामने जैसे- इन्द्र, आपिशालि, काशकृत्स्न आदि के व्याकरण निस्तेज हो गए, वैसे ही यास्क के निरुक्त के सामने उनके समकालीन और पूर्व के निरुक्त निष्प्रभ हो गए।

**निरुक्त और निघण्टुः एक हैं या अलग ?–** निरुक्त और निघण्टु क्या एक ही ग्रंथ या शास्त्र हैं या अलग, इस सवाल का उत्तर देना मेरे लिए बहुत आसान नहीं है। संस्कृत, हिन्दी तथा अंग्रेजी के भाषा-विज्ञान से संबंधित कई ग्रंथों का अध्ययन करने के बाद भी मैं स्पष्ट उत्तर नहीं दे सकता, क्यों कि कुछ विद्वान दोनों को दो भिन्न शास्त्र मानते हुए कहते हैं कि वैदिक कोश का नाम 'निघण्टु' है और उसके शब्दों का निर्वचन तथा अर्थ-निर्धारण ही 'निरुक्त' है।[4] विद्वानों का विचार है कि आज एक ही निघण्टु उपलब्ध है, जिसकी टीका **यास्क** ने लिखी है। इधर, **स्वामी दयानंद जी** ने भी इस बात की पुष्टि करते हुए कहा है कि जो निघण्टु और निरुक्त इस समय उपलब्ध हैं, ये दोनों **यास्क कृत** ही हैं। एक अन्य शास्त्रकार आदरणीय **भगवद्दत्त जी यास्क** के अतिरिक्त एक अन्य निघण्टु की बात करते हैं। वे कहते हैं कि यह निघण्टु 'कौत्सव्याकृत' है।[5] लेकिन उक्त दोनों निघण्टुओं से अलग हटकर एक तीसरे निघण्टु की भी चर्चा की जाती है। बताते हैं, **शाकपूणि** रचित यह निघण्टु पूना के 'पाठक स्मारक ग्रंथालय' द्वारा छपवाया गया है।

कुछ विद्वान यह भी कहते हैं कि जो आचार्य निरुक्तकार थे, वही निघण्टुकार भी थे। पश्चिमी विद्वान **मैकडानेल** कहते हैं कि **यास्क** के समय पाँच निरुक्तकार थे, इसका मतलब वही निघण्टुकार भी थे। लेकिन यास्क ने तो अपने निरुक्त ग्रन्थ में 15-16 निरुक्तकारों का नाम लिया है अर्थात् उनके समय 15-16 निघण्टुकार भी थे। कुछ लोग कहते हैं कि यास्क के समय 14 निरुक्तकार न होकर 14 अध्यायों वाला एक ही निरुक्त था। **धनराज सूरिनामक** आचार्य के अनुसार गणेश निरुक्त में 360 सूत्र, निरुक्त-सूत्र में 52000 सूत्र, गार्ग्य निरुक्त में 10,000 सूत्र, अथार्णव में 62,000 सूत्र और शब्द प्रभा में 1 लाख 32 हजार सूत्र हैं अर्थात इनके अनुसार उस समय 5 निरुक्त थे।

लेकिन, इन सबसे अलग हटकर **सायणाचार्य** ने निघण्टु और निरुक्त को एक ही माना है। इनके अनुसार दोनो में अभेद हैं। वस्तुतः जहाँ-जहाँ निरुक्त मिला है, वहाँ-वहाँ निघण्टु भी मिला है। अतः इस आधार पर निरुक्तकार और निघण्टुकार दोनों एक ही समझ लिए जाते हैं। पर, यास्क महोदय तो सायणाचार्य के उक्त तर्क को काटते हुए कहते हैं कि-**'समाम्नायः समाम्नातः स व्याख्यातव्यः। तमिमं समाम्नायं निघण्टव इत्याचक्षते'**[6]अर्थात् शब्द समूह को निघण्टु कहते हैं और उसकी व्याख्या उससे भिन्न है, अतः इसे निरुक्त कहते हैं।

---

1. लङ्ग शाकटायनस्यैव, व्योर्लघुप्रयत्नतरःशाकटायनस्य तथा 'त्रिप्रभृतिषु शाकटायनस्य में पाणिनि ने भी इनका उल्लेख किया है।
2. 'अङ् गार्ग्यगालवयोः, 'ओतो गार्ग्यस्य' तथा 'नोदात्तस्वरितोदयमगार्ग्य'- इन तीन सूत्रों में गार्ग्य का उल्लेख पाणिनि ने किया है।
3. इको हस्वोऽङ्यो गालवस्य', 'तृतीयादिषु गालवस्य', 'अङ् गार्ग्यगालवयोः' तथा 'नोदात्त' में गालव का उल्लेख पाणिनि ने किया है।
4. भाषा-विज्ञान की भारतीय परंपरा तथा पाणिनि-डॉ. रामदेव त्रिपाठी, पृष्ठ -356
5. (क) वैदिक साहित्य- पं. रामगोविन्द त्रिवेदी, पृष्ठ -104, अध्याय-14

   (ख) वैदिक साहित्य -परिशीलन- पं. रजनी कांत शास्त्री- पंचम परिच्छेद
6. 'निरुक्त' का प्रथम अनुच्छेद- यास्क

**निरुक्त का महत्व तथा विशेषताएँ-** यास्क ने निरुक्त के महत्व की ओर संकेत करते हुए उसे व्याकरणका 'खिल' अर्थात् पूरक बताया है,- **'तदिदं विद्या स्थानं व्याकरणस्य कात्स्नर्य, स्वार्थ साधकं च"** । इस प्रकार निरुक्त यौगिक प्रकृतियों का निर्वचन (Etomology) है। साथ ही वेद मंत्रों की यह व्याख्या भी करता है-**'अथापीदमन्तरेण मन्त्रेष्वर्थ प्रत्ययोन विद्यते। अर्थमप्रतीयतोनात्यन्तं स्वर संस्कारोद्देश्यः"** । इसलिए यह व्युत्पत्ति विज्ञान के साथ अर्थ-विज्ञान भी है।कारण यह है कि ये दोनो विज्ञान परस्पर सम्बद्ध हैं। बिना अर्थज्ञान के सही निर्वचन नहीं हो सकता और बिना निर्वचन के अर्थज्ञान नहीं हो सकता।[1]

**डा. सिद्धेश्वर वर्मा** के अनुसार **यास्क** के निरुक्त में कुल 1298 शब्दों का निर्वचन है। इनमें 849 तो प्राय: अशुद्ध हैं, 224 ठीक हैं और 225 अस्पष्ट हैं- "According to our calculation **Yask** has offered 1298 etymologies of which 849 are more or less primitive,224 would be entirely acceptable to modern etomologists and 225 are obscure."[2] **इधर वी.के. राजवाड़े** (V.K. Rajwade) जब कहते हैं कि निरुक्त तो वैज्ञानिक ग्रंथ हैं ही नहीं,-' The Nirukta does not deserve these high complements it is not a Science,but a travesty of Science". तो तुरंत इसकी काट करते हुए भाषा शास्त्री **डॉ. सरूप** निर्वचन के महत्व को प्रतिष्ठापित करते हुए **डॉ. राजवाड़े** को समझाते हैं कि भले ही इसमें पूर्णता नहीं हो, परन्तु यह निर्वचन का प्रथम वैज्ञानिक प्रयास तो है ही, "The first to claim the scientific foundation and also the first to formulate the general principles for etymology."**डॉ. रामदेव त्रिपाठी** [3] लिखते हैं कि भाषा-विज्ञान में निरुक्त-विज्ञान काभारत में विशेष प्रचार तथा आदर था। वैदिक वाड्.मय में प्रत्येक ग्रंथ में आनुषांगिक रूप से यत्र-तत्र निरुक्तियाँ की गई हैं। शास्त्र कोई भी हो, सबको उत्सुकता रहती थी कि इस शब्द का क्या अर्थ है, कैसे यह अर्थ हुआ? इसमें पहेली सा आनंद आता था। तर्क शास्त्र और दर्शन की भाँति इससे भी जिज्ञासा की शांति होती थी। निरुक्तियों के महत्व की थाह और अंदाजा इसी से लग जाता है कि पुराण, रामायण, महाभारत और स्मृति-ग्रंथ निरुक्तियों से भरे पड़े हैं। यथा-

**'पालनाद्धि पतित्स्वं में भर्तासि मरणाच्चमें।'** [4]
**'कुले नास्ति समो रूपे यस्येति नकुलः स्मृतः।'** [5]
**'यद रोदीः सुरश्रेष्ठ सोद्वेग इव बालकः**
**ततस्वामभिधार स्यन्ति नाम्ना रुद्र इति प्रजाः।'** [6]
**'आपोनारा इति प्रोक्ता आपोवैनर सूनवः।**
**ता यदस्यायनं पूर्व तेन नारायणः स्मृतः।'** [7]
**'लक्ष्मणो लक्ष्मिवर्धनः रामस्य लोक रामस्य।'** [8]
**'अक्षरं न क्षरं विद्याद् अश्नोतेर्वा सरोऽक्षरम्।'** [9]

बल्कि यह परंपरा महाकाव्यों तक चली आई है। कालिदास ने रघुवंश के द्वितीय सर्ग में दिलीप के मुख से सिंह को कहलवाया है- **'क्षतात् किल त्रायत इत्युदग्रः क्षत्रस्य शब्दो भुवनेषु रूढः।'** [10]

इधर , तुलसीदास जी भी कहते हैं,-

**'जो सुखधाम राम अस नामा। अखिल लोकदायक विश्रामा।।**
**विस्व भरन पोषन कर जोई। ताकर नाम भरत अस होई।।**
**जाके सुमिरन ते रिपु नासा । नाम सत्रुहन वेद प्रकासा।।**
**लच्छन धाम राम प्रिय, सकल जगत आधार ।**
**गुण वसिष्ट तेहि राखा, लक्षिमन नाम उदार।।'** [11]

विदेशी विद्वान् स्कोल्ड यास्क-निरुक्त के महत्व की ओर इशारा करते हुए कहते हैं कि -"We ought rather to be astonished

1. भाषा विज्ञान की भारतीय परंपरा और पाणिनि- डॉ. रामदेव त्रिपाठ ी, पृष्ठ 358
2. Critical Studies in the Phonetic Observations of Indian Grammarians- D. S. Verma, P. 10
3. भाषा विज्ञान की भारतीय परंपरा और पाणिनि- डॉ. रामदेव त्रिपाठी
4. अश्वमेध पर्व - 90/52
5. महाभारत
6. भागवत पुराण- 3/12/20
7. मनुस्मृति- 1/10
8. बालकाण्ड- 18/29
9. महाभाष्य- 1/1/21
10. रघुवंश- द्वितीय पर्व-2.53
11. रामचरित मानस (बालकाण्ड)- 197

because the Nirukta contains so many good and true etymologies." अर्थात् हमें तो इसी का आश्चर्य होना चाहिए कि आज से तीन हजार वर्ष पहले भी यास्क ने इतने शब्दों का सही निर्वचन बताया। बहरहाल, यही क्या कम आश्चर्य की बात है कि **यास्क** ने अपने निरुक्त में गुण, वृद्धि, अयादि तथा सम्प्रसारण आदि वर्ण-विकारों ( Vowel gradations) को पहचाना-"तद्यत्र स्वरादनन्तरान्तस्थान्तर्धातु भवति तद् द्विप्रकृतीनां स्थानमिति प्रदिशन्ति। तत्र सिद्धायामनुपलभ्यमानायामितरयोपपिपादयिषेत् तत्राप्येकेऽल्पनिष्पत्तयो भवन्ति। तद् यथैतत् उतिः मदुः, पृथुः, पृषतः कुणाएम् इति।"[1]

**व्याकरणः व्युत्पत्ति तथा स्वरूप-** "वि आ उपसर्गपूर्वक कृ धातु से ल्युट् (अन) प्रत्यय" से बना व्याकरण वेदांगों में सर्वप्रधान माना गया है,-' **प्रधानं च षट्स्वङ्गेषु व्याकरणम् प्रथमं छंद सामङगम प्राहुर्व्याकरणं बुधा।**' जिस प्रकार शिक्षा को वेदों की नाक कहा गया है, उसी प्रकार "**व्याक्रियन्ते विविच्यन्ते प्रकृति प्रत्ययादयों यत्र तद् व्याकरणम्**" को चरितार्थ करने वाला व्याकरण शिक्षा ग्रन्थों के अनुसार मुख कहा गया है,- "**मुखव्याकरणम् प्रोक्तम्**"।[2] इसीलिए पतंजलि व्याकरण के महत्व की ओर इशारा करते हुए कहते हैं कि पहले वेदारंभ संस्कार के बाद ब्राह्मण व्याकरण ही पढ़ते थे- "**पुराकल्प एतदासीत्, संस्कारोत्तरकालं ब्राह्मण व्याकरणं स्माधीयते**'।[3]

**डॉ रामदेव त्रिपाठी** लिखते हैं कि[4] वस्तुतः अपशब्द प्रयोग एक वाचिक रोग ही माना जाता था, जिसकी चिकित्सा के लिए भाषा शास्त्र का अध्ययन प्रस्तुत किया गया तभी तो **भर्तृहरि** ने व्याकरण को '**वाङ्मालानां चिकित्सितम्**'[5] कहा है। शारीरिक दोषों के लिए चिकित्सा विज्ञान वाचिक दोषों के लिए भाषा विज्ञान तथा मानसिक दोषों के लिए उपनिषद्, दर्शन और मनोविज्ञान का प्रवर्त्तन हुआ। मन तथा वाणी को निर्मल करने के निमित्त स्वयं **पतंजलि** ने भी क्रमशः चरक, महाभाष्य तथा योग सूत्र लिखे,-

**'योगेन चित्तस्य पदेन वाचां, मल शरीरस्य च वैद्यकेन।**
**योऽपाकरोत् तं प्रवरं मुनीनां पतंजलिं प्रांजलि रानतोऽस्मि।।'**

सच तो यह है कि मुख रूप व्याकरण के अभाव में भाषा की वाक् शक्ति समाप्त हो जाती है। भाषा का सफल चिकित्सक भी व्याकरण ही है। वही असाधु के रूप में कचरे को (भाषा की बीमारी की जड़ को) अपने नियंत्रण रूप औषधों से दूर करता है। इन्ही बातों को विचार में रखते हुए **यास्क** ने निरुक्त में कहा है-'**ना वैयाकारणाय, नानुपसन्नाय, ननिदंविदेवा।**[6] अर्थात् व्याकरण से अपरिचित, शिष्यत्व भाव से शून्य और योग्यता विरहित के समक्ष निर्वचन न करें, क्योंकि-'**नित्यं हि अविज्ञातुः विज्ञानेसूऽया।**'[7] **डॉ. सत्यकाम वर्मा**[8] कहते हैं कि व्याकरण परंपरा की पुष्टि का परिणाम है। वस्तुतः व्याकरण शब्द ब्रह्म की उपलब्धि का साधन मात्र है। भाषा के व्यावहारिक रूप में, हम जिस शब्द ब्रह्म का विविधतामय प्रयोग करते हैं, उसकी परीक्षाजन्य उपलब्धि इसी व्याकरण के माध्यम से होती है-

**'यदेकं प्रक्रिय भदैर्बहुधा प्रविभज्यते।**
**तद व्याकरणमागम्य परं ब्रह्माधिगम्यते।।'**[9]

अपनी महाभाष्य की त्रिपटी टीका में भी **भर्तृहरि** ने व्याकरण की व्याख्या में अपना मत देते हुए लिखा है- 'उच्यते स्मृतिशास्त्रमिदं। **तत्र यदाकश्चिदेवं ब्रूयात् अपं शब्द इति, सोऽवश्यं पृच्छेत्, कथमस्याभिः प्रत्येतव्यमिति। यदि स्मृतिसूत्रमाह सन्धीयते, अन्यथा प्रलापस्यतस्य गृह्यते।**'[10] अर्थात् व्याकरण स्मृति शास्त्र है। 'यह शब्द है'- ऐसा कहने पर प्रश्न उठता है- कैसे विश्वास करें? विश्वास तभी जग सकता है, यदि उत्तर में स्मृति सूत्र-'**प्रत्युदाहरणं वाक्याध्याहारः इत्येत्समुदितं व्याख्यानं भवति इति**'।[11] उद्धृत किया जाय, अन्यथा वह प्रलाप मात्र समझा जाएगा।[12] इसी बात को भर्तृहरि जी दूसरी प्रकार से भी कहते हैं-

**'ते लिंङ्गैश्च स्वशब्दैश्च शास्त्रेऽस्मिन्नपवर्णिताः।**
**स्मृत्यर्थ मनुगम्यंते केचिदेव यथागमम्।।'**[13]

**व्याकरण की सीमा-** पतंजलि ने व्याकरण की सीमा को स्पष्ट करते हुए कहा है कि - '**न तद्वच्छब्दान् प्रयुयुक्षमाणो वैयाकरण कुलं गत्वाह करु शब्दान् प्रयोक्ष्य इति, तावेत्येवार्थमुपादाय शब्दान्प्रयुञ्जते**'[14] अर्थात् शब्द वैयाकरण द्वारा गढ़े नहीं जाते। कात्यायन भी स्पष्ट

1. भाषा-विज्ञान की भारतीय परंपरा और पाणिनि-डॉ. रामदेव त्रिपाठी, पृष्ठ-374
2. पाणिनीय शिक्षा- 42
3. महाभाष्य- पस्पशाह्निक
4. भाषा-विज्ञान की भारतीय परंपरा और पाणिनि-डॉ. रामदेव त्रिपाठी, पृष्ठ-375
5. वाक्य पदीय- भर्तृहरि- 1/14)
6. निरुक्त-यास्क, द्वितीय अध्याय, प्रथम भाग
7. शब्दों का व्युत्पत्तिमूलक भाषा-वैज्ञानिक अध्ययन- रणजीत शर्मा शास्त्री, पृष्ठ -11, लक्ष्मी नारायण, सस्ता साहित्य भण्डार, दिल्ली-6 मूल्य 12.50 रूपये, 1971
8. भाषा तत्त्व और वाक्यपदीय-डॉ. सत्यकाम वर्मा, पृ. 14।
9. वाक्यपदीय- भर्तृहरि- 1.22
10. त्रिपदी टीका- 1.11
11. महाभाष्य-1.1.1
12. वाक्यपदीय- भर्तृहरि- 1.26
13. वाक्यपदीय- भर्तृहरि- 1.26
14. महाभाष्य- 1.1.1वा.1

करते हैं कि **'लोकतोऽर्थ प्रयुक्ते शब्द प्रयोगे धर्म नियमः'**[1] अर्थात् शास्त्र किसी नयी वस्तु का निर्माण नहीं करता, प्रत्युत **प्रयुक्त वस्तु के** विवेचन जन्य परिणामों को ही प्रस्तुत मात्र करता है। वस्तुतः व्याकरण है- लोक प्रवृत्ति का आलोचन और अवलोकन। व्याकरण **निश्चय** ही वाणी का परमपद है।[2] **भर्तृहरि** तो बहुत साफ कहते हैं, व्याकरण से बढ़कर शब्द की साधुता की जाँच करने वाला आखिर दूसरा और कौन हो सकता है-

**'साधुत्व ज्ञान विषया सैषा व्याकरणस्मृतिः।**
**अविच्छेदेन शिष्टानामिदं स्मृति निबंधनम्।।'**[3]

**व्याकरण: भाषादर्शन और विज्ञान भी-** कहते हैं भाषा के विश्रृंखलित प्रवाह को बाँधकर सुर-सरिता की भाँति धर्मार्थ काम, मोक्ष रूप पुरुषार्थ- चतुष्टय को प्रदान करने वाली भाषा को अपने नियमों के दृढ़ कछारों से बाँधने की सामर्थ्य व्याकरण में ही है।[4] साफ शब्दों में व्याकरण प्राचीन भाषा वैज्ञानिक पद्धति है। जिन विषयों का विवेचन अब भाषा विज्ञान में होता है, वे सब विषय पहले व्याकरण में आते थे।[5]

लेकिन इन सबसे अलग हटकर पश्चिम के सुप्रसिद्ध भाषा शास्त्री **येस्पर्सन** महोदय ने तो व्याकरण को और भी बहुत ज्यादा महत्त्व देते हुए उसके लिए 'भाषा-दर्शन' और 'विज्ञान' शब्द का इस्तेमाल किया है। वे कहते हैं, 'I have not been able to compress in to this volume the whole of my philosophy of speech." अर्थात मैं अपनी पुस्तक में अपने समस्त भाषा-दर्शन को पूरी तरह से अँटा सकने में असमर्थ रहा हूँ। ठीक इसी तरह उन्होंने एक स्थान पर व्याकरण को 'व्याकरण विज्ञान' भी कहा है- "In Europe grammatical science was slowly and laboriously developed in Greece and later in Rome." इस तरह से यहाँ दो बातें स्पष्ट हो जाती हैं, एक तो यह कि व्याकरण को **येस्पर्सन** 'दर्शन' भी मानते हैं और विज्ञान भी और दूसरी यह कि प्राचीन काल में ग्रीस तथा रोम में हुए भाषा के अध्ययन को भी वे विज्ञान ही मानते हैं।[6] येस्पर्सन ने यह भी स्पष्ट कर दिया है कि भारतीय वैयाकरण ही भाषा-वैज्ञानिक निरीक्षण तथा वर्गीकरण में सबसे प्रथम अधिकारी व्यक्ति थे-"Science presupposes careful observation and systemetic classification of facts and of that in the ld Greek writers on language we find very little. The earliest masters in linguistic observations and classification were the old Indian Grammarians."[7] इसी तरह **एलेन** महोदय भी कहते हैं कि भारत की तुलना में ग्रीस और रोमन में तो कुछ भी काम नहीं हुआ था- "There are in existence over a thousand different Sanskrit grammar, all aspired directly or indirectly by **Panini**'s model. Besides such a concourse, the thousand maniscripts of Priscidon's Latin Grammar, the pride of our Western tradition, are but a drop in the grammatical ocean. According to **Burnell**, there were no less than sixty eight of these Pre-Paninian grammars."[8]

**मुनित्रय-** प्रमाणभूत **आचार्य पाणिनि**, व्याकरण के दार्शनिक पक्ष का सम्यक् प्रकाशन करने वाले **कात्यायन** तथा योग सूत्र व्याकरण महाभाष्य और वैद्यक की चरक संहिता तथा **नागेश भट्ट** के शब्दों में "इति चरके पतंजलि" की संर्जना करने वाले **पतंजलि** संस्कृत व्याकरण के मुनित्रय कहे जाते हैं। इनके संबन्ध में संक्षेप में इस प्रकार जाना जा सकता है।

**पाणिनि-** वैयाकरणों के व्याकरण तथा भाषा-वैज्ञानिकों के भाषा-विज्ञानी आदरास्पद आचार्य पाणिनि भारत के ही नहीं बल्कि संपूर्ण विश्व के व्याकरणविदों में **पहली** कतार के वैयाकरण हैं। बुद्ध की मज्झिम पटिपदा या मध्यमार्ग के अनुयायी **पाणिनि** की प्रशंसा में पश्चिमी भाषा-चिन्तक **एलेन महोदय** का यह कहना ही **पाणिनि** की बौद्धिक कुशलता का द्योतन करता है, -"His (**Panini**) work is linguist's and not a language teacher's grammar" पाणिनि का व्याकरण एक भाषा वैज्ञानिक का व्याकरण है। **पाणिनि,** वर्तमान की जमीन पर खड़ा होकर भविष्य का सुन्दर खाका खींचने वाले वैयाकरण हैं। चारसहस्र सूत्रों से सम्पृक्त, आठ अध्यायों में बँटी तथा 'शब्द शास्त्र' की संज्ञा से नवाजी गयी पाणिनि-रचित 'अष्टाध्यायी' समकालीन तथा कालान्तर के वैयाकरणों के बौद्धिक इम्तहान और परीक्षण के लिए प्रलोभन पूर्ण निमंत्रण बनी। पाणिनि की तीक्ष्ण -तीखी दृष्टि मनुष्य के गोत्र से लेकर शिक्षा, भाषा, भूगोल, इतिहास,

---

1. महाभाष्य-1.1.1 वा.1
2. भाषा तत्त्व और वाक्यपदीय-डॉ. सत्यकाम वर्मा, पृष्ठ-15
3. वाक्य पदीय- भर्तृहरि- 1.42
4. संस्कृत साहित्य का आलोचनात्मक इतिहास- डॉ. सत्यनारायण पाण्डेय, पृष्ठ- 340, साहित्य भंडार मेरठ, मूल्य आठ रूपये- 1972।
5. भाषा-विज्ञान- डॉ. देवदत्त कौशिक, पृष्ठ-251।
6. भाषा विज्ञान की भारतीय परम्परा और पाणिनि- डॉ. रामदेव त्रिपाठी
7. Language- Otto Jespersen, Chapter- I Page 20.
8. Phonetics in Ancient India- W. S. Allen, P. 17

व्याकरण तथा ब्राह्मण, क्षत्रिय, सैनिक, व्यापारी, किसान, रंगरेज, बढ़ई, रसोइए, मोची, ग्वाले चरवाहे गड़रिये, बुनकर कुम्हार के पेशे तक पर फोकस डालती है। पाणिनि ने जो सूत्र एक बार लिखा, उसे काटा ही नहीं, ऐसी प्रतिभा तो दुर्लभ ही है, तभी तो इनके सम्मान में कुछ लोग इन्हें '**मांगलिक आचार्य**' कहते हैं तो कुछ लोग '**शब्दलोके प्रकाशते**' अर्थात् उनका नाम सर्वत्र प्रकाशित है- कहते हैं, किन्तु यदि किसी प्रतिभा की आँच विदेशों तक पहुँच प्रशंसा की लवर-लौ में फूटे तो फिर उस प्रतिभा पर किसे गर्व नहीं होगा? विदेशी भी इनकी प्रतिभा और मेधा पर ऊभ-चूभ रहे हैं, तभी तो मशगूल होकर कहते हैं-"The Chinese and Assyrians did not penetrate so deeply in to the understanding and analysis of their own language as did they early Indians whose grammatical investigations have had a far reaching influence on European philology.........We find in India painstaking investigations in to phonetics with a minute description of each sound and its formation, further precise accounts of the changes of sounds in the inflection and formation of words. What was studied was not only the role of sounds underwent when words were pronounced in connected speech (Sandhi) each word was analysed in to its elements, root effixes to form stems and inflexional endings, and stastics were given of the occurence of each of these elements. In this way, the earliest contributions were given to the building up of an etymological science. Among the Indian grammarians **Panini** ranks first, his work has been called the most complete grammar existing for any language dead or living.[1]

**पाणिनि और अमेरिकी पेंटागन -** आप आश्चर्य न कीजिए, **पाणिनि** तो अमेरिका नहीं गए थे, किन्तु आज उनकी प्रतिभा अमेरिका के उसी सैन्य -संगठन 'पेंटागन' के कब्जे में है, जिसने अमेरिकी World Trade Centre पर तथाकथित रूप से आक्रमण करने के बदले में सऊदी अरबिया के विश्व-कुख्यात प्रथम श्रेणी के आतंकवादी **ओसमा बिन लादेन** की तलाश में अफगानिस्तन तालिबान को तबाह कर दिया। आखिर विश्व प्रसिद्ध **पाणिनि** की प्रतिभा अमेरिका के अधीन कैसे हुई? अभी बता रहा हूँ।

**पाणिनि** का जन्म शलातुर नामक ग्राम में हुआ था। जहाँ काबुल नदी सिन्धु में मिली है, उस संगम से कुछ मील दूर यह गाँव था। उसे अब लहुर कहते हैं। उसी स्थान से सटे पाकिस्तान के पश्चिमोत्तर सीमा प्रान्त के पठान अपने को वेदों में वर्णित "दाशराज्ञ युद्ध के एक जन पक्थ" का वंशज मानते हैं। इसी 'पक्थ' का तद्भव पठान है। उनकी भाषा 'पश्तो' आर्य भाषा है, जो संस्कृत भाषा से स्वाभाविक रूप से निकटता रखती है। साठ के दशक के अंत में अपनी भारत यात्रा के दौरान इसी सीमा प्रान्त के निवासी स्वर्गीय **सीमान्त गांधी** ने अपने जातीय गौरव के विन्दुओं में पाणिनि को अत्यन्त आदर के साथ याद किया। उन्होंने गोरखपुर विश्वविद्यालय -गोरखपुर (उ. प्र.) के मैदान में 1960 के आस-पास सार्वजनिक मंच पर गर्व से कहा कि हमने दुनिया को **पाणिनि** जैसा महावैयाकरण दिया है। इस प्रकार भारत ही नहीं, संपूर्ण विश्व में **पाणिनि** याद किये जाते हैं।

लेकिन अभी हाल ही के वर्षों में अमेरिकी सैन्य-संगठन, 'पेंटागन' के अभियंत्रण विभाग ने धमाके के साथ रहस्योद्घाटन किया कि तीन दशकों के अथक परीश्रम से उन्होने पाणिनीय व्याकरण के सूत्रों के आधार पर एक कूट भाषा का आविष्कार कर लिया है। यह भाषा आधुनिक सुपर कम्प्यूटर की कृत्रिम भाषा के रूप में आने वाले 100 वर्षों तक जितने भी आँकड़े होंगे, उन सबको संकेतित (Codified) कर लेने में सक्षम होगी।पेंटागन के लोगो का कहना है कि कम्प्यूटर की आधुनिक कृत्रिम भाषाओं में अब सीमाएँ परिलक्षित होने लगी थीं। दिन-प्रतिदिन के बढ़ते हुए आकंड़ो का बोझ सम्हालने लायक वे नहीं रहीं, अतः भविष्य की सुरक्षा में एक विश्वसनीय समृद्ध प्रणाली का विकास करके उन्होने यह स्वीकार किया कि पाणिनीय व्याकरण विश्व में 'संकेत प्रणाली' (Codification) के रूप में सर्वाधिक वैज्ञानिक रचना है। यदि देवनागरी लिपि के साथ संस्कृत में कृत्रिम संगणक भाषा (Computer Language) की बात होती तो यह और भी फलदायक होती, परन्तु रोमन लिपि और अंग्रेजी भाषा के प्रचार-प्रसार और बाजार को देखते हुए अंग्रेजी भाषा और रोमन लिपि को ही अपनाना पड़ा।

आज अमेरिकियों ने पश्चिमी यूरोप के जर्मनी आदि कुछेक देशों के साथ मिलकर **पाणिनि** व्याकरण का 'कम्प्यूटर साइंस' की दृष्टि से शोध करने का उपक्रम कर लिया है। इतना ही नहीं, इसे उन्होंने 'पेटेन्ट' भी करा लिया है। अतः भारत जैसे देश पाणिनीय व्याकरण के आधार पर बनाई गई कृत्रिम भाषा को मात्र खरीद सकते हैं, 'लाइसेंस' लेकर उपयोग कर सकते हैं, परन्तु अब हम अपना दावा उतनी ताकत से नहीं कर सकते कि **पाणिनि** अपने हैं। पाणिनि व्याकरण के प्रति उदासीनता और उपेक्षा का इससे दूसरा उदाहरण और क्या होगा? अभी भी हमारी तन्द्रा टूटी नहीं हैं। नीम, हल्दी और बासमती चावल की तरह पेटेंन्ट हो गए पाणिनि व्याकरण को अब

---

**1. Encyclopadia Britanika, Philology**

हम शुल्क देकर ही खरीद सकते हैं। अब यदि कोई पाणिनि व्याकरण पर शोध भी करना चाहे तो, लाइसेंस शायद लेना ही पड़ेगा, यद्यपि ऐसा होना नहीं चाहिए।

**पाणिनि कृत अष्टाध्यायी की कुछ मुख्य विशेषताए-** 'अष्टाध्यायी' **पाणिनि** की अक्षय कीर्ति का भंडार है। खरादी गई तीखी कटारी की तरह धारदार मेधा से महर्षि **पाणिनि** ने भगवान **महेश प्रदत्त** माहेश्वर सूत्रों' की जितनी कमनीय और मनोरम कताई अपनी अष्टाध्यायी में किया है, वह सभी को चमत्कृत कर देने की अपूर्व क्षमता रखती है। यह अष्टाध्यायी 'शब्दानुशासन' तथा 'पाणिनीयाष्टक' नाम से भी अभिहित की जाती है। अष्टक या आठ अध्यायों वाली इस कृति में 3980 सूत्रों का प्रतिपादन किया गया है। प्रत्येक अध्याय के चार-चार पाद है। सूत्रों में संक्षिप्तता है तो कहीं-कहीं अर्थ-विस्तार के भी दर्शन होते हैं। हिन्दी विश्वकोश में **डॉ. बासुदेव शरण अग्रवाल** कहते हैं कि [1] पाणिनी के सूत्रों की शैली अत्यन्त संक्षिप्त है। वे सूत्र युग में ही हुए थे। श्रौत सूत्र, धर्मसूत्र, गृहस्थ सूत्र, प्रातिशाख्य सूत्र भी इसी शैली में हैं, किन्तु पाणिनि की शैली में जो निखार है, वह अन्यत्र नहीं है, इसीलिए पाणिनि के सूत्रों को 'प्रतिष्णात सूत्र' कहा गया है। पाणिनि ने वर्ण या वर्णमाला को 14 प्रत्याहार सूत्रों में बाँटा और उन्हे विशेष क्रम देकर42 प्रत्याहार सूत्र बनाए। **पाणिनि** की सबसे बड़ी विशेषता यही है, जिससे वे थोड़े स्थान में अधिक सामग्री भर सके। यदि अष्टाध्यायी के अक्षरों को गिना जाय तो उसके 3995 सूत्र एक सहस्र श्लोक के बराबर होते हैं। **पाणिनि** ने संक्षिप्त ग्रंथ रचना की और भी कई युक्तियाँ निकालीं-जैसे अधिकार और अनुवृत्ति अर्थात् सूत्र के एक या कई शब्दों को आगे के सूत्रों में लेजाना, जिससे उन्हे दोहराना न पड़े। अर्थ करने की कुछ परिभाषाएँ भी उन्होने बनाई। एक बड़ी विचित्र युक्ति उन्होनें असिद्ध सूत्रों की निकाली अर्थात बाद का सूत्र अपने से पहले के सूत्र के कार्य को ओझल कर दे। **पाणिनि** का यह असिद्ध नियम उनकी ऐसी तंत्र युक्ति थी, जो संसार के अन्य किसी ग्रंथ में नहीं पाई जाती।

माहेश्वर सूत्रों में उन्होने उच्चारण और प्रयत्न के आधार पर ध्वनियों का वैज्ञानिक वर्गीकरण किया है, सन्धि नियमों द्वारा आगम, विकार, लोप आदि का विवेचन करते हुए ध्वनि-परिवर्तन का विशद विवेचन किया है, प्रकृति-प्रत्यय के विभाजन द्वारा सभी शब्दों की वैज्ञानिक व्युत्पत्तियाँ बताई हैं, स्वर-प्रक्रिया के अन्तर्गत् उदात्त, अनुदात्त और स्वरित का विस्तृत विवेचन करते हुए स्वराघात और बलाघात संबन्धी नियमों को प्रस्तुत किया है, वैदिकी प्रक्रिया द्वारा वैदिक शब्दों का विवेचन करते हुए लौकिक संस्कृत और वैदिक संस्कृत का तुलनात्मक विश्लेषण किया है। उणादि सूत्रों द्वारा उन्होंने सिद्ध किया है कि प्रत्येक शब्द का किसी-न-किसी धातु के साथ संबंध है। पाणिनि ने शब्दों के दो ही भी भेद किए हैं- सुबन्त और तिङन्त। संज्ञा, सर्वनाम, विशेषण, संख्यावाचक और अव्यय सब सुबन्त के अन्तर्गत् हैं और सभी क्रिया पद तिङन्त के अन्तर्गत् हैं। इस प्रकार **पाणिनि** ने ध्वनि पद, शब्द, वाक्य, अर्थ, आघात आदि भाषा के समस्त अंगो का विवेचन किया है और संस्कृत भाषा का अत्यन्त वैज्ञानिक अध्ययन प्रस्तुत किया है। [2]

**डॉ. बाबूराम सक्सेना** लिखते हैं कि, "भाषा-विज्ञान के लिए **पाणिनि** की छाप अमिट है। ...... सबसे महत्व का काम वैदिक (छन्दस्) और लौकिक संस्कृत का तुलनात्मक विवेचन है। यूरोप में जो काम ईसवी सन् की उन्नीसवीं शती में किया गया, वही इस देश में ईसा पूर्व छठी सातवीं शती में **पाणिनि** मुनि कर चुके थे .......... तुलनात्मक व्याकरण के आदि गुरु पाणिनि थे।"[3] वस्तुतः 19वीं शताब्दी के पहले पाश्चात्य देशों में रूपिम जैसे व्याकरणिक अंश का कोई अस्तित्व वहाँ नहीं था, लेकिन यह भारतीय भाषा-विज्ञानियों की देन है, जिन्होंने रूपिम के महत्व का प्रतिपादन किया। इन भारतीय भाषा-विज्ञानियों में पाणिनि का प्रमुख स्थान है। उन्होंने पाश्चात्य जगत को व्याकरण की लघुतम इकाई की ओर संकेत किया। **राबिन्स** महोदय स्वतः स्वीकार करते हुए पाणिनि की प्रशंसा में लिखते हैं,- "It is remarkable that adequate recognition of the morpheme as a grammatical unit, and consequently a proper treatment of morphological word-structure was not achieved in Western Scholarship until fairly recently, despite the pre-occupation of grammarians throughtout untiquity and the Middle Ages with the morphological aspects of grammar. Recognition of the status of the morpheme in linguistic analysis was one of the achievements of the Indian linguists, of whom **Panini** is the most famous and this is one of the debts Western Linguistic-Scholarship owes to Indian work which became known in Europe during the course of the ninteenth century."[4] इसलिए अमर्त्य **पाणिनि** और उनकी **अष्टाध्यायी** को नमन करते

---

1. हिन्दी विश्वकोश- डॉ. बासुदेव शरण अग्रवाल, पृष्ठ -169, खण्ड -7, नागरी प्रचारिणी सभा, काशी, प्रथम संस्करण मूल्य, 30 रुपये, 1966
2. भाषा विज्ञान और मानक हिन्दी- डॉ0 रत्नचन्द्र शर्मा, पृष्ठ-37
3. सामान्य भाषा विज्ञान- डॉ0 बाबूराम सक्सेना, पृ0-98
4. General Linguistic: Introductory Survey- R.H. Robins .P.93, Edn-1975

हुए अंत में कहा जा सकता है-

**'येनाक्षरसमाम्नायमधिगम्य महेश्वरात्।**
**कृत्स्नं व्याकरणं प्रोक्तं तस्मै पाणिनये नमः।।'**

**अष्टाध्यायी और वर्ण समाम्नाय-** समाम्नाय व्युत्पन्न शब्द (सम्+आङ्+म्ना धातु+घङ् प्रत्यय) है, जिसका अर्थ है- सम्यक् एवं पूर्णतः कथित अर्थात वह, जिसका पारंपरिक रूप से विधिवत पाठ अथवा संग्रह हुआ है। इस प्रकार वर्ण समाम्नाय, वर्ण पाठ अथवा वर्ण संग्रह है, जो परंपरया चला आया है। आशय की दृष्टि से हिन्दी में इसे ही वर्णमाला, और अंग्रेजी में Alphabet शब्दों से अभिहित किया जाता है। वर्ण समाम्नाय संस्कृत में महावैयाकरण **पाणिनि** के द्वारा 'शिक्षा' में सूत्रबद्ध है। वहाँ वर्णो के अपने-अपने उच्चारण स्थानों एवं प्रयत्नों का विधिवत उल्लेख हुआ है, यथा -

**वर्णो का उच्चारण स्थान-** अकुहविसर्जनीयानां कण्ठाः। इचुयशानां तालु। ऋटुरषाणां मूर्धा। लृतुलसानां दन्ताः। उपूपध्मानीयानामोष्ठौ। ञमङणनानां नासिका च। एदैतोः कण्ठतालु। ओदौतोः कण्ठौष्ठम्। वकारस्य दन्तौष्ठम्। जिह्वामूलीयस्य जिह्वामूलम्। नासिकाऽनुस्वारस्य।

अ (18 भेदों सहित), कु (कवर्ग - क,ख, ग, घ, ङ),ह, विसर्ग (:) का उच्चारणस्थान- कण्ठ।

इ (18 भेदों सहित), चु (च वर्ग- च,छ, ज, झ, ञ), य, श का- तालु

ऋ (18 भेदों सहित), टु (टवर्ग-ट,ठ,ड,ढ,ण) , र,ष,का- मूर्धा।

लृ (12 भेदों सहित),तु (त वर्ग- त, थ, द, ध, न),ल, ष का दन्त।

ब (18 भेदों सहित), पु (प वर्ग- प, फ, ब, भ, म), उपध्मानीय ( प फ) का - ओष्ठ।

ञ् म् ङ् ण् न् का उच्चारणस्थान नासिका भी होता है। (अर्थात् मुख के उच्चारणस्थानों के साथ-साथ नासिका भी संयुक्त होती है।)

एदैतोः=एत्, ऐत् का अर्थात् ए और ऐ का - कण्ठ और तालु।

ओदौतोः= ओत्, औत् का अर्थात् ओ औ का-कण्ठ और ओष्ठ।

व का उच्चारण स्थान-दन्त और ओष्ठ।

जिह्वामूलीय ( क ख) उच्चारणस्थान- जिह्वा का मूल भाग अनुस्वार का उच्चारण केवल नासिका से होता है।

**वर्णो के यत्न**- किसी वर्ण के उच्चारण में दो बातें होती हैं- मुख में वायु को ऊपर उठाने का कार्य तथा जिह्वा की सहायता। वर्ण के उच्चारण के साथ-साथ या उच्चारण के बाद भी मुख से वायु निकलती है, गूँज होती है, मुख की भी विशिष्ट स्थिति होती है। ये सभी क्रियाएँ यत्न कहलाती हैं। 'यत्न' के दो भेद बताये हैं- यत्नो द्विधा- आभ्यान्तरो बाह्यश्च यत्न दो प्रकार के होते हैं- 1- आभ्यन्तर और 2. बाह्य।

**आभ्यन्तर यत्न**–आद्यः पञ्चधा, स्पृष्टेषत्स्पृष्टेषद्विवृत- विवृत- संवृतभेदात्। तत्र स्पृष्टं प्रयत्नं स्पर्शानाम्। ईषत्स्पृष्टमन्तःस्थानाम्। ईषद्विवृतमूष्मणाम्। विवृतं स्वराणाम्। ह्रस्वस्यावर्णस्य प्रयोगे संवृत्तम्, प्रक्रियादशायान्तु विवृतमेव।

प्रथम अर्थात् आभ्यन्तर यत्न पाँच प्रकार का होता है-

1. स्पृष्ट 2. ईषत्स्पृष्ट 3. ईषद्विवृत 4. विवृत 5. संवृत। इनमें स्पर्श वर्णों (क् से म् तक 25 वर्णों) का आभ्यन्तर यत्न स्पष्ट है। अन्तःस्थ वर्णों ( य् व् र् ल्) का ईषत्स्पृष्ट।

ऊष्म वर्णों (श् ष् स् ह्) का- ईषद्विवृत।

स्वरों का आभ्यन्तर यत्न विवृत है और ह्रस्व 'अ' का उच्चारणकाल में संवृत आभ्यन्तर यत्न होता है, किन्तु प्रक्रिया अर्थात् सन्धि आदि करते समय 'अ' का आभ्यन्तर यत्न(अन्य स्वरों के समान ही) विवृत ही होता है।

**विवेचन-**आभ्यन्तर यत्न मुख्यतः वर्ण के उच्चारण के समय जिह्वा की स्थिति पर आधारित है। 1. जब जिह्वा उच्चारणस्थान को पूरा स्पर्श करती है तब स्पृष्ट प्रयत्न होता है। 2. जब जिह्वा थोड़ा स्पर्श करती है तो ईषत्स्पृष्ट। 3.जब थोड़ा हटकर रहती है तब ईषद्विवृत। 4. जब जिह्वा दूर रहती है, तब विवृत और 5. जब हटकर भी निकट में रहती है तो संवृत आभ्यन्तर यत्न होता है। कुछ विद्वान् विवृत कण्ठ के पूरा खुलने, ईषद्विवृत में थोड़ा खुलने और संवृत में प्रायः बन्द रहने की दशा में मानते हैं। जब 'अ' का अकेले उच्चारण या प्रयोग होता है तो उसका प्रयत्न संवृत होता है, किन्तु प्रक्रिया में अर्थात् सन्धि आदि करते समय 'अ' का आभ्यन्तर यत्न विवृत ही होता है।

**बाह्य यत्न-** बाह्ययत्नस्त्वेकादशधा। विवारः संवारः श्वासो नादोऽघोषो घोषोऽल्पप्राणो महाप्राण उदात्तोऽनुदात्तः स्वरितश्चेति। **खरो विवाराः श्वासा अघोषाश्च।** हशः संवारा नादा घोषाश्च। वर्गाणां प्रथम-तृतीय-पञ्चमा यणश्चाल्पप्राणाः। **वर्गाणां द्वितीयचतुर्थौ शलश्च महाप्राणाः।**

**बाह्य यत्न 11 प्रकार का होता है।** 1. विवार, 2. संवार, 3. श्वास, 4. नाद, 5. अघोष, 6. घोष, 7. अल्पप्राण, 8. महाप्राण, 9.

उदात्त, 10. अनुदात्त, 11. स्वरित।खर् प्रत्याहार के वर्णों ( वर्गों के द्वितीय एवं प्रथम तथा श ष स) का बाह्य यत्न- विवार, श्वास, अघोष है। हश् प्रत्याहार के वर्णों (ह य व र ल तथा वर्गों के पञ्चम, चतुर्थ एवं तृतीय वर्णों) बाह्य यत्न- संवार, नाद, घोष है। वर्गों के प्रथम, तृतीय, एवं पञ्चम, वर्णों तथा यण(य् व्, र्, ल्) का बाह्ययत्न-अल्पप्राण है। वर्गों के द्वितीय एवं चतुर्थ वर्णों तथा शल् (श, ष् स् ह्) का बाह्ययत्न-महाप्राण है।

**विवेचन-**1. जिन वर्णो के उच्चारण के समय मुख खुला रहता है उनका बाह्य यत्न विवार कहलाता है। 2. मुख के अधिक न खुलने पर संवार बाह्ययत्न होता है। 3. जब वर्ण के उच्चारण के समय श्वास बराबर बाहर आती रहती है, तब श्वास बाह्य यत्न होता है। 4. उच्चारण के समय नाद अर्थात् गम्भीर ध्वनि होने पर नाद बाह्य यत्न होता है।5. उच्चारण के समय जब श्वास का कण्ठ के भीतर घर्षण होने से घोष अर्थात् गूँज की ध्वनि होती है, तब घोष बाह्य यत्न होता है लेकिन।6. जब श्वास का घर्षण नहीं होता है एवं गूँज उत्पन्न नहीं होती तब अघोष बाह्य यत्न होता है।7. जिन वर्णों के उच्चारण के समय मूलाधार से उठने वाले प्राणवायु का कम उपयोग होता है उनका बाह्य यत्न अल्पप्राण तथा. 8. जिनके उच्चारण में प्राणवायु का अधिक प्रयोग होता है उनका बाह्य यत्न महाप्राण कहा गया है।

अब वर्णो के कतिपय पारिभाषिक नामों को स्पष्ट किया गया है, जिनका प्रयोग ऊपर हो चुका है। कादयो मावसानाः स्पर्शाः। यणोऽन्तस्थाः। शल ऊष्माणः। अचः स्वराः। क ख इति कखाभ्यां प्रागर्धविसर्गसदृशो जिह्वामूलीयः। प. फ इति पफाभ्यां प्रागर्धविसर्गसदृश उपध्मानीयः 'अं' 'अः' इत्यचः परावनुस्वरविसर्गौ। क से म तक के (कवर्ग, चवर्ग, टवर्ग, तवर्ग, पवर्ग के) 25 वर्णों को स्पर्श वर्ण कहते हैं। यण् प्रत्याहार के वर्णों (य् व् र् ल्) को अन्तस्थ कहते हैं। शल् प्रत्याहार के वर्ण (श् ष् स् ह्) ऊष्म वर्ण हैं।

क ख के रूप में क एवं ख से पहले जो आधे विसर्ग के समान ध्वनि होती है उसे जिह्वामूलीय कहते हैं। प और फ से पहले आधे विसर्ग के समान ध्वनि वाले प फ को उपध्मानीय कहते हैं। 'अ'और 'अः' के रूप में स्वर के बाद क्रमशः अनुस्वार और विसर्ग होते हैं। अनुस्वार और विसर्ग स्वर के बाद ही होते हैं। अनुस्वार का उदाहरण है अं, विसर्ग का उदाहरण है अ[1]।

पाणिनि शिक्षा में वर्णो के उच्चारण स्थान आदि का प्राधान्य है। **वर्ण समाम्नाय** विषय रूप में गौण है, परन्तु संस्कृत वर्ण-समाम्नाय समग्र रूप में यहाँ उल्लिखित हुआ है। पाणिनि ने अपनी अमर कृति अष्टाध्यायी की आधारशिला के रूप में जो माहेश्वर सूत्र दिए है, उनमें संस्कृत वर्ण समाम्नाय व्यवस्थित है। माहेश्वर सूत्रों का प्रयोजन तो अण् आदि प्रत्याहार बनाना है, परन्तु प्रत्याहार स्वयं में वर्ण समाम्नाय पर आधारित है, अतः माहेश्वर सूत्र में वर्ण समाम्नाय अपने यथेष्ठ रूप में देखा जा सकता है, यथा–

**माहेश्वर सूत्र-** अइउण् 1। ऋलृक 2। एओङ् 3। ऐऔच् 4। हयवरट् 5। लँण् 6। इअमङणनम् 7। झभइअ 8। घढधष् 9। जबगडदश 10। खफछठथचटतव् 11। कपय् 12। शषसर् 13। हल् 14।

उक्त सूत्रों में वर्णो का क्रम ध्यान देने योग्य है। सर्वप्रथम अ,इ,उ, ऋ, लृ शुद्ध स्वर आये हैं। इनके पश्चात् ए, ओ, ऐ एवं औ मिश्रित आए है। स्वरों के पश्चात् तथा व्यंजनों के पहले अर्थात् स्वर व्यंजन के मध्य अन्तस्थ वर्ण- य, व, र, एवं ल-आए हैं। इन्हें अंग्रजी में Semi Vovel कहते हैं। इन वर्णो की प्रकृति स्वर व्यंजन-दोनों की होने के कारण मध्यवर्ती होती है। व्यंजनों में सर्वप्रथम अनुनासिक वर्ण जो वर्गो के पंचम वर्ग हैं-ङ, ञ, ण, न एबं म इनके पश्चात् वर्गो के चतुर्थ वर्ण - घ, झ, ढ, ध, एवं भ- आए हैं। इनके पश्चात् वर्गो के तृतीय वर्ण ग, ज, ड, द एवं ब आए हैं, इनके बाद वर्गो के द्वितीय वर्ण ख, छ, ठ, थ, फ आए हैं तथा इनके उपरांत वर्गो के प्रथम वर्ण क, च, ट, त तथा प- आए हैं। और अंत में व्यंजनों में ऊष्म वर्ण यथा- श, ष, स, एवं ह आए हैं।

माहेश्वर सूत्रों में वर्णो का विशिष्ट क्रम प्रथमतः प्रत्याहार को दृष्टि गत करके अपनाया गया है, परन्तु उच्चारण स्थान एवं प्रयत्न की दृष्टि से देखें तो वर्णो का क्रम तर्क संगत लगता है, जैसे शुद्ध स्वर तत्पश्चात् मिश्रित स्वर। स्वरों में भी अ, इ, उ, एवं ऋ के उच्चारण स्थान कंठ , तालु आदि अपने क्रमानुसार हैं। स्वरों के पश्चात् अन्तस्थ वर्ण तर्क संगत हैं। व्यंजनों में अनुनासिक वर्ण सर्वप्रथम इसलिए आए हैं, क्यों कि उच्चारण स्थान एवं प्रयत्न की दृष्टि से इनमें लाघव है। फिर वर्गो के चतुर्थ एवं तृतीय वर्ण, फिर द्वितीय एवं प्रथम वर्ण के क्रम में ध्यान देने योग्य तथ्य है कि चतुर्थ वर्ण सघोष एवं महाप्राण होते हैं, जबकि तृतीय वर्ण सघोष होते हुए भी अल्प प्राण होते हैं। यही स्थिति द्वितीय एवं प्रथम वर्णो के क्रम में है। द्वितीय वर्ण महाप्राण होते हैं तो प्रथम वर्ण अल्प प्राण, परन्तु दोनो ही अघोष होते हैं। अंत में ऊष्म वर्ण श, ष, स तथा ह-आए हैं। ये सभी प्रयत्न की दृष्टि से महाप्राण होते हैं। इनमें से हकार सघोष होता है, जब कि श, ष, स अघोष होते हैं। सघोष के साथ संवार एवं नाद भी होता है, जब कि त्रिविध, श, ष, स अघोष होने के साथ-साथ विवार एवं श्वास भी होता है।

माहेश्वर सूत्रों में शुद्ध स्वर अ, इ, उ, ऋ एवं लृ प्रत्येक एक-एक प्रकार के निर्दिष्ट हुए हैं। अष्टाध्यायी में स्वरों के भेद का प्रतिपादन करते हुए पाणिनि ने इनके सवर्ण भेद बताए हैं, यथा- अ 18 प्रकार का होता है, वह अपने सभी भेदों का प्रतिनिधि होकर माहेश्वर सूत्र

---

**1. लघु सिद्धान्त कौमुदी, व्याख्याकार डॉ. उमेश चन्द्र पाण्डेय-पृ.15**

**में विद्यमान है। भेद इस प्रकार है,-** अ पहले त्रिविध-ह्रस्व, दीर्घ एवं प्लुत है। इन तीनों में से प्रत्येक उदात्त, अनुदात्त एवं स्वरिते रूप में तीन-**तीन प्रकार होते हैं। इस प्रकार इनके कुल** 9 प्रकार हुए। इन 9 प्रकारों में प्रत्येक के अनुनासिक एवं अननुनासिक भेद से दो-दो भेद होने के कारण कुल 18 भेद हुए, जो निम्नलिखित वृक्ष से दर्शाए जा सकते हैं-

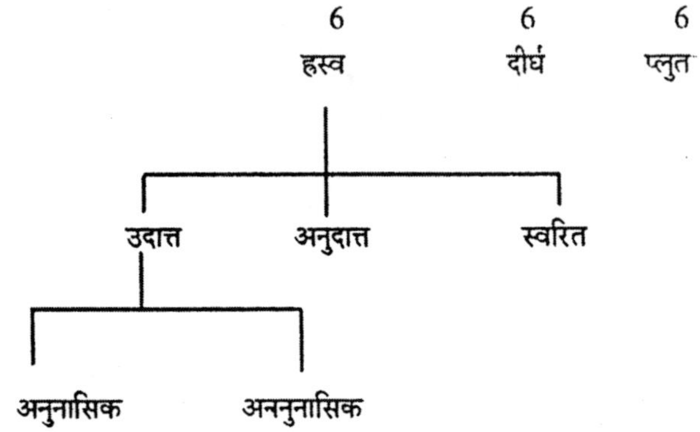


(1) अनुनासिक उदात्त ह्रस्व (2) अननुनासिक उदात्तह्रस्व (3 अनुनासिक अनुदात्तह्रस्व
(4) अननुनासिक अनुदात्तह्रस्व (5) अनुनासिक स्वरितह्रस्व (6) अननुनासिक स्वरित ह्रस्व

**इसी प्रकार इ और उ के भी प्रत्येक के 18-18 भेद होते हैं।** ऋ के भी 18 भेद होते हैं तथा लृ के वुल 12 ही भेद होते हैं, क्यों कि उसका दीर्घ नहीं होता, ह्रस्व और प्लुत ही होते हैं। ऋ और लृ यद्यपि उच्चारण स्थान एवं प्रयत्न की दृष्टि से असवर्ण हैं, परन्तु ये **एक दूसरे के सवर्ण माने जाते हैं। वार्तिकाकार कात्यायन** कहते भी हैं- **ऋ लृ वर्ण यो मिथः सावर्ण्य वाच्यां** अर्थात् ऋ और लृ वर्णो की परस्पर सवर्णता कही जानी चाहिए । इस प्रकार ऋ. एवं लृ एक दूसरे के प्रतिनिधि होते हैं। ऋ अपने 18 भेदों का प्रतिनिधि तो है ही लृ के 12 भेदों का भी हैं। इस तरह ऋ के कुल 30 भेद माने जाते हैं । इस तरह प्रतिनिधिभूत अ, इ, ऋ, एवं लृ अपने भेदों के साथ वर्ण समाम्नाय में संग्रहीत हैं।

**कात्यायन-** कात्यायन? कौन कात्यायन? आखिर किस कात्यायन की बात यहाँ की जाय? मेरी जेहन में तो इस समय संस्कृत-पालि व्याकरण-दर्शन के इतिहास में अपनी महत्वपूर्ण उपस्थिति दर्ज कराने वाले एक, दो, तीन और चार नहीं, बल्कि पाँच कात्यायनों के चित्र उग रहे हैं। आखिर इनमें से वे **कात्यायन** कौन हैं, जिन्होने **पाणिनि** की व्याकरण-परंपरा के छोर को **पतंजलि** से मिलाकर स्वतः पुल का काम किया था? कात्यायनों की इस भीड़ में पाणिनि द्वारा बनाए गए व्याकरण संबंधी नियमों में ग्रासमान तथा ह्वर्नर की तरह परिवर्तन-परिवर्द्धन कर सारे दोषों को छानने-निथारने वाले कात्यायन कौन हैं? भारतीय धर्मग्रंथों के पृष्ठों में बैठे उक्त सभी कात्यायनों के विषय में अतिसंक्षेप में मैं बता रहा हूँ।

(1) एक तो **विश्वामित्र वंशीय कात्यायन** हैं, जिन्होंने कात्यायन श्रौत सूत्र, कात्यायन गृह्यसूत्र तथा प्रतिहार सूत्र की रचना की। स्कंदपुराण के नागर खंड में कात्यायन को याज्ञवल्क्य का पुत्र बताया गया है,

(2) दूसरे **गोमिल पुत्र कात्यायन** हैं। ये कात्यायन स्मृतिकार हैं,

(3) आगे चलकर **कात्यायन** नाम के एक प्रधान जैन स्थविर भी हुए हैं। 'आफ्रेक्ट' की हस्तलिखित ग्रंथ सूची में इनका नाम आया है,

(4) एक **कात्यायन** वे हैं, जो बुद्ध निर्वाण के लगभग 300 वर्ष बाद हुए। ये पालि वैयाकरण माने जाते हैं। चीनी यात्री **ह्वेनसांग** महोदय ने अपने भ्रमण वृतांत में इनकी चर्चा की है। वस्तुतः ये कात्यायन बौद्ध आचार्य थे, जिन्होने 'अभिधर्म ज्ञान प्रस्थान' नामक बौद्ध शास्त्र की रचना की। अंग्रेज विद्वान **विलहेम गायगर** ने इन्हे कात्यायन की जगह **काक्कायन** या **कच्चायन** कहा है और यह भी बताया है कि ये काक्कायन पाणिनि के व्याकरण अष्टाध्यायी पर 'वार्तिक' लिखने वाले कात्यायन से भिन्न तो हैं ही, बल्कि इनका समय **बुद्ध घोष** के आस पास का है,- He is also different from the **Katyayana**, who is 3rd century B.C.wrote the Vartikas on **Panini's** grammar. He is more over to be distinguished from the another of the Netti and the Petaka without doubt he is later than Buddhaghosha ." ........ The grammarian **Kaccayana** belongs to the age

posterior to Buddhaghosa.His work Kaccayana- Vyakarana" or Kaccayana Gaudha"[1] is considered to be the oldest Pali grammar. R.o. Franke, has however shown that even before Buddha ghosa and **Dhammapala** there must have been a fixed grammatical system, which was different from that of **Kaccayana** and was perhaps based on the grammar of Bodhisatta.[2]

(5) और अंत में मैं उस **कात्यायन** की बात करने जा रहा हूँ, जो पाणिनीय सूत्रों के प्रसिद्ध वार्तिककार हैं। ये **सोमदत्त** के पुत्र हैं। 'त्रिकांडशेष अभिधान कोश' में **पुरुषोत्तमदेव** ने इनके कई नाम- वररुचि, पुनर्वसु, मेधाजित् और कात्य- बताये हैं।'कात्य' नाम गोत्र प्रत्ययांत है।[3], वररुचि कात्यायन ने ही पाणिनि के व्याकरण पर अपनी सुप्रसिद्ध टीका 'वार्तिक' लिखकर उसमें से अशुद्धियों की गाद और तलछट को निथारा, जिसकी वजह से पाणिनि की अष्टाध्यायी कालान्तर में संपूर्ण आकार ग्रहण कर सकी। पर, दुर्भाग्य से कुछ आलोचक पाणिनि-सदृश मेधावी इस आचार्य को पाणिनि की अष्टाध्यायी पर टीका लिखने और उसमें संशोधन-सुझाव देने के कारण पाणिनि का आलोचक और उनसे राग-द्वेष रखने वाला बताते हैं। इन आलोचकों का कहना है कि कात्यायन का वार्तिक बनाने में प्रधान उद्देश्य पाणिनि की आलोचना करना था।[4] **मैक्समूलर** (Maxmullar) कात्यायन को पाणिनि का संपादक (Editor) कहते हैं। वस्तुतः कात्यायन को वार्तिककार तथा पतंजलि को महाभाष्यकार कहा जाता है। पतंजलि का महाभाष्य कात्यायन के वार्तिक एवं **पाणिनि** के सूत्र-को एकत्र करके चलता है- "The great commentary of Pantanjali embraces both the Vartika's of Katyayan and the Sutras of Panini.'[5]

कात्यायन वास्तव में पाणिनि के सच्चे भक्त एवं आदर्श व्याख्याता हैं। कात्यायन पाणिनि व्याकरण के उस स्तंभ के समान हैं, जिसके कारण उस महल में स्थायित्व एवं दृढ़ता आती है। **डॉ. अवनीन्द्र कुमार** के अनुसार- 'कात्यायन का वार्तिक पाठ पाणिनीय अष्टाध्यायी को समयानुकूल एवं पूर्ण बनाने में पर्याप्तांश तक सहायक है।' इसी तरह **पं. युधीष्ठिर मीमांसक** लिखते हैं कि 'कात्यायन का वार्तिक पाठ पाणिनीय व्याकरण का एक अत्यन्त महत्वपूर्ण अंग है। इसके बिना पाणिनीय व्याकरण अधूरा है।'[6] इधर, पश्चिम के एक भाषा विद् **थ्योडोर गोल्डस्टकर** कात्यायन के आलोचक हैं। उन्होंने कात्यायन के संपूर्ण वार्तिका पाठ का अनुशीलन किए बिना ही लिखा कि-"In proposing to him self to write Vartikas on **Panini, Katyayana,** did not mean to justify and to defend the rules of Panini but to find fault with them and whoever has gone through his work must avow that he has does so to his heart's content'[7]

काफी विचार करने पर **डॉ. कीलहार्न** का यह मत उपयुक्त जान पड़ता है कि **थ्योडोर गोल्डस्टकर** के सामने पाणिनीय अष्टाध्यायी एवं कात्यायनीय वार्तिकों का वह संस्कार था, जो पूर्ण वार्तिक पाठ को समाविष्ट नहीं किए हुए था। वे लिखते हैं- "The works which first brought the Sutras of **Panini** and the Vartikas of **Katyayana** within the range of the studies of

---

1 और अधिक अध्ययन के लिए कृपया निम्न पुस्तकों को भी पढ़िये-

(क) An Introduction on to Kachchayana's grammar of the Pali Language - D. Alwis, P.39

(ख) Kachchayana's Pali Grammar - Fr. Mason, P. 110 Tonugoo, 1868-70

(ग) Kaccayana (ed and trans.by) - Vidya Bhusana, p.213, Calcutta, Edn 1891

(घ) Kaccayanappaka rande- E. Kuhn, P.106, Halle, 1869

(ङ) On the whole problem of Kaccayana's Grammar- R.o. Franke, 1871

(च) Pali Grammar and Lexiko graphie-Strasburg, P.304,Edn 1902)

2. Pali Literature and language-Wilhem Geiger, p.37. Oriental Books Reprint Corporation-Delhi

3. इस कृति का लेखक स्वतः सरयूपारीण ब्राह्मण, गोत्र सावर्ण्य-कात्याययनी शाखा मूल स्थान ईटार-पिण्डी, देवरिया(उ.प्र.) के मूल निवासी हैं

4. भारतीय भाषा- विज्ञान की भूमिका डॉ0 अवनीन्द्र का लेख 'वार्तिककार कात्यायन' पृष्ठ -263

5. A history of Ancient Sanskrit Literature-Maxmuller-P.253

6. संस्कृत व्याकरण शास्त्र का इतिहास-पं0 युधीष्ठिर मीमांसक, पृष्ठ-315

7. Panini: His place in Sanskrit Literature-Gold Stucker, P. 132

European scholars, was the Calcutta Edition of **Panini** ............... Slarting from such selection of Vartikas as they had given, it was not unnatural to arrive at the conclusion, which Prof **Goldstuker** actually has arrived at aconclusion which not even his subsequent profound knowledge of the Mahabhasya could induce him to modify.'[1]

कुल मिलाकर वार्तिककार कात्यायन उच्चकोटि के निष्पक्ष-सूत्र समीक्षक हैं। सूत्रकार का जितना अंधा समर्थन उन्हें अवांछित है, उतना ही सूत्रकार में अनावश्यक दोषाविष्करण भी। यह एक अनुपेक्षणीय तथ्य है कि महाभाष्य जैसी ललित और तर्कपूर्ण व्याख्या का मूल **कात्यायन** के वार्तिकों में ही निहित है।[2] कात्यायन ने उत्सर्ग, अपवाद, विधि, प्रतिषेध, निपातन, स्थानी, आदेश, लिंग नियम आदि सामान्य तथा विशेष प्रकारों से अपनी व्याख्यान पद्धति को दार्शनिक रंग दे दिया है। **कैयट** ने अनेक स्थलों पर उसका उन्मीलन किया है, विशेषकर जहाँ वार्तिककार और महाभाष्यकार में मतभेद है, यथा-'भिन्नदेशत्वाद् विरोधाभावादनेकेनापि प्रत्ययेन प्रदीपनेव घटादेःगार्ग्यायण्याष्फङ्गीष्थ्यां स्त्रीत्वस्येवाज्ञातादेरेकस्यार्थस्य द्योतनमविरुद्धं मन्यमानो वार्तिककारः उत्सर्गः प्रतिषेधं शास्ति। भाष्यकारस्तु विरोधमन्तरेणापि सामान्यविधेः वाधकं विशेषविधिमन्यत्रादीदृशत।।'[3] अंत में यह कि संस्कृत भाषा एवं वाङ्मय को कात्यायन की एक विशेष देन है और वह है उनकी--वाक्य की परिभाषा।

**पतंजलि** - करबद्ध अंजलियों की पाँत=पातंजलि=**पतंजलि** अर्थात् अगाध पांडित्य के कारण **पतंजलि** को देखते ही लोग उनके प्रति अतिशय श्रद्धा और भक्ति के वशीभूत हो, पंक्तिबद्ध होकर अपने दोनों हाथ जोड़कर उन्हे प्रणाम करते थे, संभवतः इसीलिए उनका नाम **पतंजलि** पड़ा। उम्र में लहुर और कनिष्ठ होने के कारण पतंजलि 'मुनित्रय'- माला की अंतिम मनका हैं, किन्तु प्रज्ञा और मेधा में अपने दो वरिष्ठों से किसी भी कोण पर कम नहीं हैं। जिस प्रकार **पाणिनि** को उनकी 'अष्टाध्यायी' ने, **कात्यायन** को 'वार्तिकों' ने प्रतिष्ठा के शिखर पर चढ़ा उन्हे अमर्त्य बनाया, उसी प्रकार 'महाभाष्य' ने **पतंजलि** के माथे उन्हे यश का कुंकुम लगाया। **पाणिनि** की अष्टाध्यायी पर कात्यायन ने वार्तिकों की रचना कर अष्टाध्यायी के महत्व को दीर्घआकार दिया तो कालान्तर में पतंजलि ने कात्यायन के वार्तिकों की व्याख्या अपने महाभाष्य में करते हुए उस परंपरा को आगे बढ़ाया। **प्रोफेसर मैक्समूलर** भी मानतें हैं कि पतंजलि ने वार्तिकों के साथ-साथ पाणिनि के सूत्रों को भी अपने महाभाष्य की प्रयोगशाला में आँका-जाँचा है,- "The great commentary of Patanjalj embraces both the Vartikas of **Katyayana** and the sutras of **Panini**." [4] इस प्रक्रिया में कहीं-कहीं **पतंजलि** अपने दोनो पूर्ववर्तियों की असहमति की बड़ी आवाज भी बनते देखे जाते हैं।

अमेरीका, तालिबान और उत्तरी 'एलायंस' के त्रिकोण युद्ध की जमीन बना अफगानिस्तान आज भले ही जड़ समाज बन गया हो , किन्तु इसका समृद्ध सांस्कृतिक अतीत और साहित्यिक वर्तमान भी रहा है। अफगानिस्तान के जीवित-जीवंत ऊर्वर भूमि में ही वैदिक काल में ऋग्वेद की रचना हुई, कौरवों का ननिहाल अर्थात् गांधारी इसी गंधार या कंधार की थीं, देव, यक्ष, गंधर्व, किन्नर और नाग यहीं से अनुस्यूत थे, मेसोपोटामिया, जोरास्टर, मध्य-एशिया, यूनानी, चीनी तथा भारतीय सभ्यतायों ने समय-समय पर अफगानिस्तान की संस्कृति और सभ्यता को प्रभावित किया, **डॉ. कैलाश वाजपेयी** के अनुसार विश्व प्रसिद्ध व्याकरणाचार्य पाणिनि, आत्रेय, जीवक, कौटिल्य, असंग, बसुबुध आदि दार्शनिक वैयाकरण, अर्थशास्त्री, उपनिषदकार एवं मनीषी- सबकी प्रतिभा जिस जमीन पर फली-बढ़ी, वह यही कंधार है। **पतंजलि** भी इसी कंधार के थे। [5]

पतंजलि ने अपने महाभाष्य में व्याकरण की दार्शनिक दृष्टि और शब्द नित्यत्ववाद या स्फोट वाद अथवा शब्द ब्रह्मवाद का भी निर्देश किया है। इस सिद्धान्त को भर्तृहरि ने विस्तार के साथ वाक्य पदीय में पल्लवित किया है। महाभाष्य की महत्ता का यह भी एक कारण है। साहित्यिक दृष्टि से महाभाष्य का गद्य अत्यन्त सरल, अकृत्रिम, मुहावरेदार, धारा प्रावाहिक और स्पष्टार्थ बोधक है। **भर्तृहरि** ने इस पर टीका लिखी थी, पर उसका अधिकांश अब तक अनुपलब्ध है। **भट्टोजी दीक्षित** ने अपने 'शब्द-कौस्तुभ' की रचना महाभाष्य के आधार पर बताई है। ' योगसूत्र' भी **पतंजलि** की रचना मानी जाती है, किन्तु 'भारतीविद्या' (Indology) के अधिकांश अनुशीलक इससे असहमत हैं।[6] भर्तृहरि की दृष्टि में पतंजलि तीर्थदर्शी हैं। 'महाभाष्य' संग्रह का प्रतिकंचुक है और सभी न्याय बीजों का अधिष्ठान है,-

---

1. Katyayana and Patanjali, Their relation to each other and to Panini- Dr- Keal Horn, P.50
2. भारतीय भाषा विज्ञान की भूमिका - डॉ. अवनीन्द्र कुमार का लेख- 'वार्तिककार कात्यायन' पृष्ठ 263
3. महाभाष्य प्रदीप-कैयट, 5-3-72
4. History of Ancient Sanskrit Literature- Maxmuller, p.243--
5. जनसता- डॉ. कैलाश बाजपेयी , 4 नवंबर 2001(रविवारी), नई दिल्ली
6. हिन्दी विश्वकोश- डॉ. वासुदेव शरण अग्रवाल, पृष्ठ -63

कृतेऽथ पतंजलिना गुरुणा तीर्थदर्शिना। सर्वेषां न्याय बीजानां महाभाष्ये निबन्धने। संग्रह प्रतिकञ्चुके।' न्याय बीज' शब्द पर टिप्पणी करते हुए **पुण्यराज** लिखते हैं,- "तत्र भाष्यं न केवल व्याकरणस्य निबन्धनम्, यावत् सर्वेषां न्याय बीजानां बोद्धव्यमिति। अतएव महत् शब्देन विशेष्य महाभाष्यमित्युच्यते लोके"। [1]

कुल मिलाकर **पतंजलि** के महाभाष्य में गुण पदार्थ, वर्ण, शब्द, आकृति पदार्थ, द्रव्य पदार्थ , लिंग, वचन, संख्या, वृत्ति, वाक्य, वाक्यार्थ आदि पर पर्याप्त विचार मिलते हैं।[2] पतंजलि एक बहुत बड़े अनुभव की बात लिखते हुए कहते हैं कि,-"अथ तस्मिन् शब्दोपदेशे सति किं शब्दानां प्रतिपत्तौ प्रतिपद पाठः कर्तव्यः, गौरश्वः पुरुषो हस्ती शकुनि मृगो ब्राह्मण इत्येवमादयः शब्दाः पठितव्याः ? नेत्याह।...... वृहस्पतिश्च प्रवक्ता, इन्द्रश्चा ध्येता दिव्यं वर्ष सहस्त्रमध्ययन कालो न चान्तं जगाम। किं पुंनरद्यत्वे यः सर्वथा चिरं जीवति, स वर्ष शतं जीवति"। अर्थात् - प्रतिपदपाठ करके तो इन्द्र जैसे अध्येता और वृहस्पति जैसे अध्यापक अमर जन भी दिव्य वर्ष सहस्र में शब्द वारिधि का पार नहीं पा सके तो 100 वर्ष ही जीने वाला मानव कैसे पार पाएगा? और जीवन में केवल पढ़ना ही तो काम नहीं है? उसका स्वाध्याय, प्रवचन, कार्यान्वयन भी करना है। प्रतिपाद करने पर तो सारी आयु पढ़ने में ही बीत जाएगी, फिर भी शब्दों का अंत नहीं होगा।

## पाणिनि शाखा के अन्य वैयाकरण

**व्याडि-** व्याडि पाँचवीं शताब्दी ईसवी पूर्व के आस-पास के वैयाकरण माने जाते हैं। इन्हें भाषाविदों ने **पाणिनि** 'स्कूल' से सम्बद्ध माना है। इनके विषय में बहुत जानकारी नहीं मिलती, जो मिलती भी है, वह बजरिए **भर्तृहरि** और **पतंजलि** ही मिलती है। वैयाकरण भर्तृहरि बताते हैं कि व्याडि ने 'संग्रह' नामक एक व्याकरण दर्शन से संबंधित गंभीर ग्रंथ लिखा था, जिसमें चतुर्दश सहस्र वस्तुओं पर विचार किया गया था[4] किन्तु दुर्भाग्य से यह ग्रंथ **भर्तृहरि** के समय ही लुप्त हो चुका था,[3] बहरहाल, भर्तृहरि ने बहुत श्रम करके 'संग्रह' नामक ग्रंथ के कुछ उद्धरण अपनी प्रसिद्ध रचना' वाक्य पदीय' की वृत्ति में दिया है। इधर, आचार्य पतंजलि ने वैयाकरण व्याडि के उक्त 'संग्रह' नामक ग्रंथ की प्रशस्ति में- ' **शोभना खलु दाक्षायणस्य संग्रहस्य कृतिः** " कहा गया है।

वैयाकरण **व्याडि** ने अपने 'संग्रह' नामक ग्रंथ में शब्द के स्वरूप पर मौलिक ढंग से विचार किया है। उनका कहना है कि व्याकरण के नियम शब्द के नित्य पक्ष और अनित्य पक्ष– दोनों के लिए होने चाहिए। व्याडि ने शब्द और अर्थ में - अर्थ पक्ष को ज्यादा महत्त्व दिया है। उनके मत में पद और वाक्य का निर्णय अर्थ द्वारा होता है,–

**"नहि किञ्चित् पदं नाम रूपेण नियतं क्वचित्।**
**पदानां रूपमर्थो वा वाक्यार्थादेव जायते।।"** [5]

व्याडि ने शब्द को अपभ्रंश की मूल प्रकृति माना है- "शब्दप्रकृतिपभ्रंश इति संग्रहकार"[6] विद्वानों का कहना है कि संभवतः अपभ्रंश पर विचार करने वाले प्रथम आचार्य व्याडि ही हैं, क्योंकि अपभ्रंश शब्द का प्राचीनतम उल्लेख व्याडि के 'संग्रह' ग्रंथ में ही प्रथमतः प्राप्त होता है। कुल मिलाकर व्याडि ने 'संग्रह' में उपसर्ग, पद, अर्थ, वाक्य, वर्ण, प्राकृत ध्वनि, वैकृत ध्वनि, निपात तथा कर्मप्रवचनीय आदि पर गहरा विचार किया है।

**वसुरात-** वैयाकरण वसुरात का जन्म लगभग 400 ईसवी सन् के आस-पास बताया जाता है। ये गंभीर दार्शनिक व्याकरणवेत्ता थे। **वसुरात** अपने से पूर्व के वैयाकरण **व्याडि** और उनके व्याकरण ग्रंथ 'संग्रह' से काफी प्रभावित थे, तो इधर, वसुरात की परंपरा में बाद में आने वाले सुप्रसिद्ध वैयाकरण **भर्तृहरि** इस वसुरात नामक व्याकरणाचार्य से प्रभावित थे। जैसे कोई भी विषय **पाणिनि** की क्रान्त दृष्टि से नहीं छूटा है, वैसी ही अन्तः प्रज्ञा वसुरात के पास भी थी। संभवतः वसुरात की इसी अलौकिक मेधा से प्रभावित होकर भर्तृहरि ने वसुरात का शिष्यत्व ग्रहण कर इनसे अपना कान फुकवा लिया अर्थात् इन्हें अपना पूज्य गुरु मान लिया। **भर्तृहरि** ने अपने गुरु **वसुरात** की प्रेरणा से ही 'वाक्यपदीय' जैसे शाश्वत मूल्य संपृक्त और कालजयी कृति को रचा। कालक्रम से कालान्तर में आने वाले एक सुप्रसिद्ध वैयाकरण पुण्यराज की यह ललित टिप्पणी देखते ही बनती है, "अथ कदाचित् योगतो विचार्य तत्रभवता वसुरात गुरुणा ममायमागमः संज्ञाय वात्सल्यात् प्रणीत इति स्वरचितस्यास्य ग्रन्थस्य गुरुपूर्वकमभिधातुमाहन्याय प्रस्थानमार्गास्तानभ्यस्य स्वं च दर्शनम्। प्रणीतो गुरुणाऽस्माक मयमागमसंग्रहः।[7] जाहिर है, भर्तृहरि की 'वाक्यपदीय' गुरु कृपा का प्रसाद ही है।

किन्तु एक अन्य वैयाकरण **मल्लवादि** के अनुसार वसुरात और भर्तृहरि में कुछ मुद्दों पर मतभेद था। खासकर अभिजल्प दर्शन के संबन्ध में। मल्लवादि लिखते हैं, 'निरुक्तार्थोऽप्यभिजल्पस्य तथा घटते, नान्यथा। आभिमुख्येन जल्पत्यर्थं शब्द, तं प्रयुक्तेऽर्थः

1. वाक्य पदीय टीका, 2। 485
2. संस्कृत व्याकरण दर्शन- डॉ. राम सुरेश त्रिपाठी, पृष्ठ-14
3. 'चतुर्दश सहस्त्राणि वस्तूनि अस्मिन् संग्रह ग्रंथे- महाभाष्य दीपिका, पृष्ठ-21'
4. 'संग्रहेऽस्तुमुपागते' वाक्य पदीय- भर्तृहरि , 2। 48
5. वाक्यपदीय-1.24, हरिवृत्ति, पृष्ठ
6. वाक्य पदीय 1.148 हरिवृत्ति, पृष्ठ 134
7. वाक्य पदीय -पुण्यराज, 2-490

अभिजल्पयति तदविषय एवाभिजल्प इत्युच्यते।.......अभिजल्प स्वरूपं तु पुनस्तेनापि निरस्तम्"[1]

**भर्तृहरि का भाषा शास्त्रीय चिन्तन और उनका वाक्यपदीय-** **पाणिनि**, **कात्यायन** और **पतंजलि** के व्याकरणशास्त्र की विकासपरंपरा में यदि किसी महत्वपूर्ण पड़ाव का अगला नाम अनायास जिह्वा पर आ जाता है, तो वह हैं महाभाग-पुण्यश्लोक, मुहतरम भर्तृहरि जी। भर्तृहरि **पाणिनि** संस्थान के माथे पर जलते हुए दीपक हैं, जिनकी मेधा की लौ छिटक - विखर कर दूर तक जाती है और भावी व्याकरणशास्त्रियों के लिए शोध संबंधी संभावनाओं के कई रास्तों को तलाशती है।

**भर्तृहरि** का जीवनवृत्त, जन्म स्थान तथा कृतियों की निश्चित संख्या आदि संदेह के घेरे में है। एक विद्वान् इन्हें **शबर स्वामी** की क्षत्राणी पत्नी से उत्पन्न मानते हैं। विदेशी विद्वान् **इत्सिंग** बताते हैं कि भर्तृहरि सात बार परिव्राजक और सात बार गृहस्थ बने थे। **मैक्समूलर** इन्हें विद्यामात्र सम्प्रदाय का बौद्ध मानते हैं। इधर, **वाचस्पति** मिश्र 'तत्त्वबिन्दु' में लिखते हैं।

**"यदाहुः बाह्य अपि परेषामसमाख्येयमभ्यासादेव जायते ।**
**मणिरूपादिषु ज्ञानं तदविदामानु मानिकाम् ।।**[2]

भर्तृहरि की पैदाइश को लेकर भी काफी मतान्तर है। **इत्सिंग** कहते हैं कि भर्तृहरि **धर्मपाल** के समकालीन थे।[3] तब सवाल उठता है कि धर्मपाल कब जन्मे थे? पाश्चात्य विद्वान् **एच. यी.** के अनुसार धर्मपाल की मृत्यु सन् 570 ई. सन् में हो गयी थी।[4] अतः इस आधार पर यह जाहिर है कि **भर्तृहरि** 550 ईसवी से लेकर 650 ईसवी के बीच पैदा हुए थे।

भतृहरि के गुरु का नाम **वसुरात** था। जैनाचार्य **मल्लवादि क्षमाश्रमण** तो ऐसा ही कहते है, "इति भर्तृहर्यादि मतम्, वसुरातस्य भर्तृर्ध्युपाधस्य मतं तु" तथा एवं "तावद् भर्तृहरि दर्शनमुक्तम् यत्तु वसुरातो भर्तृहरेरुपाध्यायः"।[5] **पुण्यराज** भी इस बात की पुष्टि करते हैं। **भर्तृहरि** की कृतियों और उनके समय को लेकर भी विवाद बना हुआ है। 'महाभाष्य त्रिपादी', या 'महाभाष्य दीपिका', 'वाक्यपदीय और वाक्यपदीय' पर स्वोपज्ञ वृत्ति' , 'शब्द धातु समीक्षा' तथा 'नीति शतक' आदि भर्तृहरि के सुप्रसिद्ध ग्रंथ हैं। विद्वानों ने **पाणिनि**, **कात्यायन** तथा **पतंजलि**- इस मुनित्रयी परंपरा में- **भर्तृहरि** के 'वाक्यपदीय' को आकर ग्रंथ कहा है। **नागेश भट्ट** की कृतियों में इसने उत्कर्ष प्राप्त किया।

वाक्यपदीय की रचना का काल भी बहुत स्पष्ट नहीं है। योगसूत्र भाष्य, काशिका वृत्ति, जिनेन्द्र बुद्धि, बाणभट्ट, वाक्य पदीय के टीकाकार भृषभ ने इसकी रचना अलग-अलग कालों में माना है। **वृषभ** के अनुसार इसका रचना काल पाँचवीं शताब्दी अथवा इससे भी पूर्व माना है। आधुनिक विद्वानों में **चन्द्रबली पाण्डेय**[6] तथा **बासुदेव शरण अग्रवाल**[7] भी वाक्य पदीय की रचनातिथि कुछ निश्चित नहीं बता पाते। बहरहाल, **भर्तृहरि** की सबसे अधिक प्रसिद्ध रचना वाक्यपदीय है। इसमें तीन काण्ड हैं। पहला आगम काण्ड और तीसरा पद काण्ड कहलाता है। **हेलाराज** ने वाक्यपदीय पर शब्दप्रभा नाम की टीका लिखी थी और प्रकीर्णक पर 'प्रकीर्ण प्रकाश' नाम की टीका लिखी है। स्वयं भर्तृहरि वाक्य पदीय के दूसरे काण्ड के अंत में पुस्तक की समाप्ति करते जान पड़ते हैं, परन्तु वहीं उन्होंने तीसरे काण्ड की भी सूचना दे दी है:

**"वर्त्मनामत्र केषांचित् वस्तुमात्रमुदाहृतम्।**
**काण्डे तृतीये न्यक्षेण भविष्यति विचारणा ।।"**

भर्तृहरि ने वाक्य पदीय के प्रथम और द्वितीय काण्ड पर एक वृत्ति भी स्वयं लिखी थी[8] श्री चारुदेव शास्त्री ने इस वृत्ति को लाहौर से छापा है।[9] जिस प्रकार हिन्दी में रीतिकालीन कवि बिहारी लाल की प्रतिभा से मुग्ध होकर ढेरों विद्वानों ने 'बिहारी सतसई' की टीका लिखी, उसी प्रकार समकालीन परिदृश्य में वैयाकरण भर्तृहरि की मेधा से प्रभावित होकर अगणित लोगों - **अभिनवगुप्त, धर्मकीर्ति, पुण्यराज, ऋषभदेव, हेलाराज, धर्मपाल, जयन्तभट्ट, कुमारिलभट्ट** आदि तीक्ष्ण बुद्धि संपन्न लोगों ने- वाक्य पदीय का मूल्यांकन करते हुए इसे व्याकरण शास्त्र का मूल्यवान ग्रंथ सिद्ध किया। **डॉ. रामसुरेश त्रिपाठी** वाक्यपदीय को भाषा के दार्शनिक इतिहास के लिए अनूठा ग्रंथ सिद्ध करते हैं। **अभिनव गुप्त** भर्तृहरि को सादर स्मरण करते हुए उन्हें 'तत्रभवान्' शब्द से संबोधित करते हैं।

---

1. द्वादशारनयचक्र-मल्लवादि, पृष्ठ 800
2. तत्त्वबिन्दु-वाचस्पति मिश्र, पृष्ठ -60
3. इत्सिंग की भारत यात्रा-सन्तराम बी. ए. द्वारा अनूदित, पृष्ठ -274, सन् 1925 ई.
4. Introduction to Vaseshik Philosphy According to DasPadarthe Shastra- H. Yee Page-10, Edn-1917
5. विशाल भारत-मुनि जम्बू विजय का लेख, पृष्ठ -43, सन् 1949
6. कालिदास- चन्द्रबली पाण्डेय पृष्ट 12 सन् 1955
7. 2 हर्षचरित: एक अध्ययन- बासुदेव शरण अग्रवाल, पृष्ठ-54
8. संस्कृत व्याकरण दर्शन- डॉ. रामसुरेश त्रिपाठी, पृष्ठ 23
9. वाक्यपदीय प्रथम काण्ड की भूमिका- श्री चारुदेव शास्त्री, पृष्ठ- 16 लाहौर

आधुनिक भाषा विदों में **डॉ. सत्यकाम वर्मा** को **भर्तृहरि** जैसे प्रवीण वैयाकरण के साथ हुए और हो रहे अन्याय और पक्षपात पर काफी रंज हैं। वे लिखते हैं कि भर्तृहरि ने व्याकरण की रूढ़िवादी मान्यताओं को तोड़ा। काल, उपग्रह, लिंग, वचन, विभक्ति वाक् भाषा, शब्द-पद, शब्द-अर्थ, पद-वाक्य, पदार्थ- वाच्यार्थ, जाति-व्यक्ति, नाम-आख्यात, नाम-अव्यय आदि का जितना सुन्दर विवेचन वाक्य पदीय में किया है, वह अन्यत्र दुर्लभ है। वाक्य पदीय संस्कृत में लिखी हुई भाषा विज्ञान और भाषा तत्त्व की अपूर्वकृति है। इसके लेखक भर्तृहरि को "पदवाक्य-प्रमाणज्ञ" कहा गया है। अब तक पाश्चात्य और भारतीय विद्वानों ने **यास्क, पाणिनि और पतंजलि** की कृतियों का अध्ययन करके उन्हें महान् भाषाविद् घोषित किया है, किन्तु इन विद्वानों का ध्यान **भर्तृहरि** की कृतियों की ओर अभी तक नहीं जा पाया है। कुछ जर्मन और भारतीय विद्वानों के अलावा किसी ने भी भर्तृहरि की महाभाष्य की टीका की ओर ध्यान नहीं दिया[1] अपनी एक कृति में ""Bharthari: A neglacted 'Linguist' शीर्षक में **भर्तृहरि** की उपेक्षा की ओर संकेत करते हुए वे लिखते हैं, "The position of honour that Indian Linguistics occupies in the world of scholarship today is mainly due to three master minds of the pre-Christian era- **Yaska, Panini and Patanjali**......... Bharthari, coming at the end of long live (7th century A. D.) along was fated to suffer from neglect, it would seem, and from auniversal neglect. His Tripadi on the Mahabhasya has not seen the light of the scholar's day, so far, only recently two curious students one in Germany under **Dr. Paul Thiem** and another under **Dr. V. Raghavan** in India, having taken it up for two comparative editions."

**वृषभदेव-** वैयाकरण ऋषभदेव ने **भर्तृहरि** की 'वाक्यपदीय' तथा 'हरिवृत्ति' दोनों पर गंभीर टीका लिखकर काफी ख्याति अर्जित की। इन्होंने काफी श्रम कर हरिवृत्ति के अनेक अनुदघाटित पक्षों का मनोरम शैली में प्रकाशन किया। भर्तृहरि के वाक्यपदीय के टीकाकारों में जिन लोगों का नाम पहले आता है- **वृषभदेव** उन्हीं में से एक हैं। वृषभदेव की टीका का नाम 'वाक्यपदीय पद्धति' है। यह टीका ट्रावनकोर पुस्तकालय में सुरक्षित है, जिसमें प्रथम काण्ड के समापन पर "इतिवृषभरचितायां वाक्यपदीयपद्धतौ प्रथमं काण्डं समाप्तम्" लिखा है। इसे **चारुदत्त शास्त्री** ने लाहौर से प्रकाशित किया है। विद्वानों ने वृषभदेव का समय 550 ई. तय किया है।

**पुण्यराज-** पुण्यराज का समय 900 ई. के करीब स्वीकार किया जाता है। **पुण्यराज** का एक नाम राजानक शूरवर्मा भी बताया जाता है। ये किसी **शशांक** नामक वैयाकरण के शिष्य थे। विलक्षण प्रतिभा के इस वैयाकरण ने भर्तृहरि के वाक्य पदीय के द्वितीय काण्ड पर टीका लिखी है, जब कि इनसे पूर्व वृषभदेव ने प्रथम काण्ड पर टीका लिखा। पुण्यराज को ध्वनि संप्रदाय के संस्थापक **आनंदवर्धन** के आस पास का माना जाता है। पुण्यराज ने वाक्यपदीय की टीका लिखते हुए निम्नश्लोक लिखा है, जिसके आधार पर विद्वान् इन्हें **श्री हर्ष** के बाद यानी बारहवीं शताब्दी का मानते हैं। **डॉ. के. एम. शर्मा** का भी यही विचार है।[2] श्लोक इस प्रकार है,-

**"सतां च न निषेधोऽस्ति सोऽसत्सु च न विद्यते**
**जगत्येन न्यायेन नजर्थः प्रलयं गतः।।**

कुल मिलाकर पुण्यराज ने वाक्यपदीय की अपनी टीका में गम्भीर सूझबूझ का परिचय दिया है। शैली परिपक्व, सहज और बोधगम्य है। जटिल अंशों की कई गांठें भी खोलने में वे सिद्धहस्त जान पड़ते हैं। शब्द जालों से इन्हें परहेज है।

**कैयट-** कैयट को कुछ लोग 900 ई0 के आसपास तो कुछ लोग 11वीं शताब्दी का महाभाष्यकार मानते हैं। उनकी एक उत्कृष्ट और उल्लेख्य रचना है- 'महाभाष्य प्रदीप'। महाभाष्य संस्कृत वाङ्गमय की एक ऐसी सम्पूर्ण दस्तावेज है, जिसने **कैयट** को पहचान दी। यद्यपि इस कृति की मूल जमीन भी भर्तृहरि का वाक्यपदीय ही है तो भी कैयट ने अपनी 'रेंज' में नपे तुले शब्दों में, वाक्यपदीय में परंपरा से हटकर नया हस्तक्षेप किया है। सच तो यह है कि कैयट एक ही साथ महाभाष्यकार भी हैं और गूढ़ अर्थों को खोलने वाले ज्ञान वृद्ध दार्शनिक भी हैं, जिनके पास वस्तु के मूल्यांकन की निरपेक्ष दृष्टि है। कश्मीर-निवासी इस कृतिकार की शैली की एक बानगी देखिए-

**भाष्यकारस्तु कुणिदर्शनम् अशिश्रियत्।**
**ज्ञानस्य शब्दरूपत्वापत्तिरिति दर्शनमत्र भाष्यकारस्य।।**[3]

**हेलाराज-** कुछ लोग हेलाराज को कैयट का समवयस्क तो कुछ लोग छोटा मानते हैं, लेकिन यह निर्विवाद है कि ये कश्मीरी थे। इनके पिता का नाम **भूतिराज** था। भूतिराज अपने समय के श्रेष्ठ तत्त्व चिन्तक माने जाते हैं, फिर इधर अभिनवगुप्त अपने गुरु **इन्दुराज** के पिता का नाम भी भूतिराज ही बताते हैं।[4] तो क्या यही **भूतिराज हेलाराज** के पिता तो नहीं हैं? हेलाराज ने वाक्यपदीय को आधार

1. भाषा तत्त्व और वाक्यपदीय डॉ. सत्यकाम वर्मा, भूमिका, भारतीय प्रकाशन मंदिर, 7/3, अशोकनगर, नईदिल्ली, 18 मूल्य 15 रूपये, जनवरी- 1964 ।
2. Anals of Bhandarkar Oriental Research- Dr. K. M. Sharma, P. 411, Edn. 1942
3. महाभाष्य प्रदीप-कैयट, 1।1।64, 1।4।29
4. Abhinav Gupta: An Historical and Philosophical Study- Dr. K.C. Pandey P. 143

बनाकर 'शब्दप्रभा' नाम की टीका लिखी। यह टीका वाक्यपदीय के प्रथम और द्वितीय काण्ड के आधार पर है। कुछ लोग एक अन्य टीकाकार इन्दुराज को हेलाराज का भाई बताते हैं। बहरहाल, हेलाराज बहुश्रुत थे। महाभाष्य में बिंब मालाओं का सुन्दर फलक, सुन्दर प्रसंग स्तब्ध और भौंचक करने की क्षमता रखते हैं। शैली मोहक और कशिशपूर्ण है। कहीं भी विद्वता का आतंक नहीं है।

इस प्रकार हम देखते हैं कि अष्टाध्यायी, महाभाष्य, वाक्यपदीय, आदि पर टीकाओं के लेखन का लंबा इतिहास है। जयादित्य, वामन, कुमारिल भट्ट, धर्मपाल, मल्लवादि क्षमाश्रमण, वादिदेव सूरि, प्रभाचन्द्र, जयन्त भट्ट, जिनेन्द्र बुद्धि, हरिदत्त, भट्टोजि दीक्षित, नागेश भट्ट, कौंडभट्ट, भोज, पुरुषोत्तम देव, शेष श्रीकृष्ण, सायण, शेष नारायण, जगदीश भट्टाचार्य, कृष्णमित्र, भारत मिश्र, वैद्यनाथ पायगुड, गिरिधर भट्टाचार्य, लक्ष्मीदत्त, आदि संस्कृत व्याकरण और साहित्य से किसी - न -किसी रूप में जुड़े रहे हैं।

**बीसवीं शताब्दी के शुरुआती दौर में भी लोगों ने व्याकरण दर्शन पर काम किया है। डॉ. गोपीनाथ जी कविराज, प्रो. अंबिका प्रसाद उपाध्याय प्रो. के.एस. अय्यर, प्रभात चन्द्र चक्रवर्ती** (Philosophy of Sanskrit Grammar) तथा Linguistic Spaculation of the Hindus). **सभापति उपाध्याय, रामाज्ञा पाण्डेय** आदि ने काफी काम किया है। **डॉ. राघवन पिल्लै** ने भर्तृहरि **के वाक्यपदीय का अंग्रेजी में प्रतिष्ठित अनुवाद किया है। पंडित गौरीनाथ शास्त्री** की कृति 'Philosophy of World and Meaninig' भी इस दिशा में महत्वपूर्ण कृति है।

इसके बाद शुरू होता है- **प्राकृत व्याकरण का इतिहास**। यदि आप सन्तुलित दृष्टि डालें तो देखेंगे कि प्राकृत के व्याकरण लेखन में संस्कृत की तरह कोई महत्वपूर्ण हलचल दिखाई नहीं देती। वस्तुतः इस काल के विद्वानों में प्राकृत के प्रति बहुत रागात्मक लगाव नहीं था, क्योंकि इनकी भाषा तो संस्कृत ही थी, फिर भी इस काल में जो काम हुए हैं उन्हें हम कम नहीं मानते। **वररुचि** प्राकृत के सुप्रसिद्ध वैयाकरणों में पहले नाम हैं। 'प्राकृत - प्रकाश' इनका महत्त्वपूर्ण ग्रंथ है। इनके समय और स्थान के विषय में बहुत कुछ साफ नहीं मिलता। प्राकृत प्रकाश' में बारह परिच्छेद हैं। प्रथम नौ अध्यायों में महाराष्ट्री प्राकृत और शेष तीन में क्रमशः पैशाची, मागधी, और शौरसेनी का विवेचन किया गया है। दूसरे वैयाकरण हैं- **श्री हेम चन्द्र**। इनके ग्रंथ का पूरा नाम है-'सिद्धहेमचन्द्राभिधस्वोपज्ञ शब्दानुशासन' किन्तु संक्षेप में यह 'शब्दानुशासन' नाम से ही जाना जाता है। इनके बाल्यावस्था का नाम- चंगदेव था। इनका जन्म गुजरात के धन्धूका ग्राम में सं. 1145 वि0 में हुआ था। दीक्षा के पश्चात् इन्हें सोमचन्द्र कहा गया। मुनि देवचन्द्र ने इन्हें सं. 1150 वि0 में दीक्षा दी। सं. 1166 में गुरु की गद्दी पर बैठने के पश्चात् सूरि आचार्य की उपाधि धारण की और जैन साधुओं की प्रथा के अनुसार इनका नाम हेमचन्द्र हुआ।[1] जैन सम्प्रदाय में उन्हें 'कलिकाल सर्वज्ञ' की उपाधि से नवाजा गया है। इनके शब्दानुशासन में आठ अध्याय हैं, जिनमें सात अध्यायों में संस्कृत का व्याकरण दिया गया है, आठवें अध्याय में प्राकृत तथा अपभ्रंश भाषाओं का विवेचन किया गया है। इनकी 'कुमारपाल चरित'[2]तथा देशीनाम माला और छंदोनुशासन[3] नाम की कृतियाँ भी सुप्रसिद्ध हैं कालान्तर में **मार्कण्डेय** ने 'प्राकृत-सर्वस्व' नामक ग्रंथ की रचना की। इसमें भाषा, विभाषा और अपभ्रंश नाम की तीन श्रेणियाँ की गई हैं। कुल मिलाकर इस कृति में माहाराष्ट्री, शौरसेनी, मागधी, आवंती, प्राच्या, शाबरी, शाकारी, चाण्डाली, आभीरी, ढक्की, तथा नागर, ब्राचड और उपनागर आदि का विधिवत विवेचन किया गया है।

**पालि में कच्चायन** और **मौदगलायन** या **मोग्गलान**- ये दो वैयाकरण ख्यातिनाम हैं। कुछ लोग इन्हें ही संस्कृत का **कात्यायन** समझ लेते हैं, वास्तविकता ऐसी है नहीं। ये 8वीं या 9वीं शताब्दी के हैं। इनके ग्रंथ का नाम 'कच्चायन व्याकरण' है। विद्वान इसे व्याकरण ग्रंथ का सम्पूर्ण दर्जा देने के पक्ष में नहीं हैं। दूसरे वैयाकरण हैं- **मौद्गलायन**। इनकी दृष्टि कच्चायन की तुलना में साफ और परिपक्व है। 'मोग्गलायन पंचिका' नाम की इनकी एक टीका का भी कहीं-कहीं उल्लेख मिलता है। इस प्रकार प्राचीन और मध्यकालीन भारत में हमें व्याकरण ग्रंथों के लेखन की एक जीवन्त और श्रृंखलाबद्ध परंपरा दिखाई देती है। इन व्याकरण ग्रंथों से वैयाकरणों की दक्षता, अन्तर्दृष्टि तो दिखाई देती ही है उन्होंने बीहड़ शब्दों और जटिल विचारों को सरल रूप में कलात्मक परिपक्वता के साथ ढाला है।

---

**1. प्राकृत और अपभ्रंश साहित्य तथा उनका हिन्दी साहित्य पर प्रभाव- डॉ. रामसिंह तोमर, पृष्ठ16 हिन्दी परिषद् प्रकाशन- प्रयाग विश्वविद्यालय प्रयाग, प्रथम संस्करण, दिसंबर 1963 मूल्य - 8 रूपये।(हेमचन्द्र के विषय में अधिक अध्ययन के लिए जर्मन में लिखित और अंग्रेजी में डॉ. मणिलाल पटेल द्वारा अनूदित तथा सिन्धी जैन ग्रंथ माला द्वारा प्रकाशित- 1936 पुस्तक को देखा जा सकता है। )**

**2. अ- डॉ. एस पी. पण्डित द्वारा संपादित, प्रथम संस्करण- मुंबई- 1872 ई.**

**ब- डॉ. पी.एल. वैद्य द्वारा संपादित- Bhandarkar Institute Poona-1932**

**3. मुंबई संस्कृत सीरीज, ग्रंथ-17, भंडारकर इंस्टीच्यूट-पूना- द्वितीय संस्करण- 1924।**

## प्राचीन यूरोपीय अनुसंधान

यूरोप में यूनान (ग्रीस) सभ्यता, संस्कृति, साहित्य तथा विज्ञान के लिए ऊर्वर जमीन मानी जाती है। यूरोपियन प्रतिष्ठा का मूल स्रोत यही यूनान है, इसे सभी जानते हैं। सौभाग्य से भाषा अध्ययन का अँखुवा भी यहीं से फूटा। इस अखुँवा या अंकुर को बट वृक्ष बनाने वालों में शुरुआती दौर के लोगों में **पाइथागोरस** तथा **हेराक्लीट्स** का नाम लिया जाता है, यद्यपि इनकी प्रामाणिकता पर अंगुली भी उठती है। भारत में पाणिनि, कात्यायन तथा पतंजलि नामक 'मुनित्रय' की तरह यहाँ भी **सुकरात ,प्लेटो** और **अरस्तू** नामक 'मुनित्रय' ने कालान्तर में भाषा-अध्ययन की नींव पुख़्ता की, अपनी-अपनी बौद्धिक सीमाओं में भाषा-विमर्श के द्वारा उस पर तार्किक फोकस डाला, किन्तु दुर्भाग्य से भारतीय मुनित्रय की तरह इन मुनित्रयों द्वारा भाषा पर किए गए कार्यों को वह प्रामाणिकता और आदर नहीं मिल पाया, जिसके वे हक़दार थे। इसके कई कारण थे। पहली बात तो यह कि वे महज अपनी भाषाओं से ही परिचित थे, इसलिए भाषा-विश्लेषण का इनका दायरा बहुत सीमित-संकुचित था तथा दूसरी बात यह थी कि इनकी भाषिक सोच बहुत इकहरी थी। उनमें कहीं अंध विश्वास और कल्पना थी, तो कहीं दर्शन-संवलित भाषिक-मंथन था, कहीं पूर्वाग्रह अधिक था तो कहीं बौद्धिक आग्रह बहुत कम, कहीं, अतिव्याप्ति थी तो कहीं अव्याप्ति का घनघोर दोष था, कहीं भाषा- विवेचन संबंधी वैज्ञानिक-वस्तुगत पद्धति का अभाव था तो कहीं उनकी अकादमिक योग्यता खटकती थी।

कुल मिलाकर भाषा का विधिवत और सांगोपांग विश्लेषण-विवेचन, चिन्तन-मनन का उनमें जर्रा-जर्रा रीतापन था। उनका भाषाई-अध्ययन महज क्षणिक मनोरंजन ही बना, वह किसी वैचारिक क्षितिज का विस्तार नहीं कर पाया। इनकी भाषा-संबंधी विकलांग सोच पर वहीं के बाद के भाषा-चिन्तकों ने टिप्पणी कर कहा कि इनमें युगान्तकारी अवदान का अभाव है। **एच. एल. ग्रे.** भारत तथा ग्रीस में हुए भाषा-विज्ञान संबंधी कार्यों की पड़ताल कर कहते है-' Unlike the linguistic investigations of the Indians which were mainly an alytic, those of the Greeks were very largely speculative and philosophical in character."[1] अर्थात् भारतीयों के विश्लेषणात्मक भाषा-विवेचन की तुलना में ग्रीक विद्वानों का भाषा चिन्तन काल्पनिक और दार्शनिक अधिक था। इसी तरह **ऑटो जेस्पर्सन** महोदय भी स्वीकारते हैं कि ग्रीक विद्वानों के भाषा-विश्लेषण में तथ्यों का खोखलापन अधिक है, जब कि भारतीय विद्वानों का प्रौढ़ और स्पष्ट दृष्टि का परिचय देता है,- "Science presupposes careful observation and systematic classification of fact, and of that in the old Greek writer son language we find very little. The earliest masters in linguistic observation and classification were the old Indian grammarians."[2] बहरहाल, कुछ प्रमुख विचारकों को निम्नवत् देखिए-

**सुकरात-** सुकरात का समय 469 से 399 ई0पू0 माना जाता है। **सुकरात** के संपूर्ण कृतित्व को हिलोर-पछोर कर देखा जाय तो वे शुद्ध रूप से दार्शनिक ही लगते हैं। यद्यपि उन्होने धर्म, राजनीति, शिक्षा तथा भाषा-इन सब पर कमोवेश कुछ-न-कुछ अवश्य कहा है। सुकरात की किसी लिखित रचना का प्रामाणिक पता नहीं चलता। वे पेशे से वकील थे। वस्तुतः मैंने कहीं पढ़ा है कि यूनान में वकीलों की प्रथा नहीं थी। वहाँ 500 से अधिक नागरिक तो न्यायाधीश ही थे। उम्र के 70वें पड़ाव पर **सुकरात** के ऊपर निम्न लांछन लगाए गए,- 1- वह जातीय देवताओं को नहीं मानता, 2- उसने नए देवता प्रस्तुत कर दिए है तथा 3- वह युवकों के आचार को भ्रष्ट करता है। न्यायाधीशों के बहुमत ने सुकरात को दोषी सिद्ध कर मृत्यु दण्ड दिया। शानदार जीवन कादुखद अंत हुआ। दार्शनिक की तरह जीवन और मृत्यु, आत्मा-परमात्मा, जीव और जगत की व्याख्या करते सुकरात को लोगों ने अश्रु-गीलित भींगी पलकों और भर्रायी आँखों से इस धरती से विदा किया।

जहाँ तक सुकरात के भाषा-चिंतन का पक्ष है, वह पक्का कम, कच्चा ज्यादा है। पुस्तकें बताती हैं कि सुकरात की भाषा-संबंधी दोबातें महत्वपूर्ण मानी जाती हैं। पहली तो यह कि , शब्द और अर्थ का रिश्ता नैसर्गिक या प्रकृति-प्रदत्त न होकर रूढ़ होता है, इसे विद्वान् स्वीकार भी करते देखे जाते हैं, किन्तु जब दूसरी बात सुकरात कहते हैं कि ऐसी भाषा की कल्पना की जा सकती है, जिसमें शब्द और उसके अर्थ का संबंध रूढ़ न होकर नैसर्गिक भी हो सकता है, - तो यह तथ्य लोगों के गले नहीं उतरता। बहरकैफ, **सुकरात** का महत्व यही है कि उनके विचारों ने बाद में आने वाले सुप्रसिद्ध चिन्तको-**प्लेटो** और **अरस्तू**-के लिए 'सर्च लाइट' का काम किया । सच तोयह है कि स्वतः सुकरात का विवेचन 'सोफिस्ट' विचारों की प्रतिक्रिया माना जाता है।

**प्लेटो-** प्लेटो का मूल ग्रीक भाषा कानाम **'प्लातोन'** है, इसी का अंग्रेजी रूपान्तर'प्लेटो'(Plato) तथा अरबी रूपान्तर **'अफलातून'** है। प्लेटो का जन्म काल 429 ई0 पू. 427 ई. पू. माना जाता है। प्लेटो, **सुकरात** के शिष्य थे। लगभग 8 वर्ष तक **सुकरात**

**1. Foundations of Language-L. H. Gray, P. 422**

**2. Language: Its Nature, Development and Origin- Otto Jespersen,P.22**

के विद्यालय में इन्होने ज्ञानार्जन किया था। सुकरात को प्लेटो विश्व का सर्वश्रेष्ठ मानव मानते थे, किन्तु जब **प्लेटो** 28 वर्ष के थे, तभी इनके विश्व प्रसिद्ध दार्शनिक गुरु सुकरात को औचक मृत्युदण्ड देदिया गया, इसका बहुत गहरा असर प्लेटो पर हुआ।[1] प्लेटो ने इसी समय एथेन्स छोड़ मिस्र, यूनान, इटली का भ्रमण किया, लोग बताते हैं कि इन्होने भारत में गंगा जी के तट पर भी कुछ दिन बिताया था।

प्लेटो के पास ज्ञान का अगाध भंडार था। उन्होने एक ही साथ दर्शन , राजनीति, कला, कविता, शिक्षा, आत्मा की अमरता, गणतत्त्व का विवेचन, शब्द तत्त्व, सौन्दर्य तत्त्व, सृष्टि तत्त्व, संगीत समीक्षा आदि न जाने कितने विषयों पर साधिकार लिखा। प्लेटो के समस्त चिन्तन पर सुकरात का सर्वाधिक प्रभाव है। पश्चिमी चिन्तक **मैक्सी** लिखते हैं कि- "In Plato Socrates lived again" अर्थात् प्लेटो में सुकरात पुनः जीवित हो गया है।[2] प्लेटो का मुख्य दार्शनिक सिद्धान्त 'Theory of Ideas' नाम से विख्यात है।

किन्तु इन सबके अलावा **प्लेटो** भाषा-चिन्तक भी हैं। इन्होने भाषा शक्ति या शब्द शक्ति की महत्ता पर गंभीर प्रकाश डाला है। पुस्तकें बताती हैं कि प्लेटो के पास सुकरात की तुलना में भाषा-संबंधी सुलझी और पक्की दृष्टि थी। जिस प्रकार **कात्यायन** और **पतंजलि** ने **पाणिनि** की अष्टाध्यायी में कई संशोधन-सुधार कर उसके महत्व को बढ़ाया, उसी प्रकार **प्लेटो** ने **सुकरात** की भाषा -संबंधी कई मान्यताओं को नकारा, जैसे सुकरात ने कहा था कि 'शब्द और अर्थ का संबंध नैसर्गिक न होकर रूढ़ होता है", प्लेटो ने अपने गुरु की इस विचारणा को काटते हुए कहा कि शब्द और अर्थ में नैसर्गिक संबंध होता है। यद्यपि प्लेटो का यह कथन भी विवादास्पद ही है। प्लेटो का एक निर्विवाद और महत्व पूर्ण कार्य माना जाता है, इनके द्वारा प्रथमतः ग्रीक ध्वनियों का व्यवस्थित ढंग से वैज्ञानिक वर्गीकरण। इन्होने ग्रीक ध्वनियों को सघोष और अघोष- दो वर्गो में बाँटा। इन्होंने वाक्य विश्लेषण पर भी सम्यक् प्रकाश डाला, जो आज भी महत्त्वपूर्ण है।

इनकी कृतियों की संख्या 36 बताई जाती है, चूँकि सभी कृतियाँ संवाद शैली में लिखी गई हैं, इसलिए - इन्हे प्लेटो के संवाद (Dialogues of Plato) कहा जाता है। 'रिपब्लिक' प्लेटो की सर्वोत्तम कृतिमानी जाती है।[3] कुल मिलाकर प्लेटो ऐतिहासिक महत्व के वह आचार्य हैं, जिसने आगे के कवियों को उत्तरोत्तर विकास करने की प्रेरणा दी **एटकिन्स** लिखते है,-"It may fairly be said that with him literary iheory really begins, What he did was to make later criticism possible; he set men thinking, he gave inspiration and direction to critical effort, and at the same time he supplied ideas for generations to come."[4]

**अरस्तू-** अरस्तू यूनान के प्रसिद्ध दार्शनिक प्लेटो के प्रतिभासंपन्न शिष्य, मैकडोनियन धारा के परम् विद्वान, विवेकशील, सूक्ष्मदृष्टा, अध्यापक तथा काव्य शास्त्री थे, जो एक के बाद एक कई युग तक अपनी विद्वता तथा प्रतिभा द्वारा यूरोप के मनीषियों, चिन्तकों, कवियों आदि को प्रभावित करते रहे, उन पर छाए रहे । विद्वान **स्कॉट जेम्स** उनके विषय में लिखते हैं,-"One epoch after nother has fallen under his perrasive influence. He was the acknowledged master during the centuries of Greek and Roman culture, he imposed rules of reasoning on the school men of Middle Ages, and after the Renaisance...........He conquered a new Empire and became law-giver and absolute monarch to the poets and crities".[5]

आज **अरस्तू** विश्व के एथेन्स के विचारक के रूप में प्रसिद्ध हैं, किन्तु वह एथेन्स के जन्म जात नागरिक नहीं थे। उनका जन्म 384 ई0 पू0 में मकदूनिया के तट पर स्टेगीरा नामक स्थान पर हुआ था, जहाँ उनके पिता शाही चिकित्सक थे। अरस्तू, **प्लेटो** के शिष्य थे। अत्यन्त कुशाग्र होने के कारण प्लेटो इन्हे 'अकादमी का मस्तिष्क' कहा करते थे। सच तो यह है कि अरस्तू सर्वतोमुखी प्रतिभा के धनी विलक्षण व्यक्ति थे। इन्होंने प्राणिशास्त्र, प्राकृतिक विज्ञान, ज्योतिष शास्त्र, शिक्षामनोविज्ञान, तर्कशास्त्र, अर्थशास्त्र, राजनीति विज्ञान, भाषण कला और काव्य-लेखन आदि सभी विषयों पर ग्रंथ लिखा, जिनकी कुल संख्या मिलाकर 400 के लगभग बतायी जाती है।[6] **डॉ. नगेन्द्र** कहते है कि अरस्तू पाश्चात्य काव्य शास्त्र के आद्याचार्य हैं। ऐतिहासिक दृष्टि से उनका स्थान वही है, जो भारतीय काव्य शास्त्र में

---

**1. Masters of Political Thought- Foster, P. 31**
**2. Political Philosophi-Maxey Chester, P.39**
**3. (a) A Histrory of Political Theory- Sabine, P. 48**
**(b) Greek Political Theory- Plato and his Predecessors- Barker, P. 145**
**(c) Lectures on the Republic of Plato- Nettleship, P. 3**
**(d) The History of Political Science from Plato to the Present- Murray, P. 5**
**(e) Story of Philosophy- Will Durant, P.22**
**4. Literary Criticism in Antiquity-J.W.H. Atkins, P. 69**
**5. The Making of Literature- Scott James, P.47**
**6. प्रमुख राजनीतिक विचारक- डॉ.पुखराज जैन, पृष्ठ-47, साहित्य भवन पब्लिकेशन्स, आगरा, मू 75 रू0 सन्-2001**

भरत का।[1]

लेकिन इन सबसे अलग हटकर अरस्तू एक सशक्त भाषावेत्ता भी हैं। जिस प्रकार प्लेटो ने अपने गुरु सुकरात की भाषा-विवेचन संबंधी मान्यताओं का खण्डन किया, ठीक उसी प्रकार अरस्तू ने भी अपने पूज्य गुरु प्लेटो का समादर करते हुए उनके कई भाषिक मानकों को खंड-खंड तोड़ा। **डॉ. मोतीलाल गुप्त** कहते हैं कि ऐतिहासिक दृष्टि से अरस्तू का भाषा के क्षेत्र में प्रमुख स्थान इस कारण से है कि उसने भाषिक संरचना के विश्लेषण का प्रथम सुस्पष्ट प्रयास किया। यद्यपि उसने सामान्य व्याकरण को आकारपरक तर्कशास्त्र के एक पक्ष के रूप में ही विवेचित किया है, तथापि वाक्य की सैद्धान्तिक व्याख्या व शब्द भेद प्रस्तुत करने तथा व्याकरणिक कोटियों को प्रतिपादित करके अरस्तू ने एक महत्वपूर्ण परंपरा को जन्म दिया।[2] अरस्तू की दृष्टि दार्शनिक होने के साथ-साथ विश्लेषणात्मक भी थी। वर्ण को उन्होंने अविभाज्य ध्वनि माना। संज्ञा, कारक, क्रिया, लिंग आदि का सर्वप्रथम विभाजन अरस्तू ने ही किया। वाक्य में उद्देश्य और विधेय के भेद दिखाने में अरस्तू ने अपनी सर्वथा निर्भ्रान्त दृष्टि का परिचय दिया। प्लेटो के वाग्भाग (Parls of Speech) को सम्पूर्ण करके[3] बनाने का श्रेय भी अरस्तू को ही प्राप्त है। वाक्य को अरस्तू ने भाषा का महत्वपूर्ण अंश माना।[4]

**डायोनिसियस थ्रेक्स-** कुछ समय उपरांत महान ज्ञान केन्द्र अलेक्जांड्रिआ में डायोनिसियस थ्रेक्स (लगभग 100 ई. पू.) नामक विद्वान् ने यूनानी भाषा का संक्षिप्त तथा सुस्पष्ट व्याकरण लिखा। केवल 15 पृष्ठ के इस व्याकरण का शताब्दियों तक यूरोप की सभी भाषाओं के व्याकरण पर व्यापक प्रभाव रहा। वर्तमान में भी **थ्रेक्स** विरचित 'द आर्ट ऑफ ग्रामर' (The Art of Grammar) यूनानी भाषा का एक मात्र प्रथम अवशिष्ट व्याकरण है। इसमें यूनानी भाषा के आठ शब्द भेद बताए गए हैं- संज्ञा, क्रिया, कृदन्त, विशेषण, उपपद, सर्वनाम, पूर्वसर्ग, क्रिया-विशेषण तथा समुच्चय-बोधक। शब्द-भेद वर्णन तथा रूप-प्रक्रियात्मक विश्लेषण पर इसलिए बल दिया गया, क्योंकि उस समय भाषिक अध्ययन लिखित भाषा तक ही सीमित था। यद्यपि थ्रेक्स के व्याकरण में यूनानी भाषा वाक्य -विन्यास का कोई उल्लेख नहीं है तथपि उसके परवर्ती वाक्य-विन्यासात्मक अध्ययन थ्रेक्स द्वारा किए रूप -प्रक्रियात्मक विश्लेषण पर आधारित किए गए।[5] थ्रेक्स के पश्चात् **एपोलिनियस, दिसकोलुस, लौरंशस वाल, लातिन** वैयाकरण **वारो** तथा **प्रिस्कन** ने इस परंपरा को आगे बढ़ाया।

सुप्रसिद्ध भाषा-वैज्ञानिक आदरणीय **डॉ. रत्नचन्द्र शर्मा** लिखते हैं कि [6], "ग्रीक सभ्यता का ह्रास होने पर रोम सभ्यता का केन्द्र बन गया और ग्रीक तथा लैटिन दोनों भाषाओं का अध्ययन किया जाने लगा। ग्रीक व्याकरण के अनुकरण पर लैटिन के भी व्याकरण बने। धीरे-धीरे लैटिन का प्रचार एवं प्रसार हुआ जिसके फलस्वरूप ग्रीक का स्थान भी लैटिन ने ले लिया और समस्त यूरोप में लैटिन का ही प्रभुत्व स्थापित हो गया। लैटिन के प्रचार और प्रसार का मुख्य कारण ईसाई धर्म का प्रचार था। ईसाइयों का धर्म ग्रन्थ बाईबिल (New Testament) लैटिन में ही था। उसका हिब्रू से अनुवाद पहले लैटिन में ही किया गया था। बाईबिल के ही कारण यूरोप में लैटिन के साथ-साथ हिब्रू का भी प्रचार हुआ। कई विद्वान् तो ईसाई धर्म के कारण और बाईबिल की मूल भाषा हिब्रू होने के कारण हिब्रू से इतने प्रभावित थे कि वे यूरोप की कई प्राचीन भाषाओं की उत्पत्ति हिब्रू से ही मानने लगे, यद्यपि उन भाषाओं का हिब्रू से कोई सम्बन्ध नहीं था। हिब्रू के कारण अरबी का भी यूरोप में प्रचार बढ़ा और यूरोप के कई विश्वविद्यालयों में हिब्रू, अरबी और सीरी भाषाओं के अध्ययनाध्यापन की व्यवस्था की गई। लैटिन का तो यूरोप के समस्त विश्वविद्यालयों में एकछत्र राज्य था। लैटिन बोलना और लैटिन व्याकरण का ज्ञान प्राप्त करना विश्वविद्यालयी छात्रों का मुख्य ध्येय था। परन्तु देश भेद से यूरोप के विभिन्न क्षेत्रों में लैटिन के प्रयोग और उच्चारण की भिन्नता इतनी बढ़ गई कि एक देश का निवासी दूसरे देश के निवासियों की लैटिन को समझने में असमर्थ था। अतएव **पी. एल. पल्लस** (P. S. Pallas) ने पीटर महान् और महारानी कैथराईन द्वितीय को प्रेरित किया और उनके सहयोग से 1786 ई. में यूरोप की प्रचलित भाषाओं की एक ऐसी शब्दावली तैयार की जिसमें विभित्र भाषाओं के 285 शब्द तुलनात्मक ढंग से संकलित किए गए। यह कार्य तुलनात्मक भाषा विज्ञान की दृष्टि से महत्त्वपूर्ण सिद्ध हुआ। पाँच वर्ष पश्चात् उसका दूसरा संस्करण निकला जिसमें अस्सी शब्द और जोड़े गये। चौदहवीं शताब्दी में **ल्यूशस** ने लैटिन का व्याकरण तैयार किया जिसे आदर्श व्याकरण माना गया और उसके अनुकरण पर यूरोप के अन्य देशों की भाषाओं के भी व्याकरण लिखे गये। इन व्याकरणों में बोलचाल के प्रयोगों को स्थान न देकर साहित्यिक प्रयोगों को

---

1. विश्व साहित्य शास्त्र- सं डॉ. नगेन्द्र, पृष्ठ-169, नागरी प्रचारिणी सभा, काशी, मूल्य- 75 रूपए, सं. 2042 वि0
2. आधुनिक भाषा विज्ञान की भूमिका- डॉ. मोतीलाल गुप्त, पृष्ठ-51, राजस्थान हिन्दी ग्रंथ अकादमी, जयपुर, मूल्य 17 सन्- 1974
3. आधुनिक भाषा- विज्ञान की भूमिका डॉ. मोती लाल गुप्त, पृष्ठ -52
4. भाषा-विज्ञान डॉ. देवदत्त कौशिक, पृष्ठ 283
5. आधुनिक भाषा- विज्ञान की भूमिका- डॉ. मोती लाल गुप्त, पृष्ठ 52
6. भाषा विज्ञान और मानक हिन्दी-डॉ. रत्नचन्द्र शर्मा, पृष्ठ 43-44

अपनाया गया। अठारहवीं शताब्दी तक यही स्थिति रही। अठारहवीं शताब्दी के उत्तरार्ध में व्याकरण और भाषा के प्रति दृष्टिकोण में कुछ परिवर्तन आना आरम्भ हुआ। उसके पश्चात् बर्लिन तथा पेरिस आदि नगरों में अकादमियाँ स्थापित की गईं जहाँ आधुनिक भाषा विज्ञान सम्बन्धी नवीन अध्ययन का सूत्रपात हुआ। अठारहवीं शताब्दी में ही **रूसो, कौंडिकल** और योहान **गॉटफ्रीड हर्डर** ने भाषा की उत्पत्ति के विषय में अपने विचार व्यक्त किए। रूसो (1712-1778ई.) ने यह मत व्यक्त किया कि भाषा ईश्वर-प्रदत्त नहीं है, अपितु मानवकृत है। आदिम मानवों ने एक स्थान पर बैठकर पारस्परिक विचार-विनिमय से उसका निर्माण किया। परन्तु यह मत मान्य नहीं हो सका। कौंडिकल ने यह मत प्रस्तुत किया कि मानवों के भावातिरेक से उत्पन्न ध्वनियों से भाषा की उत्पत्ति हुई। यह मत भी त्रुटिपूर्ण समझा गया। हर्डर ने 1772 ई. को बर्लिन अकादमी में पढ़े गये अपने लेख में बताया कि मानव ने आवश्यकतानुसार स्वयं भाषा का निर्णाण किया है और धीरे-धीरे उसका विकास हुआ है।

इस प्रकार देखा जा सकता है कि प्राचीन तथा मध्यकालीन यूरोप में भाषा विज्ञान के सम्बन्ध में अधिक कार्य नहीं हुआ। प्राचीन भारतीय कार्य की तुलना में तो यह कार्य सर्वथा नगण्य है।

## आधुनिक युग

**आधुनिक भारतीय कार्य-** भारत में भाषा-विज्ञान संबंधी आधुनिक कार्यों पर रोशनी डालते समय एक सवाल छन्न से काटता-कचोटता है कि संस्कृत से लेकर कमोबेश पालि, प्राकृत तथा अपभ्रंश से होती हुई भाषा-विज्ञान की धारा आधुनिक काल तक आते-आते प्रयाग के संगम पर सरस्वती की तरह लुप्त क्यों हो गयी? अपभ्रंश की कोख जाया हिन्दी में चन्दवरदायी, कबीर, गोरखनाथ, जायसी, नरपति नाल्ह, भूषण, बिहारी और सेनापति कविता तो रचते हैं, कहानियों और उपन्यासों की विधा में अपनी भावनाएँ तो व्यक्ति की जाती हैं, यहां तक कि केशव आदि कवि काव्य शास्त्र में कविता की आत्मा पर प्रकाश तो डालते हैं क्रिन्तु भाषा-विज्ञान के क्षेत्र में अंधेरी रात में जल्दी सो गई गाँव के सड़क की तरह सफ्फाक सन्नाटा क्यों पसर गया? **पाणिनि, कात्यायन, पतंजलि**, भर्तृहरि आदि की भाषा-विज्ञान संबन्धी ज्ञानराशि की अमूल्य संपदा से पाश्चात्य भाषाविद तो मालामाल हो गए, लेकिन भारतीय मनीषा कालान्तर में, खासकर पूर्व आधुनिक काल तक इस क्षेत्र में मन मारकर, हाथ पर हाथ रखकर- क्यों बैठ गयी? वस्तुतः यह भारतीय प्रतिभा को चुनौती और चेतावनी देने वाला सवाल है कि भारतीय भाषा विज्ञान के जलते चिराग के प्रकाश से विदेशी भाषा-विज्ञानियों ने अपने यहाँ भाषा-विज्ञान के कई अनछुए और नए अध्यायों को लिखा-पढ़ा, किन्तु जब यही विदेशी हमारे यहां शासक के रूप में आते हैं, तो इन्हीं की प्रेरणा से उत्तर आधुनिक काल में भाषाविज्ञान और व्याकरण के क्षेत्र में लंबी चुप्पी टूटती है। क्या यह सवाल आपको अटपटा नहीं लगता कि जिन विदेशियों ने इस क्षेत्र में कभी हम से प्रेरणा ली, उन्हीं से हम बाद में प्रेरणा ले इनके पनाहगुजीन बने? बहरहाल, आधुनिक काल में हुए भाषा-विज्ञान में विदेशीपन की सशक्त धाह पड़ी। फिर भी आधुनिक भाषा विज्ञान इन विदेशी मनीषियों का ऋणी भी रहेगा कि बहुत दिनों से कुन्द और मंद पड़ी इस शाखा को पुनर्जीवन मिला। भारत में ढेरों नई प्रतिभाओं ने भाषाविदों के रूप में अपनी पहचान बनाई। इन विदेशी चिन्तकों में कुछ ने यहाँ रहकर भाषा विश्लेषण किया, तो कुछने भारत में सतत् संपर्क बनाए रखकर अपने देश में रहते हुए यहाँ के भाषा-विज्ञान पर काम किया। कुछ प्रमुख भाषा विज्ञानी इस प्रकार देखे जा सकते हैं।

**1. जोशुआ कैटेलर-** (Johannes Josus Katelaer) धर्म से लूथरन और 18 वीं शताब्दी के प्रारंभ **में डच्च** राजदूत के रूप में मुगल दरबार में सन् 1711 ई. में उपस्थित होने वाले **जोशुआ कैटलर** ने सर्वप्रथम हिन्दुस्तानी भाषा का **एक व्याकरण** तथा शब्दावली की रचना सन् 1715 ई. में 'Lingua Hindustanica' शीर्षक से डच में की। इस ग्रंथ का प्रकाशन सन् 1743 ई. में दावीद मिल या मिल्लिस (Daud Mill) नाम एक विद्वान ने की। **डॉ. सुनीति कुमार चटर्जी** ने इसके विषय में लिखा है कि, "According to a reviewer in the Asiatic Annual Register (London-1805), It was a very superficial and in accurate performance."

**2. शुल्टज्** (Schullzins) सन् 1745 में शुल्टज् ने हिन्दुस्तानी व्याकरण से संबन्धित एक पुस्तक 'Grammatica Hindustanica' लैटिन में प्रस्तुत किया। इसमें नागरी वर्ण माला पर भी सम्यक् विचार क्रिया गया है। इसकी प्रशंसा करते हुए एक स्थल पर लिखा गया है- "Unquestionable proof of author's knowledge of the general structure of language neverthless extermely deficient and very inadequate to the liberal purposes for which it was designed of furnishing all European who might go to India with the means of acquiring the Hindustani Dialect."

**3. विलियम्स जोन्स** (William Jones) कलकत्ता उच्च न्यायालय के न्यायाधीश विलियम जोन्स संस्कृत भाषा के विद्वान थे। कुछ लोग इन्हें ही भारत में भाषा विज्ञान पर कार्य करने का श्रेय देते हैं। इन्होंने ही रायल एशियाटिक सोसाइटी (Royal Asiatic Society) की नींव रखी। इस महत्वपूर्ण अवसर पर इन्होंने इस तथ्य का प्रकाशन किया कि शब्द धातु तथा व्याकरण की दृष्टि से

संस्कृत, ग्रीक, लैटिन, गॉथिक, कैल्टिक तथा पुरानी फारसी में पर्याप्त समानताएँ हैं और बहुत संभव है कि वे किसी एक भाषा से निकली हों। यहीं पर उन्होंने यह भी कहा कि संस्कृत भाषा कई कोणों पर ग्रीक तथा लैटिन से श्रेष्ठ है, "The Sanskrit language, whatever be its antiquity, is of a wonderful structure; more perfect than the Greek, more copious than the Latin and more exquisitely refined than either......"

**4. कैप्टेन जार्ज हैडले** (George Hadley) हैडले ने सन् 1765 ई. में हिन्दुस्तान की भाषा 'हिन्दुस्तानी' के व्याकरण तथा शब्दवली पर सुन्दर ग्रंथ लिखा। इसका प्रकाशन सन् 1772 ई. में लंदन से 'Grammatical Remarks on the Practical and Vulgar Dialect of Indostana". शीर्षक में हुआ। **हैडले** ने अपने इस ग्रंथ में स्वीकार किया है कि यह भाषा सार्वजनिक रूप से 'मूर' कही जाती है, "Commonly called Moors, with a vocabulary, English and Moors, The spelling according to the Persian Orthography, where in are references between words resembling each other in sound and differant in significations with literal translations and Explanations of the compound words and circumlocutory Expression, for the more easy attaining the idom of language.'

**5. गिलक्राइस्ट-** (John Borthwick Gilechrist) गाजीपुर (उ. प्र.) में अपने सुप्रसिद्ध ग्रंथ 'हिन्दुस्तानी भाषा का व्याकरण' की रूप रेखा तैयार करने वाले **ग्रिलक्राइस्ट** हिन्दी भाषा, व्याकरण तथा भाषा कोश के संदर्भ में विशेष दक्ष और प्रवीण थे। 1800 ई. में कलकत्ता में फोर्ट विलियम कालेज की स्थापनाहोने के बाद आप वहाँ प्रोफेसर बनाए गए। **सदल मिश्र** और **लल्लू लाल** जी आपके ही कार्य काल में उस कालेज में नियुक्त हुए थे। आपने इलाहाबाद, जौनपुर तथा फैजाबाद में घूम-घूम कर हिन्दुस्तानी भाषा का अध्ययन किया, "From Surat to Futihgurh I had innmerable instances in every town and village, we visited of universal currency of the language, I had been learning, which served to stimulate me the more, the complete the performance from which I expected so much public and private advantage." कालान्तर में उक्त अध्ययन 1796 ई. में "A Grammar of the Hindoostanee Language" नाम से पुस्तक का आकार पाया।

**6. गेरासिम लेबिदेक्र-** आप रूसी विद्वान थे, किन्तु भारतीयता के प्रति आपके मन में ललक और आकर्षण था। बताते हैं, सन् 1785 ई. में आप ईस्ट इंडिया कंपनी के जहाज पर सवार होकर बैंडमास्टर के रूप में भारत आए। आप मद्रास तथा कोलकाता में भी रहे और यहीं पर एक 'थियेट्रिकल' कंपनी की स्थापना भी की। तत्पश्चात् आप लंदन लौट गए और वहीं पर रहते हुए सन् 1801 ई. में 'हिन्दुस्तानी भाषा का व्याकरण' नामक ग्रंथ प्रकाशित कराया। पुस्तक के मुख पृष्ठ पर विस्तार से इस प्रकार लिखा हुआ था- "A Grammar of the Pure and mixed east Indian dilects with dialogues affixed spoken in all the eastern countries, methodically arrenged at Calcutta."

इसी बीच **7. चार्ल्स स्टुअर्ट** ने दक्षिण भारत से सन् 1808 में एक व्याकरण ग्रंथ "An Introduction to the study of Hindustani Language." का प्रकाशन कराया। **8. लान शैक्सपियर** ने सन् 1813 में लंदन से "A Grammar of Hindustani Language" प्रकाशित कराया। **9.विशप काल्डवैल** (Caldwell) ने 1856 ई. में 'द्रविड़ भाषाओं का तुलनात्मक व्याकरण' A Comparative Grammar of the Dravidian or Sourth Indian Family of Languages". नामक गंभीर ग्रंथ लिखकर भारतीय भाषा विदों को लिखने की प्रेरणा दी। **10.** उसके बाद **विलियम यीट्स** (William Yates) ने सन् 1824 ई. में 'हिन्दुस्तानी ग्रामर' लिखा। तत्पश्चात् **11. . एम. टी. आदम** का सन् 1827 ई. में कोलकाता से 'हिन्दी भाषा का व्याकरण' प्रकाशित हुआ। सन् 1829 ई. में **12. गार्सा द तासी** ने पेरिस से 'Rudiments de La Langue Hindustani', नामक ग्रंथ लिखा **13.** इसी साल होशंगाबाद से 'व्याकरण शब्द चन्द्रिका' का प्रकाशन हुआ। **14.** सन् 1831 ई. में **सैन्ड फोर्ड अरनाट** का 'हिन्दुस्तानी भाषा का नया व्याकरण' प्रकाशित हुआ। **15.** इसी तरह 1838-39 में **जे. आर. वैलन्टाइन** का लंदन से 'हिन्दी भाषा का व्याकरण' प्रकाशित हुआ। **16.** सन् 1855 ई. में **डंकन फोर्ब्स** (Dunccan Forbes) की एक बेहद महत्वपूर्ण पुस्तक "A Grammar of the Hindustani Language in the Oriental and Roman character" प्रकाशित हुई। 'हिन्दुस्तानी मैनुअल' भी आप की महत्त्वपूर्ण कृति है, जिसमें आपने लिखा है कि हिन्दुस्तानी सरल भाषा है, इसे सीखना आसान है, -.........the subject is now so simplified that a learner of ordinary capacity will have no difficulty in making some progress in this elementary part, even if he should not have the aid of teacher." **17.** सन् 1853 ई. में **स्कूल बुक सोसायटी** से 'हिन्दी भाषा का व्याकरण' प्रकाशित हुआ। **18. श्री लाल** ने सन् 1856 ई. में 'भाषा चन्द्रोदय' लिखा। **19-** सन् 1858 में **श्री रामजसन** का बनारस से 'भाषा तत्त्व बोधिनी' **20** इसी वर्ष सर **विलियम मोनियर** का चैल्टनहम से "Rudiments of Hindustani Grammar" **21.** 1868-69 में **नवीन चन्द्र राय** का 'नवीन चन्द्रोदय' **22.** 1870 में उन्नाव से **शीतल प्रसाद गुप्त** का 'शब्द प्रकाशिका, **23-** इसी वर्ष **हरिगोपाल पाध्ये**

का 'भाषा तत्त्व दीपिका', **24.** 1872-1880 के बीच पादरी **एथरिंगटन** का बनारस और लंदन से The Students Grammar of the Hindi Language' का प्रकाशन हुआ।

**25. जॉन बीम्स** (John Beams) ने भारतीय सिविल सेवा के अन्तर्गत नौकरी करने 1858 ई. में प्रथमतः भारत आए। 1867 ई. में इनका एक ग्रंथ "Outlines of Indian Philology" (भारतीय भाषा विज्ञान की रूपरेखा) छपा। विशप काल्डवेल से प्रभावित होकर इन्होंने दूसरा ग्रंथ 'A Comparative Grammar of Modern Aryan Languages' (आधुनिक भारतीय आर्य भाषाओं का तुलनात्मक व्याकरण) लिखा, जो क्रमशः 1872, 1875 और 1879 ई. में तीन खंडों में प्रकाशित हुआ। इसमें इन्होंने हिन्दी, बंगला, उड़िया, गुजराती, मराठी, पंजाबी तथा सिन्धी आदि भाषाओं का तुलनात्मक अध्ययन प्रस्तुत किया। **26.** तदनन्तर **डॉ. ट्रम्प** (Dr. Earnest Trumpp) ने "Grammar of The Sindhi Language Compared with Sanskrit, Prakrit and The Cognate Indian Vernaculars' अर्थात् 'संस्कृत प्राकृत, तथा सम्बद्ध भारतीय भाषाओं से सिन्धी भाषा के व्याकरण की तुलना' नामक ग्रंथ लिखा, जिसका प्रकाशन 1872 ई. में हुआ। इनका "Pashto Grammar (पश्तो व्याकरण) भी महत्वपूर्ण ग्रंथ है। **27.** 1874 ई. में **जॉन प्लेट्स** (John T. Platts) का 'A Grammar of the Hindustani or Urdu Language'. अर्थात् हिन्दुस्तानी या उर्दू भाषा काव्याकरण छपा। प्लेट्स ने इसके उद्देश्य पर प्रकाश डालते हुए लिखा कि "Writers are guided by usage rather than by rule and test the accuracy of a passage by the ear rather than by the recognized law." **28.** इसी वर्ष **दामोदर शास्त्री** का 'भाषादर्श' तथा **29. पैजौनी मोनसिगनोर** का 'Grammatic Italianae Indostand' का प्रकाशन हुआ। **29.** 1875 में **राजा शिवप्रसाद सितारे हिन्द** का 'हिन्दी व्याकरण' लखनऊ के मुंशी नवल किशोर ने प्रकाशित किया। इसी समय **30. भारतेन्दु जी** का एक छोटा सा ग्रंथ 'हिन्दी व्याकरण' का प्रकाशन हुआ।

**31.** 1876 में सुप्रसिद्ध **पादरी केलाग** (Rev. S. H. Kellogg) ने उल्लेखनीय ग्रंथ "A Grammar of the Hindi Language' अर्थात् 'हिन्दी भाषा का व्याकरण' लिखा। इस ग्रंथ को लोगों ने इतना पसंद किया कि उन्हें इसका दूसरा संस्करण निकालना पड़ा। "The brief section in the1st edition on 'Dialectic peculiarities' has been enlarged to full chapter. The phonological notes have been thoroughly revised, and to a considrable extent rewritten, Page -V" **32.** सन् 18 77 में जर्मन विद्वान् **डॉ. रिचर्ड पिशेल** ने हेमचन्द्र के प्राकृत व्याकरण का एक संस्करण प्रकाशित कराया। प्राकृत और अपभ्रंश के वर्तमान अध्ययन का आरंभ वास्तव में पिशेल के उस सुसंपादित 'हैम व्याकरण' के संस्करण से ही मानना चाहिए। उसके पश्चात् अनेक वर्षों के कठोर परिश्रम और समस्त उपलब्ध प्राकृत-अपभ्रंश साहित्य का अध्ययन करके पिशेल ने सन् 1900 ई. में अपनी महत्त्वपूर्ण कृति 'ग्रामाटीक देर प्राकृत श्प्राखेन' को स्ट्रासबुर्ग, नगर से प्रकाशित कराया। उन्होंने अपने प्राकृत व्याकरण के पूरक के रूप में 'आइन नाखट्रागत्सूंर ग्रामाटीक देर प्राकृत श्प्राखेन- मटेरिआलिएनत्सूर केन्ट निस डेस् अपभ्रंश' (अपभ्रंश ज्ञान के लिए सामग्री) नाम से एक अन्य ग्रंथ का प्रकाशन बर्लिन से 1902 ई. में कराया। प्राकृत भाषा के इस महान पंडित का स्वर्गवास मद्रास में हुआ।[1] **33.** सन् 1879 ई. में **गोविन्द देव शास्त्री** ने 'बालबोध' नामक ग्रंथ का प्रकाशन मिर्जापुर (उ. प्र.) से कराया।

भाषा-अध्ययन के ऐतिहासिक आयाम का संस्पर्श कराने वाला **34. डॉ. ए. रुडुल्फ हार्नले** (Dr. A. R. Hoernley) का सुप्रसिद्ध तुलनात्मक व्याकरण 'Grammar of Eastern Hindi Compared with Other Gaudian Languages'. सन् 1880 ई. में छपा। इसमें प्रमुख विवेचन भोजपुरी भाषा का है। **35.** सन् 1881 ई. में **देवी प्रसाद** का 'भाषा तत्वदीपिका' छपा उसके बाद 1882 में लंदन से **36. पामर** का हिन्दुस्तानी के साथ अरबी-फारसी का सरल व्याकरण 'Simplified Grammar Hindustani Persian Arabic का प्रकाशन हुआ। इसी साल सागर (म. प्र.) से विनायक राव ने 'व्याख्या विधि' नाम का व्याकरण ग्रंथ छपवाया।

**37.** अब क्रम आता है- सुप्रसिद्ध भाषा वैज्ञानिक **डॉ. सर जार्ज अब्राहम ग्रियर्सन** (Sir George Abraham Grierson) का। भारतीय भाषा और साहित्य में अभिरुचि रखने वाला कौन पाठक सर जार्ज अब्राहम ग्रियर्सन के नाम से अनभिज्ञ होगा? भाषा विज्ञान के क्षेत्र में Linguistics Survey of India अर्थात् भारत का भाषा सर्वेक्षण के 11 खण्ड (बीस भाग) उनकी कीर्ति के अक्षय स्रोत हैं। हिन्दी साहित्य में उनके तुलसीदास पर अनेक लेख, जायसी की पद्मावत का छह भागों में संपादन, 'माडर्न वर्नाक्युलर लिटरेचर आफ हिन्दुस्तान' नामक हिन्दी साहित्य के प्रथम इतिहास के अतिरिक्त, काश्मीरी शब्द कोश, हातिम्स टेल्स, जसवंत सिंह के भाषा भूषण पर समीक्षात्मक लेखमाला आदि भारतीय साहित्य की अमूल्य निधि हैं। उनके द्वारा भाषा विज्ञान पर लिखे गए निबंधों - आन द फोनोलॉजी आफ द माडर्न इन्डियन वर्नाक्यूलर्स (1895), 'आन द रेडिकल एन्ड पार्टिसियल टेन्सेज आफ द माडर्न इन्डो-आर्यन लैंग्वेजेज' (1995), 'स्ट्रेस एक्सेन्ट इन मॉडर्न इन्डियन वर्नाक्यूलर' (1896), आन इरेगुलर कैजुअल वर्ब्स इन द इन्डो आर्यन वर्नाकुलर्स (1896), आन द

1. प्राकृत और अपभ्रंश साहित्य तथा उनका हिन्दी साहित्य पर प्रभाव- डॉ. रामसिंह तोमर प्रस्तावना भाग

सेन्ट्रल ग्रुप ऑफ इन्डो आर्यन वर्नाकुलर (1899) आन पशई लघमानी आर डेहगानी,(1900)तथा आन द लैग्वेजेज स्पोकेन बियान्ड द नार्थ वेस्टर्न, फ्रन्टियर आफ इन्डियन विथ मप(1900)आदि सुप्रसिद्ध कृतियाँ लिंग्विस्टिक सर्वे आफ इन्डिया में संग्रहित हैं। उनकी लेखनी ने लोक साहित्य- द वाटर आफ लाइफ, 1900, 'फोकटेल पैरेलल' (1900), 'दुर्योधन एण्ड द क्वीन शेषा'(1913), 'द हैडलेस हार्स मैन'(1914) पर भी लिखा। पालि ,प्राकृत से संबंधित ग्रंथ भी उन्होंने लिखा यथा- 'नोट्स आन पालि-प्राकृत'(1890), 'द होम आफ लिटरेरी प्राकृत'(1917), 'द प्रोनिसियेशन्स आफ प्राकृत'(1913), 'द प्राकृत वियासाज'(1918) आदि भाषा संबंधी लेख भी लिखा। संस्कृत भाषा पर- 'आर कालिदासाज हीरोज मोनेगेमिस्ट'(1877)' सम फरदर नोट्स आन कालिदास'(1879) भी लिखा। जीवन की सान्ध्य बेला में अपनी अमूल्य कृतियों को भारत को समर्पित करते हुए उन्होंने लिखा कि- "Such as they are I lay thesc Volumes as an offering before the India that a century ................. have been granted a vision of a maganificent literature enshrining the thoughts of the great men, from generation on to generation ........... Here and here did India help me. How can I help India?'अर्थात् जैसे भी है, मैं ये खण्ड भारत को समर्पित करता हूँ जो दीर्घ अवधि तक मेरा निवास स्थल रहा है और जिसने गत अर्द्धशताब्दी से मेरे हृदय में घर बना लिया है...... किन्तु मैं भारत की कैसे सहायता करूँ।

38. सन् 1855 ई. में **बिहारी लाल चौबे** कृत 'वाक्य पद बोध' बिहार बंधु प्रेस, बांकीपुर, पटना से प्रकाशित हुआ। **39.** इसी तरह सन् 1886 ई. में **मोहन लाल** का व्याकरण ग्रंथ सुल्तानपुर (उ.प्र.) से छपा। **40.** इसी साल कलकत्ता में **दीनानाथ डे** का हिन्दुस्तानी व्याकरण प्रकाशित हुआ। **41.** सन् 1887 ई0 में 176 पृष्ठों का व्याकरण ग्रंथ 'भाषा प्रभाकर' बांकीपुर, पटना से प्रकाशित हुआ। इसके लेखक थे- **श्री रामचरण सिंह**। **42.** इसी तरह 1890 ई0 में लन्दन से -कैम्पसन कृत 'The Syntax and Idom of Hindustani' का, **43.** सन् 1892 में बाकीपुर, पटना से **44.** सन् 1890में दरभंगा से कालिका प्रसाद तिवारी कृत 'भाषा व्याकरण दर्पण' का, **45.** इसी वर्ष देवीदयाल का'भाषा शब्द निरूपण', **46-** सन् 1890 ई0 में दरभंगा से गोकुल प्रसाद के 'भाषा मार्तण्ड' का, **47.** 1895 में आक्सफोर्ड से - लैफ्टिनेन्ट ग्रीन कृत 'A Practical Hindustani Grammar' का **48.** 1896 में **ग्रीव्स** कृत'A Grammar of Modern Hindi' का बनारस से प्रकाशन हुआ। **49** सन् 1897 इ. में **डॉ. रामनारायण सिंह** कृत 'हिन्दी व्याकरण' का प्रकाशन बांकीपुर, पटना से हुआ। **50.** इसी साल राजेश्वरी प्रेस, बनारस से - **श्रीनारायण शास्त्री पटवर्धन** के व्याकरण ग्रंथ, भाषा चन्द्रिका का प्रकाशन हुआ। **51.** सन् 1899 ई. में **विल्सन** की पुस्तक 'Manual de la Langue Hindustani' का प्रकाशन हुआ।

**52.** चन्द्र प्रभा प्रेस, बनारस से सन् 1900 में **श्री कामता प्रसाद गुरु** के हिन्दी व्याकरण का, **53-** 1901 में मुरादाबाद से **मोहन लाल शर्मा** कृत'भाषा प्रदीप' का, **54.** सन् 1901 ई0 में ही रतलाम (म. प्र.) से **पी. एल दरयाव सिंह** के 'व्याकरण सार' का, **55-** 1902 में भागलपुर (बिहार) से **राजाराम** कृत 'भाषा प्रदीप' का, **56-** 1903 में बिहार बंधु छापाखाना, बांकीपुर पटना से **पं0 केशव राम भट्ट** के 'हिन्दी व्याकरण' का, **57-** सन् 1904 में **पन्ना लाल** कृत 'लिंग बोध' का, **58-** 1905 ई. में मुजफ्फरपुर (बिहार) से **रामदास राय** कृत- 'वाक्यबोध' का, **59-** 1906 ई. में बाबू **श्याम सुन्दर दास** के 'हिन्दी-उर्दू का ग्रामर' का, **60-** 1907 ई. में इन्डियन प्रेस से **गंगा प्रसाद** कृत' हिन्दी व्याकरण' **61-** 1908 ई. में प्रयाग से **माणिक्य चन्द जैन** के'हिन्दी व्याकरण' का, **62-** सन् 1909 ई. में **फिलौट** कृत एक व्याकरण की पुस्तक का लंदन से प्रकाशन हुआ जिसके विषय में लिखा था-' Hindustani stumbling Block, being difficult points in the Syntax and Idom of Hindustani explainod and exemplified." **63-** सन् 1910 में मुंगेर (बिहार) ये **बद्रीनारायण सिंह** की कृति 'भाषा दिवाकर' का प्रकाशन हुआ।

**64-** सन् 1919-20 में **ज्यूख ब्लॉख** (Jule Block) की प्रसिद्ध पुस्तक 'La Formation de La Language Marathe' (मराठी भाषा की रचना) का प्रकाशन हुआ। इनकी दो और भी पुस्तकें प्रसिद्ध हैं-'La Indo Aryan' (भारतीय आर्य भाषा) तथा 'Structure Grammatic le des Langues Dravidiennes' (द्रविड़ भाषाओं का व्याकरणिक गठन)। **65-** उसके पश्चात् भारतीय विद्वान **डॉ. पी.डी.गुणे** ने 'An Introduction to Comparative Philology' (तुलनात्मक भाषा विज्ञान की भूमिका) लिखी। **66-** सन् 1921 ई0 में भारत के सुप्रसिद्ध भाषा वैज्ञानिक **डॉ. सुनीति कुमार चटर्जी** ने 'Origin and Development of Bengali Language'(बंगला भाषा काउद्भव तथा विकास) लिखा तथा 66- आर्य भाषाओं के शब्द समूह पर विधिवत प्रकाश डालने वाली कृति 'Nepali Dictionary' (नेपाली कोश) का प्रकाशन 1931में हुआ। इस प्रसिद्ध पुस्तक के लेखक थे- **टर्नर** (Sir Ralphl Turner)। इनकी एक और कृति सुप्रसिद्ध है। उसका नाम है-'Comparative Dictionary of the Indo Aryan Languages.' इस प्रकार हिन्दी व्याकरण और भाषाविज्ञान की सुदीर्घ परंपरा आगे बढ़ती रही। यहाँ हमें यह ध्यान रखना चाहिए कि अब तक व्याकरण में हुआ कार्य भी भाषा विज्ञान के अन्तर्गत् ही माना जाता था, किन्तु अब आप शुद्ध भाषा विज्ञान के क्षेत्र में हिन्दी माध्यम

से हुए कार्य का कुछ प्रमुख विवरण देखिए-

## हिन्दी

**तुलनात्मक भाषा विज्ञान की उपक्रमणिका** -नलिनी मोहन सान्याल
**भाषा रहस्य तथा भाषा विज्ञान** -डॉ. श्याम सुन्दर दास
**तुलनात्मक भाषा शास्त्र तथा भाषा विज्ञान**-डॉ. मंगलदेव शास्त्री
**सामान्य भाषा विज्ञान, अर्थ विज्ञान** -डॉ. बाबूराम सक्सेना
**हिन्दी भाषा का उद्‌गम और विकास, भाषा शास्त्र की रूप रेखा** -डॉ. उदय नारायण तिवारी
**भाषा विज्ञान, शब्दों का जीवन, हिंन्दी भाषा, भाषा विज्ञान कोश शब्दों का अध्ययन, भाषा-चिन्तन, ताजुब्बेकी, भाषा-विज्ञान**-डॉ. भोलानाथ तिवारी
**भाषालोचन** -पं. सीताराम चतुर्वेदी
**ध्वनि विज्ञान** -गोलोक बिहारी धल
**राउरवेल और उसकी भाषा** -डॉ. माता प्रसाद गुप्त
**भारतीय भाषा उसका साहित्य,ग्रामीण हिन्दी** -डॉ. धीरेन्द्र वर्मा
**पालि, प्राकृत, अपभ्रंश व्याकरण** -डॉ. सुकुमार सेन
**भाषा विज्ञान** -रामस्वरूप अग्निहोत्री
**भाषा विज्ञान** -जयवंशी झा
**आधुनिक भाषा विज्ञान** -पद्म नारायण
**भाषा शास्त्र, ऐतिहासिक भाषा विज्ञानःसिद्धान्त और व्यवहार, ध्वनि और ध्वनि ग्राम शास्त्र** -जय कुमार जलज
**सरल भाषा-विज्ञान** -मनमोहन गौतम
**भाषा और भाषिकी** -डॉ. देवीशंकर अवस्थी
**भाषा विज्ञान की रूपरेखा** -डॉ. हरीश शर्मा
**भाषा दर्शन** -डॉ. रामलाल सिंह
**भाषा और समाज** डॉ. रामविलास शर्मा
**भाषा का इतिहास**- भगवद्‌दत्त
**भाषा की उत्पत्ति तथा हिन्दी और उसकी बोलियाँ**-कोमल सिंह सोलंकी
हिन्दी के विकास में अपभ्रंश का योग- डॉ. नामवर सिंह
**भारतीय भाषा विज्ञान, हिन्दीशब्दानुशासन**- किशोरी दास बाजपेयी
**हिन्दीभाषा का उद्‌गम विकास हिन्दी और प्रादेशिक भाषाओं का इतिहास** -शमशेर सिंह
**हिन्दी भाषा का इतिहास , ग्रामीण हिन्दी**- डॉ. धीरेन्द्र वर्मा
**हिन्दी शब्द रचना**- डॉ. माई दयाल जैन
**हिन्दी और प्रादेशिक भाषाओं का वैज्ञानिक इतिहास**- डॉ. सत्यनारायण तिवारी
**हिन्दी भाषाः अतीत और वर्तमान**-अम्बा प्रसाद सुमन
**हिन्दी भाषाः विकास और विश्लेषण**- चन्द्रभान रावत
**हिन्दी भाषा का अर्थ तात्त्विक विकास**- डॉ. शिवनाथ
**हिन्दी भाषा का रूप-विकास**- डॉ. सरनामसिंह शर्मा 'अरुण'
**हिन्दी में अंग्रेजी के आगत शब्दों का भाषा तात्त्विक अध्ययन**- डॉ. कैलाश चन्द्र भाटिया
**हिन्दी समास रचना का अध्ययन** -डॉ. रमेश चन्द्र जैन
**भाषा विज्ञान और सिद्धान्त**- डॉ. रामेश्वर दयाल अग्रवाल
**हिन्दी की ग्रामीण बोलियाँ, हिन्दी: उद्‌भव, विकास और रूप**- डॉ. हरदेव बाहरी
**हिन्दी ध्वनिकी और ध्वनिमी**- डॉ. रमेश चन्द्र मेहरोत्रा
**हिन्दी की लिपिः स्वरूप और समस्याएँ**- डॉ. वी. रा. जगन्नाथन
**हिन्दी पर फारसी का प्रभाव**- अम्बिका प्रसाद बाजपेयी
**भाषा विज्ञान और हिन्दी**-डॉ. सरयू प्रसाद अग्रवाल
**भाषा विज्ञान और मानक हिन्दी**- डॉ. रत्न चन्द्र शर्मा
**भाषा विज्ञान की भूमिका**- डॉ. देवेन्द्रनाथ शर्मा
**भारतीय आर्य भाषा और हिन्दी**- डॉ. सुनीति कुमार चटर्जी
**भाषा विज्ञान की भारतीय परंपरा और पाणिनि** - डॉ. रामदेव त्रिपाठी
**हिन्दी भाषा कास्वरूप विकास**- डॉ. अवधेश्वर अरुण
**भाषा विज्ञान**- डॉ. देवदत्त कौशिक
**आधुनिक भाषा विज्ञान**-डॉ. राजमणि शर्मा
**भाषा एवं भाषा विज्ञान**- डॉ महावीर सरन जैन
**भाषा-विज्ञान का अनुशीलन**- डॉ. कैलाश नाथ पाण्डेय
**हिन्दी भाषा का परिचय**- डॉ. विन्दु माधव मिश्र
**परिनिष्ठित हिन्दी का रूपग्रामिक अध्ययन** -डॉ. महेश चन्द्र गर्ग
**हिन्दी भाषा का उद्‌गम और विकास हिन्दी और प्रादेशिक भाषाओं का इतिहास कीर्तिलता और अवहट्‌ट भाषा**-डॉ. शिवप्रसाद सिंह

## हिन्दी भाषा के संपूर्ण या किसी एक अंग विशेष से संबंधित ग्रंथ

**हिन्दी व्याकरण** -पं. कामता प्रसाद गुरु
**समसामयिक साहित्यिक हिन्दी मेंशब्द रचना**- ए.एस. बरछूदरो
**व्याकरणिक कोटियों का विश्लेषणात्मक अध्ययन**-डॉ. दीप्ति शर्मा

**हिन्दी का व्यावहारिक व्याकरण-** डॉ विजय पाल सिंह
**हिन्दी व्याकरण:नवमूल्यांकन-** डॉ. ओम प्रकाश शर्मा
**अभिनव हिन्दी व्याकरण-** ना. नागप्पा
**हिन्दी भाषा पर फारसी और अंग्रेजी का प्रभाव-**डॉ. मोहन लाल तिवारी
**हिन्दी का मौलिक व्याकरण** -निगमानन्द परमहंस
**हिन्दी क्रिया:स्वरूप और विश्लेषण-**डॉ. बालमुकुन्द
**हिन्दी प्रयोग-** पं. रामचन्द्र वर्मा
**मुहावरा मीमांसा-**डॉ. ओम प्रकाश गुप्त
**हिन्दी में प्रत्यय विचार-**डॉ. मुराली लाल उप्रैति
**हिन्दी समास रचना का अध्ययन-** डॉ. रमेश चन्द्र जैन
**हिन्दी कारकों का विकास-** डॉ. शिवनाथ
**हिन्दी तद्भव शास्त्र -** मुरलीधर श्रीवास्तव
**हिन्दी भाषा का अर्थ तात्त्विक विकास-** डॉ. शिवनाथ
**हिन्दी क्रियाएँ तथा हिन्दी परसर्ग-** केन्द्रीय हिन्दी संस्थान, आगरा
**हिन्दी की वर्तनी तथा शब्द विश्लेषण-**किशोरी दास वाजपेयी
**हिन्दी अक्षरी-** डॉ. बदरी नाथ कपूर
**हिन्दी भाषा में अक्षर तथा शब्द की सीमा -**डॉ. कैलाश चन्द्र भाटिया
**हिन्दी की शब्द-संपदा-** डॉ. विद्यानिवास मिश्र
**हिन्दी वाक्य-विन्यास-** डॉ. सुधा कालरा

## बोली विशेष से संबंधित ग्रंथ

**दक्खिनी हिन्दी-** डॉ. बाबू राम सक्सेना
**दक्खिनी हिन्दी का उद्भव विकास-**श्री रामशर्मा
पुरानी राजस्थानी अनु. डॉ. नामवर सिंह
**आगरा जिले की बोली -**डॉ. राम स्वरूप चतुर्वेदी
**ब्रजभाषा** - डॉ. धीरेन्द्र वर्मा
**ब्रज भाषा का व्याकरण -** किशोरी दास बाजपेयी
**ब्रज भाषा और खड़ी बोली का तुलनात्मक अध्ययन -** कैलाश चन्द्र भाटिया
**भोजपुरी भाषा और साहित्य** -डॉ उदयनारायण तिवारी
**मध्य पहाड़ी भाषा का अनुशीलन और उसका हिन्दी से सम्बन्ध -** गुणानन्द जुयाल
**सब की बोली** (Our basic Vocabulary)-डॉ. रघुवीर
**पश्चिमी हिन्दी बोलियों की व्याकरणिक कोटियाँ-**डॉ. कैलाश नाथ शुक्ल
**ब्रजभाषा बनाम खड़ी बोली-** डॉ. कपिलदेव सिंह
**बुन्देली काव्य परंपरा** डॉ. बलभद्र तिवारी
**बुन्देल खण्ड की प्राचीनता-** डॉ. भगीरथ प्रसाद त्रिपाठी
**आजमगढ़ जिले की बोली का भाषा वैज्ञानिक अध्ययन -** डॉ. महेन्द्र नाथ दूबे
**नरसिंहपुर जिले की बुन्देली-** कमल नारायण दुबे तथा हर प्रसाद जैन स्थापक
**सरगुजा जिले की बोली-** कुन्तल गोयल
**सागर जिले की मानक बुन्देली—**पवन कुमार जैन तथा लता दुबे
**हमीपुर जिले की बोली-** डॉ. भगवानदीन मिश्र
**शेखवटी बोली का वर्णनात्मक अध्ययन -**डॉ. कैलाशचन्द्र भाटिया
**सूरपूर्व ब्रजभाषा और उसका साहित्य-** डॉ. शिवप्रसाद सिंह
**राजस्थानी भाषा और साहित्य-** डॉ. हीरा लाल माहेश्वरी
**मालवी: एक भाषा शास्त्रीय अध्ययन-** डॉ. चिन्तामणि उपाध्याय
**मथुरा जिले की बोली-** डॉ. चन्द्र भान रावत
**राजस्थानी भाषा-** डॉ. सुनीति कुमार चटर्जी
**मगही भाषा-** डॉ. योगेश्वर
**कन्नौजी बोली का अनुशीलन तथा ठेठ ब्रज से तुलना-** डॉ. शंकर लाल शर्मा
**खड़ी बोली का आन्दोलन-** डॉ. शिति कंठ मिश्र
**गढ़वाली भाषा की प्रस्थापना-**डॉ. भोलाशंकर व्यास
**गढ़वाली भाषा और उसका साहित्य** -डॉ. हरिदत्त भट्ट 'शैलेश'
**गढ़वाली भाषा का इतिहास** -डॉ. हरिकृष्ण रतूड़ी
**जौनपुर जिले की बोली का भाषा- वैज्ञानिक अध्ययन** -डॉ. मधु श्रीवास्तव
**बुलंदशहर एवं खुरजा तहसीलों की बोलियों का संकालिक अध्ययन-**डॉ. महावीर शरण जैन
**भोजपुरी का ध्वनि विज्ञान और ध्वनि प्रक्रिया-** डॉ. विश्वनाथ प्रसाद
**कुल्लू बोली का भाषा- वैज्ञानिक अध्ययन** -डॉ. ओमप्रकाश भारद्वाज

## संस्कृत, पालि, प्राकृत तथा अपभ्रंश से संबद्ध हिन्दी में भाषा-विज्ञान संबंधी अध्ययन

**Altindsche -Grammatic** Jacob, 1896
**वैदिक भाषा व्याकरण** एल. रेनू. 1952
**संस्कृत व्युत्पत्ति कोश-** मेयर होफर, 1953
**प्राचीन भारत में स्वन विज्ञान-** डब्लू. एस. एलेन, आक्सफोर्ड 1953
**संस्कृत की संधि व्यवस्था-** एलवेन, 1962

**Unter suchungen Zur Frage der Tennes Aspiratae in Indogermanischen-** R. Hirshe, 1964
**इन्डोनेशिया में संस्कृत**-यान खोन्दा, हालैण्ड, 1952
**Topics in Sanskrit verb Phonology**-P. C. Stainely, Austin, 1972
**संस्कृत भाषा का विकास**-एस. डी. लट्टू 1974
**वैदिक व्याकरण** -मैकडोनेल (1916)
**संस्कृत धातुपाठों का सादृश्य** (A Concordance of Sanskrit Dhatupathas) जी. बी. पल्सुले (1955)
**संस्कृत का इतिहास और प्रागैतिहास** (History and Pre-History of Sanskrit)-डॉ. सुकुमार सेन- 1957
**महाभारत की क्रियाएँ**-ई. डी. कुलकर्णी
**संस्कृत का व्याकरणात्मक कोश** (A Grammatical Dictionary of Sanskrit) - डॉ. एस. एम. कत्रे, पूने
**अर्थ विज्ञान और व्याकरण दर्शन** डॉ. कपिलदेव द्विवेदी
**वैदिक स्वरमीमांसा** युधिष्ठिर मीमांसक
**पालि, प्राकृत व्याकरणम्** मथुरा प्रसाद दीक्षित
**पालि महाव्याकरण** भिक्षु जगदीश काश्यप
**प्राकृत व्याकरण** मधुसूदन प्रसाद मिश्र
**प्राकृत व्याकरण** पिशेल- 1900
**प्राकृत भाषाओं का व्याकरण**- अनु. हेमचन्द्र जोशी
**शिलालेखीय प्राकृतों का ऐतिहासिक व्याकरण**- मेहनदेल, 1948
**अपभ्रंश प्रकाश** -डॉ. देवेन्द्र कुमार
**अपभ्रंश भाषा का अध्ययन** -डॉ. वीरेन्द्र श्रीवास्तव
**अर्थतत्त्व की भूमिका**-डॉ. शिवनाथ
**भाषा तत्त्व और वाक्यपदीय**- डॉ. सत्यकाम वर्मा
**पालि व्याकरणम्**- भिक्षु धर्मरक्षित
**प्राकृत-प्रवेशिका**- कोमल चन्द्र जैन
**प्राकृत-प्रबोध** नेमिचन्द शास्त्री
**अपभ्रंश प्रवेश** -विपिन बिहारी त्रिवेदी
**अपभ्रंश भाषा और साहित्य** देवेन्द्र कुमार जैन
**पालि, प्राकृत, अपभ्रंश व्याकरण**-डॉ. सुकुमार सेन. 1951

## ऊर्दू

**तारीखे जबाने उर्दू**-मसूद हुसेन
**ऊर्दू लियान्यत**- जौरे कादरी
**नूरल लुगत**- नैयर
**फर्हंग-ए-असफियात** (कोश)- सईद अहमद
**Teach Yourself Urdu**-ग्राहम वेली, लंदन 1956
**सर्फ-ए-उर्दू**- अमानतुल्ला मौलवी, कलकत्ता, 1810
**दरिया-ए-लताफत**- इंशा अल्ला खाँ, मोहम्मद हसन, मुर्शिदाबाद, 1848
**Grammar of Urdu Language**- Imam Baksh Maulvi, Delhi, 1849
**उर्दू-सर्फ-ओ-नहो**- राजा शिवप्रसाद सिंह, इलाहाबाद, 1877
**Grate English- Urdu Dictionary**-Abdul Haque
**उर्दू शाहयारे**- कादरी
**जबानुल कवायद**- दुर्गा प्रसाद, लखनऊ- 1877
**उर्दू का रहस्य** - चन्द्रबली पाण्डेय, नागरी प्रचारिणी सभा, काशी -1942
**कवायद-ए-उर्दू**- अब्दुल हक
**Phonetic and Phonological Study of word in Urdu**-M. H. Khan, Aligarh, 1955
**मुकदमे तारीख-ए-ज़बान-ए-उर्दू-मसऊद** हुसेन खाँ, अलीगढ़
**डकन में में उर्दू**- नासिर हाश्मी
**दकन में उर्दू**- नसीरुद्दीन, लखनऊ, 1943
**पंजाब में उर्दू**- मुहम्मद हसन शीरानी, लखनऊ, 11960
**उर्दू की उत्पत्ति** प्रो. हक़
**उर्दू -ए-कादम**- सईद अहमद
**उर्दू जबान का इर्तक़ा**- शौकत सब्जवारी, दिल्ली
**दास्तान-ए-जबान-ए-उर्दू**-शौकतशब्जवारी दिल्ली
**करबल कथा का लिसानी मताला**-खलीक और नारंग, दिल्ली-1971
**उर्दू: दूसरी राजभाषा** डॉ. कैलाशनाथ पाण्डेय अनिल प्रकाशन इलाहाबाद, 2002
**हिन्दी-उर्दू की तुलनात्मक स्वनप्रक्रिया**- अशोक केलकर
**दक्खिनि हिन्दी का उद्गम विकास**-श्री राम शर्मा

## असमी

**असमिया भाषा साहित्य**- हेमचन्द्र बरुआ, कलकत्ता 1886
**व्याकरण मंजरी**- जयचन्द्र चक्रवर्ती, कलकत्ता-1894
**A Primary Grammar in Assmese-** H Laksheswar, Calcutta, 1900
**असमिया भाषा मौलिक विचार**-दिवानंद भारली, 1910
**असमिया व्याकरण अरु भाषा तत्त्व**- कालीराम मेधी, कलकत्ता 1936।
**असमिया भाषा**-विरिंचि कुमार बरुआ, गोहाटी 1949

**असमिया व्याकरण-** लोकनाथ शर्मा, गोहाटी, 1952 (17वाँ संस्करण)

**असमिया भाषा अरु संस्कृति-** विरिंचि कुमार बरुआ, गोहाटी 1957

**Assamese, Its formation and Development-** Banikant Kakti, Guahati, 1962 (Revised Edition)

**A Historical Grammar of Assamese Language-** -S. N. Goswami, Calcutta University Ph.D. Thesis, 1963

**The Phonology and Morphology of Assamese-** G. S. Goswami, Guahati University Ph. D. Thesis, 1966

**An Introduction to Assamese Phonology-** G. S. Goawami, Poone, 1969.

**आधुनिक भाषा व्याकरण-** गिरिधर शर्मा, गोहाटी

**A Descriptive analysis of the Borolanguage-** P. Bhattacharya, 1977.

## उड़िया

**प्रवेशिका व्याकरण-** रघुनाथ मिश्र, कटक 1958

**उड़िया व्याकरण मंजरी-** कैलाश चन्द्र शर्मा, 1869

**सूत्रधार व्याकरण** कपिलेश्वर विद्याभूषण, 1870

**उत्कल भाषा व्याकरण-** भट्टाचार्य, 1971

**व्याकरण सारसंग्रह-** सदानंद दास, 1876

**सर्वसार व्याकरण-** भट्टाचार्य, 1879

**भाषादर्श-**प्रभाकर विद्यारत्न, 1983 कटक

**ओड़िया भाषार इतिहास-** विनायक मिश्र कटक 1927

**ओड़िया भाषा तत्त्व -** गोपीनाथ नन्द 1927

**उड़िया में महाप्राणत्व** (Aspiration in Uriya) श्री गोलोक बिहारा धल

**उड़िया कोश-** गोपाल चन्द्र

**सरल भाषा तत्त्व-** गिरिजा शंकर राय

**उड़िया शिलालेख-**के. बी. त्रिपाठी

**Verb Piece in Oriya-** B. P. Mahapatra, M. A. London dissertation 1961.

**Evolution of Oriya Language and Script-** K. B. Tripathy, Cuttack, 1962

**A Controlled Historical Reconstuction of Oriya, Asammse Bangali and Hindi** D. P. Pattanayak, Hague, 1966.

**Phonemic and morphomic frequency count in Oriya-** A. R. Kelkar 1666 (Manuscript)

**Historacl Oriya Morphology-** Hari Priya Mishra, Varanasi, 1975.

## गुजराती

**A. Grammar of Gujrati Language -** Gangadhar, Bombay, 1840

**गुजराती भाषानो इतिहास-** के. के. शास्त्री1866*

**गुजराती भाषानु नवु व्याकरण** -रुपराम नीलकंठ महिपात्रम्, अहमदाबाद, 1880

**गुजराती व्याकरण सार-** बरोदिया, अहमदाबाद, 1886

**गुजराती भाषानु व्याकरण-** होप, बंबई, 1887

**A Manual of Gujarti Grammrar-**D. D. Dalal, Bombay, 1889

**गुजराती व्याकरण ना मूल तत्व -** भगवान् सं. भट्ट 1901

**गुजराती भाषानुबृहद् व्याकरण-** कमलाशंकर पं. त्रिवेदी, बंबई, 1919

**Gujrati Language and Literature-** N. B. Divatia Bombay, 1921

**Accent In Gujrati-**G. N. Saswadkar, London M. A.dissertation, 1629

**गुजराती भाषा नी उत्क्रांति-** बी. जे. दोशी, बंबई 1943

**अक्षर अने शब्द** -के. के. शास्त्री

**The Language of Mahagujrat** -T. N. Dave, Bombay, 1948

**शतब्द अने अर्थ-** बी. जे, संदेसरा, बंबई 1954

**गुजराती रूपचरना-** के. के. शास्त्री, बंबई 1958

**गुजराती भाषानु पारंपरिक व्याकरण** -के. के. शास्त्री 1960

**Vowel system of Gujrati -** Patel, and Modi, Baroda, 1961

**Phonemic and Morphemic analysis of Gurati Language,** 1966

**गुजराती भाषा नु ध्वनिस्वरूप अने ध्वनिपरिवर्तन-** पी. बी. पंडित, अहमदाबाद

**गुजराती भाषानी उत्क्रान्ति-** कान्ति लाल व्यास

**गुजराती भाषानो इतिहास-** ब्रजलाल कालिदास

**नर्म व्याकरण-** नर्मदा शंकर

**गुजराती भाषा और साहित्य** एन. वी. दिवेतिया

**प्राचीन गुजराती और राजस्थानी व्याकरण पर नोट** -तेस्सीतरी

**गुजराती भाषा मां वर्ण व्यवस्था** -डॉ. टी. एन. दवे

## सिन्धी

**Sindi Grammar in Sindhi**- D. V. Mirchandani, 1904

**वादो सिंधी व्याकरणु**-मेहरचंद भेरूमल, हैदराबाद (सिन्ध) 1925

**सवालो सिंधी व्याकरणु**- छहलमल, मोहनदास, तोलाराम, 1930

**सिंधी व्याकरणु**-कलीच बेग भेरूमल अडवानी, कराँची 1941

**सिंधी बोली जी तारीख**-भेरूमल, कराँची, 1941

**सिंधी ग्रामरू**- नागपाल तथा पुर्सवानी, सक्खर, 1947

**सिंधी व्याकरण**-उकराम शर्मा, कल्याण, 1953

**सिन्धिया लाई मुकरारू देवनागरी**- झमलाल भवनानी-1957

**The Pnonology and Morphonemicsof Sindhi**- M. Khubchandani (M. A. Dissertatio) 1961.

**सिंधी भाषा का संक्षिप्त परिचय** के. टी. जेहली, पूना 1956

**नवो सिंधी ग्रामरू** आगा खाँ, ताज मोहम्मदखाँ, कराँची, 1947

**सिंधी व्याकरणु**- मिर्जा कलीच बेग (4 भागों में) कराँची, 1960

**सिंधी अलफ-बे जी इर्तिका-अब्दुल करीम लागरी**, एम. ए. (सिंध) का डिजर्टेशन 1962

**The Acculturation of Indian Sindhi to Hindi** (Ph. D. Thesis) L. M. Khubchandani, 1963

**सिंधी व्याकरण**, (देवनागरी में)- मीरचंदानी, बंबई 1964

**Morphology of Sindhi (Vilochi)** - K. T. Jetli. Ph. D. (Poona) Thesie1965

**सिंधी भाषा लिपि और साहित्य**- मोहनलाल जोतवनी, दिल्ली, 1966।

**Descriptive Analysis of Kacchi** S. K. Rohra, 1966, Ph. D. Thesis Poona

**सिन्धी सूरत वती**- गुलाम अली अल्लन

**A Descriptive Sindhi Phonology**- J. Bordo, University of Texas, 1958.

**अन्साजी बोली**-खूबचन्दानी 1958

**भाषा शास्त्र**- हीरानन्दानी 1961

**सिंधी भाषा**- आर पी. योगोरावा (रूसी विद्वान) मास्को-1971

## सिंहली

**सिदत संगरव**- सिंहली विभाग, सीलोन विश्वविद्यालय- श्रीलंका, 1950

**साहित्याकलाव** -मार्टिन विक्रमसिंघे 1950

**व्याकरण विवरणय**- सिदल संगरव विवरणाय- कुमार तुंगा

**सिहली भाषा का व्याकरण**- गुणसेकर, 1891

**सिंहली व्याकरण** बिलहेम गीगर, 1938

**सिंहली स्वनिम**- जोन्स

**सिंहली स्वनिम**- डिसिल्वा, लंदन 1958

**सिंहली स्वनिम**- केकुलावाला, लंदन, 1965

**बोलचाल की सिंहली की क्रिया और संज्ञा** - शंकर भट्ट, डकन कालेज, पूना

**सिंहली वाक्य रचना**- गोद् कुम्बोरा

**सिंहली शब्द कोश**- रत्नसूर्य और विजय रत्ने, 1949

**श्री सुमंगल शब्द कोश**-सोरतघेरा, 1952

**सिंहली और अंग्रेजी का तुलनात्मक अध्ययन**-चित्राफेरनाडो, टी वाडिया

**सिंहली स्वन विज्ञान का ऐतिहासिक विश्लेषण**- डब्लू. एस. करुणा तिलके

**Hiostorical Phonology of Sinhalese-The Syntactic Structure of Sinhalese - and its relation to that of the other Indo-Aryan Dialects**- W. S. Karmatillake Ratanjoti Himdirpola, Austin, Texas, 1975

## बंगला

**बंगाली-पुर्चगीज शब्द कोश पुर्चगीज़ बंगाली शब्द कोश**-क्रेमैनोल असशरकन

**Bengali Grammar** William Kare 1801

**अंग्रेजी-बंगला शब्द कोश-बंगला-अंग्रेजी शब्द कोश** एच. पी. फास्टर (1799-1802)

**बंगला का व्याकरण अंग्रेजी में** -राजाराम मोहन राय (1826)

**बंगला-संस्कृत कोश**- जी0 सी0 हाटन (1838)

**अंग्रेजी और बंगला में कोश** -रामकमल सेन (1834)

**बंगला व्याकरण**- श्यामाचरण सरकार (1850)

**बंगला केसाथ हिन्दुस्तानी का तुलनात्मक अध्ययन-** डब्ल्यू. के.(1852)

**बंगला व्याकरण-** नकुलेश्वर विद्याभूषण

**बंगला व्याकरण-** चिन्तामणिघोष

A Bengali Grammar of Natives-श्यामा चरण सरकार, कलकत्ता, 1860

**व्याकरण मंजरी**-केदारनाथ तर्करत्न, कलकत्ता, 1878

**व्याकरण प्रवेश**-नित्यानंन चक्रवर्ती-, कलकत्ता, 1878

**व्याकरण सेतु**-ब्रजनाथ विद्यालंकार, कलकत्ता, 1878

**बंगला का ऐतिहासिक विकास, बंगला पद विचार** मुहम्मद शहीदुल्ला

**मैमन सिंह की बोलियाँ चिटगाँव की बोलियाँ-बंगला स्थान-नाम** कृष्णपाद गोस्वामी

**Rudiment of Bengali Grammar in English** K. P. Benerji, Calcutta, 1893

**The Origin and Development of Bengali Language-** Dr. S. K. Chatterji, Calcutta, 1926

**Bengali Phonetic Reader-** S. K. Chatterji, London, 1928

**बंगला भाषा विज्ञान**-विजय चन्द्र मजूमदार (1920)

**बंगला भाषा का इतिहास** विजय चन्द्र मजुमदार (1920)

**बंगला स्वन विचार** डॉ. सुनीति कुमार चटर्जी (1925)

**बंगला व्याकरण** - डॉ. सुनीति कुमार चटर्जी (1939)

**बंगला में स्त्रियों की बोली**-डॉ. सुकुमार सेन (1928)-

ब्रजबुली बोली-डॉ. सुकुमार सेन (1930)

**श्री कृष्ण कीर्तन की भाषा का व्याकरण-** डॉ. सुकुमार सेन (1935)

**बंगला अर्थ विचार**-हेमन्त कुमार (1926)

**शब्द बोध बंगला व्याकरण-** चटर्जी तथा सेन, कलकत्ता 1937

**आशु बोध बांगला व्याकरण-** चटर्जी तथा सेन, कलकत्ता 1939

बांगला भाषात्वेर भूमिका -सुकुमार चटर्जी, कलकत्ता 1940

**सरल प्रकाश बांगला व्याकरण-** सु. कु. चटर्जी, कलकत्ता (1945)

**उत्तर बंगाल की बोलियाँ** शंभुचन्द्र चटर्जी

**बांगला के नासिक्य और अनुनासिक का ध्वनि वैचारिक अध्ययन ( A Phonetic And Phonological Study of Nasal and Nasalication in Bengali,based on the observerd own pronunciation)**-डॉ. अब्दुल हई (1953)

## पंजाबी कोश एवं व्याकरण की परंपरा

कोश-निर्माण और व्याकरण-लेखन का कार्य पंजाबी में 19वीं सदी के मध्य में आरम्भ हो गया था। इस कार्य का श्रेय विदेशियों (विशेषतः ईसाई पादरियों) को है। 1854 ई0 में लुधियाना मिशन की ओर से रोमन अक्षरों में पंजाबी का पहला कोश प्रकाशित हुआ था, जिसका तत्कालीन भाषा के आधार पर (विशेषतः लुधियाना उपखंड की भाषा के आधार पर) निर्माण हुआ था। भाषा-विभाग, पंजाब, पटियाला, से यह कोश सन् 1961 में पुनर्मुद्रित हो चुका है, जिसमें गुरुमुखी का भी प्रयोग किया गया है।

उपलब्ध प्राचीनतम कोशों में, 'डिक्शनरी आफ दी पंजाबी लैंग्वेज' (लुधियाना मिशन द्वारा प्रकाशित सन् 1854), 'डिक्शनरी आफ दी जटकी एण्ड पंजाबी लैंग्वेज' (जुक्स्. ए. कृत सन् 1900 तथा पुनः भाषा-विभाग, पटियाला, पंजाब, सन् 1961 में मुद्रित), 'पंजाबी कोश' (माया सिंह कृत सन् 1895) तथा 'पंजाबीशब्द-भण्डार' (बिशनदास पुरी कृत सन् 1922 में प्रकाशित) महत्त्वपूर्ण कोश कहे जा सकते हैं। पंजाबी के वर्तमान रूप को ध्यान में रखकर भाई काहन सिंह ने सन् 1930 में ' गुरु शब्द रत्नाकर महान् कोश' का निर्माण किया जो कुछ त्रुटियों के बावजूद महत्त्वपूर्ण है। भाषा विभाग, पंजाब,(पंजाबी विभाग) पटियाला की ओर से हिन्दी शब्द-सागर की शैली पर पंजाबी का एक बृहत कोश 5 खंडों में प्रकाशित हो रहा है। अब तक इसके तीन खंड ('न' तक) प्रकाशित हो चुके हैं, और अन्तिम खंड तैयार किया जा रहा है।

पंजाबी का पहला व्याकरण डॉ. केरी द्वारा सन् 1812 में लिखा गया था। 1851 में ' टी0 ग्राहम बेल' तथा न्यूटन आदि ने पंजाबी का व्याकरण लिखा जो सन् 1961 में भाषा विभाग, पंजाब, पटियाला द्वारा पुनर्मुद्रित हो चुका है। **प्रो. दुनीचन्द्र** के कथनानुसार 1869 ई0 में गुरुमुखी अक्षरों में 'पंजाबी विआकरण' बिहारी लाल ने लिखा था। अनुपलब्ध होने के कारण उसके विषय में कुछ नहीं लिखा जा सकता । आगे भी यह परम्परा चलती रही तथा छोटे-मोटे कई व्याकरण प्रकाशित हुए जिनमें मुख्य न्यूटन तथा बेले का 'पंजाबी मैन्युअल ऐंड ग्रामर, हजारा सिंह का ' पंजाबी लघु विआकरण', राम सिंह का 'वड्डा पंजाबी विआकरण (2 भाग)' है तथा दुनी चन्द्र का 'पंजाबी भाषा दा विआकरण' । स्कूल स्तर के सामान्य व्याकरणों की बात छोड़ दें तो पंजाबी के मुख्य व्याकरण ये है:

**पंजाबी विआकरण केरी -** 1812 अप्राप्य

**पंजाबी विआकरण तिसदल-** - अप्राप्य

**पंजाबी विआकरण** बिहारी लाल पुरी लुधियाना1969 अप्राप्य

**पंजाबी मैन्युअल एण्ड ग्रामर** बेले एवं न्यूटन लुधियाना1862-1912 अप्राप्य

**पंजाबी लघु विआकरण-** हजारा सिंह - 1866 प्राप्य

**वड्डा पंजाबी विआकरण** (दो भाग, द्वितीय भाग उपलब्ध) रामसिंह अमृतसर 1914 -30 प्राप्य

**अमोल पंजाबी विआकरण-** एस. एस. अमाल अमृतसर 1931 अप्राप्य

**पंजाबी विआकरण -** नांगा वाल करम सिंह- 1935 अप्राप्य

**[illegible] आनरस इन पंजाबी-** निहाल सिंह सूरी- 1944 प्राप्य

**विआकरण सिखिआ** (4 भाग) बलदेव सिंह अमृतसर1940 1945 अप्राप्य

**पंजाबी विआकरण** भाई मोहन सिंह अमृसर 1947 प्राप्य

**विआकरण** राणजीत सिंह दिलशाद भंटिडा 1951अप्राप्य

**पंजाबी विआकरण** हरिलाभ - 1952 अप्राप्य

**पंजाबी भाषा दा विआकरण** सन्त सिंह सेखों पटियाला 1961 प्राप्य

**रैफरेन्स ग्रामर ऑफ गिल तथा ग्लीसन** दी पंजाबी लैंग्वेज यू. एस. ए.1963 प्राप्य

**पंजाबी भाषा दा विआकरण** दुनीचन्द्र चंडीगढ़ 1964 प्राप्य

**नवीन प्रणाली पंजाबी विआकरण** सुरिन्दर सिंह सोढ़ी 1965 प्राप्य

## गुरवाणी व्याकरण

**श्री गुरु वाणी व्याकरण** करतार सिंह दाखा अमृतसर 1945(प्राप्य)

**गिआणी विआकरण** निहाल अमृतसर 1946 प्राप्य

**गुरबाणी विआकरण** साहिब सिंह अमृतसर 1950प्राप्य

## सामान्य या स्कूली स्तर की व्याकरणें

**अम्रित पंजाबी विआकरण** महिताब सिंह दिल्ली 1952 अप्राप्य

**मनोहर पंजाबी** उजागर सिंह लुधियाना 1953\60अप्राप्य

**पंजाबी विआकरण ते लेख रचना** करतार सिंह लुधियाना 1962 अप्राप्य

**उच्चतम पंजाबी विआकरण ते लेख** रचना सेवा सिंह

**पंजाबी भाषा दा इतिहास विद्या भास्करअरुण** लुधियाना 1956 प्राप्य

**पंजाबी ते लँहिदी** हरदेव बाहरी पटियाला 1958\70

**पंजाबी भाषा दा विकास** दुनीचन्द चंडीगढ़ 1959प्राप्य

**पंजाबी भाषा दा विकास** प्रेमप्रकाश सिंह लुधियाना 1957-1971प्राप्य

**पंजाबी कोशों का निम्नांकित रूप में वर्गीकरण किया जा सकता है:**

**1. गुरु बानी से सम्बन्धित एक भाषी कोश** (इसी शीर्षक के अन्तर्गत पर्याय तथा भाषा कोश भी रखे गए हैं)

**(क) पर्याय कोश**

**आदिग्रन्थ श्री गुरुग्रन्थ साहिब जी देपर्याय** सुते प्रकाश 1868 अमृतसर

**पर्याय श्री गुंरु ग्रन्थ जी** चन्दा सिंह 1902 अमृतसर

**पर्याय श्री ग्रन्थ साहिब जी आदि** (3भाग) हरी सिंह, गुरदित सिंह 1907 अमृतसर

**पर्याय श्री ग्रन्थ साहिब जी आदि** गोबिन्ददास 1929 अमृतसर

**पर्याय श्री गुरुग्रन्थ साहिब जी** शामसिंह 1936 अमृतसर

**पर्याय श्री दशम ग्रन्थ** बाबा ठाकुर सिंह अमृतसर

**(ख) भाषा कोश**

**श्री गुरुग्रन्थ कोश** तारा सिंह 1895 पटियाला

**श्री गुरुग्रन्थ कोश**(दो भाग)हजारा सिंह 1896-1955 अमृतसर

**श्री गुरबानी अदूती कोश** महिताब सिंह 1923 अमृतसर

**श्री गुरु शबद प्रकाश** कौर सिंह 1926 पेशावर

**गुरुशबद रत्नाकर महानकोश** काहन सिंह 1930 अमृतसर

**श्री गुरुग्रन्थकोश** (अर्थात् ग्रन्थ साहब की शब्द सूची) वीर सिंह 1939 अमृतसर

**कोश श्री दशम ग्रन्थ** लाल सिंह 1949 संगरूर

**गुरुबानी कोश** प्यारा सिंह पदम 1960 अमृतसर

**श्री गुरु ग्रन्थ कोश** गुरुमुखसिंह निर्मला - अमृतसर

**2. अभिधान कोश (या स्वतन्त्र रूप में एक-भाषी कोश)**

**नाममाला कोश** सुदर्शन प्रेस 1939 अमृतसर

**3. पारिभाषिक कोश (चिकित्सा सम्बन्धी)**

**चिकित्सा कोश (चार भाग)** गुरदतसिंह साधु 1888 अमृतसर

**4. लोकोक्ति या मुहावरा कोश**

**पंजाबी अखौटा** भानुदत्त 1891 लाहौर

**पंजाबी बुझारतां अर्थात् (फ़ारसी लिपि केकोश)** शिवदयाल 1921लाहौर

**पंजाबी अखान भंडार** इन्द्र सिंह 1925 अमृतसर

**अखानां दी खान** किरपाल गिल 1944 अमृतसर

**पंजाबी सोहज प्रकाश** (अर्थात् मुहावरेतथा कहावतें)साहिब सिंह 1941 लाहौर, महिताब सिंह 1952

**5 पर्याय कोश**

**एक नाम अनेक नामावली** लाल हरी -अमृतसर

**6. भाषा कोश**

**पंजाबी शब्द भंडार** विशन सिंह पुरी 1922 लाहौर

**पंजाबी कोश पेप्सू** पंजाबी विभाग, पटियाला 1955 पटियाला

**सरल पंजाबी कोश**-1956 अमृतसर

**7. बोली या उपभाषा कोश**

**शब्द कोश बाबत अरथ संजम** पंजाबी भाषा विभाग 1950 पटियाला

**पोथोहारी शब्द कोश** पंजाबी भाषा विभाग 1960 पटियाला

**पुआधी शब्द कोश** पंजाबी भाषा विभाग 1960 पटियाला

## द्विभाषी कोश

### (क) पंजाबी-अंग्रेज़ी

**1. भाषा कोश**

**डिक्शनरी आफ दी पंजाबी लैंग्वेज** लुधियाना मिशन प्रैस 1854 लुधियाना

**दि पंजाबी डिक्शनरी** भाषा विभाग, पंजाब 1895 लाहौर मया सिंह 1961 पटियाला

पंजाबी- इंग्लिश-डिक्शनरी गुरचरन सिंह, सरन सिंह- अमृतसर

**2. बोली या उपभाषा कोश**

**डिक्शनरी आफ दी वेस्टर्न पंजाबी लैंग्वेज जटकी एण्ड जुक्स.** ए. 1900 लाहौर भाषा विभाग, पंजाब -1961 पटियाला

**ग्लॉसरी आफ दी मुलतानी लैंग्वेज एण्ड साऊथ वेस्टर्न पंजाबी** ओ. ब्री. ई. 1903 लाहौर

**3. पारिभाषिक कोश**

(अ) **तकनीकी कोश टेकनीकल टर्म्स इन पंजाबी** टैक्सटबुक सोसाइटी 1930 लाहौर

**एंग्लो-पंजाबी डिक्शनरी आफ टेकनीकल टर्म्स** - पैप्सू भाषा विभाग 1953 पटियाला

**4. कोश तथा व्याकरण (मिश्रित रूप में)**

**पंजाबी ग्रामर:विद एक्सरसाइसिज़ एण्ड वोकेबुलरी**- न्यूटन ई. पी. 1896 लुधियाना

**पंजाबी-अंग्रेज़ी और अंग्रेज़ी-पंजाबी शब्दावली** -न्यूटन ई.पी. लुधियाना

**अर्थात् पाठाभ्यास, पंजाबी व्याकरण एवं शब्दावली सहित कोश** 1961 पटियाला

**5- बोली या उपभाषा कोश**

**ग्रामर एण्ड डिक्शनरी आफ विल्नवज़े वेस्टर्न पंजाबी** शाहपुरी डिस्ट्रिक्ट 3899 लाहौर

**6- साहित्य कोश**

**साहित्त संकेत** -सम्पा. दीवान सिंह प्रेमसिंह आदि 1866 जालन्धर

### (ख) अंग्रेजी-पंजाबी कोश

**1. भाषा कोश**

**ऐंग्लो गुरुमुखी डिक्शनरी** सालिग्राम 1897,1923 लाहौर

**ऐंग्लो-पंजाबी डिक्शनरी** वज़ीर-ए-हिन्दप्रेस 1915 अमृतसर

**पंजाबी वोकेबुलरी आफ 5,800 वर्ड्स** -टी. ग्राहम. बेले 1919 कलकत्ता

**दी स्टैंडर्ड इंग्लिश-पंजाबी डिक्शनरी 5 भाग** पंजाबी भाषा विभाग 1953 शिमला

**एंग्लो-पंजाबी डिक्शनरी** तेजा सिंह 1955 लुधियाना

**दि जूनियर रीडर्स बेसिक डिक्शनरी** बी.एस. सग्गू 1955 लुधियाना

**पंजाबी डिक्शनरी** (अंग्रेजी में) हेयर्स वाल्टर पुलिन 1929 लायलपुर

**अंग्रेजी-गुरुमुखी डिक्शनरी-कोश**

**इंग्लिश टु पंजाबी डिक्शनरी**

**स्टुडेंटस जवाहर इलस्ट्रेटिड एंग्लो-डिक्श.** हर मिन्दर सिंह 1966 अमृतसर

**2. लोकोक्ति-मुहावरा कोश**

**ए गाइड टु पंजाबी या कहावतें**-मुहावरें, ए. सी. पाल एण्ड सन्स 1930 अमृतसर

**अंग्रेजी-पंजाबी शब्दावली**(तृतीय संस्करण)

**पंजाबी कहौतां दा संग्रह** (पंजाबी-अंग्रेजी) रेखा सहित

**3. व्याकरण संगुम्फित कोश**

**अंग्रेजी-पंजाबी कोश व्याकरण की रूपरेखा सहित**

**4. वर्तनी कोश(एक भाषी)**

**शब्द जोड़ कोश,** (गुरमुखी लिपि में) पंजाबी-वि.वि. 1968 पटियाला

**(ग) फारसी-पंजाबी**

**निसब एदसती अर्थात् ए पर्शियन पंजाबी वोकेबुलरी इन वर्स विद मार्जिनल नोट्स इन पर्शियन** खुदाबक्श 1868 लाहौर, 74

**फारसीनामह, विद दाहिस्बटी अर्थात् फोर पर्शियन-पंजाबी** तावूलरोज इन वर्स 1874 लाहौर

**(घ) पंजाबी-रूसी कोश**

**पंजाबस्को रूस्को स्लोवार तथा आई.डी. व्रिआयोव** आई. एम. राविनोविच-1961 मास्को

**(ङ) हिन्दी-पंजाबी कोश**

**हिन्दी-पंजाबी कोश भाषा विभाग,** पंजाब 1961 पटियाला[1]

## मराठी

**Grammar of the Mahratta Language-** William Kare (1805)
**Dictionary of the Mahratta Language-**William Kare (1810)
**The Principles of Marathee Grammar-** Stevension (1833)
**A Grammar of the Mahratta Language-** Velentine (1839)
**Grammar of the Marathi Language-**Burger (1854)
**A Marathi and English Dictionary-**Mols Worth (1857)
**मराठी व्यवहारांतील म्हणी-** एन0 जी0 चात्रे (1870)
**सुबोध व्याकरण** -रामचन्द्र मिकाली गुंजीकर (1886)
**शुद्ध मराठी लिहिष्या विषयीं अनुगम-** आर0 वी0 ओक 1864
**मराठी शुद्ध लिहिष्याविषयी नियम-** जी0 जी0 केल्कर (1867)
**महाराष्ट्र भाषेची लेखन शुद्धि** - आर0 बी0 गुंगीमर (1878)
**शुद्ध लेखन विचार-** टी0 एन0 गोडबोले (1893)
**सुलेखन विद्या-** जी0 एन0 मदगाँवकर (1891)
**शुद्ध लेखन बोध-** एन0 डी0 जोशी (1895)
**महाराष्ट्र भाषेचे व्याकरण-** गंगाधर शास्त्री फड़के (1836)
**मराठी भाषेची लेखन पद्धति-**के0एन0 साने (1905)
**मराठी इंग्रजी कोश-** जी0स0 देव (1910)
**Maraathi- English Dictionary.** S.G, wase (1911)
**शुद्ध लेखन दीपिका-**एन0वी0 आप्टे 1911
**शुद्ध लेखन** - एम0 के0 दामले (1905)
**शुद्ध लेखन ज्ञान-**वी0 वी0 गोसानी (1913)
**शुद्ध लेखन दीपिका-**जी0 आर0 कुलकर्णी (1918)
**मराठी शुद्ध लेखा-**बी0एल0 कुलकर्णी(1920)
**सुलभ शुद्ध लेखा** -बी0 आर0 माने (1928)
**शुद्ध लेखनाचा राजमार्ग-**जी0 एम0 चिपलूणकर (1927)
**ज्ञानेश्वरी तील मराठी भाषेचें व्याकरण-** राजवाड़े (1909)
**Declension of noun's in Marathi as seen in** "ज्ञानेश्वर's work -K,K, Joshi (1914)
**महाराष्ट्री और मराठी-** एस0कोनो (1903)
**मराठी के भूतकाल पर टिप्पणी-**एस0 कोनो (1902)
**मराठी भाषेचे व्याकरणकार-**एस0 मोने (1927)
**मराठी व्याकरणची लघुकथा-**ए0 के0 प्रियोलकर (1926)
**स्वर व्यंजन व्यवस्था-**पाध्ये भट्ट जी(1911)
**The Formation of Konkani-** S.M. Katre (1910)
**The Konkan and the Konkani Language** V.P. Chavan(1911)
**कोकणी कहावतें** -वी. पी. चावन
**मराठी भाषेची घटना-** आर0 बी0 जोशी
**मराठी भाषा, उद्गम व विकास** - के0 पी0 कुलकर्णी
**महाराष्ट्र भाषाभ्यास-**वाई0 आर0 दाते
**मराठी भाषेचों व वाङ्मया चा इतिहास** -बी0 ए0 भिन्डे
**मराठी भाषेचा अभ्यास-**जी0 बी0 निरस्तर
Laforwation dela langue marathi-J.Block
**पुरानी मराठी पर कन्नड़ का प्रभाव-**आर0 वी0 जहांगीरदार
**मराठी में अनुनासिकता की कुछ समस्याएँ-**वी0 एन0 सरदेसाई
**A Comprehensive Marathi Grammar** R . B Joshi
**आधुनिक मराठी चें उच्चतर व्याकरण-** एम0 पी0 सबनीस
**पारसी- मराठी कोश-**पटवर्धन
**मराठी मुहावरा कोश-**दाते तथा कर्वे
**मराठी भाषा की ध्वनि-** जी0 के0 मोदक
A Higher Marathi Grammar - A.K. Kher

1. भारतीय भाषा विज्ञान की भूमिका नामक पुस्तक से साभार- लेखक

**शुद्ध लेखन** - वी0 एस0 कोल्हटकर
**सुगम मराठी शुद्ध लेखन** एम आर बकम्बे
**मराठी शुद्ध लेखन सहायक** - गोखले और दामले
**शूद्ध लेखानाचे नवे नियम**- महाराष्ट्र सा0 परिषद्
**Phonology and Morphology of Marathi** A.R. Kelkar
**मराठी अर्थसिद्धि** एन. एच. पुरन्धरे
**Students Marathi Grammar** G. M. Navlkar
**यादव कालीन मराठी भाषा**- डॉ. तुलपुले
**डॉगी बोली का अध्ययन**- प्रो0 आर0 एस0 जोग
**ज्ञानेश्वरी का भाषा वैज्ञानिक अध्ययन**- डॉ. पांसे
**Resume of Grammar.** B.B. Devadhar
**माध्यमिक व्याकरण**- एस0एम0 गोखले
**Marathi Language Course for English Student**- H.L. Lambert.

## मलयालम

**भाषयुटे व्याकरणम्**- राबर्ट ड्रमण्ड (1799)
**The Grammar of the Malayalam Language**- Robert Pit (1841)
**मलयालम व्याकरण**- डॉ. गुंडर्ट (1862)
**मलयालम कोश**- डॉ. गुंडर्ट (1862)
**बालाभ्यसनम्** -जार्ज मत्तन (1863)
**केरल भाषा काव्याकरण**- पाच्चुमूत्ततुँ (1876)
**केरल कौमुदी**- कोवुण्णी नेडुउ0 ड0 डी (1876)
**केरल पाणिनीयम्** - ए0 आर0 राज राज वर्मा (1896)
**भाषा भूषणम्** - ए0 आर0 राजवर्मा (1902)
**मध्यक व्यकरणम्** -ए0 आर0 राजवर्मा (1907)
**शब्द शोधिनी** -ए0 आर0 राजवर्मा (1908)
**मलयाली में भारतीय आर्यशब्द** - गोदावर्मा
**केरल भाषा विज्ञानम्**- गोदावर्मा
**मलयाली का विकास**- शेखर
**रामचरितम् और प्रारंभिक मलयाली का विकास**-जॉर्ज
**व्याकरण मित्रम्**- शेष गिरि प्रभु (1912)
**भाषा दर्पणम्**- आट्टूर कृष्ण पिशोरटी (1917)
**व्याकरण-संग्रहम्**- गार्तुवेट एल0 (1931)
**व्याकरण कौमुदी**-वेलायुधन आचारी (1939)
**व्याकरण कौमुदी**-वासुदेव मूसद के0 (1941)
**भाषा-परिचयम्** - पंडित कुट्टिकृष्ण मारार(1942)
**शब्द कौमुदी**- के0 के0 राजा(1942)
**पाणिनि पद्योतम**- आई0 सी0 चाक्को (1944)
**श्री चित्र व्याकरणम्**-एन0 कुंचिराम (1945)
**नवीन व्याकरण पाठावली**- वर्गीरा टी0 (1948)
**The Progressive Grammar**-Farhnrmayer. L. J.
**साहित्य-परिचय, भाषा-प्रवेशिका**- जी0 शंकर कुरूप
**भाषा लक्षणामृतम**- ओ0 शंकरन कुट्टिमेनन
**Dialect. Survry of Malayalam.** Subromanium
**श्री काकुलम के हरिजनों की बोली**-शिवराम मूर्ति,1976

## कन्नड़

**काव्यावलोकन**-नागवर्मा (12 वीं शताब्दी)
**शब्दमणि दर्पण**- केशिराज (13 वीं शताब्दी)
**शब्दानुशासन**- भट्टा कलंक (1600 ई0)
**भाषा मंजरी**- भट्टा कलंक
**मंजरी मकरंद** -भट्टा कलंक
**नम्मानुड़ी**- वैकटेश आसंगार
**द्रविड़ भाषा विज्ञान**-नागारजैया
**भाषा विज्ञान मूल तत्त्व** गुलु-चिदानंदमूर्ति
**शारदे संसार**-जहाँगीर दर
**कन्नड़ भाषा शास्त्र** -धारवड़कर
**कन्नड़ं भाषा का ऐतिहासिक कोश**- प्रो0 टी0 एन0 श्रीकंटइया
**प्राचीन कन्नड़ं का ऐतिहासिक व्याकरण**- जी0एस0गई
**Grammar of oldest Kaannrese Inscriptions** (प्राचीन कन्नड़ शिलालेखों का इतिहास) ए0 एन0 नरसिम्हइया
**A Grammar of the Kannar Language in English**-F. Kittel.
**Symbolic and Pragmatic semantics**- Beam

## तमिल

**Comparative Dravidian Phonology**- K. Zveleil, 1970
**Phonemics of old Tamil**- C R Sankaran
**A progressive Grammar of common Tamil**- A.H. Orden
**Structure Gramatical fe Langues Dravidierres**- J. Block.

**बोलचाल की तमिल वाक्य रचना** सुब्बिया, लंदन, 1965
**Generative Grammar of Tamil** Subbia, 1963
**Comparative Grammar of Dravadian Languages**- ColdWell
**तमिल और मलयालम का तुलनात्मक अध्ययन**-के. पुष्पावली
**तमिल शब्द कोश**-मद्रास विश्वविद्यालय
**The Brahmi Language**- D. S. Bray
**Contrastive approach of Tamil and Malyalam**- Madurai, 1973
**Kolami: A Dravidian Language**-M. B. Ameny
**Comparative Dravidian Phonology**-K. Zveleleil, 1970
**Phonemics of old Tamil** -C. R. Sankaran
**A Progressive Grammar of Common Tamil**-A. H. Orden
**Structure Gramatical de Langues** - Dravidienes-J. Block
**तमिल बोलियाँ**- रामा सुब्बिया, कुवालालमपुर,1996
**तमिल वाक्य रचना का इतिहास**-अरूणाचलम

## कश्मीरी

**उर्दू कश्मीरी व्याकरण**- नारायण पंडित
**कश्मीरी व्याकरण**- ब्रजबिहारी काचरू
**कश्मीरी भाषा का संक्षिप्त व्याकरण**- ब्रजबिहारी काचरू
**कश्मीरी ध्वनि एवं अक्षर विन्यास**- सिद्धेश्वर नाथ वर्मा
**दरद भाषाएँ कश्मीरी भाषाएँ** - एडलमन, मास्को-1995
**कश्मीर शब्दामृत**- ईश्वर कौल(पूरा किया ग्रियर्सन ने)
**निशाबि कश्मीरी**- बहाउद्दीन
**व्याकरण मिश्रित शब्दकोष**- अब्बू-नसर
**कश्मीरी कोष**- ईश्वर कौल.
**कश्मीरी भाषा का वर्णनात्मक व्याकरण**-प्राणनाथ त्रृसाल, 1964
**कश्मीरी भाषा की प्रज्ञा**- सुदर्शन कश्मीरी
**कश्मीरी कहावतों और मुहावरों का तुलनात्मक अध्ययन**- डॉ. शिमनकृष्ण रैना
**दरद भाषा**- डॉ. सिद्धेश्वरनाथ वर्मा [1]
**कोसरूक ऐलाका बदफिरे**-जेनागिरि- 1968
**कश्मीरी का भाषा वैज्ञानिक अध्ययन**- ओंकारनाथ कौल, दिल्ली- 1977

## आधुनिक पाश्चात्य कार्य

सभी जानतें हैं, प्राचीन भारतीय भाषा विज्ञान की तुलना में प्राचीन यूरोपीय अनुसंधान नितांत अव्यस्थित और ऊबड़-खाबड़ ही सिद्ध हुआ। भारतीय आचार्यों ने ध्वनि, अर्थ, पद, शब्द, स्वर, वाक्य आदि का जितना प्रामाणिक और वैज्ञानिक विवेचन किया, वहीं पश्चिमी मेधा ने भाषा-विज्ञान के क्षेत्र में इस समय ऐसा कुछ नहीं किया, जो विश्वास और प्रमाण के धरातल पर समतल बैठ सके तथा जिसे भाषा-विज्ञान के इतिहास में साटा या चस्पा किया जा सके। हाँ, मध्यकाल के **रूसो, कौंडकल, हर्डर, लाइबनिज** आदि भाषा वैज्ञानिकों ने इस जड़ता को थोड़ा सा जरूर तोड़ा, जिससे कुछ ऊष्मा और जीवंतता पैदा हुई। अतः आधुनिक काल तक आते-आते स्थिति पूर्ण रूप से बदल गई। भारतीय भाषा-विज्ञान, पाश्चात्य भाषा-विज्ञान से कुछ पीछे खिसकता दिखाई देने लगा। अबतक तो ये पश्चिमी भाषा-विज्ञानी ग्रीक, लातीन और फारसी की समानताओं और विश्लेषण में ही कदमताल कर रहे थे, किन्तु जब इन्हें देववाणी संस्कृत के विषय में जानकारी होती है तो, इनके अध्ययन का फलक विस्तृत और ठोस हो जाता है। संस्कृत ने इन्हें नयी भाषा-वैज्ञानिक रोशनी दी। संस्कृत की आँच से इनका भाषा-वैज्ञानिक कार्य कुन्दन बन टेघरता-पिघलता है, अंत में खरा और प्रामाणिक बन नई प्रेरणा का केन्द्र भी बनता है। बहरहाल, आधुनिक काल के इन पाश्चात्य भाषाविदों के संबंध में संक्षेप में इस प्रकार जाना जा सकता है।

**सर विलियम जोन्स** (Sir William Jones)- कलकत्ता में सन् 1774 के आस पास Royal A siatic Society(रायल एशियाटिक सोसाइटी) की स्थापना हुई। इस सोसाइटी के पाँच सदस्य थे- **विलियम जोन्स, विलकिन्स, कैरी ई फार्स्टर,** एवं **कोलब्रुक**। सभी सदस्यों के साथ-साथ प्रसिद्ध अंग्रेजी विधि शास्त्री विलियम जोन्स ने रायल एशियाटिक सोसाइटी ऑफ बंगाल (Royal Asiatic Society of Bangal) के सन् 1886 के उद्घाटन भाषण के अवसर पर कहा कि संस्कृत की प्राचीनता चाहे जो भी हो, इसका गठन अद्भुत है। यह ग्रीक से अधिक पूर्ण, लातीन से अधिक भरी-पूरी है तथा इन दोनों से अधिक परिष्कृत है। कोई भाषा शास्त्री संस्कृत, ग्रीक, एवं लातीन के निरीक्षण के बाद इस निष्कर्ष पर पहुँचे बिना नहीं रह सकता कि ये तीनों ही एक स्रोत से प्रादुर्भूत हुई हैं, यद्यपि उस स्रोत का आज पता नहीं हैं-"The Sanskrit language what ever be its antiquity, is of a wonderful structure more perfect than the Greek, more copious than the Latin and more exquisitely refined than either........ indeed that no philologer could examine them all three without believing them to have sprung from some common source, which perhaps no longer exists"[1] इसके अतिरिक्त विलियम जोन्स ने अभिज्ञान शाकुंतलम्, गीतगोविन्द तथा मनुस्मृति का अंग्रेजी भाषा में अनुवाद भी किया था।

सच तो यह है कि ये जोन्स महोदय ही थे, जिन्होंने भारतीय वैयाकरणों के भाषा-विज्ञान संबंधी मूल्यवान दाय को यूरोपीय जगत के समक्ष रखा। इन्होंने ही संस्कृत तथा अन्य यूरोपीय भाषाओं से तुलना कर सर्वप्रथम 'तुलनात्मक भाषा-विज्ञान' की नींव रखी। जैक्सन(Jackson) महोदय इस बतिया को स्वीकार भी करते हैं कि यूरोप में आधुनिक तुलनात्मक भाषा विज्ञान का जन्म तभी हुआ, जब पाश्चात्य विद्वानों का परिचय संस्कृत से हुआ-"Comparative Philology was born on the day, when Sanskrit was opened to the eyes of the Western world. The enthsiasm that stirred the hearts of those first pioneers in to the realm of India's sacred language and India's ancient lore still throbs in the veins of their followeres to day and will quicken the pulse beat of inspired workers for generations to come" बहरहाल, भाषा-विज्ञान संबंधी उक्त महान कार्य की सारी उपलब्धि तथा श्रेय **जोन्स** के खाते में ही दर्ज हुई है। पश्चिम के ही एक अन्य भाषा विज्ञानी **जे आर0 फर्थ** (J.R.Firth) तो जोन्स के उक्त कार्य पर बहुत मुग्ध हैं और कहते हैं कि विलियम जोन्स के द्वारा कराए गए भारतीय वैयाकरणों एवं ध्वनिविदों के परिचय के बिना हम पश्चिम के लोग उन्नीसवीं शताब्दी में हुए ध्वनि-विज्ञान संबंधी विकास की कल्पना भी नहीं कर सकते-"Without the Indian grammarians and phoneticians whom he **sir Willam Jones** introduced and recommended to us, it is difficult to imagine our nineteenth century school of phonetics.'

**कोएर्दू, कोर्डू या कूर्दो** (Courdoux)- फ्रेंच पादरी **कोएर्दू** सन् 1767 ई. में ईसाई धर्म प्रचारक के रूप में भारत आए और यहाँ रहते उन्होंने संस्कृत भाषा का गहन अध्ययन किया। इसी क्रम में उन्होंने संस्कृत, ग्रीक, लैटिन तथा फ्रेंच भाषा के कुछ शब्दों की तुलना संबंधी एक लेख लिख 'French Institute' फ्रेंच इन्स्टीट्यूट' में छपने के लिए भेजा, पर दुर्भाग्य से वह 40 साल तक प्रकाशित नहीं हो सका, जिससे इनकी प्रतिभा का उचित आकलन तत्कालीन समाज नहीं कर पाया। इसी बीच 'Fort William (फोर्ट विलियम) में मुख्य न्यायाधीश के रूप में नियुक्त **विलियम जोन्स** ने इसी विषय पर अपना कार्य प्रस्तुत करा लिया. जाहिर है, **कोएर्दू** की प्रतिभा दबी रह गई और इस महान कार्य का सारा श्रेय झपट लिया **विलियम जोन्स** ने। कोएर्दू के लिए यह एक विडंबना ही थी। कोएर्दू ने 'अस' धातु के रूपों और सर्वनाम शब्दो की भी दोनो भाषाओं में तुलनाएँ की थीं।[2] उनका कार्य इस प्रकार है, जिसे **माइकल ब्रील** (Michel Breel) नामक विद्वान ने महत्व देते हुए कालान्तर प्रकाशित किया,-

**शब्द**

| **संस्कृत** | **लातिन** | **संस्कृत** | **लातिन** |
|---|---|---|---|
| | रूपों की तुलना | 'अस' धातु के समान तथा संदिग्ध वर्तमान | |
| देव | देउस(Deus) | अस्मि | सुम्(sum) |
| मृत्यु | मोर्स (Mors) | असि | एस(es) |
| विधवा | विडुआ (Vidua) | अस्ति | एस्त (est) |
| मध्य | मेडियस (Medius) | स्मस् | सुमुस (summus) |
| दत्तम् | दातुम (Datum) | स्थ | एस्तिस(estis) |
| गणितम् | गेनितुम (Genitum) | सन्ति | सुन्त (sunt) |
| जानु | गेनु (Genu) | स्यास् | सिस् (sis) |
| दानम् | डोनुम (Donum) | स्यात | सित् (sit) |

## 'सर्वनाम' शब्दों की तुलनात्मक तालिका

| **संस्कृत** | **लातिन** | |
|---|---|---|
| अहम् | एगो | (ego) |
| में | मी | (me) |

1. The Third Anniversery Discourse- Sir William Jones, P. 21.
2. भाषा विज्ञान- डॉ देवदत्त कौशिक, पृष्ठ-286

| | | |
|---|---|---|
| मह्यम् | मिहि | (mihi) |
| स्व | सुस् | (sus) |
| त्वम् | तु | (tu) |
| तुभ्यम् | तिबि | (tibi) |
| कस् | क्विस् | (quis) |
| के | क्वि | (qui) |
| कम् | क्वेम् | (quen) |

**हेनरी थामस कोलब्रुक** (Henry Thomas Colebrook)- कोलब्रुक का समय 1765 से 1837 के बीच में पड़ता है। कोलब्रुक ने **विलियम जोन्स** की भाषा विज्ञान संबंधी खोज की परंपरा को आगे बढ़ाया। इन्हे भारत और संस्कृत भाषा से विशेष लगाव था। इन्होने भारतीय भाषा-विज्ञान तथा पुरातत्त्व विज्ञान के क्षेत्र में नया शोध कर नई प्रतिष्ठा प्राप्त की। इन्होने संस्कृत, प्राकृत,फारसी और अरबी भाषाओं का तुलनात्मक अध्ययन भी प्रस्तुत किया। भारतीय धर्म शास्त्रों पर भी इनका कार्य गंभीर माना जाता है, भारतीय कानून, दर्शन, ज्योतिष, गणित भी इनके लेखन की परिधि में आये। सन् 1805 में इनकी महत्त्वपूर्ण कृति 'On the Vedas' का प्रकाशन हुआ। इन्होने, पाणिनि व्याकरण, हितो पदेश, अमरकोश और किरातार्जुनीयम् पर भी प्रामाणिक कार्य किया। भारतीय पाण्डुलिपियों पर किया गया इनका कार्य आज भी ठोस और वैज्ञानिक माना जाता है।

**फ्रेडरिक वान श्लेगल** (Friedrich Von Schlegel) - फ्रेडरिक जर्मन विद्वान थे। इनका समय सन् 1772-1829 है। इन्हे संस्कृत भाषा से विशेष लगाव था। बताते हैं संस्कृत का शुरुआती ज्ञान इन्होनें **एलेक्जेन्डर हैमिल्टन** नामक युद्धबन्दी से प्राप्त किया था। इन्होने कुछ वर्षो तक 'पेरिस लाइब्रेरी' में हस्तलिखित ग्रथों का अध्ययन किया। फ्रेडरिक महोदय ने कालान्तर में संस्कृत शब्दों की तुलना ग्रीक, लैटिन और जर्मन शब्दों से की।इनका सुप्रसिद्ध ग्रंथ "भारतीयों का भाषा ज्ञान" (The Language and Wisdom of the Indian) आज भी मील का पत्थर माना जाता है। यह संस्कृत संबंधी इनकी प्रथम रचना थी। इसके बाद आपने संस्कृत भाषा के 'शकुन्तलोपाख्यान', 'भगवद गीता', 'मनुस्मृति' और 'रामायण' का अनुवाद जर्मन में किया। फ्रेडरिक महोदय को'तुलनात्मक व्याकरण' पद का सर्व प्रथम प्रयोग करने का श्रेय भी मिला हुआ है। यही नहीं इन्हें ही भाषाओं के वर्गीकरण का पहला प्रयास करने वाला भाषा वैज्ञानिक भी माना जाता है। आपने संसार की भाषाओं को दो वर्गो मेंविभक्त किया, (1) - संस्कृत और उससे सम्बद्ध भाषाएँ तथा (2)- अन्य भाषाएँ। ध्वनिनियमों का संकेत भी फ्रेडरिक वान श्लेगेल ने ही किया। आपने चीनी भाषा को 'आ' वर्ग के अंत में स्थान दिया और कहा कि वह अन्य भाषाओं से भिन्न भी है।

**अडोल्फ डब्ल्यू. श्लेगेल** (Adolf W. Schlegel) कुछ लोग अडोल्फ को फ्रेडरिक श्लेगेल का छोटा भाई तो कुछ बड़ा भाई बताते हैं। जो छोटा भाई बताते हैं, वे इनकी जन्म तिथि 1776-1845 मानते हैं, और जो बड़ा भाई बताते हैं, वे 1767-1845 मानते हैं। बहरहाल, यह तय है कि आप फ्रेडरिक के सगे भाई थे, और **फ्रेडरिक** की तरह ही आपके पास भी प्रखर प्रतिभा थी। आपने अपने भाई के भाषाओं के वर्गीकरण संबंधी कार्य को आगे बढ़ाया और उनके प्रथम वर्ग को दो उपवर्गो - संयोगात्मक तथा वियोगात्मक - में बाँटा भी। वस्तुतः अडोल्फ महोदय ने संसार की भाषाओं के वर्गीकरण के लिए तीन मुख्य आधार स्वीकार किया 1- वे भाषाएँ, जिनमें व्याकरण नही मिलता, 2- वे भाषाएँ जो प्रत्ययों के योग से बनी हैं तथा 3- वे भाषाएँ जिनकी रचना विभक्तियों के योग से हुई है। इस प्रकार श्लेगेल बन्धुओं ने आधुनिक तुलनात्मक व्याकरण के क्षेत्र में महत्त्वपूर्ण कार्य किया।

**विल्हेम फॉन हम्बोल्ट** (Wilhelm Von Humvoldt) **डॉ. मोती लाल गुप्त** लिखते हैं[1] कि भाषिक अध्ययन के क्षेत्र में पाश्चात्य विद्वानों ने उन्नीसवीं शताब्दी में जो उपलब्धियाँ अर्जित कीं, उनके संबंध में जर्मन वाङमीमांसक **विल्हेम फ़ान हुमबोल्ट या हम्बोल्ट** (1767-1835) का उल्लेख किए बिना नहीं रहा जा सकता। वैसे तो यह शताब्दी भाषा के व्यौरेवार विश्लेषणात्मक अध्ययन के लिए प्रसिद्ध है, किन्तु हुमबोल्ट ने भाषा के सैद्धान्तिक पक्ष पर ध्यान दिया। उनके विचार अधिकांश में मरणोपरान्त प्रकाशित हुए। उन्नीसवीं शताब्दी की समाप्ति के पूर्व तथा बीसवीं शताब्दी में उनके विचारों का प्रभाव स्पष्ट रूप से देखा जा सकता है। **बोएज़, सपीर, व्होर्फ** तथा **चॉम्स्की** जैसे प्रसिद्ध तथा प्रतिभाशाली विद्वानों की कृतियों में इस प्रभाव के स्पष्ट संकेत मिलते हैं। हम्बोल्ट महोदय ने भाषाओं के ऐतिहासिक अध्ययन पर विशेष बल दिया और भाषाओं को दोवर्गो में बाँटा 1- अश्लिष्ट भाषाएँ तथा 2- श्लिष्ट भाषाएँ। इन्होने शब्दों को धातुओं से विकसित बताया और भाषा को मनुष्य के स्वाभाविक विकास का परिणाम स्वीकार किया।[2] जावा की कविभाषा पर एक

---

**1. आधुनिक भाषा-विज्ञान की भूमिका- डॉ. मोतीलाल गुप्त, पृष्ठ -52**

**2. भाषा विज्ञान तथा मानक हिन्दी - डॉ. रत्नचन्द्र शर्मा, पृष्ठ -52**

वृहत् शोध ग्रन्थ भी हम्बोल्ट ने लिखा, जिसका प्रकाशन उनके देहांत के बाद 1836 ई0 में हुआ।[1] 'गीता' में हम्बोल्ट की विशेष रुचि थी। कुल मिलाकर हम्बोल्ट सामान्य भाषा-चिन्तन के क्षेत्र में उन्नीसवीं शताब्दी के महान सिद्धान्तवादी तथा विचारक थे।

**रेज्मस रास्क** (Rasmus Kristian Rask) – रास्क महोदय डेनमार्क के रहने वाले थे और वहाँ के प्रसिद्ध डैनिश भाषा विज्ञानी थे। **रास्क** के पास दैवी प्रतिभा थी, जिसके बल पर इन्होने डैनिश, फौजी,इटालियन, आइस लैंड की भाषाओं को उन्ही के निवासियों के बीच रहकर सीख लिया था। रास्क ने अपने भाषा-वैज्ञानिक अध्ययन में शब्दावली की अपेक्षा व्याकरणपर अधिक बल दिया। अपने भारत आगमन के दौरान द्रविड़ भाषाओं,खासकर 'मालाबारी' का अंतर सबसे पहले रास्क ने ही साफ किया। सन् 1814 में रास्क ने एक खोज पूर्ण निबंध डेनमार्क की 'Science Acadamy' के समक्ष प्रस्तुत किया। यह निबंध प्राचीन नार्स तथा आइसलैण्ड की भाषाओं की उत्पत्ति से संबंधित था। रास्क ने ध्वनि-परिवर्तन संबन्धी नियमों की ओर भी इशारा किया, जिन्हें बाद में **ग्रिम** महोदय ने व्यवस्थित स्वरूप दिया। इनका 'आइसलैण्डी व्याकरण' प्रसिद्ध है[2] कुल 45 वर्ष की आयु में अनेक भाषाओं का यह उद्‌भट विद्वान् 14 नवंबर सन् 1832 में निर्धनता, मानसिक अशांति और क्षीण स्वास्थ्य के कारण मृत्यु को प्राप्त हुआ।

**याकोब ग्रिम** (Jacob Grimm) - जर्मन आचार्य ग्रिम इस युग के ऐतिहासिक-तुलनात्मक भाषा-विज्ञान में पुरोगामी कार्य करने वाले पुरोधा भाषा-विज्ञानी माने जाते हैं। इनका समय 1785 से 1863 तक है। जिस प्रकार भाषा विज्ञान में महत्वपुर्ण खोज करने वाले **कोएर्दू** की प्रतिष्ठा **सर विलियम जोन्स** के माथें चढ़ी, उसी प्रकार रास्क की उपलब्धि को थोड़ा आगे खिसकाकर इनकी प्रतिष्ठा को झपट लिया **योकोबग्रिम** ने। ग्रिम महोदय जर्मनी भाषा में पारंगत थे और उस पर एक 'जर्मन व्याकरण' भी लिखा था। ग्रिम ने रास्क के भाषा-विज्ञान संबंधी कार्य को हिलोर-पछोर कर उसे प्रामाणिक और व्यवस्थित रूप दिया। वस्तुतः ग्रिम का वास्तविक योगदान उस सिद्धान्त को प्रतिपादित करने में था, जिसके आधार पर मूल भारोपीय से पहले मूल जर्मेनिक में तथा तदुपरान्त प्राचीन उच्च जर्मन में हुई व्यंजन व्यवस्था संबंधी नियमित परिवृत्तियों को समझाया जा सकता था। स्वन-परिवर्तन को समझाने की दिशा में यह एक लंबी श्रृंखला का प्रथम स्पष्ट प्रयास था।[3] जर्मेनिक उद्‌गम भाषा-भाषियों के लिए व्यंजन-परिवृत्ति को उन्होने निम्न प्रकार से समझाया था;

| **भारोपीय** | | **जर्मेनिक** |
|---|---|---|
| b(ब्) | → | p (प्) |
| d(ड्) | → | t(ट्) |
| g(ग्) | → | k(क़्) |
| p (प्) | → | f(फ़) |
| t (ट्) | → | q (थ) |
| K (क्) | → | h (ह्) |
| bh(भ्) | → | b(ब) |
| dh(ध्) | → | d(ड्) |
| gh(घ्) | → | g(ग्) |

कुल मिलाकर **ग्रिम रास्क** से प्रभावित थे, यही कारण है कि उन्होंने रास्क की बहुत प्रशंसा भी की है। उनके द्वारा लिखा गया "ट्यार्टॉनिक भाषा का व्याकरण" उनकी भाषा वैज्ञानिक प्रतिभा का श्रेष्ठ निदर्शन माना जाता है, जिसके कई खण्ड हैं। ध्वनि परिवर्तन संबन्धी नियम की उन्होंने चर्चा की, वह कालान्तर में **ग्रिम-नियम** से अन्तर्राष्ट्रीय प्रसिद्धि को प्राप्त हुआ। पेशे से वकील **ग्रिम** भाषा विज्ञान के क्षेत्र में एक महत्वपूर्ण पड़ाव है।

**फ्रान्त्स बॉप** ( Franz Bopp)– पेरिस में रहकर जर्मन विद्वान् बॉप ने संस्कृत भाषा का अध्ययन किया। वहाँ ये भाषा विज्ञान के जन्मदाता बताए जाते हैं। तुलनात्मक व्याकरण की नींव डालने वालों में फ्रान्त्स बॉप का भी नाम बहुत आदर के साथ लिया जाता है। ग्रीक, लैटिन, ईरानी और जर्मन भाषाओं के रूपों की तुलना से संबन्धित उनकी पुस्तक "धातु प्रक्रिया" 1816 में प्रकाशित हुई। बाप ने तुलनात्मक व्याकरण की प्रतिष्ठा को नया क्षितिज और आयाम दिया। इनका समय 1791 से 1867 है। 1833 ई. में बाप की एक अन्य रचना प्रकाशित हुई। इसमें संस्कृत, जेन्द, लैटिन, ग्रीक, गाथी, जर्मनिक तथा लिथुआनी का तुलनात्मक व्याकरण प्रस्तुत किया गया था[4] 1854 में बाप ने संस्कृत तथा ग्रीक भाषाओं के स्वराघात पर प्रकाश डालते हुए उसे तुलनात्मक व्याकरण के साथ जोड़ा। बर्लिन

1. ऐतिहासिक भाषा विज्ञानःसिद्धान्त और व्यावहार- डॉ. जय कुमार 'जलज' पृ. 322, हिन्दी समिति, सूचना विभाग उत्तर प्रदेश लखनऊ, 1972
2. भाषा-विज्ञान डॉ. देवदत्त कौशिक, पृष्ठ 290
3. भाषा विज्ञान तथा मानक हिन्दी- डॉ. रत्नचन्द्र शर्मा, पृष्ठ-50

विश्वविद्यालय में संस्कृत के तुलनात्मक व्याकरण के अध्यक्ष पद पर कार्य करते हुए बाप ने **रास्क** के संस्कृत भाषा के महत्व पर प्रकाश डालते हुए उसके अध्ययन की परंपरा को और आगे बढ़ाया। बाप ने संस्कृत, ग्रीक और लैटिन को एक ही स्रोत से विकसित बताया। उन्होंने संसार की भाषाओं को तीन वर्गों में विभक्त किया। 1. धातु और व्याकरण से रहित अर्थात् व्याकरणिक नियमों से हीन भाषाएँ, 2. एकाक्षर धातु वाली भाषाएँ, जैसे भारोपीय परिवार की भाषाएँ तथा 3. द्वयक्षर धातु वाली भाषाएँ यथा– सामी परिवार की हिब्रू तथा अरबी आदि भाषाएँ। इनके ऊपर ग्रिम का प्रभाव यह रहा कि इन्होंने भी अ, इ, उ को मूल स्वर स्वीकार कर लिया।

**बॉप** और **ग्रिम** के देहान्त से पूर्व अर्थात् 1867 ई. तक भाषा-विज्ञान की पर्याप्त सामग्री एकत्र हो गई थी और आर्य परिवार का पृथक अस्तित्व निश्चित हो गया था। यूरोप में अब तक इस विज्ञान का अध्ययन विभिन्न राष्ट्रों और जातियों की संस्कृति और साहित्य के अध्ययन के साथ-साथ गौण रूप में किया जाता था, परन्तु अब उसने एक स्वतंत्र विषय का रूप धारण कर लिया। इस संबन्ध में इतिहास और तुलनात्मक विवेचन ने उसे विशेष सहयोग दिया। अब तक के अध्ययन में 1. संस्कृत भाषा का विशेष महत्व, 2. सामान्य लक्षणों के आधार पर भाषाओं की तुलना, 3. प्राचीन भाषाओं पर विशेष बल तथा 4. लिपिबद्ध भाषाओं की विशेष विवेचना आदि विषयों को– प्रमुखता दी जाती रही थी। वर्तमान भाषाओं और बोलियों की ओर विशेष ध्यान नहीं दिया गया, उनकी प्रायः अवहेलना की गई, परन्तु भाषा विज्ञान द्वारा स्वतंत्र विषय के रूप में अपनी सत्ता ग्रहण कर लेने पर वर्तमान भाषाओं और बोलियों का भी अध्ययन किया जाने लगा एवं उत्साही भाषा वैज्ञानिकों ने इस विज्ञान की गणना पदार्थ-विज्ञान एवं भौतिक-विज्ञान के समकक्ष करनी आरम्भ कर दी। अनेक अन्य विद्वानों ने भाषा विज्ञान पर सोत्साह कार्य आरम्भ कर दिया [1] इस दिशा में कार्य करने वाले विद्वानों में कुछ प्रमुख इस प्रकार हैं, -

**आगस्ट फ्रीडरिश पॉट** (Agust Friedrich Pott) आगस्ट फ्रीडरिशपॉट का समय 1802 से 1887, है। आपको वैज्ञानिक व्युत्पत्ति शास्त्र का जनक माना जाता है। तुलनात्मक ध्वनियों की तालिका (Table) तथा व्याकरण को खंगालने का भी श्रेय **पॉट** को ही दिया जाता है। 'व्युत्पत्ति शास्त्र' पर इनका स्वतंत्र ग्रंथ आने वाली भाषाविदों की पीढ़ी – परंपरा के लिए बहुत मुफीद सिद्ध हुआ।

**के. एम. रैप-** प्रसिद्ध भाषा विज्ञानी रैप महोदय ने ध्वनि- विज्ञान पर विशेष कार्य किया। आप **ग्रिम** के समकालीन तथा **रास्क** के शिष्य थे। ग्रिम के ध्वनि-विज्ञान संबन्धी नियमों की आलोचना करने के कारण आपके ग्रंथ अपेक्षित आदर न पा सके। इन ग्रंथों का प्रकाशन 1836 ई. से 1841 ई. के बीच हुआ था। इनका विचार था कि लिपि को ध्वनि से संबन्धित होना चाहिए। इसे सिद्ध करने के लिए रैप महोदय ने ध्वन्यात्मक अनुलोखन (Phonetic Transcrption) की विधि को आधार बनाया था। आपकी एक महत्वपूर्ण देन यह भी थी कि आपने जीवित भाषाओं के महत्व की ओर ध्यान दिया था।

**जे. एच. ब्रैड्सडोर्फ** (J. H. BradsDorph) ब्रैड्सडोर्फ मूलतः डेनमार्क के भाषा विद थे। इनके शोध की मूल जमीन यद्यपि ध्वनि – विज्ञान ही थी, किन्तु आपने सर्वप्रथम भाषा-परिवर्तन के कारणों पर प्रकाश डाला। आपने भाषा परिवर्तन के आठ कारण बताए थे- 1. दुःश्रवणता (ठीक से न सुनना) 2. दुर्बोधता (ठीक से न समझना), 3. दुःस्मरणता (ठीक से स्मरण न रहना), 4. विकलांगता (वाग् इन्द्रियों में दोष होना), 5. आलस्य 6. सादृश्य, 7, स्पष्टता का आग्रह और 8. नए विचारों की अभिव्यक्ति का आग्रह। सन् 1821 ई. में प्रकाशित उनके ग्रंथ में वर्णित उक्त कारणों में आज भी कुछ अकाट्य सिद्ध हुए हैं।

**अगस्ट श्लाइखर** (Agust Schleicher) जर्मनी के मेंगिन्गेन नामक स्थान पर 1821-1868 में जन्मे आगस्ट श्लाइखर जेना विश्वविद्यालय में जर्मन भाषा विज्ञान में प्रोफेसर पद पर कार्यरत थे। वे अनेक भाषाओं में दक्ष और निष्णात् थे। उन्होंने लिथुआनिअन किसानों से लोक गीत तथा लोक कथाओं पर खासा दखल प्राप्त किया था। 1861 में प्रकाशित उनका ग्रंथ भारोपीय भाषाओं के तुलनात्मक व्याकरण का सार संग्रह [2] काफी चर्चित रहा है। उन्होंने भाषा विज्ञान की स्वतन्त्र सत्ता घोषित करते हुए इसे प्राकृत विज्ञानों की श्रेणी में मानने की वकालत की। वे दार्शनिक **हेगेल** से काफी प्रभावित थे, संभवतः इसी कारण से जीवन की साँझ में उन्होंने **हेगेल** और **डार्विन** के सिद्धान्तों में एकरसता स्थापित करने की कोशिक की। **श्लाइखर** का नाम भारोपीय भाषाओं के पारस्परिक संबन्धों की व्याख्या करने के प्रयास से भी जुड़ा हुआ है। उन्होंने भाषाओं के वर्गीकरण में प्रसिद्ध आनुवंशिक वृक्ष परिपाटी को अपनाया, जिसके अनुसार एक आदि भाषा दो भाषाओं में विभक्त हुई, जिनमें से प्रत्येक पुनः दो शाखाओं में बँटी तथा इस प्रक्रिया की पुनरावृत्ति होती चली गई। इस प्रकार से श्लाइखर के अनुसार सामान्य मूल भारोपीय तथा ऐतिहासिक रूप से अभिप्रमाणित भाषाओं के बीच में अनेक अन्तःवर्ती चरणों की शृंखला थी[3] यह हीगेल का ही असर था कि उन्होंने 'त्रयवाद' (Triologics) के आधार पर भाषाओं के तीन वर्ग

1. भाषा विज्ञान तथा मानक हिन्दी- डॉ. रत्नचन्द्र शर्मा, पृष्ठ 51
2. "Compendium der Vergleischenden Grammatic der Indo Germanischen Sprachen"
3. आधुनिक भाषा विज्ञान की भूमिका- डॉ. मोतीलाल गुप्त पृष्ठ 55

बनाया था- 1. अयोगात्मक, 2. अश्लिष्ट योगात्मक तथा 3, श्लिष्ट योगात्मक। यद्यपि कुछ लोग श्लाइखर की कार्य प्रणाली में कुछ दोष भी बताते हैं, फिर भी, इन त्रुटियों के होते हुए भी श्लाइखर का असर काफी प्रभावी रहा है।

**मैक्समूलर** (Friederich Max Muller) मैक्समूलर जर्मन थे। इंग्लैण्ड में रहते थे, लेकिन 'संस्कृत' की सेवा करते थे। संस्कृत और भारत के प्रति इनका अनुराग विशेष प्रसिद्ध है। ऑक्सफोर्ड विश्वविद्यालय में इन्होंने संस्कृत के पठन-पाठन की बुनियाद रखी। इनका समय सन् 1823 से 1900 ई. तक है। संस्कृत के प्रति इनके आत्मीय ताप का ही असर था कि इन्होंने संस्कृत के प्राचीन ग्रंथों तथा ऋग्वेद का अनुवाद पचास जिल्दों में किया। इस महान कार्य ने उन्हें अमर बना दिया। **मैक्समूलर** ने भाषा विज्ञान को नितांत सरस शैली, रोचक भाषा में प्रस्तुत किया। इससे सामान्य जन भी भाषा विज्ञान के प्रति रुचि रखने लगे। अर्थ विज्ञान पर उनका शोध अविस्मरणीय है। 1861 में उन्होंने लंदन के 'Royal Institute' में सारगर्भित भाषण दिया था। इस भाषण में उन्होंने भाषा की उत्पत्ति, भाषा की प्रकृति, भाषाओं का वर्गीकरण, भाषा का विकास और भाषा विकास के कारणों पर प्रकाश डाला। भाषा उत्पत्ति के सिलसिले में इनका "डिंग-डांग" सिद्धान्त सभी जानते हैं। इन्होंने नागरी लिपि और आर्यों के मूल उद्‌गम स्थान पर भी काफी लिखा है। यद्यपि मैक्समूलर की कृतियों में भी वे सब दोष पाए जाते हैं, जो श्लाइखर की रचनाओं में थे। फिर भी यह कहना अतिशयोक्ति नहीं होगी कि श्लाइखर तथा मैक्समूलर जैसे विद्वानों ने तुलनात्मक व्याकरण को नवस्फुरण प्रदान किया[1]।

**विलियम ड्वाइट ह्विटनी** (Willam Dwight Whitney) ह्विटनी अमेरिकी विद्वान् थे। इनका समय 1827 से 1894 तक है। ह्विटनी भी मैक्समूलर की तरह संस्कृत के विद्वान् थे। ये न्यू हेवेन के येल कॉलेज में संस्कृत तथा तुलनात्मक भाषा विज्ञान के प्राध्यापक थे। कुछ लोग इन्हें **मैक्समूलर** का प्रतिद्वन्द्वी इसलिए मानते हैं कि जो कार्य मैक्समूलर ने किया था, संस्कृत के क्षेत्र में वही कार्य इनका भी था। बहरहाल, ह्विटनी, मैक्समूलर की तरह प्रसिद्ध नहीं हो पाए, जिसका इन्हें गहरा मलाल और कष्ट था। वस्तुतः इन्होंने मैक्समूलर के काल्पनिक सिद्धान्तों और विचारों की काफी खिल्ली उड़ायी थी। इनकी दो पुस्तकें 'भाषा और भाषा का अध्ययन' तथा 'भाषा का जीवन और विकास' प्रसिद्ध हैं। पहली पुस्तक का प्रकाशन सन् 1867 में हुआ, जब कि दूसरी का प्रकाशन 8 वर्ष बाद हुआ। 'संस्कृत भाषा का व्याकरण' नामक तीसरा ग्रंथ भी इन्हीं का बताया जाता है, जिसका प्रकाशन 1879 में हुआ था।

**हेरमान स्टाइनथाल** (Hermann Steienthal) स्टाइनथाल महोदय भाषा विज्ञानियों की पुरानी पीढ़ी से अलग हटकर नई पीढ़ी के भाषा वैज्ञानिक माने जाते हैं। इनका समय 1825 से 1899 है। मनोविज्ञान तथा तर्कशास्त्र के परस्पर संबन्धों पर प्रकाश डालने वाला इनका ग्रंथ 1855 में प्रकाशित हुआ। **श्लाइखर** महोदय ने **स्टाइनथाल** के इस ग्रंथ की काफी आलोचना की थी। इधर, स्टाइनथाल महोदय ने श्लाइखर की उक्त आलोचना का कड़ा जबाब देते हुए व्याकरण और भाषा विज्ञान को मनोविज्ञान के लिए आवश्यक बताया। आपने चीनी और नीग्रो भाषाओं पर भी महत्वपूर्ण कार्य किया।

इनके बाद नवीन प्रवृत्तियों के भाषा विज्ञानियों में **कर्ल ब्रुगमैन** (Karl Brugmann), **डेलब्रुक** (B. Delbruk), **हैरमान औस्टोफ** (Harmann Osthoff), **हेरमेन पाल** (Hermann Paul) विशेष प्रसिद्ध हैं। इसी तरह **जूलियस जाली** (Julius Jolly), **ओ. श्रेडर** (O. Schrader), **ग्रासमान** (Grasmann), **कार्ल वर्नर** (Karl Verner), **आस्कोली** (Askoli), **वाकर नागल** (Jacob Wackernagel), **ब्रील** (Breal), **डेनियल जोन्स** (Daniel Jones) ने भी भाषा विज्ञान के क्षेत्र में महत्वपूर्ण कार्य किया है। **ऑटो जेस्पर्सन** (Otto Jesperson) **एडवर्ड सेपीर** (E. Sapir), ग्लीसन (Gleason) **हेनरी स्वीट** (Hernry Sweet) **राबर्ट ए. हाल जूनियर** (Robert A. Hall Jr.) को जाने बिना भाषा विज्ञान की जानकारी आधी अधूरी ही मानी जाएगी। **लिओनार्ड ब्लूमफील्ड** (Bloomfield L. 1887-1948) तो भाषा विज्ञान के क्षेत्र में महत्वपूर्ण व्यक्ति हैं। इन्होंने 1922 में एक अमरीकी पत्रिका में ग्रिम महोदय की भूरि-भूरि प्रशंसा की थी- "It was Grimm's merit............... that by the strength of a method, he conquered for science a body of facts so vast that the generations since have worked well within the bounds he reached and scarcely ever gone beyond." **वाटर मैन** के इस कथन में सच्चाई है कि **याकोब ग्रिम** से लेकर नव्य शाखा के भाषा विज्ञानियों और **ब्लूमफील्ड** तक एक सीधी अटूट रेखा है।[2]"The line from JocobGrimm to the neogram marians and to Bloomfield is direct and unbroken" [3]

## कुछ प्रमुख भारतीय भाषा-वैज्ञानिकों के योगदान का परिचय-

1. **सुनीति कुमार चटर्जी-** राब और खाँड़ जैसी मीठास के लिए पूरी दुनियाँ में सुप्रसिद्ध बंगला भाषा को भाषा-वैज्ञानिक नक्शे

1. आधुनिक भाषा विज्ञान की भूमिका- डॉ. मोती लाल गुप्त, पृष्ठ 56
2. ऐतिहासिक भाषा विज्ञान: सिद्धान्त और व्यवहार- डॉ. जयकुमार 'जलज' पृष्ठ 329
3. Perspectives in Linguistics- Watermann, P. 88

में महत्वपूर्ण और बड़ा स्थान दिलाने वाले **डॉ. सुनीति कुमार चटर्जी** विशिष्ट धारा के भाषा-वैज्ञानिक हैं। **डॉ. विजय कुमार मजुमदार, डॉ. अब्दुल हई, डॉ. सुकुमार सेन** तथा **डॉ. हेमन्त कुमार सरकार** नाम की भाषा-वैज्ञानिकों की चतुष्टयी की आप महत्वपूर्ण मनका हैं। डॉ. चटर्जी ने बंगला भाषा के साथ-साथ राजस्थानी और हिन्दी पर भी कार्य किया। "Origin Development of Bengali Language"(बंगला भाषा का उद्भव और विकास) Indo Aryan and Hindi (भारतीय आर्य भाषा और हिन्दी) 'आधुनिक बंगला की ध्वनियाँ', 'बंगला क्रिया पद', 'बंगला में फारसी तत्व', 'प्राचीन बंगला चर्यापद',"Bengali Selftaught A Bengali Phonetic-Reader" 'बांगला भाषातत्वेर भूमिका', 'भाषा प्रकाश बंगला व्याकरण' तथा "Comparative Philology with special reference to Bengali dialects." आदि कृतियों ने आपको प्रतिष्ठा के शिखर पर पहुँचाया। 'बंगला भाषा का उद्भव और विकास नाम की कृति' पर आपको सन् 1921 ई. में लंदन विश्वविद्यालय से डी. लिट्. की उपाधि प्राप्त हुई और 1964 में प्रकाशित इसी ग्रंथ ने आपको अन्तर्राष्ट्रीय ख्याति भी दिलवाई। भाषा वैज्ञानिक इस ग्रंथ को "भारतीय आर्य भाषाओं का विश्वकोश" कहतें हैं, क्योंकि **डॉ. देवदत्त कौशिक** के शब्दों में, इसकी भूमिका में वर्तमान भारतीय आर्य भाषाओं से सम्बद्ध प्रामाणिक सामग्री प्राप्य है और साथ ही बंगला भाषा के व्याकरण पर महत्वपूर्ण सामग्री दी गई हैं। **डॉ. बाबू राम सक्सेना** कहते हैं कि "बंगला भाषा के विकास के विषय का इनका ग्रंथ आज भी कई अंशों में कोष की महत्ता रखता है। डॉ. चटर्जी महोदय केवल भाषा-विज्ञानी ही नहीं, इनकी गति पुरातत्व आदि अन्य कई विधाओं में भी अच्छी है।" 'बंगला स्वन विचार' (1925), 'बंगला व्याकरण' (1939), 'शब्द बोध बांगला व्याकरण' (1937), 'सरल प्रकाश बांगला व्याकरण' (1945), 'आशु बोध बांगला व्याकरण' (1939) आदि प्रमुख कृतियों के माध्यम से आपने अन्तर्राष्ट्रीय कीर्ति अर्जित की।

**डॉ. सुनीति कुमार चटर्जी** का भाषा-वैज्ञानिक कहीं-कहीं राजनीति का भी शिकार हुआ दिखाई देता है। खासकर हिन्दी के विषय में उनके वक्तव्य घड़ी के पेन्डुलम की तरह एक ठाँव पर स्थिर नहीं हो पाते हैं, यथा कभी आप 'भारतीय आर्य भाषा और हिन्दी' नामक पुस्तक में लिखते हैं कि "हिन्दी भाषा तो यहाँ हमेशा से ही थी", फिर कालान्तर में आप इसके ठीक उलट "Language and of Modern India"नामक कृति में कहते हैं कि "Standard literaly Hindi is recent speech bearely 150years old"बहरहाल, डॉ. सुनीति कुमार चटर्जी के भाषा-वैज्ञानिक पक्ष की प्रासंगिकता निरंतर बनी रहेगी, क्योंकि उनके भाषाई समझ की जड़ें लोकजीवन और संवेदना के जल में डूबी रहीं हैं।

**2. धीरेन्द्र वर्मा-** अदम्य एवं अटूट वैचारिक ऊर्जा सम्पृक्त, कई अर्थों में बहुविज्ञ बुद्धिजीवी **डॉ. धीरेन्द्र वर्मा** भाषा-विज्ञान के शलाका पुरुष हैं। उनके पास भाषा-विज्ञान संबंधी विराट-वैचारिकता है। उन्होंने अपने भाषा-विज्ञान संबंधी लेखन में प्रलाप शैली से भरसक बचते हुए भाषा विज्ञान के अंध्ययन की नई प्रविधि इजाद की। भाषा विज्ञान को नया और विस्तृत फलक दिया। वस्तुत: डॉ. धीरेन्द्र वर्मा भाषा-विज्ञान के ख्यातिलब्ध शिक्षक थे, अत: इनके अनुभव की विपुलता ने भाषा-विज्ञान को नयी सुरुचि और संस्कार देते हुए कई मान्यताओं को खंडित और क्षतिग्रस्त होने से बचाया साथ ही इन्हें भाषा-विज्ञान का यशस्वी झंडाबरदार भी बनाया।

'हिन्दी भाषा का इतिहास', "Language Braj"(व्रजभाषा) आदि आपके भाषा-विज्ञान संबंधी चर्चित ग्रंथों ने आपको उदग्र सर्जनात्मक भाषा-वैज्ञानिकों की कतार में खड़ा कराया। 'व्रजभाषा' नामक शोध ग्रंथ पर आपको 1935 में पेरिस विश्वविद्यालय से डी. लिट्. की उपाधि मिली थी। यह शोध आपने सुप्रसिद्ध पश्चिमी भाषा-चिन्तक **ज्यूल ब्लाख** के निर्देशन में किया था। इसी तरह ऐतिहासिक एवं विवरणात्मक विवेचन संबंधी पुस्तक 'हिन्दी भाषा का इतिहास' का प्रकाशन 1933 में हुआ। **डॉ. अनन्त चौधरी** लिखते हैं कि, - भारत के सुप्रसिद्ध भाषाशास्त्री **डॉ. धीरेन्द्र वर्मा** एवं **डॉ. बाबूराम सक्सेना** द्वारा सम्मिलित रूप से लिखा गया 'नवीन हिन्दी व्याकरण' हिन्दी मंदिर इलाहाबाद से सन् 1933 में प्रकाशित हुआ था। किन्तु उसकी रचना यद्यपि मनोयोग पूर्वक नहीं की गई थी, फिर भी वह अधिकांश प्रचलित छात्रोपयोगी व्याकरणों की तुलना में अधिक श्रेष्ठ एवं उपयोगी था। उसकी भाषा स्वच्छ तथा शैली शास्त्रानुरूप एवं सुबोध थी। विषय के विवेचनमेंस्वतंत्रचिन्तन एवंभाषा-वैज्ञानिक ज्ञान का समुचित उपयोग किया गया था, किन्तु तथ्यों का विवेचन अपेक्षित विस्तार के साथ नहीं होने के कारण उक्त व्याकरण का जैसा प्रचार एवं ख्याति होनी चाहिए थी, नही हुई। 1933 में ही डॉ. वर्मा का प्रसिद्ध ग्रंथ हिन्दी भाषा का इतिहास हिन्दुस्तानी एकेडेमी इलाहाबाद से प्रकाशित हुआ। वह उस समय के आधुनिक भारतीय भाषाओं से संबंधित खोज कार्य के गंभीर अनुशीलन के आधार पर हिन्दी में लिखा हुआ हिन्दी भाषा का प्रथम वैज्ञानिक इतिहास तो था ही , साथ उसमें हिन्दी के रचनात्मक उपसर्ग-प्रत्यय, संज्ञा, संख्यावाचक विशेषण, सर्वनाम, क्रिया तथा अव्यय का जैसा व्यवस्थित एवं संक्षिप्त ऐतिहासिक परिचय दिया गया था, वह अभूतपूर्व था। आगे चलकर 1937 में डॉ. वर्मा का 'व्रजभाषा व्याकरण' सन् 1957 ई. में 'व्रजभाषा' (शोध प्रबंध का हिन्दी अनुवाद) तथा सन् 1959 ई. के आस पास 'ग्रामीण हिन्दी' नामक ग्रंथ प्रकाशित हुए। ये सभी ग्रंथ किसी-न-किसी रूप में हिन्दी व्याकरण के सहायक थे।

1897 में उ. प्र. के बरेली जनपद में जन्मे और देहरादून, इलाहाबाद तथा लखनऊ में शिक्षा पाए डॉ. वर्मा ने पहली बार हिन्दी का पाठ्यक्रम क्रमबद्ध किया। 1934 में आप भाषा शास्त्र तथा प्रयोगात्मक ध्वनि विज्ञान के अध्ययन के लिए यूरोप गए। लौटने के बाद हिन्दुस्तानी एकेडमी तथा हिन्दी साहित्य सम्मेलन से निरंतर सम्बद्ध रहे। एकेडेमी की त्रैमासिक पत्रिका 'हिन्दुस्तानी' के संपादक मंडल में भी

रहे साथ ही सम्मेलन की पत्रिका के भी संपादक रहे। उसके बाद भारतीय हिन्दी परिषद प्रयाग, जिसकी व्यापकता आज अखिल देशीय स्तर पर हो गयी है- के भी संस्थापक आप थे। आपने हिन्दी विश्व कोश का भी संपादन किया। 1926 से 1959 तक आप प्रयाग विश्वविद्यालय के हिन्दी विभागाध्यक्ष रहे। यहीं पर रहते हुए आपकी सुप्रसिद्ध उक्त कृतियों का प्रकाशन हुआ। हिन्दी राष्ट्र, अष्टछाप, हिन्दी भाषा और लिपि, यूरोप के पत्र, मध्य-प्रदेश का इतिहास, विचारधारा, सूरसागर सार (संपादन) आदि अन्य आपके सुप्रसिद्ध ग्रंथ हैं। कुल मिलाकर आप असंदिग्ध प्रयोगशील भाषा-वैज्ञानिक तो हैं ही, आपके भाषा-विज्ञान संबंधी कार्य दस्तावेजी महत्व के भी हैं।

**3. डॉ. उदय नारायण तिवारी-** डॉ. उदय नारायण तिवारी- डॉ. धीरेन्द्र वर्मा तथा डॉ. बाबू राम सक्सेना के भाषा-वैज्ञानिक संस्थान के जलते दीपक हैं। बिहार राष्ट्र भाषा परिषद से 1954 में प्रकाशित "भोजपुरी भाषा और साहित्य", भारती भण्डार, लीडर प्रेस, इलाहाबाद से संवत् 2020 में प्रकाशित "भाषा शास्त्र की रूपरेखा", भारती भंडार इलाहाबाद से ही सन् 1955 में छपी "हिन्दी भाषा का उद्‌गम और विकास" जैसी कालजयी कृतियों के सर्जक डॉ. उदयनारायण तिवारी ने हिन्दी के प्रमुख भाषा-विज्ञानियों की भीड़ में अपनी विशिष्ट पहचान निर्मित की। बागी बलिया (उ. प्र.) की ऊर्वर मॉंटी में जन्मे इस भाषा-चिन्तक ने अपने मौलिक चिन्तन को सरल भाषा और माधुर्य शैली में अपनी कृतियों में रूपायित किया। यह मौलिकता ही उन्हें प्रथम कोटि के भाषा-विज्ञानियों की कतार में खड़ा करती है। गहन-चिन्तन और मनन से सम्पृक्त "भाषा शास्त्र की रूपरेखा" तथा "हिन्दी भाषा का उद्‌गम और विकास" तो नितांत मौलिक ग्रंथ कहे जा सकते हैं। आपने अपनी कृतियों में भाषा शास्त्र की अनेक मान्यताओं का गंभीर विद्वता के साथ खण्डन-मंडन किया है। इनमें सैद्धान्तिक विवेचन के अलावा भाषा संबंधी अन्य अनेक व्यावहारिक समस्याओं का भी विवेचन उपलब्ध होता है। भाषा विज्ञान का शास्त्रीय अध्ययन करने वालों के लिए आपकी कृतियाँ अंधेरे में मशाल बन जलती रहती हैं।

डॉ. तिवारी भोजपुरी के प्रमुख आचार्य हैं। संस्कृत के निष्णात् पंडित होने के कारण इनकी रुचि आधुनिक भाषा-विज्ञान में जगी। सच तो यह है कि डॉ. उदयनारायण तिवारी प्रथमत: भारत में ही भाषा-वैज्ञानिक अध्ययन के लिए प्रशिक्षित हुए, बाद में डॉ. धीरेन्द्र वर्मा तथा डॉ. बाबू राम सक्सेना की भाँति आपने भी इग्लैण्ड और अमरीका में इस क्षेत्र में व्यावहारिक प्रशिक्षण प्राप्त किया। भाषाओं के अध्ययन में आपने कुछ नवीन दृष्टि स्थापित किया। भाषा संबंधी जटिल और बोझिल गुत्थियों को आपने सुकर-सलीके से सुलझाया, यही कारण है ढेरों पाठकों की रुचि भाषा-विज्ञान जैसे गूढ़ और क्लिष्ट समझे जाने वाले विषय की ओर जगी। वस्तुत: यह आपकी भाव-प्रवणता और संवेदना थी, जिसने विशिष्ट शैली और कलात्मकता के साथ वस्तु को प्रभाव पूर्ण भाषा में प्रस्तुत कराया। आपकी भाषा-वैज्ञानिक समझ पर महापंडित **राहुल सांकृत्यायन, डॉ. सुनीति कुमार चटर्जी, डॉ. क्षेत्रेश चन्द्र चट्टोपाध्याय, श्री राजबली पाण्डेय, श्री चन्द्रबली पाण्डेय** तथा पाश्चात्य विद्वान् **प्रो. टर्नर** का सीधा प्रभाव पड़ा है। भाषा-विज्ञान के अध्ययन के प्रति आप कितने गंभीर हैं, यह निम्न वाक्यों से ही पता चल जाता है, - "भाषा का सामाजिक दायित्व भी है और इसी से प्रेरित होकर साहित्य की सृष्टि होती है। जब भाषा तथा भाषा शास्त्र के अध्ययन की गति मंद पड़ जाती है, तब साहित्य रचना में भी शिथिलता आ जाती है। आज हमारे साहित्य शैथिल्य के कारण हमें कार्य विमुख नहीं होना है, अपितु अपने लुप्त गौरव को पुन: प्राप्त करने के लिए भाषा-विज्ञान का गंभीर अध्ययन करना है।"

**4. जहाँगीर सोराबजी तारापुर (पोर) वाला-** भाषा-विज्ञान के गोशे-गोशे से सुपरिचित तथा उसकी गाँठ को अपनी पुरलुफ्त और जर्राह किस्म की भाषा एवं वर्णन शैली से खोलने-उभारने वाले डॉ. तारापुर वाला यशस्वी भाषाविद हैं। जिस प्रकार हिन्दी के रीतिकालीन कवि **बिहारी** महज एक ग्रंथ 'सतसई' तथा **चन्द्रधर शर्मा गुलेरी** केवल एक कहानी 'उसने कहा था' लिखकर अमर हो गए, ठीक उसी तरह तारापुर वाला भी 1962 में प्रकाशित "Elements of Science of Language" नामक ग्रंथ लिखकर सुप्रसिद्ध हो गए। यह कृति भाषा-विज्ञान की रचनात्मक धारा में उनकी प्रतिभा की पुख्ता लंगर है। भाषा-विज्ञान के विविध पक्षों पर यह कृति सम्यक् फोकस तो डालती ही है, अर्थ-विज्ञान की समझ के लिए यह अचूक औषधि का काम करती है।

तारापुर वाला के ऊपर पश्चिम के सुप्रसिद्ध भाषा विज्ञानी **प्रो. एच. जी. टकर** का सीधा प्रभाव देखा जा सकता है। "Elements of Science of Language"में आपने अर्थ-परिवर्तन के निम्न 1. आलंकारिक प्रयोग, 2. परिवेश का परिवर्तन (भौगोलिक, सामाजिक, भौतिक), 3. विनम्रता प्रदर्शन, 4. शोभन शब्दों के प्रयोग की प्रवृत्ति (वीडा, जुगुप्सा, अमंगल, अन्ध-विश्वास), 5. व्यंग, 6. भावात्मक बल, 7. सामान्य के लिए विशेष का प्रयोग, 8. अज्ञान अथवा भ्रांति, 9. शब्द में अर्थ की पूर्ण निश्चितता, 10. अर्थ-सम्बन्धी व्यक्तिगत प्रत्यय,(Conecpts) 11. शब्दार्थ के एक तत्व की प्रमुखता तथा 12. गौण अर्थ की प्रमुखता भेद बताया है, किन्तु इस भेद को लेकर भाषा-विज्ञानियों में विवाद है। मशहूर भाषा-विज्ञानी **डॉ. जय कुमार जलज** लिखते हैं कि, - भाषा-विज्ञान के हिन्दी ग्रंथों में ऐतिहासिक भाषा-विज्ञान की सामग्री के अन्तर्गत् अर्थ और ध्वनि परिवर्तन के कारणों तथा परिणामों की संख्याएँ आतंकित करने वाली हैं। एक ग्रंथ में अर्थ-परिवर्तन के प्रधान कारणों की संख्या 26 दिखाई गई है। इन्हें जिन खानों में बाँटा गया है, यदि उन्हे और जोड़ दिया जाय तो कुल संख्या 34 हो जाती है। अप्रधान कारण, जिनका उल्लेख अंत में किया गया है, उक्त जोड़ में सम्मिलित नहीं है। प्राय: सभी ग्रंथों ने मूलत: तारापुर वाला (Taraporwala)के ग्रंथ से, जिसमें टकर के आधार पर कारणों का विवेचन हुआ है। उक्त कारणों को लेकर उन्में अपनी ओर से मनचाहे

कारण जोड़ दिए गए हैं। प्रसिद्ध भाषा-विज्ञानी टकर के विवेचन पर आधारित स्वयं तारापुर वाला का विवेचन भी अवैज्ञानिक है। कारणों तथा परिणामों की संख्यावृद्धि दिखाना चिन्ता का विषय नहीं है, लेकिन उसके पीछे स्पष्ट और सुलझा हुआ आधार तो होना चाहिए। इस आधार के अभाव में उसे आतंक पैदा करने का एक साधन ही कहा जा सकता है।

**5. डॉ. रवीन्द्र नाथ श्रीवास्तव-** हिन्दी उर्दू के तुलनात्मक स्वरूप के निर्धारण में जिन थोड़े से भाषा-वैज्ञानिकों ने तटस्थ और निर्लिप्त दृष्टि का परिचय दिया है, डॉ. रवीन्द्र नाथ श्रीवास्तव उनमें से एक हैं। डॉ. श्रीवास्तव का विचार है कि हिन्दी उर्दू मुहावरों का एक साझा अतीत रहा है। हिन्दी उर्दू विवाद के समाधान के लिए जड़ दृष्टि नहीं, बल्कि गहरे अनुशासन और संयम की आवश्यकता है। हिन्दी उर्दू के बीच की जकड़न टूटनी चाहिए। उनका विचार था कि हिन्दी को आधुनिक औद्योगिकी की भाषा के रूप में ढाला जाय। हिन्दी को वे संपूर्ण राष्ट्र की भाषा के रूप में देखने के पक्षधर है, क्योंकि हिन्दी इस देश में अलग-अलग धर्मों, जातियों समुदायों के करोड़ों लोगों द्वारा बोली जाने वाली एक ऐसी जनभाषा है, जिसमें भारत की कई भाषाओं की धाराएँ आकर मिलती हैं।

हिन्दी की नासिक्यता पर महत्वपूर्ण शोध करने के कारण जो प्रतिष्ठा **तेज भाटिया, वेस्टोविच, जी. नारंग, कमल मोहन, डी. ए. बेकर** को मिली तथा स्वनिम और रूपिम (Morheme)पर जिस प्रकार विद्वतापूर्ण कार्य कर आदरणीय **डॉ. कैलाशचन्द्र भाटिया, रमेश चन्द्र मेहरोत्रा, एस. जी. रूडीन, एलिजा रेनकोना, फैयर वैक्स** ने जो यश प्राप्त किया, उच्चता के उसी शिखर को अपने सतत् रचनात्मक लेखन से **डॉ. रवीन्द्र नाथ श्रीवास्तव** ने भी हासिल किया। आपने भाषा-विज्ञान संबंधी कई महत्वपूर्ण कृतियों का अनुवाद भी किया। एक शब्द में लगभग दर्जन भर- 'अनुप्रयुक्त भाषा विज्ञान: सिद्धान्त और प्रयोग, 'भाषायी अस्मिता और हिन्दी ','अनुवाद सिद्धान्त और समस्याएँ','हिन्दी भाषा: संरचना के विविध आयाम, सरंचनात्मक शैली विज्ञान, भाषा शिक्षण','हिन्दी का सामाजिक संदर्भ'तथा 'हिन्दी भाषा का समाज शास्त्र'भाषा-विज्ञान पर लिखी गईं आपकी पुस्तकें आपकी विशिष्ट मेधा की ओर हमें इशारा करती हैं। डॉ. रवीन्द्र नाथ श्रीवास्तव की पुस्तक,- 'शैली विज्ञान और आलोचना की नई भूमिका' एक आन्दोलन के रूप में उभर कर आई, जिसका प्रभाव यह पड़ा कि प्रथम बार साहित्य को साहित्येतर आयामों से अलग देखने की प्रवृत्ति उभरी। डॉ. साहब ने शैली विज्ञान के स्वरूप को स्पष्ट करते हुए उसकी महत्ता का प्रतिपादन इस प्रकार किया है,- ''शैली विज्ञान, साहित्यिक आलोचना का सिद्धान्त भी है और प्रणाली भी। सिद्धान्त के रूप में उसकी प्रमुख मान्यता है कि साहित्य 'शाब्दिक कला' (Verbal Art) है और कृति के रूप में साहित्यिक रचना, भाषा की अपनी सीमा में बँधी एक स्वनिष्ठ (Autonomous) इकाई है। साहित्यिक कृति भाषा को न केवल अभिव्यक्ति का माध्यम बनाती है, अपितु स्वयं भाषा के भीतर ही अपना जन्म धारण करती है''। आपका कहना है कि-'' शैली विज्ञान के अन्तर्गत भाषा का अध्ययन एक कला के रूप में किया जाता है। शैली विज्ञान को साहित्यिक मूल्यांकन में भी बड़ा स्थान मिल चुका है।''

अध्याय-2

# आधुनिक भाषा-विज्ञान के मुख्य 'अध्ययन केन्द्र', 'स्कूल', 'सम्प्रदाय' या 'संस्थान' अथवा आधुनिक भाषा-विज्ञान की कृतिपय प्रवृत्तियाँ, अथवा पाश्चात्य भाषा-चिन्तन परंपरा का संक्षिप्त परिचय

आधुनिक भाषा-विज्ञान के प्रवर्तक **फ़र्दिनां द सोस्यूर** (1857-1913) महान् स्विस विद्वान तथा अध्यापक थे। भाषा-विज्ञान जगत में इससे महत्तर आश्चर्य की बात संभवतः अन्य कोई न हो कि एक ऐसी पुस्तक जो लगभग सभी उत्तरकालीन भाषा-विज्ञानियों के लिए मूलभूत तथा बीजगर्भित विचार-निधि सिद्ध हुई, पूर्णतः सांयोगिक व अविचारित प्रकार से निर्मित तथा प्रकाशित हुई। सोस्यूर ने अपने जीवन काल में जो नवीन भाषा-वैज्ञानिक विचार विद्यार्थियों को व्याख्यान के रूप में दिए, उन्ही को उनके दो विद्यार्थियों ने उनके मरणोप्रान्त संगृहीत कर 1915 में 'कोर्स इन जनरल लिग्विंस्टिक्स'(Course in General Linguistics) शीर्षक से प्रकाशित कराया। स्वाभाविक है कि अनेक स्थलों पर इस पुस्तक में विषयों का खंडित निरूपण हुआ है तथा ब्यौरेवार उदाहरणों का अभाव है परन्तु इन सबके बावजूद यूरोपीय तथा अमेरीकी भाषा-वैज्ञानिक विचार धारा पर सोस्यूर की उपर्युक्त पुस्तक का व्यापक प्रभाव पड़ा।[1]

सोस्यूर ने आधुनिक भाषा-विज्ञान को नया क्षितिज और नयी ऊँचान पर पहुँचाया। दुनिया में शायद ही कोई ऐसा भाषा-अध्ययन, विश्लेषण केन्द्र होगा, जो सोस्यूर की प्रतिभा-परिधि से बाहर हो। कई ऐसे भाषा केन्द्र हैं, जो सोस्यूर की प्रेरणा से खुले, तो कुछ ऐसे भी हैं, जो प्रत्यक्ष-परोक्ष उनके भाषा-वैज्ञानिक चिन्तन की गिरफ्त में कहे जा सकते हैं। कुल मिलाकर भाषा विज्ञान सोस्यूर का बहुत ऋणी है। उनके दिवंगत होने के बाद **एडवर्ड सपीर** तथा **ब्लूम फील्ड** आदि भाषा विज्ञानियों ने उनके कार्य को आगे बढ़ा भाषा-विज्ञान का नया चेहरा और चरित्र गढ़ा । विश्व में भाषाओं का अध्ययन पुरातन और परंपरागत तरीकों की लीक से हट कर सर्वथा नए तरीके से होने लगा। भाषाओं का विश्लेषण भौतिकी, सांख्यिकी, मनोविज्ञान तथा मानव विज्ञान की शोध में प्रयोग होने वाले यंत्रों से होने लगा। भाषा-विज्ञान अब सर्वथा नई इयत्ता और स्वतंत्र हैसियत वाला विषय बन गया। आधुनिक यंत्रों से की गई भाषाओं की चीर-फाड़ ने भाषा-विज्ञान को वैज्ञानिक, प्रामाणिक और विश्वसनीय बनाया। अब आइए, विश्व के कुछ प्रमुख भाषा-अध्ययन केंद्रों के विषय में संक्षेप में जाना जाय,-

**1. प्राग या प्राहा स्कूल या सम्प्रदाय-** प्राग स्लाविया की राजधानी है और भाषा-विज्ञान संबंधी महत्वपूर्ण शोधों के लिए आस-पास के देशों का मुख्य स्थल है। इस स्कूल की स्थापना 6 अक्टूबर सन् 1926 को हुई, किन्तु इसकी विधिवत स्थापना 1928 को ही मानी जाती है। इस स्कूल की बुनियाद में सोस्यूर की पुस्तक 'कोर्स इन जनरल लिंग्विस्टिक्स' ही मुख्य है। दरअसल, उक्त पुस्तक ने तत्कालीन भाषा विदों के बीच एक नए भाषाई आन्दोलन को जन्म दिया, जिसे प्राग या प्राहा या'प्राग सर्कल' (Circle Linguistique de Prague) नाम से जाना जाता है। **कुर्तिने** तथा **फ़र्तुनातफ** के भाषिक सिद्धांतों ने उक्त स्कूल की बुनियाद को मजबूती दी। रोमन याकोबसन (Jakobson), त्रुबेत्सकॉय (N. Trubetzkoy, 1890-1938) तथा करसेव्स्की (S.Karcevskij, 1884-1955) आदि तथा स्लाव फिन्नो-उग्रीय एवं काकेशीय भाषाओं के साहित्यकार भाषा विज्ञानियों ने भी इस स्कूल में अपनी-अपनी हिस्सेदारी निभाई। याकोबसन का कार्य मुख्य रूप से बोली विज्ञान एवं लोक साहित्य पर था। इन विद्वानों के अतिरिक्त सर्गेआई सिफोविच **कर्चवस्की, ब्लादेमिरि स्कलि और तृंका बोहिमिल-** इन तीन विद्वानों ने भी कालान्तर में इस स्कूल की प्रतिष्ठा को बढ़ाया। कर्चवस्की के ऊपर जेनेवा स्कूल का सीधा असर था। बीसवीं शती के मध्य में प्राहा में इनका आगमन हुआ और उसी समय इन्होंने उक्त स्कूल की सदस्यता ले ली। दूसरे विद्वान ब्लादेमिरि प्राहा में ही जन्मे थे और वहीं प्राहा विश्वविद्यालय में ही शिक्षा ग्रहण की थी। तीसरे भाषाविद् तृंका प्राहा के ही कैरोलिन विश्वविद्यालय में प्राध्यापक थे।

प्राग स्कूल की भाषा-वैज्ञानिक विचार धारा ने प्रारंभ से ही भाषिक प्रकार्यों के अध्ययन को केन्द्रीय महत्व दिया। प्राग स्कूल के

1. आधुनिक भाषा-विज्ञान की भूमिका - डॉ. मोतीलाल गुप्त-16

अध्ययन का क्षेत्र निम्न था-स्वन प्रक्रिया अर्थात् भाषा की समग्र व्यवस्था के अन्तर्गत स्वन-अभिरचना के प्रकार्यात्मक महत्व का अध्ययन[1], प्रकार्यात्मक वाक्य-संदर्श का संप्रत्यय, जो शैली की भाषा-वैज्ञानिक व्याख्या की ओर प्रकार्याभिमुख उपागम है; भाषा के सौन्दर्य परक प्रकार्य तथा उसके साहित्य में महत्व का अध्ययन, आधुनिक समाज में मानक भाषा की भूमिका का अध्ययन। **डॉ भोला नाथ तिवारी**[2] लिखते हैं कि इस स्कूल के अनुसार भाषा, भावों और विचारों की अभिव्यंजना की एक व्यवस्था है, जिसका स्वरूप उस वातावरण से निर्धारित होता है, जहाँ वह प्रयुक्त होती है। इसीलिए दफ्तर, बाजार, घर, साहित्य की भाषा एक नहीं होती । ध्वनियों के प्रभेदक लक्षण (distinctive features)की ओर इस स्कूल का ध्यान वितरण(distribution)की अपेक्षा अधिक रहा है। प्रभेदक लक्षण मूलतः याकोबसन की देन है। वे ध्वनिग्राम को प्रभेदक लक्षणों का समूह मानते हैं। ध्वनियों के प्रभेदक विरोध(distinctive oppasition) का आधार उनका द्विगतिकवाद (binarism) सिद्धान्त है, अर्थात् भाषिक इकाइयों में द्विगतिक विरोध होता है। एक में कोई एक लक्षण है, तो दूसरे में नहीं है। जैसे 'ब' में घोषत्व है तो 'प' में नहीं है। प्राहा स्कूल ने प्रत्यक्षतः अप्रत्यक्षतः आधुनिक भाषा-विज्ञान को प्रभावित किया है। इस स्कूल की उपलब्धियाँ, उपर्युक्त के अतिरिक्त शैलीविज्ञान, गणितीय भाषा विज्ञान तथा कोश के क्षेत्र में भी उल्लेख्य हैं। इतना ही नहीं, प्राग स्कूल ने मानक भाषा को लोक भाषा के विपर्याय के रूप में प्रयुक्त किया है तथा यह स्कूल भाषिक मानकीकरण के अतिरिक्त मानक भाषा तथा लोक भाषा की अन्योन्य क्रिया में भी रूचि रखता है।[3] कुल मिलाकर कहा जा सकता है कि भाषा विज्ञान के प्राहा स्कूल ने भाषा विज्ञान की उस शिल्प विधि का अन्वेषण किया, जिसके द्वारा भाषा अपनी ध्वनि-इकाइयों को एक निश्चित ढाँचे में संघटित करती है। निश्चय ही प्राहा स्कूल ने प्रत्यक्षतः और अप्रत्यक्षतः- दोनों ही रूपों में आधुनिकतम भाषा विज्ञान को पर्याप्त रूप में प्रभावित किया है।[4]

**2. रूसी सम्प्रदाय या स्कूल-** रूसी स्कूल को अध्ययन की सुविधा के लिहाज से तीन भागों में बाँटा गया है, कज़ान, लेनिनग्राद और मास्को।

**(क) कज़ान स्कूल -** भाषा अध्ययन का यह केन्द्र तत्कालीन रूस के कज़ान विश्वविद्यालय में स्थापित किया गया था। 19वीं सदी के दो पोलिश विद्वानों - **वादविन त कुर्तने** (Bandowin de Courtenay, 1845-1922) तथा **क्रुजेव्स्की** (M. Kruszewski, 1851-1887) ने इस स्कूल के महत्व को अपने अनुसंधान के सहयोग से बढ़ाया, किन्तु यह स्कूल अपनी प्रतिष्ठा के शिखर पर उस समय पहुँचा, जब विश्व प्रसिद्ध भाषा वैज्ञानिक **सोस्यूर** इससे प्रभावित हुए। सोस्यूर का भाषिक अध्ययन दो भागों में विभक्त था- लॉग तथा पैरॉल। उनका मानना था कि बोधगम्य तथा प्रभावशाली होने कि लिए बोलना (पैरॉल) भाषा (लॉग) पर निर्भर होता है। इस प्रकार भाषा (लॉग) बोलने के (पैरॉल) का साधन भी है तथा उत्पाद भी है। बताते हैं, सोस्यूर का भाषा संबंधी उक्त महत्वपूर्ण तथ्य का उत्स यही कजान स्कूल था। वैसे, कुछ भाषा वैज्ञानिक इस बात से असहमत भी हैं, कि कजान स्कूल का प्रभाव कभी सोस्यूर पर पड़ा भी था। हाँ, यह अवश्य माना जाता है कि प्राग स्कूल इससे प्रभावित था। भाषा-विज्ञान के इस महान स्कूल के समक्ष अस्तित्व का संकट उस समय आया जब यहाँ के दो बड़े भाषा वैज्ञानिक - **कुर्तने** और **क्रुजैस्की** यहाँ से विदा हो गए। इनमें से क्रुजेवस्की की तो मृत्यु हो गई, किन्तु कुर्तने रूस से 1918 में वारस चले गए। इस प्रकार यह स्कूल अस्तित्वहीन होगया, फिर भी इसने प्राहा या प्राग स्कूल तथा मास्को स्कूल पर अपना अमिट प्रभाव छोड़ा।

**(ख) लेनिनग्राद स्कूल-** कज़ान स्कूल के प्रसिद्ध भाषा शास्त्री कुर्तने के एक भाषा विज्ञानी शिष्य **शेरबा** ( Scerba 1880-1944) ने इस स्कूल की स्थापना की। लेनिनग्राद का पुराना नाम पीटरबर्ग है। इस पीटरबर्ग में ही 1917 ई0 में भाषा शास्त्री कुर्तने ने सारगर्भित भाषण दिया था। उनके उक्त भाषण नेही लेनिनग्राद स्कूल की नींव के लिए बीज का काम किया। इस स्कूल में प्रमुख रूप से ध्वनि-विज्ञान से संबंधित विषयों का अध्ययन होता रहा है। कुर्तने के प्रसिद्ध शिष्य शेरबा ने ध्वनि विज्ञान के क्षेत्र में कई मानकों को स्थापित किया। **ज़ेन्दर** और **गोज्दफ** जैसे भाषा विदों ने बाद में शेरबा के ध्वनि संबंधी मान्यताओं पर अपनी सहमति-स्वीकृति की मुहर लगाकर उसे और महत्वपूर्ण बना दिया।

**(ग) मास्को स्कूल-** भाषा-संबंधी जटिल सवालों को देसी दिमाग तथा ऑख से जाँचने और हल करने के लिए **फ़र्तुनातफ** (F.F. Fortunatov, 1848-1914) नाम के भाषा शास्त्री ने मास्को स्कूल की बुनियाद रची। फ़र्तनातफ महोदय को प्रसिद्ध भाषा शास्त्री कुर्तने का समकालिक होने का गौरव प्राप्त था। आप तुलनात्मक व्याकरण के प्रोफेसर थे। मास्को स्कूल ने भाषा विज्ञान के क्षेत्र में कुछ नयी उपलब्धियाँ हासिल कर भाषाविज्ञान के विकास में अपना महत्त्व पूर्ण योगदान दिया। प्रसिद्ध भाषा शास्त्री सोस्यूर ने परंपरागत अथवा सामान्य व्याकरण की एक कालिक अध्ययन की प्रवृत्ति को सराहा था। इतना ही नहीं, उन्होने एककालिकता तथा कालक्रमिकता

---

1. The Prague School of Linguistics (Voice of America Forum Lectures)- Paul and Garvin P.261
2. भाषा-विज्ञान- डॉ. भोलानाथ तिवारी, पृष्ठ-306
3. The Prague School of Linguistics- Paul and Garvin, P. 267-68
4. भाषा-विज्ञान - डॉ. देवदत्त कौशिक, पृष्ठ- 306

में भेद भी किया था। **सोस्यूर** का मानना था कि भाषा का एककालिक अध्ययन स्थैतिक तथा वर्णनात्मक होता है, जब कि कालक्रमिक अध्ययन विकासीय तथा ऐतिहासिक होता है। अतः आपको जानकर यह ताज्जुब होगा कि **सोस्यूर** द्वारा स्थापित भाषा के इतने बड़े सिद्धान्त का एक छोर इसी मास्को स्कूल या सम्प्रदाय से मिलता है। एक अन्य भाषा विद् '**मार**' (N. J. Marr, 1864-1934) का भी रिश्ता इस स्कूल से रहा है। मार का यह कथन प्रसिद्ध है कि किसी एक ही भाषा से विश्व की सभी भाषाएँ विकसित हुई हैं। मार ने 1924 में स्वतः को मार्क्सवादी भाषाशास्त्री बताया। मार यांन्त्रिक और तोता रटंत ज्ञान के विरोधी थे, अतः भाषा के स्वरूप को उन्होंने नए सिरे से गहरे में रचने की कोशिश की। उन्होंने अपनी इसी धारणा के तहत भाषा को सामाजिक और आर्थिक बाह्यारोपित संरचना (Social and Economic Superstructure) माना। मास्को स्कूल में 'अध्ययन का मूल विषय रूप-विज्ञान, वाक्य विज्ञान, रूप ध्वनि ग्राम विज्ञान आदि रहा है।

**3. ब्रिटिश सम्प्रदाय या स्कूल-** रूसी स्कूल की तरह ब्रिटिश स्कूल को भी कई भागों में बाँटा गया है। कई टुकड़ों में बँटे हुए उक्त स्कूलों ने भाषा-संबन्धी गवेषणा में अपना महत्वपूर्ण योगदान दिया है। ये स्कूल इस प्रकार हैं-

**(क) इंगलिश स्कूल-** इस स्कूल के संस्थापक प्रसिद्ध भाषा शास्त्री **हेनरी स्वीट** हैं। स्वीट ने भाषा के उभय पक्षों - व्यावहारिक तथा सैद्धान्तिक- पर विशेष कार्य किया था। उनके इस महत्त्वपूर्ण कार्य से इस स्कूल में भाषा संबन्धी कार्य को महान गौरवशाली परंपरा स्थापित हुई। सौभाग्य से कालान्तर में विश्वप्रसिद्ध ध्वनि शास्त्री **डेनियल जोन्स** (D. Jones) का रिश्ता इस स्कूल में माथे पर चंदन की तरह जुड़ गया। डेनियल जोन्स की दो पुस्तकें इसी स्कूल की देन हैं। इन पुस्तकों के नाम हैं 1. 'इंगिलश ध्वनि-विज्ञान की रूपरेखा' (OutLines of English Phonetics) तथा 2- 'स्वनिम' (Phoneme)। जोन्स द्वारा किए गए ध्वनि विज्ञान संबन्धी उच्च शोध के कारण ही इस स्कूल को लोग बाद में 'ध्वनि-विज्ञानीय-स्कूल' (Phonetic School) कहने लगे। एक अन्य कृति 'Phoneme: Its Nature and Use' भी इसी स्कूल की उपज है। ध्वनि विज्ञान के अतिरिक्त इस स्कूल में एशिया तथा अफ्रीका की ढेरों महत्वपूर्ण भाषाओं पर भी कार्य हुआ। कालान्तर में इस स्कूल से **वार्ड** (Ward), **ट्रिम, हाउस होल्डर, वेस्टरमैन** (Westerman), **फ्राई** (Fry) तथा **स्कॉट** (Scots) आदि भाषा शास्त्रियों का संबन्ध स्थापित हुआ। उक्त विद्वानों ने भी अपने-अपने शोध संबंधी समिधा का सहयोग इस स्कूल में देया। इन्हीं विद्वानों के बीच विश्व प्रसिद्ध भाषा शास्त्री, ध्वनिशास्त्री **जे. आर. फर्थ** (J. R. Firth) तथा **डब्लू. एस. एलेन** (W. S. Allen) का इस स्कूल से जुड़ना एक घटना बन गया। स्कूल का गौरव बढ़ा, किन्तु दुर्भाग्य से इस स्कूल तथा फर्थ के बीच कालान्तर में कुछ बिन्दुओं को लेकर मतभेद हो गया, जिसकी परिणति यह रही कि फर्थ ने इस स्कूल से संबंध तोड़ अपना दूसरा स्कूल स्थापित कर लिया।

**(ख) लंदन स्कूल -** विश्व प्रसिद्ध भाषा वैज्ञानिक और पूर्व के इंगलिश स्कूल के महत्त्वपूर्ण सदस्य **जे. आर. फर्थ** (J. R. Firth, 1890-1960) ही इस स्कूल के जन्मदाता हैं। फर्थ 1944 से 1956 तक लंदन विश्वविद्यालय (University of London) के 'स्कूल ऑफ ओरियंटल ऐण्ड अफ्रीकन स्टडीज' (School of Oriental and African Studies) में सामान्य भाषा-विज्ञान के आचार्य रहे। इस पद पर आसीन होने वाले वे पहले विद्वान थे। उन्हें भाषा-विज्ञान के 'लंदन-स्कूल' के प्रमुख सिद्धान्त शास्त्री होने का गौरव प्राप्त है। उनके विचारों का भाषा -विज्ञान जगत में व्यापक प्रभाव पड़ा है। यद्यपि प्रारंभ में अमेरिकी भाषा-विज्ञानियों ने उनके सिद्धान्तों की सामान्यतः उपेक्षा की, तथापि गत कुछ वर्षों में यह उपेक्षा कम हुई है तथा अद्यतन भाषा चिन्तन में उनके विचारों के प्रति नवीन स्वस्थ अभिरुचि दिखाई पड़ती है। फर्थ ने अपने भारतीय प्रवास की अवधि में प्राच्य भाषाओं में अत्यधिक रुचि ली तथा उन पर प्राचीन भारतीय वैयाकरणों के भाषिक सिद्धान्तों का स्पष्ट प्रभाव पड़ा। इसके अतिरिक्त फर्थ पर मानव विज्ञानी ब्रोनिस्लो मैलिनौस्की के विचारों का भी गहरा प्रभाव पड़ा।[1] **मैलिनौस्की** का जन्म पोलैण्ड में (1884-1942) हुआ था। आदिम समाज की भाषा के माध्यम से अपना शोध कार्य करने वाले ये पहले मानव वैज्ञानिक हैं।[2] मौलिनौस्की का विचार था कि किसी प्रजाति के विविध कार्य-कलापों को जाने बिना म उसकी समाज-पद्धति को नहीं जान सकते।[3] इसी मौलिनौस्की का प्रभाव ब्रिटिश भाषा-वैज्ञानिक फर्थ के 'अर्थ-सिद्धान्त' पर पड़ा। स्वयं फर्थ ने स्वीकार किया है कि उनको अर्थात् मौलिनौस्की को ब्रिटिश भाषा-विज्ञान के निर्माताओं में से एक मानते हुए हमें गर्व है।[4]

**ब्लूम फील्ड** तथा अन्य दूसरे संरचनात्मक भाषा-विज्ञानियों ने भाषिक अध्ययन में अर्थ को उतना महत्त्व नहीं दिया था, जितना फर्थ ने उसके केन्द्रीय महत्त्व को समझा था। उन्होने अपने एक निबंध 'Linguistic Analysis as a Theory of Meaning' में लिखा है 'वाचिक भाषा सामाजिक संसर्ग की सन्निकटता में निमज्जित रहती है। व्याकरण के प्रति उनकी सोच कुछ अलग किस्म की थी। 'A New Approach to Grammar' नामक लेख में फर्थ लिखते हैं कि व्याकरण के प्रति नए उपागम के लिए अर्थ के प्रति नए उपागम

1. आधुनिक भाषा-विज्ञान- डॉ मोती लाल गुप्त, पृष्ठ 78
2. भाषा एवं भाषा विज्ञान- डॉ. महावीर सरन् जैन, पृष्ठ 119
3. Coral Gardens and their Magic- Bronnislaw Malinowski, P. 53, Edn, 1953
4. "Ethnographic Analysis and Language with reference to Malinowski's Views "In" Man and Culture",- J. R. Firth, P. 93, Raymond (Ed.) London, 1957.

की आवश्यकता है। भाषा में फर्थ के अनुसार ध्वनि की दो इकाइयाँ होती हैं- (1) ध्वानिक इकाई (Phonematic Unit)-इसमें स्वर तथा व्यंजन आते हैं, (2)रागात्मक इकाई (Prosodic Unit) इसमें अनुनासिका (nasalization); तालव्यीयता(Palatulization),प्रतिवेष्टितता (Retroflexion) बलाधात (accent), सुर (Tone), सुर लहर (Intonation) आदि हैं, अर्थात् पहले में तो खण्ड (Sengmental) ध्वनियाँ है, और दूसरे में वे हैं, जो खंड्य नहीं होती । उनका संबंध एकाधिक ध्वनियों या अक्षरों से होता है।दूसरे में तथाकथित अखंड्य (Suprasegmental) तथा कुछ और आते हैं।[1] हिव्टली (Whitly), राबिन्स(Robins), मीचले (Mitchell) तथा शार्प (Shorp) आदि शिष्यों ने फर्थ के कार्य को आगे बढ़ाया।

**(ग) हैलिडे स्कूल-** इग्लैण्ड में जे0आर0फर्थ (J.R. Firth) के ढेरों अनुयायियों में एक महत्वपूर्ण नाम हैलिडे (Halliday) का है। इस स्कूल के नाम से ही स्पष्ट है कि इसके संस्थापक भाषा विज्ञानी हैलिडे हैं। भाषा विज्ञान के क्षेत्र में अपनी मौलिक रचनात्मक शोध और प्रदाय के कारण इनका अपने गुरुफर्थ से अलग संप्रदाय स्थापित हुआ। इस स्कूल के कई और नाम यथा- 'सिस्टिमिटिक ग्रामर स्कूल' (Systimitic Grammar School), 'नव्य फर्थवादी स्कूल', तथा 'व्यतिरेकी विश्लेषण स्कूल' (Constrastive Analysis School) भी रखे गए हैं। इस स्कूल के माध्यम से हैलिडे ने भाषाओं के तुलनात्मक अध्ययन (Comparative Study of Languages) की नवीन पद्धति की नींव रखी। हैलिडे ने अपने गुरु फर्थ के सिद्धान्तो का विस्तार और स्पष्ट करने के साथ-साथ अपने भाषिक अध्ययन का आधार भी बनाया। आपका सुप्रसिद्ध लेख 'व्याकरणिक सिद्धान्त की कोटियाँ' (Categories of the Theory of Grammar) सन् 1961 में 'शब्द' (word) नाम की पत्रिका में छपा। हैलिडे ने इस लेख के विषय में बताया कि फर्थ की वैचारिकता की मूल जमीन ही इसकी प्राण है। इस लेख में उन्होने तीन वस्तुओं पर बल दिया-श्रेणी (Rank), प्रकार(exponence) तथा सूक्ष्मता (delicacy)। हैलिडे का 'सिद्धान्तमान तथा कोटि व्याकरण' (Scale and Category Grammar) नाम से प्रसिद्ध है। बाद में इसका नाम 'व्यवस्थित व्याकरण' अथवा 'व्यवस्था केन्द्रित व्याकरण' (Systemic Grammar) रखा गया। इस व्याकरण में हैलिडे ने 'व्यवस्था' (System) को 'व्याकरणिक कोटि' तथा 'विकल्प' (Choice) को उसकी व्याख्या कहा।

'चीनी मंगोलो के गुप्त इतिहास कीभाषा (The Language of the secret History of the Chinese Mangols) में हैलिडे ने भाषिक सिद्धान्त की चार आधार भूत कोटियाँ प्रतिपादित की हैं, (1) एकक (Unit),संरचना(Structure), वर्ग (class) तथा व्यवस्था (System)। हैलिडे ने भाषा को अभिरचनात्मक क्रिया' माना है। द्रव्य, रूप, तथा संदर्भ- को उन्होने भाषिक स्तर से संपृक्त माना। बाद में उन्होने कहा कि- 'स्वनात्मक अभिरचना', 'रूपात्मक अभिरचना' तथा 'अर्थात्मक अभिरचना' - ये तीन भाषा की आधारिक अभिरचनाएँ हैं। कालान्तर में हैलिडे ने **एंगस मैकिटोश तथा पीटर स्ट्रैवंज** नामक दो विद्वानों के साथ एक पुस्तक 'The Linguistic Science and Language Teaching' प्रकाशित कराया, जिसमें अपने सिद्धान्तों की पुष्टि की। नव्य फर्थवादियों का कहना था कि हैलिंडे द्वारा प्रस्तुत सिद्धान्त उपयोगी, शक्तिशाली और अकाट्य है।[2]

बाद में हैलिडे के अनुयायियों ने उनके सिद्धान्तों में विश्वास व्यक्त करते हुये उन्हें आगे बढ़ाया। आस्ट्रेलिया की एक आदिवासी बोली का ध्वनि ग्रामिक विश्लेषण (Phonological Analysis) करने वाले **बाब डिक्सन** (Bob Dixon), हैलिडे के सिद्धान्तों को आधार बनाकर कोशिक (Lexis)पर सिद्धान्त और प्रयोग की दृष्टि से महत्वपूर्ण कार्य करने वाले **जान सिकलेयर** (John Sinclaire) ध्वनि और अनुवाद के क्षेत्र में उत्तम कार्य करने वाले अमेरिका निवासी **कटफोर्ड** (J.C. Catford), व्यतिरेकी विश्लेषण' (Contrastive Analysis) तथा संघटीय और संदर्भीय अर्थ (Formal and Contextual meaning) जैसे महत्वपूर्ण क्षेत्र में शोध करने वाले **डॉ0 एलिस** (Ellis), 'यरूबा' नामक भाषा का वर्णनात्मक विवेचन करने वालें **बैम्बूशे** (Bamboshe) अंग्रेजी और फ्रांसीसी के नामिक (Nominal) पर गंभीर कार्य करने वाले **हडल्स्टन** (Huddleston) तथा **पीटर स्ट्रीवेन्स** (Strevens) ने भाषा-विज्ञान में महत्वपूर्ण कार्य किया। **डॉ. सुरेन्द्र किशोर वर्मा** ने हिन्दी तथा हिन्दी अंग्रेजी क्रिया-वर्गो की तुलना (A Study in the Systematic description of Hindi Grammar and Comparsion of the Hindi English Verbal Groups) नामक शोध हैलिडे के सिद्धान्तों को आधार बनाकर 1964 में एडिनबरा से किया था।

**4.जेनेवा सम्प्रदाय या स्कूल-** स्विटजरलैंड निवासी और विश्व प्रख्यात भाषा शास्त्री **सोस्यूर** महोदय जेनेवा में भाषा विज्ञान के प्राध्यापक थे। जेनेवा के इस रत्न गर्भा संस्थान में ही उन्होने भाषा विज्ञान संबंधी मूल्यवान कार्य किया। "किसी ध्वनि की सार्थकता इस में है कि उसका प्रत्यय से संयोग या संबंध होना चाहिए" जैसे महत्त्वपूर्ण तथ्य का खुलासा सोस्यूर ने-इसी जेनेवा स्कूल से सम्बद्ध रहते किया। अगली बात यह कि गठनात्मक भाषा शास्त्र या संरचनात्मक भाषा विज्ञान (Structural Linguistics) का 'वटवृक्ष' बीज रूप में इसी संस्थान में जन्म लिया। कालान्तर में यह संस्थान' क्लैसिकल संरचनात्मक अध्ययन' (Classical Structurali ism Study का भी केन्द्र बना। जाहिर है, भाषा विज्ञान संबंधी उक्त जटिल और गूढ़ शोधों के कारण यह संस्थान स्वतः विश्व फलक पर अपनी पहचान

---

1. भाषा-चिन्तन- डॉ0 भोला नाथ तिवारी पृष्ठ- 176

2. Notes Tensitivity and Theam in English-M.A.K. Halliday.P.179

बना लिया। सोस्यूर को यहीं रहते हुए 'गठनात्मक भाषा शास्त्र' का पिता कहा गया। भाषा -विज्ञानी के रूप में सोस्यूर की इससे बड़ी उपलब्धि और क्या हो सकती थी? **सोस्यूर** ने भाषा विज्ञान को 'संकेत विज्ञान' बताया, अर्थात् 'समाज के जीवन में संकेतों के जीवन' का अध्ययन ही संकेत विज्ञान है। इनका कहना था कि भाषा का अध्ययन केवल उसके भौतिक लक्षणों तक सीमित नहीं रखा जा सकता है। सामाजिक पृष्ठभूमि में ही भाषा का अस्तित्व संभव है। भाषा क्या है ? जैसे अनसुलझे सवालों को हल करने के लिए उन्होने सर्वप्रथम वाक्क्रिया का वर्णन किया। यह सब विशिष्ट उपलब्धि उन्हे इसी जेनेवा संस्थान में हुई।

सोस्यूर ने इस जेनेवा स्कूल में रहते हुए भाषा -विज्ञान की अपनी इस दुर्लभ खोज के संबंध में लोगों को बताया कि बोलने के कृत्य(पैरोल) सदैव व्यक्तिगत, परिवर्तनशील, मनमौजी तथा मनगढंत होते हैं। अतएव उनका वैज्ञानिक अध्ययन नहीं किया जा सकता है। पैरोल के अन्तर्गत् असंख्य व्यक्तिगत चुनाव तथा नवीन संयोग होते हैं। इस असीमित सामग्री का वर्णन अनन्त होने के कारण असंभव होगा। पैरोल की सभी अभिव्यक्तियाँ सामूहिक न होकर व्यक्तिगत होती हैं। साथ ही वे विषमांग तथा क्षणिक भी होती हैं। वास्तव में पैरोल व्यक्तिगत कृत्यों का जोड़ मात्र है, किन्तु लॉग एक सामूहिक अभिरचना होती है।[1] सन् 1916 ई0 में सोस्यूर नाम का जगत प्रसिद्ध भाषा विज्ञान का बरगद ढह गया। उनके जीवित रहते उनके भाषणों का प्रकाशन दुर्भाग्य से नहीं हो सका,किन्तु उनके इन्तक़ाल के बाद उनके दो शिष्यों-चार्ल्स बेली (Bally, 1865-1947) तथा **अलबर्ट से चेहे** (Sechehaye, 1870-1946) ने अपने मुहतरम गुरु का ऋण उनके भाषणों का प्रकाशन 'Course de Linguistique Generale' नाम से करके चुकाया। यह पुस्तक तो छपी 1916 ई0 में, किन्तु 1959 ई0 में इसका अंग्रेजी अनुवाद प्रकाशित हुआ। बेली के शैली विकास पर किए गए धुरंधर कार्य के कारण जेनेवा स्कूल बाद में शैली विज्ञान संबन्धी शोध का केन्द्र बना। बेली इस स्कूल में 'Rational Stylistics' के जन्मदाता कहे जाते हैं। कालान्तर में फ्रे (Henric Frei) नामक विद्वान ने इस स्कूल में वाक्य -विज्ञान पर जगत प्रसिद्ध कार्य किया।

**(5) स्विस तथा फ्रांसीसी सम्प्रदाय या स्कूल-** फ्रांसीसी स्कूल पनपा तो पेरिस की जमीन पर किन्तु प्रेरणा के मूल में थे- प्रसिद्ध भाषा शास्त्री **सोस्यूर** (1857-1913)[2] उनके दो शिष्यों -**ग्रैमों** (Grammont) तथा **मेये** (Meillet, 1866-1936)[3] **रूसेलो** (Rousselot) और समाज वैज्ञानिक **दुर्खीम** (1858-1917)[4] इनमें सोस्यूर,स्विस हैं, मेये तथा दुर्खिम फ्रांसीसी हैं। **सोस्यूर** पेरिस में 1881से1891 तक भाषा विज्ञान के प्राध्यापक रहे। यहीं पर मेये उनके शिष्य बने। इसी कारण इस परंपरा को फ्रांसीसी परंपरा के नाम से भी जाना जाता है।[5]

फ्रांस का पेरिस बहुत पहले से ही आधुनिक भाषा के विभिन्न तरह के शोधों का केन्द्र रहा है। इस अध्ययन केन्द्र पर संभवतः विश्व में पहली बार काइमोग्राफ एवं पैलटोग्राफ नामक ध्वनियंत्रो का आविष्कार हुआ। विश्व के प्रथम ध्वनि शास्त्री **रूसेलो** ने इन यंत्रों के सहारे ध्वनियों का विश्लेषण-विवेचन किया। चूँकि सोस्यूर यहाँ लगभग 10 वर्षो तक कार्य कर चुके थे, सो इस कारण से यूरोप की सांस्कृतिक राजधानी कहा जाने वाला पेरिस भी जेनेवा, कोपेनहैगेन, प्राहा याप्राग, रूसी, मास्को आदि स्कूलों की तरह 'पेरिस' या 'फ्रांसीसी' स्कूल या संप्रदाय के नाम से प्रसिद्ध होगया। यहीं पर सोस्यूर के शिष्यों-ग्रैमों तथा मेये ने मनोविज्ञान एवं शरीर विज्ञान के परिप्रेक्ष्य में भाषा के विकास का अध्ययन किया। इतना ही नहीं, फ्रांसीसी धारा में भारोपीय भाषा पर एक अन्य अध्ययन फ्रांसीसी प्राध्यापक अन्तोआँ मेये (Antoine Meillet) ने 'भारोपीय के तुलनात्मक अध्ययन का परिचय'[6] नाम से प्रस्तुत किया। पेरिस के विख्यात सोरबोन विश्व विद्यालय में कार्यरत मेये वहाँ की भाषा विज्ञान-परिषद के एक प्रमुख व्यक्ति थे। उनके सामाजिक व्यक्तित्व के साथ ही इस पुस्तक की शैली और प्रस्तुतीकरण की विशेषताओं से प्रभावित होकर पेरिस में भारतीय विद्याओं के विद्वानों का एक नया वर्ग पैदा हुआ, जो आज भी निष्ठापूर्वक कार्यरत है। इस पुस्तक को तेजी से प्रसिद्धि मिली। सन् 1912 ई0 में इसका तीसरा वृहद् संस्करण प्रकाशित हुआ, जिसमें **ब्रुगमन, डेलब्रुक और हार्ट**-तीनों के साथ संपर्क रहने के कारण अनेक समाधानों को शामिल कर उसकी उपयोगिता बढ़ा दी। इस प्रकार उन्नीसवीं और बीसवीं शताब्दी के प्रथम दशकों में भारोपीय भाषा की पूर्ण समग्रता को लेकर नये सिरे से कार्य हुआ, जिसका मूलाधार **श्लाइखर** और **सोस्यूर** द्वारा उसका पुनर्निर्मित रूप और तद्विषयक सिद्धान्त था।[7]

पेरिस के इस फ्रांसीसी सम्प्रदाय में प्रसिद्ध भाषा-चिन्तन **जे. वान्द्रियेज** (J. Vendryes) ने भी भाषा के मनोवैज्ञानिक पक्ष पर

1. आधुनिक भाषा विज्ञान की भूमिका- डॉ0 मोती लाल गुप्त पृष्ठ-60
2. Course in General Linguistics- F. Saussure (Translated from French by Wade Baskin)
3. Theories of Society- Persons, Talcott, Gleason, Voll.2, Free Press, 1961
4. The Elementory Forms of Religious Life - Emile Durkheim (Translated from the French by Joseph Ward Swain) London, 1915
5. भाषा एवं भाषा विज्ञान- डॉ0 महावीर सरन जैन, पृष्ठ-121
6. Introductional'itude comparative des langues inde-europeenes
7. आधुनिक भाषा विज्ञान का इतिहास- डॉ. महेश प्रसाद जायसवाल, पृष्ठ -91

गंभीर शोध किया, जिसकी वजह से इस संस्थान का और भी महत्व बढ़ गया । लेकिन फ्रांसीसी स्कूल में ध्वनिशास्त्री के रूप में सोस्यूर **और वान्द्रियेज के बीच महत्त्वपूर्ण पड़ाव के रूप में कार्य करने वाले 'पालपासी'** का नाम यदि न लिया जाय तो उनके साथ बहुत बेमानी और अन्याय होगा। यहीं पर **जूल ब्लाख** और **ब्रील** ने भी तुलनात्मक भाषा विज्ञान के संदर्भ में महत्वपूर्ण कार्य किया। भाषा शास्त्री **ब्रील** (Breal) ने यदि अर्थ विज्ञान पर इस संस्थान में पहलीबार रोशनी डाली तो ब्लाख (J.Block) ने ऐतिहासिक भाषा विज्ञान पर। कुछ लोग बताते हैं कि चार्ल्स बेली ने यहाँ पर 'रेशनल' (Rational) शैली विज्ञान पर गंभीर कार्य कियाथा। उनके भी कार्य का आधार मनोविज्ञान ही था। कालान्तर में सोस्यूर एक दशक तक इस संस्थान को सुशोभित करने के बाद जेनेवा चले गए। किन्तु उनके द्वारा शोध की इतनी मुकम्मल एवं पुख्ता जमीन यहाँ पर तैयार हो चुकी थी कि आने वाले भाषा-वैज्ञानिक निरंतर सोस्यूर की परंपरा को बिना परेशानी के आगे बढ़ाते रहे। पेरिस स्थित यह फ्रांसीसी स्कूल उक्त भाषाविदों के कारण विश्व में इतना नामजद हो गया कि कालान्तर में इसका नाम **"जेनेवा-पेरिस"** या **स्विस-फ्रांसीसी स्कूल"** भी पड़ा। जहाँ तक मुझे याद है, 1950 के आस-पास **'जेनेवा-पेरिस स्कूल'** ने अलग-अलग होकर स्वतंत्र हैसियत से कार्य करना शुरू किया। इन दोनों के अलग-अलग नाम हो गए। भारत में **स्व. डॉ. धीरेन्द्र वर्मा** इस परंपरा के विशिष्ट अध्येता माने जाते रहे हैं। फ्रांसीसी स्कूल का प्रभाव उनके भाषा-वैज्ञानिक अध्ययन में स्पष्ट उभरा हुआ दिखाई देता है।

**6. कोपेन हेगन सम्प्रदाय या स्कूल-** कोपेनहेगेन डेनमार्ग की राजधानी है। भाषा अध्ययन की दृष्टि से नार्वे तथा स्वीडन आदि का मुख्य केन्द्र यह कोपेनहेगेन ही रहा है। डेनिश विद्वान **ब्रन्दल** (Broundal, 1887-1902) **हेल्मस्लेव या येम्सलेब** (Hjelmslev) तथा **उलडल** (H. I. Uldall)इस केन्द्र के संस्थापकों में से हैं। यह केन्द्र अन्य केंन्द्रों की तुलना में नया है, वह इसलिए कि इसे व्यवस्थित रूप 1936 ई. के आस-पास मिला। जिस प्रकार अमेरिकी स्कूल फोनिमिक्स (Phonemics) अर्थात् ध्वनि विज्ञान, ध्वनिमी या स्वानिमी के अध्ययन का मुख्य केन्द्र रहा है, उसी प्रकार कोपेनहेगेन स्कूल भी मुख्य रूप से 'पारिभाषिक शब्द विज्ञान' (Glossematics) के अध्ययन का मुख्य स्कूल रहा है। येम्सलेब कोपेनहेगेन विश्वविद्याल में भाषा विज्ञान के आचार्य थे। जिस पुस्तक में उन्होंने 1943 में अपने प्रसिद्ध सिद्धान्त प्रतिपादित किये थे, उसका अंग्रेजी अनुवाद 'प्रोलोगामिना टू ए थिअरी ऑफ लैंग्वेज" शीर्षक से सन् 1953 ई. में प्रकाशित हुआ। भाषा विज्ञान की जिस शाखा को येम्सलेब ने जन्म दिया वह 'ग्लासीम विज्ञान' कहलाता है। आधुनिक संरचनात्मक भाषा विज्ञान में इसका महत्वपूर्ण स्थान है, किन्तु इसमें प्रस्तुत विचार अत्यधिक विवादास्पद हैं।

येम्सलेब भाषा को व्यवस्था अवश्य मानते हैं, किन्तु जो सिद्धान्त उन्होंने निर्मित किया, उसके अन्तर्गत वे उक्त व्यवस्था को प्रकृति तथा उसके अस्तित्व को प्रमाणित करने का ऐसा मार्ग निकालने का प्रयास करते हैं, जो अपनी वैधता के अभाषिक कारकों पर किंचित् भी निर्भर नहीं करता। उनका सिद्धान्त ऐसे तर्क वाक्यों से व्युत्पन्न हुआ है, जिन्हें तर्क सम्मत सिद्ध किया जा सकता है। इसमें भौतिक, दैहिक, मनोवैज्ञानिक अथवा समाजशास्त्रीय कारकों के लिए कोई स्थान नहीं है। इसी कारण येम्सलेब के सिद्धान्त को "अन्तर्वर्ता" भाषा विज्ञान भी कहा जाता है।[1] इस संस्थान के भाषा विदों ने अपने विज्ञान को 'Linguistics' (लिंग्विस्टिक्स) के स्थान पर 'Glossematics' (ग्लासमेटिक्स) बताया, किन्तु अन्य दूसरे भाषा विज्ञानी इन लोगों के उक्त नामकरण से असहमत हैं, क्यों कि ग्लासीम विज्ञान शुद्ध रूप से भाषा विज्ञान का कत्तई पर्याय नहीं हो सकता। सूचिम की परिकल्पना और विश्लेषण का आधार वह नहीं है, जो रूपिम और स्वनिम का है। सूचिम की खोज में यह अवधारणा कार्य करती है कि मानव मन की अभिव्यंजना और उसके माध्यम की व्याख्या तर्क एवं गणित की पद्धति से भी की जा सकती है। भाषा, गणित या तर्क शास्त्र की तरह नियमित नहीं होती। तथापि उसके विश्लेषण के लिए गणित के नियमों को प्रयुक्त किया जाना चाहिए। **ब्रन्दल** ने अपने कुछ लेखों में इसकी प्रारम्भिक बातों की चर्चा की, किन्तु येम्सलेब ने बाद में विस्तार से इसका सैद्धान्तिक स्पष्टीकरण किया तथा पहली बार भाषा में निहित विचार (Content) और अभिव्यक्ति (Expression) की तर्कपूर्ण तुलना की और इनके अंतर को समझाया। नियमों पर आधारित एक क्रमबद्ध विज्ञान के रूप में ग्लास्मेटिक्स को तभी से मान्यता प्राप्त हुई। कोपेनहेगेन स्कूल का केन्द्रीय सिद्धान्त यही ग्लासीम सिद्धान्त है, जिस कारण इस स्कूल को 'ग्लासमेटिक्स' स्कूल भी कहा जाता है। कतिपय आलोचकों ने इसे अप्रशंसा के आशय से 'भाषा गणित' पद्धति या 'स्कूल' भी कहा है।

सूचिम विज्ञान सिद्धान्ततः अत्यधिक भावानयन (Abstraction) और व्यवस्थापन पर आधारित है। इसका प्रकार्यात्मक पक्ष इतना जटिल है कि स्वयं उसके जीवन काल में उसके ही शिष्यों ने विवशता प्रकट की। स्कैंडेनेविया के बाहर हालैण्ड और जर्मनी में येम्सलेव के कई समर्थक थे, जिन्होंने सोस्यूर से प्रभावित होते हुए भी ग्लासीम सिद्धान्त को अपनाया। इनमें सबसे उल्लेखनीय हैं -**उलडल** और **सीत्स्मा**। इन्होंने अपने-अपने ढंग से इस विषय को प्रायोगिक रूप देने का प्रयत्न किया। सीम्त्सा ने ग्लासीम विज्ञान के आधारभूत तत्त्वों की भी विवर.ना की, किन्तु अन्ततः इसका प्रभाव बहुत सीमित रहा। स्वयं डेनमार्क में इसके अनेक आलोचक उत्पन्न हो गए। सभी ने इसकी तार्किकता को स्वीकारते हुए भी इसे अव्यावहारिक घोषित किया। अमेरिका जैसे घोर 'भाषा वैज्ञानिक' देश में इसकी जानकारी

1. आधुनिक भाषा विज्ञान की भूमिका -डॉ. मोती लाल गुप्त, पृष्ठ - 76

2. आधुनिक भाषा विज्ञान का इतिहास- डॉ महेश प्रसाद जायसवाल, पृष्ठ - 130

तक बहुत कम हुई। आज असंख्य भाषा वैज्ञानिक शाखाओं और प्रशाखाओं के बीच तो इस विचार धारा का अब स्मरण भी बहुत कम किया जाता है।[2] बीज गणित और तर्क शास्त्र पर इस स्कूल ने अवश्य वैज्ञानिक कार्य किया है।

**7. अमेरिकी सम्प्रदाय या स्कूल** अमेरिकी स्कूल के अन्तर्गत् लगभग वे सभी प्रमुख अमेरिकी भाषा विज्ञानी आ जाते हैं, जिन्होंने नवीनतम शोध पद्धतियों का प्रतिपादन किया है। यदि **सपीर** और **ब्लूमफील्ड** इस संस्थापक आचार्य हैं तो **पाइक, नाइडा, हेगेन, ब्लाक-ट्रेगर, हॉकेट, ग्लीसन** इसके कर्मठ प्रवक्ता। इस स्कूल की कार्य पद्धति स्वनिम और रूपिम सिद्धान्तों पर केन्द्रित मानी जाती हैं, किन्तु प्रारम्भिक रूप में इसका कार्य वर्णनात्मक पद्धति से होता रहा है। उपर्युक्त विद्वान् वर्णनात्मक भाषा विज्ञान के सबसे उत्साही व्याख्याता हैं। आधुनिक वर्णनात्मक पद्धति भाषा विज्ञान का इतिहास निर्माता है। ब्लूम फील्ड की 'भाषा' ब्लाक और ट्रेगर का 'भाषा वैज्ञानिक विश्लेषण की रूपरेखा' हैरिस का 'संरचनात्मक भाषा विज्ञान पद्धति' हॉकेट का' आधुनिक भाषा विज्ञान का पाठ', पाइक का 'स्वनिम विज्ञान और स्वन विज्ञान,' नाइडा का रूप प्रक्रिया और ग्लीसन का 'वर्णनात्मक भाषा विज्ञान की भूमिका' अमेरिकी स्कूल के आधार ग्रंथ हैं। अर्थ -विज्ञान को इन भाषाविदों ने आरंम्भ से ही शुद्ध (pure) भाषा विज्ञान से अलग कर दिया। उधर, मानव विज्ञान से अनुप्रेरित कई शोध कर्ताओं ने अमेरिकी भाषा विज्ञान को आरम्भिक दशकों से ही संस्कृति और समाज से आबद्ध कर दिया था। दिनोदिन व्यापक होते हुए इसके क्षेत्र ने शीघ्र ही यह संभावना उत्पन्न की कि वाक्य विज्ञान,आन्तरिक पुनर्निर्माण, स्वन विज्ञान, स्वनिम विज्ञान, भाषा भूगोल, भाषा काल क्रम विज्ञान, भाषा प्रशिक्षण, अनुवाद विज्ञान, तान विज्ञान, लिपि विज्ञान, आदि स्वतंत्र शाखाओं को प्रतिष्ठित किया जा सके।[1]

सच तो यह है कि अमेरिकी स्कूल की नींव **फ्रेंज बोआस** (Franz Boas, 1858-1942) ने रखी। बोआस महोदय कोलम्बिया विश्वविद्यालय में मानव वैज्ञानिक थे। अमेरिकन इन्डियन भाषाओं के भी आप गहरे जानकार थे। बोआस के अगाध पांडित्य पर मुग्ध होकर ही **ब्लूमफील्ड** ने इन्हे 'किसी न किसी अर्थ में हम सबके शिक्षक' बताया था।[2] बोआस का अधिकांश जीवन अमेरिका के आदिम समाजों की संस्कृति के अध्ययन में व्यतीत हुआ। इनका विचार है कि भाषा, संस्कृति की महत्वपूर्ण प्रतिनिधि है।[3] भाषाएँ अपने बोलने वालों के विचारों और प्रथाओं में प्रतिबिबिंत होती हैं।[4] बोआस ने मानव जाति-[illegible] में भाषा-विज्ञान की सैद्धान्तिक एवं व्यावहारिक भूमिका का प्रतिपादन किया है।[5] 'हैंडबुक आफ अमेरिकन इन्डियन लैंग्वेजेज' (Hand book of American Indian Languages) के प्रथम खण्ड की भूमिका लिखकर "अमेरिकी वर्णनात्मक भाषा विज्ञान सम्प्रदाय" की आधारशिला रखने का श्रेय इन्हें प्राप्त है।[6] कोलम्बिया की 'क्वकिउत्त्ल' भाषा पर इनका कार्य प्रसिद्ध है।[7] वस्तुतः वर्णनात्मक भाषा विज्ञान में 'विश्लेषण की तकनीकों' को प्रारंभ करने की दृष्टि से बोआस तथा उनके शिष्य सापिर का सर्वाधिक महत्व है।[8] यह मानव विज्ञान में "संस्कृति इतिहास सम्प्रदाय के प्रवर्तक" के रूप में प्रसिद्ध हैं।[9]

इस स्कूल के प्रसिद्ध भाषाविद सपीर का विचार था कि भाषा का विचार-पद्धति से घनिष्ठ रिश्ता होता है।उन्होंने भाषा के साहित्य, संगीत, मानव विज्ञान तथा मनोविज्ञान जैसे विषयों के साथ संबंधों पर भी प्रकाश डाला है। बोआस के समान ही उन्होंने भाषा का प्रयोक्ता की विचार धारा से भी घनिष्ठ संबंध बताया है। यह वैचारिक परंपरा जहाँ एक ओर **हुम्बोल्ट** का स्मरण कराती है, वहाँ वह **बॉर्फ** द्वारा प्रतिपादित भाषा नियतत्त्ववादी विचारों को भी पूर्वानुमानित कराती है।[10] अमेरिकी स्कूल के एक अन्य चिंतक **बेनडिक्ट** (1887-1948) की स्थापना है कि संस्कृति, व्यक्तित्त्व को निश्चित दिशा और स्वरूप प्रदान करती है। बच्चा जिस क्षण से बोलना आरंभ करता है, उसी क्षण से वह अपनी संस्कृति का 'एक छोटा प्राणी बन जाता है।[11] **क्रोबर** की मान्यता है कि मनुष्य के अवयवों के उद्विकास के दौरान उसके मस्तिष्क का उत्तरोत्तर विकास हुआ। मनुष्य की शरीर रचना में कुछ विशिष्ट परिवर्तन हुए। संस्कृति का आधार अवयवों का विकास है। इतना होने पर भी 'संस्कृति' अवयवों के विकास से बढ़कर है। संस्कृति के विकास का आधार सांस्कृतिक क्षमता है। भाषा भी संस्कृति का अंग है। भाषा और संस्कृति– दोनों की प्रकृति समान है।[12] क्रोबर के अनुसार कोई भी मनुष्य भाषा निर्माता होने का दावा

---

1. आधुनिक भाषा [illegible]न का इतिहास- डॉ. महेश प्रसाद जायसवाल, पृष्ठ- 124
2. आधुनिक भाषा विज्ञान की भूमिका- डॉ. मोती लाल गुप्त, पृष्ठ-68
3. भाषा एवं भाषा विज्ञान - डॉ महावीर सरन जैन, पृष्ठ- 122
4. "......Languages are clearly reflected in the views and customs of the peoples of the world" Linguistics and Ethnology- Franz Boas, In "Languaage in Culture and Society" P. 22
5. वही- Dell Hymes (Ed.)
6. Introduction: Hand book of American Indian Languages- F. Boas
7. भाषा एवं भाषा विज्ञान - डॉ. महावीर सरन जैन, पृष्ठ - 122
8. Perspectives in Linguistics- Jon, T. Water Man, P 88, The University of Chicago Press, 1963
9. The New Encyclopaedia Britanica (in 30 Volumes), Volume-I, P. 971, Ed. 1977
10. आधनिक भाषा विज्ञान की भूमिका- डॉ. मोती लाल गुप्त, पृष्ठ-68
11. Patterns of Culture - Ruth Bendict P,39 Boston and New-York, 1934
12. भाषा एवं भाषा विज्ञान-डॉ. महावीर सरन जैन, पृ.123

नहीं कर सकता। भाषा बोलने का गुण आनुवंशिक कारण से प्राप्त नहीं होता, अपने समाज से प्राप्त होता है।[1] **हेम्सने** एक लेख में **क्रोबर** के मानव जाति विज्ञान एवं भाषा विज्ञान संबंधी कार्यो की विशद एवं सारगर्भित विवेचना की है।[2] **सपीर** भाषा को एक व्यवस्था मानते थे। ये अमेरिकी इन्डियन भाषाओं के वर्णनात्मक अध्ययन में लगे रहे। भाषिक पैटर्न का सिद्धान्त इन्ही का है अर्थात् हर व्यक्ति के मस्तिष्क में उसकी भाषा का विशेष पैटर्न होता है। मानव विज्ञान में सपीर की भी बहुत अच्छी गति थी।[3] सपीर ने सन् 1905 से 1910 तक अमेरिका में कैलीफोर्निया तथा पेन्सिलवानिया विश्वविद्यालयों के मानव विभाग में कार्य किया। ये सन् 1911 ई0 में ओटावा (कनाडा) में मानव विज्ञान के निर्देशक के रूप में गए। इन्होने वहाँ के कार्य काल में अमेरिकी इन्डियनों के अथबस्कन वर्ग की भाषाओं पर कार्य किया। वहाँ से अमेरिका लौटकर इन्होने शिकागो तथा येल विश्वविद्यालयों में कार्य किया।[4] अमेरिकी इन्डियन भाषाओं का वर्णनात्मक पद्धति से अध्ययन प्रस्तुत कर, इन्होने भाषा-विज्ञान को नयी दिशा दी है। [5] सैद्धान्तिक दृष्टि से इन्होने सामाजिक जीवन में भाषा की गतिशीलता तथा भाषा की अभिरचना के महत्व पर बल दिया है।[6] इनके शिष्यों में **बे जामिन ली ह्वोर्फ** (1897-1941) विशेष चर्चित हैं। येल विश्वविद्यालय में ये सपीर केशिष्य बने। इन्होने अमेरिकी-इन्डियन वर्ग की एरिजोना की 'होपी' तथा मैक्सिको की 'नहुअत्ल' या 'अज्तेक' भाषाओं का सूक्ष्म अध्ययन किया। सैद्धान्तिक दृष्टि से ह्वोर्फ ने 'भाषिक सापेक्षता' के सिद्धान्त का प्रतिपादन किया है। भाषा विज्ञान में 'सापिर-होर्फ' उपकल्पना प्रसिद्ध है।[7]

भारत में अमेरिकी 'स्कूल' में दीक्षित भाषा विज्ञानियों की एक विशाल मण्डली तैयार होगई है। विगत बीस वर्षो से लगभग प्रत्येक युवा भाषा विज्ञानी अमेरिका की या तो यात्रा कर आया है या अमेरिका में प्रशिक्षित किसी शिक्षक से प्रेरित है। पूना विश्वविद्यालय , डकन कॉलेज, उस्मानिया विश्वविद्यालय, दिल्ली विश्वविद्यालय, विभिन्न भारतीय तकनीकी संस्थान मैसूर, शिमला, हैदाराबाद आदि स्थित केन्द्रीय भाषा संस्थान अमेरिकी भाषा वैज्ञानिक परंपरा के प्रमुख केन्द्र हैं। **सुमित्र मंगेश कत्रे, देवी प्रसन्न पटनायक, कृष्णमूर्ति, प्रबोध पंडित, अशोक केलकर, लक्ष्मन खूबचंदानी, सी. आर. शंकरन, डी. एन. एस. भट्ट, सुब्रह्मणम्, ई. डी. कुलकर्णी, चन्द्रशेखर** आदि इसके प्रमुख अध्येता हैं। यहाँ अनेक शोध कार्यक्रमों में अमेरिकी विद्वानों के निर्देशन, नियंत्रण, अथवा उनकी संस्थाओं के धन का सहयोग है। एशिया में जापान के बाद अमेरिकी भाषा विज्ञान का सबसे प्रभावशाली कार्यक्षेत्र भारत ही है। इसके विभिन्न परिणामों में से एक महत्त्वपूर्ण परिणाम यह निकला है कि अभी तक पाश्चात्य भाषा विज्ञान पद्धति से जकड़े होने के बावजूद भारतीय भाषाओं में लिखने-पढ़ने की जो न्यूनाधिक परंपरा बची थी, अब वह भी निश्शेष हो चली है। आज लगभग प्रत्येक प्रमुख भाषा विज्ञानी अंग्रेजी में ही लिखकर अन्तर्राष्ट्रीय बनना चाहता है और अपना पाठक वर्ग विस्तृत करना चाहता है। [8] यह अमेरिकी स्कूल अब एक 'स्कूल' न रहकर कई 'स्कूलों में विभक्त हो गया, जिसमें निम्न प्रमुख है,-

**(क) सपीर सम्प्रदाय या स्कूल-** यह स्कूल वस्तुतः संबंधित है- **बोआस** से, किन्तु इसे मजबूत सकल दी **सपीर** ने, इसलिए इसें 'सपीर स्कूल' ही कहा जाता है। फ्रां- बोआस कोलंबिया विश्वविद्यालय में मानव विज्ञान के प्राध्यापक थे। बोआस ने अपने अध्ययन का विषय परम्परा से हटकर ऐसा चुना जो यूरोपीय भाषा विज्ञान के लिए लगभग नया था। उन्होंने 'अमेरिकी इंडियन आदिम जाति की अलिखित किन्तु पर्याप्त विकसित बोलियों का अध्ययन' जैसे विषय पर शोध कार्य किया। उन्होंने जंगली क्षेत्रों में रहने वाली अमेरिकी इंडियन जातियों से कठिन संपर्क कर 1911-1912 के बीच अपना सुप्रसिद्ध ग्रंथ 'अमेरिकी इंडियन भाषाओं का संकलन' (Hand Book of American Indian Languages) निकाला। वोस्टन से निकलने वाली एक पत्रिका में उन्होंने 1938 में अपने समाज भाषा विज्ञान से संबंधित एक महत्वपूर्ण लेख प्रकाशित करवाया, उस पत्रिका का नाम था- General Anthropology।

इधर, उनके ही शिष्य एडवर्ड सपीर (Edward Sapir 1884-1939) बोआस के प्रमुख भाषा वैज्ञानिक उत्तराधिकारी सिद्ध हुए। सपीर ने भाषा के सैद्धान्तिक पक्ष पर विशेष कार्य किया। यह कार्य 'भाषा' अर्थात् 'Language: An Introduction to the Study of Speech' नाम से 1921 में प्रकाशित हुआ। सपीर महोदय भाषा को मनोवैज्ञानिक दृष्टि से समझने के आग्रही थे।सन् 1949 में सपीर

1 (A)-The Nature of Culture- A.L. Kroeber,P,66,Chicago,1952 (B)-"Some relations of Linguistics and Ethnology", Language,17, pp 289-290, Edn-1941

2. Alfred Louis Kroeber-H,Dell, Hymes, In" Language, Culture and Society " pp, 689-710

3. भाषा चिन्तन-डॉ भोलानाथ तिवारी-पृष्ठ-173

4. भाषा एवं भाषा विज्ञान - डॉ महावीर सरन जैन, पृ.-123

5 "Selected Writings of Edward, Sapir in Language, Culture and Personality, Edited byDavid, G.Mandelbanm, P.79 University of California Press, 1949 (A)-"Abnormal types of Speech in Nootka",p.179-196 (B)-"Central and North American Languages" p,169-178(c)-"Male and Female Forms of Speech in Yana" p,206-212

6. Language- E. Sapir, P.204, New york, 1921

7. भाषा एवं भाषा विज्ञान - डॉ0 महावीर सरन जैन,पृ0-123

8. आधुनिक भाषा विज्ञान का इतिहास- डॉ. महेश प्रसाद जायसवाल, पृ- 125

की मृत्यु के बाद उनके शिष्य **बी. एल. ह्वोर्फ** (B. L. Whorf- 1897-1941) ने उनके कार्य को आगे बढ़ाया। यद्यपि सपीर और उनके शिष्य ह्वोर्फ में कालान्तर में कई सैद्धान्तिक मतभेद भी उभरे।

**(ख) ऐन आर्बर सम्प्रदाय या स्कूल-**: सपीर के शिष्यों **पाइक, नाइडा** आदि का कार्य केन्द्र मिशिगन विश्वविद्याल (एन आर्बर) था। अतएव एन. आर्बर 'स्कूल' नाम चल पड़ा, जहाँ स्वनिम और रूपिम विश्लेषण पर विशेष बल दिया गया। अब अनुप्रयोगिक भाषा विज्ञान पर विशेष कार्य ऐन आर्बर स्कूल में होने लगा। बोली, भूगोल और भाषा सर्वेक्षण को भी यहाँ प्राथमिकता मिली है।[1] टैग्मीमिक सिद्धान्त (Tagmemic Theory) का संबंध इसी स्कूल से है, जिसके मुख्य व्याख्याता पाइक है। **लॉंग्रेके** (Longacre), **लार्सन** (Larson), **पिकेट** (Picuett) आदि अनेक लोगों ने टैग्मीमिक्स के क्षेत्र में महत्त्वपूर्ण कार्य किया है। भारत में **डॉ0 रामनाथ सहाय** ने टैग्मीमिक्स के आधार पर हिन्दी भाषा पर काम किया है। टैग्मीमिक्स के अनुसार भाषा त्रिविद्य व्यवस्था है- शाब्दिक,व्याकरणिक, ध्वनिक। पहली में चयन करते हैं, दूसरी में उसे वाक्य का रूप देते हैं तथा तीसरी में उसकी वाह्याभिव्यक्ति करते है। टैग्मीमिक्स का मुख्य ध्यान व्याकरण व्यवस्था के विश्लेषण पर है। भाषा के विश्लेषण पर टैग्मीम की प्राप्ति होती है। टैग्मीम व्याकरणिक प्रकार्य (grammatical function) या स्लॉट (Slot) तथा उस स्लॉट में प्रयुक्त भाजिक इकाई के आपसी संबंध को कहते हैं- 'The tagmeme as a grammatical unit is the corelation of a grammaticl function or slot with a class of matually substitutable items occuring in that slot."[2]

**(ग) ब्लूम फील्ड सप्रदाय या स्कूल-** येल विश्वविद्यालय **ब्लूमफील्ड** और उनके अनुयायियों का केन्द्र रहा है। इसलिए इस स्कूल को 'येल स्कूल' भी कहा जाता है। समस्त अमेरिकी संरचना वादी संप्रदाय इसी येल स्कूल या 'ब्लूमफील्ड स्कूल' से सम्बद्ध हैं। रूप प्रक्रिया और वाक्य विन्यास (Syntax) पर अधिकांश कार्य इसी स्कूल में किया गया है। यूरोप मेंइस स्कूल का प्रभाव तो है ही, भारतीय भाषाविद् संभवतः इसी संप्रदाय या स्कूल से सबसे अधिक प्रभावित हैं। ब्लूमफील्ड भारत और भारतीय भाषाओं के सर्वाधिक प्रशंसक रहे हैं। विगत दो दशकों में अधिकांश अमेरिकी भाषाविज्ञानियों के कार्य पर ब्लूम फील्ड की स्पष्ट छाप देखी जा सकती है। वे वर्तमान शताब्दी के पूर्वार्द्ध क महानतम तथा सर्वाधिक प्रभावशाली भाषा विज्ञानी थे। **बर्नर्ड ब्लाक** (B.Block) के शब्दों में,' इसमें किंचित भी संदेह नहीं है कि ब्लूमफील्ड का सर्वोच्च योगदान यह था कि उन्होने भाषिक अध्ययन को विज्ञान बना दिया'। ब्लूम फील्ड की प्रसिद्ध पुस्तक ' भाषा' का 1933 में प्रकाशित होना वास्तव में एक युगान्तकारी घटना थी। पाँच सौ से कुछ अधिक पृष्ठों की यह पुस्तक एक वृहद ग्रंथ है। इस कृति के प्रथम अध्याय में ब्लूम फील्ड ने भाषा की प्रकृति के विषय में विचार किया है। आगे उन्होनें प्राचीन भारतीय चिन्तन की मुक्तकंठ से प्रशंसा की है। वे लिखते हैं कि,- ' भारत में ज्ञान का ऐसा विस्तार हुआ जिसे कालान्तर में यूरोपीय भाषिक चिन्तन में क्रान्ति लाने का श्रेय मिलना बदा था।' ' **पाणिनि** के व्याकरण का उल्लेख करते हुए उन्होने लिखा था कि-'यह व्याकरण........ मानव बुद्धि की कीर्ति स्तंभो में से एक है। इस भारतीय व्याकरण ने सर्वप्रथम यूरोपीय विद्वानों के सम्मुख एक भाषा का ऐसा संपूर्ण तथा परिशुद्ध वर्णन प्रस्तुत किया जो किसी सिद्धान्त पर नहीं अपितु प्रेरणा पर आधारित था।'[3]

ब्लूम स्कूल में अर्थ पक्षपर विशेष बल न देकर उसकी संरचना पर ही विशेष ध्यान दिया गया, इस तरह से यह स्कूल 'संरचनात्मक भाषा विज्ञान (Structural Linguigtics) के अध्ययन का मूल स्थान है। कुछ लोग कहते हैं कि यह आरोप निराधार है कि ब्लूम फील्ड अर्थतत्व के अध्ययन में रुचि नहीं रखते थे, उनके अर्थ तत्त्व के यंत्रवत निरूपण के आग्रह तथा अर्थ विज्ञान की ओर निराशावादी दृष्टिकोण के कारण वर्तमान शताब्दी के चौथे तथा पाँचवें दशकों में उक्त विषय के प्रति अत्यधिक उदासीनता रही।[4]

अमेरिकी भाषा वैज्ञानिक स्कूल में ब्लूम फील्ड ने 'मार्फीम' के अलावा टैगमीम (व्याकरणिम), सीमीम(अर्थिम), टैक्सीम' (पदिम्) और एपीसीमीम (वक्ग्णिमार्थ) नामक उच्चतर भाषिक इकाइयों कीभी खोज की, जिनका आशय उनके नामों से बहुत कुछ स्पष्ट है। 'फोनीम' और 'माफाम' जैसी सामान्य बुनियादी इकाइयों को उन्होने शब्द रूप, वाक्य और स्वन के अनुरूप मानते हुए भी पर्याप्त नहीं माना। व्याकरण (सामान्य संरचना) और अर्थ तत्त्व के विश्लेषण में 'टैगमीम' और 'सीमीम' की परिकल्पना अमेरिकी शब्द रूप प्रक्रिया की मौलिक परिकल्पना है, किन्तु इनका क्षेत्र इतना विकसित नहीं हो सका कि स्वनिम विज्ञान या रूप विज्ञान की भाँति ये भी स्वतंत्र विषय बन सकें।[5] बहरहाल, ब्लूमफील्ड के विचारों का अमेरिकी तथा यूरोपीय भाषा विज्ञान पर व्यापक प्रभाव पड़ा। लगभग बीस वर्षो तक अधिकांश भाषा विज्ञानी ब्लूमफील्ड द्वारा प्रतिपादित उपागम के प्रभुत्व से 'पीड़ित' रहे। यही कारण है कि इस अवधि को कुछ व्यक्ति भाषा विज्ञान का 'ब्लूम फील्ड' युग कहते हैं। अमेरिकी भाषा विज्ञानी **बर्नर्ड ब्लाक** ब्लूमफील्ड के विषय में कहते हैं कि,-'यह कहना अतिशयोक्ति नहीं होगी कि 1933 के उपरांत इस देश में विश्लेषणात्मक प्रणाली में हुआ प्रत्येक महत्वपूर्ण परिष्कार भाषिक शोध को

---

1. आधुनिक भाषा विज्ञान का इतिहास-डॉ. महेश प्रसाद जायसवाल-125
2. भाषा-चिन्तन-डॉ. भोलानाथ तिवारी,पृष्ठ- 174
3 आधुनिक भाषा विज्ञान की भूमिका-डॉ.मोतीलाल गुप्त,पृ.-69
4. आधुनिक भाषा विज्ञान की भूमिका-डॉ. मोतीलाल गुप्त, पृष्ठ-69
5. आधुनिक भाषा विज्ञान का इतिहास-डॉ. महेश प्रसाद जायसवाल, पृष्ठ-170

ब्लूम फील्ड की पुस्तक के द्वारा मिली प्रेरणा का ही प्रत्यक्ष परिणाम है। यदि आज हमारी प्रणालियाँ किसी सीमा तक उनकी प्रणालियों से श्रेष्ठतर हैं, यदि उन संरचना के पक्षों को, जिन्हे सर्वप्रथम उन्होने प्रकट किया था, हम उनकी अपेक्षा अधिक स्पष्टता से देखते हैं तो इसका एक मात्र कारण है कि हम उनकी विद्वत्ता के उत्तराधिकारी हैं।[1]

**(घ) हार्वर्ड संप्रदाय या स्कूल-** ब्लूमफील्ड स्कूल का प्रभाव यूरोप में भी व्याप्त था। ब्लुमफील्ड ने आधुनिक भाषा विज्ञान को नया प्रतिमान दिया। सोस्यूर द्वारा प्रतिपादित बोली (Parol) और भाषा (Language) विषयक मान्यताओं को ब्लूमफील्ड ने एक ऐसे वैज्ञानिक आधार पर विवेचित किया, जिसे अपने आप में मौलिक कहा जा सकता है। अतः इतने बड़े भाषा वैज्ञानिक का प्रभाव स्वाभाविक रूप से यूरोप में हुआ। इधर, हार्वर्ड विश्वविद्यालय में भाषा चिन्तक रोमन याकोबसन के आ जाने से यह आधुनिक भाषा विश्लेषण का एक प्रमुख केन्द्र बन गया। 'प्राहा' स्कूल की सभी विशेषताओं को वहाँप्रतिरोपित किया गया। वहाँ की कोई बड़ी शिष्य परंपरा न होते हुए भी उसे 'हार्वर्ड स्कूल' कहा जाने लगा।[2] सच तो यह है कि हार्वर्ड संप्रदाय प्राहा स्कूल का ही विकसित रूप है। ब्लूम फील्ड ने जहाँ ब्लूमफील्ड स्कूल में वितरण (destribution) पर बल दिया था, हार्वर्ड में यहाँ के भाषा विज्ञानियों ने प्रभेदक लक्षण (distinctive feature) के अध्ययन पर ध्यान दिया। इस स्कूल में मुख्य रूप से ध्वनि विज्ञान का अध्ययन किया गया।

**(ङ) चॉम्स्की स्कूल या सम्प्रदाय-** नोम चॉम्स्की हार्वर्ड स्कूल की विद्वत् परंपरा के नए और महत्त्वपूर्ण पृष्ठ हैं। तालिबान पर अमेरिको आक्रमण के बीच चॉम्स्की भारत आए थे। दिल्ली के सुप्रसिद्ध प्रेक्षागृह में इस सुप्रसिद्ध भाषा विद् और समाज विज्ञानी को सुनने के लिए लोगों को जगह तो नहीं मिली, किन्तु अगाध पांडित्य और व्यापक सरोकारों वाले विचार अवश्य मिले। वस्तुतः चॉम्स्की जीवित मिथक हैं। **डॉ. महेश प्रसाद जायसवाल** लिखते हैं कि[3] आज सबसे अधिक चर्चा चॉम्स्की 'स्कूल' या '**रूपान्तरण स्कूल**' की है। यह लगभग उसी तरह से प्रचारित हो रहा है, जिस प्रकार से किसी जमाने में सपीर 'स्कूल' हुआ करता था। **चॉम्स्की** स्कूल से गणितीय सिद्धान्त ,रूपान्तरण व्याकरण, प्रजनक व्याकरण, सूचना सिद्धान्त, मशीनी अथवा संगणक अनुवाद विधि, अन्य भाषा शिक्षण आदि अनेक नवीन विधाएँ सम्बद्ध मानी जाती हैं। बाल भाषा अध्ययन और मनोभाषा विज्ञान की मुख्य प्रेरणा भी चॉम्स्की के इस स्कूल से प्राप्त होती हैं। विश्व के अनेक केन्द्रों में, जहाँ नयी पीढ़ी के भाषा विज्ञानी कार्य कर रहे हैं, इस स्कूल के प्रतिनिधि मिलते हैं।

1957 मे उनकी पुस्तक ' Syntactic Structures (वाक्य विन्यासात्मक संरचनाएँ) का प्रकाशित होना एक युगान्तकारी घटना थी। उसके उपरान्त लगभग संपूर्ण भाषा वैज्ञानिक चिन्तन प्रत्यक्ष में या परोक्ष में 'चॉम्स्की रंजित' हो गया, यहाँ तक कि जिन व्यक्तियों ने चॉम्स्की की विचारधारा से असहमति प्रकट की थी, उन्होने भी उक्त विचार धारा को ही निर्देशन बिन्दु बनाकर अपना मत प्रस्तुत कियाहै। चॉम्स्की के भाषा विज्ञान के क्षितिज पर प्रकट होने से पूर्व भाषा विज्ञान अनेक विषयों व अनुशासनों में से एक विषय या अनुशासन था। सैद्धान्तिक भाषा-विज्ञान तो एक गूढ़-विषय माना जाता था, जिसका प्रभाव क्षेत्र अत्यन्त सीमित समझा जाता था।चॉम्स्की ने भाषा विज्ञान को ज्ञान वृत्त के केन्द्र बिन्दु के रूप में प्रतिष्ठापित कर दिया, संभवतः इसीलिए भाषा विज्ञान के क्षेत्र में '**चॉम्स्की कृत क्रान्ति**' बहुचर्चित विषय रहा है।[4]

---

1. आधुनिक भाषाविज्ञान की भूमिका- डॉ. मोती लाल गुप्त,पृष्ठ-75
2. आधुनिक भाषा विज्ञानका इतिहास- डॉ. महेश प्रसाद जायसवाल, पृष्ठ- 126
3. आधुनिक भाषा विज्ञान का इतिहास- डॉ. महेश प्रसाद जायसवाल, पृष्ठ-126
4. आधुनिक भाषा विज्ञान की भूमिका- डॉ. मोती लाल गुप्त, पृष्ठ-92

अध्याय-3

# भाषा विज्ञान का सामान्य परिचय

**एकराय नामकरण का अभाव-** स्वदेशी-विदेशी भाषाविदों ने भाषाविज्ञान के लिए अपनी-अपनी सोच से विविध नामों का इस्तेमाल किया है। नामों की उक्त भीड़ में भाषा-विज्ञान के लिए कौन सा नाम सर्वथा उपयुक्त अथवा सार्थक होगा, यह कहना यदि बहुत मुश्किल नहीं तो अति सरल-सहज भी नहीं है, क्यों कि प्रत्येक नाम तर्क की पुख्ता जमीन पर टिका हुआ है। वस्तुतः नामकरण के सम्बन्ध में सर्व सहमति का निश्चित पड़ाव न मिलने से प्रत्येक नाम हमारे सम्मुख बिना हल किए सवाल की तरह खड़ा है। भाषाविदों द्वारा प्रदत्त नामों को यदि सूक्ष्मता से देखा जाय तो कुछ को छोड़कर अधिकांश सदोष दिखाई देते हैं। इनमे से कुछ तो अंग्रेजी नामों के हिन्दी संस्करण लगते हैं, कुछ पिटे पिटाए या बासी हैं और कुछ खण्डित अथवा बौने हैं, वह इसलिए कि भाषाविज्ञान की गम्भीर तथा व्यापक-विशाल विषय वस्तु को उक्त नाम अपने में अँटा नहीं पाते। दूसरे शब्दों में भाषाविज्ञान की उस असाधारण ऊँचाई को स्पर्श करने में ये नाम कोसों दूर रह जाते हैं। भाषाविज्ञान की मूल आत्मा की पकड़ लगभग इन नामों की पहुँच से बाहर ही लगती है।

मेरे विचार से भाषा-चिन्तकों द्वारा भाषा-विज्ञान के लिए प्रयुक्त सभी नाम एक दूसरे की विकल्पात्मक खोज की ही उपज हैं। बहरहाल, इतना तो तय है कि ये सभी नाम समय-समय पर भाषा-विज्ञानके अध्ययन के प्रति लोगों की गहरी रुझान तथा चाव के प्रतीक हैं। हमारे लिए उत्तम होगा कि भाषा चिन्तकों द्वारा भाषा विज्ञान के लिए दिए गए नामों पर बारी-बारी से विचार कर लिया जाय। अंग्रेजी में भाषाविज्ञान के लिए Philology (फिलालॉजी),[1] । Comparative Philology (काम्परेटिव फिलालॉजी) Diecriptive Philology (डिस्क्रिप्टिव फिलालॉजी), Comparative Grammar (कम्परेटिव ग्रामर), Phonology (फोनोलॉजी), Glosology (ग्लोसोलॉजी), Logology (लोगालॉजी), Linguistics(लिग्विंस्टिक्स), Structural Linguistics (स्ट्रक्चरल लिंग्विस्टिक्स ), Comaparative Lingustics (काम्परेटिव लिंग्विस्टिक्स), Glottology(ग्लाटोलॉजी), Scientific Etymology(साईटिफिक एटिमालॉजी), Science of Tongue (साइंस आर्फ टंग्), Science of Language (साइंस आफ लैंग्वेज), तथा Linguistic Science ( लिंग्विस्टिक साइंस) आदि अनेक नामों का प्रयोग मिलता है। यूरोप में प्रथमतः Philology शब्द ही प्रचलन में आया। [2] 'फिलॉस तथा 'लोगास' शब्दों के मेल से बना यह शब्द वस्तुतः यूनानी भाषा का है। इस भाषा में 'फिलॉस' का अर्थ होता है, 'प्रेम' या 'प्रेमी' तथा 'लोगास'का अर्थ होता है, शब्द, भाषा अथवा बातचीत, वार्तालाप आदि।इस शब्द का स्वरूप विभिन्न भाषाओं में विभिन्न तरह का रहा है। यूनानी से लैटिन में यह शब्द Philologia (फिलोलॉजिया) बना। कालान्तर में फ्रांसीसी में Philologie (फिलॉलोजी) तथा अंग्रेजी में Philology (फिलालॉजी) बन गया। अंग्रेजी में इस शब्द का प्रयोग समय-समय पर बदलता रहा है। चौदहवीं ईसवी सदी के अंत में उक्त शब्द का व्यवहार अंग्रेजी में उपलब्ध होता है। इस शब्द का आशय उस समय आलोचना, साहित्य, व्याकरण, ज्ञान आदि हुआ करता था। पश्चात् इस अर्थ में पुनः बदलाव होकर इसका नया अर्थ हुआ- 'वह ज्ञान जो ग्रीक और लैटिन आदि क्लासिकल भाषाओं को समझने में सहायता दे।' इस शब्द के अर्थ ने एक बार पुनः करवट लेकर अपना स्वरूप बदल दिया। अठारहवीं ईसवीं शताब्दी में इसका प्रयोग भाषाविज्ञान के रूप में तो होने ही लगा,इसके साथ एक नया शब्द Comparative (तुलनात्मक) भी जुट गया। इस तरह यह शब्द Comparative Philology बन गया । लोगों ने काफी सोच-विचार के बाद पुनः Comparative शब्द को अनावश्यक समझकर हटा दिया। हालाँकि यह Comparative विशेषण Phillology शब्द के साथ दीर्घकाल तक प्रयुक्त होता रहा। इस सम्बन्ध में **डॉ पी.डी. गुणे** का विचार है कि, 'यह नया विज्ञान उन अनेक उपलब्धियों में से एक है, जो उन्नीसवीं सदी से हमें उत्तराधिकार में प्राप्त हुआ आरम्भ में इसका नाम तुलनात्मक भाषाविज्ञान पड़ा। इस नाम की तुलना में तुलनात्मक व्याकरण नाम कम व्यापक,किंतु संभवतः कम सदोष

1. डॉ. महावीर सरन जैन Philology के लिए हिन्दी में 'वाङ्मीमांसा' शब्द का प्रयोग करना बेहतर समझते हैं- भाषा एवं भाषा विज्ञान, पृष्ठ-88, प्रथम संस्करण,लोकभारती प्रकाशन, 15-ए, महात्मा गांधी मार्ग, इलाहाबाद-1, मूल्य-30 रूपये, 1985

2. इधर, कोलकाता (कलकत्ता) विश्वविद्यालयमें आज भी इस विषय के विभाग का नाम 'Department of ComparativePhilology' (डिपार्टमेन्ट आफ काम्परेटिव फिलालॉजी) ही है।

है- But when this new Science, one of the many new acquisitions bequeathen, to us by the 19th Century, came in to being it usurped for itself the name of Comparative Philology Comparative Grammar is a name less inclusive than Comparative Philology although perhaps less faulty" [1] कदाचित् इसीलिए डॉ. **गुणे** ने अपनी पुस्तक का नाम An Introduction to Comparative Philology रखते हुए स्पष्ट भी किया है कि, "तुलनात्मक भाषाविज्ञान या केवल भाषाविज्ञान भाषा का विज्ञान है [1]। एक अन्य विद्वान् **प्रो.पी. गाइल्ज** ने भी भाषा विज्ञान सम्बन्धी अपनी पुस्तक का नाम A Mannual of Comparative Philology (ए मैन्युअल ऑफ काम्परेटिव फिलालॉजी) ही रखा है।सच पूछा जाय तो Philology (फ़िलालॉजी) का अर्थ ही होता है,- "किसी भाषा का साहित्यिक दृष्टि से अध्ययन- Philology strictly means the study of a language from the literary point of view." यूरोप के अन्य देशों की तरह जर्मनी में अब भी इस शब्द का अभिप्राय किसी भी साहित्य का अध्ययन से ही समझा जाता है। [3]

कुछ विद्वानों ने इस विषय को Science of Language (भाषाविज्ञान) नाम से भी अभिहित किया है। पाश्चात्य विद्वान् **सैस** तथा **एफ. मैक्समूलर** ने अपनी पुस्तकों के नाम क्रमशः An Introduction to the Science of Language-(ऐन इन्ट्रोडक्शन टु द साइंस आफ लैंग्वेज) तथा The Science of Language (दी साइंस आर्फ लैंग्वेज) रखे हैं। इधर भारतीय विद्वान् **श्री ईराक जहाँगीर सोराबजी तारापुर वाला** ने भी अपनी पुस्तक का नाम Elementsof the Sciece of Language (एलिमेन्ट्स ऑफ द साइंस ऑफ लैंग्वेज) रखना उपयुक्त समझा है। **डॉ.पी.डी. गुणे** इस नाम को उचित बताते हुए कहते हैकि निश्चय ही यह नाम अधिक व्यापक एवं सार्थक है। यही कारण है कि कुछ विद्वान् तुलनात्मक भाषाविज्ञान नाम अधिक पसन्द करते हैं Science of Language is a comprehensive and exact name for our science and some scholar prefer it to the more usual than Comparative Philology."[4] **ई. सेपीर** ने इस विषय से सम्बन्धित अपनी पुस्तक का नाम An Introduction to the study of Speech (ऐन इन्ट्रोडक्शन टु द स्टडी आफ स्पीच) **इ.एच. स्तुत्रनवा** ने An Introduction to the Linguistic Science(ऐन इन्ट्रोडक्शन टु द लिंग्विस्टिक साइंस) तथा **हेनरी स्वीट** ने The History of Language (द हिस्ट्री आफ लैंग्वेज) रखा है। **श्री एफ.जी. टकर** ने भाषाविज्ञान के लिए एक दूसरा नाम सुझाया है। इन्होने अपनी पुस्तक का नाम Introduction to Natural History of Language. (इन्ट्रोडक्सन टु नेचुरल हिस्ट्री ऑफ लैंग्वेज) रखा है। बीसवीं शताब्दी के सुप्रसिद्ध लेखक **टकर** साहब की मंशा है कि भाषा विज्ञान के लिए प्रयुक्त अब तक के सभी नाम विषय के गांभीर्य तथा भारीपन के एकदम अनुकूल नहीं हैं। अतः इस विषय के लिए उन्होंने Glottology: Science of Tongue नाम सुझाया है। किन्तु कुछ लोगों को उक्त नाम में भी संकीर्णता तथा भाषाविज्ञान के एकाध पक्षों का ही बोध कराने का दोष दिखाई दिया। अतः उक्त नाम भी लोगों के समर्थन से वंचित हो गया। Logology (लोगोलॉजी) नाम **मैक्समूलर** द्वारा सुझाया बताते हैं, किन्तु यह नाम भी भाषाविज्ञान की सीमाओं का स्पर्श न कर सकने के कारण प्रचलन में नहीं आ सका। Glosology (ग्लासालॉजी) नाम **श्री डेवीज** का दिया हुआ है। इन्होंने 1716 में यूरोप में अठारहवीं शताब्दी के पूर्व भाषा के अध्ययन के संदर्भ में इसका नामकरण किया था। Glottology (ग्लाटालॉजी) नाम के प्रयोक्ता **श्री प्रिचर्ड** हैं। इन्होंने उक्त संदर्भ में ही सन् 1841 में इस नाम का प्रयोग किया था।

इस समय इस विज्ञान के लिये मुख्य रूप से Linguistics (लिंग्विस्टिक्स) नाम प्रचलित है। मूलतः यह शब्द फ्रांसीसी Linguistique (लिंग्विस्टिक) का अंग्रेजी अनुवाद है। इसका आधार लेटिन शब्द Lingua (लिंगुआ=जिह्वा) है। जर्मन, ग्रीक तथा रूसी में इस विषय केलिये अलग-अलग नामों का प्रयोग मिलता है। जर्मन में Sprachwissenschaft(स्प्राख विशेन शैफ्ट) शब्द का अर्थ भाषाविज्ञान होता है। ग्रीक में इसे Logology (लोगोलॉजी) कहा जाता है। रूसी में इसके लिए Yazeikoznanie (यजिकोज्जानिय) शब्द का प्रयोग किया जाता है। इसमें 'यजिको' का अर्थ 'भाषा' अथवा 'जिह्वा' तथा 'ज्जानिय' का अर्थ 'विज्ञान' होता है। इसके अलावा रूसी में भाषा विज्ञान के लिये Flologiya तथा Linguistika शब्द भी प्रचलित हैं। अंग्रेजी में भाषा-विज्ञान के लिये मुख्य रूप से दो नामों Philology तथा Linguistics का प्रयोग किया जाता है।[5] **ब्लूमफील्ड का कहना है**, Its important to distinguish between Philology.......and Linguistics.....Since the two studies have little in common" [6]

वस्तुतः इन दोनों के अर्थो में कुछ मूलभूत अन्तर होता है। Philology का सम्बन्ध जहाँ भाषा के लिखित तथा उच्चरित दोनों रूपों से

1. An Introduction to Comparative Philology, Page-1
2. Comparative Philology or Simply Philoloogy is the Science of Language.2- Ibid Page-2
3. तुलनात्मक भाषाविज्ञान की भूमिका- डॉ. पी.डी. गुणे (अनु. डा. भोलानाथ तिवारी)
4. An Introduction to the Comparative Philology, Page-1
5. प्रसिद्ध भाषा शास्त्री स्त्रुतवाँ (Sturevant) ने उक्त दोनों शब्दों की सुन्दर व्याख्या की है तथा दोनों की भिन्नताओं का प्रतिपादन किया है। ब्लूमफील्ड ने भी उक्त दोनों शब्दों को भिन्न अर्थो में प्रयुक्त करने पर बल दिया है।
6. Language-Bloomfield, Page, 302, Ed. 1935

होता है, वहीं Linguistics का सम्बन्ध प्रधान रूप से भाषा के उच्चरित रूप से ही होता है। Philology का क्षेत्र अपेक्षया काफी विस्तृत तथा भाषा के सभी पक्षों-तत्वों को अपने में समेटने वाला होता है। लेकिन Linguistics में ध्वनियों का ज्ञान ही इसका मुख्य लक्ष्य होता है। हालांकि **'इंसाइक्लोपीडिया ब्रिटेनिका'** में दोनों नामों को लगभग पर्यायवाची मानते हुए बताया गया है कि Philology (फिलालॉजी) शब्द का अर्थ भाषाओं की रचना और विकास का अध्ययन है और इस प्रकार यह Linguistics(लिंग्विस्टिक्सः) शब्द का समानार्थक है- "The word Philology is here take as meaning the science of language i.e. the study of the stucture and development of language thus. corresponding to linguistics." ' किन्तु विभिन्न शब्दों कोशों में उक्त दोनों शब्दों के अर्थ बहुत कुछ अलग-अलग रूप में ही किए किए हैं। Bhargava's Standard Illustrated Dictionary. (भार्गवाज स्टैन्डर्ड इल्लस्ट्रेटेड डिक्शनरी) में फिलालॉजी शब्द के अर्थ-भाषा-विज्ञान तथा शब्द व्युत्पत्तिशास्त्र दिए गए हैं और फिलालॉजीस्ट शब्द का अर्थ शब्दशास्त्रज्ञ तथा Philological (फिलालॉजिकल) शब्द का अर्थ 'भाषा-विज्ञान संबंधी किया गया है। **Nalanda Current Dictionary** (नालन्दा करेण्ट डिक्शेनरी) में फिलालॉजी शब्द के अर्थ भाषा -विज्ञान, भाषा शास्त्र तथा 'फिलालॉजिस्ट' शब्द के अर्थ भाषाविज्ञानी, भाषा विज्ञान-शास्त्री एवं शब्द शास्त्रज्ञ किए गए हैं। Nalanda English Hindi Dictionary (नालन्दा इंग्लिश हिन्दी डिक्शनरी) में Linguist (लिंग्विस्ट) शब्द का अर्थ 'अनेक भाषाओं का ज्ञाता', Linguistic (लिंग्विस्टिक) शब्द का अर्थ 'बहुभाषा सम्बन्धी' तथा Linguistics (लिंग्विस्टिक्स ) शब्द का अर्थ 'भाषाओं का पूर्ण अध्ययन' किया गया है।

पश्चिम की तरह भारत में भी इस विषय के लिए अनेक नामों का प्रयोग मिलता है। कुछ मुख्य नाम इस प्रकार हैं- भाषाशास्त्र, भाषा-मीमांसा, भाषातत्त्व, भाषा विचार, भाषा-लोचन, भाषाविज्ञान, भाषिकी, तुलनात्मक भाषाशास्त्र तथा तुलनात्मक भाषा विज्ञान। किन्तु इन सभी नामों में भाषा विज्ञान नाम ही सर्वाधिक प्रचलित है। **डॉ. श्याम सुन्दर दास, डॉ. रामचन्द्र वर्मा, डॉ अम्बा प्रसाद सुमन, श्री किशोरी दास वाजपेयी, डॉ. भोलानाथ तिवारी, श्री नलिनी मोहन सान्याल, डॉ. सरयू प्रसाद अग्रवाल, डॉ. बाबू राम सक्सेना** तथा **डॉ. देवेन्द्र नाथ शर्मा** आदि विद्वानों ने इस विषय से सम्बन्धित अपने ग्रन्थों के नामकरण के लिए भाषाविज्ञान शब्द का ही प्रयोग किया है। **डॉ. बाबू राम सक्सेना** ने इस सम्बन्ध में अपना विचार व्यक्त करते हुए लिखा है, "भाषाविषयक जिन मूल तत्वों को मनुष्य की बुद्धि ने पकड़ लिया है, वे इस अध्ययन को विज्ञान की श्रेणी में स्थान पाने का अधिकारी बनाते हैं। इसीलिए इस अध्ययन का नाम भाषाविज्ञान उपयुक्त है। भाषाशास्त्र नहीं।" **डॉ. मंगलदेव शास्त्री, स्व. डॉ. उदयनारायण तिवारी** तथा **देवेन्द्र कुमार शास्त्री** ने इस विषय के लिये अपनी पुस्तकों में भाषा शास्त्र नाम का प्रयोग किया है। **डॉ. उदयनारायण तिवारी** 'भाषाविज्ञान' तथा 'शास्त्र' नामों में कोई अन्तर नहीं मानते। उनकी विचारणा से "यहाँ यह बात समझ लेनी चाहिये कि जहाँ तक इस विज्ञान से सम्बन्ध है, हिन्दी में विज्ञान एवं शास्त्र दोनों शब्द पर्याप्त रूप में ही प्रयुक्त हुए हैं। इस प्रकार 'भाषा विज्ञान, तथा 'भाषाशास्त्र' एवं 'तुलनात्मक भाषा विज्ञान' और 'तुलनात्मक भाषाशास्त्र' में कोई अन्तर नहीं है।" **डॉ. देवेन्द्र कुमार शास्त्री** इस विषय के लिये दिये गये अपने नामकरण के पक्ष में सतर्क कहते हैं कि "भाषा शास्त्र में वर्तमान से अतीत की ओर पुरस्सर होने का अध्ययन क्रम संलक्षित होता है, किन्तु भाषा विज्ञान में अतीत से वर्तमान तक आने का भाषा विषयक अध्ययन प्रस्तुत किया जाता है। हिन्दी भाषा के विशेष अध्ययन के लिये हमने भाषाशास्त्र शब्द उपयुक्त समझा है और भाषा विज्ञान के आधुनिक सन्दर्भ में इस शब्द का प्रयोग किया है। भाषा शास्त्र से हमारा अभिप्राय 'लिंग्विस्टिक्स' से है[1]।" **पण्डित सीताराम चतुर्वेदी** ने इस विषय से सम्बन्धित अपनी पुस्तक का नाम 'भाषालोचन' रखा है। **डॉ. देवीशंकर द्विवेदी** ने इसके लिये 'भाषिकी' नाम का प्रयोग करते हुए कहा है कि-"भाषा की प्रकृति, उसके गठन तथा व्यवहार आदि की वस्तुनिष्ठ परीक्षा करने वाले भाषाविज्ञान का नाम भाषिकी है।[2] वस्तुतः भाषिकी नाम अंग्रेजी के Linguistics का हिन्दी रूपान्तर है।

ले-देकर यह कहा जा सकता है कि इस विषय की नितान्त उपयोगिता तथा पैनेपन को देखते हुए इसके लिए संक्षिप्त तथा समीचीन नाम 'भाषाविज्ञान' ही सर्वथा उपयुक्त हो सकता है। अधिसंख्यभाषाविदों ने इसी नाम के लिए अपनी सकारात्मक स्वीकृति भी प्रदान की है। सच पूछा जाय तो इस विषय के तमाम सवालों का जबाब इसी नाम के पास है, वह इसलिए कि इस नाम से इस विषय के सभी पक्ष उजागर होते हैं। कुछ विद्वानों ने इस विषय के लिये 'भाषाविज्ञान' नाम के एवज में 'भाषाशास्त्र' नाम रखा है। हो सकता है, इस नाम के कुछ समर्थकों को भाषाविज्ञान तथा भाषाशास्त्र में कोई अन्तर नहीं दिखाई देता हो तथा कुछ विद्वानों की अन्य दूसरी ही मंशा रही हो। वस्तुतः भाषाविज्ञान 'भाषा' तथा 'विज्ञान' - इन दो यौगिक शब्दों से जुटकर बना है। बोल-लिखकर अपनी भावनाओं के संप्रेषण का सशक्त जरिया भाषा होती है तथा 'विज्ञान' वह 'विशिष्ट ज्ञान' कहा जा सकता है, जिसमें विवाद तथा खण्डन रहित अकाट्य तथा अतर्क्य नियम प्रतिपादित किए जाते हैं। उक्त नियमों के आधार पर ही भाषा के सभी अंग-प्रत्यंगों की विश्लेषणात्मक चीर-फाड़ की जाती हैं। इन नियमों में अटकलबाजी, शक-सुबहा अथवा विकल्प की कोई गुंजाइश नहीं होती। ये नियम सार्वदेशिक, सार्वभौमिक तथा सर्वमान्य होते हैं, लेकिन यहाँ इस बात को नजरअंदाज नहीं किया जा सकता कि भाषाविज्ञान के नियम भौतिक तथा रसायन विज्ञान आदि वैज्ञानिक नियमों की तुलना में विचलित, अस्थिर तथा असार्वकालिक होते हैं। चूँकि भाषा बदलावग्रस्त

**1. भाषाशास्त्र तथा हिन्दी भाषा की रूपरेखा-डॉ. देवेन्द्र कुमार शास्त्री, पृ. 3 2. भाषा और भाषिकी, डॉ. देवी शंकर द्विवेदी प्रथम संस्करण पृ.-109**

होती है, अतः भाषाविज्ञान के नियमों को परिवर्तनशील भाषा की सीमाओं में ही कार्य करना होता है। कई बार ऐसा हुआ है कि भाषा चिन्तकों ने भाषाविज्ञान से सम्बन्धित अनेक मान्यताओं तथा सिद्धान्तों की स्थापना समय-समय पर की, किन्तु कालान्तर में बदलती भाषा ने सभी में अपवाद का विकार पैदा किया। यदि ऐसा नहीं होता, तो संस्कृत के **पाणिनि** द्वारा रचित अष्टाध्यायी के सूत्रों के अपवादों को देखकर **कात्यायन** वार्तिकों की रचना नहीं करते। ग्रासमान ने भी जर्मन में **जैकब ग्रिम** द्वारा स्थापित ग्रिम नियम के अपवादों के खिलाफ कुछ नये नियम बनाये थे और **ग्रासमान** के नियमों में भी अपवादों को देखकर ही **ह्वर्नर** ने भी नियम बनाए थे। इतना ही नहीं ह्वर्नर के नियम भी अपवादों से अछूते नहीं रहे। कहने का मूल आशय यह है कि उक्त विद्वानों द्वारा समय-समय पर स्थापित नियम अडिग तथा सार्वदेशिक नहीं हैं और न तो सभी भाषाओं पर समान रूप से इनका प्रयोग ही किया जा सकता है। हो सकता है, इसी सोच ने अनेक विद्वानों को 'भाषाविज्ञान' की जगह 'भाषाशास्त्र' नाम रखने की प्रेरणा को जन्म दिया हो।

कुल मिलाकर यह कि ऊपर दिये गये नामों के 'चार्ट' से स्वतः स्पष्ट है कि अधिकांश विद्वान् इस विषय के लिये भाषाविज्ञान नाम का ही प्रयोग करना उपयुक्त और सटीक समझते हैं। वस्तुतः यह नाम इस विषय के लिये प्रचलित, नपा-तुला, छोटा तथा ठोस तो है ही, यह नाप सहज, सम्प्रेषणीय तथा विषय की सम्पूर्णता का बोधक भी है।

**भाषाविज्ञान या भाषाशास्त्र की परिभाषा और स्वरूप-** भाषा-मीमांसकों ने भाषाविज्ञान की विभिन्न परिभाषाएँ अपने-अपने ढंग से की हैं। ये परिभाषाएं भाषाविज्ञान की अध्ययन परिधि का स्पष्ट खाका खींचती हैं। वस्तुतः भाषा की परिवर्तनशीलता, उसका कालान्तर में विभाषा की शक्ल धारण कर लेना , कोई शब्द देश तथा काल भेद से अपने अर्थ को क्यों तथा किस प्रकार खो देता है? - इन तमाम प्रश्नों के सटीक उत्तर के लिये हमें भाषाविज्ञान की टटोल करनी पड़ती है। भाषा की उत्पत्ति, उसकी संरचना, उसके विकास तथा ह्रास की वैज्ञानिक विवेचना-भाषविज्ञान का ही कार्य है। मतलब यह कि जड़ से लेकर फुनगी तक भाषाई वृक्ष में होने वाले हर बदलाव की पड़ताल भाषा-विज्ञान का विषय क्षेत्र है। अब हम नीचे कुछ प्रमुख विद्वानों की भाषाविज्ञान सम्बन्धी परिभाषाओं को दे रहे हैं-

1. **डॉ. श्यामसुन्दर दास** के अनुसार,"भाषाविज्ञान भाषा की उत्पत्ति, उसकी बनावट, उसके विकास तथा उसके ह्रास की वैज्ञानिक व्याख्या करता है।" [1]

2. **डॉ. पी.डी.गुणे,** जो भाषाविज्ञान को Science of Language कहते हैं, के अनुसार, - "भाषाओं का विशिष्ट अध्ययन (विज्ञान) है। भाषाविज्ञान विभिन्न वर्गों की भाषाओं की वर्गीय समानता तथा असमानता का अध्ययन प्रस्तुत करता है। [2] वे आगे लिखते हैं कि तुलनात्मक भाषा विज्ञान या केवल भाषा विज्ञान 'भाषा का विज्ञान' है। यथार्थतः 'फाइलॉलजि' शब्द का अर्थ किसी भाषा का साहित्यिक दृष्टि से अध्ययन है ..................सम्प्रति भाषाओं के किसी विशेष वर्ग के तुलनात्मक भाषा विज्ञान का उद्देश्य है, उनकी पारस्परिक समानताओं का अन्वेषण एवं उनकी व्याख्या-"Comaparative Philology or simply Philology is the sceince of language. Philology strictly means the study of a language from the literary point of view. In Germany, as elsewhere in Europe, Philology still means study of literature of any people...............Now the aim and object of Comparative Philology of particular group of language is to find out and explain the similarities that these languages show with one another.

3. **डॉ. मंगल देव शास्त्री** के विचार से भाषा विज्ञान उसको कहते हैं, "जिसमें भाषाओं या प्रादेशिक भाषाओं या प्रादेशिक भाषाओं के वर्गों की पारस्परिक समानताओं और विशेषताओं का तुलनात्मक विचार किया जाता है।"[3]

4. **डॉ. भोलानाथ तिवारी** ने भाषाविज्ञान की अत्यन्त स्पष्ट परिभाषा इस प्रकार किया है, "जिस विज्ञान के अन्तर्गत् ऐतिहासिक और तुलनात्मक अध्ययन के सहारे भाषा (विशिष्ट नहीं अपितु सामान्य) की उत्पत्ति, गठन, प्रकृति एवं विकास आदि की सम्यक् व्याख्या करते हुए इन सभी के विषय में सिद्धान्तों का निर्धारण हो, उसे भाषाविज्ञान कहते हैं।"[4]

5. **डॉ. अम्बा प्रसाद 'सुमन'** का कहना है कि, "भाषाविज्ञान वह विज्ञान है, जिसमें भाषाओं का सामान्य रूप से या किसी एक भाषा का विशिष्ट रूप से प्रकृति, संरचना, इतिहास, तुलना, प्रयोग आदि की दृष्टि से सिद्धान्त निश्चित करते हुए वैज्ञानिक अध्ययन प्रस्तुत किया जाता है।"[5]

6. **श्री नलिनी मोहन सान्याल** का कहना है कि, "आदर्श भाषा विज्ञान में जितने विषय (facts) तथा व्यापार (Phenomena) हैं, उनका अच्छी तरह पर्यवेक्षण होना चाहिए और इस पर्यवेक्षण के फलों के आधार पर सावधानता से जितनी निरूपण योग्य भाषाएँ हैं, उनके गठन, इतिहास तथा परिवर्तनों का, उनके परस्पर सम्बन्ध का, उनके पार्थक्यों का और इन पार्थक्यों के कारणों और नियमों का अनुसंधान होना चाहिए।"[6]

7. **डॉ. देवेन्द्र नाथ शर्मा** ने भाषा विज्ञा के स्वरूप को इस प्रकार रेखांकित किया है, "भाषाविज्ञान का सीधा अर्थ है, भाषा का विज्ञान और

---

1. भाषा विज्ञान-डॉ. श्याम सुन्दर दास- पृ.1
2. An Introduction to Comparative Philology P.1
3. भाषा विज्ञान- डॉ. मंगल देव शास्त्री, पृ.3
4. भाषा विज्ञान- भोला नाथ तिवारी ,पृ.7
5. भाषा विज्ञान, सिद्धान्त और प्रयोग डॉ. अम्बा प्रसाद सुमान, पृ.91
6. भाषा विज्ञान डॉ. नलिनी मोहन सान्याल, पृष्ठ-33

विज्ञान का अर्थ है विशिष्ट ज्ञान। इस प्रकार भाषा का विशिष्ट ज्ञान भाषा विज्ञान कहलायेगा।"[1]

8. **डॉ. सरयू प्रसाद अग्रवाल** के अनुसार आधुनिक काल में भाषा-सम्बन्धी सिद्धान्तों को जो वैज्ञानिक रूप प्रदान किया गया है, वही भाषा विज्ञान के नाम से अभिहित किया गया है।"[2]

पश्चिम में इस समय भाषा विज्ञान के लिए 'फिलालॉजी' तथा 'लिंग्विस्टिक्स' इन दो शब्दों का प्रयोग प्रमुखतः प्रचलित है। प्रसिद्ध भाषाविद् **ब्लूमफील्ड** के अनुसार "लिखित भाषा का अध्ययन 'फिलालॉजी' तथा बोल-चाल की भाषा का अध्ययन 'लिंग्विस्टिक' के अन्तर्गत आता है।"[3] **ग्लीसन** का कहना है कि लिंग्विस्टिक्स या डिस्क्रिप्टिभ लिंग्विस्टिक्स (Linguistics or Descriptive Linguistics) में भाषाओं का अध्ययन उनके आन्तरिक संघटना की दृष्टि से किया जाता है।"[4] उनके इसी विचार का अनुकरण कुछ हिन्दी विद्वानों ने भी किया है जो तर्कसंगत नहीं है, क्योंकि केवल नामों के भेद से भाषा विज्ञान की परिभाषा में न तो अन्तर उपस्थित होता है और न तो उसकी विषय वस्तु ही बदलाव ग्रस्त होती है। **प्रो. मैक्समूलर** इसे भाषा का वैज्ञानिक अध्ययन बताते हैं।[5] ब्रिटेन के विश्वकोश में फिलालॉजी शब्द का अर्थ 'भाषा का विज्ञान' अर्थात् 'भाषाओं की रचना और 'विकास का अध्ययन' दिया हुआ है।

उक्त परिभाषाओं के आधार पर यदि भाषा विज्ञान का स्वरूप सामान्य रूप में इस प्रकार निर्धारित किया जाय तो कोई बेजां नहीं होगा कि 'भाषा विज्ञान वह विज्ञान (शास्त्र) है, जिसमें विभिन्न भाषाओं तथा उसके विभिन्न तत्वों का वैज्ञानिक आधार पर सांगोपांग अध्ययन किया जाता है।"

**भाषा विज्ञान का स्वरूप :कला कम विज्ञानोन्मुख अधिक है-** भाषाविज्ञान में वैज्ञानिकता के साथ-साथ कलात्मक तथ्यों की यत्रतत्र प्रभूत उपलब्धि के कारण उन्नीसवीं शताब्दी में ही यह प्रश्न सुलगने लगा था कि क्या भाषा विज्ञान कला है अथवा विज्ञान? स्वदेशी विद्वानों के साथ-साथ यूरोपीय विद्वानों के लिए भी यह सवाल यक्षप्रश्न की तरह काफी दिनों तक अनुत्तरित बना रहा। वस्तुतः यह प्रश्न जितना विनोदपूर्ण है, इसका उत्तर उतनी ही शीघ्रता से पलक झपकते नहीं दिया जा सकता। यह युग विज्ञान प्रधान है। आज के युग के विकास का अगला कदम विज्ञान की बैसाखी के सहारे ही आगे बढ़ रहा है। विज्ञान ने जहाँव्यक्ति जीवन के हर क्षेत्रों में दखल उत्पन्न किया है, वहीं कुछ विषयों के नाम भी इसके साथ जुड़े हुए मिलते हैं। शास्त्र अथवा कला के रूप में विकसित अनेक शास्त्रों की जगह विज्ञान नाम प्रचलित हो गया, यथा- राजनीतिशास्त्र, नृतत्वशास्त्र, समाजशास्त्र, मानवशास्त्र, मनःशास्त्र तथा भौतिकशास्त्र की जगह राजनीति विज्ञान, नृतत्व विज्ञान, समाजविज्ञान, मानवविज्ञान मनः विज्ञान तथा भौतिक विज्ञान आदि।

मेरे विचार से इस प्रश्न के उत्तर की सही पकड़ के लिए यह जरूरी है कि 'कला' तथा 'विज्ञान' के स्वरूप के साथ ही दोनों के बीच के भेद को भी समझा जाय। सच पूछा जाय तो किसी विषय के 'ज्ञान' और विज्ञान' में पर्याप्त अन्तर होता है। किसी विषय या वस्तु के सम्बन्ध में सामान्य जानकारी 'ज्ञान' की परिधि में आ सकती है, किन्तु जब हम किसी पदार्थ या विषय के स्वरूप की जानकारी या परिचय से सन्तुष्ट न होकर उसके कारणों की खोज में तल्लीन होते हैं, तो इस प्रकार के प्रामाणिक ज्ञान को 'विज्ञान' कहा जा सकता है। दूसरे शब्दों में उस पदार्थ या विषय के स्वरूप के परिचय मात्र से सन्तुष्ट न होकर हम उसके वास्तविक ज्ञान के लिये चेष्टा करते हैं। विज्ञान में हमारी दृष्टि उपयोग की ओर उतनी नहीं होती, जितनी स्वाभाविक ज्ञान पिपासा की तृप्ति की ओर होती है[6] कुल मिलाकर यह कि किसी विषय के उपपत्ति सहित ज्ञान को विज्ञान कहते हैं।

इधर, दार्शनिकों ने ज्ञान को ही जीवात्मा की मुख्य विशेषता स्वीकार किया है। यह ज्ञान दो भागों में विभ क्त किया गया है। प्रथम, स्वतः सिद्ध अथवा सहज ज्ञान और दूसरा, उपार्जित अथवा बुद्धि ग्राह्य ज्ञान। प्रथम तरह का ज्ञान स्वाभाविक ज्ञान है। इस ज्ञान की मात्रा पशुओं में प्रचुर होती है। दूसरे तरह का ज्ञान परम्परा से हासिल किया जाता है तभी तो तैरने की कला कुत्ते में जन्म से ही आती है, जबकि व्यक्ति को उसे सीखना पड़ता है। यह बुद्धि ग्राह्य ज्ञान ही मानवीयप्रगति तथा विकास का मुख्य आधार समझा जाता है। बुद्धिग्राह्य अथवा उपार्जित ज्ञान-विज्ञान तथा कला इन दो रूपों में उपलब्ध होता है।

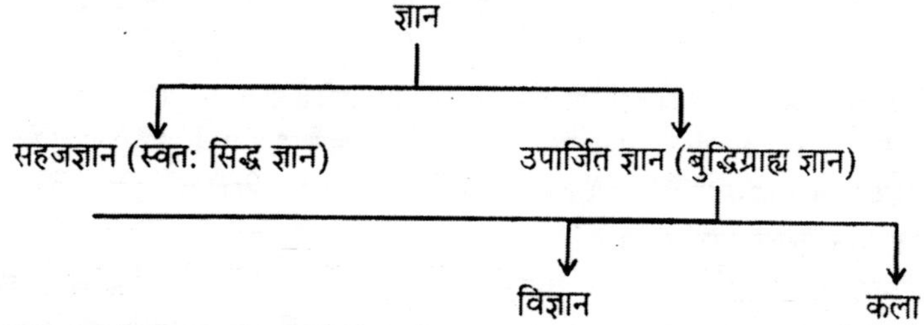


1. भाषा विज्ञान की भूमिका- डॉ. देवेन्द्र नाथ शर्मा पृ. 176
2. भाषा विज्ञान और हिन्दी- डॉ. सरयू प्रसाद अग्रवाल पृ. 11
3. Language- Bloomfield, Page-22
4. An Introduction to Descriptive Linguistics-Gleason, P.-2
5. भाषाविज्ञान पर भाषण-मैक्समूलर पृ.4
6. संस्कृत भाषाविज्ञान- डॉ. राजकिशोर सिंह, पृ. 9

'वि' उपसर्ग पूर्वक 'ज्ञान' धातु से विज्ञान शब्द की निष्पत्ति होती है, जिसका शाब्दिक अर्थ 'विशिष्ट ज्ञान' होता है। इस ज्ञान में विकल्प के लिए कोई अवकाश नहीं रहता। यह विज्ञान शब्द अंग्रेजी के 'साइंस' (Science) का हिन्दी अनुवाद है। साइंस शब्द का तात्पर्य True knowledge है।

लेकिन कला? कला तो आनन्द का मूल उत्स होती है। स्वस्थ तथा सहज मनोरंजन ही इसका उद्देश्य होता है। कला में विज्ञान की गणित नहीं, कोई गुणा, घटाना अथवा रसायनशास्त्र का कसैला सूत्र नहीं। इसमें ज्यामितीय जोड़-तोड़ का खट्टापन नहीं होता। कुल मिलाकर यह कि कला की पौध तर्क की जमीन में नहीं पनप सकती। इनके अतिरिक्त और कला और विज्ञान में कुछ और दूरियाँ हैं, जिनमें से कुछेक को इस प्रकार रेखांकित किया जा सकता है–

1. विज्ञान के नियम सार्वकालिक तथा सार्वदेशिक होते हैं। विज्ञान शब्द ही निश्चित तथा ध्रुव सत्य का प्रतीक होता है। पृथ्वी का गुरुत्वाकर्षण तथा उसका चलना सार्वदेशिक तथा सार्वकालिक सत्य कहा जा सकता है, किन्तु कला के नियम देश-काल से सम्बद्ध होते हुए भी देश-काल की परिस्थितियों के अनुकूल परिवर्तनीय होते हैं।

2. विज्ञान के नियम सर्वत्र प्रयुक्त होते हैं। यहाँ विकल्प का अभाव होता है। विज्ञान में एक और एक दो ही होते हैं। वृक्ष से फल नीचे ही गिरता है, ऊपर नहीं जाता, लेकिन कला में विकल्प के लिए स्थान रहता है। यहाँ व्यक्ति की निजी रुचि प्रधान होती है। एक ही कविता, कहानी, उपन्यास, संगीत, चित्र किसी को अच्छे लगते हैं, तो किसी को नहीं।

3. विज्ञान का उद्देश्य जहाँ अपने शुद्ध और ठोस ज्ञान से लोगों की अनेक भ्रांतियों का निवारण करना होता है, वहीं कला का ध्येय मनोरंजन, उपयोगिता एवं व्यावहारिकता का होता है। विज्ञान से हमें मनोरंजन कम, ज्ञानपिपासा की तृप्ति अधिक होती है। पृथ्वी का घूमना, एक और एक का दो होना हमारी ज्ञान सम्बन्धी भूख और जरूरतों को ही पूरा करते हैं, मनोरंजन नहीं प्रदान करते। लेकिन कला के सौन्दर्य जल से निरंतर स्फूर्ति तथा नए स्पन्दन का अहसास होता रहता है। संगीत कला, चित्रकला, काव्यकला से हमें मनोरंजन तथा व्यावहारिक ज्ञान दोनों की उपलब्धि होती है। इस प्रकार कला सौन्दर्यमिश्रित होने के कारण ही मनोरंजनात्मक एवं उपयोगात्मक भी है। कला में ये दोनों पक्ष प्रधान होते हैं किन्तु विज्ञान का सर्व प्रथम लक्ष्य शुष्क ज्ञान है। उसमें निश्चयात्मकता के अभाव की लेश मात्र भी गुंजाइश नहीं होती है।[1]

4. भौतिक विज्ञान, रसायन विज्ञान, जीव विज्ञान, मनोविज्ञान, वनस्पति विज्ञान तथा प्रकृति की दुर्लभ कृतियाँ विज्ञान के अध्ययन का प्रमुख आधार बनती हैं, लेकिन कला का आधार तो मूर्तिकला, चित्रकला, वास्तुकला आदि मानव निर्मित कृतियाँ ही होती हैं।

उक्त तमाम अध्ययन प्रक्रियाओं से गुजरने के बाद हम यह कह सकते हैं कि विज्ञान तथा कला में नजदीकीपन का अभाव ही दिखाई देता है। इस विश्लेषण के आधार पर यदि यह कहा जाय कि भाषा विज्ञान कला नहीं है, तो क्या वह विज्ञान है? सरल उत्तर यही हो सकता है कि भाषाविज्ञान भौतिक, रसायन, गणित आदि विज्ञानों अथवा शास्त्रों की तरह सार्वकालिक या सार्वदेशिक विज्ञान नहीं है। वह इसलिए कि इसके नियम ऐसे नहीं हैं, जिनमें विकल्प के लिए मौका न हो। इसके नियम विज्ञान के नियमों की तुलना में अत्यन्त लचर तथा देश-काल की परिस्थिति के अनुसार अपने में बदलाव पैदा करने वाले होते हैं। यदि ऐसा नहीं होता, तो ध्वनि सम्बन्धी ग्रिम नियम, ग्रासमान तथा वर्नर नियम एक दूसरे के परिष्कार रूप में समय-समय पर निर्मित नहीं होते। सच कहा जाय तो भाषाविज्ञान को विशुद्ध विज्ञान नहीं कहा जा सकता। हाँ, उसके निकट अवश्य कहा जा सकता है। **डॉ. देवेन्द्र नाथ शर्मा** का विचार भाषाविज्ञान की वैज्ञानिकता के सम्बन्ध में इस प्रकार है-"वस्तुतः भाषाविज्ञान उस अर्थ में विज्ञान नहीं है, जिस अर्थ में गणित, भौतिकी या जैविकी। आज विज्ञान शब्द के प्रयोग में बहुत कुछ शिथिलता आ गयी है और उसका ज्ञान की वैसी शाखाओं के लिए भी प्रयोग किया जा रहा है जो वास्तविक अर्थ में विज्ञान नहीं है, विज्ञान का सबसे बड़ा आधार है, कार्य कारण भाव की नित्यता अर्थात् कारण विशेष के रहने पर कार्य विशेष अवश्य हो। इस दृष्टि से ज्ञान की अनेक शाखाएँ ऐसी हैं। जिनमें कार्यकारण भाव की नित्यता नहीं पायी जाती; फिर भी उन्हें विज्ञान कहा जाता है। उदाहरणार्थ, राजनीतिविज्ञान, मानवविज्ञान, समाजविज्ञान आदि"।[2]

**डॉ. देवीशंकर अवस्थी** ने भाषाविज्ञान 'विज्ञान है या कला' इस विवाद को दूर करने के लिए सुझाव देते हुए कहा है कि इस विज्ञान का नाम भाषाविज्ञान के स्थान पर 'भाषिकी' नाम रखने से यह प्रश्न उत्पन्न ही नहीं होगा कि भाषाविज्ञान विज्ञान है या कला। भाषा विज्ञान वर्णनात्मक शब्द (Linguistic Science) है, जब कि 'भाषिकी' (Linguistics) पारिभाषिक शब्द है। पारिभाषिक शब्द के रूप में भाषा-विज्ञान का प्रयोग उचित नहीं है।[3] सच पूछा जाय तो यह सुझाव बहुत तर्कसंगत नहीं है, क्योंकि व्युत्पत्तिनिमित्तिक दृष्टि से भाषिकी शब्द उस पारिभाषिक अर्थ को पूर्णतया बताने में अशक्त है, जिसके लिए लेखक ने उसका प्रयोग किया है।[4]

जो कुछ भी हो, इतना अवश्य है कि भाषा-चिन्तकों ने इस विषय के साथ विज्ञान नाम जोड़ना ही उपयुक्त समझा है। ऐसा करना कोई बेजाँ नहीं है। वह इसलिए कि विज्ञान का एक आशय विशिष्ट ज्ञान भी है, जिसमें तथ्यों के हर रोएँ-रेशे का निरीक्षण-परीक्षण अत्यन्त बारीकी से किया

---

1. सरल भाषा विज्ञान- डॉ. मनमोहन सिंह गौतम पृ. 5
2- भाषाविज्ञान की भूमिका डॉ. देवेन्द्र नाथ शर्मा, पृ. 176
3- भाषा और भाषिकी, डॉ. देवी शंकर अवस्थी पृ.105
4-भाषा विज्ञान और मानक हिन्दी डॉ. रत्नचन्द्र शर्मा, पृ.8

जाता है। दूसरी बात यह कि इसमें अनेक भाषाओं की ठोस जानकारी के साथ-साथ प्रतिपाद्य भाषा या भाषाओं के सभी अंगों पर विधिवत वैज्ञानिक तरीके से विश्लेषण किया जाता है। तीसरी बात यह कि भाषाविज्ञान के नियम विज्ञान के नियमों की तरह भले ही अडिग तथा अकाट्य न हों, किन्तु अन्य सामाजिक विज्ञानों के सापेक्ष वे अधिक निरपवाद होते हैं और शायद यही कारण है कि भाषा विषयक वैज्ञानिक अध्ययन के लिए आजकल विशिष्ट यंत्रों और प्रयोगशालाओं की स्थापना हो रही है। इन प्रयोग शालाओं से निकले निष्कर्ष यह सिद्ध करेंगे कि भाषा विज्ञान कला कम विज्ञान अधिक है।

## भाषा-विज्ञान की व्याप्ति या भाषा विज्ञान और ज्ञान के अन्य अनुशासन

अथवा

## भाषा विज्ञान का ज्ञान की अन्य शाखाओं या शास्त्रों से सम्बन्ध

भाषा अनुभूतियों की अभिव्यक्ति का सर्वाधिक समर्थ औजार है। भाषिक औजार से ही तराशे हुए भावों का मूर्तांकन संभव होता है। मनोजगत की तहों में स्थित राग-विराग, करुणा-हास, अन्तर्द्वन्द्व, मानसिक-विक्षेप आदि को भाषा ही उजागर करती है। भाषा सामाजिक अभिव्यक्ति का सहज माध्यम है। यदि यह कहा जाय कि भाषा के सामर्थ्य की कसौटी उसकी अधिकतम अभिव्यक्ति क्षमता है, तो कोई बेजाँ नहीं होगा। सामाजिक अभिव्यक्ति का सबसे प्रमुख साधन होने के कारण भाषा का प्रयोग सर्वत्र ओर सबके द्वारा होता है। अतः कहा जा सकता है कि भाषा प्रेषणीयता का सर्व-सुलभ माध्यम है।

भाषा जीवन के सभी विखरे-छितराये सन्दर्भो को जोड़ती-बटोरती है। जीवन की जीवन्तता, गतिमयता, स्पंदन तथा धड़कन का मापन भाषा ही करती है। कुल मिलाकर यह कि जीवन की तमाम गतिविधियाँ भाषा को ही अपना आधार बनाती हैं। आज का विज्ञान समाज , वाणिज्य, कला, राजनीति-सभी भाषिक वैशाखी पर चढ़कर ही फल-फूल रहे हैं। चूँकि भाषाविज्ञान में भाषा अथवा भाषाओं का वैज्ञानिक विधि से अध्ययन परीक्षण किया जाता है अतः कहा जा सकता है कि भाषाविज्ञान से उन सभी शास्त्रों अथवा विज्ञानों का सम्बन्ध होना स्वाभाविक है, जिनका रिश्ता जीवन के साथ है। नीचे कुछ शास्त्रों अथवा विज्ञानों का उल्लेख किया जा रहा है, जो किसी न किसी बिन्दु पर भाषाविज्ञान से जुटते हैं-

**1. भाषाविज्ञान एवं व्याकरण** (Philology and Grammar)- व्याकरण भाषा की व्यवस्था का शास्त्र है।[1] व्याकरण, भाषा विज्ञान के रूप का वह स्तर है जहाँ बद्ध व्यवस्थाएँ होती हैं।[2] भाषा की यह द्वैध व्यवस्था उसकी विशिष्ट ता को प्रकट करती है।[3] इस संबंध में डॉ. पंडित लिखते हैं, -"मानव भाषा एक अनन्य व्यवस्था है। इस संज्ञा व्यवस्था की दो उपव्यवस्थाएँ हैं- 1. ध्वनि घट कों की व्यवस्था, 2. ध्वनि घट कों के साथ आवर्तनों की व्यवस्था, जिसको व्याकरण कहते हैं। ....... उच्चारण और अर्थ - दोनों घटनाएँ भाषा व्यवस्था की बाहर से स्पर्शती घट नाएँ हैं।[4] भाषा वैज्ञानिक का कार्य है कि वह भाषा की अभिरचना की खोज करे और उसकी व्यवस्था करे।[5] कहते हैं, भाषा की व्याकरणिक व्यवस्था आबद्ध एवं निश्चित होती है। प्रत्येक भाषा की व्याकरणिक व्यवस्था में वाक्य एवं शब्द स्तर होते हैं। भाषा की ध्वनियों का उच्चारण वाक् अवयवों के पूर्वापर गति संचालन से होता है।[6] भाषा के ध्वनि ग्राम, अक्षर, रूपग्राम, शब्द, वाक्यांश व्याकरणिक तत्वों का विवेचन इसी के अन्तर्गत आता है।[7] भाषा विज्ञानियों का विचार है कि सी भी विश्लेषित स्तर पर व्याकरणिक इकाइयों की बद्ध व्यवस्थाएँ संरचना के तत्वों के पारस्परिक निश्चित मूल्य बताने के लिए निर्मित की जाती हैं।[8] बहरहाल, भाषा-विज्ञान और व्याकरण में कुछ बुनियादी अन्तर होते हुए भो काफी सन्निकटता है। वस्तुतः दोनों के अध्ययन का आधार भाषा ही होती है। दोनों अपने-अपने तरीकों से भाषा के स्वरूप का अध्ययन करते हैं। शायद यही कारण रहा है कि भाषाविज्ञान के प्रारम्भिक चरण में यूरोपीय अध्येताओं ने भाषाविज्ञान को तुलनात्मक व्याकरण की संज्ञा दी।भाषाविज्ञान और व्याकरण के साम्य और वैषम्य को इस प्रकार देखा जा सकता है-

**(क) समानताएँ–** भाषाविज्ञान और व्याकरण का सम्बन्ध अंग और अंगी का सा है। भाषाविज्ञान यदि अंगी है तो व्याकरण उसका अंग। एक के अध्ययन के लिए दूसरे की जानकारी नितान्त आवश्यक होती है। व्याकरण ही भाषा की कद्दावर मूर्ति को सुरक्षित रखता है। भाषा

1. नयी कविता की भाषा- डॉ. रविनाथ सिंह, पृष्ठ 175 प्रथम संस्करण, हिन्दी संसद, वाहे गुरु प्रासाद, भिमानी स्ट्रीट, मुंबई, 1976 मूल्य 30 रूपये
2. Categories of the Theory of Grammar, Word M. A. K. Halliday, P. 246, 1976
3. भाषा एवं भाषा विज्ञान-डॉ. महावीर सरन जैन, पृष्ठ -43 लोकभारती प्रकाशन, 15 -ए, महात्मा गांधी मार्ग, इलाहाबाद-1 प्रथम संस्करण, 1985, मूल्य 30 रुपये
4. गुजराती व्याकरण में जाति और परिमाणः हिन्दी अनुशीलन- पंडित डॉ. प्रबोध बेचरदास, डॉ. धीरेन्द्र वर्मा विशेषांक, पृष्ठ 2 वर्ष 13 अंक - 1, 2 प्रयाग
5. Language : A Modern Synthesis- Jshuua Whatmough- P. 105
6. An Introduction to General Linguistics- P Francis Dinneen, P. 7
7. Course in Genaral Linguistics- Saussure, P. 114, 1964
8. Ethnographic Analysis and Language with reference to Malinowaski's view, in 'Man and Culture'- J. R. Firth, P-107, 1957

की प्रकृति, उसके शुद्ध लेखन, शुद्ध उच्चारण, शुद्ध प्रयोग का प्रमुख उत्तरदायित्व व्याकरण पर ही रहता है। व्याकरण की कठोर चाबुक ही भाषा के स्वरूप को स्थिर रखती है। दूसरे शब्दों में व्याकरण ही भाषा का प्रमुख नियंत्रक या मार्ग दर्शक होता है। व्याकरण की जानकारी के अभाव में भाषा पर अधिकार पाना बहुत कुछ कठिन होता है। आशय यह कि व्याकरण और भाषाविज्ञान एक दूसरे से गुँथे हुए हैं। प्रारम्भिक भाषाविज्ञान और व्याकरण के इतिहास को यदि देखा जाय जो स्पष्ट होगा कि अपने देश में भाषाविज्ञान सम्बन्धी लेखन-पठन व्याकरण के अन्तर्गत् ही हुआ है।

**(ख) विषमताएँ**–1. भाषाविज्ञान और व्याकरण इन दोनों का नाम ही इनकी पारस्परिक दूरी को सूचित करता है। अर्थात् भाषाविज्ञान-विज्ञान या शास्त्र है जबकि व्याकरण एक कला है।

2- किसी भाषा का व्याकरण उसी भाषा में दखल रख सकता है, किन्तु भाषा-विज्ञान में तो अनेक भाषाओं की जाँच-पड़ताल की जाती है। भाषा या भाषाओं का वैज्ञानिक अध्ययन भाषाविज्ञान कहलाता है, किन्तु व्याकरण तो किसी विशिष्ट भाषा का विवेचन प्रस्तुत करता है।

3- भाषा जब व्याकरण के चंगुल से छूट कर अपना स्वरूप बदलती है, तो व्याकरण का अस्तित्व वहीं समाप्त हो जाता है, लेकिन भाषाविज्ञान इस तरह के परिवर्तन से रहित होता है। इसका क्षेत्र असीम होता है।

4- भाषाविज्ञान किसी भी भाषा के शब्दों के पूर्व स्वरूप, उसका इतिहास, समय-समय पर उसमें हुए ध्वनि-सम्बन्धी बदलाओं का पुष्ट लेखा-जोखा प्रस्तुत करता है, लेकिन व्याकरण तो किसी भाषा-विशेष के शब्दों की एकरूपता ही सुनिश्चित करता है। व्याकरण का उद्देश्य किसी विशेष भाषा के केवल व्यावहारिक उपयोग को दृष्टि में रखकर व्यवहारोपयोगी साधुत्व-असाधुत्व का सामान्य ज्ञान कराना होता है-" साधुत्व ज्ञान विषया सैषां व्याकरणस्मृतिः"[1]। "लोकतोऽर्थप्रयुक्ते शब्दप्रयोगे शास्त्रेण धर्मनियमः"[2]। किसी भाषा के व्याकरण को जानने के लिए किसी दूसरी भाषा के ज्ञान की आवश्यकता नहीं होती।[3] कला होने के कारण व्याकरण भाषा के प्रचलित रूपों के सम्बन्ध में चर्चा करता है किन्तु वे रूप कैसे, क्यों और कब बने इस सम्बन्ध में वह मौन रहता है। व्याकरण 'एकादश' शब्द को शुद्ध बताता है और 'एकदश' को अशुद्ध, परन्तु ऐसा क्यों? इस जिज्ञासा की शान्ति व्याकरण नहीं करता है। इस प्रकार की जिज्ञासाओं का समाधान भाषाविज्ञान प्रस्तुत करता है।[4]

5- भाषाविज्ञान के विवेचन का आधार यदि ध्वनि, स्वन, स्वनिम, वाक्य तथा अर्थ आदि होते हैं, तो व्याकरण में संज्ञा, सर्वनाम, क्रिया, विशेषण तथा अव्यय आदि रूपों का अध्ययन किया जाता है।

6- व्याकरण अपने निर्धारित नियमों के तहत ही किसी भाषा की चीर-फाड़ करता है, लेकिन भाषाविज्ञान तो भाषा के अनुशीलन के आधार पर ही नियमों का स्वरूप स्थिर करता है।

7- व्याकरण केवल उन्हीं भाषाओं अथवा बोलियों का बोध कराता है, जो जीवित हैं या साहित्य में स्थापित होती हैं, किन्तु भाषाविज्ञान तो इन सबके साथ सामान्य बोलियों तक का अध्ययन प्रस्तुत करता है।

8- व्याकरण में किसी एक भाषा के व्यावहारिक रूप के साधुत्व-असाधुत्व पर विचार किया जाता है, लेकिन भाषाविज्ञान में भाषा एवं शब्दो के प्रत्येक स्वरूप का अनुसंधान किया जाता है।

9- व्याकरण की तुलना में भाषाविज्ञान का विस्तार क्षेत्र काफी है। अनेक सन्दर्भो में व्याकरण को भाषाविज्ञान का मुँह ताकना पड़ता है। यदि एक ओर भाषा-विज्ञान काफी लचर, विस्तृत पकड़ वाला तथा सहिष्णु है, तो दूसरी ओर व्याकरण उसकी तुलना में अधिक खर्रा तथा अशुद्धियों से परहेज रखने वाला अनुदारी है। इस तरह निश्चय ही व्याकरण मर्यादाओं का पालन करने के कारण संकीर्णतावादी हैं, कठोर शासक है। दूसरी ओर भाषा विज्ञान शोधी है, उदार है। उसके यहाँ सर्व शुद्धं, सर्व ग्राह्यं, सर्वशिवं एवं सुन्दरम् है।[5]

**2. भाषाविज्ञान और शरीर-विज्ञान** (Philology and Physiology)- शरीर के विभिन्न अवयवों की सहायता से भाषा जन्मती है । उक्त अंग ही शरीर विज्ञान के अध्ययन के मुख्याधार हैं। इन अंगों में दन्त, जिह्वा, जिह्वानीक, ओष्ठ, तालु, दन्तमूल, मूर्धा, फेफड़े, कंठ-पिटक, स्वर तंत्रियाँ, मसूढ़े आदि प्रधान हैं, क्योंकि ध्वनि उत्पादन में इनका ही काफी हाथ होता है। इनमें कर्ण कुहरों को भी सम्मिलित करते हैं, क्योंकि कर्ण कुहर ही मुख से निसृत ध्वनि को ग्रहण करते हैं और उसे मस्तिष्क तक पहुँचाते हैं एवं उससे पदार्थ , भाव अथवा विचार का बोध कराते हैं। मस्तिष्क की रचना भी शरीर विज्ञान में महत्वपूर्ण स्थान रखती है। शरीर विज्ञान के आधार पर ध्वनि के स्थान और करण आदि का परिचय प्राप्त हो जाने पर हम जान सकते हैं कि फेफड़ो से निकलने वाली वायु कैसे ह, क, प, म, अ आदि विभिन्न ध्वनियों का रूप ग्रहण कर लेती है। अनुनासिक, अननुनासिक, पार्श्विक, लुण्ठित, उत्क्षिप्त आदि ध्वनियों की स्थिति का बोध भी शरीर विज्ञान से ही हो सकता है।[6] इस तरह भाषाविज्ञान और शरीर विज्ञान का पारस्परिक रिश्ता स्वतः स्पष्ट हो जाता है।

**3. भाषाविज्ञान और भूगोल** (Phylology and Geography)- भौगोलिक परिवेश से भी भाषाविज्ञान काफी प्रभावित होता है। यह ध्रुव सत्य है कि प्रत्येक व्यक्ति अपने देश की जलवायु से प्रभावित होता है। उक्त जलवायु उसके वागिन्द्रियों अथवा ध्वनियंत्रों पर सीधे

1. वाक्य पदीय 2.143
2. महाभाष्य-परस्पशन्हिक
3. भाषा विज्ञान-डॉ. भोलानाथ तिवारी, पृ.9
4. संस्कृत भाषाविज्ञान-डॉ. राजकिशोर सिंह, पृ.14
5. संस्कृत भाषा विज्ञान - डॉ. राजकिशोर सिंह पृ.-15
6. भाषाविज्ञान और मानक हिन्दी- डॉ. रत्नचन्द्र शर्मा पृ.-11

असर करती है। फल यह होता है कि भाषिक उच्चारण में वैविध्य उत्पन्न होता है। सामान्यतया देखा जाता है कि उष्ण अथवा शीतोष्ण आदि विभिन्न जलवायु के निवासियों की उच्चारण प्रक्रिया में काफी भिन्नता होती है। ठण्डे मुल्क के निवासी अंग्रेज इसके स्पष्ट साक्ष्य हैं। एक तो इनका उच्चारण अस्पष्ट होता है। दूसरी बात यह कि अनेक ध्वनियों के उच्चारण में इनकी जिह्वा अपनी लाचारी जाहिर करती है। इसका परिणाम यह होता है कि अनेक शब्द उच्चरित होने के लिए ताकते रह जाते हैं। तीसरी बात यह कि इनका वाग्यंत्र अत्यन्त सकरा होता है, जिससे दन्त्य ध्वनियाँ त, थ, द, क्रमशः ट, ठ, ड के रूप में उच्चरित होती हैं, यथा-तुम, टुम, तुम्हारा-टुम्हारा, तथा-टठा, दिल्ली-डिल्ली, देहरादून-डेहरादून आदि। उच्चारण की भिन्नता के अनेक उदाहरण अपने यहाँ भी आसानी से उपलब्ध हो जाते हैं। पूरब का 'न' देश के पश्चिमी छोर राजस्थान और पंजाब में 'ण' में बदल जाता है। इतना ही नहीं, भाषा के विकास में भी मैदानी और पहाड़ी भूभागों में देर-सबेर का अन्तर पाया जाता है। समतल प्रदेशों में उबड़-खाबड़ भूभागों की तुलना में भाषा का विकास जल्दी होता है।

भूगोल, भाषाओं की चौहद्दी तय करने के साथ-साथ अर्थ विचार में भी अपना सक्रिय हाथ बँटाता है। इसके अलावा प्रागैतिहासिक काल के भूगोल तक पहुँचने के लिए भी भाषा विज्ञान की वैसाखी आवश्यक होती है। अतः भूगोल और भाषा विज्ञान की आवश्यकता एक दूसरे के लिए स्वतः जाहिर है।

**4. भाषाविज्ञान और इतिहास** (Philology and History)– भाषाविज्ञान और इतिहास का सम्बन्ध प्रश्न और उत्तर का सा है। मंशा यह कि जिस प्रकार प्रश्न के अभाव में उत्तर और उत्तर के बिना प्रश्न अधूरा रहता है, ठीक वही स्थिति भाषाविज्ञान और इतिहास की है। एक दूसरे की समझ के लिए एक दूसरे का होना नितान्त आवश्यक है। इतिहास के विभिन्न कालों के निर्धारण में भाषाविज्ञान की सक्रिय भूमिका रही है। युगों-युगों से मिट्टी के गर्भ में सोये सिक्कों, बस्तियों, औजारों तथा अभिलेखों को उत्खनन प्रक्रिया द्वारा जब जगाया जाता है, तब ये कुछ ऐसी विस्मयकारी सूचनाएँ देते हैं, जो इतिहास के लिए नया अध्याय बनती हैं। उक्त अभिलेखों या सिक्कों को पढ़कर ही यह ज्ञात होता है कि किस राजा ने कहाँ से कहाँ तक, कब से कब तक शासन करते हुए किसको परास्त किया, किससे पराजित हुआ? उनकी नीतियाँ, उसका चरित्र तथा व्यक्तित्व, विदेशों से सम्बन्ध, उसकी साहित्यिक गतिविधियाँ , उसके शासन काल की सामाजिक, धार्मिक तथा आर्थिक अवस्था, लोगों के साथ उसके व्यवहार-सलूक कैसे रहे? कई बार यह अभिलेख ऐसी अदृश्य घटना पर प्रकाश डालते हैं, जिनका ज्ञान हमको अन्य किसी भी स्रोत से नहीं हो सकता।

इधर इतिहास भी भाषाविज्ञान द्वारा की गई भलाई का बदला चुकाता है। समय-समय पर एक राष्ट्र द्वारा दूसरे राष्ट्र पर आधिपत्य की गरज से हमला किया जाता है फल यह होता है कि विजयी राष्ट्र की भाषा विजित राष्ट्र की भाषा को प्रभावित करती है। पराजित राष्ट्र की भाषा में विजयी राष्ट्र की भाषा के अनेक शब्द प्रवेश कर जाते हैं और कालान्तर में वही उस देश की शब्द-सम्पदा बन जाते हैं। हिन्दी में पाये जाने वाले अरबी, फ्रेन्च, डच, पुर्तगाली, अंग्रेजी, फारसी, इरानी, स्पेनी आदि भाषाओं के शब्द इस बात के प्रमाण हैं। कहने का अभिप्राय यह कि उक्त विदेशी शब्दों का प्रवेश हिन्दी में क्यों तथा कैसे हो गया, इसकी टोह लेने के लिए हमें इतिहास के पृष्ठों को ही उलटना पड़ता है।

**5. भाषाविज्ञान और भौतिक शास्त्र** (Philology and Physics)-ध्वनि-विज्ञान, भाषाविज्ञान का प्रमुख अध्याय है। ध्वनि-विज्ञान की सम्यक् समझ के लिए भौतिकशास्त्र या भौतिकी का सहयोग नितान्त आवश्यक है। ध्वनि का स्वरूप, वक्ता और श्रोता के बीच ध्वनि का गमनागमन, ध्वनि की गति, ध्वनि का हवा में फैलाव, ध्वनि-तरंग आदि की जानकारी भौतिकशास्त्र से ही मिलती है, जिसके आधार पर भाषाविज्ञानी ध्वनि के अध्ययन की ओर उन्मुख होता है। अतः स्पष्ट है कि भाषाविज्ञान और ध्वनि विज्ञान का रिश्ता अत्यन्त नजदीक का है।

**6. भाषाविज्ञान और समाजशास्त्र** (Philology and Sociology)- हिन्दी में Sociology के लिए समाजशास्त्र शब्द का प्रयोग अधिक होता है। यह स्थिति उसी प्रकार की है, जिस प्रकार की स्थिति आज से दो दशक पूर्व भाषा विज्ञान के क्षेत्र में थी। उस समय 'Linguistics' के लिए भाषा शास्त्र शब्द अधिक प्रचलित था।[1] भारत सरकार के शिक्षा मन्त्रालय द्वारा प्रकाशित पारिभाषिक शब्द संग्रह में भी 'Sociolo' के लिए पहले 'समाज विज्ञान' है, बाद में 'समाज शास्त्र'।[2] भाषा विज्ञान एवं समाज शास्त्र कई दिशाओं और क्षेत्रों में सहायक हैं। कुछ विद्वानों का विचार है कि सामाजिक वर्गगत भेदों की उत्तम पहचान भाषा-वैज्ञानिक ही कर सकता है।[3] संभवतः इसीलिए एक विद्वान् ने सुझाव दिया है कि समाज वैज्ञानिक यदि अन्य भाषा-भाषियों के समाजों का अध्ययन कर रहा हो तो उसे 'एथनोमैथोडोलॉजी पद्धति' का प्रयोग करना चाहिए।[4] इस सिलसिले में हिन्दी भाषा समाज के संदर्भ में डॉ. मदनलाल वर्मा ने शिष्टाचार के शब्दों तथा वाक्यों का अच्छा विश्लेषण किया है।[5] इसी तरह डॉ ब्रजेश प्रताप श्रीवास्तव ने अभिवादन की शब्दावली पर समाज भाषा-वैज्ञानिक शोध कार्य किया है।[6] भारत में ऐसी कई

1. भाषा एवं भाषा विज्ञान- डॉ. महावीर सरन जैन, पृष्ठ -145
2. Consolidated Glossary of Techinacal Terms (English Hindi), P. 11, 57, Central Hindi Directorate Ministry of Education, Govt, of India, 1962
3. Social Class and modes of Communication, L. Schatzman and A. Strnss, ' American Journal of Socialogy, pp329-338, Vol, 60, No-4 Jan-1955).
4. Studies in Ethnomenthodology'-Harold Grafinkel. P. 67, 1967
5. समाज बोलता है - एक समाज भाषाशास्त्रीय अध्ययन, पृ. 71, प्रदीप प्रकाशन आगरा, 1974।
6. हिन्दी की अभिवादन परक शब्दावली का समाज भाषा वैज्ञानिक अध्ययन, पृष्ठ 90 (रानी दुर्गावती विश्वविद्यालय, जबलपुर की एम. फिल उपाधि के लिए सन् 1984 में स्वीकृत शोध अधिनिबंध) निर्देशक-डॉ. महावीर सरन जैन।

अन्तर्विवाही समूह या जातियाँ पाई जाती हैं। जिनका एक ही अथवा एक सा व्यवसाय होता है। अतः ऐसी जाति समूह को समाज वैज्ञानिक श्रीमती इरावती कर्वे ने 'जाति पुंज का सुन्दर नाम दियाहै।[1] साफ शब्दों में कहने का आशय यह है कि हम जिस समाज के सदस्य हैं, उसमें व्यवहृत भाषिक आदतों का पुख्ता मूल्यांकन भाषा विज्ञान ही कर सकता है।[2]

समाज को उसके समूचेपन के साथ उकेरने का सबसे सशक्त माध्यम भाषा है। यह भाषा ही भाषाविज्ञान के अध्ययन का मूलाधार है। इस तरह भाषाविज्ञान और समाज विज्ञान का आपसी लगाव स्वतः स्पष्ट है। भाषा सामाजिक धरोहर है। इसलिए समय-समय पर होने वाले सामजिक बदलाव की प्रत्येक धारी को भाषा पर देखा जा सकता है। समाज में होने वाले सभी स्पन्दनों तथा धड़कनों को भाषा में सुना जा सकता है। आशय यह कि समाज और भाषा का रिश्ता अत्यन्त अटूट है। अतः सामाजिक छिजाव-ह्रास तथा उत्कर्ष-प्रकर्ष के साथ भाषा भी उलटती-पलटती है। समय-समय पर बदलने वाली भाषा के आधार पर तत्कालीन समाज का अध्ययन आसानी से किया जा सकता है।

**7. भाषाविज्ञान और पुरातत्व** (Philology and Archaeology)–भाषाविज्ञान और पुरातत्व भी एक दूसरे अनुस्यूत हैं। प्राचीन सिक्कों या राजमुद्राओं, ताम्र पत्रों (Copper Plates), अभिलेखों, पुराने स्मारकों तथा भित्ति लेखों आदि को ही आधार बनाकर कोई पुरातत्त्ववेत्ता प्राचीन लिपि और भाषा का नितान्त वैज्ञानिक अध्ययन करता है। विश्व की विविध भाषाओं तथा लिपियों के विकास क्रम को समझने में पुरातत्त्व ने काफी मदद की है। अभी हाल ही में प्रसिद्ध पुरातत्त्ववेत्ता **डॉ. एस. आर. राव** ने सिन्धु घाटी लिपि को पढ़ने का दावा करते हुए बताया है कि सिन्धु घाटी की सभ्यता, जिसका दूसरा नाम हड़प्पन सभ्यता भी है, अफगानिस्तान (अश्वस्थान) से लेकर दिल्ली तक और काश्मीर से लेकर ताप्ती घाटी तक फैली हुई थी। इतना ही नहीं, बल्कि वर्तमान रूस के कुछ भागों तक यह सभ्यता फैली हुई थी।[3]

**8. भाषाविज्ञान और साहित्य** (Philology and Literature)- भाषा विज्ञान और साहित्य के असंदिग्ध रिश्ते को नकारा नहीं जा सकता। भाषा की कद्दावर मूर्ति साहित्य की मंजूषा में ही स्थाई रूप से सुरक्षित रह सकती है। साहित्य के माध्यम से ही हम किसी भाषा के पूर्व स्वरूप को जानने में सक्षम हो सकते हैं। इधर, साहित्य को जीवित रखने का सशक्त माध्यम भाषा ही है। इस तरह दोनों का पारस्परिक सरोकार स्वतः जाहिर है। सच कहा जाय, तो भाषा विज्ञान के अध्ययन के लिए जीवित अथवा मृत भाषाओं के साहित्य का होना नितान्त आवश्यक है। जिस भाषा का साहित्य गायब हो चुका है, उसके ऐतिहासिक तथा तुलनात्मक अध्ययन की कल्पना तक नहीं की जा सकती। विश्व में अनेक ऐसी भाषाएँ हैं, जिनका साहित्य लुप्त हो चुका है। अतः उनका भाषा-वैज्ञानिक अध्ययन असम्भव हो गया है। बताते हैं, ऋग्वेद से पूर्व भी हमारे यहाँ कोई भाषा थी, लेकिन उसका साहित्य नदारद होने के कारण उसके सम्बन्ध में आज कुछ भी नहीं कहा जा सकता है। पाश्चात्य भाषाविद् **श्लाइखर** ने हमारी मूल भाषा तक पहुँचने का प्रयास किया था, लेकिन उनके उक्त कार्य को भाषावैज्ञानिक मान्यता इसलिए नहीं मिली, क्योंकि उनकी खोज का आधार नितान्त काल्पनिक था। अतः यह तय हुआ कि ऐतिहासिक या तुलनात्मक भाषा-वैज्ञानिक अध्ययन के लिये तथा भाषाओं में समय-समय पर हुए ध्वनिगत, अर्थगत तथा रूपगत परिवर्तन की सम्यक् समझ के लिए साहित्य की मौजूदगी आवश्यक है। सत्य तो यह है कि केवल जीवित भाषाओं के अध्ययन को छोड़कर पुरानी या मृत भाषा का भाषा विज्ञान चाहे जिस रूप में अध्ययन करना चाहे, उसे पग-पग पर साहित्य की सहायता लेनी पड़ेगी और जीवित भाषा के सम्बन्ध में भी क्यों, कब और कैसे आदि के उत्तर के लिए उसे साहित्य की छान-बीन करनी पड़ेगी। जीवित भाषा यह तो बता देगी कि भोजपुरी में 'बाटे' शब्द है, पर यह कहां से आया, इसके लिए भाषाविज्ञान संस्कृत साहित्य को छानेगा और तब कह सकेगा कि उसका मूल संस्कृत शब्द 'वर्तते' है।[4]

भाषा विज्ञान भी साहित्य की गुत्थियों को सुलझाने में काफी सहायक होता है। मूल पाठ निर्धारण के साथ भाषा में आये अनेक विचित्र प्रयोग, अर्थ परिवर्तन तथा उच्चारण सम्बन्धी समस्याओं को हल करने में भाषा विज्ञान कारगर सिद्ध होता है। साहित्य में आज भी ऐसे अनेक शब्द कुण्डली मारकर बैठें हैं जिनका अर्थ प्राचीनकाल में दूसरा हुआ करता था, किन्तु समय-परिवेश बदलने के साथ-साथ उन शब्दों ने भी अर्थ की पुरानी केचुल फेंक नये अर्थ की केचुल धारण कर लिया। अतः भाषाविज्ञान और साहित्य का आपसी सम्बन्ध स्वतः सिद्ध है।

**9. भाषा विज्ञान और मनोविज्ञान** (Philology and Psychology)-भाषा विज्ञान मनोविज्ञान को नया चिन्तन एवं पद्धति प्रदान करता है तो मनोविज्ञान अन्य भाषाओं को अधिकाधिक सहज रूप में सिखाने के संबन्ध में भाषा वैज्ञानिक की सहायता करता है।[5] मनोविज्ञान की सहायता से प्रशिक्षणार्थी की मनोवैज्ञानिक स्थिति तथा उसके भाषा-कौशल का परिमापन किया जाता है। भाषा विज्ञान से यह जानकारी प्राप्त होती है कि किसी भाषा का बच्चा अपनी भाषा की व्यवस्थाओं एवं रचनाओं में से किन-किन को किस क्रम से सीखता है[6] मनोविज्ञान को भाषा

1. हिन्दू समाज और जाति व्यवस्था (Hindu Society:An Interpretation) इरावती कर्वे, पृष्ठ-10 Oriental longman, New Delhi, 1975
2. Selected writings of Edeward Sapir-David, G. Mandelbam, P. 162, Univesity of California Press, 1940
3. धर्मयुग, 30 नवम्बर से 6 दिसम्बर,1980 में प्रकाशित लेख के आधार पर
4. भाषा विज्ञान- डॉ. भोलानाथ तिवारी 12
5. अन्य भाषा शिक्षण- डॉ. महावीर सरन जैन, पृ. 109
6. बच्चे का पहला शब्द- (भाषा: हिन्दी भाषा विज्ञान अंक)- डॉ रमेशचन्द्र मेहरोत्रा, पृ. 3-10

विज्ञान से सबसे अधिक सहायता 'अर्थविज्ञान' के क्षेत्र में प्राप्त होती है। इस संबन्ध में व्होर्फ ने भाषा विज्ञान को तत्वतः 'अर्थ की खोज' करने वाला विषय बतलाया है तथा अर्थ की उपेक्षा करने के कारण अपने समय के मनोविज्ञान के सभी सम्प्रदायों की आलोचना की है।[1] पाश्चात्य विद्वान् **काट्ज** एवं **फोडर** ने कहा है कि शब्द के आत्मगत प्रभाव से इतर, अर्थ के अध्ययन की प्रस्तुत पद्धति के लिए मनोविज्ञान को भाषा विज्ञान से मार्ग दर्शन मिल सकता है।[2] ईरानी आर्य शाखा और भारतीय आर्य शाखा के बीच तत्कालीन व्याप्त मनोवैज्ञानिक घृणा उक्त अर्थ-भेद के कारण ही है। कविवर **स्व. रामधारी सिंह दिनकर** आदि के निष्कर्ष इसका समर्थन करते हैं।[3] पाश्चात्य विचारक **ब्लूम फील्ड** और **चाम्स्की** का भाषा चिन्तन यद्यपि परस्पर भिन्न है, फिर भी वे दोनों यह अवश्य स्वीकार करते हैं कि मनोविज्ञान ने भाषा-चिन्तन को प्रभावित किया है।[4] **डॉ. महावीर सरन जैन** के अनुसार भाषा विज्ञान एवं मनोविज्ञान में गहरा संबन्ध होने के कारण एक नया विषय विकसित हुआ है, जिसको मनोभाषाविज्ञान (Psycholinguistics) के नाम से जाना जाता है।[5]

बहरहाल, मन प्रदेश में उपजे भावों, विचारों, कल्पनाओं, मानसिक-विकृतियों, मनोरागों इत्यादि के प्रकट आकार पाने का सहज माध्यम भाषा है। उक्त भौतिक पदार्थ ही मनोविज्ञान के अध्ययन-विश्लेषण के प्रमुख आधार बनते हैं और इधर, भाषा जो इन्हें मूर्त रूप देती है, भाषा विज्ञान का मूल आधार है। इसलिए कहा जा सकता है कि भाषा विज्ञान और मनोविज्ञान में सम्बन्धों की स्पष्ट तथा नजदीकी संगति है। मन में उगने वाले हर भाव-विचार के पीछे मनुष्य की किसी - न - किसी इच्छा का हाथ अवश्य होता है। यह इच्छा मन से सम्बन्धित होती है और मन-मस्तिष्क को उत्प्रेरित करता है। उक्त इच्छा मनुष्य के मन में कब, क्यों तथा कैसे जन्मती है? मस्तिष्क में विचार कैसे पधारते हैं? एक शब्द का अनेक तथा अनेकार्थक शब्दों का एक ही अर्थ क्यों ग्रहण किया जाता है- इन तमाम प्रश्नों के सम्यक् तथा सन्तोष जनक उत्तर के लिए भाषा विज्ञान को मनोविज्ञान की ओर निहारना पड़ता है। विकृत, उन्मत्त या पागल मस्तिष्क वाले मनुष्य की सारी क्रियाएँ उबड़ -खाबड़ या विकृत तो होती ही हैं, इनकी भाषा भी गन्दी, दूषित या विकृत होती है। ऐसी अर्थहीन, अनापसनापी भाषा के विश्लेषण में भी मनोविज्ञान भाषा विज्ञान का सहायक होता है।

इधर, भाषा के वैज्ञानिक विश्लेषण के माध्यम से हम प्राचीन जातियों की मनःस्थितियों का आसानी से अन्दाजा लगा सकते हैं अनेक ऐसे शब्द, जिनका पूर्व समय में सम्मानसूचक अर्थ किया जाता था, आज उन्हीं शब्दों का अर्थ पहले का ठीक उलटा हो गया है। उक्त शब्दों के अर्थ-सम्बन्धी बदलाव के पीछे मनुष्य की बदलती प्रवृत्तियों का ही हाथ है, जिनकी पड़ताल मनोविज्ञानी और भाषा विज्ञानी दोनों मिल बैठकर करते हैं।

**10. भाषाविज्ञान और तर्कशास्त्र** (Philology and Logic)- अनेक विचारकों को भाषा-विज्ञान और तर्क शास्त्र के बीच सम्बन्धों का सीधा छोर नजर नहीं आता। कुछ के विचार से भाषा-विज्ञान अध्ययन मूलक अधिक है, जबकि तर्कशास्त्र चिन्तनात्मक। भाषा विज्ञान में प्रमाणों का महत्व है जब कि तर्क शास्त्र में तर्कों की प्रधानता है।[6] सो, मेरे तर्क से ऐसी बात है नहीं। भाषा-विज्ञान से सम्बन्धित अनेक गूढ़ तथा क्लिष्ट सवाल तर्क शास्त्र के स्लेट-पेंसिल से ही हल किए जाते हैं। भाषा के स्वरूप निर्धारण में, उसकी उत्पत्ति या विकास के तुलनात्मक विवेचन में, व्याकरणिक नियमों के विश्लेषण में, सूत्रों की व्याख्याओं में, किसी शब्द का कभी विशेष तथा कभी सामान्य अर्थ क्यों लिया जाता है, इत्यादि प्रश्नों को सुलझाने में तर्क शास्त्र की प्रमुख भूमिका को नजरन्दाज नहीं किया जा सकता। **आचार्य यास्क मुनि** ने आज से बहुत पहले ही 'निरुक्त' में तर्क के महत्व की ओर संकेत करते हुए बताया है कि शब्दों के निर्वचन का प्रधान आधार तर्क ही है। इधर, बिना भाषा के तर्क का कोई बजूद नहीं। अतः कहा जा सकता है कि भाषा विज्ञान का जो सम्बन्ध अन्य शास्त्रों से है वही सम्बन्ध त र्क शास्त्र से भी है। यह सम्बन्ध काम चलाऊ तथा टेढ़ामेढ़ा नहीं, बल्कि पुख्ता और सीधा है।

**11. भाषा विज्ञान और मानवशास्त्र** (Philology and Anthropology) भाषा-विज्ञान और मानवशास्त्र भी परस्पर संगुंफित हैं। पुनरुक्ति की आवश्यकता नहीं कि मनुष्य और भाषा का रिश्ता अन्तहीन है। दोनों एक दूसरे के लिए बेहद अनिवार्य हैं और यही आपसी अनिवार्यता मानवविज्ञान और भाषा विज्ञान के भी बीच होती है। मानव विज्ञान के भीतर मनुष्य के उद्‌भव, विकास, रहन-सहन , रीति-रिवाजों, उसकी कलात्मक अभिरुचियों इत्यादि का अध्ययन किया जाता है। चूँकि भाषा मनुष्य से जुड़ी हुई है। अतः मानव विज्ञान में घटित होने वाले प्रत्येक कार्य-व्यापार का सीधा असर भाषा पर पड़ता है। इधर, भाषा विज्ञानी को भी भाषा से जुटी अनेक भ्रान्तियों के निराकरण के लिए मानव विज्ञानी से सम्पर्क साधना पड़ता है।

---

1. Language, Thought and Reality- B. L. Whorf, Page 40-42-1956
2. "The, Structure of a semantic Theory", In : 'Language', Vol. 39, P. 170, 1963
3. संस्कृति के चार अध्याय-डॉ. रामधारी सिंह दिनकर, तृतीय संस्करण, पृ. 28सितंबर 1962
4. A. Language: Bloomfield, P. 23
   B. Language and Mind: Chomsky, P. 31, 1968
5. भाषा एवं भाषा विज्ञान, पृ. 111
6. संस्कृत भाषा विज्ञान- डॉ. राजकिशोर सिंह, पृ. 26

संभवतः यही कारण है कि पश्चिम के भाषा विज्ञानी कोबर मानव-विज्ञान को भाषा विज्ञान पर आश्रित मानते हैं। [1]भाषा विज्ञान जन जातियों की भाषाओं का अध्ययन करता है, मानव वैज्ञानिक इससे लाभान्वित होते हैं।[2] भाषा विज्ञान का वास्तविक उद्देश्य भाषा के गहन अंधकार को प्रकाशित करना है, किसी मानव समाज के चिन्तन, संस्कृति, तथा जीवन दृष्टि कोण के 'अर्थ तत्व' के द्वारा आलोकित करना है। [3] **जैकब्स** एवं **स्टर्न** ने 'वैज्ञानिक-भाषा विज्ञान' को मानव विज्ञान के पाँच प्रमुख उपभागों में से एक माना है।[4] **होबेल** तथा **लिण्टन** ने भाषा विज्ञान को 'संस्कृतिक भाषा विज्ञान' की एक शाखा माना है। [5] मानव विज्ञान में संस्कृति का विशिष्ट अर्थ है। मानव विज्ञान में सांस्कृति तथा भाषा विज्ञान में 'भाषा' की स्वरूप ःत विशेषताओं में समानता है। [6] वस्तुतः संस्कृति संकुल समग्रता है।[7] होबेल भी मानते हैं कि संस्कृति सीखे हुए परस्पर संबद्ध व्यवहार प्रकारों की समग्रता है। [8] मानव विज्ञानी के समक्ष तो मानव का संपूर्ण व्यवहार एवं आचरण ही संस्कृति है तथा इस शब्द में सभ्यता भी सम्मिलित है। मानव विज्ञानी सभ्य एवं असभ्य में कोई अंतर नहीं मानता है। [9] **मैलीनोवस्की** ने यह प्रतिपादित किया है कि किसी जन जाति की भाषा का अध्ययन किए बिना उसकी संस्कृति को जानना असंभव है। बहरहाल, अब तो अपने ताजा-टटके भाषा-वैज्ञानिक अध्यय में **प्रोफेसर सी. डी. डारलिंग्टन** तथा **ब्रासनेहन** शारीरिक मानव विज्ञान एवं जातिगत आनुवांशिकता का संबंध जोड़ने पर बल दे रहे हैं। [10] कुल मिलाकर हम इस निष्कर्ष पर पहुँचते हैं कि मानव विज्ञान एवं भाषा विज्ञान का पारस्परिक अध्ययन एवं सहयोग एक दूसरे की समस्याओं का समाधान कारक है। [11]क्योंकि "भाषा विज्ञान के बिना मानव जाति विज्ञान अंधा है। मानवजाति विज्ञान के बिना भाषा विज्ञान बंजर भूमि है। [12] इस तरह भाषा विज्ञान और मानव विज्ञान का अंतरंग संबंध स्वतः सिद्ध है। [13]

**भाषाविज्ञानःउद्देश्य -उपयोगिता तथा महत्व-** कोई भी कृति निष्प्रयोजन नहीं होती"प्रयोजनमनुद्दिश्य मन्दोऽपि न प्रवर्तते"। प्रत्येक सर्जना का अँखुआ किसी-न-किसी निश्चित उद्देश्य की जमीन से ही फूटता है। चाहे वह कृति साहित्यिक हो, ऐतिहासिक हो या व्याकरणिक ही क्यों न हो। **आचार्य पतंजलि** तो व्याकरण शास्त्र के लक्ष्यों को बड़ा साफ शब्दों में व्यक्त करते हुए बताते हैं कि **"ब्राह्मणेन निष्कारणों धर्मः षडङ्गों** वेदोऽध्येयो ज्ञेयश्च रक्षोहागम लघ्व संदेहः"[15]अर्थात् ब्राह्मण को निस्पृह होकर बिना किसी लोभ-लालच के षडङ्ग वेद का अध्ययन विशुद्ध ज्ञान की तृप्ति के लिए करना चाहिए। व्याकरण शास्त्र के एक और लक्ष्य की ओर इंगित करते हुए उन्होंने बताया है कि, व्याकरण का अध्ययन ज्ञान सम्बन्धी अनेक भ्रान्तियों के निवारण के लिए भी होना चाहिए- **"असन्देहार्थ चाध्येयं व्याकरणम्"**।

उक्त क्रम का अत्यन्त सटीक और विधिवत निर्वाह भाषाविज्ञान में भी पाया जाता है। इसके अध्ययन की असाधारण उपयोगिता तथा अनेक सार्थक लक्ष्य भी हैं। वस्तुतः भाषा सामाजिक सम्पर्क का सबसे सशक्त माध्यम है। भावों, विचारों की दुधारी अभिव्यक्ति भाषा से ही सम्भव होती है। भाषा के अभाव में मनुष्य अपने किसी भी कार्य का सम्पादन विधिवत नहीं कर सकता। साँस छोड़ने के पश्चात् व्यक्ति को तुरन्त भाषा प्रयोग की ही आवश्यकता पड़ती है। व्यक्ति जीवन में भाषा की उपयोगिता का अनुमान इसी से लगाया जा सकता है, तो फिर उसी भाषा का वैज्ञानिक अध्ययन करने वाले भाषाविज्ञान का महत्व कितना होगा? यह कहने की आवश्यकता कदाचित् नहीं है। भाषा विज्ञान से वस्तुतः भाषा सम्बन्धी अनेक भ्रान्तियों का निराकरण तो होता ही है, हमारी बौद्धिक भूख और जरूरतों की भी शान्ति इसी विज्ञान से होती है। भाषा-विज्ञान से हमें काव्यानन्द की लोकोत्तर अनुभूति होती है। भाषाओं के आद्यन्त विकास की गहरी पड़ताल भाषाविज्ञान ही करता है। कुल मिलाकर यह कि भाषा-

---

1. Some Relations of Linguistics and Ethnology, Language- A. L. Kroeber, P. 289, 1941.
2. भाषा एवं भाषा विज्ञान- डॉ. महावीर सरन जैन, पृ-126
3. A. Linguistic Consideration of Thinking in Primitive Communties, In : Language, Thought and Reality (Selected Writings of Bejamin Lee Whorf)- Benjamin Lee Whorf, P. 65 Edited by John B. Carroll, 1956)
4. General Anthropology- M. Jacobs and B. J. Stern, P. 1, New Yourk, 1955
5. a. Man in the Primative words-E. A. Hoebel, P. 4, New Yourk, 1958
   b. The Study of a Man- R. Linton, Page 8, New York, 1936
6. भाषा एवं भाषा विज्ञान- डॉ. महावीर सरन जैन, पृ. 117
7. Primitive Culture- E. B. Tyler, P. 1. New York, 1874.
8. Man in the Primitive World; P. -7, New York, 1958
9. विश्व ज्ञान संहिता- 1 (सामाजिक विज्ञान), पृ-77, हिन्दी विकास समिति, चेन्नई, नई दिल्ली।
10. Coral Gardens and Their Magic: A study of the methods of tilling the soil and of agricultural rites in the Trobriand Islanders'- Malinowski London: Allen and Unwin, 1935
11. A. The Genetic Component of Language', Heredity- C. D. Darlington, P. 269, 1947.
    B. The Sounds of Language: An inquiry in to the Role of Genetic Factors in the Develompment of Sound Systems' L. F. Brosuahan, P. 81, 1961
12. Linguistics and Ethonology in Translation Problems In : Languagee in Culture and Society- Engene Nida, P. 97
13. Language in Culture- Harry Hoijer, P. 225
14. भाषा विज्ञान का अनुशीलन- डॉ. कैलाश नाथ पाण्डेय, पृ. 17
15. महाभाष्य , पस्पशह्निक।

विज्ञान भाषा सम्बन्धी रहस्यों के कुहासे को भेदने में पूरी तरह सक्षम होता है। इसके अलावा भाषा विज्ञान के कुछ अन्य प्रमुख उद्देश्य इस प्रकार ध्यानाकर्षक हैं–

**1. भाषा विज्ञान भाषाओं के वैज्ञानिक अध्ययन की नई जमीन सौंपता है–** विश्व की किसी भी भाषा का वैज्ञानिक अध्ययन-परीक्षण भाषा विज्ञान की प्रयोगशाला में ही सम्भव है। भाषा को लेकर उपजे अनेक विवादों, भ्रान्तियों, शंकाओं का प्रामाणिक निपटारा भाषा विज्ञान द्वारा ही होता है। भाषा तथा उसके अंग, भाषाओं की विविध ध्वनियाँ, ध्वनि-परिवर्तन की दिशाएँ तथा उसके कारण क्या हैं? साथ ही कौन ध्वनि देशी और कौन विदेशी हैं? इन सभी प्रश्नों का उत्तर भाषा विज्ञान ही देता है। भाषाओं के स्वरूप भेद तथा उनके स्रोतों तक पहुँचने का सशक्त माध्यम भाषाविज्ञान ही है। इसके साथ ही लिखित या अलिखित, विकसित या अविकसित, राष्ट्रीय या अन्तर्राष्ट्रीय, साहित्यिक या ग्रामीण, एक देशीय या बहुदेशीय, देशी या विदेशी आदि भाषाओं का विश्वस्त अध्ययन भाषा विज्ञान ही करता है।

**2. भाषिक संरचना की सम्यक् समझ भी भाषा विज्ञान द्वारा ही होती है–** जड़ से लेकर फुनगी तक किसी भी भाषा के विकास, समय-समय पर उसमें होने वाले विभिन्न मोड़ों, किसी बोली का क्रमशः विभाषा की शक्ल धारण करना, विभाषा का साहित्यिक रूप ओढ़ना तथा विभिन्न सोपानों को पार करती हुई कोई परिनिष्ठित भाषा कैसे मानक भाषा (Standard Language) का दर्जा हासिल कर लेती है- इन सबका लेखा-जोखा भाषा विज्ञान ही दे सकता है। इसके अतिरिक्त किसी भाषा का ढाँचा (Structure) किन-किन तत्वों से मिलकर तैयार हुआ है, इसकी पक्की खबर भाषा-विज्ञान के ही पास होती है।

**3. भाषाविज्ञान शब्दों के विविध अर्थों कारणों का कुशल और प्रामाणिक प्रवक्ता है-** प्रायः देखा जाता है कि बदलते समय की गिरफ्त में पड़ कर एकार्थी शब्द विविध अर्थ बिखेरना शुरू कर देते हैं। शब्दों में अर्थ सम्बन्धी उक्त बदलाव के पीछे कौन-कौन से कारण हो सकते हैं, भाषा विज्ञान ही इस पर प्रामाणिक प्रकाश डाल सकता है। कभी-कभी शब्दों की पौध में अर्थ की कुछ नई बियाछ निकल जाती है, तो कभी शब्दों के अर्थ संकुचित भी हो जाते हैं, कभी शब्दों के अर्थ नई आकृति में प्रकट होते हैं, कभी उनमें अर्थ का उपकर्ष तो कभी अपकर्ष भी हो जाता है। भाषा विज्ञान ही शब्दों की नब्ज पकड़ कर यह बताता है कि अर्थ सम्बन्धी उक्त परिवर्तनों के पीछे कौन-कौन कारण हो सकते हैं और यह कारण भी किन परिस्थितियों की देन हैं?

**4. भाषा के विविध रूपों का सुस्पष्ट ज्ञान भाषा विज्ञान द्वारा ही सम्भव है-** भाषा के विविध रूपों की जानकारी हमें भाषाविज्ञान से ही मिल पाती है। भाषा का स्वरूप, उसकी प्रकृति और विशेषताओं, भाषा की उत्पत्ति, भाषा का विकास, ध्वनि का स्वरूप, ध्वनियों के वर्गीकरण, रूप का स्वरूप, रूप के भेद तथा ध्वनि, रूप, अर्थ के परिवर्तन की दिशाएँ और नियम आदि का सम्यक् बोध भाषा विज्ञान से ही होता है।

**5. भाषा विज्ञान भाषा के अशुद्ध प्रयोगों से हमें बचाने में सहायक होता है-** शुद्ध भाषा के प्रयोग में भाषा-विज्ञान से काफी सहायता मिलती है। शुद्ध वर्तनी की जानकारी का अभाव, वर्तनी की अनेकरूपता, व्याकरण के ज्ञान से रहित होना, शब्दों की सही व्युत्पत्ति न जानना आदि कारण ही शुद्ध भाषा के प्रयोग में बाधक होते हैं। प्रायः देखा जाता है कि उत्कृष्ट से उत्कृष्ट विचार भाषिक अशुद्धता के कारण दूषित हो जाते हैं। नतीजतन उन्हें कोई महत्व नहीं मिल पाता। एक ही शब्द के विविध रूप भ्रमोत्पादक होते हैं, यथा- चाहिए-चाहिये, गए-गये। इनसे भी भाषिक विकारग्रस्तता पैदा होतीहै। शब्दों में समय-समय पर उत्पन्न होने वाले वर्णागम, वर्ण-विपर्यय तथा वर्ण लोप की अज्ञता ही भाषा के शुद्ध प्रयोग में बाधा उत्पन्न करने वाला तत्व है। उक्त तमाम भाषिक अशुद्धियों से बचाने में भाषा विज्ञान अपेक्षित मदद करता है।

**6. भाषा विज्ञान शब्दों के स्वरूपों का दिलचस्प उद्‌घाटन करने में पूर्ण सक्षम होता है-** शब्द किसी भी भाषा के हाथ-पाँव होते हैं। इनके अभाव में भाषा का सभी कारोबार लगभग ठप्प ही मानना चाहिए। भाषा विज्ञान उक्त शब्दों की जन्मकुण्डली पर बेहद रोचक ढंग से प्रकाश डालता है। परिणाम यह होता है कि पाठक को शब्द विषयक आत्मकथा पढ़ते समय लोकोत्तर आनन्द की अनुभूति तथा हार्दिक परितोष की दिव्य उपलब्धि होती है। शब्दों के स्वरूप का उद्‌घाटन, शब्द कैसे जन्मते और बढ़ते हैं, स्थान तथा कालभेद से शब्दों का स्वरूप किस प्रकार बदल जाता है, तत्सम, अर्ध-तत्सम, तद्भव आदि शब्दों के बीच क्या अन्तर है? एक ही संस्कृति और माँटी में पैदा हुए शब्द दूसरी भाषा में प्रवेश कर अपना क्या प्रभाव छोड़ते हैं? इन सभी प्रश्नों का सटीक उत्तर भाषा- विज्ञान ही देता है।

**7. प्रागैतिहासिक खोजों में भी भाषा विज्ञान का प्रचुर प्रयोग किया जाता है-** पूर्व सभ्यता और संस्कृति के स्वरूप की समझ में भाषाविज्ञान से काफी सहायता मिली है। वस्तुतः इसके द्वारा प्रागैतिहासिक काल की भाषाओं का अध्ययन कर हम इस निष्कर्ष पर आसानी से पहुँच जाते हैं कि तत्कालीन भाषाओं का मूल उद्‌गम और उत्स अमुक भाषा रही है। तत्कालीन समाज के लोगों के रहन-सहन, खान-पान, शिक्षा, धार्मिक आस्था-अनास्था, उत्सवों, त्योंहारों, एक दूसरे के प्रति राग-विराग का पता भी भाषा विज्ञान के माध्यम से ही किए गए प्रागैतिहासिक खोजों से सरलता से लगाया जा सकता है। आर्य भाषा के उद्‌गम और स्रोतों का पता लगाने में भाषा विज्ञान से यथेष्ट सहायता मिली है। आर्य भाषा के आधार पर ही आर्यों के मूल स्थान, उनके खान-पान, रीति-रिवाजों, वेश-भूषा तथा उनकी मूल भाषा को जाना जा सका है। कुल मिलाकर यह कि भाषा विज्ञान ने मनुष्य जाति के इतिहास पर प्रचुर रोशनी डाली है।

**8. विश्व बन्धुत्व की भावना भी भाषाविज्ञान द्वारा पल्लवित होती है-** भाषा विज्ञान ने विश्व में परस्पर भाईचारे के सौहार्द्रपूर्ण सम्बन्धों को प्रचारित-प्रसारित करने में भी अपनी प्रमुख भूमिका निभाई है। पूर्व पंक्तियों में अभी हम जान चुके हैं कि विश्व की किसी भी भाषा का वैज्ञानिक अध्ययन ही भाषा विज्ञान का प्रमुख आधार है। इसी आधार पर विश्व की भाषाओं के तुलनात्मक अध्ययन की प्रक्रिया से जब हम गुजरते हैं तो उन भाषाओं के बोलने वालों की निकटता हमें सहज ही प्राप्त होती है। इसके साथ ही एक दूसरे की प्रकृति, शील-स्वभाव, राजनैतिक, धार्मिक तथा सामाजिक सोच, रहन-सहन, आचार-व्यवहार की भी जानकारी मिलती है। इस तरह एक दूसरे के प्रति निश्छल प्रेम, ममत्व-अपनत्व की वह अदृश्य रागात्मक भावना पैदा होती है, जो दूर होने पर भी व्यक्ति को स्नेह के एक सूत्र में बाँधने में सबल-सक्षम होती है।

**9. साहित्य के अध्ययन में भी भाषा विज्ञान यथेष्ट योगदान देता है-** साहित्य के अध्ययन में भी भाषाविज्ञान सहायक होता है। साहित्य के विभिन्न कालों में प्रयुक्त शब्दों के अर्थ सम्बन्धी समझ में साथ ही किसी भी साहित्य में छिटके विदेशी शब्दों, देशज शब्दों, तद्भव, तत्सम या अर्द्धतत्सम शब्दों का ज्ञान भी हमें भाषा विज्ञान ही कराता है। पहले वीणा बजाने में कुशल (प्रकृष्टो वीणायाम्) व्यक्ति को 'प्रवीण' कहा जाता था, लेकिन आज तो वीणा तोड़क या चोरी में चतुर व्यक्ति भी 'प्रवीण' कहा जाता है। 'कक्ष' शब्द का प्रयोग पूर्व में जिस घर में घर के घोड़े बाँधे जाते थे, उसके लिए किया जाता था ।[1] लेकिन आज इका प्रयोग मनुष्य के कक्ष के लिए भी किया जाता है। आशय यह कि भाषा विज्ञान ही इन शब्दों के अर्थ-सम्बन्धी परिवर्तनों के कारणों पर गहरी जानकारी देता है।

**10. प्राचीन सभ्यता और संस्कृति सम्बन्धी ज्ञान भी भाषा विज्ञान से उपलब्ध होता है-** विश्व की किसी भी संस्कृति और सभ्यता का सम्यक् बोध भाषा विज्ञान से ही सम्भव है। भाषा विज्ञान ही बता सकता है कि कौन सी संस्कृति- सबसे पुरातन तथा श्रेष्ठ रही है। उस संस्कृति के विकास-ह्रास की पड़ताल भी भाषा विज्ञान ही करता है। भाषा विज्ञान ही बतायेगा कि पुरानी संस्कृति-सभ्यता आज की संस्कृति और सभ्यता से किन-किन अर्थों में भिन्न है।

**11. आधुनिक संचार साधनों के उपयोग में भी भाषाविज्ञान की प्रमुख भूमिका को नकारा नहीं जा सकता-** आधुनिक संचार-साधनों के लिए भी भाषा विज्ञान उपयोगी सिद्ध हुआ है। दरअसल दूर संचार (Tele-Communication) में प्रयुक्त किए जाने वाले ध्वनि संकेतों के सरल निर्माण में भाषा विज्ञान ही सहायक होता है। इसके अलावा यांत्रिक अनुवाद में प्रयोग की जाने वाली सांकेतिक शब्दावलियों के निर्माण में भी भाषा विज्ञान कारगर सिद्ध होता है। तकनीकी शब्दों की रचना में भी भाषा विज्ञान से सहायता ली जाती है।

**12. वाणी हकलाहट में भी भाषा विज्ञान का प्रयोग आजकल निदान के रूप में हो रहा है-** वाक् चिकित्सा के क्षेत्र में भी भाषाविज्ञान से पर्याप्त सहायता ली गई है। ध्वनि, भाषा का एक प्रमुख अंग है। तुतलाहट या हकलाहट के कारण मनुष्य अपने भावों की अभिव्यक्ति सरलता-सहजता से नहीं कर पाता है। तुतलाने वाला व्यक्ति वाग् यंत्रों या ध्वनि-यंत्रों के अत्यन्त सकरा होने या अन्य कमियों के कारण शब्दों का शुद्ध उच्चारण नहीं कर पाता। भाषा विज्ञानी वाग्यंत्रों की कमियों या त्रुटियों का पता लगाता है और इस आधार पर उसकी चिकित्सा का प्रयास किया जाता है। इस तरह वाणी चिकित्सा में भाषा विज्ञान के उपयोग से इनकार नहीं किया जा सकता।

## भाषा विज्ञान के भेद एवं अध्ययन की प्रमुख पद्धतियाँ तथा दिशाएँ

भाषा विज्ञान में लिखित उच्चरित विचारों के अध्ययन के अनेक वैज्ञानिक तरीके प्रचलित हैं। इन्हें ही भाषाविज्ञान के भेद अथवा पद्धतियाँ या दिशाएँ कहा जाता है। सामान्यतः भाषा विज्ञान के **चार भेद या अध्ययन की पद्धतियाँ या दिशाएँ** प्रचलित हैं। इन चारों के नाम इस प्रकार हैं-

1. वर्णनात्मक भाषा विज्ञान (Descriptive Philology) की पद्धति,
2. ऐतिहासिक भाषा विज्ञान (Historical Philology) की पद्धति,
3. तुलनात्मक भाषा विज्ञान (Comparative Philology) की पद्धति और
4. प्रयोगात्मक भाषा विज्ञान (Experimental Philology) की पद्धति।

**1. वर्णनात्मक भाषा विज्ञान की पद्धति-** इसका नाम (Structural Linguistics) (स्ट्रक्चरल लिंग्विस्टिक्स) भी है। भाषा विज्ञान के अध्ययन की इस पद्धति में किसी निश्चित कालखण्ड की भाषा की ध्वनियों का उच्चारण, व्याकरणिक प्रयोग, सुर-भेद आदि का विधिवत विवेचन ही मुख्य लक्ष्य होता है। दूसरे शब्दों में, इसमें किसी एक काल तक सीमित भाषा की ध्वनि, रूप, शब्द वाक्य और शब्दार्थ का वैज्ञानिक विवरण प्रस्तुत करने के साथ ही इनसे सम्बन्धित नियम निर्धारण भी इसी के अन्तर्गत आता है। वर्णनात्मक भाषा विज्ञान में किसी भाषा का तुलनात्मक और विकासात्मक अध्ययन प्रस्तुत नहीं किया जाता है।

**डॉ. लक्ष्मण प्रसाद सिन्हा के अनुसार वर्णात्मक भाषा विभाग के अन्तर्गत् किसी भाषा की रूप रचना की सामान्य स्थिति का अध्ययन होता है। वर्णनात्मक भाषा विज्ञानी का ध्यान भाषा के प्रचलित प्रयोग पर ही केन्द्रित रहता है। वह भाषा के यथार्थ और प्रत्यक्ष पर ही विचार करता**

1. **निरुक्त सम्मर्श-यास्क पृ. 75,2.1**

है। वह यह नहीं सोचता कि भाषा का आदर्श रूप क्या होना चाहिए। वह भाषा की रूप रचना में कोई सुधार प्रस्तावित नहीं करता।"[1] वर्णानात्मक भाषा विज्ञान में बोलचाल की भाषा का विशेष महत्व है। बहुत संभव है लिखित भाषा को वर्णात्मक भाषा विज्ञानी 'लेख्य' की संज्ञा प्रदान करें क्यों कि आज के भाषा तत्वज्ञ को लिखित भाषा पर आपत्ति है। वह इस अभिव्यक्ति को उसी प्रकार आपत्ति जनक समझता है जिस प्रकार एक मृत जीता हुआ मनुष्य जैसी अभिव्यक्ति को आपत्ति जनक समझा जाएगा। एक मनुष्य या तो जीवित होगा या मृत। वह एक साथ दोनों कैसे हो सकता है? भाषा तो वही है, जो बोली जाए। वास्तविक वैज्ञानिक अर्थ में कोई भी भाषा नहीं लिखी जा सकती। लिखित अंकों में तो उस जीवित भाषा का एक मृत चित्र ही प्रस्तुत किया जा सकता है।[2]

पश्चिम में इस समय वर्णनात्मक भाषा विज्ञान पर काफी काम हो रहा है। अमरीका में तो इसकी कई नई शाखाओं का विकास भी किया गया है, यथा ध्वनिग्राम (Phonemics), सुरविज्ञान (Tonetics), बोली विज्ञान (Dialectology), भाषा दर्शन (Metalinguistics) आदि। लेकिन हमें यह गर्व होना चाहिए कि पश्चिम में वर्णनात्मक भाषा विज्ञान पर होने वाले सभी कार्य का आधार भारत ही है। **पाणिनि** का व्याकरण 'अष्टाध्यायी' वर्णनात्मक भाषा विज्ञान का सर्वोत्कृष्ट उदाहरण है। विदेशियों ने भी इस सन्दर्भ में इसकी प्रशंसा करते हुए बताया है कि इस तरह का व्याकरण विश्व में दुर्लभ ही नहीं अलभ्य है। यह अष्टाध्यायी और इस पर लिखा गया **पतंजलि** का महाभाष्य ही पश्चिम के अध्ययन की प्रेरणा का उत्स रहा है। अपने यहाँ के तारापोरवाला तथा **डॉ. सिद्धेश्वर वर्मा** ने इस दिशा में काफी काम किया है। डॉ. सिद्धेश्वर वर्मा की पुस्तक "प्राचीन भारतीय वैयाकरणों के ध्वन्यात्मक विचारों का विवेचनात्मक अध्ययन" (Critical Studies in the Phonetic Observations of Indian Grammarians) तो इस दृष्टि से काफी प्रसिद्ध रही है। **ऑटोजेस्पर्सन**(Otto Jesperson), **ब्लूमफील्ड** (L. Bloomfield) **ग्राफ** (Graph) **ग्लीसन** (H. Gleason) , **हेनरी स्वीट** (Henary Sweet) तथा **ग्रियर्सन** (Sir George A. Grierson) आदि पाश्चात्य विद्वानों ने भी इस क्षेत्र में पर्याप्त काम किया है।

कुछ भाषा वैज्ञानिक वर्णनात्मक भाषा विज्ञान के अध्ययन में अर्थ को महत्व नहीं देते हैं। उनके अनुसार इस ,तरह के अध्ययन में अर्थ विज्ञान कोई सहायता नहीं करता और शायद यही कारण है कि उन्होंने अर्थ विज्ञान को दर्शन शास्त्र की एक शाखा कहना शुरू किया है। हमें यह ज्ञात होना चाहिए कि भाषा के अध्ययन में अर्थ का वही महत्व है जो महत्व प्राण या आत्मा का शरीर के लिए है। अर्थहीन भाषा की नतो कोई सार्थकता है और न तो कोई उपयोगिता ही। अर्थ का महत्व नहीं होता तो प्राचीन भारतीय विद्वान् इसके सम्बन्ध में अनावश्यक लेखनी चलाकर अपना समय जाया नहीं करते। **भर्तृहरि** का विचार है कि शब्द और अर्थ दोनों एक ही आत्मा के दो रूप हैं। दोनों एक दूसरे से पूर्णतया अपृथक और अभिन्न है।[3] वस्तुतः दोनों में प्रकाश्य प्रकाशक का सम्बन्ध है। महाकवि **कालिदास** तो **शिव** और **पार्वती** के समान शब्द और अर्थ को अभिन्न बताते हैं।[4] सच कहा जाय तो अर्थ के अभाव में शब्द की कोई आवश्यकता ही नहीं है। "अर्थगत्यर्थः शब्द प्रयोगः"[5] कहकर पतंजलि ने यही सूचित किया है कि अर्थ को व्यक्त करने के लिए ही शब्द का प्रयोग किया जाता है।

पाश्चात्य दार्शनिकों ने भी भारतीय विद्वानों की तरह अर्थ पक्ष पर काफी बल दिया है। अर्थ के महत्व को स्वीकारते हुए **अरस्तू** कहते हैं, कि सम्पूर्ण शब्द या वाणी से भावों, विचारों या अर्थो का ही बोध होता है, क्योंकि शब्द का प्रयोग विचारों के संचार में सहायता प्रदान करने के लिए ही किया जाता है- All speech is intended to serve for the communication of ideas."[6] यूनान के दार्शनिक **स्टाइक** ने भी " All things are seen throuh the vision of words" अर्थात सम्पूर्ण वस्तुओं का बोध शब्दों के अर्थो के द्वारा ही होता है- कह कर अरस्तू की बात का समर्थन किया है।

कुल मिलाकर यह कि वर्णनात्मक भाषाविज्ञान के अध्ययन के सिलसिले में भाषा के अर्थ पक्ष को झुठलाया नहीं जा सकता। ध्वनि, शब्द,. रूप तथा वाक्य भाषा शरीर के यदि हाथ-पाँव हैं तो अर्थ उस शरीर की श्वास है, प्राण है, जिसके बिना भाषा का शरीर खड़ा ही नहीं रह सकता। वर्णनात्मक भाषाविज्ञान के अध्ययन को यदि पूर्णता या समूचापन देना है तो अर्थविज्ञान को भी अध्ययन की परिधि में बराबर रखना होगा अन्यथा वह अध्ययन अधूरा या आंशिक ही माना जायेगा।

**2. ऐतिहासिक भाषाविज्ञान की पद्धति—** भाषाविज्ञान के अध्ययन की इस पद्धति में वर्णनात्मक भाषाविज्ञान जैसी बाध्यता नहीं रहती अर्थात् वर्णनात्मक भाषाविज्ञान में काल विशेष तक ही सीमित भाषा के स्वरूप का अध्ययन-विश्लेषण किया जाता है, लेकिन ठीक उसकी विलोम स्थिति यहाँ है। ऐतिहासिक भाषाविज्ञान में एक भाषा अथवा अनेक भाषाओं के विकास की विभिन्न स्थितियों या विभिन्न कालों के स्वरूप

---

1. हिन्दी भाषा का रूपिमीय विश्लेषण- डॉ. लक्ष्मण प्रसाद सिन्हा पृ.2 प्रथम अंशु कमल प्रकाशन, वोरिंग रोड (गांधीनगर), पटना मूल्य 51 रूपया 1983
2. भारतीय साहित्यः पृष्ठ 20-21 कु. मु. हिन्दी तथा भाषा विज्ञान विद्यापीठ पत्रिका, अप्रैल-1956
3. "एकस्यैवात्मनों भेदौ शब्दार्थावपृथक् स्थितौ।" -वाक्यपदीय 2। 31
4. वागर्थाविव सम्पृक्तौ वागर्थप्रतिपत्तये।
   जगतः पितरौ वन्दे पार्वतीपरमेश्वरौ। रघुवंश 1-1
5. महाभाष्य, आन्हिक
6. **Poetics by Aristotle.**

का अध्ययन किया जाता है। दूसरे शब्दों में अध्ययन की इस प्रक्रिया में अनेक कालों में विकसित विभिन्न सोपानों को पार की हुई किसी एक या उससे अधिक भाषाओं का तथा समय-समय पर उसमें हुए बदलावों का अध्ययन किया जाता है। किसी भाषा का आज का नया रूप उस भाषा के पुराने रूप से किस तरह बदला, यह बताना ही ऐतिहासिक भाषाविज्ञान का प्रधान लक्ष्य होता है। उदाहरण के लिए यदि हिन्दी में प्रचलित भीतर, पास, मुझ, तुझ का उद्भव तथा विकास जानना हो तो हमें इनके प्राचीन रूपों की ओर निहारना होगा। इनके विकास क्रम को भली-भाँति समझने के लिए हमें उनके संस्कृत, पालि-प्राकृत तथा अपभ्रंश रूपों को जानना होगा, यथा-भीतर→ अभ्यन्तर> भिंतर> भीतर। पास→ पार्श्वे >पाश्शे> पास्से> पास्सि>पासि> पास। मुझ→मह्यम> मज्झं> मज्झ> मुझ। तुझ→ तुभ्यम्> तुज्झ> तुझ। **डॉ. आर.जी. भण्डारकर** ने Wilson Philological Lectures (विलसन फिलालॉजिकल लेक्चर्स) में मराठी, सिन्धी, ब्रज, बंगाली, पंजाबी, खड़ी बोली, हिन्दी आदि में प्रयुक्त तद्भव शब्दों का व्यवस्थित विकास क्रम दिखाया है।

**डॉ. लक्ष्मण प्रसाद सिन्हा** के अनुसार-" ऐतिहासिक भाषा विज्ञान में दो भाषाओं अथवा एक ही भाषा की दो विभाषाओं अथवा बोलियों का अध्ययन होता है। स्वाभाविक है कि भाषा का रूप सदैव परिवर्तित होता रहता है, लेकिन हर क्षण हो रहे परिवर्तन का लेखा-जोखा प्रस्तुत करना संभव नहीं है फिर भी मोटे तौर पर यह निष्कर्ष निकलता है कि चार-पाँच सौ वर्षों में भाषा का स्वरूप पूर्णतः परिवर्तित हो जाता है। भाषा विज्ञानियों ने स्वीकार किया है कि भाषा सदैव सरलता से कठिनता की ओर बढ़ जाती है, योगात्मकता की ओर पहुँचने का प्रयास करती है। ऐतिहासिक पद्धति वर्ण्य भाषाओं की पीढ़ियों की खोज करती है तथा विकास के सोपानों का निर्देश करती है।[2]

किसी भाषा की रूपरचना का ऐतिहासिक अध्ययन तभी संभव है जब उस भाषा का वर्णनात्मक अध्ययन संपन्न हो चुका हो, दो भाषाओं का रूपगत अथवा कालगत अंतर तभी देखा जा सकता है जब कि दोनों भाषाओं का वर्णनात्मक अध्ययन सामने हो। फिर दोनों की तुलना के सहारे भाषा विशेष की रूप रचना का इतिहास जाना जा सकता है। प्रत्येक भाषा के रूपों के काल के प्रमाणीकरण के विषय में यह संभव हो जाता है कि वे समकालिक किसी एक ही काल के न हों अर्थात् कालक्रमिक रूप से भिन्न-भिन्न समयों के हों फिर भी, क्यों कि भाषा एक पद्धति अथवा गठन है, अतः इसी काल की एक पद्धति की दूसरे काल की दूसरी पद्धति में तुलना की जा सकती है और इस प्रकार हमें किसी सामान्य स्रोत अथवा पूर्वज रूप के लक्षणों का एक अच्छा पुनर्गठित रूप प्राप्त हो जाता है, यदि हम किसी एक पद्धति के कालों के क्रम को मिला न दें।[3]

**3. तुलनात्मक भाषाविज्ञान की पद्धति-** वर्णनात्मक तथा ऐतिहासिक भाषाविज्ञान में और तुलनात्मक भाषाविज्ञान में एक स्थूल अन्तर यह है कि वर्णनात्मक भाषाविज्ञान तथा ऐतिहासिक भाषाविज्ञान में अध्ययन का आधार आवश्यक नहीं कि दो भाषाएँ बनती ही हों, लेकिन यहाँ तो कम से कम दो भाषाओं को अध्ययन का आधार बनाना ही पड़ता है। दो भाषाओं के अभाव में आखिर किसकी तुलना किससे की जाएगी। तभी तो इसका आधार आवश्यक नहीं कि दो भाषाएँ बनती ही हों, लेकिन यहाँ तो कम-से-कम दो भाषाओं को अध्ययन का आधार बनाना ही पड़ता है। दो भाषाओं के अभाव में आखिर किसकी तुलना किससे की जाएगी। तभी तो उसका तुलनात्मक नाम सार्थक होगा। भाषा विज्ञान की इस प्रणाली में पूर्व चर्चित दोनों पद्धतियाँ-वर्णनात्मक तथा ऐतिहासिक-का सम्यक् सहयोग रहता है।

तुलनात्मक भाषाविज्ञान पहले इतना लोकप्रिय नाम था कि आज जिसे हम केवल भाषाविज्ञान नाम से जानते हैं, उसे पहले तुलनात्मक भाषाविज्ञान कहा जाता था। कई विद्वानों ने तो भाषाविज्ञान सम्बन्धी अपनी पुस्तकों का नाम ही 'तुलनात्मक भाषाविज्ञान' रख दिया था। वस्तुतः भाषाओं के तुलनात्मक अध्ययन के अभाव में एक भाषा से दूसरी भाषा के बीच के सम्बन्ध को हम नहीं जान सकते हैं। भाषाविज्ञान की तुलनात्मक पद्धति की ही यह देन है कि विश्व के एक छोर से दूसरे छोर पर बसी ग्रीक, लैटिन और संस्कृत में निकटता स्थापित हो सकी है और हम यह कह सकने की स्थिति में हैं कि ये सभी एक ही परिवार की भाषाएँ हैं। पाश्चात्य भाषा शास्त्रियों ने जब यह देखा कि पिता के लिए ग्रीक

---

1. साभार "आधुनिक भाषा विज्ञान की भूमिका" - डॉ. मोतीलाल गुप्त, पृष्ठ 144
2. हिन्दी भाषा का रूपिमीय विश्लेषण - डॉ. लक्ष्मण प्रसाद सिन्हा, 90 पृष्ठ-4
3. भारतीय साहित्य, कु. मु. विद्यापीठ . पृ. 5 अक्टूबर 1958

और लैटिन में Pater, संस्कृत में पितृ (बहुबचन में पितरः) अवेस्ता में पितर, फारसी में पिदर, फ्रैंच में Pere, जर्मन में Vater, डेनिश और स्वीडिश में Fader पुरानी अंग्रेजी में Faeder और वर्तमान अंग्रेजी में Father शब्द प्रयुक्त होते हैं, जिनमें अत्यधिक साम्य है और इसी प्रकार मातृवाचक और भ्रातृवाचक शब्दों में समानता है, तब उन्हें आवश्यकता प्रतीत हुई कि भाषाओं के परिवार निश्चित करने के लिए भाषाविज्ञान का तुलनात्मक अध्ययन किया जाना चहिए।[1] अपने यहाँ भी हिन्दी की विभिन्न बेलियों - खड़ी बोली, ब्रज, हरियानवी, कन्नौजी, बुन्देली, पंजाबी आदि का तुलनात्मक अध्ययन हालाँकि इस समय किया जा रहा है, फिर भी इस सन्दर्भ में और अधिक अध्ययन अपेक्षित है, क्योंकि भाषाविज्ञान का आधार ही तुलनात्मक अध्ययन है। तुलनात्मक अध्ययन भाषा विज्ञान का अपने ढंग का प्रामाणिक अध्ययन है।

तुलनात्मक पद्धति भाषा विज्ञान की महत्वपूर्ण उपलब्धि है। बहुत पहले अंग्रेजी भाषा में यह धारणा थी कि भाषा विज्ञान संबंधी खोज का प्रारंभ यूनान में हुआ था। लोग मानते थे कि **सुकरात** इसके जनक थे। **प्लेटो** तथा इसके अनुयायियों ने ग्रीक भाषा में भाषा वैज्ञानिक अनुसंधान की महत्ता की ओर संसार को संकेत किया किन्तु अब यह धारणा संशोधित हो रही है। अब तो अंग्रेजी के भाषा विज्ञानी भी यह स्वीकार करने लगे हैं कि ग्रीक से पहले भारत में तुलनात्मक भाषा विज्ञान पर वैज्ञानिक विश्लेषण हो चुका था। वस्तुतः इसके जनक भारतीय वैयाकरण हैं, जिन्होंने वैज्ञानिक ढंग से संस्कृत भाषा में इसका विश्लेषण किया-'And yet as for as Comparative lingustics (or Comparative philology) is concerned it was not the **Greeks**, but the **Sanskrit** grammarians of ancient India who were the pioneers. Theri marvellous capacity for analysing speech sounds found in its embodiment in a remarkably precise system of phonetic analysis, to gether with an astonishingly well conceived scheme of grammar .[2] इस प्रकार प्राचीन भारतीय वैयाकरणों ने ही तुलनात्मक भाषा विज्ञान का दिशा निर्देश किया है। संस्कृत के इन वैयाकरणों में ध्वनियों और रूपों केविश्लेषण की विलक्षण क्षमता थी। संस्कृत भाषा में व्याकरण की उन्होंने ऐसी सुनिश्चित व्याख्या की कि आज भी संसार उससे चमत्कृत है - "Generations of such labour must have preceded the writing of the oldest treatise that has come down to us, the grammar of **Panini**. This grammar which dates from some where round 350 B. C is one of the greatest monuments of human intellingence. It describes with the minutest detail, every inflection, derivation and Composition and every syntactic usage ofits anthor's speech. No other language to this day, has been so perfecly described.......The Indian grammar presented to European eyes, for the first time, a complete and accurate description of a language, based not upon theory but upon observation. Moreover the discovery of Sanskrit disckosed the possibility of Comparative study of Language".[3] सच तो यह कै कि 19 वीं शताब्दी तक यूरोपीय भाषा विज्ञानियों ने इस पर विचार नहीं किया था यदि उन पर संस्कृत वैयाकरणों का प्रभाव नहीं पड़ा होता तो 19 वीं शताब्दी तक अंग्रेजी भाषा में तुलनात्मक भाषा विज्ञान का शायद ही जन्म हुआ होता, 'Without the impact of latter (Sanskrit) on European philologists of the early $19^{th}$ century the science of Comparative linguistics might never have been born."[4]

मध्य युग तथा 18 वीं शताब्दी के अंत तक अंग्रेजी के व्याकरण पर लैटिन का व्याकरण हावी रहा। वस्तुतः विद्यालयों तथा विश्वविद्यालयों में भाषा की सीमा तथा उपलब्धि आदि को आँकने के लिए लैटिन भाषा के व्याकरण को ही एक प्रकार से मानकव्याकरण माना जाता था.....। 1816 में **फ्रान बौप**[5] ने संस्कृत के क्रिया रूप पर एक पुस्तक प्रकाशित की, जिसमें उन्होंने जर्मन, ग्रीक, लैटि न तथा अन्य यूरोपीय भाषाओं तथा संस्कृत का तुलनात्मक विवेचन प्रस्तुत किया । कालान्तर में इन्डो यूरोपियन तुलनात्मक भाषा शास्त्रियों के लिए इस ग्रंथ ने एक प्रकार से दिशा निर्देश किया है।[6] तुलनात्मक भाषा विज्ञान दो या दो से अधिक भाषाओं की तुलना करता है और दोनों में समता की खोज का प्रयास करता है। इसके लिए तुलना की जाने वाली भाषाओं का व्याकरणिक विश्लेषण भी उसका अभीष्ट होता है।

अभी मैंने बताया है कि पारिवारिक वर्गीकरण के अन्तर्गत् भाषा विज्ञानियों ने हजारों मील की दूरी में प्रचलित विभिन्न भाषाओं के कुछ शब्दों का तुलनात्मक विवेचन प्रस्तुत कर भारोपीय परिवार की भाषा का पारस्परिक संबंध बतलाया है-

| संस्कृत | ग्रीक | लैटिन | जर्मन | अंग्रेजी | फारसी |
|---|---|---|---|---|---|
| पितृ | पातेर | पातेर | फातेर | फादर | पेदर |

1 भाषा विज्ञान और मानक हिन्दी - डॉ0 रत्नचन्द्र शर्मा पृ. 23-24

2. Comparative Linguistics- Robert Lord, P. 106, 1974, Edn

3. Language. Leonard Bloomfield. P. 11. 1957 Edn.

4. Comparative Linguistics-Robert Lord, P. 106, 1974, Edn

5. On the System of Conjugation in Sanskrit, Franz Bopp, P. 17

6. Comparative Linguistics. Robert Lord, P. 107 Edn.

| | | | | | |
|---|---|---|---|---|---|
| मातृ | मातेर | मातेर | मुतेर | मदर | मादर |
| भातृ | फ्रातेर | फ्रातेर | ब्रैडेर | ब्रदर | बिरादर |

**डॉ. लक्ष्मण प्रसाद सिन्हा** लिखते हैं कि संस्कृत, ग्रीक, लैटिन, जर्मन, अंग्रेजी तथा फारसी भाषाओं में प्रचलित शब्द देखने से यह आश्चर्य होता है कि हजारों मील की दूरी से प्रभावित भाषाओं के शब्दों में इतना साम्य कैसे है? कारण का स्पष्ट पता तो नहीं चलता, किन्तु यह कल्पना सर्वथा निराधार नहीं प्रतीत होती कि इनका विकास एक ही मूल भाषा से हुआ है। बहुत बड़े क्षेत्र में फैल जाने तथा देश एवं काल की सीमा के कारण इनमें ध्वन्यात्मक भिन्नता भले ही आ गयी हो रचना तत्त्व की दृष्टि से ये भाषाएँ सगोत्री प्रतीत होती हैं। **एफ. मैक्समूलर** ने यह माना कि "आरम्भ में जो आदि आर्य भाषा रही, वह नाना देशों, उन देशों की विशेषताओं के साथ थोड़ी बहुत बदल गयी और प्रत्येक देश ने इसे अपनी राष्ट्रभाषा बनाकर इसकी कुई विशेषताएँ बदल दीं। इस कारण ऐसा मालूम पड़ने लगता है कि मानो तुलनात्मक व्याकरण का उद्देश्य उस समय सफल हो जाएगा, जब एक मूल भाषा से निकली हुई संबंधित भिन्न-भिन्न भाषाओं में परस्पर दूरी और निकटता का संबन्ध स्थापित कर दिया जाय।[1] भाषा विज्ञानियों ने बतलाया कि प्रागैतिहासिक काल में भारोपीय भाषाओं की दो विभाषाएँ थीं। इनमें 'सतम्' और 'केन्तुम' दो वर्गों में 'सौ' के लिए प्रचलित रूप का तुलनात्मक वर्गीकरण प्रस्तुत किया गया है-

| सतम् वर्ग | | केन्तुम वर्ग | |
|---|---|---|---|
| अवेस्ता | सतम् | लैटिन | केन्टुम |
| संस्कृत | शतम् | ग्रीक | हेकातोन |
| फारसी | सद | जर्मनी | हुंद |
| हिन्दी | सौ | केल्टी | केट |
| रूसी | स्तो | तोखारी | कन्ध |
| बल्गेरियन | सुतो | गॉथिक | सुन्द |

सामान्यतया तुलनात्मक पद्धति उन्हीं भाषाओं पर सफल प्रभाव डालती है जो व्युत्पन्न तो समान भाषा से हुई हैं किन्तु जुदा होकर दीर्घ काल तक स्वतंत्र रूप से अलग-अलग विकसित होती रहीं हों। सम-भाषा भाषी दो जातियाँ यदि भिन्न भाषा भाषी जातियों के द्वारा दो स्थानों पर अलग कर दी जाती हैं जहाँ सागर अथवा पर्वत आदि के कारण दोनों का संपर्क नहीं रह जाता, तो कालोपरान्त दोनों की भाषा के तुलनात्मक विवेचन से ठोस एवं निश्चित निष्कर्ष निकल सकता है।[2]इस प्रकार तुलनात्मक भाषा विज्ञान उनकी सीमाओं के अनुरूप एक भाषा परिवार में सम्मिलित करने में योग देता है। **श्री जे. वेन्द्रेज** के अनुसार, "ध्वनि और रूपों की तुलना से परिवर्तन पूर्णतः स्पष्ट हो जाता है।[3]

**4. प्रयोगात्मक भाषाविज्ञान की पद्धति-** भाषाविज्ञान के अध्ययन की यह सर्वथा नई, स्वतंत्र तथा वैज्ञानिक पद्धति है। इसका विकास अपने यहाँ के साथ-साथ पश्चिम में खासकर अमरीका में काफी हुआ है। वहाँ कुछेक ऐसी भाषाविज्ञान सम्बन्धी प्रयोगशालाएँ स्थापित की गई हैं, जो आधुनिक उपकरणों से सुसज्जित हैं। कृत्रिम तालु, कायमोग्राफ, न्यूमोग्राफ, स्टेथोग्राफ, इंडोस्कोप, लैरिंगोस्कोप, फोनोस्कोप , आइसोग्लास, स्पिरोमीटर आदि नये यंत्रों से युक्त इन प्रयोग शालाओं में नित्य भाषाविज्ञान सम्बन्धी अनेक प्रयोग हो रहे हैं।

इसके अलावा इस पद्धति में किसी भी भाषा के व्यावहारिक अध्ययन के लिए 'फील्ड वर्क' भी करना होता है। होता यह है, कि जिस भाषा का ज्ञान अपेक्षित होता है, उस भाषा के क्षेत्र में जाकर उस भाषा की ध्वनियों, बोलियों और उच्चारणों का वैज्ञानिक अध्ययन करते हैं। अनुवाद कार्य के लिए पारिभाषिक शब्दों का निर्माण भी प्रयोगात्मक भाषाविज्ञान के भीतर ही स्वीकार किया गया है।

## भाषाविज्ञान की शाखाएँ, क्षेत्र विभाग या विविध अंग

भाषा विज्ञान का विषय क्षेत्र अत्यन्त विस्तृत है। कुछ अनुसंधित्सुओं ने तो इसकी तुलना सर्वत्र व्याप्त मानवता से की है। चूँकि मानवता और भाषा विज्ञान दोनों का रिश्ता भाषा से ही होता है अतः अन्तहीन मानवता की तरह भाषा विज्ञान का रकबा सीमाहीन है-The scope of the science of language is , therefore, as wide as the whole of the humanity, as its ideas with human speech it self.' फिर भी कुछ भाषा चिन्तकों ने अध्ययन की सरलता-सहजता के विचार से भाषा विज्ञान की शाखाओं को कुछ शीर्षकों में बाँटकर उसकी चौहद्दी तय करने का प्रयास किया है। मोटे तौर पर उन्होंने भाषा विज्ञान की शाखाओं को प्रमुख और गौण इन दो भागों में विभक्त किया है, जिन्हें क्रमशः इस प्रकार देखा जा सकता है-

1. भाषा विज्ञान पर भाषण अनु. हेमचन्द्र जोशी पृष्ठ 265, भाग-1 संस्करण 1964
2. An Introduction to Linguistic Science- Edgar H. Sturtevant, P. 164, Edn 1960
3. Language. J. Vendreys, P. 304, (Translation from Frendh to English by Paul Radin, V. Edn)

## 1.भाषा विज्ञान की प्रमुख शाखाएँ-

1. ध्वनि या स्वन विचार (Phonology),
2. रूप विचार (Morphology),
3. वाक्य विचार (Syntax),
4. अर्थ विचार (Semantics)

## 2.गौण शाखाएँ इस प्रकार हैं—

1. भाषा की उत्पत्ति (Origin of Language),
2. भाषाओं का वर्गीकरण (Classification of Language)
3. व्युत्पत्ति शास्त्र (Etymology),
4. शब्द समूह (Vocabulary)
5. लिपि (Script) तथा,
6. प्रागैतिहासिक खोज (Linguistic Palacontology)

भाषा विज्ञान के प्रमुख अंगों की निश्चित संख्या के सम्बन्ध में भाषा विज्ञानियों में कुछ मतान्तर है। कुछ लोग प्रमुख अंगों की संख्या चार, कुछ पाँच, तथा कुछ छः भी स्वीकारते हैं। मैं तो समझता हूँ कि भाषा विज्ञान के अंगों की निश्चित संख्या चार ही होनी चाहिए। जो लोग इसकी संख्या इससे अधिक मानते हैं, वह एक ही बात के लिए और अधिक अनावश्यक शीर्षकों की भर्ती करना चाहते हैं। अनेक विद्वानों ने भाषा विज्ञान के प्रधान अंगों को निश्चित करने का प्रयास किया है। यदि इनकी तह में पैठ कर महीनी से इनका विश्लेषण करें तो चार शीर्षकों वाली मेरी धारणा का खुलासा स्वतः हो जायेगा।

सर्वप्रथम उन विदानों से हो लिया जाय जिन्होंने भाषा विज्ञान. के अंगों की संख्या चार स्वीकार किया है। इन विद्वानों में प्रमुख रूप से **डॉ. बाबू राम सक्सेना** [1], **डॉ. भोला नाथ तिवारी**[2], **डॉ. रामचन्द्र वर्मा** [3], **डॉ हरीश शर्मा**[4], **डॉ. सरयू प्रसाद अग्रवाल**[5] , **डॉ. द्वारिका प्रसाद सक्सेना**[6] आदि हैं। **प्रो. नलिनी मोहन सान्याल** ने हालांकि भाषा विज्ञान की शाखाओं की संख्या चार ही स्वीकार किया है, लेकिन उन्होंने इन नामों का हिन्दी नामकरण अन्य लोगों से अलग किया है। यथा-ध्वनितत्व (Phonology), आपेक्षिक विन्यास तत्व (Comparative Syntax) ऐतिहासिक व्याकरण का गठन तत्व (Morphology) तथा अर्थ तत्व (Semantology) [7]

**डॉ. अम्बा प्रसाद सुमन** ने भाषा विज्ञान की पाँच शाखाएँ स्वीकार किया है। वे ये हैं 1. वाक्य विज्ञान, 2. रूपविज्ञान, 3. शब्द विज्ञान, 4. स्वनविज्ञान तथा 5. शब्दार्थ विज्ञान [8] । सच पूछा जाय तो इनमें शब्द विज्ञान और रूप विज्ञान भाषाविज्ञान की पद विज्ञान शाखा के ही दो अवान्तर भेद कहे जा सकते हैं। इसी तरह **डॉ. मंगल देव शास्त्री** भी भाषा विज्ञान की पाँच शाखाओं की चर्चा करते हैं। यथा 1. वाक्य विज्ञान, 2. पद विज्ञान, 3. ध्वनि विज्ञान, 4. अर्थ विज्ञान 5. प्रागैतिहासिक अनुसंधान [9]। दरअसल इनमें से पाँचवें भेद का भाषा-संरचना के साथ कोई सम्बन्ध नहीं जुटता, इसलिए इसे अनावश्यक ही माना जाना चाहिए। **डॉ. बाबूराम सक्सेना** ने चार के अलावा एक अन्य स्थल पर भाषा विज्ञान की पाँच शाखाओं का भी संकेत किया है। इन शाखाओं की विशेषता यह है कि इनका विकास अमरीका में हुआ है और वहाँ इन पर शोधकार्य भी चल रहा है। इनके नाम इस प्रकार हैं- 1. सुर-विज्ञान (Tonetics), 2. भाषा का दार्शनिक स्वरूप विवेचन (Metalinguistics) बोलियों का भौगोलिक वर्गीकरण (Linguistic Geography) बोलियों का वैज्ञानिक अध्ययन (Dialectology) तथा भाषा के मौलिक रूप को लिखित रूप में परिवर्तित करने का विज्ञान (Phonemics)।

**डॉ. श्यामसुन्दर दास** ने भाषा विज्ञान की छः शाखाओं का उल्लेख किया है- 1. ध्वनि विचार 2. ध्वनि शिक्षा 3. रूप विचार 4 वाक्य विचार 5. अर्थविचार तथा 6 प्राचीन शोध[10] यदि बारीकी से देखा जाय तो कहा जा सकता है कि डॉ. साहब ने एक ही बात को दो शीर्षकों में लपेटकर कहा है, क्योंकि ध्वनि बिचार तथा ध्वनि शिक्षा वस्तुतः ध्वनि विज्ञान से सम्बन्धित होने के कारण एक ही हैं। दोनों में भेद की लकीर नहीं खींची जा सकती। इसी तरह प्राचीन शोध का भी भाषासंरचना से सीधा जुड़ाव नहीं है। **डॉ. देवेन्द्र नाथ शर्मा** ने भी भाषा विज्ञान के छः अंग माने हैं- 1. ध्वनि विज्ञान 2 पद विज्ञान, 3. वाक्य विज्ञान 4. अर्थ विज्ञान 5. कोश विज्ञान तथा 6. भाषिक-भूगोल[11] यदि मनन करें तो स्पष्ट होगा कि कोश विज्ञान तथा भाषिक भूगोल को भाषा विज्ञान की गौण शाखाओं के भीतर रखा जा सकता है। वह इसलिए कि इनका भाषा संरचना से सीधा सम्बन्ध नहीं है।

भाषा विज्ञान के उक्त चार प्रधान शाखाओं का संक्षिप्त उल्लेख नीचे इस प्रकार किया जा रहा है।

**ध्वनि या स्वन विचार** (Phonology)- कुछ लोगों के लिए ध्वनिज्ञान भाषा विज्ञान का सबसे कड़ुवा, नीरस या क्लिष्ट विषय हो सकता है, किन्तु भाषा के चार प्रधान अंगों में ध्वनि, रूप, वाक्य और अर्थ में यह सर्व प्रधान अंग है। वस्तुतः ध्वनि, भाषा का मूलाधार है। भाषा

---

1. सामान्य भाषाविज्ञान, पृ. 28
2. भाषा विज्ञान, पृ. 7
3. भाषा विज्ञान, पृ. 24
4. भाषा विज्ञान की रूपरेखा, पृ. 14
5. भाषा विज्ञान और हिन्दी, पृ. 40
6. भाषा विज्ञान के सिद्धान्त और हिन्दी भाषा, पृष्ठ -10
7. भाषा विज्ञान, पृ. 39
8. भाषा विज्ञान: सिद्धान्त और प्रयोग, पृ. 95
9. भाषा विज्ञान, पृष्ठ -11
10. भाषा विज्ञान, पृ.7
11. भाषा विज्ञान की भूमिका, पृ. 181

विज्ञान के इस महत्वपूर्ण अध्याय के भीतर ध्वनि से सम्बन्धित प्रत्येक सवालों के निश्चित समाधान की तलाश की जाती है। यथा-ध्वनि का स्वरूप क्या है, इसकी उत्पत्ति कहाँ से और कैसे होती है? ध्वनियों के वर्गीकरण के कौन-कौन आधार होते हैं, ध्वनि का विकास, ध्वनि परिवर्तन के उत्तरदायी कारण, ध्वनि-परिवर्तन के सामान्य नियमों के साथ-साथ विशिष्ट नियमों का उल्लेख इस अध्ययन में किया जाता है। प्रसिद्ध विद्वान् डॉ. पी. डी. गुणे बताते हैं कि इस अध्ययन में ध्वनियों का उच्चारण, अक्षर रूप में उनका संयोग, उन अक्षरों का शब्द रूप में संयोग तथा अन्तः शब्दों से वाक्य निर्माण आदि भाषा-विषयक विभिन्न तत्वों पर विचार करना पड़ता है।- 'Infact it has to deal with the various phenomena of speech-the production of sounds, their combinations in to syllables, the grouping of these into words and finally putting them in to sentence.

**2. रूप विचार** (Morphology)– जिस प्रकार वाक्य को भाषा की सबसे छोटी इकाई मानते हैं, ठी क वैसे ही रूप भी वाक्य की सबसे छोटी इकाई है। वास्तव में, 'रूप' ही भाषा की लघुतम अर्थपूर्ण इकाई होते हैं, जिनमें एक अथवा अनेक ध्वनियों का प्रयोग किया जाता है [1]। पाणिनि ने रूप के लिए 'प्रातिपदिक' शब्द का प्रयोग करते हुए बताया है कि वह सार्थक वर्ण समूह प्रातिपदिक कहलाता है जो न तो धातु हो, न प्रत्यय और न प्रत्ययान्त[2]। आधुनिक काल के भाषा वैज्ञानिक रूप विज्ञान को दो शाखाओं में बाँटते हैं- रूप विज्ञान और पद विज्ञान। रूप विज्ञान की जगह कहीं-कहीं 'मर्ष विज्ञान' नाम भी इसके लिए प्रयुक्त मिलता है। भाषा विज्ञान की इस शाखा के भीतर रूप का विकास, रूप के प्रकार, शब्द स्वरूप और उसके भेद, पद-संरचना में प्रकृति-प्रत्यय, उपसर्ग का क्या योग है? इन सभी पर विचार किया जाता है।

**3. वाक्य विचार** (Syntax)– वाक्य भाषा की लघुतम इकाई है। वस्तुतः वाक्य लम्बा हो छोटा हो या एकाक्षरात्मक हो- वह पूर्ण विचार को अभिव्यक्त करने की क्षमता रखता है। क्योंकि "अथैकदापदिकं वाक्यं" अर्थात् सार्थक पदों का समूह वाक्य कहलाता है। वाक्य किसे कहते हैं, वाक्य की आधारभूत आवश्यकताएँ कौन-कौन सी हैं, वाक्य के कौन-कौन भेद होते हैं, पदक्रम के अभाव में वाक्य का क्या महत्व होता है? इत्यादि प्रश्नों की जमीन पर ही यह अध्ययन खड़ा होता है। वाक्यों के तुलनात्मक अध्ययन के कारण इसे तुलनात्मक वाक्य विज्ञान (Comparative Syntax) भी कहते हैं। इस विषय को निम्न तीन उपवर्गों या विभागों में बाँटकर अध्ययन करने की परंपरा है, इनके नाम इस प्रकार है, 1. वर्णनात्मक वाक्य विचार (Descriptive Syntax), 2. ऐतिहासिक वाक्य विचार ( Historical Syntax) तथा 3. तुलनात्मक वाक्य विचार (Comparative Syntax)

**4. अर्थ विचार** (Symantics)- अर्थ शब्द की वह आन्तरिक शक्ति है जो शब्द के उच्चरित होते ही उस वस्तु अथवा भाव की प्रतीति कराती है जिसके सन्दर्भ या प्रकरण में शब्द विशेष का उच्चारण किया जाता है अथवा उसे लिखित रूप दिया जाता है। [3] वस्तुतः ध्वनि शब्द और वाक्य भाषा के शरीर हैं तथा अर्थ भाषा की आत्मा या प्राण है। भाषा-विज्ञान की इस शाखा के भीतर अर्थ का स्वरूप, शब्द और अर्थ के बीच का सम्बन्ध, अर्थ परिवर्तन के कारण, अर्थ-परिवर्तन की दिशाएँ तथा बौद्धिक नियमों का अध्ययन किया जाता है।

## परम्परागत व्याकरण

परम्परागत व्याकरण का आविर्भाव ग्रीस में पाँचवीं सदी ईशा पूर्व में हुआ। ग्रीक लोगों ने अन्य विधाओं की तरह व्याकरण को भी दर्शन का अंग माना।

**प्रकृति और रूढ़ि-** ग्रीक दार्शनिकों में व्याकरण से सम्बन्धित दो वर्ग थे, एक भाषा को प्रकृति शासित मानता था तो दूसरा रूढ़ि से। जैसे कोई, किसी ज्ञान को प्रकृति जन्य स्वीकार करता है, उसी के साथ यह स्पष्ट होने लगता है कि उक्त ज्ञान अलौकिक शक्ति सम्पन्न और अपरिवर्तनीय है। उसके सिद्धान्त अकाट्य हैं। यह सिद्धान्त जब रूढ़ि जन्य स्वीकार किया जाता है तब इसका अर्थ होता है, उक्त सिद्धान्त किसी सामाजिक समझौते के परिणाम हैं, और चूँकि समझौते मानव सृजित होते हैं इसलिए, वे इसे सम्मिलित निर्णय से बदल भी सकते हैं। दोनों वर्गों के इस वैचारिक द्वन्द ने एक प्रश्न को प्रसूत किया कि क्या "शब्द के रूप और अर्थ में परस्पर कोई संबन्ध है भी या नहीं। **कैटिलुस** एक कट्टर प्रकृतिवादी विद्वान् था। उसके विचारों का सम्मान प्लेटों ने भी किया था। वह कहते हैं सभी शब्द प्रकृति से निर्दिष्ट होकर ही संकेतित करने में सक्षम होते हैं। इसे आकृति के भीतर छिपी वास्तविकता की पहचान रखने वाला कोई भी दार्शनिक आसानी से सिद्ध करने में सक्षम होता है। इस प्रकार भाषा-दर्शन के क्षेत्र में निरुक्ति अथवा निर्वचन प्रक्रिया का आगाज हुआ। निरुक्ति प्रक्रिया को अंग्रेजी में 'एटिमोलोजी' कहते हैं, जो ग्रीक शब्द 'एतिनो' से उद्भूत है- जिसका शाब्दिक अर्थ है सत्य या वास्तविकता। इस प्रकार उक्त विद्वानों ने निर्वचन के माध्यम से शब्दों के मूल में जाने और उसके भीतर स्थित प्रकृति सत्य को उद्घाटित करने का दावा किया।

उक्त ग्रीक विद्वानों की मान्यता के अनुसार शब्द -

1. अनुकरण मूलक हैं- जैसे कौआ, पपीहा या अंग्रेजी में कुक्कू, पिविट आदि। इन उदाहरणों में रूप और उससे संकेतित वस्तु के मध्य

---

1. भाषा विज्ञान और हिन्दी- डॉ सरयू प्रसाद अग्रवाल, पृ. 66
2. "अर्थवदधातुर प्रत्ययः प्रातिपदिकम्" । पाणिनि, 1.2.45
3. भाषा विज्ञान और मानक हिन्दी-डॉ. रत्नचन्द्र शर्मा, पृ. 78

सम्बन्ध प्रकृतगत है। 2. ऐसे शब्दों के लिए पारिभाषिक शब्द नाम 'ऑनोमोतो पोइया', आज भी उपलब्ध है। हिन्दी में इसे संज्ञा-सृजन नाम दे सकते हैं। ऐसे ही मूल शब्दों से अन्य शब्द जन्म लिए होंगें। इस प्रकार ध्वनिमूलक शब्द सम्पूर्ण शब्द राशि के केन्द्र बिन्दु होते हैं। 3. उन्होंने ध्वनियों को मृदु खर, तरल, पुल्लिगी के रूप में स्वीकार कर प्रकृति की अनुकारिणी माना। 4. उन्होंने अन्य अवशिष्ट शब्द राशि को मेटाफर या रूपकों के सहारे अर्थात् किसी शब्द का अर्थ उसके प्रमुख और गौण प्रयोग के मध्य किसी प्राकृतिक सम्बन्ध को आधार बना कर, उसे व्यापक बनाने की बात कहीं जैसे नदी का मुहाना, बोतल की गर्दन आदि। 5. किसी नये शब्द का निर्माण करने के लिए शब्द में कोई अन्य ध्वनि जोड़कर, सृजन का सहारा लिया गया।

**सादृश्य और वैष्यम्यवादी** (ईसा पूर्व दूसरी शती)— प्रकृतिवादी तथा रूढ़िवादी विवाद ने एक नए प्रश्न को जन्म दिया। भाषा किस सीमा तक नियमित कही जा सकती है? भाषा में नियमितता के उदाहरण हैं। गाय- गाएँ, वार्ता-वार्ताएँ या Boy-Boys, Dog-Dogs। नियमितता तथा अनियमितता के लिए ग्रीक शब्द है- अनालोगी और अनोमाली। इन्हें ही सादृश्य और वैषम्य कहा जा सकता है। जिन्होंने भाषा को नियमित माना उन्हें सादृश्य वादी (एनालोजिस्ट) और जिन्होंने विपरीत विचार दिया उन्हें एनामौलिस्ट या वैषम्यवादी कहा गया। सादृश्य वादियों ने सादृश्य का अर्थ गणित के समानुपातिक अर्थ में लिया।

सादृश्य वादियों के विपरीत वैषम्यवादियों ने कहा कि यह सही है कि सादृश्य भाषा में उपस्थित है पर सभी शब्द इस निकष पर खरे नहीं उतरते। कुछ यदि सादृश्य परक हैं तो शेष वैषम्यपरक भी। जैसे अंग्रेजी का Child- चाइल्ड-चिल्ड्रेन। शब्द और अर्थ में सम्बन्ध विषम होता है। जैसे थेबेस और एथेन्स ग्रीक शब्द बहुवचनान्त हैं। पर वे नगर नाम हैं। इसी क्रम में संस्कृत का दाराः शब्द है ब. व. स्त्रीवाचक, पर है पुल्लिंग। जर्मन शब्द किण्ड (बच्चा) नपुंसक लिंग है। भाषा प्रकृति-निर्मित होने के कारण अनियमित है। मानव निर्मित होती तो भूल-सुधार हो सकता था। उन दोनों के विवाद का अन्त तो कभी न हुआ। वस्तुतः कोई भी भाषा न पूर्ण रूपेण नियमित है न अनियमित, दोनों का समवाय है। उक्त दोनों सिद्धान्तवादियों ने किसी हद तक यह स्वीकार अवश्य किया कि भाषा में दोनों गुण हैं। इसके अतिरिक्त दोनों ने ही व्याकरण को एक प्रणाली के रूप में विकसित किया। वैषम्यवादी विद्वान **स्टोइक** आदि ने अपने निरुक्त सम्बन्धी अनुसंधान के बीच परम्परागत व्याकरण की नींव डाली। उक्त दोनों सिद्धान्तवादियों का विवाद आज भी अनिर्णित है।

**सिकन्दरिया युग**- ईसा पूर्व तीसरी शती में सिकन्दरिया के ग्रीक उपनिवेश में एक विशाल पुस्तकालय की स्थापना हुई। यह नगर साहित्यिक और भाषा विषयक अन्वेषण का केन्द्र बना। तत्कालील विद्वानों, ग्रीक साहित्यकारों विशेषतः **होमर** की रचनाओं, जो पाठभ्रष्ट हो गई थी, का शुद्ध पाठ-निर्णय करना चाहा। उक्त ग्रन्थ के अनुशीलन के दौरान एक मत उभर कर आया कि जिस भाषा में वे पुस्तकें लिखी गईं थीं, उनकी भाषा तत्कालीन ग्रीक जन भाषा से श्रेष्ठ थीं। अस्तु भाषा की शुद्धता की दृष्टि से, उन्होंने उक्त शुद्ध भाषा को सुरक्षित रखना चाहा। इस अति आदर्शवाद ने दो भ्रान्तियोंको जन्म दिया-जिसे हम श्रेण्य भ्रान्ति कह सकते हैं-,

1. भ्रान्ति भाषा के लिखित और बोलचाल के रूपों से है 2. भाषा विकास की विधि से है।

तत्कालीन ग्रीक विद्वानों ने अपने अध्ययन को ग्रामर नाम दिया; जिसका शाब्दिक अर्थ है लिखने की कला। उनके अध्ययन में दो विकृतियाँ उभर कर आईं:-

1. उन्होंने वर्णध्वनियों और उनके लिए प्रयुक्त लिपि चिह्नों के मध्य अन्तर करने का कोई उचित प्रयास नहीं किया। 2. उन्होंने बोलचाल की भाषा के लिखित भाषा से निसृत और उसी पर आश्रित माना।

इनके अतिरिक्त उनके अध्ययन की कुछ और कमियाँ थीं।

1. उन्होंने लिखित भाषा को ही शिष्ट माना और बोलचाल की भाषा को अशिष्ट। 2. शुद्धता की रक्षा शिक्षिततों के भाषा प्रयोग से ही सम्भव है।

## ग्रीक व्याकरण

सबसे पहले **प्रोतोगोरस** ने तीन लिंगों की पहचान की। वह पाँचवीं शती ईसा पूर्व में हुआ था। **प्लेटों** ने (429-347ई.पू) नाम (संज्ञा) और आख्यात (क्रिया) को अलग-अलग पहचानने का कार्य किया। लेकिन प्लेटों ने नाम और आख्यात को जिस रूप में प्रस्तुत किया था, वर्तमान उपलब्ध दोनों कोटियों के समरूप नहीं थे। प्लेटों के अनुसार नाम वाक्य में विधेय के कर्ता के रूप में कार्य करता है जब कि आख्यात उस पद को कहते हैं जो विधेय में कथित कार्य या गुण को व्यक्त करता है। प्लेटों के मत से दो बातें ध्यान देने योग्य हैं:- 1.नाम और आख्यात के रूप में दो व्याकरणात्मक कोटियों की परिभाषा तार्किक आधार पर की गई है अर्थात् कथन के घटकों के रूप में। 2. उसके आख्यात में क्रिया और विशेषण दोनों का समावेश था। अरस्तू ने प्लेटों की दोनों कोटियों को स्वीकार करते हुए समुच्चयात्मक निपातों (कंजंक्शंन्स).की एक तीसरी कोटि का उल्लेख किया। इसके अतिरिक्त अरस्तू ने आख्यात में काल या लकार की पहचान की। पर उनका यह विभाजन पूर्णतः अस्पष्ट था।

ग्रीक दार्शनिक **स्टोइक** ही ऐसे थे, जिन्होंने भाषा की ओर अत्यधिक ध्यान दिया। उनके दर्शन की केन्द्रीय वस्तु भाषा थी। भाषा को उन्होंने

अपने तर्कशास्त्र में स्थान दिया। इसमें इन्होनें ज्ञान मीमांसा, अलंकार शास्त्र और व्याकरण का अन्तर्भाव किया। उनका सर्वप्रथम मौलिक भेद रूप और अर्थतत्त्व के मध्य प्रस्तुत किया गया। ये विद्वान वैष्यम्यवादी थे और उनका बल शब्दों और द्रव्यों के मध्य अनुकारिता की कमी तथा भाषा की अतर्कसंगता पर विशेषथा। इस मत के प्रारम्भिक अनुयायियों ने चार कोटियों की पहचान की- संज्ञा, क्रिया, समुच्चय बोधक और आदि निपात। पश्चात् के विद्वानों ने जाति वाचक संज्ञा, क्रिया और व्यक्ति वाचक संज्ञा को अलग अलग मानकर इनकी संख्या पाँच मानी । विशेषणको संज्ञा के भीतर ही परिगणित किया गया। शब्द रूपों तथा धातु रूपों का इन्होंने अत्यधिक विकास किया। विभक्ति रूपों को पारिभाषित करने वाले वह पहले विद्वान थे। उन्होंने ही सबसे पहले अपराइट या ऊर्ध्व तथा आब्लाक या तिर्यक के रूप में दो भेद किए। नामिनेटिक केस या प्रथमा को उन्होंने ऊर्ध्व नाम दिया तथा शेष को तिर्यक। इनके अतिरिक्त उनके द्वारा कर्तृवाच्य और कर्मवाच्य तथा सकर्मक और अकर्मक की भी पहचान की गई।

स्टेइक विद्वानों के कार्य को सिकन्दरियाई विद्वानों ने आगे बढ़ा। ये विद्वान सादृश्यवादी थे। ईसा पूर्व दूसरी शती में लिखित **डायोनिसियस थ्रैक्स** का व्याकरण पहला पद्धति बद्धया व्याकरण था। इसने स्टोइक विद्वानों द्वारा उद्धत चार पद भेदों के अतिरिक्त क्रिया विशेषण कृदन्त ( जिसमें संज्ञा और क्रिया- दोनों के लक्षणों कासम्मिश्रण) सर्वनाम और कर्मप्रवचनीय (विभक्ति स्थानीय निपात) को मान्यता प्रदान की। उसने सम्पूर्ण ग्रीक शब्दों को विभक्ति, लिंग वचन, लकार (काल) वाच्य और भाव दशा के रूप में बाँटकर वर्गीकृत करने का प्रयास किया। वाक्य विन्यास पर उसके विचार स्पष्ट नहीं थे। ग्रीक व्याकरण का उक्त अँश अस्पष्ट रूप से **अपोलोनिउस ड्युस्को लुस** द्वारा प्रस्तुत किया गया।

**रोम युग**-रोमन वैयाकरणों ने ग्रीक वैयाकरणों का आनुगमन मात्र किया। डायोनिसियस थ्रैक्स की भाँति ही लैटिन का व्याकरण भी तीन खण्डों पर ही आधारित रहा। **1.** शुद्ध वाक् प्रयोग कला। **2.** पदभेदों का वर्णन **3.** अच्छी और बुरी शैली, सामान्य दोषों और अशिष्ट प्रयोगों के प्रति चेतावनी और अलंकारों का वर्णन। इस श्रेण्यवादी युग के दो विद्वान प्रमुख हैं। **दोनातुस** तथा **प्रिश्चियन**। इन दोनों के व्याकरण सत्रहवीं शती तक चलते रहे। लैटिन वैयाकरणों की कुछ नगण्य देन भी थी जैसे: समन्विति (Concord) अभिशासन (Government)और समानाधिकरण (Apposition)।

**मध्य युग**- मध्य युग में लैटिन का शिक्षा जगत में प्रमुख स्थान था। उससमय यह भाषा मात्र लिखित रूप में अवशिष्ट थी। तत्कालीन व्याकरण प्राचीन व्याकरणों के पिष्टपेषण मात्र थे। तेरहवीं शती में व्याकरण की कोटियों का प्रस्तुतीकरण न्याय, मीमांसा, तथा अध्यात्म के धरातल पर हुआ। इन्होंने अर्थ या संक्ेत पर विशेष बल दिया। दोनातुस तथा प्रिश्चियन के सम्बन्ध में इनका विचार था कि इन्होंने व्याकरण के सत्यों के हेतुओं की वैज्ञानिक व्याख्या नहीं की। मानव की प्रतिभा शब्द संकेत के रूप में संकेतक वस्तु से किस प्रकार जुड़ी है? का उत्तर, इन प्रतिफलनवादी वैयाकरणों ने दार्शनिक तरीके से प्रस्तुत किया। स्व संकेतित वस्तु कीप्रकृति का प्रतिनिधि शब्द नहीं होता। इसके विपरीत वह विशेष पदभेद के रूप में वस्तु अस्तित्व के विशेष प्रकार द्रव्य, क्रिया या गुण का प्रतिनिधि होता है। उनकी राय में व्याकरण पद भेदों एवं उनके विशेष संकेतन प्रकारों के संबंध में एक दार्शनिक सिद्धान्त मात्र है। इनकी परिभाषा का तरीका वास्तव में बड़ा अस्पष्ट है।

मध्ययुगीन व्याकरण सार्वभौमिकता के सिद्धान्त में विश्वास करता था। **पश्चात् में होने वाले पोर्तरायेल** तथा **गोडफ्रिड हर्मन** आदि वैयाकरण भी इस मान्यता से मुक्त नहीं थे। अगर सीधे साधे ढंग से उनके विचार प्रस्तुत किए जायें तो वे निम्न प्रकार से होंगे:"सभी भाषाओं के शब्द एक ही संप्रत्ययों को लिए होते हैं, और सभी भाषाएँ एक से पद भेद और अन्य व्याकरणात्मक विभागों से युक्त होती है।

**पुनर्जागरण काल**- इस काल के विद्वानों ने पाण्डित्यवादी परम्परा से संबंध तोड़कर (जिनमें **प्रेद्रार्क** प्रमुख थे) **चिचेरों** के मानवतावादी आदर्श को स्वीकार किया। उन्होंने श्रेण्य प्राचीनता के साहित्य को सभी सभ्य मूल्यों का स्रोत स्वीकार किया। **एरास्मुस** ने 1513 में दोनातुस पर आधारित लैटिन वाक्य रचना का प्रकाशनकराया। लैटिन के साथ-साथ ग्रीक और हिब्रू का भी गहन अध्ययन हुआ। ये श्रेण्य विचार धाराएँ यूरोप की सभी जनभाषाओं पर लागू की गईं। **दान्ते** की पुस्तक द बुल्गारी एलोक्वेन्तिया (ग्रामीण बोलियाँ) के साथ जन भाषाओं के प्रति रूझान बढ़ा। सन् 1660 में फ्रांस में प्रतिफलनात्मक व्याकरण के आदर्शो को पोर से याल के अध्यापकों द्वारा सत्रवहीं शती में पुनरुज्जीवन प्राप्त हुआ और उन्होंने सामान्य और तर्क संगत व्याकरण का प्रकाशन कराया। वे यह सिद्ध करना चाहते थे कि भाषा की संरचना तर्क से जन्मती है। अनेक मानवीय भाषाएँ किसी सामान्यतर तर्क संगत और बुद्धिपरक पद्धति की अनेक अभिव्यक्तियाँ हैं। व्याकरण के नियमों के सम्बन्ध में इस युग के विद्वानों की मान्यता थी कि व्याकरण के नियम ऐच्छिक न होकर मानव मन की स्वाभाविक प्रवृत्तियों से जन्म लेते हैं।

**ग्रीक रोमीय परम्परा का प्रभाव**- भाषात्मक विश्लेषण ग्रीक रोमीय परम्परा का प्रभाव समग्र यूरोप पश्चात् में अरब तथा हिब्रू वैयाकरणों पर पड़ा।

**भारतीय परम्परा**- ग्रीक और भारतीय व्याकरणिकपरम्पराएँ सर्वथा स्वतंत्र रूप से विकसित हुईं। लेकिन उनमें आश्चर्यजनक समानता दृष्टिगोचर होती हैं। दोनों परम्पराओं के वैयाकरणों ने अपने प्राचीन धर्म ग्रन्थों में प्रयुक्त मूल धर्म भाषा को सुरक्षित रखने के निमित्त, तथा उन्हे सुबोध बनाने की दृष्टि से व्याकरण की रचना की। प्लेटो ने नाम और आख्यात के मध्य जिस विभेद की ओर संकेत किया था वही विभेद संस्कृत वैयाकरणों ने कर्ता और विभेद के मध्य माना।

वेदों का अध्ययन करने के लिए छः वेदांगों की संरचना हुईः शिक्षा,कल्प, निरुक्त, व्याकरण, छन्द और ज्योतिष। कल्प या प्रातिशाख्यों में ध्वनियों का प्रायोगिक रूप निर्दिष्ट है। निरुक्त में निर्वचन पद्धति अपनाई गई है। वहाँ ध्वनि पद और अर्थ का एक व्यवस्थित वर्णन है। **यास्क** का निरुक्त निरुक्तों की कड़ी में सर्वप्रमुख है। निरुक्तकार ने निरुक्त में वर्णागम, वर्णविपर्यय, वर्णविकार, वर्णलोप, स्वर लोप आदि का स्पष्ट वर्णन प्रस्तुत किया है। निरुक्तों के विकास क्रम में व्याकरण आते हैं। वैयाकरणों के 12 सम्प्रदाय हमारे यहाँ उल्लिखित हैं। भारतीय वैयाकरणों में **पाणिनि** अग्रगण्य हैं। पाणिनि का अष्टाध्यायी, हर दृ-ष्टि से जैसे वर्गीकरण, स्पष्ट विवेचन तथा सूत्रात्मकता के कारण गणमान्य है और श्रेष्ठतम है। विश्व के किसी भी व्याकरण की तुलना में यह ग्रन्थ अतिविकसित, वैज्ञानिक और अतुलनीय है। पाणिनि ने ध्वनि, पद, वाक्य, शब्द, अर्थ, आख्यात आदि भाषा के सम्पूर्ण अंगों पर विचार करते हुए, वैदिक तथा संस्कृत भाषा का एक वैज्ञानिक और तार्किक अध्ययन प्रस्तुत किया। पाणिनि के पश्चात् उनके ग्रन्थ पर **कात्यायन** ने वार्तिक लिखा तथा **पतंजलि** ने उसीपर महाभाष्य लिखा। पतंजलि ने भाषा में आए परिवर्तनों की ओर ध्यान देते हुए, उनका भी उल्लेख किया। पतंजलि ने संस्कृत भाषा को परिमार्जित किया। पश्चात् काल में अष्टाध्यायी पर ही टीकाएँ या काशिकाएँ लिखी गईं। संस्कृत व्याकरण के अतिरिक्त कात्यायन और **मोग्गलायन** ने पालि व्याकरण, **वररुचि** ने प्राकृत प्रकाश और **हेमचन्द्र** ने अपभ्रंश व्याकरण भी लिखे।

## आधुनिक भाषा विज्ञान

उस सुदूर अतीत से, जब से भाषा अध्ययन का विषय बनी तब से, अद्यावधि भाषा-विज्ञान-के अध्ययन क्षेत्र में आमूल-चूल परिवर्तन दृष्टिगोचर होता है। भाषा विज्ञान के क्षेत्र में नूतन प्राणों का संचार करने वालों और उसे नयी दिशा प्रदान करने वाले मनीषियों में **ल्योनार्ड, ब्लूमफील्ड, जेस्पर्सन, डेनियल जोन्स, हाकेट, ग्लीसन, हार्फ** हाल आदि भाषा वैज्ञानिक विश्रुत हैं।

**आधुनिक भाषा विज्ञान के जनक-फर्दिना दे सौस्यूर—** सौस्यूर ने स्वयं कोई अपनी रचनाप्रकाशित नहीं की। इस महान स्विस भाषा वैज्ञानिक के व्याख्यानों का प्रकाशन, सन् 1915 में 'कूर दें लिंग्विस्टीक ज्शेन राल' (सामान्य भाषा विज्ञान का पाठ्यक्रम) नामक पुस्तक में हुआ। आज भाषा विज्ञान के क्षेत्र में अनेक वाद प्रचलित हैं पर उन सब के अन्तर में छाया-प्रकाश की तरह सौस्यूर निहित हैं। भाषा विज्ञान को स्वतंत्र विषय के रूप में अस्तित्व प्रदान करने में उसी स्विस भाषा वैज्ञानिक की महती भूमिका है। सौस्यूर ने सार्वभौम भाषिक तत्वों को ही अपनी विवेचना का विषय बनाया। उनके द्वारा व्यक्त विचार भाषा-विज्ञान के क्षेत्र में शास्वत से लगते हैं।

**आधुनिक भाषा विज्ञान की विशेषताएँ-** परम्परागत मान्यताओं के व्यूहजाल में बँधे विद्वानों के विपरीत आधुनिक भाषा वैज्ञानिकों की मान्यता है कि -

**(1) बोलचाल की भाषा प्राथमिक होती हैः-** बोलचाल की भाषा (बोलियाँ आदि) ही प्राथमिक हैं लेखन तो उक्त भाषा को प्रतिनिधत्व देने का एक माध्यम मात्र है। निश्चित ही भाषा का लिखित रूप बोली की अपेक्षा नव्यतर है। बोल-चाल की भाषा का जन्म मानव-समाज के उद्भव के साथ ही हुआ।

**(2) भाषा और लिपि के मध्य संबंध नहीं होताः-** बेशक कोई लिपि किसी भाषा विशेष के लिए उपयुक्त मानी जा सकती हैं पर मूलतः भाषा और लिपि के मध्य कोई सह संबंध नहीं होता। उदाहरण के लिए 1926 में अरबी के स्थान पर रोमनलिपि अपनाने पर भी बोलचाल की तुर्की भाषा में कोई अन्तर नहीं आया।

**(3) ध्वनि-उच्चारण पद्धति शीघ्र परिवर्तनीय होती है जबकि लिपि की गति मन्दः-** जब किन्हीं कारणों से भाषा के उच्चरित रूप का अलगाव सम्भव नहीं हो पाता तो लिखित रूप उस भेद को स्पष्ट करता है जैसे Great grate- Meat Meet. कहीं-कहीं उच्चरित रूप के असमान होने पर भी लिखित रूप समान होते हैः जैसे Read, lead इनका उच्चारण रीड्, रेड तथा लीड् लेड् के रूप में करते हैं। उपर्युक्त समस्या तब उत्पन्न होती है जब भाषा इतर भाषा-भाषियों और अशिक्षितों के बीच बोली जाती है तब अक्षर-विन्यास और उच्चारण में अन्तर बढ़ता जाता है। इसी कारण से उस अन्तर को दूर करने के लिए कभी-कभी लिपि-सुधार अपेक्षित हो जाता है।

**(4) उच्चरित भाषा का पूर्ण रूपान्तरण लिखित रूप में असम्भव है-** वक्ता और श्रोता के सम्मुख होने पर वक्ता की वाणी और हाव-भाव से श्रोता तथ्य के मर्म को आसानी से समझ लेता है जब कि लेखन पद्धति के द्वारा वह सम्पूर्ण तथ्य व्यक्त करना सम्भव नहीं होता। इसलिए वक्ता के बलाघात पिच (तारता) आदि को लेखक विराम चिह्नों, प्रश्नवाचक या विस्मयादि बोधक चिह्नों या भरपूर बल देने के लिए तिर्यक या किसी अन्य विशिष्ट चिह्नों के द्वारा उस अभिप्राय को व्यक्त करता है। इस प्रकार यह देखा जाय तो लगता यही है कि कथित भाषा का लिखित भाषा के रूप में रूपान्तरण प्रायः सम्भव ही नहीं है।

**(5) लिखित भाषा और उच्चरित भाषा के असमान विकास से दोनों में अन्तर आ जाता है-** लिखित शब्द रूप प्रायः नियमों में आवद्ध होते हैं जब उच्चरित व्यवहार में होने के कारण निरन्तर परिवर्तनीय होता है। जैसे कोष, श्रृंगार आदि संस्कृत शब्दावलियाँ उच्चरित रूप में कोस और सृंगार मात्र रह गई हैं, जबकि लिखित रूप ज्यों का त्यों है। व्याकरण की दृष्टि से जुदा-जुदा कई शब्द फ्रेंच भाषा में

है पर उनका उच्चारण समान है। जैसे Cou कू (गर्दन) Cout कू (मूल्य) Coup कू (ध्यान)। वाक्य उच्चारण के क्षेत्र में भी कुछ वाक्य अस्पष्ट से प्रतीत होते हैं पर वे लिखित रूप में ही स्पष्ट होते हैं। il vient toujoure a sept heures (वह सदा सात बजे आता है)। कुछ रूपों के लोप हो जाने पर भी लेखन में वे चलते रहते हैं। जैसे फ्रेंच क्रियारूप यथा सा. भू. Donna(दिया) Repondit (रेपान्दी) उत्तर दिया) लेट मूलक भूत. का. Quil donnat किल दोना (कि उसे देना चाहिए)। फ्रेंच के अतिरिक्त चीनी भाषाके लिखित और उच्चरित रूपों में बहुत अन्तर पाया जाता है। हर भाषा के लिखित और उच्चरित रूपों का विकास अलग-अलग होता है। प्रायः परम्परावादी लिखित भाषा के परिनिष्ठित रूप की शुद्धता को बरकरार रखना चाहते हैं। आज भी मृतक भाषाओं जैसे संस्कृत, लैटिन, ग्रीक आदि को पुनर्जीवित करने की वकालत करते कुछ धर्म प्रवण लोग दीख पड़ते हैं।

**(6) भाषा विज्ञान वर्णनात्मक विज्ञान है अनुशासनात्मक नहीं-** परम्परावादी वैयाकरण यह मानकर चलते हैं कि साहित्यिक भाषा व्यवहार भाषा की अपेक्षा अधिक श्रेष्ठ और परिनिष्ठित स्वरूप वाली होती है, औरवही साधु होती है। वे उसके उक्त स्वरूप को 'भ्रष्टता' से बचाने को कर्त्तव्य मान कर भरसक कोशिश करतेहैं।

सबसेपहले किसी भाषा के शुद्ध तथा अशुद्ध रूप का प्रश्न है तो शुद्धता और अशुद्धता का हर प्रतिमान सापेक्ष होता है निरपेक्ष नहीं। सामाजिक या आध्यात्मिक रूप से अलग दीखने वाला भाषा का प्रत्येक रूप शुद्धता के भीतर निहित अपने प्रतिमानों पर आश्रित होता है। किसी एक ही सामाजिक वर्ग की या प्रादेशिक भाषाओं को विस्तृत प्रयोग के निमित्त आदर्श के रूप में या साहित्यिक भाषा के आधार के रूप में, स्वीकृति प्रदान की जाय या नहीं ? यह प्रश्न है तो इसका उत्तर है कि भाषा वैज्ञानिक का प्रमुख रूझान उस बात का वर्णन करना होता है कि लोग अपनी भाषा को किस प्रकार बोलते हैं या लिखते हैं। वह यह नियमन नहीं करता कि भाषा किस प्रकार बोलनी या लिखनी चाहिए। इससे यह स्वतः सिद्ध है कि भाषा विज्ञान मुख्यतः वर्णनात्मक है अनुशासनात्मक नहीं।

**(7) भाषा की प्रकृति स्वतः परिवर्तन की होती है-** भाषा मात्र एक माध्यम है। उसमें परिवर्तन का अर्थ भ्रष्टता नहीं है। चूँकि भाषा की प्रकृति अपनी प्रयोक्ता जाति की आवश्यकताओं को निबाहने में प्रभावकारी और सक्षम संचार प्रणाली के रूप में कार्य करने की है अस्तु, जैसे उनकी आवश्यक्ताओं में परिवर्तन होता है, नयी परिस्थितयों में उत्पन्न कर्त्तव्य भार को निबाहने हेतु भाषा की शब्दावली स्वतः परिवर्तित हो जाती है। यह परिवर्तन अच्छा होताहै या बुरा, यह उक्त समाज के मूल्योंपर आधारित होता है। लेकिन इसका अर्थ यह नहीं है कि भाषा विज्ञान वैज्ञानिक नियमन को अर्थहीन मानता है। किसी भाषा के परिनिष्ठित स्वरूप को बनाये रखने के पीछे राष्ट्रीय एकता, वैज्ञानिक प्रगति और सामाजिक तथा सांस्कृतिक कारण विशेष स्थान रखते हैं। इसी प्रकार विद्यालयीय शिक्षा के लिए भी भाषिक परिनिष्ठता को बरकरार रखना आवश्यक हो जाता है।

**(8) आधुनिक भाषा विज्ञान हर कोटि की भाषाओं काअध्ययन करता है**:- विश्व की हर भाषा, विद्वानों की दृष्टि से वह भले ही हीन हो, अपने द्वारा प्रयुक्त समाज के सामाजिक, सांस्कृतिक, राजनैतिक वैचारिक तथा भावात्मक आवश्यकताओं की प्रर्पूर्ति में सक्षम होती है। जब हम किसी प्राचीन भाषा का अध्ययन करना चाहते हैं तब उसकी पारिभाषिक शब्दावली का परिज्ञान करना पड़ेगा। आज की कोई भी सम्पन्न अथवा विपन्न कही जाने वाली भाषा की शब्द राशि, उसमें अभिव्यक्त विचारों को दो रूप देने में कभी भी सक्षम नहीं हो पाएगी। उदाहरण के लिए विश्व की प्राचीनतम भाषा वैदिक भाषा की शब्द राशि हमारे लिए पूर्णतया अपरिचित है। अगर अतीत में उनकी व्याख्याएँ न लिखी गई होती, तोवे हमारे लिए एक अबूझ पहेली होतीं। उनमें प्रयुक्त परिज्ञात शब्द भी अर्थ के सर्वथा अलग-आयाम धारण करते हैं। वर्तमान की किसी भी भाषा को समृद्धि प्राप्त करने के लिए, अलग-अलग भाषाओं से शब्दराशि उधार लेनी पड़ती है। वास्तव में किसी भाषा में उतनी ही शब्द राशि होती है जितनी कि उस समाज की आवश्यकता हो। जैसे-जैसे समाज विकसित होता जाता है, नूतन शब्द-संघात विनिर्मित करने पड़ते हैं। अस्तु, हर भाषा समृद्धतर होती है, अन्य की तुलना में। आवश्यकताओं के बढ़ने पर नूतन शब्द स्वयं समाविष्ट हो जाते हैं। सिद्धान्त रूप में कहा जा सकता है कि मानवीय भाषा की संरचना के किसी वैज्ञानिक सिद्धान्त का निर्माण करना ही, भाषा विद् का लक्ष्य होता है।

**(9) समकालिक वर्णन की प्राथमिकता-** धारणा और शब्दावली को ध्यान में रखकर **दे सौस्यूर** ने अनेक विभेदों के नाम उपस्थापित किए, जिनमें काल क्रमिक तथा समकालिक भाषा के विभेद मुख्यतम हैं। किसी भाषा के कालक्रमिक अध्ययन का अर्थ है, उसके ऐतिहासिक विकास का वर्णन, जब कि समकालिक का अर्थ है परिभाषा की किसी एक विशिष्ट स्थिति का वर्णन। जब कि समकालिक का अर्थ है- परिभाषा की किसी एक विशिष्ट स्थिति का वर्णन अर्थात् काल की एक दृष्टि से एक विशिष्ट समय की उस भाषा की स्थिति का अध्ययन। समकालिक भाषा की अध्ययन की सीमा में अद्यतन भाषाओं के साथ-साथ मृत भाषाओं का भी अध्ययन शामिल है। यह और बात है कि मृत भाषा का अध्ययन जीवन्त भाषा से कुछ हीन ही होगा, क्योंकि उसके व्यावहारिक प्रयोग का जन साक्ष्य समाप्त हो चुका होता है। अब तक किए गए भाषात्मक अध्ययनों से सिद्ध हो चुका है कि किसी विशिष्ट कालात्मक स्थिति के सम्बन्ध में ऐतिहासिक तथ्य सर्वथा विश्रृंखल होते हैं। सौस्यूर ने भाषा की तुलना शतरंज के खेल से दी है। इस प्रकार उन्होंने समकालिक अध्ययन में काल क्रमिक अध्ययन की विश्रृंखलता को प्रदर्शित किया है। वह कहते हैं कि भाषाएँ निरन्तर परिवर्तन शील रही हैं। जैसे शतरंज के खेल में मोहरों की स्थिति निरन्तर परिवर्तित होती रहती है। किसी एक

चाल की स्थिति का वर्णन तत्काल में अनेक स्थलों में रखे गए मोहरों के आधार पर ही की जा सकती है। इसके लिए यह आवश्यक नहीं है कि खिलाड़ी की पहले की चालों का उल्लेख हो। इसी तरह भाषा के अद्यतन रूप का अध्ययन उस समय की भौगोलिक और सामाजिक स्थितियों के संदर्भ में पहले की स्थितियों में असंलग्न रह कर भी किया जाता है।

अब हम यहां प्राचीन भाषाओं के विकास क्रम का उल्लेख करते हुए यह देखने का प्रयास करेंगे कि क्या समकालिक स्थिति को जानने के लिए कालक्रमिक स्थिति को जानना अनिवार्य है या नहीं। विश्व की प्राचीनतम पुस्तक ऋग्वेद में प्रयुक्त वैदिक भाषा और विकास क्रम में आई संस्कृत भाषा में आठ विभक्तियाँ थीं। वहीं विकास क्रम में, पालि, प्राकृत तथा अपभ्रंश में विभक्तियों की संख्या उत्तरोत्तर न्यून होती गई। द्विवचन का लोप गया और अवहट्‌ट काल तथा पुरानी हिन्दी में विभक्तियों का स्थान पर सर्गो ने ले लिया। अब हमारे समक्ष भाषा की दो स्थितियाँ हैं--संयोगात्मक और वियोगात्मक। यद्यपि कि भाषा की दोनों स्थितियों में अधिसंख्य शब्द एक रूप वाले हैं पर उनका व्याकरणात्मक संबन्ध नितान्त भिन्न हैं। मोहरे वही हैं पर चौपड़ पर स्थान बदल गया है। किसी भी भाषा के बहुत कम बोलने वाले उसके ऐतिहासिक विकास से परिचित होते हैं। किसी भी भाषा को बोलने वालों की सन्तानें प्रणाली के अनुसार अनुकरण करती हैं और उस भाषा को बोलने में माहिर हो जाती हैं। भाषा के नियमों को संग्रहीत कर, सूत्रित करना समकालिक भाषा वैज्ञानिक और व्याकरण वेत्ता का कार्य है। कुछ बोलने वाले, जिन्होंने ऐतिहासिक विकास का सूक्ष्मता से अध्ययन किया है, अपनी भाषा को सुगठित तथा प्रभविष्णु बना सकते हैं, लेकिन ऐसी भाषा वही भाषा न होकर भिन्न भाषा मानी जाएगी। यदि काल क्रमिक अध्ययन, यदि समकालिक भाषा पर प्रभाव न डाले तो उसका अध्ययन अर्थहीन है। समकालिक वर्णन की प्राथमिकता का सिद्धान्त इस तथ्य पर बल देता है कि कालक्रमिक वर्णन यह मान कर ही बढ़ सकता है कि उससे पहले भाषाविकास की विविध स्थितियों का समकालिक विश्लेषण हो चुका है।

**10-भाषागत परिवर्तन का कारण काल या समय नहीं होता-** भाषागत परिवर्तन का कारण काल न होकर वे कारण या स्थितियाँ होती हैं (आन्तरिक या वाह्य) जो भाषा को एक समकालिक स्थिति से दूसरी समकालिक स्थिति में जाती भाषा को दिशा प्रदान करती हैं। समय का बहाव तो मात्र एक वाहक है। हमें इस तथ्य को सदा याद रखना चाहिए कि 'कालक्रमिक विकास' की धारणा का निर्माण बहुत विशाल दृष्टि अपना कर करना होगा। इस धारणा का निर्माण काल के लम्बे अन्तराल में स्थित परिस्थितियों का तुलनात्मक अध्ययन करके ही किया जासकता है। हमारी यह धारणा भ्रम से पूर्ण है कि किसी विशेषकाल में कोई भी जातीय भाषा पूरी तरह से समाकृति होती है और यह भी कि 'भाषा-कापरिवर्तन' किसी एक समय की समरूप भाषा दूसरे काल की समरूप भाषा में किसी विशेष क्षण में रूपान्तरित हो जाती है।

**11.भाषा जाति विविध वर्गो का समवाय है:-** अनेक वर्गों केसदस्यों की बोली ,उच्चारण, व्याकरण और शब्दावली के अनेक माध्यमों से उस अन्तर को स्पष्ट करती है। यह अन्तर युग जन्म स्थान, लम्बे निवास, व्यवसाय की अभिरुचि, शिक्षा की पृष्ठभूमि आदि अनेक कारणों से आता है। एक ही समय में और एक ही समाज में अनेक सामाजिक वर्ग होते हैं, जिनके कारण भाषा और उसकी शैली में भी परिवर्तन आ जाता है। ऐसे अन्तरों को आकृति मूलक या देशज नाम दिया जाता है। प्रायः यह प्रथा बन चुकी है कि भाषाकी समकालिक विविधताओं के वर्णन से दूर रहा जाय। इसके स्थान पर भाषा की किसी विशिष्ट शैली मात्र का वर्णन कर दिया जाता है या उन सामान्यताओं का वर्णन कियाजाता है जो सभी विविधताओं पर समानरूप से लागू हो। ऐसा भी देखा जाता है दो भिन्न युगों की भाषात्मक स्थितियों का अन्तर एक ही काल में प्रचलित दो रूपों में पाया जा सकता है। गम्भीरता से विचार करने पर लगता है कि काल क्रमिक परिवर्तन और समकालिक अन्तर के मध्य कोई पूर्ण अलग करने वाली रेखा खींचना असम्भव है।

**12 संरचरनात्मक पहुँच-** किसी एक ही काल की भाषा सम्बन्धों की एक सुग्रथित प्रणाली से बनी होती है। इसलिए अद्यतन भाषा विज्ञान का सबसे मुख्य अभिलक्षण संरचनावाद के रूप में कहा जा सकता है। इसका अर्थ यह है कि किसी भाषा को संबंधों की एक प्रणाली या "अन्तर्ग्रथित प्रणालियों का एक विन्यास मात्र" कहा जा सकता है, जिसके ध्वनि, शब्द आदि अवयवों का समतुल्यता वैषम्य आदि सम्बन्धों से अलग रूप में कोई औचित्य नहीं होता।

**13 लाङ और पैरोलया पारोल-**किसी विशेष भाषा जाति के सभी सदस्य, जब किसी भाषा विशेष का प्रयोग कर रहे होते हैं, तब उनके द्वारा प्रयोग की गई उक्तियों का वर्णन नियम और संबधों की एक विशेष प्रणाली के अन्तर्गत कियाजा सकता है। उन उक्तियों का संरचनात्मक अभिलक्षण किसी मात्रा तक एक ही होते हैं। उन उक्तियों को पारोल का उदाहरण कहा जा सकता है। इन्हीं उक्तियों के भीतर तिरोहित जो सामान्य संरचना होती है लाङ की रचना के लिए साक्ष्य के रूप में प्रयोग किया जाता है जिसका वर्णन भाषा वैज्ञानिक वह लाङ या भाषा प्रणाली ही है। वस्तुतः वाक्य लाङ की इकाई है और उक्तियाँ पारोल । अगर इन दोनों का अनुवाद हिन्दी में करें तो भाषा भाषा लाङ और बोली पारोल कही जा सकती है।।

अध्याय -4

# भाषा

**भाषा का अर्थ तथा स्वरूप** (Meaning and shape of Language):- अंग्रेजी में भाषा के लिये 'लैग्वेज'(Language)शब्द का इस्तेमाल किया जाता है,जिसका रिश्ता लैटिन शब्द 'लिंग्वा'(Lingua जिह्वा)तथा फ्रांसीसी शब्द 'लांग'(Langue-Language)से है,किन्तु हिन्दी-'भाषा या भाषण'इत्यादि शब्दों की व्युत्पत्ति संस्कृत भाष् धातु से मानी जाती है। धातु पाठ में धातु वृत्तिकार ने भाषा के लिए 'भाष व्यक्तयां वाचि कहा है,अर्थात भाषा का अर्थ है-'व्यक्त वाक्' ।संभवत: आप यहाँ सवाल उछालें कि यह 'वाक्'क्या है?तो वस्तुत:'वाक्'को सामान्य और बोलचाल की शब्दावली में 'वाणी'कहा जाता हैं।'वाक्'और 'वाणी'ही भाषा के द्योतक पुराने शब्द हैं।यद्यपि 'वाक्'का दूसरा अर्थ 'जिह्वा' भी होता है।जिह्वा बोलने में प्रमुख हिस्सेदारी निभाती हैं,संभवत: इसी लिए बहुधा अन्य भाषाओं में भी जिह्वा और भाषा के लिए समान शब्द हैं। बहरहाल, विश्व की समस्त भाषाएँ इसी वाक् अर्थात् वाणी के माध्यम से प्रयुक्त होती हैं।'वाणी'का अर्थ होता है-मुख से उच्चारण प्रक्रिया द्वारा व्यक्त शब्दावली,-"Speech is thus a universally exerted activity, having at first utilitarian aims. In describing this activity we shall discover that it consists in the application of universally produced science, namely the science, which we call language" [1] दरअसल संस्कृत में'वाक्' शब्द की व्युत्पत्ति **'वच् परिभाषणे'**धातु से मानी जाती है।इस प्रकार 'वाक्' का अर्थ हुआ -'भाषण का माध्यम'। अत: 'भाषा' और 'वाक्' एक ही वस्तु के दो पहलू हैं।[2] ऋगवेद के वागाम्भृणीय सूक्त (10.125)में 'वाक्' शब्द भाषा के ही अर्थ में प्रयुक्त हुआ है।निम्न श्लोक में भी 'वाक्' का प्रयोग भाषा के लिए हुआ है-

**''वाग् पता चेदुत्क्रामेदव बोधस्य शाश्वती ।**
**न प्रकाश: प्रकाशेत् सा हि प्रत्यवमर्शिनी ।।''**

कुल मिलाकर भाषा व्यष्टि चेतना व समष्टि चेतना के पारस्परिक आदान-प्रदान का उपलब्ध परिणाम है। भाषा का विचार से अटूट रिश्ता है।भाषा की निगाह में भाषाभिव्यक्ति के लिए ध्वनि चिन्हों का महत्व सर्वाधिक है,जबकि नेत्र ग्राह्य सत्ता गौण है। भाषा भाव का अलंकरण तथा अभिव्यक्ति का प्रमुख उपकरण है। मानव मन-गुहा में स्थित रंगा-रंग संवेदनाओं को साकार करने की क्षमता भाषा में ही होती है। निराकार भाव भाषिक क्षितिज पर चढ़कर मूर्त्त रूप धारण करता है। भाषिक दीप शिखा में भाव स्नेह के अनुसार ही लौ प्रस्फुटित होती है। व्यक्ति-मानस की सम्यक् पड़ताल भाषिक पैमाना से ही संभव है। भाषा से ही भावपांक्तेय बनता है। भाषा भाव का 'एक्स-रे' है, कहा जाय तो कोई बेजां नहीं होगा। मानव मन की रागात्मकता, सौन्दर्यबोध, जीवन से सम्पृक्ति, संगीत का लय-सधान, सांस्कृतिक टूटन, बिखराव तथा भटकाव, संत्रास तथा तल्खी, नए मूल्यों के अन्वेषण साथ ही 'लोकल-कलर' आदि के प्रति अभिरुचि के प्रकाशन का सशक्त माध्यम भाषा है। श्वसन क्रिया के पश्चात् व्यक्ति के लिए दूसरी और महत्त्वपूर्ण आवश्यकता कदाचित् भाषा प्रयोग की होती है। कुल मिलाकर भाषा, देशकाल के फलक पर हुए बदलाव का प्रामाणिक दस्तावेज है।

भाषा भाव का बाह्य 'ट्रेडमार्क' है। दूसरे शब्दों में भाषा भाव का पारदर्शी रूप है। दोनों में अटूट रिश्ता है। मनुष्य के मस्तिष्क में जब विचार उगा होगा, तभी भाषा भी आई होगी। **पाणिनि** ने बताया है, -''आत्मा, बुद्धि के द्वारा अर्थों को समझकर मन को बोलने की इच्छा से प्रेरित करती है। मन शरीर की अग्नि शक्ति पर जोर डालता है और वह शक्ति वायु को प्रेरित करती है, जिससे शब्द वाक् की उत्पत्ति होती है,-''

**आत्मा बुद्ध्या समेत्यार्थान् मनोयुङ्क्ते विवक्षया ।**
**मन: कायाग्निमाहन्ति स प्रेरयति मारुतम् ।।[3]**

समाज संवादहीन नहीं होता। वह अपने संपूर्ण कारोबार को अभिव्यक्त करने के लिए प्रतीकों को गढ़ लेता है, जिसे भाषा कहते

---

1. Sp. & Lg. pp. 62, 20
2. भाषा तत्व और वाक्यपदीय -डॉ.सत्यकाम वर्मा, पृष्ठ -22
3. पाणिनीय शिक्षा श्लोक-6 (चौखम्भा संस्करण-1948)

हैं। भाषा, प्रतीकों के उपयोग का एक प्राकृतिक नियम है। भाषा, मानव मन में होने वाली एक सहज प्रक्रिया है। व्यक्ति के व्यक्तिगत एवं सामाजिक जीवन के उत्थान के लिए भाषा एक उपयोगी साधन है। भाषा वास्तव में इसके निरंतर बोलने वाले समाज विशेष के द्वारा निर्मित एक भण्डार है। इस अमूल्य सम्पत्ति पर किसी एक मनुष्य का एकाधिकार न होकर सबका समान अधिकार रहता है। वस्तुत: मनुष्य के विकसनशील तथा परंपरागत संपत्ति का नाम भाषा है। संपूर्ण मानवता से यह अनुस्यूत होती है।

सच पूछा जाय तो भाषा वह सार्थक या निश्चित माध्यम है, जिससे हम परस्पर विचार विनिमय करते हैं। भाषा, मानव की रचनात्मक यात्रा का प्रमुख संसाधन है। व्यक्ति सोच का सम्यक् संमूर्तन तथा मन-प्रदेश में अवस्थित भावों के अनछुए छोरों की तलाश भाषा ही करती है। भाषा, धर्म, चिन्तन, संस्कृति तथा राष्ट्रीयता- ये पाँच ऐसे असंध्य तत्व हैं, जो मानव समाज में बिखराव तथा सम्मिलन के कारण बनते हैं।उक्त तत्वों में भाषा, विशेषत: मानव व्यवहार तथा प्रवृत्ति प्रकाशन का मुख्य माध्यम है। यह एक ऐसी पद्धति अथवा व्यवस्था है, जिससे मानव अपने सभी कार्य -व्यापारों को निष्पन्न करता है।

भाषा, विचार और अनुभव का संश्लेष है। काल के विस्तार में भाषा का रूप अजस्त्रम विकसनशील रहता है। अपने कालिदास अथवा पश्चिम के शेक्सपियर की रचनाओं का अर्थ किसी एक बिन्दु पर स्थिर नहीं, बल्कि अनेक देशों और कालों के विराट् समागम से बराबर नयी छवियाँ धारण करता है। भाषा मानव हृदय की कुंजी है। यह किसी राष्ट्र के संगठन के लिए परमावश्बक साधनों में से एक है। विश्व-मानवता का मानसिक संघटन भी भाषा के ही आधार पर किया जा सकता है। भाषा अनुभूति की अनुबंधी हैं। भाषा में यह किसी-न-किसी रूप में अवश्य सक्रिय रहती है। भाषा में वृत्त की लीनता और अनुभूति में रेखा की गति होती है।[2] भाषा साहित्य का माध्यम होती है। संस्कृत के सुप्रसिद्ध आचार्य दण्डी ने 'काव्यादर्श' में भाषा के महत्व का प्रतिपादन अत्यन्त सुघर, एवं कलात्मक रूप में इस प्रकार किया है'

**''इदमन्धतमः कृत्स्नं जायेत भुवनत्रयम् ।**
**यदि शब्दाहवयं ज्योतिरासंसारं न दीप्यते।।''**

आशय यह कि यदि शब्द (भाषा) की ज्योति न जली होती तो यह त्रिभुवन अंधकार में निमग्न हो जाता।

**भाषा के प्रकार** (Type of Language):- स्थूल रूप से भाषा के दो प्रकार माने गए हैं-

1. किसी एक व्यक्ति द्वारा बोली गई भाषा तथा (2) किसी भाषा भाषी समाज के सदस्यों द्वारा बोली गई भाषा । ऋग्वेद में भाषा के तीन रूपों की चर्चा मिलती है। (1) अस्पष्ट(Inarticulative speech)(2) अर्द्धस्पष्ट (Primative Articulate speech)तथा 3.सुस्पष्ट (Languageproper)।[3] लेकिन वहीं **ऋग्वेद** में यह भी कहा गया है।

**चत्वारि वाक् परिमिता पदानि तानि बिदुर्ब्राह्मणाट ये मनीषिणः।**
**गुहा त्रीणि निहिता नेङ्गयन्ति तुरीयं वाचो यत् मनुष्या वदन्ति।।**

इधर भरतमुनि ने भाषा के चार प्रकार बताया है। 1.अतिभाषा 2.आर्यभाषा 3. जातिभाषा तथा 4. योन्यन्तरी। देवताओं की वाणी को अतिभाषा, राजाओं की बोली को आर्यभाषा, शिष्ट तथा म्लेच्छ लोगों की बोली जाति भाषा और पशु-पक्षियों आदि की बोली को योन्यन्तरी भाषा कहते हैं।[4]

शतपथ ने भी मानववाणी के विकास की चार सीढ़ियाँ बताई है। 1. सरीसृपों की वाणी,(2)पक्षियों की वाणी, (3) पशुओं की वाणी तथा (4) मानवों की वाणी-

**तदेतत् तुरीयं वाचोऽनिरुक्तं यत् मनुष्या वदन्ति ।**
**अथैतत् तुरीयं वाचोऽनिरुक्तं यत् पशवो वदन्ति ।।**
**अथैतत् तुरीयं वाचोऽनिरुक्तं यद वयांसि वदन्ति ।**
**अथैतत् तुरीयं वाचोऽनिरुक्तं यदिदं क्षुद्रसरीसृपंवदति।।**

भारतीय दार्शनिकों ने भाषा के चार 'स्तर रूप'माने हैं:-1-परा 2-पश्यन्ती 3-मध्यमा तथा 4-वैखरी

भाषा विज्ञान में हम परा, पश्यन्ती, और मध्यमा रूपों का अध्ययन नहीं करतें हैं। इनका विवेचन दर्शन एवं मनोविज्ञान के अन्तर्गत होता है। ये वाणी रूप मनुष्य के अन्तर में निहित रहतें हैं। वैखरी के द्वारा मनुष्य बोलतें हैं। यह विभिन्न उच्चारण स्थानों में वायु के अवरोध से उत्पन्न होती है। इसमें वाणी की सत्ता पृथक-पृथक रहती है तथा इसका संबंध वक्ता की श्वास प्रक्रिया से होता

**1.पाणिनीय शिक्षा श्लोक-6 (चौखम्भा संस्करण- 1948)**

**2. दस्तावेज मासिक पत्रिका- सं. डॉ. विश्वनाथ तिवारी, द्वितीय अँक**

**3. Critical Studies in the Phonetic Observation of Indian Grammarians -Dr. S. verma. Introduction**

**4. नाट्य शास्त्र, भरतमुनि-17,28,32**

है।'वैखरी'अर्थात् उच्चरित उच्चारण। संस्कृत में वैखरी को समस्त विद्याओं को प्रशस्त करने वाली माना गया है-''**वैखरी सर्व विद्यास्तु प्रशस्ता**''।[1] कुछ लोगों ने भाषा के तीन रूपों-(1)वांचिक भाषा(Vocal language) (2).आलेखीय भाषा(Graphic Language)तथा 3-सांकेतिक भाषा (Gestural Language)की भी चर्चा की है।

**भाषा का महत्व** (Importance of language):-आचार्य दण्डी मनुष्य के जीवन में भाषा के महत्व को रेखांकित करते हुए कहते हैं कि, ''**वाचामेव प्रसादेन लोकयात्रा प्रवर्तते**''अर्थात् हमारी लोकयात्रा वाग्देवी (भाषा या वाणी)की कृपा से ही संभव हो पाती है। भाषा मनुष्य को समाज से जोड़ती है। वह एक सांस्कृतिक व्यापार है। कुल मिलाकर भाषा जीवन जीने का रसायन है। ऋगवेद संहिता में भाषा के महत्व पर सम्यक् प्रकाश डाला गया है। ऋषियों ने अपने मंत्रों में भाषा के व्यावहारिक और दार्शनिक महत्त्व का वर्णन यत्र-तत्र किया है। 'गृत्समद ऋषि इन्द्र से श्रेष्ठ धनों की कामना करते समय वाणी के माधुर्य (स्वाद्मन्) की कामंना को नहीं भुला पाए हैं:-

**इन्द्र, श्रेष्ठानि द्रविणानि धेहि चित्तिं दक्षस्य सु-भगत्वमस्से।**
**पोषं रयीणामरिष्टिं तनूनां स्वाद्मानं वाचः, सु दिनत्वयह्नाम।।** 2|2|16

वृहस्पति आंगिरस ऋषि का कथन है कि जैसे बुद्धिमान लोग सत्तू को छलनी से छानकर काम में लातें हैं, वैसे ही वे लोग वाक् को मन में छानकर सम्यक् विचार से उसे निर्दोष करके बोलते हैं। वे पहले तौलतें हैं। फिर बोलते हैं। ऐसी वाणी बोलने वालों के सबलोग मित्र होतें हैं, तथा ऐसी वाणी पर जीवन में सफलता निहित है:-

**सक्तु मिव तितउना पुनन्तो, यत्र धीरा मनसा वाचमक्रत।**
**अत्रा सरवायः सख्यानि जानते, भद्रैषां लक्ष्मीनि- हिताऽधि वाचि।।** 10|71|2

तुलना करें- **मनः पूतां वदेद्वाचं, वस्त्र पूतं पिबेज्जलम्।**
**दृष्टि पूतं क्षिपेतपादं, शास्त्र पूतं समाचरेत।।**

अगस्त्य मैत्रा- वरुणि ऋषि वाक् को ही रमणीय द्रव्यों वाली (रत्निनी) मानतें है, ''**वाचं जरितू रत्निनीं कृतमुभा शंसं नासत्या वतं मम्**''।(1|182|4)। ऋगवेद संहिता के श्रेष्ठतम दार्शनिक ऋषि ममता पुत्र दीर्घ-तमस् औचथ्य के अनुसार वाणी (सरस्वती) मनुष्य रूपी बच्चे के लिए माँ के समान है। उसका स्तन अर्थात् शब्द सुख की खान (मयो- भू)है। उससे मनुष्य सब प्रकार के अभीष्ट (वार्याणि) पदार्थो की पुष्टि पाता है। वह (शब्द) उसे श्रेष्ठ पदार्थ देता है, उसे धन संपत्ति प्राप्त कराता (वसु- विद्) हैं। वास्तव में वह मनुष्य को क्या नहीं देता? वह श्रेष्ठ दाता (या श्रेष्ठ धन वाला,'सु-दत्र')है:-

**यस्ते स्तनः शशयो, यो मयो-भूर, येन विश्वा पुष्यसि वार्याणि।**
**यो रत्नधा, वसु- विद्, यः सु-दत्रः, सरस्वति, तमिद्रिह धातवे कः।।** 1|164|49

शश कर्ण काण्व वाक् को देवी मानतें हैं और स्वयं को वाणी के साथ ही जागरित मानतें हैं। यह वाक् मनुष्यों को मति और श्रेष्ठ वस्तु प्रदान करती है-

**''अभुत्स्यु प्रदेव्या साकं वाचऽ हमश्विनोः**
**व्यावर्देव्या मतिं विरातिं मर्त्येम्यः''** 8.9.16

दीर्घ-तमस् का कथन है कि वाणी जगत के व्यवस्थित संचालन का पहला फल है,''यदा मागन्प्रथम जा ऋतस्या दिद्वाचो अश्नुवे भागमस्या:''(1.164.37)। प्रस्कण्व काण्व का कथन है कि वाक् व्यवस्थित और मर्यादित जीवन का मार्ग है-

**''हरिः सृजानः पथ्यामृत स्येर्ति वाचमरिमेव नावम्।**
**देवो देवानां गुहयानि नामाऽऽविष्कृणोति बर्हिष प्र-वाचे।।''** 9.95.2

वसिष्ठ मैत्रा- वसाणि का कथन है कि वाणी अनश्वर (अक्षरा)और हजारों फल देने वाली (सहस्त्रिणी) है-

**''उपत्वा सातये नरो विप्रासो यन्ति धीतिभिः।**
**उपक्षरा सहस्त्रिणी।।''** 7.15.9

सध्रि ऋषि का कहना है कि वाणी का विषय उतना ही व्यापक है, जितना व्यापक ब्रम्ह तत्व है अर्थात् वाणी ब्रम्ह के समान विभु है,-''**यावद् ब्रम्ह वि-ष्ठितं,तावती वाक्**''10.114.8

अर्चना नस आत्रय ऋषि ने मेघ गर्जन रूपी वाक् के तीन विशेषण दियें है-क-इरावती,ख-चित्रा और,ग-त्विषीमती। वस्तुतः ये तीनों विशेषण मानवीय भाषा पर भी लागू होतें हैं:- 'वाक्' अभीष्ट की सिद्धि करके भोग प्रदान करने के कारण 'इरावती' है। विविध

1. भाषा एवं भाषा विज्ञान-डॉ.महावीर सरन जैन, पृष्ठ-33, लोक भारती प्रकाशन,5-ए, महात्मा गाँधी मार्ग, इलाहाबाद-1 मूल्य -30 रूपये ,सन् 1985

शैलियों उतार चढाव आदि के कारण 'चित्रा' अथवा अपनाने योग्य (चायत्रीया) है। त्विषीमती (प्रशस्त दीप्तिवाली) अर्थ प्रकाशन करने के कारण है-"अस्मे धेहि द्युमती वाचमासन् बृहस्पते, अनमीवामिबिरषम्।

**भाषा के तत्व-** भाषा की संरचना या संघटना में विभिन्न तत्वों का योगदान रहता है। इन तत्वों में मुख्य हैं- ध्वनि तत्व, रूप तत्व, अर्थ तत्व तथा शब्द तत्व। ध्वनि भाषा का प्रमुख तत्व है। वही भाषा का मूलाधार होती है। ध्वनि का आशय है-स्वर, व्यंजन आदि स्वर (ध्वनियॉ)। भाषा मे स्वरों और व्यंजनों के साथ मात्रा , सुर और बलाघात तत्वों का भी योगदान होता है।भांषा के निर्माण में रूप तत्व का भी प्रबल योगदान रहता है। **डॉ. सरयू प्रसाद अग्रवाल** कहतें हैं कि,-"ध्वनियों को ही लघुतम अर्थ पूर्ण इकाइयों के रूप में प्रयोग करने पर हम रूप की संज्ञा देतें हैं। वास्तव में 'रूप' ही भाषा की लघुतम अर्थपूर्ण इकाई होतें हैं, जिनमें एक अथवा अनेक ध्वनियों का प्रयोग किया जाता है।"[1] भाषा के इस महत्वपूर्ण तत्व को भाषा विदों नें मुख्य रूप से दो भागों में बाँटा है-शब्द तथा पद। **पाणिनि** ने शब्द के जहाँ दो भेद -सुबन्त तथा तिङ्न्त-किए हैं तो **आचार्य यास्क** ने निरुक्त में चार भेद-नाम, आख्यात, उपसर्ग तथा निपात। स्थूल रूप में इन्हें ही अर्थ तत्व और संबंध तत्व भी कहा जाता है।

भाषा विज्ञानी अर्थ को मानसिक सत्ता मानतें हुए शब्द से इसका गहरा रिश्ता मानते हैं। वस्तुत: शब्द और अर्थ एक-दूसरे के पूरक तथा अन्योन्याश्रित हैं।बिना एक के दूसरे की कल्पना दुष्कर है। **भामह, मम्मट** आदि आचार्यो ने **"शब्दार्थो काव्यस्य शरीरम्"** कहकर शब्द और अर्थ को परस्पर अविच्छिन माना है। महाकवि **कालिदास** तो भाषा के इन महत्वपूर्ण तत्वों की तुलना शिव और पार्वती की तरह करतें हुए कहतें हैं कि ये दोनो अभिन्न और एकाकार हैं:-

**"वागर्थाविव सम्पृक्तौ वागर्थ प्रतिपत्तये।**
**जगत: पितरौ वन्दे पार्वती परमेश्वरौ।।"**-रघुवंश

**डॉं. बाबू राम सक्सेना** शब्द और अर्थ के संबंधों पर प्रकाश डालतें हुए लिखतें हैं कि अभिव्यक्ति से हमारा तात्पर्य भाषा के अंश से है, जो एक भौतिक घटना के रूप में हमारे वाग्यन्त्र से घटित होकर हमारे उस श्रवण यंत्र के द्वारा गृहीत होता है और अर्थ से हमारा तात्पर्य उस भौतिक घटना के प्रेरक संकेत और उसके परिणाम दोनों में है।[2] एक विद्वान लिखतें हैं कि भाषा का प्रत्येक तत्व कुछ समय बाद प्रयोग क्षेत्र से उठ जाता है। ध्वनि तत्व, रूप तत्व तथा अर्थ तत्व - शब्द तत्व की अपेक्षा लम्बी अवधि के बाद प्रयोग से लुप्त हो जाते है। भाषा का प्रत्येक तत्व, प्रयोंग में न रहने पर अप्रचलित हो जाता है। ध्वनि, रूप तथा शब्द भाषा के प्रमुख तत्वों में से शब्द तत्व सर्वाधिक अस्थिर तत्व है। पाश्चात्य चिंतक **ग्लीसन** (Gleason) तो शब्द के सर्वाधिक परिवर्तनशील अंश को ही अप्रचलित भाषा मानतें है- "The portion of the Vocabulary that changes most freely is some times referred to as slang."[3]

**भाषा के अंग या अवयव-** भाषा के अंग और तत्व- क्या ये दो भिन्न-भिन्न अस्तित्व के बोधक हैं या एक ही हैं। कुछ भाषा विदों का मानना है कि यदि हाथ, पैर, गला, कान, नाक, आँख आदि शरीर के अंग हैं, तो इन्हें जीवंत और पुष्ट बनाए रखने के लिए उचित खुराक पहुँचाने वाले मांस-मज्जा, खून आदि 'तत्व' की श्रेणी में आएंगें। बहरहाल, इनमें कोई स्थूल अंतर नहीं है। विद्वानों ने वाक्य , रूप, ध्वनि (स्वन), शब्द तथा अर्थ को भाषा के महत्वपूर्ण अंग माना जाता है।

महर्षि **पतंजलि** ने महामाला में **"आख्यातं साव्यय कारक विशेषणं वाक्यम्"** कहकर क्रिया, अव्यय, कारक और विशेषणों के समूह को वाक्य माना तो आचार्य **विश्वनाथ** ने **"वाक्यं स्याद् योग्यताऽकांक्षा सत्ति युक्त: पदोच्चय:"**कहकर योग्यता आदि से युक्त पद समूह को वाक्य माना और महर्षि **जैमिनी** ने **"अथैकदा पदिकं वाक्यम्"** लिखकर सार्थक पदों के समूह कों वाक्य माना। वस्तुत: वाक्य भाषा की सबसे छोटी इकाई या अंग है। भाषा की संरचना में इसका महत्वपूर्ण योगदान होता है। वाक्य चाहे छोटा हो या लंबा -वह पूर्ण विचार को व्यक्त करता है। वैयाकरणों ने वाक्य के दो भेद- उद्देश्य तथा विधेय- किए हैं। अपने इन दोनों रूपों में यह भाषिक बुनावट में अपना महत्वपूर्ण योगदान देता है। वाक्य का प्रत्येक पद उसका अवयव कहलाता है। जिन पदों के मिलने से वाक्य बनता है, वे उसका मन के निकटस्थ अवयव (Immediate constituents) कहलातें हैं।[4]

रूप भी भाषा का नितांत महत्वपूर्ण अंग है। **डॉ.बाबू राम सक्सेना** का विचार है कि "रूप भाषा की वह छोटी से छोटी अर्थवर्ती इकाई है , जो अपने आकार, रूप, स्वनिय समुदाय को अभिव्यक्ति की संघटना से जोड़ती हैं।"[5]**डॉ.द्वारिका प्रसाद सक्सेना** लिखतें

---

1.भाषा विज्ञान और हिन्दी- डॉ. सरयू प्रसाद अग्रवाल , पृष्ठ 66

2.सामान्य भाषा विज्ञान- डॉं.बाबू राम सक्सेना ,पृष्ठ18

3. An Introduction to Descriptive Linguistics- Gleason, P. 61

4-भाषा विज्ञान और मानक हिन्दी- डॉ.रत्न चन्द्र शर्मा, पृष्ठ-76

5-सामान्य भाषा विज्ञान-डॉ.बाबू राम सक्सेना, पृष्ठ-123, सन् 1971

हैं कि "सार्थक ध्वनियों के समुच्चय को रूप कहतें हैं।"[1] इधर, **पाणिनि** ने भाषा के इस महत्वपूर्ण अंग रूप को प्रातिपादिक शब्द कहा है, -**"अर्थवेद धातुर प्रत्ययः प्रातिपदिकम्"**। इस शब्द को उन्होंने दो भागों में-सुबन्त तथा तिङन्त -में बाँटा। इधर अंग्रेजी के व्याकरण में शब्द के आठ भेद माने गए हैं- संज्ञा(Noun), सर्वनाम(Pronoun), विशेषण(Adjective), क्रिया(Verb), क्रिया विशेषण(Adverb), (Preposition), समुच्चय बोधक -संबन्ध बोधक(Conjunction) और विस्मयादि बोधक(Interjection),[2]

ध्वनि भाषा का महत्वपूर्ण घटक है। इसे ही स्वन भी कहतें हैं। यह भाषा की लघुतम इकाई मानी जाती है। बिना ध्वनि या स्वन के भाषा की कल्पना नहीं। मूर्धा, तालु, ओष्ठ, वर्त्स, जिह्वा, काकल,नासिका, कंठ, दन्त, आदि ध्वनि उत्पादन या ध्वनि की उत्पत्ति के महत्वपूर्ण अवयव या अंग हैं। विद्वानों ने नाद, श्वास, मूल स्वर, घोष, अघोष, स्पृष्ट, ईषत्स्पृष्ट, अल्पप्राण, महाप्राण, आदि अनेक भेद ध्वनि के मानें हैं। भाषा सदैव सार्थक होती है, निरर्थक नहीं। निरर्थक शब्दावली को पागल का प्रलाप कहा जाता है।ध्वनियों से निर्मित होने वाले प्रत्येक शब्द का कोई न कोई अर्थ होता है। शब्द यदि शरीर है तो अर्थ उसकी आत्मा अथवा प्राण। महाकवि कालिदास ने शब्द और अर्थ को पार्वती और परमेश्वर के समान सम्पृक्त माना है। वस्तुतः अर्थ शब्द की वह आन्तरिक शक्ति है जो शब्द के उच्चरित होते ही उस वस्तु अथवा भाव की प्रतीति कराती है जिसके संदर्भ या प्रकरण में शब्द-विशेष का उच्चारण किया जाता है अथवा उसे लिखित रूप दिया जाता है। कई भारतीय भाषा वैज्ञानिकों ने शब्द और अर्थ के सम्बन्ध पर विस्तार से विचार किया है।[3]

कुल मिलाकर यह कि ध्वनि, शब्द, रूप, वाक्य अर्थ भाषा के महत्वपूर्ण अंग तो हैं ही इन्हीं के मंजुल समन्वय से भाषा की संरचना भी होती है।

**6. भाषा और वाक्-** व्याकरण का संबंध भाषा से है और भाषा का मूल रूप वाक् है।वाक् का एक स्वतंत्र दर्शन है। वाक् के बिना जगत सूना और जीवन पंगु है। संसार के प्रायः सारे व्यवहार वाग् व्यापार पर ही निर्भर है। सभ्यता और संस्कृति इसकी गोद में फूलती-फलती हैं। वाक् केवल विचारों के विनिमय का ही माध्यम नहीं अपितु विश्व में जो कुछ सत्य है, शिव है, सुन्दर है- उन सबका भी व्यंजक है। वाक् का एक स्थूल रूप है, एक सूक्ष्म रूप है। स्थूल रूप में वाक् भाषा का प्रतिनिधित्व करती है। सूक्ष्म रूप में वाक् ब्रम्हमय है, चिति तत्व है।[4] इधर, **डॉ.कपिलदेव द्विवेदी** लिखतें हैं कि गंभीरता से विचार करने पर भाषा के दो रूप प्रकट होतें हैं:- 1.स्थायी एवं सूक्ष्म रूप, 2.अस्थायी एवं स्थूल रूप। स्थायी एवं सूक्ष्म रूप को 'भाषा' (Language) और अस्थायी एवं स्थूल रूप को 'वाक्'(Speech) कहेंगें। इस वाक् को भाषण भी कह सकतें हैं।[5]

**'वच् परिभाषणे'** धातु से बनें शब्द वाक् को सूक्ष्म और अर्थ से अविभक्त तत्व माना गया है। इसके नाना रूपों की कल्पना की गई है,यथा-

**"सूक्ष्मामर्थेनाप्रविभक्त तत्वा मेकां वाचमन मिष्यन्दमानाम्।**
**उतान्ये विदुर न्यामिव च एनां नानारूपामात्मनि संनिविष्टाम्।।"**

वाक् और ज्ञान तथा वाक् और चैतन्य में अभेद है। दोनों एक हैं। **भर्तृहरि** के अनुसार जिस प्रकार प्रकाश कत्व अग्नि का धर्म है, चैतन्य आत्मा का धर्म है, उसी तरह ज्ञान भी शब्द का धर्म है। बिना शब्द के ज्ञान हो ही नहीं सकता। यदि वाक् न हो तो जगत प्रकाशित ही न हो। वाक् ही प्रकाशक है। वही समस्त विद्याओं, कलाओं तथा विज्ञान का आधारभूत है। वाक् ही चैतन्य के रूप में परिणत होता है,-**"यतश्च भावनामाकार परिग्रहेण परा प्रकृतिः विवर्त्तते, सच्चैतन्यात्मना परिणमत इति वाक् चैतन्ययोर भेदः"।**[6]

**वाक के प्रकार:-**आचार्य **भर्तृहरि** वाक् के तीन प्रकार- वैखरी, मध्यमा और पश्यन्ती-मानतें हैं।

**क.वैखरी-** बैखरी शब्द की व्युत्पत्ति 'विखर' शब्द से की जाती है। इस शब्द के अनेक अर्थ किए जातें हैं, यथा-

1."विशिष्टं खमाकाशं मुख रूपं राति गृह्ययाति इति विखंरः प्राण वायुसंचार विशिष्टः वर्णोच्चारः, तेनाभिव्यक्ता वैखरीति।"[7]

2."विखर इति देहेन्द्रिय संघात उच्यतें तत्र भवा वैखरी।"[8]

3."विखरः शरीरं, तत्र भवा तत्पर्यन्त चेष्टा संयादिकेत्यर्थः।"[9]

---

**1-भाषा विज्ञान के सिद्धान्त और हिन्दी भाषा-डॉ.द्वारिका प्रसाद सक्सेना, पृष्ठ-173**

**2.भाषा विज्ञान और मानक हिन्दी -डॉ.रत्न चन्द्र शर्मा, पृष्ठ-78**

**3.भाषा विज्ञान और मानक हिन्दी-डॉ.रत्न चन्द्र शर्मा, पृष्ठ-78**

**4.संस्कृत-व्याकरण दर्शन- डॉ.राम सुरेश त्रिपाठी , पृष्ठ-34**

**5.भाषा विज्ञान एवं भाषा शास्त्र- डॉ.कपिलदेव द्विवेदी, पृष्ठ-43**

**6.वाक्य पदीय-भर्तृहरि, पृष्ठ-114,टीका-1/27**

**7.अलंकार सर्वस्व- जयरथ, टीका, पृष्ठ-2**

**8.न्याय मंजरी-जयन्त भट्ट, पृष्ठ-343, चौखंबा संस्करण-1936**

**9.ईश्वर प्रत्यभिज्ञाविवृत्ति विमर्शिनी-अभिनव गुप्त, पृष्ठ-187, भाग-3**

4."वक्तृभि: विशिष्टायां खरावस्थायां स्पष्ट रूपायामं भवा वैखरी।"[1]

वैखरी संज्ञा शब्दों से सम्बन्ध है। वैखरी की विशेषता यह है कि यह स्वसंवेद्य और पर संवेद्य दोनों है। यह व्यापार रूप और कार्य रूप दोनों है।[2]

**ख.मध्यमा-** उपांशु (मौन भाषण) और परमोपांशु मध्यमा के प्रतीक हैं। मध्यमा का व्यापार महज भीतरी बताया जाता है। मध्यमा सूक्ष्म प्राण शक्ति के सहारे संचालित होती है। भर्तृहरि ने मध्यमा के पाँच भेद माने हैं- उच्च, मंद, उपांशु, परमोपांशु तथा संहृतक्रम। इसे 'अंत संनिवेशिनी' भी कहा गया है। कुछ विद्वानों का विचार है कि मध्य अवस्था को अभिव्यंजित करने के कारण ही इसे 'मध्यमा' कहा जाता है। मध्यमां वाक् का उपादान बुद्धि है।

**ग.पश्यन्ती-** वाक् का तीसरा रूप पश्यन्ती है। आचार्य **क्षेमराज** ने पश्यन्ती को परमतत्व माना है-"शब्द ब्रम्हनामयं पश्यन्तीरूपं आत्मतत्वमिति **वैयाकरणा:**"।[3]**अभिनव गुप्त** ने भी वाक् के उक्त तीनों रूपों में पश्यन्ती को ही प्रमुखता दी है- "ननु पश्यन्त्येव परं तत्वमिति जरद्वैयाकरणा: मन्यते।"[4] आचार्यो ने पश्यन्ती को लोक व्यवहार से सर्वथा परे माना है। **आचार्य भर्तृहरि** ने पश्यन्ती का स्वरूप स्थिर करते हुए लिखा है कि-, "प्रति संहृत क्रमा सत्यप्यभेदे समाविष्ट क्रम शक्ति: पश्यन्ती। सा चला च अचला , प्रतिलब्धा समाधाना च, आवृत्ता विशुद्धा च सन्नि विष्ट ज्ञेयाकारा प्रतिलीनाकारा निराकारा च........"। **आचार्य हेलाराज** तो पश्यन्ती को ही परावाक् के रूप में देखतें हैं-"संविच्च पश्यन्तीरूपा परावाक् शब्द ब्रम्हमयीति ब्रम्हतत्वं शब्दात् पारमार्थिकात्र भिद्यते। विवर्त दशायां तु वैखर्यात्मना भेद:।"[5]कुल मिलाकर अधिकांश आचार्यो ने पश्यन्ती को ही परम तत्व माना है।

**भाषा और वाक् में अन्तर-** व्यक्ति द्वारा बोली गई भाषा को भारतीय विद्वान **भर्तृहरि** ने 'वाक्' तथा पाश्चात्य विद्वान **सोसूर** (Saussure) ने 'पैरोल' तथा समाज द्वारा बोली गई भाषा को क्रमश: 'भाषा' तथा 'लॉग' नाम दिया है। वाक् तथा भाषा में कुछ सूक्ष्म अंतर है। भाषाशास्त्र में वाक् का अर्थ श्रोतग्राह्य प्रतीकात्मक उस भाषण व्यवस्था से है, जो भाषित शब्दों के प्रवाह में लक्षित होती है।[6] वाक् की उत्पत्ति भाषा के लिए होती है। भाषा वाक् शक्ति का समाजीकरण है। वाक् एक व्यावहारिक क्रिया है। **गार्डिनर** के अनुसार,"वाक् एक संक्षिप्त शब्द है, जिसका प्रयोग आदर्श तथा व्यवहार रूप में भाषक के उन उच्चारों के लिए किया जा सकता है, जिसकी निर्मित श्रोता के लिए भी समान होती है।[7]" वाक् वस्तुत: प्रकृत वस्तु है, जब कि भाषा सामाजिक वस्तु है। वाक् में सार्थकता तथा निरर्थकता का संदेह हो सकता है, पर भाषा तो सदैव सार्थक ध्वनियों की क्रमबद्ध व्यवस्था है।

सोसूर ने **'वाक्'** (पैरोल) तथा **'भाषा'**(लॉग) के परस्पर अंतर के संबन्ध में अधोलिखित संकेत दिए हैं-

1. सामान्य भाषा(लॉग) का स्वरूप भाषा के विभिन्न भाषित रूपों (पैरोल) में स्पष्ट तथा सुनिश्चित रूप में विद्यमान होता है।[8]

2.भाषित रूपों में परस्पर भिन्नता होती है, जबकि सामान्य भाषा में तारतम्य तथा सुसम्बद्धता होती है।[9]

3.सामान्य भाषा भाषित रूपों की अपेक्षा कम स्थूल तथा कम पुष्ट नहीं हैं।[10]

4. भाषित रूपों से भिन्न भाषा एक ऐसी,वस्तु है, जिसका अध्ययन पृथक रूप में किया जा सकता है।[11]

प्रोफेसर **चोम्स्की** [12] ने **सोसूर** की बात से सहमत होते हुए इस अंतर को भिन्न शब्दों में स्पष्ट किया हैं। उन्होंने सामान्य भाषा को 'भाषा- योग्यता' (Intrinsic Competence) और व्यक्ति भाषा को 'भाषा - व्यवहार' (Linguistic behaviour) माना है। उनका कहना है कि भाषा व्यवहार में भाषा योग्यता के अतिरिक्त स्मरण शक्ति, अवधान, व्यवधान, रुचि आदि अनेक तत्व निहित हैं। अत: भाषा व्यवहार का अध्ययन करने के लिए इन सब तत्वों का भी अध्ययन करना आवश्यक है जब कि भाषा- योग्यता का वर्णन सुगमता और विश्वास के साथ किया जा सकता है।

---

1.स्याद्वादर रत्नाकर-वादिदेव सूरि,पृष्ठ-89, 1/7

2.संस्कृत व्याकरण दर्शन-डॉ.राम सुरेश त्रिपाठी, पृष्ठ 38

3.प्रत्यभिज्ञा हृदय-क्षेमराज, पृष्ठ-43, अड्यम् संस्करण

4.ईश्वर प्रत्यभिज्ञा विवृत्ति विमार्शिनी-अभिनव गुप्त, पृष्ठ 191, द्वितीय भाग

5.वाक्य पदीय- हेलाराज, पृष्ठ-3, द्रव्य समुद्देश्य-11

6. Language: An Introduction to the study of speech. E.Sapier- p. 24, 1941

7. The Theory of Speech and Language. Sir Allen Gardiner- Oxford, Page-87, 1960.

8. Language is a well defined object in the heterogeneous mass of speech facts.

9. where as speech is heterogeneous language as defined homogeneous.

10. Language is concrete, no less than speaking and this is a help in our study of it.

11. Language, unlike speaking, is somthing that we can study separately.
Course in General Lingustics Ferdinand de Saussure P. 14-15

12. A. grammar of language purports to be a description of the ideal speaker- hearer's intrinsic Competence.

**भाषा और समाज** (Language and society):- भाषा समाज का प्रभामण्डल है। भाषा ही वह फोकस है, जिसमें समाज अपने अतीत की शक्ल- शबीह को निहार पाता है। समाज के सारे दुख- सुख, पहचान, संघर्ष, बाजार, अनास्था, मूल्य, तथा संस्कृति- सभ्यता भाषा के रसायन में घुलें रहतें हैं। व्यक्ति और समाज को जोड़ने के लिए भाषा पुल का काम करती है। प्रत्येक समाज को सुव्यवस्थित रूप ग्रहण करानें में भाषा का सर्वाधिक हाथ रहता है, क्याेंकि भाषा सामाजिक जीवन का मूलाधार है। प्रत्येक समाज के व्यक्तियों की कोई -न- कोई ऐसी भाषा अवश्य होती है, जिसके माध्यम से वे परस्पर विचारों का आदान-प्रदान करते हैं,"एक-दूसरे के प्रति अपनी आशाओं और आकांक्षाओं को व्यक्त करतें हैं और अपने भावों तथा उद्‌गारों को प्रकट करते हैं, अपनी रीति-नीति का निर्धारण करते हैं। भाषा के अभाव में वें यह सब कुछ नहीं कर सकतें थे। भाषा के द्वारा ही हम एक-दूसरे के मनोभावों को भली-भाँति समझ सकतें हैं "।[1] कुल मिलाकर भाषा और समाज का रिश्ता अनन्य और अटूट होता है। पश्चिम के भाषाशास्त्री भाषा के सामाजिक एवं वैयक्तिक पक्षों पर प्रकाशपात करतें हुए लिखतें हैं:-"Acts of speaking (la-parole) are invariably individual,variable and inventive x x x x La langue, however is a collective pattern, it is something common to all speakers, x x x x."[2]

वस्तुत: भाषा में ही वह शक्ति है, कि वह सारे संसार को एक सूत्र में बाँध सके। **डॉ.कपिलदेव द्विवेदी** कहतें हैं कि भाषा समन्वय -सूत्र है। प्रत्येक भाषा स्वभाषा-भाषी को एकता के सूत्र में बाँधे रखती है, अत: वे भिन्न होते हुए भी एकत्व की अनुभूति करतें हैं। विश्व-भाषा विश्व-मानव को एक सूत्र में समन्वित कर विश्वबन्धुत्व का भाव जागृत करती है।[3] ऋगवेद में भाषा को राष्ट्री अर्थात् राष्ट्र निर्मात्री तथा संगमनी अर्थात् संबद्ध करने वाली कहा गया है। आचार्य **भर्तृहरि** तो इसे संपूर्ण विश्व समाज को एक में जोड़ने वाली 'निबन्धनी' कहतें हैं:-

**'अहं राष्ट्री संगमनी वसूनाम।'[4]**
**'शब्देष्वेवाश्रिता शक्तिर्विश्वस्यास्य निबंधनी'[5]**

मानव- भाषा के निर्माण एवं विकास में सामाजिक जीवन की आवश्यकता ने अपना महत्वपूर्ण योगदान दिया है। इसके साथ-साथ यह बात भी उतनी ही सत्य है कि समाज के विकास में भाषा का भी अप्रतिम योगदान रहा है। समाज निर्माण के लिए यह अनिवार्य शर्त होती है कि उसकी संगठनात्मक इकाइयाँ परस्पर एक दूसरे से संबद्ध हों। इन समस्त इकाइयों को जोड़ने में भाषा बहुत महत्वपूर्ण भूमिका का निर्वाह करती है। आदिम समाज की अपेक्षा आधुनिक जीवन में विचारों की अभिव्यक्ति के लिए भाषा का सहारा अधिक लिया जाता है।[6]

सच तो यह है कि यदि समाज भाषा विहीन हो तो फिर उसमें और पशुओं में कोई अंतर ही नहीं रह जाएगा। यद्यपि पशुओं के भी अपने समाज होतें हैं, किन्तु भाषा के अभाव में वे मनुष्य की तरह अपने समाज का सुस्पष्ट विकास नहीं कर सके। इधर, मनुष्य ने भाषा के माध्यम से अपनी नीतियों, मानवीय मूल्यों, आदर्शों के प्रचार-प्रसार के साथ-साथ राजनैतिक, सामाजिक तथा सांस्कृतिक जीवन में प्रगति करने और 'पूर्ण मनुष्य' होने में सफलता प्राप्त की है। **चोमस्की** (Chomsky) तो स्पष्ट कहतें हैं कि भाषा को ठीक प्रकार से समझना हमें मानवीय मन को समझने के योग्य बना देता है:-"A correct under standing of nature of language will enable us to under stand human mind."

**भाषा की संरचना** (Structure of language):- भाषाओं की रचना और विकास संबंधी अध्ययन ही भाषिक संरचना का मूल विषय कहा जा सकता है। जिन तत्वों की संयोजना, सहयोग-सहकार से भाषा का निर्माण या भाषा बनती है, उन्हें हम 'भाषा की संरचना' कह सकतें हैं। कुछ विद्वानों ने 'भाषा- संरचन' या 'भाषा-संरचना' की जगह 'भाषा-संघटन' या 'भाषा-संघटना' शब्दों का प्रयोग किया है। **डॉ.बाबूराम सक्सेना** उन्हीं में हैं। वे लिखतें हैं कि-"भाषा एक संघटना है, अर्थात् ऐसी सुव्यवस्थित योजना है, जिसमें प्रत्येक अवयव के बाद आने वाले औरों की संख्या एवं प्रकार की मर्यादा सुनिश्चित है। हम जब संस्कृत भाषा के संघटन का विचार करते हैं तों यह निश्चित रूप से कह सकतें हैं कि किसी भी संस्कृत शब्द के आदि में ण् या ङ् नहीं आ सकता या जब हम हिन्दी द्वारा संघटन की बात सोचते है तो भली-भाँति जानतें हैं कि अकर्मक क्रिया के पहले सामान्य भूतकाल के द्योतन में कर्त्ता के बाद "ने" नहीं आएगा xxxxxxx संघटन होने ही के कारण भाषा के अवयवों का वैज्ञानिक विश्लेषण किया जा सकता है और संघटन होने के

1. भाषा विज्ञान और मानक हिन्दी- डॉ. रत्नचन्द्र शर्मा, पृष्ठ-94
2. Course in General Linguistics- Ferdinadde Saussure, Chaper-1, 1959
3. भाषा विज्ञान एवं भाषा शास्त्र- डॉ. कपिलदेव द्विवेदी, पृष्ठ 53
4. ऋग्वेद 10.125.3
5. वाक्यपदीय- भर्तृहरि, 1.119
6. भाषा एवं भाषा विज्ञान--- डॉ.महावीर सरन जैन, पृष्ठ-72

कारण भाषा में सम्प्रेषणीयता आती है''।[1]

पर, यदि सूक्ष्म विचार किया जाय तो हमें स्पष्ट हो जाएगा कि 'भाषा की संरचना' अथवा 'भाषा की संघटना' में अर्थ-संबंधी कोई भी अंतर नहीं है। दोनों का अर्थ एक ही है, अर्थात् भाषा-निर्माण में या भाषा के जन्मने में आवश्यक घटकों या तत्वों का मंजुल सहयोग। 'भाषा-संरचन' और 'भाषा-संघटन' शब्दों में अर्थ की अभिन्नता और उनकी व्युत्पत्तियों पर गहरा और पाण्डित्य पूर्ण प्रकाश डालते हुए प्रसिद्ध भाषा शास्त्री **डॉ. रत्नचन्द्र शर्मा** लिखतें हैं कि-सम्पूर्वक रच् (प्रतियत्ने) से भावार्थ में ल्युट् प्रत्यय जोड़ने पर 'संरचन' शब्द बनता है और सम् पूर्वक घट् (संघाते, भाषांर्थे) से भावार्थ में ल्युट् प्रत्यय जोड़ने पर 'संघटन' शब्द बनता है। 'संरचना' और 'संघटन' से स्त्रीलिंग में 'आ' प्रत्यय जोड़ने पर क्रमश: 'संरचन' और 'संघटना' शब्द बनतें हैं। इस प्रकार व्युत्पत्ति की दृष्टि से 'संरचन' अथवा 'संरचना' का अर्थ है- निर्माण संबंधी प्रतियत्न और 'भाषा' संरचना का अर्थ है-'भाषा-निर्माण संबंधी प्रतियत्न'। 'संघटन' अथवा 'संघटना' का अर्थ है-'घटकों के आधार पर निर्माण करना' और 'भाषा-संघटना' का अर्थ है-'घटकों के आधार पर भाषा की योजना।' ''पद संघटना रीति'' कहकर आचार्य **वामन** (800ई.) ने पदों की योजना अथवा व्यवस्था को ही रीति माना है। इस प्रकार 'संरचना'और 'संघटना'शब्द लगभग समानार्थक हैं। अत: हम उक्त आधार पर स्पष्ट रूप से कह सकतें हैं कि ''भाषा यादृच्छिक वाचिक प्रतीकों की वह संघटना है, जिसके माध्यम से एक मानव समुदाय परस्पर व्यवहार करता है'' अथवा ''भाषा यादृच्छिक उच्चरित ध्वनि प्रतीकों की वह सार्थक संरचना है, जिसके माध्यम से किसी समाज अथवा वर्ग विशेष के मानव परस्पर भावों एवं विचारों को अभिव्यक्त करतें हैं।''[2]

**भाषा व्यवस्था और भाषा व्यवहार-** भाषा मनुष्य के लिए ईश्वर की ओर से भेंट की गई एक महत्वपूर्ण और पवित्र दाय है। यह दुर्लभ दाय ही एक व्यक्ति से दूसरे, व्यक्ति के बीच में भाव-संप्रेषण का सशक्त सूत्र बनती है। समाज की संरचना, परंपराओं और रीति-रिवाजों का संवहन, संस्कृति का निर्माण और रचाव भाषा ही करती है। अत: हमें यह जानना चाहिए कि इतनी बड़ी भूमिका में जीने वाली भाषा की अपनी एक निश्चित, पुख्ता और क्रमबद्ध व्यवस्था होती है। इसके पास अनुशासन की सशक्त धारा होती है, जिससे समाज के प्रत्येक व्यक्ति को यह एक-दूसरे से गूँथे रखती है। जिस प्रकार शरीर के हाथ-पाँव, नाक-मुँह अनुशासन की एक निंश्चित लय में जीते हुए शरीर के स्वरूप को सुन्दर और स्वस्थ बनाए रखते हैं, ठीक उसी प्रकार भाषा के भी हाथ-पाँव अर्थात् शब्द, ध्वनि, वाक्य, अर्थ आदि अपने-अपने स्थान पर क्रियाशील बने रहकर भाषा की व्यवस्था को सुदृढ़ किए रहते हैं, तभी तो समाज में एक से अधिक व्यक्ति एक ही भाषा को हू-ब-हू बोल लेते हैं। हिन्दी-गुजराती के मूर्द्धन्य विद्वान पं.**डॉ. प्रबोध बेचर दास जोशी** भाषा-व्यवस्था पर टिप्पणी करतें हुए लिखतें हैं कि, कि,-''मानव भाषा एक अनन्य व्यवस्था है। इस संज्ञा व्यवस्था की दो उपव्यवस्थाएँ हैं:-1. ध्वनि घटकों की व्यवस्था, तथा 2. ध्वनि घटकों के साथ आवर्तनों की व्यवस्था।''[3]

मानव-भाषा का सबसे अधिक वैशिष्ट्य इस तथ्य मे निहित है कि उसमें संरचनात्मक व्यवस्था होती है। कतिपय विद्वान व्यवस्था (System) एवं संरचना (Structure) का पर्याय रूप में प्रयोग करते हैं। सामान्य अर्थ में ये पर्याय हैं। उच्चारों के तत्वों का रूप तालिकात्मक (Paradigmatic) एवं विन्यास क्रमात्मक (Syntagmatic) संदर्भो में अध्ययन करतें समय इनका प्रयोग भिन्न अर्थो में किया जाता है।[4] **प्रो. हिल** भाषा-व्यवस्था के तीन लक्षण निर्धारित करते हैं।[5]

इतना जानने के बाद कि बिना व्यवस्था या कहें कि, क्रमबद्ध व्यवस्था के भाषा अस्त-व्यस्त और छिन्न हो सकती है, हमें यहाँ लगे हाथ यह भी जान लेना चाहिए कि विश्व की संपूर्ण भाषाओं की व्यवस्था एक सी नहीं हो सकती। सभी भाषाओं की अपनी-अपनी व्यवस्थाएं हैं। चाहे वाक्य निर्माण हो या ध्वनि प्रयोग हो, स्वत: हिन्दी और अंग्रेजी भाषाएँ अलग-अलग व्यवस्थाओं की शिकार हैं। सबकी व्यवस्थाओं के अलग-अलग तंत्र हैं। किसी भाषा में ओंठों की आकृति ध्वनियों में भिन्नता ला देती हैं, तों किसी भाषा में ग्रसनी स्थान से ही ध्वनियों का उच्चारण होता है, और तो और भारतीय खासकर आधुनिक भारतीय आर्य भाषाएँ भी इस की पुख्ता उदाहरण हैं। बहरहाल, इतना तो अवश्य है कि भाषा कोई भी हो, व्यवस्था में, किसी-रचना में, एक रूपावली, में विनिमय होने वाले शब्द आदि तत्वों के रूप तालिकात्मक अन्तर्सबंधों का अध्ययन किया जाता है।[6] पश्चिम के एक अन्य विद्वान-**प्रो. राबिन्स** भी इसी तथ्य के

1. सामान्य भाषा विज्ञान-डॉ. बाबूराम सक्सेना, पृष्ठ-14, हिन्दी साहित्य सम्मेलन-प्रयाग, मूल्य 7रूपए, 1965
2. भाषा विज्ञान और मानक हिन्दी-डॉ. रत्नचन्द्र शर्मा, पृष्ठ-72
3. गुजराती व्याकरण में जाति और परिमाण:हिन्दी अनुशीलन-पंडित डॉ. प्रबोध बेचन दास, पृष्ठ-2, धीरेन्द्र वर्मा विशेषांक, अंक 1-2, वर्ष-13, प्रयाग
4. भाषा एवं भाषा विज्ञान-डॉ. महावीर सरन जैन, पृष्ठ-42
5. Introduction to linguistic structures-archibald. A. Hill, P. S, New york, 1958.
6. भाषा एवं भाषा विज्ञान, डॉ. महावीर सरन जैन, पृष्ठ-4

पक्षधर हैं:-"Essentially the relations between linguistic elements are of two kinds or dimensions, usually designate a syntagmatic and paradigmatic. Syntagmatic relations are those holding between elements forming serial structures at a given level, referable to though of course not identical with,.......related elements. "[1]

ईश्वर की दुर्लभ देन के साथ-साथ बतातें हैं कि, भाषा मनुष्य की अर्जित संपत्ति है। भाषा संबंधी यह अर्जन उसके परस्पर व्यवहार से उपलब्ध होता है। परस्पर बरतने और व्यवहार से ही भाषा एक व्यक्ति के यहाँ से दूसरे को उपलब्ध होती है। व्यवहार से ही भाषा दीर्घजीवी रहती है। **डॉ.बाबूराम सक्सेना** कहते हैं कि ऐसी भी भाषाएँ हैं, जों क्रमश: लुप्त होती जा रही हैं, पर तब तक बनी रहती हैं, जब तक कि उनके कम-से-कम दो बोलने वाले एक-दूसरे के पास बैंठें रहते हैं।[2] **डॉ.कपिलदेव द्विवेदी** के अनुसार भाषा का व्यवहार प्राय: तीन स्थितियों में किया जाता है, क. व्यक्ति स्वयं के लिए, ख. व्यक्ति दूसरे व्यक्ति के लिए, ग. व्यक्ति समाज के लिए।[3] कुल मिलाकर यह कहा जा सकता है कि व्यक्तियों के व्यवहार को नियंत्रित करने के लिए भाषा हर प्रकार से एक शक्तिशाली प्रविधि है। भाषा के समान ऐसी कोई भी शक्तिशाली चीज नहीं है, जिसकी खोज कोई मनोवैज्ञानिक अपनी प्रयोगशाला मे कर सके- "Language is by all adds the most subtle and powerfull technique we have for controlling other people. Nothing the psychologists can invent in their laboratories is likely to be nearly as influential in controlling people as this familiar tool we call language".

**भाषा और प्रतीक व्यवस्था-** प्रतीकात्मकता भाषा की एक सशक्त विशेषता होती है। यही भाषा का महत्वपूर्ण गुण और कार्य भी है। भाषा का अर्थ प्रतीकात्मक ही होता है। प्रतीक वस्तुत: एक चित्र, आभास या दृश्य खड़ा करतें हैं। 'प्यास' शब्द के उच्चारण से जल के अभाव में गला सूखता नहीं है, बल्कि इससे प्यास का आभास भर होता है। हाँ, उक्त शब्द में इतनी क्षमता है कि वह प्यास लगने की स्थिति का बोध करा सकता है। किन्तु हमें यहाँ यह भी ध्यान रखना चाहिए कि भाषा के शब्द चिन्ह नही, प्रतीक होते हैं। चिन्ह का चिन्हित वस्तु से स्वाभाविक संबंध होता है। यह वस्तु के लक्षण का चिन्ह प्रकट करता है। प्रतीक में प्रतीकार्थ वस्तु का कोई प्राकृत लक्षण नहीं होता। प्रतीक का अपनी वस्तु से माना हुआ संबंध होता है। सहज स्नायविक आवाजें प्रतीक नहीं हैं, क्योंकि ये प्राकृत हैं, सहज हैं, यानी हुई नहीं हैं। इसके विपरीत भाषा के शब्द वस्तु के वाचक हैं। जिस वस्तु के लिए जो शब्द जिस भाषा समाज द्वारा मान लिया जाता है, इस भाषा समाज के भाषा भाषी उस वस्तु को उस शब्द से पुकारने के अभ्यस्त हो जातें हैं। चिन्ह इसी कारण प्राकृत एवं स्वाभाविक होता है, किन्तु प्रतीक अर्जित एवं मान्य होता है।[4]

भाषा प्रतीकमय होती है। भारतीय विद्वान **कुप्पूस्वामी** लिखतें हैं कि भाषा संम्प्रेषण की परंपरागत प्रतीक होती है-"Language may be defined as a system of communication through conventional symbals". इधर, विदेशी विद्वान **मैकडेबिड** तथा **हरबर्ट** भाषा और प्रतीक पर रोशनी डालतें हुए कहतें हैं कि भाषा एक सामाजिक परंपराओं का एक संस्थान (system) है, जो एक प्रतीकों के सेट तथा प्रत्ययों के सेट में विशेष प्रकार के संबंधों का वर्णन करती है-"A language is a system of social conventions that specify particular relationalship between a set of symols and a set of ideas " **इन्साइक्लोपीडिया ब्रिटेनिका** में तो स्पष्ट लिखा है कि भाषा में कुछ स्वच्छ प्रतीकों के प्रयोंगों के द्वारा किसी सामाजिक समूह के सदस्य अन्त: क्रिया तथा विचारों का आदान-प्रदान करतें हैं-"Language may be difined as an arbitrary system of vocal symbols by means of which human beings, as member of a social group and participants is a culture interact and communicate."

**डॉ.बाबूराम सक्सेना** प्रतीक ओर संकेत में अंतर मानते हैं। वे कहते हैं कि प्रतीक और संकेत इन दोनों में एक विशेष अंतर यही है कि जहाँ संकेत और संकेतित ये किसी-न-किसी प्रकार का नियत संबंध हुआ करता है, वहाँ प्रतीक और प्रतीयमान में यह संबंध नियत न होकर काफी अनिश्चित होता है। xxxxxxx हिन्दी की नदी 'कलकल' करती है, पर अंग्रेजी की नदी 'मरमर' करती है। हिन्दी का घोड़ा 'हिनहिनाता' है, पर अंग्रेजी का घोड़ा 'नेइंग' करता है। इसीलिए हम भाषा के संकेत न ढूँढ़कर प्रतीक ढूढतें हैं।[5]

**भाषा और यादृच्छिकता-** यादृच्छिक का अर्थ होता है-ऐच्छिक। विद्वानों ने इस यादृच्छिकता या ऐच्छिकता का रिश्ता भाषा से जोड़ते हुए कहा है कि,-"भाषा मानव कंठ ध्वनियों की यादृच्छिक प्रतीक व्यवस्था है।" "परंपरित होते हुए भी परिवर्तनशील

**1. General Linguistics: An Introuductory Survey- R. H. Robins. P. 48-49**

**2. सामान्य भाषा-विज्ञान-डॉं.बाबूराम सक्सेना,पृष्ठ-17**

**3. भाषा विज्ञान एवं भाषा शास्त्र-डॉ.कपिलदेव द्विवेदी, पृष्ठ-47**

**4. भाषा एवं भाषा विज्ञान-डॉ.महावीर सरन जैन, पृष्ठ-37**

**5. सामान्य भाषा-विज्ञान-डॉ.बाबूराम सक्सेना, पृष्ठ-15**

तथा यादृच्छिक वाक् प्रतीकों की विशिष्ट, जटिल तथा क्रमबद्ध व्यवस्थाओं की व्यवस्था का नाम भाषा है।''[1] 'या ''भाषा यादृच्छिक वाचिक प्रतीकों की वह संघटना है, जिसके माध्यम से एक मानव समुदाय परस्पर व्यवहार करता है।'' किन्तु भाषा और यादृच्छिकता के उक्त दोहरे संबंधों पर भाषा जिद् **डॉ. बाबूराम सक्सेना** को कड़ा एतराज है। वे पूछतें हैं कि, ''एक ओर हम यह कहतें हैं कि भाषा संघटनात्मक होने के कारण पूर्व निश्चित होती है और वहीं दूसरी ओर हम यह भी कहतें हैं कि संघटना यादृच्छिक प्रतीकों की बनी है। इसका समाधान कैसे होगा?''

वस्तुत: भाषा कोई यांत्रिक वस्तु नहीं है। वह जड़ और बेजान पदार्थ नहीं है। स्व. **डॉ.रामविलास शर्मा** को भाषा की उक्त यांत्रिक समझ से गहरा कोफ्त है। अपनी एक सुप्रसिद्ध पुस्तक में वे लिखतें हैं कि-[2]भाषा वृक्ष के समान नहीं है, जिसकी शाखाएँ एक तने से फूटती हैं, जिसकी जड़ें एक निश्चित स्थान में खोदकर निकाली जा सकती हैं और उसके बीज का पता लगाकर उसके वंश का नामकरण किया जा सकता है। यद्यपि वृक्ष उतना जड़ नहीं होता, जितना वह दिखाई देता है, फिर भी भाषा असंदिग्ध रूप से अधिक चंचल और परिवर्तनशील होती है। वह वृक्ष से अधिक नदी के समान है, जिसमें विभिन्न सहायक नदी-नाले भी अपना जल मिला देतें हैं, जिसमें अरब समुद्र के बादलों का पानी कितना है, और कितना हिन्द महासागर के बादलों का-यह पता लगाना प्रायः असंभव है। इधर, सुप्रसिद्ध भाषा-वैज्ञानिक **डॉ.महावीर सरन जैन** कहतें हैं कि शब्द स्वयं पदार्थ नहीं है। शब्द स्वत: स्फूर्त नहीं है। हम समाज में रहकर उन्हें सीखतें हैं। कुछ ठोस उदाहरणों से अपने कथन की सत्यता साबित करने के लिए आगे वे लिखतें हैं कि-[3] ''एक समाज किसी वस्तु के लिए जिस नाम की स्वीकृति दे देता है वही नाम उस समाज में उस वस्तु के लिए प्रयुक्त होने लगता है। यही कारण है कि एक ही वस्तु के अलग-अलग भाषाओं में प्राय: भिन्न वाचक मिलतें हैं। यदि शब्द एवं वस्तु का प्राकृत एवं समवाय संबंध होता तो संसार भर की भाषाओं में एक वस्तु का एक ही वाचक होता। हम जानतें हैं कि ऐसा नहीं है। एक ही वस्तु अनेक नामों से पुकारी जाती है। यथा, हिन्दी में जिसे कुत्ता कहतें हैं उसी को अंग्रेजी में 'डॉग' (Dog), चीनी में 'गोऊ' (Gou), इटैलियन में 'कैने' (Cane), स्पेनिश में 'पेरो' (Perro), जर्मन में 'हुण्ड' (Hund) तथा रूसी में सुबाका (Subaka) कहते हैं। भारतीय भाषाओं में भी एक ही पदार्थ के अनेक वाचक मिल जातें हैं-हिन्दी के गेहूँ को पंजाबी में कणक, गुजराती में धउँ, बंगला एवं असमियों में गम अथवा गाम कहते हैं। हिन्दी की आँख, मराठी में डोला, तमिल में कणमणि, कन्नड़ में पापे रूप में व्यवहत होती है। गर्दन को पंजाबी में धौण, मराठी में मानू, असमिया में दिड़ि, उड़िया में बेक तथा तमिल एवं मलयालम में कलुत्तुं कहतें हैं। हिन्दी में भोजन करतें हैं, मराठी गुजराती में जेवण या जमण करते हैं। इसके विपरीत एक ही शब्द विभिन्न भाषाओं में भिन्न-भिन्न अर्थों में भी प्रयुक्त होता है-''

| शब्द | अर्थ | भाषा |
|---|---|---|
| मृग | सामान्य पशु | दक्षिणी भाषाओं में |
| मृग | हिरण | हिन्दी |
| शिक्षा | सिखाना | हिन्दी |
| शिक्षा | ताड़ना | मराठी |
| अनर्गल | निरर्थक | हिन्दी |
| अनर्गल | धाराप्रवाह | तेलुगु |
| बाड़ी | बगीचा | हिन्दी |
| बाड़ी | घर | बंगला |

**भाषा: द्रव्य या सत्व तथा आकृति या आकार-**पारम्परिक रूप से हम यह जानते हैं कि किसी कथन का निर्माण ध्वनियों और शब्दों से होता है। ध्वनियां जब शृंखलाबद्ध होती है तब शब्द का निर्माण होता है और ध्वनियां, विकसित भाषा में, लिपि-चिन्हों से रूपायित होती हैं। शब्द प्राय: सार्थक होतें हैं जबकि ध्वनियों का कोई अर्थ-विशेष नहीं होता। इसी क्रम में शब्द मिलकर वाक्य की संरचना करतें हैं। व्याकरण शास्त्र हमें यह सिखाता है कि शब्दों से किस प्रकार वाक्य गठन होता है। वैयक्तिक अर्थ का ज्ञान प्राप्त करने के लिए शब्दकोष की रचना होती है।

**निबंधन-**ध्वनियाँ परस्पर गुंफित होकर शब्द, शब्द एक निश्चित क्रम में संयोजित होकर वाक्य बनतें हैं। वाक्य को भी पूर्ण वाक्य बनने के लिए कुछ क्रमों से गुजरना पड़ता है जैसे शब्दों से पदबन्ध, पदबन्धों से उपवाक्य और उपवाक्यों से पूर्ण वाक्य बनता है। वाक्य निर्माण की इस सम्पूर्ण प्रक्रिया को हम निबंधन शब्द से अभिहित कर सकते हैं। निबंधन के लिए **''स्तर''** शब्द का भी प्रयोग

---

1. भाषा एवं भाषा विज्ञान-डॉ.महावीर सरन जैन, पृष्ठ-38
2. भाषा और समाज-डॉ.रामविलास शर्मा, पृष्ठ-155
3. भाषा एवं भाषा विज्ञान-डॉ.महावीर सरन जैन, पृष्ठ-38

किया जा सकता है।

**सहसम्बंध-** सहसंबंध के लिए धरातल या तल शब्द का भी प्रयोग किया जा सकता है। सहसंबंध शब्द के संबंध किसी प्रयुक्त शब्द का अर्थ अथवा अर्थों से होता है। इस प्रकार हर भाषा का वर्णन दो धरातलों पर होता है, प्रथम रूप या फार्म तथा द्वितीय अर्थ के आधार पर। इसे हम अभिव्यक्ति या इम्प्रेशन तथा वस्तु या कान्टेण्ट भी नाम दे सकतें हैं। इस प्रकार भाषा का अभिव्यक्ति तक दोहरा या द्विस्तरीय रूप होता है- ध्वनि और शब्द।

**सत्व और आकृति-** सत्व और आकृति को द्रव्य और आकार के नाम से पुकारा जा सकता है। आज तक लोग यही मानतें आए हैं कि शब्द या अर्थ का संबंध रूढ़िगत या परम्परागत होता है। उक्त विश्वास से यह धारणा पुष्ट होती है कि ''किसी भाषा की शब्द राशि वस्तुत: उन नामों या संज्ञाओं का एक संग्रह मात्र होती है जो रूढ़ि के कारण स्वतंत्र अस्तित्व वाली वस्तुओं या अर्थो के साथ सहचारी या संगत हो जाती हैं।''

**क. हर भाषा का अपना अर्थ तंत्र होता है-** यह चिन्तन कुछ भ्रमात्मक लगता है कि शब्द और अर्थ का संबंध मात्र रूढ़िगत आधार पर होता है। हर भाषा का अपना सांस्कृतिक अर्थ तंत्र होता है। जैसे अंग्रेजी का ब्रदर-इन-ला शब्द की तुल्यता हिन्दी का कोई एकं संबंध वाची शब्द नहीं कर पायेगा। हिन्दी में साला, बहनोई, जेठ, देवर, साढू इतने ढेर शब्द मिलकर एक शब्द को अभिव्यक्ति दे पाएंगें। इसी प्रकार रूसी भाषा में ब्रदर-इन-ला के अर्थ को चार शब्द-स्ताज, शूरिन्, स्वोयाक्य, या देवेर-अलग-अलग अभिव्यक्ति देते हैं। स्ताज का अर्थ दामाद होता है। स्ताज एक साथ ही अपनी बहन और लड़की के दामाद के लिए एक साथ प्रयुक्त होता है। इस प्रकार हर भाषा का अपना अर्थ तंत्र होता है, जो वहाँ की सांस्कृतिक और सामाजिक परम्पराओं के अनुरूप होता है।

**अर्थात्मक समाकृति-** अर्थात्मक समाकृति दो भाषाओं के मध्य अधिक तभी होती है जब उन दो भाषाओं के बोलने वाले लोगों के समाजों में सांस्कृतिक समानता अत्यधिक हो। अर्थात्मक समाकृति का अर्थ है अर्थ की समान संरचना वाली। जब दो अलग भाषाएँ वैसे गुण रखें, तब उन्हें अर्थात्मक समाकृति वाली भाषाएँ कहते हैं।

**सत्व और आकृति के संबंध में सौस्यूर के विचार:-** अलग-अलग भाषाओं के अर्थ-तंत्र के अन्तर को स्पष्ट करने के लिए सौस्यूर ने तथा उनके समर्थकों ने सत्व (द्रव्य) और आकृति के मध्य विभेद का सहारा लिया है। उनके अनुसार शब्द-राशि की आकृति संबंधों की एक संरचना है। उक्त संरचना को कोई भाषा किसी आधारभूत द्रव्य या सत्व को आरोपित कर देती है। जैसे मिट्टी के द्रव्य से खिलौने की अनेक आकृतियां विनिर्मित की जा सकती हैं, उसी प्रकार सत्व या माध्यम को, जिसके भीतर अर्थ की तुल्यताएँ स्थापित की जाती है, अलग-अलग भाषाओं में अनेक आकृतियों में ढाला जा सकता है।**सौस्यूर** ने शब्द राशि की तरह अर्थ के सत्व (द्रव्य) की भी परिकल्पना सम्पूर्ण मनुष्यों के सामान्य विचारों और भावनाओं के एकीभूत पिण्ड के रूप में की है। भाषागत अन्तर चाहे जितने हों, यह एक इस प्रकार का अविभाज्य संप्रत्य यात्मक माध्यम है जिससे अलग-अलग भाषाओं में विशिष्ट ध्वनिसमूहों के रूढ़ि परक साहचर्य के कारण अर्थो को संप्रत्ययात्मक माध्यम के कुछ अंशो के साथ निरूपित किया जा सकता है।

**वर्ण-शब्दों के द्वारा शब्दार्थ-संरचना-** सौस्यूर द्वारा स्थापित सिद्धान्त अमान्य मनोवैज्ञानिक सिद्धान्तों पर आश्रित हैं। इसलिए त्याज्य है। शब्दार्थ संरचना में सर्वप्रधान भाषा और संस्कृति ही है। किसी भाषा के वर्ण वाचक शब्दों को ठीक उन्ही अर्थो के अनुरूप प्रस्तुत नहीं किया जा सकता। जैसे ब्राउन अंग्रेजी शब्द के समरूप कोई भी फ्रेंच शब्द प्रस्तुत नहीं किया जा सकता। वहाँ इसके छाया प्रकाश को व्यक्त करने के लिए ब्रेन मारो याज्शान आदि शब्द प्रयुक्त किए जाते हैं, लेकिन उसी रूप में नहीं जिस रंग को ब्राउन अभिव्यक्त करता है। इसी प्रकार हिन्दी का पीला रंग अंग्रेजी में येलो, ब्राउन या आरेंज के रूप में आएगा। हर भाषा में अलग-अलग रंगों के अनुभव को कुछ सीमित शब्दों में व्यक्त किया जाता है। कहीं एक रंग के लिए कई शब्द हैं तों कही एकाध। सबकी अभिव्यक्ति का क्षेत्र जुदा-जुदा होता है। रंगवाची शब्द समूह के द्रव्य एक भौतिक सान्तत्य के रूप में माने जा सकतें हैं इसी के भीतर अलग-अलग भाषाएँ चाहे उतनी ही या अलग संख्यक सीमाएँ खींचती हैं। संसार की हर वस्तु भाषा के द्वारा ही आकृति प्राप्त करती है। इसके साथ ही यह ध्यान भी रखना चाहिए कि अनेक रंगो, वनस्पतियों, जीवों या संबंधों के लिए अलग भाषाओं में अर्थ का विस्तार जुदा-जुदा है। फ्रेंच शब्द सैझ बन्दर और वनमानुष दोनों को इंगित करता है। द्रव्य या सत्व की इससे भी सूक्ष्म धारणा सौस्यूर द्वारा स्थापित धारणा की सीमा में ले आने के लिए उचित है। अर्थात्मक संरचना के संबंध में हमें जोन लियोन्स के इस सूत्र पर ध्यान देना होगा:-''शब्दराशि की किसी शब्द प्रणाली की अर्थात्मक संरचना का अर्थ है उक्त प्रणाली में शब्दों को आपस में बाँधने वाले अर्थात्मक संबंधों का एक तन्त्र।''

**भाषा की प्रकृति- भाषा आकृति है द्रव्य नहीं:-** आकृति और द्रव्य की अवधारणा भाषा के वस्तु धरातल की तुलना में अभिव्यक्ति के धरातल पर अधिक आसानी से अनुरूप बैठती है। उदाहरण के लिए सौस्यूर द्वारा प्रस्तुत किए गए सादृश्य शतरंज के खेल में प्रयुक्त होने वाले मोहरों के द्रव्य या आकृतियाँ प्रत्यक्ष रूप से खेल की चालों पर अपना प्रभाव नहीं डाल पातीं। किसी भी टूटे

मोहरे के स्थान पर उस नाम की कोई वैकल्पिक वस्तु उसका प्रतिनिधित्व कर सकती है। स्पष्ट है, शतरंज के मोहरों की आकृति और कार्य स्वीकृत परम्परा पर आश्रित होता है। उसी प्रकार अभिव्यक्ति के तल पर ध्वनियों और शब्दों की जो प्रतीकात्मक व्यवस्था होती है उनसे भावों और विचारों का संचार होता है।

**भाषा की द्रव्य रूप में उपलब्धि-** मानवीय वाणी तंत्र ध्वनियों के समवाय के रूप में भाषा का जन्मदाता है। लेखन की क्रिया भाषा को किसी अन्य द्रव्य पर स्थानान्तरण की एकविधा है। इसी प्रकार शब्दों या वाक्यों को किसी अन्य गौण रूपवान द्रव्य में रूपान्तरित करना सहज है। यह रूपान्तरण या द्रव्यान्तरण अन्य माध्यमों के रूप में भी सम्भव है जैसे टेली प्रिण्टर या कम्प्यूटर। सिद्ध है भाषा का अभिव्यक्ति तल उस द्रव्य से उन्मुक्त होता है जिसमें हम भाषा को प्राप्त करते हैं।

वर्ण चिन्ह ध्वनियों के प्रतिनिधि होतें हैं, लेकिन प्रत्येक वर्ण चिन्ह हू-ब-हू इस शर्त को पूरी नहीं करतें। यदि ऐसा हो तो समाकृति या समध्वनि की समस्या ही न उत्पन्न हो। उच्चरित ध्वनि और लिखित ध्वनियां समाकृति तो हो सकती है पर वही नहीं। भाषा आकृति है द्रव्य नहीं, इस तथ्य का विस्मरण नहीं करना चाहिए। ख ध्वनि का ख लिपि चिन्ह ख की अनुकारी है या लिपि चिन्ह ख की अनुकारी ख ध्वनि है। वस्तुत: अंकित या स्वरित ध्वनियाँ मूल ध्वनियां नहीं हैं अपितु आकारात्मक इकाइयों की उपलब्धियां हैं। ये उपलब्धियां शुद्ध रूप से भावात्मक या अमूर्त अवयव हैं। ध्वनि-द्रव्य या अंकित द्रव्य के अतिरिक्त अभिव्यक्ति अवयव को संकेत, हाव-भाव आदि माध्यमों से भी प्राप्त किया जा सकता है। भाषा के अभिव्यक्ति अवयव को किसी भी द्रव्य के रूप में प्राप्ति सम्भव है, यदि वे निम्न शर्तें पूरी करते हों-

1. यदि अभिव्यक्ति कर्ता तथा गृहीता दोनों के पास क्रमश: संकेत बंधन तथा संकेत वाचन के उपकरण उपलब्ध हों। तथा
2. माध्यम द्रव्य भी इतना स्थायी हो कि प्रेषक और ग्रहक के बीच सन्देशों के आदान-प्रदान तक विद्यमान रहे।

**प्रयुक्त और लिखित भाषा का द्रव्य-** ध्वनि द्रव्य भाषा के विकास में अपनी महती भूमिका निभाता है। अन्य माध्यमों की अपेक्षा श्रोता और वक्ता के मध्य होने वाले ध्वन्यात्मक आदान-प्रदान आदिम काल से चलतें आ रहें हैं। लेखन 'संकेत बंधन' का मानव का बहुत बड़ा आविष्कार था। आज टेप, टेलीफोन और इण्टरनेट आदि अन्य माध्यम भी आविष्कृत हो गए हैं, लेकिन सबसे विश्वस्त माध्यम लेखन ही है।

**द्रव्यात्मक उपलब्धि ऐच्छिक होती है-** किसी भी ध्वनि को प्रस्तुत करने वाले ध्वनि-चिन्ह और ध्वनि के मध्य परस्पर संबंध ऐच्छिक होता है अर्थात् युग के अनुरूप इन प्रतीकों में परिवर्तन होतें रहतें हैं। अस्तु लिपि चिन्ह परिवर्तनीय होते हैं। जैसे ष ध्वनि चिन्ह आज ख रूप में उच्चरित होता है। कमल को 'कवँल' रूप में लिखने पर भी मध्य वँ ध्वनि 'म' के रूप में अर्थ को सम्प्रेषित करेगी। द्रव्यात्मक उपलब्धि की भिन्नता के हो जाने पर भी भाषा के मूल रूप में अन्तर नहीं आता। गंङ्गा अङ्क आदि को अब अंक और गंगा रूप में लिखा जाता है। ध्वनि और लिपि के मध्य कोई नैसर्गिक संबंध नहीं होता। द्रव्यात्मक उपलब्धि के रूप में भाषा इस अन्तर से अप्रभावित रहती है। अन्तर मात्र इतना है कि जहाँ-जहाँ ड्. को 'एक ध्वनि प्रतीक' सूचित करता था, अब दूसरा - चिन्ह सूचित करने लगा।

**ध्वनि द्रव्य की प्राथमिकता-** सौस्यूर ने कहा था कि अभिव्यक्ति के अवयव अपनी उपलब्धि के द्रव्य पर सर्वथा अनाश्रित और मुक्त रहते हैं लेकिन वस्तुत: तथ्य यह है कि कुछ ध्वनि समूहों अथवा वर्गो के उच्चारण या श्रवण की कुछ सीमाएँ हैं यह सिद्ध करता है कि भाषा के कुछ अभिव्यक्ति अवयवों का निर्णय अंश रूप में उनके प्राथमिक द्रव्य की प्रकृति तथा ध्वनि और श्रुति की यान्त्रिकता के द्वारा होता है जैसे क इ ष में आकृति की दृष्टि से कोई वैशिष्ट्य नहीं है जो अन्य ध्वनियों के साथ उनके संयोग में बाधा बनें, पर कुछ ध्वनि संयोग उच्चारण के अयोग्य होतें हैं। हर भाषा की अपनी संयोगात्मक मर्यादाएँ होती हैं, जिनका ज्ञान उस् भाषा की ध्वनि प्रक्रिया की संरचना के भीतर होता है। हम जानते है कि स्वर और व्यन्जन में एक विभेदक रेखा होती है। यदि कोई स्वर या व्यन्जन किसी दूसरे स्वर या व्यन्जन का स्थानापत्र हो जाय तो भाषा के उच्चारण पर कोई प्रभाव नहीं पड़ता। अस्तु स्पष्ट है ध्वनियों के प्रतिरूपों के स्थानापत्र हो जाने पर स्वरों और व्यंजनों के बीच का संतुलन बना रह सकता है। लेकिन स्थानापत्र की इस क्रिया से व्याकरणात्मक ढाँचा बदलता नहीं। यह भी सम्भव हो सकता है कि कोई भी दो भाषाएँ व्याकरणात्मक दृष्टि से सम आकृति हों पर वे ध्वनि साम्य भी रखें, यह आवश्यक नहीं है। ऐसा तभी सम्भव है जब उनमें पूर्णत: ध्वनि साम्य हो। उक्त विवरण से स्पष्ट है कि व्यावहारिक भाषा लिखित भाषा की अपेक्षा अधिक महत्वपूर्ण होती है।

**संयोग और वैषम्य-** ध्वनि के कुछ गुण, विशेष होतें हैं:-

**1. संघात्मक या संयोगात्मक कार्य-** ध्वनियां परस्पर मिलकर शब्द वाक्य आदि का निर्माण करती हैं।

**2. विषमता मूलक कार्य-** अभिव्यक्ति अवयव प्रकृति से ही परस्पर विपरीत या निषेधात्मक होते हैं। एक उदाहरण से स्पष्ट हो जायेगा कि शब्द के किसी अवयव को परिवर्तित करने पर शब्दार्थ परिवर्तित हों जातें हैं, जैसें-

| | | |
|---|---|---|
| 123 | 456 | 789 |
| क. अगर | ख. मगर | ग. तगर |

क शब्द और ख शब्द में मात्र इतना अन्तर है कि 1 के स्थान पर 4 तथा 4 के स्थान पर7 के आने से अर्थ परिवर्तन हो गया। इस प्रकार 1 तथा 4, 4 तथा 7 परस्पर विराधी हैं, आकृति परक इकाई के रूप में 1 ऐसा अवयव है जो 4 नहीं हैं पर 2, 3, 4 आदि से संयुक्त हो सकता है। इस प्रकार किसी आकृति परक इकाई को इस प्रकार पारिभाषित किया जा सकता है -''अपने से वैषम्य रखने वाले सभी अवयवों से अलग और संगुंफित होने वाले गुणों सें युक्त।''

**अभिव्यक्ति अवयवों की पृथकता**-भाषा का अभिव्यक्ति तल आपस में पृथक इकाइयों पर आश्रित होता है। अलगाव का भी, इन इकाइयों की भौतिक द्रव्य के रूप में उपलब्धि ऐसी ध्वनि-सीमाओं के द्वारा की जाती है, जिनमें पार्थक्य की अत्यधिक सम्भावना होती है। इसलिए दोनों व्यक्त ध्वनियों के मध्य अन्तर बनाए रखने के लिए एक सुरक्षा रेखा अत्यावश्यक होती है। चूंकि सभी बोलने वाले सुरक्षा रेखा का सम्मान नहीं कर पातें, इसलिए ये अन्तर काल-प्रवाह के साथ विलीन हो जाते हैं, उदाहरण के लिए हिन्दी की बोलियां व- ब, श- ष, स, तथा ण- न के रूप में रूपान्तरित हो गईं।

**व्याकरणात्मक और ध्वनि प्रक्रिया जन्य शब्द**-आकृतिपरक या व्याकरणात्मक पदों की उपलब्धि अभिव्यक्ति-अवयव समूहों के द्वारा होती है। इनमें से हर एक को एक विशेष ध्वनि के रूप में उपलब्ध किया जाता है। अभिव्यक्ति अवयवों के संसर्ग से बने ये पद 'ध्वनि प्रक्रियात्मक शब्द' कहे जा सकते हैं। अब ध्वनि प्रक्रियात्मक शब्दों तथा व्याकरणात्मक पदों में अन्तर स्पष्टत: दीखता है। दोनों प्रकार के पद परस्पर अनुकर्ता नहीं होते। उदाहरण के लिए जैसे 'पाद' शब्द के कई भिन्न प्रयोग पूज्यपाद, सरह पाद, पादप्रक्षालन आदि। इसी तरह रहा या गया शब्द:गाजीपुर गया या डर गया। इस प्रकार एक ही ध्वनि प्रक्रियात्मक शब्द व्याकरणात्मक दृष्टि से भिन्न पद बन जातें हैं। इसके विपरीत अंग्रेजी का Dreamed और Dreamt दो उपलब्धियाँ होकर भी एक व्याकरणात्मक शब्द के रूप में प्रयुक्त होती हैं। इस लिए हम कह सकतें है कि:-

1. व्याकरणात्मक शब्दों की उपलब्धि ध्वनि प्रक्रियात्मक शब्दों के रूप में होती है। 2. ध्वनि प्रक्रियात्मक शब्द अभिव्यक्ति अवयवों से बने होते हैं।

**भाषा वैज्ञानिक सिद्धान्तों की निरपेक्षिता**-उपरोक्त सिद्धान्तों का सामान्य दृष्टि से चाहे कोई महत्व महसूस न हो, पर द्रव्य और आकृति के मध्य अन्तर के आधार पर उत्पन्न भाषा के अध्ययन के प्रति पहुँच निरपेक्ष है। इससे बीसवीं शती में भाषाओं के ऐतिहासिक विकास का अध्ययन में कहीं अधिक सहूलियत प्राप्त हुई है। उन नियमों पर चलकर मानव-भाषा की संरचना, प्राप्ति और प्रयोग के संबंध अनेक विस्तृत नियम समूह बनाए गए। भाषा शिक्षण के क्षेत्र में इससे बड़ा लाभ हुआ। आधुनिक अन्वेषण कम्प्यूटर और कूट लेख विद्या द्वारा भाषाओं के विश्लेषण प्रणालियों के प्रणयन में मदद मिली है।

## सम्बन्ध सह चार क्रमात्मक या रूपक्रमात्मक तथा विन्यास क्रमात्मक

**रूप क्रमात्मक तथा विन्यास क्रमात्मक-वितरण की धारणा**-वाक्य का निर्माण शब्दों के संयोजन से होता है। यह संयोजन वाक्यों को सर्वथा स्वतंत्र व्याकरणिक इकाई के रूप में स्थापित करता है। वाक्य को छोड़कर हर भाषात्मक इकाई अपने प्रयोग के प्रसंगों में कमोवेश सीमित होती है। अर्थात् वाक्य से नीचे की हर इकाई एक विशेष 'वितरण' से युक्त होती है। यदि किसी विशेष प्रसंग की सीमा में 'दो' या दो से अधिक इकाइयाँ उपस्थित हों, तब उन्हें वितरणात्मक दृष्टि से **'समतुल्य'** या समान वितरण से युक्त माना जाता है। यदि उनके बीच कोई प्रसंग समान न हो तब उसे **पूरक वितरण** से युक्त कहा जाता है। इस प्रकार वितरण के दो अंतिम छोर होतें हैं। इन दो छोंरों के मध्य दो आंशिक समतुल्यताएँ भी होती हैं।

1. यदि दोंनों इकाइयों के मध्य पूरी तरह समतुल्यता न रहे तो एक इकाई दूसरी के वितरण को अन्तर्हित या अपने में समाविष्ट किये रहती है: जैसे, जहाँ क्ष उन सभी प्रसंगों में स्थित रहे जहाँ त्र रहता है, पर ऐसे भी प्रसंग, उपस्थित हों जहाँ क्ष के स्थान पर य हो तों कहा जायेगा त्र के वितरण में क्ष भी अन्तर्हित या तिरोहित है।

2. दो या दो से अधिक इकाइयों का वितरण एक दूसरे को अतिव्याप्त या ढँके रख सकता है। यह अतिव्यापी वितरण होता है, जैसे यदि कुछ ही प्रसंगों में क्ष और त्र साथ-साथ आतें है जबकि दूसरी सब जगह अलग-अलग आतें हों। इस प्रकार वितरण की तीन स्थितियाँ होती हैं:-1. समतुल्य वितरण, 2. पूरक वितरण, 3. आंशिक समतुल्यता क. वितरणात्मक अन्तर्ग्रहण, ख. अतिव्यापी वितरण।

इसी प्रसंग में **वितरण** का अर्थ भी जान लिया जाये। वितरण का मतलब होता है: प्रसंगों का परिसर या सीमा। इस परिसर में भाषात्मक इकाई प्रयुक्त होती है। प्रयोग की एक सीमा होती है। इस सीमा के भीतर **प्रणालीबद्ध** ढ़ंग से परिसर को भरा या आकृत

किया जाता है। ये प्रसंग परिसर विचाराधीन इकाई की उपस्थिति निर्धारित करते हैं। हिन्दी के क और र की तरह अंग्रेजी के L और r वितरण की दृष्टि से समतुल्य हैं। ध्वनि प्रक्रिया की दृष्टि से उपर्युक्त दोनों ध्वनियाँ एक रूप शब्दों में पाई जाती है। जैसे- Light-right, Lam-ram, Blaze-braize, Climb-Crime या काम राम कोष रोष कमाना रमाना। बहुत जगह ध्वनि प्रक्रियात्मक दृष्टि से एक तो पाया जाता है पर दूसरा नहीं जैसे-Slip पर Srip नहीं। blend लेकिन brend नहीं। Trip पर Tlip नहीं। या हिन्दी में जैसे क्लान्त है रत्नान्त नहीं। हिन्दी में कुछ ध्वनि संयोग ऐसे भी हैं जिनसे वाक्य आरम्भ नहीं होते जैसे अन्त्य वर्ण ङ. ञ ण से। दो महाप्राण व्यंजनों के मध्य भी संयोग नहीं होता। वितरणात्मक और पूर्ण समतुल्यता या आंशिक समतुल्यता का अर्थमात्र इतना ही है कि उनकी एकरूपता ध्वनि प्रक्रियात्मक व्याकरणात्मक नियमिताओं या शर्तो को पूरा करती हों।

**उन्मुक्त विचरण-**हर भाषात्मक इकाई के दो कार्य होते हैं, 1. विरोधात्मक प्रकार्य, 2. संघात्मक प्रकार्य। यह विरोधात्मक स्थिति तभी बनती है जब आंशिक रूप से ही उनमें समतुल्यता हो। जब कोई इकाई आपस में विरोध या विषमता की स्थिति में न हो तब उसे उन्मुक्त विचरण में स्थित कहा जाता है। हिन्दी में कुछ ध्वनियां है जिन्हे उन्मुक्त विचरण का उदाहरण के रूप में प्रस्तुत किया जा सकता है और इनके परस्पर परिवर्तन से अर्थ का परिवर्तन भी नहीं होता, जैसे-ब ब, श ष, स।

**रूप क्रमात्मक और विन्यास क्रमात्मक-**किसी भी भाषात्मक इकाई में यह सामर्थ्य होती है कि वह किसी विशिष्ट सन्दर्भ में प्रयुक्त हो सके। हर इकाई दो प्रकार के सम्बंधों को धारण करती है, 1. प्रथम संबंध है-1. रूप क्रमात्मक, 2. विन्यास क्रमात्मक।

**रूप क्रमात्मक संबंध-**एक विशिष्ट संदर्भ में प्रयुक्त होने वाली सभी इकाइयों के मध्य स्थापित होते हैं। चाहे वे प्रस्तुत इकाई के साथ वैषम्य में हों या उन्मुक्त विचरण में। जैसे अंग्रेजी के शब्द bet, pet, set, net, get, आदि में e b p s n तथा g के साथ का परस्पर संबंध रूप क्रमात्मक होगा। हिन्दी में-मेला, केला, ठेला, रेला आदि शब्द में एला के साथ सामर्थ्य बना सकने की योग्यता के कारण म, क, ठ, र के साथ परस्पर का संबंध रूप क्रमात्मक होगा।

**विन्यास क्रमात्मक-**यह इकाई उसी स्तर की अन्य सह प्रयुक्त और उसी प्रसंग को बनाने वाली इकाइयों के साथ विन्यास क्रमात्मक संबंधों को वहन करती है, जैसे, bet pet आदि में b और p का परस्पर का संबंध यदि रूपक्रमात्मक है तो e,o के साथ विन्यास क्रमात्मक है। लेकिन e का b,t, आदि ध्वनियों के साथ विन्यास क्रमात्मक इसी प्रकार हिन्दी ध्वनियों में एला के साथ म क ठ र का संबंध विन्यास क्रमात्मक है तथा ए का आ आदि ध्वनियों के साथ रूप क्रमात्मक भाषा वर्णन के स्तर भी यह संबंध दर्शनीय है जैसे 'एक लीटर' या ग्लास या प्याला दूध में एक का दूध से रिश्ता विन्यास क्रमात्मक है तो लीटर ग्लास या प्याला से रूप क्रमात्मक।

सही मापने में शब्द और व्याकरणात्मक इकाइयाँ भी इन संबंधों को धारण करती हैं। उक्त संबंधों के लिए 'विद्यमानता की शक्यता' सबसे बड़ी योग्यता होती है। इसका अर्थ यह है कि प्रत्येक भाषात्मक इकाई अपने स्तर की इकाइयों के साथ ही जैसे अभिव्यक्ति अवयव अन्य अवयवों के साथ, शब्द अन्य शब्दों के साथ-दोनों के संबंध जोड़ती है। जहाँ तक किसी भाषात्मक इकाई के संदर्भ का प्रश्न है तो वह उसके विन्यासात्मक संबंधो की भाषा में ही निश्चित किया जा सकता है। विद्यमानता की शक्यता का मतलब है:उपस्थित होने की योग्यता अर्थात:-

1. निर्मित वाक्य की अर्थवत्ता। 2. वास्तविक कथन के उत्पन्न होने की अनेक स्थितियाँ। 3. जुड़े कथन में पाए जाने वाले वाक्यों की आपसी निर्भरता आदि।

**रूप क्रमात्मक तथा विन्यास क्रमात्मक का संबंध-** उक्त दो प्रकार का संबंध हर भाषात्मक इकाई में दीख पड़ता है। इन संबंधों के बिना किसी भी भाषात्मक इकाई का कोई औचित्य नहीं रह जाता। हर भाषात्मक इकाई का संबंध प्रणाली में अपना एक अनिवार्य स्थान होता है। इसे हम अभिव्यक्ति अवयवों के स्तर पर समझने का प्रयास करेंगे। दोनों प्रकार के संबंधों की अन्योन्याश्रिता या परस्पर निर्भरता को एक उदाहरण से समझा जा सकता है -

**नमूने के रूप में-**

अंग्रेजी के चार शब्द प्रस्तुत हैं पुट कैट टिट और पंप। अंग्रेजी के इन चार शब्दों को ध्वनि प्रक्रियात्मक शब्द का नाम दे सकते हैं। ये सभी शब्द तीन ध्वनियों के संसर्ग से बने हैं। अपनी द्रव्यात्मक उपलब्धि की दृष्टि से इनकी स्थिति : व्यंजन+स्वर+व्यंजन की है। अर्थात् -

प्+उ+ट्  क+ऍं+ट्  ट+इ+ट्  प+अ+प्

इन में प् क् ट् व्यंजन हैं और क्रमश: उ ऍं इ अ स्वर। प्रथम दो व्यंजनों के संसर्ग अर्थात् पु कै टि औ प अभिव्यक्ति अवयवों की स्पष्ट उपलब्धि सम्भव नहीं है। वे न तो रूपात्मक संबंध में स्थित हैं न विषमता की स्थिति में हैं। हम कह सकतें हैं कि प्रत्येक शब्द में केवल दो ही वैषम्य या विरोध की स्थितियाँ होती हैं जिनमें से प्रथम तो उक्त तीन स्वर-व्यंजन-संसर्गो से पूरी हो जाती है और द्वितीय की

पूर्ति तीनों व्यंजनों में से किसी एक से होती है। अस्तु कहना यह है कि पहले अवयवों को रखकर फिर उनके द्वारा निर्मित समूहों को नहीं बताया जा सकता। उनके रूपात्मक और विन्यासात्मक संबंधों पर साथ-साथ विचार करके ही अवयवों का निर्धारण किया जा सकता है। अंग्रेजी शब्दों में विषमता की तीन स्थितियों को पहचानने का कारण यह है कि इन तीन स्थलों पर ही उक्त दोनों प्रकार के संबंध स्थापित हो सकते हैं। इन दोनों प्रकार के संबंधों के आयामों की परस्पर निर्भरता एक ऐसा नियम है, जो भाषा संरचना के सभी स्तरों पर लागू होता है। इसी प्रकार हिन्दी में यह विषमता की चार स्थितियाँ होती हैं, जैसे:-

कल, बेला क्+अ+ल्+अ ब+ए+ल+अ

उक्त दो शब्दों में ये चार स्थितियाँ स्पष्ट हैं। पर बोल चाल की भाषा में तीन ही स्थितियां द्रष्टव्य हैं जैसे राम्, काम्।

## भाषा-विज्ञान की समकालिक या एक कालिक तथा बहुकालिक या कालक्रमिक अध्ययन की पद्धतियाँ-

भाषा विदों का विचार है कि उन्नीसवीं शताब्दी ऐतिहासिक तथा तुलनात्मक भाषा विज्ञान की शताब्दी थी, जबकि बीसवीं शताब्दी के प्रारंभ में विकसित भाषा के एककालिक तथा संरचनात्मक अध्ययन पर काफी बल दिया गया, साथ ही यह कहना भी ठीक नहीं होगा कि तुलनात्मक अध्ययन की परंपरा बीसवीं शताब्दी में सर्वथा समाप्त हो गयी। अभी भी अनेक विद्वान विशेषकर अमरीका में, भारतीय भाषाओं के तुलनात्मक अध्ययन में कार्यरत हैं। तुलना तथा पुनर्रचना की उन्नीसवीं शताब्दी में विकसित प्रणालियों का आदिम जातियों की भाषाओं के अध्ययन में सफलतापूर्वक प्रयोग किया जा रहा है।[1]

1857 में जन्मे, आधुनिक भाषा विज्ञान की जमीन तैयार करने वाले सुप्रसिद्ध भाषा वैज्ञानिक आदरणीय फर्दिना द सोस्यूर ने भाषिक अध्ययन के दो महत्वपूर्ण भेदों-भाषा (लॉग) तथा बोलना (पेरॉल) पर सम्यक् प्रकाश डाला। बाद के भाषा विज्ञानियों ने इसे मुक्तमन से स्वीकार भी किया। सच तो यह है कि धारणा और शब्दावली की दृष्टि से जिन अनेक विभेदों का प्रचलन भाषा-विज्ञान में हुआ, उनमें सबसे प्रमुख हैं-भाषा का समकालिक अथवा एककालिक तथा कालक्रमिक अध्ययन। इसके प्रस्तोता थे-यही सोस्यूर। कालक्रमिक अध्ययन का अर्थ है-किसी भाषा के ऐतिहासिक या कालानुसारी विकास का वर्णन। उदाहरण के लिए हम अंग्रेजी भाषा को ले सकते हैं। अंग्रेजी भाषा के कालक्रमिक अध्ययन का मतलब है-उसके प्राचीनतम उल्लेख काल से लेकर आज तक की उसकी विकास प्रक्रिया का अध्ययन। ठीक इसी तरह समकालिक अथवा एककालिक का आशय है-किसी एक विशिष्ट 'स्थिति' का वर्णन अर्थात् काल की दृष्टि से एक विशिष्ट समय की उस भाषा स्थिति का अध्ययन। समकालिक अध्ययन की सीमा केवल आधुनिक व्यवहृत भाषा तक ही सीमित नहीं होती। हम ऐसा अध्ययन उन भाषाओं का भी कर सकते हैं, जो मृत हो चुकी हैं।

उन्नीसवीं शताब्दी के तुलनावादी तथा नव्य वैयाकरण भाषा का ऐतिहासिक अथवा कालक्रमिक अध्ययन करने के पक्षपाती थे। सोस्यूर ने इसका दृढता से विरोध किया। उन्होंने परंपरागत अथवा सामान्य व्याकरण की एककालिक अध्ययन की प्रवृत्ति की सराहना की। इस प्रकार से उन्होंने एककालिकता तथा कालक्रमिकता में भेद किया। एककालिक अध्ययन स्थैतिक तथा वर्णनात्मक होता है, जबकि कालक्रमिक अध्ययन विकासीय तथा ऐतिहासिक होता है। एककालिक भाषा विज्ञान के अन्तर्गत किसी निश्चित समय पर स्थित भाषा की संरचना, उसके स्वन, शब्द, व्याकरण, नियम आदि का अध्ययन किया जाता है। कालक्रमिक भाषा विज्ञान कालान्तर में होने वाले भाषिक परिवर्तनों का अध्ययन करता है। इस द्विभाजन को सोस्यूर ने दो-अक्षों के द्वारा आरेखित किया है:-

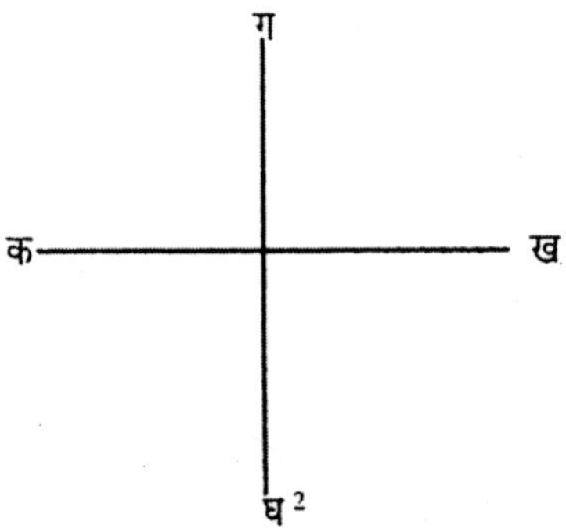

[2]

1. आधुनिक भाषा विज्ञान की भूमिका- डॉ. मोतीलाल गुप्त, पृ.56
2. आधुनिक भाषा विज्ञान की भूमिका, डॉ. रघुवीर प्रसाद भटनागर, पृष्ठ-61

क ख समकालिकता का अक्ष है तथा ग घ क्रमिकता का सोस्यूर के अनुसार क ख अक्ष प्राथमिक है तथा ग घ अक्ष गौण है, क्योंकि जनसाधारण के लिए तो किसी समय क ख अक्ष ही एक मात्र वास्तविकता है। सोस्यूर की विचारधारा का यह द्विभाजन एक महत्वपूर्ण अंग है। एककालिक तथा कालक्रमिक इतने भिन्न धरातल हैं कि इनके लिए सर्वथा भिन्न अन्वेषण प्रणालियों की आवश्यकता है। अत: दोनों धरातलों पर एक साथ अध्ययन करना व्यर्थ तथा निष्फल होगा। यही नहीं, कालक्रमिक अध्ययन स्वयं एककालिक अध्ययन के अभाव में असंभव है। यदि एक समय बिन्दु तक ऐतिहासिक अथवा तुलनात्मक अन्वेषण तथा अध्ययन करना है तो पहले दोनो समय बिन्दुओं पर भाषिक स्थिति का वैज्ञानिक प्रणाली से वर्णनात्मक, एककालिक अन्वेषण करना आवश्यक होगा।

## भाषा की परिभाषा और अभिलक्षण

भाषा की सर्वमान्य परिभाषा दे सकना कोई सरल गणित हल करना नहीं है। भाषाशास्त्रियों ने अपनी प्रज्ञा की छेनी से तराश कर भाषा की निश्चित परिभाषा की ठोस जमीन सौंपने का अपना महत्तम प्रयास किया है, किन्तु उक्त परिभाषाएँ हमारी भूख और जरूरतों को पूरा नहीं कर पातीं। स्वस्थ परिभाषा के किसी - न - किसी कोण पर ये महज औपचारिक होकर खण्डित हो जाती हैं। परिभाषाओं के प्रांगण में उपस्थित इनमें कुछ किन्हीं अन्य दोषों के धूएँ से धुअँठ गई हैं तो कुछ टूटे हुए बिंब की तरह निस्तेज मेहराबवाली हो गई हैं। फिर भी सभी परिभाषाओं के सहीपन को नकारना अपनी विकलांग तथा बौनी बुद्धि का प्रदर्शन ही कहा जाएगा। अस्तु, प्राच्य तथा प्रतीच्य विद्वानों द्वारा दी गई भाषा की परिभाषाओं को निम्नवत् क्रमश: इस प्रकार देखा जा सकता है, :-

**प्राच्य (भारतीय) विद्वानों द्वारा दी गई भाषा की परिभाषाएँ-** 1. निरुक्तकार महर्षि यास्क और अष्टाध्यायी के रचयिता महावैयाकरण **पाणिनि** ने यद्यपि स्वतंत्र रूप से भाषा की कोई निश्चित परिभाषा नहीं दी है, फिर भी दोनों ने छन्दस् अथवा वैदिक भाषा की तुलना में लौकिक बोलचाल की संस्कृत के लिए 'भाषा' शब्द का प्रयोग अवश्य किया है।

2. महर्षि पतंजलि ने पाणिनि की अष्टाध्यायी पर लिखे अपने महाभाष्य में भाषा की परिभाषा करते हुए लिखा है-"जो वाणी में व्यक्त होती है, उसे भाषा कहते हैं।"[1]

3. अमरकोश (नामलिंगानुशासन) में भाषा को वाणी का पर्यायवाचक बताया गया है-"ब्रम्हा तु भारती भाषा गीर् वाग् वाणी सरस्वती।"[2]

4. आधुनिक काल के भाषावैज्ञानिक श्री **कामताप्रसाद गुरु** के अनुसार, - "भाषा वह साधन है, जिसके द्वारा मनुष्य अपने विचार दूसरों पर भली भाँति प्रकट कर सकता है और दूसरों के विचार आप स्पष्टतया समझ सकता है।"[3]

5. **डॉ. श्यामसुन्दर दास** के अनुसार, "मनुष्य और मनुष्य के बीच वस्तुओं के विषय में अपनी इच्छा और मति का आदान-प्रदान करने के लिए व्यक्त ध्वनि-संकेतों का जो व्यवहार होता है, उसे भाषा कहते हैं।"[4]

6. **प्रो. पी. डी. गुणे** का विचार है कि, "भाषा हमारे विचारों एवं मनोभावों के उन चिन्हों का पूर्ण योग है, जिनके द्वारा हम अपने बाह्य विचार प्रकट किया करते हैं तथा इच्छानुसार विचारों एवं भावों को एक बार प्रकट करके उनकी पुनरावृत्ति कर सकते हैं।"[5]

7. **डॉ. बाबूराम सक्सेना** का विचार है कि, 'जिन ध्वनि चिन्हों द्वारा मनुष्य परस्पर विचार विनिमय करता है, उनको समष्टि रूप से भाषा कहते हैं।'[6]

8. **आचार्य देवेन्द्रनाथ शर्मा** का कहना है कि, "उच्चरित ध्वनि-संकेतों की सहायता से भाव या विचार की पूर्ण अभिव्यक्ति भाषा है, अथवा जिनकी सहायता से मनुष्य परस्पर विचार-विनिमय या सहयोग करते हैं, उस यादृच्छिक रूढ़ ध्वनि-संकेतों की प्रणाली को भाषा कहते हैं। "[7]

9. **डॉ. भोलानाथ तिवारी** के मतानुसार, "भाषा निश्चित प्रयत्न के फलस्वरूप मनुष्य के मुख से नि:सृत वह सार्थक ध्वनि समष्टि है, जिसका विश्लेषण और अध्ययन हो सके।"[8] तथा-

10. **डॉ. उदयनारायण तिवारी** की विचारणा है कि, "भाषा मनुष्य के प्रतीकात्मक कार्यों का प्राथमिक एवं बहुविस्तृत रूप है। इसके प्रतीक ध्वनि-अवयवों से उत्पन्न ध्वनि अथवा ध्वनि समूहों से बने होते हैं एवं विभिन्न वर्गों तथा आकारों में इस प्रकार सजाये हुए रहते हैं कि उनका संयुक्त एवं सुडौल आकार (ढाँचा) बन जाता है।"[9]

---

1. "व्यक्ता वाचि वर्णा येषां त इमे व्यक्तवाच:"-पतंजलि महाभाष्य 1।3।48
2. अमरकोश से उद्धृत।
3. हिन्दी व्याकरण, प्रस्तावना, पृ. 1
4. भाषाविज्ञान, दूसरा प्रकरण (षष्ठ संस्करण), पृ. 20
5. An Introduction to Comparative Philology, P. 4
6. सामान्य भाषाविज्ञान, पृ. 6
7. भाषाविज्ञान की भूमिका, पृ. 19.20
8. भाषाविज्ञान, पृ. 2
9. भाषाशास्त्र की रूप-रेखा, पृ. 6

**प्रतीच्य (विदेशी) विद्वानों द्वारा दी गई भाषा की परिभाषाएँ-** पाश्चात्य विद्वानों ने भी भाषा को विविध रूपों में व्याख्यायित किया है। उन्हें इस रूप में देखा जा सकता है-

1. सुप्रसिद्ध विद्वान् **मैक्समूलर** के अनुसार, "भाषा और कुछ नहीं है, केवल मानव की चतुर बुद्धि द्वारा आविष्कृत एक ऐसा उपाय है, जिसकी मदद से हम अपने विचार सरलता और तत्परता से दूसरों पर प्रकट कर सकते हैं और चाहते हैं कि इसकी व्याख्या प्रकृति की उपज के रूप में नहीं, बल्कि मनुष्यकृत पदार्थ के रूप में करना उचित है।"[1]

2. **ए.एच.गार्डिनर** का कहना है कि, "विचारों की अभिव्यक्ति के लिए जिन व्यक्त एवं स्पष्ट ध्वनि-संकेतों का व्यवहार किया जाता है, उन्हें भाषा कहते हैं।"[2]

3. **राबर्ट ए. हाल** का कहना है कि-"There is no inherent, necessary relation or similarity between any given feature of a language and its meaning."[3] अर्थात ध्वनियों के क्रम से निर्मित वाचक का वाच्य से यादृच्छिक संबंध होता है।

4. **प्रो.चोमस्की** कहते हैं कि,-भाषा व्यवस्थाओं की व्यवस्था है,"..............a language is based on a system of rules."[4]

5. भाषा में उच्चार की शृंखला होती है-"ऐसा कहना है **फ्रेंसिस डिनीन** का-..............a fundamental feature of spoken language is that it is linear."[5]

6. **इन्सा इक्लोपीडिया ऑफ सोसल साइंस** के अनुसार-"भाषा मानवीय सम्प्रेषण की विधियों में सर्वाधिक सुनिश्चित विधि है Language is the most explicit type of communicative behaviour that we know of."[6]

7. **हॉकेट** का तो साफ कहना है कि-"A language is a complex system of habits"[7] अर्थात वाक् व्यवहार की आदतों का समुच्चय भाषा है।

8. एक अन्य विद्वान **इमान बैक** का कथन है कि -" Language is a social institution"[8] अर्थात भाषा प्राकृतिक नहीं सामाजिक वस्तु है। समाज में रहकर इसका अर्जन होता है।

9. **डॉ. जी.वान्द्रियेज** के विचार से, "भाषा की सबसे साधारण परिभाषा यह हो सकती है कि वह चिन्हों का वृत्तिचक्र है।" चिन्ह से अभिप्राय यहाँ उन सब प्रकार के प्रतीकों से है जो मनुष्यों से संभाषण को संभव बना सकें।"[9]

10. इटली के प्रसिद्ध साहित्यशास्त्री **क्रोचे** भाषा की संक्षिप्त किन्तु बड़ी सार्थक परिभाषा देते हैं, "भाषा उस स्पष्ट, सीमित तथा सुगठित ध्वनि को कहते हैं, जो अभिव्यंजना के लिए नियुक्त की जाती है।"[10]

11. **ऑटो जेस्पर्सन** के विचार से, "भाषा का सार है मानवीय कार्यों के समझने में सहायता प्रदान करना अर्थात् भाषा के माध्यम से एक व्यक्ति द्वारा अपने विचारों का दूसरे को बोध कराना और दूसरे का पहले के विचार को समझना-The essence of language is human activity-activity on the part of one individual to make himself understood by another and activity on the part of that other to understand what was in the mind of the first."[11]

12. **मेरिओ ए. पेइ** तथा **फ्रैंक गेनर** ने अपने 'भाषाशास्त्र-कोश' में भाषा की परिभाषा इस प्रकार की है,-"मानवों के वर्ग

---

1. भाषा विज्ञान पर व्याख्यान (अनु. डॉ.हेमचन्द्र जोशी), पृष्ठ-28
2. "The common definition of speech is the use of articulate sound- symbols for the expression of thoughts" The Theoury of speech and Language, A. H. Gardiner,
3. Introductory Linguistics- Robert A. Hall, P. -6
4. Aspects of the Theory of Syntaxs- N. Chomsky, Preface, V
5. An Indroduction of General Linguistics- Francis P. Dinneen, P. 7
6. Encyclopaedia of the Social Sciences, P 78, Vol IV
7. A Course in Modern Linguistics- Hocket, P. 137
8. An Introduction to Transformational Grammars, Emmon Bach, P. 3
9. भाषा इतिहास की भाषा वैज्ञानिक भूमिका (अनु: जगवंश किशोर बलवीर)पृष्ठ.8
10. Language is articulate, limited, organised sound, employed in expression." Theory of Aesthetic, P. 235
11. Philosophy of Grammar, -Jespersen, P.104

विशेष में पारस्परिक व्यवहार के लिए प्रयुक्त उन ध्वनि-संकेतों को भाषा कहते हैं जिनका अर्थ पूर्व निर्धारित एवं परम्परागत होता है तथा जिनका आदान-प्रदान जिह्वा और कान के माध्यम से होता है।"[1]

13. ब्रिटेन के विश्वकोश में भी भाषा के स्वरूप को इस प्रकार रेखांकित किया गया है,-"भाषा व्यक्तध्वनि चिन्हों की उस पद्धति को कहते हैं, जिसके माध्यम से प्रत्येक समाज के दल एवं संस्कृति के मानने वाले सदस्य पारस्परिक विचार-विनिमय किया करते है।"[2]

14. भाषा विद् **हेनरी स्वीट** के अनुसार,-"जिन व्यक्त ध्वनियों द्वारा विचारों की अभिव्यक्ति होती है, उन्हे भाषा कहतें हैं।"[3]

15. **ब्लॉक** और **ट्रेगर** ने भाषा का स्वरूप इस प्रकार स्थिर किया है,-" A language is a system of arbitrary vocal symbols by means of which a social group operates."[4] आशय यह कि भाषा व्यक्त ध्वनि-चिन्हों की उस पद्धति को कहते हैं, जिसके माध्यम से समाज-समूह परस्पर व्यवहार करते हैं।

**निष्कर्ष:-**उक्त परिभाषाओं की विविधता में आम सहमति के किसी निश्चित पड़ाव की तलाश करना बहुत आसान कार्य नहीं है। व्यापक रूप से भाषा की उपर्युक्त परिभाषाएँ विभिन्न धारणाओं तथा दृष्टिकोणों पर आधारित हैं। उनके वैविध्य का यही कारण है। वस्तुतः भाषा संपूर्ण चिन्तन का दृश्य रूप है। वह नित्य तथा चिर प्रवाहित है। भाषा विचारों की वाहिनी तथा उसकी विशिष्ट वेश-भूषा है। स्व. **गजानन माधव मुक्तिबोध** के अनुसार भाषा की एक जीवित परम्परा है।[5] कुल मिलाकर मेरे विचार से भाषा की मूर्ति इस प्रकार बनाई जा सकती है,"भाषा उच्चारण अवयवों (Speech-organs) से उच्चरित यादृच्छिक (Arbitrary) ध्वनि-प्रतीकों (Vocal-Symbols) की वह सार्थक समष्टि है, जिसके द्वारा एक समाज अथवा वर्ग-विशेष के लोग परस्पर विचारों एवं भावों को अभिव्यक्त करते हैं।"

## भाषा की प्रकृति या स्वरूप और विशेषताएँ तथा भाषिक प्रकार्य (function)

भाषा की प्रकृति का आशय है-भाषा का सहज स्वभाव तथा स्वाभाविक गुण। भाषा एक रूपा होकर भी विविध-रूपा है। इस तरह यह विसंगतियों का समुच्चय है। भाषा का समाज से गहरा लगाव है। समाज के अभाव में भाषा कल्पनातीत है। मानव समाज में रहकर ही भाषा सीखता है। एक शब्द में यदि यह कहें कि भाषा न तो आकस्मिक वस्तु है अथवा न ही किसी की पैतृक-संपत्ति है, बल्कि समाज में रहकर ही यह व्यक्ति को उपलब्ध होती है, तो उचित ही होगा। यह अनुकरणीय वस्तु है, मानव उसे अनुकरण द्वारा अर्जित करता है। "Language therefore is more less traditional and social. It should not be supposed, as is sometimes done, that it is inherited as a race characteristic." भाषा किसी परिधि विशेष में विकसित नहीं होती, बल्कि इसमें नैरंतर्य और परिवर्तनशीलता होती है। अपने 'फॉर्म' में इसका प्रवाह नैसर्गिक एवं प्राकृतिक होता है। इसके अतिरिक्त भाषा परंपरागत भी होती है। इस तरह यह अपनी रंग-रेखाओं में उगती-सिमटती, स्व अन्तर्विरोधों के उत्स की ओर संकेत करती है। इस विभाग में उसकी उक्त सहज विरोधी प्रकृति तथा स्वभावगत विशेषताओं का आकलन किया जाएगा।

**1. भाषा भाव प्रकाशन-सम्प्रेषण का मुख्य साधन है-** भाषा के माध्यम से ही व्यक्ति अपनी भावनाओं को दूसरे तक पहुँचाता है। भाषा की तुलना उस नहर से की गयी है, जो अपना लबालब जल एक छोर से दूसरे छोर तक पहुँचाती है। **जैमिनीय उपनिषद् ब्राम्हण** में तो भाषा को कुल्या यानी नहर (Channel) ही बताया गया है। इधर **तांड्य महाब्राम्हण** में भी कुछ इसी तरह का संकेत किया गया है-

तस्य (मनसः) एषा कुल्या यद् वाक्।[6] तथा-यद हि मनसाभि गच्छति तद् वाचा वदति।[7]

भाषा के अभाव में व्यक्ति अपनी भावनाओं-इच्छाओं की सहज अभिव्यक्ति नहीं कर सकता। विचार-विनिमय के लिए व्यक्ति भाषा के अतिरिक्त जिन संकेतों का प्रयोग करता है, वह प्रायः अपूर्ण तथा असमर्थ सिद्ध होते हैं। खंडित भाव ही इन संकेतों से किसी

---

1. The language is system of communication by sound i, e, through the organs of speech and hearing among human beings of a certain group or community, using vocal symbols possessing arbitrary conventional meaning- Dictionary of Lingustics.
2. Langusage may be defind as an arbitrary a system of vocal symbols by means of..... communicate, - Encyclopaedia Britannica,
3. Language may be defined as the expression of thought by means of speech sounds.- The History of Language - Henry Sweet, P. 209
4. Outline of Linguistic Analysis- Bloch and Trager. P-108
5 एक साहित्यिक की डायरी, पृष्ठ 26, 1964
6. जैमिनीय उपनिषद ब्राम्हण, 1.58.3
7. तांड्य महाब्राम्हण-1.1.1.3

प्रकार व्यक्त हों पातें हैं। अत: सम्यक् भाव-बोध के लिए भाषा का होना अत्यन्त आवश्यक है। अभिव्यक्ति प्रकाशन के लिए वक्ता और श्रोता की स्थिति भी परम अनिवार्य है। जब केवल वक्ता या श्रोता ही रह जाता है, तो भाषा मृत हो जाती है। "................a language can not function normally unless there are at least two speakers of it, When only one speaker remains the language may be said to be dead."[1]

**2. भाषा और समाज का अटूट रिश्ता होता है-** व्यक्ति जिस जमीन पर पैदा होता है, उस जमीन की गंध, रस के साथ वहाँ की भाषा का घोल भी उसके जीवन में घुल जाता है। सामाजिक थाले में रोपी हुई भाषा की पौध समाज द्वारा निरंतर विकसित की जाती है। जन्मोपरान्त शिशु जिस भाषा-भाषी क्षेत्र मे पालित-पोषित होता है, उसी भाषा को वह सीखता है। यथा-उत्तर प्रदेश में रहने वाले मद्रासी परिवार अथवा बंगाल में रहने वाले कश्मीरी परिवार के बच्चे अपनी मातृ भाषा के साथ-साथ क्रमश: हिन्दी तथा बंगाली भी सीख जाते हैं। आशय यह है कि यदि किसी शिशु का पालन-पोषण किसी दूसरे देश में होता है, तो वह अपनी मातृभाषा के साथ वहाँ की भी भाषा सीख जाता है। "A child can acquireany other language in much the same way as it does mother tongue."अस्तु, भाषा की सामाजिकता स्वत: सिद्ध है। कुल मिलाकर भाषा समाज की पालक और संरक्षिका होती है:-

क. वाग् वै प्रजापतिः।[2]
ख. वाग् वै लोकंपृणा।[3]
ग. मया सो अन्नमति यो विपश्यति।[4]
घ. अहं रुद्राय धनुरा तनोमि ब्रम्हद्विषे शखे हन्तवा उ।[5]
ड.- यं कामये तं तमुग्रं कृणोमि तं ब्रम्हणां तमृषिं तं सुमेधाम।[6]

**3. भाषा परंपरागत वस्तु है-** सामाजिक वस्तु होने के साथ-साथ भाषा का परंपरागत स्वरूप भी अक्षुण्ण मिलता है। प्रत्येक समाज में भाषा के प्रचार-प्रसार की दीर्घकालिक परंपरा उपलब्ध होती है। भाषा को सामान्य तया 'मातृभाषा' भी कहते हैं। 'मातृभाषा' का अर्थ है,-'माता की भाषा'। किन्तु इसका आशय यह नहीं कि माता उस भाषा विशेष की निर्मात्री होती है, बल्कि माता उस भाषा को अपने बच्चों तक उसी रूप में पहुँचाने का कार्य करती है, जिस रूप में उसने उसे अपने पूर्व-पुरुषों से प्राप्त किया है। इसलिए समाज का प्रत्येक व्यक्ति भाषा को वैसे ही प्राप्त करता है, जैसे अन्य परंपरागत सम्पत्तियों को। अपनी अन्य पैतृक बहुमूल्य वस्तुओं के साथ व्यक्ति इस परंपरागत भाषा से भी गहरी आत्मीयता रखता है। मानव इसमें कभी कोई परिवर्तन नहीं करना चाहता। इसके परंपरागत स्वरूप में व्यक्ति को लोकोत्तर मिठास का आनंद मिलता है। इस तरह यह अपने परंपरागत स्वरूप को निबाहती हुई अपनी विकास-यात्रा करती रहती है।

**4. भाषा मनुष्य की अर्जित सम्पत्ति है-** प्रकृति की अनेक वस्तुओं की तरह भाषा भी दुहरे स्वरूपवाली होती है अर्थात् एक ओर जहाँ भाषा परंपरागत और उत्तराधिकार में प्राप्त होने वाली वस्तु है, वहीं दूसरी ओर इसका अर्जन भी किया जाता है। शरीरांगों की तरह भाषा हमें स्वत: अनिवार्य रूप में नहीं मिल पाती। व्यक्ति को उसे सीखना पड़ता है। व्यक्ति जिस समाज अथवा वातावरण में जन्मता है, उसी के अनुरूप उसे भाषा सीखनी पड़ती है। भाषिक दक्षता के साथ कोई उत्पन्न नहीं होता। पशुओं की अपेक्षा व्यक्ति में इतनी ही कुशाग्रता तथा पैनापन होता है कि वह भाषा सीख सकता है। पशु न तो सीख सकता है और न अपनी भावाभिव्यक्ति ही कर सकता है।[7] आशय यह कि भाषा जन्मजात वस्तु नहीं है। मानव अनुकरण अथवा बौद्धिक श्रम द्वारा उसका उपार्जन करता है।[8] संस्कृत में तो साफ कहा गया है कि भाषा और धन क्षण और कण को पकड़ने से ही प्राप्त होते हैं। क्षण त्याग करने पर भाषा और विद्या नहीं आएगी, कण अर्थात् अन्न-कण त्याग देने से कभी धन एकत्र नहीं होगा-

**क्षणशः कणशश्चैव विद्यामर्थं च चिन्तयेत्।**
**क्षण त्यागात् कुतो विद्या, कण त्यागात् कुतो धनम्।।**

**5. भाषा स्वतंत्र व्यक्तित्व की विशिष्ट संरचना है- "अयांधारा संत तैवम्"** अर्थात् जल के प्रवाह की तरह

1. An Introduction to linguistic Science: Edger H. Sturtevant : P. 3
2. शतपथ- 5.1.5.6
3. शतपथ- 8.7.2.7
4. ऋगवेद- 10.125.4
5. ऋगवेद- 10.125.6
6. ऋगवेद- 10.125.5
7. Language-J.Vendryes.P.12, 1959.
8. अभिनव भाषा-विज्ञान, आचार्य नरेन्द्रनाथ, पृ.29

भाषा स्वतंत्र होती है। प्रत्येक भाषा रचाव की दृष्टि से एक-दूसरे से पृथक होती है। वह इसलिए कि उनका निर्माण विभिन्न समाजों द्वारा होता है। भाषाओं का विकास-क्रम भी रूप और आकार की दृष्टि से परस्पर अंतर को रेखांकित करता है। मसलन, जहाँ संस्कृत में तीन लिंग, तीन वचन और दस लकार होते हैं, वहीं हिन्दी में दो लिंग, दो वचन और तीन काल रह गए हैं। हिन्दी के भूतकाल में छः भेद हैं, परन्तु रूसी में केवल दो हैं। कुछ भाषाओं में संयुक्त ध्वनियाँ पाई जाती हैं और कुछ में नहीं। संस्कृत, हिन्दी, अंग्रेजी, फ्रेंच, आदि में संयुक्त ध्वनियाँ हैं, परन्तु जापानी आदि में नहीं।

ध्वनि, शब्द तथा वाक्य-इन तीन स्तरों पर भाषा अलग-अलग एक निश्चित व्यवस्था है। भाषा की यह व्यवस्था उसके भाषिक रूप 'पैरोल' अथवा 'वाक्' में भी लक्षित होती है। यदि ऐसा न हो तो भाषा अपनी सामाजिकता खोकर किसी व्यक्ति विशेष की संपत्ति बन जाय। **प्रो. मैके** के अनुसार,-"भाषा विभिन्न स्तरों पर उपव्यवस्थाओं की व्यवस्था है- "To the linguist ....... or be a system of systems, a system of heirarchies, or even heirachy of system."[1]

**6. भाषा का बहाव नदी की भाँति बेरोक होता है-"सम्यक् स्त्रवन्ति सरितोनधेना अन्तर्हृदा मनसा पूयमाना"[2]** स्वस्थ तथा तरल नदी की भाँति भाषा भी सतत् प्रवाहमान होती है। वह रुकती अथवा सूखती नहीं है। जैसे कोई नदी अपने उद्‌गम स्थल से चल कर बीच में प्रस्तर खण्डों को तोड़ती, तटबन्धों के किनारे स्थित वृक्षों तथा भूमिकणों को अपने में आत्मसात् कर बहा ले जाती है, ठीक उसी प्रकार भाषा भी सामाजिक तथा राजनीतिक पुलिनों के मध्य बहती अनेक भाषाओं के शब्दों को ग्रहण करती हुई चली जाती है। भाषा के इस क्रम में कभी कोई रुकावट नहीं होती। आशय यह कि भाषा अपने जन्म से आज तक चली आ रही है। व्यक्ति उसमें कभी - कभार थोड़ा परिवर्तन कर तो सकता है, पर उसे न तो समाप्त कर सकता है और न उसे उत्पन्न ही कर सकता है। भाषा व्यक्ति के लिए अदृश्य सत्ता की अनुपम भेंट है, जिसमें उक्त गतिशीलता तथा निरंतरता सदैव बनी रहती है।

**7. भाषा में लोकोत्तर सृजनात्मक शक्ति होती है-** भाषा में पैना रचाव तथा अद्‌भुत सर्जन शक्ति होती है। भाषा के इस विशिष्ट गुण का दर्शन किसी भाषा-भाषी द्वारा रचित नए वाक्यों में होता है। व्यक्ति जब किसी नई सामग्री के संपर्क में आता है, तो वह उसे मूर्त रूप देने के लिए अनेक वाक्यों की रचना करता है। इस नई रचित वस्तु के प्रति पाठक का रुझान जब बढता है, तो वह उसे समझने की पुरजोर कोशिश करता है। इस प्रकार भाषा की यह शक्ति नए वाक्यों की रचना तथा उसकी समझ-दोनों में परिलक्षित होती है। प्रोफेसर **फॉडर** तथा **काट्ज** ने इस शक्ति को-वक्ता तथा पाठक अथवा श्रोता-दोनों में ही विद्यमान माना है-"The fact that a speaker can understand any sentence must mean that the way he understands sentences he has never previously encountered is compositional."[3]

**8. बदलाव भाषा का महत्वपूर्ण गुण है-** प्रकृति की हर वस्तु के पास परिवर्तन के तिक्त-मीठे अनुभव पर्याप्त मात्रा में उपलब्ध हैं। भाषा, उक्त उदाहरण का कोई अपवाद नहीं है। इसमें पल-पल परिवर्तन हो रहा है, लेकिन उसकी गति इतनी मंद है कि बदलाव की स्पष्ट धारी उभर नहीं पाती। पर्याप्त समय के पश्चात् ही परिवर्तन लक्षित होता है। परिवर्तन का यह अनिवार्य क्रम भाषाई वृक्ष की सभी शाखाओं-ध्वनि, शब्द, अर्थ, व्याकरण-में समान रूप से व्याप्त है। 'मेघ' से 'मेह', 'दधि' से 'दही', 'दुग्ध' से 'दूध', 'शाक' से 'साग' आदि ध्वनि-परिवर्तन तथा 'चतुर्वेदी' से 'चौबे', 'चटोपाध्याय' से 'चटर्जी', 'वन्द्योपाध्याय' से 'वनर्जी', आदि यदि रूप-परिवर्तन के उदाहरण हैं, तो 'असुर' का अर्थ 'राक्षस', 'महाराज' का अर्थ 'रसोइया', 'जुगुप्सा' का अर्थ 'घृणा' आदि अर्थ परिवर्तन के उदाहरण हैं। भाषा में नित होने वाले परिवर्तनों को रोकने के लिए भाषा को समाचार-पत्रों, साहित्य, संचार-व्यवस्था, तथा व्याकरण के कठोर नियमों में आबद्ध किया जाता रहा है, फिर भी अदृश्य परिवर्तन की वायु उसे समय आने पर अपने झोंकों में लपेट कर दूसरा रूप-रंग दे ही देती है। उदाहरण के लिए हम वैदिक भाषा तथा उससे निसृत आधुनिक आर्य-भाषाओं को ले सकते हैं। वैदिक भाषा में संस्कृत, संस्कृत से पालि, पालि से प्राकृत भाषाएँ, प्राकृत भाषाओं से अपभ्रंश भाषाएँ और अपभ्रंश भाषाओं से आधुनिक आर्य-भाषाएँ विकसित हुई हैं। किन्तु वैदिक भाषा तथा आधुनिक आर्य भाषाओं-हिन्दी, पंजाबी, मराठी-आदि के स्वरूप में आज इतना व्यापक अंतराल आ गया है कि सामान्य पाठक दोनों के रागात्मक संबंध को स्वीकारने में हिचकिचाहट का अनुभव करेगा। यह बदलाव विश्व की हर भाषाओं को अपने गिरफ्त में लेता रहता है। यही कारण है कि **चॉसर** और **शेक्सपियर** की अंग्रेजी में काफी अंतर है, साथ ही शेक्सपियर की अंग्रेजी और आज की अंग्रेजी में भी पर्याप्त अंतर है। इस तरह हम देखते हैं कि भाषिक बदलाव शाश्वत, निरंतर तथा सर्वव्यापी होता है।

**9. भाषा की प्रवृत्ति समासात्मकता को छोड़कर व्यासात्मकता की ओर होती है-** भाषा के क्रमिक विकास का इतिहास इस तथ्य का बेबाक साक्ष्य है कि भाषा का रुझान क्लिष्टता से हटकर सरलता की ओर जाने का होता है। हर व्यक्ति

1. R. F. Mackey, William Framcis, P. 4
2. ऋग्वेद 4.58.6
3. R.-4 Fodor and Katz. P. 432

का स्वभाव कम शब्दों में 'अधिक से अधिक' कह देने का होता है। उसकी हविस होती है कि अधिकतम भावाभिव्यक्ति के लिए कम-से-कम ध्वनि-संकेतों का प्रयोग करें। इसके अतिरिक्त व्यक्ति सरल शब्दों में अपने श्रोताओं को भली-भाँति समझा देना चाहता है। उसकी इस प्रवृत्ति का ही यह परिणाम होता है कि भाषा जटिलता से सरलता तथा सुकुमारता की ओर उतरती जाती है। व्यक्ति की उक्त मनोवृत्ति ने संस्कृत के अनेक जटिल शब्दों को सरल बना दिया है, यथा-'अट्टालिका' से 'अटारी', 'पुस्तिका' से 'पोथी', 'स्वर्णकार' से 'सोनार', 'चर्मकार' से 'चमार', 'लोहकार' से 'लोहार', 'कपर्दिका' से 'कौड़ी', 'चतुर्विंशति' से 'चौबीस' आदि।

**10. समस्त ज्ञान भाषा-सम्पृक्त होता है-** भाषिक दीपशिखा में ही ज्ञान-वर्तिका प्रज्ज्वलित होती रहती है। व्यक्ति का संपूर्ण चिंतन, अनुभूति, कारोबार, आदि भाषा के माध्यम से ही परिचालित होतें है। व्यक्ति-व्यक्ति के बीच परस्पर संबंध-सूत्र-स्थापन का महत्वपूर्ण कार्य भाषा के अभाव में कल्पनातीत है। संस्कृत के प्रकांड भाषाविज्ञानी **भर्तृहरि** ने इस तथ्य की ओर इंगित करते हुए लिखा है-

**इतिकर्तव्यता लोके सर्वा शब्दव्यपाश्रया।**

तथा-

**न सोऽस्ति प्रत्ययों लोके यः शब्दानुगमादृते।**
**अनुविद्धमिव ज्ञानं सर्व शब्देन भासते।।**[1]

## भाषा की उत्पत्ति (The Origin of Language)

भाषा-उत्पत्ति का प्रश्न आज भी संभ्रम की जलकुंभी में उलझा हुआ है। इसकी उत्पत्ति के संबंध में विद्वानों द्वारा जितने भी तर्क उपस्थित किए गए, उनमें कुछ तो अनुमान तथा कल्पना पर आधारित हैं, कुछ बेडौल तथा हास्यास्पद हैं, कुछ अधूरे तथा आंशिक हैं और कुछ वैविध्य तथा वैचित्र्य से भरपूर हैं। समीक्षकों ने सारे सिद्धान्तों का 'पोस्टमार्टम' कर उन्हें निर्मूल सिद्ध किया है। भाषा की उत्पत्ति से संबंधित कोई भी ऐसा मत नहीं जो दगीला न हो तथा जिस पर अध्येताओं और समीक्षकों की समवेत स्वीकृति की मुहर लगी हो।

कुछ भाषाशास्त्री यह भी कहतें हैं कि भाषाविज्ञान चूँकि एक विज्ञान है, इसलिये अनुमान और अटकलों के लिए यहाँ कोई स्थान नहीं। पहेली अथवा बुझौवल के आधार पर यहाँ किसी सिद्धान्त अथवा मत का प्रतिपादन नहीं किया जाता। विज्ञान तो विद्यमान तथ्यों के आधार पर ही किसी पदार्थ की समुचित पड़ताल कर एक प्रामाणिक तथा ठोस निष्कर्ष निकालता है। उक्त भाषाविज्ञानियों के अनुसार भाषा-उत्पत्ति संबंधी मतों पर विचार करना भाषाविज्ञान का काम नहीं है। यह कार्य उसकी 'कार्य-परिधि' के बाहर है। इस महत्वपूर्ण शोध को वे मानव इतिहासज्ञों, दार्शनिकों तथा समाजशास्त्रियों को सौंपते हैं।

**बहरहाल**, भारतीय वाङ्मय में भी भाषा-उत्पत्ति के स्रोतों की थोड़ी बहुत चर्चा यत्र-तत्र मिल जाती है। ऋगवेद में-"**वाचं पर्जन्यजिन्वितां प्रमण्डुका अवदिषुं**"[2] कहकर अचेतन बादल तथा चेतन मेंढ़क की वाणी (वाचम्) या ध्वनि का वर्णन किया गया है। यास्क ने "**दुन्दुभिः इति शब्दानुकरणम्**"[3], "**काक इति शब्दानुकृतिः तदिदं शकुनिषु बहुलम्**" कहकर स्पष्ट ही भाषा में अचेतनों तथा चेतनों की बोली का योगदान स्वीकार किया है। पाणिनि "**व्यक्त वाचां समुच्चारणं**"[4] से मनुष्यों की व्यक्त वाणी का वर्णन किया है, "**अनुकरणं चानितिपरम्**" से खाटकृत, हुंकृत आदि शब्द चेतनवाणी के अनुकरण में और "**अव्यक्तानुकरणादद्व यजवरा र्धदनितौ डाच्**" तथा "**लोहतादिजभ्यः क्यष्**" की सहायता खटखटायते, पटपटायते, टकटकायतें, फर्फारायतें आदि सैकड़ों प्रयोग अव्यक्त ध्वनि के अनुकरण में बताए हैं। भाषा के अध्ययन के लिए शिशुओं की भाषा को भारतीय मनीषी उपयोगी मानते थे, अतः इसका भी यत्र-तत्र वर्णन मिलता है। ऐतरेय ब्राम्हण के "**सारस्वतं शंसति, तस्यात् कुमारं जातं जघन्या वागाविंशति**"[5] तथा ऐतरेय अरण्यक के "**एतांवाचं प्रजापतिः प्रथमां वाचं व्याहरदे काक्षरद्व्यक्षरां ततेति, तथैनेतत् कुमारः प्रक्ष्मवादी वाचं व्याहरत्येकाक्षरदव्यक्षरां ततेति तातेति**"[6] में भी यही वर्णन है कि पहले बालक रोने के अतिरिक्त कोई शब्द नहीं करता, मूक बना रहता है।[7]

वस्तुतः भाषा उत्पत्ति का प्रश्न स्वयं में बेहद पेचीदा है। यह प्रश्न उतना ही जटिल है, जितना मानव उत्पत्ति का प्रश्न। भाषा-उत्पत्ति के संबंध में **श्री हेमचन्द्र पाण्डेय** की सोच कुछ इस प्रकार है-"भाषा के जन्म से लेकर उसके मौखिक रूप के विकसित होने तक दस-पन्द्रह हजार साल लगे ही होंगे। इस अनुमान के आधार पर भाषा का जन्म 30,000 साल पहले हुआ होगा और आज यह

**1. वाक्य पदीय, ब्रम्हकाण्ड, 123-24**

**2. ऋगवेद-7.103.1**

**3. निरुक्त-यास्क, 9.12**

**4. अष्टाध्यायी-पाणिनि-1.3.48**

**5. ऐतरेय ब्राम्हण-11.3**

**6. ऐतरेअ आरण्यक्-1.3.3, 1.3.7**

**7. भाषा विज्ञान की भारतीय परंपरा और पाणिनि-डॉ. रामदेव त्रिपाठी, पृष्ठ-19**

अनुमान सही हो तो मनुष्य के उत्थान की कहानी में भाषा का जन्म बहुत पुरानी घटना नहीं है, क्योंकि मनुष्य की उत्पत्ति कम-से-कम बीस लाख साल पुरानी मानी जाती है। सृष्टि के उद्‌भव और उत्थान की कहानी में तो यह बहुत हाल की घटना है।''[1] सच पूछा जाय तो भाषा की उत्पत्ति का निश्चित समाधान वाला उत्तर बहुत सरल नहीं है, वह इसलिए कि आज से लाखों साल पहले की स्थिति का ठोस अध्ययन करने वाला कोई साधन आज उपलब्ध नहीं है। इस प्रश्न के उत्तर की मूल आत्मा की पकड़ भाषाविज्ञानियों की पहुँच से बाहर होने के कारण उन्होंने लगभग इस पर सोचना ही बन्द कर दिया है। प्रसिद्ध विद्वान **मेरिओं पेई** के अनुसार सभी भाषावैज्ञानिक केवल इस बात पर एकमत हैं कि भाषा-उत्पत्ति का संतोषजनक उत्तर नहीं दिया जा सकता-"If there is one thing on which all linguists are fully aggreed, it is that ths problem of the orgin of human speeach is still unsolved"[2] **जी वान्द्रियेज** भी इस प्रश्न का हल ढूढने में अपने को सक्षम नहीं पाते-" The problem of the origin of language does not admit of any satisfactory solution." इतना ही नहीं, 1886 ई में स्थापित पेरिस की 'भाषाविज्ञान-समिति'(Linguistics Society) ने अपनी एक बैठक में इस प्रश्न पर विचार न करने का निर्णय सर्वसम्मति से किया।[3]

प्राचीन यूनानियों ने भाषा की उत्पत्ति, इतिहास और संरचना के संबंध में निर्भीक और आग्रही अँटकलबाजियाँ कीं और उनमें बहुत सी पौराणिक कथाएँ थीं, जिसमें पृथ्वी पर सर्वप्रथम उच्चरित भाषा थी। यूनानी इतिहासकार **हिरोडोट्स** (5वीं शताब्दी ई. पूर्व) हमें बताता है कि मिश्र का राजा पसम्मेटिचूस ने पृथ्वी के प्राचीनतम राष्ट्र को जानने हेतु दो बच्चों को अलग कर दिया, जब उन्होंने बोलना प्रारंभ किया तो ''बी कोज'' शब्द का उच्चारण किया, जो फ्रीजियन में ''रोटी'' के लिए प्रयुक्त शब्द निकला।

येह प्राचीनतम भाषा को निश्चित करने की पहली प्राकृतिक खोज थी। अपने संवाद ''क्रैटिलस'' में **प्लेटो** (427.347 ई.पूर्व) ने भी शब्दों की उत्पत्ति पर विचार किया है। अभी आपने ऊपर पढ़ा है कि भाषा की उत्पत्ति की समस्या इतनी विवादास्पद थी कि इसका विवेचन एक समय में अनेक विद्वत् समितियों द्वारा वर्जित कर दिया गया। "Law Society Linguistic De Peris" ने 1878 में इस विषय पर किसी पत्र का अनुवर्तन अपने अधिवेशनों में निषेध कर दिया, तिस पर भी अनेक शिक्षित चिन्तकों ने इस समस्या पर अपने समाधान प्रस्तुत किए हैं। यद्यपि सभी भाषाविद् सहमत हैं कि मानवीय भाषण की उत्पत्ति की समस्या अभी तक सुलझी नहीं है, भाषा उत्पत्ति से संबंधित सिद्धान्तों का अभाव नहीं है। इसमें कुछ पारंपरिक और रहस्यात्मक हैं। एक विद्वान लिखते हैं कि 19वीं सदी में होने वाला यह जर्मन वैज्ञानिक **विल्टेमेन वुन्ट** था, जिसने भाषा की उत्पत्ति के सिद्धान्तों के वर्गीकरण के लिए धरातल तैयार किया।

जो कुछ भी हो, इतना तो निश्चित रूप से कहा जा सकता है कि सिद्धान्तकार उक्त प्रश्न के सही उत्तर की तलाश में जैसे भटकन की गुमनाम गली में घूम रहे हैं। फिर भी, उन सभी मतों का उनकी सोच की जमीन पर एक ऐतिहासिक महत्व है। उनका महत्व तो अपने आप में इसलिए और भी अधिक बढ़ जाता है कि उन महान् भाषाविदों ने इस दिशा में कुछ सोचा तो है। उनके मत हमें सन्तुष्ट करें या न करें किन्तु उनकी चिन्तन-सरणि के विशिष्ट महत्व को नकारा नहीं जा सकता। उत्तम होगा कि भाषा उत्पत्ति के संबंध में स्थापित उनके मतों, सिद्धान्तों को क्रमश: हम देखें-

**1. दैवी उत्पत्ति का सिद्धान्त** (Divine Theory):-भाषा-उत्पत्ति से संबंधित मतों में यह सबसें प्राचीन मत है। धार्मिक प्रवृत्ति के पोषक प्रकृति में होने वाले हर आन्दोलनों के उत्स में ईश्वर को ही स्वीकारते हैं। इसी तरह से वे भाषा का नियामक भी ईश्वर को ही मानते हैं।[4] उनके विचार से भाषा इस सृष्टि के लिए ईश्वर प्रदत्त एक अनुपम भेंट है। उनका कहना है कि ईश्वर ने ही मनुष्य को बोलना सिखाया। पूरब के साथ-साथ पशिचम के लोग भी इस मत के समर्थक रहे हैं। यही कारण है कि प्राय: सभी धर्मों के प्रणेताओं ने अपने-अपने धर्म ग्रंथों को ईश्वर विरचित बताया है। हिन्दू, संस्कृत भाषा को 'देववाणी' कहते हैं ओर वेदों को ईश्वरीय ग्रन्थ मानते हैं।

(अ) देवी वाचमजनयन्त देवा:।
यस्मादृचो अपातक्षन् यजुर्यस्मादपाकषन्
सामानि यस्य लोमान्यथर्वाङ्गिरसोमुखम्।।
स्कंम्भं तं ब्रूहि कतम: स्विदेव स:।

1. जनसत्ता (रविवारी-दिनांक 11नवंबर 1948) में प्रकाशित 'अभी तक अटकलें हैं कि भाषा कैसे बनी' शीर्षक निबंध।
2. The story of Language, P. 31
3. Language: Its Nature Development and Origin- Otto Jespersen P. 96
4. हिन्दी भाषा का वैज्ञानिक अध्ययन,-डॉ. ऋषि गोपाल-पृ.26

**तस्माद्यज्ञात् सर्वहुतः ऋचः सामानि जज्ञिरे।**
**छन्दांसि जज्ञिरे तस्माद्यजुस्तस्मादजायत।।**[1]

(ब) **सर्वेषां तु स नामानि कर्माणि च पृथक्-पृथक्**
**वेद शब्देभ्यः एवादौ पृथक् संस्थाश्च निर्ममे।**[2]

(स) **ननु चोक्तम्। नहि छन्दसि क्रियन्ते।**
**नित्यानिच्छन्दांसीति। यद्यप्यर्थोनित्यः।**
**या त्वसौवणनिपूर्वा सा अनित्या।**[3]

(द) **संस्कृतं नाम दैवी वागन्वाख्याता महिर्षिभिः।।**[4]

कहतें है, पितामह ब्रम्हा को ही भाषा के स्थिरीकरण (Standardiziation) का प्रथम श्रेय प्राप्त है। भाषा का प्राचीनतम प्रारूप वैदिक संहिताएँ हैं और वे साक्षात् ब्रम्हा की रचनाएँ मानी जाती हैं-

**''अस्यमहतो भूतस्य निःश्वसितमेतद् यद् ऋग्वेदों यजुर्वेदः सामवेदोऽथर्वाङ्गिरस, इतिहास पुराणाम्।''**[5] फिर यह ब्रम्हा वाणी देवपुत्रों की परंपरा से ब्राम्हण ऋषिमुनियों द्वारा जन साधारण में प्रचलित हुई-**''ब्रम्हा वृहस्पतये प्रोवाच, वृहस्पतिरिन्द्राय, इन्द्रो भरद्वाजाय, भारद्वाज ऋषिभ्य, ऋषंयों ब्राम्हणेभ्यः।''**[6] ब्रम्हा ने यह वाणी पहले अपने पुत्र अंगिरा को, फिर पौत्र वृहस्पति को सिखाई। अंगिरा ने इन्द्र को इसकी शिक्षा दी-

**''इमांधियं सप्तशीर्ष्णी पिता न ऋतु प्रजातां वृहतीय विन्दत्।**
**तुरीयं स्विज्जनयद् विश्वजन्योऽयास्य उक्थ मिन्द्राया शंसन।।''**[7]

किन्तु, शीघ्र ही देव परिवार में वृहस्पति भाषा के सर्वश्रेष्ठ विज्ञ स्वीकृत किए गये। इनका वृहती पर वैखरी से परा तक की वाणी पर अधिकार हो गया-

**''वाग् वै बृहती तस्या एष पतिस्तस्यादु वृहस्पतिः।**
**वाग् वै ब्रम्ह तस्या एष पतिस्तस्यादु ब्रम्हणस्पति।।''**[8]

वाणी पर अगाध अधिकार प्राप्त कर लेने के कारण ही कालान्तर में आंगिरस 'वृहस्पति' तथा 'वाचस्पति' और देवराज इन्द्र को पढ़ाने के कारण 'गुरु' कहलाए। उसके बाद वृहस्पति के पुत्र भारद्वाज ने साक्षात् इन्द्र से ही शिक्षा ली-**''इन्द्रो भारद्वाजाय प्रोवाच्''**। देवों के बाद मानवों में भारद्वाज ही संभवतः सर्वश्रेष्ठ भाषा विद् हुए-**''भरद्वाजो हवा ऋषीणामनूचानतमः।''**[9] इधर, इन्द्र के व्याकरण की परंपरा तो काफी दिनों तक चली, जिसे 'ऐन्द्र शाखा' कहते हैं।

**पाणिनि** (ई.पू.750 से ई.पू.700) ने संस्कृत व्याकरण के मूल 14 सूत्रों को भगवान शंकर के डमरू से उत्पन्न बताया है और इसीलिए उन्होंने इन सूत्रों का नाम 'माहेश्वर-सूत्र' रखा। निम्नलिखित श्लोक उनके कथन का पुष्ट साक्ष्य है-

**येनाक्षर समाम्नायमधिगम्य महेश्वरात्।**
**कृत्स्नं व्याकरणं प्रोक्तं तस्मै पाणिनये नमः।।**

अनास्थावादी बौद्ध एवं जैन भी अपने धर्म-ग्रथों की भाषा पालि और मागधी को ईश्वरीय वाणी बताते हैं। पालि व्याकरण के रचयिता **कच्चायन** का कथन इस संदर्भ में उद्धृत है-

**सा मागधी मूलभाषा नरा यादादिकवि।**
**ब्रम्हानों चस्सुतालापा संबुद्धा चापि भासर।।**[10]

ईसाई और यहूदी हिब्रू को विश्व की आदि भाषा मानते हैं।[11] उनके सबसे पुराने धर्म-ग्रंथ बाइबिल (Old Testament) में यह लिखा है कि संपूर्ण पृथ्वी पर एक ही भाषा थी-"And the whole earth was of one language, and of one speech."[12] एक जर्मन विद्वान् <u>सुसमिल्श</u> (Sussmilch) ने भी भाषा की दैवी उत्पत्ति का समर्थन इस प्रकार किया है। -"Language could not

---

1. ऋगवेद, (8.100.111)
2. मनुस्मृति, (1.21)
3. -पतंजलि महाभाष्य, (4.3.101
4. काव्यादर्श, (1.32)
5. वृहदारण्यक-11.4.10
6. ऋकतंत्र व्याकरण
7. ऋगवेद-10.67.1
8. वृहदारण्यक-1/3 का 20 तथा 21
9. ऐतरेय आरण्यक-1.2.21
10. भाषाविज्ञान-डॉ.मंगलदेव, पृ.183
11. "God at sundry times and divers manners spake in time past in to the fathers by the prophets" Epistle
12. Genisis, 2.1

hae been invented by man, but was a direct gift from God."[1]

एक अन्य अंग्रेज विद्वान् **टॉमस हाब्स** (Thomas Hobbes, 1588-1673) ने शुद्ध आस्तिक की तरह घोषित किया कि भाषा का प्रथम रचयिता स्वयं ईश्वर था, जिसने आदम को यह सिखाया कि उसकी रची हुई वस्तुओं को किस प्रकार पुकारना चाहिए-" The first authour of speech was god himself, that instructed Adam how to name such creature as he presented to his sight and the general use of speech is to transfer our mental discourse in to verbal, or the train or our thoughts in to a train of words[2]" **जान लाक** (John Locke, 1632-1704) नामक पश्चिम के ही धर्म पर आधारित मानववाद का समर्थन करने वाले एक अन्य विद्वान ने भी यह कहा कि ईश्वर ने मनुष्य को सामाजिक प्राणी बनाकर इस उद्देश्य अर्थात् सामाजिकता उत्पन्न करने के लिए उसे वैचारिक समागम के लिए भाषा प्रदान की जो समाज का एक महान अस्त्र और एकता का सूत्र बनी-"God having designed man for a sociaable creature, made him not only with an inclination and under furnished him also with language which was to be the great instrument and common lie of the Society. Man, there fore, had by nature his organs so fasloined as to be fit to articnl ate sounds[3]"

मुसलमान अरबी का रिश्ता सीधे खुदा से जोड़ते हैं। उनके विचार से खुदा ने हजरत मुहम्मद को अरबी में ही 'कुरआन' की आयतें सिखाई थीं।[4] मिस्र के लोग अपनी भाषा को 'द्वन्त्र' अर्थात् देवभाषा कहा करतें थें।[5] ठीक इसी प्रकार अन्य धर्मावलम्बी भी अपने-अपने धर्म-ग्रथों को ईश्वर कृत ही स्वीकारते हैं।

**समीक्षा**-आज के इस वैज्ञानिक युग में भाषा-उत्पत्ति-संबंधी उक्त मत बहुत बासी पड़ चुका है। सच बात तो यह है कि यदि भाषा ईश्वर प्रदत्त होती तो सभी प्राणियों (पशुं-पक्षियों) अथवा सभी मनुष्यों की भाषा एक ही क्यों नहीं हुई? इस संबंध में **हर्डर** का कहना है कि यदि भाषा ईश्वर विरचित होती तो वह अधिक पूर्ण और उपयुक्त होती-'One of Herder's stongest arguments it that if language had been framed by God and Him instillod in to the mind of man, we should expect it to be much logical, much more imbued with pure reason than it is an actual matter of fact."[6] इसी संदर्भ में हर्डर का यह आक्षेप भी तर्कयुक्त है कि अधिकांश भाषाओं में धातुओं से संज्ञा शब्दों की उत्पत्ति होती है। यदि भाषा ईश्वर कृत होती तो भाषा का प्रारंभ संज्ञा शब्दों से होना चाहिए था।[7] पाश्चात्य दार्शनिक तथा गणितज्ञ श्री **लेवनिज** (1646-1716 ई.) ने 1710 ई. में वर्लिन अकादमी के 'स्मृति अंक' में प्रकाशित अपने एक निबंध में इस मान्यता का कि "विश्व की सभी भाषाएँ हिब्रू से विकसित हैं", प्रबल खण्डन करते हुए कहा था-"Leibniz realised that scholars would have to abandon their sterile practice of trying to relate all languages to biblical He brew. Instead he encouraged his contemporaries to examine and describe extant languages."[8]

श्रद्धा-प्रसूत अथवा अंध-विश्वासियों द्वारा प्रतिपादित उक्त मत आधारहीन तथा खोखला है। वस्तुत: भाषा वीणा के तारों की भाँति ढीली और लचीली जड़ वस्तु है। भाषा को उत्पन्न करने वाला ईश्वर नहीं, स्वयं मनुष्य है।[9]

**2. संकेत-सिद्धान्त** (Agreement Theory: Covention Theory or Symbolical origin)-इस मत के प्रमुख उद्घोषक पाश्चात्य समाज विचारक **रूसों** (J.J.Rousseau 1712-1778) हैं। इस सिद्धान्त के अन्य नाम 'निर्णय-सिद्धान्त', 'स्वीकारवाद' तथा 'प्रतीक सिद्धान्त' भी हैं। प्रथम मत की अपेक्षा यह मत कुछ तार्किक अवश्य है, फिर भी सघन तर्क की कसौटी पर खरा उतर नहीं पाता। रूसो का कहना है कि भाषा, ईश्वर प्रदत्त नहीं है, अपितु मानव प्रदत्त है-"Rousseau immagined the first men setting themselves more or less deliberately to frame a language

**1. Language: Otto Jesperson, P 27**

**2. Leviathan-Hobbs, P. 18**

**3. Essay Concerning Human Under Standing-Locke, Book-III, Chapter I, Section I**

**4. हिन्दी भाषा का वैज्ञानिक अध्ययन-डॉ.ऋषिगोपाल पृ. 27.28**

**5. भाषाविज्ञान-देवदत्त कौशिक, पृष्ठ 9**

**6. Language : Its Nature, Development and Origin, P. 35**

**7. And Nouns are created from verbs, where as according to Herder, if language had been creation of God, it would inversely have begun with nouns, as that would have been the logically ideal order of Procedure." Ibid. P. 36**

**8. Perspectives in Lingustics John, T, Waterman, P. 14. 1953**

**9. भाषा शास्त्र तथा हिन्दी भाषा की रूपरेखा-डा.देवेन्द्र कुमार शास्त्री, पृ.29**

by an agreement similar to the "Contract Social which according to him was the basis of all social order"[1] उनके अनुसार मानव पहले पशुओं की तरह ही हाथ पैर हिला डुलाकर या आँखों के संकेत से अपनी भावाभिव्यक्ति किया करता था; किन्तु उक्त संकेत मनुष्य की पूर्ण अभिव्यक्ति में सक्षम नहीं थे। बार-बार आंगिक संकेतों के अभिनयों से तंग होकर मनुष्य ने अपनी खुली अभिव्यक्ति के लिए एकत्र होकर विचार विमर्श किया। इस बैठक में उन्होंने विभिन्न वस्तुओं तथा अपनी वैचारिक लेन-देन के लिए कुछ ध्वनि-संकेत स्थिर किए और कालान्तर में उक्त ध्वनि-संकेतों से ही भाषा का विकास हुआ। **प्लेटो के शिष्य अरस्तू** (384-322 ई.पू.) ने भी अपने-'On Interpretation' शीर्षक निबंध में भाषा की उत्पत्ति पारस्परिक मतैक्य या समझौते के आधार पर मानी थी-"Aristotle, the father of grammar in the accidental world belived and taught that language was arrived at by convention or agreement."[2] संस्कृत काव्यकार भामह ने भी कुछ इसी प्रकार का संकेत किया है-

**इयन्त ईदृशा वर्णा ईदृगर्थाभिधायिनः।**
**व्यवहाराय लोकस्य प्रागित्थं समयः कृतः।।**[3]

**समीक्षा**-तर्क के क्षीण रोएँ-रेशे से बुना हुआ यह मत भी भाषा-उत्पत्ति के प्रश्न का कोई सटीक जवाब नहीं दे पाता। प्रश्न है, पहले जब भाषा ही नहीं थी, तो व्यक्ति ने पारस्परिक विचार-विनिमय कैसे किया? क्योंकि भाषा और विचार का रिश्ता अटूट होता है। अल्प समय के लिए यदि यह स्वीकार भी कर लें कि भाषा के अभाव में वैचारिक आदान-प्रदान हो सकता था, तो फिर भाषा की आवश्यकता ही क्या थी? फिर यदि उन्होने भाषा की आवश्यकता का अनुभव किया तो संकेतों का निर्धारण किस माध्यम से तय किया गया। इन तमाम शंकाओं का कोई निश्चित समाधान यह जर्जर सिद्धान्त नहीं कर पाता। इस सिद्धान्त का स्वीकरण पत्थर से पानी निचोड़ने जैसा ही होगा।

**3. अनुकरण-सिद्धान्त** (Imitative Theory):-यह सिद्धान्त 'Bow-Bow Theory' (बो-बो थियरी), Onometopic Theory (ओनोमेटोपिक थियरी) तथा Echoic Theory (इकोइक थियरी) और ध्वन्यात्मकानुकरण सिद्धान्त, ध्वन्यनुकरण-सिद्धान्त, अनुकरण मूलकतावाद, शब्दानुकरणवाद, भों-भों वाद, अनुकरण सिद्धान्त, आदि नामों से भी जाना जाता है। भाषा-उत्पत्ति के इस सिद्धान्त की उद्भावना पाश्चात्य चिन्तक **योहान गॉटफ्रीड हर्डर** ने 1772 में बर्लिन में की थी। हर्डर की उक्त असरदार तथा विशिष्ट उपलब्धि को तत्कालीन 'बर्लिन-अकादमी' ने 'भाषा की उत्पत्ति का सर्वोतम निबंध' कहकर पुरस्कृत किया था। किन्तु **फ्रेडरिक मैक्समूलर** (Friedrich Maxmuller 1823-1900) के विचार से यह सिद्धान्त ठोस कम, कच्चा अधिक था और शायद इसीलिए उन्होंने व्यंग तथा परिहास के दृष्टिकोण से अपनी ललित टिप्पणी करते हुए उस सिद्धान्त का नाम बो-बो (हिन्दी भों-भों) थियरी रख दिया। येस्पर्सन का कहना था कि अधिक सटीक अभिव्यक्ति के लिए ध्वनि और अर्थ को संयुक्त करने की प्रवृत्ति सर्वथा अधुनातन है- "Though some echo words may be very old the great majority are not x x x x x I have been struck by the fact of so many of them being quite recent not more than a few centuries and some not even that x x x x there is very probability that this class words is really more frequent in the spoken language of recent times than it was formerly. There was in history a show. progressive developement towards more adequate expression, in which sounds and sense are in a marriage umon closer then was ever known to owr ancestors" कालान्तर में स्वयं हर्डर को भी ऐसा लगा जैसे उन्हीं का सिद्धान्त प्रश्नाकुल दृष्टि से अपने बीमार अस्तित्व के संबंध में हर्डर की ओर निहार रहा हो। शायद इसीलिए अपने जीवन के उत्तरार्द्ध में हर्डर ने इसे अस्वीकार भी कर दिया।

इस सिद्धान्त के अनुसार वाणी प्राप्ति की प्रथम अवस्था में व्यक्ति ने पशु-पक्षियों की ध्वनियों, यथा-हिनहिनाना, दहाड़ना, बिबियाना, मिमियाना, गुर्राहट, चिंघाड़ना, आदि तथा समुद्र की गर्जना, बादलों में विद्युत की तड़तड़ाहट, नदी, झरनों की झरझर, जंगल में पत्तों की खड़खड़ाहट और सीं-सीं करती हुई वायु की सनसनाहट को सुना। तत्पश्चात् उक्त सुनी हुई ध्वनियों का मनुष्य ने अनुकरण करने का प्रयत्न किया। उदाहरणार्थ जब एक पक्षी को उसने 'का-का', 'काउ-काउ' या 'कॉव-कॉव' बोलते हुए सुना होगा तो उसने उस पक्षी को 'काक' कह दिया होगा। शायद यही कारण है कि विभिन्न बोलियों-भाषाओं में उस पक्षी के लिए लगभग एक ही मिलता-जुलता हुआ शब्द प्रयुक्त किया जाता है, यथा-'काक'(संस्कृत), 'काक', 'काग' अथवा 'कागा' (हिन्दी), 'काकि'(तेलुगु),

1. Language -OttoJespersen,P.26
2. Perspectives in Linguistics- John T. Waterman, P-6
3. काव्यालंकार, 6.13

'क्वाक'(मणिपुरी),'काक्का'(मलयालम तथा तमिल), 'काउ'(उड़िया तथा बंगाली), 'कागे'(कन्नड़), 'काउरी'(असमियाँ), 'काँ' (पंजाबी)'कावला'(मराठी), तथा 'क्रो' (अंग्रेजी)।

आशय यह कि जिस वस्तु से जैसी ध्वनि उत्पन्न होती सुनी गई, उसी के अनुकरण पर उसका नामकरण कर दिया गया होगा। अनुकरण के आधार पर बने शब्दों को तीन विभागों -1. ध्वन्यात्मक, 2. अनुकरणात्मक, तथा 3. दृश्यात्मक अनुकरण-में बाँटा गया है। पशु-पक्षियों की ध्वनियों के आधार पर रचे शब्दों को ध्वन्यात्मक अनुकरण कहा जाएगा, यथा-ऊपर दिया गया 'काक' का उदाहरण। अनुकरणात्मक अनुकरण के अन्तर्गत धातु, पानी, काठ, विद्युत, आदि निर्जीव पदार्थों से उत्पन्न ध्वनियों के आधार पर बने शब्द आते हैं, यथा- तड़तड़, छलछल, धड़धड़, ठकठक, गड़गड़ाना, भड़भड़ाना, झनझनाना, हड़हड़ाना आदि। विद्वानों का विचार है कि संस्कृत के 'नद' और 'नदी' शब्द 'नद-नद' के आधार पर ही बने हैं। अंग्रेजी के Murmer, Thunder, Jazz तथा Gazz आदि शब्द भी इसी कोटि में आते हैं। दृश्यात्मक अनुकरण के अन्तर्गत चाक्षुष ध्वनि के आधार पर बने शब्द आते हैं, यथा-दगदग, बगबग, जगजग, तथा झकझक आदि।

**समीक्षा-** यद्यपि विश्व की कुछ भाषाओं को छोड़कर लगभग सभी में कमोवेश अनुकरणात्मक शब्द मिल जाते हैं, फिर भी इस सिद्धान्त को स्वीकार करने में कई कमियाँ दिखाई देती हैं। प्रथम, यह कि उक्त सिद्धान्त के आधार पर बनी आज तक किसी भाषा का पता नहीं चल सका है। द्वितीय, यह कि यदि मनुष्य ने पशु-पक्षियों की बोलियों के आधार पर अपनी भाषा का सृजन किया तो अनुकर्त्ता मनुष्य ने भाषा-प्रयोग के क्षेत्र में किस तरह इतनी अधिक दक्षता प्राप्त कर लिया, जब कि अनुकार्य पशु-पक्षी वहीं-के-वहीं रह गए। तीसरे, यह कि विभिन्न भाषाओं के अनुकरणात्मक शब्दों में स्वभावगत एकरूपता भी नहीं मिल पाती, यथा-झर-झर ध्वनि के साथ बहने वाले जल प्रपात को ध्वनि साम्य के आधार पर संस्कृत में यदि 'निर्झर' कहा गया तो, हिन्दी में 'झरना' अंग्रेजी में 'स्ट्रीम' जर्मन में 'स्ट्रोम', फ्रेंच में 'रिवसों', रूसी में 'रुचेई', भोजपुरी में 'सोता'तथा असमियाँ में 'हूटी'-कहा गया। अत: कहा जा सकता है कि मनुष्य को भाषाविहीन मानने वाला उक्त सिद्धान्त तर्क के चौखटे पर समतल बैठ नहीं पाता। सबसे ध्यातव्य बात तो यह है कि जिस सिद्धान्त के प्रति उसके जन्मदाता ने ही अपना 'विचलित विश्वास' व्यक्त किया, उसके संबंध में तर्क न करना ही अच्छा होगा। इधर **प्रो. बेन्फी** (Benfey) भी इस बात से इनकार करते हैं कि आवेग ध्वनियों से भाषा की उत्पत्ति संभव है-"The interjection is the negation of language for interjections are employed only when one either cannot or will not speeak"[1]

**4. भावावेग-सिद्धान्त** (Interjectional Theory):-हिन्दी में इसके अन्य नाम 'मनोरागव्यंजकशब्दमूलकतावाद', मनोभावभिव्यक्ति सिद्धान्त, आवेगीवाद तथा मनोभावाभिव्यंजकतावाद भी प्राप्त होते हैं। मेरे विचार से उक्त बीघे भर लम्बे नाम उच्चारण में श्वसन क्रिया पर अनावश्यक बल देने वाले हैं। यदि 'भावावेग' शब्द में ही उक्त सिद्धान्त की आत्मा सशरीर उतर जाय, तो उक्त विस्तृत नामों की कोई खास आवश्यकता नहीं है। 'भावावेग' शब्द स्वयं में उक्त सिद्धान्त का संपूर्ण अर्थ ध्वनित करने वाला उच्चारण में सुकर, सार्थक, कमनीय तथा मनोरम है।

इस सिद्धान्त के प्रस्थापक **डार्विन** (Charles Darwin) महोदय हैं। मैक्समूलर ने भाषा-उत्पत्ति के इस सिद्धान्त पर भी अपनी व्यंग्यात्मक टिप्पणी करते हुए इसका नाम 'पूह-पूह-सिद्धान्त' (Pooh-Pooh Theory) रखा था। इस सिद्धान्त के अनुसार मनुष्य हर्ष, शोक विस्मय, क्रोध, क्षोभ, घृणा आदि मनोभावों की अभिव्यक्ति में अपने मुँह से जो स्वाभाविक ध्वनियाँ निकालता है, उसी से भाषा की पैदाइश हुई है। डार्विन के विचार से उक्त मनोभाव इतने तीव्र और अधिक आवेग वाले होते हैं कि अनायास ही मनुष्य के मुँह से इनके प्रकाशनार्थ ध्वनियाँ निकल पड़ती हैं, यथा-हर्ष में वाह!, वाह! या आहा!, शोक और तकलीफ में ओह! आह! या हाय! तिरस्कार में छि:, धिक् या धत् अथवा दुत्, विस्मय में ऐं, हैं या ओहो! क्षोभ में च्-च् आदि। **मेरिओ ए.पेइ** ने अपनी एक पुस्तक में डार्विन के उक्त विचार को एक स्थल पर उद्धृत भी किया है-"One hypothesis originally sponsored by Darwin is to the effect that speech was in origin nothing but month pantomime in which the vocal organs unconsciously attempled to mimic gestures by the hands."[2] कौंडिलेक (Condillac) का भी विचार था कि मानवों के भावातिरेक से उत्पन्न ध्वनियों से भाषा की उत्पत्ति हुई है।

**समीक्षा-** यह सिद्धान्त भी भाषा-उत्पत्ति के मूल स्रोतों तक हमें नहीं ले जा पाता। भाषा और विचार का जुड़ाव अति गहरा होता है। भाषा की रोशनी में ही विचार प्रकाशित होता है, किन्तु आवेग मूलक शब्द तो नितांत अस्थिर, क्षणिक तथा आकस्मिक होते हैं, जब कि भाषा आकस्मिक नहीं होती। आशय यह कि आवेग बोधक शब्दों से भाषा का कोई रिश्ता ही नहीं हो सकता। भाषा का संबंध तो

---

**1.Language -Ottojespersen.P.21**

**2. The Story of Language, page-23**

चिन्तन से होता है, संचारी भाव अथवा बुलबुले की तरह क्षण-क्षण में उगने-मिटने वाले आवेग बोधक शब्दों से नहीं।

आवेग मूलक शब्दों की संख्या भाषा में अत्यन्त विरल होती है। इनका प्रयोग भी कभी-कभार वाक्य में ही होता है। ये भाषा के साथ यात्रा करने में सक्षम नहीं होते। विभिन्न भाषाओं में उपलब्ध होने वाले इस वर्ग के शब्दों में एकरूपता भी नहीं मिल पाती, जैसे-दु:ख के मौके पर हिन्दी भाषा-भाषी के मुँह से अचानक 'आह' की ध्वनि निकलती है, असमियाँ भाषी 'आह्यो' कहता है, बंगला भांषी 'अहो' कहता है, मणिपुरी तथा उड़िया भाषी 'ओह' कहता है, तेलुगु तथा तमिल भाषी के मुँह से 'अय्यो' निकलता है, मलयालम तथा कन्नड़ भाषी 'अइ'कहता है, अंग्रेज के मुँह से 'ओह' (Oh), जर्मन 'आउ' (Au) कहता है तथा फ्रांसीसी के मुंह से 'अहि'(Ahi) ध्वनि निकलती है। अतिशय भावावेग के कारण जब कण्ठ अवरुद्ध हो जाय तथा भाषा जब खामोश अथवा मूक हो जाय, वहीं प्राय: इनका प्रयोग होता है। शकुन्तला की विदाई की दु:खद बेला पर महर्षि कण्व की स्थिति कुछ ऐसी ही हो जाती है-

**यास्यत्यद्य शकुन्तलेति हृदयं संस्पृष्टमुत्कंठया।**
**कण्ठः स्तम्भित बाष्पवृत्ति कलुषश्चिन्ताजडं दर्शनम्।।**[1]

कुल मिलाकर कहा जा सकता है कि भाषा का समुचित सम्प्रेषण उक्त प्रकार की ध्वनियों से नहीं हो सकता।

इधर, **ए. एस. डायमण्ड** ने भी ध्वनि शास्त्रीय आधार पर विस्मय बोधक शब्द-सिद्धान्त का विरोध किया है। उनका कहना है कि चिल्लाटों या विस्मय बोधक शब्दों में उस रूप में स्वर या व्यंजनों का प्रयोग ही नहीं होता जिस रूप में वे साधारणत: भाषाओं में प्रयुक्त होते हैं - ``And it is not only the meaning but also the Phonetic character of Language that differsas the poles from cries and interjections.The latter are in articulate these are neither consonants nor vowels in the sense in which language consists of consonants and vowels"2

**5. श्रम-ध्वनि सिद्धान्त** (Yo-he-ho Theory):-इस सिद्धान्त के प्रयोक्ता पाश्चात्य भाषाविद **श्री न्वायर** (Noire) हैं। हिन्दी में इस सिद्धान्त के लिए एक और अनावश्यक विस्तार भार से बोझिल नाम प्रयुक्त किया जाता है, वह नाम है- 'श्रमपरिहरणमूलकतावाद'। यह नाम उक्त सिद्धान्त की मूल आत्मा को स्पर्श नहीं कर पाता, क्योंकि श्रम करते समय व्यक्ति के मुँह से जो ध्वनि निकलती है, वह श्रम का परिहार नहीं करती बल्कि यह ध्वनि तो शारीरिक क्रिया के साथ सहज रूप में व्यक्ति के मुँह से निकल कर श्रम करने में सहायक सिद्ध होती है।

वस्तुत: कोई भी सिद्धान्त इस प्रश्न का भौतिकवादी समाधान नहीं देता। दूसरी व्याख्या **एफ. एन्जेल्स** द्वारा उनकी अपूर्ण पुस्तक "वनमानुष से मनुष्य तक के संक्रमण में श्रम का योगदान" (The Part played by labour in the translation from ape to men) जो 1876 में लिखी गयी, में दी गयी। भौनिकवादी भाषा को विद्वानों या कोश विज्ञानविदों की अमूर्त कृति नहीं मानते बल्कि परिश्रम या मानव जाति की अनगिनत पीढ़ियों की व्यवहारिक आवश्यकता से उद्भूत मानते हैं।[3] F.M.Berejin अपनी पुस्तक Lectures on Linguistic[4] में लिखते हैं कि भाषा की उत्पत्ति की समस्या एक ही दृष्टिकोण से सुलझाई जा सकती है, वह है परिश्रम- They were short of strature power fully built with strong enrieusly evived thing bones the fashioned that they must have walked with a blend at the knees. There long depressed skullcs had very away from the teeth down wards and back wards the etin prominence.[5] 1961 फ्रांस के **क्रोमैंगनान** के चट्टानी स्थान में मनुष्य की एक प्रजाति का एक अस्थि पंजर प्राप्त हुआ, होमो निनदर थलेनसिस नाम से दिया गया, इस संबंध में **प्रो. रिचर्ड** के विचार दृष्टान्त है - This magnificant race in thus chardhrised Skaullarge but narrow with a borad face, hence disharmonil Facial engle equalling the highest type of the homo sapence. Jaw thick and strong with a narrow but every prominent chain.

भाषा उत्पत्ति के इस सिद्धान्त में न्वायर के अनुसार जब व्यक्ति शारीरिक श्रम करता है, तब उसकी साँस बड़ी तेजी से चलने लगती है। तेजी से चलती हुई साँस के कारण व्यक्ति की स्वर-तंत्रियों में विविध प्रकार की कंपन पैदा होती है। उक्त कम्पन के साथ ही

1. अभिज्ञान शाकुन्तलम्, 4.5
2. Lanaguage its Nature Developement and Origin- Otto Jesperson P.411 1922
3. वनमानुष से मनुष्य तक के संक्रमण में श्रम का योगदान एफ. एन्जेल्स, पृ.5 मास्को-1952
4. अनुवाद-सुश्री देवयानी प्रसाद, प्रकाशक, अभिनवभारती, 42 सम्मेलनमार्ग, इलाहाबाद, पृ. 23, मूल्य-25, 1981
5. Organic Evolution -Prof. Reacheds Swanlat P.682

उसके मुँह से कुछ ऐसी ध्वनियाँ निकलती हैं, जिससे श्रमी व्यक्ति कुछ राहत पाता है और वह अपना कार्य सरलता से करता रहता है, जैसे-कपड़ा धोते समय धोबी के मुँह से 'छियो-छियो' अथवा 'हिच्छो-हिच्छों' ध्वनि निकलती है, नौका संचरण करते समय केवट 'हैया-हैया' की ध्वनि करता है, शिविका अथवा डोली ढोते समय कहार-हँहँ-हँहँ' की ध्वनि करते हैं, अथवा सड़क पर किसी वजनी वस्तु को ढकेलते समय मजदूर 'हइश्शा' या 'हूँ-हूँ' की ध्वनि करते हैं। उक्त विविध प्रकार की ध्वनियाँ मनुष्य के मुँह से अनायास ही निकलती हैं। न्वायर का विश्वास है कि भाषा की उत्पत्ति उक्त ध्वनियों से ही हुई है।

**समीक्षा-** तात्विक दृष्टि से भावावेग-सिद्धान्त तथा श्रम ध्वनि सिद्धान्त एक ही हैं। यदि एक का संबंध भाव की तीव्रता से है, तो दूसरे का शारीरिक क्रिया से। दोनों से ही निरर्थक ध्वनियों की स्फुलिंग निकलती हैं। भला सार्थक भाषा का स्फुरण निरर्थक ध्वनियों से कैसे हो सकता है? इन ध्वनियों का संबंध तो शारीरिक श्रम से है न कि बौद्धिक मनन-चिन्तन से। उक्त 'हइश्शा' अथवा 'छियो-छियो' इत्यादि दो-चार ध्वनियों से भाषा का विशाल भण्डार तैयार नहीं हो सकता। अत: कुल मिलाकर कहा जा सकता है कि यह सिद्धान्त भी भाषा-उत्पत्ति की कहानी कहने में अधिकांशतया अपनी बेजारगी ही व्यक्त करता है।

**6. धातु-सिद्धान्त** (Ding Dong Theory):-इस सिद्धान्त को रणन सिद्धान्त (Root Theory), अनुकरण सिद्धान्त, अनुरणनमूलकतावाद, अनुकरणात्मक अनुकरण, डिंग डॉग वाद आदि नामों से भी निर्दिष्ट किया जाता है। इस सिद्धान्त के प्रमुख प्रणेता प्रोफेसर **हेस** (Heyse) हैं। इन्होंने अपने एक निबंध में भाषा-उत्पत्ति के इस सिद्धान्त के संबंध में अपने विचार व्यक्त किये थे। बाद में उनके शिष्य **डॉ.हेरमन स्टाइन्थाल** (Dr. Hermann Steinthal 1825-1899) ने उक्त सिद्धान्त को विद्वानों के सम्मुख प्रस्तुत किया। **मैक्समूलर** ने पहले तो इस सिद्धान्त का समर्थन करते हुए इसका नाम 'Root-Theory' रखा, किन्तु कालान्तर में इस सिद्धान्त को निरर्थक समझकर उन्होने इसे छोड़ दिया। मैक्समूलर का कहना था कि संपूर्ण प्रकृति में ऐसा देखा जाता है कि चोट अथवा पारस्परिक टकराहट से प्रत्येक वस्तु ध्वनि करती है। सृष्टि की शुरुआत में व्यक्ति वाणी-विहीन था। शनै: शनै: वह संसार की प्रत्येक वस्तु के संपर्क में आया। वस्तुओं के टूटने तथा रगड़ खाने से जैसी ध्वनि निसृत होती थी-उसी के आधार पर उसने उन वस्तुओं का नामकरण किया। उदाहरणार्थ आदमी ने कठफोड़वा पक्षी को चोंच से लकड़ी पर प्रहार करते देखा। कठफोड़वा के प्रहार से लकड़ी से 'कठ-कठ' की ध्वनि निकल रही थी। उन्होंने देखा कि लकड़ी, लोहा, टिन आदि पर चोट करने पर विशेष ध्वनि या नाद निकलती है, अत: उसका नाम 'रणन' रख दिया। इसी रणन के आधार पर लोहा, लकड़ी और कांच आदि में अंतर किया जाता है- "Ding-dong theory, according to which there is a mystic harmony between sound and sense. Language is the result of an instinct, a faculty peculiar to man in his primitive state by which every impression from without received its vocal expression from within. A faculty which became extinct when its objects was fulfilled. '[1] इस ध्वनि के आधार पर वह प्रत्येक प्रकार की लकड़ी को 'काष्ठ' कहना शुरू किया। मैक्समूलर की विचारणा है कि उक्त प्रक्रिया से ही संसार की अनेक वस्तुएँ नाम-धारी हुईं और अन्तत: भाषा का निर्माण हुआ।

**समीक्षा:-**भाषा-उत्पत्ति का यह सिद्धान्त मनगढन्त तथा सर्वथा अवैज्ञानिक है। वस्तुओं की पारस्परिक रगड़ अथवा टकराहट से उत्पन्न ध्वनियों के आधार पर यदि वस्तुओं का नामकरण हुआ भी होगा तो उनके उदाहरण विरल ही होंगे। उक्त कल्पना के स्रोत देशी तथा स्थानिक हैं। इस सिद्धान्त को भाषा-उत्पत्ति में नाकाफी समझकर ही मैक्समूलर ने इसमें बाद में अनास्था व्यक्त की। वस्तुत: यह खोट पूर्ण सिद्धान्त अनेक अनुत्तरित प्रश्नों को उपजा कर मौन हो जाता है।

**7. इंगित-सिद्धान्त** (Gesture Theory):-**डॉ.श्यामसुन्दर दास** ने इस सिद्धान्त का नाम 'प्रतीक-सिद्धान्त' रखा है। कुछ विद्वान कहतें हैं कि इस सिद्धान्त के प्रस्तावक **डॉ.राये** हैं। 1930 ई. के आस पास **प्रो.रिचार्ड** ने अपनी पुस्तक "Human Speech" में मौखिक इंगित सिद्धान्त (Oral Gesture Theory) नाम से इसे प्रस्तुत किया तो कुछ लोग यह भी कहतें हैं कि भाषा-उत्पत्ति के उक्त सिद्धान्त का सूत्रपात आइसलैण्ड की भाषाओं के विद्वान **श्री अलैक्जैंडर जॉनसन** ने किया। उनके विचार से मनुष्य ने अपनी शारीरिक चेष्टाओं-क्रियाओं का वाणी द्वारा अनुकरण किया और उसी से भाषा निसृत हुई। उदाहरणार्थ, सांस अन्दर की ओर खींचते समय अथवा पानी पीते समय होठों के बार-बार सटने से 'पा' या 'बा' की ध्वनि होती है। संस्कृत की 'पिबति', लैटिन की 'बिबेरे' तथा हिन्दी की 'पीना' जैसी क्रियाएँ इस बात की स्पष्ट साक्ष्य हैं। ठीक इसी तरह शरबत पीते समय मनुष्य 'शड़प' या 'शरप', 'सरप', 'शरब' या 'सरब' जैसी ध्वनि करता है। इसी ध्वनि के अनुकरण पर अरबी भाषा के 'शरब' (पीना) धातु से हिन्दी-उर्दू तथा फारसी का 'शरबत' तथा अंग्रेजी का 'Sherbet' आदि शब्द बने हैं। इस आधार पर ही जॉनसन का विचार है कि ओष्ठ्य वर्णों

1. **Language- Otto Jesperson, P.415**

से निकली संपूर्ण धातुओं का अर्थ बोलना, ग्रहण करना, बाहर निकालना अथवा दबाना है, वह इसलिए कि ओष्ठ्य ऐसा ही इंगित (संकेत) करते हैं। साथ ही दन्त्य ध्वनियों से बनी धातुओं का मतलब स्पर्श करना, फैलना तथा नाश आदि है, क्योंकि दन्त्य ध्वनियों से यही संकेत निकलता है। उक्त इंगितों अथवा संकेतों से जॉनसन महोदय भाषा की उत्पत्ति मानते हैं।

**समीक्षा:-** भाषा-उत्पत्ति से संबंधित सभी सिद्धान्तों में यह सिद्धान्त बेबुनियाद तथा लचर है, वह इसलिए कि दूसरों की नकल अथवा अनुकरण तों कुछ मायने भी रखता है, किन्तु अपना ही अनुकरण बेहद 'नया अचरज' पैदा करता है। अति सामान्य बात है, अपना अनुकरण कोई नहीं करता। यदि इंगितों से ही भाषा की उत्पत्ति होती तो पशु-पक्षियों में भी अब तक भाषा का विकास हो जाना चाहिए था। छोटे बच्चें भी इंगितों अथवा संकेतों से ही अपनी भावाभिव्यक्ति किया करते हैं, किन्तु उन संकेतों ने अब तक किसी भाषा का रूप धारण नहीं किया। भाषा अंतत: उन्हें सीखनी ही पड़ती है। अन्ततोगत्वा हम इस निष्कर्ष पर पहुँचते हैं कि भाषा इंगित-निर्मित नहीं होती।

**8. संगीत-सिद्धान्त** (Sing-Song Theory)-इस सिद्धान्त को 'संगीतवाद' भी कहा गया है। कुछ लोग इसे 'प्रेम सिद्धान्त' (Woo-Woo Theory) भी कहतें हैं। इस सिद्धान्त के अनुसार भावुक क्षणों में आदिम मनुष्य के कुछ गुन-गुनाने अथवा गाने से भाषा की उत्पत्ति हुई। **डार्बिन** और **स्पेंसर** (Spencer) ने भी कुछ रूपों में इस विचार को अपनी स्वीकृति प्रदान की। डैनिश भाषा पर पूर्ण अधिकार रखने वाले विद्वान् **श्री ऑटो जेस्पर्सन** (Otto Jesperson-1992) ने भाषा की उत्पत्ति 'संगीत-खेल' से मानी। उनका कहना था कि उच्चारण अवयव खाली समय में 'गाने के खेल' (Singing Sport) में उच्चारण करने में अभ्यस्त हुए। प्रेम, दु:ख इत्यादि के मौके पर गाये जाने वाले गीत से अर्थहीन अक्षरों को किन्हीं विशेष स्थितियों में प्रयुक्त करने से उनका संबंध विशिष्ट अर्थ से हो गया। उक्त कारणों से ही भाषा का जन्म हुआ।

**समीक्षा:-** व्यक्ति की गुनगुनाहट से भाषा की उत्पत्ति को अपनी स्वीकृति प्रदान करना 'बिना जड़ का पौधा लगाना' ही कहा जाएगा। गुनगुनाहट से उत्पन्न किसी भाषा का आज तक पता नहीं चल पाया है। यह सिद्धान्त-संकेत सिद्धान्त का दूसरा संस्करण कहा जा सकता है। गुनगुनाने के क्षणिक आनंद से किसी स्थायी भाषा के जन्म की कल्पना करना नये मानसिक तनाव को आमंत्रित करना होगा।

**9. प्रतिक्रिया ध्वनि अथवा संपर्क-सिद्धान्त** (Contact Theory):-भाषा उत्पत्ति के इस सिद्धान्त के नियामक हैं, मनोविज्ञान के प्रसिद्ध आचार्य **जी. रेवेज** (G.Revesz)। उनका कहना है कि जिस प्रकार पशु-पक्षी आत्मरक्षा, संतान-रक्षा, भय, मैथुन अथवा आहार प्राप्ति आदि के लिए प्रतिक्रियात्मक ध्वनियाँ व्यक्त करते हैं , ठीक उसी प्रकार मनुष्य भी उक्त सारे कार्य-व्यापारों को संपन्न करने के लिए मौखिक ध्वनियों का आश्रय लेते थे। रेवेज के अनुसार संपर्क स्थापित करना मानव की सहज-प्रवृत्ति है। संपर्क की उक्त मनोवृत्ति के अनुरूप मनुष्य ने ध्वनियों का प्रयोग शुरू किया। शुरू में भावों के स्तर पर प्रयुक्त उक्त ध्वनियाँ निरर्थक रहीं होंगी, किन्तु बाद में वैचारिक धरातल पर आते-आते उक्त ध्वनियाँ सार्थक हो गईं और उन्हीं से भाषा का विकास हो गया। **ब्लूमफील्ड** (Leonard Bloomfield-1935) ने रेवेज के इस सिद्धान्त का समर्थन करते हुए लिखा है कि पशु किसी परिस्थिति की प्रतिक्रिया रूप में जो ध्वनि करते हैं, उसी से भाषा की उत्पत्ति हुई-"Doutless the production of Vocal sound by animals, out of which language has grown, originated as a response movement (say contraction of the diaphragm and constriction of the throut) which happened to produce noise."[1]

**समीक्षा:-** उक्त सिद्धान्त को अंगीकार करने में कई अड़चनें सामने आती हैं। प्रथम, तो यह कि यह सिद्धान्त भाषा की उत्पत्ति से कोई सरोकार नहीं रखता। बल्कि उसके विकास की कहानी पर संक्षिप्त प्रकाश डालता है। द्वितीय, आपत्ति यह है कि पशुं-पक्षी तो परिस्थितियों की प्रतिक्रिया के रूप में आदि काल से ही ध्वनि करते आ रहे हैं, फिर भी उन्होंने किसी भाषा को जन्मा नहीं। सच बात तो यह है कि प्रतिक्रियात्मक ध्वनियों से भाषा की उत्पत्ति नहीं हो सकती। भाषा के सार्थक रचाव के लिए मस्तिष्क, बुद्धि तथा विशिष्ट वाग्यन्त्र की निहायत जरूरत होती है, मनुष्य के अलावा अन्य पशु-पक्षियों को वह अलभ्य है। अत: कहा जा सकता है कि यह सिद्धान्त भी भाषा की उत्पत्ति पर अभीष्ट प्रकाश नहीं डाल पाता।

**10. विकासवाद का समन्वित सिद्धान्त-** यह सिद्धान्त इग्लैण्ड के मुखियाभाषाविद् **श्री हेनरी स्वीट** (Henry Sweet) के ऊर्बर मस्तिष्क की उपज है। उनका विचार है कि सृष्टि की अन्य विकसित वस्तुओं की तरह भाषा का भी विकास हुआ है। स्वीट, भाषा का विकास किसी एक सिद्धान्त पर नहीं, बल्कि भाषा-विकास की इस यात्रा में वें भाषा-उत्पत्ति के अन्य सिद्धान्तों यथा-अनुकरण सिद्धान्त, भावावेग सिद्धान्त तथा इंगित सिद्धान्त-का भी प्रचुर सहयोग स्वीकारते हैं। इसीलिये उन्होंने इस सिद्धान्त को

---

1. Language, P. 40

'विकासवाद का समन्वित सिद्धान्त'के नाम से अभिहित किया। स्वीट का विश्वास है कि आरम्भ में तीन प्रकार के शब्द थे-1. अनुकरणात्मक, 2. मनोभावाभिव्यंजक तथा 3. इंगितात्मक (प्रतीकात्मक)। उक्त ध्वनि समूहों के समवेत प्रयास से वे भाषा का विकास मानते हैं। यद्यपि वे यह तय नहीं कर पाते कि उक्त शब्दों में किसका निर्माण पहले हुआ।

**डॉ.श्यामसुन्दर दास** ने उक्त तीन वर्गों के अतिरिक्त नए शब्दों का एक चौथा वर्ग भी स्वीकारा है और उसे 'औपचारिक शब्द' कहा है। 'उपचार' का अर्थ उनके कोश के अनुसार, "ज्ञात के द्वारा अज्ञात की व्याख्या करना", "किसी ध्वनि के मुख्य अर्थ के अतिरिक्त उसी ध्वनि के संकेत से एक अन्य तथा सदृश और सम्बद्ध अर्थ का बोध कराना।"[1] उक्त शब्दों ने समय-समय पर अपना रूप-रंग बदलकर भाषा-विकास में प्रचुर सहायता की है। उनमें से कुछ के उदाहरण देखे जा सकते हैं। कहते हैं-अंग्रेजी का 'पाइप' (Pipe) शब्द पहले गड़रिये के बाजे के लिए प्रयुक्त किया जाता था, किन्तु अब वह 'नल' का वाचक हो गया, वह इसलिए कि दोनों लंबे और खोखले होते हैं। उन्नीसवीं शताब्दी में **कर्नल बायकाट** (Colnel Boycott) नामक व्यक्ति को किसी कारण से आयरिश लीग से निकाल दिया गया, बताते हैं-तभी से बायकाट शब्द 'बहिष्कार' के अर्थ में प्रचलित हो गया। अंग्रेजी के 'पिक्युलिअर' (Peculiar) शब्द ने भी उक्त 'उपचार' की कृपा से अपना अर्थ बदल दिया। 'पशु', शब्द का अर्थ-संस्कृत में 'घरेलू पालतू जानवर' था और आज भी हिन्दी में यह उक्त अर्थ में ही लगभग प्रचलित है। इसका लैटिन रूप 'पेकस' (Pecus) है, जिसका अर्थ भी 'पशु' ही था, किन्तु उक्त शब्द ने कालान्तर में अपना स्वरूप बढ़ाकर 'पेकुनिआ' (Pecunia) कर लिया, जिसका अर्थ बना-'किसी प्रकार की संपत्ति।' उक्त 'पेकुनिआ' से पुन: 'पेक्युलियम' (Peculiam) शब्द बना, जिसने अपना अर्थ बदलकर 'दास की निजी संपत्ति' कर लिया।

कैंब्रिज विश्वविद्यालय (इंग्लैण्ड) की आनर्स डिग्री का नाम 'ट्राइपोज' (Tripos) है। इस शब्द का संबंध ग्रीक 'त्रिपोदोस्' (Tripodos) या संस्कृत 'त्रिपाद' से है। डिग्री प्राप्त करने का इच्छुक विद्यार्थी तीन पाँव वाले 'स्टूल' पर बैठकर शास्त्रार्थ किया करता था। इसी से 'ट्राइपोज' शब्द की उत्पत्ति हुई।[2] वैदिक साहित्य में 'व्यथ्' जौर 'कुप्' धातुएँ 'काँपने' और 'चलने' के अर्थ में प्रयुक्त की जाती थीं। यथा-'व्यथमाना पृथिवी' का अर्थ था-'काँपती और चलती हुई पृथ्वी', 'कुपित: पर्वत:' का अर्थ था-'चलता-फिरता पहाड़'। किन्तु उपचार की अनुकम्पा से उक्त शब्दों ने लौकिक संस्कृत में मानसिक जगत् से संबंद्ध-'व्यथा' (दु:खी), 'कोप' (क्रुद्ध)-अर्थ दिया। **यास्क** ने निरुक्त में 'शवति' और 'शव' का उदाहरण प्रस्तुत किया है। 'शवति' का अर्थ-'चलता है', 'जाता है' परन्तु 'शव' का अर्थ है-'मृतक'। इस प्रकार उपचार की कृपा से शब्दों के अर्थ परिवर्तित होते रहते हैं। उक्त प्रकार के औपचारिक तथा लाक्षणिक शब्दों के निदर्शन प्राय: प्रत्येक भाषाओं में देखे जा सकते हैं।

**निष्कर्ष-** उक्त भाषोत्पत्ति-संबंधी स्थापित सिद्धान्तों में कौन मत अपायरहित अथवा दोषरहित है, यह कहना बहुत सरल नहीं हैं। प्राय: सभी मत निरे वैज्ञानिक आधार से रहित लगते हैं। पर सभी मत धुंध में लिपटे हुए हैं। एक ओर **येस्पर्सन** जैसे भाषा-वैज्ञानिक कहते हैं कि आरंभिक भाषा में शब्द बहुत लम्बे थे - " We must imagine primitive language as consisting (Chiefly atleast) of very long words.[3] तो **वान्द्रियेज** असभ्य जातियों की भाषा " Norcam we advance of uncivilized peoples. Sawages are not primitive peoples although they have wrongly been called so.Some of their language are as complex as the most complex of our own, while others possess a simplicity that our most simple language might well evry x x x xx. If there is a difference between the language of so called civilized people and those of savages, it lies in the ideas expressed than in the expression it self.[4] तथा बच्चों की भाषा " We might indeed be tempted to seek it in the language of children, are equally futile attempt. Children can only teach us how an organized language is acquired. [5] के आधार पर भी भाषा उत्पत्ति के संबंध में कोई निष्कर्ष निकालने के विरुद्ध चेतावनी देते हैं। बहरहाल, कुल मिलाकर ऐसा प्रतीत होता है, जैसे इन सिद्धान्तों की स्थापना के रूप में अंधेरी कोठरी में काली बिल्ली तलाशने का प्रयास किया गया हो। फिर भी राई-राई एकत्रित तर्कों से स्थापित सिद्धान्तों का अनल्प एवं असंदिग्ध महत्व है। इन सिद्धान्तों में यदि एक ओर रूढ़िपोषण तथा पिष्टपेषण है, तो दूसरी ओर विभिन्नता एवं मौलिकता भी कम नहीं है। उक्त सभी सिद्धांत ऐसे वातायन हैं, जिनमें हमें भाषाविदों की सूक्ष्मेक्षिका तथा प्रखर चिन्तता के दर्शन होते

---

1. भाषा विज्ञान, डॉ. श्याम सुन्दर दास, पृ.27
2. हिन्दी भाषा का वैज्ञानिक अध्ययन-डॉ. ऋषि गोपाल, पृ.33
3. Language its Nature, Development and Origin- Otto Jespersen, P. 421, 1954
4. Languageo J Vedryes, P-5, Den 1955
5. Ibid, P. 6

हैं। वस्तुत: निचोड़ रूप में भाषोत्पत्ति के संबंध में कुछ भी कहना अति जटिल है। अधिकांश विद्वानों ने स्वीट के **'विकासवाद का समन्वित सिद्धान्त'** में अपना विश्वास व्यक्त किया है, लेकिन यह सिद्धान्त तो भाषा-उत्पत्ति पर प्रकाश न डालकर उसके विकास-यात्रा की चर्चा करता है। फिर अभी हमने अनुकरण सिद्धान्त, भावावेग सिद्धान्त तथा इंगित सिद्धान्त से भाषा-उत्पत्ति की बात को नकारा है, तो पुन: इन्ही सिद्धान्तों के समन्वित प्रयास से भाषा की उत्पत्ति अथवा उसके विकास को कैसे स्वीकारें?

## 18. भाषा-परिवर्तन के नियम अथवा दिशाए

परिवर्तन अनादि काल से ही सृष्टि का चिरंतन सत्य-नियम रहा है। सृष्टि की अन्य वस्तुओं की तरह भाषा भी परिवर्तन की निर्मम लपेट से अपने को अनछुयी नहीं रख सकी है। परिवर्तन ने अपनी तेज अथवा मद्धिम गति से भाषा के स्वरूप को समय-समय पर बदला है। भाषा का यह बदलाव कभी-कभी अति शीघ्र नजर नहीं आता, जब यह पूँज हो जाता है, तभी उसका भान हो पाता है। भाषिक परिवर्तन यदि एक ही पीढ़ी के भीतर तेजी से हो जाय तो पिता-पुत्र एक दूसरे की बात सरलता से समझ नहीं सकते। मतलब यह कि, किसी भी भाषा में परिवर्तन अचानक नहीं हो जाता, उक्त परिवर्तन काफी अन्तराल के बाद अनुभवगम्य होता है। गुलदस्ते के पुष्पों में होने वाला परिवर्तन शीघ्र ही दिखाई पड़ जाता है, किन्तु लकड़ी, धातु अथवा पत्थर आदि में होने वाला परिवर्तन बहुत दिनों बाद भी लक्षित नहीं हो पाता। कुछ भाषाविदों ने भाषा की तुलना नदी से की है। उनका कहना है कि जैसे नदी स्थान भेद तथा कालभेद से अपना स्वरूप बदलती रहती है, वही स्थिति भाषा की भी है। एक ही नदी एक स्थान पर गांगी तथा दूसरे स्थान पर परमेट कहलाती है अथवा व्यापक स्तर पर वह एक स्थान पर भागीरथी, दूसरे स्थान पर गंगा तथा तीसरे स्थान पर हुगली कहलाती है। ठीक यही बात भाषा के संबंध में कही जा सकती है।

वैदिक भाषा, संस्कृत भाषा, पालि भाषा, प्राकृत भाषा, अपभ्रंश भाषा, हिन्दी भाषा तथा आजकल की प्रांतीय भाषाएँ-भाषा के कालगत बदलाव की पुष्ट साक्ष्य हैं। किन्तु उनकी भाषा-धारा एक ही है। भाषिक-परिवर्तन के उक्त चिन्ह दुनियाँ की हर भाषा में उपलब्ध हैं। उदाहरणार्थ आंग्ल-भाषा को देखा जा सकता है-**ब्योवुल्फ** (Beowulf,-सप्तम् शतक), **चॉसर** (Chaucer, 1340-1400), **शेक्सपियर** (Shakespeare, 1564-1616), तथा **टेनीसन** (Tennyson, 1809-1892)-इन चारों कवियों की काव्य-भाषाओं में काफी भेद विद्यमान हैं। उक्त अन्तर का कारण काल भेद ही है। आशय यह कि भाषिक-परिवर्तन चाहे तीव्र गति से हो, अथवा मन्दगति से हो, लेकिन वह होता है अवश्य। कालगत, स्थानगत, जातिगत, व्यक्तिगत आदि अनेक कारणों से भाषा की निरंतर प्रवहमाण धारा प्रतिक्षण परिवर्तन-ग्रस्त होती रहती है। यह परिवर्तन बाह्य भी होता है, आन्तरिक भी होता है। ध्वनि, उच्चारण, रूप इत्यादि में होने वाले परिवर्तन को बाह्य-परिवर्तन कहते हैं, किन्तु जब यह परिवर्तन 'अर्थ' में होता है, तब वह आन्तरिक परिवर्तन कहलाता है। इस दृष्टि से भाषा-परिवर्तन की पॉच प्रमुख दिशाएँ अथवा नियम स्थापित होते हैं। उक्त नियम अथवा दिशाएँ इस प्रकार हैं-1. ध्वनि-परिवर्तन, 2. शब्द परिवर्तन, 3. पद परिवर्तन, 4. वाक्य परिवर्तन और 5. अर्थ परिवर्तन। उक्त नियम भाषा को किस प्रकार परिवर्तित करतें हैं, उन्हें क्रमश: इस प्रकार देख सकते हैं-

**1. ध्वनि-परिवर्तन-** भाषा वाक्यों का समूह है, वाक्य शब्दों के समूह हैं (A sentence is a group of words) तथा शब्द, ध्वनियों अथवा ध्वनि संकेतों (Sound symbol) से जन्मते हैं। ध्वनि-संकेतों अथवा वर्णो के परिवर्तन का सीधा असर भाषा पर भी पड़ता है। ध्वनि-परिवर्तन के साथ भाषा भी अपना कलेवर बदल देती है। ध्वनि-परिवर्तन के अनेक भेद हैं, यथा-वर्णलोप (Elision), वर्णागम (Insertion), तथा वर्ण-विपर्यय (Metathesis) आदि। लोप और आगम आदि के स्वर तथा व्यंजन की दृष्टि से तथा आदि, मध्य और अंत की दृष्टि से अनेक भेद बन जाते हैं। कतिपय उदाहरणों से इन्हें इस प्रकार स्पष्ट किया जा सकता है-आदि स्वर लोप, जैसे-अहाता से हाता, अनाज से नाज, अभ्यंतर से भीतर, अरहर से रहर तथा अरहट्ट से रहट आदि। मध्य स्वर लोप-जैसे, शाबास से साबस, गरदन से गर्दन, तरबूज से तर्बूज आदि। अंत्यं स्वर लोप-जैसे, आम्र से आम, दूर्वा से दूब, निद्रा से नीद आदि। आदि व्यंजन लोप-जैसे-स्थल से थल, प्रिय से पिय, स्कंध से कंधा आदि। मध्यम व्यंजन लोप जैसे-कार्तिक से कातिक, कोकिल से कोइल, घर द्वार से घरबार आदि। अन्त्य व्यंजन लोप, जैसे-उष्ट्र से ऊँट आदि। आदि स्वर आगम (Prothesis) जैसे, स्नान से अस्नान, स्त्री से ईस्त्री, स्तुति से अस्तुति आदि। आदि व्यंजन आगम-जैस-ओष्ठ से होठ, अस्थि से हड्डी इत्यादि उदाहरण दिए जा सकते हैं।

**2. शब्द परिवर्तन-** ध्वनियों के मेल से ही शब्द जन्मते हैं। ध्वनियों में हुआ परिवर्तन शब्दों को भी परिवर्तित कर देता है। अत: ध्वनि-परिवर्तन से जिस प्रकार भाषा का कलेवर बदल जाता है, ठीक उसी प्रकार शब्दों के परिवर्तन से भी भाषा परिवर्तित हो जाती है। उदाहरणार्थ-प्रारंभ में मातृ-पितृ और भ्रातृ शब्द परिवर्तित होकर माता, पिता और भ्राता (प्रथमा, एकवचन) के रूप में व्यवहृत होने लगे। कालान्तर में उक्त शब्दों में पुन: बदलाव हुआ और उन्होंने अपना स्वरूप बदलकर-माँ, पिओ (बाप) और भाई-कर लिया।

तलाशने पर शब्द-परिवर्तन के अनेक उदाहरण मिल सकते हैं। संस्कृत के दधि, पुत्र, भक्त, अग्नि, सर्प, अंगुष्ठ तथा दुग्ध आदि शब्द परिवर्तित होकर क्रमशः दही, पूत, भात, आग, साँप, अंगूठा, तथा दूध बन गयें हैं। परिवर्तन ने तो कुछ शब्दों का स्वरूप इतना अधिक बदल दिया कि उनके उत्स तक पहुँचना सरल नहीं है। यथा-बन्द्योपाध्याय से बनर्जी, चटोपाध्याय से चटर्जी, उपाध्याय से झा, भ्रातृजया से भौजी, मातृष्वसा से मौसी आदि। स्पष्ट है, शब्दों का परिवर्तन भाषा को अपने परिवर्तन की गिरफ्त में ले लेता है।

**3. पद-परिवर्तन-** जब तक कोई शब्द पद का रूप ग्रहण नहीं कर लेता, तब तक वह किसी भी वाक्य में प्रयुक्त नहीं किया जा सकता। आचार्य **पाणिनि** ने पद की अति स्पष्ट व्याख्या करते हुए-सुबन्त और तिङन्त को पद कहा है-''सुप्तिङन्त पदम्''।[1] सुबन्त का अर्थ है-विभक्ति सहित शब्द (प्रातिपदिक-Stem) तथा तिङ.न्त का अर्थ है-(प्रत्यय-Affix) या क्रियाचिन्हयुक्त धातु। यथा-रामः रावणं हन्ति (राम रावण को मारता है)। इस वाक्य में 'रामः' में 'सु' विभक्ति के योग से कर्त्ता पद बनाया गया है और अन्त में 'हन्ति' क्रिया में 'ति' क्रिया चिन्ह (प्रत्यय) के योग से वर्तमानकालीन क्रिया पद बनाया गया है और अन्त में 'हन्ति' क्रिया में 'ति' क्रिया चिन्ह (प्रत्यय) के योग से वर्तमानकालीन क्रियापद बनाया गया है। हिन्दी में उक्त वाक्य (राम रावण को मारता है) में तीन पद हैं-'राम' (कर्ता), 'रावण को' (कर्म) और 'मारता है' (क्रिया)। 'रावण' के साथ 'को' संयुक्त करने से कर्मपद बना है तथा 'मारना' क्रिया के साथ 'है' जोड़ने से वर्तमानकालीन क्रियापद बना है।

संस्कृत में पद-परिवर्तन में सुबन्त पदों में 'जस', 'सु', 'औ' इत्यादि विभक्तियाँ तथा तिङ.न्त पदों में 'ति', 'तः' तथा 'अन्ति' आदि प्रत्यय साथ मिल जाते हैं तथा उस पद का ही एक हिस्सा बन जाते हैं। किन्तु हिन्दी आदि आधुनिक भारतीय आर्य भाषाओं में वे अलग रूप में लिखे जाते हैं। पद रचना की उक्त स्वतंत्र व्यवस्था सर्वप्रथम प्राकृत और अपभ्रंश भाषाओं में दृष्टिगोचर होती है अथवा इसे ही यों कहा जाय कि पद-रचना में परिवर्तन का उक्त सिलसिला प्रारंभ में प्राकृत और अपभ्रंश भाषाओं में ही शुरू हुआ तो कोई अत्युक्ति नहीं होगी। अब तो उक्त परिवर्तन को हिन्दी की प्रायः सभी बोलियों में देखा जा सकता है। यथा-

क. कृष्णः ग्रामं गच्छति। (संस्कृत)
ख. कृष्ण गाँव को जाता है। (मानक अथवा परिनिष्ठित हिन्दी)
ग. कृष्ण गाँव कँ जात् है। (कन्नौजी)
घ. कृष्ण गाँव कौ/खों जाउत् हैं। (बुन्देली)
ङ. कृष्ण गाँव ने जाब्बे सै। (बाँगरू अथवा हरियानवी)
च. कृष्ण गाँव नूँ जावे है। (खड़ी बोली)
छ. कृष्ण गाँव कूँ जातु है। (ब्रज)
ज. कृष्ण गाँउँ कउँ जात हइ। (अवधी)
झ. कृष्ण गाँव कहँ जात है। (बघेली)
ट. कृष्ण गाँव का जात् है। (छत्तीसगढ़ी)
ठ. कृष्ण गाँव में जात हउवें। (भोजपुरी)

**4. वाक्य-परिवर्तन-** वाक्य भाषा की सबसे छोटी इकाई है फिर भी भाषा में उसकी स्वाभाविक सत्ता हाती है। वाक्य-परिवर्तन ही वाकई भाषिक बदलाव को सूचित करता है। **वात्स्यायन** के अनुसार-''साकांक्ष पदों का समूह वाक्य होता है''।[2] वाक्य-रचना की दृष्टि से संस्कृत सर्वथा स्वतंत्र भाषा है। वाक्य में कोई भी पद कहीं भी रख दिया जाय, अर्थ का स्वास्थ्य खराब नहीं हो सकता। यथा-''अशोकः ग्रामं गच्छति'' को ''ग्रामं गच्छति अशोकः'', ''गच्छति अशोकः ग्रामम्'' अथवा ''गच्छति ग्रामम् अशोकः'' लिखा जा सकता है। उपर्युक्त वाक्यों को भिन्न-भिन्न ढंग से लिखने पर भी उनके अर्थ में कोई भेद नहीं हो सकता। पालि तथा प्राकृत भाषाएँ भी उक्त स्वभाव की रही हैं। यही स्थिति कुछ समय तक अपभ्रंश भाषा में भी रही। उक्त भाषाओं में प्रत्ययों तथा विभक्तियों के मेल से वाक्य के सभी पद इतने सुव्यवस्थित विधि से बनाए जाते थे कि उनमें से किसी को भी कहीं रख देने से अर्थ की रोशनी मद्धिम नहीं होती थी।

किन्तु हिन्दी भाषा का स्वभाव उक्त भाषाओं से भिन्न है। यहाँ पद क्रम का अति महत्व है। यदि पद क्रम का ध्यान न रखा जाय तो अर्थ विकारग्रस्त हो सकता है। जैसे-''हाथी शेर मारता है'' अथवा ''शेर हाथी मारता है''। दोनों वाक्य एक दूसरे के विरुद्ध अर्थ दे रहे हैं। यही कारण है कि हिन्दी की वाक्य-रचना में प्रथमतः 'कर्ता' को, फिर 'कर्म' को और अन्त में 'क्रिया' को रखने का विधान है। एक बात अवश्य ध्यान देने योग्य है कि कर्ता, कर्म और क्रियाओं के विशेषण उनके पहले ही रखे जायँ तो उत्तम होगा, यथा-काली-काली बकरियाँ, हरी-हरी घासें, जल्दी-जल्दी चरती हैं। निष्कर्षतः कह सकते हैं कि संस्कृत, पालि, और प्राकृत वाली वाक्य-रचना की व्यवस्था से हिन्दी सर्वथा अछूती है। हिन्दी की वाक्य रचना में परिवर्तन आ चुका है। आशय यह कि वाक्य-परिवर्तन भी भाषा परिवर्तन की एक दिशा है।

**5. अर्थ-परिवर्तन-** संसार की शायद कोई भी ऐसी भाषा नहीं होगी, जिसमें अर्थ-परिवर्तन न होते रहते हों। उक्त अर्थ-परिवर्तन ही भाषा-परिवर्तन की दिशा का बोध कराता है। कोई भी शब्द किसी भी काल में, जिस अर्थ में प्रयुक्त होता रहा है, वही बाद में दूसरे अर्थ में प्रयुक्त होने लगता है। अर्थ-परिवर्तन कहीं तो मूल अर्थ को विस्तृत कर देता है, कहीं मूल अर्थ को संकुचित कर देता

---

1. पाणिनि-1.1.14

2. ''पद समूहो वाक्यमर्थ समाप्तौ''।-न्याय भाष्य।

है, कहीं अर्थ की संपूर्ण शकल बदल देता है, तो कहीं आंशिक रूप में। **यास्क मुनि** ने अर्थ-परिवर्तन की तीन दिशाएँ निर्धारित की हैं, अर्थ-विस्तार, अर्थ-संकोच तथा अर्थादेश।[1] पश्चिम के एक विद्वान **ब्रील** (Breal) ने भी यही तीन दिशाएँ स्वीकारी हैं-

1. अर्थ-विस्तार (Expantion of Meaning) 2. अर्थ-संकोच (Contraction of Meaning)
3. अर्थादेश (Transference of Meaning)

अर्थ-विस्तार के उदाहरण सघन रूप में उपलब्ध होते हैं। रोमन लोग उन लोगों को virtue कहतें थे, जो vir अर्थात् पुरुष में होते थे। virtue पुरुषोचित गुण, साहस, वीरता आदि का परिचायक था, किन्तु अर्थ-विस्तार के कारण उसका प्रयोग आज स्त्रियों के संदर्भ में भी किया जाता है, जैसे-virtuous woman ।'तेल' शब्द की भी अति-विचित्र कथा है। तिल से निकले हुए पदार्थ को 'तैलम्' कहा जाता था, किन्तु आज अर्थ-विस्तार के कारण सरसों, नारियल, और मूँगफली से निकले पदार्थों-को ही नहीं, बल्कि मछली, चमेली तथा मिट्टी से प्राप्त द्रव पदार्थ को भी क्रमश: मछली का तेल, चमेली का तेल तथा मिट्टी का तेल (Kerosene Oil) कहा जाता है।

अंग्रेजी का पॉयजन (Poison) शब्द अर्थ-संकोच का सुघर उदाहरण है। इसका प्रयोग पहले पेय पदार्थ के रूप में होता था, किन्तु आज यह 'विष' अर्थ में ही सिमट चुका है। 'मृग' शब्द का प्रयोग पहले संपूर्ण जंगली जानवरों के लिए होता था, लेकिन आज वह सिमट कर केवल 'हिरण' के लिए ही प्रयुक्त होता है।

अर्थादेश में प्राचीन अर्थ का आदेश द्वारा लोप हो जाता है। दूसरे शब्दों में, यदि किसी शब्द का मूल अर्थ पूर्णतया लुप्त हो जाय तथा उसके स्थान पर कोई नया अर्थ प्रचलित हो जाय, तो वहाँ 'अर्थादेश' मानना चाहिए। यथा-अंग्रेजी के रोमांस (Romance) का मुख्य अर्थ 'सामान्य रोमन वालों की भाषा' रहा है। यहाँ तक कि स्पेनी, फ्रांसीसी, इटैलियन भाषाएँ भी इसी से जनमी हैं, इसलिए इन्हें रोमांस भाषा कहा गया। मध्यकाल में इसमें साहस तथा प्रेम की बहुत-सारी कथाएँ लिखी गई। कालान्तर में यही शब्द अतिशय साहस तथा प्रेम का अर्थ देने लगा। इसी प्रकार Knight का मूल अर्थ-नौकर तथा Nice का असली अर्थ-'मूर्ख' था।[2] आज इन शब्दों का अर्थ बहादुर और सुन्दर है। वेद में 'असुर' शब्द का अर्थ 'देवता' था, किन्तु बाद में यह अर्थ उलटकर 'राक्षस' अथवा 'दैत्य' हो गया। 'वर' शब्द का अर्थ पहले 'श्रेष्ठ' हुआ करता था, किन्तु आज वह 'दूल्हे' के अर्थ में प्रयुक्त होता है। इस प्रकार अर्थ-परिवर्तन भी भाषा-परिवर्तन की एक दिशा है।

## भाषा-परिवर्तन या विकास के कारण

भाषा परिवर्तनीय (Mutable) है। इस संदर्भ में पिछले पृष्ठों में काफी-कुछ लिखा जा चुका है। अत: मेरा विश्वास है कि भाषा-परिवर्तन के सिलसिले में बहस-मुबाहसे की यहाँ कोई आवश्यकता नहीं है। प्रश्न उपजता है, भाषा परिवर्तन की 'रील' क्या अपने-आप घूमती है? इसका एकमात्र स्पष्ट और पुष्ट उत्तर है-नहीं। बल्कि इसे साफ और संक्षिप्त शब्दों में कहें, तो कह सकते है कि प्रकृति के भीतर कुछ ऐसे कारक होते हैं, जिनके ही हाथ में भाषा-परिवर्तन की चाबुक होती है। अत: लम्बी बयानबाजी से बढ़िया होगा कि सीधे उन्हीं कारकों (कारणों) की तलाश की जाय, जो भाषा-परिवर्तन के लिए मुख्य रूप से उत्तरदायी हैं।

भाषा-परिवर्तन के कारणों के संबंध में भाषाविदों में गहरा मतान्तर है। फिर भी, अधिसंख्य भाषा वैज्ञानिक भाषा में बदलाव के लिए मोटे तौर पर दो प्रकार के कारणों को जिम्मेदार ठहरातें हैं। ये कारण हैं-

क. आन्तरिक कारण तथा, ख. बाह्य कारण।

आभ्यंतर कारण स्वयं भाषा में ही चिपके रहते हैं। इसके अन्तर्गत व्यक्ति की उच्चारण क्षमता, वक्ता का शारीरिक वैशिष्ट्य, अनुकरण की प्रवृत्ति, भावबोध तथा मानसिक स्तर इत्यादि आ जाते हैं। भाषा-परिवर्तन के बाह्य कारणों में भौगोलिक, सांस्कृतिक, ऐतिहासिक, साहित्यिक, सामाजिक आदि प्रभावों की गणना की जाती है। कहतें भी हैं, भाषा पर परिवेश का सीधा असर पड़ता है। अब हम बारी-बारी यह देखने का प्रयास करेंगे कि उक्त कारण किस रूप में भाषा को अपनी गिरफ्त में लेकर उसके स्वरूप को बदलने में सहायक होते हैं-

## क. आन्तरिक कारण

**1. प्रयत्न लाघव-**इसे अंग्रेजी में Economy of Effort अथवा Ease Theory कहतें हैं। प्रत्येक व्यक्ति की प्रवृत्ति कम श्रम करके अधिक लाभ उठाने की होती है। कॉलेज, कार्यालय, घर आदि आते-जाते लोग अधिकतर तिरछा रास्ता ही

---

1. **निरुक्त, 1.12, 1.14, 2.5-6 आदि।**
2. **A. Dictionary of Selected Synonyms in the Principal Indo-European Languages - Darling Buck- Preface, Page-viii**

अख्तियार करते हैं। मनुष्य की उक्त प्रवृत्ति भाषा प्रयोग में भी साथ लगी रहती है। कम-से-कम बोलकर पूर्ण अभिव्यक्ति की आकांक्षा ही 'प्रयत्न लाघव' को जन्म देती है। वैयाकरण तो आधी मात्रा भी कम हो जाने पर इतना अधिक प्रसन्न होते हैं, जैसे उन्हीं के यहाँ पुत्र जन्म हुआ हो-**'अर्द्धमात्रा लाघवं पुत्रोत्सवं मन्यते वैयाकरण।'** यदि घर के कोनें में ही मधु मिल जाय तो फिर, उसे प्राप्त करने के लिए पहाड़ पर कौन चढ़ेगा? थोड़े में ही काम चल जाय तो कौन समझदार व्यक्ति अधिक परिश्रम करेगा-

**''अक्के चेन्मधु विन्देत किमर्थं पर्वतं व्रजेत्।**
**इष्टस्यार्थस्य संसिद्धौ को विद्वान् यत्नमाचरेत्।।''**[1]

भाषा परिवर्तनों के आन्तरिक कारणों में 'प्रयत्न लाघव' को सर्वाधिक महत्व प्रदान किया गया है। श्रम से बचने की इस मनोवृत्ति के फलस्वरूप ही लोग 'अजवाइन' को 'जवाइन', 'आदित्यवार' को 'इतवार', 'उपाध्याय' को 'झा', 'चतुर्वेदी' को 'चौबे', 'द्विवेदी' को 'दूबे', 'कलेक्टर' को 'कलट्टर', 'स्कूल' को 'इस्कूल', 'स्कंभ' को 'खंभा', 'शुक्ल दिवस' को 'सुदी', 'बहुल दिवस' को 'बंदी', 'भारत-यूरोप' को 'भारोपीय', 'यूरोप-एशिया' को 'यूरेशिया', 'न्यूज पेपर' को 'पेपर', 'पोस्टकार्ड' को 'कार्ड', 'टेलीफोन' को 'फोन', 'दादा' को 'दा', 'रामसुधार' को 'सुधार', 'शाहनेवाजकुली', 'शहबाजकुली', 'अहमदाबाद' को 'अमदाबाद' कहते हैं। 'प्रयत्न लाघव' की ही अनुकम्पा से 'मास्टर साहब' को 'मास्साब', 'डॉक्टर साहब', 'डाक्साब', 'प्रोफेसर साहब', 'प्रोस्साब' तथा 'पंडित जी' से 'पंड्डी जी', हो गये हैं। अंग्रेजी में भी नामों को संक्षिप्त करके लिखने की प्रवृत्ति इसी मनोवृत्ति का परिणाम है। यथा-पी.-एच.-डी. (डॉक्टर ऑफ फिलॉसोफी), यू.जी.सी (यूनिवर्सिटी ग्रान्ट्स कमीशन), एस.पी. (सुपरिनटेन्डेन्ट ऑफ पुलिस), एन.सी.सी.(नेशनल कैडेट कोर), एन.एस.एस.(नेशनल सर्विस स्कीम), डी.आर.एस.(दयाराम सिंह) आदि।

**2. बलाघात** (Stress):-किसी शब्द के उच्चारण में कभी-कभी किसी ध्वनि पर अधिक तथा किसी ध्वनि पर कम बल दिया जाता है। ऐसी स्थिति में होता यह है कि जिस ध्वनि पर अधिक बल दिया जाता है, उसकी पड़ोसन ध्वनि निर्बल हो जाती है और कालान्तर में वह क्रमशः लुप्त भी हो जाती है। उक्त प्रक्रिया को ही बलाघात कहते हैं। बलाघात से ध्वनियों के लुप्त हो जाने के कारण शब्द-रूप परिवर्तित हो जाते हैं। फल यह होता है कि भाषा के रूप-रंग में परिवर्तन का खुरदुरापन उपस्थित हो जाता है और भाषा चितकबरी हो जाती है। यथा-अभ्यंतर से भीतर, 'सुवर्णकार' से 'सोनार', 'चर्मकार' से 'चमार', 'कुम्भकार' से 'कुम्हार', 'निम्ब' से 'नीम', 'लोहकार' से 'लुहार' आदि।

**3. भावातिरेक**-भाषा-परिवर्तन में भावातिरेक भी काफी सहयोग प्रदान करता है। प्रेम, शोक, घृणा, क्रोध आदि भाव कभी-कभी मनुष्य को अपने में इस कदर निमग्न कर डालते हैं कि व्यक्ति आत्मविभोर हो जाता है। ऐसी स्थिति में मनुष्य की जुबान से उच्चरित शब्दों की फिसलन का घनत्व ज्यादा बढ़ जाता है। 'अग्नि पुराण' में तो साफ कहा गया है कि-

''न कगलो न लम्बोष्ठो नाव्यक्तो नानुनासिकः।
गद्‌गदो बद्धजिहवश्च न वर्णान् वक्तर्महति।।''

अर्थात् विकृत मुख वाले, लंबे ओष्ठ वाले, अज्ञानग्रस्त, नाक से बोलने, भावावेश के कारण गद्‌गद ध्वनि वाले या रुद्धकण्ठ और बद्धजिह्वा अर्थात् जिनकी जीभ पूरी खुली हुई न हो-ऐसे व्यक्ति स्पष्ट रूप से वर्णों का उच्चारण नहीं कर पाते। आत्मविभोरी व्यक्ति विचित्र ढंग से शब्दों का उच्चारण करने लगता है, जिससे उसके मुख से उच्चारित ध्वनियाँ और शब्द परिवर्तित हो जाते हैं और यहीं से भाषा-परिवर्तन में इनका योगदान शुरू हो जाता है। यथा-कभी-कभी प्रेम और दुलार के क्षणों में लोग अपने बच्चों के नामों को परिवर्तित कर देते हैं-'वीर बहादुर' का 'बीरू', 'रंगनाथ' का 'रंगू', 'मनोरमा' का 'मन्नू', 'श्याम कुमारी' का 'सामा', 'भ्राता' का 'भइया', 'बेटी' का 'बुच्ची' या 'विट्टन'। चलचित्रों में प्रयुक्त 'छौड़ी पतरकी रे' 'पतली छोरी' का ही स्नेहपूर्ण रूप है। अतिशय प्रेम अथवा खीझ में व्यक्ति 'नरेन्द्र' को 'नरेन्दरा' अथवा 'हेमा' को 'हेमवा' रूप में उच्चरित करता है।

**4. शारीरिक विभिन्नता अथवा अधूरा अनुकरण** (Anotomy):-कुछ लोगों की विचारणा है कि वैयक्तिक विभिन्नता भी भाषा परिवर्तन में कुछ अंशा में सहायक होती है। हमें ज्ञात है, भाषा मानव की अर्जित संपत्ति है। भाषा-अर्जन में व्यक्ति अनेक भाषिक तत्वों को ग्रहण करता है तथा अनेक तत्व उससे छूट भी जातें हैं। कहने की मन्शा यह कि भाषिक तत्वों के ग्रहण करने तथा छोड़ने की धौं-पौंछ में व्यक्ति अनेक नए तत्वों को अपने साथ ले लेता है तथा अनेक पुराने तत्वों का परित्याग भी कर देता है। उक्त ग्रहण तथा परित्याग का मूल कारण व्यक्ति की व्यक्तिगत क्षमता एवं उसकी निजी विशेषता है। जाहिर है, भाषा-परिवर्तन के लिए यह अपने आप में एक ठोस कारण है। **डॉ. पी. डी.गुणे** के हिसाब से, "We have also seen that language is an achievement. In the very proccess of this acquisition, certain linguistic factors are dropped

---

**1. सांख्य तत्व कौमुदी 1 की टीका।**

out of consideration. as certain other new ones are added, because a successful achievement depends as much upon the capacity of an individual (both in point of hearing and the basis of articulation), as upon the circumstances in whih he is placed. The inner speech organism or the groups of speech ideas are constantly changing in every individual."[1]
अर्थात् ''यह भी हम देख चुके हैं कि भाषा एक उपलब्धि है। उसे अर्जित करने में ही कुछ भाषिक तथ्य दूर हो जाते हैं और कुछ नए जुड़ जाते हैं, क्योंकि एक सफल उपलब्धि व्यक्ति की श्रवण एवं उच्चारण-क्षमता तथा उसके वातावरण एवं परिस्थितियों पर निर्भर करती है और ये बातें सभी के साथ एक सी नहीं होती। हर व्यक्ति में आन्तरिक भाषा अथवा भाषा-विचारों के वर्ग परिवर्तित होते रहते हैं।''

**5. प्रमाद अथवा असावधानी-** प्रमाद अथवा लापरवाही में उच्चरित शब्दों से भाषा में लिजलिजाहट तथा किरकिरापन का दोष आ जाता हैं। भाषा मेझड़ापन के विकार से ग्रस्त हो जाती है। मनुष्य जब प्रमादवश अथवा असावधानी से शब्दों को तोड़-मरोड़ कर बोलना शुरू करता है, तो उससे उच्चारण में भिन्नता आ जाती है। यदि दूसरे लोग इन शब्दों का अनुकरण करते हैं, तो यही भाषा-परिवर्तन का कारण बन जाता है। मदिरापान के बाद जब लोग अपना होश खोकर अंड-बंड बकना शुरू करते हैं, तो उनके मुँह से बड़ी सरलता से 'कहना' के स्थान पर 'कैना', 'साला' के स्थान पर 'श्याला', 'बहुत' के स्थान पर 'भौत' सुना जा सकता है। कुछ लोग असावधानी से 'तूफान' की जगह पर 'फूतान', 'तमगा' की जगह पर 'तगमा', 'चाकू' की जगह 'काचू', 'मतलब' की जगह 'मतबल', 'पहुँचना' की जगह 'चहुँपना', 'करोड़' की जगह 'कड़ोर', 'कोशिश' की जगह 'कोचिस', 'सर्टिफिकेट' की जगह 'साटिफिकेट', 'मार्कसीट' की जगह 'मार्गसीट', 'सुप्रीमकोर्ट' की जगह 'सुग्रीवकोट' का प्रयोग कर बैठतें हैं। बुन्देली तथा कन्नौजी बोलने वाले लोग अधिकांशतया 'पृथ्वी' की जगह 'प्रथ्वी', 'कृष्ण' की जगह 'क्रष्ण', 'वृक्ष' की जगह 'व्रक्ष' तथा 'गृहमंत्री' की जगह 'ग्रहमंत्री' बोलते हैं। कभी-कभी विद्वता का प्रदर्शन करने वाले लोग भी असावधानी से 'उपलक्ष्य' की जगह 'उपलक्ष', 'अन्त्याक्षरी' की जगह 'अन्ताक्षरी', 'निर्दोष' की जगह 'निर्दोषी', 'निरपराध' की जगह 'निरपराधी', तथा 'अज्ञान' की जगह 'अज्ञानी' का प्रयोग करते हैं।

**6. सादृश्य** (Anology):-सादृश्य से आशय है-किसी शब्द के बहुप्रचलित प्रयोग के मूलाधार के संबंध में बिना सोचे-समझे उसके समान दूसरे शब्दों को रच देना। मनुष्य की उक्त प्रवृत्ति से भी शब्दों के रूप बदल जाते हैं, जिससे भाषा में-परिवर्तन उपस्थित होता है। उदाहरणार्थ 'सृष्टि' के अनुकरण पर 'सृष्टा', 'दृष्टि' के अनुकरण पर 'दृष्टा' और 'दृष्टव्य', 'निर्गुण' के अनुकरण पर 'सर्गुन'। वस्तुत: इनके शुद्ध रूप क्रमश: 'स्रष्टा', 'द्रष्टा' और 'द्रष्टव्य' तथा 'सगुण' हैं। ठीक इसी तरह 'मुझ', 'एकादश' 'पिचहत्तर' तथा 'पिचासी' के भ्रष्ट प्रयोग से भी भाषा में परिवर्तन हो रहा है। वस्तुत: संस्कृत में 'तुभ्यं' से निस्तृत 'तुझ' के सादृश्य पर 'मह्यं' से 'मझ' न होकर 'मुझ' बन गया। संस्कृत में मूलशब्द था 'एकदश', किन्तु 'द्वादश' के अनुकरण पर उसे 'एकादश' रूप दे दिया गया। 'पिचहत्तर' तथा 'पिचासी' का निर्माण भी 'तिहत्तर' तथा 'तिरासी' के अनुकरण पर ही हुआ है, जबकि इनका शुद्ध रूप 'पचहत्तर' तथा 'पचासी' है।

**7. नए शब्दों के गढ़ाव की प्रवृत्ति-** नए शब्दों के निर्माण की प्रवृत्ति भी भाषा में बदलाव का एक कारण है। तराशे हुए शब्द जब नए रूप में भाषा में व्यवहृत होने लगते है तो भाषा में परिवर्तन शुरू होता है। हिन्दी भाषा में आजकल यह प्रवृत्ति धड़ल्ले से काम कर रही है। यथा-'खर्च करने' की जगह 'खर्चना', 'बात करने' की जगह 'बतियाना', 'स्वीकार करने' की जगह 'स्वीकारना', 'दिखलाने' की जगह 'दर्शाना', 'जन्म लेने' की जगह 'जन्मना', 'महसूस करने' के स्थान पर 'महसूसना' आदि क्रियाएँ इसी मनोवृत्ति की द्योतक हैं।

## ख. बाह्य कारण

**1. भौगोलिक कारण-** भौगोलिक पर्यावरण की भिन्नता भी भाषा-परिवर्तन का प्रमुख कारण है। स्थान, वातावरण, जलवायु का सीधा असर मनुष्य के शरीर पर तो पड़ता ही है, वह भाषा को भी प्रभावित करता है। जिन देशों की जलवायु उष्ण होती है, वहाँ के लोगों का वाग्यंत्र अत्यन्त मुखर, और स्पष्ट होता है, जिससें वे बड़ी सरलता से सभी ध्वनियों को उच्चरित कर लेते हैं। इसके ठीक विपरीत जिन देशों की जलवायु ठंडी होती है, वहाँ के निवासियों का वाग्यंत्र अधिक स्पष्ट और खुला हुआ नहीं होता। तदर्थ, शीतल जलवायु के लोग अनेक ध्वनियों का उच्चारण उतनी आसानी और स्पष्टता से नहीं कर पाते, जितनी गरम जलवायु के लोग। उत्तर प्रदेश, बिहार, मध्यप्रदेश, दिल्ली, पंजाब, हरियाणा के लोग किसी भी ध्वनि का उच्चारण अति सुगमता से कर लेते हैं, वहीं शीतल जलवायु में निवास करने वाले अंग्रेज लोग तालव्य ध्वनियों का उच्चारण ठीक प्रकार से नहीं कर पाते। वे 'तराजू' को 'टराजू', 'तेल' को 'टेल', 'दिल' को 'डिल' तथा 'दुनियाँ' को 'डुनियाँ' कहते हैं। 'स' ध्वनि भी उनसे स्पष्ट उच्चरित नहीं हो पाती, जिससे वे इसका उच्चारण 'श' के रूप करते हैं, यथा-'तुम किश राश्टे शे जाओगे'?

जिन देशों की जलवायु उत्तम होती है, पैदावार अच्छी तरह होती है, भूमि ऊर्वर होती है, जहाँ के लोग आर्थिक दृष्टि से सम्पन्न

---

**1. An Introduction to Comparative Philology- Dr. P. D. Gune.P.27**

और पर्यटन के शौकीन हैं, उनकी भाषा का प्रभाव दूसरे निवासियों की भाषा पर अधिक पड़ता है और इस तरह से भाषा-परिवर्तन समय-समय पर उक्त कारणों से हुआ करता है। पर, पाश्चात्य विद्वान् **हाइनरिख मेयर-बेन्फी** और **कॉलिन्स** ने जहां भौगोलिक कारणों से भाषा-परिवर्तन में विश्वास किया है, वहीं **जेस्पर्सन** ने इनकी धारणा का प्रबल खण्डन भी किया है।[1]

**2. राजनैतिक कारण-** राजनीति ने भी समय-समय पर अपने आक्रमणों तथा क्रांतिकारी विप्लवों द्वारा भाषाओं की चौहद्दी को पार कर उसमें अपने संकर शब्द-बीज बोकर भाषा को परिवर्तित किया है। संसार भर की भाषाओं में इन कारणों से परिवर्तन हुए हैं।[2] जब कोई राष्ट्र किसी अन्य राष्ट्र को पराजित कर वहाँ अपना शासन स्थापित करता है तो, उस विजेता राष्ट्र की भाषा विजित राष्ट्र की भाषा को प्रभावित करती है। फल यह होता है कि विजित राष्ट्र की भाषा के शब्द-रूपों में बदलाव शुरू हो जाता है। किन्तु यदि विजित राष्ट्र का साहित्य सशक्त तथा जीवंत हो तो उसकी भाषा विजेता राष्ट्र की भाषा को भी प्रभावित करती है। उदाहरण के लिए भारत को लिया जा सकता है। वह इसलिए कि 1947 ई. के पूर्व हमारे सारे संपर्क विश्व के अन्य राष्ट्रों से बराबरी के स्तर पर न होकर विजेता ओर विजित स्तर पर ही थे।

हमारे देश में चौथी और दूसरी शताब्दी ई. पू. में यूनानी, पहली शताब्दी ई. पू. में शक, पहली शताब्दी ईसवी में कुषाण, पाँचवीं शताब्दी में हूण, आठवीं शताब्दी में अरब, ग्यारहवीं और परवर्ती शताब्दियों में तुर्क, सोलहवीं शताब्दी में मुगल, कालान्तर में अंग्रेज, पुर्तगाली तथा फ्रांसीसी आये। इनके आगमन से पहले हमारे देश की प्रधान भाषा संस्कृत थी। किन्तु समय-समय पर इनके संपर्क में आने पर संस्कृत में अनेक नए शब्द जुटते गये। मुसलमानों के शासनकाल में यहाँ की राज्य भाषा फारसी थी। उसके प्रभाव से संयुक्त अक्षरों के उच्चारण में अन्तर आ गया, यथा-'प्रभात' की जगह 'परभात', 'प्रताप' की जगह 'परताप', 'प्रकाश' की जगह 'परकाश', 'प्रसाद' की जगह 'परसाद', 'कृष्ण' की जगह 'किसन', तथा 'विष्णु' की जगह 'विशुन' रूप लिखे-पढे जाने लगे। फारसी शब्दों का भी भारतीयकरण हुआ-फलत: 'फतीलह', 'लम्हा', 'मजदूर', 'कागज', 'खान', आदि शब्द क्रमश: 'पलता', 'लमहा', 'मजदूर', 'कागद', 'खाँ' आदि बन गए।[3]

शीतल देश के निवासी अंग्रेजों ने हमारे तेजोद्दीप्त देश पर शासन तो किया ही, यहाँ की भाषाओं के अनेक शब्दों को भी निर्ममता और घसीट के साथ बोलने लगे, जिससे यहाँ की भाषा विकृत होने लगी। उन्हीं की कृपा है कि बहुत लोग आज भी 'मेरठ' को 'मीरट', 'केरल' को 'केरला', 'मद्रास' को 'मड्रास', 'देहरादून' को 'डेहरादून', 'असम' को 'आसाम', 'मथुरा' को 'मुट्रा', 'कलकत्ता' या 'कोलकाता' को 'कैलकटा', 'दिल्ली' को 'डेलही' बोलतें हैं। दूसरी ओर विदेशी शब्दों ने भी हमारी भाषा में अपना आसन जमाकर यहाँ की भाषा को खिचड़ी बनाने में काफी योगदान दिया, यथा-हिन्दी में तुर्की से लगभग 70, फारसी-अरबी से 700, अंग्रेजी से लगभग 300 तथा पुर्तगाली से 80 शब्द समाविष्ट हुए हैं। **डॉ. चटर्जी** के अनुसार बंगला में अरबी-फारसी-तुर्की शब्द 2400, अंग्रेजी शब्द 700 तथा पुर्तगाली शब्द लगभग 100 हैं।[4]

**3. धार्मिक कारण-**धार्मिक प्रचार भी भाषा में फेर-बदल के लिए काफी जिम्मेदार होता है। जब किसी धर्म के अनुयायी अपने धर्म-प्रचार के लिए अन्य राष्ट्रों में जाते हैं तो उनके धर्म के साथ उनकी धार्मिक शब्दावली भी उस राष्ट्र में चली जाती है तथा उस धर्म के अनुयायियों की भाषा को प्रभावित करती है। कभी-कभी स्थानीय भाषा के प्रभाव से धार्मिक शब्दावली का रूप भोथरा भी हो जाता है। वैदिक धर्म के प्रचारकों ने यूनान में जब अपने धर्म का प्रचार किया तो वैदिक देवताओं के नाम वहाँ की भाषा में समाहित हो गये, किन्तु समाहित हुए शब्दों का रूप विचित्र ढंग से बदल गया, जैसे-'देव' का 'थिओस', 'द्यौसपिटर' का 'जुपीटर', 'द्यौ' का 'ज्यूज' और 'असुरमेधस्' का 'अहुरमज्द' हो गया। इतना ही नहीं, अवेस्ता में भी प्रविष्ट संस्कृत के शब्दों ने अपनी शक्लें बदल लीं, यथा-'सूर्य' का 'ह्वारे', 'असुर' का 'अहुर', 'मित्र' का 'मिथ्र', 'सरस्वती' का 'हरहैवती', 'सोम' का 'होम', 'सिन्धु' का 'हिन्दु' तथा 'वृत्रघ्न' (इन्द्र अर्थ में) का 'वैरथुघ्न' हो गया।

बौद्ध धर्म के प्रचार-प्रसार से भारत में ही संस्कृत शब्द पालि में रूपान्तरित हो गये, जैसे-'कात्यायन' के स्थान पर 'कच्चायन', 'धर्म' की जगह 'धम्म', 'मार्ग' की जगह 'मग्ग', 'भिक्षु' के स्थान पर 'भिक्खु' रूप प्रचलित हो गये। इस्लाम तथा ईसाई मत के प्रचार से क्रमश: अरबी, फारसी, तुर्की तथा फ्रेंच, अंग्रेजी, पुर्तगाली आदि भाषाओं के शब्द हिन्दी में प्रवेश कर गये। इस्लाम के प्रभाव से जहाँ-'अल्लाह', 'खुदा', 'बहिश्त', 'दोजख', 'मौलवी', 'मियाँ', 'रोजा' आदि शब्द हिन्दी भाषा में प्रविष्ट कर गये, वहीं ईसाई धर्म के प्रचार से 'क्रिश्चियन', 'पादरी', 'गिरजा', 'क्राइस्ट', 'यीशू', 'चर्च' आदि शब्द भी हिन्दी भाषा में कुण्डली मार कर बैठ गये। जाहिर है, धार्मिक-प्रचार-प्रसार भी भाषापरिवर्तन को बहुत अंशों तक प्रभावित करता है।

---

1. Language, Its Nature, Development and Orgin. p.257.
2. ऐतिहासिक भाषा विज्ञान: सिद्धान्त और व्यवहार-डॉ. जयकुमार 'जलज', पृ.78
3. भाषा विज्ञान और मानक हिन्दी-डॉ. रत्नचन्द्र शर्मा, पृ.103, 1977
4. भारतीय आर्य भाषा और हिन्दी-डॉ. सुनीति कुमार चटर्जी, पृ.148, 1957

**4. सामाजिक कारण-** मौन भंग के पश्चात् समाज अपने मनोभावों को उगलने के लिए सीधे भाषा से साक्षात्कर करता है। इधर भाषा भी सामाजिक ऑक्सीजन से ही अपने अस्तित्व की रक्षा करती है। आशय यह कि समाज ही भाषा को जीवित रखता है। इस तरह दोनों एक दूसरे के 'काप्लीमेन्ट्स' हैं। भाषा को समय-समय पर विभिन्न सामाजिक बदलाव की प्रयोगशालाओं से गुजरना होता है। अत: भाषा को समाज के अनुसार ही अपना रूप-रंग, गुण-धर्म बदलना पड़ता है। मध्ययुग में किए जाने वाले संबोधन आज कहाँ सुनने को मिलते हैं। न वे 'जहाँपनाह' बाकी हैं, न वे 'अन्नदाता' ही दिखाई देते हैं। आज के अध्यापक अपने शिष्यों से और कुलाधिपति अपने वंशजों से न 'दंडवत' सुन पाते हैं, न 'साष्टांग'।[1]

संसर्ग का बहुत असर होता है-'संसर्गजा: दोषगुणा भवन्ति'। भारतीय समाज जब मुस्लिम समाज के निकट आया तो भारतीय समाज पर मुस्लिम समाज तथा उसकी संस्कृति का गहरा प्रभाव पड़ा। कहते हैं, खड़ी बोली के निर्माण में तथा उसे उत्तर भारत से दक्षिण भारत तक ले जाने में इन्हीं का हाथ रहा है। अंग्रेजी समाज ने भी भारतीय समाज पर अपना गहरा प्रभाव डाला। यही कारण है कि, बहुत से अंग्रेजी भाषा के शब्द हिन्दी भाषा की संपत्ति बन गये हैं।

**5. साहित्यिक कारण-** साहित्य ने भी कभी-कभी भाषिक बदलाव उपस्थित किया है। हमारे देश में लगभग एक छोर से दूसरे छोर तक संस्कृत भाषा का साम्राज्य बहुत दिनों तक रहा है। संस्कृत भाषा के विपुल भण्डार को देखकर हैरान रह जाना पड़ता है कि इसका प्रयोग जन-सामान्य से कैसे समाप्त हो गया? हुआ यह कि कालान्तर में भक्ति-आन्दोलन ने जन-सामान्य में संस्कृत भाषा के प्रति ऐसी अरुचि उत्पन्न की, जिसमें सबके साथ-साथ कवि और लेखक भी अपनी-अपनी लोक भाषाओं में साहित्य रचना करने लगे।

संस्कृत की तरह ही ब्रजभाषा का भी मध्ययुग में व्यापक प्रभाव रहा है। हिन्दी के अमूमन सभी कवि-चाहे वे किसी प्रान्त के होते थे-ब्रजभाषा में ही साहित्य रचना करने लगे। फल यह हुआ कि उनकी खुद की भाषा उपेक्षित पड़ी रही। आधुनिक युग में खड़ी बोली का संस्कृत और ब्रजभाषा का सा प्रभाव है। सभी प्रदेशों के अधिसंख्य कवि या लेखक आज खड़ी बोली में ही अपनी साहित्य-रचनाएँ प्रस्तुत कर रहे हैं, जिसके कारण उनकी निजी भाषाएँ प्रभावित हुई हैं। मध्ययुग में यूरोप में भी भारत जैसी स्थिति रही है। वहाँ के किसी भी देश की भाषा लैटिन के प्रभाव से मुक्त नहीं थी। हमारे देश की तरह वहाँ भी प्रान्तीय भाषाओं के अस्तित्व रक्षा की एक ऐसी हलचल उठी कि लैटिन उसमें निस्तेज हो गई। आज अंग्रेजी साहित्य का प्रभाव विश्व की अनेक भाषाओं पर स्पष्ट रूप में व्याप्त है। भाषा-बदलाव में उक्त 'चार्ट' से स्पष्ट है कि साहित्य का भी भाषा-परिवर्तन में काफी जीवंत योगदान रहता है।

**6. वैज्ञानिक एवं तकनीकी कारण-** विज्ञान ने जहाँ व्यक्ति जीवन के हर 'फील्ड' में परिवर्तन उपस्थित किया है, वहीं उसने भाषा में भी पलटाव किया है। विज्ञान की प्रगति का मूर्त रूपांकन अथवा लेखा-जोखा के सुरक्षित रख-रखाव का सशक्त माध्यम भाषा ही है। आज जितने भी वैज्ञानिक आविष्कार हो रहे हैं, जितनी भी नई वस्तुएँ जन्म ले रही हैं, उनके लिए नए-नए शब्द भी जन्म ले रहे हैं। संसार की सभी विकासशील भाषाओं में नित नूतन शब्द जुट रहे हैं। भारतीय भाषाएँ इस दृष्टि से कहीं पीछे नहीं हैं। विज्ञान की प्रत्येक शाखाओं की पारिभाषिक शब्दावली हिन्दी में द्रुतगति से तैयार की जा रही है। हिन्दी में नए-नए वैज्ञानिक शब्दकोश भी तैयार किये जा रहे हैं। उदाहरणार्थ-विज्ञान के कुछ पारिभाषिक शब्द इस प्रकार हैं-दहन कक्ष(Combustion Chamber), जड़त्व आघूर्ण (Moment of Inertia), गतिपालक चक्र (Fly wheel), कोणीय संवेग (Angular Momentum), बल नियतांक (Force Constant) आदि। अत: कहा जा सकता है कि विज्ञान की प्रगति भी भाषिक फेरबदल का एक अल्प-अनल्प कारण है, जिसे नकारा नहीं जा सकता।

**7. वैयक्तिक कारण-** कभी-कभी कुछ ऐसे लोक-मनीषी इस पृथ्वी पर जन्म ले लेते हैं, जो जीवन के विविध क्षेत्रों में परिवर्तन तो उपस्थित करते ही हैं, भाषा में भी जाने-अनजाने उनसे परिवर्तन हो जाता है। महात्मा गांधी इस संदर्भ में विशेष उल्लेख्य हैं। हिन्दी-उर्दू के मेल से बनी 'हिन्दुस्तानी' नाम की एक नई भाषा का उन्होंने नामकरण किया। 'अहिंसा', 'सत्याग्रह', 'खादी', 'ग्रामोद्योग', 'हरिजन' आदि शब्दों का एक नए अर्थ में उन्होंने प्रयोग किया। मराठी के **लोकमान्य तिलक** तथा **संत विनोवा भावे** ने भी इस दिशा में काफी योगदान दिया है। 'सरस्वती' के संपादक **महावीर प्रसाद द्विवेदी** तथा **प्रेमचन्द** को कैसे भूला जा सकता है? **पंडित रामचन्द्र शुक्ल, निराला, पंत, प्रसाद,** तथा **हजारी प्रसाद द्विवेदी** ने भी तराशे हुए नए-नए शब्दों का अपनी रचनाओं में प्रयोग कर भाषा-परिवर्तन में काफी सक्रिय भूमिका निभाई है।

**निष्कर्ष-** कुल मिलाकर कहा जा सकता है कि उक्त तथा कुछ और अन्य कारणों से भाषा-परिवर्तन गाहे-बे-गाहे समय-समय पर हुआ करता है। यह परिवर्तन साक्षात्-असाक्षात् जिस रूप में हो, किन्तु देर-सबेर होता है अवश्य। यह कोई बहुत आवश्यक नहीं है कि भाषा-परिवर्तन के उक्त सभी कारण एक साथ सक्रिय ही हों। वे समय पाकर अपने वजन तथा आन्तरिक उष्मा से भाषा-परिवर्तन में जुटे रहते हैं। चूँकि परिवर्तन की नकेल इन्हीं कारणों के हाथ में होती है-अत: भाषा भी इनके अनुसार ही अपना वर्ण तथा कलेवर बदलती चली जाती है।

---

1. भाषाविज्ञान-डॉ. देवदत्त कौशिक, पृ.38, 1972

अध्याय-5

# भाषा के विविध रूप या भाषा के विभिन्न स्तर भेद

## भाषा क्षेत्र तथा विविध भाषिक रूप

एक भाषा का व्यवहार करने वाले लोग, उस भाषा के अनेक रूपों के समुच्चय से एक भाषा की इकाई की संरचना करते हैं। उन रूपों में पार्थक्य होते हुए भी, विचार-विनिमय की सम्भावना अधिक होती है। विचार-विनिमय की यह सम्भावना एक भाषा गत एकता का निर्माण करती है। किसी एक भाषा के विविध रूप जिस क्षेत्र विशेष में व्यवहृत होते हैं, वह **भाषा क्षेत्र** कहलाता है। उक्त क्षेत्र विशेष में व्यवहृत भाषा के विविध रूपों में परस्पर बोधगम्यता का होना आवश्यक है। किसी भाषा क्षेत्र की निर्मित के लिए, यह एक आवश्यक शर्त है, जैसे-हिन्दी क्षेत्र में बोली जाने वाली उसकी बोलियां, परस्पर मिलकर हिन्दी क्षेत्र का निर्माण करती हैं। आकाश से आती अलग-अलग बूंदे, जैसे एक प्रवाह बन जाती हैं, उसी प्रकार हर व्यक्ति की वाणी, जिसमें उसका अपना निजी रूप समाहित होता है, परस्पर समूह रूप धारण कर एक बोली के रूप में रूपान्तरित हो जाती है। यह वाग् प्रवाह क्रमश: बोली-भाषा-उपबोली, विभाषा और भाषा का रूप धारण करता है। वस्तुत: भाषा अन्तस् की प्रकाशिका होती है। वह अपने विविध रूपों में संपूर्ण समाज में पसरी होती है। आशय यह कि यदि एक ओर यह 'अन्तर्राष्ट्रीय भाषा' के रूप में पूरे विश्व में सह संबंध-स्थापन के उत्तरदायित्व का सम्यक् निर्वहन करती है, तो वहीं दूसरी ओर विविध रीति-रिवाजों, विचित्र संस्कृतियों तथा नाना उत्सवों आदि से युक्त किसी राष्ट्र को एक सूत्र में बाँधती हुई 'राष्ट्रभाषा' के सम्मानित नाम से भी सुशोभित होती है। कभी यह 'साहित्यिक भाषा' के रूप में युगों-युगों की संचित सभ्यता तथा संस्कृति की संरक्षिका-सुरक्षिका का कार्य करती है तो कभी यह प्राशासनिक अधिकारियों की भाषा 'राज्यभाषा' बनकर सरकारी 'फाइलों' की उठा-पटक करती है। इस प्रकार हम देखते हैं कि भाषा व्यक्ति के जन्म से लेकर उसकी मृत्यु तक अनेक रूपों में उसके साथ रहकर अपनी सामाजिकता की सार्थकता सिद्ध करती है। अब हम भाषा के विविध स्वरूपों का दर्शन इस प्रकार कर सकते हैं-

**1. बोली** (Dialect):-बोली की निश्चित, तराशी हुई अथवा बिना झमेले की परिभाषा दे सकना अत्यन्त दुष्कर कार्य है। बोली को अंग्रेजी मे Dialect (डाइलेक्ट) कहते हैं। किन्तु कुछ लोग भ्रमवश इसके लिए 'फ्रेंच' शब्द 'Patois' (पैटवाज) का भी प्रयोग कर देते हैं। कुछ भाषाशास्त्री इसे 'प्रान्तीय भाषा' अथवा 'विभाषा' भी कहते हैं। वस्तुत: किसी सीमित भूखण्ड में वहाँ के निवासियों द्वारा घरेलू बोलचाल के लिए जिस उपभाषा का प्रयोग किया जाता है, उसे ही 'बोली' कहते हैं। बहुत सी मिलती-जुलती उपबोलियों के समूह को भी 'बोली' कहा जा सकता है। बोली अनगढ़ अथवा अकृत्रिम भाषा है। यह किसी भाषा का आधारभूत अंग है तथा एक भाषा की कई बोलियाँ भी हो सकती हैं। पाश्चात्य भाषा-शास्त्री **बीम्स** के अनुसार विश्व की छोटी-बड़ी सभी भाषाएँ बोलीगत भेद से मुक्त नहीं हैं,-``In fact it may be said that no language in the wored however small the extent of country in which it is spoken is free from dialectic Variations"[1] सच तो यह है कि जिस प्रकार भाषा की संरचना बोलियों से होती है, उसी प्रकार व्यक्ति बोलियां बोली की संरचना करती हैं। बोली समवाय ही भाषा है। यह उपबोली से बड़ी तथा भाषा से छोटी होती है। कुछ लोग विकसित बोली को विभाषा या उपभाषा का नाम देते हैं। हिन्दी की विकसित बोलियां जैसे-ब्रज, अवधी, बुन्देल खंडी, भोजपुरी और खड़ी बोली आदि बोलियाँ हैं।

**राबर्ट हाल** कहते हैं,-``The term dialect refers to any subdivision, there of (language) such as Jusean Lombord Piedmontese tec in ctalian........ Linguistics analysts use the term dialect not in popular projective sense of vulgar, uneducated, foreign or rustic speech "but to refer to any subdivision of a language even the most prestigious literary variety.[2]" **भोला नाथ तिवारी** के शब्दों मे-बोली

1. Out line of Indian Philology and Philological paper-Beams(Reprented from Indian Studies past and present ch,5)
2. Introductory Linguistics Robert Hall, P. 20

किसी भाषा के एक ऐसे सीमित क्षेत्रीय रूप को कहते हैं जो ध्वनि, रूप, वाक्य, गठन, अर्थ, शब्द समूह तथा मुहावरे आदि की दृष्टि से, उस भाषा के परिनिष्ठित तथा अन्य क्षेत्रीय रूपों से भिन्न होता है, किन्तु इतना भिन्न नहीं कि अन्य रूपों के बोलने वाले उसे समझ नहीं सकें, साथ ही जिसके अपने क्षेत्र में कहीं भी बोलने वालों के उच्चारण, रूप रचना, वाक्य गठन, अर्थ, शब्द - समूह तथा मुहावरों आदि में कोई बहुत स्पष्ट और महत्वपूर्ण भिन्नता नहीं होती।[1] **राबर्ट हाल** की दृष्टि में ऐसी साहित्यिक भाषा जो प्रतिष्ठित हो, बोली हो सकती है। वस्तुत: विस्तार की दृष्टि से दोनों भिन्न रूप मानी जाती हैं।

वस्तुत: बोली भाषा की एक इकाई है। एक भाषा के क्षेत्र में अनेक बोलियाँ होती हैं, किन्तु किसी एक बोली के भीतर अनेक भाषाएँ नहीं हो सकतीं। भाषा का क्षेत्र जहाँ व्यापक होता है, वहीं बोली अंचल विशेष में व्यवहृत होती है। बोली ही कालक्रम से भाषा बनाती है। हर भाषा की प्रारंभिक शक्ल बोली की होती है। प्रत्येक व्यक्ति की भाषा उसकी बोली होती है,-"Two individuals of the same generation and locality, speaking precisely the same dialect and moving in the same social circles .. In a sense they speak slightly divergent dialects of the same language rather than indentically the same language?"[2] **सर जॉर्ज ग्रियर्सन** के अनुसार भाषा और बोली में वहीं संबंध है, जो पहाड़ और पहाड़ी में है।[3] भाषा और बोली के बीच कोई स्पष्ट विभाजक रेखा नहीं खींची जा सकती। यह कार्य किसी भी भाषाशास्त्री के लिए बहुत सरल नहीं है।[4] भाषा से साहित्य की सम्यक् सुरक्षा हो सकती है, किन्तु बोली से नहीं। आशय यह कि बोली में साहित्यिकता नहीं होती, इसका संबंध केवल बोलचाल से होता है।

**2. व्यक्ति बोली** (Idiolect):-भाषा को उच्चरित करने वाला व्यक्ति होता है, हर व्यक्ति का उच्चारण और भाषिक प्रयोग उसकी आदतों,ज्ञान, क्षमता और रुचियों पर निर्भर करता है, अस्तु व्यक्ति के व्यक्तित्व के अनुरूप उसका भाषिक प्रयोग होता है। भाषा का वह रूप जो व्यक्ति विशेष से संबंधित होता है, व्यक्ति बोली कहलाता है, क्योंकि एक व्यक्ति जिस प्रकार बोलता है, दूसरा नहीं बोल सकता। यही नहीं, एक ही व्यक्ति एक बार जिस ध्वनि का प्रयोग करता है, दूसरी बार उस ध्वनि का उसी रूप में प्रयोग नहीं कर सकता। उसके स्वन में अन्तर निश्चित आएगा। जूनियर राबर्ट ए हाल कहते हैं,-``Each person's tatal set of language habits is termed his ideolect." **डॉ. महावीर सरन जैन** लिखतें हैं कि प्रत्येक व्यक्ति के अनुभवों, विचारों, आचरण पद्धतियों, जीवन व्यवहारों एवं कार्यकलापों की निजी विशेषताएँ होती हैं। समाज के सदस्यों के व्यक्तित्व की सूक्ष्मतम भिन्नताओं का प्रभाव उनके व्यक्ति भाषा रूपों पर पड़ता है और इस कारण प्रत्येक व्यक्ति बोली (Idiolect) में निजी भिन्नताएँ अवश्य होती हैं। व्यक्ति बोली के धरातल पर एक व्यक्ति जिस प्रकार बोलता है, ठीक उसी प्रकार दूसरा कोई व्यक्ति नहीं बोलता। यही कारण है कि हम किसी व्यक्ति को, बिना उसे देखे ही, मात्र उसकी आवाज को सुनकर, पहचान लेते हैं।[5] इस प्रकार भाषिक स्वभावों में वैभिन्य होने से, हर व्यक्ति की बोली दूसरे से पूरी तरह अलग होती है। यह पार्थक्य उच्चरित वाक्यों की भिन्नता के कारण आता है। यह और बात है कि अति सीमित भाषिक क्षेत्रों में व्यक्ति बोलियों में भिन्नता कम होती है।

**3. उपबोली या स्थानीय बोली** (Sub-Dialect or Local Dialect):-एक विशाल क्षेत्र में बोली जाने वाली बोली की कई उपबोलियां हो सकती हैं। इन उपबोलियों की संरचना क्षेत्रगत अथवा वर्गगत वैभिन्य के कारण होती है। उपबोलियां क्षेत्रीय भिन्नता की उपज हैं, जैसे-ब्रज भाषा की उपबोलियाँ। राबर्ट हाल कहते हैं,-``Sub dialect refers to a lesser dicrision in a dialect such as milanese, Bergama sque among the Varities of Lombard"[6] **डॉ. भोलानाथ तिवारी** का मत है ''किसी छोटे क्षेत्र की व्यक्ति बोलियों का समूह रूप, जिनमें आपस में कोई अन्तर न हो, स्थानीय बोली या उपबोली कहलाती है।''[7]

**उपबोली की विशेषताएँ-** 1. उपबोली स्थानीय बोली होती है। 2. व्यक्ति बोलियों का समूह होती है। 3. व्यक्ति बोलियों

1. भाषा विज्ञान-डॉ. भोलानाथ तिवारी, पृ. 61
2. Language, Sapir, Page- 147, 1949
3. Linguistic Survey of India, Vol I. Part I, Page-42
4. There is no intrinsic differsence between a language and a dialect Actually there is no clearcut reply to the question. Even liguists shrink from answering it and rightly The Story of language- Mario pei page-46
5. भाषा एवं भाषा विज्ञान-डॉ.महावीर सरन जैन, पृ.57, लोक.भारती प्रकाशन, 15-ए, महात्मा गाँधी मार्ग, इलाहाबाद-1, मूल्य-30, 1985
6. Introductory Linguistics- Robert Hall, P,20
7. भाषा विज्ञान-डॉ.भोलानाथ तिवारी, पृ.-60

के समान तत्व इसमें निहित होते हैं। 4. उपबोली बोली बोलने वालों में परस्पर घनिष्ठता का तत्व अधिक होता है। 5. भाषा तथा बोली में जो अन्तर तथा समानता होती है, वही अन्तर तथा समानता उसकी बोली तथा उपबोली में होती हैं।

**4. विजेता बोली या स्वामी भाषा** (Colonial Dialect):-नाम से ही स्पष्ट है, यह विजेताओं की बोली होती है। इतिहास गवाह है कि विश्व में जब-जब साम्राज्यवादी या विस्तारवादी मन्शा वाले देशों ने अपने से कमजोर देशों पर अधिकार किया है, तब-तब उनकी वेश-भूषा, रहन-सहन की शैली, खान-पान आदि के साथ-साथ उनकी बोली भी हारे हुए देशों पर जबरिया थोप दी जाती है। हारे हुए देश की मातृ-भाषा और विजयी देश की भाषा में काफी दिनों तक कशमकश और जद्दोजहद होता रहता है। हारा हुआ देश अपनी मातृभाषा बचाना चाहता है तो विजयी देश अपनी भाषा किसी भी मूल्य पर लादना चाहता है। दुर्भाग्य से इस भाषायी युद्ध में हर मोर्चे की तरह हारा हुआ राष्ट्र अपनी मातृभाषा भी हार जाता है और विजेताओं की भाषा-बोली धीरे-धीरे वहाँ अपना अधिकार स्थापित कर लेती है। उदाहरण के लिए अंग्रेजी की भूमिका विजेता बोली की कही जा सकती है। अंग्रेजों ने पूरे विश्व में जहाँ-जहाँ अपनी छावनी या उपनिवेश स्थापित किया, अंग्रेजी ने धकिया कर वहाँ की मूल भाषाओं का खात्मा किया या खात्मा करने की कोशिश की। अंग्रेजी अभूतपूर्व औप निवेशिक क्षमता वाली भाषा बन गयी। भारत में भी आज स्थानीय बोलियों के साथ-साथ हिन्दी से इसका सीधा टकराव है। गोवा, नागालैण्ड आदि इसके ही भाषायी कब्जे में हैं। कुल मिलाकर अंग्रेजी आज भूमंडलीकरण या 'ग्लोबल समाज' की मुख्य भाषा बनी हुई है। इसी तरह मैक्सिको में स्पेनिश, फिनलैण्ड में स्वीडिश, ब्रिटेन में फ्रांसीसी, दक्षिण अमेरिका में डच, आयरलैण्ड में अंग्रेजी आदि भाषाओं ने वहाँ की राष्ट्रीय-स्थानीय बोलियों-भाषाओं को देश-बदर करा कर अपना शासन स्थापित कर लिया इसीलिए इन्हें 'स्वामी भाषा' भी कहा गया है।

**5. विभाषा, प्रान्तीय भाषा या उपभाषा-** पाणिनि 'विभाषा' की परिभाषा देते हुए कहते हैं कि **''न वेति विभाषा''**[1] महाभाष्य और भर्तृहरि की 'त्रिपदी टीका' में इस पर पर्याप्त विचार किया गया है। अंततः ये दोनों वैयाकरण इस बात पर सहमत हैं कि जहाँ व्याकरण सम्मत दृष्टि से एक ही रूप प्राप्त होना चाहिए, किन्तु प्रयोग में उसके प्रतिकूल भी रूप उपलब्ध होता हो, उसें 'विभाषा' कहते हैं।[2] विभाषा की व्याप्ति बोली से अधिक जमीन में होती है। इसे 'प्रान्तीय भाषा', 'उपभाषा' के नाम से भी जाना जाता है। कुछ लोग इसे 'डायलेक्ट' भी कहते हैं। जब कोई बोली भौगोलिक, राजनैतिक अथवा किन्हीं अन्य कारणों से किसी प्रान्त अथवा उपप्रान्त में साहित्यिक स्वरूप धारण कर प्रचलित हो जाती है, तो वह 'विभाषा' कहलाने लगती है। कुछ लोग कहते हैं कि विभाषा, साहित्यिक या परिनिष्ठित भाषाओं से भिन्न होती है, किन्तु इतना भी भिन्न नहीं कि उसे किसी अन्य भाषा की विभाषाओं से सर्वथा भिन्न माना जाय- ``Dialect is a specific form of given language, spoken in a certain locality or geographic are a showing sufficient differnces from the standard or literary form of that ×××××× usage of words, to be considered entity yet not sufficiently distinct from other dialects of the language to be regarded as a different language"[3] **डॉ. रामचन्द्र वर्मा** के अनुसार-''किसी भाषा की कोई ऐसी बड़ी शाखा जो उसके विशिष्ट विभाग के अर्न्तगत् हो और जिसके कई स्थानिक भेद-प्रभेद भी हों-विभाषा कही जाती है।''[4] वस्तुतः विभाषा, बोली का विकसित रूप है। दूसरे शब्दों में, यह बोली तथा भाषा के बीच की कड़ी है। परिष्कृत उच्चारण, शब्दों के अभिनव प्रयोग तथा अन्य गुणों के कारण उक्त विभाषा दूसरी साहित्यिक तथा परिनिष्ठित भाषाओं से अपनी अलग पहचान रखती है। दिल्ली और मेरठ के आस-पास बोली जाने वाली जन सामान्य की बोली 'खड़ी बोली' राजनैतिक कारणों से ही आज राष्ट्रभाषा के पद पर आसीन हुई है।

**6. मानक भाषा, परिनिष्ठित भाषा, टकसाली भाषा, राष्ट्रीय भाषा, केन्द्रक भाषा या आदर्श भाषा** (Standard Language):-भाषा की सात्विक रोशनी अथवा प्रखर ऊर्जा का दूसरा संस्करण 'परिनिष्ठित भाषा' है। भाषा का यह आदर्शतम निखरा हुआ रूप है। 'परिनिष्ठित' शब्द का अर्थ ही है-'सु-संस्कृत'। भाषा वैज्ञानिकों ने इसके लिए अनेक नामों का प्रयोग किया है, यथा-मानक भाषा (Standard Language), टकसाली भाषा (Language of Koins), आदर्श भाषा, राष्ट्रीय भाषा आदि। जब कोई विभाषा एक सुनिश्चित-सुव्यवस्थित व्याकरण से सम्बद्ध होकर देश के सुशिक्षित समूह द्वारा दैनिक व्यवहार, साहित्य-रचना, शासन, शिक्षा आदि में प्रयुक्त होने लगती है, तो उसे 'परिनिष्ठित भाषा' कहा जाने लगता है। **डॉ. श्यामसुन्दर दास** ने भाषा के इस रूप की सार्थक बुनावट अपने शब्दों में इस प्रकार की है,-''कई विभाषाओं में व्यवहृत होने वाली एक शिष्ट परिगृहित विभाषा ही भाषा (राष्ट्रीय भाषा अथवा टकसाली भाषा) कहलाती है।''[5] उक्त परिनिष्ठित भाषा अपनी विशिष्ट क्षमता के कारण विशाल

1. अष्टाध्यायी-1.1.44
2. भाषा तत्व और वाक्य पदीय-डॉ.सत्यकाम वर्मा, पृ.15
3. Dictionary of linguisitic- H.Pei and P. Gaynor,p,
4. मानक हिन्दी कोश, पाँचवाँ खण्ड, पृ.75
5. भाषा विज्ञान, डॉ. श्याम सुन्दर दास, पृ.23

समुदाय की भाषा बन जाती है, जिसका इस्तेमाल प्रतिदिन साहित्य-रचना, पत्र-व्यवहार, विचार-विनिमय, साहित्यिक बैठकों, धार्मिक सामाजिक तथा राजनैतिक सम्मेलनों तथा समाचार पत्रों में सघनता से होने लगता है। 'भाषाशास्त्र' के कोशकारों ने परिनिष्ठित भाषा का साबुत स्वरूप इस प्रकार स्थिर किया है-"किसी भाषा की उस विभाषा को परिनिष्ठित भाषा कहते हैं, जो अन्य विभाषाओं पर अपनी साहित्यिक एवं सांस्कृतिक एकता स्थापित कर लेती है और उन विभाषाओं के बोलने वाले लोग भी उस भाषा को सबसे अधिक उपयुक्त समझने लगते हैं।"[1] पाठ्य-पुस्तकों के प्रकाशन का मुख्य माध्यम उक्त भाषा ही होती है। हिन्दी, अंग्रेजी, फ्रेंच, जर्मनी, ग्रीक, चीनी, रूसी आदि इसी प्रकार की परिनिष्ठित भाषाएँ हैं।

**7. उपमानक भाषा, शिष्टेतर भाषा, विकृत बोली, वर्ज्य या वर्जित भाषा, अप्रचलित भाषा, अप्रयुक्त भाषा या अपभाषा** (Slang):-उक्त सभी नाम विभिन्न विद्वानों द्वारा भाषा के एक ही रूप के लिए दिए गये हैं। शिष्ट भाषा से इतर, अश्लीलत्व से युक्त भाषा ही अपभाषा कही जाती है। यह भाषा का एक उपमानक रूप होता है। ऐसी भाषा में शिष्ट शब्दावली का प्रयोग बहुत कम किया जाता है। अपभाषा में न तो शिष्ट रुचि का ध्यान रहता है, न ही शास्त्रीय आदर्शों और मर्यादाओं की रक्षा होती है। इसीलिए अपभाषा में व्याकरण सम्मत नियमों की शब्द-निर्माण के समय उपेक्षा कर दी जाती है। भाषा में प्रचलित सामान्य शब्द भी अपभाषा में हीन अर्थ के वाचक होते हैं।[2] पश्चिम के एक भाषाविद् **केनयन** इस तरह की भाषा को 'औपचारिक अपरिनिष्ठित' नाम देते हैं। उनका कहना है कि शहरों में निवास करने वाले व्यक्ति अनौपचारिक अवसरों पर 'अनौपचारिक अपरिनिष्ठित' का प्रयोग करते हैं।[3] इधर, **डॉ. महावीर सरन जैन** का विचार है कि मानक भाषा के बन्धनों का शैथिल्य शिष्टेतर भाषा है। यद्यपि डॉ. जैन शिष्टेतर भाषा और अपभाषा में कुछ बारीक अन्तरों की ओर भी इशारा करते हैं।[4]

कुछ विद्वानों का कहना है कि ध्वनि, अर्थ, तथा रूप आदि भाषा के महत्वपूर्ण तत्व शब्द तत्व की तुलना में अपनी जीवन यात्रा पूरी न कर बीच में ही दम तोड़ देते हैं, लेकिन यदि ख्याल करें तो कहा जा सकता है कि भाषा का कोई भी तत्व प्रयोग से बाहर हो जाने पर स्वतः अप्रचलित हो जाता है। पश्चिमी भाषा चिंतक **ग्लीसन** (Gleason) तो शब्दकोश के सर्वाधिक परिवर्तनशील अंश को ही अप्रचलित भाषा (Slang) कहतें हैं,-"The portion of the vocabulary that changes most freely is some times refered to as slang."[5] साला (अभिज्ञान शाकुन्तल में 'श्याल' शब्द 'बहनोई' के लिए आया है) कुत्ता, कमीना, नमकहराम, बेहूदा, नीच, पामर, चांडाल, रंडीबाज, खटिया खड़ी करना, भंगी, पिशाच, तोर खटिया दक्खिन जाव, भतर खइकी, पुतवा काटी आदि अशुभ - अमंगल शब्द इसी विरादरी में गिने जाएँगे।

उपभाषा के लिए अंग्रेजी में "Taboo" शब्द भी पाया जाता है। 'टेबू' के आधार पर इसका अर्थ वर्ज्य या वर्जित भाषा किया जाता है। अंग्रेजी का 'ब्लडी', 'इडीयट' तथा हिन्दी के नंगा, लुच्चा, हरामखोर आदि शब्दों को वर्ज्य भाषा के तहत शामिल किया जा सकता है। कुल मिलाकर अपभाषा के संबंध में **राबर्ट हाल** महोदय इस प्रकार चित्र खड़ा करते हैं,-"The same is true of Expressions under special toboos. Including the so called Anglo-Saxon or 'four letter' words referring to sexual and exeretory functions and also words referring to holy persnages or religious beliefs."[6] "When used humo urously or as swear words."[7]

**8. रचनात्मक भाषा या साहित्यिक भाषा-** भाषिक अलंकरणों से सुसज्जित, व्याकरण सम्मत निबद्धता के साथ-साथ तराशी हुई कोमलता से सम्पृक्त तथा साहित्यकारों की अभिव्यक्ति को साकार रूप देने वाली भाषा को 'साहित्यिक भाषा' कहा जा सकता है। यह भाषा सामान्य बोलचाल की भाषा से कुछ दूर किन्तु परिनिष्ठित भाषा के अधिक निकट होती है। साहित्यकारों के अतिरिक्त यह भाषा शिक्षित वर्ग तथा विद्वत् समाज के विचारों को भी ढोती हैं। एक ओर जहाँ बोलचाल की भाषा में असंस्कृत, गवाँरू तथा अपरिष्कृत शब्दों का सघन प्रयोग मिलता है, वहीं साहित्यिक भाषा में व्याकरणिक दृष्टि से शुद्ध, परिष्कृत तथा परिमार्जित शब्दों का ही प्रयोग होता है। साहित्यिक पत्र-पत्रिकाओं तथा पुस्तकों में बहुधा भाषा के इसी रूप का प्रयोग होता है। कवि हों या गद्य लेखक-

---

1. The dialect of a language which has gained literary or cultural suspremacy over the other dialects and is accepted by the speakers of other dialects as the most proper form of language". Dictionary of Linguistics- Peix and Gaynor.
2. भाषा विज्ञान-डॉ. देवदत्त कौशिक, पृ.28
3. Cultural lovels and functional varieties of english: in readings in applied English Linguistics- John.S.Kenyon, P-215, Year-1918
4. भाषा और भाषा विज्ञान-डॉ. महावीर सरन जैन, पृ.68
5. An introductions to Descriptive Linguistics- Gleason, P-6
6. e-g, Jesus! christ! by God! Damn it to hall.
7. Introductory Linguistics-Robert Hall. P-10

अपनी अमूल्य रचनाओं का शृंगार वे इसी भाषा में करते हैं।

कुल मिलाकर कहा जा सकता है कि-साहित्यकार मानक भाषा में ही प्राय: अपनी कृति की रचना करता है। अस्तु जिस भाषा में साहित्य संरचना होती है उसे साहित्यिक भाषा का नाम दिया जाता है। साहित्य भाषा काल-प्रवाह के साथ-साथ अपने स्वरूप बदलती रहती है। **डॉ.वी.एस.पालीवाल** के अनुसार साहित्यिक भाषा मात्र अभिधात्मक तो कभी होती नहीं है। इसका अभिव्यंजना पक्ष भी होता है, यह लेखक या वक्ता के टोन और भावना को भी ध्वनित करती है।[1] भारतेन्दु से लेकर अद्यावधि हिन्दी भाषा के वास्तविक स्वरूप में व्यापक परिवर्तन और परिवर्द्धन हो चुका है। साहित्य भाषा को मानक भाषा के साथ-साथ विकसित होना पड़ता है। यदि उसमें विकास की गति क्षीण हुई, तो साहित्य भाषा संस्कृत की तरह मृतवत हो जाती है। मानक भाषा के समतुल्य होने पर भी साहित्य भाषा मानक भाषा से किंचित भिन्न होती है। क्योंकि मानक भाषा बोली जाती है तो साहित्य भाषा गढ़ी जाती है। यहाँ रचनाकार शब्दों को व्यापकत्व प्रदान करता है। परिनिष्ठित रूप आधार होता है तो साहित्य सृजन। एक उपकरण है तो दूसरा निर्माण। समय-समय पर यह भाषा अपना रूप-रंग बदलती रहती है उक्त परिवर्तन से कभी-कभी यह अपना सहज गुण छोड़ कृत्रिम रूप ओढ़ लेती है। हिन्दी केवल मानक भाषा ही नहीं बल्कि साहित्यिक भाषा भी है। संस्कृत, पालि, लैटिन, अंग्रेजी, ग्रीक, फारसी, अरबी आदि भाषाएँ प्रथम स्तर की साहित्यिक भाषाएँ हैं।

**9. व्यावसायिक भाषा, विशिष्ट भाषा या वृत्तिभाषा-** समाज में वर्ग-विशेष द्वारा अपने व्यवसायों, कार्यो को संपादित करने में जिस भाषा-विशेष का प्रयोग किया जाता है, उसे यदि 'विशिष्ट भाषा' या 'व्यावसायिक भाषा' कहें तो उत्तम ही होगा। वर्ग-विशेष का मंतव्य यहाँ व्यावसायिक दृष्टिकोण से व्यक्तियों का विभाजन है। प्रसिद्ध-भाषाविद् **जे.वान्द्रियेज** ने विशिष्ट भाषा का स्वरूप स्थिर करते हुए कहा है-"विशिष्ट भाषा से तात्पर्य उस भाषा से है, जिसका प्रयोग विशिष्ट परिस्थितियों में कुछ लोगों का समुदाय ही करता है।"[2] व्यक्ति और समाज एक दूसरे से अनुस्यूत हैं। व्यक्ति समाज में रहकर अपने जीविकोपार्जन हेतु नानाप्रकार के पेशे की शरण लेता है और उस पेशे के आधार पर ही उसे विभिन्न श्रेणियों में बाँट दिया जाता है, यथा-पंडित, पुजारी, मौलवी, कुम्हार, दर्जी, मल्लाह, जुलाहा, सोनार, बढ़ई, चर्मकार, दूकानदार, अध्यापक, डॉक्टर, वकील आदि। प्राय: देखा जाता है कि हर व्यवसाय के लोग अपनी बोलचाल में अधिकांशत: अपने व्यवसाय से संबंधित शब्दावली का ही प्रयोग करते हैं। इनकी भाषा सुनकर हम सहज अनुमान कर लेते हैं कि अमुक व्यक्ति किस व्यवसाय का है। उदाहरण के लिए एक व्यवसाय विशेष में प्रयुक्त होने वाली शब्दावली की एक बानगी पेश की जा रही है-"पहले सूत को माड़ी में मड़ियाकर (पकाकर) उसे धूप में सुखा लेना चाहिए, फिर उसे नाली पर लपेट कर, साँचे पर चढ़ाने के बाद उसकी लम्बान तानने के लिए उसे उघारना चाहिए। उघारने के बाद उसकी लुण्डी बना लेनी चाहिए, फिर उसे बैह में रखकर एक-एक तार को खींचना चाहिए। सबसे अंत में राच में डबल ताग खींचकर उसे कारखाने पर चढ़ा देना चाहिए।" जाहिर है, उक्त शब्दावली किसी और की नहीं, जुलाहे की ही है।

अंग्रेजी पढे-लिखे लोग हिन्दी बोलते समय भी ऐसी अंग्रेजी लदी हिन्दी बोलते हैं कि हिन्दी शब्दों की तलाश सूक्ष्मदर्शी यंत्र से ही करनी पड़ती है। लंदन में मनाए जाने वाले 'भारत महोत्सव' के संबंध में एक पुत्री ने अपने पिता से यों कहा-"अंकल, इण्डियन गार्मेण्ट्स, आर्नामेण्ट्स की एक्जिवीशन तो अच्छी लगी, किन्तु जब इन्डियन विलेज का एक मॉडल देखा तो हमारी सहेली लेस्ली व्यंग से हँसने लगी-इण्डिया इज रीयली ए वेरी-वेरी पुअर कन्ट्री।"

**10. संपर्क भाषा या आन्तर भाषा-** जब विविध जातियों, वर्गो, क्षेत्रों तथा भिन्न भाषा-भाषी क्षेत्रों के लोग परस्पर भाव-विचार-विनिमय हेतु किसी एक भाषा विशेष का प्रयोग करते हैं, तब, वह प्रयुक्त होने वाली भाषा सम्पर्क भाषा कही जाती है, जैसे मुस्लिम काल से लेकर अद्यावधि, सामान्य लोगों की सम्पर्क भाषा हिन्दी ही रही है। इसके पूर्व क्रमश: संस्कृत, प्राकृत तथा अपभ्रंश भाषाएँ इस भूमिका को निभाती रही हैं-

सम्पर्क भाषा के दो रूप होते है:-

1. मूल अथवा स्रोत भाषा से उद्भूत सम्पर्क भाषा
2. मातृ भाषाओं से भिन्न स्वरूप वाली सम्पर्क भाषा

1. जब कोई भाषा अपने परिनिष्ठित रूप के साथ समूचे देश में या विदेश में भी सम्पर्क भाषा के रूप में प्रयुक्त होती है, उस समय वह सुदूर प्रान्तों में प्रयुक्त होने पर भी अपने मूल से जुटी होती है। जैसे हिन्दी देश के व्यापक विस्तार में सम्पर्क भाषा के रूप में प्रयुक्त होती है तथा, -

2. जब भिन्न भाषा भाषी विचार और अभिप्राय विनिमय के लिए किसी इतर सम्पर्क भाषा का प्रयोग करते हैं, तब, वह सम्पर्क

---

1. साहित्य-सिद्धान्त-डॉ.वी.एस.पालीवाल, पृ.28

2. भाषा-इतिहास की भाषावैज्ञानिक भूमिका, पृ.395

भाषा व्याकरणादि नियमों से रहित, एक मिश्र भाषा बन जाती है। उक्त भाषा में विविध वर्गों तथा क्षेत्रों की शब्दावली मिश्रित हो जाती है, जैसे कलकतिया या मुम्बइया हिन्दी। .

**11. राजभाषा-** प्रशासन की भाषा राजभाषा कहलाती है। अस्तु सरकारी कार्यालयों में जिस भाषा का प्रयोग होता है तथा राज्य सरकारें जिस भाषा में अपने पत्र आदि केन्द्र सरकार को, तथा केन्द्रीय प्रशासन अपने सन्देश राज्य सरकारों को सम्प्रेषित करता है, वह राजभाषा कही जाती है। हमारे देश की केन्द्रीय सरकार हिन्दी के साथ-साथ अंग्रेजी भाषा का प्रयोग करती है। हिन्दी के साथ-साथ अंग्रेजी भी सहराज भाषा के रूप में संविधान द्वारा स्वीकृत है। राजभाषा तथा राष्ट्रभाषा को जहाँ अनेक लोग समानधर्मा समझतें हैं, वहीं कुछ लोग दोनों में भेद भी मानते हैं। भेदक प्रान्तीय भाषाओं को ही राजभाषा कहते हैं। कुछ विद्वानों के अनुसार राष्ट्रभाषा जब अन्य भाषा क्षेत्रों में सार्वजनिक कार्यो के लिए प्रयुक्त होती है, अथवा इसका अन्तरप्रान्तीय प्रयोग होता है, तो उसे **'आन्तरभाषा'** तथा **'संपर्कभाषा'** भी कहते हैं। अंग्रेजी भाषा में राजभाषा को **Linguwa Franca** (लिंग्वा फ्रैंका) कहते हैं। केन्द्र की राजभाषा को **'संघभाषा'** भी कहा जाता है। सरकारी आदेश, आज्ञाएँ, विज्ञापन, पत्र-व्यवहार वगैरह इसी भाषा में मुद्रित एवं प्रसारित होते हैं। प्रदेशों में शासनात्मक एकता की स्थापना इसी भाषा द्वारा होती है। प्रशासन तथा न्याय की भाषा होने के कारण सरकारी दृष्टि से राजभाषा का बहुत अधिक महत्व है। इस भाषा का प्रयोग मुख्यत: चार क्षेत्रों-शासन, विधान, न्यायपालिका और विधानपालिका में होता है। प्रशासन की भाषा होने के कारण कुछ लोग इसे **कचहरी की भाषा** (Court Language) भी कहते हैं।

इस देश में समय-समय पर कई राजभाषाओं द्वारा शासन स्थापित किया गया है। प्राचीन एवं मध्यकालीन भारत में संस्कृत ने राजभाषा का कार्य किया। मौर्यों के शासन का संचालन राजभाषा पालि ने किया। मुसलमानों के शासन काल में फारसी राजभाषा बनी और अंग्रेजों के शासनकाल में इस स्थान को अंग्रेजी भाषा ने ग्रहण किया। अब स्वतंत्र भारत में राजभाषा का सिंहासन हिन्दी को सौंपा गया है।[1]

**12. राष्ट्रभाषा-** जिस भाषा में राष्ट्र की अधिकांश आत्मा की धड़कन, स्पन्दन को सरलता से रूपांकित-रेखाकित करने की क्षमता हो, उसे राष्ट्रभाषा कहना उत्तम ही होगा। जब कोई बोली आदर्श या परिनिष्ठितभाषा बनने के बाद किसी भी राष्ट्र की भावात्मक एकता तथा सांस्कृतिक चेतना प्रतिबिंबित करने की क्षमता रखती है- वह राष्ट्र भाषा की संज्ञा से विभूषित होती है। देश की अधिकांश जनता की समझ तथा अभिव्यक्ति इसी भाषा में होती है। वस्तुत: राष्ट्र का अर्थ ही भावात्मक एकता की संश्लिष्ट चेतना का समूह है। यह चेतना अभिव्यक्त होकर जिससे प्रकाशित होती है, उसे राष्ट्रभाषा कहते हैं।[2] राष्ट्रभाषा किसी भी राष्ट्र की तसवीर होती है। भाषागत भिन्नता होने पर भी विभिन्न प्रदेशों के निवासी राष्ट्रीय मंच पर अपने राजनैतिक साहित्यिक एवं सांस्कृतिक विचारों का आदान-प्रदान इसी भाषा में करते हैं। किसी भी राष्ट्रभाषा में अधोलिखित विशेषताएँ अवश्य होनी चाहिए- 1. उसे देश की अधिकांश जनता समझती हो तथा सामाजिक एवं सांस्कृतिक दृष्टिकोणों से उसका विशिष्ट महत्त्व हो, (2) उस भाषा का व्याकरण सूखा नहीं, बल्कि सरस, सहज होना चाहिए, (3) उसका साहित्य ज्ञान की विभिन्न विधाओं में विस्तृत तथा उच्च कोटि का हो, (4) दूसरी भाषाओं के शब्दों को आत्मसात् करने की अपूर्व क्षमता उस भाषा में होनी चाहिए, (5) उसका शब्द भण्डार विशाल तथा विचार-क्षेत्र अतिविस्तृत हो, (6) उस भाषा के साहित्य में राष्ट्रीय संस्कृति की आत्मा ध्वनित होती हो और (7) उसकी लिपि अत्यन्त सरल हो, जिसे सरलता से लोग सीख सकें।

उक्त विशेषताओं से आपूरित हिन्दी को हिन्दुस्तान की राष्ट्रभाषा घोषित किया गया है? हिंदी हमारी राष्ट्रीय भाषा ही नहीं, बल्कि राष्ट्रीय चेतना का भी शुभ-प्रतीक है। किसी भाषा को समझने की प्रतिशतता के हिसाब से हिन्दी को समझने वाले लोग सर्वाधिक हैं। इस देश के राजदूत विदेशों में अपने प्रमाण-पत्र इसी भाषा में प्रस्तुत करते हैं। राष्ट्रीय एकता का प्रतिमान- 'एक राष्ट्र और एक राष्ट्रभाषा' के अनुसार सौभाग्य से हमारे देश में हिन्दी समूचे हिन्दुस्तान की अकेली राष्ट्रभाषा बनी हुई है, किन्तु विश्व में कुछ ऐसे भी राष्ट्र हैं जहाँ साहित्यिक भाषाओं के साथ-साथ एक से अधिक राष्ट्रीय भाषाएँ राष्ट्रभाषा के रूप में स्वीकृत हैं।[3]

**13. अन्तर्राष्ट्रीय भाषा-** जब कोई राष्ट्रभाषा अपनी विशिष्ट अर्थक्षमता के कारण विभिन्न राष्ट्रों के मध्य विचार-विनिमय, पत्राचार अथवा सांस्कृतिक आदान-प्रदान का माध्यम बनती है तब वह 'अन्तर्राष्ट्रीय भाषा' के नाम से जानी जाती है। किसी भाषा को अन्तर्राष्ट्रीय भाषा बनने के लिए यह आवश्यक है, कि वह विश्व के अधिसंख्य लोगों में सोच समझ की सांस्कृतिक चेतना जगा सके।

---

1. 14सितंबर 1949 को संविधान सभा ने सर्व सम्मति से हिन्दी को भारत की राजभाषा का दर्जा दिया।
2. भाषाशास्त्र तथा हिन्दी भाषा की रूपरेखा- डॉ. देवेन्द्र कुमार शास्त्री, पृ. 25
3. Language a Modern Synthesis: John Joshua Whatmouth, P. 59,1959

वह भाषा अत्यन्त कमनीय और सरल होनी चाहिए। अन्तर्राष्ट्रीय भाषा संस्कृति की स्पष्टतम जीवंत अभिव्यक्ति की प्रतीक होती है। अंग्रेजी इस समय अन्तर्राष्ट्रीय भाषा है। इसका प्रसार-क्षेत्र अति व्यापक है। यह विश्व के विशाल फलक पर कमोबेश हर जगह व्याप्त है। संयुक्त राष्ट्र संघ में सभी प्रस्ताव इसी भाषा में पेश किए जाते हैं। अन्तर्राष्ट्रीय सम्मेलनों का माध्यम यही भाषा बनती है। अन्तर्राष्ट्रीय समाचार इसी भाषा में प्रसारित किये जैते हैं। प्रत्येक देश के राजदूतों के लिए अन्तर्राष्ट्रीय भाषा अंग्रेजी का जानना अनिवार्य है, कुल मिलाकर अन्तर्राष्ट्रीय भाषा संसार की जनता और भाषा के बीच एक आन्तरिक शृंखला है, जो मुख्य रूप से सांस्कृतिक संबंध स्थापित करती है।[1]

**14. वर्ग भाषा-** अंग्रेजी में वर्ग भाषा को Cant कहते हैं तो फ्रेंच में Argot वर्ग भाषा को वृत्तिभाषा या व्यावसायिक भाषा का लघु रूप कहा जा सकता है। किसी भी समाज का अति पिछड़ा कुनबा या अविकसित समाज के लोग आपसी या परस्पर समझ के लिए एक भाषा विशेष का निर्माण करते हैं, उसे ही वर्ग भाषा कहा जा सकता है। लेकिन हमें यह ध्यान रखना चाहिए कि विशिष्ट भाषा की तुलना में वर्ग भाषा की सीमाएँ बहुत कम दायरे में होती हैं कुछ लोग तो इसकी भौगोलिक लकीर मानते ही नहीं। हाँ, इसकी एक अन्य विशेषता यह भी है कि उसकी अपनी सीमा में जाति, धर्म, सम्प्रदाय का कोई बँटवारा नहीं होता। इस भाषायी टोली का कोई व्यक्ति दूर-देश में रहने पर भी वही बोली बोलता है। मेरे गाँव के बगल में एक गाँव है देवकली पहाड़पुर। वाराणसी- गोरखपुर राष्ट्रीय राजमार्ग 29 पर स्थित इस गाँव में हिन्दू-मुसलमान दोनों आबाद हैं। 'खेत में पानी नहीं गया' के लिए पूरा गाँव'खेत में पानी गभै ना भा- बोलता है। मैंने कहीं पढ़ा है कि फ्रांसीसी कविताओं में भी कभी इस तरह के ढेरों प्रयोग वहाँ के कवियों ने किया है।

**15. मूल भाषा-** अंग्रेजी में इसे 'Proto Speech' कहा जाता है। इस भाषा के नाम से ही जाहिर हैं, मूल अर्थात् जड़ या फेदी। वस्तु कोई भी हो, वह निर्मूल नहीं होती। व्यक्ति की 'वंशावलि' बिना मूल के नहीं चलती, हर वृक्ष की टोके टँगी फुनगी बिना जड़ या मूल के ऊपर नहीं जाती। जल का प्रवाह बिना मूल, उत्स या सोता के नहीं फूटता या प्रवाहित होता। मनुष्यों के मूल या आदि पुरुष 'मनु' माने जाते हैं । ठीक इसी तरह, विश्व में आज गज्झिन और झकोर वृक्ष के रूप में फैली प्रत्येक भाषाओं के निश्चित 'मूल' है। बिना मूल भाषा के किसी भी भाषा की कल्पना ही नहीं की जा सकती। 'भारोपीय भाषा' आधुनिक भारतीय भाषाओं की जननी या मूल भाषा है। इसी 'मूल भारोपीय भाषा से भारतीय भाषाएँ, फिर इसी से 'हिन्द ईरानी भाषाएँ, फिर इसी से 'वैदिकी', फिर इसी से 'संस्कृत', पुन: इसी से 'पाली', फिर इसी से 'प्राकृत पश्चात् 'अपभ्रंश' और अंत में पुनः इसी अपभ्रंश से आधुनिक भारतीय आर्य भाषाएँ जन्मीं। कुल मिलाकर यह कि स्थान भेद, कालभेद, भौगौलिक दबाव आदि के कारण भले ही वृक्ष अपनी शक्ल सबीह बदल ले, मनुष्य की भाषागत उच्चारण शैली बदल जाय लेकिन इन सबका अपना आदिम या मूल अवश्य होता है।

**16. जन भाषा-** सामान्य जन अपनी भावाभिव्यक्ति के लिए जिस भाषा का इस्तेमाल करते हैं, उसे हम जन भाषा कह सकते हैं। यह भाषा अभिजात्यता की दुर्गन्ध से रहित होती है। इस भाषा के मिजाज में सामंतीय ऐंठ नहीं होती। हिन्दी साहित्य का इतिहास बताता है कि उन्नीसवीं शती के उत्तरार्ध में जन भाषा का महत्व बहुत अधिक था। उदाहरण के लिए जन भाषा के रूप में व्यवहृत होने के कारण ही ब्रजभाषा मधुर और परिमार्जित भाषा बनी, किन्तु ज्यों ही रीतिकालीन परंपरा की छौंक से यह बघारी जाती है, इसमें सुकुमारता- मार्दवता, मसृणता और लैनू की तरलता की जगह कठोरता, कर्कशता और अनगढ़पन ने स्थान ले लिया। भारतेन्दु की कविता जनभाषा कही जा सकती है, किन्तु कहीं-कहीं उनकी कविता में भी ब्रजभाषा का प्रयोग संबंधी काठिन्य झाँक जाता है। स्वातंत्र्योत्तर काव्य में भाषा को साधारण जीवन के निकट लाने की प्रवृत्ति अधिक प्रबल है। काव्य भाषा को बोलचाल की भाषा के निकट लाने का प्रयोग इस काव्य में अधिक किया गया है। बोलचाल की तर्ज पर, साधारण मुहावरेदानी और लोकोक्तियों की दृष्टि से भाषा को जन जीवन के निकट संपर्क में लाने का प्रयास भी स्वातंत्र्योत्तर काव्य में अधिक किया गया है।[2] अनेक कवियों ने काव्य भाषा को साधारण बोलचाल की भाषा के निकट लाने की घोषणा की। **स्व. भवानी प्रसाद मिश्र** ने लिखा है कि, ''कविता की भाषा यथा संभव बोलचाल के करीब हो.............. मैंने जाने-अनजाने कविता की भाषा सहज रखी।''[3] भाषा संबंधी वक्तव्यों और प्रयोगों की दृष्टि से स्वातंत्र्योत्तर काव्य आधुनिक अंग्रेजी कवि **यीट्स** (Yeats) की काव्य भाषा के अधिक निकट है। यीट्स ने बोल चाल की भाषा के प्रयोग पर अधिक बल दिया है, "We should write our own thoughts in as nearly as possible the language we thouth them in, as thought in a letter to an intimate friend."[4]

स्वातंत्र्योत्तर काव्य की भाषा को जनभाषा के निकट लाने की प्रवृत्ति बच्चन, अज्ञेय, गिरिजा कुमार माथुर, भवानी प्रसाद मिश्र, रघुवीर सहाय तथा नीरज आदि की कविताओं में उपलब्ध होती है। उक्त प्राय: सभी कवियों में साधारण मुहावरे दानी, बोलचाल की तर्ज

**1. Voices of Men- Mario Pei, London, 1964**

**2. आलोचना, नई कविता का भविष्य- गिरिजा कुमार माथुर, पृष्ठ-68, जुलाई- 1954**

**3. दूसरा सप्तक- भवानी प्रसाद मिश्र, पृष्ठ-6**

**4. Modern Poetry- Louis Macneice, P. 23**

और भाषा के सरल प्रवाह की प्रवृति प्रधान है। बच्चन की तरह गिरिजा कुमार माथुर ने भी विषय को संवेद्य बनाने के लिए साधारण भाषा का प्रयोग किया है। भाषा का सरल प्रवाह और संभाषणात्मक शैली देखिए,

**मेरे विरही युवा मित्रवर**
**तुम जिस दुख से परेशान हो**
**वह सचमुछ है दुख नहीं कोई जीवन में**
**असली दुख हैं औंर बहुत से**
**तुम जिसको हो समझ रहे पहाड़**
**वह तो कागज सा हल्का है।** [1]

पश्चिम में दार्शनिक चिन्तक **दान्ते** ने काव्य में जन भाषा की प्रतिष्ठापना में काफी श्रम किया। **वड्र्स वर्थ** (Words Worth) का विचार था कि जन भाषा ही उपयोग की रीति से कालान्तर में काव्य भाषा बनती है। इधर, **कालरिज** जन भाषा, काव्य भाषा और गद्य भाषा में बहुत बारीक अंतर मानते हैं, फिर भी वे कहते हैं कि बातचीत करने और पढने में भेद रहता है, इसलिए गद्य की भाषा जन-भाषा से भिन्न होती है और फिर यह भी कि गद्य उत्तमोत्तम क्रम में शब्द विधान है और कविता उत्तमोत्तम क्रम में उत्तमोत्तम शब्दों का विधान है- "Prose is words in their best order, Poetry is the best words in their best order."

**17. बोलचाल की भाषा या व्यवहार की भाषा-** व्यवहार की भाषा, प्राथमिक स्थिति में सामान्य जनता के आपसी व्यवहार में प्रयुक्त होने वाली मौखिक भाषा होती है। उसके शब्द वास्तविक जीवन से सम्बद्ध होते हैं। सामान्य आदमी की रोजी-रोटी, हँसी-खुसी, पीड़ा-कष्ट आदि के द्योतक शब्द इतने अनिवार्य होते हैं कि उनके बिना, परस्पर पहचान की कोई गुंजाइश नहीं रहती। जन सामान्य के बीच प्रयुक्त होने वाले कुछ शब्द इतने जरूरी होते हैं कि जिन्दगी के अंग बन जाते हैं। जीवन के ये अंगभूत शब्द विद्वान्, दार्शनिक, कवि, कलाकार, वैज्ञानिक सभी के लिए वहाँ तक तो आवश्यक होते ही हैं, जहाँ तक जीवित रहने की प्रारंभिक शर्त होती है। स्पष्ट करने के लिए यह कहना उचित होगा कि महान से महान विचारक या कलाकार को भी अपने घर पड़ोस या बाजार में उन्हीं शब्दों का प्रयोग करना पड़ता है, जिन्हें समाज के सामान्य लोग प्रयुक्त करते हैं। वह अधिक से अधिक उन्हें शुद्ध और सही ढंग से प्रयुक्त करे- इसके अतिरिक्त उसके पास यह विकल्प नहीं है कि वह व्यवहार की भाषा का पूर्णत: आधार छोड़ दे।[2]

किसान, मजदूर, वकील, प्राध्यापक, वैज्ञानिक, साहित्यकार, व्यापारी तथा क्लर्क आदि व्यावहारिक जमीन पर अपने-अपने समाज की भाषा का प्रयोग करते हैं, लेकिन यह कोई बहुत आवश्यक नहीं कि उक्त वर्गों द्वारा प्रयुक्त की गई व्यावहारिक भाषा दूसरे समाज के लिए भी उतनी ही व्यावहारिक हो ही।

**18. जाति भाषा-** केवल जाति-विशेष में प्रयुक्त होने के कारण इसे जाति भाषा कहते हैं। प्राय: यह देखा गया है कि एक ही परिवेश, समाज, खित्ता या गाँव में रहते हुए विभिन्न जातियों के लोग अलग-अलग बोलियों का व्यवहार करते हैं। एक ही गाँव का ब्राह्मण, दलित, बनिया, कुर्मी, कायस्थ, ठाकुर, भील तथा बिन्द अपनी जाति के अनुरूप शब्दों का इस्तेमाल करता है। **डॉ. महावीर सरन जैन** लिखते हैं कि जिस समाज में जातिगत श्रेष्ठता अथवा हेयता की भावना विकसित हो जाती है तथा जाति के बंधन इतने मजबूत हो जाते हैं कि समाज में अन्तर्जातीय वैवाहिक संबंध भी नहीं होते, वहाँ जाति के आधार पर भाषिक भिन्नताएँ पहचानी जा सकती हैं।[3] जातियों में यह अन्तर ध्वनि, मुहावरें, शब्दावली, सुर तथा टोन या लहजे के स्तर पर साफ देखा जा सकता है। बड़ी जातियों के भाषिक उच्चारण तथा छोटी जातियों के भाषिक उच्चारण में बहुत फासला देखा जा सकता है।

पश्चिम के **गम्पर्ज** ने उत्तर प्रदेश के एक गाँव का भाषिक अध्ययन करते समय चमारों एवं हरिजनों के भाषा रूपों की विशिष्टताओं का प्रतिपादन किया है।[4] इतना ही नहीं, दक्षिण भारत में तमिल एवं तुलु में ब्राह्मण एवं गैर ब्राह्मणों के भाषिक रूपों में

1. नया हिन्दी काव्य और विवेचना - डॉ. शंभूनाथ चतुर्वेदी (धूप के धान- गिरिजा कुमा माथुर), पृष्ठ 440 नंदकिशोर ऐण्ड संस, चौक, वराणसी, अप्रैल- 1964
2. नयी कविता की भाषा -डॉ. रविनाथ सिंह, पृ. 170, हिन्दी साहित्य संसद, वाहे गुरु प्रासाद, भिमानी स्ट्रीट, मुंबई, मूल्य 30 रूपये, प्रथम संस्करण-1976
3. भाषा तथा भाषा विज्ञान- डॉ. महाबीर सरन जैन, पृ. 61
4. Dialect Diffrences and Social Stratification in a North Indian Village- J. J. Gumperz (American Anthrop0logist) P. 668 Year.1958)

ध्वन्यात्मक एवं रूपंग्रामिक भिन्नताएँ मिलती हैं।[1] मराठी में ब्राह्मणों की मराठी एवं गैर ब्राह्मणों की मराठी में अन्तर है।[2] इसी तरह, मध्यप्रदेश के रीवाँ जिले में ब्राह्मण एवं ठाकुरों की संबोधनात्मक शब्दावली में अन्तरमिलता है। ब्राह्मण लोग पिता को दद्दा, दादा, बाबू एवं माँ को दिदी, दीदी कहते हैं। ठाकुर लोग पिता को दाऊ साहेब एवं माँ को मम्मा साहेब कहते हैं। ठाकुरों की बोली में पारिवारिक सम्बन्ध द्योतक शब्दों के आगे 'साहेब' लगाना विशिष्ट प्रवृत्ति है।[3]

**19. तर्क भाषा-** कहते हैं, भाषा असंख्य विभिन्न मस्तिष्कों और संघर्षरत वाणियों की उपज है, वह प्रच्छन्न एवं सूक्ष्म संबंधों से सम्पृक्त होती है, उसके अपने प्रचुर और प्राय: गूढ़ नियम होते हैं। इसी क्रम में बताते हैं कि, तर्क भाषा सामान्य भाषा से पृथक नहीं होती, बल्कि उसका ही पृथक रूप होती है। कुछ लोग तर्क भाषा और काव्य भाषा में अंतर मानते हैं। सुप्रसिद्ध विद्वान् **डॉ. रविनाथ सिंह** लिखते हैं कि इनके प्रभेदक लक्षण अपनी प्रकृति और कार्य फलन के आधार पर ही इन्हे भिन्न प्रतीक - पद्धति सिद्ध करते हैं।[4] इधर, मशहूर भाषा शास्त्री **डॉ. रवीन्द्र नाथ श्रीवास्तव** का विचार है कि तर्क भाषा और काव्य भाषा का अंतर मूलत: संहिता (code) और संदेश (Message) का अंतर है। तर्क भाषा सामान्य भाषा के संदर्भ में प्रधानत: संहिता सापेक्ष होती है और काव्य भाषा संदेश- सापेक्ष संहिता की इकाइयाँ अपने पारस्परिक संबंधों के आधार पर ही निर्णित और निर्धारित होती है।[5] पश्चिम के **रैन्सम** की दृष्टि में **टैक्शचर** (तंतु विन्यास) अतार्किक अर्थ है, किन्तु **स्ट्रक्चर** (संरचना) काव्य का तर्क है, वह कविता को वह रूप देता है, जो वह है। यद्यपि काव्य के तर्क से टैक्शचर की संगति नहीं बैठती लेकिन काव्य को रूपायित करने में उसके स्ट्रक्चर में उसका महत्वपूर्ण योग होता है। इधर **क्लीथ ब्रुक्स** भी इसी बात को दुहराते हुए कहते हैं। - Ransom drew a crucial distinetion between the texture an in the structure of a poem. The Texture of a poem is constituted of its rich local Values, the quality of things in their `thingness'. The structure is the 'argument' of the poem. It gives the poem such shape as it has.... it regulates the assemblege of sansory data, providing order and direction...... Through the Texture is strictly irrelevent to the logic of the poem."[7]

**20 नाट्य भाषा-** 'नाट्य भाषा' का आशय है नाटक की भाषा। उपन्यास तथा कहानी इत्यादि का आनंद तो पढ़कर लिया जा सकता है कि किन्तु नाटक या एकांकी नाटक का रस पढ़ने के साथ-साथ बिना उनके मंचन या अभिनेयता के मुकम्मल रूप में नहीं लिया जा सकता। नाटक अपने इसी अर्थ में दृश्य और श्रव्य- दोनों बनता है। नाटक के मंचन या खेलने के लिए उपयुक्त 'प्लेटफार्म' या रंगमंच की आवश्यकता होती है, जिसके ऊपर किरदार या चरित्र अपनी-अपनी भूमिका में जीते हुए एक-दूसरे से संवाद या वार्तालाप करते हैं। यह संवाद ही नाटक का प्राणतत्त्व है। इन संवादों की भाषा नाटक की हैसियत तय करती है। भाषा और संवाद रंगमंच के महत्वपूर्ण उपकरण हैं। सामान्य साहित्यिक भाषा से भिन्न, रंगमंच की अपनी भाषा होतीहै। रंगमंचीय भाषा के मूलाधार रंगमंच के शब्द होते हैं, जिनके निजी रंग, ध्वनि, स्पर्श और संकेत होते हैं। रंगमंच के प्रत्येक शब्द का अपना विशिष्ट बिम्ब और संदर्भ होता है' नाटक का आख्यान एक प्रतीक है। उसे अभिव्यक्त करने वाले शब्द, किन्हीं सामयिक संदभों से जुड़े रहते हैं और उन्हें भी ध्वनित करते हैं। रंगमंच इन्हीं शब्दों और ध्वनियों की निरंतरता पर निर्भर करता है। 'नाट्य भाषा' का स्वरूप ये ही शब्द निर्मित करते हैं।[8]

'नाट्य भाषा' ही नाटक और उसके दर्शकों के बीच अच्छा-बुरा प्रभाव डालती है। यदि रंगमंच से बोली गई नाटक की भाषा जीवंत, सरस, ताकतवर और सघन अनुभूति संपृक्त है तो वह दर्शकों के बीच नाटक का सुन्दर बिंब बुनती है। नाटक की भाषा में पांडित्य प्रदर्शन की ललक बोझिलता, ऊबाउपन और अलंकरण के तत्व यदि चबा - चबाकर भरे गए हैं तो वह दर्शकों का विस्तृत फलक तैयार नहींकर पाती।**डॉ. नेमिचन्द्र जैन** लिखते हैं कि आधुनिक रंगमंच की भाषा का अभिनव स्वरूप यही है, जिसमें ध्वन्यात्मकता, प्रतीकात्मकता, सूक्ष्मता, चित्रवृत्तात्मकता और अभिव्यंजना शक्ति स्वभावत: होती है। दूसरी और वह सहज, प्रवाहपूर्ण,

1. Sociolinguistic Variation and Language change, Proceedings of the Ninth International Congress of Linguists, The Hauge: Mouto-William Bright and Ramanujan P. 67, Year- 1964
2. Linguistic acculturation and its relation to urbanization and Socio-Economic Factors, Indian Linguistics- L. Mahadev Apte,P. 25, Year 1962
3. भाषा एवं भाषा विज्ञान-डॉ. महावीर सरन जैन, पृष्ठ-62
4. नयी कविता की भाषा - डॉ रविनाथ सिंह, पृष्ठ-178
5. शैली विज्ञान और आलोचना की नयी भूमिका- डॉ. रवीन्द्रनाथ श्रीवास्तव, पृष्ठ-46
6. नयी कविता की भाषा- डॉ. रविनाथ सिंह, पृ. 92
7. Literary Griticism A Short History - Clinth Brooks, P. 627
8. रंगमंच- डॉ. केदान नाथ सिंह, पृ 68, विद्या बिहार, 106/154, गांधीनगर, कानपुर, मूल्य 100 रूपए. 1985

बोलचाल की सामान्य दर्शक की भाषा होतीहै। श्रेष्ठ नाटक की भाषा ऐसी होती है कि उसमें भाव, विचार और चित्र तीनों ही वहन करने की सामर्थ्य हो, तथा वह बोलचाल की भाषा से बहुत दूर न हो।[1] आधुनिक नाटकों की भाषा में नाटककारों ने कुछ बदलाव किया है। आजकल 'एब्सर्ड' नाटकों में एक भिन्न शिल्प की भाषा देखने को मिलती है। आधुनिक नाटककारों ने नाट्य भाषाके नाम पर महज 'मुखौटा वाली भाषा' को नकार कर, उसकी जगह नई अथवर्ता, नई भाषिक लय तथा अभिनय की संभावनाओं वाली भाषा का इस्तेमाल करना शुरू कर दिया है। बक़ौल सुप्रसिद्ध नाट्य कर्मी आदरणीय मुद्राराक्षस, - के आधुनिक नाट्य लेखन का बहुत बड़ा अनुसंधान है, ऐसी भाषा जो अर्थवत्ता और लय निर्भरता से मुक्त होती है। ऐसी हालत में ही शब्द वह हाशियेदार भाषा तैयार कर पाते हैं जिसमें एक ऐसा नाटकीय खाका तैयार हो, जिसे निर्देशक और रंगकर्मी मिलकर मूर्त्त रूप देते हैं।[2] कुल मिलाकर नाट्य भाषा यदि सुन्दर और कशिशपूर्ण है तो वह दर्शकों को गहरे तनाव से मुक्ति दिलाती है और अपने प्रति लग्नता भी पैदा करती है साथ ही नाटकों केबाजार में नाटक का भविष्य भी तय करती है।

**21. गुप्त भाषा या कूट भाषा** (Code Language) - किसी विशिष्ट मंतव्य को गोप्य रखने के लिए और कभी - कभी मनोरंजन के लिए भी गुप्त या कूट भाषा का प्रयोग किया जाता है। मंतव्य को गोप्य रखना किसी विशिष्ट वर्ग - फौज, पुलिस, व्यापारी, चोर - डाकू आदि का उद्देश्य होता है और मनोरंजन ही छोटे समवयस्क साथियों का। मनोरंजन की कूट भाषा में बोधगम्यता-अबोधगम्यता, दोनों होती है, क्योंकि मनोरंजन इस बात में होता है और गोपन की कूट भाषा में अबोधगम्यता होती है, उसे वे ही समझ पाते हैं, जो उसे जानते हैं और इसे सामान्य व्यक्ति की पहुँच से बाहर रखा जाता है।[3] वस्तुत: अपने संदेश को केवल अभिप्रेत व्यक्ति अथवा व्यक्ति समूहों तक पहुँचाने के लिए गुप्त भाषा का जन्म होता है। सामान्य व्यक्ति न तो इसका प्रयोग करता है और न इसे समझता है। बहुत से व्यवसायों के व्यक्ति परस्पर ऐसे शब्दों का प्रयोग करते हैं, जिन्हें अन्य व्यक्ति नहीं समझ पाते। खुपिया लोग एवं युद्ध में सेना के अधिकारी भी गुप्त भाषा का प्रयोग करते हैं तथा गुप्त भाषा का संदेश भेजते हैं। अपराधी वर्ग के व्यक्ति भी गुप्त भाषा का प्रयोग करते हैं। ठगों की भाषा प्रसिद्ध है। तस्करों ने भी अपनी भाषा का विकास किया है। तस्करों के अन्तर्राष्ट्रीय गिरोह हैं जिनमें गुप्त भाषा या शब्दों द्वारा वार्तालाप होता है। चोरों, डाकुओं के भी गुप्त शब्द होते हैं।[4]

**22. गद्यभाषा या कथ्य भाषा-** 'भारत और पश्चिम, संस्कृति के अस्थिर संदर्भ', 'आलोचना का अर्थ और अर्थ की आलोचना' 'भाषा और संवेदना', 'कामायनी और पुनर्मूल्यांकन' तथा 'अज्ञेय और आधुनिक रचना की समस्या' जैसी समर्थ - सक्षम कृतियों के सर्जक, चिन्तन-मनन के क्षेत्र में अपना पूरा जीवन खपा देने वाले डॉ. **रामस्वरूप चतुर्वेदी** हिन्दी समीक्षा और आलोचना के क्षेत्र में परिचय के मोहताज तथा दलिद्दर नहीं हैं। वे हिन्दी आलोचना के शिखर पुरुष हैं। अपनी सुप्रसिद्ध कृति ' भाषा और संवेदना' में इन्होने भाषा के चार प्रयोग स्तर माना है।(1) बोलचाल की भाषा (2) गद्य की भाषा (3) सृजनात्मक गद्य की भाषा और (4) कविता की भाषा। वस्तुत: इस प्रकार की भाषाओं का स्तर-भेद, शब्द समूह के आधार पर नहीं, प्रत्युत शब्दों के प्रयोग तथा वाक्य-विन्यास से निश्चित होता है। सभी भाषाएँ अंशत: एक दूसरे से मिली हुई और परस्पर संपर्क से बढ़ती हैं। उक्त चारों भाषाओं में बोलचाल की भाषा जहाँ सभी भाषाओं का आधार होती है वहीं जब रचनाकार गद्य की विवेचना क्षमता से आगे बढ़कर इसका सृजनात्मक उपयोग करने लगता है अर्थात् भाषिक संरचना उसके लिए मुख्य हो जाती है, या यों कहा जाय कि उसकी इस प्रकार की रचना के भीतर ज्ञान की तार्किक संगति का प्रश्न उसके भाषिक समारोह से गौण हो जाता है, तब उसकी यह भाषा सृजनात्मक गद्य की भाषा कही जाती है तो इधर, कविता की भाषा में भाषा का प्रयोग भाषा के लिए ही होता है। इसमें शब्द की सारी शक्ति निचोड़ ली जाती है। फिर भी, सृजनात्मक गद्य की भाषा से यह श्रेष्ठ मानी जाती है।[5]

अब देखिए, गद्य या कथ्य की भाषा का स्वरूप क्या है? बोलचाल की भाषा जब शिष्ट प्रयोगों तक सीमित हो जाती है और इसका लिखित रूप व्याकरणिक व्यवस्था के आधार पर संयत बना दिया जाता है तथा विचार संप्रेषण में अधिक सक्षम हो जाती है, तब वह गद्य की भाषा कही जाती है। सूचना तथा ज्ञान के साहित्य की भाषा यही होती है। इसकी विशेषता अभिधापरक होने में है। यह भाषा विषय-वस्तु को स्पष्ट और बोधगम्य बनाने के लिए उपयोगी होती है। एक प्रकार से यह विवेचन और विश्लेषण की भाषा होती है।

**कालरिज** गद्य की भाषा को जन भाषा से भिन्न मानते हैं। वे कहते हैं कि गद्य और पद्य में यद्यपि best order पर बल रहता है, फिर भी, जहाँ गद्य में केवल शब्दों का प्रयोग होता है , वहीं कविता में प्रयुक्त शब्द भी उत्तमोत्तम होते हैं। इसीलिए कालरिज ने कविता को गद्य से श्रेष्ठ माना है। हिन्दी में खड़ी बोली कविता गद्य भाषा का सुन्दर उदाहरण है।

---

1. रंग-दर्शन- डॉ. नेमिचन्द्र जैन, पृष्ठ-12
2. योर्सफेथफुली- मुद्राराक्षस, भूमिका भाग, पृष्ठ 13
3. भाषा विज्ञान - डॉ देवदत्त कौशिक
4. भाषा विज्ञान- डॉ. महावीर सरन जैन, पृष्ठ 70
5. नयी कविता की भाषा - डॉ. रविनाथ सिंह, पृष्ठ-162-163

**23- मिश्रित भाषा-** मिश्रित भाषा का अर्थ है- मेझड़ा-मेरवन, बहुरंगी-खिचड़ी या जौ के खेत में फैली मटर-केराय के छिटका की तरह विजातीय भाषा। मिश्रित भाषा में कई भाषाओं के शब्दों का घालमेल होता है। यहां भाषा अपने रक्त की शुद्धता का दावा नहीं करती। कुछ शब्द बेढंगे-बेडौल तो कुछ असमतलपन से पीड़ित। इस तरह की भाषा का प्रयोग गंभीर साहित्य, दर्शन आदि के लेखन में कत्तई नहीं होता। देश-विदेश में पर्यटन, व्यापार, घुमक्कड़ी, नई बस्तियों के बसाव, स्टेशनों, रेलों, तथा नए स्थान की पूछताछ में इस भाषा का प्रयोग बहुत अधिक होता है। बनारस में कैन्ट स्टेशन से लेकर गोदौलिया, दशाश्वमेध, काशीहिन्दू विश्वविद्यालय, गंगा जी के किनारे स्थित घाटों तथा होटलों आदि में रहने-घूमने आए विदेशी पर्यटकों तथा देसी गाइडों के बीच संवाद की भाषा मिश्रित भाषा ही बनती है। न देसी गाइडों को विदेशी पर्यटकों की मूल भाषा का ज्ञान और न पर्यटकों को इन गाइडों की भाषा का ज्ञान। बस, महज सैन-संकेत और बीच बीच में टूटी फूटी अंग्रेजी,जापानी, जर्मन भाषाओं के शब्द पर्यटकों के अनुसार इन गाइडों के मुँह से निकलते हैं,फिर भी ताज्जुब यह कि दोनों लोकोत्तर रस में ऊभ-चूभ रहे होते हैं। गाइडों को पर्यटकों से मिलने वाले पैसे का रस तो पर्यटकों को टहलने और बनारस के घाटों पर सायं दम लगाने का रस।

**24- संकर भाषा** (Creol)- संकर भाषा मिश्रित भाषा का ही एक रूप होती है। भिन्न भाषा-भाषी व्यक्ति जब परस्पर मिली-जुली भाषा का इस्तेमाल करते हैं तो ऐसी स्थिति में 'संकर भाषा' जन्मती है। दो भाषाओं का सघन इस्तेमाल तो इसके जल्द आकार ग्रहण करने में बहुत अधिक सहायक होता है। भाषाविद् **ब्लूमफील्ड** (Bloomfield) का विचार है कि जब किसी क्षेत्र के गुलाम अपने विजेता स्वामी की भाषा अपनाने लगते हैं तो संकर भाषा का जन्म होता है। **डॉ. महावीर सरन जैन** का विचार है कि उपनिवेश वाद की समाप्ति के पश्चात् स्वतंत्र राष्ट्रों में अधिकांशत: अपने ही राष्ट्र की किसी भाषाको राजभाषा के रूप में अपनाने की प्रवृत्ति होती है। कहीं-कहीं विजेता शासक की भाषा के स्थान पर 'क्रियोल' के प्रयोग की प्रवृत्ति भी देखी गई है।

केरीबियन दीप समूह के हइती में फ्रेंच के स्थान पर स्थानीय अफ्रीकन भाषा, इन्डोनेशिया की सिशूल भाषा, फ्रेंच के मिश्रण से निर्मित इतीयन भाषा, पश्चिम अफ्रीका की शान-थाम-मिश्रित पुर्तगाली, मारीशस की भोजपुरी तथा फ्रेंच, डच, गाइन में डच मिश्रित अंग्रेजी, पूर्वी अफ्रीका में स्वाहिली का जन्म विभित्र समुदायों तथा विभित्र भाषा-भाषियों के एक स्थान पर रहकर परस्पर संवाद के रूप में ही हुआहै। भारत में उर्दू का जन्म इसी तरह माना जा सकता है। मध्यकाल में भारतीय जमीन पर यवन आक्रान्ताओं ने भारतीय भाषाओं के बीच अपनी अरबी-फारसी के शब्दों करो खभर-मिला कर उर्दू के रूप में संकर भाषा को जबरिया जन्मा। **डॉ. शमशेर किंह नारुला** भी इस बात की पुष्टि करते हैं, "उर्दू मुगल काल में मुसलमान शासक वर्गों और उनके आश्रितों अनुयायियों की कृत्रिम भाषा के रूप में पैदा हुई थी।"

**25. अर्ध संकर भाषा** (Pidgin)-जब किसी एक भाषा में दूसरी कई भाषाओं के शब्द-तत्त्व मिलते हैं तब अर्ध संकर नाम की मिश्रित भाषा का जन्म होता है। इसे हम लगभग संकर भाषा का छायारूप कह सकते हैं। संकर भाषा की तरह यह भाषा भी गंभीर साहित्य के लेखन का जरिया नहीं बनती, बल्कि संप्रेषण या संवादों की महज वाहिका की तरह जीती है। इसमें शब्दों का खेल-खिलंदड़पन ज्यादा होता है, जटिल भाव बोध, व्यंजना की बुनावट तथा शिल्प का गहरापन यहाँ न के बराबर होता है। कुल मिलाकर इसका स्वरूप 'कामचलाऊ भाषा' से अधिक का नहीं बनता। **राबर्ट हाल** के शब्दों में इस भाषा की शब्द संख्या संक्षिप्त होती है तथा व्याकरण अनियमित एवं सापवाद होताहै, "A Pidgin language in one whose structure and lexicon have been distically reduced and which in not the native language of any who use it."[1] आर्थिक और सामाजिक रूप से पिछड़े लोग जब किसी विकसित स्थान की भाषा से रोजी रोटी की तलाश-जुगाड़ मेंसंपर्क करते हैं, तो उनके विचारों की वाहिका यही भाषा बनतीहै। बताते हैं, व्यापारियों ने अपने व्यापार के सिलसिले में बाहरी देशों में इसी भाषा का इस्तेमाल किया है। अंग्रेजी और चीनी के इसी संदर्भ में प्रयोग से अर्द्ध संकर भाषा अर्थात् Pidgin का जन्म हुआ। हिन्दी को आधार बनाकर भारतीय सेना के तीनों भागों में, अर्धसैनिक बलों में मिश्रित भाषाओं के तत्वों को समाहितकर अर्धसंकर भाषा को जन्मा जा रहा है। पश्चिम के भाषा-चिन्तक **मेरियो पेई** ने अर्ध संकर भाषा का उदाहरण इस प्रकार दिया है।

| | | |
|---|---|---|
| दक्षिण अफ्रीका | - | डच+अंग्रेजी+बांटू |
| हाइटिन | - | फ्रांसीसी+अफ्रीकन |
| इंडो पुर्तगाली | - | पुर्तगाली +डच X भारतीय |
| माल्टीय | - | अरबी+इतालवी |
| मलय | - | मलय+ इन्डोनेशिया |

1. Introductory Linguistics- Robert Hall, Page- 64

न्यूगिनी कीपिजिन - अंग्रेजी+मलैनेशियन
पैनिस्लवानिया जर्मन - जर्मन+अंग्रेजी[1]

**26. कृत्रिम भाषा या एस्पेरेन्तो -** कृत्रिम भाषा अर्थात् गढ़ी गई या बनावटी भाषा। सुनने में अटपटा जरूर लगता है कि भाषा भी कृत्रिम होती है? क्योंकि भाषा ईश्वर प्रदत्त नैसर्गिक वस्तु है, इसका प्रवाह नैसर्गिक होता है। वस्तुत: यह धरती भाषाओं के मेले से अटी-पटी है। कल्पना की गयी है कि 2766 भाषाएँ विश्व के फलक पर व्यवहृत हो रही हैं। इन सभी भाषाओं को दुनिया के हर कोने के लोग समझ नहीं सकते। अत: परस्पर भावुक स्पर्श, संवाद, सामाजिक, राजनैतिक, सांस्कृतिक, कूटनीतिक संबंधों की स्थापना संबंधी अभिव्यक्ति के लिए मनुष्य को एक ऐसी भाषा की जरूरत पड़ी, जिसके माध्यम से वह संपूर्ण धरती पर अपने विचारों का आदान-प्रदान कर सके। इसी गरज की प्रपूर्ति के लिए 'कृत्रिम भाषा' गढ़ी गई। विभिन्न भाषिक तत्वों के आधार पर वोलपुक (Volapuk), स्पेलिन (Spelin) नेपो (Nepo), इन्टर ग्लोस (Interglossa)आदि का विकास किया गया।[2] सन् 1980 तक आते आते इस कृत्रिम भाषा का फैलाव 'विश्व भाषा के रूप में काफी फैल चुका था। जेनेवा, लीवरपुल, क्रेकाऊ विश्वविद्यालयों में कृत्रिम भाषा या एस्पेरेन्तो पढ़ाने के लिए प्राध्यापकों की नियुक्ति की गई थी। कालान्तर यानी 1887 ई. में अन्तर भाषिक कार्यों के लिए 'एक विश्व भाषा' के रूप में **डॉ. जमेन होफ**(Dr. Zammenhof) ने एस्पेरेन्तो' या 'एस्पिरैण्टो' का निर्माण किया [3] जो अपेक्षाकृत अधिक चर्चित हुई। रेडियो स्टेशनों से भी इसकृत्रिम भाषा के कार्यक्रम आने लगे, दिल्ली में इसके पठन-पाठन की व्यवस्था की गई, रूस में इसे सरकारी तौर पर संरक्षण प्रदान किया गया। इसी क्रम में 'इंडो', 'नोवियल', 'इंटर लिंगुवा', 'ऑक्सिडिटंल' आदि दर्जन भर कृत्रिम भाषाओं का निर्माण किया गया, किन्तु अनेक कमियों और व्याकरणिक विसंगतियों तथा ऊबड़ खाबड़पन के कारण यह भाषा अपने उद्देश्य को तो पूरा नहीं कर पायी, फिर भी इसके बोलने वालों की संख्या अनुमानत: 80- लाख है। [4]

**27. डिगलोसिया** (Diglossia) डिगलोसिया शब्द भाषा विज्ञान में लगभग नए मेहमान की तरह ही है। वस्तुत: यह शब्द फ्रेंच भाषा के 'डिगलोसी' (Diglossie) शब्द से बना है। इस शब्द के प्रयोक्ता पश्चिम के **फर्ग्यूसन** महोदय बताए जाते हैं। उन्होंने भाषा-विज्ञान के अर्न्तगत् बोली विज्ञान के संदर्भ में इस शब्द का इस्तेमाल किया है।[5]

सवाल है, डिगलोसिया का अर्थ क्या है? **डॉ. महेन्द्र नाथ दूबे** कहते हैं[6] , "कुछ स्थानों में किसी एक भाषा के दो या दो से अधिक उपरूप किसी एक जन जाति के कुछ व्यक्तियों के द्वारा विभिन्न परिस्थितियों में उच्चरित होते हैं। इस प्रवृत्ति को ही सर्व प्रथम चार्ल्स फर्ग्यूसन ने 'डिगलोसिया' की संज्ञा दी है। उदाहरण स्वरूप उन्होंने मानक भाषा और उसके साथ उसकी ही क्षेत्रीय बोली को लिया है, जैसे इटालवी या फारसी में बहुत से लोग घर पर या परिवार में या मित्रों के बीच स्थानीय बोली का प्रयोग करते हैं, पर किसी अन्य बोली बोलने वालों के साथ मानक भाषा का प्रयोग करते हैं। हिन्दी के विशाल क्षेत्रमें यह स्थिति पग-पग पर दिखाई देती है। मथुरा का व्रजवासी किसी दूसरे व्रजवासी से व्रज में बोलना पसंद करता है, जबकि अवधी-भोजपुरी भाषी से मानक यानी खड़ी हिन्दी में तत्काल बोलने लगता है। फर्ग्यूसन के विचार से डिग्लोसिया कई स्रोतों से विकसित हो सकती है।[7]

फर्ग्यूसन महोदय डिगलोसिया को और अधिक समझाते हुए कहते हैं कि डिगलोसिया भाषा की अपेक्षाकृत वह स्थायी स्थिति है जिसमें भाषा की प्राथमिक बोली के अतिरिक्त वैभिन्य, सुव्यवस्था एवं विविधता होती है तथा लिखित भाषा के सम्मानित स्वरूप की प्रारंभिक अवधि अथवा किसी दूसरे भाषा समुदाय का माध्यंम हेती है। ......... यह अधिकांशत: लिखने और बोलने के उद्देश्य से प्रयुक्त की जाती है। लेकिन किसी समुदाय के विशेष वर्ग द्वारा साधारण बातचीत में प्रयुक्त नहीं होती।[8] कुल मिलाकर हम यह कह सकते हैं कि मानक भाषा और उसके उप रूप जब - जब साथ-साथ व्यवहार में आयें तो यही स्थिति 'डिगलोसिया' बनाती है।

**28. द्विभाषिता** (Bilingualism)- जब कभी एक भाषा समुदाय किसी अन्य भाषा-समुदाय के क्षेत्र में अतिक्रमण करे तो ऐसी स्थिति को 'भाषा संपर्क' की संज्ञा दी जाती है। भाषा-संपर्क की स्थिति द्विभाषिता को जन्म देती है। इस स्थिति में व्यक्ति अपनी देशी भाषा के अतिरिक्त किसी द्वितीय भाषा के प्रयोग करने की आवश्यकता अनुभव करता है। दूसरी भाषा के ऊपर उसका कालान्तर में

---

1. The Story of Language- Mario Pei, P. 91
2. Laguage for Every body- Mario Pei, P. 238 Yr. 1958
3. Selected Writing of Otto Jespersen, P. 775, London
4. भाषा और भाषा विज्ञान- डॉ. महावीर सरन जैन, पृ-70
5. Diglossia Word- Chals A Gregusen, P. 325
6. भाषा -भूगोल- डॉ. महेन्द्र नाथ दूबे, पृ 32
7. Language Structure and Language Use- Charrls A. Fergusen. P. 2
8 आधुनिक भाषा विज्ञान की भूमिका ,डॉ. मोती लाल गुप्त तथा डॉ रघबीर प्रसाद भटनागर पृष्ठ-24, राजस्थान हिन्दी ग्रंथ अकादमी, जयपुर, मूल्य 17 रूपये, 1974

न्यूनाधिक अधिकार हो जाता है। ऐसा व्यक्ति द्विभाषी कहलाता है। परन्तु कभी-कभी ऐसे व्यक्ति भी मिलते हैं जिनका अपनी भाषा के साथ दूसरी भाषा पर समान अधिकार होता है तथा जो दोनों भाषाओं का समान योग्यता से प्रयोग करते हैं। ये व्यक्ति उभय भाषी कहलाते हैं। इस प्रकार से भाषा-संपर्क द्विभाषिता तथा उभय भाषिता उत्पन्न करता है। मध्य स्थिति द्विभाषी की होती है। ऐसे विरले ही व्यक्ति होते हैं जो अपनी मातृभाषा के साथ-साथ दूसरी भाषाओं पर पूर्ण अधिकार व समान योग्यता रखते हैं। 1947 में देश विभाजन के पश्चात् असंख्य परिवार पंजाब से आकर दिल्ली में बस गए। कालान्तर में भाषा संपर्क की स्थिति ने अनेक द्विभाषियों को जन्म दिया, जो हिन्दी पंजाबी अथवा पंजाबी हिन्दी का न्यूनाधिक योग्यता से प्रयोग करते हैं। इनमें कुछ व्यक्ति दोनों भाषाओं में समान रूप से दक्ष होने के कारण उभय भाषी कहलाने योग्य भी हैं। कुछ इससे मिलती-जुलती स्थिति उन अनेक सिक्खों की हैं, जो ब्रिटेन जाकर बस गए हैं। उनमें से अधिकांश घर से बाहर न्यूनाधिक योग्यता से अंग्रेजी का प्रयोग करते हैं। परिवार के सदस्यों व अन्य सिक्खों के साथ वे पंजाबी का प्रयोग करते हैं। इन्हें ही द्विभाषी कहा जाता है।[1]

**29. भाषा नव प्रवर्तन** (Dialect Innovation) नव प्रवर्तन का आशय ही है नयी प्रवृत्ति का अवर्तन-आगमन। व्यक्ति हो या परिवार, समाज हो या उसके द्वारा बरतने वाली भाषा- इन सभी में प्राचीन प्रवृत्तियों के साथ-साथ जब कभी नई प्रवृत्तियाँ समाविष्ट हो जाती हैं तब ऐसी ही स्थिति को भाषा - नव प्रवर्तन कहते हैं। हिन्दी की कई ऐसी बोलियाँ हैं, जिनमें इस प्रकार की प्रवृत्ति पायी जाती है।

**30. भाषिका व्यंजन** (Eye dialect) इसके लिए कहा गया है "The use of spelings in the representation of speech that are based on pronunciation"[1] भाषिका व्यंजन की पद्धति बोलियों- भाषाओं के अध्ययन में कई जरूरी प्रश्नों पर हमारा ध्यान आकर्षित करती है। इसका मूल मंतव्य यही होता है कि वक्ता अपने लिखित साहित्य में भी इस तरह की वर्तनी का प्रयोग करे, जिससे यह लगे कि वह 'लोक भाषा' का प्रयोग कर रहा है, जैसे- अंग्रेजी में harse के लिए hoss, master के लिए massa तथा हिन्दी में 'मास्टर साहब' के लिए 'माट साब' या 'मास्साब' 'चाचा' के लिए 'चा' 'दादा' के लिए केवल 'दा'। हिन्दी कहानी कारों, कथाकारों ने इस तरह के ढेरों प्रयोग किए हैं। **फणीश्वर नाथ रेणु** का निम्न प्रयोग देखिए- ''**रूपैया** को बजाकर देखा जाता है और आदमी को एक ही बोली सेपहचाना जाता है। **महंथ साहेब** कहते थे, ''**सुद्ध** विचार का आदमी है। **संसकार** बहुत अच्छा है''। इसके पहले महंथ साहेब ने किसी पर इतना विश्वास नहीं किया था। मठ में रोज तरह-तरह के **साधू** संन्यासी आते थे। महंथ साहेब रोज यह कहना नहीं भूलते थे- ''**लक्षमी**'' इन लोगों का कोई विसवास नहीं। रमता लोग हैं। इन लोगों से ज्यादा मिलना जुलना अच्छा नहीं।[2]''

**31. काव्य भाषा- ''लोकोत्तर वर्णानां निपुणस्य कवेरिदं कर्म भावो वा काव्यम् ''** अर्थात् कवि की कृति या भाषामयी सृष्टि को 'काव्य' कहते हैं। काव्य का मूल उपादान भाषा मानी जाती है। कविता में भाषा केवल अभिव्यक्ति का साधन नहीं, बल्कि स्वयं अभिव्यक्ति होतीहै। भाषा ही कविता का प्रतिमान होती है। कवि की संवेदना का मानस ललित भाषा के माध्यम से ही चुप चाप कविता में उतरता है। कविता में प्रयुक्त भाषा कवि की सृजनशीलता की ओर हमें इशारा करती है। वहीं हमें बताती है कि कवि या सर्जक की संरचना कितनी अन्तर्ग्रथित है? सच तो यह है कि कवि को प्रतिष्ठित करने में साधना कौशल, तरल भाव बोध और उत्तम शिल्प के साथ उसकी भाषा भी हथियार बनती है। कवि सुन्दर भाषा के माध्यम से ही अपने अन्तर्सत्य का उद्‌घाटन अपनी कविता में करता है।

कवि की काव्यगत मूल्यवत्ता का पुख्ता प्रमाण उसकी भाषा ही होती है। भाषा ही कवि की संवेदना को नियमित एवं अनुशासित रखती है। काव्य भाषा की सीमा महज काव्यरीति तक ही सीमित नहीं होती, लल्कि काव्य दर्शन केप्रकटीकरण में भी उसकी प्रमुख भूमिका होती है। सतही भाषा कविता में केवल सपाट बयानी, यांत्रिक बखान और नारे बाजी तो कर सकती है, लेकिन महानता की मूल जमीन से कवि को वंचित ही रखती है। कवि की बेबसी, चीख, आक्रोश, छटपटाहट, आस्वान संबन्धी सारी भावाभिव्यक्तियाँ ताकतवर भाषा के अभाव में अर्थहीन सिद्ध होती है। सुन्दर भाषा से कविता बड़ा आकार पाती है तो बेरस भाषा कविता को 'हाइकू' बनने पर मजबूर कर देती है। 'पहेली' से अधिक हैसियत उसकी नहीं बन पाती। कठोर अनगढ़, बेडौल, संस्कारहीन भाषा कविता में कर्कशता पैदा करती है।

काव्य भाषा में यदि अतिवादी तत्वों का अभाव है, ठेठ बाल चाल की रुक्षता नहीं है, साथ ही अलंकारों का लदा बोझ नहीं है तो वह सही अर्थों में काव्य भाषा बनती है। मर्म की व्यंजना और कल्पना का अनुरंजन काव्यगत मूल्यवत्ता के श्रेष्ठ लक्षण हैं, प्रतीक, बिंब, भाषिक सजगता, टोन, लय, शब्दों का अर्थानुषंगी-(Association of meaning) काव्य भाषा को नयी अर्थवता देता है। काव्य भाषा

---

1. Webster's Seventh N. C. D. P. 297

2. मैला आँचल - फणीश्वर नाथ रेणु- पृ-58

व्याकरणिक अनुशासन को मानते हुए भी उससे स्वतंत्र होती है, यद्यपि व्याकरणिक दृष्टि से वह शुद्ध भाषा की हिमायती होती है। अज्ञेय की निम्न पंक्ति देखिए,

'मुझे स्मरण है
उझक क्षितिज से
किरण भोर की पहली
जब तकती है, ओस बूँद की-
उस क्षण की सहसा चौंकी सी सिहरन।''

कविता की भाषा सामान्य भाषा से उद्भूत होती है, प्रयोग वैशिट्य के कारण वह महत्वपूर्ण हो जाती है। **डॉ. विजेन्द्रनारायण सिंह** लिखते हैं कि सामान्य भाषा संकेत सापेक्ष और काव्य भाषा संदेश सापेक्ष होती है।[1] पश्चिम के **रिचर्ड्स** मानते हैं कि काव्य भाषा अभ्युद्देशन (Reference) को अतिक्रान्त करती है।

संस्कृत साहित्य के अलंकार शास्त्र में काव्य लक्षणों की भाषा मूलक व्याख्याएँ प्राप्त होती हैं। भामह, दण्डी, राजशेखर, भोज, कुन्तक आदि आचार्यों ने 'उक्ति विशेष' को ही काव्य भाषा स्वीकार किया है। कुंतक ने वक्रोक्ति को 'विचित्र अभिधा' की संज्ञा दी है। उनकी 'भंगी भणिति' तथ्यपरक विवरण की तुलना में काव्य भाषा की विशिष्टता की सूचक है। ध्वन्यालोककार का मत है कि काव्य में वास्तविक महत्व वाच्यार्थ का नहीं होता,

''यत्रार्थः शब्दो वा तमर्थमुपसर्जनीकृत स्वार्थो।
व्यक्तः काव्य विशेषः स ध्वनिरिति सूरिभिः कथितः।''[2]

काव्य भाषा को लाक्षणिक मानते हुए **भामह** और **उद्भट** ने कविता का कलात्मक आधार लक्षणा शक्ति को स्वीकर किया है। **वामन** का जोर कविता में शोभाकारक शब्द और अर्थ की अन्विति पर है तो **अभिनव गुप्त** ने काव्य सौन्दर्य को वक्रोक्ति मूलक बताया है, **''शब्दस्य हि वक्रता अभिधेयस्य च वक्रता लोकोत्तीर्णेन रूपेणावस्थानम्''**[3]

**कालरिज** काव्य में शब्द की सत्ता पर महत्व देते हैं, - "Poetry is the best words in the best order," पर **वर्ड्सवर्थ** इसका खंडन करते और कहते हैं- "Poetry is the spontaneous overlflow of powerfull feelings" **मैकाले** कविता को शब्द प्रयोग की कला बताते हैं- "By Poetry we mean ××××× the imagination, the art of doing by means of words, what the painter does by means of colours." इधर, पश्चिम के ही कुछ और कवियों-चिन्तकों ने काव्य भाषा की विशिष्टता पर प्रकाश डाला है। **डॉ. रविनाथ सिंह** लिखते हैं कि बीसवीं शती के द्वितीय चरण में कुछ प्रभावशाली अमरीकी आलोचकों ने काव्य के बहिरंग मूल्यांकन को अमान्य करते हुए इस मत का प्रतिपादन किया कि कलाकृति का मूल्यांकन निरपेक्ष और स्वतंत्र वस्तु के रूप में होना चाहिए। उनकी मान्यता है कि कवि का माध्यम भाषा है और प्रयोग की विशेष रीति के कारण ही कविता की भाषा, तथ्यपरक भाषा से भिन्न होती है। उन लोगों ने कविता में प्रयुक्त भाषा की विशेषताओं को खोज निकालनें में अथक श्रम किया, जिनसे वह वस्तुतः काव्य भाषा बनती है।[4] **ब्रुक्स** काव्य भाषा को विसंगति और (Paradox)विडंबना(Irony)) मानते हैं। **टेट** इसे तनाव द्वारा विवेचित करते हैं। **रैन्सम** की दृष्टि में काव्य भाषा 'टेक्श्चर' और 'स्ट्रक्चर' का तनाव है। **व्लैकमुर** काव्य भाषा को 'जेश्चर' या सांकेतिकता मानते हैं।[5]

कुल मिलाकर चित्र ध्वनि रंग, प्रतीक, संगीत, छंद, लय, सादृश्य-विधान आदि से संपृक्त भाषा यदि 'काव्य भाषा' बनती है, तो वह कवि को प्रतिष्ठा का नया पीढ़ा सौंप सकती है।

**32. संचार भाषा-** संचार भाषा का यथेष्ट नाम जन संचार भाषा दिया जा सकता है, क्योंकि भाषा माध्यम होती है। किन्तु यहाँ भी यह भी ध्यान रखें कि हर भाषा जन-संचार माध्यम नहीं होती। यहाँ पर 'जन' शब्द भी अर्थवान है। अंग्रेजी के Mass अथवा Masses के लिए हिन्दी में 'जन' शब्द है, जो समूहार्थक है, लाखों-करोड़ों जनता का सूचक है। इस तरह ''वह भाषा जिसके माध्यम से व्यापक जनता से संपर्क स्थापित किया जाता है, उसे संक्षेप में संचार भाषा कहते हैं'' ऐतिहासिक दृष्टि से यह एक व्यावसायिक संदर्भ भी रखती है। यदि व्यावसायिक संदर्भ हटा दें, तो व्यापक जनता से भाषिक संपर्क पहले भी होता रहा है, यथा-हिन्दू धर्म अथवा बौद्ध धर्म के प्रचार प्रसार में लगे संन्यासी या भिक्षु तीर्थ स्थलों में जाकर व्यापक जनता को अपना उपदेश देते थे। यायावर जीवन वृत्ति वाले

---

1. आलोचना में प्रकाशित 'काव्य भाषा का स्वरूप' निबंध, जुलाई-सितंबर, पृष्ठ 81
2. ध्वन्यालोक- 1/13
3. नयी कविता की भाषा - डॉ. रविनाथ सिंह, पृष्ठ 182
4. नयी कविता की भाषा - डॉ रविनाथ सिंह, पृष्ठ 182
5. आलोचक और आलोचना- डॉ बच्चन सिंह, पृष्ठ-76

ये लोग वही कार्य करते थे, जो आज संचार माध्यम करते हैं। किन्तु, चूँकि आज की तकनीक में तीव्रता अधिक है, इसलिए संचार कम समय में अधिक क्षेत्रों में होता है। यहाँ आधुनिक अर्थों में ही भाषा विज्ञान में विचार किया जाता है। संचार भाषा के विभिन्न क्षेत्र हैं,- राजनीतिक-अर्थ एवं विशुद्ध सांस्कृतिक क्षेत्र। इन क्षेत्रों में संचार भाषा के अपने विशिष्ट रूप हैं, शब्दावलियाँ पृथक हैं किन्तु बाह्य भिन्नता के बावजूद आन्तरिक गठन समान है। बहरहाल, राजनीतिक एवं सांस्कृतिक दृष्टियों से संचार भाषा पर अब हम सघन विचार करेंगे।

**क- राजनीतिक संचार भाषा-** आधुनिक युग में पश्चिम में क्रांतिकारी परिस्थितियाँ रही हों अथवा भारत जैसे उपनिवेशों में स्वतंत्रता आन्दोलन रहा हो, जन प्रतिनिधियों एवं नेताओं को व्यापक जनता से संपर्क साधने, उन्हे संगठित करने एवं विशेष दिशा में क्रियाशील करने के लिए 'पत्र' जैसे माध्यमों की आवश्यकता पड़ी। रूस में **लेनिन** ने 'इस्क्रा' जैसे पत्र के माध्यम से तथा भारत में **महात्मा गांधी** ने 'हरिजन' जैसे पत्र के माध्यम से बृहत्तर जनान्दोलन संगठित किया। इन पत्रों की भाषा में संप्रेषणीयता की दृष्टि से जनोचित स्वाभाविकता-सरलता होती है। उनमें प्रचलित मुहावरों, रूपों एवं अर्थ तत्त्वों का प्रयोग होता है, क्योंकि जनता के मन-मिजाज में प्रवेश करने का वही एक रास्ता होता है, फिर भी जनता को प्रशिक्षित करने तथा संस्कारित करने के लिए नेता उन्हें कुछ नए अर्थ तत्त्वों के व्यंजक शब्दों का प्रयोग भी सिखाते हैं, यथा- भारत में अंग्रेजी पढ़े-लिखे अभिजन को स्वतंत्रता गणतंत्र, संविधान, कानून का राज तथा अधिकार जैसे आधुनिक अर्थ के व्यंजक शब्दों का परिचय था, जिन्हें जनता तक ले जाना आवश्यक था। जनता में इन अर्थों का संस्कार पहले से नहीं था,अत: जन संचार की दोहरी भूमिका सामने उभर कर आायी, पहली जनता की भाव प्रकृति का संग्रह करना, दूसरी उन्हे नए अर्थ तत्त्वों से समृद्ध करके विशिष्ट दिशा में निर्देशित करना। यह भूमिका समाज शास्त्रीय दृष्टि से सामाजिक नियंत्रण(Social Control) कहलाती है।

आजादी मिलने के बाद जनता को विभिन्न दलों के लोग अपनी-अपनी राजनीति समझाने के लिए, सत्ता के पक्ष में रखने अथवा विपक्ष में रखने के लिए उपकरण के रूप में अपनाते हैं। यही कारण है कि आर्थिक एवं राजनीतिक हित-बोध से प्रेरित होकर उद्योग-समूह अथवा राजनीतिक दल अपना कोई-न-कोई माध्यम (Media) विकसित करते हैं। पहले प्रेस (Print Media) की प्रधान भूमिका थी, धीरे-धीरे रेडियो, टेलीविजन के व्यापक प्रसार-प्रचार एवं उदारीकरण के फलस्वरूप संचार के और प्रभावी रूप उपलब्ध हैं। अब तो चुनाव के दिनों में आकाशवाणी से मान्यता प्राप्त सभी राजनीतिक दलों को जन-संपर्क का अवसर प्राप्त है। उनकी भाषा, उनके जनाधार के अनुरूप होती है, यथा-वामपंथी दलों की संचार भाषा में आर्थिक गतिविधियाँ, गरीबी, शोषण एवं सामाजिक अन्याय जैसे मुद्दों को केन्द्रित करके भाषा गठित की जाती है। दूसरी तरफ, दक्षिण पंथी, विशेष रूप से संघ परिवार (भारतीय जनता पार्टी) की भाषा में सांस्कृतिक मुख्य रूप से-हिन्दू संस्कृति के तत्वों, धर्म, अतीत गौरव एवं राष्ट्रवादी मुद्दे अर्थ तत्व के केन्द्र में होते हैं। उनकी भाषा तदनुरूप गठित होती है। पिछड़ी जातियों, अल्पसंख्यकों अथवा दलितों के बीच व्यवहृत संचार भाषा में सामाजिक न्याय, सुरक्षा, पहचान एवं आत्म-निर्णय तथा आरक्षण जैसे मुद्दे केन्द्रीय होते हैं। जब कोई दल विपक्ष से सत्ता की तरफ संक्रमण करता है, तब संचार की भाषा में तदनुरूप परिवर्तन होता है।

संचार भाषा वस्तुत: सामाजिक संबंधों के तल में प्रवाहित होने वाली धाराओं को सतह पर लाती है। इससे कभी-कभी विषम स्थितियाँ भी उत्पन्न होती हैं, जिससे सामाजिक सौमनस्य खंडित होता है, यथा- आरक्षणवाद या हिन्दुत्व, अल्पसंख्यक वाद या पृथकतावाद को संबोधित एवं पुष्ट करने वाले जन-संचार की भाषा भड़काऊ तथा अमर्यादित होती है, जिन्हें सत्ता के केन्द्र से किसी सीमा तक नियंत्रित किया जा सकता है, परन्तु आज जन संचार माध्यमों के उत्तरोत्तर वैश्विक होते जाने के कारण स्थानीय सरकारों के हाथ में नियंत्रण सीमित रह गया है, यथा-अयोध्या में तथाकथित बाबरी मस्जिद के ध्वंस के दौरान सरकार के अथक प्रयास के बावजूद वैश्विक जन संचार माध्यमों के कारण वह परिघटना विश्व स्तर पर दर्शनीय हुई। खाड़ी युद्ध का भी यही हश्र रहा। कश्मीर समस्या को हवा देने में अन्तर्राष्ट्रीय संचार माध्यमों का प्रभूत योगदान रहा। इस दृष्टि से संचार भाषा सत्ता पक्ष की अथवा विपक्ष की या राष्ट्रीय सीमा के पार वाली हो, इससे सामाजिक संबंधों में बहुत अंतर पड़ता है। भाषा के गठन का मानकीकरण राष्ट्रीय संचार भाषा के क्षेत्र में एक सीमा तक देखा जाता है, यथा- धार्मिक समुदायों में संघर्ष की परिघटना के द्योतन के लिए समुदायों का नामोल्लेख न करना, कानूनी रूप से व्यक्ति के अभियुक्त होने मात्र से उसे अपराधी मानकर नाम के पहले 'कथित' या 'तथाकथित' रूप से विशेषण लगाना, असंसदीय भाषा के प्रयोग से बचना,-कतिपय अनुशासन के विन्दु हैं। भविष्य में अनुशासन के ये विन्दु अन्तर्राष्ट्रीय आयाम भी रख सकते हैं, परन्तु शीत युद्ध की परिसमाप्ति के बाद फिर अमेरिका एवं यूरोप के वर्चस्व के निहित स्वार्थों के कारण अन्तर्राष्ट्रीय जन संचार की भाषा - अंग्रेजी, फ्रेंच, जर्मन आदि में - विस्तारवादी तेवर मिलते हैं। इस विषय में स्थानीय अर्थात् राष्ट्रीय संचार माध्यमों की स्वतंत्रता पर दबाव पड़ता है।

**(ख) सांस्कृतिक संचार भाषा-** अठारहवीं-उन्नीसवीं शताब्दी यूरोप में राष्ट्रवादी चेतना के लिए विख्यात है। राज्य का

सांस्कृतिक आधार पर राष्ट्र के रूप में संगठित होना इसकी फलश्रुति थी। धीरे-धीरे राष्ट्र-राज्य की अवधारणा उपनिवेशों में भी पहुँची और तब सांस्कृतिक चेतना के उभार के साथ स्वतंत्रता आन्दोलन का सूत्रपात हुआ। भारत में राष्ट्र की चेतना स्वतंत्रता आन्दोलन का अभिन्न अंग है। राष्ट्र की अवधारणा भिन्न-भिन्न हो सकती है, परन्तु उसके सांस्कृतिक आधार पर कोई विमति नहीं है। लाखों-करोड़ों जनों में सांस्कृतिक चेतना के प्रसार के माध्यम से राष्ट्रीयता का संस्कार देना संचार भाषा का महनीय दायित्व था। इस दृष्टि से **तिलक** हों या **गाँधी, अरविन्द** हों या **जवाहर लाल नेहरू**-सभी भारतीयता की एक अदद व्याख्या के साथ स्वतंत्रता के संदर्भ को छूते हैं। नेहरू की कृति "Discovery of India" (भारत की खोज) जेल में लिखी गई। यह कृति एक राजनेता की सांस्कृतिक चेतना का प्रसव है। भारत की विविधता में एकता, सहिष्णुता, प्राचीनता एवं विश्वगुरु होने तक का स्वाभिमान ऐसी पूँजी थी, जिसको जुटाकर यह सिद्ध करना था, कि एक राष्ट्र के रूप में भारतवासी अंग्रेजों से कहीं श्रेष्ठ हैं, फिर उनकी गुलामी कत्तई बर्दाश्त नहीं की जानी चाहिए।

यह सांस्कृतिक चेतना कभी-कभी विघटनकारी प्रवृत्तियों को भी जन्मती है, यथा-रामा स्वामी नायकर पेरियार के भाषण एवं लेख द्रविड़ अस्मिता को पृथकतावाद की परिणति तक ले जाते हैं। आज यह द्रविड़वाद श्रीलंका का नासूर बन चुका है। कुछ वर्ष पहले खालिस्तानी नेताओं ने जो कुछ लिखा एवं कहा, वह विघटनकारी हद तक पहुँचने वाला था। परन्तु सांस्कृतिक साझेदारियों के प्रचार-प्रसार के परिणामस्वरूप अखण्ड भारतीय चेतना के अंग के रूप में सिक्ख राष्ट्रवाद परिभाषित हुआ और पृथकतावाद पर काबू पाया जा सका। भारत का विभाजन मुस्लिम लीग के सांस्कृतिक भाषणों एवं लेखों का दुखद परिणाम था। आज कश्मीर और आसाम आदि की समस्या के पीछे भी स्थानीय संचार माध्यमों-चाहे वे मुद्रित हों या टेप, कैसेट के रूप में हों-अपना घातक प्रभाव रखते हैं। अत: सब कुछ निर्भर करता है, उस नेतृत्व पर जो संचार माध्यमों पर नियंत्रण रखता है। संचार भाषा को राज्य की तरफ से कभी-कभी 'सेन्सर' के माध्यम से अनुशासित किया जाता है, परन्तु समाज एवं भाषिक समूह के भीतर अगर समुचित ताल-मेल का अभाव है, तो समस्याएँ बनी रहती हैं। इस दृष्टि से भारत जैसे बहुधर्मी, बहु सांस्कृतिक एवं बहुभाषी देश में सांस्कृतिक संचार भाषा को एक व्यापक नीतिगत आधार की अपेक्षा है अन्यथा अभिव्यक्ति की स्वतंत्रता के अधिकार के पीछे राष्ट्रीय एकीकरण एवं विघटन-दोनों साथ-साथ चल सकते हैं। यहाँ राजनैतिक नेतृत्व की भाषा नीति बहुत महत्वपूर्ण विषय है। पिछले वर्षों में हिन्दी को राष्ट्रभाषा बनाने के लिए अनेक प्रयास हुए, परन्तु दुर्भाग्य से वह राजभाषा भी ठीक से नहीं बन सकी। त्रिभाषा फार्मूला ले-देकर एक समाधान था, वह भी दुर्दशा को प्राप्त हुआ। परिणाम साफ है, अलग-अलग क्षेत्रों में सांस्कृतिक गतिविधियों की अपनी-अपनी भाषाएँ हैं। विशिष्टताओं को अद्वैत सूत्र में बाँध सकने वाली, विविध पुष्पों को एक सूत्र और मनका में पिरो सकने वाली भाषा अभी दुर्लभ है। कभी संस्कृत भाषा सांस्कृतिक भाषा के अखंड साम्राज्य पर सुशोभित थी, परन्तु उसके वे दिन अब नहीं रहे। आज संघ परिवार के भगीरथ प्रयास से उसे पुनर्जीवित करने के लक्षण आ रहे हैं, क्योंकि राष्ट्रीय एकता तभी संभव होगी, जब विभिन्न संस्कृतियों को एक सांस्कृतिक परिवार में बाँध सकने वाली भाषा उपलब्ध हो।

संचार भाषा आज सूचना तकनीक के युग में पहले की अपेक्षा अधिक संवेदनशील विषय है। यह सामाजिक नियंत्रण का अभिकरण तो है, सामाजिक चिति को मनोनुकूल दिशा में रूपायित करने का उपकरण भी है। अमेरिका एंवं यूरोप में भी cultural Industries (सांस्कृतिक उद्योग) के नाम से संचार भाषा में विपुल साहित्य सृजित हो रहे हैं, जो सामाजिक जन को सँवारते हैं, अत: कोई राष्ट्र संचार भाषा जैसे नितांत अहम् विषय को उपेक्षित नहीं कर सकता।

**33. कथा भाषा-** किसी भी साहित्य भाषा का संबंध जहाँ एक ओर समाज द्वारा प्रदत्त मुहावरों के भीतर से होता है, वहीं इस बात पर भी निर्भर करता है कि उस साहित्य की अपनी परम्परा कितनी पुरानी है। कथा साहित्य के साथ भी यही हुआ। वस्तुत: इसकी भाषा का निर्माण महज़ सौ सालों के भीतर का है। कथा भाषा मूलत: 'नैरेटिव' हुआ करती है जिसमें कथाकार का अपना हस्तक्षेप हमेशा बना रहता है। कह सकते है कि यह एक प्रकार की नियंत्रित भाषा भी हुआ करती है जिसके 'नियति' व 'निष्कर्ष' दोनों ही होते हैं।

अब यदि कथा लेखन के आधार पर उसके भाषिक मुहावरे की बात की जाय तो यह ध्यान देना होगा कि कथा साहित्य जैसे-जैसे नायक (चरित्र) से मुक्त होता गया है, वैसे-वैसे भाषा भी 'संज्ञा' की प्रधानता से मुक्त होकर 'क्रियाओं' में उभरती गई है। कह सकते हैं कि पिछले दशक में, 80 के दशक के मध्य के बाद, कथा साहित्य में नायकत्व की भावना का विलोप होता गया है, और जन उभार जन आंदोलन की अभिव्यक्ति हेतु क्रियाओं का प्रयोग अधिक मिलता है। यह कथा साहित्य की बहु केन्द्रीयता की स्वाभाविक परिणति है जिसमें बहुत सारे सामाजिक 'फ्रांटियर्स' हैं। संक्षेप में यदि ऐतिहासिक विकास के साथ 'कथाभाषा' को समझें तो प्रेमचंद के पहले कथा की भाषा 'इतिवृत्त' प्रधान रही जिसमें कथा की सरसता और वर्णन की रोचकता प्रधान रही। यहाँ की भाषा कथा ऑख्यायिकाओं की भाषा रही है जिसेमें 'औदात्य' और 'आनंद' के साथ 'नैतिकता' का भी पुट था।

प्रेमचंद से वास्तविक कथा साहित्य का विकास होता है, क्योंकि इनकी कथाभाषा पुरानी कथा आख्यायिकाओं व कथाओं की

''अभिप्राय'' प्रधानता से मुक्त होकर 'बोध' की अंतर्क्रियाओं से जुड़ती हैं। फलतः 'औदात्य' वाली भाषा इनके यहाँ कहानी के उचित नायक वाली भाषा से जुड़ती है जिसके चरित्र जमीन से लिये गये हैं। चरित्रों के कारण यही यह भाषा संज्ञा प्रधान होती है (कुछ अपवादों को छोड़कर)। परिणाम यह हुआ कि प्रेमचंद में 'रोचकता' के साथ 'अर्थ सघनता' तो आई किंतु 'अर्थ संकेत' गायब रहे। सभी कुछ के कहने की एक जिद ने भाषा को बंद कर दिया।

प्रेमचंद के बाद की कथाभाषा में अर्थ सघनता तो रही, किंतु जहाँ एक ओर भाषाई 'व्यंजकता' आई (जैनेन्द, अज्ञेय), वहीं दूसरी ओर यह यथास्थिति की मार्मिकता से भी जुड़ती है (यशपाल, भगवती चरण वर्मा, अमृत लाल नागर, कमलेश्वर, मोहन राकेश, राजेन्द्र यादव, मार्कण्डेय आदि)। पहली वाली धारा में पात्रों का आत्मसंघर्ष, आंतरिक संघर्ष होता है, जिससे वहां की भाषा में प्रतीक व बिम्ब प्रवेश करते हैं जिसे 'विशेषणों' की भाषा कह सकते हैं। दूसरी वाली धारा में पात्रों का आत्म संघर्ष, सामाजिक संघर्ष हो जाता है जिनमें प्रतिरोध का स्वर है। कुल मिलाकर स्वाधीन भारत की कथाभाषा, वातावरण प्रधान रही जिसमें जीवन के माध्यम से चरित्रों की खोज की गई। इसमें ही विभाजन के दंश रहे (भीष्म साहनी, राही), तो आंचलिकता के माध्यम से एक ठोस देशीय स्वरूप बनाने की कोशिश भी की गई (रेणु, शिव प्रसाद सिंह, श्रीलाल शुक्ल)। यहाँ की भाषा 'रूपकों' में आगे बढ़ती है और हर कथा मानवीय त्रासदी के एक रूपक के रूप में उभरती है। कह सकते हैं कि कथा का तत्व यहाँ गड्ड-मड्ड हो जाता है जिससे एक 'क्रमहीन ढंग' की कथाभाषा का विकास होता है।

इसके आगे 60 के दशक में सामाजिक संघर्ष वाली विशेषण युक्त भाषा का विकास होता है जिसमें कहानी के पात्र अक्सर ही अपनी सोच में डूबे रहते हैं। कहीं-कहीं ये अराजकता की हद तक विद्रोही हो जातें हैं। (ज्ञानरंजन, रवीन्द्र कालिया, दूधनाथ सिंह, आदि के पात्र)। इसी के विरोध में 70 के दशक में 'जनवादी कहानी' आगे आती है जिसमें विशेषण की जगह क्रियाएं आ जाती है, जहां 'ऐक्शन' की प्रधानता मिलती है। यहाँ एक नया जन उभार मिलता है और इसी में आगे 80 के दशक में जादुई यथार्थवाद जुड़ता है (उदय प्रकाश के माध्यम से)। इसके माध्यम से कथाभाषा में 'फैंटेसी' का प्रयोग मिलता है। इस 'फैंटेसी' ने ही नायकों से मुक्ति दिलाई और कथाभाषा को 'क्रियाओं' से जोड़ा जो पहले अमूर्तन लिये थी और जो आगे मूर्त रूप लेती चली गई। इसमें साहित्य के नये-नये अनुभव खण्डों का पदार्पण हुआ जिसमें दलित व नारी यथार्थ महत्वपूर्ण रहे हैं। इनकी भाषा कहीं स्मृति परक है, तो कहीं वर्तमान का उद्घाटन करती है। यह 'पाठ' से मुक्ति की भाषा है जिसमें 'आत्म सजगता' नहीं 'आत्म विलोपन' है। यह 'अल्हड़ता' और 'आत्म विसर्जन' की भाषा है और इसी ने कथाभाषा को इतना विस्तार दिया कि संस्मरण, जीवनी, आत्मकथा, यात्रा वृतांत सभी इसी के भीतर आ गये। आज की कथाभाषा में जिसमें मैत्रेयी पुष्पा, अलका, सरावगी, ओम प्रकाश वाल्मीकि, शिवमूर्ति, अखिलेश, अवधेश प्रीत, धीरेन्द्र उपाध्याय, जयनंदन, जैसे नये लेखक लिख रहे हैं उसमें अनुभव की अभिव्यक्ति नहीं, उसका विस्तार है। इसकी भाषा में आवेगधर्मिता, प्रश्नानुकूल संवेदनशीलता और कथा की बहुस्तरीयता तो है ही, इसमें एक अंतर्निहित करुणा के भीतर से ऊर्जस्वित आक्रोश भी है। कह सकते हैं कि आज का कथा साहित्य भाषाई अनेकार्थता का साहित्य है जिसका पूरा आधार सर्जनात्मक क्रियाओं पर टिका है जिसमें विन्यास जीवन का कोई भी पक्ष महत्वहीन नहीं है। इसीलिए वहां वाक्य गठन, वाक्य विन्यास नहीं मिलेगा। भाषा का अर्थ भाषा के बाहर होता है। भषा सपाट-नं होकर टुकड़ों में चलती है लेकिन, यह भी सच है कि शिल्प की इस नवता में कथा का एक खतरा तो है ही। यही कारण है कि आज की कथाभाषा में संवेदनशीलता का पक्ष गौण होता जा रहा है और इसकी जगह सूचनाएं ले रही हैं। सूचनाओं की यह भाषा एक खतरनाक संकेत है क्योंकि कथा साहित्य बौद्धिक क्रिया ही नहीं, वह आंतरिक प्रक्रिया भी है।

अध्याय-6

# विश्व की भाषाओं का वर्गीकरण

(Classification of World Languages)

# भाषाओं का आकृतिमूलक या रूपात्मक वर्गीकरण

(Morphological or Typical Classification of Languages)

**1. विश्व की भाषाएँ -** 'ग्लोबलाइजेशन' या भूमंडलीकरण अथवा वैश्वीकरण के इस युग में अंग्रेजी के दबाव में विश्व की ढेर सारी भाषाएं दम तोड़कर 'किचेन लैंग्वेज' (रसोई घर की भाषा) की नियति को लगभग प्राप्त हो रही हैं। भाषा शास्त्रियों के अनुसार पहले से ही विश्व की ढेर सारी भाषाएँ दुनिया के भूगोल से विलुप्त हो चुकी हैं। कुछ भाषाएँ ऐसी भी हैं, जिनका नाम लेवा शायद अब कोई नहीं बचा है। यह एक विडम्बना ही कही जाएगी कि दुनिया में यातायात के इतने संसाधन जब नहीं थे, तो भाषाएँ अपने-अपने वजूद को सुरक्षित रखी थीं, किन्तु इस बीती शताब्दी में ढेर सारी भाषाएँ विश्व-रंगमंच को सलाम और अलविदा बोल गयीं। यह हमारे लिए शुभ-लक्षण नहीं है, क्योंकि बहुभाषिक समाज दीर्घ जीवी होता है, जबकि भाषाओं से कटा-उकठा समाज एकरसता, ऊब, जड़ता और ठहराव का शिकार होता है।

बहरहाल, संसार की संपूर्ण भाषाओं की निश्चित संख्या के संबंध में भाषाविदों में एक मत का अभाव है। कहते हैं, विश्व में कुल 2796 भाषाएँ हैं। बोलियों की तादात इनसे अलग है। इन भाषाओं में 13 भाषाएँ सर्वाधिक महत्व की मानी जाती हैं, जो निम्नलिखित हैं - चीनी, अंग्रेजी, हिन्दी, स्पेनी, जर्मन, जापानी, फ्रांसीसी, हिन्देशियाई, पुर्तगाली, बंगला, इतालवी और अरबी। विश्व की उक्त सम्पूर्ण भाषाओं में 1000 से अधिक भाषाएँ अमेरिकी - इण्डियन भाषाएँ हैं। 500 से अधिक भाषाएँ अफ्रीका के नीग्रो लोगों द्वारा बोली जाती हैं तथा 500 से अधिक भाषाएँ आस्ट्रेलिया, न्यूगाइनिया तथा प्रशान्तसागरीय द्वीपों के निवासियो द्वारा बोली जाती हैं। इसी तरह कई सौ भाषाएँ एशिया में पृथक वर्गों में बोली जाती हैं जिनकी जानकारी लोगो को बहुत कम है।[1]

ठीक यही स्थिति विश्व के भाषा परिवारों की है। इनकी भी निश्चित संख्या लगभग अटकल पर ही आधारित है। जब तक तमाम भाषाओं का ऐतिहासिक, वर्णनात्मक तथा तुलनात्मक अध्ययन सम्यक रूपसे नहीं होगा, तब तक भाषा परिवारों के संबंध में भी स्थिति साफ न होकर अनिश्चयात्मक ही बनी रहेगी। जर्मन विद्वान् **विलहेल्म फॉन हम्बोल्ट** ने 1822 में एक खोज के आधार पर तय किया था कि- विश्व में कुल 13 भाषा-परिवार हैं। **पार्टिरीज** के अनुसार यह संख्या 10 है। **एल.एच. ग्रे** ने कुल 26 भाषा-परिवार बताया है। **फ्रेडरिक मूलर** के विचार से यह संख्या 100 है, लेकिन कुछ विद्वान तो अकेले अमरीका में ही 100 भाषा-परिवार की कल्पना करते हैं। आधुनिक विद्वान् **राइस्** (Reiss) का दृष्टिकोण अत्यन्त उदात्त और व्यापक है। इनके विचार से विश्व की सभी भाषाएँ एक ही परिवार की हैं। जो कुछ भी हो, इतना तय है कि कुछ ऐसे परिवार हैं, जो निर्विवाद हैं तथा जिनके साथ विद्वानों की सहमति जुटी हुई हैं।

**2. भारत में विभिन्न कुलों की भाषाएँ -** भारत असंख्य जातियों और भाषाओं का देश है। बहुभाषिकता भारतीय समाज को जोड़ने के लिए सेतु का काम करती है। बहुभाषिकता की ऊष्मा और आंच ही भारतीय समाज की सबसे बड़ी ताकत है। शायद इसीलिए इस विविध भाषाओं वाले देश की विलक्षणता पर आश्चर्य व्यक्त करते हुए विगत शताब्दी के उत्तरार्ध में विश्व के जाने-माने भाषा शास्त्रियों ने यहाँ भाषिक सर्वेक्षण कराने का निर्णय लिया था।[2] इस सर्वेक्षण के अनुसार भारत में 179 भाषाएँ और 544

---

**1- The World's Chief Language - Mario Pei, page - 15**

**2- Linguistic Survey of India - Sir G.A. Grierson,p.- 17 खण्ड -1, भाग -1**

उपभाषाएँ हैं। ये सभी चार भिन्न-भिन्न कुलों - भारोपीय, द्रविड़, ऑस्ट्रो-एशियाटिक और चीनी-तिब्बती - की हैं।[1] कुछ भाषा विज्ञानी बतातें हैं कि इनके अतिरिक्त सेमेटिक कुल की अरबी भाषा का भी यहाँ काफी दिनों तक प्रचलन रहा और उसका प्रभाव कुछ न कुछ सभी आधुनिक भारतीय भाषाओं पर पड़ा है।[2] अब सवाल उठता है कि, इस देश में इतनी सारी भाषाएँ कैसे और कहाँ से आई ? भाषाविद् इसके कई उत्तर देते हैं। **प्रो. सेज** का कहना है कि मानव जाति विज्ञान (Ethnology)के अनुसार भारत में बहुत पहले संभवत: नीग्रोकल्प (Negroid) या नीग्रिटो (Negrito) प्रजाति (race) के लोग निवास करते थे, जिनके वंशज इस देश की धरती से तो समाप्त हो गए, लेकिन कुछ लोग अंडमान द्वीप की ओर चले गए और वे वहाँ आज भी सुरक्षित हैं। इन लोगों की भाषा 'पापुआई' कुल की है, जिसका असर भारत की बाद की भाषाओं पर पड़ा होगा।[3]

अगली सूचना के अनुसार नीग्रोकल्प के बाद दूसरी प्रजाति 'आस्ट्रेलियाई कल्प' (Proto-Australoid) के लोग आए और वे ऑस्ट्रिक कुल की भाषाएँ बोलते थे। एक सूचना के अनुसार हिन्दू वर्ण व्यवस्था में चतुर्थ वर्ग में पड़ने वाली आज की अधिकांश जातियां मूलत: इसी प्रजाति की थीं।इस कुल की भाषाओं में आज संथाली आदि भाषाएँ शेष हैं।[4] इसके बाद द्रविड़ों का आगमन हुआ, जो द्रविड़ कुल की भाषाएँ बोलते थे। इस कुल की भाषाओं में आज दक्षिण भारत की तमिल आदि भाषाएँ जीवित हैं। द्रविड़ों के बाद आर्यो का आव्रजन हुआ, जो भारोपीय कुल की भाषा बोलते थे। इस कुल की तथा द्रविड़ कुल की भाषाएँ बहुत अधिक प्रभावशाली हुईं और अन्य सभी कुलों की सभी भाषाओं को दबाकर व्यापक रूप से फैल गईं - एक उत्तर भारत में और दूसरी दक्षिण भारत में। इन दोनों का प्रभाव एक दूसरे पर भी विशाल रूप से पड़ा। इसी तरह भारत के उत्तर भाग में तिब्बत - चीनी प्रजाति के लोग बसते थें। इनमें जो फैलते-फैलते समतल में आए वे कोलों और द्रविड़ों तथा बाद में आर्यो के बीच संलीन हो गए और जो पहाड़ों तथा जंगलों में रहे वे आज तिब्बत बर्मी शाखा की कई भाषाएँ बोलते हैं। भारत की आधुनिक भाषाओं पर इनका प्रभाव नगण्य है।[5] इनके अलावा भारत पर समय-समय पर विदेशियों का आक्रमण और प्रभुत्व होता रहा है, जिसके कारण कई भाषाओं का प्रचार और प्रभाव यहाँ काफी रहा है, जैसे - फारसी, यूनानी, तुर्की, अरबी, पुर्तगाली और अंग्रेजी।[6] इनमें तुर्की भाषा तूरानियन कुल की और अरबी सेमेटिक कुल की है और शेष सभी भाषाएँ भारोपीय कुल की हैं। इस तरह भारत में कुल चार कुलों की भाषाएँ पाई जाती हैं,जिन पर दो और कुलों की भाषाओं का गहरा प्रभाव पड़ा है।[7]

**3. विश्व की भाषाओं के वर्गीकरण का आधार या आधारभूत सिद्धान्त-** भाषा वैज्ञानिकों ने विश्व की भाषाओं के वर्गीकरण के सम्बन्ध में अनेक आधार सुझाये हैं, लेकिन उनमें से कुछ को छोड़कर शेष उतनी लोकप्रियता नहीं प्राप्त कर सके क्योंकि इनके वर्गीकरण का कोई ठोस और व्यापक आधार नहीं रहा है। बल्कि यह कहा जाय कि ये आधार अवैज्ञानिक, असंगत और संकुचित दृष्टिकोण के परिचायक हैं, तो बहुत अनुपयुक्त नहीं होगा। भाषाविदों ने भाषावर्गीकरण के निम्न सात आधार सुझाये हैं -

**1- देशों के आधार पर -** जैसें, भारत की भाषाएँ, चीनी भाषा, जापानी भाषा, रूसी भाषा, अरबी भाषा, फ्रान्सीसी भाषा, बर्मी भाषा आदि ।

**2- महाद्वीपों के आधार पर -** जैसे, एशियाई भाषाएँ, अमरीकी भाषाएँ, यूरोपीय भाषाएँ, अफ्रीकी भाषाएं, आस्ट्रेलियाई भाषाएँ आदि।

**3- युगों के आधार पर -** जैसे, प्रागैतिहासिक भाषाएँ, प्राचीन भाषाएं , मध्य युगीन भाषाएँ , आधुनिक भाषाएँ आदि।

**4- धर्मों के आधार पर -** जैसे, आर्य भाषाएँ, ईसाई भाषाएँ, मुस्लिम भाषाएँ, हिन्दू भाषाएँ आदि।

**5- प्रभाव के आधार पर -** जैसे, अरबी-फारसी प्रभावित भाषाएँ, संस्कृत प्रभावित भाषाएँ, लैटिन तथा ग्रीक प्रभावित भाषाएँ आदि ।

**6- आकृति के आधार पर -** जैसे, अयोगात्मक, योगात्मक, श्लिष्ट तथा प्रश्लिष्ट भाषाएँ आदि ।

**7- परिवारों के आधार पर -** जैसे भारतीय परिवार की भाषाएँ, द्राविड़ परिवार की भाषाएँ, हेमेटिक तथा सेमेटिक परिवार की

---

1- Report of the Official-Language Commission, p.- 19,1958

2- मैथिली भाषा का विकास - डॉ. जय कान्त मिश्र पृ. -7

3- Science of Language - Sayece, p.-52

4- Report of the Official Language Commission, p.21,1958

5- मैथिली भाषा का विकास - डॉ. जयकांत मिश्र, पृ. - 8

6- Report of the Official Language Commission, p.21, 1958

7- मैथिली भाषा का विकास - डॉ. जयकान्त मिश्र, पृ. - 8

भाषाएँ आदि । उपर्युक्त भाषाओं में सब तो नहीं, दो ही आधार नितान्त वैज्ञानिक माने जाते हैं -

1- आकृतिमूलक वर्गीकरण (Morphological Classification)

2-पारिवारिक वर्गीकरण (Genealogical Classification)

**4- आकृति मूलक या रूपात्मक वर्गीकरण के आधारभूत सिद्धान्त या सैद्धान्तिक आधार -** रूप तथा आकृति ही इस वँर्गीकरण का सैद्धान्तिक आधार है। रूप-आकृति के आधार पर साम्य रखने वाली भाषाएँ इस वर्ग में समाहित की जाती हैं। कुछ भाषा वैज्ञानिक यह भी कहते हैं कि इस वर्गीकरण का आधार संबंध तत्व तथा शैली है। शैली से हमारा तात्पर्य वाक्य और रूप (पद) बनाने की शैली से है।[1] शायद इसीलिए भाषा-विज्ञानियों ने इस वर्गीकरण के लिए (Typical Classification), पदात्मक या रचनात्मक वर्गीकरण (Morphological Classification) तथा वाक्य मूलक या वाक्यात्मक वर्गीकरण (Syntactical Classiffcation) आदि नामों का प्रयोग किया है। वाक्य-रचना तथा पद रचना ही इस वर्गीकरण के आधार हैं। इस वर्गीकरण में वाक्य और रूप का विशेष महत्व होता है। सच कहा जाए तो आकृति मूलक वर्गीकरण में शब्दों के आपसी संबंधों, शब्दों का निर्माण किस प्रकार हुआ है ? क्या वे प्रकृति प्रत्यय, विभक्तियों, धातु, उपसर्ग या समास द्वारा निर्मित हैं ? क्या वे संबंध तत्व तथा प्रत्यय के योग के बिना ही जन्मे हैं, क्या वे अविकारी हैं ? इत्यादि बातों पर विशेष ध्यान दिया जाता है।

**5- आकृति मूलक वर्गीकरण की परंपरा तथा अर्थ-** आकृति अर्थात् शब्दों तथा पदों की रचना को केन्द्र मानकर जो वर्गीकरण किया जाता है, वह आकृति मूलक या रूपात्मक वर्गीकरण कहा जाता है। दूसरे शब्दों में, इस वर्गीकरण का आधार रूप-रचना है। भाषाओं के विकास क्रम की प्रक्रिया को समझाने में सहायक इस वर्गीकरण की लोकप्रियता शुरू में बहुत अधिक थी। संभवत: यही कारण है कि इस वर्गीकरण की परंपरा बहुत अधिक पुरानी है। पश्चिम के भाषाविद् **श्लेगल** को इस वर्गीकरण के प्रथम अध्येता के रूप में श्रेय मिलता है। श्लेगल ने भाषाओं को वर्गीकरण की दृष्टि से दो टुकड़ों में बाँटा। कालान्तर में एक अन्य भाषाविद् **बॉप** ने वर्गीकरण संबंधी श्लेगल की दोनों मान्यताओं को खारिज कर उनकी जगह तीन वर्ग बनाये। **ग्रिम** और **श्लाइखर** ने इस संबंध में बॉप का ही समर्थन किया। आगे के एक भाषा वैज्ञानिक **पॉट** ने उक्त सभी वर्गीकरण को नकारते हुए उनकी जगह चार नए वर्गीकरण प्रस्तुत किए। कुछ लोगों ने इन वर्गीकरण में नए सिरे से जोड़कर इनकी संख्या बढ़ायी। इधर, भाषा वैज्ञानिक **स्व. डॉ. भोला नाथ तिवारी** कहते हैं कि सामान्य दृष्टि से इसके एक दर्जन से अधिक वर्ग बनाए जा सकते हैं, किन्तु तत्वत: अधिक वैज्ञानिक वर्ग केवल दो ही बनते हैं। शेष सारे वर्ग किसी न किसी रूप में इन्ही दो के अन्तर्गत आ जाते हैं।[2]

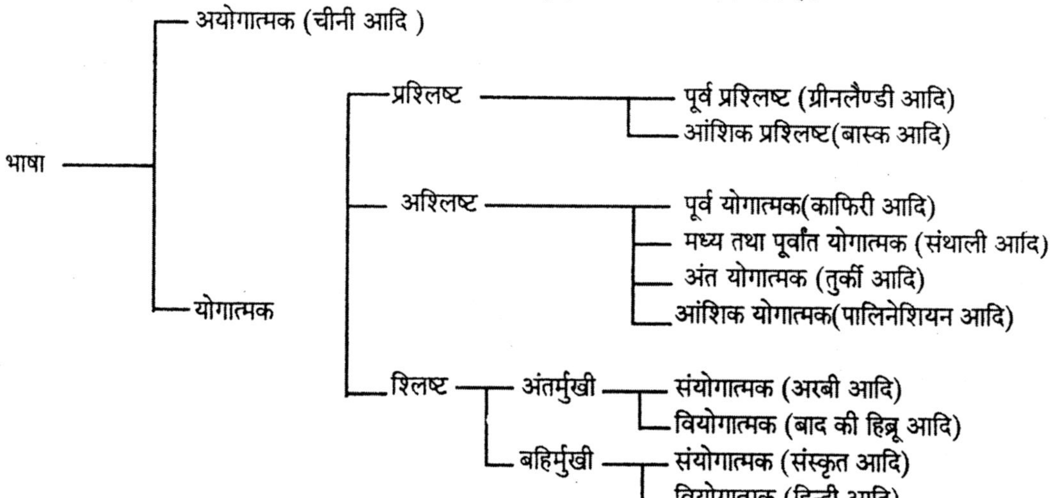


---

1- भाषा विज्ञान - डॉ. भोला नाथ तिवारी, पृष्ठ - 64

2- भाषा विज्ञान - डॉ. भोला नाथ तिवारी, पृष्ठ -74

## 6- आकृति मूलक या रूपात्मक वर्गीकरण के भेद

**डॉ. पी.डी. गुणे** ने तो आकृति मूलक या रूपात्मक वर्गीकरण के चार भेद माना है -

1- The Agglutinative Language - योगात्मक या प्रत्यय प्रधान, उदाहरण तुर्की।

2- The Agglutinative Inflectional - श्लिष्ट योगात्मक, उदाहरण - तिब्बती।

3- Isolating - अयोगात्मक या धातु-प्रधान, उदाहरण - चीनी।

4- The Inflectional - श्लिष्ट भाषाएं - भारोपीय भाषाएं[1] ।

लेकिन अधिकांश विद्वानों ने मोटे तौर पर इसे दो वर्गो में ही रखा हैं -

(क)- अयोगात्मक भाषाएं - (Isolating), (ख)- योगात्मक भाषाएं -(Agglutinative)[2]

**योगात्मक भाषाओं के तीन भेद** -(1)- प्रश्लिष्ट योगात्मक (समास प्रधान) (Incorporating), (2)- अश्लिष्ट योगात्मक (प्रत्यय प्रधान)(Simple Agglutinative), (3)- श्लिष्ट योगात्मक (विभक्ति प्रधान) (Inflecting)

**प्रश्लिष्ट योगात्मक भाषाओं के दो भेद** - (1)- पूर्ण प्रश्लिष्ट भाषाएं (Completely Incorporative Languages), (2)- अंशत: प्रश्लिष्ट भाषाएं (Partly Incorporative Languages)

**अश्लिष्ट योगात्मक भाषाओं के पॉचभेद** - (1)- पुर प्रत्यय प्रधान (Prefix Agglutinating), (2)- पर प्रत्यय प्रधान (Suffix Agglutinating), (3)- मध्य प्रत्यय प्रधान (Infix Agglutinating), (4)- ईषत् प्रत्यय प्रधान (Partially Agglutinating), (5)- सर्व प्रत्यय प्रधान (Full Agglutinating)

**श्लिष्ट योगात्मक भाषाओं के भेद** -(1)- बहिर्मुखी श्लिष्ट योगात्मक भाषाएं (External Inflectional), (2)- अन्तर्मुखी श्लिष्ट योगात्मक भाषाएं (Internal Inflectional)

**बहिर्मुखी श्लिष्ट योगात्मक भाषाओं के दो भेद** -(1)- व्यवहित वियोगात्मक (Analytic), (2)- संहित - संयोगात्मक (Synthetic) उक्त भाषाओं को क्रमश: नीचे इस प्रकार देखा जा सकता है -

**(क) अयोगात्मक भाषाएं-** अयोगात्मक भाषाओं के अन्य नाम निपात प्रधान, एकाक्षर, व्यास प्रधान, निरिन्द्रिय, एकाच् , धातु प्रधान, निर्योग, तथा निरवयव भाषाएं - (Inorganic Languages) भी हैं। प्रकृति-प्रत्यय, विभक्ति, समास तथा उपसर्ग का योग जिन भाषाओं में नहीं होता, वे अयोगात्मक भाषाएं कहलाती हैं। इन भाषाओं में प्रत्येक शब्द स्वतंत्र विधि से प्रयुक्त होता है। ये शब्द वाक्य के शुरू , मध्य या अंत में - कहीं भी प्रयुक्त हुए हों - इनकी स्वतंत्र सत्ता पर आंच नहीं आती। अयोगात्मक भाषाओं में अर्थ-निर्धारण स्थान-भेद से किया जाता है। दूसरे शब्दों में कह सकते हैं कि वाक्य में प्रयुक्त एक ही शब्द स्थान और प्रयोग के अनुसार संज्ञा, सर्वनाम, विशेषण या क्रिया आदि हो सकता है। **डॉ. पी.डी.गुणे** का यह कथन इस सन्दर्भ में देखा जा सकता है - ''इसमें किसी वाक्य में शब्द का स्थान ही उसकी विशेषता या उसकी व्याकरणिक कार्यकारिता को निर्धारित करता है अर्थात् कोई शब्द क्रिया, संज्ञा अथवा विशेषण इसलिए नहीं होता कि उसमें इनकी विशेषताएं होती हैं, वरन् इसलिए होता है कि उसका वाक्य में विशेष स्थान होता हैं।[3]

इन भाषाओं में संबंध तत्व और अर्थ तत्व में मेल या संयोग नहीं होता। यहाँ केवल स्थान क्रम से ही संबंध का बोध हो जाता है। अयोगात्मक भाषाओं का सर्वश्रेष्ठ उदाहरण चीनी भाषा है। चीनी भाषा में व्याकरण का सर्वथा अभाव होता है। इस भाषा में एक ही शब्द स्थान तथा प्रयोग के अनुसार कभी संज्ञा, कभी विशेषण, कभी क्रिया, तो कभी कर्ता या क्रिया विशेषण या कर्ता तथा कर्म बन जाता है। चीनी भाषा में Tao (तो) शब्द का अर्थ स्थान तथा प्रयोग के आधार पर झण्डा, पहुंचना, रास्ता, घाव, ढॉपना Lu (लू) शब्द का अर्थ गाड़ी, रास्ता, ओस, त्याग करना आदि होता है। स्थान भेद का एक दूसरा उदाहरण चीनी भाषा में इस प्रकार देखा जा सकता है:-

ता लेन = बड़ा आदमी ।लेन ता = आदमी बड़ा (है)।

---

1- An Introduction to Comparative Philology- Dr. P.D. Gune, p. 99-102

2- (क)- सामान्य भाषा विज्ञान - डॉ. बाबूराम सक्सेना, पृ. 121

(ख)- भाषा विज्ञान - डॉ. भोला नाथ तिवारी, पृ. 54

(ग)- Elements of the Science of Languages - Taraporewala, p.22

(घ)- भाषा-विज्ञान की भूमिका - डॉ. देवेन्द्र नाथ शर्मा, पृ. 100

(ङ)- भाषा-विज्ञान और मानक हिन्दी - डॉ. रत्नचन्द्र शर्मा, पृ. 108

3- An Introduction to Comparative Philology- Dr. P.D. Gune, p. 91

अफ्रीका की सूडानी भाषा (स्थान प्रधान), तिब्बती और स्यामी (निपात प्रधान), बर्मी (निपात प्रधान), अनामी (स्वर-प्रधान) आदि भाषाएं लगभग इसी कोटि में आती हैं। इस प्रकार की भाषाओं के निपात प्रधान, स्थान प्रधान तथा स्वर प्रधान ये तीन भेद किए जाते हैं।

**(ख) योगात्मक भाषाएं -** अयोगात्मक तथा योगात्मक भाषाओं में काफी-कुछ अन्तर होता है। अयोगात्मक भाषाओं में प्रत्येक शब्द अपना स्वतंत्र अस्तित्व रखता है। शब्दों का व्याकरणिक बँटवारा नहीं होता । प्रकृति प्रत्यय या समासादि का योग नहीं होता, लेकिन योगात्मक भाषाओं में ऐसा नहीं होता। यहां शब्दों की निष्पति, प्रकृति और प्रत्यय के योग से ही होती है। इन भाषाओं में शब्दों की सत्ता स्वतंत्र नहीं होती, बल्कि वे संबंध तत्व (प्रत्यय) तथा अर्थ तत्व (प्रकृति या धातु) से बराबर जुड़े रहते हैं। उन्हें बड़ी सरलता से एक दूसरे से अलग नहीं किया जा सकता। जैसे - 'राम: शरेण बालि: हन्ति' (राम बाण से बालि को मारते हैं) यहाँ 'राम:' में राम अर्थ तत्व है और विसर्ग (अ:) संबंध तत्व है। 'शरेण' में 'शर' अर्थतत्व है तथा 'एन' संबंध तत्व, 'बालि:' में बालि अर्थ तत्व है, विसर्ग (अ:) संबंध तत्व है। 'हस्ति' में 'हन् ' अर्थ तत्व है और 'ति' संबंध तत्व है। भाषाविदों के विचार से दुनिया की अधिकांश भाषाएं योगात्मक ही हैं।

**योगात्मक भाषाओं के तीन भेद -** योगात्मक भाषाओं के उनके प्रकृति प्रत्यय के योग के आधार पर तीन भेद किये गये हैं:-

1. प्रश्लिष्ट योगात्मक (समास प्रधान) Incorporating, 2. अश्लिष्ट योगात्मक (प्रत्यय प्रधान) Simple Agglutinating 3. श्लिष्ट योगात्मक (विभक्ति प्रधान)(Inflecting)

**1 प्रश्लिष्ट योगात्मक भाषाएँ -** इस प्रकार की भाषाओं में अर्थतत्व ओर सम्बन्धतत्व आपस में इस प्रकार चिपके रहते हैं कि उन्हें बड़ी सहजता से नहीं पहचाना जा सकता और न तो उन्हें एक दूसरे से विभक्त ही किया जा सकता है, यथा - संस्कृत में 'ऋतु' शब्द से 'आर्तव' तथा 'मृदु' से 'मार्दव' आदि । इस प्रकार की भाषा के वाक्यों में अनेक शब्द न आकर शब्दखण्ड संयुक्त होते हैं, जिसके कारण एक लम्बा वाक्य बन कर तैयार हो जाता है। ग्रीनलैण्ड तथा दक्षिण अमरीका की भाषाएँ इसी वर्ग में आती हैं। संस्कृत भाषा यद्यपि प्रधानत: श्लिष्ट योगात्मक है, किन्तु उसमें प्रश्लिष्ट योगात्मकता के भी लक्षण दृष्टिगत होते हैं, जैसे - **''तैरभिप्रेतार्थसाधनेऽभिनव कौशलप्रदर्शनंकृतमासीत्''** अर्थात् उन्होंने अपना अभिप्राय सिद्ध करने में नूतन कुशलता दिखायी। यद्यपि अंग्रेजी भी समास प्रधान भाषा नहीं है तथापि यत्र-तत्र इस प्रकृति के दर्शन किये जा सकते हैं - United Nations Economical, Social and Culture Organization. इन सभी शब्दों के प्रथमाक्षरों के संयोग से यूनेस्को UNESCO शब्द बनता है।[1]

अर्थतत्व और संबंध तत्व की दृष्टि से प्रश्लिष्ट योगात्मक भाषाएँ दो भागों में विभक्त की गई हैं -

1. पूर्ण प्रश्लिष्ट भाषाएँ- (Completely In corporative Languages)
2. अंशत: प्रश्लिष्ट भाषाएँ (Patly Incorporative Languages)

**(क)- पूर्ण प्रश्लिष्ट या पूर्णतः समास प्रधान भाषाएँ -**इस तरह की भाषाओं में संबंध तत्व और अर्थ तत्व कुछ इस तरह परस्पर जुड़ते हैं कि लम्बा वाक्य भी एक ही शब्द की तरह लगता है। ये भाषाएं अपेक्षाकृत अधिक क्लिष्ट और जटिल होती हैं। उत्तरी अमरीका की 'चैराकी' भाषा का एक उदाहरण इस प्रकार देखा जा सकता है -

नातेन = लाओ    अमोखोल = नाव    निन = हम

इन तीनों शब्दों को एक में मिलाने पर बना वाक्य एक बड़ा सा शब्द बन जाता है - नाधोलिनिन = हमारे पास एक नाव लाओ।

ठीक इसी प्रकार का एक उदाहरण मैक्सिकों की भाषा का देखा जा सकता है -

नेवत्ल = मैं    नकत्ल = मांस    क = खाना

इन शब्दों के संयोग से पूरा एक वाक्य बनता है - नी-नक-क (मैं मांस खाता हूँ)।

**(ख)- अंशतः प्रश्लिष्ट या अंशतः समास प्रधान भाषाएं :-** इस प्रकार की भाषा में संज्ञा और सर्वनाम क्रिया के साथ इस तरह एकाकार हो जाते हैं, कि क्रिया की स्वतंत्र सत्ता शेष ही नहीं रह जाती। संस्कृत, गुजराती तथा योरोप की बास्क आदि भाषाएं इस वर्ग में रखी जा सकती हैं। इस भाषा के कुछ उदाहरण इस प्रकार है -

**संस्कृत में** जिगमिषति = वह जाना चाहता है ।    पिपासासि = मैं पीना चाहता हूँ ।

**पंजाबी में** मखां (मैं आख्या) = मैंने कहा कि    बुदेली में उन्नेकई = उन्होंने कहा

---

**1- संस्कृत भाषा विज्ञान - डॉ. राज किशोर सिंह, पृ.91**

वास्क में दकर्किओत = मैं इसे उसके पास ले जाता हूँ । नकार्सु तू मुझे ले जाता है ।

**2. अश्लिष्ट योगात्मक भाषाएं-** डा. श्यामसुन्दर दास ने इन्हें प्रत्यय प्रधान भाषाएं कहा है। इस प्रकार की भाषाओं में संबंध तत्व तथा अर्थ तत्व परस्पर जुड़े तो होते हैं, फिर भी दोनों की स्थिति स्वतंत्र रूप से दृष्टिगोचर होती है। इसके पाँच भेद स्वीकारे गये हैं -

1. पुर प्रत्यय प्रधान (Prefix Agglutinating), 2. पर प्रत्यय प्रधान (Suffix Agglutinating)
3. मध्य प्रत्यय प्रधान (Infix Agglutinating), 4. ईषत् प्रत्यय प्रधान (Partially Agglutinating)
5. सर्व प्रत्यय प्रधान (Full Agglutinating)

**1- पुर प्रत्यय प्रधान या पूर्व योगात्मक -** इन भाषाओं में प्रत्यय अर्थात् उपसर्ग प्रकृति अर्थात् अर्थतत्व से पहले प्रयुवत होता है। अफ्रीका की बान्टू परिवार की जुलू और काफिर भाषाएं पुर प्रत्यय प्रधान भाषायें हैं। जुलू भाषा का एक उदाहरण -

उमु = एक वचन का चिह्न, अब = बहुवचन का चिह्न, न्तु = आदमी, न्ग = से

इनके योग से शब्द बनते हैं -उमुन्तु = एक आदमी, अबन्तु = कई आदमी से, न्ग उमुन्तु = एक आदमी से, न्ग अबन्तु = कई आदमियों से

**2- पर प्रत्यय प्रधान या अन्त योगात्मक -** इस प्रकार की भाषाओं में प्रत्यय अन्त में प्रयुक्त होता हैं। अल्ताई, यूराल, द्रविड़ परिवार की भाषाएं पर प्रत्यय प्रधान मानी गई हैं। द्रविड़ परिवार की कन्नड़ भाषा में -

सेवक शब्द से सेवकरू (कर्ता) सेवक रन्नु (कर्म), सेवकरिन्द (करण), सेवकरिगे (सम्प्रदान), सेवक-र (संबंध), सेवक रल्लि (अधिकरण) आदि रूप बनते हैं ।

**3- मध्य प्रत्यय प्रधान या मध्य योगात्मक -** इस प्रकार की भाषाओं में संबंध तत्व मध्य में व्यवहृत होता है। भारत की मुण्डा तथा हिन्द महासागर स्थित मेडागास्कर द्वीप की भाषाएँ इसी कोटि में आती हैं। मुँडा परिवार की संथाली भाषा में 'मंझि' का अर्थ है मुखिया। यदि उसके मध्य में 'प' प्रत्यय जोड़ दें तो उसके बहुवचन का रूप हो जायेगा - 'मपंझि' जिसका अर्थ हो जाएगा - मुखिया लोग। ठीक यही स्थिति 'दल' (मारना)से 'दपल' (परस्पर मारना) की है।

**4- ईषत् प्रत्यय प्रधान भाषाएँ -** इस प्रकार की भाषाओं में विभक्ति और प्रत्यय का मेल साथ-साथ बना रहता है, अर्थात् इन भाषाओं में अयोगात्मकता भी रहती है, प्रत्यय भी उपस्थित रहता है, समास भी रहता है साथ ही विभक्तियाँ भी अपना सहयोग देती हैं। उदाहरण के लिए कहा जा सकता है कि जापानी और काकेशी भाषाओं का झुकाव विभक्ति की ओर है। अफ्रीका के सूडान परिवार की हाउसा भाषा का झुकाव अयोगात्मकता की ओर है और यूरोप के बास्क परिवार की भाषाओं का झुकाव समास की ओर है।[1]

**5- सर्व प्रत्यय प्रधान भाषाएं -** इन भाषाओं में प्रत्यय का संयोग आदि, मध्य और अन्त सभी स्थानों पर उपलब्ध होता है। इस सन्दर्भ में मलय और मलयनेशिया परिवारों की भाषाएं आती हैं।

**शिलष्ट योगात्मक भाषाएं -** शिलष्ट योगात्मक वर्ग में वे भाषाएं आती हैं, जिनमें रचना तत्व के योग से अर्थ-तत्व वाले अंश में कुछ परिवर्तन हो जाता है, जैसे - नीति, वेद, देह,देव, भूत, भूगोल आदि शब्दों से 'इक' प्रत्यय करने पर क्रमश: नैतिक, दैहिक, वैदिक, दैविक, भौतिक, भौगोलिक आदि शब्द बनते हैं। यहाँ रचनातत्व 'इक' के योग से अर्थतत्व वाले अंश में परिवर्तन हो गया है फिर भी अर्थतत्व और रचना तत्व को पहचानने में कठिनाई नहीं होती।[2] इन भाषाओं में विभक्तियों का प्रयोग कभी प्रकृति के बाहर तो कभी प्रकृति के भीतर किये जाने के कारण इन्हें दो भागों में बाँटा गया है - 1- बहिर्मुखी शिलष्ट योगात्मक भाषाएं तथा 2- अन्तर्मुखी शिलष्ट योगात्मक भाषाएं ।

**1-बहिर्मुखी शिलष्ट योगात्मक भाषाएं -** इन्हें बहिर्मुखी विभक्ति प्रधान भाषाएं भी कहा गया है। भारोपीय भाषाओं की गणना इन्हीं भाषाओं के तहत की जाती है।वह इसलिए कि विभक्तियों का योग यहाँ बाहर की ओर रहता है। संस्कृत इस परिवार की प्रधान और प्रसिद्ध भाषा है क्योंकि व्याकरणिक रूप यहाँ विभक्तियों के बाहर से जुड़ने के बाद बनते हैं। इन भाषाओं के भी दो उपभेद किये जाते हैं - 1- व्यवहित-वियोगात्मक (Analytic), 2- संहित-संयोगात्मक (Synthetic)

**2- अन्तर्मुखी शिलष्ट योगात्मक भाषाएं -** इन्हें अन्तर्मुखी विभक्ति प्रधान भाषाएँ भी कहा जाता है। सेमेटिक तथा हेमेटिक परिवार की भाषाएं इसी कोटि में आती हैं। इन भाषाओं में प्राय: तीन-तीन वर्णो वाली धातुएँ मिलती हैं, जहाँ विभक्तियो के आन्तरिक योग से अनेक प्रकार के रूप बन जाते हैं। अरबी भाषा अन्तर्मुखी भाषाओं का उत्तम उदाहरण है, जिसे इस प्रकार देखा जा सकता है -

---

1- भाषा विज्ञान और मानक हिन्दी - डॉ. रत्नचन्द्र शर्मा, पृ. 113

2- भाषाविज्ञान की भूमिका - डॉ. देवेन्द्र शर्मा, पृ. 106

क़-त्-ल् (धातु) का अर्थ है - मारना । क़ त ल (शब्द) = हत्या, क़ातिल ('') मारने वाला (हत्यारा), यक़तुल ('') यह मारता है, क़िल्त ('') शत्रु, क़ितल ('') प्रहार

आकृति मूलक वर्गीकरण कई दृष्टिकोणों से उपयोगी होते हुए भी अनेक खामियों के कारण आजकल प्रदूषित माना जाता हैं। **डॉ. श्याम सुन्दर दास** का विचार था कि वाक्य और शब्दों की प्रकृति का सम्यक विवेचन करने के लिए भाषाओं का आकृतिमूलक अथवा रूपात्मक वर्गीकरण अच्छा समझा जाता है, लेकिन **मैक्समूलर** ने पारिवारिक वर्गीकरण को आकृतिमूलक वर्गीकरण से महत्वपूर्ण बताया था। सच पूछा जाए तो आकृतिमूलक वर्गीकरण भाषाओं के विकास क्रम तथा रूप रचना की समझ में काफी सहायक होता है। साथ ही इससे यह भी स्पष्ट हो जाता है, कि विश्व की अधिकांश भाषाएं संयोगावस्था से वियोगावस्था की ओर प्रवृत्त हुई हैं। फिर भी वैज्ञानिक निष्कर्षो की उम्मीद तो कम- से- कम आकृतिमूलक वर्गीकरण से नहीं ही की जा सकती।

**7- आकृति की दृष्टि से हिन्दी की स्थिति -** पश्चिमी विचारकों ने आकृति की दृष्टि से 'हिन्दी' पर तो नहीं विचार किया है, किन्तु अंग्रेजी पर अवश्य विचार किया है, पर सौभाग्य से आकृति की दृष्टि से 'हिन्दी' अंग्रेजी से बहुत समानता रखती है। **स्वीट** अंग्रेजी को अयोगी श्लिष्ट योगात्मक (Analytic Inflectional) कहते हैं। हिन्दी को भी इसी वर्ग में रख सकते हैं। इसका आशय यह है कि हिन्दी में 'अयोग' के भी लक्षण हैं, जैसे - स्थान के कारण अर्थ का निर्धारण या परसर्गों या सहायक क्रियां का अलग रहना, पर साथ ही संस्कृत के बहुत से शब्दों को गृहीत करने या उसी की तरह अपने रूपों (विशेषत: प्रत्यय उपसर्ग लगाकर शब्द या विभक्ति लगाकर क्रिया) का निर्माण करने के कारण 'योग' के भी लक्षण हैं। इस प्रकार दोनों प्रकार के लक्षणों के मिलने के कारण यह दोनों के बीच में है, यद्यपि 'अयोगात्मकता' की ओर अधिक झुकी हैं। फिर भी, यह उतनी अयोगात्मक नहीं है, जितनी की चीनी आदि हैं। कुछ लोग संस्कृत, ग्रीक आदि की तुलना में हिन्दी या अंग्रेजी को 'वियोगात्मक भाषा' (Analytic Language)कहते हैं, क्योंकि इनमें अलग से सहायक क्रिया या कारक चिन्ह आदि रखे जाते हैं और दूसरी ओर संस्कृत, ग्रीक, लैटिन आदि को 'संयोगात्मक भाषा' (Synthetic Language) कहते हैं। कहना न होगा कि इस प्रसंग में ये दोनों क्रम से 'अयोगात्मक' और 'योगात्मक' के ही नाम है।[1]

## 8- आकृतिमूलक या रूपात्मक वर्गीकरण की वैज्ञानिकता तथा उपयोगिता की समीक्षा-

आकृति या रूप की दृष्टि से किया गया भाषाओं का वर्गीकरण शुरुआती दौर में मील का पत्थर माना जाता था। इसे काफी अहमियत और महत्व दिया गया। तभी तो **डॉ. श्याम सुन्दर दास** को लिखना पड़ा कि,- ''वाक्य और शब्दों की प्रकृति का सम्यक् विवेचन करने के लिए भाषाओं का आकृतिमूलक अथवा रूपात्मक वर्गीकरण अच्छा समझा जाता है।''किन्तु, कालान्तर में आगे चलकर यह वर्गीकरण मुखर और गतिशील नहीं रह सका। भाषा विज्ञानियों को इसमें कई तरह की खामियाँ और छेद दिखाई देने लगे। उन्हें इसकी कोई जमीनी व्यावहारिकता और उपयोगिता दृष्टिगोचर नहीं हुई। भाषाविदों का कहना था कि आकृतिमूलक वर्गीकरण में विश्व की सभी भाषाओं का विभाजन उपयुक्त ढंग से नहीं हो पाता ।इस वर्गीकरण में परस्पर किसी प्रकार का भी संबंध न रखने वाली भाषाओं को एक वर्ग में रख दिया जाता है। उदाहरण के लिए यदि हिन्दी को अश्लिष्ट योगात्मक मान लें तो उसी वर्ग में तुर्की, अफ्रीका की काफिर, फिलिपाइन की टगलॉग, न्यूगिनी की मफोर आदि भाषाएँ हैं, जिनका हिन्दी से किसी प्रकार का संबंध नहीं हैं। योगात्मक, अयोगात्मक दो वर्गीकरण स्पष्ट होते हुए भी योगात्मक भाषाओं के उपसर्गों की सीमा रेखा अत्यन्त धूमिल है। हिन्दी, संस्कृत, तुर्की आदि भाषाएँ विभिन्न वर्गो के लिए उदाहरण दे सकने मे समर्थ हैं।[2] इधर,**डॉ. देवेन्द्र नाथ शर्मा** लिखते हैं कि[3] संसार की समस्त भाषाओं का अब तक अध्ययन नहीं हो पाया है। संभव है, उसका अध्ययन होने पर और भी आकृति गत या रूपात्मक विशेषताओं का पता लगे। अभी संयोगात्मक भाषाओं की जितनी जानकारी है, वह भी अपर्याप्त है। जिस गहराई से भारत-यूरोपीय परिवार की भाषाओं का अध्ययन हुआ है, उस गहराई से चीनी, बर्मी आदि का नहीं। अत: अयोगात्मक भाषाओं के संबंध में जो निष्कर्ष निकलते हैं, वे अखंडनीय हैं, ऐसा नहीं कहा जा सकता, इसीलिए आकृतिमूलक वर्गीकरण का अब वह महत्त्व नहीं रह गया है, जो पहले था। भाषा विज्ञानी आकृतिमूलक अथवा रूपात्मक वर्गीकरण से पारिवारिक वर्गीकरण को अधिक महत्वपूर्ण मानने लगे हैं।

---

**1- भाषा विज्ञान - डॉ. भोला नाथ तिवारी, पृ.-84**

**2- संस्कृत भाषा विज्ञान - डॉ. राजकिशोर सिंह, पृ.-94**

**3- भाषा विज्ञान की भूमिका - डॉ. देवेन्द्र नाथ शर्मा, पृ.-108**

अध्याय -7

# भाषाओं का पारिवारिक या ऐतिहासिक वर्गीकरण

(Genealogical or Historical Classification of Languages)

**1. पारिवारिक वर्गीकरण का नामकरण तथा अर्थ-** भाषाओं के पारिवारिक वर्गीकरण से सामान्य तात्पर्य यह है कि उन सभी भाषाओं को एक वर्ग के अन्तर्गत स्थान देना, जो एक ही परिवार से संबंधित हैं। वस्तुत: रचना तत्व और अर्थतत्व के संयुक्त आधार पर किया गया भाषाओं का वर्गीकरण पारिवारिक वर्गीकरण कहा जाता है। वर्गीकरण से विविध भाषाओं के अध्ययन में सुकुमारता आ जाती है और इस पद्धति से उन्हें अच्छी तरह समझा जा सकता है। किसी भी प्रकार के वर्गीकरण की यह एक व्यावहारिक उपयोगिता होती है। किसी विशिष्ट परिवार की भाषाओं का परस्पर संबंध इस बात में है कि वे मूलत: एक भाषा से निकलती हैं और उनमें परस्पर कई प्रकार की समानताएँ होती हैं। किसी परिवार के सभी व्यक्तियों के परस्पर संबंधों को जानने और उस परिवार के इतिहास को समझने के लिए जिस प्रकार उस परिवार का वंशवृक्ष देखना आवश्यक हो जाता है, ठीक उसी प्रकार एक ही परिवार की विविध भाषाओं का अध्ययन कियाजाता है।[1]

भाषाओं के वर्गीकरण के अन्य आधारों में यह सर्वाधिक महत्वपूर्ण आधार माना गया है। इस वर्गीकरण के अन्य नाम ऐतिहासिक, वंशानुक्रमिक या उत्पत्ति मूलक भी है। आकृतिमूलक वर्गीकरण में हमारा ध्यान भाषा की आकृति, रूप या रचना पर केन्द्रित होता है, लेकिन पारिवारिक वर्गीकरण में भाषा की रचना व समानता, ध्वनि समूह, शब्द समूह, व्युत्पत्ति, स्थानीय निकटता आदि के आधार पर हम यह तलाश करते हैं कि अमुक भाषा किस वंश या किस परिवार की हो सकती है ? इस वर्गीकरण के महत्व का संकेत कलकत्ता उच्च न्यायालय के पूर्व न्यायाधीश **सर विलियम जोन्स** के उस वक्तव्य से ही मिल जाता है, जब उन्होनें दो फरवरी 1786 में रॉयल एशियाटिक सोसाइटी की नींव रखते हुए संस्कृत भाषा के महत्व पर प्रकाश डालते हुए कहा था कि शब्द, धातु तथा व्याकरण की दृष्टि से संस्कृत, ग्रीक, लैटिन, गॉथिक, कैल्टिक तथा पुरानी फारसी में पर्याप्त समानताये हैं और सम्भव है कि ये किसी एक मूल भाषा से निकली हों - The Sanskrit Language, whatever its antiquity is of a wonderful structive more perfect than the Greek, more copious than the Latin and morc exquisitely refined than either, yet bearing to both of them a stronger affinity, both in the roots of verbs and in the forms of grammar, than could possibly have been produced by accident, there is a similar reason. Though not quite so forcible for supposing that both Gothic and the Celtick, though blended with a very different ideoms, had the same origin with the Sanskrit and old Persian might be the added to the same family. कहते हैं, इसके उपरान्त ही उक्त भाषाओं तथा संसार की अन्य भाषाओं के तुलनात्मक तथा ऐतिहासिक अध्ययन का क्रम आरम्भ हुआ।[2]

**2. पारिवारिक वर्गीकरण के आधार-** भाषाओं की वंशावलियों के लिए विद्वानों ने कुछ आधार सुझाये हैं। **डॉ. देवेन्द्र नाथ शर्मा** ने इस संबंध में छ: आधार सुझाए हैं - ध्वनि, पद-रचना, वाक्य-रचना, अर्थ, शब्द-भंडार और स्थानीय निकटता।[3] **डॉ. रामचन्द्र वर्मा** ने केवल तीन आधार-शब्दों की समानता, व्याकरण की समानता तथा ध्वनियों की समानता की कल्पना की है। **राममूर्ति मेहरोत्रा** केवल दो ही आधार शाब्दिक समानता तथा व्याकरणिक समानता की बात करते हैं, लेकिन अधिकांश विद्वान् निम्नलिखित तीन आधार ही स्वीकारते हैं -

1- ध्वनि की समानता, 2- शब्द-समूह की समानता तथा 3- व्याकरण की समानता ।

---

1- भाषा विज्ञान - डॉ. देवदत्त कौशिक, पृ.-57

2- ऐतिहासिक भाषा विज्ञान : सिद्धान्त और व्यवहार- डॉ. जय कुमार'जलज' 205

3- भाषा विज्ञान की भूमिका, पृ.-110

इन आधारों पर ही भाषाओं की चीर-फाड़ कर यह तय किया जाता है कि कौन भाषा किस परिवार से अनुस्यूत है।

**1. ध्वनि की समानता -** भाषाओं का ध्वनिगत साम्य उनके मूल की खोज में काफी सहायक होता है। हालाकि कई लोगों को इस आधार पर कुछ आपत्तियाँ हैं। उनका कहना है कि ध्वनियाँ अपने आन्तरिक और वाह्य परिवर्तनों के कारण निरन्तर बदलती रहती हैं, इसलिए इस आधार को बहुत ठोस और सुदृढ़ नहीं मानना चाहिए। इस संबंध में कुछेक स्पष्टीकरण देते हुए कहा जा सकता है कि कुछ अपवादों को छोड़ भाषाओं की मूल ध्वनियाँ सदैव सुरक्षित रहती हैं, साथ ही अपने पड़ोस की अन्य भाषाओं की ध्वनियों से प्रभावित भी नहीं होती। इस कथन की सत्यता के लिए कुछ उदाहरण दिये जा सकते हैं।यूरोप में जिप्सी भाषा यूरोपीय भाषाओं से घिरी हुई है। उसमें अधिकांश शब्द यूरोपीय भाषाओं के होते हुए भी ध्वनि और व्याकरण की दृष्टि से उसकी निकटता भारतीय आर्य भाषाओं से है। बलूचिस्तान के मध्य में ब्राहुई भाषा बोलने वाले मुसलमानों की ध्वनियाँ द्रविड़ हिन्दुओं की ध्वनियो से समानता रखती हैं।[1] ठीक इसी तरह अपने यहाँ की मुण्डा परिवार की भाषाएं उत्तर में आर्य तथा दक्षिणमें द्रविड़ परिवारों से घिरी होने के बावजूद ध्वनियों की दृष्टि से न तो आर्य और न द्रविड़ परिवार की ध्वनियों से ही कोई समानता रखती हैं। भाषाओं में ध्वनि-साम्य-स्थापन के लिए उनकी पारस्परिक एकरूपता की समझ बहुत आवश्यक होती है। वह इसलिए कि "इतिहासिक संबंध के लिए प्राय: स्थानिक समीपता से विचार उठता है, शब्दों की समानता से विचार को पुष्टि मिलती हैं, व्याकरण साम्य से विचार वादरूप हो जाता है और यदि ध्वनि साम्य भी निश्चित हो जाए तो संबंध पूरी तरह निश्चय कोटि को पहुँच जाता है।"[2]

**2. शब्द-समूह की समानता -** शब्द साम्य भी भाषाओं के पारिवारिक निश्चयीकरण में काफी सहायक होता है। ध्यान इस बात का होना चाहिए कि शब्दों की तुलना में भरसक वे ही शब्द लिए जायँ जो दैनिक बोलचाल में व्यवहृत होते हों, जिनमें परिवर्तन की सम्भावना बहुत कम हो, जो तत्सम न होकर तद्भव हों। शब्दों का लिखित रूप न होकर उच्चरित होना चाहिए, साथ ही शब्दों के वर्तमान रूप की अपेक्षा यदि प्राचीन रूप उपलब्ध हों, तो बेहतर होगा। इसके साथ ही अर्थ-साम्य पर भी बल देना आवश्यक होता है। शब्दों की समानता के लिए प्रयुक्त किये जाने वाले कुछ शब्दों की फेहरिस्त इस प्रकार है -

1- परिवार संबंधी शब्द - माता, पिता, भाई, बहन आदि।

2- पुरुष वाचक सर्वनाम - मैं, हम, तू, तुम, वह, वे, आदि ।

3- शरीर के अंगों के नाम - हाथ, पैर, नाक, कान, सिर, मुँह आदि ।

4- संख्या वाचक विशेषण - एक से दस तक ।

5- दैनिक क्रिया व्यापार - खाना, पीना, सोना, उठना, बैठना, लेना-देना आदि ।

6- घर-गृहस्थी के नित्य व्यवहार की वस्तुएं - आग, पानी, लकड़ी, अनाज, खाने-पीने के बर्तन आदि।[3]

उदाहरण रूप में उन्हें इस प्रकार देखा जा सकता है -

| परिवार संबंधी शब्द | | अंग संबंधी शब्द | |
|---|---|---|---|
| संस्कृत | पितृ पितर: (बहुवचन) | संस्कृत | (Nas) |
| हिन्दी | पिता | लैटिन | (Nasus) |
| अवेस्ता | पितर | इतालवी | (Naso) |
| फारसी | पिदर | फ्रांसीसी | (Nez) |
| ग्रीक | पेटर(Pater) | रूमानियन | (Nes) |
| लैटिन | पेटर (Pater) | पुरानी नॉर्स | (Nasar) |
| इटैलियन | पेडर (Pader) | स्वीडिश | (Nasa) |
| स्पैनिश | पेडर (Pader) | आधुनिक अंग्रेजी | (Nose) |
| डैनिश | फेडर (Fader) | लिथुआनियन | (Nosis) |
| स्वाडिश | फेडर (Fader) | बोहेमियन या चैक | (Nos) |
| जर्मन | वेटर (Vater) | रूसी | (Nos) |
| पुरानी अंग्रेजी - | फेडर (Faeder) | अवेस्ता | (Nah)[4] |

1- भाषा विज्ञान और मानक हिन्दी - डॉ. रत्नचन्द्र शर्मा, पृ. 117

2- सामान्य भाषा विज्ञान - डॉ. बाबूराम सक्सेना, पृ. 202

3- भाषा विज्ञान और मानक हिन्दी - डॉ. रत्नचन्द्र शर्मा, पृ. 118

4- A Dictionary of Selected Synonyms in the Principal Indo-Eurapean Languages. p.227

| | |
|---|---|
| आधुनिक अंग्रेजी | फादर (Father) |

| संख्यावाचक | | सर्वनाम शब्द | |
|---|---|---|---|
| संस्कृत | सप्त | संस्कृत | अहम् |
| हिन्दी | सात | हिन्दी | मैं |
| फारसी | हफ्त | फारसी | अम् |
| ग्रीक | हैप्टा (Hepta) | ग्रीक | इगो (Ego) |
| लैटिन | सैप्टम् (Septm) | लैटिन | इगो (Ego) |
| फ्रेंच | सैप्ट (Sept) | गॉथिक | आइक (Ik) |
| स्पैनिश | सेइट (Siete) | जर्मन | आइक (Ik) |
| गॉथिक | सिबन (Sibun) | अंग्रेजी | आई (I) |
| जर्मन | सिबन (Sieben) | | |
| अंग्रेजी | सेवन (Seven) | | |

शब्दों की उपर्युक्त पारस्परिक निकटता को देखकर बड़ी आसानी से कहा जा सकता है कि देश-कालादि संबंधी भिन्नता होने पर भी वे एक ही परिवार के हैं।

**3. व्याकरण की समानता-** पारिवारिक वर्गीकरण में सर्वाधिक महत्व व्याकरण की समानता का ही है। प्राय: देखा जाता है कि एक मूल की भाषाओं में रचना और व्याकरणिक एकरूपता बहुत अधिक मिलती है, साथ ही अन्य भाषाओं के सम्पर्क में आने पर भी वे प्रभावित नहीं होतीं। उदाहरण के लिए अंग्रेजी और अन्य भारतीय भाषाओं को देखा जा सकता है। अंग्रेजी भाषा से अत्यन्त निकट होते हुए भी अंग्रेजी भाषा की वाक्य तथा पद - रचना का लेसमात्र प्रभाव भी भारतीय भाषाओं पर नहीं दिखाई देता। अंग्रेजी "I always worship to Hanumanji" के आधार पर हिन्दी में "मैं हमेशा पूजा करता हूँ हनुमान जी की" नहीं लिखा जाता। व्याकरण-साम्य का निर्धारण करने के लिए निम्नलिखित तीन बातों का जानना आवश्यक होता है।

1- धातुओं से शब्द-रचना की विधि,

2- प्रातिपदिकों से विभिन्न प्रत्ययों के योग से शब्द-रचना की विधि तथा

3- वाक्य-रचना की विधि।[1]

कुल मिलाकर यह कि ध्वनियाँ बदल सकती हैं, अर्थ परिवर्तित हो सकते हैं, शब्द समूह में प्रक्षेप हो सकता है, स्थानिक निकटता अप्रमाणित हो सकती है किन्तु पद -रचना और वाक्य -रचना के नियमों में हेर-फेर नहीं हो सकता। अत: पारिवारिक वर्गीकरण में सबसें अधिक महत्व इन्ही को देना पड़ता है और इन्हें ही मुख्य आधारों पर परिगणित करना भी चाहिए।[2]

## 3. आकृतिमूलक और पारिवारिक वर्गीकरण में वैज्ञानिक, उपयोगी तथा महत्वपूर्ण कौन ?

भाषा चिन्तकों ने आकृति मूलक और पारिवारिक वर्गीकरणों में तुलना करते हुए पारिवारिक वर्गीकरण को ही श्रेष्ठ और उपयोगी माना है। इन लोगों का कहना है कि चूँकि आकृतिमूलक वर्गीकरण भाषा के वाह्य पक्ष का सूचक है, अत: इस लिहाज से यह अधिक वैज्ञानिक नहीं है, जबकि इसके बरक्स पारिवारिक वर्गीकरण में विश्व की भाषाओं का तुलनात्मक दृष्टि से सफल अध्ययन हो जाता है। अगली बात यह कि पारिवारिक वर्गीकरण द्वारा संसार में दूर-दूर बिखरी जातियों की भी एकता सिद्ध हुई है, क्योंकि उन दूर-दूर बिखरी जातियों की भाषा में समानता होती है। यूरोप के अनेक देशों में बसे जिप्सियों की भाषा तथा भारत के पंजाबियों, राजस्थानियों तथा पश्चिमी उत्तर प्रदेश के निवासियों की भाषा परस्पर मिलती है।इससे सिद्ध होता है कि यूरोप के जिप्सी भारत से ही जाकर वहाँ बसे हैं। इसी प्रकार भारत के द्रविड़भाषी हिन्दू तथा मध्य बलूचिस्तान के ब्राहुई भाषा-भाषी मुसलमान भी परस्पर संबद्ध हैं। इस प्रकार पारिवारिक वर्गीकरण द्वारा अनेक जातियों के लुप्त इतिहास का ज्ञान हुआ है।[3] इसी तरह 17वीं शताब्दी में जब यूरोपीय विद्वानों को संस्कृत का पता चला और उन्होंने ग्रीक और लैटिन आदि के साथ इसका तुलनात्मक अध्ययन किया तो इस बात का निश्चय हुआ कि इतनी समानता आकस्मिक नहीं है। निश्चय ही, ये भाषाएं किसी एक मूल भाषा से निकली हैं। भाषाओं के वैज्ञानिक तथा पारिवारिक वर्गीकरण का आरंभ यहीं से होता है। इसके पहले, प्राय: पुराने धार्मिक लोग संसार की सारी भाषाओं को एक परिवार की मानते थे। किसी के अनुसार आदि और मूल भाषा संस्कृत थी और संसार की सभी भाषाएं इसी से निकली थीं, तो किसी के अनुसार हिब्रू की यही स्थिति थी और

1- भाषा विज्ञान और मानक हिन्दी - डॉ. रत्नचन्द्र शर्मा, पृ. 119

2- भाषा विज्ञान - देवदत्त कौशिक, पृ. 59

3- भाषा विज्ञान - डॉ. कर्ण सिंह, पृ. 68

किसी के अनुसार फीजियन या अरबी आदि की।[1]

कुल मिलाकर यह कि स्पष्टता, सुबोधता और उपयोगिता की दृष्टि से पारिवारिक वर्गीकरण आकृतिमूलक वर्गीकरण से श्रेष्ठ और वैज्ञानिक हैं, इसमें दो राय नहीं।

**4- विश्व के भाषा - परिवारों का संक्षिप्त परिचय-** संसार में बोली जाने वाली भाषाओं की संख्या का निश्चित पता अभी तक नहीं लग पाया है। निश्चित संख्या का सवाल आज के वैज्ञानिक युग में भी अनुमान-अँटकल के धुंध में फँसा हुआ है। पश्चिम के सुप्रसिद्ध चिन्तक **मेरियो पेई** पूरी दुनिया में व्यवहृत होने वाली 2796 भाषाओं की बात करते हैं,- "There are spoken in the world to day 2796 different Languges."[2] तो **सी.एफ.हॉकेट** भाषाओं की संख्या तीन से चार हजार के बीच होने की चर्चा करते हैं, - The number of Languages spoken in the world to day is some there or four thousand."[3] कुछ विद्वान् केवल अमेरिका में ही 100 भाषा-परिवार बताते हैं, तो एक अन्य विद्वान् **फ्रीड्रीश म्यूलर** (Friedrich Muller) संपूर्ण धरती पर 100 भाषा-परिवार की ओर इशारा करते हैं। आधुनिक विद्वान् **राइस** (Reiss) महोदय महज एक भाषा - परिवार होने की जिद्द पर अड़े हैं, तो 1822 में अपनी भाषाई खोजी रपट के आधार पर मशहूर जर्मन विद्वान् **विल्हेल्म फॉन हुम्बोल्ट** (Wilhelm Von Humboldt) इनकी संख्या 13 मानते हैं। **ग्रे** (Grei) साहब तो भाषा-परिवारों की कुल संख्या बहुत विश्वास के साथ 26 बताते हैं। इन सबसे अलग हटकर भारतीय विद्वान् विश्व में संपूर्ण भाषा-परिवारों की संख्या 10 से 18 के बीच स्वीकारते हैं। बहरहाल, इन्ही अर्थात् भारतीय विद्वानों को आधार मानकर हम विश्व के संपूर्ण भाषा-परिवारों का अध्ययन करने चल रहे हैं, तो आइये -

### (क) अमरीका भूखण्ड

1. अमेरिकी (उत्तरी, मध्य तथा दक्षिणी) परिवार - American (North, Middle and South Family)

### (ख) अफ्रीका भूखण्ड

2. बुशमैनी - होतेन्तोत परिवार - (Bushman - Hottentot Family) 3. बांटू या बान्तू परिवार (Bantu Family)4. सूडानी परिवार (Sudani Family) 5. हामी या हेमेटिक परिवार (Hamitic Family)

### (ग) प्रशान्त महासागरीय भूखण्ड

6. मलायाई या इन्डोनेशियाई परिवार - (Malay or Indonesian Family), 7. मलेनेशियाई परिवार - (Malaynesian Family), 8. पॉलीनेशियाई परिवार - (Polynasian Family), 9. पापुआई परिवार - (Papuan Family),10.आस्ट्रेलियाई परिवार - (Australian Family)

### (घ) यूरेशिया (यूरोप-एशिया) भूखण्ड

11. द्रविड़ परिवार (Dravidian Family), 12. तिब्बत चीनी परिवार (Tibbet Chinesefamily), 13. यूराल अल्टाई परिवार (Ural Altai Family), 14. काकेशी परिवार(Cauca sian Family), 15. सेमेटिक (सामी) परिवार (Semitic Family), 16. जापानी तथा कोरिआई परिवार (Japanese-Koreanfamily), 17. अत्युत्तरी या हाइपर बोटी परिवार(Hyper borean Family), 18. बास्क परिवार (Basque Family), 19. एनु परिवार (Anu Family), 20. भारोपीय भाषा- (भारत यूरोपीय परिवार (Indo-European Family)

**(क)- अमरीका भूखण्ड-** सम्पूर्ण अमरीका महाद्वीप के आदिवासियों की भाषाएं इस खण्ड में सम्मिलित हैं। इन भाषाओं की संख्या लगभग चार सौ बताई जाती हैं। इस वर्ग की अधिकांश भाषाएं अनुसंधान एवं अध्ययन की प्रतीक्षा में हैं। अधिकांश भाषाएं साहित्य एवं लिपि रहित हैं तथा अपनी अविकसित दशा में यात्रा पूरी कर रही है।[4] ये सभी भाषाएँ प्रश्लिष्ट योगात्मक प्रधान हैं। यहाँ अधिकाशंत: पूरा-पूरा वाक्य एक लम्बे शब्द के द्वारा व्यक्त किया जाता है। इस खण्ड की भाषाएं भौगोलिक आधार पर वर्गीकृत की गई हैं, यथा -

1- उत्तरी अमेरिका - एस्किमो (ग्रीनलैण्ड), अथबस्की (कनाडा) और अल्गोनकी (संयुक्त राज्य) आदि।

2- मैक्सिको और मध्य अमेरीका - अजतेक (मैक्सिको), मय, नहुअत्ल आदि ।

3- दक्षिणी अमेरिका - अरबक (अरोबक) करीब, गुअर्नी, तुपी, अरौकन, चको, देल, फूगो आदि ।

---

1- भाषा विज्ञान - डॉ. भोला नाथ तिवारी, पृ. 88

2- All about Languages - Mario Pei,P. 56,1956

3- A Course in Modern Linguistics - C.F. Hocket,P.7,1967

4- संस्कृत भाषा विज्ञान - डॉ. राजकिशोर सिंह, पृ. 100

**(ख)- अफ्रीका भूखण्ड -** इस खण्ड की भाषाएं अमरीका खंड की भाषाओं से काफी साहित्य सम्पन्न हैं। इस खंड में मुख्य रूप से निम्न भाषाओं का समावेश किया जाता है,- (1)- बुशमैन परिवार, (2)- बान्टू परिवार, (3)- सूडानी परिवार तथा (4)-हामी (हैमेटिक) परिवार । इनके संबंध में क्रमश: इस प्रकार जाना जा सकता है -

**1. बुशमैनी - होतेन्तोत परिवार -** बुशमैन दक्षिण अफ्रीका के मूल निवासियों की एक जाति का नाम है। यह जाति अफ्रीका के उत्तर में नागामी झील से लेकर दक्षिण में ऑरेन्ज नदी तथा पूरब में लगभग पच्चीस देशान्तर से, पश्चिम में अटलांटिक महासागर तक फैली हुई है। इस जाति के नाम पर ही इस भाषा परिवार का नाम बुशमैन रखा गया है। यह भाषा-परिवार दक्षिण अफ्रीका का प्राचीनतम भाषा-परिवार है। जंगली जाति की भाषा के रूप में प्रसिद्ध इस भाषा-परिवार के पास साहित्य के नाम पर कुछ भी नहीं है। हाँ, स्थानीय परम्परागत लोकगीत तथा लोक-कथाएं अवश्य हैं। **ब्लाख** के अनुसार इस परिवार की भाषाएँ अश्लिष्ट अन्त योगात्मक थीं, लेकिन ये क्रमश: अयोगात्मकता की ओर जा रही हैं। ये भाषाएँ सूडान तथा बांटू परिवार की जुलु भाषा के काफी निकट हैं। बुशमैन परिवार के भाषा भाषियों की कुल संख्या 5 लाख के आसपास है।

**2. बान्टू या बान्तू परिवार -** इस परिवार की भाषाएं अफ्रीका महाद्वीप में भूमध्य रेखा के दक्षिण में पश्चिमी तट से पूर्वी तट तक अर्थात् लगभग 10 पूर्वी देशान्तर से 40 पूर्वी देशान्तर तक बोली जाती हैं। दूसरे शब्दों में ये भाषाएँ पूरब में हिन्द महासागर तथा पश्चिम में अटलांटिक महासागर को छूती हैं। इनके दक्षिण पश्चिम में बुशमैन तथा होटेंटाट और उत्तर में सूडान परिवार की भाषाओं का प्रचलन है। जंजीबार द्वीप की स्वाहिली भाषा भी इसी परिवार की भाषा है। बांटू परिवार में लगभग 150 भाषाएं बताई जाती हैं। इन सभी को निम्न तीन वर्गों में बाँटा गया है -1- पूर्वी वर्ग - मुख्य भाषाएं 'काफिर' तथा 'जुलु',2- मध्यवर्ती वर्ग - मुख्य भाषा 'सेसुतो' तथा 3- पश्चिमी वर्ग - मुख्य भाषा 'कांगो' ।

ध्यान देने की बात है कि सभी भाषाएं साहित्य-विहीन हैं। स्वाहिली भाषा में कुछ साहित्य अवश्य मिलता है, लेकिन वह भी अरबी भाषा में। बान्टू परिवार की भाषाओं में लिग-भेद नहीं है। बांटू परिवार की भाषाएं लगभग 9 करोड़ लोगों के द्वारा व्यवहृत होती हैं। एक करोड़ चालीस लाख लोग स्वाहिली भाषा का प्रयोग करते हैं। शेष अन्य भाषाएं, यथा- जुलु, खोसा, गण्डा, रूआण्डा तथा कांगो बोलते हैं। सभी स्वर स्वरांत होने के कारण ये भाषाएं श्रुति मधुर अवश्य हैं।

**3. सूडानी परिवार -** अफ्रीका में भूमध्य रेखा के उत्तर में पश्चिमी तट से लेकर पूर्वी तट तक सूडान या सूडानी भाषा परिवार फैला हुआ है। इसके उत्तरी सिरे पर हामी या हैमेटिक परिवार की भाषाएं बोली जाती हैं। सूडान भाषा-परिवार में 435 भाषाएं हैं। कहते हैं, इनमें से केवल 5 या 6 के पास ही उनकी अपनी लिपि है। इस परिवार की भाषाएं चार वर्गों में विभक्त की गई हैं - सेनेगल, ईव, मध्यवर्ती और नीलोत्तरी। प्रथम वर्ग की बोलोफ, द्वितीय वर्ग की ईव, तीसरे वर्ग की हाउसा तथा चतुर्थ वर्ग की बारी विशेष उल्लेख्य हैं। उत्तरी तथा मध्य अफ्रीका के लगभग सभी बड़े नगरों में व्यापार की भाषा हाउसा ही हैं। इस परिवार के भाषा भाषियों की कुल आबादी 13 करोड़ के आसपास है, जिसमें 2 करोड़ लोग हाउसा तथा शेष वाई, मोम, इबो, एफिक, कनूरी तथा नूवी आदि बोलते हैं। इस परिवार में चीनी भाषा की तरह एकाक्षर धातुओं का प्रयोग होता है। इनमें उपसर्ग तथा प्रत्यय का अभाव होता है।

**4. हामी (हैमेटिक) परिवार -**सेमेटिक परिवार के नामकरण की तरह इस परिवार के साथ भी नामकरण संबंधी एक किंवदन्ती जुटी हुई है। ईजिल की एक कथा के अनुसार नौह के दूसरे पुत्र हेम अफ्रीका के कुछ भागों में आदि पुरुष के रूप में प्रसिद्ध हैं। कहते हैं, उन्हीं के नाम पर इस परिवार का उक्त नाम पड़ा। इस परिवार की भाषाएँ उत्तरी अफ्रीका के सम्पूर्ण प्रान्तों में बोली जाती थीं। इस भाषा परिवार पर धार्मिक तथा राजनीतिक कारणों तथा सैमेटिक परिवार के भाषाओं के प्रभाव के कारण इसकी बहुत सी भाषाएं लुप्त हो गईं। इस परिवार की मुख्य भाषा प्राचीन मिस्री से ही काप्टी का जन्म हुआ। इस काप्टी में ही तीसरी शताब्दी में बाइबिल का अनुवाद किया गया। मिस्री भाषा में 6000 वर्ष पहले तक के लेख मिलते हैं। प्राचीन मिस्री के दो रूप थे - एक, धर्म ग्रन्थों का दूसरा, जन सामान्य का। लीबिया की भाषा लीवी, इथियोपिया की भाषा इथियोपी, सोमाली लैण्ड की भाषा सोमाली - इस परिवार की अन्य प्रसिद्ध भाषाएँ हैं। सोमाली का प्रयोग बहुधा व्यापारियों में होता है। मिस्री भाषा में सरल धातुएँ एकाक्षर तथा अनेकाक्षर हैं। इसमें मध्य, आदि तथा अन्त में धातुएं जोड़ कर पदों की रचना की जाती है। यहाँ क्रियाएँ काल का बोधक नहीं होती, बल्कि काल के बोध के लिए सहायक शब्दों का प्रयोग करना पड़ता है। हैमेटिक भाषा परिवार के बोलने वालों की संख्या लगभग 2 करोड़ है।

**(ग) प्रशान्त महासागरीय भूखण्ड-** इस परिवार की भाषाओं के नामकरण भी भौगोलिक आधार पर किए गए हैं। इस परिवार की भाषाएं प्रशान्त महासागर तथा हिन्द महासागर के विस्तृत भूखण्डों में फैली हुई हैं। दूसरे शब्दों में अफ्रीका के दक्षिण पूर्व में स्थित मेडागास्कर द्वीप, एशियां के दक्षिण पूर्व में स्थित मलय प्रायद्वीप, इन्डोनेशिया के विभिन्न द्वीपों, प्रशान्त महासागर में कर्क

रेखा से लेकर पैंतालिस **दक्षिणी अक्षांश के मध्य** स्थित अनेक द्वीपों तथा दक्षिण अमरीका महाद्वीप के चिली देश के पश्चिम में स्थित ईस्टर द्वीप तक-**ये भाषाएं फैली हुई हैं**।इस वर्ग में जावा, सुमात्रा, बोर्नियो, फिलिपाइन्स, फारमोसा, न्यूगिनी आदि न्यूजीलैण्ड की भाषाएं आती हैं। **इस खण्ड की भाषाएं** 'मलाया पॉलीनेशियाई' या 'आस्ट्रोनेशियाई' नाम से जानी जाती हैं। इस परिवार की भाषाओं को पाँच भागों में **विभक्त किया गया है** - (1)- मलायाई या इंडोनेशियाई परिवार, (2)- मलेनेशियाई परिवार, (3)- पॉलीनेशियाई परिवार, (4)- पापुआई परिवार तथा (5)- आस्ट्रेलियाई परिवार। मलाया पॉलीनेशियाई परिवार के भाषा भाषियों की संख्या इस समय 18 करोड़ के आस पास है, जिसमे 6 करोड़ व्यक्ति मलय, 10 करोड़ जावी तथा दो करोड़ व्यक्ति सुन्दियन भाषा बोलते हैं।

**6. मलायाई या इन्डोनेशियाई परिवार -** इस परिवार के अन्तर्गत् मलय (मलाया तथा सुमात्रा में), जावीं (जावा के तीन चौथाई भाग में), सुन्दियन (जावा के शेष भाग में), दयिक (बोर्नियो में), टगल (फिलिपाइन में), फारमोसी (फारमोशा में), मलगसी या होवा (मेडागास्कर में) बोली जाती हैं। बहुत पहले भारतीय उपनिवेश होने के कारण जावा, सुमात्रा, बोर्नियो तथा बाली आदि द्वीपों की भाषाएं संस्कृत से काफी प्रभावित रही हैं।

**7. मलेनेशियाई परिवार-** इस परिवार की भाषाएं प्रशान्त महासागर के फीजी द्वीप तथा आसपास के कुछ अन्य छोटे-छोटे ,द्वीपों में भी बोली जाती हैं। इनमें फीजी द्वीप की फीजीयन भाषा मुख्य है। कुछ अर्थों में यह मलय के निकट पड़ती है। केलीडोनी, हेब्रिडी,ल्यायल्ती तथा सीलीमोनी आदि इस परिवार की अन्य भाषाएँ हैं ।

**8. पॉलीनेशियाई परिवार -** इस परिवार की भाषाएं **मलेनेशियाई समुदाय** की भाषाओं से दक्षिण पूर्व में बोली जाती हैं। इन भाषाओं में न्यूजीलैण्ड की माओरी, टोंगा की टोंगी, समोआ की समोई, हवाई द्वीप की हवाई, ताहिती की ताहिती तथा मारक्वीसन द्वीप की मारक्वीसीज आदि भाषाएं प्रमुख हैं। भाषाओं की दृष्टि से यह भाषा परिवार काफी भरा-पुरा है। इन भाषाओं में व्यंजनों का लगभग अभाव ही मानना चाहिए। एकवचन, द्विवचन तथा बहुवचन का इन भाषाओं में अस्तित्व है। विद्वानों के अनुसार ये भाषाएं इस समय वियोगात्मकता की ओर बढ़ रही हैं।

**9. पापुआई परिवार -** इस परिवार में लगभग सवा सौ से ऊपर भाषाएं बताई जाती हैं, जिनका क्षेत्र मलाया और पॉलिनेशिया के मध्य स्थित न्यूगिनी आदि छोटे-छोटे द्वीप हैं। मफोर, इस परिवार की प्रधान भाषा बताई जाती हैं, जो न्यूगिनी में बोली जाती है। भाषा वैज्ञानिक अध्ययन की दृष्टि से उक्त सवा सौ भाषाओं में अभी तक केवल इसी पर काम हुआ है। पापुआई परिवार की भाषाएं योगात्मक अश्लिष्ट आकृति की मानी जाती हैं।

**10. आस्ट्रेलियाई परिवार -** इस परिवार के भाषाओं की संख्या लगभग एक सौ बताई जाती है। ये भाषाएं आस्ट्रेलिया तथा तस्मानिया द्वीपों के लोगों द्वारा बोली जाती हैं। इन सभी भाषाओं का स्रोत एक ही है। इस समुदाय की मुख्य भाषा मैक्वारी है। मैक्वारी नदी के नाम पर इसका नामकरण हुआ है। यह भाषा उस नदी के आस-पास दक्षिण-पूर्वी आस्ट्रेलिया में बोली जाती है। आस्ट्रेलिया ब्रिटेन का उपनिवेश रहा है, इसलिए वहाँ अंग्रेजी का वर्चस्व अभी भी कायम है। समूचे आस्ट्रेलिया महाद्वीप की आबादी लगभग एक करोड़ है। इस पूरी जनसंख्या में केवल 50 लाख लोग ही आस्ट्रेलिया परिवार की भाषाओं का प्रयोग करते हैं। इस परिवार की भाषाएं अश्लिष्ट योगात्मक तथा अन्त: प्रत्यय: प्रधान हैं।

## (घ) यूरेशिया (यूरोप-एशिया) भू-खण्ड

**11. द्रविड़ परिवार -** इस भाषा परिवार का प्रयोग भारत के दक्षिणी प्रदेशों में होता है। मुख्य रूप से यह भाषा -परिवार नर्मदा तथा गोदावरी से लेकर सुदूर दक्षिण कुमारी अन्तरीप तक फैला हुआ है। द्रविड़ परिवार की चार मुख्य भाषाएँ हैं जिनका प्रयोग तमिलनाडु, आन्ध्र प्रदेश, कर्नाटक तथा केरल में होता है। इनमें तमिलनाडु में प्रयोग की जाने वाली तमिल भाषा सबसे सम्पन्न भाषा है। इसका प्रयोग श्री लंका के उत्तरी भाग में भी होता है - "Tamil is the most important Drawidian literary Language and is spoken in southern India below Madras and aslo in northern Ceylon."[1]

इसके बोलने वालों की संख्या इस समय पाँच करोड़ से ऊपर है। शेन् तथा कोडुम् - तमिल भाषा के दो रूप प्रचलित हैं। शेन् साहित्यिक भाषा है और कोडुम बोल-चाल की भाषा है। आन्ध्र प्रदेश में प्रयोग की जाने वाली भाषा का नाम तेलुगु है। इसका प्राचीन साहित्य दसवीं शताब्दी तक का है। इस भाषा का साहित्य उच्चकोटि का है। इस पर संस्कृत साहित्य का प्रभाव अधिक है। इस भाषा का प्रचार उड़ीसा, मध्यप्रदेश तथा महाराष्ट्र तक है। इसके बोलने वालों की संख्या इस समय 6 करोड़ के आसपास है। द्रविड़ परिवार की तीसरी मुख्य भाषा कन्नड़ है। यह कर्नाटक में व्यवहृत होती है। द्रविड़ परिवार की यह सबसे प्राचीन भाषा है। भाषिक रचाव की दृष्टि से यह तमिल तथा लिपि विचार से यह तेलुगु से काफी मिलती है। इसके बोलने वाले इस समय दो करोड़ से ऊपर हैं। केरल में बोली

1- Sign, Symbol and Script. (The Indian Group of Script): Hens-Jensen,P.402

जाने वाली द्रविड़ परिवार की अन्तिम और चौथी भाषा का नाम मलयालम है। लक्ष्यद्वीप में भी यही बोली जाती है। इसे तमिल की पुत्री कहा जाता है। वह इसलिए कि ईसा की नवीं शताब्दी के आसपास यह तमिल से पृथक हुई थी। साहित्य की दृष्टि से इसमें संस्कृत शब्दों की प्रधानता है। मलयालम का प्राचीन साहित्य तेरहवीं शताब्दी तक का प्राप्त होता है। इधर इसका आधुनिक साहित्य भी प्रचुर रूप से भरा-पुरा है। मलयालम बोलने वालो की संख्या भी 2 करोड़ से ऊपर है। द्रविड़ भाषाओं का प्रयोग इन क्षेत्रों के अलावा अन्यत्र भी होता है, क्योंकि कुर्ग की भाषा कोडगु या कुर्गी, कुर्ग और महाराष्ट्र प्रान्त के सीमावर्ती छोटे से प्रदेश की भाषा तुलु, नीलगिरि के जंगलों की बोलियाँ टोडा और कोटा, मध्य प्रदेश के एक भाग में बोली जाने वाली भाषा गोंड, बिहार, उड़ीसा और मध्य प्रदेश की सीमा प्रदेशीय बोली ओरावँ, बंगाल और बिहार की सीमावर्ती राजमहल की पहाड़ी पर रहने वाली माल्टो जाति की भाषा माल्टो और पश्चिमोत्तर में विलोचीस्तान के एक छोटे से भाग की भाषा ब्राहुई भी द्रविड़ परिवार के ही अन्तर्गत हैं।[1]

**12. तिब्बत चीनी परिवार -** एशिया के पूर्वी और दक्षिण पूर्वी भाग अर्थात् चीन, स्याम या थाई, तिब्बत, वर्मा आदि प्रदेशों के विस्तृत भूखण्ड में बोले जाने वाले इस भाषा परिवार को एकाक्षर परिवार भी कहते हैं, क्योंकि इस परिवार की भाषाएं अयोगात्मक हैं। इन भाषाओं में सुर, स्थान तथा निपात से अर्थ बोध होता है। जनसंख्या के विचार से भारतीय परिवार के बाद इसी परिवार का स्थान है। इस भाषा-परिवार को मुख्य रूप से चार भाषा समूहों में बाँटा गया है - 1-चीनी, 2- तिब्बत वर्मी, 3- अनामी तथा 4- थाई। चीनी शाखा की प्रमुख भाषा चीनी है। इसका साहित्य अत्यन्त समृद्ध है। चीनी भाषा में लगभग चार हजार साल पुराना साहित्य उपलब्ध है। चीनी लिपि भी पुरानी है। चीनी भाषा-को दो भागों - उत्तरी तथा दक्षिणी में विभक्त किया गया है। उत्तरी वर्ग की प्रमुख भाषा मन्दारी है। यह चीन की राजधानी पेइचिंग (पेकिंग) के आस-पास बोली जाती है। यही चीन की राजभाषा भी है। बताते हैं, कि इसमें कुल सवा चार सौ शब्द हैं। दक्षिणी वर्ग की मुख्य भाषा केन्टनी तथा फुकिनी है। केन्टनी में आठ-नौ सौ शब्द बताये जाते हैं। सुर भिन्नता के कारण इन भाषाओं में एक ही शब्द भिन्न-भिन्न अर्थ देता है। तिब्बती-बर्मी समूह की बोलियाँ तिब्बत तथा बर्मा में बोली जाती हैं। इसके अलावा इन भाषाओं के बोलने वाले लद्दाख, भूटान तथा आसाम में भी फैले हुए हैं। तिब्बती को तो इस समय मन्दारी भाषा का राजनीतिक प्रभुत्व भी झेलना पड़ रहा है। अनामी शाखा में हाँलाकि चीनी परिवार के मुख्य लक्षण सर्वत्र पाये जाते हैं, फिर भी कुछ व्याकरणिक भिन्नता के कारण कुछेक विद्वानों ने इस भाषा समूह को चीनी परिवार से अलग रखने का सुझाव दिया था। थाई शाखा की प्रमुख भाषा स्यामी है। स्याम देश में प्रचलित इस भाषा में पर्याप्त साहित्य उपलब्ध होता है। इस शाखा की शान, अहोम तथा खाम्ती बोलियाँ उत्तर पूर्वी असम तथा बर्मा में बोली जाती हैं। चीनी तिब्बती परिवार के बोलने वालों की कुल आबादी इस समय 80 करोड़ के आसपास है। इसमें 53 करोड़ लोग मन्दारी, पाँच करोड़ से ऊपर केण्टनी, 3 करोड़ से ऊपर स्यामी, 3 करोड़ बर्मी तथा लगभग 80 लाख व्यक्ति तिब्बती भाषा बोलते हैं।

**13. यूराल अल्टाई परिवार -** इस परिवार की भाषाएं काफी विस्तृत भू-भाग में बोली जाती हैं। इनका विस्तार क्षेत्र पूर्व में आखोटस्क सागर से पश्चिम में तुर्की, हंगरी तथा फिनलैण्ड तक, दक्षिण-पश्चिम में भूमध्य सागर से लेकर उत्तर पूर्व में उत्तरी सागर तक है। इस परिवार के अन्य नाम शुरू में तूरानी, फिनोतातारिक, स्कीथियन आदि रखे गये थे, किन्तु इन नामों को सार्थक नहीं समझा गया और कालान्तर में इस परिवार का नाम यूराल तथा अल्टाई पहाड़ों के नाम पर ही यूराल-अल्टाई कर दिया गया। मुख्य रूप से इन्हें दो भागों में विभक्त किया गया है - यूराल परिवार तथा अल्टाई परिवार । यूराल परिवार में दो भाषा-समूह हैं - फीनीउग्री तथा समोयेरी। अल्टाई परिवार में तीन भाषा समूह हैं - तुर्की, मंगोली तथा तुगूजी। फीनीउग्री भाषा समूह में फीनलैण्ड की भाषा फीनी (इसे सुओमी कहते हैं) तथा हंगरी की भाषा मगियार सम्मिलित है। चीनी भाषा में प्राचीन साहित्य प्रचुर रूप में मिलता है। मगियार बारहवीं सदी से प्राप्त भाषा है। इन भाषाओं पर जर्मन भाषा का प्रभाव स्पष्ट रूप से दिखाई देता है। समोयेरी समूह में भाषाएँ नहीं, बल्कि कुछ स्थानीय बोलियाँ सम्मिलित हैं।

अल्टाई भाषा परिवार की मुख्य भाषा तुर्की है। इसमें लगभग 28 बोलियाँ हैं, जिनका प्रसार तुर्की से लेकर पूर्वी साइबेरिया की लेना नदी तक है। इनमें तुर्की भाषा तुर्की देश में, किरगिज तुर्किस्तान में, कोसक क्रीमिया में, नागाइर रूस में और माकूत लेना नदी के तटवर्ती प्रदेश में बोली जाती है।[2] तुर्की की साहित्यिक भाषा उस्मानवी कहलाती है। यह भाषा भी काव्य तथा साहित्य सम्पन्न भाषा है। इसका साहित्य चौदहवीं शताब्दी से उपलब्ध होता है। इस्लाम के प्रभाव के कारण तुर्की, अरबी तथा फारसी से प्रभावित हुई हैं। बताते हैं, बीसवी शताब्दी में मुस्तफा कमाल पाशा के नेतृत्व में स्वदेश प्रेमियों ने तुर्की से अरबी शब्दों को खारिज कर दिया। मंगोली, मंगोलिया की भाषा है।तुगूजी की बोलियाँ मंचूरिया तथा साइबेरिया के मध्य भाग में बोली जाती हैं, लेकिन इनमें साहित्यिकता का अभाव ही रहा है। यूराल अल्टाई परिवार के भाषा भाषियों की संख्या लगभग 10 करोड़ से ऊपर है। इनमें फीनी बोलने वाले लोग 60-लाख, मगियार

---

1- ऐतिहासिक भाषा विज्ञान : सिद्धान्त और व्यवहार - डॉ जय कुमार 'जलज' पृ. 302 2- भाषा विज्ञान और मानक हिन्दी - डॉ. रत्नचन्द्र शर्मा पृ. 125

बोलने वाले लोग एक करोड़ के आसपास, समोयेरी बोलने वाले लोग 30 हजार से ऊपर, तुर्की बोलने वाले लोग लगभग 5 करोड़, मंगोली बोलने वाले लोग 40 लाख से ऊपर तथा तुगूजी बोलने वाले लोग लगभग 15 लाख हैं।

**14. काकेशी परिवार -** काकेशस पर्वत के समीप काले सागर से कैस्पियन सागर तक के फैले हुए क्षेत्र में इस परिवार की भाषाएँ बोली जाती हैं। काकेशस पर्वत के नाम पर ही इस भाषा-परिवार का नामकरण हुआ है। काकेशी भाषा परिवार यूराल अल्टाई, सेमेटिक परिवार तथा भारोपीय परिवार जैसे सशक्त भाषा परिवारों से घिरा होने के बावजूद अपनी निजता तथा स्वाभाविकता खो नहीं पाया है। इस परिवार के दो भाग हैं - उत्तरी काकेशी तथा दक्षिणी काकेशी। इन दोनों भागों में पर्याप्त भेद हैं। उत्तरी काकेशी में स्वरों की कमी लेकिन व्यंजनों की प्रचुरता है। उत्तरी काकेशी परिवार में सरकसी, चेचेन तथा लेगी आदि बोलियाँ हैं। दक्षिण काकेशी की प्रमुख भाषा जॉर्जियन है। इस भाषा के पास अपना विपुल साहित्य भण्डार है। इसकी अपनी एक निजी लिपि है लेकिन इसके विपरीत उत्तर काकेशी वर्ग की किसी भाषा के पास खुद की लिपि और साहित्य नहीं है। उत्तरी काकेशी आठ लाख तथा दक्षिणी काकेशी बीस लाख लोगों द्वारा बोली जाती है।

**15. सेमेटिक (सामी) परिवार -** इंजील की एक पौराणिक कथा के अनुसार हजरत नौह के ज्येष्ठ पुत्र का नाम सेम था। सेम अरब, असीरिया तथा सीरिया आदि दक्षिण पश्चिम एशिया के निवासियों के आदि पुरुष माने जाते थे। उन्हीं के नाम पर इस परिवार का नाम सैमेटिक या सामी रखा गया। जो कुछ भी हो, इतना तो अवश्य तय है कि विश्व के भाषा परिवारों में इसका अति विशिष्ट महत्व है। यदि महत्व का क्रम निश्चित करें तो कह सकते हैं, कि प्रथम स्थान भारोपीय, द्वितीय स्थान सैमेटिक तथा तृतीय स्थान चीनी परिवार का है। सैमेटिक परिवार की भाषाओं को दो भागों में बाँटा गया है - उत्तरी तथा दक्षिणी। उत्तरी वर्ग में प्राचीन फोनेशियन, यहूदी वा हिब्रू, असीरियन तथा आरमेइक भाषाएं आती हैं। हिब्रू लगभग मृतप्राय भाषा हो चुकी थी, लेकिन इजराइल के निर्माण के बाद यूरोप के सभी यहूदी हिब्रू को पुनर्जीवित करने के लिए इजराइल में इकट्ठा हुए। 1949 में हिब्रू को राजभाषा बनाकर उसका उद्धार किया गया तथा 1966 में हिब्रू भाषा को नोबेल पुरस्कार भी प्राप्त हुआ। दक्षिणी वर्ग की प्रधान भाषा अरबी है। यह उत्तरी अफ्रीका में पश्चिम मोरक्को से लेकर पूर्व में संयुक्त अरब गणराज्य तक बोली जाती है। यही अरबी अल्जीरिया तथा मोरक्को की राजभाषा है। अरबी भाषा की लोकप्रियता ने कई भाषाओं को दबा दिया। बताते हैं, मोहम्मद साहब और इस्लाम के जन्म के पूर्व भी यह भाषा बहुत महत्वपूर्ण थी। कुरान शरीफ की रचना इसी भाषा में होने के कारण शायद यह तबसे इस्लाम की धार्मिक भाषा बन गई। तुर्की, फारसी तथा उर्दू भाषाएं अरबी से काफी प्रभावित हुई हैं। अरबी इस समय लगभग 12 लाख लोगों द्वारा, हिब्रू लगभग 50 लाख लोगों द्वारा बोली जा रही है।

**16. जापानी तथा कोरियाई परिवार -** यह जापान देश की समृद्ध भाषा है। इसमें आठवीं सदी तक का पुराना साहित्य उपलब्ध होता है। इस समय इसमें उत्कृष्ट साहित्य रचा जा रहा है। जापानी लिपि चीनी से सम्बद्ध है। जापानी की लिखित और बोलचाल में अन्तर पाया जाता है। जापानी की लिपि कुछ जटिल है। जापानी बोलने वालों की संख्या 10 करोड़ से ऊपर है।**कोरियाई** कोरिया देश की भाषा है। इस भाषा में चीनी शब्दों की प्रचुरता है, क्योंकि यह देश चीन के अधीन बहुत दिनों तक रहा है। जापानी से इसकी काफी निकटता है। इसीलिए शुरू में जापानी और कोरियाई को परस्पर असम्बद्ध समझा जाता था लेकिन अब दोनो के पारस्परिक सम्बद्धता के सूत्र स्पष्ट हो चुके हैं।[1] कोरियाई प्रत्यय प्रधान श्लिष्ट भाषा है। कोरियाई की वर्तमान लिपि ब्राह्मी से विकसित बताई जाती है। इसके पहले पन्द्रहवीं शताब्दी तक इसकी लिपि चीनी थी । इस समय इस भाषा के बोलने वाले पाँच करोड़ के आसपास हैं।

**17. अत्युत्तरी या हाइपर बोरी परिवार -** इसे अत्युत्तरी, पुरा-एशियाई अथवा पैलियो-एशियाटिक भी कहते हैं। यह साइबेरिया के उत्तरी पूर्वी कोने में बोली जाती है। इसमें कई बोलियां हैं, जो परस्पर असम्बद्ध हैं।

**18- बास्क परिवार -** यूरोप में पिरेनीज पहाड़ के आस-पास इसका प्रचलन है। फ्रांस में यह ढाई लाख तथा स्पेन में एक लाख लोगों के द्वारा बोली जाती है। यह अन्त योगात्मक अश्लिष्ट भाषा है। शब्द-भण्डार सीमित हैं। इसकी वाक्य-रचना को लेकर कुछ मतभेद हैं। पाश्चात्य भाषाविद **ग्रे** कहते हैं कि इसकी वाक्य रचना जटिल है -"The great difficulty of this Language is its highly intricate syntax."[2] लेकिन तारापुर वाला का विचार है कि इसकी वाक्य रचना अत्यन्त सरल है -"The syntax is quite simple."[3]

**19- एनु परिवार -** इस भाषा का कोई विशेष साहित्यिक महत्व नहीं है। जापान के उत्तर में स्थित चार-पाँच द्वीपों में यह लगभग 40 हजार लोगों द्वारा बोली जाती है। इसकी केवल तीन बोलियों का ही उल्लेख मिलता है। आकृति की दृष्टि से यह भी योगात्मक अश्लिष्ट भाषा है।

---

**1- ऐतिहासिक भाषा विज्ञान - सिद्धान्त और व्यवहार - डॉ. जय कुमार 'जलज' पृ. 216**

**2- Foundation of Language - L.H.Gray, p. 377**

**3- Elements of Science of Language - Taraporewala, p. 422**

अध्याय-8

# भारोपीय भाषा (भारत यूरोपीय) परिवार

## भारोपीय परिवार का नामकरण और उसकी सार्थकता

अपने नामकरण को लेकर यह भाषा परिवार काफी विवादग्रस्त रहा है। इसकी व्यापकता या विस्तार क्षेत्र को देखते हुए प्रसिद्ध भाषाविचारक **मैक्समूलर** ने सर्वप्रथम इस परिवार का नाम 'इन्डोजर्मनिक' रखा था। कालान्तर में इसमें कई खामियों को देखते हुए इसका पुन: दूसरा नामकरण 'इन्डोकैल्टिक' रखा गया, किन्तु यह नाम भी सार्थक सिद्ध न हुआ। पश्चात् इसका नामकरण 'संस्कृत' या 'सांस्कृतिक' रखा गया। इस नाम के पीछे विद्वानों की धारणा यह थी कि संस्कृत ही इस समग्र परिवार की जननीं है, किन्तु इस नाम को भी एकांगी समझकर त्याग दिया गया। इस परिवार का एक नाम 'जैफाइट' भी रखा गया था। इंजील सम्प्रदाय के लोगों ने हजरत के तृतीय पुत्र जैफ के नाम पर उक्त नामकरण किया था। इसके अन्य नाम 'आर्य ','काकेशियन' भी रखे गये, किन्तु ये सभी नाम लोगों को संकीर्ण या जाति विशेष के सूचक लगे, इसलिये ये सभी नाम प्रचलन से बाहर हो गये।

इस भाषा परिवार को 'इंडोहित्ताइत' नाम देने का सुझाव कई विद्वानों ने दिया। इस संबंध में **होजनी** नामक विद्वान् का नाम मुख्य रूप से लिया जाता है। बोगाजकोई नामक स्थान पर सन् 1893 ई. में पुरातात्विक खुदाई के अवसर पर कुछ कीलाक्षर प्राप्त हुए थे। इन्हें 1917 ई. में इस विद्वान् ने पढ़ा और यह निष्कर्ष निकाला कि हित्ती भारत-यूरोपीय परिवार की ही भाषा है। यहीं पर एक और बात कही गयी। वह यह कि हिन्ती भाषा मूल भारत-यूरोपीय भाषा से संस्कृत, ग्रीक, लैटिन आदि की भाँति उत्पन्न नहीं हुई है, बल्कि वह उसके समानान्तर ही प्रयुक्त होती थी। इस प्रकार वह इस मूल भाषा की संतति न होकर सहोदरा है, अत: समकक्ष है। बस, तभी इस परिवार को 'भारत-हिन्ती' नाम देने का विचार प्रस्तुत कर दिया गया। किन्तु कुछ आक्षेप भी तभी प्रस्तुत कर दिए गए। पहला आक्षेप यह था कि नामकरण में 'भारत' शब्द देश-विशेष का वाचक है और 'हित्ती' शब्द जाति-विशेष का। अत: नाम में एकरूपता का नितांत अभाव है। दूसरा आक्षेप यह किया गया कि 'भारत' शब्द से तो विस्तार का पता लग जाता है, किन्तु 'हित्ती' शब्द से यह पता नहीं चलता कि इस भाषा का विस्तार कहाँ तक है ? अंतत: यह नामकरण भी स्वीकार नहीं हो सका। यद्यपि पद्य-रचना के क्षेत्र में हित्ती-भारत-यूरोपीय परिवार की मूल भाषा के निकटहै, तथापि ध्वनि समूह, वाक्य-विन्यास और शब्दावली की दृष्टि से उससे बहुत दूर है।[1]

अंत में बहुत सोच-विचार के बाद एक सर्वमान्य नाम रखा गया - 'इन्डो यूरोपियन परिवार'(Indo-European Family)। पाश्चात्य चिन्तकों ने इस नाम को ही सर्वाधिक सार्थक तथा उपयुक्त समझा है और यही नाम अभी तक चल भी रहा है। इस 'इन्डोयूरोपियन' नाम का ही हिन्दी रूपान्तर 'भारोपीय' है।

## भारोपीय परिवार का महत्व

विश्व के विविध भाषा-परिवारों में भारोपीय परिवार का महत्व नि:संदेह सर्वोपरि है। यह यूरेशिया ही नहीं, विश्व का महान् भाषा-परिवार है, महत्वपूर्ण है, साहित्य लिपि संपन्न है, प्राचीनतम है। अध्ययन की दृष्टि से भी इसका अध्ययन अधिकतम हुआ है। यह भाषा-परिवार सर्वाधिक विकसित भी है, अस्तु , इस परिवार की भाषाएँ भारत, ईरान, आर्मीनिया, संपूर्ण यूरोप, अमरीका, दक्षिणी पश्चिमी अफ्रीका, आस्ट्रेलिया आदि में बोली जाती हैं। इस परिवार के भाषा-भाषी सर्वाधिक हैं।[2]

अंग्रेजी इस परिवार की मुख यभाषा है। यह भाषा आज विश्व के कई देशों के बीच सांस्कृतिक और राजनीतिक कार्य व्यापार, संवाद आदि के लिए पुल का काम कर रही है। दक्षिणी अफ्रीका, न्यूजीलैण्ड, आस्ट्रेलिया तथा भारत में अंग्रेजी का सर्वाधिक प्रयोग हो रहा है। अंग्रेजी के अतिरिक्त फ्रांसीसी, स्पेनी, पुर्तगाली, जर्मन, रूसी, इतालवी, बेल्जियम आदि भाषाओं का प्रचलन भी यही सिद्ध करता है। इसका मुख्य कारण यह रहा है कि यूरोप के विभिन्न देशों ने संसार के बहुत बड़े भाग में अपनी राजनीतिक सत्ताओं को

1- भाषा विज्ञान - डॉ. देवदत्त कौशिक, पृ. 63

2- संस्कृत भाषा विज्ञान - डॉ. राजकिशोर सिंह, पृ. 110-111

प्रतिष्ठित किया। फलस्वरूप अनेक देश उपनिवेश बनते चले गए और उनमें शासकों की ही भाषाओं को पल्लवित और विकसित होने का अवसर मिला।[1] इस परिवार की अगली विशेषता यह है कि इसी परिवार की कुछ भाषाओं के तुलनात्मक अध्ययन से भाषा विज्ञान के अध्ययन का आविर्भाव हुआ, यही कारण है कि भाषाई-परिवारों में जितना अध्ययन इस परिवार का हुआ है, संभवतः अन्य परिवारों का नहीं हो सका है। कुल मिलाकर **डॉ. रत्नचन्द्र शर्मा** के शब्दों में -"जनसंख्या की दृष्टि से यह परिवार संसार का सबसे बड़ा और सबसे अधिक महत्वपूर्ण भाषा-परिवार है। इसके बोलने वालों की संख्या संसार में सबसे अधिक है। साहित्य और संस्कृति की दृष्टि से भी इसी परिवार का सबसे अधिक महत्व है। संस्कृत, पालि, प्राकृत, ग्रीक, लैटिन आदि प्राचीन समृद्ध भाषाएँ और हिन्दी, बंगला, मराठी, अंग्रेजी, फ्रेंच, जर्मनी, पश्तो, ईरानी, फारसी आदि आधुनिक भाषाएं इसी परिवार से संबंध रखती है। भाषा-विज्ञान की दृष्टि से भी इन्ही भाषाओं का अध्ययन अधिक किया गया है।[2]

## भारोपीय परिवार की विशेषताएं

1- इस परिवार की धातुएं एकाक्षर मानी जाती हैं,

2- विभिन्न स्थानों पर विकसित होने के कारण इस परिवार की भाषाएं प्रत्यय प्रधान हैं

3- प्रत्यय दो प्रकार के होते हैं। धातु में जुड़ने वाले प्रत्यय 'कृत' (Primary)तथा 'कृत' के बाद जो जुड़ते है, उन्हें 'तद्धित' (Secondary) प्रत्यय कहते हैं, इस तद्धित के भी तीन भेद माने गए हैं,

4- अपने मूल रूप में इस परिवार की भाषाएँ श्लिष्ट योगात्मक बहिर्मुखी विभक्ति प्रधान मानी जाती हैं,

5- प्रारंभ में इस परिवार की भाषाएँ योगात्मक थीं, कालान्तर में दो-एक को छोड़कर शेष वियोगात्मक हो गयीं,

6- भारोपीय परिवार की भाषाओं में पूर्वसर्गों (Prefix) द्वारा शब्दों का अर्थ बदला जाता है, तथा

7- इस परिवार की भाषाओं की सबसे बड़ी संपदा और ताकत इनकी समास बहुलता है, क्योंकि समास के द्वारा ही शब्दों की विभक्तियों का लोप हो जाता है।

## भारोपीय परिवार की शाखाएं, भेद या विभाजन तथा उनका परिचय

इस भाषा परिवार को दो वर्गों में विभक्त किया गया है - 1- कैन्टुम वर्ग तथा 2- सतम् वर्ग। इस वर्गीकरण का मूलाधार प्रसिद्ध भाषा-चिन्तक **अस्कोली** की वह खोज है, जिसके अनुसार मूल भारोपीय भाषा की कण्ठ्य ध्वनियाँ (क् , ख् , ग् , घ्) कुछ भाषाओं में तो कण्ठ्य रहीं, परन्तु कुछ भाषाओं में वे ऊष्म ध्वनियों में बदल गईं। इस मत की पुष्टि के लिए 'शत' (सौ) शब्द को मूलाधार बनाया गया। 'श' या 'स' का उच्चांरण जिन भाषाओं में 'क' के समान पाया गया उन्हें तो 'केन्टुम्' वर्ग की भाषाओं में रखा गया, लेकिन जिन भाषाओं में 'श' अथवा 'स' का उच्चारण 'श' या 'स' के रूप में ही पाया गया उन्हें 'सतम् वर्ग' में रखा गया ।इस तरह भारोपीय भाषा परिवार को केण्टुम और सतम् - इन दो वर्गों में विभाजित किया गया हैं, जिसे इस प्रकार देखा जा सकता है -

| केण्टुम वर्ग | | सतम् वर्ग | |
|---|---|---|---|
| लैटिन | = केण्टुम (Centum) | संस्कृत | = शतम् |
| ग्रीक | = हे-काटोन (Hekaton) | अवेस्ता | = सतम् |
| इटैलियन | = केण्टो (Canto) | फारसी | = सद् |
| स्पेनिश | = क्लेटनो (Cletno) | प्राकृत | = सद् , सअं |
| प्राचीन आइरिश | = केट (Cet) | हिन्दी | = सौ |
| गैलिक | = क्यूड् (Ceud) | रूसी | = स्तो |
| बेल्श | = केण्ट (Cent) | बल्गेरियन | = सुतो |
| ब्रेटन | = केण्ट (Cent) | लिथुआनी | = शिम्तास |
| तोखारी | = कन्ध (Kandh) | | |
| गॉथिक | = खुंद (Khund) | | |
| फ्रेंच | = केन्त (Cent) | | |

इन वर्गों में प्रथम वर्ग पश्चिमी या योरोप की भाषाओं से संबंध रखता है तथा दूसरा वर्ग पूर्वी या एशिया की भाषाओं का है। कुछ

---

1- भाषा विज्ञान - डॉ. देवदत्त कौशिक, पृ. 15

2- भाषा विज्ञान और मानक हिन्दी - डॉ. रत्नचन्द्र शर्मा, पृ. 120

भाषा चिन्तकों ने इन्हें पश्चिमी वर्ग और पूर्वी वर्ग नाम से सम्बोधित किया है। केण्टुम वर्ग और सतम् वर्ग की भाषाओं की कुल ग्यारह शाखाएँ स्वीकार की गई हैं। केण्टुम वर्ग की छः तथा सतम् वर्ग की पाँच शाखाएँ इस प्रकार हैं -

| केन्टुम वर्ग (Centum Section) | सतम् वर्ग |
|---|---|
| 21. कैल्टिक (केल्टी)(Keltic) | 27 आर्मेनियम (आर्मेनी) (Armenian) |
| 22- ट्यूटॉनिक (ट्यूटानी)(Tutonic) | 28 बाल्टिक (बाल्टी)(Baltic) |
| 23- लैटिक (इटाली)(Latinor Italic) | 29 स्लाविक (स्लावी)(Slovic) |
| 24- ग्रीक (Greek or Hellenic) | 30 अल्बानी या इलीरियन (Albanian) |
| 25- हिट्टाइट (Hettite) | 31 आर्य या भारत इरानी (Aryan Indo-Iranian) |
| 26- तोखारी (Tokharian) | |

## (क)- केन्टुम् वर्ग (Centum Section)

**21.कैल्टिक शाखा -** (Keltic) - केन्टुम वर्ग की लगभग दो हजार वर्ष पुरानी इस शाखा के बोलने वाले मध्य यूरोप, उत्तरी इटली, स्पेन, एशिया माइनर, ग्रेट, ब्रिटेन, फ्रांस आदि में रहते थे। आजकल यह आयरलैण्ड, स्काटलैण्ड, इंग्लैण्ड के वेल्स, कार्नवाल तथा फ्रांस की ब्रीटन प्रदेशों में व्यवहृत होती है। इस शाखा के दो मुख्य भेद हैं - 'क' वर्गीय तथा 'प' वर्गीय। कैल्टिक तथा इटैलिक उपवर्ग की भाषाओं में काफी एकरूपता दिखाई देती है। आजकल कैल्टिक भाषा के बोलने वालों की संख्या लगभग चालीस लाख हैं, जिसमें से लगभग तेरह लाख व्यक्ति आयरिश, तेरह लाख ब्रीटन, तथा तेरह लाख के ही आसपास वेल्स बोलते हैं।

**22. ट्यूटॉनिक या जर्मानिक** (Teutonic or Germanic)- 'ट्यूटन' शब्द जर्मन तथा अंग्रेज आदि जातियों का बोधक है। इस आधार पर इसे जर्मनिक या जर्मनी नाम से भी जानते हैं। ट्यूटानिक को इस शाखा की महत्वपूर्ण भाषा होने का गर्व प्राप्त है, क्योंकि अंग्रेजी, जर्मन, डच, आईस लैण्डिक, स्वेडिश, डेनिश तथा नार्वेजियन आदि भाषाएं इसी के अन्तर्गत आती हैं।इस उपवर्ग की सबसे प्राचीन भाषा गाथिक है। विश्व में ट्यूटानिक बोलने वालों की संख्या साठ करोड़ से ऊपर है, जिसमें लगभग पैंतालिस करोड़ व्यक्ति अंग्रेजी, तेरह करोड़ व्यक्ति जर्मन तथा दो करोड़ से ऊपर व्यक्ति स्कैण्डिनेवियन (नार्वेजियन, स्वीडिश, डेनिश, आइसलैण्डिक) भाषाएं बोलते हैं।

**23. लैटिन या इटैलिक -** (Latin or Italic) - इसे इटैलिक (इटाली) शाखा भी कहा जाता है। इस उपवर्ग की भाषाएँ इटली, रोम, पुर्तगाल, फ्रांस, स्पेन आदि के द्वारा अमरीका और अफ्रीका में स्थापित किये गये उपनिवेशों में बोली जाती हैं। यह प्राचीन रोम की राज्य भाषा रही है। इस भाषा में धर्म, संस्कृति, साहित्य सभी कुछ सुरक्षित है। विशाल रोमन साम्राज्य की भाषा होने के कारण लैटिन की एकरूपता सुरक्षित नहीं रह सकी। भौगोलिक अन्तरों ने भाषा वैज्ञानिक अन्तरों को जन्म दिया। .......... फिर भी साहित्यिक लैटिन संस्कृत भाषा की तरह ही बोलचाल से दूर पड़ जाने पर भी धार्मिक अनुष्ठानों और साहित्य का माध्यम बनी रही।[1] यूरोप की वर्तमान भाषाओं पर लैटिन के प्रभाव को देखा जा सकता है। लैटिन उपवर्ग के भाषा-भाषियों की कुल आबादी पचास करोड़ से ऊपर हैं। इसमें दस करोड़ से ऊपर पुर्तगाली, चार करोड़ रूमानी, ग्यारह करोड़ फ्रांसीसी, आठ करोड़ इटैलियन तथा सत्रह करोड़ व्यक्ति स्पेनी बोलते हैं।

**24.ग्रीक या हेलेनिक -** (Greek or Hellenic) - भारोपीय परिवार की यह सबसे प्राचीन शाखा है। यह भूमध्य सागर, एजियन सागर तथा साइप्रस देशों में बोली जाती है। यूरोप के ख्यातिलब्ध कवि होमर ने अपने महाकाव्य 'ईलियड' तथा 'ओडिसी' इसी भाषा में लिखे थे। सुकरात, प्लेटो तथा अरस्तू के ग्रंथ भी इसी भाषा की शोभा हैं। ग्रीक भाषा की निकटता वैदिक संस्कृत से काफी है। संगीतात्मक स्वराघात दोनों भाषाओं की विशेषता है। दोनों ही संहित भाषाएं हैं। संस्कृत के परस्मैपद तथा आत्मनेपद के समान ही इसमें ऐक्टिव तथा मिडिल वाइस मिलता है। द्विवचन, निपात तथा समास-विषयक समताएँ है।[2] लोकानियन, कारिथियन, मेस्सेनियन, थैसालेनियन, मेगारन लाम्बऊन, इओनिक तथा एटिक इत्यादि भाषाएँ भी इसी परिवार की हैं। ग्रीक बोलने वालों की संख्या इस समय लगभग एक करोड़ से ऊपर है।

**25. हिट्टाइट** (Hittite)- इस भाषा का प्रयोग आज कल कहीं भी नहीं होता। बताते हैं, उन्नीसवीं शताब्दी में एशिया माइनर के बोगास्कोई नामक स्थान की खुदाई में मिले कुछ कीलाक्षरों में लिखित लेखों से **मि. ह्यूगो विंकलर** ने प्रथमतः इसका पता लगाया था। अनेक विद्वानों ने इसे अनिश्चय वर्ग की भाषा माना है, लेकिन हान्जी शिक्षक के अनुसार यह भारोपीय परिवार की ही भाषा

---

**1- ऐतिहासिक भाषा विज्ञान - सिद्धान्त और व्यवहार - डॉ. जयकुमार 'जलज' पृ.228**

**2- Elements of Science of Language, Taraporewala, p. 140 141**

है।[1] कुछ लोग इसे सेमेटिक परिवार की तथा कुछ लोग इसकी विभक्तियों तथा सर्वनाम के आधार पर इसे लैटिन के निकट मानते हैं। इसीलिए विद्वानों ने इसे केण्टुम वर्ग में ही रखना ठीक समझा है।

**26. तोखारी** (Tokharian) - तोखारी भाषा का अस्तित्व संभवत: सातवीं शताब्दी तक रहा और फिर यह लुप्त हो गई। महाभारत में जिन तुषार लोगों का उल्लेख मिलता है, संभवत: यह उन्हीं लोगों की भाषा है। ईसा पूर्व की दूसरी शताब्दी में मध्य एशिया में इन लोगों ने साम्राज्य की स्थापना की थी।[2] बीसवीं शताब्दी के शुरू में रूसी, अंग्रेजी, फ्रांसीसी तथा जर्मन भाषाविदों ने एशिया के तुर्फान प्रदेश में अनुसंधान कर इस भाषा का पता लगाया। इस अनुसंधान में ब्राह्मी तथा खरोष्ठी में लिखित कुछ ग्रन्थ भी उपलब्ध हुए थे, जिनके अध्ययन के आधार पर यह तय किया गया कि यह भाषा भारोपीय परिवार की केन्टुम शाखा की है। इस अध्ययन में प्रो0 सीग (Sieg) की प्रमुख भूमिका रही है ।

## (ख) सतम् वर्ग

**27. आर्मेनियन या आर्मेनी** (Armenian)- आर्मेनिया प्रदेश के नाम पर वहाँ की भाषा का नाम आर्मेनियन पड़ा। शुरू में यह प्रदेश ईरान के आधिपत्य में था। इस कारण वहाँ की भाषा में दो हजार से ऊपर ईरानी शब्द विभिन्न चरणों में प्रवेश किए, इसीलिए भाषाविद् शुरू में आर्मेनियन भाषा को ईरानी की ही एक शाखा मानते थे लेकिन कालान्तर में इसे स्वतंत्र भाषा का दर्जा दिया गया। यह भाषा लगभग सात-आठ सौ वर्षों से प्रचलित हैं। इसमें ईसाई साहित्य की प्रधानता है। इस समय यह काले सागर और काकेश पर्वत शृंखला के दक्षिण में व्यवहृत होती है। व्याकरणिक लिंग का अभाव ही इस भाषा की अपनी विशेषता है। एक अनुमान के आधार पर इसे बोलने वालों की संख्य इस समय पचास लाख से ऊपर है।

**28. बाल्टिक** (Baltic) - इसका एक नाम लैटिक भी है। इस शाखा में तीन भाषाएँ सम्मिलित हैं - प्राचीन प्रशीयन (Old Prussian), लिथुआनी तथा लैटी या लेटिश। इनमें से प्राचीन प्रशियन पश्चिम में विस्चुला नदी तथा पूरब में निमेन नदी के मध्य सोलहवीं शताब्दी में प्रयुक्त होती थी। उसके बाद इसका लोप हो गया। लिथुआनी प्राचीन प्रशियन भाषा क्षेत्र के उत्तर पूर्व में स्थित लिथुनिया प्रदेश की बोली है। लिथुआनी रूसी से काफी प्रभावित है, क्योंकि लिथुनिया प्रदेश स्वतंत्र राज्य न रहकर सोवियत संघ का अंग बन चुका है। लैटी या लेटिश भाषा लटविया (Latvia) प्रदेश की भाषा है। यह प्रदेश लिथुनिया के उत्तर तथा उत्तर पूर्व में स्थित है। वस्तुत: यह डवीना नदी की तटवर्ती भाषा है। यह प्रदेश भी सोवियत संघ का ही एक अंग है। इन भाषाओं का साहित्य बहुत समृद्ध नहीं है, बल्कि लैटिश भाषा लिथुआनी से कुछ विकसित अवश्य है।

**29. स्लाविक** (Slavic) - इस शाखा की तीन उप शाखाएं हैं - पूर्वी स्लाविक, पश्चिमी स्लाविक तथा दक्षिणी स्लाविक। पूर्वी स्लाविक शाखा में महारूसी, श्वेत रूसी तथा लघु रूसी भाषाएँ आती हैं। पश्चिमी स्लाविक शाखा में पोली, चेक तथा स्लोवाक भाषाएं तथा दक्षिणी स्लाविक शाखा में बुलगारी, सर्वोक्रोती तथा स्लोवेनी भाषाएँ आती हैं। महारूसी का केन्द्र मास्को है और यही रूस की राष्ट्र भाषा भी है। अठारहवीं शताब्दी में रूसी साहित्य का खूब विकास हुआ। पोली, पोलैण्ड की भाषा है, जो साहित्य सम्पन्न है। चेक, चेकोस्लोवाकिया में बोली जाती है। इधर, उसमें भी उत्कृष्ट साहित्य रचा जा रहा है। बुलगारी भाषा, बुलगारिया में बोली जाती है। यह अत्यन्त प्राचीन भाषा हैं। एक सर्वेक्षण के अनुसार स्लाविक बोलने वालों की संख्या लगभग चालीस करोड़ है। इनमें से सत्ताइस करोड़ व्यक्ति रूसी, पाँच करोड़ लघु रूसी, चार करोड़ पोली, डेढ़ करोड़ चेक, दो करोड़ व्यक्ति सर्वोक्रोती तथा एक करोड़ बुलगारिया बोलने वाले हैं।

**30. अलबानी** (Albanian) **या इलीरियन-** यह अलबानिया देश की भाषा है। अलबानिया, युगोस्लाविया, यूनान तथा एड्रियाटिक सागर से घिरा हुआ पहाड़ी देश है। यही से 20 पूर्वी देशान्तर और 40 उत्तरी अक्षांश रेखा गुजरती है। कमोवेश यह इटली, यूनान तथा सिसली में भी बोली जाती है। इसकी एक शाखा **इलिरियन** भी रही है जिसका अब कोई अता-पता नहीं है । केवल अलबानी ही शेष रह गयी है। इस पर भी तुर्की, यूनानी तथा वेनिस आदि विदेशी भाषाओं का काफी प्रभाव हैं। इसका प्राचीनतम साहित्य पन्द्रहवीं शताब्दी से उपलब्ध होता है। इसके बोलने वालों की संख्या इस समय 50 लाख से ऊपर हो गई है।

**31. आर्य या भारत ईरानी - (भारतीय - ईरानी)** (Aryan, Indo - Iranian) - कृपया इसके अध्ययन के लिए अगला अध्याय देखें - लेखक ।

---

**1- Elements of Science of Language, Taraporewala, p. 146**

**2- ऐतिहासिक भाषा विज्ञान - सिद्धान्त और व्यवहार - डॉ. जयकुमार 'जलज' पृ. 228**

अध्याय-9

# आर्य या भारत - ईरानी शाखा

## (The Indo - Iranian or Aryan Group)

**1. आर्य या भारत - ईरानी शाखाः परिचय तथा महत्व-** भारोपीय परिवार की यह शाखा उत्कृष्ट भाषा, संस्कृति तथा सर्वोत्तम साहित्य की दृष्टि से अति महत्वपूर्ण है। इसका विस्तार क्षेत्र अपने देश के बाहर ईरान, अफगानिस्तान, नेपाल, पाकिस्तान के सिन्ध प्रान्त तथा बलूचिस्तान तक रहा है। अपने देश में इसका प्रसार कश्मीर, पंजाब, दिल्ली, हरियाणा, उत्तर प्रदेश, मध्य प्रदेश, बिहार, उड़ीसा, बंगाल, आसाम, महाराष्ट्र तथा गुजरात प्रान्तों तक रहा है। विश्व के सभी भाषा परिवारों में इसका साहित्य सर्वाधिक प्राचीन माना जाता है। विश्व का प्राचीनतम ग्रन्थ ॠग्वेद इसी भाषा में उपलब्ध है। जेन्द - अवेस्ता भी ई.पू. सात सौ का ग्रन्थ इसी भाषा परिवार से सम्बद्ध है। इस शाखा को तीन उपशाखाओं में विभाजित किया गया है। 1- ईरानी भाषाएँ, 2- दरद भाषाएँ 3- भारतीय आर्य भाषाएँ। ईरानी भाषाओं के अन्तर्गत फारसी-पहलवी, अवेस्ता, पश्तो, बलूची तथा पामीरी भाषाएँ आती हैं। दरद भाषाओं में दरदी, काफिरी, पैशाची तथा खोवारी भाषाएँ सम्मिलित हैं। कुछ विद्वान पश्तो, बलूची तथा पामीरी को भी दरद के भीतर ही परिगणित करते हैं। फिरदौसी का 'शाहनामा' फारसी में, 'वृहत्कथा' पैशाची में तथा पारसियों के प्रसिद्व ग्रंथ अवेस्ता में ही हैं। इसके बाद क्रम आता है - भारतीय आर्य भाषाओं का । अध्ययन की सुविधा की दृष्टि से इसे तीन भागों में बाँटा गया है।

**क-** प्राचीन भारतीय आर्य भाषाकाल (1500 ई0पू0 से 500 ई0पू0 तक)। **ख-** मध्यकालीन आर्य भाषाकाल (500 ई0 पू0 से 1000 ई0 तक)।**ग-**आधुनिक आर्य भाषाकाल (1000 ई0 से वर्तमान समय तक)।

इन भाषाओं में संस्कृत, पालि, प्राकृत, अपभ्रंश आदि प्राचीन भाषाएँ तथा हिन्दी, उड़िया,बंगला, असमिया,बिहारी, गुजराती, मराठी, पंजाबी, सिन्धी आदि वर्तमान भाषाएँ सम्मिलित हैं । भाषा के वैज्ञानिक अध्ययन में इन भाषाओं से काफी सामग्री प्राप्त हुई है, इनमें भी संस्कृत का योगदान तो अपूर्व और स्तुत्य है।[1] As a Historical fact, the scientific study of human speech is founded upon the comparative philology of the Indo - European Languages, and this acknowledges the Sanskrit is its most Valuable means and aid."[1]- वेद,ब्राह्मण, उपनिषद , रामायण, रघुवंश, महाभारत, किरातार्जुनीयम, अभिज्ञानशाकुन्तलम् , कादम्बरी इत्यादि ग्रन्थ संस्कृत साहित्य के ही नहीं विश्व के गौरव ग्रन्थ हैं। पालि में रचित बौद्ध ग्रन्थ, अर्द्ध मागधी में लिखित जैन साहित्य, अपभ्रंश में रचित संदेश रासक आदि के कारण इस शाखा का महत्व स्वतः स्पष्ट है।

**2. भारत-ईरानी शाखा की विशेषताएँ -** डॉ. भोला शंकर व्यास लिखते हैं कि आर्यो का एक दल मध्य एशिया से चलकर ईरान की ओर बढ़ा।[2] यह दल सर्वप्रथम खीवा के शाद्वल में आकर रुका। इस समय तक यह दल अविभाजित था। यही से यह दल दो वर्गो में विभक्त हो गया। एक दल पश्चिम की ओर बढ़ा, दूसरा दल दक्षिण-पूर्व की ओर। प्रथम वर्ग ईरान में स्थित हो गया, दूसरा दल गान्धार देश को पारकर खैबर तथा बोलान के दर्रो के द्वारा सप्तसिन्धु प्रदेश में प्रविष्ट हुआ। यद्यपि खीवा के शाद्वल तक इन दोनों दलों की भाषा का एक ही रूप था, तथापि बाद में भौगोलिक, सामाजिक तथा ऐतिहासिक कारणों से दोनो वर्गो का विकास अपने-अपने रूप में हुआ। फिर भी थोड़े ध्वनि परिवर्तनों के अतिरिक्त आरंभ में ये भाषाएँ एक ही सी थी। आरंभ में तो ईरानियों और वैदिक आर्यों के पितामह एक सी ही भाषा बोलते थे। इसमें कोई संदेह नहीं। यह सिद्ध हो चुका है कि ईरानियों तथा वैदिक आर्यो के पितामह चिरकाल तक एक ही समाज के व्यक्ति के रूप में साथ-साथ रहे थे, उनकी सामाजिक रीतिरिवाज एक सी ही थी, जो ॠग्वेद तथा अवेस्ता के तुलनात्मक अध्ययन से स्पष्ट है। वेद तथा अवेस्ता की भाषा तो परस्पर इतनी निकट है कि प्रायः ऐसा कहा जाता है कि अवेस्ता की भाषा कालिदास की संस्कृत की अपेक्षा वैदिक संस्कृत के विशेष निकट है। अवेस्ता तथा वेदों की भाषाओं में उससे कही अधिक भेद नहीं है, जितना की ग्रीक भाषा के प्राचीन शिलालेखों में उपलब्ध विभाषाओं में पाया जाता है। दोनों भषाओं की संघटना

1. **Languages and its Study : Whitney, P. 72**

2. **साभार - संस्कृत का भाषा शास्त्रीय अध्ययन - पूज्य् डॉ. भोला शंकर व्यास, पृ. - 60, भारतीय ज्ञानपीठ प्रकाशन, 3620/21, नेताजी सुभाष मार्ग, दिल्ली - 6, प्रथम संस्करण, 1971, मूल्य- 10 रूपये।**

इतनी समान है कि अवेस्ता की गाथा की भाषा को कतिपय ध्वनि - नियम संबंधी परिवर्तनों के आधार पर वैदिक संस्कृत के रूप में परिवर्तित किया जा सकता है। उदाहरण के लिए अवेस्ता के दशम् यस्न की अष्टम गाथा को लीजिये। गाथा का मूल रूप यों है,

"यो यथा पुथ्र अम् तउरुन् अम् हआम्अम् बन्दएता मश्यो।
(yo yaa purm taurundm haomdm wandaeta masyo)
फ्र आब्यो तनुब्यो हआमो वीसइते बएशजाइ ।।
(ora abyo tanubyo haomo wisaite baesazai)

इस गाथा को हम वैदिक संस्कृत में इस प्रकार परिवर्तित कर सकते है[1]

**यो यथा पुत्रं तरुणं सोमं वन्देत मर्त्यः।**
**प्रआभ्यः तनुभ्यः सोमो विशते भेषजाय।।**

यहाँ हम देखते है कि दोनों में वास्तविक भेद ध्वन्यात्मक ही हैं।

ध्वन्यात्मकता की दृष्टि से भारतेरानी (Indo-Iranian) शाखा की इन दोनों भाषाओं में प्राचीन भारत-यूरोपीय ऐ, ओ, अ, का भेद नहीं रहा है। यहाँ आकर ये सभी 'अ' तथा 'इन' के दीर्घ रूप 'आ' हो गये हैं। ग्रीक भाषा में इनका भेद बना रहा है। अत: यह स्पष्ट है कि यह परिवर्तन वैदिक आर्य तथा ईरानियों के पूर्वजों के द्वारा बोली जाने वाली प्राचीन भारत ईरानी विभाषा में ही हो गया था। इस प्रकार ग्रीक एपि पततइ (epipetetai) संस्कृत में तथा अवेस्ता में क्रमशः (सं.)अपि पताति, (अवे.)अइपि अ-पत-त् (aipi-a-pata-t) मिलेगा । प्रा. भा. भू. 'अ' इस शाखा में भी अ ही बना रहा है, यथा-ग्रीक अक्मान (akmon),सं0 अश्मन्, अवे0 अस्मन् ।

जहाँ भी ग्रीक तथा लैटिन में कण्ठय् ध्वनि के बाद 'ए' पाया जाता है, वहाँ 'सतम्' वर्ग की भाषाओं में तालव्य रूप (श,छ आदि) मिलता है। यह तालव्यी भाव हिन्द - ईरानी शाखा में इ (य्)के पूर्व ही पाया जाता है, जैसे - सं. ओजीयस् ,किन्तु सं. उग्र, अवेसता - द्रओजिस्त, किन्तु द्रओग - (सं. द्राघिष्ठ)[2] । अत: यह कल्पना की गयी कि वास्तविक रूप में तालव्यी भावकारी भारत ईरानी, अ, इ-रंजित (i-coloured)था, अर्थात् प्रा. भा. भू. रूप में यह 'ए' था। इसी आधार पर यह मत स्थापित किया गया कि प्रा. भा. यू. स्वरों को ग्रीक ने सुरक्षित रखा है, जबकि संस्कृत तथा अवेस्ता में ये सभी स्वर ध्वनियां नहीं पायी जातीं। यद्यपि भारत ईरानी 'अ' प्रा. भा. यू. ऐ, ओ, अतीन से निकला है। तथापि इसका एक अपवाद पाया जाता है। प्राय: प्रा. भा. भू. ऐ, ओ, अ, संस्कृत तथा अवेस्ता में 'अ' हो जाते हैं, किन्तु वे ह्रस्व त्रिस्वर, जो ग्रीक में इनके दीर्घस्वर, ए, ओ, आ के अपश्रुतिजनित रूप हैं, भारत ईरानी वर्ग में 'अ' न होकर 'इ' होते हैं।

संस्कृत तथा अवेस्ता दोनों में ही प्रा. भा. यू. 'स्' ध्वनि इ, ऊ, 'र्' तथा कण्ठ्य ध्वनियों से परे होने पर परिवर्तित हो जाती हैं। इस स्थिति में प्रा. भा. यू. स् भारत ईरानी वर्ग में 'श' (S) हो जाता है।संस्कृत में यह 'श' बदलकर 'ष' हो गया है, जबकि अवेसता में 'श' ही रहा है। यह परिवर्तन अ या आ ध्वनि से परे होने पर नहीं पाया जाता। उदाहरण के लिए संस्कृत के सप्तमी बहुवचन के सुप् प्रत्यय 'सु' को लीजिए, जिसका प्रा. भा. यू. रूप भी सु (SU) है। यह इ,उ (साथ ही ए, ओ, भी) से परे होने पर संस्कृत में षु हो जाता है - कविषु, मानुषु। अवेस्ता में यह शु (SU) होता है, अवे0 बूमिशु (bumisu),(सं0 भूमिषु ), गोउरुशु (gourusu)(गुरुष)। इसी प्रकार 'र' तथा कण्ठ्य ध्वनि के कारण भी यह संस्कृत में 'ष' तथा अवेस्ता में 'श' हो जाता है। पद रचना की दृष्टि से संस्कृत तथा अवेस्ता दोनो की सर्वप्रथम विशेषता यह है कि इनमें भारत -यूरोपीय 'इ' तथा 'ए' स्वर जो क्रमशः वर्तमान तथा परोक्ष भूत के द्वित्व (reduplicated) रूपों में पाये जाते थे, भिन्न -भिन्न रूपों में नहीं है। यहाँ दोनो ही रूपों में 'इ' स्वर वाला द्वित्व रूप पाया जाता है, यथा - सं. तिष्ठति, अवे. हिश्त् अन्ति (histnti),ग्रीक, हिस्तेमि (histemi)। सं. सिबक्ति, अवे. हिशख्ति (hisaxti) सं. इयर्ति, अवे. (उज्)यरात [(uz)-yarat] धातु के कर्मवाच्य् रूप के सामान्यभूत में संस्कृत तथा अवेस्ता दोनो में 'इ' पाया जाता है, जो किसी अन्य भारोपीय भाषाओं में नहीं पाया जाता है, यथा - सं. अवाचि अवे. अवाशि - awasi)। संस्कृत में इसका प्रयोग कर्मवाच्य में अन्य पुरुष के चिन्ह के रूप में पाया जाता हैं। ठीक इसी रूप में इसका प्रयोग अवेस्ता में होता है।इसी प्रकार इन दोनी भाषाओं के आज्ञात्मक (लोट्) रूपों के अन्य पुरूष एक वचन तथा बहुवचन के रूपों में भी ऐसी ही समानता पायी जाती है, संस्कृत भरतु, भरन्तु, अवेस्ता - बरतु (baratu), बरअन्तु (barantu)। इसके अतिरिक्त उत्तम पुरुष के एक वचन में भी दोनों में आ तथा आनि - दोनों प्रकार के वैकल्पिक रूप पाये जाते हैं, संस्कृत भवा, भवानि। लौकिक संस्कृत में आकर भवा वाला रूप लुप्त हो गया है।

स्त्रीलिंग शब्दों के आकारान्त रूपों में संस्कृत तथा अवेस्ता में परस्पर बड़ी समानता है। इस प्रकार के शब्दों में तृतीया, चतुर्थी, पंचमी, षष्ठी, सप्तमी तथा संबोधन के एकवचन के रूप एक से ही हैं। यह समानता अन्य भारत - यूरोपीय् भाषाओं में नहीं पायी जाती।

---

**1- संस्कृत का भाषा शास्त्रीय अध्ययन, भोला शंकर व्यास, पृ. 70**

**2- यहाँ 'ओजीयस्' द्रओजिश्त या दाघिष्ठ की 'ज' तथा 'घ' ध्वनियाँ कण्ठ्य 'ग', 'घ' का विकास है, उग्र में वह 'ग' ही रही है, इ के कारण अन्यत्र 'ज' हो गयी है।- डॉ. व्यास, पृ. 72**

अब थोड़ा दोनो भाषाओं के ध्वन्यात्मक भेदों पर ध्यान दीजिये। समस्त भारत - यूरोपीय भाषाओं में केवल संस्कृत तथा तज्जन्य भारतीय भाषाओं ने ही प्रा. भा. यू. स्पर्श ध्वनियों के चारों रूप की रक्षा की है। इनमें अघोष, अल्पप्राण, महाप्राण, संघोष अल्पप्राण तथा संघोष महाप्राण चारों प्रकार के रूप पाये जाते हैं, जिनके उदाहरण क्रमश: क, ख, ग, घ, हैं। अवेस्ता तथा फारसी वर्ग की भाषाओं में यह बात नहीं पायी जाती है, वहाँ प्राण रूपों में परिवर्तन हो गया है। अघोष महाप्राण, ख, थ, फ, वहाँ सोष्म ख, थ, फ, हो गये हैं। सघोष महाप्राण घ, ध, भ का महाप्राणत्व वहाँ सर्वथा लुप्त हो गया है, इनके स्थान पर ग, द, ब रूप पाये जाते है।[1] यथा -

| **संस्कृत** | **अवेस्ता** | **संस्कृत** | **अवेस्ता** | **संस्कृत** | **अवेस्ता** |
|---|---|---|---|---|---|
| शफ | सफ (safa) | यया | यया (yaya) | अखा | हखं (haxa) |
| भूमि | बूमि (bumi) | धेनु | दएनु (daenu) | धर्म | गर्म (garm) |
| हन्ति | जइन्ति (zainti) | | | | |

संस्कृत पदादि 'स' अवेस्ता में 'ह' पाया जाता हैं। संस्कृत पदादि 'श' अवेस्ता में 'स' होता है। संस्कृत 'ष' अवेस्ता में 'श' पाया जाता है। संस्कृत पदादि 'ह' वहाँ 'ज' हो जाता है।

| **संस्कृत** | **अवेस्ता** | **संस्कृत** | **अवेस्ता** |
|---|---|---|---|
| सप्त, सिन्धु | हप्त (hapta), हिन्दु(hindu) | शरत् (-द) | सर्अद (s,rada) |
| हस्त | जस्त (zasta) (आ0फा0दस्त) | | |

इस प्रकार हम देखते हैं कि संस्कृत तथा अवेस्ता वस्तुत: भारत - यूरोपीय परिवार में एक ऐसा युगल है, जिसे हम भारत ईरानी वर्ग के नाम से एक ही शाखा मान सकते हैं। संस्कृत तथा अवेस्ता प्रा. भा. यू. की वे जुड़वा बेटिया हैं, जिनकी प्रकृति जानने के लिए, एक की भी प्रकृति तथा आकृति जानने के लिए, दूसरी की प्रकृति व आकृति की जानकारी भाषावैज्ञानिक के लिए जरूरी हो जाती है।

## 3. वैदिक - संस्कृत और अवेस्ता : तुलनात्मक सिंहावलोकन

भारत में आर्यो के प्रवेश काल की भाषा संस्कृत मानी जाती है। इस संस्कृत के दो भेद स्वीकार किए गए हैं - वैदिक तथा लौकिक (classical)। **वैदिक** भाषा 'छांदस' नाम से भी जानी जाती है। कोशीतकि ब्राह्मण के अनुसार सप्तसिन्धु प्रदेश की इस वैदिक भाषा को साहित्यिक संस्कृत भाषा का स्थान प्राप्त था - " तस्मादीच्यां प्रज्ञाततरा वागुद्यते, उदञ्च उ एवयन्ति वांच शिक्षितुम् यो वा तत आगच्छति, तस्य वा शुश्रूषन्त इति।"[2] ई0पू0 1500 के आसपास की वैदिक भाषा का एक और उदाहरण देखिए-

**' अग्निमीले पुरोहितम् , यज्ञस्य देवमृत्विजम् ।**
**होतारं रत्नधातमम् ।।**

अर्थात् मैं, पुरोहित (सामने स्थिति), यज्ञ के ऋत्विक रूप देव (प्रकाशशील) देदीप्यमान तेजवाले, होता (देवताओं को बुलाने वाले) अग्नि देवता की स्तुति करता हूँ ।

कुछ लोगों का विचार है कि वैदिक भाषा तथा पाणिनि कालीन संस्कृत अधिकतर मूर्धन्य वर्ण रहित थी, उनमें मूर्धन्यों का समावेश द्रविड़ आदि अनार्य भाषाओं के संपर्क से हुआ, लेकिन ऐसा कहना **डॉ. रामदेव त्रिपाठी** के अनुसार गलत है, क्योंकि खुद अंग्रेजी में भी कैट, फैट, मैट, रैट, हैट, बैड आदि हज़ारों शब्दों में मूर्धन्य वर्ण भरे पड़े हैं, बल्कि वैदिक भाषा की भाँति अंग्रेजी भी मूर्धन्य प्रधान ही है। इसमें 'ट' और 'ड' की भरमार है।[3]

इसी तरह संस्कार संपृक्त सुसंस्कृत भाषा **संस्कृत** का महत्व भारत में अजस्त्रम रहा है। भारतीय उत्कृष्ट चिन्तन-सरणि ने इस भाषा में ही अपना आकार ग्रहण किया है। खगोलीकरण के इस दौर में, जबकि विश्व की संपूर्ण भाषाएँ एक-दूसरे के नजदीक आयी हैं, तब इस भाषा का महत्व और अधिक बढ़ा है। अमेरिका, यूरोप, जर्मन, जापान आदि देश इस भाषा और उसके साहित्य का लोहा तो मानते ही थे, इधर कंम्प्यूटर इन्जिनियरों ने इस भाषा को कम्प्यूटर के लिए सर्वाधिक उपयुक्त घोषित किया है।

**अवेस्ता**, पारसी (ईरानियों) लोगों की धर्मग्रंथ की भाषा है। **डॉ. कपिलदेव द्विवेदी** कहते हैं कि - 'अवेस्ता' संस्कृत 'अवस्था' का अपभ्रंश है, इसका अर्थ है - 'व्यवस्थित, परिनिष्ठित रूप'। अत: अवेस्ता शब्द धर्मग्रंथ का वाचक है।"[4] इधर, **डॉ. राजकिशोर सिंह** लिखते हैं कि, -"अवेस्ता शब्द का अर्थ है, 'शास्त्र या ज्ञान की पुस्तक'। जिस प्रकार 'वेद', 'विद् ' धातु से बना है, उसी प्रकार ईरानी धातु वित् (= जानना) से अवेस्ता शब्द का संबंध है। इस प्रकार 'वेद' और 'अवेस्ता' दोनों शब्दों का मूल एक है। पारसियों के

---

1- L' Indo - Aryen, P. So-So, Block 120

2- कोशीतकि ब्राह्मण, 7/6।

1- पाणिनि और भारतीय भाषा विज्ञान डॉ. रामदेव त्रिपाठी, पृष्ठ -

2- भाषा विज्ञान एवं भाषा-शास्त्र - डॉ. कपिलदेव द्विवेदी, - पृ. 416, विश्वविद्यालय प्रकाशन, चौक, वाराणसी।

**वेद या धर्मग्रंथ का नाम 'अवेस्ता' है। इसी आधार पर उसकी भाषा को भी अवेस्ता कहा गया है।''[1]** ध्वनिगत आधार पर, छन्द, रचना **और शब्दावली के आधार पर अवेस्ता और संस्कृत में काफी करीबी का रिश्ता है।** पश्चिमी भाषा - वैज्ञानिक **डॉ. मार्टिन हाउग ने अपनी पुस्तक** ''Essays on the Sacred Language'' में, **डॉ. तारापोरवाला** ने अपनी पुस्तक - ''Elements of the Science of Language'' में, **डॉ. पी. डी. गुणे** ने अपनी पुस्तक ''An Introduction to Comparative Philology'' में तथा **डॉ. गंगा प्रसाद** ने अपनी पुस्तक, "The Fountain - Head of Religion" में अवेस्ता और वेद के मंत्रों पर तुलनात्मक दृष्टि से काफी गहरा और प्रमाणिक विचार किया है। **डॉ. देवेन्द्र नाथ शर्मा** कहते हैं कि - ''वेद का समय 2000 ई.पू. से 1500 ई.पू. के बीच माना जाता है। अवेस्ता का समय भी 700 ई0पू0 के लगभग निर्धारित किया गया है। भारत यूरोपीय परिवार में इन दोनों भाषाओं का महत्वपूर्ण स्थान है। ऋग्वेद से अधिक प्राचीन साहित्य संसार की किसी भाषा में उपलब्ध नहीं है और संस्कृत का साहित्य कितना समृद्ध है, यह कहने की आवश्यकता नहीं। अवेस्ता से ईरानी की प्राचीनता सिद्ध है और उसका उत्तरवर्ती साहित्य भी बहुत सम्पन्न और रमणीय है। इस प्रकार ये दोनों भाषाएँ साहित्यिक दृष्टि से ही नहीं, भाषा-वैज्ञानिक दृष्टि से भी महत्वपूर्ण बन जाती हैं।[2] कुल मिलाकर इनकी निकटता असंदिग्ध है यथा -

1- संस्कृत और अवेस्ता के व्यंजनों में काफी समानता है, 2- संस्कृत की तरह ही अवेस्ता में भी नामधातु, णिजन्त (Causative),सन्नत (Desiderative), तुल्य कर्मवाच्य (Passive), तथा यङन्त (Frequentative) प्राप्त होते हैं, 3- संस्कृत और अवेस्ता के सर्वनामों में भी समानता-साम्यता मिलती है, 4- संस्कृत की सघोष महाप्राण ध्वनियाँ यथा - घ, भ, घ् अवेस्ता में संघोष अल्पप्राण ग, द, उ के रूप में उपलब्ध होती हैं, 5- कारकों और शब्द रूपों में भी एका पाई जाती है, 6- इसी तरह क्रिया रूप भी लगभग समान पाए जाते हैं, 7- संस्कृत के 'स' के स्थान पर अवेस्ता में 'ह' मिलता है, यथा - संस्कृत 'सिन्धु' का अवेस्ता में 'हिन्दु' तथा संस्कृत 'सप्त' का अवेस्ता में 'हफ्त' हो जाता है, 8- इसी तरह कहीं-कहीं संस्कृत का 'स' अवेस्ता में 'श' में बदल जाता है, 9- संस्कृत 'ह' अवेस्ता 'ज' (Z) में बदल जाता है, यथा - हृदय - जरदय, हस्त - जस्त तथा 10- संस्कृत का 'श्प' अवेस्ता में 'स्प' में तब्दील हो जाता है, यथा - विश्व -विस्प, अश्व -अस्प। इस तरह संस्कृत और अवेस्ता में काफी नैकट्य है।

**ईरानी भाषाएँ -** भारतीय आर्य भाषाओं की तरह ईरानी भाषाओं के भी तीन वर्ग हैं,-

**(क)- प्राचीन युग -** विद्वानों का विचार है कि ईरानी में साहित्य-सृजन बहुत पहले ही आरंभ हो गया था, किन्तु वहाँ की भाषाओं का क्रमबद्ध इतिहास हासिल न होने के कारण उन पर प्रामाणिक प्रकाश नहीं पड़ पाता। इसके कारण रहे हैं- दो विकट आक्रमण। पहला आक्रण हुआ सिकन्दर का, जिसने ई.पू. 323 में यहाँ के प्राचीन साहित्य को अग्नि को समर्पित कर दिया। दूसरे आक्रमण में अरब विजेताओं ने भी यहाँ के साहित्य को जला डाला। फलत: अनेक बहुमूल्य ग्रंथों का अंतिम परिणाम यह हुआ कि वे राख की ढेरी मात्र बनकर रह गए।[3] प्राचीन ईरानी की दो प्रमुख भाषाएं थीं ।

**1- पूर्वी ईरानी या अवेस्ता -** इसे कुछ लोग अवेस्ती कहते हैं तो कुछ लोग 'जिन्द'। बैक्ट्रिया की राजभाषा होने के कारण यह 'प्राचीन बैक्ट्रियन' भी कही जाती है। इस अवेस्ता में ही धर्म ग्रंथ 'जरथुश्त्रीय' रचा गया। ईरानी का अधिकांश साहित्य बार-बार के बर्बर आक्रमणों की खाकसार हो गया, जो कुछ भी बचा, वह अवेस्ता में ही सुरक्षित है। इस भाषा का प्रमुख ग्रंथ 'जेन्दावेस्ता' माना जाता है। विद्वानों ने इस ग्रंथ का रचना काल 700 ई.प. के आसपास माना है। वैदिक ग्रंथ ऋग्वेद की तरह ही अवेस्ता में भी 'प्रार्थनाएँ' या 'गाथाएँ' प्राप्त होती हैं। कदाचित् इसी को आधार बनाकर विद्वान् अवेस्ता और ऋग्वेद में साम्यता या निकटता स्थापित करते हैं।

**2- पश्चिमी ईरानी या प्राचीन फारसी -** इसके नाम से ही स्पष्ट है, पश्चिमी ईरानी में बोली जाने वाली यह भाषा उम्र में अवेस्ता से लहुर और छोटी है। ईरान का पश्चिमी हिस्सा 'फारस' कहा जाता था, अत: इसी आधार पर वहाँ बोली जाने के कारण कुछ लोग इसे 'फारसी' भी कहते हैं। भाषाविदों की सोच है, कि यह अवेस्ता की लड़की है, लेकिन अधिकांश लोग इस मत से असहमत भी लगते हैं। इस भाषा का साहित्य लगभग नहीं मिलता, हाँ, कुछ राजाओं के खुदवाए गए कीलाक्षरों और अभिलेखों में इसकी जीवित उपस्थिति की थाह लगती है। प्राचीन फारसी की वर्णमाला अवेस्ता की तुलना में बहुत सरल और संस्कृत के बहुत निकट है।

**(ख) मध्य युग- 1. फारसी या पहलवी -** मध्ययुगीन ईरानी भाषा ही फारसी या पहलवी कही जाती है। कुछ विद्वान् इस भाषा को 'हखमानी' या 'अकीमिनियन' फारसी भी कहते हैं। इसके प्राचीनतम साहित्य की आहट तीसरी सदी के कुछ सिक्कों के ठनकने से मिलती हैं। इस भाषा में 'सामी' शब्दों का प्रयोग भी हुआ मिलता है। ये सभी शब्द ईरानी प्रत्यय के लेप से लेपित हैं। फारसी या पहलवी के

---

**1- संस्कृत भाषा विज्ञान - डॉ. राजकिशोर सिंह, पृ. 122**

**2- भाषा विज्ञान की भूमिका - डॉ. देवेन्द्र नाथ शर्मा, पृ. 98**

**3. भाषा विज्ञान - डॉ. देवदत्त कौशिक, पृ. 109-110**

दो रूप बताए जाते हैं,-

**1- हुज्वारेश -** पहलवी की इस शाखा में सेमेटिक परिवार के शब्दों की प्रचुरता है। इसकी लिपि भी सेमेटिक ही है। **डॉ. भोला नाथ तिवारी** बताते हैं कि,-" सस्सानिद राजवंश (226ई0 से 652 ई0) की भाषा यही थी। अवेस्ता का कुछ अनुवाद भी इस भाषा में उपलब्ध है। इसके अतिरिक्त पारसियों का कुछ और भी धार्मिक साहित्य इसमें है। इसके व्याकरण पर भी सेमेटिक प्रभाव यथेष्ट हैं।"[1]

**2- पारसी या पाजन्द -** इस पर सेमेटिक प्रभाव नहीं है। दूसरे शब्दों में सामी प्रभावहीन पहलवी को पाजन्द कहा जाता है। अवेस्ता की टीका के अतिरिक्त फारसी धर्म की कुछ साहित्यिक रचनाएं इस भाषा में प्राप्य हैं। भारत में गुजरात निवासी पारसी लोग सामी प्रभावहीन पहलवी का प्रयोग करते हैं।[2] कुल मिलाकर यह पहलवी का परिष्कृत रूप था। इसकी वर्णमाला सुस्पष्ट थी। एक ध्वनि के लिए एक चिन्ह रखा गया। इस नवीन वर्णमाला का प्रयोग पहलवी में प्रचलित हुआ। भारत में आने वाले पारसियों की यही भाषा थी।[3]

**(ग)- आधुनिक युग-** आधुनिक युग में आधुनिक फारसी की भाषाएँ आती हैं। इसका पुराना साहित्य 9वीं शताब्दी से शुरू हुआ माना जाता है। हिन्दी की तरह यह भी वियोगात्मक हो गयी है। इस समय यही ईरान की राष्ट्रभाषा है। मध्यकालीन फारसी की तुलना में आधुनिक फारसी व्याकरणिक दृष्टि से अधिक सरल और ग्राह्य है। बताते हैं, महाकवि फिरदौसी रचित 'शाहनामा' राष्ट्रीय महाकाव्य है। फिरदौसी का समय 940 से 1020 माना जाता है। इस ग्रंथ की भाषा में अरबी शब्दों की अधिकता नहीं है, लेकिन कालान्तर की रचनाओं में अरबी शब्दों की धमक बढ़ जाती है। हालाकि राष्ट्रीयता बोध ने इस भाषा से अरबी शब्दों के बहिष्कार का जैसे आन्दोलन ही चला रखा हैं। आधुनिक फारसी की कुल जमा चार बोलियां बताई जाती हैं। लेकिन इन बोलियों की उत्पत्ति को लेकर विद्वानों में इस बात का झमेला है कि किस बोली का सीधा रिश्ता अवेस्ता से है और किसका फारसी से ? बहरहाल, इसका उत्तर तो संभवत: निकट भविष्य तक अनिश्चित ही है, पर इतना तो तय है कि इन बोलियों का विस्तार भारत से लेकर कैस्पियन सागर तक फैला हुआ है। तो देखिए इन बोलियों को -

**1. पश्तो -** अश्वत्थामा के नाम पर बना अफगानिस्तान आज कल मारकाट, हिंसा और विश्व की संभवत: सबसे बड़ी गौतम बुद्ध की मूर्ति का निर्मम भंजकदेश माना जाता है। यहाँ तालिबानों का शासन था। पश्तो इसी अफगानिस्तान की भाषा है। पश्तो का दूसरा नाम अफगानी या अफगानिस्तानी भी है। 16 वीं शती से इसमें साहित्य रचना प्राप्त होती है। यह ग्राम या लोकगीत सम्पन्न भाषा मानी जाती है। अफगानिस्तान, चूँकि भारत, रूस तथा पाकिस्तान के कोझे में बसा हुआ है, अत: भारतीय ध्वनि, बलाघात और वाक्य - रचना का असर इस भाषा पर साफ दिखाई देता है। पश्तो के एक रूप का नाम **पख्तो** भी प्राप्त होता है। पश्चिमी अफगानिसतान में व्यवहृत इस भाषा का उच्चारण यद्यपिं पश्तो से भिन्न है।

**2. बलूची या बिलोची-** बिलोचिस्तान की भाषा का नाम बलूची है। बताते हैं, इसमें साहित्य नहीं के बराबर है। यह संयोगात्मक भाषा है। इसकी निकटता आधुनिक फारसी से ज्यादा है। इसमें महज कुछ ग्रामीणांचल की लोककथाए और लोकगीत ही उपलब्ध होते हैं। कुल मिलाकर इसका साहित्यिक अतीत और लगभग वर्तमान भी किसी महत्व का नहीं है।

**3. पामीरी-** हिन्दूकुश पर्वत के आसपास पामीर की तराई में बोली जाने के कारण यह 'पामीरी' नाम से जानी जाती है । विद्वान इसे कई ईरानी बोलियों का समूह या झुण्ड मानते हैं। वारवी ओर यिदघाह - पामीरी की दो बोलियां मानी जाती हैं, जो सीधे ईरानी प्रभाव की गिरफ्त में हैं।

**4. कुर्दी या कुर्दिश-** कुर्दिस्तान की बोली कुर्दी या कुर्दिश कही जाती है। वर्तमान से इसकी निकटता मानी जाती है। इसमें शब्दों के रूप लघु और छोटे माने जाते हैं। इसमे भी कोई खास साहित्य नहीं मिलता। सुना है, इसमें कुछ नया रचा जा रहा है।

**(घ)- दरद भाषाएँ-** इसका एक नाम 'दरदी' भी है। 'दरद' शब्द संस्कृत भाषा का है जिसका अर्थ होता है,- 'पर्वत'। संस्कृत साहित्य में काश्मीर के पास के देश के लिए भी 'दरद' का प्रयोग होता है। 'दरद' भाषाओं का क्षेत्र पामीर और पश्चिमोत्तर पंजाब के बीच में है। कभी इनके बोलने वाले भारत के अन्य भागों में अवश्य थे, क्योंकि मराठी, सिन्धी, पंजाबी आदि पर इनका प्रभाव स्पष्ट है। गठन की दृष्टि से पश्तो की भाँति ही दरद भाषाएँ भी ईरानी और भारतीय के बीच में हैं किन्तु यदि पश्तो ईरानी की ओर झुकी है तो दरद भारतीय की ओर। प्राचीन काल में अपने यहाँ दरद भाषाओं को भारतीय परिवार का समझा जाता था और उन्हें पैशाची प्राकृत की संज्ञा दी गई थी।

दरदी भाषाओं के दो वर्ग हैं - काफिरी और खोवारी। **कश्मीरी** को भी लोग 'दरद' के ही अन्तर्गत रखते हैं। इसे कुछ लोग भारतीय के भी अन्तर्गत मानते हैं। संस्कृत से प्रभावित होने के कारण कुछ लोग इसे पैशाची अपभ्रंश से उपजा मानते हैं। कश्मीरी की कई बोलियाँ हैं। इस शाखा की अंतिम भाषा **कोहिस्तानी** मानी जाती है। यद्यपि कोहिस्तानी बोलने वालों की संख्या बहुत कम है। मैया, तोखारी आदि इसकी मुख्य बोलियां मानी जाती हैं।

1- भाषा विज्ञान - डॉ. भोला नाथ तिवारी, पृ. 140

2- भाषा विज्ञान - डॉ. देवदत्त कौशिक, पृ.110

3- भाषा विज्ञान एवं भाषाशास्त्र डॉ. कपिलदेव द्विवेदी, पृ. 421

अध्याय-10

# भारतीय आर्य भाषाओं (भा. आ. भा.) का परिचय

**काल विभाजन-** पश्चिमी भाषा विज्ञानी **सर विलियम जोन्स** (Sir william Jones) ने सन् 1876 ई0 में अभीभूत कर देने वाली खोज किया कि संस्कृत, लैटिन तथा ग्रीक - ये तीनों भाषाएं किसी एक ही मूल भाषा से निकली लगती हैं, जो मूल भाषा अब लुप्त हो गयी है।[1] तब से ही संभवत: विद्वानों ने भाषाओं का तुलनात्मक अध्ययन प्रारंभ किया[2] । इधर, भारत में आर्य जनों के प्रवेश से कुछ पहले तक तथा आज तक की उनकी भाषाओं का विशाल खजाना हमारे पास उपलब्ध है। भाषाओं के इस प्राचीन - अर्वाचीन सामग्री के तुलनात्मक अध्ययन के लिए भाषा शास्त्रियों ने विकास क्रम से उन्हें तीन टुकड़ों में बाँटा हैं, जिन्हे हम इस प्रकार देख सकते हैं, -

**(क)**- प्राचीन भारतीय आर्य भाषा काल - (1500 ई. पू. से 500 ई. पू. तक।)

**(ख)**- मध्य कालीन भारतीय आर्य भाषा काल - (500 ई. पू. से 1000 ई.तक।) तथा

**(ग)**- आधुनिक आर्य भाषा काल - (1000 ई. से वर्तमान समय तक)।

## (क) प्राचीन भारतीय आर्य भाषाएँ (प्रा. भा. आ. Old Indo Aryan Languages O.I.A.L.)

भाषाविद् **डॉ. अवधेश्वर अरुण** के विचार से अब यह निर्विवाद रूप से मान लिया गया है कि भारत में आर्यो का आगमन लगभग एक हजार वर्षो तक शनै: शनै: होता रहा। ऐसी परिस्थिति में कालगत व्यवधान के कारण निश्चय ही इन सब आर्यो को एक भाषाभाषी मानना असंगत है। वैदिक साहित्य में प्राप्त भाषागत विविधता से यह स्पष्ट है कि थोड़ी-बहुत समानता के बावजूद आर्य भिन्न भाषा भाषी थे। **टी. बर्रो** ने अपनी पुस्तक "History of the Sanskrit Language" में इस तथ्य पर प्रकाश डाला है कि प्राचीन आर्य भाषा के पर्यायवाची रूप में संस्कृत का प्रयोग समीचीन नहीं हैं, क्योंकि उन बोलियों, जिन पर संस्कृत आधारित थी, के अतिरिक्त भी आर्यों की कई और बोलियाँ थीं। इसलिए भारतीय आर्य भाषा शब्द का प्रयोग आदि की समस्त भाषाओं के लिए किया जाना चाहिए। संस्कृत और प्राकृत आदि ऐसी ही भाषाएँ हैं।

सच तो यह है कि इस युग की भाषा को सामान्यत: संस्कृत कहा जाता है।अब यह एक अलग सवाल है कि संस्कृत जनभाषा थी या कृत्रिम रूप से संघटित अपभाषा - इस पर विद्वान् एक मत व्यक्त नहीं करते। **डॉ. बासुदेवशरण अग्रवाल, डॉ. प्रभात चन्द्र चक्रवर्ती** तथा **डॉ. ए. बी. कीथ** आदि देशी-विदेशी विद्वान् संस्कृत को उच्च श्रेणी के शिक्षित समाज की भाषा मानते हैं, पर वहीं **डॉ. शमशेर सिंह नरूला** का कहना है कि ''वास्तव में व्याकरण और ध्वनि के इतने जटिल नियमों द्वारा जकड़ी हुई कोई भाषा बोलचाल की भाषा हो ही नहीं सकती और न ही वह किसी की मातृभाषा हो सकती है, बेशक वह कितना ही विद्वान् क्यों न हो।'' बहरहाल, यह संस्कृत इस काल में अपने दो रूपों में दिखाई देती है, 1- वैदिक तथा 2- लौकिक (Classical)। वैदिक भाषा का एक नाम छांदस भी है। ''कोशीतकि ब्राह्मण'' के अनुसार उस काल में यही परिनिष्ठित साहित्यिक भाषा थी, **''तस्मादुदीच्यां प्रसाततरा वागुद्यते, उदञ्च उ एवयन्ति वाचं शिक्षितुम् यो वा तत आगच्छति, तस्य वा शुश्रूषन्त इति।''** इसी काल में एक आसुरी भाषा का भी उल्लेख मिलता है, जो अपने बोलीगत वैविध्य के कारण खास चर्चित थी।

इस विचार से सभी लोग सहमत होंगे कि संस्कृत का महत्व निर्विवाद है। सरदार **के. एम. पाणिक्कर** का कहना है कि, ''संस्कृत विश्व की संस्कृति और सभ्यता की भाषा है, जो भारत की सीमाओं के पार दूर-दूर फैली हुई थी।'' **डॉ. आर. के. मुकर्जी** की स्थापना है कि, '' ब्राह्मण काल एवं उसके पश्चात् भी नि:संदेह सामान्य जनता के धार्मिक कृत्यों, पारिवारिक संस्कारों तथा शिक्षा एवं विज्ञान की भाषा थीं।'' इसी तरह **डॉ. रामसकल पाण्डेय** का यह उद्धरण भी विशेष महत्व का है कि, ''जर्मन, फ्रेंच, लैटिन जैसी भाषाओं की शब्दावली पर संस्कृत का स्पष्ट प्रभाव है। यूरोपीय संस्कृति के मूल तत्वों को समझने के लिए भी संस्कृत का ज्ञान आवश्यक

---

**1- Early History of Tirhut - Dr. Yogendra Mishra, P.**

**2 History of Tirhut - Dr. Shyam Narain singh, P.2, Calcutta**

है। यूरोपीय संस्कृति उसी भारोपीय संस्कृति की मूल शाखा है, जिनका चित्रण मूलत: संस्कृत में सुरक्षित है।'' तो आइए, विपुल साहित्य से लथपथ, विश्व की प्राचीनतम भाषाओं में से एक इस संस्कृत के दोनों रूपों को संक्षेप में देख लिया जाय -

**1. वैदिक संस्कृत-** **यास्क** और **पाणिनि** से पूर्व की भाषा को वैदिक भाषा, वैदिक संस्कृत या प्राचीन संस्कृत कहा जाता है। साफ शब्दों में यह वैदिक वांगमय की महत्वपूर्ण भाषा है। इस काल के साहित्य को विद्वानों ने मुख्य रूप से तीन भागों में बाँटा है - 1- संहिता, 2- ब्राह्मण तथा 3- उपनिषद् । संहिता के अन्तर्गत एक ओर ऋक्संहिता (ऋग्वेद), यजु: संहिता (यजुर्वेद), साम संहिता तथा अथर्व संहिता की गणना की जाती है तो वही दूसरी ओर ब्राह्मण भाग में कर्मकाण्डों की व्याख्या हैं। इसके अतिरिक्त वैदिक ऋषियों के आध्यात्मिक चिन्तन से पूर्ण उपनिषदों में ज्ञानकाण्ड की चर्चा है।

**2. लौकिक संस्कृत-** वैदिक संस्कृत की तुलना में इसे लौकिक संस्कृत कहा जाता है। सुप्रसिद्ध वैयाकरण **पाणिनि** ने प्रचलित जनभाषा एवं वैदिक साहित्यिक भाषा - दोनों को सामयिक प्रयोगों के आधार पर व्याकरण स्थिर करते हुए उसका संस्कार किया। यही भाषा लोक प्रचलित भाषा कहलायी। 'लौकिक संस्कृत' के नामकरण के संबंध में पाश्चात्य भाषाविज्ञानी **विन्टर निट्ज** का विचार है कि पाणिनि के नियमों से बद्ध होने के कारण ही यह लौकिक संस्कृत कहलाई, -"What we call classical Sanskrit means Panini's Sanskrit, that is the Sanskrit which according to the rules of Paninis is alone correct."

**3-वैदिक और लौकिक संस्कृत में अन्तर तथा उनकी विशेषताएं-** वैदिक संस्कृत तथा लौकिक संस्कृत के बीच की कुछ भेदक प्रवृत्तियों को हम निम्न प्रकार देख सकते हैं, -

1- वैदिक की तुलना में लौकिक संस्कृत में स्वरों की संख्या कम है, 'लृ' स्वर का पूर्णत: लोप हो गया है।

2- वैदिक एवं लौकिक संस्कृत में शब्द-भेद की दृष्टि का अन्तर है, दोनों की शब्दावली में पर्याप्त परिवर्तन हुआ है। यथा -वैदिक संस्कृत में ईम, अवस्तु, उर्गिया, सीमा, उक्थ आदि शब्दों का आज की लौकिक संस्कृत में प्रयोग नहीं मिलता।

3- वैदिक संस्कृत में उपसर्ग धातुओं से अलग है, पर लौकिक संस्कृत में धातु के साथ ही सम्बद्ध हैं।

4- वैदिक भाषा स्वराघात प्रधान थी, जबकि लौकिक संस्कृत बलाघात प्रधान भाषा हो गई।

5- वैदिक संस्कृत में सप्तमी एक वचन अनेक स्थानों पर लुप्त हो जाता है, जैसे - 'परमेव्योमन:' पर लौकिक संस्कृत में यह लुप्त नहीं होता। वहाँ पर व्योम्नि या 'व्योमनि' रूप आज भी सुरक्षित है।

6- संधि-कार्य की दृष्टि से वैदिक संस्कृत में अस्त-व्यस्तता है, जबकि इसके ठीक उलट लौकिक संस्कृत में संधि-संबंधी नियम जटिल और अनिवार्य हैं।

7- ए, ओ वैदिक भाषा में संयुक्त स्वर थे, पर लौकिक संस्कृत में मूल स्वर हो गए। वैदिक भाषा में समास चार प्रकार के मिलते हैं, यथा- क- तत्पुरुष, ख- कर्मधारय, ग- बहुब्रीहि तथा घ- द्वन्द्व, किन्तु लौकिक संस्कृत में इनके अतिरिक्त दो समास और भी हैं, यथा - क-द्विगु और ख- अव्ययीभाव।

8- वैदिक भाषा में 'र' का प्रयोग बहुतायत मिलता है, जबकि लौकिक संस्कृत में 'ल'का प्रयोग। यथा - रम, रोम, रोहित क्रमश: लौकिक में लम, लोम, लोहित - रूप में मिलते हैं।

9- वैदिक भाषा के कुछ शब्द लौकिक संस्कृत में भिन्न अर्थो के बोधक हो गए हैं, यथा- वैदिक भाषा में 'अराति' शब्द का अर्थ शत्रु कथा कंजूस दोनों था, पर लौकिक में आज यह महज 'शत्रु' शब्द का द्योतन करता है।

10- वैदिक संस्कृत में व्यंजनांत शब्दों का प्रयोग प्राय: नहीं मिलता है, जबकि लौकिक संस्कृत में मिलता है।

कुल मिलाकर कह सकते हैं कि वैदिक एवं लौकिक संस्कृत में तमाम तरह के नैकट्य के बावजूद दोनों में व्याकरण, रूप-रचना और ध्वनि संबंधी कुछ बुनियादी अन्तर भी हैं।

**4.वैदिक संस्कृत की ध्वनियाँ-** मूल भारोपीय ध्वनियों से वैदिक संस्कृत की ध्वनियों की तुलना करने पर यह स्पष्ट हो जाता है कि यहाँ तक आते-आते ध्वनियों में पर्याप्त परिवर्तन हो गया था। व्यजंनों में च वर्ग और ट वर्ग - दो नए वर्ग आ गए थे। ष, श आदि कुछ फुटकर ध्वनियां भी उग आयी थीं। दूसरी ओर तीन क वर्गों के स्थान पर केवल एक रह गया था। स्वरों और स्वनंत या अर्धस्वरों में बहुत परिवर्तन हो गया था।[1]

**ध्वनियों की पूरी सूची इस प्रकार है -**

**मूल स्वर** - अ, आ, इ, ई, उ, ऊ, ऋ, ॠ, लृ

---

**1- भाषा विज्ञान - डॉ. भोला नाथ तिवारी, पृ. 144**

| | |
|---|---|
| **संयुक्त स्वर** | - ए (अइ), ओ (अउ), ऐ (आइ), औ (आउ) |
| **कंठ्य** | - क, ख, ग, घ, ङ |
| **तालव्य** | - च, छ, ज, झ, ञ |
| **मूर्द्धन्य** | - ट, ठ, ड,ढ,ळ, ळ्ह, ण |
| **दन्त्य** | - त, थ, द, ध, न |
| **ओष्ठ्य** | - प, फ, ब, भ, म |
| **दंतोष्ठ्य** | - व |
| **अन्तस्थ** | - य, र, ल, व |
| **अनुनासिक** | - अनुस्वार (:-) |
| **संघर्षी** श, ष, स, ह, ꣳ (जिह्वामूलीय), ꣳ (उपध्मानीय) | |

**5. लौकिक संस्कृत की ध्वनियाँ - डा. राजकिशोर सिंह** के अनुसार वैदिक संस्कृत की संपूर्ण ध्वनियाँ लौकिक संस्कृत में सुरक्षित हैं।[1] केवल ढ़् ,लह जिह्वामूलीय तथा उपध्मानीय ध्वनियाँ लुप्त हो गयी हैं। इस प्रकार इन चार ध्वनियों को छोड़कर वैदिक संस्कृत की 48 ध्वनियां संस्कृत में विद्यमान हैं। उच्चारण की दृष्टि से कुछ अंतर अवश्य ही आ गया है। 'ऐ' और 'औ' का उच्चारण संयुक्त स्वरों के रूप में न होकर मूल स्वरों के रूप में होता है। 'ऐ' और 'औ' के उच्चारण में भी परिवर्तन होकर 'अइ', 'अउ' जैसा उच्चारण होता है। अनुस्वार का उच्चारण प्रायशः अनुनासिक के समान होने लगा है।

**6. वैदिक भाषा की विशेषताएं -** काल क्रमानुसार प्राचीन भारतीय आर्यभाषा के दो स्वरूप हैं - वैदिक तथा लौकिक। वेदों और ब्राम्हणों की भाषा को वैदिक कहते हैं और उस काल की लोक - व्यवहार की भाषा को लौकिक। आज के शब्दों में वैदिक भाषा को काल - विशेष की ग्रंथ भाषा (Literary Language)कह सकते हैं और लौकिक भाषा को उस काल की मुख भाषा (spoken Language)। इस मुख भाषा को ही विद्वान् ब्राह्मणों ने अपने ज्ञान-विज्ञान की वाहिनी बनाया। ग्रंथ - निबद्ध होने पर इसका स्वरूप स्थिर और परिष्कृत होता गया, इसलिए इसका नाम बाद में संस्कृत पड़ा।[2] बहरहाल, वैदिक भाषा की कुछ प्रमुख विशेषताएं इस प्रकार हैं, -

1- वैदिक भाषा में तीन स्वर - उदान्त, अनुदान्त तथा स्वरित थे।

2- स्वराघात का यहाँ बहुत महत्व था। स्वर की अशुद्धता पर अनर्थ भी हो जाता था। पाणिनीय शिक्षा में लिखा भी है,-

**मन्त्रोहीनः स्वरतो वर्णतो वा, मिथ्याप्रयुक्तों न तमर्थमाह।**
**स वाग्वज्रो यजमानं हिनस्ति, यथेन्द्रशाशत्रुः स्वरतोऽपराधात् ।।**

3- वैदिक भाषा शिलष्ट योगात्मक है। यहाँ ध्वनि तत्त्व की स्वतंत्र सार्थकता नहीं होती।

4- वैदिक रूप - रचना में जटिलता के साथ वैविध्य भी है।

5- वैदिक भाषा में 'लृ' स्वर का प्रभूत प्रयोग मिलता है।

6- वैदिक भाषा में उपसर्गों का प्रयोग स्वतंत्र ढंग से हुआ मिलता है, यथा- "अभित्वापूर्वपीतये सृजामि"।

7- शब्द - रूपों के स्तर पर भी इस भाषा में अनेक रूपता दिखाई देती है।

8- वैदिक भाषा में संगीतात्मक स्वर (Accent) की प्रमुखता रही है।

9- वैदिक भाषा में स्वरान्त और व्यंजनान्त दोनों प्रकार के शब्द हैं तथा

10- वैदिक धातु रूपों में तीन विशिष्टताओं - द्वित्व रूप, धातु से पूर्व 'अ' का आगम तथा धातु एवं तिङन्त प्रत्यय के बीच विभिन्न विकरणों का प्रयोग - को देखा जा सकता है।

## (ख)- मध्यकालीन भारतीय आर्य भाषाएँ -( मा. भा. आ. M.I.A.L.) (Middle Indo-Aryan languages)

**नामकरण तथा काल-विभाजन-** कहते हैं भारत में आर्य भाषा के प्रसार का शीर्षकाल यही मध्यकालीन भारतीय आर्य भाषा का समय ही है। आप जानते ही हैं, **पाणिनि** ने भाषा का संस्कार करके उसे बांध दिया और इस प्रकार 'क्लासिकल संस्कृत' या लौकिक संस्कृत का एक रूप निश्चित हो गया, किन्तु लोकभाषा अबाध गति से विकसित होती रही। इस विकास के फलस्वरूप भाषा

---

**1- संस्कृत भाषा विज्ञान - डॉ. राजकिशोर सिंह, पृ. - 137**

**2- मैथिली भाषा का विकास - डॉ. जयकान्त मिश्र, पृ() 12**

का जो स्वरूप सामने आया, उसे 'प्राकृत' कहते हैं। मोटे रूप से इसका काल 500 ई0पू0 से 1000ई0पू0 तक अर्थात् डेढ़ हजार वर्षो का माना जाता है। कुछ लोग इसका आरंभ 600 ई0 पू0 से भी मानते हैं और अंत 1100 या 1200 ई0में।आदरणीय **स्व. डॉ. भोला नाथ तिवारी** लिखते हैं कि इस पूरे काल (500 ई0पू0 से 1000 ई0 तक) की भाषा को प्राकृत कहते हैं, किन्तु इस पूरे काल को प्रथम प्राकृत काल, द्वितीय प्राकृत काल और तृतीय प्राकृत काल के रूप में -तीन कालों में बॉटा जा सकता है।[1] इधर, इसी बात का पिष्टप्रेषण करते हुए **स्व. डॉ. उदय नारायण तिवारी** लिखतें हैं कि,- "व्याकरण के नियमों के जकड़ जाने पर संस्कृत का विकास रुक गया, परन्तु बोलचाल की भाषा निरंतर विकसित होती जा रही थी।समस्त उत्तरापथ में आर्यों के प्रसार के साथ प्राचीन आर्य भाषा के रूप में परिवर्तन-विवर्तन होता जा रहा था तथा भाषा में कालगत एवं स्थानगत भिन्नताएँ बढ़ती जा रही थी और ईसा पूर्व छठीं शताब्दी तक प्राचीन भारतीय आर्य भाषा विकास के मध्यस्तर तक पहुँच गयी।"[2]

**डॉ. सुनीति कुमार चटर्जी** ने मध्यकालीन भारतीय आर्य भाषाओं का नामकरण तथा विभाजन इस प्रकार किया है,-

1- आदि रूप (Early M.I.A. 700 ई. पू.)
2- संक्रमणकालीन रूप (Transitional M.I.A.)- 0 ई0।
3- द्वितीय रूप (Second M.I.A.)- 300 ई0।
4- परवर्ती रूप (Late M.I.A.)-800 ई0।[3]

**डॉ. उदय नारायण तिवारी** ने पूरे प्राकृतकाल को निम्न तीन टुकड़ो में बॉटा है -

1- प्रथम अवस्था - प्राचीन प्राकृत।
2- द्वितीय अवस्था - नवीन प्राकृत तथा
3- तृतीय अवस्था - अपभ्रंश।[4]

**डॉ. भोला नाथ तिवारी** इस काल को निम्न रूप में बाँटते हैं,

1- प्रथम काल (आरंभ से ईसवी सन् के आरंभ तक) = पालि और शिलालेखी प्राकृत।
2- दूसरा काल (ईसवी सन् से लगभग 500 ई0 तक) = प्राकृत (इसमें कई प्रकार की प्राकृते हैं) तथा
3- तीसरा काल (500 ई0 से 1000 ई0 तक) = अपभ्रंश[5]

किन्तु, **डॉ. कैलाश नाथ पाण्डेय** के अनुसार उक्त संपूर्ण प्राकृत काल का नामकरण तथा बँटवारा इस प्रकार है-

1- आदि काल (200 ई0पू0 से 200 ई0 तक) = पालि युग।
2- मध्यकाल (200ई0पू0 से 600 ई0 तक) = प्राकृत युग तथा
3- उत्तर काल (600 ई0पू0 से 1000 ई0 तक) = अपभ्रंश युग।[6]

# (क)- आदि काल

## पालि युग या प्रथम प्राकृत या प्राचीन प्राकृत

इस काल की भाषा के अध्ययन के लिए अशोक के शिलालेखों, बौद्धों की हीनयान शाखा के ग्रंथ त्रिपिटक, जातक आदि, प्राचीन जैन सूत्रों और प्राचीन नाटकों की प्राकृतों आदि का सहारा लिया जाता है।

**पालि का प्रारम्भिक स्वरूप -** अपनी निष्पत्ति-व्युत्पत्ति, नाम, अर्थ, क्षेत्र तथा प्रारंभिक स्वरूप आदि को लेकर पालि भाषा शुरू से ही बहस का विषय रही है। पालि ही क्यों, प्राकृत की भी यही स्थिति है। अंतर इतना ही है, कि प्राकृत के विषय में जो मतभेद हैं, वह भाषा को लेकर है तो पालि के संबंध में मतभेद इस शब्द की व्युत्पत्ति और भाषाई-इलाके यानी भाषा क्षेत्र से संबंधित है। कभी-कभी पालि और प्राकृत को खांटी एक ही समझ लिया जाता है। पालि, प्राकृत और अपभ्रंश के सुप्रसिद्ध विद्वान **डॉ. रामसिंह तोमर** लिखते भी हैं कि,-"पालि यद्यपि भाषा की दृष्टि से प्राकृत का ही एक रूप है, किन्तु सामान्यत: उसे प्राकृत से अलग ही माना जाता है।"[7] **डॉ. भोला नाथ तिवारी** कहते हैं कि,-"भाषा के अर्थ में पालि का प्रयोग अत्याधुनिक है और यूरोप के लोगों द्वारा हुआ है।"[8]

---

1- भाषा विज्ञान - डॉ. भोला नाथ तिवारी, पृ. 146
2- हिन्दी भाषा का उद्भव और विकास - डॉ. उदय नारायण तिवारी, पृ.60
3- Origin and Development of Bengali Language - Dr. S.K. Chatterji, P.97
4- हिन्दी भाषा का उद्भव और विकास - डॉ. उदय नारायण तिवारी, पृ.92
5- भाषा विज्ञान - डॉ. भोला नाथ तिवारी, पृ. 147
6- भाषा विज्ञान का अनुशीलन - डॉ. कैलाश नाथ पाण्डेय, पृ. 100
7- प्राकृत और अपभ्रंश साहित्य तथा उनका हिन्दी साहित्य पर प्रभाव - डॉ. रामसिंह तोमर, पृ. 4
8. हिन्दी भाषा- डॉ. भोला नाथ तिवारी, पृ. 62

बहरहाल, कुल मिलाकर तय हुआ कि पालि एक प्रकार की प्राकृत है -"Pali is an archaic Prakrit, a middle Indian idom, which is characterised by the same peculiarities which distinguish the middle - Indian from the old Indian."[1] पालि भाषा का प्रारंभिक स्वरूप बुद्ध वचनों के संग्रह त्रिपिटक में मिलता है। सच तो यह है कि अशोक के अभिलेखों में इसका प्राचीनतम रूप उपलब्ध होता है। **डॉ. राजकिशोर सिंह** लिखतें है कि, - ''भगवान बुद्ध ने जिस भाषा में उपदेश दिया तथा उनके उपदेशों को जिस भाषा ने सुरक्षित रख,उनका पालन-पोषण किया, उसी भाषा को पालि माना जाता है।[2] **डॉ. नगेन्द्र** द्वारा संपादित पुस्तक " Indian Literature" (इन्डियन लिटरेचर) में **डॉ. लक्ष्मी नारायण अग्रवाल** भी उक्त बातों की ओर संकेत करते हैं,-" The oldest form of popular Language is found in the inscriptions of the time of Ashok and in the old Buddhist and Jain writings. These are composed in the Brahmi and Kharosthi scripts. The Language of the inscriptions proves that under Ashok at least three different forms of Language were current in Northern, Eastern, Western and North Western India. [3]

पालि में बौद्ध धर्म के थेरवाद अथवा हीनयान सम्प्रदाय का धार्मिक साहित्य ग्रथित है। सम्राट अशोक के पुत्र 'महिन्द' (महेन्द्र) ने लंका (Cylon) में थेरवाद (स्थविरवाद) का प्रचार-प्रसार किया था। लंका की जमीन से उठकर यह वाद बर्मा (अब मयनमार), स्याम, हिन्द चीन, जापान आदि देशों में पहुँचा और वहाँ भी परिणामत: पालि ग्रंथों का अध्ययन शुरू हो गया,-''By pali is under stood the Language in which is composed the Tipitaka, the sacred scriptures of cylon and Hinter India and its ancillary literature. The Word Pali, however signifies only "text","sacred text".[4] पालि साहित्य, बुद्ध वचनों के रूप में श्रीलंका तथा दक्षिण-पूर्व के अन्य देशों में विशेष रूप से सुरक्षित रहा है, क्योंकि ये देश हीनयान सम्प्रदाय के अनुयायियों से अटे-पटे हैं।

**पालि शब्द का अर्थ-अभिप्राय तथा उसकी व्युत्पत्ति-निरुक्ति -**पालि शब्द का मूल अर्थ है मूल पाठ। बुद्धवचन। बुद्धवचन और अट्ठ कथा से वैषम्य व्यवत करने के लिए पालि शब्द का प्रयोग होता है। **''इमानि ताव पालियं अट्ठकथायंपन, नेवं पालियं न अट्ठकथा यं आगतं ''**। आज पालि शब्द थेरवाद के धार्मिक साहित्य की भाषा को व्यक्त करता है।

1- प्राचीन ग्रंथों में पालि शब्द का प्रयोग पंक्ति के अर्थ में मिलता है। अभिधानप्पदीपिका में पालि शब्द पंक्ति का द्योतन करता है, यथा - **''पंक्ति वीथ्यावलिस्सेन पालिरेखा च राजि च''**।

2- **आचार्य बुद्ध घोष** ने अपनी 'अट्ठ कथाओं ' तथा 'विशुद्धभग्ग' में पालि शब्द का प्रयोग दो अर्थो में किया है यथा - (क)- बुद्ध वचन या मूल त्रिपिटक अर्थ में, (ख)- पाठ या मूल त्रिपिटक के पाठ के अर्थ में, - **''पालिमत्तं इधानीतं न तु अट्ठकथा इध''** कहकर आचार्य बुद्ध घोष ने इसका संबंध बुद्ध की वाणी या उपदेशों से ही स्थिर किया है।

3- **भिक्षु जगदीश काश्यप** ने 'पालि' शब्द को 'परियाय' से निकला हुआ माना है। उनके अनुसार परियाय>पलियाय>पालियाय और तत्पश्चात् केवल 'पालि' शब्द निष्पन्न हुआ और व्यवहार में आया। त्रिपिटक में यह 'परियाय' शब्द इस प्रकार प्रयुक्त हुआ है,- **''को जामो अयं भन्त धम्म परियायोति''**।[5]

4- **भिक्षु सिद्धार्थ के विचार से** 'पालि' शब्द का मूल संस्कृत का 'पाठ' शब्द है। उनके अनुसार ब्राह्मण वेद पाठ करते थे। वेदों की तरह बहुवचन भी पवित्र हैं। 'पाठ' पवित्र वचनों के लिए उपयुक्त शब्द हैं। मिथ्या-सादृश्य के कारण उक्त 'पाठ' ही - पाल तथा पाल्ल>पाल>पालि शब्द बन गया है।[6] हालाँकि - अधिसख्य विद्वान इस मत से असहमत ही लगते है। पश्चिमी विद्वान **फेरांक** तो यही

---

1- Pali and Sanskrit - R.O.Ferank, P.90, Strassburg, 1902

2- संस्कृत भाषा विज्ञान - डॉ. राजकिशोर सिंह, पृ. 141

3- Indian Literature - Editor - Dr. Nagendra, P. 18, Hospital Road Agra, Price-18, 1st Edi. 1959

4- cf, the expression itipi Pali, e.g. Th 2co 618, where pali = patho, Further, pali, "Sacred text" as distinct from atthakatha, Dpvs. 20,20, Mhrs, 33, 100, Sdhs, JPTS. P. 535, 1890

5- पालि महाव्याकरण - भिक्षु जगदीश काश्यप,पृ.- 8-12, महाबोधि सभा, सारनाथ, वाराणसी

6. Pali Literature and Language- Geiger, P. 6

मानते हैं,-"Pali howerer can not be directly derived from Sanskrit, for it shows a number of characterstic features which suggest its closer relation to Vedic.[1]

**5-** कुछ लोग पालि की निष्पत्ति 'पल्लि' (गाँव) से बताते है।[2] 'पल्लि भाषा' अर्थात् 'गाँव की भाषा', पर सवाल यह है कि क्या पालि का प्रयोग कभी गाँवो तक ही सीमित था, जाहिर है, ऐसा असंभव हैं, अत: यह मत भी गले नहीं उतरता।

6- **गायगर** इसे 'आर्ष प्राकृत' कहते हैं।[3]

**7- श्री जहाँगीरदार** पालि शब्द की व्युत्पत्ति संस्कृत के 'प्रालेय' या 'प्रालेयक' से मानते हैं।

8- पाश्चात्य विद्वान **मैक्स वैलेसर** पालि शब्द का संबंध 'पाटलिपुत्र' से जोड़ते है।[4] उनका कहना है कि पाटलि - 'पटलि' का संक्षिप्त रूप ही पालि है। अपने तर्क के समर्थन में वैलेसर साहब आगे लिखते हैं कि पाटलिपुत्र के लिए 'पालिब्रोथ' शब्द मिलता है, पर कुछ विद्वान् कहते हैं कि भाषा-विशेष के लिए प्राचीन ग्रंथों में पालि शब्द का प्रयोग ही नहीं मिलता, अत: यह मत भी अमान्य ही है।

9- कुछ विद्वान् मगध का पूर्व नाम 'पलाश' बताते हुए पालि की पैदाइश उक्त पलाश शब्द से जोड़ते हैं।

10- **वेस्टर गार्ड** तथा **ई. कुह** ने पालि का संबंध उज्जैन प्रदेश की बोली से माना है, तो **आर. ओ. फ्रैंक** ने इसका आधार विन्ध्य प्रदेश की भाषा को माना है, **ग्रियर्सन** ने पालि में मागधी और पैशाची की विशेषताओं को देखते हुए इसका संबंध मगध से जोड़ा, प्रोफेसर **रीज डेविड्स**[5] ने कोशल की बोली को पालि का आधार बताया, **ल्यूडर्स** (Luders) ने पालि को अर्ध मागधी जन्य स्वीकार किया, **ओल्डनबर्ग** (Olden Berg) ने पालि को कलिंग की भाषा बताया। कुल मिलाकर यह कि पालि किस प्रदेश की भाषा थी, उसका मूल स्थान कहाँ हैं - ये सभी सवाल आज भी अनुमान पर टिके हुए हैं। सच तो यह है कि उक्त सभी कल्पनाएँ महज धूल में लाठी पीटने वाले आधार पर टिकी हुई हैं।

11- **Encyclopaedia Britanika** में पालि शब्द के लिए लिखा हैं,- "Pali was applied to the text of the Hinyan Budhist Scriptures preserved in Ceylon used now for the language in which those texts were written"

12. इसी प्रकार **H.P.- Budhdut Thara** का कहना है कि "Pali is the language in which the oldest Budhist texts were composed. It originated in the ancient country of Magadh, which was the Kingdom of Emperor Ashok and centre of Budhist learning during many centuries.

आशय यह है कि उक्त सभी मतों का यदि अध्ययन करें तो हम पाएँगे कि पालि विभिन्न भाषाओं-विभाषाओं की जमीन पर खड़ी है। यही कारण है कि कभी-कभी इसे खिचड़ी मिश्रित भाषा (Kuntrsprache) भी कह दिया जाता है। पर मतों की भीड़ से छन कर यह तथ्य हमारे सामने पारदर्शी जल की तरह साफ हो जाता है कि अधिकांश विद्वान् पालि का रिश्ता मागधी से ही जोड़ते है। "Pali should be regarded as a form of Magadhi, the language in which, Buddha himself had preached. This language of Buddha was however surely no purely popular dialect, but a language of the higher and cultured classes which had been brought in to being already in pre-Buddhistic times through the needs of inter communication of India."[6]

**पालि भाषा का क्षेत्र या पालि किस प्रदेश की भाषा थी ?** इस संबंध में मत वैभिन्य हैं।

**प्रथम मत-** श्रीलंका के बौद्धों की धारणा है कि पालि मगध की भाषा थी। लेकिन दोनों भाषाओं की भाषागत मौलिक भिन्नताएँ इस मत का स्वत: खण्डन करती हैं, जैसे मागधी में समस्त उष्म ध्वनियां श में परिवर्तित हो जाती हैं, वहीं पालि में केवल स ध्वनि ही मिलती है। मागधी में केवल ल् ध्वनि है पर पालि में र् और ल् दोनों ध्वनियाँ हैं। मागधी के अकारान्त शब्दों में ए ध्वनि लगती है तो पालि में ओ प्रत्यय लगता है, जैसे - मागधी धम्मे - पालि धम्मो।

**द्वितीय मत- ओल्डेन वर्ग** के अनुसार,- कलिंग के प्रभाव स्वरूप बौद्ध धर्म का प्रचार-प्रसार श्रीलंका में हुआ, अस्तु पालि

---

1- Origin and Development of Bengali Language - Dr. S.K. Chatterji, P. 57, Vol. I, Introduction

2. पाइअ-सद्दमहाण्णवो, पृ.27, उपोद्घात्, द्वि.सं. वाराणसी

3- Pali is an archaic Prakrit........old Indian - Pali Literatuse and Langeage - Geiger, P.5

4- पालि साहित्य का इतिहास - मैक्स वेलेसर, पृ0 8, प्रयाग

5- Shakya and Buddhist Origius - Smt. Rease Davids, P. 429,30

6- Foragraphic desevption, see Rhys Davids - Budhist of India, P. 140

का आधार कलिंग की लोक भाषा थी।

**तृतीय मत- वेस्टर गार्ड** तथा **ई. कुट्टन** ने पालि को उज्जैन प्रदेश की बोली कहा है। उनके मत के दो आधार हैं- **1-** राजकुमार महेन्द्र का जन्म स्थान उज्जैन था, उनका बचपन भी वही व्यतीत हुआ था, इसलिए सम्भवत: वह उज्जैन की भाषा का प्रयोग करते रहे होंगे। उन्ही के प्रभाव से श्रीलंका में बौद्ध धर्म का प्रचार-प्रसार भी हुआ था। फलत: उनके द्वारा प्रयुक्त भाषा का वहाँ प्रचार-प्रसार हुआ होगा। **2-** गिरनार में प्राप्त अशोक के अभिलेख की भाषा पालि से बहुत कुछ मिलती - जुलती है।

**चतुर्थ मत- आर. ओ. फ्रैंक** और **स्टेन कोनो** ने इसे विंध्य प्रदेश की भाषा कहा है।

**पंचम मत- ग्रियर्सन** ने पालि का मूल स्थान मगध माना है, जिसमें तक्षशिला क्षेत्र में बोली जाने वाली पैशाची का किंचित योग है।

**षष्ठ मत- श्रीमती रीड डेविड्ज** इसे कोशल प्रदेश की भाषा मानती हैं,अपने मत के समर्थन में कहती हैं कि बुद्ध भगवान अपने को 'कोसल खत्तिय' कहते थे।

**सप्तम मत-विडिश** और **गायगर** पालि को साहित्यिक भाषा मानकर सम्पर्क भाषा के रूप में भी स्वीकार करते हैं। यह किसी प्रदेश की भाषा, उनके अनुसार,नहीं थी। लेकिन यह मत तर्क संगत नहीं है, क्योंकि कोई भी भाषा, किसी न किसी बोली से ही उद्भूत होती है। एक जगह **गायगर** महोदय यद्यपि यह भी मानते हैं कि पालि का विकास धीरे-धीरे देश के विभिन्न भागों में हुआ है और इसमें बहुत से तत्वों का सम्मिश्रण हुआ है -"I am unable to endorse the view,which has apparently gained much currency at present that the Pali canon is translated from some other dialect (according to Lunders, from old Ardh - Magadhi) The peculiarties of its language may be fully explained on the hypothesis of (a)- agradual develepment and integration of various elements from different part of India, (b)- a long oral tradition extending over several centuries, and (c)-the fact that the texts were written down in a different country."[1]

**अष्ठम् मत- लूडर्स** तथा **सिलवां लेवी** का मत है कि मूल त्रिपिटक मागधी में ही लिखा गया था। अन्य भाषाओं जैसे संस्कृत, पैशाची, कौशली आदि में इसका अनुवाद हुआ होगा। इसी प्रकार उत्तर पंश्चिम की बोली शौरसेनी में भी इसका अनुवाद हुआ होगा। हो सकता है कि इसी भाषा के (शौरसेनी का पालि से सादृश्य है)त्रिपिटक को अपने साथ राजकुमार महेन्द्र श्रीलंका ले गया होगा। अस्तु, मध्य देश की भाषा ही पालि का मूल आधार रही होगी।

## पालि - भाषा और व्याकरण की प्रमुख प्रवृत्तियाँ या विशेषताएँ -

"पालि का विकास कैसे हुआ, यह कहाँ की भाषा थी, इसका साहित्यिक स्वरूप कैसा था, पालि शब्द का प्रथम प्रयोग कब हुआ - इत्यादि अन्तर्विरोधी सवाल पालि के साथ दही के थक्के की तरह आज भी लभराए-लिपटे हैं। उक्त सभी सवालों का सटीक और प्रामाणिक उत्तर देना बहुत सरल भी नहीं हैं, क्योंकि विद्वानों में इन प्रश्नों और उनके उत्तरों को लेकर एका नहीं है। सभी ने तुकतान ही बैठाने की कोशिश की है। यदि **डॉ. सुनीति कुमार चटर्जी** कहते हैं कि पालि मूलत: मध्यदेश की प्राकृत (शौरसेनी) से विकसित हुई थी। तो **डॉ. भोला शंकर व्यास** को इसमें कई मागधी तत्व भी दिखाई देते हैं। इधर फ्रेंच विद्वान् **सिल्वाँ लेवी, गायगर, कुहन, विंडिश, वेस्टरगार्ड, ग्रियर्सन, ई. मूलर** तथा **आल्डेन** वर्ग आदि पालि को भिन्न प्रदेशों से अनुस्यूत करते हैं, तो **विल्हेम गायगर** स्पष्ट रूप से कहते हैं कि,-"Pali is not a homogeneous lauguage, numerous double forms reveal it to be a mixed dialect. Dialectical particularism are found in it inlarge numbers. ............... The language of later artificial poetry, which no longer possesses a homogeneous character."

**पालि की भाषागत और व्याकरणिक विशेषताओं और उनकी प्रवृत्तियों को अधोलिखित रूप में देखा जा सकता है, हाँ एक बात आगे बढ़ने से पहले यहाँ स्मरण दिला दी जाय कि जो वैशिष्ट्य किसी भाषा का होता है, वही उसके व्याकरण का भी होता है, इसलिए भाषा और व्याकरण की अलग-अलग विशेषताओं के संशय में नहीं रहना चाहिए।**

**1. ध्वनि वैशिष्ट्य** -पाश्चात्य भाषा चिन्तक **विल्हेम गायगर** कहते हैं कि श्रीलंका, बर्मा तथा श्याम आदि देशों में पालि **भाषा में स्थानीय बोलियों का दबाव बना रहता है**,-For the Writing of Pali there are used in the Oriental Various

---

**1- Pali Literature and Language - Wilhelm Geiger, P.82 (Translated by - Batakrishna Ghose), Oriental Books Repriut corporation, Book Publishers, 10-B, Subhas Marg, Second Edi. 1968, Price Rs. Thirty, Delhi -6**

script in Ceylon the Singhalese, in Burma the Burmese, in Siam the Kamboja script." आगे वे लिखते हैं कि फिर भी निम्न स्वर और व्यंजन पालि के लिए सर्वमान्य हैं,-

A- Vowels (स्वर)- a, a, i, i, e, u u ,e o as well as the nesal vowels - am, im, um.

B- Consonants(व्यजंन)- Gutturals : K, Kh, g, gh, n

Palatals : c, ch, j, jh, n

Cerabrals : t, th, d, dh, n

Dentals : t, th, d, dh, n

Labials : p, ph, b, bh, m

Liquids : r, l, l, lh[1]

Semi - Vowels : y, v

Sibilant : 8

Aspiration : h

2- ल ल्ह व्यंजनो का अधिक प्रयोग, 3- दो स्वरों के मध्य में आने वाले ड् का स्थान ल् औ ढ का स्थान ल, ह ने ले लिया।, 4- मिथ्या सादृश्य के कारण ल औ ळ परस्पर परिवर्तित हो जाते हैं, 5- स्वतंत्र स्थिति में ह् प्राणध्वनि होते हुए भी य् र् ल् व् या अनुनासिक से संयुक्त होकर एक विशेष ध्वनि में रूपान्तरित हो जाती है, जिसे पालि वैयाकरणों ने औरस या हृदयज कहा है, 6- प्राय: संस्कृत ह्रस्व स्वर अ,इ,उ पालि में सुरक्षित हैं अग्गि : >अग्नि, अर्ध:>अट्ठो, रुक्ष:>रुक्खो, 7- संस्कृत अ ध्वनि कहीं-कहीं ए हो जाती है फल्गु:>फेग्गु। शय्या>सेय्या, 8- संस्कृत के इ और उ स्वर संयुक्त व्यंजन के पहले पालि में ए और ओ हो जाते हैं- विष्णु:>वेण्हु, उष्ट्र: >ओट्ठो, उल्कामुखं >ओक्कामुखं, 9- पूर्ववर्ती संयुक्त व्यंजन के दीर्घस्वर पालि में ह्रस्व हो जाते हैं। चैत्य:>चेतियो, औष्ठ: >अट्ठो, मौर्य: >मोरियों, 10- ॠ का परिवर्तन अ, इ, उ के रूप में होता है, यह परिवर्तन समीपस्थ ध्वनियों पर निर्भर है। वृक:>बको, मृग: >मग्गो, मृग>मिग, ऋण > इण, वृश्चिक > विच्छिक, ऋजु > उजु, पृच्छति > पुच्छति, 11- ऋ कहीं-कहीं व्यंजन भी बन जाता है और लृ का उ हो जाता है। वृंहयति>ब्रुहेति, वृक्ष: > रुक्खो, क्लृप्ति: >कुत्ति, 12- ऐ और औ के स्थान पर ह्रस्व ए और ओ का आदेश होता है। मैत्री>मेत्ता, पौर:>पोरो, 13- शब्द मध्यस्थ विसर्ग परिवर्तित होकर, आगे आने वाले व्यंजन रूप हो जाते हैं। अ के अन्त वाले व्यजंन ओ। दु:ख>दुक्ख, दु:सह: > दुस्सहो, अग्नि: > अग्गि, देव: > देवो, 14- कहीं-कहीं परवर्ती स्वर पूर्ववर्ती स्वर के अनुरूप हो जाते है- इषु > उषु, इक्षु > उक्खु, शिशु > सुसु, कुरूङ्ग >कुरूङ्ग, आलिजर > अरंजर, पुष्करिणी > पोक्खरणी, 15- समीपवर्ती व्यजंन का स्वर पर प्रभाव: ओष्ठ्य व्यंजन के समीपवर्ती स्वर का उ तथा तालव्य व्यंजन का समीपवर्ती इ हो जाता है। जैसे- मति>मत, निमज्जति > निमुज्जति, मज्जा > मिज्जा, 16- स्वराघात के कारण स्वर परिवर्तन: प्रारम्भिक अक्षर के स्वराघात होने पर द्वितीयाक्षर के य का इ हेा जाता है- चन्द्रमस > चन्दिमा, चरम > चरिम, परम > परिम, मध्यम > मज्झिम, 17- स्वराघातयुक्त अक्षर से पूर्व का दीर्घस्वर पालि में ह्रस्व हो गया जैसे - कार्षायण > कहायण, 18- सम्प्रसारण और स्वर संकोच - पालि में य एवं के स्थान में ई एवं इ और वा एवं व के स्थान में उ, ऊ हो गया- स्त्यान > चीन, द्वय: त्रय: > द्वीह तीह , श्वान > सून:। पालि में अय् का ए तथा अय का ओ नियमित रूप से हो जाता है। जैसे- जयति>जेति, अध्ययन > अज्झेन, मोचयति > मोचेति , मयूर: > मोर , 19- स्वर भक्ति या विप्रकर्ष - तीक्ष्ण > तिखिण, तृष्णा > तसिण या तण्हा > अग्रागम - स्त्री > इत्थी, स्मयते > उस्मयति उम्हयति, 20- स्वर विपर्यय - कस्य > किस्स, कस्मिन > किस्मि, किम्हि, 21- समय-समय पर पालि के एक्सेन्ट या आघातों की प्रवृत्ति बदलती रही है। **जैकोबी** महोदय लिखते हैं कि,-``Nothing has been handed down to us about the nature of Pali accent, It is, however, improbable that the ancient Indian accent was still in force, ......... the Sanskrit accent was the rule in the Pali. This is suggested by the changes of vocalism in Pali .......... ."

**2. व्यंजन परिवर्तन** 1- प्राय: (पालि में) अघोष व्यज्जनों के स्थान पर सघोष व्यन्जन हो गए हैं- शाकल > सागल, माकन्दिक > मागन्दिय, प्रतिकृत्य > पटिकिंच्च, 2- पालि के कुछ शब्दों में, आदि में अवस्थित अघोष अल्पप्राण व्यंजनों के स्थान पर उसी वर्ग के अघोष महाप्राण हो गए है- कील > खील, परशु > फरशु, 3- अन्य बोलियों के प्रभावस्वरूप पालि में कुछ व्यंजनों के उच्चारण स्थान में परिवर्तन हो गया। कुंड > चुंड, चिकित्सति > तिकिच्छति, 4- कुछ संख्यावाचक एवं सर्वनाम शब्दों में द् के स्थान पर र् हो गया। एकादश > एकारस, द्वादश > वारस, त्रयोदश > तेरस, इदृश > एरिस, 5- न के स्थान पर ल् अथवा र्। एन: > एल,

---

**1- इस ध्वनि के लिए अलग से कोई चिन्ह नहीं है।**

नेरञ्जना > नेरंजरा कहीं-कहीं र् के स्थान पर ल् हो गया। जैसे एरंड > एलंद, तरुण > तलुण। कहीं ल के स्थान पर न् हो गया जैसे लांगल > नांगल, ललाट > नलाट। कहीं व के स्थान पर य तो कहीं य के स्थान पर व। आयुष > आवुष, आयुष्मान > आवुसा, 6- विविधता की दृष्टि से समान ध्वनियों में से एक का परिवर्तन। पिपीलिका > किपीलिका, कक्कोल > तक्कोल, 7- उष्म-नासिक्य व्यजंनों में वर्ण-विपर्यय के साथ ऊष्म-व्यंजन प्राण ध्वनि ह में परिवर्तित हो जाती है। जैसे श्न > म्ह, ष्ण > ण्ह, म्ह > न्ह हो जाते हैं प्रश्न > पञ्हं, अश्मना > अम्हना, 8- पुरोगामी समीकरण - षट्क > छक्क, मुद्ग > मुग्ग, सप्त > सत्त, 9- पश्चगामी समीकरण - लग्न > लग्ग । स्वप्न > सोप्प । तक्र > तक्क, क्रय विक्रय > कय विक्कय, 10- पालि में त्स प्स > च्छ, यथा - कुत्सित > कुच्छित, अप्सरा > अच्छरा, मत्स्य > मच्छ, 11- दो से अधिक व्यजंनों का संयोग पालि में कम मिलता है। मर्त्य > मत्य > मच्च, तीक्ष्ण > तिक्ख।

**3. शब्द रूप -** पालि के शब्द रूपों में दो विशेषताएँ पाई जाती हैं। 1- मिथ्या सादृश्य के कारण सरलीकरण की प्रवृत्ति 2- जैसे वैदिक शब्द विधान में अनेक रूपता पाई जाती है वही प्रवृत्ति पालि में द्रष्टव्य है। पालि शब्द रूपों की अन्य विशेषताएँ निम्नवत हैं

1- पदान्त व्यजंनों का लोप हो जाता है और हलन्त में अ जोड़कर उसे स्वरान्त बना दिया गया है। जैसे सुमेधस् > सुमेध अथवा सुमेधस, आपद् > आपा या आपद, 2- कुछ एक व्यंजनान्त अवशिष्ट है जैसे राजानं तचो, प्रमुदि आदि, 3- मिथ्या सादृश्य के कारण सम्प्रदान तथा संबंध कारक के रूप (इकारान्त तथा उकारान्त प्रातिपदिक) अकारान्त प्रातिपदिकों के समान बन गए, 4- नपुंसक लिंग शब्दों के रूप पुल्लिंगवत होने लगे जैसे- यथा में निरतो मनो मे निरतो को निरतं होना चाहिए था, 5- सम्प्रदान और संबंध कारक तथा अधिकांशत: करण और अपादान कारक के बहुवचन रूप समान हो गए, 6- द्वे, दुबे और उमो को छोड़, द्विवचन की सत्ता समाप्त हो गई, 7- वैदिक भाषा के अवशेष पालि में सुरक्षित रह गए हैं। कर्ता कारक बहुवचन में पालि रूप रूप देवा है। वैदिक में देवा: होता है। वैदिक देवास: की तरह पालि में देव भी देवास: रूप मिलता है, 8- वैदिक भाषा की तरह, पालि में भी कारक प्रत्यय अनेक स्थानों पर प्राप्त होता है जैसे ब्राहमस्स धन ददाति, ब्राह्मणस्स सिस्सो। यहाँ चतुर्थी के स्थान पर षष्ठी का प्रयोग दृष्टव्य है, 9- पालि में ध्वनि परिवर्तन के साथ सुबन्त रूप प्राप्त होते हैं। एकवचन - धम्मो धम्मं धम्मेन धम्मस्स आदि, बहुवचन - धम्मा धम्मासे धम्मे धम्मेमि आदि, 10- नपुंसक लिंग के रूप कर्ता, कर्म तथा संबोधन में समरूप हैं। रूपं रूपं रूप - एकवचन रूपानि - रूपा रूपानि - रूपे रूपानि - रूपा। यह रूपा रूप वैदिक युग की तरह है, 11- व्यंजनान्त रूपों के लोप की प्रवृत्ति के होते भी कहीं-कहीं स्वरान्त के साथ व्यंजनान्त रूप दीख पड़ते है। हत्थीनं हत्थीहि, हत्थिनो हत्थी, 12- सर्वनाम रूप ध्वनि परिवर्तन के साथ संस्कृतवत है। जैसे - अस्मत् - अहं, मं मयं मया मम महन मम्हं मया मय मम्हं मपि, 13- अम्हे, तुम्हे वैदिकवत् हैं।

**4. धातुएँ -** 1- पालि में अधिसंख्य धातुओं की निर्मिति मिथ्या सादृश्य के आधार पर हुई है। यही कारण है कि पालि में धातु रूपों का वर्गांकन कठिन कर्म है। फिर भी प्राचीन भारतीय आ0भा0 के धातु रूपों का वैविध्य सुरक्षित रहा। सभी गणों की धातुएँ, प्राय: पालि में उपस्थित हैं। कही-कही उनके गणेां में परिवर्तन भी हुआ है। जैसे -पाहेति प्रथम गण के अनुसार लेकिन पाहिणति नवम् गण के अनुसार हैं। इसी प्रकार कसति कस्सति, तिट्ठति, उट्ठति थायामि रूप बने हैं। 2- पालि में आत्मनेपद (अन्तनोपद) विलुप्त हो गए। केवल कुछ रूप शेष हैं जैसे अम्हसे अभिकीररे आदि। 3- पालि में चार काल उपस्थित हैं - वर्तमान (लट्) असम्पन्न - सामान्य (लुङ्) भविष्यत (लृट्) क्रियातिपत्ति (लृङ्)।इसी प्रकार चार भाव भी हैं - निर्देश (Indicative)अनुज्ञा (Imperative) सम्भावक (optative)तथा अभिप्राय (Subjunctive)। सम्पन्न काल (Perfect) पालि में नहीं है। पालि में द्विवचन नहीं होता।

| | | |
|---|---|---|
| पालि के कुछ रूप: | होति | होन्ति |
| | 'हू' धातु के निर्देश होति होन्ति | लभ् - परस्सपद (पहला गण) |
| | होसि - होथ | लभति - लभन्ति |
| | होमि - होम | लभसि - लभथ |
| | अस् परस्सपद (द्वितीय गण) | लभामि - लभाम |

अत्थि - सन्ति । अस्मि - अत्थ । अस्मि - अम्हि - अस्मा अम्हा।

4- पालि धातु निर्माण में वैदिक अवशेष विद्यमान हैं : गच्छहि, लभाहि, विसज्जेहि केहि वैदिक धि के समरूप हैं। 5- सम्भावक परस्सपद - एकवचन- (लभे - लभेय्य लभेय्याति) ब - ब - (लभेय्यु - लभेय्युं )

म. पु. - लभे - लभेय्य - लभेय्यासि ब - ब - लभेथ लभेय्याथ

उ. पु. - लभेय्यं - लभे - लभेय्यामि ब.ब.- लभेम - लभेमु - लभैय्याम

6- अभिप्राय भाव के रूप पालि में अत्यल्त हैं। 7- पालि में सामान्य के रूप, प्रा. भा. आ. भा. सम्पन्न तथा असम्पन्न रूप घुलमिल गए हैं। 8- क्रियातिपत्ति के रूप संस्कृतवत् हैं जैसे - अभविस्सं < अभविष्यम् अभविस्स < अभविष्य: 9- पालि में सन्नन्त, यड़न्त

णिजन्त तथा नामधातु रूप संस्कृतवत् हैं जैसे - जिगुच्छति < जुगुप्सते। 10- कृदन्त रूप संस्कृत की तरह निर्मित होते हैं : लभन्तो कुव्वाण, पत बन्ध आदि। 11- तुमुन्नन्त रूप तु-तवे तये-तुये के योग से बनते हैं : जैसे पहातवे, गणतुये।

## पालि - साहित्य की विशेषताएं या पालि की साहित्यिक प्रवृत्तियाँ

पालि मूलत: प्राकृत भाषा ही थी, जो जनसामान्य से प्राण प्रवाह प्राप्त कर , प्राकृत - अपभ्रंश - अवहट्ट नाम से विश्रुत हो, आज की आधुनिक भारतीय आर्यभाषाओं की जननी बनी। जिस आदि जनभाषा स्रोत से वैदिक भाषा जन्मी थी, उसी से प्राकृत का भी जन्म हुआ था। पालि भाषा उस विकास क्रम की प्रथम सरणि है। पालि भाषा का पालि नामकरण तो 13 वीं शती के पश्चात् का घटनाक्रम है। पालि भाषा से आज जो तात्पर्य लगाया जाता है, वह है : जिस मूल भाषा में बौद्ध साहित्य की संरचना हुई, पालि है। प्रारम्भ में पालि शब्द बुद्ध वचनों अथवा उसके संकलित अथवा सम्पादित रूप ग्रन्थों का वाचक था, शब्द की लक्षणा-शक्ति से, वह भाषा शब्द का वाचक हो गया। जिस प्रकार संस्कृत भाषा ने समूचे भारत और दक्षिण पूर्व एशिया को अपने प्रभाव - विस्तार से प्रभावित किया था, उसी प्रकार पालि भी अपने आँचल में बुद्ध-वाणी का अवदान लेकर समूचे बौद्ध-जगत् के हृदय का हार बनी रही।

पालि भाषा में साहित्य-संरचना का कार्य भगवान बुद्ध की सम्बोधि प्राप्त करने के पश्चात् ही आरम्भ हुआ होगा, ऐसा अनुमान है। विविध-बौद्ध स्रोतों से ऐसा आभासित होता है कि भगवान तथागत के जीवन काल में ही उनके धर्म के कुछ प्रकरण-पाठ व्यवस्थित रूप प्राप्त कर चुके थे। उनके सम्पूर्ण उपदेश बौद्ध धर्म-ग्रन्थ 'त्रिपिटक', जो उनकी मृत्यु के बहुत पश्चात् अस्तित्व में आया, संग्रहीत हैं। त्रिपिटक की भाषा पालि है।

**त्रिपिटक साहित्य-** त्रिपिटक का शाब्दिक अर्थ है तीन पिटारियाँ। तत्कालीन लेखन पद्धति के अनुसार ताड़पत्र पत्र पर अंकित पत्र-जात पिटारियों में रखे जाते रहे। क्रमानुसार उन पत्र-जातों को पिटारियों में रखे जाने के कारण त्रिपिटक नाम अस्तित्व में आया होगा, ऐसा अनुमान है। इन पिटकों को हम तीन संकलन मान सकते हैं। ये संकलन हैं : सुत्त पिटक, विनय पिटक और अभिधम्म पिटक। प्रत्येक पिटक भी कई निकायों में विभाजित हैं।

**सुत्त पिटक-** सुत्त पिटक विषय, विस्तार और संरचना की दृष्टि से त्रिपिटक का अहं भाग है। इसमें ऐसे सुत्तों का संग्रह है जो बुद्ध कथित - अनुमोदित अथवा शिष्यों द्वारा उपदिष्ट हैं। ये सुत्त संस्कृत की सूत्र शैली में न लिखे जाकर, व्याख्यान शैली में लिखित हैं। सुत्त सम्भवत: सूक्त का रूपान्तरण है। सुत्त पिटक के पाँच निकाय हैं :

**1- दीघ निकाय -** यह तीन वर्गों में विभाजित है : i-सीलक्खंघ वग्ग - इसमें 13 सुत्त हैं ii- महावग्ग - इसमें 10 सुत्त हैं। iii- पाटिक वग्ग में 11 सुक्त हैं। ये समस्त सुत्त अन्य निकायों में संग्रहीत सुत्तों की अपेक्षा विस्तृत हैं। सम्भवत: इसी से इसे दीघ्र निकाय नाम दिया गया।

**2- मज्झिम निकाय -** इसमें मध्यम विस्तार के 152 सुत्त हैं। यह 11 वग्गों में विभक्त हैं। इसमें बुद्ध उपदेशों के साथ-साथ अन्य विषयों का भी उल्लेख जैसे ब्राह्मण यज, याग् जैन तथा तत्कालीन, सामाजिक और राजनीतिक स्थिति और चार आर्य-सत्य। मज्झिम निकाय 15 वर्गों में विभक्त है : मूल परियाय, सीहनाद, ओपम्म, महायमक, चूलयमक, गहपति भिक्खू, परिब्बाजक, राज ब्राह्मण देवदह अनुपद सुञ्नता विभंग और षडायतन।

**3- संयुत निकाय** में छोटे बड़े सभी प्रकार के सुत्तों का संग्रह है, इसी से इसका नाम संयुत निकाय पड़ा है। इसके 56 सुत्त पाँच वर्गो में विभक्त है : सगाथ, निदान, खंघ, षडायतन और महावग्ग।

**4- अगुत्तर निकाय -** इसमें सुत्त एक विशेष व्यवस्था के अनुरूप संग्रहीत है। इस निकाय के भीतर एककनिपात,दुकनिपात, तिक, चतुवक, पंचक,छक्क, सन्तक, अट्ठक, नवक, दसक और एकदसक नामक 11 निपातों का संकलन हैं। एकक में एक संख्यात्मक पदार्थ विषयक, दुक में दो पदार्थ विषयक तथा क्रम से प्रत्येक संख्यात्मक निपात में उतने पदार्थ विषयक सुत्तों का संग्रह है। ये निपात वर्गों में विभाजित हैं, जिनकी संख्या निपातक्रम से 21, 16, 16, 26, 26, 12, 9, 9, 9, 22 और 3 है। इस प्रकार 11 निपातों में कुल वर्गों की संख्या 169 है। हर वर्ग के भीतर अनेक सुत्त हैं जिनकी संख्या एक वर्ग में कम से कम 7 है और अधिक से अधिक 262 है। इस प्रकार अंगुत्तर निकाय के सुत्तों की संख्या 2308 है।

**5- खुद्दक निकाय -** यह निकाय विषय तथा रचना की दृष्टि से प्राय: सर्वथा मुक्त 15 रचनाओं का संग्रह है। ये पाठ हैं : खुद्दक पाठ, धम्मपाठ, उदान, इतिवुत्तक, सुत्त निपात, विमानवत्थु, पेतवत्थु, थेरगाथा, थेरीगाथा, जातक, निद्देस परिसंभिदामग्ग अपादान, बुद्धवंस और चरियापिटक।

**विनय पिटक-** विनय पिटक की रचना भिक्षु और भिक्षुणियों के जीवन को विनम्र और संयमी बनाने वाले नियमों के संग्रह के लिए की गई। यह पिटक पालने योग सदाचार के नियमों को उपस्थापित करता है। इसमें 227 नियमों का विवेचन है। इन नियमों की

सर्जना स्वयं बुद्ध ने की थी, ऐसा माना जाता है। इसके तीन अवान्तर विभाग हैं - सुत्त विभंग, खंधक और परिवार। सुत्त विभंग के दो उपविभाग हैं - पाराजिक और पाचित्तिय। खंधक के उपविभाग हैं- महावग्ग और चुल्लवग्ग। इन उप विभागों की अपेक्षा विनयपिटक पाँच विभागों में विभाजित है।

**अभिधम्म पिटक-** अभिधम्म पिटक में बौद्ध धर्म के दार्शनिक सिद्धान्तों का विवेचन है। एक आध्यात्मिक दृष्टि है। सुत्त पिटक की संपूर्ण बातों की विवेचना है। अभिधम्म पिटक सात भागों में विभक्त है और ये सात विभाग सात विशाल ग्रन्थ है।इन विभागों के नाम है : धम्म संगणि, विभंग धातुकथा, पुग्गल पुञ्अति, कथावत्थु यमक पट्ठान। कथावत्थु एक महत्वपूर्ण रचना है, इसमें अन्य मतों का खण्डन और स्थविरवाद का प्रतिवादन है। पुग्गल पञ्जति में उन व्यक्तियों का वर्णन है जो नैतिक दृष्टि से उत्कृष्ट हैं। **1- कथावत्थु** - में 23 अध्याय और 216 प्रश्नोंत्तर हैं। **2- पुग्गलपण्णति** - इसमें दस अध्याय हैं। बढ़ते क्रम में पुद्गलों अर्थात् व्यक्तियों का निर्देश है। **3. धातुकथा** - के मूलाधार विभंग है। यहाँ स्कंध आयतन और धातु विभंगों का अधिक सूक्ष्म विवेचन है। **4. यमक** - में धर्मो का संबंध विशेष विषयों के साथ परस्पर विपरीत रूप में प्रश्न और उत्तर शैली में समझाने का प्रयास है। युगल प्रश्नात्मक होने के कारण इस रचना का यमक नाम पड़ा। **5. पट्ठाण** - इस ग्रन्थ के चार भाग हैं। इसमें पट्ठाण बौद्ध तत्व चिंतन के आधारभूत प्रतीत्य - समुत्पाद - सिद्धान्त का एक विशेष शैली में विस्तारपूर्वक विवेचन है।

**त्रिपटक साहित्य का वैशिष्ट्य-** 1- ई. पू. छठीं शती में अवतरित भगवान बुद्ध के विचार और उपदेशों का संकलन एक विशिष्ट शैली में किया गया है। 2- तीनों पिटको में तारतम्य हैं। 3- सुत्त पिटक ही विषय का मूलाधार है। इसमें सरलतम शैली में तथा कथाओं के रूप में विषय को समझाने का प्रयास किया गया है। 4- सुत्त पिटक में उपदेश के मुख्य भाग की पुनरावृत्ति मिलती है। 5- प्राचीन इतिहास की दृष्टि से, तत्कालीन धार्मिक, सामाजिक एवं राजनीतिक परिस्थितियों का चित्रण, अति महत्वपूर्ण है जैसे-

**(क)- दीघ निकाय** के सामञ्जफल सुत्त, ब्रह्मजाल सुत्त और महापरिनिब्बान सुत्त में बुद्ध के समसामयिक धर्म प्रवर्तकों जैसे मखलि गोसाल, पकुध कच्चायन और अजित केस कंबलि आदि के आचार-विचारों और उनके द्वारा प्रतिपादित धर्म सम्प्रदायों की समालोचना और बौद्ध सिद्धान्तों का प्रतिपादन पाया जाता है।

**(ख)- सामाजिक चित्रण-** खुद्दक निकाय के अन्तर्गत संग्रहीत जातक कथाओं से तत्कालीन वर्ण व्यवस्था, वैवाहिक संबंधों, व्यवसाय, व्यापार, राज परिवार, खानपान, शिक्षा, मनोरंजन, अपराध और मान्यताओं के तत्कालीन स्वरूप, आसानी से जाने जा सकते हैं।

**(ग)- राजनैतिक व्यवस्था** - सुत्तों ने स्थान - स्थान पर बुद्धकालीन मगध, विदेह, कोशल काशी आदि 16 जनपदों के शासकों के मध्य चलते दाँव-पेंच और युद्धों के विवरण प्रासंगिक रूप से उपलब्ध हैं।

**(घ)- सदाचार के नियम** - महात्मा बुद्ध ने भिक्षुओं के लिए, जिन सदाचार के नियमों की व्यवस्था की थी, वे नियम विनय पिटक में उल्लिखित हैं।

**(ड़)- बौद्ध दर्शन तथा सिद्धान्तों** का सांगोपांग तथा सुव्यवस्थित परिज्ञान त्रिपिटक के अवलोकन से ही सम्भव है।

**अनुपालि-** ऊपर वर्णित त्रिपिटक साहित्य का संकलन ई.पू. तीसरी शताब्दी तक पूर्ण हो चुका था। उसके पश्चात् के जो पालि साहित्य त्रिपिटक साहित्य को आधार मानकर लिखा गया, वह अनुपालि साहित्य कहा जाता है। इन पश्च ग्रन्थों में काल प्रवाह की अक्षय गति का स्पष्ट प्रभाव इन रचनाओं से झलकता है। त्रिपिटक पश्चात् के साहित्य और रचनाकाल को हम तीन भागों में विभाजित कर सकते हैं : पूर्व बुद्धघोष युग और उत्तर बुद्धघोष युग।पूर्व बुद्धघोष युग (100 ई.पू. से 400 ई.)- उपर्युक्त युग में प्रणीत ग्रन्थ निम्न है

**1- नेत्तिप्रकरण - यह ई. पू. प्रथम शती की रचना है।** इसमें अभिधम्म पिटक के विषयों का कुछ अधिक सूक्ष्मता से विवेचन किया गया है। इसके रचनाकार महाकच्चायन हैं। इसमें 16 हार, 5 नय और 18 मूल पदों के द्वारा बौद्ध दर्शन की परिभाषाओं को समझाने का प्रयत्न किया गया है। **2- पेटकोपदेश** - रचनाकार महाकच्चायन ही हैं। इसकी रचना का आधार चार आर्य सत्य हैं। **3- मिलिंद पञ्हों** - ऐतिहासिक दृष्टि से महत्वपूर्ण इस रचना में यवन नरेश मिलिंद या मिनांडर तथा भिक्षु नागसेन के मध्य हुआ वार्तालाप विवेचित है। इस ग्रंथ में सात अध्याय हैं : बहिर कथा, लक्खण पञ्हो विमतिछेदन पञ्हों मेंडक पहों अनुमान पञ्हों घुतंग कथा और ओपम्मकथा पञ्हों। **4- दीपवंश** - इस ऐतिहासिक रचना में लंका के राजवंशों का वर्णन है।

**बुद्धघोष युग-** 400 से 1170 ई0 या **अट्ठ कथा युग** - संघमित्रा और महेन्द्र की सिंहलद्वीप यात्रा के साथ बौद्धधर्म और पालि त्रिपिटक लंका पहुँचा। मूल त्रिपिटक के आधार पर सिंहली भाषा में टीका रूप अट्ठकथाएँ लिखी गईं। पर ये अट्ठकथाएँ आज उपलब्ध नहीं हैं। उन अट्ठकथाओं के आधार पर पालि अट्ठकथाएँ लिखी गईं, कही अधिक विशद और उर्जस्वित। इन नई पालि कथाओं के स्रष्टा थे, आचार्य बुद्धघोष। आचार्य बुद्धघोष की रचनाएं है : सुभंगविलासिनी, प्रपंचरुदनी, सारत्थप्पकासिनी, मनोरमपूरणी।ये रचनाएँ महाअट्ठकथा पर आधारित हैं, महाअट्ठ कथा सुत्त पिटक की अट्ठकथा थी। इन अट्ठकथाओं के अतिरिक्त बुद्धघोष की

एक रचना है विशुद्दिमग्ग। यह बौद्ध दर्शन का ज्ञानकोश है। बुद्धघोष के अनुसार, उन्होंने विशुद्दिमग्ग में मज्झिम, दीघ, संयुत और अंगुत्तर इन चारों निकायों का सार भर दिया है।

**बुद्धदत्त तथा धर्मपाल** आचार्य बुद्धघोष के समकालीन बुद्धदत्त तथा धर्मपाल थे। इन आचार्यों ने आचार्य बुद्धघोष की परम्परा को पोषित किया। बुद्धदत्त ने बुद्धघोष रचित समंतपासादिका नामक विनयपिटक की अट्ठकथा का सार अपनी उत्तरविनिश्चय और विनय विनिश्चय नामक दो पद्यात्मक रचनाओं में उपस्थिागित किया। इसके अतिरिक्त अभिधम्म की अट्ठकथाओं को आधार मानकर अभिधम्मावतार नामक गद्य-पद्य मिश्रित रचना प्रस्तुत की। बुद्धघोष से अलग, मौलिक रूप से उन्होंने धर्मो का विवेचन चित्त, चेतसिक, रूप और निर्वाण इन चार प्रकार के वर्गीकरणों को स्वीकार किया। बुद्धदत्त की एक और रचना है। मधुरत्थ विलासिनी यह बुद्धवंश की भट्ठकथा है।

**धर्मपाल-** धर्मपाल ने सात अट्ठकथाएँ लिखीं : (क) खुद्दक निकाय के अन्तर्गत जिनउदान, इतिवुत्तक विमानवत्थु, पेतत्थु, थेरगाथा, थेरीगाथा एवं चरियापिटक नामक ग्रन्थों पर परमत्थदीपनीलि इनके अतिरिक्त, (ख)- अत्थसंवण्णाणा, लीनत्थवण्णणा, परमत्थ मंजूषा लीनत्थकासिनी, जातकट्ठकथा तथा मधुरत्थविलासिनी टीका। सर्वाधिविश्रुत रचना है विसुद्धिमग्ग टीका।

अन्य रचनाएँ - उस काल के अन्य रचनाकार और रचनाएँ निम्नवत हैं : आनन्द कृत अभिधम्म मूल टीका, चुल्लधम्मपाल कृत सच्चसंक्षेप, उपसेनकृत सद्धम्म जोतिक आदि।

## उत्तर बुद्धघोष युग 1100 से अब तक

**श्रीलंका -** इस काल विशेष में महान बौद्ध ग्रन्थों की टीकाएँ या अट्ठकथाएँ लिखी गई । लंका नरेश पराक्रम बाहु प्रथम (1153 - 86) के काल में सिंहली स्थविर महाकस्सप द्वारा एक संगीति की गई, जिसके प्रतिफल में समंतपासादिका आदि अट्ठ कथाओं पर दीपनी, मंजूषा आदि नामों से आठ टीकाएँ लिखी गई।

**सारिपुत्र की तीन टीकाएँ-** लीनत्थकासिनी, विनय संग्रह सारत्थ मंजूषा। अन्य लेखक संघरक्खित, बुद्धनाम वाचिस्सर, सुमंगल सद्धम्म जोतिपाल, धम्मकीति, बुद्धरक्खित और मेधंकर। ये समस्त अट्ठकथाओं पर आश्रित टीकाकार थे।

**वर्मा में रचित साहित्य-** 14 वीं शती के पश्चात् पालि साहित्य का सृजन म्यांमार या वर्मा में हुआ। 15वीं शती - अरिय वंशकृत मणिसार मंजूषा, मणिदीप और जातक बिवोधन। सद्धम्मसिरि कृत नेत्तिभावनी सीलबंसकृत बुद्धालंकार तथा रट्ठसारकृत जातकों के काव्यात्मक रूपान्तर। 16 वीं शती सद्धम्मालंकार कृत पट्ठाण दीपनी नामक टीका, आनन्द कृत अभिधम्म मूल टीका पर मधुसारत्थ दीपनी नामक अनुटीका लिखी गई। 17वीं शती में त्रिलोक गुरु ने चार रचनाएँ प्रस्तुत की : धातुकथावण्णणा टीका,धातुकथा अनुटीका बण्णणा यमक बण्णणा और पट्ठाणवण्णणा। अन्य रचनाएँ भी प्रस्तुत की गई। 18 वीं के शती संघराज की तीन रचनाएँ प्रसिद्ध हैं : पेटकालंकार नोत्तप्रकरण की टीका,साधुविलासिनी दीघ निकाय व्याख्या, राजविराजविलासिनी काव्य। 19 वीं शती की ललाट धातु वंस,सदेस कथा, सीमा विवाद विनिश्चय भारतवर्ष 20वीं शती घमानन्द कोसावी द्वारा रचित विसुद्धिमग्गदीपिका और अभिधम्मत्थ संग्रह की नवनीत टीका।

**वंश साहित्य-** इस कोटि की प्रथम रचना दीपवंश है। इस ग्रन्थ में लंका का इतिहास प्राचीनतम काल से लेकर राजा महासेन तक (325 से 352 ई0) वर्णित है। इस ग्रन्थ का मूलाधार सिंहली अट्ठकथाएँ रही। इसमें राजाओं के साथ-साथ बुद्ध का जीवन चरित्र, उनके शिष्यों की परम्परा तथा तीनों सगीतियों का विवरण वर्णित है। भाषा पालि है तथा गद्य और पद्य का मिश्रण है।

**महावंश-** महानाम ने महावंश की रचना की। इस कृति का आधार अट्ठकथाएँ और दीपवंश हैं। प्रतिपादन शैली व्यवस्थित परिमार्जित, महाकाव्य शैली की झलक लिए। इसमें पाण्डुकामय नरेश के राज्यकाल से लेकर बहुत बाद तक की घटनायें वर्णित हैं। महावंश की रचना में छः कृतिकारों का क्रमशः योगदान सम्मिलित है। इनके द्वारा भगवान बुद्ध से लेकर लगभग ढाई हजार बर्षो का लंका का इतिहास अनवरुद्ध रूप से वर्णित है। यह ग्रन्थ पालि भाषा के अविकल प्रवाह का कीर्ति स्तम्भ है।

**अन्य ग्रन्थ-** वंश लेखन परम्परा में अन्य लेखक भी शामिल हैं : जैसे - महाबोधिवंश लेखक भिक्षु उपतिस्स। यह गद्यमय रचना है। वाचिस्सर की गद्य रचना धूपबंस, महास्थविर धर्मकीर्ति की पद्यमय रचना दाढ़ाबंस, हत्थवन गल्ल विहारबंस, 13 वीं शती की रचना है। 14वीं शती की रचना महामंगल भिक्षु द्वारा बुद्धघोसुप्पति लिखा गया। 14 वी शती की एक अन्य रचना सद्धम्मसंग्रह है। इस परम्परा की अंतिम रचना है शासनवंश।

## पालि साहित्य का मूल्यांकन

पालि भाषा और साहित्य का अभ्युदय यथार्थ की धरती पर हुआ था। ईसा पूर्व 500 से लेकर 11वीं शती तक भारत तथा एशिया के अधिसंख्य भागों को यह भाषा अपने आध्यात्मिक भावाञ्जलि से पूत करती रही है। **भरत सिंह उपाध्याय** कहते हैं : मध्यकालीन आर्यभाषाओं का जिनमें पालि प्रथम और मुख्य है, हमारा अध्ययन ही अधूरा पड़ा है। अपनी भाषा के वर्तमान स्वरूप को समझने के

लिए हमें पालि भाषा का वैज्ञानिक अध्ययन करना ही होगा। फिर पालि भाषा ने न केवल हमारी आधुनिक भारतीय भाषाओं को ही प्रभावित किया है उसका प्रभाव सिंहल ब्रह्मदेश, स्याम, कम्बोडिया और लाओस की भाषाओं पर भी पर्याप्त रूप से पड़ा है। पालि साहित्य की विशेषताएँ संक्षिप्त में निम्न हैं :

**1-पालि साहित्य लोकभाषा में लिखा गया-** महात्मा बुद्ध ने तत्कालीन साहित्य भाषा संस्कृत की उपेक्षाकर, अपने उपदेश का माध्यम जनभाषा को स्वीकार किया था। यह जनभाषा कालान्तर में साहित्य की भाषा के रूप में रूपानतरित हो गई । यद्यपि कि कालानतर में यह लोक भाषा तो नहीं रही पर, आध्यात्मिक भाषा होने के कारण इसका लोक सामान्य रूप बरकरार रहा। इसमें जो साहित्य रचा गया, आज की शैली में जनवादी साहित्य कहा जा सकता है।

**2- व्यास शैली का प्रयोग-** महात्मा बुद्ध ने अपना दर्शन विद्वानों के लिए नहीं अपितु जन सामान्य के हेतु दिया था। फलत: उनके उपदेशों की शैली सरल, कथात्मक और सर्वसुलभता की थी : एक उदाहरण - '' **अतीते बाराणस्यिं ब्रहम दत्ते रज्जं कारेन्ते हि भवन्सप्पदेसे बोधिसत्तो कपि योनियं निब्बतित्वा नागबलोथाम् सम्पन्नो महासरीरो सोभग्गप्पत्तो हुत्वा गंगा निवतने अरज्जायतने वासं कप्येसि।** ''सुसुमार जातकं'' में प्रारम्भ में बन्दर रूप बोधिसत्व का परिचय देकर एक मगर की मूर्खता और बोधिसत्व की बुद्धिमानी की कथा के माध्यम से सन्देश दिया गया कि बुद्धि ही सर्वोत्कृष्ट होती है, शरीर का आयतन नही :

**महती बत ते बोन्दी नच पञ्जा तइपिका**
**सुंसुमार बञ्चतोसि गच्छदानि यथासुखं ति।**

**3. गद्य और पद्यमय भाषा का प्रयोग-** पिटक साहित्य से लेकर कालान्तर में रचा गया अनुपालि साहित्य भाषा की (गद्य और पद्य) दोनों विधाओं का भरपूर सहयोग लेता है। गद्य साहित्य प्राय: वर्णन प्रधान रहा, तो पद्य साहित्य संदेश प्रधान। वह हर जगह जीवन के व्यावहारिक धरातल पर घटित घटनाओं का निष्कर्ष है। जीवन का सत्य है। आदर्श के आँचल में बंधा जीवन का कटु सत्य है। दु:खों से विमुक्ति का यथार्थ सन्देश है।

**4. धम्मपद साहित्य मानवता का शाश्वत काव्य है-** धम्म साहित्य में बुद्ध वाणी संकलित है। बुद्ध के सन्देशों में समष्टि का शाश्वत काव्य प्रवाहित होता है। वहाँ पाण्डित्य प्रदर्शन नहीं ह, वहाँ तो वेदना का एक कालातीत प्रवाह तंरगित होता दीखता है। मानव मन ही सर्वश्रेष्ठ है। वही दु:ख और सुखों का स्रष्टा है, -

**मनोपुव्वंगमाधम्मा मनो सेट्ठा मनोमया**
**मनसा चे पदुट्ठेन भासति वा करोति वा**
**तो नं दुक्ख मन्वेति चक्क च बहतो पदं।**

ऊपर के पद में उपमा की छटा दर्शनीय है:जिस प्रकार गाड़ी का पहिया गाड़ी को खीचने वाले बैल का पीछा करता है उसी प्रकार दूषित मन वाले का पीछा दुख करता है। मृत्यु तो अवश्यंभावी है। अन्तरिक्ष, सागर, पृथ्वी, पर्वतो की गुफा, कोई प्राणी की रक्षा नहीं कर सकता। इसलिए ब्राह्मण बनों, भिक्षु बनो, श्रमण बनो,लेकिन कैसे ? उदारता, समता और अहिंसा का पालन करते हुए। तृष्णा का विनाश मानव मुक्ति का साधन है। उसी से जन्म बंधन का क्लेश समाप्त हो सकता है। बैर से बैर की शान्ति असम्भव है। प्यार सब कुछ सम्भव करता है। सुख दुख से रहित व्यक्ति कीचड़ में कमल के तुल्य है।

**रहदो ब अपेत कद्दमों संसारा न भवन्ति तादिनों**

पिटको में दु:खों से मुक्ति के विविध मार्ग सहज आलंकारिक भाषा में, वह भी उपमा रूपक, उदाहरण आदि के माध्यम से सुझाए गए हैं। भाषा में न तो पाण्डित्य प्रदर्शन है, न अंलकारों का बोझ है। एक सहज समृद्ध स्रोतस्विनी का कल-कल नाद शाश्वत स्वरों में सुनाई पड़ता है।

**जातक साहित्य-** जातक कथाएँ विश्व साहित्य की अमूल्य निधि हैं। इनमें कथाओं के माध्यम से जीवन के उत्थान का कोई न कोई सूत्र अवश्य उल्लिखित होता है। **विण्टरनिट्ज** ने इन जातक कथाओं को सात भागों में विभाजित किया है - 1- व्यावहारिक नीति संबंधी कथाएँ, 2- पशुओं की कथाएं, 3- हास्य और विनोद से पूर्ण कथाएँ, 4- रोमांचकारी लम्बी कथाएँ, 5- नैतिकता से अनस्यूत कथाएँ, 6- मात्र कथन वाली कथाएँ, 7- धार्मिक कथाएँ। विण्टरनिट्ज ने इन जातक कथाओं का वर्गीकरण शैली के आधार पर 5 भागों में किया है -1- गद्यात्मक कथाएँ, 2- आख्यान - संवाद प्रधान - संवाद और वर्णन प्रधान, 3- लम्बे विवरण जो गद्यप्रधान होते हैं पर बाद में गाथाएँ प्रस्तुत की जाती हैं। 4- विषय विशेष पर भगवान बुद्ध द्वारा कथित वचनों का संग्रह। 5- महाकाव्य अथवा खण्डकाव्य के रूप में वर्णन। जातक कथाओं ने भारतीय साहित्य के साथ -साथ समूचे विश्व साहित्य पर अपना प्रभाव छोड़ा। इन जातको में काल्पनिकता के स्थान पर इतिहास की धड़कन विद्यमान है।प्राचीन भारतीय जीवन पद्धति अपने जीवंन्त रूप में हमारी आंखों के सामने पुनजीर्वित हो उठती है। सरित्सागर

हितोपदेश तथा पंचतंत्र में इन्ही जातक कथाओं के प्राणस्वर झंकृत होते हैं। भारतीय भाषाओं के अतिरिक्त ग्रीक, लैटिन, अरबी, फारसी तथा अन्य योरोपीय भाषाओं में जातक कथाओं का प्रभाव या अनूदित रूप हमें प्राप्त होता है।

**आचार्य बुद्धघोष का साहित्य-** आचार्य बुद्धघोष का साहित्य अट्ठ कथा साहित्य के नाम से विश्रुत है। इनकी रचनाओं में सर्वोत्कृष्ट है विशुद्धिमग्ग। यह व्याख्या ग्रन्थ न होकर एक मौलिक ग्रन्थ है। **भरत सिंह उपाध्याय** ने इसके संबंध में लिखा है: विशुद्धिमग्ग या विशुद्धिमग्गो सम्भवत: आचार्य बुद्धघोष का सबसे महत्वपूर्ण ग्रन्थ है। इसे बौद्ध धर्म का विश्वकोश ही समझना चाहिए। बौद्ध धर्म या साधना संबंधी ऐसा कोई महत्वपूर्ण विषय नहीं है, जिसका विस्तृत विवेचन इस ग्रन्थ में न किया गया हो। अपने पूर्वगामी सम्पूर्ण पिटक और अनुपिटक साहित्य का मन्थन ही जैसे आचार्य बुद्धघोष ने इस ग्रन्थ में किया है। संक्षेप में इस ग्रन्थ की विशेषताएँ निम्न है:

(क)- यह बौद्ध धर्म का विश्वकोष माना जाता है। (ख)- बौद्ध धर्म की साधना करने वाले लोगों के मंगल के लिए यह ग्रन्थ लिखा गया। (ग)- भिक्षु काश्यप की दृष्टि में यह ग्रन्थ पातंजल योग दर्शन से तुलनात्मक रूप से अधिक व्यवस्थित है। (घ)- इसमें शील, समाधि और प्रज्ञा तीनों भूमियों का विस्तार से वर्णन है।

**वंस साहित्य -** इस साहित्य के अन्तर्गत दो महान कृतियां आती हैं - दीपवंस और महावंस। इन दोनो कृतियों का ऐतिहासिक तथा सामाजिक महत्व अत्यधिक है। भारत की किसी भी भाषा में इस प्रकार का ऐतिहासिक, इतिवृतात्मक और साहित्यिक वर्णन, क्रमबद्ध रूप से तथा व्यवस्थित रूप से नहीं मिलता। इन दोनों ग्रन्थों के माध्यम से महात्मा बुद्ध से लेकर, लंका का समूचा इतिहास जीवन्त रूप में आज उपलब्ध हैं।

**महात्मा बुद्ध का सन्देश-** महात्मा बुद्ध का संदेश जनसामान्य तक पहुँचाना ही पालि साहित्य का उद्देश्य है। महात्मा बुद्ध ने चार आर्य माना और कहा - सत्य: दु:ख, दु:ख समुदय, दु:ख निरोध तथा दु:ख निरोध गामिनी प्रतिपदा - ही मानव जीवन के सत्य हैं। दुख का विनाश अष्टांगिक मार्ग से ही सम्भव है। इनके अतिरिक्त उन्होंने दस शीलों के द्वारा मानवता के मार्ग को प्रशस्त किया। उपर्युक्त के अतिरिक्त महात्मा बुद्ध ने द्वादश निदान अथवा भावचक्र और मध्यम मार्ग का उपदेश किया, उन्होंने कहा ईश्वर नहीं है और आत्मा भी नित्य नहीं है। कोई भी ग्रन्थ अपौरुषेय नहीं है पर जीवन का प्रवाह शाश्वत है। इस प्रकार पालि साहित्य मात्र एक साहित्य ही नहीं अपितु वह मानव जीवन का दिग्दर्शक है।

**संक्षेप में पालि की कुछ मुख्य विशेषताएँ निम्न हैं, -**

1- वैदिक संस्कृत की तरह पालि वैविध्य से पूर्ण स्वच्छन्द प्रवृत्ति की भाषा है। संस्कृत व्याकरण की दृष्टि से सीमित हो गई है, जबकि पालि स्वतंत्र रही है। 2- वैदिक संस्कृत की अनेक ध्वनियाँ पालि में लुप्त हो गई हैं। 3- पालि में द्विवचन की प्राय: विरलता है। 4- पालि में ऋ, ॠ, लृ, ऐ और औ ध्वनियों का लोप हो गया है। 5- पालि में तद्भव शब्दों का प्रयोग अधिक मिलता है। 6- संस्कृत के आत्मनेपद और परस्मैपद का नियम पालि में शिथिल है। 7- पालि में गणभेद विद्यमान हैं, किन्तु क्रियाओं के गणों में परिवर्तन हो गया है। 8- पालि में सरलता की प्रवृत्ति बहुतायत है। पालि और प्राकृत का ध्वनि समूह प्राय: समान है। 9- संस्कृत विद्वानों की भाषा और पालि जनसामान्य की भाषा मानी जाती थी। 10- पालि में शब्द व्यंजनांत न होकर स्वरांत हो गये। संस्कृत और पालि की रोचक तुलना करते हुए **डॉ. राजकिशोर सिंह** लिखते हैं कि संस्कृत और पालि दोनों ही समकालीन भाषाएँ हैं। इनकी **उपजीव्य** का भाषा वैदिक संस्कृत ही है। पन्द्रहवीं शताब्दी में कबीर ने लोक भाषा हिन्दी को संस्कृत की तुलना में 'कूप जल' तथा हिन्दी को बहता नीर कहा था। यही बात पालि के विषय में भी कही जा सकती है। संस्कृत बद्ध सरोवर के समान थी, जिसमें से समस्त भारतीय ज्ञान-विज्ञान की उपकुल्याएँ प्रवाहित होती थीं। एक की गति सतत् प्रवाहमान थी और दूसरे की अवरुद्ध। संस्कृत यदि 'पुराण युवती' है तो पालि 'कुमारी युवती' जो कि अपना स्वरूप आगे चलकर भारतीय भाषाओं को समर्पित कर देती है। दोनों ही सहोदरा हैं - एक का रूप निखरा हुआ, दूसरी का कुछ कम।

# (ख) मध्य काल

## प्राकृत या द्वितीय प्राकृत या मध्य कालीन प्राकृत युग

अपने मूल उत्स, परिभाषा और निश्चित संख्या को लेकर प्राकृतें भी पालि की तरह विवाद का विषय रही हैं। पर इतना सच है कि लोक या जन भाषा के रूप में भी प्राकृतें फलती फूलती रही हैं, हालाँकि अनेक विद्वान् प्राकृत को लोक भाषा नहीं मानते। तो आखिर प्राकृतें हैं क्या? आइए इस सवाल को यहाँ देखा जाय,-

**प्राकृत शब्द (पद) का अर्थ-**'प्राक्+कृत् ' पद से बने 'प्राकृत' शब्द का अर्थ है- जो पहले बनी, सृजित हुई या जिसका गढ़ाव-रचाव पहले हुआ। **रुद्रट** कृत काव्यालंकार के एक श्लोक -

**''प्राकृत संस्कृतमागध पिशाच भाषाश्च शौरसेनी च।**

**षष्ठोऽत्र भूरिभेदो देश विशेषादपभ्रंशः।।''** (काव्यालंकार 2।12)

की व्याख्या करते हुए ग्यारहवीं शताब्दी के विद्वान **नमिसाधु** 'प्राकृत' पद का अर्थ समझाते हुए कहते हैं- **''आरिसवयवो सिद्धं देवाणं अद्ध मागट्टा वाणी इत्यादि वचनाद् वा प्राक् पूर्व कृतं प्राकृतं बाल महिला दिसु बोधं सकलभाषा निबंधभूतं वचनमुच्यते।''** अब यहाँ एक सवाल उछलता है कि प्राकृत किससे पहले पैदा हुई, सीधा-सा उत्तर है- संस्कृत से। कुल मिलाकर इसका अर्थ - आशय यह हुआ कि जो संस्कृत से पहले पैदा हुई, वह प्राकृत है। विद्वान बताते हैं कि अपने नैसर्गिक रूप में यह वैदिक काल के पूर्व भी वर्तमान थी। वैदिक भाषा को स्वयं उस काल में प्रचलित प्राकृत बोलियों का साहित्यिक रूप माना जाता रहा। प्राकृत महाकाव्य 'गउडवहो' का यह उल्लेख-

**''सयलाओ इयं वाया विसन्तिएत्तो य गेंति वायाओ।**
**एंति समुद्धंचियणेंति सायरोओच्चिय जलाई।।''**

अर्थात् जिस प्रकार जल समुद्र में प्रवेश करता है और भाप बनकर पुन: समुद्र से बाहर आता है, उसी प्रकार प्राकृत से सब भाषा ओं का उद्गम होता है और उसी में सब भाषाएँ फिर समाहित हो जाती हैं। यह बात सर्वथा ठीक जान पड़ती है। यह प्राकृत शब्द का व्यापक अर्थ है। भाषा का यही स्वच्छन्द रूप स्थानगत और कालगत विभिन्नताओं के कारण 500 ई. पूर्व से 1000 ई.तक पालि, प्राकृत, अपभ्रंश भाषाओं के रूप में विकसित हुआ। प्राकृत उस काल में लोकप्रिय भाषा बन गयी थी। **राजशेखर** ने स्पष्ट भी किया है कि प्राकृत भाषा स्त्री के सदृश सुकुमार और संस्कृत पुरुष के समान कठोर है। वैयाकरणों ने संभवत: संकुचित अर्थ में साहित्यिक प्राकृत का मूल आधार संस्कृत भाषा को माना है।[1] इधर, एक अन्य विद्वान् भी इस बात की पुष्टि करते हैं कि प्राकृत अपने साहित्यिक रूप में कविता, नाटक और धर्मग्रंथों की समुन्नत भाषा थी। इसमें रचा गया साहित्य उच्चकोटि का है। प्राकृत के भाषा और साहित्यगत स्वरूप, उसकी लोकप्रियता तथा उसके भेदों का उल्लेख करते हुए **डॉ. सावित्री सिन्हा** लिखती हैं- ''The second stage of development begins with the effort to improve and embellish the earliar form. In the middle period, literature began to be composed in Prakrit also. Prakrit was employed in the writing of poetic, dramatic and religious works, Thus the tendency to purely the language was repeated in the history of Prakrit as well as. Being rigidly bound by laws of grammar and having becomes a vehicle of Serious literary expresson it was cut off from the fundamental source of language, where as the dialects of the common people went on once again with their natural developement. Not much as known about what was pure Literary Prakrit but four forms of this are believed to have existed - The Western form is known as Shauraseni. Prakrit and the Eastern as Magadhi. Aradh magadhi Prakrit is an inter mixture of both. The Forth form Maharastri Prakrit is Considerd to be the formost among all.''[2] **डॉ. हीरालाल जैन** के अनुसार, - प्राकृत साहित्य अपने रूप एवं विषय की दृष्टि से बड़ा महत्वपूर्ण है तथा भारतीय संस्कृति के सर्वांग परिशीलन के लिए उसका स्थान अद्वितीय है। उसमें उन लोक भाषाओं का प्रतिनिधित्व पाया जाता है जिन्होंने वैदिक काल एवं संभवत: उससे भी पूर्वकाल से लेकर देश के नाना भागों को गंगा यमुना आदि महानदियों के समान प्लावित किया है और उसकी साहित्यभूमि को उर्वरा बनाया है। ई. पूर्व छठी शती से लेकर प्राय: वर्तमान तक प्राकृत भाषाओं में ग्रंथ रचना होती चली आई है, यद्यपि शास्त्रीय दृष्टि से उन भाषाओं का विकास ई. सन् 1000 तक माना जाता है, क्योंकि उसके पश्चात् हिंदी, गुजराती, मराठी, बंगला, आदि आधुनिक भाषाओं का युग प्रारंभ होता है। मगध से लेकर दरद प्रदेश (पश्चिमोत्तर भारत) तक तथा हिमालय से लेकर सिंहल द्वीप तक की नानाविध लोकभाषाओं का स्वरूप प्राकृतों में सुरक्षित है। इस साहित्य का बहु भाग यद्यपि जैनधर्म विषयक है, तथापि उसमें लोकजीवन ऐसा प्रतिविंबित है जैसा अन्यत्र दुर्लभ है। इसमें नानाकालीनएवं नानादेशीय ऐतिहासिक, राजनीतिक, आर्थिक, सामाजिक आदि महत्वपूर्ण झांकियाँ दिखाई देती हैं जिनका भारतीय इतिहास में यथोचित मूल्यांकन करना अभी शेष है। भाषाओं के अतिरिक्त देश के धार्मिक, दार्शनिक व नैतिक विकास की परंपरा और उसकी गुत्थियों को स्पष्टता से समझने में इस साहित्य से बहुमूल्य सहायता मिल सकती है। यह महत्वपूर्ण साहित्य अभी तक पूर्णत: प्रकाशित नहीं हो सका है। जितना भाग प्रकाशित हुआ है उसका भी समालोचनात्मक रीति से संपादन बहुत कम हुआ है। वैज्ञानिक तथा तुलनात्मक अध्ययन भी बहुत शेष है।

---

1. हिन्दी साहित्य कोश -पृष्ठ- 413, पहला भाग, ज्ञान मंडल लिमिटेड, वाराणसी।
2- Indian Literature- Dr. Savitry Sinha P. 73

## प्राकृत या द्वितीय प्राकृत की व्युत्पत्ति-

प्राकृत की उत्पत्ति के सम्बन्ध में विद्वानों ने विभिन्न स्रोतों की ओर इशारा किया है। विद्वानों के उक्त सभी मतों को यदि छाना जाय तो हम पाएँगें कि प्राकृत की उत्पत्ति के सम्बन्ध में मुख्य रूप से दो मत हमारे सामने आएँगे। पहला मत उन विद्वानों का है, जो प्राकृत को संस्कृत की कोख से उत्पन्न मानते हैं, तो दूसरे कुछ लोग ऐसे भी हैं, जो इसे संस्कृत से पूर्ववर्त्ती मानते हैं, पर एक तीसरा मत यह भी है कि यह न तो संस्कृत से उत्पन्न हुई है, न संस्कृत से जेठी है, अपितु यह तो स्वत: प्रकृति भाषा है। बहरहाल, आइए, **पहले मत** पर विचार किया जाय-

**प्रकृतेः संस्कृतान् आगतं प्राकृतम् ।[1]**
**प्रकृति संस्कृत तत्र भवं प्राकृत मुच्यते ।[2]**
**प्रकृतेरागतं प्राकृतं, प्रकृतिः संस्कृतम् ।[3]**
**प्राकृतस्य तु सर्वमेव संस्कृतं योनिः ।[4]**
**प्रकृतिः संस्कृतम् तत्र भवत्वात् प्राकृतं स्मृतम् ।[5]**
**संस्कृत रूपायाः प्रकृते उत्पन्न स्यात् प्राकृतम् ।[6]**
**प्राकृतस्य सर्वमेव संस्कृतं योनि ।[7]**
**प्रकृतिः संस्कृतं तत्र भवं तत आगतं वा प्राकृतम् ।[8]**

कुछ विद्वान् कहते हैं कि प्राकृत की उत्पत्ति संस्कृत से नहीं हुई है, बल्कि ये दोनों भाषाएँ किसी अन्य स्रोत से विकसित हुई हैं। डॉ. एलफ्रेड सी. बुल्नर ने भी प्राकृत भाषा का विकास संस्कृत से नहीं माना है। वे तो बहुत साफ कहते हैं, " It is probable that it was in the more general sense that (प्राकृत शौरसेनी पद, महाराष्ट्री पद) was first applied to ordinary common speech as distinct from the lingly polished perfect Samskritan."

Grammarians and Rhetoricians of later days however explain Prakritam as derived from the Prakrit, i.e. Samskritan, This explanation is perfectly is perfectly intelligible even if it be not historically correct. Practiclly we take Samskrit forms as the basis and derive Prakrit forms therefore. Neverthe less modern philology insists on an important reservation. Sanskrit forms are quoted as the basis in as for as they present the lod Indo Aryan forms, but sometimes the particular old Indo Aryan for required to explain a Praktir word is not found in Sanskrit at all, or only in a late work and ovbiously borrowed from Prakrit.

In the "Sankrit" we include the Vedic language and all dialects of the old Indo Aryan period, then it is true to say that all the Prakrits are derived from Sanskrit. If on the other hand" Sanskrit" is used more strictly of the Panini Patanjali Language or "Classical Sanskrit" then it is untrue to say that any Prakrit is derived from Sanskrit except that Saurseni, the Midland Prakrit, is derived from the lod Indo Aryan dialect or the Madhyadesh on which classical Sanskrit was mainly based.[9] उक्त उद्धरण से साफ है कि बुल्नर संस्कृत को शिष्ट समाज की भाषा और प्राकृत को जन साधारण की भाषा मानते हैं।

किन्तु कुछ लोग ऐसे भी हैं, जो प्राकृत को संस्कृत से पूर्ववर्त्ती मानते हैं। उनका कहना है- "**प्रकृत्या स्वभावेन सिद्धं प्राकृतम्** अथवा **प्रकृतीनां साधारणजनानामिदं प्राकृतम्**"। नमि साधु इसे " **प्राकृते ति सकल जगज्जन्तूनां व्याकरणादिभिरनाहत**

1. सिंह देव मणि, वाग्भट्टालङ्कार टीका
2. प्राकृत सर्वस्व: मार्कण्डेय, पृ. 1
3. धनिक: दशरूपक, 2/60
4. कर्पूर मंजरी टीका: वासुदेव
5. प्राकृत चन्द्रिका
6. प्रेमचन्द तर्कवागीश-काव्यादर्श टीका
7. प्राकृत संजीवनी
8. हेमचन्द्र 1/1
9. Introduction to Prakrit- A. C. Woolner, P. 3-4 Published by the University of the Punjab, Lahore, Second Ed. 1928

**संस्कारः सहजो वचन व्यापारः प्रकृतिः प्रकृति तत्र भवः सेव वा प्राकृतम्''** कहते हुए प्रकृत भाषा कहते हैं।[1]

इधर प्राकृत भाषा और साहित्य के जाने-माने विद्वान् **डॉ. नेमिचन्द जैन शास्त्री** लिखते हैं कि प्राचीन भारतीय आर्यभाषा काल से ही आन्तर्प्रदेशिक भाषाओं का सम्मिश्रण होता आ रहा है। अतएव वैदिक भाषा के साथ जन भाषा का अस्तित्व स्वयंमेव सिद्ध है। इस जन भाषा को स्वरूप और प्रकृति के आधार पर प्राकृत कहा जा सकता है।[2] इसी तरह **डॉ. पी.डी.गुणे** भी अपनी "An Introduction to Comparative Philology"नामक पुस्तक में लिखते हैं कि- "From the above it will be seen that the linguals in Vedic and later sk. are due to the influence of the old Prakrits, which therefore must have existed side by side with the Vedic dialects. These gave us the later literary Prakrits. Side by Side with the Language of the Vedas and the Prakrits there was current even during the period of the production of the hymns a language which was much nore developed than the priestly language and which had the chief characterstics of the oldest phase of the mid-Indian dialects"[3] अर्थात् प्राकृतों का अस्तित्व निश्चित रूप से वैदिक बोलियों के साथ-साथ वर्तमान था। इन्ही प्राकृतों से परवर्ती साहित्यिक प्राकृतों का विकास हुआ। वेदों और पंडितों की भाषा के साथ-साथ यहाँ तक की मंत्रों की रचना के समय भी एक ऐसी भाषा प्रचलित थी, जो पंडितों की भाषा से अधिक विकसित थी। इस भाषा में मध्यकालीन भारतीय बोलियों की प्राचीनतम अवस्था की प्रमुख विशेषताएँ वर्तमान थीं।

हिन्दी विद्वानों में **डॉ. श्यामसुन्दर दास** प्राकृत की उत्पत्ति संस्कृत से मानते हैं। **डॉ. रामविलास शर्मा** प्राकृत को जन साधारण की भाषा न मानकर कृत्रिम साहित्यिक भाषा स्वीकार करते हैं। **डॉ. राजकिशोर सिंह** का विचार है कि प्राकृत जन भाषा थी, किन्तु क्रमशः अशोक के द्वारा अपनाए जाने तथा शिलालेख आदि के माध्यम से वह साहित्यिक भाषा बन गयी। साहित्यिक भाषा बन जाने पर उसके व्याकरण की ओर भी ध्यान दिया जाने लगा। अंततः यह भी संस्कृत की भाँति व्याकरण से बाँध दी गई। प्राकृत के प्रथम वैयाकरण आचार्य **वररुचि** हैं। वररुचि कृत 'प्राकृत प्रकाश' प्राकृत का प्रथम व्याकरण ग्रंथ है।

**प्राकृत या द्वितीय प्राकृत के प्रकार, भेद या वर्गीकरण-** (Classification of Prakrit or Second Stage of Prakrit)- प्राकृत का सर्वस्वीकृत विभाजन दुर्भाग्य से अभी तक नहीं हो पाया है। प्राकृतों के वर्गीकरण के संबध में मुख्य कठिनाई यह है कि प्रादेशिक बोलियों के नाम पर जो प्राकृतें मिलती हैं, वे विश्वसनीय नहीं हैं। भाषाविद् **डॉ.सुनीति कुमार चटर्जी** लिखते हैं कि 'वास्तव में हमें उपलब्ध उनका रूप, वैयाकरणों (तथा तत्पश्चात् के प्राकृत लेखकों) द्वारा शौरसेनी, मागधी, महाराष्ट्री, पैशाची आदि किस प्रकार की प्रादेशिक बोलियाँ होनी चाहिए, इस दृष्टि से कल्पित किया हुआ रूप है।'[4] वस्तुतः प्राकृतों की वैभाषिक प्रवृत्तियों का विकास ब्राह्मणकाल में स्पष्टतः परिलक्षित होने लगा था। अनार्यो के प्रभाव से प्राकृतों का स्वरूप ऐसी विभाषा का हो गया था, जिसे आर्य बिगड़ा हुआ अशिष्ट उच्चारण मानते थे - **''अदुरुक्तं वाक्यं दुरुक्त माहुः''**।[5] बताते हैं यह विभाषा उन लोगों की थी, जिन्हें वैदिक साहित्य में 'व्रात्य'नाम से जाना जाता है।

प्राकृत भाषाओं के वर्गीकरण का प्रथम श्रेय संभवतः **भरतमुनि** को दिया जाता है। उन्होंने नाट्यशास्त्र में इनका विभाजन इस प्रकार किया है।

> **मागध्यवन्तिजा प्राच्या सूरसेन्यर्धमागधी।**
> **बाह्लीका दाक्षिणात्या च सप्तभाषाः प्रकीर्तिताः॥**
> **शबराभीर- चाण्डाल- सचर-द्रविडोद्रजाः।**
> **हीना वनेचराणां च विभाषा नाटके स्मृताः।**[6]

---

1. विशेष अध्ययन के लिए अ- कोलकात्ता विश्वविद्यालय Departant of letters के 1929 वाले Jonrnal में प्रकाशित डॉ. सिद्धेश्वर वर्मा के- Nationalization in Hindi Litearly Works नामक निबंध को पढ़िए तथा (ब) इसी तरह ब्लाक की पुस्तक aformation de la language Marathe और (स) प्रो. टर्नर की पुस्तक 'Gujerati Phonology'Ras-1916 को भी पढ़े
2. प्राकृतभाषा और साहित्य का आलोचनात्मक इतिहास- डॉ. नेमिचन्द शास्त्री पृ.6, प्रथम संस्करण तारा पब्लिकेशन वाराणसी 1966
3. An Introduction to Comparative Philology- Dr. P.D.Gune.P.163 Second Edition 1950.
4. भारतीय आर्यभाषा और हिन्दी-डॉ.सुनीति कुमार चटर्जी, पृष्ठ 103।
5. ताण्डय ब्राह्मण, 17।4
6. नाट्यशास्त्र भरतमुनि, 17-48,49

अर्थात् भरतमुनि के अनुसार मुख्य प्राकृत 7 हैं - मागधी,अवन्तिजा,प्राच्या,सूरसेनी (शौरसेनी),अर्धमागधी,बाह्लीक, दाक्षिणात्य (महाराष्ट्री)। गौण प्राकृत भी 7हैं - शाबरी, आभीरी, चाण्डाली, सचरी, द्राविड़ी , उद्रजा, वनेचरी। ब्राह्मण कालीन प्राकृतों को **मोटे** तौर पर तीन टुकड़ों में बाँटा जाता है,- 1. उदीच्य, 2.मध्यदेशीय,3. प्राच्य। **डॉ. भोलाशंकर व्यास** का विचार है कि उत्तर वैदिक काल में विकसित प्राकृतों में उदीच्य विभाषा (प्राकृत) संस्कृत के अधिक समीप थी। इसी उदीच्य विभाषा के आधार पर महर्षि **पाणिनि** ने साहित्यिक तथा परिष्कृत रूप देने के लिए व्याकरण (अष्टाध्यायी) सूत्रों का निबंधन किया था। मध्यदेशीय प्राकृत अन्तर्वेद की विभाषा थी तथा प्राच्य प्राकृत मगध के आसपास की। आगे वे लिखते हैं कि कुछ लोगों के मतानुसार दाक्षिणात्य जैसा चौथा वैभाषिक रूप भी उस काल में रहा होगा। यहां तक कि महाराष्ट्री तथा शौरसेनी को विद्वानों ने एक ही प्राकृत की दो शैलियां माना है, जिसमें प्रथम पद्य में पाई जाती है तथा द्वितीय गद्य में।[1]

आचार्य **वररुचि** प्राकृत के प्रथम वैयाकरण बताए जाते हैं। इन्होंने, जैन आचार्य हेमचन्द्र ने तथा आचार्य दण्डी ने भी प्राकृतों के भेद बताए हैं। इन्हें आप इस प्रकार देखिए-

| वररुचि | हेमचन्द्र | दण्डी |
|---|---|---|
| 1. महाराष्ट्री | (इनमें हेमचन्द्र ने तीन और जोड़ा है) | 1. महाराष्ट्री |
| 2. पैशाची | 1. आर्ष प्राकृत | 2. शौरसेनी |
| 3. मागधी | 2. चूलिका | 3.गौड़ी |
| 4.शौरसेनी | 3.पैशाची | 4. लाटी |
| | | 5. मागधी |

इधर **मार्कण्डेय** ने प्राकृत भाषा को तीन वर्गों में रखा है - **1.भाषा-** महाराष्ट्री,शौरसेनी, प्राच्या, अवन्ती, मागधी। **2. विभाषा-** शाकारी, चांडाली, शाबरी, आभीरिका, टक्की। **3. अपभ्रंश-** नागर,व्राचड, उपनागर।

उक्त आचार्यों द्वारा गिनाई गई प्राकृतों को कालान्तर में धर्म, साहित्य तथा भाषा विज्ञान की दृष्टि से निम्न खाँचों में बाँटा गया

**1. धर्म के आधार पर** प्राकृत के चार भेद- (क) पालि (ख) अर्धमागधी (ग) जैन महाराष्ट्री (घ) जैन शौरसेनी

**2. साहित्य के आधार पर** भी इसके चार ही भेद हैं, किन्तु नामों में बदलाव हुआ है,- (क) महाराष्ट्री (ख) शौरसेनी (ग) मागधी (घ) पैशाची

**3. भाषा विज्ञान की दृष्टि से** प्राकृत के चार से बढ़कर 5 भेद किए गये हैं- (क) मागधी, (ख) अर्धगामी (ग) महाराष्ट्री (घ) शौरसेनी (ङ) पैशाची।

इधर, **सर आशुतोष मुखर्जी** की पुस्तक The Eastern School of Prakrit Grammarians, **नीती दोलची पारी** की पुस्तक Le Grammarians Parkrit तथा Apabhramsh According to Markandey and Dhakki Prakrit Journal of Royal Asitaic Society Bengal Calcuttaसाथ ही The Prakrit Dhatwa Deshas According to Western and the Eastern School of Prakrit Grammarians Memoirs, Royal Asiatic Society Bengal, Calcutta आदि पुस्तकों में भी प्राकृतों के उक्त वर्गीकरण पर बल दिया गया है। हालाँकि इनके अतिरिक्त संस्कृत के विभिन्न नाटकों में शकरी, ढक्की, चाण्डाली आभीरिका, अवन्ती आदि प्राकृतों का भी उल्लेख मिलता है। कुल मिलाकर उक्त तालिका को देखने से पता चलता है कि प्राकृतों की निश्चित संख्या को लेकर पर्याप्त मतभेद हैं,फिर भी अधिकांश विद्वान निम्न प्राकृतों को ही प्रमुख मानते हैं।

## द्वितीय प्राकृत भाषाओं के विविध रूपों का परिचय तथा उनकी विशेषताएँ

**1. शौरसेनी-** शूरसेन अर्थात् मथुरा के आसपास की भाषा होने के कारण इसका नामकरण शौरसेनी हुआ। शूरसेन चूँकि संस्कृत प्रधान क्षेत्र था, अत: संस्कृत का सीधा प्रभाव इस पर पड़ा है। संस्कृत नाटकों में स्त्री तथा सामान्य पात्र, गद्य में इसी शौरसेनी में भाषण करते हैं। कुल मिलाकर **डॉ. कपिलदेव द्विवेदी** लिखते हैं कि शौरसेनी से ही वर्तमान हिन्दी गद्य का विकास हुआ है। राजशेखर कृत कर्पूरमंजरी का समस्त गद्य-भाग शौरसेनी प्राकृत में है। भास,कालिदास आदि के लेखों में गद्य शौरसेनी में हैं। इसका प्राचीनतम रूप अश्वघोष के नाटकों में मिलता है। यह निम्न और मध्यम कोटि के पात्रों और स्त्रियों की भाषा थी। इसमें सरलता,

**1.संस्कृत भाषा शास्त्रीय अध्ययन- डॉ. भौला शंकर व्यास, पृ. 276**

सरसता, श्रवण-सुखदता अधिक थी, अत: अधिक लोकप्रिय हुई।[1] अवन्ती तथा आभीरी इसके अन्य स्थानीय रूप माने जाते हैं। अपने उक्त रूपों के साथ शौर सेनी का क्षेत्र अन्य प्राकृतों की तुलना में विशद माना जाता है। भरतमुनि ने अपने नाट्यशास्त्र के 32वें अध्याय में ध्रुवा नामक गीतिकाव्य का विस्तार पूर्वक सोदाहरण प्रतिपादन किया है। यहाँ उन्होंने बताया है कि ध्रुवा गीति काव्य में शौरसेनी का ही प्रयोग किया जाना चाहिए।[2]

**अन्वर्था तत्र कर्त्तव्या धुवा प्रासदिकी त्वथ।**
**भाषा तु शूरसेनी स्यात धुवाणां सम्प्रयोजयेत।।**

**शौरसेनी प्राकृत का उदाहरण-** "अणज्ज, अत्ताणो हिअआण माणेण सव्वं एदं पेक्खसि। को णाम अणो। धम्म-कंचुअ- ववदेसिणो तण छण्ण- कूवोवमस्स तुह अनुकारी भविस्सदि" अर्थात् अनार्य! तू सभी वस्तुओं को अपने हृदय के अनुमान से देखता है। धर्म का कंचुक धारण करने वाले (धर्म का ढोंग करने वाले) तिनकों से ढँके हुए कूएँ के समान तेरे जैसे मनुष्य का सहकारी (समानधर्मा) कौन होगा?

**व्याकरणिक विशेषताएँ-**

1. इसमें क्ष का क्ख हो जाता है, यथा चक्षु >चक्खु, इक्षु >इक्खु ।
2. रूपगठन की दृष्टि से क्रिया रूपों में इसमें परस्मैपद का ही प्रयोग होता है, आत्मने पद का नहीं।
3. कर्मवाच्य में परस्मैपद के लिङ् प्रत्ययों का प्रयोग होता है, यथा- क्रियते >करी अदि, गम्यते >गमी आदि।
4. संयुक्त व्यंजनों के सरलीकरण की प्रवृत्ति इनकी एक अन्य विशेषता है।
5. 'य' प्रत्यय का रूप शौरसेनी में 'इय' हो जाता है।
6. दो स्वरों की मध्यवर्ती ध्वनियाँ- द्, ध्, अपरिवर्तनीय ही रहती हैं, यथा क्रोध: > क्रोधो, जलद: >जलदो।
7. यहाँ द्विवचन का अभाव हो गया है।
8. शौरसेनी में विधि (Optative) के रूप संस्कृत के समान ही बनते हैं।
9. रूपगठन के लिहाज से इसका झुकाव संस्कृत की ओर तो है ही, महाराष्ट्री से भी इसकी काफी निकटता है संभवत: इसीलिए विद्वान महाराष्ट्री को इसकी एक विशेष शैली मानते हैं।
10. शौरसेनी में रचित भारतीय नाट्य शास्त्र के पद्य, सट्टक तथा नाटकीय गद्यांशों में व्याकरणिक नियमों का सुन्दर और स्वस्थ अनुपालन हुआ है।
11. शौरसेनी में एव के अर्थ में य्येव का, चेटी के आह्वान अर्थ में हज्जे का, विस्मय और निर्वेद अर्थों में हीमाणहे का ननु अर्थ में णं का, हर्ष व्यक्त करने के अर्थ में अम्महे का एवं विदूषक के हर्ष द्योतन में हीही का निपात होता है, यथा-

**हीमाणहे जीवन्तवच्छा में जणणी-** विस्मय अर्थ में।
**हीमाणहे पलिस्सन्ता हमे एदेण नियविधिणो दुव्वसिदेण**-निर्वेद में।
**णं अफलोदया, णं भवं में अग्गदो चलदि**-ननु अर्थ में णं का निपात।
**अम्महे एआए सुम्मिलाए सुपलिगढिदो भवं-** हर्ष प्रकट करने में अम्महे का।
**ही ही भो सम्पन्न मणोरधा पियवयस्स**-विदूषक के हर्ष का द्योतन में ही ही का।

12. यहाँ स्त्री शब्द के स्थान पर इत्थी, इव के स्थान पर विअ, एव के स्थान पर जेव्व और आश्चर्य के स्थान पर अचिरअं का आदेश होता है, यथा इत्थी< स्त्री, विअ< इव, जेव्व <एव तथा अहह अच्चरिअं अच्चरिअं <अहह आश्चर्यमाश्चर्यम् ।

**2. पैशाची-** प्राकृत भाषाओं में पैशाची बहुत प्राचीन है। **डॉ. नेमिचन्द्र शास्त्री** का कहना है कि इसकी गणना पालि, अर्धमागधी और शिलालेखी प्राकृतों के साथ की जाती है। चीनी, तुर्किस्तान के खरोष्ट्री शिलालेखों में तथा कुवलयमाला में पैशाची की विशेषताएं देखने को मिलती हैं। **डॉ. जार्ज ग्रियर्सन** के अनुसार पैशाची का रूप पालि में सुरक्षित है। इधर, पश्चिमी भाषा-चिन्तक **हार्नले** का कहना है कि पैशाची द्रविड़ भाषा परिवार में पैदा हुई थी, अत: इसका मूल स्थान विन्ध्य के दक्षिण में होना चाहिए। **कीथ** (Keath)भी यही मानते हैं। पिशाचों से संबंधित होने के कारण ही **वाग्भट्ट** इसे 'भूतभाषा' कहते हैं। पिशाच जाति के लोगों द्वारा व्यवहृत होने के कारण इसे पैशाची कहते हैं। पिशाच लोग कश्मीर क्षेत्र में रहते थे। यद्यपि पैशाची का कोई साहित्य नहीं मिलता, पर इतना मानते हैं कि इसके बोलने वाले पश्चिमोत्तर भारत में रहते थे। **डॉ. भोला शंकर व्यास** लिखते हैं कि भाषा वैज्ञानिकों का मत

1. प्राकृत भाषा और साहित्य का आलोचनात्मक इतिहास, डॉ. नेमि चन्द्र शास्त्री, पृ. 86
2- संस्कृत का भाषा शास्त्रीय अध्ययन - डॉ. भोला शंकर व्यास, पृष्ठ - 201

है कि पैशाची प्राकृत संभवत: दरद वर्ग की प्राकृत रही होगी जिसमें काश्मीरी, स्वाती तथा अन्य कई सुदूर उत्तर की तथा पामीर के आसपास की भाषाएं विकसित हुई हैं। पैशाची की प्रवृत्ति आज भी काश्मीरी आदि में देखी जाती हैं। कहते हैं, **गुणाढ्य्** ने 'वडुकहा' नामक एक ग्रंथ की रचना की थी, पर वह आज अपने मूल रूप में उपलब्ध नहीं होता। वैयाकरणों ने पैशाची की निम्न तीन उपभाषाएं स्वीकार की हैं - क- कैकय, ख-शौर सेन और, ग-पांचाल।

**व्याकरणिक विशेषताएं-** 1- पैशाची में ष् और श् के स्था पर 'स् ' मिलता है, यथा- संस्कृत 'शोभित' के स्थान पर 'सोभित', विषम के स्थान पर 'विसमो'।

2- पैशाची में 'म' के स्थान पर 'न' हो जाता है।

3- इसमें सघोष ध्वनि अघोष हो जाती है, यथा- गगन-गकन, राजा-राचा, नगर-नकर तथा तरुणी-तलुनी आदि।

4- पैशाची में आत्मने पद तथा परस्मैपद - दोनों के प्रत्यय प्रथम पुरुष एकवचन में उपलब्ध होते हैं।

5- **डॉ. ग्रियर्सन** कहते हैं कि पैशाची में संस्कृत सघोष अल्पप्राण अघोष अल्पप्राण हो जाते हैं, यथा- मेघ: = मेखो, गगनं = गकनं। इसी का संकेत काश्मीरी में भी दिखाई देता है, यथा - सं0 भ्राता, काश्मीरी - बोयु, सं0 घोटक, काश्मीरी - गुड्डु, सं0 खडग, काश्मीरी - खड़क।[1]

6- पैशाची में 'ज्ज' के स्थान पर च्य आदेश होता है । यथा - कच्चं<कज्जं कार्यम् - शौरसेनी के ज्ज के स्थान पर च्य।

**7- डॉ. कपिलदेव द्विवेदी** के अनुसार पैशाची में पंचम वर्ण केवल 'न' है।[2]

8- पैशाची में र् और ळ् का विपर्यास मिलता है अर्थात् र् के स्थान पर ल् का और ळ् के स्थान पर र् का प्रयोग होता है, यथा - रुद्र का ळुद्द, रूधिरं का ळुधिरं ।

**9- डॉ. नेमिचन्द्र शास्त्री** के अनुसार पैशाची में रेफ के स्थान पर ल और ह के स्थान पर घ नहीं होता, यथा - गरुड<गरुउ - रेफ के स्थान में ल नहीं हुआ तथा दाह <दाह - ह के स्थान में घ नहीं हुआ।[3]

10- पैशाची में टु के स्थान पर विकल्प से तु आदेश होता है, यथा - कुतुम्बकं<कुटुम्बकम् ।

**3. महाराष्ट्री या माहाराष्ट्री-** प्राकृत वैयाकरणों ने ध्वन्यात्मक तथा पद-रचनात्मक दृष्टि के साथ-साथ साहित्यिक दृष्टि से सभी प्राकृतों में 'महाराष्ट्री प्राकृत' को ही श्रेष्ठ माना है। कुछ चिन्तक इसे 'स्टैण्डर्ड प्राकृत' (Standard Prakrit)नाम से विभूषित करते हैं तो कुछ लोग महाराष्ट्री को 'उत्तम प्राकृत' भी कहते हैं। आचार्य **दण्डी** ने अपने काव्यादर्श में इस प्राकृत के महत्व को संभवत: रेखांकित करने के लिए ही लिखा है कि -

**महाराष्ट्रश्रयां भाषा प्रकृष्टं प्राकृतं बिन्दु:।**
**सागर: सूक्तिरत्नानां सेतुबंधादि यन्मयम् ।।**[4]

इतना ही नहीं, दण्डी महोदय के बहुत पहले ही प्रसिद्ध प्राकृत वैयाकरण **वररुचि** ने शौरसेनी, मागधी तथा पैशाची प्राकृतों की विशेषताओं का उल्लेख करने से पहले महाराष्ट्री प्राकृतों के नियमों का निबंधन किया है तथा उससे भी जो विभिन्नताएँ इन दूसरी प्राकृतों में पायी जाती हैं, उन्हें बताकर **''शेषन् महाराष्ट्रीयवत् ''** लिख दिया है।[5] लेकिन यहीं पर विद्वानों का एक वर्ग ऐसा भी है, जो महाराष्ट्री को प्रधान या श्रेष्ठ प्राकृत होने से मना करते हैं। आचार्य **हेम** इसे सामान्य प्राकृत मानते हैं, तो आधुनिक विद्वानों में ''कर्पूर मंजरी की भूमिका'' (कलकत्ता, 1948)के लेखक **मनमोहन घोष** तथा "Maharastri: A Later form of Saurseni" Journal of the Department of Letters, University of Calcutta, 1933 आदि भी इसे सर्वोत्तम प्राकृत होने में संदेह व्यक्त करते हैं।

इधर, दण्डी और वररुचि के साथ **हेमचन्द्र** भी महाराष्ट्री प्राकृत का मंडन करते हैं। **प्रवरसेन** कृत 'सेतुबन्ध' नामक सुप्रसिद्ध काव्य महाराष्ट्री प्राकृत की मूल्यवान संपदा है। इसका उल्लेख **बाण** ने हर्षचरित की उत्थानिका में इस प्रकार किया है,-

**कीर्तिः प्रवरसेनस्य प्रयाता कुमुदोज्ज्वला ।**
**सागरस्य परं पारं कपिसैनैव सेतुना ।।**

सच तो यह है कि यह प्राकृत पद की भाषा ही है। इन सबके अतिरिक्त इसका प्रयोग संस्कृत नाटकों में भी प्रभूत रूप में हुआ है। गीति काव्य, काव्य, नाटक, हाल की 'गाथा सतसई', जय वल्लभ कृत 'वज्जालग्गं', गोवर्धनाचार्य कृत 'आर्या सप्तशती', वाकपति

---

1- Linguistic Conception of Kashmiri - Sir G.A. Grierson, P. 211, Indian Antiqutiy, Nov - Dec, 1915

2- भाषा विज्ञान एवं भाषा शास्त्र, पृष्ठ - 438

3- प्राकृत भाषा और साहित्य का आलोचनात्मक इतिहास - डॉ. नेमिचन्द्र शास्त्री, पृष्ठ - 93

4- काव्यादर्श - 1/34

5. प्राकृत प्रकाश - 12/32

राज कृत 'गउडवहो' (गौडवध), रामपाणिवाद कृत 'कंसवहो', गुणचन्द्रमुनिकृत 'महावीर चरित', उद्योतनसूरिकृत 'कुवलयमाला कथा', विमलसूरि कृत 'पउमचरिउ', संघदासगणि कृत 'वसुदेव हिंडि' तथा चन्द्र प्रभमहत्तर कृत 'विजयचन्द्र चरित' आदि कृतियाँ महाराष्ट्री प्राकृत के गौरव ग्रंथ हैं।

अंत में एक प्रमुख सवाल यह है कि आखिरस, इसका 'महाराष्ट्री' नाम क्यों पड़ा? वस्तुत: इस प्रश्न के उत्तर पर भी काफी विवाद है। कुछ लोग कहते हैं कि महाराष्ट्र में प्रयुक्त किए जाने पर इसका नाम महाराष्ट्री पड़ा, पर भाषा वैज्ञानिक **डॉ. सरयू प्रसाद अग्रवाल** को इस तर्क पर आपत्ति है। उनका कहना है कि महाराष्ट्री को महाराष्ट्र प्रदेश की भाषा मान लेना युक्तिसंगत न होगा। पश्चिमी भाषाविद **हार्नले** के अनुसार 'महाराष्ट्र' का आशय महान राष्ट्र से लेना चाहिए। यह ठीक भी है, क्योंकि मध्य काल में महाराष्ट्री व्यापक क्षेत्र की भाषा थी। वैयाकरणों ने संभवत: इसीलिए महाराष्ट्री को प्रधान प्राकृत मानकर अन्य प्राकृतों की कतिपय निजी विशेषताएँ देकर शेष को महाराष्ट्री के सदृश कह दिया है।[1] कुल मिलाकर महाराष्ट्री प्राकृत सभी प्राकृतों में श्रेष्ठ तो है ही -

**अविनाशिनमग्राह्यमकरोत्सातवाहनः।**
**विशुद्ध जातिभिः कोषं रत्नेरिखसुभाषितैः ।।**[2]

**महाराष्ट्री का उदाहरण-**

**जइ होसि ण तस्स पिआ अणुदिअहं णीसहेंहिं अंगेहि ।**
**णवसू अपीअपेऊ समत्त पांडिव्व किं सुवसि ।।** (गाहासतसई)

अर्थात् हे सखी : अगर तू उसकी प्यारी नहीं है, तो अलसाये अंगों से नये दूध को पीकर मस्त नव प्रसूत पाडी (भोजपुरी में पाड़ी या पड़िया) की तरह दिन भर क्यों सोती रहती है। यहाँ ध्यान दीजिए, पाडी शब्द देशी है। यह शब्द आज भी उत्तर प्रदेश, गुजरात, राजस्थान आदि में व्यवहृत होता है, जिसका अर्थ है- भैंस की बच्ची। कितना प्यारा और मोहक शब्द प्रयुक्त हुआ है- महाराष्ट्री में। संभवत: इसीलिए संस्कृत की अपेक्षा प्राकृत को सुकुमार भाषा की संज्ञा दी गई है।

## व्याकरणिक विशेषताएँ-

1- कोमलता इसकी प्रथम विशेषता है।

2- दो स्वरों के मध्यवर्ती व्यंजन का लोप हो जाता है, यथा - नुपूर > नेउर, रिपु > रउ ।

3- अल्प प्राण व्यजंन की जगह 'ह' का प्रयोग होता है, यथा - मुख > मुह, कवि > कह, वध > वहो, कृति > कह आदि ।

4- ऊष्म वर्णो - श, ष, स का ह हो जाता है, यथा - दश > दह, पाषाण > पाहाण, दिवस > दिअह ।

5- क्रियापदों में कर्मवाच्य के 'य' के स्थान पर 'इज्ज' प्रत्यय का प्रयोग होता है, यथा -

**''संस्कृत पृच्छ्यते महाराष्ट्री पुच्छज्जइ ।**
**संस्कृत-गम्यते, महाराष्ट्री-गमिज्जइ ।।**

6- अपादान एकवचन में सामान्यतया 'अहि' प्रत्यय का प्रयोग किया जाता है, यथा - दूराहि - दूरात् ।

7- ष्प् और स्प् के स्थान में 'फ' आदेश होता है, यथा - पुप्फं < पुष्पम् , फंदणं < स्पंदनम् ।

8- द्य और र्य का ज्ज होता है, यथा - मज्जं < मद्यं, कज्जं < कार्यम्

9- ऐ के स्थान पर ए और अइ तथा औ के स्थान पर ओ और अउ पाए जाते हैं, यथा - सेलो < शैल, केलासो, कइलासो < कैलाश: गोडो, गउडो < गौड: , सउहो < सौध: तथा

10- सामासिक पदों में ह्रस्व का दीर्घ और दीर्घ का ह्रस्व होता है, यथा - अन्तावेई < अन्तर्वेदि:, सत्तावीसा < सप्तविंशति, पईहरं, पइहरं < पतिगृहम् , नइसोत्तं < नदीस्रोतम ।

**4. मागधी-** मगध देश में बोली जाने के कारण इसका नाम मागधी पड़ा। साफ शब्दों में पूर्व में बिहार प्रदेश के प्राचीन 'मगध' राज्य के नाम पर इसका नामकरण हुआ। अर्वाचीन बिहारी बोलियों में मगही का इससे नाम साम्य है। पूर्वी क्षेत्र में मागधी व्यापक प्राकृत थी। यह गौतम बुद्ध के उपदेशों की भाषा कही जाती है।[3]बौद्ध इसे आदि भाषा मानते भी हैं। इन लोगों का मानना है कि भगवान बुद्ध ने जिस भाषा में उपदेश दिया, वह नि:संदेह मागधी थी, पालि नहीं । वैसे इस संबंध में एक सुप्रसिद्ध गाथा भी है,-

**सा मागधी मूल भासा नरायायादि कप्पिया।**

---

1- हिन्दी साहित्य कोश - पृष्ठ 415, भाग - 1 पारिभाषिक शब्दावली, ज्ञानमंडल लिमिटेड, वाराणसी, 1985

2- हेमचन्द्र - 13

3. हिन्दी साहित्य कोश - डॉ. सरयू प्रसाद अग्रवाल, पृष्ठ - 415

**ब्रह्मणो च स्सुतालावा संबुद्धा चापि भासिरे ।।**

सच तो यह है कि बौद्ध विद्वानों में से अधिकतर पालि को मागधी की ही विभाषा मानते थे। पश्चिमी भाषा विज्ञानी **विलहेम गायगर** मागधी के साहित्यिक स्वरूप, उसकी भाषिक विशेषताओं तथा चित्र और चेहरा का सुन्दर रूपांकन करते हुए लिखते हैं कि,- "Such a linguafranca, naturally contained elements of all the dialects, but was surely free from the most obtrusive dialectical characterstics. It was surely not altogather homogeneous ........ A man from the Magadh country must have spoken it in one way, and a man from the districts of Kosala and Avanti in another, just as in Germany the high German of a cultured person from Wurttemberg ......... This language could have there fore been well called Magadhi, even if it avoided the grossest (dialectical) peculiarties of this language."[1]

मागधी का कोई स्वतंत्र साहित्य नहीं बताया जाता। केवल पूर्वी क्षेत्र के शिलालेखों तथा संस्कृत नाटकों में निम्नवर्ग के पात्रों की भाषा के रूप में यह सुरक्षित है। इसका प्राचीनतम रूप अश्वघोष में उपलब्ध होता है। व्याकरण में इसका मुख्य आधार शौरसेनी प्राकृत है। चाण्डाली, साकारी, शाबरी, ढक्की इसके मुख्य उपभेद हैं।

**मागधी का उदाहरण-** "कधं अपावे चालुदत्ते वावा दी आदि । हगे णिअलेण शामिणा बंधिदे। भोदु आक्कं डामि। शुणध, अय्या शुणध। अस्ति दाणिं मए पावेण पवहण-पडिवत्तेण पुप्फ-कलंडअ-यिण्णुय्याणं वंशत शेणा णीदा।" अर्थात् क्या चारुदत्त को बिना अपराध ही दण्ड दिया (मारा) जा रहा है। अरे, राजा ने (स्वामी ने) इसे बेड़ियों से बाँध दिया है। अच्छा, चिल्लाता हूँ। सुनो, आर्य, सुनो! अभी-अभी गाड़ी से लौटे हुए मैंने वसंत सेना पुष्पकरंडक जीर्णोद्यान की ओर पहुँचायी है।

### व्याकरणिक विशेषताएं-

1- इसमें ष और स का 'श' हो जाता है, यथा - सप्त > शत्त आदि ।

2- इसमें 'र' की जगह 'ल' हो जाता है, यथा - राजा > लाजा, पुरुष > पुलिशे आदि ।

3- मागधी में स्थ और र्थ का 'स्त' हो जाता है, यथा - उपस्थित > उपस्तिद, अर्थवती > अस्तवदी ।

4- कही-कही 'ज्' के स्थान पर 'य' और 'झ' के स्थान पर 'य्ह' मिलता है, यथा - जानाति > यावादि, झटिति > य्हति आदि।

5- मागधी में प्रथमा विभक्ति के (अकारान्त शब्दों के) रूपों में 'ए' विभक्ति होती है, यथा - धम्मे

6- मागधी की प्रकृति शौरसेनी है। इसमें अकारान्त पुलिंग शब्दों के प्रथमा के एकवचन में एकारान्त रूप बनते हैं, यथा- एशेमेशे < एषमेष:, ऐशे पुलिशे < एष पुरिष: ।

7- मागधी में प्रेक्ष और आचक्ष के स्थान पर स्क आदेश होता है, यथा - पेस्कदि < प्रेक्षति ।

8- यहाँ हृदय शब्द के स्थान पर हडक्क आदेश होता है, यथा - हडक्के आलले मम < हृदये आदरो मम ।

9- मागधी में शृगाल शब्द के स्थान पर शिआल और शिआलक आदेश होता है, यथा - शिआले आअच्छदि, शिआलले आअच्छदि<शृगाल आगच्छति।

10- मागधी में अहम् और वयं के स्थान पर हगे आदेश होता है, यथा - हगे शक्कावदालतिस्वणिवासी धीवले < अहं शक्रावतारतीर्थ निवासी धीवर: ।[2]

**5. अर्धमागधी-** मागधी और शौरसेनी के बीच वाले प्रदेश की भाषा - अर्धमागधी कही गई। दूसरे शब्दों में - यह कोशल प्रदेश की भाषा थी। **डॉ. राजकिशोर सिंह** के अनुसार जैन सम्प्रदाय (श्वेताम्बर) के ग्यारह अंश और बारह उपांगों की रचना इसी में हुई है। **महावीर स्वामी इसे 'आर्षी' कहते हैं।** कुछ लोग इसे आंशिक रूप से मागधी ही मानते हैं। इसका प्राचीनतम रूप अश्वघोष में मिलता हैं। साहित्यकारों ने इसे चरों, सेठों और राजपुत्रों की भाषा माना है। अर्धमागधी में जैन सम्प्रदाय का धार्मिक साहित्य मिलता है। दूसरे शब्दों में जैन धर्म की यह प्रधान भाषा थी। इतना ही नहीं, जैन धर्म तथा बौद्ध धर्मो को व्यापक विस्तार देने में अर्ध मागधी का विशिष्ट योगदान रहा है - "In connection with the designation of the canonical language as Magadhi, - Windisch also refers to the Arsa (आर्ष), the language of the Jaina - suttas. It is called Ardh Magadhi, i,e." half Magadhi." Now it is surely siginificant that the Ardh Magadhi differs from Magadhi, proper on similar points as Pali."[3]

---

**1- Pali Literature and Language - Wilhelm Geiger, P. 210**

**2- प्राकृत भाषा और साहित्य का आलोचनात्मक इतिहास - डॉ. नेमिचन्द्र शास्त्री, पृष्ठ - 90**

**3- Pischel, Grammar. d, Pkr. Spr. P. 15**

### व्याकरणिक विशेषतायें-

1- श, ष और स के स्थान पर महज 'स' का प्रयोग इसमें होता हैं।

2- च वर्ग के स्थान पर त वर्ग तथा दन्त्य के स्थान पर मूर्द्धन्य का प्रयोग इसकी अगली विशेषता है।

3- प्रथमा एक वचन में मागधी के समान अर्धमागधी में एकारान्त तथा शौरसेनी के समान ओकारान्त दोनों ही रूपों के दर्शन इसमें होते हैं।

4- स्वर मध्यम व्यजंनों का लोप और उसके स्थान पर 'य' का आगम हो जाता है, यथा - सागर का सायर आदि ।

5- **पिशेल** अर्धमागधी की व्याकरणिक विशेषताओं की ओर संकेत करते हुए लिखते हैं कि,- "For Ardh Magadhi too does not change the r in to l and in nown inflexion it shows the ending O instead of Magadhi c - e- atleast in many metrical pieces."

6- गद्य और पद्य की भाषा में अंतर पाया जाता है, यथा - मागधी की तरह गद्य में जब 'ए' का प्रयोग किया जाता है, तो पद्य में शौरसेनी की तरह 'ओ' का ।

7- संधि स्थलों पर स्वर भक्ति का प्रयोग होता है, यथा - स्वाख्यात > सुयक्खाय।

8- **हिन्दी विश्वकोश** के अनुसार आदि आर्य भाषा में वैदिक र् के स्थान पर ल् का उच्चारण भी माना गया है, जैसे - कुलउ = श्रोत्र। उसी प्रवृत्ति के फलस्वरूप वैदिक वृक् के स्थान पर जर्मन भाषा समूह में वुल्फ एवं ग्रीक में पृथु का प्लुतुस् पाया जाता है। यह र् के स्थान पर ल् के उच्चारण की ध्वनि इसमें सुरक्षित हुई है।

9- अर्धमागधी में इ, ए और उ, ओ का परस्पर विनिमय पाया जाता है, यथा - इदिस एदिस < इदृश तथा तूण तोण तथा

10- पुट और पुर शब्द के पकार का विकल्प से लोप हो जाता है, यथा - तालउडं, तालपुडं < तालपुरम तथा गोउरं, गोपुरं < गोपुरम्।

## प्राकृत की साहित्यिक या साहित्यगत प्रवृत्तियाँ अथवा विशेषताएँ-

शिष्ट और अभिजात्य वर्ग द्वारा प्रयुक्त भाषाएँ, जब जनसामान्य की संवेदना की अभिव्यक्ति करने में अक्षम हो, मात्र उच्च वर्गों के हितों का पोषण करने लगती हैं तब जनसामान्य में आत्मअभिव्यक्ति के लिए एक छटपटाहट उत्पन्न होती है। क्रांन्ति की आग अदृश्य अन्तस् में उद्भूत होती है। फलत: उस क्रान्ति - अनुभूति को अभिव्यक्ति प्रदान करने के लिए माध्यम बनती है - कोई जनभाषा और अभिव्यक्त कर्त्ता होता है - कोई लोकनायक। ई. पू. छठी शताब्दी में बुद्ध और महावीर ने अपने धर्मोपदेश के लिए, जिस लोकभाषा का चयन किया, वह थी प्राकृत। पूर्व तो जन क्रान्ति के उद्घोष से निनादित हो उठा पर, मध्यदेश, जो वैदिक विचारों का मुख्य गढ़ था, वहाँ भाषिक क्रान्ति की लहर कुछ शताब्दियों के पश्चात् पहुँची ।

जनक्रोड से निकली यह प्राकृत, धीरे-धीरे मौर्यवंशियों का आश्रय ग्रहण कर, राजभाषा के पद की अधिकारिणी हो गई। शुंगों के काल में संस्कृत पुन: वर्चस्व प्राप्त कर, प्रतिष्ठित हुई। लेकिन उसी काल में, कंलिग राजा खारवेल, आन्ध्रवंशी राजाओं और वाकाटकवंशी राजाओं के राज्य में प्राकृत फलती-फूलती रही। इस प्रकार प्राकृत ई0पू0 6वीं शताब्दी से चलकर 8 वीं शती तक, संस्कृत के समानान्तर लोकानुभूति और लोक विचारों को अभिव्यक्ति प्रदान करने में एक सक्षम भाषा की भूमिका अदा करती रही है। इतना ही नहीं, प्राकृत कवियों ने तो इसकी प्रशंसा संस्कृत से भी अधिक की है। गाथा सप्तशती के संग्रह काल में ही प्राकृत साहित्यिक रूप ले चुकी थी और प्राकृत के बोलचाल वाले काल के समाप्त होने के बहुत बाद तक यह साहित्यिक भाषा बनी रही। इसी काल में कुछ प्राकृत कवियों ने प्राकृत भाषा की मधुरता घोषित की तथा संस्कृत से अधिक प्राकृत की प्रशंसा की,-

**''अमिअं पाउवकव्वं पढिउं सोउ अ जेण जाणंति ।**
**कामत्स तत्ततन्ति कुणन्ति ते कहं न लज्जंति ।।**

अर्थात् जो लोग अमृत के समान मधुर प्राकृत काव्य को पढ़ना और सुनना - समझना नहीं जानते, वे लोग काम की तत्वचिन्ता को करते हुए भी लज्जित क्यों नहीं होते ? इसी तरह -

**''परुसा सक्क अबंधा पाउ अबंधो विहोइ सुउमारो ।**
**पुरिसमहिलाणं जेत्तिय मिहितरं तेत्तिय मिमाणं ।।''**[1]

**अर्थात् संस्कृत के काव्य परुष होते हैं, किन्तु प्राकृत के काव्य अत्यधिक कोमल होते हैं। इन दोनों में ठीक वही अंतर है, जो पुरुषों और**

---

**1- कर्पूर मंजरी सट्टक से**

रमणियों में ।

**काल विभाजन-** प्राकृत साहित्य के विकास को तीन काल खण्डों में विभाजित करना समीचीन होगा :

1- आदिकाल ई.पू. 600 से 100ई0 तक

2- मध्यकाल ई.सन् 101 से 800 ई0 तक

3- अर्वाचीन काल 801 से 1600 तक (अपभ्रंश काल)

इसी प्रकार प्राकृत का भाषिक विभाजन निम्नवत् होगा - 1- अर्धमागधी साहित्य, 2- प्राचीन या जैन शौरसेनी साहित्य, 3- महाराष्ट्री प्राकृत, 4- शौरसेनी नाटक साहित्य, 5- मागधी साहित्य, 6- पैशाची साहित्य, 7- अपभ्रंश साहित्य।

**प्राकृत-साहित्य-रचना-विधाएँ-** प्राकृत साहित्य मूलत: जैनियों तथा बौद्धों द्वारा रचा गया। एक विशाल काल खण्ड में रचा गया, यह साहित्य इतना विशाल और व्यापक है, जो समानान्तर रचित संस्कृत साहित्य से किसी भी प्रकार हीन नहीं है। प्राकृत में रचित साहित्य का वर्गीकरण, विधा की दृष्टि से निम्नवत् किया जा सकता है :- 1- आगम साहित्य, 2- शिलालेखी साहित्य, 3- शास्त्रीय महाकाव्य, 4- खण्डकाव्य, 5- चरित काव्य, 6- मुक्तक काव्य, 7- सट्ठक और नाटक साहित्य, 8- कथा-साहित्य, 9- अन्य प्राकृत साहित्य ।

**आगम साहित्य (जैन धर्म साहित्य)-** आगम साहित्य में जैनधर्म के मूल सिद्धान्तों को अभिव्यक्ति दी गई है।प्राय: सभी रचनाओं का मूलस्वर, शील, सदाचार, संयम, आत्मा के प्रति आस्था, आत्मशोधन की प्रक्रियाओं, अपवर्ग प्राप्ति हेतु आहार-विहार की शुद्धता पर बल, मानवता की स्थापना के लिए जाति -पाँति का विरोध, अहिंसा-सत्य, अस्तेय, ब्रह्मचर्य तथा अपरिग्रह आदि का निरूपण है। इन रचनाकारों ने वैदिक कर्मकाण्ड का विरोध किया तथा सम्यक् दर्शन, सम्यक् ज्ञान और सम्यक् चरित्र की स्थापनापर बल दिया। साहसिक पारलौकिक यात्रा संबंधी धार्मिक आख्यानों द्वारा जीवन की विविध दृष्टियों से व्याख्या की। उन्होंने कहा है : अपने पुरुषार्थ पर विश्वास करो, मिथ्याभिमान का परित्याग कर, विचारों में सहिष्णुता उत्पन्न करना मानव के लिए उचित है।तत्वज्ञान के चिन्तन से अहं का इदं से समन्वय स्थापित होता है। हर उचित चिन्तन का समादर, बुद्धि सम्भूत विचारों का सम्मान, निर्भय भाव से बैर रहित होकर स्व जीवन यापन तथा दूसरों को जीने देने का हक प्रदान करना ही उचित राह है। भौतिकता एक मृगमरीचिका है, आध्यात्मिकता ही उचित राह है। शोषण अधार्मिक कृत्य है इसलिए अपरिग्रह तथा संयम की राह पर चलना मानवीय कर्तव्य है। जैन साहित्य अर्धमागधी तथा शौरसेनी प्राकृत में प्राप्त होते हैं। भगवान महावीर के इन उपदेशों को उनके शिष्य गणधरों ने संग्रहीत किया था। अस्तु उन गणधरों द्वारा रचित ग्रन्थ श्रुत कहलाते हैं। यही श्रुत आगम साहित्य के रूप में विकसित हुआ।

जैनियों द्वारा रचित ये आगम गद्य तथा पद्य दोनों में प्राप्त होते हैं। इन ग्रन्थों में दृष्टान्तों, कथाओं और छन्दबद्ध उपदेशों के साथ काव्यात्मक सौन्दर्य का दर्शन होता है। छन्दों में माधुर्य और गेय तत्वों की कमी नहीं है। अर्धमागधी में लिखे गए, इन ग्रन्थों की संख्या 45 है। इनमें से मुख्य है : आयारंग, सूयगडंग, ठाणांग समवायांग अंत गडदसाओ, जंबू दीवपण्णत्ति, महानिसीह आदि । इन ग्रन्थों पर टीकाएं भी लिखी गई।

**शौरसेनी आगम साहित्य-** अर्धमागधी में श्वेताम्बर जैन साहित्य लिखे गए, तो दिगम्बर सम्प्रदाय उन्हें अप्रामाणिक मानकर, अपने धार्मिक साहित्य की सर्जना शौरसेनी प्राकृत में की है।शौरसेनी प्राकृत आगम साहित्य के प्रथम प्रणेता धरसेन हैं। उन्होंने षट् खण्डागम सूत्र लिखा।इस ग्रन्थ में कुल जीवट्ठाण, खुद्दाबन्ध, बंध सामित्तवचय, वेदनाखण्ड, वर्गणाखण्ड, महाबन्ध, छ: खण्ड हैं। सम्भवत: यह रचना शक संवत प्रथम शती की है । शौरसेनी प्राकृत में अन्य दो रचनाएँ भी मिलती है : 1- कषाय प्राभृत रचनाकार गुणधराचार्य, 2- महाबन्ध रचनाकार भूतबलि।

इनके अतिरिक्त इन आगम ग्रन्थों की टीकाएं भी प्रभूत मात्रा में लिखी गईं। यही नहीं इन्हे आधार मानकर जैन साहित्य में सिद्धान्त कर्म और आचार से सम्बंधित ढेरों रचनाएँ सृजित हुईं।

**आगम साहित्य का साहित्यिक अवदान-**

1- गाथा, इन्द्रवज्रा, सुग्धरा आदि छन्दों के प्रयोग के साथ छन्द वैविध्य का दर्शन

2- अधिसंख्य अंलकारों का मनमोहक प्रयोग

3- गद्य-पद्य का समिश्रण

4- कथा-विकास के बीज सूत्र आगम साहित्य में प्राप्य हैं

5-तर्क प्रधान शैली का विकास

6- तत्कालीन अर्धमागधी शौरसेनी तथा महाराष्ट्री के विकास में इस साहित्य का विशेष योगदान है।

7- ये रचनाएँ तत्कालीन संस्कृति और सामाजिक इतिहास का परिज्ञान कराती हैं।

8- जीवन और जगत् को देखने की दृष्टि इनसे प्राप्त होती है।

9- प्रबंध काव्य तत्व इन ग्रन्थों में विकसित रूप में मिलते हैं।

**शिलालेखी साहित्य -** प्राकृत भाषा और साहित्य के विकासक्रम में शिलालेखी साहित्य का अतिशय महत्व है। जितने शिलालेख उपलब्ध हैं उनमें प्राकृत भाषा के शिलालेख सर्वाधिक प्राचीन हैं। ईसा की प्रथम शती तक के प्राप्त शिलालेख प्राकृत भाषा के ही हैं। इन शिलालेखों में, अंकित मानवीय भावना से सिक्त वाक्य विश्व संस्कृति की अप्रतिम धरोहर हैं। इन शिलाओं पर अंकित साहित्य काल के दुर्धर्ष प्रवाह में भी अमिट हैं। अपरिवर्तनीय हैं।

**प्रियदर्शी सम्राट अशोक के शिलालेख-** अशोक ने अफगानिस्तान से लेकर उड़ीसा तक, उत्तर से लेकर दक्षिण तक समग्र भारत खण्ड में अपने शिलालेख स्थापित कराए थे।इन शिलालेखों से तत्कालीन शासन व्यवस्था, माननीय कर्त्तव्यों का विवेचन, परधर्म सहिष्णुता, अपरिग्रह-भाव, मानव तथा पशुओं के कल्याणार्थ किए गए कार्य, अहिंसा तथा आहार - पान आदि भावों पर बल दिया गया है। एक लेख में वह कहते हैं-**'अपासिनवे बहुकयाने दया, दाने सचे य सोचये'** पाप से दूर रहना, बहुत अच्छे कार्य करना तथा दया, सत्य और सच का पालन करना धर्म है।

**सम्राट खारवेल का हाथी गुम्फा का शिलालेख -** सम्राट खारवेल का शासन काल ईसा की पहली शताब्दी है। उसके शिलालेख का काल ई0पू0 15-100 के लगभग है।खारवेल कंलिग का चक्रवर्ती सम्राट था। किसी शिलालेख में प्रथम बार भारत वर्ष (भरधवस) का नाम तथा वंश और वर्ष संख्या अंकित मिलता है।17 पंक्तियां, इस शिलालेख में अंकित हैं। इस शिलालेख में महाप्रतापी सम्राट खारवेल के विविध विजयों का वर्णन है। इनके अतिरिक्त प्राकृत भाषा में लिखे गए अन्य शिलालेख है : पल्लव राजा शिवस्कन्द वर्मन का, कक्कुक का घटयाल प्रस्तर लेख, नहपान कालीन सभी शिलालेख और कनिष्क आदि के शिलालेख प्रसिद्ध हैं।

**प्राकृत महाकाव्य-** प्राकृत भाषा के महाकाव्यों में संस्कृत महाकाव्यों के विपरीत जनसामान्य के प्रति एक आदर का भाव पाया जाता है। इनमें जहाँ एक ओर तत्कालीन सम्भ्रान्त वर्ग के प्रति एक निषेध का भाज है वहीं दूसरी ओर इन महाकाव्यों के नायक समूचे समाज का प्रतिनिधित्व करते हैं। इन नायकों में दलित समाज से लेकर सेठ-साहूकार, राजा-महाराजा तथा अवतार भी शामिल हैं। कट्टरता का इस साहित्य में अभाव है। कवि **वाक्पति** कहते हैं

**णवमत्थ-दंसणं संनिवेश सिसिराओं बंध रिद्धिओ**
**अविरलमियो आभुतण बंध मिहणवर पयामि** (गउडवहो 92)

सृष्टि के प्रारम्भ से लेकर आज तक प्रचुर परिणाम में नूतन-नूतन अर्थों का दर्शन तथा सुन्दर रचनावाली प्रबंध-सम्पत्ति यदि कहीं भी है तो केवल प्राकृत में है। प्राकृत महाकाव्यों में निम्नलिखित तत्व विद्यमान हैं : 1- छन्दबद्ध कथा, 2- कथासर्ग बद्ध है, 3- जीवन की सम्पूर्णता का चित्रण, 4- लोकतत्व का सम्मिश्रण, 5-उदात्त, गम्भीर और मनोहारि शैली। बेशक इन महाकाव्यों में संस्कृत शैली का अनुपालन किया गया है, पर इनमें अपनी मौलिकता भी है। माटी की निजी गंध है। आदर्श के साथ यथार्थ का चित्रण है। दलित समाज के प्रति सहानुभूति संवेदना है।

प्राकृत के सुप्रसिद्ध महाकाव्य है : 1- सेतुबन्ध, 2- गउडबहो, 3- द्वयाश्रय काव्य, 4- लीलावह, 5- सिरिचिंघकव्व ।

**सेतुबन्ध-** यह महाकाव्य कथात्मक संघटन तथा घटना विकास की दृष्टि से अपूर्व है। संस्कृत का कोई महाकाव्य इस कोटि का नहीं है। इसके रचनाकार **प्रवरसेन** हैं। रचना का सृजन काल 5 वीं शती माना जा सकता है। जैसा कि नाम से व्यक्त होता है, इस कथा के नायक राम हैं। प्रवरसेन ने विष्णु के अवतार राम की कथा को, अपनी रचना का आधार बनाया है। सेतुबन्ध महाराष्ट्री प्राकृत का महाकाव्य है। इस महाकाव्य का घटनाक्रम सुविचारित तथा सुनियोजित है। कथानक में तीव्र गत्यात्मकता है। चमत्कारों से परहेज इसकी अपनी मौलिक विशेषता है। राम धीरोदान्त नायक हैं। लेकिन मानवीय त्रुटियाँ उनमें विद्यमान हैं। रामवीर, नीतिज्ञ, कर्तव्यशील तथा क्षमाशील हैं। सीता शील की प्रतिमूर्ति हैं। संक्षेप में सेतुबन्ध महाकाव्य की विशेषताएं निम्नवत है : 1- विभिन्न मानसिक परिस्थितियों, भाव स्थितिओं का सूक्ष्म अंकन - **कह वि ठवेंति पवंगा समुछदंसण विसाअविमुहिज्जन्तम। गलिअगमणाणुराअं गडिवन्थणिअन्तलोअणं अप्पाणम।।**

**सागर को देखकर उद्भूत शोक से आकुल, जिनका वापस लौट जाने का अनुराग नष्ट हो गया है तथा पलायन के मार्ग से लौट आए हैं जिनके नयन, ऐसे वीर वानर किसी-किसी प्रकार अपने आपको ढ़ाढ़स बँधा रहे हैं। 2- प्राकृतिक सौन्दर्य का शृंखला बद्ध चित्रांकन। 3- अप्रस्तुत विधानों के द्वारा चमत्कार की सृष्टि ।** प्राय: उपमा, रूपक, **उत्प्रेक्षा अर्थान्तरन्यास, निदर्शना आदि अलंकारों का सहज और**

स्वाभाविक प्रयोग। 4- छन्दों की दृष्टि से आर्या गीति - गाथा छन्दों के साथ अन्य विविध छन्दों का प्रयोग हुआ है।

**गउडवहो -** यह एक ऐतिहासिक महाकाव्य है। इसके रचनाकार **वाक्पति राज** हैं। ग्रन्थ का विभाजन सर्ग के स्थान पर कुलकों में हुआ है। संक्षेप में इसकी विशेषताएँ निम्न हैं : 1- प्राकृतिक सौन्दर्य चित्रों के साथ-साथ लोक जीवन के सरस मधुर चित्रों का समन्वित चित्रांकन। 2- ग्राम्य सौन्दर्य का मनोहारि अंकन इस महाकाव्य की प्रमुख विशेषता है :

**इह हि हलिद्दान्हय दविड सामलो-गण्डमण्डलानीलं।**
**फलम सअल-परिणामावलम्वि अहिहरइ चूयाण ।।**

3- कवि ने चित्तवृत्तियों की विविध स्थिनियों के विश्लेषण के लिए उपमा, उत्प्रेक्षा, रूपक, व्यंग्योक्ति आदि अलंकारों की योजना की है।-

**द्वयाश्रय काव्य -** इस महाकाव्य के प्रणयन कर्ता जैनाचार्य **हेमचन्द्र** हैं। यह संस्कृत के भट्टिकाव्य के तुल्य है। आरम्भ के छ: सर्गों में महाराष्ट्री प्राकृत के उदाहरण तथा नियम, शेष दो सर्गों में शौरसेनी, मागधी, पैशाची, चूलिका और अपभ्रंश के उदाहरण हैं ।कथा सर्ग बद्ध हैं।

**लीलावइ -** एक प्रेमकथा है। इसके रचनाकार **कोऊहल** कवि हैं। इसका रचनाकाल 9 वीं शती माना जाता है। कादम्बरी की रचना शैली का इस पर भरपूर प्रभाव है।

**सिरिचिंधकव्व -** इस काव्य का दूसरा नाम गोविन्दाभिषेक है। इस कृति की सर्जना वररुचि के प्राकृत प्रकाश और त्रिविक्रम के प्राकृत व्याकरण के नियमों को स्पष्ट करने के लिए की गई थी। अस्तु इसलिए यह शास्त्रीय महाकाव्य है।

**खण्ड काव्य -** प्राकृत में खण्डकाव्य बहुत अधिक नहीं लिखे गए। जो भी सामग्री उपलब्ध है, उसमें तत्कालीन युग का कोई महान सन्देश अभिव्यक्त नहीं हुआ है। सक्षेप में खण्ड काव्य की विशेषताएँ निम्न हैं। 1- लोक जीवन और लोक के अन्तस् की सहज वृत्तियों का अंकन हुआ है। 2- वीरत्व का भाव-किसी नायक के युद्धों, शृंगांर और तद्जनित घृणा और क्रोध का समन्वित अंकन । 3-प्रेमभावना - तत्कालीन रुचि को ध्यान में रखते हुए, प्रेम भावना का चित्रण। 4- पौराणिक आख्यानों का चित्रण। 5- अहिंसा, तप और त्याग की अभिव्यक्ति।

**रचनाएँ -** कंसवहो - रचनाकार राम पाणिवाद, उपनिरुद्ध - भृड्ग सन्देश - अनाम

**चरित काव्य -** प्राकृत चरित् काव्यों के नायक राम, कृष्ण, तीर्थंकर या अन्य महापुरुष हैं। कुछ ऐसे भी चरित् काव्य हैं जो ऐतिहासिक या पौराणिक न होकर लोक सामान्य से लिए गए हैं।इन चरित् काव्यों में लोक जीवन का श्लाघनीय चित्रण मिलता है। इनमें जीवन के विविध पक्षों के साथ धार्मिक जीवन के महान आदर्शों की अभिव्यंजना की गई है।

| **मुख्य चरित् काव्य -** | | रचनाकार - | | रचनाकाल - |
|---|---|---|---|---|
| 1- पउम चरियं - | | विमल सूरि, | | ईसा. की प्रथम शती |
| 2- सुयासनाह चरियं - | ,, | हेमचन्द सूरि, | ,, | 11 वीं शती |
| 3- सिरिविजयचन्द्र केवल चरियं - | ,, | चन्द्र प्रभ महत्तर | ,, | 12 वीं शती |
| 4- महावीर चरियं - | ,, | नेमिचन्द सूरि | ,, | 12 वीं शती |
| 5- सुदंसणा चरियं - | ,, | देवेन्द्र सूरि | ,, | 13 वीं शती |

**गद्य - पद्य मिश्रित चरित काव्य -** ऐतरेय ब्राह्मण की शैली में लिखे गए, ये चरित् काव्य, पौराणिक घटनाओं पर आश्रित, अलंकृत शैली में रचित हैं। इन चरित काव्यों में परस्पर सम्बद्ध कथा शृखलाएं, जीवन के विविध पक्षों की वैविध्यपूर्ण अभिव्यक्ति करती हैं। नायक के चरित के उत्कर्ष के लिए पौराणिक मान्यताओं का सहारा लिया गया है। नैतिक और आचारमूलक अवधारणाओं और जीवन के स्थायी उद्देश्यों का क्रमिक विकास व्यक्ति चरित के संदर्भ में किया गया है। भावोत्कर्ष के साथ सुललित भाषा और अलंकारो का समुचित प्रयोग, काव्यात्मकता की अभिवृद्धि कर देता है। यहाँ निर्वाण की प्राप्ति ही नायक के जीवन का उद्देश्य है। कुछ प्रमुख रचनाओं के नाम इस प्रकार हैं :

1- चउप्पन महापुरिस चरियं - श्रीलंकाचार्य    2- जम्बू चरियं - गुणपाल मुनि

3- रयणचूडराय चरियं - नेमिचन्द्र सूरि    4- सिरिपास नाह चरियं - देवभ्रद या गुणचन्द्र मणि

5- महावीर चरियं - गुण चन्द सूरि। प्राकृत चम्पू काव्यों में कुवलयमाला प्रसिद्ध हैं। इसके रचनाकार उद्योतन सूरि हैं।

**प्राकृत मुक्तक काव्य -** प्रारम्भ में प्राकृत मुक्तक काव्य का विकास धर्म-नीति और अध्यात्म तथा लोक-शिक्षा के निमित्त हुआ, कालान्तर में इसमें लोक के समावेश के साथ शृंगार-भावना भी समाविष्ट हो गई। प्रमुख रचनाएँ -

**गाहासतसई -** यह प्राकृत का एक सुप्रसिद्ध रस मूलक काव्य ग्रन्थ है। इसमें शृंगार और जीवन के विविध पक्षों, मनोभावों और आध्यात्मिक अनुभूतियों का सर्वाड्ग चित्रण है। हाल द्वारा प्रणीत इस ग्रन्थ में प्रणयी जीवन का सब कुछ है। नायक - नायिकाओं की भाव दशाएँ हैं, सामान्य और ग्रामीण नायिकाओं की भंगिमा अभिव्यक्तियाँ हैं, मधुर प्रेम प्रंसग हैं, किसानों और उनकी पत्नियों के प्रणय के मनमोहक चित्र है, निष्कलुष ग्राम्य सौन्दर्य है, ऋतुएँ अपनी मनमोहक छटा के साथ हैं, देश काल की विविध परम्पराएँ हैं, शृंगार की विविध दशाएँ हैं, सहज कामिनी सौन्दर्य है, केलि क्रीड़ाएँ हैं और है दाम्पत्य जीवन, जीवन के रस से सराबोर। एक उदाहरण -

**धरिणीए महाणस कम्मलग्गमसिमिलिएण हत्थेण ।**
**छित्तं मुह हसिज्जइ चन्दावत्थं गअं पइणा ।**

रसोईं बनाते समय कालिख लगे हाथ से पत्नी ने मुंह पर काला धब्बा लगा लिया, उसे देखकर मुसकराता हुआ पति कहने लगा अब तो तुम्हारा मुंह चन्द्रमा बन गया, कलंक की जो कमी थी, वह भी पूर्ण हो गई । वस्तुत: यह एक संकलन ग्रन्थ है । उपर्युक्त के अतिरिक्त प्राकृत की अन्य तीन मुक्तक रचनाएँ हैं : बज्जालग्गं, विषम बाण लीला और प्राकृत पुष्करिणी।

**नाटक और सट्टक-** शुद्ध प्राकृत भाषा में लिखे गए, प्राकृत रूपक को सट्टक कहते हैं । सट्टक में प्रवेशक तथा विष्कम्भक का अभाव होता है । इसमें अद्भुत रस की प्रधानता होती है और अंको का नाम जवनिका होता है । इसकी कथा वस्तु काल्पनिक तथा नायक ख्याति लब्ध धीर ललित राजा होता है । नायक किसी सुन्दरी से प्रेम करता है और राजमहिषी से आतंकित भी रहता है । वह विलासी और राज कार्य से विरत रहता है । उपर्युक्त सट्टक के अतिरिक्त कुछ अन्य विशेषताएँ निम्न है :

1- चार जवनिकाएँ होती हैं, 2- कल्पित कथावस्तु के साथ सट्टक की नायिका के नाम पर रचना का नामकरण होता है, 3- स्त्री पात्रों की बहुलता, 4- कैशिकी वृत्ति, 5- नृत्य की प्रधानता, 6- घोर शृंगारिकता, 7- अन्त में आश्चर्यजनक दृश्यों की अवतारणा। सट्टक संस्कृत नाटिका का पूर्व रूप है । यहाँ नृत्य और संगीत के साथ अभिनय जुटा होता है । प्राकृत के प्रमुख सट्टक :-

**1- कर्पूरमंजरी रचनाकार राजशेखर** इस सट्टक में सभी शास्त्रीय लक्षण उपलब्ध हैं । कविता की दृष्टि से, इससे सरस पदों की अवतारणा की गई है । 17 प्रकार के छन्द प्रयुक्त हुए है । चर्चरी नामक नृत्य के साथ हाव-भाव को प्रमुखता दी गई है । अनुपम पद लालित्य अनुप्रास तथा गीतितत्व का, इस रचना में, समन्वय है जैसे -

रणंत मणिणेउर झणझणन्त हारच्छडं।
कलकणिद किंकिणि मुहर मे हलाऽवरं ।।
बिलोलबल आवली जणिदमञ्जसिं जारवंण ।
णकस्स मणमोहणं ससिमुहीअ हिन्दोलणं ।।

**चन्द लेहा** (रचनाकार रुद्रदास)- इस सट्टक पद्य में बहुत ही रमणीय पर गद्य में कृत्रिमता परिलक्षित होती हैं । भाषा महाराष्ट्री प्राकृत है । कथोप कथनों में अतिसामासिकता से गद्य भाग दुरूह हो गया है । शैली कर्पूर मंजरी की है ।

**आनन्द सुन्दरी - कवि घनश्याम** यह एक मौलिक सट्टक है। हास्य का पुट होने से, यह और आकर्षक बन गया है। फिर भी सहज नाटकीयता का समावेश नहीं हो पाया है। काव्य की दृष्टि से यह सट्टक उत्तम है। अन्य सट्टक है: रम्भा मंज्जरी, - नवचन्द शृंगार मंजरी - विश्वेश्वर आदि। सट्टको के अतिरिक्त संस्कृत साहित्य के नाटकों में हीन पात्रों द्वारा प्राकृत भाषा का प्रयोग ई. की पहली शताब्दी में अश्वघोष के नाटको में मिलता है। इन नाटको में मागधी, अर्धमाधगी और शौरसेनी के प्राचीन रूप उपलब्ध हैं। अश्वघोष के अतिरिक्त भास, कालिदास, शूद्रक आदि के नाटको में परिनिष्ठित प्राकृत का प्रयोग हुआ है।

**प्राकृत कथा साहित्य -** प्राकृत कथा साहित्य का आविर्भाव आगम काल से ही हो चुका था। विविध लोककथाओं के माध्यम से उक्त काल की रचनाओं में संयम तप त्याग आदि की विवेचना की गई है। टीका निर्युक्ति और भाष्य ग्रन्थों में कथा साहित्य का विकास बहुत कुछ आगे बढ़ा। इस काल की कथाओं की अपनी मौलिक शैली है। निर्युक्तियों और चूर्णियों में ऐतिहासिक और अर्धऐतिहासिक, धार्मिक और लौकिक कई प्रकार की कथाएँ समुपस्थित हैं। इसी प्रकार व्यवहार भाष्य और बृहत्कल्प भाष्य में प्राकृत कथाएँ प्रचुरता से उपलब्ध हैं। इन भाष्यों में अधिकतर कथाएँ लोक-नीति और उपदेशपरक हैं। प्राकृत कथाओं में समाज और परिवार के जीवन्त चित्र चित्रित किए हैं। इन कथाओं में तत्कालीन समाज अपनी विरूपताओं और अच्छाइयों के साथ श्वास लेता दीख पड़ता है। अभिजात्य वर्ग के साथ निम्नवर्ग भी अपनी वर्जनाओं और उच्च नैतिक मूल्यों के सहित अंकित है। प्राकृत कथाओं को चार भागों विभाजित किया गया है : 1- अर्थकथा, 2- कामकथा, 3- धर्मकथा 4- मिश्रित कथा। मिश्रकथा सर्वप्रिय मानी जाती है। प्रसिद्ध प्राकृत कथा ग्रन्थ- **1- तरंग वइ**, एक प्राचीन कथा कृति है। इसके रचनाकार पादलिप्त सूरि हैं। यह आज अनुपलब्ध है लेकिन उसका उल्लेख विविध जैन ग्रन्थों में मिलता है। **2- वसुदेव हिण्डी -** यह विश्व कथा साहित्य की अमूल्य धरोहर कृति है। इसके रचनाकार

संघदासगणि हैं। इस कथा में चरित कथा, और पुराण इन तीनों का सामंजस्य है। इसकी सबसे बड़ी विशेषता यह है कि यह अनेक प्राकृत संस्कृत तथा अपभ्रंश काव्यों का उपजीव्य है।इसमें लोक कथा तत्वों का समावेश है। मनोरंजन, कौतूहल और ज्ञानबर्द्धन के साथ प्रेम के निर्मल स्वरूप का अंकन है। यह रचना चोर विट् वेश्या धूर्त ठग लुच्चे बदमाशों के चरितों का संग्रह है। **3. समराइच्च कहा** - यह कथा प्राकृत की कादम्बरी है। कादम्बरी में प्रेमकथा है, इसमें धर्मकथा। इसके रचनाकार हरिभद्र हैं। साहित्यिक और सांस्कृतिक दृष्टि से यह एक महत्वपूर्ण रचना है :

इनके अतिरिक्त रचनाएँ हैं ।- आचार्य हरिभद्र सूरि की व्यंग्य प्रधान रचना धूर्ताख्यान । 2- लीलावती कहा। 3- जिनेश्वर सूरि की कथाकोश प्रकरण रचना। 4- संवेग रंगशाला। 5-नाणपंचमीकहा। 6- कहारयण कोश। 7- नम्मया सुन्दरी कहा आदि।

**प्राकृत साहित्य की देन-** ईसा की छठी शताब्दी पूर्व से लेकर आठवीं शती तक की विचार और भाव धारा प्राकृत साहित्य में निबद्ध है। पूर्व में मगध से लेकर पश्चिम में सीमान्त प्रदेश तक और हिमालय से लेकर सिंहल द्वीप तक, इस भाषा के साहित्यिक रूप का प्रचार-प्रसार था। इसके साहित्यिक स्वरूप को सँवारने में जैन कवियों का बहुत बड़ा योगदान रहा है। लेकिन तत्कालीन समाज का जैसा सांस्कृतिक, राजनैतिक, आर्थिक और आध्यात्मिक दृश्य चित्र इसमें उपलब्ध है वह भारतीय संस्कृति की अमूल्य धरोहर है। प्राकृत साहित्य की देन निम्नवत प्रस्तुत करना समीचीन होगा -

।- तत्कालीन लोक भाषाओं और सामाजिक जीवन के विविध दृश्य-चित्र प्राकृत साहित्य में उपलब्ध हैं। साहित्य की विविध विधाओं, जैसे- काव्य कथा, चरित काव्य, छन्द अलंकार, वार्ता, आख्यान दृष्टान्त उदाहरण, संवाद, सुभाषित प्रश्नोत्तर, समस्यापूर्ति और पहेली आदि का विकास इसी भाषा की छत्रछाया में हुआ। भारतीय साहित्य का सम्पूर्ण चिन्तन, ज्ञान-विज्ञान का यह अनन्त कोश है ।

2- संस्कृत तथा हिन्दी की प्रेम कथाओं का उत्स प्राकृत साहित्य है। इन प्रेम कथाओं में मात्र उच्चवर्ग की प्रेम कहानियाँ ही नहीं वर्णित है अपितु निम्न वर्ग भी प्रणयी प्रेमपात्र है।

3- संस्कृत के चम्पू काव्य का विकास भी प्राकृत साहित्य के आधार पर हुआ है। प्राकृत के गद्य-पद्य मय साहित्य जैसे तरंगवती, वसुदेव हिण्डी, समराइच्च कहा और महावीर चरियं, अपने पश्चात् के लिखे जाने वाले संस्कृत चम्पू काव्यकारों के लिए निश्चित ही आदर्श रहे होंगे।

4- प्राकृत चरित काव्यों से ही संस्कृत साहित्य में चरित काव्य लिखने की परम्परा आरम्भ हुई होगी।

5- प्राकृत कथा साहित्य में लोक कथाओं की मौलिकता सुरक्षित है। वसुदेव हिण्डी, गुणाढ्य की बृहत्कथा आदि आदिम कहानियों के विश्वकोश हैं। हिन्दी साहित्य के बृहत् इतिहास का प्रणयन करते समय **आचार्य शुक्ल** ने लिखा है: अपभ्रंश तथा प्रारम्भिक हिन्दी के प्रबंध काव्यों में ही नहीं, बाद के सूफी प्रेमाख्यान काव्यों में प्रयुक्त कई लोक कथात्मक रूढ़ियों का आदि स्रोत प्राकृत कथा साहित्य ही रहा है।

6- प्राकृत के मुक्तक साहित्य ने हिन्दी तथा संस्कृत साहित्य के मुक्तक साहित्य को दिशा, भावदृष्टि तथा रचना-विधा का अवदान दिया है। बिहारी, मतिराम और रहीम के दोहों में भाव तथा कला-झंकार प्राकृत की ही है।

7- प्राकृत साहित्य ने अपनी छन्द परम्परा स्वत: विकसित की। मात्रा छन्दों की परम्परा अपभ्रंश से होती हुई हिन्दी तक पहुँची ।

8- सट्टक साहित्य प्राकृत की अपनी निजी देन है। संस्कृत नाटिका, सम्भवत: इसी की पुत्री है।

इस प्रकार प्राकृत साहित्य अपने सुदूर अतीत से ही हिन्दी साहित्य को प्राणरस से सराबोर करता रहा है।

## प्राकृत-भाषा और व्याकरण की प्रमुख प्रवृत्तियाँ अथवा विशेषताएँ -

**ध्वनि-वैशिष्ट्य-** शब्दों के संयोग से, वाक्य तथा ध्वनियो के संयोग से शब्द-विधान होता है। इस प्रकार भाषा की सर्वप्रथम इकाई ध्वनियाँ हैं। ध्वनियाँ परिवर्तनशील होती हैं। वैयाकरण ध्वनि परिवर्तनों पर भरसक रोक लगाने का प्रयास हर युग में करते रहे हैं, पर क्या नदी की उद्दाम धारा को कोई अवरुद्ध कर सका है ? भाषा विज्ञान में उल्लिखित ध्वनि परिवर्तन की समस्त स्थितियाँ प्राकृत भाषा में विद्यमान हैं।

**ध्वनि परिवर्तन-** ये दो प्रकार के होते है : ।- स्वत: उत्पन्न, 2- परिस्थिति जन्य परिवर्तन ।

**1- स्वतः उत्पन्न-** भाषा में, जब कोई परिवर्तन बिना कारण होता है तो स्वत: उत्पन्न या अकारण-परिवर्तन होता है। प्राकृत में ऐसे परिवर्तन भरपूर हैं : जैसे -

।- अश्रु > अंसु, विक्रम > बंकं, स्पर्श > फंसो उक्त अनुनासिकता अकारण है

2- एक स्वर के स्थान पर द्वितीय हो जाना - कूर्पास: > कुप्पिसो, आचार्य > आइरियो, निशाकर: > निशिअरो ।

ध्वनि-परिवर्तन की तीन स्थितियाँ प्राकृत में दीख पड़ती हैं - 1- अ का अ, ए, ओ रूप में विकास[1] 2- अनुस्वार या अनुनासिकता का विकास, 3- प्राकृत में ए, ओ ओ मूल स्वर हैं। संयुक्त व्यजंनों के पूर्व अ या इ के स्थान पर ए हो जाता है। जैसे - इत्थ > एत्थ, पिण्ड > पेण्ड। इसी तरह उ का ओ हो जाना तुण्ड > तोण्ड, शुण्ड > सोण्ड

इधर, हेमचन्द्र बताते हैं कि व्यंजन ध्वनि से पूर्व होने पर ए, ओ ध्वनियों का उच्चारण लघु होता है - ''कादि स्थैदोतारुच्चारलाघवंम्''।[2]

**2- परिस्थितिजन्य परिवर्तन** - यह परिवर्तन बोलने की स्थिति के कारण होता है। ये परिवर्तन कई प्रकार के होते है:

1- आदि स्वर लोप - यह प्रकृति प्राकृत में सहज है : अरण्यम् > रण्णं, इदानीम् > दाणिं, अलावु > लाऊ ।

2- मध्य स्वर लोप की प्रवृत्ति - पाद पतनं > पावडण, कुम्भकार: > कुंभारो

आदि व्यंजन लोप - जैसे स्थाणु > थाणु, स्तवो > थवो।

3- मध्य व्यंजन लोप - प्राकृत में मध्यवर्ती अघोष ध्वनियों का लोप हो जाता है। जैसे - शकप्म् > सयडं, सागर: > साअरो, रजक: > रअओ।

4- अन्त्य व्यंजन लोप - प्राकृत स्वरान्त भाषा है। इसलिए शब्दों के अन्त्य व्यंजन यहाँ लुप्त हो जाते हैं: यावत् > जाव, तावत् > ताव, नभस् > नहं, प्रावृट् > पाउसो ।

5- समान अक्षरों का लोप - चउत्थ > चोत्थो, नैयेव्यं > नेय्यं ।

6- आगम - स्त्री > इत्थी, पक्वं > पिक्कं आदि आगम लघ्वी > लहुवी, गुर्वी > गरूणो - मध्यागम सरित् > सरिआ, प्रतिश्रुत > पडँसुआ - अन्त्यागम

7- व्यंजनागम - ऋद्धि[3] > रिद्द, ऋक्ष: > रिच्छो, भ्रू > भमाया, पत्रं > पन्तलं, पुर > पुर +इल्ल = पुरिल्ल ।

8- विपर्यय - परस्पर परिवर्तन जैसे - अचलपुरं > अलचपुरं, आलान: > आणालो।

9- संयुक्त व्यंजनों से पूर्व के दीर्घस्वर प्राकृत में ह्रस्व हो जाते है: मार्ग: > मग्ग:, सुक्ष्मं > सुहुमं, ग्रीष्म > गिम्हो, कार्य > कज्जं।

10- बलाघात जब दीर्घ के पूर्व या पश्चात् पड़ता है तो दीर्घ ह्रस्व हो जाता है।

11- संयुक्त अक्षरों के पहले ए आने पर एँ और ओ आने ऑ पर हो जाता है। प्रेक्षते > पैच्छइ, दुष्प्रेक्ष > दुप्पैच्छ

12- शब्दान्त दीर्घस्वर सन्धि होने पर ह्रस्व हो जाता है। नदीस्रोत: > णइसोत्तो, ग्रामणीसतु: > गामाणिसुओ

13- समस्त पदों में ह्रस्व का दीर्घ और दीर्घ का ह्रस्व स्वर हो जाता है। अन्तर्वेदि > अन्तावेइ, सप्तविंशति: > सत्तवीसा, यमुना तटं > जउँणा +यऽ > जउँणयडं, मन:शिला > मणा सिला > मणसिला ।

14- उपसर्गो का प्रथम स्वर संधि होने पर दीर्घ हो जाता है: अभिजाति > अहिजाति, प्रतिपदा > पाडिवआ

15- समीकरण - वक्र > वक्क, लग्न > लग्ग - पुरोगामी कर्म > कम्म, सर्व > सव्व, सर्प > सप्प - पश्चगामी

16- परस्पर व्यंजन समीकरण - सत्य: > सच्चो, कृत्य: > किच्चो, तीक्ष्णं > तिक्खो।

17- विषमीकरण - अश्व: > अस्सो, काक: > कागो- पुरोगामी दरिद्रा > हलिद्दा, कन्दुक: > गेन्दुओ - पश्चगामी।

18- अपश्रुति - आपीड: > आमेलो, कीदृश: > केरिसो, इदृश: > एरिसो। मात्रिक अपश्रुति - अ, ए, ओ इन स्वरो के ह्रस्व और दीर्घ आपसी परिवर्तन से निष्पत्र होते हैं : दिसा + इभ = दिसेभ, पाउड + उरु = पाअडोरु। गाम + एणो = गामेणो, णव + एला = णवेला।

19- सम्प्रसारण - य के स्थान पर इ और व के स्थान पर उ हो जाता है : स्त्यान > थीणा, राजन्य > राइण्ण, त्वरित > तुरिअ, स्वाणिति > सुवइ, अय का ए, अव का ओ होना- स्थापयति > ठवेइ, कथयति > कहेइ, अवतरण > ओअरण, उपवास: > ओआसो।

20- स्वराघात - अ का इ - मध्यम > मज्झिम, उत्तम > उत्तिम अ का उ - गवय: > गउओ, प्रथमं > पढुम इ का उ, उ का इ - भ्रुकुटि: > भिउडी, इक्षु: > उच्छू, द्विजाति > दुआई, पुरुष: > पुरिसो, पौरुषं > पउरिसं

अनुदान्त अन्त्य अक्षर ह्रस्व - कृत्तेति > कडति, भिक्षेति > भिक्खेति ।

21- स्वरभक्ति - में किसी स्वर का आगम होता है : गाम्भीर्यं > गभीरिअं > गहीरियं, धैर्यं > धीरिअं, भार्या > भारिआ, वर्य > वरिअं, स्थैर्यं > थेरिअं।

22- अघोषीकरण - इसकी प्रवृत्ति पैशाची में पाई जाती है, राजा > राचा, दामोद: > तामोतरो, मेद्य: > मेखो

---

1. Comparative Grammar of Gaudian Languages Hornly-p.45

2- हेम. व्याकरण, 4-10

3. कहीं-कहीं यह 'ऋ' प्राकृत में 'अ' के रूप में विकसित हुआ है- 'ऋतोऽत'।

23- महाप्राणीकरण - पुरुष: > फरुसो, परिध: > फलिहो

24- उष्मीकरण - कुछ ध्वनियों का ह हो जाता है : मुखं > मुहं, मेएवला > मेहला, मेघ: > मेह:

25- तालव्यीकरण - त्यक्षति > चिच्छइ, तिष्ठति > तिट्ठइ तालव्य का दन्त्य - चिकित्सा > तेइच्छा, जिघत्सा > दिगिंछा, ज्योत्स्ना > दोसिणा

26- दन्त्य का मूर्धन्य - संस्कृत दन्त्य मूर्धन्य बन जाते हैं : तगर: > टगरो, त्रसर: > टसरो, पताका > पडाया

27- य - व श्रुति - जैसे - योजनं > ओअणं > ओयणं

## कुछ और व्याकरणिक विशेषताएँ-

1- प्राकृत में मात्र दो वंचन : एकवचन और द्विवचन होते हैं। शब्द रूप - पुल्लिंग

2- प्राकृत - प्रातिपादिक तीन प्रकार के होते है :- **अ-** अ तथा आ से अन्त होने वाले , **ब- इ और ई से अन्त होने वाले, स-** उ या ऊ से अन्त होने वाले। संस्कृत के हलन्त अजन्त बन गए। ऋकारान्त शब्द भी संस्कृत में नहीं पाए जाते।

3- संस्कृत के तीनों लिंङ्ग यहाँ सुरक्षित हैं।

4- प्राकृत में विभक्तियों की सारल्य की प्रवृत्ति दीखती है। यहाँ चतुर्थी तथा षष्ठी का मेल हो गया। इस प्रकार कुल सात विभक्तियाँ शब्द रूपों में प्रयुक्त होती हैं।

5- सभी पुल्लिंग रूप प्राय: अकारान्त रूपों से प्रभावित हुए ।

6- अकारान्त, इकारान्त तथा उकारान्त शब्दों के षष्ठी एक वचन के रूप समान हो गए ।

7- अग्नि तथा वायु के रूप - षष्ठी एकवचन विकल्प से - अग्ने: -अग्गिस्स, अग्गिणो, बाउस्स, बाउंणो - वायो:

8- तृतीया विभक्ति में भी सरलता आई ।

**स्त्रीलिंग -** 1- आ, ई, ऊ से अन्त होने वाले शब्द रूप प्राय: समान होते हैं।

2- प्रथमा विभक्ति के बहुवचन में शब्दों के तीन रूप पाए जाते हैं - शून्य रूप , ओ विभक्ति युक्त, उ विभक्तियुक्त। जैसे - माला - मालाओ, मालाउ < माला: नद्य: > नई नईओ नईउ, बध्व: > बहू बहूओ बहूउ।

3- तृतीया, चतुर्थी, षष्ठी, सप्त भी एकवचन के रूप समान हो गए।

4- द्वितीया एकवचन में प्रातिपदिक का अन्त्य स्वर ह्रस्व होकर अम् विभक्ति युक्त हो गया । जैसे - मालं, नईं (नदी) बहुं (बधूं)

5- ऋकारान्त आकारान्त हो गए तथा उनके रूप आकारान्त की तरह चलने लगे। हलन्त अजन्त हो गए। रूप रचना में सरलता आई।

**सर्वनाम -** सर्वनाम रूप प्राय: अकारान्त वत् है, कुछ संस्कृत से प्रभावित जैसे मयि > मह, मए, ममम्मि, ममस्सि। मत् > मत्तो, मइत्तो, ममादो, ममाह ममाहि

**क्रिया रूप -** 1- शब्द रूपों की तरह क्रिया रूपों में भी एकरूपता लाई गई।

2- गणभेद का समापन होने लगा था, अपभ्रंश में सभी धातुएँ भ्वादिगणीय हो गई। आत्मने पद रूप प्राय: समाप्त हो चले।

3- लिट् लङ् रूप समाप्त हो गए।

4- कृदन्त रूपों से भूतकाल क्रिया का कार्य सम्पन्न होने लगा। अस्तु सभी पुरुषों वचनों में एक ही रूप व्यवहृत होने लगा जैसे - अग्रहीत अगृह्णात् जग्राह के स्थान पर गहणीअ रूप प्रचलित हुआ। कृ - आकर्षित>ढाही,अकरोत्>ढासो चकार>ढीहीअ

संज्ञा तथा सर्वनाम रूपों की अपेक्षा प्राकृत क्रिया रूपों में अत्यधिक परिवर्तन पाया जाता है। संस्कृत धातुओं में अंत में व्यंजन ध्वनियां पाई जाती हैं। प्राकृत में आकर ये सभी धातु स्वरान्त हो गए है। इस प्रकार संस्कृत के दस गणों का भेद यहाँ आकर लुप्त होने लगा है और अपभ्रंश में तो आकर केवल एक ही गण रह गया है।

5- लट् वर्तमान के लिए वर्तमान, अतीत-भूत के लिए भूत, भविष्य के लिए भविष्य काल प्रयुक्त हुए। विधिलिंग या अनुज्ञा में सम्भावना, संशय, विधि, निमंत्रण, आमंत्रण, प्रश्न और प्रार्थना, इच्छा, आशीर्वाद, आज्ञा, शक्ति और आवश्यकता का समावेश हो गया। सांकेतिक क्रिया के अशक्य होने पर क्रियातियति का प्रयोग हुआ ।

6- प्राकृत में **भविष्यत्काल** के रूपों में प्रयुक्त होने वाला स्य रूप स्स हो गया। पद् रूप प्राकृत में इस प्रकार चलेगा- **वर्तमान** पढ पढन्ति। पढसि - पढित्था। पढामि - पढामो **भविष्यत्** पढिस्सइ - पढिस्सन्ति। पढिस्ससि - पढिहित्था। पढिस्सामि - पढिस्सामों।

7- अन्य स्वरान्त धातुओं में विकल्प से अ विकरण संयुक्त होता है। उकारान्त में उव् का आदेश तत्पश्चात् 'अ' विकरण का प्रयोग होता है। इसी प्रकार ऋ > अर + अ विकरण। इकारान्त धातुओं में इ के स्थान पर ए हो जाता है। कुछ व्यंजनान्त धातुओं में

अन्त्य व्यंजन का द्वित्व हो जाता है। जैसे - नी = नेति नेंति। रुष = रुस = रुसइ। तुस् = तुसइ। चल् = चल्लइ। त्रुट + तुट्टइ।**कर्मणि रूप** - वर्तमान और विधि में धातु प्रत्ययों के पूर्व ईअ, इज्ज विकरण जुटते हैं। ऐसा धातु स्थान पर धात्वादेशन होने पर होता है। क्रियातिपत्ति तथा वर्तमान में कर्मणि रूप कर्त्तरिवत् होते हैं। जैसे - हस् = हसीअइ हसीअन्ति। हसीअसि - हसीइत्था। हसीआमि - हसीआमो।

**प्रेरर्णाथक रूप -** 1- प्रेरणार्थक क्रियाओं के रूप अ, ए,आव और आवे प्रत्यय जोड़ने से बनता है। ए प्रत्यय के रहने पर उपान्त्य आ का आ हो जाता है। धातु के उपान्त्य में, यदि इ और उ स्वर हो तो क्रमश: ए और ओ हो जाते हैं। जैसे करावइ, कारे करावेइ।

2- प्रेरणार्थक भावे और कर्मणि में बनाने के लिए मूलधातु+आवि+ईअ, ईय या इज्ज प्रत्यय (कर्मणि और भावे प्रत्यय) की तरह विधान किया जाता है। मूल धातु में उपान्त अ का कर देते हैं तत्पश्चात् प्रत्यय प्रयुक्त होते हैं।

**कृदन्त रूप-** 1- वर्तमान कृदन्त रूप अन्त और माण जोड़ने से बनते हैं और पुल्लिंग रूपों में स्त्री प्रत्ययों का प्रयोग करने से स्त्रीलिंग रूप निर्मित होते है : भणतो - भणती, भणमाणो - भणमाणा - भणमाणी

2- भूतकालीन कृदन्त रूपों में अ, त, द प्रत्ययों का प्रयोग होता है : गमिओ, गमिदो, गमितो। इसी प्रकार गमिता, गमिआ (स्त्रीलिंग) गमितं गमिअं (नपुंसक लिंग)

3- तुमुन के लिए तुं दुं और तए प्रत्यय प्रयुक्त होते हैं, जैसे - भणिउं, भणेतुं, भणेदुं।

4- पूर्वकालिक के लिए - तूण, तुआणे, इत्ता, आए प्रत्यय प्रयोग में लाए जाते हैं जैसे - हसिउं हसिऊण हसित्ता ।

5- प्रकृति या स्वभाव के लिए (शील) इर प्रत्यय होता है जैसे - हसिरो, नविरो।

**तद्धित प्रत्यय -** 1- प्राकृत में तीन प्रकार के प्रत्यय हैं : सामान्य कृति, भाव वाचक और अव्यय संज्ञक। संबंध सूचक के लिए केर प्रत्यय, अपत्यर्थ के लिए अ (अण्) इ (इञ) इत, एय, इण और इक प्रत्यय प्रयुक्त होते हैं। भव अर्थ के लिए 'इल्ल' प्रत्यय का प्रयोग होता है, जैसे गामिल्ल संस्कृत वत् के स्थान पर ब्ब आदेश होता है। भाववाचक संज्ञाओं को बनाने के लिए इमा और तण् प्रत्यय लगते हैं। जैसे - पीण + इमा = पीणिमा । पीण + तण = पीणतणं ।

2- क- बार-बार के हुत्तं या खुत्तं प्रत्यय प्रयोग में लाए जाते हैं जैसे एयहुतं, दुहुतं।ख- वाला के लिए - (मतुप) आलु, इल्ल, उल्ल, आल, वन्त और मन्त प्रत्यय जोड़े जाते हैं। जैसे - ईसालू, कव्वइत्तो, सोहिल्लो, हणमंतो।

अन्त में हम कह सकते हैं कि प्राकृत में रूपों की संख्या में अल्पता आई, सरलीकरण किया गया। वचन और विभक्तियों की संख्याएं सीमित हुई। हलन्त शब्द स्वरान्त हो गए, उसी के अनुसार उनके रूप भी निर्मित हुए। कारको के बंधन ढीले हुए। वर्ण परिवर्तन के कारण शब्दों के सारल्य का प्रादुर्भाव हुआ। मध्यवर्ती व्यंजनों के लोप की प्रवृत्ति ने शब्दों में सुकोमलता का संचार किया। लकारों के स्थान पर व्यावहारिक क्रिया रूपों के प्रयोग के कारण भाषा में सरलता आई। भूतकालीन रूपों के स्थान पर कृदन्तों के प्रयोग ने आगे चलकर आधुनिक भाषाओं के विकास का मार्ग प्रशक्त किया।

# (ग)- उत्तर काल

## अपभ्रंश युग या तृतीय प्राकृत या अर्वाचीन प्राकृत या परकालीन प्राकृत

मध्यकालीन भारतीय आर्य भाषा का अंतिम पड़ाव अपभ्रंश के नाम से जाना जाता है। अपनी शृंखला की पूर्ववर्ती भाषाओं पालि और प्राकृत आदि की तरह यह अपभ्रंश भी भेद, स्थान और नामकरण आदि को लेकर विवादित रही है। सच तो यह है कि यह अपभ्रंश प्राकृत और आधुनिक भारतीय आर्य भाषाओं के बीच सेतु है। विद्वानों ने इसके लिए अपभ्रष्ट, अवहंस, अवहत्थ, अवहट्ठ, अवहठ तथा अवहट्ट आदि नामों का प्रयोग समय-समय पर किया है। इन नामों के अतिरिक्त इसके लिए ग्रामीण भाषा, देशी, देशभाषा और आभीरोक्ति का भी प्रयोग मिलता है।

**1.अपभ्रंश शब्द का अर्थ -** 'अप + भ्रंश् + घञ' प्रत्यय से निर्मित अपभ्रंश में 'भ्रंश' का अर्थ है - पतन या अपने मूल स्थान से च्युत। इस तरह से अपभ्रंश का अर्थ हुआ - अधिक नीचे पड़ना या यह भी कह सकते हैं कि जो भाषा भ्रंश को प्राप्त हो गयी - वह अपभ्रंश नाम से जानी गयी। वामन शिवराम आप्टे के संस्कृत - हिन्दी कोश में अपभ्रंश के कई अर्थ दिए गये हैं, यथा - 1- नीचे गिरना या पतन- "अत्यारूढिर्भवति महतामप्यपभ्रंशनिष्ठा", 2- भ्रष्ट शब्द, भ्रष्टाचार (अत:)अशुद्ध शब्द चाहे वह व्याकरण के नियमो के विपरीत हो और चाहे वह ऐसे अर्थ में प्रयुक्त हुआ हो, जो संस्कृत न हो, 3- भ्रष्ट भाषा, (काव्य में) गड़रियों

आदि के द्वारा प्रयुक्त प्राकृत बोली का निम्नतम रूप, (शास्त्र में) संस्कृत से भिन्न कोई भी भाषा -

**''आभीरादिगिरः काव्येष्वपभ्रंश इति स्मृता,**
**शास्त्रेषु संस्कृतादन्यदपभ्रंशतयो दितम् ।''[1]**

आचार्य व्याडि अपभ्रंश शब्दों को भाषा की मूल प्रकृति कहते हैं, - **''शब्द प्रकृतिरपभ्रंश''**। वस्तुतः व्याडि का परम्परा धारा के विरुद्ध कहा गया उक्त कथन साहसपूर्ण ही माना जाएगा,-

**''वैरवर्याः मध्यमायाश्च पश्यन्त्या श्चैतद्दभुतम् ।**
**अनेक तीर्थ भेदया स्त्रय्या वाचः परं पदम् ।।**

इधर, **वसुरात** के शिष्य आचार्य **भर्तृहरि** ने भी अपभ्रंश की स्पष्ट व्याख्या की है । इन्होंने अपभ्रंश को 'प्रकृत' या संस्कारविहीन शब्द कहा और साथ ही स्वीकार किया कि ऐसा शब्द किसी विशिष्ट अर्थ में पहले ही स्थिर हो चुका होता है, -

**''शब्दः संस्कारहीनो यो गौरिति प्रयुयुक्षिते।**
**तमपभ्रंशमिच्छन्ति विशिष्टार्थ विनिवेशिनम् ।।''**

**डॉ. सावित्री सिन्हा** अपभ्रंश के संपूर्ण चरित्र, विकास, अर्थ आदि का एक छोटा सा चित्र खड़ा करती हुई कहती हैं कि - "On account of their rigid grammar, the literary Prakrit languages of the second stage grew in course time, sterKHotyped while the dialects continued to develop. Because of their free character the grammarians and literatures have given these dialects, the name of Apabhransha or `corrupted'......... The modern Indian languges arose from these Apabhranshas. The time of these Apabhransha languages is placed between the 6th and 10th centuries."[2]

**2- अपभ्रंश शब्द का प्रथम प्रयोग -** अपभ्रंश शब्द का प्रथम प्रयोगकर्त्ता कौन है, इस पर कुछ विवाद है, फिर भी विद्वानों का बहुमत आचार्य **पतंजलि** के पक्ष में हैं, हाँ, इतना तो साफ है कि अपभ्रंश को कुछ लोगों ने संस्कृत पद से च्युत और भ्रष्ट भाषा बताया तो कुछ लोंगो ने ठीक इसके बरक्स अपभ्रंश को साहित्यिक भाषा का पद देते हुए बताया है कि अपभ्रंश तो कभी राजसभाओं और विद्वत् मंडली की आदरास्पदा भाषा थी। कुल मिलाकर यह कि कुछ आचार्यों ने जहाँ इसे व्याकरणिक नियमों की अवहेलना करने वाली भाषिक खिलंदड़पन से संपृक्त भाषा बताया तो वहीं कुछ आचार्यों ने इसके भाषिक समाजशास्त्र और व्याकरणिक वर्चस्व और कूव्वत को आँकते हुए इसे जनपथ, राजपथ और कलापथ की भाषा घोषित किया ।

बहरहाल, विषय की मूल जमीन को छूते हुए मैं कहना चाहूँगा कि अपभ्रंश शब्द के प्रथम प्रयोक्ता महर्षि **पतंजलि** ही हैं। उन्होंने अपने सुप्रसिद्ध ग्रंथ महाभाष्य में अपभ्रंश शब्द का प्रयोग इस प्रकार किया है, -

**''भूयांशो अपशब्दाः,अल्पीयांसः शब्दा इति। एकेकस्य हि शब्दस्य बहवोऽपभ्रंशाः ।।**
**तद्यथा गौरित्यस्य शब्दस्य गावी गोपी । गोता गोपोतलिकेत्यादयो बहवोऽपभ्रंशः।।''[3]**

यहाँ यह आप ध्यान रखें कि पतंजलि ने अपभ्रंश शब्द का प्रयोग अपाणिनीय या 'अपशब्द' या अपभ्रंश (पतित) अर्थ में किया है। अपभ्रंश को उन्होंने संस्कृत के असाधु शब्द के रूप में देखा है। भरतमुनि-नाट्यशास्त्र में अपभ्रंश को 'विभ्रष्ट शब्द' के रूप में देखते हैं, - ''समान शब्दं विभ्रष्टं देशीगतमथापि च ।''[4] यहीं पर भरत महाशय इसे उकार बहुला भी बताते हैं।

ढेरों आचार्यों ने अपाणनीय शब्दों को अपभ्रंश कहा है। सवाल है, अपाणनीय का अर्थ क्या है ? वस्तुतः अपभ्रंश के उदय के समय पांणिनीय व्याकरण का नियंत्रण शब्दों पर था, अतः जो शब्द इस नियंत्रण या गिरफ्त में नहीं आते थे, उन्हें ही अपाणनीय कहा गया। उन्हें ही अपभ्रंश, भ्रष्ट, विकृत, अशुद्ध, च्युत, पतित और स्खलित कहा जाता था लेकिन ऐसा भी नहीं हैं कि सभी आचार्यों ने अपभ्रंश का अर्थ घृणास्पद या अपभ्रष्ट ही माना। एक ओर जहाँ कुछ आचार्यो ने भ्रष्ट या बैडोल या 'प्रतिमान से घट-बढ़' की संज्ञा का प्रयोग संपूर्ण अपभ्रंश भाषा के लिए किया, तो कुछ लोगों ने इसे साहित्य की श्रेष्ठ भाषा की मुनादी भी की।

आचार्यों में भामह ने अपभ्रंश को संस्कृत और प्राकृत की तरह साहित्यिक भाषा का सम्मान दिया है, यथा -

**''न वक्त्रा परवक्त्राभ्यां युक्ता नोच्छ्वासवत्यपि।**
**संस्कृतासंस्कृता चेष्टा कथाऽपभ्रंशमाक्तथा।।''[5]**

---

1. काव्यादर्श-1
2. Indian Literature-Dr. Savitri Sinha, P.103
3. महाभाष्य- पतंजलि, पृ. 38, निर्णय सागर संस्करण, 1938
4. नाट्य शास्त्र- 18/3
5. काव्यालंकार - भाहम, पृष्ठ 72, चौखंभा संस्करण. वाराणसी

आचार्य दण्डी ने पतंजलि और भामह -दोनों के मतो का समावेश करते हुए अपभ्रंश की श्रेष्ठता सिद्ध कर इसे आभीर आदि की भाषा घोषित किया,-

''आभीरादिगिरः काव्येष्वपभ्रंश इति स्मृताः।
शास्त्रेतु संस्कृतादन्यपभ्रंश तयोदितम् ।।[1]

यहाँ दण्डी बताने की चेष्टा करते हैं कि संस्कृत के अतिरिक्त सभी भाषाएँ अपभ्रंश हैं। भर्तृहरि पाणिनि से असिद्ध शब्दों को अपभ्रंश कहते हैं।[2] चण्ड्ने '' न लोपोऽपभ्रंशेऽधोरेफस्य '' सूत्र में अपभ्रंश का भाषा के रूप में प्रयोग किया है। **कालिदास** के 'विक्रमोर्वशीय' नाटक के चतुर्थ अंक में भी अपभ्रंश शब्दों का प्रयोग मिलता है। इसी तरह वल्लभी के राजा धरसेन के पिता गुहसेन संस्कृत और प्राकृत के साथ-साथ अपभ्रंश भाषाओं की प्रबंध-रचना में भी निपुण बताए जाते हैं,-**''संस्कृत प्राकृतापभ्रंश भाषात्रय - प्रतिबद्ध - प्रबंधरचनानिपुणान्तः करणः''**। आचार्य **राजशेखर** और प्राकृत वैयाकरण **पुरूषोत्तम** अपभ्रंश को **''शेष शिष्ट प्रयोगात्''**[3] कहकर कत्तई पतित भाषा नहीं मानते। इसी तरह अपभ्रंश को आदर की दृष्टि से देखने वालों में - **आनंदवर्धन, मम्मट, भोज, वाग्भट्ट - '' अपभ्रंशस्तु यच्छुद्धं तत्तदेशेषु भाषितम्''**[4] **रामचन्द्र गुणचन्द्र - ''देशस्य कुरु मगधादेरुद्देशः प्रकृतत्वंतस्मिन् सति स्वस्वदेश सम्बन्धिनी भाषा निबंधनीयेति''**[5] विष्णुधर्मोत्तर के रचयिता[6], **जिनदत्त, अमरचन्द्र**[7] तथा अन्य अनेक आचार्यों ने अपभ्रंश को उत्तम साहित्यिक भाषा के रूप में देखा हैं। इधर, बाल रामायण में अपभ्रंश काव्य को 'सुभव्य' तथा काव्य पुरुष को 'जघन' कहकर प्रशंसा की गई है तो दूसरी ओर अपभ्रंश काल की अंतिम सीमा पर खड़े **आचार्य हेमचन्द्र** भी अपभ्रंश भाषा का स्तुतिगान करते हुए अपभ्रंश का विस्तृत व्याकरण ही लिख डाला है, इससे अपभ्रंश की महत्ता स्वतः सिद्ध है। **डॉ. सरनाम सिंह शर्मा** लिखते हैं कि -,''प्राचीन पंडितों ने अपभ्रंश में जिस भ्रष्ट उच्चारण का खोट निकाला था, वास्तव में खोट नहीं है, वह तो लोक भाषा की प्रकृति है ×××××। जिस प्रकार गोरे लोगों ने हमारी भाषा को 'वर्नाक्यूलर' नाम से अभिहित किया था, उसी प्रकार उस समय के जातिवादी ब्राह्मणों ने साधारण जनभाषा को - लोकभाषा को - अपभ्रंश कहा था।''[8] आशय यह कि शिष्ट जनों के प्रयोग से भिन्न जनभाषा को अपभ्रंश कहा गया।

**3. अपभ्रंश का नामकरण:विविध नामों का जमघट -** संस्कृत के प्रति मन में श्रेष्ठता का दंभ पाले तथा अपभ्रंश को लेकर हीन ग्रंथि ग्रस्त आचार्यो ने अपभ्रंश भाषा का नामकरण गंदे, भद्दे तथा विकृत अर्थ में 'अपभ्रंश' किया। इसके पीछे अपभ्रंश को भाषिक स्तर पर घटिया, दोयम दर्जे की भाषा के साथ-साथ हिकारत-हकीर भाषा भी सिद्ध करना था। पर सवाल है, एक लंबे काल खण्ड तक पसरी, स्वस्थ साहित्यिक परम्परा तथा विशिष्ट व्याकरणिक नियमों से लैस भाषा के साथ इस तरह का आचरण 'ब्राह्मण समाज में ज्यों अछूत' जैसा नहीं था?

इन आचार्यों ने कोने-अँतरे से खोज-ढूँढ़कर अपभ्रंश के लिए 'भ्रष्ट', 'विभ्रष्ट', 'अपभ्रष्ट', 'अवहंस', 'अवहत्थ', 'अवहट्ट', 'विकृत', 'पतित', 'ग्रामीण भाषा', 'फूहड़ भाषा' जैसे ढेरों गंदे विशेषणों का पैबंद साटा। उस समय आज की तरह न बाजार का दबाव था, न कोई सत्ता भाषा में हस्तक्षेप कर रही थी और न कोई राजा भाषा की सकल तय कर रहा था, बल्कि इस जन भाषा के साथ इस तरह का आचरण स्वतः स्फूर्त था। इन आचार्यों की मनबढ़ई और तिरस्कार का एक उदाहरण तो यह है कि इन्होंने फतवा जारी किया कि इस भाषा में जो-जो शास्त्र रचे गए हैं, वे भ्रष्ट भाषा (अपभ्रंश) में होने से प्रामाणिक नहीं हैं , भले ही इन शास्त्रों में अहिंसा आदि सत्तत्व हों। आगे इनकी एक और अक्षंतव्य बात देखिए। संभवतः कउनो भाषा के ले आपो अइसन कलपना ना कइल जायी, देखीं, रउवा सभे, इ का कहत बानें,-''जिस प्रकार कुत्ते की चमड़ी की कोथली में भरा हुआ गाय का दूध भी भ्रष्ट होता है, उसी प्रकार भ्रष्ट भाषा में निरुपित यह सत्तत्व भी हेय और त्याज्य है,-''

''असाधु शब्द भूमिष्ठाः शाक्य-जैनागमादयः।
असन्नि बन्धन त्वात् च शास्त्रं त्वं न प्रतीयते।।
ततश्च असत्य शब्देशु कुतस्तेष्वर्थ सत्यता।

---

1- काव्यादर्श - दण्डी, पृष्ठ - 98, Bhandarkar, Oriental, Poona, 1938
2- वाक्यपदीय - भर्तृहरि -1,का. कारिका - 148
3- प्राकृतानुशासन -90
4- वाग्भट्टालंकार - 2ए3
5- नाट्यदर्पण- पृष्ठ - 209, प्रथम भाग, बड़ौदा, 1929 ई.
6- काव्यत्रयी - पृष्ठ - 96, भूमिका
7- Historical Grammar of Apabhransha - G.U. Tagore, P.3, Introduction, Pune, 1948
8- आर्य भाषाओं के विकास - क्रम में अपभ्रंश तथा अन्य निबंध - डॉ. सरनाम सिंह, पृष्ठ -9

**दृष्टापभ्रष्ट रूपेषु कथं वा स्यात् अनादिता।।''**

तथा

**''सन्मूलम् अपि अहिंसादि श्व दृति निक्षिप्त क्षीरवत् अनुपयोगि अविश्रम्भणीयं च।''**

लेकिन जिन आचार्यों ने इस भाषा को जिया-भोगा, जिनकी कल्पनाएँ इस भाषा के माध्यम से बड़ेर पर चढ़ीं, उन्होनें बड़े गर्व से कबीर की तरह ताल ठोकते हुए डुग्गी पीट बताया कि अपभ्रंश 'भ्रष्ट' नहीं, बल्कि यह हमारी 'देशी भाषा' है, यह खांटी है, परिष्कृत है, इसमें किसी तरह की विकृति-विकार का मेझड़ापन नहीं है, जितने सुन्दर बिंब और चित्र इस भाषा से बनते-उभरते हैं, वैसे अन्यत्र नहीं, तभी तो मैथिल कोकिल विद्यापति ने कहा-

**''सक्कअ वाणी बुहअण भावइ। पाइअ रस को मम्म न पावइ।**
**देसिल वअणा सब जन मिट्ठा। ते तैंसन जंपउ अवहट्ठा।।''**

कुल मिलाकर इन आचार्यों ने अपभ्रंश को शिष्ट, साहित्यिक तथा सुष्ठु भाषा बताया। भरत, बसुदेव, हिन्डी, कालिदास, चतुर्मुख, द्रोण, स्वयंभू, पुष्पदंत, योगीन्द्र, बौद्धसिद्ध, देवसेन, रामसिंह, नयनादि, भोज, धनंजय, जिनदत्त, लक्ष्मणगणि, हरिभद्र, हेमचन्द्र, सोमप्रभ, अब्दुल रहमान, यशकीर्ति, रयधू आदि अपभ्रंश के कवियों के मन में अपनी भाषा के प्रति घृणा और हीनता का बोध नहीं था, बल्कि संस्कृत के आचार्यों द्वारा अपभ्रंश के लिए दिए गए उपेक्षित नामों को इन्होंने चुनौती के रूप में स्वीकारा। स्वयंभू ने स्वत: अपभ्रंश के लिए अपनी दृष्टि से सम्मान और आदर के साथ 'अवहंस' शब्द का प्रयोग किया,[1] तो कविवर विद्यापति ने भी अपनी सुप्रसिद्ध कृति कीर्तिलता में 'अवहट्ट' शब्द का प्रयोग किया है।[2] कुछ कवियों ने अपनी काव्य भाषा को 'देश भाषा', 'देश्य भाषा' या 'देसिल बयना' के साथ-साथ 'देशी वचन' भी कहा है, यथा - **''सक्कय पामय पुलिणालंकिय। देसी भाषा उभय तडुज्जल।''**

**4. अपभ्रंश का काल -** अपभ्रंश की उत्पत्ति, विकास और अवसान की निश्चित समय-सीमा की निरापद रेखा और लकीर खींचना बहुत आसान नहीं है। फिर भी, इतना तो कहा ही जा सकता है कि अपभ्रंश का बिरवा बीज रूप में छठीं शताब्दी के आस-पास कालिदास के नाटक 'विक्रमोर्वशीय' के चतुर्थ अंक के कुछ दोहों में डिभियाना शुरू करता है और बीच की लंबी अवधि तक झकोर और गझिन होता हुआ अंत में 600 साल बाद वृद्ध वृक्ष के रूप में हेमचन्द्र और रइधू के काव्यावसान के साथ उकठता है। उदाहरण के लिए 'विक्रमोर्वशीय' नाटक का निम्न दोहा देखिए जहाँ आपकों अपभ्रंश की आहट और धमक मिलेगी,-

**''मइ जाणिअ मिअलोअणि णिसि अरु कोइ हरेइ।**
जावणु णवत डिसामलि धाराहरु वारिसेई।।'' 4।8

अर्थात् - **''मया ज्ञातं मृगलोचनां निशाचरः कोऽपि हरति।**
**यावन्नु नवत डिच्छ्यामलो धाराधरो वर्षाति।।''**

यद्यपि इन दोहों में अपभ्रंश की उपस्थिति को लेकर विद्वानों में मतभेद है। डॉ. गजानन वासुदेव तगारे तथा कुछ अन्य नामजद विद्वान तो इसे प्रामाणिक मानते हैं। किन्तु डॉ. पंडित तथा याकोबी आदि विद्वानों को इसकी प्रामाणिकता में सन्देह है। काव्य भाषा के रूप में अपभ्रंश छठीं शती विक्रम से ही स्थापित मिलती है। कालान्तर में पतंजलि और भरत अपभ्रंश का उल्लेख करते हैं। भामह तो साफ कहते हैं कि किसी समय अपभ्रंश समस्त उत्तर आर्यावर्त्त की बोली थी। इधर, चण्ड नाम के वैयाकरण ने ''प्राकृत लक्षणम्'' में भाषा के संदर्भ में अपभ्रंश का प्रयोग किया है। विद्वानों का विचार है कि विक्रम की आठवीं, नवीं और दसवीं शतियाँ अपभ्रंश साहित्य का उत्कर्ष युग कहीं जा सकती है। अंत में निचोड़ रूप में हम उक्त तथ्यों का खुलासा पुन: निम्नवत् इस प्रकार कर सकते हैं,-

1. **डॉ. सुनीति कुमार चटर्जी** और बहुत से अन्य भाषा विदों ने अपभ्रंश को भारतीय आर्य भाषा के विकास की एक स्थिति माना है। वह मानते है कि 6ठीं सदीं से 12वीं सदीं तक प्रत्येक प्राकृत् का एक अपभ्रंश रूप रहा होगा और उन्हीं अपभ्रंशों से वर्तमान आर्यभाषाओं का जन्म हुआ होगा।

2. अपभ्रंश के संबंध में सबसे प्राचीन उदाहरण भरत मुनि के नाट्य शास्त्र में आभीरोक्ति के नाम से मिलतें हैं, पर वे एक भाषा के उदाहरण न होकर उन प्रवृत्तियों का संकेत हैं जिन्होंनें अपभ्रंश के बीज को विकसित किया।

3. महाकवि कालिदास के विक्रमोर्वशीय नाटक के चतुर्थ अंक में अपभ्रंश के कुछ दोहे मिलते हैं, यह और बात है कि **याकोबी और एस. पी. पण्डित** आदि विद्वान उन्हें प्रक्षिप्त मानते हैं, परन्तु **डाँ. ए. एन. उपाध्याय** एवं **डाँ. तगारे** इनको प्रामाणिक मानते हैं। यदि ये वास्तव में प्रामाणिक हैं तो अपभ्रंश का एक भाषा के रूप में प्रारम्भ काल ईसा की पाँचवी सदीं से माना जा सकता है।

---

**1. अ. स्वयंभू छंद-स्वयंभू, 4.7, 4.10, 4.34) ब. Journal of the University of Bombay, P.72, November 1936**

**2. प्राकृत पैंगलम्, पृष्ठ-3, कलकत्ता-1900।**

4. ईसा की छठीं सदीं में बलभी के शासक राजा धरसेन के ताम्रपत्र के उल्लेख एवं संस्कृत आलंकारिकों के कथनों से सिद्ध होता है कि अपभ्रंश का प्रारम्भ ईसा की छठीं सदीं से माना जा सकता है, अस्तु विवेच्य भाषा की रचनाएँ तब से लेकर 15वीं सदी तक सृजित होती रहीं।

5. आचार्य हेमचन्द्र ने 12वीं सदीं में अपभ्रंश का व्याकरण लिखा। यह सिद्ध करता है कि 12वी सदीं के उत्तरार्ध तक आते-आते अपभ्रंश बोल चाल की भाषा न होकर, एक अलग भाषा के रूप में विकसित हो चुकी थी। इस प्रकार बारहवीं सदीं तक ही अपभ्रंश का काल मानना उचित होगा।

## 5. अपभ्रंश का कालगत सामान्य सर्वेक्षण

| | | | |
|---|---|---|---|
| **ई. पू.** | | | **प्रथम काल** |
| 300 | वररुचि | = | प्राकृत का उल्लेख परन्तु अपभ्रंश का नहीं |
| | व्याडि | = | शब्द प्रकृति अपभ्रंश है |
| 150 | पतंजलि | = | अपशब्द-गावी, गोणी, गोता, गोपो तालिका |
| | चंड | = | अपभ्रंश लक्षण-कुछ सूत्र-प्रामाणिकता संदिग्ध |
| ई. | | | |
| 1. | ---- | = | ------------ ------- -------------- |
| 2. | ---- | = | ------------ ------- -------------- |
| | | | **द्वितीय काल** |
| 3. | भरत | = | प्राकृत-आभीरोक्ति-कालिदास-उद्धरण |
| 4. | भर्तृहरि | = | अपभ्रंश-संस्कार-हीन शब्द |
| 5. | भामह | = | अपभ्रंश भाषा एवं साहित्य का उल्लेख |
| 6. | बल्लभीराज | = | भाषा एवं साहित्य का उल्लेख |
| | | | **तृतीय काल** |
| 7. | कुवलयमाला कहा | = | अपभ्रंश के अठारह भेद |
| 8. | रुद्रट | = | देश भेद से अनेक भेद |
| 9. | राजशेखर | = | शरीर का रूपक, अपभ्रंश=जघन |
| 10. | मारकन्डेय | = | अपभ्रंश के सत्ताइस भेद |
| | पुरुषोत्तम | = | अपभ्रंश को शिष्टों के प्रयोग से सीखना चाहिए |
| | नमिसाधु | = | ग्राम्यापभ्रंश |
| 11. | हेमचन्द्र | = | अपभ्रंश |
| | ग्राम्यापभ्रंश | = | साहित्य भी सृजित |

इस दृष्टि से अपभ्रंश के तीन युग लक्षित होते हैं। प्रथम युग में अपभ्रंश बोली के रूप में अविकसित भाषा थी। द्वितीय युग में वह क्रमशः साहित्यिक रूप में प्रतिष्ठित हुई। पाँचवीं शताब्दी तक प्रतिष्ठा का यह स्तर संस्कृत और प्राकृत के समान माना जाने लगा। तृतीय युग अपभ्रंश के विभिन्न प्रान्तीय भेंदों का है, जिसे सभी ने लक्षित किया है।[1] वस्तुतः ईसा की आठवीं शताब्दी से अपभ्रंश के देश-भेद की प्रवृत्ति विशेष रूप से उभरती दिखाई देती है। प्रवृत्ति पहले की भी हो सकती है, परन्तु लक्षित इसी समय की गई है। 'कुवलयमाला कहा' इस प्रकार की भाषा के अध्ययन के लिए विशेष महत्वपूर्ण है। लेखक प्रारंभ में ही कहता है, -

**''जो जाणई देसीओ-हासाओ लक्खणाइ धाइ दय।**
**नमणय गाहा छे अं कुवलयमालं पिसो पढइ॥''**

अर्थात् , जो देसी भाषा के लक्षण और धातु जानता है, वह विविध वचनों की गाथाओं से सम्पन्न कुवलयमाला पढ़े। इसमें प्राकृत-अपभ्रंश के साथ-साथ तत्कालीन लोक भाषा के भी चिन्ह उपलब्ध होते हैं।

**6. अपभ्रंश भाषा का स्वरूप या अपभ्रंश का भाषिक परिचय-** अपभ्रंश से संबंधित अन्य मुद्दों की तरह अपभ्रंश के भाषिक स्वरूप पर भी कई तरह के सवाल प्याज के छिलके की तरह चिपके हुए हैं, यथा-अपभ्रंश क्या कभी बोलचाल की

1. साहित्येतिहासः संरचना और स्वरूप-डॉ. सुमन राजे, पृष्ठ-15, ग्रंथम प्रकाशन, रामबाग, कानपुर, प्रथम संस्करण, मूल्य-40 रूपए, 1975

भाषा थी या नहीं? क्या शब्द रचना और रूप-रचना में यह प्राकृत से ज्यादा भिन्न थी? इसके जनभाषा का रूप-रंग कैसा था? इसी तरह काव्य-भाषा, देशी भाषा और साहित्यिक भाषा के रूप में यह कितनी लोकप्रिय थी? आदि-आदि। उक्त सभी सवालों को लेकर विद्वानों में हाँ-नाँ, नाँ-हाँ की स्थिति बनी हुई है।

प्राकृत और अपभ्रंश पर प्रसिद्ध ग्रंथ की रचना करने वाले सुप्रसिद्ध विद्वान **डॉ. रामसिंह तोमर**[1] लिखते हैं कि पतंजलि और भरत के समय तक अपभ्रंश का कोई निश्चित स्वरूप नहीं था। संस्कृत साधु शब्दों के अतिरिक्त सभी शब्दों को पंडित वर्ग विकृत, अपभ्रष्ट, अपभ्रंश, विभ्रष्ट या अन्य शब्द कहता था। इस प्रकार के रूपों को संस्कृत पंडित सम्मान की दृष्टि से नहीं देखते थे। कदाचित् अपभ्रंश या अपभ्रष्ट (घृणित-पतित) नाम से भी यही ध्वनियाँ निकलती हैं। धीरे-धीरे इन विभ्रष्ट शब्दों का प्रयोग काव्यों में भी होने लगा। भामह और दण्डी (ई. छठीं शताब्दी आरंभ) के समय तक अपभ्रंश में काव्य-रचना होने लगी थी। संस्कृत, प्राकृत के साथ अपभ्रंश को काव्य की भाषा के रूप में मान्यता मिलने लगी थी।

इधर, प्राकृत भाषा के धुरंधर विद्वान **डॉ. नेमिचन्द्र शास्त्री** लिखतें हैं कि यह सत्य है कि अपभ्रंश तृतीय युग की प्राकृत है। यह कभी बोल-चाल की भाषा थी या नहीं, पर्याप्त विवादास्पद है। **पिशेल, ग्रियर्सन, भण्डारकर, चटर्जी, बुलनर** जैसे विद्वानों ने अपभ्रंश को देश भाषा माना है, पर **याकोबी, कीथ, ज्यूल ब्लाख, आल्सडोर्फ** प्रभृति विद्वान् अपभ्रंश को देश भाषा मानने से इनकार करते हैं।[2] पश्चिमी भाषा चिन्तक अपभ्रंश के भाषिक स्वरूप पर विचार कर लिखतें हैं कि मोटे तौर पर देखने से पता चलता है कि प्रामाणिक संस्कृत से जो बोली थोड़ा बहुत भी भेद दिखाती है, वह अपभ्रंश है। इसलिए भारत की जनता द्वारा बोली जाने वाली भाषाओं का नाम अपभ्रंश पड़ा और बहुत बाद की प्राकृत भाषाओं में से एक बोली का नाम भी अपभ्रंश रखा गया। यह भाषा जनता के रात दिन के व्यवहार में आने वाली बोलियों से उपजी और प्राकृत की अन्य भाषाओं की तरह थोड़े-बहुत फेर-फार के साथ साहित्यिक भाषा बन गई।[3] इस तरह हमें उक्त कथन से साफ स्पष्ट होता है कि अपभ्रंश के दो रूप थे-एक तो प्राकृत से सटी अपभ्रंश तथा दूसरी बोलचाल की अपभ्रंश। **जॉर्ज ग्रियर्सन** भी अपभ्रंश के इन दोनों रूपों की पुष्टि अपने निबंध "Languages of India" में करते हैं। ग्रियर्सन ने एक ओर प्राकृतों को आरंभिक अपभ्रंश कहा है, तो दूसरी ओर उन्हें परवर्ती या वास्तविक अपभ्रंश से भिन्न भी माना है। Indian Antiquary में ग्रियर्सन अपभ्रंश को साहित्यिक प्राकृतों के बाद की देश भाषा घोषित करते हैं तो Linguistic Survey of India में उन्हें अपभ्रंश में प्रादेशिक विकार दिखाई देने लगता है।

**7. अपभ्रंश की सीमा या विस्तार क्षेत्र या प्रभाव-विस्तार-** श्लोक और सूत्र बताते हैं कि अपभ्रंश कभी राजस्थान की प्रमुख भाषा थी, किन्तु यह अपभ्रंश के क्षेत्र का संक्षेपी करण है, क्योंकि अपभ्रंश व्यापक स्तर पर भारत के कुछ हिस्सों को छोड़कर अधिकतर प्रदेशों की भाषा थी। इसका प्रचार-प्रसार पश्चिम से लेकर पूरब में बंगाल तक था। मध्य में उत्तर प्रदेश के **मिर्जापुर जिले** के अहरौरा को विद्वानों ने अपभ्रंश बोलने वाले 'आभीरों' का मुख्य गढ़ माना है। बहरहाल, आइए, बात शुरू से की जाय।

भरत मुनि ने अपभ्रंश को उकार बहुला भाषा बताया है। इस उकार बहुला भाषा की चौहद्दी तय करते हुए उन्होंने लिखा है-

**"हिमवत्सिन्धुसौवीरान्ये च देशाः समाश्रिताः।**
**उकार बहुलां तज्ज्ञस्तेषु भाषां प्रयोजयेत् ।।"** 17।60

अर्थात् उकार बहुला भाषा का प्रयोग हिमवत्, सिन्धु-सौवीर और इनके आश्रित देशों के लोगों के लिए करना चाहिए। साफ है, भरत के समय तक भारत के उत्तर-पश्चिमी प्रदेशों में अपभ्रंश लक्षित होने लगी थी। इधर, राजशेखर ई. सन् की दसवीं शताब्दी के विद्वान हैं, उन्होंने 'काव्य मीमांसा' में अपभ्रंश की सीमा निर्धारित करते हुए लिखा है - **"सापभ्रंश प्रयोगाः सकलमरुभुवष्टक्क भादानकाश्च।"** अर्थात् संपूर्ण मरुभूमि (राजस्थान), टक्क (विपाशा और सिन्धु नदी के बीच का स्थल) तथा भादानक (थानेसर से शतलज का मध्य भाग) अपभ्रंश का क्षेत्र है। भादानक कहाँ था, इस विषय में विद्वानों में विवाद है। पालि ग्रंथों में 'भादिय' और 'भादिय नगर' का उल्लेख हुआ है। कहीं-कहीं 'भादान' या 'भाटधान' जनपद की भी चर्चा मिलती है। एक विद्वान **डॉ. एन. एल. दे** (N.L.Dey) ने 'भादिय' को बिहार के भागलपुर जिले के दक्षिण में आठ मील दूर पर स्वीकार किया है।

महाभारत में ई. पू. दूसरी शताब्दी तक पश्चिमोत्तर भारत में आभीर जातियों के रहने की चर्चा मिलती है। अपभ्रंश इन्हीं आभीरों

1. प्राकृत और अपभ्रंश साहित्य तथा उनका हिन्दी साहित्य पर प्रभाव-डॉ. रामसिंह तोमर, पृष्ठ-56, हिन्दी-परिषद् प्रकाशन, प्रयाग विश्वविद्यालय, प्रथम संस्करण, दिसंबर 1963, मूल्य-8रूपए इलाहाबाद।
2. प्राकृत भाषा और साहित्य का आलोचनात्मक इतिहास-डॉ. नेमिचन्द्र शास्त्री, पृष्ठ-100
3. The Grammar of Prakrit Languages-ischel, P.57, Bihar Rastra Bhasha Parishad, Patna.

**की मुख्य** भाषा बतायी जाती है। महाभारत में कहा गया है कि नकुल के प्रतीची विजय के समय ये आभीर सिन्धु नदी के किनारे रहते **थे।**[1] **इधर,** शल्य पर्व में बलदेव की तीर्थयात्रा के संदर्भ में बताया गया है कि राजा ने उस विनशन में प्रवेश किया, जहाँ शूद्र आभीरों के **कारण** सरस्वती नष्ट हो गयीं।[2] अर्जुन वृष्णियों की विधवाओं को लेकर जब द्वारका जा रहे थे, उस समय पंचनंद में प्रवेश करते समय **महिलाओं** को आभीरों ने छीन लिया था।[3] पुराणों के अनुसार आन्ध्र भृत्यों के बाद दकन आभीरों के ही हाथ में आया और छठीं शती **के बाद से** निकल गया।[4] **जॉर्ज इलियट** (Eliot) कहते हैं कि 8वीं शताब्दी में काठी जाति के प्रवेश के समय गुजरात का अधिकांश भाग आभीरों के हाथ में था।[5]

आभीर, बताते हैं, बहुत लड़ाकू जाति थी, अत: इनका विस्तार कालान्तर में समस्त उत्तर भारत में हो गया, इससे साफ स्पष्ट **है,** कि अपभ्रंश का भी विस्तार इन्ही के साथ संपूर्ण उत्तर भारत में व्याप गया,-**''आभीरा भाषा अपभ्रंशस्था कथिता।''** कुल मिलाकर **डॉ. नेमिचन्द्र शास्त्री** के शब्दों में कह सकते हैं कि[6] एक ओर बंगाल में सरह और काण्ह जैसे सिद्ध कवियों ने दोहा कोशों की रचना की, दूसरी ओर मिथिला में ज्योतिरीश्वर और विद्यापति ने स्थानीय बोली का पुट देकर साहित्यिक अपभ्रंश में ग्रंथ लिखे। तीसरी ओर मुल्तान में अब्दुल रहमान ने संदेश रासक जैसा प्रेम काव्य लिखा, चौथी ओर दक्षिण में मान्यखेट के पुष्पदन्त ने इसी वाणी को अपनी रचना का माध्यम बनाया। कनमाकर और स्वयंभू ने भी इसी में रचनाएँ लिखीं। इस प्रकार अपभ्रंश का क्षेत्र पूर्व में बंगाल, विदेह, पश्चिम में राजस्थान और सौराष्ट्र, दक्षिण में दक्कन एवं मान्यखेट, उत्तर भारत में बुन्देल खण्ड, कान्यकुब्ज, मालवा एवं उत्तर पश्चिम में पंजाब तक विस्तृत था।

**8. अपभ्रंश के भेद, विविध रूप, प्रकार या अपभ्रंश की विभाषाएँ-** अपने साहित्यिक तथा कथ्य भाषा के रूप में लंबी उम्र तक जीने वाली अपभ्रंश भाषा में स्थान, कालादि दबावों के कारण समय-समय पर विभिन्न रूप-रंग बनते रहे। वस्तुत: किसी भी भाषा के ऐतिहासिक विकास क्रम में ऐसा ही होता है। बदलाव की कई शाखाएँ-प्रशाखाएँ, कंछियाँ-टहनियाँ निकलती रहती हैं। अपभ्रंश में भी ऐसा ही हुआ। इसमें विविध नामों की कई धाराएँ फूटीं। भाषाविदों ने अपभ्रंश के दो से लेकर सत्ताइस तक भेद माने हैं।

विष्णु धर्मोतर पुराण में देश-भेद से अपभ्रंश के कई भेद गिनाए गए हैं। नवीं शती में आचार्य **रुद्रट** ने अपभ्रंश के अनेक रूपों-भेदों की ओर संकेत किया था-

''प्राकृत-संस्कृत-मागध-पिशाच भाषाश्च शूरसेनी च।
षष्ठोऽत्र भूरिभेदों देश-विशेषादय प्रभ्रंशाः।।''(20.21)

'निर्णय-सागर' के अनुसार अपभ्रंश के-नागर, उपनागर, अभीष्ट तथा ग्राम्य भेद-बताए गए हैं।[7] ग्यारहवीं शती के **नमिसाधु** ने अपभ्रंश के तीन भेदों का उल्लेख किया है,- **''सचान्यै रूप नागराभीर ग्राम्यत्व भेदेन त्रिधोक्त स्तान्निरा सार्थमुक्तं भूरिभेद इवि** (वृत्ति)।।'' अर्थात् इनके कहे के अनुसार नागर, आभीर और ग्राम्य-ये तीन भेद अपभ्रंश के माने गए हैं।

आचार्य **हेमचन्द्र** को अपभ्रंश की भाषिक प्रवृत्तियों के आधार पर पश्चिमी सम्प्रदाय का महत्वपूर्ण वैयाकरण माना जाता है। इन्होंने अपभ्रंश के लिए **''शौर सेनीवत्''** तथा **''अपभ्रंशे प्रायः शौर सेनीवत् कार्यं भवति''** लिखकर अपभ्रंश को शौर सेनी की प्राकृत परंपरा में सम्मिलित किया है। हेमचन्द्र ने अपने सुप्रसिद्ध ग्रंथ ''सिद्धहेम शब्दानुशासन'' में अपभ्रंश के भेदों की ओर इशारा किया है।[8] इसी तरह 16वीं शती के आचार्य **लक्ष्मीधर** ने हेमचन्द्र को आधार बनाकर अपभ्रंश को प्राकृत का छठवाँ भेद बताया है।[9]

13वीं शती के बाद के आचार्य **क्रमदीश्वर** ने छंदों के आधार पर अपभ्रंश के भेदों की रुचिकर व्याख्या की है। विशेषता यह है इन्होने व्राचट (व्राचड) और नागर-अपभ्रंश के दो ही भेद बताए हैं। **पुरुषोत्तम देव** (12वीं शती) ने-नागरक, व्राचट और उपनागर-नाम से अपभ्रंश भेदों की चर्चा किया है।[10] इतना ही नहीं इन्होंने उक्त तीन भेदों के अतिरिक्त पांचालादि देशों के नामानुसार पांचाल, वैदर्भी, लाटी, औड्री, कैकेयी, गौडी, ढक्क, वक्कर, कुन्तल, पांड्य, सिंहलादि की भाषाओं के नाम दिए हैं। इधर, 16वीं शती के **रामशर्मतर्क वागीश** ने 'प्राकृत कल्पतरु' में 27 प्रकार की अपभ्रंशों के नाम दिए हैं।[11]

---

1. पर्व-2, अध्याय-32, श्लोक-10
2. पर्व-9, अध्याय-37, श्लोक-7
3. महाभारत, पर्व-16, अध्याय-7, श्लोक 44-47
4. प्राकृत भाषा और साहित्य का आलोचनात्मक इतिहास-डॉ. नेमिचन्द्र शास्त्री, पृष्ठ-102
5. Linguistic Survey of India-(Eliot's note), P.125, Part-I
6. प्राकृत भाषा और साहित्य का आलोचनात्मक इतिहास-डॉ. नेमिचन्द्र शास्त्री, पृष्ठ-103
7. निर्णय-सागर, पृष्ठ-484
8. सिद्धहेम शब्दानुशासन-हेमचन्द्र, सूत्र 329-446, चतुर्थ चरण, आठवाँ अध्याय
9. षड्भाषा चन्द्रिका, संपादक-के. पी. त्रिवेदी, पृष्ठ-105, मुंबई
10. A Grammar of Prakrit Languages, P.106, University of Calcutta, 1943
11. Indian Antiquary-Grierson, P.52, Part-I

17वीं शती के **मार्कण्डेय** ने भी अपभ्रंश के 27 भेदों का नाम गिनाया है,-

**''व्राचडो लाट वैदर्भावुप नागर नागरौ।**
**बार्बरावन्त्य पाञ्चालटाक्कमालव कैकया:।।**
**गौडो ढवैव पाश्चात्यपाराड्य कौन्तल सैंहला।**
**कालिंडग्य प्राच्यकार्णाटकाञ्च्य द्राविड गौर्जरा:।।**
**आभीरोमध्यदेशीय: सूक्ष्मभेद व्यवस्थिता:।**
**सप्तविंशत्यपभ्रंशा: वैतालादिप्रभेदत:।।''**[1]

मार्कण्डेय ने इनका नाम इस प्रकार गिनाया है-व्राचड, लाटी, वैदर्भी, उपनागर, नागर, बार्वर, आवन्ता, पंचाली, टाक्क, मालवी, कैकेयी, गौडी, कौन्तेली, औढ़ी, पाश्चात्या, पाण्ड्या, कौन्तली, सैंहली, कालिंगी, प्राच्या, कार्णाटी, काञ्ची, द्राविडी, गौर्जरी, आभारी, मध्यदेशी या एवं वैतालिकी। मार्कण्डेय ने नागर, उपनागर और व्राचट को प्रधान माना है। यही नहीं उन्होंने नागर अपभ्रंश को मूल भाषा माना है,- **''अपभ्रंश भाषा सुमूलत्वेन प्रथमं नागर माह''**। व्राचट का नागर में सिद्ध होना कहते हुए उसे सिन्धु देश की भाषा माना है, - **''व्राचडो नागरात्सिद्धयेत तथा सिन्धु देशोद्भवों व्राचडोपभ्रंश:''** और टक्की, मालवी, पांचाली, वैदर्भी आदि को भी व्राचट के अन्तर्गत बताया है। इधर, निम्न श्लोक बताता है कि मार्कण्डेय ने नागर, उपनागर और व्राचट को अलग स्थान नहीं दिया है,-

**''नागरो व्राचडश्चोपनागरश्चेति ते त्रय:।**
**अपभ्रंशा: परे सूक्ष्मभेदत्वान्न पृथङ्.मता।।''**

आधुनिक विद्वानों में **डॉ. तगारे** अपभ्रंश के- दक्षिणी, पूर्वी और पश्चिमी-येतीन भेद बताते हैं। उत्तरी अपभ्रंश की संभवत: एक ही कृति उपलब्ध होती है, इसलिए इस बँटवारे में वे उत्तरी को शामिल नहीं करना चाहते। **याकोबी** अपभ्रंश के दो भेद-पूर्वी और पश्चिमी-मानते हैं। याकोबी ने 'नागर' को 'गुर्जर' अपभ्रंश कहा है और भविष्य दत्त कथा तथा नेमिनाथ चरित की भाषा को भी गुर्जर अपभ्रंश कहा है।[2]

**9. अपभ्रंश की विशेषताएँ या अपभ्रंश की भाषागत एवं व्याकरणिक विशेषताएँ-** अपभ्रंश काल तक आते-आते भारतीय भाषाएँ एक लम्बी मंजिल पार करती हैं। अतिसंक्षेप में अपभ्रंश की प्रमुख विशेषताओ का उल्लेख निम्नवत् किया जा सकता है-

**(क) ध्वन्यात्मक वैशिष्ट्य-**

1. संस्कृत तथा प्राकृत परम्परा से प्रवह्यमान अन्त्य स्वरों के ह्रास की प्रवृत्ति अपभ्रंश में द्रष्टव्य है।
2. अपभ्रंश में उपान्त्य स्वर-मात्राओं की सुरक्षा की गई है।
3. शब्द के प्रारम्भिक अक्षर में क्षतिपूरक दीर्घी करण के द्वारा द्वित्व व्यज्जन की जगह एक व्यज्जन का प्रयोग।
4. समीपस्थ स्वरों में संकोच की प्रवृत्ति दीख पड़ती है।

**(ख) पद-विधान गत वैशिष्ट्य-**

1. पुल्लिंग रूपों में अकारान्त की प्रधानता।
2. लिंग भेद में शिथिलता।
3. प्रथमा द्वितीया तथा सम्बोधन रूपों में विभक्ति-प्रत्ययों का लोप।
4. विभक्ति स्थान पर परसर्गों का प्रयोग।
5. दो सविभक्तिक पद समूहों: तृतीया और सप्तमी और चतुर्थी-पंचमी-षष्ठी रूपों में समिश्रण।
6. पुरुष वाचक सर्वनाम रूपों में क्रमिक ह्रास दीख पड़ता है।
7. विशेषण मूलक सर्वनाम प्राय: नाम के अनुगत हो गए।
8. धातुओं के काल रूपों में पूर्वकालीन विविधता में कमी आई।
9. धातु रूपों के स्थान पर कृदन्त रूपों का अधिक प्रयोग होने लगा।
10. पूर्वकालीन संश्लिष्टता का परित्याग कर अपभ्रंश भाषा वियोगात्मक भाषा बन गई।

---

1. प्राकृत सर्वस्व, पृष्ठ-2, 1पा. सूत्र-7

2. भविसयत्त कहा, याकोबी संस्करण, पृष्ठ-78, भूमिका भाग

**ध्वन्यात्मक वैशिष्ट्य-**

**उच्चारण या स्वर ध्वनियाँ-** अ, इ उ ए ओ (ह्रस्व), आ, ई, ऊ, ए, ओ, ऐ औ का समापन पालि काल से ही-

1. ऋ ध्वनि का अल्प प्रयोग। ऋ ध्वनि के स्थान पर रि का उच्चारण होने लगा था। संस्कृत ऋ के स्थान पर अ, इ, ए और रि स्वरो का प्रयोग होने लगा जैसे- कृष्ण-कण्ह, कृत-किय, पृष्ठ-पीठ, पृच्छ-पुच्छ, गृह-गेह, ऋण-रिण

2. यद्यपि कि भाषा-गत स्वर परिवर्तन तो हो चुके थे पर अनुलेखन में प्रमाद के कारण नवागत ह्रस्व, दीर्घ स्वरों के लिए नए रूप प्रस्तुत नहीं किए गए। अ के उच्चारण में भिन्नता के कारण मध्यग लुप्त व्यंजन के स्थान पर किसी ने अ, लिखा तो किसी ने य।

3. स्वरों के अनुनासिक रूप भी प्राप्त होते हैं - जैसे देवं चलहिं, जाउं करौं यह अनुनासिकता कहीं-कहीं अकारण भी दीख पड़ती है:-पक्षि-पंखि, अश्रु-अंसु, वृश्चिक-विछि, मार्जार-मजार, वक्र-बंक। कहीं-कहीं अनुनासिक के स्थान पर निरनुनासिकता की प्रवृत्ति: सिंह-सीह, विंशति-बीस, त्रिशत्-तीस

4. उकार की प्रवृत्ति= इसी से इसे उकार बहुला भाषा कहा गया है: मनु, कारणु, अंगु, चलतु।

5. कतिपय संस्कृत रूपों का पूर्ण रूप परिवर्तन-दीर्घता= सिंह से सीह, जिह्वा से जीह, कस्य से कासु ह्रस्वता= गभीर से गहिर, सीता से सिध, तैल से तेल्ल।

**इ का ऊ-** पुरुष-पुरिस, **ई का ऊ-** विहीन-विहूण, **इ का ए-** विल्ल से बेल्ल, **उ का ओ-** पुस्तक से पोत्थिय।

6. संयुक्त व्यंजनों के मध्य में, सरलता की दृष्टि से, किसी न किसी स्वर का आगम दीख पड़ता है: वर्ष>बरिस, स्त्री>इत्तिय, आर्य>आरिय, क्रिया>किरिया।

7. स्वर लोप की प्रवृत्ति- जैसे - अरण्य-रण्ण, अहं-हउ, अधस्तात्-हेट्ठा, उपविष्ट-बइट्ठ। इस प्रक्रिया को भाषा विज्ञान की भाषा में स्वर भक्ति कहते हैं। इस लोप की प्रवृत्ति स्त्रीलिंग में अन्त्य स्वर में पाई जाती है: वल्गा>बाग, लज्जा>लाज

8. स्वर गुच्छों की संख्या बढ़ गई:- जैसे अअ अआ, अइ अई अउ ऊऊ, अए, अओ, आअ आआ

**व्यंजन ध्वनियाँ-** अपभ्रंश में निम्नलिखित व्यंजन ध्वनियाँ थीं: क ख ग घ, च छ ज झ, ट ठ ड ढ ण, त थ द ध न, प फ ब भ म, य र ल व (अन्तस्थ) श (पूर्वी अपभ्रंश) स ह (उष्म)

**व्यंजन विकार-** 1. व्यंजनों के उच्चारण स्थान में परिवर्तन:- कवर्ग कोमल तालव्य तथा चवर्ग स्पर्श संघर्षी हो गए।

2. आदि व्यंजनों को सुरक्षित रखने की प्रवृत्ति के साथ महाप्राणीकरण:- कीलिका-खिल्लइ, ज्वल-झलण (झलक) (झलमल) लेकिन कहीं-कहीं अल्प प्राणीकरण जैसे क्षुभिक-खुहिय-कुहिय, स्तब्ध-ठड्ढ। य का ज करने की प्रवृत्ति: याति-जाइ, यमल-जमल।

3. मध्यग व्यंजनों का प्राय: लोप:- अल्प प्राण क ग च ज त द का अ तथा महाप्राण व्यंजनों जैसे ख घ, छ झ, ठ द आदि का ह हो जाता है।

जैसे परकीया-पराइप, योगिन-जोई, गोरोचन-गोरोअण, राजन-राअ, चतुर्थ-चउत्थ, दीर्घ-दीह, कथा-कहा

4. कहीं-कहीं मध्यग व्यज्जनों के लोप के साथ-साथ वैकल्पिक रूप से उन्हें सघोष कर दिया जाता है: जैसे विक्षोभकर-विच्छोहगरु, विचिकित्सा-विजिगिच्छा, आगत:-आगयो, दीप-दीख, सफल-सभल, कहीं-कहीं मध्यग व्यंजन सुरक्षित भी रहते हैं-एक-एक्कु, सुगज-सुगय, अचेतन-अचेमण, अजित-अजिय

5. स्वर मध्यग-म-अपभ्रंश में प्राय: सुरक्षित रहे, वैकल्पिक रूप से-वँ-में भी बदल गए हैं, जैसे कमल कवँल।

6. अपभ्रंश में न का ण, य का ज, ट का ड, ठ का द, प का व हो गया जैसे नगर-णयर, यदि-जदि, पुन:-पुण, पठ-पढ़, अपर-अवर

7. संयुक्त व्यंजन प्राय: समाप्त होगए: और सबसे अधिक क्षति य र ल व की हुई, जैसे- पक्षी>पाखी, त्वम्>तुहुं, द्वादश>बारह, चम्कवै>चक्रवर्ती, स्वर्ग>सग्ग। इस लोप में क्ष का प्राय: क्ख और ज्ञ का ण्ण हुआ। त्व का च्च और द्य का ज्ज हो गया। जैसे सत्य का सच्च, अद्य का अज्ज।

8. संयोग में श ष स का ह हुआ और यह ह अगले अल्पप्राण व्यंजन से मिलकर द्वित्व महाप्राण व्यंजन हो गया जैसे पश्चात् - पच्छा, अष्ट>अट्ठ, ओष्ठ>ओट्ट

**9. कुछ अन्य परिवर्तन:-** ष्ण का-ह, स्म का म्ह जैसे अस्मै-अम्ह। व्यंजन के साथ र का आगम जैसे पश्यति-प्रस्सदि, व्यास-ब्रास। ड द न और र के स्थान पर ल् जैसे अवरटित>ओरालिय, प्रदीप्त>पलिन्त, नवनीत>लोण, दारिद्रय>दालिद्द, व ब के साथ म जैसे शबर>समर, यावत् >जाम, व के स्थान पर ब, वचन>बयण, वर्ण विपर्यय जैसे वाराणसी>वाराणस>वाणारसी, दीरघ>दीहर, ह्रद>द्रह, व्यंजन द्वित्व जैसे काच>कच्च, यूथ>जुत्थ, क्षतिपूरक सानुनासिकता जैसे वयस्या>वयंसि, वक्र>बंकी।

**अपभ्रंश व्याकरण-** अपभ्रंश भाषा का सूक्ष्म अध्ययन करने के पश्चात् यह ज्ञात होता है कि व्याकरणिक कोटियों में महत्वपूर्ण परिवर्तन हुए।

**संज्ञा- वचन और लिंग विधान-** अपभ्रंश में मात्र दो वचन एकवचन तथा बहुवचन और दो लिंग प्राप्त होते हैं -स्त्रीलिंग और पुल्लिंग।

**कारकीय परिवर्तन-** कारकीय परिवर्तन की दृष्टि से प्रयोग-भेद तीन रूपों में प्राप्त होते हैं:

**1. निर्विभक्तिक प्रयोग:-** शब्द के एक ही रूप में सभी कारकों का अर्थ ग्रहण हो जाता है। आचार्य हेमचन्द्र ने विभक्ति लोप की इस प्रवृत्ति पर ध्यान दिया है।

जिवँ जिवँ **बंकिम** लोअणह णिरु **सामलि** सिक्खेइ।
तिवँ तिवँ बम्महु निअय **सर** खर पत्थर तिक्खेइ।।

यहाँ बंकिम में द्वितीया, सामलि में प्रथमा तथा सर में द्वितीय विभक्ति का लोप है।

**2. सविभक्तिक प्रयोगों में परिवर्तन:-** (क) सविभक्तिक प्रयोगों में काफी सरलता आई और प्राति पदिकों का वैविध्य समापन की ओर चल पड़ा। (ख) अकारान्त प्रातिपदिकों की प्रमुखता। (ग) विभक्ति रूप तीन ही रह गए-

1. कर्ता. कर्म और संबोधन, 2. करण अधिकरण, 3. सम्प्रदान अपादान और संबंध कारक।

संज्ञा के केवल छह रूप रह गए। स्त्रीलिंग तथा पुल्लिंग रूपों में विभक्ति चिन्हों का अन्तर बहुत कम रह गया।

## अपभ्रंश के विभक्ति चिन्ह - पुल्लिंग रूप-

| | बहुवचन |
|---|---|
| 1. कर्ता-कर्म-पुत्त, पुत्तु- | पुत्त पुत्ता (आ विभक्ति)-करण अधिकरण में |

(इ इ ए, ए अहि, एहि, एहिं इण, एण, इण विभक्तियों के प्रयोग से शब्द निष्पक्ष होते है:)

| | |
|---|---|
| 2. पुत्ते, पुत्तइ<br>पुत्ति देनें, पुत्तेण | देवहिं, गिरिहिं |

सम्प्रदान-अपादान कारक तथा संबंध कारक

(इस कारक के एकवचन रूप प्रधानतया ह हो, हे के योग से निष्पत्र होते हैं तथा बहुवचन रूप हु हुं हं के संयोग से निष्पत्र होते हैं)

| | |
|---|---|
| 3. देवहे देवदु, देवहो<br>देवह | देवहुँ देवहं, गिरिहुँ<br>गिरिहं, मुद्धहु। |

स्त्रीलिंग रूप

शब्द-कहा

| | एकवचन | बहुवचन |
|---|---|---|
| कर्ता-कर्म- | कहा | कहाओ, कहाउ |
| करण-अधिकरण- | कहाए, कहाइ | कहाहिं |
| सम्प्रदान-अपादान | कहा, कहा हे, कहा हीं | कहा हु, कहा हो |

**परसर्गों का प्रयोग**:- लुप्त विभक्तिक पदों के कारण वाक्य विन्यास में अस्पष्टता आ गई। इन बाधाओं को अपभ्रंश में परसर्गों के प्रयोग द्वारा दूर किया गया, संज्ञा शब्दों की अपेक्षा सर्वनाम शब्दों के साथ परसर्गों का अधिक व्यवहार हुआ।

## अपभ्रंश के परसर्ग

| | | |
|---|---|---|
| कर्ता | - | 0 |
| कर्म | - | 0 हिं |
| करण | - | सउं सहँ तण-जउ प वसन्ते सहँ न गयऊ. हेम. 4.419 |
| सम्प्रदान | - | केहिं तेहिं रेसि- तउ केहिं अन्नहिं रेसि |
| अपादान | - | होन्तउ लइ होन्त पास -तहा होन्तउ आग दो (हेम 8.4.355) **अह होन्त न** सच्चविउ (सनत्कुमार चरिउ) |
| संबंध | - | कर, का, केर, केरी, केरअ |

| | |
|---|---|
| अधिकरण | मझ मज्झ महँ, थिउ, चम्पय कुसुम हो मज्झिन, हिअअ-थिउ जइ नीसरइ |

**सर्वनाम**

| **उत्तम पुरुष** | **एकवचन** | | **बहुवचन** |
|---|---|---|---|
| प्रथमा | हउं | प्रथमा द्वितीया | अम्हे अम्हई |
| द्वितीया, तृतीया | मइं | तृतीया | अम्हेंहि |
| चतुर्थी, पंचमी, षष्ठी | महु मज्झु | चतुर्थी, पंचमी, षष्ठी | अम्हहं |
| संबोधन | मइं महु मज्झु | सप्तमी | अम्हासु |

| **मध्यम पुरुष** | **एकवचन** | | **बहुवचन** |
|---|---|---|---|
| प्रथमा | तुहुं | प्रथमा, द्वितीया | तुम्हे तुम्हाइं |
| द्वितीया, तृतीया, स. | पइं तइं | तृतीया | तुम्हेहिं |
| चतुर्थी, षष्ठी, पंचमी, | तउ तुज्झ तुध्र | चतुर्थी, पंचमी, षष्ठी | तुम्हई |
| | | सप्तमी | तुम्हासु |

| **अन्य पुरुष पुलिंग** | **एकवचन** | **बहुवचन** |
|---|---|---|
| कर्ता | सु, सो | ते |
| कर्म | तं | ते ति |
| करण | तेण तइं ते | तेहि |
| अपादान | तहं तो ता | तहुँ |
| संबंध | तहु तहो | ताह तह |
| अधिकरण | तहिं | तहिं तेसु |

| **स्त्रीलिंग** सा वह | **एकवचन** | **बहुवचन** |
|---|---|---|
| कर्ता | स सा | ताउ ति |
| कर्म | तं | ताउ |
| करण | ताइं ताएँ | तेहिं |
| अपादान | ताहं तहि तहे | ताहिं |
| संबंध | तहि तहे | ताहिं |
| अधिकरण | तिह तहि | ताहि तासु |

इनके अतिरिक्त परसर्गों के योग से अन्य रूप निष्पंत्र होते हैं। अन्य रूप इस प्रकार है:-

दूरवर्ती निश्चय वाचक-अदस् > ओइ (वह), निकटवर्ती निश्चय वाचक -एतद् - एह (एहो, एइ)

स्त्रीलिंग एह, एईउ (बहुवचन) एहु एहइं एहाइं एहाइं (बहुवचन)

**संबंध वाचक** सर्वनाम - जे, जो

**प्रश्न वाचक** एवं **अनिश्चय वाचक-** क, कि कवण, अपि-कवि कुवि किंपि केणवि, **निजवाचक-**आत्मन-अत्त अप्प।, **परिमाण वाचक-** वडु, तुल त्तिय त्तिउ, **प्रत्यय योग** से बने- जेवडु जेंत्तुल जेत्तिय जित्तिउ

**गुणवाचक-** जइसो जेह **संबंध वाचक-** तुम्हारिस हम्हारिस **विशेषण:-** सर्वनाम विशेषण- अइस, जइस, कइस, तइस, एत्तिउ,

1. जेत्तिउ, केन्तिउ और तेत्तिउ
2. विभक्ति शून्य तथा संज्ञा के लिंग वचन के अनुरूप विशेषणों का प्रयोग।
3. संख्यावाचक विशेषण:- एक्क, एक, एग, दुयाबे, तिण्ण या तिण्णि, चउ, पंच, छ, सत्त, अट्ठ, णव, दस, इगारह, बारह, तेरह, चउदह, पण्णरह-----------एगुवीस, -------------पण्णास, सठि, णावइ, सय।

**धातु रूप -**

**विशेषताएँ-**1. अपभ्रंश के धातु रूपों में सरलीकरण और एकीकरण की प्रवृत्ति दीख पड़ने लगी।

2. आत्म ने पद तथा परस्मैपदों तथा गणभेदों की जटिलता समाप्त हो चली और धातुएँ भ्वादि गण का अनुसरण करने लगीं।

3. व्यंजनान्त धातुएँ स्वरान्त हो गईं जैसे वल् > चल (अ विकरण जोड़ा गया)

4. अनेक धातुएँ उपसर्ग तथा प्रत्यय सहित प्रयुक्त हुईं। जैसे- उपविष्ट>विट्ठद>बइसइ

5. अनुकरणात्मक धातुओं का प्रयोग - खुसखुसइ, घुड़घुड़इ, खुडक्कइ, घुडक्कइ।

6. देसी धातुओं के प्रयोग में वृद्धि।

7. तिड.न्त रूपों के स्थान पर कृदन्त रूपों के प्रयोग में वृद्धि और तिड.न्त वर्तमान तथा भविष्यत् में चलते रहे।

8. अन्य कालों में अहइ, अच्छ आदि सहायक क्रियाओं के साथ कृदन्त रूपों का प्रयोग और धातु प्रयोग संबंधी जटिलता का समापन अपभ्रंश युग तक आते-आते हो गया। जैसे- धातु रूप उट्ठ, बइट्ठ, धोट्ट, कह संज्ञार्थक क्रिया कहण, करण, जेवण पूर्वकालिक क्रिया इ, इ उ, इवि, अवि, एप्पि, एप्पिणु, एवि, एविणु प्रत्ययों के योग से बनती हैं यथा करि, करिउ, करिवि, करेप्पि, करेप्पिणु, करेवि, करेविणु

**प्रेरणार्थक क्रिया-**अव विकरण के योग से बनती हैं जैसे- भवइ (√दा) चिन्तवई, डावइ (√स्था) अथवा आव विकरण के योग से जैसे णच्चावइ, बोल्लावइ या मूल धातु के स्वर में वृद्धिकर जैसे मारइ, णासइ।

**तिङन्त रूप सामान्य वर्तमान**

| | | | |
|---|---|---|---|
| उत्तम पुरुष | हउं | चलउं | चलहुं |
| मध्यम पुरुष | तुहुं | चलहि | चलहु |
| अन्य पुरुष | सो, ओह | चलइ | चलहिं |

वर्तमान आज्ञार्थक:- करि, करु, करे

| विध्यर्थक | एकवचन | बहुवचन |
|---|---|---|
| अन्य पुरुष | करिज्जइ | करिज्जन्तु |
| मध्यम पुरुष | करिज्जहि-इ | करिज्जहु |
| उत्तम पुरुष | करिज्जइं | किज्जइं |

सामान्य भविष्यत् काल- परम्परागत ह और सरूप चलते रहे-

| | | |
|---|---|---|
| अन्य पुरुष | चलीसइ, चलिहिइ | चलीसहि, चलिहिहि |
| मध्यम पुरुष | चलीसहि, चलिहिहि | चलीसहु, चलिहिउ |
| उत्तम पुरुष | चलीसउं, चलिहिउं | चलीसउं, चलिहिहि |

इनके अतिरिक्त पढ़ब, देखब, कहब

**कृदन्त रूप** कृदन्त मूलत: विशेषण हैं : उनमें लिंग वचन का भेद होता है।

वर्तमान कृदन्त- अंतमाण, अंती (स्त्री) के योग से पवसंत, जोअन्त, जोअंती, (स्त्री.)बट्ठमाण

अतीत कृदन्त- इ अ, उ इ, इ य, इ यौ, इ अ अ, इ औ के योग से - किय, भणिय, हुअ, गय

भविष्य और विधि कृदन्त- इएव्वडं, एव्वउ, वा, एव्व जोड़कर करएव्वउ, मरेव्वडउ-, सोएबा, देक्खेब्ब।

**संयुक्त क्रियाओं का विकास-** अपभ्रंश काल तक आते-आते भाषा वियोगात्मक हो चुकी थी, अस्तु संयुक्त क्रियाओं का विकास हुआ:- जैसे जइ मग्गा घर एन्तु।

**अपभ्रंश के शब्द समूह-**

1. शब्द रूपों में क्रमश: सरलता आती गई।

2. प्रारम्भ में तत्सम शब्दों की न्यूनता थी, पर मूल शब्दों के घिस जाने के कारण उनमें अन्तर करना कठिन जान पड़ने लगा जैसे सुख, सुधि और शुभ घिस कर सुह हो गए, अस्तु संस्कृत तत्सम शब्दों का सहारा लेना पड़ा।

3. तद्भव शब्द रूपों का बाहुल्य हुआ। ण और ड की अधिकता अपभ्रंश की निजी विशेषता बनी।

4. देशज और ध्वन्यात्मक शब्दों की संख्या दूसरे स्थान पर रही जैसे खुणखुण, गिग्गिर, झलझल, किलकिल, टणटणन्त, हिलिहिति आदि।

5. विदेशज शब्द भी तद्भव रूप में अपनाए गए जैसे सुलताण, खुश, तत्थरो, तहसील, नौबति।

**10. अपभ्रंश की साहित्यिक विशेषताए -** अपनी उत्पत्ति, नामकरण, भौगोलिक फैलाव, विविध प्रकारों - भेदों आदि को लेकर जितना विवाद मध्यकालीन आर्य भाषाओं में अपभ्रंश के साथ चस्पा किया गया है, संभवत: अन्य भाषाएँ कमोबेश इस रोग से मुक्त रही हैं। इसके लिए कभी 'अपशब्द', 'अपभ्रंश' (पतित), 'अवहंस' 'अपभ्रष्ट', 'देश भाषा' , 'देसिल बयना', 'अवहट्ट', 'अवहत्थ', 'अब्बहंस' आदि शब्दों का प्रयोग किया जाता है तो कभी इसका भौगिलिक विस्तार प्रवाद का तिषय बनता रहा है। हेमचन्द्र के समकालीन और संदेश रासक के सर्जक मुहतरम **अब्दुलरहमाण** तो अपभ्रंश के एक रूप 'अवहट्ट' की गणना संस्कृत, प्राकृत और पैशाची से पूर्व करते हैं और इसी अवहट्ट में अपने पूर्ववर्ती कवियों को सलाम भी करते हैं;

**''अवहट्टय-सक्कय-पाइयांमि पेसाइयंमि भासाए।**
**लक्खण छंदाहरणो सुकवित्तं भूसियं जेहि।''**

इधर, चौदहवीं शताब्दी के उत्तरार्द्ध (1352 से 1448 ई) के कवि विद्यापति[1] कीर्तिलता की भाषा के विषय में लिखते हैं;

**''सक्कअ वाणी बुहअण भावइ पाइअ रस को मम्म न पावइ।**
**देसिल वअणा सब जन मिट्ठा ते तैंसन जंपउ अवहट्ठा।।**

तो दूसरी ओर, सुप्रसिद्ध भाषा वैज्ञानिक **डॉ. सुनीति कुमार चटर्जी** इसका फैलाव पंजाब से बंगाल तक मानते हुए लिखते हैं, ''पश्चिमी शौरसेनी अपभ्रंश गुजरात तथा पश्चिमी पंजाब से लेकर बंगाल तक संभवत: जन बोली के रूप में प्रचलित रही और निश्चित रूप से शिष्ट जनों की भाषा एवं सभी प्रकार के काव्यात्मक रूपों के लिए सर्वथा उपयुक्त भाषा रही है।''[2] अपभ्रंश की सामान्यत: काल सीमा ईसा की पाँचवीं शताब्दी से चौदहवीं शताब्दी तक है। तेरहवीं शताब्दी में ही आधुनिक आर्यभाषाओं का पृथक अस्तित्व दिखाई देने लगता है। तेरहवीं और चौदहवीं शताव्दी संक्रान्ति काल है। इस काल में परिनिष्ठित अपभ्रंश का लौकिक भाषाओं के साथ सम्मिश्रण हुआ।[3]

सच तो यह है कि अपभ्रंश के पूर्व 'प्राकृत' साहित्य की भाषा थी और अपभ्रंश जन भाषा। आगे चलकर कुछ काल के लिए अपभ्रंश को भी साहित्य की भाषा बनने का गौरव मिला पर उसका जन भाषा रूप बराबर बना रहा और इसी से हिन्दी का विकास हुआ।[4] इधर, एक अन्य विद्वान् **डॉ. लक्ष्मण सिंह विष्ट** कहते हैं कि [5] '' प्राकृत के बोलचाल की भाषा न रहने के उपरांत अपभ्रंश साहित्य का अविर्भाव हुआ और अपभ्रंश परंपरा के अन्त के साथ ही हिन्दी साहित्य का जन्म हुआ। अपभ्रंश की जो परंपरा हिन्दी साहित्य में मिलती है, उस में नीति, शृंगार और वीर रस की कविताएँ ही लिखी जाती थीं तथा जैन और बौद्ध धर्म के आचार्यों के द्वारा अपने उपदेशों को प्रसारित करने से संबन्धित रचनाएँ भी। हिन्दी का आदिकालीन साहित्य मुख्यत: दो रूपों में मिलता है- अपभ्रंश साहित्य और देश भाषा साहित्य। अपभ्रंश साहित्य सामान्यत: धार्मिक है तथा देश भाषा साहित्य लौकिक।

काव्य समीक्षकों और वैयाकरणों द्वारा अपभ्रंश के जो उल्लेख मिलते हैं, उनके आधार पर यह कहा जा सकता है कि अपभ्रंश प्रारंभ में आदर की दृष्टि से नहीं देखी जाती थी, किन्तु छठीं - सातवीं शती ई. (भामह, दण्डी का समय) तक उसमें इतनी और इस प्रकार की साहित्य रचनाएँ हो चुकीं थीं कि संस्कृत के उत्कृष्ट साहित्य की चर्चा करने वालों ने भी अपभ्रंश कृतियों का उल्लेख करना आवश्यक समझा। आठवीं, नवीं और दसवीं शतियों में वह साहित्यिक उत्कर्ष को प्राप्त हुई और राजदरबारों, कवि सभाओं में उसका समादर होने लगा। आगे की शतियों में भी उसमें साहित्य रचना होती रही, किन्तु वह सामान्य जन भाषा से दूर पड़ गयी थी और जन भाषा में अपभ्रंश की तद्भव प्रधान शब्दावली से भिन्न तत्सम प्रयोग प्रधान रचनाएँ होने लगी और धीरे-धीरे उन्होंने अपना उचित स्थान प्राप्त किया और अपभ्रंश की धारा क्षीण होती चली गई।[6] यदि ध्यान दें तो कह सकते हैं कि अपभ्रंश के गद्य की भाषा तत्सम प्रधान रही है और पद्य की भाषा तद्भव संपृक्त। विद्यापति की रचनाएँ उक्त तथ्य की साक्ष्य हैं। विद्यापति की कीर्तिलता का यह उदाहरण देखिए, यहाँ प्रधानता तद्भव शब्दों की है-

**तसु नन्दन भोगी सराअ, भोग पुरन्दर।**

---

1. The Songs of Vidyapati- Dr. Subhadra Jha P. 62
2. The Origin and Development of Bengali Language- Dr. S. K. Chatterji P. 161
3. अपभ्रंश भाषा और साहित्य की शोध प्रवृत्तियाँ - डॉ. देवेन्द्र कुमार शास्त्री, पृष्ठ 19 भारतीय ज्ञानपीठ प्रकाशन , मू. 14, सन् 1972
4. हिन्दी साहित्य : एक परिचय- डॉ. त्रिभुवन सिंह, पृष्ठ- 20 हिन्दी प्रचारक संस्थान् पिशाच मोचन, वाराणसी, मूल्य 14 रू. सन् 1974।
5. हिन्दी साहित्य: संक्षिप्त परिचय- डॉ. लक्ष्मण सिंह विष्ट, पृ.34, उपयोगी प्रकाशन, नैनीताल 1975
6. हिन्दी साहित्य कोश, भाग-1, पृष. 34, ज्ञानमंडल लि. वाराणसी, 1985

**हुअ हुआसन तेजिकान्त,कुसमाअँह सुन्दर।।**
**जाचक सिद्ध केदार दान, पंचम वलि जानल।**
**पिअ सख भणि पिअरोज साह, सुरतान समानल।।**[1]

अपभ्रंश में साहित्य रचना के निश्चित प्रमाण जिनदास महत्तर कृत 'नन्दिसूत्र' की चूर्णि (676ई.),कुवलयमाला (778ई.) शीलांक कृत सूत्र- कृतांगवृत्ति (10वीं शती वि.) में उपलब्ध अपभ्रंश उदाहरणों में मिलते हैं। इसके आगे तो चतुर्मुख, द्रोग, स्वयंभू, पुष्पदन्त तथा योगीन्द्र जैसे कवियों के भाषा-निबद्ध ग्रंथ प्राप्त होते हैं और इन ग्रंथों के अतिरिक्त अपभ्रंश दोहों की स्वतंत्र मुक्त धारा भी मिलती है। ये दोहे नाना ग्रंथकारों द्वारा उद्धत किए गए हैं, जिनके रचनाकारों का कभी पता नहीं लग सकेगा। समस्त उत्तरी प्रदेशों में लगभग सभी मतावलंबियों ने अपभ्रंश में रचना की। मुक्तक काव्य, सुभाषित खण्डकाव्य, महाकाव्य, चम्पू, कथा आदि नाना काव्य-रूपों के माध्यम के रूप में अपभ्रंश साहित्य प्रस्फुटित हुआ।[2]

अपभ्रंश का अपना दुलारा छंद दोहा है। जिस प्रकार प्राकृत को 'गाथा' के कारण 'गाहाबंध' कहा जाता है, उसी प्रकार अपभ्रंश को 'दोहाबंध'। फुटकल दोहों में अनेक ललित अपभ्रंश रचनाएँ हुई हैं। जोइन्दु (आठवीं शती) का 'परमात्मप्रकाश' और ' योगसार' रामसिंह (दसवीं शती) का पाहुड़दोहा देवसेन (दसवीं शती) का 'सावयधम्म दोहा' आदि जैन मुनियों की ज्ञानोपदेशक रचनाएँ अधिकांशत: दोहों में हैं। प्रबंध चिन्तामणि तथा हेमचन्द्र रचित व्याकरण के अपभ्रंश दोहों से पता चलता है कि श्रृंगार और शौर्य के ऐहिक मुक्तक भी काफी संख्या में लिखे गए हैं, जिनमें कुछ तो 'उपदेश रसायन' की तरह धार्मिक हैं, परन्तु अद्दहमाण (13वीं शती) के संदेश रासक की तरह श्रृंगार के सरस रोमांस काव्य भी लिखे गए हैं।[3] **डॉ. रामसिंह तोमर** लिखते हैं कि अपभ्रंश का निखरा भाषा स्वरूप, छन्दों का कलात्मक प्रयोग, अलंकार सौन्दर्य और युद्ध, प्रेम, वैराग्य, धर्म आदि मानव जीवन के गंभीर व्यापारों का विस्तृत चित्रण अपभ्रंश के पुराण, चरित काव्य और कथा काव्यों में मिलता है। सिर मुड़ाकर ढोंग करने वालों के लिए एक कवि की फटकार देखिए-

**मुंडिय मुंडिय मुंडिया। सिर मुंडिअ चित्तुण मुंडिया।**
**चित्तहं मुंडणु जि कियउ। संसारहं खंडणु ति कियउ।।**

अर्थात् अरे सिर मुड़ाने वाले सरदार! तू ने सिर तो मुड़ा लिया, किन्तु अपने चित्त को न हीं मूड़ा। जिस किसी ने चित्तको मूड़ा,उसने संसार का भी खण्डन किया।[4]

**सिद्धाहि केरा पंथडा भाउ विसद्धउ एक्कु।**
**जो तसु भावहं मुणि चलइ सो किमि होइ विभुक्कु।।**

अर्थात् मुक्ति का मार्ग एक शुद्धभाव ही है, जो मुनि उस शुद्धभाव से डिग जाते हैं, उन्हें मोक्ष नहीं हो सकती।[5] वीररस संबन्धी एक सुप्रसिद्ध उदाहरण देखिए-

**भल्ला हुआ जु मारिया बहिणि महारा कन्तु।**
**लज्जेजं त वयंसिअहु जइ भग्गा घर एन्तु।।**

अर्थात् हे बहिन अच्छा हुआ जो हमारा कन्त (पति) युद्ध के मैदान में मारा गया, यदि वह भागा हुआ घर आता तो मैं अपनी सखियों से लज्जित होती। श्रृंगार रस में सने निम्न दोहे को देखिए-

**मुंज भणइ, मुणालवइ ?जुब्बण गयुं न झूरि।**
**जइ सक्वर सय खण्ड थिय तो इस मीठी चूरि।।**

अर्थात् मुंज कहता है, हे मृणालवती। गए हुए यौवन को न पछता। यदि शर्करा सौ खण्ड हो जाय तो भी वह चूरी हुई ऐसी ही मीठी होगी। इसी तरह-

**जे यहु दिण्णा दिअहड़ा दइएँ पवसंतेण।**
**ताण गणंतिए अंगलिउ जज्जरियाउ नहेण।।**

अर्थात् जो दिन या अवधि प्रिय ने प्रवास को जाते हुए मुझे दिए थे, उन्हें नख से गिनते-गिनते मेरी उँगलिया जर्जरित हो गयी हैं। कुल मिलाकर **डॉ. हरदेव बाहरी** के शब्दों में **साहित्यिक अपभ्रंश की विशेषताएँ** संक्षेप में इस प्रकार देखी जा सकती है-

---

1. कीर्तिलता विद्यापति, सं. डॉ. बाबूराम सक्सेना, पृष्ठ-12
2. हिन्दी साहित्य कोश, पृष्ठ -34
3. हिन्दी विश्वकोश, खण्ड-1पृष्ठ -136 नागरी प्रचारिणी सभा, काशी
4. पाहुड़ दोहा, दो.135
5. परमात्म प्रकाश, 1/23

**ध्वनि विकास-** 1. अपभ्रंश ने प्राकृत की ध्वनि माला में कोई परिवर्तन नहीं किया, स्वर और व्यंजन वही रहें, 2- संस्कृत शब्दों के आदि स्वर को यथावत सुरक्षित रखा गया, 3- प्राकृत में संस्कृत के अन्त्य स्वरों के लोप अथवा ह्रस्वीकरण की जो प्रवृत्ति आरंभ हुई थी, उसका व्यापक और पूर्ण रूप से निर्वाह हुआ, 4- उपान्त्यस्वर कहीं तो सुरक्षित रहा और कहीं ह्रस्व हो गया। 5- प्राकृत के दीर्घ (द्वित्व) व्यंजन को अपभ्रंश में ह्रस्व (एक) व्यंजन करके आद्यक्षर में स्वर को दीर्घ कर देने की प्रवृत्ति आरंभ हो गयी, जो हिन्दी बोलियों में जारी रही, 6- प्राकृत के बीच में समीपवर्ती स्वरों (hiatus) को मिलाकर एक स्वर किया गया 7- आदि व्यंजन यथापूर्ण सुरक्षित रहे, 8- प्राकृत की तरह अपभ्रंश ने संस्कृत शब्दों के अन्त्य व्यंजनों को लुप्त करने की प्रवृत्ति को और आगे बढ़ाया। 9- टवर्ग को छोड़कर मध्य अल्पप्राण व्यंजनों का लोप होता रहा और महाप्राण व्यंजनों की जगह ह् रह गया। प्राकृत में अपवाद अधिक थे, अपभ्रंश ने अपवाद कम कर दिये। 10- मध्य ट् ठ् के स्थान पर ड् ढ् और तदुपरान्त ड़ ढ़ का विकास अधिक होने लगा। 11. संयुक्त अथवा द्वित्व व्यंजन की जगह अपभ्रंश में एक व्यंजन रह गया।

**व्याकरण-** 1. संस्कृत के नपुंसकलिंग शब्द पुलिंग हो गये और इस तरह पुलिंग शब्दों की संख्या बहुत अधिक हो गयी। 2. कारक चिन्हों में सरलता आ गयी, न तो स्त्रीलिंग पुलिंग के कारक प्रत्ययों में कोई भेद रह गया और न ही एकवचन - बहुवचन के कारक चिन्हों में। 3. कारकों की संख्या कम हो गयी और भाषा विश्लेषणात्मक हो गयी। 4. विशेषण प्रत्यय में लिंगभेद अथवा वचन भेद हटने लगा। 5. क्रियाओं के रूप में विशेष परिवर्तन हुआ- तिङन्त रूपों के स्थान पर कृदन्त रूपों का व्यवहार हुआ। इससे काव्य रचना अत्यन्त सरल हो गयी।

**शब्द भण्डार-** अपभ्रंश में देशी और तद्भव शब्दों की भरमार देखकर इसकी स्वतंत्र और विद्रोही प्रकृति का ठीक-ठाक अनुमान होता है। साहित्यिक शब्दों की अपेक्षा बोलचाल के शब्दों का अधिक व्यवहार उत्तर कालीन साहित्य में भी जारी रहा।

## हिन्दी भाषा के विकास में अपभ्रंश का योगदान अथवा अपभ्रंश भाषा का हिन्दी भाषा और साहित्य को योगदान

इस तथ्य का पता लगाना अत्यन्त कठिन है कि कब और क्या कोई भाषा, किसी अन्य भाषा को जन्म भी देती है? आज भी, विद्वानों के मध्य एक प्रश्न अनुत्तरित रह गया है कि हिन्दी की जन्मदात्री भाषा कौन सी है? प्राकृत? तृतीय प्राकृत (अपभ्रंश)? अथवा वह जनभाषा जिससे दाय भाग लेकर वैदिक, संस्कृत, प्राकृत और अपभ्रंश साहित्य भाषा बन भारतीय संस्कृति की अभिव्यक्ति कर्त्री बनीं। इस संबंध में विद्वानों में परस्पर विचार वैषम्य है। नीचे कुछ मत दिए जा रहे हैं।

**अपभ्रंश हिन्दी की जननी है-** **डॉ. उदय नारायण तिवारी** 'हिन्दी भाषा का उद्गम और विकास' नामक पुस्तक में दो टूक शब्दों में कहतें हैं "अपभ्रंश म. भा. आ. भाषा और आधुनिक आर्यभाषाओं (हिन्दी, बंगला, मराठी, गुजराती, आदि) के बीच की कड़ी है। प्रत्येक आर्य भाषा को अपभ्रंश की स्थिति पार करनी पड़ी है।" **डॉ. हरदेव बाहरी** भी इसी तथ्य की पुष्टि करते हैं : सन् एक हजार ईस्वी के आस-पास नव्य भारतीय आर्य भाषाओं का उदय माना जाता है, किन्तु आठवीं, नवीं शताब्दी के सिद्धों की भाषा में हमें अपभ्रंश से निकलती हुई हिन्दी स्पष्टत: दिखाई पड़ती है। हिन्दी और अपभ्रंश को एक रूप मानने वाले **महापण्डित राहुल सांकृत्यायन** भावपूर्ण शब्दावली में कहतें हैं:- "और अपभ्रंश? यहाँ आकर भाषा में असाधारण परिवर्तन हो गया। उसका ढाँचा ही बिल्कुल बदल गया। उसने नए सुबन्तो, तिङ्तों की सृष्टि की और ऐसी सृष्टि की, जिससे वह हिन्दी से अभिन्न हो गई और संस्कृत, प्राकृत, पालि से अत्यन्त भिन्न।" अन्य जगह वह कहते है "पाठकों को यह बताने की आवश्यकता है कि वह (अपभ्रंश) उससे हिन्दी से भी कहीं अधिक हिन्दी भाषा है, जितनी की आज की मालवी, मारवाड़ी, मल्ली (भोजपुरी), और मैथिली-----।" सांकृत्यायन जी के मत को स्पष्ट करते हुए **डॉ. शम्भूनाथ पाण्डेय** कहते हैं- "दूसरे शब्दों में वे कहना चाहते थे कि अपभ्रंश और हिन्दी का संबंध इतना गहरा है कि उन्हें अभिन्न तक बताया जा सकता है।" **डॉ. हजारी प्रसाद द्विवेदी** अपभ्रंश को पुरानी हिन्दी न मानते हुए भी कहते हैं, "अपभ्रंश को अब कोई भी पुरानी हिन्दी नहीं कहता। परन्तु जहाँ तक परम्परा का प्रश्न है, नि:सन्देह हिन्दी का परवर्ती साहित्य अपभ्रंश साहित्य से क्रमश: विकसित हुआ।" उन्होंने एक जगह लिखा है, "अपभ्रंश साहित्य हिन्दी का मूल रूप है, 'प्राण धारा' है। **डॉ. भोला शंकर व्यास** ने पद रचनात्मक संघटना को मूल आधार मानते हुए, अपभ्रंश को हिन्दी की मूल प्रकृति माना है। वह स्पष्ट करते है- "पद, भाषा का सच्चा स्वरूप तो उसकी पद रचनात्मक संघटना (Morphilogical Structure) है, और हिन्दी की पद रचनात्मक संघटना, साथ ही ध्वनियाँ भी अपभ्रंश का साक्षात् विकास हैं। हिन्दी साहित्य की विपुल धाराओं में अपभ्रंश ने अपने झरनों

का आकार मिलाया है और इसकी साहित्य तरंगिणी को जीवन दान दिया है।'' वस्तुत: अपभ्रंश का सीधा प्रभाव हिन्दी कवियों की कविताओं पर देखा जा सकता है, - ''In the history of the development of Hindi, the enfluence of various poets and tradition of Apabhransha is evident. It is true, espacially of all the divisions and subdivisions of poetry currentin the Early and the Middle periods. The three poetic traditions of the Early period of Hindi, the diverse currents of Devotional School of poetry based on.....several poetic traditions of Indian literature which flowed through Apabhransh'' **आचार्य किशोरी दास बाजपेयी** हिन्दी का उद्भव सन्तों द्वारा प्रयुक्त प्राकृत की तीसरी अवस्था (अपभ्रंश) से मानते हैं। **डॉ. धीरेन्द्र वर्मा** ने प्रत्येक आर्यभाषा के उद्भव के लिए एक-एक अपभ्रंश की परिकल्पना की है। **डॉ. सुनीति कुमार चाटुर्ज्या** नागर अपभ्रंश से पश्चिमी हिन्दी का जन्म होना स्वीकार करते हैं।

इधर, प्रसिद्ध भाषाशास्त्री **डॉ. देवेन्द्र कुमार शास्त्री** लिखतें हैं कि[1] आधुनिक भारतीय आर्य भाषाएँ ही नहीं, उनका साहित्य भी अपभ्रंश भाषा और साहित्य का अनुगमन करता है। आधुनिक भारतीय आर्य भाषाओं का अधिकतर साहित्य बारहवीं शताब्दी का लिखा हुआ मिलता है। यदि भाषा के विकास की दृष्टि से विचार करें तो स्पष्ट हो जाएगा कि अपभ्रंश भाषा आधुनिक भारतीय आर्य भाषाओं की जननी है। उदाहरण के लिए अपभ्रंश वाक्य है- 'घोड़ा मारेउ'। हिन्दी में इसके लिए 'घोड़ों ने मारा', पंजाबी में 'घोड्या ने कुट्या, गुजराती में 'घोड़ाओ ए मारथु', मराठी में 'घोड़ा मॉंनी मारि ले', सिन्धी में 'घोड़े मास्यो', असमियाँ में 'घोड़ मेइ मारिले' तथा बंगाली में 'घोड़ा गुली मेरेछे' प्रयोग देखने में मिलता है। अत: साफ है कि अपभ्रंश भाषा का शब्द 'घोड़ा' उक्त सभी भाषाओं में आज तक प्रचलित है। हाँ, दक्षिण भारतीय भाषाओं की परंपरा अवश्य भिन्न है, जैसे- मलयालम में- ''कुदिर. ए. तल्ली'' तथा ''गुर्रमुलुछे कोट्टा बड्टा'' रचना की दृष्टि से भिन्न है। **डॉ. भोलानाथ तिवारी** भी उक्त तथ्य की संपुष्टि करते हुए कहतें हैं कि अपभ्रंश की विभिन्न बोलियों से आधुनिक भारतीय आर्य भाषाओं का जन्म हुआ है। डॉ. तिवारी के अनुसार-

1. शौरसेनी अपभ्रंश से पश्चिमी हिन्दी, नागर अपभ्रंश से राजस्थानी, गुजराती, पहाड़ी बोलियाँ,
2. पैशाची अपभ्रंश से लहँदा और पंजाबी,
3. ब्राचड अपभ्रंश से सिन्धी
4. महाराष्ट्री अपभ्रंश से मराठी
5. अर्द्धमागधी अपभ्रंश से पूर्वी हिन्दी तथा,
6. मागधी अपभ्रंश से बिहारी, बंगाली, उड़िया और असमियाँ भाषाओं का विकास हुआ है।

**क्या हिन्दी की जन्मदात्री प्राकृत भाषा है?-** इस मत के प्रस्तोता **डॉ. शम्भू नाथ सिंह** का कथन है कि यदि अन्य आधुनिक भारतीय भाषाओं की उत्पत्ति सीधे प्राकृतों से हुई है तो गुजराती और पश्चिमी हिन्दी की उत्पत्ति अपभ्रंश से क्यों मानी जाय? राजस्थान से बिहार तक उन सब बोलियों को जिन्हे आज समवेत रूप में हिन्दी कहा जाता है- भिन्न-भिन्न स्रोतों से उत्पन्न मान कर हिन्दी की एकता को भंग कर दिया जाय। आगे वह कहते हैं हिन्दी की सभी बोलियों का उद्भव स्रोत एक भाषा रही होगी। वह भाषा शौरसेनी प्राकृत है, जिसके तीन रूप हैं- पश्चिमी, मध्यवर्ती और पूर्वी शौरसेनी।

**क्या जनसामान्य द्वारा बोली जाने वाली लोकभाषा हिन्दी की जननी है?-** सम्पूर्ण अपभ्रंश और अवहट्ट साहित्य का अध्ययन करने के पश्चात् हम इस निष्कर्ष पर पहुँच सकते हैं कि कोई भाषा **डॉ. हरदेव बाहरी** के शब्दों में, ''एक दम कहीं से फूटकर नहीं निकल पड़ती। उसके बीज पूर्ववर्ती भाषा में विद्यमान रहतें हैं। यह कहना तो ठीक है कि अवहट्ट से पुरानी हिन्दी जन्म ले रही थी, परन्तु इन ग्रन्थों से लिए गए उद्धरणों से स्पष्ट है कि उसका जन्म हुआ नही था। उसके थोड़े से तत्व अवश्य मिल जाते हैं।'' इसीलिए आचार्य **किशोरी लाल** कुरु जनपद में प्रचलित एक लोकभाषा की कल्पना करते हैं जिसने अपभ्रंश से प्रभाव ग्रहण कर, हिन्दी भाषा को जन्म दिया होगा। लेकिन यह अवश्य मानना पड़ेगा कि अपनी संघटनात्मक संरचना के लिए हिन्दी अपभ्रंश की ऋणी है और इस संरचना : के मूल तत्व हैं-, 1. क्रिया पद, 2. अव्यय, 3. विभक्तियाँ, 4. सर्वनाम। साथ ही हिन्दी ने साहित्यिक अवदान अपभ्रंश से प्राप्त तो किया ही।

## अपभ्रंश का हिन्दी को व्याकरणिक अवदान

**1. ध्वन्यात्मक अवदान-** क. क्षतिपूरक दीर्घीकरण की प्रक्रिया:- प्राकृत के समीकृत संयुक्त व्यज्जनों क्क क्ख ग्ग इत्यादि में से केवल एक व्यंजन ध्वनि लेकर पूर्ववर्ती ह्रस्व स्वर को दीर्घ करना हिन्दी में विशेष रूप से दीख पड़ता है:कर्म > कम्म > काम >,

1. अपभ्रंश भाषा और साहित्य की शोध-प्रवृत्तियाँ- डॉ. देवेन्द्र कुमार शास्त्री- पृ.19, भारतीय ज्ञानपीठ प्रकाशन

अय > अज्ज > आज, अश्रु > अस्सू > आँसू, अग्नि > अग्गि > आग > अद्य > अज्ज > आज, उष्ट्र > उट्ठ > ऊँट >, उद्खल > उक्खल > ऊखल, कर्ण > कण्ण, कन्न > कान, चन्द्र > चंद > चाँद

ख. नासिक्य + व्यंजन में नासिक्य व्यंजन ध्वनि क्षीण होते-होते लुप्त हो गई और पूर्ववर्ती स्वर सानुनासिक हो गया- दंत > दाँत, कण्टक > कण्टअ > काँटा, कम्प > काँप।

ग. अन्त्य स्वर का लोप- जैसे- जिह्वा > जिब्भ > जीभ, ग्रन्थि > गठि > गाँठ, द्राक्षा > दाख, दूर्वा > दूब, नस्ता > नाथ, निद्रा > नींद, बिन्दु > बूंद, बुभुक्षा > भूख, संध्या > साँझ, शिम्बा > सेम, सपली > सौत।

घ. पंचमाक्षर के स्थान पर अनुस्वार का प्रयोग- अड.क > अंक, पञ्च > पंच, दण्ड > दंड, बन्धन > बंधन।

ड.. संस्कृत के संयुक्त व्यंजनों के सरलीकरण की प्रक्रिया- काष्ठ > काठ, श्रेष्ठि > सेठ, आम्र > आम, आंत्र > आँत, उद्वर्तन > उबटन।

च. महाप्राण ध्वनियाँ कहीं-कहीं ह हो गईं- आखेट > अहेर, गंभीर > गहरा, गोधूम > गेहूँ, विक्षोभ > विछोह, शोभन > सोहन।

छ. शब्द के मध्य में स्थित क ग च ज त द आदि अल्पप्राण ध्वनियाँ प्राकृत में लुप्त हो अ के रूप में रूपान्तरित हो गई थीं, फलत: स्वर गुच्छों की संख्या में विवृद्धि हो गई थी, जैसे गत से गअ, गज से भी गअ, यदि से जइ, इति से इइ, अति से अइ, उदित और उचित से उइअ। फलत: अनेक शब्द अर्थहीनता की स्थिति को प्राप्त हो गए। अपभ्रंश तथा अवहट्ट में इन शब्दों के पुनर्निर्माण की प्रवृत्ति पाई जाती है। यह पुनर्निर्माण तीन रूपों में फलित हुआ, -

1. स्वर गुच्छों में संकोच की प्रवृत्ति, 2. निरर्थक शब्दों के स्थान पर तत्सम शब्दों का प्रयोग।, 3. मध्य में य श्रुति का प्रयोग।

उपर्युक्त प्रवृत्ति का लाभ हिन्दी ने उठाया। जैसे गअ में उनके स्थान पर य लगाकर गया शब्द बना तो ग अ (हाथी) के स्थान पर तत्सम गज का प्रयोग हुआ। अन्य उदाहरण इस प्रकार है:-

| स्वर संकोच | | तत्सम का प्रयोग | |
|---|---|---|---|
| **अपभ्रंश अवहट्ट** | **हिन्दी** | **अवहट्ट** | **हिन्दी** |
| अइसउ | ऐसा | इअर | इतर |
| उत्तरिअ | उतरे | उअआर | उपकार |
| कइ | के | खअ | क्षत |
| करउ, करो | करो | गीअ | गीत |
| तइसओ | तैसा | नअर | नगर |
| तउ | तो | राआ | राजा |
| जीअन | जीना | लोअ | लोग आदि। |
| **य श्रुति का प्रयोग-** | | | |
| आआ | आया | काअर | कायर |
| पिअ | पिय | सिआन | सियाना आदि। |

ज. अग्र पश्चात् स्वर ध्वनि युक्त ड ढ प्राय: ड़ और ढ़ में परिवर्तित हुए- दण्ड > डॉड.। पढ > पढ़

झ. पदान्त अथवा पदमध्यवर्ती इ (ई) + अ एवं उ (ऊ) + अ क्रमश: ई, उ या ऊ में परिवर्तित हुए: घृत > घिअ > घी, मृत्तिका > मट्टिआ > मिट्टी, वत्सरूप > बच्छरूअ > बछरू (भोज) या बछड़ा (हि.)

**ञ. अपभ्रंश तथा अवहट्ट का हिन्दी को शब्दों का अवदान:-** भीतर, भौंह, माथे, हाट, नाच, निहार, दाढ़ी, घुक, ओझा, खान, गुंडा, अटारी, पाथर, डर, ठाम, जूठ, झूठ आदि।

**2. व्याकरणिक अवदान-** हिन्दी के व्याकरणिक रूपों की निर्मिति में अपभ्रंश का बहुत बड़ा योगदान दृष्टि गोचर होता है। अपभ्रंश के प्रभाव स्वरूप निम्न प्रवृत्तियाँ हिन्दी में उत्पन्न हुईं-

1. निर्विभक्तिक पदों के प्रयोग से भाषा में सरलीकरण हुआ और वह पूर्ण वियोगात्मक स्वरूप को प्राप्त हुई।
2. विभक्ति की क्षति की पूर्ति के लिए परसर्गों का प्रयोग आरम्भ हुआ।
3. पदान्त स्वरध्वनि में विकार उत्पन्न हो जाने अथवा उनका लोप हो जाने के कारण के वल दो लिंग: स्त्रीलिंग तथा पुल्लिंग रह गए।

4. सर्वनाम रूपों को हिन्दी ने अपभ्रंश से सीधे-सीधे प्राप्त किया।

5. संख्या वाचक विशेषणों में स्पष्टता आई।

6. क्रिया रूपों में विकासमान दिशा स्पष्ट हुई और हिन्दी के रूप सिद्ध हो गए।

7. हिन्दी में प्रयुक्त होने वाले कृदन्तीय रूपों का विकास अपभ्रंश में ही सम्पन्न होने लगा था।

8. संयुक्त क्रियाओं का विकास अपभ्रंश और अवहट्ट में ही सम्पन्न होने लगा था।

9. अपभ्रंश ने एक साथ तत्सम, तद्भव, देशी तथा विदेशी शब्द राशि प्रदान की। इससे हिन्दी का शब्द भंडार पुष्कल समृद्धि से भरपूर हो गया।

**निर्विभक्तिक प्रयोग-** जैसे- ठाकुर ठक भए गेल राम पढ़ता है। महुअर बुधइइ कुसुम रस। सुफलक सुत दुख दूर करो।उसने अनेक नगर देखे।

**परसर्गों का प्रयोग-** अपभ्रंश से विकसित निम्न परसर्गों का प्रयोग हिन्दी में होने लगा-

एण > एन्रे > ने। करण- सहुं > सउँ > सात्रों > सों > से। सम्प्रदान- केहि या केहिं के लागि > लिए। अपादान- सउँ > से। संबंध- केर > केरा > कौ > का के की। अधिकरण- माँझ > मँह > में।

**लिंग रूप-** केवल स्त्रीलिंग तथा पुल्लिंग रूप शेष बचे। नपुंसक रूपों का इन्हीं लिंगों में समाहार हो गया।

**सर्वनाम-** हिन्दी में कुल मिलाकर निम्न सर्वनाम प्रयोग में हैं: मैं, तुम, तू, आप, यह, वह सो जो कोई कुछ कौन और क्या। इनकी विकास शृंखला निम्न है:

उत्तम पुरुष- मइं > मैं, मुज्झ > मुझ, अम्हे > हम

मध्यम पुरुष- तुहुं > तूँ > तू, तुम्ह > तुम, तउ > तो

अन्य पुरुष- अदस् > ओइं > ओ > ओहु > वह

निजवाचक- आत्मन > अप्पण > आपन > अपना

संबंध वाचक- जो > जो

प्रश्न वाचक- कवण > कौन

**सार्वनामिक विशेषण-** जइसो > जैसा, दियड्ढ > संख्यावाचक-अद्ध>आधा, डेढ़, दुइज्ज > दूसरा, तइज्जी > तीसरा, चोत्थऊ > चौथा।

**क्रिया रूप-** हार्नले के अनुसार हिन्दी में कुल धातुओं की संख्या 500 है, । चूंकि अपभ्रंश तथा अवहट्ट में क्रियाओं की विकासमान दिशा निर्धारित हो चुकी थी अस्तु कुछ परिवर्तन तथा परिवर्धन के साथ ये धातुएँ हिन्दी में प्रयुक्त होने लगी थीं- करन > करलर, चलन > चलना, देखन > देखना।

**आज्ञार्थक-** करु करहु से करो

**पूर्वकालिक क्रिया-** करि के से करके, देखि के से देख के।

**प्रेरणार्थक क्रिया-** करावइ या करवावई, वैठाव से हिन्दी में करवाया, बैठाया।

**कृदन्त-** कृदन्तीय रूपों का विकास अपभ्रंश तथा अवहट्ट में ही सम्पन्न होने लगा था। इसका विकसित रूप हिन्दी में आज द्रष्टव्य है:

वर्तमान कालिक कृदन्त त तथा इआ ने क्रिया की काल रचना में सरलता उत्पन्न की- चलन्ता > चलता, मरन्ता > मरता। अवहट्ट के ग़ रूप से खड़ी बोली का गा, गे, गी विकसित हुआ।

संयुक्त क्रियाओं का प्रयोग- संयुक्त क्रियाओं का प्रयोग भी अपभ्रंश की देन है:

रडन्तउ जाइ - रटता जाता। भग्गा एन्तु - भागा आता। चढ़ावए चाह - चढ़ाना चाहता है।

**अव्यय-** हिन्दी में प्रयुक्त होने वाले अधिसंख्य अव्यय संस्कृत की कोख से निकल कर, तद्भव रूप धारण करते हुए, अपभ्रंश की विथियों से विकसित होते हुए, हिन्दी समूह को प्राप्त हुए हैं: अद्य > अज्जु > अजु > आज, अधुना > एवहि > अबहिं > अब, कुत्र > कहिं > कहं > कहाँ, यस्मिन् > जहि > जहँ > जहाँ, नितरां > णिराइउं > निरा, यदि > जइ > जो।

अपभ्रंश के व्याकरणिक अवदान को देखतें हुए यह कहना समीचीन है कि वर्तमान हिन्दी का उद्भव किसी न किसी रूप में अपभ्रंश की कोख से हुआ। इसी अपभ्रंश को **आचार्य किशोरी लाल** ने तृतीय प्राकृत के नाम से अभिहित किया है।

## अपभ्रंश का हिन्दी को साहित्यिक अवदान

**आचार्य हजारी प्रसाद द्विवेदी** ने अपभ्रंश का हिन्दी को साहित्यिक अवदान के संबंध में स्पष्ट रूप से कहा है **"आधुनिक युग आरम्भ होने के पहले हिन्दी कविता के प्रधानत: छ: अंग थे- डिंगल कवियों की वीर गाथाएँ, निर्गुणियाँ सन्तों की वाणियाँ, कृष्ण भक्ति**

धारा का युग, भक्ति मार्ग के साधकों के पद, रामभक्ति या वैधी मार्ग के उपासकों की कविताएँ, सूफी साधना से पुष्ट मुसलमान कवियों के तथा ऐतिहासिक हिन्दू कवियों के रोमांस और रीतिकाल। हम इन छहों धाराओं की आलोचना अगर अलग से करें तो देखेंगे कि ये छहों धाराएँ अपभ्रंश कविता का स्वाभाविक विकास हैं।'' मध्यकालीन हिन्दी साहित्य धारा अकस्मात् अवतरित नहीं हो गई थी। वह संस्कृत साहित्य काल से प्राकृत अपभ्रंश और अवहट्ट वीथियों से गुजरती हुई, हिन्दी साहित्य को प्राप्त हुई थी। उक्त प्रवाह में युगों-युगों के वेदना, हास, विलास, सामाजिक चिन्तन, काव्य पद्धतियाँ और कवि प्रणीत काव्य कल्पना कौतुक समाहित हैं। अपभ्रंश काल से चली आ रही सम्पूर्ण विधाएँ, किंचित परिवर्तित रूप में या अविकल रूप में मध्यकालीन हिन्दी समूह को प्राप्त होती हैं। उत्तर मध्यकालीन तक के हिन्दी काव्य के रूपों की प्रमुख धाराएँ निम्न हो सकती हैं, जिन पर अपभ्रंश साहित्य की छाया और प्रभाव रहा है:-

## 1. प्रबंधात्मक रूप

1. **चारण काव्य-** रासो या रासक नामक रचनाएँ तथा (ऐ हिकता मूलक) राजाओं की प्रशंसा में लिखे गए चरित काव्य।

2. **धार्मिक साहित्यिक चरित काव्य-** श्रीराम चरित मानस आदि। धार्मिक साहित्यिक शिथिल प्रबंधात्मकता वाले काव्य- सूरसागर आदि।

3. **आध्यात्मिक झलक लिए प्रेम कथाएँ-** पद्मावत आदि।

4. **ऐहिकता मूलक प्रेम कथाएँ-** ढोला मारूरा दोहा आदि।

5. **साहित्यिक प्रबंध काव्य-** रामचन्द्रिका

## 2. मुक्तक रूप

1. **विषय प्रधान मुक्तक-** पद शैली में गोरख, कबीर आदि के पद्य।विषय प्रधान मुक्तक-दोहा शैली- बिहारी आदि के दोहे तथा विविध छंदबद्ध रीतिकाल के सवैया आदि।

2. उपदेश, नीति, शृंगार, सुभाषितानि से युक्त मुक्तक।

3. **गीति काव्य-** विद्यापति, सूर, मीरा आदि के विषय प्रधान गीति। मध्य युग के हिन्दी साहित्य में दृश्य काव्य का कोई भी रूप नहीं मिलता, क्योंकि अपभ्रंश साहित्य में यह धारा कभी नहीं थी।[1] मध्यकालीन साहित्य धारा को अपभ्रंश साहित्य ने किस सीमा तक प्रभावित किया है यह नीचे के विवरण से स्पष्ट है:-

**डिंगल कवियों की वीर गाथाएँ और वीर काव्य -** आदिकालीन साहित्य में रासो ग्रन्थ जिनमें तत्कालीन राजाओं की वीरता और युद्धों का जीवन्त चित्रण किया गया है, अपभ्रंश परम्परा के विकसित रूप परिलक्षित होते हैं। ''Indian Literature'' नामक ग्रंथ में **डॉ. सावित्री सिनहा** अपभ्रंश और हिन्दी के अनन्योयाश्रित संबंध पर प्रकाश डालती हुई लिखती हैं कि, - ``All most of the historians agree that the history of Hindi literature begain with the compositions of the Siddhas of Nath Panth.Some historians view the Siddha literature as unliterary. They believe that Hindi literature really began with the poetry of the Bards. Whatever the view about the beginnig of its history, ............. the language and style of the literature of that period and Apabhransha literature we can not in reason accept that the writings of the Siddhas and the Bards constitute the first pages of Hindi literature.Indeed the development of Hindi language had begun long before the work of its first poet, Chand Bardai Came to be written, at though by his time its tendencey natural in the transition period to shift and very had been considerably stabilized xxxxx Thus, to some up, the modern Indian langauges came in to being through the evolution, in due course of the Apabhransha languages. The various forms of Hindi issued forth from the Nagar and Upnagar Apabhranshas Which Were based on saurseni and Ardhmagadhi Prakrit''[2] रासो ग्रन्थ मूलत: चरित काव्य हैं। इन काव्य ग्रन्थों में अपभ्रंश कालीन काव्यरूढ़ियों का पालन किया गया है। पृथ्वी राज रासो, वीसल देव रासो, हम्मीर रासो आदि तत्कालीन ग्रन्थों में कल्पित ऐतिहासिकता और सम्भावनाओं पर अधिक बल दिया गया है। वहाँ तथ्य और इतिहास गौण हैं। व्यक्ति में कुछ अलौकिक अपूर्व दिव्य गुण और शक्ति का आरोप ही रचनाकारों का मुख्य उद्देश्य है। अपभ्रंश रास परंपरा का सीधा और स्पष्ट प्रभाव

---

1. **प्राकृत और अपभ्रंश साहित्य तथा उनका हिन्दी साहित्य पर प्रभाव डॉ. राम सिंह तोमर, पृ.211**

2. **Indian literature Dr. Savitri Shina. Editor Dr. Nagendra P 92**

हिन्दी रास या चारण काव्य धारा पर पड़ा है। अपभ्रंश रास रचनाओं की लोकप्रियता के फल स्वरूप हिन्दी में यह धारा प्रवाहित हुई। हिन्दी के कुछ कवियों ने आगे चलकर आश्रय दाताओं से संबंधित चरित काव्यों को रास या रासो नाम दिया। निम्नलिखित रासो या अन्य ग्रथों के आदि रूप अपभ्रंश में प्राप्त होते हैं:-

| | | | |
|---|---|---|---|
| 1. वीसल देव रासो | नरपतिनाल्ह | 2. पृथ्वी राज रासो | चन्द वरदाई |
| 3. वीर सिंह देव चरित | केशव 1664 वि. | 4. राजविलास | मानकृत रचना सं. 1734--1737 वि. |
| 5. छत्र प्रकाश | गोरे लाल, सं. 1764 वि. | 6. जंग नामा | श्रीधर कृत, सं. 1769 वि. |
| 7. सुजान चरित | सूदन कृत, सं. 1802-1810 वि. | 8. हिम्मत बहादुर विरदावली- | पद्माकर, सं. 1856 वि. |
| 9. हम्मीर रासो | जोधराज, सं. 1885 वि. | 10. हम्मीर हठ | चन्द्रशेखर, सं. 1902 वि. |
| 11. करहिया को राय सौ | गुलाब कवि चतुर्वेदी, सं. 1824 वि. | 12. भगवंत रासा | सदानन्द मिश्र, सं. 1792 वि. |
| 13. कायम रासा | जान कवि कृत तथा, | 14. शिवराज भूषण | भूषण |

रासो ग्रन्थों के अतिरिक्त अपभ्रंश काव्यों में सन्देश रासक, कीर्ति लता और स्वयंभू का पउम चरिउ आदि उल्लेखनीय हैं। डिंगल ग्रन्थों की तरह ही अपभ्रंश ग्रन्थों में भी नगर वर्णन, सेना वर्णन, युद्ध वर्णन, वीरत्व प्रसंगो का अवतरण तथा आश्रयदाता राजा की प्रशंसा आदि प्राप्त होते हैं। वीरकाल की परम्परा, जिसकी प्रतिध्वनि हम भूषण आदि कवियों में पाते हैं, अपभ्रंश साहित्य की ही देन है। तत्कालीन एक दोहे में वीर की वीरता का अद्भुत वर्णन दर्शनीय है:

**एइति घोड़ा एह थलि ए इति निसिआ खग्ग,**
**एत्थु मणीलिऊ जाणिअइ जो नखि वालइ वग्ग।**

**रामकाव्य-** हिन्दी के वाल्मीकि महात्मा तुलसीदास प्रत्यक्ष रूप से न सही, परोक्ष रूप से अपभ्रंश के महाकवि स्वयंभू से किंचित प्रभावित जान पड़ते हैं। **राहुल सांकृत्यायन** कहते हैं, "तुलसी बाबा ने स्वयंभू रामायण को देखा था, मेरी इस बात पर आपत्ति हो सकती है, लेकिन मैं समझता हूँ कि तुलसी बाबा ने क्वचिदन्यतोऽपि से स्वयंभू-रामायण की ओर ही संकेत किया है।"[1] उनके इस कथन पर टिप्पणी करते हुए **डॉ. नामवर सिंह** कहते हैं, "ऐसी अटकल वाजियाँ मनोरंजक हो सकती है लेकिन इससे किसी तथ्य का ठीक पता नहीं चलता।"स्वयंभू ने रामकथा को एक सरिता के तुल्य माना है तो मानसकार ने सरोवर और सरिता। **स्वयंभू** कहते हैं, -

**"राम कहाणइ एह कमागय।**
**अक्खर पास जलो हमणोहर सुअलंकार सद्दमच्छोहर।**
**दीह समासयवाहावंकिय सक्कय पायय पुलिणां लंकिय।।**
**देसी भासा उभय तउज्जल कवि दुक्कर घणसद्द सिलायल।**
**अत्थवहलकल्लोला णिट्ठिय आसासय समतूह परिट्ठिय।।**
**एह रामकहसरि सोहंती ....................................।।"**

अर्थात् यह राम कथा नदी क्रमागत है। अक्षर समूह ही मनोहर जल समूह है। अच्छे अलंकार और शब्द मत्स्यादि हैं। दीर्घ समासादि वक्र प्रवाह हैं। संस्कृत-प्राकृत रूपी अलंकृत पुलिन हैं। देशी भाषा दोनों उज्ज्वल तट हैं। कवि दुष्कर सघन शब्द-समूह शिलातल हैं। अर्थ बहुलता ही कल्लोल है। आश्वासक रूपी तीर्थों में विभक्त यह रामकथा-सरिता शोभित हैं। तो मानसकार **गोस्वामी जी** कहतें हैं:-

**"सुठि सुन्दर संवादवर विरचे बुद्धि विचारि**
**तेहि एहि पावन सुभग सर घाट मनोहर चारि।"**

विनय प्रदर्शन, दुर्जनों का स्मरण प्रसंग पउम चरिउ तथा मानस दोंनों में प्राप्त होते हैं। इस समानता को देखकर **डॉ. रामसिंह तोमर** कहतें हैं : 'सम्भव है कि अपभ्रंश की इस परम्परा से उनका परिचय रहा हो।' चौपाई तथा दोहा छन्द पद्धडिया धत्ता छन्द के परिवर्तित रूप हैं। ये छन्द जायसी के पद्मावत से होते हुए, मानसकार तक पहुँचे थे। वस्तुत: अपभ्रंश की इस परंपरा से गोस्वामी जी का नि:सन्देह परिचय रहा है। **लाला भगवान दीन** लिखते हैं कि, - "इन समानताओं के अतिरिक्त तुलसी की कृति में प्राय: छंदों की रूपरेखा अपभ्रंश चरित्र काव्यों के समान ही है। उसका मूल स्रोत अपभ्रंश के इन चरित्र काव्यों को माना जा सकता है।"[2] अपभ्रंश काव्य के अन्य प्रभाव भी परोक्ष रूप से मानस कार को यदि प्रभावित किए हों तो कोई आश्चर्य की बात नहीं। दोनों महाकवियों की रचनाओं में मर्मस्थलों की पहचान और उन्हीं के अनुरूप भावों का अंकन प्राप्त होते हैं।

**कृष्ण काव्य-** आचार्य **शुक्ल** ने सूरसागर की गठी, मँजी, और परिपुष्ट ब्रजभाषा की ओर संकेत करते हुए, लिखा है कि

---

1. हिन्दी काव्यधारा- राहुल सांकृत्यायन, भूमिका, भाग -1

2. केशव कौमुदी- लाला भगवान दीन, पृ. 39

"इन पदों के संबंध में सबसे पहली बात ध्यान देने की यह है कि चलती हुई ब्रजभाषा में सबसे पहली साहित्यिक रचना होने पर भी ये इतने सुडौल और परिमार्जित हैं। यह रचना इतनी प्रगल्भ और काव्यांगपूर्ण है कि आगे होने वाले कवियों की उक्तियाँ सूर की जूठन सी जान पड़ती हैं। अत: सूरसागर किसी चली आती हुई गीतकाव्य परम्परा का, चाहे वह मौखिक ही रही हो, पूर्ण विकास सा प्रतीत होता है।" आचार्य शुक्ल के अनुमान का उत्तर सा देते हुए **डॉ. शिवप्रसाद सिंह** कहते हैं- "मध्यदेशीय भाषा की एक अविच्छिन्न साहित्य परम्परा रही है। वैदिक भाषा या छान्दस से शौरसेनी अपभ्रंश तक की महिमा मण्डित परम्परा अपने विकास क्रम में ब्रजभाषा को प्राप्त हुई। ब्रजभाषा के विकास में इन सभी भाषाओं का योगदान है।"

कृष्ण काव्य परम्परा में पुष्पदन्त ने कृष्ण की बाल लीलाओं का सरस, सजीव और भावपूर्ण चित्रण किया है। उन्होंने सूर की भाँति ऊखल बंधन, पूतना लीला, कालिय दमन आदि प्रसंगो का भी मर्मस्पर्शी अंकन किया है। जैन धर्मावलम्बी होते हुए भी उन्होंने कृष्ण को उपेन्द्र, मधुसूदन, गरुड़ध्वज, नन्दनंदन, जनार्दन और केशव आदि नामों से सम्बोधित किया है।

सूर का एक पद तो अपभ्रंश के एक दोंहे का अनुवाद सा लगता है:-

**बाँह छोड़ाए जात हो निबल जानि कै मोहि।**
**हिरदै ते जब जाहुगे सबल जानूंगो तोहि।।**

**अपभ्रंश का दोहा-**

**बाह विछोडवि जाहि तुँह हउं तेवइँ को दोसु।**
**हिअय टिट्ठ जइ नीसरहि, जाणउँ मुंज सरोसु।।**[1]

हिन्दी के एक अन्य विद्वान डॉ. **हरिवंश कोछड़** लिखतें हैं कि अपभ्रंश और हिन्दी की पद-योजना में मुख्य भेद यह है कि अपभ्रंश में संस्कृत और प्राकृत के तद्भव रूपों का प्रयोग प्रधानतया मिलता है। हिन्दी में प्राकृत के तद्भव शब्दों के स्थान पर संस्कृत के तत्सम शब्दों का ही प्रचुरता से प्रयोग पाया जाता है। हिन्दी में यह प्रवृत्ति चाहे मुसलमानों के धार्मिक आक्रमण की प्रतिक्रिया के रूप में आई चाहे किसी और कारण से किन्तु यह प्रवृत्ति स्पष्ट है और अपभ्रंश के तद्भव शब्दों के स्थान पर तत्सम शब्दों के प्रयोग से अपभ्रंश भाषा के उद्धरणों को स्पष्टतया हिन्दी में परिवर्तित किया जा सकता है। उदाहरण के लिए-

**सो सिव संकरु विणहु सो, सो रुद्दवि सो बुद्ध।**
**सो जिणु ईसरु बंभु सो, सो अरणंतु सो सिद्ध ।।** योगासार 105

इस दोहे का हिन्दी रूप होगा-

**सो शिव शंकर विष्णु सो, सेा रुद्रउ सो बुद्ध।**
**सो जिन ईश्वर ब्रम्ह सो, सो अनंत सो सिद्ध।।**[2]

अनेक अपभ्रंश पद्य, जो अपभ्रंश ग्रंथों में मिलते हैं, परवर्ती हिन्दी ग्रंथों में भी कुछ परिवर्तित रूप में पाये जाते हैं। इन से दानों भाषाओं की मध्यवर्ती शृंखला का रूप देखा जा सकता है। उदाहरण के लिए कुछ पद्य नीचे दिये जाते हैं-

**वायसु उड्डावन्तिउए पिउ दिट्ठउ सहसत्ति।**
**अद्धा वलया महिहि गय अद्धा फुट्ट तड़त्ति।।** हेमचन्द्र प्राकृत व्याकरण, 8.4.352

इसी पद्य का उत्तरकाल में राजपूताने में निम्नलिखित रूप हो गया-

**काग उड़ावण जांवती पिय दीठो सहसत्ति।**
**आधी चूड़ी काग गल आधी टूट तडित्ति।।**

इसी प्रकार हेमचन्द्र के प्राकृत व्याकरण (8.4.395) में एक दोहा इस प्रकार-

**पुत्तें जाएँ कवणु गुणु अवगुणु कवण मुएण।**
**जा वप्पी की भुंहडी चम्पिज्जइ अवरेण।।**

इसका परिवर्तित रूप निम्नलिखित प्रकार से दिखाई देता है-

**बेटा जायाँ कवण गुण अवगुण कवण धियेण।**
**जो ऊभाँ घर आपणी गंजीजै अवरेण।।**

**पं. केशव प्रसाद मिश्र** ने अपभ्रंश भाषा के साथ पूर्वी हिन्दी का सम्बन्ध दिखाते हुए हेमचन्द्र द्वारा उद्धृत अनेक दोहों को पूर्वी

---

1. हे. प्रा. आ. (8.4.439)

2. गोरख बानी-सं. पीताम्बरदत्त बड़थ्वाल, प्रयाग, 1942

हिन्दी में परिणत करके दिखाया है।

**सन्ता भोग जु परिहरइ तसु कन्तहो बलि कीसु।**
**तसु दइवेणवि मुण्डि.अउं जसु खल्लिहडउं सीसु।।**हेमचन्द्र 8.4.389

**इसका हिन्दी रूप होगा**

**आछत भोग जे छोड़य तेह कन्ताक बलि जावँ।**
**तेकर देवय (से) मूंड़ल जेकर खल्लड़ सीस।।**

अपभ्रंश भाषा के शब्दों और हिन्दी के शब्दों में समानता की सूचना अपभ्रंश ग्रंथों में प्राप्त अनेक शब्दों से मिलती है। इसी तरह सिद्ध कवियों का काग उपमान भी सूर ने सिद्ध सरहपा से लिया जान पड़ता है। इसी प्रकार बौद्धसिंद्धों के रागबद्ध पदों का बाह्य रूपतो गोरख बानी, कबीर, विद्यापति, कृष्ण भक्त कवियों, तुलसीदास, मीरा[1] आदि पर स्पष्ट दीख पड़ता है। भाव धारा की दृष्टि से अपभ्रंश कवियों की रचनाओं का सीधा असर उक्त कवियों पर देखा जा सकता है।

**सन्त काव्य-** सन्त काव्य परम्परा का मूल उत्स सिद्धों, नाथों और जैन धर्मावलम्बी सन्तों की रचनाएँ रही हैं। उनकी विचार धारा में यदि भक्ति का माधुर्य जोड़ दिया जाय, तो वे रचनाएँ कबीर की-सी लगेंगी। **डॉ. हजारी प्रसाद द्विवेदी** कहते हैं, ''यदि कबीर आदि निर्गुण मतवादी सन्तों की वाणियों की बाहरी रूप रेखा पर विचार किया जाय तो मालूम होगा कि सम्पूर्णतः भारतीय है और बौद्ध धर्म के अंतिम सिद्धों और नाथ पंथियों के पदादि से उसका सीधा संबंध है।'' ××××× 'सदगुरु' शब्द सहजयानियों, वज्रयानियों, तांत्रिकों, नाथपंथियों में समान भाव से समादृत है। यहाँ हम **अपभ्रंश काव्य** और **सन्त काव्य** का अति संक्षिप्त तुलनात्मक विवरण प्रस्तुत करेंगें।

1. दोंनो धाराओं ने आराध्य के निर्गुण स्वरूप को मान्यता दी।
2. रहस्यवादी भावना दोनों की कृतियों में प्राप्त होती है।
3. अपभ्रंश रचनाकारों (सिद्धों आदि ने) तथा सन्तों ने रूपकों, प्रतीकों उलट वासियों का प्रयोग किया।
4. बाह्य परम्परागत दिखाओं का खण्डन, गुरु की महत्ता पर बल, शान्त रस की अभिव्यक्ति तथा अनुभूति अभिव्यक्ति के लिए दोहों और पदों का प्रयोग दोनों के कवियों ने किया। **डॉ. हजारी प्रसाद द्विवेदी** कहते हैं : ''सहजयानी सिद्धों और नाथपंथी योगियों का अक्खड़पन कबीर में पूरी मात्रा में है और साथ ही उनका स्वाभाविक फक्कड़पन भी मिल गया है।'' **डॉ. हरिवंश कोछड़** कहतें है ''हिन्दी का सन्त काव्य सिद्धों की विचारधारा का ही परवर्ती विकास है।'' सन्त काव्य की ही तरह अपभ्रंश काव्य में भी गुरु के महत्व का वर्णन, प्रेमी और प्रेमिका के प्रतीक, बाह्य की अपेक्षा आन्तरिक शुद्धता पर बल, सामाजिक विकृतियों का निर्ममता पूर्ण खण्डन आदि हम सर्वत्र देख सकतें हैं, -

**बहुयइं पढियइं मूढ पर तालू सुक्कइ जेण,**
**एक्कु जि अक्खरु तं पढ़उ सिवपूरि गम्भइ जेण**
**या,** **मुंडिय मुंडिय मुंडिया मुडिउ चित्तण मुड़िया**
**चित्तह मुंडणु जिंरियउ संसारहं खंडणु तिकियउ।**

''अन्त में **डॉ. हजारी प्रसाद द्विवेदी** का यह निष्कर्ष दोनों भाषाओं के संदर्भ में कितना प्रासंगिक है : उनके पारिभाषिक शब्द, उनकी रूढ़ि विरोधिता, उनकी खण्डनात्मक वृत्ति और उनकी अक्खड़ता आदि उनके पूर्ववर्ती साधकों की देन है।''

**प्रेमगाथा काव्य-** सूफी सन्त अधिसंख्य मुसलमान थे। हिन्दी आलोचक यह मानकर चलते रहें हैं कि इन रचनाकारों की रचनाएँ भारतीय चरित काव्यों की शैली पर न होकर, फारसी की मसनवी शैली पर रचित हैं। पर, **डॉ. हजारी प्रसाद द्विवेदी** कहते हैं, ''इन सूफी साधकों ने पौराणिक आख्यानों के बदले इन लोक प्रचलित कथानकों का आश्रय लेकर ही अपनी बात जनता तक पहुँचाई। कुछ लोगों का भ्रम है कि पद्मावत आदि में दोहे और चौपाइयों में प्रबंध काव्य लिखने की जो प्रथा है वह सूफी कवियों का अपना आविष्कार है। यह बात नितान्त भ्रम जन्म है, क्योंकि जायसी ने देशादि तथा ऋतु आदि के जो वर्णन किए हैं, उनकी शैली अपभ्रंश के चरित काव्यों से मिलती है। संदेश रासक के वियोग वर्णन और जायसी के वियोग वर्णन में बहुत समानता है। कहीं-कहीं शब्द-साम्य भी मिलता है, ऐसा लगता है, अब्दुल रहमान की कृति को जायसी ने पढ़ा था। प्रारंभ की वंदना आदि भी संदेश रासक की वंदना से मिलती

---

**1. अ. संत कबीर- डॉ. रामकुमार वर्मा, प्रयाग, 1947, ब. विद्यापति पदावली- सं. खगेन्द्र मित्र, कलकत्ता, 1945, स. सूरसागर तथा नंद दास ग्रंथावली-इलाहाबाद विश्वविद्यालय, द. विनय पत्रिका-गीताप्रेस गोरखपुर, य. मीराबाई की पदावली-प्रयाग, 1998 वि.।**

है।[1] सहज यान सिद्धों में से सरहपाद और कृष्णाचार्य के ग्रन्थ में दो-दो, चार-चार चौपाइयों (अर्धालियों) के बाद दोहा लिखने की प्रथा पाई जाती है ×××× यह पद्धति अर्थात् कडवक के बाद छेदात्मक उल्लाला या कब्ब छन्द देकर धारावाहिक रूप से प्रबंध काव्य लिखना सूफी कवियों का इजाद नहीं है।'' अपभ्रंश कवियों ने भी अनेक प्रेम गाथाओं की रचनाएँ की है। इनमें समरादित्य कथा, सुर सुन्दरी चरित्र, भुवन-सुन्दरी, मलय सुन्दरी, लीलावती आदि प्रसिद्ध हैं। निश्चय ही सूफी सन्तों ने अपभ्रंश साहित्य से बहुत कुछ लिया होगा।

दोनों भाषाओं के प्रेमाख्यानक काव्यों की प्रवृत्ति और निर्मिति की तुलना की जाय तो बहुत कुछ साम्य और वैषम्य प्राप्त होते हैं। जैसे रूप श्रवण या दर्शन से बेहाल होना, प्राप्ति के लिए सिंहल द्वीप की यात्रा, सम्पत्ति और प्रिया की प्राप्ति, दैवी संयोग और कृपा, काल्पनिकता और ऐतिहासिकता का पुट, लोक प्रचलित लोकोक्ति, अप्रस्तुत विधानों और सूक्तियों का प्रयोग, उपदेशात्मकता, कथानक और सामाजिक रूढ़ियों का अनुपालन, समान रूप से मिलते छन्दों का प्रयोग, शृंगार के दोनों पक्षों का वर्णन आदि समान रूप से दोनों भाषाओं की प्रेमकथा रचनाओं में आसानी से दृश्य है। दोनों भाषाओं की प्रेमगाथा-कृतियों में वस्तु वर्णन के अन्तर्गत नगर वर्णन, सरोवर वर्णन, वाटिका वर्णन, बाजार का वर्णन, युद्ध वर्णन, कथानक रुढ़ियों, मंगला चरण तथा ऋतु वर्णन वर्णित हैं इन हिन्दी प्रेमाख्यानक कृतियों के वर्णनों में अपभ्रंश परम्परा का स्पष्ट प्रभाव परिलक्षित होता है। हिन्दी के प्रेमाख्यानक काव्य भी किसी-न-किसी पड़ाव पर अपभ्रंश के प्रभा मंडल के घेरे में है। भावधारा की दृष्टि से विद्वानों ने इन प्रेम कथाओं को मोटे तौर पर दो वर्ग में रखा है। एक वर्ग में वे रचनाएँ हैं, जिनमें कवियों ने जीवन के गंभीर पक्ष को रखा है और यत्र-तत्र आध्यात्मिकता की गंध भी मिलती है, दूसरे वर्ग में वे रचनाएँ आती हैं, जिनमें प्रेम की परीक्षा कराते हुए अंत में प्रेमी-प्रेमिका के सुख पूर्ण संयोग का चित्रण किया गया है।[2] इन रचनाओं को इस प्रकार देखा जा सकता है, -

1. मृगावती - कुतुबन[3]
2. पद्मावती - मलिक मोहम्मद जायसी, रचनाकाल-1520 ई.[4]
3. मधुमालती - मंझन, 1552 ई.[5]
4. चित्रावली - उस्मान, 1613 ई.[6]
5. इन्द्रावती - नूर मुहम्मद, 1744 ई.[7]
6. पुहुपावती - दुखहरन दास, 1669 ई.[8]

इनके अतिरिक्त अन्य अनेक पौराणिक और लौकिक प्रेम कथाएँ-सत्यवती कथा[9], उषा-अनिरुद्ध[10], नल दमयंती[11], कथा पदम तिलक-सदैवच्छ चरित तथा भद्रसेन विरचित दोहाभद्र चंदनमयलागरी की कथा[12] भी अपभ्रंश-प्रभावित हैं।

**अपभ्रंश का हिन्दी के रीतिकालीन साहित्य पर प्रभाव-** रीतिकाल का दूसरा नाम शृंगार काल भी है। शृंगार रस रसराज है। किसी भी भाषा का साहित्य शृंगार के बिना अपूर्ण अथवा अर्थहीन है। अपभ्रंश कालीन शृंगारिक उक्तियों ने प्रत्यक्ष अथवा परोक्ष रूप से रीतिकाल पर अपना पूरा प्रभाव डाला है। **डॉ. हरदेव बाहरी** कहते हैं, ''यदि उस पूर्ववर्ती काव्य में पाए जाने वाले नये-नये उपमानों, नायिकाओं के नखशिख वर्णनों, नायकों के सौन्दर्य चित्रण, छंद और अलंकार योजना को गहराई से देखा जाए तो स्पष्ट हो जाएगा कि रीतिकाल के साहित्य तक उसका प्रभाव जारी रहा। ऐसा लगता है कि सन् 1800 तक थोड़े अदल-बदल के साथ वैसी ही भाषा, वैसा ही काव्य रूप और अभिव्यक्ति के वैसे ही उपकरण काम में लाए जाते रहे।'' निश्चित ही रीतिकालीन कवियों ने गाथा सप्तसती और हेमचन्द्र व्याकरण में संग्रहीत दोहों से बहुत कुछ लिया है। **डॉ. हजारी प्रसाद द्विवेदी** कहते हैं, ''रीतिकाल की कविता का कंठस्वर पश्चिमी अपभ्रंश से अधिक मिलता जुलता है। बिहारी आदि की कविताओं में तो भाषा भाव भंगी सब कुछ उन्हीं से मिलती है। ×××× हेमचन्द्र के व्याकरण में अपभ्रंश के प्रकरण में इन भावों के (ऊहात्मक) दोहे आए हैं जो बिहारी के निश्चित रूप से मार्गदर्शक रहे होंगे। ऐसे ही पद्य यहाँ दिए जातें हैं:-

**बिहिए मइ भणिय तुहुं मा कुरु बंकी दिट्ठि।**
**पुत्ति सकण्णी भल्लि इव मारइ हिअइ पइट्ठि ।।**

1. Abdul Rahman's Sandesh Rasak and Jayasi's Padamawati Prof.H.C.Bhayani, P.81-89, vol.10, Bharteeya Vidya Bhavan, 1948.
2. प्राकृत और अपभ्रंश साहित्य तथा उनका हिन्दी साहित्य पर प्रभाव- डॉ. रामसिंह तोमर, पृष्ठ-213
3. नागरी प्रचारिणी सभा, खोज रिपोर्ट, नोटिस-4, 1900
4. सं. रामचन्द्र शुक्ल, प्रभाग, 1935 ई.
5. सं. जगन्मोहन वर्मा, नागरी प्रचारिणी सभा काशी, 1912 ई.
6. सं. जगन्मोहन वर्मा, नागरी प्रचारिणी सभा काशी, 1912 ई.
7. सं. श्याम सुन्दर दास, नागरी प्रचारिणी सभा काशी, 1906 ई.
8. नागरी प्रचारिणी सभा काशी
9. हिन्दुस्तानी, भाग-7, 1937 ई.
10. भारथसाह तथा रामदास द्वारा लिखित
11. जान कवि तथा सूरदास लखनवी की कृत
12. आमेर शास्त्र भंडार, जयपुर

चुडुलउ चुण्णी होइ सइ, मुद्धि कवोलि निहत्तउ।
सासानल जाल झलक्किअउ, बाँह सलिल संसिन्तउ।।''

# अवहट्ट या परवर्त्ती या उत्तरकालीन अपभ्रंश

भाषा एक प्रवह्यमान सरिता है। व्याकरणिक बंधन भले ही उसे बाँधने की कोशिश करें, पर न तो आज तक जन-रुचि प्रवाह बद्ध हो पाया है और न भाषाओं का विकास क्रम। व्याकरण के नियम साहित्यकि भाषा को जनभाषा से विरहित कर देते हैं। फलत: कुछ कालों पश्चात् लोक भाषा एक नई भाषा का रूप धारण कर लेती है। यही स्थिति अपभ्रंश के संदर्भ में हुई। साहित्य भाषा अपभ्रंश ।। वीं शती तक आते-आते कालज मृत्यु को प्राप्त हो चली। लोगों के कण्ठ ध्वनि प्रवाह ने एक नई भाषा को जन्म दिया, जिसे अवहट्ट नाम दिया गया। यही कारण है कि ।। वीं शती से लेकर 14 वीं शती के अपभ्रंश कवियों ने अपनी भाषा का नाम अवहट्ट दिया।

## अवहट्ट नाम की प्राचीनता तथा आदिकालीन (पुरानी) हिन्दी में उसका महत्व-

कहते हैं, सबसे पहले ज्योतिरीश्वर ठाकुर ने 1325 ई. में अपनी 'वर्णरत्नाकर' नाम की रचना में इस शब्दका प्रयोग किया। उन्होंने लिखा, **''पुणु क इसन भार, संस्कृत, पराक्त, अवहठ, पैशाची, सौरसेनी, मागधी, छहु भाषक तत्त्वज्ञ, सकारी, आभीरी, चांडाली, सावली, द्राविली, औतकलि, विजातीया सातहु उपभाषाक कुशलह''**[1] प्रसिद्ध कृति 'संदेश रासक' के रचयिता अब्दुल रहमाण हेमचन्द्र के समलकालीन माने जाते हैं। रहमाण साहब तो अवहट्ट की गणना संस्कृत, प्राकृत और पैशाची से पूर्व की भाषा के रूप में करने की घोषणा करते हैं। उन्होंने अपने पूर्ववर्ती कवियों को अवहट्ट में सगर्व नमस्कार भी किया है,-

''अवहट्टय-सक्कय-पाइय्यंमि पेसाइय्यंमि भासाए।
लक्खण छन्दाहरणे सुकइतं भूसियं जेहिं।।''

इसके बाद चौदहवीं शताब्दी के उत्तरार्द्ध 1352-1448 ई. के कवि मैथिल कोकिल विद्यापति[2] अपनी भाषा को अवहट्ट नाम से विभूषित करते हैं,

''सक्कअ वाणी बुहअण भावइ पाइअ रस को मम्म न पावइ।
देसिल वअणा सब जन मिट्ठा ते तैंसन जंपउ अवहट्टा।।[3]

अर्थात् संस्कृत भाषा बहुतों को अच्छी नहीं लगती, प्राकृत रस का मर्म नहीं पा सकती। देशी वचन सबको मधुर लगते हैं, अतएव अवहट्ट में रचना करता हूँ। तदनन्दर 'प्राकृत पैंगलम्' के टीकाकार **श्री वंशीधर** इस ग्रंथ की भाषा को अवहट्ट बताते हैं, **'पढमं भास तरंगेणाओ सोपिंगलो जडाइ। प्रथमो भाषान्तरम् प्रथमम् आद्या भाषा अवहट्ठु भाषा। यया भाषया अय ग्रंथों रचित:, सा अवहट्ट भाषा, तस्या इत्यर्थ:, तप्पारं प्राप्नोति तथा पिंगल प्रणीत छन्द शास्त्रं प्राययावहट्ट भाषा रचितैः तद्ग्रंथ पारं प्राप्नोति इति भाव:। ''**[4]

''पुन: संदेश रासक की भाषा के संबन्ध में अद्दहमाण (अब्दुल रहमाण) कहते हैं जो न मूर्ख हो और न पंडित (अपितु जो), बिचली श्रेणी का हो, उसके ही सामने (यह काव्य) सदैव पढ़ा जाना चाहिए'' (संदेश रासक पद्य 21) स्पष्ट है रचनाकार अपनी रचना, सामान्य लोगों के लिए जनभाषा में प्रस्तुत करना चाहता है, जो न प्राकृत है और न अप्रभंश, अपितु उनसे सर्वथा अलग 'देसिल बयना' अवहट्ट भाषा है। **डॉ. हरदेव बाहरी** कहते हैं, ''आधुनिक भाषा विज्ञानियों ने तुलनात्मक अध्ययन के आधार पर अवहट्ट को उत्तरकालीन या परवर्ती अपभ्रंश माना है और बताया है कि निश्चय रूप से अवहट्ट में ध्वनिगत, रूपगत और शब्द संबंधी बहुत से तत्व ऐसे हैं, जो उसे पूर्ववर्ती अपभ्रंश से अलग करते हैं। **डॉ. उदयनारायण तिवारी** का कथन है,''संनेहय रासय की रचना चूँकि जन साधारण के लिए हुई, अत: इसकी भाषा भी तत्कालीन लोक भाषा है, इसमें सन्देह नहीं।''

पुरानी हिन्दी या आदि कालीन हिन्दी के विकास में अप्रभंश की तरह अवहट्ट का भी प्रभूत योगदान है। सच तो यह है कि अपभ्रंश और आदिकालीन या पुरानी हिन्दी को जोड़ने के लिए अवहट्ट सशक्त पावा वाले पुल की तरह है। विद्यापति हिन्दी की मूल्यवान निधि हैं, वे इस अवहट्ट के भी कवि माने जाते हैं। जाहिर है, अवहट्ट की संपूर्ण विशेषताएँ विद्यापति के माध्यम से प्राचीन या आदिकालीन हिन्दी को निर्व्याज प्राप्त हुई हैं। आधुनिक आर्य भाषाओं के अनेक शब्द अवहट्ट में मिलते हैं। साफ शब्दों में अवहट्ट की सभी परंपरा चुपचाप और निरापद रूप में आदिकालीन हिन्दी में समाविष्ट हुई है। चाहे छन्द का काव्य रूप, काव्यगत रूढ़ियाँ, वस्तु

1. वर्णलाकर- ज्योतिरीश्वर ठाकुर, 55-ख)
2. The Songs of Vidyapati- Dr. Subhadra Jha, P. 62
3. कीर्त्तिलता, प्रस्तावना
4. चम्पा, भागलपुर विश्वविद्यालय की पत्रिका, परिशिष्ट-5 सन् 1962

या लोक काव्य परंपरा ही हो, आदिकालीन हिन्दी के लिए अवहट्ट का यह प्रमुख दाय है। लगभग सभी विद्वानों ने इसे स्वीकारा भी है।[1]

संभवत: इसी कड़ी में **डॉ. सुकुमार सेन** इस अवहट्ट से ही ब्रजबोली की उत्पत्ति मानते हैं। उनके अनुसार, ''परवर्त्ती अवहट्ट ने जिसके ऊपर मैथिली आदि स्थानीय भाषाओं का प्रभाव अवश्य पड़ा था पन्द्रहवीं तथा सोलहवीं शताब्दी में ब्रजबोली का रूप धारणकिया था। सूरदास आदि प्राचीन ब्रजभाषा के कवियों की रचनाएँ, जो अहिन्दी शब्द या पद हैं वे इसी प्राचीन अवहट्ट या प्राचीन ब्रजबोली के हैं। विद्यापति की कीर्तिलता में भी अवहट्ट और ब्रजबोली का ऐकान्तिक संबंन्ध माना जाता है।[2] इस तरह आदि कालीन या पुरानी हिन्दी में अवहट्ट का महत्व निर्विवाद है।

**अवहट्ट का काल-** विद्वानों ने अवहट्ट का काल 1000 ई. 1100 ई के कुछ पश्चात् तक माना है यह और बात है कि अवहट्ट में रचना चौदहवीं शती तक होती रही।

### अवहट्ट की प्रसिद्ध रचनाएँ-

1. संनेहय रायस (संदेश रासक) कवि अद्दहमाण या अब्दुल रहमान 12वीं शती पूर्वार्द्ध मुलतान
2. प्राकृत पैंगलम् के कुछ अंश- यह छन्द शास्त्र का ग्रन्थ है, इसमें 100 से 1400 तक की रचनाएँ संकलित हैं।
3. पुरातन प्रबंध संग्रह की कुछ रचनाएँ
4. नाथ और सिद्ध साहित्य
5. वर्ण रत्नाकर - शेखराचार्य ज्योतिरीश्वर ठाकुर 14 वीं शती पूर्वार्द्ध
6. नेमिनाथ चौपइ - विनय चन्द्र सूरि 1200 ई. गुजरात
7. बाहुबलि रास- शालि भद्रसूरि। 184 ई. गुजरात
8. थूलिभद्द फागु- जिन पद्म सूरि- 1200 ई.
9. ज्ञानेश्वर की ज्ञानेश्वरी (श्रीमद्भागवत गीता की टीका- 13 वीं शती)

10 राउल बेल - रोड़ा 11 वीं शती

11. उक्ति व्यक्ति प्रकरण पण्डितदामोदर 12 वी शती काशी

12. कीर्ति लता विद्यापति 14 वीं शती उत्तरार्द्ध ,मिथिला।

13समररास- अंबदेव सूरि-1314 ई. गुजरात

14. नेमिनाथ फागु - राजशेखर सूरि 1314 ई. गुजरात

15. शालिभद्र कक्का- अज्ञात 1300 ई.

16. षडाश्वयक बालावबोध - तरुण प्रभ सूरि 1354 ई. गुजरात

17. श्री कृष्ण संकीर्तन - चंडीदास बंगाल

### अवहट्ट भाषा की विशेषताएँ अथवा अवहट्ट का व्याकरणिक स्वरूप-

**ध्वनि विकास-** 1. ध्वनि विकास की दृष्टि से अवहट्ट की भाषा आचार्य हेमचन्द्र द्वारा विरचित साहित्यिक अपभ्रंश से बहुत आगे नहीं बढ़ी है। ऐ और औ दो नयी स्वर ध्वनियाँ हैं जो इस काल में विकसित हुईं, संस्कृत से लेकर अपभ्रंश तक इनका उच्चारण अइ और अउ के रूप में होता था। अवहट्ट में ये ध्वनियाँ सरल स्वर बन जाती हैं जैसे हिन्दी का मैल बैल। अवहट्ट में संस्कृत शब्दों के लिए ऋ का प्रयोग होता था लेकिन तद्भव शब्दों में ऋ का स्थान अ, इ, उ, ए, ने ले लिया जैसे तृण> तिन, दृष्टि>दिट्ठि।

2. अवहट्ट की दूसरी विशेषता है स्वर गुच्छों में संधि या संकोच: जैसे स्वर्णकार >सुन्नआर>सुन्नार, अंधआर>अंधार; तण्डुलक>तंडुलय >तडुला। गोरुअ> गोरू: धरणिअ > धरणी। इस प्रकार स्वर संकोच अवहट्ट की एक बहुत बड़ी विशेषता है।स्वर संकोच के कारण अगर किसी शब्द में दो समान स्वर आ गए तो एक स्वर का लोप हो जाता है: जैसे विरहिणी >विरहणि, धरित्री> धरत्ति, निबिड > णिवड, गृहिणी > घरणिय।

3. **निरर्थक अनुनासिकता- जैसे अक्षि>** आँखि द्यूत>जुआ, ग्रीवा>गींव; निद्रा>नींद,

4. **स्त्रीलिंग शब्दों के अन्त्य 'आ'** कालोप कर उसे अकारान्त बना दिया गया- शिक्षा> सीख, भीक्षा>भीख, रक्षा>रख

5. **आद्य अक्षरों में दीर्घीकरण की प्रवृत्ति-** मित्र>मीत, अंचल>आँचल, भक्त>भात, पक्व>पाक, ठक्कुर>ठाकुर, विंशति>बीसा,

---

**1. Some Navya Bharteeya Arya Bhasha's word from Apabhransh-Kali Pad Mitra, p. 251, Indian Historical quarterly Zild, 20, sypt-1944**

**2. भारतीय साहित्य - डॉ. सुकुमार सेन, पृष्ठ 77 सन् 1956**

विस्मरति>बीसरइ।

6. संयुक्त व्यंजनों में एक व्यंजन रखने की प्रवृत्ति - जैसे उच्छ्वास्>उस्सास>ऊसास; निश्वास>निस्सास>नीसास, दृश्यते>दिस्सइ>दीसइ, एकस्थ>इक्कट्ठ>इकट्ठ; आलस्य>आलस्स>आलसु।

7. शब्द रूपों में सरलीकरण की प्रवृत्ति- जैसे ऋषि>रिसिय, अनुरागिन>अणुराइय, संनिधि>संनिहि।

**व्यंजन व्यवस्था-** व्यंजन अभ्रंशवत् थे। ड़, ढ़ दो नई ध्वनियाँ अवतरित हुईं। अपभ्रंश में भ ध्वनि का लोप हो गया था, पर अवहट्ट में यह वर्ण ध्वनि प्रयुक्त होने लगी। व्यंजनगत विशेषताएँ निम्न थीं-

1. ड का ल करने की प्रवृत्ति जैसे-प्रतिहार >पडिहार (अपभ्रंश) >पलिहार।

2. पूर्वी अवहट्ट में श और न वर्ण मिलते हैं तथा ख को ष के रूप में लिखा जाता है। पश्चिम में स का ह (कहीं-कहीं) मिलता है, जैसे दस का दह संदेश> संनेह

3. व्यंञ्जनों का द्वित्व अवहट्ट की विशेषता है। जैसे सिक्खिा, दोक्काण, कम्माण, तुस्सार, तुरुक्का।

4. संस्कृत के संयुक्त व्यंजनों के स्थान पर जैसे अपभ्रंश में द्वित्व की प्रवृत्ति पाई जाती है, वह प्रवृत्ति अवहट्ट में भी जारी रही जैसे अक्षर >अक्खर, रुष्ट>रुट्ठा, कर्पूर>कप्पूर, सत्ता>सच्च।

5. तत्सम शब्दों के मध्यस्थ अल्पप्राण और महाप्राण व्यंजनों में होने वाले परिवर्तन वैसे ही रहे।

6. ज्वल>झल या बल, ल्ल>ल्ह आदि वर्ण परिवर्तन उस काल में दर्शनीय हैं।

7. कहीं-कहीं नासिक्य व्यंजनों का द्वित्व हो गया शाम्बपुर> सम्बउर>सम्भउर

**व्याकरण-** अवहट्ट काल तक आते-आते व्याकरणिक संरचना में व्यापक परिवर्तन.दृष्टिगोचर हुए। अवहट्ट की व्याकरणिक कोटियों ने अपभ्रंश से एक लम्बी दूरी तय की। व्याकरणिक रूपों को देखने से आभास लगने लगता है कि पुरानी हिन्दी के लिए अवहट्ट ने एक व्यापक धरातल विकसित कर लिया था। चूँकि वह संक्रमण काल था, अस्तु कहीं- व्याकरणिक रूपों में अस्पष्टता दीख पड़ती है जैसे-

1. दो लिंग और दो वचन अवहट्ट में प्रयुक्त हुए, पर कहीं बहु वचन के लिए एक वचन का प्रयोग हुआ है तो कहीं स्त्रीलिंग के लिए पुल्लिंग और पुलिंग के लिए स्त्रीलिंग शब्दों का प्रयोग दीख पड़ता है। यह भ्रम की स्थिति उक्त काल में बनी रही।

2. प्राय: सभी प्रातिपदिक स्वरान्त हो गए, वह भी अधिक से अधिक अकारान्त विभक्तियों का स्थान परसर्गों ने ले लिया। पूर्वी अवहट्ट में कुछ विभक्तियाँ शेष रह गईं और कहीं-कहीं विभक्तियों के साथ-साथ परसर्गों का भी प्रयोग दीख जाता है जैसे युवराज नहिमाँझ तान्हि के रो पुत्त। यहन्हि के साथ माँझ परसर्ग देखने योग्य है।

3. विभक्तियों के लोप के कारण शब्दों के क्रम को निर्धारित करना आवश्यक हो गया क्यों कि कुछ वाक्यों में न तो परसर्ग हैं और न विभक्तियां जैसे **क.** बप्प बैर उद्धरिय धुव **ख.** महुअर सद्द मान मोहिया। जहाँ न तो विभक्तियां प्रयुक्त हुई हैं और न परसर्ग, वहाँ भाषा अबूझ हो जाती है। यही कारण है कि अवहट्ट में परसर्गों का चलन बढ़ा।

## अवहट्ट के परसर्ग-

**कर्ता-** ने (यह केवल पश्चिमी अवहट्ट में पाया जाता है।

**करण-** सउँ, से सन तण

**अधिकरण** माँझ, महि, उप्परि

**परसर्ग हीन द्वितीया** - तरुण तरणि धरणि तवइ।

**सम्प्रदान -** दरसन लागि पूजत नित काम

**संबंध -** लोचन केरा बल्लहा, वीरपुरिस की रीति

**कर्म** केहि केहिं कहँ

**सम्प्रदान-** केहि, केहिं, लागि, काजि (पूर्वीभाषा में).

**कुछ उदाहरण -** जन्मे जाचक जन रंजिअ

**करण -** दूजने सउं सब काहू तेटै

**अपादान -** दुरुहन्ते आभा बड़ बड़ राआ

**अधिकरण -** माँझ संगाम भेंट हो देवल माहै देहुरी। कहीं **अपादान** और **अधिकरण** के लिए मात्र चन्द्र बिन्दु ही प्रयुक्त हुए है जैसे सत्रु घरँ उपजु डर गिरिवर गुहाँ पैठि सेजँ ओलर

**अवहट्ट और विभक्तियाँ-** विभक्ति विमुक्ति प्रयास में रत अवहट्ट भाषा विभक्तियों से पूर्णत: मुक्त नहीं हो पायी। कुछ विभक्ति रूप जो उससमय प्रचलित थे निम्नवत हैं:

कर्ता एकवचन उ, ओ, ए, जैसे पुत्तो, पुत्ते, पुत्तउ, पुत्तऊँ बहुवचन-धन्ना मतिन्ह, कमलई कमलाईं कर्म एक वचन हि मुंजहि

वहुबचन हि बाहहि

करण एकवचन हि. पक्खइहिं, खग्गेण अपादान हि. लोयणाहि, देवहि

| | | | | |
|---|---|---|---|---|
| बहुवचन | हि.-करवालहिं, पुत्तहिं। | | संबंध | हि, एर सक्करहं लोहअं |
| सम्प्रदान | हिं. | काशी सरहि, देवहि | अधिकरण | हिं आयहि जम्महिं अन्नहिं |
| | न्हि. | मरहट्टन्ह देवन्ह | | |

कर्ता के लिए ए विभक्ति का प्रयोग अवहट्ट की अपनी निजी विशेषता है। प्राय: ए विभक्ति तथा हिं विभक्तियों से सम्प्रदान, अपादान और अधिकरण को छोड़ शेष समीकरणों का काम लिया जाता रहा। यह सरलीकरण तत्कालीन भाषा की विशेषता थी।

इधर, आचार्य **वंशीधर** इस भाषा के व्याकरणिक ढाँचे की ओर संकेत करते हुए लिखते हैं कि, ''इस भाषा अर्थात् अवहट्ट में पूर्व निपातादि नियमों का अभाव है, इसलिए पद व्याख्या करते समय इस गड़बड़ी को दूर कर लेना चाहिए, - **''अवहट्ठ भाषायां पूर्व निपातादि नियमा भावात यथोचित योजनं कार्या सर्वन्नोति वोध्यम्।** '' (प्राकृत पैंगलम, 418) वस्तुत: यह चेतावनी निर्विभक्तिक प्रयोगों की बहुलता को देखकर है।

सर्वनाम

| | | |
|---|---|---|
| कर्ता उत्तमपु. | मैं हों | अम्हे |
| कर्म | मो मोहि मुज्झ | अम्हिहि |
| संबंध | मोर मोरा | हमार |

करण सम्प्रदान अपादान और अधिकरण के रूप मो या मुज्झ के साथ परसर्ग लगाकर बनाए जाते हैं।

मध्यम पुरुष

| | | | | | |
|---|---|---|---|---|---|
| कर्ता | तुहुं, तैं | तुम्ह तुम | कर्म | तोकि तोहि तुज्झ | तुम्हेहि |
| सम्प्रदान | तोर | तोहार, तुम्हार | | | |
| कर्ता अन्य पुरुष | ऊ, वह, ओ सो | उन्ह | कर्म | ओकि ओकहि | |
| संबंध | ओकरा | | कर्ता | ई ए एहि | इन्ह |
| क़र्म | एके | | संबंध | एकरा | |

**अन्य पुरुष दूरवर्ती के लिए लिंग भेद समाप्त -** जो के लिए रूप जो, जे, (तिर्यक जा) जाहेर (संबन्ध) कौन के लिए रूप को कवणु (तिर्यक के ) कासु (संबंध) कोई के लिए रूप केहु कोऊ काहु (तिर्यक)। आप के लिए रूप आपर अप्पण अपना अप्पणऊँ।

**सार्वनामिक विशेषण-** इअस, अस, ऐसो, जइस जस, कइसे, कैसे कस तइस, एत्ता उत्ता जित्ता कित्ता

संख्यावाची शब्द हिन्दी की तरह कृदन्तीय विशेषण विशेष्य के लिंग वचन का अनुसरण करते हैं। अन्य विशेषण भी लिंग विधान का अनुसरण करते हैं।

**क्रिया रूप-** अवहट्ट तक आते-आते क्रिया रूपों में आश्चर्यजनक सरलता दृष्टिगोचर होती है जैसे धातुएँ पढ हँस जा खा ले संज्ञार्थक क्रिया - चार प्रत्ययों द्वारा निर्मित- अणह-कहणह, अउ- धरणउ, अणु कहणु, अण-सहण, पूर्वकालिक क्रिया- सुनिअ, देखिअ, उठि, धालि, मारि, मारि, प्रेरणार्थक क्रिया- करावइ पैठाव

**कर्मवाच्य-** कहिअ, पढ़िअउ, दिज्जइ। वर्तमान कालिक कृदन्त - रमन्ता पढ़न्ते करत लागत। भूतकालिक कृदन्त - बाढ़ा गया, भेल कहल। सहायक क्रिया - आह, हैं आछ या छै अउँ रहे गा रूपान्तरित (पश्चिम) रहल (पूर्वी) भविष्यत बरूप (पूर्वी)।

## अपभ्रंश, अवहट्ट तथा पुरानी हिन्दी का परस्पर संबंध तथा अंतर:एक तुलनात्मक विवेचन

मध्यकालीन आर्यभाषा के विकास की तीसरी स्थिति अपभ्रंश है। **व्याडि** और **पतंजलि** ने संस्कृत के संस्कार से च्युत और भ्रष्ट, अशुद्ध शब्दों को अपभ्रंश का नाम दिया तो **वागभट्ट** और **हेमचन्द्र** की दृष्टि में वह ग्राम-भाषा थी। **दण्डी** के द्वारा आभीरादि संज्ञा से अभिहित यह गँवई भाषा शौर सेनी प्राकृत का सानिध्य प्राप्त कर एक परिपक्व साहित्य भाषा और देश भाषा बन सातवीं शती से ग्यारहवीं शती तक, भारत के अति विस्तार में जन और साहित्य माध्यम बनी रही।

अवहट्ट, अपभ्रंश का पश्चात विकास है। ग्यारहवीं शती से लेकर चौदहवीं शती तक की प्रयुक्त भाषा को तत्कालीन साहित्यकारों ने अवहट्ट का नाम दिया। वस्तुत: अवहट्ट परवर्त्ती अपभ्रंश ही है, पर अवहट्ट निश्चय रूप से शब्द,रूप और ध्वनि तत्त्व की दृष्टि से पूर्ववर्त्ती अपभ्रंश से स्पष्ट रूप से विलग है। पुरानी या प्रारम्भिक हिन्दी का उद्‌भव कब हुआ, इसका स्पष्ट आकलन एक कष्टसाध्य कार्य है पर आठवीं-नवीं शताब्दी की सिद्धों की अपभ्रंश भाषा में हिन्दी की कुलबुलाहट स्पष्ट रूप से सुनाई पड़ती है। इसी प्रकार पुष्पदन्त,स्वयंभू, विद्यापति, मुल्ला दाउद, नाना पंथियों, संत कवियों अमीर खुसरो, राउलबेलि, प्राकृत पैंगलम् आदि में

हिन्दी के विविध रूपों को स्पष्ट रूप से अनुभूत कर सकते हैं। हम यह बेलाग कहने की स्थिति में तो नहीं है कि अवहट्ट ही पुरानी हिन्दी की जननी है, पर यह जरूर कह सकते हैं कि वह पुरानी हिन्दी भाषा विकास की एक सहज प्रकिया है और अवहट्ट की सहज विरासत लेकर,अभ्युदित हुई ।

## अपभ्रंश-अवहट्ट तथा पुरानी हिन्दी की व्याकरणगत समानताएँ और असमानताएँ-

**1. उच्चारण- स्वर-** अपभ्रंश में निम्न स्वर प्रयोज्य थे, ह्रस्व- अ, इ,उ,एँ, ओ। दीर्घ- आ,ई, ऊ, ए, ओ।संस्कृत के ऐ औ के स्थान पर ए तथा ओ प्रयुक्त होते हैं।

अवहट्ट काल में अपभ्रंश की ध्वनि व्यवस्था जारी रही। हाँ, ऐ, औ, दो नूतन स्वरध्वनियाँ विकसित हुईं। ऐ तथा औ संध्यक्षरों का उच्चारण अइ,अउ के रूप में होता था। अवहट्ट में ऐ औ हिन्दी की तरह सरल स्वर है तथा पुरानी हिन्दी में अ इ, उ, ए ओ ह्रस्व तथा आ, ई, ऊ, ए ऐ ओ औ दीर्घ स्वर थे।

**2.** अपभ्रंश में ऋ का उच्चारण रि तथा उसके स्थान पर अ, इ, उ, ए और रि ध्वनियाँ आ गई। उसी प्रकार अवहट्ट तथा पुरानी हिन्दी में भी यही अपभ्रंश कालीन स्वर व्यवस्था चलती रही।

जैसे- **अपभ्रंश-** कृष्ण >कण्ह, कृत >किय

**अवहट्ट-** तृण > तृन ,दृष्टि> दिट्ठि

**पुरानी हिन्दी-** ऋतु >रितु, नृत्य >नच्च आदि

**3.अकारण अनुनासिकता-** अपभ्रंश में अकारण अनुनासिकता की प्रवृत्ति पाई जाती है। जैसे पक्षी >पंखि, अश्रु >अंसु वृश्चिक > विछि। यही प्रवृत्ति अवहट्ट में भी जारी रही- आँखि, जुँआ, गींव,पुरानी हिन्दी में भी यही प्रवृत्ति जारी रही- आँख, गाँव,

**4. उकार बहुला भाषा-** अपभ्रंश उकार बहुला भाषा थी। यह उकारत्व की बहुलता अवहट्ट तथा पुरानी हिन्दी में चलती रही।

**5. शब्द उच्चारण में स्वर रूप परिवर्तित हो गए-** अपभ्रंश की प्रवृत्ति आगे भी चलती रही जैसे- सीह< सिंह, जिह्वा <जीह गम्भीर > गहिर(अपभ्रंश)पक्व >पाक > भित्ति > भीत, नमाज < निमाज। (अवहट्ट)दिवस > देवस, मसाण >मुसाण गणइ > गिणौ, पुरुष > पुरिस (पुरानी हिन्दी)।

6. **संयुक्त व्यंजनों के सरलीकरण की प्रवृत्ति-**अपभ्रंश में संयुक्त व्यंजनों के मध्य कोई स्वर प्रयुक्त कर, उसके उच्चारण को सरलीकृत कर दिया गया। जैसे- वर्ष >वरिस, स्त्री >इत्तिअ, आर्य्र >आरिअ, यही प्रवृत्ति अवहट्ट तथा पुरानी हिन्दी में भी चलती रही।

**7.** शब्द के मध्य में संस्कृत के क, च, ग ,ब,द, ठ, त, द, प, म, ख, घ, ग, च, घ, भ में जो परिवर्तन अपभ्रंश में चल पड़े थे वह अवहट्ट तथा पुरानी हिन्दी में कुछ परिवर्तनों के साथ चलते रहे।

**8.** जहाँ अपभ्रंश में स्वरलोप की प्रवृत्ति दीखती है वही अवहट्ट में आदि अक्षर स्वर में दीर्घीकरण की प्रवृत्ति मिलती है। अवहट्ट काल में बने ऐसे शब्द पुरानी हिन्दी में चलते रहे।

**अपभ्रंश-** अरण्य >एण्ण । अहं >हउ अधस्तात् > हेट्ठा।

**अवहट्ट-** मित्र >मीत, पक्व >पाक ठक्कुर > ठाकुर

**पुरानी हिन्दी-** मृत >मुआ, और अवहट्ट के उपर्युक्त शब्द।

**9.**स्वर गुच्छों की संख्या में वृद्धि, अपभ्रंश में हुई। उसके विपरीत अवहट्ट में संकोच की प्रवृत्ति प्राप्त होती है। यह प्रवृति पुरानी हिन्दी में बढ़ती गई। भडारिअ >भंडारी, अंधकार >अंधार> अन्हार, सन्नार >सुन्नआर >सुनार । उक्त प्रवृत्ति के चलते यदि दो स्वर समान एक ही शब्द में प्रयुक्त हुए तो पुरानी हिन्दी तथा अवहट्ट में उनका लोप हो गया। धरित्री धरती, गृहिणी > धरणी > धरनी विरहिणी > विरहणी।

**10.** अपभ्रंश और अवहट्ट की व्यंजन व्यवस्था समान थी। केवल ड़ तथा ढ़ दो नए व्यञ्जन विकसित हुए, जो आगे भी चलते रहे। अनुनासिक व्यंजन जहाँ अवहट्ट में स्वतंत्र थे, वहीं पुरानी हिन्दी में अनुस्वारों का प्रयोग होने लगा। द्रष्टव्य है अपभ्रंश में ङ,ञ,न,श, ष,व्यंजन नहीं थे। उसमें टकार तथा णकार की बहुलता भी मिलती है। तीनों भाषाओं में अल्पप्राण, व्यंजनों का अरूप तथा महाप्राण में ह रूप समान रूप से मिलते हैं। र तथा ल का अभेद तीनों में दीख पड़ता है।

**11.** अपभ्रंश में कम और अवहट्ट में अत्यधिक अकारण द्वित्व की प्रवृत्ति पाई जाती है। पर पुरानी हिन्दी में यह प्रवृत्ति अवसान की ओर जाती दीखती है।

**व्याकरण-** 1. अपभ्रंश अवहट्ट तथा पुरानी हिन्दी इन तीनों की विकास स्थितियों में व्याकरणिक कोटियों में अपूर्व परिवर्तन

हुए।

**संज्ञा-** अपभ्रंश, अवहट्ट तथा पुरानी हिन्दी इन तीनों में दो लिंग और दो वचन समान रूप से प्राप्त होते हैं।

2. अपभ्रंश में **कारकीय** रूपान्तर की दृष्टि से प्रयोग के तीन भेद पाए जाते हैं।

**1.निर्विभक्ति प्रयोग-** अर्थात् शब्द के एक ही रूप द्वारा सभी कारकों का अर्थ ग्रहण करना जैसे हि प्रत्यय के द्वारा कर्म करण, सम्प्रदान, अपादान, अधिकरण कारकों का काम लेना। यह प्रवृत्ति अपभ्रंश से प्रारम्भ होकर अवहट्ट में स्पष्ट हो जाती है और पुरानी हिन्दी में पूर्णता को प्राप्त करती है।

2. निर्विभक्तिक प्रयोगों के चलन में अवहट्ट में कुछ वाक्यों से अर्थ संभावना के आधार पर लगाना पड़ता है क्योंकि वहाँ न तो विभक्तियाँ हैं और नही परसर्ग। जैसे बर बैर निज चित धरिअ। महुअर सद मन मोहिआ। ऐसी ही प्रवृत्ति पुरानी हिन्दी में कहीं कहीं द्रष्टव्य है जहाँ लुप्त परसर्ग तथा लुप्त विभक्तिक प्रयोग मिल जाते हैं। कर्त्ता- वासन फोरे, मान बढ़ावत। करण- विरह तपाई तपाई। आदि।

3. सविभक्तिक प्रयोग- अपभ्रंश में सविभक्तिक प्रयोगों में कमी आई। सारे प्रातिपदिक स्वरान्त हो गए। अकारान्त प्रातिपादिकों की संख्या में अपूर्व वृद्धि हुई। किसी के केवल छ: रूप रह गए। स्त्रीलिंग तथा पुल्लिंग संज्ञाओं के विभक्ति चिन्हों में भी बहुत कम अन्तर रह गया। अवहट्ट तक आते-आते लिंग विधान में अव्यवस्था सी दीखती है। स्वरान्त प्रातिपादिकों का चलन प्रमुख हो गया। विभक्ति करीब-करीब समाप्त प्राय हो चली है। कहीं परसर्ग और उपसर्ग साथ साथ प्रयुक्त होते दृष्टिगोचर होते हैं जैसे युवराजन्हि माँझ तान्हिकेरो पुत्त। **पुरानी हिन्दी** में हि ऐसा कारकीय प्रयोग सभी कारकों के अर्थ देता है। **कर्म-** सतरूपहि विलोकि सम्प्रदान बरहि कन्या दे। आदि। इसी प्रकार न न्ह, निन्हि सभी कारकों के लिए प्रयुक्त होते रहे। **परसर्गीय प्रयोग-** अपभ्रंश काल से परसर्गो का प्रयोग होने लगा। अपभ्रंश में प्राय: निम्नांकित परसर्ग प्रयुक्त होते रहे।

कर्म हि करण सउं,सहँ, तण। सम्प्रदान के हि, तेहि,रेसि। करण, सम्प्रदान संबंध तणेण। अपादान होत, होतउ, लइ, पास संबंध कर, कर केर, केरी , केरअ अधिकरण अकून,मज्झ, महँ।

1. अवहट्ट में कर्ता सूचक 'ने' का विकास एक महत्वपूर्ण कार्य हुआ। इसके अतिरिक्त कर्म-केहि कहँ। करण में संड से सन, सम्प्रदान- केहि, केहिँ लागि, काजि, अपादान- हुते, हुलउ से सउँ संबंध केर मेरा, कौ का के की अधिकरण- माँइन, माहि, अपरि

2. पुरानी हिन्दी में परसर्गों में व्यापक परिवर्तन हुए। हिन्दी वियोगात्मक प्रक्रिया अत्यधिक विकसित हुई। नए-नए व्याकरणिक प्रत्यय विशेषत: परसर्ग और कृन्दतीय रूप विकसित हुए। विभक्तियों का स्थान करीब-करीब परसर्गों ने ले लिया। निम्नांकित संज्ञा परसर्ग। पुरानी हिन्दी में प्रयुक्त होते रहे। **कर्ता कर्म** कह कौ को कूँ

**करण अपादान-** स उं सौं सैं से तै ते कौ सेती हुत, हुते। **सम्प्रदान-** लागि लग्गि तण, इतउँ **संबंध-** क का कै की कर केर केरा केरी केरे। **अधिकरण-** में, मैं , मह, महँ, माँह, माँझ पर पैर

**सर्वनाम- क.** अपभ्रंश में सर्वनाम रूप संकुचित हुए। लेकिन जटिलता का अन्तनहीं हुआ था। सं. विभक्तिक प्रयोग सर्वनाम के क्षेत्र में प्रचलन में चलते रहे। फिर भी परसर्गों का संयोग कर सर्वनाम रूप निर्मित होने लगे को जैसे कि, को, जे , जु, ओइ, एह, आप, अण्ण आदि विकसित हो गए थे।

**ख.** अवहट्ट काल में सरलीकरण की प्रक्रिया तीव्रता से बढ़ी, विभक्ति प्रयोग समाप्त हो चले और परसर्गों का उपयोग बढ़ा। कुछ उदाहरण द्रष्टव्य है। मैं, हौ, अम्हे, सों, गोहि, मुज्झ, आम्हिहि, मोर, मेरा, हमार, तुहुँ, तै, तुम्ह,तुग, तोकि तोहि तु.झ. तुम्हेहि, तोर, तोहार, तुम्हार। ऊ, वह, ओह, सो, ई, एहि, ओके, एके, आदि।

**ग. पुरानी हिन्दी में-** सरलीकरण की प्रक्रिया आगे बढ़ी। जो सर्वनाम रूप पुरानी हिन्दी में चल रहे थे वे निम्न हैं- मैं,मंइ, मुज्यु मोहि, मोहि, मोर, मेरो, मेरा। हम, हमार, अम्हार, हमारो, म्हारो, हमारा, हमें, हाहिं,अम्हणउँ। तूँ, तुहूँ तै। तहि तोहि, तोर, तेरा तेरो तुम तुम्ह तुम्हहिं तुज्झ तुझ तुम्हार तुम्हारा तुम्हारों विहारो सो से सेइ ताहि, ते वे वै। वह ऊ ओ वाहि, ओह, तासु ताहि, उस वे ते उन्ह उन तिन यह एह ई ए एहु याहि या इस के कौन वचन रूपण का काहे आदि।

**काल रचना- क.** सरलीकरण की प्रक्रिया जो प्राकृत से आरम्भ हुई थी, अपभ्रंश में पूर्णरूपेण दीख पड़ती है। अपभ्रंश का वर्तमान काल संस्कृत प्राकृत का अनुवर्ती रहा, पर कृदन्त निर्मित भूतकाल परिवर्तित हो चला। ऐसे भूतकालिक रूपों में लिंग भेद नहीं मिलता। भविष्यत् काल परम्परा और नूतन का योग सदा दीख पड़ता है। यदि वर्तमान में चलउ-चलहुँ, चलहि, चलहुँ रूप मिलते हैं तो भूतकाल को चलिअ, सुणिअ, गहिअ, रूप सब जगह मिलते हैं। भविष्य में ह और स रूप के साथ पढ्ब देखब कहबा भी मिलते हैं।

कालों के संयुक्त रूप देखत आछ खाण हो आदि मिलता है।

**ख.** लेकिन अवहट्ट के क्रिया रूपों में आधुनिक हिन्दी बोलियाँ झलकने लगती हैं। कृदन्तों के सहारे क्रिया रूपों का विकास अवहट्ट में आश्चर्य जनक रूप से हुआ। क्रिया रूप अत्यन्त सरल हो गए, जैसे-चक, कह, जा, खा, देखिअ, बाढा, गया, मेल, कहक। सहायक क्रियाएँ आह, है आछ, छै, गा, ब। अतिरिक्त वर्तमान के दो रूप मिलते हैं, बुलाए, कमाए, विकसित रूप पातै, कृदन्तीय रूप- जात करत भूतकाल में आ, या इ, या और अ उ या ओ रूप मिलते हैं। भविष्यत् में ह रूप और व रूप। अवहट्ट में संयुक्त क्रियाओं की संख्या बढ़ी।

**ग.** पुरानी हिन्दी में पूर्णकालिक प्रवृत्तियाँ विकसित हो नए आयाम धारण कर हिन्दी का रूप धारण करने लगी। **वर्तमान काल** से - देखउं, देखौ, देखहि, देखै देखहि, देखइ, देखहु, दखौ आदि रूप निर्मित हुए। **भूतकाल** में देखिया, देखे और **भविष्यत्** में स तथा ह रूप चलते हैं। सहायक क्रियाओं के लिए आछों छउँ हंड के साथ इँ का भी विकास हुआ। इसी प्रकार अछइं छइ आदि के साथ है का रूप निखर कर आया। भविष्यत् में गो गे प्रयोग अस्तित्व में आए। संयुक्त क्रियाओं का प्रयोग आम हुआ। जैसे- कटेजात है। चलत न पाए, गएउ हे राम, आदि।

**शब्द संसार-** 1. अपभ्रंश में धीरे-2 तत्सम शब्दों के प्रयोग की प्रवृत्ति बढ़ी।

2. सर्वाधिक संख्या तद्भव शब्दों की और दूसरे स्थान पर देशज शब्द आते हैं।

3. इस काल तक आते आते विदेशी शब्दों के चलन का प्रयोग चला।

अवहट्ट में कमोवेश वही प्रवृत्तियाँ बनी रही। तत्सम विदेशी और देशज शब्दों का प्रयोग अपभ्रंश की तुलना में अधिक हुआ। पुरानी हिन्दी में भी तत्सम शब्दों के प्रयोग की प्रवृत्ति बढ़ी। विदेशी, शब्दों को भारतीय साँचे में ढाल कर प्रयुक्त किया गया जैसे आअत(आयत) इबराहिम, हमारा (उमरा) कबाबा(कबाब)।

तद्भव तथा देशज शब्दों का प्रयोग प्रभूत संख्या में हुआ। देशज शब्द धीरे-धीरे वर्तमान रूप धारण करने लगे। इस प्रकार भाषाविकास की ये तीन स्थितियाँ काल के तीन आयाम प्रस्तुत करती हैं अवहट्ट अपभ्रंश का भले ही विकसित हो, पर पुरानी हिन्दी, उक्त से प्रभावित तो थी, किन्तु उसका विकास स्वतंत्र हुआ था।

## पुरानी हिन्दी या आदिकालीन हिन्दी

**1. हिन्दी भाषा की आविर्भावकालीन हिन्दी प्रकृति और परंपरा।**

**2. पुरानी हिन्दी का अर्थ तथा**

**3. परवर्ती अपभ्रंश से पुरानी हिन्दी का संरचनात्मक विकास**

भाषा और साहित्य की परम्परा अखण्ड होती है। एक कालावच्छित्र निरन्तर प्रवह्यमान प्रवाह। इस निरन्तर गतिमान प्रवाह से कब ? कौन? नूतन प्रवाह स्वतंत्र अस्तित्व बन, विशाल जन प्रवाह की अभिव्यक्ति माध्यम हो, तत्कालीन हास-विलास रुदन को गुंजित करने लगता है, कहना कठिन है। कठिन है दो भाषाओं के अवसान और उदय की तात्कालिक सीमा रेखा को खींचना किन ऐतिहासिक पलों में क्रमशः अवहट्ट पुरानी हिन्दी के रूप में तब्दील हो गई होगी, आज केवल अनुमान का विषय है। **श्रीचन्द्रधर शर्मा गुलेरी की दृष्टि में-** पुरानी हिन्दी का स्पष्ट स्वरूप तथा उसकी सीमा का साफ रेखांकन करना निरापद नहीं है। वे लिखते हैं कि - पुरानी अपभ्रंश, संस्कृत और प्राकृत से मिलती है और पिछली पुरानी हिन्दी से X X X X X X अपभ्रंश कहाँ समाप्त होती है और पुरानी हिन्दी कहाँ आरम्भ होती है, इसका निर्णय करना कठिन, किन्तु रोचक तथा बड़े महत्त्व का है। इन दो भाषाओं के समय और देश के विषय में कोई स्पष्ट रेखा नहीं खींची जा सकती। उदाहरण ऐसे हैं, जिन्हें अपभ्रंश भी कह सकते हैं, पुरानी हिन्दी भी X X X X X यदि इन कविताओं को पुरानी हिन्दी नहीं कहा जाय तो रासो की भाषा को राजस्थानी- मेवाड़ी- गुजराती- मारवाड़ी- चारणी- भाटीं कहना चाहिए। हिन्दी नहीं। व्रजभाषा भी हिन्दी नहीं और तुलसीदास जी की मधुर उक्तियाँ भी हिन्दी नहीं।[1] कुल मिलाकर परंपरा की दृष्टि से विचार करने पर यही लगता है कि पुरानी हिन्दी का संरचनात्मक विकास परवर्ती अपभ्रंश साहित्य से क्रमशः हुआ है। यही नहीं यदि साहित्यिक परंपरा की दृष्टि से भी विचार किया जाय तो अपभ्रंश और अवहट्ट के प्रायः सभी काव्य रूपों की परंपरा पुरानी या आदिकालीन हिन्दी में ही सुरक्षित-संरक्षित है।

यूँ सन् 1000 ई. के आसपास अद्यतन भारतीय आर्य भाषाओं का उदय होने लगा था। उसके पूर्व के सिद्ध साहित्य (8वीं तथा 9वीं शताब्दी) में तथा तत्कालीन अपभ्रंश अवहट्ट साहित्य में भी हिन्दी की सम्मिलित प्रच्छाया और उसकी स्वर झंकृति का अनुमान लगने लगता है। यही कारण है कि आचार्य शुक्ल ने हिन्दी साहित्य का इतिहास सिद्धो की वाणियों से आरम्भ किया। यदि हम आठवीं

**1. पुरानी हिन्दी- चन्द्रधर शर्मा गुलेरी, पृ. 1।**

शती से लेकर 14वीं शती तक के साहित्य का अध्ययन करें, तो सिद्धों, जैनियों, संतों नाथपंथियों, दक्खिनी हिन्दी, रासो ग्रन्थकारों **आदि की भाषा में पुरानी हिन्दी**, के रूपायन का दृश्य अनुभूत कर सकते हैं। वहाँ हमें अवधी,ब्रज, खड़ी बोली आदि के विखरे स्वरूप **तो मिल सकते हैं**, पर विकास की अलग-अलग अवच्छिन्न परम्परा नहीं मिल सकती।

**आचार्य रामचन्द्र शुक्ल** कहते हैं कि- 'सिद्धों की उद्धृत रचनाओं की भाषा देश भाषा मिश्रित अपभ्रंश अर्थात् पुरानी हिन्दी **की काव्य भाषा है।**XXXXXअपभ्रंश या प्राकृताभाष हिन्दी के पद्यों का सबसे पुराना पता तांत्रिक और योगमार्गी बौद्धों की साम्प्रदायिक रचनाओं के भीतर विक्रम की सातवीं शताब्दी के अंतिम चरण में लगता है। मुंज और भोज के समय (सं. 1050 के लगभग) में तो ऐसी **अपभ्रंश** या पुरानी हिन्दी का पूरा प्रचार शुद्ध साहित्य या काव्य रचनाओं में भी पाया जाता है।'[1]

**सिद्धों में** सरह सबसे पुराने अर्थात् वि. सं. 690 के हैं। अत: हिन्दी काल भाषा के पुराने रूप का पता हमें विक्रम की सातवीं शताब्दी के अंतिम चरण में लगता है।[2]

अब हम क्रमश: तत्कालीन साहित्य का आकलन करने का प्रयास करेंगे कि वहाँ हिन्दी किन रूपों में विद्यमान थी, -

**1. सिद्ध साहित्य-** सिद्ध साहित्य में तत्कालीन जनभाषा के शब्द (हिन्दी के) स्वत: प्राप्त होने लगते हैं जैसे-

नाद न विंदु न रवि न शशिमण्डल (सरहपा) चिअराअ सहाबे मूलक।
जहि मण पवण न संचरइ (सहरपा)
रवि ससि नाह पवेश

पण्डिअ सउल सन्त बक्खाणई
गंगा जउँना माझे रे बहई नाई।। (कण्हपा)

**2. जैन साहित्य-** जैन साहित्यकारों में अपभ्रंश के महाकवि पुष्पदन्त के साहित्य में विकासमान हिन्दी भाषा के स्वरूप का आभास होता है: **जिहि दिसि दिसि तिमिरइं मिलियाई।तिहि दिसि दिसि जारइ मिलि याई।**

अथवा हेमचन्द व्याकरण में संकलित यह पद-

**भल्ला हुआ जुमारिआ, बहिणि महारा कन्तु। लज्जे ज्जतुं वयंसिअहुं, जइ भग्गा घर अेतु।।**

**3. नाथ साहित्य-** नाथ साहित्य में हमें तत्सम शब्दों का प्राचुर्य तथा हिन्दी का और अधिक स्पष्ट स्वरूप प्राप्त होने लगता है। जैसे-

1. न जाने गुरु कहाँ गेला मुझ नी दड़ी न आवे।2. सोवता अवधू जीवतामूआ। बोलता अवधूत्यजरै सूआ।3. किसका बेटा किसकी बहू, आप सवारथ मिलिया सहू (चरपट)4. **टूका खाया मगर मचाया, जैसा सहर का कूता जोग जुगाते की खबरि न जाणी, कान फणाइविगूता।** (चौरंगी)

**4. अवहट्ट भाषा में लिखित पुस्तकें- विद्यापति की** कीर्तिलता, वर्णरत्नाकर, उक्ति व्यक्ति प्रकरण आदि अवहट्ट रचनाओं में विहारी और पूर्वी हिन्दी का आदि स्वरूप मिलता है।

1. तान्हि करो पुत्र, युवाराजन्हि माँझ पवित्र।या
कामिनि करए सनाने, हेरतहिं हृदय हनए पँच बाने।
2. को मैं भोजन माँगब। जब जब धर्मु बाढ़ तब तब पाप ओहट।

**5. प्राकृत पैंगलम और पुरातन-**

प्रबंधन संग्रह आदि अपभ्रंश की रचनाएँ- उक्त कृतियों में पूर्वी हिन्दी और विहारी समूह का प्राचीन रूप देखा जा सकता है।

सोइ जुहिटिठर संकट पावा। देवक लिक्खअ केण मेटावा। (प्रा. पै. 2.10)
वितक पूरल मुददहरा वरिसा समआ सुक्खकरा (वही 1.174)
दिसइ चलइ हिअअ डुलइ हम इकलि बहू। (वही 1.193)
चारि पाय विचि दुड्डुगुसु दुड्डुगुसु
जाइ जाइ पुण रुड्डुघुसु रुड्डुघुसु (पुरातन प्रबंध संग्रह)

**6. प्रारम्भिक संत साहित्य की भाषा-** हिन्दी का विकासमान रूप अवलोकित होता है।

अबल बल तोडिया अचलु चलु थापिआ
अघडु घडिया तहा अपिउ पीआ (जयदेव)

---

**1. हिन्दी साहित्य का इतिहास, पृ. 7**
**2. अपभ्रंश भाषा का अध्ययन- डॉ. वीरेन्द्र श्रीवास्तव, पृ. 19, दिल्ली-1965**

मैं नाहीं कुछ हउ नहीं, किछु आहिं न मोरा। (सधना)
धरि धरि षाइया पिंडु बधाइया
सिंधामुदां माइया त्रिलोचन

**7. राउल बेलि** (रोडाकृत) में हिन्दी के प्राचीन रूप प्राप्त होते हैं।
अधिहि कय्यलु डरा दित्ता जो निहालि करिमयणू सत्ता।

**8. दक्खिनी हिन्दी तथा हिन्दवी में हिन्दी का परिष्कृत रूप प्राप्त होता है।**
विधना ऐसी रैन कर मोर कधौं न होय
सजन सकारे आएँगे नैन मरेंगे रोय।(बू-अली)
खुसरो रैन सुहाग की जागी पी के संग।
तन मेरे मन पीउ को दोउ भये इक संग।। (अमीर खुसरो)
खीर बनाई जतन से चरखा दिया चलाय
आया कूता खा गया, मैं बैठी ढोल बजाय (अमीर खुसरो)

**9. मध्यकालीन राजस्थान में प्रयुक्त हिन्दी के प्रारम्भिक स्वरूप-** यवन आक्रमणकारियों के प्रारम्भिक काल में, जब समस्त उत्तरी पूर्वी और पश्चिमी भारत ताश के पत्ते की तरह विखर गया था, तब राजस्थान में समृद्ध साम्राज्य विद्यमान थे। हिन्दी के आदिकाल का बहुसंख्य साहित्य राजस्थान से ही प्राप्त होता है। उक्त काल में प्रयुक्त भाषाओं को चार भागों में विभाजित किया जा सकता है।

1. अपभ्रंश मिश्रित पश्चिमी हिन्दी। 2. डिंगल: जो राजस्थानी मिश्रित अवहट्ट है। 3. मरु भाषा (राजस्थानी)। 4. पिंगल

**10. डिंगल और पिंगल-** डिंगल वस्तुत: कृत्रिम और मगगढ़न्त भाषा मानी जा सकती हैं। इसमें अनुस्वारों और द्वित्व व्यञ्जनों की भरमार है। यह चारणों की भाषा थी। पिंगल एक शास्त्र सम्मत और व्यवस्थित तथा व्यापक क्षेत्र में प्रयुक्त होने वाली भाषा थी। यह वज्रभाषा तो नहीं थी, पर ब्रजभाषा के बीज यह वर्तमान हैं।एक उदाहरण-

**बाहु विहोडवि जास तुहुँ हउ तेपइ को रोस।**
**हियट्ठिय जइ निसरई, जाणउँ मुँज सरोस।**

## मूल हिन्दी का वास्तविक स्वरूप

उपर्युक्त उद्धरणों विवरणों और रूपों को आधार मान कर, हम प्राचीन हिन्दी के किसी निश्चित स्वरूप का निर्धारण नहीं कर सकते। उक्त सारे उद्धरण बीज तो माने जा सकते हैं पर एक निश्चित प्रवाह के स्वरूप नहीं। उनसे इतना ही लगता है कि अवहट्ट की कोख में एक भाषा शिशु कुलबुला रहा है। सम्भवत: 1250 से पूर्व पूर्वी, बिहारी या पश्चिमी हिन्दी का कोई स्वतंत्र ग्रन्थ हमें प्राप्त नहीं होता। उक्त काल विशेष में प्राप्त समस्त उद्धरण हिन्दी के हैं। जिसमें पूर्वी, पश्चिमी और बिहारी स्वरूप सम्मिलित हैं।

**डॉ. माताप्रसाद गुप्त** और **डॉ. कैलाश चन्द्र भाटिया** का विचार है कि रोड़ा कविकृत राउलबेलि एक मात्र ऐसी **कृति** है जिसमें एकभाषा के लक्षण प्राप्त होते हैं। राउल बेलि पूर्वी हिन्दी है कि पश्चिमी हिन्दी है इस बहस में पड़े बिना हमें यह मानना **पड़ेगा कि** वही मध्यदेश की भाषा है और वही हिन्दी है।

## पुरानी या प्रारम्भिक हिन्दी का व्याकरणिक वैशिष्ट्य

### क. ध्वन्यात्मक वैशिष्ट्य

1. ध्वनि -सम्भार    ह्रस्व ध्वनियाँ- अ, इ, उ, ए, ओ,
दीर्घ ध्वनियाँ- आ. ई, ऊ, ए, ऐ, ओ, औ,

2. व्यञ्जनान्त ध्वनियों का अभाव- प्राय: समस्त शब्द स्वरान्त मिलते हैं। जैसे साजन सीसा, दीसा, योहंता, जुगुति मुंजु पुंजु किछु, सकारे

3. अपभ्रंश की तरह पुरानी हिन्दी भी उकार बहुला है: आपु, पापु, लेहु, जाहु।

4. ऐ और औ ध्वनियाँ व्यापक रूप से प्रयुक्त होने लगी थीं, चखै, करै, चितवै मैर किधौ कौण।

5. ह्रस्व एँ और औ का प्रयोग- जैसे मेटावा, एँता, गेट्ढि, केहि दोक्कादार , जैव्वण एक्क।

6.ऋ, ध्वनि अ, उ, इ, ई, ध्वनियों में रूपान्तरित हो गई थीं, जैसे ऋतु >रितु नृत्य >नच्च, वृद्ध >बुडढो, अमृत >अमिय,

मृत्यु > मीचु।

7. प्राय: उकारान्त शब्द पुलिंग तथा इकारान्त शब्द स्त्रीलिंग हैं: छारहु, पुंजु अब्भन्त रु, जोशु, धर्मु तथा खबरि नींदड़ी, सरि, दिसि।

8. अपभ्रंश की तरह स्वर गुच्छों का प्रयोग। ये स्वर गुच्छ पश्चिमी हिन्दी में कम तथा पूर्वी हिन्दी में अधिक मिलते हैं। अउसर, घडिया, अपिउ हो अथि, मिलियाई, मूआ, सूआ, पाइआ।

9. आदि जा का जोप किन्ही शब्दों में दर्शनीय हैं अरण्य अरण स अइ छइ

10. कहीं कहीं स्वरों में ह्रस्वीकरण की प्रवृत्ति दीख पड़ती है- जामातृक > जागाइअ > जमाई दीपावली >दीवारी आनन्द >अनन्द

11.कहीं कहीं ह्रस्व स्वर दीर्घ हो गए है। मनुष्य > मानुख चित्त >चीत, मित्र >मीत

12. कुछ शब्दों के स्वर पूरी तरह परिवर्तित हो गए हैं। मृत >मूआ, शुभ >सूआ, ज्वल् >जारइ गण >गणइ >गिणै , पुरुष >पुरिस

**ख. व्यञ्जन वैशिष्ट्य-**

1. पुरानी हिन्दी में प्रयुक्त होने वाले व्यञ्जन क,ख, ग, घ, च, छ, ज, झ, ट,ठ,ड,ढ,ण, ड़ ढ़ त, थ, द, ध, न, प फ ब भ म, य र ल व स ह।

**क.** ष श का प्रयोग प्राय: तत्सम शब्दों में किया गया है ष का उच्चारण ख हो गया।

**ख.** अवहट्ठ भाषा में ही ढ़ तथा ड़ दो नये व्यञ्जन विकसित हो गए।

**ग.** अनुनासिक व्यञ्जनों के स्थान पर अनुस्वारों का प्रयोग प्रचलित था। ण को पूर्वी हिन्दी में न की तरह प्रयोग किया गया तो पश्चिमी हिन्दी में न को णवत् प्रयुक्त किया गया। जैसे- गंगा, लंक, पुत्रि, गुन घिन,जाणउं, सुजाण, तिण, आदि। इसी तरह र और ल परस्पर बदल जाया करते थे जैसे हरिद्रा ह्ल्दि, उज्ज्वल > उज्जर

घ. अल्पप्राण व्यञ्जन प्राकृत काल से ही घिस कर अ या य हो गए थे तो महाप्राण व्यञ्जनों के स्थान पर ह प्रयोग होने लगा था जैसे- वचन > बयन, पाद > पाइ अथवा मेघ > मेह, आभीर > अहीर। व का उच्चारण ब की तरह होने लगा। मध्यस्थ म किन्हीं शब्दों में व या उ हो गए जैसे कँवल।

**च.** कुछ विशिष्ट व्यञ्जन परिवर्तन

उपाध्याय > उवाज्झा > ओझा। अवश्याम > ओस्सअ > ओस। तिथिवार >तिहिवार >त्योहार। भवति > होति> होइ

**संयुक्त व्यञ्जनों में परिवर्तन- क. आदि संयुक्त व्यंजन एकाकी रह गए-**। स्कन्ध >कंध ग्राम >गाँव। क्रोध >कोह ग्रान्थै >गाँठ। ज्वलन> जलन प्रिय >पिय। ब्राह्मण >बाभन

**ख. स्वर भक्ति की प्रवृत्ति-** स्वर भक्ति के अन्तर्गत संयुक्त व्यंजन को तोड़कर किसी अन्य व्यञ्जन का आगम हो जाता है फलत: उच्चारण में सरलता होती है। प्रकार >परकार, कर्म >करम, धर्म >धरम, नर्म >नरम

**ग.** मध्यस्थ संयुक्त व्यञ्जन कहीं-कहीं द्वित्व हो गए जैसे- दुर्जन >दुज्जन, दुष्ट >दुट्ठ, अभ्यन्तर >अब्भन्तर, अक्षर >अक्खर

**घ. क्षति पूरक दीर्घीकरण की प्रवृत्ति-** अन्य स्थानों पर संयुक्त व्यंजन का एक ही व्यञ्जन शेष रहा, दूसरे व्यंजन की क्षति के पूरक के रूप में उससे पूर्व का अक्षर दीर्घ हो गया जैसे पृष्ठ > पिट्ठ > पीठ, निद्रा > निद्दा > निद्द > नींद, पर्ण > पण्ण > पान, पुत्र > पुत्त > पूत

**च.** क्ष पूर्वी हिन्दी में छ तथा पश्चिमी हिन्दी ख हुआ जैसे लक्ष्मण > लछिमन या लखन, अक्षर > अच्छर या आखर। तत्सम शब्दों के स्वरूप अविकल रहे। प्रथम संयुक्त अनुनासिक व्यञ्जनों के संयोग को तोड़कर उनके स्थान पर अनुस्वार का प्रयोग हुआ जैसे मण्डित > मंडित, पण्डित > पंडित, चन्द्र > चाँद

**व्याकरणिक वैशिष्ट्य-** भाषा विकास की धारा का प्रवाह संयोगात्मक से वियोगात्मक की ओर होता है। पुरानी हिन्दी ने संयोगात्मक कलेवर को विश्रृंखलित कर वियोगात्मक स्वरूप अंगीकार किया, फलत: नये व्याकरणिक प्रत्ययों जैसे- नूतन परसर्गों और कृदन्तों का विकास हुआ। अधिसंख्य निर्विभक्तिक प्रयोगों कारकीय चिन्ह, रहित प्रयोग की बहुलता की प्रवृत्ति बढ़ी।

**पुरानी हिन्दी का परसर्ग विधान- कर्त्ता/कर्म-** कहं कह कौ को को कूं। **करण/अपादान-** सउं सौं सैं से तैं ते थै सेती हुत हुतें

**सम्प्रदान-** लागि लग्गि, तण तई। **सम्बन्ध-** क का कै की कर केर केरा केरी केरे

**अधिकरण-** में मैं मह महँ माँह माँझ पर पै।

**अन्य परसर्ग-** तक- ताई लौ।पास- पह या पहं ।साथ- संगि साथि। कारण- करनि। परे, नियरे, पासि, दूर, बाहिर, अब्भंतरि सरि ऊपरि।

**विभक्ति-हीन कारकीय प्रयोग- परसर्ग हीन और विभक्ति रहित चिह्नः-**

**कर्ता-** जुबती धाइ (एक) जुबती धाईं (बहुवचन) **कर्म-** बासन फोरे सिंगार करावत

**करण-** बिरह तपाइ तपाइ **अपादान-** तुहि देस निसार उं

**संबंध-** राम कहा सरि **अधिकरण-** कंठ बैठि जो कहइं भवानी

**विभक्ति युक्त प्रयोग-**

केवल हि प्रयोग कर्म- संभुहिं सों भणभिंगगन

करण- बज्रहिं मारि उड़ाइ सम्प्रदान- रामहि सीता दे अपादान- तुम काहे गरबहि बोले नाहीं।

इसी प्रकार न, न्ह, नि, न्हि, भी सभी कारकों के लिए प्रयोग में लाए जाते रहे। करण के लिए ऐ विभक्ति शेष तथा अधिकरण के लिए ए का प्रयोग मिलता है।

**वचन-** पुलिंग बहुवचन- ए और न जैसे बेटे, बेटन। स्त्रीलिंग बहुवचन- अन,न्ह, ऐं आँ जैसे सखियन सखिन्ह सखियाँ कलौले।

**लिंग-** स्त्रीलिंग शब्द प्राय: उकारान्त है, जुगति खबरि, माइ कहीं कही ई भी जैसे नींदूड़ी दुलहिनी

**सर्वनाम-** उ.पु. मैं. मइं मुज्यु मोंहि मोर मेरो मेरा,हम हमार अम्हार हमारो म्हारो हमारा, हमें हमहिं अम्हणउ म.पु. तुम: तुम्ह, तुमहिं, तुझ तुज्झ, तुम्हार तुम्हारा तुम्हारो तिहारो।

**अन्यपुरुष-** सो, से सेइ, ताहि, ते, वे, वै।

**संकेत वाचक-** वह ऊ,ओ,वाहि ओह तासु ताहि उस वे, ते उन्ह, तिन, यह, एह, ई, ए, एहु, याहि, या, इस ये ए, एह इन, इन्ह, इन्हन।

**प्रश्नवाचक-** को, कौन, कवन, कवण का , काहे, केहि, किन्ह, के किन्रि, का, काह, क्या।

**संबंध सूचक-** जे, जो,जेइं। जो जिहि, जो जिस जिह जिन्ह, जिन्है, जिनहिं

**अनिश्चयवाचक-** कोउ, कोइ, काहु, किसी, किन्हहिं।

**विशेषण-** उच्चा, नीचा, केतिक, बहुतै

**संख्यावाचक-** हिन्दी समूह में प्रयुक्त होने वाले संख्यावाची शब्दों के रूप शनैः शनैः व्यक्त होने लगे थे। जैसे, एक, एकक, एकु, दुहु तीनि चारि दूनो, चउगुणा, दूसर, दोसर, बीजउ चउथा।

**अन्य विशेषण-** उकारान्त तथा अकारान्त विशेषण स्त्रीलिंग वत प्रयुक्त होने पर ईकारान्त हो जाते हैं। इसी प्रकार पुल्लिंग बहुवचन के रूप एकारान्त हो जाते हैं।

**पुरानी हिन्दी के क्रिया रूप-** आज की हिन्दी के क्रिया रूपों के विकास में पुरानी हिन्दी के क्रिया रूपों का योगदान है। अपभ्रंश काल से ही कृदन्तों के योग से क्रिया-रचना की प्रवृत्ति चलती आ रही है। अपभ्रंश में प्रवृत्ति का आरम्भकाल था, पर पुरानी हिन्दी में उसकी पूर्णता दीखती है। वही प्रवाह आधुनिक हिन्दी भाषा में प्रवाहित होता दीख पड़ता है।

**समापिका क्रियाएँ-** I. सामान्य वर्तमान काल- उत्तम पुरुष ए. वचन- मि आमि अउ (अउँ)

इन रूपों का विकास निम्न प्रकार से हुआ- मि > अमि या आमि > अउँ अउ सन्देश रासक में उँ- उ वाले रूपों प्राकृत पैंगलम् की पश्चिमी हिन्दी में मि उँ- उ दोनों रूपों में प्रयोग मिलता है। जैसे पेक्खामि, भणामि, पिंधउ, पावउँ। कीर्तिलता में इसके लिए अञों जैसे जम्पओ, लावञो रूप प्राप्त होते हैं। उक्ति व्यक्ति प्रकरण में उँ वाले रूप अधिक मिलते हैं। करञो रूप सम्भवत: करउँ का ही विकास है। इसके अतिरिक्त औं रूप जैसे देखौं भी प्राप्त होते हैं।

उ.पु. बहुवचन हुँ , अहु, हि और ऐ रूप मिलते हैं जैसे देखहुँ देखिअहु देखहि, देखै।

म.पु. एकवचन सि,हि, इ, वाले रूप प्रयुक्त होते हैं। प्राकृत पैंगलम तथा कीर्तिलता में सि और हि वाले रूप प्रयोगों में लाए गए जबकि उक्ति व्यक्ति प्रकरण में सि वाले रूप दीख पड़ते हैं जैस कीलसि (प्रा.पैं) जाणहि (प्रा.पैं) करसि उक्ति कहसि या जाहि (कीर्तिलता)

म.पु.बहुवचन हु और औ वाले रूप प्रयुक्त हुए जैसे देखहु देखौ।

अन्य पुरुष एकवचन अन्य पुरुष में अइ, ए, हि तथा शून्य रूप का प्रयोग मिलता है। जैसे
मणइ, बेसाइल, करइ। ए वाले रूप जैसे चलावे मिलए, छाडए, देखहि शून्य रूप जैसे मण कर गाज।
अन्य पुरुष बहुवचन इसके अर्थ को द्योतित करने के लिए निम्न रूप प्राप्त होते हैं; अन्ति, ए, हिं, थि, हि, ह, ऐ।
जैसे होन्ति, ,तौलन्ति, पआसंति, गज्जे, सोहे, हेरहिं, आनहिं, होथि, अथिकह, देखै।

**वर्तमान कालिक कृदन्तों का समापिका क्रियागत प्रयोग-** जैसे हरेन्ता, मणंता, पिबन्ता, बाँटत.

मध्यम पुरुष एक वचन- आज्ञा के अर्थ को सूचित करने वाले प्रयोग

| | |
|---|---|
| इ वाले रूप- जैसे करि, गुणि, थप्पि। | हि वाले रूप- जाहि, कहेहि, जहि। |
| उ वाले रूप- सुनओ, करो, मुणो। | शून्य रूप- भण, हर, सुन |
| बहुवचन- ह और हु वाले रूप | ह रूप- कहह, बरावह |
| हु रूप- कहहु, जाणहु। | अन्य पुरुष एक वचन |
| उ. वाले रूप- पाउ, होउ, जायउ करउ, | ए वाले रूप - जाणे, रक्खे |
| ओ वाले रूप करो, संहारो | शून्य रूप- कर हर |
| बहुवचन-उ और ऊँ वाले रूप- जाउ, जाउँ, जियउ | ओ वाले रूप- करओ, सुनओ। |

**भूतकाल** -1. पुरानी हिन्दी में प्राय: निष्ठावाले रूपों का विशेष प्रचलन दीख पड़ता है। भूतकाल के लिए इअ वा. सामान्य रूप से प्रयुक्त होते हैं। जैसे धनि पेक्खिअ सानन्द या तबहुन चुक्किअ।

2. कुछ रचनाओं में उ प्रत्यय या अनुनासिक उँ जैसे पसरु, हुअउँ, विचरु, करु रूप भी मिलते हैं।

3. कहीं-कहीं अओ रूप जैसे केरओ, धरेओ रूप भी प्राप्त होते हैं।

4. पुरानी हिन्दी में इअ के बदले इआ प्रत्यय का प्रयोग सामान्य प्रवृत्ति के रूप में भी मिलता है। जैसे पूरीआ, झंपिआ

5. अल प्रत्यय, अल कृदन्तज विशेषण के रूप में पुरानी हिन्दीं में प्रयुक्त हुआ। अकर्मक क्रिया के साथ इसका प्रयोग कर्तृवाच्य तथा सकर्मक क्रियाओं में इसका प्रयोग कर्मवाच्य में हुआ जैसे- गएनेसर मारल। काहू देल ऋण उधार चलल करल।

6. अन्य भूतकालिक रूप हैं- देखइ, देखहि,देखो

**भविष्यत्काल-** 1. ब रूपों का प्रयोग, पूर्वी पुरानी हिन्दी में विशेष रूप से द्रष्टव्य है; पढ़ब,कहब, कहबा।

2. स और इ वाले रूप जैसे- जाइहि, करिहि, होसइ, होसउँ।

3. अन्य रूप- देखिसि, देखिसइ, देखिहि, देखिहहिं।

**प्रेरणार्थक क्रिया-** इन क्रियाओं के लिए आव-अव; आवे-आवै वाले रूप सामान्यतया प्रयुक्त हुए हैं; दिखावइ, चलावइ, चलावे, करावए, पलटाए, देखावह, सुनावत, देखायो बिछावहि।

**वर्तमान कालिक कृदन्त-** 1. उक्त अर्थ को सूचित करने के लिए अंत और अंती (पुल्लिंग और स्त्रीलिंग) रूप का प्रयोग मिलता है- जसु पवसंत णा पवसिया। दिंती पहिव पियासु। अन्य खेलंत जुज्झंतो, कढ़न्ता 2. अत वाले रूप जैसे लागत, न्हात, पठत।

**भूतकालिक कृदन्त-** 1. इसके लिए पुरानी हिन्दी में इय (इअ) चिह्न का प्रयोग द्रष्टव्य है। पवसिआ, विलसिअउ। 2. ल वाले रूप जैसे चलल, देल।

**भविष्यत कालिक कृदन्त-** व्वउ तथा ब रूप मिलते हैं। जेसे सहब, जणिब्बउ, पढ़ब, देखब, करब, करिब्बिउ।

**पूर्वकालिक क्रिया-** पुरानी हिन्दी में इ वाले रूप का अधिक प्रचलन दर्शनीय है; कहि, जिति, धाइ तो कहीं-कहीं ए हो गया है; गए, ले।

**क्रियार्थक संज्ञा-** इसके निर्माण के लिए 'ना' 'व' ए और ब रूपों का प्रयोग होता है; जीअना, देना, होणा, हेरब, विकाइबा, गणए चलए।

**सहायक क्रिया-** 1. अछ वाले रूपों की प्रधानता - करतम अच्छि। चाखत आच, होइतें अछ,

2. अह, हो, रह, लै का प्रयोग- खिसियाय खाण है। कट्ठ हो। तीर लै

3. अन्य सहायक क्रियाएँ- हउँ, हूँ, छू छहि, अहहीं अहै, हइ,। भूतकालिक- हो, हुतो, हतो, मा, मयो, मवा, हुआ, दुवड, हते, थे, मए, हुबउ।

**संयुक्त काल-** कृदन्त तथा तिगन्त तद्भव रूपों के योग से सामान्य वर्तमान काल बनाने की प्रवृत्ति आगे चलकर हिन्दी की प्रमुख विशेषता बन गई।

सामान्य वर्तमान काल=खिसिआय खाण है। भोजन करते आछ। चाउते अछ।

अपूर्ण भूतकाल- आवत हुअ हिन्दी दल, कोतहाँ जेवंत आछ। अपूर्ण क्रिया द्योतक कृदन्त जैसे कि नइते पाबथि, होढते अछ।

संयुक्त क्रियाएँ क्रियार्थक संज्ञा के योग से बनी- पयोधर के भरे भागए चह। उपर चढ़ाव स चाह घोर

वर्तमान कालिक कृदन्त, भूतकालिक कृदन्त पूर्वकालिक कृदन्त तथा अपूर्ण क्रिया द्योतक कृदन्त के योग से निर्मित क्रियाएँ

1. रडन्तउ जाइ। 2. जइ भग्गा घर एन्तु पा सज्जा किआ। 3. खोदिखा या खाए ले 4. गणए न पारीआ या कि नइए पाखथि।

अव्यय अजहुँ , अब, बहीं, जब जबहिं, जब लगि, जौं लौ, जद जहिया, कबहुँ कबहुंक, कान्हि, बहुरि, फुनि पुनि।

विदेशी शब्दों की दृष्टि से पुरानी हिन्दी की समृद्धतम रचना कीर्तिलता है, क्योंकि अरबी-फारसी से कई शब्द इसमें पाए जाते हैं। इन्हीं दिनों विद्यापति से कुछ वयस्क प्रसिद्ध संत सैयद मुहम्मद हुसैनी ने दक्खिन में खड़ी बोली हिन्दी के गद्य पद्य का साहित्य प्रस्तुत किया था। खड़ी बोली की उनकी प्रथम रचना 'मेराजनामा' में अपेक्षा कृत सर्वाधकि अरबी फारसी शब्द पाये जाते हैं जिनकी संख्या आगे की रचनाओं में बढ़ती गई[1] **डॉ. रघपति सहाय 'फिराक'** भी लिखते हैं कि, ''इस हिन्दीनुमा दकनी भाषा में पहले पहल अरबी- फारसी के शब्द हिन्दी शब्दों के साथ नगीने की तरह जड़े हुए दीख पड़ते हैं।'' [2]

# आधुनिक या नव्य भारतीय आर्यभाषाएँ

(ना. भा. आ.,N.I.A.L)(New Indo Aryan Languages)

आधुनिक भारतीय आर्य भाषाओं का सूर्योदय अपभ्रंश और अवहट्ट के पश्चात् होता है। कुछ लोगों का विचार है कि आधुनिक भाषाओं के विकास के लक्षण और प्रवृत्तियाँ हमें अपभ्रंश काल में ही दिखाई देने लगते हैं। सच तो यह है कि अपभ्रंश का साहित्य जिस मध्य देश की जमीन को आधार पाकर फलाफूला है, वहीं क्षेत्र हिन्दी के भी उद्भव का मूल रहा है। शायद यही कारण है कि बहुत से लोग अपभ्रंश को 'पुरानी हिन्दी' नाम से अभिहित करते हैं। पर, यह विषय निरन्तर जिज्ञासा का ही बना रहा है कि अपभ्रंश की अन्तिम लौ और आधुनिक भारतीय आर्य भाषाओं के उदय के बीच की संक्रान्ति कालीन भाषा का स्वरूप क्या रहा है ? साफ शब्दों में, कथ्य भाषा के रूप में अपभ्रंश कब तक चलती रही और आधुनिक भाषाएँ कब अपनी अलग-अलग पहचान, पार्थक्य और निजी विशेषताओं से लैस होकर विकसित हुईं - इस पर अधिकारपूर्वक कहना बहुत सरल नहीं हैं, क्योंकि यह विवाद का विषय है। फिर भी, यह तो तय है कि आधुनिक भारतीय भाषाओं के बीज का अँखुआ अपभ्रंश काल में ही अंकुरित हो चुका था। कुछ लोगों का मानना है कि देशी भाषाओं का विकास 10वीं-11वीं शताब्दी के बीच होने लगा था और 15 वीं शताब्दी तक आते-आते आधुनिक भारतीय आर्य भाषा का वृक्ष विभिन्न टहनियों-शाखाओं के साथ झकोंर होने लगा था। लेकिन कुछ लोग यह भी कहते हैं कि विक्रम की सातवी शताब्दी से ही हिन्दी बोलचाल की भाषा के रूप में प्रयोग में आने लगी ।अब आइए, प्राकृत और अपभ्रंश के गर्भ से प्रस्फुटित हुई आधुनिक भारतीय आर्य भाषाओं का अध्ययन किया जाय,

**1- सिन्धी -** सिन्ध प्रदेश की भाषा होने के कारण इसका नाम सिन्धी पड़ा। यद्यपि यह सिन्ध प्रदेश स्वतंत्रता प्राप्ति के बाद पाकिस्तान में चला गया, फिर भी भारत में अब भी बहुत बड़ी जनसंख्या इसे बोलती हैं। पाकिस्तानके सिन्धी भाषी इसे लिखने के लिए यदि पहलवी अपनाते हैं, तो भारत के सिन्धी लोग नागरी लिपि। इस भाषा का विकास ब्राचड़ अपभ्रंश से माना जाता है।**डॉ देवेन्द्र कुमार शास्त्री** के अनुसार पैशाची अपभ्रंश की ही एक शाखा ब्राचड़ अपभ्रंश मानी गई है, जो आज की सिन्धी भाषा की जननी कही जाती है।[3] इधर **श्रीकृष्ण चन्द्र टोपण लाल जेतली** कहते हैं कि सच तो यह है कि आज की हिन्दवी, सिन्धी और कच्छी - तीनों ही बोलियाँ कुछ हेर-फेर के साथ लगभग समान हैं और इन तीनों का ही मूल ब्राचड़ अपभ्रंश है।[4] साफ शब्दों में, सिन्धी ब्राचड़ प्राकृत से आयी हुई भाषा है, जिसके बनने में अरबी का भी काफी योगदान रहा है। इसकी वर्णमाला अरबी-फारसी जैसी है, यद्यपि आधुनिक सिन्धी के ग्रन्थ देवनागरी में भी छपते हैं। सिन्धी के प्राचीन कवियों में शाह अब्दुल लतीफ, साकी आदि सूफी सन्त कवि और सोहनी माहिवाल लोक गाथा प्रसिद्ध है। आधुनिक काल में अमर डिनोमल और लेखराज अजीज ने बड़ा काम किया है।

अन्त: स्फुटित (Implosive) ध्वनियों के लिए सिन्धी अन्य भारतीय भाषाओं से अलग है। ग, ज, द, ब के खास उच्चारण मुँह बंद करके किये जाते हैं। 'द' को इस तरह बोलने से 'उ' हो जाता है। सिन्धी में अंतिम 'उ' का पूरा उच्चारण नहीं होता। 'उ' का 'अ' बन जाता है।'इ' का उच्चारण ह्रस्व 'ए' की तरह होता है - Sindhi is derived from Vrachad Prakrit. Arabic has also helped in its making. Its alphabet is like Arabic, Persian, though some

---

1. प्राकृत पैंगलम् - भोला शंकर व्यास, पृष्ठ-287-288
2. उर्दू भाषा और साहित्य. डॉ. फिराक़, पृ. 10
3- अपभ्रंश भाषा और साहित्य की शोध प्रवृत्तियाँ - डॉ, देवेन्द्र कुमार शास्त्री, पृष्ठ - 22
4- सिन्धी भाषा का संक्षिप्त परिचय - श्री कृष्ण चन्द्र टोपणलाल जेतली, पृष्ठ -65

books, in modern Sindhi are also published in Devanagari. In the poets in the old Sindhi, Shah Abdul Latif, sami and Sachal are the famous sufi Sants. The folk tale of Sohani Mahiwal is also very well. Known Amogst modern Amardinomal and Lekhraj Ajij did good work. Sindhi is different from other Indian languages in respect of implosived. Like`G',`J', `D', `B',`D', when pronounced with closed lips becomes D. In the last `U'in Sindhi is not fully pronounced. `U' becomes short `A', `EE' is like short `Aye'.

सिन्धी की निजी लिपि को 'लण्डा' कहा जाता है, पर यह गुरुमुखी और फारसी में भी लिखी जाती हैं। सिन्धी की पाँच उपबोलियाँ हैं, जिनमें से 'बिचौली' बोली में गद्य और पद्य की स्फुट रचनाएँ मिलती हैं। सिन्धी में स्तरीय साहित्य का अभाव है। शाह लतीफ का रिसालो लोकप्रिय काव्य है। पाकिस्तानी सिन्धी में अरबी-फारसी की अधिकता है तो भारतीय सिन्धी में हिन्दी तथा अन्य प्रादेशिक बोलियों की। बोलने वालों की संख्या 2 करोड़ के आस-पास बताई जाती है। सिन्धी में पुंलिग संज्ञाएँ करीब-करीब ओकारान्त और उकारान्त होती हैं। शब्द प्राय: स्वरान्त होते हैं। हिन्दी की तरह लिंग और वचन दो ही हैं।

**2. मराठी -** महाराष्ट्र की भाषा मराठी कहलाती है। यह महाराष्ट्री अपभ्रंश से उद्‌भूत हुई है। प्राचीन मराठी के ग्रंथकारों ने अपनी भाषा के दो नाम दिये हैं - प्राकृत तथा देशी।[1] मराठी में बहुत से ऐसे शब्द हैं, जिनका संस्कृत से संबंध जोड़ना कठिन हैं। उदाहरण के लिए कुछ शब्द है - डोला, पोट, हाउ, वाट, आई, बाय, ढोरी, थेब, गवत इत्यादि। इसी प्रकार दिण्डी, ओवी वगैरह छन्द ठेठ देसी माने जाते हैं।[2] पन्द्रहवी शताब्दी के सन्तोष मुनि नाम के ग्रंथकार ने कहा भी है -

**''मागधी आणि शौरसेनी, पिशाच अपभ्रंश जाणी।**
**संस्कृत प्राकृत या षट्वाणी, आणि के छप्पन भाषा ।।**

महाराष्ट्री प्राकृत से निकली मराठी संस्कृत मूलक आर्य भारतीय भाषा है। मराठी और हिन्दी में लिपि साम्य है, यद्यपि 'ल' वर्ण अधिक है। इस भाषा का प्राचीन साहित्य बहुत समृद्ध था। ज्ञानेश्वर, नामदेव, तुकाराम, रामदास प्रसिद्ध संत कवि हुए हैं। आधुनिक काल में केशव सुत हरिनारायण आप्टे के अलावा लोकमान्य तिलक का 'गीता रहस्य' प्रसिद्ध है। खांडेकर पेंडसे आदि के उपन्यास हिन्दी में अनुवाद रूप में मिलते हैं। मराठी का नाटक साहित्य समृद्ध है। इतिहास, शोध, कोश आदि क्षेत्रों में मराठी में बहुत काम हुआ है। अति आधुनिक कविता और प्रयोगशील कथा-उपन्यास में कई लेखक अग्रणी हैं। मर्ढेकर रेगे, अनिल,कुसुमाग्रज, गंगाधर गाडगिल, गोखले, माडगूलर, कांदीकर, क्षपट, पाडगाँवकर चित्रे आदि प्रसिद्ध हैं।

मराठी में लिखते 'च' हैं, पर कही-कही 'य' बोलते हैं। 'ज' और 'ज़' भी लिखते एक से हैं, पर बोलते दो तरह से हैं - Marathi is Sanskrit based Indo Aryan language based on Maharashtvi Prakrit. Marathi and Hindi have the Same script though there is more letter `L'. Its ancient literature was very rich. Janashwar, Namdev, Tukaram and Ramdas have been famous saint poets. In modernperiod Keshavasut, Hari Naraian Apte and Lok manya Tilaka's Gita Rahasya are well Known. Hindi translation of Khandekar and Pandse's novels are available. Marathi drama is very rich. Much work hase been done historical research, lexicographi and social science. There are many writers who are for ward in most modern poetry and experimental fiction. Mardheka Rege, Anil, Kusumagraj, Gangadhar Gadgil, A. Gokhale, madgular, Karandikar, Bapat, Paugaonk chitre are well known. In Marathi they are write `ch'but some times it is pronounced `Tch',`J' is Pronounced as `Z'.

इसका क्षेत्र महाराष्ट्र में दमन गाँव से दक्षिणकी ओर गोमांतक तथा उत्तर में नागपुर के आस-पास तक है। इसके साहित्यिक रूप के लिए देवनागरी लिपि का प्रयोग किया जाता है। इसकी तीन बोलियाँ हैं, - खड़ी बोली - मराठी, बरारी तथा कोंकणी। कोकणी द्रविड़ भाषाओं से ज्यादा प्रभावित है। इसकी अपनी स्वतंत्र लिपि का नाम - मोड़ी हैं, जिसका आविष्कार शिवाजी के मंत्री बालाजी ने किया था। पूना (पुणे) के आसपास बोली जाने वाली मराठी ही परिनिष्ठित मानी जाती है। मराठी का वाङ्मय विशाल एवं समृद्ध है। संत ज्ञानेश्वर की श्रीमद्‌भागवत पर सुप्रसिद्ध ज्ञानेश्वरी टीका पुरानी मराठी में ही हैं। नामदेव, तुकाराम, रामदास मराठी के साहित्यिक फलक के प्रखर नक्षत्र हैं। मराठी में लिंग तीन हैं, जिनका विधान जटिल है। मराठी में ल और ऋ का रू, स का श, य, ज फ का क्रमश: त्स, द्ज और ध्झ, पदान्त न का ण और र का ल हो जाता है। मराठी में ल का वैदिक उच्चारण आज भी यथावत हैं।

1- ज्ञानेश्वरी, पृष्ठ -11

2- महाराष्ट्र सारस्वत - विनायक कै. भावे, पृष्ठ -7, चौथा संस्करण, शक - 1873

**3. बंगला -** बंगला भाषा भी आर्य भारतीय परिवार की भाषा है और ब्रज बुलि इसका आरंभिक रूप था। इसका प्रथम रूप सातवीं शताब्दी के 'बौद्ध गानओ दोहा' में सिद्धों के पदों में मिलता है। चण्डीदास और बाउल गाने वाले सन्तों के बाद आधुनिक काल में राजाराम मोहन राय से आज तक इस भाषा में बड़े-बड़े साहित्यकार हुए। विश्व कवि रविन्द्र नाथ ठाकुर से पहले 'बन्देमातरम्' के लिखने वाले बंकिम चन्द्र चटर्जी और बाद में शरत् चन्द्र को कौन नहीं जानता ?

यह भाषा भी संस्कृत मूलक होने से इसमें तत्सम - तद्भव शब्द अनेक हैं। इसके उच्चारण में 'अ' को विशेष रूप से 'ऑ' जैसा गोला रूप मिलता है। अंतिम स्वर अक्सर 'ओ' होता है, जैसे - 'कत' को 'कॉतो' कहेंगे। 'ए' को 'अँ' और 'ऐ' को 'ओइ' कहते हैं। मागधी प्राकृत की भाँति बंगला व्यजनों में 'स' को 'श' बोलने का रिवाज है। बसन्त को 'बाशन्तो' बोलेगे। केवल जहाँ 'स' की सन्धि 'त','थ' या 'न' से होती है 'स' को 'स' ही बोलते हैं। 'क्ष' को 'क्ख' और 'य' को 'ज' कहते हैं। बांगला में 'बयोरेभेद:' यानी 'ब्' की जगह 'ब' बोलने का रिवाज है। 'ण' सदा 'न' बोला जाता है। जहाँ दो व्यंजन जुड़े हुए होते हैं, वहाँ पहले को ही दोहरा बनाया जाता है, जैसे- 'पद्म' को 'पॉद्दो' या 'सत्य' को 'शॉत्तो',- Bengali is language belonging to Indo Aryan stock. Brajbuli was its earlier form. Its earliest form is found in the padas of Siddhas in seventh century `Buddha Gan O Doha'. Chandidas and Baul singers in the past and in the modern period many authors and thinkers after Raja Ram Mohan Roy have been Known throught out the world. Bankim Chandra, the singer of `Vande Mataram' the great poet Rabindra Nath Tagore and the novelist Sarat chandra are Known every where. As the languges is based on Sanskrit, there are many words derived directly or similar to that based language. In its pronunciation the vowel `A' is pronounced in a rounded manner `Awe', the last vowel is turned in to `O',e,g, `Kata' will be pronounced `Kato'Like Magadhi Prakrit Bengali has also the tendecy to pronounce `S' as `Sh' Basant would become `Bashanto', `S' remains `S' when it ispronounced with `T', `Th' or `N'. `Ksha' is prnounced. `KKha'. `Y' as `J'. In Bengali `V' is pronounced as `B'. `N' is always `N'. When two censonents are compound, the first is stressed. As `Padma' becomes `Poddo', `Satya', `Shotto'.

बंगलादेश और पश्चिम बंगाल की यह मुख्य भाषा है। बंगलादेश में इसका प्रधान केन्द्र ढाका है और पश्चिम बंगाल में कलकत्ता। कलकत्ता के भद्रवर्ग की भाषा को आदर्श बंगला के नाम से जाना जाता है। बंगला मागधी अपभ्रंश से उद्भूत बताई जाती है।**डॉ. सुकुमार सेन** का कहना है कि, - ''अनुमानत: 10वीं - 11वीं शताब्दी में पूर्व अंचल की अपभ्रंश के गर्भ से बंगला का जन्म हुआ।[1] उस समय जनसाधारण की शिक्षा के लिए गणित के नियम एवं सांसारिक अभिज्ञता तथा व्यावहारिक नीतिबोध के सूत्र आदि अपभ्रंश के 'छड़ा' गानों के आकार में ही रचे जा रहे थे। वे आज भी प्रचलित हैं। बंगला भाषा का प्राचीनतम रूप चर्यागीतों में सुरक्षित माना जाता है और यह चर्यागीत पूर्वी अपभ्रंश का उत्कृष्ट निदर्शन है।[2] बंगला की लिपि देवनागरी से बहुत साम्य रखती है। मैथिली का सीधा असर बंगला पर देखा जा सकता है। ब्रजबुलि में रचा गया वैष्णवी साहित्य बहुत लोकप्रिय हो चुका है। इसमें संस्कृत के शब्दों का बाहुल्य है। **ग्रियर्सन** लिखते हैं कि - " It has been proved by actual counting that in modern Bengali works 88 percent of the words used were pure Sanskrit, everyone of which was unne cessary and could have been represented by a vocable of true home growth.[3] 1971 की जनगणना के अनुसार इसे बोलने वालों की संख्या 44.79 लाख थी। बंगाल के अतिरिक्त यह त्रिपुरा में भी 68.79 प्रतिशत लोगों की मातृभाषा है। बंगला बोलने वालो की गिनती ईरान, श्रीलंका और सिंगापुर की सम्मिलित जनसंख्या से अधिक है। बंगला का साहित्य उच्च कोटि का है। बंगला में 'अ' का उच्चारण 'ओ' की तरह होता है। 'स' के स्थान पर 'श' का प्रयोग - इसकी एक अन्य विशेषता है। शब्द स्वरांत होते हैं। इसके शब्द भंडार में देशज और विदेशी शब्दों की भी बहुतायत है।

**4. गुजराती -** यह गुजरात प्रदेश की भाषा है। गुजरात के अलावा इसे मुंबई में भी बहुत अधिक संख्या में बोला जाता है। राजस्थानी से बहुत अधिक नैकट्य के कारण इसे कुछ लोग एक ही स्वीकार करते हैं। कुछ लोगों के अनुसार राजस्थानी से यह 16 वीं शताब्दी के आसपास पृथक हुई। वस्तुत: गुजराती भी संस्कृत मूलक आर्य परिवार की ही भाषा है। यह हिन्दी से निकटतम है, क्योंकि पश्चिमी राजस्थानी से यह बहुत मिलती जुलती है। मीराबाई हिन्दी और गुजराती दोनो की ही कवयित्री मानी

---

**1- भारतीय वाड्मय - डॉ, सुकुमार सेन, पृष्ठ -9, भाग तीन, वर्धा, 1951**

**2- अपभ्रंश भाषा और साहित्य की शोध प्रवृत्तियाँ - डॉ, देवेन्द्र कुमार शास्त्री, पृष्ठ - 21**

**3- Linguistic Survey of India - Grierson, P. 61**

जाती है, जबकि हैं वह राजस्थानी की केवल अ, इ, च, ज, झ, फ, भ की लिखावट भिन्न है। गुजराती में भी 'ल' वर्ण होता है। अन्य उच्चारण हिन्दी की तरह से हैं। सूरत की ओर गुजराती में 'स' का 'ह' होता है। सौराष्ट्र में एक अलग तरह की गुजराती बोली जाती है। आरम्भ में 'ए' हो तो 'अॅ' की तरह बोला जाता है। 'य' को 'ह' मिलाकर बोलने का रिवाज था, लेकिन आधुनिक काल के लोग इसे अलग-अलग लिखना चाहते हैं। गुजराती का प्राचीन साहित्य समृद्ध है। दयाराम, प्रेमानन्द दास, नर्मद, कलापी आदि प्रसिद्ध लेखक हुए हैं। गांधी जी की आत्मकथा विश्व विख्यात है। हिन्दी में बहुत से गुजराती ग्रन्थों का अनुवाद हुआ है। झवेर चन्द्र मेघाणी, काका कालेलकर, ईश्वर पेटलीकर, पन्ना लाल पटेल गद्य के और प्रभाशंकर जोशी, सुन्दरम, राजेन्द्र शाह आदि कवि प्रसिद्ध हैं- "Gujrati is also Sanskrit based Indo - Aryan language. It is nearest to Hindi, as it is very similar to western Rajsthani. Mirabai is conisidered the poetess of both Hindi and Gujrati, while she is Rajsthani. Only A, I, CH, J, JH, PH, BH are written differently in Gujrati from Hindi, other alphabets are the same, minus the upper binding line. Gujrati has also `l', other pronounciations are like Hindi. On the Surat side Gujrati `S' becomes `H' Saurastra has a different brand of Gujrati. If there is `Ae' in the begining it is pronouced as `Aye' previously `Y' and `H' were pronounced to gether, Now they are written separately. Old Gujrati literature is rich. Daya Ram, Prema nand, Narasi Mehta were the saint poets. In modern period, Govardhanram, narumad, Kalapi were very femons. Gandhi's Autobiography is world famous. Many books from Gujrati are translated in to Hindi Jhaver Chand Meghani, KaKa Kalelkar, Ishwar Petlikar, Panna lal Patel, in prose and Uma Shanker Joshi, Sundaram and Rajendra shah are femous poets.

गुजराती की लिपि का नाम कैथी हैं, जो देवनागरी के बहुत अधिक निकट है। इसमें शिरोरेखा का प्रयोग नहीं होता। कुछ अक्षरों की आकृतियाँ भी बदली गई हैं। महाराष्ट्र में 13.9 लाख और तमिलनाडु में 2 लाख गुजराती बोलने वाले रहते हैं। गुजराती बोलने वालों की संख्या इथोपिया अथवा स्कॉटलैण्ड एवं युगोस्लाविया की संयुक्त जनसंख्या से अधिक है,"The number of Gujrati speakers exceeds the population of Ethiopia or that of Scotland and Yugoslavia taken together"[1]। नागरिक और ग्रामीण गुजराती में कुछ अन्तर पाया जाता है। गुजराती में दन्त्य और मूर्द्धन्य व्यंजन परस्पर परिवर्तनीय हैं। वचन दो हैं, पर लिंग तीन। इसकी सहायक क्रिया राजस्थानी से मिलती-जुलती है।

**5. पंजाबी** - पंजाब फारसी भाषा का शब्द है, जिसका अर्थ है - पाँच नदियों की भूमि। प्राचीन काल में इसका नाम पांचाल था। पश्चिमी चिंतक **मैकडानेल** के विचार से सिन्धी ही नहीं, पश्चिमी पंजाबी और काश्मीरी भी अपभ्रंश की धारा से ही निकली है।[2] पंजाबी के दो रूप हैं - पश्चिमी पंजाबी और पूर्वी पंजाबी। पश्चिमी पंजाबी को 'लहंदा' अर्थात् सूर्यास्त की भाषा कहते हैं। डेरावली, मुल्तानी, पैशावरी, जटवीया उच्या आदि इसकी कई उपबोलियाँ हैं। पूर्वी पंजाबी की तुलना मे इसे ज्यादा कड़क-कर्षक और अरठ-ऊरठ मानते हैं। पूर्वी पंजाबी भारतीय पंजाब में बोली जाती है। डोगरी, मालवई, पोवाधी और माँझी आदि इसकी महत्वपूर्ण बोलियाँ हैं। माँझी को आदर्श या साहित्यिक भाषा माना जाता है। भारत में 16.45 लाख लोग पंजाबी बोलते हैं। भारतीय भाषाओं में पंजाबी का बोलने वालों की दृष्टि से ग्यारहवां स्थान है। यह गुरुमुखी लिपि में लिखी जाती है। इसकी पुरानी लिपि 'लंडा' थी। गुरु ग्रंथ साहब, सिख पंथ का सर्वाधिक पवित्र एवं आदरणीय ग्रंथ है।पंजाबी के प्राचीन साहित्य में,जो गुरुमुखी की लिपि में है गुरु ग्रंथ साहब और हीर - रांझा की लोक गाथा प्रसिद्ध है। आधुनिक काल में भाई वीर सिंह और धनीराम चात्रक और अमृता प्रीतम ......... बड़े लेखक हैं। इस साहित्य में बहुत सप्राण लोक गीत भी है।

पंजाबी में प्रथम सघोष वर्ण को अघोष जैसे 'भगवान' को 'पह्गवान' बोलने की और 'न' को 'ण' बोलने की पद्धति है। प्रथम 'र' युक्त संयुक्ताक्षर को तोड़कर बोला जाता है, जैसे - प्रकाश को परकाश या कृष्ण को किरशन। पंजाबी में अंतिम वर्गों पर द्वित्व का कुछ असर बोलियों में पाया जाता है। हरियानवी में 'गाड़ी' को 'गड्डी' या 'ऊपर' को 'उप्पर' कहते हैं, उसी तरह पंजाबी में भी। यह हिन्दी और उर्दू के निकट की भाषा हैं - "In old Panjabi literature, which is in Gurumukhi script, Guru Grantha Sahib and Hir-Ranjha Sare famous. In modern period Bhai Vir singh and Dhani ram chatrak and .......... Amrita Pritam are distinguished writers. There are very powerful folk songs in this language. In the

---

**1- The Problem of Official language - K.L. Gandhi P.16**

**2 - A History of Sanskrit literature - A. Macdonell, P.27**

first aspirated consonent is pronounced as unaspirated in Panjabi, e.g.`Bhagwan' would be pronounced as `P-hag-wan"N' is pronounced as `N'. If the first letter has `R' with in it a compound letter, it is pronounced as a separate one, e.g. `Prakash' becomes `Parkash' or `Krishna'`as `Kirshan'. In some dialects the last letter becomes duplicated e.g. in Harianvi `Gadi' becomes `Gaddi' or `Upar' as `Uppar'. It is a language close to Hindi and Urdu.

पंजाबी का साहित्य शुरू से ही भरा-पुरा रहा है। पंजाबी में हिन्दी की संघीय महाप्राण ध्वनियों को क्ह, त्ह आदि करके बोलने की प्रवृत्ति है। संयुक्त व्यजंन स्वर भक्ति सहित बोले जाते हैं, यथा - राजेन्द्र -राजिन्दर, सुरेन्द्र - सुरिन्दर, पुत्र - पुत्तर आदि।

**6. उड़िया -** उड़ीसा प्रान्त की भाषा को उड़िया कहते हैं। उड़ीसा का प्राचीन नाम कलिंग और बाद का नाम उत्कल है। अत: इसका एक नाम उत्कली भी है। बंगला से इसकी बेहद निकटता के कारण बहुत से लोग इसे बंगला की उपभाषा मानते थे। इसका मूल आधार भारतीय आर्य भाषा है। उड़िया भाषा का विकास ओड़ी या ओडी से माना जाता है। उड़िया की लिपि ब्राह्मी से निस्तृत हुई है, अत: देवनागरी से भी इसकी आकृति कुछ मिलती-जुलती है। इस पर एक ओर द्रविड़ भाषाओं का प्रभाव है तो दूसरी ओर इसका व्याकरण बंगला से काफी मिलता-जुलता है। साहित्य की दृष्टि से उड़िया समृद्ध भाषा है और आजकल तो इसमें विपुल साहित्य सर्जन हो रहा है। इसमें स्वाभाविक लिंग हैं, व्याकरणिक नहीं। संज्ञा के लघु और सामान्य दोनों रूप इसमें मिलते हैं।

कुल मिलाकर उड़िया के प्राचीन साहित्य में सरलादास, उपेन्द्र भंज, भीम भोई जैसे सन्त कवि हुए हैं। आधुनिक काल में फकीर मोहन सेनापति, राधाकान्त एवं मधुसूदन आदि प्रसिद्ध हुए। उड़िया भी असमिया और बंगला की तरह संस्कृत मूलक आर्य भारतीय भाषा है, यद्यपि इसकी लिपि पर द्रविड़ लिपि का असर है। इस भाषा में भी प्रथम वर्ण बंगला की तरह गोलाकार होता है, पर कम। 'अ' को 'अड' की तरह बोलते हैं। उड़िया में मराठी और द्रविड़ भाषाओं की तरह 'ल' एक विशेष व्यंजन होता है। 'य' का उच्चारण 'ज' की तरह होता है। 'र' के 'य' में मिलने से 'र्ज'बोला जाता है। जहाँ 'श' या 'ष' हो वहाँ उसे 'स' कहते हैं। 'शहर' को 'सहर' बोला जाता है। वैसे अन्य वर्ण जैसे लिखे जाते हैं, वैसे ही बोले भी जाते हैं। 'व' और 'ब' का भेद भी बंगला की तरह नहीं है। 'क्ष' 'ख्य' को कहते है। 'ऋ' को 'रू' बोला जाता है -"In the Oriya, there old literatiure there were sait-poets like SarlaDas, Upendra Bhanj, Bhim Bhoi. In modern period Fakir Mohan Senapati, Radha Kant and Madhusudan are famous writers. Oriya is also like Assamese and Bengali a sanskrit based Indo Aryan language, though the Dravidian influence is on its script. In this language too the first letter is pronounced in a round manner, like Bengali, but it is not so much. `A' is pronuonced like `Aa'. In Oriya, there is One extra consonent `L', like Marathi and Dravidian languages, `Ya' is pronounced like `Ja'. If `R' and `Y' are combined, they are pronounced as `Rja' whereever there is `Sh' or `Sh' it is prounounced as `S', `Shahar' would be pronounced `Sahar': there is no difference in `V' and `B', like Bengali, `Ksha' is called `Khya', `Ri' is pronounced `Ru'.

**7- असमियाँ -** इसे 'असमी' भी कहते हैं। यह संपूर्ण असम प्रान्त की भाषा नहीं है, बल्कि ब्रह्मपुत्र नदी की घाटी के केवल 6 जिलो में ही यह प्रमुखता से बोली जाती है। "Assamiya or Akhomia is the language of the state of Assam. Nagaland is proximate to this state, where several dialects are spoken. Assamese language was adopted after the advent of Ahom people. Its earliest literature consists `Burunji' or prose descriptions of battles and royal dynasties. In the 16 th century the great poet shankerdev established Namghars of Vashnavas. His devotional songs are famous. the script of Assamese and Bengali are the same. One or two letters like CH, S, R are different the vowels pronounced like Bengali - `A'as `O' and `Ai' as `Oi',`Ae' is pronounced as `Aye'. In the consonents `S', `Sh' and `Sh' are pronounced as `H' For example `Shanti' would be `Hanti'. In this language `T' and `D' as soft or hard are pronounced a like. `Ch' and `Chh' is pronounced as `S'. For examaple they would write `Chakha', but would pronouneed it as `Sakha'. This language is also Sanskrit born. Many words are taken from Sanskrit as they are. अर्थात् असमिया या आखोमिया आसाम प्रदेश की भाषा है। इसी प्रदेश से मिला हुआ नागालैण्ड (प्रदेश)

है, जहाँ कई बोलियाँ बोली जाती हैं। असमिया भाषा आसाम में आरबोम लोगों के आने के बाद से शुरू हुई और शुरू का साहित्य गद्य में युद्ध के वर्णन या राजवंश के वर्णन में मिलता है जिसे 'बुरुंजी' कहते हैं। सोलहवीं सदी में शंकरदेव सबसे बड़े पहले कवि हुए जिन्होने आसाम में 'वैष्णव' नामघर बसाए और जिनकी पदावली प्रसिद्ध है। असमिया और बंगला की लिपि एक जैसी है। एक-दो अक्षर जैसे चस, र आदि में अंतर है। स्वरों में बंगला की तरह असमिया में 'अ' को 'ऑ' और 'ऐ' को 'ओइ' कहते हैं। व्यजंनों में 'स', 'श', 'ष' का उच्चारण 'ह' होता है जैसे शांति को 'हान्टि' कहते हैं। इस भाषा में 'त' या 'ट', 'द' या 'ड' का उच्चारण एक सा ही होता है। 'च' या 'छ' का उच्चारण 'स'की तरह होता है, जैसे लिखते हैं 'चाखा', बोलते हैं 'साखा'। यह भाषा भी संस्कृतोत्पन्न है और इसमें संस्कृत से कई शब्द ज्यों के- त्यों -लिए गए हैं।

बंगला का इस पर बहुत ज्यादा प्रभाव है। कुछ लोग असमियाँ लिपि को देवनागरी का अन्यतम रूप मानते है। असमियाँ भाषा का उद्गम अर्धमागधी लिपि से हुआ है। संपूर्ण भारत में 89.6 लाख लोग असमियाँ बोलते हैं। यह संख्या न्यूजीलैण्ड की जनसंख्या के तीन गुनी है। इस भाषा का शब्द भंडार तद्भव प्रधान है। असमियाँ में कोमल वर्ण हैं, और द्वित्ववर्ण का भी कठोर उच्चारण नहीं होता। इसकी कुछ प्रवृत्तियाँ खासीं, द्रविड़ और कोल भाषाओं से मिलती हैं। **डॉ. परमेश्वरनाथ भार्गव** के अनुसार इतिहास ग्रंथ लिखने की परम्परा भारत में असमियाँ में ही है। इसका साहित्य बहुत उत्कृष्ट और समृद्ध है। असमिया के वैष्णव साहित्य के रचयिता **श्री शकंर देव** पर **कबीर** की अध्यात्म भावना का प्रभाव है। मध्यकाल में इसका साहित्य ब्रज भाषा से भी प्रभावित रहा है। असमियाँ के अंकतियां - नाट तथा बुरंजी साहित्य प्राचीन साहित्यिक देन है। कुल मिलाकर **डॉ. देवेन्द्र कुमार शास्त्री** के शब्दों में, "असमियाँ में प्राचीन लोकगीतों को छोड़कर अपभ्रंश मिश्रित प्रथम रचना हेम सरस्वती रचित 'प्रह्लाद चरित्' मानी जाती है, जो चौदहवी शतीं की रचना कही जाती है।[1]**डॉ. विरंचि कुमार बरुआ** के अनुसार असमिया भाषा का विकास संभवत: 'मागधी' या 'गौड़ी' अपभ्रंश से हुआ है। **डॉ. परीक्षित हजारिका** का विचार है कि असमियाँ के चर्यापद कामरूप अपभ्रंश में लिखे हुए हैं।[2]

**8. कश्मीरी -** भारत का अभिन्न हिस्सा और दुनियाँ का स्वर्ग कहलाने वाले कश्मीर के नाम पर वहाँ की भाषा का नाम कश्मीरी पड़ा है, पर आज वहाँ स्थिति कुछ उलट ही है। धर्म ने वहाँ भाषा को बदल दिया है। कश्मीर में, कश्मीरी में पठन-पाठन न होकर उर्दू को शिक्षा का माध्यम बनाया गया है, जो शुद्ध रूप से धार्मिक और राजनीतिक निर्णय है। **डॉ. उदय नारायण तिवारी** लिखते हैं कि अत्यन्त प्राचीन काल से ही कश्मीर निवासी सारस्वत ब्राह्मणों ने संस्कृत को अध्ययन - अध्यापन का विषय बनाया था। कश्मीर में ब्राह्मी से प्रसूत शारदा लिपि प्रचलित थी, किन्तु आज वहाँ फारसी लिपि का व्यवहार हो रहा है। वस्तुत: कश्मीरी भाषा का प्राचीन साहित्य शारदा लिपि और संस्कृत में था, बाद में फारसी में बहुत सा साहित्य लिखा गया। कश्मीर में ललद्येद, हबाखातून, अरणिमाल जैसी कवियित्रियाँ और प्रकाशराम मास्टर जी और महजूर जैसे कवि हुए हैं। कश्मीरी नस्तालीक और नागरी - दोनों में लिखी जाती है। इस भाषा का उच्चारण सबसे अलग है, क्योंकि इसकी ध्वनियाँ ही भिन्न हैं। स्वरों में 'अ' का उच्चारण तीन तरह से होता है। 'उ' और 'ऊ' को होंठो को गोल बनाकर उच्चरित किया जाता है। यह फ्रेंच 'इ' के उच्चारण जैसा है। 'ओ' का ह्रस्व रूप भी होता है। 'य' का उच्चारण 'च' और 'स' के मिश्रित रूप में और 'छ' का 'छ' और 'स' के मिश्रित रूप में किया जाता है। 'अ' सामान्यत: हलन्त होते हैं। कश्मीरी की शब्दावली में एक ओर वैदिक संस्कृत और ठेठ फारसी के साथ - साथ लहँदा और तिब्बती शब्द भी मिल जातें हैं, -" Kashmiri's ancient literature was in Sharda script. later on lot of literature was composed in Persian. In Kashmiri Lalla Dyed, Habba Khatoon, Aramimal were the poetess and Prakash Ram Master ji, were the poets. Kashmiri is written both in the Nastalik and Nagari. Its pronounciation is very different from other Indian languages. As its sound patterns are different, the Vowel `A' has three pronounciation, `U' and `Oo' are pronounced by rounding, the lips like french `E', `O' has a shortened form. । कुछ लोग कश्मीरी शब्द का उद्गम संस्कृत 'शब्द कश्मीरिका' से मानते हैं। यह भारत के 24.4 लाख लोगों की मातृभाषा है। **ग्रियर्सन** कश्मीर की भाषा कश्मीरी की गणना दार्दिक अथवा पिशाच भाषा में करते हैं। इधर, **प्रो. पी. एन. पुष्प** इस दृष्टिकोण को चुनौती देते हुए लिखते हैं कि - संभवत: कश्मीरी का जन्म दसवीं अथवा ग्यारहवीं शताब्दी में प्रचलित अपभ्रंश से हुआ ........ परन्तु यह सोचना सर्वथा असंगत होगा कि इस भाषा का स्रोत देश की शेष आधुनिक भाषाओं से भिन्न हैं - "Kashmiri probably evolved out of the Apabhransa prevalent in the Valley about the tenth or eleventh century ...... modern

---

**1- अपभ्रंश भाषा और साहित्य की शोध प्रवृत्तियाँ - डॉ, देवेन्द्र कुमार शास्त्री, पृष्ठ -20, भारतीय ज्ञानपीठ प्रकाशन, मूल्य - 14 रूपये, 1972**

**2- The Kam Roopi Apabhransh - Dr. Parikshit Hazarika, P. 92**

language of our land."[1]

**9- हिन्दी -** हिन्दी साहित्य का इतिहास सिद्धों के दोहाकोश में आठवीं शती से शुरू होता है। बाद में बारहवीं शती के चन्द का रासो मिलता है। इनमें दार्शनिक दोहे, पद और वीर गाथा हैं। मुसलमानों ने भी इस भाषा के विकास में बहुत योग दिया : जायसी, रहीम, रसखान कुछ नाम हैं। मध्ययुगीन का साहित्य तो भक्तिपूर्ण है या शृंगारी - दरबारी कविता से भरा है। उन्नीसवीं शती के मध्य तक गद्य विकसित नहीं हुआ था। आधुनिक नाटक निबंध, पत्रकारिता के प्रथम लेखक थे - बनारस के भारतेन्दु हरिश्चन्द्र। संस्कृत प्रधान हिन्दी और फारसी-उर्दू युक्त हिन्दुस्तानी के बीच जो बहस चलती रही, वही कई दशाब्दियों तक चली। हिन्दी में हर साल 3000 से ज्यादा किताबें छपती हैं। 1200 से ऊपर प्रकाशक हैं। सैकड़ों मासिक पत्रिकाएँ हैं - "The history of Hindi literature begins from eighth century with Dohakosh of Siddhas and with Rasau of chand in twelfth century. They were eigther criptic plilosophical conplets or songs and bardic narratives. Muslims also contributed to the development of this language like Jayasi, Raskhan or Rahim. The medieval literature is either devotional or later mostely erotic court poetry ...... The debate bet ween Sanskritized Hindi and persianized Hindustani raged for many decades and in twentienth century while Mahabir Prasad Dwivedi with his magazine `Sarswati', founded in 1904, standardized modern prose style, in Benaras one ........ Hindi has an anual publication of more then 3000 books. There are at least 200 publishers and hundreds of magazines and News papers.

## आधुनिक भारतीय आर्य भाषाओं का वर्गीकरण

विभिन्न प्राकृतों के अपभ्रंश रूपों से विकसित आधुनिक भारतीय आर्य भाषाओं का वर्गीकरण देशी-विदेशी विद्वानों ने विभिन्न प्रकार से किया है। इस संबंध में **हॉर्नले, बेवर, ग्रियर्सन, डॉ, सुनीति कुमार चटर्जी, डॉ, धीरेन्द्र वर्मा, डॉ, हरदेव बाहरी, डॉ, भोला नाथ तिवारी** तथा **श्री सीताराम चतुर्वेदी** आदि विद्वानों द्वारा किया गया वर्गीकरण प्रसिद्ध है।

**1. हॉर्नले का वर्गीकरण -** पाश्चात्य विद्वान् हॉर्नले का विचार था कि भारत में आर्यों का आगमन दो भिन्न समयों, दो भिन्न जगहों तथा दो भिन्न दलों के रूप में हुआ। आर्यों के आगमन कालों के बीच काफी अन्तराल रहा होगा। उनका विचार है कि भारत में आर्यों का आगमन प्रथमत: पंजाब की धरती पर हुआ। पर वे पंजाब को पार करते हुए मध्यदेश में बस गये। लेकिन दूसरी बार जब आर्यों का आगमन भारत में हुआ तो उनके दबाव से पहले वाले आर्य मध्यदेश से हटकर उसके पूर्व, पश्चिम तथा दक्षिण में चारों ओर बिखर गये और नवागंतुक आर्यों ने उनका स्थान मध्यदेश में ले लिया। इसीलिए मध्यदेशीय अथवा केन्द्रीय आर्यों की भाषा में तथा बाहरी आर्यों की भाषा में भेद पैदा हो गया और भाषा दो वर्गों में विभक्त हो गई, जिन्हें अंतरंग उपशाखा और बहिरंग उपशाखा के नाम से जाना जाता है। अपने उक्त विचारों के आधार पर हॉर्नले ने आधुनिक भारतीय आर्य भाषाओं (आ.भ.आ.भा.) का विभाजन इस प्रकार किया-

**पूर्वी गाडियन :** पूर्वी हिन्दी, बंगाली तथा उड़िया।

**पश्चिमी गाडियन :** पश्चिमी हिन्दी, पंजाबी, गुजराती तथा सिन्धी।

**उत्तरी गाडियन :** गढ़वाली, कुमायूँनी तथा नेपाली।

**दक्षिणी गाडियन :** केवल मराठी ।

हॉर्नले ने बिहारी बोलियों को स्वतंत्र न मानकर भोजपुरी आदि बोलियों को पूर्वी हिन्दी के साथ वर्गीकृत किया हैं।[2]

**2. ग्रियर्सन का वर्गीकरण -** भारत में आर्यों के आगमन से सम्बन्धित हॉर्नले के विचारों से ग्रियर्सन यद्यपि असहमत रहे हैं, फिर भी आ0भा0आ0भा0 को उन्होनें भी दो वर्गो अथवा उप शाखाओं में विभाजित करना उचित समझा। **स्व. रमाप्रसाद चन्द** ने भी ग्रियर्सन के उक्त बँटवारे को अपना आँशिक समर्थन दिया था। उन्होंने आर्यों के दो जातिगत भेद माने-एक, लम्बा शीर्ष, दूसरा, मध्यमशीर्ष। ग्रियर्सन ने 'भारतीय भाषाओं का सर्वेक्षण',(Linguistic Survey of India, Vol 1,Page - 116) तथा 'बुलेटिन ऑफ द स्कूल ऑफ ओरियंटल स्टडीज', लन्दन-इन्स्टीट्यूशन, भाग - 1, पृष्ठ -32, 1930 (Bulletin of the School of Oriental Studies, London, Institution, Part 1, Page-32,1930) में आ. भा. आ. भा. के वर्गीकरण की एक नयी नींव डाली, जिसे इस प्रकार देखा जा सकता है -

---

1- भारत की 15 भाषाएँ - बोलियाँ सीखिए - सं0 डॉ, प्रभाकर माचवे, पंजाबी पुस्तक भंडार, दरिया कला, दिल्ली -6, मूल्य- 4 रू0), 1969

2..Comparative Grammar of the Gaudian Languages-(History of India) Page- xxxi

**1- बाहरी उपशाखा-**

(क)- पश्चिमोत्तरी समुदाय - सिन्धी, लहंदा

(ख)- पूर्वी समुदाय - बिहारी, बंगाली, उड़िया

(ग)- दक्षिणी समुदाय - मराठी

**2- मध्यवर्ती उपशाखा-**

(घ)- मध्यवर्ती समुदाय - पूर्वी हिन्दी

**3- भीतरी उपशाखा-**

(ङ)- केन्द्रीय समुदाय - पश्चिमी हिन्दी, पंजाबी, गुजराती, राजस्थानी।

(च)- पहाड़ी समुदाय - पूर्वी पहाड़ी, मध्यवर्ती पहाड़ी, पश्चिमी पहाड़ी।

सन् 1931 में जॉर्ज ग्रियर्सन ने 'इन्डियन एन्टीक्वेरी सप्लीमेन्ट'(Indian Antiquary Suppliment of Feb. 1931) के अन्तर्गत पुन: निम्नलिखित वर्गीकरण प्रस्तुत किया -

**(अ)- बहिरंग शाखा-**

(क)- पश्चिमोत्तर समुदाय - 1- सिन्धी, 2- लहँदा

(ख)- पूर्वी समुदाय - 3- उड़िया, 4- बिहारी, 5-बंगला, 6-असमियां

(ग)- दक्षिणी समुदाय - 7- मराठी

**(आ)- मध्यदेशीय शाखा-**

(घ)- मध्यवर्ती समुदाय - 8- पूर्वी हिन्दी

**(इ)- अंतरंग शाखा-**

(ङ)- केन्द्रीय समुदाय - 9- पश्चिमी हिन्दी, 10- पंजाबी, 11- गुजराती, 12- भीली, 13- खानदेशी, 14- राजस्थानी

(च)- पहाड़ी समुदाय - 15- पूर्वी पहाड़ी या नेपाली, 16- मध्यवर्ती पहाड़ी, 17- पश्चिमी पहाड़ी

जाहिर है, ग्रियर्सन ने आ0भा0आ0भा0 को 17 भागों, 6 समुदायों और 3 शाखाओं में विभक्त किया है। इस वर्गीकरण के लिए उन्होंने अधोलिखित आधार प्रस्तुत किया है -

**1. ध्वन्यात्मक आधार-** बहिरंग और अन्तरंग भाषाओं में निम्नलिखित ध्वनि भेद (स्वन-भेद) मिलते हैं, जो दोनों को भिन्न सिद्ध करते है

(क)- बहिरंग शाखा की उत्तरपश्चिमी और पूर्वी उपशाखाओं की बोलियों में शब्दान्त अर्थात् अंतिम स्वर इ,उ,ए विद्यमान हैं, परन्तु अंतरंग शाखा की बोलियों में ये लुप्त हो गये हैं।

(ख)- बहिरंग शाखा की बोलियों में 'इ' को 'ए' और 'उ' को 'ओ' हो जाता हैं, परन्तु अंतरंग शाखा की बोलियों में नहीं होता।

(ग)- बहिरंग शाखा में संस्कृत के 'उ' के स्थान पर 'इ' मिलता है।

(घ)- बहिरंग शाखा में 'ल' के स्थान पर 'र' और 'उ' के स्थान पर 'ङ' मिलता है।

(ङ)- बहिरंग शाखा में संस्कृत के 'ऐ' और 'ओ' के स्थान पर 'ए' और 'ओ' हो जाते हैं।

(च)- बहिरंग शाखा में 'म्ब्' के स्थान पर 'म्' होता है, परन्तु अंतरंग शाखा में 'ब्' होता है।

(छ)- बहिरंग शाखा में श् ,ष् , स् को 'श्' अथवा 'ह' होता है।

**2. व्याकरणिक रूप-** दोनों शाखाओं की बोलियों के व्याकरणिक रूपों में भी अंतर है, जो दोनों को अलग-अलग सिद्ध करता है। जैसे-

(क)- बहिरंग शाखा के पूर्वी और पश्चिमी समुदायों में पुल्लिंग से स्त्रीलिंग बनाने के लिए 'इ' प्रत्यय का प्रयोग किया जाता है।

(ख)- बहिरंग भाषाएं अश्लिष्ट से पुन: श्लिष्ट होने की प्रक्रिया में हैं।

(ग)- बहिरंग भाषाओं में विशेषणात्मक प्रत्यय 'ल' उपलब्ध है जब कि अंतरंग भाषाओं में इसका अभाव है।

(घ)- बहिरंग भाषाओं की भूतकालिक क्रियाओं के साधारण रूपों से ही उनके पुरुष और वचन का बोध हो जाता है, परन्तु अंतरंग भाषाओं में क्रिया का यह रूप सभी जगह समान रहता है।

**3. शब्द-समूह-** अंतरंग भाषाओं में जिन शब्दों की अधिकता है, बहिरंग भाषाओं में वे कम मिलते हैं। इसी प्रकार बहिरंग भाषाओं में जिन शब्दों का अधिक प्रयोग है, अंतरंग भाषाओं में उनका प्रयोग कम है। इसमें दोनों में अंतर स्पष्ट प्रतीत होता है।[1]

**डॉ. सुनीति कुमार चटर्जी द्वारा ग्रियर्सन के मतों का खण्डन-** डॉ. चटर्जी ने ग्रियर्सन के मतों से अपनी असहमति व्यक्त करते हुए कहा है कि, -"भाषा शास्त्र की दृष्टि से यह सिद्धान्त ग्राह्य प्रतीत नहीं होता और न रमा प्रसाद चन्द का नृतात्विक निरूपण ही निश्चयात्मक है, क्योंकि उनका मत स्वयं 'भीतरी-बाहरी-समुदाय' वाले सिद्धान्त को कई मूल बातों में काटता है। यह सब कुछ होते हुए भी, एक बात तो माननी ही पड़ेगी। वह यह है कि महाप्राणों के उपयोग में 'भीतरी' भाषाएँ (पश्चिमी हिन्दी) तथा एक 'अन्तर्मध्य' भाषा (पूर्वी हिन्दी) औरों से बिलकुल भिन्न अपना स्वतंत्र अस्तित्व रखती हैं।"[2] डॉ. चटर्जी का विचार है कि इस तरह का कोई पक्का प्रमाण नहीं मिलता, जिसके आधार पर यह कहा जा सके कि आर्य लोग दो दलों में भारत में आये थे। **लोकमान्य तिलक** का भी यही कहना था कि आर्य लोग उत्तरी ध्रुव के निवासी थे और ऋग्वैदिक काल में उत्तरी ध्रुव भारत के ही अन्तर्गत था। कई अन्य लोग भी आर्यों को भारत का ही निवासी मानने के पक्ष में है। इन्ही तथ्यों के आधार पर डॉ, चटर्जी ने ग्रियर्सन के ध्वनि-संबंधी तथा व्याकरणिक रूप-संबंधी आधारों का खण्डन करते हुए कहा कि -

(क)- यदि बहिरंग भाषाओं में 'इ', 'उ','ए' ध्वनियाँ मिलती हैं तो अंतरंग भाषाओं में भी इसके उदाहरण मिल जाते हैं, जैसे - ब्रज और कन्नौजी में 'चलि', 'फिरी','जागु' आदि।

(ख)- यदि बहिरंग में 'इ' को 'ए' और 'ए' को 'उ' को 'ओ' होते हैं तो अंतरंग भाषाओं में भी इसके निदर्शन देखे जा सकते हैं, जैसे ब्रजभाषा में 'बिल्व' से 'बेल', 'पुष्कर' से 'पोखर' आदि रूप बनते हैं।

(ग)- यदि बहिरंग में 'उ' के स्थान पर 'इ' मिलता हैं तो अंतरंग में भी ऐसा ही होता है, जैसे 'गुणन' से 'गिनना', 'कुरु' से 'करि' आदि।

(घ)- यदि बहिरंग भाषाओं में 'ल' के स्थान पर 'र' और 'उ' के स्थान पर 'ङ' मिलते हैं तो अंतरंग भाषाओं में भी ऐसे ही रूप मिलते हैं, जैसे - ब्रज में संस्कृत रूप 'कवल' के स्थान पर 'कौर' और 'षंड' के स्थान पर 'सांड़' (ङ) बहिरंग शाखा में होने वाले 'ऐ' को 'ऐ' और 'औ' को 'ओ' अंतरंग भाषाओं में भी होते हैं, जैसे - संस्कृत 'सौभाग्य' से ब्रज में 'सोहाग', संस्कृत 'मोक्तिक' खड़ी बोली में 'मोती' आदि।

(च)- केवल बहिरंग भाषाओं में ही महाप्राण ध्वनियां अल्पप्राण में नहीं बदलती, अन्त 'ग' भाषाओं में भी बदलती हैं, जैसे - संस्कृत 'भगिनी' से खड़ी बोली में 'बहिन' अथवा 'बहन'। संस्कृत 'अभ्रक' से ब्रज में 'अबरक' आदि। व्याकरणिक रूपों में भी समानता है जैसें-

(क)- स्त्रीलिंग बनाने के लिए 'इ' प्रत्यय का योग अंतरंग भाषाओं में भी होता हैं, जैसे - नर से नारी, लड़का से लड़की, बेटा से बेटी आदि।

(ख)- यदि बहिरंग भाषाएँ अश्लिष्ट से पुन: श्लिष्ट होने की प्रक्रिया में हैं, तो अंतरंग भाषाओं के संबंध में भी यही बात कही जा सकती है[3]

**3. डॉ. सुनीति कुमार चटर्जी कृत वर्गीकरण -** ग्रियर्सन के विचारों का प्रबल खण्डन करते हुए डॉ, चटर्जी ने अपनी ओर से एक नया वर्गीकरण प्रस्तुत किया है, जिसे इस प्रकार देखा जा सकता है -

**(क)- उदीच्य (उत्तरी) भाषाएँ -** 1- सिन्धी, 2- लहँदा, 3- पंजाबी

**(ख)- प्रतीच्य (पश्चिमी) भाषाएँ -** 4- गुजराती, 5- राजस्थानी

**(ग)- मध्यदेशीय भाषा -** 6- पश्चिमी हिन्दी

**(घ)- प्राच्य (पूर्वी) भाषाएँ -** 7- पूर्वी हिन्दी, 8- बिहारी, 9- उड़िया. 10- बंगला, 11- असमियाँ

**(ङ)- दाक्षिणात्य भाषा -** 12- मराठी ।

**डॉ. ग्रियर्सन तथा चटर्जी के मतों की तुलनात्मक समीक्षा तथा अपना निष्कर्ष -**डॉ. चटर्जी का वर्गीकरण अनेक दृष्टियों से सर्वथा वैज्ञानिक, सरल-सहज कहा जा सकता है। उन्होने आ0भा0आ0भा0 को 5 भागों में बाँटा हैं, जो सर्वथा उपयुक्त है। अपने वर्गीकरण में उन्होंने पश्चिमी हिन्दी को मध्यदेश की प्रतिनिधि भाषा मानकर उचित ही किया है। इन सबके

1. डॉ. रत्नचन्द्र शर्मा की पुस्तक 'भाषा विज्ञान और मानक हिन्दी' के पृ. 172-73 से साभार।
2. भारतीय आर्य भाषा और हिन्दी, पृष्ठ 131
3- डॉ, रत्नचन्द्र शर्मा की पुस्तक 'भाषा विज्ञान और मानक हिन्दी' के पृष्ठ - 74-75 से साभार।

बावजूद कई लोगों को डॉ. चटर्जी का वर्गीकरण कई दृष्टियों से दुर्बल दिखाई देता है। आलोचकों का विचार है कि चटर्जी के वर्गीकरण का आधार भाषागत न होकर भौगोलिक है। कई दृष्टियों से यह वर्गीकरण ग्रियर्सन के वर्गीकरण के बहुत नजदीक है। दोनों में कोई तात्विक भिन्नता नहीं है। इस वर्गीकरण में पहाड़ी भाषाओं को स्थान नहीं मिल पाया है। पंजाबी और सिन्धी में हालांकि कोई समानता नहीं है, फिर भी पंजाबी को सिन्धी से सम्बद्ध कर दिया गया है।

बहरहाल, कुल मिलाकर यह कि डॉ, चटर्जी, डॉ, ग्रियर्सन के वर्गीकरण से असहमत हैं। चटर्जी का कहना है कि ग्रियर्सन के वर्गीकरण का आधार भ्रामक है तथा अंतरंग और बहिरंग वर्गीकरण अनुपयुक्त। इसलिए पर्याप्त प्रमाणों के आधार पर उन्होंने ग्रियर्सन के वर्गीकरण सिद्धान्त का खण्डन करते हुए उसे खारिज कर दिया है। इनके वर्गीकरण को चटर्जी अधकचरा और नाकाबिल करार देते हैं। इस वर्गीकरण में डॉ, चटर्जी को वैज्ञानिकता भी नहीं दिखाई देती है। ठीक इसी तरह डॉ, ग्रियर्सन भी डॉ, चटर्जी की आलोचना से सहमत नहीं है। डॉ, ग्रियर्सन का कहना है कि उनके वर्गीकरण का भाषा वैज्ञानिक आधार है, किन्तु डॉ, चटर्जी की प्रज्ञा और बुद्धि उसे समझ नहीं पायी है। डॉ, सुनीति कुमार चटर्जी के सुप्रसिद्ध शोध ग्रंथ 'Origin and Development of Bengali Language' (बंगाली भाषा का उद्भव तथा विकास) में डॉ, सर जॉर्ज अब्राहम ग्रियर्सन ने अपने द्वारा किए गए आधुनिक भारतीय आर्य भाषाओं के वर्गीकरण के संबंध में डॉ, चटर्जी के भ्रम को दूर करते हुए लिखा है कि,- "As regards myself I must confess that the (Dr. Chatterji) has not convinced me that I am wrong in One or two matters in which he has lucidity expressed his disagreement."

**4. डॉ. धीरेन्द्र वर्मा का वर्गीकरण -** विद्वानों ने डॉ, वर्मा के वर्गीकरण को डॉ, चटर्जी के वर्गीकरण का दूसरा संस्करण कहा है। दोनों में भेद केवल इतना ही है कि डॉ, वर्मा के वर्गीकरण में मध्यवर्ग में केवल पश्चिमी हिन्दी को न लेकर उससे संबंधित पूर्वी हिन्दी, राजस्थानी और बिहारी को भी लिया गया हैं, जिसे इस प्रकार देखा जा सकता है -

**(क)- उत्तरी वर्ग -** 1- सिन्धी, 2- लहँदा, 3- पंजाबी

**(ख)- पश्चिमी वर्ग -** 4- गुजराती

**(ग)- मध्य वर्ग -** 5- पश्चिमी हिन्दी, 6- पूर्वी हिन्दी, 7- राजस्थानी, 8- बिहारी

**(घ)- दक्षिणी वर्ग -** 9- मराठी

**(ङ)- पूर्वी वर्ग -** 10- बंगला, 11- असमी, 12- उड़िया

**5. डॉ, हरदेव बाहरी का वर्गीकरण -**

**(क)- हिन्दी वर्ग -** 1- पश्चिमी हिन्दी, 2- पूर्वी हिन्दी, 3- राजस्थानी, 4- बिहारी, 5- पहाड़ी

**(ख)- हिन्दीतर वर्ग -**

**(अ)- पूर्वी उपवर्ग -** 6- बंगला, 7- असमी, 8- उड़िया

**(ब)- दक्षिणी उपवर्ग -** 9- मराठी, 10- सिंहली

**(स)- पश्चिमी उपवर्ग -** 11- सिन्धी, 12- पंजाबी, 13- गुजराती

**(द)- उत्तरी उपवर्ग -** 14- नेपाली [1]

**6. डॉ, भोला नाथ तिवारी का वर्गीकरण -**

**(क)- शौरसेनी -** पश्चिमी हिन्दी, राजस्थानी, गुजराती

**(ख)- मागधी -** बिहारी, बंगाली, असमी, उड़िया

**(ग)- अर्द्धमागधी -** पूर्वी हिन्दी

**(घ)- माहाराष्ट्री -** मराठी

**(ङ)- व्राचड़-पैशाची -** सिन्धी, लहँदा, पंजाबी।

इन्हें क्रम से मध्य, पूर्वीय, मध्य पूर्वीय, दक्षिणी और पश्चिमोत्तरी कहा जा सकता है।[1]

## आधुनिक भारतीय आर्य भाषाओं की विशेषताएँ -

आ. भा. आ. भाषाओं में यदि अपनी पूर्ववर्ती भाषाओं की अनेक विशेषताएँ विद्यमान हैं, तो ध्वनि रूप तथा शब्द संबंधी अनेक नवीनताएँ भी पाई जाती हैं। कहने का आशय यह कि ये भाषाएँ अनेक अर्थों में अपने पूर्व की भाषाओं से अपेक्षाकृत दूर हटी हैं। आ.भा.आ. भाषाओं की कुछ मुख्य विशेषताओं को इस प्रकार देखा जा सकता है -

1- हिन्दी : उद्भव, विकास और रूप, पृष्ठ - 483. हिन्दी भाषा- पृ. 280-82

1- आ.भा.आ. भाषाएँ मूलत: अयोगात्मक हैं। उनकी यह अयोगात्मकता अपभ्रंश भाषाकाल में ही उपज चुकी थी। यही कारण है कि इस अयोगात्मक प्रवृत्ति के कारण ही इन भाषाओं में विभक्तियों का स्थान परसर्गों ने ले लिया।

2- 'ऋ' स्वर का प्रयोग केवल लिखने में ही किया जाता है, इसका उच्चारण 'रि' या 'रू' में बदल गया है।

3- इसी तरह श् ,ष् तथा स् ये तीनों ही उष्म ध्वनियाँ लिखी तो जाती हैं,लेकिन उच्चारण में केवल 'श' या 'स' ही प्रयुक्त होता है। 'ष' का उच्चारण नहीं होता।

4- आ.भा.आ. भाषाओं में अनेक विदेशी ध्वनियों का प्रवेश हुआ है। क़् (स्पर्श), ख़् ,ग़्, फ़् (संघर्षी) फारसी और 'ऑ' ध्वनि अंग्रेजी प्रभाव के कारण इन भाषाओं में प्रविष्ट हुई हैं।

5- मराठी और गुजराती को छोड़कर अन्य सभी भाषाओं में लिंग तथा दो वचन ही शेष रह गये हैं।

6- आ.भा.आ. भाषाओं में बलाघात तथा सुराघात की स्थिति के संबंध में विवाद है। **ग्रियर्सन** के अनुसार इनमें केवल बलाघात की सत्ता है। **जूल ब्लाख** को इनमें बलाघात तथा सुराघात दोनों की ही विद्यमानता में सन्देह है। **टर्नर** के अनुसार मराठी में सुराघात तथा गुजराती में बलाघात की सत्ता है। हिन्दी में बलाघात और सुराघात को निश्चय ही यह स्थान प्राप्त नहीं है, जो उन्हें क्रमश: अंग्रेजी और चीनी में प्राप्त है, फिर भी वाक्य के स्तर पर उसमें दोनों की ही सत्ता है। इस स्तर पर ये सार्थक भी है।[1]

7- आ.भा.आ. भाषाओं के साहित्यिक रूप में तद्भव शब्दों की अपेक्षा तत्सम रूप ही अधिक प्रयुक्त किये जा रहे हैं।

8- आ.भा.आ. भाषाओं के शब्द-समूह में विदेशी शब्दों की प्रचुरता उसकी एक अलग विशेषता है। विदेशी शब्द इन भाषाओं में विभिन्न माध्यमों से समय-समय पर प्रवेश करते गये। इन भाषाओं में अरबी, फ्रेंच, चीनी, जापानी, पुर्तगाली, ईरानी, आस्ट्रेलियाई, पश्तों, स्पेनी आदि शब्दों को आसानी से पाया जा सकता है। **डॉ. सुनीति कुमार चटर्जी** के अनुसार बंगला में पश्तो शब्दों की संख्या आधा दर्जन है।[2] **डॉ. भोला नाथ तिवारी** के हिसाब से हिन्दी में पठान, रूहेला, मटरगश्ती, गुण्डा, अचार, जमालगोटा, अखरोट, लुच्चा आदि लगभग सौ शब्द पश्तो से आये हैं तथा हिन्दी में 6000 फारसी शब्द हैं, जिनमें लगभग 3500 तो फारसी के अपने हैं और लगभग 2500 अरबी के है।[3]

9- बहुवचन के शब्द रूप लुप्त होते प्रतीत होते हैं। एक वचन मूल रूप के साथ समूहवाची शब्द लोग, सब,गण आदि जोड़कर बहुवचन का अर्थ प्रकट किया जा रहा हैं। पुरुष वहाँ पहुँचे, भाभियों ने कहा, कुत्ते भौंक रहे हैं, कुत्तों को रोटी डाल दो, हमें कुछ नहीं चाहिए आदि के स्थान पर पुरुष लोग वहाँ पहुँचे, भाभी लोग ने कहा, कुत्ता लोग/कुत्ते लोग भौंक रहे हैं, कुत्ता लोग को रोटी डाल दो, हम लोग को कुछ नहीं चाहिए, हम सबको कुछ नहीं चाहिए आदि वाक्य बोल-चाल में सुने जा सकते हैं।[4]

---

**1- भाषा विज्ञान - डॉ, भोला नाथ तिवारी, पृष्ठ - 173**

**2. Origin and Developement of Bengali Language Dr. S.K.Chattergy, P-282**

**3- भाषा विज्ञान - डॉ, भोला नाथ तिवारी, पृष्ठ - 173**

**4. ऐतिहासिक भाषा विज्ञान: सिद्धान्त और व्यवहार- डॉ. जय कुमार 'जलज'**

अध्याय-11

# ध्वनि-विज्ञान या स्वानिकी -विज्ञान (PHONOLOGY)

'बदली-कौंध-पत्तियों पर वर्षा-बूँदों की पट-पट
घनी रात में महुए का चुपचाप टपकना
चौके खग-शावक की चिहुँक
पार्वती गाँव के उत्सव ढोलक की थाप
भरे शरद के ताल, लहरियों की सर-सर ध्वनि
कूंजों का क्रेंकार
कांद लंबी टिट्टिभ की
बँधे समय वन-पशुओं की नानाविध आतुर तृप्त पुकारें
गर्जन, घुर्घुर चीख, मूँक, हुक्का, चिचियाहट
कमल-कुमुद पत्रों पर चोर-पैर द्रुत धावित
जल पंछी की चाप
थाप दादुर की चकित छलांगों की............।'

स्व. कविवर 'अज्ञेय' की 'असाध्य वीणा' शीर्षक कविता से गृहीत उक्त पंक्तियों में क्रमबद्ध-लयबद्ध सलीके से ध्वनियों का एक पूरा संसार ही पिरोया हुआ है। कवि ने ध्वनियों का उनके बिम्बों के साथ जितना सुन्दर, मनोरम-मनोहर रूपांकन किया है, वह अपने आप में अद्वितीय है। वर्षा, आंधी, हवा के चलने से नदी-ताल में उठने वाली तरंगें और लहरियाँ, भौंरों की गुंजार, चिड़ियों की चहक, किसी के पदचाप की आहट, बादलों की गुर्राहट से निकलने वाली आवाज ही 'ध्वनि' का मुकम्मल परिवेश तैयार करती हैं और इसे ही हम ध्वनि-विज्ञान में अपने अध्ययन का आधार बनाते हैं।

**ध्वनि या स्वानिकी -विज्ञान के अध्ययन की भारतीय परंपरा तथा महत्व एवं उपयोगिता-** साहित्य, कला, ज्ञान-विज्ञान और आध्यात्मिकता के क्षेत्र में भारत सदैव संपूर्ण विश्व में शिखर पर रहा है। संभवतः यही कारण है कि तमाम किस्म के अंतर्विरोधों, अलगाववाद की बहती हवाओं, छीजती राष्ट्रीयता तथा टूटते मूल्य बोध के बावजूद यह देश अपनी लौ-लपक में पूर्व पुख्तापन के साथ जिन्दा है और जिन्दा रहेगा। इस देश की ऊर्वर भूमि से फूटा जीवन दर्शन, ज्योतिष, गणित तथा चिकित्सा आदि विज्ञान बारास्ता अरबों के यूनान पहुँचे और वहाँ से इनका प्रकाश, उसकी आँच शनैः शनैः पाश्चात्य देशों तक पहुँची। एक समय था, जब इस देश में व्याकरण की सर्वाधिक उन्नति हुई थी, इस तथ्य को संपूर्ण जगत स्वीकार करता है। प्राचीन भारत में व्याकरण के अन्तर्गत ध्वनि-विज्ञान का विकास संस्कृत की शिक्षा और प्रातिशाख्य ग्रंथों के रूप में हुआ। सच तो यह है कि तैत्तिरीय आरण्यक के सप्तम प्रपाठक, द्वितीय अनुवाक् की पंक्तियों से ऐसा प्रतीत होता है कि आरण्यक काल से ही ध्वनि-विज्ञान पर विस्तार से विचार होने लगा था। ध्वनि-विज्ञान के इतने पक्षों पर विचार होना ही यह प्रमाणित करता है कि प्रागैतिहासिक काल से ही भारतीयों ने ध्वनियों का पूर्ण विश्लेषण कर लिया था।

पर, ध्वनि-विज्ञान के अध्ययन की यह गंभीर उपलब्धि पाश्चात्यों के लिए अचरज-अचंभा की वस्तु बन गयी। पहले तो उन्हें भारतीयों के इस अध्ययन पर विश्वास ही नहीं हुआ, लेकिन जब विश्वास हुआ तो अंततः उन्हें यह स्वीकार करना पड़ा कि ध्वनि-विज्ञान के क्षेत्र में पश्चिम अभी भारतीयों से सुदूर पीछे है। हाँ, यदि पश्चिमी देशों में ध्वनि-विज्ञान पर कहीं बराए नाम काम भी हुआ है, तो कहीं-न-कहीं भारतीय संस्कृत ध्वनि-विज्ञान की गंध उसमें जरूर फूटती है। कुल मिलाकर पश्चिम के ध्वनि-विज्ञान के अध्ययन का आधार भारतीय ध्वनि-विज्ञान ही रहा है। अपनी बात की पुष्टि और क़यास के लिए मैं कुछ तथ्यों को आपके सामने रख रहा हूँ।

**डब्लू. एस. एलेन., ऑटो जेस्पर्सन, विंटरनित्स, मैक्समूलर,** तथा ह्विटनी आदि पश्चिम में पहली कतार में खड़े होने वाले भाषा-चिन्तक माने जाते हैं। इन विद्वानों ने मुक्तमन और निस्पृह भाव से स्वीकार किया है कि ध्वनि-विज्ञान के अध्ययन में भारत शेष सारी दुनियाँ से बहुत आगे

बढ़ा हुआ था। ध्वनि-विज्ञान की श्रेष्ठता और विज्ञानता में उक्त विद्वानों को किसी तरह की विचिकित्सा नहीं दिखाई देती, बल्कि इनके अनुसार भाषा-विज्ञान की क्लिष्टतम शाखा माने जाने वाले इस विज्ञान में प्रातिशाख्यों और शिक्षा ग्रन्थों ने अनुपम सूक्ष्म दृष्टि दिखाई है- "The link between the ancient Indian and the modern western schools of linguistics is considerably closer in phonetics than in grammar"[1] वैदिक ज्ञान की रक्षा के लिए धार्मिक दृष्टि से किए गये ध्वनि-विज्ञान के अध्ययन में नितांत वैज्ञानिकता रही है। भारत में हुए ध्वनि-विज्ञान के इस वैज्ञानिक अध्ययन पर **एलेन साहब** मंत्र मुग्ध तो हैं, फिर भी, कभी-कभी संशय के दोराहे पर वे अपने को खड़े पाते हैं। संभवत: यही कारण है कि एक बार वे कहते हैं कि भारतीय ध्वनि विज्ञानी अपने मूल उद्देश्य से भटक गये थे,- "Authors of our treatises were clearly phoneticians rather than priests and scientific curiousity completed with keen addition and an effective methology, led to descriptions which must surely have transeended their orignal terms of reference." तो दूसरी ओर वे यह भी स्वीकारते हैं कि पाश्चात्य भाषा-वैज्ञानिकों -यथा **हेनरी स्वीट** आदि ने भाषा-विज्ञान को वहाँ से पकड़ा है, जहाँ भारतीय भाषा-विज्ञानियों ने इसे पहुँचा छोड़ा था। यद्यपि कुछ बातों में स्वीट भी उनसे शिक्षा ग्रहण करते हैं। आधुनिक भारतीय आर्य भाषाओं के हाल में किए गये अध्ययन से यह प्रमाणित हो चुका है कि बहुत सी प्राचीन पद्धतियों का उपयोग आज भी भाषा के अध्ययन में लाभदायक है। ऐसा लगता है कि ये प्राचीन भाषा विज्ञानी मध्ययुग या उन्नीसवीं शताब्दी के मध्यकाल के लोगों से नहीं, बल्कि बीसवीं सदी के लोगों से बातें कर रहे हैं और उनके बहुत से वक्तव्य, जो उनके व्याख्याताओं या ह्विटनी अथवा मैक्समूलर की समझ में भी नहीं आये थे, आज के ध्वनि वैज्ञानिकों की समझ में अविलंब आ जाते हैं। इन प्राचीन भारतीय भाषा-वैज्ञानिकों का कोई व्याख्याता उन सा प्रतिभाशाली सूक्ष्मदर्शी नहीं हो सका, एकमात्र **उवट** अपवाद हैं, जिनकी ऋक्-प्रातिशाख्य या वाजसनेय प्रातिशाख्य की व्याख्या बुद्धिमत्तापूर्ण तथा अनेक ध्वनि-विज्ञान संबंधी प्रश्नों पर प्रकाश डालने वाली है,-' In general we may say that **Henry Sweet** takes over where the Indian treatises leave off those in some matters even Sweet could have learnt from them and a recent study of a modern Indo-Aryan languages has Successfully shown that many of the ancient descriptive technique can still be employed to devotage. These early phoneticians speak in fact to the twentieth Century rather than to the middle ages or even the mid nineteenth Century and many a Statement which the commentators and even **Whitnay** or **Maxmular** have failed to comprehend makes immidiate sense to the phoneticians to day. The one out standing exception to the general medioerity of the Indian commentators is **Uyata** whose interpretations to the R.P and V.P. reveal an enlightened and enlightening approch to a veriety of phonetic topics."

दरअसल, **एलेन** इस भारतीय परंपरा से अपरिचित होने के कारण यह नहीं समझ सके कि भारत के लिए भाषा-विज्ञान या कोई भी विज्ञान ब्रह्म विज्ञान का ही एक अंग है।[2] इस प्रागैतिहासिक काल में भारत में ध्वनि-विज्ञान के क्षेत्र में हुई सूक्ष्म खोजों ने **एलेन** महोदय की जड़ता को तोड़ा। उनकी विचार सरणि में परिवर्तन हुआ और उन्होंने स्वीकार किया कि- "ध्वनि-विज्ञान पर लिखे इन ग्रन्थों के अतिरिक्त और भी विभिन्न व्याकरण ग्रंथों में ध्वनि-विज्ञान के प्रचुर तथ्य मिलते हैं, विशेषत: **पाणिनि** की अष्टाध्यायी तथा पतंजलि के महाभाष्य में। यह स्पष्ट है कि भारत में व्याकरण लेखकों ने ध्वनि-विज्ञान के आचार्यों की पुस्तकों से बहुत लाभ उठाया है, यह सुविधा यूरोप में नहीं प्राप्त हो सकी[3]। ध्वनि-विज्ञान के महत्व पर प्रकाश डालते हुए **पतंजलि** कहते हैं कि किसी भी भाषा की ध्वनियों का पर्याप्त अध्ययन हो जाने के बाद ही उसके व्याकरण का अध्ययन होता

---

**1. Phonetics in Ancient India- W.S.Allen, Page-9**

**2. भाषाविज्ञान की भारतीय परंपरा और पाणिनि डॉ. रामदेव त्रिपाठी, पृष्ठ-104**

**3. A part from these specifically phonetic works numerous statements on phonetic matters are to be found in the grammatical works more especially in Panini's Astadhyayi and Patanjali's Mahabhasya and it is evident that in India unlike Europe grammatical writers availed them selves of the best professional phonetic advice. Patanjali (Mbh i,ii,ion Pan. i, ii 32 Kielhorn i 208) makes the important point that the study of grammar presupposes adequate phonetic education. In such ancient and non-technical works as the Brahmanas, Aranyakas and Upanishads we find a familiarity with various phonetic catagories e. g. articnlator, place of articulation(e.g.Gopata Brahmand 1.24....................... (Sparsha, Usma, Antastha, Swara, Ghosawat) in its technical connection and in the Sukla Yajurveda there appear in an anatonical list various features which belong to structure of articulatory........... and parts of tonge of which the topis appropriatly associated with Sarswati, the Goddes of Speech"**

है,-'व्याकरणं नामेयमुत्तारां विद्या। यो सौ छन्दः शास्त्रेष्वभि विनीत उपलब्ध्याधि गन्तु मुत्सहते।"[1] शास्त्रेषु का अर्थ किया है- 'प्रातिशाख्य शिक्षादिषु' अर्थात् प्रातिशाख्य शिक्षा आदि ध्वनि-विज्ञान पढ़कर ही व्याकरण पढ़ा जाता है। ब्राह्मण, आरण्यक, उपनिषद् जैसे प्राचीन और भिन्न उद्देश्य से लिखे गये ग्रंथों में भी हम विभिन्न ध्वनि संबंधी उपकरणों की चर्चा पाते हैं, जैसे- करण, स्थान[2], ऊष्म, अन्तस्थ, स्वर, और घोष (ऐ.आ.3.2.1. तथा छा.उ. 2.12.3 से 5) में स्पर्श, ऊष्म, अन्तस्थ, स्वर, घोषत्व की और इनका सही अर्थ भी समझ लिया गया है। शुक्ल यजुर्वेद में भी विभिन्न अंगों की सूची में एक जगह सामान्य शरीरावयवयों की नाम तालिका की जगह वर्णों के उच्चारण स्थान का विश्लेषण पाया जाता है, जैसे सृक्किणी, वर्त्स, जिह्वा के विभिन्न भाग, जिह्वा की नोंक, जिसे सरस्वती माना गया है।[3]

कुल मिलाकर पाश्चात्यों की दृष्टि में खानाबदोश और जादूगरों का देश समझे जाने वाले भारत की जड़े, सोच और भाषा-वैज्ञानिक विरासत दुनियाँ के सर्वश्रेष्ठ में से एक हैं। यहाँ की संस्कृति और परंपरा को श्रेष्ठ समझकर ही गेटे ने कहा था कि "अगर मैं कालिदास जैसी एक भी रचना लिख पाता तो धन्य महसूस करता।" पर, आज अपने भीतर उपजे हीनता बोध के कारण हम पश्चिमी दिमाग की ओर लपकते हैं। जब कि अरविन्द घोष हमें चेताते भी हैं- 'जमीन का उपनिवेशी करण उतना खतरनाक नहीं, जितना दिमाग का'। बहरहाल इस देश में हुए ध्वनि-विज्ञान से संबंधित पैनेपन और गहरे ऐतिहासिक अध्ययन पर प्रकाश डालने वाले कुछ अन्य विद्वानों का भी कथन देखिए,- (1) Our phonetic categories and terminology owe more than is perhaps generally realized to the imfluence of Sanskrit Phonetics."[4] (2) "For no language of the past have we a record comparable to Panini's record of his mother tongue nor is it likely that any language spoken today will be so perfectly recorded. "[5] (3) "Without the Indian grammarians and Phoneticians whome he introduces and recommended to us it is difficult to imagine our ninteenth century school of phonetic."[6] इस तरह हम देखते हैं कि इस देश में ध्वनि-विज्ञान के अध्ययन की परंपरा-धारा सतत् और सुदृढ़ रूप में प्रागैतिहासिक काल से ही चली आ रही है।

ध्वनि-विज्ञान भाषा-विज्ञान का प्राण तत्व है। ध्वनि-विज्ञान के अध्ययन के बिना भाषा-विज्ञान के अध्ययन का कुछ भी स्वाद नहीं है। यदि यह कहा जाय कि ध्वनि-विज्ञान(भाषा-विज्ञान की)एक ऐसी प्रयोगशाला है, जहाँ भाषा विज्ञान के सभी अंगों का विधिवत् निरीक्षण-परीक्षण किया जाता है, तो कोई बेजा नहीं होगा। वस्तुतः यह भाषा-विज्ञान के अध्ययन की मुख्य कुंजी है। ध्वनि-विज्ञान को इधर '**स्वन-विज्ञान**' नाम से अभिहित किया जा रहा है। डॉ. रमेश चन्द्र मेहरोत्रा ने इसे ध्वनिकी[7] तथा डॉ. देवीशंकर द्विवेदी ने स्वानिकी[8] नाम दिया है। ध्वनि-विज्ञान के अन्तर्गत वागंगों तथा उनसे निसृत ध्वनियों का वैज्ञानिक-विधि से अध्ययन किया जाता है, यथा-वाक्य भाषा की लघुतम इकाई है तथा शब्द अथवा पद वाक्य की इकाई है, ठीक उसी तरह ध्वनि, पद या शब्द की लघुतम इकाई है। यही कारण है कि अधिसंख्य भाषा-विज्ञानियों ने ध्वनि या स्वन को भाषा की लघुतम इकाई बताया है। उक्त कथन उपयुक्त भी है, वह इसलिये की अनेक ध्वनियों के सार्थक मेल से शब्द या पद की पैदाइश होती है और सार्थक पदों से वाक्य भी जन्मते हैं तथा इन सार्थक वाक्यों से भाषा बनती हैं।

**ध्वनि के तीन पक्ष-** ध्वनि-विज्ञान के अन्तर्गत ध्वनि के तीन पक्षों-ध्वनि का उत्पादन(Production), ध्वनि का संवहन या संचरण (Transmission)- और ध्वनि का ग्रहण (Reception)- का विवेचन किया जाता है। यही कारण है कि आधुनिक भाषा-विज्ञानियों ने ध्वनि-विज्ञान को भी निम्न तीन उप शाखाओं में विभाजित किया है। उक्त विभाजन इस प्रकार है-(1)उत्पादन मूलक विज्ञान अथवा उच्चारणिक ध्वनि-विज्ञान(Articulatory Phonetics)(2) भौतिक ध्वनि-विज्ञान (Acoustic Phonetics) तथा(3) श्रवण मूलक ध्वनि-विज्ञान या श्रौत्रिक ध्वनि-विज्ञान(Auditory Phonetics)। ध्वनि के उक्त तीनों पक्षों पर यदि थोड़ी चर्चा हो जाय, तो उत्तम होगा।

**1. उत्पादन मूलक ध्वनि-विज्ञान-** इस उपशाखा के अन्तर्गत ध्वनियों या स्वनों के उच्चारण स्थान का तथा ध्वनियों को निसृत करने वाले प्रयत्नों का विस्तार से अध्ययन किया जाता है। स्वर, व्यंजन, अल्प प्राण, महाप्राण, घोष, अघोष, श्वास, नाद, मूल-स्वर, संयुक्त स्वर, अनुनासिक, अननुनासिक आदि का अध्ययन इसी शाखा के भीतर होता है। चूँकि ध्वनि उत्पादन का सीधा रिश्ता बोलने वाले के उच्चारण अवयवों से होता है इसलिये भाषा-विज्ञानियों ने इसे ध्वनि-विज्ञान की प्रथम उप शाखा स्वीकारा है।

**2. भौतिकी ध्वनि-विज्ञान-** भाषा-विज्ञानियों ने इसे संचरण अथवा संवहन मूलक ध्वनि-विज्ञान भी कहा है। संवहन की स्थिति श्रोता और वक्ता के बीच की है। इन दोनों के बीच यदि ध्वनि-संवहन का माध्यम नहीं है, तो भाषा का कोई अर्थ नहीं। उक्त कार्य का सम्पादन वायु-तरंगों द्वारा होता है। ध्वनि-विज्ञान की शाखा में यंत्रों द्वारा यह पता लगाया जाता है कि ध्वनियों का उच्चारण स्थान कौन-कौन सा है और उक्त उच्चरित

1. पाणिनि सूत्र 1.2.3
2. गोपथ ब्राह्मण 1.2.4 'स्थानानुप्रदानकारणम्'
3. भाषा विज्ञान की भारतीय परंपरा और पाणिनि-डॉ. रामदेव त्रिपाठी, पृष्ठ-105
4. Phonetics in Ancient India-Allen P.3
5. Language: Bloomfield, page-270
6. J.R. Firth about Sir William Jones.
7. हिन्दी ध्वनिकी और ध्वनिमी- डॉ. रमेश चन्द्र मेहरोत्रा,पृ.18
8. भाषा और भाषिकी- डॉ. देवी शंकर अवस्थी,पृ.105

ध्वनियों का असली रूप क्या है? ध्वनि-विज्ञान की यह शाखा दरअसल में प्रयोगात्मक भाषा-विज्ञान(Experimental Philology)से सम्बद्ध होती है, जिसमें ध्वनि-यंत्रों द्वारा प्रयोगात्मक ध्वनि-विज्ञान(Experimental Phonetics)का विवेचन किया जाता है।

**3. श्रवण मूलक ध्वनि-विज्ञान-** इसे ग्रहणमूलक अथवा श्रौत्रिक ध्वनि-विज्ञान भी कहा गया है। उच्चारण अवयवों से उत्पन्न होकर भाषा ध्वनियाँ मुख-विवर(Mouth Cavity) से बाहर निकल कर वायु तरंगों के जरिये श्रोता के कर्ण-कुहर तक जाती हैं। इस प्रकार उक्त ध्वनि वक्ता के मुख से निकल कर श्रोता के कानों तक पहुँचा करती हैं। कहा जा सकता है कि ध्वनि तरंगात्मक होने के साथ ही श्रोत्रग्राह्य कम्पनात्मक अनुभूति है।[1]

कुल मिलाकर कह सकते हैं कि ध्वनि-विज्ञान के श्रवण मूलक शाखा का विषय क्षेत्र ध्वनि का ग्रहण है, जिसकी प्रक्रिया श्रोता एवं वक्ता के बीच वायु द्वारा ध्वनि-लहरों के माध्यम से होती है। वायु द्वारा प्रसारित ध्वनि-लहरों का श्रोत्रेन्द्रिय द्वारा कैसे ग्रहण किया जाता है, इसका अध्ययन श्रौत्रिक ध्वनि-विज्ञान में किया जाता है।[2]

**स्वन या ध्वनि क्या है? अथवा स्वन या ध्वनि का स्वरूप-**'ध्वनि' शब्द संस्कृत 'ध्वन्'(आवाज करना, शब्द करना) धातु के साथ इण(इ) प्रत्यय संम्पृक्त करने से बनता है। इस प्रकार इसका अर्थ होता है-'आवाज' या 'आवाज करना'। व्यक्ति जब बोलता है, तो उसके मुख-विवर से वायु निकलती है जो वागेन्द्रिय के माध्यम से कुछ वाणी (आवाज) प्रकट करती है, उसी को 'ध्वनि' कहा जाता है। संस्कृत में उसके लिए ध्वन और ध्वनन तथा स्वन और स्वनन शब्दों का भी प्रयोग किया गया है। किन्तु सभी का आशय एक ही है। कभी-कभी किसी पुष्करिणी के सोए हुए शान्त जल में यदि कोई पत्थर या कंकड़ीली फेंकी जाय तो उस समय उसका पूरा जल आन्दोलित हो उठता है। साथ ही जल के भीतर से 'घुप्' या 'धब्' की ध्वनि भी निकलती है, किन्तु हमें स्मरण रखना चाहिए कि भाषा-विज्ञान में इस तरह की ध्वनियाँ अपना वजन नहीं रखतीं, बल्कि यहाँ उन्हीं ध्वनियों की चीर-फाड़ की जाती है, जो सार्थक हों, जिनका सम्बन्ध भाषा से हो अथवा जो मनुष्य के उच्चारण अवयवों से निसृत हों। **डॉ. श्याम सुन्दर दास** ने इसे और अधिक स्पष्ट करते हुए कहा है- ध्वनि शब्द से भाषा-विज्ञान में मानव मुख से निसृत ध्वनियों को ही ग्रहण किया जाता है, अन्य अव्यक्त-अस्पष्ट ध्वनियों को नहीं - इस ध्वनि में वर्ण, शब्द, और भाषा सभी का अन्तर्भाव हो जाता है।[3] जाहिर है, कर्णगोचर सभी ध्वनियाँ भाषा-विज्ञान की अध्ययन परिधि में नहीं आतीं। **प्रो. डोनियल जोंस** ने ध्वनि का स्वरूप इस प्रकार किया है,-"ध्वनि मनुष्य के विकल्प-परिहीन नियत स्थान और निश्चित प्रयत्न द्वारा उत्पादित और श्रोत्रेन्द्रिय द्वारा अविकल्प रूप से गृहीत शब्द लहरी है।"[4]

ध्वनि, भाषा का मूलाधार है और ध्वनि से अभिप्राय है- स्वर, व्यंजन का संयोग। परन्तु यहाँ यह भी स्मरण रखना चाहिये कि भाषा, मात्र व्यंजनों और स्वरों का ही संयोग नहीं है, बल्कि इनके साथ-साथ उसमें सुर, मात्रा और बलाघात का भी योगदान रहता है। वस्तुतः ध्वनि भाषा की कृत्रिम किन्तु प्रारम्भिक लघुतम इकाई है। इस प्रकार भाषा ध्वनियों का समूह है। प्रसिद्ध पाश्चात्य विद्वान सैस के अनुसार भाषा की रचना वर्णों से नहीं, ध्वनियों से होती है।[5]साधारण बोलचाल की भाषा में ध्वनि उस सम्वेदना(Sensation) को कहते हैं, जो हमें कानों द्वारा अनुभव होती है। भौतिकी में ध्वनि वह बाह्य कारण अथवा विक्षोभ (Disturbance)है, जिससे यह सम्वेदना उत्पन्न होती है।

## ध्वनि की उत्पत्ति-

**"आकाशवायु प्रभवःशरीरात् समुच्चरन् वक्त्रमुपैति नाद।**
**स्थानान्तरेषु प्रविभज्यमानो वर्णत्वमागच्छति यः स शब्द।।"**

सभी ध्वनि-श्रोतों की परीक्षा करने से यह ज्ञात होता है कि ध्वनि उत्पन्न करने में उनका कोई न कोई भाग कम्पन करता है।[7]जब हम किसी घण्टे पर चोट मारते हैं, तो हमें ध्वनि सुनाई पड़ती है तथा घण्टे को हल्का सा छूने पर उनमें झनझनाहट (कम्पनों) का अनुभव होता है। जैसे ही घण्टे की कम्पन बन्द हो जाती है, ध्वनि भी बन्द हो जाती है। इसी प्रकार जब हम हारमोनियम(Harmonium), क्लैरियोनेट (Clarionet), बाँसुरी को फूँक या चला कर वायु भीतर भेजते हैं, तो बाहर से गई वायु भीतर जाकर टकराती है और उक्त टकराहट के साथ ही एक विशिष्ट आवाज निकलती है। जीवधारी अपने गले की झिल्ली को कम्पित करके मुँह से ध्वनि निकालते हैं। अतः यह निश्चित है कि ध्वनि उत्पन्न करने के लिए कम्पनों की आवश्यकता होती है, बिना कम्पनों के ध्वनि उत्पन्न नहीं हो सकती। **जे.एल.ग्लाथर्ट** के अनुसार ध्वनि कम्पनशील गति के अतिरिक्त कुछ नहीं है।

**डॉ. रामदेव त्रिपाठी** लिखते हैं, "जिस प्रकार वंशी की वीणा की ध्वनि किसी तार के कंपन पर नहीं, वायु स्तंभ के कंपन पर आधारित है,

1. भाषाशास्त्र तथा हिन्दी भाषा की रूपरेखा-डॉ. देवेन्द्र कुमार शास्त्री, पृष्ठ 42
2. भाषा-विज्ञान और मानक हिन्दी- डॉ. रत्न चन्द्र शर्मा, पृष्ठ 27
3. भाषा रहस्य- डॉ. श्याम सुन्दर दास, पृ.202
4. सामान्य भाषा-विज्ञान- डॉ. बाबू राम सक्सेना, पृ. 41
5. Introduction to the Science of Language-p. 339
6. Sound, A.T. Johns.P.362, 1942
7 फोलिज कॉलेज फिजिक्स, चतुर्थ संस्करण,पृष्ठ 183,194

उसी प्रकार मानव ध्वनि भी। इसमें ध्वनि जनक छिद्र की आकृति महत्वपूर्ण है। मानव ध्वनि में स्वर तंत्रियों का कंपन नहीं, स्वर तंत्रियों के फैलने-सिकुड़ने से काकल-विवर की विविध स्थितियाँ महत्वपूर्ण हैं। इनमें स्वर तंत्रियों का कंपन नहीं, स्वर यंत्र मुखस्थ वायु का कम्पन ध्वनि में विविधता का जनक है। भारतीय विद्वानों ने स्वरतंत्रियों के कंपन या तनाव की चर्चा न कर केवल काकल (कंठविवर) की विवृत्तता-संवृत्तता का उल्लेख किया है।"[1] भारतीय विद्वान ध्वनि को संभवतः सुषिरवाद्य मानते थे! पश्चिम के एक विद्वान-एफ.सी.फील्ड. हाइड. ने अपनी पुस्तक में V.E.Negus की पुस्तक ' The Mechanism of the Larnynx' का प्रमाण देते हुए लिखा है-'The important factor in the mechanism of phonation is the thyro-arytenoid muscle, not the so-called vocal chords, The thyro-arytonoid folds of man excute regular movement during phonation, alternately separating and comming in to contact. The sound is produced, not by the simple vibration of the muscle it self, but by cutting the air current in to regular puffs as is siven. The forms of this muscle veries greatly in annimals and this variation has a marked influnence upon the quality of the voice, both in annimals and in man."[2] सच तो यह है कि मनुष्य ने जब भी बोलना आरंभ किया, पहले-पहल उसने अस्पष्ट या स्पष्ट ध्वनियों का ही पृथक-पृथक उच्चारण किया होगा। वे ध्वनियाँ ही बाद में उसके व्यक्तिगत संकेतों को वहन करने लगीं। धीरे-धीरे शब्दों का विकास होने पर वे ध्वनियाँ किसी-न-किसी अर्थ को वहन करती, किसी रूप में प्रातिपदिकः धातु, निपात आदि रूप में अवशिष्ट रह गयीं। इस प्रकार वर्ण-ध्वनियाँ भी किसी-न-किसी अर्थ को वहन करती हैं,- "Man utters many kinds of vocal noise and makes use of the variety, under certain types of stimuli he produces certain vocal sounds and his fellows, hearing these same sounds, make the appropriate response. To put it briefly, in human speech, different sounds have differernt meanings."[3]

ध्वनि का संचरण (Production of Sound) भी एक प्रक्रिया है, जिससे ध्वनि उत्पन्न होती है। हमारे विभिन्न उच्चारणोपयोगी अवयवों तथा शवासोच्छ्वास की क्रियाओं से वायु संचरणशील हो संक्षुब्ध होती है, जिससे ध्वनि तरंगे निकलती हैं जो कि श्रोत्र ग्राह्य होती है।[4] प्राचीन काल के लोगों की मान्यता है कि ध्वनि को उत्पन्न करने वाली प्राण वायु है।[5] श्वसन-संस्थान में संचरित होता हुआ वायु वर्ण या ध्वनि को उत्पन्न करता है–

आत्मा बुद्ध्या समेत्यर्थान् मनो युक्ते विवक्षया।
मनः कायाग्निमाहन्ति स प्रेरयति मारुतम्।।
मारुतस्तूरसि चरन् मन्द्रम् जनयति स्वरम्।[5]

मनोविज्ञानी उत्तेजना या प्रक्रिया के फलस्वरूप ध्वनि उत्पन्न होना स्वीकारते हैं। किन्तु भौतिक विज्ञानियों के अनुसार वायु-तरंगों का आलोड़न-विलोड़न भी ध्वनि का जन्मदाता है। पर इतना तय है कि वागिन्द्रियों से ही ध्वनि का उत्पादन होता है, वायु तरंगों से उनका संवहन होता है तथा कर्ण-कुहर उन्हें ग्रहण करते हैं।

**ध्वनि का संवहन या प्रकाशन**–वक्ता की ध्वनि श्रोता के पास कैसे पहुँचती है, इस पर भारत में यथा संभव विचार हुआ है। पतंजलि ने तो महाभाष्य के दूसरे आह्निक में 'अइउण' की व्याख्या के अवसर पर इतना ही कहा है-"श्रोतोपलब्धिर्बुद्धि निग्राह्यः प्रोयोगेणाभि ज्वलित आकाश देशः शब्दः" किन्तु इतने से ही स्पष्ट है कि सार्थक या निरर्थक कोई भी ध्वनि आकाश में ही होती है और श्रोतेन्द्रिय द्वारा गृहीत होती है। पर मुक्तावली, तर्कसंग्रह, आदि ग्रन्थों में यह भी विवेचना की गई है कि ध्वनि उत्पत्ति स्थल से ग्रहण स्थल तक कैसे पहुँचती है? वैसे तो यह भौतिक शास्त्र का विषय है, परन्तु शब्द पर विचार करने वाले भारतीय मनीषियों ने इस प्रसंग पर भी विचार किया है, यद्यपि उन्हे आधुनिक वैज्ञानिक साधन उपलब्ध नहीं थे। मुक्तावली में गुण निरूपण प्रकरण में कहा गया है,-"सर्व शब्दो नभोवृत्तिः श्रोत्रोत्पन्नस्तु गृह्यते, वीची तरङ्ग न्यायेन तदुत्पत्तिस्त कीर्तिता। कदम्ब गोलक न्यायादुत्पत्तिः कस्यचिन् मते" अर्थात जहाँ पहली सार्थक या निरर्थक ध्वनि उत्पन्न होती है, वहाँ से उस मूल ध्वनि से उत्तरोत्तर ध्वनि तरंग पैदा होती चारों दिशाओं में बढ़ती जाती है और आकर फिर श्रोत्रेन्द्रिय में टकराने से उसका ग्रहण होता है।[6]

ध्वनि का प्रकाशन मुख्यतः दो रूपों में होता है- सार्थक ध्वनि के रूप में तथा निरर्थक ध्वनि के रूप में। मनुष्य के वाग्यंत्रों से निसृत ध्वनियाँ सार्थक कहलाती हैं तथा वाद्य-यंत्रों, पेड़ पौधों, पशु-पक्षियों की हुंकार तथा चहचहाहट, मेघ-पवन की गर्जना तथा सनसनाहट, नदी-समुद्र की कलकल

1. भाषा विज्ञान की भारतीय परंपरा और पाणिनि- डॉ. रामदेव त्रिपाठी, पृष्ठ-309
2. The Art and Science of Voice Training F.C.Field Hyde अध्याय 13 में 'Breath Control' तथा 'Working for Power' नामक शीर्षक
3. Lang, Blooub,P.27, Second Para of 2, 4.
4. भाषा 'शास्त्र तथा हिन्दी भाषा की रूप रेखा- डॉ. देवेन्द्र कुमार शास्त्री पृ. 43
5. पाणिनीय शिक्षा श्लोक-6, चौखम्भा-संकरण 1948
6. भाषा विज्ञान की भारतीय परंपरा और पाणिनि डॉ. रामदेव त्रिपाठी, पृष्ठ. 582-83

निनाद तथा गम्भीर हुमस के माध्यम से जो ध्वनियाँ निकलती हैं, वह निरर्थक कहलाती हैं। निरर्थक ध्वनियाँ भाषा-विज्ञानियों के लिए कोई मूल्य नहीं रखती हैं, उन्होंने अब तक सार्थक ध्वनियों का ही विश्लेषण किया है। उक्त सार्थक ध्वनियाँ मनुष्य के मुख और नासिका से निकलती हैं, बल्कि यदि यह कहा जाय कि इन सार्थक ध्वनियों में कुछ केवल नासिका से तथा कुछ केवल मुख से तथा कुछ नासिका और मुँख दोनों से निकलती हैं- तो जायज होगा। मुख के भीतर कंठ-पिटक (Adorm's Apple) में कुछ स्वर-तंत्रियाँ होती है। इन स्वर-तंत्रियों का परस्पर गहरा जुड़ाव होता है। जब वायु उन्हें धक्का देकर उनके मध्य से गुजरती है, तो उस समय एक विशेष ध्वनि होती है, जो 'नाद' कहलाती है। उक्त स्वर-तंत्रियाँ जब एक दूसरे से दूर होती हैं तो वायु इनके बीच से बिना किसी रगड़ या संघर्षण के बाहर निकलती है। उस समय जो ध्वनि पैदा होती है, वह 'श्वास' कहलाती है। इन दोनों के अतिरिक्त फुसफुसाहट के रूप में व्यक्त एक तीसरी ध्वनि भी है, जिसे भाषा-विज्ञान में उपांशु अथवा जपित कहा जाता है। कानाफूसी(whisping)- करते समय इसका अनुभव किया जा सकता है। सार्थक वर्णनात्मक ध्वनियों का विवेचन तथा वर्गीकरण उक्त नाद तथा श्वास ध्वनियों के आधार पर ही किया जाता है। नाद ध्वनियों को घोष तथा सघोष(Sonant) ध्वनियाँ भी कहा गया है तथा श्वास ध्वनियाँ अघोष कही गई हैं। नाद या सघोष ध्वनियाँ कोमल तथा श्वास या अघोष ध्वनियाँ कठोर होती हैं। यथा- ग्, ज, ब, आदि ध्वनियाँ नाद या सघोष हैं, क्योंकि इनके उच्चारण में स्वर-तंत्रियाँ परस्पर जुटी रहती हैं और वायु उन्हें धक्का देकर उनके मध्य से निकलती है। क्, प्, स् आदि श्वास या अघोष हैं, वह इसलिये कि उनके उच्चारण में स्वर-तंत्रियाँ के बीच काफी अवकाश रहता है। इस प्रकार वाग्यंत्रों के लगातार उक्त क्रम से आने जाने से ध्वनियाँ उत्पन्न होती रहती हैं।

**वाग्ध्वनियाँ और वर्ण**-भाषा की संरचना वाक् से होती है। वाक् ही ज्ञान है, सभ्यता और संस्कृति की जन्मदात्री और भावों विचारों के लेन-देन की माध्यम है। सम्पूर्ण व्यञ्जना यही करती है, सत्य की, शिव की और सुन्दर की। व्यक्त रूप में वह माध्यम है तो सूक्ष्म रूप में ब्रह्ममय। यही चिति है (वाक् तत्वमेव चितिक्रिया रूपमन्ये वाक्यपदीयम् 1/27हरिवृत्ति)।

**भर्तृहरि द्वारा वाक् का विश्लेषण**-वाक् के सम्बन्ध में भर्तृहरि ने तीन दृष्टिकोण उपस्थित किए हैं: 1. वैदिक साहित्य की दृष्टि में वाक् 2.आगम ग्रन्थों में वाक् तथा 3. भाषा वैज्ञानिक दृष्टिकोण से वाक्

**वैदिक साहित्य की दृष्टि में वाक्**- सम्पूर्ण सृष्टि दृश्य और अदृश्य अर्थात् रूप और नाममय है। सृष्टि का स्रोत या मूलवाक् है। सूक्ष्म और व्यक्त वाक् के ही विवर्त हैं।

नामं वेद रूपत्वेन ववृत्ते रूपं चेदं नामभावेवतस्ये
एकेत्तदेकमविभक्तं विभेजु: प्रागिवान्ये भेदरूपं वदन्ति

वाक् सूक्ष्म होती है, उसी में अर्थ की भी सत्ता होती है।

सूक्ष्मामर्थेनाप्रविविभक्त तरवामेकां वाचमनभिष्यन्दमानाम्।
उतान्ये विदुरन्यामिव च एनां नानारूपात्मनि संनिविष्णम् ।।(वाक्यपदीयम 1/1)

भर्तृहरि की दृष्टि में वेद ब्रह्म राशि, ब्रह्मप्राप्ति उपाय तथा अनुकरण है। पारिभाषिक शब्द प्राप्ति का अर्थ है मैं पर के भाव का तिरोहित होना। अन्यों के मत से विकृतियों का मूक प्रकृति में समाहित होना ही प्राप्ति है। प्राप्ति के नौ विकल्प है:

**1. वैकरण्य**- एकादश इन्द्रियों की निवृत्ति से संसार की निवृत्ति। **2. असाधना**- बाहरी साधना के स्थान पर अन्तः साधना। **3. परितृप्ति**- शाश्वत तृप्ति। **4. आत्मतत्वं**- आत्मानुभूति में लीनता की स्थिति। **5. आत्मकामत्व**- समूचे विश्व को त्याग कर केवल आत्मा में निरत होना। **6. अनागन्तुकार्थत्व**- समस्त भोगों के प्रति त्याग की इच्छा।**7. परिपूर्ण शक्तित्व**- सर्वसामर्थ्य युक्तता। **8. कालवृत्तियों का आत्ममात्रा में असमावेश**- कालज धर्मों को आत्म वृत्ति के धर्मों से अलग समझना तथा उन्हें आत्म मात्रा में प्रविष्ट न होने देना। **9. सर्वात्मनानैराश्य**- व्यक्त सुखों के प्रति निराशा तथा परम सुख में लीनता।

उपर्युक्त सम्पूर्ण भेद एकमेक हैं, पर भर्तृहरि ने अपने निजी विचार, मीमांसा दर्शन से अलग हटकर प्रस्तुत किए हैं। भारतीय परम्परा में वेद परमतत्व के अनुकरण हैं। लेकिन उस परमतत्व की अनुभूति वाक् ही कराती है। वाक् भले ही अतीन्द्रिय हो, पर वह भी अभिव्यक्ति के माध्यम से भेदों में अभेद्य की सहजानुभूति कराती है। अव्यक्त वाक् प्रतिभा और क्रमशक्ति के सहयोग से अर्थ-ज्ञान के रूप में परिणत होती है।

**व्यक्त वाक् ही सम्पूर्ण ज्ञान की अभिव्यक्ति की माध्यम**- प्रज्ञास्वरूप सूक्ष्म ज्ञान, चाहे वह ब्रह्मानुभूति हो या योग की निर्विकल्प समाधि की ब्रह्मानुभूति शब्दों का सहारा लिए बिना दूसरे को अनुभूत नहीं कराई जा सकती। यही बात व्यास भी योग सूत्र भाष्य में कहते हैं और यही मत यास्क, भर्तृहरि का भी है।

**वाक् प्रकृति है या ज्ञान:**- इस सम्बन्ध में दो विरोधी मत है: प्रथम मत के अनुसार ज्ञान ही प्रकृति है और शब्द उसकी सृष्टि। शब्द ज्ञान के विकार हैं। अन्यों का मानना है शब्द प्रकृति हैं और ज्ञान उसका विकार। भर्तृहरि प्रथम मत के समर्थक हैं। वह मानते हैं शब्द भावना शाश्वत है। उसकी अभिव्यक्ति नैसर्गिक है (प्रतिभा जन्य) "अनादिश्चैषाशब्दभावना प्रतिपुरुषमवस्थित ज्ञान बीज परिग्रहा। न ह्येतस्थाः कथाञ्चिपौरुषेयत्वं सम्भवति। तथा ह्युनुपदेशसाध्याः प्रतिभागम्या एवं करणविन्यासादयः।" हरिवृत्ति, वाक्यपदीय(पृ.114) में कहा गया है कि वस्तु का आभास

शब्दाश्रित ज्ञान के द्वारा ही सम्भव है। स्वप्न स्थिति में ध्वनि सूक्ष्म रूप में स्थित होती है। शास्त्रों में इस अवस्था को तामसी नाम दिया है। व्यावहारिक अनुभव तीन प्रकार से सम्भव हैं:-1. स्मृति निरूपणा 2. अभिजल्प निरूपणा 3. आकार निरूपणा

**अभिजल्प** - सह सम्बन्ध के द्वारा अर्थ का अभ्यास अभिजल्प कहा जाता है। वाक्यपदीय में **भर्तृहरि** कहते हैं-

**सोयामिति सम्बन्धाद्रुयमेकीकृतं यदा।**
**शब्दस्यार्थेनतं शब्दमभिजल्पं प्रचक्षते।।**

**स्मृति निरूपणा** - शब्द का आश्रय लेकर बुद्धि जिस ज्ञान का स्मरण कराती है उसे स्मृति निरुपणा कहते हैं।

**आकार निरूपणा** - आकार निरुपणा द्वारा साध्य वस्तु और साधन का ज्ञान होता है। आकार निरूपणा से अर्थ का, स्मृति निरूपणा से ज्ञान का तथा अभिजल्प से शब्द का निरूपण होता है। अग्नि की दीप्ति तथा आत्मा के चैतन्य की तरह शब्द का धर्म ज्ञान है। वाक् विश्व का प्रकाश है। सम्पूर्ण विद्या-कला-विज्ञान की आधार है। अव्यक्त रूप में बुद्धि में निहित है तथा व्यक्त रूप में वस्तु है। वाक् तथा चैतन्य एक हैं– **'वाक् तत्वमेव चितिक्रियारुपमिवत्यन्ये'**। **वृषभ** वाक्यपदीय में कहा गया है- वाक् और चैतन्य में अभेद्य है। पराप्रकृति में भावों के आकार ग्रहण के रूप में विवर्त होता है और वह चैतन्य के रूप में तब्दील होता है।

**वाक् के भेद-** भर्तृहरि के विचार से वाक् के तीन अवयव या स्तर हैं-:1. वैखरी 2. मध्यमा 3. पश्यन्ती।

**वैखरी–** सृष्टि में ध्वनित होने वाली समस्त ध्वनियाँ वैखरी हैं। अर्थ के आधार पर इस ध्वनि के असंख्य विभेद हो सकते हैं। वैखरी शब्द के विविध अर्थ अनेक विद्वानों ने अपने अनुसार प्रस्तुत किए हैं:-

**अभिनव गुप्त-** विखर शरीरं तत्र भवा तत्पर्यन्त चेष्टा संपारिकेत्यर्थः(ई.प्र.वि. विमर्शिनी भाग 3 पृ.187)

**वादिदेव सूरी-** वक्तृभिः विशिष्टायां खरावस्थायां स्पष्ट रूपायां भवा वैखरी

**जयन्त भट्ट-** विखर इति देहेन्द्रियः संघातः उच्यते तत्र भवा वैखरी

**जयरथ-** विशिष्टं खमाकाशं मुखरूपं राति गृहणाति इति विखरः प्राणवायु संचार विशिष्टः वर्णोच्चारः तेनाभिव्यक्ता वैखरीति।

1. वैखरी का सम्बन्ध वर्णोच्चारण से है।
2. यह स्वसंवेद्य भी तथा पर संवेद्य भी है।
3. समस्त उचित अनुचित विचार की अभिव्यक्ति की माध्यम यही है।

**मध्यमा-** ध्वनि की मध्य अवस्था को मध्यमा कहते हैं। वाक्यपदीय में कहा गया है: "तत्र प्राणवृत्युनुग्रहे सत्यमेव यत्र शब्दरूपं परैरसंवेद्यं भवति तदुपांशुः। अन्तरेण तु प्राणवृत्युनुग्रहं यत्र केवलमेव बुद्धौ समाविष्ट रूपो बुद्ध्युपादान एव शब्दात्मा तत् परमोपशुः।" (वाक्यपदीय) ध्वनि की दो स्थितियाँ उपांशु और परमोपांशु अर्थात मौन भाषण की स्थिति मध्यमा में होती है। यह ध्वनि स्थिति दूसरे के लिए अश्रब्य होती है। परम उपांशु वाक् की पूर्ण ध्वनिरहित स्थिति होती है। मध्यमा अन्तः संनिवेशनी अर्थात् वाक् की भीतरी स्थिति होती है। यह स्थिति चिन्तन की कही जा सकती है। मध्यमा की स्थिति में ध्वनि का क्रम हो भी सकता है औरनही भी।

**पश्यन्ती-**यह वाक् मूल है। हर क्रम इसी में विलीन है। क्रम एक शक्ति है। बुद्धि सूक्ष्म ध्वनि में क्रम का आरोप करती है। यह लोक व्यवहार से रहित है। वाक् का हर स्वरूप बीज रूप में इसमें विद्यमान होता है। मूलतः वह निष्पन्द है, लेकिन क्रिया भी उसमें समाहित है। शुद्ध स्वरूप वाली है। ज्ञाता और ज्ञेय की एकता की तरह , ये दोनों उसमें विलीन हैं। उस स्थिति में शब्द और अर्थ परस्पर मिले होते हैं। यह स्वयं प्रकाश और संविद रूपा है। नित्य है। परम तत्व है। विकार रहित है। पश्यन्ती स्वरूप की भर्तृहरि ने इस प्रकार व्याख्या की है:-" प्रतिसंहत क्रमा सत्यप्यभेदे समाविष्ट क्रमशक्तिः पश्यन्ती। सा चला अचला च, प्रतिलब्धा समाधान च, आवृत्ता विशुद्धा च संनिविष्ट ज्ञेयाकारा प्रतिलीना कारा च, परिछिन्नार्थ प्रत्यवभासा संसृष्टार्थ प्रत्यवभासा प्रशान्त सर्वार्थप्रत्यवभासा चैत्यपरिमित भेदा।"

## ध्वनि

**स्फोट को प्रकाशित करने वाली ध्वनि होती है।** यह शब्द की व्यञ्जना कराती है। ध्वनि और शब्द हैं पर विद्वानों ने ध्वनि को शब्द का गुण माना है। बे ध्वनि-समूह जो पदार्थ आदि का ज्ञान कराते हैं, शब्द हैं। ध्वनियाँ ही शब्द को प्रकाशित करती हैं। स्फोट को प्रकाशित करने वाले **शब्द-व्यक्ति का नाम ध्वनि है।** वाक्यपदीय के अनुसार: "स्फोटशब्दों ध्वनि तस्य व्यायामः उप जायते"। स्फोट ही शब्द है उसका विस्तार ध्वनि **है। शब्द के बाद जो उत्पन्न होता है, वह ध्वनि है।** जैसे एक लहर दूसरी को जन्म देती है और निरन्तर उनका प्रवाह होता रहता है, ध्वनि की प्रक्रिया **कुछ वैसी ही है। अन्यों के मत से ध्वनि स्रोत से निकल कर** चारों ओर भिन्न स्वरूप में फैलती हैं। ध्वनि दीपक तुल्य है, प्रकाश नहीं। इस प्रकार **ध्वनि के सम्बन्ध में दो मत हैं: एक मत का मानना है-** ध्वनि अनित्य है। इसलिए ध्वनि का जन्मदाता शब्द है। दूसरा पक्ष कहता है- ध्वनि ही शब्द

की व्यञ्जना करती है। ध्वनि कार्य रूप और कारण रूप भी है। एक ध्वनि दूसरे का कारण होती है।

**ध्वनि के भेद-**प्राचीन शास्त्रकारों ने ध्वनि को दो भागों में विभाजित किया है- प्राकृत और वैकृत।

**प्राकृत ध्वनि**

**भर्तृहरि के अनुसार-** प्राकृत ध्वनि सूक्ष्म स्फोट का ज्ञान कराती है। वाक्यपदीय के अनुसार-प्राकृत ध्वनि शब्द ग्रहण का कारण है।

**वृषभ के अनुसार-** ध्वनि स्फोट से उत्पन्न होती है। प्रकृति से उत्पन्न होने के कारण, वह प्राकृत ध्वनि है।

**वैकृत ध्वनि**

जिस ध्वनि के द्वारा व्यक्त स्फोट दीर्घ से दीर्घतर होता जाता है, वैकृत ध्वनि है। वृषभ स्फोट के विकार को वैकृत ध्वनि कहते हैं। **नागेश** ने आलस्य आदि से उत्पन्न ध्वनि को वैकृत माना है। सभी आचार्य यह मानते हैं कि ह्रस्व दीर्घ तथा प्लुत प्राकृत ध्वनि का कार्य है।

**ह्रस्व दीर्घ तथा प्लुत-** एक मात्रो भवेद ह्रस्वः अर्थात् एक मात्रा काल के उच्चारण काल वाली ध्वनि ह्रस्व, दो मात्रा काल वाली ध्वनि दीर्घ तथा तीन मात्रा काल वाली ध्वनि प्लुत कही जाती है।

**वर्ण-** हर ध्वनि अलग-अलग प्रयत्न से अलग-अलग व्यक्त होती है। अलग प्रयास(प्रयत्न)से जन्मी ध्वनि ही वर्ण है।

**हरदत्त के अनुसार-** वर्ण शब्द का नामकरण वर्णन किए जाने के कारण है। अन्यों के मत से वर्ण वृञ् से बना है। **न्यासकार** के अनुसार वचन शब्द के अर्थ में प्रयुक्त होता था।

**वर्ण की निष्पत्ति-** वर्णों की अभिव्यक्ति के संबंध में अनेक मत हैं, उनमें से कुछ मत निम्न प्रकार हैं-

1. **प्राणवायु** से प्रेरित शब्द के अंग घने हो जाते हैं। फिर किसी प्रकाश मात्रा के सहारे भीतर स्थित शब्द के विम्ब को ग्रहण कर वर्ण रूप में अभिव्यक्ति पाते हैं।

2. **आपिशलीय शिक्षा के अनुसार** नाभि स्थान से प्रयत्न प्रेरित वायु ऊपर उठती है। वह हृदय कण्ठ स्थानों में किसी भी स्थान से टकराती है, उनसे शब्द का उद्भव होता है।

3. **पाणिनीय शिक्षा के अनुसार,** कायाग्नि से प्रेरित वायु, विविध अंगों को पार करती मूर्धा से टकराकर लौटती हुई, मुख में स्थित विशेष अंगों से टकराकर विशेष वर्णों को उत्पन्न करती हैं।

4. **वायुशब्दत्वापत्तिवाद-** वायु बोलने वाले की इच्छा से उत्पन्न प्रयत्नों से क्रियाशील होती है पुनः मुख में स्थित अंगों से टकराकर वर्णों का सृजन करती है।

5. **अणु शब्दत्वपत्तिवाद-** सूक्ष्मअणु ही वर्ण के रूप में परिणत हो जाते हैं।

6. **ज्ञान शब्दापत्तिवाद-** ज्ञान ही शब्द रूप में बदलता है। मनोमय बनी प्राणवायु विशेष ध्वनियों से अपने रूप को विभाजित कर वर्णों के रूप में अभिव्यक्त होती है तथा लीन होती है।

उपर्युक्त मतों से यह निष्कर्ष निकलता है कि अधिसंख्य शास्त्रकारों ने वर्णोच्चारण में ज्ञान की प्रेरणा तथा प्राण-वायु की मुख गुहा में विविध अंगों से टकराहट को वर्ण के उद्भव का कारण मानते हैं।

**ध्वनि यंत्र अथवा वाग्यंत्र-** ध्वनि उत्पत्ति के प्रमुख स्रोतों में ध्वनि यंत्र का सर्व प्रमुख स्थान है। ध्वनि-यंत्र अथवा वाग्यंत्र का अभिप्राय शरीर के उन सभी अंगों से हैं, जो समवेत रूप में ध्वनि पैदा करने में सहायक सिद्ध होते हैं।

**डॉ.रामदेव त्रिपाठी** का विचार है "कि किसी भी भाँति व्याख्या की जाय, यह बात ठीक नहीं जँचती कि वर्णों की उत्पत्ति के पश्चात् श्वासवायु मूर्धा से टकराकर लौटने के बाद स्वरयंत्र मुख का विवार या संवार करती है। यह बाह्यत्व और पाश्चात्व (पश्चिमता) दोनों स्थान कृत ही हैं, कालकृत नहीं। ध्वनि की उत्पत्ति में पहली प्रक्रिया स्वरयंत्र मुख संवार-विवार ही है-[1]इधर, **जोन्स** ने भी विपरीत क्रम से ही ध्वनियों का विवरण दिया है, पहले मुख विवर की छत का, फिर जिह्वा की स्थिति का और अंत में स्वर यंत्र मुख का वर्णन है।[2] मनुष्य के ध्वनि यंत्र का वर्णन करते हुये **बर्नार्ड ब्लाख** ने ठीक ही लिखा है कि-"In its simplest terms the human speech mechanism may be compared to a wind instrument such as a clarinet or a fluet, In both sounds, are produced by stopping, obstructing or otherwise interfering with the free flow of a column of air through an enclosed passage.In the human machanism, the column of air is furnished by the lungs from which it is expeleed by controlled action of the did phragm. As this air passes upward through the mouth or the nose or through both its flow may be stopped or impeded at various points along the way and the shape of the chambers through which it passes may be variously modified.It is by this king of playing on the column of air as it flows from the lungs to

1. भाषा विज्ञान की भारतीय परंपरा और पाणिनि, पृष्ठ, 312-13

2. अध्याय 3, अनुच्छेद 69-74

the nostriles or the lips(some times also as it is drawn back in to the lungs)that we produced all the sounds of human speech."[3] बहरहाल, ध्वनि यंत्र में उच्चारण से अनुस्यूत जितने भी शरीरांग सम्पृक्त होते हैं, उन्हें क्रमशः इस प्रकार देखा जा सकता है- 1. ओंठ 2. दाँत 3. वर्त्स 4. कठोर तालु 5. कोमलतालु 6. जिह्वा (क) जिह्वा नोक (ख) जिह्वाग्र (ग)जिह्वा मध्य (घ) जिह्वा-पश्च (ङ) जिह्वामूल 7. स्वरयंत्र 8. स्वरयंत्री 9. काकल 10. अभिकाकल 11. नासिका विवर 12. मुख विवर 13. कंठ 14. कंठपिटक 15. कंठमार्ग 16. अलिजिह्वा या कौवा 17. श्वासनली 18. भोजन-नली 19. दन्तमूल 20. मूर्धा 21. फेफड़े।

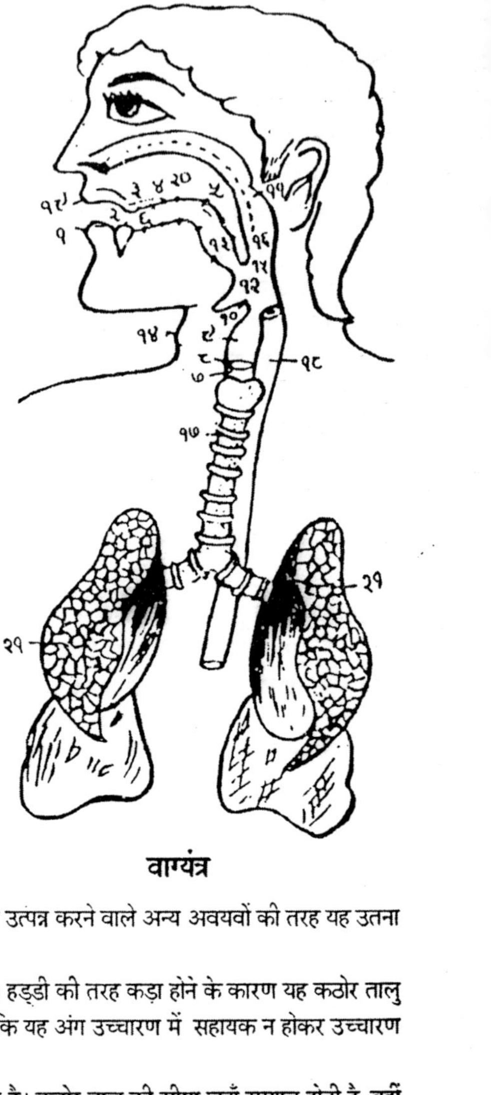


वाग्यंत्र

**1. ओंठ** (Lips) वाग्ध्वनियों के उत्पादन में सबसे बाहरी अवयव ओंठ ही हैं। मुख-विवर के द्वार पर स्थित ये ओंठ दन्त पंक्तियों के 'सुरक्षा-गार्ड' हैं। इनके दो प्रकार होते हैं। ऊपर का ओंठ तथा नीचे का ओंठ। किन्तु ध्वनि उत्पन्न करने में प्रमुख रूप से नीचे का ओंठ ही सहायक होता है। इसे ही संस्कृत में अधर कहा गया है। लेकिन ऊपर का ओंठ एकदम निरर्थक ही नहीं होता, बल्कि नीचें के ओंठ के साथ ध्वनि उत्पन्न करनें में यथा सम्भव यह भी अपनी सजगता तथा चौकन्नापन व्यक्त करता है। इतना अवश्य कहा जा सकता है कि नीचे का ओंठ अधिक चेतन तथा श्रमी होता है। यही कारण है कि यहाँ ओंठ से मतलब नीचे का ओंठ तथा दाँत कहने से ऊपर की दन्त पंक्ति का अर्थ लिया जाता है।[3] प्, फ्, ब्, आदि ओष्ठ्य लिया जाता है। प्, फ्, ब्, आदि ओष्ठ्य ध्वनियाँ ओठों की सहायता से ही उच्चारित होती है।

**2. दाँत** (Teeth)- ध्वनियों को उत्पन्न करने में ओठों से ठीक उल्टी स्थिति दाँतों की है। तात्पर्य यह कि ओंठो में जहाँ निचले ओंठ को अधिक सचेत रहना पड़ता है, वहीं यहाँ नीचे की दन्त-पक्तियों के सापेक्ष ऊपर की दंत पक्ति को अधिक श्रम करना पड़ता है। उक्त दंत पक्ति अधरोष्ठ तथा जिह्वा की नोंक से संयुत होकर ध्वनियों का उत्पादन करती हैं,- 'लृतुलसानां दन्ता' अर्थात् लृ, त, थ, द, ध, दन्त ध्वनियाँ हैं।

**3. वर्त्स** (Alveolum, Teeth ridge)- दाँतों की जड़ से लेकर कठोर तालु की सीमा तक का भाग वर्त्स या बर्स्व कहलाता है। दूसरे शब्दों में तालु के नीचे मांस, जो दाँतों के साथ सम्बद्ध है, वर्त्स कहलाता है। बोलचाल की भाषा में, इसे 'मसूड़ा' कहा जाता है। ध्वनि उत्पन्न करने वाले अन्य अवयवों की तरह यह उतना सहायक नहीं है। 'न्ह' ध्वनि का उच्चारण इसी की सहायता से किया जाता है।

**4. कठोर तालु** (Hard Palate)- यह पूरे तालु के लगभग मध्य में स्थित होता है। हड्डी की तरह कड़ा होने के कारण यह कठोर तालु कहलाता है। वर्त्स की तरह यह भी जड़ या स्थिर अंग है। कुल मिला कर कहा जा सकता है कि यह अंग उच्चारण में सहायक न होकर उच्चारण स्थान कहा जा सकता है। तालव्य ध्वनियाँ यहीं से उच्चरित होती हैं।

**5. कोमल तालु** (Saft Palate)- कभी-कभी इसे कंठ के नाम से भी जाना जाता है। कठोर तालु की सीमा जहाँ समाप्त होती है, वहीं से मुख-विवर की ओर कोमल मांस खण्ड की शुरुआत होती है। यह कोमल मांस खण्ड ही कोमल तालु कहलाता है। ध्वनि उत्पादक अवयवों में यह महत्वपूर्ण अवयव है। कोमल तालु उच्चारण स्थान के साथ-साथ उच्चारण सहायक भी है। अत्यन्त मुलायम तथा लचीला होने के कारण यह अंग ध्वनि उत्पन्न करते समय आवश्यकतानुसार नीचे-ऊपर उठता-बैठता रहता है। कोमल तालु मुख विवर और नासिका विवर के बीच में किवाड़ के समान द्वार को बन्द करने और खोलने का कार्य करता है। चेतन अवस्था में कोमल तालु पर नियंत्रण रहता है, किन्तु अचेतावस्था अर्थात् सोते समय इस पर से नियंत्रण हट जाने के कारण सांस लेते समय खर्राटे की आवाज निकलती है। ध्वनि शास्त्र में यह एक प्रकार की कुण्ठित ध्वनि मानी जाती है।[2]

**6. जिह्वा** (Tongue)- जीभ के अभाव में शब्दों के उच्चारण प्रक्रिया की परिकल्पना ही नहीं की जा सकती है। ध्वनि उत्पन्न करने वाले अवयेवों में यह सर्वप्रधान है। कभी-कभी कुछ बच्चों की जीभ खराब होने के कारण साफ बोल नहीं पाते, शल्य क्रिया द्वारा डॉक्टर जब उनकी इस खराबी को दूर करते हैं, तब वे बच्चे स्पष्ट रूप से बोलना शुरू करते हैं। अतः जीभ का महत्व स्वतः स्पष्ट है। ध्वनि यंत्रों में यह सबसे कोमल, लचर तथा गतिशील अंग है। श्री गोलोक बिहारी धल के अनुसार, वह जीभ अपने घर में से बाहर की ओर दो इंच(निकल सकती है और पीछे

1. An Introduction to Descriptive Linguistics: H.A.Gleason p. 24 2. ध्वनि-विज्ञान-श्री गोलक बिहारी धल, पृ.52

एक या डेढ़ इंच) तक हट सकती है।" अपने हर कोणों से स्वरों तथा अधिकांश व्यजंनों को उत्पन्न करने की विशिष्ट क्षमता के कारण ही इसे कई अधोलिखित भागों में विभक्त किया गया है। यथा-

(क) जिह्वा नोंक (Tip of the Tounge)
(ख) जिह्वाग्र (Front of the Tounge)
(ग) जिह्वामध्य(Middle of the Tounge)
(घ) जिह्वापश्च(Back of the Tounge)
(ङ) जिह्वामूल (Root of the Tounge)

**(क) जिह्वा नोंक-** जीभ के उक्त सभी विभाग अपनी क्षमता के साथ ध्वनि उत्पन्न करने में निरन्तर क्रियाशील रहते हैं। जीभ का प्रथम नुकीला भाग ही जिह्वा नोंक कहलाता है। जिह्वा नोंक को जिह्वाणि, जिह्वानीक, या जिह्वा का अग्र बिन्दु भी कहा गया है। ध्वनि उत्पादन में जीभ के प्रत्येक प्रकारों में जिह्वा नोंक सबसे अधिक सहायक होता है।

**(ख) जिह्वाग्र-** कठोर तालु के विपरीत स्थित रहने वाला जीभ का हिस्सा जिह्वाग्र कहलाता है। वस्तुतः जीभ का मध्य भाग ही जिह्वाग्र कहा जाता है, किन्तु जीभ के पीछले भाग की अपेक्षा अग्र स्थित होने के कारण जिह्वाग्र कहा जाता है।[1] और **डॉ. धल** की दृष्टि में जिंह्वा मध्य जिह्वाग्र से कुछ भिन्न है।[2] इसकी सहायता से उत्पन्न होने वाली ध्वनियाँ तालव्य कही जाती हैं।

**(ग) जिह्वा मध्य-** जिह्वाग्र के समीप जीभ के मध्य भाग को जिह्वा मध्य कहा जाता है।

**(घ) जिह्वापश्च-** कोमल तालु के ठीक विपरीत स्थित जीभ का हिस्सा जिह्वा पश्च कहलाता है। जिह्वा का पश्च भाग कोमल तालु की ओर उठकर पश्च स्वरों की सृष्टि करता है।[3] क्, ख्, ग्, घ्, कण्ठय ध्वनियाँ अलिजिह्वा तथा कोमल तालु के सहयोग से यहीं से निसृत की जाती है।

**(ङ) जिह्वा मूल-** जिह्वा पश्च के बाद जीभ का शेष अथवा पंचम हिस्सा जिह्वा मूल के नाम से जाना जाता है। जिह्वामूल कण्ठ से जुड़ा रहता है। जिह्वामूलीय ध्वनियाँ यहीं से उच्चरित होती है।

**7. स्वरयंत्र** (Larynx)- इसे कण्ठपिटक भी कहते हैं। स्वरयंत्र से ध्वनि उत्पन्न करने में काफी सहयोग मिलता है। वस्तुतः स्वर नली से कुछ ऊपर तथा अभिकाकल से कुछ नीचे का भाग स्वरयंत्र कहलता है।

**8. स्वर-तन्त्री** (Vocal Chord)- स्वर यंत्र में महीन झिल्ली के बने हुए दो लचीले कपाट या पर्द होते हैं, इन्हें स्वर तंत्री के नाम से जानते हैं। इन स्वर तंत्रियों के कम्पन से नाना प्रकार की ध्वनियाँ निसृत होती हैं। ध्वनि उत्पन्न करते समय उक्त स्वर तंत्रियाँ कभी परस्पर मिल जाती हैं तथा कभी एक दूसरे से दूर भी हो जाती हैं। इनके मिले होने पर जब अन्दर की वायु इन्हें धक्का देकर बाहर निकलती है, तो नाद या सघोष ध्वनियाँ उत्पन्न होती हैं। इनके खुला और दूर होने पर जब वायु विना घर्षण के बाहर निकलती है, तो श्वास अथवा अघोष ध्वनियाँ उत्पन्न होती हैं।[4]

कुछ विद्वानों ने स्वर तंत्रियों की छः अवस्थाएँ मानी हैं, किन्तु **डॉ.बाबू राम सक्सेना**[5] तथा **डॉ. भोला नाथ तिवारी**[6] ने केवल चार ही अवस्थाएं मानी हैं, जिन्हे इस प्रकार देखा जा सकता है-

1. जब हम साधारण रूप से साँस लेते हैं, तब स्वर तंत्री के दोनों परदे शिथिल-सिकुड़े पड़े रहते हैं, बीच में काकल में त्रिभुजाकार स्थान खाली रहता है, जिससे हवा निर्बाध निकलती है, अघोष ध्वनियों के उच्चारण में यही स्थिति रहती है। 2. दूसरी स्थिति वह है, जिसमें उक्त दोनों परदों के अधर इतने समीप आ जाते हैं कि वायु को रगड़ खाकर जाना पड़ता है। इस स्थिति में दोनों स्वर तंत्रियों में कंपन होता है और इस कंपन से ही गाने के स्वरों, ध्वनियों के गुणसुर अथवा ध्वनि के घोष की सृष्टि होती है। 3. तीसरी अवस्था में स्वर तंत्रियों के दोनो अधर तन कर आपस में इतना मिल जाते हैं कि रास्ता पूर्णतया बंद हो जाता है और श्वास निकलने में एक क्षण के लिए पूरी तरह बाधा उपस्थित हो जाती है। ऐसा करने पर एक प्रकार की अन्तर्मुखी ध्वनि सी (click)आवाज होती है। अरबी का हमज़ा या स्वर तंत्रीय व्यंजन (ह्) इसी श्रेणी की ध्वनियाँ हैं, तथा 4. चौथी अवस्था में ये दोनों अधर मिलते तो हैं, पर नीचे काकल का लगभग चौथा भाग श्वास के निर्गम के लिए खुला रहता है। ऐसी ही अवस्था में 'फुसफुसाहट' ध्वनियाँ उच्चरित होती हैं। इस स्थिति में छिद्र छोटा होने के कारण ही ध्वनि धीमी हो जाती है।

**9. काकल** (Glottis)- स्वर यंत्र में स्थित स्वर ओष्ठों तथा स्वर तंत्रियों के मध्य के खुले हिस्से को काकल कहा जाता है। इसे ही स्वर यंत्र मुख भी कहते हैं। वायु इसी में से निकलती है।

**10.अभिकाकल** (Epiglottis)- श्वास नली के द्वार पर आवरण रूप में एक छोटा सा जिह्वा की तरह कोमल पर्दा लगा रहता है, इसे

1. ध्वनि-विज्ञान- श्री गोलोक बिहारी धल पृ. 55
2. भाषा शास्त्र तथा हिन्दी भाषा की रूप रेखा, पृष्ठ -55
3 भाषा विज्ञान- श्री देवदत्त कौशिक पृ. 162
4. भाषाविज्ञान और मानक हिन्दी-डॉ. रत्न चन्द्र शर्मा पृ. 137
5. सामान्य भाषा विज्ञान-डॉ. बाबूराम सक्सेना, अध्याय 7का तीसरा अनुभाग, पृष्ठ- 51

ही अभिकाकल कहते हैं। इसका मुख्य कार्य भोजन को श्वास नली में जाने से रोकना है। यह स्वयं गतिशील नहीं है।

**11. नासिका विवर** (Nazal Cavity)- मुख और नाक के नीचे के खाली स्थान को नासिका विवर कहते हैं। कोमल तालु तथा अलिजिह्वा के शिथिल होने पर श्वास नलिका से गुजरने वाली सभस्त वायु नासिका विवर से ही बाहर निकलती है। अनुनासिक वर्णों के उच्चारण में इसका उपयोग होता है।

**12. मुख-विवर** (Mouth Cavity)- मुख-विवर के अन्दर ही ध्वनि-उत्पादन के महत्वपूर्ण अवयव् कोमल तालु, कठोर तालु, मूर्धा, जिह्वा, दन्त आदि-स्थित हैं। इन सभी का सामूहिक नाम वाग्यंत्र है।

**13. कंठ** (Gutter)- काकल के ऊपर तथा कोमल तालु के नीचे के भाग को कंठ कहते हैं। सामान्य भाषा में इसे 'घेंटा' कहते हैं। दुर्बल व्यक्तियों में यह बाहर की ओर अधिक निकला हुआ दिखाई देता है। क, ख, ग, आदि कण्ठ्य ध्वनियाँ यहीं से उच्चरित होती है।

**14. कण्ठपिटक-**(Adorm's Apple)- श्वासनली तथा भोजन नली के पास स्थित गले के थोड़ा सा उभरे हुए भाग को कंठ पिटक कहते हैं। इससे बोलने तथा बोली को विविध रूप देने में काफी मदद मिलती है।

**15.कण्ठ मार्ग-**(Pharyı.x) ध्वनि उत्पादन में इस अवयव से काफी सहायता मिलती है। कण्ठ मार्ग, कण्ठ छिद्र के ऊपर तथा मुख के नीचे स्थित होता है। कुछ विद्वानों ने इसे ग्रसनिका, कण्ठबिल तथा गलबिल बता कर इसे दो भागों में विभक्त किया है।

**16. अलि जिह्वा या कौवा-**(Urula)- कोमल तालु के पीछे उसके अन्तिम पड़ाव पर एक छोटा सा गोलाकार मांस खण्ड लटका होता है, इसे ही अलिजिह्वा, कौवा अथवा काकल भी कहते हैं। **डॉ. रामदेव त्रिपाठी** के अनुसार प्राणवायु को वर्णात्मक नाद में परिणत करने के लिए प्रथम विकृति स्वर यंत्र मुख के पास करनी पड़ती है, यही वर्ण का बीजरूप है। यह ध्वनि फिर ऊपर बढ़कर श्वास मार्ग से अलिजिह्वा या कौवा(Urula) के पास पहुँचती है, जहाँ इसमें दूसरी प्रक्रिया होती है। यह कौआ कोमल तालु का ही अधस्तन भाग है।[1] यह जीभ की सहायता से अरबी तथा फ्रेन्च की कुछ ध्वनियों के उच्चारण में काफी सहायक होता है। क़, ख़, ग़ का यदि हमें अरबी उच्चारण करना हो, तो इसी की सहायता क्, ख्, ग् कह पायेंगे।

**17. श्वासनली** (Wind Pipe)- श्वास नली फेफड़ों के ऊपर स्थिति होती है। श्वास नली का मुख्य कार्य नासिका की वायु को फेफड़ों तक पहुँचा देना तथा वहाँ से उसे पुनः बाहर ले आना होता है उक्त श्वास (Inhalation) तथा प्रश्वास (Exhalatio) क्रिया से ही ध्वनि उच्चरित होती है।

**18. भोजन नली**(Gullet)-भोजन नली का ध्वनि उत्पादन से सामान्यतया कोई रिश्ता नहीं है, बल्कि इसका मुख्य कार्य भोजन, जल आदि को हमारे उदर तक पहुँचाना है। भोजन नली श्वास नली की पड़ोसन है। यदि भोजन का छोटा सा भी कण असावधानी से श्वास नली में चला जाय तो श्वास नली अतिशीघ्र ही उसे बाहर कर देती है। यदि उक्त भोजन का कण श्वास नली में अल्प समय के लिए भी अटॅक जाए तो मनुष्य की मृत्यु निश्चित है। भोजन नली के द्वार पर एक पर्दा रहता है, जो भोजन निगलते समय श्वास नली को बन्द कर देता है और भोजन नली को खोल देता है, जिससे भोजन सीधे आमाशय में ही जाता है।

**19. दन्तमूल-** कठोर तालु के बिल्कुल अन्तिम किनारे को, जहाँ दाँतों की जड़े रहती हैं, दन्तमूल कहते हैं। दन्तमूल से ही ऊपर के दाँतों की पंक्ति निकलती है और नीचे के दन्तमूल से नीचे के दाँतों की पंक्ति निकलती है।

**20. मूर्धा**(Cerebum)- ऊपर की दन्त पंक्ति के निकट कठोर तालु के अन्तिम छोर में विद्यमान बालू की रेत की तरह खुरदुरे भाग को मूर्धा कहा जाता है। ट, ठ, ड, इत्यादि मूर्धन्य ध्वनियों का उच्चारण मूर्धा की सहायता से ही किया जाता है।

**21. फेफड़े**(Lungs)- ध्वनि उत्पादन में फेफड़े अतिमहत्व के हैं। इनके अभाव में ध्वनि उत्पादन कल्पनातीत है। हमारे शरीर के वक्ष प्रदेश में दो फेफड़े होते हैं। फेफड़े से कण्ठ तक एक नली होती है, जिसके द्वारा हम मुख या नासिका द्वारा ली गयी श्वास को फेफड़ों तक भेजते हैं। यही श्वास जब बाहर निकलती है तो मनुष्य उनके माध्यम से ध्वनि उत्पन्न करता है।

## 8. हिन्दी तथा संस्कृत स्वनों या ध्वनियों का वर्गीकरण

**वर्गीकरण के आधार-** कुछ भाषा-विज्ञानियों ने ध्वनियों के वर्गीकरण के तीन आधार- स्थान, प्रयत्न तथा करण[2] माने हैं। किन्तु अधिकांश विद्वानों ने ध्वनियों के वर्गीकरण के दो ही आधार- स्थान तथा प्रयत्न- माने हैं। उन्होंने करण का प्रयत्न मे अन्तर्भाव किया है। ध्वनियों के वर्गीकरण के आधार की चर्चा यहाँ करण का प्रयत्न से अलग अस्तित्व मानकर की जायेगी।

व्यक्ति के कण्ठ और मुख-विवर से अनन्त ध्वनियाँ निकलती हैं। उक्त ध्वनियाँ कई रूप रंगों की होती हैं, यथा- सूक्ष्म, कोमल, मोहक, कठोर, तीक्ष्ण-कर्कश तथा मन्द आदि। इन विविध प्रकार की ध्वनियों से ही विविध भाषाएँ जन्मती हैं। किन्तु हमारा इष्ट प्रश्न अनाप शनाप की

1. भाषाविज्ञान की भारतीय परंपरा और पाणिनि-डॉ. रामदेव त्रिपाठी, पृष्ठ-310

2 क-भाषाविज्ञान और मानक हिन्दी-डॉ.रत्नचन्द्रशर्मा पृ. 140,
ख-भाषा विज्ञान की भूमिका- डॉ. देवेन्द्रनाथ शर्मा पृ. 202.
ग- भाषाविज्ञान - डॉ. देवदत्त कौशिक पृ. 163

चर्चा न कर मात्र सार्थक अथवा भाषिक दृष्टि से उपयुक्त ध्वनियों के वर्गीकरण के आधार की तलाश का है। कोई भी ध्वनि मनुष्य के मुख-विवर के किसी स्थान से ही निसृत होती है, साथ ही उक्त ध्वनि के उत्पादन के लिए अल्प-अनल्प प्रयत्न भी करना पड़ता है और उसके उत्पादन के लिए किसी न किसी इन्द्रिय (करण)का सहारा भी आवश्यक होता है। अतः जाहिर है, स्थान, प्रयत्न तथा इन्द्रिय (करण) ध्वनियों के वर्गीकरण के तीन मुख्य आधार हैं। केवल उच्चारण स्थान अथवा अकेले प्रयत्न से ही ध्वनियों को वर्गीकृत नहीं किया जा सकता। कुछ उदाहरणों से इसे और अधिक स्पष्ट किया जा सकता है। 'क' और 'त' ध्वनियों में स्थानगत अन्तर है, वह इस लिये कि 'क' का उच्चारण स्थान कण्ठ है, जबकि 'त' का उच्चारण स्थान दन्त है। ठीक उसी प्रकार 'त', 'थ' और 'द' इन तीनों का उच्चारण स्थान तो एक ही है- दन्त, किन्तु इन तीनों के प्रयत्न में अन्तर है। इनमें से 'त' तो ध्वनि का अल्पप्राण प्रयत्न है, 'थ' ध्वनि का महाप्राण प्रयत्न और 'द ध्वनि का घोष। इसी प्रकार 'ल' और 'न' का उच्चारण स्थान तो एक है परन्तु ल के उच्चारण में दाँतों के साथ जिह्वा की सहायता लेनी पड़ती है और 'न' के उच्चारण में दाँतों के साथ नासिका की[1] करण का अर्थ है- गतिशील इन्द्रियाँ । **हमें ज्ञात है कि सभी ध्वनियाँ एक ही स्थान या प्रयत्न से उच्चरित नहीं होतीं, ठीक उसी तरह ध्वनियों के उच्चारण के समय करण की भी एक सी स्थिति नहीं रहती। स्थान जहाँ अचल है, करण वहीं चल है। उदाहरणार्थ तालु को स्थान कहेंगे, किन्तु जिह्वा को करण, क्योंकि जिह्वा की गतिशीलता से अनेक स्थानों का स्पर्श होता है और अनेक प्रकार की ध्वनियाँ उत्पन्न होती हैं।**[1] अतः यह तय हुआ कि ध्वनियों के वर्गीकरण के तीन आधार हैं।- स्थान, प्रयत्न और करण(इन्द्रिय)। इन तीनों को अलग अलग क्रमशः इस प्रकार देखा जा सकता है-

**(क) स्थान-** निर्गत वायु जहाँ अवरुद्ध अथवा बाधित होती है, उसे स्थान कहते हैं। स्थान सम्बन्धी वगाकरण का मुख्य आधार **है-** अवरुद्ध स्थान। ओठ से लेकर कण्ठ पिटक तक मुख्य रूप से सात ऐसे स्थान हैं, जिनसे ध्वनियाँ उच्चरित होती हैं वे ये हैं- 1. काकल 2. कण्ठ 3. तालु 4. मूर्धा 5. वर्त्स 6. दाँत 7. ओष्ठ। इनसे उच्चरित होने वाली ध्वनियों का नामकरण भी इन्हीं के आधार पर किया जाता है। जैसे- 1. काकल्य 2. कण्ठ्य 3. तालव्य 4. मूर्धन्य 5. वर्त्स्य 6. दन्त्य और 7. ओष्ठ्य।

**1. काकल्य-** इस प्रकार की ध्वनियों के उच्चारण में मुख द्वार खुला रहता है। स्वर यंत्र से निकलने वाली हवा कण्ठ द्वार से घर्षण कर उसे तेजी से खोलती हुई बाहर निकलती है।

**2. कण्ठ्य-** इस प्रकार की ध्वनियों के उच्चारण में जीभ का पिछला भाग कोमल तालु को छूता है-**'अकूह-विसर्जनीयानां कण्ठः'-** अ, क, ख, ग, घ, ह, तथा विसर्जनीय(:)ये ध्वनियाँ कण्ठ से बोली जाती हैं। (अ के अन्तर्गत् आ भी समाहित है)। ऋगवेदीय शिक्षा में बताया गया है कि पंचम वर्णों तथा अन्तस्थों से संयुक्त 'ह' उरस्य है, शेष ह कण्ठ्य (श्लोक16तथा17), किन्तु दयानन्दीय शिक्षा के अनुसार सभी प्रकार के 'ह' को कुछ लोग कंठ्य ध्वनि मानते हैं, तो कुछ लोग उरस्य - 'सर्वमुख स्थान भवर्ण मित्येके' (सूत्र -26)

**3. तालव्य-** जिन ध्वनियों के उच्चारण में जिह्वाग्र कठोर तालु का स्पर्श करती है उन्हें तालब्य ध्वनि कहा जाता है- **" इचुयशानां तालु "**- इ, च, छ, ज, झ, य तथा श का उच्चारण स्थान तालु है।

**4. मूर्धन्य-** मूर्धन्य ध्वनियों के उच्चारण में जीभ की नोंक लगभग उलट कर मूर्धा का स्पर्श करती है- **"ऋटुरषाणां मूर्धा"** अर्थात् ऋ, ट, ठ, ड, ढ, र, तथा ष का उच्चारण स्थान मूर्धन्य है। पाणिनि शिक्षा के अनुसार 'ऋ वर्ण' मूर्धन्य है,- **'स्युर्मूर्धन्या ऋटुरषा'** (श्लोक 17)।

**5. वर्त्स्य-** इन ध्वनियों के उच्चारण में जिह्वा का नुकीला भाग दन्त पंक्तियों के उपरिभाग को छूता है। ऐसी स्थिति में उत्पन्न ध्वनि वर्त्स्य कहलाती है।

**6. दन्त्य-** जिह्वा की नोक जब ध्वनियों के उच्चारण में ऊपर की दन्त पंक्ति को स्पर्श करती हैं उस समय दन्त्य ध्वनि जन्मती है- **'लृतुलसानां दन्ता'** लृ, त, थ, द, ध, ल, तथा स दाँतों से उच्चरित होते हैं। तकार सकार और लकार दन्त स्थान हैं- **"दन्ते तकार सकार लकाराः"**। 'रेफ' दन्त्य या दन्तमूलीय हैं- **"रेफो मूलो वा"**। इधर, 'र' को ऋगवेदीय पाणिनि शिक्षा ने मूर्धन्य माना है, जबकि दयानन्दीय ने मतभेद से दन्तमूलीय और याज्ञवल्क्य शिक्षा ने भी केवल दन्तमूलीय ही माना है- **'एको दन्तमूलीयो रेफः'**।

**7. ओष्ठ्य- "उपूपध्यमानीयानामोष्ठौ"** अर्थात् उ, प, फ, ब, भ, ओष्ठों से बोले जाते हैं। ओष्ठ्य ध्वनियों के दो भेद होतें हैं- (क) दन्त्योष्ठ्य (ख)द्व्योष्ठ्य।

**(क)दन्त्योष्ठ्य-** इस प्रकार की ध्वनियाँ तब उत्पन्न होती हैं जब नीचे का ओठ ऊपर की दन्त पंक्तियों को छूता है। वकारस्य दन्त्योष्ठ्यम्, अर्थात् व की ध्वनि दाँत और ओष्ठ से बोली जाती है। पाणिनि शिक्षा ने भी व को दन्त्योष्ठ्य माना है- **दन्त्योष्ठ्योवः स्मृतः** (श्लोक - 18)

**(ख) द्व्योष्ठ्य-** जब दोनों ओंठ उच्चारण के समय एक दूसरे का स्पर्श करते हैं, तब उस समय जो ध्वनियाँ उत्पन्न होती हैं, उन्हें **द्व्योष्ठ्य** कहते हैं।

**(ख) प्रयत्न-** ओठ से लेकर कण्ठ तक मुख-विवर के भीतर ध्वनियों के उच्चारण में तथा कण्ठ के नीचे ध्वनियों के उच्चारण में **प्रत्येक**

---

**1. भाषा विज्ञान की भूमिका-डॉ. देवेन्द्रनाथ शर्मा पृ. 202**

व्यक्ति को कुछ-न-कुछ प्रयास करना पड़ता है। इसी प्रयास को प्रयत्न कहा जाता है- **'यत्नो द्विधा आभ्यन्तरो बाह्यश्च'** (लघु सिद्धान्त कौमुदी)अर्थात् आभ्यन्तर प्रयत्न और बाह्य प्रयत्न इसके दो भेद होते हैं। ओठ से लेकर कण्ठ के बीच तक ध्वनि उच्चारण में जो प्रयत्न किया जाता है, उसे आभ्यन्तर प्रयत्न कहते हैं। कण्ठ से नीचे ध्वनि उच्चारण में जो प्रयत्न किया जाता है, उसे बाह्य प्रयत्न कहते हैं।

**अ. आभ्यन्तर प्रयत्न- 'आद्यः पंचधा, स्पृष्टेषत्स्पृष्टेषद्विवृतविवृतसंवृतभेदात्'** (लघु सिद्धान्त कौमुदी) अर्थात् 1. स्पृष्ट 2. ईषत्स्पृष्ट 3. विवृत 4. ईषत्विवृत 5. संवृत- आभ्यन्तर प्रयत्न के भेद बताये गये हैं। इन्हें क्रमशः इस प्रकार स्पष्ट किया जा सकता है-

**1. स्पृष्ट-** स्पृष्ट का आशय है- स्पर्श किया गया। क वर्ग, च वर्ग, ट वर्ग, त वर्ग और प वर्ग के कुल पच्चीस अक्षर उच्चारण प्रयत्न की दृष्टि से स्पृष्ट हैं। इनके उच्चारण में जीभ को कण्ठ से लेकर ओंठ तक अनेक स्थानों का स्पर्श करना पड़ता है।

**2. ईषत्स्पृष्ट-** ईषत्स्पृष्ट का अर्थ है-हल्का या थोड़ा सा स्पर्श। इस प्रकार की ध्वनियों के स्थान और करण का स्पर्श पूर्ण रूप से नहीं हो पाता, यथा- **'यणोयन्तस्था'** (यण) य, र, ल, व ) को अन्तस्थ कहते हैं। इस विचार से इन्हें अर्द्ध स्वर या अन्तस्थ भी कहा गया है क्योंकि उनकी स्थिति स्वर-व्यंजन के बीच की होती है।

**3. विवृत-** इसका अर्थ होता है-खुला हुआ। स्वरों के उच्चारण के समय मुख प्रयत्न की दृष्टि से खुला हुआ होता है। इस प्रकार के उच्चारणों में किसी स्थान का स्पर्श नहीं हो पाता। **'अचः स्वराः'** स्वरों को विवृत प्रयत्न के अन्तर्गत् माना गया है। इस विचार से अ, आ, ई, उ, ऊ, ए, ऐ, ओ, औ, आदि विवृत प्रयत्न के उदाहरण हैं।

**4. ईषत्विवृत-** दूरस्थ ध्वनि में ईषत्विवृत प्रयत्न पाया जाता है। ये ध्वनियाँ ऊष्म ध्वनि भी कही गई हैं। इन ध्वनियों को उच्चारित करते समय मुख विवर खुला रहता है। **'शलउष्मणः'** श, ष, स, ध्वनियाँ ईषत् विवृत प्रयत्न-जन्य ध्वनियाँ हैं।

**5. संवृत-** यह विवृत का विरोधी अर्थ रखता है, अर्थात् विवृत का अर्थ जहाँ खुला हुआ होता है, वहीं संवृत का अर्थ बन्द होता है लेकिन संवृत के शाब्दिक अर्थ पर यहाँ ध्यान नहीं देना चाहिए। वह इसलिए कि मुख को यदि बन्द कर लिया जाय तो फिर ध्वनि का स्वरूप कैसा? यही कारण है कि इस प्रयत्न का व्यावहारिक प्रयोग बहुत नहीं पाया जाता।

**ब-बाह्य प्रयत्न-** फेफड़े से लेकर यहाँ तक की सारी चेष्टाओं-प्रक्रियाओं का एक नाम संस्कृत ध्वनि विज्ञानियों ने दिया है, 'बाह्य-प्रयत्न'। बाह्य का अर्थ है मुख विवर से बाहर का अर्थात् वर्णों को स्पष्ट आकार-प्रकार तो मुख-विवर ही देता है। इसके पूर्व वर्ण की सत्ता नहीं रहती, वायु में कुछ वर्ण गुणों का जन्म होता है। ये ही कारणस्थ गुण कार्य में आ जाते हैं। महाभाष्य के अनुसार बाह्य प्रयत्न से इन पन्द्रह गुणों का संग्रह हो जाता है- विवार, संवार, श्वास, नाद, घोष, अघोष, अल्पप्राण, महाप्राण, उदात्त, अनुदात्त, ह्रस्व-दीर्घ, प्लुत, स्वरित, तथा अनुनासिक। इनमें प्रथम 14 स्वर यंत्र मुख के पास के प्रयत्न हैं, अंतिम एक नासिका विवर के पास का प्रयत्न है। ये सब मुख विवर के बहिवर्त्ती हैं, अतः इन्हें 'बाह्य प्रयत्न' कहते हैं। तत्वबोधिनीकार ने 'बाह्य प्रयत्न' की व्याख्या इस प्रकार की है- **'स्पृष्टादीनाम् आभ्यन्तरत्वं वर्णोत्पत्ति प्राग्भावित्वात्। तथा हि नाभि प्रदेशात् प्रयत्न प्रेरितो वायु प्राणो नाम ऊर्ध्वमा क्रामन्नुरः प्रभीतीनि स्थान्याहन्ति ततो वर्णस्य तदभिव्यंजक ध्वनेर्व उत्पत्तिः। तत्रोत्पत्तेः प्रागपदा जिह्वाग्रोपाग्र मध्य मूलानि तत्तद्वर्णोत्पत्ति स्थानं ताल्वादि सम्यक् स्पृशन्ति तदा स्पृष्टता, ईषद् यदा स्पृशन्ति तदा ईषत्स्पृष्टता, समीपायस्थान मात्रे संवृतता, दूरत्वे विवृतता। विवार संवारादयस्तु वर्णोत्पत्तेः पश्चात् मूर्ध्नि प्रतिहते निवृत्ते प्राणाख्ये वायावुत्पद्यन्ते इति बाह्या इत्युच्यन्ते, गल विलस्य संकोचात् संवारः तस्यैव विकासाद् विवारः। एतौ च संवृत विवृत रूपाभ्यामाभ्यन्तराभ्यां भिन्नावेव।'** किन्तु डॉ. रामदेव त्रिपाठी उक्त दोनों व्याख्याओं को भ्रामक मानते हैं।[1]

**भट्टोजि दीक्षित** ने उदात्त, अनुदात्त और स्वरित इन तीनों स्वरों को जोड़कर बाह्य प्रयत्न के 11 भेद माने हैं- **'बाह्य प्रयत्न स्त्वेकादशधा विवारः संवारः श्वासो नादो घोषोऽघोषेअल्पप्राणों महाप्राणा उदात्तोऽनुदात्तः स्वरितश्चेति'** अर्थात् बाह्य प्रयत्न के 11 भेद होते हैं- 1. विवार 2. संवार 3. श्वास 4. नाद 5. घोष 6. अघोष 7. अल्पप्राण 8. महाप्राण 9. उदात्त 10. अनुदात्त और 11. स्वरित। "तुलास्य प्रयत्नं सवर्णम्" के भाष्य में **उद्योत** ने भी बताया है कि "वृद्धिरादैच्" के भाष्य तथा कैयट के अनुसार इन्हें मिलाकर 11 प्रयत्न हैं- **"कुत एवोदात्तादिभिः सहैकादशं बाह्य प्रयत्ना इति कैयटो वक्ष्यति। उदात्तादीनामपि वृद्धि संज्ञासूत्र शेषे गुणत्वेन व्यवहरात्।"** अनुनासिक्य को दीक्षित ने बाह्य प्रयत्न में नहीं, स्थान प्रकरण तथा गुण में रखा है, किन्तु पाणिनीय शिक्षा के दोनों संस्करणों में इसका वर्णन स्थान तथा बाह्य प्रयत्न निरूपण- दोनों प्रकरणों में हुआ है। (श्लोक22तथा 29)। **पंतजलि** ने भी पूर्वार्द्ध तथा बाह्य प्रयत्न निरूपण में उक्त आठ की गणना के बाद अंत में अनुनासिक की भी चर्चा की है- **"तत्रवर्गाणां प्रथमद्वितीया विवृत कण्ठाः श्वासानुप्रादाना अघोषाश्च। एकेऽल्पप्राणाः अपरे महाप्राणाः। तृतीय चतुर्थाः संवृत्तकण्ठा नादानुप्रदाना घोषवन्तः(1.1.2)।**

**1. विवार-** विवार शब्द का अर्थ ही है खुलना। स्वर-तंत्रियाँ जब पूरी तरह से खुली रहती हैं तो विवार प्रयत्न होता है।

**2. संवार-** इसका अर्थ होता है- बन्द होना। इसमें स्वर-तंत्रियाँ बन्द रहती हैं।

**3. श्वास-** ध्वनि-यंत्रों के अध्ययन के समय हमने देखा कि स्वर तंत्रियों की स्थिति खुली और बन्द- दो तरह की होती है। खुली स्थिति

1. भाषाविज्ञान की भारतीय परंपरा और पाणिनि-डॉ. रामदेव त्रिपाठी, पृ. 312

में सांस बिना बाधा के बाहर-भीतर आती-जाती रहती है।

**4. नाद-** निःश्वास निष्क्रमण में स्वर तंत्रियाँ एक दूसरे के निकट आकर संगीतमय कंपन करती हैं। इसे ही नाद कहते हैं। पश्चिमी विद्वान **एलेन का कहना है कि** लोग अंग्रेजी Voiced और Unvoiced के लिए संस्कृत के शब्द क्रमशः घोषवान और अघोष का प्रयोग चला रहे हैं, परन्तु तथ्य यह है कि Voice का अर्थ नाद है, घोष नहीं-"While stghosawat and aghos are generally used for vioce and voiceless the usual terms for voice is mad and not ghos. This fact leads to misunderstanding on the who listnad and ghos as seperate proceses e, g, Sindhant Kaumudi.[1]

**5.घोष-** घोष नाद का ही दूसरा नाम है। देवनागरी वर्णमाला में प्रत्येक वर्ग के तृतीय, चतुर्थ और पंचम वर्ण(ग घ ङ, ज झ ञ, ड ढ ण, द ध न, ब भ म,)घोष हैं। लेकिन **पंतजलि** ने नाद और घोष को दो भिन्न प्रक्रियाएँ माना है तथा नाद और श्वास को विपरीत कोटिक- **"तुलास्य प्रयत्नं सवर्णम्"** में भाष्य ने बाह्य प्रयत्न के 8 भेद गिनाते समय घोष और नाद को पृथक-पृथक धर्म माना है- **"विवार संवारौ, श्वास नादौ घोषवद घोषता, अल्पप्राणता, महाप्राणतेति"** (1.1.19)। **डॉ. रामदेव त्रिपाठी** भी घोष और नाद को पर्याय नहीं बल्कि भिन्न दो सोपान मानते हैं।[2]

**6. अघोष-** श्वास ही अघोष होता है। प्रत्येक वर्ग के प्रथम और द्वितीय वर्ण यथा- क, ख, च, छ, ट, ठ, त, थ, प, फ, अघोष होते है। एक विद्वान का विचार है कि "Sabda, Dhvani, Ghosa, Nada-all mean 'sound' Of these Sabda was seized upon by grammarians and used in the sense of 'sound' iminflected word with a conventional meaning".

**7. अल्पप्राण-** प्राण का अर्थ है-वायु। ध्वनियों के उच्चारण में वायु का अल्प प्रयोग होता है- **वर्गाणांप्रथम, तृतीय, पंचमा, यणश्च, अल्पप्राणोः** अर्थात् देवनागरी वर्णमाला के प्रत्येक वर्ग के प्रथम, तृतीय और पंचम वर्ण अल्प प्राण होते हैं यथा- क ग ङ, च ज ञ, ट ड ण, त द न, प ब म।

**8. महाप्राण-** अल्पप्राण की अपेक्षा महाप्राण में ध्वनियों के उच्चारण में वायु का बहुल मात्रा में प्रयोग होता है- **वर्गाणां द्वितीय, चतुर्थे, शलश्च, महाप्राणः** अर्थात् प्रत्येक वर्ग के द्वितीय और चतुर्थ वर्ग- ख घ, छ झ, ठ ढ, थ ध, फ भ, तथा श, ष, स, ह, महाप्राण हैं।

महाभाष्य में अल्पप्राणता-महाप्राणता को भा बाह्य प्रयत्न माना गया है- सन्ति ह्यासट् बाह्याः ..... के पुनस्ते? विवार, संवारौ, श्वासनादौ, घोषवद, घोषवत्ता, अल्पप्राणता महाप्राणतेति तुलास्य प्रयत्नं सवर्णम्"(1.1.9) पाश्चात्य विद्वान **जोन्स** केवल स्पर्श वर्णों में ही अल्पप्राणता - महाप्राणता मानते हैं और इसे सोष्मता-अनूष्यता कहते हैं। उनकी दृष्टि में एक ही ध्वनि तत्व(Phoneme) के दो रूप हैं।- सोष्परूप(Aspirated) है- 'ख' तथा अनूष्म रूप (Unaspirated) है- 'क'-Southern English when pis followed by a stressed vowel as in pardon, payment, it is pronounced with considerable force and a noticeable puff of breath or aspiration of the p and before the begining of the vowel. The pronounciation might be shown thus ph a: du ph eminent ...... They are members of the same phoneme. ............. When we pronounce a voiceless plossive l, g, p by it self' it is generally followed by a short breathed sound which may be represented by h thus p. h."

**9. उदात्त-** उदात्त का अर्थ होता है, ऊपर उठा हुआ(आरोही)स्वर।

**10. अनुदात्त-** यह उदात्त का उल्टा अर्थ रखता है। इसका अर्थ होता है- नीचे गिरा हुआ(अवरोही)स्वर।

**11. स्वरित-** स्वरित का अर्थ होता है, सम अर्थात् जो न आरोही हो और न अवरोही हो। कुल मिलाकर सम स्वर स्वरित कहलाता है।

**उदात्त, अनुदात्त तथा स्वरित की स्पष्ट परिभाषा तथा परस्पर भेद-** उदात्त, अनुदात्त, तथा स्वरित को पाणिनि ने स्वराघात के तीन भेद बताया है। पाणिनि के लक्षण सूत्र हैं- "उच्चैरुदात्तः" (अष्टा. 1.2.29), "नीचैरनुदात्तः" (1.2.30)तथा "समाहरः स्वरितः" (अष्टा. 1.2.31) पर महाभाष्य में शंका प्रकट की गयी है कि उच्चता-नीचता तो सापेक्ष शब्द हैं, अतः उदात्त अनुदात्त के ये लक्षण तो अस्पष्ट ही रह गये- **"उच्चनीचस्यानवस्थित त्वात् संज्ञाऽप्रसिद्धिः"**?(सूत्र 2.29 पर)बहरहाल, इसका उत्तर दिया है- **"सिद्धन्तु समान प्रक्रमवचनात्"**। फिर, इस पर भी शंका की गई है कि कौन से प्रक्रम हैं? पुनः वहीं इसका उत्तर भी दिया है कि उरस, कंठ और शिरस- **"कः पुनः प्रक्रम? उरः कण्ठः शिरस इति "**। इससे स्पष्ट है कि यहाँ प्रक्रम का अर्थ है मन्द्र, मध्यम और तार रूप त्रिविधनाद श्रेणी[3] अर्थात् इनमें से किसी एक में जो अपेक्षाकृत उच्चनाद है वह-उदात्त, जो नीच है वह-अनुदात्त, तथा जो दोनों का मिश्रित रूप है वह स्वरित है। **कैयट** ने प्रक्रम शब्द का अर्थ स्थान कर व्याख्या की है, वर्णों के तालु आदि प्रत्येक स्थान में तीन-तीन भाग किये जाते हैं। इन तीनों में उपरले भाग में जिह्वा के स्पर्श से जिसका उच्चारण हो वह 'उदात्त' निचले भाग में स्पर्श से उच्चारण होने से 'अनुदात्त' तथा मध्यभाग में स्पर्श से 'स्वरित' होता है। इस प्रकार "उच्चैः" का अर्थ हुआ उच्च

1. Phonetics in Ancient India, p.42
2. भाषा विज्ञान की भारतीय परंपरा, पृष्ठ 299
3. पाणिनीय शिक्षा श्लोक 7.8.तै. प्रा. 2.10.11. तथा ऋक् प्रा. 13-49 और 2.11 का 10.11.12.)

भाग "नीच्चैः" का निम्न भाग- **"प्रक्रम्यन्तेऽस्मिन् वर्णा इति प्रक्रमः स्थानमुच्चयते। तेनायमर्थः एकस्मिंस्ताल्वादि के स्थाने ऊर्ध्वाधर भागे ऊर्ध्वाभागेनोच्यार्यमाण उदात्तः अधर भागे निष्पन्नोऽनुदात्तः । एवं चौच्चैरित्यनेनोर्ध्वभागो गृह्यते नीचै रित्यधर भागाः"**। पाणिनीय शिक्षा में उदात्त के निषाद और गान्धार, अनुदात्त के ऋषभ और धैवत तथा स्वरित के तीन भेद - षडज्, मध्यम, और पंचम किए जाते हैं। ऋक् प्रातिशाख्य ने इन्ही तीनों का यम षड्ज आदि सप्त स्वरों को बताया है (13.42.44) बल्कि तै. प्रा. से पता चलता है कि सामवेद में इन्हें क्रुष्ट, प्रथम, द्वितीय, तृतीय, चतुर्थ, मन्द्र तथा अति स्वार्य कहते थे। (2.11.13)।[1]

**ग-करण** - मुख विवर के भीतर वे इन्द्रियाँ करण कहलाती हैं, जो निरन्तर जीवन्त और स्पंदनशील बनी रहकर ध्वनियों के उच्चारण में अपना सहयोग प्रदान करती हैं। ऋगवेदीय शिक्षा में आभ्यन्तर प्रयत्न के लिए करण शब्द का प्रयोग हुआ है- **"स्वराणामूष्णमं चैव विवृत्तं करणं स्मृतम्"**(श्लोक-21)। दयानन्दीय शिक्षा में भी आभ्यन्तर प्रयत्न के लिए करण शब्द का प्रयोग हुआ है- **"स्पृष्ट करणः स्पर्शाः"** (सूत्र-53)। स्थान और करण का भेद मुख्यतः जड़ता और गत्यात्मकता का है। यद्यपि स्थान और करण दोनों ही वागीन्द्रियाँ हैं, किन्तु दोनों में भेद अचल और चल का है। चलाचल भेद ही स्थान करण का विभाजक है। करण के अन्तर्गत् निम्नलिखित इन्द्रियों का अध्ययन अपेक्षित है-

**1. अधरोष्ठ-** दोनों ओठों में ध्वनि-उत्पादन का कार्य नीचे का ओंठ(अधरोष्ठ)ही अधिक करता है। वह इसलिए कि ऊपर का ओठ जहाँ शिथिल रहता है, वहीं नीचे का ओठ उससे अधिक चेतनशील होता है। ध्वनि उत्पादन में नीचे का ओठ कभी ऊपर के ओंठ को छूता है, तो कभी ऊपर की दन्तावलियों को। इस दृष्टि से यह करण की श्रेणी में आ जाता है। अधरोष्ठ ध्वनि उच्चारण स्थान होने के साथ-साथ ध्वनियों का उच्चारक भी हैं।

**2. जिह्वा-** वागीन्द्रियों में जिह्वा का सर्वोच्च स्थान है। ध्वनि-उत्पादन में यह अनेक रूप धारण कर सबसे अधिक ध्वनि उत्पन्न करने में सक्षम सिद्ध होती है।

**3. कोमल तालु-** कोमल तालु स्थान और करण दोनों ही कोटियों में आता है। एक ओर जिह्वा उससे स्पर्श कर अनेक ध्वनियाँ पैदा करती है। इस विचारणा से यह स्थान है। दूसरी ओर यह स्वयं गतिशील बन कर ऊपर-नीचे जाकर अनुनासिक वर्णों के उच्चारण में सहायक होता है, इस दृष्टि से यह करण भी है।

**4. स्वर तंत्री-** जिह्वा के पश्चात् करणों में स्वर-तंत्रियाँ ही अपना विशिष्ट महत्व रखती हैं। कभी बन्द होकर, कभी खुलकर तथा कभी कंपित होकर अर्थात् नाना प्रकार के रूप धारण करती हुई ध्वनि-परिवर्तन की अद्भुत सामर्थ्य रखती हैं।

**स्थान, करण तथा प्रयत्न में अन्तर-** स्थान, करण तथा प्रयत्न का अंतर बताते हुए कहा गया है कि जिस स्थान में वर्ण की स्वरूप प्राप्ति होती है, वह 'स्थान' कहा जाता है- **"यत्रस्था वर्णा उपलभ्यन्ते तत् स्थानम्" (सूत्र-83)**। वस्तुतः किसी एक नाद से लेकर उसके दुगुने ऊँचे नाद तक के क्षेत्र को एक 'स्थान' कहते हैं, जिसका शरीर के उच्चारण अवयवों से घनिष्ठ संबन्ध होता है। साधारणतया शरीर के तीन अवयव- हृदय, कंठ और मस्तक ही उच्चारण के स्थान माने गए हैं और इन्हीं के संबंध में स्थान के तीन भेद कहे गये हैं- मन्द्र, स्थान, मध्य स्थान, तथा तार स्थान। मन्द्र स्थान के नादों के उच्चारण में हृदय पर जोर पड़ता है, मध्य स्थान के नादों के उच्चारण में कंठ पर जोर पड़ता है और तार स्थानों के नादों के उच्चारण में मस्तक पर जोर पड़ता है। संगीत क्षेत्र में 'स्थान' शब्द का प्रयोग करते समय उसकी सीमाएँ निर्धारित कर दी गयी हैं और वे सीमाएँ यही हैं कि प्रत्येक स्थान का क्षेत्र किसी एक नाद से लेकर उसके दुगुने ऊँचे नाद तक होगा और साथ ही जहाँ मन्द्र स्थान समाप्त होगा, वहाँ से मध्य स्थान प्रारम्भ होगा और जहाँ पर मध्य स्थान समाप्त होगा, वहाँ से तार स्थान प्रारम्भ होगा। इस प्रकार मन्द्र से दुगना ऊँचा मध्य और मध्य से दुगुना ऊँचा तार स्थान होता है। एक स्थान के भीतर एक दूसरे से ऊँचे असंख्य नाद हो सकते हैं, पर इनमें 22 ही एक-दूसरे से स्पष्ट प्रत्यक्ष योग्य होते हैं। जिन्हें श्रुति कहते हैं। इन 22 श्रुतियों में से ही पहले 7 मुख्य श्रुतियाँ चुनी गईं जिन्हें 'षड्ज' आदि कहा गया है। इन्हें 'शुद्ध स्वर' भी कहते हैं। सात स्वरों के कारण ही एक स्थान का नाम सप्तक पड़ा है।[2]

जिस उपकरण से स्थान में वर्ण की यह स्वरूप प्राप्ति होती है उसे 'करण' कहते हैं- **"येन निवृत्यते तत् करणम्"** (सूत्र-84) तथा प्रयत्न करने को 'प्रयत्न' कहते हैं। **"प्रयतनं प्रयत्नः"**(सूत्र-85)इसके दो भेद होते हैं। वैसे तो जिह्वों 'तालव्यों' मूर्धन्यों तथा दन्त्यों का-सबका सामान्यतः जिह्वा ही करण है- **"जिह्वायतालव्य मूर्धन्य दन्त्यानां जिह्वा करणम्"** (सूत्र-44)पर विशेषतः जिह्वों का - **"जिह्वा मूलेन जिह्व्यानां तद् येषामभ्यासम्"** (सूत्र-45), जिह्वा मूल, मूर्धन्यों का जिह्वोपाग्र- **"जिह्वोपाग्रेण मूर्धन्यानाम्"** (सूत्र-46)या जिह्वाग्राधोभाग- **"जिह्वाग्राधः करणं वा"** (सूत्र-48) **करण है। बर्नर्ड ब्लाक** ने स्थान और करण का विवेचन करते हुए इस प्रकार लिखा है- The Vocal organs are conveniently divided in to two kinds: Articulators, organs which can be moved more or less freelly and can thus be made to assume a veriely of positions and points of articulations fixed points or areas lying above the articulators, which these may touch or approach.[3] उक्त पंक्तियों में ब्लाक ने 'स्थिर' के लिए 'स्थान' तथा 'सांक्रय'

---

1. ऋक् प्रातिशाख्य 13.44 पर उवट की टीका
2. भाषा विज्ञान की भारतीय परंपरा और पाणिनि- डॉ.रामदेव त्रिपाठी, पृष्ठ-305
3. An Out Lines of Linguistic Analysis-Bernand Block, 2nd chapter . p. 49

के लिए 'करण' शब्द का इस्तेमाल किया है जो नितांत सटीक संस्कृत शब्द हैं।

**सारांश-** अब मैं आपके अध्ययन की सुविधा के लिए कुछ शब्दों की एक तालिका प्रस्तुत कर रहा हूँ, जिसमें आप देखेंगे कि स्थान, प्रयत्न तथा करण की दृष्टि से कौन शब्द किस कोटि और बिरादरी के भीतर आएगा। **शाकटायन** ने 'ऋक्तंत्र व्याकरण नामक सुप्रसिद्ध ग्रंथ लिखा है। विद्वान इस ग्रंथ को सामवेद की कौयुम शाखा का प्रातिशाख्य मानते हैं। इस ग्रंथ के सम्पादक **पंडित सूर्यकान्त शास्त्री** हैं। इसकी भूमिका में उन्होंने लिखा है- "The original Rktantra was composed by Andabraj who also wrote Samantra Puspa sutra and a grammar on Bhasha, which had a distinct set of Pratya haras as is shown by the first RK tantra as well as in Grammar. बहरहाल, इस ग्रंथ के अनुसार 'ह' 'अ' 'आ' तथा विसर्जनीय का कण्ठ स्थान है - **"हकार, अकार , आकार, विसर्जनीयः कण्ठे"**। 'ककार', 'ऋकार' 'ऋकार' जिह्वामूलीय हैं- **'जिह्वा मूले ककार ऋकार ऋकारः'**। 'शकार', 'चकार' , 'यकार', 'इकार', 'ईकार', तथा 'एकार' का तालुस्थान है- **'तालुनि शकारचकारयकार इकार, ईकार एकाराः'**। 'ष' और 'ट' का मूर्धा स्थान है- **'मूर्धानि बटौ'**। 'तकार' 'सकार' और 'लकार' दन्तस्थान हैं, -**' दन्ते तकार, सकार लकाराः'**। 'रेफ' दन्त्य या दन्तमूलीय है- 'रेफो मूले वा। वकार ओकार, औकार, उपधमानीय, पकार, उकार और ऊकार ये ओष्ठ्य हैंओष्ठे वकार, ओकार, औकार उपध्मानीय पकार, उकार, ऊकाराः।

**ध्वनियों के दो भाग-** प्राचीन वैयाकरणों ने ध्वनियों को दो भागों में वर्गीकृत किया है। ये हैं स्वर और व्यंजन। यहीं इन दोनों के पारस्परिक भेद को भी समझ लिया जाय तो उत्तम होगा। इनका अन्तर इन दोनों की परिभाषाओं से स्पष्ट हो जाएगा।

**स्वर तथा व्यंजन की परिभाषा-** स्वरों का रूपांकन करते हुए अंग्रेजी के एक विद्वान कहते हैं कि,"Sva.a is derived from 'sur' to sound and is used in R. V. in the sense of 'Sound"? Then it must have meant 'the voice which utters sound' and then the tone of the voice or accent." छान्दोग्य उपनिषद में स्र के लिए कहा गया है,- **"सर्वेस्वरा इन्द्रस्यात्मानः सर्व उष्माणः प्रजापतेरात्मन, सर्वेस्पर्शा मृत्योरात्मनः.............. सर्वे स्वरा घो,वन्ते बलवन्तो वक्यव्याः"** स्वर के विषय में यह भी कहा गया है कि,- Just powerful king wrests away the state of a weak one, even so the powerful vowel carries away the weak consonant. Patanjali calls that vowel (Svara) which shinesley it self that which is manifested by the vowel pleaced after it is a consonant." जैसे

**"य स्वयं राजन्ते तं तु स्वर माह पतंजलि।**
**उपरिस्थायिनातेन व्यड्यं व्यञ्जनमुच्यते।।**

याज्ञवल्क्य शिक्षा में भी स्वर के लिए कहा गया है,-

**"दुर्बलस्य यद्या राष्ट्रं हरते बलवन्नृपः।**
**दुर्बलं व्यंजनं तद्वद्धरते बलवान् स्वरः।।**

जिस ध्वनि का उच्चारण स्वतः हो जाता है और उसके उच्चारण के लिए किसी अन्य सहायक ध्वनि की आवश्यकता नहीं पड़ती, उसे 'स्वर' कहते हैं और जिस ध्वनि के उच्चारण के लिए स्वर वर्ण की सहायता लेनी पड़ती है उसे 'व्यंजन' कहते हैं। स्वर तथा व्यंजन की परिभाषा महर्षि पतंजलि ने महाभाष्य में इस प्रकार दिया है:- **"स्वयं राजन्ते इति स्वराः अन्वग् भवति व्यंजनमिति"** अर्थात् स्वर स्वयं शोभा पाते हैं, जबकि व्यंजन स्वर का अनुकरण करता है।

समस्त स्वर अक्षर कहे जाते हैं। **'उभये त्वक्षराणि'**(1.19)सभी व्यंजन तथा अनुस्वार अक्षर के ही अंग होते हैं- **'अनुस्वारों व्यंजनं चाक्षराङ्गाम्** '(1.22)। ऋक् प्रातिशाख्य के रचयिता **शौनक ऋषि** के अनुसार व्यंजन सहित, अनुस्वार अथवा अकेला भी स्वर अक्षर माना जाता है। छान्दोग्य उपनिषद स्पष्ट घोषणा करता है कि सभी स्वर घोषवान हैं- **'सर्वेस्वरा घोषवन्तो बलवन्तो वक्तव्यः'**(2.22.3.5)। ऐतरेय आरण्यक का **'यानि व्यंजनानि तच्छरीरम यो घोषः स आत्माः'** यह वाक्य भी व्यंजन और घोष दोनों को दो कोटियों में रखकर यही अर्थ प्रकट कर रहा है कि सभी स्वर घोषवान हैं। भारतीय विद्वानों ने स्वर वर्णों के दो मुख्य लक्षण माने हैं- क- जो अपने उच्चारण में अन्य निरपेक्ष है, वे स्वर हैं तथा जो अनुयायी हैं, वे व्यंजन हैं- **'अन्वर्थ खल्वपि निर्वचनं स्वयं राजन्ते इति स्वराः अन्वग् भवति व्यंजनमिति'**(महाभाष्य 1.2.29) तथा 'ख' जो अक्षर(syllable) बनाने में समर्थ हों, वे स्वर हैं तथा जो उस अक्षर के अंग बने वे व्यंजन हैं. 1-(ऋक प्रा.सू. 1.19 तथा 22) पर ध्वनि-विज्ञान के आधुनिक अनुसंधान से पता चलता है कि स्वर और व्यंजन के ये लक्षण सर्वांश में ठीक नहीं। **डॉ. बाबू राम सक्सेना** तो कम से कम ऐसा ही मानते हैं। [1]। बहरहाल आगे इस पर विचार किया जाएगा।

व्यंजन के लिए विद्वानों ने कहा भी है कि, "The cousonants are termed "Vyanjana". The word is derived from Vi-anj 'to manifest' and means that which is manifested'.पतंजलि व्यंजन का अर्थ इस प्रकार समझाते हैं, "अज्जेरञ्जनम्

1. सामान्य भाषाविज्ञान -डॉ. बाबू राम सक्सेना 8, अनु. 3

अञ्जनम् च प्रकाशनम्। "अङ्क्तेक्षिणी" इक्युच्यते यत्तत सितं चासितं चैतत प्रकाशयति तथाऽञ्जेर्व्यञ्जनम्। व्यञ्जनं च प्रकाशनम्। यत्तत्त स्नेहेन मधुरेण च ड़ीकृतानामिन्द्रियाणां स्वस्मिन्नात्मनि व्यवस्थापनं स रागस्त द्वाञ्जनम्। अन्वर्थं खल्वपि निर्वचनम् "व्यञ्जतेऽनेनेति व्यञ्जनम्" इति।

उक्त परिभाषाओं के आधार पर हम इस निष्कर्ष पर पहुँचते हैं कि स्वर बिना किसी सहायता के उच्चरित होकर अक्षर बना रह सकता है किन्तु व्यंजन के उच्चारण के लिए स्वर के बैसाखी की आवश्यकता पड़ती है। स्वर के अभाव में व्यंजन 'शब्द' भी नहीं बना रह सकता। व्यंजन के लिए विद्वानों ने कहा भी है कि- The consonants are termed Vayanjana.The word is derived from vi-anj to mainfest and means that which is manifested. अज्जेरञ्जनम् अञ्जनं च प्रकाशनम्। अङ्क्तेक्षिणी इत्युच्यते, यत्तत सितं चासितं चैतत प्रकाशयति तथाऽज्जेर्व्यञ्जनम्। व्यञ्जनं च प्रकाशनम्। यत्तत्त स्नेहेन मधुरेण च जडीकृतानामिन्द्रियाणां स्वस्मिन्नात्मनि व्यवस्थापनं स रागस्तद्वाञ्जनम्। अन्वर्थं खल्वपि निर्वचनम् "व्यञ्जतेऽनेनेति व्यत्रज्नम्" इति।

यह परिभाषा तो प्राचीनों की थी। किन्तु आज के भाषा-वैज्ञानिक उक्त बासी परिभाषाओं को नकारते हुए उसमें अपना कुछ सतर्क संशोधन प्रस्तुत करते हैं। इनका कहना है कि व्यंजनों का भी सामान्यतः स्वतंत्र उच्चारण सम्भव है जैसे स्, श, ल, आदि। अथवा कभी कभी कार्त्स्न्य, धार्ष्टय, ताक्ष्र्य आदि ध्वनि समूहों में स्वरों की अपेक्षा नहीं होती। यही कारण है कि स्वर तथा व्यंजन को वे इस रूप में व्याख्यायित करते हैं। वस्तुतः स्वर वह ध्वनि है जिसके उत्पादन में मुख विवर खुला रहता है, जिससे श्वास वायु बिना रुकावट के बाहर निकल जाती है तथा व्यंजन वह ध्वनि है, जिसके उत्पादन में श्वास वायु के निःसरण में किसी-न-किसी प्रकार का गतिरोध पैदा किया जाता है:- A sound produced with a vibration of the vocal cords by the unobstructed passage of air through the oral cavity.[1] A sound produced by an obstruction or blocking or some other restriction of the free passage of the air , exhaled from the lungs through the oral cavity.[2] प्रख्यात पाश्चात्य भाषा-विज्ञानी श्री डेनियल जोन्स ने स्वर और व्यंजन को परिभाषित करते हुए बताया है कि स्वर वे ध्वनियाँ है- जिनके उच्चारण में निःश्वास निर्बाध रहती है और व्यंजन ध्वनियों के उच्चारण में निःश्वास कहीं-न-कहीं बाधित होती है- A Vovel (in normal speech) is defined as voiced sound in forming which the air issues in a continuous streem through the pharynx and mouth, there being no obstruction and no narrowing such as cause audible friction- All other sounds(in normal speech)are called Consonants[3]

कुल मिलाकर डेनियल जोन्स ने स्वर और व्यंजन के बीच मुख्य अंतर आपेक्षिक दूरतर श्रव्यता का माना है। उनके अनुसार एक ही मात्रा, बलाघात तथा तारता रहने पर भी कुछ वर्ण अधिक दूर तक सुनाई पड़ते हैं। किसी भी शब्द में सभी स्वर व्यंजनों से अधिक दूर तक श्रव्य तथा महत्वपूर्ण होते हैं। व्यंजनों में भी घोषवान, घोषहीन से अधिक महत्वपूर्ण होते हैं। घोषहीन व्यंजन घोषवानों की तुलना में महत्वहीन हैं। घोषवानों में भी अनुनासिक (न,म,आदि)व्यंजन तथा ल शेष से महत्वपूर्ण हैं- "The distinction beetween Vowels and Consonants is not an arbitrary physiological distintction . It is in reality a distinction based on a coustic considerations namely on the relative sonority or carrying power of the various sounds. Some sounds are more sonarous than others, that is to say they carry better or can be heared at a greater distance when pronounced with the same length, stress and voics- pitch. Thus the sound a pronounced in the normal manner can be heared at a much greater distance than the sound P or the sound F pronounced in the normal manner x x x x x . The voiceless consonants have very little prominence in comparision with the voiced sounds(chapter 6th).

## स्वरों के उच्चारण में दोष

"ग्रस्तं निरस्तम विलंबितं निर्हतमम्बु कृतं ध्मातमथो विकम्पितम्।
संदष्टमेणीकृतमर्धकं द्रुतं विकीर्णमेताः स्वर दोष भावना।।" (महाभाष्य 1.1.1)

## व्यंजनों के उच्चारण में दोष-

"अतोऽन्ये व्यंजन दोषाः शशः षष इतिमाभूत,
पलाशः पलाष इति माभूत यञ्चको मञ्जक इति मा भूत" (महाभाष्य 1.1.1)

**स्वरों का वर्गीकरण-** जिन ध्वनियों के उच्चारण में श्वास जब बिना अवरोध के मुख से बाहर निकलती है तो उसे 'स्वर ध्वनियाँ' कहते हैं। स्वरों की भिन्नता के लिए मुख्य रूप से जीभ उत्तर दायी होती है। अतः जीभ के भागों के आधार पर ही मुख्य रूप से स्वरों को वर्गीकृत किया गया है:-

1. जिह्वा के विभागों के विचार से, 2. जिह्वा की ऊँचाई के आधार पर तथा 3. ओठों की बनावट की दृष्टि

1. Dictionary of linguistics. p. 229
2. Ibid. p. 46
3. An out line of English Phonetics: p . 103

**1.जिह्वा के विभागों के विचार से-** इस विभाग में स्वरों को अधोलिखित तीन भेदों में विभक्त किया जाता है-

**(क)अग्रस्वर-** जिन स्वरों के उच्चारण में जीभ के अगले भाग को प्रयोग में लाया जाता है, उन्हें अग्र स्वर कहते हैं, यथा-इ, ई, ए, ऐ अग्रस्वर हैं।

**(ख)मध्यस्वर-** इसे कुछ लोग केन्द्रीय स्वर भी कहते हैं। जिन स्वरों के उच्चारण में जीभ का मध्य भाग ऊपर की ओर कुछ उठता है, उसे मध्य स्वर कहते हैं, जैसे-अ, आ मध्य स्वर हैं।

**(ग) पश्चस्वर-** जिन स्वरों के उच्चारण में जीभ का पिछला भाग कोमल तालु की ओर उठकर मुख विवर से निसृत ध्वनियों को प्रभावित करता है, उन्हें पश्च स्वर कहते हैं, यथा- आ, उ, ऊ, ओ, औ पश्चस्वर कहे जायेगें।

**2. जिह्वा की ऊँचाई के आधार पर-** स्वरों के उच्चारण में जीभ एक सीमा विशेष तक ही उठ सकती है। जीभ की इस उठान को चार भागों में विभाजित किया गया है जो इस प्रकार है-

**(क)संवृत स्वर-** जिस स्वर का उच्चारण करते समय जीभ जब बिना किसी घर्षण के ऊपर की ओर उठ जाती है, तब उसे संवृत कहा जाता है, यथा- ऊसर या ऊखल शब्दों में 'ऊ' संवृत स्वर है।

**(ख) अर्द्ध संवृत-** इसे 'ईषत् संवृत' भी कहा गया है। जिस स्वर का उच्चारण करते समय मुख-विवर के ऊपरी भाग और जीभ के बीच की दूरी संवृत स्वर के सापेक्ष ज्यादा होती है उसे अर्द्ध संवृत भी कहते हैं। यथा- नरेश तथा शेष आदि शब्दों में 'ए' अर्द्ध संवृत है।

**(ग) विवृत-** विवृत शब्द का अर्थ है खुला हुआ। जिस स्वर के उच्चारण में जीभ और मुख-विवर के ऊपरी भाग में जो दूरी होती है, उसे ही विवृत स्वर कहते हैं। यथा- आम, आग शब्दों में 'आ' विवृत स्वर हैं।

**(घ) अर्द्ध विवृत-** जिस स्वर के उच्चारण में जीभ और मुख विवर के ऊपरी भाग की दूरी विवृत स्वर की अपेक्षा कुछ कम हो जाती है, उसे अर्ध विवृत स्वर कहते हैं। जैसे- कोमल तथा चोट शब्दों में 'औ' अर्द्ध विवृत स्वर है।

**3. ओठों की बनावट की दृष्टि से-** ध्वनियों के उच्चारण में ओष्ठों की स्थिति जिह्वा से कम नहीं होती है। यही कारण है कि ओठों की स्थिति के विचार से भी स्वरों का वर्गीकरण किया जाता है। कुछ ध्वनियों के उच्चारण में तो ओष्ठ कभी खामोश रहते हैं तो कभी कुछ के उच्चारण में वे वृत्ताकार हो जाते हैं और कभी कुछ के उच्चारण में वे संकुचित हो जाते है। कुछ विद्वानों का विचार है कि ओठ भी उच्चारण में कई प्रकार से काम करते हैं। किसी में एक ही ओठ दाँत से मिलकर उच्चारण करता है, कभी दोनों ओठ सट जाते हैं। जब दोनों ओठ सटते नहीं, तब उनकी तीन अवस्थाएँ हो सकती हैं। स्वरों के उच्चारण में दोनों फैले रह सकते हैं, ये गोलाकार हो सकते हैं या तटस्थ स्वाभाविक रूप में रह सकते हैं। गोलाकार भी दो प्रकार से हो सकते हैं विवृत होकर तथा संवृत रहकर। इसे ही 'स्थान विचार' कहते हैं। बहरहाल, ओष्ठों की तीन स्थितियों के आधार पर स्वरों के निम्न तीन भेद किए जाते हैं-

**(क)अवृत्ताकार स्वर-** इन्हें प्रसृत स्वर भी कहा गया है। जिन स्वरों के उच्चारण में ओठों की स्थिति न तो वृत्ताकार होती है और न अर्धवृत्ताकार बल्कि उदासीन बनी रहती है। उन्हें अवृत्ताकार स्वर अथवा अग्रस्वर कहा जाता है। इ, ई, ए, ऐ इसी श्रेणी में आते हैं।

**(ख) वृत्ताकार स्वर-** इन्हें वर्तुल स्वर भी कहा गया है। जिन स्वरों के उच्चारण में ओठों की शक्ल गोलाकार हो जाती है, उन्हें वृत्ताकार स्वर कहा जाता है। पश्च स्वर वृत्ताकार स्वर की श्रेणी में आते हैं। यथा- उ, ऊ, औ।

**(ग) अर्धवृत्ताकार स्वर-** इन्हें अर्ध वर्तुल स्वर भी कहा गया है। जिन स्वरों के उच्चारण में ओठों की स्थिति पूर्णतया न तो गोलाकार होती है और न उदासीन अथवा चुप्पी की होती है, उन्हें अर्ध वृत्ताकार स्वर कहा जाता है। वस्तुतः यह स्थिति अवृत्ताकार तथा वृत्ताकार के बीच की है। आ अर्धवृत्ताकार स्वर है।

**मानस्वर या मानक स्वर** (Cardinal Vowels)- भिन्न-भिन्न भाषाओं में प्राप्त स्वर स्थानों को निश्चित करने वाले स्वरों को 'मानक स्वर' कहते हैं। यदि उच्चारण स्थान की जानकारी हमें नहीं है, तो भाषा की ध्वनियाँ ठीक ढंग से उच्चरित नहीं हो सकतीं। ऐसे ही मौको पर मानक स्वरों के अध्ययन की आवश्यकता होती है। मानक स्वर प्रो. डेनियल का दिया हुआ नाम है। इसके अन्य नाम 'मानस्वर', 'मेयस्वर', 'प्रधान स्वर' (Standard vowels) भी बताये गये हैं। डॉ. देवेन्द्र कुमार शास्त्री नें इसे मापित स्वर, नाम देते हैं।[1] मानक स्वरों के आठ प्रकार बताये गये हैं। इनमें चार अग्र स्वर हैं तथा चार पश्च स्वर। अग्रस्वर हैं-'अऽ', 'ऍ', 'ए', और' इ'। इनमें 'अऽ' विवृत है,'ऍ'अर्ध विवृत्त है। 'ए' अर्ध संवृत है तथा 'ई' संवृत अग्रस्वर हैं। पश्च स्वर हैं- 'आ', 'ओ', और 'ऊ'। इनमें 'आ' विवृत है, 'ओ' अर्धविवृत है, 'ओ' अर्ध संवृत हैं और ऊ संवृत पश्च स्वर हैं।[2]

**संयुक्त स्वर** (Dipthongs)- संयुक्त का आशय दो वस्तुओं का सम्मिलन है। इस प्रकार के स्वरों में दो मूल स्वरों का योग होता है। संयुक्त स्वरों के उच्चारण में जीभ को परस्पर मिलाने वाले दोनों स्वरों के उच्चारण स्थान को स्पर्श करना पड़ता है। वस्तुतः संयुक्त स्वर एक स्वर

---

1. भाषाशास्त्र तथा हिन्दी भाषा की रूपरेखा-पृ.59

2. भाषा विज्ञान और मानक हिन्दी, डॉ. रत्नचन्द्र शर्मा, पृ.144

ध्वनि ही है। हिन्दी में 'ए' (अ+इ), 'ए' (अ+ए), 'ओ' (अ+उ) और 'औ' (अ+औ) संयुक्त स्वर हैं। **श्री गोलोक बिहारी धल** के अनुसार, वास्तव में संयुक्त स्वर को श्रुति कहा जा सकता है, जिसके उच्चारण में जिह्वा एक स्वर स्थिति से दूसरी स्वर स्थिति तक सरलता से बढ़ती है"।[1]

**केन्द्रीय अथवा मध्य स्वर-** जीभ के मध्य भाग में निसृत ध्वनियाँ मध्य अथवा केन्द्रीय स्वर के भीतर आती हैं। विश्व की अनेक भाषाओं में प्राप्त ये स्वर ध्वनियाँ अनेक रूपा होती हैं। **जेस्पर्सन** ने इन्हें (Mittelzungen vokale) कहा है। हिन्दी में 'अ' को केन्द्रीय स्वर स्वीकारा गया है।

**मूल स्वर-** मूल स्वरों के स्वतंत्र अस्तित्व को मध्य अथवा केन्द्रीय स्वरों से अलग करना थोड़ा दुष्कर होता है। **डॉ.धल** इन्हें मूल स्वर कहते हैं।[2] **डेनियल जोन्स** ने इन्हें (Pure vowels)शुद्ध स्वर कहा है। मूल स्वरों के उच्चारण में जीभ शुरू से अन्त तक एक ही स्थिति में रहती है। हिन्दी में इनकी संख्या आठ मानी गयी है। यथा-अ, अऽ, आ, इ, उ, ऊ, ए, ओ।

**संयुक्त ध्वनियाँ-** संयुक्त स्वरों की ही तरह दो ध्वनियों का मेल संयुक्त ध्वनि कहा जाता है। यहाँ विशेषता यह होती है कि समान और असमान दोनों तरह की स्वर व्यंजन ध्वनियाँ इसमें सम्मिलित रहती हैं। सच्चा, धक्का, हट्टा, कट्टा, आदि शब्द संयुक्त ध्वनियों के उदाहरण माने जा सकते हैं।

**व्यंजनों का वर्गीकरण-** जिनके उच्चारण में भाषण-यंत्र अर्थात् मुख विवर में श्वास कमोवेश अवरोधित होकर निकलती है, उन उच्चरित ध्वनियों को व्यंजन कहते हैं। बताते हैं, इनके उच्चारण में स्वर वर्णों की सहायता लेनी पड़ती है, किन्तु आज के भाषा-विज्ञानी उक्त तथ्य को अंगीकार करने को तैयार नहीं। उनका कहना है कि बिना स्वर की सहायता के भी व्यंजनों का स्वतंत्र उच्चारण हो सकता है। इस सम्बन्ध में पीछे बताया जा चुका है। अतः पुनरुक्ति दोष से यहाँ बचा जाय, तो उत्तम ही होगा। यद्यपि उच्चारण की दृष्टि से व्यंजन ध्वनियों की तीन स्थितियाँ स्वीकारी गई हैं-1 व्याघात(Obstruction) अवरोध(Stop)तथा मोचन(Release)। किन्तु व्यंजनों के वर्गीकरण से सम्बन्धित अनेक प्रकारों को समेट कर यदि उन्हें मुख्य दो भागों में वर्गीकृत किया जाय तो कोई बुरा नहीं होगा। यथा-(क)स्थान के आधार पर(ख)प्रयत्न के आधार पर

## (क) स्थान के आधार पर व्यंजन ध्वनियों का वर्गीकरण

**1. काकल**(Glottal)- इसे स्वर यंत्र मुखी तथा स्वर यंत्र स्थानीय व्यंजन भी कहते हैं। जिन व्यंजनों का उच्चारण काकल स्थान से किया जाता है, उन्हें काकल्य व्यंजन कहते हैं। इनके उच्चारण में मुख विवर खुला रहता है और वायु बन्द कंठ द्वार को शीघ्रता से खोलकर बाहर निकलती है, यथा-ह! पाश्चात्य भाषा विज्ञानी ब्लाक (Block) काकल का वर्णन करते हुए लिखते हैं- "All air expelled from the lungs or drawn in to them must pass through the larynx a complex structure of carilage, muscles and in membrance at the top of the trachea or wind pipe. The front edges of the larynx forms the Adams apple. for our purpose the most interesting parts of the larynx are two parallel trans verse banks or bands of muscle extending from front to back the socalled vocal cards.(The name is a poor one since there is nothing cord-like about these muscles. vocal lips has been suggested as a better name but the other is established in usage.) The space between the vocal cords is called the glottis, for ordinary breathing, there fore, we say that the glottis is open."

**2. कण्ठ्य**(Guttural)- जिन व्यंजनों का उच्चारण कंठ से होता है, उन्हें कण्ठ्य व्यंजन कहते हैं। इन व्यंजनों के उच्चारण में जीभ का पिछला भाग कोमल तालु को छूता है, जैसे- क, ख, ग, घ, आदि।

**3. तालव्य**(Palatals)- जिन व्यंजनों का उच्चारण तालु की सहायता से किया जाता है उन्हें तालव्य व्यंजन कहते हैं। इनके उच्चारण में जीभ का अगला भाग कठोर तालु को छूता है। यथा- च, छ, ज, झ, य, श आदि।

**4.मूर्धन्य** (Cerebrals)- इन ध्वनियों को 'प्रतिवेष्टित' भी कहा गया है।- 'मूर्धन्यानां जिह्वाग्रं प्रतिवेष्टितम्।' जिन व्यंजनों का उच्चारण मूर्धा से होता है, उन्हें मूर्धन्य व्यंजन कहा जाता है। इनके उच्चारण में जीभ को कठोर तालु के पिछले भाग अर्थात् मूर्धा का स्पर्श करना पड़ता है। ट, ठ, ड, ढ, र, ष आदि इसी प्रकार के व्यंजन हैं।

**5. वर्त्स्य** (Alveolars)- जिन व्यंजनों का उच्चारण वर्त्स्य(मसूड़ो) की सहायता से किया जाता है, उसे वर्त्स्य व्यंजन कहा जाता है। इनके उच्चारण के लिए जीभ की नोंक को तालु के अन्तिम छोर तथा ऊपरी मसूड़ों को छूना पड़ता है। अंग्रेजी की ट, ड, तथा हिन्दी की ल, र, स, ध्वनियाँ वर्त्स्य ध्वनियाँ हैं।

**6. दन्त्य** (Dentals)- जिन ध्वनियों के उच्चारण में जीभ की नोंक को ऊपर की दन्त पंक्ति का स्पर्श करना पड़ता है वे दन्त्य व्यंजन कही जाती हैं। इन ध्वनियों के अनेक उपभेद किये गये हैं- पुरोदन्त्य, अन्तर्दन्त्य, तथा पश्चाद्दन्त्य। 'त', 'थ', 'द', 'ध', 'ल', 'स', आदि दन्त्य

1. ध्वनि-विज्ञान-श्री गोलोक बिहारी धल पृ.117,1958

2. ध्वनि-विज्ञान - डॉ. गोलोक बिहारी धल, पृ. 116, 1958

ध्वनियाँ हैं। इनमें 'त' पुरोदन्त्य तथा 'थ' अन्तर्दन्त्य हैं। अंग्रेजी की 'त्' तथा 'द्' ध्वनियाँ पश्चाद्दन्त्य कही गई हैं।

**7. ओष्ठ्य** (Labials) जिन व्यंजनों का उच्चारण ओठों की मदद से किया जाता है, उन्हें ओष्ठ्य व्यंजन कहा जाता है। इनके उच्चारण के लिए ओठों को परस्पर स्पर्श करना पड़ता है। जैसे प, फ, ब, भ आदि।

**8. दन्त्योष्ठ्य** (Dento-Labials)- जिन व्यंजनों का उच्चारण दन्त्य और ओंठ दोनों की संयुक्त सहायता से किया जाता है, उन्हें दन्त्योष्ठ्य व्यंजन कहा जाता है। फारसी की 'फ' तथा अंग्रेजी की f, v, तथा हिन्दी की 'व' ध्वनियाँ दन्त्योष्ठ्य कही जाती है।

**9. जिह्वामूलीय-** इसके लिए एक स्थल पर कहा गया है कि, "Jihvamuliya 'literally means, 'belonging or pertaining to formed at or uttered from the root of the tongue. The word 'Jihvammliya' occurs as early as the Atherva Veda, but as technical term, 'Jihvammliya' is found in grammatical literature only", जिह्वा मूलीय के लिए संस्कृत में कहा गया है कि **"न विसर्जनीय-जिह्वामूलीयोपध्मानीयानुस्वरना सिक्यानाम्। तथा जिह्वामूलीयं जिह्वामूलेन जन्यत्वात्।** उपधमानीयः उपधमानेन जन्यत्वात्। वैदिका भरणम्।" जिन व्यंजनों का उच्चारण जिह्वा के मूल से किया जाता है, उन्हें जिह्वामूलीय व्यंजन कहा जाता है-यथा फारसी भाषा से आई हुई क़, ख़, ग़, ध्वनियाँ इसी के अन्तर्गत आती हैं। ऋगवेदीय पाणिनि शिक्षा ने 'क' वर्ग को जिह्वामूलीय कहा है, कण्ठ्य नहीं-" **जिह्वामूलेतु कुः प्रोक्तः",** किन्तु दयानन्दीय शिक्षा ने क वर्ग को कण्ठ्य भी तथा जिह्वामूलीय भी माना है, **"अकुह विसर्जनीय कण्ठ्यः"**(सूत्र-22) तथा **"क वर्ग ऋ वर्णश्च जिह्यः"** (सूत्र-25) अर्थात् तालु भाग की दृष्टि से यह कंठ है, पर जिह्वा की दृष्टि से जिह्य या जिह्वामूलीय।

## (ख) प्रयत्न के आधार पर व्यंजन ध्वनियों का वर्गीकरण-

**अ- आभ्यन्तर प्रयत्न** के आधार पर व्यंजन ध्वनियों के अधोलिखित भेद किये जा सकते हैं:-

**1. स्पर्श** (Plosives)- इन्हें ही स्फोट ध्वनियाँ (Explosives) कहा जाता है। जिन व्यंजनों के उच्चारण में जीभ को कण्ठ से लेकर ओठ तक सभी अवयवों का स्पर्श करना पड़ता है, उन्हें स्पर्श-व्यंजन कहते हैं। इन ध्वनियों के उच्चारण में श्वास को पूर्ण अवरोध के साथ कहीं - न - कहीं अवश्य रुकना पड़ता है। इनके अन्तर्गत् कण्ठ्य, तालव्य, मूर्धन्य, दन्त्य, ओष्ठ्य ध्वनियाँ सम्मिलित हैं। 'क' से लेकर 'म' तक व्यंजन स्पर्श व्यंजन कहें जाते हैं। अंग्रेजी के एक विद्वान इसकी व्युत्पत्ति और अर्थ पर अपनी ओर से प्रकाश डालते हुए लिखते हैं कि-'Sparsa' (from sprs 'to touch') literally means 'contact' In grammatical literature it denotes the mutes (in cluding nasals). because in their case the contact of the sthana withe the karana is complete. The word apperars to have been used for the first time is this sence in A.A. भागवत पुराण में स्पर्श का प्रयोग तकनीकी संदर्भ में इस प्रकार किया गया है-

> **"स चिन्तयन् द्वयक्षरमेकदम्भ दास्युपाश्रृणोद् द्विर्गदितं वचो विभुः।**
> **स्पर्शेषु यत् षोडशमेकविंशं, निष्किञ्चनानां नृपं यद्धनं विदुः।"**

**स्पर्श-संघर्षी-** जिन व्यंजनों के उच्चारण में स्पर्श के साथ-साथ निर्गत् श्वास को कुछ समय के लिए थोड़ा सा घर्षण करना पड़ता है। उन्हें स्पर्श संघर्षी व्यंजन कहा जाता है। 'पच्यते' में 'च्य' तथा 'ज्येष्ठ' में 'ज्ये' स्पर्श-संघर्षी माने गये हैं। कुछ लोग हिन्दी की च, छ, ज, झ, ध्वनियों को स्पर्श संघर्षी मानते हैं किन्तु कुछ लोग इन्हें केवल स्पर्श ही मानते हैं।[1]

**संघर्षी**(Fricatives)- जिन व्यंजनों के उच्चारण में निर्गत वायु को घर्षण अथवा रगड़ के साथ बाहर आना पड़ता है, उन्हें संघर्षी-व्यंजन कहते हैं। श, ष, स, संघर्षी ध्वनियों के उदाहरण हैं । जोन्स ने 'ह' (h) ध्वनि को मुख्यतः श्वासवान्, उरस्य (glottal), संघर्षी (ऊष्म) व्यंजन माना है, - "The diffrent varieties of h are known s breathed glottal fricative consonants"।

**4. पार्श्विक**(Lateral)- जिन व्यंजनों के उच्चारण में जिह्वा की नोंक को दन्त पंक्तियों अथवा मसूड़ो का स्पर्श करना पड़ता है और निर्गत वायु जीभ के अगल-बगल से बाहर निकल जाती है, उन्हें पार्श्विक व्यंजन कहते हैं। हिन्दी का 'ल' पार्श्विक व्यंजन है।

**5. लुण्ठित**(Rolled)- इन्हें लोड़ित व्यंजन भी कहा गया है। जिन व्यंजनों के उच्चारण में जिह्वा की नोंक को एक या अनेक बार वर्त्स्य से टकराना पड़ता है, उन्हें लुंठित व्यंजन कहा जाता है। 'र' लुण्ठित व्यंजन का उदाहरण है।

**6. उत्क्षिप्त**(Flapped)- इस प्रकार के व्यंजनों के उच्चारण में जिह्वा तालु के किसी भाग को यथाशीघ्र छूकर पीछे हट जाती है। 'ड़' और 'ढ़' उत्क्षिप्त व्यंजन हैं।

**7.अन्तस्थ या अर्धस्वर-**(Semi-Vowels)- ऐसे व्यंजन, जो कभी तो स्वर के समान तथा कभी व्यंजन के समान उच्चरित किये जाते हैं, उन्हें ही अन्तस्थ अथवा अर्ध स्वर कहा जाता है। जैसे 'य' और 'व'। अन्तस्थ के लिए अन्यत्र कहा गया है- In grammatical literature

---

1. क. भाषा विज्ञान -डॉ. देवदत्त कौशिक पृ. 170
ख. भाषा विज्ञान की भूमिका-डॉ. देवेन्द्र नाथ शर्मा पृ. 208.
ग. An Introduction to Descriptive Linguistics, H.A. Gleason P. 335

the semi Vowels y, r, l and Vare called 'antastha'. Panini and his followers use the pratyahara. "you" for 'antastha'. Patanjali however, is not averse to the use of the word,-

**"अथ किमर्थमन्त स्थानामण सूपदेशः क्रियते।**
**स्पृष्टं स्पर्शानां करणम् ईषत् स्पृष्टमन्तस्थानाम्।।"**

**8. अनुनासिक**(Nassals)- जिन व्यंजनों के उच्चारण में निर्गत वायु को मुख विवर के साथ-साथ नासिका-विवर से भी गुजरना पड़ता है, उन्हें अनुनासिक व्यंजन कहते हैं। ङ्, ञ्, ण्, न, तथा म्, इसी कोटि में आते हैं। अनुनासिक के लिए अन्यत्र कहा गया है- "Anunasika literally means acompanied by a nose sound, pronounced through the nose and like anusvara etc. appears to be a lerarned scholarly word created by grammarians or phoneticians. The term 'anunasika' is used in the sense of (i) the nasal mutes and anusvara as also in that of (ii) the nasalization of vowels or semi vowels, पाणिनि शिक्षा में अनुनासिक के लिए कहा गया है-

**"यथा सौराष्ट्रि का नारी तक्रं इत्यभिभाषते।**
**एवं रङ्गाः प्रयोक्तव्याः खेअरा इव खेदया।।"**

उच्चारण स्थान के विषय में इस प्रकार कहा गया है-

**"नासिक्ये नासिका स्थानं तथानुस्वार उच्तते।**
**यमा वर्गोत्तमाश्चापि यथोक्तं चैव ते मताः।।"**

**(ख) बाह्य प्रयत्न के आधार पर व्यंजन ध्वनियों का वर्गीकरण- भट्टोजि दीक्षित** ने सिद्धान्त कौमुदी में बताया है कि- **"वर्गाणां प्रथम द्वितीयाः रवयस्तथा तेषामेव यमाः, जिह्वामूलीयोपध्मानीयौ, विसर्गः शषसाश्चेत्येतेषां विवारश्वासोऽघोषश्च, अन्येषां तु संवारो नादो घोषश्च। वर्गाणां प्रथम तृतीय पञ्चमाः प्रथम तृतीय यमौ यरलवाश्चाल्प प्राणाः अन्ये महाप्राणा इत्यर्थः"**, अर्थात् पाँचों वर्गों के प्रथम द्वितीय वर्ण तथा उनके यम, जिह्वामूलीय, उपध्मानीय, विसर्ग श, ष, स, इनका विवार, श्वास, अघोष तथा शेष वर्णों का संवार, नाद, घोष प्रयत्न हैं। वर्गों के प्रथम, तृतीय, पंचम वर्ण, प्रथम, तृतीय, यम वर्ण तथा य र ल व अल्पप्राण हैं, शेष महाप्राण हैं। 'तत्व-बोधिनीकार' इसकी व्याख्या में लिखते हैं "किसी ने बालकों को समझाने के लिए बाह्य प्रयत्नों को सुगमता से कह दिया है कि क ख च छ ट ठ त थ प फ श ष स का विवार श्वास अघोष प्रयत्न है तथा ह य र ल व ज झ ड ढ ण द ध न ब भ म का संवार नाद घोष हैं। इसी प्रकार वर्गों के प्रथम, तृतीय पंचम तथा य र ल व अल्प प्राण हैं और द्वितीय, चतुर्थ तथा श, ष, स, ह महाप्राण हैं"- **"बालबोधनाय बाह्य प्रयत्नाः कैश्चित्सुगमोपायेनोपनिबद्धा"**, तद्यथा- **खरो विवाराः श्वासा अघोषाश्च, हशः संवारा नादा घोषाश्च, वर्गाणां प्रथम तृतीय पञ्चमा यणश्चाल्प प्राणाः, वर्गाणां द्वितीय चतुर्थौ शलश्च महाप्राणाः**" इति।

**1. विवार-** इस प्रकार के व्यंजनों के उच्चारण में स्वर तंत्रियाँ पूरी तरह खुली रहती हैं, उन्हें विवार कहा जाता है। क, च, प, ट, इसके उदाहरण हैं।

**2. संवार-** इस प्रकार के व्यंजनों के उच्चारण में स्वर तंत्रियां बन्द हो जाती हैं। ग, ज, ब, द आदि संवार-व्यंजन के भीतर आते हैं।

**3. श्वास-** इस प्रकार के व्यंजनों के उच्चारण में श्वास-प्रश्वास की प्रक्रिया निर्बाध रूप से चलती रहती है, उन्हें श्वास कहा जाता है। यथा- छ, फ, ठ, आदि। दयानन्दीय शिक्षा के अनुसार श्वास के साथ विवार और अघोष भी होते हैं- **"वर्गाणां प्रथम द्वितीयाःशषस विसर्जनीय जिह्वामूलीयोपध्मानीया यमौ च प्रथम द्वितीयौ विवृत कण्ठाः श्वासानुप्रदानाश्चाघोषाः"** (सूत्र-61।)

**4. नाद-** इस प्रकार के व्यंजनों के उच्चारण में स्वर तंत्रियों में कम्पन पैदा होती है। म, ण, न, आदि नाद व्यंजन के उदाहरण हैं। दयानंदीय शिक्षा के अनुसार; नाद के साथ संवार और घोष भी हैं। **वर्गाणां तृतीय चतुर्थी अन्तस्था हकारानुस्वारौ यमौ च तृतीय चतुर्थौ नासिक्याश्च संवृत कण्ण नादानुप्रदानाघोषवन्तुश्च** (सूत्र-63) अर्थात् जिनका बाह्य प्रयत्न भी श्वास है, उनका विवार और अघोष भी है, और जिनका नाद है उनका संवार और अघोष भी। वस्तुतः कोई भी ध्वनि कुछ-नकुछ कंपनसे पैदा होती है। । तंत्र विद्या, वीणा आदि में तारो के कम्पन तथा सुषिर वाद्यवंशी आदि में वायु का कम्पन ही ध्वनि पैदा करता है। जब इन कम्पनों या आन्दोलनों की संख्या प्रति सेकेण्ड समान ही रहती जाती है तब इन्हें 'नियमित' कहते हैं। प्रति सेकेण्ड आन्दोलन संख्या बदलने पर उन्हे 'अनियमित' कहते हैं। जो आन्दोलनों और स्थिर आन्दोलनों द्वारा उत्पन्न ध्वनि मधुर तथा संगीतोपयोगी होती है, इसे ही 'नाद' कहते हैं। विपरीत ध्वनि को 'कोलाहल' कहते हैं- Since speech sounds which consist wholly or in a part of 'noise' (as distinguished from musical sound) are less sonorous than those which contain no perceptible 'noise' a logical classification in to vowels and consonants might be bassed on the presence or absence of perceptible 'noise', If this classification were adopted, the voice sounds m n etc. and the voiced l sounds would have to be clossed as vowels because in normal pronunciation they are not accompanied by any perceptible 'noise' or andible friction.[1]

प्रतिशाख्यों में श्वास, नाद, आदि को अनुप्रदान कहा गया है। 'अनुप्रदान' का अर्थ उवट ने इस प्रकार किया है, जो वायु में बाद में समाविष्ट किया जाय अर्थात् फेफड़े से वायु ध्वनिहीन रहकर ही ऊपर श्वास नली में आती है, वहाँ स्वर यंत्र में ही सर्वप्रथम इसमें ध्वनि गुण, श्वास, नाद आदि का समावेश किया जाता है-" **वायुमनु प्रदीयते इत्यनुप्रदानम्। किं च तत्। श्वास नादो भयम्। केन प्रयत्नेन कि मनु प्रदानमापद्यते** (ऋक्प्रा.13.1) आपि शलि शिक्षा ने अनुप्रदान की व्याख्या इस प्रकार की है - स इदानीं प्राणो नाम वायुरुर्ध्वामाक्रामन् मूर्ध्नि प्रतिहतो निवृत्तः कोष्ठमभिहन्ति। तन्त्र तु कोष्ठे ऽभिहन्यमाने कण्ठ विवृततत्वाद विवारः संवृत्वात् संवारः। तत्र यदा कंठि वलंविवृत्तं भवति तदा श्वासो जायते, संवृतं तु नादः। तावनु प्रदानमाचक्षते। अन्ये तु ब्रवते। .... यदा तु श्वासौऽनुप्रदीयते तदा श्वास ध्वनि संसर्गाद् घोषो जायते"।

**5.घोष-** प्रत्येक वर्ग के तीसरे चौथे और पाँचवे वर्ण को घोष कहते हैं, यथा- ग, घ, ङ, ज, झ, ञ, द , ध, न आदि।

**6. अघोष-** जिन व्यंजनों के उच्चारण में स्वर-तंत्रियों में कंपन नहीं पैदा होती, उन्हें अघोष व्यंजन कहते हैं, यथा- क, ख, च, छ, त,थ आदि।

**7. अल्प प्राण-** जिन ध्वनियों के उच्चारण में प्राण अर्थात् वायु का अत्यल्प प्रयोग किया जाता है, उन्हें अल्पप्राण कहते हैं। हिन्दी में प्रत्येक वर्ग के पहले, तीसरे, और पाँचवे व्यंजन क, च, त, ग, ज, द, ङ, ञ, न आदि अल्प प्राण हैं।

**8. महाप्राण-** जाहिर है इस प्रकार की ध्वनियों के उच्चारण में वायु का अल्प प्राण की अपेक्षा अधिक प्रयोग करन पड़ता है। हिन्दी में प्रत्येक वर्ग के दूसरे और चौथे व्यंजन ख, छ, ठ, ध, झ, आदि महाप्राण हैं। अंग्रेजी में जिन वर्णों के साथ H(एच) जोड़ दिया जाता है वे महाप्राण की श्रेणी में आ जाते हैं यथा k+h(ख), g+h(घ), J+h(झ) आदि।

**संयुक्त व्यंजन-**जब दो या दो से अधिक स्वर-रहित व्यंजन, स्वर-युक्त व्यंजन से मिलते हैं, तब संयुक्त व्यंजन ध्वनि पैदा होती है। यथा-क्क, क्त, त्र, ज्ञ, आदि। संयुक्त व्यंजन के दो प्रकार हैं। प्रथम, तो वे जिनमें समान व्यंजनों का संयोग होता है, यथा-त अ थ उ त्त(सत्ता), क्अकउ क्क(चक्का), च्अचउ च(सच्चा), तथा दूसरे वे जिनमें विभिन्न व्यंजनों का संयोग होता है, यथा-क्अष(क्ष) त्अरउ त्र(त्राण), कअवउ क्व(पक्व)आदि।

**क्लिक ध्वनियाँ-**सामान्यतया ध्वनियों के उच्चारण में निःश्वास वायु मुख-विवर से बाहर निकलती है। फिर भी विश्व में कुछ भाषायें ऐसी भी हैं, जिनकी ध्वनियों के उच्चारण में निःश्वास को मुख-विवर से बाहर न भेजकर अन्दर की ओर ही खींचा जाता है। ऐसी ध्वनियों को 'क्लिक ध्वनियाँ' कहा जाता है। उदाहरणार्थ ऐसी ध्वनियाँ अफ्रीका के बुशमैन परिवार की भाषाओं में अधिक पाई जाती है। हिन्दी भाषा में भी मौके-बेमौके इस प्रकार की ध्वनियाँ किसी कारुणिक दृश्य अथवा दुर्घटना हो जाने पर सरलता से सुनी जाती हैं। जैसे किसी दृश्य की भयंकरता से गुजरते हुए अनायास ही मुख से सहानुभूति में च्, -च्,- च्,- च्, की ध्वनि निकल पड़ती हैं। पाँव में काँटा चुभ जाने पर भी मुँह में से सी-सी-सी की ध्वनि निकल पड़ती है। उपर्युक्त ध्वनियाँ क्लिक ध्वनियाँ कही जाती है। वह इस लिए कि इनके उच्चारण में निःश्वास अन्दर की ओर खींची जाती है, कुछ विद्वानों ने सभी ध्वनियों का क्लिक उच्चारण संभव बताया है।

## ध्वनियों के गुण (Qualities या Modifications) अथवा विशेषताएँ तथा उनकी सार्थकता

ध्वनियों की कुछ निजी विशेषताएँ अथवा गुण होते हैं। इन्हें भाषा विज्ञान के अध्येताओं के लिए जानना इसलिए अपरिहार्य है, क्योंकि ध्वनियों के इन गुणों का सम्बन्ध ध्वनियों की संरचना अथवा ढाँचे(Structure) से होता है। कभी-कभी देखा जाता है कि किसी ध्वनि के उच्चारण में कम तथा किसी में अधिक समय लगता है। कुछ ध्वनियाँ कभी निम्न स्वर तथा कभी उच्च स्वर के साथ उच्चरित होती हैं, कभी-कभी किसी ध्वनि के उच्चारण में अधिक प्राण शक्ति का प्रयोग करना पड़ता है और किसी में कम, कभी कभी कुछ ध्वनियों का उच्चारण झटके के साथ कर दिया जाता है और कुछ का विलम्ब से। ध्वनियों के उक्त विविध उच्चारणों को ही ध्वनि की विशेषताएँ अथवा गुण कहा जाता है।

**ध्वनि गुणों के चार प्रकार-** ध्वनि गुणों के चार प्रकार बताये गये हैं-

1. मात्रा या परिमाण(Quantity या Degree या Duration)
2. स्वर या सुर तान, लय(Pitch)
3. बलाघात, स्वराघात या आघात(Accent) और
4. वृत्ति(Speed)

---

1. भाषा विज्ञान की भारतीय परंपरा और पाणिनि- डॉ. रामदेव त्रिपाठी पृष्ठ-298

**1. मात्रा-** किसी ध्वनि के उच्चारण में जितना समय लगता है उसे उस ध्वनि की मात्रा कहते हैं। लंबाई या मात्रा से यह पता चलता है कि कोई भी ध्वनि कितनी देर तक कायम रहती है। भारतीय आचार्यों ने सभी व्यंजनों को अर्धमात्रिक माना है, मात्रा के न्यूनाधिक का वर्णन केवल स्वरों में ही किया गया है, किन्तु जोन्स ने कुछ व्यंजनों में भी मात्रा की सत्ता स्वीकार की है-Sounds which can be held on without alteration during a longer or a shorter period of time are called continuants. The chief continuant sounds are the vowels, the nasal lateral, rolled and fricative consonants, the frictionless continnants and the stop of plosive consonants, "The length or quantity of a sound is the length of time during which it is held on continuously in a given word or phrase. Vowels and continuant consonants have length. Vowel glides also have length."

मात्रा के तीन भेद होते हैं। ह्रस्व, दीर्घ, और प्लुत(Ultrolong) एक मात्रा को ह्रस्व, दो मात्राओं को दीर्घ तीन मात्राओं को प्लुत कहा जाता है। इसे ही दूसरे शब्दों में इस प्रकार भी बताते हैं कि, सामान्यतः ह्रस्व के उच्चारण में जो समय लगता है उसका दुगुना दीर्घ में और तिगुना समय प्लुत में लगता है। वस्तुतः ह्रस्व, दीर्घ और प्लुत का यह मात्राकृत भेद बहुत कुछ स्थूल है।[1] प्लुत ध्वनियों का प्रयोग किसी को दूर से बुलाने में किया जाता है। कुछ भाषाविदों का विचार है कि हिन्दी में केवल ह्रस्व तथा दीर्घ ध्वनियों का ही प्रचलन प्रमुख रूप से है। जलज शब्द में ज, ल, ज, तीनों में अ, ह्रस्व मात्रा में विद्यमान है। नाम तथा काम शब्दों में 'ना' और 'का ' में 'आ' दीर्घ स्वर है। दूर से पुकारने पर 'रा-आ-आ-म' में 'रा' का प्लुत स्वर समझा जायेगा।

इसे और अधिक साफ करते हुए डॉ. **रामदेव** त्रिपाठी लिखते हैं कि मात्राएं तीन प्रकार की होती है। ह्रस्व, दीर्घ और प्लुत या एक मात्रिक, द्विमात्रिक, त्रिमात्रिक। वैसे 'वृद्धिरादैच्च' में चतुर्मात्रिक की भी चर्चा है और प्रातिशाख्यों में तो और भी लंबी मात्राओं (निनर्द, न्यूड्ख) का वर्णन है, पर अंत में विश्राम तीन संख्या पर ही है। तीन या तीन से अधिक संख्या की सभी मात्राओं को प्लुत ही कहेंगे।[2] जोन्स ने भी अंग्रेजी ध्वनियों की 5-6मात्राएं मानकर फिर उनका तीन ही में उपसंहार किया है-दीर्घ(long)ह्रस्व (Short) तथा अदीर्घ(Half long)। वे लिखते हैं- It is easy to distinguish x x x x x many two or length, say five or six but for practical purposes it is sufficient ro distinguish tuoor some times three degrees, when two degrees are dinstinguished, they are called long or short. When it is desived to distinuish an intermediat degree this intermediate degree is termed medium or half long(अनु28,अनु 86)। वस्तुतः मात्राओं का अधिक उपयोग छन्द(Rhythm) के लिए होता है और छंद में दो ही भेदों से काम चलाया जाता है। पाणिनि ने भी छंद की दृष्टि से दो ही कोटियाँ रखी हैं- लघु(ह्रस्व) तथा गुरु(दीर्घ)[3]।

**2.स्वर या सुर** (Pitch)-ध्वनि को उत्पन्न करने वाली कम्पन की आवृत्ति ही स्वर का प्रमुख आधार होती है। इसी आधार पर स्वेच्छया स्वर को उच्च और निम्न किया जा सकता है। स्वर तंत्रियों के आकार से भी स्वर अनुस्यूत होता है। यही कारण हैं कि कभी भी दो व्यक्तियों का स्वर एक सा नहीं होता, अर्थात् कुछ लोग कर्कश, कुछ लोग ऊँचा तथा भारी तथा कुछ महीन और हल्के स्वर से बोलते हैं। स्वर तीन प्रकार के बताये गये हैं। उच्च, निम्न और सम।

वस्तुतः ध्वनि का दूसरा गुण है- तारता–मन्द्रता या ऊँचाई– निचाई । इसे ही सुर (Pitch) कहते हैं। जिस प्रकार अंग्रेजी में किसी अक्षर (Syllable) को अधिक महत्वपूर्ण (Prominent) या दूर श्रव्य (Sonorous) बनाने के लिए बलाघात का प्रयोग करते हैं, उसी प्रकार संस्कृत में किसी अक्षर को महत्वपूर्ण बनाने के लिए स्वराघात(Intonation) का प्रयोग करते थे। स्वराघात के लिए नाद में विशालता (Magnitude)या तार के आन्दोलनों की चौड़ाई की नहीं, निम्नलिखित 3 बातों की आवश्यकता है, (क) तार का छोटा होना (ख) तार का पतला होना (ग) कसा हो।[4] इन तीनों में ज्यों-ज्यों वृद्धि होगी, त्यों-त्यों आन्दोलन की संख्या बढ़ेगी और आन्दोलनों में संख्या में वृद्धि से ही नाद का सुर(Pitch) भी बढ़ेगा-Intonation may be defined as the variations which take place in the pitch of the voice in connveted speech i,e the variations in the pitch of the musical note prononced by the variations of the vocal chords (Jones, para-1007). " Intonation is thus quite a different thing from stress(अनुच्छेद-1008). There can be no objective intonation when voiceless sounds are prounced(अनुच्छेद-1009)

कई भाषाओं में तो स्वर भेद से अर्थ भेद हो जाता है। इस अर्थ में चीनी परिवार की मंदारी भाषा को देखा जा सकता है। उसमें चार सुर भेद हैं- उच्चसम (High level), उच्च आरोह (High rising), निम्न आरोह(Low rising), निम्न अवरोह (Low falling)। प्रथम सुर भेद के हिसाब से 'फु' का अर्थ है 'मनुष्य', 'पति,' द्वितीय के अनुसार, 'सुख', 'धन', तृतीय के अनुसार 'साधक' और चतुर्थ के अनुसार 'धनी'।

---

1. भाषा विज्ञान की भूमिका- डॉ. देवेन्द्र नाथ शर्मा पृ.210
2. भाषा विज्ञान की भारतीय परंपरा और पाणिनि, पृष्ठ 107
3. 1.4 के 10,11,12
4. भाषा विज्ञान की भारतीय परंपरा और पाणिनि- डॉ. रामदेव त्रिपाठी, पृ. 106

इसी प्रकार इन्डोचीन की तई(Tai) विभाषा में दस सुर भेद हैं। फोकियन(Fokein) विभाषा में आठ सुर भेद बताये जाते हैं। अफ्रीकी भाषाओं में भी सुरभेद के कारण अर्थ-भेद बताया जाता है।

सुर-भेद के उदाहरण ग्रीक और वैदिक भाषाओं में भी मिलते हैं। ग्रीक भाषा में तीन तरह के स्वर भेद थे- एक्यूट(Acute), ग्रेव(Grave), तथा सरकम्पलेक्स(Circumplex)। इनमें से पहले का उच्चारण उच्च, दूसरे का निम्न तथा तीसरे का सम होता था। ठीक इसी प्रकार वैदिक संस्कृत में तीन स्वर भेद हैं- उदात्त, अनुदात्त, तथा स्वरित। उदात्त में स्वर उच्च, अनुदात्त में निम्न तथा स्वरित में सम रहता है। इन स्वरों को चिन्हित भी किया जाता है। स्वर भेद के कारण सामान्य बोल चाल की भाषा में अर्थभेद देखा जाता है। साहित्य शास्त्रियों ने इसे 'काकु' कहा है। काकु से अर्थ एक दम बदल कर विपरीत हो जाता है, जैसे भाई! तुम बड़े भोले हो- वाक्य में 'भोले' शब्द से दुष्ट या बदमाश अर्थ ध्वनित होगा। 'दानियों में कर्ण ' के बाद शायद आप ही इस समय महादानी बच गये हैं" में खुला व्यंग्य सीधे अतिशय कृपणता की ओर संकेत करता है।

**3. बलाघात, स्वराघात या आघात-** बोलते समय कभी-कभी किसी ध्वनि को विशेष बल या जोर देकर उच्चरित करते हैं। इसे ही सामान्य भाषा मेंआघात नाम से जाना जाता है। भाषा विज्ञानी इसे ही बलाघात या स्वराघात कहते हैं। **डॉ. बाबू राम सक्सेना** के विचार से, "किसी विशेष ध्वनि पर वाक्य अथवा पद की अन्य ध्वनियों की अपेक्षा उच्चारण में अधिक प्राणशक्ति लगाना बलाघात कहलाता है। "[1] **डॉ. रामदेव त्रिपाठी** लिखते हैं, "कि बलाघात का अर्थ है शक्ति अथवा वेग की वह मात्रा जिससे कोई ध्वनि या अक्षर(Syllable)उच्चरित होता है। इस शक्ति के लिए फुप्फुस को एक प्रबल धक्का देना पड़ता है और परिणामतः एक अधिक बलवाला निःश्वास फेंकना पड़ता है, जिससे प्रायः ध्वनि में उच्चता की प्रतीती होती है [2]-Stress may be describe as the degree of force with which a sound or syllable is uttered .......... it in volves a strong 'push' from the chest wall and consequently strong force of exhalation. This generally gives the objective impression of loudness." **डेनियल जोन्स** के विचार से घोषवानों में अनुनासिक व्यंजन तथा 'ल' शेष से अधिक महत्वपूर्ण है। यह महत्व भी मात्रा (हस्वत्व आदि), बलाघात, (मुख्य तथा द्वितीय) तथा सुर (उदात्तत्व आदि) और इनमें भी विशेषतः बलाघात की वृद्धि से ही होता है। महत्व बढ़ाने की सर्व प्रचलित और प्रभावशाली विधि है- बलाघात बढ़ा देना और जब बलाघात बढ़ता है तब साधारणतः सुर और मात्रा भी बढ़ जाती है; 'The promine of a given sound may be increased or diminished by means of any one of the three sound attributes, length, stress or intonatin or by combination of these. A common and effective means of in creasing prominence is to increase the stress . In English increase of stress is generally accompanied a by a modification and some times by an increase of length"(अनु 911)पतंजलि ने **तुलास्य प्रयत्नं सवर्णम्** के भाष्य में काकलीय प्रयत्न के केवल आठ भेद माने हैं, उनमें 'स्वराघात' नहीं हैं, बल्कि 'वृद्धिरादैच्च' सूत्र के भाष्य में स्वराघात को वर्णों का गुण माना है, किन्तु **कैयट** ने तथा उनके ही अनुरोध से **दीक्षित** ने स्वराघातों को भी बाह्य प्रयत्न का ही भेद माना है- **"बाह्य प्रयत्ना स्त्वेकादशधा- विवार, संवार, श्वासो, नादों, घोषोऽघोषोऽल्पप्राणों महाप्राण उदात्तोनुदात्त स्वरितश्चेति।"** बहरहाल, मूल विषय को छूते हुए मेरा कहना है कि - मात्रा और बलाघात में मामूली फर्क यह है कि मात्रा में समय अधिक लगता है, यहाँ जोर से बोलने का प्रश्न ही नहीं उठता। बलाघात में भी समय उतना ही लगता है, किन्तु यहाँ ध्वनि पर विशेष बल या जोर पड़ने से आवाज कुछ ऊँची हो जाती है।

कुछ भाषा-विज्ञानी बलाघात और स्वराघात के बीच भेद मानते हैं, पर अधिकांश लोगों का कहना है कि जिस अक्षर में बलाघात लाना चाहते हैं उसमें स्वराघात भी आ जाता है, मात्रा भी बढ़ जाती है। 'पठ' से 'अक' (ण्वुल्) कहने पर चूँकि प्रत्यय से पूर्व का अक्षर उदात्त [3] हुआ, इसलिए 'प' का 'पा' हो गया (अष्टाध्यायी सूत्र 7.2.115) 'पाठक': और 'द्वि' को गो के साथ बहुब्रीहि करने पर चूँकि पूर्वपद द्वि उदात्त[4] रह गया, गो कि उदात्तता नष्ट हो गयी, इसलिए यह एकमात्रिक होकर 'गु' बन गया 'द्विगु'[5] । डॉ.रामदेव त्रिपाठी के अनुसार हिन्दी में इसी क्रम में सूखना से सोखना तथा बैठना से बिठाना हो जाता है। [6] कुल मिलाकर बलाघात और स्वराघात बहुत निकटता से आपस में सम्बद्ध हैं- "Some phoneticians have expressed the veiw that stress is not independent of pitch and have shown by experiments with a deal larynx that an in crease of stress involves a raising of pitch.

**बलाघात तीन प्रकार का होता है-** उच्च, मध्य, तथा निम्न। इसी के अनुसार ध्वनि में तीन बल स्वीकारे गये हैं- सबल(Strong)समबल(Medium)तथा निर्बल( Weak)।

---

1 सामान्य भाषा विज्ञान अ.9अनुच्छेद 1

2. भाषा विज्ञान की भारतीय परंपरा और पाणिनि- डॉ. रामदेव त्रिपाठी, पृ. 298

3. अष्टाध्यायी सूत्र 6.1.193

4. वही सूत्र 6.2.1

5. वही सूत्र 1.2.49

6. भाषा विज्ञान की भारतीय परंपरा और पाणिनि- डॉ. रामदेव त्रिपाठी- पृ. 308

**आघात के भेद-** आघात के प्रमुख तीन भेद हैं-

(क) बलात्मक स्वराघात(Stress Accent) (ख) संगीतात्मक स्वराघात(Pitch Accent)तथा (ग) रूपात्मक स्वराघात

**(क) बलात्मक स्वराघात-** बलात्मक स्वराघात में किसी ध्वनि पर विशेष बल देकर उसका उच्चारण किया जाता है। इस प्रक्रिया में बल सीधे फेफड़ों पर पड़ता है। फेफड़ा निःश्वास वायु को तेजी से फेंकता है, फल यह होता है कि उच्चरित ध्वनि जोर से सुनाई पड़ती है। जिस ध्वनि पर बलाघात किया जाता है, वह ध्वनि सबल हो जाती है, किन्तु उसकी पड़ोसी ध्वनियाँ दुर्बल हो जाती है। **डॉ. तारापोरवाला** के विचार से ग्रीक भाषा में बलात्मक स्वराघात की प्रधानता है। लैटिन, फारसी भाषाओं में भी बलात्मक स्वराघात ही दिखाई पड़ता है। अंग्रेजी भाषा का मूलाधार भी यही बल है। बलात्मक स्वराघात से अर्थ में प्रायः परिवर्तन हो जाता है। **महर्षि पतंजलि** ने इस सम्बन्ध में 'इन्द्रशत्रु' शब्द का उदाहरण दिया है। उनका कहना है कि यदि 'इन्द्र' पर बलात्मक स्वराघात दिया जाता है, तो वह बहुब्रीहि समास होगा और उसका अर्थ होगा 'इन्द्र है शत्रु जिसका' और यदि 'शत्रु' पर बलात्मक स्वराघात दिया जाता है,- तो तत्पुरुष समास होगा और उसका अर्थ होगा 'इन्द्र का शत्रु'। हिन्दी की छन्द रचना में ह्रस्व को दीर्घ या दीर्घ को ह्रस्व करते समय बलात्मक स्वराघात ही काम करता है।

**(ख) संगीतात्मक स्वराघात-** स्वर तंत्रियों के तनाव के कारण सुर उत्पन्न होता है [1] सुर का सीधा संबन्ध स्वर तंत्रियों से है। जब स्वर तंत्रियाँ ढीली रहेंगी, तब संगीतात्मक स्वराघात नहीं हो सकता, जैसे तार के ढीले रहने पर वीणा आदि बाजे व्यर्थ हो जाते हैं। [2] **डेनियल जोन्स** भी इनमें यही कारण मानते हैं,-"When the pitch of the voice rises, we have a rising intonation, when it falls, we have a falling intonation when it remains on one not for an appreciable time, we have level intonation.Jones" (अनु. 1010).

संगीतात्मक स्वराघात का रिश्ता सीधे स्वरतंत्रियों से होता है। संगीत के सप्त स्वर-सा, रे, ग, म, प, ध, नि, तथा तीन सप्तक-मन्द्र, मध्य और तार- ये सभी संगीतात्मक स्वराघात पर ही निर्भर होते हैं। संगीतात्मक स्वराघात प्रायः घोष ध्वनियों में ही दिखाई देता है, अघोष ध्वनियों में नहीं। वह इसलिए कि अघोष ध्वनियों में स्वरतंत्रियों में तनाव उत्पन्न नहीं होता। गेय काव्यों में संगीतात्मक स्वराघात मौजूद रहता है। चूँकि वैदिक ऋचाओं का उच्चारण सस्वर होता है इसलिए उनमें उदात्त, अनुदात्त, और स्वरित स्वरों का उच्चारण संगीतात्मक स्वराघात के आधार पर रहता है। जिस प्रकार वैदिक स्वरों के उदात्त, अनुदात्त और स्वर भेद हैं ठीक उसी प्रकार ग्रीक भाषा में तीव्र(Acute) गंभीर(Grave)तथा सम (Circumplex) स्वर हुआ करते थे। हिन्दी के कवित्त चौपाई, दोहा, सवैया में संगीतात्मक स्वराघात नहीं होता बल्कि बलात्मक स्वराघात ही मिलता है।

**(ग) रूपात्मक स्वराघात-** इस आघात का सम्बन्ध प्रमुख रूप से बोलने से होता है, वह इसलिए कि इसका आधार व्यक्ति की आवाज है। प्रत्येक व्यक्तियों के स्वर अलग-अलग होते हैं, इसलिए सभी की आवाज में समानता नहीं होती। किसी का स्वर मोटा होता है, किसी का पतला, किसी का कर्कश, तो किसी का स्वर फटे बाँस जैसा घर्घराने वाला। यह सब मात्र रूपात्मक स्वराघात के कारण ही होता है। कुल मिलाकर कह सकते हैं कि व्यक्तिगत ध्वनि की विशेषता का नाम ही रूपात्मक स्वराघात है। **डॉ. रामदेव त्रिपाठी** लिखते हैं कि अधिकतर कोई भी नाद अकेला नहीं निकलता, उसके साथ ही कुछ ऊँचे नाद भी उत्पन्न होते हैं, जिन्हे स्वयंभू या सहायक नाद कहते हैं। यह स्वरतंत्री की बनावट पर आधारित है। रूपात्मक आघात के कारण ही हम बिना देखे भी केवल सुनकर समझ जाते हैं कि अमुक वाद्य बज रहा है या अमुक आदमी बोल रहा है। [3] भाषा विज्ञान के अध्ययन में रूपात्मक स्वराघात का कोई खास महत्व नहीं होता है।

**बलात्मक, संगीतात्मक तथा रूपात्मक स्वराघातः एक दृष्टि में-** **डॉ. भोलानाथ तिवारी** के अनुसार संगीतात्मक स्वराघात में एक क्षण की कंपन संख्याओं का अन्तर रहता है, बलात्मक स्वराघात में संख्याओं का नहीं, कंपन की ऊँचाई-निचाई का अंतर होता है और रूपात्मक स्वराघात में लहरों की संख्या या ऊँचाई में नहीं, रूप में परिवर्तन हो जाता है" ।[4] इन तीनों से ही स्वरों का गुण भेद होता है। ये सभी ध्वनि के गुण भेद हैं। इनके विषय में और अधिक विस्तृत "रपट" **डेनियल जोन्स** इस प्रकार देते हैं।-The prominence of given sound may in creaed or diminished by means of any one of the three sounds attributes, lenght stress or intonation or by combination of these.Acommon and effective means of increasing prominence is to in crease the stress. In English, in crease of stress is generally a compained by a modification of intonation and some times by increase of length." (Jones:अनु 911). "The prominence of a syllable is its degree of general distinctness this being the combind effect of the tamber, length, stress and (if voiced) intonation of the

---

1. सामान्य भाषा विज्ञान- डॉ.बाबूराम सक्सेना अ. 9 अनु. 1
2. भाषा विज्ञान की भारतीय परंपरा और पाणिनि- डॉ. रामदेव त्रिपाठी पृ. 304
3. भाषा विज्ञान की भारतीय परंपरा और पाणिनि-डॉ. रामदेव त्रिपाठी पृ.303
4. भाषाविज्ञान, अध्याय 5 पृ. 70

syllabic sound." (Jones: अनु.912).

**4.वृत्ति-** वृत्ति का आशय यहाँ उच्चारण की गति से है। ध्वनि के उच्चारण में मात्रा, स्वर और आघात की तरह ही वृत्ति का भी महत्व है। वृत्ति के तीन भेद बताये गये हैं-1-द्रुत, 2-मध्यम और 3- बिलम्बित। बोलने अथवा स्वयं के अभ्यास के लिए इसके व्यावहारिक पक्ष की चर्चा यजु: शाखीय पाणिनीय शिक्षा श्लोक 22 में इस प्रकार की गई है-

**अभ्यासार्थे द्रुतां वृत्तिं प्रयोगार्थे तु मध्यमाम्।**
**शिष्याणामुपदेशार्थे कुर्याद् वृत्तिं बिलम्बिताम्।।**

अर्थात् स्वयं अभ्यास के लिए द्रुत, दूसरे से बात करने के लिए मध्यम और अध्यापन के लिए बिलंबित वृत्ति ठीक रहती है। अधिक स्पष्ट करने के लिए इन्हें क्रमशः इस प्रकार फोड़ फोड़कर देखा जाय तो उत्तम होगा:-

**क. द्रुत वृत्ति-** उच्चारण की तीव्र गति 'द्रुत वृत्ति' के भीतर आती है। कभी-कभी कुछ लोग बीच में श्वास लेने की चिन्ता किये बिना इतनी तेजी से बोलते हैं कि उनकी कही हुई बात समझ से कोसों दूर रहती है। तेजी अथवा झटके के साथ बोलने वाले व्यक्ति से यदि पूछा जाय कि आप इस समय क्या कर रहे हैं? यदि वह उत्तर देता है कि मैं इस समय पाठ् यक्रम की तैयारी कर रहा हूँ, तो पूरी तरह स्पष्ट ही नहीं हो पाता कि वह आदमी पाठ्यक्रम की तैयारी कर रहा है अथवा किसी ठेकेदारी का कार्य कर रहा है।अन्ततः पूछने वाले व्यक्ति को यह कहना पड़ता है कि अपनी बात धीरे से पुनः समझाइये। जाहिर है, यह वृत्ति आपसी बाचचीत में अनुपयुक्त होती है। दक्षिण भारतीयों में यह वृत्ति अधिकांशतया पाई जाती है।

**ख. मध्यम वृत्ति-** जब उच्चारण की गति न तो बहुत तेज होती है और न बहुत ही मद्धिम होती है, बल्कि बीच की होती है-तब वह मध्यम वृत्ति कहलाती है। इसमें व्यक्ति न तो इतनी तेजी या तीव्र से बोलता है कि सुनने वाले समझ ही न पाये और न तो इतनी मन्द गति से बोलता है कि सुनने वाले को बार-बार प्रतीक्षा ही करनी पड़े। पारस्परिक बातचीत के लिए यह बृत्ति अधिक उपयुक्त समझी गई है।

**ग. बिलंबित वृत्ति-** उच्चारण की मन्द गति विलंबित वृत्ति के भीतर आती है। इसमें अपनी बात को पूरी तसल्ली के साथ अथवा संयमित ढंग से पूरे संतुलन के साथ श्रोता के सामने सोच-समझकर इस प्रकार पेश किया जाता है, कि श्रोता उसे पूरी तरह हृदयंगम कर सके। इस वृत्ति में कही हुई बात श्रोता के लिए समझ से परे नहीं होती। शिक्षकों, उपदेशकों, प्रवचनकर्ताओं आदि के लिए यह वृत्ति अत्यन्त उपयुक्त समझी जाती है, वह इसलिए कि उन्हें अपनी बात को पूरी तरह समझाने के लिए अपने शिष्यों तथा श्रोताओं के सामने धीरे-धीरे बोलना पड़ता है, ताकि कही हुई बात को वह ठीक तरह से समझ सकें। कोई भी विद्यार्थी ऐसे गुरु से नहीं पढ़ना पसन्द करेगा, जिसकी बात उसे समझ ही न आये। सफल अध्यापकों तथा कुशल उपदेशकों के लिए यह वृत्ति अपनाना अत्यन्त आवश्यक होता है।

कुल मिलाकर कहा जा सकता है कि भाषा का उपयुक्त तथा सार्थक व्यवहार करने के लिए ध्वनि गुणों की पूरी जानकारी बहुत आवश्यक होती है। ध्वनि गुणों का सम्यक् ज्ञाता ही बता सकता है कि उसके लिए मात्रा का महत्व क्या है, स्वर क्या है, स्वराघात कब और कहाँ प्रयुक्त किया जाय तथा वृत्तियों को कहाँ और कब प्रयुक्त किया जाय? कहने की मन्शा यह कि सामान्य व्यक्ति के लिए इसका वजन हो या न हो किन्तु समझदार के लिए ध्वनि गुण काफी मूल्य रखते हैं।

**संध्वनि क्या है?-** जब कोई वर्ण भिन्न-भिन्न शब्दों में प्रयोग में आता है तो, उसके अनेक सूक्ष्म- भेद (उच्चारण स्थान आदि की दृष्टि से) हो जाते हैं। ये भेद इतने सूक्ष्म होते हैं कि सुनने वाले को इनका अंतर समझ में नही आता। इस प्रकार एक ही ध्वनि के जितने उच्चारण रूप होते हैं, उन्हें 'संध्वनि' कहते हैं। उदाहरण के लिए 'किया' और 'कुआँ' शब्द को लें। इन दोनों शब्दों में (क्) ध्वनि का प्रयोग हुआ है, जो कण्ठ से उच्चरित है। सामान्य रूप से दोनों (क्) ध्वनियों में कोई अंतर दृष्टिगत नहीं होता, पर इनमें पारस्परिक भिन्नता निश्चित रूप से है और भिन्नता का कारण उच्चारण में लगने वाला प्रयत्न है। 'किया' शब्द की 'क' ध्वनि के उच्चारण में जिह्वा पश्च कोमल तालु के आगे के स्थान पर मिलता है, पर 'कुआँ' शब्द की 'क' ध्वनि में पीछे के स्थान पर। व्यावहारिक दृष्टि से किसी वर्ण के समस्त भेदों को एक ही संकेत या चिन्ह से व्यक्त करते हैं। ऊपर के उदाहरण में 'किया' और 'कुआँ' ध्वनियों को समझाने के लिए क्रमशः (क्1)(क्2) कह सकते हैं। विश्लेषण करने पर इनमें अंतर मिलता है, पर ध्वन्यात्मक दृष्टि से ये एक ही वर्ग के अन्तर्गत हैं, अर्थात् दोनों ही कण्ठ्य ध्वनि हैं, इसलिए इनका ध्वन्यात्मक चिन्ह (क) ही होगा। इस प्रकार स्पष्ट है कि प्रत्येक वर्ण के दो रूप होते हैं- एक तो स्थायी, श्राव्य और व्यावहारिक और दूसरा परिवर्तनशील , उच्चरित तथा वैज्ञानिक जैसे(क्1.), ( क्2)। इनमें प्रथम को ध्वनिग्राम तथा दूसरे को संध्वनि कहते हैं-[1]

**ध्वनिग्राम,(ध्वनि तत्त्व, ध्वनि ग्रामिकी, ध्वनि जाति, ध्वनि श्रेणी, ध्वनि मात्र) अथवा स्वनिम (स्वन या ध्वनिम) विज्ञान (Phonemics) का इतिहास तथा प्रयोग** - ध्वनि ग्राम के लिए अंग्रेजी में अनेक नाम सुझाये गये हैं, किन्तु उनमें से फोनेमिक्स(Phonemics)नाम का ही बहुतायत प्रयोग मिलता है। इस शब्द का मूल उत्स फोनीम(Phoneme)बताया जाता है। सन् 1876 में

1. हिन्दी और उसकी विविध बोलियाँ-डॉ. दीपचन्द्र जैन तथा डॉ. कैलाश तिवारी, पृष्ठ 197

**हैवेट** नाम के एक सुप्रसिद्ध विद्वान ने भाषा-ध्वनि के अर्थ में इस शब्द का सर्व प्रथम प्रयोग किया था। बदले हुए परिवेश में फोनीम का जो अर्थ इस समय ग्रहण किया जाता है, उस सन्दर्भ में सर्व प्रथम इसके प्रयोग करने वाले भाषाविद् का नाम क्रशेवस्की है। हिन्दी में भी ध्वनि ग्राम के लिए अनेक नामों की सूची प्राप्त होती है, यथा- 'ध्वनि श्रेणी', 'ध्वनिमात्र', 'ध्वनितत्व', 'स्वनिम', 'ध्वनिम्', 'ध्वनि ग्रामिकी' आदि किन्तु उक्त नामों में केवल 'ध्वनि ग्राम' तथा 'स्वनिम नाम' ही अधिक प्रचलित है। भारत सरकार के पारिभाषिक एवं तकनीकी शब्दावली आयोग ने 'फोनीम' शब्द का हिन्दी रूपान्तर स्वनिम किया है।

व्यक्ति वाग्ध्वनियों के माध्यम से ही अपने विचारों का आदान-प्रदान करता है। इन वाग्ध्वनियों की गहराई से छान बीन की जाय तो हमें उनमें अनेक सूक्ष्म तत्व(स्वन) प्राप्त होते हैं। प्रायः देखा जाता है कि जब कोई वक्ता किसी एक ही ध्वनि को कई बार उच्चरित करता है, तो उसके हर बार के उच्चारण में अल्प-अनल्प अन्तर अवश्य आ जाता है। उक्त अन्तर इतना सूक्ष्म होता है कि उसकी पकड़ सामान्य नहीं होती किन्तु आजकल के अथक वैज्ञानिक प्रयास से निर्मित ध्वनि यंत्रों से ध्वनि के सूक्ष्मतम भेदों को भी समझा जाने लगा है। यदि सजग होकर ख्याल किया जाय तो हम देखेंगे कि व्यक्ति रोज, जिन ध्वनियों या ध्वनितत्वों का उच्चारण करता है, उनकी गणना करना अति दुष्कर कार्य है। कुछ भाषाविदों ने उनकी गणना व्यक्तिगत अनुमान के आधार पर लाखों की संख्या में बताया है, हालाँकि इसे पुष्ट प्रमाण के अभाव में संदिग्ध ही मानना चाहिए।

ध्यान देने की दूसरी प्रमुख बात यह है कि जिन ध्वनियों को हम बार-बार उच्चरित करते हैं. उनमें से सभी महत्वपूर्ण नहीं होती हैं। ऐसी स्थिति में प्रत्येक अध्येता के लिए यह आवश्यक हो जाता है कि वह इस प्रकार की प्रमुख ध्वनियों को चुने जो सभी ध्वनियों अथवा ध्वनि समूह का प्रतिनिधित्व करती हों। ऐसी प्रतिनिधित्व ध्वनियों को ही ध्वनिग्राम कहा जाता है, जैसे- "महेश ने ममता की माता को ममत्व के कारण मैले परिधान में मेला जाने से मना किया" इस वाक्य में 'म्' ध्वनि दस बार प्रयुक्त हुई है और उसके हर बार के उच्चारण में कुछ न कुछ अन्तर है। वैज्ञानिक दृष्टिकोण से कहीं वह महाप्राण है, तो कहीं अल्प प्राण, कहीं दन्त्य हैं तो कहीं वर्त्स्य, कहीं दन्त्योष्ठ है तो कहीं दन्ततालु।'म' ध्वनियों के अन्तर को केवल काइमोग्राफ से ही जाना जा सकता है, किन्तु देवनागरी लिपि में इन सबके लिए केवल एक ही लिपि चिन्ह 'म' प्रचलित है और वही सभी 'म्' ध्वनियों का प्रतिनिधित्व भी करता है। 'म' ध्वनियों के इस समूह को अथवा दूसरे शब्दों में सभी की प्रतिनिधि ध्वनि 'म' को ही ध्वनिग्राम कहा जायेगा।

ध्वनिग्राम अथवा स्वनिम से सम्बन्धित जितने भी महत्वपूर्ण कार्य पश्चिम के विद्वानों ने किया है, उनमें उल्लेख्य नाम अग्रलिखित का है- **ब्लूमफील्ड** (Language) **डी. जोन्स**(The Phoneme its Nature and Use) **केनेथ एल पाइक**(Phonemics) **ग्लीसन** (An Introduction to Descriptive Linguistics) **ब्लाक एवं ट्रैगर** (An Out line of Linguistic Analysis) **हेनरी स्वीट** (A Hand book of Phonetics) **हाकेट** (A Course in Linguistics) तथा **डब्लू नेल्सन फ्रांसिस** (The Structure of American English)। जर्मन नब्य वैयाकरणों ने भी जीवित बोलियों का अध्ययन तथा स्वनिम विज्ञान की व्यावहारिक उपयोगिता पर काफी कार्य किया है। पाश्चात्य विद्वानों के अतिरिक्त यदि प्राच्य विद्वानों पर ध्यान दिया जाय तो स्पष्ट ज्ञात होगा कि अपने देश के पाणिनि ही ध्वनि ग्राम के आदि प्रवर्तक हैं। पाणिनि ने ही सर्वप्रथम उस समय ध्वनियों का विधिवत विश्लेषण कर उन्हें वैज्ञानिक तरीके से निरूपित किया।

सन् 1929 ई. में **याकोब्सन** ने अपने एक गवेषणात्मक निबन्ध में ध्वनिग्राम से सम्बन्धित विचार धारा का अति स्पष्ट इतिहास प्रस्तुत किया था। याकोब्सन के निबन्ध से प्रभावित होकर कालान्तर में **आंद्रेमार्तिन** ने ध्वनिग्राम से सम्बन्धित यह महत्वपूर्ण घोषणा की कि प्रयत्न लाघव ही ध्वन्यात्मक परिवर्तन का प्रमुख कारण है। 1870 में प्रोफेसर **कुर्तने** ने ध्वनिग्राम से सम्बन्धित अपने विचार व्यक्त किये थे। ध्वनिग्राम पर कार्य करने वाले विद्वानों ने ध्वनिग्राम को विभिन्न रूपों में देखा समझा। इनमें से कुछ ने ध्वनिग्राम को मूर्त, कुछ ने अमूर्त, किसी ने क्रियाशील तथा किसी ने काल्पनिक (Abstractional Fictititions Unit) कहा। किन्तु आज के अधिकांश भाषाविद् ध्वनिग्राम को मूर्त, शारीरिक अथवा अवयवी (Physical) मानने के पक्ष में हैं।

**ध्वनि ग्राम या स्वनिम विज्ञान की परिभाषा** -विद्वानों ने अपनी-अपनी सोच से ध्वनि ग्राम की तराशी हुई सार्थक परिभाषायें प्रस्तुत की हैं। यदि उक्त परिभाषाओं पर गहराई से विचार किया जाय तो ऐसा आभास होगा जैसे व्यावहारिक उपादेयता की विचारणा से सभी का मतलब एक ही है। ध्वनि ग्राम से सम्बन्धित कुछ मुख्य परिभाषायें इस प्रकार हैं-

**1. ब्लूमफील्ड** के अनुसार- 'Aminimum unit of distinctive sound feature'.अर्थात् ध्वनि ग्राम व्यवच्छेदक ध्वनि स्वरूप की लघुत्तम इकाई है।[1]

**2. डेनियल जोन्स** ने ध्वनिग्राम को इस प्रकाररूपांकित-रेखांकित किया है- "किसी भाषा में ध्वनिग्राम सम्बन्धित (गुण में) ध्वनियों का परिवार होता है जिसका कोई सदस्य किसी शब्द में इस प्रकार आता है कि उसी प्रकार के ध्वन्यात्मक सन्दर्भ में उसका कोई दूसरा सदस्य नहीं आता"। A Phoneme is a family of sounds in a given language which are related in character and are

1. Language. P. F.

used in such a way that no one member ever occurs in a word in the same phonetic context as any other member.-[1]

3. ब्लाख और ट्रेगर की विचारणा है कि, "ध्वनिग्राम ध्वन्यात्मक दृष्टि से समान ध्वनियों का समूह है, जो किसी भाषा विशेष के उसी प्रकार के अन्य समस्त समूहों से व्यतिरेकी अथवा अन्यापवर्जी होता है - A Phoneme is a class of Phonetically similar sounds contrasting mutually exclusive with all similar classes in the language.[2]

4- चारलेस एफ, हॉकेट ने ध्वनिग्राम का स्वरूप इस प्रकार स्थिर किया है "किसी भाषा के ध्वनि ग्राम वे तत्व हैं, जो उस भाषा की ध्वनि प्रक्रियात्मक पद्धति में एक दूसरे के व्यतिरेकी रूप में आते हैं। यहाँ यह बात सदैव स्मरण रखनी चाहिए कि ध्वनिग्राम की परिभाषा हम उस भाषा के अन्य ध्वनिग्रामों से अन्तर अथवा व्यवच्छेदक रूप में ही दे सकते हैं। A Phoneme of a languate then are the element which stand in contrast with each other in the phonological system of the language [3]

5. डब्लू नेल्सन फ्रांसिस ने ध्वनिग्राम को परिभाषित करते हुए बताया है कि, "ध्वनि ग्राम एक या एक से अधिक ऐसे स्वन प्रकारों का समूह है जो ध्वन्यात्मक दृष्टि से समान तथा परिपूरक वितरण में होते हैं। विभिन्न स्वन प्रकार जो ध्वनिग्राम का निर्माण करते हैं, उसके सदस्य अथवा सह स्वन कहलाते हैं। ध्वनिग्राम ऐसे स्वन प्रकारों का समूह है जो ध्वन्यात्मक दृष्टि से समान एव परिपूरक वितरण या मुक्त परिवर्तन में होते हैं।-A Phoneme is a group of one or more phonetypes that are phonecally similar and in complementary distribution. The different phonetypes that make up a phoneme are called its members or Allophones-A Phoneme is a group of Phonetypes which are phonetically similar and either complementary distribution or free Variation.[4]

6- पाश्चात्य भाषाविद् एच.ए. ग्लीसन की धारणा ध्वनिग्राम के सम्बन्ध में इस प्रकार है- "ध्वनिग्राम बोलचाल की भाषा के उच्चरित रूप की वह न्यूनतम विशेषता है, जिसके द्वारा किसी कथित बात का कही जाने वाली किसी अन्य बात से अन्तर स्पष्ट किया जाता है "- ध्वनिग्राम, ध्वन्यात्मक दृष्टि से किसी भाषा अथवा बोली में समान ध्वनियों के समूह है, जिसके वितरण का एक ढाँचा होता है। We may difine a phoneme as a minimum feature of the expressinon system of a spoken language by which one thing that may said is distinguished from any other thing which might have been said. A Phomeme is a class of sound which are phonetically similar and show certian characteristic patterns of distribution in language or dialect under consideration.[5]

7- डॉ. बाबू राम सक्सेना के हिसाब से- स्वनिम(ध्वनिग्राम) ऐसी मिलती जुलती ध्वनियों(स्वनों) के समूह को कहते हैं जो एक दूसरे से शब्दार्थ-भेदकारी वैषम्यप्रदर्शित न करें।[6]

8- डॉ. देवी शंकर द्विवेदी बताते हैं कि- मिलती जुलती ऐसी ध्वनियों या ध्वनिगुणों का भावानयन स्वनिम कहलाता है, जो व्यवहार की दृष्टि से किसी भाषा विशेष में एक ही ईकाई बनाये।[7]

9- डॉ. सरयू प्रसाद अग्रवाल का कहना है, कि- प्रत्येक ध्वनि की लघुत्तम महत्वपूर्ण इकाई को ध्वनिग्राम (Phoneme)के रूप में जाना जा सकता है।[8]

10- डॉ. उदय नारायण तिवारी के अनुसार भाषा को व्यावहारिक रूप प्रदान करने वाली अल्पतम अथवा न्यूनतम इकाई किसी भाषा की ध्वनि न होकर उसकी ध्वनि ग्राम ही होती है।[9]

11. डॉ. अम्बा प्रसाद सुमन का कहना है कि "प्राचीन वैयाकरण जिसे वर्णस्फोट कहते हैं, उसे आधुनिक भाषातत्वज्ञ ध्वनिग्राम नाम से पुकारते हैं"।[10]

**निष्कर्ष**- उक्त पाश्चात्य तथा प्राच्य विद्वानों की ध्वनिग्राम सम्बन्धी भाषाओं की नाप तौल के बाद हम इस निचोड़ पर पहुँचते हैं कि - अ- प्रत्येक भाषा में प्रत्येक ध्वनि या ध्वनिगुण के अनेक भेद मिलते हैं। ब- सभी ध्वनियों अथवा ध्वनि गुणों की गणना असम्भव है। सभी के लिए पृथक-पृथक ध्वनि संकेत अथवा लिपि संकेत भी नहीं बनाये जा सकते। स- ध्वनिग्राम किसी भी भाषा में समान ध्वनियों का प्रतिनिधित्व करने

1. Out line of English Phonetics-The Phoneme. P. 10
2. An Out line of linguistics Analysis: P. 4
3. A Course in Modern Linguistics: P.26.
4. The structure of American English: P. 122,127
5. An Introduction to Descriptive linguistics: P. 16. 162
6. सामान्य भाषाविज्ञान- डॉ. बाबूराम सक्सेना आठवाँ संस्करण, पृ.87-88
7. भाषा और भाषिकी- डॉ. देवी शंकर अवस्थी पृ. 48
8. भाषा-विज्ञान और हिन्दी - डॉ. सरजू प्रसाद अग्रवाल पृ. 41
9. भाषा शास्त्र की रूप रेखा डॉ. उदयनारायण तिवारी पृ. 101-102
10. हिन्दी भाषा: अतीत और वर्तमान:डॉ. अम्बा प्रसाद सुमन, पृ. 16 आगरा-1965

वाला वह ध्वनिसमूह होता है, जो उसी भाषा के अन्य ध्वनि समूहों से पृथक होता है तथा जिसके प्रतीक उसी भाषा के लिपि चिन्ह होते है।

ध्वनिग्राम की उपर्युक्त परिभाषाओं में आई हुई कुछेक पारिभाषिक शब्दावलियों को समझ लिया जाय तो ध्वनिग्राम का स्वरूप हमारे लिए और अधिक सरल-सहज हो जायेगा। मुख्य पारिभाषिक शब्द इस प्रकार हैं-

क- वितरण (Disribution)

ख-मुक्त परिवर्तन अथवा वितरण (Free variation or distribution)

ग- परिपूरक वितरण (Complementary distribution)तथा

घ- व्यतिरेकी वितरण (Constrasting distribution)

**क-वितरण-** भाषा विज्ञान में वितरण का अर्थ ध्वनिग्राम पद, पद ग्राम और स्वन नामक भाषिक रूपों के उन स्थानों से है जहाँ वे घटित होते हैं। भाषा-विज्ञान में वितरण का अत्यन्त महत्व है। किसी भाषा के गठन तथा उसके ढाँचे के सूक्ष्म अध्ययन के लिए वितरण को ही मुख्याधार बनाया जाता है। किसी भाषा के ध्वनिग्रामों को जानने के लिए अधोलिखित वितरणों का जानना हमारे लिए आवश्यक है-

**अ- मुक्त परिवर्तन अथवा वितरण-** जब दो उच्चारों के कुछ खण्डों में भिन्नता होने पर भी यदि अर्थ में किसी तरह का अन्तर या भेद उपस्थित नहीं होता तब ये 'खण्ड मुक्त परिवर्तन 'या 'वितरण' कहे जाते हैं। इसे ही सामान्य शब्दों में इस प्रकार भी कहा जा सकता है, जहाँ ध्वनि खण्डों में भिन्नता होने पर भी अर्थ में भिन्नता नहीं आती , वहाँ उस खण्ड को मुक्त परिवर्तन अथवा वितरण समझना चाहिए। उक्त मुक्त परिवर्तन या वितरण ध्वनिग्रामों अथवा किसी ध्वनिग्राम की संध्वनियों के बीच में हो सकता है। उदाहरण के लिए- 'मैं बनारस जा रहा हूँ।' अथवा मैं वाराणसी जा रहा हूँ। वाक्यों में उच्चारण वैभिन्य स्पष्ट रूप से हमें सुनाई पड़ता है किन्तु अर्थ में कोई अन्तर नहीं आया है। उक्त दोनों अंशो की स्थिति भी बीच में ही है।

**ब-परिपूरक वितरण-** जब दो या दो से अधिक ध्वनियों का वितरण इस रूप में हो कि उनमें से कोई भी ध्वनि कभी भी विल्कुल वैसी ही समान स्थिति में घटित न हो, जिसमें एक घटित हो जाती हैं। ऐसी ध्वनियाँ परिपूरक वितरण के अन्तर्गत समझी जाती है। यदि इस प्रकार की सभी ध्वनियों में ध्वन्यात्मक समानता प्राप्त होती हो, तो उन्हें एक ही ध्वनिग्राम के सहस्वनों के रूप में बाँटा जा सकता है। किसी ध्वनिग्राम की विभिन्न ध्वनियाँ जब परिपूरक वितरण में होती है, तब उन्हें उस ध्वनिग्राम का 'सहस्वन' कहा जाता है।

**स. व्यतिरेकी वितरण-** जहाँ दो ध्वनियों का वितरण इस प्रकार हो कि उनका वातावरण भी एक ही हो, उसे व्यतिरेकी वितरण कहते हैं। व्यतिरेक का निर्धारण वातावरण अथवा परिवेश के रूप में होता है। परिवेश का मतलब उन स्थानों से हैं, जहाँ ध्वनियाँ घटित होती हैं। जब दो ध्वनियाँ समान परिवेश में आती हैं तब वे दो पृथक ध्वनि ग्रामों का निर्माण करती है।

**ध्वनिग्राम के भेद-** ध्वन्यात्मक दृष्टि से ध्वनिग्राम को दो वर्गों में विभक्त किया जा सकता है - 1. खण्ड ध्वनिग्राम तथा 2. खण्डेतर ध्वनिग्राम।

**1. खण्ड ध्वनिग्राम-** जिनका विश्लेषण एक स्वतंत्र इकाई के रूप में किया जाय, उसे खण्ड ध्वनिग्राम कहा जा सकता है। इनके उच्चारण में मात्रा, सुरों आदि गुणों की आवश्यकता नहीं पड़ती है। स्वर तथा व्यंजन के आधार पर इन्हें दो भागों में बाँटा गया है।

**2. खण्डेतर ध्वनिग्राम-** खण्डेतर ध्वनिग्राम के बिना ध्वनिग्राम का उच्चारण सम्भव नहीं होता। खण्डेतर ध्वनिग्राम की पृथक अस्मिता नहीं होती, फिर भी ये खण्ड ध्वनिग्राम के आवरण या कवच समझे जाते हैं। सुर, आघात, विराम, विवृत के कारण यदि किसी भाषा में अर्थ-भेद उपस्थित हो, तभी खण्डेतर ध्वनिग्राम समझना चाहिए अन्यथा नहीं। हिन्दी की ध्वनिग्रामिक प्रणाली (Phonetic system)इस प्रकार है:

**स्वर-** अ(a), आ(a), इ (i) ई(i), उ (u),ऊ (u) ए (e), ऐ(ea), ओ (o), औ(oa)।

| | | | | | |
|---|---|---|---|---|---|
| **व्यंजन-** | प् | त् | ट् | च् | क् |
| | फ् | थ् | ठ् | छ् | ख् |
| | ब् | द् | ड् | ज् | ग् |
| | भ् | ध् | ढ् | झ् | घ् |
| | | स् | श् | ह् | |
| | म् | न् | ण् | ङ् | |
| | | र् | | | |
| | | ल् | ड़् | | |
| | | व् | य् | | |

कुछ भाषाविदों ने उक्त दस स्वरों के अलावा पाँच अन्य स्वर भी स्वीकार किये हैं। वे ये हैं- अँ, आँ, ए, ऐ, औ। इस तरह सभी स्वरों की

कुल संख्या 15 तक जा पहुँचती है। **डॉ. रमेश चन्द्र मेहरोत्रा** ने बत्तीस व्यंजनों की जगह बयालिस व्यंजन स्वीकारा है- क् म्ह् न्ह् र्ह्, ढ़् ल्ह्, फ़ ज़् ख़् और ग़्[1]। उपर्युक्त प्रस्तुत ध्वनिग्रामिक प्रणाली नये भाषाविज्ञानियों द्वारा अंग्रेजी के आधार पर प्रस्तुत की गई है। वस्तुतः हिन्दी की वर्णमाला तो संस्कृत के प्रचलित वर्णमाला के अनुकरण पर चलती है।

**ध्वनिग्राम अथवा स्वनिम की विशेषताएँ-** 1. ध्वनिग्राम मिलती-जुलती ध्वनियों का समूह है। यही कारण है कि विभिन्न भाषाओं के ध्वनिग्रामों में समानता भी मिलती है। भले ही उनके लिपि-चिन्ह पृथक-पृथक हों, वह इसलिए कि लिपिचिन्ह तो विभिन्न भाषाओं के बोलने वालों के द्वारा अपनी-अपनी सामाजिक आवश्यकताओं के हिसाब से निर्मित किये गये होते हैं। उदाहरण के रूप में, हिन्दी के गंगा, गल्ला, गन्ना, गली, गोकुल आदि शब्दों में उपलब्ध 'ग' स्वनिम, फारसी के गश्त, गोश्त गधा, गुमराह आदि शब्दों में उपस्थित ग स्वनिम तथा अंग्रेजी के ग्राम, गो, गुड, ग्रेड, ग्रेभ, गम, आदि शब्दों में आये ग स्वनिम, एक दूसरे से अभिन्न हैं जबकि उनके लिपि-चिन्ह ग् ढ़, और 'गाफ' एक दूसरे से भिन्न हैं।

2. व्यावहारिक दृष्टिकोण से ध्वनिग्राम का सम्बन्ध लिखित भाषा से कम, उच्चरित भाषा से अधिक होता है। दूसरे शब्दों में विश्व की कुछ भाषायें ऐसी हैं जिनमें ध्वनिग्राम का निर्धारण उनके लिखित रूप से नहीं होकर बल्कि उच्चरित रूप की दृष्टि से किया जाता है। अंग्रेजी उनमें से एक हैं। यहाँ जो लिखा जाता है, आवश्यक नहीं है कि उसे उसी रूप में पढ़ा ही जाय। यथा-Bridge, Chalk, Watch, But, Would, आदि अनेक शब्द इस तरह की अशुद्धियों से भरे पड़े हैं। यहाँ यदि ध्वनिग्राम 'क' निर्धारण लिखित रूप को ध्यान में रखकर किया जायेगा तो तमाम अशुद्धियाँ हो सकती हैं। अंग्रेजी के एक ध्वनिग्राम क को इस प्रकार देखा जा सकता है। जहाँ अकेले 'क' को लिखने के लिए अनेक विधियाँ प्रचलित हैं, यथा- K (Kite), C (Camera), Q(Quote), Ch(Chemistry), Ck(Luck), X(Box). ध्वनिग्राम एक ही हैं, किन्तु लिखने की विधियाँ छः हैं।

3. ध्वनिग्राम का स्वभाव बहुत कुछ गणित से मिलता-जुलता है। इसकी सम्पूर्ण कार्यवाही अपने कुछ निजी तथा नितान्त मौलिक सिद्धान्तों को मानकर चलती है। यहाँ कुछ ध्वनियाँ ऐसी होती हैं, जो अपनी क्षमता के अनुसार समीपवर्ती ध्वनियों का रूप-रंग यथा शीघ्र ग्रहण कर लेती हैं, जैसे 'हनुमान' शब्द में 'ह' का उच्चारण 'हँ' के रूप में होता है। 'ह' की सानुनासिकता समीपवर्ती अनुनासिक ध्वनियों के प्रभाव से हुई है।[1]

4. ध्वनियों की तुलना में ध्वनिग्राम कहीं अधिक सार्थक होते हैं। इसे दूसरे सरल शब्दों में कह सकते हैं कि शब्द में उसके स्थान परिवर्तन तथा अन्य ध्वनिग्रामों के सानिध्य के कारण अर्थ में बदलाव उत्पन्न हो जाता है। उदाहरणार्थ 'न' शब्द को आधार मानकर बने 'तन' तथा 'नत' शब्दों का अर्थभेद स्वतः स्पष्ट है। इसी प्रकार कल, काम, कामी, कैसा, कौन, आदि शब्दों को लिया जा सकता है। जाहिर है, किसी भाषा में प्राप्त ध्वनियाँ ध्वनिग्रामों की तुलना में निरर्थक ही होती हैं। डॉ. देवेन्द्र कुमार शास्त्री के अनुसार ध्वनि में अर्थतत्व प्रधान नहीं होता, किन्तु ध्वनिग्राम में अर्थ की भेदकता स्पष्ट रूप से परिलक्षित होती है।[2]

5. ध्वनिग्राम की प्रवृत्ति ध्वन्यात्मक साम्य की ओर अधिक होती है। भाषा विशेष की ध्वनियों की व्याख्या में या ध्वनि-परिवर्तन में ध्वनिग्राम की मुख्य भूमिका होती है।

6. ध्वनिग्राम सम्बन्धी धारणा उसरके उच्चारण के सापेक्ष श्रवण पर अधिक निर्भर करती है।

7. किसी भी भाषा का अध्ययन करते समय ध्वनिग्राम को मुख्याधार बनाया जाता है।

**ध्वनि या स्वन-विकास-** भाषा की गति और नियति नियंत्रण की अभेद्य दीवार को फाँदकर आगे बढ़ती जाती है। उसके नैसर्गिक विकास और प्रवहमानता को आज तक किसी निश्चित जमीन तक ही नहीं रोका जा सका है। भाषिक-विकास अथवा बदलाव किसी छूमन्तर से नहीं होता, बल्कि उसके मूल में मुख्य कारण ध्वनि-परिवर्तन होता है। प्रकारान्तर से कह सकते हैं कि भाषा-परिवर्तन अथवा भाषाविकास का आशय ध्वनि परिवर्तन अथवा ध्वनि विकास से ही है, क्योंकि ध्वनियों तथा ध्वनिग्रामों आदि से ही भाषा की संघटना होती है। प्राचीन आचार्यों ने उक्त परिवर्तन अथवा विकास का अर्थ जड़, ह्रास, अथवा उसके अपभ्रष्ट रूप से लिया है, लेकिन आज परिवेश बदलने के साथ-साथ प्राचीन आचार्यों की उक्त मान्यताओं में भी बदलाव हुआ है। आज के विद्वान् उक्त सड़ी-गली तथा विश्वासहीनता की धूल से लथपथ मान्यताओं को खुले दिल से अपनी स्वीकृति नहीं देते। ह्रास को नकार कर उसकी जगह विकास अर्थ उनके लिये ज्यादा उपयुक्त लगता है।

प्रयत्नलाघव अथवा मुखसुख, सादृश्य, अनुकरण की अपूर्णता, मानसिक शैथिल्य, अपरिचित विदेशी ध्वनियों का कष्टसाध्य उच्चारण आदि कारण ध्वनि-विकास में अपने विभिन्न रूपों में सहायक होते हैं। कम से-कम शक्ति खर्च करके अपने उद्देश्यकी पूर्ति कर लेना ही प्रयत्न लाघव का प्रमुख लक्षण है। उपाध्याय से झा, कोष्ठ से कोढ़ का उच्चारण इसी का परिणाम है। कभी-कभी प्रयत्न लाघव के अन्तर्गत ध्वनियों के संक्षेपीकरण की जगह ध्वनियों का परिमाण बढ़ा भी दिया जाता है, यथा- 'बड़ी खाट' की जगह 'बड़ी वाली खाट', 'काली बकरी' की जगह 'काली

1. भाषा विज्ञान तथा मानक हिन्दी- डॉ. रत्नचन्द्र शर्मा, पृष्ठ -177
2. भाषा शास्त्र तथा हिन्दी भाषा की रूपरेखा- डॉ. देवेन्द्रकमार शास्त्री,पृ. 48, 1973

वाली बकरी', 'पुरोहित ' की जगह 'उपपुरोहित' (भोजपुरी प्रयोग) 'स्नान' की जगह 'अस्नान', 'स्कूल' की जगह 'इस्कूल', आदि अपरिचित विदेशी ध्वनियों से भी ध्वनि-विकास पर प्रभाव पड़ता है। यथा- 'इम्पार्टेन्ट' की जगह 'इम्पार्टमेन्ट बैन' की जगह 'बैंड' आदि।

किस ध्वनि का उच्चारण किसके लिए कठिन तथा किसके लिए सरल है, इसका उत्तर झटके से दे देना बहुत आसान नहीं है। दरअसल, ध्वनियों के उच्चारण की कठिनता अथवा सरलता बहुत कुछ भाषा के प्रवाह पर निर्भर करती है। यदि हिन्दी बोलने वालों के लिए अरबी, फारसी, की क, ग, ज, फ, आदि संघर्षी सघोष अथवा अघोष ध्वनियों का उच्चारण कठिन है, तो अरबी, फारसी वालों के लिए भी हिन्दी की ख, घ, थ, ध, इत्यादि महाप्राण ध्वनियों का उच्चारण दुष्कर लगता है। ठीक इसी तरह ठंडे मुल्क के निवासी अंग्रेजों के लिए भी हिन्दी की दन्त्य ध्वनियाँ त, थ, द उच्चारण में कठिनता पैदा करती हैं। उच्चारण सम्बन्धी यह क्लिष्टता केवल विदेशी ध्वनियों के सम्बन्ध में ही नहीं होती है। बल्कि अनेक देसी ध्वनियाँ भी इसका शिकार हुई हैं। पश्चिमी हिन्दी की 'रहता ' 'तैरता' तथा 'जेल ' के स्थान पर क्रमशः 'रैत', 'तहेरता', तथा 'जहेल' के रूप में उच्चरित ध्वनियाँ इसका पुष्ट साक्ष्य हैं। **स्व. पं. किशोरी दास बाजपेयी** ने इस सम्बन्ध में कुछ उदाहरण देते हुए कहा है कि कहा, "ब्रज में 'क्या' के अर्थ में बोला जाता है, जिसका 'ह' पूरब की ओर चलते-चलते घिसता जाता है। मैनपुरी तक कुछ झनक मिलती भी है, पर आगे कोरा 'का' रह जाता है। 'कहाँ करै निरबल मनुज'? ' का करै कोऊ उनते लड़िकै'। आगे जैसे-जैसे पूरब में भाषा बढ़ती जाती है,' ह' के दर्शन कम हो जाते हैं। बंगाल में 'आमार' हो गया है। हमारा 'हमार'। बंगाल में 'ह' जैसे उड़ता है, पंजाब में वैसे ही जमता है। एक मधुर भाषा है दूसरी कठोर। मधुर भाषा को महाप्राण की कर्कशता नहीं न चाहिए। पंजाबी भाषा को उसकी जरूरत है। वह और को भी 'होर' बना लेती है और इक को हिक[1] हिन्दी में विकसित ध्वनियों के मुख्य दो उत्स हैं- प्राकृत तथा संस्कृत। इनमें से जो ध्वनियाँ सीधे संस्कृत से आई हैं, उनका विकास तो अपने आप स्पष्ट है, किन्तु प्राकृत तथा अपभ्रंश से हिन्दी में विकसित ध्वनियों का काफी विकास हुआ है प्राकृत तथा अपभ्रंश से विस्तृत ध्वनियों का मूल रूप आज सुरक्षित न होने के कारण उनके विकास के इतिहास पर पूरे विश्वास के साथ कुछ कहना कठिन ही है। वह इसलिए की संस्कृत से हिन्दी में जो ध्वनियाँ पालि, प्राकृत तथा अपभ्रंश की गलियों से गुजर कर आई है, उनमें से बहुत कुछ घिस गई हैं। कुछ का अस्तित्व ही पूरी तरह समाप्त हो गया है तथा इन सबके अतिरिक्त कुछ नई ध्वनियों का जन्म भी हुआ है। उदाहरणार्थ- हिन्दी में यदि ऋ, लृ, विसर्ग (:) तथा ष् ध्वनियाँ समाप्त हो गई हैं, तो वहीं व्, ङ्, न्ह, म्ह, ध्वनियों ने जन्म भी ले लिया है।

सच कहा जाय तो ध्वनि विकास का न तो कोई नियम है अथवा न तो कोई सिद्धान्त ही है। यदि कुछ सिद्धान्तों अथवा नियमों का प्रतिपादन किया भी जाता है तो उनमें स्थायित्व अथवा परमानेन्टशिप का सर्वथा अभाव होता है। पाश्चात्य वैज्ञानिक न्यूटन द्वारा तलाशा गया गुरुत्वाकर्षण का सिद्धान्त सभी कालों तथा सभी देशों में समान रूप से कारगर सिद्ध होता है। किन्तु किसी ध्वनि विशेषज्ञ द्वारा स्थापित ध्वनि-विकास सम्बन्धी कोई नियम अथवा सिद्धान्त सार्वकालिक अथवा सार्वदेशिक नहीं हो सका। काल अथवा देश की किसी निश्चित सीमा में ही उक्त नियम अपनी सार्थकता सिद्ध करते हैं। देश, काल तथा परिस्थिति के अनुसार उनमें ध्वनि परिवर्तन अथवा अर्थ-परिवर्तन होते रहते हैं। फिर भी ध्वनि विकास से सम्बन्धित कुछ तथ्यों को इस प्रकार देखा जा सकता है-

1. भाषा का वैज्ञानिक अध्ययन- परीक्षण वस्तुतः भाषा के उच्चारणगत रूप के आधार पर ही सम्भव है। उसके लिखित रूप से नहीं, क्योंकि वह कृत्रिम है। उससे ध्वनि के उच्चारणगत रूप को नहीं जाना जा सकता है। इसलिए ध्वनि विकास की पूरी 'जाँच पड़ताल' को सम्यक् रूप से जानने के लिए उसके उच्चारणगत बदलाव की समझ प्रथमतः आवश्यक होती है।

2. ध्वनि-विकास की गति अत्यन्त श्लथ, मन्द, तथा अमुखरित होती है। इसकी रफ्तार इतनी मद्धिम होती है कि इसमें होने वाला बदलाव सहजरूप से परिलक्षित नहीं होता । शताब्दियों बाद तो उसमें हुए परिवर्तनों का आभास हमें मिल पाता है। उदाहरण के लिए संस्कृत का 'मुकुट' शब्द लिया जा सकता है जिसे बनाव, बिगाड़ के विभिन्न रूपों को धारण करते हुए कभी 'मउड' (प्राकृत) बनना पड़ा, तो कभी 'मौर' (हिन्दी) तो कभी 'मउर' (भोजपुरी)। यह परिवर्तन पलक झपकते ही नहीं हुआ है, बल्कि सहस्त्रों वर्षों का समय इसमें लगा है।

3. हिन्दी में ऋ तथा ष् का अस्तित्व आज केवल लेखन में ही शेष रह गया है। उनका उच्चारण क्रमशः रि तथा श् होता है। 'ञ' का उच्चारण भी 'यँ', अथवा 'न्' के रूप में ही किया जाता है।

4. दसवीं तथा ग्यारहवीं शताब्दी से ही मुसलमानों का सम्बन्ध हिन्दी भाषी प्रदेशों से रहा है। उनकी संस्कृति, खान-पान, रहन-सहन, के अतिरिक्त उनकी अरबी, फारसी, ध्वनियाँ भी हिन्दी में प्रविष्ट कर गईं। ठीक यही स्थिति अंग्रेजी की भी रही है। अंग्रेजी की अनेक ध्वनियाँ भी हिन्दी में पैंठी, जैसे- डॉक्टर, कॉलेज, कॉमर्स, फॉर्म आदि में 'ऑ' का उच्चारण। फारसी की अनेक संघर्षी ध्वनियाँ भी 'क़', 'ख़',' ग़', 'ज़', 'फ़' हिन्दी में समाहित हो गई हैं। हॉलाकि इनका उच्चारण कुछ पढ़े लिखे लोगों तक ही सीमित होता है।

5. ध्वनि विकास का प्रभाव एक निश्चित समुदाय अथवा एक परिवार में रहने वाले सभी सदस्यों के ऊपर समान रूप से पड़ता है। ऐसा नहीं कि कुछ व्यक्ति उस प्रभाव से प्रभावित हों और कुछ अप्रभावित ही रह जॉय।

1. भारतीय भाषा विज्ञान- किशोरी दास वाजपेयी, पृ. 94

6. स्थान की भिन्नता भी ध्वनि-विकास में विभिन्नता उत्पन्न करती है। उदाहरणार्थ महाराष्ट्री प्राकृत में दो स्वरों के बीच में आने वाली 'त्' ध्वनि का लोप हो जाता है। जैसे 'गच्छति' से 'गच्छइ' परन्तु शौरसेनी प्राकृत में उसे 'द' आदेश हो जाता है। जैसे, 'गच्छति' से 'गच्छदि'। इससे सिद्ध होता है। कि दोनों प्राकृतों के बोलने वाले भिन्न-भिन्न प्रदेशों में रहते थे एवं महाराष्ट्री में परिवर्तन की गति तीव्र थी जबकि शौरसेनी में उसकी अपेक्षा मन्द थी।[1]

7. ध्वनि विकास की एक सुस्पष्ट तथा निश्चित लकीर होती है। प्राचीनों द्वारा ध्वनि-विकास जिस दिशा में मोड़ दिया जाता है, वह उसी दिशा में आगे बढ़ता जाता है। ऐसा नहीं कि उसके विकास की दिशा कुछ काल तक आगे बढ़ती जाय तथा कुछ काल तक रोक दी जाय, अथवा कुछ काल तक पीछे की ओर हटा दी जाय। पाणिनि के समय उत्तर भारत में 'ट' वर्ग का उच्चारण मूर्धा स्थान से होता था, किन्तु आजकल उससे विकसित होने वाले हिन्दी 'ट' वर्ग का उच्चारण वर्त्स्य स्थान से ठीक ऊपर होता है। इसके लिए जिह्वा को सम्पूर्ण कठोर तालु का क्षेत्र पारकर आगे ही बढ़ना पड़ा है, उसे पीछे नहीं हटना पड़ा।

8. ध्वनि-विकास बहुत कुछ ध्वनियों की स्थितियों पर निर्भर रहता है। आशय यह है कि वाक्य या शब्द में ध्वनि की जो स्थिति होती है उसके अनुरूप ही ध्वनि का विकास होता है। उक्त विकास ध्वनि शब्द के अन्त, मध्य अथवा शुरू में कहीं भी हो सकता है।

कुल मिलाकर कहा जा सकता है कि ध्वनि-विकास शाश्वत अथवा चिरंतन नहीं होता। देश-काल के अनुरूप इसमें बंदलाव उत्पन्न होता रहता है। ध्वनि का यह विकास ही उस भाषा की सतत् जीवन्तता तथा प्राणवत्ता का पुष्ट साक्ष्य है, और यह किसी भी जीवित तथा विकसित भाषा के लिए मंजुलमय शुभ लक्षण ही है।

**ध्वनि या स्वन-परिवर्तन के कारण-** परिवर्तन का चक्र प्रकृति की अन्य वस्तुओं की तरह भाषा को भी निरन्तर गतिशील बनाता रहता है। वस्तुतः किसी भी जीवित भाषा के लिए उक्त गतिशीलता बेहद आवश्यक है। वह इसलिए की जो भाषा परिवर्तन की ऊर्जा-ऊष्मा से रहित होती है तथा युगानुकुल बदलाव को नहीं अपनाती , अथवा समसामयिक अभिव्यक्ति की भूख तथा जरूरतों को वाणी का रूप नहीं दे पाती, वह भाषा तत्कालीन जमीन से नितान्त कटी हुई बंजर अथवा मृत भाषा कहलाती है। उस मृतभाषा का साहित्यिक अतीत भले ही भरा-पुरा रहा हो, वह सामान्यजन की भाषा नहीं रह जाती है। इसलिए परिवर्तन अथवा विकास की ऊर्वर जमीन से गुजरना किसी भी जीवित अथवा प्राणवान भाषा के लिए परमावश्यक माना गया है। भाषा में परिवर्तन अधोलिखित तीन रूपों में होता है। ध्वनि परिवर्तन, रूप परिवर्तन तथा अर्थ परिवर्तन। यहाँ हमारा विवेच्य विषय केवल ध्वनि परिर्वतन से ही अनुस्यूत है।

विद्वानों ने ध्वनियों में परिवर्तन के लिए बाह्य तथा आन्तरिक कारणों को रेखांकित किया है। प्रश्न उछलता है, ध्वनि परिवर्तन के उक्त कारणों में क्या दोनों समान रूप से अपनी भूमिका का निर्वहन करते हैं? इस प्रश्न के उत्तर के लिए भाषा विदों से पूछे विना सहज ढंग से एक झटके में कुछ कह देना घबड़ाहट में लिए गए निर्णय के समान सतहा ही समझा जायेगा। इस सम्बन्ध में जहाँ भारतीय विद्वान अपना निर्णय देते हुए यह कहते हैं कि दोनों ही रुपों में परिवर्तन का सूत्र अन्तर्निहित है,[2] ध्वनि परिवर्तन में हम किसी एक कारण को विशिष्ट कारण के रूप में संकेतित नही कर सकते हैं,[3] ध्वनि परिवर्तन के लिए परिवर्तन के उक्त कारणों में कोई एक कारण ही उत्तरदायी नहीं होता[4] वहीं पाश्चात्य भाषा विद् सोसूर ने इस सम्बन्ध में कुछ भी कहने में अपनी टोटल लाचारी व्यक्त की है- The Search for the cause of phonetic changes is one of the most difficult problems of linguistics.[5]

बहरहाल, जो भी हो यहाँ दोनों कारणों को प्रभावी मानकर उनका विश्लेषण किया जा रहा है।

**क. बाह्य कारण-** ध्वनि परिवर्तन के 'बाह्य कारण' में कई कारणों की चर्चा हुई है, यथा-भूगोल, काल, विदेशी-सम्पर्क, सादृश्य, सामाजिक, राजनैतिक, आर्थिक , सांस्कृतिक तथा धार्मिक परिस्थितियाँ और वैयक्तिक-भिन्नता आदि। किन्तु उक्त कारणों में मुख्य कारण चार ही हैं- भौगोलिक, ऐतिहासिक, वैयक्तिक तथा सादृश्य।

**1. भौगोलिक कारण:-** ध्वनि-परिवर्तन में भौगोलिक परिस्थितियाँ भी अन्तरायण करती है।[6] लेकिन सभी भाषाविद् इससे सहमत नहीं है। ध्वनि परिवर्तन में भौगोलिक भूमिका को मान्यता देने वाले विद्वानों के अनुसार देश की स्थिति तथा जलवायु का प्रभाव भी ध्वनि परिवर्तन पर पड़ता है। मनुष्य के वाग्यंत्र की रचना भौगोलिक परिस्थितियों के अनुकूल होती है। इसीलिए किसी देश के निवासी किसी ध्वनि का उच्चारण नहीं कर

1. भाषा विज्ञान तथा मानक हिन्दी-डॉ. रत्नचन्द्र शर्मा पृ. 168
2. भाषाशास्त्र तथा हिन्दी भाषा की रूप रेखा- डॉ. देवेन्द्र कुमार शास्त्री पृ. 98
3. संस्कृत भाषा विज्ञान-डॉ. राजकिशोर सिंह, पृ. 205
4. ऐतिहासिक भाषाविज्ञान : सिद्धान्त और व्यवहार- डॉ. जयकुमार जलज पृ. 95
5. Course in General Linguistics p. 146
6. A Geographical theory of sound shifting was advanced by Heinrich Meyer-Benfey and has recently been taken up by H.Colitz. Language: its Nature Development and Origin. p. 256

पाते तथा किसी अन्य देश के निवासी दूसरी ध्वनि का। जैसे ठं डे मुल्क के निवासियों का वाग्यंन्त्र पूर्ण रूप से खुल नहीं पाता, इसलिये वे दन्त्य ध्वनियों का उच्चारण प्रायः ठ ीक तरह से नहीं कर पाते। अंग्रेज लोग 'रथ' को 'रठ' 'बात' को 'बाट' 'तुम' को 'टुम' आदि बोलते हैं। इसके विपरीत ऊष्ण कटिबन्ध में रहने वाले लोग सभी ध्वनियों का उच्चारण ठीक ढंग से कर लेते हैं। भौगोलिक कारण में विश्वास व्यक्त करने वालों के अनुसार पहाड़ों तथा मैदानों में निवास करने वाले लोगों के वाग्यंत्रों में काफी भिन्नता पाई जाती है। इनका कहना है कि अधिक सर्दी ध्वनियों को संवृत्ति तथा ज्यादा ऊष्णता विवृति की ओर ले जाती है।

कुछ विद्वान उक्त मान्यता से अपनी असमति व्यक्त करते हैं। उनके अनुसार यह सर्वमान्य कारण नहीं कहा जा सकता है।[1] **सोसूर** ने भी ध्वनि की विवृति तथा संवृति के निर्धारण में भौगोलिक कारण को ही स्वीकार नहीं किया है।[2] **जेस्पर्सन** भी ध्वनि परिवर्तन के लिए जलवायु को उत्तरदायी नहीं मानते । इस सम्बन्ध में अपनी सम्मति देते हुए वे कहते हैं कि "पहाड़ी भागों में रहने वालों को अधिक श्रम करना पड़ता है, इससे उनके फेफड़ों पर अधिक जोर पड़ता है। यह तो सही है, किन्तु व्यंजन का परिवर्तन स्वरयंत्र मुख पर निर्भर है, फेफड़ों पर नहीं। इसलिये फेफड़ों के जोर से ध्वनियों के प्रभावित होने की बात बड़ी लचर है-Walking in the mountains affect the lungs but the change in the Consonants is primaly one not in the lungs but in the glottis, as the connection between these two things is not neccessary. The whole reasoning is far from Cogent."[3]

मेरा विश्वास है कि ध्वनि परिवर्तन में भौगोलिक स्थितियाँ कोई खास दखल नहीं करतीं। यदि करती भी होंगी, तो उनका प्रभाव सामान्य ही होगा। **जेस्पर्सन** के उक्त मत से असहमत होना मेरे लिए कठिन ही है।

**2. ऐतिहासिक कारण-** देश की स्थिति तथा जलवायु की तरह ही कालखण्ड भी ध्वनियों में परिवर्तन करते हैं। किस भाषा की ध्वनि कब और किन परिस्थितियों में किन-किन दिशाओं में परिवर्तित हुई किस विदेशी भाषा के सम्पर्क से किस भाषा में कौन-कौन ध्वनि विकार उत्पन्न हुये, पुरानी ध्वनियाँ शनैः शनैः किस प्रकार अपने पुराने ओढ़े केचुल को फेंक नये -नये रूप धारण करती है- इन सभी प्रश्नों के उत्तर के लिये इतिहास के पास जाना पड़ता है, क्योंकि इतिहास किसी समय का भोगा हुआ वर्तमान ही तो होता है।

आक्रमणों, व्यापारिक तथा सांस्कृति सम्बन्धों के कारण एक भाषाभाषी दूसरे भाषाभाषी के संपर्क में काफी समय तक रहता है। फलतः नई ध्वनियों का आगमन होता है। संस्कृत की ध्वनियों ने धीरे-धीरे कुशानों, हूणों, आदि के संपर्क में प्राकृत तथा अपभ्रंश ध्वनियों का रूप धारण किया। इसका फल यह रहा कि 'धर्म' से 'धम्म' 'कर्म' से 'कम्म', 'अग्नि' से 'आग', 'अद्य' से 'अज्ज', आदि शब्दों का विकास हुआ। कालान्तर में मुसलमानों का शासन स्थापित हो जाने पर अनेक ध्वनि परिवर्तन हुए, जिसके कारण 'प्रसाद' की जगह 'परसाद', 'प्रधान' की जगह 'परधान', 'प्रकाश' की जगह 'परकाश',' बद्री' की जगह 'बदरी', 'चन्द्र' की जगह' चन्दर' आदि रूप व्यवहृत होने लगे। हमारे देश पर अंग्रेजों ने लगभग दो सौ वर्षों तक शासन किया। उनके खान-पान, रहन-सहन, के साथ साथ अनेक ध्वनियाँ भी हिन्दी में प्रविष्ट कर गयीं। अनेक ध्वनियों के रूप बदल गये। यह उन्हीं की देन है कि हम 'बुद्ध' को 'बुद्धा', 'कृष्ण' को 'कृष्णा',' हर्ष' को' हर्षा', 'गुप्त' को 'गुप्ता', 'शुक्ल' को 'शुक्ला', 'मिश्र' को 'मिश्रा', 'केरल' को 'केरला', 'अशोक' को 'अशोका', 'दिल्ली' को 'डेहली', 'कलकत्ता' को 'कैलकटा', 'मेरठ' को 'मीरट', आदि बोलते हैं। कभी-कभी सांस्कृतिक पुनरुत्थान की भावनायें भी ध्वनि परिवर्तन को प्रभावित करती हैं। उदाहरण के लिए बनारस से बाराणसी और भेलसा से विदिशा में हुआ, ध्वनि-परिवर्तन सांस्कृतिक पुनरुत्थान की भावना के कारण हुआ ध्वनि परिवर्तन है।[4]

**वैयक्तिक कारण-** वैयक्तिक कारण भी कभी-कभी ध्वनियों को बदरंग कर देते हैं। वस्तुतः भाषा के सीखने समझने तथा ध्वनियों का उच्चारण में वाक् तथा श्रवण इन दो इन्द्रियों का सर्वाधिक योगदान रहता है। ध्वनियों का उच्चारण वागिन्द्रिय से किया जाता है तथा श्रवणेन्द्रियाँ उन्हें सुनती हैं। हर व्यक्ति की वागिन्द्रियाँ तथा श्रवणेन्द्रियाँ अलग-अलग किस्म की होती है। वे आकार तथा शक्ल में एक दूसरे से सर्वथा भिन्न होती हैं। यही कारण है कि प्रत्येक व्यक्ति के उच्चारण तथा श्रवण में भी काफी अन्तर पाया जाता है। वागिन्द्रियों की भिन्नता के कारण ही कोई अल्पप्राण ध्वनियों का उच्चारण करता है, तो कोई महाप्राण ध्वनियों का, कोई निरनुनासिक ध्वनियों का, तो कोई अनुनासिक ध्वनियों का। श्रोता उक्त सुनी हुई ध्वनियों का अनुकरण कर उन्हें बोलने की कोशिश करता है। फल यह होता है। कि वागेन्द्रिय तथा श्रवणेन्द्रिय में भिन्नता के कारण ध्वनियों में परिवर्तन हो जाता है।

**4. सादृश्य-**(Anology)- पाश्चात्य भाषाविद् **वान्द्रियेज** ने सादृश्य के रूपगठन की ओर संकेत करते हुए लिखा है कि -" सादृश्य उस पद्धति का नाम है, जिसे ज्ञात रूप के आधार पर मस्तिष्क एक नया रूप नया पद अथवा भावाभिव्यक्ति के लिए एक नयी शैली

---

1. भाषा शास्त्र तथा हिन्दी भाषा की रूपरेखा-डॉ. देवेन्द्रकुमार शास्त्री पृ. 191
2. Course is General Linguistics, English Translation from the Freanch: P. 148, 1964
3. Language: Its Nature Development and Orgin: P. 257
4. ऐतिहासिक भाषा विज्ञान सिद्धान्त और व्यवहार - डॉ. जयकुमार जलज पृ. 92

गढ़ लेता है।[1] जाहिर है कि सादृश्य के लिए पहले से एक विद्यमान आधार की आवश्यकता होती है। सादृश्य के कारण ध्वनियों में विभिन्न तरह के बदलाव उत्पन्न होते हैं। उदाहरण के लिए कुछ शब्दों को देखा जा सकता है। 'तुझ' के सादृश्य पर 'मुझ' बन गया। वस्तुतः इसे संस्कृत के 'मह्यं' से 'मझ' तक ही बदलना चाहिये था। म में उकार का आगमन तुभ्यं से बने तुझ के कारण ही हुआ है।[2]

इसी प्रकार 'द्वादश' के सादृश्य पर 'एकदश' का 'एकादश' तथा हिन्दी में 'बारह' के अनुकरण पर 'ग्यारह' हो गया है। 'पैतीस' तथा 'पैतालिस' की अनुनासिकता के सादृश्य पर 'सैंतीस' तथा 'सैंतालिस' शब्द गढ़े गये है। 'पढ़िये' 'लिखिये' के सादृश्य पर 'करिए' भी बना लिया जाता है, जबकि होना चाहिए था 'कीजिए'। इसी तरह 'स्वर्ग' के सादृश्य पर 'नरक' का 'नर्क', 'सुख' के सादृश्य पर 'दुःख' का 'दुख', 'गर्मी' के सादृश्य पर 'ठंड' का 'ठंडी' 'पाश्चात्य' के आधार पर 'पौर्वात्य' बन गया। भाषाविद् **ग्लीसन** के अनुसार ख्याल रखना चाहिए कि सादृश्य के कारण हुए ध्वनि-परिवर्तन में निरंतरता का अभाव भी होता है। इनसे कभी अनियमिततायें उत्पन्न होती हैं, लेकिन अनेक नियमितताएँ भी इन्हीं की देन हैं- Anology change is not regular. It may and frequently does produce an increase in irregularity but it may equally exert a regularizing effect.[3]

**ख. आन्तरिक कारण-** जो कारण सीधे ध्वनि के परिवेश से सम्पृक्त होते हैं, वे ध्वनि परिवर्तन के आन्तरिक कारण कहे जाते हैं। ये स्वतः उद्भूत होते हैं, अतः इन्हें स्वयंभू Unconditional Spontaneous, incontact.कारण कहा गया है। ध्वनि के परिवर्तन के लिये मुख्य रूप से अधोलिखित आन्तरिक कारण उत्तरदायी बताये जाते हैं-

**1. प्रयत्न लाघव-** इसे मुख-सुख भी कहा जाता है। ध्वनि परिवर्तन के लिए इस कारण को काफी महत्व दिया जाता है। मनुष्य कम समय तथा कम श्रम में अधिक कार्य सम्पादित करना चाहता है। उसका यह स्वभाव ध्वनियों के उच्चारण में भी साथ लगा रहता है। बड़े शब्दों को छोटा करके तथा कठोर ध्वनियों को कोमलरूप में उच्चरित करने की प्रबल आकांक्षा रहती है। व्यक्ति की उक्त प्रवृत्ति अनेक ध्वनियों को विकृत कर देती है। ब्रिटिश ब्राड कास्टिंग कॉरपोरेशन से बी.बी.सी., तमिल यूनाइटेड लिबरेशन फ्रंट से- टी.यू.एल.एफ. तथा फिलीस्तीनी लिबरेशन ऑर्गनाइजेशन से पी.एल.ओ. आदि के संक्षिप्त उच्चारण उक्त प्रवृत्ति के ही द्योतक हैं। ध्वनि-आगम, लोप, विकार, विपर्यय समीकरण तथा विषमीकरण आदि ध्वनि-दोष प्रयत्न लाघव के कारण ही उत्पन्न होते हैं।

**2.बलाघात-** कभी-कभी जिन ध्वनियों के उच्चारण पर विशेष बल दिया जाता है, वे तो सशक्त होकर जीवित रहती है। किन्तु उनकी अगल-बगल की ध्वनियाँ कृशगाता अथवा क्षीण हो जाती है। इसका कुप्रभाव यह होता है कि कुछ दिनों बाद उक्त दुर्बल ध्वनियाँ पूर्णरूप से विकलांग अथवा लुप्त हो जाती है। 'उपवास' से 'उपास' 'आदित्यवार' से 'इतवार' 'आभ्यंतर' से 'भीतर', 'कोष्ठ' से 'कोढ़' 'उपाध्याय' से 'पधिया' आदि शब्दों का घिसाव बलाघात के कारण ही हुआ है।

**3. भावुकता-** भावावेश के कारण भी ध्वनियों में विकार उत्पन्न हो जाता है। भावुकता में व्यक्ति यथार्थ की जमीन से ऊपर उठकर एक प्रवाह विशेष में बहने लगता है। इस बहाव में वह शब्दों का रंग-विरंगा उच्चारण करता है। नतीजा यह होता है कि उन शब्दों की ध्वनियाँ विकारग्रस्त होकर प्रतिदिन के प्रयोग की मुख्य धारा में शामिल हो जाती हैं। भावावेश के कारण मातापिता अपने बेट-बेटियों को 'रामदुलार' से 'रामदुलारे', 'हृदयनारायण' से 'हिरदू', 'कान्ती ' से 'कन्ता', 'शान्ती' से 'शान्ता', 'शारदा' से 'सरधा', 'श्रीकृष्ण' से 'किसुना', 'मीना' से 'मीनू', पुकारते हैं तथा 'जीजी' से 'जिज्जी', 'जिजिया दीदी', से 'दीद्दी दिदिया' आदि भावुकता की ही उपज हैं। हालाँकि भावुकता की भूमिका को ध्वनि परिवर्तन में सामान्य ही समझना चाहिए।

**4. प्रमाद अथवा असावधानी-** लोगों की असावधानी, प्रमाद अथवा अपूर्ण अनुकरण के कारण भी अनेक ध्वनियाँ भोथरी हो जाती हैं। इनमें वर्ण रूप-विपर्यय का विषैलापन पैदा हो जाता है। 'तूफान' से 'फूतान', 'अमरुद' से 'अरमूद', 'मतलब' से 'मतबल', 'चाकू' से 'काचू', 'डूबना' से 'बूड़ना', 'बन्दूक' से 'दम्बूक', 'पुलिस' से 'पुसिल' आदि उक्त दोष के ही दुष्परिणाम हैं।

**5. श्रुति-** श्रुति के कारण भी अनेक ध्वनि विकार जन्मते हैं। श्रुति दो तरह की होती है 'पूर्व श्रुति' तथा 'पद श्रुति'। शब्द के आरम्भ में जब ध्वनि का आगम होता है तब वहाँ पूर्व श्रुति होती है, यथा 'स्तुति' से 'अस्तुति', 'स्मरण' से 'अस्मरण', 'स्त्री' से 'इस्त्री' तथा 'स्कूल' से 'इस्कूल' आदि। पद श्रुति में शब्द के आखिर में ध्वनि का आगम होता है। यथा 'कर्म' से 'करम', 'धर्म' से 'धरम', 'मर्म' से 'मरम', 'चन्द्र' से 'चन्दर' आदि।

**6. उच्चारण में जल्दबाजी-** बोलने में शीघ्रता के कारण भी ध्वनियों में विकार उत्पन्न हो जाता है। कुछ लोग इतनी जल्दी में शब्दों का बेमुरौवत उच्चारण करते जाते हैं जैसे ये शब्द भार की तरह उनके मन प्रदेश में लटक रहे होते हैं। 'आलू भन्टा' के स्थान 'अंटा-भालू', 'दाल-

---

**1. Language-P.187**

**2. क- सं. मह्यम्>पा. मह्यं>प्रा. मज्झं> अप. मज्झ>हिन्दी-मझ।**

**ख- सं तुभ्यम्> म.भा. आ. तुज्झ> हिन्दी-तुझ**

**3. An Introduction to Descriptive Linguistics H.A. Gleason P. 290, 1960.**

भात' के स्थान पर 'भाल-दात', 'दाल-चावल' की जगह 'चाल दावल', 'दाल में काला' की जगह 'काल में दाला', 'बाजार से नमक' की जगह 'नमक से बाजार' इत्यादि शब्दों को झटके में बोल दिया करते हैं। 'उन्होंने' और 'जिन्होंने' की जगह क्रमशः 'उन्ने', 'जिन्ने', तथा 'डॉक्टर' साहब की जगह 'डाक्साब' तथा 'मास्टर साहब' की जगह 'मास्साहब' एवं अंग्रेजी के 'डू-नाट' (Do not) की जगह 'डोन्ट' (dont) 'वुड नाट' (Would not) के स्थान पर 'वोन्ट' (W'ont) तथा 'कैन नाट' (Can not) की जगह 'कान्ट' (Can't) की पैदाइश उक्त मनोवृत्ति के कारण ही हुई है।

**7. शब्दों की सही जानकारी का अभाव:-** अशिक्षित लोग प्रायः शब्द के मूल उत्स को न जान सकने के कारण उन्हें गलत रूप में ही उच्चरित करते हैं। इस कारण से अनेक ध्वनियाँ अपंग होकर अपने मूल स्वरूप से हाथ धो बैठती हैं। संस्कृत 'शतम् जीवेम्' से 'छतन जी', हिन्दी 'व्यास' से 'वियाछ' अंग्रेजी 'पंक्चर' से 'पंचर' तथा 'बर्स्ट' से 'भ्रष्ट्र' आदि शब्द व्यक्ति की अज्ञानता अथवा अशिक्षा के कारण ही विकृत हो गये हैं।

**8. शब्दों का निरंकुश प्रयोग-** अपनी कविताओं में कलात्मक सौन्दर्य सम्बर्द्धन हेतु कवि लोग प्रायः शब्दों को तोड़-मरोड़ कर व्यवहृत करते हैं। अपनी बुद्धि की छेनी रेती से शब्दों को छाँट-तराश अथवा माँज कर कविता के चौखटे में समतल अथवा 'फिट' बैठाने के लिए वे शब्दों की नई शकल निरंतर गढ़ते रहते हैं। चूँकि कवि सामाजिक स्वीकृति प्राप्त होता है।[1] इसलिए कहा जा सकता है कि कवि की कविता का प्रभाव जनसामान्य पर अति शीघ्रता से पड़ता है। उनकी उच्छृंखल शाब्दिक कलाबाजी से भाषा में स्थायी ध्वनि-विकार व्याप्त हो जाता है। 'गोपाल' से 'गोपाला', 'लक्ष्मण' से 'लछिमन', 'सीता' से 'सीया', 'रघुराज' से 'रघुराई', 'रघुराया', 'दशरथ' से 'दसरत्थिहिं', 'बादल' से 'बादर' तथा 'रावण' से 'रावन' आदि उनके निजी प्रयोग के कुछ निदर्शन हैं।

**ध्वनि-परिवर्तन के नियम अथवा दिशाएँ-** भाषिक फेर-बदल से किसी भी भाषा की सजीवता अथवा संवर्द्धन के लिए स्पष्ट तथा ठोस जमीन प्राप्त होती है। ध्वनि चूँकि भाषा का महत्वपूर्ण अंग है, अतः उलटफेर के उक्त प्रभाव से वह अछूती नहीं रह सकती। ध्वनि को बदलाव का नाना रंग बिरंगा जामा जोड़ा पहनना पड़ता है। कभी ध्वनियों की पौध में कोई नई ध्वनि कल्ले के रूप से फूट पड़ती है जिसे 'आगम' कहते हैं, तो कभी पहले से विद्यमान पुरानी ध्वनियाँ विकार के सड़ांध से लुप्त हो जाती हैं जिसे लोप कहते हैं। कभी उच्चारण में कुछ ध्वनियाँ उलट-पुलट जाती हैं, जिसे 'ध्वनि विपर्यय' कहा जाता है तो कभी कोई ध्वनि अपने प्रभाव से समीपवर्ती ध्वनि को अपने साँचे में ढाल लेती है, जिसे ध्वनि का समीकरण कहा जाता है। कभी दो पड़ोसी तथा समान वजन वाली ध्वनियाँ अपना चेहरा बदल कर दूसरा रूप धारण कर लेती है, उनकी इस प्रक्रिया को 'ध्वनि का विषमीकृत' रूप कहा जाता है। कहने की मंशा यह कि उक्त आगम, लोप, विपर्यय, विकार, समीकरण तथा विषमीकरण आदि ही ध्वनि-परिवर्तन के आयाम, नियम अथवा दिशाएँ हैं।

**ध्वनि-परिवर्तन के नियम सम्बन्धी प्राचीन दृष्टि-** ध्वनि परिवर्तन की दिशाओं के सम्बन्ध में आधुनिक भाषा-वैज्ञानिकों के साथ साथ प्राचीन संस्कृत वैयाकरणों ने भी काफी प्रकाश डाला है। किन्तु दोनों के दिशा निर्देशों में व्यापक अन्तराल है। सर्वप्रथम प्राचीनों द्वारा निर्दिष्ट दिशाओं को देख लेना उत्तम होगा। आचार्य **यास्क मुनि** (ई. पूर्व 800-700)ने अपने प्रसिद्ध ग्रन्थ 'निरुक्त' में वर्ण 'ध्वनि परिवर्तन' की दिशाओं का इन शब्दों में सोदाहरण उल्लेख किया है, **अथाप्यस्तेर्निवृत्तिस्थानेषु आदि लोपो भवति स्तः सन्तीति त्यथाप्यन्तलोपी भवित गत्वा गतमित्यथा प्युपधालोपो भवति जग्मतुर्जग्मुरित्यथाप्युपधाविकारो भवति राजा दण्डीत्यथापि वर्णलोपो भवति तत्वा यामित्यथापि द्विवर्णलोपस्तृच इत्यथाप्यादिविपर्य्ययो भवति ज्योतिर्धनो विन्दुबाट्य इत्यथाप्याद्यन्त विपर्य्ययो भवति स्तोका रज्जुः सिकता स्तक्वित्यथाप्यन्त व्यापत्तिर्भवति।**[2]

निरुक्तकार ने ध्वनि-परिवर्तन की दिशाओं के अन्तर्गत् आदिलोप, अन्तलोप, उपधालोप, आदि विपर्य्यय, अन्त विपर्य्यय, वर्णापजन, आगम इत्यादि की चर्चा की है। **डॉ. पी.डी. गुणे** का विचार है कि संस्कृत वैयाकरण जिसे उपधा लोप कहते हैं, आधुनिक भाषा वैज्ञानिक उसे 'स्वरलोप' (Syncope) कहते हैं। संस्कृत वैयाकरण जिसे 'आदि विपर्यय' कहते हैं, भाषा-वैज्ञानिकों में वह अंशतः 'समीकरण' (Assimilation)तथा 'विषमीकरण' (Dismilation) है। संस्कृत- वैयाकरणों का आद्यन्त विपर्यय ही भाषा वैज्ञानिकों का 'विपर्यय' (Metathesis) है। संस्कृत वैयाकरणों का वर्णोपजन भाषा वैज्ञानिकों का 'स्वर-भक्ति' या 'विप्रकर्ष' (Anaptyxis or Diaeresis)..... है।[3]

'काशिका' में ध्वनि-परिवर्तन की चार दिशायें- वर्णागम, वर्ण-विपर्यय, वर्ण-विकार, तथा वर्णनाश (वर्णलोप) बतलाई गई हैं-**"वर्णागमो वर्ण विपर्यश्च द्वौ चापरौ वर्ण-विकारनाशौ।"** महाभाष्यकार **पतंजलि** ने भी ध्वनि-परिवर्तन की निम्न दिशाओं का इस प्रकार उल्लेख किया है-

**वर्ण व्यत्ययापायोजन विकारेषु........।**
**वर्णव्यत्यते कृतेस्तर्कः कसेः सिकता, हिंसेः सिंह.....।**

1. देवदारु निबन्ध- डॉ. हजारी प्रसाद द्विवेदी, पृष्ठ -5
2. निरुक्त 2/1-2
3. An Introduction to Comparative Philology. Dr. P. D. Gune, P. 55-56

अपायलोपः घ्नन्ति, घ्नन्तु अघ्नन.......।

उपजन- आगमः। लाविता लवितुम्।

विकारः आदेशः। घातयति घातकः[1]

महाभाष्य कार ने वर्ण व्यत्यय, लोप, आगम तथा आदेश को ध्वनि-परिवर्तन की दिशाओं के लिए मुख्य रूप से रेखांकित करते हुए उनके लिए अलग-अलग उदाहरण भी प्रस्तुत किये हैं। वर्णव्यत्यय के लिए उन्होंने 'कृते' से 'तकः', 'कसे' से 'सिकताः', 'हिंस' से 'सिंह' का उदाहरण दिया है। इसी तरह लोप के लिए 'घ्नन्ति', 'घ्नन्तु' तथा 'अघ्नन्' आगम के लिए 'लविता' से 'लवितुम' और आदेश के लिए उन्होंने 'घातयन्ति' से 'घातकः' के उदाहरण से अपने कथन को पुष्ट किया है।

**ध्वनि परिवर्तन के नियम संबंधी आधुनिक दृष्टि-** आधुनिक भाषा-विज्ञानियों ने प्राचीन संस्कृत वैयाकरणों द्वारा निर्दिष्ट ध्वनि परिवर्तन की दिशाओं के आधार पर ही अनेक दिशाओं का प्रतिपादन किया है, जिनमें से अधोलिखित सत्रह प्रधान हैं-

1. आगम(Insertion)
2. लोप(Elision)
3. विपर्यय(Metathesis)
4. मात्रा-भेद(Difference of length)
5. समीकरण(Assimilation)
6. विषमीकरण(Dissimilation)
7. सघोषीकरण(Vocalization)
8. अघोषीकरण(Devocalization)
9. अल्पप्राणीकरण(Deaspiration)
10. महाप्राणीकरण(Aspiration)
11. उष्मीकरण(Assibilation)
12. अनुनासिकीकरण(Nasalization)
13. संधीकरण(Sandization)
14. अवश्रुति/ अक्षरावस्थान(Ablaut/ Vowel gradation)
15. अभिश्रुति/ अक्षरपरिवर्तन(Umlant/ Vowel Mutation)
16. अपनिहित या समस्वरागम (Epenthesis)
17. भ्रामक व्युत्पत्ति(Popular Etymology)।

**1. आगम-** कभी-कभी उच्चारण की सुविधा के लिए किसी शब्द के आरम्भ, मध्य तथा अन्त में कुछ स्वर अथवा व्यंजन ध्वनियों का आगम हो जाता है। यह आगम तीन प्रकार का होता है- स्वर, व्यंजन तथा अक्षर। स्थान-भेद से स्वर तथा, व्यंजन के तीन-तीन भेद आदि, मध्य, अन्त होते हैं, किन्तु अक्षर के चार भेद माने गये हैं- इस प्रकार आगम के दस भेद हो जाते हैं जिन्हें इस प्रकार देखा जा सकता है,-

**क. आदि स्वरागम-** इसे प्रागुपजन (Prothesis) भी कहा गया है। इसमें स्वर शब्द के आरम्भ में आता है- We find that in some languages certain vowels are developed before certain consonants.[2] अर्थात् कुछ भाषाओं में कुछ व्यंजनों के पहले कुछ स्वरों का आगम हो जाता है, जैसे- स्तबल=अस्तबल, स्कूल=इस्कूल, स्त्री= इस्त्री, कलंक=अकलंक, स्नान=अस्नान, स्टेशन=इस्टेशन।

**ख. मध्य स्वरागम-** इस प्रक्रिया के भीतर स्वर किसी शब्द के मध्य में आता है, यथा- प्रकार=परकार, कर्म=करम, प्रधान=परधान, धर्म=धरम, पूर्व=पूरब, वर्ष=वरिस, चन्द्र=चन्दर।

**ग. अन्त स्वरागम्-** शब्द के अन्त में आए स्वर को स्वरागम कहते हैं, यथा- हवा=हवाई, सन्देश= सन्देशा, स्वप्न=सपना, दवा=दवाई, सं. शरद अपभ्रंश सरय।

**अ. आदि व्यंजनागम-** शब्द के प्रारम्भ में व्यंजन ध्वनि के आगम को आदि व्यंजनागम कहते हैं। इसके उदाहरण विरल ही प्राप्त होते हैं, फिर भी कुछ उदाहरण इस प्रकार हैं- ओष्ठ= होंठ, अस्थी=हड्डी, उल्लास=हुलास, अत्याचार=हत्तियाचार[3] औरंगाबाद = नौरंगाबाद।

**आ. मध्यव्यंजनागम-** जहाँ किसी व्यंजन का आगम शब्द के मध्य में हो वहाँ मध्य व्यंजनागम होता है। आदि व्यंजनागम की अपेक्षा मध्य व्यंजनागम के उदाहरण सघन रूप में उपलब्ध होते हैं। कुछेक को इस प्रकार देख सकते हैं- तक = तलक, सुनर = सुन्दर, समुन्द्र = समुन्दर, अं. जेल = जेहल, पण = प्रण, अं. समन = सम्मन, शाप = श्राप, अं. फ्रेंच=Avantage= advantage।

**ई. अंत व्यंजनागम-** इसमें शब्द के अन्त में व्यंजन ध्वनि का आगम होता है यथा- राघव = राघवन्, परवा = परवाह, राधाकृष्ण = राधाकृष्णन्, रंग = रंगत(अरबी), भौं = भौंह, देह = देहात (फारसी), चील= चील्ह, Coc= Cock (अंग्रेजी), कल= कल्ह, Cantio= Cantion(फ्रेंच)।

**च. आदि अक्षरागम-** जहाँ शब्द के प्रारम्भ में ही अक्षर का आगम होता है, वहाँ आदि अक्षरागम होता है, यथा-गुञ्जा = घुंघुची, स्फोट = विस्फोट।

**छ. मध्य अक्षरागम-** शब्द के मध्य में जहाँ अक्षर का आगम होता हो, वहाँ मध्य अक्षरागम होता है, यथा- खल = खरल, गरीबनवाज

---

3. महाकाल- अमृतलाल नागर पृ. 188

. to Comparative Philology -Dr. P.D. Gune. P. 59

= गरीबुलनिवाज।

**ज. अंतअक्षरागम-** जहाँ शब्द के अन्त में अक्षर जुटता है, यथा- आँख = आँखड़ी, डफ = डफली, पाँख = पाँखुड़ी, बला = बलाय, बधू =वधूटी,. जीभ=जीभड़ी।

**2.लोप-** कभी-कभी बोलने में मुख-सुविधा, शीघ्रता अथवा स्वराघात के कारण कुछ ध्वनियों का लोप हो जाता है। यह आगम का उल्टा होता है। आगम की तरह लोप भी तीन प्रकार का होता है, यथा- स्वर, व्यंजन, और अक्षर। स्थान भेद से इन तीनों के भी तीन-तीन स्वतंत्र भेद होते हैं।

**क. आदि स्वर लोप (Aphesis)-** इसमें शब्द के आरम्भ में ही किसी स्वर का लोप हो जाता है। यथा- अरहर = रहर, अहाता = हाता, अरघट्ट = रहट, अफसाना = फसाना, अनाज = नाज, अरण्य = रण्य, अभ्यन्तर = भीतर, esquire= squire, अगर=गर, amuck= muck, असरवार=सवार, सं. अरविन्द=रविन्द (अपभ्रंश)

**ख. मध्य स्वर लोप(Syncope)-** शब्द के मध्य में हुआ किसी स्वर का लोप मध्य स्वर का लोप कहलाता है। यथा- चरखा =चर्खा, तरबूज=तर्बूज, नरक= नर्क, गलती= गल्ती, बरतन= बर्तन, उलटा = उल्टा, अरथी = अर्थी, कृपया = कृप्या, गरदन = गर्दन, donot= do't खुरजा= खुर्जा, Cannot=can't.

**ग. अन्त स्वर लोप-** जहाँ शब्द के अन्तिम स्वर का लोप होता है, उसे अन्त स्वरलोप के नाम से जाना जाता है। हिन्दी में प्रायः अकारन्त शब्दों का 'अ' स्वर लुप्त हो गया है, किन्तु लेखन में अभी पूरी तरह से जीवित है। यही कारण है कि व्यंजनान्त शब्द बोले जा रहे हैं।यथा- आम्र= आम, निद्रा=नींद, पार्श्व = पास, भगिनी= बहिन, दूर्वा= दूब, टंकशाला = टकसाल, वार्ता=बात, फ्रेंच affaire= अंग्रेजी- affair।

**अ. आदि व्यंजन लोप-** इसमें शब्द का प्रारम्भिक व्यंजन लुप्त हो जाता है। हिन्दी के साथ-साथ अंग्रेजी में भी शब्दों के उच्चारण में कठिनाई के कारण अनेक आदि व्यंजनों का लोप हो चुका है, यद्यपि लिखने में उनका प्रयोग अभी जारी है। यथा- स्थान=थान, psychology=sychology, स्थाली= थाली, knife= nife, श्मशान = मसान, know= now, सं. स्कन्ध = अपभ्रंश, हिन्दी-कन्धा, kinght=night, स्नेह = नेह, write= rite.

**ब. मध्य-व्यंजन लोप-** यहाँ शब्द के मध्य के व्यंजन का लोप होता है। प्राकृत भाषाओं में मध्य-व्यंजन लोप की प्रवृत्ति अधिकांशतया पाई जाती है। अनेक अंग्रेजी शब्दों में भी उच्चारण में मध्य व्यंजन लुप्त हो चुका है। हिन्दी की बोलियों में भी इसके पर्याप्त उदाहरण मिल जाते हैं, यथा- सं. कोकिल=अपभ्रंश - कोइल, भूमिहार=भूँइहार, सं. दशति=प्राकृत-डसई, सन्देश=सनेह, कार्तिक=कातिक, ब्राह्मन=बाभन, घरद्वार=घरबार, कायस्थ= कायथ, सूची= सूई, Chalk = चाक, लज्जा= लाज, Walk= वाक, निष्ठुर= निठुर, Night=नाइंट, उपवास=उपास, Mighty=माइटी।

**स. अंत व्यंजन लोप-** इसमें शब्द के अन्तिम व्यंजन का लोप हो जाता है। इसके उदाहरण बहुत कम ही उपलब्ध हो पाते हैं। कुछ को इस प्रकार देखा जा सकता है- निम्ब=नीम, उँट=उँट, सत्य=सत, अंग्रेजी कमांड= हिन्दी कमान्।

**अक्षर लोप-** अक्षर लोप के चार भेद माने गये हैं। (क) आदि अक्षर लोप (ख) मध्य अक्षर लोप (ग) अन्त अक्षर लोप (घ) समाक्षर लोप।

**क. आदि अक्षर लोप-** इसमें शब्द के आदि अक्षर (स्वर तथा व्यंजन) का लोप होता है, यथा- आदित्यवार=इतवार, University=Varsity, शहतूत= तूत, Neckite= tie, त्रिशूल=शूल, उपाध्याय= झा, defence=fence।

**ख. मध्य अक्षर लोप-** इसके अन्तर्गत शब्द के मध्य का अक्षर (स्वर तथा व्यंजन) का लोप हो जाता है। जैसे- पर्यंक ग्रन्थि=पलत्थी, बरूजीवी=बरई, सं. एवमेव=अपभ्रंश-एवमेव राज्यकुल=राउर, फलाहारी=फलारी, दस्तखत=दसखथ, गेहूँ चना=गोचना, नमकहलाल= नमखलाल, गेहूँजव=गोजई।

**ग. अन्त अक्षर लोप-** यहाँ शब्द के अन्तिम अक्षर का लोप हो जाता है। यथा- माता=माँ, कर्तरिका=कटारी, भ्रातृजाया=भाभी, भावज, मानस सरोवर=मानसरोवर, दीपवर्तिका= दीवट, दीया, कुंचिका =कुंजी, विज्ञप्तिता=विनती, यज्ञोपवीत=जनेऊ, निम्बुक=नीबू।

**घ. समाक्षर लोप** (Haplology)- जहाँ दो या उससे अधिक अक्षर समूह एक साथ दो बार आते हैं, वहाँ उच्चारण की सुविधा के लिए उनमें से किसी एक का लोप कर दिया जाता है। इस प्रक्रिया को 'समाक्षर लोप'- (सम-अक्षर-लोप)कहते हैं। समाक्षर के लिए 'हेप्लोलॉजी' नाम पाश्चात्य विद्वान् **ब्लूमफील्ड** का दिया हुआ है- Haplology is a name given by Bloomfield to the phenomenon where of too similar Syllables following each other, one is dropped. The Condition for haplology is that one sound at any rate on the two consecutive syllables must be common.[1]

उदाहरण के लिए कुछ शब्दे इस प्रकार हैं- अध्ययन= अध्यन, सं. शस्यपिंण्जर= शष्पिञ्जर, खरीददार=खरीदार, सं. प्रत्याययति=पत्तियइ,

1. An Introduction to Comparative philology- Dr. P.D. Gune- P. 56

जहीहि= जहि, अंग्रेजी Camelleopard=cameleopard, सं शेव वृध=शेवृध, अंग्रेजी Part-time= partime.

**3. विपर्यय-** कभी - कभी शब्दों का उच्चारण करते समय ध्वनियों अथवा अक्षरों का आपस में स्थान बदल जाता है। उक्त पारस्परिक बदलाव को ही विपर्यय (Transposition in words or letters) कहा जाता है हिन्दी में विपर्यय के कई नामान्तर प्राप्त होते हैं। यथा- वर्ण-विपर्यय, परस्पर-विनिमय, वर्ण-व्यत्यय आदि। निष्णात् विद्वान् डॉ. पी.डी. गुणे ने विपर्यय के महत्व तथा उसके स्वरूप का निर्धारण करते हुए लिखा है कि-Metathesis plays a considerable part in phonetic change. This is when two sounds in a word chang places. It is transposition of sounds or letter in word.[1] अर्थात् ध्वनि-परिवर्तन में विपर्यय अपना महत्वपूर्ण काम करता है। विपर्यय वहाँ होता है, जहाँ शब्द की दो ध्वनियाँ स्थान-परिवर्तन करती हैं। यह किसी शब्द के ध्वनियों अथावा उसके वर्णों का क्रम परिवर्तन है।

सन् 1871 ई. में पाश्चात्य भाषाविद् पिशेल ने सर्वप्रथम इस पर रोशनी डाली थी[2]। हालांकि प्राचीन संस्कृत वैयाकरणों ने भी विपर्यय के सम्बन्ध में काफी पहले ही प्रकाश डाला था। डॉ. मंगलदेव के अनुसार, "निरुक्त में 'स्तोक' 'रज्जु', 'सिकता', 'तुर्क', शब्दों को इसी प्रकार वर्णों के आद्यन्त विपर्यय द्वारा क्रमशः श्च्युतिर क्षरणे ='च्युत', 'सृजविसर्गे', 'कसविकसने', और 'कृतिछेदने'= कृत्त इन धातुओं से बनाया है। ऐतरेय ब्राह्मण (2.14) आदि वैदिक ग्रन्थों में 'शल्क' शब्द टुकड़े के अर्थ में आता है। पीछे से वर्ण व्यत्यय और स्वर भक्ति से इसी का दूसरा रूप 'शकल' हो गया जो संस्कृत में बराबर प्रयुक्त होता है।[3] हिन्दी में विपर्यय के तीन भेद हैं, स्वर-विपर्यय, व्यंजन-विपर्यय, तथा अक्षर विपर्यय।

**क. स्वर-विपर्यय-** इसमें कोई स्वर शब्द के आगे या पीछे बोला जाता है, यथा कुछ=कछु, जानवर=जनावर, उल्का=लूका, इक्षु=ऊख, खुजली=खजुली, अंगुली=उंगली।

**ख. व्यंजन-विपर्यय-** जब कोई व्यंजन शब्द के आगे या पीछे उच्चरित किया जाता है, तब व्यंजन विपर्यय जन्मता है। यथा- चिह्न=चिन्ह, वाराणसी=बनारस, ब्राह्मण=ब्राम्हण, डूबना=बूड़ना, अमरूद=अरमूद, तमगा=तगमा, ब्रह्म=ब्रम्ह, मुकलचा=मुचलका।

**ग. अक्षर-विपर्यय-** जब शब्द के आगे पीछे कोई अक्षर(स्वर अथवा व्यंजन)आगे या पीछे बोला जाता है, तब वहाँ अक्षर विपर्यय समझा जाता है। यथा- मतलब=मतबल, पहुँचना=चहुँपना, लखनऊ=नखलऊ, कोलतार=तारकोल, Loving Shepherd= Leopard.

कभी-कभी उपर्युक्त प्रकारों के अतिरिक्त कुछ इस प्रकार के भी विपर्यय दीख पड़ते हैं, जहाँ स्वर, व्यंजन अथवा अक्षर अपना स्थान तो छोड़ देते हैं। किन्तु उनकी जगह दूसरी ध्वनि-वर्ण इत्यादि का आगमन नहीं होता। उदाहरण के लिये पुर्तगाली शब्द Festra= Fersta को लिया जा सकता है। पाश्चात्य भाषाविद् जी. वान्द्रियेज ने इस तरह के विपर्यय को एकांगी विपर्यय कहा है। कभी-कभी छिटपुट रूप में 'शब्दांश विपर्यय' के उदाहरण भी प्राप्त होते हैं। इस प्रकार के विपर्यय में साथ के दो शब्दों में शुरू के अंशों में विपर्यय हो जाता है, यथा- भला बुरा= ब्रा भुला, घोड़ा गाड़ी= गोड़ा घाड़ी। कहते हैं, आक्सफोर्ड के डॉ. डब्लू. ए. स्पूनर (1844-1903) साहब से इस तरह की भूलें अधिकांशतया हो जाया करती थीं। अतः उन्हीं के नाम पर इस विपर्यय का नामकरण 'स्पूनरिज्म' भी किया गया है- "It is called Spooncrsim when occuring in a phrase or sentence boiled icicle or oiled bicle is given oxford Dictionary."[4]

**4. मात्रा-भेद-** जब कभी कोई स्वर दीर्घ से ह्रस्व और ह्रस्व से दीर्घ हो जाता है, तब वहाँ मात्रा भेद होता है। शुद्ध भाषा लेखन के विचार से मात्रा भेद का काफी महत्व होता है। मात्रा भेद को दो भागों में बाँटा गया है(क) ह्रस्व से दीर्घ तथा (ख) दीर्घ से ह्रस्व।

**क. ह्रस्व से दीर्घ-** अद्य = आज, लज्जा = लाज, अक्षत = आखत, पुत्र = पूत, अंकुश = आंकुस, जिह्वा =जीभ।

**ख. दीर्घ से ह्रस्व-** पाताल = पाताल, नारंग = नरंगी, आलाप = अलाप, आश्चर्य = अचरज, आषाढ़ = अषाढ़, शून्य = सुन्न।

**5. समीकरण-** संस्कृत वैयाकरणों ने समीकरण को 'सावर्ण्य' तथा 'सावर्णीकरण' भी कहा है। इसमें एक ध्वनि अपनी समीपवर्ती दूसरी ध्वनि को प्रभावित कर अपना रूप उसे दे देती है। डॉ. राजकिशोर सिंह ने इसे परिभाषित करते हुए कहा है "कि समीपस्थ दो वर्ण जब एक दूसरे से प्रभावित होकर वर्णों में से एक रूप परिवर्तित कर दूसरे का ही रूप ले लेता है तब इसे 'समीकरण' कहते हैं. जैसे संस्कृत 'धर्म' से प्राकृत 'धम्म'। यह प्रवृत्ति मूलतः प्रयत्नलाघव जन्य हैं।[5]

समीकरण के प्रायः दो भेद होते हैं। पुरोगामी(Progressive)तथा पश्चगामी(Regressive)* इनमें से प्रत्येक के पार्श्ववर्ती(Contact)और दूरवर्ती(Incontact)दो भेद होते हैं।

**क. पुरोगामी समीकरण-** इसमें पूर्ववर्ती ध्वनि अपनी परवर्ती ध्वनि को अपने समान बना लेती है। यथा-

**स्वर समीकरण** **व्यंजन समीकरण**

---

1. An Introduction to Comparative Philology - Dr. P.D. Gune- P.56
2. Grammatic der Prakrit Sprachen, P. 92
3. भाषाविज्ञान-डॉ. मंगल देव, पृ. 133
4. An Introduction to Comparative Philology- Dr. P.D. Gune, P. 62
5. संस्कृत भाषा विज्ञान- डॉ. राजकिशोर सिंह, पृष्ठ 218

| | |
|---|---|
| हुक्म=हुकुम | चक्र=चक्का |
| जुल्म=जुलुम | लग्न=लग्ग |
| मुक्ति=मुकुति | निद्रा=णिद्दा (महाराष्ट्री प्राकृत) |
| खुरपी=खुरूपी | पत्र=पत्ता |

**ख. पश्चगामी समीकरण-** यहाँ परवर्ती ध्वनि अपनी पूर्ववर्ती ध्वनि को अपने समान बना लेती है। यथा-

| **स्वरसमीकरण** | **व्यंजन समीकरण** |
|---|---|
| श्वसुर=ससुर | कर्म=कम्म |
| इक्षु=उक्खु | धर्म=धम्म |
| अंगुली=उंगरी | शर्करा=शक्कर |
| कवयत्री=कवियित्री | नील=लील |

समीकरण में समान्यतया होता यह है कि समान वजन रखने वाले वर्णों में परवर्ती का तथा असमान वजन वालों में अधिक बल वाले वर्ण का प्रभाव पड़ता है। डॉ. पी.डी. गुणे ने समीकरण में वर्णों की पारस्परिक हेरा-फेरी के सम्बन्ध में प्रकाश डालते हुए बताया है कि कोई भी उदात्त ध्वनि विचार निकृष्ट ध्वनि विचार को प्रभावित कर उसे अपने अनुरूप ढाल लेता है- The explanataion of the fact is not very difficult. Although a word or sentence is produced by a succession of articulatory movements still, so far as the spoken is concerned he has the idea of the whole in his consciousness the moment he begins a word or sentence. He has the apperception of the sound and its meaning together in a uniform simultaneous act. When there fore as assimilation takes place, the process is something like this An individual sound idea, which has some sort of superiority over andother gets in to the place of that other and there by the articulatory movement which corresponds to the former, pushes itself in to the place of the other.[1] अर्थात् इस तथ्य की व्याख्या में कोई कठिनाई नहीं है। यद्यपि कोई शब्द अथवा वाक्य उच्चारण चेष्टाओं के अनुक्रम से उत्पन्न किया जाता है तो भी जहाँ तक बोलने वाले का सम्बन्ध है, ज्योंही शब्द अथवा वाक्य के उच्चारण का आरम्भ करता है, उसकी चेतना में समग्र आ जाता है। उसे ध्वनि एवं उसके अर्थ दोनों का बोध एक साथ घटित होने वाली क्रिया के रूप में होता है। इसी कारण समीकरण के समय प्रक्रिया कुछ इस प्रकार की होती है। कोई विशिष्ट ध्वनि विचार जो किसी अन्य ध्वनि विचार से कुछ उत्कृष्ट होता है, उसका स्थान ग्रहण कर लेता है। इस प्रकार उच्चारण सम्बन्धी चेष्टा जो पहले वाले के अनुरूप है, उस दूसरे का स्थान ले लेती है।

**6. विषमीकरण-** इसे 'असावर्ण्य' भी कहा गया है। यह समीकरण का विरोधी होता है। इसमें दो निकटवर्ती समान ध्वनियों में से एक ध्वनि अथवा स्वरूप छोड़कर विषम या असम हो जाती है। इस प्रक्रिया को ही विषमीकरण कहते हैं। इसके भी दो भेद होते हैं-' पुरोगामी विषमीकरण (पूर्व असावर्ण्य) तथा पश्चगामी विषमीकरण(पर असावर्ण्य)। डॉ. पी.डी.गुणे ने व्याख्यायित करते हुए इसके भेदों की चर्चा इस प्रकार की है-"The oppossite of this is dissimilation. Sometimes two similar sounds are instinctivily avoided by the displacement of change of one of them. It can be both progressive and regressive like assimilation.[2]

**क. पुरोगामी विषमीकरण-** जब प्रथम वर्ण ज्यों का त्यों रहता है और दूसरा परिवर्तित हो जाता है, तब पुरोगामी विषमीकरण होता है। यथा-

| **स्वरविषमीकरण** | **व्यंजन विषमीकरण** |
|---|---|
| भित्ति= भीत | कंकाल=कंगाल |
| तिलक=तिकुली | काक=काग |
| तित्तिर=तीतर | कंकण=कंगन |
| अष्टमी=अट्ठिमी | पिपासा=प्यास |
| पुरुष=पुरिस या मागधी पुलिश | चिल्लाना=चिल्याना |

**ख. पश्चगामी विषमीकरण-** जब दूसरा वर्ण अपने मूल रूप में हो और प्रथम वर्ण में बदलाव हो जाय, वहाँ पश्चागामी विषमीकरण होता है, यथा-

| **स्वर विषमीकरण** | **व्यंजन विषमीकरण** |
|---|---|
| नूपुर=नेऊर | नवनीत=लयनू |

1. An Introduction of Comparative Philology- Dr. P. D. Gune, P. 56
2. An Introduction to Comparative Philology- Dr. P. D. Gune, P. 58

सं. मुकुल=प्रा. हिन्दी बउर(>बौर) दरिद्र=दलिद्दर

सं. मुकुट= प्रा. मउड, हिन्दी मउर(>मौर)

**7. सघोषीकरण-** ध्वनि-परिवर्तन के इस आयाम के भीतर उच्चारण की सरलता के लिए जहाँ अघोष ध्वनियाँ सघोष ध्वनियाँ का रूप धारण कर लेती हैं, वहाँ सघोषीकरण होता है, यथा- प्रकट=प्रगट, सं. सकल=अपभ्रंश-सगल हिन्दी - सगरो, शकुन=सगुन, शती=सदी, सं. एकादश= इग्यारह।

**8. अघोषीकरण-** यहाँ सघोषीकरण के ठीक विपरीत कार्य होता है। इसमें उच्चारण की सुविधा की दृष्टि से सघोष ध्वनियाँ अघोष हो जाती हैं। यथा- खर्ज=खर्च, सं. मेघ=पैशाची, प्रा. मेखो= मदत= मदत, सं. गोविन्द= पैशाची, प्रा. गोविन्तो, अदद= अदत, मसजिद=महजित[1] वारिद,=बारित। अंग्रेजी भाषा के उच्चारण के अन्तिम सघोष स्पर्श से व्यंजन अघोष हो रहें हैं।[2]

**9. अल्पप्राणीकरण-** महाप्राण ध्वनियों का अल्पप्राण ध्वनियों में परिवर्तन ही अल्पप्राणीकरण कहलाता है,यथा-

| | |
|---|---|
| भोधामि=बोधामि(भ का ब), | भगिनी=बहिन(भ का ब) |
| धधामि=दधामि(ध का द ), | भीख=भीक(ख का क) |
| भूख=भूक(ख का क ) | सिन्धु=हिन्दू (स का ह), |
| सूखना=सूकना(ख का क बुन्देली) | |

**10. महाप्राणीकरण-** यह अल्पप्राणीकरण का ठीक विलोम है। यहाँ अल्पप्राण ध्वनियाँ महाप्राण ध्वनियों का रूप धारण करती हैं। यथा-

| | |
|---|---|
| वाष्प=भाफ (प का फ) | शुष्क= सूखा(क का ख) |
| वृश्चिक = विच्छू (च का छ) | धृष्ट=ढीठ( ट का ठ) |
| पृष्ठ= पीठ ( ट का ठ) | पश्चिम=पच्छिम( च का छ) |
| खीज=खीझ(ज का झ) | वेश= भेष(व का भ) |
| हस्त=हाथ (त का थ) | |

**11. उष्मीकरण-** स्पर्श ध्वनियाँ जब उष्म ध्वनियों- श, ष, स, में बदल जाती हैं, तब उसे उष्मीकरण का नाम दिया जाता है। भारतीय भाषाओं को उक्त उष्मीकरण की प्रवृत्ति के कारण ही दो भागों में बाँटा गया है। प्रथम वर्ग तो उन भाषाओं का है, जिनमें उष्मीकरण को गंध नहीं मिलती किन्तु द्वितीय वर्ग में प्रथम के विपरीत उष्मीकरण की प्रवृत्ति मिलती है। दोनों वर्गों को क्रमशः 'केन्टुम' तथा 'सतम्' के नाम से जाना जाता है। केन्टुम् वर्ग की 'क्' ध्वनि उष्मीकृत होकर ही सतम् वर्ग में 'श' अथवा 'स' बन गई है, यथा-

केन्टुम(लैटिन) सत=म् (संस्कृत), केन्ध(फ्रेंच)=स्तो(रूसी)।

**12. अनुनासिकीकरण-** जब अननुनासिक ध्वनियाँ अनुनासिक ध्वनियों में बदल जाती हैं, तब उसे अनुनासिकीकरण समझा जाता है। प्रायः मुख-सुख के कारण ही अनुनासिकता की स्थिति उत्पन्न होती है, यथा- उष्ट्र, ऊँट, पक्ष=पंख, अश्रु=आँसू, कूप=कूआँ, भ्रू=भौं, श्वास=साँस, वक्र= बाँका, बाहु= बाँह, सर्प= साँप।

**13. संधीकरण-** कभी-कभी कुछ व्यंजन उच्चारण में स्वर के समीप होने के कारण स्वर में बदल जाते हैं। पुनश्च स्वतः पहले वाले व्यंजन में मिल जाते हैं। वस्तुतः सन्धीकरण का सामान्य अर्थ ही है- मेल अर्थात् दो ध्वनियों को मिलाकर एक कर देना। संस्कृत भाषा में इसका महत्वपूर्ण स्थान है। संधीकरण में कभी-कभी ध्वनियों में इतनी तबदीली हो जाती है कि सामान्य रूप से उन्हें समझ पाना कठिन ही होता है। उदाहरण के लिए कुछ शब्द इस प्रकार हैं-चामर=चँवर=चँउर=चोर, नयन नइन = नैन, स्थाविर=थइर=थेर, लवंग = लउँग = लौंग, सपत्नी = सवत = सउत = सौत, समर्पयति = संअँपेइ = सर्वप्पेइ = सौपे।

**14. अवश्रुति या अक्षरावस्थान-** इसे 'अपश्रुति' या 'नियमित' स्वर क्रमबद्धता भी कहते हैं। अवश्रुति में व्यंजन का रूप तो सुरक्षित रह जाता है, किन्तु स्वरों में परिवर्तन हो जाता है। वस्तुतः उदात्तानुदात्त स्वरों का आधार लेकर ही इस नियम की रचना होती है। एक शब्द में कह सकते हैं कि बदलाव शब्द के एक ही अंग में होता है। अवश्रुति में स्वर परिवर्तन दो तरह से होता है, जिन्हें क्रमशः गुणीय परिवर्तन(Qualitative Change) तथा परिमाणीय परिवर्तन (Quantitative Change)कहते हैं। गुणीय परिवर्तन में शब्द का रूप पूर्णतः बदल जाता है। डॉ. गुणे ने अपश्रुति के सम्बन्ध में लिखा है-What is called ablaut or vowel gradation a phenomenon which played a great part in the formative period of most of the Indo German languages, is held by scholars to depend entirely upon accent. Ablaut means the change, qualitative or quantitative of the vowel phenom-

1. महाकाल-अमृतलाल नागर पृ. 177
2. Linguistic Change in Parsent Day English Charls Barber-P.56

enon between related words of parts of words.[1] अर्थात् अपश्रुति उस प्रक्रिया को जिसका अधिकांश भारत जर्मन भाषाओं के संरचनाकाल में महत्वपूर्ण योग है, विद्वानों ने सर्वथा बलाघात पर माना है। अपश्रुति का अर्थ है- सम्बद्ध शब्दों अथवा शब्दों के अंशों में स्वर का गुणीय अथवा परिमाणीय परिवर्तन। यथा-

**1. अंग्रेजी में गुणात्मक अपश्रुति-**

| | | | |
|---|---|---|---|
| Sing | Sang | Sung | Song |
| Man=men | Mouse= Mice | Foot=feet | |

**2. परिमाणीय अपश्रुति-**

Money= Ment

अनेक विद्वान् सम्प्रसारण को भी अपश्रुति के अन्तर्गत् ही समाहित मानते हैं। इस सम्बन्ध में डॉ. गुणे ने सोदाहरण अपना विचार व्यक्त करते हुए कहा है कि -"In the same category fall change called सम्प्रसारण् (Samprasaran). The Sanskrit Grammarians were concious of this vowel gradation above spoken of same modern scholars therefore call this Ablaut[2]. Dr. Suniti kumar chattergi sugests अपिश्रुति-(apastruti)for ablaut in his indo Aryan and Hindi 1942. Examples of Ablaut from English, sing-sang-sung-song, Vowel- change to indicate tense change in strong verbs. Similarly. this law is seen operating in the farmation of plurals in English. Main, Men, Mouse, Mice, Goose, Geese, Foot, Feet, Money, Mint, Book, Beech, Doom, Deem, Brother- Brethren is intersting gives actualy a double plural. There are two varieties of ablaut in Indo-European:(1)Qualitative and (2) Qunantitative. The Sanskrit grammarians have only noticed the quantitative ablaut in गुण(Guna), वृद्धि(Vradhi) and सम्प्रसारण (Samprasaran)-[3] Simply सम्प्रसारण (Samprasaran)[4]

ईरानी भाषा में अपश्रुति के अनेक उदाहरण उपलब्ध होते हैं। अवश्रुति से ध्वनि-परिवर्तन के साथ-साथ अर्थ-परिवर्तन तथा रूप-परिवर्तन भी होते है, क्योंकि अपश्रुति का अर्थ से अनिवार्य सम्बन्ध है।[5] यथा- अमीर(धनवान)=उमरा (अनेक अमीर), क़त्ल (वध)=क़ातिल (वधिक, मारने वाला), आलम (विद्वान)= उलमा (अनेक विद्वान्), किताब (एक पुस्तक)= कुतुब(पुस्तकें), हिमार (गधा) = हमीर (गधे), फुट (पैर)=फीट (पैरों, अनेक पैर)।

**15. अभिश्रुति या अक्षर परिवर्तन-** जब किसी शब्द में किसी समान स्वर का आगम हो, फिर वह नया आया हुआ स्वर बदला हुआ रूप ग्रहण कर ले, वहाँ अभिश्रुति का जन्म होता है। स्वर परिवर्तन की इस प्रक्रिया का अभिश्रुति नामकरण **ग्रिम** ने जर्मन भाषाओं के आधार पर किया था। उनके अनुसार जर्मन भाषाओं में इसके अनेक उदाहरण मिलते हैं। इधर, **ब्लूमफील्ड** ने इसे पश्चगामी स्वर समीकरण ही माना है, यथा-

मनि(mani) मइनि(maini) मेन(men)

**डॉ. भोला नाथ तिवारी** ने बंगला भाषा के करिआ(Karia)= केरिआ(Kairia) =कोरे(Kora)को भी अभिश्रुति का उदाहरण मानते हुए लिखा है कि Umlaut नाम ग्रिम महाशय का दिया हुआ है। उनके अनुसार किसी स्वर के अभाव से पहले आये हुए स्वर के परिवर्तन को ही Umlaut...कहते हैं। इसमें प्रभावित करने वाला स्वर बहुधा (i) होता है।[6]

**16. अपनिहित या समस्वरागम-** कभी-कभी उच्चारण की सुविधा के लिए कुछ शब्दों के मध्य या आरम्भ में ऐसे स्वर की आवश्यकता होती है, जो बाद में आया हो। उस स्वर के आगम से जो ध्वनि-परिवर्तन होता है, उसे ही अपनिहित कहते हैं। **डॉ. जयकुमार 'जलज'** का मानना है कि यह मध्य स्वरागम(स्वर भक्ति या विप्रकर्ष या Diaeresis) के ही अन्तर्गत है।[7]यथा-

| संस्कृत | अवेस्ता |
|---|---|
| अरुषः(Arushah) | अउरूसो (Auruso) |
| तरुणः(Taruna) | तउरून (Tauruna) |
| भवति (Bhavati) | बवइति (Bavaiti) |

1. An Introduction to Comparative Philology-Dr. P. D. Gune, P. 53
2. Ablaut Regular Vowel gradation
3. An Introduction to Comparative Philogy-P. 54).
4. Ibid, Page- 53-54
5. भाषाविज्ञान- डॉ. भोलानाथ तिवारी, पृ. 402-1962
6. वहीं पृष्ठ 238
7. ऐतिहासिक भाषा विज्ञानः सिद्धान्त और व्यवहार, पृष्ठ, 104

**17. भ्रामक व्युत्पत्ति-** सामान्य लोग प्रायः अपरिचित विदेशी शब्दों का अपने हिसाब से सुविधाजनक अर्थ लगाकर स्वेच्छा से उनको उच्चरित करते हैं। कभी-कभी इससे भी ध्वनियों में बदलाव होता है या होने की संभावना बनी रहती है। इस प्रकार के ध्वनि-परिवर्तन को भ्रामक व्युत्पत्ति कहते हैं। यथा- लार्ड (अंग्रेजी)= लाठ, फरवरी (अंग्रेजी)= पेटफरवरी, लाइब्रेरी (अंग्रेजी)=रायबरेली, सुप्रीमकोर्ट (अंग्रेजी)=सुग्रीवकोर्ट, इन्तकाल (फारसी) = अन्तकाल

## कुछ विदेशी-देशी ध्वनियाँ

### 1. अंग्रेजी ध्वनियाँ-

जोन्स के अनुसार अंग्रेजी ध्वनियों की वर्णमाला तता वर्गीकरण (list of English Specch some with key words. P. xvi)

#### मूल स्वर

| | | | | | | | |
|---|---|---|---|---|---|---|---|
| 1. I:(ई) | see | SI; | सी | 2. i(इ) | it | it | इट् |
| 3. e(ए) | get | get | गेट | 4. ae (ऐ) | Hat | Hat | हैट् |
| 5. a (आ) | father | fa;ad | फ़ाद | 6. O (औ) | Hot | hot | हौट |
| 7. O (औ) | saw | Sc: | सौ | 8. u (उ) | good | gud | गुड |
| 9. u (ओ) | food | fu:d | फूड | 10. O' (ओ) | November | No'vembe | नोवेम्ब |
| 11. ŏ (अ) | Bird | Baid | बडड | 12. ^ (अ) | Cup | c^p | कप |
| 13. ŏ (अँ) | above | ŏbav | अँबव | | | | |

#### संधि स्वर

| | | | | | | | |
|---|---|---|---|---|---|---|---|
| 1. E(एअ) | Fair | e | फेअ | 2. ou (ओउ) | go | gou | गोउ |
| 3. ei(ए) | day | dei | डेइ | 4.a (आइ) | fly | flai | फ्लाइ |

#### व्यंजन

| | | | | | | | |
|---|---|---|---|---|---|---|---|
| 1. P (प) | Pay | Pai | पेइ | 2. B (ब) | Boat | Bout | बोउट |
| 3. T(ट) | Tea | Ti | टी | 4. d (ड) | day | dei | डेइ |
| 5. K (क) | cold | could | कोउल्ड | 6. g (ग) | good | gud | गुड |
| 7. M(म) | Make | Meik | मेइक | 8. n(न) | no | Nou | नोउ |
| 9. Z(ड़) | long | loz | लौड़ | 10. f (फ़) | food | fud | फूड |
| 11. V (व) | Vain | vein | वेइन | 12. 8(थ) | Thin | 8in | थिन |
| 13. d (द) | Then | den | देन | 14. S(सं) | sun | Sn | सन् |
| 15. Z (ज) | Zeal | zil | जील | 16. r (र) | red | red | रेड |
| 17. S(श) | show | sou | शोउ | 18. Z (झ) | Measure | MeZd | मेझ |
| 19. L(ल) | Leaf | Li:f | लीफ़ | 20. h (ह) | Hard | Ha:d | हाड |
| 21.W (व) | wine | wain | वाइन | 22.j(य) | Yes | Jes | येस |

**यहाँ मूल स्वर 13, संधि स्वर 4 तथा व्यंजन 22 कुल 39 वर्ण गिनाए गये ।**

| Letters | Liabial | Den bilabiden | Avlcol velar | Post alv. Glottal | | Palatel | Palatal |
|---|---|---|---|---|---|---|---|
| **Consonants** | | | | | | | |
| **Plosive P,B** | x | x | t,d | x | x | kg | x |
| **Attricatex** | x | x | x | tr dr | tf dz | x | x |

| | | | | | | | | |
|---|---|---|---|---|---|---|---|---|
| Nasal | m | x | x | n | x | x | x | x |
| Lateral | x | x | x | L | x | x(1) | x | x |
| Fraicativex | | f,v | 8 | S,z | r | Sz | x | h |
| Semi vowel | w | x (u:) | x | x | x | x Front | j(w) Gen tral | x Back |

**Vowels**

| | | | | |
|---|---|---|---|---|
| Half Close (o) | e :, | o | | |
| Half Open (ɔ̈:) | c: | | e d | c: |
| o | ae | < | c | |
| open(ɔ̈) | a | | a[1] | |

यहाँ 13 मूल स्वर हैं, तथा 2 ही संधि स्वर गिनाए गये हैं। E और a{2} छोड़ दिये गये हैं ei तथा ou। इस प्रकार कुल स्वर 15 ही हैं, 17 नहीं, व्यंजन यहाँ 26 गिनाए गये हैं। पूर्वोक्त 22 के अतिरिक्त 4 स्पर्श संघर्षी, जिन्हें पूर्व कथित वर्ण माला में छोड़ दिया गया है- F S(च), dz(ज),tr तथा dr।

ब्लाख ने केवल अंग्रेजी ध्वनियों का ही वर्णन नहीं किया है, बल्कि सभी संभव स्वरों, अर्धस्वरों तथा व्यंजनों का वर्णन करते हुए पहले 36 स्वर बताए हैं, फिर उनमें भी नासिकता(nasalization)उक्षिप्तता या मूर्धन्यता(retroflection),आयाम (tension) तथा घोष (Voice)से और भी प्रभेद माने जाते हैं। फिर अर्धस्वरों के कई भेद गिनाकर व्यंजनों के 36 भेद गिनाए हैं, किन्तु अंत में यह भी स्वीकार किया है कि इनके सारे भेद गिनाना कठिन है, कुछ ध्वनि तत्व मानकर सब ध्वनियों को उनमें गतार्थ करना ही होगा-It must be under stood that the catogories we set up will always in clude an imdefinite number of distinct Varieties and that no matter how far we divide and subdivide each category the smallest one we arrive at will still be susceptible for further division No phonetic acphabet can be devised with a separate symbol for every separate sound.(2-11) इसीलिए पाणिनि ने भी अपने प्रत्याहार सूत्रों में कम से कम ध्वनि तत्वों को स्थान दिया।

**2. रूसी ध्वनियाँ-** रूसी भाषा में निम्नलिखित ध्वनियाँ वर्ण (लिपि) हैं-

**मूल व्यंजन-** क ख ग। च ज़ झ । त द न । प फ़ ब म । य र ल व । श स । - 19

**मूल स्वर-** आ, इ, ई, उ। ए ओ। -6

**संधि व्यंजन-** त्स, श्च-2

**संधि स्वर-** इआ, इउ, इए, इओ,-4 कुल -31

इनके अतिरिक्त उर्दू के ज़ेर, ज़बर, पेश की तरह दो अयोगवाह चिन्ह हैं- कठोर चिन्ह, (त्योर्दी ज़्नाक)और कोमल चिन्ह (म्याग की ज़क) जिनकी सहायता से कई शाखा ध्वनियाँ बनाई जाती हैं। इस प्रकार रूसी वर्णमाला में 33 वर्ण हैं। अंग्रेजी में दन्त्य स्पर्श नहीं है। रूसी में मूर्धन्य स्पर्श। महाप्राण स्पर्श किसी में पृथक नहीं गिने जाते क्योंकि वहाँ अल्पप्राण वर्ण कम ही हैं।

**3. उर्दू ध्वनियाँ- विश्वनाथ दिनकर नरवणे** द्वारा संपादित भारतीय व्यवहार कोश में उर्दू की ध्वनियों की तालिका इस प्रकार प्रस्तुत की गई है।

अ(अलिफ़ ), ब(बे), प(पे), त(ते), ट(टे), स (से), ज(जीम), च(चे), ह(हे),ख(खे), द(दाल्), ड(डाल्), ज़(जाल), र(रे), ड़(ड़े), ज(ज़े), झ(झे) स(सीन्) श (शीन्), स(स्वाद), ज( ज़्वाद), त(तोय्) ज(जोय), अ(ऐन्), ग(गैन), फ़(फ़े), क्(काफ्), ग(गाफ़)ल(लाम्) म (मीन्), न (नून), व (वाओ), ह(हे), ह(दो चश्मी छोटी), ए या य (छोटी ये या ए) ए या य (बड़ी ये या ए) हमज़ा, मद्दा, लाम अलिफ्=40।

इस प्रकार उर्दू में कुल 40वर्ण माने गये हैं। यदि हम इन्हें भारतीय क्रम से सजाएँ तो इनका रूप होगा-अ, अ, ए। क क़ ख़ ग़ ग। च (ज्ह)ट

---

1. भारतीय व्यवहार कोश - डॉ. विश्वनाथ दिनकार नरवणे, पेज. 267-70

ड ज़। त त द न। प फ़ ब म। य र व ल। श, स, स, ह, ह, ह,।

**4. सिन्धी ध्वनियाँ-** उर्दू पर आधारित सिन्धी ध्वनियों, जिनकी लिपि उर्दू है, का परिचय इस प्रकार है-

(क) अ, आ, इ, ई, उ, ऊ, ए, ऐ, ओ, औ=10
(ख) **कवर्ग-** क ख, ख़ ग ग़ ग़ घ ड़।
(ग)चवर्ग- च, छ, ज, ज, ज़ झ, ञ।
(घ) टवर्ग-ट, ठ, ड, ङ, ढ ढ़ ण।
**ङवर्ग-** त थ द ङवर्ग- ध न। चवर्ग-प फ फ़ ब ब भ म
छवर्ग- अन्तस्थ- यरलव जवर्ग- ऊष्म- श, स, ह=53

**5. पंजाबी ध्वनियाँ-** इसकी लिपि गुरुमुखी है जो कुछ नागरी से मिलती है। अ, आ, इ, ई, उ, ऊ, ए, ऐ, ओ, औ, अनुस्वार अनुनासिक विसर्ग। क ख ख़ ग ग़ घ ङ। च छ ज ज़ झ ञ। ट ठ ड ढ ण। त थ द ध न। प फ फ़ ब भ म। य र ल व। श स ह=50

**6. कश्मीरी ध्वनियाँ-** 43वर्ण। यह उर्दू वर्णमाला पर आधारित है। नरवणे ने यहाँ लिपि उद्धृत की है, पर समानान्तर हिन्दी ध्वनियाँ नहीं दी है। पता नहीं, सब भाषाओं की ध्वनियाँ देकर भी उन्होंने कश्मीरी की ध्वनियाँ क्यों नहीं दी हैं।

**7. गुजराती ध्वनियाँ-** इसकी लिपि नागरी से मिलती है। अ, आ, इ, ई, उ, ऊ, ऋ, ॠ, लृ, ए, ऐ, ओ, अनुस्वार विसर्ग। क ख ग घ ङ। च छ ज झ ञ। ट ठ ड ढ ण। त थ द ध न। प फ ब भ म। य र ल व। श ब स ह। ळ क्ष ज्ञ=51

**8. बाँग्ला ध्वनियाँ-**अ (ऑ) आ, इ ई उ ऊ ऋ ॠ लृप ए ऐ (ओइ) ओ औ अनुस्वार विसर्ग, चन्द्रविन्दु। क ख ग घ ङ। च छ ज झ ञ। ट ठ ड ढ ण। त थ द ध न। प फ ब भ म। ज य र ल व। श ष स ह। क्ष। = 50

**9. असमियाँ ध्वनियाँ-** इसमें यही लिपि तथा ध्वनि समूह हैं, केवल लृ नही हैं = 49

**10.ओड़िया ध्वनियाँ-** इसमें भी लृ नहीं है, शेष वे ही ध्वनियाँ हैं, हाँ, लिपि दूसरी है दाक्षिणात्य प्रभावित= 49।

**11. तेलुगु ध्वनियाँ-** इन तीनों में अ को ऑ तथा कॉ खॉ गॉ घॉ ऐसे बोलते हैं अ, आ, इ, ई, उ, ऊ, ऋ, ॠ, लृ, लॄ, ए, ए ऐ, ओ, औ अनुस्वार विसर्ग।

क ख ग घ ङ। च छ ज झ ञ। ट ठ ढ ड ण। त थ द ध न। प फ ब भ म। य र ल व। श ष स ह। ळ क्ष=53

**12. कन्नड ध्वनियाँ-** इसमें लिपि तेलुगु से ही मिलती जुलती है। व्यंजन वे ही हैं स्वरों में लृ लॄ नहीं हैं, व्यंजनों में एक ज्ञ भी जोड़ा गया है=52

**13. मलयालम ध्वनियाँ-** इसमें लिपि स्वतंत्र है। स्वरों में लृ लॄ के साथ ॠ भी नहीं है, व्यंजनों के एक ऱ तथा एकदन्तीय ट और ळ. भी जोड़ा गया है, क्ष और ज्ञ नहीं है=52

**14. तमिल ध्वनियाँ** इसकी भी लिपि स्वतंत्र है-अ, आ, इ, ई, उ, ऊ, ए ए, ऐ, ओ, औ=12

कङ। च । ट ण। त न न। प म। य र ऱ ल व। ळ ळ । ज । ष स ह। ग ज ड द ब क्ष। ज्ञ।=41.

इसकी वर्णमाला में महाप्राण स्पर्श वर्ण, अनुस्वार, चन्द्रविन्दु तथा विसर्ग नहीं हैं। इस लिपि में सबसे विचित्रिताऔर विशेषता यह है कि अघोष और घोषवान् स्पर्शों के लिए अलग-अलग संकेत नहीं है। अर्थात् क और ग, च और ज, त और द, ट और ड तथा प और ब के लिए एक ही संकेत हैं। अंग्रेजी में जैसे अल्पप्राण और महाप्राण के लिए लिपि अलग नहीं है एक ही लिपि से दोनों ध्वनियों का बोध कराया जाता है, वैसे ही तमिल में एक ही लिपि से सघोष तथा अघोष दोनों स्पर्श ध्वनियों का बोधन होता है। रूसी ध्वनियों में सघोष तथा अघोष स्पर्शों के लिए पृथक लिपियाँ हैं। परन्तु अंत में सघोष ध्वनि वाले वर्ण लिखने पर भी उसका उच्चारण अघोष का ही करते हैं। जैसे, लिखेगें ज़ूब (3y6), पर पढ़ेगें- ज़ूप(दाँत)। किन्तु तमिल में तो दोनों ध्वनियों के लिए स्थायी रूप से एक ही लिपि रख ली गई अर्थात् दोनों ध्वनियों में कम ही अंतर माना गया । अंग्रेजी ने क ख को एक ही ध्वनि तत्व समझा, तमिल ने क ग को। इस लिए तमिल में ध्वनियाँ 41 हैं किन्तु लिपियाँ 36 ही।[1]

**15.सं॰ ॰न ध्वनियाँ-** डॉ. धीरेन्द्र वर्मा का विश्लेषण- डॉ. धीरेन्द्रवर्मा ने अपने ग्रन्थ 'हिन्दी भाषा का इतिहास' के प्रथम अध्याय में हिन्दी 'ध्वनि समूह का तुलनात्मक अध्ययन किया है '-[2]। उन्होंने मैकडॉनल के "वैदिक ग्रामर" के आधार पर निम्नलिखित 13 स्वर तथा 39 व्यंजन "वैदिक भाषा" में माने हैं।

1. **नौ मूल स्वर-** अ, आ, इ, ई, उ, ऊ, ऋ, ॠ, लृ-9
2. **चार संयुक्त स्वर-**ए(अ इ) ओ(अ उ) ऐ(आ इ) औ(आ ई)=4
3. **सत्ताईस स्पर्श व्यंजन-**
   क.कण्ठ्य- क् ख् ग् घ् ङ्
   ख.तालब्य- च् छ् ज् झ् ञ्
   ग.**मूर्धन्य-**ट् ठ् ढ् ड् ण।
   घ.**दन्त्य-** त् थ् द् ध् न्।
   ङ.**ओष्ठ्य-** प् फ् ब् भ् म्।
4. **अन्तस्थ-** इँ (य्) र् ल् ळ् ळ्ह् उँ (व्)
5. **अघोष ऊष्म-** श् ष् स् विसर्जनीयः, जिह्वामूलीय उपध्मानीय ।
6. **एक सघोष ऊष्म-** ह।
7. **एक शुद्ध अनुस्वार-** ं 1= 52 ध्वनियाँ

---

1. भाषा विज्ञान की भारतीय परंपरा और पाणिनि- डॉ. रामदेव त्रिपाठी पृ. 316
2. हिन्दी भाषा का इतिहास, डॉ. धीरेन्द्र वर्मा,पृ-91

**समीक्षा**

1. धीरेन्द्र वर्मा ने 27 स्पर्श लिखे हैं पर 25 ही गिनाये हैं वस्तुतः ळ् और ळ्ह को स्पर्श माना जा सकता था। क्योंकि इन्ही दोनों के वर्तमान विकसित रूप हैं- ङ तथा ढ़। परन्तु वर्मा जी ने 6 अन्तस्थ कहकर इन्हें अन्तस्थों में गिनाया है। 'फिर स्पर्श और कौन हैं'।[1]

2. इसकी पाद टिप्पणी में कहा है कि "स्पर्श ध्वनियों को स्फोटक भी कहते हैं"। लेकिन डॉ. **रामदेव त्रिपाठी** के अनुसार यह उक्ति ठीक नहीं।[2] **जोन्स** ने पंचम वर्ण को स्फोटक नहीं माना है। उनकी गणना स्फोटक(Plosive) से भिन्न श्रेणी है। वस्तुतः स्फोटक (Plosive) तथा स्पर्श(Stop) दोनों दो प्रक्रियायों की ओर संकेत करते हैं। ङ, ञ, ण, न, म, के उच्चारण में करण से स्थान का स्पर्श तो होता ही है, पर चूँकि अधिकांश हवा नासिका मार्ग से निकल जाती है इसलिए इनमें मौखिक स्फोट उस प्रकार नहीं हो पाता, जिस प्रकार प्रथम, द्वितीय, तृतीय, चतुर्थ, वर्णों के उच्चारण में होता है। अतः स्पर्श में 25 वर्ण होंगे, पर स्फोट में 20 ही (ल, ळ, ह को मिलाकर)।

3. वर्मा जी ख, छ, ठ, थ, फ- इन अघोष ध्वनियों में अघोष ह् की ध्वनि का मिश्रण तथा घ झ ढ ध भ – इन घोषवान ध्वनियों में घोषवान् ह् ध्वनि का मिश्रण मानते हैं, पर ऐसा है नहीं।

4. अन्तस्थ मे वे केवल य् व् को ही अर्ध स्वर कहते हैं।[3] र् को केवल लुंठित तथा ल् , ल् और ल्ह को पार्श्विक कहते हैं, अर्थात् र्, ल् को अर्ध स्वर नहीं मानते । यह पाश्चात्य भाषाविद् **जोन्स** की रीति है। संस्कृत भाषाविदों ने ल् को र् य् व् की भाँति ही अर्ध स्वर समझा है। बल्कि ळ् और ळ्ह क्रमशः ड्, और ढ् के ही रूपान्तर हैं। अतः इन्हें अन्तस्थ नहीं स्पर्श कहना चाहिए था। अन्तस्थों में कहीं इनकी गणना नहीं की गई है। हाँ, ऋक् प्रातिशाख्य ने य् र् ल् व् को ईषत्स्पृष्ट के बदले दुःस्पृष्ट कहा है और पाणिनि शिक्षा ने भी ळ् को दुःस्पृष्ट कहा है।

5. **डॉ. क्षितीश चन्द्र चटर्जी** के मतानुसार ल् का उच्चारण अंग्रेजी के लिट्ल(little) शब्द के दूसरे ल से मिलत जुलता रहा होगा।[4] शायद इसलिए कि यह ल यहां (syllable)का निर्माण कर रहा है, इस तर्क से ऋ का उच्चारण अंग्रेजी के एक् र् (acre) के र के अनुसार होना चाहिए। इस प्रकार अक्षर निर्माण योग्यता से ऋ लृ को स्वर तथा र् ल् को अर्ध स्वर होना चाहिए।

6- **वर्मा जी** कहते हैं कि वैदिक काल में आते-आते आइ, आउ का पूर्व स्वर ह्रस्व हो गया था। इन संयुक्त स्वरों का यह रूप अई, अउ, संस्कृत में अब तक मौजूद है।[5] लेकिन **डॉ. रामदेव त्रिपाठी** के अनुसार यह कथन संगत नहीं है। पतंजलि की उक्ति से यह स्पष्ट है कि ऐ औ में अवर्ण की मात्रा अल्पतर थी , इवर्ण उवर्ण की ही अधिकता थी, इसलिए इनका ह्रस्व इ, उ, होता है, अ कदापि नहीं। हाँ, ऐ औ का खण्डभूत अ सामान्यअ से अधिक विवृत था, इसी से किसी ने इसे भ्रम से आइ, आउ, समझ लिया। आज भी संस्कृत में अइ, अउ, ही ऐ औ का उच्चारण है, यह कथन चिन्तनीय है, कोई भी कैलाश, गौरी को क्रमशः कइलाश, गउरी आदि नहीं कहता। तितउ को तितौ नहीं बोलता। आधुनिक विश्लेषण पद्धति के अनुसार वर्मा जी ने चटर्जी की सम्मति से वैदिक स्वरों को इस प्रकार विभाजित किया है-

| | **अग्र** | **पश्च** |
|---|---|---|
| संवृत | इ ई | उ ऊ |
| अर्ध संवृत | ए | ओ |
| विवृत | | अ आ |
| संयुक्त स्वर | अ इ (ऐ?) | अ उ(औ?) |
| विशेष स्वर | ऋ ॠ लृ | - |
| शुद्ध अनुस्वार | - | - |

और **व्यंजनो** का विभाजन इस भाँति है-

| **व्यंजन** | **द्वयोष्ठ्य** | **वर्त्स्य** | **मूर्धन्य** | **तालव्य** | **कण्ठ्य** | **स्वरयन्त्रमुखी** |
|---|---|---|---|---|---|---|
| **स्पर्शअल्पप्राण** | प् ब् | त् द् | ट् ड् | य् ज् | क् ग् | |
| **स्पर्शमहाप्राण** | फ् भ् | थ् ध् | ठ् ढ् | छ् स् | ख् घ् | |
| **अनुनासिक** | न् | ण् | ञ् | ङ् | | |
| **पार्श्विक अल्पप्राण** | | ल् | ल् | | | |

---

1. भाषा विज्ञान की भारतीय परंपरा और पाणिनि-डॉ. रामदेव त्रिपाठी पृ. 318
2. वही पृ. 318
3. हिन्दी भाषा का इतिहास, डॉ. धीरेन्द्र वर्मा, पृ. 94
4. Technical Terms and Techniquee of Sanskrit Grammar. Dr. Kshitisee Chandra ChattergeP. 93
5. हिन्दी भाषा का इतिहास, डॉ. धीरेन्द्र वर्मा पृ. 94

पार्श्विक महाप्राण ल् ह्

उत्क्षिप्त र्

संघर्षी ⌣ उपध्मानीय स् ष् श ⌣ - जिह्वामूलीय विसर्जनीय

अर्धस्वर उँ (व) इँ(य)

## एलेन द्वारा संस्कृत ध्वनियों का विश्लेषण-

डॉ. त्रिपाठी के अनुसार इस तालिका में निम्नलिखित बातें विवेचनीय हैं-

1. स्वर तालिका में अ को अग्र और पश्च श्रेणियों के केन्द्रों में रखना चाहिए था, अंग्रेजी के तीनों केन्द्रीय स्वर ह्रस्व अ(ǝ) ह्रस्व(^) तथा

| Consonants | | | Glottal | Velar | Palatal | Retro Flex | Dental | Labial |
|---|---|---|---|---|---|---|---|---|
| Stopes | Voiceless | Unaspirated | X | K | C | t | t | P |
| | | Aspirated | X | Kh | Ch | th | th | Ph |
| | Voiced | Unaspirated | X | g | J | d | d | b |
| | | Asprirated | X | gh | jh | dh | dh | bh |
| Nasals | | | X | n | n | n | n | m |
| Semi Vowels | | | X | X | Y | r | l | v |
| Frica-tives | Voiceless | | h | (h) | S | S | S | (h) |
| | Voced | | h | O | - | - | - | - |
| Vowels | | | | | | | | |
| Short | | | a | | i | r | l | u |
| Long | | | a | | i, e | r | X | u |
| Dipthongs | | | | | ai | X | X | au |

ईषद्दीर्घ अ (ǝ:) प्रायः इसी श्रेणी के हैं।

2.ऐ को अग्रस्वर में तथा औ पश्च स्वर में रखना चाहिए था, यह ऐ सन्ध्यक्षर (diphthong)का तथा औ सन्ध्यक्षर ǝ: का ही संस्कृत रूप है, यह निरन्तरागत अइ, अउ नहीं।

3. अनुनासिकों में म् की गिनती छूट गई, शायद मुद्रणाशुद्धि है. ऊपर जैसे स्पर्श महाप्राण लिखा, वैसे, इन्हें स्पर्श अनुनासिक लिखना चाहिए था। पहले तो सत्ताईस स्पर्श व्यंजनों को स्फोटक भी कह दिया और यहाँ इन्हें स्पर्श भी नहीं माना।

4.य् व् इन दो ही को अर्ध स्वर माना र्, ल्, को नहीं। इ, उ ने बाद में म् तथा व् का रूप धारण कर लिया था, यह कहना कठि न है। इँ तथा उँ कब थे, इसका कोई प्रमाण नहीं हैं।

5. अनुनासिक पंचम वर्णों, अर्धस्वर य् व् तथा उत्क्षिप्त 'र्' को अल्पप्राण तथा सभी संघर्षियों को महाप्राण बताना चाहिए था, यही सभी संस्कृत भाषा विदों की सम्मति हैं।[1]

## संस्कृत वर्णमाला

संस्कृत शब्द सम् उपसर्ग पूर्वक 'कृ' धातु से 'क्त' प्रत्यय लगाने पर निष्पन्न होता है, जिसका मौलिक अर्थ है-संस्कार की गई भाषा । भाषा के अर्थ में 'संस्कृत' का प्रयोग बाल्मीकीयं रामायण में सर्वप्रथम मिलता है। संस्कृत भाषा में व्याकरण शास्त्र का जितना विस्तृत और सूक्ष्म अध्ययन

1. भाषा विज्ञान की भारतीय परंपरा और पाणिनि- पृष्ठ -320

हुआ है, उतना अन्य किसी भी भाषा में नहीं। व्याकरण को वेदपुरुष का मुख बताया गया है- **'मुखं व्याकरणं स्मृतम्'**।

'व्याकरण' का अर्थ है- ' किसी वस्तु के टुकड़े-टुकड़े करके उसका ठीक स्वरूप दिखाना'। यह शब्द भाषा के सम्बन्ध में ही अधिक प्रयोग में आता है। वाक्य शब्दों का समूह होता है। प्रत्येक शब्द में कई वर्ण होते हैं, जिनको 'अक्षर' भी कहते हैं। अक्षर शब्द का अर्थ है अविनाशी- जिसका कभी नाश न हो। वर्ण को यह नाम इसलिए दिया जाता है कि क्योंकि प्रत्येक (वर्ण का) नाद अविनश्वर है। यदि किसी शब्द का उच्चारण करें तो उसके अक्षर उच्चारण काल में नाद कहलायेंगे, और उस दशा में शब्द नादों का समूह होगा और इस नाद-समूह को शब्द भी इसीलिए कहते हैं, क्योंकि नाद शब्द और ध्वनि का प्रायः एक ही अर्थ है। अतएव भाष्यकार ने कहा है- **तस्माद् ध्वनि शब्दः**। सृष्टि में इन नादों का भण्डार अनन्त हैं। प्रत्येक भाषा एक परिमित संख्या में ही नादों का प्रयोग करती है। उदाहरणार्थ चीनी भाषा में बहुत से ऐसे नाद हैं, जो संस्कृत भाषा में नहीं है। इसी प्रकार संस्कृत में कई ऐसे नाद हैं जो फारसी और अंग्रेजी भाषा में नहीं है।

**संस्कृत वर्णमालाः एक दृष्टि-** संस्कृत भाषा में जिन वर्णों या अक्षरों का उपयोग होता है, वे निम्नलिखित हैं-

**स्वर**

| | | | | | |
|---|---|---|---|---|---|
| अ, | इ, | उ, | ऋ, | लृ- | ह्रस्व |
| आ, | ई, | ऊ, | ॠ | - | दीर्घ |
| ए, | ऐ, | ओ, | औ | - | मिश्रित |

**व्यंजन**

| | | | | | |
|---|---|---|---|---|---|
| क | ख | ग | घ | ङ | कवर्ग (कु) |
| च | छ | ज | झ | ञ | चवर्ग (चु) |
| ट | ठ | ड | ढ | ण | टवर्ग (टु) |
| त | थ | द | ध | न | तवर्ग (तु) |
| प | फ | ब | भ | म | पवर्ग (पु) |
| | य | र | ल | व | अन्तःस्थ |
| | श | ष | स | ह | ऊष्म |
| | | | | (ं) | अनुस्वार |
| | | | | (ँ) | अनुनासिक |
| | | | | (:) | विसर्ग |

**संकेत-** क से ग तक के वर्ण स्पर्श कहलाते हैं। कवर्ग से लेकर पवर्ग तक के पहले और तीसरे वर्ण अल्पप्राण कहे जाते हैं। उनके नाम हैं- क, ग, च, ज, ट, ड, त, द, प, ब, । वर्गों के दूसरे और चौथे वर्ण महाप्राण कहे जाते हैं। उनके नाम हैं- ख, घ, छ, झ, ठ, ढ, थ, ध, फ, भ। वर्गो के पंचम वर्ण अनुनासिक कहे जाते हैं, जैसे- ङ्, ञ्, ण्, न्, म्,।

**उच्चारण की दृष्टि से वर्णो का स्थान–**

1. अकार, कवर्ग, हकार और विसर्ग का उच्चारण स्थान-कण्ठ
2. इकार, चवर्ग, यकार, और शकार, का स्थान- तालु
3. ऋकार, टवर्ग, रकार और षकार का उच्चारण स्थान-मूर्धा
4. लृकार, टवर्ग, लकार और सकार का उच्चारण स्थान- दन्त
5. उकार, पवर्ग, और उपध्मानीय का उच्चारण स्थान- ओष्ठ
6. ञ्, म्, ङ्, ण्, न् का उच्चारण स्थान- नासिका
7. ए ऐ का उच्चारण स्थान - कण्ठ-तालु
8. ओ, औ का उच्चारण स्थान- कण्ठ-ओष्ठ
9. वकार का उच्चारण स्थान- दन्त-ओष्ठ
10. जिह्वामूलीय का उच्चारण स्थान- जिह्वामूल
11. अनुस्वार का उच्चारण स्थान- नासिका

## संस्कृत ध्वनि-वर्ण समूह

आचार्य **पाणिनि** ने अष्टाध्यायी के प्रारम्भ में 14 माहेश्वर सूत्र में **संस्कृत-ध्वनि-(वर्ण) समूह** को इस प्रकार प्रस्तुत किया है-1. अइउण ।2. ऋलृक। 3. एओङ्। 4. ऐऔच्। 5. हयवरट्। 6. लण्। 7.ञमगणनम्। 8. झभञ्। 9. घढधब्। 10.जबगडदश्। 11. खफछठथचटतव्। 12. कपय्। 13 शबसर्। 14. हल्।

ये चौदह सूत्र माहेश्वर सूत्र कहलाते हैं। ऐसा माना जाता है कि आचार्य पाणिनि को भगवान् आशुतोष (शंकर) की कृपा से यह सूत्र प्राप्त हुए थे, अतः माहेश्वर से प्राप्त होने के कारण इसका नाम माहेश्वर पड़ा है। इन चौदह सूत्रों में संस्कृत के समस्त स्वर और व्यंजनों का समाहार हो जाता है। इनको 'प्रत्याहार सूत्र' भी कहते हैं, क्योंकि इनके द्वारा सरलता से और सूक्ष्म रीति से अक्षरों का बोध हो जाता है। ऊपर के जो अक्षर

हल् हैं वे इत् कहलाते हैं जैसे, ण्, क्, आदि। इनके द्वारा प्रत्याहार बनते हैं।

पूर्व के किसी सूत्र का कोई वर्ण लेकर उसको यदि आगे की किसी इत् के पूर्व जोड़ दे तो प्रत्याहार बनेगा वह उस पूर्व वर्ण का तथा उसके और इत् के बीच के सभी वर्णों का (बीच में पड़ने वाले इतों को छोड़कर) बोधक होगा, (आदिरन्त्येन सहिता 1.1.71)। यथा- अक्- अ, इ, उ, ऋ, लृ का बोधक होगा। यद्यपि प्रत्याहार की इस विधि के अनुसार उनकी संख्या सहस्त्रों हो सकती है, तथापि प्रत्याहार 43 ही हैं। इसका कारण यह है कि मुनित्रय **पाणिनि, कात्यायन** और **पतञ्जलि** को व्याकरण शास्त्र की प्रक्रिया में जितने प्रत्याहारों की आवश्यकता पड़ी और फलतः जितने का उन्होंने उपदेश दिया, उतने ही प्रत्याहार प्रयोग में आये। उपर्युक्त वर्णों में स्वर और व्यंजन दोनों हैं। अब प्रश्न हो सकता है कि स्वर और व्यंजन का स्वरूप क्या है? इसके समाधानार्थ यह कहा जा सकता है कि-

**स्वर-** स्वर का अर्थ है, ऐसा वर्ण जिसका उच्चारण अपने आप हो सके, जिसको दूसरे वर्ण से सहायता की आवश्यकता न हो।

**व्यंजन-** व्यंजन का अर्थ है, ऐसा वर्ण जिनका बिना किसी दूसरे वर्ण (अर्थात् स्वर) से मिले हुए उच्चारण नहीं हो सकता जैसे- हम 'क' कहते हैं, तो 'क' में 'अ' मिला है, इसका शुद्ध रूप केवल 'क्' होगा।

स्वरों का दूसरा नाम 'अच्' भी है, क्योंकि पाणिनि के क्रमानुसार सभी स्वर वाची प्रत्याहार सूत्र इसके अन्तर्गत आ जाते हैं। (प्रथम सूत्र का प्रथम वर्ण अ और चतुर्थ सूत्र का अन्तिम अक्षर च्)। इसी प्रकार व्यंजन का दूसरा नाम 'हल्' भी है क्योंकि व्यंजनवाची प्रत्याहार सूत्र सब (पांच से चौदह तक) इसके अन्तर्गत आ जाते हैं। इन हलों (व्यंजनों) के स्वरविहीन शुद्धरूप को प्रकट करने के लिए इनके नीचे तिरछी रेखा( ् ) लगा देते हैं, जिसे हल्-चिन्ह कहते हैं।

**स्वर तीन प्रकार के होते हैं-** ह्रस्व, दीर्घ, प्लुत।

**ह्रस्व-** " 'Hrasva' is derived from the root hras 'to become short or small' and means originally short, small dwarfish. In the stratntd sutras it is used in the sense of later laghu proso dically or metrically short. In the Pratishkhysa (प्रातिशाख्य) it is used in the sense of a short vowel." दूसरे शब्दो में -स्वर के उच्चारण में यदि एक मात्रा-समय लगे तो वह ह्रस्व होता है, जैसे अ।

**दीर्घ-** " 'Dirgha' is an older word than hrasva and goes back to R.V. It originally means long in space and intime. In the sence of a long vowel it is used in Katyayana Srauta Sutra,Gobhlia Grhya Sutra.साफ शब्दों में कहा जा सकता है कि, यदि दो मात्रा-समय लगे तो दीर्घ होता है जैसे- आ।

**प्लुत-** यदि तीन मात्रा -समय लगे तो प्लुत कहलाता है, जैसे अ अ अ। इस अन्तिम प्रकार के स्वर का प्रयोग प्रायः पुकारने में होता है: यथा- राम राम राम।[1] " 'Pluta' comes from 'plu' 'to float swim', Thus on the one hand the root means to vanishaway on the other to swell". इधर **पंडित वेंकटाचार्य** प्लुत के सम्बन्ध में लिखते हैं कि - ह्रस्वः प्लुती भवती व्युत्क्रेद्यच् समनन्तर हिमात्रत्वमतिक्रम्य त्रिमात्रत्वं गच्छतीतिभावः।[2]

**उच्चारण के अनुसार ही उन्हीं स्वरों के तीन भेद हैं-** उदात्त, अनुदात्त, और स्वरित। सभी स्वर फिर दो प्रकार के होते हैं। एक अनुनासिक, जिनमें नासिका से भी उच्चारण में कुछ सहायता ली जाती है, यथा- अँ, आँ, एँ, ऐं आदि। दूसरा अनुनासिक अर्थात् सादे यथा- अ, आ, ए, ऐ, आदि।

व्यंजनों के भी कई भेद हैं- क से लेकर म तक के व्यंजन 'स्पर्श' कहलाते हैं। इनमें कवर्ग आदि पाँच वर्ग हैं। य, र, ल, व **अन्तस्थ** हैं। अर्थात् स्वर और व्यंजन के बीच के हैं। श ष स ह 'ऊष्म' हैं, अर्थात् इनका उच्चारण करने के लिए भीतर से जरा अधिक जोर से श्वास लानी पड़ती है।

विसर्ग को वस्तुतः एक छोटा 'ह' समझना चाहिए। यह सदा किसी स्वर के अन्त में आता है। यह 'स्' अथवा 'र्' का एक रूपान्तर मात्र है, किन्तु उच्चारण की विशेषता के कारण इसका व्यक्तित्व अलग है। यह जिस स्वर के पश्चात् जुड़ा होगा उसी के उच्चारण स्थान से उच्चरित होगा।

क और ख के पूर्व कभी - कभी एक अर्धविसर्ग- सा उच्चारण के प्रयोग में आता है। उसे ( ᳵ )इस चिन्ह द्वारा व्यक्त करते हैं। और उसकी संज्ञा जिह्वामूलीय बताते हैं। इसी प्रकार से प और फ के पूर्व वाले विसर्ग नाद को **उपध्मानीय** कहते हैं और उसी ( ᳵ )चिन्ह से व्यक्त करते हैं।

---

1. **एक मात्रो भवेद् ह्रस्वो द्विमात्रों दीर्घं उच्यते।**
**त्रिमात्रस्तु प्लुतो सेयो व्यंजन चार्धमात्रकम्।।**

2. **The Journal of the Shri Venkates vara Oriental Institute, Vol. Viii No2. P. 16**

व्यंजनों का एक भेद अल्प प्राण और महाप्राण भी किया जाता है। जिनके उच्चारण में कम श्वास की आवश्यकता होती है वे अल्पप्राण और जिनमें अधिक की वे महाप्राण कहलाते हैं। वर्ग के प्रथम, तृतीय और पंचम वर्ण तथा अन्तस्थ अल्पप्राण हैं, और शेष अर्थात् वर्गों के द्वितीय और चतुर्थ तथा ऊष्म-महाप्राण हैं।

इन वर्णों के उच्चारण में दो प्रकार का प्रयत्न होता है। (1) आभ्यन्तर प्रयत्न (2) बाह्यप्रयत्न

**आभ्यन्तर प्रयत्न** 5 प्रकार के होते हैं- स्पृष्ट्, ईषत् पृष्ट, ईषद्विवृत, विवृत, और संवृत।

**बाह्य प्रयत्न** ग्यारह प्रकार के होते हैं- विवार, संवार, श्वास, नाद, घोष, अघोष, अल्पप्राण, महाप्राण, उदात्त, अनुदात्त, और स्वरित।

ऊपर वर्णों के उच्चारण के स्थान संस्कृत वैयाकरणों के अनुसार दिये गये हैं। आजकल किसी-किसी वर्ण के उच्चारण में भेद पड़ गया है, यथा- ऋ का उच्चारण हम लोग शुद्ध नहीं करते। कोई रि करते हैं कोई रू। ष का उच्चारण मूर्धा(तालु के सबसे ऊपर के भाग) से होना चाहिए, किन्तु बहुधा लोग इसे श की तरह बोलते हैं और कुछ लोग ख की तरह उच्चारण करते हैं। लृ का उच्चारण तो साहित्यिक संस्कृत के समय में ही लुप्त प्राय हो गया था। वर्णमाला में ह के उपरान्त बहुधा क्ष, त्र, ज्ञ, लिखने की रीति है, किन्तु ये शुद्ध वर्ण नहीं हैं- दो वर्णों के मेल हैं- क्ष=क्+ष, त्र=त् + र, ज्ञ= ज् + ञ । इस कारण इनको वर्णमाला में सम्मिलित करना भूल है।

## संस्कृत की संधियाँ

दो अक्षरों के पास-पास आकर मिलने से जो ध्वनि-परिवर्तन होता है, उसे संधि कहते हैं- When two words, one word and one suffix or one prefix and one word are joined to gather there will be sound change in pronounciation. This sound change makes the pronounciation easier. Such a sound, change is known as Sandhi. Sandhi means coming to gather.[1]

संधि शब्द का साधारण अर्थ है- 'मेल', व्याकरण शास्त्र में दो अक्षरों को मिलाने का कार्य 'सन्धि' कहलाता है। सन्धि के विषय में नियम है-

**"संहितेकैपदे नित्या नित्या धातूपसर्गयोः।**
**नित्या समासे वाक्ये तु सा विवक्षामपेक्षते//।"**

अर्थात् एक पद के भिन्न-भिन्न अवयवों में धातु और उपसर्ग में तथा समास में सन्धि अवश्य करना चाहिए, वाक्य के अलग-अलग शब्दों के बीच में सन्धि करना न करना वक्ता की इच्छा पर निर्भर है।

अंग्रेजी के एक अन्य विद्वान संधि के स्वरूप, उसके प्रथम प्रयोग आदि पर चर्चा करते हुए लिखते हैं कि- "Sandhi is also a good old word going back to R.V. in the Sense of Joint but it is found from the Pratisakhyas down words in the Sense of the 'modifications' caused be the Juxta position of letters, In R. P. Sandhi is used in the Sense of mere Juxtd position of letters also. The Yajua valkya Siksa (याज्ञवल्क्य शिक्षा) however, distinctly says that sandhi has four verieties- elision augment, change and the reteution of the original form ,सन्धिश्चतुर्विधो भवति-लोपागम विकाराः प्रकृतभावश्चेति।

सन्धि करने पर निम्नांकित परिवर्तन होते हैं-(क) प्रथम शब्द के अंतिम अक्षर का, जैसे- सस् + शम्भुः = स शम्भुः या द्वितीय शब्द के प्रथम अक्षर का जैसे- हरे+अव = हरऽव। (लोप हो जाता है।)

(ख) दोनों के स्थान पर कोई नया वर्ण यथा- उप + इन्द्रः =उपेन्द्रः,अथवा दो में से किसी एक के स्थान पर नया वर्ण यथा- सुधी + उपास्यः= सुध्युपास्यः(आ जाता है)

(ग) दो में से किसी एक का द्वित्व, जैसे- प्रत्यङ् + आत्मा = प्रत्यङात्मा (हो जाता है।)

सन्धि तीन प्रकार की होती है।

1. अच् सन्धि (स्वर-सन्धि) 2. हल् सन्धि(व्यंजन सन्धि) 3. विसर्ग-सन्धि।

**अच् सन्धि-** जब दो स्वरो में परस्पर सन्धि होती है, तो उसे 'स्वर-सन्धि' या अच् सन्धि कहते हैं। इसके मुख्य नियमों में से एक निम्नांकित है-

**(1)यदि साधारण ह्रस्व अथवा दीर्घ अ, इ, उ, ऋ, स्वर के अनन्तर सवर्ण दीर्घ आवें, तो दोनों के स्थान पर सवर्ण दीर्घ स्वर हो जाता**

---

1. अभिनव हिन्दी व्याकरण- प्रो. ना. नागप्पा, पृष्ठ- 412

है,[1] जैसे- दैत्य+अरिः= दैत्यारिः। विष्णु+उदयः= विष्णोदयः। इति+इव = इतीव।

**2. गुण सन्धि-** In Sanskrit Grammar the vowels a, e, and o are known as guna vowels. The Guna of is a, of i is, e and of u is o, of r the guna is or and of l al. Of the eminent, Sanskrit Grammarians, Panini alone regards, a as a guna vowels.[2] यदि अ या आ के बाद ह्रस्व इ या दीर्घ ई आवे तो दोनों के स्थान में 'ए" हो जाता है, यदि ह्रस्व उ या दीर्घ ऊ आवे तो दोनों के स्थान परं 'ओ" हो जाता है, यदि ह्रस्व ऋ या दीर्घ ॠ आवे तो दोनों के स्थान में 'अर्' हो जाता है, यदि लृ आवे तो दोनों के स्थान में अल हो जाता है। इस सन्धि को गुण सन्धि कहते हैं।[3]जैसे- उप+इन्द्रः= उपेन्द्रः। ग्रीष्म+ऋतुः= ग्रीष्मर्तु, वृक्ष+उपरि= वृक्षोपरि। तव + लृकारः= तवल्कारः।

कुछ स्थल ऐसे हैं जहाँ पर यह नियम नहीं लगता वे निम्नलिखित हैं-

(क) अक्ष +अहिनी=अक्षौहिणी। यहाँ गुण स्वर ओ न होकर वृद्धि स्वर औ हुआ है।[3]

(ख)जब 'स्व" शब्द के बाद 'ईर्' और 'ईरिन्' आते हैं तो 'स्व' के अकार और 'ईर्' के 'ईरिन्' के ईकार के स्थान में 'ऐ" हो जाता है, जैसे स्व + ईरः= स्वैरः(स्वेच्छाचारी)[5]

(ग)जब प्र के बाद ऊह, ऊठ, ऊठि, एष, एष्य आते हैं तो दोनों के स्थान पर सन्ध्यक्षर गुण स्वर न होकर वृद्धि स्वर होता है। जैसे- प्र+उढः= प्रौढः[6]

(घ) यदि अकारान्त उपसर्ग के बाद ऐसी धातु आये जिसके आदि में ह्रस्व 'ऋ" हो तो 'अ" और 'ऋ' के स्थान में 'आर" (वृद्धि) नित्य हो जाता है, जैसे- उपअऋच्छतिउ उपार्छति।[7]

**3. वृद्धि सन्धि-**वृद्धि संधि के विषय में कहा गया है-"Vridhi literally means growth increase extension and is used of the lengthened grade Vowels ai and an for their perceptible in crease of moras..... Vriddhi is a much older Word than guna and is found from R.V. down words.[8]

काव्य प्रकाश में वृद्धि के विषय में कहा गया है-

> "दीधीवेवीट्समः कश्चिद् गुण वृद्धयोरभाजनम्।
> क्विप् प्रत्ययनिभः कश्चिद् यत्र सन्निहिते न ते।।"

इसी प्रकार अश्वघोष भी कहते हैं-

> "वभूव सहि संवेगः श्रेयसस्तस्य वृद्धये।
> धातुरे धिरिवाख्याते पठितोऽक्षर चिन्तकेः।।"

जब 'अ' अथवा 'आ' के बाद 'ए' या 'ऐ' आवे तो दोनों के स्थान पर 'ऐ' हो जाता है। और जब 'ओ' या 'औ' आवे तो दोनों के स्थान पर 'औ' हो जाता है। इसे वृद्धि सन्धि कहते हैं। यथा-

कृष्ण+एकत्वम्=कृष्णैकत्वम्
गङ्गा +एषा = गङ्गैषा
जल +औघः= जलौघः[10]

किन्तु अवर्णान्त उपसर्ग के बाद यदि एकारादि या ओकारादि धातु आवे, तो दोनों के स्थान पर पररूप 'ए' या 'ओ' आदेश होता है,[4] यथा- प्र + एजते = प्रेजते

अवर्णान्त उपसर्ग के पश्चात एकारादि इण् (जाना) और एध् (बढ़ना) धातुएँ आने पर पूर्व और पर के स्थान पर वृद्धि (ऐ) आदेश ही होता है, जैसे- उप+एति = उपैति।

**4. यण सन्धि-** यदि ह्रस्व या दीर्घ ई, उ, ऋ, तथा लृ के पश्चात् कोई असवर्ण स्वर (यथा इ के पश्चात अ या उ के पश्चात आ आदि

---

1. अकः सवर्णे दीर्घः 6.1.101
2. Technical Terms of Sanskrit Grammar- Kshitish Chandra Chaterji, P, 201, Publishe by Sibendra Nath Kanjilal, Superintendent, Calcutta University Press, 48, Hazra Road, Calcutta-19, Second Edition, May 1964, Rs.20.
3. आद्गुणः 6.1.87
4. अक्षादूहिन्यामुपसंख्यानाम (वार्तिक)
5. स्वादीरेरिणोः वार्तिक
6. प्रादूहोढ्येषैष्येषु (वार्तिक)
7. उपसर्गादृति धातौ। 6.1.91
8. Technical Terms of Sanskrit Grammar- Kshitish Chandra Chatterji. p. 18
9. वृद्धिरेचि , 6.1.88
10. एङ्गिपररूपं 6.1.94

आये तो इ, उ, ऋ तथा लृ के स्थान पर क्रमशः य्, व्, र्, और ल्, आदेश हो जाता है,[1]जैसे- सुधी+उपास्यः= सुध्युपास्यः मधु + अरिः= मध्वरिः

**5.अयादि सन्धि-** यदि ए , ओ, ऐ, और औ के पश्चात् कोई स्वर आये तो ए, ओ, ऐ, तथा औ के स्थान पर क्रमशः अय्, अव्, आय्, और आव्, आदेश होते हैं। [2] जैसे- हरे + ए = हरये यकारादि प्रत्यय परे होने पर भी 'ओ' के स्थान पर 'अव्' और 'औ' के स्थान पर 'आव्' हो जाता है, जैसे गो+यम् = गव्यम्।

**6. प्रगृह्य संज्ञक-** यदि प्लुत स्वर के बाद अथवा प्रगृह्यसंज्ञक वर्णों के बाद कोई स्वर आवे तो सन्धि नहीं होती। प्रगृह्यसंज्ञा वाले वर्ण इस प्रकार हैं- जब संज्ञा अथवा सर्वनाम क्रियावाचक शब्द के द्विवचन रूप के अन्त में 'ई' 'ऊ' या ए रहता है, तो उस 'ई', 'ऊ' और 'ए' को प्रगृह्य कहते हैं.[3] जैसे-

हरी + एतौ = हरी एतौ विष्णु + इमौ = विष्णूइमौ

**हल् सन्धि** - जब दो व्यंजनों या एक स्वर और दूसरे व्यंजन में परस्पर सन्धि होती है, तो उसे व्यंजन सन्धि या हल् सन्धि कहते हैं। इसमें विशेष नियम निम्नांकित हैं-

**(1) श्चुत्वसन्धि-** जब सरकार या तवर्ग शकार या चवर्ग के योग में आता है तो सकार और तवर्ग के स्थान में क्रमशः से शकार और चवर्ग हो जाता है- [4]

जैसे- हरिस् + शेते = हरिश्शेते सत्+चित्= सच्चित्

**अपवाद-** जब तवर्ग 'श' के आते हैं तो उनके स्थान में चवर्ग नहीं होते,[5] जैसे- विश्+नः= विश्नः

**(3) ष्टुत्व सन्धि-** जब सकार या तवर्ग को कोई व्यंजन षकार या टवर्ग के किसी व्यंजन के योग में आता है, तो 'सकार' और 'टवर्ग' के स्थान पर क्रमशः 'षकार' और 'टवर्ग' हो जाते हैं, यथा- समस्+टीकते= समष्टीकते।

पदान्त टवर्ग से परे नाम प्रत्यय के नकार को छोड़कर कोई तवर्गअवर्ण या सकार हो तो उसके स्थान में टवर्ग या षकार आदेश नहीं होता जैसे-षट्+सन्तः+षट्सन्तः पदान्त में आने वाले झल् वर्ण के स्थान पर जश् वर्ण हो जाता है, यथा वाक्+ ईशः= वागीशः तवर्ग के बाद यदि लृ आवे तो उसके स्थान में ल् हो जाता है, [6] जैसे- तत्+लयः=तल्लयः यदि वर्गों के प्रथम, द्वितीय, चतुर्थ वर्णों अर्थात् य् प्रत्याहार के बाद ह् आवे तो ह के स्थान में उसी वर्ग का चौथा अक्षर विकल्प से होता है. [7] जैसे- वाक्+हरिः=वाग्घरिः स्वर या ह्, य्, व्, र्, ल्, अथवा अनुनासिक व्यंजन ङ् ञ् ण् न् म् परे होने पर वर्गों के प्रथम द्वितीय तृतीय और चतुर्थ वर्णों के पश्चात शकार के स्थान पर विकल्प से छकारं हो ता है।[8] जैसे- तच्+शिवः=तच्छिवः पदान्त म् के बाद यदि कोई व्यंजन आवे, तो उसके स्थान में अनुस्वार हो जाता है.[9] जैसे- हरिम्+वन्दे = हरिं वन्दे

यदि पद के मध्य में स्थित अनुस्वार के बाद यम् अर्थात् श् ष्, स् और ह् को छोड़कर कोई भी व्यंजन आवे, तो अनुस्वार के स्थान में सर्वदा ही उस वर्ग का पंचम वर्ण हो जाता है,[10] शाम्+तः= शान्तः। किन्तु पदान्त अनुस्वार के स्थान पर यह कार्य विकल्प से होता है, जैसे- त्वं+करोषि=त्वङ्करोषि, त्वंङ्करोषि, त्वंकरोषि, श्, ष् या स् परे होने पर ङकार को कुक् (क्) और णकार को टुक्(ट) आगम विकल्प से होता है। किन्तु दोने से ये आगम ङ्कार और णकार के अन्तावयव बनते हैं, जैसे- प्राङ्+षष्ठः=प्राङ्कषष्ठः शकार परे होने पर पदान्त नकार को विकल्प से 'टुक्' त् आगम होता है। 'कित्' होने से यह नकार का अन्तावयव बनता है, जैसे- सन्+शम्भुः=सन् त् शम्भुः= सन्च्शम्भुः आदि। पदान्त ङकार के पश्चात् स्वर वर्ण को 'ङुट्' (ङ) पदान्त णकार के पश्चात् स्वर वर्ण को 'णुट्' (ण्) और पदान्त नकार के पश्चात् स्वर-वर्ण 'नुट्' (न्) आगम होता है। टित् होने से ये सभी आगम आद्यवयव बनते हैं यथा- प्रत्यङ्+आत्मा=प्रत्यङात्मा आदि। सुट् परे होने पर 'सम्' के मकार के स्थान पर 'रू' र् और सकारोत्तरवर्ती अकार को विकल्प से अनुनासिक हो जाता है, यथा- रूम्+रुकर्ता=सँर्स्कर्ता(सँस्स्कर्ता)। 'कान्' शब्द परे होने पर कान् शब्द के नकार के स्थान पर 'रु' (र) होता है, यथा- कान् + कान् = कार्कान (काँस्कान्, काँस्कान्)

## विसर्ग सन्धि

(1) पदान्त सकार और सजुष् शब्द (तदन्त पद) के षकार के स्थान पर 'रु' (र्) आदेश होता है।[11] खर् (वर्गों के प्रथम या द्वितीय वर्ण अथवा श् ष् स) परे होने पर या अवसान में इस पदान्त रकार के स्थान पर विसर्ग हो जाता है।[12] यथा- रामस्+पठति= रामर् पठित=रामः पठति (2) यदि विसर्ग के बाद खर् प्रत्याहार के वर्णों में कोई वर्ण आवे, तो विसर्ग के स्थान पर स् हो जाता है,[13] (विसर्जनीयस्य सः:)जैसे- विष्णुः+ त्राता

---

1. इको यणचि, 6.1.77
2. एचोऽयवायावः 6.1.78
3. ईदूदेद्द्विवचनं प्रगृह्यम्। 1-1-11
4. स्तोः श्चुना श्चुः
5. शात् 8.4.44
6. तोर्लि 8.4.60
7. झरो झरि सवर्णे 8.4.65
8. शश्छोऽटि 8.4.62
9. मोऽनुस्वार 8.3.23
10. अनुस्वारस्य यपि परसवर्णः 8.4.58
11. ससजुषोःरुः8.2.66
12. खरवसानयोर्विसर्जनीयः 8.3.15
13. भो भगो अघोअपूर्वस्य योऽशि 8.3.16

= विष्णुत्राता। (3) यदि विसर्ग के बाद श्, ष्, आये तो विसर्ग के स्थान पर स् विकल्प से होता है,(वा शरि 8.3.36)जैसे- हरिः+ शेते = हरिस् + शेते = हरिश्शेते या हरि:शेते (4) परन्तु यदि विसर्ग के बाद क्, ख, प्, फ, में से कोई वर्ण आवे तो विसर्ग के स्थान पर या तो विसर्ग ही बना रहता है या क् तथा ख् के आगे रहने पर जिह्वामूलिग ≍ तथा प् और फ् के आगे रहने पर उपध्मानीय ≍ हो जाता है। जेसे- एकः काकः= एकः काकः या एक काकः≍ (5)ह्रस्व अकार या हर वर्णों के तृतीय, चतुर्थ या पञ्चम वर्ण अथवा ह्, य्, व्, र्, ल् परे होने पर ह्रस्व अकार के पश्चात 'रू' (र्) के स्थान पर उकार हो जाता है, यथा- शिवस्+अर्च्यः= शिवर् अर्च्यः= शिव = अर्च्यः= शिवोऽर्च्यः(6) यदि अश् स्वर वर्गों के तृतीय, चतुर्थ और पञ्चम वर्ण तथा ह, य, व, र, ल परे हो तो भो, भगो, अघो, और अवर्ण के अनन्तर रु (र्) के स्थान पर यकार आदेश होता है,[1] जैसे- भोस् +देवाः= भोर् देवाः= भोय् देवाः= भो देवाः (7) यदि अहन् शब्द के परे विभक्तियों को छोड़कर कोई स्वर या हश् प्रत्याहार आये तो न् को र् आदेश होता है।[2] अहन्+अतःउ अहर् + अहः= अहरहः (8) रकार परे होने पर रकार का लोप हो जाता है, तथा उसके पूर्व में अयं हुआ अ, इ, उ, यदि ह्रस्व रहें तो वह दीर्घ हो जाता है जैसे- पुनर्+रमते=पुनारमते हरिर्+रम्यः= हरीरम्यः(9) यदि नञ् समान न हो, तो व्यंजन परे होने पर ककार रहित एतद् और तद् के सु का लोप हो जाता है, यथा- सस् +शम्भुः= स शम्भुः(10) यदि सस् के सकार के परे स्वर हो और पद्य के पाद की पूर्ति इस लोप के द्वारा ही हो तो स् का (लोप और बाद में स्वर सन्धि कार्य भी) हो जाता है।[3] यथा- सस् + एष दाशरथी रामः= सैष दाशरथी रामः।

स्वर संधि, व्यंजन संधि एवं विसर्ग संधि के अन्तर्गत आने वाली कुछ अप्रसिद्ध संधियों अर्थात् अपेक्षाकृत कम प्रयोग में आने वाले सूत्रों को छोड़ दिया गया है। विशेष ज्ञान के लिए लघु सिद्धान्त कौमुदी के सन्धि प्रकरण में इसे देखा जा सकता है।

**16. पालि तथा प्राकृत ध्वनि समूह-** पालि में दस स्वर अ, आ, इ, ई, उ, ऊ, (ह्रस्व एक मात्रिक) ऍ, ए, ओ, (एकमात्रिक) ओ पाए जाते हैं। ऋ, ॠ, लृ तथा औ का प्रयोग पालि में नहीं होता। ऋ ध्वनि अ, इ, या उ में परिवर्तित हो जाती है। ऋ तथा लृ का प्रयोग तो संस्कृत में भी कम ही है। ऐ औ के स्थान में क्रमसे ए ओ हो जाते हैं। पालि में दो स्वर नये मिले हैं। ह्रस्व ए तथा औ। पतंजलि के समय से ही प्रयोग में आते थे। पर परिनिष्ठित संस्कृत में मान्यता इन्हें नहीं मिली थी, ये दोनों बोलियों की ध्वनियाँ मानी जाती थी। पालि ने इन्हें मान्यता दे दी। व्यंजनों में श तथा ष का प्रयोग पालि में नहीं मिलता। दोनों का ए हो जाता है। विसर्ग का भी, प्रयोग नहीं होता। यदि पहले ह्रस्व अ है तो दोनों मिलकर औ जाते हैं। अन्यथा विसर्ग का लोप हो जाता है। प्राकृत और पालि के ध्वनि समूह में विशेष अंतर नहीं है। मागधी में ज का भी य तथा स का श हो जाता है। ष् का मागधी में प्रयोग कभी मिल जाता है, जैसे तिष्ठति(तिष्ठति) न का प्रायः हर जगह ण ही हो जाता है।

## 17. हिन्दी ध्वनि समूहः परिचय तथा विवेचन

(1) डॉ. धीरेन्द्र वर्मा ने अपनी 'हिन्दी भाषा का इतिहास' पुस्तक में हिन्दी में निम्न ध्वनियाँ मानी हैं-

1. **मूल स्वर-** अ, आ, ऑ, (ओ), (ओं) (ओ) ओ, उ (ङ) ऊ, ई, इ, (इ0) ए, (ऍ) ए (ए) ऍ (अ) = 19 **कोष्ठक में दी गई ध्वनियाँ केवल बोलियों में प्रयुक्त होती हैं।**

2. **स्पर्श-** क़्, क्, ख्, ग् घ्। ट ठ ड ढ। त थ द ध। प प फ ब भ =18

3. **स्पर्श संघर्षी-** च छ ज झ = 4

4. **अनुनासिक-** ङ् (ञ) ण् न् न्ह् म् म्ह =7

5. **पार्श्विक-** ल् (ल्ह)=2

6. **लुंठित-** र् (र्ह)=2

7. **उत्क्षिप्त-** ड्, ढ् =2

8. **संघर्षी-** ह्, ख़्, ग़, श् स् ज़्, फ़्, व् = 8

9. **अर्धस्वर-** य्, व्,=2

कुल=45 स्वर तथा व्यंजन का **योग**= 19+45=64

2. **डॉ. उदयनारायण तिवारी** के अनुसार हिन्दी में स्वर ध्वनियों की स्थिति निम्न प्रकार है-

**ह्रस्व-** अ, अॅ (अति लघु), इ, उ, ऍ, ऑं

**दीर्घ-** आ, ई, ऊ, ए, ओ, ए, औ।

इनके अतिरिक्त डॉ. उदयनारायण तिवारी ने अवधी आदि बोलियों में प्राप्त फुसफुसाहट (Wispered)ध्वनियों -इ, उ, ए, का भी उल्लेख किया है।

---

**1. रोऽसुपि 8.2.69**

**2. रो रि 8.3.14 ढ्रलोपे पूर्वस्य दीर्घोऽणः 6.3.111**

**3. एतत्तदोः सुलोपोऽकोरनञ् समासे हलि, 6.1.134**

3. **डॉ. भोलानाथ तिवारी** ने हिन्दी में स्वर ध्वनियों की तालिका इस प्रकार प्रस्तुत की है-

**मूलस्वर-** अ, आ, इ, ई, उ, ऊ, ए, ओ
**संयुक्त स्वर-** ऐ, औ,
**उदासीन**(अतिलघु)- अँ
**अंग्रेजी का** - ऑ
**जपित या फुसफुसाहट**-इ, उ, ए
**ह्रस्व स्वर-** ए, ऐ, ओ॑, औ॑ ,

4. **डॉ. देवेन्द्र नाथ शर्मा तथा डॉ. रामदेव त्रिपाठी** की पुस्तक 'हिन्दी भाषा का विकास' में **डॉ. धीरेन्द्र वर्मा** तथा **डॉ. उदयनरायण तिवारी** द्वारा प्रस्तुत सूचियों के परीक्षण-समीक्षण के साथ स्वर, ध्वनियाँ इस प्रकार दी गई हैं।

**ह्रस्व-** अ, इ, उ, ऋ, लृ    **दीर्घ-** आ, ई, ऊ,
**संधि-** ए, ओ, ऐ, औ,    **अयोगवाह-** अनुस्वार और विसर्ग

इनके अतिरिक्त अंग्रेजी ऑ, ह्रस्व, औ॑, औँ ऐं एँ तथा जपित अ, इ, उ, ए, की भी चर्चा है, वैसे इनमें से कई ध्वनियाँ विवादग्रस्त भी हैं।

5.**डॉ. कैलाश नाथ पाण्डेय** के विचार से हिन्दी में संपूर्ण देशी - विदेशी ध्वनियाँ इस प्रकार हैं,

1. **प्राचीन ध्वनियाँ-**

(क) अ, आ, इ, ई, उ, ऊ, ऋ, ए, ऐ, ओ, औ
(ख) अनुस्वार बिन्दु (ं) तथा चन्द्र बिन्दु (ँ)
(ग) विसर्ग (ः)
(घ) व्यंजन-

1. **स्पर्श-** कवर्ग- क, ख, ग, घ, ङ,    (2) **चवर्ग-** च, छ, ज, झ, ञ,
3.**टवर्ग-** ट, ठ, ड, ढ, ण,    (4)**तवर्ग-** त, थ, द, ध, न,
5.**पवर्ग-** प, फ, ब, भ, म    (6) **अन्तस्थ-** य, र, ल, व,
7. **ऊष्म-** श, ष, स, ह,    (7)**संयुक्त व्यंजन-** क्ष् (कष) त्र (त्र) ज्ञ,(ज्ञ)

**2. नयी विकसित ध्वनियाँ-**

क. स्वर- अ, ए, (ए) अ ओ(औ) ख. व्यंजन- ड, ढ़, व न्ह, म्ह, ल्ह।

**विदेशी ध्वनियाँ-**

क. फारसी-अरबी ध्वनियाँ- क, ख, ग, ज, फ़। (ख )अंग्रेजी ध्वनियाँ- अ, ऑ, ए, आ।

5.प्रसिद्ध भाषा चिन्तक **डॉ अवधेश अरुण** के अनुसार- हिन्दी में ध्वनि की दृष्टि से दो स्थितियाँ हैं।[1]

1. केवल परिनिष्ठित हिन्दी अर्थात् खड़ी बोली की ध्वनियाँ। 2. हिन्दी की उपभाषाओं में प्रयुक्त अन्य ध्वनियाँ।

यहाँ केवल खड़ी बोली हिन्दी ध्वनि-समूह का विवेचन प्रस्तुत है। कोष्टक में उपभाषाओं वाले रूप भी दे दिए गए हैं।

**स्वर-** अ, आ, इ, (इ), ई, उ(उ) ऊ, ए (ए)ऐ, ओ, औ।

**व्यंजन-** क, ख, ग, घ, ङ, च, छ. ज, झ, ञ, ट, ठ, ड, ढ, ण, त, थ, द, ध, न, प, फ, ब, भ, म, य, र, ल, व, श, ष, स, ह, (र्ह), (म्ह), (ल्ह) ळ।

इन ध्वनियों का वर्गीकरण प्रयत्न, प्राणत्व, घोषत्व आदि की दृष्टि से इस प्रकार किया गया है-

**स्वर- (क) स्थान की दृष्टि से-** अग्र(इ, ई, ए) पश्च (उ, ऊ, ओ, आ) मध्य (अ)

(ख) **वृत्तता की दृष्टि से-** संवृत(इ, ई, उ, ऊ,) अर्द्ध संवृत(ए ओ) अर्द्ध विवृत(अ) विवृत (आ)

(ग) **मूल और संयुक्त की दृष्टि से- मूल स्वर** (अ, आ, इ, ई, उ, ऊ, ए, ओ) संयुक्त स्वर(ऐ, औ)

(घ) **घोषत्व की दृष्टि से-** घोष(सभी स्वर) अघोष(इ, उ, आदि रूप)

(ङ) **अनुनासिकता-** सभी स्वरों के मौखिक और अनुनासिक दोनों रूप होते हैं।

**व्यंजन-(क) घोषत्व की दृष्टि से-** अघोष(क, ख, च, छ, ट, ठ, त, प, फ, श, ष, स, ह) घोष(ग, घ, ङ, ज, झ, ञ, ड, ढ, ण, द, ध, न, ब, भ, म, ल, र, ढ, ड़, य, व)

---

1. **हिन्दी भाषा का स्वरूप विकास, पृ.57, बिहार हिन्दी ग्रन्थ अकादमी-पटना-3**

(ख) **प्राणत्व की दृष्टि से-** अल्पप्राण-(क, ग, ङ, च, ज, ञ, ट, ड, ण, त, द, न, प, ब, म, य, र, ल, ळ, व, ड़)
**महाप्राण-**(ख, घ, छ, झ, ठ, ढ, थ, ध, फ, भ, ढ़)

(ग) **प्रयत्न की दृष्टि से- स्पर्श** (क, ख, ग, घ, ट, ठ, ड, ढ, त, थ, द, ध, प, फ, ब, भ) स्पर्श-संघर्षी(च, छ, ज, झ) नासिक्य(ङ, ञ, ण, न, म, न्ह, म्ह) संघर्षी(ह, ख, ग, ज, श, स, फ) पार्श्विक(ल, ल्ह) लुंठित(र,र्‌ह) उत्क्षिप्त (ड़, ढ़) अर्धस्वर(य,व)

(घ) **उच्चारण स्थान की दृष्टि से-** काकल्य(ह) कोमल तालव्य (क, ख, ग, घ, ङ) तालब्य(य) तालु-वर्त्स्य (च, छ, ज, झ, ञ, श) मूर्धन्य(ट, ठ, ड, ढ, ण, ष, ड़, ढ़) वर्त्स्य(न, न्ह, स, ल, ल्ह, र, र्‌ह) दन्त्य (त, थ, द, ध) दन्त्योष्ठ (फ,ब) ओष्ठ्य (प, फ, ब, भ, म, म्ह)

**हिन्दी ध्वनियों का परिचयः स्वर तथा व्यंजन-** ऊपर स्वर तथा व्यंजन ध्वनियों का जो वर्गीकरण प्रस्तुत किया गया है उनसे स्पष्ट है कि आधार भेद से एक ही ध्वनि कई वर्गों में आती है। अतः एक ध्वनि के सम्बन्ध में उसके एतद् विषयक सभी स्थितियों का एकत्र वर्णन अपेक्षित प्रतीत होता है। इसी दृष्टि से प्रत्येक ध्वनि का परिचय सोदाहरण प्रस्तुत है।

## स्वर-

**(अ)-** यह अर्द्ध-विवृत मध्य स्वर है। उसके उच्चारण में ओठ कुछ खुल जाता है और जीभ का मध्य भाग कुछ ऊपर उठ जाता है। मात्रा की दृष्टि से यह ह्रस्व है। इसका प्रयोग शब्द के आदि (अमल, अक्षर) तथा मध्य (सरल, कलम)में होता है। अन्त्य प्रयोग विवादास्पद है। अ का दूसरा रूप उदासीन कहलाता है। इसके रूप को सूचित करने के लिए लिखित रूप से अ को उलट कर लिखा जाता है। इसके उच्चारण में सभी अवयव अत्यन्त शिथिल या उदासीन रहते हैं। यह प्रायः बोलियों में ही उपलब्ध है। अवधी-सोरही, मैथिलि-पाकल आदि शब्दों में इसकी स्थिति दृष्ट्व्य हैं।

**(आ)-** यह विवृत पश्च स्वर है। मात्रा की दृष्टि से इसे दीर्घ स्वर कहेंगे। इसके उच्चारण में मुख विवर पूर्णतः खुल जाता है और जीभ नीचे रहती है। किसी स्वर के उच्चारण में ओठों का इतना फैलाव नहीं होता। इसका प्रयोग शब्द के आदि, मध्य और अन्त- तीनों स्थानों में होता। जैसे- आप, कमाल, कमला,। इसे ह्रस्व का दीर्घ रूप समझना भ्रामक और अवैज्ञानिक है।

**(ऑ)-**यह दीर्घ स्वर है जो स्थान की दृष्टि से पश्च और वृत्तता की दृष्टि से संवृत है। इसका प्रयोग हिन्दी में आगत अंग्रेजी शब्दों O ध्वनि के स्थान पर होता है। सामान्य रूप में इसका प्रयोग आ की तरह होता है। यह हिन्दी की नवान आगत विशिष्ट ध्वनि है। जैसे- डॉक्टर, नॉरमल इत्यादि।

**(इ)- यह संवृत ह्रस्व अग्र स्वर है। इसके उच्चारण में ओठ कुछ खुल जाते हैं तथा जीभ का अग्रभाग पर्याप्त ऊपर उठ जाता है। इसका प्रयोग शब्द के आदि, मध्य, और अन्त तीनों स्थानों पर होता है। जैसे- इतर, कविता, ध्वनि,।** बोलियों में इसका फुसफुसाहट वाला रूप सुनाई पड़ता है जिसे लिखने में इ के नीचे शून्य लगाकर इ रूप में लिखते हैं। राति, वयारि, पोखरि आदि शब्दो में इसके प्रयोग द्रष्टव्य हैं।

**(ई)-** यह संवृत अग्र स्वर है जो मात्रा की दृष्टि से दीर्घ होता है। इसके उच्चारण में जीभ का अग्र भाग बहुत अधिक ऊपर उठ जाता है और ओठ चौड़ाई में खुल जाते हैं। स्थान की दृष्टि से तीनों स्थानों में आता है। जैसे-ईश्वर, महीन, बुनाई।

**(उ)- संवृत पश्च ह्रस्व स्वर हैं। इसके उच्चारण में** जीभ का पिछला भाग पूरा ऊपर उठता है तथा ओठ वृत्ताकार रहते हैं। यह शब्द के आदि, मध्य और अन्त तीनों स्थानों पर आता है। जैसे- उथला, मधुर, गुरु। बोलियों में फुसफुसाहट वाला रूप उ मिलता है जो मैथिली- सातु(सत्तू) तथा अवधी-रामु(जब तें रामु व्याहि घर आए) जैसे शब्दों में द्रष्टव्य है।

**(ऊ)-** यह संवृत दीर्घ पश्च स्वर है। इसके उच्चारण में जीभ का पिछला भाग इतना ऊपर उठता है कि कोमल तालु के निकट पहुँच जाता है तथा ओठ गोलाकार हो जाते हैं। प्रयोग तीनों स्थानों पर होता है। यथा- ऊपर, सिन्दूर, उल्लू।

**(ए)-** अर्द्ध संवृत दीर्घ अग्र स्वर है। इसके उच्चारण में ओठ ई की अपेक्षा कुछ अधिक खुलते हैं। जैसे- एक, अनेक, बुलाए। इसके कई रूप हो जाते हैं जिनका प्रयोग बोलियों में होता है। यथा- अर्द्ध संवृत ह्रस्व अग्र स्वर (ए)˘ फुसफुसाहट वाला रूप(ए)0 अर्द्ध विवृत दीर्घ स्वर (ऍं) तथा अर्द्ध विवृत, ह्रस्व अग्रस्वर (ए) इत्यादि।

**(ओ)- अर्द्ध संवृत पश्चादीर्घ स्वर है।** इसके उच्चारण में जीभ का पिछला भाग ऊपर उठता है किन्तु उ के उच्चारण में कुछ नीचे रह **जाता है। ओठ वृत्ताकार हो जाते हैं। यह शब्द में तीनों स्थानों में प्रयुक्त होता है** यथा-ओल, प्रयोग, कमाओ। इसके अर्द्ध संवृत ह्रस्व अर्द्ध विवृत दीर्घ **एवं अर्द्ध विवृत ह्रस्व रूप भी मिलते हैं।**

**(ऐ तथा औ)-** यो दोनों संयुक्त स्वर हैं जिनका उच्चारण अएँ तथा अओं रूप में होता है। उच्चारण के क्रम में जीभ अ से एँ की ओर **तथा अ से ओं की ओर जाती है।** चूँकि जीभ उच्चारण में नीचे से ऊपर की ओर जाती है अतः इन्हें आरोही संयुक्त स्वर कहते हैं।[1] पश्चिमी हिन्दी में ये संयुक्त स्वर अब ए तथा आ के निकट पहुँचने लगे हैं और इन्हें मूल स्वर माना जाने लगा है। इस स्थिति में ऐ को अर्द्ध विवृत दीर्घ अग्रस्वर

---

1 हिन्दी भाषा-डॉ.भोलानाथ तिवारी,पृ. 27

तथा औ को अर्द्ध विवृत दीर्घ पश्च स्वर कहा जाता है। ऐ और औ शब्दान्त में प्रायः नहीं आते हैं। इनका प्रयोग आदि और मध्य में ही होता है जैसे- कैसा, बलैया, और, कठौता इत्यादि।

**अनुनासिक स्वर-** उदासीन स्वरों को छोड़कर शेष स्वरों के अनुनासिक रूप भी प्राप्त होते हैं। अनुनासिक स्वरों के उच्चारण में विभिन्न स्वरों का स्थान तो मौलिक ही रहता है, केवल नयी स्थिति यह हो जाती है कि कोमल तालु और कौवे के नीचे झुकने से हवा नासिका मार्ग से भी निकलती है। चूँकि स्वरों के अनुनासिक-निरनुनासिक रूपों के कारण अर्थ में अन्तर पड़ जाता है, अतः अनुनासिकता को ध्वनि ग्रामिक मानना उचित है। कुछ उदाहरण द्रष्टव्य है जहाँ अनुनासिकता अर्थ-भेद करती हैं।

| | |
|---|---|
| सवार-सँवार (अ-अँ) | भग-भंग (अ-अं) |
| चाटा- चाँटा( आ-आँ) | पूछ-पूँछ (ऊ-ऊँ) |
| चौक-चौंक (औ-औं) | |

अर्थ-भेद सरल है। अतः लिखना आवश्यक नहीं है।

**स्वर-संयोग-** जब दो या अधिक स्वर (बीच में बिना किसी व्यंजन की उपस्थिति के) आस-पास हों तो इस स्थिति को स्वर-संयोग कहते हैं। इसमें श्रुति के कारण कहीं-कहीं य और व का आगमन भी हो जाता है। ऐसे स्थलों पर भी स्वर-संयोग ही समझना चाहिए। जैस- आइए, कहिए, आदि में आ+इ+ए तथा इ+ए स्वर संयोग के उदाहरण हैं। नयी में अ और ई (श्रुति के कारण यी) का स्वर-संयोग है। हिन्दी में दो-तीन स्वरों का संयोग मिल जाता है। स्वर-संयोग का संयुक्त स्वर से अन्तर स्पष्ट है। संयुक्त स्वर में दो स्वर मिलकर एक हो जाते हैं जब कि संयोग में स्वर मिलकर एक नहीं होते। वे स्वतंत्र रूप में किन्तु अनुक्रम से पासपास रहते हैं इसलिए स्वर-संयोग को स्वरानुक्रम भी कहते हैं।

## व्यंजन-

**स्पर्श ध्वनियाँ-** वे हैं जिनके उच्चारण में मुख-विवर के किन्हीं दो अवयवों का स्पर्श होता है। इसमें कवर्ग, टवर्ग, तवर्ग, और पवर्ग की ध्वनियाँ आती हैं।

**(क्)-** यह कोमल तालव्य अल्पप्राण अघोष स्पर्श ध्वनि है जिसका उच्चारण जीभ के पिछले भाग से कोमल तालु का स्पर्श कराकर होता है। इसका प्रयोग तीनो स्थानों में होता है। जैसे- कलम, ढकना, बालक। फारसी क़् ध्वनि(अल्पप्राण अघोष जिह्वामूलीय स्पर्श व्यंजन है) के स्थान पर सामान्य लोग हिन्दी क् का ही उच्चारण करते हैं। जैसे- ताक़त, क़ाबिल, आदि का उच्चारण ही नहीं लेखन भी ताकत और काबिल के रूप में होता है।

**(ख्)-** यह अघोष महाप्राण स्पर्श ध्वनि है जिसका उच्चारण स्थान क् के उच्चारण स्थान से थोड़ा पीछे है। उच्चारण स्थान की दृष्टि से यह कोमल तालव्य है। अन्त्य ख् में महाप्राणत्व कम होता है और उसका उच्चारण क् की तरह हो जाता है। जैसे- भूख का उच्चारण भूक ऐसा सुनाई पड़ता है। स्थान की दृष्टि से यह तीनों स्थानों पर आता है। अरबी-फारसी की ध्वनि ख़ है जो हिन्दी में ख हो जाती है।

**(ग्)**घोष अल्पप्राण कोमल तालव्य स्पर्श व्यंजन है। इसका उच्चारण जीभ के पश्च भाग को कोमल तालु से स्पर्श कराकर किया जाता है। तुर्की, अरबी, फारसी, की ध्वनि ग़् के स्थान पर हिन्दी ग् का ही प्रयोग होता है।

**(घ्)**- यह कोमल तालव्य घोष महाप्राण स्पर्श वर्ण है जिसका उच्चारण स्थान ख् के स्थान से थोड़ा पीछे है। यह शब्द के आदि, मध्य और अन्त में आता है। ख् की तरह घ का महाप्राणत्व भी अन्त्य की स्थिति में कम हो जाता है।

**(ट्)- समस्त ट-वर्गीय ध्वनियों का उच्चारण** जीभ की नोक को उलटकर उसके नीचे हिस्से से कठोर तालु के मध्य भाग को छुआ कर **किया जाता है। इस स्थान को मूर्द्धा कहते हैं और इस स्थान से** उच्चरित होने के कारण इन ध्वनियों को मूर्धन्य कहते हैं। ट् अल्पप्राण, अघोष, स्पर्श वर्ण है जिसका प्रयोग शब्द के आदि मध्य और अन्त में होता है।

**(ठ्)- उच्चारण स्थान की दृष्टि से ट् और ठ् में भेद नहीं हैं।** लेकिन प्राणत्व की दृष्टि से ठ महाप्राण है। अतः ठ् को महाप्राण, अघोष, मूर्धन्य स्पर्श व्यंजन कहेंगे।

**(ड्)-यह** अल्प प्राण घोष मूर्धन्य स्पर्श वर्ण है जो शब्द के आदि, मध्य और अन्त तीनों स्थानों पर प्रयुक्त होता है।

**(ढ्)- यह महाप्राण सघोष मूर्धन्य व्यंजन है।** इसका प्रयोग केवल शब्दों के आदि में होता है।

**(त्)-** त-वर्गीय ध्वनियाँ स्थान की दृष्टि से दन्त्य कहलाती है। क्योंकि इनका उच्चारण जीभ की नोंक से दाँतों की ऊपर वाली पंक्ति की जड़ में स्पर्श कराकर किया जाता है। प्राणत्व की दृष्टि से त् अल्पप्राण घोषत्व की दृष्टि से अघोष और प्रयत्न की दृष्टि से स्पर्श व्यंजन है। प्रयोग तीनों स्थानों पर होता है।

**(थ्)-** यह अघोष, दन्त्य महाप्राण स्पर्श व्यंजन है। अन्तिम थ् में महाप्राणत्व कम रहता है। प्रयोग तीनों स्थानों में होता है।

**(द्)-** यह अल्पप्राण घोष दन्त्य स्पर्श व्यंजन है जिसका प्रयोग तीनों स्थानों में होता है।

**(ध्)**- यह द् का महाप्राण रूप है। शेष स्थितियाँ यथावत् अर्थात् यह घोष, दन्त्य स्पर्श ध्वनि है।

**(प्)**- प-वर्गीय ध्वनियों का उच्चारण दोनों ओठों के स्पर्श से होता है। अतः इन्हें ओष्ठ्य ध्वनियाँ कहते हैं। प् अल्पप्राण अघोष स्पर्श ध्वनि है। प्रयोग तीनों स्थानों में होता है।

**(फ्)**-यह महाप्राण ओष्ठ्य ध्वनि है। शेष स्थितियाँ प् के समान हैं। प्रयोग तीनों स्थानों में होता है।

**(ब्)**-यह अल्पप्राण, घोष ओष्ठ्य स्पर्श ध्वनि है जो तीनों स्थानों में प्रयुक्त होता है।

**(भ्)**- यह महाप्राण घोष ओष्ठ्य स्पर्श ध्वनि है। प्रयोग तीनों स्थानों में होता है।

**स्पर्श-संघर्षी-** स्पर्श-संघर्षी वे ध्वनियाँ हैं जिनके उच्चारण में दो अंगों का स्पर्श इस प्रकार होता है कि भीतर की हवा रगड़ खाकर बाहर निकलती है। चवर्गीय ध्वनियाँ स्पर्श-संघर्षी हैं।

**(च्)**- यह अघोष अल्पप्राण स्पर्श-संघर्षी ध्वनि है जिसका उच्चारण तालु के अग्रभाग और जिह्वा के स्पर्श से होता है। अतः स्थान की दृष्टि से यह अग्रतालव्य है। **डॉ. बाहरी** ने इसे वर्त्स्य तालव्य कहा है। यह शब्द तीनों स्थानों पर आता है।

**(छ)**- यह महाप्राण अघोष वर्त्स्य तालव्य स्पर्श-संघर्षी ध्वनि है। प्रयोग शब्द के तीनों स्थानों पर होता है। शब्दान्त के छ् में महाप्राणत्व कम होता है।

**(ज्)**- इसका उच्चारण भी जीभ के अगले हिस्से को ऊपरी मसूढ़ों के निकट कठोर तालु से कुछ रगड़ के साथ छूकर किया जाता है। यह अल्पप्राण घोष स्पर्श-संघर्षी व्यंजन है। शब्द में तीनों स्थानों में प्रयुक्त होता है।

**(झ्)**- इसका भी उच्चारण उपर्युक्त पद्धति से ही होता है। अन्तर यही है कि यह महाप्राण घोष स्पर्श-संघर्षी है।

**(ह्)** इसमें संघर्ष अन्य संघर्षी ध्वनियों की अपेक्षा कम होता है। यह घोष स्वर-यंत्रमुखी संघर्षी ध्वनि कहलाता है। प्रयोग आदि, मध्य और अन्त तीनों में होता है।

**अर्द्ध स्वर-** हिन्दी में य और व अर्द्ध स्वर हैं। अर्थात् ये लिखे तो जाते हैं व्यंजन के अन्तर्गत, मगर बोले जाते हैं स्वर की तरह। इसीलिए अर्द्धस्वर कहलाते हैं।

**(य्)**- यह अल्पप्राण घोष तालव्य संघर्षहीन ध्वनि है। जीभ के अगले भाग को कठोर तालु के निकट ले जाकर इसका उच्चारण किया जाता है। तीनों स्थानों पर प्रयोग होता है। उच्चारण एअ या इअ के रूप में सुनाई पड़ता है।

**(व्)** अल्पप्राण घोष संघर्षहीन ओष्ठ्य अर्धस्वर है। इसके उच्चारण में दोनों ओठ बीच में थोड़ा भाग छोड़कर एक दूसरे का स्पर्श करते हैं। प्रयोग तीनों स्थानों पर होता है। उच्चारण ओअ या उअ के रूप में सुनाई पड़ता है।

## हिन्दी स्वनों या ध्वनियों का इतिहास-विकास

### स्वर-

**अ-** सं. अ, स्वराघात रहित आ, इ, ई, उ, ऊ, ऋ, ए, ओ, अरबी-फारसी अ तथा अंग्रेजी ऑ, ए ध्वनियों का परिवर्तन हिन्दी में अ में हुआ है। जैसे- आभीर>अहीर, परीक्षा>परिक्खापरख, नारिकेल>नारियल, ऑफिसर>अफसर, एलबम > अलबम आदि। कुछ शब्दों में अ का आगम हुआ है। जैसे- भक्त>भगत, स्तंभित>अचंभित।

**आ-** सं. आ, अ, अक (सार्थ प्रत्यय) ऋ, फारसी-तुर्की अह, आदि का विकास हिन्दी आ में हुआ है। जैसे-काक>काग, कार्य>कज्ज>काज, चक्र>चक्क>चक्का, अंचल>आँचल, चणक > चना, पूपक>पूअअ > पूआ, चित्रक>चीता, नृत्य>नाच। दारोगह् (दारोगः) दारोगा, किनार>किनारा इत्यादि।

**इ-** सं. अ, इ, ई, ऋ, ए, तथा फारसी-तुर्की इ पुर्तगाली ए, अंग्रेजी ए का विकास इ में हुआ है। जैसे- अम्लिका > अम्बिलिया > इमली, मृत्तिका>मिट्टिया>मिट्टी। गोपेन्द्र>गोविन्द।

**ई-** सं. इ, इ, इका, ऋ, तृ फारसी-तुर्की इ, ई, तथा अंग्रेजी इ आदि का परिवर्तन ई में हुआ है। जैसे- तीक्ष्ण=तीक्ख>तीखा, इक्षु=इक्खु>ईख, जिह्वा=जिब्भ> जिभ, होलिका>होलिआ>होली, गृद्ध>गीध इत्यादि।

**उ-** सं. उ, ऊ, अ, ऋ तथा फारसी-तुर्की-अंग्रेजी- उ का हिन्दी उ में विकास हुआ है। जैसे- उड्ड>उडउड्ड, प्रभूत>बहुत्त>बहुत, मधूक>महुअ>महुआ, पश्च>पुच्छ>पूँछ, विरूप>बुरूअ>बुरा, वृद्ध>बुड्ढ>बुड्ढा।

**ऊ-** उ, ऊ, ऋ, औ, उक, उका, इक आदि का उ में विकास हुआ है। जैसे- पुत्र>पुत्तऊत, सूत्र> सुत्त>सूत, बालुका>बालुआ>बालू, गैरिक>गरअ> गेरु, पौष >पुस्स>पूस।

**ए-** सं. ए, ऐ, अ, इ, ओ, तथा अय का विकास ए में हुआ है। जैसे- क्षेत्र>खेत्त>खेत, तैल>तेल, सन्धि>सेंध, छिद्र>छिद्द>छेद, गोधूम>गेहूँ, त्रयोदश>तेरस>तेरह।

**ऐ-** सं. ऐ, इ, अय, तुर्की तथा फारसी अइ का विकास ऐ में हुआ है। जैस- चैत्र>चइत्त> चैत। नयन>नैन।

**ओ-** सं. ओ, औ, अ, उ, ऊ, व, उप आदि का विकास ओ में हुआ है। जैसे- ओष्ठ>ओट्ठ>ओठ, हॉंठ, पुष्कर>पुक्खर> पोखर, मूल्य>मोल्ल>मोल, सौभाग्य>सोहग्ग>सोहाग, स्वर्ण>सोण्ण>सोन्, सोना, उपल+क>उवल + अ>ओला।

**औ-** सं. औ, अय, आम, अउ, अव, आदि का विकसित रूप औ है। जैसे- गौरवऔरव, सपत्नी>सौत, अपर>अव[illegible], चामर>चौर, वामन>बौना, यव > जौ, चतुष्क>चउक्क>चौक।

## व्यंजन-

**क-** संस्कृत क्य, क्र, क्ल, क्व, क्न, त्क, त्क्र, कक, र्क, स्क इत्यादि ध्वनियों का परिवर्तन क में हुआ है। जैसे-माणिक्य, माणिक्क>मानिक, क्रोश>कोस>कोस, चक्र>चक्क>चाक, स्कन्ध>कंधअ>कंधा, पक्व>पक्क>पाक, रूक्म> रूक्क>रोक, चिक्कण>चिक्कण>चिकना, कर्कर>कंकड़, वल्कल>वक्कल>बाकल।

**ख-** सं. ख्य, क्ष्म, क्ष, क्ष्य, क्ष्ण, रून, स्क, स्ख, ष्क, क्ख, र्ख, र्ष्य, ष्य इत्यादि की परिणति ख में हुई है। जैसे- तीक्ष्ण>तिक्ख>तीखा, व्याख्यान>वक्खान>बखान, पुष्कर>पोक्खर>पोखर, क्षीर>खीर, लक्ष्मण> लक्खमण> लखन इत्यादि।

**ग-** सं. ग्य, क्, घ, ग्र, ग्ल, ग्व, ग्न, द्ग, द्ग्र, र्ग, ल्ग इत्यादि से विकसित। जैसे- भाग्यअभाग, अग्र>अग्ग>आगे, अग्नि>अग्गि>आग, मुद्ग>मुग्ग>मूँग, कन्दुकओंदुअ>गेंद, घटआढ़ अ ना (क्रिया) इत्यादि।

**घ-** सं. ध्य, घ्र, घ्न, द्घ, र्घ, र्ध्य इत्यादि से विकसित। जैसे- गृह>घर, व्याघ्र>बाघ, उद्घाट>उग्घाड़, अर्घ्य> अरघ इत्यादि।

**च-** च्य, त्य, च्य, र्च, र्च्य, इत्यादि की परिणति हिन्दी च में हुई है। जैसे- सत्य>सच्च>साँच, कूर्चिका>कूँची, उच्च>ऊँचा इत्यादि।

**छ-** सं. च्छ, छ, र्च्छ, श्च, श्र, त्स, प्स, आदि का विकास। कच्छपक>कच्छवअ>कछुआ, क्षमा>छमा, लक्षमण>लक्षमन, उत्साह>उच्छह>उछाह इत्यादि।

**ज-** ज्य, द्य, र्य, य्य, ज्ज, ज्ञ, ज्व, ज्म, र्ज, र्ज्य, आदि से। कार्य>कज्ज> काज, अद्य>अज्ज>आज, कज्जल>काजल, गुर्जर>गुज्जर>गूजर इत्यादि।

**झ-** सं. ध्य, क्ष, ह्य, का रूपान्तरण झ में हुआ है। संध्या>संझ>सांझ।

**ट-**सं. त्र, र्त, ट्र, ट्व, ह, ष्ट, ट्य आदि का परिवर्तन। चित्र>छींट, कर्त्त>कट्ट>काट्, तिलक>टीका, हट्ट>हाट, अकाट्य>अकाट, काष्टफल>कटहल, लिंगपट्टिका>लिंगवट्टिआ>लंगोटी। उष्ट्र>उट्ट>ऊँट।

**ठ-** र्थ, ट्ठ, ठ्य, ष्ठ, ष्ट, त्थ इत्यादि से। जैसे- अंगुष्ट>अंगुट्ठ>अंगूठा>ग्रंथि>गंठि>गांठ इत्यादि।

**ड, ड़-** र्द, ध्र, ड्र, ड्य, ड्म आदि। जैसे- घोटिका>घोडिअ>घोड़ी, दोलिका>डोली, दंश>डँस इत्यादि।

**ढ,ढ़-** र्ध, ध्र, ढ, ढ्य ड्ढ इत्यादि से। वृद्ध> वुड्ढ्अ>बुड्ढ़ा>बूढ़ा, अर्द्धतृतीय> अडढ़तिय>अड्ढइ>अढाई, ढाई, शिथिल>ढील।

**त-** त्र, त्व, त्न, क्त, त, र्त, प्त, इत्यादि। जैसे- सप्त>सत्त>सात, त्रीणि>तिष्णि>तीन, त्वरित>तुरत, आदित्यवार>इतवार, पुत्तलिका>पुतली, कार्तिक>कातिक, वर्तिका>वत्तिआ>बत्ती, भक्त>भगत।

**थ-**स्त, त्य, र्थ, इत्यादि का परिवर्तन थ में हुआ है। जैसे- पुस्तक>पोत्थिअ>पोथी, हस्त>हत्थ>हाथ, सार्थ>सथ्थ>साथ,मत्यनिका>मत्थणिआ>मथनी।

**द-**द्र, द्व, द्न, द्य, व्द, द्द, र्द इत्यादि से। जैसे द्रम्म>दम्म>दाम, द्रोणक>दोणअ>दोना. चतुर्दश>चउद्दह>चौदह, द्वौ>दो, चन्द्र>चन्द>चाँद इत्यादि।

**ध-** ध्र, ध्व, ध्न, द्ध, व्ध, र्ध, इत्यादि से। अर्द्धक>अद्धअ>आधा, गृध्र>गिद्ध>गीध, दुग्ध>दुद्ध>दूध।

**प-** त्व, त्म, प्य, प्ल, प्व, प्न, प्प, र्प, ल्प, इत्यादि। जैसे- सर्प>सप्प>साँप, उत्पद्य>उप्पज्ज>उपज, पिप्पलअपिप्पल>पीपल, स्पर्श>परस, वाष्प>भाप, आत्मन>अप्पा>आपा>आप इत्यादि।

**फ-** प, स्प, स्फ, ष्प इत्यादि। जैसे- स्फूर्ति>फूर्ती, परशु>फरसा, पाश>फाँस, वाष्प>भाप, भाफ इत्यादि।

**ब-** द्व, व्य, व्ब, भ, प, व्र, ब्र, र्व, व्भ, आदि से। जैसे- द्वादश>बारह, वाटिका>बाड़ी, व्याघ्र>बग्घ>बाघ, निम्बुक>निम्बुअ>नींबू, अभ्रक>अबरख, प्रा. रब्ब>हि. राब, सर्व>सब्ब>सब इत्यादि।

**भ-** भ्य, भ्र, म, प, ब, र्भ, ह्व, का परिवर्तन भ में हुआ है। जैसे- भ्रमर>भँवरअ>भौंरा, महिष>महिस>भैंस, अपि>भी, गर्भिणी>गब्भिणि>गाभिन, जिह्वा>जिब्भा, जिब्भ>जीभ।

**न-** ण, ण्य, ज्ञ, र्ण, आदि का परिवर्तन न में हुआ है। जैसे- विज्ञप्तिका>विण्णतिआ>विनती, चणक>चणअ>बना, शून्य>सुन्न>सूना, कर्ण>कण्ण>कान इत्यादि।

**म-** म्र, श्म, ब, र्म, म्ब, भ आदि का परिवर्तन म में होता है। जैसे-आम्र>आम, श्मश्रु>मुच्छु>मूंछ, बकुलश्री>बउलसिरी>मौलश्री, बल्लभ>बालम, निम्ब>णिम्म>नीम इत्यादि।

ल-सं. य, ल्ल, र, र्ल, द्र, ड़, आदि का परिवर्तन ल में हुआ है। जैसे- यष्टिका>लट्ठिआ>लाठी, भल्लुक >भल्लुअ>भालू>हरिद्री>हलिद्दी>हल्दी, दुर्लभ>दुल्लह>दुलहा, तडाग>तडाअ, तलाब, तालाब, इत्यादि।

र- सं. ऋ, द, ल, ट का परिवर्तन र में हुआ है तथा कुछ शब्दों में र का आगम भी हुआ है। जैसे- ऋक्ष>रिच्छ>रीछ, एकादश>ग्यारह, प्रक्षाल>पक्खाल, पखार, वाटिका>वाडिआ>बाड़ी, बारी इत्यादि।

स-सं. स्व, श, ष, श्य, स्य स्त्र, स्न, र्श, र्स,र्ष, श्म, आदि का परिवर्तन स में हुआ है। जैसे- गोस्वामी>गोसाई, शाटिका>साडिआ>साड़ी, शाक>साग ,वर्ष>बरस, काँस्य>कँस्स>काँसा, श्वास>सास>साँस, श्यामल>साँवलअ>साँवला।

इस प्रकार देखा जा सकता है कि संस्कृत से प्राकृत और प्राकृत से अपभ्रंश और अपभ्रंश से हिन्दी तक आने में स्वर व्यंजनों में समीकरण की प्रवृत्ति के कारण पर्याप्त परिवर्तन हुआ है। संस्कृत के संयुक्त व्यंजनों को इस आधार पर व्यापक पैमाने पर सरल किया गया है। यहाँ हिन्दी ध्वनियों के इतिहास-विकास के सम्बन्ध में **डॉ. हरदेव बाहरी** के मूल्यवान मत का उल्लेख करना आवश्यक प्रतीत होता है। वे कहते हैं- "प्राचीन आर्य भाषा के उच्चारण की जो बहुत बड़ी कठिनाई थी, उसे मध्य भारतीय आर्य-भाषा के उच्चारण की जो बहुत बड़ी कठिनाई थी, उसे मध्य भारतीय आर्य भाषाओं ने समीकरण के द्वारा दूर कर दिया। भारतीय भाषा-शास्त्र के इतिहास में यह एक महत्वपूर्ण घटना थी, जिसका आरम्भ पालि से हुआ और जिसने प्राकृत से आगे चलकर हिन्दी को हिन्दी बनाया। इस एक प्रवृत्ति के कारण सहस्त्रों शब्द संस्कृत से बिछुड़कर तद्भव रूप में आ गए। पालि, प्राकृत, अपभ्रंश, और हिन्दी के साथ सभी आधुनिक आर्य भाषाओं के बहुत बड़े शब्द भंडार को समझने की यह नियामक कुंजी है। समीकरण की प्रक्रिया ने पहले पालि की संस्कृत से भिन्न सत्ता प्रतिष्ठित की। इस प्रक्रिया का पूर्ण विकास प्राकृत में आकर हुआ जब कि संयुक्त व्यंजन नियमत: द्वित व्यंजन में परिवर्तित हो गये। अपभ्रंश में इस द्वित व्यंजन की जगह एक सामान्य व्यंजन और उससे पूर्व के स्वर का दीर्घीकरण आरम्भ हुआ। हिन्दी में इस नयी प्रक्रिया की परिणति हुई-पश्चिम में आंशिक और पूर्व में लगभग सम्पूर्ण और व्यापक ।[1]

## विदेशी शब्दों में ध्वनि-परिवर्तन

हिन्दी शब्द-भंडार में एक महत्वपूर्ण अंश विदेशी शब्दों का है। ये विदेशी शब्द समय-समय पर विदेशियों के भारत पर आक्रमण और उनके द्वारा स्थापित शासन के कारण आए हैं। इन विदेशी शब्दों को हिन्दी में स्वीकार करने की कोई सर्वमान्य सीमा नहीं है। जो लेखक जितने प्रचलित विदेशी शब्दों से परिचित हैं उन सबको अपने प्रयोग की सीमा मानता है लेकिन दूसरे लेखक या जन सामान्य के लिए उन सभी शब्दों को हिन्दी में गृहीत मान लेने में कठिनाई होती है। फिर भी शब्दों का एक अंश तो ऐसा ही है जो सामान्यतः सब लोगों के द्वारा प्रयुक्त होता है। इन विदेशी शब्दों को हिन्दी ने अपनी प्रकृति और भाषिक गठन के अनुरूप ग्रहण किया है। इस क्रम में शब्दों की ध्वनियों में परिवर्तन हुआ है। यहाँ इन्हीं ध्वनि-परिवर्तन पर विचार किया जाता है।

हिन्दी में विदेशी शब्दों के कई स्रोत हैं- (1)अरबी(2)फारसी, (3) तुर्की (4)अंग्रेजी (5)फ्रेंच (6) पुर्तगाली (7) डच (8) चीनी-जापानी आदि के दो चार शब्द। इनमें से प्रधानता अरबी-फारसी और अंग्रेजी शब्दों की है। यहाँ दो वर्गों के अन्तर्गत इन पर विचार किया जा रहा है। प्रथम वर्ग में अरबी, फारसी और तुर्की है तथा दूसरे वर्ग में अंग्रेजी।

### अरबी-फारसी शब्दों में ध्वनि परिवर्तन-

**डॉ. धीरेन्द्र वर्मा, डॉ. चटर्जी** आदि विद्वानों का मत है कि तुर्की और अरबी के शब्द फारसी के माध्यम से हिन्दी में आए। डॉ. भोलानाथ तिवारी का मत है कि अरबी के सम्बन्ध में तो यह ठीक है लेकिन तुर्की के सम्बन्ध में नहीं। क्योंकि तुर्क बाबर के साथ भारत आए और यहाँ अपना शासन स्थापित करने में सफल हुए। अतः तुर्की शब्द सीधे आए होंगे। यहाँ हम दोनों मतों को मानते हुए केवल अरबी-फारसी-तुर्की शब्दों में होने वाले ध्वनि-परिवर्तनों पर विचार कर रहे हैं।

(1) फारसी स्वर ध्वनियों में अ अग्र विवृत स्वर था, हिन्दी में यह अर्द्ध विवृत मध्य स्वर हो गया है। जैसे-

| | | |
|---|---|---|
| **फारसी-** | केदेंम: | अँन्दाज- |
| **हिन्दी-** | कदम | अन्दाज इत्यादि। |

(2) फारसी का संयुक्त स्वर अई हिन्दी में ऐ (अएँ) हो गया है। जैसे- खइर-खैर, शइतान-शैतान इत्यादि।

(3) तुर्की-फारसी और अरबी शब्दों का अनुच्चरित ह्(हा-इ-मुस्तफी) अपने पूर्ववर्ती अ से मिलकर हिन्दी में आ हो गया है। जैसे- किनारह्-किनारा, तमाशह्-तमाशा, बेचारह्-बेचारा।

(4) स्वर-लोप तथा स्वरागम के कारण भी हिन्दी में आकर फारसी शब्दों में परिवर्त्तन हो गया है। जैसे- हुक्म-हुकुम, मुवाफ़िक्-माफिक।

(5)व्यंजन ध्वनियों में दंत्य संघर्षी ध्वनि स हिन्दी में वर्त्स्य संघर्षी स हो गया है। जैसे- साहब, सफ़र, सलाह़, आसान इत्यादि।

---

1. हिन्दी: उदभ्व, विकास और रूप- डॉ हरदेव बाहरी, पृ. 110

(6) फारसी की तीन ध्वनियों जे, झे, और जाल हिन्दी में ज हो गयीं। यों तो ज फारसी से गृहीत ध्वनि है लेकिन यह उपर्युक्त किसी ध्वनि से नहीं मिलती है। हिन्दी में इस ज़ का भी ज हो गया है। जैसे- कागज-कागज़, जरा-ज़रा, जहर-ज़हर।

(7) फारसी की न, च, ज, य, र, और ल ध्वनियों का हिन्दी में आकर केवल उच्चारण स्थान परिवर्तित हो गया है।

(8) कुछ फारसी शब्दों का हिन्दी में आकर हस्वीकरण हो गया है। जैसे- नब्बाब-नबाब, हकक्-हक, जिद्द-जिद।

(9) लोप के कारण भी कुछ ध्वनियाँ बदली हैं- जैसे वोय-बू, मजदूर-मजूर।

(10) मूर्द्धन्यीकरण से परिवर्त्तन-जैसे-शरक-सड़क।

(11) विपर्यय- कुफ्ल-कुल्फी, फ़तीलह-पलीता।

(12)अंत्य न का आनुनासिक हो गया है- जैसे हारून-हारूँ, कारून-कारूँ, खान-खाँ इत्यादि।

इस तरह अरबी-फारसी-तुर्की की कठिन ध्वनियाँ हिन्दी की सरल प्रकृति के अनुरूप ढल गयीं। विपरीत इसके, जो ध्वनियाँ सरल थीं वे सहज रूप में यथावत् गृहीत हो गयीं। उनमें कोई परिवर्तन नहीं हुआ। एक बात और हुई कि अरबी-फारसी शब्दों का हिन्दी की प्रवृत्ति के अनुरूप व्याकरणिक परिवर्त्तन भी हुआ यथा मकान का बहुवचन फारसी में मकानात् होता है, किन्तु हिन्दी ने त का लुप्त कर अपना ओं लगाकर ही उसे बहुवचन बनाया है। इस वर्ग की ध्वनियों के विषय में एक बात और है। इस वर्ग की अरबी और तुर्की का भारतीय भाषा परिवार से कोई सम्बन्ध नहीं है, जब कि फारसी भारोपीय कुल की ही ईरानी शाखा की भाषा है। अवेस्ता तथा ऋगवेद की भाषा में समता द्रष्टव्य है।

## अंग्रेजी शब्दों में ध्वनि-परिवर्तन

अंग्रेजी शासन और प्रभुत्व के कारण भारत में अंग्रेजी पढ़ने लिखने की प्रवृत्ति हुई। शासक-वर्ग से सम्बद्ध होने के कारण अंग्रेजी पढ़े-लिखे लोग यहाँ के सामान्य जन से अपने को विशिष्ट समझने लगे। यह विशिष्टता एक रूप में भाषा में अंग्रेजी शब्दों के प्रयोग द्वारा भी व्यंजित होती है। स्वतंत्रता के बाद तो इस देश में अंग्रेजी के प्रति भक्ति और बढ़ी है।

हिन्दी में लगभग चार-पाँच सौ शब्द अंग्रेजी के हैं। ये शब्द सम्पूर्ण जन-समुदाय में समग्र रूप से नहीं बल्कि व्यवसाय गत भेद के कारण अलग-अलग वर्गों में प्रचलित हैं। कुछ शब्द ऐसे भी हैं जो सभी क्षेत्रों में समान रूप से प्रचलित हैं। हिन्दी में ग्रहण करने के क्रम में इन शब्दों की ध्वनियों में कुछ परिवर्तन हो गया है। अंग्रेजी की निम्न ध्वनियों में परिवर्तन हुआ है।

(1) अंग्रेजी में अ के दो उच्चारण हैं। एक अर्द्ध विवृत मध्य स्वर है और दूसरा उदासीन। इनको क्रमशः ^और ǝ से व्यक्त करते हैं। हिन्दी में इन दोनों की जगह अ का प्रयोग होता है। कुछ शब्दों में पहला अ आ तथा दूसरा अ आ एवं ए हो जाता है। जैसे- सलाद, ड्रामा, करेंट।

(2) अंग्रेजी का अर्द्ध संवृत इ हिन्दी में संवृत इ हो जाता है। कभी-कभी मध्यवर्ती इ और प्रायः अंत्य इ का परिवर्तन ई में हो जाता है। जैसे- मील, अर्दली इत्यादि।

(3) अंग्रेजी एँ का उच्चारण हिन्दी में इ तथा अ हो गया है। जैसे- डेपुटी-डिप्टी, हॉस्टेल-होस्टल इत्यादि।

इसी तरह ऐं के स्थान पर हिन्दी में शुद्ध ऐ बोलते हैं।जैसे- बैंण्ड-बैण्ड।

(4) अंग्रेजी संयुक्त स्वर एइ हिन्दी में ए हो जाता है। जैसे- मेइल- मेल, रेइल-रेल।

(5) अंग्रेजी संयुक्त स्वर ओउ हिन्दी में ओ हो जाता है। जैसे- होउटेल-होटल, कोउट-कोट।

(6) अइ और अउ- इसके स्थान पर हिन्दी में आइ और आउ हो जाता है। जैसे-पइप-पाइप, टइम-टाइम, अउट-आउट टउन-टाउन।

(7)अंग्रेजी ध्वनियाँ क्, प्, और ट् ईषत् महाप्राण होती है। हिन्दी में आकर शुद्ध अल्पप्राण बन जाती है।

(8) अंग्रेजी ट और ड ध्वनियाँ हिन्दी में त और द हो जाती हैं। जैसे- अगस्ट-अगस्त, डॉजेन-दर्जन, एकेडमी-अकादमी, गार्ड- गारद।

(9)अंग्रेजी में व के लिए दो ध्वनियाँ V और W हिन्दी में इनके लिए व अर्थात् V का ही ज्यादा प्रयोग होता है। जैसे- लव, वेंटर, इत्यादि। कहीं-कहीं हिन्दी की प्रकृति के अनुसार व का ब हो जाता है। जैसे-वार्निश-बार्निश।

(10) झ अंग्रेजी में श का घोष रूप है। हिन्दी में इसके स्थान पर ज हो जाता है। जैसे- रूझ-रूज, गैरिझ-गैरिज इत्यादि।

(11) अंग्रेजी का र हिन्दी में आकर अनेक स्थानों पर अनुच्चारित रह जाता है। जेसे-फर्स्ट-फस्ट, रिपोर्ट-रपट, रिपोट।

(12) घोषीकरण के द्वारा परिवर्तन। जैसे- कार्क-काग, रिक्रूट-रंगरूट।

(13) आगमः-स्टेशन-इस्टेशन, स्कूल-इस्कल, ब्रश-बुरूश, ग्लास-गिलास, टोमेटो-टमाटर।

(14) लोपः सेप्टेम्बर-सितम्बर, पंकचर-पंचर।

(15) विपर्ययः- सिगनल-सिंगल, कोलतार-तारकोल इत्यादि।

(16) अंग्रेजी में अंतिम इ के बाद आने वाले र का उच्चारण प्रायः नहीं होता है। जैसे- फादऽ। लेकिन हिन्दी में पूरा उच्चारण होता है-

फादर। अंग्रेजी शब्दों में ध्वनि-परिवर्तन की ये ही मुख्य प्रवृत्तियाँ हैं।[1]

## स्वन या ध्वनि- नियम

किन्हीं विशेष परिस्थितियों में सभी देशों तथा सभी कालों में अजस्त्रम् घटित होने वाले विशेष कार्य-व्यापार को नियम कहते हैं। यह सत्य है कि विश्व की तमाम भाषाओं की ध्वनियाँ परिवर्तनशील होती हैं। उक्त परिवर्तनशील अथवा विकारग्रस्त ध्वनियाँ किसी विशिष्ट स्थान तथा किसी विशिष्ट देश से अनुस्यूत होती हैं। ध्वनियों की विकारग्रस्तता अथवा परिवर्तनशीलता के आधार पर बनाये गये नियम ध्वनि-नियम नाम से जाने जाते हैं। **एफ. जी. टक्कर** ध्वनि-नियम का अर्थ समझाते हुए कहते हैं' "A Phonetic law of language is a statement of the regular practice of that language at a particular time in regard to a treatment of a particular sound or group of sounds or group of sounds in a particular setting.[2] अर्थात् 'किसी भाषा के ध्वनि-नियम से अभिप्राय उस भाषा में होने वाले उस नियमित ध्वनि विकार से है, जो किसी विशेष काल एवं विशेष परिस्थितियों में किसी विशिष्ट ध्वनि अथवा ध्वनियों से सम्बन्धित हो"। **ग्रे** (Gray) महोदय ने ध्वनि नियमों की कुछ सीमाओं का निर्देश इस प्रकार किया है- Phonetic law is best difined as a facteal statement of a regular correspondence or set of correspondence found by empirical observation and comparision to exist under like circumstances or conditions between a givs in phonime with in a given are at a given period in the history of a given language group -language or dialect and parallel phoneme (or parallel absence of phoneme) at another period or at different periods withe in such group language or dialect or in different members of the language group whether at the same period or at different periods.' हो सकता है , निरन्तर वैज्ञानिक नियमों की खोज ने ही उन्नीसवीं शताब्दी में प्रसिद्ध भाषाशास्त्री **जैकब ग्रिम, हेरमन ग्रासमन, कार्ल, अडोल्फ वर्नर तथा वी. थाम्सन** को ध्वनि-परिवर्तन के क्षेत्र में भी नियमों की खोज में उत्प्रेरित किया हो। जो कुछ भी हो, ध्वनि-नियमों की खोज उनके ही श्रम का सार्थक ही परिणाम है।

## ध्वनि नियम के अपवाद

ध्वनि-नियमों की खोज के बाद एक विवादास्पद प्रश्न भाषा-विज्ञानियों के समक्ष उठ खड़ा हुआ कि प्राकृतिक नियमों की तरह क्या ध्वनि-नियम भी शाश्वत, देशातीत, अथवा सार्वभौमिक होते हैं? इसके उत्तर के लिए भाषाविद अपने गंभीर अध्ययन के बाद इस निष्कर्ष पर पहुँचे कि प्राकृतिक अथवा रसायन शास्त्र आदि नियमों की तुलना में ध्वनि नियम क्षीण, कम वैज्ञानिक तथा देश-काल के फलक पर समान रूप से व्याप्त नहीं होते-"Phonetic laws in not way assimilated to these of physics nor chemistry." वस्तुतः ध्वनि-नियमों में एक नियमितता तो होती है, लेकिन सीमित रूप में। इसके विपरीत प्राकृतिक नियम व्यापक तथा सुनिश्चित होते हैं। प्राकृतिक नियम जहाँ काल विशेष के दबाब को स्वीकार नहीं करते, ध्वनि-नियमों पर वहीं काल के प्रति बन्धों का अंकुश निरंतर लगा रहता है। अधिकांश प्राकृतिक नियम अपवादों से रहित होते हैं, लेकिन ध्वनि-नियम सापवाद होते हैं। भाषाविद् **जेस्पर्सन** इस संदर्भ में अपनी मंशा इस प्रकार व्यक्त करते हैं- "I want to point out the fact now here have I found any reason to accept the theory that sound change always take place according to rigorous or bling laws admitting, No exception."..अर्थात् "मैं इस तथ्य का संकेत कर देना चाहता हूँ कि मैंने इस बात को स्वीकार करने का कभी भी कारण नहीं पाया कि ध्वनि-परिवर्तन सदैव कड़े नियमों के अनुसार होते हैं और उनमें अपवाद नहीं होता।" आशय यह कि किसी समय विशेष में बने ध्वनि-नियम कालांतर में परिवर्तित ध्वनियों पर लागू नहीं होते। अपनी बात की पुष्टि के लिए मैंने **डॉ. देवेन्द्र नाथ शर्मा** का यह उद्धरण प्रस्तुत कर रहा हूँ- "किसी भाषा से सम्बद्ध नियम उसी भाषा के किसी काल पर लागू होता है और उसमें भी उस भाषा के सम्पूर्ण क्षेत्र पर लागू हो, यह आवश्यक नहीं। सम्भव है, उस भाषा क्षेत्र के किसी एक भाग में लागू हो"[3]

वस्तुतः ध्वनि-विकारों के व्यापक कैनवास पर निर्मित ध्वनि-नियम सभी भाषाओं पर समान रूप से प्रभावी नहीं होते, जबकि प्राकृतिक नियम देश तथा काल के वक्ष पर खिंची हुई अमिट लकीर की तरह शाश्वत होते हैं। ध्वनि-नियम अतीत की बासी मॉटी में उगे हुए होते हैं। इनमें भविष्य के सम्बन्ध में कुछ कहने का सामर्थ्य नहीं होता। **ब्लूमफील्ड** तो ध्वनि-परिवर्तन को नियम न मानकर इसे ऐतिहासिक घटना मात्र ही मानते हैं-It was evident that the term law has here no precise meaning for a sound change is not in any case a law but only a historical occurance.[4]

---

1. भाषाविज्ञानी-डॉ. अवधेश्वरअरुण की पुस्तक हिन्दी भाषा का स्वरूप-विकास से साभार
2. Introduction to the Natural History of Language - P. 5
3. भाषा-विज्ञान की भूमिका, डॉ. देवेन्द्र नाथ शर्मा, पृ.218
4. Language, Bloomfield P. 354

सादृश्यता-ध्वनि-नियमों के अपवाद का एक खास कारण है। लगभग सभी भाषाओं में कुछेक ध्वनियाँ इस तरह की अवश्य मिल जाती हैं, जिनका निर्माण उस भाषा में पूर्व प्रचलित ध्वनियों के आधार पर हुआ होता है। इस तरह की ध्वनियाँ ध्वनि-नियम की गिरफ्त से बाहर होती हैं। सादृश्य के आधार पर बदली ध्वनियों में स्वाभाविक परिवर्तन का अभाव होता है। उदाहरण के लिए अंग्रेजी भाषा के Will तथा Shall को लिया जा सकता है। इनके भूतकाल के रूप क्रमशः would तथा should होते हैं। लेकिन इन्हीं के आधार पर can का भी could हो गया है, जब कि इसे इस रूप में नहीं बदलना चाहिए था। वह इसलिए कि can में कहीं ल (I) ध्वनि नहीं है। इस पर किसी भी तरह Would तथा Should का नियम नहीं लागू होता। कुल मिलाकर कहा जा सकता है कि Would तथा Should की देखा-देखी में ही Can भी Could में बदल गया।

कभी-कभार किसी भाषा विशेष से सम्बद्ध कोई ध्वनि-नियम उस भाषा में प्रविष्ट विदेशी ध्वनियों पर कारगर सिद्ध नहीं होता। यहाँ तक कि संस्कृत भाषा के भी कुछ शब्द उक्त नियमों से बच निकले हैं, यथा- कर्म का कम्म तथा काम और चर्म का चम्म तथा चाम तो हो गया, लेकिन वहीं धर्म से धम्म नहीं हुआ। वह इसलिए कि धर्म शब्द ने अपना स्वरूप (धम्म से धाम न बनाकर) 'धर्म' अथवा 'धरम' सुरक्षित रखा।

ध्वनि नियमों के जटिल तथा भ्रमोत्पादक बहस-मुबाहसे ने भाषा विज्ञानियों को तीन खेमों में बाँट दिया। एक दल उन्हें ध्वनि-नियम न कहकर 'ध्वनि-प्रवृत्ति' (Phonetic tendency)अथवा 'ध्वनि-फॉर्मूला' कहना उपयुक्त समझता है। दूसरा दल उन्हें 'निरपवाद नियम' मानता है। तथा तीसरे वर्ग के लोग इन्हें कुछ निश्चित सीमाओं के भीतर नियम स्वीकार करने के पक्ष में है। सोस्यूर ने तो ध्वनि-परिवर्तन के नियमों को सूचित करने में वर्तमान काल के प्रयोग से बचने की सलाह दी है। "The most serious mistake in method that I can recall at this point Although it is not related to the principales stated above is that of formulating a phonetic law in the present tense as if the facts embraced by it existed once and for all instead of being born and- dying with in a span of time".[1] उक्त विवादों को ही ध्यान में रखकर एल.एच. ग्रे. (L.H.Gray)को कहना पड़ा कि 'भाषा-विज्ञान के किसी सिद्धान्त ने इतने उग्र विवाद को जन्म नहीं दिया, जितना ध्वनि-नियम के प्रश्न ने।"

## कुछ महत्वपूर्ण ध्वनि-नियम

### 1- ग्रिम-नियम(Grimm's Law)

अपवादों के बावजूद ग्रिम-नियम ध्वनि-**नियमों में सर्वा**धिक चर्चित तथा विशिष्ट ध्वनि-नियम समझा जाता है। इस नियम के प्रयोक्ता भाषा-विज्ञान के क्षेत्र में युगचेता अनुसंधानकर्ता, जर्मन के प्रसिद्ध भाषाशास्त्री **जैकबग्रिम** (Jacobe-Grim, 1785-1863)हैं। हालाँकि ग्रिम से भी पहले इस नियम का एक कच्चा खाका डेनमार्क के भाषाविद् **श्री रैमस के.रास्क** (Ramus. k. Rask. 1788-1863)खींच चुके थे। **जैस्पर्सन** का विचार था कि यदि इस नियम के साथ किसी व्यक्ति का नाम जोड़ना ही हो तो **रास्क** का नाम सम्बद्ध करना अधिक उपयुक्त होगा "If any one man is to give his name to this law, better name would be Rask's Law.[1] **वाटर मैन** के भी विचार से उक्त नियम की जानकारी ग्रिम से पहले रास्क को थी। Jacobe Grimm wrote in German, he published a detailed comparative grammar of all the Germanic languages, and he elaborated upon Rask's largely correct but limited information. More important than all this, however he perceive the phonetic principle underlying and binding together the phenomena that Rask had so astutely observed. Primarily for these reasons Grimm is held to be the father of comparative liguistics, but his debt to Ramus kristian Rask is enormous [3]**पैडरसन** ने भी **वाटरमैन की बात** का समर्थन किया है, जिसकी जानकारी **वान्द्रियेज** ने अपनी पुस्तक '**भाषा**' में दी है। रास्क के अतिरिक्त एक अन्य विद्वान् **इहरे** (Ihre) का भी नाम इस नियम के प्रतिपादन में सम्मान से लिया जाता है।

जो कुछ भी हो, उक्त ध्वनि-नियम ग्रिम की गहरी चिन्तनशीलता, अकूत बौद्धिक क्षमता तथा सोच का ही मूर्त परिणाम है। ग्रिम ने ग्रीक, लैटिन, जर्मन, गॉथिक तथा संस्कृत भाषाओं का गंभीर अध्ययन करने के बाद सन् 1819 ई. में "जर्मन भाषा का व्याकरण" का प्राणयन किया। तदोपरान्त सन् 1822 ई. में उक्त पुस्तक का दूसरा संस्करण प्रकाशित किया, जिसके पहले खण्ड में उक्त नियम का विवेचन किया। ग्रिम नियम का संबंध भारोपीय भाषाओं के स्पर्श-व्यंजनों से है, जिनका जर्मन भाषा में ध्वनि परिवर्तन हुआ है। इसे "जर्मन भाषा का वर्ण-परिवर्तन नियम" (Lautvers Chiebung) कहते हैं। यह वर्ण-परिवर्तन दो बार हुआ है, जिन्हें क्रमशः इस प्रकार देखेंगे:-

**प्रथम ध्वनि परिवर्तन-**(First sound shifting)- प्रथम वर्ण-परिवर्तन प्रागैतिहासिक काल, संभवतः तीसरी और छठी शताब्दी

1. The result is chos...Course in General Linguistics, Page-146
2. Language; Its Nature, Development and Origin- P.40
3. Perspective in Linguistics, Page 19. 1963

ई.पू. के बीच हुआ। प्रथम ध्वनि-परिवर्तन का निश्चित समय ज्ञात न होने से इसे प्रागैतिहासिक काल कहते हैं। **ग्रिम** के अनुसार ग्रीक, संस्कृत, गॉथिक, लैटिन तथा जर्मन भाषाओं की तुलना से ज्ञात होता है कि मूल भारोपिय भाषा के नौ स्पर्श व्यंजन जर्मन शाखा में परिवर्तित रूप में उपलब्ध है। वे हैं- क्, त्, प्, घ्, ध्, भ्, ग्, द्, ब्। प्रथम वर्ण-परिवर्तन का संबंध जर्मन शाखा की सभी भाषाओं से है। प्रथम वर्ण-परिवर्तन का क्षेत्र द्वितीय वर्ण परिवर्तन के क्षेत्र से व्यापक है।

**प्रथम वर्ण-परिवर्तन-** ग्रिम के अनुसार प्रथम वर्ण-परिवर्तन निम्नलिखित रूप से हुआ-

**क.** भारतीय मूल भाषा के घोष महाप्राण स्पर्श घ्, ध्, भ्, जर्मनिक में क्रमशः घोष अल्पप्राण, ग्, द्, ब में परिवर्तित हो गये। जैसे-

| संस्कृत | अंग्रेजी |
|---|---|
| घ्(ह) से ग्= हँस, दुहिता | गूज(Goose)डॉ(ग्) टर् (Daughter) |
| ध् से द् (ड्)= विधवा, धूम | विडो(Widow)डस्ट(Dust) |
| भ् से ब्= भू, (भ्रातृ) | बी(बी), ब्रदर (Brother) |

**ख.** भारोपीय मूल भाषा के घोष अल्पप्राण, ग्, द्, ब्, जर्मनिक में अघोष अल्प प्राण क् त् प् में परिवर्तित हुए। जैसे-

| संस्कृत | अंग्रेजी |
|---|---|
| ग् से क् = गो, योग | काऊ(Cow)योक(Yoke) |
| द् से त् (ट्) = द्वौ, दशन् | टू(Two) टेन(Ten) |
| ब् से प् = लब (फारसी), तुर्बा | लिप्(Lip) थोर्प(Thorp) |

**ग.** भारतीय मूल भाषा के घोष अल्पप्राण क्, त् प्, जर्मनिक में क्रमशः संघर्षी अघोष महाप्राण ख्(ह), थ् , फ्, (घ्), (ध्), (भ)में परिवर्तित हुए जैसे-

| संस्कृत | अंग्रेजी |
|---|---|
| क् से ख् (ह)= कः, कद् | हू(Who), हू वाट (What) |
| त् से थ् = तनु, त्रि, दंत | थिन(Thin)थ्री(Three)टुथ(Tooth) |
| प् से फ् = पिता, पशु, पाद | फादर (Father), फी (Fee)फुट(Foot) |

**द्वितीय वर्ण-परिवर्तन-**(Second sound shifting)- दूसरा वर्ण-परिवर्तन ईसवी सातवीं शताब्दी के आसपास घटित हुआ। यह वर्ण-परिवर्तन केवल पश्चिमी जर्मानिक की दो उपशाखाओं-निम्न जर्मन(अंग्रेजी-आदि) तथा उच्च जर्मन(आज की जर्मन) से सम्बद्ध है। निम्न जर्मन तथा उच्च जर्मन शब्द का प्रयोग यहाँ भौगौलिक दृष्टिकोण से हुआ है। जर्मनी का दक्षिणी भाग पहाड़ी है तथा उत्तरी भाग समतल। इसलिए भौगोलिक दृष्टि से दक्षिणी भाग ऊँचा पड़ता है और वहाँ बोली जाने वाली भाषा को उच्च जर्मन कहते हैं। उत्तर के समतल अतः अपेक्षाकृत निम्न भाग में बोली जाने वाली भाषा निम्न जर्मन कहलती है 1(भाषा विज्ञान की भूमिका,डॉ. देवेन्द्र नाथ शर्मा पृ. 219)। ग्रिम-नियम के अनुसार यह परिवर्तन निम्नलिखित ढंग से हुआ-

| निम्न जर्मन | उच्च जर्मन |
|---|---|
| क् से ख् = बुक(book), योंक (yoke) | बुख(Buch), याख(Joch) |
| त् से थ् (स्)= वाटर(Water) | व्हासेर(Wasser) |
| ट् से ट् स् (स्स)= फुट(Foot)लेट (Let) | फुस(fuss), लासेन(lessen) |
| प् से फ् उ स्प्रिंग(Spring), शीप (Sheep) | फ्रूलिंग(fruling), शाफ(Schaf) |
| थ् से द् = थ्री (Three) | ड्रेइ (drei) |
| ख् से ग् = | - - |
| फ् (ह् व) से ब् थीव(Thief) | डीब (dieb) |
| ग् से ख् गेस्ट्रा (gestra) | कैस्ट्रे (cestre) |
| द् से थ् = डाटर(daughter) | टाख्टर (Tockter) |
| द् से फ् = बी (be) | पिम् (pim) |

ग्रिम द्वारा प्रतिपादित इस नियम को निम्नलिखित तालिका के रूप में प्रस्तुत किया गया है।

| मूलभाषा | निम्न जर्मन या आदिम जर्मन | उच्च जर्मन |
|---|---|---|
| gh, dh, bh, | g, d, b, | x, t, x |
| g, d, b, | k, t, p | x, z; ss, sz,f |
| p, t, k, | kh, (h), th, f | x, d, st, x |

हिन्दी और नागरी लिपि में हम इस तालिका को निम्नलिखित ढंग से प्रस्तुत करेंगे-

| मूल भाषा | आदि/ निम्न जर्मनिक | उच्च जर्मनिक |
|---|---|---|
| क् त् प् | ख्(ह्)थ्, फ् | ग् द् ब् |
| ग् द् ब् | क् त् प् | ख (ह) थ् फ् |
| घ् ध् भ् | ग् द् ब् | क् त् प् |

व्याकरणिक भाषा में इसे इस प्रकार प्रस्तुत किया जाता है-

| संस्कृत, लैटिन, ग्रीक आदि | नम्न जर्मन गॉथिक अंग्रेजी डच आदि | उच्च जर्मन |
|---|---|---|
| अघोष (क्, त् प्) | महाप्राण (ख, ह् थ् फ्) | सघोष(ग्, द्, ब्) |
| महाप्राण(ख्, ह्, थ् फ्) | सघोष (ग्, द्, ब्) | अघोष (क्, त्, प्) |
| सघोष(ग्, द्, ब्) | अघोष(क्, त्, प्) | महाप्राण(ख्, ह्, थ्, फ्) |

यह नियम देखने में बड़ा सरल और सीधा प्रतीत होता है, परन्तु वास्तव में यह दोषपूर्ण है-

1. इसका सम्बन्ध ईसा पूर्व तथा ईसा की सातवीं शताब्दी से हैं। वर्तमान भाषाओं पर इसे लागू करना कठिन है।2. इसका सम्बन्ध केवल जर्मनिक भाषाओं से हैं और इसलिए इसका क्षेत्र अत्यन्त सीमित है। 3. यह नियम अपूर्ण है और इसलिए इसके ऐसे अपवाद मिलते हैं, जिनका कोई समाधान नहीं है।

**अपवाद-** 1. ग्रिम नियम के अनुसार भारोपीय ब्, द् ध्वनियों का जर्मनिक ध्वनियों में प् त् होता है, परन्तु निम्नलिखित रूपों में वे अपरिवर्तित रहती हैं-

| | | |
|---|---|---|
| संस्कृत | बोधति | दभ |
| गॉथिक | बिदउन | दउब्स |

2. ग्रिम नियम के अनुसार भारोपीय क्, त्, प्, को ख्(ह्) थ्, फ्, होना चाहिए, कुछ शब्दों में क्, त्, प्, का ग्, द्, ब्, होता है, जैसे ग्रीक किग्खो से हो (Ho), तुप्लोस से थम(Thump)और पिथास से फाडी(Fody) बनना चाहिए, परन्तु बनता है- गो(Go), डम(Dumb), बाडी(Body)।[1]

## 2. ग्रासमान-नियम (Grassman's Law)

**हेरमन ग्रासमन** (Hermann Grassman- 1809-1877) जर्मन भाषा के साथ-साथ ग्रीक तथा संस्कृत भाषाओं के भी प्रकाण्ड पंडित थे। ग्रिम नियम में अनेक दोषों अथवा अपवादों को देखकर इन्होंने एक संशोधित ध्वनि-नियम प्रस्तुत किया । इस नियम को ही 'ग्रासमान-नियम' नाम से जाना जाता है। ग्रिम नियम के हिसाब से शब्दों में सामान्यतया क् त् प् को ख् (ह्) थ्, फ् में बदल जाना चाहिए, किन्तु ऐसा न होकर ग् द् ब् होता है। इसी प्रकार संस्कृत की 'धा' (धारण-करना) धातु से धाधामि 'न' होकर दधामि, 'भृ' (भरना) धातु से भभार न होकर बभार 'ह' (हरण करना) धातु से हहार न बनकर जहार तथा 'हु' (हवन करना) धातु से हुहोति न बनकर जुहोति क्रियाएँ बनती हैं। संस्कृत के 'अभ्यासे चर्च 'सूत्र में इसका रहस्य अन्तर्भुक्त है किन्तु यहाँ यह स्मरण रखना चाहिए कि उक्त अपवादों में भी एकरूपता है।

**ग्रासमान** ने इस शंकाओं का निराकरण प्रस्तुत करते हुए बताया कि यदि मूल भारोपीय भाषा में शब्द या धातु में आदि और अन्त दोनों स्थानों पर महाप्राण ध्वनियाँ हों, तो उनमें परिवर्तन होकर एक अल्पप्राण ध्वनि हो जाती है, वह इसलिए कि दो महाप्राण ध्वनियों का एक साथ उच्चारण करना कठिन होता है। इस प्रकार कहा जा सकता है, कि मूल भारोपीय भाषा की दो अवस्थायें रही होंगी। पहली अवस्था में महाप्राण ध्वनियाँ रही होंगी, किन्तु दूसरी अवस्था में नहीं। इसलिए बतौर अपवाद् क्, त्, प्, आदि की जगह ग्, द्, ब्, आदि रहे होंगे। प्राचीन आदिम भाषाकाल में इसी स्थान पर क्, त्, प् का पुराना रूप ख् (ह्), थ्, फ्, भारोपीय भाषा में घ्, ध्, भ् भी रहा होगा तथा वही घ, ध्, भ्, बदल कर ग्, द्, ब्, हो गया होगा, जो सोलहो आना नियमानुकूल है। निचोड़ रूप में कहा जा सकता है, कि **ग्रासमान** के संशोधन के अनुसार भारोपीय मूल भाषा में एक वर्ण या धातु आदि और अन्त दोनों में प्राण ध्वनि अन्यत्र महाप्राण स्पर्श हो, तो संस्कृत , ग्रीक आदि में एक अल्पप्राण होता है।[1]

## 3.वर्नर नियम (Law of Karl Verner)

**कॉर्ल अडोल्फ वर्नर** (Karl Adolf Verner 1846-1896)डैनिश भाषा के विद्वान थे। इन्होंने ग्रिम तथा ग्रासमान द्वारा स्थापित ध्वनि-नियमों में अनेक असंगतियों को देखकर अपना एक नया संशोधनात्मक ध्वनि-नियम बनाया, जिसे 'वर्नर-नियम' कहा जाता है। **कॉर्ल वर्नर** का

1. ग्रिम नियम से सम्बन्धित प्रथम तथा द्वितीय वर्ण-परिवर्तन की सारी सामग्री डॉ. रत्नचन्द्र शर्मा की पुस्तक भाषाविज्ञान और मानक हिन्दी, के पृष्ठ 186 से साभार उद्धत की गई है।

2. सरल भाषा विज्ञान, डॉ. मनमोहन सिंह गौतम पृ. 230

नियम बलाघात पर आधारित है, जब कि इनके अनुसार ग्रिम नियम स्वराघात पर आधारित है। वर्नर का विचार है कि-

1. यदि क्, त्, प्, के पूर्ववर्ती स्वर पर बलाघात रहा हो, तो ग्रिम-नियम के अनुसार वहाँ ख्, थ्, फ्, होता है। किन्तु इसके विपरीत बलाघात यदि पूर्ववर्ती स्वर की जगह परवर्ती स्वर पर हो तो क्, त्, प्, के स्थान पर ग्, द्, ब्, हो जाता है।

2. 'स्' के पहले बलाघात होने पर 'स्' ध्वनि में परिवर्तन नहीं होता। परंन्तु 'स्' के बाद बलाघात होने पर 'स्' ध्वनि 'र्' ध्वनि में बदल जाती है।

3. भारोपीय मूल भाषा के क्, त्, प् से पूर्व स् का संयोग हो अर्थात् यदि स्क, स्त और स्प रूप हों, तो जर्मनिक में इनमें कोई बदलाव नहीं होता। यथा-

| **संस्कृत** | **लैटिन** | **गॉथिक** | **अंग्रेजी** |
|---|---|---|---|
| शतम् | Centum | Hundra | hundra |
| सप्तन् | Septem | Sibun | seven |
| युवशस(श=क) | Juvencus | Juggs | young |
| लिम्पामि | Lippus | Bileiba | belife |

## 4.तालव्य भाव-नियम (Palatal Law)

ध्वनि के इस नियम पर स्वतंत्र रूप से कार्य करने वाले अनेक विद्वानों-**कालित्ज, विल्हेन, थामसन्, श्मिट, तैंगार, एशाम** तथा **सोस्यूर** की एक लम्बी सूची है। किन्तु उक्त विद्वानों में **वी. थामसन** (V. Thomson) का नाम मुख्य रूप से इस नियम के साथ जोड़ा जाता है। कुछ लोग इसे 'कालित्ज ध्वनि-नियम' भी कहते हैं। जो कुछ भी हो, 1857 ई. में **बी. थामसन** ने ही सर्व प्रथम इसका उल्लेख किया था। इस नियम के अनुसार मूल भारोपीय भाषाओं में तीन प्रकार की 'क' वर्ग ध्वनियाँ उपलब्ध थीं। 1. कण्ठ तालव्य(क्, ख्, ग्, घ्) 2.शुद्ध कण्ठ्य (क्, ख्, ग्, घ्) तथा 3. कण्ठोष्ठ्य (क्व्, ख्व्, ग्व्, ध्व्)

इनमें से शुद्ध कण्ठ्य तथा कण्ठोष्ठ्य ध्वनियाँ भारत-ईरानी शाखा में कहीं 'क' वर्ग के रूप में स्थिर रहीं हैं, तो कहीं 'च' वर्ग के रूप में बदल गयी हैं। परिवर्तन का कारण यह बताया गया है कि मूल भारोपीय भाषा की कण्ठोष्ठ्य, क्व्, ख्व्, ग्व्, ध्वनियों के तुरंत पश्चात् यदि 'इ' या 'ए' स्वर आयें, तो भारत-ईरानी शाखा में ध्वनियाँ 'च' वर्ग (च् या ज्) में परिवर्तित हो जाती हैं और उनके पश्चात स्वर न आये तो वे 'क' वर्ग में ही बनी रहती हैं। इसे तालव्य नियम कहते हैं।[1]

कण्ठ्य अथवा कण्ठोष्ठ्य ध्वनियों के बाद 'इ' या 'ए' स्वर आने पर उनका 'च' वर्ग में इस प्रकार परिवर्तन हो जाता है-

| **मूल भारोपीय शब्द** | **भारत - ईरानी शब्द** |
|---|---|
| क्विक्वे (Quivque) | पंच संस्कृत |
| क़िद् (Qid) | चिद् (") |
| अउगेस (Auges) | ओजः(') |

इ या ए स्वर ध्वनियों के अतिरिक्त किसी अन्य स्वर ध्वनि के आने पर च वर्ग में परिवर्तन नहीं होता है-

| **मूल भारोपीय शब्द** | **भारत-ईरानी शब्द** |
|---|---|
| क्वोस (Qwos) | कः(संस्कृत) |
| युगोम (Yugom) | युगम्(') |

वस्तुतः कण्ठ ध्वनियों के तालव्य ध्वनियों में बदलने के कारण ही इसे तालव्य नियम कहते हैं। इस नियम की खोज के पहले भाषाविदों का विचार था कि मूल भारोपीय भाषा में मात्र तीन ही मूल स्वर-अ, इ, उ - थे। दरअसल ग्रीक ध्वनियों में उपलब्ध ए तथा और स्वरों के संस्कृत के अ स्वर का रूप भेद माना जाता था। लेकिन तालव्य नियम के आविष्कार के पश्चात् विद्वानों की उक्त धारणा बदल गई तथा संस्कृत की अपेक्षा लैटिन, ग्रीक आदि भाषाएँ मूल भारोपीय भाषा के अधिक सन्निकट समझी जाने लगी हैं।

1. भाषा-विज्ञान और मानक हिन्दी, डॉ रत्न चन्द्र शर्मा पृ. 190

अध्याय-12

# रूप- विज्ञान (Morphology) या पद विज्ञान

## पद - विभाग का इतिहास

पारंपरिक व्याकरण में शब्द को अभिव्यक्ति की मूल इकाई माना गया है। वाक्य में प्रयोग के लिए प्रत्यय -परसर्ग के द्वारा इसे रूप या पद में रूपान्तरित किया जा सकता है। इस प्रकार **पं. कामता प्रसाद गुरु** के अनुसार शब्दों की भिन्न-भिन्न जातियों को शब्द -भेद कहते हैं तथा शब्दों की भिन्न भिन्न जातियाँ बतलाना उनका वर्गीकरण कहा जा सकता है। रूप -वैज्ञानिक गठन अथवा वाक्य रचना के अनुसार भाषा -विशेष के शब्दों को कई वर्गों में विभाजित किया जा सकता है। वैयाकरणों ने इसे पद -वि भाग की संज्ञा दी है। **डॉ. लक्ष्मण प्रसाद सिन्हा** के अनुसार पद विभाग वह रूप है जो वाक्य विन्यास अथवा रूपान्तरण में प्रयुक्त शब्दों की जाति निर्धारित करने का प्रयास करता है।

पदों की संख्या भाषा विशेष की निजी प्रकृति और उसकी रूप रचना पर ही निर्धारित की जा सकती है। मुख्य रूप से इसके निर्धारण से पहले परंपरा ध्यान में आती है। इसके बाद भाषा विशेष के रूप, उसके प्रचलन तथा वाक्य रचना पर पद विभाग का निर्धारण उचित है। ज्ञान -विज्ञान के सभी विभाग, अपवादों को छोड़कर परंपरा से प्रेरणा ग्रहण करते हैं। न्यूनाधिक मात्रा में दुनियाँ के सभी देशों में व्याकरण का अध्ययन हुआ है। फिर भी, निष्पक्ष रूप से विचार करने पर आज के भाषा विज्ञानी यह मानते हैं कि ग्रीस और भारत में जो व्याकरणिक अध्ययन हुआ है, उससे विश्व को एक नयी दिशा मिली है -Of these, the linguistic work of Greak and of India are by far the most important in the history of linguistics in Europe and America today. In the study language as in so many other field's of the intellect, one can trace a continuous line of development virtually from the beginning Greek thought of the fifth and subsequent centuries B. C. through its trasmission by Rome, the Middle Ages, and the Renaissance. to the present day and from the end of the eighteenth century, the quite remarkable work of the ancient Indian linguistic scholars and their successors became known to the nest and made a profound contribution to this branch of Western learning.[1]

पाश्चात्य देशों में पदों की संख्या के निर्धारण के लिए जो प्रयास हुये हैं, उनके संबन्ध में उपलब्ध सामग्रियों के आधार पर यह पता चलता है कि ईसा के पाँच सौवर्ष पहले ग्रीस के दार्शनिकों ने पदों की संख्या निर्धारित करने का कार्य प्रारम्भ किया था। यह भी पता चलता है कि विश्व प्रसिद्ध दार्शनिक **सुकरात** (469-399ई.पू.) ने व्याकरणिक चिन्तन में रूचि दिखलाई थी। दुर्भाग्य यह है कि इस प्रकार का उनका कोई लेख आज उपलब्ध नहीं है। सुकरात के बाद ग्रीस के प्रसिद्ध दार्शनिक **प्लेटो** (429-347 ई. पू) ने भी ग्रीक भाषा के व्याकरण परविचार किया है। प्लेटों ने पद विभाग के औचित्य को स्वीकारा है। प्लेटों ने ही सर्वप्रथम 'मेरोस लोगस' (Meros Logous) शब्द का व्यवहार किया जो अंग्रेजी में पार्ट्स आफ स्पीच (Parts of Speech)तथा हिन्दी में पद विभाग के रूप में प्रचलित है। प्लेटों ने पदों के दो विभाग किए 1. ओनोमा (Onoma) तथा 2. रेमा (Rhem)। 'ओनेमा' तथा 'रेमा' का प्रयोग प्लेटों ने क्रमशः 'नाम' तथा 'क्रिया' के लिए किया है। बाद में **अरस्तू** ने प्लेटो के द्वारा प्रस्तुत दोनों पद विभागों को तो स्वीकारा ही, पद विभाग में एक नया वर्ग भी जोड़ दिया जिसका नाम ग्रीक भाषा में उन्होंने 'सिंडेसम्यॉय' (Syndesmoi) दिया। इस प्रकार अरस्तू के अनुसार

1. Gerneral Linguistics : An: Introructory Survey R. H. Robins,P. 381

पदों के तीन विभाग उचित हैं- ओनोमा, रेमा तथा सिंडेसम्याय। अपने द्वारा जोड़े गए इस तृतीय वर्ग का प्रयोग अरस्तू ने सम्भवतः संबंधरूपक, संयोजक तथा सर्वनाम जैसे शब्दों के लिए किया- Aristotle maintained this distinction but added a third class of syntactic component the syndessmoi, a class covering what were later to be distinguished as conjunctions (and probably prepostitions thought this is not apparant from this examples cited) the article and pronouns.[1]

पद विभाग के क्रम में ग्रीस में स्टोइक वर्ग के अवदान का भी उल्लेख मिलता है। स्टोइक वर्ग के दार्शनिकों ने भी प्रचलित 'नाम' और 'क्रिया' के साथ संयोजक के दो भेद (संयोजक तथा आर्टिकल) कर के पदों की संख्या चार कर दी।[2] भाषा वैज्ञानिक चिन्तन की दृष्टि से **अलेक्जेन्डर युग** (300-150) ई. पू. का भी महत्वपूर्ण स्थान है। इस युग के **अरिस्टार्चस** (Aristarchus) ने वैज्ञानिक ढंग से भाषा के अध्ययन में रूचि दिखलाई थी। कालान्तर में अरिस्टार्चस के शिष्य, **डायोनिसियस थ्रैक्स** (Dionysius Thrax) ने सम्भवतः दूसरी शताब्दी ई. पू. 'व्याकरण' की रचना की। इन्होंने अपने इस ग्रीक व्याकरण में पदों की संख्या 8 मानी है। डायोनिसियस थ्रैक्स द्वारा प्रस्तुत पदों के आठ विभाग इस प्रकार हैं-

| ग्रीक | अंग्रेजी अनुवाद | हिन्दी अनुवाद |
|---|---|---|
| ओनोमा (Onoma) | Noun | संज्ञा |
| रेमा (Rhema) | Verb | क्रिया |
| मेटोक (Metoche) | Participle | कृदन्त |
| आर्थ्रान(Arthron) | Article | आर्टिकल |
| एनटोनिमिया (Antonymia) | Pronoun | सर्वनाम |
| प्रोथीसिस (Prothesis) | Preposition | सम्बन्ध सूचक |
| एपिरेमा(Epirrhema) | Adverb | क्रिया विशेषण |
| सिन्डेस्मॉस (Syndesmos) | Conjection | संयोजक |

थ्रैक्स द्वारा प्रस्तुत पदों का यह विभाजन समस्त भारोपीय भाषाओं में बहुत लोकप्रिय हुआ। ग्रीक भाषा के लिए तो थ्रैस्क का यह विभाजन पूर्णतः उपयोगी प्रतीत हुआ ही, सारे यूरोप में इसकी बड़ी सराहना हुई। इस की साथकता को देखते हुए यूरोप की अन्य भाषाओं ने भी इसे अपनाना शुरूकिया । उस समय यूरोप में ग्रीक भाषा के साथ लैटिन भाषा का भी प्रबल प्रभाव था।[3] उपलब्ध सामग्रियों के आधार यह ज्ञात होता है कि रोम में वारो (116-27 ई. पू.) ही प्रथम चिन्तक हैं, जिन्होंने लैटिन व्याकरण में पद विभाग पर गंभीरता पूर्वक विचार किया है। भाषा संबन्धी उनके विचार लिंगुआ लैटिन (De lingua lating) में अभिव्यक्त हैं। पच्चीस खंडों में लिखे गये इस ग्रंथ के सारे खण्ड आज सुलभ नहीं हैं। लैटिन शब्दों के वर्गीकरण में वारों ने अपने मौलिक चिन्तन का परिचय दिया है। वारो ने पदों के चार विभाग किए हैं1. संज्ञा(विशेषण सहित) 2. क्रिया 3. कृदन्त 4. क्रिया विशेषण

| | |
|---|---|
| 1. Those with case inflcction | Noun (including Adjectives) |
| 2 .Those with tense inflection | Verbs |
| 3.Those with case and tense inflection | Participles |
| 4.Those with neither | Adverbs[4] |

छठीं शताब्दी में रोम में **प्रीसियन** (Priscian) नामक एक प्रतिभाशाली भाषा शास्त्री हुएं। जिन्होंने एक विशाल लैटिन व्याकरण की रचना की। व्याकरणिक कोटियों के अध्ययन के क्रम में प्रीसियन ने भी पदों के आठ विभाग प्रस्तुत किए। यह पद विभाग थ्रैक्स का अंधानुकरण तो नहीं है, किन्तु उन्हीं की परिपाटी पर आधारित कहा जा सकता है। प्रीसियन महोदय द्वारा प्रस्तुत आठ पद विभाग इस प्रकार हैं-

| लैटिन | अंग्रेजी अनुवाद | हिन्दी अनुवाद |
|---|---|---|
| नोमैन (Nomen) | Noun | संज्ञा |
| भर्बम् (Verbum) | Verb | क्रिया |

1. A Short History of Linguistics. R. H. Robins, P. 26, Edn 1976
2. अर्थ विज्ञान और व्याकरण दर्शन डॉ. कपिलदेव द्विवेदी, पृष्ठ 263, 1951
3. linguistics- David- Crystal, P. 51 Edn 1974
4. A Short History of Linguistics R. H. Robins. P. 50

| | | |
|---|---|---|
| पार्टिसिपियम (Participium) | particple | कृदन्त |
| प्रोनौमैन (Pronomen) | Pronoun | सर्वनाम |
| ऐडभर्वियम (Adverbium) | Adverb | क्रिया विशेषण |
| प्रीपोजीशियो (Praepositio) | Preposition | संबन्ध सूचक |
| ईन्टरोक्सियो (Interiectio) | Interjection | विस्मयादि बोधक |
| कानिविशयो (Conunctio) | Conjuction | संयोजक[1] |

अंग्रेजी भाषा में आठ पद विभाग प्रचलित हैं। इनके नाम इस प्रकार हैं-

1. नाउन (Noun)
2. प्रोनाउन (Pronoun)
3. एडजेक्टिव (Adjective)
4. भर्ब (Verb)
5. एडभर्ब (Adverb)
6. प्रीपोजीशन ( Preposition)
7. कंजक्शन (Conjuction)
8. इंटरजक्शन (Interjuction )

अठारहवीं शताब्दी से अंग्रेजी में 'नाउन' और 'ऐडजेक्टिभ' अलग -अलग पद विभाग माने जाने लगे।[2] इस प्रकार अंग्रेजी में प्रचलित इन्टर जेक्सन को छोड़कर शेष सात पद विभाग थ्रैक्स महोदय पर आधारित प्रतीत होते हैं। [3] लैटिन विद्वान् प्रीसियन ने भी पदों की संख्या आठ मानी है। उन्होंने 'आर्टिकल' की सत्ता स्वीकार नहीं की।

अंग्रेजी के वैयाकरण यह अनुभव करते हैं कि भाषा के स्वरूप को ध्यान में रखकर अंग्रेजी का पद विभाग नहीं किया गया है। इसलिए आधुनिक काल में अंग्रेजी के भाषा विज्ञानियों ने पद के इस आठ विभाग को चुनौती दी है। अमेरिकी भाषा विज्ञानी चार्ल्स फ्रिज[4] तथा ब्रिटिश भाषा शास्त्री फ्रैंक मापर ने बताया कि अंग्रेजी के चार पद विभाग हो सकते हैं और इनके साथ शब्द रूप के 15 ग्रुप हो सकते हैं - Finally in this section, we should look at the traditional approach to the definition of parts of speech since, in too is a partly at least in national terms, for instance, Nesfield defines a noun as 'A word used for naming anything' and notes that thing in the difinition. stands for person, place, quality, action, feeling, collection, etc. This is clearly a notional definition. its worst for how do we know what a thing is, Is fire a thing? Is peace? Is hope or inter.....Moreover, Can we not say that red is the noun of a colour and is not red then a noun? [5] चार्ल्स फ्रिज ने बताया कि परंपरागत वैयाकरण जिसे क्रिया विशेषण कहकर मौन हो जाते हैं। सिर्फ उसी की अभिव्यक्ति के लिए पन्द्रह से पाँच ग्रुप की आवश्यकता होगी- A particularly striking about Fries's classification is that What traditional grammarions call advebs are treated in no less than five of his fifteen group as well as providing the total membership of his class[6] परंपरागत ढंग से चले आ रहे आठ पद विभाग अंग्रेजी व्याकरण में आज भी वर्तमान हैं।

हिन्दी में प्रचलित पद विभाग अंग्रेजी में के Parts of Speech के अविकल अनुवाद हैं। पदों की संख्या 8 मान कर तथा अंग्रेजी में प्रचलित उनके अविकल अनुवाद को हिन्दी व्याकरण के लिए उपयुक्त बताकर हिन्दी के वैयाकरणों ने अंग्रेजी भाषा का अंधानुकरण

1. A Short History of Linguistics-R. H. Robins P. 57. 58 Edn 1976
2. Grammar of English Grammars- Goold Brown P. 293, Edn 1968
3. रूपिमीय विश्लेषण-डॉ. लक्ष्मण प्रसाद सिन्हा, P. 163
4. We have given them no names except the numbers class one, class two, class three class, four, the reader familiar twith the connventional grammar will probably attempt or has already attempted to quote these class numbers with the usuals names noun verbs, adjetives and adverbs..... He does, he will certainly find in cresing difficulties. ....1. The Stucture of English- Charles Fries, P. 87
5. Grammar Frank Palmer P. 39. Edn. 1975
6. Grammar Frank Palmer.P.6

किया है। डॉ. सिन्हा के शब्दों में, "लगता है हिन्दी के वैयाकरणों ने अंग्रेजी में प्रचलित पुराने और बासी आठ पद विभाग को हिन्दी के लिए इस कारण स्वीकार कर लिया है कि उन्हें अनुमान था कि नवीन होने के कारण हिन्दी के लिए यह विभाग आकर्षक प्रतीत होगा। आज भारत में भी अनुभव किया जा रहा है कि इस वर्गीकरण में स्वतंत्र चिन्तन एवं मौलिकता का सर्वथा अभाव है।"

अंग्रेजी भाषा में स्वतंत्र चिन्तन के आधापर पर ऐसे पद विभाग स्थापित करने की आकुल आतुरता है जो अंग्रेजी की आकृति प्रकृति के अनूकूल हो। ग्रीस और रोम की दौड़ लगाकर अंग्रेजी के भाषा शास्त्री भी असफल हो चुके थे। सुव्यवस्थित व्याकरण की खोज में अंग्रेजी विद्वानों की दृष्टि जब दूसरे देशों मे गयी तो यह भारत वर्ष था, जहाँ व्याकरणिक ज्ञान का उन्हें ऐसा उज्ज्वल विकास मिला जिसके प्रकाशन ने समस्त यूरोप में भाषा विषयक चिन्तन में क्रान्ति ला दी। भारत में अंग्रेजी राज्य की स्थापना के बाद अठारहवीं शताब्दी में जब उन्हें महर्षि पाणिनि रचित व्याकरण के अनुशीलन का अवसर मिला तो उसकी उपलब्धि से वे आश्चर्य चकित रह गये। परिणामस्वरूप उन्नीसवीं शताब्दी के आरम्भ से ही यूरोपीय विद्वानों का संस्कृत ज्ञान उनके भाषाशास्त्रीय अध्ययन का आवश्यक अंग बन गया। उन्होंने मुक्त कंठ से स्वीकार किया कि मानव प्रज्ञा के सर्वोच्च कीर्तिस्तम्भों में महर्षि पाणिनि रचित व्याकरण का प्रमुख स्थान है। उन्हें ज्ञात हुआ कि रूपरचना, शब्द साधन तथा वाक्य विन्यास- इन सबके विषय में इस व्याकरण में बड़े ही सूक्ष्म ढंग से विवेचन हुआ है। उन्होंने अनुभव किया कि इस में व्याकरण में भाषा का संपूर्ण और यथार्थ विवेचन है यह व्याकरण पर्यवेक्षण का भी दिशानिर्देश करता है। यह प्रभाव आज भी अक्षुण्ण है-" It was in India, how ever, that there arose a body of knowledege which was destined to revolutionize European ideas about language ....Genaration of such labour must have proceeded the writing of the oldest treaties that has come down to us, the gramma of Panini This grammar is one ot the greatest monuments of human intelligence. It describes with the interest details every inflection derivation and composition and every syntactic usageof its another speech. No other language to this day has so perfectly described.....The Indian Grammar presented to European eyes for the first time a complete and accurate description of a language based not upon theory but upon observation[1]

महर्षि पाणिनि रचित व्याकरण यूरोपीय देशों में भले ही अठारहवीं शताब्दी के उत्तरार्द्ध में पहुँचा हो किन्तु इसकी रचना ईसा के आठ सौ वर्ष पहले ही हो चुकी थी। हाँ, तिथि के संबंध में तरह- तरह के विवाद प्रचलित हैं। कुछ विद्वानों ने उन्हें आठवीं शताब्दी ई. पू. में आविर्भूत माना है तो कुछ ने चौथी शताब्दी ई. पू. में। इन चार सौ वर्षों में पाणिनि को कहाँ प्रस्थापित किया जाय, यह कहना कठिन है।[2] कुल मिलाकर व्याकरण निर्माण की परंपरा में संस्कृत व्याकरण की साधना बहुत ही उच्चकोटि की रही है तथा पश्चिमी देशों के भाषा विज्ञानियों पर इसका गंभीर प्रभाव रहा है, "The Indian tradition of linguistic scholarship profound and is by no means over"[3]

भारत में भी पद विभाग के निर्धारित करने के संवंध में विचार करने की एक परंपरा रही है। संस्कृत के किन्हीं आचार्य ने पद के दो विभाग की मान्यता दी है। तो किन्हीं ने चार की। ऐसे आचार्य भी हैं, जिन्होंने पद के 5 विभाग की मान्यता दी है।

द्विधा कैश्चिपदं भिन्नं चतुर्धा पंचधाऽपिव।
अपोदुधृत्यैव वाक्येभ्यः प्रकृति प्रत्ययादिवत। वाक्यपदीय 3.1

विश्वविख्यात् वैयाकरण महर्षि पाणिनि ने पद के दो विभाग किए हैं सुबन्त और तिङन्त 'सुप्तिङन्तं पदम्' (महर्षि पाणिनी के पहले आचार्य यास्क ने भी पद विभाग का वर्गीकरण किया था। भाषा विज्ञानियों के अनुसार यही प्राचीनतम पद विभाग है। यास्क ने पदों को चार ही भागों में विभक्त किया है– नाम, आख्यात, उपसर्ग और निपात।

चत्वारि पद जातानि नामाख्याते चोपसर्ग निपाताश्च।
भावप्रधानम् आख्यातम्। सत्वप्रधानानि नामानि।।[4]

## रूप प्रक्रिया का स्वरूप या रूप की परिभाषा

ध्वनि समूह की सार्थक इकाई को 'शब्द' कहा जाता है। शब्द का अर्थ प्रायः निश्चित रहता है। पर यह आवश्यक नहीं कि उसमें प्रयोग क्षमता वर्तमान रहे। विभक्तियों के सहारे शब्दों में प्रयोग क्षमता आती है। विभक्तियों के इस प्रकार के योग द्वारा शब्दों में जब प्रयोग

1. Language L. Bloomfield P. 10. Edn 1957
2. भाषा विज्ञान की भूमिका– देवेन्द्र नाथ शर्मा, पृष्ठ 297-99, 1966
3. General Linguistic Introductory Survey R. H. Robin P. 385 Edn. 1975)।
4. डॉ. लक्ष्मण सिन्हा से साभार

क्षमता आती है तो भाषा विज्ञान में ये 'शब्द' नहीं 'रूप' कहे जाते हैं। इस प्रकार वाक्य का आधार शब्द नहीं रूप है।[1] रूप विज्ञान में शब्दों की रूप रचना का वैज्ञानिक अध्ययन होता है। इनके द्वारा यह ज्ञात होता है कि कौन कौन सी युक्तियों के सहारे शब्दों को 'पद' या 'रूप' में परिवर्तित किया जाता है। **डॉ. देवेन्द्र नाथ शर्मा** के अनुसार अनेक रूप जिस प्रक्रिया से सिद्ध होते हैं, उसी का अध्ययन 'पद विज्ञान'(रूप विज्ञान) का विषय है।[2] इधर, अंग्रेजी रूसी भाषाओं में भी रूप - विज्ञान के अन्तर्गत शब्दों का वैज्ञानिक अध्ययन तथा रूप रचना का दिशा निर्देश मिलता है।'[3]

सार्थक स्वनिमों या ध्वनि समूह को 'रूप' कहते हैं। दरअसल एक या अनेक ध्वनियों से युक्त भाषा की अर्थपूर्ण लघुतम ईकाई 'रूप' कही जाती है। यहाँ यह स्मरण रखना चाहिए कि सभी ध्वनि-समूह सार्थक नहीं होते और निरर्थक ध्वनि समूहों का 'रूप' नाम नहीं दिया जा सकता है।[4] रूप के दो भेद किये जा सकते हैं-शब्द तथा पद। इनमें से पद शब्द की अपेक्षा महत्त्वपूर्ण होता है। वस्तुतः शब्द, स्वतंत्र तथा सार्थक होते हुए भी तब तक भावाभिव्यक्ति अथवा अर्थाभिव्यक्ति में सक्षम नहीं हो सकता, जब तक वह विभक्ति, परसर्ग और प्रत्यय संयोग से पद नहीं बन जाता। **डॉ. भोलानाथ तिवारी** के अनुसार पद शब्द पर आधारित होते हैं।[5] लेकिन कुछ लोगों के लिए यह कथन वैज्ञानिक नहीं है।[6] **मेरियो ए. पेई** के अनुसार 'जब ध्वनियों के किसी समूह में व्याकरणीय प्रयोग के अनुसार अर्थ का बोध कराने की शक्ति होती है, तब उस ध्वनि-समूह को पद कहते हैं'[7]पाणिनि ने पद को दो भागों में बाँटा है-सुबन्त तथा तिङन्त[8] अर्थात् सुप् (संज्ञा विभक्ति) तथा तिङ् (क्रिया विभक्ति) के योग से ही पद जन्मता है। किन्तु अधुनातन भाषा शास्त्री ध्वनिग्रामों के न्यूनतम अर्थवान तत्व को पद मानते हैं। उनके अनुसार पदों की रचना ध्वनिग्रामों के अनुक्रम में होती है।[9]

पाणिनि के अनुसार व्याकरण का मुख्य प्रतिपाद्य पद की व्याख्या नहीं है। न्याय भास्कर में कहा भी है- **'समय ज्ञानार्थ चेदं पद लक्षणाया वाचोऽन्वाख्यानं व्याकरणं, वाक्य लक्षणाया वाचोऽर्थ लक्षणम्'** क्योंकि ये पद ही वस्तुतः प्रयोग योग्य शब्द है। पद का वाक्य में प्रयोग नहीं होता, बल्कि पद अकेला भी रहकर पूरे वाक्य का आक्षेप कर लेता है। जैसे 'पठ' यह आज्ञा वाक्य हो गया, 'पठामि' यह उत्तर वाक्य 'कुतः' यह प्रश्न वाक्य हो गया और 'ग्रामात' यह उत्तर वाक्य। इसीलिए पाणिनि ने रचना की दृष्टि से शब्दों के ये ही दो विभाग किये हैं। यदि तैयार वाक्य प्रयुक्त शब्दों का वर्गीकरण किया जाय तो दो ही प्रकार के शब्द होंगे- सुबन्त और तिङन्त। तिङन्त क्रिया वाचक शब्द हैं और सुबन्त संज्ञा सर्वनाम, विशेषण तथा अव्यय। तुमुण्णमुलौ(3.3.10) क्रियायाँ क्रियार्थायाम् संज्ञायाम्(2.1.14 आदि)सर्वादीनि सर्वानामानि(1.1.27) विशेषणं विशेष्येण(2.1.57), बहुलम् अव्ययादापसुपम्(2.2.82) आदि सूत्रों में उल्लेख कर उन्होंने अर्थ की दृष्टि से किए गए शब्द के इन सब भेदों को भी मान्यता दी है। परन्तु रचना की दृष्टि से उनका यह समस्त शब्द भाण्डार का केवल दो श्रेणियों - सुबन्त और तिङन्त में वर्गीकरण (7.4.14) प्रशंसनीय है। वस्तुतः किसी भी लम्बे से लम्बे वाक्य में जितने भी पद हैं, सभी दो ही श्रेणियों में अन्तर्भूत हैं- सुबन्त और तिङन्त और छोटे से छोटे वाक्य में इन दोनों की सत्ता अनिवार्य है।[10]

## शब्द की परिभाषा

'शप + द' शब्द से बने 'शब्द' का अर्थ है- शाप देने वाला। धातु पाठ में 'शप' का अर्थ आक्रोश दिया गया है। चार पद 'सात विभक्तियाँ' तीनकाल, तीन पुरुष,दो उपग्रह, तीन वचन आदि विविध आंगोपागों के कारण शब्द को महान अथवा महादेव बताया गया है- चत्वारि श्रृंगा.......(महा. 1.1.1) दूसरी ओर वैशेषिक दर्शन ने 'आकाश तत्व' का गुण 'शब्द' को बताया । 'आकाश' नित्य व अविनाशी है। अतः उसका गुण शब्द भी नित्य तथा अविनाशी माना जाना चाहिए।[11] आज का विज्ञान भी आकाश को 'ईथर' मानता है और शब्द की उत्पत्ति और विसृति का माध्यम स्थल उसे स्वीकार करता है। **भर्तृहरि** ने शब्द को **'अनादिनिधन'** कहा है। **'शब्दो नित्यः' या 'अर्थ नित्यः'** कहने वालों ने शब्द की नित्यता को जिस आधार पर सिद्ध किया है **'अनादिनिधन'** उसी की दूसरी व्याख्या है। सभी तरह

1. हिन्दी भाषा का रूपिमीय विश्लेषण- डॉ.लक्ष्मण प्रसाद सिन्हा पृ.72
2. भाषा विज्ञान की भूमिका डॉ. देवेन्द्र नाथ शर्मा, पृष्ठ -216
3. The Science and the Study of the forms and the formation of words. Dictionary of Liguistics- Mario A. Pei, P, 140 and Exact Method in Linguistic Research' O.S.Akkanova P.41, Translation from Russian in to English by David G. Hays-1963
4. भाषा विज्ञान और मानक हिन्दी-डॉ. रत्नचन्द्र शर्मा, पृ. 193
5. भाषा विज्ञान, पृ. 198, 1969
6. ऐतिहासिक भाषा विज्ञान- सिद्धान्त और व्यवहार-डॉ. जलज, पृष्ठ - 117
7. A Dictionary of Linguistics, New yark,1954
8. सुप्तिङन्तं पदम् -अष्टाध्यायी 1।4।14
9. भाषा शास्त्र तथा हिन्दी भाषा की रूपरेखा-डॉ. देवेन्द्रकुमार शास्त्री पृ.113
10. भाषा विज्ञान की भारतीय परंपरा और पाणिनि-डॉ.रामदेव त्रिपाठी,पृ.470
11 भाषा तत्व और वाक्यपदीय डॉ. सत्यकाम वर्मा पृ. 105

की ध्वनियाँ को 'शब्द' नहीं कह सकते। वस्तुतः शब्द प्रयोक्ता और गृहीता के व्यापार का सशक्त माध्यम है। पाश्चात्य विद्वान **येस्पर्सन** के अनुसार प्रयोक्ता और श्रोता के मध्य के व्यापार (भाषा) को समझने के लिए उन दोनों की उत्सुकता एवं गतिविधियों का ध्यान रखना आवश्यक है-The essence of language is human activity -activity on the part of one individual to make himself understood by another .......... of the language[1] इधर "पश्चिम के ही एक अन्य चिन्तक **अरस्तू** कहते हैं" समस्त वाणी अर्थात् शब्द विचारों के संचार में सहायता देने के लिए हैं। " अरस्तू की बातों के पक्षधर अन्य पाश्चात्य विचारक **ऑग्डेन** और **रिचर्ड्स** भी शब्दों को ही सम्पूर्ण अर्थों का बोधक मानते हैं।

भारतीय आचार्यों ने शब्द को 'ब्रह्म' के रूप में स्वीकारा और सम्मान दिया है। शब्द क्या है? इस प्रश्न पर प्रथमतः विचार **पतंजलि** ने किया है। मीमांसा, सांख्य, न्याय आदि में भी इस प्रश्न पर विवेचना हुई है। वृत्तिकार ने मीमांसा के मत का विश्लेषण करते हुए लिखा है "अर्थ गोरित्यत्र कः शब्दः ? गकारौकार विसर्जनीयाः इति भगवानुपवर्षः। श्रोत्रग्रहणेह्यर्थे शब्द शब्दः प्रसिद्धः यद्येवमर्थप्रत्ययो नोपपद्यते।.... अतो गकारादिव्यतिरिक्तोऽन्यो गो शब्दोऽस्ति, यतोऽर्थ प्रतिपत्तिः स्यात्[2] अर्थात् शब्द उस ध्वनि समूह को नहीं कहते जिसके संयोग से तथाकथित शब्द रूप बनता है, बल्कि शब्द वह है, जिससे किसी अर्थ का विनिश्चय या प्राप्ति होती है। बहरहाल, **येस्पर्सन** के शब्दों में शब्द के बारे में यदि कहा जाय तो बहुत अटपटा नहीं लगेगा कि अर्थ प्रतीति को पैदा करने वाली ध्वनि ही 'शब्द' कहलाएगी- 'Words are linguistic units but they are not phonetic units: no merely phonetic analysis...etc[3]

**शब्द कोटियाँ** -भाषा चिन्तकों ने 1. संज्ञा या नाम, 2. सर्वनाम, 3. विशेषण, 4. क्रिया या आख्यात तथा 5. क्रिया विशेषण- उक्त पांच शब्द कोटियाँ मानी हैं।

**शब्द के भेद-** देशी विदेशी भाषाविदों ने शब्द का वर्गीकरण अलग अलग ढंग से किया है। देशी भाषा चिन्तकों में यास्क मुनि का नाम प्रथमतः लिया जा सकता है। उन्होंने शब्द को चार टुकड़ों में बाँटा है 1. नाम 2. आख्यात. 3. उपसर्ग तथा 4. निपात 'नामाख्याते चोपसर्गनिपाताश्च' (निरुक्त1.1.1) नाम का मंतव्य संज्ञा, सर्वनाम तथा विशेषण से है, यथा - गाय, नदी, बालू, उपवन आदि। क्रिया शब्दों का दूसरा नाम आख्यात भी है। करना, सोना, पढ़ना, लिखना इसके उदाहरण हैं। जो शब्द नाम और आख्यात से पहले जुड़कर उनके अर्थों में विशेषता पैदा करते हैं, उन्हें उपसर्ग कहते हैं। यथा 'हार' नाम के साथ प्र, सम् वि, आ, अनु, उप आदि उपसर्ग जोड़ने पर क्रमशः प्रहार, संहार, विहार, आहार, अनुहार, उपहार आदि विशिष्टता बोधक शब्द बन जाते हैं। विभिन्न अर्थों में प्रयुक्त होने के बावजूद, जिन शब्दों में शाब्दिक रूप परिवर्तन नहीं होता, उन्हें निपात कहते हैं, जैसे च, इव, अपि, ननु, नु आदि। **'शब्द शक्ति प्रकाशिका'** नामक ग्रंथ में निपात ऐसे शब्दों को कहा गया है जो अपने अर्थ में अन्य अर्थ के साथ तारतम्य करके अपना अन्वय बोध नहीं करा सकते- **"स्वार्थे शब्दान्तरार्थस्य तादात्म्येनान्वयाक्षमः"**[4]

यास्क मुनि ने निपात के भी तीन भेद किये हैं- "**अप्युमार्थेऽपि कर्मोपसंग्रहार्थेऽपि पदपूरकाः**" (निरुक्त 1.2.1) अर्थात् 1. उपमा वाचक, 2. कर्मोपसंग्रहार्थक तथा 3. पादपूरक। सामान्यतया उपमा का अर्थ बताने वाले को उपमावाचक कहते हैं, यथा संस्कृत के इव, न, चित् और नु। जो कर्म अर्थात् अर्थ के संयोजक होते हैं उन्हें कर्मोपसंग्रहार्थक कहते हैं, यथा - संस्कृत के च, वा आदि। जिनका कोई अर्थ नहीं रहता और जो गद्य ग्रंथों में महज वाक्य पूर्ति के लिये तथा पद्य ग्रंथों में पाद पूर्ति के लिए प्रयुक्त किये जाते हैं उन्हें पाद पूरक कहते हैं, यथा- संस्कृत में उ, इत् ,कम् और ईम आदि।

यास्क मुनि के पश्चात् पाणिनि ने भी शब्द के चार ही भेद स्वीकार किये हैं 1. प्रातिपादिक 2. धातु, 3. सुबन्त और 4. तिङन्त। विभक्ति रहित अर्थबोधक शब्द प्रातिपदिक कहा जाता है- **"अर्थवदधातुरप्रत्ययः प्रातिपदिकम्"**[5] यथा- राम, कृष्ण, नर, नारी आदि। क्रिया के मूल रूप, जिनसे विभिन्न कालों, पुरुषों और वचनों में क्रिया रूप बनते हैं। उन्हें धातु कहते हैं, जैसे- संस्कृत भू, पा, गम् आदि और हिन्दी में खा, जा, चल्, गिर् आदि[6] हिन्दी में धातु के साथ 'ना' प्रत्यय जोड़कर क्रिया बनाते हैं जैसे- टहलना, पढ़ना, खाना ,पीना आदि। विभक्तियों का दूसरा नाम 'सुप्' भी है। विभक्तियों के जुड़ने पर शब्द सुबन्त कहलाते हैं और पद का स्वरूप धारण कर लेते हैं जैसे संस्कृत में 'श्यामः मृगस्य' हिन्दी में - 'श्याम ने हिरण' का बन जाते हैं। 'तिप' 'तस्' 'झि' आदि तिङ प्रत्यय जब धातु के आगे प्रयुक्त होकर उसका अर्थ द्योतन करायें तब वह धातु तिङन्त रूप ग्रहण कर पद बन जाता है यथा, संस्कृत में पठति 'गच्छति' आदि।

उक्त नैरोक्तों और वैयाकरणों के अतिरिक्त नैयायिकों ने भी शब्द पर गंभीर विचार करते हुए उसे तीन भागों में बाँटा है- **"प्रकृतिः**

---

1. Philosophy ofGrammar Page-17
2. वृत्तिकार ग्रंथ, पृष्ठ 45
3. Philosophy of Grammar, P. 92
4. शब्द शक्ति प्रकाशिका, कारिका11
5. अष्टाध्यायी 1.2.45
6. भाषा विज्ञान और मानक हिन्दी डॉ. रत्न चन्द्र शर्मा, पृ. 4

**प्रत्ययश्चेति स त्रिधा"**[1] अर्थात् प्रकृति, प्रत्यय तथा निपात- ये शब्द के तीन भाग हैं। जो शब्द अर्थ बोध का कारण हो और अपने द्वारा बताए जाने वाले अर्थ का बोध कराने में निश्चित हो -वह प्रथम कोटि अर्थात् प्रकृति के भीतर आएगा, जैसे -देवता, घोड़ा आदि। प्रत्यय के अन्तर्गत वे शब्द आते हैं जो स्वतः तो अर्थ बोध नहीं करा सकते किन्तु किसी प्रकृति अर्थात् मूल शब्द के साथ संयुक्त होकर अर्थ का बोध कराते हैं, जैसे- ता, त्व, इन आदि प्रत्यय स्वतः तो कोई अर्थ बोध नहीं करा पाते लेकिन गुरुता, गुरुत्व तथा गुणिन आदि शब्दों में प्रकृति गुरु और गुण शब्दों के साथ मिलकर अर्थ बोध कराते हैं। **वामन शिवराम आप्टे** के अनुसार निपात का आशय है- वह शब्द जिसके और रूप न बने[2] अंग्रेजी के आधार पर हिन्दी व्याकरणों में भी शब्दों को वर्गीकृत किया गया है, उनकी संख्या 8 है। यथा- 1. संज्ञा -जैसे -वृक्ष, नदी, मोहन, राम आदि 2. सर्वनाम, यथा -हम, तु ,मैं ,वह आदि 3. विशेषण -जैसे- काला, जल्दी, हरी-हरी, भला आदि 4. क्रिया जैसे- सोना ,पढ़ना, टहलना 5. क्रिया विशेषण -जैसे -पीछे, आगे, शीघ्र, कुशाग्र आदि 6. सम्बन्ध बोधक अव्यय- जैसे -का, की,के लिए, से आदि 7. समुच्चय बोधक अव्यय- यथा- किन्तु ,परन्तु, लेकिन और या आदि तथा 8. विस्मयादिबोधक जैसे- वाह!, आह!, अरे!,अहा! आदि।

रचना की दृष्टि से शब्द के तीन भेद किये जाते हैं 1. रूढ़ 2. यौगिक तथा 3. यौगिक। जिन शब्दों का विखण्डन करने पर खण्ड सार्थक न हों उन्हें रूढ़ कहते हैं, यथा गला, कान, हाथ, मुख, नाक आदि। जिनका विखण्डन करने पर खण्ड सार्थक होते हैं, उन्हें यौगिक शब्द की श्रेणी में रखा जाता है। यौगिक शब्दों में प्रकृति प्रत्यय योग स्पष्ट रहता है। भाषा-विज्ञानी **डॉ.रत्नचन्द्र शर्मा** के अनुसार सामासिक शब्दो को भी यौगिक शब्दो के ही अन्तर्गत गिना जाता है। जैसे पावक, नायक, पाठशाला, राजपुरुष, विद्यालय, घुड़साल झटपट आदि।[1] जिन शब्दो का यौगिक अर्थ कुछ और हो तथा रूढ़ अर्थ कुछ और हो, उन्हें योग रूढ़ शब्द की कोटि में रखते हैं। यथा पंकज (पंक +ज)। 'पंकज' शब्द का यौगिक अथवा व्युत्पत्ति परक अर्थ है, कीचड़ में उत्पन्न होने वाला, किन्तु इसका रूढ़ अर्थ है 'कमल'।

शब्द शक्ति के आधार पर साहित्याचार्यों ने शब्द के तीन भेद किए हैं- 1. वाचक, 2. लक्षक तथा 3. व्यंजक। जो शब्द संकेतित अर्थ को बताते हैं, उन्हे वाचक कहा जाता है। साहित्य शास्त्रियों ने वाचक शब्द को भी चार खंडों में बाँटा है- अ. जाति वाचक यथा- पशु, मनुष्य, पक्षी आदि ब.- गुणवाचक यथा- लाल, पीला, बड़ा, लघु आदि स. क्रिया वाचक यथा- सोना, रहना, दौड़ना, पढ़ना तथा द- द्रव्य वाचक जैसे- हिमालय, गोमती, सूर्य, चन्द्रमा आदि। वाच्यार्थ या मुख्यार्थ से अलग किन्तु उससे संबन्धित किसी अन्य अर्थ को लक्षित करने वाले शब्द को लक्षक शब्द कहते हैं, यथा- 'राजू गधा है' में 'गधा' शब्द का अर्थ है 'मूर्ख'। मुख्यार्थ और लक्ष्यार्थ दोनों से भिन्न किसी अन्य अर्थ को व्यक्त करने वाले शब्द को व्यंजक शब्द कहते हैं, यथा- 'नित्य प्रति पून्यो ही रहत वा घर के चहुँपास'। बिहारी के उक्त दोहे में 'पून्यो' शब्द का अर्थ है- 'नायिका का सौन्दर्य'।

रूपान्तर की दृष्टि से शब्द के दो भेद माने गये हैं1.विकारी तथा 2. अविकारी। जिन शब्दों के रूपों में विकार उत्पन्न होता है- उन्हें विकारी शब्द कहा जाता है, जैसे- लड़के, लड़कों, लड़कों ने लड़को का आदि। संज्ञा, सर्वनाम, विशेषण और क्रिया शब्द विकारी शब्द कहलाते हैं। जिन शब्दों के रूपों मे कोई विकार नहीं होता, उन्हें अविकारी शब्द कहा जाता है, यथा- और, तथा, यथा,परन्तु, किन्तु, बहुधा, अचानक आदि। क्रिया विशेषण, सम्बन्ध बोधक, समुच्चय बोधक और विस्मयादि बोधक शब्द अविकारी शब्द कहलाते हैं।[4]

अर्थ की दृष्टि से शब्द के दो भेद किये जाते हैं 1 एकार्थ वाचक 2. अनेकार्थ वाचक। एक ही अर्थ का बोध कराने वाले शब्द को एकार्थ वाचक कहते हैं यथा- हाथ, नाक, आँख, कान आदि किन्तु जो शब्द अनेक अर्थों का बोध कराए, उसे अनेकार्थवाचक कहते हैं, जैसे 'कर' शब्द के अनेक अर्थ हैं 'हाथ', हाथी का सूँड़, 'किरण', टैक्स (Tax) आदि। इसी तरह हरि शब्द का अर्थ है बन्दर , साँप, चोर, ईश्वर तथा विष्णु आदि।

ऐतिहासिकता की दृष्टि से शब्द के 5 प्रकार होते हैं यथा- तत्सम, तद्भव, देशज या देशी विदेशी तथा संकर या मेझड़ा या द्विज। 1. मूल भाषा के वे शब्द जो अपने शुद्ध रूप में परवर्ती भाषामें आते हैं, तत्सम शब्द कहते है यथा- संस्कृत भाषा से हिन्दी में आने वाले कृष्ण, अग्नि, नर, क्षमा, आदि तत्सम शब्द हैं 2.जो शब्द तत्सम शब्दों के विकृत रूप हो गये हैं उन्हें तद्भव कहते हैं, यथा- कान्हा (कृष्ण), महेन्दर, (महेन्द्र), दूध (दुग्ध), आज (अद्य) आदि। 3. देशज या देशी उन शब्दों को कहते हैं जिनकी व्युत्पत्ति तो अज्ञात होती है लेकिन वे लोक भाषाओं में प्रचलित होते हैं, पों, पों ,ठकठक, झुमका, घोड़ी आदि। 4. विदेशी शब्दों से आये हुए शब्दों को विदेशी कहते हैं यथा हिन्दी में प्रयुक्त बैंक, रोड, पेन, नट, बोल्ट, मशीन, रोलर, रोड आदि। 5. दो भाषाओं के शब्दों के मेल से जो शब्द तैयार होते या बनते हैं उन्हें संकर, मेझड़ा या द्विज शब्द कहते हैं, यथा साइकिल रिक्शा (अंग्रेजी+जापानी) कुर्क अमीन (तुर्की+अरबी) रेल यात्रा (अंग्रेजी+संस्कृत) आदि।

---

1. शब्द शक्ति प्रकाशिका, कारिका-8
2. संस्कृत -हिन्दी कोश, पृष्ठ 534, नाग प्रकाशन, 11 ए-यू. ए. जवाहर नगर दिल्ली -7, 1991 ई. मूल्य रू120।
3. भाषा और मानक हिन्दी, पृ. 5
4. भाषा-विज्ञान और मानक हिन्दी, पृष्ठ -6

**पद की परिभाषा -** विद्वानों ने अपने अपने ढंग से पद की विभिन्न परिभाषाएँ दी हैं। इन्हें निम्नवत् इस प्रकार देखा जा सकता है लेकिन इसके पहले हम आपको बता दें कि पद विज्ञान या पद विद्या व्याकरण का पर्याय माना गया है।[1] पाणिनि व्याकरण शास्त्र में भाषा की इकाई पद को माना गया है। वस्तुतः पद विज्ञान का वाक्य विज्ञान से घनिष्ट सम्बन्ध है। पद -विज्ञान जैसे अपने पीछे अर्थ -विज्ञान का सहारा लेता है, वैसे ही आगे वाक्य -विज्ञान का वाक्य का। विश्लेषण किए बिना हम पद का विश्लेषण नहीं कर सकते। बहरहाल, अब हम कुछ विद्वानों की पद संबन्धी -अवधारणा को इस प्रकार देख सकते हैं।

1.सुप्रसिद्ध भाषा वैज्ञानिक **डॉ. रामदेव त्रिपाठी** के अनुसार-"पद का अर्थ ही है जो चल सके अर्थात् प्रयोग में आ सके।"[2]

2. **डॉ. भोलानाथ तिवारी** के अनुसार, "शब्द को वाक्य में प्रयुक्त होने योग्य बना लेने पर उसे 'पद' की संज्ञा दे दी जाती है।[3]

3. **डॉ. बाबू राम सक्सेना** के विचार से "पद उस ध्वनि समूह को कहते हैं जिसका वाक्य में भाषा की परंपरा के अनुसार संबन्ध तत्व, अर्थ तत्व अथवा उन दोनों के अर्थ का बोध कराने के लिए प्रयोग होता है। यदि ध्वनि समूह है तो एकत्र और कभी -कभी अनेकत्र भी उसके अंशों की स्थिति है।[4]

4. **डॉ. देवेन्द्रनाथ शर्मा** का विचार है कि 'पद' शब्द का प्रयोग वैसे शब्द के लिए किया जाता हैं, जिसमें विभक्ति लगी हो।[5]

5. **भाषा विद् डॉ. रत्न चन्द्र शर्मा** के हिसाब से, "विभक्ति (परसर्ग) प्रत्यय आदि से युक्त होने पर और वाक्य में उपयुक्त हो सकने की क्षमता प्राप्त कर लेने पर शब्द ही पद बन जाता है"।[6]

6. **डॉ. ऋषिगोपाल** के अनुसार, "शब्दों के साथ जो प्रत्यय जुड़कर उन्हें वाक्य में प्रयुक्त होने के योग्य बनाते हैं, उन्ही को रूप (पद) कहा जाता है।"[7]

7. संस्कृत भाषा विज्ञानी **डॉ. राजकिशोर सिंह** लिखते हैं कि शब्द असिद्ध प्रयोग है और पद सिद्ध प्रयोग।[8]

8. **डॉ. कैलाश नाथ पान्डेय** के अनुसार - "सार्थक स्वतंत्र होने के बावजूद "शब्द" तब तक भावांकन में सक्षम -समर्थ नहीं हो सकता, जब तक वह विभक्ति 'परसर्ग और प्रत्यय' से संपृक्त होकर पद नहीं बन जाता।"[9]

**पद के भेद-** प्राचीन वैयाकरणोंने शब्द की तरह पद को भी कई खानों में बाटाँ है। पाणिनि इसके दो भेद "सुप्तिङ्न्तम् पदम्" अर्थात् सुबन्त और तिङ्त करते हैं। **पाणिनि** ने इसी तरह अव्ययों को भीदो वर्गों में बाँटा है- उपसर्ग और निपात। **आचार्य वार्ताक्ष और औदुम्बरायण** ने भी पद के दो भेद किए हैं- नाम और आख्यात। आचार्य **भर्तृहरि** ने वाक्यपदीय में पद विभाग के भीतर विभिन्न आचार्यों के मतों की चर्चा करते हुए लिखा है कि कुछ आचार्यपद के चार भेद- नाम, आख्यात, उपसर्ग तथा निपात मानते हैं। कई आचार्य 'कर्मप्रवचनीय' को अलग मानकर पद के पाँच भेद स्वीकार करते हैं।[10]

**शब्द और रूप (पद) में तुलना-** वाक्य प्रयोग में 'रूप' के दोनों भेद 'शब्द' और 'पद' अलग अलग भूमिका में जीते हैं। इन दोनों में श्रेष्ठ और महत्वपूर्ण कौन है- अधिसंख्य विद्वानों ने कहा है कि 'पद' शब्द से अधिक वजनी और ताकतवर होता है। भाषा विज्ञानियों ने दोनों में कुछ बुनियादी फासला की ओर संकेत किया है। अर्थात् 'शब्द'और पद में कुछ मौलिक अन्तर है। अंग्रेजी में जिन्हें हम पार्ट्स ऑफ स्पीच (Parts of Speech) कहते हैं वे ही 'पद' नाम से अभिप्रेत हैं, किन्तु दोनों की स्थिति में मौलिक अंतर यह है कि 'पद' नाम विशेषतया उस शब्द रूप को दिया जाता है, जो भाषा में व्यवहृत होता है। 'शब्द' एक सामान्य स्थिति है, किन्तु 'पद' रूप में प्रत्यादि संयोग ग्रहण करने से पूर्व यह 'शब्द' अपनी स्वतंत्र सत्ता खो बैठता है।[11] उस स्थिति में इसे पाणिनि ने अंग (Part या Stam) नाम दिया है। 'यस्मात्प्रत्यय विधिस्तदादि प्रत्यऽङ्गम्' (पा. 1.4.13) यह अंग स्वतः अपूर्ण है इसके बाद ही प्रत्ययादि कार्य होता है। यही अर्थ की दृष्टि में पूर्ण भी हीता है, 'समर्थः पदविधि' (1. पा 2.2.1)। यह प्रकृति प्रत्यय संयोग व्यवहार कल्पना के लिए ही है, अन्यथा 'पद' विभाग ऐसे किसी आधार पर मानना सर्वथा भ्रामक है,"प्रकृतिप्रत्ययादिवत" (पा. 3.1.1) प्रकृति और प्रत्यय 'पद' में अविभाज्य रूप में रहते हैं, यही उनकी संहति है1"पर संनिकर्षः संहिता"(पा. 1.4.109) तथा "संहितैकपदे नित्या, नित्यधातूपसर्गयोः) (काशिका) संहिता नाम 'पद' को इसी आधार पर दिया गया है।[12] कुल मिलाकर हम अंत में कह सकते हैं कि-

1. शब्द स्वतंत्र होता है, परन्तु पद वाक्य के अनुकूल होने के कारण परतंत्र होता है।

---

1. भाषा विज्ञान और मानक हिन्दी -डॉ. रत्नचन्द्र शर्मा पृष्ठ -6
2. भाषा विज्ञान की भारतीय परंपरा और पाणिनि, पृष्ठ 403
3. भाषा विज्ञान, पृष्ठ 165
4. सामान्य भाषा-विज्ञान पृ. 67
5. भाषा विज्ञान की भूमिका, पृ. 232
6. भाषा विज्ञान और मानक हिन्दी, पृष्ठ -7
7. हिन्दी भाषा का वैज्ञानिक अध्ययन, पृष्ठ 175
8. संस्कृत भाषा विज्ञान पृ. 175
9. भाषा विज्ञान का अनुशीलन, पृ. 143
10. भाषा विज्ञान और मानक हिन्दी, डॉ. रत्नचन्द्र शर्मा पृ. 8
11. भाषा तत्व और वाक्यपदीय - डॉ. सत्यकाम वर्मा, पृष्ठ 77
12. भाषा तत्व और वाक्यपदीय-डॉ. सत्यकाम वर्मा, पृ. 76

2.शब्द के साथ विभक्तियों और परसर्गों का योग नहीं रहता, जब कि पदों की रचना ही विभक्तियों या परसर्गों से होती है, तथा

3. शब्द वाक्य में प्रयुक्त होने की क्षमता नहीं रखता, जब कि पद में वाक्य में प्रयुक्त होने की पूर्ण क्षमता होती है।[1]

**पद-विकास अथवा पद-रचना अथवा शब्द-रचना में अपेक्षित व्याकरणिक कोटियाँ तथा उनकी अभिव्यिक्ति**

लिंग, वचन, कारक, पुरुष, काल आदि किसी भी भाषा के 'सम्बन्धतत्व' कहे जाते हैं। पद विकास के अध्ययन के सन्दर्भ में हमें इनकी जानकारी अपेक्षित होती है, जिन्हें क्रमशः इस प्रकार देखा जासकता है-

**लिंग-** लिंग का आशय उस चिह्न विशेष से है, जिससे किसी वस्तु के स्त्रीत्व अथवा पुरुषत्व को रेखांकित किया जा सके। इसके दो भेद होते हैं- प्राकृतिक या लौकिक तथा व्याकरणिक। प्राकृतिक लिंग से सामान्य प्राणियों का बोध होता है, यथा स्त्री-पुरुष, माता-पिता, लड़की-लड़का, बहन-भाई, भैंस-भैंसा आदि। व्याकरणिक लिंग प्राकृतिक लिंग से भिन्न होता है। व्याकरणिक लिंग के उदाहरण हैं, जीभ-दाँत, नाक-कान, छाती-पेट, जंघा-पैर। उक्त शब्द स्त्रीवाचक अथवा पुरुष-वाचक न होकर अंग-वाचक है, जहाँ व्याकरणिक लिंग विद्यमान हैं। 'जीभ' स्त्रीलिंग है, तो 'दांत' पुल्लिंग, 'नाक' स्त्रीलिंग है तो 'कान' पुल्लिंग, 'छाती' स्त्रीलिंग है तो 'पेट' पुल्लिंग और 'जंघा' स्त्रीलिंग है तो 'पैर' पुल्लिग।

विश्व की सभी भाषाओं में लिंग विभाजन समान रूप से नहीं मिलता। कुछ ऐसी भी भाषायें हैं, जहाँ लिंग विभाजन है ही नहीं। उसका कारण यह है कि प्रत्येक भाषा में लिंग -निर्धारण की अलग-अलग प्रवृत्ति है। किसी भाषा में स्त्री-पुरुष के आधार पर, किसी में दीर्घ और लघु के आधार पर, किसी में सजीव -निर्जीव के आधार पर, किसी में सुन्दर अथवा असुन्दर के आधार पर, अथवा किसी में श्रेष्ठ अथवा हीनता के आधार पर लिंग-निर्णय होता है। संस्कृत में तीन लिंग होते हैं- पुल्लिंग, स्त्रीलिंग तथा नपुंसक लिंग। यहां लिंग विभाजन का आधार पुरुष -स्त्री अथवा सुन्दर-असुन्दर नहीं है, बल्कि शब्द की व्युत्पत्ति अर्थात् प्रकृति-प्रत्यय संयोग पर निर्भर करता है। 'पत्नी', 'कलत्र' तथा 'दारा' तीनों शब्दों का अर्थ एक ही है, फिर भी 'पत्नी' शब्द स्त्रीलिंग है, 'कलत्र' शब्द नपुंसकलिंग है तथा 'दारा' शब्द पुल्लिग है। 'जर्मन', 'ग्रीक', 'मराठी' तथा गुजराती में तीन लिंग उपलब्ध हैं। फ्रेंच में केवल दो लिंग -पुल्लिग तथा स्त्री लिंग होते हैं। यहां एक ही शब्द पुल्लिंग तथा स्त्रीलिंग दोनों बन सकता है। मुण्डा और फारसी में स्त्रीलिंग तथा पुल्लिग का भेद नहीं है। हित्ती परिवार में पुल्लिग तथा नपुंसकलिंग तो हैं लेकिन स्त्रीलिंग ही यहाँ गायबहै। अंग्रेजी में जहाँ व्याकरणिक लिंगों की संख्या चार हैं -पुल्लिग (masculin gender) , स्त्रीलिंग (femenine gender), सामान्य लिंग (common gender) तथा नपुंसक लिंग (neuter gender) -वहीं काकेशी परिवार की एक भाषा में छः लिंग हैं तथा बान्टू परिवार की भाषाओं में लिंग भेद की संख्या बीस तक पहुँच गयी है। इन सब के अतिरिक्त हिन्दी में केवल दो ही व्याकरणिक लिंग हैं, पुल्लिग तथा स्त्रीलिंग। पुरुषत्व का भाव व्यक्त करने वाले निर्जीव या सजीव शब्द पुल्लिग कहलाते हैं, यथा- चाचा, गाँव, बैल समुद्र, पहाड़, देश आदि। इसके विपरीत स्त्रीत्व का भाव व्यक्त करने वाले निर्जीव-सजीव शब्द स्त्रीलिंग के भीतर आते हैं, यथा चाची, गली, गाय, नदी, पहाड़ी, शहर आदि। वस्तुतः हिन्दी की रचना में लिंग का खास महत्व है। अन्य भाषाओं में इसका प्रभाव संज्ञा ,सर्वनाम, विशेषण तक ही सीमित रहता है, लेकिन हिन्दी में तो क्रिया भी लिंग के प्रभाव से बच नहीं पाई है, यथा मोहन पढ़ता है। मुन्नी पढ़ती है।

**वचन -** पद रचना में वचन का विशिष्ट महत्व है। गणना के विचार से सृष्टि की सम्पूर्ण वस्तुओं को एक या अनेक भागों में विभाजित किया गया है। किसी भी वस्तु के एक या अनेक का बोध वचन से ही होता है। संस्कृत, अरबी, ग्रीक, लैटिन, लिथुआनी, तोखारी आदि प्राचीन भाषाओं में तीन वचनों की सत्ता है, किन्तु पालि, प्राकृत, हिन्दी, पंजाबी तथा गुजराती आदि परवर्ती आर्यभाषाओं में दो ही वचन -एक वचन तथा बहुवचन -मिलते हैं। यहाँ द्विवचन का लोप हो गया है। अंग्रेजी में भी दो ही वचन -एक वचन तथा द्वि वचन -मिलते हैं। कुछ अफ्रीकी भाषाओं में त्रिवचन के रूप भी देखे जाते हैं। हिन्दी में एकवचन से बहुवचन बनाने के लिए 'ए' 'ए' 'आ' 'यों' आदि मात्राओं का प्रयोग करते हैं। यथा -घोड़ा से घोड़े, सड़क से सड़कें, गाय से गायों, बकरी से बकरियाँ, लड़की से लड़कियों आदि। कभी-कभीआदर या विशिष्टार्थ में एक वचन की जगह बहुवचन का प्रयोग करते हैं, यथा- "हनुमान भगवान राम के अनन्य सेवक हैं", गौतमबुद्ध पालि में उपदेश दिया करते थे। "गुरु जी विद्यालय में जा रहे हैं", आदि।

**पुरुष -** पुरुष के संबन्ध में सर्वप्रथम चर्चा यास्क ने की है-(Purasan the grammatical sence of Person appears first to have beeb used by Yask, यथा 'तत्र परोक्षकृताः सर्वाभिर्नामविभक्तिभिर्युज्यते प्रथम पुरुषैश्चाख्यातास्म अथाध्यत्मिक्य उत्तम पुरुष योगा अहमिति चैतेन सर्वनाम्ना।' भाषातत्व वेत्ताओं और वैयाकरणों ने पुरुष या Person का विभाजन प्रायः वक्ता,श्रोता एवं उभय व्यतिरिक्त के आधार पर किया है। पश्चिम के भाषा चिन्तक **येस्पर्सन** (Yesperson) भी इस प्रक्रिया में शामिल हैं। इधर **भर्तृहरि** चेतना का संबंध 'पुरुष' से जोड़ते हैं। वे तो साफ कहते हैं कि भाषा और वाक् के व्यापार में, क्योंकि वक्ता और श्रोता दो ही

1. भाषा विज्ञान और मानक हिन्दी-डॉ रत्न चन्द्र शर्मा, पृष्ठ -7

माध्यम होते हैं एक 'स्व' और दूसरा 'पर' इसलिए व्याकरण और भाषाशास्त्र की दृष्टि से चेतना इन्हीं दो विभागों में विभक्ति रह सकती है।[1] इन दोनों विभागों के ही प्रतिनिधि हैं- उत्तम पुरुष और मध्यम पुरुष-

**प्रत्यक्ता परभावश्चाप्युपाधी कर्तृकर्मणोः।**
**तयोः श्रुतिविशेषेण वाचकौ मध्यमेन्तयौ।।**(वा.3.10.1.)

स्टाइन्थाल तथा दूसरे कुछ विद्वानों ने क्रिया की पहचान 'काल संकेत' को न बताकर 'पुरुष संकेत' को माना है। उनकी दृष्टि में उत्तम मध्यम और प्रथम पुरुष का संकेतन प्रत्येक भाषा में संभव है, पर **डॉ. सत्यकाम वर्मा** इसे व्यावहारिक नहीं मानते ।[2] वे लिखते हैं इसमें विशेष बातें दो हैं। एक तो यह कि मध्यम पुरुष और उत्तम पुरुष को आत्म और पद भेद से सचेतन और प्रथम पुरुष को अचेतन व्यक्तित्व के रूप में स्वीकार किया गया है। यह बात बहुत आपत्तिजनक लग सकती है। पर, सत्य यह है कि यह बात वक्तव्य में भाग लेनें वाले व्यक्तियों की दृष्टि से कही गयी है- ''तयो श्रुति विशेषण वाचकौ मध्यमौत्तमौ'' (1.वा. 3.10.1) वक्तव्य की श्रुति के संबंध में दो ही व्यक्तित्व सचेतन होकर भाग लेते हैं,किन्तु जिस अनुपस्थित व्यक्ति के लिए हम प्रथम पुरुष का प्रयोग करते हैं, वह यहाँ अनुपस्थित होने के कारण उस श्रुति की दृष्टि से चेतन हीन या अचेतन ही रहता है,-

**सदसद्वापि चैतन्य मेताभ्यामवगम्यते**
**चैतन्य भागे प्रथमः पुरुषो न तु वर्त्तत्ते** (वा.3.10.3)

इसीलिए प्रथम पुरुष का प्रयोग चेतना के विभाजन पर आधारित नहीं होता।[3]

पद रचना में पुरुष का भी महत्व होता है। क्रिया का सम्पादन करने वाला पुरुष कहलाता है। पुरुष के तीन प्रकार होते हैं-

1. उत्तम पुरुष (First Person), 2. मध्यम पुरुष (Second Person) तथा
3. प्रथम पुरुष (अन्य पुरुष) (Third Person)

वक्ता अथवा कहने वाले को 'उत्तम पुरुष', जिसे कहा जाय वह 'मध्यम पुरुष' तथा जिसके सम्बन्ध में कहा जाय वह 'प्रथम' अथवा 'अन्य पुरुष' होता है। मैं, हम -उत्तमपुरुष तू, हम, आप,- मध्यम पुरुष तथा यह वह, आलोक, पहाड़, सागर- प्रथम पुरुष के भीतर आते हैं। विश्व की अनेक भाषाओं में पुरुष के आधार पर ही क्रिया के रूप में बदलाव किया जाता है, लेकिन चीनी भाषा इससे अप्रभावित बताई जाती है।

संस्कृत में जहाँ एक ही व्यक्ति के लिए भिन्न -भिन्न पुरुष वाचक सर्वनाम आते हैं, वहाँ भी पूर्वनियम के अनुसार सबकी प्राप्ति में प्रबलतम उत्तम पुरुष, फिर मध्यम पुरुष और परिशेष में ही प्रथम पुरुष होता है, जैसे- "सोऽहमाजन्म शुद्धानाम्" में "स अहं रघूणाम् अन्वयं वक्ष्ये " यहां वक्ष्ये क्रिया मे सः के अनुकूल प्रथम पुरुष नहीं, अहम् के अनुकूल उत्तम पुरुष है। इसी भाँति "समस्ता हि वयं देवास्तस्य देहे वसामहे"[4] में देवा के अनुसार प्रथम पुरुष नहीं, वयं के अनुसार उत्तम पुरुष हुआ है। संस्कृत ने जिस प्रकार उत्तम पुरुष में एक वचन की जगह बहुवचन के प्रयोग की अनुमति दी, उसी प्रकार अंग्रेजी ने मध्यम पुरुष में एक वचन की जगह बहुवचन की अनुमति दे दी है। बल्कि आधुनिक अंग्रेजी ने thou को निष्कासित ही कर दिया है। सम्बोध्यमान एक हो अनेक, अब केवल 'यू' (You) ही चलता है। 'दाउ' (Thou) कोई नहीं बोलता लिखता, वह अतीत की वस्तु हो चुका है। इधर, प्रथम पुरुष के क्षेत्र में भी खड़ी बोली ने यही रवैया अख्तियार किया है। जो खड़ी बोली बिहार में 'मैं' की जगह 'हम' के प्रयोग से चिढ़ती है उसकी क्रान्ति तो और भी विचित्र है किन्तु खड़ी बोली उर्दू के प्रभाव से, प्रथम पुरुष में एक वचन 'यह' 'वह' का ही प्रयोग अपना रही है- 'ये' 'वे' का प्रयोग क्रमशः मिटता जा रहा है।[5]

**कारक-** पद रचना में सबसे अधिक सहयोग कारक या विभक्ति चिन्हों से प्राप्त होता है। 'कृ' धातु से निष्पन्न 'कारक' का लक्षण स्पष्ट करते हुए बताया गया है 'क्रियान्वयित्वं कारकत्वम्' अर्थात् क्रिया के साथ अन्वय की योग्यता कारकत्व है तथा जिसमें कारकत्व हो वह 'कारक' होता है। **नागेश** ने केवल क्रिया के साथ अन्वय की योग्यता को महत्व न देकर उसके निष्पादन को कारक मना है- 'क्रिया निष्पादकत्वं कारकत्वम्'।[6] अर्थात् क्रिया को निष्पन्न करने की क्षमता जिसमें हो, वह कारक है। क्रिया से साक्षात् अन्वय केवल कर्त्ता और कर्म का होता है, अन्य कारक परंम्परया अन्वित होते हैं।[7] भिन्न -भिन्न भाषाओं में कारकों की संख्या भिन्न -भिन्न होती है। कारकों की

---

1. संस्कृत व्याकरण दर्शन- डॉ. रामसुरेश त्रिपाठी, पृष्ठ- 280
2. व्याकरण की दार्शनिक भूमिका-डॉ.सत्यकाम वर्मा, पृष्ठ-191
3. व्याकरण की दार्शनिक भूमिका- डॉ. सत्यकाम वर्मा, पृष्ठ-205
4. अनुशासन 147-153
5. भाषा विज्ञान की भारतीय परंपरा और पाणिनि डॉ. रामदेव त्रिपाठी, पृष्ठ 562
6. परमलघुमंजूषा, पृष्ठ -91
7. व्याकरणिक कोटियों का विश्लेषणात्मक अध्ययन-डॉ. दीप्ति शर्मा, पृ. 41

सख्या दो से लेकर तेईस तक पाई जाती है।

अंग्रेजी में केवल दो, जर्मनी और लैटिन भाषाओं में पाँच, पुरानी स्लाविक भाषाओं में छः,लिथुआनी तथा संस्कृत में सात, हिन्दी में आठ तथा जार्जी में तेईस कारक होते हैं। हिन्दी के आठ कारक इस प्रकार हैं- कर्त्ता, कर्म, करण सम्प्रदान, अपादान, सम्बन्ध, अधिकरण तथा सम्बोधन। 'षष्टीशेषे'[1] कह कर संस्कृत में सम्बन्ध को कारक नहीं माना गया क्योंकि क्रिया की निष्पत्ति में उसका योग नहीं रहता है। सूक्ष्मता से चिन्तन करने पर केवल कर्ता और कर्म को ही निर्द्वन्द्व रूप से कारक माना जा सकता है। वह इसलिए कि शेष कारकों का सम्बन्ध क्रिया से प्रकारान्तर से होता है अर्थात् दूसरे कारक, कर्ता और कर्म के माध्यम से ही क्रिया कि निष्पत्ति में सहायक होते हैं। [2]

विभक्तियाँ कारकों की सूचक चिन्ह होती हैं। इन विभक्तियों से ही कारक एक दूसरे से विभक्त होते हैं। विभक्ति और कारक के सम्बन्ध में चर्चा करते हुए **अनन्तनारायण** बताते हैं- Where or not it was the intention of Panini his commentators appears to have committed a terminologican confusion. The Karaka terms are also used to mean the Vibhakti which express the Karaka.[3]

हिन्दी में प्रयुक्त होने वाले कारक चिह्नों को इस प्रकार देखा जा सकता है-

| कारक | (चिह्न) एकवचन | (चिह्न) वहुबचन |
|---|---|---|
| 1. कर्ता | शून्य , ने | शून्य, ने |
| 2, कर्म | शून्य, को | शून्य, को |
| 3. करण | से | से |
| 4. सम्प्रदान | को, के, लिए | को, के, लिए |
| 5. अपादान | से | से |
| 6. सम्बन्ध | का, की, के, रा, री, रे, ना, नी, ने | का, की, के, रा, री, रे, ना, नी, ने |
| 7. अधिकरण | में, पर | में, पर |
| 8. सम्बोधन | हे, हो, अरे, ओह, अबे, अजी | हे, हो, अरे, ओह, अबे, अजी |

किसी प्रसंग में प्रयुक्त धातु के द्वारा वाच्य व्यापार का आश्रय 'कर्ता' होता है 'प्रकृत' धातु वाच्य 'व्यापाराश्रयत्वं कर्तृत्वम्'[4] कर्ता को जो सर्वाधिक ईप्सित हो, वह 'कर्म' कहलाता है- 'कर्तुरीप्सिततमं कर्म'[5] जिसके व्यापार के बाद क्रिया के फल की निष्पत्ति प्राप्ति हो, उसे 'करण' समझना चाहिए –

**क्रियायाः परिनिष्पत्तिर्यद्व्यापारादनन्तरम्।**
**विवक्ष्यते यदा यत्र करणं तत्तदा स्मृतम्।।**[6]

सम्यक्-प्रदान ही 'सम्प्रदान' का शाब्दिक अर्थ होता है। किन्तु कारक के सन्दर्भ में 'सम्प्रदान' का आशय है- कर्म के द्वारा जो अभिप्रेत हो, वह 'सम्प्रदान' होता है- 'कर्मणायमभिप्रैति स सम्प्रदानम्'।[7] 'अपादान' का अर्थ 'अलग होना' होता है। प्रश्न है, जो अलग होता है या जो अलग करता है इन दोनों में किसे अपादान माना जाय? इस सम्बन्ध में **डॉ. दीप्ति शर्मा** कहती हैं- जब अलग होने या करने वाले को कर्ता मान लिया गया तब स्वभावतः जहां से अलग हुआ जाता है, उसे ही अपादान मानना उचित होगा।[8] **पाणिनि** के अनुसार विश्लेष क्रिया में जो ध्रुव अथवा स्थिर हो, वह 'अपादान' समझा जाता है– 'ध्रुवमपायेऽपादानम्'। क्रिया का आधार ही 'अधिकरण' कहलाता है, 'आधारोऽधिकरणम्'[9] **भर्तृहरि** के अनुसार, गौण रूप से जो क्रिया के व्यापार और फल दोनों का आश्रय हो, वह अधिकरण होता है।

---

1. अष्टाध्यायी, 2-3-50
2. Problems of Meaning in Indian Philosophy R.CPanday P.143
3. The Karake Theory and Case of Grammer- H.S.Anantha Naryana.P.6
4. परमलघुमंजूषा, कारक-विचार-नागेश, पृष्ठ -91
5. अष्टाध्यायी पाणिनि 1.4.49 पृष्ठ -25
6. वाक्यपदीय-भर्तृहरि
7. कौण्डभट्ट द्वारा उद्धृत वृत्तिकार का मत, पृष्ठ -188
8. .व्याकरणिक कोटियों का विश्लेषणात्मक अध्ययन, पृष्ठ-132
9. अष्टाध्यायी, 1-4-25

**कर्तृकर्मव्यवहितामसाक्षाद्धारयत् क्रियाम्।**
**उपकुर्वत् क्रिया सिद्धौशास्त्रेऽधिकरणं स्मृतम्।** [1]

**काल-** काल का सम्बन्ध क्रिया से है, क्योंकि क्रिया अथवा कार्य किसी -न -किसी समय में घटित होता है और इसलिए क्रिया के स्वरूप को देखकर काल का ज्ञान तुरन्त हो जाता है। [2] संज्ञा तथा सर्वनाम की पद रचना में जो महत्व कारकों का होता है, वही स्थान क्रिया पद के रचाव में काल का भी समझा जाता है। कुछ विद्वानों का विचार है, कि विश्व की अधिकांश भाषाओं की क्रियाओं को कालों के आधार पर स्पष्ट किया जाता है। किन्तु सभी भाषाओं में यह वर्गीकरण समान रूप से दृष्टिगत नहीं होता है। संस्कृत में भूत काल के ही 1. अनद्यतन 2. परोक्ष और 3.सामान्य नामक तीन भेद मिलते हैं।[3] संस्कृत में वर्तमान के समीपवर्ती भूत तथा भविष्यत में भी वर्तमान की ही तरह प्रत्यय होते हैं। यहाँ भूतकाल में वर्तमान का प्रयोग खूब मिलता है, "ततो यदृच्छया समुत्थिते भर्तरि सा झटिति शिशु जग्राह। तं च परमधर्मर्मालोक्य विस्मयाविष्टो नृपति राह। तत्र गृहान्तरे गृह प्रवेशात् पूर्वमेकः कश्चिद् ब्रह्म राक्षसः प्रविष्टः। स च रात्रौ तत्र ये वसन्ति तान् भक्षयति। ततो मान्त्रिकान् समाहूय तदुच्चाटनाय राजा ययते स्म। स चागच्छनेव मान्त्रिकानेव भक्षयति।" [4]सच तो यह है कि संस्कृत की काल व्यवस्था से हिन्दी तथा अंग्रेजी की काल व्यवस्था बहुत मिलती है। हिन्दी ने वर्तमान कालिक कृदन्त विशेषण 'ता' और भूत कालिक कृदन्त विशेषण 'आ' जोड़कर सब धातुओं से तीनों कालों में बहुत से क्रिया रूप बनाये हैं। ठीक इसी भाँति अंग्रेजी ने वर्तमान कालिक "ing" प्रत्यय तथा भूतकालिक t,d या n आदि जोड़ कर अपना क्रिया रूप समृद्ध किया है। इन्हें क्रमशः Present Participle तथा Past Participle कहते हैं। संस्कृत में वर्तमान काल में शतृ और शानच् तथा भूतकाल में क्त-क्तवतु का विधान है। वस्तुतः अंग्रेजी के दोनों Participle तथा हिन्दी के दोनों कृदन्तीय विशेषण इन्हीं संस्कृत के प्रत्ययों के अपभ्रष्ट और विस्तृत रूप मात्र हैं। हिन्दी में वर्तमान या भूतकाल का 'पढ़' , 'पढ़ता' 'पठ' धातु का मौलिक रूप नहीं , शतृप्रत्ययान्त विशेषण रूप है, इसीलिए 'पढ़ता' पुरुष भेद से नहीं परिवर्तित होता। अंग्रेजी में भविष्यत् के लिए कोई स्वतंत्र रूप नहीं है, भूत के लिए स्वतंत्र रूप है जैसे- writeयह वर्तमान हुआ और wrote तथा written यह भूत। संस्कृत में भी सामान्य भविष्यत् का रूप वर्तमान के रूप में बीच में 'स्य' जोड़कर बनाया जाता है जैसे- याति -स्याति, तपति -तप्स्यति आदि। हिन्दी में भी धातु का अपना रूप वर्तमान में है, पढ़ता आदि भूत में भी है पढ़ा आदि पर सामान्य भविष्यत् का अपना कोई रूप नहीं । विधि के रूपों में एकवचन में 'गा' तथा जहुवचन में 'गे' लगाकर सामान्य भविष्यत् बनाया जाता है- पढ़ेगा, पढ़ूँगा, पढ़ेंगे, पढ़ोगे आदि [5]। काल के मुख्य तीन प्रकार होते हैं-

1. वर्तमान (Present Indicative Tense)
2. भूत या अतीत काल (Past Indicative Tense)
3. भविष्य काल (Future Indicative Tense)

A verb in Present tense denotes an action as talking place present अर्थात् जो कार्य हो रहा है या होता है, उसका सूचक वर्तमान काल होता है। यथा- सुकुल पढ़ रहा है। या वह गाता है A verb in the Past Tense denotes in having taken place in the past अर्थात् हो चुकने वाला कार्य भूतकाल के भीतर आता है, यथा- राम, सीता तथा लक्ष्मण जंगल गये। श्याम विद्यालय से लौट आया। A verb in future denotes an action due to take place in future अर्थात्आगे होने वाले कार्य का बोधक भविष्य काल होता है। यथा -सागर विश्वविद्यालय का दीक्षांत समारोह कल होगा। मैं बनारस जाऊँगा।

**वाच्य-** क्रिया पद में किस प्रकार की प्रधानता है, इसकी सूचना देने वाले व्याकरणिक साधन को 'वाच्य' कहते हैं। संस्कृत की तरह हिन्दी में भी तीन 'वाच्य' होते हैं। यथा-

1. कर्तृ वाच्य (Active Voice),
2. कर्मवाच्य (Passive Voice) तथा
3. भाववाच्य (Impersonal Voice)।

जब किसी वाक्य में कर्त्ता पर अधिक बल दिया जाय तो वह 'कर्तृवाच्य', यदि कर्म पर अधिक बल दिया जाय तो वह 'कर्मवाच्य' और जब क्रिया के भाव पर अधिक बल दिया जाय तो वह 'भाववाच्य' समझा जाता है। वाक्य में कभी कर्ता प्रधान होता है कभी कर्म

---

1. वाक्यपदीय, कौण्डभट्ट द्वारा वैयाकरण भूषणसार में उद्धृत पृ.-177
2. भाषाशास्त्र तथा हिन्दी भाषा की रूपरेखा-डॉ.देवेन्द्र कुमार शास्त्री, पृ.127
3. संस्कृत भाषा-विज्ञान-डॉ.राजकिशोर सिंह पृ.178
4. हिरण्यक की आत्मकथा और सिंह शशक कथा से , पंचतंत्र से गृहीत
5. भाषा विज्ञान की भारतीय परंपरा और पाणिनि डॉ. रामदेव त्रिपाठी पृ. 524

और धातु जब अकर्मक रहती है, तब कर्ता की प्रधानता नहीं रहने पर क्रिया स्वयं ही प्रधान बन बैठ ती है।[1] 'बालकाः मातु अंके चमसेन दुग्धं पिबन्ति' यहाँ सकर्मक धातु 'पा' का कर्ता है- बालक ,कर्म है- दुग्ध और यह वाक्य कर्तृवाच्य का है क्योंकि इसमें क्रिया कर्ता के अनुसार बहुबचन है। इसमें जब कर्ता की जगह कर्म की प्रधानता होगी, तब कर्ता अनुक्त होने से तृतीया विभक्ति धारण करेगा और कर्म उक्त होने से प्रथमा लेगा। पूर्ववाक्य में कर्म ने अनुक्त होनें से द्वितीया विभक्ति ली थी, कर्ता ने उक्त होने से प्रथमा। अब स्थिति उलट गयी। यहाँ कर्म के मुख्य होने से क्रिया कर्म का अनुसरण करेगी। 'बालकैः मातुः अङ्क चमसेन दुग्धं पीयते' इसे ही कर्मवाच्य कहते हैं। जिसमें कर्ता वाच्य या उक्त अर्थात् प्रधान हो, वह कर्मवाच्य होता है।[2]

**प्रेरणार्थक-** क्रिया के फल के आधार पर संस्कृत की धातुओं को 'आत्मनेपद' तथा 'परस्मैपद' इन दो भागों में बाँटा गया है। सवाल यह है, आत्मने पद और परस्मैपद क्या हैं ? इसका उत्तर है- यदि क्रिया का फल कर्ता को मिलता है तो वहाँ आत्मने पद तथा यदि फल दूसरे को मिलता है तो वहाँ परस्मैपद होता है। पर, दुर्भाग्य से संस्कृत के अतिरिक्त पालि, प्राकृत तथा हिन्दी आदि में पदों के अनुसार क्रिया का यह विभाजन आज प्राप्त नहीं होता। हाँ, संस्कृत रूपों से बने हुए संज्ञा शब्दों का तत्सम शब्दों के रूप में हिन्दी में चलन आज भी जारी है, यथा, चिकीर्षा, मुमूर्षा, मीमांसा, जिज्ञासा, जुगुप्सा जिजीविषा आदि। हिन्दी में इस तरह के क्रिया रूपों के स्थान पर दो-दो, तीन-तीन शब्दों का व्यवहार किया जाता है यथा- 'जिज्ञासति' के स्थान पर 'जानना चाहता है', 'देदीयते' के स्थान पर 'बार-बार देता है या खूब देता है'।

सच तो यह है कि जिस प्रकार आशीर्वाद, आज्ञा, विधि आदि क्रियाओं की 'वृत्तियाँ' हैं उसी प्रकार प्रेरणार्थक (Causal), इच्छार्थक तथा आवृत्ति इत्यादि क्रियाओं के अन्य विभाजन कहे जा सकते हैं। प्रेरणार्थक क्रियाओं में कर्ता स्वयं कार्य न करके किसी दूसरे से कराता है। ये प्रेरणार्थक रूप हिन्दी में आसानी से प्राप्त हो जाते हैं। यथा- 'जाना' से 'भेजना', 'करना' से 'कराना', आदि। हिन्दी में द्वि प्रेरणार्थक क्रियाएँ भी प्रयुक्त की जाती हैं, यथा- सुकुल पुस्तक पढ़ता है (साधारण क्रिया), माता सुकुल को पढ़ाती है( प्रेरणार्थक क्रिया), माता अध्यापक से सुकुल को पढ़वाती है।(द्वि प्रेरणार्थक क्रिया)।

**नाम धातु क्रियाएँ-** शब्दों के चार विभाग - नाम, आख्यात,. उपसर्ग तथा निपात- तो ऋक्प्रातिशाख्य नें भी कर दिये थे, परन्तु चार विभाग पदों के वाक्य में प्रयुक्त शब्दों के थे। निरुक्तकार ने इनकी मूल प्रकृति की खोज की । निरुक्त ने आख्यात से धातु तथा नाम से प्रातिपदिक का बोध कराया – " सभी नाम आख्यात से ही उत्पन्न हैं- "नामानि आख्यात जानि इति शाकटायनो नैरूक्तसमयश्च" का स्पष्ट ही यह अर्थ है कि सभी प्रातिपदिक धातु से निष्पन्न होते हैं और कोष में कहीं भी उल्लेख धातु रूपों, प्रातिपदिक रूपों का नहीं, केवल धातु तथा प्रातिपदिक का होता है। निघण्टु में भी धातु संग्रहीत हैं, जिनके लिए निरुक्त कहता है- "एतावन्तः समान कर्मणो धातवःअर्थात् ये समान क्रिया की प्रकट करने वाली धातुएँ है।" "अति कर्माण उत्तरे दश धातवः।" आदि। इस प्रकार निरुक्त का आशय है कि सभी प्रातिपदिक धातु से ही बनते हैं तभी तो उनका नाम धातु है, जो धारण करें(सब शब्दों को )[3] साफ शब्दों में जब नाम अर्थात् संज्ञा, सर्वनाम और विशेषण शब्दों का क्रिया पदों के रूप में प्रयोग किया जाता है, तब उन्हें 'नाम धातु क्रियाएँ' (क्रियापद) कहा जाता है।[4] सामान्य क्रिया रूपों की तरह ही नाम-धातु क्रिया रूपों का प्रयोग किया जाता है। यथा-

दुर-दुर करना=दुरदुराना=वह कुत्ते को 'दुरदुराता' है।
बिल-बिल करना=बिलबिलाना=वह बिल्ली को 'बिलबिलाता' है।
भिन-भिन करना = भिनभिनाना= गंदी जगहों पर मक्खियाँ 'भिनभिनाती' हैं।
चि चि करना =चिचियाना =वह दिन भर 'चिचियाता' है।
गड़ गड़करना =गड़गड़ाना=नन्हकू हुक्का 'गड़गड़ाता' है।
चाँय-चाँय करना= चहचहाना= पक्षियों का 'चहचहाना' अच्छा लगता है।

**समस्त पद-** कुछ भाषा वैज्ञानिक इसे 'समसन' तथा 'सामासिक' पद भी कहते हैं किन्तु 'समस्त पद' नाम ही प्रचलन में अधिक है। 'समस्त पद' किसे कहते हैं, उत्तर है- 'शब्दों के परस्पर मिलकर एक शब्द बनने की स्थिति को समस्त पद कहते हैं'। समस्त पद का सीधा रिश्ता 'समास' से है। यह समास क्या है? उत्तर है- 'शब्दों के परस्पर जुड़ने की प्रक्रिया को ही समास कहा जाता है'। समसतं समासः(लघुसिद्धान्तकौमुदी)। समास प्रक्रिया के द्वारा जो शब्द बनता है, उसे 'सामासिक शब्द' कहते हैं, यथा - 'राजसभा(राजा की सभा)', 'दालभात (दाल और भात)'। इनमें क्रमशः की परसर्ग (विभक्ति) तथा 'और' समुच्चय बोधक का लोप हुआ है। प्रयत्न लाधव या मुख की सुख की प्रवृत्ति ही समास पद्धति को जन्मती है। संस्कृत व्याकरणों में समासों पर गंभीर

1. अष्टाध्यायी 3.4 67 से 72 तक
2. भाषा विज्ञान की भारतीय परंपरा और पाणिनि डॉ. रामदेव त्रिपाठी, पृष्ठ -523
3. भाषा विज्ञान की भारतीय परंपरा और पाणिनि- डॉ. रामदेव त्रिपाठी पृष्ठ -374-374
4. भाषा विज्ञान और मानक हिन्दी- डॉ. रत्नचन्द्र शर्मा, पृ. 17

विवेचन हुआ है। चूँकि संस्कृत शिलष्ट- प्रशिलष्ट के बीच की भाषा है, अत: उसमे शब्दों को परस्पर जोड़ने की सुविधा है, किन्तु उसी की कोख जाया होने के वावजूद यह सुविधा हिन्दी में नहीं है, बल्कि, गुजराती पंजाबी आदि भी इससे वंचित हैं। हिन्दी के साथ-साथ इनमें भी समास पद्धति का पतन हो चुका है। फिर भी 'राजभाषा', 'भाषाशास्त्र' में 'भाषा विज्ञान','रामराज्य', आदि समस्त पद इनमें पर्याप्त संख्या में मिल जाते हैं।

वस्तुत: समास प्रक्रिया भारोपीय भाषाओं की श्रृंगार रही है। हाँ, लम्बे समासों का यहाँ अकाल अवश्य रहा है। बताते हैं, ऋग्वेद में तीन पदों वाले समास बहुत कम हैं। ग्रीक और अवेस्ता में भी समासों की यही स्थिति हैं, किन्तु लौकिक संस्कृत समास बोझिल है। साहित्यिक शैली की दृष्टि से कालीदास को छोड़कर **माघ, वाण, भवभूति मुरारि, श्री हर्ष** आदि की भाषा समस्त पदों से बँधी हुई है। प्राकृत में लम्बी समासांत पदावली मिलती है तो इधर, अपभ्रंश में यह स्वयंभू और पुष्पदंत के यहाँ समासों का भाण्डार है। मध्यकालीन हिन्दी में **कबीर, जायसी** आदि की भाषा में समास नाममात्र की बचे, किन्तु **सूर , तुलसी** ने शब्दावली की दृष्टि से संस्कृत का सहारा लिया, जिससे उनकी भाषा में संस्कृत का सामासिक ढाँचा ज्यों -का -त्यों चला आया....... हिन्दी के संदर्भ में यह विचारणीय है कि तत्सम शब्दों में समास प्रक्रिया हिन्दी की अपनी नहीं है।[1] लघुसिद्धान्त कौमुदी के अनुसार समास पाँच प्रकार के होते हैं- केवल समास, अव्ययी भाव समास, तत्पुरुष समास, बहुव्रीहि समास और द्वन्द्व समास किन्तु कुछ लोग द्वन्द्व, तत्पुरुष, बहुव्रीहि, अव्ययी भाव , द्विगु और कर्मधारय के नाम से समास के छ: प्रकार मानते हैं।

## अर्थतत्व और सम्बन्ध तत्व

प्रत्येक वाक्य के अन्तर्गत समाविष्ट ध्वनियाँ मोटे तौर पर दो तरह की होती हैं। 1. अर्थ या विचार का बोध कराने वाली ध्वनियाँ तथा 2. उन अर्थों या विचारों के पारस्परिक रिश्ते या संबन्धों का बोध कराने वाली ध्वनियाँ। इस तरह जो ध्वनियाँ अर्थ या विचार का बोध कराती हैं, उन्हें 'अर्थ तत्व' कहते हैं एवं जो ध्वनियां उन अर्थ तत्त्वों के पारस्परिक संबंध पर प्रकाश डालतो है, उन्हें 'सम्बन्ध तत्व' कहते हैं। एक उदाहरण से यह बात साफ हो जाएगी। 'राम ने रावण को बाण से मारा' इस वाक्य में चार पद आए हैं। 'राम ने' 'रावण को', 'बाण से' और 'मारा'। इन पदों में से 'राम' 'रावण' 'बाण' और 'मारा' (मारना) ध्वनि समूह वाक्य के शब्दार्थ का बोध कराते हैं। 'जब कि' 'ने' 'को' 'से' और 'आ' ध्वनियाँ किसी विशेष अर्थ की अभिव्यक्ति में सहायक नहीं होती, वे केवल राम, रावण आदि शब्दार्थ बोधक ध्वनि समूहों के पारस्परिक संबन्ध का बोध कराती हैं, एवं यह बताती हैं कि 'राम' कर्त्ता है 'रावण' कर्म है 'बाण' करण है और मारा भूतकालिक क्रिया है। इसप्रकार छन-निथर कर जो तथ्य हमारे सामने आया उस आधार पर हम कह सकते हैं जिन शब्दों से अर्थ या विचार का बोधहो, उन्हें 'अर्थ तत्व' तथा उस अर्थतत्व द्वारा अभिव्यक्त अर्थों या विचारों के पारस्परिक संबन्ध पर जो शब्द प्रकाश डालें उन्हें 'सम्बन्ध तत्व' कहा जाता है।

**डॉ. भोलानाथ तिवारी** के अनुसार अर्थतत्व वे हैं, जो भाव की प्रतिमा मस्तिष्क में उपस्थित कर देते हैं। अर्थ तत्व के लिए आवश्यक है कि रूप का अर्थ एक से अधिक न हो, क्योंकि अनेकार्थी शब्द में कई अर्थ तत्व हो सकते हैं।[2] इधर, **डॉ. लक्ष्मण प्रसाद सिनहा** लिखते हैं कि अर्थ तत्व के द्वारा अभिव्यक्त शब्दों के प्रतिमा भाव के सही उद्‌बोध के जिस रूपात्मक अंश का सहारा लिया जाता है, उसे संबन्ध तत्व कहा जाता है।[3] पाश्चात्य भाषा चिन्तक **जी वान्द्रियेज** के अनुसार संबन्ध तत्व एक ध्वनि तत्व है। चाहे एक ध्वनि अथवा एक या अनेक अक्षर)। यह ध्वनि तत्त्व वाक्य में भावों के परस्पर व्याकरणिक संबंध का बोधक होता है।[4] स्पष्ट है, संबन्ध तत्व का प्रथम कार्य विभिन्न अर्थ तत्वों का आपस में संबन्ध दिखलाना है, अर्थात् जिसके द्वारा यह ज्ञात हो कि अमुक शब्द धातु है अथवा संज्ञा है और संज्ञा भी किस प्रकार की अथवा शब्द किस व्याकरणिक वर्ग का है। (लिंग, वचन और पुरुष) और वाक्य के अन्य शब्दों से उसका संबंध क्या है, ये तत्व संबंध तत्व कहलाते हैं।[6]

किसी भाषा के रूपिमीय विश्लेषण में सम्बन्ध तत्व कितने प्रकार के हों, इस विषय में भाषा विज्ञानियों में मतैक्य नहीं है। भाषा वैज्ञानिकों का एक वर्ग यह मानता है कि संबंध तत्व दर्शी रूपिम 5 प्रकार के होते हैं। इन भाषाविदों में **ब्लाख एवं ट्रेगर** प्रमुख हैं। दूसरे वर्ग के भाषा शास्त्री इसकी संख्या 6 मानते हैं। इनमें **एडवर्ड सपीर** साहब प्रमुख हैं।[7] **डॉ. उदय नारायण तिवारी** इसकी संख्या 6 मानते हैं।[8] किन्तु **डॉ. भोलानाथ तिवारी** इसकी संख्या 10 तक ले जाते हैं।[9] भाषाविद् **डॉ. लक्ष्मण प्रसाद सिन्हा** ने हिन्दी भाषा की आकृति-

---

1. हिन्दी भाषा का परिचय - डॉ. बिन्दु माधव मिश्र, पृष्ठ 173 प्रकाशक- इन्द्रेश राजपूत, राजेश प्रकाशन कृष्णनगर दिल्ली-51 प्रथम संस्करण-15अगस्त 1972, मूल्य 30 रूपया
2. भाषा विज्ञान कोश डॉ. भोलानाथ तिवारी पृ. 36 सं. 2020
3. हिन्दी भाषा का रूपिमीय विश्लेषण- डॉ. लक्ष्मण प्रसाद सिनहा, पृष्ठ 29
4. Language - J. Vand. P.90
5. Language Van P.91
6. Out Lines of Linguistic Anaylysis Block &Trager.P.56 Year 1950
7. Language Edeward Sapir,P.161 Edn19
8. भाषा शास्त्र की रूपरेखा-डॉ. उदय नारायण तिवारी, पृ. 103
9. भाषा विज्ञान कोश डॉ. भोलानाथ तिवारी,पृष्ठ - 549

प्रकृति को ध्यान में रखते हुए संबन्ध तत्वदर्शी रूपिम के निम्नलिखित भेद माना है। 1. सामासिक रूप 2. प्रत्यय योजना 3. आभ्यन्तर परिवर्तन 4. शून्य रूप 5. स्वतंत्र रूप 6. शब्द क्रम तथा अभ्यास।[1]

## रूप -विकार अथवा रूप-परिवर्तन के कारण

भाषा और ध्वनि की तरह रूप में भी परिवर्तन होता रहता है। इनके बदलावों के बीच एक अन्तर यह अवश्य है कि जहाँ ध्वनि और भाषा में होने वाले परिवर्तनों की गति क्षिप्र होती है, वहीं रूप परिवर्तन की गति श्लथतथा संकुचित होती है। स्पष्ट अभिव्यक्ति के लिए जाने -अनजाने में मनुष्य से रूप परिवर्तन हो जाया करता है। रूप परिवर्तन से यदि एक ओर भाषा में नये रूप जन्मते हैं, तो वहीं दूसरी ओर पुराने, लिजलिजे अथवा सड़े गले रूप लुप्त भी हो जाते हैं। रूप परिवर्तन के अनेक कारणों में से कुछ मुख्य कारणों को इस प्रकार देखा जा सकता है–

**1. सरलता का व्यामोह-** इसे ही मुख -सुख अथवा प्रयत्न लाघव भी कहा जाता है। कम श्रम से अधिक फल की आकांक्षा ही प्रयत्न -लाघव की प्रवृत्ति का जनक है। इस प्रवृत्ति के कारण रूपों में पर्याप्त बदलाव होते हैं। उदाहरण के लिए संस्कृत से हिन्दी तक की यात्रा में नपुंसक लिंग रास्ते में कहीं खो गया। संस्कृत में पहले तीन लिंग थे, लेकिन प्राकृत तथा अपभ्रंश काल में सरलीकरण की ओर रूझान बढ़ने के कारण हिन्दी में केवल दो ही लिंग रह गये। इसी तरह संस्कृत में तीन वचन थे, किन्तु कालान्तर में द्विवचन का अस्तित्व गायब हो गया और इसे बहुबचन में समाहित कर लिया गया। कारकों के रूप में भी घटाव हुआ। संस्कृत में दस लकारों, दस गणों, तीन बचनों, तीन पुरुषों तथा छः प्रयोगों के आधार पर प्रत्येक धातु के 540 रूप हुआ करते थे, लेकिन आज? आज तो हिन्दी में क्रिया रूपों की संख्या अत्यल्प हो गई है। 'अहमदाबाद' की जगह 'अमदाबाद', 'इलाहाबाद' की जगह 'एलाबाद', 'शाहनेवाजकुली' स्टेशन की जगह, 'सहबाज कुली टेसन', 'ब्राह्मणपूरा' की जगह 'बभनपूरा', 'निजगृह' की जगह 'नैहर', 'अक्षवाटक' की जगह 'अखाड़ा' 'मातृष्वसा' की जगह 'मौसी' आदि के प्रयोग प्रयत्नलाघवजन्य ही हैं।

**2. एकरूपता -** मुख -सुख अथवा सरलता के व्यामोह में पदों के विभिन्न रूपों में समानता अथवा एकीकरण का प्रयास ही एकरूपता कहा जाता है। एकरूपता के कारण पदों के सशक्त रूप तो अपने अस्तित्व की रक्षा कर लेते हैं, लेकिन अशक्त रूप समाप्त हो जाते हैं। इस प्रवृत्ति के उदाहरण प्रायः सभी भाषाओं में उपलब्ध होते हैं। प्राकृत 'पुत्तस्य'(>पुत्रस्य) तथा 'सब्बस' (>सर्वस्व) के सादृश्य पर ही संस्कृत 'अग्नेः' की जगह 'अग्गिस्स' तथा 'वायो' जगह 'वाउस्स' आदि अकारान्त रूप प्राप्त होते हैं। उक्त उदाहरण एकीकरण का ही एक प्रयास कहा जा सकता है।

**3. सादृश्य** (Anology)- सादृश्य उस पद्धति का नाम है, जिससे ज्ञात रूप के आधार पर मस्तिष्क एक नया रूप, एक नयापद या भावाभिव्यक्ति के लिए एक नई शैली गढ़ लेता है।[2] रूप परिवर्तन में यह प्रवृत्ति अधिक कारगर होती है। सादृश्य से जहाँ नये अर्थों में शब्द प्रयोग की प्रवृत्ति बढ़ती है, वहीं नये रूपों की भी पैदाइश होती है। सादृश्य के आधार पर बदलने वाले शब्दों के लिए उन्हीं की आकृति का एक पुराना आधार जरूर चाहिए। गर्मी की सादृश्य पर 'ठंड' से 'ठंडी', 'दुक्ख' के सादृश्य पर 'सुक्ख', 'वै' (वय - उम्र) के सादृश्य पर 'नै' (नदी), 'उर्वि' के सादृश्य पर 'गुर्वि', अंग्रेजी में 'will' तथा 'shall' के भूतकालिक रूप 'would' तथा 'should' के आधार पर 'can' का 'could' भी बना लिया गया है। इसी तरह भूतकालिक कृदन्त रखा, धरा, भरा आदि के सादृश्य पर हिन्दी मं 'करा' का भी व्यवहार होने लगा है, जबकि इसकी जगह 'किया' होना चाहिए। अंग्रेजी में Phoneme के सादृश्य पर Morpheme, Semanteme आदि का प्रयोग होने लगा है। वैज्ञानिक शब्दावलियों में इस तरह के अनेक उदाहरण उपलब्ध होते हैं जैसे Oxide के सादृश्य पर Chloride, Sulphide, Flouride, Bromide के सादृश्य पर Sulphate, Phosphate, Chlorate, Acctate, Borate आदि।[3]

**4.बल प्रयोग-** कभी -कभी शब्द के अर्थ पर बल देने के लिए उसके साथ दूसरे अनावश्यक शब्दों को भी जोड़ देते हैं। बलाघात की तरह इस प्रक्रिया से भी रूप परिवर्तित हो जाता है। हिन्दी के साथ -साथ अंग्रेजी में भी इस प्रवृत्ति के दर्शन होते हैं। best के साथ very, nearest के साथ most तथा sweetest के साथ भी most जोड़ कर very best, most nearest तथा most sweetest बना लिया जाता है। **चार्ल्स बारबर** का विचार है कि अंग्रेजी में बीस -तीस वर्ष पूर्व कॉमनर (commoner) और कॉमनेस्ट (Commonest) का प्रयोग होता था, लेकिन आज प्रायः प्रत्येक व्यक्ति मोर कॉमन (more common) तथा मोस्ट कॉमन (most

1. हिन्दी भाषा का रूपिमीय विश्लेषण डॉ. लक्ष्मण प्रसाद सिन्हा, पृष्ठ -45
2. Language:J Vendryes, P. 187
3. ऐतिहासिक भाषा विज्ञान :सिद्धान्त और व्यावहार डॉ. जलज पृ. 128

common) का प्रयोग करता है[1]। 'सुन्दरतम' शब्द से 'सौन्दर्य' के 'उत्कृष्ट रूप' के अर्थ की अभिव्यक्ति होती है, फिर भी उसके पहले 'सबसे' शब्द जोड़ कर 'राम सबसे सुन्दरतम विद्यार्थी है' कह दिया जाता है। इसी तरह 'श्रेष्ठ' शब्द भी अपने आप में 'उत्तम अवस्था' का बोधक है। फिर भी अनेक लोग उसके पहले 'सर्व' शब्द जोड़ कर 'सर्वश्रेष्ठ' या 'श्रेष्ठतम' भी बना लेते हैं।

**5. अज्ञता-** शब्दों की सही पकड़ का अभाव भी रूप परिवर्तन में सहायक होता है। कुछ लोग अपनी समझ से ठीक किन्तु व्याकरण के हिसाब से गलत शब्दों का मनमाने ढंग से प्रयोग करते हैं। उनका यह प्रयोग शनैःशनैः रूपविकार का कारण बनता जाता है। बहुत लोग 'पूज्य' अथवा 'पूजनीय' की जगह 'पूज्यनीय' [2] 'स्वस्थ' की जगह 'स्वस्थ्य', 'कवयित्री' की जगह 'कवियित्री', 'अवतार' की जगह 'औतार', 'संन्यासी' की जगह 'सन्यासी', 'कृपया' की जगह 'कृपया' करके, 'आरोग्य' की जगह 'आरोग्यता', 'शय्या' की जगह 'शैया' आदि का प्रयोग करते हैं, जो गलत है इसी तरह 'अनेकों'[3] या 'अनेकानेकों', 'विन्ध्याचल पर्वत', 'केरेक्टरवान', तथा 'ज्वालामुखियाँ'[4] आदि प्रयोग उचित नहीं है।

**6. स्पष्टता का प्रयास-** स्पष्टता की प्रवृत्ति से भी कभी कभी रूपविकार हो जाया करता है। बहुवचन की स्पष्टता के लिए हिन्दी में 'हम' के साथ 'लोग' शब्द जोड़कर 'हमलोग' बना लिया जाता है। जबकि 'हम' स्वयं बहुवचन है, 'लोग' शब्द की यहाँ कोई आवश्यकता नहीं है। शायद वे समझते हों कि 'लोग' शब्द जोड़ देने से बहुवचन बन जाता है। 'तुम लोग' की भी यही स्थिति है। 'लोग' शब्द का प्रयोग अन्य शब्दों के साथ धड़ल्ले से होता है, यथा अध्यापक लोग, वकील लोग, लेखक लोग, प्रधान लोग, नेता लोग, किसान लोग आदि। 'लोग' की तरह ही 'जन' जा 'जने' शब्द भी प्रयुक्त किया जाता है। कविजन, भक्त जन, आपजन, कैजने (कितने जन) आदि। भोजपुरी में तो इस सन्दर्भ में एकवचन तथा बहुवचन की स्पष्टता के लिए 'हन' शब्द का प्रयोग करते हैं यथा हमहन (हम लोग), उनहन(वह लोग) तोहन (तुम लोग)। गाजीपुर से पूरब इसकी जगह 'हमनिका', 'ओहनिका', 'तोहनिका' का प्रयोग चलता है। कभी कभी यन शब्द भी जोड़ देते हैं, यथा भेड़ियन बकरियन, धोबियन आदि।

**7. नये प्रयोग की ललक-** कुछ लोग भाषा में सौन्दर्य अथवा नया प्रभाव पैदा करने के लिए पुराने अथवा साधारण शब्दों में परिवर्तन कर दिया करते हों। हो सकता है, साधारण शब्द उसके मनोवांछित अर्थ न दे पाते हों या नये प्रयोग के माध्यम से वे अपनी कुशलता का परिचय देना चाहते हैं। बहरहाल, इतना तो तय है कि इन नये प्रयोगों से रूप परिवर्तन के लिए मौका तो अवश्य ही मिल जाता है। 'शान्त' की जगह 'प्रशांत', 'कल्पना' की जगह 'परिकल्पना', 'रचना' की जगह 'संरचना', 'बातें करना' की जगह 'बतियाना', 'स्वीकार करना' की जगह 'स्वीकारना', 'खर्च करना' की जगह 'खर्चना', तथा 'उदण्ड बादल', 'बेपरवाह बदली', 'संकोची कली', 'सड़क चाटता टायर', 'बासी' अर्थ 'सुगंधित मान्यता' आदि नए प्रयोगों से कालान्तर में रूप बदलाव होते रहते हैं।

---

1. Linguistics change in present day English P. 131
2. पूज्यनीय माता के चरणों में बहुतेरा- म. प्र. हिन्दी बाल भारती भाग 3 एकादश आवृत्ति 1968, पृ. 28
3. सभ्यव्यक्ति तक अनेकों अशुद्ध प्रयोग करते हैं। -भाषा जी वान्द्रियेज अनुवाद जगवंश किशोर बलबीर पृ. 129
4. और ज्वलामुखियाँ हो चूर्ण- कामायनी जयशंकर प्रसाद

अध्याय-13

# रूपिम- विज्ञान
# या
# रूपग्राम का स्वरूप और उसके भेद या शाखाएँ
# या
# रूपिम की अवधारणा या रूप ग्राम की परिभाषा या रूपिमों का स्वरूप

रूपग्राम को अंग्रेजी में 'Morpheme' कहते हैं। लेकिन हिन्दी में इसके लिए 'भेड़ की झुण्ड' तरह ढेरों पर्याय मिलते हैं। कुछ लोग रूपग्राम को 'रूपिम', 'रूपतत्व', 'पद तत्व', 'रूपश्रेणी' तो कुछ लोग 'पद ग्राम' 'पद श्रेणी' नाम से भी इसे नवाजते हैं। बहरहाल रूपग्राम के स्वरूप, उसकी परिभाषा तथा उसके आकार- प्रकार को कुछेक विद्वानों के शब्दों में इस प्रकार देखा जा सकता है।

## भारतीय विद्वानों द्वारा रूपिम की परिभाषा

1. **डॉ. रत्नचन्द्र शर्मा** के अनुसार "वाक्य की सार्थक लघुतम इकाई को, जिसका संबंध भाषा के रूप पक्ष से रहता है और अर्थ-पक्ष से भी, रूपग्राम (morpheme) कहा जाता है।"[1]

2. **डॉ. कर्ण सिंह** के अनुसार, "वाक्य में प्रयुक्त छोटी-से-छोटी सार्थक इकाई रूपग्राम या रुपिम होती है।"[2]

3. भाषा विज्ञान की विदुषी **डॉ. वैश्वा नारंग** रूपिम या रूपग्राम की परिभाषा इस प्रकार स्थिर करती हैं [3] प्रत्येक भाषा कुछ सीमित ध्वनियों का प्रयोग करती है जिनके द्वारा असंख्य अर्थपूर्ण इकाइयों की रचना की जाती है। इन सीमित अर्थहीन इकाइयों के प्रभेदक प्रकार्य के द्वारा ही कई अर्थवान् इकाइयों की रचनासंभव होती है। मानव भाषा की यह विशेषता अभिरचना द्वित्व (Duality of Patterns) कहलाती है, जिसके कारण मानव भाषा को मानवेतर प्राणियों की संप्रेषण व्यवस्थाओं की तुलना में एक विशिष्ट स्थान प्राप्त है। ध्वनियाँ स्वयं अर्थ हीन होती हैं परन्तु जब एक या एक से अधिक ध्वनियों का क्रम एक संकल्पना से जुड़ कर अर्थवान हो जाता है तो अर्थ की ऐसी इकाई को, जिसे अल्पतर अर्थवान भागों में खण्डित न किया जासके, रूपिम (Morpheme) कहते हैं।

वस्तुतः ऐसी अर्थवान इकाइयों की रचना का विश्लेषण, वर्णन आदि भाषा विज्ञान की- रूपिम विज्ञान (Morphology) नामक शाखा में किया जाता है। उदाहरण के लिए हिन्दी भाषा में जल, फल, फूल, दुकान, कहानी, गीता जा सो, रह आदि ऐसे स्वन क्रम हैं, जो किसी-न-किसी संकल्पना के लिए प्रयोग किए जाते हैं। ये सभी इकाइयाँ खण्डित होने पर अर्थ खो देती हैं। इन्हे हिन्दी भाषा के संदर्भ में 'रूपिम' कहा जाता है परन्तु इनका विभिन्न वाक्यों में प्रयोग देखा जाय तो इन शब्दों के कई रूप मिलते हैं, जैसै दुकानें, दुकानों, फूल (बहुबचन) फूलों, सजल, कहानियाँ, जाता, जाएगा, रहना, सोना, सोता, सोते आदि। इन शब्दों को यदि खण्डित करके देखा जाय तो अधिकतर शब्दों में दो अर्थवान खण्ड मिलेंगे। जैसे 'दुकान और दुकानें' शब्दों में यह स्पष्ट है कि दूसरा शब्द पहले ही शब्द के अर्थ में प्रयुक्त है, अन्तर केवल इतना है कि- 'एँ' ध्वनि जोड़कर इसके अर्थ में 'बहुवचन' अर्थ जोड़ा गया है, अर्थात् 'दुकानें' शब्द के दो खण्ड 'दुकान' और 'एँ' दोनों अर्थवान इकाइयाँ हैं। 'एँ' को एक रूपिम मान भी लिया जाय तो प्रश्न यह उठ ता है कि क्या इसके प्रथम भाग 'दुकान' को और छोटी इकाइयों में खण्डित नहीं किया जा सकता? 'दु+कान' में 'कान' एक ऐसी इकाई है, जो इसी भाषा में अर्थ पूर्ण ढंग से प्रयोग की जाती है। परन्तु इस शब्द में 'कान' खण्ड का पूरे शब्द 'दूकान' के अर्थ के साथ कोई संबन्ध नहीं है। 'कान' अपने आप में एक अलग रूपिम है और 'दुकान' अलग रूपिम है। लेकिन 'दुकानें' 'दुकानों' 'दुकानदार' आदि शब्दों में प्रयुक्त स्वन् क्रम 'द्+उ+क्+आ+न्' की चूँकि एक ही अर्थ के लिए प्रयोग किया गया है- इसलिए यहएक रूपिम है और इसी प्रकार एँ, ओ, दार तीन अलग -अलग रूपिम कहलाएँगें[4]।

1. भाषा विज्ञान और मानक हिन्दी- पृष्ठ 33
2. भाषा विज्ञान -पृष्ठ 211, साहित्य भण्डार सुभाष बाजार, मेरठ - 2 मूल्य 50 रूपये 1999
3. सामान्य भाषा-विज्ञान पृष्ठ 56 प्रकाशन संस्थान् क्यू 22, शाहदरा दिल्ली मूल्य- 45 रूपये प्रथम संस्करण 1981
4. वही पृष्ठ 56

4.**डॉ. उदयनारायण तिवारी** कहते हैं कि , "पदग्राम (रूपिम) वस्तुतः परिपूरक वितरण या मुक्त वितरण में आये हुए सहपदों (संरूपों) का समूह है।"[1]

5.**डॉ बाबू राम सक्सेना** के अनुसार, "रूप भाषा की वह छोटी से छोटी अर्थवती इकाई है जो अपने आकार, रूप, स्वनिम समुदाय को अभिव्यक्ति की संघटना से जोड़ती है।"[2]

6. **डॉ. सरयू प्रसाद अग्रवाल** लिखते हैं, "रूप भाषा की लघुतम अर्थपूर्ण इकाई होते हैं, जिनमें एक अथवा अनेक ध्वनियों का प्रयोग किया जाता है।"[3]

7. **डॉ. भोला नाथ तिवारी** के विचार से, "भाषा या वाक्य की लघुतम सार्थक इकाई रूप ग्राम है।"[4]

8. **डॉ. द्वारिका प्रसाद सक्सेना** का विचार है कि वाक्य की सार्थक लघुतम इकाई को रूप ग्राम कहते हैं [5]

**9. डॉ. जगदेव सिंह लिखते हैं, "रूप अर्थ से संश्लिष्ट भाषा की लघुतम इकाई को हम रूपिम कह सकते हैं।"[6]**

## विदेशी विद्वानों के अनुसार रूपिम की परिभाषा

10. पाश्चात्य चिन्तक **ब्लाक** (Block)के अनुसार-"Any form whether bound or free, which can not be devided in to smaller meaning full parts is a morpheme"अर्थात् कोई भी भाषायी रूप, चाहे मुक्त हो या आबद्ध- और जिसे लघुतर अर्थवान रूपों में खण्डित न किया जा सके, रूपिम होता है।

11.**ब्लूमफील्ड** रूपिम की परिभाषा और संकल्पना इस प्रकार तय करते हैं-"A linguistic form which bears no partial phonetic sementic resemblence to any other form in a language in a morpheme" अर्थात् रूपिम वह भाषायी रूप है, जिसकी भाषा विशेष के किसी अन्य रूप से किसी प्रकार की ध्वन्यात्मक और अर्थगत समानता नहीं होती।

12. एक अन्य चिन्तक **वेलरी एडम्स** के अनुसार-" A morphene may be defined as a unit representing one or more morphs, which occure indefferent context which exactly the same meaning and function" अर्थात् रूपिम एक या एक से अधिक ऐसे रूपों का समूह है, जो भिन्न संदर्भों में (भिन्न शब्दों में) एक ही अर्थ एवं एक ही प्रकार्य के लिए प्रयोग किए जाते हैं।

13. पाश्चात्य चिन्तक **हॉकेट** (Hochett) लिखते हैं " Morphemes are smallest individually meaning elements in the utterrances of a language "अर्थात् किसी भाषा के उच्चार में रूपिम न्यूनतम् स्वतः अर्थवान तत्त्व होते हैं.

14. **हिल** (Hill) का विचार है कि "A morpheme is a recurrent sequences of Phonemes which contrasts with others sequences or class of sequences of the same type "अर्थात् रूपिम स्वनिम का आवर्तक अनुक्रम है या आवर्तक अनुक्रमिक स्वनिमों का समूह है, जो उसी प्रकार के आवर्तक या आवर्तक अनुक्रमों के समूह से विरोध में हो।

15. एक विद्वान् **ग्लीसन** (Gleason) के अनुसार- "रूपिम वितरणीय क्रियाशील तत्व या परिपूरक क्रिया की इकाइयों का समूह है।" The morpheme is the smallest unit which is grammatically pertinent."

16. **हैरिस** का कहना है कि- "Parts of utterances which are maximally independent of others but show indentical or analogous distributions or the morphemic segments. Morphomes are classes of such segmants which fully subsitute for each other or are in compementary distribution अर्थात् उच्चारण के वे अंश, जो एक दूसरे से पूर्ण रूप से स्वाधीन होते हैं, किन्तु जो समान या अनुरूप वितरण के रूप में आते हैं रूपमिक खण्ड हैं। रूपिम ऐसे खण्डों के वे समूह हैं, जो स्वतंन्त्रता पूर्वक एक दूसरे को स्थापन्न करते हैं या परिपूरक वितरण में आते हैं।

## रूपग्राम के भेद या शाखाएँ या वर्गीकरण

भाषा विज्ञानियों ने रूपग्राम के वर्गीकरण के मुख्य चार आधार बताए हैं,

1. रचना के आधार पर
2. अर्थतत्त्व और सम्बन्ध तत्व के आधार पर
3. प्रयोग के आधार पर और
4. खण्डीकरण के आधार पर

---

1. भाषा शास्त्र की रूपरेखा, पृष्ठ - 151
2. सामान्य भाषा विज्ञान, पृष्ठ 123
3. भाषा विज्ञान और हिन्दी, पृष्ठ 66
4. भाषा विज्ञान कोश, पृष्ठ -559
5. भाषा विज्ञान के सिद्धान्त और हिन्दी भाषा, पृष्ठ -211
6. हिन्दी भाषा विज्ञान अंक हिन्दी में रूपिम निर्धारण की कुछ समस्याएँ। पृ. 123

**1. रचना के आधार पर-** रचना के आधार पर रूपग्राम के दो टुकड़े किये जाते हैं (क) संयुक्त रूपग्राम तथा (ख) मिश्रित रूपग्राम।

**क. संयुक्त रूपग्राम-** इसे अंग्रेजी में Complex morpheme कहा जाता है। जिन रूपग्रामों की बनावट दो या दो से अधिक ऐसे रूपग्रामों से हो, जिनमें से एक अर्थतत्त्व हो तथा शेष सम्बन्ध तत्व हों -उन्हें संयुक्त रूप ग्राम नाम से जाना जाता है। जैसे- 'हमारे नगरों की सफाई होगी'। इस वाक्य में चार संयुक्त रूपग्राम हैं 'हमारे', 'नगरों', 'सफाई,' और 'होगी'। 'की' पर सर्ग है। उक्त चारों रूपग्रामों में हम 'नगर', 'साफ', और 'होना' अर्थतत्त्व हैं और शेष सम्बन्ध तत्व हैं यथा- 'हमारे' (हम+आ+रे), 'नगरों' (नगर+ओं), 'सफाइ' (साफ+आई) 'होगी' (होना+गी)।

**(ख) मिश्रित रूपग्राम-** इसे अंग्रेजी में Compound morpheme कहते हैं। मिश्रित रूपग्राम की संरचना दो या उससे अधिक स्वतंत्र अर्थतत्वों से होती है। यथा- राष्ट्रपति (राष्ट्र+पति), हिमालय (हिम+आलय), विद्यालय (विद्या+आलय), कार्यशाला (कार्य+शाला), युगपुरुष (युग+पुरुष) नगरपालिका (नगर+पालिका), विधानसभा अध्यक्ष (विधान+सभा+अध्यक्ष), वायुसेनापति (वायु+सेना+पति)। उक्त मिश्रित रूपग्रामों में जिन रूपग्रामों का मिश्रण हैं, वे सभी स्वतंन्त्र अर्थतत्त्व हैं।

**2. अर्थतत्व और संबंध तत्व के आधार पर-** महज अर्थतत्व और संबंध तत्व का प्रतिपादन करने वाले रूपग्राम को उसी नाम से अभिहित किया जाता है। इस तरह इसके दो भेद विद्वानों ने किए हैं। (क) अर्थतत्व प्रतिपादक रूपग्राम और (ख) संबंध तत्व प्रतिपादक रूप ग्राम। इन्हें इस प्रकार देखा जा सकता है।

**(क) - अर्थदर्शी या अर्थातत्व प्रतिपादक रूपग्राम-(Stem Morpheme)** वाक्य में महज अर्थ तत्वों का प्रतिनिधित्व करने वाले रूप ग्राम का नाम 'अर्थ तत्त्व प्रतिपादक रूप ग्राम है।' इस तरह के रूप ग्राम भाषा में प्रभूत मात्रा में उपलब्ध होते हैं। व्याकरण की भाषा में इन्हें Root, stem प्रकृति, धातु आदि कहा जाता है। अर्थदर्शी रूपग्राम या अर्थतत्व को कुछ लोग धातु रूपिम और अंग-रूपिम भी कहते हैं। सच तो यह है कि अर्थदर्शी रूप ग्राम सिवाय अर्थव्यक्त करने के और कोई अन्य कार्य नहीं करते। भाषा का सीधा रिश्ता तो इनसे होता ही है, विचारों से भी ये बिना किसी माध्यम के ये जुड़े रहते हैं। प्रत्येक भाषा में अर्थ दर्शीरूप ग्रामों की संख्या हजारों में होती है। पाश्चात्य विद्वान् बेली (Belly) अर्थदर्शी रूप ग्राम को शुद्ध कोशीय अर्थ देने वाला प्रतीक मानते हैं, जो सरल, अथवा मिश्रित रूप, धातु, रूढ़ शब्द और यौगिक शब्द सभी में निहित रहते है "A symbol expressing a purely lexical idea or neglected form or a compound word."

किन्तु सुप्रसिद्ध भाषा- वैज्ञानिक डॉ. रत्नचन्द्र शर्मा बेली की इस परिभाषा को दोष पूर्ण मानते हैं, क्योंकि पहली बात यह कि शब्ध कोशीय अर्थ की कोई सीमा नहीं होती और दूसरे, सभी पदों यहाँ तक कि यौगिक पदों को भी अर्थ की लघतम इकाई नहीं माना जा सकता। यौगिक और समस्त पदों में एक से अधिक आर्थिक इकाइयाँ होती हैं, जबकि अर्थ ग्राम में एक सी इकाई होनी चाहिए ।[1] संज्ञाओं, क्रियाओं तथा विशेषणों आदि व्याकरणिक कोटियों में भी इनकी गणना की जा सकती है, यथा

**संज्ञाएँ** - राम, सीता, हनुमान, लक्ष्मण, भरत शत्रुघ्न, लंका, अयोध्या, काशी, गाजीपुर आदि।

**क्रियाएँ-** पढ़ना, खाना, सोना, नहाना, दौड़ना, बजाना, गाना आदि।

**विशेषण-** काली, हरी, जल्दी, लाल, अच्छा,झगड़ालू, भद्दा आदि।

**(ख) सम्बन्धदर्शी रूपग्राम या सम्बन्ध तत्व प्रतिपादक रूप ग्राम-(Fuctional Morpheme)** वाक्य में महज सम्बन्ध तत्वों का ही प्रतिनिधित्व करने वाले रूपग्राम का नाम सम्बन्ध तत्व प्रतिपादक रूपग्राम, है। संस्कृत के प्रत्यय और विभक्तियाँ इसी रूपग्राम के अन्तर्गत् आते हैं, यथा संस्कृत की जस् और सु आदि विभक्तियां, झि, तस, तिप् आदि तिङन्त प्रत्यय, अण्, यञ्, यत्, अञ् ण्यआदि तद्धित प्रत्यय; टाप्, ति, ऊङ, ङीप्, ङीष्, चाप् आदि स्त्री प्रत्यय, तुमुन्, क्तिन्, क्विप, घञ्, ण्वुल आदि तद्धित प्रत्यय हिन्दी के ने, से, में, को, पर आदि परसर्ग आड़ी, आला, आहत, आका, गा, ता, अक्कड़, आदि देशी प्रत्यय, गीर, खोर, बाज़ी, बाज. ई, दान, खाना आदि विदेशी प्रत्यय तथा अँग्रेजी er, t, v, en red, ed ness, age, ing, able, ism आदि प्रत्यय संम्बन्ध तत्व प्रतिपादक रूपग्राम हो हैं।

**3. प्रयोग के आधार पर- डॉ. वैश्या नारंग** ने प्रयोग के आधार पर रूपग्राम के मुख्य दो भेद बताया है। क. मुक्त और ख. आबद्ध[2] , किन्तु **डॉ. रत्न चन्द्र शर्मा** ने तीन भेद बताया है क- मुक्त रूप ग्राम ख- बद्ध रूप ग्राम और ग- मुक्त बद्ध रूप ग्राम। बहरहाल, डॉ. शर्मा के आधार पर ही यहाँ रूपग्राम की विवेचना की जा रही है;

**क- मुक्त रूप ग्राम** -अंग्रेजी में इसे Free Morpheme कहा जाता है। **डॉ. वैश्वा नारंग** मानती हैं कि ऐसे रूपिम (रूपगाम)

---

1. भाषा विज्ञान और मानक हिन्दी- डॉ. रत्नचन्द्र शर्मा, पृष्ठ 80

2. सामान्य भाषा विज्ञान डॉ. वैश्वा नारंग, पृ. 57

जो स्वतंत्र रूप से प्रयोग किए जा सकते हैं और जिनके साथ किसी अन्य रूपिम का होना आवश्यक नहीं होता, वे मुक्त रूपिम कहलाते हैं। जैसे, "मोहन घर में सोता है"। उक्त वाक्य में 'मोहन' और 'घर' सर्वथा स्वतंत्र और मुक्त रूप ग्राम हैं, वह इसलिए कि वाक्य में इनके प्रयोग के लिए किसी और रूपग्राम की सहायता नहीं ली गई है। आधुनिक युग के पाश्चात्य भाषा वैज्ञानिक मुक्त रूपिम के लिए 'फॉर्मेट' शब्द का प्रयोग करते हैं तथा केवल बद्ध के लिए रूपिम का, "With regard to Free and Bound morphemes some modern linguistics prefer to use the term 'Formatent' for the free morphemes and reserve the term Morpheme for the bound veriety or the one that carries on decessory notion [1] वैसी स्थिति में मुक्त रूप का प्रयोग तो किसी भाषा के मूल रूप के लिए संभव है। किन्तु बद्ध रूप का प्रयोग प्रत्ययों के लिए किया जा सकता है। कुछ भाषाओं में आबद्ध रूपिम या रूप ग्राम होते ही नहीं, केवल मुक्त रूपिम होते हैं, जो स्वतंत्र रूप से या अन्य मुक्त रूपियों के साथ प्रयोग किए जाते हैं। ऐसी भाषा को अयोग्यात्मक (Isolating) कहा जाता है जैसे- चीनी और वियतनामी।

**(ख)- बद्ध रूपग्राम-** इस रूपग्राम को अंग्रेजी में Bound morpheme कहा जाता है। कुछ लोग इसे आबद्ध रूपग्राम नाम देते हैं। बहरहाल सामान्य भाषा में कह सकते हैं कि जिनका किसी अन्य रूपग्राम के बिना प्रयोग नहीं किया जा सकता वे बद्ध रूप ग्राम कहलाते हैं। इस तरह के रूपग्राम किसी न किसी के साथ जुड़कर ही प्रयुक्त होते हैं, जैसे- 'लड़कियाँ मेले में घूमती हैं'। इस वाक्य में 'लड़कियाँ' 'मेले' बद्ध रूप ग्राम है। क्योंकि यहां प्रत्येक रूपग्राम के लिए दूसरे शब्द की सहायता ली गयी है। ऐसी भाषाएँ, जिनके मुक्त एवं बद्ध रूपग्राम मिलकर शब्द रचना करते हैं, वे 'योगात्मक' (Agglutinating) या 'श्लिष्ट योगात्मक' (Inflecting) कही जाती हैं। अँग्रेजी-हिन्दी भाषाएँ विभक्ति प्रधान भाषाएँ हैं, जिनमें बद्धरूपग्राम मुक्त रूप ग्राम के साथ प्रत्यय के रूप में प्रयोग किये जाते हैं।

**ग. मुक्त बद्ध रूपग्राम-** अंग्रेजी में इसे Free bound Morpheme कहते हैं। जो रूपग्राम बाहरी सतह पर देखने में शुद्ध रूप से स्वतंत्र लगते हैं, किन्तु किसी-न-किसी शब्द के आश्रय के बिना वाक्य में नहीं प्रयुक्त हो सकते, वे मुक्त बद्ध रूप ग्राम की श्रेणी में आते हैं। पाश्चात्य भाषा विज्ञानी हेरिस के अनुसार अपनी सत्ता चरितार्थ करने के लिए मुक्त रूप को किसी सहायक की आवश्यकता नहीं पड़ती। इसके उच्चरित रूप का निर्माण भाषा में स्वतंत्र से सर्वथा पृथक होता है।[2] 'को', 'से', 'ने', 'में', पर आदि पर सर्ग इसी कोटि में आते हैं। ये स्वतंत्र और मुक्त तो जरूर दिखते हैं, पर वाक्य में बिना आश्रय के इनका प्रयोग नहीं हो पाता, यथा - 'राम ने पढ़ा', 'सुकुल ने हनुमान चालीसा पढ़ा', 'वह बस से गया', 'मीनू घर में है'। अंग्रेजी के 'on', 'into', 'in', 'at', 'from' आदि शब्द मुक्त बद्ध रूप ग्राम हैं।

**4. खण्डीकरण के आधार पर** -खण्डता और अखण्डता भी रूपग्रामों के विश्लेषण और वर्गीकरण का आधार बनती है। इस दृष्टि से रूपग्राम के दो टुकड़े किए गये हैं। क- खण्डात्मकरूपग्राम तथा ख- अखण्डात्मक रूपग्राम।

**क- खण्डात्मक रूपग्राम-** इस रूपग्राम को अंग्रेजी में Segmental Morpheme कहते हैं। तोड़कर अलग -अलग किए जा सकने वाले रूपग्रामों को 'खण्डात्मक रूपग्राम' कहा जाता है।। जैसे विद्यालय (विद्या+आलय), पुत्रों (पुत्र+ओं), शराबखाना (शराब+खाना) आदि।

**ख. अखण्डात्मक रूपग्राम-** इस रूपग्राम को अंग्रेजी भाषा में Supra segmental Morpheme कहते हैं। इस तरह के रूपग्रामों को खण्डित नहीं किया जा सकता, अतः इस आधार पर ही इसका नाम 'अखण्डात्मक रूपग्राम' पड़ा है। सुरलहर (Intonation), सुर(Pitch या Tone) तथा बला घात (Stress) को अखण्डात्मक रूपग्राम माना गया है क्योंकि इनके खण्ड नहीं हो सकते।

## संबंधदर्शी रूपिम के भेद और प्रकार्य

संबंधदर्शी रूपिम को ही 'संबंध तत्व' या 'रूपमात्र' भी कहा जाता है। 'अर्थतत्व' और 'संबंध तत्व'-वाक्य के ये दो तत्व होते हैं। विद्वानों का विचार है कि इनमें अर्थतत्व संबंध तत्व की तुलना में प्रमुख होता है। नाम से ही जाहिर है, संबंधदर्शी रूपिम का कार्य है- विभिन्न अर्थ तत्वों का परस्पर संबंध या रिश्ता दर्शाना। 'ने', 'को', 'से' आदि संबंध तत्व को जोड़नें या दिखाने वाले शब्द हैं, जैसे- 'राम ने रावण को बाण से मारा'। इस वाक्य में राम, रावण, बाण और मारा- ये चार अर्थ तत्व हैं, किन्तु इन्हें वाक्य की शक्ल देने में चार संबंध तत्व भी प्रयोग में लाए गए हैं। संबंध दर्शी रूपिम के कुछ प्रमुख भेद या प्रकार निम्न हैं:-

## संबन्धदर्शी रूपिम के भेद

**1. शब्द-स्थान-** विश्व की बहुत सी भाषाओं में शब्द स्थान ही संबंध तत्व का द्योतन करता है। संस्कृत के समास स्वतः इस

1. Invitantion to Linguistics- Mario A. Pei P. 60 Edn. First 1965

2. Structural Linguistics Zelling Harris P. 160, Edn 1965

बात के पुख्ता सबूत हैं:यथा-

मल्ल ग्राम = पहलवानों का ग्राम, राजपुत्र = राजा का पुत्र, **धनपति** = धन का पति, कुबेर

ग्राम मल्ल = गाँव का पहलवान, पुत्रराज = पुत्रों में श्रेष्ठ, **पतिधन** = पति का धन

अंग्रेजी के House light (घर की बिजली) तथा Light house (**बिजली घर**) भी संबंधदर्शी रूपिम के उदाहरण हैं। चीनी आदि स्थान प्रधान भाषाओं में शब्दों के स्थान से वाक्य में पदों का व्याकरणिक रिश्ता स्पष्ट होता है, यथा यह सुप्रसिद्ध उदाहरण देखिए-

न्गोतनि = मैं तुम्हें मारता हूँ।, नितन्गो=तू मुझे मारता है।

अंग्रेजी में भी ऐसे उदाहरण देखे जा सकतें हैं:- Sanjai killed Pankaj तो Pankaj killed Sanjai. हिन्दी में भी इस तरह के उदाहरण उपलब्ध हैं:- संजन ने पंकज को देखा तो पंकज ने संजय को देखा।

**2. अव्यय शब्द-** संस्कृत, हिन्दी तथा अरबी-फारसी में समय-समय पर अव्यय शब्द संबंधदर्शी रूपिम का कार्य करते हैं, यथा- **संस्कृत** में-सह = सीता रामेण सह वनं अगच्छत्, प्रति = श्याम नगरं प्रति गच्छति आदि। इसी तरह **हिन्दी में**- जैसा, वैसा, ज्यों-त्यों, यद्यपि, लेकिन, तो, तथापि आदि इसी तरह **अरबी-फारसी** में-ब, कि, लेकिन आदि शब्द।

**3. स्वतंत्र शब्द-** कुछेक भाषाओं में स्वतंत्र हैसियत वाले शब्द संबंध तत्व या संबंधदर्शी रूपिम का कार्य करते हैं, यथा- **संस्कृत में**- इति, आदि, एव,,च, अपि, परम, **हिन्दी में**-यहाँ सभी पर सर्ग या कारक चिन्ह का, की, के, लिए, को, से, ने, में, पर, द्वारा तो **अंग्रेजी में**- from, on, to, upon, in to, by, in, till आदि।

**4. अविकृत शब्द-** जिन शब्दों में विभक्ति या प्रत्यय का संबंध नहीं जुटता, वे अविकृत शब्द कहे जातें हैं, वावजूद इसके इस प्रकार के शब्द संबंधों को जोड़ने का कार्य करते हैं। कुछ विद्वान इन्हें ही 'शून्य प्रत्यय वाले पद' भी कहते हैं, यथा- **संस्कृत में**- नारी, नदी, लता, स्त्री, सम्राट, वारि, इच्छा, अस्थि, आशा, मधु आदि। **हिन्दी में**- सो, रो, ला, हो, आ, जा आदि तो **अंग्रेजी में**- deer, sheep तथा fish आदि अविकृत शब्द हैं।

**5. आगम-** भाषा विज्ञानी **डॉ.रत्नचन्द्र शर्मा** लिखतें हैं कि संस्कृत में क्रिया पदों से पहले कुछ शब्द अथवा शब्दांश जुड़तें हैं, उन्हें आगम कहते हैं, जैसे 'अ' (अट्)। यह संबंध तत्व का कार्य करता है और क्रिया पद का भूतकाल से संबंध जोड़ता है और ऐसा करके उन्हें भूत कालिक बना देता है, जैसे-भू से अभवत्, अभवताम्, अभवन्, अभूत, अभविष्यत्, आदि , पठ से अपठत्, अपाठीत्, अपठिष्यत्, आदि।

**6. प्रत्यय-** प्रत्यय भी संबंधदर्शी रूपिम का कार्य करतें हैं। पदों की रचना में प्रत्यय महत्वपूर्ण योग करते हैं, यथा-**संस्कृत में**- क्त (गत:), क्तवत (गतवान), शतृ (गच्छत्) आदि। **हिन्दी में**-आइन (पंडिताइन), आई (कटाई, मड़ाई), इन (मारिन,लोहारिन), ता (जनता), ति (रति, गति) आदि। **अंग्रेजी में**- t (wept), ish (childish), en (token), ing (sleeping) आदि।

**7. विकरण-** क्रिया रूप के मध्य में जुड़कर उस क्रिया के गण, काल, वाच्य आदि का बोध कराने वाले शब्द अथवा शब्दांश 'विकरण' कहे जाते हैं। ये विकरण संबंधदर्शी रूपिम का कार्य करते हैं। संस्कृत में विभिन्न गणों की धातुओं से क्रिया रूप बनाने के लिए विभिन्न विकरण प्रयुक्त किए जातें हैं, जैसे-शप् (अ)=भवति (भो+अ+ति), य=नृत्यति (नृत् +य+ति), अय=चोरयति (चोर्+अय+ति), श्ना (ना)=क्रीणाति (क्री+ना+ति), उ=तनोति (तन् +उ+ति), श्न (न) रुणद्धि (रुध+न+ति), स्य=भविष्यति (भ् +इ+स्य+ति)आदि। हिन्दी में भी पढ़वाना, लिखवाना, करवाना आदि क्रियाओं में 'वा' विकरण है और संबंध तत्व का बोधक है।[1]

**8. अपश्रुति-** जब महज स्वरों में परिवर्तन से कभी-कभी संबंध तत्व जाना जाता है, तो उसे 'अपश्रुति' कहते हैं। कुछ लोग इसे ही 'अन्तर्विभक्ति' भी कहतें हैं। अपश्रुति को अंग्रेजी में Vocalic Ablaut नाम से जानते हैं। इसका सर्वोत्तम उदाहरण अरबी भाषा में मिलता है। वहाँ अधिकतर धातुएँ, जिन्हें 'माद्दा' कहते हैं, तीन हरफों की होती हैं और उनमें विभिन्न स्वर रखकर तरह-तरह के शब्द बनाए जाते हैं। उदाहरण के लिए .क्-त्-ल् का अर्थ 'कत्ल' करना होता है। इसी से स्वर-परिवर्तन के आधार पर .किल्ल=दुश्मन, .कताल=जो मारा जाय, .कातिल=मारने वाला, .कतल=खून, मारना तथा .केताल=लड़ाई आदि शब्द बनाते हैं। अंग्रेजी में सिंग (sing) से सैंग (sang) तथा संग (sung) भी इसी प्रकार बनतें हैं। जर्मन में विर गेबेन (Wir geben)=हम देते हैं से विर गेबेन (Wir gaben=हमने दिया) इसी प्रकार बना है। संस्कृत में दशरथ से दाशरथी तथा पुत्र से पौत्र या हिन्दी में चल से चला और चाल, काट से काटा या काट, मर से मरा, मारा, मारी, मारे या मामा से मामी आदि भी इसी श्रेणी के उदाहरण हैं।[2]

**9. बलाघात-** बलाघात, सुर और स्वराघात भी संबंध तत्व को प्रभावित करते हैं। चीनी तथा अफ्रीकी भाषाएँ सुर का श्रेष्ठ उदाहरण हैं। इधर, संस्कृत, लिथुआनियनग्रीक तथा स्लाविक भाषाएँ बलाघात का उत्तम निदर्शन मानी जाती हैं।

---

**1. भाषा विज्ञान और मानक हिन्दी- पृ. 21** **2. भाषा विज्ञान, पृ. 168**

**10. आवृत्ति-** एक ही पद में ध्वनियों का बार-बार आना आवृत्ति कहा जाता है। इस आवृत्ति से भी संबंध तत्व का व्यक्तिकरण होता है। संस्कृत और फारसी भाषाओं में इस प्रकार के ढेरों उदाहरण मिलतें हैं। संस्कृत में विद् से 'विवेद' तथा पठ् से 'पपाठ' और इसी प्रकार फारसी में 'आमदन्' से 'आमदन्द', 'आमददे' आदि में 'व', 'प' और 'द' ध्वनियों की आवृत्ति हुई है।

ठीक इसी तरह **'ध्वनि-निष्कासन'** और **'द्विरुक्ति'** भी संबंध दर्शी रूपिम के भेद हैं, किन्तु अधिक महत्वपूर्ण उपर्युक्त तत्व ही हैं।

**संबंध तत्व के प्रकार्य** (Function):-काल, लिंग, वचन, पुरुष, कारक आदि की गणना व्याकरणिक कोटियों के अन्तर्गत होती है। पद-रचना में इनका विशिष्ट योगदान रहता है। यही कोटियाँ संबंध तत्व के रूप में भी कार्य करती हैं, जिन्हें हम इस प्रकार संक्षेप में देखेंगे-

क्रिया के कार्य की निष्पत्ति के समय को **काल** कहा जाता है। कौन सी क्रिया कब हो रही है, इसका बोध काल से ही होता है। जिस प्रकार संज्ञा और सर्वनाम की पद-रचना में कारकों का महत्वपूर्ण योगदान रहता है, उसी प्रकार क्रिया पद की रचना में काल का सहयोग रहता है।[1] वर्तमान, भूत और भविष्य-काल के ये तीन मुख्य भेद होते हैं। क्रिया की पूर्णता-अपूर्णता तथा अर्थ और भाव के आधार पर काल के उक्त तीन भेदों के अतिरिक्त और कई अन्य सूक्ष्म भेद किए जाते हैं। इन्ही मुख्य और सूक्ष्म भेदों से क्रिया में विभिन्न प्रकार के संबंध तत्व स्थापित किए जाते हैं। संस्कृत में जहाँ भूतकाल के लिए 'अ' जोड़ा जाता हैं, हिन्दी में 'जाना' से 'गया' बनाया जाता है, वही अंग्रेजी में भूतकाल के लिए 'ed' जोड़कर संबंध तत्व का काम लिया जाता है। क्रिया का निष्पादन करता **पुरुष** कहलाता है। पुरुष तीन प्रकार के होते हैं:-प्रथम, पुरुष या अन्य पुरुष, मध्यम पुरुष और उत्तम पुरुष। क्रिया के रूप-परिवर्तन में पुरुष सहायक होते हैं। लेकिन **डॉं भोलानाथ तिवारी** का कहना है कि[2] यह बात संसार की सभी भाषाओं में नहीं पाई जाती। एक ओर संस्कृत, हिन्दी तथा अंग्रेजी आदि में यह है तो दूसरी ओर चीनी आदि में नहीं है। पुरुष के आधार पर क्रिया के रूपों में परिवर्तन करने के लिए कभी तो कुछ स्वरों, व्यंजनों या अक्षरों के बदलने से काम चल जाता है, जैसे हिन्दी में 'मैं जाऊँगा, तू जाएगा' (जावेगा, जाएगा), और कभी-कभी विभक्ति परिवर्तन करना पड़ता है, जैसे संस्कृत में प्रथम पुरुष भू+ति, मध्यम पुरुष भू+सि, अन्य पुरुष भू+मि। अंग्रेजी में कभी तो एक ही रूप कई में काम देता है, जैसे-I go, You go, They go और कभी नए शब्द रखकर-He is going, You are going तथा कभी प्रत्यय जोड़कर I go, He goes-काम चलातें हैं। अरबी और फारसी आदि में भी प्राय: वही तरीके अपनाए जाते हैं। पदों की रचना में **लिंग** का मुख्य स्थान होता है। हिन्दी में तो यह क्रिया को भी सीधे प्रभावित करता है, जबकि अन्य भाषाओं में इसके प्रभाव की चौहद्दी संज्ञा, सर्वनाम और विशेषण तक ही सीमित होती है। दरअसल, किसी वस्तु की पहचान का माध्यम और प्रतीक होता है यह-लिंग। सभी भाषाओं में इसकी संख्या समान नहीं होती। संस्कृत में तीन लिंग-पुल्लिंग, स्त्रीलिंग और नपुंसक लिंग-होते हैं, तो अंग्रेजी में व्याकरणिक लिंग चार होते हैं-पुलिंग (Masculine gender), स्त्रीलिंग (Feminin gender), सामान्य लिंग (Common gender) और नपुंसक लिंग (Neuter gender), जबकि हिन्दी में महज दो ही व्याकरणिक लिंग -सजीव या निर्जीव के पुरुषत्व बोधक पुलिंग तथा स्त्रीत्व बोधक स्त्रीलिंग-होतें हैं। सच तो यह है कि वैयाकरणों ने स्थूल रूप से लिंग के दो भेद-लौकिक अथवा प्राकृतिक तथा व्याकरणिक किए हैं। अपने इसी रूप में ये लिंग संबंध तत्वों को प्रभावित करतें रहतें हैं। संबंध तत्वों को प्रभावित करने में **कारक** तत्वों का भी प्रभूत योगद्रान होता है। **'क्रियान्वयत्वं कारकत्वम्'** के अनुसार क्रिया के साथ विभक्तियों के संबंध को कारक कहतें है। विश्व की प्रमुख भाषाओं में कारकों की संख्या को लेकर गहरा मतान्तर है। इनकी संख्या 2 से लेकर 23 तक मानी जाती है। अंग्रेजी में दो कारक होते हैं, जर्मनी और लैटिन में पाँच, पुरानी स्लाविक भाषाओं में छ:, संस्कृत में सात, हिन्दी में आठ तो जार्जी में 23 कारक होतें हैं। विभक्तियाँ कारकों की सूचक चिन्ह हैं। **वचन** भी संबंध तत्व पर प्रभाव डालते हैं। पदों या शब्दों की संख्या का भान इन्हीं वचनों से होता है। वचन से यह ज्ञात होता है कि वस्तु अथवा व्यक्ति एक है या अनेक। संस्कृत, जेन्द, अरबी, ग्रीक, लैटिन आदि प्राचीन भाषाओं में वचनों की संख्या तीन थी-एकवचन, द्विवचन, और बहुवचन। संस्कृत में अब भी तीन ही वचन हैं। लिथुआनी में भी अभी तक द्विवचन विद्यमान है, परन्तु भारतीय आर्य भाषाओं में हिन्दी, पंजाबी, गुजराती आदि में द्विवचन नहीं है। उसका लोप हो चुका है। अब इनमें दो ही वचन हैं-एकवचन और बहुवचन। एकवचन एक ही व्यक्ति या वस्तु का द्योतक होता है और बहुवचन वस्तुओं अथवा व्यक्तियों के समूह का बोधक होता है। हिन्दी की पद-रचना में वचन का महत्वपूर्ण स्थान होता है।[3]

**रूप-संरूप या उपरूप का अंकन-** स्वनिमों या ध्वनियों के सार्थक क्रमबद्ध समूह को 'रूप' (Morpheme) कहा जाता है। इस अध्याय के प्रारम्भ में रूप के स्वरूप पर काफी प्रकाश डाला गया है। अब सवाल यहाँ यह है कि 'संरूप' क्या है? वस्तुत: 'संरूप'

---

1. भाषा विज्ञान और मानक हिन्दी-डॉ. रत्नचन्द्र शर्मा, पृष्ठ-15
2. भाषा विज्ञान-डॉ. भोलानाथ तिवारी, पृष्ठ-175
3. भाषा विज्ञान और मानक हिन्दी-डॉ रत्नचन्द्र शर्मा, पृष्ठ-13

को अँग्रेजी में Allomorph कहते हैं। कुछ भाषा विज्ञानी इन्ही 'संरूपों' को 'उपरूप' भी कहते हैं। कभी-कभी कई रूपिम या रूपग्राम मौटे तौर पर एक दूसरे से पृथक दिखाई देते हैं, किन्तु उनमें आवश्यक नहीं कि अर्थ की भिन्नता हो ही। साफ शब्दों में, अर्थ की सतह पर वे एक होते हैं। इनकी अगली विशेषता यह होती है कि प्रयोग की दृष्टि से उनका अपना स्थान तय होता है, कई रूपिमों में, सबका प्रयोग एक साथ नहीं हो सकता, एक रूप ग्राम का प्रयोग अकेले होगा, झुण्ड या समुदाय की तरह सबका प्रयोग एक साथ नहीं हो सकता। सभी रूपग्रामों का स्थान, प्रयोग या वितरण की दृष्टि से अलग-अलग सुनिश्चित होता है। ये रूपिम या रूपग्राम, भाषा चिन्तकों के अनुसार स्थान, प्रयोग या वितरण की दृष्टि से अलग-अलग सुनिश्चित होता है। ये रूपिम या रूपग्राम, भाषा चिन्तकों के अनुसार, परिपूरक वितरण (Complementary distribution) का कार्य करते हैं। इनका प्रयोग शब्दों के आगे किया जाता है।

S, (स), S(ज़), es (इज़), en (इन), ren(रिन), Zero morph (शून्य)- ये अँग्रेजी के 'संरूप' हैं। संज्ञा शब्दों के बहुवचन बनाने में इनका प्रयोग किया जाता है, जैसे

(स) S= mats, scooters, fans, dogs, roads etc
(ज़) S = toys, couws, windows, stories, boys, etc
(इज़) es =foxes, horses, bridges, bushes etc
(इन) en=Oxen etc
(रिन)ren= Children, मेंट्रेन
शून्य=Sheep, fish, deer etc.

इन सबके रूप एवं उच्चारण भिन्न- भिन्न हैं। परन्तु सभी बहुवचन के घटक होने के कारण समानार्थक हैं और इनमें परस्पर कोई विरोध नहीं। वाक्य में सभी की स्थिति समान है, परन्तु इनमें सो कोई भी एक दूसरे के स्थान पर प्रयुक्त नहीं किया जा सकता। अंग्रेजी के वैयाकरणों ने सभी के स्थान सुरक्षित किए हुए हैं, जैसे 'स' संरूप वहाँ आता है जहाँ शब्दान्त में 'स' के अतिरिक्त कोई और व्यंजन होता है। ज़ संरूप वहाँ आता है जहाँ शब्दान्त में स, श, ज़ और 'च' ध्वनियाँ होती है आदि। शून्य संरूप (Zero morph) वहाँ कल्पित किया जाता है, जहाँ एक वचन और बहुवचन के रूप समान रहते हैं और उनमें कोई अन्तर नहीं आता।

हिन्दी में नौ संरूप उपलब्ध होते हैं, यथा ए, ऐ , ओ ,ों,औं रें, यों, याँ , ँ और शून्य (0) यथा-[1]

| संरूप | परिपूरक वितरण |
|---|---|
| 1. ए- | लड़के, बेटे, घोड़े, फोड़े, जोड़े, हथोड़े आदि, |
| 2. एँ | लताएँ, बालाएँ, शालाएँ, माताएँ, बहुयें, गौएँ आदि |
| 3. कें | बातें, रातें छातें आँखें, झीलें, कीलें, आदि |
| 4. ओं- | माताओं, भ्राताओं , गौओं, बहुओं, गुरुओं आदि। |
| 5. ों- | घरों, नरों, लड़कों सड़कों, पुस्तकों, बालकों आदि। |
| 6. यों- | कवियों, मुनियों, हाथियों, लड़कियों , ज्ञानियों, आदि |
| 7. याँ- | लड़कियाँ, नदियाँ, नारियाँ, रानियाँ, शक्तियाँ आदि |
| 8. ँ- | लुटियाँ, खटियाँ, बुढियाँ, बिटियाँ, डिबियाँ आदि |
| 9. शून्य (0)- | घर, नर, कवि, मुनि, हाथी, माली, साधु, गुरु, भालू आदि। |

## रूपिमों के निर्धारण के सिद्धान्त-

रूप का परंपरित नाम 'पद' भी है। अंग्रेजी में इसे 'मॉर्फ' (Morph) कहा जाता है। विद्वानों का कहना है कि रूपिम वह रूप है जिसे पुनः लघुतर भाग में विभाजित नहीं किया जा सकता। साफ शब्दों में, यह उपरूपों का समूह है। इधर, पश्चिम के भाषा शास्त्री ब्लूमफील्ड रूपिम को शुद्ध रूप से ध्वनियों का समूह मानते हैं। अतः ऐसी स्थिति में यह आवश्यक हो जाता है कि भाषा के प्रवाह को रूप रचना की दृष्टि से विभक्त किया जाय और तदोपरान्त उन्हें खण्डों में विभक्त किया जाय। ब्लूम फील्ड महोदय ने रूपिम की जो परिभाषा दी थी, कालान्तर में वह उन्हें ही अव्यावहारिक लगी। इसीलिए संभवतः रूपिमों के निर्धारण में उन्हें अपनी परिभाषा को पुनः खँगालने की आवश्यकता पड़ी। कालान्तर में उन्होंने अनुभव किया कि 'ध्वन्यात्मक वैकल्प रूप' की परिकल्पना के बिना रूपिम का सहज निर्धारण संभव नहीं इसलिए उन्होंने उदाहरण स्वरूप बहुवचन द्योतक तीन उदाहरणों को प्रस्तुत किया-

1. भाषा विज्ञान और मानक हिन्दी डॉ. रत्न चन्द्र शर्मा, पृष्ठ 37

Glass-Glasses [iz], Pen-Pens [-z], Book-Books [-s] [1]

जब ऐसे उदाहरणों पर **ब्लूमफील्ड** महोदय का ध्यान गया तो वे इस निष्कर्ष पर आए कि आबद्ध रूपिम का आकार सहवर्ती रूप के अन्तिम स्वनिम द्वारा निर्धारित होता है। 'इन' [-iz] का व्यवहार स्पर्श संघर्षी सिस ध्वनियों के पूर्व होता है यथा-

glasses, , roses, dishes, churches

इसी प्रकार, बहुवचन बनाते समय ज-च(Z) अन्य घोष ध्वनियों के बाद व्यवहृत होता है, यथा-boys, ribs, pens, cars

इनके अतिरिक्त अन्य सभी अघोष ध्वनियों के बाद बहुवचन बनाते समय स (-S) ध्वनि का योग होता है, यथा- books, chiff[2]

**ब्लूमफील्ड** महोदय ने इन तीन विकल्प रूपों (-iz,-z-s) को 'ध्वन्यात्मक वैकल्प रूप' की संज्ञा दी, क्योंकि इन रूपों के अंतर का वर्णन ध्वन्यात्मक अपरिवर्तन के आधार पर ही सम्भव है। "Since the differences between the three alternats [-iz,-z-s] can be described in terms of phonetic modification we say that they are 'phonetic alterants'.[3] उन्होंने आगे कहा कि सर्वेक्षण से यह पता चल जाएगा कि वैकल्प्य रूपों का विवरण अंग्रेजी के असंख्य रूपों के साथ तो सटीक बैठता है किन्तु इनके कुछ अपवाद भी हैं। अंग्रेजी के 'नाइफ' आदि कुछ ऐसे उदाहरण हैं, जिनके बहुवचन के संरचक रूपध्वन्यात्मक दृष्टि से आधारवर्ती रूप से सर्वथा भिन्न होते हैं- A survey of English plural nouns will soon show that the statement we have made, holds good for a indefinitely large number of forms but not for a certain limited number of exceptions. In some instances the constituent form in the plural differs phonetically from underlying singular number.[4]

रूपिम निर्धारण के लिए कुछ अन्य पाश्चात्य भाषा विदों ने भी कतिपय सिद्धान्तों का विवेचन किया है। ये सिद्धान्त अंग्रेजी भाषा पर भी लागू होते हैं। इन विद्वानों में **नीडा**[5] तथा **एलसन**[6] का नाम प्रमुख है। बहरहाल, हिन्दी भाषा को ध्यान में रखते हुए, यहाँ रूपिम निर्धारण के कुछ सिद्धान्त इस प्रकार प्रस्तुत हैं।

**1.**वैसे 'रूप' जो उत्पत्ति की दृष्टि से स्वानिमिक रूपों में तो समान हों ही, अर्थ में भी स्पष्ट रूप से उनमें यदि समता होतो ऐसे स्वानिमिक रूप से रूपिम की रचना संभव है। 'धुनना', 'जड़ना' तथा 'छलना' की धातु में 'इया' प्रत्यय का यदि योग हो तो क्रमशः 'धुनिया', 'जड़िया' और 'छलना' रूप निर्मित होते हैं। चूँकि तीनों में एक ही स्वानिमिक रूप का योग है, इसलिए स्वभावतः तीनों एक ही प्रकार के अर्थ का द्योतन करते है। 'इया' अबद्ध रूप है जिसका स्वतः कुछ अर्थ नहीं होता लेकिन जिस अर्थ की ओर यह संकेत करता है, उससे करने वाला द्योतन होता है। इसके परे यदि स्वानिमिक रूप का योग कहीं अन्य स्थान पर होता है तो उसका अर्थ करने वाला नहीं होता धातु से परे संज्ञा शब्दों में भी इस प्रत्यय का योग संभव है। 'केसर', 'दूध', 'सौत' और 'लगोंट' में 'इया' में योग का परिणाम क्रमशः 'केसरिया', 'दूधिया', 'सौतिया' और 'लंगोटिया' होता है। इस सिद्धान्त के अनुसार दोनों ही रूपों में 'इया' का योग हुआ है। अन्तर केवल इतना ही है कि पहले रूप का निर्माण धातु में आबद्ध रूपिम के योग से हुआ है और दूसरे का निर्माण संज्ञा में बद्ध रूपिम के योग से। इसलिए द्योतित होने वाले अर्थ में इस प्रकार की स्पष्ट भिन्नता है।

**2-** आगे **डॉ. सिन्हा** लिखते हैं कि वे रूप जिनमें अर्थगत समता तो हों किन्तु यदि वे अपने स्वानिमिक रूप में भिन्न हों तो ऐसे रूपों से भी रूपिम की रचना संभव है। हाँ, इसके लिए आवश्यकता है कि भिन्नता ऐसी हो जिसकी ध्वन्यात्मक दृष्टि से व्याख्या की जा सके। अंग्रेजी में स्वीकारात्मक शब्दों को निषेधात्मक बनाने के लिए एक से अधिक पूर्वप्रत्यय का योग प्रचलित है। डिसेन्ट (decent) और पेशेण्ट (Patient) में क्रमशः इन (in) और इम (im) के योग से इनडिसेन्ट (indecent) तथा इम्पेशेण्ट (impaetient)शब्द की रचना होती है।

**3.** कुछ वैसे रूप ऐसे भी होते हैं जिनमें अर्थगत समानता तो होती है, किन्तु उनके ध्वन्यात्मक रूप भिन्न होते हैं। अगर रूप परिपूरक वितरण में हों और स्वानिमिक रूप इस प्रकार हों कि ध्वन्यात्मक दृष्टि से उनके वितरण की व्याख्या संभव नहीं हो तो आबद्ध रूपों के द्वारा भी रूपिम की रचना होती है। हिन्दी में पुल्लिंग से स्त्रीलिंग बनाने के लिए कई प्रकार के प्रत्ययों के योग का प्रचलन है। 'घोड़ा', 'रस्सा' अथवा 'नाना' में 'ई' प्रत्यय के योग से क्रमशः घोड़ी रस्सी तथा नानी शब्द की रचना होती है। किन्तु स्त्री लिंग बनाने के

---

**1. Language Leonard Bloomfield, P. 120 Edn. 1957**

**2. हिन्दी भाषा का रूपिमीय विश्लेषण - डॉ. लक्ष्मण प्रसाद सिनहा, पृ. 76**

**3. Language- Bloomfield, P. 211**

**4. Ibid. P. 212**

**5. Morphology- Engene A Nida, P. 7 Edn. 1961**

**6. . An Introduction to Morphology and Syntax- Benjamin Elson and Velma Picket P. Edn 1969**

लिए हिन्दी में अन्य प्रत्यय भी हैं। तुलनात्मक अन्तर स्पष्ट करने के लिए ये निम्नलिखित रूप में प्रस्तुत हैं।

| | | | |
|---|---|---|---|
| क- घोड़ा | ई | ख. देवर | आनी |
| रस्सा | | सेठ | |
| नाना | | नौकर | |

**4.** रूप रचनात्मक क्रम में विवृत्त औपचारिक अंतर से रूपिम की रचना हो सकती है, किन्तु यह तभी संभव है, जब ऐसे क्रम का कोई भाग विवृत औपचारिक अंतर तथा शून्य रूप रचनात्मक अंतर ही ध्वन्यात्मक अर्थात् सादृश्य की न्यूनतम इकाई में अंतर दिखाने का एकमात्र अवलम्ब रह जाता है।

भाषा शास्त्री **हाकेट** ने भी शून्य सह पद की मान्यता स्वीकार की[1] तथा उन्होंने इसे रिक्त रूप की संज्ञा दी। अंग्रेजी में चाइल्ड (child) का बहुबचन चिल्डरेन (children) होता है। आक्स (ox) से ऑक्सेन (oxen) के समान चाइल्ड (child) का बहुबचन चिल्ड्रेन (children) होता तो एक बात भी थी। यह पता नहीं चलता कि मध्यम में 'र'(r) वर्ण का आगम कैसे हो गया। 'र' (r) तो रूपिम के किसी भाग के अन्तर्गत समाहित नहीं होता। ऐसी स्थिति में भाषा शास्त्री हॉकेट ने 'र' (r) को 'रिक्त रूप' के अन्तर्गत रखना चाहा है। यही स्थिति हिन्दी में 'बारम्बार', 'ठेलमठेल' शब्दों की है। प्रश्न है कि रूपिमीय विश्लेषण में 'म्', 'म' को किस कोटि के अन्तर्गत वर्गीकृत किया जाय?

हिन्दी में 'आघात' का विशेषण 'आहत' होता है। इससे स्पष्ट पता चलता है कि दोनों के आरंभ और अंत में के वर्ण में तो समता है, किन्तु मध्य के वर्ण में भिन्नता है। ऐसी स्थिति में प्रश्न यह उठता है कि 'आघात' का 'आहत' के रूप में परिवर्तन में किस रूपिम का योग है ? इस संवन्ध में **ब्लूमफील्ड** महोदय ने गूज (Goose) टूथ (Tooth), फुट (Foot) मैन (Man) तथा ओमेन (Woman) जैसे शब्दों को प्रस्तुत किया है। इनके बहुबचन द्योतक शब्द क्रमशः गीज़ (geese), टीथ (Teeth), फिट (feet), मेन (men) तथा विमेन (Women) हैं। इन बहुवचन द्योतक शब्दों से एक समस्या पैदा होती है। प्रश्न यह उठता है कि एक वचन से बहुवचन बनाने में किस **बद्ध** रूपिम का योग हुआ। इस समस्या का तार्किक समाधान देने की अपेक्षा **ब्लूमफील्ड** महोदय ने मान्यता दी कि ऐसे परिवर्तन को **'स्थानापत्ति वैकल्पिक रूप'** (substitution alternatnts) माना जाना चाहिए।[2] **ब्लूमफील्ड** की मान्यता के अनुसार अंग्रेजी गीज (Geese) की रूपरचना **गूज** (Goose) के साथ बहुबचन का निर्माण करने वाले दो वद्ध रूपिमों के योग से हुई है। यह मत भी सर्वमान्य नहीं है। इससे पता नहीं चलता कि दूसरा रूपिम कौन सा है। अतएव अन्य वर्ग के भाषाविज्ञानियों ने कहा कि सबसे समाधान यही है कि गूज (goose) और गीज (geese) को पृथक-पृथक रूप मान लिया जाय।[3]

**रूपिमीय विश्लेषण की पद्धतियाँ-** रूपिमीय विश्लेषण के क्रम में भाषा शास्त्री शब्द के रूप और अर्थ पर एक मत नहीं हो पाते। चूँकि रूपिम स्वनिमके भाग से निर्मित न्यूनतम अर्थवान इकाई है, इसलिए इस वर्ग के भाषा शास्त्री यह मानते हैं कि अर्थ के सहारे ही रूप निश्चित किया जा सकता है। परिपूरक वितरण के लिए भी अर्थ का सहारा लेना पड़ता है। लेकिन भाषा शास्त्रियों का एक वर्ग यह मानता है कि शब्द का अर्थ अनिश्चित रहता है। एक ही भाषा में एक शब्द के भिन्न-भिन्न अर्थ होते हैं जिसका निश्चय प्रयोग और प्रसंग पर निर्भर करता है। इस दृष्टि से दोनों वर्ग के विचार विन्दुओं को ध्यान में रखते हुए रूपिमीय विश्लेषण की दो पद्धतियाँ माना जा सकती हैं–

क. अर्थ पद्धति                ख. रूप पद्धति

**(ख) अर्थ पद्धति-** अर्थ पद्धति के अन्तर्गत् भाषा शास्त्री जैसे यह मानकर चलते हैंकि शब्द का अर्थ निश्चित होता है। परिभाषा के अनुसार रूपिम न्यूनतम अर्थवान इकाई है अर्थात् स्वन् की दृष्टि से इसका पुनर्विभाजन भले ही हो जाय किन्तु ऐसा विभाजित जो आकार होगा, उसमें अर्थ सुरक्षित नहीं रह सकता। इस वर्ग के भाषा शास्त्रियों की मान्यता है कि रूपिमीय विश्लेषण का मुख्य आधार अर्थ है। इस वर्ग के भाषाशास्त्रीयों में सर्वश्री **ब्लूमफील्ड[4] ब्लाक एवं ट्रेगर[5] ग्लिसन[6] पाटर[7] मेरिया पेई[8]** नीडा तथा **भोला नाथ**

---

1. A Course in Modern Linguistics Charless F. Hocket. P. 197. Edn. 1963
2. Language Bloomfield P. 316
3. हिन्दी भाषा का रूपिमीय विश्लेषण डॉ. लक्ष्मण प्रसाद सिन्हा, पृष्ठ 81 से साभार
4. Language P. 180
5. Out lines of Linguistic Analysis- Block and Traiger. P. 54
6. An Introduction to Descriptive Linguistics Gleason P.52
7. Modern Linguistics symeon Potter P. 78
8. Morphology- Eugene A. Nida P. 6

**तिवारी**[1]के नाम विशेष उल्लेखनीय हैं।

**(ख) रूप पद्धति-** भाषा शास्त्रियों का दूसरा वर्ग यह मानता है कि वाक्य में शब्द का अर्थ अनिश्चित है। एक ही भाषा में एक शब्द के अनेक अर्थदेखे जाते हैं। इस वर्ग की मान्यता है कि शब्द का अर्थ प्रयोग और प्रसंग के अनुसार ही लगाया जा सकता है। हिन्दी में पर (पंख किन्तु)कनक (स्वर्ण, धतूरा) माधव (कृष्ण, बसन्त) आदि ऐसे अनेक शब्द हैं, जिनके एक से अधिक अर्थ प्रचलित हैं। रूप पद्धति के अन्तर्गत रूपिम को ऐसे खण्डों का समूह माना जाता है जो परिपूरक वितरण में रहते हैं तथा एक दूसरे से स्थानापन्न होते हैं। **प्रो. जेलिंग हेरिस**[2] तथा **डॉ.उदय नारायण तिवारी**[3] ने इस विचार का समर्थन किया है। शब्द शक्तियों में तो शब्द का निश्चित अर्थ रहने पर भी भावार्थ बदल जाता है, फिर व्यंजना जैसी शब्द शक्ति में शब्दों का अर्थ शब्दों की मुख्यावृत्ति से गृहीत नहीं होता और न तो गृही त होता है लक्षणा शक्ति से। यही कारण है कि साहित्य शास्त्रियों ने इस अर्थ की प्रतीति के लिए एक ऐसी शक्ति मानी है जिसमें शब्द और अर्थ दोनों के गौण होने पर उस अर्थ की प्रतीति होती है। इस शक्ति को व्यंजना माना गया है। जिस प्रकार कोई वस्तु पहले से ही विद्यमान किन्तु गूढ़ वस्तु को प्रकट कर देती है, उसी प्रकार यह शक्ति मुख्यार्थ या लक्ष्यार्थ के झीने परदे में छिपे हुए व्यंग्यार्थ को स्पष्ट कर देती है। यह वह शक्ति है जो बाह्य सौन्दर्य के रेशमी परदे को हटाकर काव्य के वास्तविक लावण्य को व्यक्त करती है। इसीलिए इसे 'व्यंजना' माना गया है क्योंकि यह एक विशेष प्रकार का अंजन है अर्थात् 'अभिधा' तथा 'लक्षणा' द्वारा अप्रकाशित अर्थ को प्रकाशित कर देती है।[4] यह सत्य है कि देश काल की सीमा में किसी शब्द के अर्थ के लिए प्रयोग और प्रसंग की आवश्यकता होती है। सच तो यह है कि व्यावहारिक जगत में न तो केवल रूप से काम चल सकता है और न अर्थ को पूर्णतः बहिष्कृत किया जा सकता है, क्योंकि **डॉ. उदयनारायण तिवारी** के शब्दों में "पद विश्लेषण में किसी - न -किसी रूप में अर्थ का सहारा लेना ही पडता है। यदि उच्चारण का विश्लेषण केवल पदों तक ही करना होतो अर्थ के बिना किसी - न - किसी प्रकार काम चल जाएगा किन्तु रूपिम के निर्धारण के लिए अर्थ पर निर्भर होने के लिए बाध्य होना ही पड़ता है।[5]

**रूप स्वनिम विज्ञान या रूप ध्वनिग्राम विज्ञान का स्वरूप-** इसका एक नाम हिन्दी में 'रूप स्वानिमिकी' भी है। अंग्रेजी में इसे (Morphonemies Change) नाम दिया गया है। रूपिम विज्ञान की यह महत्त्वपूर्ण शाखा है। दो या दो से अधिक रूपग्रामों की मदद से या योग से बने किसी वाक्यांश, शब्द, रूप या या वाक्य में - जब ध्वन्यात्मक या स्वनात्मक परिवर्तन होता है, तब उसका अध्ययन इसी विज्ञान की प्रयोगशाला में किया जाता है। रूपग्रामों में हुए ध्वनि संबंधी परिवर्तन को 'रूपध्वनिग्राम परिवर्तन' या 'रूप स्वानिमिक परिवर्तन'(Morphophonemics Change) की संज्ञा दी गई है। भाषा चिन्तक बताते हैं कि दो या दो से अधिक रूपग्रामों के मिलने पर जब किसी एक रूप की रचना होती है, तब उन रूपग्रामों में विचित्र परिवर्तन उपस्थित हो जाते हैं और परिवर्तित रूपग्राम मूल रूपग्रामों से सर्वथा विलक्षण प्रतीत होने लगते हैं, जैसे, संस्कृत में इति + आदि = इत्यादि, मधु + अरि = मध्वरि आदि में दो-दो रूपग्रामों के मिलने से नए परिवर्तित रूप बन गये हैं। 'इत्यादि' में 'इ' का लोप हो गया है और उसके स्थान पर 'य' का आगमन हो गया है। 'मध्वरि' में उ का लोप हो गया है और उसके स्थान पर 'व' का आगमन हो गया है।[6]

किन्तु पाठकों को यह ध्यान रखना चाहिए कि ध्वनि-परिवर्तन और रूप ध्वनि ग्रामीय परिवर्तन में कुछ बुनियादी फासले भी है यथा,-

1- ध्वनि परिवर्तन की गति जहाँ अत्यन्त मंद, श्लथ एवं धीमी होती हैं। वहीं रूप ध्वनिग्रामीय या रूप स्वनिमीय परिवर्तन बहुत क्षिप्र, त्वरा एवं तेज गति से होते हैं, शर्त यह है कि इनमें दो या दो से अधिक रूपों का मिश्रण हो, उदाहरण के लिए 'कृष्ण' से 'कान्हा', 'कन्हैया' या 'दुग्ध' से 'दूध' रूप बनने में सैकड़ा वर्ष लगे होंगे, किन्तु सोजा से सोज्जा बनने में बहुत समय नहीं लगा होगा।

2.ध्वनि-परिवर्तन में वर्ण-विपर्यय (Transposition in words or letters)होता रहता है, किन्तु रूप ध्वनिग्रामीय परिवर्तन में इसकी स्थिति लगभग नहीं बनती यहाँ केवल रूपान्तरण होता है, यथा- तमगा-तगमा, डूबना-बूड़ना आदि। 'काट डाला' से 'काड्डाला' रूप ध्वनिग्रामीय परिवर्तन माना जाएगा।

3. रूप ध्वनिग्रामीय परिवर्तन की तुलना में ध्वनि परिवर्तन का क्षेत्र सीमित होता है।

4.जब दो या दो से अधिक रूप ग्राम मिलते हैं, तब रूप ध्वनिग्रामीय बदलाव होता है, लेकिन ध्वनि परिवर्तन में ऐसा कोई नियम नहीं है।

5. कुछ विद्वान् रूप ध्वनिग्रामीय परिवर्तन और संधि को एक ही मानते हैं, जबकि दोनों में कुछ अंतर है। संधि जहाँ दो सार्थक शब्दों का मेल होता है वहीं रूप ध्वनि ग्रामीय परिवर्तन में निरर्थक रूपों यथा- प्रत्यय, परसर्ग, विभक्ति, आदि का योग हो सकता है तथा-

1. भाषा विज्ञान कोश पृष्ठ . 556
2. Structural Linguistics P. 160
3. भाषा शास्त्र की रूपरेखा, पृष्ठ . 160 सं 2010
4. ध्वनि सम्प्रदाय और उसके सिद्धान्त डॉ भोलाशंकरव्यास P. 182 -83
5. भाषा शास्त्र की रूपरेखा- P.159
6. भाषा-विज्ञान और मानक हिन्दी- डॉ. रत्नचन्द्र शर्मा, पृष्ठ -39

6. संधि जहाँ दो शब्दों के योग से जन्मती है, रूप ध्वनिग्रामीय परिवर्तन में इस प्रकार की कोई बाध्यता नहीं होती।

7. कुल मिलाकर संधि का क्षेत्र संकुचित एवं सीमित होता है, जबकि रूप ध्वनिग्रामीय परिवर्तन का फलक या दायरा विस्तृत होता है।

## रूपध्वनिग्रामीय परिवर्तन के कारण

रूपध्वनिग्रामीय अथवा रूपस्वानिमिक परिवर्तन के निम्नलिखित पाँच कारण स्वीकार किये जाते हैं-

**1. प्रयत्न लाघव-** ध्वनि परिवर्तनों के समान रूपध्वनिग्रामीय परिवर्तनों का भी मुख्य कारण प्रयत्नलाघव अथवा मुख-सुख ही है। इसी के कारण अधिकांश रूपों में बाह्य तथा आन्तरिक परिवर्तन होते हैं। सन्धि, ह्स्वीकरण, दीर्घीकरण आदि की आवश्यकता भी प्रयत्न लाघव के ही कारण होती है।

**2. शीघ्र उच्चारण-** ध्वनि -परिवर्तन के कारणों पर विचार करते हुए बताया जा चुका है कि बहुत से ध्वनि परिवर्तन बोलने वालों की असावधानी के कारण होते हैं। शीघ्र बोलने वाले कहना कुछ और चाहते हैं परन्तु अपने शीघ्र उच्चारण के कारण कुछ और कह जाते हैं । रूपध्वनिग्रामीय परिवर्तनों के विषय में भी यही कहा जा सकता है।

**3. सादृश्य-** रूपध्वनिग्रामीय परिवर्तन में सादृश्य का भी बहुत बड़ा हाथ रहता है। सादृश्य के कारण रूप परिवर्तित हो जाते हैं। जैसे 'नदी' शब्द का बहुबचन 'नदियों' बनता है। इसके सादृश्य पर ही ह्स्व इकारान्त कवि, मुनि, ऋषि, गति, मति आदि शब्दों के भी कवियों, मुनियों, ऋषियों, गतियों मतियों आदि रूप बन गये हैं।

**4. अज्ञानता-** ध्वनि परिवर्तनों के समान अनेक रूपध्वनिग्रामीय परिवर्तन भी अज्ञान के कारण होते हैं। अशिक्षित तथा व्याकरण के नियमों से अनभिज्ञ साधारण जनता सुने-सुनाये रूपों को बिना सोचे समझे बोलती है और सुने सुनाये रूपों के अनुकरण पर कभी कभी नये रूप भी गढ़ देती है। यह सब उनकी अज्ञानता के कारण होता है। अज्ञानता के कारण ऐसे लोग 'चाकू' को 'काचू' ,'मतलब' को 'मतबल', 'अमरूद' को 'अरमूद', बोलते हैं। [1]

**5. असमर्थता -** कुछ रूपध्वनिग्रामीय परिवर्तनों का कारण बोलने वालों की असमर्थता भी है। अशिक्षित और असभ्य लोग बहुधा शुद्ध और संस्कृत रूपों का विशेष कर विदेशी शब्दों का शुद्ध उच्चारण करने में असमर्थ होते हैं। उनकी असमर्थता के कारण शुद्ध रूप भी विकृत हो जाते हैं। ऐसे ही लोगों ने 'सिगनल' को 'सिंगल', 'स्टेशन' को 'टेशन', 'लैण्टर्न' को 'लालटैन' आदि बना दिया है।

## रूपध्वनिग्रामीय परिवर्तन की दिशाएँ-

भाषावैज्ञानिकों ने रूपध्वनिग्रामीय परिवर्तनों की विविध दिशाओं को दो आधारों पर विभक्त किया है- परिवर्तन की स्थिति के आधार पर और रूप के आधार पर।

**(क)** परिवर्तन की स्थिति के आधार पर रूपध्वनिग्रामीय परिवर्तन की दो शाखाएँ हैं-आन्तरिक और बाह्य।

**1 आन्तरिक-** जहां दो या दो से अधिक रूपग्रामों के योग से सन्धि स्थान को छोड़ कर, उन रूपग्रामों के अन्तर में परिवर्तन होता है वहाँ रूपध्वनिग्रामीय परिवर्तन की आन्तरिक दिशा कार्य करती है। जैसे, घुड़दौड़ (घुड़+दौड़), बतरस (बत+रस), हथगोला (हाथ+गोला), पनडुब्बी (पानी+डुब्बी), लखपति (लाख+पति), पनचक्की (पानी+चक्की), चिड़ीमार (चिड़िया+मार) आदि रूप के पहले पदों में जो परिवर्तन हुआ है वह रूपध्वनिग्रामीय आन्तरिक परिवर्तन है। वह सन्धि का विषय नहीं है और रूपग्रामों के अन्तर्गत हुआ है।

**2. बाह्य-** दो या दो से अधिक रूपग्रामों का परस्पर योग होने पर शब्द के आदि में अथवा शब्द के अन्त में अर्थात् बाहर की ओर जो परिवर्तन होता है उसे रूपध्वनिग्रामीय परिवर्तन की बाह्य दिशा कहा जाता है। ऐसे परिवर्तन शब्दों के आदिम तथा अन्तिम वर्णो के साथ सम्बद्ध होने के कारण सन्धिगत भी होते हैं। उन्हें सन्धि के उदाहरण भी कहा जा सकता है, और रूप ध्वनिग्रामीय बाह्य परिवर्तनों में ही किया जा सकता है जैसे गंगा+ईश=गंगेश, सूर्य+उदय=सूर्योदय, इति+आदि=इत्यादि, मुनि+ईश=मुनीश, षट+मास=षण्मास, विपत्+जाल=विपज्जाल, सु+आगत=स्वागत, मत+ऐक्य=मतैक्य आदि।

**(ख)** रूप के आधार पर रूपध्वनिग्रामीय परिवर्तन की बारह दिशाएँ मानी गई हैं जो निम्नलिखित हैं-

**1. आगम-** आगम सम्बन्धी रूपध्वनिग्रामीय परिवर्तन वहाँ होता है जहाँ दो रूपग्रामों के योग में उनके मध्य में 'य' का आगम होता है। जैसे- कवि+ओं=कवियों, मुनि+ओं=मुनियों, हाथी+ओं=हाथियों, नारी+ओं=नारियों, मति+ओं=मतियों आदि।

**2 लोप -** जहाँ दो रूपग्रामों का योग होने पर मध्य के समान रूपग्रामों में से एक का लोप हो जाता है वहाँ लोप सम्बन्धी रूपध्वनिग्रामीय परिवर्तन हुआ करता है। जैसे- स्वर्ग+गंगा=स्वर्गंगा, खरीद+दार=खरीदार, कथन+उपकथन=कथनोपकथन, नाक

---

1. भाषा-विज्ञान और मानक हिन्दी- डॉ. रत्नचन्द्र शर्मा पृ.- 42

+कटी=नकटी आदि।

**3. विपर्यय-** जहाँ दो या दो से अधिक रूपग्रामों का योग होने पर उनमें वर्णविपर्यय होता है, वहाँ विपर्यय सम्बन्धी रूपध्वनिग्रामीय परिवर्तन होता है। जैसे ब्राह्मणी शब्द से बने बाम्हनी रूप में 'ह्' और 'म्' का स्थान विपर्यय हो कर 'म्' और 'ह्' हो गया है। इसी प्रकार वाराणसेय शब्द से बने बनारसी रूप में 'र' और 'न' का स्थान विपर्यय हो कर 'न' और 'र' हो गया है।

**4 ह्रस्वीकरण -** जहां दो रूप ग्रामों का योग होने पर पहले रूप ग्राम में दीर्घ स्वर का ह्रस्व हो जाता है वहाँ ह्रस्वीकरण सम्बन्धी रूपध्वनिग्रामीय परिवर्तन होता है। जैसे- घोड़ा+दौड़=घुड़दौड़, डाकू+ओं=डाकुओं, आलू+ओं=आलुओं, भालू+ओं=भालुओं आदि।

**5. दीर्घीकरण-** जहां दो रूपग्रामों का योग होने पर पहले रूपग्राम की ध्वनि ह्रस्व से दीर्घ हो जाती है, वहाँ दीर्घीकरण सम्बन्धी रूपध्वनिग्रामीय परिवर्तन होता है। जैसे- मुनि+ईश=मुनीश, विधु+उदय=विधूदय, परम+अर्थ=परमार्थ, रत्न+आकर=रत्नाकर।

**6. गुणीकरण-** जहां दो रूपग्रामों का योग होने पर पहले रूपग्राम के अन्त और दूसरे रूपग्राम के पूर्ण में गुण सन्बन्धी परिवर्तन होता है वहां गुणीकरण सम्बन्धी रूपध्वनिग्रामीय परिवर्तन होता है। जैसे- गण+ईश=गणेश, देव+इन्द्र=देवेन्द्र, देव+ऋषि=देवर्षि, महा+उत्सव=महोत्सव, सूर्य+उदय=सूर्योदय आदि।

**7. समीकरण-** जहाँ दो रूपग्रामों का योग होने पर एक रूपग्राम की ध्वनि के आधार पर दूसरे रूपग्राम की ध्वनि में समानता आ जाती है, वहाँ समीकरण रूपध्वनिग्रामीय परिवर्तन होता है। जैसे दूध+दो=दूद्दो, मार+डाला=माड्डाला, हाथ+से=हात्से, भाग+जा=भाज्जा आदि।

**8. विषमीकरण-** जहाँ दो रूपग्रामों का योग होने पर एक ध्वनिग्राम के प्रभाव से दूसरे ध्वनिग्राम की ध्वनि में विषमता आ जाता है वहां विषमीकरण नामक रूपध्वनिग्रामीय परिवर्तन होता है। जैसे-सत्+शास्त्र=सच्छास्त्र, उत्+हार=उद्धार, तत्+शिवः=तच्छिवः आदि।

**9. अघोषीकरण-**जहाँ दो रूपग्रामों का योग होने पर दूसरे रूपग्राम के प्रभाव से पहले रूपग्रम की अन्तिम सघोष ध्वनि में परिवर्तन हो जाती है वहाँ अघोषीकरण सम्बन्धी रूपध्वनिग्रामीय परिवर्तन होता है। जैसे भाग्य+का+खेल=भाक्का खेल, आग+का+गोला= आक्का गोला आदि।

**10. सघोषीकरण -** जहाँ दो रूपग्रामों का योग होने पर दूसरे रूपग्राम के प्रभाव से पहले रूपग्राम की अन्तिम अघोष ध्वनि सघोष ध्वनि में बदल जाती है वहाँ सघोषीकरण नामक रूपध्वनिग्रामीय परिवर्तन होता है। जैसे वाक् +ईश=वागीश, दिक्+गज=दिग्गज, अच्+अन्त=अजन्त, डाक+घर=डाग्-घर आदि।

**11. अल्पप्राणीकरण-** जहाँ दो रूपग्रामों का योग होने पर दूसरे रूप ग्राम के प्रभाव से पहले रूपग्राम की अन्तिम महाप्राण ध्वनि अल्पप्राण में बदल जाती है वहाँ अल्पप्राणीकरण नामक रूपध्वनिग्रामीय परिवर्तनन होता है। जैसे- भूख+मरी=भुखमरी, दूध+वाली=दूद्वाली आदि।

**12. महाप्राणीकरण-** जहाँ दो रूपग्रामों का योग होने पर दूसरे रूपग्राम के प्रभाव से पहले रूपग्राम की अन्तिम अल्पप्राण ध्वनि महाप्राण ध्वनि में बदल जाती है, वहाँ महाप्राणीकरण नामक रूपध्वनिग्रामीय परिवर्तन होता है। जैसे गृह+द्वार=घरवार, शुष्क+क्षेत्र=सूखा खेत, हस्ती+शाला=हथशाला, आदि।[1]

## रूप का स्वरूप

**रूपस्वनिमिकी** -किसी भी भाषा के लिए प्रथम ध्वनि की आवश्यकता होती है। ध्वनिम का न्यूतनतम रूप स्वनिम है। भाषा की रूप रचना में स्वनिम का महत्त्वपूर्ण योग होता है। रूपों के द्वारा ही वाक्यों का गठन होता है। रूपिम रूप की सबसे छोटी ईकाई है जिसका निर्माण एक से अधिक स्वनिमों के योग से होता है। दो -या -दो से अधिक रूपिम के मिलाने से जो स्वनिमिक परिवर्तन होता है, उस प्रतिफलन को भाषाशास्त्र में 'रूप स्वनिमिकी' अथवा 'रूप स्वनिम विज्ञान' कहते हैं। अंग्रेजी में इसे मार्फोफोनिमिक्स (Morphophonemics) कहा जाता है। 'रूप स्वनिमिकी' रूप-विज्ञान की महत्त्वपूर्ण शाखा है। स्वनिमिक परिवर्तन रूपिम के अध्ययन का मार्ग प्रशस्त करता है। सच तो यह है कि ये परिवर्तन रूप-विज्ञानीय तथा स्वनिमिक स्तरों के बीच पुल का काम करते हैं।[2]

**रूपायन या रूपान्तरण-** इसके लिए अंग्रेजी में इन्फ्लैक्शन(Inflection)शब्द का प्रयोग किया जाता है। हिन्दी में इसका एक अन्य नाम 'रूप प्रक्रिया' भी है। विभक्ति, प्रत्यय आदि के योग से पदों के रूपों का अन्तरण एवं विस्तारण ही रूपायन या रूपान्तरण कहलाता है। नाम और धातु रूपों के विकास का अध्ययन रूपायन का ही विषय है। संज्ञा, सर्वनाम और विशेषण तथा धातुओं का जो संबंध क्रिया रूपों से होता है- वह नाम की ही परिधि में आता है। पदों का विश्लेषण, अर्थतत्व संबंध तत्व, स्वतंत्र शब्द, आगम, प्रत्यय, विकरण, अपश्रुति, आदि भी इसी के अध्ययन के विषय बनते हैं।

---

1.भाषा-विज्ञान और मानक हिन्दी-डॉ. रत्नचन्द्र शर्मा, पृष्ठ - 44 2. हिन्दी भाषा का रूपिमीय विश्लेषण-डॉ. लक्ष्मण प्रसाद सिन्हा पृ.-90

अध्याय-14

# वाक्य-विज्ञान (SYNTAX)

## भाषा की इकाई के रूप में वाक्य

"यदन्तः शब्द तत्वं तु नादैरेकं प्रकाशितं।
तदाहुरपरेशब्दं तस्य वाक्ये तथेकता।।" (नि. 2/30)

भर्तृहरि ने 'भाषा' की इकाई 'वाक्य' को स्वीकार किया है। उनसे पूर्व यह बात किसी ने इतने बल पूर्वक नहीं कही थी। **पाणिनि** ने पदों की प्रकृति संहिता- **'समर्थः पदविधिः'** (पा. 2.1.1) मानी थी। **कात्यायन** और **पतंजलि** ने सीधे और स्पष्ट शब्दों में अपना मत व्यक्त नहीं किया, फिर भी पतंजलि ने 'वाक्य' को तथा कात्यायन ने 'पद' को ही इकाई माना है।[1]

## वाक्य की अवधारणा

वस्तुतः वाक्य, भाषा की सबसे छोटी किन्तु सार्थक तथा वास्तविक इकाई होता है। भाषा का कार्य विचारों, भावों आदि का सम्यक् सम्प्रेषण है। किन्तु इस कार्य में अकेली कोई ध्वनि अथवा पद ही सक्षम नहीं हो सकता, केवल वाक्य में ही यह सामर्थ्य होती है। किसी भी भाषा के अध्ययन के लिये वाक्य-विज्ञान को महत्वपूर्ण समझा जाता है। वाक्य की सर्जना परस्पर सम्बद्ध शब्दों तथा पदों से होती है। हम जानते हैं कि भाषा अभ्यास की वस्तु है। इसका अर्जन हम परम्परा से करते हैं। अबोध शिशु अपनी जिज्ञासाओं को भले ही खंडित शब्दों के माध्यम से व्यक्त करता हो, लेकिन उसकी मंशा वाक्यों के माध्यम से ही अपनी भावनाओं को व्यक्त करने की होती है। जेस्पबर्सन के अनुसार बच्चे की भाषा के शब्द एक वाक्य का ही भाव व्यक्त करते हैं।[2] लेकिन आगे अपनी बात को स्पष्ट करते हुए उन्होंने कहा है कि बच्चे के इन शब्दों को वाक्य स्वीकार नहीं कर सकते। वह इसलिये कि वाक्य में व्याकरण के आधार पर रूप रचना आवश्यक है। वह व्याकरणात्मक रचना बच्चे की भाषा में नहीं होती, -When we say that such a word means what we should express by a whole sentence. This does not amount to saying that the child's up is a sentence or a sence word as many of those who have written about these questions have said-the word 'Sentence' presupposes a certain grammatical structure, which is wanting in the childs utterance,"[3]

उच्चारण की दृष्टि से वाक्य सार्थक ध्वनियों का समूह है, जो किसी एक भाव, को व्यक्त करता है। छोटे-छोटे वाक्य खण्ड महावाक्य की रचना करते हैं। **साहित्यदर्पणकार** के अनुसार-

**स्वार्थ-बोधे समाप्तानामङ्गाङ्गित्वव्यपेक्षया।**
**वाक्यानामेकवाक्यत्वं पुनः संहत्य जायते।।** (साहित्य दर्पण 2/2 वृत्ति)

## अभिहितान्वयवाद और अन्वितभिधानवाद

भारतीय मीमांसकों में पद और वाक्य की सत्ता को लेकर काफी मतान्तर रहा है। मीमांसकों का एक दल पद की सत्ता स्वीकार करता है और दूसरा वाक्य की। इनसे सम्बन्धित दो सिद्धान्त स्थापित किये गए हैं, जिन्हें क्रमशः 'अभिहितान्वयवाद' तथा अन्विताभिधानवाद' कहा जाता है। अभिहितान्वयवाद के अनुसार प्रत्येक शब्द का स्वतन्त्र अस्तित्व तथा अर्थ होता है। इनका विचार है कि पदों को जोड़ने से वाक्य बनता है लेकिन अन्विताभिधानवाद इस विचार से अपनी असहमति व्यक्त करता है। उसके अनुसार वाक्य को तोड़ने से ही पद या रूप की उपलब्धि होती है। वह इसलिये कि भाषा में वाक्य की ही सत्ता वास्तविक होती है। पद की स्वतन्त्र सत्ता को भर्तृहरि ने भी नकाराते हुए अन्विताभिधानवाद का ही समर्थन किया है,-

---

1 भाषा तत्त्व और वाक्य पदीय - डॉ. सत्यकाम वर्मा, पृष्ठ 14)

2. Language: Its Nature, Development and Origin, Page-133

3. Ibid, Page-134

**पदे न वर्णा विद्यन्ते वर्णेष्वयवा न च।**
**वाक्यात् पदानात्यन्तं प्रविवेको न कश्चन्।।**[1]

पाश्चात्य भाषा शास्त्री वंट (Wundt) ने भी इसी पक्ष का समर्थन किया है। -"In determining the nature of a sentence, no addition to what is expressed by the words should be assumed."[2]

वाक्य की स्वाभाविक सत्ता की ओर संकेत करते हुए **डॉ. कपिलदेव द्विवेदी** कहते हैं- "वैयाकरण पद और पदार्थ को अन्तिम सत्य नहीं मानते हैं। असत्य मानते हैं, अनित्य मानते हैं, माया मानते हैं। पद और पदार्थ अविद्या हैं, अज्ञान हैं, अवास्तविक हैं...... वाक्य ही सार्थक होता है, प्रत्येक पद नहीं। वाक्य ही अक्षर, ध्रुव, कूटस्थ, अपरिणामी, अक्षय एवं किसी प्रकार के अवयवों से रहित है, पद नहीं। **जे. ब्रो.** ने भी उक्त विचारों से अपनी सहमति व्यक्त की है- 'Thus a root or suffix is analysed out on the basis of a paradigm and complete words are recognized on the basis of substitution in sentence.[3] हालाँकि इन तर्कों को स्वीकार करते हुए भी अभिहितान्वयवादियों के तर्कों से नितान्त असहमति व्यक्त नहीं की जा सकती। पद और रूप के बीच स्पष्ट विभाजन कर लेना अत्यन्त सरल कार्य नहीं हैं। भाषा-विज्ञानी **ग्लीसन** ने भी कुछ ऐसा ही कहा है, "The distinction betwec morphology and syntax is not always sharp."[4]

**डॉ.देवदत्त कौशिक** के शब्दों में- ''प्रभाकर ने शब्दों की स्वतंत्र सत्ता को यद्यपि स्वीकार किया है किन्तु इतनी छूट को भी उन्होंनें एक बंधन में बाँध दिया है। उनका कहना है कि शब्दों की सार्थकता तभी है जब वे वाक्य में संयुक्त कर दिए जाएँ। शब्द निश्चय ही अपना अर्थ रखतें हैं किन्तु उनकी सीमा इतनी ही नहीं है-अर्थात् वे स्वायत्त नहीं हैं। श्रोता भी शब्दों के साधारण अर्थों को जानता है किन्तु उसका अनुभव उसे यह बताता है कि शब्द तभी सार्थक हैं जब वे वाक्य में प्रयुक्त हों। **के. कुंजुन्निराजा** ने इस विषय में लिखा है:-"Prabhakar and his followers denied that words convey a meaning except in the context of a sentence, even though they regarded words as real and actual constituents of language. Each words has a definit meaning, but it is also clear that the the purpose of the world is to serve we get a unitary sense which is the meaninig of the sentence.... The Prabhakars do not deny the existence of individual words and their isolated meaning, they only assert that it is impossible to comprehend the isolated meaning of a word apart from its relation in a sentence. Words certainly recall their senses separately, but they do not stop with that. Even though the listener knows the general meaning of the words, his experience tell him that the words are meaningful, only when they are connected in a sentence and not when isolated.[5]

अभिहितान्ववाद का विवेचन इस संबंध में यह है कि प्रत्येक शब्द का स्वतंत्र अस्तित्व और अर्थ है। एक वाक्य को सुनने के पश्चात् हम एक के बाद एक शब्द के अर्थ को समझतें हैं और 'आकांक्षा', 'योग्यता' और 'सन्निधि' के सिद्धांतों के आधार पर पूरे अर्थों कें समंजन से वाक्यार्थ का ज्ञान करते हैं। शबरभाष्य में यह स्पष्ट मत है:-

**'पदानि हि स्वंस्वम् अर्थम् अभिधायनिवृत्तव्यापाराणि, अथेदानीं पदार्थावगताः सन्तो वाक्यार्थ गम्यन्ति'**। (1.1.25)।**कुमारिल भट्ट** ने भी कहा कि वाक्य का अर्थ शब्दों अथवा पदों के अर्थ से ही निष्पन्न होता है। उनकी एक प्रसिद्ध पंक्ति यह है:- **'पदार्थः पदविज्ञातैर्वाक्यार्थः प्रतिपाद्यते।'** -(तंत्रवार्तिक, पृष्ठ-445).

निष्कर्षतः यह कि अधिकांश मीमांसक, दार्शनिक तथा नैयायिक मानते हैं कि, 'तद्वर्ण व्यतिरेकेण पदमन्यत्र विद्यते, वाक्यं वर्ण पदाभ्यां च व्यतिरिक्तं न किञ्चिन्" अर्थात् वर्ण से भिन्न स्वतंत्र पद की कोई सत्ता नहीं है, पद वर्ण समुदाय मात्र है। दूसरे पक्ष, जिसमें प्रधान वैयाकरण हैं, की घोषणा है कि, - "पदे न वर्णा....कश्चन्" अर्थात् न वाक्य में पदों की, न पद में वर्णों की कल्पना तात्विक है। जैसे वर्ण में कोई अवयव नहीं होता, वैसे ही पद में कोई वर्ण नहीं, वाक्य में कोई पद नहीं होते। वाक्य ही परम सत्य है। उसके खण्डों की कल्पना पारमार्थिक नहीं, व्यावहारिक है। वस्तुतः यह विलकुल व्यष्टिवाद तथा समष्टिवाद का-सा झगड़ा है। दूसरे सिरे पर खड़े वाक्यवादी कहते हैं कि वाक्य ही भाषाकी वास्तविक इकाई है, क्यों कि कोई वक्ता वाक्य से ही अपना कोई आशय प्रकट करता है, बल्कि इसका नाम वाक्य पड़ा ही इसीलिए है। अर्थ क्रियाकारित्व व्यष्टि में नहीं समष्टि में है, रथांगों में, नहीं रथ में, खट्वाङ्गों में नहीं खाट में, हस्त पदादादि अंगों

---

**1.वाक्य पदीय, ब्रह्म काण्ड, पृष्ठ-73**

**2. Indian Theories of Meaning - के. कुंजुन्निराजा, पृष्ठ-124**

**3. Some Indian Theories of meaning, J. Brough P. 165**

**4. An Introduction to Descriptive Linguistics. P. 128**

**5. Indian Theories of Meaning के. कुंजुन्निराजा, पृष्ठ-193**

में नहीं, अंगी शरीर में है, अतः वास्तविक पदार्थ वाक्य ही है।[1]

**ऑटो जेस्पर्सन** ने 'Philosophy of Grammar' (पृ. 307) **आग्नेय रिचड्र्स** ने 'Meaning of Meaning' (पृष्ठ10 तथा 193), **हर्मन पाडल** ने 'Principal's Of the History of Language .PIII ' (अध्याय 2 से 5 तक) तथा **गार्डिनर** ने ' Theory of Speach and Language' में वहुत विस्तार से इस पर विचार किया है और यह निर्णय किया है कि वाक्य ही सार्थक है। वाक्य एक अखण्ड अवयवी है। वाक्य की पद से पृथक सत्ता है। पदों का कोई अर्थ नहीं होता।

## वाक्य की परिभाषा

भारतीय तथा पाश्चात्य विद्वानों ने वाक्य के स्वरूप अथवा लक्षणों पर अपने-अपने ढंग से प्रकाश डाला है। वाक्य की परिभाषा सम्बन्धी उनके विचार विविध होते हुए भी उनकी सूक्ष्मचिन्तना, व्यापक रचना-दृष्टि तथा अध्ययन -विश्लेषण की उनकी निजता को व्यक्त करते हैं। कुछ महत्वपूर्ण परिभाषाओं को इस प्रकार देखा जा सकता है:-

1. **महर्षि पतंजलि-** जिसमें एक क्रिया हो, उसे वाक्य कहते हैं- "एक तिंङ" [2]
2. **महर्षि जैमिनी-** एकार्थक पदों के समूह को वाक्य कहते हैं।[3]
3. वात्स्यायन- साकांक्ष पदों का समूह वाक्य होता है- "पद समूहोवाक्य मर्थसमाप्तौ"।[4]
4. अमर कोश के अनुसार- "सुबन्त या तिङन्त पदों के समूह को अथवा कारक युक्त क्रिया को वाक्य कहते हैं।"[5]
5. **आचार्य विश्वनाथ-** योग्यता, आकांक्षा और आसत्ति से युक्त पदों के समूह को वाक्य कहते हैं, "वाक्यं स्याद् योग्याताकांक्षा सत्तियुक्तः पदोच्चयः" । [6]
6. **आचार्य जगदीश** - परस्पर साकांक्ष शब्दों का समूह वाक्य होता है। [7]
7. **भर्तृहरि** ने वाक्य को 'प्राप्त रूप विभागायाः यो वाचः परमो रसः कहा है। [8]
8. **गार्डिनर** के शब्दों में, - 'A sentence is a word or set of words revealing an intelligible purpose. अर्थात् वाक्य उस शब्द या शब्द समूह को कहते हैं , जिससे किसी अभिधेय को पूर्ण अभिव्यक्ति मिलती है।[9]
9. **जेस्पर्सन** लिखते हैं, - 'A sentence is a (relatively) complete and independent human uttrance the-completeness and independence shown by its standing alone, i, e. of being uttered by it self" अर्थात् निराकांक्ष मानुषी अभिव्यक्ति को वाक्य कहते हैं। [10]
10. **साइमन पॉटर** कहते हैं, "वाक्य भाषा की मुख्य इकाई और लघुतमपूर्ण विचार है" , "The sentence is the chief unit of speech. it may be defined quite simply as a minimumcomplete utterance." [11]
11. **अरस्तू-** "वाक्य सार्थक ध्वनियों से बनता है जिनमें से कुछ भाग स्वतः कुछ अर्थ व्यक्त करते हैं, क्योंकि प्रत्येक वाक्य संज्ञाओं और क्रियाओं से बनता है, परन्तु क्रिया के बिना भी वाक्य हो सकता है, "A Sentence is a composite significant sound, of which certain parts of themselves signify themselves, for every sentence is composed from noun and verbs, but there may be a sentence without verb,"[12]

## वाक्य की आधारभूत आवश्यकताएँ

अभिहितान्वयवादियों के अनुसार सार्थक पद समूह वाक्य कहलाता है। लेकिन वाक्यार्थ के ज्ञान के लिए 'आकांक्षा, योग्यता और सन्निधि' का समंजन आवश्यक होता है। इनके अभाव में वाक्य सार्थक पद समूह होने के बावजूद इष्ट अर्थ नहीं दे सकता। **आचार्य विश्वनाथ** ने भी इन पर बल देते हुए बताया है कि किसी भी वाक्य को इनसे युक्त होना आवश्यक है। वस्तुतः आकांक्षा, योग्यता और सन्निधि से ही परस्पर सम्बन्ध निर्धारण का कार्य संभव हो पाता है:-

**आकांक्षा सन्निधानं च योग्यता चेति च त्रयम्।**

---

1. भाषा विज्ञान की भारतीय परंपरा और पाणिनि- डॉ. रामदेव त्रिपाठी, पृष्ठ-589
2. महाभाष्य 2.1.1
3. अ. -"अर्थकत्वादेकं वाक्यम् साकांक्ष चे द्विभागे स्यात्,"- मीमांसा सूत्र 2.1.46
   ब.- "एकार्थः पद समूहो वाक्यं" मीमांसा सूत्र, 2.1.46 पर शबर भाष्य।
4. 1. न्याय भाष्य
5. "सुप्तिङन्तचयो वाक्यं क्रिया वा कारकान्विता"- अमरकोश
6. साहित्य दर्पण 2.1
7. "मिथः साकांक्ष शब्दस्य व्यूहो वाक्यम्"- शब्दशक्ति प्रकाशिका, श्लोक 1
8. वाक्यपदीय1.12
9. Theory of Speech and Language - A. H. Guardiner. P. 106.
10. Philosophy of Grammar, Jesperson. P. 807
11. Modern Linguistics- Simeon Potter P. 104
12. Poetics, Chapter XX

**संबंधकारणत्वेन क्लप्तं नानन्तरश्रुतिः ।।**[1]

इनके अलावा दो और तत्त्व हैं, जिनके न रहने पर कोई पद समूह वाक्य नहीं कहला सकता। इनके नाम हैं, पदक्रम तथा अन्वय अथवा अन्विति। इस तरह से सब मिलाकर किसी भी वाक्य के लिए पाँच तत्व आवश्यक होते हैं। इन्हें क्रमशः इस प्रकार देखा जा सकता है,

1. **आकांक्षा-** आकांक्षा का अर्थ होता है - 'इच्छा'। किसी वाक्य को सुनकर यदि उसके अर्थ को पूरा समझने के लिए अन्य पदों की इच्छा, ललक या जिज्ञासा बनी रहती है तब उसे 'आकांक्षा' कहा जाता है। वाक्य की सार्थकता तो तभी है, जब उसे सुनकर श्रोता पूरा अर्थ समझ जाय। यदि कोई वाक्य अपने श्रोता को सम्यक् अर्थबोध न करा सके, तो वह लँगड़ा अपूर्ण समझा जायेगा। इस तरह के उदाहरण लगभग प्रत्येक भाषाओं में उपलब्ध होते हैं, जहाँ सम्पूर्ण आशय के लिए अन्य पदों की बैसाखी की आवश्यकता निरंतर बनी रहती है। इसे ही आकांक्षा समझा जाता है,-**पदस्य पदान्तर व्यतिरेक प्रयुक्तान्वयाननुभावकत्वम् आकांक्षा।**[2]

उदाहरण के लिये यदि कोई व्यक्ति 'मोहन और विद्याशंकर' कह कर चुप हो जाय, तो श्रोता कहने वाले की ओर एक जिज्ञासा तथा प्रश्न भरी दृष्टि से निहारने लगेगा। श्रोता अर्थ के किसी निश्चित विन्दु को प्राप्त ही नहीं कर सकता। उसके मन में तमाम आशंकायें जन्म लेना शुरू कर देंगीं कि वक्ता, मोहन और विद्याशंकर के विषय में क्या कहना चाहता है? असल में उक्त वाक्य अधूरा है, इसलिये किसी भी पूर्ण अर्थ की अभिव्यक्ति इससे नहीं हो सकती। पूर्ण अर्थ की अभिव्यक्ति के लिये यहाँ किसी अन्य पद की आकांक्षा निरंतर बनी रहती है।

2. **योग्यता-** योग्यता का मतलब शब्दों के अर्थों की परस्पर संगति से है। वाक्य में आने वाले शब्दों में प्रसंग के अनुसार भाव-बोधन की क्षमता या योग्यता होनी चाहिये। **शालिकनाथ** ने इस सम्बन्ध में कहा है कि, योग्यता के अनुसार वाक्य में पदों का परस्पर प्रतीति-मूलक सम्बन्ध होना चाहिए, जिसे अनुभव से जाना जा सकता है- ''**कि पुनरिदं योग्यत्वं नाम? यत् संबंन्धार्हत्वम्। संबन्धार्हम् इति कथं ज्ञायते? संबंधित्वेन दृष्टत्वात्**[3] उदाहरण के लिये यदि कोई कहे कि "वह वृक्ष से पढ़ता है," "स्कूटर से स्नान करता है, " "मकान भूखा है," तो इन्हें वाक्य स्वीकार नहीं किया जा सकता। हालाँकि उक्त सभी वाक्यों का अन्वय व्याकरण-सम्मत-विधि से हुआ है, लेकिन परेशानी प्रतीति की है। वृक्ष से पढ़ना, स्कूटर से स्नान करना तथा मकान को भूख लगना सम्भव नहीं है। इन वाक्यों का व्यावहारिक भाषा में कोई मूल्य नहीं है।

3. **सन्निधि-** इसे आसत्ति भी कहा जाता है, जिसका अर्थ समीपता होता है। वाक्य के विभिन्न पदों के शीघ्र अथवा बिना बाधा के उच्चारण को सन्निधि कहा गया है- "पदानामविलंबेनोच्चारणम् सन्निधि"[4] अर्थात् वाक्य में एक पद दूसरे के निकट रहना चाहिये। निकटता न होने पर अर्थ में बाधा उत्पन्न हो सकती है। वाक्य में पदों की यह नजदीकी देश तथा काल दोनों दृष्टियों से अनिवार्य है। उदाहरण के लिये यदि कोई किसी से सुबह सात बजे कहे कि 'आसाम से' और फिर सायं सात बजे कहे कि 'लौटा हूँ, तो उसके मुख से निसृत शब्द वाक्य की परिधि से बाहर ही समझे जाएँगे। वह इसलिए कि एक तो यहाँ अर्थ बोध का अभाव है ही, दूसरे यहाँ शब्दों के बीच निकटता का भी देशकाल की दृष्टि से सर्वथा अभाव है।

4. **पदक्रम-** प्रायः सभी भाषाओं में वाक्य-रचना के लिए पदों के क्रम पर अल्प-अनल्प ध्यान रखा जाता है, जिससे उच्चरित अथवा लिखित वाक्य अपने निश्चित अर्थ का बोध करा सके। इसे ही पदक्रम कहा जाता है। प्रत्येक भाषा में पदक्रम की योजना उस भाषा के व्याकरण के आधार पर की जाती है। यद्यपि हिन्दी भाषा के प्रत्येक वाक्य का क्रम सर्वथा सुनिश्चित तो नहीं है, फिर भी पदक्रम का ध्यान सामान्यतया रखा जाता है। यदि पदक्रम ठीक नहीं रहा, तो अर्थ का अनर्थ हो जायेगा। हिन्दी की वाक्य-रचना में सबसे पहले सम्बोधन, फिर कर्त्ता, फिर कर्म तथा क्रिया आते हैं किन्तु अंग्रेजी में कर्त्ता के बाद क्रिया को रखा जाता है। यदि कोई कहे कि, "परीक्षा में स्कूल हुई", "गाँव जा था रहा वह", "पश्चिम डूबता है सूर्य में" तो इन्हें वाक्य नहीं माना जायेगा, क्योंकि यहाँ हिन्दी व्याकरण के अनुसार पदों के क्रम का निर्वाह नहीं किया गया है। अतः इन वाक्यों में पदक्रम का ध्यान रखते हुए इस प्रकार कहा या लिखा जा सकता है, - "स्कूल में परीक्षा हुई", "वह गाँव जा रहा था" तथा "सूर्य पश्चिम में डूबता है"- तभी वाक्य सार्थक अभिव्यक्ति दे सकते हैं।

5. **अन्वय या अन्विति-** अंग्रेजी में इसे 'कान्कार्डेन्स' (Concrdonce) कहा जाता है। इसका अर्थ होता है, वायाकरणिक विचार से सामान्यरूपता। जहाँ व्याकरण सम्मत नियमों का अनुपालन नहीं किया जाता, वहाँ अन्वय की दृष्टि से बाधा उत्पन्न होती है। हिन्दी में क्रिया के लिंग और वचन कर्त्ता के लिंग और वचन से प्रभावित होते हैं। यदि कोई कहे कि "रावण मारी गई", "सूर्य चमक रही है" अथवा परीक्षा हो रहा है" तो उक्त सभी वाक्य अशुद्ध समझे जायेंगे, क्योंकि वहाँ क्रियाओं के लिंग और वचन से कर्त्ताओं के लिंग और वचन की कोई संगति नहीं बैठ पाई है। अतः व्याकरण के अनुसार इन वाक्यों स्वरूप यदि "रावण मारा गया", "सूर्य चमक रहा

---

1. तन्त्र वार्तिक, पृष्ठ-445
2. तर्कसंग्रह, पृ. 30
3. वाक्यार्थमातृकावृत्ति, पृष्ठ 9
4. तर्कसंग्रह, पृष्ठ 30

है", अथवा "परीक्षा हो रही है" कर लिया जाय, तो उक्त वाक्य अन्विति-संबन्धी दोष से सर्वथा मुक्त हो जाएँगें।

## वाक्य-विश्लेषण या वाक्य-विभाजन

वाक्यों के छोटे-छोटे अंगों-अवयवों या उपवाक्यों का व्याकरणिक रिश्ता जानने के लिए इनका वैज्ञानिक विभाजन या विश्लेषण इस प्रक्रिया का मुख्य उद्देश्य होता है। वाक्य-विन्यास की दृष्टि से संसार की सभी भाषाएँ समान नहीं हैं। साफ शब्दों में अभी तक कोई ऐसा वाक्य-विभाजन सामने नहीं आ पाया है, जो विश्व की तमाम भाषाओं पर समान रूप से लागू हो सके, फिर भी सामान्य वाक्य का विभाजन दो प्रकार से किया जाता है:-

**(क)-** अग्र या उद्देश्य (Subject), **(ख)-** पश्च या विधेय (Predicate)।

लेकिन इनका चर्चित नाम उद्देश्य और विधेय ही है।

**(क)- उद्देश्य-** कुछ लोग उद्देश्य को **'संज्ञा वाक्यांश'** भी कहतें हैं। अमूमन सरल वाक्य उद्देश्य कहा जाता है। वाक्य के भीतर जिसके विषय में कुछ कहा जाता है, उसे ही उद्देश्य कहते हैं, जैसे 'बालक जाता है', 'रिंकू पढती है', 'चमरू पढ़ातें हैं' वाक्यों में 'बालक', 'रिंकू', और 'चमरू' उद्देश्य हैं।

**(ख)- विधेय-** विधेय को उद्देश्य की तर्ज पर **'क्रिया वाक्यांश'** नाम भी दिया जाता है। उद्देश्य के विषय में कही गई बात विधेय मानी जाती है, जैसे ऊपर के वाक्यों में 'जाता है', 'पढ़ती है' तथा 'पढ़ाते हैं' विधेय है।

**(क)- उद्देश्य का विभाजन-** विश्व की कई भाषाएँ ऐसी हैं, जहाँ उद्देश्य और विधेय का बँटवारा नहीं है। चीनी और एस्किमो भाषाएँ इसी कोटि में आती हैं। संस्कृत में तो कभी-कभी उद्देश्य और विधेय की स्थिति एक पद में प्राप्त हो जाती है, जैसे- 'गच्छामि' में। बहरहाल , सामान्य स्तर पर उद्देश्य का विभाजन दो भागों -(1) **कर्त्ता** और (2) **कर्त्ता का विस्तारक**- में किया जाता है।

**(ख)- विधेय का विभाजन-** विधेय का विभाजन उद्देश्य की तरह केवल दों भागों में न होकर चौदह भागों में किया जाता है-1.कर्म, 2.कर्म का विस्तारक, 3. करण, 4. करण का विस्तारक, 5. सम्प्रदान, 6. सम्प्रदान का विस्तारक, 7. अपादान, 8. अपादान का विस्तारक, 9. अधिकरण, 10. अधिकरण का विस्तारक, 11. पूरक, 12. पूरक का विस्तारक, 13. क्रिया और 14. क्रिया का विस्तारक।

## उपवाक्यों का विश्लेषण या विभाजन

वाक्य के तीन प्रकार माने गए हैं, -साधारण या सरल वाक्य (Simple sentence), संयुक्त वाक्य (Compoundsentence), तथा मिश्र या जटिल वाक्य (Complex sentence)। जैसा कि नाम से स्वत: स्पष्ट है कि साधारण वाक्य उपवाक्य विहीन अर्थात् यहाँ उपवाक्य नहीं होता, अत: इसका विभाजन नहीं होता, किन्तु चूँकि संयुक्त वाक्य में दो या उससे अधिक उपवाक्य होते हैं, अत: विभाजन की प्रक्रिया यहाँ होती है। संयोजक शब्दों से जुड़े उक्त उपवाक्य प्रधान और स्वतंत्र होते हैं। अंतिम अर्थात् तीसरे तरह के वाक्य में भी एक से अधिक उपवाक्य होते हैं। इनमें से एक प्रमुख या प्रधान (Principal clause) होता है, शेष उपवाक्य प्रधान वाक्य के आश्रित होते हैं। ये आश्रित या गौण (Subordinate clause) तीन प्रकार के होत्तें हैं, -1.संज्ञा उपवाक्य (Noun clause), 2. विशेषण उपवाक्य (Adjective clause), और 3. क्रिया विशेषण उपवाक्य (Adverbial clause)।

**1. संज्ञा उपवाक्य:-** संज्ञा के रूप में प्रयुक्त होने वाला उपवाक्य 'संज्ञा उपवाक्य' कहा जाता है, जैसे-''सभी को ज्ञात है कि गाजीपुर सांस्कृतिक रूप से बहुत सम्पन्न जनपद है।'' इस वाक्य में- **''गाजीपुर सांस्कृतिक रूप से सम्पन्न जनपद है''** संज्ञा उपवाक्य है। यह ''सभी को ज्ञात है'' प्रमुख वाक्य का आश्रित है।

**2. विशेषण उपवाक्य:-** प्रमुख वाक्य में किसी संज्ञा या सर्वनाम की विशेषता बताने वाला उपवाक्य 'विशेषण उपवाक्य' कहा जाता है।दूसरे शब्दों में, किसी पद का विशेषण बनने वाला 'विशेषण उपवाक्य' कहा जाता है, जैसे-''इस खित्ते का ऐसा कौन आदमी है जिसने रामपुर माँझा गाँव का नाम न सुना हो।'' इस वाक्य में **'जिसने रामपुर माँझा गाँव का नाम न सुना हो'** विशेषण उपवाक्य है, क्योंकि ''इस खित्ते का ऐसा कौन आदमी है'' इस प्रमुख वाक्य में प्रयुक्त 'आदमी' की विशेषता बतला रहा है।

**3. क्रिया-विशेषण उपवाक्य:-** क्रिया का विशेषण बताने वाला, क्रिया के स्थान, समय, विधि, हेतु आदि को सूचित करने वाला क्रिया विशेषण उपवाक्य कहलाता है। जैसे-''यदि आप हमें आज्ञा दें तो हम सैदपुर बाजार देख आएँ ।'' यहाँ ''हम सैदपुर बाजार देख आएँ'' प्रधान उपवाक्य है और **''यदि आप हमें आज़ा दें''** क्रिया विशेषण उपवाक्य है, क्योंकि यह शर्त का द्योतन करता है।

## वाक्य के निकटस्थ अवयवों या अंगों का विश्लेषण

**डॉ भोलानाथ तिवारी** लिखतें हैं कि[1] वाक्य को प्राय: लोग सार्थक शब्दों का समूह मानतें हैं, जो भाव को व्यक्त करने की दृष्टि से अपने आप में पूर्ण हो। कोषों तथा व्याकरणों में भी वाक्य की यही परिभाषा मिलती है। सवाल है, वाक्य के अवयव या अंग का आशय क्या है? इस सवाल के उत्तर में **डॉ.देवदत्त कौशिक कहते** हैं कि[2] वाक्य के अवयवों से तात्पर्य उसके विभिन्न पदों से ही है। इसी प्रकार निकटस्थ से आशय स्थान की निकटता से न होकर अर्थ के नैकट्य से है। इस प्रकार विशिष्ट पदों और उनके अर्थों की परस्पर निकटता के आधार पर वाक्यों का आवयविक अध्ययन किया जाता है। यह आवश्यक नहीं है कि वाक्य में मुख्य अर्थ को अभिव्यक्त करने वाले दो विभिन्न पद निकट-निकट हों। वाक्य की रचना का वास्तव में मस्तिष्क में बनने वाले उसके अर्थ-प्रतिबिम्ब से कोई सीधा संबंध नहीं होता। वाक्य रचना एक पृथक वस्तु है और उससे अभीप्सित अर्थ एक पृथक् वस्तु है। लिखित रूप में वाक्य कागज से उठकर मस्तिष्क की ओर जाता है और वाचिक रूप में कर्ण-कुहरों के माध्यम से मस्तिष्क से स्पर्श करता है। मस्तिष्क का कार्य यह है कि वह मूल अर्थ व्यंजना का साक्षात्कार करें। उसकी पद्धति वाक्य-रचना के क्रमानुसार नहीं होती। इधर प्रसिद्ध भाषावेत्ता **डॉ.रत्नचन्द्र शर्मा** का कहना है कि[3] वाक्य में प्राय: एक अथवा अनेक पद सम्मिलित होतें हैं। जहाँ वाक्य में एक से अधिक पद होंतें हैं, वहाँ वाक्य के अन्तर्गत सभी पद उस वाक्य के अवयव या अंग कहलातें हैं, क्योंकि उन सबने मिलकर उस वाक्य को बनाया होता है। इसलिए कोई भी वाक्य जिन दो या दो से अधिक पदों के मेंल से बनता है, उनमें से प्रत्येक पद उस वाक्य का निकटस्थ अवयव (Immediate constituent) कहलाता है। उदाहरणार्थ ''राम रोटी खाता है'' वाक्य में 'राम', 'रोटी', 'खाता हैं'- ये तीन निकटस्थ अवयव हैं, क्योंकि इन तीनों के योग से यह वाक्य बना है।

**डॉ. शर्मा** आगे और स्पष्ट करतें हैं कि वाक्य में कौन सा अवयव या अंग दूसरे किस अवयव या अंग के निकट है, इस बात का निर्णय वाक्य में उन अवयवों की स्थिति से नहीं किया जाता, वरन् अर्थ की दृष्टि से किया जाता है। उदाहरण रूप में जैसे अंग्रेजी का वाक्य 'इज राम गोईग' (Is Ram going) लिया जा सकता है। इस वाक्य में स्थिति से 'इज' 'राम' के निकट है और 'राम' एक ओर 'इज' के और दूसरी ओर 'गोइंग' के निकट है, परन्तु स्थिति की दृष्टि से ये एक दूसरे के निकट होने पर भी इस वाक्य के निकटस्थ अवयव नहीं कहला सकतें। इसके विपरीत 'इज' और 'गोइंग' एक दूसरे से दूर हैं। दोनों के बीच 'राम' शब्द विद्यमान है, परन्तु अर्थ की दृष्टि से दोनों एक-दूसरे के निकट हैं, क्योंकि दोनों मिलकर एक क्रिया को बनातें हैं। इसलिए ये दोनों निकटस्थ अवयव हैं। लब्बोलुबाब यह कि ''अवयव के निकटस्थ'' का आशय स्थान की दृष्टि से नहीं, बल्कि अर्थ की दृष्टि से सन्नि कटता है। वाक्य में प्रयुक्त पद यदि अर्थ के लिहाज से समीप या पास हैं तो वे ही निकटस्थ अवयव मानें जाएंगे, स्थान की निकटता यहाँ कोई मूल्य नहीं रखती। उदाहरण के लिए निम्न वाक्य देखिए-

''वह बालक, जो कल स्टेशन पर भूल गया था, **आज घर लाया जाएगा**।'' उपर्युक्त वाक्य में 'बालक' और 'लाया जाएगा' स्थान की दृष्टि से दूर होते हुए भी अर्थ की दृष्टि से समीप हैं, अत: वे निकटस्थ अवयव माने जाएँगे। ठीक इसी तरह अंग्रेजी का निम्न उदाहरण-

"The story of that book is very good." इस वाक्य में ''story'' तथा ''very good'' स्थान की दृष्टि से दूर होते हुए भी अर्थ की दृष्टि से निकट हैं, अत: ये वाक्य के निकटस्थ अवयव माने जाएँगे।

सच तो यह है कि वाक्य में निकटस्थ अंगों का अपना विशिष्ट महत्व होता है। इन निकटस्थ अंगों के ज्ञान के लिए पाठक को- **पहली बात** तो यह कि उसे वाक्य के **पदक्रम** की सटीक जानकारी होनी चाहिए। इससे अपरिचित व्यक्ति निकटस्थ अंगों के प्रयोग में ढेरों दोषों का शिकार हो जाता है, **दूसरी बात** यह कि पाठक को **वक्ता के स्वभाव** की भी जानकारी होनी चाहिए। अनेक लोग बात को उलट-पुलट कर बोलते हैं, जैसे-''तूँ ही तो कर रहा था भोजन''। निकटस्थ अंगों के प्रयोग की दृष्टि से यह वाक्य अशुद्ध है। **तीसरी बात** यह कि अर्थ की दृष्टि से **अयोग्य** अंगों पर पाठक को गौर करना चाहिए। **चौथी बात** यह कि पाठक को निकटस्थ अंगों को तय करते समय **बलाघात** पर भी ध्यान देना चाहिए। **पाँचवी बात** यह कि पाठक को **भाषा की प्रकृति** को भी अच्छी तरह जानना चाहिए। **छठीं बात** यह कि पाठक को **अनुवाद** की जानकारी होनी चाहिए। एक भाषा से दूसरी भाषा में किए जाने वाले अनुवाद से भी संबंधित भाषा के निकटस्थ अवयवों का निर्धारण किया जाता है। निकटस्थ अवयवों का परिचय न होने पर कभी-कभी अनुवाद बड़ा विचित्र और असंगत बन जाता है, जिसका कुछ भी सम्बद्ध अर्थ नहीं निकलता।

---

1. भाषा-विज्ञान-डॉ.भोलानाथ तिवारी, पृष्ट-153
2. भाषा-विज्ञान-डॉ.देवदत्त कौशिक, पृष्ठ-219
3. भाषा विज्ञान और मानक हिन्दी-डॉ रत्नचन्द्र शर्मा, पृष्ठ-53

## वाक्य संरचना: गहन संरचना और बाह्य संरचना

व्याकरणविद् **डॉ. ओमप्रकाश शर्मा** लिखते हैं कि[1] वाक्य शब्दों से मिलकर बनता है। यह भाषा-संरचना के तीनों अंगों-वर्ण, शब्द और वाक्य-में सबसे बड़ा और महत्वपूर्ण अंग है, तभी तो इसे भाषा का चरम अवयव कहा गया है। वाक्य में प्रयुक्त हुए बिना कोई भी शब्द अपना निश्चित अर्थ नहीं दे पाता। वाक्य भाषा की वह वास्तविक, अपने आप में पूर्ण, स्वतंत्र और सार्थक इकाई है, जिसके द्वारा मानव मन के विचारों का पूरा-पूरा आशय प्रकट होता है। वाक्य ही भाषा को बनाने वाला मूलाधार है अर्थात् भाषा वाक्यों से ही बनती है, वह भाषा की न्यूनतम सार्थक इकाई है। कुल मिला कर वाक्य भाषा का महत्वपूर्ण अंग है। भाषा का कलात्मक सौन्दर्य और वैचारिक गठन उसके सुन्दर वाक्य-विन्यास पर ही निर्भर करता है। प्रत्येक लेखक या कवि की रचना के गुण-दोष, उसकी प्रभावात्मकता, गंभीरता, सुन्दरता व सरलता आदि उसके वाक्य-गठन और वाक्य निर्माण पर ही निर्भर करते हैं। इस प्रकार भाषा का निर्माण करने के साथ-साथ वाक्य भावाभिव्यक्ति का भी मूल-आधार है।

यह तो रहा मनुष्य की प्रभावपूर्ण अभिव्यक्ति के लिए वाक्य का महत्व। किन्तु यहीं पर हमें एक नितांत महत्वपूर्ण तथ्य पर ध्यान देना चाहिए कि कोई भी वाक्य अपना उपयुक्त अर्थ तभी दे पाएगा, जब वह शब्दों के उचित क्रम से सुसज्जित हो। साफ शब्दों में संज्ञा, सर्वनाम, विशेषण और क्रिया आदि का क्रम व्याकरण-सम्मत होना चाहिए। आदि उपर्युक्त तत्व वाक्य में व्यतिक्रम रखे गए हैं, तो वाक्य-संरचना अधूरी और अपंग रहेगी ही, अभिव्यक्ति भी लड़खड़ा जाएगी। इन अवयवों में परस्पर सटीक संगति और तालमेल होना चाहिए। कुल मिलाकर पद क्रम अर्थात् वाक्य में शब्दों को उचित क्रम में रखना चाहिए, अन्यथा, इसका उल्लंघन वाक्य की अर्थाभिव्यक्ति में गड़बड़ी पैदा करेगा।

विश्व की सभी भाषाओं के अपने-अपने निश्चित पद क्रम हैं। अन्य भारतीय आर्य भाषाओं की भाँति हिन्दी में भी उक्त पद क्रम का अक्षुण्ण महत्व है। संस्कृत जैसी संश्लिष्ट भाषा के गर्भ से प्रसूत होने पर भी निरंतर विकासमान हिन्दी आज एक विश्लिष्ट भाषा का रूप धारण कर चुकी है। अत: सही-सटीक भावाभिव्यक्ति के लिए यहाँ पद क्रम पर विशेष बल देना आवश्यक है। हिन्दी के वाक्यों में संज्ञा, सर्वनाम आदि अंग या अवयव पहले प्रयुक्त किए जाते हैं और क्रिया वाक्यांत में प्रयोग लाई जाती है, जैसे-'हीरा खाता है', 'राम चले गए', 'बालक खेलेगा', 'सूर्य भगवान उगे हैं' आदि। यदि उक्त वाक्यों में पद क्रम अर्थात् संज्ञा, सर्वनाम और क्रिया के निश्चित क्रम को बदल कर ''है हीरा खाता'', ''गए चले राम'', ''खेलेगा बालक'', ''हैं उगे सूर्य भगवान'' कहा जाय तो ये अशुद्ध अर्थ देंगे। वाक्य-संरचना की दृष्टि से ये निरर्थक और प्रलापी माने जाएँगे। अंग्रेजी के पद क्रम संबंधी नियम हिन्दी से भिन्न हैं, क्योंकि अंग्रेजी में कर्त्ता के तुरन्त बाद ही क्रिया रखने का नियम है। साफ शब्दों में, अंग्रेजी में कर्त्ता, क्रिया और कर्म आदि अन्य शब्द का क्रम है- "Murari is going to Benaras." ``She reads books.'' आदि। किन्तु हिन्दी में कर्त्ता भरसक वाक्य के आदि में रहता है और क्रिया अंत में। कर्म इन दोनों के बीच में होते हैं। साफ शब्दों में संपूर्ण हिन्दी पदक्रम का नियंत्रण कर्ता और क्रिया ही मुख्य रूप से करते हैं।

आधुनिक भारतीय आर्य भाषाओं में कारक संबंधी प्रत्यय वाक्य में शब्दों के बाद में जोड़े जातें हैं, इसीलिए उन्हें परसर्ग (suffix) कहा जाता है, जैसे-''राम ने'', ''कृष्ण से'', ''लंका में'' आदि। अंग्रेजी आदि आधुनिक यूरोपीय भाषाओं में ऐसे प्रत्ययों को वाक्य में शब्दों से पहले जोड़ा जाता है और इसीलिए उन्हें प्रीपोजीशन (preposition) कहा गया है, जैसे-''to Ram'', ''in the village'' आदि। आज कल हिन्दी वाक्यों में संज्ञा, क्रिया आदि का व्यतिक्रम भी देखने को मिलता है, जैसे-''वह जाती है अपने घर में और वहाँ देखती है आई हुई अपनी सखी को।'', ''वास्तव में वह था तो जागता ही, परन्तु बहाना किए था सोने का'' आदि। ऐसी वाक्य-रचना अंग्रेजी के प्रभाव का परिणाम है। भाषाओं का जब परस्पर संपर्क होता है, तो उनकी वाक्य-रचना पद्धतियाँ एक-दूसरे को प्रभावित करती हैं।[2]

**1. गहन या अन्त: केन्द्रमुखी संरचना** (Endocentric Construction):- जिसका केन्द्र स्वयं में अन्तर्निहित हो, वह गहन या अन्त: केन्द्र मुखी संरचना नाम से जानी जाती है। साफ शब्दों में **डॉ. देवदत्त कौशिक** के शब्दों में यदि कोई वाक्यांश वही भाव प्रकट करता है, जो उसका कोई सन्निकट मौलिक अंश करता है, तो इस प्रकार के वाक्य को अन्त: केन्द्र मुखी वाक्य कहेंगे। उदाहरण के लिए 'मीठा आम' वाक्यांश लिया जा सकता है। वाक्य के स्तर पर यहाँ 'आम' और 'मीठा' आम में कोई अन्तर नहीं है। प्रमुख शब्द है, आम तथा मीठा आम, खट्टा आम, कच्चा आम, पका आम आदि। स्पष्ट है कि-व्याकरणिक दृष्टि से 'मीठा आम' की स्थिति वहीं है, जो 'आम' की है। उदाहरण के लिए 'मुझे मीठा आम दो', 'मुझे आम मत दो', 'मुझे मीठा आम मत दो'। अत: यहाँ

1. हिन्दी व्याकरण: नव मूल्यांकन-डॉ. ओमप्रकाश शर्मा, पृष्ठ-513 2. भाषा-विज्ञान और मानक हिन्दी-डॉ. रत्नचन्द्र शर्मा, पृष्ठ-56-57

'मीठा आम' अन्त: केन्द्रिक संरचना है, **डॉ. कौशिक** के अनुसार इसके अनेक रूप इस प्रकार हो सकते हैं:-

1. विशेषण+संज्ञा=काला घोड़ा, 2. क्रिया विशेषण+विशेषण=बहुत साफ, 3. क्रिया विशेषण+क्रिया=बहुत सोया आदि। अंत: केन्द्र मुखी संरचना को भी दो वर्गों में रखा गया है,-(क)- संवर्गी (Coardinative)=राम और श्याम (ख)-आश्रित वर्गी (Subordinative)=काली लड़की।

**2. बाह्य या बहि: केन्द्रमुखी संरचना** (Exoceutric Construction):- इस प्रकार की संरचना में यह आवश्यक नहीं कि कोई वाक्य अपने पड़ोसी या सन्निकट मौलिक अंश द्वारा द्योतित ही हो, जैसे-''मोहन के लिए'', ''सोहन के वास्ते''। इनमें न कोई विशेष्य है और न गुण सूचक। अत: संपूर्ण भाव प्रकाशन के लिए हमें, ''मोहन के लिए कपड़ा'', ''सोहन के लिए पुस्तक'' आदि का प्रयोग करना पड़ेगा और तभी यह वाक्य बाह्य या बहि: केन्द्र मुखी संरचना समझा जाएगा।

## वाक्य रचना के कुछ सामान्य नियम

आकांक्षा, योग्यता सन्निधि, पदक्रम, अन्विति, अध्याहार, विरामादि चिन्हों का सम्यक् निर्वाह किसी भी वाक्य के उत्तम स्वास्थ्य के लिए अनिवार्य खुराक है। इनमें से किसी के भी अभाव में वाक्य अपाहिज हो जायेगा और अर्थबोध की क्षमता से वंचित हो जायेगा। वाक्य-रचना का घनिष्ट सम्बन्ध व्याकरण से है, क्यों व्याकरण से ही वाक्य में पदों, शब्दों तथा ध्वनियों के स्थान की जानकारी मिल पाती। है। **प्रो. रॉबिन्स** ने इस सम्बन्ध में लिखा है, कि "व्याकरण, वाक्य-विन्यासात्मक आयाम से सम्बद्ध है, जो संघटनाओं का वर्णन तथा विश्लेषण करता है तथा उच्चार के फैलावों से जो पृथक है। परम्परागत रूप से दीर्घ रचना का ही व्याकरणात्मक विश्लेषण सम्भव है, जिसे वाक्य या सक्षम पूर्ण उच्चार कहा जाता है"[1]

**क. पदक्रम-** 'वाक्य की आधारभूत आवश्यकताएँ' शीर्षक में काफी-कुछ लिखा जा चुका है। पदक्रम का अर्थ है कि किस पद के बाद कौन पद रखा जाय। पदों को स्वेच्छा से जहाँ चाहें, वहाँ नहीं रख सकते। हिन्दी के किसी भी वाक्य के निर्माण में सर्वप्रथम सम्बोधन, फिर कर्त्ता, पुनः कर्म तथा अन्त में क्रिया का प्रयोग करते हैं। यथा-

1. हे राम ! तुम सोहन को पढ़ाओ। इस वाक्य में पहले 'राम' सम्बोधन है, फिर 'तुम' कर्त्ता है, पुनः 'सोहन' कर्म और अन्त में 'पढ़ाओ' क्रिया है।

2. कर्त्ता, कर्म और क्रिया के विशेषणों को क्रमशः उनके पूर्व ही रखना चाहिए। यथा 'काली-काली बकरियाँ हरी-हरी घासें जल्दी-जल्दी चरती हैं।' इस वाक्य में काली 'कर्त्ता' विशेषण', बकरियाँ 'कर्त्ता, हरी-हरी 'कर्म विशेषण' घासें 'कर्म', जल्दी-जल्दी 'क्रिया विशेषण' तथा चरती हैं 'क्रिया' हैं।

3. अन्य कारकों को कर्त्ता और कर्म के बीच रखना आवश्यक होता है, यथा 'मैंने तुम्हारे लिए अपना समय नष्ट किया'। इस वाक्य में मैंने 'कर्त्ता', तुम्हारे लिए 'सम्प्रदान', अपना समय 'कर्म', नष्ट किया 'क्रिया' है।

4.दो कर्म यदि एक साथ वाक्य में आयें तो गौण कर्म पहले तथा मुख्य कर्म का प्रयोग बाद में करना चाहिए। यथा-'सीता ने राम को माला पहनायीं'। इसमें सीता ने 'कर्त्ता,' राम को 'गौण कर्म', माला 'मुख्य कर्म' तथा 'पहनायी' 'क्रिया' है।

5. (अ) कभी-कभी बल देने के लिये उपर्युक्त क्रम बदल दिया जाता है। यथा- 'सीता ने माला राम को पहनायीं।' जाहिर है, इस वाक्य में माला किसी अन्य को नहीं बल्कि, राम को ही पहनाने पर जोर है।

(ब) उक्त वाक्य में इस बात पर भी जोर है कि, राम को माला सीता ने ही पहनायीं, न कि किसी अन्य ने।

वास्तव में वाक्य में पदक्रम पर ध्यान दिया जाय तो, भाषिक गड़बड़ी की संभावना कम रहती है। इस बात का भी स्मरण रखना चाहिये कि, कथन में जिस बात पर जोर देना हो, उसे खींचकर क्रिया के समीप ले आना चाहिए।

**ख. विरामादि चिन्ह-** वाक्य में विभिन्न कथनों के अनुसार उनके अलग-अलग विरामादि चिन्ह निर्धारित होते हैं। वाक्य में जिस प्रकार की कथन-भंगिमा (Mood) दिखाना हो, उसी प्रकार के चिह्नों का प्रयोग नितान्त आवश्यक होता है। यथा-

तुम रोटी खाओगे ?(प्रश्न वाचक)
तुम रोटी खाओगे। (विधानार्थक)
तुम रोटी खाओगे! (सम्बोधन)

इन वाक्यों में मात्र चिन्हों के हेर-फेर से ही अर्थ-परिवर्तन हो गया है। अतः वाक्य में इनके समुचित प्रयोग के लिए इनका उपयुक्त, शुद्ध तथा सटीक ज्ञान अपेक्षित है।

---

1. General Lingustics: An Introductory Survey, R. H. Robins. P. 190 Longmans, London, 1964

**ग. व्याकरण-** वाक्य बनाने में लिंग, वचन पुरुष तथा काल का उचित निर्वाह प्रत्येक पद में होना चाहिए। वाक्य की परिभाषा के संदर्भ में **पतंजलि** ने 'एकतिङ् वाक्यम्' कहकर बताया है कि केवल एक तिङ्न्त पद अथवा क्रिया रूप में एक वाक्य बनता है। लेकिन यहां प्रश्न उठता है कि फिर एक ही वाक्य में कभी-कभी एक से अधिक क्रियाएँ कैसे आती हैं? उत्तर हैं, किसी भी वाक्य में कभी भी एक से अधिक क्रियाएँ नहीं आती हैं। जहाँ एक से अधिक क्रियाएँ मिलती हैं, वहाँ वाक्य संयुक्त अथवा मिश्रित होता है, या फिर एक ही क्रिया मुख्य होती है। अतः संस्कृत वैयाकरण की उक्त परिभाषा सही है। वाक्य रचना की दृष्टि से सामंजस्य अथवा अन्विति का व्याकरणिक महत्व है। इसे हम निम्न तीन भागों में विभक्त कर सकते हैं।

1. कर्ता और क्रिया की अन्विति,
2. कर्म और क्रिया की अन्विति,
3. अध्याहार का निर्वाह।

**1. कर्त्ता और क्रिया की अन्विति** (अ) वाक्य में 'ने'से रहित एक ही पद के कर्त्ता के रूप में प्रयुक्त होने पर क्रिया के लिंग, वचन आदि कर्त्ता से नियंत्रित होंगें। जैसे, तुम गाते हो, वे लोग आएंगें। मैं खा रहा हूँ।

(ब)'या', 'वा' और 'अथवा' से युक्त अनेक कर्त्ता होने पर क्रिया अन्तिम कर्त्ता के अनुसार होगी। यथा - तुम अथवा मैं जाऊँगा। वह अथवा यह पढ़ेगा। लड़का या लड़की जायेगी।

(स) द्वन्द्व समास में क्रिया बहुवचन पुल्लिंग में होती है। यथा, माता-पिता आये हैं। सभी नर-नारी समान हैं।

**2. कर्म और क्रिया की अन्विति-** यदि कर्त्ता के साथ 'ने' का प्रयोग होगा, तो क्रिया निम्नलिखित स्थितियों में होगी, **(अ)** अनेक कर्म यदि एक ही लिंग में होंगें और एक ही वचन में प्रयुक्त हों, तो क्रिया उसी वचन और कर्म के उसी लिंग में होगी। यथा-आपने एक लोटा, एक कम्बल और एक जूता खरीदा। तुमने रोटियाँ और पूरियाँ खायीं। **(ब)** विभिन्न लिंगों में कर्म एक साथ होने पर अंतिम क्रिया के लिंग तथा वचन के शासित करेगा, यथा मैंने दो रोटियाँ तथा चावल खाया। मैंने थोड़ा चावल तथा दो रोटियाँ खायीं। **(स)** 'को' से युक्त होने पर क्रिया सदैव पुल्लिंग एक वचन में रहेगी। जैसे- मैंने निबन्धों को पढ़ा। मैंने एक लड़की को देखा। लड़कियों ने फलों को खाया।

**3. अध्याहार का निर्वाह-** वाक्य-रचना में अधिकतम भूल की गुंजाइश तब होती है, जब उसमें अध्याहार का निर्वाह नहीं किया जाता। अध्याहार के प्रति सजग रहने वाला व्यक्ति भाषा का अल्प ज्ञान रखते हुए भी कम त्रुटि करता है। इसलिए कि वह लम्बे वाक्यों के प्रयोग से निरन्तर परहेज की कोशिश करता है इसके अतिरिक्त वाक्यों के निर्माण में निम्न दोषों से भी बचना जरूरी है, यथा-

**क- अस्पष्टता-** यथा-मुझको तुमको रूपये देने हैं। इस वाक्य में रूपये किसे देना है और कौन पायेगा- यह स्पष्ट नहीं हुआ।

**ख. आवृत्ति-** यथा मैं कुशल के साथ सकुशल गाँव पहुँच गया। यहाँ 'कुशलके साथ' कहने के बाद फिर सकुशल कहने की कोई आवश्यकता नहीं है। हमारा देश बहुत बड़ा देश है। यहाँ भी दो बार 'देश' कहने की कोई जरूरत नहीं है।

## वाक्य भेद

विभिन्न आधारों पर वाक्य के अनेक भेद बताए गये हैं,-

1. आकृति के आधार पर,
2. संरचंना के आधार पर,
3. शैली के आधार पर,
4. क्रिया के आधार पर तथा
5. अर्थ के आधार पर।

**1. आकृति के आधार पर-** वाक्यों की आकृति के आधार पर उनके दो भेद माने जाते हैं, अयोगात्मक तथा योगात्मक। आगे चलकर योगात्मक वाक्यों के भी तीन भेद हो जाते हैं, श्लिष्ट योगात्मक, अश्लिष्ट योगात्मक तथा प्रश्लिष्ट योगात्मक। इस प्रकार पद-विन्यास अथवा आकृति के आधार पर वाक्य के चार प्रकार हो जाते हैं। (अ) अयोगात्मक, (ब) श्लिष्ट योगात्मक, (स) अश्लिष्ट योगात्मक तथा (द) प्रश्लिष्ट योगात्मक वाक्य। इन्हें क्रमशः इस प्रकार देखा जा सकता है:-

**अ. अयोगात्मक वाक्य -** (Isolating) - इन वाक्यों में सभी शब्दों की स्वतंत्र सत्ता होती है। यहाँ पदों की रचना प्रकृति-प्रत्यय के योग से नहीं की जाती। प्रत्येक शब्दका अपना निश्चित स्थान होता है और इसी आधार पर इनका व्याकरणिक सम्बन्ध जाना जाता है। चीनी भाषा अयोगात्मक वाक्यों के लिए प्रसिद्ध है। इस भाषा में पदों का स्थान ही व्याकरणिक सम्बन्ध का बोध कराता है। यथा-

न्गो-ता-नी=मैं तुमको मारता हुं।
नी-तान-न्गो=तुम मुझे मारते हो।

**ब. श्लिष्ट योगात्मक वाक्य** (Inflecting) -जहाँ पदों की रचना विभक्तियों की सहायता अथवा योग से की जाय, उन्हें श्लिष्ट

योगात्मक वाक्य कहते हैं। यहाँ विभक्ति धातु के साथ इस प्रकार संश्लिष्ट हो जाती है कि दोनों का अस्तित्व अलग-अलग नहीं जान पड़ता है। प्रत्ययों का अस्तित्व एकदम समाप्त हो जाता है। उक्त विभक्तियाँ अन्तर्मुखी होती हैं। यथा-"जैदुन अम्रन जरब अ" (जैद ने अमर को मारा)। लेकिन संस्कृत की विभक्तियाँ बहिर्मुखी होती हैं। यथा 'राघवः गृहं गच्छति', 'मोहनः मृगं पश्यति' आदि।

**स. अश्लिष्ट योगात्मक वाक्य** (Agglutinating)- जिन वाक्यों की रचना प्रत्ययों के योग से होती है, उन्हें अश्लिष्ट योगात्मक वाक्य कहते हैं। प्रत्यय पदों के पूर्व, मध्य और अन्त में प्रयुक्त किये जाते हैं। तुर्की भाषा विशेषतः प्रत्यय प्रधान है। संस्कृत में प्रत्यय शब्द के अन्त में प्रयुक्त किये जाते हैं। अफ्रीका के बांटू परिवार की जुलू भाषा में प्रत्यय प्रायः शब्द के पूर्व में लगते हैं। कृत्रिम भाषा 'एस्पैरेन्तो' में भी प्रत्यय प्रधान भाषा के दर्शन यदा-कदा हो जाते हैं।

**द. प्रश्लिष्ट योगात्मक वाक्य-** (Incorporating)- जब अनेक शब्दों के योग से एक ऐसा सामासिक पद बन जाय कि उसी से वाक्य का बोध होने लगे, तब वाक्य प्रश्लिष्ट योगात्मक कहलाता है। इन वाक्यों में कर्त्ता, कर्म, क्रिया सभी एक पद में इस प्रकुर गुंथे हुए होते हैं कि, पूरा वाक्य एक शब्द प्रतीत होता है। दक्षिणी अमरीका की चेराकी भाषा में इस प्रकार के वाक्य मिल जाते हैं। यथा-

अमोखल=नाव, नातेन=लाओ, निन=हम

इन शब्दों के मेल से बने वाक्य 'नाधोलिनिन' का अर्थ है, -"हमारे लिए एक नाव लाओ"।

**2. संरचना के आधार पर-** वाक्य-रचना के आधार पर वाक्य के तीन भेद होते हैं।

क. साधारण अथवा सरल वाक्य (Simple sentence) ख. संयुक्त वाक्य (Compound sentence) तथा ग. मिश्र तथा जटिल वाक्य (Complex sentence)।

**(क) साधारण अथवा सरल वाक्य** - जिस वाक्य में केवल एक कर्त्ता तथा एक क्रिया होती है, उसे साधारण अथवा सरल वाक्य कहते हैं। यथा-रामवृक्ष पढ़ता है। मुरारी खेती करता है।

**(ख)- संयुक्त वाक्य-** कुछ सरल वाक्यों अथवा सरल एवं मिश्र वाक्यों अथवा मिश्र एवं मिश्र वाक्यों को परस्पर जोड़ने से संयुक्त वाक्य बनता है। इसे बिना किसी बाधा के तोड़ कर खण्डों अथवा विभागों में विभक्त कर सकते हैं। यथा 'तुम जाओ और अपने पिता जी से कहना' । इस वाक्य में दो सरल वाक्य हैं- 'तुम जाओ'।'अपने पिताजी से कहना'। इन दोनों वाक्यों को 'और' से जोड़कर संयुक्त वाक्य बनाया गया है। आगे एक मिश्र और सरल वाक्य को जोड़कर बने संयुक्त वाक्य का उदाहरण प्रस्तुत किया जा रहा है-" मैं तुम्हारे पास आऊँगा क्योंकि तुमसे एक जरूरी काम है, पर तुरन्त लौट भी जाऊँगा।

**(ग) मिश्र वाक्य-** जिस वाक्य में दो वाक्य खण्ड जुड़े हों तथा एक वाक्य दूसरे पर पूरी तरह निर्भर करता हो, वह मिश्र वाक्य कहलाता है। मिश्र वाक्य संयुक्त वाक्य से पूरी तरह भिन्न होता है, क्योंकि मिश्र वाक्य में प्रथम वाक्यांश के बाद दूसरे की आकांक्षा बनी रहती है, जबकि संयुक्त वाक्य के प्रत्येक अंश में पृथक-पृथक आकांक्षा की पूर्ति हो जाती है। मिश्र वाक्य के कुछ उदाहरण इस प्रकार हैं, - उसने कहा कि मैं जाऊँगा। भैंस भींग रही है क्योंकि वर्षा हो रही है। अध्यापक मेहनत से पढ़ा रहे हैं क्योंकि बच्चों की परीक्षा सन्निकट है।

**3. शैली के आधार पर** - शैली का आशय यहाँ रचना-शैली से है। शैली के आधार पर वाक्य के तीन प्रकार बताये गये हैं।

अ- शिथिल वाक्य, ब-समीकृत वाक्य तथा स-आवर्तक वाक्य

**(अ) शिथिल वाक्य** - जब कोई लेखक अथवा वक्ता बिना अलंकार का सहारा लिए किसी बात को सीधे-सादे ढंग से कहे तो उसे शिथिल वाक्य कहते हैं। यथा 'राम, सीता और लक्ष्मण जंगल में जा रहे थे। राम आगे, सीता बीच में तथा लक्ष्मण सबसे पीछे थे। कुछ दूर आगे जाने पर सीता को प्यास और थकान महसूस हुई। उन्होंने राम से पूछा, - आप पर्णकुटी कहाँ बनायेंगे'।

**(ब) समीकृत वाक्य-** साम्य मूलक अथवा वैषम्यमूलक संगति के द्वारा वक्ता जब अपने भावों को व्यक्त करता है, तब उसे समीकृत वाक्य कहते हैं। समीकृत वाक्य के उदाहरण हैं, 'जैसा देश वैसा भेष'। 'जिसकी लाठी उसकी भैंस' आदि। विषमीकृत वाक्य के उदाहरण हैं, 'एक तो चोरी, दूसरे सीना जोरी'। 'कहाँ राजा भोज कहाँ कंगला तेली' आदि।

**(ग) आवर्तक वाक्य-** श्रोता अथवा पाठक के मन में जिज्ञासा या उत्सुकता पैदा करने के बाद जो वाक्य वक्ता अथवा लेखक द्वारा प्रयुक्त किये जाते हैं, उन्हें आवर्तक वाक्य कहते हैं।

**4. क्रिया के आधार पर** - क्रिया पद के आधार पर भी वाक्य दो प्रकार के होते हैं।

क. क्रियापद युक्त तथा ख. क्रिया पद हीन।

**अ. क्रिया पद युक्त वाक्य-** जिन वाक्यों में क्रिया का प्रयोग हुआ रहता है, वे क्रियापद युक्त वाक्य कहलाते हैं। अधिकतर

वाक्यक्रियापद युक्त ही होते हैं। यथा- राम ने रावण को मारा। सुकुल विद्यालय जाता है आदि।

**ब. क्रियापद हीन वाक्य-** यदि कोई क्रिया वाक्य के अभाव में भी सम्यक् अर्थ की अभिव्यक्ति दे, तो वह क्रियापद हीन वाक्य कहलाता है, यथा-

प्रमोद- अरे कहाँ से?

महेन्द्र- तुम्हारे यहाँ से।

प्रमोद - कहो, क्यों, कैसे?

महेन्द्र- वैसे ही।

'आम के आम गुठलियों के दाम' मुहावरा भी इसे के अन्तर्गत् समझा जायेगा।

**5. अर्थ के आधार पर-** इस आधार पर वाक्य के नौ भेद किये जाते हैं, यथा-

क. विधि वाक्य - वह पढ़ता है।

ख. निषेध वाक्य- वह नहीं पढ़ता है।

ग. आज्ञार्थक वाक्य- अब तुम पढ़ो।

घ. इच्छार्थक वाक्य- भगवान तुम्हें सकुशल रखें।

ङ. सम्भावनार्थक वाक्य - शायद आज धूप निकले।

च. संदेहार्थक वाक्य- मोहन आ रहा होगा।

छ. प्रश्नार्थक वाक्य- क्या तुम कल जाने वाले हो?

ज. संकेतार्थक वाक्य- वह मेरा पैसा दे देता तो मैं पुस्तक खरीदता।

झ. विस्मयादि बोधक वाक्य- अरे! अभी तुम यहीं हो।

## वाक्य गठन में परिवर्तन के कारण

भाषा के अन्य अंगों की तरह वाक्यों के गठन में भी परिवर्तन होते हैं। हालाँकि वाक्य-गठन में इतनी आसानी से परिवर्तन नहीं होता, जितनी आसानी से ध्वनि, अर्थ आदि में। इसका मुख्य कारण यह है कि हम अन्य भाषा के अनेक तत्वों को ग्रहण करते हुए भी अपनी ही क्रिया का प्रयोग करना नहीं भूलते। **डॉ. जयकुमार 'जलज'** के अनुसार - "किसी भाषा में वाक्य गठन के मौलिक स्वरूप में बहुत आसानी से परिवर्तन नहीं होते। इसका मुख्य कारण यह है कि वाक्य का आधार क्रिया है और क्रिया भाषा का अत्यन्त स्थिर तत्व है। हम अन्य भाषा की संज्ञाओं, विशेषणों और क्रिया विशेषणों को ग्रहण करते हुए भी क्रियायें अपनी ही रखते हैं। 'वह कुछ परचेज करने के लिए मार्केट गया है।' 'कितना ब्यूटीफुल कलर है स्वेटर का', 'वह बहुत स्लोली बोला'-इन वाक्यों में जिन्हें हिन्दी प्रदेश के शहरों में प्रायः सुना जा सकता है, अंग्रेजी के अनेक अन्य शब्द होते हुए भी क्रियाएँ हिन्दी की ही हैं।"[1] इसके अतिरिक्त वाक्य-रचना अथवा वाक्य-गठन के कुछ और अतिरिक्त कारण हैं, जिन्हें इस प्रकार देखा जा सकता है:-

1. प्रयत्न लाघव, 2. नएपन के प्रति आग्रह, 3. अनुकरण, 4. बलाघात, 5. स्पष्टता, 6. ध्वनि-विकास, 7, अन्य भाषाओं का प्रभाव, 8. अज्ञानता।

**1. प्रयत्न लाघव-** कम श्रम से अधिक फल का उपार्जन करना प्रत्येक व्यक्ति का सहज स्वभाव है। इस स्वभाव के कारण ही प्रयत्न लाघव का जन्म होता है। प्रयत्न लाघव से भाषा में परिवर्तन अतिशीघ्रता से होता है। व्यक्ति अपनी उक्त प्रवृत्ति के कारण कभी पदों में उलट-फेर कर देता है, तो कभी एक ही शब्द या एक ही पद के वाक्यों का। कभी-कभी तो वह क्रिया युक्त वाक्यों का और कभी क्रियाहीन वाक्यों का प्रयोग करता है। इसके परिणामस्वरूप कभी विभक्ति का अथवा कभी पद का ही अस्तित्व समाप्त हो जाता है, जिसके कारण वाक्य में परिवर्तन हो जाता है।

**2. नएपन के प्रति अग्रह -** बदलाव में लगभग हर व्यक्ति की रुचि होती है। कवि, लेखक अथवा वक्ता अपने लेखन अथवा भाषण में नए प्रयोग की इच्छा रखते हैं। उनकी इस इच्छा के फलस्वरूप ही कभी-कभी पदक्रम सम्बन्धी वाक्यांश बदल जाते हैं। उक्त प्रवृत्ति के कारण ही अनेक लोग अपने लेखन अथवा भाषण में 'एक हजार रूपये मात्र' की जगह 'मात्र एक हजार रूपये' तथा 'किस्मत की कहानी ' की जगह 'कहानी किस्मत की' आदि का प्रयोग करते हैं।

**3. अनुकरण-** अन्धाधुन्ध अनुकरण की प्रवृति से वाक्यों में परिवर्तन होते रहते हैं। विदेशी खानपान, बोलचाल तथा पहनावे में जहाँ इधर अनुकरण की प्रवृत्ति बढ़ी है, वहीं भाषिक नकल में भी लोग आज पीछे नहीं हैं। हिन्दी-भाषा में अंग्रेजी भाषा के अनेक शब्दों

---

1. ऐतहासिक भाषा विज्ञान- सिद्धान्त और व्यवहार- डॉ. जय कुमार 'जलज' पृ. 138

के बीज सघन -विरल रूप में छिटके हुये मिल जायेंगें। अनुकरण की इस प्रवृत्ति से हिन्दी की रचना शैली काफी प्रभावित हुई है। आजकल की रचनाओं में इस प्रवृत्ति के अनेक उदाहरण मिल सकते हैं।

**4. बलाघात-** ध्वनियां की तरह बलाघात से वाक्यों में भी परिवर्तन हो जाता है। कभी-कभी कुछ लोग किसी विशेष पद को वाक्य में प्राथमिकता देने के लिये जोर से बोलते हैं, ऐसी स्थिति में पदक्रम में भिन्नता आ जाती है। होता यह है कि कभी क्रिया या तो बीच में आ जाती है या कर्म ही आगे-पीछे हो जाता है।

**5. स्पष्टता-** अधिकांश लोग अपनी बात को स्पष्ट करने के लिए सूत्रात्मक शैली का आश्रय न लेकर व्यासात्मक शैली का आधार ग्रहण करते हैं। छोट-सी घटना को भी इतने विस्तार के साथ उबाऊ शैली में बताना शुरू करते हैं कि बात तो नीरस हो हो जाती है, अनेक उपवाक्य भी जन्म ले लेते हैं। इस कारण भी वाक्यों का स्वरूप बदल जाता है।

**6. ध्वनि विकास-** भाषा-विकास के साथ-साथ ध्वनि का भी विकास होता चलता है। इस विकास के कारण सम्बन्ध-सूचक-विभक्तियों का घर्षण हो जाता है। फल यह होता है कि अर्थ की सम्यक् अभिव्यक्ति के लिए अलग से परसर्ग तथा क्रिया का व्यवहार करना होता है। साथ ही संयोगात्मक भाषाएं विकसित होकर वियोगात्मक हो जाती हैं, जिससे वाक्य रचना में परिवर्तन की शुरुआत हो जाती है। संस्कृत संयोगात्मक भाषा है। इसमें सभी पद विभक्ति युक्त होते हैं और वाक्य में कहीं भी प्रयुक्त किये जा सकते हैं। इसके विपरीत हिन्दी वियोगात्मक भाषा है। यहाँ पदों का क्रम तय होता है। यदि इसके पदक्रम में उलटफेर हुआ, तो वाक्य-रचना के साथ-साथ अर्थ भी प्रभावित होगा। यथा 'गधा घोड़ा बन गया' और 'घोड़ा गधा वन गया' । इन दोनों वाक्यों में 'गधा' और 'घोड़ा' पदों में व्यतिक्रम से अर्थ परिवर्तन हो गया है।

**7. अन्य भाषाओं का प्रभाव-** जब एक भाषा भाषी काफी समय तक किसी दूसरी भाषा के सम्पर्क में रहता है, तो उसकी वाक्य-रचना अथवा वाक्य गठन पर उक्त भाषा का गहरा प्रभाव पड़ता है। हिन्दी की वाक्य रचना पर मध्यकाल में फारसी का तथा आधुनिक काल में अंग्रेजी का बहुत प्रभाव पड़ा है। हिन्दी की वाक्य-रचना में 'कि' का प्रयोग फारसी की देन है। समास-रचना संस्कृत की देन है। कुछ विद्वान् इस सन्दर्भ में हिन्दी पर द्रविड़ का भी प्रभाव मानते हैं। अंग्रेजी के प्रत्यक्ष (direct) तथा अप्रत्यक्ष (indirect) कथन का भी प्रभाव हिन्दी वाक्य-रचना पर पड़ा है। इस प्रकार से एक भाषा के दूसरी से प्रभावित होने पर वाक्य-गठन में हेर-फेर होता रहता है।

**8. अज्ञानता-** भूल अथवा अज्ञानता से जिस प्रकार ध्वनियों तथा रूपों में परिवर्तन होता है, वैसे ही वाक्य-रचना में भी परिवर्तन होता है। अज्ञानता के कारण ध्वनियों तथा रूपों में होने वाला परिवर्तन ही कालान्तर में वाक्य परिवर्तन का रूप ग्रहण कर लेता है। 'मुझसे' की जगह 'मेरे से' का प्रयोग यदि भूल से हुआ रूप परिवर्तन है, तो 'मेरे से चला नहीं जाता' अज्ञानवस हुआ वाक्य परिवर्तन कहा जायेगा।

अध्याय-15

# अर्थ–विज्ञान
# (SEMANTICS)

**भारत में अर्थ-विज्ञान के अध्ययन की प्राचीनता-** भारतवर्ष में अर्थ -विज्ञान के अध्ययन की मशाल सुदीर्घ काल से जल रही है। महाभारत के शांतिपर्व तथा वन पर्व से लेकर व्याकरण ग्रंथों तक अर्थ-विज्ञान के सतत् अध्ययन की परंपरा की स्पष्ट आहट बहुत साफ सुनाई देती है। **यास्क** का निरुक्त यद्यपि है तो निर्वचन शास्त्र, फिर भी उसमें यत्र-तत्र अर्थ-विचार पर प्रकाश डाला गया है। **पाणिनि** ने भी निर्वचन के सिलसिले में ही सभी समासों तथा प्रत्ययों के अर्थ पर विचार करते हुए एकार्थी भाव पर बल दिया है। कहते हैं **पाणिनि** के पश्चात् **व्याडि** ने एक लाख श्लोकों में अपने सुप्रसिद्ध भाषा विज्ञान ग्रंथ (संग्रह) की रचना की, पर दुर्भाग्य से यह ग्रंथ आज उपलब्ध नहीं है। हाँ, कालान्तर में **पतंजलि** ने **व्याडि** के श्लोकों का अपनी रचनाओं में सादर स्मरण अवश्य किया है। **कात्यायन** ने भी अपने वार्तिक सूत्र बद्ध ही बनाए, अतः वे भी इस क्षेत्र में **पाणिनि** से एक कदम भी आगे नहीं बढ़ सके, बल्कि **यास्क** के बाद **पतंजलि** ने गद्य का समर्थतम साधन लेकर भाषा का सर्वाङ्गपूर्ण विवेचन किया है। महाभाष्य में अर्थ -विज्ञान संबंधी काफी चर्चा मिलती हैं प्रश्नोत्तर शैली में अनेक शंकाओं का निराकरण किया गया है, बल्कि महाभाष्य निर्वचन और प्रक्रिया से अधिक अर्थ ग्रंथ ही हैं।[1] **पतंजलि** के पश्चात् **कैयट** और **नागेश** ने अर्थ -विज्ञान पर गंभीर अध्ययन -मनन किया। लेकिन **डॉ. रामदेव त्रिपाठी** के अनुसार अर्थ-विचार को अर्थ-विज्ञान की कोटि तक पहुँचाने का श्रेय **भर्तृहरि** के श्लोक बद्ध 'वाक्यपदीय' को तथा उसके व्याख्याता **हेलाराज ,पुण्यराज, नागेश कौण्डभट्ट,** आदि को है। **नागेश** ने लघुमंजूषा तथा **कौण्डभट्ट** ने 'वैयाकरण भूषण' स्वतंत्र ग्रंथ लिखकर अर्थ -विज्ञान को दर्शन और विज्ञान का रूप दिया है। हाँ, एक बात अवश्य है कि इन सभी अर्थ -विज्ञान विशारदों ने **पाणिनि ,कात्यायन** तथा **पतंजलि** को ही पद-पद में प्रमाण मानकर उद्धृत किया है तथा अपनी सारी आलोचना का उत्स इस त्रिमुनि को ही माना है। वैसे अपने गद्य ग्रंथ **'महाभाष्य'** में **पतंजलि** ने इतनी सूक्ष्म दर्शिता, विश्लेषण पटुता तथा स्पष्टता से **पाणिनि** के सूत्रों की व्याख्या की है कि -**"यथोत्तरं मुनीनां प्रामाण्यम्** "के अनुसार बाद के भी सभी भाषा-विज्ञानियों के लिए वही उपजीव्य हो गये हैं फिर भी **"सूत्रेष्वे वहि तत्सर्व यद्वृत्तौ यच्चवार्तिके"**[2] और **यो ह्युत्सूत्र कथयेन्नादो गृहेत**[3] यह स्वीकार कर रहे हैं कि इन सबके आदि गुरु मूल उत्स **पाणिनि** के सूत्र ही हैं। महाभारत में शांति पर्व का 220वाँ अध्याय पूरा शब्दार्थ संबंध पर विचार ही हैं। अश्वमेध पर्व के 21वें अध्याय में मन तथा वाणी के विवाद से भी इस पर काफी प्रकाश पड़ता है।[4]

बहरहाल, भाषिक प्रतीकों के पारस्परिक सम्बन्ध के अध्ययन और उनके अर्थ को ही कभी-कभी अर्थ-विज्ञान कहा जाता है।[5] अर्थ विज्ञान, भाषा-विज्ञान की नवीनतम शाखा है। अर्थ के अभाव में भाषा की कोई सार्थकता नहीं है। इस दृष्टि से भाषा के साथ-साथ अर्थ के सम्बन्ध में भी काफी कार्य भारत वर्ष में हुए। अर्थ-विज्ञान शब्द का प्राचीनतम प्रयोग महाभारत के वनपर्व में उपलब्ध होता है-

**शुश्रुषा श्रवणं चैव ग्रहणं धारणं तथा।**
**उहपोहोऽर्थविज्ञानं तत्त्वज्ञानं च धीगुणाः**[6] ।।

'गोपथ-ब्राह्मण' में शब्दों की अपेक्षा अर्थ पर अधिक बल दिया गया है–

**रूप सामान्यादर्थ सामान्यं नेदीयः**[7]।

1. भाषा विज्ञान की भारतीय परंपरा और पाणिनि- डॉ. रामदेव त्रिपाठी पृ.569
2. पस्पशान्हिक में व्याकरण पदार्थ-निरुपण में नागेश की उक्ति
3. वही पतंजलि की स्वीकृति
4. भाषा विज्ञान की भारतीय परंपरा और पाणिनि-डॉ रामदेव त्रिपाठी, पृष्ठ- 570
5. Essays on Language and Uses: Dean and Wilson. O. U. P. P210-1963
6. महाभारत, वनपर्व, 2, 19
7. गोपथ ब्राह्मण 1.1.26

शतपथ ब्राह्मण में मन (भाव-अर्थ) से वाणी को लघु माना गया है- **'वाग्वैमनोसोहसीयसी'**, । आचार्य यास्क मुनि ने भी अर्थ पर कुछ इस प्रकार से प्रकाश डाला है-

**अथान्वितेऽर्थे ऽप्रादेशिके विकारेऽर्थनित्यः।**
**परीक्षेत केनचिद् वृत्तिसामान्येन।।**[1]

अर्थ की महत्ता असाधारण है। अर्थ से ही भाषा को सामाजिक स्वीकृति मिल पाती है। अर्थ के बिना भाषा की कोई आकृति तय नहीं हो पाती। अर्थहीन भाषा और शब्द मूल्य हीन हैं। यास्क कहते हैं, "जिस प्रकार अग्नि के अभाव में सूखा ईंधन जल नहीं सकता, ठीक उसी प्रकार बिना अर्थ को जाने-समझे जो शब्द दुहराया जाता है, वह कभी भी मुख्य विषय पर प्रकाश नहीं डाल सकता-

**यद गृहीतमविज्ञातं निगदेनैव शब्द्यते ।**
**अनग्नाविव शुष्कैधो न तज्ज्वलति कर्हिचित् ।।** [2]

यास्क पुनः एक स्थल पर कहते हैं कि, "जो बिना अर्थ जाने वेदों का अध्ययन करता है, वह केवल भारवाहक की तरह है। कल्याण का भागी तो वह है, जो अर्थ को जानता है और ज्ञान की रश्मि से सकल दोषों का निराकरण कर, वहीं ब्रह्मत्व को भी प्राप्त करता है।" अर्थ का ज्ञान न रखने वाला व्यक्ति नितान्त अभागा तथा दरिद्र होता है।-

**उत त्वः पश्यन्न ददर्श वाचमुतः त्व शृणोत्येनाम्।**
**उतो त्वस्मै तन्वं विसस्त्रे जायेव पत्य उशती सुवासाः ।।**

आशय यह कि, मूर्ख व्यक्ति, जो अर्थ के ज्ञान से रहित होता है, केवल शब्दों को कण्ठाग्र कर लेता है, वह वाणी को देखते हुए भी नहीं देखता-अर्थात् अर्थशून्य होने के कारणवह उससे लाभ नहीं उठा सकता। वही वाणी अर्थ की जानकारी रखने वाले व्यक्ति के लिए अपने शरीर को उसी प्रकार खोल कर रख देती है, जैसे उत्तम वस्त्र धारण की हुई कामावती स्त्री अपने पति के समक्ष अपने शरीर को खोल देती है।

सच तो यह है कि अर्थ तत्त्व की गवेषणा में संपूर्ण विश्व में भारत का स्थान शिखर पर रहा है। पश्चिम के एक विचारक **Prof. M.B. Emeneau** तो स्पष्ट शब्दों में इस बात को स्वीकार करते हुए कहते भी हैं "Certainly in one other slowly awakening department of linguistics that is concerned with meaning, the west still has something to learn from India. There grammarians literary the oraticians and philosophers were all concerned with problems of meaninig and much was thought and written on the subject of the West is for all practical linguistic purposes innocent. The Hindi treatises are in a difficult style and few in the West willbe-------- qualified to deal with them as Sanskritists Philosophers and linguistic scholars. Yet the results are likely to be worth the effort; it is a subject that can be recommended to aspirants." [4] अर्थात् "यह निश्चित है कि शनैः शनैः जागृत होने वाली और अर्थ तत्त्व से सम्बन्ध रखने वाली भाषा विज्ञान की एक शाखा में पश्चिम को भारत से अभी कुछ सीखना है। उस देश में वैयाकरण, साहित्यशास्त्री और दार्शनिक सब-के-सब अर्थ-चिंतन की गुत्थियों को सुलझाने में लगे रहे और इस विषय पर बहुत-कुछ विचारा और लिखा। भाषा-विज्ञान के इस क्रियात्मक क्षेत्र में पश्चिम अभी अबोध बालक के समान है। भारतीय ग्रंथ बहुत दुरूह शैली में लिखे गये हैं, और पश्चिम में थोड़े ही व्यक्ति हैं जो संस्कृतज्ञों, दार्शनिकों और भाषाविदों के रूप में इन सबको समझने की योग्यता रखते हैं। लेकिन अगर परिश्रम किया जाय तो अनुकूल फल की प्राप्ति की पूर्ण संभावना है। जिज्ञासु व्यक्ति इस क्षेत्र को अपनी गवेषणा का विषय बना सकते हैं।"

कुल मिलाकर हम इस निष्कर्ष पर पहुँचते हैं कि पुरातन काल से ही भारतवर्ष में शब्द और अर्थ के विभिन्न पक्षों और पहलुओं पर सम्यक् ढंग से विचार किया गया है। श्री गौरीनाथ शास्त्री जी भी इस बात की पुष्टि करते हैं कि अर्थ -विज्ञान पर इस देश में जितनी गहाराई से चिन्तन हुआ है, वह संभवतः संसार के किसी भी देश में नहीं हुआ । -Indian Grammarians produced not only a most scientific system on etymology and semantics but also a remarkable philosoply of word and meaning.[5]

**अर्थ विज्ञानः नामकरण की समस्या**-भारतीय भाषाविदों के साथ -साथ पाश्चात्य विद्वानों ने भी अर्थ-तत्त्व पर काफी

1. निरुक्त-1-20
2. निरुक्त 1-18
3. ऋग्वेद-संहिता 10.17.4
4. India and linguistics- JAOS 75 p.151, 1955
5. The Philosoply of Word and Meaning- Gauri Nath Shastri page-23

कुछ सोचा-समझा है। इन विद्वानों में **बट्रेन्ड रसेल, डीन एण्ड विल्सन, राबर्ट ए. हॉल, आ. एच. राविन्स, रिचर्ड बालपाल, एफ. जी टकर** तथा **माइकेल ब्रील** आदि मुख्य हैं किन्तु उक्त विद्वानों में अर्थ-विज्ञान से सम्बन्धित उन्नीसवीं शताब्दी में किए गये फ्रांसीसी भाषा वैज्ञानिक **माइकेल ब्रील** (Michel Breal)के कार्य को ही नितांत वैज्ञानिक तथा सुव्यवस्थित माना जाता है। सन् 1883 ई. में Society for Greek Studies की वार्षिक बैठक में अपने विचार व्यक्त करते हुए ब्रील ने ही सर्व प्रथम अर्थ -विज्ञान के लिए सिमन्टिक्स(Semantics) फ्रांसीसी भाषा में (Semantique) शब्द का प्रयोग किया था। सन् 1897 ई.में **ब्रील** की पुस्तक Essai de Semantique प्रकाशित हुई। सन् 1900 ई. में **श्रीमती हेनरी कस्ट** (Henry Cust) ने इस पुस्तक का अंग्रेजी अनुवाद प्रकाशित कराया। ब्रील के अलावा अनेक पाश्चात्य भाषा-विदों ने अर्थविज्ञान के लिए अनेक नाम सुझाये, यथा-सिग्निफिक्स (Significs), सेमासिलाजी (Semasiology), सिमेटालॉजी (Sematology), रिहमटालाजी (Rhematology) किन्तु नामों की उक्त सूची में ब्रील प्रदत्त नाम (Semantics) ही लोक प्रिय हुआ। हिन्दी में भी अर्थ-विज्ञान के लिए अनेक नये नामों की सूची प्रस्तुत की गई। यथा 'माने तत्त्व', 'माने विचार', 'अर्थ विचार', 'शब्दार्थ विचार', 'अर्थातिशय' तथा 'अर्थ विज्ञान'। यहाँ भी उक्त नामों में 'अर्थ विज्ञान' ही लोकप्रिय हुआ।

**अर्थ-विज्ञान का भाषा-विज्ञान के सम्बन्ध-** पाश्चात्य भाषा- विज्ञानियों में अर्थ-विज्ञान को लेकर काफी रस्साकसी हुई। अमरीकी स्कूल के कुछ लोगों का विचार था कि अर्थ-विज्ञान भाषा-विज्ञान की अध्ययन परिधि से बाहर है। इसका जुड़ाव काव्य शास्त्र तथा दर्शनशास्त्र से होना चाहिए। **डेरिस** ने अर्थ की अपेक्षा वितरण को ही अधिक महत्व दिया।[1] लेकिन अमरीकी स्कूल से ही सम्बद्ध भाषाविद् **ब्लूमफील्ड** ने अर्थ तत्त्व में कुछ संशोधनों के बाद इसे भाषा-विज्ञान के साथ जोड़ने की बात कही। **प्राहा स्कूल** के भाषा विज्ञानी अमरीकी स्कूल के विद्वानों से अपनी असहमति व्यक्ति करते हैं। उनके विचार से अर्थ-विज्ञान भाषा-विज्ञान का एक नितान्त अनिवार्य पक्ष है। **डॉ. स्टीफेन उल्मान** के अनुसार अर्थतत्त्व के अध्ययन के प्रति संसार के भाषाशास्त्रियों में पिछली दशाब्दी में इधर काफी उत्साह और रुचि पैदा हुई है- "During the last decade there has been a considerable quickening of interest in Samentics. A number of scholars have reexamined the principles on which this branch of linguistics is based, others have explored specific aspects of meaning, others have focused their attention on the semantics of particulars languages. Reseach in this field has been revitalized by the great revolution which has taken place in modern linguistics."[2]

**शब्द क्या है?-** वाग् ब्रह्म के दो पार्श्व हैं- शब्द तथा अर्थ जिन्हें, क्रमशः नाम तथा रूप कहते हैं। शब्द की व्युत्पत्ति है - शप्+द अर्थात् शाप देने वाला। धातु पाठ में शप का अर्थ आक्रोश दिया गया है। जिस प्रकार अप+द= अब्द बना उसी प्रकार शप्+द =शब्द बना। इससे पता चलता है कि सर्वप्रथम मनुष्य ने दुख में पड़कर ही उसे व्यक्त करने के लिए ध्वनि की। वाल्मीकि के प्रथम श्लोक की उत्तपत्ति शोक से ही हुई थी,-

**"मा निषाद प्रतिष्ठांत्वम् अगमः शास्वतीः समाः।**
**यत् क्रौञ्च मिथुनाथ देवमवधीः काम मोहितम्"।।**[3]

इस प्रकार 'शब्द' शब्द ही प्रकट करता है कि उसकी, ध्वनि की उत्पत्ति किसी उद्देश्य से हुई थी। दुख से, शोक से, जिसके पीछे काम, क्रोध आदि का हाथ था। अधिकांश पशु-पक्षी काम पीड़ा से शोर मचाते हैं।[4]

**अर्थ क्या है?** 'अर्थ' शब्द की निष्पत्ति गत्यर्थक 'ऋ' धातु से 'थ' प्रत्यय द्वारा हुई है, 'उषिकुषिगार्तिभ्यस्थन्" (उणादि, 2-4)। इस प्रकार इसका अर्थ हुआ- 'गम्य'। शब्द मार्ग है और अर्थ लक्ष्य।

**अर्थ की अवधारणा अथवा अर्थ का स्वरूप या लक्षण तथा महत्व-** विद्वानों ने अर्थ के लक्षण अथवा उसके स्वरूप निर्धारण के सम्बन्ध में अपनी निजी सोचों को विभिन्न रूपों में प्रस्तुत किया है।

**भारतीय विद्वान्**

**1. कैयट तथा नागेश्वर के अनुसार**, "सभी शब्द जिस प्रवृत्ति निमित्त के लिये अर्थात् जिस वाक्यार्थ का बोध कराने के लिये

1. **Method in Structural Linguistics: Zealling. S. Harris, P. 3**
2. **Semantics: An Introduction to the Science of Meaning, Stephen Ullmann, Page 54, 1964**
3. **बाल काण्ड 2-15**
4. **भाषा विज्ञान की भारतीय परंपरा- डॉ. रामदेव त्रिपाठी, पृष्ठ-570**

प्रयुक्त होते हैं, वही प्रवृत्ति-निमित्त रूप वाच्यार्थ उन शब्दों का अर्थ होता है। "[1]

2. महर्षि पतंजलि के अनुसार, "अर्थ शब्द की अन्तरंग शक्ति का नाम है, क्यों कि शब्द-शब्द से बहिर्भूत होता है, जबकि अर्थ अबहिर्भूत या अपृथक होता है- **शब्दश्च शब्दाद् बहिर्भूतः। अर्थोऽबहिर्भूतः।**[2] इसे स्पष्ट करते हुए महर्षि पतंजलि ने आगे लिखा है कि, "सभी शब्द अपने-अपने अर्थ का बोध कराने के लिए होते हैं, परन्तु जिस-जिस अर्थ का बोध कराने के लिए जो-जो शब्द प्रयुक्त होता है, उस शब्द का वही अर्थ होता है- **सर्वेभावाः स्वेनभावेन भवन्ति स तेषां भावः। किमेभिस्त्रिभिर्भावग्रहणे क्रियते? एकेन शब्दः प्रतिनिर्दिश्यते" स तेषामर्थः।**[3]

3. कुमारिल भट्ट के अनुसार - "जो अर्थ जिस शब्द के साथ सम्बद्ध रहता है, वही उसका अर्थ होता है-**यत्रयोऽन्वेते यं शब्मर्थस्तस्य भवेदसौ।**[4]

4. जयन्त के विचार से, "जिस शब्द से जिस अर्थ की प्रतीति होती है, वही उसका अर्थ होता है। **योऽर्थः प्रतीयते यस्मात् स तस्यार्थ इति स्मृतः।**[5]

5. भर्तृहरि का कहना है कि, "जिस शब्द के उच्चारण से जिस अर्थ की प्रतीति होती है, वही उसका अर्थ होता है। "

**यस्मिंस्तच्चरिते शब्दे यदा कोऽर्थः प्रतीयते।**
**तमाहुरर्थ तस्यैव नान्यदर्थस्य लक्षणम्।**[6]

## पाश्चात्य विचारक

6. बट्रेन्ड रसेल के हिसाब से "सम्बन्ध-विशेष को अर्थ कहते हैं, क्योंकि किसी शब्द में मात्र अर्थ ही नहीं होता, बल्कि वह अपने से जुड़ा भी रहता है, --Arelation constitutes meaning......a word not out has meaning but is related to its meaning."[7]

7. प्रो. फर्थ ने अर्थ को सन्दर्भ या प्रकरण-सम्बन्धी व्यवहार शैली माना है।

8. मेरिओ पेई अर्थतत्त्व को भाषा का ही नहीं, मानव सभ्यता का भी अन्तस्तल निरूपित करते हैं।[8]

9. एलफ्रेड सिजविक के अनुसार-परिणाम अर्थ का आधार होता है और अर्थ सत्य का, इसलिए परिणाम ही अर्थ माना जाता है- "Meaning depends on consequences and truth depends on meaning."[9].....

10. डॉ. हर्बर्ट पार्सन्स का कहना है कि अर्थ का सम्बन्ध हमारी चेतना से रहता है जिसमें अर्थ के आदिम बीज धन-रूप में अथवा ऋण रूप में विद्यमान रहते हैं।

11. डॉ. शिलर का कहना है कि किसी वस्तु का अर्थ उस व्यक्ति पर निर्भर करता है जिसे वह वस्तु अभिप्रेत होती है-"What any thing means depends on who means it."[10]

12. ऑग्डन तथा रिचर्ड्स ने अर्थ को मानसिक तत्त्व स्वीकारा है, जिसका सम्बन्ध एक ओर घटनाओं और विषयों के बीच एवं दूसरी ओर उनके लिये प्रयोग में लाये जाने वाले प्रतीकों और शब्दों के बीच रहता है।

13. बैली (Belly) ने अर्थ तत्त्व को शुद्ध कोशगत अर्थ देने वाला एक प्रतीक माना है, जो सरल अथवा मिश्रित रूप, धातु, रूढ़ शब्द और यौगिक सभी में निहित रहता है- "A symbol expressing a purely lexical idea- whether simple or complex, whether a root or inglecta form or a compound word."

14. डॉ. जे. एस. मूर के विचार से मनोवैज्ञानिक दृष्टिकोण से अर्थ वास्तव में संदर्भ का प्रकरण होता है, किन्तु तात्विक या तार्किक रूप में अर्थ को सन्दर्भ या प्रकरण की अपेक्षा कुछ और भी माना जा सकता है। दूसरे रूप में हम कह सकते हैं कि अर्थ कुछ भी हो, मनोविज्ञान का उससे वहीं तक सम्बन्ध है, जहाँ तक सन्दर्भ और प्रकरण सम्बन्धी कल्पना की शैली में व्यक्त किया जा सकता है- Psychologically meaning is context, but logically and metaphysically meaning is much more than psychological context, or to put in the other way round, what ever meaning may be psycology in concerned with it only so for as it can be represented in terms of

---

1. प्रदीप और उद्योत, 5.1. 119
2. महाभाष्य, 1.1.66
3. महाभाष्य 5.1.119
4. श्लोकवार्तिक, 160।
5. न्यायमंजरी
6. वाक्य पदीय 2.330।
7. An Enquiry in to Meaning and Truth, P. 60, 1962
8. The story of Language, Page 148, 1949
9. The Meaning of Meaning, P. 162
10. The Meaning of Meaning P. 161

contextual imagery.[1]

वस्तुतः अर्थ की अभिव्यक्ति का मुख्य. जरिया शब्द है। शब्द जिस लिए प्रयुक्त किया जाता है, वही उसका 'अर्थ' होता है। विद्वानों द्वारा दी गई उक्त परिभाषाओं से स्पष्ट होता है कि पाश्चात्य विद्वानों ने 'प्रकरण' अथवा 'सम्बन्ध' को अर्थ कहा है। भारतीय. विचारकों ने 'प्रतीति' को ही 'अर्थ' स्वीकारा है। कुछ पाश्चात्य भाषा-चिन्तकों ने 'अर्थ' के लिए कई नामों का व्यवहार किया है। **गार्डिनर** ने meaning, **ऑग्डन तथा रिचर्ड्स** ने thought अथवा reference, **गम्बोज** (Gombocz) ने sense, **सोस्यूर** ने Signific, **स्टर्न** ने Mental Content, **विसबर्गर** (Weisberger) ने concept तथा रूदे (Roudet) ने idea कहा है।

**शब्द और अर्थ का सम्बन्ध-** अर्थ रहित शब्द निस्तेज होता है। दूसरे शब्दों में अर्थ हीन शब्द अपना कोई वजन नहीं रखता। अर्थ, शब्द की अन्तरंग बोध शक्ति है। शब्द की आधारभूमि अर्थ है। शब्द में अर्थ कहीं से आयातित नहीं होता, बल्कि उसमें से ही स्फुरित होता है। 'अमरूद' कहने के साथ ही उसकी आकृति तथा स्वाद की भी लगभग अनुभूति होने लगती है। उक्त अर्थ बोध की क्षमता स्वयं उस शब्द में ही निहित है। वैयाकरणों ने शब्द और अर्थ को एक ही आत्मा के दो रूप माने हैं- **"एकस्यैवात्मनों शब्दार्थावपृथकस्थितौ"**।[2]

कुछ विद्वान् यह सवाल उठाते हैं कि क्या शब्द और अर्थ दो भिन्न वस्तुएँ हैं या अभिन्न या पृथक? पाश्चात्य विद्वानों ने भावना (Intent) एवं रूप (Form) को लेकर पर्याप्त चर्चा की है। भावना के सम्मुख रूप को वे महत्वहीन स्वीकार करते हैं। **प्रो. ह्वाटमो** के शब्दों में- "This utterance is a part of the performance of a mechanism devised to define delimit formulate, identify and evaluate an external act or expression to out consciousness.'[3] अर्थात् अभिव्यक्त के समस्त प्रयत्न व माध्यम हमारी चेतना को अभिव्यक्त करने के लिए होते हैं। **ब्लूमफील्ड** ने भावना के स्थान पर अर्थ (Meaning) को महत्व दिया है-"In practice then all linguistics both mentallists and mechanics, define meaning interms of the speaker's situation and when ever this seems to add anything of hearer's respons"[4] वस्तुतः शब्द और अर्थ एक ही आत्मा के दो पार्श्व हैं। दो भिन्न वस्तुएँ नहीं है-

**आत्म भेदस्तयोः कश्चिदस्तीत्याहुः पुराणगाः।**
**बुद्धिभेदाद भिन्नस्य भेदमेके प्रचक्षते।।** (वा. 145)

**भर्तृहरि** ने 'ज्ञान' और 'ज्ञेय' की भाँति शब्द और अर्थ का संबंध माना है,-

**आत्मरूपं यथा ज्ञाने ज्ञेय रूपं च विद्यते।**
**अर्थरूपं तथा शब्दे स्वरूपं च प्रकाशते।।**(वा.151)

कुल मिलाकर शब्द और अर्थ एक ही वस्तु के दो धर्म हैं।[5] बुद्धि में ग्रहण होते ही दोनों एक हो जाते हैं। अर्थ का संबंध ग्रहण से है। यदि अर्थ रूप में शब्द का ग्रहण नहीं हो सका, तो शब्द को 'सार्थक' भी नहीं कहा जा सकता। केवल सत्तामात्र से ही 'शब्द' की अर्थ ग्राहिका उपयोगिता सिद्ध नहीं हो जाती- **'न सत्तयैव तेऽर्थानाम गृहीताःप्रकाशकाः'** शब्द विचार या अर्थ का प्रतीक होताहै। अर्थ और शब्द एक दूसरे से अनुस्यूत होते हैं। शब्द और अर्थ में वाणी तथा विचार का सा रिश्ता है। अर्थ की अभिव्यंजना शब्द से ही हो सकती है। बिना शब्द के अर्थ की कोई सत्ता नहीं है। कभी-कभी कुछ भावों, अर्थों या विचारों का जन्म संकेतों द्वारा कर लिया जाता है, लेकिन क्या सभी कार्यों का सम्पादन मात्र इंगितों या संकेतों से संभव हुआ है? अर्थात् नहीं। वस्तुतः शब्द और अर्थ एकात्म हैं। शब्द अर्थ का जनक है। किसी भी अभिव्यक्ति के लिये सबसे पहले मन प्रदेश में अर्थ उगता है। **भर्तृहरि** कहते हैं, अर्थ ब्रह्म शब्दब्रह्म का विकास है। **बर्ट्रेन्ड रसेल** के अनुसार शब्द और अर्थ का सम्बन्ध दृष्टि और स्पर्श की तरह अभ्यासगत होता है।[6] **भर्तृहरि** ने अर्थ या रूप को शब्द या नाम पर आश्रित माना है-

**अनादि निधनं ब्रह्म शब्द तत्त्वं यदक्षरम।**
**विवर्त्ततेऽर्थ भावेन प्रकिया जगतो यतः।।** (वाक्यपदीयम्)

शब्द पूर्व को **'ह्यर्थे संप्रत्यय'** कहकर महाभाष्य ने भी शब्द की महत्ता स्वीकार की है। **'स्वरूपं शब्दस्याशब्द संज्ञा'** की व्याख्या में **पतंजलि** ने शब्द और अर्थ की तुलनात्मक महत्ता पर अच्छा विचार किया है। **'अत्यन्तासत्यपि ह्यर्थे ज्ञानं शब्द करोति च'** कह **श्री हर्ष** ने स्पष्ट

---

1. The Foundations of Psychology, P. 103
2. वाक्य पदीय-2-31
3. Langauge NAL page-68
4. Lang, page-144
5. भाषा तत्व और वाक्यपदीय- डॉ. सत्यकाम वर्मा,पृष्ठ-235 भारतीय प्रकाशन मंदिर 7/3 अशोक नगर नई दिल्ली- 18, जनवरी 1964 मूल्य 15 रूपये।
6. An Enquiry into Meaning and Truth P. 67

ही संकेत दे दिया है कि अत्यन्त असत् पदार्थ शशशृंग खपुष्प आदि की भी प्रतीति शब्द करा सकता है इतनी शक्ति है शब्द में। योग दर्शन ने **"शब्द ज्ञानानुपाती वस्तु शून्यो विकल्प"** से इसी सिद्धान्त का समर्थन किया है। महाभारत में **श्वेतकेतु** तथा **सुर्वचला** पति-पत्नी में शब्दार्थ विषयक काफी प्रश्नोत्तर हुए हैं। **श्वतेकेतु** के अनुसार शब्द और अर्थ में कोई वास्तविक और स्थायी संबंध नहीं है-**'शब्दार्थयोर्न चैवास्ति सम्बन्धोऽत्यन्त एव हि। पुष्करे च यथा तोयं तथा स्तीति च वेत्थ तत्'** । इस पर **सुर्वचला** कहती है- **अर्थेस्थितिर्हि शब्दस्य नान्यथा च स्थितिर्भवेति** अर्थात् बिना अर्थ के शब्द की कोई स्थिति नहीं। किसी भी शब्द का प्रयोग किसी अर्थ को ही प्रकट करने के लिए होता है,- **'युक्तंपुनर्यच्छब्द निमित्तको नामार्थः स्यात्, नार्थ निमित्तकेन नाय शब्देन भवितव्यम्, अर्थ निमित्तक एव शब्दः।'** इस पर **कैयट** कहते हैं- **"अर्थ एवं शब्दस्य प्रयोजकः तत् प्रतिपादनाय शब्द प्रयोग"**:। **दुर्गाचार्य** ने भी स्वीकार किया है कि-**"अर्थो हि प्रधानं तद्गुणभूतः शब्दः"**[1] **कुमारिल** ने भी तंत्रवार्तिक में यही सिद्धान्त माना है- **"सर्वो हि शब्दोऽर्थ प्रत्याय नार्थ प्रयुज्यते "**[2] सच तो यह है कि **व्याडि** तथा **भर्तृहरि** शब्द और अर्थ में वास्तव में अभेद तथा व्यवहार दृष्टि से भेद मानते हैं। लेकिन इसके विपरीत **नागेश** ने शब्द और अर्थ में इतरेतराध्यास मूलक तादात्म्य माना है, वास्तविक नहीं-**'इतरेतराध्यास मूलकं तादात्म्यम्'**[3]

विदेशी भाषा चिन्तक **ऑटोजेस्पर्सन** का कहना है कि बालक तथा वयस्क- सबकी दृष्टि में दो तत्त्व अर्थात् बाह्य ध्वनि तत्त्व और आभ्यान्तर अर्थतत्त्व अविच्छेद रूप से संबद्ध हैं[4] **ऑग्नेय रिचर्ड्स** ने लिखा है कि- 'गोर्म्येतस के मत के अनुसार प्रत्येक पूर्ण वक्तव्य में हम तीन तत्त्वों का विभाजन कर सकते है- ध्वनि तत्त्व या शब्द और बोध वस्तु तथा दोनों के बीच सम्बद्ध रूप में विद्यमान अर्थ।'[5]

कुछ अन्य विचारकों ने भी शब्द और अर्थ के सम्बन्ध को नित्य तथा कुछ ने अनित्य माना है। **कात्यायन** तथा **पतंजलि** ने अर्थ को नित्य माना है। पतंजलि के अनुसार शब्दार्थ सम्बन्ध पहले से ही विद्यमान रहता है। पतंजलि की धारणा है कि शब्द का प्रयोग सदैव अर्थ की अभिव्यक्ति के लिए होता है। अर्थ, शब्द से पूर्ण तया अपृथक और सम्पृक्त रहता है। इसलिए दोनों में नित्य संबन्ध है- **"अर्थगत्यर्थः शब्दः प्रयोगः नित्योह्यर्थवतामर्थैरीभि सम्बन्धः"**।[6] किन्तु **कैयट** तथा **नागेश** ने इसे अनित्य माना है। इन विद्वानों का कहना है कि यदि एक शब्द एक ही अर्थ देता हो, तो नित्य माना जा सकता है, अन्यथा नहीं- **"यद्येकः शब्द एकस्मिन्नुनर्थे नियतः स्यात्, तत् एतद् युज्यते वक्तुम्, यतस्त्वनियमः प्रकृतेरेव सर्वे अर्थाः स्युः"**[7] शब्द तथा अर्थ की पारस्परिक संलग्नता तथा अभिन्नता पर प्रकाश डालते हुए **कालिदास** ने शिव तथा पार्वती के समान एक दूसरे का पूरक बताया है।

**वागर्थाविव सम्पृक्तौ वागर्थ प्रतिपत्तये।**
**जगतः पितरौ वन्दे पार्वती परमेश्वरौ।**[8]

**तुलसी दास** ने भी ऐसा ही भाव- 'गिरा अरथ जल बीचि सम, कहियत भिन्न न भिन्न' में व्यक्त किया है। वाक्यपदीय के एक श्लोक के अनुसार दोनों में वाच्य-वाचक सम्बन्ध नहीं है- वरन् कार्य कारण अथवा प्रकाश्य-प्रकाशक का सम्बन्ध है। शब्द प्रकाशक है और अर्थ प्रकाश्य। शब्द कारण है और अर्थ कार्य,-

**प्रकाशक प्रकाश्यत्वं कार्यकारणरूपता।**
**अन्तर्यात्रात्मनस्तस्य शब्द तत्त्व स्य सर्वदा।।**[9]

**शब्द और अर्थ को एकाकार करने वाले चार वाद-** शब्द और अर्थ की पारस्परिक अभिन्नता को पारिभाषिक शब्दों में व्यक्त करने के लिए भारतीय आचार्यों में अधोलिखित चार वाद प्रचलित हैं।

1. उत्पत्तिवाद,
2. ज्ञप्तिवाद,
3. अभिव्यक्तिवाद तथा
4. प्रतीकवाद

**1. उत्पत्तिवाद-** इस वाद के अनुसार अर्थ और शब्द में परस्पर उत्पाद्य-उत्पादक सम्बन्ध है। इस स्थापना का आधार ऋग्वेद का यह मंत्र है- **"यत्र धीरा मनसा वाचमकृत"**[10] पहले ग्रीस आदि देशों में यह विश्वास था कि ध्वनि के साथ अर्थ का जरूर कुछ स्वाभाविक संबंध है परन्तु भारत में यह भ्रम कभी नहीं रहा। यहाँ शब्द को अर्थों के लिए प्रतीक मात्र माना गया - But to the speculative minds of Greek thinkers, the problem that proved most attractive was the general and

---

1. निरुक्त 2,1
2. मीमांसा सूत्र 1.3.8 की टीका
3. मंजूषा.पृ. 26)
4. Language, page-113
5. Meaning of Meaning- page 275
6. महाभाष्य, प्रथम आह्निक
7. प्रदीप महाभाष्य 1. 2. 45
8. रघुवंशं (1.1)
9. वाक्य पदीय 2. 32
10. ऋग्वेद 10.71.2

abstract one. Are words natural and necessary expressions of the notions underlying them or are they merely arbitrary and conventional signs for that might have been equally well expressed by any other sounds?Endless discussions were carried on about this question as we seeparticularly from Plato's Kratyalos....[1] बहरहाल ऋग्वेद के उक्त मंत्र का आशय यह है कि धीर ऋषियों ने मन से वाणी की रचना की अथवा वाणी का आविष्कार किया। मन का प्रयोग यहाँ एक निश्चित अभिप्राय को लेकर हुआ है। दूसरे शब्दों में मन यहाँ प्रतीक है, उस मानसिक विचार अथवा भाव का जोपहले से ही व्यक्ति के मस्तिष्क में विद्यमान होते हैं। वाणी का आशय प्रकारान्तर से शब्दों के माध्यम से भावाभिव्यक्ति करना है। कुल मिलाकर शब्द और अर्थ के बीच प्रकाश्य-प्रकाशक अथवा व्यंग-व्यंजक का सम्बन्ध तय करना ही इस मत का मूल आशय है। इसके अनुसार शब्द का व्यवहार बाद में होता है, किन्तु अर्थ की स्थिति पहले से ही बनी रहती है।

**2. ज्ञप्तिवाद-** 'ज्ञाप्य' का आशय है- 'बताया जाने वाला' तथा 'ज्ञापक' का अर्थ है, 'बताने वाला'। इस धारणा के अनुसार शब्द से अर्थ की ज्ञप्ति होती है। अतः दोनों में ज्ञाप्य-ज्ञापक का सम्बन्ध कहा जा सकताहै, अर्थात् अर्थ ज्ञाप्य है और शब्द ज्ञापक। शब्द से अर्थ की ज्ञप्ति ठीक वैसे ही होती है, जैसे दाहकता से अग्नि की अथवा सांस से वायु की। वाजसनेयी प्रातिशाख्य में कहा गया है- "**पद्यते गम्यते ज्ञायते अनेनार्थ इति पदम्**" अर्थात् जिससे अर्थ का गमन अथवा ज्ञान होता है, उसे 'पद' कहा जाता है। **पाणिनि** ने भी 'सुबन्त' और 'तिङन्त' को पद कहा है। तात्पर्य यह कि अर्थ और पद (शब्द) में ज्ञाप्य-ज्ञापक या बोध्य-बोधक-सम्बन्ध माना जा सकता है।[2]

**3. अभिव्यक्तिवाद-**अभिव्यक्तिवाद का मतलब शब्द के द्वारा अर्थ की अभिव्यक्ति से है। सामान्यतया शब्द के शब्दत्व को कान सुनता है और उसके साधुत्व कोव्याकरण देखता है किन्तु अर्थ तिल में तेल की भाँति शब्द में ही व्याप्त होता है।[3] **महर्षि पतंजलि** अभिव्यक्तिवाद के संस्थापक हैं उनके विचार से- "**श्रोतोपलब्धिर्बुद्धिनिग्राह्यः प्रयोगेनाभिज्वलित आकाशदेशः शब्द।**"
अर्थात् शब्द वह है, जो कान से सुना जाता है, बुद्धि से ग्रहण किया जाता है, आकाश जिसका स्थान है जो और जो प्रयोग से अभिज्वलित (अभिव्यक्त) होता है। पतंजलि द्वारा कहा हुआ 'प्रयोग से अभिज्वलित' शब्द इसी बात का द्योतन करता है कि शब्द से अर्थ अभिज्वलित अथवा अभिव्यक्त होता है। अतः इस मत से यही निश्चित हुआ कि शब्द व्यंजक होता है और अर्थ व्यंग।

**4. प्रतीकवाद-** इस मत के अनुसार शब्द और अर्थ में प्रतीकात्मक रिश्ता होता है। वह इसलिए कि हमारे मन में बैठी वस्तु के अर्थ का सूचक शब्द ही है। इस सम्बन्ध में **भतृहरि** कहते हैं।

**ज्ञानं प्रयोक्तुर्बाह्योऽर्थः स्वरूप च प्रतीयते।**
**शदैरूच्चारितैस्तेषां सम्बन्धः समवस्थितः।।**[4]

अर्थात् जब शब्दों का उच्चारण किया जाता है, तब उसका सम्बन्ध तीन रूपों में प्रतीत होता है– एक तो ज्ञान (भाव) के रूप में, दूसरे वक्ता द्वारा अभिप्रेत बाह्य पदार्थ (वस्तु) के रूप में और तीसरे शब्द के रूप में। होता यह है कि कुछ वस्तुओं के बोध के लिए हम अपने घर में अलग-अलग नाम रख लेते हैं। कालान्तर में प्रतिदिन के प्रयोग से यही नाम उन वस्तुओं के सच्चे प्रतीक बन जाते हैं।

## अर्थबोध के साधन

अर्थबोध के साधन से आशय उन तत्त्वों से है, जिनसे किसी शब्द का बोध सहजता से हो। इन्हें 'शब्दार्थ-संकेत-ग्राहक-तत्त्व' भी कहा गया है। भारतीय विचारकों के साथ-साथ पाश्चात्य चिन्तकों ने भी इस पर प्रकाश डाला है, जिसे क्रमशः इस प्रकार देखा जा सकता है–

**भारतीय मत-**भारतीय मनीषियों ने अर्थ-बोध के कुल आठ साधन बताये हैं। -

**शक्तिग्रहं व्याकरणोपमानकोशाप्तवाक्याद्व्यवहारतश्च।**
**वाक्यस्य शेषाद् विवृतेवर्दन्ति सांन्निध्यतः सिद्धपदस्य वृद्धाः।**[5]

---

1. Language chapter 1-3-1
2. भाषा-विज्ञान और मानक हिन्दी डॉ. रत्नचन्द्र शर्मा पृ. 82
3. भाषा शास्त्र तथा हिन्दी भाषा की रूपरेखा- डॉ. देवेन्द्र कुमार शास्त्री, पृ. 168
4. वाक्यपदीय, 3.3.1
5. तत्वचिन्तामणि, पृ.48

अर्थात् 1. व्यवहार, 2. आप्तवाक्य, 3, व्याकरण, 4. उपमान, 5. कोश, 6. वाक्य शेष (प्रकरण), 7. विवृत्ति (व्याख्या) तथा 8. प्रसिद्ध पद का सान्निध्य।

**1. व्यवहार-** अर्थबोध के लिए यह सबसे सशक्त माध्यम बताया गया है। मीमांसा में केवल इसी को अर्थबोध का एक मात्र माध्यम बताया गया है-

**"नचात्र वृद्धव्यवहारं मुक्त्वा अन्यत् कारणम् उपलभामहे"।**

वैयाकरण नागेश ने इसे 'शक्ति-ग्राहक शिरोमणि' कहा है। आशय यह है कि शब्दों के अर्थ जानने में यह सर्वश्रेष्ठ पद्धति मानी जाती है। व्यवहार के माध्यम से अबोध शिशु विश्व की प्रत्येक वस्तु को शनैः शनैः सीखता जाता है। सयाने लोग अपने भाई-बहनों को एक-एक वस्तु का नाम लेकर सीखाते रहते हैं। पाठशाला में गुरू जी अपने शिष्यों से बार-बार एक-एक शब्दों का उच्चारण कराकर उन्हें प्रत्येक अपरिचित वस्तु से परिचित कराते हैं। कहने की मंशा यह कि अपने से बड़ों द्वारा किये गये सभी कार्य व्यापारों को देख-देखकर छोटा बच्चा भी उसे अपनी क्षमतानुसार अपने जीवन में उतारता चलता है। ऑगस्टाइन ने इस सम्बन्ध में 'Confessions' में अपने निजी अनुभव की एक बात इस प्रकार बताई है- "When they (my elders) named some object. and accordingly moved towards something, I saw this and I grasped that the thing was called by the sound they uttered when they meant to pount it out. Their intention was known by their bodily movements, as it were, the natural language of all people: The expression of the face, they play the eyes, the movement of other parts of the body, and the tone of voice which expresses our state of mind in seeking........ I used them to express my own desires."

**2. आप्तवाक्य-** किसी वस्तु का यथार्थ चित्रण करने वाले को 'आप्त' कहा जाता है और उसके द्वारा किया गया चित्रण अथवा कही हुई बात 'आप्त वाक्य' के भीतर समझी जाती है। इस तरह का वक्ता किसी वस्तु का यथार्थ वर्णन करते समय न तो उसमें अपनी ओर से कुछ जोड़ता है अथवा न तो कुछ घटाता ही है। इस तरह का व्यक्ति सर्वथा विश्वसनीय समझा जाता है। इस सन्दर्भ में ऋषियों को लिया जा सकता है, जिनकी कही हुई बातों पर किसी को अविश्वास नहीं होता है।ईश्वर, देवता-देवी, स्वर्ग-नरक का ज्ञान सामान्य व्यक्ति को नहीं होता। केवल महर्षियो को ही इस सम्बन्ध में जानकारी होती है। वह इसलिए कि वर्षों के कठिन चिन्तन तथा साधनाओं से वे इनके सम्बन्ध में यथार्थ ज्ञान प्राप्त कर पाते हैं। अतः ऋषियों को 'आप्त' तथा उनकी कही हुई बातों को 'आप्त वाक्य' कहा जा सकता है। आप्त वाक्य अर्थ बोध का दूसरा सोपान है।

**3. व्याकरण-** व्याकरण किसी भी भाषा को अनुशासन अथवा नियंत्रण में रखने का सर्वोत्तम साधन माना गया है। इससे भाषा में सपाटपन तथा कसाव निरन्तर बना रहता है। किसी भी भाषा को सीखने के लिए सबसे पहले उसके व्याकरण को टटोलना पड़ता है, क्योंकि उस भाषा का लेखा-जोखा उसके व्याकरण में ही निहित रहता है। भाषा के लिंग, वचन, धातु, कारक तथा किसी शब्द का मूल उत्स व्याकरण में ही सुरक्षित रहता है। वर्तनी (spelling) का शुद्ध लेखन, वाक्यों के सही प्रयोग, शब्दों के उपयुक्त अर्थ आदि की जानकारी व्याकरण ही देता है।

**4. उपमान-** इसे 'समानता' अथवा 'सादृश्य' भी कहते हैं। नैयायिकों अथवा मीमांसको ने इसे ही प्रमाण कहा है। सादृश्य के आधार पर जिस अदेख वस्तु का बोध कराया जाय, उसे उपमान समझना चाहिए। यहाँ किसी वस्तु की जानकारी देने के लिए उसी वस्तु की तरह का दूसरा आधार आवश्यक होता है। उदाहरण के लिये यदि कोई व्यक्ति 'घड़रोज' न देखा हो, तो उससे कहा जा सकता है कि यह घोड़े की आकृति का एक पशु है जो स्वच्छन्द रूप से समूहो में नदियों के कछारों में घूमता है। यदि वह व्यक्ति ऊपर बताई गई आकृति का कोई जानवर नदियों के किनारे देखेगा, तो वह आसानी से समझ जायेगा कि यह पशु 'घड़रोज' ही है।

**5. कोश-** अर्थ की बोध-गम्यता के लिए कोश की बैसाखी का भी आश्रय लेना पड़ता है। अज्ञात अथवा क्लिष्ट शब्दों के सरल अर्थ कुण्डली मारकर कोश में बैठे तो अवश्य रहते है, लेकिन कोश यह नहीं बताता कि इन शब्दों का प्रयोग करना कब उचित और कब अनुचित होगा। फिर भी कोश का अपना विशिष्ट महत्व है। अर्थबोध के लिए लगभग सभी अध्येता अपने घरों में इच्छित विषय के कोश अवश्य रखते हैं।

**6. वाक्यशेष-** 'प्रकरण', वाक्यशेष का दूसरा नाम है। कभी-कभी कुछ शब्द प्याज के छिलके की तरह अनेकार्थी होते हैं। ऐसी स्थिति में अध्येता यह निर्णय नहीं ले पाता, कि इन अनेकार्थी शब्दों में अमुक शब्द का किस स्थल पर कौन-सा अर्थ ग्रहण किया जाय।

दुविधा की इस स्थिति में वाक्य शेष अथवा प्रकरण का सहारा लेना पड़ता है। जैमिनि ने **'संदिग्धेषु वाक्यशेषात्'**[1] में स्पष्ट कहा है, कि अर्थ-बोध में कठिनाई होने पर प्रकरण की सहायता लेनी चाहिए।

**7. विवृत्ति-** इसके अन्य नाम 'व्याख्या' अथवा 'विवरण' भी हैं। कभी-कभी कुछ शब्दों का अर्थ नपे-तुले एक शब्द में अधिगत नहीं किया जा सकता। दूसरे शब्दों में कह सकते हैं, कि सूत्र रूप में उन्हें नहीं समझाया जा सकता। ऐसे मौके पर अर्थ-बोध के इस साधन का पल्ला पकड़ना पड़ता है। **महर्षि पतंजलि** ने इसके लक्षणों पर प्रकाश डालते हुए कहा है कि **"व्याख्यानतो विशेष प्रतिपत्तिर्नहि संदेहादलक्षणम्"**।[2] उदाहरण के लिए यदि यह कहा जाय कि 'सिद्ध कीजिए केशव रीतिकाल के प्रथम आचार्य हैं? 'भूषण जातीय कवि हैं अथवा राष्ट्रीय'? 'निराला बहुवस्तुस्पर्शिनी प्रतिभा के कवि हैं ' तो इन्हें एक शब्द में नहीं बता सकते। ऐसे अवसरों पर सम्यक् अर्थ-बोध के लिए उनकी व्याख्या आवश्यक होती है।

**8. प्रसिद्ध पद का सान्निध्य-** कभी-कभी किसी वाक्य में कुछ ऐसे क्लिष्ट अथवा अबोध शब्द मिल जाते हैं, जिनका अर्थ कठिन जान पड़ता है। ऐसी स्थिति में शब्द के अगल-बगल के प्रसिद्ध पदों का आश्रय लेना पड़ता है, तभी अर्थ खुल पाता है। उक्त शब्दोंकी समीपता को ही 'प्रसिद्ध पद का सान्निध्य' कहा जाता है। 'अजा' शब्द को यहाँ उदाहृत किया जा सकता है। 'अजा' शब्द के दो अर्थ हैं-बकरी तथा प्रकृति। यदि यह कहा जाय कि हरी-हरी घासों को 'अजा'ने चर डाला, तो हरी घास तथा चरने के आधार पर 'अजा' का अर्थ बकरी ही लिया जायेगा, प्रकृति नहीं।

## पाश्चात्य मत-

पाश्चात्य चिन्तकों ने अर्थ-बोध के मात्र तीन साधन माने हैं-1. प्रदर्शन अथवा व्यवहार, (demonstration), 2. विवरण(circumlocution), तथा 3. अनुवाद (translation)।

**1. प्रदर्शन-** इसका अर्थ है, किसी वस्तु का बोध कराने के लिए उसी वस्तु को किसी व्यक्ति को दिखाकर उसका नाम बताना। अर्थ-बोध का यह भी सरल तरीका है। यदि किसी को 'गुलाब' का बोध कराना हो तो उस व्यक्ति को गुलाब दिखाकर बताया जाय कि यह सुगन्धि बिखेरने वाला 'गुलाब' पुष्प है। वस्तुओं को बोध कराने के सन्दर्भ में छोटे बच्चों के लिए यह माध्यम सबसे आसान होता है।

**2. विवरण-** किसी वस्तु को प्रश्नोत्तर शैली में अथवा घुमा-फिराकर समझाना ही विवरण कहा जाता है। उदाहरण के लिए यदि कोई विद्यार्थी 'ऊँट' से परिचित न हो, तो अध्यापक उसे समझने के लिए अनेक प्रश्न करेगा, जैसे- सबसे लम्बी और दुबली-पतली टाँग वाले पशु का नाम क्या है? रेगिस्तान का जहाज किसे कहा गया है? आदि-आदि।

**3. अनुवाद -** पाश्चात्य विद्वानों द्वारा बताये गये अर्थ-बोध के साधनों में वस्तुतः अनुवाद ही महत्वपूर्ण साधन माना जा सकता है। विदेशी भाषाओं में व्यक्त विचारों तथा भावों की समझ के लिए अनुवाद का ही सहारा लेना पड़ता है। पाश्चात्य देशों के साहित्य, वैज्ञानिक आविष्कारों, रीति-रिवाजों, व्यापारों, राजनैतिक विचारों आदि को भली-भाँति समझने के लिए अनुवाद उत्तम माध्यम है। नाटककार **शेक्सपियर** तथा **कालिदास** को अनुवाद के माध्यम से ही एक दूसरे देशों में जाना जाता है। अनुवाद के लिए अपनी भाषा के साथ दूसरी भाषा का ज्ञान भी एक महत्वपूर्ण शर्त है।

## अर्थ-निर्णय के साधन

विश्व की लगभग सभी भाषाओं में दो तरह के शब्द उपलब्ध होते हैं- अ. एकार्थक तथा ब. अनेकार्थक। एक अर्थ रखने वाले शब्द एकार्थक कहे जाते हैं, तथा एक से अधिक अर्थ होने वाले शब्द अनेकार्थक समझे जाते हैं। 'साहित्य दर्पण' में एकार्थक शब्दों के अर्थ-निर्णय के साधनों की तालिका प्रस्तुत की गई है, जिनकी कुल संख्या दस है। वे इस प्रकार है।

**वक्तृ-बोद्धव्य-वाक्यानामन्य सन्निधि-वाच्ययोः।**
**प्रस्ताव-देश-कालानां काकोश्चेष्टादिकस्य च।**
**वैशिष्ट्यादन्यमर्थ या बोधयेत् सार्थसम्भवा1।।** (साहित्य दर्पण, द्वितीय परिच्छेद, 15-16)

अर्थात् 1. वक्ता, 2. बोद्धव्य, 3. वाक्य, 4. अन्य सन्निधि, 5. वाच्य, 6-प्रस्ताव, 7. देश, 8. काल, 9. काकु तथा 10 चेष्टा। इन्हें स्पष्ट रूप से इस प्रकार देखा जा सकता है-

### अ. एकार्थक शब्दों के अर्थ-निर्णय के साधन

**1. वक्ता-** अर्थ -निर्णय का यह साधन अपनी विचित्र भूमिका निभाता है। यदि कोई कहे कि **'मित्र! सन्ध्या हो गई'** तो इसका अर्थ

1. मीमांसा सूत्र 1.4.24
2. महाभाष्य, भाग1, पुष्ठ, 42

वक्ता के अनुसार अलग-अलग रूपरंग धारण कर लेता है। इस वाक्य को यदि कोई व्यापारी कहे, तो उसका अर्थ होगा कि अब दुकान बढ़ाने का समय आ गया है। यदि पुजारी कहे तो इसका अर्थ होगा कि मन्दिर में दीपक जलाने का समय हो गया है। यदि विद्यार्थी अपने मित्र से कहे तो अर्थ होगा कि पढ़ना अब बन्द करो। यदि मिल मालिक अपने कर्मचारियों से कहे तो अर्थ होगा कि काम बन्द करो। सिनेमा का शौकीन व्यक्ति इस वाक्य से सिनेमा जाने का समय समझेगा और यदि कोई ग्रामीण बाला अपनी सहेली से यह वाक्य कहे तो उसका आशय होगा कि शौच जाने का समय हो गया है। आशय यह कि भिन्न-भिन्न स्थिति के वक्ताओं से उक्त वाक्य से भिन्न-भिन्न अर्थ निकलेगा।

**2. बोद्धव्य-** श्रोता को बोद्धव्य कहते हैं। वक्ता के समान ही एकार्थ अर्थ -निर्धारण में बोद्धव्य भी सहायक होता है। वक्ता द्वारा कही गई बात का अर्थ श्रोता अपने अनुसार तय कर लेता है, दूसरे के लिए उसका कोई मूल्य नहीं होता। यथा-

**स्वारथ सुकृत न श्रम वृथा देखि बिहंग बिचार।**
**बाज पराये पानि परि, तूँ पच्छीहि न मार।।**

वस्तुतः यह दोहा राजा जय सिंह को लक्ष्य करके बिहारी ने लिखा था। इसका अर्थ जो उन्होंने समझा वह उन्हीं के लिए सम्भव था, जिसमें बिहारी ने उन्हें पक्षियों की हत्या न करने की सलाह दी थी। इस दोहे को यदि **गौतम बुद्ध** के पास लिखकर भेजा जाता तो उसका कोई अर्थ नहीं निकल सकता था।

**3. वाक्य-** स्वतंत्र या पृथक् रहने पर शब्द का जो अर्थ होता है, वह कभी-कभी वाक्य में आ जाने पर कुछ भिन्न अर्थ देने लगता है। यदि किसी से यह पूछा जाय कि कल तुम सैदपुर गए थे न? अथवा घर में पत्नी कुशल से है न? तो इन वाक्यों में प्रयुक्त 'न' का अर्थ निषेध होकर विधि अर्थ में ही समझा जायेगा। सामान्यतया 'न' निषेध सूचक होता है, लेकिन यहाँ उसका अर्थ निषेध नहीं होगा। कभी-कभी निषेध सूचक शब्दों को प्रयुक्त नहीं किये जाने पर वाक्य निषेध सूचक बन जाता है, यथा -"तेरी हिम्मत! कि तू वहाँ जायेगी"?

**4. अन्य सन्निधि-** इसका अर्थ किसी दूसरे शब्द की समीपता से है। कभी-कभी 'वक्ता' या श्रोता' अर्थ-निर्धारण में असमर्थ सिद्ध होते हैं। ऐसे अवसरों पर इनके अलावा कोई दूसरा व्यक्ति या वस्तु अर्थ निर्णय करने में सहायक होती है। यथा 'कोयल मधु से उन्मत्त हो रही है'। यहाँ 'मधु' का आशय 'वसन्त' से होगा। क्योंकि कोयल में मादकता 'वसन्त' से उत्पन्न होती है न कि 'मधु' से। अतः कहा जा सकता है कि 'मधु' शब्द का सामीप्य ही अर्थ निर्णय में यहाँ सहायक हुआ है।

**5. वाच्य-** इसका मतलब वक्ता के कथन से है। वाच्य से भी शब्दों का अर्थ निर्णित होता है यथा-

**इति आवत चलि जात उत चली छ-सातक हाथ।**
**चढ़ी हिडौरें सी रहै लगी उसासनि साथ।।**

में कवि का लक्ष्य केवल यही बताना है कि प्रियतम के वियोग में नायिका अत्यन्त कृशगाता हो चुकी है।

**6. प्रस्ताव-** इसे ही ' प्रकरण' भी कहते हैं। एकार्थक शब्दों के अर्थ-निर्णय करने में प्रकरण को प्रधान साधन माना गया है। प्रकरण के महत्व पर **यास्क** ने काफी प्रकाश डाला था। सन् 1927 ई. में **ऑग्डेन** तथा **रिचर्ड्स** ने भी अर्थ प्रतीति के लिए इसको अनिवार्य साधनों में से एक बताया था। प्रकरण से वाक्य का अर्थ अलग-अलग हो जाता है। यदि यह कहा जाय कि ' सूर्यास्त हो गया है' तो श्रमिक इसका अर्थ अपना काम बन्द कने के पक्ष में लेगा, ग्वाला पशुओं को घर ले चलने का अर्थ लेगा, बच्चे पढ़ाई शुरू करने के पक्ष में इसका अर्थ लेंगे अर्थात् प्रकरण-भेद से ही उक्त वाक्य के अनेक अर्थ हो गये हैं।

**7. देश-** देश का अर्थ 'स्थान विशेष' से है। 'स्थान विशेष' से भी अर्थ तय करने में सुविधा होती है, जैसे 'सिस्टर' शब्द को घर में भाई, 'बहन' के अर्थ में ग्रहण करता है। चिकित्सालय में मरीज 'सेवासुश्रुषा करने वाली' के अर्थ में लेता है तथा विद्यालय में लड़कियाँ इसका आशय 'अध्यापिका' समझती हैं।

**8. काल-** काल का ~~अभिप्राय~~ 'समय विशेष' से है। यदि कोई व्यक्ति सुबह उठकर राम-राम जपता है, तो उसका अर्थ शुभकारी लिया जाता है लेकिन यदि शव ढोते समय 'राम-राम' किया जाय तो उसका अर्थ करुणा-संवलित होगा।

**9. काकु-** काकु का अर्थ होता है -'कण्ठ से विशेष प्रकार की ध्वनि निकालना। साहित्य शास्त्रियों ने इसे 'ध्वनिविशेष' माना है। अर्थ-निर्णय में इसकी भी महत्वपूर्ण भूमिका को नकारा नहीं जा सकता। यदि कोई व्यक्ति किसी से सामान्य तरीके में कहे कि 'भई! आजकल तुम खूब आनन्द ले रहे हो' तो इसका सीधा अर्थ यही होगा कि आनन्द लेने वाला व्यक्ति इस समय हर तरह की सम्पन्नता से युक्त होगा। लेकिन इसे ही यदि नाँक-भौं घुमाकर तथा कण्ठ में आरोह-अवरोह उत्पन्न कर

कहा जाय कि, 'भई! आज कल तुम खूब आनन्द ले रहे हो' तो इस बार इसमेंसंशय उत्पन्न होगा कि उक्त व्यक्ति किस तरह के आनन्द का भोगी है।

**10. चेष्टा-** कभी-कभी बिना कुछ मुँह से बोले केवल इशारे या संकेत आदि से अनेक कार्य सम्पादित कर लिये जाते हैं, उन्हें चेष्टा कहतें हैं। यथा- कोई नायक किसी नायिका से मिलने का समय पूछना चाहता है, किन्तु सखियों से चतुर्दिक घिरी होने के कारण नायक बात खुलने के डर से नायिका से कुछ बोल नहीं पाता। इधर, नायिका, नायक के अभिप्राय को चुपचाप समझ जाती है। वह भी सखियों के भय से कि कहीं बात बिगड़ न जाय, किसी पुष्प या अन्य वस्तु को अपनी मुट्ठी में बन्द कर लेती है। मुट्ठी बन्द करने की प्रक्रिया से नायक स्वयं समझ जाता है कि दिन समाप्त हो जाने अथवा सूर्यास्त के समय नायिका से मुलाकात होगी। बिहारी का निम्न दोहा चेष्टा का स्पष्ट साक्ष्य है।

**लखि गुरुजन-बिच कमल सों सीस छुवायौ स्याम।**
**हरि-सनमुख कर आरती हिये लगाई बाम।।**

**ब. अनेकार्थक शब्दों के अर्थ-निर्णय के साधन-** वैयाकरणों ने एकार्थक शब्दों के अर्थ निर्णय के साधनों की तरह अनेकार्थक [1] शब्दों के अर्थ-निर्णय के भी चौदह साधन बताये हैं। इन्हें बहुअर्थी (Homonyms) बताते हुए जे. सी. नेस फिल्ड ने कहा है कि 'Homonym: a word that is spelt and pronounced in the same way as another, but has an entirely dinstinct meaning, and is infact a clistinct word, as bear (The animal), bear (to produce) bear (to endure) भर्तृहरि की अधिलिखित पंक्तियों के अनुसार

**संयोगो विप्रयोगश्च साहचर्यं विरोधिता।**
**अर्थः प्रकरणं लिंगं शब्दस्यान्यस्य सन्निधिः।।**
**सामर्थ्यमौचिती देश कालो व्यक्तिः स्वरादयः।**
**शब्दार्थस्यानवच्छेदे विशेषस्मृति हेतवः।।** [2]

इनकी कुल संख्या इस प्रकार है- 1. संयोग, 2. वियोग, 3. साहचर्य, 4. विरोध, 5. अर्थ, 6. प्रकरण, 7. लिंग, 8. अन्य शब्द की सन्निधि, 9. सामर्थ्य, 10. औचित्य, 11. देश, 12. काल, 13. व्यक्ति तथा 14. स्वर।

**1. संयोग-** व्यक्तियों अथवा वस्तुओं का प्रसिद्ध सम्बन्ध संयोग कहलाता है। अनेकार्थक शब्दों में निश्चित अर्थ की तलाश में संयोग काफी सहायक होता है। यथा- 'द्विज' शब्द के अर्थ हैं- 'ब्राह्मण', 'पक्षी', 'चन्द्रमा' तथा 'दाँत'। यदि कहा जाय कि द्विज को दान देना चाहिए, तो इसका सीधा अर्थ 'ब्राह्मण' ही लिया जायेगा, क्योंकि दान का संयोग (सम्बन्ध) उससे ही होता है।

**2. वियोग-** प्रसिद्ध वस्तु -सम्बन्ध के अभाव को वियोग कहा जाता है। अनेकार्थी शब्दों के वास्तविक अर्थ-निर्णय में इस साधन से भी मदद मिलती हैं। यथा - 'देह' शब्द के कई अर्थ होते हैं, लेकिन यदि यह कहा जाय कि- 'जिय बिनु देह नदी बिनु बारी' तो यहाँ देह का अर्थ शरीर ही लिया जायेगा, क्योंकि जीवन के वियोग अथवा अभाव में 'देह' का कोई अस्तित्त्व नहीं।

**3. साहचर्य-** साहचर्य का अर्थ है- सम्पर्क में रहना। निरंतर एक साथ प्रयुक्त किये जाने वाले शब्दों से भी अर्थ बोध में सहायता मिलती है। उदाहरण के लिए 'राम-सीता'। एक ओर राम के जहाँ अनेक अर्थ हैं- दशरथ पुत्र राम, बलराम, परशुराम, वहीं सीता के भी अनेक अर्थ हैं, यथा- जनक-दुहिता तथा हल की नोंक। किन्तु यहाँ राम और सीता के अन्य अर्थ न होकर एक साथ निरंतर प्रयुक्त किये जाने के कारण इनका अर्थ 'दशरथ पुत्र राम' तथा 'जनक पुत्री सीता' ही लिया जाता है।

**4. विरोध -** प्रसिद्ध साहचर्य की तरह विरोध भी अर्थ-निर्णय में सहायक होता है। विरोध का अर्थ होता है- पारस्परिक वैमनस्य। यदि यह कहा जाय कि लंका में राम-रावण के बीच भयंकर युद्ध हुआ था, तो यहाँ राम का अर्थ दशरथ पुत्र ही जाना जायेगा, अन्य राम नहीं वह इसलिए कि राम-रावण का विरोध प्रसिद्ध है।

---

1. Idioms, Grammar and Synthesis- J. C. Nesfield P. 420.

2. वाक्यपदीय, 2-317-18

**5. अर्थ-** 'प्रयोजन' अर्थ का दूसरा नाम है। बहुअर्थी शब्दों में निश्चित अर्थ की तलाश इसके माध्यम से की जाती है। जैसे –'कर' शब्द के अनेक अर्थ - हाथ, किरण, टैक्स, भूतकालिक प्रत्यय तथा सूँड़ हैं। यदि यह कहा जाय कि, हाथी का कर काट लिया जाय तो वह पानी नहीं पी सकता, तो यहाँ 'कर' का अर्थ 'सूँड़' से ही होगा, क्योंकि 'सूँड़' से ही हाथी जल पी सकता है- हाथ, किरण, टैक्स अथवा भूतकालिक प्रत्यय से नहीं।

**6. प्रकरण-** इसे 'प्रसंग' भी कहा गया है। अर्थ-निर्णय का यह महत्वपूर्ण साधन है। प्रसंग-भेद से एक ही कथन कई अर्थ बिखेरता है। कक्षा की घण्टी, परीक्षाकी घण्टी, टेलीफोन की घण्टी, प्लेटफार्म की घण्टी, सड़क पर खाद्य पदार्थ बेचते समय विक्रेता द्वारा बजाई गई घण्टी, साहित्यिक कार्यक्रमों में बजने वाली घण्टी, साइकिल की घण्टी, कचहरी अथवा खजाने की घण्टी, कारागार में बजने वाली घण्टी तथा किसी के आगमन की सूचना देने वाली घर में लगाई गई घण्टी के प्रसंगानुसार अलग-अलग अर्थ हैं।

**7. लिंग-** लिंग का अर्थ यहाँ 'चिह्न विशेष' से है, स्त्रीलिंग अथवा पुल्लिंग से नहीं। उक्त चिह्न किसी विशेष अर्थ का द्योतन करताहै। यदि यह कहा जाय कि 'अम्बर में सघन जलधर छाए हुए हैं' तो यहाँ 'जलधर' का अर्थ 'छाये' चिह्न से बादल ही लिया जायेगा, समुद्र नहीं।

**8. अन्य-** शब्द की सन्निधि का अर्थ है– सन्निकटता, समीपता। शब्दों की पारस्परिक निकटता भिन्नार्थक शब्दों में निश्चित अर्थ तय करने में सहायक होती है। यथा– 'राणा शिवाजी'। 'राणा-शिवाजी' उपाधि-धारी अनेक व्यक्ति हैं, किन्तु 'राणा' शब्द की सन्निधि से शिवाजी का अर्थ 'छत्रपति-शिवाजी' तथा शिवाजी की सन्निधि से 'राणा' का अर्थ 'महाराणा प्रताप' ही होगा।

**9. सामर्थ्य-** इसका अभिप्राय है, सम्बन्धित कार्य को कर सकने की क्षमता। किसी कार्य को सम्पादित करने में जिस वस्तु की क्षमता का प्रयोग किया जाय, वहाँ उस सामर्थ्यवान वस्तु के आधार पर अर्थ ग्रहण किया जाता है। 'मधुमत्त कोकिल लगी कूजने' में अनेकार्थी 'मधु' शब्द का अर्थ 'सुरा', 'शहद' आदि न करके 'बसन्त' किया जायेगा, क्योंकि कोकिल को मदमत्त करने की क्षमता मधु, सुरा अथवा शहद में न होकर 'बसन्त' में ही होती है।

**10. औचित्य -** औचित्य का आशय यहाँ योग्यता से है। अनेकार्थी शब्दों का निश्चित अर्थ योग्यता के आधार पर किया जाता है। 'आकाश मंडल में उगा हुआ द्विज अपनी शीतल चाँदनी से लोगों को नहला रहा है, में 'द्विज' शब्द का अर्थ पक्षी , ब्राह्मण अथवा दाँत नहीं होगा बल्कि 'चन्द्रमा होगा, क्योंकि आकाश में उग कर चाँदनी बिखरने की योग्यता केवल उसी में है।

**11. देश-** देश का अर्थ 'स्थान-विशेष' से है। स्थान-विशेष से भी अनेकार्थी शब्दों का अर्थ निश्चित होता है। जैसे 'गोली' शब्द का अर्थ युद्ध के मैदान में, बच्चों की खेल में तथा दवा के सन्दर्भ में स्थान भेद से अलग-अलग लिया जाता है।

**12. काल-** समय जहाँ अर्थ-निर्णय में सहायक हो, वहाँ काल वैशिष्ट्य होता है। उदाहरण के लिए पुनः 'मधु' शब्द को लिया जा सकता है। इसके अनेक अर्थ होते हैं। यथा– सोमरस, शहद, दूध, बसन्त, सुरा इत्यादि। यदि यह कहा जाय कि 'मधु' में कोयल का मादक स्वर किसे आकृष्ट नहीं करता? तो यहाँ 'मधु' का अर्थ और कुछ नहीं, बसन्त ही लिया जायेगा, क्योंकि बसन्त ऋतु में ही कोयल का स्वर उन्मादक होता है।

**13. व्यक्ति -** व्यक्ति का अभिप्राय यहाँ स्त्रीलिंग तथा पुल्लिंग से है। लिंग-भेद भी अर्थ स्पष्ट करने में काफी सहायक होता है। यथा 'टीका' शब्द को लिया जा सकता है। इसके अनेक अर्थ-तिलक, कलंक, पुस्तक की टीका, उपहार, सोने का आभूषण-विशेष तथा एक रस्म आदि होते हैं, परन्तु लिंग भेद से इनका अर्थ-भेद हो जायेगा। मस्तक का टीका का आशय होगा, 'तिलक' (पुल्लिंग) तथा ग्रंथ की टीका का मतलब होगा 'व्याख्या' (स्त्रीलिंग)।

**14. स्वर-** स्वर का अर्थ यहाँ ध्वनियों के आरोह तथा अवरोह रूप में उच्चारण से है। स्वरों के आरोह, अवरोह से भी अर्थ निर्धारण में काफी सहयोग मिलता है। वेदों में उदात्त, अनुदात्त तथा स्वरित स्वर अर्थ-निर्णय में जहाँ सहायक होते हैं, वहीं स्वर-रहित होने पर सम्बोधन-सूचक हो जाते हैं।

## अर्थ-विकास अथवा अर्थ-परिवर्तन के कारण

ध्वनि और भाषा की तरह अर्थ भी परिवर्तन के शिकंजे से मुक्त नहीं है। अर्थ कभी भी अपने स्थिर बिन्दु पर टिक नहीं पाता। इसमें होने वाले निरंतर, सघन किन्तु लचीले बदलाव को देखकर कहा जा सकता है, कि अर्थ भाषा का सबसे अधिक परिवर्तनशील तत्त्व है। परिवर्तन के उक्त क्रम में कभी किसी शब्द के पुराने अर्थ की खाल हट जाती है, जिससे शब्द नंगा हो जाता है, तो कभी उस नंगे शब्द

में नये अर्थ का अंकुर उग जाता है। केले की गाछ की तरह कभी शब्द के अर्थ का कोई कल्ला मुरझा जाता है, तो कभी अनेक अर्थों के नये कल्ले फूट पड़ते हैं, जिससे भाषा में अर्थ-स्फीति बढ़ जाती है। कभी-कभी शब्दों के अर्थ में कुछ ऐसे बेपैड़े अथवा भटकावजन्य परिवर्तन हो जातेहैं, कि शब्द की मूल आत्मा तक पहुँचना अति कठिन कार्य हो जाता है। अर्थ-परिवर्तन के विषय की जटिलता की ओर विद्वानों ने अनेक बार संकेत भी किया है- "Changes of meaning is somewhat more complex that is usually assumed."[1] शब्दों के विशेष अर्थ में रूढ़ हो जाने से भी अर्थ-परिवर्तन की प्रक्रिया क्रियाशील हो जाती है। ब्रील की विचारणा से शब्द के एक विशेष अर्थ में रूढ़ हो जाने पर वह शीघ्र ही अपने व्युत्पत्तिमूलक अर्थ से मुक्त हो जाता है। यदि ऐसा न हो तो एक नये विवाद का जन्म हो सकता है। - ""Once accepted, it rids itself of its etymological signification, otherwise this signification might become an embarrassment."[2] जोशुआह्वाटमों का विचार है कि अर्थ की समझ के लिए व्युत्पत्ति मूलक अर्थ अधिक सहायक नहीं होता- "Etymological definition is not very helpful in dealing with current meaning"[3]

अर्थ-परिवर्तन में भोगोलिक, भौतिक, सामाजिक, सांस्कृतिक अथवा बौद्धिक कारणों की भूमिका सक्रिय रूप से तो रहती ही है, कुछ लोगों ने मनोविज्ञान को इस संदर्भ में अधिक महत्व दिया है। परिवर्तन का सीधा सम्पर्क वे मन से जोड़ते हैं। परिवर्तन के लिए मन की स्वीकृति उनके अनुसार प्रथम अनिवार्यता है। प्रसिद्ध भारतीय विद्वान तारापोर वाला ने अपनी पुस्तक "Element of Science of Language' में पाश्चात्य भाषा विद् श्री एफ. जी. टकर की पुस्तक "Introduction to the Natural History of Language' के आधार पर अर्थ-परिर्वन के कारणों पर बारह शीर्षकों में प्रकाश डाला है, किन्तु अर्थ-परिवर्तन के सभी कारणों को उतने में ही नहीं समेटा जा सकता। कुल मिलाकर अर्थ-परिवर्तन के कारणों को इस रूप में रेखांकित किया जा सकता है–

1. पीढ़ी परिवर्तन, [4]
2. परिवेश का परिर्वतन
   क. भौगोलिक परिवेश, ख. भौतिक परिवेश तथा ग. सामाजिक परिवेश[5]।
3. नम्रता प्रदर्शन,[6]
4. भावावेश, [7]
5. व्यंग,[8]
6. आलंकारिकता अथवा लाक्षणिकता, [9]
7. सामान्य के लिए विशेष का प्रयोग,[10]
8. अज्ञान एवं भ्रांतिजनक शब्द का प्रयोग,[11]
9. साहचर्य के कारण गौण अर्थ की प्रमुखता, [12]
10. अर्थगत अनिश्चय, [13]
11. विभाषा से शब्दों का उधार लेना, [14]
12. सादृश्य[15]
13. पुनरावृत्ति[16]।
14. तद्भवता[17]
15. शोभन शब्दों के प्रयोग की प्रवृत्ति-
    क. संकोच, ख. जुगुप्सा, ग अमंगल तथा घ. अंधविश्वास[18]।

---

1. The Principles of Semantics-Stephen Ullmann, P-175, 1957
2. . Semantics, P-172
3. Joshua Whatmough, P-74, 1956
4. भाषा विज्ञान - डॉ. भोला नाथ तिवारी पृ. 232, 1969
5. Elements of Science of Language, Taraporewala P. 90

6, 7,8,9, 10,11,12, 13-Ibid, P. 90

14. भाषा विज्ञान, डॉ. भोलानाथ तिवारी पृष्ठ 233 तथा डॉ अमर बहादुर सिंह,- भाषा शास्त्र प्रवेशिका- पृ. 368
15. भाषा विज्ञान और मानक हिन्दी- डॉ. रत्नचन्द्र शर्मा, पृ. 96।
16. उपरिवत्, पृ. 97
17. भाषा विज्ञान और मानक हिन्दी- डॉ. रत्नचन्द्र शर्मा पृ. 96
18. Elements of Sceence of Language: Taraporewala P. 90

## 1. पीढ़ी परिवर्तन

पीढ़ी अपने साथ शब्दों का अर्थ भी बदलती चलती है। व्यक्ति सामाजिक प्राणी है। बदलते समाज का प्रभाव उसके भाषा प्रयोग पर भी पड़ता है अर्थात् सामाजिक स्थितियाँ जैसे-जैसे बदलती है, उसके अनुरूप ही शब्दों के अर्थ भी बदलते रहते हैं। इस सन्दर्भ में 'पत्र' शब्द को उदाहृत किया जा सकता है। इस शब्द का अर्थ पहले ताड़पत्र या भोजपत्र हुआ करता था। पुस्तक लेखन में इसी का प्रयोग प्रारम्भ में होता था। कालान्तर में कागज का आविष्कार होने का बाद वही शब्द कागज के लिए भी प्रयुक्त होने लगा, क्योंकि वह भी लिखने के काम आने लगा। पश्चात् कागज जैसे पतले दूसरे पदार्थों के लिए भी 'पत्र' शब्द का ही प्रयोग होने लगा। यथा- चाँदी का पत्र, सोने का पत्र, प्रमाण पत्र आदि। उसके बाद यंत्र कला के आविष्कार के बाद कागज पर छपे हुए पदार्थों को भी 'पत्र' कहा जाने लगा। यथा समाचार-पत्र, प्रश्न-पत्र, निमंत्रण-पत्र आदि। आज सादे कागज को पत्र नहीं कहा जाता, बल्कि सन्देश के रूप में जो कुछ उसपर लिखा जाता है, उसे ही 'पत्र' या 'चिट्ठी' कहा जाता है। [1] कुछ विद्वानों के अनुसार पीढ़ी-परिवर्तन अर्थ-परिवर्तन का कोई कारण नहीं है। पीढ़ी-परिवर्तन और कुछ नहीं, परिवेश का परिवर्तन मात्र है। इसलिए उन्हें भिन्न-भिन्न कारण के रूप में गिनाना भ्रांतिया उत्पन्न कर सकता है[2]।

## 2. परिवेश का परिवर्तन (Change in environment)

**क. भौगोलिक परिवेश** (Geographical) भौगिलिक परिस्थितियाँ भी अर्थ-परिवर्तन में सहायक सिद्ध होती हैं। 'उष्ट्र' शब्द का प्रथम प्रयोग वेदों में 'भैंसे' के लिए हुआ है, ऊँट के लिए नहीं। अनुमान है कि आर्य पहले जहाँ रहते रहे होंगें, वहाँ 'ऊँट' नहीं थे। बाद में जब शीतल जलवायु से ऊष्ण स्थानों पर आये होंगें और ऊँट को देखा होगा तो भैंसे के अर्थ में प्रयुक्त किये जाने वाले 'ऊष्ट्र' शब्द को 'ऊँट' के अर्थ में प्रयोग करने लगे होंगें। भौगोलिक परिवेश के कारण ही तो 'ठाकुर' शब्द उत्तर प्रदेश में 'क्षत्रिय' जाति का, बिहार में 'नाई' जाति का तथा बंगाल में 'रसोइये' का बोधक है। अंग्रेजी शब्द कॉर्न (Corn) भी स्काटलेण्ड में 'बाजरा', अमरीका में 'मक्का' तथा इंगलैण्ड में 'गेंहूँ' का वाचक है।

**ख. भौतिक परिवेश** (Material) भौतिक परिस्थितियाँ व्यक्तियों के साथ-साथ उसकी भाषा को भी प्रभावित करती हैं। अँग्रेजी शब्द 'ग्लास' को यहाँ देखा जा सकता है। अतीत में अपने यहाँ पानी पीने का जो भी पात्र प्रयोग में आता रहा हो, बहरहाल आज उसे 'गिलास' कहते हैं। पानी पीने का उक्त पात्र चूँकि 'ग्लास' (काँच) का बना हुआ था, इसलिए उसके आधार पर इसे 'गिलास' कहा गया। लेकिन तेजी से भौतिक परिवर्तन के कारण आज उसका अर्थ विस्तार हो गया। काँच से बने 'गिलास' के साथ काँसा, पीतल, चाँदी, प्लास्टिक, स्टेनलेस स्टील आदि किसी भी धातु से बने उक्त आकृति के पात्र को 'गिलास' ही कहा जाता है।

**ग. सामाजिक परिवेश** (Social)- समाज से भी अर्थ की आकृति बनती बिगड़ती रहती है। इस सन्दर्भ में 'भाई' शब्द को य हाँ उद्धृत किया जा सकता है। सहोदर के पक्ष में इसका मुख्य अर्थ प्रसिद्ध है। लेकिन अन्य सन्दर्भों में भी इसका प्रयोग समाज में होता रहता है। पथिक अपरिचित रास्ते के विषय में किसी अनजाने व्यक्ति से पूछता है- 'भाई! मुझे **रामपुर गाँझा** जाने के लिए कौन सा रास्ता पकड़ना पड़ेगा'? पति अपनी पत्नी से कहता है, जरा देखो भाई! साले साहब आये हैं। पत्नी भी पति से भाई शब्द के प्रयोग में पीछे नहीं, तभी तो कहती है, भाई! आपने तो मुझे तंग कर दिया, बच्चों को क्यों नहीं देखते? पिता अपने पुत्र से कहता है, देखो भाई ! सुना है, इस साल नकल नहीं होगी, ध्यान से पढ़ना। दुकानदार अपने ग्राहक से कहता है, क्यों भाई! आपको क्या चाहिए? इसी तरह अंग्रेजी के 'मदर', 'फादर', 'सिस्टर' शब्द भी जगह-जगह अपना अलग अर्थ देते हैं। गिरजाघर में 'मदर' का अर्थ समाज सेविका, 'फादर' का अर्थ पादरी तथा 'सिस्टर' शब्द का अर्थ अस्पताल में उपचारिका (नर्स) समझा जाता है। ठीक इसी तरह डॉक्टर, वैद्य, हकीम, भी समानार्थी हो हैं। किन्तु सामाजिक परिवेश में अपना अलग-अलग अर्थ देते हैं। अंग्रेजी दवा करने वाला 'डॉक्टर' कहा जाता है, आयुर्वेदिक दवा देने वाला 'वैद्य' कहलाता है तथा यूनानी पद्धति से दवा करने वाला 'हकीम' कहलाता है। यही दशा स्कूल, पाठशाला, मदरसा, तथा कॉलेज की है। ये सभी शब्द भी समानार्थी होते हुए भिन्न-भिन्न अर्थ देते हैं। अंग्रेजी शिक्षा जहाँ दी जाय वह 'स्कूल' होता है। हिन्दी की प्रारम्भिक शिक्षा जहाँ दी जाय वह 'पाठशाला' होती है। फारसी तथा उर्दू की प्रारम्भिक शिक्षा जहाँ दी जाय वह 'मदरसा' तथा जहाँ अंग्रेजी या अन्य विषय की उच्च शिक्षा दी जाय, वह 'कॉलेज' होता है।

## 3. नम्रता-प्रदर्शन (Politeness in addressing people)-

शिष्टाचारवश अथवा चाही-अनचाही मजबूरी में सामान्यतया शब्दों के अर्थ बदल दिये जाते हैं। महोदय, बन्धुवर, श्रीमान्, मान्यवर,

---

1. विरह विकल बिनु ही लिखी, पाती दई पठाइ।
   आँक बिहूनीयौ सुचित, सूनै बाँचत जाई।।-
   बिहारी रत्नाकर, 526

2. ऐतिहासिक भाषा विज्ञानः सिद्धान्त और व्यवहार- डॉ नलज पृ. 171-172

महामहिम, अन्नदाता, धर्मावतार, बाबाजी, प्रभो, शहंशाह, हुजूर, गरीब-नेवाज, गरीबपरवर, साहब, खुदा, दयासागर, भक्त वत्सल, दयानिधान तथा माई-बाप, आदि संबोधनों का प्रयोग व्यक्ति अपनी विनम्रता दिखाने के लिये करता है। इन सम्बोधनों का प्रयोग जिनके लिये किया जाता है, आवश्यक नहीं है कि वह उनकी पात्रता रखते ही हों। विनम्रता प्रदर्शन में कभी-कभी अपनी ऊँची अट्टालिका को 'झोपड़ी' तथा दूसरे की झोपड़ी को 'कोठी' कह दिया जाता है। विराजिये, कुटिया में तशरीफ रखिये, दूसरे के घर के लिए आपका दौलतखाना कहाँ हैं, गरीब खाने में पधारिये, किस प्रदेश को श्रीहीन करके आ रहे हैं- इत्यादि शब्दों में विनम्रता प्रदर्शन के सन्दर्भ में हुए प्रयोग से अर्थ-परिवर्तन हो गया है। जमीन पर जूठन गिर जाने के कारण घर के बच्चे भले ही मार खा जाते हों लेकिन नम्रता प्रदर्शन में दूसरों के लिये कह दिया जाता है, अरे! कभी हमारे यहाँ भी तो जनाब जूठन गिराइये। उक्त सभी सम्बोधन क्रालान्तर में परिवर्तन की मुख्य धारा में शामिल होकर नया अर्थ देना शुरू करते हैं।

### 4. भावावेश (Emotional emphasis)

भावावेश में निकले अनेक शब्दों के कारण भी अर्थ में परिवर्तन हुआ पाते हैं। कभी-कभी अपने से अपरिचित व्यक्ति को उसकी उम्र के हिसाब से स्नेहवश चाचा जी, ताऊ जी, माता जी , बहन जी, पिता जी, तथा भैया जी कह दिया जाता है। क्रोध के आवेश में अपने ही बच्चों को साला, चूतिया, बदतमीज, नालायक, गधा, कुत्ता, सूअर, शैतान, उल्लू पाजी, तथा हरामखोर कह दिया जाता है।[1] उक्त सभी शब्द भावावेश के कारण अपना रूढ़ अर्थ खो देते हैं। बाद में वे ही अर्थ-परिवर्तन के कारण बनते हैं।

### 5. व्यंग्य (Irony)

कभी-कभी सही बात न कहकर व्यंग्य तथा कुटिल ध्वनि का सहारा लेकर अथवा गर्दन टेढ़ी कर जब किसी पर आक्षेप-कटाक्ष किया जाता है, तब बहुधा अर्थ में उलट फेर की सम्भावना बढ़ जाती है। इस प्रकार के शब्द जिनके लिये प्रयुक्त किये जाते हैं, उनके लिये ही उल्टा अर्थ देते हैं। गोपियों का उद्धव के लिये प्रयुक्त यह पद - 'ऊधौ तुम अति चतुर सुजान' उल्टा अर्थ देता है। इसी तरह यदि किसी अन्धे को 'नैनसुख' 'शुक्राचार्य' दुबले पतले को 'पहलवान', अन्यायी को 'धर्मराज' या 'धर्मावतार', मूर्ख को 'बृहस्पति', झूठ बोलने वाले को 'हरिश्चन्द्र', कुरूप को 'कामदेवता', कंजूस को 'राजा कर्ण', भिखारी को 'लक्ष्मीपति', निरक्षर को 'सरस्वती पुत्र', या भ्रष्ट चरित्र को 'ब्रह्मचारी जी', कहा जाय तो इससे इनका रूढ़ अर्थ नहीं, बल्कि उल्टा अर्थ ही निकलता है।

### 6. आलंकारिकता अथवा लाक्षणिकता-(Figurative and use of metaphor resulting from an effort at clearness of expression)-

हर व्यक्ति की आकांक्षा अच्छी जिन्दगी जीने की होती है। उसकी यह प्रवृत्ति भाषिक प्रयोगों में भी साथ लगी रहती है। सीधी-सादी भाषा से उसे कोई स्वाद नहीं मिल पाता। अपनी भाषा को मनोहर, मनोरम बनाने के लिए वह अलंकारों , मुहावरों तथा शब्द शक्तियों आदि का प्रयोग करता है। इस प्रकार के प्रयोग भावों को मूर्त रूप प्रदान करते हैं। फलतः अर्थ-परिवर्तन की यात्रा यहीं से शुरू हो जाती है। जैसे किसी के सौन्दर्य निरूपण में कुछ लोग निम्न शब्दों का प्रयोग करते हैं- कटारी या फाँकी जैसी आँख, सीपी जैसे कान, सुन्दर मुँह को चन्द्रमा, गुलाबी गाल, माँथे पर दी हुई श्वेत बिन्दिया को आकाश में उगा हुआ तारा, सुराही जैसी गर्दन, हाथी की चाल तथा नाव जैसा पेट आदि। अनेक लाक्षणिक प्रयोग भी अर्थ परिवर्तन में सहायक सिद्ध होते हैं। मूर्ख या गन्दे को 'सूअर' । बहादुर व्यक्ति को को 'सिंह', चालाक को 'कौआ' अध्ययन करने वाले को 'किताबी कीड़ा' खतरनाक को 'साँप' या 'काला नाग', सज्जन को 'गौ' झगड़ालू अथवा दुष्टा स्त्री को 'डायन' या 'चुड़ैल,' मोटे को 'हाथी', पतले को 'सिंकिया पहलवान', 'सुई का मुँह', 'ऊँट की टाँग', 'रूखी हँसी', 'सरस काव्य', 'तरल-कहानी', 'मीठी बात', 'सूखा व्याकरण', 'कटु अनुभव,' 'भोगा यथार्थ' आदि लाक्षणिक तथा आलंकारिक प्रयोगों से अर्थ परिवर्तन हुआ करता है।

### 7. सामान्य के लिये विशेष का प्रयोग- (Prevailling ues of one type of a class)-

कभी-कभी किसी वर्ग विशेष का प्रतिनिधित्व उसी वर्ग की किसी एक वस्तु से हो जाता है। अंधे सूरदास आज भी सभी अन्धों के प्रतिनिधि हैं। कोई भी अन्धा सूरदास ही कहा जाता है। 'स्याह' शब्द से बने स्याही का अर्थ होता है- 'काला', लेकिन नीली, पीली, लाल सभी प्रकार की रोशनाई स्याही कही जाती है। यथा- नीली स्याही, हरी स्याही, लाल स्याही, लेकिन अन्त में स्याही, काली (काली स्याही) हो जाय तो फिर क्या कहना! सब्ज का अर्थ होता है- हरा । अतः इसके आधार पर सब्जी शब्द का अर्थ होना चाहिए केवल 'हरी तरकारी'। किन्तु अण्डे की सब्जी , गाजर की सब्जी, आलू की सूखी सब्जी, सूरन की सब्जी, -सभी सब्जी में शामिल हैं। कुछ शब्द अपने वर्ण के पुल्लिंग या स्त्रीलिंग दोनों के बोधक होते हैं। खटमल, भेड़िया, भालू, कौवा, सियार, तोता, चिल्लर आदि शब्द अपने वर्ण के दोनों लिंगो का बोध कराते हैं तथा लोमड़ी, चींटी, गिलहरी, कोयल आदि की भी वही स्थिति है।

---

1. चूतिया, साला, किस्तों की कार में लट्टू बना घूमता है,कानचोद।- यारों के यार तीन पहाड़- कृष्णा सोबती-पृ015, राजकमल, प्रकाशन, 1968

'दुहिता' शब्द का अर्थ गाय दुहने वाली लड़की हुआ करता था। कालान्तर में उक्त 'दुहिता' शब्द सभी लड़कियों के साथ चिपक गया और सभी लड़कियाँ 'दुहिता' हो गयीं। वही स्थिति 'वर' शब्द की है। 'वर' जब दुर्लभ हो गया तो 'दूलह' कहलाने लगा किन्तु आज सुलभ-दुर्लभ सभी वर 'दूल्हा' ही कहे जाते हैं। रामजनी शब्द का अर्थ बदल कर 'वेश्या' होते ही रामगली और रामगंज शब्दों के अर्थ में भी परिवर्तन हो गया।[1] **जी वान्द्रियेज** ने इस संदर्भ में फ्रांसीसी भाषा का एक उदाहरण इस प्रकार दिया है। फ्रांसीसी शब्द- habit (अबी=अवस्था, अस्तित्त्व की अवस्था) का अर्थ जब वस्त्र हो गया तो habiller सुव्यवस्थित करना, में भी वह विशेषता आ गई और इन शब्दों के साथ तद्भव या समस्त पदों में भी अर्थ-परिवर्तन हो गया, जैसे- habinc-lleur(अबिय्यर), habillement(अबीयमाँ), de' shabiller (देजबिय्ये) इत्यादि।[2]

**8. अज्ञान एवं भ्रांतिजनक शब्दों का प्रयोग** (Laxity in the use of words due to ignorance or misapprehension) - कुछ वक्ता बोलते समय कभी-कभी भ्रांति अथवा न जानकारी में अनेक सही शब्दों को गलत अर्थ में प्रयोग कर देते हैं। हिन्दी के साथ-साथ अंग्रेजी तथा उर्दू के भी अनेक शब्द इस चपेट में आ गये हैं, यथा खालिस की जगह 'निखालिस' फालतू की जगह 'बेफालतू', क्रांति की जगह 'उत्क्रान्ति' (मृत्यु) ज्ञान की जगह, 'परिज्ञान' सहस्र की जगह 'सहस्त्र' बाहुल्य की जगह 'बाहुल्यता' पूज्य की जगह 'पूज्यनीय' स्वास्थ्य की जगह 'स्वास्थ' पिनाल्टी की जगह 'पिलान्टी' तथा जी. आं. की जगह 'जी.रो.' आदि शब्द।

**9. साहचर्य के कारण गौण अर्थ की प्रमुखता**(Unconscious inclusion of a secondary meaning)

साहचर्य के कारण भी अनेक शब्दों के अर्थ बदल जाते हैं। साहचर्य से कभी-कभी गौड़ अर्थ प्रधान बन जाता है। वस्तुतः साहचर्य बहुत स्थूल ढंग से अर्थ परिवर्तन करता है। दो पदार्थों के साथ -साथ रहने पर एक पदार्थ का बोधक शब्द साहचर्य के कारण दूसरे पदार्थ का बोधक हो जाता है। जिस पद्धति से यह कारण कार्य करता है वह मौलिक रूप से साहचर्य की ही पद्धति है।[3] पिता जनक तथा मिथिला देश के कारण ही सीता जी 'जानकी' तथा 'मैथली' कहलाती हैं। कश्मीर प्रदेश में पैदा होने के कारण केसर को कश्मीर कह दिया जाता है। सिन्धु प्रदेश से सम्बन्ध रखने के कारण वहाँ के घोड़ों तथा नमक को सैंधव कहते हैं। संस्कृत में 'धूम' शब्द का अर्थ है 'धूआँ'। यज्ञ समारोहों में अधिक मात्रा में होने वाले धूम की तरह वैवाहिक अवसरों पर भी काफी मात्रा में धूम हुआ करता था। कालान्तर में उक्त धूम के साथ समारोह, उसकी हलचल तथा ठाटबाट की सुखद-कल्पना भी जुड़ गयी। बाद में 'धूम' शब्द के मूल अर्थ का उक्त सहचर भाव प्रधान हो गया और 'धूम' का अर्थ 'समारोह' और 'हलचल' हो गया। बताते हैं बाहर से तम्बाकू गुजरात के 'सूरत' बन्दरगाह पर ही प्रथम बार उतरा और वहीं से सम्पूर्ण देश में उसका प्रचार-प्रसार हुआ। लेकिन उक्त तम्बाकू अब तम्बाकू न रहकर 'सूरत' (स्थान विशेष) के साहचर्य से 'सूरती' हो गया। 'गुहार' क्रिया का प्रयोग पहले गायों के पुकारने के संदर्भ में किया जाता था। बाद में पुकारने के साहचर्य से अब यह किसी को भी गोहराने में किया जाता है। 'रेल' शब्द का असली अर्थ 'पटरी' है। उस 'रेल' पर चलने वाली गाड़ी को भी उसके साहचर्य से 'रेल' कह दिया जाता है। इस तरह प्रधान अर्थ का लोप हो जाता है और गौण अर्थ मुख्य अर्थ देने लगता है।

**10. अर्थगत अनिश्चय** (Indefiniteness of meaning in the words themselves)-

कभी -कभी कुछ लोग शब्दों के सही अर्थ को न जानते हुए भी उनका प्रयोग मनमाने ढंग से करते हैं। इस तरह की भूलें समानार्थी शब्दों में– जो प्रायः हर भाषा में मिल जाते हैं– हो जाती हैं। अर्थ की उक्त अनिश्चितता से भी अर्थ परिवर्तन की सम्भावना बढ़ जाती है। अनुकम्पा, दया, कृपा, करुणा, स्नेह, प्रेम, वात्सल्य, प्रीति, प्रणय, ममत्व, अपनत्व, आदि शब्दों का प्रयोग देशकाल के अनुसार कब और कैसे करना चाहिए, इसकी न जानकारी ही गलत प्रयोग का मूल है।

**11. विभाषा से शब्दों का उधार लेना-**

जब कोई शब्द अपनी भाषा से दूसरी भाषा में प्रवेश करता है, तो इस नये शब्द का शरीर दूसरी भाषा में समाहित तो हो जाता है, किन्तु अर्थ को यह मूल भाषा में ही छोड़े रहता है। संस्कृत के 'मृग' शब्द का अर्थ वन्य पशु था लेकिन हिन्दी में आने पर यह 'मृग' 'हिरन' का बोधक हो गया। फारसी में 'मुर्ग़' का अर्थ 'पक्षी'। 'मुर्गाबी' शब्द में अब भी वह अर्थ सुरक्षित है जिसका अर्थ है 'पानी की चिड़िया'।

1. उसे राम गली कहा जाता था। प्रायःतवायफों के मुहल्ले रामगंज कहलाते हैं, वेश्याओं को रामजनी कहा जाता है। –क्या भूलूँ क्या याद करूँ- बच्चन, पृ0155

2. Language-page-223

3. ऐतिहासिक भाषा विज्ञान: सिद्धान्त और व्यवहार, डॉ. जयकुमार जलज, पृ. 179

हिन्दुस्तानी बोलियों में या भाषा में मुर्ग़ा का अर्थ पक्षी न रहकर विशेष पक्षी हो गया।[1] विभाषा से शब्द उधार लेने के तहत होने वाले अर्थ परिवर्तन को डॉ. **जयकुमार जलज** अस्वीकार करते हैं और कहते हैं- विभाषा से शब्दों का उधार लेना अर्थ परिवर्तन का कारण नहीं है। अगर उधार लिए गये शब्दों में अर्थ परिवर्तन होता है, तो वह उनमें उनके विभाषा से उधार लिए जाने के कारण नहीं होता बल्कि उन्ही कारणों से होता है जिनसे स्वभाषा के शब्दों में होता है[2]।

## 12. सादृश्य (Anology) -

किसी शब्द के प्रयोग के असली आधार को जाँचे-परखे बिना उसी की आकृति जैसे दूसरे शब्दों का रचाव सादृश्य कहलाता है। इस प्रवृत्ति के कारण हुए अर्थ-परिवर्तन के अनेक उदाहरण उपलब्ध होते हैं। सादृश्य के आधार पर जन्में शब्दों का व्याकरण से भी कुछ लेना-देना नहीं रहता है। साहचर्य में नया अर्थ पहले से विद्यमान रहता है। परिवर्तन में वह बस उठ खड़ा होता है। इसके विपरीत सादृश्य में नया अर्थ शब्द के मौलिक अर्थ या प्राचीन अर्थ में विद्यमान नहीं होता।[3] सादृश्य के अनुकरण पर 'औद्योगिक' की जगह 'उद्योगिक' , 'मनोवैज्ञानिक' केआधार पर 'मनोविज्ञानिक' तथा 'राजनैतिक' के स्थान पर 'राजनीतिक' बना लिए गये हैं। उक्त गढ़े हुए शब्दों से भाषा-परिवर्तन के साथ-साथ अर्थ-परिवर्तन भी हो जाया करता है। सादृश्य के कारण ही इन शब्दों ने आज अपना अर्थ बदल लिया है, यथा-कसाई (निर्दयी), बनिया (कंजूस), गधा (सूअर),पत्थर (कठोर हृदय),गऊ (सीधा), भैंस (मूर्ख), कौवा (चालाक)।

## 13. पुनरावृत्ति (Repetition)-

किसी वाक्य में एक अर्थ में कई शब्दों का प्रयोग 'पुनरावृत्ति' कहलाता है।शब्दों की पुनरावृत्ति से अनेक बार उनका अर्थ बदल जाता है। इस प्रकार का प्रयोग शुरू में तो असावधानी में होता है, लेकिन वही बाद में नये अर्थ का द्योतक हो जाता है। संस्कृत में 'अचल' का अर्थ 'पर्वत', है, फिर भी प्रयोग करने वाले 'अचल' तथा 'पर्वत' दोनों को प्रयोग में ले आते हैं-यथा विन्ध्याच पर्वत। यथा 'मलयागिरि पर्वत', उदयाचल पर्वत' आदि। अंग्रेजी 'कैप' का अर्थ हिन्दी में 'टोपी' है, फिर 'गाँधी कैप-टोपी' कैसी? इसी तरह 'जन'का अर्थ व्यक्ति होता है। उसके पहले 'स' जोड़कर उनको श्रेष्ठता की ओर इशारा तो कर दिया गया, फिर 'सज्जन व्यक्ति' का क्या अर्थ? इसी तरह 'रिस्टवाच घड़ी', 'सन लाइट सोप साबुन', 'मेन रोड सड़क', 'पावरोटी' आदि शब्दों के दुहरे प्रयोगों से अर्थ-परिवर्तन की गुंजाइश बढ़ जाती है।

## 14. तद्भवता-

अनेक तद्भव शब्दों ने अर्थ-परिवर्तन में काफी भूमिका निभाई है। ये तद्भव शब्द अपना असली अर्थ खोकर नये अर्थ के वाचक हो गये हैं। इनके तत्सम अर्थ तथा बाद में ओढ़े गये नये अर्थ से कोई ताल्लुकात ही नहीं लगता। **ब्रील** इसे 'भेद भाव का नियम' कहते हैं। इसके कुछ उदाहरण इस प्रकार है-

| | | | | |
|---|---|---|---|---|
| 1-श्रेष्ठ (उत्तम व्यक्ति) | > | सेठ (धन संपन्न व्यक्ति) | | |
| 2-वंश (कुल) | > | बाँस(वृक्ष) | | |
| 3-भद्र (सज्जन) | > | भद्दा(बुरे अर्थ में) | | |
| 4-स्तन(नारी के उरोज) | > | थन (गाय, भैंस आदि चौपायों के सन्दर्भ में प्रयुक्त) | | |
| 5-स्थान (जगह के संदर्भ में) | > | थान(,, | ,, | ,,) |
| 6-गर्भिणी(गर्भवती नारी के सन्दर्भ में ) | > | गाभिन (,, | ,, | ,,) |
| 7-वत्स(मानव का बच्चा) | > | बछड़ा (गाय का नर बच्चा)। | | |
| 8-साधु (संन्यासी) | > | साहू (महाजन) | | |

## 15. शोभन शब्दों के प्रयोग की प्रवृत्ति (Euphemistic Language)-

इसे 'सुश्राव्यत्व' भी कहते हैं। इसका अर्थ है- सुनने में अच्छा लगना। समाज में अमंगल सूचक, भद्दे, अश्लील, लज्जास्पद, घृणास्पद शब्दों के प्रयोग से व्यक्ति निरंतर बचने की कोशिश करता है। इनकी जगह अच्छे, मंगल सूचक शब्दों का प्रयोग किया जाता है। इनके प्रयोग के पीछे व्यक्ति की मंशा यही होती है कि श्रोता के मन में किसी तरह का खोट या अशुभ,अपशकुन भाव उत्पन्न नहों। व्यक्ति संकोच, घृणा, अंधविश्वास तथा अमांगलिक कार्य-व्यापारों को सीधे न व्यक्त करके उन्हें प्रकारान्तर से अभिव्यक्ति का रूप देता है, जिन्हें इस प्रकार देखा जा सकता है-

1. भाषा विज्ञान कोश- डॉ. भोलानाथ तिवारी पृ. 43 प्रथम संस्करण
2. ऐतिहासिक भाषा विज्ञान-सिद्धान्त और व्यवहार- डॉ. जलज, पृष्ठ 172
3. उपरिवत्-पृ0180।

**क. संकोच-** मलमूत्र तथा यौन से संबन्धी क्रिया-कलापों के व्यक्ति सीधे न कहकर अन्य वस्तुवाची शब्दों के जरिये व्यक्त करता है। इसके मूल में उसका निजी संकोच ही कार्य करता है। गर्भिणी की जगह 'पाँवभारी होना' प्रयोग यौन-संबन्धी-संकोच के भीतर ही आते हैं। मल त्याग के लिए आज कल अनेक शब्दों का प्रयोग किया जाता है, जो एक ही क्रिया को व्यक्त करते हैं। यथा-शौच जाना, बाहर जाना, मैदान जाना, खेत में जाना, नित्य कर्म, पाखाना, दिशा फिरना, पोखरी जाना, लघुशंका, दीर्घशंका, लैट्रिन जाना। **चार्लेस बार्बर** के अनुसार यही स्थिति अंग्रजी के भी कुछ शब्दों की है, जो अपने मूल अर्थ से हाथ धो बैठे हैं। यथा- Lavatory, Toilet, Clock-room, Gentlemen, Gents, Ladie's , W.C The bath room.[1]

**ख. जुगुप्सा-** घृणास्पद वस्तुएँ देखने अथवा सुनने में ठीक नहीं लगती हैं, अतः व्यक्ति उनके सीधे प्रयोग से भरसक बचने की कोशिश करता है। नाक से घी बहना, वहाँ सांस न ले पाना, मुँह पर गंदगी बैठना आदि का प्रयोग वीभत्स दृश्यों के चित्रण में किया जाता है।

**ग. अमंगल–** मृत्यु और रोग के संदर्भ में अमंगलवाची शब्दों का व्यवहार सर्वाधिक होता है। मृत्यु, व्यक्ति के जीवन का सबसे भयावह क्षण है। इसलिए वह इसकी चर्चा तक नहीं करना चहता है। यही कारण है के मृत्यु की जगह पंचतत्त्व प्राप्ति, गंगालाभ, काशीलाभ, मोक्षलाभ, बैकुण्ठ लाभ, ऊपर जाना, बैकुण्ठवास, स्वर्गवास, कीर्निशेष; नामशेष, स्मृति शेष, देहान्त, सद्‌गति को प्राप्त होना, रामनाम सच बोल जाना, विधवा होना, चूड़ी फूटना, माँग सफेद हो जाना, सिन्दूर हल्का हो जाना या धुल जाना passout, passon, passaway, passout of the picture, be no longer आदि शब्दों का प्रयोग किया जाता है।

**घ. अन्धविश्वास-** भारत धर्म प्राण देश है। धर्म के प्रति यहाँ लोग निरंतर सचेष्ट रहते हैं। लोक-परलोक की चिन्ता उन्हें बनी रहती है, जिसका अंधविश्वास से गहरा सम्बन्ध है। यह अन्धविश्वास अर्थ-परिवर्तन में निरंतर क्रियाशील रहता है। किसी को चेचक निकलने पर माता माई, भगवती माता या देवी माता का आगमन आदि शब्दों का प्रयोग करते हैं। साँप को रसरी या कीड़ा तथा साँप काटने पर साँप सूंघना आदि कहा जाता है। अपनी पत्नी के लिए लोग घर वाली, मालकिन, गुड़िया की अम्मा, मिसेज, श्रीमती जी, होम-मिनिस्टर या सुनती हो आदि संबोधनों का व्यवहार करते हैं और यदि किसी के पति का नाम 'रमायन' है तो वह उस शब्द का उच्चारण तो दूर 'र' शब्द से उच्चरित होने वाले 'रूपया' का भी नाम न लेकर उसे 'उजरकी' कहती है। पति के नाम के साथ रूपया कहना भी अंधविश्वास के कारण दूभर हो गया। यदि पति घर से बाहर बैठा है तो पत्नी भीतर से उसे सीधे न बुलाकर दरवाजे की सॉकल पीटने का तरीका अपनाती है। मनुस्मृति के एक श्लोक के अनुसार कल्याण चाहने वाले को अपना, गुरू का, अति कंजूस का, ज्येष्ठ संतान का तथा अपनी पत्नी का नाम न लेना चाहिए-

**आत्मनाम गुरोर्नाम नामातिकृपणस्य च।**
**श्रेयस्कामो न गृहणीयात् ज्येष्ठापत्यकलत्रयोः।**

## अर्थ-परिवर्तन की दिशाएँ

अर्थ परिवर्तन को ही अर्थ-विकास भी कहा जाता है। अर्थ-तत्त्व का इतिहास इस बात का प्रमाण है कि परिस्थितियों के वशीभूत होकर श ें के अर्थ का विकास कभी मूल अर्थ को विस्तृत कर देता है, तो कभी मूल अर्थ को अत्यन्त संकुचित कर देता है। कहीं अर्थ की शक्ल पूर्ण रूप से बदल गई है, तो कहीं केवल आँशिक रूप में। वस्तुतः अर्थतत्त्व भाषा-विज्ञान के अन्तर्गत् सबसे विवादास्पद विषय समझा जाता है।[2] **डॉ. जयकुमार 'जलज'** का विचार है कि, "भाषा के अन्य तत्त्वों के सम्बन्ध में जिस निश्चय और निर्णय के स्वर में सिद्धान्त या नियम प्रस्तुत किये जाते हैं, उस स्वर में अर्थ-तत्त्व के नियम या सिद्धान्त प्रस्तुत ही नहीं किये जा सकते"[3]। **एफ. जी. टकर** का भी विचार है कि अर्थ-परिवर्तन के नियम अभीतक ज्ञात ही नहीं किये जा सके हैं, और शायद वे ज्ञान सुलभ भी नहीं हैं- '"Laws of meaning change are not yet discovered and are probably undiscoveredable."[4] यह बात सही है कि अर्थ-परिवर्तन का वर्गीकरण बेहद कठिन कार्य है, फिर भी अर्थ-परिवर्तन को वर्गीकृत करने का प्रयत्न किया गया है।[5]

1. **Linguistic Change in Present day English--Charles Barber, Page- 125,1964**
2. **Semantics: Stephen Ullmann, Page-54**
3. **ऐतिहासिक भाषाविज्ञान: सिद्धान्त और व्यवहार पृ. 149)**
4. **Introduction to Natural History of Language, P. 373**
6. **The search for Semantic lwaws is lod as semantic itself. -Principles of Semantics, Stephen Ullmann, P. 249, 1957**

अर्थ-परिवर्तन से सम्बन्धित उपलब्ध वर्गीकरणों में सबसे वैज्ञानिक वर्गीकरण **ब्रील** का माना जाता है। इसे तर्कसंगत वर्गीकरण (Logical Classificatio) कहा जाता है। **यास्क मुनि** ने अर्थ-परिवरर्तन या अर्थ-विकास की तीन दिशायें माना है[1]-
अर्थ-विस्तार, अर्थ-संकोच तथा अर्थादेश। **ब्रील** ने भी यही तीन दिशाएँ स्वीकार किया है-

1-अर्थ विस्तार (Expansion of meaning)
2-अर्थ संकोच (Contraction of meaning) तथा
3- अर्थादेश (Transference of meaning)

**डॉ. श्यामसुन्दर दास** ने अर्थ-परिवर्तन की छः दिशाएँ माना हैं- 1. अर्थापकर्ष, 2.अर्थापदेश, 3. अर्थोत्कर्ष, 4. अर्थ का मूर्तीकरण तथा अमूर्तीकरण, 5. अर्थसंकोच तथा 6. अर्थ-विस्तार[2]। मेरे विचार से अर्थापकर्ष, अर्थापदेश, अर्थोत्कर्ष और अर्थ का मूर्तीकरण तथा अमूर्तीकरण-इन सभी को अर्थादेश में ही अन्तर्भुक्त किया जा सकता है। अतः अर्थ-परिवर्तन की सर्वमान्य तीन दिशाएँ ही नीचे विचारणीय हैं-

**1. अर्थ-विस्तार** (Expansion of meaning)- जब कोई शब्द पहले सीमित अर्थ में प्रचलित रहता है और बाद में उसका अर्थ उसी क्षेत्र में विस्तृत या व्यापक हो जाता है, तब इस प्रक्रिया को अर्थ-विस्तार कहते हैं। यथा- 'तेल' शब्द का आशय था 'तिल का द्रवित सार पदार्थ' या 'तिल से निकला हुआ तेल'। अर्थ-विस्तार के कारण अन्य पदार्थों के द्रवित सार को भी 'तेल' कहने लगे, यथा- सरसों का तेल, मूँगफली का तेल, अलसी का तेल, आँवला का तेल, चमेली का तेल , नारियल का तेल, नीम का तेल, मछली का तेल और अन्त में मिट्टी का तेल भी इसी में आ मिला। 'प्रवीण' शब्द को आगे देखें। इस शब्द का अर्थ पहले '**प्रकृष्टो वीणायाम्**' अर्थात् जो अच्छी तरह वीणा बजाने वाला हो-हुआ करता था। आज हर काम में दक्ष, चतुर को 'प्रवीण' कहा जाता है, भले ही वह चोरी में ही क्यों न प्रवीण हो। यही स्थिति कुशल', 'गवेषणा', 'गवाक्ष', 'निपुण' तथा 'स्याही' आदि शब्दों की है। 'कुश' उखाडते समय सामान्यतया सावधानी बरतते हैं। बिना खरोंच अथवा चीर लगे जो 'कुश' को उखाड़ लिया करता था, वही कुशल माना जाता था। आज लगभग प्रत्येक काम में 'कुशल' लोगों की भीड़ लगी हुई है। 'गवेषणा' क्रिया का प्रयोग गायों को ढूँढने में हुआ करता था। आज किसी भी तरह की खोज भले ही वह वैज्ञानिक ही क्यों न हो- 'गवेषणा' कही जाती है। 'गवाक्ष' पहले गाय की आँख के अर्थ में प्रयुक्त हुआ करता था। लेकिन आज इसका अर्थ खिड़की अथवा झरोखा हो गया है। 'निपुण' का अर्थ पहले 'पुण्य' कमाने वाले के लिए हुआ करता था, लेकिन आज तो किसी भी गलत-सही वस्तु का चतुराई से उपार्जन 'निपुणता' के भीतर ही आता है। 'स्याही' शब्द का अर्थ 'स्याह' अर्थात् 'काला' हुआ करता था, लेकिन आज हर प्रकार की रोशनाई या मसि 'स्याही' कही जाती है, यथा- नीली स्याही, काली स्याही, लाल स्याही।

अंग्रेजी के भी अनेक शब्द अपनी अर्थ की सीमित भूमि को छोड़कर व्यापक रूप में फैल गये हैं। दक्षिण स्लैवानिक भाषा में 'Rose' (गुलाब) शब्द आज सभी फूलों के अर्थ का द्योतक हो गया है।[3] 'Lady' शब्द का असली अर्थ था रोटी बनाने वाली, लेकिन आज वे सभी महिलाएँ जो रसोई घर में न भी प्रवेश करती हो 'Lady' हो गई हैं।[4] आज घर-घर में विभीषण नारद , जयचन्द, हिटलर मिल जाते हैं। 'तिलांजलि' अब केवल मरे हुए को ही नहीं, किसी भी सिद्धान्त, विचार, दल या जीवित व्यक्ति को भी दी जा सकती है। यह अर्थ-विस्तार का ही परिणाम है।

**2. अर्थ-संकोच** (Contraction of meaning)- अर्थ-संकोच, अर्थ-विस्तार की ठीक उल्टी प्रक्रिया है। यहाँ विस्तृत अर्थ संकुचित हो जाता है। डॉ. जलज के अनुसार, "भाषा में अर्थ-विस्तार की प्रवृत्ति जहां मनुष्य स्वभावजन्य है, वहाँ अर्थ-संकोच की प्रवृत्ति उसके विवेक से उद्भूत होती है। इसलिए अर्थ-विस्तार की स्वाभाविक प्रवृत्ति के विपरीत यह एक कृत्रिम प्रवृत्ति है"[5]। अर्थ-संकोच के कुछ उदाहरण इस प्रकार देखे जा सकते हैं।

भरण-पोषण का कार्य किसी समय पत्नी किया करती थी, इसलिए उसे 'भार्या' कहा गया, लेकिन आज इसका अर्थ सीमित हो गया है। 'मृग' शब्द का सामान्य अर्थ था 'पशु', लेकिन आज यह पशु विशेष 'हिरण' में ही समाहित हो गया। 'गो' शब्द का अर्थ पहले हिरण, इन्द्रिय, पृथ्वी, गाय आदि हुआ करता था, लेकिन आज इसका प्रयोग केवल 'गाय' के लिए ही होता है। फारसी में 'मुर्ग़' का अर्थ चिड़िया (शुतुरमुर्ग, शाहमुर्ग) है, लेकिन हिन्दी में यह अकेले 'मुर्ग़ा' का वाचक हो गया है। 'रदन' शब्द का अर्थ 'फाड़ने वाला' हुआ करता था, लेकिन आज यह 'दाँत' के रूप में संकुचित हो गया है। 'मैगजीन' (Magazine) शब्द का मूल अर्थ 'भण्डार' था। यह अरबी शब्द Makhzine (Khazana) से आया हुआ शब्द है। इस शब्द का अर्थ फ्रांसीसी में इस समय दुकान है, लेकिन विदेशी अनुवादों आदि

1. निरुक्त, 1|12, 1|14, 2|5-6 आदि।
2. भाषा-विज्ञान, पृष्ठ 247-253
3. Language, J. Vendryes, P. 32
4. The Tree of Language- Helen and Charlton, P. 165
5. ऐतिहासिक भाषा विज्ञान:सिद्धान्त और व्यवहार, पृष्ठ 159

के माध्यम से स्थान-स्थान की सूचनाओं से संपृक्त होने के कारण शायदअठारहवीं शताब्दी में Magazine शब्द 'पत्रिका' अर्थ में प्रचलित हो गया।[1]

**3. अर्थादेश** (Transference of meaning)- 'आदेश' का अर्थ होता है- परिवर्तन। जब किसी शब्द का असली अर्थ लुप्त हो जाय तथा उसकी जगह कोई नया अर्थ आ जाय, वहाँ अर्थादेश होता है। अर्थ-विस्तार में शब्द का अर्थ अपने ही क्षेत्र में व्यापक होता है, अर्थ संकोच में नये अर्थ की सीमा पुराने से संकुचित हो जाती है, किन्तु अर्थादेश में इन सबके विपरीत लगभग पूरा क्षत्रे ही बदल जाता है। अर्थादेश में अर्थ कुछ इस तरह बदल जाता है कि उससे उत्स की टटोल बड़ी मुश्किल से हो पाती है।

ऋगवेद की आरंभिक ऋचाओं में 'असुर' शब्द का प्रयोग 'देवता' के अर्थ में हुआ है। असुर शब्द पारसियों के मुख्य देवता (अहुरमज्दा) का भी वाचक था। लोगों का अनुमान है कि भारतीय आर्यो का सम्बन्ध पारसियों से ठीक न होने के कारण भारतीय आयों ने असुर शब्द का अर्थ 'राक्षस' कर लिया। इसी तरह देवाणुप्पिया (देवानां प्रियः) सम्राट अशोक की सम्मानजनक उपाधि थी, लेकिन आज वह अर्थ गायब हो गया और संस्कृत में उसका अर्थ 'मूर्ख' ने ले लिया। पड़ोसी राजा 'अरि' कहलाता था, लेकिन आज वह 'शत्रु' हो गया[2] 'राग' शब्द का अर्थ संस्कृत में 'प्रेम' है, किन्तु मराठी तथा बंगला में वह 'क्रोध' के अर्थ में व्यवहृत होता है।[3] 'गवाँर' शब्द का मूल अर्थ 'ग्रामीण' है, लेकिन आज मूर्ख मनुष्य 'गवाँर' कहलाता है। 'उपवास' का अर्थ था अग्नि के पास रहना, लेकिन आज 'व्रत' या 'भूखा रहना' 'उपवास' समझा जाता है।

'दुहिता' शब्द का अर्थ था- दूध दूहने वाली कन्या- **'यद्वा दोग्धि गाः इति पुराकाले कन्यासु एव गोदोहनभारस्थितेस्तथात्वम्'** लेकिन आज इस शब्द का अर्थ 'बेटी' है। 'स्कूल' शब्द ग्रीक शब्द 'Schole' से बना है। इसका अर्थ 'अवकाश' होता था, लेकिन आज उसका अर्थ 'विद्यालय' है।[4] प्राचीन अंग्रेजी में 'Cnaa' शब्द का अर्थ 'लड़का' या 'नौकर' था, किन्तु आज उसी शब्द से निर्मित 'Knava' शब्द का अर्थ 'धूर्त' है। 'Nice' शब्द का अर्थ मूर्ख हुआ करता था, लेकिन आज यह अच्छे-भले के रूप में प्रचलित है[5]। 'कोक्स' का अर्थ लैटिन में 'नितंब' है, किन्तु आयरी में तत्सदृश 'कौस' शब्द 'पैर' का वाचक है[6]। महाराजा शब्द का अर्थ 'महान राजा' हुआ करता था, किन्तु आज भोजन बनाने वाले सभी 'रसोइये' महाराजा बन बैठे हैं।

अर्थ-परिवर्तन की इस प्रक्रिया में कुछ अर्थ पहले की तुलना में अच्छी वस्तुओं (उत्कर्ष) के प्रतीक बन जाते हैं लेकिन वहीं कुछ अर्थ बुरे, भद्दे अर्थों (अपकर्ष) में प्रयुक्त होने लगते हैं। इन्हें अर्थोत्कर्ष या अर्थापकर्ष कहा जाता है। इन्हें इस प्रकार देखा जा सकता है-

**अ. अर्थोत्कर्ष** (Ascending of meaning of elevation)- जहाँ शब्द का मूल अर्थ लुप्त हो जाय और उसकी जगह नया पनपा हुआ अर्थ पहले से भी अधिक उन्नत अथवा उत्कृष्ट भाव की सूचना दे, वहाँ अर्थोत्कर्ष होता है। यथा 'साहस' शब्द संस्कृत में व्यभिचार, डाका, हत्या आदि दुस्साहसिक कार्यों के लिए प्रयुक्त किया जाता था

**मनुष्मारणस्तेयं परदाराभिमर्षणम्।**
**पारूष्यमनृतं चैव साहसं पञ्चधा स्मृतम्।।**-वृहस्पतिस्मृति

किन्तु आज उक्त शब्द पूर्णतया 'हिम्मत' तथा 'बहादुरी' का परिचायक है। स्पष्ट है, इस शब्द का नया अर्थ पहले की तुलना में श्रेष्ठ तथा उन्नत है। 'मुग्ध' का अर्थ पहले 'मूढ़' हुआ करता था-'मुग्धस्तु मूढ़े'। किन्तु आज मुग्धा नायिका के अर्थ में यह प्रचलित है। 'कर्पट' का अर्थ पहले 'सड़ा कपड़ा' हुआ करता था- **'पट्ट चरम जीर्ण वस्त्र समौलक्तक कर्पटी'** (अमरकोष)। लेकिन आज यह 'नये कपड़े' का अर्थ देता है। 'धृष्ट' शब्द का अर्थ हिन्दी में 'निर्लज्ज' है, किन्तु बंगला में इसी से जन्मे 'ढीट' का अर्थ सीधा तथा सरल होता है।

**ब. अर्थापद..** (Descending of meaning or Degenaration) यह अर्थोत्कर्ष का उल्टा अर्थ देता है। यहां अच्छे अर्थ का लोप हो जाता है। जहाँ नवागत अर्थ अश्रेष्ठ, निकृष्ट अथवा अवनत भाव व्यक्त करे वहाँ 'अर्थापकर्ष' होता है। इसका भाषा के शब्द समूह पर काफी प्रभाव पड़ता है। जिन शब्दों में अर्थापकर्ष की स्थिति चरम पर पहुँच जाती है, वे क्रमशः अश्लील तथा भद्दे होने के कारण शब्द समूह से निकाल दिये जाते हैं। 'महाजन' का अर्थ पहले 'महानजन' हुआ करता था, किन्तु आज 'बनिया' हो गया है। 'महाराज' की स्थिति तो अभी देखी ही गयी है। 'शौच' का अर्थ पहले 'शुचि' अर्थात् पवित्र था, लेकिन आज अश्लीलता से सम्बद्ध 'टट्टी' का अर्थ देता है। सहवास, समागम, प्रसंग, मैथुन आदि शब्दों की भी स्थिति वही है। 'दादा जी' अब दादा न रह कर 'गुंडे' तथा 'बदमाशों के नेता हो गये हैं। 'गुरूजी' भी अब गुरू जी न रह कर 'उस्ताद' हो गये हैं। 'महापात्र' का अर्थ पहले विद्वान् हुआ करता था, लेकिन आज महापात्र जी

---

1. The Tree of Language- Helen and Charlton, P. 165
2. चारुचन्द्रलेख-आचार्य हजारी प्रसाद द्विवेदी, पृष्ठ-407
3. Elements of Science of Language- Taraporewala, Page 83
4. The treee of Language, Page 185
5. A dictionary Of Selected Synonyms in the Principal Indo European Languages- Perface, Page-viii
6. Language - J. Vendryes, Page-243.

विद्वत्ता छोड़कर मृत व्यक्ति की होने वाली 'खोरसी' पर दान लेने चले जाते हैं।

**सार्थकता-** परम्परागत रूप से हम यह मानकर चलते हैं कि शब्द भाषा की सबसे छोटी इकाई होता है। शब्द का अर्थ प्रातिपदिक या कोष में संकलित शब्द से है। इससे यही सिद्ध होता है कि अर्थवान् शब्द का प्रयोग दो अलग रूपों में किया जाता है अर्थात् शब्द 'अर्थवान्' के साथ -साथ संकेतक भी हो सकता है या नहीं भी हो सकता है। इस बात का अर्थ यह भी हो सकता है कि शब्द के अतिरिक्त अन्य इकाइयाँ भीं अर्थवान् मानी जा सकती हैं। इसका अर्थ यह नहीं है कि अर्थवत्ता और संकेतता में कोई संबन्ध नहीं है।

**स्थितिगत सन्दर्भ-**प्रत्येक उक्ति या कथन का जन्म एक विशेष दिशा और समय की स्थिति में होता है। उक्त उक्ति में कहने वाले तथा सुनने वाले व्यक्तियों के कार्यों तथा घटनाओं और बाहरी वस्तुओं का अन्तर्ग्रहण होता है। उक्ति विशेष में इस प्रकार के दिशात्मक या निर्देशात्मक अभिलक्षण पाए जाते हैं जिनसे इसके सृजन की स्थिति का निर्देश प्राप्त होता है। श्रोता उसके निर्देशात्मक अभिलक्षणों के आधार पर ही अर्थ का अन्दाजा लगाता है। किसी उक्ति को समझने के लिए चार शर्तें होती हैं अर्थात् उसके संदर्भ में चार तत्व समाहित होते हैं;

1. जिस दिशा और काल स्थिति में उक्ति का सृजन हुआ है
2. उससे सम्बन्धित वस्तुओं और क्रियाओं का समावेश
3. वक्ता और श्रोता को उक्ति से संबन्धित पूर्व घटित वार्तालाप का ज्ञान
4. वक्ता और श्रोता की भाषा जाति के रिवाज, विश्वास और मान्यताओं का भी संदर्भ में समावेश होता है।

**अर्थवत्ता में विकल्प भी अभिप्रेत है-** उक्तियों की अर्थवत्ता की परिभाषा उक्त को ध्यान में रखकर इस प्रकार दी जा सकती **है** – "किसी उक्ति को तभी अर्थवान कहा जा सकता है, जब इसका घटन केवल सन्दर्भ के द्वारा ही पूर्णतः निर्धारित न हो।" इसका अर्थ यही है कि अर्थवत्ता के विकल्प भी हो सकते हैं। सामाजिक व्यवहारों में हम प्रायः अनौपचारिक रूप से, अनेक उक्तियाँ आदतवश कहते हैं; जैसे कहिए, क्या हालचाल है? इस वाक्य से मात्र यही अर्थ निकलता है कि हम एक परम्परा का पालन कर रहे हैं। एक वाक्य का प्रयोग कर रहे हैं। प्रयोग से अलग इसका कोई अन्य अर्थ नहीं है। इस वाक्य के बदले हम अन्य कार्य भी कर सकते हैं जैसे- 'चुप रहें', सिर हिलायें, या मुस्करायें। यह सब विकल्प हैं जिनका प्रयोग किया जा सकता है और उनका भी कोई-न-कोई अर्थ हो सकता है।

**भाषेतर व्यवहार की सम्बद्धता-** उपर्युक्त का अर्थ यही निकलता है कि हम ऐसी परिस्थिति में 'चुनाव' के सिद्धान्त का परिपालन करते हैं, अर्थात् उक्तियाँ चुप्पी, हाव-भाव आदि आंगिक व्यवहारों से भी कार्य विनिमय करती है और साथ ही अर्थात्मक विषमता की स्थिति में भी रह सकती हैं। यद्यपि उक्त उक्तियाँ संदर्भात्मक रूप से आवश्यक होते हुए भी अनेक रूपों में अभिव्यक्त की जा सकती हैं जैसे नम्रता, घृणा, क्रोध आदि को अभिव्यंजित करने वाले तौर तरीके से। अब विविध आंगिक क्रियाएँ किस के अन्तर्गत आएँगी सार्थक अथवा निरर्थक कोटि के अन्तर्गत? इसका उत्तर यही है कि यदि उक्त क्रियाओं की अभिव्यक्ति विकल्प हीन हो तब, वे अर्थ ही न होंगीं, लेकिन यदि वक्ता समझबूझ कर किसी भाव विशेष को अभिव्यंजित करना चाहता है तो वह निश्चय ही अर्थवान है।" चुनाव का सिद्धान्त ही इस बात का निर्णय करता है कि किसी उक्ति या उसके अभिलक्षणों का अर्थ है या नहीं"।

**अर्थवत्ता की परिणाम वाच्यता-** सार्थकता परिणाम वाच्य भी मानी जाती है। कोई भी उक्ति सन्दर्भ विशेष में जितनी अधिक प्रायिक (घिसी-पिटी) होगी, उसकी सार्थकता उतनी अधिक न्यून होगी। किसी निश्चितसंदर्भ में बार-बार प्रयुक्त होने के कारण वह अर्थ हीन होती जाती है। जैसे 'माफ करिए' 'उक्ति' माफी माँगने जैसी गरिमा नहीं होती या उसी उदाहरण कहिए 'क्या हाल "? के उच्चारण की अपेक्षा 'शान्ति' कहीं अधिक सार्थक है। ऐसी उक्तियाँ अनंकित होती हैं और विषमता की दृष्टि से अर्थहीन। जब शान्तिया चुप्पी बहुत अधिक सम्प्रेषित कर जाती हैं. अस्तु, दैनन्दिन के प्रयोग की दृष्टि से यह कहना उचित होगा कि 'उक्तियों' या उनके अंशों की 'अर्थवत्ता' किसी संदर्भ में उनके प्रयोग या घटने की प्रत्याशितता (प्रायिकता) के प्रतिलोम अनुपात में बदलती रहती हैं"।

**अर्थ विज्ञान में व्यवहारवाद-** उक्त उक्तियां जिनका प्रयोग हम अपने सामाजिक जीवन में सहजभाव से व्यवहारतः करते हैं **'पूर्वनिर्मित'** होती हैं। किसी समुदाय में रहने वाला व्यक्ति अविभक्त इकाई के रूप सीखता है और आदतन उनका प्रयोग करता है। **फर्थ के अनुसार, "सामाजिक प्रक्रिया की सामान्य पुनरावर्ती" घटनाओं के प्रत्येक अवसर पर हर बार जिन्हें नए सिरे से निर्मित नहीं किया जाता"।** इनकी इन विशेषताओं के कारण इनका वर्णन व्यवहार वादी ढाँचे के भीतर किया जा सकता है।

**सामाजिक सम्बोध- मालिनोवस्की** भाषा व्यवहार के दो उद्देश्य हमारे सम्मुख रखता है-

**1. सूचनान्वेषण, आज्ञापन, आज्ञाभिव्यंजन, इच्छा या आशंसा की अभिव्यक्ति।**

2. सामाजिक एकता और स्वस्ति की भावनाओं की स्थापना और संधारण।

कहिए, क्या हाल चाल है., जैसे वाक्य द्वितीय उद्देश्य की पूर्ति करते हैं। समाज में प्रचलित ऐसी बहुत सी उक्तियाँ हैं जिन्हें आम लोग गढ़ लेते हैं। उन वाक्यों से सम्प्रेषण के साथ-साथ सम्बोध का भी निर्वाह होता है- जैसे किसी दुकानदार से ग्राहक बात करे, 'इस वर्ष बहुत पानी बरस रहा है'। तो इस वाक्य की प्रयुक्ति के पीछे मानवीय संबोध ही अधिक होता है। हो सकता है, इसी वाक्य से अलग कदम के रूप में ग्राहक छाता खरीदने की बात करे। भाषा के उपयोग में दोनों पक्षों पर ध्यान रखना चाहिए। जहाँ ये दोनों पक्ष उपस्थित हों, उनमें से कोई एक प्रमुखता ग्रहण करता जाता है।

**सभी भाषात्मक इकाइयों में अर्थवत्ता का विस्तार**-उक्ति में आने वाला कोई भाषात्मक अवयव (शब्द) तभी अर्थवान होता है, यदि वह संदर्भ के द्वारा पूर्णतः निर्दिष्ट न हो।" अर्थवान होने की यह परिभाषा उक्ति के विश्लेषण के अन्य स्तरों पर भी लागू होती है। हिन्दी के दो शब्द खल और कल हैं। ये दोनों सार्थक शब्द हैं क्योंकि दोनों के निहित और निर्दिष्ट अर्थ भिन्न-भिन्न हैं। ध्वनि के स्तर पर यह अन्तर ख और क ध्वनियों के कारण है। यदि अलग शब्दों में ये ध्वनियाँ प्रयुक्त हों तो, उनमें अर्थ की भिन्नता का कारण यही दोनों ध्वनियाँ होंगीं जैसे खाल-काल। लेकिन जिन शब्दों में ऐसा न हो सके, तो समझना चाहिए कि ये ध्वनियां पूरक या उन्मुक्त वितरण में उपस्थित हैं जैसे खील-कील। कोई भी वाक् ध्वनि सार्थक तभी होती है जब वह अर्थ वैषम्य उपस्थित करती है। जब कुछ वाक् ध्वनियाँ कुछसन्दर्भों में समान अर्थ देने लगती हैं, तब वे समानार्थी या पर्याय कही जाती हैं जैसे वन-बन, इकोनामिक्स या एकोनामिक्स। अस्तु यह निर्णय हुआ कि किसी भाषिक अवयव की सार्थकता उसी संदर्भ में उपस्थित अन्य अवयवों से वैषम्य प्रस्तुत करने में हैं।

**प्रतिबद्ध या सीमित संदर्भ**-भावों या विचारों के आदान-प्रदान के निमित्त हम जिस भाषा का प्रयोग करते हैं उसके अन्तर्गत वाक्यों का सृजन न कर, उक्तियों का सृजन करते हैं। ये उक्तियाँ एक अति विशेष संदर्भ में जन्म लेती हैं। उस संदर्भ को जाने बिना उनका अल्पतम अर्थ ज्ञान सम्भव नहीं है अर्थात् जो कुछ कहा गया है और साथ ही 'जो कहा जाना है' उन दोनों को ध्यान में रखना पड़ता है। परस्पर बातचीत के बीच संदर्भ लगातार विकसित होते रहते हैं। जब एक ही भाषा जाति के लोग पहले कही गई बातों या सूचनाओं पर निर्भर न रहकर उन विश्वासों, परम्पराओं तथा प्राक्कल्पनाओं से सम्प्रेरित होते हैं जिनसे किसी समाज विशेष में सार्वभौम बात-चीत का आधार बनता है, तब हम इसे सीमित संदर्भ का नाम देते हैं। लेकिन अर्थ ज्ञान के धरातल पर सीमित संदर्भ की अवस्थिति अत्यल्प होती है क्योंकि अधिसंख्य उक्तियाँ पूर्व कथित उक्तियों के आशय (निहितार्थों) के माध्यम से ही समझी जाती हैं।

वक्ता वाक्य नहीं बोलता, इसलिए वाक्य और विशिष्ट संदर्भ के मध्य कोई सीधा संबन्ध नहीं होता। लेकिन उक्तियों का एक व्याकरणात्मक ढाँचा होता है जो वाक्यों से उनकी व्युत्पत्ति पर आश्रित होता है। वाक्यों में प्रयुक्त होने वाले शब्द सन्दर्भात्मक अभिलक्षणों के सानिध्य में किस प्रकार आते हैं, इसे जानना अत्यन्त कठिन है। लेकिन इतना तो मानकर चलना पड़ेगा कि व्याकरणात्मक संरचना और संदर्भात्मक अभिलक्षणों के मध्य क्रिया का आदान-प्रदान होता रहता है।

**अन्तः संरचनी अवयव भी वाक्यों में अर्थ रखते हैं** -"वाक्यगत् कोई भी अवयव तब तक अर्थवान् नहीं होता, जब तक वह वाक्य की अन्तः संरचना में स्थित विन्यास -निर्दिष्ट श्रेणियों में से किसी का अवयव नहीं होता" अर्थात् "किसी विशिष्ट भाषा में अर्थवान् अवयवों का कोई विन्यास बहुत बड़ी सीमा तक उस भाषा के अन्तः संरचकों और अभिलक्षणों के साथ सम विस्तारी होता है"। लेकिन इसका अर्थ यह नहीं कि हर संरचक या अभिलक्षण का अर्थवान् होना जरूरी है। व्याकरण की दृष्टि से उपयुक्त हर संरचना सार्थक ही हो, यह आवश्यक नहीं है, जैसे;

जॉन दूध (या कोई पेय) पीता है।
जॉन फल (या कोई भी खाद्य) खाता है।
जॉन फल पीता है।
जॉन रस खाता है।

व्याकरणात्मक संरचना की दृष्टि से चारों वाक्य उचित हैं पर अंतिम दो अस्वीकार्य हैं, इसलिए माना जाएगा क्योंकि वे सार्थक नहीं हैं, क्योंकि इन वाक्यों में क्रिया और कर्म के रूप में प्रयोग होने वाले शब्दों के विन्यास उन विन्यासों की अपेक्षा कहीं कम हैं, जिनकी उपस्थिति व्याकरण द्वारा अनुमत मानी गई है।

## निर्देश और आशय

शब्दों तथा उनसे संकेतित वस्तुओं, घटनाओं और क्रियाओं तथा गुणों के बीच जो संबन्ध भावना होती है उसे 'निर्देश' कहते हैं। अर्थ विचार के लिये किसी भी सिद्धान्त की संरचना के निमित्त निर्देश में निहित सम्बन्ध भावना आवश्यक होती है। यह एक ऐसी सम्बन्ध

भावना है जिसके अन्तर्गत् सभी भाषाओं के शब्द समूहों के कुछ शब्द भौतिक जगत के अभिलक्षणों की अनुकारिता या संवादिता में रखे जा सकते हैं। निर्देशात्मक संबन्ध भावना के संदर्भ में इन बातों पर ध्यान देने की आवश्यकता है।

1. निर्देशात्मक संबन्ध भावना के अन्तर्गत् अन्य सभी का समावेश नहीं होता।

2. किसी भाषा के शब्द समूह के सभी शब्द निर्देश से युक्त नहीं होते।

3. निर्देश निर्दिष्ट को सत्तावान मानकर चलता है।

4. भौतिक अस्तित्व से अलग पौराणिक आर्ष दार्शनिक, त्रैज्ञानिक या अन्य अमूर्त शब्दावली भी अस्तित्व और निर्देश के सादृश्य मूलक विस्तार के भीतर आती है।

5. किसी भाषा के शब्द समूह में ऐसे भी शब्द हो सकते हैं, जिनका निर्देश उस भाषा की सीमा से बाहर किसी वस्तु विशेष में प्राप्त होना सम्भव नहीं है जैसे ईमानदारी या भलाई।

6. शब्द कोष में संकलित सभी शब्द किसी न किसी अस्तित्व को संकेतित करते ही हैं, भले ही वह कोषगत हो।

7. शब्द निर्देशों में कभी-कभी अस्पष्टता भी विद्यमान होती है और यह आवश्यक नहीं कि शब्द शब्द गत गुण धर्म कोश की सीमा में स्थित हो। कुछ शब्दों के संबन्ध में अनिश्चितता देखी जाती है जैसे पहाड़ या पहाड़ी, हरा और नीला, मुर्गा और चूज़ा लड़की या स्त्री। इन शब्दों के मध्य सीमा रेखा (स्पष्ट) खींचना आसान नहीं है। भाषाएँ ऐसे शब्दों के मध्य कोष गत विशेष सीमा बंधन स्थापित कर देती है। यह सीमा रेखा इच्छानुसार होती है। इस सीमारेखा को वस्त्र, आयु, आकार आदि तय करते हैं। वस्तुतः यही निर्देशात्मक अपूर्णता भाषाके संप्रेषण को विस्तार देती है। निरपेक्षपूर्णता दुर्लभ है। क्योंकि उन विभेदों की संख्या या प्रकृति की कोई सीमा नहीं, जिन्हें विविध वस्तुओं के बीच दिखाया जा सके।

**आशय**-हर शब्द संबन्ध प्रणाली के अन्तर्गत अपना एक स्थान निर्मित करता है। यह स्थान वह शब्द समूह में अन्य शब्दों के साथ अपने लिए विरचित करता है। 'आशय' का मतलब शब्द एक उसी स्थानविशेष से होता है। शब्द समूह की इकाइयों के बीच स्थापित होने वाले संबंधों को ही ध्यान में रख कर आशय को परिभाषित किया जाता है। कोई वक्ता एक ही संदर्भ में जब दो सामान अर्थ वाले शब्दों का प्रयोग करता है, तब अज्ञव्यक्ति उन दोनों का अलग-अलग आशय पूछता है। दो समान अर्थ वाली इकाइयों में जो साम्य होता है, उसका संबंध निर्देश से न होकर आशय से होता है। दो शब्द भले ही पर्याय लगें, लेकिन उनमें किंचित भेद तो अवश्य होता है। प्रबुद्ध प्रयोक्ता उस सूक्ष्म अन्तर को समझ कर ही उक्त शब्दों का प्रयोग करता है। उदाहरण के लिए कामिनी, भामिनी, रमणी, स्त्री शब्दों को भले ही समानार्थी समझा जाय 'पर' ये चारों नारी की चार 'अवस्थाओं के प्रतीक है'। आशय निर्देश से विस्तृत होता है। दिन प्रतिदिन के व्यवहारों में जब अर्थ निर्देश की संभावनाएँ अधिक होतीं हैं तभी 'आशय' को पूछते हैं। अब समानार्थता की परिभाषा के संबन्ध में स्पष्ट करना चाहेंगें। कोई भी शब्द तभी समानार्थी माने जायेंगें जब उनसे रचित वाक्यों में उनमें से एक के स्थान पर दूसरे का प्रयोग करने पर, वाक्यार्थ में व्यवधान न उपस्थित हो अर्थात् वाक्य का अर्थ वही हो। समानार्थकता कोशीय शब्दों के मध्य होती है। आशयों के मध्य नहीं। यह 'समानार्थता' शाब्दिक होती है आशय की नहीं। समानार्थता आशय का ही एक हिस्सा होती है। अस्तु हम जिसे किसी कोशीय शब्द का आशय कहते हैं, वास्तव में वह समानार्थता समेत सभी आशय सम्बन्धों क्र एक पूर्ण विन्यास है, जो इस इकाई को कोशस्थ अन्य शब्दों से भिन्न सिद्ध करता है।

**आशय के रूप क्रमात्मक और विन्यास क्रमात्मक संबन्ध**-रूपक्रमात्मक का अर्थ है, "अर्थ की दृष्टि से सम्बद्ध किसी विन्यास की सभी इकाइयां एक ही संदर्भ में प्रयुक्त हों सकती हैं जैसे-पति और पत्नी शब्द समानार्थी नहीं हैं पर उनमें परस्पर का संबन्ध अन्य शब्द युग्मों से अलग है। हम उस संबन्ध को पति और हवा में नहीं पा सकते। इसी प्रकार भला-बुरा, खटखटाना, धकियाना मुक्का मारना, टपटपाना आदिशब्द अलग होते हुए भी उनके संबन्धों की दृष्टि से खाना या प्रशंसा करना से जुदा है।

इसी प्रकार शब्दों का संबन्ध विन्यास क्रमात्मक भी हो सकता है जैसे श्वेत साड़ी, भूँकना और कुत्ता, नाचना और पाँव। कोशीय प्रणाली में इस तरह के आशय सम्बन्धों का विवेचन किया जा सकता है। इसे ही ध्यान में रखकर अर्थ की परिभाषा की गई है। प्रत्येक शब्द का अर्थ उस स्थान का प्रकार्य होता है जो उसे अपनी प्रणाली से प्राप्त होता है।

## अर्थात्मक क्षेत्र-

**फान हम्बोल्ट दे सौस्यूर** और **सेपीर** जैसे विद्वानों ने अपने विचार प्रस्तुत करते हुए कहा है कि कुछ क्षेत्रों में अनेक भाषाओं की शब्दावलियाँ असमरूपी हैं अर्थात् ऐसे भी अर्थात्मक विभेद हो सकते हैं जो एक भाषा में तो स्पष्ट होते हैं दूसरी में नहीं। विशिष्ट क्षेत्रों का कोटिबंधन अनेक भाषाओं में अनेक ढंग से किया जा सकता है। **सौस्यूर** का मत था, "प्रत्येक भाषा वस्तु धरातल के से अविभित्र द्रव्य पर एक विशिष्ट आकार को आरोपित करती है"।

**वर्ण शब्द-**वर्ण शब्द पर बात करने के पूर्व **सौस्यूर** यह प्रसिद्ध सिद्धान्त हमें पुनः स्मरण करना पड़ेगा कि एक ही सत्व या द्रव्य को जिसके भीतर अर्थ के विभेद या तुल्यताएँ स्थापित की जाती हैं, विविध आकृतियों के रूप में गठि त किया जाता है अर्थात् वर्ण संज्ञाओं द्वारा अवाप्त क्षेत्र एक ऐसा द्रव्य माना जा सकता है जो अविभक्त है। अब इसी क्षेत्र पर विभिन्न भाषा शब्द विशेष स्थानों पर अनेक सीमाओं को खींचते हैं और यही सीमित पहचाने गए क्षेत्र कोषीय वर्गीकरण के आधार बनते हैं। इस वर्ण द्रव्य पर हर भाषा अपने अनुसार भिन्न-भिन्न सीमाएँ खींचती हैं। कहीं-कहीं एक ही वर्ण क्षेत्र कई भागों में विभक्त सा लगता है। नीले द्वारा व्याप्त क्षेत्र को रूसी भाषा दोवर्ण नामों 'सीनीय' और 'गोलबाय' से अभिव्यक्त करती है। नीला आदि रंगों को अलग अलग भाषाओं में अलग अलग आकृतियों में अभिव्यक्त किया जाता है। सबसे बड़ी बात है, कोई भी शब्द पूर्ण 'वर्ण' को व्यक्त न कर, अंश को ही व्यक्त करता है। एक रंग निर्देश के द्वारा सम्पूर्ण वर्ण निर्देश का ज्ञान असंभव है। किसी एक रंगनिर्देश के ज्ञान का अर्थ है उसकी सीमा को समझना। किसी भाषा को सीखने वाला बालक क्रमशः एक वर्ण से दूसरे वर्णों के प्रयोग और उसकी सीमाओं का ज्ञान प्राप्त कर लेता है। हर भाषा परम्परानुसार रंगों के मध्य अलग अलग सीमा रेखायें खींचती हैं। वस्तुतः वर्ण द्रव्य तो एक होता है लेकिन भाषाओं द्वारा खींची गई आकृतियाँ अलग- अलग होती हैं।

**अर्थात्मक सापेक्षता-** किसी भी समाज की भाषा उसकी संस्कृति का अभिन्न अंश होती है और यह कि प्रत्येक भाषा द्वारा निर्धारित विभेद उस समाज की वस्तुओं, संस्थाओं और क्रियाओं के प्रमुख सांस्कृतिक अभिलक्षणों को प्रतिफलित करने की प्रवृत्ति रखते हैं, जिसमें वह भाषा व्यवहृत होती है। चूँकि हर समाज के समस्त परिवेश और व्यवहार पद्धतियाँ आदि पूरी तरह अलग-अलग होती हैं अस्तु किसी अन्तर्हित द्रव्य पर आकार के आरोप की बात कहाँ तक उचित कही जा सकती है? **सेपीर** कहता है- "विविध समाजों के अपने विविध संसार हैं, विविध चिह्नों और पताकाओं से अंकित यह संसार एक नहीं है। फिर भी हर भाषा अपने आवासित संसार के द्रव्यों पर विशिष्ट आकारों को आरोपित करती है। कोष में संकलित सभी शब्द द्रव्य या सत्व की पूर्वकल्पना लेकर विनिर्मित नहीं होते। गुण वाचक शब्द जैसे सच्चाई, निष्ठा, समर्पण आदि कोश में संकलित होते हैं। इनकी संरचना का विवेचन आशय सम्बंधों के आधार पर की जा सकती है।वस्तुतः अर्थ विज्ञान में निर्देश की धारणा की तरह द्रव्य धारणा भी निर्धारित होती है।

**सांस्कृतिक अतिव्यापन-** संस्कृतियाँ देश और भाषा की सीमाओं को अतिव्याप्त करती हैं। दो समाजों के मध्य सांस्कृतिक अतिव्यापन या समान लक्षणों का पाया जाना सम्भव है। किसी विदेशी भाषा के सीखने के दौरान, इस सांस्कृतिक अतिव्यापन के परिणाम स्वरूप, हम उस संस्कृति-परिधि में स्थित बहुत से द्रव्यों, स्थितियों और अभिलक्षणों को आसानी से समझ लेते हैं। सांस्कृतिक अतिव्यापन के क्षेत्र में ही दूसरी भाषा की अर्थात्मक संरचना से परिचय होता है। इस क्षेत्र में प्रविष्ट कर हम उसके भीतर से ही कोशीय शब्दों के निर्देश तथा प्रयोग संदर्भों में, उनको आपस में बाँधने वाले आशय सम्बन्धों को सीखकर, उस भाषा की अन्यबची शब्द राशि के अपने ज्ञान को विकसित और संशोधित कर सकते हैं। सच्ची द्विभाषिता का अर्थ है दो संस्कृतियों का आत्मीकरण।

**विनियोग-** जब अनेक भाषाओं के शब्दों को उन संस्कृतियों के सामान्य अभिलक्षणों और स्थितियों के साथ आपसी अनुकारिता में रखा जाता है, जिनके वातावरण में उनका प्रयोग होता है, तब हम कह सकते हैं कि उन इकाइयों का विनियोग एक जैसा है। यहाँ विनियोग शब्द के प्रयोग के दो कारण हैं 1. प्रथम तो इसे उस संबध के लिए प्रयोग किया गया जो स्थितियों और होने वाली अभिव्यक्तियों के बीच स्थित होते हैं जैसे क्षमा करें, माफ करें आदि। 2. हम उन शब्दों की भी अर्थात्मक पहचान चाहते हैं जिनमें कोई निर्देश निहित नहीं रहता। जैसे फ्रेंच शब्द 'पेशे' और अंग्रेजी शब्द 'सिन' (sin) का विनियोग समान है, लेकिन निर्देश की दृष्टि से इसे सिद्ध कर पाना कठि न है। उचित यही है कि शब्दों के सांस्कृतिक अभिलक्षण समझ कर, उनके परिवेश गत विनियोग की समानता को समझने का प्रयास हो।

**कोशीय और व्याकरणिक अर्थ-** परम्परावादी पाश्चात्य वैयाकरण पदों को दो भागों में विभेदित करते हैं 1. सार्थक और 2. गौण। सार्थक समूह में नाम क्रिया, विशेषण, और क्रियाविशेषण परिगणित किए जाते हैं।ये प्रवचन के पदार्थ रूप भावों को संकेतित करते हैं। दूसरी कोटि में निपात और समुच्चयवाची आदि 'शब्द' आते हैं। ये शेष पदभेद वाक्यों के समग्र अर्थ में 'प्रवचन के पदार्थ' पर 'व्याकरणात्मक रूप' का आरोप करते हैं। गौण पदों की सार्थकता वाक्य के आकार निर्माण में ही होती है। फ्रेइस मानते हैं कि व्याकरण के सहचारी कोषों में दिए गए प्रमुख पदभेदों के कोषीय अर्थ होते हैं। संरचनात्मक अर्थ के अन्तर्गत वाक्य में प्रयुक्त कर्ता और कर्म का अन्तर, निश्चितता, लकार और वचन के बीच का अन्तर और इसीप्रकार वक्तव्य प्रश्न और प्रार्थना आदि के मध्य अन्तर आदि परिगणित होते हैं। व्याकरणिक अर्थ तीन प्रकार के होते हैं- 1. व्याकरणात्मक इकाइयों का अर्थ। 2. कर्ता कर्म या शोधक के रूप में व्याकरणात्मक कार्य का अर्थ। 3. विधि परक प्रश्नात्मक निषेधात्मक आदि वाक्य श्रेणियों का अर्थ।

## कोषीय और व्याकरणिक पदों में अन्तर

**इस संबन्ध में मार्टिने और हैलिडे के निकष के आधार पर दोनों को दो रूपों में विभेदित किया जा सकता है-**

**1. व्यापक या अनावृत विन्यास- इस वर्ग की सदस्य संख्या विशाल और व्यापक होती है। नाम या संज्ञा और क्रियाएँ इसी कोटि**

की होती हैं।

**2. संकुचित विन्यास-** इस वर्ग के सदस्यों की संख्या स्थिर और कम होती है- जैसे व्यक्ति सर्वनाम, लकार, लिंग आदि।

इस प्रकार हम कह सकते हैं कि 'संकुचित' आवृत विन्यास के अन्तर्गत व्याकरणात्मक इकाइयाँ आती हैं जबकि अनावृत विन्यास कोषीय इकाइयों का विकास माना जाता है। उपर्युक्त तथ्य स्वीकार कर लेने के पश्चात्, जेहन में एक प्रश्न उठता है कि क्या दोनों श्रेणियों की इकाइयों के अर्थ के बीच भी सिद्धान्ततः कोई अन्तर होता है? पहली बात ध्यान देने योग्य है कि परम्परा रूप से यह माना जाता है कि कोषीय शब्दों को कोषीय और व्याकरणात्मक दोनों ही अर्थों से सम्पन्न माना जाना चाहिए। उदाहरण के लिए 'गौ' एक कोषीय शब्द है पर यह मात्र किसी एक भाव का संकेतक न होकर द्रव्य, गुण, क्रिया आदि किसी भी 'संकेतन प्रकार' का माध्यम बन सकता है। यह बात परम्परागत रूप से मान्य है कि कोई भी शब्द व्याकरणिक रूपों में ढल कर ही सार्थकता प्राप्त करता है।

2. वाक्य रचना के धरातल पर पद भेदों में टकराहट दिखाई पड़ती है। क्रिया की गति और विशेषण की गुणवाचकता परस्पर समाविष्ट हो जाती है. जैसे बालक **पढ़ता** है। पढ़ता बालक।

3. 'कभी अर्थवत्ता में चुनाव का विकल्प' होने के कारण एक ही पद कभी क्रिया या संज्ञा या विशेषण वत् प्रयुक्त होता है। क्रिया का अन्य पद कोटियों में यह प्रयोग ही व्याकरणिक अर्थ की ओर संकेत करता है। एक उदाहरण मैं उठ लेता हूँ; मुझसे खाया नहीं जाता उक्त दोनों वाक्यों में 'लेता' और 'जाता' अपने मूल अर्थ को परित्यक्त कर सामर्थ्य की ओर संकेत कर रहे हैं। वस्तुतः कोषीय और व्याकरणात्मक अर्थों के मध्य अन्तर का निर्धारण कठिन होते हुए भी दोनों के अन्तर को मानना तो अनिवार्य ही होगा। कोशीय अर्थ दिक् कालात्मक निर्देश भाव-निर्देश व्यष्टिकरण आदि भावों के अभिव्यक्त करने में समर्थ नहीं हैं।

**अर्थात्मक संरचना-** भाषा के शब्द समूहों के बीच ऐसी कई कोषीय प्रणालियाँ उपस्थित होती हैं जिनकी बनावट का रूपक्रमात्मक और विन्यास क्रमात्मक भावना संबंधो के माध्यम से वर्णन किया जा सकता है। उनके मध्य में जो आपसी सम्बन्ध होते हैं उनकी व्याख्या करते समय, कोषीय पदों के बीच सम्बन्धों के रूप में किया जाना चाहिए। यह नहीं कि स्वतंत्र रूप से निर्धारित भावनाओं के मध्य स्थित संबन्धों के रूप में संरचनावाद के मूल में एक केन्द्रीय सिद्धान्त स्थित है। इस सिद्धान्त को **दे सौस्यूर** और उनके अनुयायियों ने विकसित किया । वह कहते हैं, "किसी भी प्रणाली में प्रत्येक भाषात्मक अवयव का अपना स्थान होता है और इसका प्रकार्य या मूल्य उन सम्बन्धों से प्रसूत होता है जो उसी प्रणाली में स्थित अन्य अवयवोंके साथ आवद्ध करते हैं"।

**आशय सम्बन्धों की प्राथमिकता-** अर्थात्मक संरचना के सम्बन्ध में **जोन लियोन्स** कहते हैं जहां तक भाषा के अनुभूति परक गवेषण का संबन्ध है, किसी कोषीय पद के आशय को उस संबन्ध विन्यास पर आश्रित और उससे समरूप कहा जा सकता है जो उसी कोषीय प्रणाली में स्थिति किसी अन्य पद के साथ प्रस्तुत पद को आबद्ध करता है। अर्थात्मक संरचना का विवेचन आशय से अलग करके, हम नहीं कर सकते। वह उसी के चारो और केन्द्रित है।

**विश्लेषणिक और संश्लेषणिक निहितार्थ-** दार्शनिकों ने आशय की धारणा के संबन्ध में विचार विश्लेषणिक और संश्लेषणिक वक्तव्यों के विभेद प्रसंग में ही अक्सर किया है। जोन लियोन्स कहते हैं, "इस विभेद को इस रूप में कहा जा सकता है संश्लेषणात्मक वक्तव्य वह है जो, 'आपातिक' रूप से सत्यहोता है जब कि अनुभूति गम्य तथ्य की दृष्टि से वह अन्यथा भी हो सकता है, तथा विश्लेषणात्मक वक्तव्य वह है जो 'अनिवार्यतः' सत्य होता है, और जिसकी सत्यता 1. उसके घटक अवयवों के आशय और 2. भाषा के वाक्य रचना नियमों द्वारा संपुष्ट होती है"। उदाहरण के लिए यह विश्लेषणात्मक वाक्य है 'सभी ब्रह्मचारी कुँआरे होते हैं' चूँकि कुमारत्व और ब्रह्मचारित्व अर्थ की दृष्टि से इस तरह सम्बद्ध होते हैं कि यह वाक्यगत सत्य अपने आप सिद्ध है। लेकिन विश्लेषणीयता की धारणा का उचित अनुचित होना सिद्ध करना, वह भी दार्शनिक दृष्टि विहित एक कठिन समस्या है। भाषा संरचना के संसार में ऐसे अनेक कथन होते हैं जिन्हें ऊपर की दृष्टि से तटस्थ माना जा सकता है। निहितार्थ के आधार पर भी आशय सम्बंधों की व्याख्या की जा सकती है, जैसे विध्यर्थ या स्वीकारात्मक वाक्यों में अस्वीकार या निषेध का भी भाव निहित होता है। उदाहरण के लिए "राम विवाहित नहीं है" जैसा निषेधात्मक वाक्य राम विवाहित हैं जैसे स्वीकृति मूलक वाक्य का संवादी है। इस प्रकार यह कहा जा सकता है कि निषेधात्मक वाक्य इस बात का स्पष्टतर निषेध करता है जिसे कि उसके संवादी स्वीकृति मूलक वाक्य द्वारा स्पष्टतर रूप में स्थापित किया जाता है। इस अभिव्यक्ततरस्वीकृति और निषेध की धारणा के आधार पर हम अर्थात्मक दृष्टि से अधिक संगत निहित स्वीकृति या निषेध या निहितार्थता की अधिक आकर्षक धारणा को निर्मित कर सकते हैं।

अध्याय-16

# लिपि (Script)-विज्ञान

## भाषा और लिपि : परस्पर संबन्ध

"Language and Script are interdependent. In fact, Script is the graphic symbol of sound" [1] भाषा और लिपि में रागात्मक संबध है। दोनों अन्योन्याश्रित है। कुछ लोगों के अनुसार भाषा और लिपि में शरीर तथा उसके आंतर में अवस्थित प्राण का-सा रिश्ता है। यद्यपि यह तर्क इसलिए शतांश सही नहीं है, क्योंकि आज भी विश्व में असंख्य ऐसे व्यक्ति हैं, जिन्हें लिखने-पढ़ने से थोड़ा-सा भी सरोकार नहीं, किन्तु अपनी भावाभिव्यक्ति में वे भाषा का प्रयोग करते हैं। हाँ, इतनी तेजी से बदलते परिवेश में- जहाँ अशिक्षा के विरुद्ध नवक्रांति शुरू हुई है- भाषा और लिपि के नैत्यिक संबंध को नकारा नहीं जा सकता। व्यक्ति के भाव-प्रकाशन का यदि मौखिक साधन भाषा है, तो लिखित साधन लिपि है। **डॉ. कैलाशचन्द्र भाटिया** के शब्दों में "यदि वर्णमाला किसी भाषा में प्रयुक्त ध्वनियों की वैज्ञानिक व्यवस्था है, तो लिपि उस वर्णमाला को दृश्य सांकेतिक चिह्नों में परिवर्तित करने की विधि मात्र है।'"[2] व्यक्ति ने प्रथमतः भाषा और कालान्तर में लिपि अर्जित की, किन्तु सभ्यता के विकास में लिपि का योगदान भाषा से कम नहीं है। भाषा के प्रयोक्ता ने यदि व्यक्ति समुदाय के लिए जंगलीपन से सभ्यता की ओर जाने वाले मार्ग का उद्घाटन किया, तो लिपि के आविष्कारक ने दूसरी ओर व्यक्ति के निरन्तर विकास की असीम संभावनाओं के द्वार को सदैव के लिए खोल दिया-"The invention of writing along made possible the passage from barbarism to civlization and secured the continuous progress of the human race."[3]

## लिपि की परिभाषा

भावाभिव्यक्ति व्यक्ति-स्वभाव की अनिवार्य प्रक्रिया है। सामने उपस्थित होने पर व्यक्ति एक दूसरे से बोलकर (भाषा के माध्यम से) अपने भावों का आदान-प्रदान करता है, किन्तु सुदूर होने पर व्यक्ति लिखित रूप में (लिपि के माध्यम से) अपने विचारों को सम्प्रेषित करता है। दूरस्थ व्यक्ति को अपनी विचारधाराओं से अवगत कराने तथा भावी पीढ़ी के लिए अपनी विशाल ज्ञानराशि की अमूल्य धरोहर को सुरक्षित रखने हेतु व्यक्ति ने नानाविध उपाय किये होंगे। लिपि उन्हीं प्रयत्नों का एक मूर्त परिणाम है। वस्तुतः भाषा को दृश्य रूप में स्थायित्व प्रदान करने वाले यादृच्छिक वर्ण-प्रतीकों की परंपरागत व्यवस्था लिपि कहलाती है-"Language is a system of arbitrary Vocal Symbols by means of which a social group coaperets.[4]

**डॉ. कैलाश चन्द्र भाटिया** ने लिपि का स्वरूप स्थिर करते हुए लिखा है- " वर्णमाला के पश्चात् उन ध्वनियों को सांकेतिक चिन्हों में लिपिबद्ध किया जाता है, इन सांकेतिक चिन्ह विशेष की ही संज्ञा 'लिपि' है"।[5] **डॉ. राजेन्द्र प्रसाद श्रीवास्तव** के अनुसार 'लिपि' संस्कृत भाषा के 'लिप्यते' शब्द से बना है, जिसका अर्थ है— लिंपन करना, लेप करना आदि। जब मानव की शाब्दिक अभिव्यक्ति को सांकेतिक।

---

1. Indian Literature-Savitry sinha, Page 592, Editor, Dr. Nagendra, Published by Lakshmi Narain Agrawal, Hospital Road Agra.Price-Rs 18, Ist Edi-1959
2. भाषा, डॉ. कैलाश चन्द्र भाटिया वर्ष 8, अंक 2, पृष्ठ 36
3. Out line of Linguistic Analysis- B. Bloch & C.L. Trager Page-17
4. Out line of Linguistic Analysis- B. Bloch & C.L. Trager Page-17
5. नये निबंध, देवनागरी लिपिः विशेषताएँ एवं न्यूनताएँ-डॉ. कैलाश चन्द्र

चिह्नों के माध्यम से प्रस्तुत करते हुए उन चिह्नों पर उसका अर्थ लेपन किया जाता है। तब लिपि का जन्म होता है और इसी को लिपि के नाम से अभिहित किया जाता है।[1] **डॉ. महेन्द्र धींगड़ा** के अनुसार-"वर्णमाला की ध्वनियों को सांकेतिक चिन्हों में लिपिबद्ध किया जाता है, यह सांकेतिक चिन्ह ही लिपि कहलाते हैं।"[2] **डॉ. रामेश्वर प्रसाद भार्गव** तथा **डॉ. देवी कृष्ण गोयल** लिखते हैं कि- "मानव ने अपने भावों और विचारों की प्रतीक ध्वनि और शब्दों के लिखित रूप के लिए जिन चिन्हों को अपनाया वे सामूहिक रूप में लिपि कहलाते हैं।'[3] **भाषा विज्ञान कोशकार के अनुसार**-"भाषा का आधार ध्वनि है, जो श्रव्य या कर्ण गोचर होती है। इसे दृष्टिगोचर कराने के लिए जिन चिह्नों का प्रयोग किया जाता है, उन्हे लिपि या लिपि चिह्न कहते हैं।''

सच पूछा जाय तो भाषा, विचारों और भावनाओं को श्रवण ग्राह्य बनाती है और लिपि उसको इन्द्रिय ग्राह्य बनाती है। लिपि चक्षुग्राही है तो भाषा श्रोत्रग्राही है। यदि लिपि दृश्य तथा अंकित है तो भाषा मौखिक साथ ही उच्चरित भी है। भाषा के ध्वन्यात्मक(Phonctic) रूप को सांकेतिक चिह्नों में अंकित करना ही लिपि का कार्य है। इसलिए **डॉ. म. व्यं. सहस्त्रबुद्धे** कहते हैं- "लिप रूप अक्षर विचार-रूप मानसिक क्रिया का ही एक बोध-चिह्न है।"[4] भाषा, ध्वनियों के माध्यम से भावों और विचारों को व्यक्त करती है, किन्तु लिपि ध्वनि चिह्नों, रेखाओं, वर्णों आदि के माध्यम से विचारों तथा भावों का बोध कराती है- "ध्वनि और वर्ण चिह्न के संबंधों का नाम ही लिपि है। एक ही चिह्न से यदि एक ध्वनि ज्ञात हो जाय तो लिपि का उद्देश्य सफल माना जा सकता है।'[5]

उपर्युक्त व्यापक अंतरालों के साथ-साथ इनमें आपसी सन्निकटता भी है। दोनों ही भावों और विचारों के संवाहक हैं। दोनों का ही आधार ध्वनियाँ हैं। दोनों ही व्यक्ति विकास में अपनी सार्थक भूमिका का निर्वहन करती हैं-"वास्तव में भाषा और लिखने की कला- ये दो ऐसी वस्तुएँ हैं, जो मनुष्य को प्रत्यक्ष रूप से पशु से पृथक करती हैं और जिनके सहारे वह निरंतर उन्नति के पथ पर अग्रसर होता जा रहा है।'[6]

## लिपि की उत्पत्ति

भारत में लिपि-उत्पत्ति के सन्दर्भ में विद्वानों में मतैक्य का अभाव है। धार्मिक भावना सम्पृक्त व्यक्ति जिस प्रकार भाषा के संबंध में 'दैवी उत्पत्ति-सिद्धान्त' में विश्वास करते हैं, ठीक उसी प्रकार लिपि को भी वे ईश्वर का रहस्यमय वरदान ही स्वीकारते हैं। जो कुछ भी हो, इतना तो दृढ़तापूर्वक कहा जा सकता है कि भाषा की भाँति ही लिखने की कला की उत्पत्ति भी विचारों की अभिव्यक्ति के लिए हुई होगी।[7]

**बर्नेल** (Burnell) के अनुसार चौथी, 5वीं शती ई. पू0 के लगभग लेखन कला का श्री गणेश हुआ होगा।[8] **मैक्समूलर**(Maxmullar) ई. पू. चतुर्थ के बाद इसका आरंभ मानते हैं।[9] प्रसिद्ध पाश्चात्य भाषा विज्ञानी **डॉ. बूल्हर** (Buhler) ने 800 ई. पू. के लगभग माना है।[10] **चीनी विश्वकोश** (Ea-wanshu-hi) में ब्रह्मा को ही भारत में लेखन कला का उद्घाटक माना गया है।[11] विश्रुत चीनी यात्री **ह्वेन-त्सांग** भारत में बहुत पहले ही लेखन कला की बात कहते हैं।[12] लेखन कला की प्राचीनता को सिद्ध करते हुए जन्मपत्री (Horoscopes) तथा सड़कों के किनारे जमीन में गड़े हुए मील के पत्थरों की ओर हमारा ध्यान आकृष्ट करते हैं[13]अरब विद्वान **अलबरुनी** ने भी संकेत किया है कि भारत में लेखन कला के समाप्त होने के कारण सभी लोग निरक्षर होने लगे। इसलिए सभी को साक्षर करने के लिए महर्षि पाराशर-पुत्र व्यास ने 15 अक्षरी वर्णमाला की खोज की।[14] **जॉर्ज ब्यूलर** के अनुसार ई. पू. पाँचवीं -छठीं शताब्दी में भारत वर्ष में जनसाधारण में लेखन कला का प्रचार हो चुका था। उनके अनुसार इसके साहित्यिक प्रमाण मिलते हैं।[15] प्रख्यात पुरातत्ववेत्ता **डॉ. एस. आर. राव** (Dr. S. R. Rao) के अनुसार ईसा से 3000 वर्ष पूर्व लिपि लिखी गई।[16]

अब तक हमने प्रतीच्य विद्वानों की भारत में लिपि उत्पत्ति संबंधी धारणाएँ देखीं, किन्तु अब हम भारतीय पौराणिक वाङ्गमय में

---

1. देवनागरी लिपिः उद्भव एवं विकास, डॉ. राजेन्द्र प्रसाद श्रीवास्तव, पृष्ठ 39
2. देवनागरीलिपि-डॉ. महेन्द्र धींगड़ा, पृष्ठ-164
3. साहित्य परिशीलन-डॉ. रामेश्वर प्रसाद भार्गव, पृष्ठ-41
4. देवनागरी लिपिः स्वरूप, विकास और समस्याएँ-संपादक-जोगेलकर, पृ.49
5. वही, पृष्ठ35
6. हिन्दी भाषा का उद्गम और विकास- डॉ. उदयनारायण तिवारी-पृष्ठ 546
7. वही, पृष्ठ 563
8. Element of South Indian Paleography, P.9
9. A History of Ancient Sanskrit Literature, P. 507
10. Indian Paleography (Eng. Tr.) Indian Antiquary (Append) 1904, P,17
11. Beal, Si-yu-ki I. 77
12. Indian Paleography, Dr, Raj Bali Pandey
13. Indian Paleography, Dr, Raj Bali Pandey
14. Sachau Alberuni's India
15. On the Origin of the Indian Brahm Alphabet' 2 जार्ज ब्यूलर, 1963,पृ. 53
16. धर्मयुग- 30 नवम्बर से 6 दिसम्बर 1980 का अंक

उपलब्ध लिपि उत्पत्ति संबंधी विचारों से अवगत होंगे।

भारतीय परंपरा के अनुसार लिपि के प्रथम आविष्कारक **ब्रह्मा** थे। नारद-स्मृति (लगभग 500 ई.) के अनुसार यदि ब्रह्मा ने लेखन-कला का आविष्कार नहीं किया होता तो यह विश्व अभी तक आज की जैसी सुस्थिति में नहीं आ पाता-

**नाकरिष्यद्यदि ब्रह्मा लिखितं चक्षुरुत्तमम।**
**तत्रेयमस्य लोकस्य नाभविष्यत् शुभा गतिः।।** [1]

लेखन कला के आविष्कार के संबंध में वृहस्पति का 'बचन है कि किसी बात को यदि केवल छह महीने तक याद रखने का प्रयास किया जाय तो उस अल्पावधि में ही उसमें भ्रांति की संभावना बढ़ जाती है, इसीलिए सृष्टि-सर्जक ब्रह्मा ने पुराकाल में ही पत्रों पर रेखांकित किए जा सकने वाले अक्षरों का निर्माण किया-

**षाण्मासिके तु समये भ्रांतिः सञ्जायते यतः।**
**छात्राक्षरणि सृष्टानि पत्रारुढ़ाव्यन्तः पुरा।।** [2]

वैयाकरण **पाणिनि** (800 ई.पू.) द्वारा प्रयुक्त लिपि 'लिबि' शब्द का प्रयोग मिलता है। [3] **उपनिषदों** में भी अक्षर का संकेत हैं।[4] **तैत्तरीय उपनिषद** में वर्ण, बल, स्वर, मात्रा आदि का वर्णन है।[5] इधर **कालिदास** ने रघुवंश में बताया है कि लेखन कला के अभ्यास से व्यक्ति विशाल वाङ्मय तक वैसे ही जा पहुँचता है, जैसे समुद्र के मुहाने तक कोई नदी पहुँच जाती है।[6] **कौटिल्य** ने राजकुमारों की शिक्षण-व्यवस्था में लिपि का उल्लेख किया है।[7] **बौद्ध** और जैन साहित्य में भी लेखन-कला की प्राचीनता की चर्चा हुई है।[8] पुस्तक धारिणी सरस्वती लेखनकला, मूर्तिकला तथा चित्रकला के प्रमाणों में से एक हैं। अर्द्धनारीश्वर (Elephanta Caves) के नारी भाग के हाथ में भी पुस्तक है।[9]

भारत की तरह विदेशों में भी लिपि-उदय के विषय में विभिन्न मान्यताएँ प्रचलित हैं। जिस प्रकार भारतवासी ब्राह्मी लिपि को ब्रह्मा (ईश्वर) की देन मानते थे, ठीक उसी प्रकार मिस्र के लोग अपने देवता **आइसिस** (Isis) अथवा **थॉथ** (Thoth) को लिपि का सर्जक मानते थे। यूनानी लोग **हर्मस** (Hermes) तथा यहूदी लोग **मूसा** (Moses) को लिपि का रचयिता मानते थे। बेबीलोनिया के निवासियों के अनुसार लिपि की खोज **नेबो** (Nebo) ने किया। उपर्युक्त मान्यताएँ विश्वास के किसी दृढ़ धरातल पर आधारित नहीं हैं, बल्कि उनका आधार सच पूछा जाय तो अन्धविश्वास ही है।

जो कुछ भी हो, लिपि के उदय काल का सर्वमान्य मत अभी तक स्थिर नहीं हो पाया है। इस संबन्ध मे मैं **डॉ. भोलानाथ तिवारी** के विचार का समर्थन करते हुये कहूँगा कि –"विश्व में लिपि का अपने अत्यन्त प्रारम्भिक रूप में विकास 10000 ई. पू. के आप-पास हुआ, किन्तु उसके व्यवस्थित रूप धारण करने में लगभग 6000 वर्ष लग गये। इस प्रकार प्रायः 4000 ई. पू. के आस-पास से लिपि का व्यवस्थित रूप मिलने लगता है।"[10]

## लिपि का विकास

लिपि लिखित अवश्य है, किन्तु भाषा की भांति ही लिपि का पुरातन स्वरूप और काल अज्ञात हैं। लिपि के माध्यम से भाव-प्रकाशन का समय कुछ निश्चित नहीं है। अभिव्यक्ति (expression) की प्रेरणा लेकर मानव लिपि के अनुसंधान में प्रवृत्त हुआ होगा। हो सकता है, उसका यह प्रयत्न रूप-चित्रों तथा प्रतीकों तक ही सीमित रहा हो। लिपि का सर्वप्रथम प्रयोग संभवतः घटनाओं और तथ्यों के चित्रात्मक अंकन के रूप में किया जाता था। विश्व के कई देशों में और भारत में भी पाषाण-युग के विभिन्न भित्ति-चित्र गुफाओं में अंकित मिलते हैं, जो प्रतीक चित्र हैं। [11] धार्मिक प्रतीकों के चित्र, जादू-टोने के लिए प्रयोग की गई लकीरें, पहचान के लिए घड़ों इत्यादि पर निर्मित चित्र आदि ही लिपि के प्रारम्भिक रूप रहे हैं। कुल मिला कर कह सकते हैं कि सर्वत्र प्रारम्भ में स्मृति चिह्न के रूप में स्थूल अथवा सूक्ष्म संकेत अवश्य बने थे। इटली, यूनान, ग्रेट ब्रिटेन, आस्ट्रेलिया, कैलिफोर्निया, मिस्र, मेसोपोटामिया आदि देशों में इस प्रकार के भग्नावशेष (Remains) मिले हैं। नवीन अनुसंधान के अनुसार भारत में पिपरावा कोट (कपिलवस्तु के पास), बड़ली (जिला

1. नारद स्मृति, 4। 70
2. आह्विकतत्व एवं ज्योतिस्तत्व में वृहस्पति का वचन
3. अष्टाध्यायी, 3.2.21
4. हिंकार इतित्र्यक्षरं प्रस्ताव इतित्र्यक्षरं तत्समम्- छान्दोग्य, 2.10
5. वर्णः स्वरः मात्रा बलम्,
6. रघुवंश, 3.28
7. अर्थशास्त्र, 2.1.2)
8. पन्नवणा सूत्र, सनवायांग सूत्र(अध्याय 18)
9. हिन्दी भाषा-विकास और विश्लेषण-डॉ. चन्द्रभान रावत, पृ.153
10. हिन्दी भाषा- डा. भोलानाथ तिवारी, पृ 67
11. भाषाशास्त्र तथा हिन्दी भाषा की रूप-रेखा, डॉ. देवेन्द्र कुमार शास्त्री, पृ. 311

अजमेर) और जरासन्ध की राजधानी गिरब्रज से प्राप्त प्रस्तरफलकों पर अंकित फुटकर लेख मिल जाने से सिद्ध होता है कि भारतीय लिपि का इतिहास बहुत पुराना है।[1] इस प्रकार भारतीय लिपि की प्राचीनता स्वतः सिद्ध है। अब हम भारतीय लिपि के क्रमशः विकासात्मक सोपानों का अध्ययन इन रूपों में करेंगें–

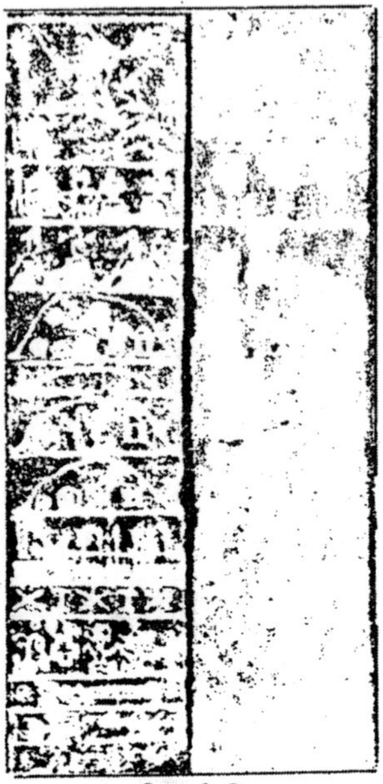

चित्र लिपि

**1. चित्र लिपि** (Pictography) कहते हैं, लिपि का पुरातन और प्रारम्भिक रूप चित्रात्मक रहा है।[2] वर्णमाला का विकास लेखन-चित्रों से हुआ है।[3] व्यक्ति अपने भावों, विचारों को व्यक्त करने के लिये चित्रों का आश्रय लिया करता था। उदाहरणार्थ यदि 'पहाड़' को लिपि-बद्ध करना हुआ तो ऊँची-नीची रेखाएँ खींच दी, 'नदी' लिखना हुआ तो बंकिम रेखाएँ खींच दीं, यदि सूयं लिखना हुआ तो एक गोला (O) बना कर उसके चारों ओर उसमें से उँगलियाँ निकाल देते थे। इसी प्रकार गाय, घोड़ा, साँप, पक्षी, बकरी आदि की अभिव्यक्ति को स्थायित्व देने के लिए चित्र बना दिये जाते थे। ये चित्र कैलिफोर्निया की घाटियों, स्काटलैंड की शिलाओं, ओहियो रियासत की वृक्ष-छालों लैपलैण्ड में ढोलों और ओवर्न (फ्रांस) में सींगों पर उत्कीर्ण आज भी मिलते हैं।[4] पाश्चात्य देशों एरीजाना, मैक्सिको, आदि-में भी ये चित्र संकेत (Ideograph) प्राप्त हुए हैं।[5]

यद्यपि चित्र लिपि स्वतः में परिपूर्ण नहीं है, वह इसलिए कि उसमें स्थूल (पर्वत, नदी, पशु, वृक्ष आदि) का ही चित्र बन सकता है, सूक्ष्म (subtle) भावों तथा विचारों (प्रेम, दया,करुणा, क्रोध, उत्साह आदि) का नहीं। लेकिन इसकी एक विशेषता की ओर संकेत करते हुए **डॉ देवेन्द्र नाथ शर्मा** लिखते हैं, "देवनागरी में 'हाथी' शब्द लिखा देखकर इसका अर्थ वही समझ सकता है, जो देवनागरी लिपि और हिन्दी भाषा से परिचित हो। यह संकेत रूसी, फ्रांसीसी या अंग्रेजी जानने वाले के लिए अर्थहीन है। हाथी का चित्र देखकर कोई भीइसका अर्थ समझ सकता है।"[6]

भाव-लिपि

**2. सूत्र लिपि-** जिन सूक्ष्म भावों को चित्र लिपि के माध्यम से लिपिबद्ध नहीं कर पाते थे, उन्हें मूर्त्त रूप देने के लिये सूत्रों का प्रयोग हुआ होगा। प्राचीन काल में सूत्र (सूत), रस्सी या वृक्ष की छाल में गाँठें बना देते थे। रंगविरंगे सूत या डोरे में मूँगा मोती गूँथकर संकेत करते थे। भाव-प्रकाश की इस विशेष पद्धति को सूत्र लिपि के नाम से अभिहित किया गया। सूत्र लिपि का उल्लेख 5 वीं सदी के लेखक **हेरोडोट्स** (Herodotos) ने किया है। पीरू (द. अमरीका) देश के सैनिकों द्वारा प्रयुक्त 'क्वीप लिपि' इसका सुन्दर निदर्शन है। चीन और तिब्बत में तथा जापान के कुछ द्वीपों साथ ही संथालों में इस लिपि का प्रयोग देखा गया है। भारत के मध्यम तथा श्रेष्ठ वर्गीय परिवारों में अब भी हर साल मनाई जाने वाली साल गिरह (वर्षगाँठ) सूत्र लिपि का परंपरित अवशेष है।

**3. भाव-लिपि** (Ideograph)- विशिष्ट भावों के बोधन के लिये जन चित्रात्मक संकेतों का उपयोग लिखित रूप में किया जाता है, सामान्यतः उसे भाव-लिपि कहते हैं।[7] भावलिपि, चित्रलिपि का विकसित रूप है। चित्रलिपि में जहाँ स्थूल वस्तुएँ ही चित्रित की जाती थीं, वहीं भावलिपि में घटनाएँ तक अंकित की जाने लगीं। प्रकाश और अंधेरा दर्शित करने के लिए चित्र दिये गये। चित्र लिपि में 'सूर्य' लिखने के लिए केवल एक गोला बनाया जाता था, किन्तु भाव लिपि में उसके तेज और ऊर्जा को प्रदर्शित करने के लिए उसमें किरणें दिखाईं गईं। करुणा और शोक प्रकट करने के लिए आँख से आँसू गिरते दिखाए गये। कुल मिलाकर स्थूल (Concrete) से बढ़कर सूक्ष्म (Abstract) भाव इस लिपि में दिखाए गए। चीन,

---

1. हिन्दी, उद्भव, विकास और रूप - डॉ हरदेव बाहरी, पृ. 264
2. "An Introduction to Descriptive Linguistics". H. A. Gleasn, P. 412, 1966
3. "Linguistic Change", E. H. Sturtevent, P. 8, 1961
4. भाषा शास्त्र तथा हिन्दी भाषा की रूप-रेखा, डॉ. देवेन्द्र कुमार शास्त्री, पृ, 312
5. अक्षर अ... रहें- वाचस्पति गैरोला, 1959, पृ. 346
6. भाषाविज्ञान की भूमिका- डॉ. देवेन्द्र नाथ शर्मा, पृ.346
7. भाषा शास्त्र तथा हिन्दी भाषा की रूपरेखा, डॉ. देवेन्द्र कुमार शास्त्री, पृ. 313

उत्तरी अमरीका तथा पश्चिमी अफ्रीका में इस लिपि के नमूने मिले हैं। आज के व्यंग-चित्र भाव लिपि के श्रेष्ठ उदाहरणों में से एक हैं।

**4. प्रतीक-लिपि-** यह लिपि विलक्षणताओं से सम्पृक्त रही है। इसमें सूक्ष्म संकेतों के माध्यम से किसी वस्तु अथवा बात की सूचना दिया करते थे। केवल भारत वर्ष में ही नहीं विश्व के विभिन्न देशों में प्रतीकों के माध्यम से संदेश भेजने की रीति प्रचलित थी।[1] यद्यपि यह प्रणाली बहुत क्लिष्ट थी, वह इसलिए कि प्रयुक्त संकेतों या प्रतीकों को जब तक दूसरा नहीं समझता, तब तक कोई अर्थ या भाव ही नहीं ग्रहण कर पाताथा। आज भी इस लिपि के उदाहरण बहुतायत मिल जाते हैं। जैसे विवाह के अवसर पर हल्दी या सुपारी भेजकर बारात में शामिल होने का निमंत्रण देना, बहनों का रक्षा-बन्धन-सूत्र भेजना, फटे या लाल स्याही में लिखे पत्र को देखकर किसी अशुभ की कल्पना कर लेना, युद्ध के मैदान में फहरते श्वेत झण्डे को देखकर सन्धि की प्रार्थना समझ लेना, गार्ड की लाल झण्डी को देखकर चालक का गाड़ी रोकना या हरी झंडी को देखकर गाड़ी को आगे बढ़ाना आदि संकेत इसी के भीतर आते हैं।

**5. ध्वनि-लिपि (Phonetic Script)-** लिपि की विकास-यात्रा का यह अंतिम कदम है। आधुनिक युग की अधिकांश प्रगतिशील लिपियाँ ध्वन्यात्मक (Phonetic) हैं। इनमें प्रयुक्त संकेत किसी भाव या तथ्य को व्यक्त न कर केवल उच्चरित ध्वनि को प्रकट करते हैं। अरबी हिब्रू, रोमन, ग्रीक तथा देवनागरी आदि लिपियाँ ध्वनिमूलक लिपियाँ हैं।

ध्वनिमूलक लिपि के दो प्रकार हैं। (क) अक्षरात्मक लिपि तथा (ख) वर्णात्मक लिपि।

**क. अक्षरात्मक-लिपि** (Syllabic Script) इसके अन्तर्गत स्वर तथा व्यंजनों को मिलाकर लिखते हैं। दूसरे शब्दों में जिनमें एक से अधिक ध्वनियाँ सम्मिलित हो सकती हैं, उसे अक्षरात्मक लिपि कहा जाता है। अक्षर के तीन भेद बताए गये हैं- संज्ञाक्षर, व्यंजनाक्षर तथा लब्ध्यक्षर। भारतीय प्राचीनतम शिलालेखों में 44 अक्षरों की प्राप्ति होती है। उनमें से 22 अक्षरों में सेमेटिक (Semetic) लक्षण मिलते हैं।[2] कुछ विद्वानों ने देवनागरी को अक्षरात्मक लिपि स्वीकारा है, वह इसलिए कि इसके वर्णों में दो-दो ध्वनियाँ सम्मिलित हैं, यथा क=क्+अ, को = क् + ओ आदि। वास्तविकता यह है कि देवनागरी लिपि के व्यंजनों को तो अक्षरात्मक माना जा सकता है, परन्तु स्वर वर्णात्मक हैं। इसलिये यह दोनों प्रकारों का मिला-जुला रूप है।[3] **प्रो. देवेन्द्र नाथ शर्मा** के अनुसार 'देवनागरी भी वर्णमूलक लिपि है, उसे अक्षर मूलक कहना तर्क संगत नहीं है।[4] **प्रो. जे. वर्ट्न पेज** ने भी इसे पूर्णतः अक्षरात्मक मानने से इनकार किया है। - "In other words, the Devanagari Script as applied to Hindi, although syllabic in its conception is now neither fully alphabetic."[5]

**(ख) वर्णात्मक लिपि** (Alphabetic Script)- यदि ध्वनिमूलक लिपि का हर संकेत एक ही ध्वनि या वर्ण को व्यक्त करता है और प्रत्येक वर्ण की स्थिति जहाँ अलग-अलग हो, उसे वर्णात्मक लिपि विभाग के भीतर रखते हैं। रोमन लिपि इसका सन्दर निदर्शन है।

लिपि विज्ञानियों के अनुसार लिपि के विकास में वर्णों का महत्वपूर्ण स्थान है। वर्ण, लिपि के आज तक के हुये विकास की चरमावस्था के द्योतक हैं। इनके ही माध्यम से किसी भी भाषा को सम्यक् रूप से लिखा जा सकता है। प्रत्येक वर्ण अलग-अलग ध्वनि के पृथक-पृथक सूचक हैं। वैदिक भाषा में कुल 52 प्रतीक अथवा वर्ण हैं।[6]

## लिपि - विकास की प्रारम्भिक अवस्था

ध्वनि मूलक लिपि के अतिरिक्त विश्व की फन्नी, हीरोग्लाइफिक, क्रीट, सिन्धुघाटी, हिट्टाइट और चीनी लिपियां विकास की प्रथम पंक्ति में आती हैं। इन्हें क्रमशः इस प्रकार देखा जा सकता है-

**1. फन्नी लिपि** (Cuneiform Script) इसका एक

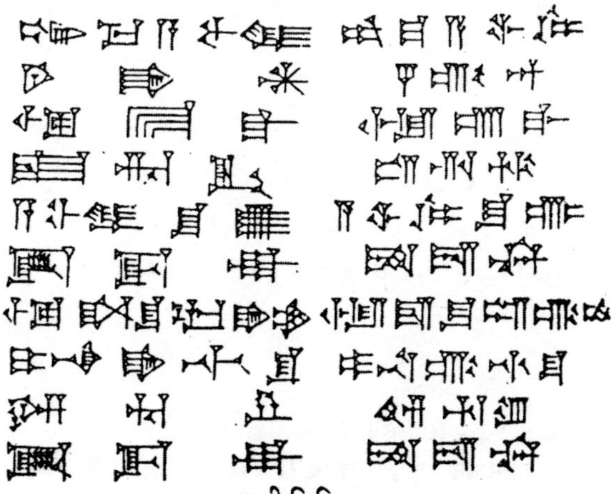

फन्नी लिपि

1. हिन्दी भाषा का उद्गम और विकास-डॉ. उदयनारायण तिवारी, पृ. 546
2. On the Orgin of the Indian Brahm Alphabet.- जार्ज व्यूलर, पृ. 82, 1963
3. भाषा-विज्ञान और मानक हिन्दी - डॉ. रत्न चन्द्र शर्मा , पृ.116,1977
4. भाषा विज्ञान की भूमिका, डॉ. देवेन्द्र नाथ शर्मा , पृ. 347,1972
5. Indian Linguistics II- J. Burton , P. 171
6. हिन्दी भाषा का उद्गम और विकास- डॉ. उदयनारायण तिवारी, पृ. 549

नाम 'क्यूनीफॉर्म लिपि' भी है। फन्नीदार अक्षरों में लिखे जाने के कारण ही इसका नाम फन्नीलिपि पड़ा है। यह विश्व की सबसे पुरातन लिपि मानी जाती है। कहते हैं, इस लिपि का प्रयोग 4000 वर्ष पूर्व बेबीलान में हुआ करता था।- "That this Cuneiform script derives from Mesopotamia is hardly open to doubt, for the greatest part of these Old Elamitic Cuneiform signs are almost or completely identical with the Old Babyloian."[1] सर हेनरी लेअर्ड को 'इंडिया' की खोज में यह लिपि प्राप्त हुई थी। उनके अनुसार वहाँ के लोग गीली मिट्टी की टिकियों, पतली ईंटों पर लोहे की कील से खोदकर उन्हें आग में पकाकर तैयार करते थे। ये प्राचीनतम लिपि के प्राप्त नमूने हैं। इन नमूनों को आज भी लंदन के अजायबघर में सुरक्षित रखा गया है। विश्वास है कि इसका प्रयोग सर्वप्रथम सुमेरी जाति के लोगों ने ही किया होगा। हीरोग्लाइफिक (मिस्र), क्रीट तथा हिट्टाइट (Hittite) लिपियाँ इस लिपि की विकसित रूप हैं।

**2. हीरोग्लाइफिक लिपि** (Hieroglyphic Script) विश्व की सम्पूर्ण लिपियों में प्राचीनता की दृष्टि से द्वितीय स्थान रखने वाली 'हीरोग्लाइफिक लिपि' मिस्र देश की प्राचीन लिपि है। इसके बीज 4000 ई. पू. से छठीं शताब्दी तक विखरे मिलते हैं। 'मरो की पोथी' इस लिपि का प्राचीनतम ग्रन्थ है। मिस्र में पिरामिड की नींव के साथ ही इस ग्रन्थ की रचना हुई थी। मृत व्यक्तियों के लेखा-जोखा तथा देवताओं की अर्चनासे युक्त यह ग्रन्थ आज भी लन्दन के अजायबघर में सुरक्षित है। इसके अन्य नाम 'चित्राक्षर', 'गूढ़ाक्षर', 'बीजाक्षर' तथा 'पवित्राक्षर' भी मिलते हैं। दरअसल, हीरोग्लाइफिक का अर्थ ही होता है- 'पवित्र खुदे अक्षर' यह लिपि कलात्मकता से भी भरपूर रही है। The Hieroglyphs, as script that was decorative in its effect, never lost their close connection with art proper, whose changing style and taste is reflected in the way the script signs are executed"[2] इस लिपि की एक शाखा 'हीराटिक लिपि' के नाम से जानी जाती है। इसकी एक अन्यतम विशेषता यह रही है कि यह दाएँ से बाएँ लिखी जाती थी। इस लिपि का काल 2000 ई. पू. से ईसा की तीसरी शताब्दी तक माना जाता है।

हीरोग्लाइफिक लिपि'

**3. क्रीट लिपि** (Creet Script) मिस्र देश से सटे क्रीट द्वीप में पाई जाने वाली क्रीट लिपि के दो रूप पाये जाते थे- प्रथम-चित्रात्मक और द्वितीय - रेखात्मक। यद्यपि क्रीट द्वीप में ही ये लिपियाँ पल्लवित हुई थीं। फिर भी इनके ऊपर मिस्री लिपि (हीरोग्लाइफिक) का किन्हीं अर्थों में प्रभाव अवश्य पड़ा था, तदर्थ कुछ लोग इन्हें मिस्री लिपि की एक शाखा मानते हैं। इस लिपि का प्रयोग बहुधा धार्मिक साहित्य के लेखन में होता था।- "The Creet script was employed very extensively for religious literature.........'[3]

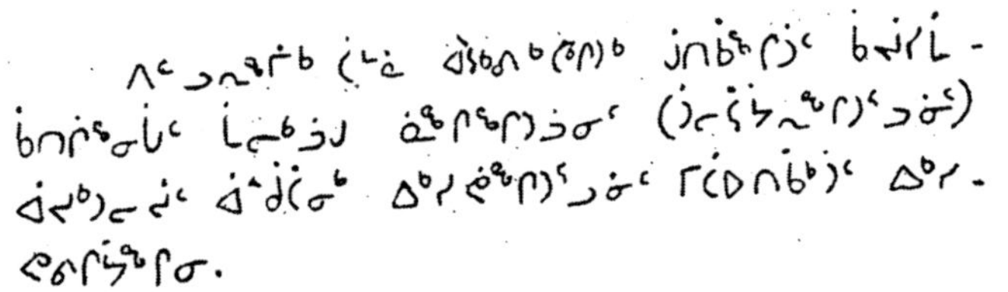

क्रीट लिपि

चित्रात्मक लिपि में करीब 135 चित्र थे। इसकी विशेषता यह रही है कि इसे कभी बाएँ से दाएँ तथा कभी दाएँ से बाएँ लिखा जाता था। रेखात्मक लिपि चित्रलिपि का ही विकसित रूप है। रेखात्मक लिपि में तकरीबन 90 चिह्न थे। लेकिन इसे बाएँ से दाएँ लिखा जाता था। चित्र लिपि का समय 3000 ई. पू. से 1700 ई. पू. तक तथा रेखात्मक लिपि का समय 1200 ई. पू. के आस पास रहा।

**3. हिट्टाइट लिपि** (Hittite Script) एशिया माइनर में प्रयोग की जाने वाली इस लिपि का अस्तित्व 1500 ई. पू. से

---

1. Die Strichinschriften VonSusa, F. Bork. - Konigsberg, P, 20, 1924
2. Sing, Symbol and Script (The Egyptian Group of Scripts) By- Hans Jensen, Page, 70
3. वही, पृ. 245

लेकर 600 ई. पू. तक मिलता है। कुछ भाषा विज्ञानी इसे मिस्र की हीरोग्लाइफिक लिपि का ही एक विभाग मानते हैं किन्तु पाश्चात्य भाषाविद् **डॉ. डिरिंजर** (Dr. Diringer) उसे स्वतंत्र और एशिया माइनर की ही लिपि स्वीकारते हैं। उनके अनुसार यह मिस्री से अनुस्यूत नहीं है। इसमें कुल 419 चित्र मिलते हैं। प्रारंभ में उसका स्वरूप चित्रात्मक ही था, किन्तु बाद में इसमें ध्वन्यात्मक तथा भावात्मक लिपि का भी समावेश हो गया- The Hittite script signs are picture signs, although the underlying objects are no longer always-recognizable beyond doubt.....From this it fallows that the script can't be a pure word-picture-script (ideogram-script)[1]

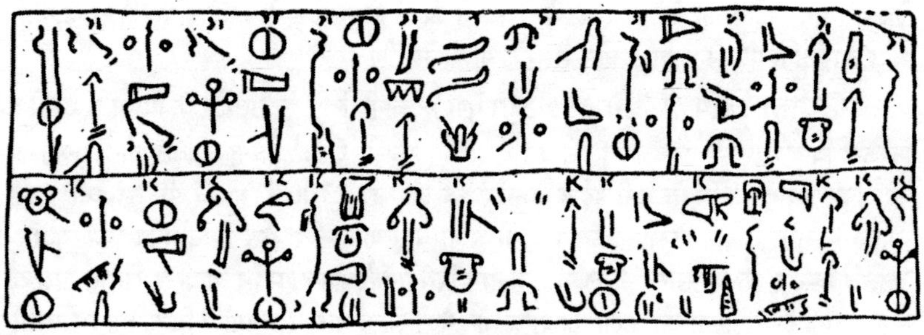

**हिट्टाइट लिपि**

**5. सिन्धु घाटी की लिपि** (Indus Valley Script) लिपियों में विशेष महत्व प्राप्त सिन्धु घाटी की लिपि ताम्रयुग (ई. पू. 4000 से पहले) की बताई गयी है।[2] इस लिपि का प्रचार पूरे उत्तरी-पश्चिमी भारत के अतिरिक्त बिलोचिस्तान, कंधार और मकरान तक था। सिन्ध में मोहन जोदड़ो, पाकिस्तान में हड़प्पा, "For a good many decades stone seals had been known bearing incised figures of oxen, as well as inscriptions in a puzzling script, wich had been found at Harappa in the Punjab (north-west-India). Then about thirty years ago these finds were added to in unexpected abundance by the excavations at Larkana on the lower Indus and specially at Mohenjo-Daro near the Indus delta."[3] और पंजाब में रोपड़ से जो पुरातत्त्व (Archaeology) प्राप्त हुए हैं, उनमें मुहर लगाने वाले ऐसे ठप्पे भी हैं, जो नरम पत्थरों को खोदकर बनाये गये हैं। इन पर अंकित पुरुषों, पशुओं, देवताओं और स्थानों के चिह्नों तथा नामों को कई देशी -विदेशी लिपि-विशेषज्ञों ने पढ़ने का यत्न किया, किन्तु वे असफल ही रहे। इन भाषाविदों में **हेरास, लेंगडन, स्मिथ, गैड, हुटन, हण्टर, हेटी, प्राणनाथ** आदि का नाम प्रख्यात है। एक ओर जहाँ **डॉ. एल. ए. बैडल** यह सिद्ध करते हैं कि 4000ई. पू. तक सुमेरी लोग सिन्धु घाटी में रहते थे, अतः यह उन्हीं की लिपि है, वहीं दूसरी ओर इसे **श्री. एच. हेरास** तथा **जाह्न मार्शन**[4] सिन्धु घाटी में निवास करने वाले द्रविड़ों की लिपि बताते हैं।

**सिन्धु घाटी की लिपि**

**मैरेगी** (Meregy) इसे चीनी की भाँति एकाक्षर लिपि (Monosyllable script) मानते हैं। जर्मन विद्वान् हजोंग के अनुसार सिन्धु उपत्यका की यह लिपि हिट्टाइट लिपि से मिलती-जुलती है। **हण्टर** आदि विद्वानों ने भारत में पाई जाने के कारण इस लिपि का संबंध ब्राह्मी से जोड़ने की चेष्टा की है। किन्तु कुछ लोगों के अनुसार सिन्धु घाटी में प्राचीन काल में आर्य या असुर रहा करते थे, जिन्होंने इस लिपि का निर्माण किया होगा। इसमें लिपि-चित्रों की संख्या **हण्टर** के अनुसार 253, **लैगडन** के मत से 228 और **स्मिथ** तथा **गैड** ने 396माना है, किन्तु **स्व. डॉ.हरदेव बाहरी** के अनुसार इसमें 250 से 400 के बीच विभिन्न चिह्न-चित्राक्षर और ध्वन्याक्षर हैं।[5]

1. Sign, Symbol and Script, Hans Jensen, p. 148., 1970.
2. Indian Palaeography, Dr. Raj Bali Pandey, P. 21
3. Sign, Symbol And Script, Hans Jensen- Ruskin House: Museum Street, London, P. 181, 1970.
4. The main work on this is that published by Marshall and others, Mohanjo-Daro and Indus Civilization, London 1931, 4 to (about 700 pp). A good general view is provided by E. Makay, Die Indus Cultare, Ansgrabungen in Mohenjo-Daro and Harappa Leipzing, 1938,
5. हिन्दी, उद्भव, विकास और रूप- डॉ. हरदेव बाहरी, पृ. 266

**शिल्पविभाग, नईदिल्ली के श्री एस. के. राव** ने अपने अनुसंधान के आधार पर अभी हाल ही में यह दावा किया है कि सिन्धु घाटी में प्राप्त उपर्युक्त ठप्पों की भाषा प्राचीन संस्कृत या पालि थी।

**6.चीनी लिपि** (Chinese Script)- चीनी लिपि की उत्पत्ति के विषय में अभी तक भाषा वैज्ञानिक एक निश्चित सहमति के केन्द्र बिन्दु पर नहीं पहुँचे हैं। विश्व की कदाचित् सबसे दुरुह[1] किन्तु जीवित चीनी लिपि अभी भी अपनी उत्पत्ति के बुनियादी प्रश्न को लेकर प्रवाद का विषय बनी हुई है। कुछेक के अनुसार 2700 ई. पू. किसी **'त्सं-की'** (इन्हें कुछ लोगों ने 'सांगके' कहा है) नामक व्यक्ति ने इस लिपि का निर्माण किया। चीनी भाषा के ख्यातिलब्ध बौद्ध विश्व कोष **'फा-युअन्-चु-लिन्'** (सन् 668 ई. ) में बौद्ध ग्रंथ **'ललित विस्तर'** के अनुसार 64 लिपियों के नाम दिये गयें हैं, जिनमें प्रथम ब्राह्मी है, द्वितीय खरोष्ठी है। इसी ग्रंथ में विभिन्न लिपियों के संदर्भ में कहा गया है- "लिखने की कला का शोध तीन दैवी शक्ति वाले आचार्यों ने किया। उनमें सबसे प्रसिद्ध 'ब्रह्मा' हैं, जिनकी लिपि (ब्राह्मी) बाईं ओर से दाहिनी ओर पढ़ी जाती है। उसके बाद 'किअलु' (खरोष्ठ) है, जिनकी लिपि (खरोष्ठी) दाहिनी ओर से बाईं तरफ पढ़ी जाती है और सबसे अल्प महत्व के 'त्सं-की' है, जिनकी लिपि (चीनी) ऊपर से नीचे की ओर पढ़ी जाती है। ब्रह्मा और खरोष्ठ ने अपनी लिपियाँ देवलोक से पाई और त्सं-की ने अपनी लिपि पक्षी आदि के पैरों के चिह्नों पर से बनाई।[2]

कुछ लोगों के अनुसार यह सुमेरी की तिकोनी लिपि से निकली है; कुछ लोग हीरोग्लाइफिक से तथा कुछ सिन्धु घाटी लिपि की प्रेरणा से उत्पन्न मानते हैं। चीनी लिपि को सर्वथा अपूर्ण, अवैज्ञानिक तथा दुष्कर मानते हुए **स्व. डॉ. भोला नाथ तिवारी** ने उसकी उत्पत्ति के विषय में अपना विचार व्यक्त करते हुए लिखा है- "स्वयं चीनी लोग भी 'ब्राह्मी' (आधुनिक देवनागरी लिपि की माँ प्राचीन नागरी) की माँ (कुटिल लिपि) की माँ (गुप्त लिपि) की माँ को अपनी चीनी लिपि से बहुत अच्छी मानते थे, जो सत्य भी है।"[3] जो कुछ भी हो चीनी लिपि विश्व की सबसे पुरातन लिपि होने का दावा करती है। -""The Chinese script can claim the distiction of being

**चीनी लिपि**

the oldest script in the world still in use to day; its age afterall is to be estimated for certain at more than 4,000 years."[4]

चीनी लिपि में वर्ण या अक्षर नहीं मिलते हैं। इसका विकास चित्र लिपि में हुआ है। देवनागरी, अंग्रेजी अथवा उर्दू आदि में एक ध्वनि

1. In view of the complicated system of the Chinese script, it is understandable that the question should often Crop up Where it would not be possible to replace the Concept Script by a purely Phonetic script, Syllbic or wholly Aphabetical.". -Sign, Symbol and Script (The East-Asian Group of Scripts) Hans Jensen, P. 178,1970.
2. Indian Antiquary, P. 21 (प्राचीन लिपि माला, दूसरा संस्करण)
3. 1. भाषा चिन्तन,डॉ. भोलानाथ तिवारी प्रथम संस्करण, पृष्ठ 30, 1971
4. Sign, Symbol and Script, (The East Asian Group of Scripts) by Hans Jensen, P. 162

के लिए एक चिह्न होता है, किन्तु चीनी लिपि में इस प्रकार की व्यवस्था नहीं है। इसमें शब्द या भाव के लिये ही चिह्न हैं। उदाहरणार्थ, यदि हमें हिन्दी में 'सूरज' लिखना हो तो 'स्+ऊ+र्+अ+ज्+अ' इतनी ध्वनियों को मिलाकर लिखेंगे, परन्तु चीनी लिपि में केवल एक गोलाकार चिह्न बना देंगे और यही चिह्न सूरज का भाव व्यक्त करेगा। इसी कारण इसे भावमूलक लिपि कहा गया है। इसमें विभिन्न-स्थूल या सूक्ष्म-भावों के लिए चिह्न होते हैं। इसका फल यह हुआ है कि जहाँ हिन्दी में 54-55 चिह्नों से या अंग्रेजी में 26 चिह्नों से काम चल जाता है, वहाँ चीनी में कई हजार (50,000) चिह्न याद करने पड़ते हैं, जो सर्वसाधारण के लिए सहज नहीं है।

चिह्न बहुल लिपि होने के कारण चीनी में एक शब्द के अनेक अर्थ होते हैं। इनके उच्चारण और स्वरों में भिन्नता की अपनी एक अतिरिक्त विशेषता है। यथा 'माँ' शब्द को लिया जा सकता है। इसके - माता, घोड़ा, गाली देना, तथा एक विशेष प्रकार का कपड़ा- ये चार अर्थ होते हैं। यदि 'माँ' शब्द का उच्चारण सामान्य ढंग से किया जाय तो चीनी लोग इसका अर्थ 'घोड़ा', मुँह को कुछ गोल बनाकर उच्चारण किया जाय तो इसका आशय 'माता', कुछ त्वरा (शीघ्रता) से कहा जाय तो 'कपड़ा', किन्तु कुछ खींचकर कहा जाय तो 'गाली देना' मानते हैं।

अलग-अलग अक्षर या वर्ण न होने के कारण इस लिपि में विदेशी नामों को लिखना कठिन होता है। अतः होता यह है कि वे विदेशी नामों का चीनी भाषा के अनुरूप प्रथमतः अनुवाद करते हैं, फिर उसके चिह्न बनाते हैं। चीन में बौद्ध हैं, अतः महात्मा बुद्ध के पिता का नाम शुद्धोदन लिखने के लिए चीनी लोग उक्त शब्द का सन्धिच्छेद करेंगें- शुद्ध+ओदन (चावल)। अब वे शुद्ध चावल का चीनी पर्याय बनाकर फिर उस प्रकार लिखेंगें। यदि उन्हें 'केशव चन्द्र सिनहा' लिखना हुआ तो सबसे पहले वे 'केशव' और चन्द्र के लिए 'ईश्वर' और 'चाँद' का चिह्न बनाते हैं, किन्तु 'सिनहा' से मिलता-जुलता कोई शब्द चीनी में है, अतः उसी से काम चल जाता है। यद्यपि आज कल उन्होंने इस प्रवृत्ति में कुछ सुधार किया है और विदेशी नामों को बिना अनुवाद किये ही लिखने लगे हैं। अब कुछ चीनी लोग अपनी लिपि को सरल करना चाहते हैं। फिर भी उन्हें चीनी लिपि से अभी इतना व्यामोह है कि वे उसे छोड़ नहीं पा रहे हैं।

चीनी लिपि में प्रयुक्त लगभग 50,000 चिह्नों को वे कई प्रकार से व्यवहृत करते हैं, किन्तु उनमें तीन प्रकार प्रधान हैं- एक तो सामान्य प्रकार है, जिसमें चिह्नों को हू-ब-हू बना देते हैं। दूसरे प्रकार की लिपि को **डॉ. भोलानाथ तिवारी** 'त्वरा लिपि' या 'short hand' की संज्ञा देते हैं,[1] तथा तीसरे प्रकार की लिपि आलंकारिक है।

## लिपि-विकास की अंतिम अवस्था

ऊपर स्पष्ट किया गया है कि ध्वनि-मूलक लिपि का निर्माण लिपि-विकास का अंतिम सोपान था। लिपि-विकास के प्रथम चरण 'चित्र लिपि' में चिह्न का संबंध यद्यपि अर्थ से था, किन्तु उसके नामकरण के लिए संकेतों का अभाव था और यही कारण है कि लिपि चिन्हों की संख्या आकाशी नक्षत्रों के समान अधिक थी। चीनी लिपि इसका स्पष्ट निदर्शन है। सच पूछा जाय तो चिन्हों की इतनी भीड़ से बचाव के विकल्प में ही ध्वनि मूलक लिपि का आविष्कार हुआ। कदाचित् सिन्धु घाटी की लिपि 'लिपि-संक्षिप्तीकरण' का प्रथम प्रयास है, क्योंकि इसमें लिपि-चिह्न-सापेक्ष अन्य लिपियों के बहुत कम हैं। सिन्धु घाटी की लिपि में चित्रों के साथ अक्षरों जैसे चिन्ह भी प्राप्त होते हैं।तदर्थ, स्पष्ट है कि चित्रलिपि को भाव-प्रकाशन में अक्षम समझकर ही व्यक्ति ने चित्रों का सरलीकरण कर ध्वनि (वर्ण) के चिन्ह बनाए होंगे। उक्त ध्वनिमूलक लिपि ही वास्तविक लिपि मानी गई । ध्वनिमूलक लिपि के दो प्रकार हैं, जिनके विषय में ऊपर काफी प्रकाश डाला गया है, फिर भी नीचे दोनों की पारस्परिक भिन्नता पर कुछ विचार किया जा रहा है।

## अक्षरात्मक तथा वर्णात्मक लिपियों में भेद

देवनागरी लिपि अक्षरात्मक लिपि है। इस लिपि के चिह्न किसी अक्षर (Syllable) के होते हैं। देवनागरी लिपि के प्रत्येक व्यंजन (Consonent) में एक वर्ण नहीं है। प्रत्येक व्यंजन में संयुक्त रूप से एक-एक व्यंजन और एक व्यंजन और एक स्वर (Vowel) है, उदाहरणार्थ 'क' में क्+अ। किन्तु ठीक उसकी विलोम स्थिति वर्णात्मक लिपि की है जिसमें प्रत्येक चिह्न एक ही लिपि का होता है, जैसे- रोमन लिपि। इसमें हर वर्ण अपनी ध्वनि रखता है। रोमन में ए (A), बी (B), सी (C) तथा डी (D) इत्यादि अलग-अलग वर्ण हैं तथा अपनी स्वतंत्र ध्वनियाँ भी रखते हैं। इन वर्णो से जब शब्दों का विधान होगा, तो प्रत्येक वर्ण की स्थिति पृथक होगी, जैसे मीरा (MIRA) लिखने में- M+I+R+A कुल मिलाकर कह सकते हैं कि जहां अक्षरात्मक नागरी लिपि में केवल दो वर्ण (मीरा) हैं, तो रोमन लिपि में चार वर्ण हैं। ध्वनि मूलक प्राचीन लिपियों के स्वरूप अधिलिखित हैं- 1. फोनेशियन लिपि, 2. दक्षिण सामी लिपि, 3. ग्रीक लिपि, 4. लैटिन लिपि, 5. आर्मेइक लिपि, 6. हिब्रू लिपि, 7. अरबी लिपि, 8. फारसी लिपि, 9. ऊर्दू लिपि, 10. खरोष्ठी लिपि तथा 11. ब्राह्मी लिपि। इनका अध्ययन क्रमशः इस प्रकार किया जा सकता है-

**1. फोनेशियन लिपि** (Phonician Script)- लिपि विशेषज्ञों के अनुसार प्राचीन ध्वनिमूलक लिपियों में फोनेशियन लिपि ही सर्व पुरातन है, - "Until recently the so-called Ahiram inscription was regarded as the oldest

1. भाषा चिन्तन, डॉ. भोलानाथ तिवारी पृ. 36 स्मृति प्रकाशन, इलाहाबाद

monument of the north-Semitic and at the same time of Phoenician Script....".[1] कहते हैं कि क्रीटलिपि या बेबीलॉन की कीलाक्षरलिपि अथवा मिस्र की चित्रात्मक लिपियों से ही इस लिपि का स्फुरण हुआ है। प्रतीच्य भाषाविद् प्रो. पेट्री के अनुसार भूमध्यसागर के समीप रहने वाले लोगों ने कुछ संकेतों का निर्माण किया था और उन संकेतों का विकसित रूप ही फोनेशियन लिपि है।

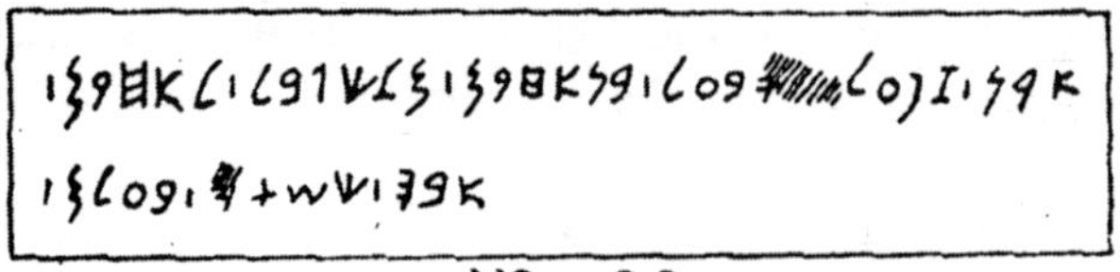

फोनेशियन लिपि

**2. दक्षिण सामी-लिपि- (South-Semetic Script)** सामी-लिपि अपने विकास के समय में ही दो शाखाओं - उत्तरी तथा दक्षिणी में विभक्त हो गई, - "Semetic Script from the very begining of their development fall in to two great branches, the north Semetic and the south-Semetic Alphabets....[2]

मिस्री लिपि से उद्भूत सामी लिपि 22 अक्षरों से युक्त थी। बहुधा इस लिपि में दाएँ से बाएँ की ओर लेखन होता था, किन्तु कभी-कभी इसके विपरीत भी लेखन के उदाहरण प्राप्त होते हैं। इसके कुछ लेख छठवीं शती ई. पू. के उपलब्ध हुए हैं, जिन्हें खोजने का श्रेय डी. एच. मूलर, होमेल, ग्रिम तथा जे. जे. हेस आदि पाश्चात्य विद्वानों को जाता है।[3]

**3. ग्रीक लिपि (Greek Script)-** फोनेशियन लिपि से स्फुरित[4] ग्रीक लिपि के प्रचीनतम लेख 9 वीं सदी ई. पू. तक के सुलभ होते हैं। ग्रीक लिपि में 24 लिपि चिह्न हैं। यूरोप की सारी लिपियों की जननी ग्रीक लिपि ही है। बल्कि कह सकते हैं विश्व सभ्यता के विकास का एक माध्यम ग्रीक लिपि भी रही है, - "for the first place the Greek Script was it-self once the dress of a world Language and thus mediator of a world civilization.[5]

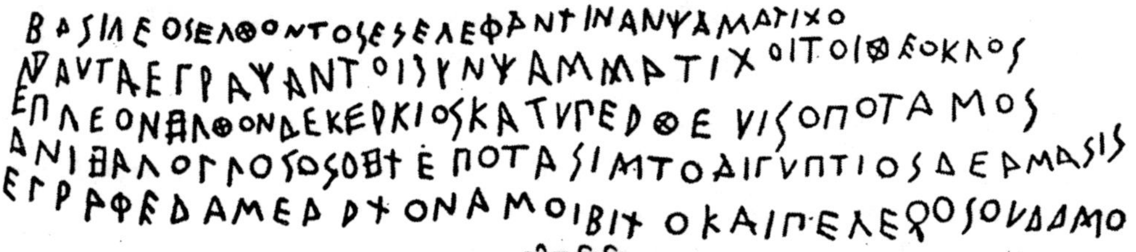

ग्रीक लिपि

**4. लैटिन-लिपि (Latin Script)**इस लिपि का विकास ग्रीक लिपि से ही माना जाता है। ई. पू. चौथी सदी में प्राप्त लैटिन लिपि के प्राचीन लेख रोम के वर्त्तनों पर अंकित मिले हैं। बहुत पहले इटली में 'एत्रुस्की' जाति के लोग रहा करते थे, जिनकी अपनी लिपि भी थी। लैटिन पर एत्रुस्की का भी प्रभाव पड़ा। इस प्रकार कह सकते हैं कि ग्रीक और एत्रुस्की के समवेत प्रभाव से लैटिन का प्रादुर्भाव हुआ- "The Latin alphabet is the most important of Italian alphabets; indeed it has acquired a significance that is quite immeasurable."[6] कालान्तर में यही 'रोमन लिपि' कहलाई। प्रारम्भ में इसमें 23 वर्ण थे, किन्तु बाद में 26 हो गए।

लैटिन-लिपि

---

1. Sign, Symbole and script-Hans Jensen P.283
2. वही पृ.337
3. In the 1830's the first south-semetic inscriptions were descoveed by Wellsted and Cruttenden... D. D. Muller, Hommel, Grimme and J. J. Hess amongst othere, also, took part- Sing, Symbol and Script-Hans Jensen, P. 337
4. "Today, the supposition that Greek alphabet was barrowed from the old Phoenician prevails completely among all serious scholars- O. Kern, Inscriptions Graecae, 1913
5. Sign Symbol and Script-Hans Jensen, P. 420
6. Sign, Symbol And Script- Hans Jensen, P. 570, 1970

**5. आर्मेइक लिपि** (Aramaic Script) यद्यपि इस लिपि के लेख ईसा की चौथी सदी तक उपलब्ध होते रहे, किन्तु इसका प्राचीन रूप उत्तरी सीरिया में 8 वीं सदी ई. पू. में प्राप्त हुआ था। उत्तरी साम प्रान्त की यह लिपि थी। आगे चलकर इससे कई लिपियों का विकास हुआ।[1]

**6. हिब्रू लिपि** (Hebrew Script) उक्त आर्मेइक लिपि से ही हिब्रूलिपि का विकास हुआ था। सच तो यह है कि हिब्रू

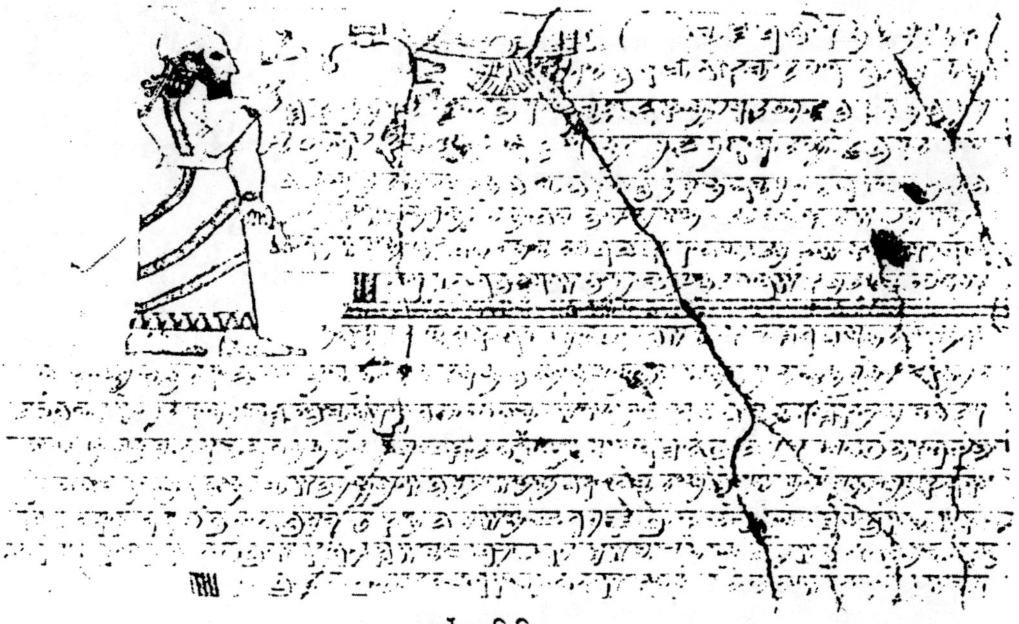

**आर्मेइक लिपि**

यहूदियों की भाषा थी।[2] इसमें प्राचीन धार्मिक साहित्य भी उपलब्ध होता है।

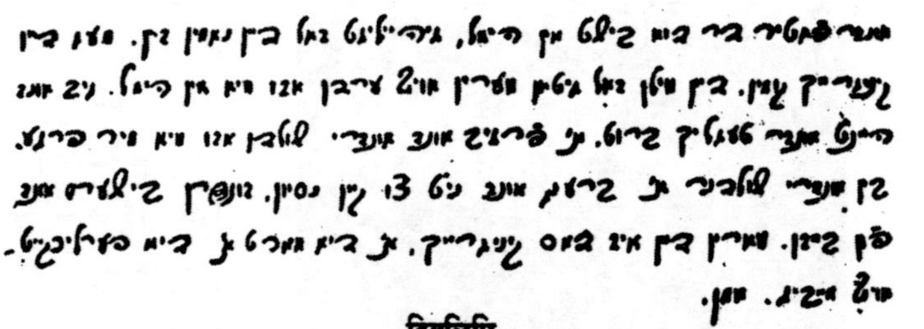

**हिब्रूलिपि**

**7. अरबी लिपि** (Arabic Script) अभी ऊपर स्पष्ट किया गया है कि आर्मेइक लिपि का एक रूप हिब्रू लिपि थी। उसी की दूसरी शाखा निबातेन से सेनेतिक और सेनेतिक से प्राचीन अरबी ... जन्म हुआ। इस लिपि का प्राचीनतम लेख 512 ई. पू. तक का प्राप्त होता है। 'कुरान' इस लिपि में लिखा प्रथम ग्रंथ है, -"The Arabic Script probably evolved in the 4 th Century A. D. from the alphabet used by Nabalaeans, an Arab People... The Qur'an is the first consecutive text written in the Arabic Script,"[3] ईशा की 7 वीं - 8वीं सदी में अरबी दो खेमे में विभाजित

1. The third, Aramaic type of north-semetic script-became by far the most important and most wider spread at a later date it split in to various branches. ....." Ibid P. 301
2. .......It was the language of Jewish people in the kingdoms of Judah......." The Conversion of Sciripts'by- Hans H Wellish,P. 119
3. The Conversion of Script, - Its Nature, History and Utilization- by Hans H. Wellish P. 110 University of

हो गई:-

**(क) कूफी** (Kufic)- मेसोपोटामियां (Mesopotamia) के कुफा नगर में प्रचलित होने के कारण इसका नाम कूफी पड़ा। कूफी लिपि विशेष शिल्प से अनुस्यूत थी। सिक्कों तथा अभिलेखों से कूफी लिपि के विषय में कुछ जानकारी प्राप्त हुयी हैं- The Kufic script is known to us from coins and from several longer inscriptions."[1]

**(ख) नस्खी** (Naskhi) - यह मक्का मदीना में विकसित हुई थी। इस लिपि

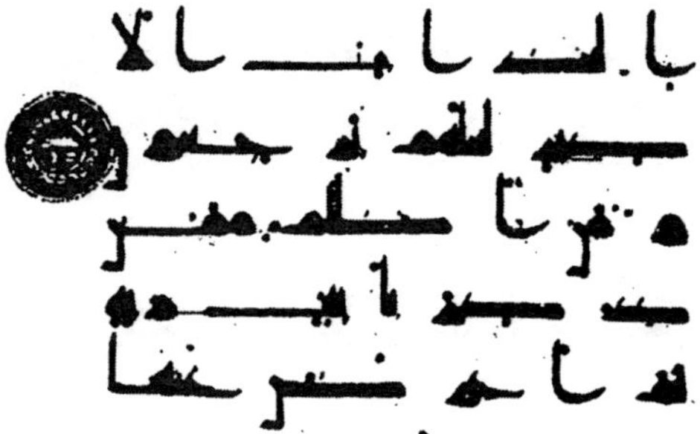

कूफी

का प्रयोग सामान्य साथ ही शीघ्र लेखन इत्यादि में किया जाता था। The other early style of script, the Naskhi, was a round and cursive style of writing,"[1] वर्तमान अरबी लिपि इसका ही विकसित रूप है।

अरबी लिपि

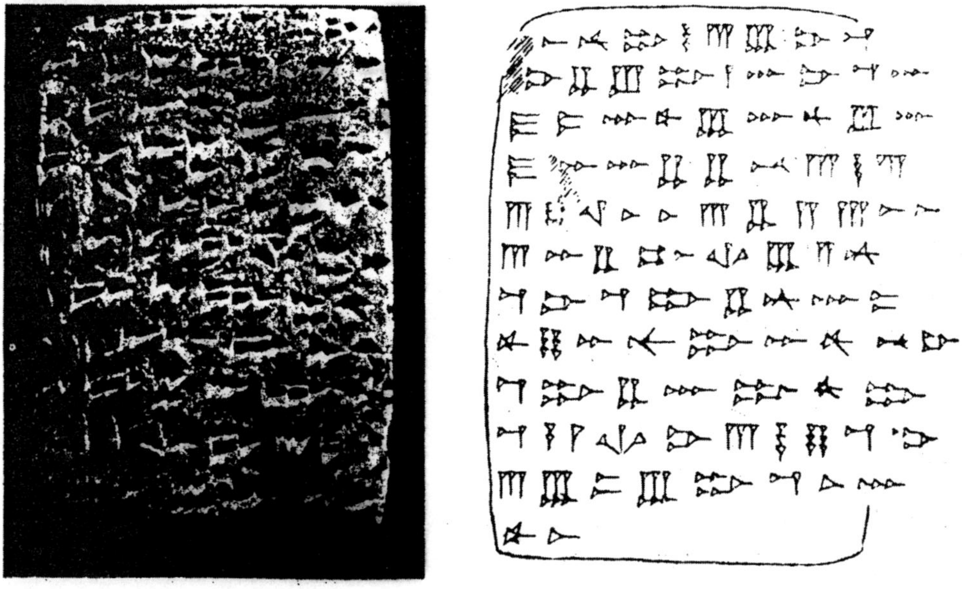

नस्खी

1. Sign, Symbol and Script- By Hans Jensen, P. 325

मात्र 28 वर्णों से भरीपूरी अरबी लिपि देवनागरी के ठीक विपरीत अर्थात् दाएँ से बाएँ लिखी जाती है। ध्यातव्य है कि अरबी लिपि का आज भी स्वस्थ स्वरूप मुस्लिम बहुल देशों - तुर्की, पाकिस्तान, अफगानिस्तान- में देखा जा सकता है। कमोबेश हिन्दुस्तान में भी इसका प्रयोग होता है।

**8. फारसी लिपि** (Persian Script) उक्त अरबी लिपि ही फारस में प्रचलन में लाई गई, किन्तु विशेषता यह है कि फारसी में आकर इसमें चार वर्णों का नया समावेश हो गया। मध्य और प्राचीन इरानियन भाषाओं की संवाहिका, इस लिपि को व्यापक अर्थ में 'पहलवी लिपि' भी कहते हैं। "By Persian Scripts we mean those scripts that serve to represent the Middle Iranian and to some extent Old Iranian Languages.......The Old Persian cunneiform script as wll as the Arabic Script, which irrupted with the Islamization of Persia (after 642)...... They are also described as Pahlavi Script in the wider sense."[2]

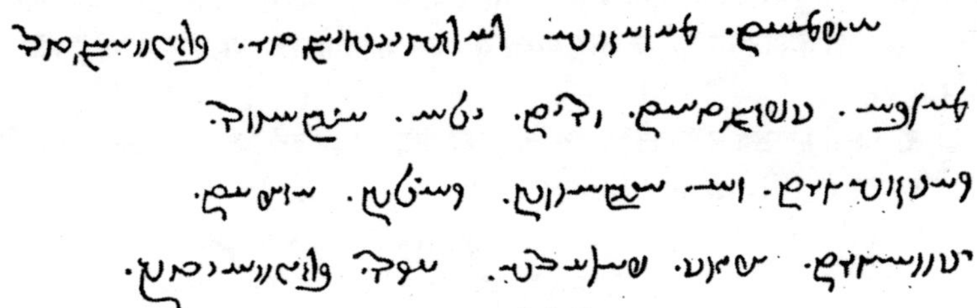

फारसी लिपि

**9. ऊर्दू लिपि** (Urdu Script ) -वस्तुतः उर्दू भी अरबी लिपि से संबंधित है किन्तु इसका स्वस्थ सृजन भारत में ही हुआ। डॉ. ग्रियर्सन लिखते हैं कि फारसी शब्दों से बोझिल हिन्दुस्तानी ही उर्दू है और इसीलिए वह केवल फारसी लिपि में ही लिखी जाती है; 'The name Urdu can there be confined to that special variety or Hindostani in which Persian words are of frequent occurence and which hence can only be written in the Persian character." फारसी में कुल 32 वर्ण थे, किन्तु उर्दू में 5 नई ध्वनियाँ और आ गई।

## भारतीय लिपियां और उनका परिचय

लिपि-विशारदों के अनुसार प्राचीन समय से भारतवर्ष में केवल दो ही लिपियाँ **प्राप्त होती है,** 1. ब्राह्मी और 2. खरोष्ठी। **इनके** अतिरिक्त जैन और बौद्ध आगम ग्रंथों में कुछ और लिपियों का उल्लेख मिलता है; 1. वंभी, 2. जवणालि, 3. दोसापुरिया, 4. खरोट्ठी, 5. पुक्खरसरिया, 6. भोगवइया, 7. पहराइया, 8. उपअंतरिक्खिया, 9. तेवणइया, 10. **अक्खर**पिट्ठिया, 11. गि (णि)राहइया, 12. अंकलिबि, 13. गधध्वलिबि, 14. उणितलिबि, 15. आदंसलिबि, 16. माहेसरी, 17. **दामिली,** 18. पोलिन्दी। बौद्ध ग्रंथ **'ललित-विस्तर'** (दूसरी शती ई. पू.) में 64 लिपियों के नाम आते हैं।(4.1. ब्राह्मी, 2. खरोष्ठी3. **पुष्करसारी,** 4. **अंगलिपि,** 5. वंगलिपि, 6. मांगल्यलिपि, 7. मनुष्यलिपि, 8. मगधलिपि, 9. शकरालिपि 10. अंगुलीयलिपि, 11. **ब्रह्मवल्लीलिपि,** 12. **द्राविड़लिपि,** 13. कनारिलिपि, 14. उग्रलिपि, 15. दक्षिणलिपि, 16. संख्यालिपि, 17. अनुलोमलिपि, 18. दरदलिपि, 19. **चीनलिपि,** 20 ऊर्ध्वध्वनिलिपि, 21. खास्यलिपि, 22. हूणलिपि, 23. देवलिपि, 24. पुष्यलिपि, 25. मध्याक्षरविस्तरलिपि, 26. नागलिपि, 27. गंधर्वलिपि, 28. यक्षलिपि, 30. महोरगलिपि, 31. गरुड़लिपि, 32. असुरलिपि, 33. चक्रलिपि, 34. मृगचक्रलिपि, 35. वायुमरुलिपि, 36. अन्तरिक्षदेवलिपि, 37 भौमदेवलिपि, 38. उत्क्षेपलिपि, 39. उत्तरकुरुद्वीपलिपि, 40. पूर्वविदेहलिपि, 41. अपरगौड़ादिलिपि, 42. निक्षेपलिपि, 43. प्रक्षेपलिपि, 44. विक्षेपलिपि, 45. सागरलिपि, 46. अनद्रतलिपि, 47. वज्रलिपि, 48. लेखपातिलेखलिपि, 49. गणवर्तलिपि, 50. शास्त्रवर्तलिपि, 51. उत्क्षेपावर्तलिपि, 52. विक्षेपावर्त लिपि, 53. पादलिखितलिपि, 54. दशोत्तरपदसंधिलिखितलिपि, 55. द्विरुत्तरपदसंधिलिखितलिपि, 56. अध्याहारिणीलिपि, 57. सर्वरु त्सग्रहणीलिपि, 58. विद्यानुलोमलिपि, 59. विमिश्रितलिपि, 60. धरिणीप्रेक्षणोलिपि, 61. ऋषितपस्तप्तलिपि, 62. सर्वसारसंग्रहणीलिपि, 63. सर्वेषधनिष्यपनन्दलिपि और 64. सर्वभूत रूद्रग्रहणीलिपि। **इन लिपियों के अतिरिक्त भारत में सिन्धु घाटी की लिपि (ई. पू. 4000 से पहले की) भी मिलती है। इस लिपि की उत्पत्ति के विषय में भाषाविदों में मतैक्य का अभाव है। अभी इस लिपि को पढ़ा नहीं जा सका है। (डॉ. एस. आर. राव ने सिन्धु घाटी की लिपि को पढ़ने**

---

**1. The Conversion of Scripts- By Hans H. Wellish P.110**

**2. Sign, Symbol and Script- By Hans Jensen, P, 431**

का दावा किया है- देखिये,धर्मयुग, 30 नबम्बर से 6 दिसम्बर 1980 में प्रकाशित उनका लेख।) किन्तु अनुमान के आधार पर विद्वान् अपनी-अपनी अटकलें, अपनी नजरिया पेश करते हैं। चूँकि सिन्धु घाटी की सभ्यता द्राविड़ों की थी, अतः **एच. हेरास** इसकी उत्पत्ति द्रविड़ से मानते हैं। किन्तु इस तर्क को स्वीकारने में एक समस्या यह आ जाती है कि सिन्धु घाटी की लिपि के बाद के लेख द्रविड़ों के देश दक्षिण में न मिल कर उत्तर में हीमिलते हैं। **जॉन मार्शल** इसकी उत्पत्ति सुमेरी लिपि से मानते हैं, [1] **बाडिल** ( S. A. Waddel) का भी विश्वास है कि ई. पू. चतुर्थ सहस्राब्द में सुमेरी लोगों ने सिन्धु घाटी में अपना उपनिवेश बनाया था। [2] भारतीय विद्वान **डॉ. प्राणनाथ** ने इनके मतों का समर्थन किया है।[3]

कुछ लोगों की धारणा है कि यह लिपि कहीं बाहर से नहीं आई। उनका कहना है कि सिन्धु घाटी में असुर या आर्य रहा करते थे, जिनका आर्यों से सांस्कृतिक तथा जातीय संबंध था। इन्हीं के द्वारा भारत में इस लिपि का आविष्कार हुआ। महाकाव्यों और पुराणों के ऐतिहासिक विवरणों केअनुसार पश्चिमोत्तर भारत से आर्य जातियाँ उत्तर पश्चिम में गई [4] और यह लिपि इन्ही के द्वारा अन्य देशों में ले जाई गई। [5]

**डॉ. राजबली पाण्डेय** ने इसको मिश्रित लिपि की संज्ञा देते हुए इसे चित्र या प्रतीक और ध्वनि लिपि के संक्रांति काल का प्रतिनिधित्व करने वाली कहा है-'It is mixed (विमिश्रित) writing of the trasitional period between the age embryonic writing and the age of phonetic writing. It consists of pictographs, ideoagraphs and syllables"[6] **डॉ भोलानाथ तिवारी** के अनुसार प्राचीन एलामाइट, सुमेरी तथा मिस्री लिपियों से साम्य होने के कारण आर्य या असुर जाति से इसकी उत्पत्ति हुई है।[7] **डॉ. हरदेव बाहरी** का अभिमत है कि 'हो सकता है यह लिपि उस युग की हो, जब कि चित्र-संकेत-लिपि विकसित होकर अक्षरात्मक होकर संक्रमण होने की स्थिति में थी।[8] जो कुछ भी हो, इतना तो विश्वास के साथ कहा जा सकता है कि सिन्धु घाटी की लिपि पूर्ण तथा आर्य लिपि है। इस लिपि का प्रचार प्रसार पश्चिमोत्तर भारत के अलावा सुदूर विलोचिस्तान, कांधार और मकरान तक था। इतना ही नहीं, डॉ. राव इसका प्रसार वर्तमान रूस तक मानते हैं। **डॉ. एस. आर. राव** के अनुसार सिंधुघाटी की सभ्यता, जिसका दूसरा नाम हड़प्पन सभ्यता भी है, अफगानिस्तान (अश्वस्थान) से लेकर दिल्ली तक और कश्मीर से लेकर ताप्ती घाटी तक फैली हुई थी। इतना ही नहीं, बल्कि वर्तमान रूस के कुछ भागों तक यह सभ्यता फैली हई थी।[9]

**खरोष्ठी लिपि** (Kharosthi Script)- कहते हैं, तक्षशिला (Taxshila) से थोड़ी दूर पर शाहबाज गढ़ी (पंजाब का युसुफजई जिला) तथा मानसेरा (पंजाब प्रान्त का हजारा जिला) में अशोक कालीन अनेक शिलालेख उपलब्ध हुए हैं। इनकी लिपि खरोष्ठी है और इनका झुकाव दाहिने से बाएँ तरफ है। समय-समय पर इसके कई नाम रखे गये- वैक्ट्रियन, इंडो-बैक्ट्रियन आर्यन, बैक्ट्रो-पालि, उत्तर-पश्चिम भारतीय, काबुली, खरोष्ठी आदि।[10]अपने जन्म स्थली वाले प्रश्न को लेकर यह लिपि विवादों के झूले पर आज भी झूल रही है। एक ओर कुछ लोग इसे भारतीय मानते हैं, तो दूसरी ओर कुछ लोग इसे अभारतीय (आर्मेइकAramaic) मानते हैं।

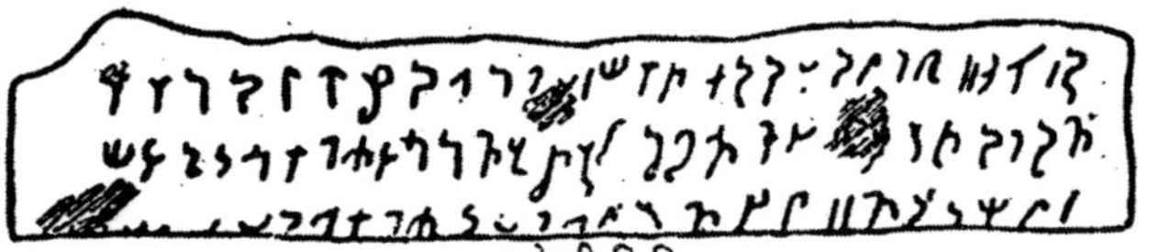
खरोष्ठी लिपि

## नाम की व्युत्पत्तिः कुछ प्रमुख विचारकों की धारणाएँ इस प्रकार हैं-

1. प्रसिद्ध भाषा विद् **डॉ. सुनीति कुमार चटर्जी** के अनुसार हिब्रू में खरोशेथ (Kharosheth) का अर्थ है - लिखावट, इसीलिए इसका मूल नाम खरोशेथ था, जो परिमार्जित होकर खरोष्ठ बन गया, किन्तु **डॉ. हरदेव बाहरी** डॉ. चटर्जी के उक्त मत को निराधार बताते

1. Indian Culture, Rev. H. Heras, SI, Mohenjodaro, (the people and the land), iii, 1957. (3. Mohenjodaro and the Indus Civilization, Vol I & II
2. The Indo-Sumerian Seals Deciphered, 1925)
3. The Script of the Indus valley seals, Indian Historical quaraterly 1931. Sumero Egyptian origin of the Aryans and the Regveda, - Journal of the Banaras Hindu University, vol, I, No. 2, 1937
4. Anc, Indian Historical Traditions F. E. Pargiter, XXV
5. Pre-Historic Civilization of the Indus Valley, K. N. Dikshtit. P. 46
6. Indian Palaegraphy, P. 29
7. हिन्दी भाषा-डॉ.भोलानाथ तिवारी,पृ. 306-307
8. हिन्दीः उद्भव, विकास और रूप,पृ. 268
9. धर्मयुग, 30 नबंबर से 6 दिसंबर, 1980
10. हिन्दी भाषा; विकास और विश्लेषण - डॉ. चन्द्रभान रावत, पृ. 162

हुए कहते हैं 'यह मत आनुमानिक है, प्रामाणिक नहीं है।'[1]

2. **डॉ. राजबली पाण्डेय** के अनुसार इस लिपि के अक्षर खर (गदहे) के ओष्ठ के समान भद्दे हैं, अतः इन अक्षरों को ख़रोष्ठी कहा गया।

3. एक धारणा के अनुसार इस लिपि का केन्द्र काशगर प्रान्त था। काशगर का ही संस्कृत रूप 'खरोष्ठ' है, जिससे कालान्तर में इसका नाम 'खरोष्ठी' पड़ गया।[2]

4. **'फा-वान-सु-लिन'** नामक चीनी विश्वकोश के अनुसार किसी 'खरोष्ठ' मामक व्यक्ति ने इसकी रचना की थी, अतः इसका नाम 'खरोष्ठी' पड़ गया।[3]

5. गधे की खाल पर लिखी जाने के कारण यह लिपि ईरानी भाषा में 'खर-पोश्ती' कहलाई। उसी का बिगड़ा हुआ रूप 'खरोष्ठी' हो सकता है। यद्यपि भारत सीधे ईरानी शासन के अधीनस्थ नहीं रहा,[4] हो सकता है यह शब्द किसी अन्य भाषा के माध्यम से भारत में आ गया हो।

6. पाश्चात्य लिपि-विशेषज्ञ **प्रजिलुस्की** (Przyluski) के अनुसार खरोष्ठी की व्युत्पत्ति 'खरपृष्ठी' से है। गधे की खाल पर लिखी जाने के कारण इसे 'खरपृष्ठी' कहते थे, बाद में यही 'खरोष्ठी' हो गया।[5]

7. **ई. थामस,**[6] , **टेलर**[7]तथा **कनिंघन**[8] आदि के अनुसार, निस्सन्देह इसकी उत्पत्ति आर्मेइक के एक शब्द 'खरोष्ठ' से हुई है। बाद में 'खरोट्ठ' से 'खरोष्ठ' बना तथा भाषा 'खरोष्ठी' कहलाई।

उपर्युक्त अनुमानों में कौन अनुमान प्रमाण की ठोस भित्ति पर आधारित है, कुछ निश्चित रूप से नहीं कहा जा सकता। इसकी प्रामाणिकता से संबंधित हमारे समक्ष कुल मिलाकर दो तरह के तर्क उपस्थित हुये हैं। प्रथम, तो यह कि यह लिपि ब्राह्मी की भांति ही भारतीय है। **डॉ. राजबली पाण्डेय** इसी मत के पोषक हैं क्योंकि उनके अनुसार खरोष्ठी का सबसे प्राचीन लेख 300 ई. पू. का है।[9]

द्वितीय मत **डॉ. बूलर**[10], **डिरिंजर और डॉ. गौरीशंकर ओझा** का है, जो इस लिपि को आर्मेइक की पुत्री मानते हैं। **डॉ. मनमोहन सिंह गौतम** भी इसी मत के पक्षधर हैं[11], क्योंकि आर्मेइक और खरोष्ठी में निम्न समानताएँ विद्यमान हैं।

1. खरोष्ठी और आर्मेइक दोनों ही दाएँ से बाएँ की ओर लिखी जाती हैं,

2. खरोष्ठी के 11 अक्षरों की बनावट आर्मेइक के 11 अक्षरों से मेल रखती है, तथा इनकी ध्वनियों में भी समानता है। उक्त 11 अक्षर निम्न हैं-

| | | | | | | | | | | | |
|---|---|---|---|---|---|---|---|---|---|---|---|
| **खरोष्ठी-** | 1 | 2 | 3 | 4 | 5 | 6 | 7 | 8 | 9 | 10 | 11 |
| | क | ज | द | न | थ | य | र | व | श | स | ह |
| **आर्मेइक-** | काफ़ | जाइन | दालथ | नून | बोथ | योध् | रेश् | वाव | शिन् | त्साधे | हे |

यदि तटस्थ रूप से इस लिपि का मूल्यांकन किया जाय तो कु ल मिलाकर कहा जा सकता है कि खरोष्ठी लिपि न तो पूर्ण है और न वैज्ञानिक ही है। इसके 11 वर्ण, जैसा कि अभी स्पष्ट किया गया है- आर्मेइक से लिये गये हैं, शेष में से अधिकांश ब्राह्मी लिपि के अपनाये गये हैं। वर्णों की कुल संख्या 37 है। खरोष्ठी में दीर्घ स्वरों के चिह्न नहीं हैं। मात्राएँ भी नहीं हैं। संयुक्त व्यंजन नहीं के बराबर हैं। ब्राह्मी की तुलना में खरोष्ठी को उतना महत्व नहीं मिल पाया। साहित्य तथा धर्म ग्रंथों से भी यह लिपि अछूती रही है। भारत की वर्तमान लिपियों के अध्ययन में इस लिपि से कोई सहयोग नहीं मिल सकता। कुल मिलाकर यह एक कामचलाऊँ लिपि है।[12]

**ब्राह्मी लिपि** (Brahmi Script) -ब्राह्मी भारतवर्ष की सर्व-प्राचीन लिपि है। यह शताब्दियों तकभारत की पूर्ण

---

1. हिन्दीः उद्भव, विकास और रूप,डॉ.हरदेव बाहरी पृ. 268
2. सिलपेन लेपी ने इसकी व्युत्पत्ति चीनी शब्द Kia-lu से मानी है। इसका मूल रूप खरोष्ठ था, किन्तु कुछ लोगों ने इसका विरोध भी किया है।
3. Fa- Wan-Shu-lin-चीनी विश्वकोष
4. Indian Historical Quantity, Dr. R. C. Majumdar, Vol, XXX, No. 3, (Sept. 1949)
5. Przyluski'Dunomdel'ecriture- Kharosthi, Journ, Roy, As, soc, P. 43, 1930.
6. Prinsep's Indian Antiquities, ed, Vol, II P. 144f
7. The Alphabet, II, P. 260f
8. Coins of Ancient India from the earliest times down to seveteenth Century, London, 1891
9. Indian Palaeography- P. 59
10 Indian Palaeography- by Buhler, P. 20
11. सरल भाषा विज्ञान- डॉ मनमोहन सिंह गौतम, पृष्ठ -311
12. हिन्दीः उद्भव, विकास और रूप- डॉ. हरदेव बाहरी, पृ. 268

विकसित, वैज्ञानिक, सर्वश्रेष्ठ तथा व्यापक लिपि रही है। इसके प्राचीनतम नमूने उत्तर प्रदेश के बस्ती जिले के पिपवारा स्तूप (Piparawah Stupa) में तथा राजस्थान में अजमेर जिले के बडली ग्राम के शिलालेखों में प्राप्त हुए हैं। उक्त शिलालेखों का समय 5 वीं सदी ई. पू. माना जाता है। अभी हाल ही में डकन कालेज-पूना के पुरातत्वविदों को मुंबई के पश्चिम घाटी की बुद्धगुफा में ब्राह्मी लिपि का 1400 वर्ष पुराना पत्थर मिला है, जिसमें ब्राह्मी लिपि में लिखे अभिलेखों से योग्य शिक्षकों की सुसभ्य परंपरा का पता चलता है। सुन्दर ढंग से कटा यह पत्थर मुंबई के निकट प्रख्यात कन्हेरी गुफा में 30 जून 1979 को मिला, जहाँ वह बिच्छुओं के ढेर से ढका हुआ था।[1]

ब्राह्मी लिपि

## ..मकरण

1. जैन जनश्रुति के अनुसार कृषियुग के प्रारम्भ में भगवान ऋषभदेव ने लिपि का आविष्कार किया था। उन्होंने दाहिने हाथ से वर्णमाला तथा बाएँ हाथ से अंक लिखे। उन्होंने अकार से लेकर हकार तक वर्णमाला तथा गणित अर्थात् अंक विद्या को लिखकर उसका उपदेश अपनी पुत्री ब्राह्मी को दिया था।[2]

2. इसके नाम के संबंध में धार्मिकों का अनुमान है कि -जिस प्रकार संस्कृत देववाणी है, उसी तरह यह लिपि भी ईश्वर (ब्रह्मा) प्रदत्त है। अतः ब्रह्मा निर्मित होने के कारण यह ब्राह्मी कहलाई। यद्यपि संस्कृत में 'ब्राह्मी' शब्द का प्रयोग भाषा के लिए भी होता है, क्योंकि भाषा भी ईश्वरीय सृष्टि मानी गई है -'ब्राह्मी तु भारती भाषा गीर्वाग् वाणी सरस्वती।'[3]

3. चीनी विश्वकोष 'फा-वान-शु-लिन' (668ई.) में इसके रचनाकार ब्रह्म या ब्रह्मा (Fan) नाम के आचार्य बताये गये हैं, तदर्थ उनके नाम के आधार पर इसका नाम ब्राह्मी पड़ सकता है।

4. डॉ. राजबली पाण्डेय के विचार से भारतीय आर्यों (ऋषियों) ने ब्रह्म (वेद) की रक्षा के लिये इसका प्रवर्त्तन किया।

5. कुछ लोग ब्राह्मणों की लिपि का -क्योंकि वे ही उस समय सुशिक्षित थे -नाम ब्राह्मी बताते हैं।

6. डॉ. हरदेव बाहरी के अनुसार ब्रह्मावर्त से सम्बद्ध होने के कारण भी इस लिपि का नाम ब्राह्मी पड़ सकता है।[4]

## व्युत्पत्ति

ब्राह्मी लिपि की उत्पत्ति के संदर्भ में लिपि-विदों में मतैक्य का अभाव है। एक पक्ष के अनुसार इसकी जन्मस्थली भारत ही है तो दूसरा पक्ष इसे विदेशी लिपियों से प्रादुर्भूत मानता है। अतः हमारे लिए दोनों मतों को देख लेना आवश्यक होगा।

## (अ) प्राच्य (भारतीय)मत

**1. आर्य उत्पत्ति-** डाउसन[5], कनिंघम (See Corp. Inscr. Ind. I, P. 52f.), लैसन (Lassen, maintioned the native origin of Indian writing, Chronicle,) तथा कुछ जर्मन भाषाविद् एवं अधिसंख्य भारतीय विद्वान **पं. गौरीशंकर हीराचंद ओझा, डॉ. तारापोरवाला, डॉ बाबूराम सक्सेना तथा डॉ. भोलानाथ तिवारी** आदि ब्राह्मी को भारत की पवित्र रत्नगर्भा भूमि में ही उपजी हुई मानते हैं। इन विद्वानों के अनुसार ब्राह्मी लिपि का विकास प्राचीन भारतीय चित्र लिपि से हुआ है। उक्त विद्वानों के अनुसार ब्राह्मी लिपि सर्वप्रधान तथा सुन्दर लिपि है। इसमें प्रत्येक ध्वनि के लिए लिपि-चिह्न है। विश्व की किसी भी ध्वन्यात्मक लिपि से कहीं अधिक इसमें स्वर तथा व्यञ्जन लिपि चिह्न मौजूद हैं। इन चिह्नों की सजावट भी वैज्ञानिक तथा मनोरम रीति से की गई है। अल्पप्राण (Unaspirated), महाप्राण (Aspirated), घोष (Voice), अघोष (Tenuise) तथा अनुनासिकता (Nasality) आदि सभी प्रकार

---

1. वाराणसी के दैनिक समाचार पत्र 'आज' में प्रकाशित 2 जुलाई 1979 का लेख।
2. महापुराण- आचार्य जिनसेन, 16,104-108
3. अमरकोश, शब्दवर्ग, 1
4. हिन्दी उद्भव, विकास और रूप, पृ.,डॉ.हरदेव बाहरी 269
5.'The Invention of the Indian Alphabet' Journ,Roy,

के लिपि चिह्नों से यह लिपि सुसज्जित रही है। इसकी अन्यतम विशेषता यह है कि ध्वनि के उच्चारणतथा उसके लिपि चिह्नों के उच्चारण में कोई अन्तर नहीं है।

ब्राह्मी लिपि की उक्त विशेषताओं से स्पष्ट है कि ध्वनिशास्त्र तथा भाषाशास्त्र (Linguistics) के निष्णात् भारतीय मर्मज्ञ ही इस लिपि के प्रयोक्ता अथवा जनक हैं। **डॉ. बाबूराम सक्सेना** लिखते हैं, "असल बात तो यह है कि ब्राह्मी लिपि भारत वर्ष के आर्यों की अपनी खोज से उत्पन्न किया हुआ मौलिक आविष्कार है। इसकी प्राचीनता तथा सर्वांगसुन्दरता से चाहे-इसका कर्त्ता ब्रह्मा देवता माना जाकर इसका नाम ब्राह्मी पड़ा हो, चाहे साक्षर समाज ब्राह्मणों की लिपि होने से यह ब्राह्मी कहलाई हो और चाहे ब्रह्म (ज्ञान) की रक्षा के लिए सर्वोत्तम साधन होने के कारण इसको यह नाम दिया गया हो।"[1] इसकी आर्य उत्पत्ति के पक्षधर **डॉ. भोलानाथ तिवारी** कहते हैं, "संभव है, यह लिपि आर्यों की अपनी चीज हो।"[2] एक अन्य इतिहासज्ञ के अनुसार, "सिन्धुसभ्यता के आदि केन्द्र हड़प्पा एवं मोहन-जो-दरों में भी ब्राह्मी लिपि के 12 वर्ण उपलब्ध हुए हैं। उनके अध्ययन से ब्राह्मी लिपि की प्राचीनता सिद्ध की गई है।[3]

कुछ विद्वानों ने ब्राह्मी की भारतीय-आर्य स्रोतों से उत्पत्ति के संदर्भ में कुछ आपत्तियां भी उठाई हैं।[4] किन्तु इनकी आपत्ति उक्त सबल तर्कों के समक्ष दुर्बल ही लगती है।

**2. सांकेतिक चिह्नों से उत्पत्ति-** बहुत पहले **पं. आर. शाम शास्त्री** ने अपनी पुस्तक "Indian Antiquary" में जिल्द 35 में देवनागरी लिपि की व्युत्पत्ति से संबंधित एक लेख लिखा था।[5] उक्त लेख में उन्होंने यह प्रमाणित करने का प्रयत्न किया था, कि देवताओं की उपासना, उनकी मूर्ति बनने से पहले, सांकेतिक चिह्नों से हुआ करती थी। उक्त सांकेतिक चिह्न त्रिकोण या चक्रों आदि से बने हुए यंत्र के बीच में लिखे जाते थे, इन्हें ही 'देवनगर' कहते थे। शुभ संयोग है कि शास्त्री जी के उक्त कथन को **गौरी शंकर ओझा** जी का समर्थन प्राप्त है। ओझा जी कहते हैं; - कई त्रिकोण तथा चक्रों आदि से बने हुए यंत्र, जो देवनगर कहलाते थे, के मध्य में लिखे जाते थे। देवनगर के मध्य लिखे जाने वाले अनेक प्रकार के सांकेतिक चिह्न कालान्तर में उन-उन नामों के पहले अक्षर माने जाने लगे और देवनगर के मध्य उनका स्थान होने से उनका नाम देवनागरी हुआ।"[6]यद्यपि शास्त्री जी के उपर्युक्त शोध पर ओझा जी ने अपने विश्वास एवं समर्थन की मुहर अवश्य लगाई है, किन्तु जब तक यह पुष्ट न हो जाय किजिन तांत्रिक पुस्तकों से जो उद्धरण पेश किये गये हैं - वे वैदिक साहित्य से पहले के अथवा पुरातन हैं- कल्पना मूलक ही माना जायेगा।

**3. द्राविड़ उत्पत्ति-** ब्राह्मी लिपि का उत्स कुछ विद्वान् द्राविड़ मानते हैं। पाश्चात्य भाषा विद् **एडवर्डथामस**[7] इस मत के प्रधान संवाहक हैं कि ब्राह्मी लिपि के मूल आविष्कारक द्राविड़ ही थे। **डॉ. राजबली पाण्डेय** उक्त मत को सतहा बताते हुए कहते हैं कि द्राविड़ों का मूल स्थान उत्तर भारत न होकर दक्षिण भारत है, जब कि ब्राह्मी लिपि के सभी पुराने शिलालेख उत्तर भारत में प्राप्त हुए हैं।यदि इसके आविष्कारक द्राविड़ होते तो उक्त लिपि के स्मृति-चिह्न दक्षिण भारत में कमोबेश अवश्य प्राप्त होते। फिर द्राविड़ों की मूल भाषा तमिल (Tamil) है। तमिल में विभिन्न वर्गों के प्रथम और पंचम वर्ण ही उच्चरित होते हैं, जब कि ब्राह्मी में पाँच वर्ण उपलब्ध होते हैं। ऐसी स्थिति में यदि ब्राह्मी द्राविड़-जन्या होती, तो वह तमिल से इतनी विपरीत स्वरूप वाली न होती।

**डॉ. पाण्डेय** की दूसरी आपत्ति यह है कि तमिल भाषा में व्यंजन और स्वर ध्वनियां भी ब्राह्मी की तुलना में कम ही हैं। इस आपत्ति पर **डॉ. भोलानाथ तिवारी** ने अपनी आपत्ति व्यक्त की है"क्या यह संभव नहीं है कि आर्यों ने तमिल या द्राविड़ों से उनकी लिपि ली हो और अपनी भाषा के अनुकूल उनमें परिवर्द्धन कर लिया हो।" ..........और यह भी असंभव नहीं है कि आवश्यकता नुसार समय-समय पर उसे वैज्ञानिक तथा पूर्ण बनान का प्रयास किया गया हो।" बहरहाल, आज की तमिल से ब्राह्मी का स्वभाव मेल नहीं रखता, अतः मेरा विचार है कि पाण्डेय जी का मत प्रबल है, तिवारी जी का मत अमान्य है।

## (ब) प्रतीच्य (विदेशी) मत

ब्राह्मी लिपि की उत्पत्ति के संबंध में विदेशी विद्वान् दो खेमे में बँटे हुए हैं। अभी स्पष्ट किया गया है कि उक्त विदेशी विद्वानों में एक वर्ग ब्राह्मी का मूल भारत ही मानता है, किन्तु एक वर्ग इसकी विदेशी उत्पत्ति का हिमायती है। नीचे इसकी विदेशी उत्पत्ति-विषयक कुछ धारणाएँ इस प्रकार देख सकते हैं-

---

1. सामान्य भाषा विज्ञान-डॉ.बाबू राम सक्सेना, पृष्ठ 259।
2. हिन्दी भाषा-डॉ. भोलानाथ तिवारी पृ. 689
3. सिन्धु सभ्यता का आदि केन्द्र हड़प्पा- डॉ. केदारनाथ, पृ. 214
4. The Alphabet- Dr. Diringer, P. 328:334
5. The Origin of Devanagari Alphabet, R. Shamashastry. - Bharat Prakashan, Durgakund Road, Varanasi, 1973
6. प्राचीन लिपि माला- डॉ. गौरी शंकर ओझा,पृष्ठ 30
7. Nunrismatic Chronical, No. III, 1883

**1. उत्तरी-सामी-उत्पत्ति-** इस मत के प्रतिपादक **बेबर** (Weber)[1], **बर्नेल**[2], **बूलर** (buhler)[3] आदि विद्वान हैं।उक्त भाषा विदों के अनुसार उत्तर सामी लिपि के अनुकरण पर ब्राह्मी में कुछ नये शब्द बनाए गये। बूलर ने इसी मान्यता के आधार पर 22 अक्षरों की उत्पत्ति उत्तरी फोनेशियन (Phonecian) से मानी। इनकी मान्यता है ब्राह्मी में जहाँ लकीरें न थीं, वहाँ उत्तरी सामी के आधार पर नई लकीरें बना दीं, कहीं-कहीं तिरछी लकीरें सीधी कर दी, कहीं लकीरों को काटकर छोटी या बड़ी कर दी, कहीं नीचे झूलती लकीरों को ऊपर उठा दीं, इच्छानुसार जहाँ जो चाहा, परिवर्तन कर दिया। **डॉ. भोलानाथ तिवारी** ने उक्त परिवर्तनों पर विरोध प्रकट करते हुए कहा है कि, "बूलर ने जिस प्रकार के परिवर्तनों के आधार पर 'अलेफ' से 'अ' या इसी प्रकार अन्य अक्षरों की उत्पत्ति सिद्ध की है, यदि कोई चाहे तो संसार की किसी भी लिपि को किसी अन्य लिपि से निकली सिद्ध कर सकता है। उदाहरण के लिये 'क' अक्षर से यदि अंग्रेजी K को निकला सिद्ध करना चाहें तो कह सकते हैं बनाने बाले 'क' के बाईं ओर के गोले को हटाकर ऊपर की शिरोरेखा तिरछी कर दी और K बन गया।[4]

**2. दक्षिम सामी-उत्पत्ति-** इस सिद्धान्त के पोषक **डीके** (Deecke)[5], **टेलर** (Taylor)[6] **केनन** (Cannen)[7] आदि लिपिज्ञ ब्राह्मी का संबन्ध प्राचीन अरबी (दक्षिण सामी) लिपि से जोड़ते हैं, किन्तु उनका यह तर्क विश्वास के धरातल पर ऐतिहासिक प्रमाणों के अभाव में बैठ नहीं पाता। उनका कहना है कि, अरब देशों का संपर्क भारत से था, अतः उस संपर्क से यहां वालों ने उक्त लिपि सीखी होगी। लेकिन यह तो केवल अनुमान जन्य है, दोनों में किसी प्रकार का साम्य नहीं है फिर ध्यान देने योग्य बात यह है कि दोनों एक दूसरे के विपरीत ढंग से लिखी जाती हैं, स्वर व्यंजन की जितनी वैज्ञानिक व्यवस्था ब्राह्मी लिपि में है, उतनी शायद ही किसी अन्य लिपि में हो। ब्राह्मी की उक्त विशेषताओं को देखकर ही न चाहते हुए भी पाश्चात्य भाषा-वैज्ञानिक **मैकडानेल** (Macdonell) को कहना पड़ा- "It not only represents all the sounds of Sanskrit Language, but is arranged on a thoroughly scientific method... We Eropeans, on the other hand, 2500 years later, and in scientific age, still employ an alphabet which is not only inadequate to represent all the sounds of our languages. but, even preserves the random order in which vowels and consonants are jumbled up as they were in the Greek adaption of the primitive Semitic arrangement of 3000 years ago."[8]

**3. चीनी उत्पत्तिः** फ्रेंच विद्वान् **कुपेरी** (Kuperi) ने इसकी व्युत्पत्ति चीनी लिपि से माना है, जो हास्यास्पद तथा अवैज्ञानिक है। दोनों लिपियाँ एक दूसरे से हर दृष्टि से पार्थक्य रखती हैं।

**4. यूनानी उत्पत्ति :- हलवे**[9] (Halevy) इसे खरोष्ठी, यूनानी, आर्मेइक तथा ग्रीक लिपियों के मिश्रण से विकसित मानते हैं, किन्तु उनकी यह धारणा तर्क संगत नहीं है। वह इसलिए कि, आर्मेइक तथा यूनानी लिपियों के भारत में आने से पहले ही यहाँ ब्राह्मी का प्रचलन था, खरोष्ठी तो स्पष्ट ही परवर्ती लिपि है। भारत की लेखन कला से एशिया और यूनान दोनों ही प्रभावित थे, फिर ऐसी स्थिति में ग्रीक से ब्राह्मी की उत्पत्ति कहना ठीक नहीं। स्वयं **डॉ. बूलर** ने इस विचार का खण्डन किया है।[10]

बहरंहाल, जो कुछ भी हो, पर ब्राह्मी लिपि के उत्पत्ति-विषयक विवादों के संबंध में इतना तो निश्चय पूर्वक कहा जा सकता है कि उत्तर भारत में प्राप्त पिपरावा आदि के शिलालेख तथा सम्राट अशोक की लिपि में जहाँ कुछ स्वरूप साम्यता है, वहीं दक्षिण भारत में प्राप्त अहिप्रोलु स्तूप (तमिलनाडु का कृष्णा जिला) की लिपि उत्तरी भारत की लिपि से स्वरूप-वैषम्य रखती है।

इसमें कोई संदेह नहीं कि ब्राह्मी विशुद्ध रूप से भारतीय लिपि है। स्वर की मात्रा से संयुक्त करने की विशेषता ब्राह्मी के अतिरिक्त अन्य किसी लिपि में दुर्लभ ही नहीं अलभ्य है। कुल मिलाकर कह सकते हैं कि वैदिक साहित्य के रक्षार्थ ही भारत में ब्राह्मी लिपि को

1. हिन्दी भाषा,पृष्ठ -688
2. Burnell1.Alphabets, Zts,chr,d, dtsch, Morgeul, ges, x, P, 389f, 1856
3. Indische Palaeography, P. 10 f, 1896
4. हिन्दी भाषा-डॉ.भोलानाथ तिवारी पृ. 684
5. Alphabeten, Ztschr, D. Dtsch, morgenl, Ges, 31, P. 598 f, 1877
6. The Alphabet II, P, 314f.
7. Alphabet, David Diringer, P. 335
8. A History of Sanskrit Literature, A. A. Macdonell, P. 17
9. Halevy assumed a mixture of Aramaic letters of the fourth Century B.C. Journ, As.P. 268f,1885
10. "....It does not agree with the literary and palaeographic evidences just discussed, which makes it more than probable that Brahmi was used several centuries before the Mauryan period and had a long history at the time to which the earliest Indian inscriptions belong." - Indian Palaeography, Dr. R. B. Pandey, P.41

उत्पत्ति हुई, "और यह उन्हीं आचार्यों का आविष्कार है, जो ध्वनि शास्त्र, व्याकरण और शब्द-विज्ञान में विश्व में अग्रणी रहे हैं।"[1]

## ब्राह्मी से निसृत अन्य भारतीय लिपियाँ–

गुप्त काल के प्रारम्भ में ही ब्राह्मी के दो भेद - उत्तरी शैली और दक्षिणी शैली- हो गये थे।[2] उत्तरी ब्राह्मी को शंकुशिरा तथा दक्षिणी लिपि संपुट शिरा कहलाई।[4] **डॉ. भगवान दास तिवारी** लिखते हैं कि उत्तरी शैली का प्रमुखतः उत्तरी भारत में प्रसार एवं प्रचार था जबकि दक्षिणी शैली दक्षिणी भारत में प्रचलित रही। ब्राह्मी की उत्तरी शैली से देवनागरी, गुजराती, बंगाली, आसामी, उड़िया, कश्मीरी और गुरुमुखी लिपियां निकली हैं और उसकी दक्षिणी शैली से तमिल, तेलुगु, मलयालम और कन्नड़ की लिपियाँ उद्भूत हुई हैं।[5]

नीचे इन शैलियों के विभिन्न रूपों को इस प्रकार देखेंगें।

### (क) उत्तरी शैली-

**1. गुप्त लिपि** ( Gupta Script)- गुप्त सम्राटों (चौथी तथा पाँचवीं सदी) की लिपि होने के कारण इस लिपि का यह नाम पड़ा - "A use that went beyond the purely local was first experienced by the so called Gupta-Script, a modification of the old Brahmi created in the forth Centurey A. D. under the Gupta Dynasty in Magadha.[6] **डॉ. गौरी शंकर हीरा चन्द ओझा** लिखते हैं कि गुप्त वंशीय राजाओं के ही लेख प्रायः इस लिपि में प्राप्त होते हैं। गुप्त लिपि के अक्षरों के तत्कालीन रूप प्राचीन शिलालेखों एवं ताम्र पत्रों पर देखे जा सकते हैं। गुप्तों के समय में कई अक्षरों की आकृतियां नागरी से कुछ-कुछ मिली हुई होने लगीं।सिरों के चिन्ह, जो पहले बहुत छोटे थे, बढ़कर कुछ लंबे बनने लगे और स्वरों की मात्राओं के प्राचीन चिह्न लुप्त होकर नए रूपों में परिणत हो गए।[7] इसका मध्यपूर्वी रूप 'सिद्धमात्रिक लिपि' नाम से प्रसिद्ध हुआ। बूलर ने इसे न्यूकोणीय लिपि कहा है।

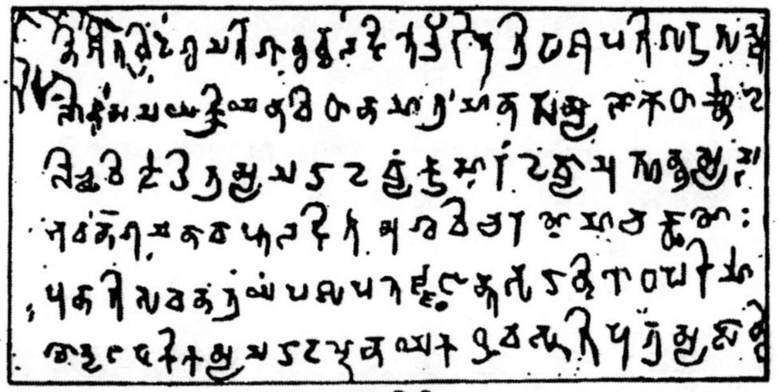

गुप्त लिपि

**2. कुटिल लिपि** (Kutila Script)- अक्षरों की आकृति टेढ़ी होने से इस लिपि का उक्त नाम पड़ा। **डॉ. भोलानाथ तिवारी** के अनुसार स्वरों की, मात्राओं की आकृति कुटिल होने के कारण इसे कुटिल लिपि कहा गया है। **डॉ. राजेन्द्र प्रसाद श्रीवास्तव** के विचार से गुप्त लिपि से विकसित रूप का कल्पित नाम 'कुटिल' लिपि रखा गया है।[8] इधर, **डॉ. भगवान दास तिवारी** लिखते हैं कि सामान्यतः 'कुटिलाक्षर' शब्द कुटिल आकृति वाले लिपि बद्ध अक्षर और स्वरों के लिए होता है, इसलिए यह लिपि कुटिल कहलायी। कुटिल लिपि से ही नागरी तथा कश्मीरी की प्राचीन शारदा विकसित हुई।"[9] इसका प्रचार पूर्वी उत्तर प्रदेश, बिहार बंगाल, आसाम, मणिपुर, उड़ीसा तथा नेपाल में हुआ। **बी. लैफर** के अनुसार इसका समय 7 वीं शताब्दी के आस-पास है।[10]

**3. शारदा लिपि** (Sarda Script) - काश्मीर, पंजाब तथा सिन्धु में प्रयुक्त होने वाली इस लिपि का क्षेत्र उत्तरी-पश्चिमी भारत था। लहंदा, काश्मीरी, टक्की, गुरुमुखी, डोगरी, चमेआली आदि का जन्म इसी से बताया जाता है। **डॉ. बाहरी** के अनुसार शारदा लिपि गुप्तकालीन लिपि से निकलने वाली सिद्ध मात्रिका लिपि से विकसित हुयी है।[11], जब कि **डॉ. भगवान दास तिवारी** के अनुसार कुटिल लिपि से नागरी और शारदा लिपियों का विकास हुआ है।[12] **डॉ. बाबूराम सक्सेना** भी कुटिल लिपि से ही शारदा का दसवीं

1. हिन्दी: उद्भव, विकास और रूप- डॉ. हरदेव बाहरी, पृ. 271
2. प्राचीन लिपि माला-गौरी शंकर ओझा,पृष्ठ-42
4. हिन्दी: उद्भव, विकास और रूप- डॉ. हरदेव बाहरी पृ. 42
5. देवनागरी लिपिः स्वरूप, विकास एवं समस्याएँ-डॉ.भगवान दास तिवारी पृ. 102
6. Nepalese inscriptions .......in Gupta Character- R. Gloni I, text, Rome, 1956 II, Translation in Preparation
7. प्राचीन भारतीय लिपि माला, डॉ.गौरी शंकर हीरा चन्द्र ओझा, पृ. 60
8. देवनागरी लिपिः उद्भव एवं विकास,डॉ.राजेन्द्र प्रसाद श्रीवास्तव पृ. 43
9. देवनागरी लिपिः स्वरूप विकास और समस्याएँ, पृ, 104
10. In fact from the form of the Devanagari alphabet used in the Seventh Century in central India, especially the So-called Kutila Variety" Wiener Ztschr, p. 289f 1889
11. हिन्दी:उद्भव, विकास और रूप पृ. 260
12. देवनागरी लिपिः स्वरूप, विकास और समस्याएँ, पृ 104।

शारदा लिपि

शताब्दी में विकसित होना मानते हैं।[1] **डॉ. भोलानाथ तिवारी** का भी विचार है कि कुटिल लिपि से दसवीं सदी में शारदा लिपि का विकास हुआ और इसी के लगभग इसी लिपि से देवनागरी के प्रचीन रूप का।[2] **डॉ. ग्रियर्सन** इसे पंजाब और काश्मीर में 8वीं शती में प्रचलित बताते हैं। 'The Sarda type of script appears after about the eighth century in the north eastern Punjab and in Kashmir.[3]

**4. प्राचीन नागरी लिपि** (Old Nagari Script) इसे अब 'देवनागरी' भी कहते हैं - "The Nagari Script, native to the west of nortrhern India and usually called in its modern form Devanagari."[4] इसका प्रचार उत्तर भारत में 9 वीं शताब्दी के अन्तिम चरण से मिलता है। इसे दक्षिण में नन्दिनागरी कहते थे। गुजरात, महाराष्ट्र, राजस्थान,, बंगाल, उत्तरप्रदेश, बिहार आदि तक इसका व्यापक प्रचार-प्रसार रहा है पाश्चात्य लिपि-विद् **सर आर. एस. ग्रेगर** (R. S. Mc. Gregor) इसे अक्षरात्मक लिपि बताते हुए कहते हैं कि हिन्दी और संस्कृत इसी लिपि में लिखी जाती हैं। यह लिपि बाएँ से दाएँ लिखी जाती है।[5]

व्यवहारान्नृपः पश्येद्विद्वद्भिर्ब्राह्मणैः सह ।
धर्मशास्त्रानुसारेण क्रोधलोभविवर्जितः ॥१॥

प्राचीन नागरी लिपि

**5. बंगला लिपि** (Bengal Script) यह लिपि भी वस्तुतः देवनागरी प्रसूत ही है। कुछ लोगों के अनुसार इस लिपि की उत्पत्ति प्राचीन नागरी लिपि से दसवीं शताब्दी के लगभग हुई, किन्तु **बूलर** ने इसकी उत्पत्ति 17 वीं शती माना है। **श्री एस. ए. चक्रवर्ती** के अनुसार 7 वीं शती के उत्तरी भारतीय लिपि से इसका विकास हुआ।[6] आसामी, मनीपुरी, तिब्बती बर्मन आदि भाषाओं से भी इसके संबंध की बात कही जाती है-"The Bengal Script serves as the literal dress not only of the Bengali language and of the Assamese, but also of several Tibeto-Burman languages (Garo, Bodo and Manipuri amongst otheres) and one Munda language, the Santali"[7]

পূর্ব্ব কালের ধনবানেরদের মধ্যে
আমদ্‌গুলতান্ নামে এক জন ছিলেন
তাহার প্রচুর ধন ও ঐশ্বর্য্য এবং বিস্তর
টমন্যসামন্ত ছিল

बंगला लिपि

**(ख) दक्षिणी शैली** - ब्राह्मी की इस शाखा से दक्षिण की अधोलिखित लिपियाँ विकसित हुईं-

**1. तमिल-लिपि** (Tamil Script) इस लिपि का प्रचार 7 वीं शताब्दी से आज तक मिलता है। सच पूछा जाय, तो आधुनिक तमिल इसी का उत्कृष्ट स्वरूप है। कुछ विद्वानों ने तमिल लिपि की उत्पत्ति अन्य स्रोतों से या अपने निजी स्रोत से मानी है। इस लिपि

---

1. सामान्य भाषा विज्ञान पृ. 263
2. हिन्दी भाषा पृ. 319
3. On the Sarda Alphabet, Journ, Roy. As, Soc, P. 677f.1916.
4. Introduction to the Devanagari Script H.M.Lambart, Oxford 1916
5. "Hindi is written in Devanagari Script as used for Sanskrit, with some minor modifications. The script is syllable in that vowels are represented differently according as they comprise entire syllablesor occur within syllables. The script is written from left to right." Out line of Hindi Grammar" Introduction xxii, Clarendon Press- Oxford, 1972
6. Royl, As.Soc.(Bengl) Gen, 4rth part P.351, (1938)
7. Sign, Symbol and Script- Hans Jensen, P. 381

के अक्षर ग्रंथलिपि से साम्य रखते हैं। पहले से ही तमिल भाषा के लिए तमिल लिपि और संस्कृत के लिए 'ग्रंथलिपि' का प्रयोग तमिलनाडु में होता रहा है। **ऐलिस** के मत से ग्रंथ लिपि से ही वर्तमान तमिलाक्षर निकले हैं।[1] दक्षिण भारत की लिपियों में सबसे महत्वपूर्ण यही लिपि है - "The Tamil script occupies a some what isolated position. Tamil is the most important Dravidian literary language and is spoken in Southern India below Madras and also in Northern Cylon.[2]

**2. ग्रंथ लिपि** (Granth Script) इस लिपि का प्रचार 7 वीं शताब्दी से 15 वीं शताब्दी तक मद्रास में रहा है। तमिल में वर्णों की कमी के कारण संस्कृत के ग्रंथ 'ग्रंथ-लिपि' में लिखे जाते रहे हैं। संभवतः संस्कृत ग्रंथों की लिपि के लिए व्यवहृत होने के कारण ही इस लिपि का नाम 'ग्रंथ लिपि' पड़ गया हो। आधुनिक मलयालम ग्रंथ लिपि का परिष्कृत निदर्शन है। कांजिवरम् के विक्रमादित्य के समय इस लिपि का प्रयोग होता रहा है; "From the twelfth Century on development splits up in to two branches, of which the eastern branch forms the Granth Script in the narrower sense. This way used as early as about 1150 by King Vikramaditya of Conjceveram."[3]

**3. मध्य देशी लिपि:**-(Madhya Desi Script) 5वीं से 8वीं शताब्दी तक इस लिपि का प्रचार-हैदराबाद के उत्तरी भाग, मैसूर के कुछ भाग, मध्य-प्रदेश तथा बुन्देलखण्ड-में रहा है।

**4. कलिंग लिपि:**-(Kalinga Script) इस लिपि का प्रचार उड़ीसा प्रान्त में 7वीं से 13वीं शताब्दी तक था। इसके अक्षर प्रायः समकोण वाले हैं। तेलुगु-कन्नड़ी, नागरी तथा ग्रंथलिपि का मिश्रण इसमें पाया जाता है। मद्रास बंदरगाह के उत्तर पूर्व में स्थित कलिंगनगर में आज में भी ताँबे की धातु पर खुदे हुए इस

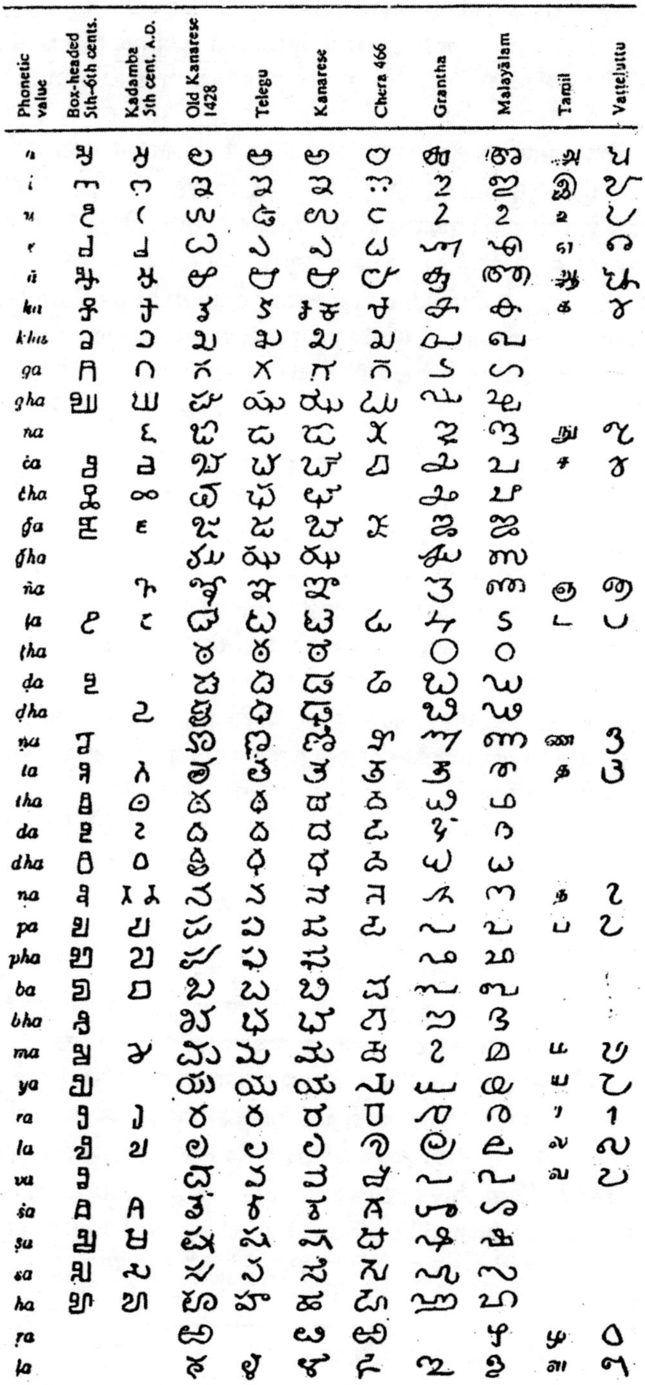


1. Comparative Gr.of Dravidian Languages, P. 123
2. Sign, Symbol and Script-.Hains Jensen P, 289
3. Sign, Symbol and Script- Hans Jensen, P. 301

लिपि के अक्षर प्राप्त होते हैं।--The third type of Script is represented by so called Kalinga type, which is known up to now only the inscriptions on copper plates of the Ganga kings Kalingnagar(north-east coast of Madras Presidency) from the seventh to twelfth century[1]

**5. पश्चिमी लिपि** (Western Script) इस लिपि का समय 5वीं से 9वीं शताब्दी तक रहा है। पश्चिम के प्रान्तों हैदराबाद, नासिक, खानदेश, गुजरात, काठियावाड़ में प्रचलित होने के कारण ही इसका नाम पश्चिमी पड़ा।

**6. तेलुगु-कन्नड़ लिपि** (Telgu-Kanares Script) 5 वीं शताब्दी से 14वीं शताब्दी तक इस लिपि का अस्तित्व मद्रास के उत्तरी पूर्वी, हैदराबाद के दक्षिणी भाग तथा मैसूर प्रदेश में रहा है। इनका वर्गीकरण देवनागरी के समान है। अक्षरों के ध्वन्यात्मक मूल्य भी समान हैं।[2] वर्तमान कन्नड़ तथा तेलुगु लिपियाँ इसी की दो नमूने हैं। इन लिपियों का ऐतिहासिक संबंध देवनागरी से अवश्य रहा है;- Among the Dravidians races of South India the Tamils alone made use of the Vattettu alpphabet from me immemorial, whilst their Telgu and Kanarese neighbours have so for as epigraphical researdes reveal been using some alphabet or other which had its origin from the Brahmi of upper India."[3]

## देवनागरी लिपि

**नामकरण** -देवनागरी हिन्दुस्तान की सर्वाधिक जनप्रिय, बौद्धिक तथा राष्ट्रीय लिपि है। शिक्षाशास्त्रियों तथा भाषा वैज्ञानिकों ने समवेत स्वर से देवनागरी की वैज्ञानिकता की सराहना की है। इतना ही नहीं, यदि इसे विश्व की संपूर्ण लिपियों में श्रेष्ठ, सुपाठ्य और आदर्शतम माना जाय तो इसमें शंका की कोई गुंजाइश नहीं होनी चाहिए। देवनागरी के 'नामकरण' का प्रश्न अभी भी विवाद और बहस का विषय बना हुआ है। इसके नामकरण से संबन्धित अनेक तथ्यों, रहस्यों की समय-समय पर खोज-तलाश हुयी, अनेक आधार सुझाए गये, किन्तु लिपिज्ञ किसी मतैक्य पर अपनी संस्तुति देने को तैयार नहीं। नीचे कुछ अनुमानाश्रित मत प्रस्तुत किये जा रहे हैं, जिनमें कहीं-न-कहीं यथार्थ की लेई अवश्य चिपकी होगी। उन्हें क्रमशः इस प्रकार देखा जा सकता है।

1. प्राचीन तान्त्रिक युग में देवनागरी के लिए 'नागरी' नाम वस्तुतः बहुत पहले से प्रचलित था। 'नित्याषोडशिकार्णव' की सेतुबंध टीका के लेखक **श्री भास्करानंद** ने -एकार का त्रिकोणरूप - नागर (नागरी लिपि) में होना बताया है- "**कोणत्रयवदुद्भवो लेखो यस्य तत्। नागर लिप्या साम्प्रदायिकैरेकारस्य त्रिकोणकार तयैव लेखनात्।**"[4] इसी प्रकार 'वातुलागम' की टीका में लिखा है कि - **शिवमंत्र** (ह्रीं) के अक्षरों से शिव की मूर्ति केवल नागर (नागरी लिपि) से ही बन सकती है, दूसरी लिपियों से नहीं बन सकती,[5] '**शिवमन्त्रान्मूर्त्युद्धार कृतिः नागरलिपिः उद्धारयितं यज्यते। व्यतिरिक्त लिपिमिर्नोद्धारयितं यज्यते।**'[6] देवनागरी के लिए 'नागर' नाम का पुरातन प्रयोग स्वतः स्पष्ट है, किन्तु यह नाम क्यों पड़ा इस पर कोई प्रकाश नहीं पड़ता।

2. कुछ विद्वानों के अनुसार देवभाषा संस्कृत के लिखने में इसका प्रयोग होता रहा है। कालान्तर में नागरी के साथ 'देव' शब्द जोड़कर 'देवनागरी' बना लिया गया।

3. कुछेक लिपि-विशारदों ने बौद्ध ग्रंथ 'ललित-विस्तर' की नागलिपि को ही नागरी माना है, किन्तु **डॉ. एल. डी. बार्नेट** ने इस मान्यता का खंडन करते हुए कहा है कि नागलिपि नागरी से अनुस्यूत नहीं है।

4. गुजरात के 'नागर' ब्राह्मणों द्वारा व्यवहृत होने के कारण कुछ लोग इसे 'नागरी' नाम से सम्पृक्त करते हैं।

5. कुछ विद्वान् 'नगरों' में प्रचलित होने के कारण इसका 'नागरी नामकरण करते हैं।

6. **पंडित आर. शामा शास्त्री** का विचार है कि देवताओं की प्रतिमाओं के निर्माण से पहले उनकी उपासना सांकेतिक चिह्नों द्वारा होती थी। 'देवनगर' के उक्त चिह्नों को बाद में 'देवनागर' कहा जाने लगा और उसी से बाद में 'देवनागर' नाम पड़ गया। इस संदर्भ में वे कहते हैं-"Some biy circles and traingles were drawn and the symbols of gods and goddesses were inscribed in the middle of such figures............has been called the Devanagari"[7]

7. 'नागरी' शब्द चतुर या शिष्ट, प्रबुद्धजनों केलिए भी प्रयुक्त होता है, अतः यह शिष्टों की लिपि थी, ऐसा अनुमान किया जाता है।

---

1. From Epigraphia Indica, III 260
2. हिन्दी भाषा: विकास और विश्लेषण डॉ. चन्द्र भान रावत पृ. 167
3. Tamil Studies- Mr Srinivas Aiyangar (1914)
4. Indian Antiquary, जिल्द 35, पृ. 283
5. Indian Antiquary, जिल्द 35, पृ. 279
6. प्राचीन भारतीय लिपियाँ, गौ. ही. ओझा, पृ. 18
7. The Orgin of the Devanagari Alphabet, R Shama Shastry,1973

8. एक मान्यता के अनुसार पाटलिपुत्र (पटना) को 'नगर' और चन्द्रगुप्त द्वितीय को 'देव' कहते थे। देवनगर से प्रचलित होने के कारण ही शायद इसे 'देवनागरी' कहा गया हो।

उपरोक्त मतों में कौन मत प्रमाण की ठोस भित्ति पर आधारित है, यह निश्चय पूर्वक नहीं कहा जा सकता। **डॉ. धीरेन्द्र वर्मा** के अनुसार इस लिपि के लिए देवनागरी या नागरी नाम पड़ने का कारण वास्तव में अनिश्चित है।[1] **डॉ. बाबूराम सक्सेना** भी अनिश्चय की स्थिति में पड़े हुए हैं।[2]

मेरा विचार है कि 'देवनागरी' का पूर्व रूप 'नागरी' संक्षिप्त' और सुन्दर होने के कारण लोगो को विशेष कमनीय और मनोरम लगा होगा। हो सकता है, जब देववाणी संस्कृत का वाङ्गमय इसमें लिप्यन्तरित किया गया हो तो विशिष्टार्थ-प्रदर्शन-हेतु विद्वानों ने इसके पूर्व 'देव' शब्द जोड़ दिया हो, इस प्रकार यह 'देवनागरी' बन गया। **स्व. आचार्य बिनोबा भावे** ने 'नागरी' को 'लोकनागरी' नाम दिया है। इस नवीन नाम के पीछे शायद आचार्य जी यही कहना चाहते हैं कि आज देवनागरी किसी जाति, वर्ग, भाषा या प्रान्त विशेष की लिपि नहीं, अपितु यह संपूर्ण राष्ट्र या जन सामान्य की लिपि बन चुकी है।

## उद्‌भव तथा विकास

विकास की दृष्टि से देवनागरी की जननी ब्राह्मी लिपि को तीन कालों में विभक्त कर सकते हैं। प्रथम अवस्था (500 ई. पू. से 300 ई. पूर्व तक) में ब्राह्मी लिपि पश्चिमोत्तर भू भाग को छोड़कर शेष सारे भारत में प्रचलित थी। दूसरी अवस्था (300 ई. पू. से 1000 ई. तक) में ब्राह्मी के विकसित रूप 'गुप्तलिपि' का प्रचार संपूर्ण देश मे था। इसमें गुप्त राजाओं के अभिलेख हैं। गुप्त लिपि गुप्त सम्राटों की राजलिपि थी। **श्री हीराचन्द गौरीशंकर ओझा** जी के शब्दों में, "गुप्तों के समय में कई अक्षरों की आकृतियां नागरी से कुछ-कुछ मिलती हुई होने लगीं। सिरों के चिह्न जो पहले बहुत छोटे थे, बढ़कर कुछ लम्बे बनने लगे और स्वरों की मात्राओं के प्राचीन चिह्न लुप्त होकर नए रूपों में परिणत हो गए।" [3] ब्राह्मी के विकास का तीसरा सोपान लगभग दसवीं शताब्दी से माना जा सकता है। उस समय उसके तीन रूप-कुटिल, नागर और शारदा -थे। कुटिल से कैथी, मैथिली, बंगला, असमियाँ तथा उड़िया आदि लिपियों का विकास हुआ। शारदा से टाकरी, लंडा तथा गुरुमुखी आदि लिपियों का विकास हुआ।

देवनागरी लिपि का विकास ईसा की सातवीं शताब्दी में प्रारम्भ हो गया था। **डॉ. हरदेव बाहरी** लिखते हैं, "इसका सर्वप्रथम प्रयोग गुजरात के राजा जयभट्ट (7 वीं -8 वींशती ई.) के एक शिलालेख में हुआ था। आठवीं शती में राष्ट्रकूट नरेशों तथा नौवीं शती में बड़ौदा (गुजरात) के ध्रुवराज ने अपनी राजाज्ञाओं में देवनागरी का व्यवहार किया था।" [4] विजयनगर और कोंकण के राज्यों में भी देवनागरी लिपि ही प्रयोग में लायी जाती थी। उक्त प्रयोगों के आधार पर कुछ विद्वान् देवनागरी का सर्वप्रथम विकास दक्षिण भारत में ही मानते हैं। उत्तर भारत में भी उसका प्रयोग लगभग इसी के आस-पास मिलता है। ईशा की सातवीं शताब्दी से लेकर अठारहवीं शताब्दी तक मेवाड़के गुहिवंशी राजा, राठौर और कलचुरि नरेश, कन्नौज के गहरवार राजा, मारवाड़ के परिहार राजा, गुजरात के सोलंकी राजा तथा मध्य प्रदेश के हैहयवंशी राजा देवनागरी का ही प्रयोग करते थे और इसी में शासनादेश करते थे। **सम्राट हर्षवर्द्धन** के शासन काल में इस लिपि के प्रयोग की पुष्टि करते हुए **डॉ. उदयनारायण तिवारी** कहते हैं- "इस युग की नागरी लिपि अत्यन्त अलंकृत है और सम्राट का हस्ताक्षर तो प्राचीन नागरी का उत्कृष्ट नमूना है।"[5] इससे स्पष्ट है कि दक्षिण में नागरी का अपेक्षाकृत पुरातन प्रयोग मानना गलत है। उत्तर प्रदेश, बिहार, मध्यप्रदेश, राजस्थान, गुजरात तथा महाराष्ट्र में प्राप्त प्राचीन ताम्रपत्र, हस्तलेख, शिलालेख तथा प्राचीन ग्रंथ अधिसंख्य इसी लिपि में पाए जाते हैं। यहाँ तक कि हिन्दी और उसकी सभी बोलियाँ तथा मराठी, संस्कृत और नेपाली आदि भाषाएँ भी इसी लिपि में लिखी जाती हैं। महाराष्ट्र प्रदेश में इस लिपि को 'बाल बोध'[6] कहा जाता है।

ऐतिहासिक दृष्टि से नागरी लिपि का प्रयोग उत्तर भारत में दसवीं शताब्दी के प्रारम्भ से मिलता है। ग्यारहवीं शताब्दी से देवनागरी का रूप पूर्ण और स्थिर होने लगा और उसकी जनप्रियता भी उत्तरोत्तर बढ़ती गई। **डॉ. अवधेश्वर अरुण** के अनुसार, यहाँ तक कि विदेशी आक्रमणकारी महमूद गजनवी तक ने अपने सिक्कों पर इसका प्रयोग किया। उसने सन् 1027-28 में लाहौर की टकसाल में जो सिक्के ढलवाए थे, उनके एक ओर संस्कृत भाषा तथा देवनागरी में लिखा है, **'प्रत्यक्तमेकं मुहम्मद अवार नृपति महमूद।'** सिक्कों के किनारे पर नागरी में ही लिखा है, - **'अव्याक्ती उनमें अयं टकं हत महमूदपुर संवती 418।'** **श्री ओझा** के अनुसार ग्यारहवीं शताब्दी की नागरी लिपि वर्तमान नागरी से मिलती-जुलती है और बारहवीं शताब्दीसे वर्तमान नागरी बन गई है। इस तरह 'आधुनिक देवनागरी' लिपि दसवीं शताब्दी ईस्वी की प्राचीन नागरी लिपि का ही एक विकसित रूप है।

---

1. हिन्दी भाषा का इतिहास', पृ. 86
2. सामान्य भाषा विज्ञान, पृ-175
3. भारतीय प्राचीन लिपि माला, गौरीशंकर हीराचंद ओझा, पृ.32
4. हिन्दी, उद्‌भव, विकास और रूप, पृ. 261
5. पाणिनि के उत्तराधिकारी, पृ. 104
6. भाषा विज्ञान और मानक हिन्दी - डॉ. रत्नचन्द्र शर्मा, पृ. 127

मुगल बादशाहों के शासन काल में देवनागरी का राजकीय गौरव जाता रहा। वह इसलिए कि उन्होंने इसके स्थान पर अपनी अरबी-फारसी लिपि को पदारूढ़ किया, किन्तु सामान्य लोगों के बीच देवनागरी पूर्ववत् पुष्पित और पल्लवित होती रही।

कालान्तर में जब अंग्रेजों के शासन का सूर्य हमारे देश में उगा तब उन्होंने भी अपनी लिपि 'रोमन' का प्रयोग सरकारी काम-काज में शुरू किया। इधर, फारसी और अरबी लिपियाँ भी लोगों के द्वारा व्यवहृत होती रहीं। अपने देश में विदेशी लिपियों का विचित्र संगम-देशी दवात, विदेशी ढक्कन। किन्तु समय ने करवट ली। हुआ यह कि एक ओर ईसाई धर्म के प्रचारक अपना धर्म लेकर हिन्दू समाज में जब पहुँचे तो उन्हें लगा कि हिन्दुओं के बीच ईसाई धर्म के प्रचार-प्रसार के लिये देवनागरी का ज्ञान उनके लिए नितान्त अपरिहार्य है। दूसरी ओर गोरे लोगों को अपनी संप्रभुता स्थापित करने के लिए, यहाँ के लोगों की आत्मा की पकड़ बहुत आवश्यक थी। फल यह हुआ कि गैर सरकारी तौर पर देवनागरी का मार्ग पुनः प्रशस्त हो गया।

किन्तु देवनागरी के विकास की कहानी यहीं समाप्त नहीं हुई। अंग्रेज चले गए, पर अपने पद-चिह्नों को यहाँ छोड़ गये। रोमन लिपि और देवनागरी लिपि के पक्षधरों में रस्साकसी होने लगी कि किसे राष्ट्रीय लिपि का सिंहासन दिया जाय। देश की एक राष्ट्रीय भाषा और उसकी एक राष्ट्रीय लिपि के अनुसार हिन्दी भाषा और देवनागरी लिपि को ही यह सम्मान मिलना चाहिए था, किन्तु हमारे यहाँ कुछ लोग ऐसे भी थे जो देशी थाली में विदेशी भोजन करते थे। उन्होंने अपने प्रच्छन्न उद्देश्य से प्रेरित होकर छिद्रान्वेषी चश्मे से देवनागरी लिपि में अनेक दोषों की खोज की और उक्त लिपि की जगह रोमन लिपि की वकालत की, पर उन्हें इसमें सफलता नहीं मिली।

सरकारी कार्यालयों में देवनागरी के प्रवेश के संदर्भ में जो आन्दोलन हुआ, उसमें अनेक लोगों के साथ **महात्मागांधी, लोकमान्य तिलक, राजाराम मोहनराय, विनोबा भावे, प्रेमचन्द, आचार्य नरेन्द्रदेव, काका कालेलकर, डॉ. धीरेन्द्र वर्मा** तथा **डॉ. मंगलदेव शास्त्री** आदि का नाम प्रमुख है। किन्तु सबसे अधिक श्रेय यदिमहामना **पंडित मदनमोहन मालवीय** और **श्री अयोध्या प्रसाद खत्री** को दिया जाय तो कोई अत्युक्ति न होगी। उत्तर प्रदेश की कचहरियों में देवनागरी के प्रयोग के लिये जहां पंडितजी ने लाखों लोगों के हस्ताक्षर से युक्त-प्रार्थना-पत्र तत्कालीन अंग्रेज गवर्नर मैकडानेल (Macdonell) के पास भेजा वहीं दूसरी ओर श्री खत्री जी ने बिहार में खड़ी बोली और देवनागरी लिपि के प्रचलन के लिए आन्दोलन शुरू किया। निःसन्देह दोनों महापुरुष अपने महाप्रस्थान में सफल भी हुए। इस तरह देवनागरी ने अपना खोया हुआ गौरव पुनः प्राप्त कर लिया। स्वतंत्रता प्राप्ति के बाद भारतीय संविधान ने हिन्दी को राष्ट्रभाषा (राजभाषा) तथा देवनागरी को राष्ट्रीय लिपि स्वीकार किया, जो हमारे लिए विशेष गौरव की बात है, क्योंकि हिन्दी भाषा और देवनागरी लिपि में ही भारतीय आत्मा बसती है।

देवनागरी अर्द्ध-अक्षरात्मक लिपि है तथा इसमें 52 वर्ण हैं। इतने अधिक वर्ण विश्व की किसी अन्य लिपि में नहीं हैं। स्वर तथा व्यंजन चिह्न दो भागों में विभक्त हैं। स्वर जब स्वतन्त्र रूप से प्रयुक्त होते हैं, तो वे एक वर्ण या अक्षर की ध्वनि को प्रकट करते हैं। पर जब उनकी मात्राओं का प्रयोग व्यंजनों के साथ होता है, तो उनका स्वतंत्र अस्तित्व समाप्त हो जाता है। संस्कृत की सभी ध्वनियों के लिए इस लिपि में चिह्न विद्यमान हैं। सच पूछा जाय तो मराठी, संस्कृत, अंग्रेजी, गुजराती, बंगला आदि लिपियों का उदात्त संगुफन इसमें एक साथ देखने को मिल जाता है, जो एक विकासशील लिपि के लिए शुभ-संयोग ही है।

## देवनागरी अक्षरों का क्रमिक-विकास

देवनागरी ब्राह्मी-प्रसूता लिपि है। अपनी उत्पत्ति और विकास के मूल में यह ब्राह्मी की ऋणी है। **डॉ. सावित्री सिनहा** लिखती हैं कि ब्राह्मी एक समय में अपभ्रंश भाषा की तरह भारत की राष्ट्रीयलिपि थी। उत्तर भारत की भाषाओं की मुख्य लिपि होने के साथ ही ब्राह्मी दक्षिण की द्रविड़भाषाओं की भी लिपि थी,- "Brahmi was in the past the national script, just as Apabhransha was national language. It was the script not only of the Northern Languages, the script of the Dravidian languages of the South was also modified form of the same, the differnce being merely stylistic." देवनागरी उसी ब्राह्मी की परिष्कृत रूप है। यही इस देश की मुख्य भाषाओं की भी लिपि है। यह राष्ट्रीय एकता की भी प्रतीक है। देवनागरी के अंकों – अक्षरों का विकास इसी ब्राह्मी से हुआ है- The most significant fact in this regard is that as a symbol of National unity, Devanagari, rather than Hindi Language, has greater importance,. Devangari, which is modified form of Brahmi Script, is the script of the main Languages of India."[1] **डॉ. गौरी शंकर हीरा चन्द ओझा** लिखते हैं कि-, ग्यारहवीं शताब्दी की नागरी और आज की नागरी में तो कई संदर्भों में कुछ अंतर अवश्य है, लेकिन 12 वीं शताब्दी की देवनागरी और आज की देवनागरी में कोई अन्तर नहीं है। 12 वीं शताब्दी से ही देवनागरी ने अपना स्वरूप स्थिर बनाए रखा है-"Between the Nagari of 11th century and the Nagari of today, there are points of similarityas

**1, Indian Literature, Page 602**

well as difference, but the 12 century script and the present- Devanagari are the same. From that time on wards, the script has continued to exist more or less in the same."[1]

एक विद्वान लिखते हैं कि देवनागरी लिपि ब्राह्मी के प्राचीन नागरी रूप के विकास में आगे की एक कड़ी है इसका वर्तमान रूप 10वीं शताब्दी में बनने लगा था। धीरे-धीरे इकी वर्णमाला में विकास

देवनागरी के व्यंजनों का विकास क्रम (1)

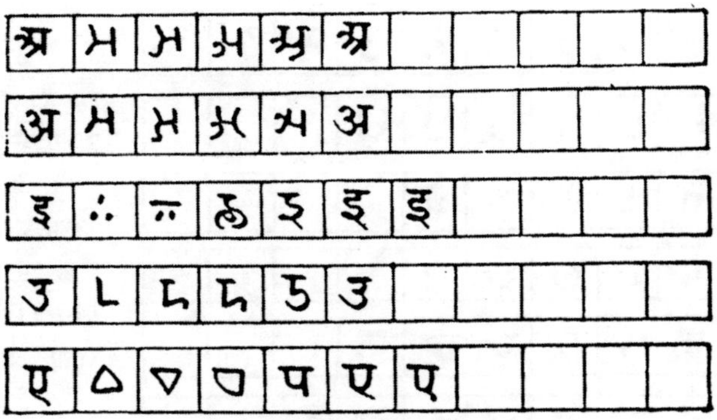

देवनागरी के स्वरों का विकास क्रम

हुआ। आरंभ में इसके वर्ण शिरोरेखा से रहित होते थे। अ, घ, म, प, ष और स के सिर दो भाँगों में बँटे थे। 11वीं शताब्दी की लिपि में पर्याप्त विकास होता गया और 12वीं शताब्दी तक यह लिपि अपने वर्तमान रूप को प्राप्त होती गयी। फिर भी 'इ' और 'घ' की आकृति पुरानी ही है। **स्व. डा. धीरेन्द्र वर्मा** लिखते हैं कि, ' ई. स. की दसवीं शताब्दी में उत्तरी भारतवर्ष की नागरी लिपि में कुटिल लिपि की नाईं अ, आ, घ, प, म, य, ष और स के सिर दो अंशों में विभक्त मिलते हैं, परन्तु 11वीं शताब्दी से ये दोनों अंश मिलकर सिर की एक लकीर बन जाती है और प्रत्येक अक्षर का सिर उतना लंबा रहता है, जितनी की अक्षर की चौड़ाई होती है।11वीं शताब्दी की नागरी लिपि वर्तमान नागरी लिपि से मिलती-जुलती हैं और 12वीं शताब्दी से वर्तमान नागरी बन गयी है।............ ई. स. की बारहवीं शताब्दी से लगातार अब तक नागरीलिपि बहुधा एक ही रूप में चली आ रही है।'[2]

देवनागरी लिपि के अक्षरों के विकास में ब्राह्मी के बाद गुप्त एवं कुटिल लिपियों का भी योगदान रहा है। **ओझा जी** के उक्त उद्धरणों को यदि हम हिलोरें-पछोरें तो यह बात साफ हो जाएगी कि 11 वीं शताब्दी की नागरी में पर्याप्त विकास हो गया था और 12 वीं शती में आते-आते इसका स्वरूप स्थिर हो गया। संभवतः यही कारण है कि 10 वीं शती और 12 वीं शती के अंकों में बहुत अधिक भिन्नता मिलती है। हाँ, यहाँ हम यह आप को बता दें कि 21 वीं शताब्दी के इस कम्प्यूटर और इंटरनेट के युग में देवनागरी के वर्णों और अंकों में सुविधा के अनुसार ढेरों परिवर्तन की संभावना व्यक्त की जा रही है। मुद्रण कला ने इस लिपि के अक्षरों और अंकों को मनमानेपन का शिकार बना दिया। च्च और क्क के स्थान पर च्च और क्क इसका एक छोटा सा उदाहरण है। बहरहाल, हम यह निश्चय पूर्वक कह सकते हैं कि देवनागरी लिपि ने अपनी प्रारंभिक अवस्था से लेकर अब तकपरिवर्तन के विभिन्न टेढ़े-मेढ़े पड़ावों को पार किया है। **डॉ भोलानाथ तिवारी** ने वर्तमान समय में देवनागरी वर्णों में हुये और हो रहे परिवर्तन की ओर हमें निम्नांकित पंक्तियों में इशारा किया है, जिन्हें इस प्रकार देखा जा सकता है, -

1. देवनागरी में पंचम अनुनासिक के स्थान पर अनुस्वार का प्रयोग

1. Bhartiya Prachin Lipi Mala, P. 69-70

2. हिन्दी भाषा का इतिहास-, डॉ. धीरेन्द्र वर्मा पृष्ठ- 86

देवनागरी के व्यंजनों का विकास क्रम (2)

बढ़ता जा रहा है,

2. लिखने में अब प्रायः शिरोरेखा का प्रयोग नहीं किया जा रहा है। लगता है, धीरे-धीरे लेखन और मुद्रण दोनों में शिरो रेखा का प्रयोग बन्द हो जाएगा,

3. देवनागरी लिपि धीरे-धीरे कठिनता से सरलता की ओर आयी है, आगे भी इस ओर जा रही है,

4. विराम चिह्नों का पर्याप्त प्रयोग होने लगा है। संगम (Juncture) की दृष्टि से अब इन्हें लिपि का एक अंग-सा माना जाना चाहिए तथा

5. ड़, ढ़, ज़, फ़, ग़, ख़, क़, ॉ आदि कई नए चिन्ह भी आवश्यकतानुकूल बना लिए गये हैं।

## देवनागरी अंकों का क्रमिक विकास

देवनागरी अंकों के विकास का इतिहास है तो विवादास्पद, किन्तु रुचिकर और कुछ उलझनपूर्ण भी। कुछ लोगों का विचार है कि इन अंकों का विकास वर्णों की तरह ब्राह्मी से ही हुआ है तो कुछ लोग देवनागरी अंकों की उत्पत्ति 'विदेशी देन' मानते हैं। कुछ लोग इन

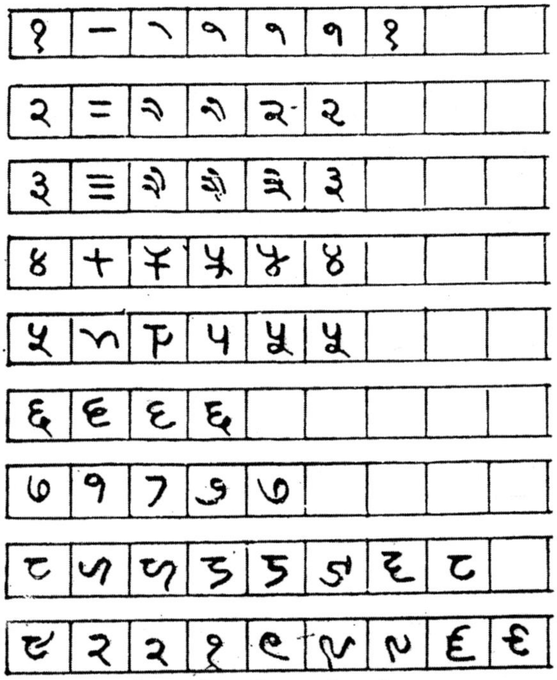

देवनागरी अंकों का क्रमिक विकास

अंकों का मूल उत्स अशोक के शिलालेखों में तलाशते हैं, तो कुछ भाषा विद मानते हैं कि देवनागरी अंकों के आविष्कर्ता भारत के ब्राह्मण थे। बहरहाल, जो भी हो, लेकिन विद्वानों का बहुमत कहता है कि ये अंक भारतीय आर्यों के ऊर्वर मस्तिष्क की मौलिक ख़ोज हैं। डॉ. स्वर्गीय गौरीशंकर ओझा भी देवनागरी अंको की उत्पत्ति के सवाल पर अपने को प्रथमतः संशय के दोराहे पर खड़ा पाते हैं,बाद में कुछ निश्चय करते हैं तो लिखते हैं कि- ' शून्य की योजना कर नव अंकों से गणित शास्त्र को सरल करने के वाले नवीन शैली के अंकों का प्रचार पहले-पहल किस विद्वान ने किया, इसका कुछ भी पता नहीं चलता। केवल यही पाया जाता है कि नवीन शैली के अंकों की सृष्टि भारतवर्ष में हुई, फिर यहाँ से यह क्रम अरबों

ने सीखा और अरबों से उसका प्रवेश यूरोप में हुआ।[1]

आखिर, भारतीय मनीषियों को इन अंकों को गढ़ने की गरज और जरूरत क्या थी, इस पर **डॉ. अवधेश्वर अरुण** लिखते हैं कि- ' लिपि की भाँति अंक भी भाषा का महत्वपूर्ण अंग होता है। व्यावहारिक जीवन में गिनती के लिए अंकों की आवश्यकता होती है तो सैद्धान्तिक ज्ञान-विज्ञान के अध्ययन के लिए अंकों की अपरिहार्य आवश्यकता सर्वविदित है। गणित तो अंकों का ही खेल है।[2] देवनागरी अंकों के विकास-प्रक्रिया के तहत विद्वानों ने इन्हें दो टुकड़ों में बाँटा है। (1) प्राचीन और (2) नवीन। अंकों के इसी प्राचीन रूपक का एक छोर भारतीय विद्वानों के अनुसार शिलालेखों को छूता है। अंकों के इन प्राचीन और नवीन रूपों में आकृति और स्वरूप के स्तर पर काफी अंतर है। कहते हैं, देवनागरी अंकों के प्रावीन रूप में महज 1 से 9 तक के ही अंक थे। शून्य नहीं था, शून्य की उपज बाद की कल्पना है, बल्कि जानिए कि छठीं शताब्दी के बाद शून्य की पैदाइश हुई। यह शून्य देवनागरी के नवीन रूप में सम्मिलित होता है। आखिर शून्य क्यों पैदा हुआ? मेरा विचार है कि संभवतः अंक लेखन की प्रक्रिया शुरू में टेढ़ी और जटिल रही होगी, अतः उस प्रक्रिया को सरल-सहज बनाने के लिए ही शून्य का जन्म हुआ।

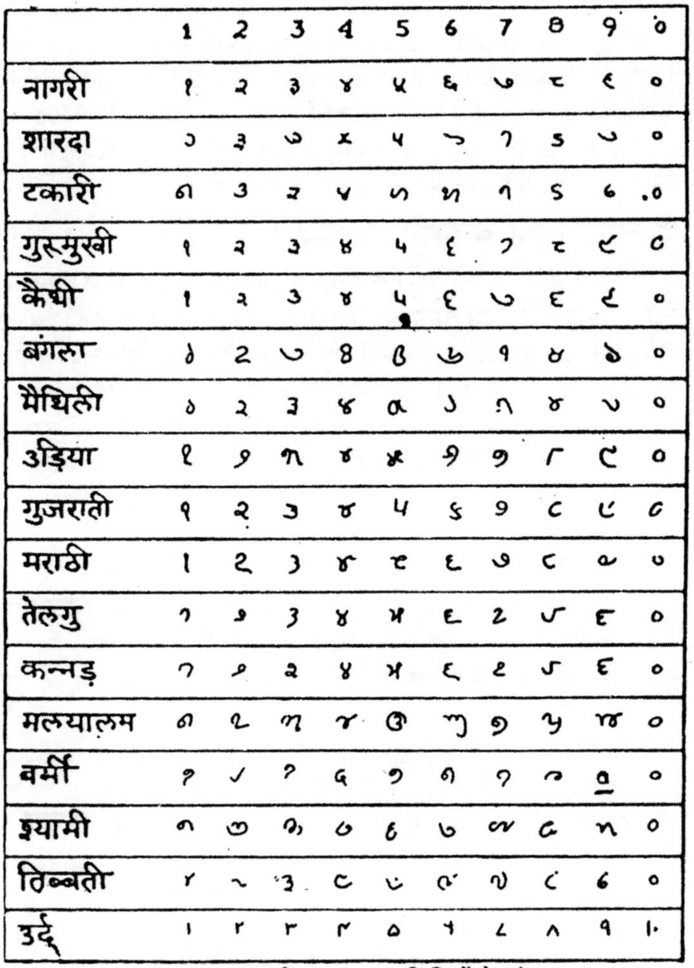


आधुनिक भारतीय कुछ अन्य लिपियों के अंक

इधर, **डॉ. अनन्त चौधरी** भी **डॉ. ओझा** के मत की पुष्टि करते हुए लिखते हैं कि,'शून्य की योजना द्वारा तो नौ अंकों से गणित शास्त्र को सरल करने वाली शैली के अंकों का सर्वप्रथम आविष्कार तथा प्रचार किस आचार्य के द्वारा हुआ, इसका आज तक पता नहीं चल पाया है, किन्तु यह निश्चित है कि नवीन शैली के अंकों की सृष्टि भारतवर्ष में ही हुई। बाद में अरब वालों ने भारत से यह अंक-क्रम सीखा और फिर अरब से सम्पूर्ण योरोप में इसका प्रचार हुआ।[3] **इनसाइक्लोपीडिया ब्रिटानिका** में इस संबध में लिखा है कि- ' यह सर्वथा निस्संशय कहा जा सकता है कि हमारे (अंग्रेजों) के दशगुणोत्तर क्रम की उत्पत्ति भारतीय है। संभवतः खगोल संबंधी उन सारणियों के साथ, जिनको एक भारतीय राजदूत ने 773 ई. में भारत से बगदाद लाया था, भारत वासियों से उसका प्रवेश अरब में हुआ। वस्तुतः ईसा सन् की नवीं शताब्दी में प्रसिद्ध विद्वान अबुज फर मुहम्मद अल खारिजी ने उक्त क्रम का विवेचन किया। और उसी समय से उसका प्रचार अरब में बढ़ने लगा। यूरोप में शून्य सहित यह सम्पूर्ण अंक क्रम बारहवीं शताब्दी में अरब वालों से किया गया था।[4] एक अन्य पाश्चात्य विद्वान् इडवर्ड क्लोड भी इन अंकों की भारतीय खोज की संपुष्टि करते हुए लिखते हैं- The Socalled Arabic numerals are probably of India origin, having been brought by Arab Traders

---

1. भारतीय प्राचीन लिपि माला, पृष्ठ-117
2. हिन्दी भाषा का स्वरूप विकास, पृष्ठ-173
3. नागरी लिपि और हिन्दी वर्तनी-डॉ. अनन्त चोधरी, पृष्ठ-102, हिन्दी ग्रंथ अकादमी,पटना।
4. Encyclopaedia Britanika, Vol.17 Page-626

from the east, and introduced by them in to Spain in the middle ages, whence they spread over Europe, coming in to use in England perhaps about the eleventh century. But whether India invented them, or borrowed them from Greek or other traders from the west is unknown'. [1] सुप्रसिद्ध विदेशी विचारक **मुहतरम अलबेरूनी** ने भारत संबंधी तहकीकात की अपनी अरबी पुस्तक, जो 1030ई. के आस पास की है, में लिखा, है ......... अपने अंक क्रम में हजार से अधिक संख्या जानने वाले केवल हिन्दू ही हैं ......... वे संख्या सूचक क्रम को 18वें स्थान तक ले जाते हैं, जिसको परार्द्ध कहते हैं ......... मैंने एक पुस्तक लिखकर यह बतलाया है कि इस विषय में हिन्दू हमसे कितने आगे बढ़े हुए हैं।[2]

## देवनागरी का वर्तमान स्वरूप

भारत वर्ष में हजारों वर्षों तक प्रचलित ब्राह्मी के गर्भ से जन्मी देवनागरी कुछ लोगों के अनुसार अक्षरात्मक (Syllabic) लिपि है तो कुछ लोग इसे ध्वन्यात्मक (Phonetic) लिपि भी मानते हैं। देवनागरी को अक्षरात्मक इसलिए कहा जाता है कि इसके वर्ण (अक्षर-Syllable) हैं, स्वर भी और व्यंजन भी। 'क', 'ख' आदि व्यंजन सस्वर हैं– अकार युक्त हैं। वे केवल ध्वनियाँ नहीं हैं। अपितु सस्वर अक्षर हैं। किन्तु प्रसिद्ध विद्वान् आदरणीय **पंडित करुणापति त्रिपाठी** [3] कहते हैं। कि यहाँ यह ध्यान रखने की बात है कि भारत की 'ब्राह्मी' या 'भारती' वर्णमाला की ध्वनियों में व्यंजनों का 'पाणिनि' ने वर्ण समाम्नाय के 14 सूत्रों में जो स्वरूप परिचय दिया है उसके विषय में **पतंजलि** (द्वितीय शती ई. पू. ) ने यह स्पष्ट बता दिया है कि व्यंजनों में संनियोजित 'अकार' स्वर का उपयोग केवल उच्चारण के उद्देश्य से है। वह तत्त्वत: वर्ण का अंग नहीं है। इस दृष्टि से विचार करते हुए कहा जा सकता है कि इस लिपि की वर्णमाला तत्वत: ध्वन्यात्मक है, अक्षरात्मक नहीं।

भाषा वैज्ञानिक दृष्टि से देवनागरी लिपि की वर्णमाला विश्व में परंपरागत सभी वर्णमाला लिपियों की अपेक्षा पूर्णतर हैं। विश्व की अनेक प्रमुख लिपियों में ध्वनियों के नाम भिन्न हैं और उनके उच्चारणात्मक ध्वनि मूल्य भिन्न हैं। नागरी में दोनों में कोई अंतर नहीं है। इसकी वर्णमाला का वर्णक्रम अत्यंत वैज्ञानिक और भाषा वैज्ञानिक है। ध्वनियों का वर्गीकरण क्रम भी वड़ा वैज्ञानिक है। आरम्भ में स्वर ध्वनियाँ- अ, आ, इ, ई, उ, ऊ, ऋ, ए, ऐ, ओ, औ, अं, अ: = 13 हैं। तदनन्तर स्थानानुसारी वर्ग क्रम से 27 स्पर्श व्यंजन हैं, यथा;

| | | | |
|---|---|---|---|
| **क वर्ग** | क्, ख्, ग्, घ्, ङ | **च वर्ग** | च्, छ्, ज्, झ्, ञ् |
| **ट वर्ग** | ट्, ठ् , ड्, (ढ़), ण | **त वर्ग** | त्, थ्, द्, ध्, न, |
| **प वर्ग** | प्, फ्, ब्, भ्, म, = 27 | | |

तत्पश्चात् **अन्तस्थ-** य्, र्, ल्, व् = 4
तदनंतर **ऊष्म ध्वनियाँ** - श्, ष्, स्, =3
ह

इनके अतिरिक्त अंग्रेजी, फारसी, अरबी भाषाओं के सम्पर्क से क़, ख़, ग़, ज़, फ़ आदि भी प्रयोग में आने लगो हैं। 'ह्रस्व एकार' और 'ओकार' भी हिन्दी में है, जिनके लिए परंपरित वर्णमाला में ध्वनि चिन्ह नहीं है। फारसी आदि के प्रभाव से 'औरत' और 'ऐसा' आदि आद्यस्वरोच्चाणार्थ भी पृथक ध्वनि संकेत नहीं है। अंग्रेजी के भी एकाध स्वर हिन्दी में बोले जाते हैं। कुल मिलाकर यह कि सरलता की ओर अग्रसर होती देवनागरी वर्णमाला की दृष्टि से विश्व की परंपरागत लिपियों में श्रेष्ठ और सर्वोत्कृष्टतर है।

**वैज्ञानिक अथवा आदर्श लिपि के गुण-** वैज्ञानिकता किसी भी लिपि की मेरुदण्ड होती है। दोषों से अपेक्षाकृत रहित तथा विशिष्ट गुणों से अलंकृत होना ही किसी लिपि की वैज्ञानिकता होती है। किसी भी भाषा के लिए लिपि की रचना करते समय इस बात का ख्याल रखते हैं कि वह लिपि पूर्णतया वैज्ञानिक अथवा आदर्श गुणों से युक्त हो अर्थात् उसमें उक्त भाषा की समस्त ध्वनियों को अभिव्यक्त करने की क्षमता हो, उसके वर्ण अथवा अक्षर उच्चरित ध्वनियों से सामंजस्य रखते हों, उसके वर्णो (लेखिमों) का स्वरूप भ्रमपूर्ण न हों, स्वरों और व्यंजनों तथा व्यंजनों और स्वरों का परस्पर संयोग सुगमता और स्पष्टता से हो सकता हो। उपर्युक्त विशेषताओं से जो लिपि भरपूर हो, वही आदर्श या वैज्ञानिक लिपि होगी। श्री शं. दा. चितले ने आदर्श या वैज्ञानिक लिपि के लिए निम्न गुणों का होना आवश्यक बताया है

**1. The Story of Alphabet-Edward Clodd Page-209**

**2. सा. अ. इ. अलबेरुनी जिल्द-1 पृष्ठ 174-177**

**3. हिन्दी विश्वकोश- करुणापति त्रिपाठी, पृष्ठ 116 भाग, -6, नागरी प्रचारिणी सभा, काशी**

1. निश्चितता अर्थात् एक वर्ण की एक ध्वनि। 2. लेखन और भाषण में एकरूपता अर्थात् जो लिखा जाय वही बोला जाय। 3. प्रत्येक अक्षर का उच्चरित होना। 4. उपयुक्तता अर्थात् भाषा में प्रयुक्त सभी ध्वनियों के लिए लिपि चिह्नों का होना। 5.एक ध्वनि के लिए एक ही चिह्न का होना। 6. पढ़ने में सरलता और सहजता। 7. सौन्दर्य। 8. त्वरा लेखन। 9. मुद्रण सुलभता। 10.यान्त्रिक सुलभता।

**अन्य पाँच गुण-**

11. लिपि का स्वदेशी होना। 12. प्रयोग की व्यापकता। 13. प्रयोग की प्राचीनता। 14. देश में प्रचलित अन्य लिपियों से निकट का सम्बन्ध। 15. प्रयोग की बहुसंख्यकता।

उक्त तत्वों में कई तो अनेक बार आवृत्त हो गए हैं। जैसे संख्या एक और पाँच में एक ही बात कही गई है। संख्या नौ और दस एक ही में समाहित होनी चाहिए थी। संख्यतीन तथा छह को संख्या दो का उपखंड मान सकते है। इसी प्रकार संख्या बारह तथा पन्द्रह में भी कोई भेद दिखाई नहीं देता। अतः सब मिलाकर आदर्श लिपि के 9 गुण ही सिद्ध होते है।

भाषा वैज्ञानिक **डॉ. उदयनारायण तिवारी** ने भी आदर्श लिपि के लिए अधोलिखित गुणों का होना आवश्यक बताया है। [1]

क. एक ध्वनि को व्यक्त करने के लिए एक चिह्न हो। ख. एक चिह्न केवल एक ध्वनि का बोधक हो। ग. मात्रा एवं वर्ण-बोधक चिह्न इतने भिन्न हों कि किन्हीं दो चिन्ह के स्वरूप में परस्पर कोई भ्रम न हो। घ. चिह्न सुन्दर और कलात्मक होने के साथ-साथ आधुनिक लेखन और मुद्रण के यांत्रिक साधनों के लिए सरलता से अपनाए जा सकें।

इसके अतिरिक्त जहाँ अनेक लिपियाँ प्रचलित हों, वहाँ सामान्य लिपि के रूप में अपनायी जाने वाली लिपि की कतिपय और विशेषताएँ आवश्यक हैं, यथा —1. देश की अधिकांश जनता उस लिपि से परिचित हो। 2. देश में प्रचलित अन्य लिपियों से उसका घनिष्ठ संबन्ध हो। 3. उस लिपि के वर्ण प्रचलित लिपियों के वर्णों के अनुरूप हों, तथा उसकी वर्ण माला का क्रम भी अन्य लिपियों के समान हों। 4. उस लिपि की देश में प्रतिष्ठा हो तथा जनता का उससे भावात्मक संबंध हो।

उपर्युक्त विवेचनात्मक पड़ताल के बाद आदर्श या वैज्ञानिक लिपि संबंधी-निष्कर्ष का एक स्वरूप ह मारे समक्ष आता है। उक्त तथ्यों के आलोक में मेरे विचार से वैज्ञानिक या आदर्श लिपि के लिए निम्न गुण आवश्यक होते हैं, -

1. लिपि को संदेह रहित और सुपाठ्य होना चाहिए अर्थात् एक संकेत में दूसरे संकेत की दुविधा न हो। रोमन और उर्दू में उक्त दुर्बलता देखने को मिलती है। यथा रोमन लिपि में C वर्ण स, क, च और श ध्वनियों का, X वर्ण क्स और ज ध्वनियों का बोध कराता है। इसी तरह फ ध्वनि F, Ph, तथा Ough से व्यक्त की जाती है।

2. एक ध्वनि का एक ही संकेत हो अर्थात् उसके संकेत में निश्चितता तथा विश्वसनीयता होनी चाहिए। रोमन लिपि में एक ध्वनि के लिये कई संकेतों का प्रयोग करते हैं। यथा 'क' के लिए - K (Key), C (Cat), Q (Queen), Ch (Chemestry) तथा X (Box)। इसी तरह उर्दू में केवल एक 'ज़' के लिए ज़े, ज़ाद, ज़ो, ज़ाल - ये चार संकेत काम में लाये जाते हैं। किसी भी लिपि पर वैज्ञानिकता का रंग चढ़ाने के लिए उक्त दोष बाधक होते हैं।

3. ध्वनि और लिपि दोनों में समन्वय होना चाहिए अर्थात् जो लिखा जाय, वही उच्चरित भीहो तथा जो उच्चरित हो वही लिखा जाय। रोमन लिपि में कई वर्ण शून्य या मूक (Silent-अनुच्चरित) रहते हैं- जैसे - Knight, Know, Knowledge में K अनुच्चरित वर्ण है। देवनागरी में इस प्रकार का दोष विरल है।

4. वैज्ञानिक लिपि में किसी भाषा की संपूर्ण ध्वनियों को समेटने की विशेष दक्षता होनी चाहिए। रोमन लिपि में सभी प्रकार की ध्वनियों के लिए चिह्न नहीं हैं। जब कि देवनागरी में प्रायः सभी ध्वनि-चिह्न विद्यमान हैं। इस दृष्टि से देवनागरी सर्वोत्कृष्ट लिपि है।

5. वर्तमान युग वेग और तीव्र गति का है। इस लिए लिपि में त्वरा (शीघ्रता) का भी ध्यान रखना आवश्यक है।

6. टंकण और मुद्रण की सुविधा लिपि के वैज्ञानिकता की प्रथम पहचान है।

7. सौन्दर्य और कलात्मकता भी लिपि को विशिष्ट बनाने में सहायक होते हैं। बंगला लिपि के प्रभाव से देवनागरी लिपि के अधिकांश वर्ण चौकोर रूप को छोड़कर कुछ-कुछ गोलाकार हो गये हैं, जो देखनें में सुन्दर लगते हैं।

इस प्रकार उपर्युक्त लक्षण-तंतुओं से बुनी हुयी कोई भी लिपि-आदर्श या वैज्ञानिक लिपि-कही जा सकती है।

**देवनागरी लिपि की वैज्ञानिकता -** आदर्श या वैज्ञानिक लिपि में जितने गुण होने चाहिये, देवनागरी उन सबका सम्यक् निर्वहन करती है। विश्व की किसी भी लिपि की तुलना में देवनागरी निःसंदेह सर्वप्रधान, सुन्दर, पूर्ण, सरल, अधिक निर्दोष तथा वैज्ञानिक लिपि है। इस लिपि की वैज्ञानिकता पर भारतीय विद्वानों के साथ -साथ प्रायः सभी योरोपीय विद्वान्- **ब्लूम फील्ड, हेनरी**

1. पाणिनि के उत्तराधिकारी डॉ. उदयनाराण तिवारी पृ. 111

**स्वीट, जे. आर. फर्च, डॉ. अल्फ्रेडमूलर, जेम्स प्रिसेप, कुपेरी, सेनसन, बेबर, कस्ट सेनार्ट, वेनफे, टेलर, डी. के. बूलर, डॉ. डेविड डिरिंजर** आदि - भी मुग्ध रहे हैं। इस लिपि की प्रशंसा करते हुए **सर विलियम जोन्स** ने यहाँ तक कहा था कि देवनागरी की पूर्णता के सम्मुख अंग्रेजी लिपि उपहासास्पद है- "Not a letter could be added or taken away without uranifest in convenience. The same way induditably be said of this Devanagari system, which, as it as more naturally arranged then any other, shall here be the standard of my particular observatives on Asiatic letters. Our English alphabet and orthography are disgracefully and almost ridiculously imperfect."[1] वस्तुतः देवनागरी भारत की सबसे अधिक सम्पन्न, शास्त्रीय, बहुप्रयुक्त और समृद्ध लिपि है। प्राचीनता, विस्तार संख्या, व्यावहारिकता तथा महत्व की दृष्टि से ब्राह्मी-प्रसूत लिपियों में देवनागरी अपेक्षाकृत गुणयुक्त, वैज्ञानिक, उपयोगी तथा वरेण्य लिपि है। **डॉ. डेविड डिरिंजर** इसकी वैज्ञानिकता की मुक्त कंठ से प्रशंसा करते हुए लिखते हैं कि-"Devanagari is one of the most perfect systems of writing. Apart from its weekness, it has remendessentially unaltered for many centuries, being aboviously easier to write correctly and constentally."

इधर, भारतीय भाषा चिन्तकों ने भी देवनागरी की वैज्ञानिकता तथा आदर्श लिपि के रूप में देवनागरी का मूल्यांकन करते हुये अपने अभिमत प्रस्तुत किए हैं। **डॉ. भोलानाथ तिवारी** लिखते हैं कि "देवनागरी लिपि अपनी अनेक कमियों के बावजूद अनेक दृष्टियों से अपेक्षाकृत अधिक उपयोगी, गुणयुक्त तथा वैज्ञानिक है।"[2] **श्री बी. जी. आण्डालम्मा** ने एक पश्चिमी विद्वान् के उद्धरण को रेखांकित करते हुए देवनागरी की वैज्ञानिकता के संदर्भ में लिखा है कि, एक पाश्चात्य विद्वान् ने देवनागरी की वैज्ञानिकता परखने के लिए कुछ वर्णों की आकृतियों के साँचे मिट्टी के खोखले रूप में बनाए थे। उसने जब उसमें फूँक मारी तो उनमें से लगभग अनुकृत वर्णों सी ही ध्वनि सुनाई दी थी।[3] एक अन्य विद्वान् **डॉ. चन्द्रभान रावत** देवनागरी की वैज्ञानिकता पर प्रकाश डालते हुए लिखते हैं कि इस लिपि की वैज्ञानिकता पर प्रायः सभी यूरोपीय विद्वान् मुग्ध रहे हैं। इसके प्रथम ज्ञान के साथ ही ध्वनियों का भाषा वैज्ञानिक विश्लेषण, विवरण स्वतः आ जाता है।[4] **डॉ. रामेश्वर दयाल अग्रवाल** भी लिखते हैं कि, 'वैज्ञानिकता की दृष्टि से देवनागरी लिपि की टक्कर की लिपि संसार में दूसरी नहीं, ऐसा सभी लिपिविदों का मत है।"[5]

पर, दुर्भाग्य की बात है कि कुछ भाषा शास्त्रियों एवं नेताओं को देवनागरी की वैज्ञानिकता पर संदेह है। अतः वे देवनागरी की जगह रोमन लिपि को अपनाने का आग्रह करते हैं। उनका यह आग्रह सूर्य को पश्चिमी क्षितिज से उगाने जैसा ही है। उक्त विद्वानों में **श्री सुनीतिकुमार जी चटर्जी, श्री प्रबुद्धनाथ चटर्जी, श्री मदनगोपाल** आदि प्रमुख हैं। श्री सुनीति कुमार चटर्जी के अनुसार प्राविधिक दृष्टि से रोमन लिपि, देवनागरी की अपेक्षा अधिक निर्दोष है। विज्ञान का सर्वाधिक वाङ्गमय अंग्रेजी भाषा तथा रोमन लिपि में ही है। रोमन लिपि लिखने में अधिक सुविधाजनक हैं, इसमें स्थान और श्रम का अपव्यय नहीं होता। उनके विचार से रोमन अन्तर्राष्ट्रीय लिपि है तथा इससे राष्ट्रीय एकता को बल मिलेगा। देवनागरी में संयुक्ताक्षरों के रूप जटिल हैं, देवनागरी की मात्राएँ अवैज्ञानिक हैं, अक्षरों की संख्या बहुत अधिक है, देवनागरी लिपि आज के वैज्ञानिक युग के लिए उपयुक्त नहीं है तथा मुद्रण और टंकण की दृष्टि से रोमन में देवनागरी की अपेक्षा अधिक सुविधाएँ हैं- "At present to print in Devanagari considerably over 400 special types are required, with this Hindi-Roman, some 50 in all should suffice."[6]

देवनागरी लिपि की वैज्ञानिकता के विरुद्ध **श्री चटर्जी** की उद्‌घोषणा सर्वथा तर्कहीन है। उनके द्वारा लगाये गये सभी आरोपों का अति संक्षेप में निवेदन के साथ मैं उत्तर देना चाहूँगा- रोमन लिपि में वर्णों की संख्या यद्यपि 26 बताई जाती है, किन्तु प्रत्येक वर्ण के बड़े और छोटे दो-दो रूप होते हैं। साथ ही इस लिपि में मात्राओं का अभाव होने के कारण यह जानना कठिन हो जाता है कि अ, इ. और उ का प्रयोग कहाँ दीर्घ और कहाँ ह्रस्व रूप में हुआ है, जैसे- 'HARIYANA' को हरियन, हरीयन, हरियना, हरीयना, हरियान, हरीयान, हरियाना, हरीयाना आदि किसी भी रूप में पढ़ा जा सकता है, किन्तु 'हरियाणा' किसी भी रूप में नहीं पढ़ा जा सकता। अतः जहाँ उच्चारण की इतनी अधिक अनिश्चितता है, उसे वैज्ञानिक कहना मेरे विचार से श्लाघनीय नहीं है। विज्ञान का सर्वाधिक वाङ्गमय रोमन लिपि में उपलब्ध बताना भी नापसंद तथ्य है। जापान, चीन, रूस, जर्मन इत्यादि देशों के वैज्ञानिक विकास को देखकर उनका यह तर्क भी अतिरंजित ही लगता है। रोमन लिपि में प्रत्येक ध्वनि के लिए प्रत्येक अक्षर का पूर्ण लिखा जाना भी तो वैज्ञानिकता की परिधि

---

1. Asiatic Society Bengal में Orthography of Asiatic words in letters. पर दिये गये भाषण से उद्धृत।
2. भाषा-चिन्तन, डॉ. भोलानाथ तिवारी, पृष्ठ-24
3. 'ज्ञानपीठ पत्रिका', पृष्ठ 12 मैसूर, जनवरी 1944 ई
4. हिन्दी भाषा विकास और विश्लेषण- डॉ. चन्द्रभान रावत, पृ. 166
5. भाषा विज्ञान के सिद्धान्त, डॉ. रामेश्वरदयालु अग्रवाल, पृ. 170
6. Indo-Aryan and Hindi- S. K. Chatterji P. 51

के बाहर ही है।

रोमन लिपि लेखन, स्थान तथा श्रम आदि की दष्टि से अतीव सुविधाजनक है, इस तर्क में भी सत्यता का पुट बहुत कम ही है। उदाहरणार्थ-रोमनलिपि में Bindu (विन्दु) शब्द को लिखने में हाथ को कम-से-कम पाँच बार उठाना पड़ता है, जब कि देवनागरी लिपि में वही शब्द लिखने पर स्थान, समय, श्रम-सबकी बचत होती है। सच पूछा जाय तो रोमन लिपि की अपूर्णता के कारण ही भारत की कई जातियों, नगरों तथा प्रान्तों के नाम विकृत हो गये हैं, जैसे - मिश्र को मिश्रा, शुक्ल को शुक्ला, गुप्त को गुप्ता, यादव को या... आदि रोमन में बोला जाता है। दिल्ली को 'डेहली' (Delhi), बंबई को 'बाम्बे' (Bombay), देहरादून को 'डेहराडुन' (Deharadun), कलकत्ता को 'कैलकटा' (Calcutta), मेरठ को 'मीरट' (Meerut), लखनऊ को 'लकनऊ' (Lucknow), इलाहाबाद को अलाहाबाद (Allahabad), ग़ाजीपुर को घाज़ीपुर (Ghazipur) बोलते हैं। इसी प्रकार असम को 'आसाम' (Assam), मद्रास को 'मड्रास' (Madras), तथा केरल को 'केरला' (Kerala) बोलते हैं.

रोमन लिपि के पक्ष में राष्ट्रीय एकता का जो तर्क दिया जाता है, वह भी सर्वथा भ्रमपूर्ण और बेजां बात है। इसे यदि हम अपनी दास-मनोवृत्ति का द्योतक कहें, तो इसमें किसी की असहमति नहीं होनी चाहिए। अंत में मैं चटर्जी से पुनः विनम्रता के साथ एक प्रश्न का उत्तर चाहूँगा कि यदि देवनागरी लिपि के स्थान पर रोमन को अति वैज्ञानिक मानकर स्वीकार भी कर लें, तो युगों-युगों से चिर-संचित वैदिक संस्कृत, पालि, प्राकृत, हिन्दी, मराठी, गुजराती इत्यादि का जो सुविशाल साहित्य है- उसका क्या होगा? क्या उसे देश के 'कम्पोष्ट खाद' के गड्ढों में सड़ने के लिए डाल दिया जाय?

अंत में हम इस निष्कर्ष पर पहुँचते हैं कि रोमन लिपि की अपेक्षा देवनागरी अधिक उत्तम और उपयोगी है। शुद्धता, स्पष्टता और सरलता की दृष्टि से देवनागरी रोमन से श्रेष्ठ है। **डॉ. शिवराज वर्मा** के अनुसार, "राष्ट्रीय सम्मान की दृष्टि से भी भारतीय लिपियों का महत्व अधिक है। हिन्दी की लिपि देवनागरी पर्याप्त वैज्ञानिक तथा सक्षम है। भारतीय भाषाओं में प्रचलित प्रायः सभी ध्वनियों को अंकित करने की क्षमता इस लिपि में है। ..........इसलिए देवनागरी के परित्याग का प्रश्न ही नहीं उठता। राजभाषा हिन्दी तथा उसकी लिपि देवनागरी दोनों को जो सांविधानिक मान्यता प्राप्त हुई है, वह सर्वथा राष्ट्र की भावना के अनुकूल है।"[1]

मेरे विचार से देवनागरी की वैज्ञानिकता के निम्नलिखित कारण हैं, 1. देवनागरी में लिपि-अक्षर-चिह्नों का क्रम अति वैज्ञानिक है, 2. स्वरों में सभी वर्णों ('ए' और 'ओ' को छोड़कर ह्रस्व तथा दीर्घ रूप के लिए अलग-अलग चिह्न हैं, 3. व्यंजन वर्णों का विभाजन भी वैज्ञानिक है, 4. इसमें प्रत्येक ध्वनि के लिए अलग-अलग चिह्न हैं तथा प्रत्येक लिपि चिह्न की ध्वनि अलग-अलग है। 5. भारत की प्राचीन तथा प्रमुख भाषा संस्कृत की लिपि होने के कारण यह भारतीय लिपियों में सम्बन्ध-स्थापना का माध्यम रही है, 6. इसमें भारतीय भाषाओं की ध्वनियों को व्यक्त करने की पर्याप्त क्षमता है, 7. इस लिपि के समान कोई अन्य लिपि ध्वन्यात्मक तथा वैज्ञानिक नहीं है और 8. सामान्यतया प्रत्येक वर्णों की लिखावट कलात्मक, सुन्दर तथा सुगठित है। **डॉ. गोलोक बिहारी धल** के शब्दों में,- "देवनागरी लिपि के वैज्ञानिक होने पर भी इससे संबंधित आधुनिक भारतीय भाषाओं की लिपियाँ पूर्ण रूप से ध्वनि-विज्ञान सम्मत नहीं हैं; तो भी ये लिपियाँ अंग्रेजी तथा फ्रांसीसी लिपियों से कहीं अधिक वैज्ञानिक हैं।........ **जेस्पर्सन** ने अंग्रेजी में हिज्जे की अव्यवस्था दिखा कर उसे इस पद के लिए अप्रमाणित कर दिया था।"[2]

## देवनागरी लिपि के गुण (विशेषताएँ)

लोकोत्तर विशिष्टताओं से आपूरित देवनागरी अन्तर्देशीय ही नहीं, बल्कि अन्तर्राष्ट्रीय लिपि बन चुकी है। इसके आँचल के एक छोर में यदि भारत की गौरवशाली सांस्कृतिक परंपरा सुरक्षित है, तो दूसरे छोर में आज के प्रगतिशील विज्ञान का वाङ्गमय भी आवद्ध है। किन्तु खेद की बात है कि शुरू से ही इसका विरोध इसके घर में हुआ। तुर्की, अरबी, फारसी तथा रोमन आदि विदेशी लिपियों ने इसकी अस्मिता समाप्त कर देने की पुरजोर कोशिश की। पर, अप्रतिम गुणों के कारण देवनागरी अपनी अलग पहचान बनाए रखी। आभामयी दीपशिखा की भाँति विरोधों के घटाटोप अंधकार में भी यह अपनी निष्कंप लौ बिखेरती रही। फिर, इसमें ब्रह्मा की ब्राह्मी का रक्त भी तो प्रवाहित हो रहा है! वेदवाणी से संबद्ध होने के कारण यह शास्त्रपूत है। इसका वर्तमान स्वरूप युगों के प्रयोग पर आधारित है। यदि तटस्थ, पूर्वाग्रह और व्यामोह रहित होकर विचार करें, तो हमें स्वीकारना होगा कि अन्य भारतीय लिपियों की अपेक्षा देवनागरी में ही अधिक भावाभिव्यक्ति संभव है। अधिसंख्य विद्वानों ने माना है कि देवनागरी संसार की समस्त वर्तमान लिपियों से अधिक सुगम तथा वैज्ञानिक है। शीघ्र लिपि (Phonography) के अनुसंधानक प्रसिद्ध पाश्चात्य भाषा वैज्ञानिक **आइजक पिटमैन** ने इसकी प्रशंसा में कहा था- 'If in the world we have any alphabet, the most perfect it is those Hindi ones.'[3]

1. हिन्दी का राष्ट्रभाषा के रूप में विकास, डॉ. शिवराज वर्मा, पृ. 260 2. ध्वनि विज्ञान, पृ. 29, 1958

जिन गुणों के कारण देवनागरी विश्व की सर्वाधिक वैज्ञानिक, सन्तुलित और पूर्ण लिपि होने की क्षमता रखती है, उन्हें संक्षेप में इस प्रकार देख सकते हैं-

**1.एक ध्वनि के लिये एक ही स्वतंत्र सांकेतिक चिह्न-** देवनागरी लिपि में प्रत्येक स्वरों के दीर्घ और ह्रस्व रूप के लिए पृथक-पृथक संकेत-चिह्न विद्यमान हैं अर्थात् एक ध्वनि के लिए कई वर्ण इसमें नहीं प्रयुक्त होते। सभी स्वरों की मात्राएँ भी सुनिश्चित हैं, तदर्थ इसमें उच्चारण-संबन्धी विभ्रम की कोई संभावना नहीं होती है। अन्य लिपियों से यदि इसकी तुलना करें तो स्वतः इसका वैशिष्ट्य स्पष्ट हो जाएगा। उर्दू में अकेले 'त' ध्वनि के लिए भी दो वर्ण (ते, तोय), 'स' के लिए तीन वर्णों (सीन,स्वाद, से), 'ह' के लिए भी तीन वर्णों (छोटी हे, बड़ी हे तथा द्विचश्मी हे)और 'ज़' के लिए पाँच वर्णों (ज़े, ज्हे, ज़ाल, ज्वाद, ज़ोय) का प्रयोग निःसन्देह भ्रमोत्पादक है। इतना ही नहीं, रोमन लिपि में तो एक ध्वनि को व्यक्त करने के लिए जैसे सांकेतिक चिह्नों की फौज खड़ी कर दी गई हो। एक ओर जहाँ केवल 'A' से आठ ध्वनियाँ-ball, bath, fare, many, rat, made, was, steward- व्यक्त की जाती हैं, वहीं 'श' ध्वनि को व्यक्त करने के लिए चौदह चिह्न प्रयोग में लाए जाते हैं-"Sugar, shoe, issue, mansion, mission, nation, suspicion, ocean, nauseaous, conseous, search, chaperon, schist, fuchsia, pshaw."[1] अतः **डॉ. देवेन्द्र नाथ शर्मा** लिखते हैं कि रोमन एवं उर्दू में 'एक वर्ण के अनेक उच्चारण और अनेक वर्णों का एक उच्चारण प्रसिद्ध है। साथ ही इसके स्वरों और व्यंजनों की क्रमहीनता तथा जटिलता अवैज्ञानिकता की पराकाष्ठा है। इसके विपरीत देवनागरी लिपि में एक वर्ण का एक ही उच्चारण होता है और वर्णों का विन्यास ध्वनि विज्ञान के सर्वोच्च सिद्धान्तों के अनुकूल है।"

**2. एक सांकेतिक चिह्न के लिए एक ही ध्वनि-** एक सांकेतिक चिह्न से एक ही ध्वनि का बोध देवनागरी की दूसरी विशेषता है। देवनागरी में सभी लिपि-चिह्नों के वही नाम हैं, जिन ध्वनियों के लिए उनका प्रयोग किया जाता है। रोमन की भाँति यहाँ चिह्नों की पुनरावृत्ति नहीं है। यहाँ तक कि स, श, ष, भिन्न-भिन्न होने के कारण अलग-अलग ध्वनि को व्यक्त करते हैं। **डॉ. भोलानाथ तिवारी** के अनुसार, "यदि इसलिपि में मराठी" ळ को मिला लें तथा 'ए, ओ, ः, ट' ये चार वर्ण और मिला लें तो देवनागरी सभी भारतीय भाषाओं को लिख सकती है।"[2]

**3. वर्णों और रूपों में वैज्ञानिक क्रमबद्धता-** देवनागरी अपने कुछ दिव्य और सहजात गुणों के कारण आदर्श और अतिवैज्ञानिक लिपि स्वीकारी गई है। इसमें फारसी, अरबी तथा रोमन लिपियों की भाँति स्वर और व्यंजन को नहीं मिलाया गया है, बल्कि ध्वनियों के दोनों वर्गों-स्वर और व्यंजन-को पृथक वर्ग में रखा गया है। इसकी वर्णमाला में स्वर और व्यंजन का वर्गीकरण ध्वनि-वैज्ञानिक पद्धति से उच्चारण, स्थान एवं प्रयत्नों के आधार पर किया गया है। इस लिपि में प्रथम असंयुक्त स्वर, संयुक्त स्वर, फिर व्यंजन और संयुक्त व्यंजन आदि एक वैज्ञानिक क्रम में नियोजित हैं।[3] स्वरों की ह्स्वता और दीर्घता एक ही आकृति में थोड़ा सा अंतर करके दिखादी गई है। डॉ. हरदेव बाहरी के अनुसार, "व्यंजनों में पहले 25 स्पर्श हैं, फिर अन्तस्थ और ऊष्म। स्पर्शों के पाँच वर्ग हैं। वर्ग के पहले और दूसरे अघोष हैं--पहले अल्पप्राण, दूसरे महाप्राण और पाँचवें अनुनासिक।"[4] इसे और अधिक स्पष्ट करने के लिये उच्चारण स्थान के अनुसार व्यंजनों के वर्गीकरण को इस प्रकार देख सकते हैं:-

**कंठ्य-** क, ख, ग, घ, ङ। **दन्त्य-** त, थ, द, ध, न। **तालव्य-** च, छ, ज, झ, ञ। **ओष्ठ्य-** प, फ, ब, भ, म। **मूर्धन्य-** ट, ठ , ड, ढ, ण। **ऊष्म-** श, ष, स, ह। **अन्तस्थ-** य, र, ल, व।

इस लिपि में 14 स्वर और 35 मूल व्यंजन तथा 'क्ष' 'त्र' 'ज्ञ' संयुक्त व्यंजन हैं। उक्त वैज्ञानिक वर्गीकरण से व्यक्ति हिन्दी भाषा और देवनागरी लिपि दोनों को सुगमता से सीख सकता है।

**4. ध्वनि और लिपि में पूर्ण सामंजस्य-**इस लिपि में वे ही ध्वनियाँ लिपिबद्ध की जाती हैं, जिनका उच्चारण हमें करना होता है। दूसरे शब्दों में देवनागरी में जो लिखा जायेगा, वही पढ़ा जायेगा और जो पढ़ा जायेगा, उसे ही लिखा जाएगा। जिन शब्दों का उच्चारण न हों, ऐसे अनावश्यक शब्दों की भर्ती करना इस लिपि का स्वभाव नहीं है। **डॉ. उदयनारायण तिवारी** लिखते हैं कि,'वैज्ञानिक लिपि की वस्तुतः दो विशेषताएं होती हैं। इनमें से एक तो यह है कि इसके द्वारा शुद्ध लिखा जाय; दूसरी विशेषता यह है कि जो कुछ लिखा जाय, उसकी ध्वनियों का विश्लेषण हो सके।[5] किन्तु इधर, रोमन लिपि में कुछ शब्द प्याज के छिलके की भाँति एक दूसरे से चिपके रहते हैं। इन्हें मूक (Silent) शब्दों की संज्ञा दी गई है, जैसे - Psychology में 'P', Knife में 'K', Walk में 'L', Hour में 'H', Year में 'Y', Debt में 'B' Watch में 'T', Judge में 'D', Reign में 'G' का उच्चारण नहीं होता। आखिर उक्त अनुच्चरित शब्द

1. भाषाशास्त्र तथा हिन्दी भाषा की रूपरेखा-डॉ. देवेन्द्रकुमार शास्त्री, पृ.321
2. हिन्दी भाषा, डॉ. भोला नाथ तिवारी, पृ. 306,1966
3. भाषाशास्त्र तथा हिन्दी भाषा की रूपरेखा, डॉ. देवेन्द्र कुमार शास्त्री, पृ. 322
4. हिन्दीः उद्भव, विकास और रूप, पृ. 278

क्या विजातीय हैं या अनाहूत मेहमान की तरह अनादृत हैं, जिनका कोई प्रयोग नहीं होता। लेकिन, देवनागरी में ऐसी कुव्यवस्था नहीं है। इसलिए कह सकते हैं कि ध्वनि और लिपि मे पूर्ण सामंजस्य इस लिपि का अद्वितीय गुण है।

**5. समस्त भारतीय प्राचीन वाङ्मय की कुंजी-** राष्ट्र को एकता के सूत्र में बाँधने वाली प्राचीन सांस्कृतिक परंपरा इसी लिपि में बद्ध है। हमारे देश की सार्वदेशिक तथा दीर्घकालिक भाषा संस्कृत के लिए देवनागरी लिपि का ही प्रयोग होता रहा है। इतना ही नहीं, प्राकृत, अपभ्रंश आदि भाषाओं का भी विपुल वाङ्गमय इसी लिपि में लिखा गया है। गणित, ज्योतिष, दर्शन, धर्मशास्त्र, व्याकरण आदि सब कुछ इसी लिपि में समाहित हैं। भारतीय साहित्य की एक महत्वपूर्ण शाखा तन्त्र है, जिसकी बहुत सारी बातें देवनागरी-वर्ण-विन्यास पर ही आधारित हैं। विश्व की अन्य कोई भी लिपि तन्त्र-साहित्य के उस क्षेत्र का स्थान नहीं ले सकती। अतः कह सकते हैं कि देवनागरी लिपि एक ऐसी पुस्तिका है, जिसमें हमारे देश की युगों-युगों से चिर-संचित संस्कृति और सभ्यता, साहित्यिक, ऐतिहासिक गौरव और शौर्य की कहानियाँ अक्षरांकित हैं। देवनागरी लिपि का हर शब्द लोक जीवन के रस से भरा पड़ा है।

**6. थोड़े में अधिक भावाभिव्यक्ति -** रोमन लिपि की अपेक्षा देवनागरी वर्णों को लिखने मेंसमय, श्रम और स्थान की बचत होती है। रोमन-वर्ण अनावश्यक स्थान तो घेरते ही हैं, उनकी वर्तनी (Spelling) रटने में भी मानसिक 'बैटरी' को बराबर गर्म रखना पड़ता है। जिस भावाभिव्यंजना की अभिव्यक्ति में देवनागरी के कम वर्णों का प्रयोग करते हैं, उसी के लिए रोमन में झुण्ड-के-झुण्ड शब्दों का निरर्थक प्रयोग करना पड़ता है। रोमन 'Committe.' के 9 अक्षरों में उच्चारण में हाथ लगा केवल तीन। अर्थात् देवनागरी लिपि में जिसे केवल तीन वर्णों में लिख सकते थे, उसी को रोमन में 9 वर्णों में लिखना होगा। इस तरह समय, स्थानं के साथ वर्तनी रटने में भी छक्का छूट जाएगा। लेकिन कुछ रोमन प्रेमी उस खोखली प्रतिष्ठा को ही अपने गले का हार बना कर वर्तनी याद करने में तबाह हो रहे हैं।

**7. उच्चारण की सुनिश्चितता -** विशुद्ध उच्चारण की जितनी विश्वसनीयता देवनागरी लिपि दे सकती है, विश्व की कोई लिपि इस अर्थ में इसका सामना नहीं कर सकती। यहाँ उच्चारण के लिए अटकलें नहीं लगानी हैं। देवनागरी में 'क' ध्वनि का बोधक केवल 'क' चिह्न ही है, किन्तु रोमन लिपि में तो अकेले 'क' ध्वनि के लिए कई अक्षर तैनात हैं, खैर, यहाँ तक तो गनीमत है। किन्तु उक्त 'क' ध्वनि के लिए किस चिह्न का प्रयोग कब करें, यह एक जटिल समस्या बन जाती है, यथा -Car, Chemistry, Neck King, Queen, Box अर्थात् 'क' ध्वनि के लिए छः चिह्नों का प्रयोग हुआ। जो 'C' अभी Car में 'क' कहलाया, वी कब धोखा देकर City (शहर) में 'स' बन जाएगा, इसका कोई भरोसा नहीं। लेकिन देवनागरी वर्णों के उच्चारण का एक नियम है, एक सिद्धान्त है, कोई रहस्य नहीं, सभी वर्णों का सपाट और कलात्मक उच्चारण। पर रोमन वर्णों के उच्चारण का न तो कोई नियम है और न किसी सिद्धान्त का विशुद्ध अनुपालन ही। सभी उच्चारण ऊबड़-खाबड़। जिन चिह्नों के मेल से बनी ध्वनि अभी Put (पुट) कहलायी उन्हीं चिन्हों के योग से बनी वही ध्वनि अब But (बट) क्यों कहला रही है? 'पुट' 'बट' की विचित्र उठा-पटक यहाँ देखते ही बनती है। देवनागरी में जो लिखा जायेगा, उसी रूप में उसे पढ़ने के लिए हम बाध्य हैं, किन्तु रोमन लिपि के अनियम की कोई सीमा नहीं, यथा -लिखेगें- Busy' किन्तु पढ़ेगें- 'बिजी'। इस प्रकार संख्यातीत उदाहरण आपको मिल जाएँगे। रोमन की तरह बंगला लिपि भी इस अर्थ में दोषपूर्ण है, यहाँ भी शब्दों को अन्य तरीके से ही पढ़ते हैं, जैसे, - नमस्कार (नोमोस्कार), जानवर (जानोआर), वकील(ओकील), खजूर, (खेजूर), तामसिक (तामोशिक) आदि।

**8. अक्षरों की लिखावट में समानता-** देवनागरी में छोटे-बड़े अक्षरों का अनावश्यक वर्गीकरण नहीं है। चाहे हस्तलेखन हो या मुद्रण। सभी अक्षर, भले ही उनसे वाक्य की शुरूआत करनी हो, या वाक्य का समापन करना हो- समान आकार लिए रहते हैं। उनकी लंबाई, चौड़ाई तथा मोटाई में कोई अंतर नहीं। लेकिन रोमन लिपि में शब्दों के दो रूप-बड़े अक्षर (Capital Letter) तथा छोटे अक्षर (Small Letter) होते हैं। यहाँ हर शब्द अपना चार मुखौटा रखता है। रोमन लिपि में वाक्य की शुरूआत, सभी वस्तुओं के नाम, ईश्वर का नाम, व्यक्ति का नाम-भले ही वाक्य के बीच में इनकी चर्चा आ जाय- बड़े अक्षरों में लिखना अनिवार्य है। देवनागरी में आप भावों का धागा बुनते जायँ, छोटे-बड़े अक्षरों की गाँठ इसमें नहीं देनी है।

**9. स्पष्ट और सरल वर्तनी-** देवनागरी वर्णमाला इतनी आसान और स्पष्ट है कि एक बार सीख लेने पर उसकी वर्तनी रटने की आवश्यकता नहीं पड़ती। केवल शब्दों का शुद्ध उच्चारण समझ लेना ही पर्याप्त होता है- देवनागरी में संयुक्त-वर्ण-रचना की विलक्षण क्षमता है, जो इसके वैज्ञानिक, पूर्णता तथा सन्तुलन का ज्वलंत निदर्शन है। इसकी वर्तनी त्वरा लेखन के सर्वथा अनुकूल है। रोमन लिपि की स्थिति इसके प्रतिकूल है। रोमन अक्षरों को यदि किसी तरह रट भी लिया जाय, तो घोर श्रम करने के बाद भी उनके शुद्ध उच्चारण का दावा हम नहीं कर सकते। लेकिन देवनागरी अक्षरों के उच्चारण का एक क्रम है, उनका एक नैसर्गकि वर्गीकरण है। इनका उच्चारण बिना मुखाकृति को विकृत किये सहज भाव से होता है। इधर

रोमन वर्णों का उच्चारण बेहद क्लिष्ट है, यथा A, F, Q, U, X, Z अंग्रेजी की वर्तनी नितांत भ्रमपूर्ण और अपंग है। स्वयं अंग्रेजों ने भी इसे स्वीकार किया था-"English spelling is notoriously difficult and foreigners learning English are bewildered by the lack of correlation between spelling and prouunciation." सुन्दर वर्णों के विशुद्ध उच्चारण से सजी-सँवरी देवनागरी लिपि-लिपि के अद्यतन विकास की अंतिम कड़ी है।

**10. -प्राविधिक** (Tecnological), **वैज्ञानिक** (Scientific) **तथा दुर्लभ ज्ञानराशि के संचय की अपूर्व लिपि-** देवनागरी प्राविधिक तथा वैज्ञानिक उपयोग की दृष्टि से सर्वोत्तम लिपि है। कुछ मटमैली दृष्टि वाले लोगों को देवनागरी प्राविधिक दृष्टि से पिछड़ी हुई लगती है। उनके अनुसार देवनागरी वर्णों के आकार जटिल हैं, संयुक्ताक्षरों को लिखने की कोई एक पद्धति नहीं है। जो काम अंग्रेजी में 52 टाइपों से चल जाता है, उसके लिए देवनागरी में 450 टाइप काम में लाने पड़ते हैं तथा टंकण यन्त्र का कुंजी-पटल (Key-Board) अब भी परिनिष्ठित नहीं हुआ है, वगैरह..........। इस संदर्भ में अंग्रेजी पक्षधर हिन्दी विरोधियों से कुछ विनम्र निवेदन है। रोमन में वर्णों की कुल संख्या केवल 26 बताई जाती है, किन्तु स्मरण रखना चाहिये कि रोमन का प्रत्येक वर्ण अपना चार स्वरूप रखता है। इस तरह उनकी संख्या 104 माननी चाहिए। देवनागरी के संयुक्ताक्षरों से कठिनाई कम, किन्तु 'स्थान-बचत' का लाभ अधिक है। रोमन में प्रत्येक वर्ण पूरा लिखा जाता है, जब कि कुछ शब्दों का उच्चारण शायद जूठन जानकर नहीं करते। आशय यह कि पूरा उच्चारण हो तब भी, न हो तब भी पूरा लिखना अनिवार्य है। फिर विरोधियों का उक्त आरोप अब बासी पड़ गया है, क्योंकि 1976 में भारत सरकार की **'वर्तनी सुधार समिति'** ने देवनागरी के मुद्री-पटल में बहुत संशोधन किया है।

आज की वैज्ञानिक प्रगति का एक-एक दस्तावेज देवनागरी में उपलब्ध है। विज्ञान का सारा 'साहित्य' रोमन में ही संगुंफित हैं, यह तर्क अर्थहीन है। क्या जापान की वैज्ञानिक और प्राविधिक प्रगति, रूस, चीन, जर्मनी और पुर्तगाल की वैज्ञानिक प्रगति रोमन के अपनाने से ही हुई है? **डॉ. देवेन्द्र नाथ शर्मा** कहते हैं, "किसी देश की प्रगति और उन्नति का संबंध किसी लिपि से जोड़ना हेत्वाभास का हास्यास्पद उदाहरण खड़ा करना है। इसलिए रोमन लिपि अपनाने से संपूर्ण वैज्ञानिक ज्ञानराशि भारत को सुलभ हो जाएगी, यह दिवास्वप्न के अतिरिक्त और कुछ नहीं है। [1]"

देवनागरी लिपि में विश्व की दुर्लभ ही नहीं, अलभ्य ज्ञान-रश्मियाँ बिखरी पड़ी हैं। विश्वके अन्य देशों में सभ्यता का प्रकाश यहीं से फैला। हमारी दुर्लभ ज्ञानराशि के उत्स-वेद, पुराण, इतिहास, रामायण, महाभारत, काव्य, आयुर्वेद, ज्योतिष-आदि रहे हैं। ये सब इसी लिपि में बद्ध हैं। जिस ज्ञान-जल से छककर स्नान करने के लिए पश्चिम आज पूरब की ओर भाग रहा है, उस ज्ञान-जल-कलश को सुरक्षित रखने वाली देवनागरी को छोड़कर उसकी जगह क्या सारहीन रोमन लिपि को अपनायें? हमारे यहाँ साहित्य की कुछ उस प्रकार की शाखाएँ निकली हैं, जो किसी अन्य लिपि में नहीं लिखी जा सकती हैं। **केशवदास** के गतागत छन्द का एक उदाहरण नीचे प्रस्तुत किया जा रहा है, जिसे किसी ओर से पढ़िए, कोई अन्तर नहीं पड़ता-

**"मा सम मोह सजै बन बीन नवीन बजै सह मोम समा।**
**मार लतानी बनावति सारि रिसाति बनावति ताल रमा।।**
**मानव ही रहि मोरद मोद दमोदर मोहि रही वनमा।**
**माल बनी बल केसवदास सदा बस केल बनी बलमा।।"**

**11. ध्वन्यात्मकता की अन्यतम विशेषता-** देवनागरी में विश्व की किसी भी भाषा की समस्त ध्वनियों को अंकित करने की निजी विशेषता है, क्योंकि यह ध्वन्यात्मक तथा स्वनिमात्मक प्रतिलेखन लिप्यन्तरण (Fonetic and Phonemic Transcription तथा Transliterlation) के सर्वथा अनुकूल है। देवनागरी के इस गुण की मुक्त कंठ से प्रशंसा सभी स्वदेशी-विदशी विद्वानों ने की है। इसकी तुलना में रोमन का कोई ध्वन्यात्मक मूल्य (Phonetic Value) नहीं है। रोमन में जहाँ एक वर्ण के अनेक उच्चारण, अनेक वर्ण का एक उच्चारण, स्वरों तथा व्यंजनों का व्यतिक्रम प्रसिद्ध है, वहीं देवनागरी में एक वर्ण का एक ही उच्चारण, स्वर-व्यंजन की अलग-अलग सजावट, घोष, अघोष, अल्पप्राण-महाप्राण आदि का अनायास अटूट वैज्ञानिक क्रम-विद्वानों को विस्मय-विमुग्ध किये हुए हैं। देवनागरी में स्वरों के अतिरिक्त 25 वर्गाक्षर, 4 अन्तस्थ (य, र, ल, व) और ऊष्म (श, ष, स, ह) तो हैं ही, इसने अनेक विदेशी ध्वनियों जैसे-अरबी से क़, फारसी से ख़, ग़, ज़, फ़ और अंग्रेजी से ऑ को भी स्वीकार किया है। इन्हीं उपर्युक्त उदात्त विशेषताओं के कारण हिन्दी वर्ण माला बहुत कुछ अन्तर्राष्ट्रीय ध्वन्यात्मक वर्णमाला (International Phonetic Alphabet) के समीप है।

**12. प्रचुर और नयनाभिराम वर्णमाला-** देवनागरी लिपि की वाटिका में जितने वर्ण पुष्प खिले हुए हैं, कदाचित् विश्व की किसी भी अन्य लिपि-उद्यान में उतने नहीं हैं। **डॉ. राजेन्द्र प्रसाद श्रीवास्तव** लिखते हैं कि, "चौबीस वर्णों वाली फारसी लिपि में आठ

1. राष्ट्रभाषा हिन्दी समस्याएँ और समाधान, डॉ. देवेन्द्र नाथ शर्मा, पृष्ठ 125

अरबी वर्ण जोड़ने के बाद भारत में तीन नये वर्ण जोड़कर नई लिपि बनाई गयी। इसमें सभी स्वरों के लिए पृथक चिह्न नहीं हैं।[1] इधर, महामहोपाध्याय पं. **गौरीशंकर हीराचंद ओझा** की भी स्पष्टोक्ति है कि, "वैदिक और प्राचीन संस्कृत वाङ्मय के 63 या 64 मूल उच्चारणों के लिए केवल 18 उच्चारणों को प्रकट करने वाले 22 संकेतों वाली दरिद्र सिमेटिक लिपि अरबी कैसे पर्याप्त होती? इस लिपि में तथा इससे निकली सभी लिपियों में स्वर और व्यंजन पृथक-पृथक नहीं हैं। स्वरों और दीर्घ का भेद नहीं है और न उनके अक्षर का कोई क्रम है।"[2] देवनागरी मे 52 वर्ण हैं। रोमन लिपि में केवल 26 वर्ण हैं। उनमें 14 व्यंजन और 12 मूल स्वर हैं। रोमन में हिन्दी की च, ड़, ढ़, थ, श आदि ध्वनियों के लिए कोई सांकेतिक चिन्ह नहीं है। अपर्याप्त वर्णों वाली रोमन लिपि जहाँ भावों को सम्यक् रूप में व्यक्त करने में अक्षम है, वहीं प्रचुर वर्णों वाली देवनागरी भावाभिव्यक्ति में पूर्ण सक्षम तथा सुषमा मंडित इसके वर्ण नेत्राकर्षक भी हैं। पाश्चात्य भाषाविद् **श्री मोनियर विलियम्स** ने लिखा है कि, "देवनागरी में यद्यपि Z और F (ज़ और फ़) के लिए वर्ण नहीं हैं, फिर भी सभी ज्ञात लिपियों से अधिक पूर्ण एवं संन्तुलित है-This although dificient in two important symbols (represented in the Roman Z and F), is on the whole the most perfect and symmetrical of known alphabets....seems almost to raise it above the level of human inventions."[3]

कुल मिलाकर कह सकते हैं कि देवनागरी की वैज्ञानिकता ओढ़ी हुई, थोपी हुई या आरोपित नहीं है, बल्कि सहजात है।

## देवनागरी लिपि की समस्याएँ, दोष या त्रुटियाँ

देवनागरी वर्णमाला 'फ्रेम' में जितने रत्नाक्षर जटित हैं, उन सभी में समान तेज का अभाव है। यदि कुछ में सिन्दूरी आभा है, कुछ में रक्तिम दीप्ति है और कुछ में 'मर्करी' प्रकाश है, तो कुछ वर्ण, वर्ण-द्वैध के घने कुहरे में अपनी अस्मिता खो बैठे हैं। आशय यह कि देवनागरी लिपि जहाँ एक ओर अपने विशिष्ट गुणों के कारण वैज्ञानिकता को अनछुयी असाधारण ऊँचाई को स्पर्श कर रही है, वहीं दूसरी और इसमें व्याप्त कुछ दोषों के कारण यह लिपि विकलांग तथा बौनी हो गई है। एक ओर यह लिपि अनेक गुणों का समुच्चय है, तो दूसरी ओर यह अनेक दोषों का संभार भी बन गई है। एक ओर यह लिपि भावाभिव्यक्ति के बारीक धागों तथा उसके हर रोएँ रेशे को खोलने की क्षमता रखती है, तो दूसरी ओर अतिशय ध्वन्यात्मकता तथा अर्ध-अक्षरात्मकता आदि दोषों के कारण यह लिपि व्यक्ति सोच को सम्यक् रूप से टेपित-टंकित करने में असमर्थ है। उक्त तथा अन्यान्य दोषों से ही इस लिपि की उर्वरा शक्ति को आँच पहुँची है। फिर भी, 'सकल वस्तु गुन दोष मय' को ध्यान में रखकर देवनागरी लिपि में व्याप्त दोषों को क्रमशः इस प्रकार देखा जा सकता है-

**1. भ्रामक वर्णों का जमघट-** इस लिपि में कुछ वर्ण अपनी दो-दो शक्लें रखते हैं, जिनके कारण व्यक्ति लेखन-पठन के संशय के दोराहे पर खड़ा हो जाता है, जैसे- अ-अ छ-क्ष, झ-झ, ण-ण, श, श, ल ,ल। कभी-कभी एक ही वर्ण में दो-दो रूपों ख में रव,घ में ध, म में भ का भ्रम हो जाता है। अक्षरों की तरह इसके अंकों में भी अनेक रूपता है, यथा १-१, ५-५, ६-६,९-९-९। एक ध्वनि के तीन-तीन रूपों का होना इसकी अवैज्ञानिकता का ही द्योतक है, जैसे- श, ष, स। इन तीनों वर्णों के मेल से बने शब्द 'शीर्षासन' में हरेक से एक ही ध्वनि निकलती है। इन दोषों के कारण यह लिपि अत्यन्त लिजलिजी एवं लचर बन गई है। क्ष,त्र,ज्ञ ध्वनि चिह्न अब अनावश्यक माने जाने लगे हैं। यह लिपि दोष के दलदल में तब और फँस जाती है, जब अकेले 'र' ध्वनि के लिए कई चिह्न प्रयुक्त होने लगते हैं, यथा-कर्म, क्रय, ट्राम, पृथ्वी। अरबी-फारसी से आईं पाँच ध्वनियों क़, ख़, ग़, ज़, फ़ के कारण इस लिपि में मेझड़ापन का विकार आ गया है। **डॉ देवेन्द्र नाथ शर्मा** लिखते हैं, -"कहाँ क लिखा जाए और कहाँ 'क़' कहाँ ख लिखा जाए और कहाँ 'ख़',कहाँ ग हो और कहाँ 'ग़', कहाँ 'ज' हो और कहाँ 'ज़',कहाँ फ हो और कहाँ 'फ़' इसका निर्णय वही कर सकता है, जो अच्छी तरह उर्दू पढ़ा हुआ हो, अन्यथा नुक्ते को लेकर बड़ा अनर्थ होगा।"[4] उपरोक्त खामियों के कारण देवनागरी लिपि-फलक पर एक बदनुमा दाग उभर गया है।

**2. लेखन, टंकण तथा मुद्रण में असुविधा-** इस दृष्टि से रोमन लिपि कुछ मायने में देवनागरी से बेहतर है। चूँकि रोमन वर्णमाला में स्वर-व्यंजन के विभक्ति की दीवार नहीं हैं, सभी वर्ण एक साथ ही समोए गये हैं, अतः लिखने, टंकण करने में वहाँ एक प्रवाह बना रहता है। देवनागरी अक्षरों को बार-बार हाथ उठाकर लिखने में श्रम करना पड़ता है, मात्राएँ ऊपर-नीचे लगाने की एक मनोवैज्ञानिक उलझन दिमाग में बनी रहती है। मात्राएँ नीचे-ऊपर प्रयुक्त होकर तीन मंजिले भवन जैसा अपना आकार बना लेती हैं। देवनागरी मुद्री-पटल (Key-Board) में अभी बहुत दोष है। यही कारण है कि देवनागरी टंकण की अपेक्षा रोमन टंकण जल्दी ही लोग सीख लेते हैं। लेखन, टंकण तथा मुद्रण में स्थान, समय और श्रम इन तीनों दृष्टियों से यह लिपि पिछड़ी हुई है। इस दोष की ओर ध्यान दिलाते हुए **श्री मदन गोपाल जी कहते हैं**- "Devanagari takes about 75% more space, It takes 50% more time to write. The

1. देवनागरी लिपि की वैज्ञानिकता, डॉ. राजेन्द्र प्रसाद श्रीवास्तव, पृष्ठ-48
2. भारतीय प्राचीन लिपि माला, पृष्ठ115
3. Monier Williams-पुरुषोत्तमदास टंडन द्वारा लोक सभा में दिए गए भाषण से संकलित।

Stationary bill by 75%. The price of books would go up by 75% which mean that all education and culture becomes very much dearer............It means not only loss of money but also great loss of times and consequently loss of culture."[1] इस लिपि के दोष की यह दूसरी बानगी है, जिसके कारण इस लिपि में भोथरापन तथा खुरदुरापन का दोष आ गया है।

**3. क्रमानुसार उच्चारण एवं लेखन की अवैज्ञानिकता-** वैज्ञानिक या आदर्श लिपि की दृष्टि से ध्वनि चिह्नों का प्रयोग उच्चारण क्रम के अनुसार ही किया जाना चाहिए। देवनागरी में वर्णों को जिस क्रम से बोला जाता है, उस क्रम से लिखा नहीं जाता। यह एक दोष है। इसकी मात्राएँ कभी एक वर्ण, कभी दो वर्णों और कभी तीन वर्णों के बाद भी बोली जाने पर पहले ही लिख दी जाती हैं, जैसे 'विभा' में 'व' के बाद 'इ' का उच्चारण हुआ, किन्तु इसकी मात्रा 'व' से पहले ही लगा दी गई। ठीक इसी तरह 'चन्द्रिका' में न, द, र, इन तीन वर्णों के बाद 'इ' का उच्चारण हो रहा है, परन्तु यह 'इ' स्वर तीनों वर्णों के पहले ही लिख दिया गया। उक्त व्यतिक्रमों से इस लिपि में उलझाव और जकड़न का दोष आ गया है।

देवनागरी के कुछ वर्णों में ध्वनि-विपर्यय (Phonetic Inversion ) हो गया है। कुछ लोग लिखने में इन शब्दों के मूल रूप का प्रयोग करते हैं तथा कुछ लोग उच्चारणानुकूल तद्भव रूप लिखते हैं, मसलन-ब्राह्मण-ब्राम्हण, चिह्न-चिन्ह आदि। देवनागरी में कुछ शब्दों की ऐसी भी तालिका है; जिनके उच्चारण और लेखन में काफी अन्तराल है, यथा-प्रकट-प्रगट, करोड़-कड़ोर, पिशाच-पिचास, सर्प-सर्फ, द्विवेदी-दुवेदी, पेड़-फेड़, पत्थर-फत्थर आदि। यदि उक्त दोषों पर ध्यान नहीं दिया गया तो कालान्तर में देवनागरी लिपि की वैज्ञानिकता की मेहराब में व्याप्त स्वाभाविक तेज का घटाव हो सकता है।

**4. स्वरों के स्थान पर उनके चिन्हों का प्रयोग-** देवनागरी में स्वर-बोध के लिए दो प्रकार के चिन्हों का प्रयोग होता है। प्रथम, तो स्वरों के स्वतंत्र लेखन में, जैसे-आ, इ, ई, उ, ऊ, ए, ऐ, ओ, औ और द्वितीय स्वरों के मुख्यरूप में प्रयुक्त न होकर उनके चिन्हों का वर्णों के साथ प्रयोग में, यथा- ा, ि, ी, ु, ू, े, ै आदि। स्वरों का यह बहुरुपियापन देवनागरी को लघुता और रिक्तता प्रदान करता है। रोमन में यह द्विरूपता नहीं है। अनुस्वार और अनुनासिकता इस लिपि की अलग जटिलता है। अनुस्वार से अनेक ध्वनियों का बोध होता है, जो इस लिपि की अवैज्ञानिकता का प्रबल साक्ष्य है। **डॉ. वी. रा. जगन्नाथन** के अनुसार हिन्दी के नौ वर्णों पर अनुनासिकता का ध्वनि चिह्न प्रयुक्त होता है।[2]

**5. मात्राएँ कभी ऊपर-नींचे कभी दाएँ-बाएँ-** देवनागरी की मात्राएँ वर्णों को अपने में इस प्रकार समेट लेती हैं, जिन्हें देखकर ऐसा लगता है कि मात्राओं के दुर्भेद्य चक्रव्यूह में वर्ण कैद कर लिए गए हों। कभी आगे, कभी पीछे, कभी ऊपर, कभी नीचे प्रयोग की जाने वाली मात्राओं को सहज रूप में सीख लेना किसी भी नए हिन्दी प्रेमी के लिए बहुत सरल नहीं है। उक्त मात्राएँ, अनावश्यक रूप से भटकाव का धोखा पैदा करती हैं। उदाहरण के लिए कुछ मात्राएँ वर्णों के ऊपर जैसे -'के ' में 'ए' , कुछ नीचे- 'कु'में 'उ', कुछ पीछे- 'कि' में 'इ', कुछ आगे- 'की' में 'ई' -प्रयुक्त की जाती हैं। उक्त अनावश्यक दोषों से लिपि बीमार और धूमिल हो गई है। रोमन में जो बातें एक पंक्ति में अँटेगी, वे ही देवनागरी में दो पंक्तियों में फैल जाती है, अतः लेखन, टंकण और कागज की फिजूलखर्ची बढ़ जाती है।

**6. संयुक्ताक्षरों को लिखने की विविध पद्धतियाँ-** देवनागरी में संयुक्त व्यंजनों को लिखने का कोई एक निश्चित तरीका नहीं है। एक तो वर्णों के आकार स्वयं जटिल हैं, फिर संयुक्ताक्षरों के प्रयुक्त हो जाने पर लिपि की स्थिति और गड्डमड्ड हो जाती है। लिपि धारदार और पैनी नहीं रह जाती है। ये संयुक्ताक्षर कभी नीचे-ऊपर, जैसे- द्द, ड्ड, ङ्क, में कभी बगल, जैसे क्ख, ग्घ में, कभी बगल तथा कभी ऊपर-नीचे भी जोड़े जाते हैं।, जैसे न्न, त्र। आशय यह कि संयुक्ताक्षरों को लिखने की कोई पद्धति विशेष नहीं है। उक्त संयुक्ताक्षर लिपि को बोझिल और दुरूह बना देते हैं। जो काम अंग्रेजी में 52 'टाइपों' से चल जाता है, उसके लिए हिन्दी में 450 'टाइप' काम में लाने पड़ते हैं। उक्त दोष इस लिपि के लिए नागफनी के उस काँटे के समान हैं, जो तेजी से भागते युग में लिपि को पीछे ढकेल रहे हैं।

**7. देवनागरी की अक्षरात्मकता इसके ध्वनिशास्त्रीय अध्ययन में बाधक-** देवनागरी की अतिशय अक्षरात्मकता इसके ध्वनि शास्त्रीय विश्लेषण में पर्याप्त कठिनाई पैदा करती है। अक्षरात्मकता का तात्पर्य है-व्यंजन और स्वर- का संम्मिलन। यथा क-क्+अ, ख+अ आदि। देवनागरी में व्याप्त यह एक ऐसा अवगुण है, जो लिपि को खोखला एवं सतहा बना देता है। किसी भी लिपि को आदर्श या विशिष्ट बनाने के लिए यह नितान्त आवश्यक है कि उसमें शुद्ध लिखा जाय और ध्वनि विश्लेषण भी सरलता पूर्वक हो सके। देवनागरी में शुद्ध तो लिखा जाता है, किन्तु अर्द्ध अक्षरात्मक लिपि होने के कारण इसका ध्वनि विश्लेषण सहज ढंग से नहीं हो सकता।

---

1. "This Hind and Devangari-Metropolitan Book Co;DaryaGanj, Delhi.
2. हिन्दी की लिपिः स्वरूप और समस्याएँ, गवेषणा, सितंबर, पृ. 48,

उदाहरणार्थ 'धर्म' में पाँच ध्वनियाँ हैं- ध्, अ, र् म् अ, किन्तु लिखी गई हैं केवल तीन। देवनागरी लिपि में छिपे हुए उक्त दोष उस विषैले कीट की तरह हैं जो किसी कोमल महकती कली के भीतर घुसकर उसके मकरंद का पान तो कर ही लेते हैं, अपने डंक से कली के पंखों को भी फाड़कर उसके विकास को अवरुद्ध कर देते हैं।

कहने को भले ही यह कह लें कि चाँद के चेहरे का दाग उसकी सुन्दरता को बढ़ाता है, पर दाग के दागीपन को नकारने का प्रयास निरी मूर्खता ही होगी। फिर भी, निर्लिप्त भाव से विचार करें तो कह सकते हैं कि देवनागरी के दोष अंगद के पाँव के समान वजनी नहीं हैं। ये दोष सहजात नहीं, बल्कि आरोपित हैं। वह इसलिए कि यदि आज का विज्ञान व्यक्ति से चन्द्रमा का साक्षात्कार करा सकता है, तो देवनागरी में व्याप्त दोष प्रकृति की रहस्यमय सत्ता के समान अदृश्य नहीं है, जिन्हें दूर नहीं किया जा सकता। देवनागरी के दोष उसके गुणों की एक कतरन भर भी नहीं है। यदि कुछ हैं भी तो वे इतने सक्षम नहीं हैं, जो देवनागरी के सारे गुणों को सोख सकें। **कालिदास के शब्दों में** असंख्य रत्नों को उत्पन्न करने वाले इस हिमालय का सौन्दर्य वर्फ के कारण कुछ कम नहीं होता, क्योंकि जहां बहुत से गुण हों- वहां एकाध दोष भी हों तो-वह वैसे ही छिप जाता है, जैसे चन्द्रकिरण के बीच चन्द्रमा का धब्बा।

"**अनन्त रत्न प्रभवस्य यस्य, हिमं न सौभागविलोपि जातम्**
**एको ही दोषो गुणसन्निपाते, निमज्जातीन्दोः करणेष्विवाङ्कः।।** (कुमार संभव 1.3)

## देवनागरी लिपि में समय-समय पर किए गए सरकारी-गैर सरकारी सुधारों का इतिहास

अथवा

## देवनागरी लिपि-संबंधी समस्याओं का समाधान

अथवा

## देवनागरी लिपि के मानकीकरण की दिशा में किये गये प्रयासों का महत्त्व

देवनागरी लिपि भारतीय लिपि-उद्यान में उगी हुई एक विशिष्ट पौध है। जड़ से लेकर फुनगी तक इसकी सुरक्षा तथा इसमें मानकीकरण संबन्धी उत्पन्न दोषों की खरोंचो को दूर करने के लिए समय-समय पर विशेषज्ञों एवं सुधारकों की समितियाँ तथा टोलियाँ गठित की गई। लिपि-सुधार-संबन्धी अनेक बहस-मुबाहसे हुए। उक्त सुधारकों में मुझे तीन तरह की मानसिकता के लोग दिखाई दिये। प्रथम तरह के लोग तटस्थ सुधारक थे जो लिपि में पूर्वाग्रह रहित स्वस्थ सुधार चाहते थे, जिससे देवनागरी लिपि प्रभविष्णु तथा हमारी अभिव्यक्ति संबंधी भूख एवं अन्य जरूरतों को पूरा कर सके। द्वितीय किस्म के सुधारकों ने इस लिपि की ओर विशुद्ध विरोधी चश्मे से निहारा। **श्री प्रबुद्धनाथ चटर्जी तथा श्री मदन गोपाल जी** इसी खेमे से अनुस्यूत हैं। प्रबुद्ध नाथ चटर्जी तो उत्तर और दक्षिण भारत में विविध क्षेत्रों में सामंजस्य स्थापन-हेतु देवनागरी लिपि की जगह तेलुगु लिपि का प्रयोग चाहते हैं। उनकी यह दलील भीनी-भीनी मीठी खुशबू बिखेरने वाली किसी सुकोमल नई पौध की जड़ में जलता हुआ जल डालकर उसे समूल नाश कर देने वाली है। उनके बयान शाहिद हैं, जरा देखिए- "If the Telgu script can be further simplified as regards the shape and system of the conjuct letters and by abolition....... Telgu script to be the common script of India........... and cement unity between the northern and southern portions of the country. [1]तीसरे प्रकार के सुधारक हैं, **श्री सुनीति कुमार चटर्जी**। देवनागरी-सुधार तथा मानकीकरण संबन्धी इनका सुझाव घड़ी के 'पेंडुलम' की तरह निर्णय की किसी ठोस जमीन पर स्थिर नहीं हो पाता। आशय यह है कि चटर्जी जी जब सुरभारती के अनन्य पुजारी थे, तो इन्होंने देवनागरी के पक्ष में उसके विकास-संबन्धी अनेक सुझाव देते हुए हिन्दी को 'आधुनिक भारत की प्रतिनिधि भाषा , कह कर सम्मान प्रदान किया था, किन्तु ज्यों ही वे पश्चिम बंगाल विधान-परिषद के अध्यक्ष बना दिये जाते हैं, त्योंही लिपि सुधार-सम्बन्धी उनके शास्त्रीयतथा वैज्ञानिक सुझाव राजनीतिक ठोकर से आहत होकर विखर जाते हैं। उनके कण्ठ से लिपि-विरोधी स्वर-लहरी सायास फूट पड़ती है-"In the matter of script our Government has declared the Indian script, the Devanagari, to be the proper and official script for Hindi, and has not given any offical support to the Roman Script.....I my self am connected with a Roman Lipi Samiti, a 'Roman Letters Society' in Calcutta as its President".[2]

देवनागरी लिपि के मानकीकरण तथा सुधारों का एक जीवंत इतिहास है। समय-समय पर विभिन्न समितियों ने अपनी प्रज्ञा की छेनी

1. National Script and Numerals'- P. N. Chatterji, Calcutta Review, Dec. 1954

2. Indonesia's National Language- The Indian- Asian Culture. Vol. iv No. 2. October-1955

स तराश कर देवनागरी को सक्षम, सुघर, मानक भाषा के अनुकूल वैज्ञानिक बनाने का प्रयास किया। उक्त समितियाँ सरकारी-गैरसरकारी दोनों तरह की थीं। इन समितियों के अतिरिक्त कुछ व्यक्तियों के निजी प्रयास भी इस दिशा में श्लाघनीय हैं। राष्ट्रीय एकता के लिए एक सामान्य भाषा तथा एक सामान्य लिपि की आवश्यकता विद्वानों, विचारकों एवं नेताओं को इस शताब्दी के प्रारंभ से ही अनुभव होने लगी थी। विशेषता यह थी कि इस संबंध में हिन्दी तथा देवनागरी लिपि के पक्ष में सबसे पहले आवाज़ उठाने वाले अहिन्दी भाषी मनीषी ही थे, जिनमें **स्वामी दयानन्द सरस्वती, भूदेव मुखोपाध्याय, न्यायमूर्ति शारदा चरण मित्र, लोकमान्य बाल गंगाधर तिलक, पं. केशव वामन पेठे, न्यायमूर्ति वी कृष्णा स्वामी अय्यर, संत विनोबा भावे** महात्मा गांधी, डॉ. वी. के. आर. वी. राव, डॉ. एस. एम. कत्रे, डॉ. वी राघवन, श्री वी. के. गोकाक, श्री वी. कृष्ण वारियर, सर गुरुदास बनर्जी तथा श्री एच. ए. अजवानी आदि के नाम उल्लेखनीय हैं।

लेकिन यहाँ पर सबसे पहले कुछ उन अंग्रेज विद्वानों का स्मरण-मनन हमारे लिए उचित-उपयुक्त और अपेक्षित होगा, जिन्होंने हिन्दुस्तान में प्रथमतः देवनागरी के मानकीकरण तथा उसके रूप में एक सार्वजनीन लिपि की अवधारणा पर बल दिया । **सर विलियम जोन्स, फ्रेडरिक जानशोर, पी टी. प्रिन्सेप तथा एफ, एस. ग्राउस** आदि उन्हीं में से हैं। संपूर्ण एशियाई भाषाओं के लिए एक सार्वजनीन लिपि की अवधारणा सर्वप्रथम सर विलियम जोन्स (Sir Willam Johns-1740 ई. से 27 अप्रैल 794 ई.) ने 1788 ई. में व्यक्त की थी। वे भारत में सार्वजनीन लिपि की अवधारणा के सर्वप्रथम उद्भावक थे। उन्होंने ने 15 जनवरी 1784 ई. को कलकत्ता में एशियाटिक सोसाइटी (Asiatic Society) की स्थापना की थी। एशियाटिक सोसाइटी के संस्थापक और प्रथम अध्यक्ष के रूप में 1788 ई. में लिखित पठित "ए डिसर्टेशन आन दि आर्थोग्राफी आफ एशियाटिक वर्ड्स इन रोमन लेटर्स" ( A Desertation on the Orthography of Asiatic Words in Roman Letters) नामक निबंध में देवनागरी लिपि की स्वाभाविक व्यवस्था को अन्य लिपियों की अपेक्षा सर्वाधिक श्रेष्ठ घोषित तो किया, किन्तु अंत में संपूर्ण एशियाई भाषाओं के लिए अनिवार्य स्वर लिपियों से युक्त संशोधित रोमन लिपि को ही एक मात्र लिपि के रूप में उन्होंने संस्तुति की[1] । दूसरे अंग्रेज विद्वान् **फ्रेडरिक जौन शोर** (Fredrick John Sore- 31 मई 1799-29 मई 1837 ई ) ने 20 मई 1832 ई. से 1 जून 1834 ई. तक अनेक लेख हिन्दी भाषा और देवनागरी लिपि के समर्थन में लिखे थे। वह प्रथम अंग्रेज पदाधिकारी थे, जिसने देवनागरी लिपि और हिन्दी भाषा को तार्किक ढंग से समर्थन दिया। उन्होंने भारत की कार्यपालिका का एवं न्यायपालिका की भाषा और लिपि के प्रश्न पर अत्यन्त तर्क सम्मत, गहन, निष्पक्ष, न्यायपूर्ण एवं व्यापक ढंग से विचार करते हुए हिन्दुस्तानी भाषा और देवनागरी लिपि की संस्तुति की थी। यही नहीं, उन्होंने अंग्रेजी पुस्तकों का प्रकाशन पौर्वात्य लिपि अर्थात् देवनागरी लिपि में करने का भी सुझाव दिया था। **सर चार्ल्स एडवर्ड ट्रेविलियन** (Sir Charls Edverd Travelian), **जे. प्रिंसेप टाइटलर** (J. Princep Tytlor), रेवरेण्ड ए. डफ. (R. A. Duff). **पी. टी. प्रिन्सेप** (P. T. Princep), आदि ने सभी पौर्वात्य भाषाओं के रोमन लिप्यंतरण हेतु कलकत्ता की विभिन्न पत्र-पत्रिकाओं में 1834 ई. में लेख लिखे थे। सिरामपुर (पश्चिम बंगाल ) से **सर चार्ल्स एडवर्ड ट्रेवेलियन** के संपादन में 1834 ई. में प्रकाशित "दि अप्लीकेशन ऑफ दि रोमन अल्फावेट टू आल दि औरियंटल लैंग्वेज़ेज" (The Applicationa of the Roman Alphabet to all the Oriental Languages) नामक शीर्षक पुस्तक में उक्त लेखों का संकलन किया गया था। किन्तु तत्कालीन ईस्ट इंडिया कंपनी की सरकार ने उनके विचारों का कार्यान्वयन नहीं किया। **डब्लू. एन. लीस** ने 1854 ई. में 'आन दि अप्लिकेशन आफ दि करेक्टर्स आफ दि रोमन अल्फावेट टु ओरियंटल लैंग्वेजेज'नामक निबंध में इस प्रश्न को पुनर्जीवित किया।[2] इन्होंने 1863 में एशियाटिक सोसाइटी की बैठक में इस दलील की पुनरावृत्ति की। एक अन्य अंग्रेज विद्वान **एफ. एस. ग्राउस** ने (F. S. Grouse) ने 1867 ई. में भारतीय लिपियों के रोमन लिप्यंतरण के प्रस्ताव को अमान्य कर दिया और देवनागरी लिपि का व्यापक समर्थन किया।[3]

भारतेन्दु युगीन साहित्यकार और पत्रकार पंडित **बालकृष्ण भट्ट** (आषाढ़ तृतीया रविवार, प्रयाग, विक्रम संवत 1901 सन् 1844 ई. श्रावण कृष्ण त्रयोदशी सोमवार विक्रम संवत् 1971, तदनुसार 14 सितंबर 1914ई. ) ने मासिक पत्र"हिन्दी प्रदीप" अप्रैल 1882 ई. में "प्रार्थना" शीर्षक संपादकीय अग्रलेख में यह मत व्यक्त किया कि देवनागरी लिपि अर्थात् नागराक्षर संपूर्ण भारत के राजकार्य में प्रचलित किए जायँ, सभी न्यायालयों एवं दरबारों में फारसी लिपि के स्थान पर देवनागरी लिपि में कार्यवाही हो और इसी लिपि में हिन्दी, उर्दू, मराठी, पंजाबी आदि भाषाओं की पुस्तकों का प्रकाशन हो, क्योंकि इस लिपि में प्रत्येक व्यक्ति की बोलचाल के अनुकूल उच्चारण निकलते हैं। बालकृष्ण भट्ट के मूल शब्दों में- "यदि नागराक्षर संपूर्ण भारत वर्ष के राजकार्य में प्रचलित किए जाय तो कैसी अच्छी बात

1. नागरी प्रचारिणी पत्रिका- डॉ. रामनिरंजन परिमलेन्दु का लेख" भारत में सार्वजनीन लिपि की अवधारणा का इतिहास," पृ. 45

2. The Journal of the Asiatic Society of Bengal,1854 Part23, P. 345-359

3. On the Translation of Indian Alphabets in Roman Characters". (The Journal of Asiatic Society of Bengal, 1867, Part. 36. P.136-142

हो....(इसमें) हर एक की बोलचाल के अनुकूल उच्चारण निकलते हैं।....लाखों , करोड़ों हिन्दुस्तानी प्रजा दिलोजान से चाहती है कि सब कचेहरी दरबार में फरसी अक्षरों की जगह नागरी में लिखा-पढ़ी हो और हिन्दी, ऊर्दू, मरहठी, पंजाबी आदि की पुस्तकें छपा करें......"[1] **सर गुरुदास बनर्जी** (26जनवरी 1844 ई.- 2 दिसंबर, सोमवार, 1918 ई.) किसी भी विश्वविद्यालय के प्रथम भारतीय कुलपति थे। 1890-92 ई. में वे कलकत्ता विश्वविद्यालय के कुलपति थे। उन्होंने बताया कि एक मात्र देवनागरी लिपि ही पूर्ण एवं उपयुक्त है, जिसका विस्तार भारत के प्रत्येक भाग में सुगमता पूर्वक और सफलतापूर्वक किया जा सकता है और इस लिपि को ही भारत की सार्वजनीन लिपि का अधिकार प्राप्त है।[2] पत्रकार **श्रीरामकृष्ण वर्मा** ने (1859ई.-1906 ई.) ने देवनागरी लिपि को जातीय अर्थात् राष्ट्रीय अक्षर घोषित करते हुए बनारस से प्रकाशित हिन्दी साप्ताहिक पत्र'भारत जीवन'में 25अगस्त 1895 ई. को प्रकाशित अपने 'हिन्दी भाषा और नागरी अक्षर' शीर्षक संपादकीय अग्रलेख में कहा था- 'न्याय यह डंका दे के कहता है कि इस प्रशस्त उपद्वीप भारतवर्ष के यदि कोई जातीय अक्षर हैं तो वे देवनागरी ही हैं और यदि कोई जातीय भाषा है हिन्दी भाषा है न केवल तर्क या युक्ति से वरन प्रत्यक्ष स्पष्ट यह प्रतीत और प्रमाणित होता है भारत के सम्पूर्ण प्रचलित अक्षर इसी देवनागरी के रूपान्तर मात्र हैं और भाषा क्रमशः अपभ्रंश होते-होते या बिगड़ते पलटते हिन्दी के शब्दों से दूसरी भाषा के शब्द बन गये हैं।'[3] उन्नीसवीं शताब्दी के अंतिम दशक के उत्तरार्द्ध में महाराष्ट्र के पंडित **केशव वामन पेठे** ने भारत की सभी भाषाओं की एक लिपि की अनिवार्यता का प्रतिपादन किया। उन्होंने कहा कि-'हिन्दुस्तान की समस्त भाषाओं की लिपि एक करनी चाहिए xxxxx इस नागरी लिपि में ही प्रत्येक भाषा के शब्द लिखे जाने से बहुत-कुछ कठिनाई दूर हो जायेगी। लिपि-भेद के कारण हमारी ही भाषा के शब्दों को हम समझ नहीं सकते। [4] उन्होंने आगे स्पष्ट कहा कि 'हमारी राष्ट्रभाषा की एक लिपि का स्थान पाने योग्य अधिकारिणी केवल देवनागरी ही है '।[5] **लोकमान्य बाल गंगाधर तिलक** (23 जुलाई 1856ई.-1अगस्त 1920ई.) आदि ने केशव वामन पेठे के उक्त विचारों का समर्थन किया था। विविध विज्ञान विस्तार, केरल कोकिल, शाला पत्रक, श्री वेंकटेश्वर समाचार, केशरी सुधारक, इन्दु प्रकाश, मुंबई वैभव, प्रभाकर, Native Opinion(नेटिव ओपिनियन), ज्ञान प्रकाश, उद्योग वृद्धि आदि महाराष्ट्र के पत्रों ने उनके राष्ट्र भाषा और देवनागरी लिपि विषयक विचारों की भूरि-भूरि प्रशंसा की थी, उनका हार्दिक समर्थन किया था।[6]

इसी क्रम में महाराष्ट्र में देवनागरी लिपि-सुधार के हालिया प्रयास का प्रथम दीप कुछ विद्वानों के नेतृत्व में मुंबई के **श्री महादेव गोविन्द रानाडे** ने जलाया। बाद में **महाराष्ट्र साहित्य-परिषद पुणे** ने 'लिपि-सुधार-समिति' का गठन किया। इस समिति के ऊपर उदग्र चेतना के अप्रतिम पुरस्कर्ता **श्री लोकमान्य बाल गंगाधर तिलक** के सहयोग की मुहर लगी हुई थी। तिलक जी ने सन् 1904 ई. में अपने पत्र 'हिन्द केशरी' में सर्वप्रथम इसका प्रयोग किया। सन् 1926 ई. तक उन्होंने 'टाइपों' में छँटाई करते-करते 190 टाइपों का एक 'फॉंट'(विभाग) भी तैयार कर लिया, जिसे 'तिलक-टाइप' कहा जाता है। वस्तुतः मराठी की लिपि मोड़ी है, किन्तु महाराष्ट्र में देवनागरी लिपि का पूर्ण प्रचार प्रारंभ से ही रहा है। **लोकमान्य पंडित बालगंगाधर तिलक** ने पुणे में देवनागरी अक्षरों की 'लीनोटाइप कम्पोजिंग मशीन' का प्रबंध कर लिया था और उनका मराठी पत्र 'केशरी' उसी मशीन द्वारा 'कम्पोज' किया जाता था।[7] **गोपाल कृष्ण गोखले** आदि ने राष्ट्रलिपि देवनागरी कार्य-योजना के कार्यान्वयन में सहयोग दिए था। [8] **भारतेन्दु हरिश्चन्द्र** परवर्त्ती काल के प्रमुख लेखक **श्री बालमुकुन्द गुप्त** [9] ने सन् 1902 ई. में साप्ताहिक हिन्दी पत्र 'भारत मित्र' के माध्यम से संपूर्ण भारत वर्ष के एक सार्वजनीन लिपि देवनागरी का स्वप्न देखा। गुप्त जी के शब्दों में,- 'यूरोप में कुल सोलह देश हैं, जिनमें भाषाओं के पार्थक्य के बावजूद लिपि की एकता है, किन्तु भारत वर्ष में अक्षरों की विचित्र गति है, अक्षरों की गति निराली है। [10] जुलाई सन् 1902 ई. में काशी नागरी प्रचारिणी सभा के

1. हिन्दी प्रदीपः प्रयाग चैत्र शुक्ल 13, विक्रम संवत 1939 के तदनुसार 1 अप्रैल 1822 ई0(जिल्द 5, संख्या 8)।)'प्रार्थना' शीर्षक संपादकीय अग्रलेख, पृष्ठ 4-5)।'
2. क)- जमाना (उर्दू): अप्रैल-मई, 1907 ई0-'हिन्दुस्तान में एक रस्मुलखत' नामक लेख।
   (ख)- बालमुकुन्द गुप्त-निबंधावली (प्रथम भाग)- 'हिन्दुस्तान में एक रस्मुलखत'नामक लेख, पृष्ठ 166।
3. भारत जीवनः बनारस विक्रम संवत, 1952 मिती श्रावण शुक्ल 15 चन्द्रवार, 25अगस्त 1895 ई0, भाग 12, अंक-23) हिन्दी भाषा और नागरी अक्षर' शीर्षक संपादकीय, पृष्ठ-3, पैरा 1-2
4. (क)- नागरी प्रचारिणी पत्रिका-तीसरा भाग, काशी नागरी प्रचारिणी सभा द्वारा संपादित और प्रकाशित, 1899 ई.प (ख) राष्ट्रभाषा- अनुवादक पंडित गंगा प्रसाद अग्निहोत्री, पृष्ठ- 149
5. वही पृष्ठ, 149 पाद टिप्पणी, कार्तिक शुक्ला 4, विक्रम संवत् 1922, सन् 1865 ई., कसबा-गुड़ियानी, हरियाणा, भाद्र शुक्ला 11, विक्रम संवत्- 1964 तदनुसार 18सितंबर 1907 ई., दिल्ली
6. नागरी प्रचारिणी पत्रिका- 'भारत में सार्वजनीन लिपि की अवधारणा का इतिहास'- डॉ0 रामनिरंजन परिमलेन्दु, पृष्ठ-48, वर्ष-103, संवत् 2055
7. काशी नागरी प्रचारिणी सभा का वार्षिक विवरण-'हिन्दी की वर्तमान अवस्था', 1907 ई0 पृष्ठ-9
8. वही पृष्ठ 32-33
9. कार्तिक शुक्ला 4, विक्रम संवत् 1922, सन् 1865 ई., कसबा-गुड़ियानी, हरियाणा, भाद्र शुक्ला 11, विक्रम संवत्- 1964 तदनुसार 18सितंबर 1907 ई., दिल्ली
10. बालमुकुन्द गुप्त-निबंधावली (प्रथमभाग) पृष्ठ, 163-164।

**नवम** वार्षिक प्रतिवेदन में हिन्दी भाषा के परम श्रेष्ठ उन्नायक **बाबू श्यामसुन्दर दास** (अषाढ़ शुक्ल एकादशी, मंगलवार, विक्रमसंवत् 1932, तदनुसार 14 जुलाई 1875ई.-8अगस्त 1945ई.) ने कहा कि- 'भारत वर्ष की समस्त आर्य भाषाओं का लिखना-पढ़ना यदि **सब** जगह नागरी अक्षरों में ही चल पाय तो इससे देश का बहुत कुछ भला हो सकता है और विद्या को भी बहुत लाभ पहुँच सकता है। बंगला और गुजराती भाषाओं के अक्षर नागरी से बहुत मिलते हैं। इसलिए यदि इन भाषाओं की पुस्तकें नागरी अक्षरों में छपने लग जाँय तो बहुत कुछ लाभ हो सकता है।....... साथ ही भिन्न-भिन्न प्रान्तों की भाषाओं के जानने से परस्पर सहानुभूति और एकता का बीज बोया जा सकता है।'[1]

यह एक उल्लेखनीय तथ्य है कि जनवरी 1903 ई. से **आचार्य महावीर प्रसाद द्विवेदी** (वैशाख शुक्ल, 4, विक्रम संवत् 1921, पौष कृष्ण30, विक्रम संवत 1995) मासिक पत्र 'सरस्वती' के संपादक हुए। 'सरस्वती' का द्विवेदी संपादन कालखण्ड **हिन्दी** साहित्य और पत्रकारिता के इतिहास में अत्यन्त महत्वपूर्ण है।[2] 'सरस्वती' संपादन के अपने प्रथम मास में अर्थात् जनवरी 1903 ई. की 'सरस्वती' में उन्हेंाने संपूर्ण देश की भाषा एक होने के लाभ और अधिलाभ को उजागर करते हुये कहा कि इस देश अर्थात् भारतवर्ष की एक भाषा हिन्दी ही हो सकती है, किन्तु यह समयसाध्य कार्य है। ऐसी स्थिति में गुजराती, बंगला और पंजाबी आदि भाषाएँ देवनागरी अक्षरों में लिखी जायँ तो कम-से-कम हिन्दी सहज ही संपूर्ण भारत की एकोकृत भाषा हो सकती है।[3]**महामना पंडित मदनमोहन मालवीय** (25 दिसंबर 1861ई-12नवंबर 1964ई)के सभापतित्व में 18, 19, और 20 फरवरी 1904 ई. को आयोजित काशी नागरी प्रचारिणी सभा के गृह प्रवेशोत्सव के अवसर पर एक गोष्ठी आयोजित की गई, जिसमें उन्होंने देवनागरी को सभी भारतीय भाषाओं की लिपि स्वीकार करने का आग्रह किया [4] **न्यायमूर्ती शारदा चरण मित्र** (17 दिसंबर 1848 ई. 1917 ई.) ने 22 दिसंबर 1904 को कलकत्ता विश्वविद्यालय -इंस्टीट्यूट में **सर गुरुदास बनर्जी** के सभापतित्व में आयोजित गोष्ठी में "A Uniform Alphabet And Script for India' (ए यूनीफॉर्म अल्फावेट एंड स्क्रिप्ट फॉर इंडिया) शीर्षक लेख का पाठ किया था। यह आलेख **डॉ सच्चिदानंद सिन्हा** द्वारा संपादित और इलाहाबाद से प्रकाशित अंग्रेजी मासिक पत्र "The Hindustan Review And Kayastha Samachar' (दि हिन्दुस्तान रिव्यू एंड कायस्थ समाचार) जनवरी 1905 ई. (न्यू सिरीज जिल्द-11, संपूर्ण संख्या 65) और संयुक्तांक अप्रैल-जून 1905 ई. (न्यू सिरीज जिल्द 11 सम्पूर्ण संख्या 68-70) में सर्वप्रथम प्रकाशित हुआ। **न्यायमूर्ति शारदा चरण मित्र** ने इसमें स्पष्ट निर्णय दिया कि "भारत वर्ष के लिए देवनागरी साधारण लिपि हो सकती है और हिन्दी भाषा ही सर्वसाधारण की भाषा होने के उपयुक्त है।[5]

अगस्त 1905 ई. में कलकत्ता में एक **लिपि विकास परिषद** की स्थापना की गई। "सर्वत्र, विशेषकर भारत वर्ष में सब भाषाओं के लिए संस्कृताक्षर (देवनागरी) का व्यवहार चलाना तथा बढ़ाना ही इस परिषद का मुख्य उद्देश्य था।"[6] नियमावली - 1905 ई. पृ. 1 इसके प्रथम प्रधानमन्त्री **न्यायमूर्ति शरदाचरण मित्र** थे। [7] इसके माननीय सदस्यों में विश्वकवि **रवीन्द्र नाथ टैगोर, सर गुरुदास बनर्जी, महामहोपाध्याय पंडित सतीश चन्द्र विद्याभूषण, महाराजा सर रामेश्वर सिंह** (दरभंगा), **महाराजा प्रताप नारायण सिंह** (अयोध्या), **पंडित श्री धर पाठक, पंडित बालकृष्ण भट्ट, रामानंद चटर्जी** (संपादक- 'प्रवासी' इलाहाबाद) आदि प्रमुख थे। इसी साल ""A Common Character for Indian Vernaculars" अर्थात् भारत की आर्य भाषाओं के लिए एक सार्वजनीन लिपि के निर्धारण हेतु वाराणसी में नागरी प्रचारिणी सभा के तत्त्वावधान में 29 दिसंबर शुक्रवार 1905 ई. को बंगला भाषा के यशस्वी उपन्यासकार **रमेश चन्द्र दत्त** I.C.S.(सेवानिवृत्त), C.I.E.(13अगस्त 1848 ई. कलकत्ता-30 नवंबर, मंगलवार, दो बजे रात्रि, 1909 ई.) के सभापतित्व में एक विशेष सभा का आयोजन किया गया, जिसमें **लोकमान्य तिलक** भी उपस्थित थे। तिलक ने इस अवसर पर कहा कि 'देवनागरी ही भारत के लिए **मानक** लिपि है।' इसके विपरीत दिशा में किया गया प्रत्येक प्रयत्न आत्मघाती ही सिद्ध होगा।'[8] इसके दो वर्षों बाद **एक लिपि**

---

1. **काशी नागरी प्रचारिणी सभा का नवाँ वार्षिक विवरण 1902 ई.- श्यामसुन्दर दास, मंत्री नागरी प्रचारिणी सभा, काशी , पृष्ठ, 27-28**
2. **नागरी प्रचारिणी पत्रिका- डॉ. रामनिरंजन परिमलेन्दु, पृष्ठ -49**
3. **सरस्वती-जनवरी 1903ई. भाग 4 संख्या-1 'विविध विषय स्तंभ, पृष्ठ-2**
4. **काशी नागरी प्रचारिणी सभा के गृह प्रवेशोत्सव तथा विशेष अधिवेशनों का कार्य विवरण जो दिनांक 18, 19 तथा 20 फरवरी 1904 ई. को हुए। पृष्ठ27-29।**
5. **The Hindustan Review And Kayastha Samachar January-1905,""A Uniform Alphabet And Script for India-ShardaCharan Mitra**
6. **एक लिपि का विस्तार परिषद, कलकत्ता संस्थापित अगस्त 1905 ई.**
7. **देवनागर मासिक पत्र- कलकत्ता विक्रम संवत 1964, (वत्सर 1 अंक 1) मेष 5009, कल्पब्द सन् 1907 ई.**
8. **A Common Character for Indian Vernaculars-1906, page-8-9**

**विस्तार परिषद् कलकत्ता** के तत्वावधान में कलकत्ता से ही **यशोदानन्दन अघोरी** के संपादन में सचित्र मासिक पत्र 'देवनागर' का प्रकाशन 1907 ई. से किया गया। इस पत्र का मुख्य उद्देश्य था-'भारत में एक लिपि का प्रचार बढ़ाना और वह एक लिपि देवनागराक्षर है।' (देवनागर, 'आविर्भाव' शीर्षक संपादकीय, पृष्ठ-3, 1907ई.)। इसके ठीक तीन वर्षों बाद अर्थात् दिसंबर 1910 ई. में इलाहाबाद में 'कामन स्क्रिप्ट कान्फ्रेन्स' **कृष्णा स्वामी अय्यर** के सभापतित्व में हुआ था, जिसमें देवनागरी लिपि को अत्यन्त तार्किक, उचित एवं न्यायपूर्ण ढंग से "A Common Script for India'घोषित किया गया।[1]

सन् 1935 ई. में **हिन्दी साहित्य सम्मेलन** की ओर से इन्दौर में एक अधिवेशन हुआ। इस अधिवेशन में **राष्ट्रपिता स्व. महात्मा गांधी** के सभापतित्व में नागरी लिपि सुधार समिति बनाई गई। प्रारंभ में, **महात्मा गांधी** (2अक्टूबर 1869-30जनवरी 1948 ई.) ने राष्ट्रभाषा हिन्दी के लिए देवनागरी और उर्दू की लिपियों का संयुक्त समर्थन किया था। इस समर्थन के मूल में भारत से अंग्रेजी भाषा के निष्कसन और हिन्दू मुस्लिम ऐक्य के भाव निहित थे। 1908 में लिखित और सर्वप्रथम 1909 में प्रकाशित 'हिन्द स्वराज' नामक अपनी सर्वप्रथम पुस्तक में उन्होंने कहा कि संपूर्ण भाषा के लिए जो भाषा चाहिए, वह हिन्दी ही होनी चाहिए। उसे उर्दू या नागरी लिपि में लिखने की छूट रहनी चाहिए।[2]उन्होंने क्रमशः 1925 तथा 1927 ई. में साफ कहा कि,- 'सचमुच मेरा यह दृढ़ निश्चय है कि भारत की तमाम भाषाओं के लिए एक ही लिपि होना फायदे मंद है और वह लिपि देवनागरी ही हो सकती है।'[3] **राजर्षि पुरुषोत्तम दास टण्डन** (1अगस्त 1822 ई.-1 जुलाई 1962 ई.) ने हिन्दी साहित्य सम्मेलन के 1928 ई. के अधिवेशन में कहा था कि -'हमें तो राष्ट्रीय उद्देश्य से प्रेरित होकर नागरी लिपि का प्रचार करना है ............ एक लिपि का होना आवश्यक है।'[4] तिलक युग की चिन्ता धारा से संपृक्त उस आलोकवर्षी परंपरा के चिंतक **काका कालेलकर** 'नागरी लिपि सुधार समिति' के संयोजक थे। अपने राष्ट्रीय जीवन के पूर्वार्द्ध में काका कालेलकर महात्मा गांधी द्वारा प्रतिपादित दो लिपियों की हिन्दुस्तानी के प्रमुख वक्ता थे। 1940 ई. में वाराणसी में आयोजित अखिल भारतीय हिन्दी साहित्य सम्मेलन के 28 वें अधिवेशन में भी उन्होंने सम्मेलन की घोषित नीति के विपरीत, दो लिपियों के सिद्धान्त का प्रतिपादन किया था।[5] किन्तु भारतीय स्वतंत्रता के पश्चात् उन्होंने देवनागरी लिपि को व्यापक आधार दिया और इस लिपि को एशिया की लिपि का गौरव प्रदान किये जाने का अह्वान किया।[6] **आचार्य विनोबा भावे** तथा **वीर सावरकर** बन्धुओं का भी सहयोग उक्त समिति को प्राप्त था। स्वातंत्र्यवीर सावरकर ने 1947 ई. में कहा था कि 'मैंने सार्वजनिक जीवन के प्रारंभ से 'हिन्दी को राष्ट्रभाषा और देवनागरी'को 'राष्ट्रलिपि' माना है और इंग्लैण्ड, अन्डमान में भी उसका प्रचार किया है। भारत वर्ष की सरकार को चाहिए कि 'हिन्दी'भाषा को राष्ट्रभाषा का पद दे और 'नागरी' को राष्ट्रलिपि का पद दे'[7] भारतीय स्वतंत्रता के पश्चात **संत विनोबा भावे** ने राष्ट्रभाषा पर विचार करते हुए कहा कि देवनागरी लिपि में न केवल देशभाषा ही लिखी जाय बल्कि प्रान्तीय भाषाएँ भी लिखी जायँ।[8] सातवें दशक में देवनागरी लिपि के प्रश्न को उन्होंने बहुत व्यापक ढंग से लिया और कहा-'नागरी लिपि अगर हिन्दुस्तान की सब भाषाओं के लिए चले तो हम लोग बिल्कुल नजदीक आ जाएँगे, खास करके दक्षिण की भाषाओं को नागरी लिपि का लाभ होगा। वहाँ की चार भाषाएँ अत्यन्त नजदीक हैं। उनमें संस्कृत के अलावा उनके अपने जो प्रान्तीय शब्द हैं, तेलुगु, कन्नड़, और मलयालम के, उनमें बहुत से शब्द समान हैं। वे शब्द नागरी लिपि में अगर आ जाते हैं तो दक्षिण की चारों भाषाएँ 15 दिन में सीख सकते हैं।'[9] आगे पुनः **श्री विनोबा भावे** ने कहा कि-'नागरी लिपि सब भाषाओं में चले, इसका मतलब दूसरी लिपियों का निषेध नहीं है, दोनों लिपियाँ चलेंगी[10] उनका बहुत स्पष्ट विचार था कि ' भारत की एकता के लिए हिन्दी भाषा जितना काम देगी, उससे बहुत ज्यादा काम देवनागरी लिपि देगी। अतएव भारत की सभी भाषाएँ देवनागरी लिपि में लिखी जायँ।[11]

---

1. देवनागर, कार्तिक 1833 शकाब्द, भाग-1 संख्या-1 New Series, खंड-2 पृष्ठ 2-8
2. हिन्द स्वराज, पृष्ठ 76
3. हिन्दी नवजीवन: संपादक-मोहनदास करमचन्द गांधी, भाद्रपद सुदी 8, विक्रम संवत् 1982, गुरुवार, 27-अगस्त 1925 तथा 21 जुलाई-1927 ई.(वर्ष 6 अंक -49)'एक लिपि' शीर्षक संपादकीय टिप्पणी, पृष्ठ-389
4. राजर्षि टण्डन दास रचनावली, पृष्ठ-43-44
5. अखिल भारतीय हिन्दी साहित्य सम्मेलन अट्ठाइसवाँ अधिवेशन, काशी, संवत्- 1996 का विवरण, पृष्ठ, 35-36, 1940
6 मंगल प्रभात: मासिक पत्र- संपादक- काका कालेलकर, नागरी का क्षेत्र विस्तार- काका कालेलकर वर्ष-1, अंक 8), पृष्ठ 242, सितबंर 1950
7. जय भारती (मासिक पत्र), हिन्दी साहित्य सम्मेलनांक (वर्ष-1 अंक - 1)पुणे, पृष्ठ-1, दिसंबर- 1947
8. हरिजन सेवक: अहमदाबाद, (भाग-13, संख्या-3), 'राष्ट्रभाषा विचार', पृष्ठ-19, 20मार्च 1949 ई.
9. स्वतंत्रता रजत जयन्ती सप्ताह समापन स्मारिका: दिल्ली प्रादेशिक हिन्दी साहित्य सम्मेलन, 'भारतीय एकता के लिए नागरी लिप' शीर्षक लेख-आचार्य विनोबा भावे, पृष्ठ-9, नई दिल्ली-1973
10. विश्व हिन्दी दर्शन-' देवनागरी विश्व नागरी बने, पृष्ठ-19'
11. नागरी संगम, 'देवनागरी विश्व नागरी बनें'शीर्षक लेख-विनोबा, (वर्ष-1अंक-1-2 पृष्ठ 1 जनवरी, अप्रैल 1978

कुल मिलाकर यह कि ' नागरी लिपि-सुधार-समिति' ने अथक मानसिक श्रम के बाद कुछ महत्त्वपूर्ण सुझाव प्रस्तुत किए, जिसे सर्व प्रथम **महात्मा गांधी** के पत्र 'हरिजन सेवक' में प्रकाशित किया गया। इधर, '**राष्ट्रभाषा परिषद्-वर्धा**' द्वारा प्रकाशित की जाने वाली पत्र-पत्रिकाओं तथा पुस्तकों में **काका कालेलकर**[1] ने तथा '**लोक-नागरी**' के माध्यम से **श्री विनोबा जी** ने देवनागरी के मानकीकरण तथा इसे अखिल देशीय लिपि बनाने के लिए घनघोर प्रचार किया, किन्तु दुर्भाग्य से उक्त विचारों और सुधारों को अन्य भाषाविदों तथा जनता का सहयोग नहीं मिल पाया, फिर भी मानकीकरण संबंधी उनके इन मूल्यवान सुझावों को नकारा नहीं जा सकता, इस लिए उन सभी सुझावों को यहीं देख लेना अपरिहार्य है-

(1) लिखने में शिरोरेखा लगाना आवश्यक नहीं है, किन्तु छपाई में शिरोरेखा का नियम बना रहे।

(2) प्रत्येक वर्ण-ध्वनियों को उच्चारण-क्रम के अनुसार ही लिखा जाय, यथा-

(क) जब तक कोई संतोषजनक हल सामने न आये तब तक 'इ' की मात्रा शब्द के बाईं ओर प्रयुक्त की जाय, यथा-क्रिया/कीया।

(ख) अनुस्वार और अनुनासिक चिन्ह क्रमशः(0)और (ˊ) हों तथा वे भी वर्ण के ठीक ऊपर न लगाए जायें, बल्कि दाहिनी ओर कुछ हटाकर लगाए जायें, यथा- ह ंस/अ ंश/का ंपना।

(ग) ए, ऐ, औ की मात्राएँ वर्ण के ठीक ऊपर न लगाकर वर्ण के दाहिनी ओर थोड़ा हटाकर लगाई जायँ, यथा- मेल-म े ल, कैद-क ै द, और- आ ै र।

(घ) उ, ऊ तथा ऋ की मात्राएँ व्यंजन के ठीक नीचे न लगाकर कुछ हटाकर दाहिनी ओर लगाई जायँ, यथा- क ु छ ,म ृ ली, प ृ थ्वी।

(ङ) यदि संयुक्त व्यंजनों में व्यंजन के पहले 'र' हो तो 'रेफ' व्यंजन के ठीक ऊपर न लगाया जाय, बल्कि उच्चारण क्रम से कुछ बाई ओर हटाकर प्रयुक्त किया जाय, यथा- र्धम, र्कम।

(3) 'रव' के स्थान पर गुजराती 'ख' लिखा जाय।

(4) गुजराती, मराठी तथा दक्षिण भाषाओं के मूर्द्धन्य 'ळ' के स्थान पर 'ल' चिन्ह का प्रयोग किया जाय।

(5) स्वरों और व्यंजनों में समानता लाने के लिए **सावरकर बन्धुओं** द्वारा सुझाई गई 'अ' की बारह खड़ी का प्रयोग किया जाय, यथा- अ, आ, अी अु अू आदि।

(6) विराम पूर्ववत् रहें, किन्तु पूर्ण-विराम का चिन्ह( ।) हो।

(7) अ, झ, और ण के स्थान पर मराठी अ, झ, और ण का प्रयोग हो। 'क्ष' के स्थान पर 'क्ष' लिखा जाय। ल, श, तथा ज्ञ का रूप पूर्ववत् रहे।

(8) घ और म का ध और भ से भेद प्रकट करने के लिए शिरोरेखा हीन अक्षर लिखते हुए ध और भ में गुजराती ढंग की घुन्डियाँ लगाई जायँ।

(9) अंकों के स्वरूप इस प्रकार हों-१,२,३,४,५,६,७,८,९,०।

**सेठ गोविन्द दास** ने 16 मार्च 1927 ई. से ही हिन्दी भाषा के प्रश्न को प्रत्येक उचित अवसर पर उठाया और आजीवन हिन्दी भाषा और उसकी लिपि देवनागरी के लिये संघर्ष करते रहे। यह धातव्य है कि उक्त तिथि को उन्होंने Council of State (कौंसिल ऑफ स्टेट) में हिन्दी भाषा का प्रश्न उठाया था।[2] संविधान सभा में 5 नवंबर 1948 ई. को **सेठ गोविन्द दास** जी ने कहा था कि - "हिन्दी हमारी राष्ट्रभाषा और देवनागरी हमारी राष्ट्रलिपि होनी चाहिए।[3] **पंडित जाहर लाल नेहरू** (14 नवंबर 1889ई-27 मई 1964) ने 1937 ई. में 'The Question of Language' नामक 25 पृष्ठों की एक पुस्तिका अंग्रेजी में लिखी थी, जिसकी समर्थन मूलक भूमिका 3 अगस्त 1937 ई. को **महात्मा गांधी** ने लिखी थी। **पंडित नेहरू** के मतानुसार "देवनागरी, बंगला, गुजराती और मराठी लिपियों का एकीकरण कर एक संश्लिष्ट लिपि का निर्माण किया जाय- यह संश्लिष्ट देवनागरी लिपि होगी।[4]

गांधीवादी विचारक **किशोर लाल घनश्याम मशरूवाला** (5 नवंबर 1890 ई.-9सितंब मंगलवार-1952ई.) ने "जड़मूल क्रान्ति" (रचना काल 9 अगस्त 1947-30 जनवरी 1948ई) नामक पुस्तक में भारत की लिपि समस्या के निराकरण हेतु 'देवनागरी' को चुनने

1. मंगल प्रभात(मासिक-पत्र) सं0 काका कालेलकर, नागरी क्षेत्र विस्तारपृष्ठ - 242, सितं. 1950
2. जय भारती (मासिक पत्र), वर्ष-2, अंक-दो, पुणे, पृष्ठ-49, फरवरी-1957
3. हिन्दी भाषा-आन्दोलनः संकलनकर्त्ता- लक्ष्मीचन्द, पृष्ठ-19
4. (क) The Question of Language- Jawahar Lal Nehru, Page-7-25

   (ख) राष्ट्रभाषा का सवालः जवाहर लाल नेहरू, पृष्ठ-28

पर बल दिया।[1] **महापंडित राहुल सांकृत्यायन** (19 अप्रैल 1893-14 अप्रैल 1963ई) के अनुसार, "सारे भारत की राष्ट्र भाषा हिन्दी और लिपि देवनागरी ही होनी चाहिये।"[2] भारतीय संविधान निर्माण काल में देशरत्न **डॉ. राजेन्द्र प्रसाद** (3 दिसंबर 1884ई-28फरवरी 1963ई.) ने राष्ट्रभाषा और उसकी लिपि के संबंध में कतिपय उपयोगी सुझाव दिये थे। वे संविधान सभा के सभापति थे। उन्होंने देवनागरी के मानकीकरण पर बल देते हुए कहा कि संपूर्ण भारत के लिये देवनागरी लिपि का ही प्रयोग होना चाहिए।[3]

सन् 1941 ई. में **हिन्दी-साहित्य-सम्मेलन प्रयाग** ने देवनागरी को मानक लिपि के अनुकूल बनाने हेतु एक **'लिपि-सुधार-समिति'** का गठन किया। इस समिति ने भी कुछ महत्वपूर्ण सुझाव प्रस्तुत किये, किन्तु इन सुझावों को भी जनता और विद्वानों का ममत्व नहीं मिल पाया। सन् 1945 में **नागरी-प्रचारिणी-सभा**, काशी द्वारा लिपि-सुधार-संबन्धी कुछ ठोस सुझाव विद्वानों से माँगे गए। उक्त सुझावों में केवल श्री श्रीनिवास के ही सुझाव स्वीकार किए गए, लेकिन उन सुझावों में कुछ दोष थे, जिनके कारण वह भी अलोक प्रिय रहे। छपाई की दृष्टि से **डॉ. गोरखप्रसाद** (प्रयाग) ने भी कुछ-उपयोगी सुझाव प्रस्तुत किए। उनका विचार था कि मात्राओं, अनुस्वार और अर्द्ध चन्द्र को कुछ दाहिनी ओर हटाकर प्रयोग करना चाहिए। **डॉ. श्यामसुन्दर दास** का मत था कि ङ्, ञ् के स्थान पर अनुस्वार का प्रयोग करना चाहिए, यथा - अङ्क तथा मञ्च के साथा अंक, तथा मंच। **डॉ. पन्नालाल** ने भी लिपि-सुधार-संबन्धी कुछ महत्त्पूर्ण सुझाव प्रस्तुत किए।

सन् 1947 में उत्तर-प्रदेश सरकार ने **आचार्य नरेन्द्रदेव** की अध्यक्षता में लिपि के मानकीकरण एवं सुधार हेतु एक ठोस समिति बनाई । **डॉ. धीरेन्द्र वर्मा** तथा **डॉ मंगल देव शास्त्री** जैसे प्रसिद्ध भाषाशास्त्री इस समिति के सदस्य थे। 1948 में केन्द्रीय सरकार द्वारा संस्थापित **'हिन्दुस्तानी शीघ्र लिपि तथा लेखन-यंत्र-समिति'** और पहले की विभिन्न समितियों द्वारा प्रस्तुत सभी सुझावों का सम्यक् अध्ययन करने के बाद **डॉ. नरेन्द्रदेव** समिति ने जो सिफारिशें प्रस्तुत कीं, उनको उस प्रकार देखा जा सकता है:-

1. अ की बारहखड़ी भ्रामक है।
2. मात्राएँ यथास्थान बनीं रहें, किन्तु उन्हें थोड़ा दाहिनी ओर हटाकर प्रयोग किया जाय, यथा - क ि स।
3. द्विविध अक्षरों में अ, झ, ण, ध, ल, क्ष, त्र को ही स्वीकार किया जाय।
4. विशेष अक्षर श्र, ओ3म् तथा ळ होंगें।
5. अनुस्वार तथा पंचामाक्षर की जगह शून्य (0) का प्रयोग हो।
6. शिरोरेखा लगाई जाय।
7. पाई वाले व्यंजनों को छोड़कर संयोग में हलन्त चिन्ह कुछ दाहिनी ओर हटाकर लगाया जाय, यथा-आद् या, कबड् डी।
8. अंग्रेजी भाषा के सभी विराम चिन्ह ले लिए जाएँ तथा
9. अकों में ९ का रूप ९ होगा, शेष पूर्ववत रहेंगें।

डॉ. नरेन्द्रदेव समिति द्वारा दिए गए मानकीकरण एवं सुधार-संबन्धी उक्त सुझावों को गौरतलब करने पर यही लगता है कि समिति ने चीड़फाड़कर, लिपि का **'ब्रेन ऑपरेशन'** कर उसे अर्थक्षम एवं अर्थबहुल तथा मानक लिपि बनाने की पुरजोर कोशिश तो की, किन्तु सुधार-संबन्धी विशेष बिन्दुओं की तलाश में उक्त समिति लगभग असफल ही रही, क्योंकि इनमें से अधिसंख्य तो **काका केलकर** समिति द्वारा पहले ही सुझाए गये थे।

सामान्य लिपि के रूप में अपनाए जान के लिए देवनागरी में समुचित परिवर्तन-परिवर्धन एवं वर्णमाला तथा वर्तनी का मानकीकरण (Stadardization) आवश्यक था। स्वतंत्रता प्राप्ति के पश्चात् इस दिशा में सरकारी स्तर पर द्रुतगति से कार्य हुआ। केन्द्रीय सरकार की **संविधान-परिषद्** ने 14 सितंबर 1949 को निर्णय किया था कि, **"भारतीय संघ की सरकारी भाषा-राजभाषा-देवनागरी लिपि में हिन्दी होगी,** संविधान के अनुच्छेद 343 (1) की उक्त घोषणा के साथ यह शर्त भी थी कि 15 वर्षों तक अंग्रेजी उस पद पर बनी रहेगी। पश्चात् **उत्तर-प्रदेश सरकार** ने 1953 में लखनऊ में **प्रथम लिपि-सुधार सम्मेलन** किया। किन्तु, विडंबना यह हुई कि उत्कृष्ट सुझावों के बदले इसमें कुछ गलत परिवर्तन थोप दिए गए। लिपि की कद्दावर मूर्ति निस्तेज होने लगी। इस सम्मेलन में 'रव' के स्थान पर गुजराती 'ख' तथा 'ि' की जगह छोटा-सा चिन्ह ' ा' का प्रयोग निश्चित किया गया। सक्रामक मोहकता से ग्रस्त सुधारकों का उक्त निर्णय बिना जड़ के पौधे लगाने के समान हास्यास्पद जान पड़ा। अन्ततोगत्वा उत्तर प्रदेश सरकार ने फिर से 1956-57 में **द्वितीय लिपि-सुधार-सम्मेलन** का आयोजन किया। भारत के समस्त सांस्कृतिक मूल्यों को रौंद डालने वाले, सामाजिक यथार्थ से कटे हुए मुट्ठी भर अंग्रेजीपरस्त लोगों द्वारा

---

1. जड़मूल से क्रान्ति और अन्य लेख- लिपि का प्रश्न-उत्तरार्द्ध शीर्षक लेख, पृष्ठ-158-159
2. साहित्य निबंधावली: राहुल सांकृत्यायन- "हमारा साहित्य" शीर्षक निबंध, पृष्ठ 133-139
3. हरिजन सेवक: 'राजेन्द्र बाबू का हल'- किशोर लाल घ. मशरूवाला,

किए गए पिछले बेतुके सुधारों में फिर से परिवर्त्तन किए गए। काफी लानतमलामत के बाद 'रव' तथा 'ि' आदि को पुनः अपना पूर्व रूप प्राप्त हुआ।

**केन्द्रीय मंत्रियों, राज्यों के मुख्य-मंत्रियों** तथा कुछ **विद्वानों** का एक सम्मेलन 10 से 12 अगस्त 1961 को दिल्ली में सम्पन्न हुआ। इस सम्मेलन में भाग लेने वालों में **पं. जवाहरलाल नेहरू, डॉ. बी. के.आर. वी. राव** (तत्कालीन केन्द्रीय शिक्षा मंत्री) तथा पद्मभूषण **स्व. हजारी प्रसाद द्विवेदी** प्रमुख थे। इस बैठक में एक मत होकर यही राय दी गई कि समस्त भारतीय भाषाओं के लिए एक सामान्य लिपि का होना वांछनीय ही नहीं, आवश्यक भी है, क्योंकि ऐसी लिपि भारतीय भाषाओं के बीच सेतु का कार्य करेगी और उससे देश की भावनात्मक एकता को बल मिलेगा तथा वर्तमान परिस्थिति को देखते हुए देवनागरी ही वह लिपि हो सकती है। इसी संदर्भ में भारत सरकार ने 1961 में एक **'भाषा विद्समिति'** नियुक्त की, जिसके सदस्य विभिन्न भारतीय भाषाओं के जाने माने विद्वान् थे।

इस सम्मेलन में यह प्रस्ताव सर्वानुमति से पारित किया गया कि :- ' भारत की सब भाषाओं के लिए एक लिपि का होना अनिवार्य है। यह सब भाषाओं में मेल-जोल बढ़ाने के लिए कड़ी बन सकेगी। यह देश की एकात्मकता को मजबूत करने में भी सहायक सिद्ध होगी। भारत के आज भाषा विषयक वातावरण में एक मात्र देवनागरी लिपि ही यह स्थान ग्रहण कर सकती है। इस लिपि को तत्काल मान्यता प्रदान करने में बाधाएँ आ सकती हैं, पर भविष्य में इस बात की ओर ध्यान देना चाहिए और इसके लिए एक योजना बनानी चाहिए।'[1]

उस भाषाविद् समिति की सिफारिशों को अप्रैल 1962 में भारत सरकार ने अंतिम रूप से स्वीकार कर लिया और जनवरी 1967 में शिक्षा-मंत्रालय के केन्द्रीय हिन्दी निदेशालय ने उन सुझावों को "समस्त भारतीय भाषाओं के लिए सामान्य राष्ट्रीय लिपिः परिवर्धित देवनागरी" नाम से एक पुस्तिका के रूप में प्रकाशित किया। इस पुस्तिका में इस महत्कार्य के संक्षिप्त इतिहास तथा विवेचन के साथ ही विभिन्न भारतीय लिपियों के तुलनात्मक 'चार्ट' और संविधान के अनुच्छेद 351 के देवनागरी लिप्यंतर भी दिए गए हैं। मगर इस पुस्तिका के प्रकाशन से ही मानो कर्त्तव्य की इति श्री हो गई। पुस्तिका की प्रस्तावना में कहा गया था कि इसमें "दिये गये सुझाव अंतिम हैं, फिर भी विद्वानों की सम्मतियाँ मिलने पर सुधार संभव हैं।" किन्तु पुस्तिका का समुचित प्रचार-प्रसार ही नहीं हुआ, तो फिर मत-सम्मत मिलने का और उन सुझावों के क्रियान्वयन होने का सवाल ही कहाँ? उक्त पुस्तिका में सुझाए गए सारे सुधार केवल पृष्ठों में ही सिमट कर सिसकते रह गए।

कालान्तर में नागरीलिपि परिषद् , नई दिल्ली ने एक प्रस्ताव पास किया कि भारत की समस्त भाषाओं की अपनी-अपनी लिपियों के साथ अतिरिक्त सह लिपि के रूप में देवनागरी लिपि का प्रचलन राष्ट्र की भावनात्मक एकता और अंततः मानव जाति के सांस्कृतिक नैकट्य का उत्कृष्ट, श्रेष्ठ और सुदृढ़ साधन हो सकता है। इसी भावना से संत बिनोबा भावे के निर्देशानुसार गांधी स्मारक निधि के प्रयास से 1957 ई में राजघाट, नई दिल्ली में नागरी लिपि परिषद की स्थापना की गई। इसका उद्घाटन 17अगस्त 1975 ई0 को नई दिल्ली में भारत के तत्कालीन उपराष्ट्रपति ब द जत्ती ने किया। **श्रीमन्नारायण** के शब्दों में 'परिषद् का लक्ष्य है, राष्ट्रीय एकता के उद्देश्य से समस्त भारतीय भाषाओं की सह लिपि के रूप में नागरी को स्वीकार करने का प्रयत्न करना और विश्व की सभी भाषाओं, विशेषकर एशियाई भाषाओं की लिपि के रूप में नागरी को स्वीकार्य बनाने का प्रयास करना।[2]

कालान्तर में केन्द्रीय शिक्षा मंत्रालय की 'वर्तनी समिति' ने 1976 में देवनागरी लिपि तथा भारतीय भाषाओं को देवनागरी लिपि में लिखने के उद्देश्य से देवनागरी लिपि की वर्णमाला निश्चित करते समय कुछ आवश्यक निर्देश दिये थे, जिन्हें इस प्रकार देखा जा सकता है -

1. ट, ठ, ड, ढ (ट वर्ग) तथा इ, ङ, ह के आधे वर्ण हलंत से बनाए जाएँ।
2. श्र, त्र, तथा संस्कृत के प्रचलित संयुक्ताक्षरों का प्रयोग जारी रहे।
3. र के संयुक्त रूप जैसे 'प्र', 'राष्ट्र' , 'धर्म' का प्रयोग जारी रहे।
4. अनुस्वार (ं) तथा अर्द्ध चन्द्रविन्दु (ँ) का प्रयोग जारी रहे।
5. अंग्रेजी के प्रचलित व्याकरणिक चिह्न (Punctuation marks) उसी प्रकार प्रयुक्त हों, किन्तु हिन्दी में विराम-चिह्न के लिए खड़ी पाई ( ।) प्रयुक्त हो।
6. अंकों के अन्तर्राष्ट्रीय अंग्रेजी रूपों का प्रयोग हो।
7. टाइपराइटर में :;.,-() ? + ÷ x ! । चिह्नों का समावेश हो।
8. छोटा अकार चिह्न और दक्षिण भारतीय एवं कश्मीरी भाषा की ध्वनियों को व्यक्त करने के लिए ⊥ चिह्न का समावेश हो।

---

1. देवनागरी लिपि, एक संगोष्ठी, पृष्ठ-95-96
2. स्मारिका, नागरी लिपि सम्मेलन-'नागरी लिपि क्यों?'शीर्षक लेख,- डॉ. श्री मन्नारायण पृष्ठ- 1, 27, 28, 29, मई 1979, बंगलौर।

अप्रैल 1977 ई. में भारत के तत्कालीन कार्यवाहक राष्ट्रपति **ब. द. जत्ती** ने कहा था कि -" विभिन्न भाषाओं के बीच निकटता का संबंध स्थापित करने में देवनागरी लिपि एक महत्वपूर्ण भूमिका अदा कर सकती है। राष्ट्रीय एकता की दृष्टि से नागरी का मानकीकरण कर प्रेमपूर्वक उसे सभी भाषाएँ स्वीकार करें, यही वांछनीय है। [1]

28 फरवरी 1979 को हुए बंगलौर अधिवेशन में तत्कालीन केन्द्रीय स्वास्थ्य मंत्री **श्री रविराय** ने सुझाव दिया था कि निर्विवाद रूप से देवनागरी को राष्ट्रीय लिपि के रूप में मान्यता मिलनी चाहिए। 24 मार्च 1981 को महाराष्ट्र के शिक्षा मन्त्री ने एक समिति गठन की घोषणा की थी, जो राष्ट्रीय एकता के लिए एक सामान्य लिपि की संभावनाओं पर विचार करके 6 महीने में 'रिपोर्ट' पेश करेगी। आशय यह कि पौन-शताब्दी में इस दिशा में हुए सारे काम और बीस वर्ष पहले भारत सरकार द्वारा गठित **'भाषाविद्-समिति'** के पुस्तक के रूप में प्रकाशित सुझावों को भुलाकर अब नये सिरे से सब कुछ होगा। क्या ही निराली और जादुई माया है। विद्वेषी जहर से सम्पृक्त यह निर्णय सोये हुए विध्वंस को चुनौती देने के समान ही कहा जाएगा।

15 अप्रैल 1984 को भारत के तत्कालीन राष्ट्रपति **स्व. ज्ञानी जैल सिंह** ने देवनागरी को सभी भाषाओं की संपर्क लिपि के रूप में अपनाने की जोरदार अपील की। उन्होने कहा कि इससे सभी भारतीय भाषाओं को समृद्ध बनाने एवं देश के लोगों को एक दूसरे के निकट लाने में सहायता मिलेगी।[2] 10 जुलाई 1987 को भारत के तत्कालनीन राष्ट्रपति **श्री आर. वेंकट रामन** का विचार था कि"................मै तो यह भी कहूँगा कि कुछ दिनों के लिए अगर हिंदी को कई लिपियों में लिखा जाये तो उसमें हर्ज क्या है। हिन्दी को कहीं तमिल में, कहीं कन्नड़ में, कहीं बंगला आदि कई तरह की लिपियों में लिखा जाय तो उससे हिन्दी का प्रचार बढ़ेगा। [3] उक्त उपरोक्त विवेचन की पड़ताल करने पर हम पाते हैं कि देवनागरी में उपयुक्त सुधार, उसका मानकीकरण कर, संपूर्ण देश की एकता के रूप में उसे अनिवार्य बनाने पर सभी राष्ट्रवादी मनीषियों ने बल दिया है। इन विद्वानों का विचार है कि देश की संपर्क लिपि, जोड़ लिपि, सह लिपि, अतिरिक्त लिपि, राष्ट्रलिपि आदि के रूप में देवनागरी को स्वीकृत किया जाय [4]

सन् 2000-2001 में देवनागरी के मानकीकरण तथा उसकी त्रुटियों-खामियों के सुधार से संबन्धित कुछ अमूल्य सुझाव प्रकाश में आये हैं। ये सुझाव हैं- **नेपाल** के हिन्दी के अधिकारी विद्वान्, हिन्दी के ध्वजवाही तथा योद्धा **श्री सूर्य बहादुर श्रेष्ठ** के। बनारस से निकलने वाली प्रतिष्ठित "नागरी पत्रिका" में देवनागरी का नया रूप नवनागरी लिपि' शीर्षक लेख में वे लिखते हैं कि देवनागरी लिपि के सन्दर्भ में निम्न तथ्यों पर विचार करना उपयोगी होगा। यह लिपि अभी भी विकासक्रम में पूर्ण ध्वन्यात्मक रूप नहीं पा सकी है। 1960 में अमेरिका में वैज्ञानिकों ने बोलने की गति पर मुद्रण करने वाला यंत्र बनाया पर रोमन स्पेलिग की अनियमितता के कारण वह लिपि उस यंत्र में सफल नहीं रही। 1963 में अमेरिका के फोर्ड फाउण्डेशन ने विश्वलिपि की खोज में देवनागरी को सर्वश्रेष्ठ लिपि पाया पर आधुनिक प्राविधिक यंत्रों के अनुकूल न होने तथा अनुकूल सुधार करने पर विश्वलिपि के उपयुक्त होने की बात उन्होंने स्वीकार की।

देवनागरी लिपि एक मात्र ऐसी लिपि है जिसके सबसे अधिक अक्षरों में दाहिनी ओर अकार सूचक खड़ी पाई का विकास हुआ है। पर क, ङ, छ, ट, ठ, ड, ढ, द, फ, र, ह 11अक्षरों में दाहिनी ओर खड़ी पाई न होने के कारण आधा अक्षर बनाने के 4नियम संयुक्ताक्षर के 3 नियम, र के 7 रूप की आवश्यकता पड़ती है। अ थ ध भ श अक्षरों में शिरोरेखा की अपूर्णता, ख ग ण श 4 अक्षरों का द्विखण्डीय रूप, अ, ऋ, ख, छ, झ, ण, थ, ध, भ, ल, श,क्ष, ज्ञ, 13 अक्षरों का दो या इससे अधिक रूप लिपि में नये पुराने रूपों का मिश्रित प्रयोग इ ई उ ऊ ए ऐ ऋ के अलग रूप क्ष ज्ञ ऋ की ध्वनियों में प्रादेशिक अन्तर अकारयुक्त व्यंजन में भाषा संयोजन इस लिपि की अपूर्णता दर्शाते हैं।

लिखने, टंकण करने और मुद्रण की गति हाथ की गति तक सीमित है। आधुनिक प्राविधिक यंत्रों के विकास के कारण यह गति निकट भविष्य में अपर्याप्त होगी और मुँह से बोलने की गति से टंकण, मुद्रण का सभी कार्य कर सकने वाली लिपि की आवश्यकता होगी। देवनागरी एकमात्र ऐसी लिपि है जो कुछ सुधार करने पर उन गुणों को प्राप्त कर सकती है। इसके लिए कुछ अक्षरों की आकृति में संशोधन करना होगा जिनका नया रूप प्रचलित रूप से अधिक भिन्न न हो। निम्न आधार पर मैंने संशोधित लिपि का प्रारूप बनाया

1. स्मारिका, नागरी लिपि सम्मेलन, 1979
2. क. दैनिक प्रताप- 'देवनागरी को सभी भाषाओं की संपर्क लिपि बनाने पर बल" शीर्षक समाचार, पृष्ठ-1, सोमवार, 16 अप्रैल-1984, पटना

   ख.दैनिक आर्यावर्त-"देवनागरी को सभी भाषाओं की संपर्क लिपि बनाएँ"- जैल सिंह शीर्षक समाचार, पृष्ठ-1 कालम 2, 3 तथा सोमवार, चैत्रशुक्ल पक्ष, शाके- 1906, 16 अप्रैल-1984, पटना
3. धर्मयुग 'राष्ट्रभक्त आर. वी. की कहानी राष्ट्रपति वेंकटरामन की जबानी' - पुष्पा भारती द्वारा अंतरंग भेंटवार्ता, पृष्ठ -1 (वर्ष 38, अंक 32, स्वाधीनता विशेषांक, 9 से 15 अगस्त, 1987
4. नागरी प्रचारिणी पत्रिका, डॉ. रामनिरंजन परिमलेन्दु, पृष्ठ-61, काशी।

है।

1. अ थ ध भ अक्षरों में शिरोरेखा की पूर्णता।

2.ख ग ण श अक्षरों को एक खण्डीय रूप देना।

3. खड़ी पाई विहीन क ङ छ ट ठ ड ढ द फ र ह इन 11 अक्षरों को खड़ी पाई युक्त करना।

4. सभी अक्षरों के बाई ओर के मुख्य भाग में आकृति की एकरूपता लाना।

5. त्र क्ष ज्ञ के उच्चारण में एकरूपता लाना।

6. मात्राओं और चन्द्रबिन्दु को दाहिनी ओर लाना।

7. ध्वनिहीन स्वर संकेत चिन्ह अ पर मात्रा लगाकर स्वराक्षर बनाना और अकारहीन व्यंजन में मात्र संयोजन।

8. एक ध्वनि एक चिन्ह सिद्धान्त के विपरीत अनुस्वार विसर्ग और भिन्न रूप लेने वाले संयुक्ताक्षरों का परित्याग।

9. उच्चारण अनुसार अक्षरों का ध्वनि क्रम में लेखन।

वस्तुतः भारतीय समाज का मूल-संकट अपनी पहचान से अनजान होने का संकट है। उत्तर प्रदेश तथा बिहार की सरकारों ने उर्दू को द्वितीय राजभाषा घोषित किया है। हो सकता, यह उनकी राजनीतिक छौंक ही हो। फिर भी उर्दू को जीवित रखने के लिए उसे देवनागरी में लिखना आवश्यक है- '"I am a well wisher of Urdu and want it to flourish and to live on in the future, but I will urge upon the lovers of Urdu that in the existing circumstances, Urdu can survive only if it is begun to be written in Devanagari script."[1]

कुल मिलाकर कह सकते हैं कि देवनागरी वसंतजन्मा लिपि है। देवनागरी संपूर्ण भारतीय लिपि-कलश की शोभा-वर्द्धक 'मोनोग्राम' है। इस लिपि की सुधार की कहानी एक दुर्गम यात्रा की लंबी दास्तान है। इसमें नव-नवल सुधार हमारे समय की जरूरी धड़कन है। वह इसलिए कि जीवन की चुनौती को स्वीकार करने के लिए देवनागरी में अभी 'बहुत-कुछ' सुधार की आवश्यक है। **श्री शमशेर सिंह नरोला** के शब्दों में- "The acceptance of this hard fact will bring to the fore the urgency of reforming and improving the Devanagari script in order enable to it to meet the challenge of modern life.".[2] तभी देवनागरी दोषों से रहित, चारु तथा अनाविल एवं मानक लिपि के अनुकूल बन सकती है।

देवनागरी लिपि में लेखन और मुद्रण में व्यवहृत होने वाले कुछ चिन्हों को इस प्रकार देखा जा सकता है।

**(क) विराम चिह्न-**

1- अल्प विराम – ,    2- अर्द्ध विराम – ;    3- पूर्ण विराम – ।

4- प्रश्नवाचक चिन्ह – ?    5- आश्चर्य सूचक चिन्ह — !    6- निर्देशक चिह्न – -

7. विसर्गात्मक या समान भाव सूचक चिन्ह- :    8- विभक्ति सूचक चिन्ह – :

**(ख) कोष्ठक**

1. लघु – ()    2. मध्य – {}    3. वृहत् – [ ]

**(ग) अन्य**

1. अवतरण चिह्न – "

3. रेखांकित चिह्न – – – – – – – – – –

(शब्द के नीचे रेखा खींचना, इसे ही 'रेखिका' भी कहते हैं)

3. पुनरुक्ति सूचक चिह्न – , , ,    4.स्थान पूरक चिह्न – ... ....

5. समाप्ति सूचक चिन्ह – – 0 –    6- परिवर्द्धन सूचक चिन्ह – ^

7- तुल्यता सूचक चिन्ह – =    8- अपूर्णता सूचक चिन्ह – x x x x x

9- तारक या तारांकित चिन्ह - *    10- टिप्पणी सूचक चिन्ह - + + + + +

11- विशिष्ट चिन्ह-†

---

1. Cf. Rashtravani, Dr. Amar Nath Jha. Patna, April, 1954

2. Scientific History of the Hindi Language- "The question of script page 123, Hind Academy- New Delhi

अध्याय-17

# हिन्दी का भौगोलिक विस्तार हिन्दी, उसकी विविध बोलियाँ या उपभाषाएँ तथा विभाषाएँ या विविध शैलियाँ

(Dialects and Sub-dialects of Hindi)

**हिन्दी शब्द की व्युत्पत्ति तथा अर्थ-विकास-** देवनागरी लिपि में लिखित हिन्दी इस समय भारतीय संघ की राजभाषा है, किन्तु विचित्रता यह है कि केवल जैन महाराष्ट्री में लिखित कालकाचार्य की कथा में एक स्थल विशेष पर प्रयुक्त 'हिन्दूग्' शब्द- **"सूरिणा भणियम् रामाणो जेण हिन्दूग् देसम वच्चामो"**[1] के अलावा वैदिक, संस्कृत, प्राकृत तथा अपभ्रंश आदि किसी भी प्राचीन भारतीय आर्य भाषाओं में कहीं भी 'हिन्दी' शब्द का प्रयोग नहीं मिलता। यही कारण है कि पुख्ता प्रमाण के अभाव में हिन्दी शब्द की व्युत्पत्ति अँटकलों-अनुमानों और बुझौव्वल पर आश्रित होकर रह गयी है। विद्वानों ने इस शब्द की अनेक व्युत्पत्तियाँ सप्रमाण प्रस्तुत की हैं। हिन्दी शब्द वस्तुत: फारसी भाषा का है। कुछ भाषा वैज्ञानिकों ने हिन्दी शब्द की व्युत्पत्ति सीधे 'हिन्द' शब्द से माना है। उनका कहना है कि- ऋग्वेद में प्रयुक्त 'सिन्ध' और 'सप्तसिन्धव:' संभवत: इन दोनों शब्दों ने याजकों के साथ भारत से ईरान की यात्रा की हो। ईरानियों की प्राचीनतम धर्म पुस्तक का नाम 'आवेस्ता' है। विद्वानों का विचार है कि इस पुस्तक में प्रयुक्त शब्द 'हैन्दु', 'हिन्दु' तथा 'हफ्तहिन्दव:' या 'हफ्तहिन्दवो'[2] ऋग्वेद में प्रयुक्त शब्द क्रमश: सिन्धु और सप्तसिन्धव: के ईरानी उच्चारण मात्र हैं, क्योंकि भारतीय आर्य भाषा की 'स्' ध्वनि ईरानी में 'ह' के रूप में उच्चरित होती है। Pahalawi Inscriptions नामक पुस्तक के अनुसार प्राचीन पहलवी में 'हिन्द', 'हिन्दुक' और 'हिन्दुश' शब्द मिलते हैं। इधर, पार्सीपोलिस धारयत वसु 486 ई.के स्मारक पर 'हिन्दुश' लिखा भी है। अत: इन विद्वानों का कहना है कि भारत देश के नाम के अर्थ में प्रयुक्त 'हिन्द' शब्द में मध्यकालीन ईरानी भाषा का विशेषण-प्रत्यय 'ईक्' जोड़कर 'हिन्द+ईक्'='हिन्दीक्' शब्द बना। फिर कालान्तर में 'हिन्दीक्' का 'हिन्दीग्' हुआ, बाद में अंतिम व्यंजन 'क्' का लोप हो गया और 'हिन्दी' शब्द हिन्द के विशेषण के रूप में प्रचलित हो गया। इस प्रकार 'हिन्दी' शब्द का मूल रूप 'हिन्द' है।

कुछ विद्वानों ने 'हिन्दी' शब्द की व्युत्पत्ति 'सिन्धी' शब्द से माना है, पर विकास क्रम की दृष्टि से यह मान्यता ठीक नहीं जान पड़ती, क्योंकि 'हिन्दी' शब्द का रूप निर्माण प्राकृत-काल में ही ईरान में हो चुका था।[3] इस तरह भी 'सिन्धी' शब्द की चर्चा किसी भी प्राचीन भारतीय साहित्य में नहीं मिलती। भारत में देवल (कराची) बंदरगाह से आने वाले अरब यात्री अवश्य सिन्ध प्रान्त की भाषा को 'सिन्धी' कहते हैं, किन्तु उनका समय 8वीं, 9वीं, 10वीं शती है। अरब यात्री बुशारी (375 हिजरी) एक स्थल पर उल्लेख करता है कि-देवल में सब व्यापारी ही व्यापारी बसते हैं। उनकी भाषा 'अरब' (अरबी) और 'सिन्धी' है (अरबी में भारतीय आर्य भाषा की 'स' ध्वनि 'स्' ही उच्चरित होती हैं)। अत: जाहिर है कि 'सिन्धी' शब्द से 'हिन्दी' का विकास तर्क संगत नहीं लगता। **डॉ. शिवराज वर्मा** भी हिन्दी का जन्म 'सिन्धी' से नकारते हुए कहते हैं कि,-"हिन्दी' शब्द की रचना का आधार सिन्धी शब्द नहीं है, क्योंकि हिन्दी शब्द के निर्माण काल में भारतीय आर्य भाषा के आधुनिक रूप 'सिन्धी' का अस्तित्व ही नहीं था तथा वह काल भारतीय आर्य भाषा का प्राकृत-अपभ्रंश काल था।"[4]

ईरान से ही 'हिन्द' और 'हिन्दी' शब्द अरब, मिस्र, सीरिया तथा अन्य देशों के साहित्य में प्रविष्ट हुए। अरब वालों को हिन्द और हिन्दी शब्द ईरानियों से ही मिले। अरब यात्री 'हिन्द' और सिन्ध को दो अलग प्रदेश मानते हैं, सम्भवत: कश्मीर की तराई से सिन्ध नदी के किनारे तक को सिन्ध और गुजरात से लेकर भीतरी देश को 'हिन्द' कहते हैं। अरब यात्री मसऊद, 303 हिजरी--लिखता है, सिन्ध में वहाँ की अपनी भाषा है, जो हिन्द की भाषाओं से भिन्न है। इस समय विदेशों में 'हिन्दी' शब्द या तो देश-बोधक था या हिन्द से जाने वाली वस्तु का बोधक। प्राचीन अरबी-साहित्य में पाये जाने वाले अद हिन्दी (अगर), किस्त हिन्दी (कुट), साज ज हिन्दी (तेजपत्ता), कुरतुम हिन्दी (कुसुम्ब), तमर हिन्दी (इमली, इंगलिश टैमेरिंड) आदि शब्दों में 'हिन्दी' शब्द देशबोधक है। मिस्री भाषा में

1. जैन महाराष्ट्री-जैकोबी, पृष्ठ-262, भाग-34
2. Awesta Reader Ist Series-A.V.Williams Jaction, Yasua-57, Part 29
3. हिन्दी भाषा और उसकी विविध बोलियाँ-डॉ. कैलाश तिवारी, पृष्ठ-56
4- हिन्दी का राष्ट्रभाषा के रूप में विकास, डॉ. शिवराज वर्मा पृष्ठ.23

'हिन्दी' का अर्थ है सभी के आवरण के हेतु 'मलमल', कुरान में 'सुन्द्रसु' का अर्थ है 'सुन्दर सूती वस्त्र' और अरबी में हिन्दी का एक अर्थ है हिन्दुस्तानी फौलाद की तलवार। यहाँ 'हिन्दी' शब्द वस्तुबोधक है। ईरान आने वाले प्राचीन ग्रीकों ने 'हिन्द' को 'इण्डिया' या 'इण्डिका' कहा है। 'इण्डिया' शब्द उसी का आधुनिक उच्चारण है।[1]

हिन्दी शब्द की व्युत्पत्ति का तीसरा आधार संस्कृत का 'सिन्धु' शब्द भी सुझाया गया है। यह आधार अन्य आधारों की तुलना में काफी प्रामाणिक, तर्क संगत तथा विश्वसनीय है। अधिकांश विद्वान् इसी आधार को सही मानते हैं। भारत के पश्चिमी छोर पर इतिहास-प्रसिद्ध सिन्धु नदी बहती है। भारत के प्रसिद्ध धर्म ग्रंथ 'ऋगवेद' में 'सिन्धु' तथा 'सप्त सिन्धवः' शब्द क्रमशः नदी के अर्थ में[2], पुनः सात नदियों के अर्थ में[3], साथ ही उस नदी के आस-पास के प्रदेश[4] के लिए भी प्रयुक्त हुए हैं। भारत और ईरान के बीच प्रसिद्ध तिजारती संबंध के अलावा सांस्कृतिक संबंधों की भी चर्चा मिलती है।[5] दोनों देशों की इस आवा-जाही में अनेक शब्द भारत से ईरान तथा ईरान से भारत आये-गये। इसी क्रम में 'सिन्धु' तथा 'सप्त सिन्धवः' शब्द भी भारत से ईरान पहुँचे। वहाँ के निवासियों ने इन भारतीय शब्दों का उच्चारण क्रमशः 'हिन्दु' तथा 'हफ्त हिन्दवः' के रूप में किया। ईरान के प्राचीन धर्म ग्रंथ 'अवेस्ता' में भी इन शब्दों का उल्लेख इसी रूप में मिलता है। सच तो यह है कि प्राचीन 'स्' ध्वनि फारसी में 'ह्' में बदल जाती है। यही कारण है कि सिन्धु और 'सप्त सिन्धवः' अवेस्ता में 'हिन्दु' तथा 'हफ्त हिन्दवः' रूप में मिलते हैं।[6] **डॉ. हेमचन्द्र जोशी** लिखते हैं कि नियम है कि वैदिक 'स' प्राचीन ईरानी में 'ह' हो जाता है, जैसे-'सप्त' का 'हफ्त', 'सप्ताह' का 'हफ्ता'। इस नियम से सिन्धु का प्राचीन ईरानी में 'हिन्दु', 'हिन्द' हो गया।[7] प्राचीन ईरानी साहित्य में 'हिन्दु' (मूल सिन्धु) शब्द केवल नदी के अर्थ में प्रयुक्त किया जाता था, लेकिन कालान्तर में इसका अर्थ संपूर्ण भारत (कुछेक के अनुसार केवल उस तट) के निवासियों के लिए होने लगा। इस संबंध में **डॉ. रामधारी सिंह 'दिनकर'** लिखते हैं कि-"सिन्धु नदी भारत की पश्चिमोत्तर सीमा के पास पड़ती थी और उधर से आने वाले लोग इस देश की पहचान उसी से करते थे। उनमें ईरान तथा उसके पास के देशों के लोग 'स' का सही उच्चारण न कर सकने के कारण 'सिन्धु' को 'हिन्दु' कहने लगे।"[8] **डॉ. उदय नारायण तिवारी** ने भी यही बात इस प्रकार कहा है कि-"ईरान तथा फारस के निवासी 'सिन्धु' नदी के तट के प्रदेश को 'हिन्द' तथा वहाँ के रहने वालों को 'हिन्दु' कहते थे।"[9] चीनी लोगों ने भी 'सिन्धु' नाम की परंपरा का व्यवहार किया था, साथ ही भारत को 'सिन्धु' शब्द के आधार पर 'शिन-तु' नाम से संबोधित किया था।[10]

आगे चलकर 'हिन्दु' शब्द में ध्वनि-विकास हुआ, जिसके परिणाम स्वरूप 'उ' का लोप हो गया। इस प्रक्रिया के कारण 'हिन्दु' शब्द 'हिन्द' बन गया। पुनः 'हिन्द' में 'ईक' विशेषणार्थक प्रत्यय जुटकर 'हिन्दीक' शब्द निष्पन्न हुआ। बाद में शायद उच्चारण की सरलता के कारण 'हिन्दीक' से 'क' का लोप हो गया और बच गया केवल 'हिन्दी' शब्द। एक ओर जहाँ **डॉ श्यामसुन्दर दास, डॉ. धीरेन्द्र वर्मा** तथा **डॉ. हरदेव बाहरी** आदि भाषा-चिन्तकों ने 'हिन्द' शब्द का मूलाधार संस्कृत शब्द 'सिन्ध' को माना है वहीं **डॉ. भोलानाथ तिवारी** ने 'सिन्धु' शब्द को द्रविड़ भाषाओं अथवा बोलियों का शब्द माना है।[11]

**भाषा के अर्थ में हिन्दी शब्द का प्रयोग**- प्रारंभ में हिन्दी शब्द का अर्थ 'भारत' का रहने वाला, देशपरक तथा वस्तुपरक था। 8वीं से 10वीं शताब्दी के मध्य तक विदेशों में यह शब्द देश का बोध कराता था। **जॉर्ज ग्रियर्सन** का विचार है कि फारसी के लेखक भारत के निवासियों को 'हिन्दी' कहते थे।[12] बीसवीं शती के इक़बाल कातराना बहुत प्रसिद्ध हैं-"हिन्दी हैं हम वतन, हिन्दोस्ता हमारा" इसी का संकेतक है। हिन्दी का प्रयोग कहीं-कहीं भारत के निवासी के लिए भी हुआ है। अमीर खुसरो के समय में इस शब्द का प्रयोग भारतीय मुसलमानों के लिए हुआ मिलता है। अमीर खुसरो ने स्वयं 'हिन्दी' और 'हिन्दु' में अंतर करते हुए लिखा है कि-"Whatever live Hindu fell in to the king's hands was pounded in to bits under the legs of elephants. The Musalmans who were Hindis (country born) had their lives spared."[13] अर्थात बादशाह ने हिन्दुओं को तो

---

1. हिन्दी का राष्ट्रभाषा के रूप में विकास, पृष्ठ.23।
2. सिन्धु मातृतमामयासं विपाशमुर्वी सुभगायगन्म-ऋगवेद, 3/3/33
3. यह ऋक्षादंहसो मुचद्यो वार्यात् सप्तसिन्धुषु-ऋगवेद, 8/24/26
4. ऋगवेद, 2/8/96
5. ईरान के पारसी सम्प्रदाय के मान्य ग्रन्थ 'शातीर' में लिखा है कि ईरान के गस्तासप नामक बादशाह ने अपने गुरु 'ज़रतस्त' से शास्त्रार्थ के लिए भारत से व्यास नाम के ब्राह्मण को बुलाया था- "अकुन बिरहमने व्यास नाम अजहिन्द आमदा............चुनानेस्ता"
6. सप्त सिन्धु स्थैव चे। हफ्त हिन्दु यविनीच........। भविष्य पुराण-प्रतिसर्ग, 66
7. भाषा-वैज्ञानिक निबंध, डॉ. हेमचन्द्र जोशी पृ. 112
8. संस्कृति के चार अध्याय, डॉ. रामधारी सिंह दिनकर पृ. 36
9. हिन्दी भाषा का उद्गम और विकास, पृ. 183
10. भारत की मौलिक एकता-डॉ. बासुदेव शरण अग्रवाल, पृ. 32
11. हिन्दी भाषा, डॉ. भोलानाथ तिवारी पृ. 124
12. भारत का भाषा-सर्वेक्षण, खण्ड 1, भाग-1, पृ. 306
13. Hobson-Jobson-Amir Khosru in Elliot, Page 315, III, 539

हाथी से कुचलवा डाला, किन्तु मुसलमान जो हिन्दी थे, सुरक्षित रहे। इधर, प्राचीन अरबी साहित्य में हिन्दी शब्द का आशय देशबोधक या भारत का निवासी न होकर वस्तुबोधक हुआ करता था, यथा-तेग-ए-हिन्द (भारतीय इस्पात की बनी तलवार), साज-ज-हिन्द (तेजपत्ता), तमर-ए-हिन्द (इमली) आदि। मिस्री साहित्य में भी हिन्दी का अर्थ-'सभी के आवरण हेतु मलमल' समझा जाता था। कहने की मंशा यह कि हिन्दी शब्द का प्रथम प्रयोग देश तथा स्थान का प्रतीक था। इसका प्रथम प्रयोग ईरान तथा अरबवासियों द्वारा ही हुआ।

भाषा के अर्थ में भी हिन्दी शब्द का प्रयोग अपने यहाँ की किसी भी प्राचीन भाषा में नहीं मिलता। छठीं सदी ई. के कुछ पूर्व से ही ईरान में 'जवान-ए-हिन्द' का प्रयोग भारत की भाषाओं के लिए होता रहा है।[1] प्राचीन तथा मध्य कालीन फारसी तथा अरबी साहित्य में 'जबाने-हिन्द' का प्रयोग भारत की संस्कृत, पालि, प्राकृत तथा अपभ्रंश भाषाओं लिए हुआ मिलता है। नौशेरवाँ बादशाह (531-579 ई.) के दरबारी हकीम बजरोया ने अपने बादशाह के आदेश पर संस्कृत में लिखे 'पंचतंत्र' का अरबी में अनुवाद किया था, जिसका नाम 'कलीला-दिमना' था। इस अनूदित ग्रंथ की भूमिका नौशेरवाँ के मंत्री बुजर्चमिहिर ने लिखी थी। भूमिका लेखक ने पंचतंत्र की भाषा का नाम 'जबाने-हिन्दी' किया था, जिसका अर्थ 'संस्कृत' से ही है। बताते हैं, सातवीं शताब्दी में ही महाभारत का अनुवाद फारसी मेंकिया जा चुका था और महाभारत की मूल भाषा को 'जबाने हिन्द' कहा गया था। अलबरुनी (1025 ई0) ने हिन्दी (भारतीय भाषाओं) के लिए 'अलहिदय:' या अलहिन्दय: शब्दों का प्रयोग किया है। महमूद गजनवी के बेटे का समकालीन अबुल माली नसरुल्ला बिन अब्दुलहमीद भी (10वीं शती उत्तराद्ध) 'कलीला व दिमना' के फारसी अनुवाद में पंचतन्त्र की भाषा को 'जबाने हिन्दी' की संज्ञा देता है, - **"सबब इल्लत तरनुमई किताब व नकल आँ अज हिन्दुस्तान ब पारस आँ बूद' --- आँ किताब रा 'कलीला व दिमन:' खानन्द...मरदे हुनरमन्द बायद तलबीद के जबान पारसी व हिन्दी बेदान"**

13वीं शती में भारत के फारसी-कवियों में औफी (1228 ई0) सर्वप्रथम 'हिन्दवी' शब्द का प्रयोग हिन्द की (सम्भवत: मध्यदेश की) देशी भाषा के लिए करते हैं। स्वर्गीय मसऊद की काव्यकृतियों का उल्लेख करते हुए औफी लिखते हैं-**"य के बताजी ब यके व पारसी ब यके बहिन्दवी'**।[3] **"सैयद दीवान दर इबारत अरबी, व फारसी व हिन्दवी"**[4]

13-14वीं शती में देसी भाषा को 'हिन्दी' या 'हिन्दवी' या 'हिन्दुई' नाम देने में अबुल हसन या अमीर खुसरू (1253-1325 ई0) का नाम सबसे अधिक महत्वपूर्ण है। खुसरू अपने युग के फारसी भाषा के सबसे बड़े भारतीय कवि और कलाकार थे। फारसी और अरबी के पूर्ण पण्डित तथा देसी भाषा, अर्थात 'हिन्दी' या 'हिन्दवी' के ज्ञाता थे। अपने देसी भाषा के ज्ञान के लिए वे स्वयं कहते हैं- **"तुर्क हिन्दुस्तानियम मैं 'हिन्दवी' गोयम जवाबे"**। फारसी के साथ-साथ कुछ 'चन्द नज्म' उन्होंने 'हिन्दी' में भी लिखी है, जिसे वे स्वयं स्वीकार करते हैं- **"जुज बै चन्द नज्म 'हिन्दी' नीज नज्जर देस्तान करदा शुदा अस्त"**। खुसरू गयासुद्दीन तुगलक के लड़के के शिक्षक थे, सम्भवत: 'हिन्दी' या 'हिन्दवी' सिखाने के लिए उन्होंने एक फारसी-हिन्दी कोश 'खालिकबारी' की रचना की होगी। 'खालिकबारी' में 'हिन्दवी' शब्द 30 बार और 'हिन्दी' शब्द 5 बार देसी भाषा के लिए प्रयुक्त हुआ है। खुसरू ने अपने समय की भारतीय भाषाओं को निम्नलिखित प्रकार से विभाजित किया है-"(1) सिन्धी, (2) लाहौरी, (3) कश्मीरी, (4) बंगाली, (5) गौड़ी, (6) गुजराती, (7) तिलगी, (8) मावरी (कर्नाटकी, कोंकड़ी); (9) ध्रुव समुन्दरी, (10) अवधी, (11) देहलवी और इसके इतराफ़की जबान"। इस विभाजन से ज्ञात होता.है कि उस समय तक किसी विशिष्ट भाषा के लिए हिन्दी शब्द का प्रचलन नहीं हुआ था।

15वीं-16वीं शती में देसी भाषा के समर्थन में जायसी का कथन है- **"तुर्की अरबी हिन्दवी, भाषा जेती आहिं, जामे मारग प्रेम का, सबै सराहै ताहि"**।

जायसी की कविता की भाषा अवधी है और खुसरू की देसी भाषा 'देहलवी और उसके इतराफकी जबान है'। इससे अनुमान लगाया जा सकता है कि इस समय दिल्ली के आस-पास से लेकर अवध तक के प्रान्त की देसी भाषा को हिन्दी या हिन्दवी नाम सामान्य रूप से दिया जाने लगा था। मुसलमानी परम्पराओं से सम्बन्धित कवि फारसी और अरबी ऐसी प्राचीन भाषाओं की तुलना में देसी भाषा के लिए हिन्दी या हिन्दवी शब्द का प्रयोग व्यापक रूप से करते हैं। भारतीय परम्परा से सम्बन्धित कवि संस्कृत आदि प्राचीन भाषाओं की तुलना में देसी भाषा के लिए केवल 'भाषा' या 'भाखा' का ही प्रयोग करते हैं-"संस्कृत है कूप जल, भाषा बहता नीर" (कबीर),"का भाषा का संस्कृत, प्रेम चाहिये साँच" (तुलसी)। 'मासरुल उमराव' अकबर के दरबारी कवि रहीम खानखाना को 'हिन्दी' कवि कहा गया है (रसायल शिबली)। रहीम खानखाना प्रधानत: ब्रजभाषा के कवि हैं। इससे अनुमान लगाया जा सकता है कि सामान्यतया 'भाखा', 'हिन्दी' और 'हिन्दवी' समानार्थक से थे। इसी सदी के 'दक्खिनी हिन्दी' के कवि भी इसी तथ्य की ओर संकेत करते हैं। **"यों देखत 'हिन्दी' बोल, प्रन माने हैं नपतोल। त्यों 'भाका' माटी जानो, जर मानी दिल में आने"** (शाही मीराजी, 1496 ई0, 902

---

1. हिन्दी भाषा-डॉ0भोलानाथ तिवारी, पृ0 126
2. कलीला व दिमना - अब्दुल हमीद, पृ 12
3. अलालु बाब मुहम्मद औफी, जिल्द दोयम, पृ0 246
4. दीवाच; गुर्रउल कमाल खुसरू-पृ.112

हिज. मृत्यु, शहादुतुल हकीकत से)। **''नज्म लिखी सब मौजू। यों मैं हिन्दवी कर आसान''**[1] । **'हिन्दी बोलों किया बखान। जेकर परसाद का मुज ग्यान''** (शाह बुरहानुद्दीन जानम बीजापुरीद्ध 1582 ई0)। 17वीं शती में दक्खिनी के अत्यन्त प्रसिद्ध कवि तथा गद्य लेखक मुल्ला बजही अपने 'सब रस'(1625 ई0) की भूमिका में 'हिन्दी' का प्रयोग इसी अर्थ में करते हैं-**''हिन्दोस्तान में 'हिन्दी' जबान सों इस लताफत इस छन्दा सों नज्म और नस्त्र मिलाकर गुलाकर यौं नै बोला''**। 16वीं-17वीं शती में उत्तरी भारत में भक्ति-आन्दोलन अपनी चरम सीमापर था। राम-भक्त और कृष्ण-भक्त कवि अवधी और ब्रज में कविता लिख रहे थे। अवधी नाम तो खुसरू के समय से ही चल रहा था, किन्तु ब्रजभाषा नाम इस समय तक भी नहीं मिलता। अकबर के समकालीन अबुल फजल ने अपने समय की भारतीय भाषाओ का वर्गीकरण इस प्रकार किया है- (1) देहलवी, (2) बंगाली, (3) मुलतानी, (4) मारवाड़ी, (5) गुजराती, (6) तिलंगी, (7) मरहठी, (8) कर्नाटकी, (9) सिन्धी, (10) अफगानी (उस समय अफगानिस्तान का बहुत भाग अकबर के राज्य में था: सिन्ध, काबुल, कंधार के बीच का प्रान्त), (11) बिलोचिस्तानी, (12) कश्मीरी। इसी शती में सम्भवत: प्रथम बार हमें किसी हिन्दू द्वारा 'हिन्दवी' शब्द का प्रयोग मिलता है। मिर्जाराजा जयसिंह के पुत्र रामसिंह के वैयक्तिक सहायक श्री परकास दास द्वारा अम्बेर के दीवान श्री कल्यान दास को (सन् 1666, अक्टूबर में) एक पत्र भेजा गया। उस पत्र में जयसिंह और रामसिंह के एक पत्र को 'हिन्दवी परवाना' कहा गया है। "सो ऐसी भाति कागज एक हिन्दवी परवानों श्री महाराज (जयसिंह) जी को श्री महाराज कुँवार जे के ताई आये बणवायो है"।[2] हिन्दू-मुसलमान तथा हिन्दू धर्म और इस्लाम की एकता के बहुत बड़े समर्थक सन्त प्राणनाथ ने अपनी कुछ 'सम्नन्धे' (हिन्दवी में लिखी हुई कुरान की व्याख्या) औरंगजेब के पास भिजवायी थी। उन सम्नन्धों के प्रति औरंगजेब की और अन्य मुसलमानों की क्या प्रतिक्रिया हुई, इसका वर्णन करते हुए प्राणनाथ के एक शिष्य लिखते हैं, - **''कोई कहे 'हिन्दवी' मिने। लिखे ऐ कलाम''।। मैं तो वो होत प्रकान्या । इनो पीठ दई तरफ हक।। कोई कलाम हिन्दवीय का। ल्यावते हैं दिल सक''**[3]। प्राणनाथ और उनके शिष्य लालदास ने मिलकर एक पत्र औरंगजेब को अपनी भाषा में ही लिखा, उसे ले जाने के लिए लाल दरवाजे के पास रहने वाले आशाजीत ठाकुर से कहा गया, किन्तु औरंगजेब के स्वभाव को जानकर ठाकुर उत्तर देता है- **''सो पाती हिन्दवी की। क्यों कर सुने कानं। सरियत हे जोरावर। हे पौहौरा मुसलमान''**[4] । बनारसी दास जैन (17वीं शती) द्वारा प्रयुक्त 'हिन्दगी'" शब्द भी इसी हिन्दवी की ओर संकेत करता है-**''मूलदास जिनदास के, भये पुत्र परधान। पढ्यो, 'हिन्दगी' फारसी, भाग्यवान-बलवान''**। अनुमानत: 17वीं शती तक हिन्दी और हिन्दवी शब्द समानार्थक थे और सामान्यत: मध्यदेश की भाषा के लिए प्रयुक्त होते थे। दक्खिन के बीजापुर और गोलकुण्डा राज्य-शासन से सम्बन्धित लोगों में हिन्दी, हिन्दवी की उसी शैली का प्रचार था, जिसका मूलाधार दिल्ली और उसके आस-पास की भाषा थी। इस प्रकार धीरे-धीरे इन शब्दों का विशिष्ट शैली के लिए प्रयोग होने लगा। 17वीं शती में हिन्दुओं ने भी इन नामों को अपनाया। हिन्दी या हिन्दवी दो लिपियों में लिखी जाती रही होगी। सम्भव है, हिन्दू अधिकांशत: नागरी लिपि और मुसलमान फारसी लिपि में लिखते रहे होंगे। दक्खिनी भारत में समस्त साहित्य फारसी लिपि में लिखा गया, अतएव हिन्दी और हिन्दवी दोनों नामों का समान रूप से प्रचार रहा, किन्तु उत्तरी भारत में सम्भवत: लिपिभेद के कारण भाषा अत्यधिक रूप से एक ही होने के कारण भी हिन्दुओं में हिन्दवी नाम का और मुसलमानों में हिन्दी नाम का प्रचार अधिक हुआ। प्रथम ब्रजभाषा व्याकरण के लेखक मिर्जा खाँ (1676 इ.) अपने ग्रन्थ 'तहफ़तुलहिन्द' में लगभग 3000 हिन्दी शब्दों की फारसी में व्याख्या करते हैं, उस कोश की संज्ञा 'लुगातइ हिन्दी' देते हैं। इसी प्रकार शाह बरकतउल्लाह ने 'रिसाला अवारीफे हिन्दी' में हिन्दी प्रान्त में प्रचलित हिन्दी कहावतों की व्याख्या फारसी भाषा में की है। इसमें मुसलमानों में प्रचलित हिन्दी कहावतें हैं। प्राय: सभी कहावतें मध्यदेश में प्रचलित कहावतें हैं। इसी समय के आसपास शेख अब्दुल अंसारी (1074 हिज.) की 'फ़िक्रए हिन्दी' शेख महबूब आलम की 'मसाएल हिन्दी' नामक पुस्तकों में हिन्दी शब्द उपर्युक्त अर्थ में ही प्रयुक्त हुआ है।

18 वीं शती भारतीय आर्य भाषा के विकास के लिए अति महत्वपूर्ण है। अभी तक तो हिन्दी, हिन्दवी, हिन्दुस्तानी शब्द सामान्यतया समानार्थक थे, किन्तु इस शती में इन शब्दों में नये अर्थों का विकास होता है, साथ ही भाषा-द्योतक कुछ नये शब्द भी प्रचलन में आते हैं। भाखा या भाका शब्द-सामान्य रूप से मध्यदेशी ग्रामीण बोलियों के लिए, विशिष्ट रूप से ब्रजभाषा के लिए प्रयुक्त होने लगा। दक्खिनी साहित्य में प्रयुक्त हिन्दी या हिन्दवी को जब उत्तरी भारत के मुसलमान कवियों ने फारसी के साँचे में ढालकर अपनाया तो एक नया नाम दिया 'रेखता'। इस प्रकार जो शब्द केवल अभी एक विशेष प्रकार के लिए प्रयुक्त हो रहा था, वह अब हिन्दी या हिन्दवी की उस शैली के लिए प्रयुक्त होने लगा, जो काव्य में फारसी का जामा पहनकर आयी थी। शाही दरबार में धीरे-धीरे इसका प्रचलन होने लगा और उस शाही शैली को 18वीं शती के उत्तरार्द्ध में 'ज़बान उर्दू ए मुअल्लम'('उर्दू') की संज्ञा दी गयी। 'हिन्दवी' शब्द का प्रयोग इसी भाषा की उस शैली के लिए होने लगा, जो प्रधानत: हिन्दुओं में प्रचलित थी और जिसमें विदेशीपन कम

1. शेख अशरफ, 1503 ई.: नौसर मखतूतात, पृ. 18
2. जयपुर रिकार्डस, पृ. 202
3. लाल दासवी तक, प्रकर्ण 37, चौ. 45-46
4. लालदास बीतक, पृ. सं. 38, चौ. 38

रहता था (फारसी शब्द आते अवश्य थे, किन्तु तद्भवरूप में) और भाखापन मिला रहता था। हिन्दी शब्द कभी-कभी (हिन्दवी के समान) देसी भाषा के अर्थ में आता है-**"अगरच सभी कूड़ा करकट अस्त बहिन्दी दर हिन्दी जबान लटपट अस्त"**[1], **"लिख देव हिन्दी बोलकर बाँचू मैं दिन रात", "लिखीं किताब इस वास्ते हिन्दी बोली बूझ", "हिन्दी की बोली के अन्दर बूझा राह यकीन"**[2]। हिन्दी शब्द कभी-कभी फारसी की तुलना में उस देसी शैली के लिए प्रयुक्त होता है, जिसे जबान रेखता या आगे चलकर फारसी का अधिक रंग चढ़ जाने पर बान उर्दू ए मुअल्ला कह सकते हैं-**"अबतक तरजुमः फारसी बइबारत हिन्दी असर नहीं हुआ....अगर तरजुमः इस किताब का बरंगीनी इबारत उस्नै इस्तारात हिन्दी क़रीबुल फहम आमयः मोमिनैन...कीजिए"**[3]। हातिम, नासिख, मीर, सौदा उर्दू कवि इस शब्द का प्रयोग इसी अर्थ में करते हैं। "कभी-कभी जबान रेख्त: के मुकाबले में हिन्दी शब्द प्रयुक्त होता है, इसमें ज़बारेख्त: नहीं, बल्कि हिन्दी मुतारिफ कि अवाम-को बेतकल्लुफ दरयाफ्त हो"[4]

इसी शती के अन्तिम चरण में ईस्ट इण्डिया कम्पनी के कर्मचारियों को देसी भाषा सिखाने के प्रयत्न आरम्भ हुए। इस सम्बन्ध में **गिलक्राइस्ट** का नाम बहुत महत्वपूर्ण है। गिलक्राइस्ट ने हिन्दुस्तान की प्रतिनिधि भाषा के लिए 'हिन्दुस्तानी' नाम का समर्थन किया वस्तुत: हिन्दुस्तानी गिलक्राइस्ट का दिया हुआ कोई नया नाम नहीं था, बल्कि हिन्दी या हिन्दवी के समानार्थक रूप में 17वीं शती में ही प्रचलित था। गिलक्राइस्ट हिन्दी से 'हिन्दवी' भाषा का व्यापक अर्थ लेते हैं, हिन्दी और हिन्दुस्तानी को समानार्थक समझते हैं, किन्तु हिन्दी से 'हिन्दी', 'हिन्दवी', 'हिन्दुइ' का भ्रम हो सकता है, अतएव 'हिन्दुस्तानी' नाम के प्रचलन का ही समर्थन करते हैं। वे जिस भाषा को हिन्दुस्तानी नाम देते हैं, उसके विकास का सिद्धान्त निम्नलिखित देते हैं-हिन्दवी+अरबी+फारसी=हिन्दुस्तानी। इस प्रकार गिलक्राइस्ट का हिन्दुस्तानी नाम जबान रेखता, उर्दूए मुअल्ला का समानार्थक है। गिलक्राइस्ट के मत का ही समर्थन **डब्ल्यू. वी. बेली** अपने मसविदे में करते हैं-"हिन्दुस्तानी जबान कि जिसका जिक्र मेरे दावे में है,उसको हिन्दी, उर्दू और रेख्त: भी कहते हैं"[5]। गिलक्राइस्ट के पूर्व **हेलहेड** हिन्दवी को शुद्ध हिन्दुस्तानी (Pure hindustani) और हिन्दुस्तानी को मिश्रित हिन्दुस्तानी (mixed hindustani) की संज्ञा देते हैं। गिलक्राइस्ट हिन्दुस्तानी की तीन शैलियाँ मानते हैं-(1) उच्च या दरबारी या फारसी शैली, (2) मध्यम या वास्तविक हिन्दुस्तानी, (3) ग्रामीण या हिन्दवी शैली। इनके अनुसार 'हिन्दवी' नाम उस शैली के लिए प्रयुक्त होगा, जो 'फारेस्टरकृत' सरकारी शासनप्रबन्ध से सरल अनुवाद में, नागरी लिपि में लिखे हुए लेख से तथा निम्न श्रेणी के नौकरों की बोली में हिन्दुओं और हिन्दुस्तान के किसानों की बोलियों में मिलती है।[6]

1800 ई0 में कलकत्ता में फोर्ट विलियम कालेज की स्थापना होती है, जहाँ प्राच्य भाषाओं की शिक्षा का विशेष प्रबन्ध होता है। गिलक्राइस्ट 'हिन्दुस्तानी'(गिलक्राइस्ट के ही अर्थ में) विभाग के अध्यक्ष नियुक्त होते हैं। 19वीं शती के प्रथम दशाब्द में कालेज से सम्बन्धित वातावरण में हिन्दी, हिन्दवी, हिन्दुस्तानी, उर्दू आदि का प्रयोग गिलक्राइस्ट के अनुसार ही होता है। किन्तु गिलक्राइस्ट के अतिरिक्त अन्य लोग हिन्दी और उर्दू को बिलकुल समानार्थक शब्द नहीं मानते, बल्कि उर्दू को हिन्दी (सामान्य अर्थ) की एक विशिष्ट शैली मानते हैं, अतएव उर्दू या रेखते की जबान के अर्थ को ठीक प्रकट करने के लिए 'हिन्दी' शब्द के साथ कोई-न-कोई विशेषणात्मक वाक्यांश भी जोड़ देते हैं। 1801 ई. में **कलीलअली खाँ** 'दास्तान अमीर हमजह' की भूमिका में लिखते हैं-"जबान हिन्दी के इस किस्से को जबान उर्दू ए मुअल्लाके से लिखा"[7]। इसी प्रकार **सैयद हैदरबख्श** 'तोता कहानी' (1804 ई0) की भूमिका में लिखते हैं-"मुहम्मद कादिरी के तूतीनामे का जबान हिन्दी में मुबाफिक उर्दू के तरजुम: किया"। **निहाल चन्द लाहौरी** (1803ई0) भी 'किस्सा गुलब्रकावली' की भूमिका में इसी आशय की ओर संकेत करते हैं-"फारसी से हिन्दी रेखते के मुहावरे में तालीफ कर...."। कालेज के वातावरण से बाहर 'हिन्दवी' शब्द भी बिलकुल ग्रामीण शैली के लिए प्रयुक्त नहीं होता, बल्कि शिष्ट लोगों की उस शैली के लिए भी होता है, जिसमें 'बाहर की' भाषा का प्रभाव भी न हो और भाखापन भी न हो। "कोई कहानी ऐसी कहें, जिसमें हिन्दवी छुट और किसी बोली का पुट न मिले, बाहर की बोली और गँवारी कुछ उसके बीच में न हो...एक पुराने...घाघ यह...लाये हिन्दवीपन भी न निकले और भाखापन भी न ठुस जाये, भले लोग अच्छों से अच्छे आपस में बोलते-चालते हैं...यही नहीं होने का"[8]। फारसी अरबी ऐसी बाहरी भाषाओं की परम्परा से अधिक सम्बन्धित होने के कारण यद्यपि इंशा इस प्रकार की शुद्ध हिन्दी या हिन्दवी लिखने में विशेष सफल नहीं हुए, किन्तु उनका उद्देश्य कथन शुद्ध हिन्दी या हिन्दवी के आदर्श की ओर सम्भव था। आगे चलकर **लल्लूलाल** ने 'प्रेमसागर' (1803 ई.) तथा **सदल मिश्र** ने 'नासिकेतोपाख्यान' (1803 ई0) तथा 'रामचरित' में इसी हिन्दवी शैली का प्रयोग किया, जिसे खड़ी बोली की संज्ञा

1. मीर जफरजटली, 1730 ई0 के आसपास
2. 'मसांयल हिन्दी': मुहम्मदशाह मालीन
3. करबल कथा : दहमजलिस फजली आरंगाबादी, 1732 ई
4. शाह अब्दुल कादिर देहलवी: तरजुमा कुरान पाक, 1792 ई.
5. मसविद, डब्ल्यू. वी. बेली : 'विशाल भारत', 1940, भाग 25: पृ. 28 : 24
6. गिलक्राइस्ट डिक्शनरी, पृ. 27
7. दास्तान अमीर हमजह, कलील अली खाँ, पृ. 10
8. दास्तान रानी केतकी, 1803 ई.

मिली। ये दोनों लेखक भी पूर्ण रूप से इस आदर्श में सफल नहीं हुए, क्योंकि संस्कृत परम्परा हिन्दू परम्परा से विशेष प्रभावित होने के कारण इन दोनों की शैली में भाखापन (ब्रजभाषापन का ग्राम्य प्रभाव) दिखाई पड़ता है।

फारसी में लिखित अपने प्रसिद्ध व्याकरण ग्रन्थ 'दरयाय लताफत' (1808 ई0) में इंशा अल्ला खाँ 'हिन्दी' शब्द का प्रयोग लगभग 40 बार करते हैं। इन प्रयोगों से ध्यान देने पर ज्ञात होता है कि इंशा फारसी, अरबी आदि बाहरी भाषाओं के सन्दर्भ में हिन्दी शब्द का प्रयोग अधिकांशत: सामान्य अर्थ में 'मध्य देश की भाषा' के लिए करते हैं। यथा "जुमला हिन्दी में बात और अरबी में कलाम है"[1]। "जनाब(सआदत यारखाँ रंगीन) फारसी, अरबी और हिन्दी तीन जबानों में शैर कहते हैं"[2], "और चन्द नवकास जिन्हें हिन्दी में माँह कहते हैं"[3]। किन्तु इसी सन्दर्भ में इस शब्द का प्रयोग विशिष्ट अर्थ में उस भाषा के लिए करते हैं, जो दिल्ली तथा उसके आस-पास की भाषा से विकसित हुई है और जिसकी दरबारी शैली को आदर्श उर्दू मानते हैं, यथा-"पस हिन्दी जबान के हरफ अठासी हुए"[4], "हिन्दी में मसदर की अलायत 'ना' है", "सर गुजिस्त: फारसी और रसभानी में हिन्दी हुआ"[5]। इस प्रकार विदेशी भाषाओं (फारसी, अरबी) के सन्दर्भ में हिन्दी और उर्दू शब्द समानार्थक से हैं, किन्तु उर्दू के सन्दर्भ में हिन्दी शब्द सामान्यत: मध्य देशी (या गिलक्राइस्ट के शब्दों में हिन्दुस्तानी ग्राम्य शैली) का द्योतक प्रतीत होता है। "'भागा' और 'भीगा' तो उर्दू है, लेकिन 'भाजा' और 'भीजा' उर्दू नहीं अगरच यह हिन्दी में सही है"[6]। हिन्दी का यह अर्थ हिन्दवी, हिन्दुई (गिलक्राइस्ट के अर्थ में) के बहुत निकट है। सम्भवत: यही कारण है कि गिलक्राइस्ट ने बहुप्रचलित हिन्दी शब्द को छोड़कर हिन्दी की बहुप्रचलित प्रतिनिधि भाषा को हिन्दुस्तानी नाम दिया, जो उनके लिए उर्दू का समानार्थक था। वास्तव में उस समय हिन्दी शब्द सामान्य रूप से उर्दू या हिन्दुस्तानी और हिन्दी या हिन्दुई, सबके लिए प्रयुक्त होता था। 1811 ई0 में लल्लूलाल द्वारा लिखित 'लतायफै हिन्दी' जिसमें कि फ़ारसी और नागरी, दोनों लिपियों में हिन्दुस्तानी तथा हिन्दवी भाषा की कहानियाँ संगृहीत हैं, नाम इसी आशय की ओर संकेत करता है।

फोर्ट विलियम कालेज में गिलक्राइस्ट के समय तक हिन्दुस्तानी (उर्दू ) और फारसी लिपि को विशेष प्रश्रय मिला, क्योंकि गिलक्राइस्ट के अनुसार वही बहुप्रचलित सुसंस्कृत भाषा थी, किन्तु कम्पनी के कर्मचारियों का सम्बन्ध जैसे-जैसे हिन्दुस्तानियों से बढ़ता गया, उन्हें यह भान होता गया कि हिन्दुस्तानी (उर्दू) नहीं, बल्कि हिन्दी (हिन्दवी) ही बहुप्रचलित भाषा थी। 1812 ई0 में कैप्टेन **टेलर** ने कालेज का वार्षिक विवरण प्रस्तुत करते समय हिन्दी शब्द का प्रयोग आधुनिक अर्थ में सम्भवत: प्रथम बार किया-"मैं केवल हिन्दुस्तानी या रेखता का जिकर कर रहा हूँ, जो फारसी लिपि में लिखी जाती है...मैं हिन्दी का जिक्र नहीं कर रहा, जिसकी अपनी लिपि है...जिसमें अरबी-फारसी शब्दों का प्रयोग नहीं होता और मुसलमानी आक्रमण से पहले जो भारतवर्ष के समस्त उत्तर-पश्चिम प्रान्त की भाषा थी"[7]। इसके पश्चात् 11 अक्टूबर, 1824 ई0 में **विलियम प्राइस** ने अपने को सर्वप्रथम हिन्दी प्रोफेसर लिखा और ब्रजभाषा, खड़ीबोली, हिन्दवी, हिन्दुई, ठेठ हिन्दी आदि नामों के बदले हिन्दी नाम को चुना। उनका कथन है-"अत्यधिक प्रचलित होने के कारण हिन्दी का रूप ही अधिक अपेक्षित है...हिन्दी के लगभग सभी शब्द संस्कृत के हैं और हिन्दुस्तानी के अधिकांश शब्द अरबी और फारसी के"। प्राइस हिन्दी और हिन्दुस्तानी का उदाहरण इस प्रकार देते हैं-हिन्दुस्तानी-"एक बार किसी शहर में यूँ शुहरत हुई कि उसके नजदीक के पहाड़ को जनने का दर्द उठा"। हिन्दी-"एक समय किसी नगर में चर्चा फैली कि उसके पड़ोस के पहाड़ को प्रसूत की पीर हुई"[8]। 1824 ई0 के वार्षिक अधिवेशन में भाषण करते समय लार्ड **ऐमहर्स्ट** ने कहा-"हिन्दी शब्द के सामान्य अर्थ के अन्तर्गत वे बोलियाँ आती हैं, जो थोड़े से स्थानीय भेदों और परिवर्तनों के साथ बनारस और बिहार तथा समर्पित तथा विजित प्रान्तों के अधिकांश हिन्दू जनसमूह द्वारा व्यवहृत होती है"..."अब आपको छोटे-से-छोटे व्यक्ति के साथ न्याय करना पड़ता है"..."फारसी और उर्दू उनके लिए उतनी ही विदेशी है, जितनी अंग्रेजी"[9]। आज इसी आधुनिक अर्थ में हिन्दी भारतीय संघ की राजभाषा है।

उपर्युक्त विवरण के आधार पर कहा जा सकता है कि हिन्दी नाम के रूप का विकास भारतीय सीमा के बाहर ही ईरानियों द्वारा 8वीं शती तक हो गया था। तबसे लेकर आज तक इस शब्द से 3 अर्थ विकसित हुए-(1) व्यापक अर्थ, (2) सामान्य अर्थ, (3) विशिष्ट अर्थ। जबतक मुसलमान भारत में नहीं बसे थे, तबतक हिन्दी शब्द का प्रयोग व्यापक अर्थ में ही करते रहे। प्राचीन भारतीय भाषाओं तथा आधुनिक भारतीय भाषाओं से प्रत्यक्ष रूप से परिचित होने पर 13वीं शती के पश्चात् मध्यदेश (पूर्वी पंजाब, उत्तर प्रदेश, बिहार का कुछ भाग, राजस्थान) की बोली के अर्थ में हिन्दी शब्द का प्रयोग होता रहा। सम्भवत: यही अर्थ लेते हुए **ग्रियर्सन** ने हिन्दी की 8 मुख्य बोलियाँ (dialect) पश्चिमी हिन्दी-खड़ीबोली, बाँगरू, ब्रज, कन्नौजी, बुन्देली, पूर्वी हिन्दी-अवधी, बघेली, छत्तीसगढ़ी

1. वही, पृ. 122
2. दरियाय लताफत, पृ. 321 : उर्दू अनुवाद
3. वही, पृ. 70
4. वही, पृ. 21
5. वही, पृ. 353
6. वही, पृ. 220
7. इम्पीरियल रिकर्डस् होम. मि. : जिल्द 4, पृ. 276-77
8. वही, पृ. 503-506
9. एशियाटिक जर्नल, 1826 ई.

मानी है। **श्याम सुन्दर दास** तथा **धीरेन्द्र वर्मा** राजस्थानी (मेवाड़ी, जयपुरी, मेवाती हाड़ौती) तथा पहाड़ी (कुमाउँनी, गढ़वाली, नेपाली) और बिहारी (मैथिली, मगही, भोजपुरी) तीन उपभाषाएँ और मानते हैं। साहित्यिक सन्दर्भ में आज भी हिन्दी का यही सामान्य अर्थ प्रचलित है। यही कारण है कि हिन्दी साहित्य के इतिहास के अन्तर्गत मध्यदेश से सम्बन्धित उपर्युक्त बोलियों का साहित्य आता है। मसऊद, औफी और खुसरू से लेकर आजतक साहित्यिक सन्दर्भ में हिन्दी का प्रयोग इसी सामान्य अर्थ में हुआ है। किन्तु मुसलमानों ने मध्यदेश की समस्त बोलियों को अपने प्रयोग के लिए नहीं अपनाया था, बल्कि दिल्ली और मेरठ की बोली (आधुनिक खड़ीबोली, बाँगरू) ही उनकी बोलचाल की भाषा बनी थी। खुसरू की 'देहलवी', दक्खिनी कवियों की 'देहलवी','गूजरी', 'दक्खिनी', 'हिन्दी', 'हिन्दवी' से यही विशिष्ट अर्थ अभिप्रेत है। हिन्दी का यह रूप ही मुसलमानों तथा सन्तों द्वारा प्रयुक्त होकर अन्त:प्रान्तीय बना। औरंगजेब-कालीन स्वामी प्राणनाथ के 'कुलजमस्वरूप' में प्रयुक्त शब्द 'बोली हिन्दुस्तानी' तथा 200 वर्ष पुराने खड़ीबोली के पत्रों में प्रयुक्त 'हैन्दुस्तानीय भाषा' और 'लालदासवीतक' में प्रयुक्त 'हिन्दवी' शब्द का विशिष्ट अर्थ दिल्ली और मेरठ की बोली ही है। 19वीं शती में गिलक्राइस्ट द्वारा प्रयुक्त हिन्दुस्तानी शब्द का भी विशिष्ट अर्थ यही है। इससे ही दो विशिष्ट साहित्यिक शैलियाँ विकसित हुई, उर्दू और हिन्दी (आधुनिक अर्थ में)।

हिन्दी का यही विशिष्ट रूप भारतीय संघ की राजभाषा तथा राष्ट्रभाषा के लिए प्रयुक्त होता है तथा व्याकरण, भाषा-विज्ञान सम्बन्धी ग्रन्थों में हिन्दी शब्द का प्रयोग अधिकांशत: विशिष्ट अर्थ में ही होता है।[1]

## हिन्दी भाषा का उद्‌भव तथा विकास

विद्वानों का विचार है कि हिन्दी भाषा का जन्म प्राचीन भारतीय आर्यभाषा से हुआ है। प्राचीन भारतीय आर्य भाषा का एक नाम वैदिक भाषा भी है। यह वैदिक भाषा ही समय-समय पर विकसित होती हुई हिन्दी भाषा के रूप में परिणत हो गयी, जिसका एक लंबा और पेचीदा इतिहास है। लेकिन हिन्दी भाषा के इस विकास क्रम को जानने के पहले हमें हिन्दी के आदि प्रयोग कर्ता भारतीय आर्यों के मूल निवास के बारे में जान लेना नितांत आवश्यक है, क्योंकि उनके मूल-निवास से ही उनकी भाषा यहाँ-वहाँ आयी-गयी और फैली-फूली होगी।

आर्यों के मूल स्थान का सवाल आज भी विवादों और मत मतांतर की खींच-तान में उलझा हुआ है। इनके मूल स्थान के सम्बन्ध में जितने तर्क देशी-विदेशी विद्वानों द्वारा प्रस्तुत किये जाते हैं, उनमें अधिकतर ठोस प्रमाण के अभाव में बेजान और बेदम ही लगते हैं। किन्तु, इसका अर्थ यह नहीं है, कि सभी तर्क कयास और विश्वास के परे ही हैं। किसी-न-किसी तर्क पर तो हमें यकीन और भरोसा करना ही होगा। बहरहाल, आइए इनमें से कुछ ठोस तर्कों पर गौर किया जाय। कुछ भारतीय विद्वानों का मत है कि आर्यों का आदिम स्थान तिब्बत में कहीं था। वहीं पर मनुष्य की आदि सृष्टि हुई थी और उसी स्थान से भारत तथा दुनियाँ के अन्य मुल्कों में मनुष्य का फैलाव और प्रसार हुआ। आर्यों के प्राचीनतम ग्रन्थ ऋगवेद के कुछ मंत्रों के आधार पर **श्री बाल गंगाधर तिलक** ने उत्तरी ध्रुव के निकटवर्ती प्रदेश में आर्यों के मूल-स्थान का अँटकल-अनुमान किया है। ऋगवेद की भाषा को छन्दस कहते हैं। कुछ लोग इसे वैदिक भाषा या वैदिकी भी कहते हैं। बहरहाल, उक्त मत-मतान्तरों से छनकर केवल एक बात साफ होकर सामने आती है कि आर्यों के मूल स्थान के विषय में निश्चय और दावे के साथ कुछ नहीं कहा जा सकता, क्योंकि प्राचीन भारतीय ग्रंथों में भारत में आर्यों के सम्बन्ध में स्पष्ट आहट और सूचना नहीं मिलती। आर्य यदि बाहर से आये होते तो प्राचीन भारतीय ग्रन्थों में उनके आगमन की खबर अवश्य ही मिलती। ऐसी सूरतेहाल में कतिपय भारतीय और ईरानी पंडितों का मत है कि आर्यों का आगमन कहीं बाहर से नहीं हुआ था, वे भारतीय जमीन की ही उपज थे। यहीं से वे यूरोप की ओर गये। लेकिन इसके ठीक उलट यूरोपीय विद्वान अपने भाषा-वैज्ञानिक अध्ययन के आधार पर निष्कर्ष के इस पड़ाव पर पहुँचे हैं कि आर्य मूलत: मध्य एशिया अथवा दक्षिण पूर्व-यूरोप में कहीं पर रहते थे और यहीं से वे किसी आपदा-प्रकोप, पारस्परिक टकराहट, रोटी की तलाश या स्थानाभाव के कारण तीन टुकड़ों-शाखाओं में फैल-छितरा गये। ज्यादातर विद्वान इसी मत पर अपनी स्वीकृति की मुहर भी लगाते हैं। इन आर्यों की पहली शाखा पोलैण्ड की ओर से ग्रीस में, दूसरी शाखा पूर्व की ओर चलकर ईरान में जा बसी। यह ईरानी शाखा पुन: दो टहनियों केछियों में बँट गयी। पहली तो ईरान में ही रह गयी और दूसरी भारत की ओर चली आई। कहते हैं, ईरान और भारत की ओर आनेवाले आर्यों में कुछ लोग हिमालय के पहाड़ी प्रदेश में ही रह गये, जिन्हें आजकल हम कश्मीरी तथा हिमालय के पहाड़ी या तराई इलाकों के निवासी के रूप में जानते हैं। इनकी भाषा 'दरद' या 'पिशाची' कही गयी है। कश्मीरी भाषा इन्हीं में से एक है।

एक सवाल यहीं पर बार-बार उठता है कि भारत में आर्यों का आगमन एक समूह में क्या केवल एक बार हुआ या इससे अधिक

1. हिन्दी साहित्य कोश-डॉ. माताबदल जायसवाल (भाग-1), पृ. 972

समूह में वे यहां आये? इस सवाल के भी कई उत्तर हैं, जिनमें एक प्रबल और प्रामाणिक उत्तर पश्चिम के एक नामी-गिरामी भाषा वैज्ञानिक **डॉ. हार्नले** का है। डॉ. हार्नले ने अपनी एक भाषा-वैज्ञानिक खोज के तहत सन् 1904 में यह निष्कर्ष-निचोड़ निकाला कि भारत में आर्य एक बार में नहीं बल्कि कम से कम दो बार और दो अलग-अलग वर्गों में प्रविष्ट हुए। जो आर्य पहले आये वे मध्य देश या सप्तसिन्धु (आधुनिक पंजाब) में बस गये और दूसरी बार जो आर्य आये वे भी प्रथमत: प्रविष्ट तो हुए सप्त सिन्धु में ही, लेकिन शायद स्थानाभाव के कारण या किसी अन्य वजह से इन्हें सप्त सिन्धु छोड़कर मध्यदेश के चारों ओर लाचार होकर जाना और बसना पड़ा। खैर, इतना तो इतिहास प्रसिद्ध है कि यूनानी राजदूत-**मेगस्थनीज** 350 ई. के आसपास जब भारत आया था, तब तक आर्य संस्कृति का वृक्ष सुदूर दक्षिण में फैल चुका था। आर्यों की भाषा भी शनै: शनै: आर्यों की संस्कृति की तरह फैलने-पनपने लगी। लेकिन यहाँ यह याद रखना होगा कि आर्यों का भारत में प्रवेश बहुत सरलता से नहीं हो पाया, उन्हें विभिन्न तरह की प्राकृतिक और मानवीय बाधाओं को भी झेलना पड़ा। अत: पूरे भारत में फैलने में उन्हें शताब्दियों लग गये, जिसका असर उनकी भाषा पर पड़ा और वह भी बदलते देशकाल के कारण परिवर्तित हो गयी।

प्राचीन भारतीय आर्य भाषा हिन्दी की जननी है। आदिकाल से लेकर आधुनिक काल तक का इसका रूप बहुत कुछ उसके पुरातन रूप में समय-समय पर रचित ग्रंथों में उपलब्ध हो जाता है। हिन्दी के विद्वान भारतीय आर्यभाषा को कालक्रम के अनुसार तीन भागों में बाँटते हैं:-

1. प्राचीन भारतीय आर्य भाषाकाल (1500 ई. पू. से 500 ई. पू. तक)-(इसके अन्तर्गत वैदिक संस्कृत तथा लौकिक संस्कृत को रखा जाता है।)

2. मध्य भारतीय आर्य भाषा काल (500 ई. पू. से 1000 ई. तक)-(इसके अन्तर्गत अशोक के अभिलेखों की भाषा, पालि, प्राकृत एवं अपभ्रंश को रखा जाता है।)

3. आधुनिक भारतीय आर्य भाषा काल (1000 ई. से आज तक)-(इसके अन्तर्गत हिन्दी, बंगला, पहाड़ी, पंजाबी, मराठी तथा गुजराती, आदि को रखा जाता है।)

## 1. प्राचीन भारतीय आर्यभाषा काल

**डॉ. अवधेश्वर अरुण** अपनी पुस्तक 'हिन्दी भाषा का स्वरूप-विकास' में लिखते हैं कि अब यह निर्विवाद रूप से मान लिया गया है कि भारत में आर्यों का आगमन लगभग एक हजार वर्षों तक शनै: शनै: होता रहा। ऐसी परिस्थिति में काल गत व्यवधान के कारण निश्चय ही इन सब आर्यों को एक भाषा-भाषी मानना असंगत है। वैदिक साहित्य में प्राप्त भाषागत विविधता से यह स्पष्ट है कि थोड़ी बहुत समानता के बावजूद आर्य भिन्न भाषा-भाषी थे। श्री टी. बरो ने भी अपनी पुस्तक History of the Sanskrit Language में इस तथ्य पर प्रकाश डालते हुए लिखा है कि उन बोलियों, जिन पर संस्कृत आधारित थी, के अतिरिक्त भी आर्यों की कई और बोलियाँ थी।

ऐसी स्थिति में हमें यह स्वीकार करना होगा कि वैदिक संस्कृत और लौकिक संस्कृत (Classical Sanskrit) दोनों ही प्राचीन भारतीय आर्य भाषा काल की प्रमुख भाषाएँ रही हैं। ये भाषाएँ विभक्त थीं। **डॉ. केशवदत्त रूवाली** के अनुसार यह भाषा निर्माण परक (Building) थी अर्थात यह अपने धातुओं पर उपसर्ग (Prefix) तथा परसर्ग (Suffix) की सहायता से अनेकानेक शब्द निर्मित करने की सामर्थ्य रखती थी। उदाहरण के लिए प्राचीन भारतीय आर्य भाषा (वैदिक तथा संस्कृत) की एक धातु- 'कृ', जिसका अर्थ है- 'करना'। इस धातु पर विभिन्न उपसर्ग- प्रत्यय, संयुक्त कर संस्कार, प्रकार, अधिकृत, क्रिया, उपकार, अनुकरण आदि शब्द निर्मित हो गये हैं। इसमें तीन वचन, तीन लिंग और आठ कारक थे। क्रिया में लिंग भेद नहीं था, किन्तु आत्मनेपद (जैसे- गच्छते) और परस्मैपद (जैसे- गच्छति) के अनुसार क्रियाओं में भेद थे। ये क्रियाएँ दस गणों में बँटी थीं और प्रत्येक गण की क्रियां से विभिन्न रूप भेद हो जाते थे। प्रत्येक क्रिया के रूप-भेद दस लकारों के अन्तर्गत भिन्न-भिन्न हो जाते थे।

कालान्तर में वैदिक संस्कृत तथा लौकिक संस्कृत में भी भिन्नता और बदलाव का समावेश होने लगा। वैदिक से संस्कृत का अलगाव 800 ई. पू. के आसपास जाहिर होने लगा। वैदिक में कुल 39 व्यंजन ध्वनियाँ थीं, जिनमें 13 संस्कृत में भी प्रयुक्त होती रहीं। वैदिक भाषा में जहाँ एक ही शब्द के एक से अधिक रूप मिलते हैं, वहीं संस्कृत में लगभग एक ही रूप स्वीकृत किया गया। इतना ही नहीं, अनेक वैदिक शब्द अपना मूल अर्थ छोड़कर संस्कृत में भिन्नार्थक हो गये। उदाहरण के लिए-वैदिक में 'व्रत' का अर्थ 'शासन' था, किन्तु संस्कृत में उसका अर्थ बदलकर 'प्रण', 'प्रतिज्ञा', या 'उपवास' हो गया। ठीक इसी तरह वैदिक में 'वन्हि' का अर्थ था- 'ले

जाने वाला', लेकिन संस्कृत में उसी शब्द का अर्थ 'आग' हो गया। कुल मिलाकर यह कि वैदिक भाषा स्वराघात प्रधान थी, जब कि लौकिक संस्कृत बलाघात प्रधान भाषा हो गयी। वैदिक संस्कृत में व्यंजनान्त शब्दों का प्रयोग प्राय: नहीं मिलता है, जब कि संस्कृत में मिलता है। ए, ओ वैदिक भाषा में संयुक्त स्वर थे, जब कि संस्कृत में मूल स्वर हो गये। इन सबके साथ-साथ कुछ ध्वनियों का उच्चारण स्थान भी लौकिक संस्कृत में परिवर्तित हो गया, जैसे दन्तमूलीय 'ल' संस्कृत में लगभग मूर्द्धन्य हो गया।

## 2. मध्य भारतीय आर्यभाषा काल

प्रसिद्ध वैयाकरण **पाणिनि** ने 500 ई. पू. तक संस्कृत को व्याकरण के नियमों में इतना नियंत्रित और संस्कारित कर दिया कि शिक्षितों के अलावा यह ज्यादातर लोगों के लिए कठिन-क्लिष्ट हो गयी। ऐसी स्थिति में सामान्य जनता का झुकाव ऐसी भाषा की ओर हुआ जो प्राकृत यानी स्वाभाविक थी। यहीं पर एक सवाल खड़ा होता है कि वैदिक और संस्कृत में कौन किससे जेठी है, यानी वैदिक और संस्कृत की जननी प्राकृत है या संस्कृत का परवर्ती विकसित रूप प्राकृत है। यह सवाल अभी तक विवादास्पद बना हुआ है। दरअसल, इस संबंध में दो मत हैं। पहला मत उन मध्य कालीन संस्कृतज्ञों, वैयाकरणों- **वररुचि**, **मार्कण्डेय** तथा **हेमचन्द्र सूरि** आदि का है, जो प्राकृत की उत्पत्ति संस्कृत से मानते हैं। **मार्कण्डेय** का कथन यहाँ साफ है- ''प्रकृति: संस्कृतां तत्र भवं प्राकृतमुच्यते'' अर्थात् संस्कृत प्रकृति या मूल है और उससे उत्पन्न भाषा को प्राकृत कहते हैं। स्वयं हेमचन्द्र सूरि भी कहते हैं कि- ''प्रकृति: संस्कृतम्। तत्र भवं तत् आगत वा प्राकृतम् '' अर्थात् प्रकृति या मूल संस्कृत है और संस्कृत (प्रकृति) से जो आयी है, वह प्राकृत है। लेकिन दूसरा मत ठीक इसके उलट है। नमि साधु कहते हैं कि, - ''प्राकृतेति सकल अगज्जन्तूनां व्याकरणादि भिरनादृत संस्कार : सहजो वचन व्यापार : प्रकृति: प्रकृति तत्र भव:सेव वा प्राकृतम'' अर्थात् प्राकृत मूल अर्थात् प्राकृत भाषा है और इसीलिए वह प्राकृत कहलाती है। 'गउडवहो' के रचयिता **वाक्पतिराज** कहते हैं कि जिस प्रकार सागर से जल निकलता है और फिर उसी में प्रवेश करता है उसी प्रकार सभी भाषाएँ प्राकृत से नि:सृत और फिर उसी में समाहित होती हैं :-

**''सइलाओ इमं वाया विसंति एत्तो यणेंति वा याओ।**
**एंति समुद्धं चिह णेंति सायराओ च्चिय जलाइं।।''**

जर्मन विद्वान **पिशेल** ने शायद इसी आधार पर अपनी पुस्तक, ''प्राकृत भाषाओं का इतिहास'' में प्राकृत शब्द की व्युत्पत्ति 'प्राक्+कृत' अर्थात् 'पहले से ही बनी हुई' इस रूप में की है। कुल मिलाकर कहने का मतलब यह कि उक्त परस्पर विरोधी मतों के बीच यह निर्णय करना कठिन है कि प्राकृत मूल है या संस्कृत।

ऊपर इशारा किया गया है कि पाणिनि द्वारा संस्कृत भाषा को व्याकरण में जकड़ दिए जाने के कारण उसकी गति अवरुद्ध या विकासहीन हो गयी, जो अब सामान्य जनों या लोक की भाषा न रहकर केवल साहित्य या मुट्ठीभर उच्च पढ़े-लिखे लोगों की भाषा बन कर रह गयी थी, लेकिन उसी के समानान्तर तत्कालीन जन सामान्य की भाषा भी निरंतर फल-फूल और विकसित होती रही। इस जनभाषा को बौद्ध और जैन धर्म की क्रांतियों के कारण विकसित होने के लिए पहले की अपेक्षा और अधिक अवसर मिला। कालान्तर में साहित्य की रचना संस्कृत की तुलना में पालि, विभिन्न प्राकृतों तथा अपभ्रंश में ही होने लगी। पालि में ऋ, लृ, श, ष, ऐ, औ और विसर्ग (:) का प्रयोग हो गया। संयुक्त व्यंजन भी बदलकर द्वित्व युक्त हो गये, जैसे- नृत्य>णच्च, कर्म>कम्म, धर्म>धम्म आदि। यही नहीं संज्ञा, सर्वनाम तथा विशेषण की आठ विभक्तियों में से केवल छह शेष रह गयी और द्विवचन भी समाप्त हो गया। इस प्रकार पालि संस्कृत की तुलना में सरल हो गयी। लेकिन यह पालि भी बदलते देश और काल के अनुसार धीरे-धीरे साधारण जन से दूर होती चली गयी और इसके बदले साहित्य का माध्यम बनी- प्राकृत। इन प्राकृतों की निश्चित संख्या बता पाना बड़ा आसान नहीं है, क्योंकि भारतीय आर्यभाषा के मध्य काल में जितनी लोक भाषाएँ रही होंगी, **डॉ. केशवदत्त रूवाली** के अनुसार उतनी ही प्राकृतें भी मानी जानी चाहिए। प्राकृतों की थोड़ी बहुत सामग्री संस्कृत नाटकों और जैन साहित्य में मिलती है। इनके आधार पर प्राचीन वैयाकरणों ने भाषाशास्त्रीय स्तर पर पाँच प्रकार की प्राकृतें मानी हैं- शौरसेनी, मागधी, अर्द्धमागधी, महाराष्ट्री और पैशाची।

## 3. आधुनिक भारतीय आर्य भाषा काल

मध्य भारतीय आर्यभाषा के अंतिम चरण को अपभ्रंश युग कहा जाता है। वास्तव में जब प्राकृत साहित्य की भाषा बन कर जन-सामान्य या लोक भाषा से अलग होकर जड़ हो गयी तो भाषा के स्वाभाविक विकासवान रूप से कालान्तर में अपभ्रंश का जन्म हुआ और इस अपभ्रंश से ही बाद में हिन्दी, बंगला, पंजाबी, मराठी, गुजराती आदि विभिन्न आधुनिक आर्य भाषाएँ प्रकट होने लगी। अपभ्रंश शब्द का प्रयोग व्याकरण में या शिष्ट प्रयोग की तुलना में विकृत शब्दों के लिए भरत के समय अर्थात् तीसरी सदी से ही मिलने लगता

है। अपभ्रंश के अनेक भेद माने गए हैं। **नमिसाधु** के अनुसार अपभ्रंश के उपनागर, आभीर और ग्राम्य- तीन भेद हैं। **मार्कण्डेय** के अनुसार नागर, उपनागर और व्राचड- तीन भेद हैं। **पुरुषोत्तम** के प्राकृतानुशासन में नागर, व्राचड, उपनागर, पांचाल, ककेय, लाट, टक्क आदि अनेक भेदों की चर्चा मिलती है। **डॉ. नामवर सिंह** केवल पूर्वी और पश्चिमी- दो भेद मानते हैं। **याकोबी** ने पूर्वी, पश्चिमी, उत्तरी तथा दक्षिणी चार भेद किये हैं।

**हेमचन्द्र** ने अपभ्रंश को व्याकरण में निबद्ध करने का प्रयास किया था। अपभ्रंश के अंतिम चरण में प्रारम्भिक हिन्दी की झलक हमें मिलने लगती है जिसे हम 'अवहट्ट' भी कहते हैं। अपभ्रंश के प्रारंभिक चरण में दो तरह की रचनाएँ मिलती हैं- अपभ्रंश रचनाएँ तथा देशी भाषा की रचनाएँ। धीरे-धीरे देशी रचनाओं ने सुव्यवस्थित साहित्यिक रूप ग्रहण कर नयी भाषाओं को जन्म दिया। कुछ विद्वानों का कहना है कि 500 ई. से 1000 ई. के बीच अपभ्रंश के कम-से-कम छह भेद रहे होंगे, जिनसे आधुनिक भारतीय आर्य भाषाओं के विविध रूपों का विकास हुआ। इन्हें इस प्रकार देखा जा सकता है-

**(क) शौरसेनी अपभ्रंश से-**

1. पश्चिमी हिन्दी
2. राजस्थानी
3. गुजराती
4. मध्य पहाड़ी (कुमाउँनी, गढ़वाली)

**(ख) अर्द्धमागधी अपभ्रंश से-**

5. पूर्वी हिन्दी
6. बिहारी
7. बंगला
8. उड़िया
9. असमी

**(ग) महाराष्ट्री अपभ्रंश से-**

10. मराठी

**(घ) व्राचड़ अपभ्रंश से-**

11. सिन्धी

**(ड.) पैशाची अपभ्रंश से-**

12. पश्चिमी पंजाबी (लहँदा)
13. पूर्वी पंजाबी

जाहिर है, हिन्दी का जन्म सीधे शौरसेनी अपभ्रंश से हुआ है। हिन्दी भाषा के विकास को समझने के लिए हम उसे तीन भागों में बाँट सकते हैं, -

1. आदिकाल (1000 ई. - 1500 ई.)
2. मध्यकाल (1500 ई. - 1800 ई.)
3. आधुनिक काल (1800 ई. से अब तक)

**1. आदिकाल-** इस काल में हिन्दी विकसित होकर अपभ्रंश से दूर हो रही थी। हालांकि इस बात के बहुत ठोस भाषिक प्रमाण नहीं हैं कि अपभ्रंश का सूर्यास्त निश्चित रूप से कब हुआ और उसके गर्भ से छिटक कर हिन्दी कब जन्मी। इसके संबंध में विद्वानों में एक राय का अभाव है। कुछ लोग अपभ्रंश से हिन्दी का उदय सातवीं शताब्दी में, कुछ लोग आठवीं शताब्दी में तथा कुछ लोग कहते हैं कि 1000 ई. के आस पास अपभ्रंश युग के समाप्त होते ही हिन्दी का विकास हो गया। बहरहाल, इस संबंध में लोग अपनी ढपली अपना राग ही बजाते हैं, जो बेमेल है। **डॉ. उदयनारायण तिवारी** का कहना है कि अपभ्रंश और हिन्दी के बीच के समय को हम 'संक्रान्ति काल' कह सकते हैं, लेकिन **स्व. डॉ. भोलानाथ तिवारी** ने 'संक्रान्ति काल' की उक्त कल्पना को अनुपयुक्त माना है। जो भी हो, लेकिन इतना तय है कि इस काल की भाषा सामग्री 'सनेह रासय' (संदेश रासक), 'कीर्तिकला', 'वर्ण रत्नाकर', 'चर्यापद',

'ज्ञानेश्वरी', 'प्राकृत पैंगलम', 'पुरातन प्रबंध संग्रह' जैसे ग्रंथों में मिलती है। इन ग्रंथों की साहित्यिक सामग्री से हिन्दी भाषा के विकास को आसानी से समझा जा सकता है। इनके अतिरिक्त कुछ ऐतिहासिक दस्तावेज, शिलालेख तथा ताम्र पत्र आदि इस दिशा में सहायक होते हैं। हिन्दी की पृष्ठभूमि होने के कारण **पं. चन्द्रधर शर्मा गुलेरी** ने 1000 ई. से 1500 ई. के अपभ्रंश को 'पुरानी हिन्दी' नाम दिया है। इस पुरानी हिन्दी का अंकुर 10वीं से 12वीं शताब्दी के मध्य तक फूट चुका था। बारहवीं सदी के जैनाचार्य श्री हेमचन्द्र सूरि ने 'सिद्ध हेमचन्द्र' में शौरसेनी के जो उदाहरण दिये हैं, उनमें हिन्दी का आदि रूप इस प्रकार द्रष्टव्य है -

**भल्ला हुआ जु मारिया बहिणि म्हारा कंत।**
**लज्जेजुं तु वयंसित्रग्रहु जइभग्गा घरु एंतु ।।**

अर्थात् हे बहन, अच्छा हुआ जो मेरा पति मारा गया। यदि वह (युद्ध भूमि से)भागकर घर आता तो मुझे सखियों में लज्जित होना पड़ता।

प्राचीन हिन्दी के इस उदाहरण में भल्ला, हुआ, जु बहिणि, म्हारा, भग्गा, घरु, शब्द क्रमश: आधुनिक हिन्दी के भला, हुआ जो बहन, हमारा, भागा तथा घर शब्दों की तरह ही हैं। इतना ही नहीं, प्राचीन हिन्दी का नमूना सिद्धों, नाथों जैनियों तथा गोरखनाथ आदिके साहित्य में भी उपलब्ध होता है। ग्यारहवीं शताब्दी के आसपास इस देश पर मुसलमानों के आक्रमण शुरू हो गये थे। इन मुस्लिम आक्रमणकारियों का मुकाबला हिन्दू शासक जिस बहादुरी, पराक्रम और लोकोत्तर शौर्य से करते थे, उसका वर्णन उनके दरबार में रहने वाले कवि अपनी रचनाओं में किया करते थे। ये कवि 'चारण' और इनका काव्य 'वीर काव्य' कहा जाता है। नरपति नाल्ह, चन्द बरदायी और जगनिक का नाम इन कवियों में प्रमुख है। इन चारण कवियों की भाषा के दो रूप - पिंगल और डिंगल- माने जाते हैं। इधर मैथिल कोकिल विद्यापति की रचनाओं में अपभ्रंश के साथ-साथ पुरानी हिन्दी की भी गंध फूटती है। 'देसिल बअना सब जन मिट्ठा' विद्यापति की जन भाषा के प्रति रुचि का सशक्त प्रमाण है। शब्द समूह की दृष्टि से आदि कालीन हिन्दी में तद्भव तत्सम, देशज तथा मुसलमानों के प्रभाव से अरबी फारसी तथा तुर्की यानी विदेशी शब्द प्रभूत मात्रा में मिलते हैं।

**2. मध्य काल-** हिन्दी के विकास में इस काल को परंपरित शैली में स्वर्ण युग कहा जाता है, क्योंकि इस युग में भाषायी-स्थिरता आ जाने का कारण साहित्य का कलात्मक विकास चरमोत्कर्ष को प्राप्त हुआ था। इस काल में तुर्कों की जगह मुगल सत्ता पर काबिज हो चुके थे। इसलिए उनकी भाषा-अरबी फारसी की पाँच ध्वनियाँ- क़, ख़, ग़, ज़, तथा फ़ का समावेश हिन्दी में हो गया। पंडित वर्ग में संस्कृत ही प्रचलित थी। हालाँकि जन भाषा भी पर्याप्त लोकप्रिय रही। इस काल में पूर्वी क्षेत्र में अवधी और मैथिली, पश्चिम में पिंगल से ब्रज तथा हिन्दवी या खड़ी बोली से निर्गुण कवियों की पंचमेल या आचार्य रामचन्द्र शुक्ल के शब्दों में, 'सधुक्कडी भाषा' का विकास हुआ। पूर्वी क्षेत्र में मैथिली की तुलना में अवधी अधिक सशक्त बन गयी अवधी में लिखे गये ग्रन्थों में जायसी का 'पद्मावत' तथा गोस्वामी तुलसी दास जी का 'श्री रामचरित मानस' प्रसिद्ध हैं। इस काल की अवधी के तीन रूप साफ दिखाई देते हैं। 1. सूफियों की ठेठ अवधी (जायसी, कुतुबन, मंझन, नूर मुहम्मद) 2- प्रेमाख्यानक कवियों की शैली जिसमें पश्चिमी हिन्दी का पुट है। (गोवर्द्धन दास तथा पुहुकर इत्यादि) और 3. संस्कृत मिश्रित साहित्यिक अवधी, जिसमें श्री राम काव्य रचा गया (गोस्वामी तुलसीदास तथा लाल दास इत्यादि)। इस काल में कृष्ण काव्य में प्रचलित ब्रजभाषा का विकास अत्यधिक सुन्दर रूप में हुआ। कृष्ण भक्त कवियों में सूर, रसखान, केशव, देव, पद्माकर, महाराज जसवंत सिंह, बिहारी, घनानंद तथा भिखारी दास के भाषिक लालित्य और मंजुल मनोरम प्रयोग अविस्मरणीय हैं। इस काल के अन्त में ब्रजभाषा सामाजिक चेतना की भाषा नहीं रह गयी थी वह सामन्ती विलास की भाषा बन गयी थी, जिसके फलस्वरूप खड़ी बोली ने जन्म लिया और अपना काफी विकास किया।

**3. आधुनिक काल-** भाषा विकास की दृष्टि से इसे हम हिन्दी का समृद्ध काल कह सकते हैं। इस काल के शुरुआती दौर में मुगलों के हाथ से सत्ता का अग्रेजों के हाथ में आना, जनता से सम्पर्क के लिये अंग्रेजों का यहाँ की अधिकतम आबादी द्वारा बोली जाने वाली भाषा हिन्दी का सीखना, उसके प्रचार प्रसार के लिए कलकत्ता में फोर्ट विलियम कालेज की स्थापना कर उसमें **लल्लू लालजी** तथा **सदल मिश्र** की भाषा मुंशी के रूप में नियुक्ति करना आदि कुछ प्रमुख घटनाएँ मानी जा सकती हैं। इस काल में उन्नीसवीं शताब्दी के अन्त तक काव्य में ब्रजभाषा का प्रयोग होता रहा, लेकिन अंग्रेजों के आगमन के फलस्वरूप खड़ी बोली गद्य का विकास हुआ। भाषा के अर्थ में 'खड़ी बोली' शब्द का प्रथम प्रयोग 1803 ई. में लल्लू लालजी द्वारा उनके ग्रंथ 'प्रेम सागर' में किया गया। सदल मिश्र ने भी फोर्ट विलियम कालेज कलकत्ता के अध्यक्ष **डॉ. जान गिलक्राइस्ट** के आदेशानुसार लिखे गये अपने ग्रन्थों में इस शब्द का प्रयोग कई बार किया है। इसके पूर्व भी 'ओरियन्टल लिंग्विस्ट' तथा अपेन्डिक्स टू गिल-क्राइस्ट डिक्शनरी (1798ई.) में खड़ी

बोली की जगह 'हिन्दवी' शब्द का प्रयोग किया गया।

खड़ी बोली के अन्य नाम हिन्दुस्तानी, नागरी, सरहिन्दी तथा कौरवी भी मिलते हैं। खड़ी बोली की उत्पत्ति कुछ लोग उर्दू से, तो कुछ लोग ब्रजभाषा से, कुछ लोग ब्रजभाषा तथा पंजाबी से तो कुछ लोग ब्रजभाषा तथा उर्दू के मेल से भी बताते हैं। कुछ विद्वान् इसे बनावटी, कृत्रिम, गढ़ी हुई भाषा कहते हैं, तो कुछ विद्वान् इसका रिश्ता 'गवईं संस्कृति' से जोड़कर उसे 'गवाँरू बोली' कहते हैं। पश्चिम के एक विद्वान **'केलाग'** ने खड़ी बोली को खरी बोली मानकर इसका अर्थ 'प्योर स्पीच' (शुद्ध बोली) किया है- ``This form of the Hindi has also often been termed Khari Boli, or Pure Speech and also by some European scholars, after this anology of the German High Hindi."

खड़ी बोली के संबर्द्धन-विकास में समय-समय पर विभिन्न साहित्यकारों ने अपना अमूल्य रचनात्मक योगदान देकर इसे पुष्ट और सक्षम बनाया है। अपने प्रारम्भिक दौर में खड़ी बोली बहुत ही छिटपुट रूप में साहित्य में व्यवहृत हुई दिखायी देती है। यदि यह कहा जाय कि 1000 ई. से लोकर 1500ई. तक खड़ी बोली का विरल प्रयोग साहित्य में हुआ है, तो बहुत बेजां नहीं होगा। अठारहवीं सदी तक गद्य साहित्य में पूर्ण रूप से प्रयुक्त होने के लिए यह प्रयासरत थी। सौभाग्य से अठारहवीं सदी तक गद्य के सिंहासन पर यह आरूढ़ भी हो गयी, लेकिन पद्य का क्षेत्र अभी तक इसकी पहुँच के बाहर ब्रजभाषा के हाथ में था। पर उन्नीसवीं सदी तक आते आते इसने पद्य पर भी अधिकार कर लिया। आज यही खड़ी बोली राष्ट्रभाषा के नाम से अभिहित की जाती है।

## हिन्दी भाषा के विकास का ऐतिहासिक सिद्धान्त

मूल भारोपीय भाषा
(सामान्य साहित्यिक स्तर)
↓
प्राचीन भारतीय आर्य भाषा
(2000-1500 ई. पू.)
↓
वैदिक संस्कृत
↓

ब्रह्माण्ड, उपनिषद, वेद          लौकिक संस्कृत
↓
मध्य भारतीय आर्य भाषा
500 ई. पू.
प्रथम पर्व (पालि) 200 ई. पू. से 200 ई. तक
↓
द्वितीय पर्व (प्राकृत काल) 200 ई. से 600 ई. तक
↓
तृतीय पर्व (अपभ्रंश काल) 600 ई. से 1000 ई. तक
↓
संक्रान्ति काल, अवहट्ट काल          1000 ई. से ......?
↓
**नव्य भारतीय आर्य भाषा (भाषाओं का) काल -**
**1400 ई. से ......1974।**

## हिन्दी भाषा-शृंखला के विकास का चित्र

| भाषा | काल | विकास काल |
|---|---|---|
| वैदिक ↓ | 2000 | ई. पू. 1500 ई. पू. 500 वर्ष |
| संस्कृत ↓ | 1500 | ई. पू. 500 ई. पू. 500 वर्ष |
| पालि ↓ | 200 | ई. पू. 200 वर्ष 400 वर्ष |
| प्राकृत ↓ | 200 | ई. पू. 600 ईसा 400 वर्ष |
| अपभ्रंश ↓ | 600 | ईसा 1000 ई. 400 वर्ष |
| अवहट्ट ↓ | 1000 | ईसा 1400 ई. 400 वर्ष |
| हिन्दी (अन्य आ. भा. आ.) | 1400 | ईसा 1974 574 वर्ष |

**हिन्दी की भौगोलिक सीमा या हिन्दी भाषी क्षेत्र** - 26 जनवरी 1950 से सम्पूर्ण भारत कीं संवैधानिक तरीके से राष्ट्रभाषा (राजभाषा) घोषित होने के बाद भी हिन्दी [illegible] की पौ आज तक अपने देश के सभी हिस्सों में समान रूप से नहीं फूट पाई है। अभी भी कुछ ऐसे प्रदेश हैं, जहाँ सड़ी मानसिकता, क्षुद्रराजनीति,प्रान्तीयता के प्रति निरर्थक व्यामोह तथा राष्ट्रीयता की क्षीण भावना के कारण लोगों के मन में हिन्दी के प्रति काफी 'एलर्जी' है। दक्षिण के चारों राज्यों-तमिलनाडु, कर्नाटक आन्ध्रप्रदेश तथा केरल-में हिन्दी विदेशी भाषा समझी जाती है और वस्तुत: जो विदेशी (अंग्रेजी )है, वह स्वदेशी तथा मातृ भाषा। काश्मीर तथा बंगाल में भी हिन्दी विरोध की हवा सुलग-धधक रही है। अभी हाल ही में महाराष्ट्र में शिवसेना के अध्यक्ष बालठाकरे द्वारा 'महाराष्ट्र में हिन्दी मत बोलो' तथा 'हिन्दी बोलने वालों को महाराष्ट्र में नही रहने दिया जायेगा' का एलान हुआ हैं। हिन्दी का एक छोर पूरब में बिहार को पार कर बंगाल की सीमा को छूता है तो दूसरा छोर पश्चिम में हरियाणा को पारकर पंजाब तक पहुँचता रहा है। दूसरे शब्दो में पंजाब भी हिन्दी भाषी क्षेत्र के अन्तर्गत ही माना जाता था। लेकिन 24 जुलाई 1985 को केन्द्र सरकार तथा पंजाब अकाली दल के पूर्व अध्यक्ष स्व.संत हरचंद सिंह लोंगोवाल के बीच पंजाब आन्दोलन के संदर्भ में हुए ऐतिहासिक समझौते में पंजाब के हिन्दी भाषी क्षेत्रों को हरियाणा को सौंपने की बात कही गई थी। ये गाँव हरियाणा प्रान्त के जिंद, हिसार तथा सिरसा से लगे पंजाब के संगरूर, फिरोजपुर-तथा फरीदकोट जिलों के हैं। इन गाँवों की संख्या 150 से ऊपर बताई जाती है। कहने का आशय यह है कि उक्त हिसाब से क्या हिन्दी की सीमा अब हरियाणा तक ही मानी जाएगी? इसके अतिरिक्त जिन प्रदेशों में लोगों के 'जनम-करम' की भाषा हिन्दी है, वहाँ भी समय-समय पर उर्दू को ढाल बनाकर हिन्दी के विरुद्ध जंग छेड़ दिया जाता है। खासकर उत्तर प्रदेश और बिहार तो इस समय हिन्दी-उर्दू की लड़ाई में बुरी तरह झुलसे हुए हैं।

फिर भी, लाख विरोधों के बावजूद अपनी सरलता-सहजता, बोधगम्यता तथा कुछ अन्य विशिष्ट और लोकोत्तर गुणों के कारण देववाणी संस्कृत के गर्भ से प्रसूत हिन्दी लोगों के लिए मनोहारी-मनोरम बनी रहेगी।दूसरी बात यह कि हिन्दी भाषा की जड़ हिन्दुस्तान की चौरस जमीन मं काफी भीतर जा चुकी है। अब इस वट वृक्ष की बाढ़ को रोका नहीं जा सकता। दिनोदिन इसका प्रसार-प्रसार तय है और फिर हिन्दी तो शुरू से ही मध्य देश की भाषा रही है। **ग्रियर्सन** ने मध्यदेश की सीमा पश्चिम में अम्बाला (पंजाब) से लेकर पूरब में बनारस तक और उत्तर में नैनीताल की तलहटी से लेकर दक्षिण में बालाघाट (मध्य प्रदेश) तक बताया था। लेकिन प्रसिद्ध विद्वान **स्व. राजबली पाण्डेय** के मध्यदेश का भूगोल काफी विस्तृत है। उनके हिसाब से पश्चिमोत्तर में उत्तरापथ (पश्चिमी पंजाब, काश्मीर तथा सीमांत), पश्चिम में अपरान्त (सौराष्ट्र) तथा पूर्व में सुदूरप्राची (बंगाल तथा आसाम) को छोड़कर समस्त उत्तर भारत तथा आर्यावर्त्त में हिन्दी भाषा का प्रयोग किया जाता है।[1] ग्रियर्सन का मध्यदेश इसलिए छोटा हो गया क्योंकि वे हिन्दी के साथ राजस्थानी और बिहारी बोलियों के संबंध को ठीक तरह से आँक नहीं पाए।[2] दूसरी बात यह कि लगभग ढाई लाख वर्ग मील से अधिक क्षेत्र में हिन्दी का व्यवहार विभिन्न रूपों में होता है। इतने विशाल क्षेत्र में बोली गत भेद बहुत आश्चर्य की बात नहीं है। शायद यही कारण रहा है कि ग्रियर्सन ने कुछ बोलियों को हिन्दी के भीतर न रखकर उन्हें स्वतंत्र भाषा समझा हो। डॉ. ग्रियर्सन के अलावा **डॉ. सुनीति कुमार चटर्जी एवं डॉ.**

1. हिन्दी साहित्य का इतिहास, पृ0 4
2. हिन्दी : उद्‌भव, विकास और रूप - डॉ0 हरदेव बाहरी, पृ0 63

**धीरेन्द्र वर्मा** आदि विद्वान् भी बिहारी को हिन्दी में सम्मिलित नहीं करना चाहते। कुछ अन्य विद्वान् पहाड़ी भाषाओं तथा बोलियों को हिन्दी में न रखकर इन्हें राजस्थानी में रखना उचित समझते हैं। कुछ विद्वान् तो ब्रज, कन्नौजी, बुन्देली, अवधी आदि को भी हिन्दी की बोलियों के रूप में स्वीकार नहीं करते।[1] इसलिए कुछ लोगों का विचार है कि हिन्दी और उसकी बोलियों में जो भेदभाव बना है, वह भाषा वैज्ञानिकों की भूल के कारण है।[2] राजस्थानी, बिहारी तथा पहाड़ी को अलग स्वरूप देने की पेशकश के कारण ही मिथिला बोलने वाले भी अपने को हिन्दी से अलग समझने लगे।

इन सबके बावजूद इन्हीं विद्वानों ने यह भी स्वीकार किया कि हिन्दी किसी प्रांत या भू-भाग की भाषा नहीं है बल्कि वह भारत की बहुत विस्तृत जमीन की भाषा है। **डॉ. सुनीति कुमार चटर्जी** एक स्थल पर कहते हैं - "12वीं-13वीं शती की तुर्की विजय के पश्चात् (पूर्वी पंजाब से बंगाल तक) उत्तर भारत में बोली जाने वाली सब बोलियाँ तथा भाषाओं का प्राचीनतम एवं सरलतम नाम 'हिन्दी' ही है"।[3] इधर, अंततः **डॉ. धीरेन्द्र वर्मा** भी स्वीकार करते हैं कि "गंगा की घाटी में भागलपुर तक के भूमि-भाग को साधारणतया हिन्दी प्रदेश कहा जा सकता है। यह वह भाग है, जहाँ की प्रादेशिक भाषा अर्थात शासन, साहित्य और शिक्षा की प्रधान भाषा वर्तमान समय में खड़ी बोली हिन्दी है। भारतीय संविधान के अनुसार निम्नलिखित राज्य हिन्दी प्रदेश के अन्तर्गत आते हैं। बिहार, उत्तर प्रदेश, झारखण्ड, उत्तराखण्ड, मध्य प्रदेश, छत्तीसगढ़ , राजस्थान तथा दिल्ली। इनके अन्तर्गत पंजाब तथा हिमाचल प्रदेश के कुछ भाग भी हिन्दी भाषी हैं। मुस्लिम शासन काल में हिन्दी प्रदेश हिन्दुस्तान कहलाता था तथा उससे पूर्व यही प्रदेश मध्य देश नाम से प्रासिद्ध था। भारतवर्ष में प्राचीन आर्य संस्कृति के प्रधान केन्द्र इसी प्रदेश में थे। ऐतिहासिक दृष्टि से अधिकांश वैदिक तथा संस्कृत भाषा और साहित्य रामायण, महाभारत, बुद्ध, महावीर स्वामी, अशोक, गुप्त साम्राज्य, मुगल साम्राज्य, तुलसीदास, कबीर, गंगा-यमुना, उज्जैन, चित्तौड़गढ़, मथुरा, काशी, गया, दिल्ली आदि हिन्दी प्रदेश के ही अन्तर्गत पड़ते हैं।[4] **मिश्रबन्धुओं** ने हिन्दी की सीमा तय करते हुए लिखा है कि, "हिन्दी उस भाषा का नाम है, जो विशेषतया उत्तर प्रदेश, बिहार, बुन्देलखण्ड, बघेलखण्ड, छत्तीसगढ़ आदि में बोली जाती है और सामान्यतया बंगाल को छोड़कर समस्त उत्तरी और मध्य भारत की मातृभाषा है।"[5] **डॉ. माता बदल जायसवाल** हिन्दी की सीमा अथवा क्षेत्र पर प्रकाश डालते हुए लिखते हैं कि "भारतीय संघ की राजभाषा और राष्ट्रभाषा के रूप में समस्त देश ही इसका क्षेत्र है; संघ के अन्तर्गत अनेक राज्यों की राजभाषा और साहित्यिक भाषा के रूप में हिन्दी भाषी प्रदेश की सीमाएं इस प्रकार होंगी - पश्चिम में पश्चिमी पाकिस्तान (सीमा प्रान्त, प्रसिद्ध नगर जैसलमेर), उत्तर पश्चिम में अम्बाला, उत्तर में शिमला से लेकर नेपाल के पूर्वी छोर तक के पहाड़ी प्रदेश का दक्षिणी भाग, पूर्व में भागलपुर, दक्षिण पूर्व में रायपुर तथा दक्षिण में खण्डवा"।[6] वस्तुतः हिन्दी एक भाषा न होकर भाषा समूह का नाम है । **जार्ज ग्रियर्सन** का विचार है कि हिन्दी का प्रारम्भ से ही आन्तर भाषा के (लिंग्वाफ्रांका) के रूप में विकास हुआ है , - " It grow upas liguafranca in the polyglot Bazar attached to Delhi court andwas carried every where by the lieutenants of the Moghal Empire."[7] **डॉ. हरदेव बाहरी** ने हिन्दी प्रदेश का खाका इस प्रकार प्रस्तुत किया है - "ग्रियर्सन द्वारा निर्धारित सीमाओं के आगे पूर्व में बिहारी, पश्चिम में राजस्थानी और उत्तर में मध्य पहाड़ी की सीमायें सम्मिलित कर लें, अर्थात पश्चिम में अम्बाला से बीकानेर और जैसलमेर, दक्षिण में ताप्ती नदी, बालाघाट से दुर्ग, पूर्व में रायगढ़ से भागलपुर एवं उत्तर में नेपाल की सीमाओं को छूते हुए गंगोत्री, जमनोत्री तक चले जायें - इस 1050 मील लम्बे और लगभग 600 मील चौड़े भू-भाग को हिन्दी प्रदेश कहते हैं।[8]

**हिन्दी की बोलियों या उपभाषाओं का वर्गीकरण-** पाश्चात्य भाषा विचारक **डॉ. ग्रियर्सन** ने हिन्दी को केवल मध्यदेश की भाषा मानकर उसे दो भागों (पश्चिमी हिन्दी तथा पूर्वी हिन्दी) में बाँटा है। उन्होंने राजस्थानी, बिहारी तथा पहाड़ी वर्गों को पृथक भाषा समूह माना है। उनके द्वारा किया गया हिन्दी की बोलियों का वर्गीकरण इस प्रकार है - **पश्चिमी हिन्दी**-खड़ी बोली, बांगरू, ब्रज, कन्नौजी तथा बुन्देली बोलियाँ। **पूर्वी हिन्दी**-अवधी, बघेली तथा छत्तीसगढ़ी बोलियाँ। **राजस्थानी वर्ग** में - मारवाड़ी, जयपुरी, मेवाती तथा मालवी को रखा गया है। **बिहारी वर्ग** में - भोजपुरी, मैथिली तथा मागधी को रखा गया है। **पहाड़ी वर्ग** में - पश्चिमी पहाड़ी (गढ़वाली), मध्य पहाड़ी (कुमायूँनी) तथा पूर्वी पहाड़ी (नेपाली) की बोलियाँ आतीं हैं।

पश्चिम के ही एक अन्य प्रसिद्ध विद्वान **एस. एच. केलॉग** ने भी हिन्दी की बोलियों को वर्गीकृत किया है। उनका यह वर्गीकरण

---

1. हिन्दी भाषा : विकास और विश्लेषण - डॉ. चन्द्रभान रावत, पृ. 113
2. वाराणसी में हुए एक सेमिनार के आधार पर।
3. भारतीय आर्य भाषा और हिन्दी, पृ. 155
4. हिन्दी भाषा का इतिहास, पृ. 60
5. मिश्रबन्धु विनोद - मिश्रबन्धु, भूमिका, पृ. 33, प्रथम खण्ड
6. हिन्दी साहित्य कोश, पृ0 972, ज्ञान मण्डल लि., 'आज भवन', सन्त कबीर मार्ग वाराणसी-221001, तृतीय संस्करण - 1985, मूल्य - 100 रूपये।
7. Linguistic Survey of India, Vol. IV, Part-1, Page 4
8. हिन्दी : उद्‌भव, विकास और रूप, पृ. 64

अति प्रसिद्ध है। केलॉग ने राजस्थानी और बनारस के आसपास की बोलियों में भेद को समझते हुए[1] उन्हें हिन्दी की बोलियों के भीतर ही रखा था। "While some of these as Braj and Kanauji differ from each other by slightly, others, again as those of Rajputana in the west and of the region about Benaras & east ward, differ so widely that it may least be regarded as an open question, whether we should not, with Hoernley, Grierson & some others regard them rather as distinct languages than as dialects. उनके द्वारा किया गया हिन्दी का वर्गीकरण इस प्रकार देखा जा सकता है।

| राजस्थानी | हिमालय | दोआब | पूर्वी | खड़ी बोली |
|---|---|---|---|---|
| 1-मारवाड़ी | 1-गढ़वाली | 1-ब्रज | 1-अवधी | उर्दू का आधार |
| 2-मेवाड़ी | 2-कुमायूँनी | 2-कन्नौजी | 2-रीवँई | (परिनिष्ठित) |
| 3-भैरवाड़ी | 3-नैपाली | | 3-भोजपुरी | |
| 4-जयपुरी | | | 4-मागधी | |
| 5-हड़ौती | | | 5-मैथिली | |

केलॉग ने हिन्दी का क्षेत्र उत्तर में हिमालय से लेकर दक्षिण में नर्मदा नदी और विन्ध्याचल तक, पश्चिम में पंजाब, सिन्ध तथा गुजरात से लेकर पूर्व और दक्षिण-पूर्व में बंगाल और छोटा नागपुर तक माना है। इस क्षेत्र को आधार बनाकर ही उन्होंने हिन्दी की बोलियों को विभाजित किया था। बताया जाता है कि उनका यह वर्गीकरण भौगोलिक दृष्टि प्रधान है। ऐतिहासिक दृष्टि तथा भाषा-वैज्ञानिक बोधगम्यता के आधार पर हिन्दी की बोलियों को इस प्रकार विभाजित किया जा सकता है-

**(क) पश्चिमी हिन्दी -** 1.खड़ी बोली, 2.हरियाणवी, 3.ब्रजभाषा, 4. कन्नौजी, 5.बुन्देलखण्डी,
**(ख) पूर्वी हिन्दी -** 6.अवधी, 7.बघेली, 8.छत्तीसगढ़ी।
**(ग) राजस्थानी हिन्दी -** 9.मारवाड़ी 10.जयपुरी, 11.मेवाती, 12. मालवी।
**(घ) पहाड़ी हिन्दी -** 13.गढ़वाली, 14.कुमायूँनी।
**(ङ) बिहारी हिन्दी -** 15.भोजपुरी, 16.मगही, 17.मैथिली।

# (क) पश्चिमी हिन्दी

## 1.खड़ी बोली

**परिचय-** इस समय राष्ट्रभाषा-राजभाषा हिन्दी के रूप में प्रतिष्ठित 'खड़ी बोली' पश्चिमी हिन्दी की बोलियों में अति महत्व की है।अपने नामकरण,उत्पत्ति तथा भाषा के अर्थ में प्रथम प्रयोग आदि प्रश्नों को लेकर खड़ी बोली शुरू से ही उलझनपूर्ण तथा शंकास्पद रही है।इन सबके बावजूद इतना अवश्य सत्य है कि आज की परिनिष्ठित हिन्दी का मूल ढाँचा खड़ी बोली पर ही आधारित रहा है। विज्ञान हो या राजनीति, शिक्षा हो या साहित्य हर जगह इस समय खड़ी बोली का प्रयोग स्पष्ट रूप से देखा जा सकता है।

**नामकरण-**इस बोली के अन्य नाम हिन्दुस्तानी, नागरी, सरहिन्दी तथा कौरवी भी मिलते हैं, लेकिन इनमें खड़ी बोली नाम ही सर्वाधिक प्रचलित है। खड़ी बोली के नामकरण के संबंध में विद्वानों ने विभिन्न आधार सतर्क सुझाए हैं।

प्रथम मत के अनुसार 'खड़ी' शब्द 'खरी' का पर्याय है, जिसका आशय है-विशुद्ध अर्थात् मिश्रण से रहित। इस मत के समर्थकों में अधिकांश विदेशी और कुछ स्वदेशी विद्वान् हैं। विदेशी विद्वानों में ईस्ट इन्डिया कॉलेज-हेलबरी के हिन्दुस्तानी विभाग के अध्यक्ष **ई. बी. ईस्टविक**[1], **जान प्लेट्स**[2] तथा **केलॉग** का नाम लिया जा सकता है। **केलॉग** ने खड़ी बोली को 'खरी बोली' मानकर उसका अर्थ 'प्योर स्पीच' (Pure Speech) किया है -" This form of Hindi has also often been termed khari Boli, or pure speech and also by some European scholars, after this anology of the German High Hindi."[3] उक्त विदेशी विद्वानों के विचारों का समर्थन भारतीय विद्वानों-**पं. सुधाकर द्विवेदी** तथा **बदरीनारायण चौधरी 'प्रेमघन'** ने भी किया है[4]। इसके अतिरिक्त **टी. ग्राहम बेली** ने खड़ी बोली का आशय-खड़ी, अवस्थित, प्रचलित एवं स्थापित बताया है-"The word

1. A Grammar of the Hindi Languages, P, 65
2. (i) Erect, upright, steep, standing,
(ii) Genuine, Pure Went'it (Krara)खड़ी बोली-Khari Boli, the true genuine lane language is the pure language"-Prem Sagur, P. 40
3. A Dictionary of Urdu classical Hindi and English (1930), Oxford University Press.
4. A Grammar of the Hindi language, Introduction, Page 18, 1875

simply means standing there existing, current, established."[1]

द्वितीय मत के अनुसार 'खड़ी बोली' का नामकरण 'पड़ी बोली' के आधार पर हुआ है। **डॉ. ब्रजरत्न दास** का विचार है कि, "रेख्ते अर्थात् मिश्रित या गिरी-पड़ी बोली के वज़न पर 'खड़ी बोली' नाम दे दिया गया है।[2] **डॉ. श्यामसुन्दर दास** का भी यही विचार है कि-"रेख्ता का अर्थ 'गिरता' या 'पड़ता' है, इस गिरी या पड़ी हुई भाषा के नाम का विरोध सूचित करने के लिए इसका नाम 'खड़ी बोली' पड़ा।[3] **पं. चन्द्रधर शर्मा 'गुलेरी'**[4] तथा **डॉ. सुनीति कुमार चटर्जी**[5] भी इसी विचार के समर्थक हैं।

खड़ी बोली के नामकरण का तीसरा आधार उन विद्वानों ने सुझाया है, जो 'खड़ी' शब्द का आधार खड़ी बोली की विशेषताओं-कर्कशता, शुष्कता, प्रखरता, लचरहीनता, कर्ण-कटुता तथा बलाघात की अधिकता-को मानते हैं। **पं. कामता प्रसाद गुरु** लिखते हैं-"ब्रजभाषा के ओकारान्त रूपों से मिलान करने पर हिन्दी के आकारान्त रूप खड़े जान पड़ते हैं।............बुन्देलखण्ड में इस भाषा को 'ठाढ़' बोली या 'तुर्की' भी कहते हैं।"[6] **डॉ. धीरेन्द्र वर्मा** भी इस कथन की पुष्टि इन शब्दों में करते हैं, "ब्रजभाषा की अपेक्षा यह बोली वास्तव में खड़ी सी लगती है, इसी कारण इसका नाम 'खड़ी बोली' पड़ा।"[7] **आचार्य किशोरीदास वाजपेयी** का विचार है कि,-"'मीठा', 'खाता', 'जाता' आदि में जो खड़ी पाई आप अंत में देखते हैं, वह हिन्दी के अतिरिक्त किसी दूसरी बोली में नहीं मिलेगी.....सो इस खड़ी पाई के कारण इसका नाम 'खड़ी बोली' पड़ा"।[8] खड़ी बोली में ब्रजभाषा की मिठास तथा बोलचाल की स्निग्धता का अभाव होता है। शायद इसी को ध्यान में रखकर **डॉ. शितिकण्ठ मिश्र** लिखते हैं,-"अन्य बोलियों की अपेक्षा इसके अधिक ओज तथा प्रचलन को देखकर इसका नाम 'खड़ी बोली' पड़ा"।[9]

कुछ लोगों ने इसका रिश्ता गवँई संस्कृति से जोड़कर इसे 'गवाँरू बोली' कहा है। **डॉ. ग्रियर्सन**[10] तथा **मौलाना अब्दुल हक़**[11] इनमें से ही हैं। खड़ी बोली को 'गवाँरू बोली' कहने का आशय गाँव-गाँव में बोली जाने वाली नहीं, बल्कि भद्दी तथा घृणास्पद बोली से ही है। हालांकि **गिलक्राइस्ट** ने 'वल्गर' शब्द का अर्थ 'प्रसिद्ध', 'आम', 'मशहूर' आदि बताया है।[12]

उपर्युक्त आधार पर खड़ी बोली के नामकरण के संबंध में विचार किया जा सकता है। 'खड़ी' शब्द 'खरी' का पर्यायवाची नहीं माना जा सकता, क्योंकि 'खरी' तथा 'खड़ी' दोनों शब्दों के अर्थों में पर्याप्त भिन्नता है। 'खड़ी' का आधार 'पड़ी' शब्द है-यह मत भी समीचीन प्रतीत नहीं होता, क्यों कि किसी भाषा का नाम किसी अन्य भाषा के नाम के विरोध स्वरूप पड़ता हो, इस मत का कोई ठोस साक्ष्य नहीं मिलता, अपितु किसी भाषा का नामकरण उसके गुणों एवं विशेषताओं के आधार पर अवश्य माना जा सकता है।ब्रजभाषा की कोमल कांत पदावली की तुलना में खड़ी बोली की वाक्य-रचना निश्चित ही कर्कश तथा खड़ी-खड़ी सी है, इसलिए इस आधार पर इसे खड़ी बोली कहने में औचित्य प्रतीत होता है।[13]

**उत्पत्ति-** खड़ी बोली की उत्पत्ति के संबंध में भी विद्वानों ने काफी घालमेलयुक्त विचार प्रस्तुत किया है। इसकी उत्पत्ति के स्रोतों की काफी विस्तृत फेहरिस्त मिलती है। कुछ विद्वान इसकी उत्पत्ति उर्दू से मानते हैं, तो कुछ लोग इस मत का खण्डन कर इसे ब्रजभाषा से निकली बताते हैं। कुछ लोग इसको ब्रजभाषा तथा पंजाबी से तो कुछ लोग इसका जन्म ब्रजभाषा तथा उर्दू के मेल से भी बताते हैं। कुछ विद्वान् इसे बनावटी, कृत्रिम या गढ़ी हुई भाषा कहते हैं। इन सबके अतिरिक्त खड़ी बोली की उत्पत्ति के संबंध में एक विचार उन विद्वानों का भी है, जो यह मानते हैं कि ब्रज, पंजाबी या उर्दू से बहुत पहले ही खड़ी बोली अस्तित्व में आ चुकी थी।

सबसे पहले उन विद्वानों के विचारों को देख लिया जाय जो खड़ी बोली की उत्पत्ति उर्दू से मानते हैं। उर्दू से खड़ी बोली की उत्पत्ति बताने वाले प्रथम इतिहास लेखक **'गार्सा द तासी'** (1839 ई0) थे।[14] तासी महोदय के उक्त कथन के फलस्वरूप परवर्ती विद्वानों को कल्पना करने का अच्छा अवसर मिल गया और उन्होंने खड़ी बोली की उत्पत्ति सीधे-सीधे उर्दू से मान ली।[15] **डॉ. एफ. ए. के**[16], **प्रोफेसर हक़**[17], **राजा शिव प्रसाद सितारेहिन्द**[18], **जगन्नाथदास रत्नाकर**[19], **चन्द्रधर शर्मा गुलेरी**[20], **लाला भगवान**

1. Journal of the Royal Asiatic Society, 1926
2. खड़ी बोली-हिन्दी साहित्य का इतिहास, पृ. 11
3. हिन्दी भाषा - पृ. 31
4. पुरानी हिन्दी, पृ. 107
5. Indo-Aryan and Hindi, Page 189. 1940
6. हिन्दी-व्याकरण, - पृ. 25
7. हिन्दी भाषा का इतिहास, पृ. 63
8. हिन्दी शब्दानुशासन, पृ. 14-15
9. खड़ी बोली का आन्दोलन, -पृ. 10
10. Linguistic Survey of India, Vol 9, Part I, Page-291
11. उर्दू, जनवरी, 1934 (औरंगाबाद), जिल्द-14, हिस्सा 53, सफा-160
12. Hindostani Philology, Vol. I, 1810
13. हिन्दी का राष्ट्रभाषा के रूप में विकास-डॉ. शिवराज वर्मा, पृ. 77
14. हिन्दी साहित्य का इतिहास-रामचन्द्र शुक्ल, सातवाँ संस्करण, पृ. 378
15. पश्चिमी हिन्दी बोलियों की व्याकरणिक कोटियाँ-डॉ. कैलाश नाथ शुक्ल, पृ. 19
16. A History of Hindi Literature, Page-4
17. उर्दू की उत्पत्ति-पृ. 262
18. Hindi Selections, Part II, 1867
19. खड़ी बोली का आन्दोलन, पृ. 21
20. पुरानी हिन्दी, पृ. 107

दीन[1] तथा आचार्य कामता प्रसाद गुरु[2] आदि विद्वान इसी विचार के समर्थक हैं। इन विद्वानों के समर्थन के बावजूद तथ्य यह है कि खड़ी बोली का विकास स्वतंत्र रूप से हुआ।[3] **एस. डब्ल्यू. फैलन**[4], **ब्लाक मैन**[5], हिन्दुस्तानी के अध्यक्ष **जे. टेलर** एवं परीक्षक **जे. रोएबक**[6] तथा **डॉ. सुनीति कुमार चटर्जी**[7] आदि विद्वानों ने उर्दू की तुलना में खड़ी बोली की प्राचीनता सिद्ध कर यह बताया है कि खड़ी बोली की उत्पत्ति उर्दू से नहीं हुई है।

कुछ विद्वानों ने खड़ी बोली का विकास ब्रजभाषा से माना है, लेकिन यह विचार भी बहुत उपयुक्त नहीं लगता, क्योंकि खड़ी बोली का प्रचलन बहुत पहले से था, जब कि ब्रजभाषा का नाम भी कोई नहीं जानता था।[8] **गोस्वामी चरण**[9], **जगन्नाथदास रत्नाकर**[10], **मुहम्मद हुसेन**[11],**पं. शिवरत्न शुक्ल 'सिरस'**[12] आदि विद्वानों ने खड़ी बोली की उत्पत्ति ब्रजभाषा से ही माना है। **बालमुकुन्द गुप्त** भी इसी विचार को मानते हुए कहते हैं-"वर्तमान हिन्दी भाषा की जन्मभूमि दिल्ली है। वहीं ब्रजभाषा से यह उत्पन्न हुई और वहीं इसका नाम हिन्दी रखा गया।"[13] लेकिन कुछ विद्वान ब्रज से खड़ी बोली का जन्म मानने के पक्ष में नहीं हैं। वे उक्त विचार का सतर्क खंडन करते हैं। इस संबंध में **डॉ. कपिलदेव सिंह** का विचार देखा जा सकता है-"यदि खड़ी बोली की उत्पत्ति सीधे ब्रजभाषा से हुई होती तो आज मथुरा वृंदावन, जो ब्रजभाषा का केन्द्र है-में हम खड़ी बोली का ही प्रचार पाते, परन्तु ब्रजभाषा का साम्राज्य अब भी अपने क्षेत्र में बना हुआ है और वह वहाँ की साधारण जनता की भाषा है।"[14] **डा. चन्द्रबली पाण्डेय** तथा **डॉ. शिवराज वर्मा**[15] ने भी ब्रज से खड़ी बोली के जन्म को नकारा है।

कुछ लोगों ने इसे मनगढंत तथा बनावटी भाषा कहा है। इनमें **डॉ. ग्रियर्सन**[16] तथा **आर. डब्ल्यू. फ्रेजर**[17] मुख्य हैं। सच कहा जाय तो अंग्रेज विद्वानों के उक्त विचारों के पीछे वैज्ञानिक आधार बहुत कम, बल्कि भाषा-विषयक चालबाजी अधिक है। खड़ी बोली को मनगढंत कह कर इसके आविष्कार का सारा श्रेय वे अंग्रेज विद्वानों को ही देना चाहते हैं। **डॉ. ताराचन्द** ने उक्त विचारों को काटते हुए बड़ी अच्छी बात कही है-"हिन्दुस्तानी कोई मनगढंत, नयी भाषा नहीं है। यह वही खड़ी बोली है, जिसे दिल्ली और मेरठ के आसपास रहने वाले बहुत पुराने वक्तों से बोलते चले आ रहे हैं।[18] **एलिफस्टन** ने भी खड़ी बोली के प्राचीन प्रयोग की ओर संकेत किया है।[19] कुल मिलाकर कहा जा सकता है कि बोलचाल के रूप में यह बहुत पहले से चली आ रही थी। न यह ब्रजभाषा से उत्पन्न हुई है और न उर्दू से।[20]

**खड़ी बोली शब्द का प्रथम प्रयोग-** भाषा के अर्थ में खड़ी बोली शब्द का प्रथम प्रयोग कब हुआ, इस संबंध में दो तरह के विचार मिलते हैं। कुछ विद्वानों का अनुमान है कि इस शब्द का प्रथम प्रयोग 1803 ई0 में लल्लू लाल जी द्वारा उनके ग्रंथ 'प्रेमसागर' में किया गया, लेकिन कुछ लोग इस बात का खण्डन करते हुए बताते हैं कि-खड़ी बोली में उनसे पहले 10वीं शताब्दी के आसपास नाथ पंथियों, सिद्धों, बौद्धों द्वारा काफी कुछ रचा जा चुका था। अत: हमारे लिए बढ़िया होगा कि संक्षेप में बारी-बारी दोनों तरह के विचारों को देखा जाय-

प्रथम तरह के विचारकों का कहना है कि इस शब्द का प्रथम प्रयोग फोर्ट विलियम कॉलेज में हुआ। इन लोगों के अनुसार लल्लू लाल ने इस शब्द का पहला प्रयोग सन् 1803 ई. में अपने ग्रंथ 'प्रेमसागर' की भूमिका में किया था।[21] **सदल मिश्र** ने भी डॉ.

1. हिन्दुस्तानी-पत्रिका, पृ. 251
2. हिन्दी व्याकरण, पृ. 25
3. पश्चिमी हिन्दी बोलियों की व्याकरणिक कोटियाँ-डॉ कैलाश नाथ शुक्ल, पृ. 20
4. A English Hindustani Dictionary of words and Phrases-P. 12
5. खड़ी बोली काव्य में अभिव्यंजना-डॉ. आशा गुप्ता, पृ. 7
6. वही, पृ. 8
7. भारत की भाषाएँ और भाषा सम्बन्धी समस्याएँ-पृ. 58
8. पश्चिमी हिन्दी बोलियों की व्याकरणिक कोटियाँ, डॉ. कैलाश नाथ शुक्ल, पृ. 22
9. ब्रजभाषा बनाम खड़ी बोली-डॉ. कपिलदेव सिंह, पृ. 45, 1956
10. ब्रजभाषा बनाम खड़ीबोली-डॉ. कपिलदेव सिंह, पृ. 45
11. आबेहयात, पृ. 6
12. सुधा, जुलाई 1934
13. हिन्दी भाषा, पृ. क (भूमिका) 1964
14. ब्रजभाषा बनाम खड़ी बोली, पृ. 45
15. हिन्दी का राष्ट्रभाषा के रूप में विकास पृ. 79
16. The Modern Vernacular of Hindustani (Introduction), 1889
17. हिन्दी साहित्य की भूमिका-डॉ. लक्ष्मीसागर वार्ष्णेय, पृ. 273, 1953
18. हिन्दुस्तानी, पृ. 213, 1938
19. The Hindu Raja under the Moghal, Calcutta Review, 1871
20. हिन्दी भाषा : विकास और विश्लेषण-डॉ. चन्द्रभान रावत, पृ. 103
21. "श्रीयुत गुनगाहक गुनियन सुखदायक जान गिलक्रिरिस्त महाशय की आज्ञा से सं. 1860 में लल्लू जी लाल कवि ब्राह्मण, गुजराती, सहस्त्र अवदीच आगरे वाले ने जिसका सार ले यामिनी भाषा छोड़ दिल्ली आगरे की खड़ी बोली में कह प्रेम नाम 'प्रेमसागर' धरा- प्रेमसागर, प्रथम संस्करण, पृ. 1

**जानगिल क्राइस्ट** के आदेशानुसार लिखे गये अपने ग्रंथों[1] में इस शब्द का प्रयोग कई बार किया है। इसके पूर्व भी ओरियन्टल लिंग्विस्ट (1798 ई.) तथा अपेन्डिक्स टु गिलक्राइस्ट डिक्शनरी (1798 ई.) में खड़ी बोली की जगह 'हिन्दवी' शब्द का प्रयोग मिलता है। कुल मिलाकर इस मत के मानने वालों का यह कहना है कि साहित्यिक या ऐतिहासिक प्रमाण के अभाव में खड़ी बोली शब्द का प्रथम भाषार्थक प्रयोग 1803 ई. से पहले नहीं जा सकता।

लेकिन कई विद्वान् उक्त विचारों को मानने में अपनी असमर्थता व्यक्त करते हैं। इनके विचार से खड़ी बोली का अस्तित्व 1803 ई. से पहले भी रहा है। **डॉ. कैलाशनाथ शुक्ल** का विचार है कि-"यद्यपि यह सत्य है कि लल्लूलालजी से पूर्व किसी ने भी हिन्दुस्तानी को खड़ी बोली नहीं कहा, पर उसमें रचनाएँ बहुत पहले से प्रचलित थीं।"[2] अपभ्रंश काल (10वीं से 14वीं शताब्दी तक) के जैन आचार्यों, बौद्ध, सिद्धों, नाथ-पंथियों, चारण, कवियों आदि की रचनाओं को देखने से यह स्पष्ट हो जाता है कि उनमें खड़ी बोली का अस्तित्व बीज रूप में उसी प्रकार पाया जाता है, जिस प्रकार ब्रज, अवधी, पंजाबी आदि भाषाओं का।"[3]

कई लोगों ने **गिलक्राइस्ट** के आदेश से **लल्लू लाल** जी द्वारा खड़ी बोली शब्द के प्रयोग को भी नकारा है। इस संबंध में डॉ. **हजारी प्रसाद द्विवेदी** ने लिखा है-"यह कहना कि खड़ी बोली में गद्य लिखने का प्रारंभ लल्लू लाल आदि ने अंग्रेजों की प्रेरणा से किया, एकदम निराधार और गलत है। बहुत पहले से खड़ी बोली में आज की हिन्दी के समान गद्य लिखा जाता था। वह व्यवहार की भाषा थी और विशुद्ध संस्कृत शैली में उसमें पत्र लिखे जाते थे।"[4] **डॉ. माता प्रसाद जायसवाल** भी यही मानते हैं-"यह कहना एकदम निराधार है कि खड़ी बोली का आविष्कार लल्लू लालजी ने गिलक्राइस्ट की प्रेरणा से किया, क्योंकि 17वीं शताब्दी में संत प्राणनाथ प्रणीत 'कुलजनमसरूप' नामक ग्रंथ में मध्यकालीन खड़ी बोली हिन्दी या हिन्दुस्तानी का प्रयोग हुआ है।"[5] इतना ही नहीं, इसके पहले भी वली, सादी, वजही, फकीरा आदि रेख्ता कवियों की कविताओं में खड़ी बोली के चिन्ह मौजूद हैं। अत: उक्त अध्ययन के पश्चात् हम दृढ़ विश्वास के साथ कह सकते हैं कि लल्लू लाल जी से पहले खड़ी बोली में रचनाएँ रची जा चुकी थीं।

**खड़ी बोली की सीमाएँ-** किसी भाषा या बोली के क्षेत्र अथवा उसकी सीमारेखा का निर्धारण वस्तुत: एक जटिल कार्य है। एक बोली का कहाँ अंत होता है और दूसरी का कहाँ प्रारंभ इस संबंध में कोई ज्यामितीय रेखा नहीं खींची जा सकती। दो प्रतिवेशी बोलियों के बीच कुछ ऐसा मिश्रित बोलियों का क्षेत्र आता है, जिसे निश्चयात्मक रूप से किसी भी बोली के क्षेत्रान्तर्गत रख सकना एक कठिन कार्य होता है।[6] विद्वानों द्वारा सुझाई गई खड़ी बोली की सीमाओं के अध्ययन से एक बात साफ होती है। वह यह कि सभी ने हट-बढ़कर लगभग समान क्षेत्र ही खड़ी बोली के लिए निर्धारित किया है। **ग्रियर्सन** ने खड़ी बोली के क्षेत्र की ओर संकेत करते हुए बताया है कि-"खड़ी बोली की सीमाएँ व्यापक रूप से अंबाला, रामपुर, रियासत, मुरादाबाद, बिजनौर, गंगा के पूर्वी भाग, पश्चिमी रुहेलखंड (दक्षिण से उत्तर की ओर), मेरठ, मुजफ्फरनगर, सहारनपुर एवं देहरादून तक है।"[7] **डॉ. सुनीति कुमार चटर्जी** ने भी खड़ी बोली की यही सीमाएँ निर्धारित किया है।[8] **डॉ. श्याम सुन्दर दास** ने रामपुर रियासत के पूर्वी भागों में बोली जाने वाली बोली को खड़ी बोली कहा है।[9] **डा. धीरेन्द्र वर्मा**[10] तथा **उदयनारायण तिवारी**[11] ने भी **डॉ. श्याम सुन्दर दास** के विचारों का ही समर्थन किया है। सारांश यह कि खड़ी बोली गंगा-यमुना के उत्तरी देआब अर्थात उत्तराखण्ड में देहरादून के मैदानी भाग, सहारनपुर, मुजफ्फरनगर, मेरठ के पूरे जिले, बुलंदशहर के उत्तर-पूर्वी क्षेत्र में बोली जाती है। इसके अलावा पश्चिम में यमुना नदी के पार अंबाला तक, दक्षिण-पूरब में बिजनौर, मुरादाबाद तथा रामपुर जिलों के उत्तरी भाग की बोली भी यही खड़ी बोली है। इसका शुद्ध एवं परिमार्जित रूप बिजनौर जिले में ही बोला जाता है। बाकी स्थानों पर प्राय: समीपवर्ती भाषाओं का प्रभाव देखा जा सकता है। इसके दक्षिण तथा पूरब में व्रजभाषा का क्षेत्र है, पश्चिम में पंजाबी तथा उत्तर में पहाड़ी बोलियों का क्षेत्र है। एक विद्वान लिखते हैं कि- कौरवी भाषा उत्तर में सिरमौरी (गढ़वाली),

---

1. (A) The Hindi Story Teller, Vol. II Page-2, 1803, Calcutta.
   (B) The Oriental Febulist, Page 5, Vol. II, 1803, Calcutta.
   (C) The Hindi-Roman Ortho-Epigraphic Ultimatum, P. 19, 1804
2. पश्चिमी हिन्दी की व्याकरणिक कोटियाँ पृ. 23
3. ब्रजभाषा बनाम खड़ी बोली-डॉ. कपिलदेव सिंह, पृ. 46, 1956
4. विशाल भारत, भाग-25, अंक-4, पृ. 338, अप्रैल-1940
5. कुलजमसरूप, पृ. 17, 1965
6. पश्चिमी हिन्दी बोलियों की व्याकरणिक कोटियाँ-डॉ. कैलाशनाथ शुक्ल, पृ. 28
7. Linguistic Survey of India, Vol. IX, Part I, P. 63
8. भारतीय आर्य भाषा और हिन्दी, पृ. 197
9. भाषा विज्ञान, पृ. 87, सं. 1995
10. हिन्दी भाषा का इतिहास, पृ. 65, 1940
11. हिन्दी भाषा का उद्‌गम और विकास, पृ. 229

पूर्व में पंचाली (रुहेली), दक्षिण में कन्नौजी तथा ब्रज तथा पश्चिम में मारवाड़ी और पंजाबी भाषाओं से घिरी है। इसके पश्चिम में अंबाला कमिश्नरी की घग्गर नदी तथा पटियाला और फीरोजपुर जिले हैं। उत्तर में हिमालय के पहाड़ और सिरमौर तथा गढ़वाल जिले, पूर्व में रामपुर और मुरादाबाद जिलों के अवशिष्ट भाग तथा बदायूँ जिला, दक्षिण में बुलंदशहर का अवशिष्ट भाग तथा गुड़गाँव और अलवर के कौरवी भाषी अंश हैं।

यह प्राय: संपूर्ण अंबाला और मेरठ कमिश्नरियों की भाषा है। गंगा और जमुना के बीच के सहारनपुर, मुजफ्फरनगर जिलों का संपूर्ण भाग एवं गंगा के पूर्व बिजनौर और यमुना के पश्चिम करनाल, रोहतक, हिसार, और दिल्ली कौरवी भाषी हैं। उत्तर में देहरादून और अंबाला, पूर्व में मुरादाबाद और रामपुर, दक्षिण में बुलंदशहर और गुड़गाँव के बहुसंख्यक लोग यही भाषा बोलते हैं। मेरठ जिले की तहसील बागपत को टकसाली कौरवी भाषा का क्षेत्र माना जाता है जो कौरवी क्षेत्र के प्राय: बीच में पड़ता है।

खड़ी बोली का क्षेत्र

### खड़ी बोली बोलने वालों की संख्या-

1921 में **डॉ. ग्रियर्सन** के अनुसार - 53 लाख थी

1941 में **डॉ. धीरेन्द्र वर्मा** के अनुसार - 63 लाख थी

1951 में **डॉ. राजराथ शर्मा** के अनुसार - 83 लाख थी

1961 में **डॉ. हरदेव बाहरी** के अनुसार - 1 करोड़ के आस पास थी

1981 में **डॉ. कैलाश नाथ पाण्डेय** के अनुसार - 1करोड़, 50 लाख, 30421 थी

1991 में पुन: **डॉ. कैलाश नाथ पाण्डेय** के अनुसार - 1 करोड़, 79 लाख, 97131 थी

2001 की जनगणना के अनुसार - 2 करोड़, 5 लाख,, 66350 है।

**साहित्य-** अपने प्रारंभिक दौर में खड़ी बोली बहुत ही छिटपुट रूप में साहित्य में व्यवहृत हुई दिखाई देती है। यदि यह कहा जाय कि 1000 ई. से लेकर 1500 ई. तक खड़ी बोली का विरल प्रयोग साहित्य में हुआ है, तो बहुत बेजां नहीं मानना चाहिए। इस बीच गोरखनाथ, रामानन्द, अमीर खुसरो, वंदानेवाज़ तथा बाबा फरीद आदि ने इसका प्रयोग अपनी रचनाओं में किया। बाद में निर्गुण पंथी संत कवियों-कबीर, रैदास, दादू तथा नानक और मध्य युग में गंग, रहीम, रामप्रसाद तथा प्राणनाथ आदि दक्खिनी हिन्दी के कवियों ने इसका प्रयोग अपनी रचनाओं में किया। अठारहवीं सदी तक गद्य-साहित्य में पूर्ण रूप से प्रयुक्त होने के लिए यह प्रयासरत थी। सौभाग्य से अठारहवीं सदी तक गद्य के सिंहासन पर यह आरूढ़ भी हो गई, लेकिन पद्य का क्षेत्र इसकी पहुँच से बाहर ब्रजभाषा के हाथ में था। उन्नीसवीं सदी तक आते-आते इसने पद्य पर भी अधिकार कर लिया और बीसवीं शताब्दी में इसका शासन गद्य-पद्य दोनों पर समान रूप से हो गया। आज यही खड़ी बोली राष्ट्रभाषा-राजभाषा हिन्दी के नाम से जानी जा रही है। इस समय यह किसी निश्चित जमीन तक ही

सीमित नहीं रह गई है। इसका प्रयोग संपूर्ण भारत तथा भारत के बाहर अन्य देशों में धड़ल्ले से हो रहा है। खड़ी बोली ही पत्र-पत्रिकाओं, साहित्य, अध्ययन-अध्यापन आदि का माध्यम बनी हुई है। आकाशवाणी और दूरदर्शन से इसी में समाचार प्रसारित किये जाते हैं। खड़ी बोली पूर्ण सम्मानित, समर्थ-सक्षम है। इस समय इसका साहित्य विश्व के सम्मानित-साहित्यों में से एक है।

## खड़ी बोली की व्याकरणिक विशेषताएँ - खड़ी बोली की ध्वनियाँ

| | | | | | | | | | | | |
|---|---|---|---|---|---|---|---|---|---|---|---|
| **स्वर -** | ई | | | ऊ | | | | | | | |
| | इ | इँ | उँ | उ | | | | | | | |
| | ए | अ | | ओ | | | | | | | |
| | ऐ | | आ | औ | | | | | | | |
| **व्यंजन-** | क | ख | ग | घ़ | ङ | ह | | | | | |
| | च | छ | ज | झ | य | यँह | | | | | |
| | ट् | ठ् | ड् | ढ्ं | ण | ण्ह | ळ | ड़ | ढ़ | | |
| | त् | थ् | द् | ध् | न् | न्ह | स | ल | ल्ह | र | र्ह |
| | प् | फ् | ब् | भ् | म् | म्ह | | व | ब्ह | | |

### ध्वन्यात्मक वैशिष्ट्य-

(1) स्वराघात युक्त दीर्घ स्वर के बाद के व्यञ्जन का खड़ी बोली या कौरवी में द्वित्व हो जाता है, तब दीर्घ स्वर ह्रस्व हो जाता है। द्वित्व व्यञ्जन के पूर्व का ई इ, ऊ उ तथा ए ऐ में परिणत हो जाते हैं। बोल चाल की भाषा में द्वित्व की यह इस प्रवृत्ति के चलते वर्तमान कालिक कृदन्त त का भी द्वित्व हो जाता है। बाप > बाप्पू, वासन > बासन्ह, गाड़ी > गाड्डी,जाता > जात्ता, मोटा > मोट्टा, राजा > राज्जा, रोटी > रोट्टी।

(2) साहित्यिक हिन्दी के ऐ तथा औ बोल चाल की कौरवी में ए और ओ में रूपान्तरित हो जाते हैं जैसे -पैर > पेर, और > ओर, है > हे ,लौंडा > लोंडा

(3) शब्द के अन्त में ह्रस्व स्वर नहीं आते हैं। इस प्रकार कौरवी में शब्द या तो दीर्घ स्वरान्त होते हैं या व्यञ्जनान्त जैसे निधी, पशू ।

(4) खड़ी बोली में प्राय: ऐ, औ स्वरों का उच्चारण क्रमश: ए ऐ तथा ओ औ के मध्य होता है जैसे :ऐसा > ऐस्सा, पैसा > पैस्सा

(5) इसी प्रकार ए ओ का ह्स्वन्य भी ध्वनित होता है यह ऐ तथा इ के तुल्य तथा औ थोड़ा उ के समान सुनाई पड़ता है जैसे कुछेंक, देंखना

(6) स्वराघातहीन आदि स्वर में लोप की प्रवृत्ति द्रष्टव्य है अँगूठा > गूँठा, इकट्ठा > कट्ठा, असाढ़ > साढ़, शिकारी > सकारी, मिठाई > मठाई।

(7) 'और' कभी-कभी अर तथा प्राण ध्वनि लेकर होर में परिणत हो जाता है जबकि बैठ > बट्ट बन जाता है।

(8) खड़ी बोली के समस्त स्वर प्राय: सानुनासिक हैं।

### व्यञ्जन :

(1) खड़ी बोली और कौरवी में मूर्धन्य ध्वनियों का आधिक्य है जैसे देणा, लेणा, कहांणी, चाल

(2) महाप्राण व्यञ्जनों में महाप्राणता न्यून होती है। बलाघात की स्थिति में ही महाप्राणता व्यक्त होती है।

(3) दो महाप्राण ध्वनियाँ एक साथ प्रयुक्त होने पर महाप्राण के पश्चात् वाला व्यञ्जन अल्प प्राण हो जाता है। भीख > भीक, घूँघट > घूँगट, समझ > समज

मध्य स्थित ह महाप्राण ध्वनि कहीं-कहीं लुप्त हो जाती है : कहानी > कानी, बहू > बऊ, साहब > साब, नहाधोकर > नाधोकर

(4) निम्नांकित व्यञ्जनों को छोड़ सभी व्यञ्जनों का द्वित्व हो जाता है ड़, ण,ङ, ह, य्

(5) शब्द के पहले और अंतिम में संयुक्त व्यञ्जन नहीं आते पर ध्वनि लोप के कारण अपूर्ण संयुक्त व्यञ्जनों का निर्माण मध्य में होता है : मत् जाइए > मज्जाइए, भरले > भल्ले

(6) अल्प प्राण के पश्चात् का महाप्राण मिल कर उसे महाप्राण के रूप में तब्दील कर देता है ;बहादुरी > भादुरी, बहुत > भौत

(7) कुछ अपूर्ण परिवर्तन भी द्रष्टव्य हैं :

व् > म सावन > सामन

| | |
|---|---|
| न् > ल् | मिनट् > मिलट |
| ल् > न् | लवण > नूण |
| त > क | तक > लक |

(8) म्ह न्ह, र्‌ह ल्ह, आदि ध्वनि कौरवी की अपनी निजी विशेषता है : जैसे म्हारा, न्हाना, सुन्हैरी, व्हाँ (वहाँ)

(9) व्यञ्जनान्त संज्ञाओं के तिर्यक के एक वचन के रूपों के अन्त में ओं तथा ऊँ आता है :

| | |
|---|---|
| घरों में > घरुं | मरदूँ (मर्द का) |
| बेट यूँ (बेटी का) | बाप्पू नूँ (बाप को) |

(10) कहीं-कहीं ल ध्वनि विद्यमान है पर ड़ ढ़ ध्वनि यों का अभाव है।

**व्याकरण** परिनिष्ठित हिन्दी तथा कौरवी या ख़ड़ी बोली के व्याकरण में आंशिक अन्तर दीख पड़ता है।

**संज्ञा रूप-** (1) यद्यपि कि खड़ी बोली के संज्ञा रूप परिनिष्ठित हिन्दी के समतुल्य होते हैं पर आकारान्त संज्ञाओं के तिर्यक् के बहुवचन के रूपों के अन्त में ओं तथा ऊँ प्रयुक्त होते हैं :-

**पुल्लिंग :**

| | **एकवचन** | **बहुवचन** |
|---|---|---|
| **साधारण रूप** | घोड्डा | घोड्डे |
| **तिर्यक रूप** | घोड्डे | घोड्डों, घोड्डुं |
| **स्त्रीलिंग :** | गूँठी | गूठियाँ |
| **तिर्यक:** | गूँठी | गूँठियों |

(2) स्त्रीलिंग बनाने के लिए क्रमशः ई, इया, नी, आनी और अन, अण स्त्री प्रत्यय लगते हैं जैसे धीमरी, गुठिया, मोरनी, पण्डितानी, लोगनी, धोबन, कौरवी में घास, नाक पुल्लिंग हैं।

(3) **परसर्ग :**

| | |
|---|---|
| कर्ता - | ने, नें, नै |
| कर्म - | कूँ, नै, ण, सै, को |
| करण, अपादान | से, सै, सूँ |
| सम्प्रदान - | कू ने, णे के लिए |
| संबंध | का, के, की |
| अधिकरण - | मै पै पर |

**अन्य परसर्ग -** के लियो, की खात्तर, के आग्गे, के पीच्छे, के नीच्चे, के ऊप्पर

(4) कारक चिह्नविहीन प्रयोग वाक्य भी कहीं-कहीं प्रयुक्त होते हैं जैसे -

मै मेज्या, ओह दिया, तै या चीज किस्स कै - तै लई

(5) (क) **सर्वनाम :**

| | **उत्तम पु.** | | **मध्यम पुरुष** | |
|---|---|---|---|---|
| | मैं | हम | तू | तुम |
| **कर्त्ता** | में | हम | तू | हम |
| **कर्तृ** | में | हम-ने | तें | तम-ने |
| **तिर्यक** | मझ, मुझ, मुज, हम, तझ, तुझ, तुज, तम | | | |
| **कर्म सम्प्रदान** | मझे, मुझे, हमें, तझे, तुझे, तमें | | | |
| **संबंध** | मेरा, हमारा, म्हारा, तेरा, तुम्हारा, थारा | | | |
| **विशेष** | कर्तृ में या तें के साथ ने का प्रयोग नहीं होता। | | | |

**(ख) उल्लेख सूचक सर्वनाम :**

| | **कर्ता (पुल्लिंग)** | **(स्त्रीलिंग)** |
|---|---|---|
| **यह** | यू, यह | या |
| **वह** | ओ, ओ, ओह | वा |

वो का वे (बहुवचन) हो जाता है।

**कुछ अन्य सर्वनाम** : अपणा जो जोण; कोण या के (कौन) के (क्या) कै (कितने) को (कोई) (तिर्यक किसी) जोण-सा, जो कुच्छ, असा (ऐसा), इब (अभी), इमी, इब जाँ (अभी भी), जिब (जब और तब),स्वौ-व्हाँ-सी (वहाँ) जाँ (कहाँ)

**(6) विशेषण** :- विशेषण के रूप परिनिष्ठित हिन्दी के तुल्य हैं पर संख्यात्मक विशेषण कुछ भिन्न हैं, ग्यारै, बारै, छयालिस, उणसठ, पिचासी, ठासी,वाणवै, तिगणा, चौगणा, इत्ता, उत्ता।

**क्रिया रूप-** (1) वर्तमान काल के रूप इसमें इस प्रकार होते हैं -

| | एक वचन | बहुवचन |
|---|---|---|
| 1. | हूँ | हें |
| 2. | हे | हों |
| 3. | हे | हें |

(2) भूतकालीन रूप था लगाकर बनते हैं।

(3) परिनिष्ठित हिन्दी में जो क्रिया पद केवल संभाव्य वर्तमान का भाव प्रकाशित करते हैं वे यहाँ साधारण वर्तमान के मूलभाव को भी प्रकट करते हैं जैसे मैं खाऊँ का अर्थ मैं खा सकता हूँ या मैं खाता हूँ दोनों होता है।

(4) निश्चयार्थक वर्तमान के रूप, कौरवी में, कृदन्तीय रूपों के स्थान पर, साधारण वर्तमान रूपों से निर्मित होत हें -

जैसे : मैं मार रहा हूँ

| | एक वचन | बहु वचन |
|---|---|---|
| 1. | मारुहूँ | मारेहें |
| 2. | मारेहे | मारोहो |
| 3. | मारेहे | मारेहें |

पर कहीं-कहीं कृदन्तीय रूप भी मिलते हैं जैसे : होत्ता-हे, जाते-हें।

(5) निश्चयार्थक वर्तमान के समान यहाँ घटमान (Imperfect )के रूप वर्तमान के स्थान पर भूतकाल के रूप मे पूरे किए जाते है । जैसे मै मारू था । या मारता था । कहीं-कहीं यह काल भूतकाल की सहायक क्रिया लगाकर पूरी की जाती है जैसे (वह, तू मैंने)-मारे था, मारे थे (वे तुम या हम)

(6) वर्तमान तथा भविष्यत में दीर्घस्वरान्त क्रियापदों के रूप संक्षिप्त हो जाते हैं :

खाएँ हैं > खाँ हें, जाऊँगा > जाँ-गाँ

खाऐ-गा > खागा खाएँगे > खाँ-गे

(7) क्रियान्त न प्राय: ण में तब्दील जाते हैं, इसका तिर्यक रूप णे बनता है ;

खाना -> खाण , खाणे को (खाने के लिए ) इसी प्रकार , खोवण , पड़ण , भरण आदि रूप निर्मित होते हैं।

(8) कारण और जाणा के भूतकालीन रूप करा किया तथा गया और गिया ,दोनों मिलते हैं।

(9) नहीं का दो अन्य रूप भी प्रचलित है ने,नी। नी का प्रयोग उत्तम पुरुष में होता है : जैसे मै नी चला। ने का प्रयोग अन्य पुरुष में होता है जैसे-उसे को ने दे ता ।

**अव्यय :** कआँ (कहा) और (अर, होर) उधे(वहाँ) गैल (साथ) नू (यो) कधी (कभी ) तद (तब) जद (जब) कद (कब)

**कुछ शब्द** .उन ने(उन्होने )अंदन (दलदल) गंठा (प्याज) बगड़(आँगन) धैसुआ (घोसला) ताबड़ा(झटपट) घणा (बहुत) चोक्खा (अच्छा) ट्म (जेवर) तिस (प्यास) घावर (शनिवार) नाप (नाभि)

संक्षप में खड़ी बोली की कुछ व्याकरणिक विशेषताएँ इस प्रकार हैं :

(1) **कामता प्रसाद गुरु** के अनुसार "खड़ी बोली में वर्तमान कालिक कृदन्त के त, ता रूप के साथ स्थिति दर्शक सहकारी क्रिया के वर्तमान काल के रूप में जोड़ देने पर सामान्य वर्तमान काल की रचना होती है।"[1]

(2) **डॉ. भोलानाथ तिवारी** के अनुसार "खड़ी बोली का ऊँ-यूँ बहुत प्रचलित नहीं है, केवल पश्चिमी क्षेत्र में इसका प्रयोग कभी-कभी ही सुना जाता है।"[2]

(3) **डॉ. हरदेव बाहरी** के अनुसार- "खड़ी बोली में संज्ञा शब्दों के प्राय: वही रूप हैं, जो साहित्यिक हिन्दी में हैं। खड़ी बोली

1. हिन्दी व्याकरण - कामता प्रसाद गुरु, पृष्ठ-28

2. हिन्दी भाषा -डॉ. भोलानाथ तिवारी, पृष्ठ-216, सन् 1966

की एक और भारी विशेषता हैं - स्वर मध्यग द्वित व्यंजन, जो दीर्घ स्वर के बाद भी उच्चरित होता है, किन्तु उस स्वर की दीर्घता कुछ कम हो जाती है।"[1]

(4) **डॉ. उदय नारायण तिवारी** के अनुसार- "पंजाबी की भाँति बोल चाल की नागरी (खड़ी बोली) में भी मूर्धन्य व्यंजन वर्णों का अत्यधिक व्यवहार होता है।"[2]

(5) **डॉ. हरिश्चन्द्र शर्मा** के अनुसार-"'सिर' शब्द मूल तथा तिर्यक एक वचन और बहु वचन में एक समान रहता है।"[3]

(6) **डॉ. अवधेश्वर अरुण** के अनुसार-"खड़ी बोली में संज्ञा, विशेषण और क्रियाओं में लिंग और वचन के अनुसार परिवर्तन होता है।"[4]

(7) **डॉ. रत्न चन्द्र शर्मा** के अनुसार-"खड़ी बोली में तिर्यक बहुवचन परसर्ग 'ऊं' प्रयुक्त होता है, जैसे- मरद>मरदूं, बेटी>बेट्यूं आदि।"[5]

(8) **डॉ. कैलाश चन्द्र भाटिया** के अनुसार-"अगर कौरवी (खड़ी) बोली में से मुख्यत: ह्रस्व 'ए' तथा 'ओ' का प्रयोग, व्यंजनों के द्वित्व की प्रवृत्ति, णकार तथा मूर्धन्य 'ल' के प्रयोग को छोड़ दिया जाए तो इसका स्वरूप मानक के समीप ही नहीं, मानक बन जाता है।"[6]

(9) **डॉ. कैलाश नाथ शुक्ल** के अनुसार-"खड़ी बोली में अन, आन प्रत्यय से निष्पन्न संज्ञाओं के बहुवचन तिर्यक रूप प्राय: ओ प्रत्यय लगकर ही बनते हैं, यथा- भटियारन-भटियारनों, आदमन-आदमनों, ठकुरान-ठकुरानों।"[7]

(10) **डॉ. कैलाश नाथ पाण्डेय** के अनुसार-"खड़ी बोली के सभी स्वर सानुनासिक हैं।"[8]

**खड़ी बोली गद्य का नमूना :**

एक राज्जा की एक बेट्टी ती।
नाम ता उसका गौरा। नाई बांमण सब
देस देस में होय आाए, कोई बर ना
मिलै। बाप ने कया - बेट्टी घर ढूंढूं
तो बर नहीं हात आत्ता, इससे तो
आच्छा ता तू होत्ते इ मर जाती।

**खड़ी बोली पद्य का नमूना :**

हे री सास्सू पाणी तो भरणें में चली।
हे री सास्सू कुये पै खेल्ले काला नाग।।
मुझे तो डस लेगा, हे री मेरी बीबी।
भइया रे तू बहण बुलाये, तेरा कुच्छ ना मांगती।।

## 2.हरियाणवी

**परिचय** - अपनी प्रचुर तथा गौरवशाली, ऐतिहासिक तथा सांस्कृतिक परंपराओं से भरे-पूरे, Green Land (हरी भूमि) के नाम से प्रख्यात, 44222 वर्ग किलो मीटर क्षेत्रफल में फैले हुए तथा लगभग एक करोड़ आबादी वाले हरियाणा प्रदेश के नाम पर ही वहाँ की बोली का नाम हरियाणवी पड़ा है। यह प्रदेश 1966 से पहले पंजाब की धरती का अभिन्न हिस्सा रहा है ।विद्वानों ने इस बोली के अन्य नाम भी सुझाए है । **ग्रियर्सन** ने इस प्रदेश की बोली का नाम बांगरू, देसवाडी देसडी, चमरवा तथा जाटू बताया है। **धीरेन्द्र वर्मा** बांगरू, जाटू तथा हरियानी के अलावा इसे 'सरहदी' (सरहद की बोली ) भी कहतें है। **डा. सुनीति कुमार चटर्जी** ने इसका नामकरण 'बाँगड़ू' तथा 'हरियानी' किया है। **पं. स्थाणदत्त शर्मा** इसे हरियाणयी तथा **डा. नानकचन्द शर्मा** 'हरियाणवी' नाम देना उचित समझते हैं। सच कहा जाये तो इस प्रदेश की बोली के लिए बाँगरू तथा 'हरियाणवी' नाम ही ज्यादा प्रचलित रहें है । इनमें भी 'हरियाणवी' नाम सर्वाधिक प्रचलित रहा है। बांगरू जिसका अर्थ है -वह उच्च एवं शुष्क जमीन, जहाँ नदी का पानी नहीं पहुँच पाता, करनाल जिले का एक समीपवर्ती छोटा सा रकबा है।लेकिन इसकी तुलना में हरियाणा का क्षेत्रफल काफी विस्तृत है, अत: इसका नाम हरियाणवी काफी सार्थक लगता है।

विद्वानों के द्वारा 'हरियाणा' की विभिन्न व्युत्पत्तियाँ सुझाई गयी हैं। **एम. एस.रंधावा** तथा **देवी शंकर प्रभाकर** ने 'हरियाणा' की व्युत्पत्ति 'हरि+अरण्य'से बताया है। महाभारत काल में हरियाणा को 'कुरु जांगल' कहा जाता था। इन विद्वानों का विचार है कि यह अरण्यमयी धरती भगवान श्री कृष्ण की क्रीड़ा स्थल रही है और इसी लिये हरियाणा कहलायी।[9] 'राहुल जी का विचार

1. हिन्दी : उद्भव विकास और रूप - डॉ. हरदेव बाहरी, पृष्ठ-86
2. हिन्दी भाषा का उद्गम और विकास -डॉ. उदय नारायण तिवारी, पृष्ठ-230
3. खड़ी बोली के विकास का अध्ययन - डॉ. हरिश्चन्द्र शर्मा, पृष्ट-320
4. हिन्दी भाषा का स्वरूप विकास - डॉ. अवधेश्वर अरुण, पृष्ठ-38
5. भाषा विज्ञान और मानक हिन्दी - डॉ. रत्नचन्द्र शर्मा, पृष्ठ-162
6. भारतीय भाषाएँ - डॉ. कैलाश चन्द्र भाटिया, पृष्ठ-140
7. पश्चिमी हिन्दी बोलियों की व्याकरणिक कोटियाँ - डॉ. कैलाश नाथ शुक्ल, पृष्ठ-104
8. भाषा विज्ञान का अनुशीलन - डॉ. कैलाश नाथ पाण्डेय, पृष्ठ-254
9. हरियाणा के लोक गीत, प्रथम संस्करण, पृ.4

कि इसकी व्युत्पत्ति 'हरिधान्यक' शब्द से इस प्रकार हुई है - हरिधान्यक > हरिहानक > हरिआनक > हरिआनअ > हरिआन > हरियान > हरियाना आदि ।[1] **डा. देवी शंकर प्रभाकर** ने अपनी एक अन्य पुस्तक में लिखा है कि ''यहाँ के निवासियों के इष्ट देव भगवान शिव रहें हैं, इस कारण इसका नाम 'हरयाणा' अर्थात 'शिव का घर' पड़ा ।[2] **डा. हरदेव बाहरी** का मत है कि इसका विकास 'अहीर' से जिसे इस बोली में 'हीर' कहते हैं, हुआ है। 'आना' का अर्थ 'स्थान' या 'प्रदेश' है, जैसे- राजपूताना, तलिंगाना में। 'हीराना'(अहीरों का प्रदेश) से 'हरियाना' सिद्ध होता है।[3] जो कुछ भी हो, हरियाना शब्द की उक्त सभी व्युत्पत्तियाँ अटकलों और कल्पनाओं पर ही आधारित हैं। इस सम्बन्ध में मैं इतना कहना चाहूँगा कि पंजाब और हरियाना के लोगों की कड़ी मेहनत और कठिन श्रम संपूर्ण भारत में प्रसिद्ध है। कठिन श्रम करने वालों का यह प्रदेश निरंतर हरा-भरा रहता है, कहीं ऐसा तो नहीं कि इस हरियाली के कारण ही इस प्रदेश का नाम हरियाणा पड़ गया हो। हिसार जिले के गज़ेटियर में 'हरा' शब्द से हरियाणा बनने की संभावना भी व्यक्त की गई है।[4] फिर, हरियाना को तो पृथ्वी का स्वर्ग भी कहा गया है-

''देशोऽस्ति हरिणाख्य पृथिव्यां स्वर्ग सन्निम्''

**हरियाणवी की सीमाएँ-** हरियाणा के उत्तर में पंजाबी, पश्चिम में राजस्थानी, पूर्व में खड़ी बोली और दक्षिण में ब्रजभाषा बोलियों का प्रदेश है।[5] **जॉर्ज ग्रियर्सन** ने इसकी सीमाएँ बताते हुए कहा है-"This dialect is spoken in the tract consisting of the districts of Karnal, Rohtak, Delhi, south-east corner of the state of Patiala, the east district of Hissar and detached portions of the states of Nabha and Jind which lie between Rohtak and Hissar."[6] अर्थात् हरियानवी करनाल, रोहतक, देहली, दक्षिण-पूर्वी पटियाला, पूर्वी हिसार तथा नाभा और जीन्द में बोली जाती है। डॉ. हरदेव बाहरी के अनुसार-अम्बाला से दक्षिण-पश्चिम के विस्तृत भू भाग को हरियाना कहते हैं। इसके अन्तर्गत् दिल्ली प्रदेश, रोहतक और करनाल के जिले, संगरूर की जींद तहसील, पूर्वी हिसार और दक्षिण-पूर्वी पटियाला आते हैं।[7] डॉ. भोलानाथ तिवारी इस बोली की सीमाओं को इस प्रकार निर्धारित करते हैं-"पश्चिमी हिन्दी की एक बोली, जो पंजाब के दक्षिणी-पश्चिमी भाग में करनाल, रोहतक, हिसार, पटियाला, नाभा, जीन्द एवं इसके आस-पास तथा दिल्ली राज्य (नगर को छोड़कर) में बोली जाती है। इस बोली का क्षेत्र खड़ी बोली, अहीरवाटी तथा मारवाड़ी से घिरा हुआ है और इन सभी बोलियों का इस पर प्रभाव है।[8]

**हरियाणवी बोलने वालों की संख्या -**

1931 की जनगणना के अनुसार - 22 लाख थी

1961 में **डॉ. हरदेव बाहरी** के अनुसार - 30-32 लाख थी

1981 में **डॉ. कैलाश नाथ पाण्डेय** के अनुसार - 83 लाख, 2 हजार 532 थी

1991 में पुनः **डॉ. कैलाश नाथ पाण्डेय** के अनुसार - 1 करोड़, 54 लाख, 1023 थी

2001 की जनगणना के अनुसार - 2 करोड़ के आसपास है

**साहित्य-** यह एक आश्चर्य ही कहा जाएगा कि हरियाणा की जमीन का विशिष्ट सांस्कृतिक तथा ऐतिहासिक महत्त्व होते हुए भी इसका साहित्यिक पक्ष लगभग शून्य रहा है। हरियाणा की धरती पर इतिहास प्रसिद्ध अनेक लड़ाइयाँ लड़ी गईं। विश्वामित्र तथा वशिष्ट की यज्ञ-प्रधान संस्कृति का पावन-स्मरण यही भूमि कराती है। इन सबके बावजूद इतनी उर्वरा भूमि पर केवल कुछ लोक साहित्य ही रचे गये हैं। अधिकांशतया लोकगीत तथा लोक कथाएँ मौखिक रूप में ही जीवित हैं। हाँ, इस समय कुछ रचनाएँ हरियानवी में रची जा रही हैं। इसके पहले हरियानवी में लिखित साहित्य का अभाव ही है।

## हरियाणवी की व्याकरणिक विशेषताएँ -

### ध्वन्यात्मक वैशिष्ट्यः

स्वर (क) हरियाणवी और कौरवी की ध्वनियाँ समान हैं।

(ख) स्वरों का उच्चारण अनिश्चित है जैसे कहाऊँ > कोहाऊँ, रहा > रेह्या, जवाब > जुबाब

(ग) एक ही स्वर कभी दीर्घ तो कहीं ह्रस्व वत प्रयुक्त होता है जैसे आम > आट्टा आ, ऊ, ए, ओ आसरा, आग्गे,

---

1. हरियाना प्रदेश का लोक -साहित्य - डॉ. शंकर लाल यादव पृ 59, 1960
2. हरियाणा : एक सांस्कृतिक अध्ययन पृ. 9-10 1967
3. ग्रामीण हिन्दी बोलियाँ, पृ. 58, 1966
4. हरियाणवी का उद्गम तथा विकास - डॉ. नानकचन्द्र शर्मा, पृ. 21
5. पश्चिमी हिन्दी बोलियों की व्याकरणिक कोटियाँ - डॉ. कैलाश नाथ शुक्ल, पृ. 36
6. Linguistic Survey of India, Part II, Page 902
7. ग्रामीण हिन्दी बोलियाँ, - पृ. 59
8. हिन्दी भाषा, पृ. 177, 1966

ऊन, ऊखरब्रल, औ, ऊपर, ऊप्पर, तेल्ली, तेली, भैस्सा, चैत, रोक, कोट्टा, गोब्बर, रौला, सौक्कण

(घ) द्वित्व व्यञ्जनों के पूर्व इ और उ ध्वनियाँ ह्रस्व इँ उँ उच्चरित होती हैं जैसे : भीतर > भित्तर, भूका > भुक्का

(ङ) खड़ी बोली की तरह स्वर लोप की प्रवृत्ति दीख पड़ती है।

**व्यञ्जन :** (1) न तथा ल का ण और ल में परिवर्तन।

(2) द्वित्व व्यञ्जनों का हरियाणवी में अधिक प्रयोग

**संज्ञा-1.** खड़ी बोली तथा हरियाणवी के संज्ञा रूप समान हैं, अन्तर है तो केवल तिर्यक बहुवचन रूपों में। हरियाणवी के बहुवचन रूप आँकारान्त होते हैं, जैसे-घोड़ाँ, दिनाँ, छोट्याँ।

**परसर्ग-**क. परसर्गों के प्रयोग में अनिश्चितता पाई जाती है जैसे ने, नै परसर्ग कर्ता, कर्म और सम्प्रदान में प्रयुक्त होते हैं।

ख. अपादान कारक चिन्ह ती ते तै का प्रयोग कर्म, करण, सम्प्रदान में होता है।

ग. सम्प्रदान में कील्यौ (के लिए) अधिकरण में अतिरिक्त पद और माह परसर्ग मिलते हैं। इनके अतिरिक्त गैल (साथ) के पाह (पास) तले, के आग्गे रूप प्राप्त होते हैं।

**सर्वनाम-**राजस्थानी और ब्रज भाषा की तरह यहाँ अन्य पुरुष स्त्रलिंग रूप याह और वाह होता है।

**क्रिया रूप-क.** इँ हैं है के स्थान पर रूँ साँ सैं सें साँ आदि प्रयुक्त होते हैं।

ख. वर्तमान काल त का द रूप भी मिलता है। जैसे करता का करदा मिलते से, मिलदे।

ग. पूर्वकालिक क्रिया के रूप करकै दकै होते हैं।

घ. संज्ञार्थक क्रिया मारण या मारणा की तरह बनतीं हैं।

**कुछ शब्द-**अठै-यहाँ, अक-कि, ओड़ी-वहाँ , किक्कर-कैसे, न्यूं-यों, जाणूं-मानो, जद-कब, इन-अब, छालणा-रूमाल सौड़-आई ,खोसम खोसा, छीना झपटी।

संक्षेप में हरियाणवी की कुछ अन्य व्याकरणिक विशेषताएँ इस प्रकार हैं-

1. **कामता प्रसाद गुरु** के अनुसार- ''हिन्दी की तरह साला, भान्जा, भतीजा, वेटा, पोता आदि अथवा इनके समानार्थी शब्द हरियाणवी में आकारान्त संज्ञाओं की भाँति निष्पन्न होते हैं।''[1]

2. **पं. स्थाण दत्त शर्मा** के अनुसार- ''हरियाणवी का आदरार्थ शब्द 'धम' है। हिन्दी के प्रभाव से 'आप' का प्रयोग भी कभी-कभी सुनने को मिल जाता है, किन्तु बहुत कम।''[2]

3. **डॉ. नानक चन्द्र शर्मा** के अनुसार- ''हरियाणवी में मूल धातु के साथ 'इ' प्रत्यय+इच्छार्थक (सम्भावनार्थ) काल के अन्य पुरुष के प्रत्यय (वचनानुसार) और अंत में कालानुसार सहायक क्रिया के योग से कर्मवाच्य के रूप बनते हैं, यथा-लड्डू बाँटियें सैं (बाँटे जाते हैं)।''[3]

4. **डॉ. उदयनारायण तिवारी** के अनुसार, - ''बाँगरू (हरियाणवी) में स्वरों का उच्चारण बहुत निश्चित नहीं है, यथा-कहाऊँ>कोहाऊँ, रहा>रेह्या, जबाब>जुबाब, बहुत>बोहत''[4]

5. **डॉ. रत्नचन्द्र शर्मा** के अनुसार, - ''हरियाणवी में वर्तमान काल में वैकल्पिक रूप बनाने के लिये 'ता' और 'दा' का प्रयोग किया जाता है, जैसे, करता-करदा, चलता-चलदा''[5]

6. **डॉ. हरदेव बाहरी** के अनुसार, - ''ध्वनि विकास की दृष्टि से हरियाणवी की पंजाबी और कौरवी के बीच की स्थिति है। पूर्वकालिक क्रियाएँ 'कै' और संज्ञार्थक क्रिया 'मारण', 'मारणा' उल्लेखनीय हैं।''[6]

7. **डॉ. कैलाश चन्द्र भाटिया** के अनुसार, - ''हरियाणवी में मूर्धन्य ध्वनियों के प्रयोग का आधिक्य न किया जाये तो उच्चारण बहुत-कुछ मानक के समीप आ जाता है।''[7]

8. **डॉ. कैलाश नाथ शुक्ल** के अनुसार, - ''सामान्य प्रत्यय 'ण', 'न' हैं। रूप-रचना खड़ी बोली के अनुरूप है। तिर्यक् रूप भी खड़ी बोली के समान ही बनते हैं, यथा-छोटा भाई कहण लगा, राणी रोवण लागी।''[8]

---

1. हिन्दी व्याकरण- कामता प्रसाद गुरु, पृ. 262
2. हरियाणे की भाषा-सप्तहिन्धु, भाषा विशेषांक- डॉ. स्थाणदत्त शर्मा, पृष्ठ -133
3. हरियाणवी का उद्गम तथा विकास- डॉ. नानक चन्द शर्मा- पृ. 325
4. हिन्दी भाषा का उद्गम और विकास- डॉ. उदयनारायण तिवारी, पृष्ठ 234
5. भाषा विज्ञान और मानक हिन्दी- डॉ. रत्नचन्द्र शर्मा, पृष्ठ 164
6. हिन्दी: उद्भव, विकास और रूप- डॉ. हरदेव बाहरी, पृष्ठ 88
7. भारतीय भषाएँ- डॉ. कैलाश चन्द्र भाटिया, पृ. 141
8. पश्चिमी हिन्दी बोलियों की व्याकरणिक कोटियाँ- डॉ. कैलाश नाथ शुक्ल, पृ. 156

9. **डॉ. कैलाश तिवारी** के अनुसार, - "द्वित्व व्यंजनों के प्रयोग हरियानी में सबसे अधिक होते हैं, यथा-कत्ता-काटना, दोन्नो-दोनो।"[1]

10. **डॉ. कैलाश नाथ पाण्डेय** के अनुसार, - "हरियाणवी के क्रिया रूप वर्तमान कालिक कृदन्त के अनुरूप ही होते हैं। कहीं-कहीं क्रिया रूपों में लिंग-वचन विभेद के साथ पुरुषगत अभेदता भी मिलती है।"[2]

**हरियाणवी गद्य का नमूना-** एक ब्राम्हण था और एक ब्राम्हणी थी। ब्राम्हणी चून मैंग कै लिआया करया। ब्राम्हणी कैहण लाग्गी इस नगरी मैं राज्जा भोज सै। यू सलोक कोहा कै ब्राम्हणाँ ने एक मका सिओने का दे सै। इस राज्जा के तौं भी जा के कह दे। ब्राम्हण कैहण लाग्या मैं सलोक नी जाणदा। ब्राम्हणी कैहण लाग्गी सलोक तन्नै मैं सिख्या दींगी। फेर उन ब्राम्हण ने सलोक सिख्या दिया, अक पैस्सा गाँठ मैं।

**हरियाणवी पद्य का नमूना-**

**"सुघड़ खाती के, बगड़ खाती के**
**चन्नण को घड़ लिआ पालनो, जायें झलें सरिहल रानी।**
**अजी आठ खुराड़ा, नौजना, कोईं दगदग जाएं बन को,**
**राजा की रानी, जहार की रानी।"[3]**

## 3. ब्रजभाषा

**परिचय-** पश्चिमी हिन्दी की बोलियों में खड़ी बोली यदि अपनी कर्कशता तथा शुष्कता-नीरसता के लिए प्रसिद्ध है तो ब्रजभाषा शहद की अपनी मिठास, कोमल प्राणता तथा बोलचाल की स्निग्धता के लिए अलग पहचान रखती है। पश्चिमी हिन्दी के अध्ययन के लिए यह कुंजी का कार्य करती है।

विद्वानों ने 'ब्रज' शब्द का कई अर्थ बताया है। वस्तुत: 'ब्रज' शब्द का संबंध संस्कृत 'ब्रज' से है, जिसका प्रयोग ऋग्वेद आदि प्राचीन ग्रंथों में पशु-समूह या चारागाह के अर्थ में हुआ है। **डॉ. धीरेन्द्र वर्मा** इस संबंध में लिखते हैं-"इस शब्द का प्रथम प्रयोग ऋग्वेद संहिता में मिलता है, जिसमें अधिकांशत: यह शब्द ढोंरों के चारागाह या बाड़े या पशु-समूह के अर्थ में प्रयुक्त हुआ है।"[4] **डॉ. प्रभुदयाल मित्तल** के अनुसार 'ब्रज' शब्द के तीन अर्थ हैं-गोष्ठ (गायों का खिरक), मार्ग और वृन्द (झुन्ड)[5]। एक अन्य विचारक **डॉ. सत्येन्द्र** का कहना है कि - "चूँकि 'ब्रज' कृष्ण की लीलाभूमि रही है और भागवत में 'विरज' का अर्थ 'व्याप्ति' दिया हुआ है, इसलिए, जिसमें कृष्ण व्याप्त हैं, वही ब्रज है।"[6] रामायण में कहा गया है कि वह प्रदेश शत्रुघ्न के पुत्र शूरसेन द्वारा शासित था। शायद इसीलिए ब्रज प्रदेश का एक दूसरा नाम शूरसेन भी मिलता है। बौद्ध साहित्य में चौदह जनपदों में से एक यह भी है। एक परवर्ती व्याख्या के अनुसार **'गाव: अस्मिन् ब्रजन्ति इति ब्रज:'** अर्थात् गायों की विचरण भूमि होने के कारण इसे 'ब्रज' कहते हैं।

उपर्युक्त मान्यताओं और निष्कर्षों के बावजूद भी इसके स्थानपरक या भाषापरक होने के संबंध में कोई सुलझा हुआ मत सामने नहीं आता, किन्तु इतना तो निर्विवाद है कि मध्यकालीन हिन्दी साहित्य में 'ब्रज', 'बृज' अथवा 'बिरज' शब्द सामान्यतया मथुरा और उसके आसपास के क्षेत्रों का द्योतक है।

भाषा के अर्थ में 'ब्रज' शब्द का प्रयोग सत्रहवीं शताब्दी के पूर्व नहीं मिलता। कदाचित् भिखारीदास (1725 ई0) ने सर्वप्रथम-'ब्रजभाषा' शब्द का प्रयोग किया था-

**भाषा ब्रजभाषा रुचिर, कहे सुमति सब कोइ।**
**मिलै संस्कृत पारसिहु, पै अति प्रगट जु होइ।।**

दरअसल सत्रहवीं शताब्दी के आसपास 'ब्रजभाषा' को केवल 'भाखा' कहा जाता था। 'हिन्दी' और 'भाखा' शब्द काफी समय तक समानार्थक बने रहे; किन्तु आगे चलकर 'भाखा' शब्द मुख्यत: ब्रजप्रदेश की भाषा के लिए प्रचलित हो गया और 'ब्रज की भाखा' से 'ब्रज भाषा' रूप सामने आया।[7] सच कहा जाय तो ब्रजमण्डल में पशुपालन ही मुख्य पेशा होने के कारण संभवत: इस प्रदेश को 'ब्रज' कहा गया और प्रदेश के आधार पर यहाँ की भाषा भी 'ब्रज' या 'ब्रजभाषा' कही गई।

**उत्पत्ति-** ब्रजभाषा का विकास शौरसेनी अपभ्रंश से माना जाता है। हेमचन्द्र के व्याकरण में प्रयुक्त दोहों की भाषा को विद्वानों

---

1. हिन्दी और उसकी विविध बोलियाँ- डॉ. कैलाश तिवारी
2. भाषा विज्ञान का अनुशीलन-डॉ. कैलाश नाथ पाण्डेय, पृ. 256
3. हरियाणे की भाषा-सप्तसिन्धु, भाषा विशेषांक-डॉ. स्थाण दत्त शर्मा, पृ. 133, सन् 1995
4. ब्रजभाषा, पृ0 16, 1954
5. ब्रज का सांस्कृतिक इतिहास, पृ0 1, 1966
6. ब्रज साहित्य का इतिहास, पृ0 3
7. पश्चिमी हिन्दी बोलियों की व्याकरणिक कोटियाँ-डॉ0 कैलाश नाथ शुक्ल, पृ0 40-41

ने अपभ्रंश माना है। इन दोहों की शौरसेनी अपभ्रंश में ही ब्रजभाषा की पूर्व पीठिका विद्यमान है। ब्रज को शौरसेनी अपभ्रंश से सम्बद्ध करते हुए **डॉ. सुनीति कुमार चटर्जी** लिखते हैं-"The dialect of Braj is most important and in the sense most faithful representative of Saurseni speech. The Apabhramsa Verses quoted in the Prakrit grammar of Hemchandra is in a Saurseni speech which represents the premodern stage of Western Hindi."[1]

**ब्रजभाषा की सीमाएँ-** रूढ़ अर्थ में 84 कोस के मण्डल को ब्रज कहा जाता था-

**इत बरहद उत सोनहद उत सूरसेन को गाम।**
**ब्रज चौरासी कोस में मथुरा मण्डल धाम।।**

ब्रजभाषा बोली का क्षेत्र

लेकिन भाषिक दृष्टि से ब्रजभाषा का क्षेत्र इससे अधिक दूर तक फैला हुआ है। **डॉ. ग्रियर्सन** बताते हैं कि-"यदि मथुरा को केन्द्र माना जाय तो दक्षिण में ब्रजभाषा, आगरा, भरतपुर के अधिकांश भाग, धौलपुर, करौली, ग्वालियर के पश्चिमी भाग तथा जयपुर के पूर्वी भाग में बोली जाती है। उत्तर में इसका विस्तार गुड़गाँव के पूर्वी भाग तक है। उत्तर-पूर्वी दोआब में यह बुलंदशहर, अलीगढ़, एटा, मैनपुरी तथा गंगा के उस पार बदायूँ, बरेली तथा नैनीताल की तराई में बोली जाती है।"Braj Bhakha (also spelt Bhasha) or the Antarbedi, the language of the Anterbed (Sanskrit Anterbedi) is spoken in the district of Mathura, Agra greater part of the state of Bharatpur state of Dholpur and karauli, western part of Gwalior, east of Jaipur eastern part of Gurgaon, Buland Shahar, Aligarh, Etah, Mainpuri, Badaon, Bereilly and the Taraiparaganas of Nanital.[2]" ब्रजभाषा की सीमाओं के संबंध में **डॉ. धीरेन्द्र वर्मा** का विचार कुछ भिन्न है। वर्मा जी ने कन्नौजी को स्वतंत्र बोली न मानकर उसे ब्रजभाषा में ही समाहित कर दिया है। ब्रजभाषा का मूल केन्द्र मथुरा है और यह मथुरा, अलीगढ़ तथा आगरा में शुद्ध रूप में बोली जाती है।

**ब्रजभाषा बोलने वालों की संख्या -**

1921 की जनगणना के अनुसार-79 लाख थी

1941 में **डॉ. धीरेन्द्र वर्मा** के अनुसार-1 करोड़ के लगभग थी

1951 में **डॉ. सत्येन्द्र** के अनुसार-1 करोड़,7 लाख,81605 थी

1961 में **डॉ. हरदेव बाहरी** के अनुसार-1 करोड़, 25 लाख थी

1981 में **डॉ. कैलाश नाथ पाण्डेय** के अनुसार-2 करोड़, 30 लाख, 93395 थी

---

1. Bengali Language : Origin and Development, Page 19
2. - Linguistic Survey of India, Vol. II, Page 903

1991 में पुन: **डॉ. कैलाश नाथ पाण्डेय** के अनुसार-3 करोड़, 94 लाख, 55875 थी

2001 की **जनगणना** के अनुसार- 5 करोड़, 50 लाख, 36742 थी

**साहित्य-** चरगाही संस्कृति (Pastural life) में विकसित एवं अनुप्राणित ब्रज समाज शुरू से ही स्वच्छंदता प्रेमी रहा है। एक समय था, जब ब्रजभाषा किसी निश्चित क्षेत्र की ही नहीं, बल्कि समस्त उत्तर भारत की साहित्यिक भाषा थी। यहाँ तक कि इसका प्रभाव बंगाल तक पहुँच चुका था। **डॉ. पीताम्बरदत्त बड़थ्वाल** लिखते हैं कि, "बंगाल में ब्रजबुलि नाम से उसका एक अलग रूप चल पड़ा, जो कृत्रिम होने पर भी उसका महत्त्व बताता है।" 16वीं शती के मध्य तक ब्रजभाषा संपूर्ण मध्यदेश की प्रतिनिधि भाषा तो हो ही चुकी थी, मध्यदेश के बाहर भी लोग इसकी मिठास का आनंद ले रहे थे। **आचार्य विश्वनाथ प्रसाद मिश्र** ने लिखा है कि, "ब्रज की वंशी ध्वनि के साथ अपने पदों की अनुपम झंकार मिलाकर नाचने वाली मीरा राजस्थान की थीं, नामदेव महाराष्ट्र के थे, नरसी गुजरात के थे। भारतेन्दु हरिश्चन्द्र भोजपुरी भाषा क्षेत्र के थे।......बिहार में भोजपुरी, मगही और मैथिली भाषा क्षेत्रों में भी ब्रजभाषा के कई प्रतिभाशाली कवि हुए हैं।[1]" इसकी लोकप्रियता का ही प्रमाण है कि मुसलमान बादशाह जहाँगीर, शाहजहाँ तथा रहीम, मिर्जा खाँ आदि ने अपनी कुछ रचनाएँ इसी में प्रस्तुत कीं। **डॉ. सुनीति कुंमार चटर्जी** कहते हैं कि-"यदि हम उत्तर भारत की उस काल की किसी भाषा को बादशाही बोली कहना चाहें, तो वह निश्चय ही ब्रजभाषा होगी।"[2] खड़ी बोली से पहले साहित्य और संगीत पर ब्रजभाषा का ही नियंत्रण था। मध्यकाल में ब्रजभाषा ही हिन्दी की मुख्य बोली रही है। सूरदास, नन्ददास देव, भारतेन्दु तथा रत्नाकर आदि ब्रजभाषा के प्रमुख कवि रहे हैं। ब्रजभाषा में रचित इनकी रचनाएँ विश्व की किसी भी श्रेष्ठ तथा उत्कृष्ट साहित्य से टक्कर लेने में सक्षम हैं। ब्रज का लोक-साहित्य विभिन्न संस्कृतियों के संगम से ओतप्रोत है। वस्तुत: ब्रजभूमि लोक-साहित्य के लिए ऊर्वर भूमि रही है। ब्रजभाषा के मधुर शब्द जनकण्ठ में विराजमान हैं तथा पूरे वातावरण को अनुगूंजित बनाए रखने की क्षमता रखते हैं। कुल मिलाकर ब्रजभाषा का महत्व बहुविध है।

**ब्रजभाषा की व्याकरणिक विशेषताएँ** - शौरसेनी अपभ्रंश की दुहिता ब्रजभाषा व्याकरण सम्बन्धी विशेषता की दृष्टि से हिन्दोस्तानी की अपेक्षा हिन्दी के अत्यधिक समीप है। इस सम्बन्ध में डॉ. ग्रियर्सन कहते हैं-"हिन्दोस्तानी की अपेक्षा ब्रजभाषा पश्चिमी हिन्दी की श्रेष्ठतर प्रतिनिधि है।"

**ब्रजभाषा का ध्वनिगत वैशिष्ट्य -**

**स्वर :**

| | | | |
|---|---|---|---|
| ह्रस्व | अ इ उ एँ ओं | दीर्घ | आ ई ऊ ओ ऐ औ |
| उदासीन (अति ह्र) | अँ इँ उँ | कोमलता | क् ख् ग् घ् ङ् |
| तालव्य | च् छ् ज् झ् ञ् य् | मूर्धन्य | ट् ठ् ड् ढ् ऱ् ऱ्ह ड़् ढ़् |
| अन्त्य | त् थ् द् ध् न् न्ह् स् | औष्ठ्य | प् फ् ब् भ् म् म्ह् व् |
| वर्त्स्य | ल् ल्ह् | काकल्य स्वर | ह् |

(1) अँ उदासीन स्वर प्राय: शब्द के अन्त में आता है।जैसे : बहु> बहुअँ, बढ > बढअँ

(2) ए औ तथा उ और इ का ह्रस्व रूप ब्रज भाषा में मिलता है। उ और इ के ये रूप शब्दान्त में ही प्राप्त होते हैं।जैसे : किमिँ, बागुँ, बहुरिँ, बाधुँ, अम्मुँ, मनुँ, खाइँ,करिँ, आजुं, करलिँ

(3) तत्सम शब्दों रा, डा, वा ना प्रत्यय संयुक्त शब्दों तथा संबंध सूचक शब्दों को छोड़कर प्राय: समस्त संज्ञा, विशेषण और क्रिया पद ओकारान्त होते हैं।

(4) प्राय: सभी मूल स्वर (उदासीन स्वरों को छोड़कर) अनुनासिक भी होते हैं--अँगिया, जिंदै।

(5) हिन्दी के जिन पदों के अन्त में ए औ होते हैं, उनके स्थान पर ऐ औ पाए जाते हैं जैसे : करै, घर मैं ऊधौ आदि।

**व्यञ्जन**

(1) मूर्धन्य ध्वनियों में ण के स्थान पर न् का प्रयोग प्राप्त होता है। जैसे : कड़ कण - कङ कन

(2) व्यञ्जनों के अल्प प्राण कर देने की प्रवृत्ति जैसे : हात, भूँका, तुमारो, वी नई (नहीं) धदा (धन्धा)

(3) पूर्वी ब्रज में र के पश्चात आने वाले व्यञ्जनों का द्वित्व हो जाता है यथा खर्चु > खच्चु, ठाकुर साहिब > ठाकुस्सा, नौकरानी > नौकन्री

---

1. नईधारा, पटना, वर्ष 4, अंक 11, पृ. 53. हिन्दी भाषा का उद्गम तथा विकास-डॉ. उदयनारायण तिवारी, पृ. 234
2. भारतीय आर्य भाषा और हिन्दी, पृ. 208

(4) आ ओ आदि दीर्घ स्वरों के बाद का व, म मेंपरिवर्तित हो जाता है। मनावन > मनामन, बावन > बामन।

(5) क्य कभी-कभी च तथा द् के पूर्व काज् द् में रूपान्तरित हो जाता है।क्यों > चों, भेज दयो > भेद् दयो

(6) व्यञ्जन संयोग से द्वित्व की प्रवृत्ति ब्रज भाषा में आम है : बादशाह > बास्सा, एकादशी > एकास्सी, अर्जी > अज्जी

(7) ह का लोप : साहूकार > साउकार, बारह > बारा, बहू > बऊ

(8) क ड़ की जगह र करने की प्रवृत्ति : पड़ा > परयो, पीला > पीरो

(9) कुछ शब्दों के साथ न्ह, म्ह, रह, ल्ह का प्रयोग जैसे : न्हात, लीन्हे, म्हाक (महक), ल्होरी

(10) स्वर भक्ति को तोड़ने की प्रवृत्ति : ब्रज > विरज,शब्द > सबद,वक्त > बखत।

**शब्द्र रूप**

| | एक वचन | दीर्घ | ह्रस्व |
|---|---|---|---|
| **पुल्लिंग -** | कर्त्ता | घोड़ा | घर, घरु |
| | तिर्यक | घोड़ा, घोड़ै | घर, घरु |
| | बहुवचन | घोड़े, घोड़ै | घर, घरु |
| | कर्त्ता | घोड़े, घोड़ै | |
| | तिर्यक | घोड़ौं, घोड़ा | घरौ, घरनि |
| | | घोड़, घोड़न | घरन, घनु |

**स्त्रीलिंग -** स्त्रीलिंग के प्रयोग में परिनिष्ठित हिन्दी और ब्रजभाषा समान हैं। स्त्रीलिंग बनाने के लिए निम्नलिखित प्रयत्नों का प्रयोग होता है : इनि (इन), इनी - नी। कुछ उदाहरण -

| | दीर्घ | ह्रस्व |
|---|---|---|
| कर्त्ता | नारी | बात् |
| तिर्यक | नारी | बात् |
| व्रहु वचन | नारी, नारियाँ | बातों |
| कर्त्ता | नारियाँ | बातनि |
| तिर्यक | नारियनि | बातन् |

स्त्रीलिंग के कुंछ विशेष उदाहरण -सियान्री, भूतनी, साधुनी, पंडिताइनि

**अनुसर्ग या परसर्ग :**

कर्त्ता - ने, नें, नै, नैं, न

करण-अपादान- सों, सूं, तें, ते, सौं, से, सैं

अधिकरण- में, मैं, पै, लौं, माँहि, माही, महि, ते, से

कर्म-सम्प्रदान- कुं, कूँ, कौं, कैं, कें

सम्बन्ध- कौउ तिर्यक (पुलिंग) के (स्त्रीलिंग) की

इसके अतिरिक्त लौ का काजै, विगिर-कै संग का भी प्रयोग होता है।

**सर्वनाम -**

| **उत्तम पुरुष** | **एक वचन** | **बहुवचन** |
|---|---|---|
| कर्तृ | मैं, हौं, हों | हम |
| (विकारी) तिर्यक | मो, मुज, मोहि | हम, हमौ, हमनि, हमन |
| कर्म सम्प्रदान | मोहि,मुहि,मोए,मोय, मोइ, मो हमें | |
| संबंध | मेरौ, मेर्‌यौ | हमारौ, हमार्‌यौ |
| **मध्यम पुरुष** | | |
| कर्तृ | तु, तैं, तै | तुम तुम्हौं |
| तिर्यक | तो तुज | |
| कर्म सम्प्रदान | तोहि, तुहि | |
| | तोए, तोय,तोइ तो | तुम्हैं |
| संबंध | तेरौ, तेर्‌यौ | तुम्हारौ, तुम्हार्‌यों, तिहारो, तिहार्‌यौ |

**अन्य पुरुष**

वह (पु. वा)वह (संकेत वा.)

| | एकवचन | | बहुवचन कर्तृ | |
|---|---|---|---|---|
| कर्तृ | वो, वह, वुह, गु | | वे, वै | |
| तिर्यक | विस, वा | | उनि, उन | |
| कर्म सम्प्रदान | वाहि, वाए, वाय, विसे | | उन्हौ, विन, विन, विन्हौं, उन्हें, विन्है | |
| कर्तृ | एकवचन यह , यिह कौन,जौ,जौन, वह, सो, तौन, कौ, कौन,क्या? | | | |
| तिर्यक | इस,या जिसजा-तिसता | | | |
| कर्म सम्प्रदाय | याहि,याए,जाहि जाए, ताहि ताए, काहि काए<br>याय इसे, जाय जिसे, ताय तिसे, काय किसे | | | |
| संबंध | जासु, तासु | | | |
| बहुवचन कर्तृ | ये यै | जौ | सो ते | को कौ |
| तिर्यक | इनि इन<br>इन्हौ | जिनि<br>जिन | तिनि तिय<br>तिन्हौं | किनि किन<br>किन्हौं |
| कर्म सम्प्रदान | इन्हैं इहैं | जिन्हौं, | तिन्हैं | किन्हौं किन्हैं |
| संबंध | | जिन्हैं | | |

ऊपर के अतिरिक्त कुछ सर्वनाम हैं, आयु, अपुन, कोऊ, जो आदि।

**विशेषण :-**

(1) विशेषण प्रयोग पद्धति परिनिष्ठित हिन्दी के ही तुल्य है, जैसे कारो आदमी, नी की बात।

(2) संज्ञा के लिंग वचन और कारक रूपों के अनुसार ओकारान्त विशेषण विकारी रूप धारण कर औ हो जाते हैं : ल्हौरी छोरी, ल्होरे लरिकन

(3) संख्यात्मक विशेषण : एकु ह्वै, तीनि,ग्यारा, बारा, पन्द्रा,सत्रा, चउदा, सोर्हा, अठारा, छैंमी

(4) सार्वनामिक विशेषण : कित्तो, जित्तो, उत्तो,इत्तो ऐसो।

**क्रिया -रूप** भूतकाल था

(अ) **वर्तमान - हूँ**

| | **एकवचन** | **बहुवचन** | | |
|---|---|---|---|---|
| (1) | **हौं** | **हैं** | पुल्लिंग | हौ, हो |
| | **है** | **हौ** | स्त्रीलिंग | ही |
| | **है** | **हैं** | बहुवचन | पुल्लिंग ही |
| | | | स्त्रीलिंग | हीं |

(2) **भूतकाल में अन्य प्रयोग** - हुतौ, हुती, हुते (साहित्यिक प्रयोग),हो, ही, हे, हतो, हती, हते (बोल चाल के प्रयोग)

**(ब) कर्तृ वाचक क्रियापद -**

(1) वर्तमान कालिक कृदन्त का निर्माण - 'त' प्रत्यय जोड़कर होता है - जात, माँजत, खात, मारत, मारतु

(2) क्रिया बोधक संज्ञा - (Infintive), मारन, मारनौ या मारनौ (मरना), चलनो, खानों, कढ़िबे तिर्यक - मारने, मारनै, मारिबो, मारिबौ।

(3) वर्तमान क्रिया बोधक विशेषण (Present Participle) - मारतु, मारत, स्त्री0 लि0, मारतु (हुए अर्थ में) भूतकालीन क्रिया बोधक विशेषण - मारयो

(4) पूर्वकालिक कृदन्त - मारि, देखि, सुनि, जाइकै, आइकै, ह्वैके।

(5) वर्तमान काल - या सम्भाव्य वर्तमान - मारता हूँ या मार सकता हूँ।

| (6) | **एक वचन** | **बहु वचन** |
|---|---|---|
| | क- मारौं, मारुं | मारैं, मारहिं |
| | ख- मारै, मारहि | मारौ, मारहु |
| | ग- मारै, मारहि | मारैं, मारहिं |

| (7) भविष्यत काल (गा) | **एक वचन** | **बहु वचन** |
|---|---|---|
| | क- मारिहौं, मारैहौं, मारोगो, मारूँगौ | मारिहै, मारैहै, मारैंगो |
| | ख- मारिहै, मारैहै, मारैगो | मारिहौ, मारैहौं, मारौगै |
| | ग- मारिहै, मारैहै, मारैगो | मारिहै, मारैहौं, मारैंगो |

कुछ अन्य प्रयोग जैसे - जायगो, जाऊँगो, जायगी।

(8) आज्ञार्थक (तुम) - मार, मारहि, मारि, मारौ, मारियौ, मारियै, मारिजै (कृपया)

(9) ब्रज में अधिक से अधिक तीन संयुक्त क्रियाओं का प्रयोग मिलता है : दो प्रधान संयुक्त क्रियाएँ - बौ पढ़ सकत है। बौ जाय सकत हो। तीन प्रधान संयुक्त क्रियाएँ - बौ व चलो जाय करै है।

(स) **अनियमित क्रियापद** - होना के लिए - होनौ

(1) क्रिया बोधक संज्ञा : हौनौ, बौं

(2) भूतकालीन क्रिया बोधक विशेषण - भयौ (Past Participle)

तिर्यक - (भए या भये - स्त्रीलिंग भयी, भई)

(3) असमापिका क्रियापद (Conjuctive Participle)- है, व्है कै

(4) वर्तमान - होऊँ

(5) भविष्यत - व्है, हौं, होइहौ, होऊँगौ

मध्यम पुरुष - बहु वचन भविष्यत का रूप है : होंगे

भूतकालीन रूप होता है : हूत

कुछ अन्य अनियमित क्रियापद

**क्रियार्थक संज्ञा -** देनौ, दैबौ, करनौं, कीनौं (वैकल्पिक)।**अतीत क्रियाबोधक विशेषण -** दियौ, दयो, गयौ । **तिर्यक-** गए या गये। **स्त्रीलिंग-** गई, गी। पुल्लिंग तिर्यक - दये, दए, दयी, दई, दीन्हौ या दीनौ। करयौ, किर्या, कीन्हौ, कीनौ, ठयौ, (तिर्यक ठये, ठए स्त्रीलिंग- ठयी, ठई)।**समापिका क्रियापद-** कै-कँ या किर-कै ।**वर्तमान-** देऊँ । **भविष्यत-** करिहौं, कैहौं, दैहौं, दैऊँगो, लैहौं।

(द) **कर्मवाच्य-**परिनिष्ठित हिन्दी की तरह जानौं के साथ भूतकालीन क्रिया बोधक विशेषण का संयोग कर कर्मवाच्य बनाया जाता है। कभी-कभी धातु में इयै प्रत्यय लगाकर बनता है जैसे- मारियै (वह मारा जा रहा है।)

(ध) **निश्चित वर्तमान-** ऐसे स्थानों पर सामान्य वर्तमान काल के साथ पूर्ण क्रिया का प्रयोग होता है : मारक के स्थान पर ये प्रयोग दृष्टव्य हैं :

| एक वचन | बहु वचन |
|---|---|
| मारौं - हौ, मारै - है, मारै - है | मारैं हैं, मारौ - हौ, मारैं हौं |

(न) **णिजन्त-** इस क्रिया का निर्माण इव प्रत्यय संयुक्त करके होता है। दोहरे णिजन्त में वाव या वा लगता है। जैसे- चलनो के लिए चलावनौं तथा दोहरे णिजन्त में - चलावावनौं या चलवानौं कभी-कभी पुजावै या पुजवै रूप होता है। भूतकालीन रूपों में व का लोप हो जाता है और रूप बनता है बुलायौ।

**अव्यय-** अव्,आगै, पाछै, तउ, ज्यौं, कौहाँ(कहाँ), महाँ मा (वहाँ) जनि काहे, काए, अनत, जहाँ, खाँ (कहाँ), च्यौं (क्यों) जा मारे (इस कारण) परि (परन्तु) कै कि नाई (नहीं), जिन, ना सामुहे, हियाँ (यहाँ), बाँ (वहाँ), बार-बार, इत, जित, कित, तित, उत छिन-छिन चाय-जब (चाहे जब) जो पै।

**कुछ शब्द -** तिरिया, लेज, (रस्सी) गाम साआब (साहब), तारी (ताली), चौखेरी (चूल्हा), मोड़ी (लड़की), सल्हा (सलाह), कई (कहीं), बिले (उन्होंने), दूद (दूध), कऊँ (कहीं), छुलकार (छिलका), उजीतो (उजाला), पैले (पहले), पन बेसुर (परमेश्वर), जेहरि (घड़ा), ककई (कंघी)।

संक्षेप में ब्रजभाषा की कुछ अन्य व्याकरणिक विशेषताएँ इस प्रकार हैं :-

(1) **डॉ. धीरेन्द्र वर्मा के अनुसार-** "ब्रजभाषा में सामान्य वर्तमान काल का दूसरा रूप वर्तमानकालिक कृदन्तों से निर्मित रूप है वहाँ पर धातुओं के पश्चात 'त' प्रत्यय लगाकर इस वर्ग के रूप बनाए जाते हैं, जैसे- जात्, पढ़त्, चलत्।"[1]

(2) **डॉ. हरदेव बाहरी के अनुसार-** "ब्रजभाषा में विशेषण का प्रयोग खड़ी बोली के समान होता है, केवल पुल्लिंग एकवचन में रूप का अंतर है। जैसे- दूजो, दूजै, दूजी, उल्टै, उल्टी।"[2]

---

1. ब्रजभाषा-डॉ. धीरेन्द्र वर्मा, पृष्ठ-94
2. हिन्दी : उद्भव, विकास और रूप -डॉ. हरदेव बाहरी, पृष्ठ-83

(3) **डॉ. रत्नचन्द्र शर्मा के अनुसार-** "ब्रज सर्वनामों में 'मैं' (खड़ी बोली) के स्थान पर 'हौं' का प्रयोग मिलता है।"[1]

(4) **डॉ. विन्दु माधव मिश्र के अनुसार के अनुसार-** "ब्रजभाषा की सोष्म ध्वनियों में तालव्य और मूर्धन्य लुप्त हैं, केवल दन्त्य स् का अस्तित्व है।"[2]

(5) **डॉ. उदय नारायण तिवारी के अनुसार-** "ब्रजभाषा में हिन्दी 'आ' प्रत्यय के बदले 'औ' प्रत्यय प्रयुक्त होता है।"[3]

(6) **डॉ. अवधेश्वर अरुण के अनुसार-** "भविष्य निश्चयार्थ में ह्वै, हैं रूप ब्रजभाषा की अपनी विशेषता है।"[4]

(7) **डॉ. कैलाश चन्द्र भाटिया के अनुसार-** "ब्रजभाषा का प्रभाव खड़ी बोली के 'बोली' स्वरूप पर पड़ा है।"[5]

(8) **डॉ. कैलाश नाथ शुक्ल के अनुसार-** "ब्रजी में बहुवचन तिर्यक् रूप मौड़िनि, थारिनि आदि भी बोले जाते है।"[6]

(9) **डॉ. कैलाश तिवारी के अनुसार-** "ब्रजमें कर्त्ता कारक चिन्ह अनिवार्य नहीं है।"[7]

(10) **डॉ. कैलाश नाथ पाण्डेय के अनुसार-** "ब्रजभाषा में खड़ी बोली के समान ही सकर्मक क्रियाओं में 'ने' परसर्ग का प्रयोग किया जाता है।"[8]

**ब्रजभाषा गद्य का नमूना :** येक समयौ श्री सुषदेव जु श्री व्यासदेव जु के पुत्र राजा पारीछत कै आवत भयै। तिनकौ महाआदर सौ आगे दैकें लेत भये।। अरु सिंहासन बैठक देत भये तब राजा पारीछत पूछत हैं।। कै अहो सुषदेव जु हम पर महा क्रपा करी।। जु हम कौ दरसन दये।।हम कौ सनाथ करौ।। अब मेरे मन की आस क्या है।।सु मेरो भ्रमु दुर कीजै जातै की अंधकार जाइ सुका जै।।[9]

**ब्रजभाषा पद्य का नमूना :** प्रीति-सतदल खिंली कबौं मुरझान नाहिं। जीवन जगाय देत, जाको मन्दहास है।।
फैलति सुबास, वासना की दुरगन्ध नसै। स्वच्छ मतिहोत, चित बाढ़त हुलास है।।[10]

## 4. कन्नौजी

**परिचय-** गुण, देश, जाति या स्थान आदि के आधार पर प्राय: बोलियों का नामकरण पाया जाता है। इस विचार से कन्नौजी बोली का नाम भी स्थानपरक मानना चाहिए। 'कन्नौज' शब्द में 'ई' प्रत्यय लगाकर 'कन्नौजी' शब्द बना है। **बाल्मीकि रामायण** में कन्नौज शब्द का प्रथम प्रयोग मिलता है। कहते हैं, महाराज **कुश** द्वारा इस प्रदेश की स्थापना हुई थी।[11] परवर्ती संस्कृत साहित्य तथा 'अंगुत्तर निकाय' में सोलह जनपदों की चर्चा मिलती है। इन सोलह जनपदों में से कुरु, पंचाल, शूरसेन तथा मत्स्य जनपदों का सामूहिक नाम 'ब्रम्हर्षि देश' था।[12]यह ब्रह्मर्षि देश परवर्ती आर्य सभ्यता तथा संस्कृति का प्रधान केन्द्र था। कुरु तथा पंचाल बहुत महत्वपूर्ण जनपद रहे हैं। महाभारत काल में पंचाल जनपद के दो भाग हो गये- उत्तर पंचाल तथा दक्षिण पंचाल। उत्तर पंचाल की राजधानी अहिच्छत्र थीऔर दक्षिण पंचाल की काम्पिल्य। इसी काम्पिल्य का स्थान कालान्तर में कान्यकुब्ज और वर्तमान कन्नौज ने ले लिया।[13] उत्तर काल में कन्नौज पर क्रमश: हरियानी हर्ष, तिब्बती श्रांगवस्त्य, काश्मीरी ललिता दिव्य और गुजराती नागभट्ट द्वितीय ने राज्य किया। इसके बाद दक्षिण के राष्ट्रकूट और राजपूतों के गाहड़वार वंश का राज्य रहा। सन 1194 से लेकर अकबर के समय तक कन्नौज मुसलमानी राज्य के अन्तर्गत अलग प्रान्त था। बाद में अकबर ने इसे आगरा में मिला दिया। दो शताब्दी तक इसके दो राजनीतिक खण्ड रहे- उत्तर में रुहेलखण्ड और दक्षिण में कन्नौज। कन्नौजी बोली के निर्माण में इन ऐतिहासिक घटनाओं का महत्व है।[14]

इस समय वही इतिहास-प्रसिद्ध कन्नौज नगर उत्तर प्रदेश के फर्रुखाबाद जिलान्तर्गत एक छोटे से कस्बे के रूप में तहसील मुख्यालय बन कर रह गया है। कन्नौजी के अतिरिक्त इस बोली के 'कन्नौजी', 'कनवजी ' तथा 'कनउजी ' नाम भी मिलते हैं, किन्तु उनमें से 'कन्नौजी' नाम ही सर्वाधिक प्रचलित है। कन्नौजी को कुछ लोगों ने ब्रज की ही एक उपबोली माना है। इनमें से **ग्रियर्सन** तथा **डॉ. धीरेन्द्र वर्मा** प्रमुख रहे हैं, लेकिन डॉ. वर्मा ने बाद में इस बोली की स्वतंत्र सत्ता स्वीकार कर लिया।[15]

ऐतिहासिक दृष्टि से कनउजी का विकास वैदिक (संस्कृत)[16]>पांचाली>पालि>पं. प्राकृत>पं. अपभ्रंश, इस क्रम से हुआ है।

कनउजी भाषा का नामकरण आधुनिक फर्रुखाबाद जिले में स्थित कन्नौज नगर के नाम पर हुआ है। प्राचीन भूगोल के अनुसार कन्नौज न केवल नगर का ही नाम था, वरन् जो क्षेत्र इसके अधीन थे उन्हें भी कन्नौज कहा जाता था।[17] इस प्रकार राजधानी और राज्य

1. भाषा विज्ञान और मानक हिन्दी - डॉ. रत्नचन्द्र शर्मा, पृष्ठ - 163
2. हिन्दी भाषा का परिचय - डॉ. विन्दु माधव मिश्र, पृष्ठ - 73
3. हिन्दी भाषा का उद्गम और विकास - डॉ. उदय नारायण तिवारी, पृष्ठ - 240
4. हिन्दी भाषा का स्वरूप विकास - डॉ. अवधेश्वर अरुण, पृष्ठ - 38
5. भारतीय भाषाएँ - डॉ. कैलाश चन्द्र भाटिया, पृष्ठ-139
6. पश्चिमी हिन्दी की व्याकरणिक कोटियाँ - डॉ. कैलाश नाथ शुक्ल, पृष्ठ109
7. हिन्दी और उसकी विविध बोलियाँ - डॉ. कैलाश तिवारी, पृष्ठ - 106
8. भाषा विज्ञान का अनुशीलन - डॉ. कैलाश नाथ पाण्डेय, पृष्ठ - 255
9. कृष्णार्जुन संवाद ज्ञान माला, संवत -1885
10. साँचो प्रेम - डॉ. लक्ष्मी शंकर मिश्र 'निशंक', भाषा 'भारती' पृष्ठ-223, अक्टूबर-दिसम्बर 1994, उत्तर प्रदेश, हिन्दी संस्थान, लखनऊ
11. वाल्मीकि रामायण, बालकाण्ड, 36, 6
12. मनुस्मृति 2/19
13. पश्चिमी हिन्दी बोलियों की व्याकरणिक कोटियाँ-डॉ० कैलाश नाथ शुक्ल, पृ० 45
14. ग्रामीण हिन्दी बोलियाँ-डॉ. हरदेव बाहरी, पृ० 104
15. विचारधारा, प्रथम संस्करण, पृ. 12-14
16. लिंग्विस्टिक सर्वे आफ् इंडिया, डॉ. ग्रियर्सन भाग 9, खंड 1, पृ० 1
17. वही, पृ. 383

दोनों एक ही नाम के थे। अत: 'कनउजी' शब्द का आशय है-प्राचीन कन्नौज राज्य में बोली जाने वाली भाषा। इस भाषा के 'कन्नौजी'[1], 'कनौजी'[2], 'कन्नौजिया'[3] - तीन नामों का उल्लेख मिलता है। कन्नौज को यहाँ के 'कन्नौजी' भाषा बोलने वाले 'कनउज' कहते हैं। अत: इस भाषा को 'कनउजी' कहना ही समुचित है। पर साहित्यिक 'खड़ी बोली' में इस नगर का नाम कन्नौज है। अत: इस दृष्टि से 'कन्नौजी' उच्चारण भी हो सकता है।

**कन्नौजी की सीमाएँ-** अन्य बोलियों की तुलना में कन्नौजी बोली का क्षेत्र बहुत विस्तृत नही है, क्योंकि हिन्दी साहित्य के मध्यकाल में ब्रजभाषा और अवधी के साहित्यिक भाषा होने के कारण उक्त दोनों बोलियों का कन्नौजी पर ऐसा दो तरफा दबाव पडा कि वह सिमट कर एक अल्प क्षेत्र तक सीमित रह गई।[4] **डा. शंकर लाल शर्मा** लिखते हैं कि ," कन्नौज के पश्चिम में बोली जाने वाली ब्रजभाषा तो उत्तर भारत की साहित्यिक भाषा बन गई और कृष्ण-भक्ति शाखा के प्रचार का प्रमुख साधन बन गई। अत: उसने कन्नौजी को पश्चिम की ओर ढकेल दिया। पूर्व में कोशल जनपद का केन्द्र, जो पहले अयोध्या था, 14वीं-15वीं शताब्दी के पश्चात लखनऊ हो गया। रामशाखा के भक्तों तथा सूफी संतों ने अपनी भावाभिव्यक्ति अवधी के द्वारा ही की। अत: अवधी का भी प्रभाव उस युग में बढ़ा और कन्नौजी पूर्व से पश्चिम की ओर ढकेल दी गई। फलत: कन्नौजी उत्तर से दक्षिण को फैले हुए एक संकुचित क्षेत्र में रह गई।"[5] **जॉर्ज ग्रियर्सन** ने इसकी सीमाओं का निर्धारण इस प्रकार किया है - " It is spoken in its greatest purity in the Doab districts of Etawah and Farukhabad and north of Ganges in Shajahanpur . It is also spoken in Kanpur and Hardoi, but in the letter districts it is more or less mixed with Awadhi, It is also spoken in Pilibhit, but here it is mixed with Braj Bhakha."[6] अर्थात कन्नौजी इटावा, फर्रुखाबाद तथा गंगा के उत्तर में शाहजहाँपुर तक बोली जाती है। इसके अलावा कानपुर तथा हरदोई जिलों की भी बोली कन्नौजी ही है । पीलीभीत में यह ब्रजभाषा के मिले-जुले रूप के साथ बोली जाती है।

वस्तुत: आदर्श या शुद्ध कन्नौजी इटावा, कन्नौज और फर्रुखाबाद के दोआब और शाहजहाँपुर में बोली जाती है। इसके अलावा यह पूरब में कानपुर तक, दक्षिण में यमुना नदी तक और उत्तर में यमुना पार हरदोई ( पूर्व में संडीला तहसील को छोड़कर), शाहजहाँपुर तथा पीलीभीत तक बोली जाती है। एक विद्वान कहते हैं कनउजी का क्षेत्र ब्रजभाषा और अवधी के मध्य में पड़ता है। यह भाषा उत्तर में कुमायूनी, पूर्व में अवधी, दक्षिण में बुंदेली और पश्चिम में व्रजभाषा से घिरी हुई है। अपने विशुद्ध रूप में कनउजी फर्रुखाबाद, शाहजहाँपुर और इटावा जिलों तथा पश्चिमी कानपुर और पश्चिमी हरदोई के कुछ भागों में बोली जाती है। कानपुर जिले के पूर्वी भाग में अवधी और दक्षिणी भाग में बुंदेली का प्रभाव है। हरदोई जिले की संडीला तहसील के लिए कहना कठिन है कि वहाँ की भाषा कनउजी है अथवा अवधी। यहाँ की भाषा को मिश्रित भाषा कहना चाहिए। पीलीभीत में कनउजी पर ब्रजभाषा का प्रभाव दृष्टिगोचर होता है। मोटे रूप में कहा जा सकता है कि इस क्षेत्र के अंतर्गत फर्रुखाबाद, शाहजहाँपुर, हरदोई, कानपुर, इटावा और पीलीभीत ये छह जिले आते हैं। कन्नौजी बोली का क्षेत्रफल 80 मी. चौड़ा तथा 160 मी. लम्बा वताया जाता है। कन्नौजी के चारों ओर व्रज, बुन्देली, अवधी और नेपाली बोलियाँ बोली जाती हैं।

## कन्नौजी बोलने वालों की संख्या-

कनउजी बोलने वालों की संख्या बहुत पहले लगभग 43 लाख थी :

| जिला | क्षेत्रफल (वर्गमील) | जनसंख्या (1951) | जिला | क्षेत्रफल (वर्गमील) | जनसंख्या (1951) |
|---|---|---|---|---|---|
| फर्रुखाबाद | 1,660 | 10,92,64! | इटावा | 1,688 | 9,70,695 |
| शाहजहाँपुर | 1,760 | 10,04,378 | पीलीभीत | 1,343 | 5,04,428 |
| **तहसीलें -** | | | | | |
| अकबरपुर (कानपुर जिला) | 368 | 1,82,897 | डेरापुर | (" ) 403 | 3,08,480 |
| शाहाबाद (हरदोई जिला) | 539 | 3,14,855 | | | |
| | **7,761** | **42,84,374** | | | |

1931 की **जनगणना** के आधार पर - 44 लाख थी

1941 में **डॉ. धीरेन्द्र वर्मा** के अनुसार - लगभग 55 लाख थी। 1961 में **डॉ. भोलानाथ तिवारी** के अनुसार लगभग 80 लाख थी ।1981 में **डॉ. कैलाश नाथ पाण्डेय** के अनुसार - 1 करोड़, 20 लाख, 20889 थी। 1991 में पुन: **डॉ. कैलाश नाथ पाण्डेय** के अनुसार - 1 करोड़, 44 लाख, 84501 थी 2001 की **जनगणना** के अनुसार- 1 करोड़, 80 लाख, 75512 है।

1. ग्रामीण हिन्दी, डॉ. धीरेन्द्र वर्मा पृ. 12
2. लिंग्विस्टिक सर्वे आफ् इंडिया, डॉ. ग्रियर्सन भाग 9 खंड 1, पृ. 18
3. फर्रुखाबाद डिस्ट्रिक्ट गजेटियर, पृ. 121 (1911 संस्करण)
4. पश्चिमी हिन्दी बोलियों की व्याकरणिक कोटियाँ-डॉ. कैलाश नाथ शुक्ल, पृ. 48
5. कन्नौजी बोली का अनुशीलन तथा ठेठ ब्रज से तुलना-पृ. 3-4
6. Linguistic Survey of India, Part-II, Page-923

**साहित्य-** साहित्य की दृष्टि से कन्नौजी का कोई विशेष महत्व नहीं रहा है। इस बोली का दुर्भाग्य ही कहा जायगा कि इसकी जमीन पर पैदा हुए कवियों ने ब्रजभाषा, बुन्देली या अवधी में अपनी रचनाएँ प्रस्तुत कीं। यहाँ के कवियों में चिन्तामणि तथा मतिराम आदि की रचनाएँ ब्रजभाषा में ही हुई हैं। हालाँकि इन कवियों की ब्रजभाषा में रची रचनाएँ कन्नौजी से प्रभावित हैं। कन्नौजी में केवल कुछ लोक-साहित्य उपलब्ध होने की चर्चा की जाती है।

## कन्नौजी की व्याकरणिक विशेषताएँ

(1) कन्नौजी में शब्द के अन्त में इ और उ आते हैं।(2) ऐ औ के स्थान पर ए, ओ का प्रयोग होता है।(3) जगह-जगह ब्रजवत अल्पप्राणीकरण की प्रवृत्ति।(4) लेकिन अन्य पश्चिमी बोलियों की अपेक्षा महाप्राणीकरण की अधिक प्रवृत्ति जैसे : दुपहर > दुफैर, वक्त > बखत।(5) ण ध्वनि का अभाव और ड, ल के स्थान पर र का और न के स्थान पर ल् का प्रयोग होता है। जन्म > जलम, हनुमान > हलुमान।(6) ल्ह, म्ह, र्ह शब्द के प्रारम्भ में भी आते हैं : ल्हुसन म्हँगाई

**संज्ञापद :** स्त्रीलिंग के लिए ई, न, इन, नी प्रत्यय प्रयुक्त होते हैं।

**परसर्ग-कर्त्ता-** नें, ने, नैं।**कर्म सम्प्रदान -** को, काँ, कें, एं, कउ, कइहाँ का । **करण अपादान-** से, सेन्ती, सन् , करि, करके, तें, ते, सें। **संबंध-** को, के, की, कर। **अधिकरण-** मैं, में, माँ, महँ, महिआँ, मइहाँ, माँझ, मो, पर, पे, पै, लों-ए।

**सर्वनाम-** मैं, मई, हम, हमु, मो, मोरो, मेयो, हमारो, हमाओ। **म.पु.-** तू, तूँ, तै, तुइ, तुम, तुम्ह, तो, तोहि, तुम्हे, तोरो, तेयो, तुम्हारो, तुमारो, तेरो, तोई, तुमरो, तुमाइ। **अन्य पु.-** ऊ, उह, ओ, बउ, उसे, वाई, वाको, ऊ, हिको, ई, इहि, यहु, जहु, इसे, जाय, जा, ईको, जै, इनै, इनको।

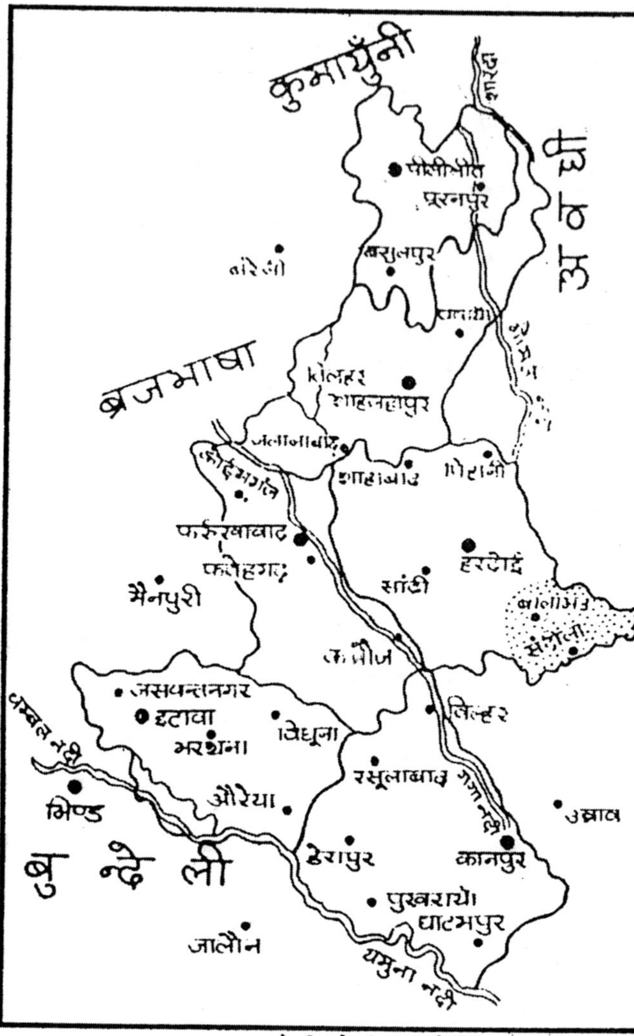


कन्नौजी बोली का क्षेत्र

**क्रिया पद :**(1) वर्तमान कालिक क्रिया तु कृदन्त के योग से बनती है।(2) भूतकालिक क्रिया के पुल्लिंग में ओ प्रत्यय तथा स्त्रीलिंग में ई प्रत्यय लगता है। जैसे : चलो, चली।(3) पूर्वकालिक क्रिया के लिए के, इके जोड़ा जाता है। मार के या चलिके ।

**सहायक क्रियाएँ- वर्तमान-** हूँ, है, हो, हौं। **भूतकाल-** थो, तो, हतो। **भविष्य-** हुइहौं

संक्षेप में कन्नौजी की कुछ अन्य व्याकरणिक विशेषताएँ इस प्रकार है-

1. **डॉ. धीरेन्द्र वर्मा** के अनुसार- 'कन्नौजी' वास्तव में कोई स्वतंत्र उपभाषा नहीं बल्कि ब्रजभाषा का ही एक उप रूप है।[1]

2. **डॉ.उदय नारायण तिवारी** के अनुसार- बुन्देली की भाँति ही कन्नौजी में भी 'देना', 'लेना', 'तथा', 'जाना' के अतिरिक्त के रूप दओ, लओ, तथा गओ होते हैं। [2]

3. **डॉ. रत्न चन्द्र शर्मा** के अनुसार- वैसे कन्नौजी ने कुछ विशेषताएँ अवधी की भी ग्रहण की हैं, जैसे-सम्बन्ध परसर्ग 'कर' अधिकरण परसर्ग 'माँ', 'महं' और 'मह', तथा 'वह' सर्वनामों के स्थानों पर 'ई' और 'ऊ' सर्वनाम अवधी से ही कन्नौजी में आये हैं।[3]

1. हिन्दी भाषा का इतिहास- डॉ. धीरेन्द्र वर्मा पृ.-56
2. हिन्दी भाषा का उद्गम और विकास- डॉ.उदय नारायण तिवारी, पृ.-248
3. भाषा विज्ञान और मानक हिन्दी -डॉ. रत्नचन्द्र शर्मा, पृ. 162

4. **डॉ. अवधेश्वर अरुण** के अनुसार- 'कन्नौजी में बहुवचन में हिन्दी लोग के स्थान पर स्वम का प्रयोग होता है।'[1]

5. **डॉ. राजकिशोर सिंह** के अनुसार- 'कन्नौजी में अकारान्त शब्दों को उकारान्त कर दिया जाता है। यह प्रवृत्ति व्रज में अधिक है, जैसे-घरु, चलतु इत्यादि।'[2]

6-**डॉ. कैलाश नाथ शुक्ल** के अनुसार 'कन्नौजी में आदरार्थ आप और निजार्थ आप,आपु, प्रयुक्त होते हैं। आदरार्थ आप के संबंध कारक के रूप तिर्यक् आप के साथ संबंध कारकीय परसर्गों के योग बनते हैं।'[3]

7-**डॉ. कैलाश तिवारी** के अनुसार- 'न्' के स्थान पर कन्नौजी में ल् का भी प्रयोग होता है, यथा जन्म, जलम, हनुमान, हलुमान, मैनेजर, मलेजर।[4]

8- **डॉ. कैलाश नाथ पाण्डेय** के अनुसार- कन्नौजी में कार्य की अपूर्णावस्था में वचन-भेद नहीं मिलता है। इसमें वर्तमान कालिक कृदन्त अविकारी होते हैं।[5]

**कन्नौजी गद्य का नमूना :**

एक हतीं दिउरानी जिठानी। दिउरानी धनी
हतीं औ जिठानी निधनी। उइ इनके घर
पीसि कूटि आये। उइ लुटिया भर मठा
और कन अन दइ दये। उइ ओई में बसर करे।

**कन्नौजी पद्य का नमूना :**

सइयाँ साँझ के निकरे हैं आये भोर भए।
कउने बिलमाये कउने बस मैं परे।।
लउँगन बिलमाए जइफर बस मैं परे।
लउँगन कटवइये जइफर कलम करे।।
आम नीम तरे ढाढ़ी बेटी, माया कलेवा लए ढाढ़ी हैरे।
खाय न लेव मोरी बेटी परदेसिन, तुम्हरे कलेवा बड़ो दूरिरे।।

## 5. बुन्देली या बुन्देलखण्डी

**परिचय-** राजपूताना नाम की भाँति बुन्देलखण्ड नाम भी एक नवीन कल्पना है, जो 300 वर्ष से अधिक प्राचीन नहीं। विशेषत:विध्याटवी में स्थित होने के कारण यह भाग विन्ध्येलखण्ड नाम से सम्बोधित हुआ था, जो आगे चलकर 'बुन्देलखण्ड' नाम में परिवर्तित हो गया।[6]**डॉ. गोरेलाल तिवारी** भी इस प्रदेश के नाम का संबंध, 'विन्ध्य'से जोड़ते हुए इसकी व्युत्पत्ति विन्ध्येले 7 विन्देले 7 बुन्देले बताते हैं।[7] **डॉ. रामेश्वर प्रसाद अग्रवाल** ने इसकी व्युत्पत्ति 'बूँद' (सं.'बिन्दु') से बताया है।[8] एक अन्य विद्वान **डॉ. भागीरथ प्रसाद त्रिपाठी** ने 'बुन्देल'की व्युत्पत्ति 'पुलिन्द' (देश) से माना है। उनके विचार से, '' भाषा प्रवाह में 'बोलिन्द' का 'ल्' अक्षर 'न्द' के स्थान पर तथा 'न्द'संयुक्त वर्ण 'ल्' के स्थान पर चला गया। फलत: 'बोलिन्द' से 'बोन्दिल' और 'ओ' का संकोच 'उ' और 'इ' का विकास 'ए' हो गया-बुन्देल ''।[9] सच तो यह है कि 14वीं शताब्दी के आस -पास इस प्रदेश पर बुन्देला राजपूत शासन करते थे। तभी से इस ऐतिहासिक प्रदेश का नामकरणउन राजपूत शासकों के आधार पर बुन्देलखण्ड पड़ गया और यहाँ की बोली स्थानगत आधार पर बुन्देली या बुन्देलखण्डी कहलायी। इसके पहले इस प्रदेश का नाम 'चेदि' जनपद था। इस बोली का बुन्देलखण्डी नाम बुन्देली की तुलनामें लम्बा होने के कारण प्रचलन में बहुत कम रहा है। 'बुन्देली' नाम ही उच्चारण में सुगम तथा संक्षिप्त होने के कारण लोगो द्वारा अधिकांशतया प्रयुक्त किया जाता है।

**बुन्देली की सीमाएँ-** बुन्देली का क्षेत्र पश्चिमी हिन्दी की बोलियों में सर्वाधिक विस्तृत है। असल में, दसवीं शताब्दी से ही बुन्देलखण्ड की रूप रेखा बननी प्रारंभ हुई थी औरउसकी पूर्णता के दर्शन हमें बुन्देला शासकों के समय ही मिल पाते हैं।प्रतापी राजा छत्रसाल का कोई प्रशंसक् उनके राज्य-विस्तार की चर्चा इन पंक्तियों में किया है-

***उत चम्बल इत नर्मदा,***
***उत जमुना इत टौंस।***
***छत्रसाल सौं लरन की,***
***रही न काहू हौंस।।***

इन पंक्तियों के आधार पर ही कई लोगों ने बुन्देली की सीमा का निर्धारण कर लिया, लेकिन ऐसी बात है नहीं। बुन्देली का क्षेत्र इससे काफी दूर तक पसरा हुआ है। इसके अन्तर्गत उत्तर प्रदेश के बांदा का पश्चिमी हिस्सा, उरई, हमीरपुर, जालौन, झांसी, मैनपुरी

1. हिन्दी भाषा का स्वरूप विकास- डॉ.अवधेश्वर अरुण, पृ.39
2. भाषा विज्ञान प्रवेशिका- डॉ. राजकिशोर सिंह, पृ.-44
3. हिन्दी बोलियों की व्याकरणिक कोटियाँ- डॉ. कैलाश नाथ शुक्ल पृ.-144
4. हिन्दी और उसकी विविध बोलियाँ- डॉ.कैलाश तिवारी, पृ.-122
5. भाषा विज्ञान का अनुशीलन- डॉ. कैलाशनाथ पाण्डेय, पृ.-262
6. बुन्देली काव्य-परम्परा (प्रथम खण्ड)-डॉ. बलभद्र तिवारी, पृ. 48
7. बुन्देलखण्ड का संक्षिप्त इतिहास, पृ. 136
8. बुन्देली का भाषा शास्त्रीय अध्ययन, पृ. 3, 1963
9. बुन्देलखण्ड की प्राचीनता (आत्मनिवेदन), पृ. 13, 1965

तथा इटावा का कुछहिस्सा और मध्यप्रदेश में टीकमगढ़, ओरछा, छतरपुर पन्ना, भिण्ड, दतिया, मुरैना, ग्वालियर, शिवपुरी ,सागर, दमोह, नरसिंहपुर, विदिशा, सिवनी, गुना, छिन्दवाड़ा, होशंगाबाद, रायसेन, भोपाल का कुछ हिस्सा, जबलपुर (कटनी तहसील को छोड़कर) तथा अंशत: बालाघाट जिले आते हैं। कुछ लोगों ने महाराष्ट्र के नागपुर, चण्ड (अंशत:) ,बुलढाणा (अंशत:) भंडारा (अंशत:) तथा अकोला तक इसकी सीमा निर्धारित की है।[1] **डॉ.बलभद्र तिवारी** इसकी सीमाओं के संबंध में लिखते हैं-- ''उत्तर में यमुना द्वारा इसकी सीमा निर्धारित नहीं की जा सकती । सरलता की दृष्टि से भले ही यमुना का नाम ले लिया जाय, यह यमुना के उत्तर में आगरा, मैनपुरी और इटावा जिलों के दक्षिणी भाग तक बोली जाती है। इसी प्रकार दक्षिण में नर्मदा द्वारा भी इसकी सीमा निर्धारित नहीं की जा सकती। नर्मदा के कछार में सतपुड़ा के मैदान में स्थित (ताप्ती के उत्तर में) सिवनी, बालाघाट और छिंदवाड़ा जिलों के अनेक भागों में भी यह बोली जाती है। इसे बुन्देली का मिश्रित रूप अवश्य कहा जाएगा। वैसे जबलपुर जिले में मिश्रित रूप ही मिलता है। पश्चिम में यह ठीक चंबल तक नहीं पहुँच पाती। ग्वालियर जिले के पूर्व तक ही इसका क्षेत्र है। पूर्व में कोई प्राकृतिक सीमा तो नहीं है, परन्तु बघेलखण्ड सीमा माना जा सकता है।[2] **ग्रियर्सन** के विचारसे यह हमीरपुर ,जालौन, झांसी, ग्वालियर केपूर्वी भाग, आगरा मैनपुरी और इटावा के दक्षिणी हिस्सा, नरसिंहपुर , होशंगाबाद, सिवनी, बालाघाट तथा छिंदवाड़ा में बोली जाती है - " Bundeli or Bundelkhandi is spoken in the districts of Hamirpur, Jalaun, Jhansi, eastern portion of Gwalior state in the southern portion of districts of Agra, Mainpuri and Etawah.Bundelkhand Agency, a small portion on the west side of Baghelkhand Agency, districts of Narsinghpur and Hoshangabad.. It is also spoken in the districts of Seoni, Balaghat and Chhindwara."[3] इसके उत्तर में ब्रज और कन्नौजी, पूर्व में बघेली तथा अवधी, दक्षिण में मराठी, पश्चिम में राजस्थानी तथा पश्चिमोत्तर में ब्रज बोलियों का क्षेत्र है।

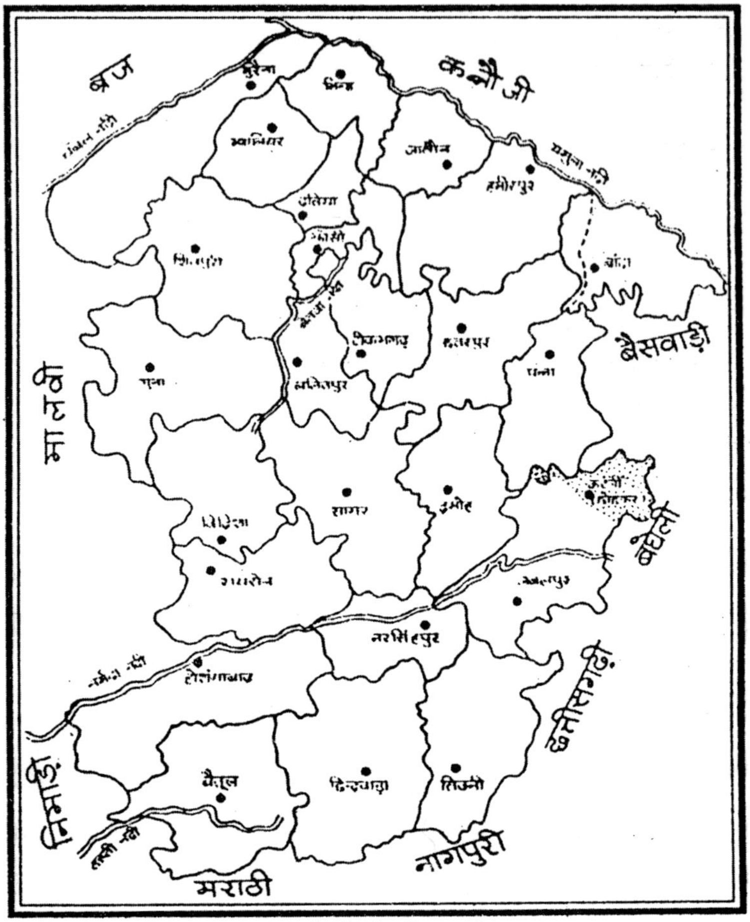


बुन्देली बोली का क्षेत्र

**बुन्देली के प्रकार एवं क्षेत्र- 1- प्रामाणिक बुन्देली** - झांसी, जालौन, हमीरपुर, दक्षिण -पूर्वी ग्वालियर, पूर्वी भोपाल, ओरछा, टीकमगढ़,सागर। **2- पँवारी-** उत्तर-पूर्वी ग्वालियर, दतिया। **3- लोधन्ती** अथवा **राठौरी**-हमीरपुर, चरखारी। **4- खटोला-** पन्ना,दमोह।

**उत्तर-पूर्व की मिश्रित बोलियाँ - 5- बनाफरी-** उत्तर पूर्वी बुन्देलखण्ड, पश्चिमी बघेलखण्ड। **6- कुण्डरी-** हमीरपुर, बाँदा तथा केन के किनारें प्रचलित है। **7- निभट्टा-** जालौन।

**उत्तर पश्चिम की मिश्रित बोली-8-भदावरी** अथवा **तोवँरगढ़ी-** ग्वालियर आगरा के कुछ भाग,मैनपुरी तथा इटावा।

---

1. Lingustic Study of Bundeli- Dr. M.P. Jain Sawal, P.2
2. बुन्देली काव्य-परंपरा (प्रथम खण्ड), पृ. 55
3. Linguistic Survey of India, Part II, Page-928

**दक्षिण की टूटी-फूटी बोलियाँ- 9- लोधी**-बालाघाट। **10- छिंदवाड़ा-** बुन्देली, छिंदवाड़ा। **11- कोष्टी बोलियाँ-** छिंदवाड़ा, चाँदा, भण्डारा तथा अकोला के कुछ वर्ग में। **12- कुंभार बोलियाँ-** नागपुर की कुंभार जाति में। **13- नागपुरी हिन्दी-** बरार के कुछ भाग, भण्डारा तथा छिंदवाड़ा।

**बुन्देली बोलने वालों की संख्या-** बुन्देली की जनसंख्या (**1951**) इस प्रकार थी। [रायसेन (93, 15, 358) और सतना (5, 55, 603) सीमांती जिले हैं, जिनमें क्रमश: मालवी और बघेली भी बोली जाती है] :

| जिला | जनसंख्या | जिला | जनसंख्या |
|---|---|---|---|
| 1. ग्वालियर | 5,30,299 | 9. पन्ना | 2, 58, 703 |
| 2. भिंड | 5,27,978 | 10. सागर, दमोह | 9, 93, 654 |
| 3. भेलसा (विदिशा) | 2, 93, 023 | 11. जबलपुर | 10, 45, 593 |
| 4. गुना | 5, 05, 268 | 12. मंडला | 5, 47, 620 |
| 5. शिवपुरी | 4, 76, 092 | 13. होशंगाबाद,नरसिंहपुर | 8, 47, 898 |
| 6. दतिया | 1, 64, 314 | 14. बेतूल | 4, 51, 655 |
| 7. टीकमगढ़ | 3, 66, 165 | 15. छिंदवाड़ा, सिवनी | 10, 80, 491 |
| 8. छतरपुर | 4, 81, 140 | | **86, 69, 893** |

1931 की **जनगणना** के अनुसार- 69 लाख 9960। थी

1941 में **डॉ. धीरेन्द्र वर्मा** के अनुसार- 80 लाख थी

1961 में **डॉ. हरदेव बाहरी** के अनुसार- 92 लाख के करीब थी

1981 में **डॉ. कैलाश नाथ पाण्डेय** के अनुसार- 2 करोड़ 22 लाख 42669 थी

1991 में पुन: **डॉ. कैलाश नाथ पाण्डेय** के अनुसार- 3 करोड़ 6 लाख 62512 थी

2001 की **जनगणना** के अनुसार- 4 करोड़ 3 लाख 73501 थी

**ऐतिहासिक विकास-** एक सुप्रसिद्ध विद्वान लिखते हैं कि ब्रज और कनउजी बुंदेली की सहोदराएँ हैं। तीनों का विकास वैदिक (छांदस), पांचाली शौरसेनी पालि, पांचाली शौरसेनी प्राकृत और पांचाली शौरसेनी (मध्यदेशीय) अपभ्रंश से क्रम से हुआ है। वस्तुत: हिमालय की तराई से लेकर सतपुड़ा के समीप तक कनउजी-ब्रज-बुंदेली के रूप में एक ही भाषा प्रवाहित है। अपभ्रंश काल-छठीं से बारहवीं सदी तक-में यहीं की शिष्ट भाषा सारे उत्तर भारत की विशेषत: और सारे भारत की सामान्यत: अंतप्रांतीय या राष्ट्रीय भाषा रही, जिस तरह से आज हिंदी है। यदि तुर्कों ने दिल्ली की जगह कन्नौज को अपनी राजधानी बनाया होता, तो इसमें संदेह नहीं, आज हिंदी नहीं, बल्कि यही कान्यकुब्जीय भाषा सारे भारत की राष्ट्रभाषा होती। दिल्ली के केंद्र बनने पर उसके आसपास की कौरवी भाषा को हिंदी या उर्दू के रूप में स्थान मिला। दो शताब्दियों के दिल्ली के शासन के बाद 14वीं शताब्दी के अनंतर जब दिल्ली छिन्न भिन्न हुई, तो उसके स्थान पर कई राज्य स्थापित हुए जिनमें हिंदी क्षेत्र में जौनपुर, ग्वालियर और मालवा मुख्य थे। तीनों ने स्थानीय साहित्य और कला के विकास में सहयोग दिया। ग्वालियर के तोमर राज्य ने इसके लिए विशेष कार्य किया। संगीत आदि के साथ एक शिष्ट साहित्य का निर्माण वहाँ आरंभ हुआ जिसको ग्वालियरी भाषा के साहित्य के नाम से अभिहित किया गया। सूर आदिके प्रादुर्भाव के पहले ग्वालियरी नाम ही प्रचलित था, जिसे कृष्णभक्ति काव्य की धारा ने ब्रज का नाम दे दिया। ग्वालियरी का मतलब बुंदेलखंडी ही है, इसमें संदेह था। इस नाम परिवर्तन से बुंदेलभाषियों को क्षोभ होता है। क्षोभ करने की जगह पर उन्हें कनउजी, ब्रज और बुंदेली की एकता को सामने रखना चाहिए। यदि इन भाषाओं में कुछ अंतर है, तो आखिर बुंदेली में भी कहीं अंतर मिलते ही हैं- पाँच कोस पर भाषा में अंतर आता ही है।

**साहित्य-** लोकोत्तर सुषमा से मंडित बुण्देलखण्ड की रत्नगर्भा भूमि में अनेक ऐसे योद्धा तथा कवि पैदा हुए हैं, जिनके कृतित्व-व्यक्तित्व की अनुगूँज आज भी उस धरती में बड़ी सहजता से सुनी जा सकती है। यदि यहाँ का इतिहास झांसी की रानी लक्ष्मीबाई, आल्हा-ऊदल, छत्रसाल, परिमाल आदि वीर नायक-नायिकाओं को अपना आधार बनाकर धन्य हो उठा है तो साहित्य भी जगनिक, विष्णुदास, केशवदास,गोरेलाल, पद्माकर, ठाकुर ,बोधा, इसुरी, अग्रदास, हरिसेवक मिश्र, अक्षर अनन्य, बक्शी हंसराज, रसनिधि, पजनेश, बृज तथा बिहारी लाल के कारण काफी लोकप्रिय रहा है। आधुनिक काल में जानकी प्रसाद द्विवेदी (जानकी सतसई, मोद-विनोद, अन्योक्तिपचासा) शिवसहायचतुर्वेदी ( भारतीय नीति कथा, आदर्श चरितावलीसतीदाह, कुसमांजलि),ज्वालाप्रसाद ज्योतिषी (पांचजन्य, इन्कलाब), नीरज जैन (कुण्डलपुर, अहिंसा के अग्रदूत, तुलादान) गौरीशंकर सुधा (प्रताप बाउनी), घासीराम 'व्यास' (चन्द्रमा), लोकनाथ द्विवेदी 'सिलाकारी' ,संतोष सिंह, बाबूलाल खरे तथा अवधेश सिंह आदि प्रमुख कवियों ने बुन्देली साहित्य की श्री वृद्धि की है। कुछ लोगों का विचार है कि यहाँ के अधिकांश कवियों ने ब्रज में ही अपनी रचनाएँ प्रस्तुत किया है। बहरहाल, बुन्देली

साहित्य का भविष्य सुनहला है। सागर विश्वविद्यालय के हिन्दी विभाग से सम्बद्ध एक 'बुन्देली पीठ' की स्थापना डेढ़ दशक पहले की गई थी, जिसमें गुरुवर डॉ.बलभद्र तिवारी के निर्देशनमें बुन्देली साहित्य पर सघन शोध शुरू हुआ था। विश्वास है, इस शोध कार्य से बुन्देली साहित्य से संबंधित तथ्यों पर कुछ नया प्रकाश पड़ेगा।

**बुंदेली की व्याकरणिक विशेषतायें-**

**(क)ध्वन्यात्मक वैशिष्ट्य-** 1- ह्रस्व रूप में उच्चरित ए, ओ क्रमशः इ तथा उ में परिवर्तित हो जाते हैं जैसे बेटी>बिटिया , घोरो> घुरवा इसी प्रकार ऐ का ए में तथा औ का ओ में रूपान्तरण होता है। यत्र -तत्र अ का इ में परिर्वतन दीख पड़ता है । बरोबर > बिरोबर। 2- व्यंजनों में ड़ का र में परिर्वतन होता है स्वर मध्यग ह का लोप तथा 'आ' के पश्चात आने वाले ह के पश्चात का उ 'अ' में रूपान्तरित हो जाता है ; जैसे :पड़ो >परो, कहीं > कयी, दौड़के > दौर के,रहन > रन, चाहत > चाउत । 3- आद्य य ज में तथा व ब में बदल जाता है। 4- महाप्राण व्यंजन अल्पप्राण में तब्दील हो जाते हैं : दही > दई, कंघा > कदा 5- मध्यस्थ र का लोप : सारे > साये, तुम्हारा > तुमाओ। 6- पदान्त अ का उच्चारण अश्रव्य होता है। 7- ए के तीन उच्चारण सुनाई पड़ते हैं।ऐं > दैंओता (देवता), देंओर (देवर) कैं > ओलो (कोयला) नेओता (नेवता )।8- ण का अभाव तथा ल के स्थान पर र की प्रवृति।

**(ख) संज्ञा-पद-** 1- पुलिंग संज्ञाओं में प्राय: आ (वा) और स्त्रीलिंग के अन्त में इया प्रत्यय आतें है जैसे -प. घुड़वा, विलरा, चिरवा (नर चिड़िया) स्त्री. घुड़िया, चिरइया, बिलइया2- उकारान्त संज्ञायें स्त्रीलिंग तथा पुलिंग दोनों होती हैं जैसे- स्त्री0बिन्नू (बहिन),खब्बू (अधिक खाने वाली)। पु. नाउ, डॉकू ।

**(ग) वचन-** बहुबचन के लिए लोग और हर, जन, सब शब्दांश जुट जातें है जैसे- तुम लोग अइयों। तुम औरे अइयो। बाई हरे आहैं । (माँ आदि आयेगी)।

**(घ) परसर्ग-** ने नें नैं । कर्म सम्प्रदान- खों, खाँ (खँ) कौ (कुँ कों)। करण अपादान- से सें सों ।सम्बन्ध - क, को। अधिकरण- पै मे लौं

**(ङ) सर्वनाम-** प्राय: ब्रजभाषा की तरह होते हैं मै की अपेक्षा हम का प्रयोग अधिक होता है । आपन का अपना होता है तो तुमन का तुम

**(च) संख्यावाचक शब्द-**गेरा (11), चउदा (14), सोरा(16), उन्नैस (19), अरतिस (38), पैलो पाँचमों छटमों।

**(छ) क्रिया पद -** ब्रज भाषा की तरह होते हैं : जैसे :

| | | | | |
|---|---|---|---|---|
| (1) हूँ | आँव | आँय | हौं | आँहो |
| | हैं | हैं | आहैं | |
| | है | है | | |
| | गा | गो | | |
| | था | हतो | तो | |
| | थी | हती | ती | |
| | थे | हते | ते | |

(2) वर्तमान के रूप का प्रयोग भविष्य में भी होता है। (3) संज्ञार्थक क्रिया की रचना में बौ या नै जोड़ा जाता है : करबौ, खानै
(4) पूर्वकालिक क्रिया के लिए - कै जोड़ा जाता है : खाकै, पढ़कै (5) शेष क्रियाएँ ब्रज भाषा वत।

**कुछ वाक्य-** मैं मारतॉव। मैंने मारो - तो। (मैं मार रहा था) (मैंने मारा था) बाने बैठो (वह बैठा) बस्ने लगी (उसने आरम्भ किया) बाने चाउत तो (वह चाहता तो था) **कुछ शब्द-** अत्रै (अन्यत्र), नाँ (यहाँ), माँ (वहाँ), भ्याँने (सबेरे), मस्कई (चुपके से), भाँय (उस ओर), बऊ (दादी)

**1. डॉ. धीरेन्द्र वर्मा** के अनुसार, - "ब्रजभाषा के 'यों' वाले रूप की तुलना में बुन्देली में 'औ' प्रत्यय वाले (चल्यौ) भूतकालिक कृदन्तज रूप मिलते हैं।"[1]

**2. डॉ. उदय नारायण तिवारी** के अनुसार, - "बुन्देली में संज्ञा के गुरु अथवा दीर्घान्त रूपों का प्रयोग प्राय: होता है। ऐसे पुल्लिंग शब्दों के अंत में 'वा' तथा स्त्रीलिंग के अंत में 'आ' आता है, यथा, घोरो, घुरवा, घोड़ा, बेटी, बिटिया।"[2]

**3. डॉ. हरदेव बाहरी** के अनुसार, - "बुन्देली और ब्रजभाषा में घनिष्ठ संबंध है। बुन्देली में ब्रजभाषा की तरह उकारान्त-इकारान्त संज्ञाएँ नहीं है। बुन्देली में बहुत एसे शब्द मिल जाते हैं, तो हिन्दी की अन्य बोलियों में नहीं हैं।"[3]

**4. डॉ. रामेश्वर प्रसाद अग्रवाल** के अनुसार, - "बुन्देली में बहुवचन मूल रूप चक्कूँ, बिच्छूँ भी बोले जाते हैं।"[4]

---

1. ब्रजभाषा- डॉ. धीरेन्द्र वर्मा, पृ. 101
2. हिन्दी भाषा का उद्‌गम और विकास- डॉ. उदयनारायण तिवारी, पृ. 258
3. हिन्दी : उद्‌भव, विकास और रूप- डॉ. हरदेव बाहरी, पृ. 90
4. बुन्देली का भाषा शास्त्रीय अध्ययन- डॉ. रामेश्वर प्रसाद अग्रवाल, पृ. 80, सन् 1963 ई.

**5. डॉ. रत्नचन्द्र शर्मा** के अनुसार, - ''बुन्देली में ब्रज से भिन्न कुछ परसर्ग भी हैं, जैसे- 'के लिए' के स्थान पर 'के लाने', 'के काजे', और 'कों' के स्थान पर 'खों'।''[1]

**6. डॉ. अवधेश्वर अरुण** के अनुसार, - ''बुन्देली में सहायक क्रिया 'होना' के विभिन्न रूप चलते हैं, किंतु लकार लुप्त होकर अऊं, आंय आदि रूप बच जाते हैं।''[2]

**7. डॉ. राजकिशोर सिंह** के अनुसार, - ''बुन्देली में सर्वनाम के साथ 'ने' का विशिष्ट प्रयोग मिलता है, यथा- बाने (वह) आदि।''[3]

**8. डॉ. कैलाश नाथ शुक्ल** के अनुसार, - ''हिन्दी की आकारान्त संज्ञाएँ बुन्देली में प्राय: औकारान्त हो गयी हैं।''[4]

**9. डॉ. कैलाश तिवारी** के अनुसार, - ''ब्रज की समस्त व्यंजन ध्वनियां बुन्देली में मिलती हैं।''[5]

**10. डॉ. कैलाश नाथ पाण्डेय** के अनुसार, - ''बुन्देली में 'ण' का उच्चारण नहीं होता है।''[6]

### बुन्देली पद्य का नमूना-

"माई के रोए से नदिया बहत है, दवारे से इटियाँ न ढईयों मेरे बाबुल।
विटिया न दईयो परदेस, दवारे की इटियाँ खिसक जैहैं बाबुल।
विटिया बिसुरे परदेस, बे माइया बिटिया विसरत है, बाबुल की गई सुध भूल।
मइया की गलियाँ बिसर गई हैं, भौजी का जिया सुख चैन।"[7]

### बुन्देली गद्य का नमूना-

कौनऊँ गाँव में एक कोरी रतू तो। बाको एक लरका हतो। बाको वियाव तो भौत दिनाँ भमे तब हों गयो, अकेले अपनी ससरारे बो अबे नों नब हो गयो तो। सो एक दिना बानै अपनी मताई से कई के मताई गाँव सब जने अपनी-अपनी ससरारे जात।

# (ख) पूर्वी हिन्दी

## 6.अवधी

**परिचय-** प्राचीन कोशल राज्य का आधुनिक नाम अवध है। छठी शताब्दी के आसपास भारत जिन सोलह महा जनपदों (राज्यों) में विभाजित था, उनमें कोशल भी था। वस्तुत: प्राचीन काल में कोशल नाम के दो राज्य थे- पहला, उत्तर भारत में था, जो अवध के भू-भाग मेंस्थित था। इसकी राजधानी अयोध्या थी। दूसरा,दक्षिण भारत में महानदी की उत्तरी घाटी में स्थित था। दक्षिण कोशल राज्य में आधुनिक बिलासपुर, रायपुर तथा संभलपुर जिले सम्मिलित थे। इसकी राजधानी श्रीपुर में थी, जो आज भी रायपुर जिले में वर्तमान है। श्रीरामायण के अनुसार भगवान श्री रामचन्द्र जी के पिता महाराजा **दशरथ** कोशल के राजा थे। अयोध्या उनकी राजधानी थी। ईसवी सन् की चौथी शताब्दी में अवध गुप्त साम्राज्य का एक अंग था और अयोध्या संभवत: पाँचवीं शताब्दी में गुप्त राजाओं कीदूसरी राजधानी थी। सातवीं शताब्दी में यह हर्षवर्धन के साम्राज्य में सम्मिलित था और नौवीं शताब्दी में यह गुर्जरप्रतिहार साम्राज्य का भाग था। 1724 ई. तक अवध मुगलसाम्राज्य का एकमहत्वपूर्ण सूबा था। अकबर ने अपने साम्राज्य को जिन पन्द्रह सूबों में बांटा था, उनमें अवध भी था । अवध बहुत दिनों तक मुसलिम संस्कृति, संगीत तथा विलासिता का केन्द्र भी रहा हैं। इन सबके बावजूद यह निश्चित रूप से मुझे ज्ञात नहीं हो सका है कि कबसारा कोशल राज्य अयोध्या के नाम से विख्यात हो गया। इसका आधुनिक अवध नाम अयोध्या का ही विकृत रूप है। **डॉ. शालिग्राम शुक्ल 'नीर'** का विचार है कि प्राचीन भारत में ' साकेत' कोसल जनपद की राजधानीथा। ऐसा प्रसिद्ध है कि तब युद्ध द्वारा कोई नरेश इससे पार नही पा सकता था। अत: **'' देवानां पुरयोध्या''** के अनुसार अयोध्या साकेतका विशेषण था। कालान्तर में यही नाम प्रमुख हो गया। प्राकृत एवं अपभ्रंश काल में इसका उच्चारण 'अउधा' या ' अउहा ' हो गया। तुर्को केसमय यह 'अउध' या 'अवध' बना।[8]

अवध प्रांत के आधार पर ही इस क्षेत्र की बोली का नाम अवधी पड़ा है। **डा. हरदेव बाहरी** कहते हैं कि - '' इसे 'पूरबिया' भी

1. भाषा विज्ञान और मानक हिन्दी- डॉ. रत्नचन्द्र शर्मा, पृ. 163
2. हिन्दी भाषा का स्वरूप विकास- डॉ. अवधेश्वर अरुण, पृ. 39
3. भाषा विज्ञान प्रवेशिका- डॉ. राजकिशोर सिंह, पृ. 46
4. पश्चिमी हिन्दी बोलियों की व्याकरणिक कोटियाँ- डॉ. कैलाश नाथ शुक्ल, पृ. 100
5. हिन्दी और उसकी विविध बोलियाँ- डॉ. कैलाश तिवारी, पृ. 112
6. भाषा विज्ञान का अनुशीलन- डॉ. कैलाशनाथ पाण्डेय, पृ. 283
7. बुन्देली काव्य परंपरा, डॉ. बलभद्र तिवारी, पृ. 21. प्रकाशन- बुन्देली पीठ, हिन्दी विभाग, सागर विश्वविद्यालय, सागर, म.प्र., मू. - 10 रूपया 1971
8. आधुनिक अवधी, भोजपुरी : इतिहास और काव्य, पृ.-16, 1984

कहा गया है, किन्तु यही नाम बिहारी बोलियों को भी दिया जाता है। इसमें भी अतिव्याप्त दोष है। एक और नाम बैसवाड़ी सुझाया गया है, किन्तु बैस राजपूतों के प्रदेश-बैसवाड़ा के अन्तर्गत् अवधी भाषी कुछ ही जिले पड़ते हैं अर्थात लखनऊ, उन्नाव, रायबरेली और फतेहपुर। इस नाम में अव्याप्ति दोष रह जाता है।''[1] वस्तुत: अवधी नाम भी बहुत दोष रहित नहीं है, क्योंकि अवध प्रान्त के भीतर आने वाले जिले हरदोई में यह नहींबोली जाती। बल्कि उसके बाहर कुछ जिलों में इसका प्रयोगकिया जाता है। फिर भी लोकमत उक्त सभी नामोंमेंकेवल'अवधी' नाम को ही अपनी स्वीकृति प्रदान करता है। डॉ. ग्रियर्सन ने अवधी की उत्पत्ति अर्द्धमागधीसे, आचार्य रामचन्द्र शुक्ल ने नागर अपभ्रंश से, डॉ. बाबूराम सक्सेना ने पालिसे तथा डॉ. नामवर सिंह ने अर्ध -मागधी से माना है।

अवधी बोली का क्षेत्र

**अवधी की सीमाएँ-** हिन्दी साहित्य के इतिहास के अनुसार अवधी उस क्षेत्र की भाषा है, जो कोसल के नाम से वाल्मीकि के शब्दों में मुदित स्फीत महान् जनपद था। वाल्मीकि रामायण के कारण कोसल और उसकी राजधानी अयोध्या युगों से भारत में प्रसिद्ध है। अवधीभाषी क्षेत्र के उत्तर में हिमालय (नेपाल), पूर्व में भोजपुरीभाषी प्रदेश, दक्षिण में बघेली और पश्चिम में बुंदेली और कनउजी के क्षेत्र हैं। बघेली और छत्तीसगढ़ी वस्तुत: अवधी से ही संबद्ध भाषाएँ हैं। अवधी प्रदेश में अवध के पूरे ग्यारह जिले, हरदोई के अधिकांश भाग, फतेहपुर, इलाहाबाद का पूरा जिला और कानपुर के अकबरपुर तथा डेरापुर तहसीलों को छोड़ सारा जिला, चुनार और दुद्धी तहसीलों को छोड़ मिर्जापुर का सारा जिला, केराकत तहसील को छोड़ जौनपुर का सारा जिला एवं बस्ती का हरैया तहसील संमिलित है। इसका क्षेत्रफल साढ़े पैंतीस हजार वर्गमील और 1951 में आबादी ढाई करोड़ के करीब थी जिसका विवरण इस प्रकार है :

| जिला या तहसील | क्षेत्रफल (वर्गमील) | जनसंख्या (1951 ई0) |
|---|---|---|
| 1.कानपुर (अकबरपुर, डेरापुर तहसीलों को छोड़कर) | 1, 608 | 15,42, 490 |
| 2.फतेहपुर | 1, 461 | 9, 08, 985 |
| 3.इलाहाबाद | 2, 839 | 20, 48, 250 |
| 4.मिर्जापुर (चुनार, दुद्धी तहसीलें छोड़) | 2, 819 | 6, 44, 512 |
| 5.जौनपुर (केराकत तहसील छोड़) | 1, 313 | 12, 58, 888 |

1. ग्रामीण हिन्दी बोलियाँ- डॉ. हरदेव बाहरी, पृ. 173

| | | |
|---|---|---|
| 6.बस्ती (हरैया तहसील) | 500 | 3, 94, 376 |
| 7.लखनऊ | 989 | 11, 28, 101 |
| 8.उन्नाव | 1, 802 | 10, 67, 055 |
| 9.रायबरेली | 1, 755 | 11, 56, 704 |
| 10.सीतापुर | 2, 207 | 13, 80, 472 |
| 11.हरदोई (शाहाबाद तहसील छोड़) | 1, 775 | 10, 46, 707 |
| 12.खीरी | 2, 967 | 10, 58, 343 |
| 13.फैजाबाद | 1, 704 | 14, 81, 796 |
| 14.गोंडा | 2, 842 | 18, 77, 484 |
| 15.बहराइच | 2, 636 | 13, 46, 335 |
| 16.सुल्तानपुर | 1, 710 | 12, 82, 160 |
| 17.प्रतापगढ़ | 1, 447 | 11, 10, 734 |
| 18.बाराबंकी | 1, 734 | 12, 64, 204 |
| 19.नेपाल तराई | 1, 000 (?) | 17, 00, 000 (?) |
| योग | 35, 108 | 2, 36, 97, 596 |

अवधी के उत्तर में नेपाली, दक्षिण में बघेली, पूरब में भोजपुरी तथा पश्चिम में कन्नौजी और बुन्देली बोलियों का क्षेत्र है। इस बीच यह लखनऊ, लखीमपुरखीरी, बहराइच, गोंडा, रायबरेली, सीतापुर, बाराबंकी, प्रतापगढ़, फैजाबाद, सुल्तानपुर तथा उन्नाव जिलों में बोली जाती है। उसके अलावा यह मिर्जापुर के उत्तरी पश्चिमी हिस्से तथा केराकत तहसील को छोड़कर संपूर्ण जौनपुर, फतेहपुर के दक्षिणी भाग तथा इलाहाबाद में भी बोली जाती है। बांदा जिले में बुन्देली- अवधी का मिश्रित रूप बोला जाता है। **डॉ. ग्रियर्सन** ने भी अवधी की लगभग उक्त सीमाओं का ही समर्थन किया है: "Awadhi is spoken through out Oudh, except in the district of Hardoi and in eastern corner of the district Faizabad. North of Ganges; it is also spoken in the western portion of the district of Jaunpur in the private domains of the Maharaja of Benaras which occupy a portion of the North, Gangetic Allahabad. It is also the language the South Gengetic Allahabad and the whole of district of Fatehpur except the bordering on the Jamuna river."[1] इन सबके अलावा बिहार के मुसलमान भी अवधी बोलते हैं।

## अवधी का ऐतिहासिक विकास

**हिन्दी साहित्य का वृहद् इतिहास** में उल्लेख है कि ऋग्वेद में कोसल का नाम नहीं आया। ऋग्वेदिक आर्यों का भूगोल दिल्ली में यमुना के पास आकर समाप्त हो जाता था। उसके तीन चार सौ वर्षों बाद ब्राह्मण काल में आर्यों का बढ़ाव कोसल से बहुत दूर आगे विदेह (तिरहुत) तक हो गया था। पर, उस समय के प्रभावशाली जनपद कुरुं और पंचाल (कनउजी ब्रजभाषी प्रदेश का अधिकांश) थे। लेकिन आर्यों के आने से पहले कोसल भूमि निर्जन नहीं थी। मंगोलायित मोन् ख्मेर (किरात) और निषाद बहुत पहले से यहाँ रहते थे और उनके भीतर बहुत संभव है, सिंधु उपत्यका की संस्कृति-वाले प्राग (द्रविड़) यहाँ पहुँच चुके थे। इनकी भाषाएँ भी यहाँ बोली जाती थीं, पर आठवीं नवीं सदी ईसा पूर्व में आर्यों के यहाँ पहुँचने के बाद कुछ ही शताब्दियों में वह लुप्त हो गईं। भाषा के तौर पर बुद्ध के समय (ईसा पूर्व पाँचवीं छठी सदी) में यहाँ की प्राय: सारी जातियाँ एक हो चुकी थीं। रक्त-संमिश्रण भी पिछली तीन सहस्त्राब्दियों में इतना हुआ कि अब मूल जातियों का पता लगाना भी मुश्किल है। मोन् ख्मेर या तो और जातियों में मिल गए या थारू के नाम से नेपाल की तराई में अब भी मौजूद हैं। निषादों का अधिक रक्त रखनेवाली जातियों में अब कुछ ही ऐसी रह गई हैं जिनमें काले रंग की अधिकता है। द्रविड़ अधिक संस्कृत थे, वह भी दूसरी जातियों में हजम हो गए।

**(1) अवध नाम-** कोसल की पुरानी राजधानी साकेत थी। कोई उससे युद्ध करके पार नहीं पा सकता था, इसलिए 'देवानां पूरयोध्या' के अनुसार साकेत नगरी का विशेषण अयोध्या था, जिसे क्रमश: मुख्य नाम बना लिया गया। अंतत: साकेत नाम कम और अयोध्या अधिक प्रसिद्ध हो गया। अश्वघोष भी साकेत के नाम से परिचित थे। बुद्ध के समय में भी इसे साकेत ही कहा जाता था। बुद्ध से कुछ समय पहले राजधानी साकेत से श्रावस्ती चली गई। वहीं पर, बुद्ध का समकालीन और समवस्यक राजा प्रसेनजित् रहता था।

**1. Linguistic Survey of India, Part II, Page 623**

श्रावस्ती उस समय भारत की सबसे बड़ी नगरी थी। कोसल सबसे बड़ा राज्य था जिसमें काशी जनपद भी शामिल था। पूर्व गंडक (नदी) तक के शाक्य, कोलिय, मल्ल आदि आठ गणराज्य उसको अपना प्रभु मानते थे। बुद्ध के समय ही मगध का पल्ला भारी होने लगा था। कोसल से मगधराज अजातशत्रु ने दो एक बार छेड़छाड़ भी की, पर प्रसेनजित् के रहते कोसल का अत्यनिष्ट नहीं हुआ। आगे संभवत: अजातशत्रु ने ही अथवा उसके किसी उत्तराधिकारी ने कोसल को हड़प लिया। अब उसका कोई राजा नहीं था। इसी समय, जान पड़ता है, प्रदेशपाल या रट्ठिक की राजधानी साकेत हो गया। तो भी, श्रावस्ती का महत्व बराबर रहा और वह प्राय: हजार वर्ष तक एक बडी, भुक्ति (प्रदेश) के नाम से प्रसिद्ध रही। गुप्तों के काल में भी श्रावस्ती भुक्ति थी, हर्षवर्धन के मधुवनवाले ताम्रपात्र मे भी श्रावस्ती भुक्ति है, सारन जिले के दिघवा दुबौली में मिले प्रतिहारों के ताम्रपत्रो में भी श्रावस्ती भुक्ति का उल्लेख है। वैसे, चौथी सदी के अंत तक, फाहियान् के समय, श्रावस्ती उजाड़ हो गई थी।

पर बाल्मीकीय रामायण (ई. पू. दूसरी शताब्दी) में ही साकेत अल्प प्रचलित हो गया था, वहाँ बार बार अयोध्या के नाम से उसका उल्लेख किया गया है। वही अयोध्या श्रावस्ती भुक्ति की राजधानी रही। प्राकृत और अपभ्रंश काल में इसका उच्चारण 'अउधा' या 'अउहा' हो गया, जो आरंभिक तुर्कों (गुलाम वंश) के समय भी मशहूर अवध या अउध वलायत थी। उसका वली सारे तुर्क काल तक अउध (अवध) में रहता था। आज अयोध्या और फैजाबाद के कहने से मालूम होता है, कि दोनों अलग अलग शहर रहे। लेकिन 18वीं सदी के मध्य में अवध में नवाबी स्थापित होने से पहले फैजाबाद का नाम भी नहीं था। अयोध्या के ही एक भाग को अपनी राजधानी बनाते समय अवध के नवाब ने अवध को 'फैजाबाद' नाम दिया। लखनऊ अब भी अवध नगरी के सामने विशेष महत्व नहीं रखता था। जिस तरह वलायत और सूबे का नाम अवध था, उसी तरह वहाँ की भाषा को अवधी कहा जाता था। यह स्मरण रखना चाहिए कि गोस्वामी तुलसीदास जी अयोध्या फैजाबाद को अवध के नाम से ही जानते थे।

पहले की जातियों की भाषाएँ अभी प्रचलित ही थीं, जब कि आर्यों का एक जन (कबीला) कोसल इस भूमि में आया। सप्तसिंधु (पंजाब) के पाँच मूल जनों और एक दर्जन से ऊपर शाखाजनों में से किसके साथ कोसलजन का संबंध था, यह कहना कठिन है। कुरु प्राचीन पंचजनों में से पुरुओं के वंशधर थे। पंचाल में पाँचों जनों ने अपना घर (आल) बनाया था। कोसलों ने बहुत विस्तृत भूमि अपनाई थी, जिसमें प्राय: सारा वर्तमान अवध संमिलित था। जनपदों और भाषाओं की सीमा समय समय पर बदलती रहती है। मूल या उत्तर कोसलवाले बढ़ते हुए बघेलखंड और छत्तीसगढ़ तक फैल गए। छत्तीसगढ़ का नाम ही पीछे दक्षिण कोसल पड़ गया। इसी तरह मल्ल (भोजपुरी भाषी क्षेत्र) उनके पूर्व में हिमालय की तराई से बढ़ते हुए छोटा नागपुर तक पहुँच गए। उन्होंने यद्यपि वहाँ अपना नाम नहीं छोड़ा, पर उनकी भोजपुरी (नागपुरिया) भाषा आज भी वहाँ बोली जाती है।

कोसल जनपद का जिस तरह नाम बदलकर राजधानी के कारण अवध हो गया, वैसे ही वहाँ की भाषा कोसली अवधी कही जाने लगी। अवधी के क्रमविकास को देखने से मालूम होता है, कि ब्राह्मण उपनिषद् के काल की बोलचाल की वैदिक भाषा बुद्धकाल में (छठी पाँचवीं सदी ई. पू.) में कोसली पालि के रूप में परिणत हो गई (यहाँ पालि से हमारा अभिप्राय बुद्धकाल में उत्तर भारत में बोली जाने वाली सभी भाषाएँ है)। कोसली पालि से कोसली (अवधी) अपभ्रंश का विकास हुआ। अवधी अपभ्रंश से ही अवधी भाषा निकली है। वैदिक भाषा का अंत ई. पू. छठी सदी के आसपास में और पालियों का अंत ईसवी सन् के आरंभ के साथ हुआ। कोसली प्राकृत ईसवी सन् से आरंभ होकर छठी सदी के मध्य में समाप्त हुई। तब से बारहवीं सदी के अंत तक अवधी अपभ्रंश रही।

वैदिक और आरंभिक पालि काल में कोसल बहुत महत्वपूर्ण प्रदेश रहा। पर, पीछे वह सदा रट्ठिकों, उपरिकों, बलियो (राज्यपालों) द्वारा शासित रहा, इसलिये उसकी भाषा का कोई महत्व नहीं था। प्राकृत काल में शौरसेनी, मागधी और महाराष्ट्री प्राकृतों का बहुत गौरव के साथ उल्लेख आता है। उनका कुछ साहित्य और व्याकरण भी मिलता है, पर कोसली प्राकृत का कुछ नहीं मिलता। कुछ विद्वान् अटकल लगाते हैं कि कोसली प्राकृत को ही पीछे अर्धमागधी कहा जाने लगा जिसमें मूल जैन धर्मग्रंथ लिखे गए। यह अटकल ही है। त्रिपिटक की पालि को भी कुछ विद्वान् विकृत कोसली कहते हैं। वस्तुत: राजनीतिक महत्व कम होने के कारण कोसल की भाषा की पूछ नहीं रह गई। ईसा की आरंभिक शताब्दियों में शूरसेन में मथुरा शकों की राजधानी रही, इसलिए शौरसेनी प्राकृत का महत्व बढ़ गया। गुप्तों की राजधानी मगध में पटना थी, इसलिये वहाँ की मागधी प्राकृत का भी मान बढ़ा। गुप्तों केउपरिक और महासेनापति कन्नौज में रहते थे, पीछे सारे उत्तरी भारत की राजधानी या सांस्कृतिक केंन्द्र होने के कारण वहाँ की प्राकृत और फिर अपभ्रंश का सिक्का बैठा। शायद महाराष्ट्री कान्यकुब्ज प्रदेश की प्राकृत थी। साहित्यिक अपभ्रंश तो निश्चय ही यहीं की भाषा थी। शौरसेनी और महाराष्ट्री में बहुत कम अंतर है। यही बात उनकी उत्तराधिकारिणी अपभ्रंशों की संतान कनउजी और ब्रज में भी देखी जाती है।

**(2) अवधी भाषा-** अवधी की माता अवधी (कोसली) अपभ्रंश, मातामही कोसली प्राकृत, प्रमातामही कोसली पालि और वृद्धप्रमातामही वैदिक भाषा थी। किरात, निषाद और द्रविड़ भाषाओं ने धाइयों के तौर पर इस भाषा के निर्माण में योगदान किया।प्राय: दो हजार वर्ष तक अवधी (कोसली) की पूछ नहीं रही। तुर्कों के तीन वंश जब दिल्ली पर शासन करते रहे तो उनका एक वली

(राज्यपाल) अवध (अयोध्या) में रहता था। 14वीं शताब्दी के अंत में तुगलक वंश जब छिन्न - भिन्न हुआ तो उसके एक वली ने अवधी क्षेत्र के जौनपुर नगर को राजधानी बनाकर अपना स्वतंत्र राज्य स्थापित किया जो एक शताब्दी तक बना रहा। जौनपुर का यह एक शताब्दी का काल हमारे सांस्कृतिक, साहित्यिक, कला तथा दूसरे कामों के लिये अत्यंत महत्व रखता है। जौनपुर की सल्तनत एक समय बुलंदशहर से दरभंगा तक फैली हुई थी। जौनपुर ने अवधी और भोजपुरी भाषियों के बल के कारण दिल्ली से स्वतंत्र होने में सफलता पाई थी। उसने ही पहले पहल शरीयत का अवलंब छोड़कर मिट्टी का अवलंब लिया। शेरशाह उसी से मिट्टी की महिमा का पाठ पढ़ अकबर का अदृश्य शिक्षक बना।

चाहे कोसली (अवधी) भाषा कितनी ही उपेक्षित रही हो, पर जौनपुर के साथ उसका भाग्य जाग उठा। जौनपुर के शासन में ही कुतबन और मंझन ने अवधी में सुंदर कविता की, जिसपर लोकभाषा की छाप होते हुए भी वह उच्चतर साहित्य में गिनी गई। यह भी कोई आकस्मिक बात नहीं है, जो कि उन्हीं के समकालीन तथा जौनपुर के एक सामंत राजा के दरबारी विद्यापति ने अपनी भाषा (मैथिली) में पहले पहल कविता की। जायसी पहले जौनपुर दरबार के ही कवि थे, जिन्होंने अपनी 'पद्मावत' शेरशाह के शासन में समाप्त की। यह तो निर्विवाद है, कि जौनपुर में लोकभाषा में काव्य सबसे पहले रचे गए। अवधी के बाद सूरदास और उनके साथियों ने ब्रज को अपनी कविता का माध्यम बनाया। तुलसी दोनों में कविता कर सकते थे, परंतु, उन्होंने अपना महान् ग्रंथ 'रामचरितमानस' अवधी में ही लिखा। यद्यपि अवधी में -समय समय पर कविताएँ लिखी जाती रहीं, लेकिन सारे उत्तरी भारत में ब्रंज की धाक जम गई, और 19वीं सदी के अंत तक काव्य क्षेत्र में उसी का एकच्छत्र राज्य रहा।

शिष्ट साहित्य के साथ -साथ लोकसाहित्य की परंपरा अवधी में बराबर चलती रही। आज भी अवधी का लोकसाहित्य बहुत समृद्ध है। अफसोस है, कि भंगुर कंठों के साथ उसे नष्ट होने से बचाने के लिए काफी प्रयत्न नहीं हो रहा है।

**अवधी बोलने वालों की संख्या-**

1931 की जनगणना के अनुसार - 1 करोड़, 42 लाख थी
1941 में डॉ. धीरेन्द्र वर्मा के अनुसार - 1 करोड़, 61 लाख थी
1961 में डॉ. हरदेव बाहरी के अनुसार - 1 करोड़, 90 लाख थी
1971 में डॉ. उदय नारायण तिवारी के अनुसार - 2 करोड़, 25 लाख थी
किन्तु हिन्दी साहित्य का वृ. इति. भाग 1, के पृ. 180 के अनुसार - 2 करोड़, 50 लाख थी
1981 में डॉ. कैलाश नाथ पाण्डेय के अनुसार- 3करोड़, 14 लाख, 79393 थी
1991 में पुन: डॉ. कैलाश नाथ पाण्डेय के अनुसार - 4 करोड़, 1 लाख, 32695 थी
2001 की जनगणना के अनुसार - 5 करोड़, 2 लाख, 28322 है।

**साहित्य-** अवधी साहित्य की सम्पन्नता सर्वविदित है। यदि यह कहा जाय कि चाहे भक्ति काल का प्रेमाख्यानक काव्य हो या रामभक्ति साहित्य हो या सूफी काव्य हो- अधिकांश अवधी में ही रचे गये हैं, तो बेजां नहीं होगा। फिर ,जिस अवधी में विश्व प्रसिद्ध 'श्री रामचरित मानस' की रचना गोस्वामी तुलसीदास ने तथा 'पद्मावत' कीरचना मलिकमुहम्मद जायसी ने की - क्या उस अवधी की साहित्यिक विपुलता के विषयमें अभी संदेह ही रहेगा ? इसके अलावा अवधी में वीर रस प्रधान रचनाएँ भी उपलब्ध होती हैं। कहते हैं,जगनिक आल्हा खण्ड अवधी की प्रथम रचना है। कुल मिलाकर सूफी कवियों में जायसी के अतिरिक्त कुतुबन, मंझन, उसमान, नूर मुहम्मद, शेखरहीम तथा रामभक्त कवियों में तुलसीदास के अतिरिक्त स्वामी अग्रदास, जानकीशरण तथा महाराज रघुराज सिंह के नाम मुख्य है। रमईद...ा, बलभद्र प्रसाद दीक्षित, सत्यधर शुक्ल, श्रीपाल सिंह 'क्षेम', रूपनारायण त्रिपाठी, उन्मत्त 'प्रतापगढ़ी , बंशीधर शुक्ल तथा युक्तिभद्र दीक्षित (आकाशवाणीइलाहाबाद) आदिकवियों ने भी अवधी में रचनाएँ की हैं। वर्तमान समय में अवधी में उत्कृष्ट लेख, कहानियाँ लिखी जा रहीहैं, जिनकाप्रसारण आकाशवाणीसे आये दिन होता रहता है।

## अवधी की व्याकरणिक विशेषताएँ

**अवधी का ध्वनिगत वैशिष्ट्य- स्वर-** अ आ इ ई उ ऊ ए ऐ ओ औ। सम्पूर्ण के अनुनासिक रूप भी प्राप्त होते हैं।

| | | |
|---|---|---|
| व्यञ्जन क् ख् ग् घ् | च छ ज झ ट्,ठ,ड्, ढ्, | त् थ् द् ध प् फ् ब् भ् |
| **नासिक्य-** न् न्ह् म् म्ह | **संघर्षी-** स् ह् | **पार्श्विक-** ल ल्ह |
| **लुण्ठित-** र् रह् | **उत्क्षिप्त-** ड़ ढ़ | **अर्द्ध स्वर-** य् व् |

**स्वर तथा व्यञ्जन की विशेषताएँ-**1. अ, इ, उ के ह्स्व तथा अति ह्स्व रूप भी पाए जाते हैं। शब्द के अन्त में अ नहीं आता। ह्स्व एँ ओं पाये जाते हैं। सामान्य अवधी में मूल रूप से ऐ औ नहीं होते हैं यदि हैं तो परिनिष्ठित हिन्दी के प्रभाव स्वरूप।

2. ण ध्वनि का अभाव है। ङ ञ ध्वनियाँ मिलती हैं। पर प्राय: इन ध्वनियों के स्थान पर न् ध्वनि उच्चरित होती है।
3. ड ढ शब्द के आदि में होतें हैं, मध्य और अंत में नहीं। ड़ ढ़ मध्य और अंत में आतें हैं।
4. प्राय: ल का र हो जाता है।
5. महाप्राण ध्वनियों जैसे ख, छ,ठ, थ, फ,घ,झ, ढ,ध,म में अतिस्पष्टता होती है।
6. न्ह, म्ह, रह और ल्ह शब्द मध्य में आतें हैं जैसे बरम्हा, कुल्हड़, कन्हइया आदि।
7. व का ब या उ हो जाता है जैसे 'उकील'
8. ए और ओ में य और व की श्रुति सुनाई पड़ती है जैसे एक >याक, थोड़ा >थवाड़
9. निरक्षरिक स्वरों को छोड़ शेष सभी स्वर सानुनासिक हैं । यथा- सॉप,पउँसाला, घेटुआ, सोंठि (स्वॉ्ठि)।
10. कुछ ध्वनि परिर्वतन दुष्टव्य है: बिरछा, न्युता, गोई, ममाखी, चीकन,पॉखी म्वाँछ, नॉघन घाँच, उज्जर, फरहर

## व्याकरणगत वैशिष्ट्य

**संज्ञा :** अवधी में तीन संज्ञा रूप प्रयुक्त होते हैं। ह्रस्व, दीर्घ और दीर्घतर जैसे- घोड़, घोड़वा, घोड़वना

| | | | | |
|---|---|---|---|---|
| **एकवचन** | : | नारी | नरिया | नरीवा |
| | | कुत्ता | कुतवा | कुतउना |
| | | नदी | नदिया | नदीवा |
| **बहुवचन :** | कर्त्ता | घोड़वे | घोड़वने | घोड़वन |
| **तिर्यक :** | | घोड़वन् | घरन् | नारिन् |

**लिंग :** स्त्रीलिंग-**इनि-** ग्वालिनि, मालिनि। **इनी**-बामिनी, साधिनी। **आनी**-जेठानी, देवरानी, मेहतरानी। **नी**-महरानी, मोरनी। **इया**-बुढ़िया, लइकिया। **ई**-मौसी। **आइन**-ललाइन, पण्डिताइन।

**वचन -**परिनिष्ठित हिन्दी की तरह ही वचन अवधी में भी हैं।

| | | | |
|---|---|---|---|
| मूल एक वचन | | पुल्लिंग | स्त्रीलिंग |
| | | लरिका, घरु | लरिकी, गाइ, बुढ़िया |
| बहुवचन - | मूल | पुल्लिंग | स्त्रीलिंग |
| | | लरिका, घरु | बातन गाँइ |
| तिर्यक एक वचन - | | लरिके, घर | लरिकी, बुढ़िया |
| बहुवचन - | | लरिकन | बातन |

इसके अलावा बहुवचन बनाने के लिए पंचन् या लोग का भी प्रयोग होता है।

### कारक या परसर्ग :

**कर्म-सम्प्रदान -** का कों का क कह्याँ कहँ काह कु के कऊँ कह् को कइ (की नीतिन के खातिर)। **सम्प्रदान-** बाड़े, का, बरे, बदे। **करण-सम्प्रदान-** से ते दे सन सों में लग। **करण-अपादान-** से सेनी सेन। **संबंध-** केर, कर के, केरा की का। **अधिकरण-** में, म, पर, माँ, महँ, माँहि, माँझ, मइहाँ।

### सर्वनाम

| | एक वचन | बहु वचन |
|---|---|---|
| **उत्तम पुरुष** | मौं, मइ, मो, मोर | हम, हमार, हमरे |
| म.पु.- | तैं, तू, तुउ, तों, तोर तुमरे, तुम | तोहार, तोहरे, तुमार, तुमरे |
| अन्य पु.- | ई. एकर | ए, इनकर |

ऊ ओकर (ओकरे)ओन, ओ, ओनकर, ओनकरे, उन ऊ, वै, ओ, ओह, ओहि का कॉव, कयि, कइ, काहे, केह, के ऊ, कौनौ, कवनों, आपन, आपु, आप, आपकर, एहिं, ओहि, यहि, वहि, केऊ, केइ, कुछ।

इसके अतिरिक्त: जं, जवन् जौन, जे जेकर जेकरे जे, जेन (जेन्ह) जेनकर, जेर कर्र, से तवन, ते ते कर ते तेन तेन्ह, तेन-कर (तेनकरे) के, कवन के-कर, केकरे, के केन केन्ह केन-कर केन-करे, काहे का काहे-कर कुछ और केऊ

**विशेषण-**1. विशेषण में कभी-कभी लिंग परिवर्तन होता है, जैसे: पु. आपन स्त्री आपनि, पु. ऐस; स्त्री ऐसी, पु. ओकर स्त्रीलिंग ओकरी

2. अवधी के विशेषण प्राय: अकारान्त हैं अस्तु अपरिवर्तनीय होते हैं।

3. आकारान्त विशेषणों पर परिनिष्ठित हिन्दी के नियम लागू होते हैं।

4. संख्यावाची विशेषण निम्न हैं :एकु (याकु) दुइ, तीनि, पान, छा, नउ, गेरा, सोरा, सतरा, ओ नइस, ओन्तीस, ओन्हत्तरि, पहिल, दोसर, पाँचव, छट्ठाहा, पाउ, सवाउ

**क्रिया रूप :** अवधी सहायक क्रियाओं में वैविध्य होने से, प्रयोग में कठिनाई होती है :

**सहायक क्रियायें** — **प्रथम रूप** मैं हूँ वर्तमान

| एक वचन | | | बहुवचन | |
|---|---|---|---|---|
| पुल्लिंग | | | स्त्रीलिंग | |
| 1- बाट्येउं, बाटे, बाटस बाटिस् | बाटिउँ | बाटेव | बाटी, बाट्यो, बाटिव | बाटिन |
| 2- बाटेस बाट्, बाटै, बाटइ | | बाटई | बाटें | बाटीं |

**द्वितीय रूप**

| पुल्लिंग | स्त्रीलिंग | पुल्लिंग | स्त्रीलिंग |
|---|---|---|---|
| अहेऊँ | अहिऊँ | अही | अहिन |
| अहे, अहस | अहिस् | अहेव अह्यो | अहिव |
| अहसि, अहेस | | अह अहें | |
| आ अहै | अहइ | अही | अहई |
| है आय | | अहई | |

**भूतकाल (मैं था)**

| | एकवचन | बहुवचन | | | |
|---|---|---|---|---|---|
| पुल्लिग | स्त्रीलिंग | **रहे, रहा** | **रहा** | रहेउ रहा | रही |
| रहेऊँ | रहिऊँ | रहेन, रहिन | | रही | |
| रहेस् रहिस | रहिंस | रहे, रहईं | | | |
| रहेस रहिस | रही | | | | |
| रहा, रहै | | | | | |

**सामान्य वर्तमान-** 1. चलत हऊँ (हौं), चालेति हउँ/हन। देखत हऊँ, देखत हईं। 2. चलत हउ, चलित हउ। 3. चलत हइ चलित (अईं) अहै

**सामान्य भूतकाल-**

| एकवचन | | बहुवचन | |
|---|---|---|---|
| पु. | स्त्री | | |
| देखेऊँ चलेऊँ | देखिउँ | देखा, देखन् | देखीं |
| देखेस् | देखिस् | देखेन | |
| दे...् | देखिसि | देखेउ, देखा | देखीं |
| देखिसि, देखै | देखी | देखेन् देखिन् | देखीं |
| देखेस् देखिस् | देखिसि | देखे, देखै | देखिनि |

**सामान्य भूत (यदि मैंने देखा होता)**

| एकवचन | | बहुवचन | |
|---|---|---|---|
| पु. | स्त्री | **पु.** | **स्त्री** |
| देखेतेउँ | देखितिऊँ | देखित | देखित |
| देखतेस | | देखतेहु | देखतिन |
| देखतिस | देखतिस | देखतेउ | |
| देखत | देखित् | देखतेन | देखतिन् देखतिन् |

**पुरा घटित (घटमान अतीत)**

| एकवचन पु. | एकवचन स्त्री | बहुवचन पु. | बहुवचन स्त्री |
|---|---|---|---|
| 1. देखेउँ हौ | देखिउँ हौ | देखे अहीं | देखे अहीं |
| 2. देखेस हौ देखिसे है | देखिस है देखी है | देखउ हैं | देखिउ हैं |
| 3. देखेस है देखिस है | देखिसि है | देखन हैं, देखिन है | देखिउ हैं, देखिनि हैं |

**संभाव्य वर्तमान-**

| एकवचन | बहुवचन |
|---|---|
| देखौं, देख, देखस् | देखी, देखउ, देखव |
| देख, देखस, | देखा, देखौ |
| देखबू, देखंबे | देखब, देखबेस देखबो |

**सामान्य भविष्य-**

| एकवचन | बहुवचन |
|---|---|
| चलिहऊँ, चलिहइ, चली | चलिबा, चलिब, चलिहउ, चलिहइँ |

**सकर्मक क्रिया-**

| | | | |
|---|---|---|---|
| 1. | क्रिया सूचक संज्ञा | - | देखब |
| 2. | कर्तृ वाच्य, वर्तमान कृदन्तीय रूप | - | देखा |
| 3. | कर्मवाच्य, भूतकालीन कृदन्तीय रूप | - | देखा |
| 4. | अ समापिका के कृदन्तीय रूप | - | देखकै-कै |

**कुछ विशेष क्रिया रूप-**

1. भूतकाल में अकर्मक सम्भाव्य का रूप रहेंउ की भाँति होता है।
2. अनियमित क्रिया रूप जाब का अतीत कृदन्तीय रूप ग, गा, गै या गय होता है।
3. होब का भ, भा, भय, भै (स्त्रीलिंग भैं) भवा होते हैं।
4. करब, देब, लेब आदि के कीन्ह, दीन्ह और लीन्ह रूप होतें हैं।
5. स्वरान्त धातुओं में संध्यक्षर के रूप में व् आता है य् नहीं, जैसे बनावा होता है बनाया नहीं।
6. आब् का अतीत काल आय् होता है।
7. आकारान्त धातुओं के भूतकाल में न् प्रत्यय संयुक्त होता है। जैसे : दयान् रिसान
8. वर्तमान काल- कृदन्त धातु के अन्त में त-ति प्रत्यय जोड़ कर बनाए जाते हैं। जैसे : करत, चलति
9. भूतकाल-कृदन्त, ए-ई प्रत्यय को जोड़कर बनाए जाते हैं जैसे : चला, देखा, देखे, चली, देखी
10. पूर्वकालिक कृदन्त का निर्माण-इ प्रत्यय की सहायता से होता है जैसे : चलि, करि, ,खाइ
11. क्रियार्थक संज्ञा का निर्माण धातु के अन्त में अन अब (अबु) प्रत्यय जोड़ कर करते हैं : करन, भूलन, चलबु
12. कर्तृवाचक संज्ञा- अइया और वइया प्रत्यय जोड़ कर बनाये जाते हैं : खवइया, गवइया, चलइया

**अव्यय-** हिंया, हुवां, ऐत्ता, इत्ता, अस (ऐसा), अब, ई साइति (इस समय) अब, अबै, कबै, तहँ, तहाँ, कहँ, अइसी, एहसी, वइसी, कइसी (किधर), ईजून (अब), परऊँ (परसों), नियरे, नगीचे (निकट), समहे (सामने), अन्ते (अन्यत्र), कल्ले (कल), तना तरह, वितनि (जरा), मुला, मुदा (किन्तु)।

संक्षेप में अवधी की कुछ अन्य व्याकरणिक विशेषताएँ इस प्रकार हैं :-

(1) **कामता प्रसाद गुरु** के अनुसार- "क्रिया के भूतकालिक रूप के साथ सहकारी क्रिया के सामान्य भविष्यत् काल के रूप जोड़ने पर अवधी में संदिग्ध भूतकाल की रचना होती है।"[1]

(2) **डॉ. बाबूराम सक्सेना** के अनुसार- "अवधी में 'इ' वाले रूपों का भी प्रयोग क्रियार्थक संज्ञा के अर्थ के द्योतन के लिए होता है; यथा : पढ़इ, लिखइ, खाइ, सोइ आदि।"[2]

1. हिन्दी व्याकरण, कामता प्रसाद गुरु, पृष्ठ-285
2. Evolution of Awadhi- Dr. B. R. Saxena, Page-283

(3) **टर्नर** ने अवधी में प्रयुक्त होने वाली 'रहना' सहायक क्रिया का संबंध 'रह' से माना है।[1]

(4) **डॉ. उदय नारायण तिवारी** के अनुसार- "अवधी में आकारान्त धातुओं के अतीत काल में 'न्' प्रत्यय संयुक्त होता है, यथा-दयान् (उसने दया किया), रिसान (वह क्रुद्ध था)।"[2]

(5) **डॉ. राजकिशोर सिंह** के अनुसार- "अवधी में सहायक क्रिया के विविध रूप मिलते हैं। वर्तमान काल में हिन्दी 'है' के स्थान पर 'अ' 'ए' मिलता है, जैसे : बाट, बाटे आदि।।"[3]

(6) **डॉ. रत्न चन्द्र शर्मा** के अनुसार- "विशेषण मूल रूप में प्राय: व्यन्जनान्त ही रहते हैं, जैसे : भोर, भल, नीक आदि।"[4]

(7) **डॉ. अवधेश्वर अरुण** के अनुसार- "अवधी में संज्ञार्थक क्रियाएँ प्राय: 'ब' अन्तवाली होती हैं, जैसे : कहब, खाएब, आदि।"[5]

(8) **डॉ. विन्दु माधव मिश्र** के अनुसार- "मध्यकालीन अवधी में 'न्ह' विभक्ति संज्ञा, सर्वनाम सभी में प्रयुक्त है, किन्तु आधुनिक अवधी में 'न्ह' का प्रयोग केवल सर्वनामों तक रह गया है।"[6]

(9) **डॉ. कैलाश तिवारी** के अनुसार- "अवधी में परिनिष्ठित हिन्दी के समान ही वचन भेद हैं।"[7]

(10) **डॉ. कैलाश नाथ पाण्डेय** के अनुसार- "अवधी में क्रियार्थक संज्ञा का निर्माण धातु के अंत में अन-अब प्रत्यय जोड़कर करते हैं, यथा- करन (करना), चलबु (चलना)।"[8]

### अवधी गद्य का नमूना :

गंगा जी के आवैतै पापिन का बड़ा फायदाभा, जो कोऊ गंगा नहाय ल्यात, उतरिके बैकुंठे पहुँचि जात रहा। इ तरा ते सरग लोक माँ मनइन के आबादी बाढ़े लागि तब एक दिन भगवान जमराज का बोलाय कै पूँछनि कि जमराज जी का कलजुग खतम होइगा? जमराज बोले- भगवान कल जुग अबै कइसे खतम होइ जाई, अबै तो सुरुआते भय है। तब भगवान कहेनि- जौ कल जुग नाहीं खतम भा आय तौ सरग माँ भीड़ काहे लगे लागि है।

### अवधी पद्य का नमूना :

कायर पति को रणक्षेत्र में न जाने पर एक स्त्री उसे धिक्कारती हुई, स्वत: रणक्षेत्र में जाने के लिए इस प्रकार उद्यत होती है :-

कायर बना दुलहनियाँ बइठा रहा कोठरिया, कटरिया दइ द्या हमका सजना।
सरहद पहुँचि एक क्षण मांहीं देबै चीन हराई, खोजि खोजि के दुशमन मारब गंगा कही उठाई।
घूँघट काढ़ि लेउ तू हमरि पहिर लुगरिया, कटरिया दइ द्या हमका सजना।।[9]

## 7-बघेली या बघेली खण्डी

**परिचय-** जिस प्रकार बुन्देला राजपूत शासकों के आधार पर उनके शासन क्षेत्र की बोली का नाम बुन्देली या बुन्देलखण्डी पड़ा,ठीक उसी तरह बघेला राजपूत शासकों के आधार पर इस बोली का नाम बघेली या बघेल खण्डी रखा गया। बघेलखण्ड शुरू में कोशल के अन्तर्गत था, लेकिन महाभारत काल में यह कोशल से अलग होकर एक स्वतंत्र राज्य बन गया था। बघेल खण्ड राज्य की नींव 12वीं शताब्दी में राजा व्याघ्रदेव द्वारा डाली गई थी। व्याघ्रदेव केनाम पर ही इस प्रांत का नाम बघेलखण्ड पड़ा। इसके पूर्व इस क्षेत्र पर वाकाटक, सेंगर, गुप्त,कलचुरि, चंदेल आदि राजाओं ने शासन किया था। आज भी इस क्षेत्र में बघेलाराजपूतों की प्रधानता पाई जाती है। बघेलीका नाम जातिगत या स्थानगत कहा जा सकता है।

बघेलखंड की ऐतिहासिक गरिमा का उल्लेख महर्षियों एवं इतिहासकारों ने विस्तार के साथ किया है। इसके अनेक तीर्थ हमारी धार्मिकता के प्रमाण हैं। अमरकंटक, बांधवगढ़, चित्रकूट, गोर्गी (गोलकी) आदि पावन स्थल बघेलखंड की पवित्रता के तथा भारतीय बहुमुखी धार्मिक संस्कृति के अमर स्मारक हैं। पटनी देवी का मंदिर, बम्हनी, क्योटी चंदरेह, नरो, मनगवाँ, सुपिया, मड़वा, भमरसेन आदि स्थानों के शिलालेख एवं ताम्रपत्र इस भूप्रदेश के शासकों की कीर्ति के साक्षी हैं। माड़ा और सिलहरा की गुफाएँ, भरहुत का स्तूप (ध्वस्त), बैजनाथ का मंदिर, गोलकी किला (भग्नावस्था में), विराट मंदिर (सोहागपुर), अमरकंटक के मंदिर आदि बघेलखंड की

1. Nepali Dictionary- R. L. Turner, Page-41, 1931
2. हिन्दी भाषा का उद्गम विकास-डॉ. उदय नारायण तिवारी, पृष्ठ-281
3. भाषा विज्ञान प्रवेशिका-डॉ. राजकिशोर सिंह, पृष्ठ-36
4. भाषा विज्ञान और मानक हिन्दी, डॉ. रत्न चन्द्र शर्मा, पृष्ठ-164
5. हिन्दी भाषा का स्वरूप विकास-डॉ. अवधेश्वर अरुण, पृष्ठ-40
6. हिन्दी भाषा का परिचय-डॉ. विन्दुमाधव मिश्र, पृष्ठ-81
7. हिन्दी और उसकी विविध बोलियाँ-डॉ. कैलाश तिवारी, पृष्ठ-147
8. भाषा विज्ञान का अनुशीलन-डॉ. कैलाश नाथ पाण्डेय, पृष्ठ-268
9. आधुनिक अवधी जन काव्य : परंपरा और प्रयोग-डॉ. मत्स्येन्द्र शुक्ल (ओंकार नाथ उपाध्याय की कविता से उक्त अंश उद्धृत है), पृष्ठ-145, अनिल प्रकाशन, अलोपीबाग कालोनी, इलाहाबाद, मूल्य-175 रुपये, प्रथम संस्करण-1997

अलौकिक स्थापत्य कला के प्रतीक हैं। कालिंजर और बांधवगढ़ के सुप्रसिद्ध दुर्ग इसी भूखंड के गौरव चिन्ह हैं। यहाँ के हीरा, गज़ और व्याघ्र सदैव प्रख्यात रहे हैं। इस भूप्रदेश में चिरकाल तक अनेक राजवंशों ने राज्य किया है। बांधवगढ़ के मघों और त्रिपुरी के कलचुरियों के शासनकाल का इतिहास विविध महत्वपूर्ण है। बघेल शासकों के राज्यकाल की शूरता, शासनपटुता, प्रजावत्सलता, विविध-धर्म समन्वयता, साहित्य-संगीत-कलानुरागिता आदि की गौरवशालिनी अनेक गाथाएँ प्रचलित हैं। एक समय इन बघेल शासकों का राज्य विस्तार उत्तर में गंगा यमुना से लेकर दक्षिण में नर्मदा तक था। ब्रिटिश राज्यकाल में स्थापित बघेलखंड एजेंसी के अंतर्गत रीवाँ, नागौद (मैहर), सोहावल (कोठी), बरौंधा (चौबथना), जागीर एवं कामता रजौला का एक साथ उल्लेख हुआ। वे सब राज्य और जागीरें किसी समय रीवाँ राज्य का ही अंश थीं।

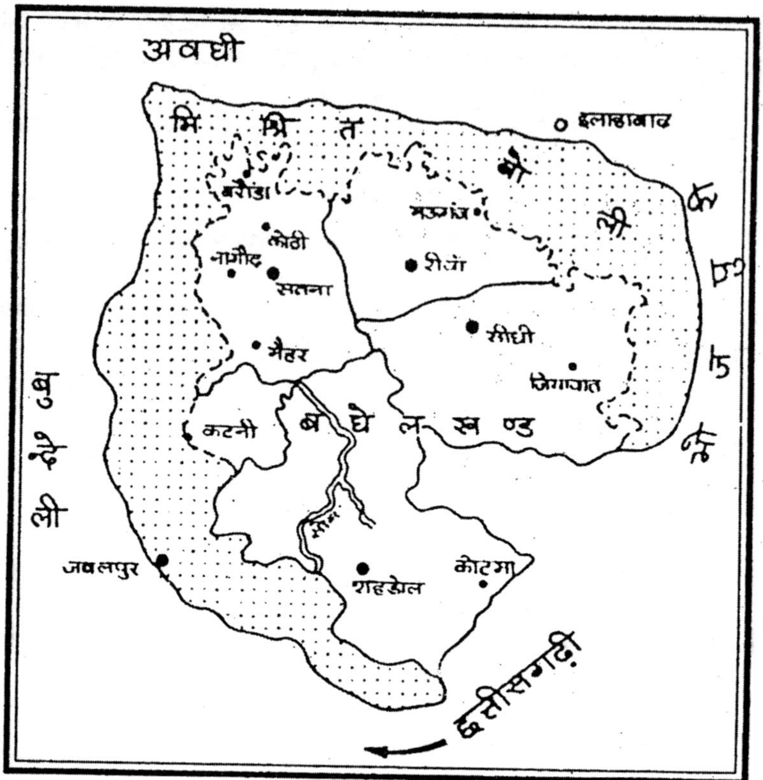

बघेली बोली का क्षेत्र

कुछ विद्वान बघेली को स्वतंत्र बोली नमानकर इसे अवधी की एक उपबोली मानने के पक्ष में हैं। **डॉ.हरदेव बाहरी** इसे अवधी की दक्षिणी शाखा मानते हैं।[1] चाहे जो भी हो,बघेली काअध्ययन स्वतंत्र बोली के रूप में ही किया-कराया जाता है। रीवाँ, बघेल राजाओं की राजधानी रहा है, अत:इसआधार पर बघेली का एक अन्य नाम रीवाँई भी मिलता है।

**बघेली की सीमाएं-** बघेली के उत्तर में अवधी, दक्षिण-पूर्व में छत्तीसगढ़ी पूर्व में भोजपुरी तथा पश्चिम में मेंबुन्देली बोलियों का क्षेत्र है। इस बीच यह मध्यप्रदेश में रीवाँ, दमोह, जबलपुर (कटनी तहसील को छोड़कर) ,मंडला बालाघाट, शहडोल, सीधी, नागौद, सतना, मैहरतथा कोठी में बोली जाती है। उत्तर प्रदेश में यह मिर्जापुर, फतेहपुर, हमीरपुर तथा बांदाजिलों में आंशिक रूप से बोली जाती है।**डॉ. ग्रियर्सन** ने बघेली को अवधी से बहुत निकट मानते हुए इसे पूरे बघेलखंड की बोली माना है-" Bagheli is very near to Awadhi. Its- separate existence has onlybeen recognised in difference to popular prejudice......Bagheli is also spoken in the area covered by the present Baghel Khand Agency"[2] **डॉ. भोलानाथ तिवारी** ने इसके ग्यारह रूपोंकी चर्चा की है, जो इस प्रकार है- (1) तिरहारी, (2) बुन्देली (3) गहोरा, (4) जुडार, (5) बनाफरी (6) मरारी ,(7) पोंवारी, (8) कुंमारी, (9) ओभी (10) गोडवानी तथा (11) केवटी।[3] **डा. उदय नारायण तिवारी** ने बघेली बोली की भाषागत सीमाओं का उल्लेख इस प्रकार किया है :'बघेली के उत्तर में दक्षिणी-पश्चिमी (इलाहाबाद की) अवधी तथा मध्य मिर्जापुर की पश्चिमी भोजपुरी बोली जाती है। इसके पूरब में छोटा नागपुर तथा बिलासपुर की छत्तीसगढ़ी का क्षेत्र है। इसके दक्षिण में बालाघाट की मराठी तथा पश्चिम-दक्षिण में बुंदेली का क्षेत्र है। बघेली भाषाभाषियों की संख्या चालीस लाख से ऊपर है।[4]

**बघेली बोलने वालों की संख्या-** ग्रियर्सन के मतानुसार बघेली बोलने वालों की संख्या (सन् 1921 में) निम्नलिखित थी :

(1) शुद्ध बघेली बोलने वाले ----- 36,92,126

1 ग्रामीण हिन्दी बोलियाँ-पृ. 168
2. Linguistic Survey of India, Part II, Page-627
3. हिन्दी भाषा, पृ. 270
4. हिन्दी और उसकी बोलियाँ, डॉ. उदय नारायण तिवारी, पृ. 283

| | | |
|---|---|---|
| (2) पश्चिम में मिश्रित बघेली बोलने वाले | ----- | 8,24,800 |
| (3) दक्षिण में टूटी फूटी बघेली बोलने वाले | ----- | 95,830 |
| कुल योग | | 46,12,756 |

1952 में बघेली बोलने वालों की संख्या 1,60,00,000 बताई जाती है।[1]

1921 में डॉ. ग्रियर्सन के अनुसार-46 लाख थी

1931 में डॉ. उदय नारायण तिवारी के अनुसार-50 लाख से ऊपर थी

1941 में डॉ. धीरेन्द्र वर्मा के अनुसार-56 लाख के करीब थी

1961 में डॉ. हरदेव बाहरी के अनुसार-64 लाख थी

1981 में डॉ. कैलाश नाथ पाण्डेय के अनुसार-68 लाख 72079 थी

1991 में पुन: डॉ. कैलाश नाथ पाण्डेय के अनुसार-98 लाख 26 हजार 632 थी

2001 की जनगणंना के अनुसार-1 करोड़ 24 लाख के आसपास है।

**साहित्य-** बघेली लोकसाहित्य (लोकगीत, लोककथा, लोकगाथा आदि) मौखिक रूप में मिलता है। इसका संकलन कुछ लोक-साहित्य-प्रेमी विद्वानों द्वारा किया जा रहा है। अन्य जनपदीय लोक साहित्य केही समान बघेली साहित्य प्रचुर एवं सरस है। समय -समय पर प्रकाशित होने वाले दैनिक, साप्ताहिक, पाक्षिक, मासिक तथा त्रैमासिक पत्र पत्रिकाओं में इस प्रदेश के कतिपय विद्वानों के जो लोक साहित्य विषयक सुंदर लेख निकले हैं, वे बघेली साहित्य के अध्ययनार्थ विशेष उपयोगी हैं : 1-भारतभ्राता (साप्ताहिक), 2-शुभचिंतक (साप्ताहिक), 3-प्रकाश (साप्ताहिक), 4-मधुकर (पाक्षिक), 5-बांधव (मासिक), 6-विंध्यभूमि (मासिक), 7-भास्कर (साप्ताहिक), 8-विंध्यवाणी (साप्ताहिक), 9-विंध्याचल (साप्ताहिक), 10-विंध्यप्रदेश (मासिक), 11-विंध्यभूमि (त्रैमासिक), 12-विंध्यवार्ता (साप्ताहिक), 13-विंध्यशिक्षा (मासिक), 14-दैनिक जागरण, 15-अभिज्ञान (प्रकाशन बंद), 16-विंध्य पंचायत (प्रकाशन बंद), 17-विंध्यभारती (प्रकाशन बंद), 18-दैनिक आलोक, 19-सरपंच, 20-लोकवार्ता (प्रकाशन बंद)।

विंध्यप्रदेश की इन पत्र पत्रिकाओं ने बघेली लोकसाहित्य के संकलन एवं लखन प्रताप सिंह उरगेना, प्रो. भगवती प्रसाद शुक्ल, प्रो. राजीवलोचन अग्निहोत्री, मोहनलाल श्रीवास्तव, पं. सुधाकर प्रसाद द्विवेदी, हरिकृष्ण देवसरे, पं. मदनमोहन मिश्र, डॉ. रामेश्वर पांडेय आदि के बघेली लोक साहित्य विषयक लेख हिंदी की पत्र पत्रिकाओं में आज भी प्रकाशित हो रहे हैं। प्रो. भगवती प्रसाद शुक्ल ने (दरबार कालेज, रीवाँ) पी.एच.डी. के लिए बघेली लोक साहित्य पर शोध कार्य किया है। विस्तृत क्षेत्र में व्यवहृत होने वाली बघेली बोली का प्रभाव हिंदी के महाकवि धरमदास, कबीर, जायसी, गोस्वामी तुलसीदास, पद्माकर, रहीम आदि के काव्य पर भी पड़ा है। केलॉग के ग्रामर (व्याकरण) में बघेलखंडी भाषा पर प्रकाश डाला गया है। सन् 1921 में बाइबिल का अनुवाद बघेली बोली में हुआ था।[2]

फिर भी बघेली बोली साहित्यिक दृष्टिकोण से कंगाल ही कहीं जायगी। इस बोली के क्षेत्र के भीतर पड़ने वाले रीवाँ के नरेशोंने बघेली को प्रोत्साहितन कर ब्रज को ही अपनी साहित्यिक गतिविधियों का माध्यम बनाया। प्रशासकीय कार्यों में बघेली का इस्तेमाल जरूर हुआ लेकिन काव्य या गद्य- रचना में बघेली कीउपेक्षा ही हुई है। महाराज विश्वनाथ सिंह रचित 'परम धर्म निर्णय' तथा 'विश्वनाथ प्रकाश' के अतिरिक्त कुछ धार्मिक ग्रंथ, कुछ दानपत्र भी इसमें उपलब्ध होते हैं।

## बघेली की व्याकरणिक विशेषताएँ

**ध्वन्यात्मक वैशिष्ट्य :** यह अवधी की उप बोली है।

1. बघेली में अवधी की ओ और ए ध्वनियाँ व् वा य् या हो जाती है।जैसे : मोर >म्वार, पेट > प्याट, घोड़ > घ्वाड़, देत > द्यात

2. अवधी का व् यहाँ ब् हो जाता है। जैसे : आवाज > आबाज

3. विशेषणों के दीर्घ रूप यहाँ विद्यमान हैं। जैसे : अधिकहा, निकहा

4. आदर तथा आज्ञार्थ के लिए : ई प्रत्यय का प्रयोग : खाई, आई, लेई

5. कहीं-कहीं व् का म् होने की प्रवृत्ति। जैसे : चरावै > चरामै

**व्याकरणगत वैशिष्ट्य :**

| (1) संज्ञा - | एक वचन | बहुवचन |
|---|---|---|
| कर्ता- | घ्वाड़ | घ्वाड़, घ्वाड़े |

1 जनपद, खंड 1, अंक 1, पृ. 63, अक्टूबर, 1952

2. हिन्दी साहित्य का वृहत् इतिहास, पृ. 245

तिर्यक- घ्वड़े घ्वड़न

(2) बघेली में दीर्घतर रूप बनाने की प्रवृत्ति पायी जाती है, इसके लिए वा, कौना और इया प्रत्यय का प्रयोग होता है जैसे : छोटकौना, सेजवा, दुपहरिया।

**परसर्ग :**

| | | |
|---|---|---|
| (1) **कर्म-** | सम्प्रदान : | का, कहा, क, ला, बर, कहँ, कइहाँ, कइ |
| | करण-अपादान : | से, ते, तार, ले, तन |
| | संबंध : | कर, केंर, के |
| | अधिकरण : | में, माँ, मा, पर |

(2) बघेली में ने परसर्ग का अभाव होता है। (3) संबंध में लिंगवत परिवर्तन नहीं होते।(4)विशेषण दोनों लिंगों में समान रहते हैं।

**सर्वनाम :**

| | | एकवचन | बहुवचन |
|---|---|---|---|
| **उत्तम पुरुष -** | | मँय, मैं | हम्ह |
| | तिर्यक- | म्वहि, म्वाँ म्वारे, मोर, म्वार | हम्ह, हमरे ,हमार, हम्हारे, हम्हार |
| **मध्यम पुरुष :** | | | |
| | | **एकवचन** | **बहुवचन** |
| | | तँय | तुम्ह, तन्ह |
| | तिर्यक- | त्वहि, त्वां, त्वारे | तुम्हारे , तुम्हार |
| **अन्य पुरुष :** | | वा, वहि, वो, वहिकर | उन्ह, उनकर |
| | | या, यहि, एकर | ए, एन्ह |

**इसके अतिरिक्त :**यन, यन्ह, यनकर, वह, या, यहि, जौन, जउनै, ज्यहि, जेन्ह, ज्यन, कउन, तउन, केन्ह, क्यन, त्यन, तेन्हकर, त्यहिकर आदि।

**विशेषण-** विशेष-निर्माण के लिए हा प्रत्यय का प्रयोग होता है।

**क्रियागत वैशिष्ट्य**

**सहायक क्रियाएँ-**

| | | | |
|---|---|---|---|
| 1. **वर्तमान काल :** | उ.पु. | हूँ , आँ | हैं, हई |
| | म.पु. | है | हौ, हउ, अहेन् |
| | अ.पु. | हैं, आ | है, अहेन, अहैं, आँ |
| **भूतकाल :** | उ.पु. | रहेऊँ | रहेन |
| | म.पु. | रहा | रहेन |
| | अ.पु. | रहा या भा | रहेन या भयेन |
| **भविष्यत् :** | होत्यउँ या होव्यऊँ | होव, होवै | |
| | होइहेस | होवा | |
| | होई | होंयि हैं | |

2. (क) सकर्मक क्रिया के भूतकालिक रूप कर्तृवाच्य में ही चलते हैं।

(ख) क्रियावाचक -संज्ञा : देखब, देखना।

(ग) कृदन्तीय रूप- वर्तमान-देखत्, भूतकाल-देखू, असमापिका या पूर्वकालिक-देखूँ कै(देखकर)

**सामान्य वर्तमान :**चलत आँ (हूँ),चलत्ये हैं,चलते हैं ,चलत अहै,चलत आय,चलत हैं (अहै),

**सामान्य भूत :** स्त्रीलिंग चलेहूँ (चली),चलेन (चलिन स्त्रीलिंग), चलेह (स्त्री चलिह),चलेंह (चलिंह),चली,चलेन (स्त्री. चलिन)

**सामान्य भविष्य :** चलव्ये हूँ, चलिब, चलिहेस,चलिबा, चली, चलिहउँ।

**कुछ अनियमित क्रिया रूप :** (1) होब् या होना का भूतकालिक कृदन्तीय रूप भ् होता है। (2) जाब् का

कृदन्तीय रूप ग हो जाता है। (3) धातु का अन्त्य ए में रूपान्तरित हो जाता है।(4) देब् लेब् या करब के भूतकालिक कृदन्तीय रूप दीन्ह, लीन्ह, कीन्ह बनते हैं।

**अव्यय :** अतने, माँ, तनिका, इकइती, कब्बौं, सउहैं, एहिन, से (इसलिए)।

**कुछ शब्द :** बाबुल (पिता),बनरा (दूल्हा), पैपखरी (पाद प्रक्षालन),कसँहड़ी (कलश)।

संक्षेप में बघेली की कुछ अन्य व्याकरणिक विशेषताएँ इस प्रकार हैं :-

(1) **डॉ. उदय नारायण तिवारी** के अनुसार-"हिन्दी 'क्या' बघेली में 'काहू' होता है। इसके तिर्यक रूप कई अथवा कयी होते हैं। 'कोई' बघेली में 'कउनी' तथा 'कोऊ' हो जाता है। हिन्दी 'कुछ' का रूप भी बघेली में अपरिवर्तनीय रहता है।"[1]

(2) **डॉ. हरदेव बाहरी** के अनुसार-"अवधी की अपेक्षा बघेली में 'व' से 'ब' उच्चारण करने की प्रवृत्ति अधिक मिलती है, जैसे- आबा (अवधी में आवा, हिन्दी आया)।"[2]

(3) **डॉ. अवधेश्वर अरुण** के अनुसार-"अवधी में विशेषण रूप 'हा' लगाए जाते हैं। पर सर्गों में कर्म-सम्प्रदान में 'कहा' का प्रयोग ध्यान देने योग्य है।"[3]

(4) **डॉ. रत्नचन्द्र शर्मा** के अनुसार-"सर्वनामों में 'मुझे' के स्थान पर 'म्वां' और 'मोही' का एवं 'तुझे' के स्थान पर 'त्वा' और 'तोही' का प्रयोग होता है।"[4]

(5) **डॉ. राज किशोर सिंह** के अनुसार-"यह बोली कोई स्वतंत्र बोली न होकर अवधी का ही दक्षिणी रूप है, इसलिए सारी व्याकरणिक विशेषताएँ अवधी की हैं।"[5]

(6) **डॉ. कैलाश तिवारी** के अनुसार-"बघेली में विशेषणों के दीर्घ रूप प्रयुक्त होते हैं, जो अवधी में नहीं है, यथा अधिक-अधिकहा, नीक-निकहा।"[6]

(7) **डॉ. कैलाश नाथ पाण्डेय** के अनुसार-"खड़ी बोली का 'कहूँगा' और अवधी का 'कहब' बघेली में 'कहिहौं' में बदल जाते हैं।"[7]

**बघेली गद्य का नमूना :** मुकुन्दपुर रीमा राज केर एक प्रसिद्ध पुरान गाँव है। इहाँ के बेदौलिहा औ परसोखहन बाम्हन प्रसिद्ध हैं। महाराज रघुराज सिंह के समय मा परसोखहन मा कँधई और बदौलिहन मा लाल जी औ लाल जी के चार लड़िका अच्छे लड़ैया जमान रहे।

## 8.छत्तीसगढ़ी

**परिचय-** मध्यप्रदेश को तोड़कर नवंबर सन् 2000 में नवनिर्मित छत्तीसगढ़ प्रान्त टोना- टोटका के जादुई संसार से युक्त अबोहवा और तासीर के लिहाज से सम शीतोष्ण इलाका है। धान का कटोरा कहा जाने वाला यह प्रदेश अपनी विचित्रताओं के लिए प्रसिद्ध रहा है। जनसंख्या की दृष्टि से यहाँ पुरुषों की अपेक्षा स्त्रियों की अधिकता पाई जाती है। संभवत: इसीलिएछत्तीसगढ़ की जमीन पर संतान और सुहाग को लेकर निरंतर मंत्र- युद्ध चलते रहते हैं। छत्तीसगढ़ के नामपर ही वहाँ कीबोली का नाम छत्तीसगढ़ी पड़ा। इस प्रदेश का नाम छत्तीसगढ़ ही क्यों पड़ा,इस विषय में कोई वैज्ञानिक या अन्य कोई प्रामाणिक सुझाव सामने नही आता। कई लोगों का विचार है कि मध्यप्रदेश के बिलासपुर से 35 कि.मी. दूर पूर्व की ओर बहने वाली शिवनाथ नदी के पूर्वी और पश्चिमी किनारों पर रायगढ़, खैरागढ़ आदि 18-18 गढ़ स्थित थे। इन गढ़ों या दुर्गों के कारण ही इस प्रदेश को छत्तीसगढ़ कहा गया। कई अन्य लोगों का विचार है कि यहाँ निवास करने वालीछत्तीसों प्रकार की विविध जातियों के कारण कालान्तर में इस संपूर्ण क्षेत्र का नाम ही छत्तीसगढ़ पड़ गया। वस्तुत: उक्त सभी सुझाव काल्पनिक हैं, क्योंकिआज तक इसके निश्चित प्रमाण नहीं मिले हैं कि यहाँ विद्य मान गढ़ों की संख्या ठीक 36 ही रही होगी औरयदि थी, तो इन गढ़ों का काल-निर्धारण भी अभी होना शेष है। प्राय: विन्ध्य पर्वत श्रृंखला के नीचेसे और महानदी तट के साथ-साथ पूर्व की ओर छत्तीसगढ़ की सीमा का निर्धारण होता है। छत्तीसगढ़ की सीमा रेखा उत्तर मेंउत्तर प्रदेश, पूर्वोत्तर में बिहार, पूर्व में उड़ीसा, दक्षिण में आन्ध्रप्रदेश तथा दक्षिण-पश्चिम में महाराष्ट्र तक पहुँचती है। इस प्रदेश का छत्तीसगढ़ नाम सन् 1816 इ. से प्रचलित है। इसके पहलेइस प्रदेश के अन्य नाम कोसल, दक्षिण कोसल, महाकोसल, दण्डकारण्य औरगोण्डवाना आदि मिलते हैं।

---

1. हिन्दी भाषा का उद्गम और विकास-डॉ. उदय नारायण तिवारी, पृ. 284
2. हिन्दी : उद्गम, विकास और रूप-डॉ. हरदेव बाहरी, पृ. 77
3. भाषा विज्ञान और मानक हिन्दी-डॉ. रत्नचन्द्र शर्मा, पृ.
4. हिन्दी भाषा का स्वरूप विकास, डॉ. अवधेश्वर अरुण, पृ. 95
5. भाषा विज्ञान प्रवेशिका-डॉ. राजकिशोर सिंह, पृ. 31
6. हिन्दी और उसकी विविध बोलियाँ-डॉ. कैलाश तिवारी, पृ. 152
7. भाषा विज्ञान का अनुशीलन-डॉ. कैलाश नाथ पाण्डेय, पृ. 270

ऐतिहासिक प्रमाण बताते हैं कि कलिंग नरेश खारवेल ही चेदिवंशी शासक थे, जिन्होने दीर्घकाल तक छत्तीसगढ़ पर शासन किया था। चेदि शासकों से पूर्व छत्तीसगढ़ में सातवाहन वंश का शासनरहा है। दिसंबर 1975 में सागर विश्वविद्यालय के प्राचीन इतिहास, संस्कृति तथा पुरातत्व विभाग द्वारा **प्रो. कृष्णदत्त वाजपेयी** के नेतृत्व में विलासपुर जिले के मल्हार ग्राम में एक उत्खनन कार्य हुआ था। इस उत्खनन में सातवाहन युगीन मिट्टी की मुद्रा प्राप्त हुई है, जिस पर सातवाहन शासक 'वेदश्री' का नाम अंकित है। वेदश्री को आरंभिक सातवाहन शासक मानाजाता है। इस आधार पर कहा जा सकता है कि छत्तीसगढ़ में सातवाहनों का राज्य दीर्घावधि तक रहा होगा। सातवाहनों से पहले छत्तीसगढ़में मौर्यवंश के शासन की चर्चा की जाती है और मौर्य युग से पहले छत्तीसगढ़ पर किसका शासन था,इसकी जानकारी मुझे नहीं है। छत्तीसगढ़ी का जन्म अर्द्धमागधीसे हुआ है। इस बोली केअन्य नाम लरिया, खल्टाही तथा खलोदी आदि भी प्राप्त होते हैं।

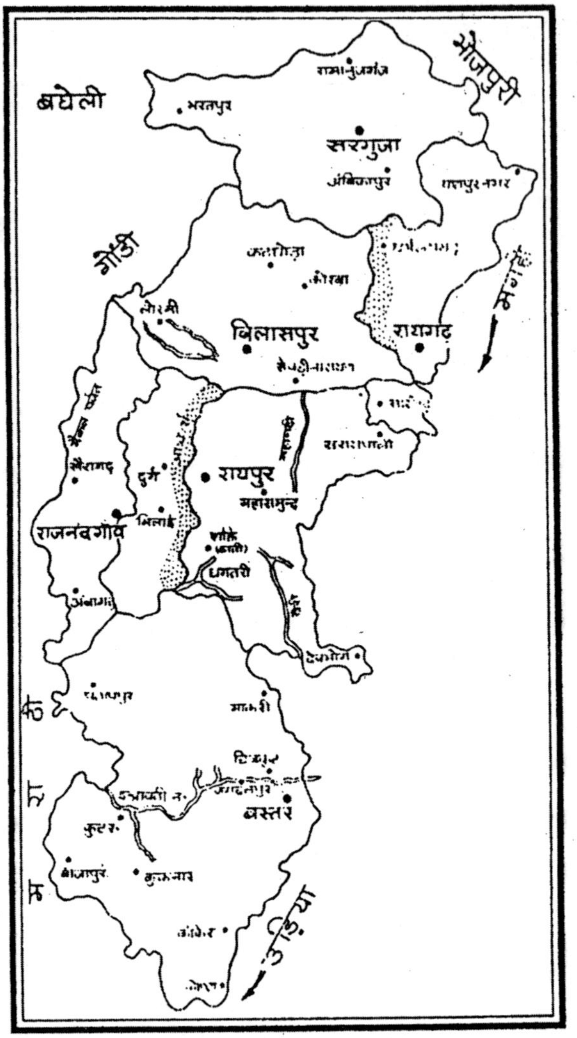


छत्तीसगढ़ी बोली का क्षेत्र

**छत्तीसगढ़ नाम की व्युत्पत्ति-** छत्तीसगढ़ी नाम की व्युत्पत्ति के संबन्ध में विद्वानों में मतभेद है। **रामबहादुर हीरा लाल** प्रभृति विद्वान् इसे 'चेदिशगढ़' का विकृत रूप मानते हैं।[1] किन्तु **डॉ. बलदेव प्रसाद मिश्र** को इस पर एतराज है । वे लिखते हैं, ''यदि चेदिशगढ़ बिगड़कर छत्तीसगढ़ हो गया होता तो बहुत पहले ही इसका प्रयोग ताम्रपत्रों एवं शिलालेखों में होने लगता।''[2] पाश्चात्य विद्वान् **टालेसी** के विचार से इस प्रदेश का नाम पहले 'अधिष्ठी' था, क्योंकि अधिष्ठान पर्वत माला इसके दक्षिण में है। कनिंघम भी इस बात की पुष्टि करते हुए लिखते हैं कि अधिष्ठी का अधिष् ही छत्तीस हो गया।[3] 'खूबतमाशा' नामक ग्रंथ में लेखक **पं. गोपाल चन्द्र मिश्र** सं. 1746 में ही छत्तीसगढ़ शब्द का प्रयोग कर चुके थे-

**छतीसगढ़ गाढ़े जहाँ बड़े गढ़ोई जानि।**
**सेवा स्वामित को रहै सकै ऐंड को यानि।।**

इसके पहले के मुस्लिम साहित्यकार, इतिहासकार इस क्षेत्र को रतनपुर देश के नाम से याद करते रहे हैं, -

1. ''देश 'रतनपुर' राजसिंह को सहर राजपुर सो हैं।'[4]
2. **''दखिन दहिने रहैं तिलंगा। उत्तर माँझ होय करह कटंगा।'**
   **माँझ 'रतनपुर' सौह दुआरा। झारखण्ड में बाय पहारा।।**[5]
3. जहाँगीर नामा (तुजके जहाँगीरी) मं रतनपुर के राजा कल्याण शाह का उल्लेख हुआ है।[6]

नक्शे में छत्तीसगढ़ नाम से किसी स्वतंत्र एवं विशिष्ट भू भाग की सत्ता का प्रभाव मि. **चार्ल्सजोपरर** के `Historical Atlas

1. (क) रायपुर रश्मि- गोकुल प्रसाद, पृष्ठ-18
   (ख) डिस्ट्रिक गजेटियर, रायपुर जिला, Vol. A. P. 49, Ed. 1909
2. छत्तीसगढ़ परिचय- डॉ. बलदेव प्रसाद मिश्र
3. Archiological Survey of India Report- कनिंघन, पृष्ठ- 70
4. A Grammer of Chhattisgarhi Dialect, Introdution P.-4 , L. P. Pandey
5. जायसी ग्रंथावली, रामचन्द्र शुक्ल, पृष्ठ 58
6. Memoires of Jahangeer, Vol. 2, P. 93

of India' के पहले प्राप्त नहीं होता।[1] उक्त एटलस के पूर्व के नक्शों में छत्तीसगढ़ भूभाग के लिए कोसल अभिधा का प्रयोग किया जाता रहा है। **श्री प्यारे लाल गुप्त** लिखते हैं कि, ''बहुत संभव है कि तत्कालीन शासकीय कार्यों में कोशल या महाकोसल शब्द का प्रयोग होता रहा हो, परन्तु सर्वसाधारण में छत्तीसगढ़ का प्रचलन रहा, जो बाद में स्थायी हो गया और अभी प्रचलित है।[2]

**छतीसगढ़ की संस्कृति-** छतीसगढ़ मिश्र संस्कृति वाला प्रदेश है। इसका निर्माण विभिन्न तत्वों के सहयोग एवं समाहार से हुआ है। **डॉ. बलदेव प्रसाद मिश्र** लिखते हैं कि विभिन्न संस्कृतियों का जैसा मजेदार संगम छतीसगढ़ में मिलता है, वैसा भारत के अन्य स्थलों में बहुत कम मिलता है।[3] **डॉ. पुन्नालाल बक्शी** के अनुसार, - ''छतीसगढ़ 36 गढ़ों का ही नहीं, 36 जातियों का मिलन स्थ्ल बन गया है।''[4]

**छतीसगढ़ में आस्ट्रिक, दाक्षिण या निषाद परिवार की बोलियाँ-** छतीसगढ़ की कतिपय आदिम वन प्रजातियों द्वारा व्यवहृत गदबा, कोरबा, भूमिज, शबर आदि बोलियों की गणना आस्ट्रिक परिवार की आस्ट्रो-एशियाटिक शाखा की उपशाखा मुंडा के अन्तर्गत होती है। **डॉ. सुनीति कुमार चटर्जी** के अनुसार, - ''अब ये बोलियाँ अत्यन्त अप्रसिद्ध रूप में ही बची है।''[5] उक्त मुंडा नामकरण का श्रेय **डॉ. बाबूराम सक्सेना** के अनुसार-मैक्समूलर को है।[6] चूंकि छत्तीसगढ़ी में बोली जाने वाली ये बोलियाँ-भाषाएँ भारत के दक्षिण-पूर्व के कोण में अर्थात् आग्नेय दिशा में पड़ती है, इसलिए[7] **डॉ. जयचन्द्र विद्यालंकार** तथा **डॉ. राजबली पाण्डेय**[8] आदि विद्वान् इस परिवार की बोलियों को आग्नेय ही कहते हैं।

**छत्तीसगढ़ी की सीमाएँ-** छत्तीसगढ़ी के उत्तर में भोजपुरी तथा बघेली, दक्षिण में तेलुगु, पूर्व में मगही और उड़िया तथा पश्चिम में मराठी का क्षेत्र है। इस क्षेत्र के बीच यह कोरिया, चांपा, बिलासपुर, शक्ति, रायगढ़, रायपुर, कांकेर, दुर्ग, राजनन्दगॉव, बस्तर, खैरागढ़ ,सारंगगढ़, तथा सरगुजा आदि स्थानों में बोली जाती है। छत्तीसगढ़ क्षेत्र के भीतर कई लाख आदिवासी रहते हैं। इन आदिवासियों की छत्तीसगढ़ी , मराठी, तेलुगु तथा उड़िया से प्रभावित है। **डॉ. भोलानाथ तिवारी** ने छत्तीसगढ़ी की दसउपबोलियाँ बताया है-(1) सरगुजिया, (2) सदरी- कोरबा, (3) बैगानी, (4) विंझवारी, (5) कलगा, (6) मुलिया, (7) सतनामी, (8) कांकेरी, (9) विलासपुरी, तथा ( 10) हलबी। **डॉ. ग्रियर्सन** ने हलबी को मराठी की एकशैली बताया है। हलबी को बस्तरिया भी कहा गया है। डॉ. ग्रियर्सन ने अवधी के साथ छत्तीसगढ़ी का निकट संबंध बताया है - " Chhattisgarhi, under the enfluenceof theneighbouring Marathi, and Oriya, shows greaterpoints of difference, but its close connection with Awadhi is nevertheless apparent."[9]

**छत्तीसगढ़ी बोलने वालों की संख्या :**

1921 की **जनगणना** के अनुसार-23 लाख थी

1931 में **डॉ. ग्रियर्सन** के अनुसार-38 लाख थी

1941 में **डॉ. उदय नारायण तिवारी** के अनुसार-45 लाख थी

1961 में **डॉ. हरदेव बाहरी** के अनुसार-66 लाख थी

1981 में **डॉ. कैलाश नाथ पाण्डेय** के अनुसार-93 लाख थी

1991 में पुन: **डॉ. कैलाश नाथ पाण्डेय** के अनुसार-1 करोड़, 67 लाख 10203 थी।

2001 की **जनगणना** के अनुसार-2 करोड़ 10 लाख 11323 है

**साहित्य-** छत्तीसगढ़ी में प्राचीन साहित्य का लगभग अकाल ही है। वहाँ के लोक गीत, नृत्य, प्रहसन, गम्मत तथा नाच इत्यादि छत्तीसगढ़ी लोक-संस्कृति के प्रधान अंग रहे हैं। पिछले कई वर्षो से छत्तीसगढ़ी साहित्य का प्रचार-प्रसार आकाशवाणी दूरदर्शन तथा लेखन आदि माध्यमों से द्रुतगति से चल रहा है। चेतना कीऑचसे अब इस मण्डल में भी नई सुगबुगाहट आई है। इधर छठें दशक के अंत तक छत्तीसगढ़ के गाँवों, कस्बों में लाउडस्पीकर पहुँचने तथा फिल्मी गीतों के तामझाम से वहाँ के लोक गीतों की परंपरा को गहरा आघात पहुँचा है। छत्तीसगढ़ की पारंपरिक लोकगीतों एवं अंचल के प्रमुख साहित्यकारों की रचनाओं से गूँथी हुई बारहमासी गीतों की

1. छत्तीसगढ़ी बोली व्याकरण और कोश- डॉ. कान्तिकुमार, पृष्ठ 28
2. छत्तीसगढ़ की प्राचीनता- प्यारेलाल गुप्त, पृष्ठ 175, युगधर्म, दीपावली विशेषांक-1962
3. छतीसगढ़ परिचय-डॉ. बलदेव प्रसाद मिश्र, पृ. 116
4. छतीसगढ़ की आत्मा-पुन्ना लाल बक्शी, पृ. 66, Ed 1966
5. भारत की भाषाएँ एवं भाषा संबंधी समस्याएँ-डॉ. सुनीति कुमार चटर्जी, पृ. 35
6. सामान्य भाषा-विज्ञान-डॉ. बाबूराम सक्सेना, पृ. 217
7. भारत भूमि और उसके निवासी-डॉ. चन्द्रगुप्त विद्यालंकार, पृ. 254
8. हिन्दी साहित्य का वृहद् इतिहास- राजबली पाण्डेय, पृ. 28
9. Linguistic Survey of India, Part II, Page 621

छटा बेहद निराली होती है। लेकिनवहाँ भी अब निराशा और कुण्ठा के कारण लोक-संस्कृति के आगे प्रदूषण का संकट आ गया है श्री रामचन्द्र देशमुख छत्तीसगढ़ के कला-मर्मज्ञ हैं, तो तीजनबाई प्रसिद्ध लोक गायिका। 1951-52 में 'छत्तीसगढ़ी देहाती कला विका मण्डली' का गठन किया गया था, जिसके कलाकारों में - मदन लाल, ठाकुर आदि ने काफी प्रसिद्धि पाई है। श्रीमती दुर्गाहाकरे, श्रीम संतोष मॉझी, डॉ. शोभा निगम, डॉ. स्नेहलता मोहनीश, श्रीमती शांति यदु, कपिलनाथ मिश्र तथा श्रीनारायण परमार आदि इस सम के छत्तीसगढ़ी के प्रमुख साहित्यकार हैं।

## छत्तीसगढ़ी की व्याकरणिक विशेषताएँ

**ध्वन्यात्मक वैशिष्ट्य-** (1) छत्तीसगढ़ी में ङ् ञ् ण ध्वनियों का अभाव है। ण के स्थान पर न् हो जाता है। लेखन के स्थ पर अनुस्वार का प्रयोग होता है।

(2) केवल स का प्रयोग होता है। श ष का नहीं। ष के स्थान पर ख बोला जाता है। कहीं-कहीं स के स्थान पर द होता है जैसे सीता > छीता

(3) महाप्राणीकरण की प्रवृत्ति : इलाका > इलाखा,दौड़ > धौड़कचहरी > कछेरी

**संज्ञा-** प्राय: आकारान्त और तकारान्त को छोड़ सभी व्यञ्जन पुल्लिंग होते हैं।

**वचन-** बहुवचन बनाने के लिए निम्नांकित प्रत्ययों का प्रयोग होता है।

लाइका मन, बइकन्, कमिया-मनन (वाले), हम पंचन सब, सबो सब्बो खूब भंज।

**परसर्ग-** कर्म- का लाल। करण-ले से। अपादान-का, ला, बर, खातर। संबंध- के। अधिकरण- माँ, में, ऊपर। संबोधन- ए, ओ, ये, वो गा, सगा रे मे कस जी। निश्चयार्थक परसर्ग- हराँ रहरा, कोई लड़का इरा हर कोई विशेष बालक।

**सर्वनाम :**

| | | |
|---|---|---|
| 1 सर्वनामों में | मैं, मय | हमन हमगन |
| विकारी, | मो | हम |
| संबंध | मोर | हमार |

2 ते, तैं , तूँ, तुँह, तूमन, तुमन, तुममन, तो, तुम्ह तुँह, तोर, तुमहार, तुँहर, तुँहार

3 ऐ, (ये, एहर) इन (इनहर) इन्ह एकर, इन्हकर ओर वो वोहर उनहर जे जौन कौन का करो आदि।

**विशेषण-** चाकर(चौड़ा), दरद (ताजा), भातुर (मीठा) आदि।

| | | | |
|---|---|---|---|
| **क्रियापद :**(क) | उ | वर्तमान- त हों | त हन |
| म. | त इस | त हय | |
| अन्य | त है | त है | |

**सा.भू.-** चलेउ, चलें, चले, चले, चलिस, चलिन

**सा.भविष्य-** चलहुँ, चलबो , चलबे, चलिहअ, चलहीं, चलहीं

**सहायक क्रिया :**

| | | |
|---|---|---|
| (वर्तमान) | उ.पु. | हवऊँ, हवौ, हों, ओं, ओंव, हवन, हन, हवस, अस, हवों, हऔ, हो। |
| | अ.पु. | हवे, हे, ऐ, अय, है, हवे, ऐं, अँय |
| (भूतकाल) | | रहेंब, रहयों, रहेन, रहे, रहेस, रहेब, रहेस, रहिन। |

**(ख) वर्तमान कालिक कृदन्त :**

| | |
|---|---|
| (1) त या ते जोड़कर : | होत - होते |
| (2) भूतकालिक : | ए जोड़करदेखें |
| (3) पूर्वकालिक कृदन्त - | के प्रत्यय जोड़कर |

**क्रियार्थक संज्ञा :** न व, यव, उव, अव, आप प्रत्यय जोड़कर : होन, होव, होयब

**अव्यय :** कुछ विशेष : नरों (परसों), बिहनियाँ (प्रात:), खनी (धनी), धलाय (भी), छेंवट, ढोका (सच)

**विशेष शब्द :** गम पाना (मालूम होना), बेंगचा (मेढक), ओला (उसे), टोंटा (गला), खोखा (लंगड़ा), लेड़गा (ल गियां-सगी, बेवट-बदमाश, उरमाल-रुमाल

संक्षेप में छत्तीसगढ़ी की कुछ अन्य व्याकरणिक विशेषताएँ इस प्रकार हैं :-

(1) **डॉ. उदयनारायण तिवारी** के अनुसार-"छत्तीसगढ़ी में सम्बन्ध के अनुसर्ग 'के' में लिंग के अनुसार परिवर्तन नहीं होता। ...के उदाहरण हैं : लइका (लड़का का), लइका का (लड़के के लिए), लइका के (लड़के का), लइका मन के (लड़कों)।"[1]

(2) **डॉ. जयकान्त मिश्र** के अनुसार-"छतीसगढ़ी में बंगला की भाँति बहुवचन के रूप नहीं बनते हैं।"[2]

(3) **डॉ. हरदेव बाहरी** के अनुसार-"संज्ञा, सर्वनामों में कर्म सम्प्रदान में ला और करण-अपादान मेंले छत्तीसगढ़ी के विशिष्ट ...सर्ग हैं।।"[3]

(4) **डॉ. अवधेश्वर अरुण** के अनुसार-"छत्तीसगढ़ी में ध्वनिगत विशेषताओं में महाप्राणीकरण की प्रवृत्ति अधिक मिलती है। ...शेषणों और क्रियाओं के रूप अवधी से मिलते हैं।"[4]

(5) **डॉ. रत्नचन्द्र शर्मा** के अनुसार-"तिर्यक रूप कभी-कभी 'अन' प्रत्यय लगाकर बनाए जाते हैं, जैसे 'बइला' (बैल) से ...हुवचन 'बइलन', 'गइया' (गाय) से 'गइयन' आदि।"[5]

(6) **डॉ. कैलाश तिवारी** के अनुसार-"छत्तीसगढ़ी में 'स्' के स्थान पर 'छ्' का उच्चारण मिलता है, यथा, सीता-छीता, ...चना-छींचना।"[6]

(7) **डॉ. कैलाश नाथ पाण्डेय** के अनुसार-"छत्तीसगढ़ी में 'श्' तथा 'ष' का उच्चारण प्राय: नहीं होता। इनकी जगह क्रमश: ...' और 'ख' का प्रयोग मिलता है, यथा- खुशी-खुसी, वर्षा-वरखा आदि।"[7]

**छत्तीसगढ़ी गद्य का नमूना :**

"एक ठन गाँव माँ केवट और केवटिन रहिस। तेकर एक ठन लइका रहिस। केवट हर महाजन के रुपिया लागत रहिस। ...एकदिन साव रुपिया माँगे बर आइस। तब सियान मन घर माँ न रहँय। लइका घर राखत बैठे रहय। साव हर पूँछिस कस रे बाबू, तोर ...ह ददा मन कहाँ गये हैं। बोतेक माँ टूटा हर कहिस के मोर दाई गये हैं, एक के दू करै बर, और दादा हर काँटा रुंधे बर गये हैं।"

**...तीसगढ़ी पद्य का नमूना :**

"लोहरा भइयां, देते खुरपी उखानतेव घास, खावा तेंव गइया
देतिस दूध, पियातेंव कूकुर धरतिस हरिना, देतिस सींग
कोड़तेव माँटी, देतेंव कुम्हरा बनातिस घइला, डुभतेव पानी
धोतेंव चोंच, खातेब गौरइया के अंडवा अऊ मटकातेंव चोंच।"[8]

## पश्चिमी हिन्दी और पूर्व हिन्दी में अन्तर

भाषा वैज्ञानिक दृष्टिकोण से हिन्दी की बोलियों को-पश्चिमी हिन्दी तथा पूर्वी हिन्दी- इन दो शाखाओं में बाँटा गया है। इनकी ...नग- अलग उत्पत्ति तथा भौगोलिक स्थितियों के कारण इनमें आपस में ध्वनि रूप, क्रिया, सर्वनाम, संज्ञा इत्यादि संबंधी अंतर पाया ...ा है। पश्चिमी हिन्दी की उत्पत्ति शौरसेनी अपभ्रंश से तथा पूर्वी हिन्दी की उत्पत्ति अर्द्धमागधी अपभ्रंश से मानी जाती है। भौगोलिक ...ट से पश्चिमी हिन्दी पंजाबी, राजस्थानी, पहाड़ी तथा पूर्वी हिन्दी के मध्य स्थित है और पूर्वी हिन्दी बिहारी, उड़िया, मराठी, पहाड़ी ... पश्चिमीहिन्दी के मध्य स्थित है। पाश्चात्य विद्वान **हॉर्नले** ने पश्चिमी हिन्दी और पूर्वी हिन्दी के बीच के अन्तरको रेखांकित करते ... बताया है, कि एक ही हिन्दी के दो उपरूप-पश्चिमी हिन्दी और पूर्वी हिन्दी में वही अंतर है जो पंजाबी और बंगाली में एक दूसरे से ... आगे वे लिखते हैं कि पूर्वी हिन्दी और पश्चिमी हिन्दी की तुलना में पूर्वी हिन्दी और बिहारी बोलियाँ एक दूसरे से काफी निकट हैं, ...री ओर पश्चिमी हिन्दी पंजाबी से काफी सन्निकट है - "The terms are not good ones, as they give too muchof an ...pression than Western and Eastern Hindi are merely two different dialects of the same (Hindi) ...guage. In reality they are as distinct from one another, as Bengali in the East and Punjabiin the West ... supposed to be distinct from what is commonly called Hindi. Indeed the likeness between Eastern ...ndi and Behariis much closer than between Eastern Hindi and Western Hindi and on the other hand, ... affinity between Western Hindi and Eastern Hindi . In short Western Hindi and Eastern Hindi have

...हेन्दी भाषा का उद्गम और विकास-डॉ. उदय नारायण तिवारी, पृ 288
...A History of Maithily Literature, Dr. Jai Kant Mishra, Page-63
...हेन्दी : उद्भव, विकास और रूप-डॉ. हरदेव बाहरी, पृ-78
...हेन्दी भाषा का स्वरूप विकास-डॉ. अवधेश्वर अरुण, पृ-42
5. भाषा विज्ञान और मानक हिन्दी-डॉ. रत्नचन्द्र शर्मा, पृ-165
6. हिन्दी और उसकी विविध बोलियाँ-डॉ. कैलाश तिवारी, पृ-158
7. भाषा विज्ञान का अनुशीलन-डॉ. कैलाश नाथ पाण्डेय, पृ-273
8. छत्तीसगढ़ी और खड़ी बोली के व्याकरणों का तुलनात्मक अध्ययन-डॉ. श्रीमती साधना कांति कुमार जैन, पृ-231, साहित्य वाणी, पुराना कटरा, इलाहाबाद-1984

as much right to be closed as distinct language rather than different dialects, as Punjabi and Bengali."[1]

इसके अतिरिक्त कुछ मुख्य अन्तरों को इस प्रकार देखा जा सकता है।

1. सर्व प्रथम 'अ' के उच्चारण को देखा जा सकता है। 'अ' का उच्चारणदोनों बोलियों में भिन्न तरीके से किया जाता है। पूर्वी हिन्दी में इसका उच्चारण संवृत्त अर्थात् गोलाकार (close) रूप में किया जाता है, जब कि पश्चिमी हिन्दी में इसका उच्चारण कुछ खुले (open) रूप में किया जाता है। बात यह है कि पूर्वी हिन्दी में 'अ' के उच्चारण परभोजपुरी का प्रभाव होता है, तथा पश्चिमी हिन्दी मे यह पश्चिमी बोलियों से प्रभावित होता है।

2. अनेक लोगों का विचार है कि पश्चिमी हिन्दी में प्राय: दो स्वर एक साथ नहीं आते, जब कि पूर्वी हिन्दी में इस तरह का कोई बंधन नहीं है, अर्थात पूर्वी हिन्दी में दो स्वर एक साथ सहज ढंग से प्रयुक्त किये जाते हैं। मसलन, पश्चिमी हिन्दी के 'ए' और 'ओ' की जगह पूर्वी हिन्दी में 'अई' तथा 'अउ' का प्रयोग किया जाता है, यथा-पश्चिमी हिन्दी के मौर, और, कहे, चले शब्द पूर्वी हिन्दी में क्रमश: 'मउर', 'अउर', कहइ, तथा 'चलइ' रूप में व्यवहृत होते हैं। डॉ. अम्बा प्रसाद 'सुमन' ने इस संबंध में लिखा है कि " पश्चिमी हिन्दी की बोलियों में विवृत्ति नहीं पाई जाती अर्थात् दो स्वर पृथक रूप से साथ-साथ नही देखे जाते, जिस तरह की पूर्वी हिन्दी की बोलियों में देखे जाते हैं, जैसे-'स्यार' ( खड़ी बोली, हरियानी, ब्रजभाषा, कन्नौजी और बुन्देलखण्डी में) और 'सिआर' (अवधी में ) । इसी विवृत्ति हीनता की प्रवृत्ति के आधार पर हरियानी, खड़ी बोली, ब्रज, कन्नौजी और बुन्देल खण्डी उपभाषाएँ पश्चिमी हिन्दी के अन्तर्गत मानी जाती हैं। पश्चिमी हिन्दी संज्ञा और विशेषणों में जहाँ आकारान्त या औकारान्त (ओकारान्त भी) है, वहाँ पूर्वी हिन्दी अकारान्त है, जैसे-खोटा, खोटौ, खोटो (पश्चिमी हिन्दी में ) और खोट (पूर्वी हिन्दी में )।"[2] लेकिन डॉ. देवेन्द्र कुमार शास्त्री 'सुमन' जी के उक्त विचारों से पूर्णतया सहमत नही है। शास्त्री जी इस संबंध मेंकहतेहैं,-" वास्तव में यही एक मात्र कारण नहीं माना जा सकता, क्योंकि खड़ी बोली और हरियानी को छोड़कर ब्रज, कन्नौजी और बुन्देली में भी कुछ ऐसे शब्द रूप मिलते हैं, जिनमें दो स्वरों का संयोग मिलता है , जैसे- भइया, पइसा, गउअन, सिआनपन, ठिया, बताउत, चाउत, टुपिया लगाउत, कोउ, अइसो, 'कोउ बताउत नइयाँ' रूपइया, मढ़इया, दाऊ इत्यादि। यह सच है कि पूर्वी हिन्दी में इनकी बहुलता है पर-पश्चिमी हिन्दी में भी इस प्रकार के कुछ रूप आज भी बोलियों में प्रयुक्त होते हैं।"[3]

3. पश्चिमी हिन्दी का 'ल' पूर्वी हिन्दी में अनुपस्थित है। पूर्वी हिन्दी में 'ल' की जगह 'र' का प्रयोग अधिकाशत: मिल जाता है जब कि पश्चिमी हिन्दी में 'ल'कुछेक अपवादों को छोड़कर सर्वत्रसुरक्षित ही रहता है। यथा-पश्चिमी हिन्दी का काजल, बादल, कटहल मूसल, साला, हल, गाली तथा पलाश पूर्वी हिन्दी में क्रमश: काजर, बादर, कटहर, मूसर सारा, हर, गारी तथा पराश में परिवर्तित हो जाते हैं।

4. ठीक इसीतरह पूर्वी हिन्दी में 'ड़' तथा 'ढ़' केस्थान पर 'र' तथा 'र्‌ह' रूप हो जाता है, यथा-पश्चिमी हिन्दी का कड़ाहा कड़ाही, भीड़, अड़तीस, बोड़ा पूर्वी हिन्दी में क्रमश: कराहा, कराही, भीर, अरतीस बोरा में बदल जाते हैं। यही स्थिति काढ़ा, कोढ़ी तथा बाढ़ की है। इनका रूप पूर्वी हिन्दी में 'कार्‌हा, कोर्‌ही ' तथा बार्‌ह या बारि्‌ह ' हो जाता है।

5. पश्चिमी हिन्दी में शब्द के मध्यवर्ती 'ह' का लोप हो जाता है किन्तु पूर्वी हिन्दी तथा भोजपुरी में वह 'सन्ध्यक्षर' रूप में प्रयुक्त होता है, यथा- पश्चिमी हिन्दी 'किया', 'दिया' पूर्वी हिन्दी में 'किहेसि', 'दिहेसि' या 'दिहलसि'।

6. पश्चिमी हिन्दी (खड़ी बोली ) में 'हम' शब्द पुरुष वाचक सर्वनाम (एकाध अपवाद को छोड़कर अधिकांश) बहुवचन के लिए प्रयुक्त किया जाता है, लेकिन पूर्वी हिन्दी में वह केवल एक वचन के लिए ही प्रयुक्त होता है। बहुवचन बनाने के लिए पूर्वी हिन्दी में 'हम' के साथ 'लोग' (हम लोग) शब्द का प्रयोग करते हैं।

7. पश्चिमी हिन्दी में भूतकाल के लिए 'होना' क्रिया के साथ 'थ', 'ह' और 'हत' वाले रूपों का प्रयोग किया जाता है, यथा-था थी, थीं, हो, हीं, हे, हते, हतीं आदि। पूर्वी हिन्दी में इनकी जगह रहौं, रहैं, रहन, रहेउ, रहेसि का प्रयोग मिलता है। पश्चिमी हिन्दी में भविष्यत् काल के लिए 'ग' वाले रूपों का प्रयोग किया जाता है यथा-हूँगा, हूँगी, होगा, करेगा, सुनेगा, लेकिन पूर्वी हिन्दी में इनकी जगह 'है' वाले रूप प्रयुक्त होते हैं, यथा-करिहै, सुनिहै आदि।

8. पश्चिमी हिन्दी में संज्ञार्थक क्रियाएँ 'न' 'ण' और 'ब' के योग से बनती हैं, जैसे-चलना, चलणा, चलिबो, रहना, रहणा रहिबो आदि। पूर्वी हिन्दी में ऐसी क्रियाओं को बनाने के लिए केवल 'ब' का ही योग रहता है, जैसे-चलब, रहब, देखब आदि। पश्चि

1. A Grammar of Eastern Hindi| A. F. Rudolf Hoernley| Page-13
2. पश्चिमी हिन्दी और उसकी विभिन्न उपभाषाओं का स्वरूप, हिन्दुस्तानी, भाग-25, अंक, 1-4, पृ. 248
3. भाषा शास्त्र तथा हिन्दी भाषा की रूप रेखा, पृ. 276

हिन्दी में भूतकालिक कृदन्त रूप शौरसेनी प्राकृत के अनुकरण पर भी बनते हैं, जैसे-सं. मारित: > प्रा() मारिदो > ब्रज > मा् रयौ। पूर्वी हिन्दी में भूतकालिक कृदन्त रूप कहीं शौरसेनी प्राकृत के अनुकरण पर बनते हैं और कहीं मागधी प्राकृत के अनुकरण पर, जैसे-मारेऊँ, मारेसि, मारेस आदि।[1] पश्चिमी हिन्दी में वर्तमान काल के क्रिया रूपों के लिए है, हैं, हूँ, हौं, हो, होउँ, होवे, होवें आदि रूपों का प्रयोग किया जाता है, लेकिन पूर्वी हिन्दी में 'ह' वाले रूप के अलावा 'बाटे', बाटै, 'बाटैं' आदि रूपों का भी प्रयोग किया जाता है। इसके अतिरिक्त संभाव्य वर्तमान में 'होता', 'होती', 'होते' आदि का भी प्रयोग किया जाता है।

9. पश्चिमी हिन्दी में 'ने' परसर्ग का प्रयोग किया जाता है, जब कि पूर्वी हिन्दी में इसका अभाव होता है। यथा-पश्चिमी हिन्दी के 'उसने पढ़ा' की जगह पूर्वी हिन्दी (अवधी तथा भोजपुरी) में 'उ पढ़िस' तथा 'उ पढ़लसि' रूप प्रयुक्त किया जाता है।

10. पश्चिमी हिन्दी में अधिकारवाचक सर्वनाम के रूप के मध्य में 'ए' मिलता है, लेकिन पूर्वी हिन्दी में वह 'ओ' में बदल जाता है। जैसे-पश्चिमी हिन्दी में प्रयुक्त 'तेरा', 'मेरा' आदि पूर्वी हिन्दी तथा भोजपुरी में 'हमार', 'तोहार' अथवा 'तोहरा' रूप में प्रयुक्त होते हैं।

11. पश्चिमी हिन्दी खरी है, इसलिए खड़ी है। इसके तान में आरोह होता है।

12. पश्चिमी हिन्दी में ए, इ, उ कुछ दीर्घ रूप ये, ई, ऊ के रूप में उच्चरित होता हैतो पूर्वी हिन्दी में ह्रस्वपन कुछ अधिक होने के कारण अ की तरह सुनाई पड़ते हैं। पश्चिमी हिन्दी में ऐ औ सरल स्वर हैं। पूर्वी हिन्दी में ये यौगिक या संयुक्त स्वर हैं। पूर्वी हिन्दी में मैया को मइया, भैया को भइया इसी तरह कइसा, दउलत आदि शब्द बोले जाते हैं।

13. पूर्वी हिन्दी में यह के स्थान पर इ, वह की जगह ऊ, यहाँ, वहाँ की जगह इहाँ, उहाँ, यामे और वामे की जगह एमाँ, ओमाँ उच्चरित होते हैं।

14. पश्चिमी हिन्दी में 'न' को ण बोला जाता है। पूर्वी हिन्दी में ण का उच्चारण ण न होकर प्राय: ड़ँ होता है।

15. पश्चिमी हिन्दी में महाप्राण ध्वनि का उच्चारण कठिनाई से होता है। जैसे-भूख-भूक, भी-वी, नही-नई।

संक्षेप में यह कहा जा सकता है कि पूर्वी हिन्दी को पश्चिमी हिन्दी से वे विशेषताएँ पृथक करती हैं, जो उसे मागधी से उत्पन्न बोलियों के प्रभाव से मिली हैं।

# (ग)- राजस्थानी हिन्दी

## 9. मारवाड़ी

**परिचय-** 37445 वर्ग मील में फैले मारवाड़ प्रान्त के नाम पर ही इस बोली का नाम मारवाड़ी पड़ा। मारवाड़ को मरु वर्ष भी कहा गया है। इस शब्द का प्रयोग प्राचीन काल में सतलज से लेकर समुद्र पर्यंत समूचे रेगिस्तान के लिए होता था। बाद में उसका अर्थ राठौड़ वंश की एक मुख्य शाखा द्वारा शासित प्रदेश के लिए होने लगा। एक इतिहासकार का विचार है कि कन्नौज के राजा जयचन्द के वंशज राव जोधा द्वारा 1459 ई0 में यह बसाया गया। राजस्थान प्रान्त का आधुनिक जोधपुर जिला ही प्राचीन काल में मारवाड़ नाम से जाना जाता था।

**मारवाड़ी की सीमाएँ-** मारवाड़ी के उत्तर में लहँदा, उत्तर-पूर्व में पंजाबी तथा हरियाणवी, दक्षिण-पूर्व में मालवी, दक्षिण-पश्चिम में गुजराती, पूर्व में जयपुरी तथा हाड़ौती और पश्चिम में सिंधी बोली जाती है। आदर्श या शुद्ध मारवाड़ी का केन्द्र जोधपुर तथा उसके आस-पास का कुछ इलाका है। **डॉ. भोलानाथ तिवारी** ने इसके विभिन्न रूपों की चर्चा की है, यथा-पूर्वी मारवाड़ी, मेरवाड़ी, मगरा की बोली, गिरासिया की बोली, मारवाड़ी, ढुँढारी,गोड़ावाटी, मेवाड़ी, मेर वर मारवाड़ी, दक्षिणी-मारवाड़ी गोड़वाटी, मारवाड़ी-गुजराती, पश्चिमी मारवाड़ी, थली, टटकी, उत्तरी मारवाड़ी-वीकानेरी, शेखावटी तथा बागड़ी। अपने इन विभिन्न रूपों के साथ यह मिश्रित रूप में उत्तर में बीकानेर-श्रीगंगानगर तक तथा जयपुर के उत्तरी भाग में पिलानी तक, दक्षिण में सिरोही तथा रानीवाड़ा तक, पूर्व में अजमेर, किसनगढ़ तथा मेवाड़ तक और पश्चिम में जैसलमेर तथा शाहगढ़ तक बोली जाती है।

### मारवाड़ी बोलने वालों की संख्या

1921 में **डॉ. ग्रियर्सन** के अनुसार-20 लाख थी।

1931 में **डॉ. धीरेन्द्र वर्मा** के अनुसार-27 लाख थी।

1. भाषा विज्ञान और मानक हिन्दी-डॉ. रत्नचन्द्र शर्मा, पृ. 212

1951 की जनगणना के अनुसार-46 लाख थी।

1971 में **डॉ. भोलानाथ तिवारी** के अनुसार-65 लाख से ऊपर थी।

1981 में **डॉ. कैलाश नाथ पाण्डेय** के अनुसार-75 लाख से ऊपर थी।

1991 में **पुनः डॉ. कैलाश नाथ पाण्डेय** के अनुसार-1 करोड़, 25 लाख, 3770 थी।

2001 की **जनगणना** के अनुसार-1 करोड़, 80 लाख, 66345 है।

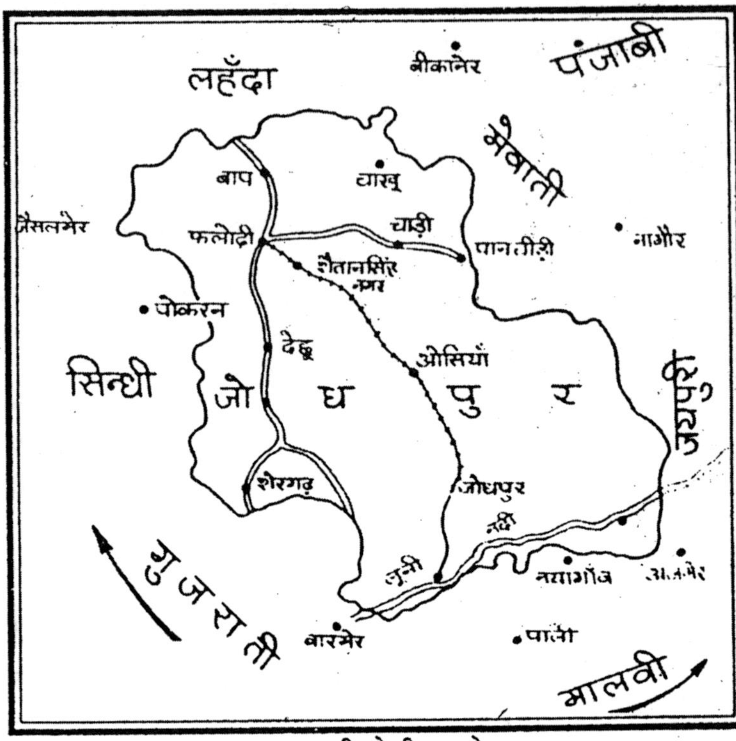


**मारवाड़ी बोली का क्षेत्र**

**साहित्य-** राजस्थानी वर्ग की बोलियों में मारवाड़ी काफी साहित्य-सम्पन्न रही है। कुछ लोगों का विचार है कि इसके साहित्यिक रूप डिंगल का प्रयोग कविता में होता रहा है।[1] डिंगल को शुरू में ग्राम्य भाषा कहा जाता था। यहाँ के राजदरबारों में रहने वाले चारण या भाट कवियों ने आश्रयदाताओं की प्रशस्ति में अनेक ग्रंथों की रचना की थी। इसी कारण इसे 'भाट भाषा' भी कहा गया है। पृथ्वीराज, बांकीदास, नरपतिनाल्ह, सूरजमल आदि इसके प्रसिद्ध कवि रहे हैं।

**मारवाड़ी की व्याकरणिक विशेषताएँ-** तत्सम शब्दों में -ध्वन्यात्मक वैशिष्ट्य-(1) ऐ और औ का अ इ और अउ कीतरह उच्चारण होता है । (2) आ का उच्चारंण कुछ अवृत्ताकार हैं। (3) कहीं कहीं च और छ प्राय: स की तरह उच्चरित होते है जैसे- चक्की> सक्की छाछ> सास । (4) महाप्राण ध्वनियाँ अल्पप्राणवत बोली जाती हैं हाथ>हात, भूख>भूक, रहना>रैणौं। (5) कही-कहीं ल् ल की तरह उच्चारित किया जाता है बाल>बाल, जल>जल। (6) ह के लोप की प्रत्ति कह्यो>कयो, रहणों>रैणों। (7) ध और स ध्वनियां क्रमश: द् ध् के मध्य और स कुछ श के समान ध्वनित होता है । दोनों ध्वनियों में श्वास को भीतर खीचना पड़ता है।

**कारक या पर सर्ग**(1) कर्ता:- कर्म- सम्प्रदान , नै, ने, कनै, रै करण -अपादान सूँ ,ऊँ। संबध-रौ, नो, को। **अधिकरण- में, मैं, माहै, महि, माई**

**(2) तुलना के लिए सूँ और करतों प्रयुक्त होते हैं जैसे बालि करतों सुग्रीव भलो रो है (करतों की अपेक्षा)**

**कारकों के कुछ उदाहरण** - कर्ता- घोड़ो घोड़ै विद्यालय, बाबू हाथी ।

**बहुबचन:-** घोड़ो, घोड़ा, विद्यालय, बाबू हाथी इसी तरह अन्य कारकों का प्रयोग इनके चिन्हों के साथ होगा ।

**सर्वनाम-**मारवाणी में सर्वनामों का वैविध्य दर्शनीय है

| **उत्तम पुरुष** | **एक बचन** | **बहुवचन** |
|---|---|---|
| अविकारी- | हुँ म्है, मै, | म्है |
| कर्म सम्प्रदाय- | मनै, म्हनै | माँनै , म्हनै |
| तिर्यक | - म, म्है | माँ म्हाँ |
| संबध- | मारो,मारो, | मारो म्हारो |

1. हिन्दी और उसकी विविध बोलियाँ- डॉ. कैलाश तिवारी, पृ. 133

| | | |
|---|---|---|
| **मध्यम पुरुष** | **एकबचन** | **ब्रहुवचन** |
| अविकारी | तुं, यूँ | थे, तमें |
| कर्मसंप्रदाय | तनै थनै | थाँने तमाने |
| **तिर्यक** | तैं थैं | थाँ तमाँ |
| **संबध** | था रो | थाँ रो |
| **अन्य पुरुष** | **एक बचन** | **बहुबचन** |
| **अविकारी (वह)** | वो ऊ (स्त्री. वा\ उ वा ) | वे वै उवै |
| **तिर्यक** | ऊँ उण | वै वाँ |
| **अविकारी (यह)** | ओ यो | उणा वणा |
| | (आ \या) | ए ऐ |
| **तिर्यक** | ई, इण | ऍं ओं इणाँ |
| **सम्बन्ध वाची** | जिको(स्त्री. जी जिका) | जिका |
| | जै जी जिण जिकण | जै जो जिण |
| | (तिको इतका) | जिको |
| तिर्यक सो- | तिण , तिणी | |
| | कौन कुण कण | |

**क्रियापद-1. आज्ञार्थक** देख, चल, देखा , चलो, चलजै चलियो। **2. संज्ञार्थक क्रिया-** रवाणो, जीवणों देखणो चलणों।

**3. प्रेरणार्थक-** आव और वाव द्वारा ऐसी क्रियाओं का निर्माण होता है जैसे चलावणों चलावावणों । **4. वर्तमान कृदन्त** आतो ,गातो, वर्तमान क्रिया के साथ रहणों का योग होने पर वाक्य का भाव नकारात्मक हो जाता है जैसे-गातो रहणों (न गाना)। **5. भूत कृदन्त-** चलो, चलियो **कर्मवाच्य-** मरीजणों (मारा जाना) करीबणो (किया जाना)। **6. संयुक्त क्रिया** का निर्माण करते समय अतिरिक्त क्रिया के पूर्ण रो (री) या परो जोड़ते हैं :री दी वी (दे दी), परो मारनो (मार डालना)

**काल रचना**

**वर्तमान देखँ हूं, देखाँ हाँ, देखै है, देखो हो, देखैं, देखै हैं**

**भूतकाल** देखियो देखो ,देखिया चला,

**भविष्यत् काल**

| | |
|---|---|
| देख + हूं | देख + हाँ |
| + हीं | + हीं |
| + हीं | + हीं |

**द्वितीय रूप**

| | |
|---|---|
| देखूं + ल | देखाँ + ल |
| देखै + ल | देखो+ ल |
| देखै + ल | देखै + ल |

**तृतीय रूप**

| | |
|---|---|
| चलूंगो | चलाँगा |
| चलौ +गा | चलो +गा |
| देखैगो | देखैगा |

**कुछ क्रिया विशेषण-** अवै, जदै या जद, कदै, कद, अहै (यहै), उहै (वहाँ), कोहै (कहाँ), अलगो (दूर) कनै (पास)

**मारवाड़ी के निजी शब्द-** छव (छः), जोड़ायत (पत्नी), डीकरो (पुत्र), गिडव (कुत्ता), कादो (कीचड़), पुरणियो (गधा), कीक (कई एक)

संक्षेप में मारवाड़ी की कुछ अन्य व्याकरणिक विशेषताएँ इस प्रकार हैं :

(1) **डॉ. धीरेन्द्र वर्मा** के अनुसार-"'ह' भविष्य वाले रूप मारवाड़ी में वैकल्पिक रूप से व्यवहृत होते हैं।"[1]

(2) **डॉ. हरदेव बाहरी** के अनुसार-"सामान्य राजस्थानी के सब लक्षण मारवाड़ी में पाए जाते हैं, सर्वनामों में रूप-विविधता अधिक है, वर्तमान कृदन्त के साथ 'रहणो' के योग से नकारात्मक क्रिया बनाते हैं, जैसे- गाता रहणो (न गाना), आता रहे (नहीं आये)।"[2]

(3) **डॉ. अवधेश्वर अरुण** के अनुसार-" मारवाड़ी में 'स' का उच्चारण 'श' की तरह होता है।"[3]

(4) **डॉ. बालमुकुन्द** के अनुसार-"भोजपुरी का 'अत' प्रत्यय मारवाड़ी में 'तो' (पढत्-पढ़तो) के रूप में चलता है।"[4]

(5) **डॉ. कैलाश तिवारी** के अनुसार-"ऐ और औ का उच्चारण तत्सम शब्दों में अइ और अउ जैसा चलता है।"[5]

**मारवाड़ी गद्य का नमूना-** रिषि कपाट जाड़ि गुफा में बैठो हुतो। राजा आय कह्यो "किवाड़ खोलो।" जद रिषि कह्यों कुठा है > राजा कह्यो "हूँ, राजा छूँ।" जद रिषि - कह्यों किवाड़ खोला हूँ क्षत्रिय हूँ।

**मारवाड़ी पद्य का नमूना**

पटकूँ मूँछा पाण, कै पटकूँ निज तन करद।
दीजै लिख दीवान, इण दो महली बात इक।।

# 10. जयपुरी या ढूँढाड़ी

**परिचय-** आदर्शनगर जयपुर राजपूताना की पूर्व देशी रियासत रहा है । यह राज्य राजपूताना के उत्तर पश्चिम व पूर्व में स्थित है । 1560। वर्गमील में फैले हुए जय पुर नगर की स्थापना ।128ई0 में ग्वालियर मूल के निवासी कछवाहा राजपूत दूल्हाराय ने की थी। लेकिन आधुनिक जयपुर नगर की आधार शिला आमेर निवासी महाराजा जयसिंह द्वितीय ने 25 नवंबर।727 को रखी थी। यही जयपुर आज वर्तमान राजस्थान प्रांत की राजधानी है । इस नगर के नाम पर ही यहाँ की बोली का नाम जयपुरी पड़ा। जयपुर शुरू से ही एक स्वतंत्र राज्य रहा है , लेकिन 30 मार्च ।948ई. को इस राज्य का राजस्थान संघ में विलय कर दिया गया। इसके पहलें यह आमेर राज्य कहलाता था । आमेर राज्य की स्थापना ई. सन् ।200 के आसपास काकिलदेव ने की थी।

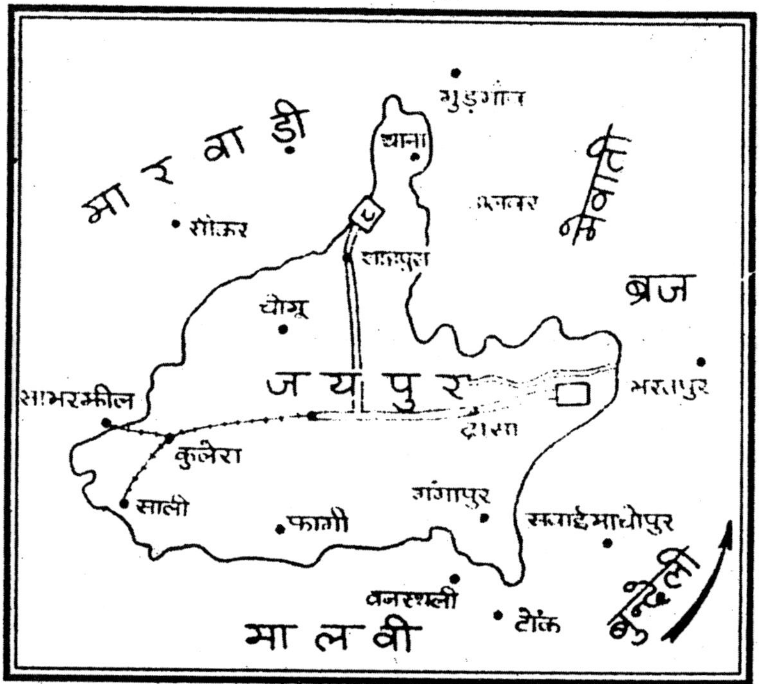


जयपुरी बोली का क्षेत्र

इस बोली का एक नाम ढूँढाड़ी भी मिलता है। इस नाम के पीछे कई तर्क प्रस्तुत किये जाते हैं । कहते हैं राजा नल का चौतीसवाँ वंशज ढोलाराय सं. ।023(सन् 963 ई.) में अपनें पैतृक प्रदेश से निष्कासित कर दिया गया था। उसी ने दुढाड़ राज्य की स्थापना की। **कर्नल टाड** ने ढूँढाड़ी नाम जोबनेर के पास दुढ़ नाम की पहाड़ी के कारण बताया है।[6] **पृथ्वी सिंह मेहता** ने यह नाम जयपुर के पास आमेर की पहाड़ियों से निकलने वाली धुन्ध नदी के नाम के आधार पर बताया है ।[7] महाभारत के समय यह प्रदेश मत्स्य प्रदेश का एक भाग था।

---

1. ब्रजभाषा -डॉ. धीरेन्द्र वर्मा, पृ. 98
2. हिन्दी : उद्‌भव, विकास और रूप-डॉ. हरदेव बाहरी, पृ. 91
3. हिन्दी भाषा का स्वरूप विकास-डॉ. अवधेश्वर अरुण, पृ. 45
4. हिन्दी-क्रिया : स्वरूप और विश्लेषण-डॉ. बालमुकुन्द, पृ. 194
5. हिन्दी और उसकी विविध बोलियाँ-डॉ. कैलाश तिवारी, पृ. 132
6. एनलज ऐन्ड एण्टिक्विटीज़ आफ राजस्थान, जिल्द-3, पृष्ठ 1328
7. हमारा राजस्थान, पृ. 13

मनु ने इस प्रदेश को ब्रम्हर्षि देश के अन्तर्गत माना था। दूँढाड़ी को जंगली या झाणसाही भी कहा जाता है।

**जयपुरी की सीमाएं :-** जयपुरी के उत्तर पूर्व में मेवाती, दक्षिण में मालवी, पूर्व में ब्रज और बुन्देली तथा उत्तर पश्चिम में मारवाड़ी बोलियोंका क्षेत्र है। विशुद्ध जयपुरी जयपुर शहर के 40 मील उत्तर तथा 50 मील पूर्व तथा 60 मील दक्षिण तक बोली जाती है । डॉ. भोलानाथ तिवारी ने जयपुरी की 5 उपबोलियाँ बताया है- तोरावटी, काठैड़ा, चौरासी, नागरचाल तथा राजावाटी । बूँदी और कोटा में व्यवहृत होनेवाली हाड़ौती को भी इसी से संबन्धित किया जाता है।जयपुरी पूर्वी सीमा को छोड़ कर तीन ओर से राजस्थानी की उपबोलियों से घिरी हुई है।

## जयपुरी बोलने वालों की संख्या:-

1921 मे ग्रियर्सन के अनुसार हाड़ौती तथा जयपुरी बोलने वालों की संख्या-29 लाख, 7200 थी।

1931 में डॉ. धीरेन्द्र वर्मा के अनुसार-36 लाख के करीब थी।

1941 में डॉ. उदय नारायण तिवारी के अनुसार-43 लाख थी।

1951 की जनगणना के अनुसार हाड़ौती की संख्या-9 लाख, 15859 थी।

1961 में डॉ. हरदेव बाहरी के अनुसार-48 लाख, 3056 थी।

1981 में डॉ. कैलाश नाथ पाण्डेय के अनुसार-55 लाख, 34362 थी।

1991 में पुन: डॉ. कैलाश नाथ पाण्डेय के अनुसार-75 लाख, 16179 थी।

2001 की जनगणना के अनुसार-88 लाख, 13 हजार, 3133 है।

**साहित्य -** जयपुर के नरेशों ने हिंन्दी व संस्कृत साहित्य की श्री वृद्धि के लिए अपूर्व योगदान दिया है। उन्होंने अपने दरबार में साहित्य एवं विद्या प्रेमियों को प्रोत्साहित - सम्मानित किया। इनके आश्रम में न केवल हिन्दी, संस्कृत बल्कि राजस्थानी को फलने फूलने का काफी अवसर मिला। जयपुर की चित्रकला, संगीत कला तथा नृत्यकला पूरी दुनिया में प्रसिद्ध रही हैं। जयपुर राज्य के नरेशों के राज्य काल में अनेक महात्माओं- अग्रदास, नाभादास, दादू दयाल, रज्जब, सुन्दरदास तथा गरीबदास आदि ने भक्ति प्रधान साहित्य की रचना की।

## जयपुरी की व्याकरणिक विशेषताएँ :

इस बोली की संक्षिप्त व्याकरणिक विशेषताएँ निम्नवत् हैं :

**(क) ध्वन्यात्मक वैशिष्ट्य-** (1) ध्वन्यात्मक विशेषताओं में अ-आ और इ और ई परस्पर परिवर्तनशील होते हैं : पण्डित > पंडत, मानुख > मिनख, दिन> दन। (2) अल्प प्राणीकरण की प्रवृत्ति यहाँ दर्शनीय हैं : आधो > आदो, जीभ > जीब। (3) ह ध्वनि का लोप : साहब > साब, शहर> सैर

**(ख) परसर्ग-** कर्म सम्प्रदान में नै, कै।करण-सम्प्रदान - सूं, सैं। अधिकरण - मैं, ऊपर, मालै। संबंध कारक - को, का, की।

**(ग) सर्वनाम-** (1) हूं की अपेक्षा, मैं, मने तथा मूं का प्रयोग। (2) तनौ, तूनै और अन्य पु0 में ऊनै, का प्रयोग (3) म्हारो, थारो, म्हांको, थांको, यो (स्त्री), इनैया, हँकै (इसको), ऊँनै या ऊँकै, उनको, वानै, वाको, जीनै

**(घ) क्रियागत् वैशिष्ट्य-** (1) क्रिया रूप होवों के अतिरिक्त हूँ, हों, का भी प्रयोग मिलता है। (2) होवो के ह्वै के रूप उच्चारण गत काठिन्य से भरपूर हैं जैसे - हैतो (होता), ह्वैर (होकर),ह्वैताई (होते ही), छों (हम हों), है (वह है),ह्वाला (हम होंगे) (3) भविष्यत काल में- स, ग, ल रूप पाये जाते हैं। जैसे : होम्यूं होस्यॉं,होऊँला होला । तुम कांड करोला (तुम क्या करोगे)

**कुछ वाक्य -** मैं जाऊँ हूँ। मानुख कॉइ काम करै छै। ऊँको पिता ऊँकी माँ सूँ लम्बो छै।

संक्षेप में जयपुरी की कुछ अन्य व्याकरणिक विशेषताएँ इस प्रकार हैं -

(1) डॉ. धीरेन्द्र वर्मा के अनुसार - "बुंदेली तथा मारवाड़ी में वैकल्पिक रूप में प्रयुक्त होने वाला 'ह' जयपुरी में 'स' में प्रयुक्त होता है, जैसे- पढ़िसि, लिखिसि, चलिसि इत्यादि।"[1]

(2) डॉ. हरदेव बाहरी के अनुसार - "इसके क्रिया रूप राजस्थानी के ही हैं, यद्यपि 'ह्वबो' से बनने वाले रूप उच्चारण की दृष्टि से कुछ कठिन हैं।"[2]

(3) डॉ. बालमुकुन्द के अनुसार - "खड़ी बोली के 'ता' वाले रूप इसमें 'तो' में रूपान्तरित हो जाते हैं।"[3]

1. ब्रजभाषा-डॉ. धीरेन्द्र वर्मा, पृ. 98
2. हिन्दी : उद्भव, विकास और रूप-डॉ. हरदेव बाहरी, पृ. 91
3. हिन्दी : क्रिया, स्वरूप और विश्लेषण-डॉ. बालमुकुन्द,पृ. 98

(4) **डॉ. अवधेश्वर अरुण** के अनुसार - "परसार्गों के कर्म-सम्प्रदान- नै, कै, करण-अपादान-सूं, सैं अधिकरण-मैं, मालै विशिष्ट हैं। सर्वनामों में मारवाड़ी से कुछ भिन्नता है।।"[1]

(5) **डॉ. कैलाश तिवारी** के अनुसार - "जयपुरी या ढूँढारी में अल्प प्राणीकरण की प्रवृत्ति दिखाई देती है, यथा आधो-आदो, जीभ-जीब।"[2]

**जयपुरी गद्य का नमूना :** एक बाँण्यू छो। रात छो भगत दोन्यूं लो लुगाई घर मैं सूता छा। आदी रात गियाँ एक चोर आर घर में बड़ गयो। ऊँ भगत मैं बाँण्याँ नै नींद सूंचेत हो गयो। बाँण्याँ नै चोर को ठीक पड़ग्यो। जब बाँण्यू आपकी लुगाई नै जगाई। जद लुगाई नै कई आज सेठा कै दसावराँ सूँ चीठ्या लागी छै सो राई भोत मैंगी होली। तड़के रिप्या बराबर बकैली।

**जयपुरी पद्य का नमूना :**

पीया म्हाँका जी! थे चाल्या परदेश घराँ कद आवोला, ओजी म्हाँ का नाव।
गोरी म्हाँ की ए! आवाँ छठड़ै मास थानै तो तरसवांलां, ओ एम्हां की नार।
पीया म्हाँ का जी! तरसै लीर बलाय पिहर उठ ज्यावाँला, ओ जी म्हाँ का नाव।
गोरी म्हाँ की ए! पीहरिया को लोग मसकरी गालौ छै, ओ ए म्हाँ की नार।[3]

## 11.मेवाती

**परिचय-** राजस्थान प्रान्त का अलवर जिला बहुत पहले स्वतंत्र राज्य था । शासकीय सुविधा की दृष्टि से इसके पॉच भाग किये गये थे।, जिनमे एक भाग मेवात नाम से जाना जाता था। रूपारेल नदी से लेकर भरतपुर के डींग तक और उत्तर में रेवाड़ी तक ।।60 वर्गमील में फैले हुए मेवात का नामकरण इस क्षेत्र में निवास करने वाली पराक्रमी मेव जातियों के कारण पड़ा और यहाँ की बोली मेवाती कही गई। मेव अपने को राजपूत कहते हैं।[4] लेकिन यह पूर्णतया सत्य नहीं है,[5] क्योंकि इनमें राजपूतों व मीणों का सम्मिश्रण है।[6] मेवाती को कुछ लोग 'विद्योता की बोली' भी कहते हैं।। इसे राजस्थानी बोली की कुँजी कहा गया है। कुछ लोग इसे पश्चिमी हिन्दी के अधिक निकट मानते हैं।

**मेवाती की सीमाएँ-** मेवाती के उत्तर में हरियानवी, दक्षिण में कई मिश्रित बोलियाँ, पूर्व में ब्रजभाषा तथा पश्चिम में मारवाड़ी बोलियों का क्षेत्र है। शुद्ध मेवाती अलवर; भरतपुर के उत्तर पश्चिम तथा गुड़गाँव के दक्षिण-पूर्व में बोली जाती है। इसकी कई उपबोलियाँ भी हैं, यथा-राठी मेवाती, नहेड़ा मेवाती, कठोर मेवाती तथा गूजरी। ये सभी उपबोलियाँ उक्त क्षेत्र में ही बोली जाती हैं। **डॉ. ग्रियर्सन** ने इसकी एक सम्मिश्रित उपबोली 'अहीरवाती' भी बताया है। यह गुड़गाँव, करनाल तथा दिल्ली-इन तीनों के पश्चिमी भाग में बोली जाती है।

**मेवाती बोलने वालों की संख्या-**

।92। में **डॉ. ग्रियर्सन** के अनुसार - 25 हजार के करीब थी।
।93। **डॉ. धीरेन्द्र वर्मा** के अनुसार - 35 हजार थी।
।94। में **डॉ. उदय नारायण तिवारी** के अनुसार - 62।05 थी।
।95। में **डॉ. भोलानाथ तिवारी** के अनुसार - 2 लाख से कुछ ऊपर थी।
।96। में **डॉ. हरदेव बाहरी** के अनुसार - 5 लाख के करीब थी।
।97। की जनगणना के अनुसार यह संख्या ।5 लाख के पास पहुँच गयी थी।
।98। में **डॉ. कैलाश नाथ पाण्डेय** के अनुसार - 36 लाख 40।23 थी।
।99। में पुन: **डॉ. कैलाश नाथ पाण्डेय** के अनुसार - 4। लाख 64254 थी।
200। की जनगणना के अनुसार - 60 लाख 75322 थी।

**साहित्य :-** अलवर राज्य के एक ओर दिल्ली के निकट होने तथा दूसरी ओर ब्रज प्रदेश तथा राजपूताना की सीमा पर होने के कारण मेवाती के साहित्य में हिन्दू और मुस्लिम संस्कृति की मिश्रित झाँकी मिलती है । यहाँ के चित्रकारों ने कई नई शैलियों को जन्मा,जिनमें अलवर शैली प्रसिद्ध रही है।चरणदास (भक्ति सागर स्वरोदय )दयाबाई (दयाबोध तथा विनय मलिका), जोधराज-

1. हिन्दी भाषा का स्वरूप, विकास-डॉ. अवधेश्वर अरुण, पृ. 46
2. हिन्दी और उसकी विविध बोलियाँ-डॉ. कैलाश तिवारी, पृ. 137
3. राजस्थानी भाषा और साहित्य-डॉ. मोती लाल मेनारिया, पृ. 11,हिन्दी साहित्य सम्मेलन-प्रयाग
4. तवारीख मेवात, मौलवी अबू मुहम्मद अब्दुल शकूर 'मेवाती', पृ. 36
5. राजपूताने का इतिहास-जगदीश सिंह, पृ. 224
6. अलवर गजेटियर -मेजर पाउलेट, पृ. 38

मेवाती बोली का क्षेत्र

(हमीररासो), चन्द्रशेखर बाजपेयी (हमीरहठ), चन्द्रकला (करुणाशतक, पदवी प्रकाश, रामचरित्र, महोत्सव प्रकाश ) जयदेव(यमक पचीसी, राधिकाशतक) तथा गुलाब सिंह, मेदाराम, पिनाकीलाल जोशी आदि मेवाती के प्रसिद्व कवि रहें है।

**मेवाती की व्याकरणिक विशेषताएँ:**

**(1) कारक या परसर्ग - कर्म-सम्प्रदान** : नै, कै । **करण-अपादान** : सें, सैं, तैं। **संबंध** : को, का, की । **अधिकरण** : में, पै । कहीं-कहीं कर्ता के साथ भी ने परसर्ग का प्रयोग होता है।

**(2) सर्वनाम** - मैं, हम, हमा, तू तम (थमां) यो (यह), वो जो कौण के (क्या), कोई कुछ आपणों-ये रूप सरल हैं। मुज मेरो तुज, यो (एक वचन) ये (बहुवचन) इणा (तिर्यक) वो का वे (बहुवचन) उण (तिर्यक) जो कौण, कुछ, कोई अपरिवर्त्य हैं; इनके तिर्यक जिन, किन, कुछ कैंह बनते हैं।

**(3) क्रिया पद** - परिनिष्ठित हिन्दी की तरह : हूँ, है, हैं का प्रयोग । भूतकाल में : हो (था), हा(थे), ही (थी)इनके अतिरिक्त थो, था, थी का भी प्रयोग होता है। यत्र-तत्र हरियाणी वत प्रयोग उपलब्ध होते हैं । जैसे- सूँ (हूँ), सै (है), सैं (हैं)। भविष्यत काल में ग रूप प्रयुक्त होते हैं।

**(4) अव्यय पद** - अक (कि), जै (यदि), जैते (ताकि), पण (परन्तु), चय (चाहे)

**शब्द -समूह-** भाटा (पत्थर), थावर (शनिवार), होंदो (झूला), ढाँक (भैस), खवास (नाई), मुड्ढा (जूता), जीगड़ो।

संक्षेप में मेवाती की कुछ अन्य व्याकरणिक विशेषताएँ इस प्रकार हैं :-

(1) **डॉ. धीरेन्द्र वर्मा** के अनुसार-"'ब' रूप का प्रयोग राजस्थानी की मेवाती आदि बोलियों में देखा जाता है।"[1]

(2) **डॉ. हरदेव बाहरी** के अनुसार-"मेवाती के क्रिया रूप भी राजस्थानी के ही हैं। अन्तर केवल इतना ही है कि हो, हा, ही के अतिरिक्त थो, था, थी भी प्रचलित हैं।"[2]

(3) **डॉ. अवधेश्वर अरुण** के अनुसार-"मेवाती के सर्वनाम हरियाणी की तरह हैं। ऐंको, वैंको, झैंको विशिष्ट प्रयोग हैं। भविष्यत कालीन रूप 'ग' प्रधान हैं।"[3]

(4) **डॉ. कैलाश तिवारी** के अनुसार-"जयपुरी में ने परसर्ग का प्रयोग कर्म-सम्प्रदान में मिलता है, जबकि मेवाती में कर्त्ता के साथ भी। जयपुरी में अपादान परसर्ग-सूँ, सैं, हैं पर मेवाती में तै का प्रयोग मिलता है।"[4]

**मेवाती गद्य का नमूना-** "एक मॉंखीचूस के पे कछु माल-मतो होय। वालू सदा यांई डर बणो रह हो कै सारी दुनिया का चोर

---

1. ब्रजभाषा, पृ. 103
2. हिन्दी : उद्भव, विकास और रूप-डा. हरदेव बाहरी, पृ. 93
3. हिन्दी भाषा का स्वरूप विकास-डॉ. अवधेश्वर अरुण, पृ. 46
4. हिन्दी और उसकी विविध बोलियाँ-डॉ. कैलाश तिवारी, पृ. 138

और लुटणिया मेराई धन की चगेस में हैं, कहा थाह जाणै कब लूट लैं। या सोच वा नै अपणा माल मत्ता लू बचाण की खातर घर को अट्टस-कुट्टस बेच एक सोना की ईंट मोल ली। वा ईंट लू बानै घर का कूणं में एक अबीड़ी ठौर में गाड़दी। पंण या पैबी वालू थ्यावस नांथ आई।"[1]

**मेवाती पद्य का नमूना -** सुपना में छाल ली बन्दी आधी-सी रात, पिया मेरो चौपड़ को खिलारी रै।
तोड़ूँ तो मरोड़ूँ चरखा दे दूँ तो में आग, चरखो मेरी छाती को जलावा रे।
छोटी सी मझोली जा में छोटा छोटा बैल, छोटो सो बालम गढ़वालो रै।[2]

## 12.मालवी

**परिचय-** मालव शब्द उन्नत भूमि का सूचक है-"**मालमुन्नत भूतलू**।" 'मलय' शब्द की तरह 'मालव' भी उच्चभूमि अथवा पहाड़ी क्षेत्र के भाव को व्यक्त करता है।[3] फिर भी मालवा की मिट्टी बहुत मोहक, कशिशपूर्ण और रसगंधी है, तभी तो यहाँ की भूमि में उपजने वाली मेहंदी का रंग और गंध गुजरात तक पहुँचती है-

**"मेंदी तो वावी मालवे, ऐनो रंग गयो गुजरात।**
**मेंदी रंग लाग्यो रे .............रढ़ियाली रात।।"**

इसी तरह गुजराती ग्राम-बधू को मालवा देश देखने की लालसा निरंतर बनी रहती है-"दादे नो जोयो देश मालवो रे......चूँदड़ी।" वस्तुतः 'मरु' शब्द के विपरीत 'माल' शब्द उपजाऊ भूमि के लिए आता है। **गोस्वामी** जी भी कहते हैं-**"मरु मालव महिदेव गवासा।"**

इधर, अनेक विद्वान यह भी स्वीकार करते हैं कि मालवगण के आगमन के पश्चात् ही इस जनपद का नाम 'मालव' अथवा 'मालवा' पड़ा।[4] मद्र और पौख जाति के साथ मालवों का उल्लेख वृहत्संहिता में इस प्रकार आता है-

**"अम्बरमद्र कमालवपौरु-वकच्छार दण्ड पिंगलका:।**
**माला हण हूण को हलशीत कमाण्डव्य भूतपुरा:।।"**

महाभारत में प्रसिद्ध कीचक और उसकी भगिनी सुदेष्णा-मालव कुमारी से उत्पन्न बताए गये हैं। अश्वयन्ति कैकय की कन्या सावित्री मालवी थी, जिसे यम द्वारा मालव नाम के सौ पुत्र होने का वरदान प्राप्त हुआ था-

**"पितुश्चेत पुत्रशतं भविता तव मातरि।**
**मालव्यां मालवा नाम शाश्वता पुत्र पौत्रिणि:।।"**[5]

**डॉ. आर. डी. बनर्जी** ने मालवों को पंजाब का निवासी बताया है, जो बाद में आकर अवन्ती जनपद में बस गये।[6] पाणिनि ने इ.पू पाँच सौ वर्ष पूर्व मालवों का उल्लेख किया है।[7]

किसी अनिश्चित काल में मालवगण के अवन्ती में बसने के कारण यह क्षेत्र उसके नाम पर मालव या मालवा कहा जाने लगा। यूनानी इतिहासकारों ने संभवतः इसे ही 'भल्लोई ' की संज्ञा दी है। उज्जयिनी मालवा की राजधानी रही है प्रारंभ में उज्जयिनी में गणतंत्रात्मक शासन स्थापित हुआ किन्तु बाद में राजतंत्रात्मक शासन पद्धति लागू की गई। ईसवी सन् की प्रारम्भिक शताब्दियों में यहाँ शक क्षत्रपों का शासन स्थापित हुआ, पाँचवीं शताब्दी के प्रारम्भ में चीनी यात्री फाहियान ने मालवा की यात्रा की थी । गुप्त साम्राज्य के पतन के बाद मालवा पर हूणों का आधिपत्य हो गया । लगभग 528 ई0 में राजा यशोधर्मन ने हूणों को परास्त कर उज्जयिनी को आपनी राजधानी बनाया। बाद की शताब्दियों में यह राज्य पहले चालुक्य राज्य और फिर गूर्जर प्रतिहार साम्राज्य का एक भाग रहा। 1572-73 में अकबर ने इसे अपने साम्राज्य में मिला लिया। मालवा या मालव प्रदेश केनाम पर ही यहाँ की बोली मालवी कही गयी।

आचार्य भरतमुनि ने नाट्य शास्त्र में जिस 'ओकार बहुला' और अवन्ती का उल्लेख किया है उसी से मालवी विकसित हुई है आठवी सदी के प्राकृत कवि उद्योतन सूरि की 'कुवलयमाला कथा ' में मालवी भाषा का प्राचीन प्रयोग प्राप्त होता है।

**मालवी की सीमाएं- डॉ. यदुनाथ सरकार** ने मालवी की सीमा इस प्रकार बतायी है-

---

1. **राजस्थानी भाषा और साहित्य-डॉ. मोतीलाल मेनारिया, पृ. 15, हिन्दी साहित्य सम्मेलन, प्रयाग**
2. **वही, पृ. 15**
3. **The Age of Impirial Unity-Page 163**
4. **Impirial Gazetiar of India-Central India, Page 18, 1908**
5. **वन पर्व-297**
6. **Pre-Historical Ancient and Hindu India-R. D. Banerji, Page 164**
7. **Hindu Polity - Dr. K. N. Jaisawal, Page 91**

**"इत चंबल, उत बेतवा, मालव सीम सुजान।**
**दक्षिण दिसि है नर्मदा, यह पूरी पहचान।"[1]**

प्रसिद्ध इतिहासकार **स्मिथ** ने आधुनिक मालवा के विस्तार एवं सीमाओं के सम्बन्ध में विचार प्रकट करते हुए लिखा है कि मध्य भारतीय एजेन्सी के संपूर्ण भू भाग के साथ ही मालवा क्षेत्र का विस्तार दक्षिण में नर्मदा तक, उत्तर में चंबल तक, पश्चिम में गुजरात एवं पूर्व में बुन्देलखण्ड तक माना जाएगा- "Malva the extensive region now included the for most part in the Central India Agency and lying between Narbada on the South, the Chambal on the north Gujrat, on the West and Bundel-Khand on the East."[2] **इन्साइक्लोपीडिया ब्रिटानिका** में मालवा की सीमा में विन्ध्याचल और नर्मदा उपत्यका के प्रदेश निमाड़ को भी सम्मिलित किया गया है,-

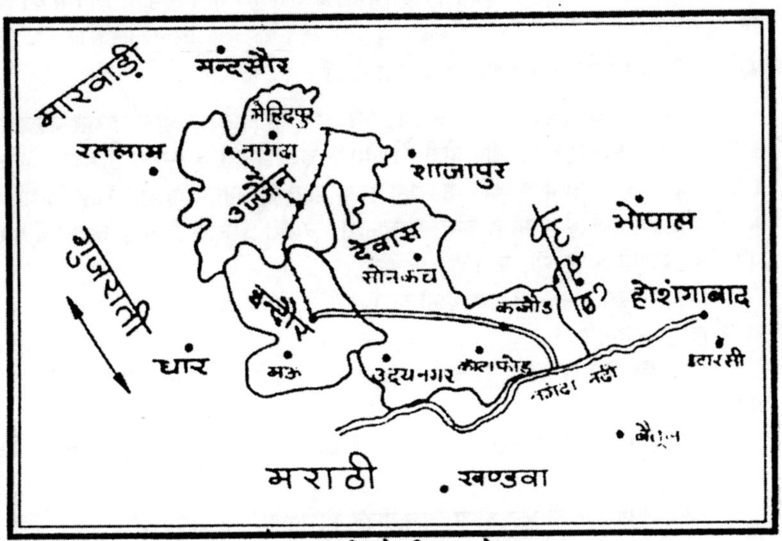


मालवी बोली का क्षेत्र

"Strictly, the name is confirmed to the hilly table- land bounded south by Vindhya ranges which drain north in to the river Chambal, but it has been extended to include Narbada Valley further in South."[3]

वस्तुत: राजस्थानी हिन्दी की इस बोली का अधिकांश क्षेत्र मध्यप्रदेश में पड़ता है । मालवी के उत्तर में ढूढ़ाड़ी, उत्तर पश्चिम में मारवाड़ी, दक्षिण में मराठी, दक्षिण पश्चिम में गुजराती खानदेशी और भीली, पूर्व में बुन्देली का क्षेत्र पड़ता है। इस बीच के क्षेत्र में यह भोपाल, राजगढ़ नरसिंहपुर, मन्दसौर, दक्षिण, झालावाण, नीमच, रतलाम, इन्दौर, धार, देवास, उज्जयिनी, शाजापुर, निमाड़ तथा झाबुआ के पूर्वी हिस्से में बोली जाती है। कोटा के डॉग प्रदेश में भी मालवी बोलने वाले लोगों की बस्ती है। मालवी में गुजराती, राजस्थानी और बुन्देली का पुट हैं। भोपाल की ओर का बुन्देली क्षेत्र मालवीपन लिए हुए है। दक्षिण की ओर का राजस्थानी क्षेत्र मालवी से आक्रान्त है और मालवा का दक्षिण पश्चिमी क्षेत्र गुजराती से प्रभावापन्न है।[4] **डॉ. श्याम परमार** ने इसके चार क्षेत्रों का उल्लेख किया है। उत्तरी मालवी , दक्षिणी मालवी , पूर्वी मालवी तथा पश्चिमी मालवी।[5] ये उप बोलियाँ उक्त क्षेत्र में ही विभिन्न अंचलों में बोली जाती हैं। शुद्ध मालवी इन्दौर, देवास तथा उज्जैन में बोली जाती है।

## मालवी बोलने वालों की संख्या-

1921 में **डॉ. ग्रियर्सन** के अनुसार-19 लाख के करीब थी।

1931 में **धीरेन्द्र वर्मा** के अनुसार-25 लाख थी।

1941 में **डॉ. उदय नारायण तिवारी** के अनुसार-37 लाख थी।

1951 में **डॉ. भोलानाथ तिवारी** के अनुसार-48 लाख थी।

1961 में **हरदेव बाहरी** के अनुसार-55 लाख से ऊपर थी।

1981 में **डॉ. कैलाश नाथ पाण्डेय** के अनुसार-1 करोड़, 20 लाख, 31805 थी।

1991 में पुन: **डॉ. कैलाश नाथ पाण्डेय** के अनुसार-1 करोड़, 57 लाख, 74813 थी।

---

1 **India of Aurangjeb-Dr. Yadu Nath Sarkar, Page 66**
2. **Oxford History of India-Smith, Page 265**
3. **Encyclopaedia Britanica, Page-747**
4. **भाषा शास्त्र तथा हिन्दी भाषा की रूप रेखा-डॉ. देवेन्द्र कुमार शास्त्री, पृ0 286**
5. **मध्य भारत की बोलियाँ और मालवा, वीणा, मालवी अंक, पृ. 25, 1971**

2001 की जनगणना के अनुसार-2 करोड़, 532 है।

**साहित्य-** साहित्य की दृष्टि से मालवी को बहुत सम्पन्न नहीं कहा जा सकता। वस्तुत: यह बुन्देली और आदर्श राजस्थानी के बीच की एक कड़ी है। मालवी में जो रचनाएँ उपलब्ध होती हैं, वे बुन्देली से काफी प्रभावित है। मालवी में कुछ लोक साहित्य, लोक गीत, वचनिकाओं तथा ख्यातों के मिलने की चर्चा की जाती है। मालवी में अचलदास की गद्य-पद्यात्मक वचनिकां प्रसिद्ध रही है। कुछ विद्वान् मालवी को स्वतंत्र भाषा सिद्ध करने के लिए बहुत पहले से प्रयत्नशील हैं।

## मालवी की व्याकरणिक विशेषताएँ

**ध्वन्यात्मक विशेषता (क)** 1.ऐ का ए में तथा औ का ओ में परस्पर परिवर्तन हो जाता है। चैन > चेन, सौ > सो। 2. इ उ अ ध्वनियाँ परस्पर परिवर्तनीय होती हैं। दिन > दन, इन्दिरा > इन्दरा। 3.मध्य और अंत्य ड़ का ड रूप हो जाता है। लड़की > लडकी, घोड़ो > घोडो। 4.ह ध्वनि के स्थान पर य् या व् का आगम या लोप होता है। मोहन > मोयन, साहब > साब। 5.अ का आ में परिवर्तन : पड़ोसी > पाडोसी, बन्दर > बान्दरा, लकड़ी > लाकडी।6.ल का ळ में परिवर्तन : काल > काळ।7. न का ण में परिवर्तन : अपनो > अपणों, कहानी > कैंणी

**(ख)** 8.संज्ञा, सर्वनाम राजस्थानी वत। कभी बहुवचन के लिए- -होर, -होरो, -होन, होना का प्रयोग द्रष्टव्य है। मर्द होर, लुगाई होरो, आदमीना

**(ग) परसर्ग कर्ता-** .ने। कर्म-सम्प्रदान- के रे खे ने। करण-अपादान- सूँ से ऊँ। संबंध को का की के रो रा री रे। अधिकरण में मैं पर माँप।

**(घ) क्रिया पद-** सहायक क्रिया - भूतकालिक रूप - था थो थी, भविष्यत् - गो गा गी। पूर्व कालिक प्रत्यय- ने (मारने, मारकर)

संक्षेप में मालवी की कुछ अन्य व्याकरणिक विशेषताएँ इस प्रकार हैं-

(1) **तेस्सितोरी** (Tessitory) के अनुसार-"प्राचीन पश्चिमी राजस्थानी के धातु में 'ई' प्रत्यय जोड़कर पूर्वकालिक कृदन्त बनाने की पद्धति आधुनिक गुजराती तथा अधुनिक राजस्थानी की मालवी जैसी बोलियों में सामान्य रूप में पाई जाती है, जैसे-विस्तारी, लेई, जाई।"[1]

(2) **डॉ. धीरेन्द्र वर्मा** के अनुसार-"क्रियार्थक संज्ञा के 'न' वाले रूपों का व्यवहार पश्चिमी हिन्दी की बोलियों तथा मालवी में होता है।"[2]

(3) **डॉ. हरदेव बाहरी** के अनुसार-"मालवी, बुन्देली और मारवाड़ी के बीच की स्थिति में है। शुद्ध मालवी में 'ण' नहीं बोला जाता। 'ड़' की अपेक्षा 'ड' अधिक प्रचलित है। शेष रचना राजस्थानी के अनुरूप है।"[3]

(4) **डॉ. अवधेश्वर अरुण** के अनुसार-"मालवी में बहुवचन बनाने के लिए 'हर' जोड़ते हैं, जैसे- जजमान हर=यजमान लोग।"[4]

(5) **डॉ. कैलाश तिवारी** के अनुसार-"इ, उ, अ ध्वनियाँ आपस में परिवर्तित होती रहती हैं, यथा- दिन-दन, कुंवर-कंवर, ठाकुर-ठाकर, इन्दिरा-इन्दरा आदि।"[5]

(6) **डॉ. कैलाश नाथ पाण्डेय** के अनुसार-"मालवी में 'न' 'ण' में बदल जाता है, यथा- मैंनू-मैणूं, अपना-अपणा, कहना-कहणा आदि।"[6]

### मालवी गद्य का नमूना :

सूरज नारायण तो देवलोक में रेता था। उनकी माँ ने बरा इनाज लोक में रेती थी। वीकदी कदी इना लोक में आता ने घर की साल सँभाल करी ने पाछा चल्या जाया करता था।

### मालवी पद्य का नमूना :

भेरु जी, रमझम बाजे तमारा घूघरा, म्हारा आंगन बाज्या जंगी ढोल। कलियाँ छाय रहयो, भइवो मौगरो।।

भेरु जी, तुम ज्यो बाजोर्‌या का साबल्या। सुतर्‌या को बेटो हाजर होय।।[7]

---

1. पुरानी राजस्थानी-तेस्सितोरी (अनु. डॉ. नामवर सिंह, पृ. 170, नागरी प्रचारणी सभा काशी)।
2. ब्रजभाषा-डॉ. धीरेन्द्र वर्मा, पृ. 103
3. हिन्दी, उद्भव विकास और रूप-डॉ. हरदेव बाहरी, पृ. 92
4. हिन्दी भाषा का स्वरूप विकास-डॉ. अवधेश्वर अरुण, पृ. 46
5. हिन्दी और उसकी विभिन्न बोलियाँ-डॉ. कैलाश तिवारी, पृ. 138
6. भाषा विज्ञान का अनुशीलन-डॉ. कैलाश नाथ पाण्डेय, पृ. 281
7. मालवी लोक साहित्य-डॉ. श्याम परमार, पृ. 351, हिन्दुस्तानी एकेडमी, इलाहाबाद, मूल्य-20 रू., प्रथम संस्करण 1969

# (घ)पहाड़ी हिन्दी

## 13. गढ़वाली

**परिचय-** नगाधिराज हिमालय की कोड़ में बसा हुआ गढ़वाल अपने ऐतिहासिक, सांस्कृतिक तथा प्राकृतिक सौन्दर्य के लिए बहुत प्रसिद्ध रहा है। 11 लाख वर्ग मील और लगभग 25 लाख जनसंख्या वाला गढ़वाल 1960 में प्रशासनिक सुविधा की दृष्टि से- चमोली, पौढ़ी, टिहरी तथा उत्तरकाशी - इन चार जिलों में विभक्त किया गया। यह प्रदेश पुराणों में 'केदार खण्ड'[1] तथा पालि साहित्य में 'हीमवंत' नाम से प्रसिद्ध हुआ[2] इसके अलावा इस प्रदेश के अन्य नाम ब्रम्हावर्त, ब्रम्हदेश, ब्रम्हर्षि देश, ब्रम्हपुर, पांचाल देश, देवभूमि, तपोभूमि, बदरिकाश्रम भी मिलते है। गढ़वाल प्रदेश उत्तर में भोट (तिब्बत), दक्षिण में देहरादून, पूर्व में कुमायू और पश्चिम में हिमांचल से घिरा हुआ है।

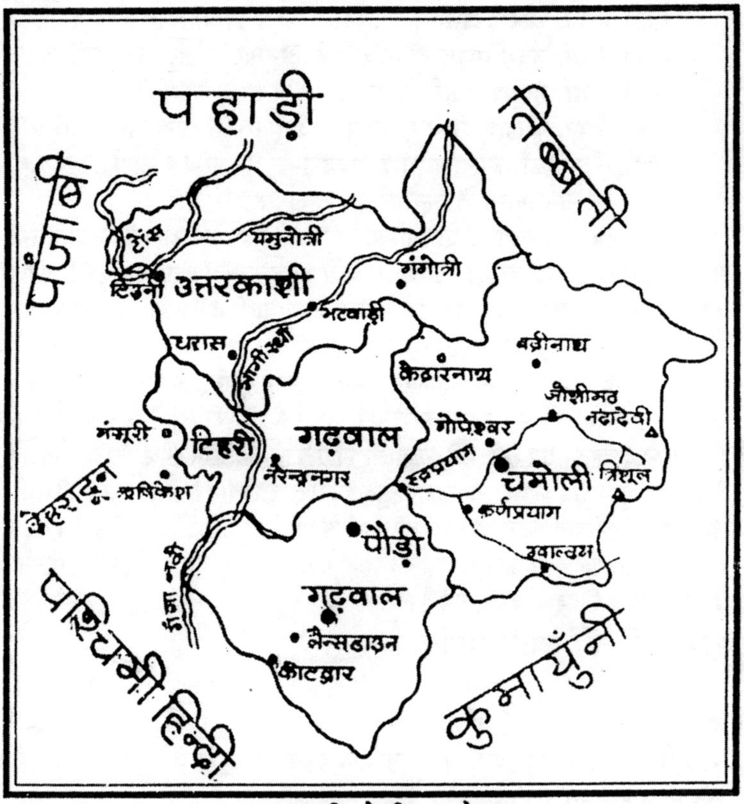


गढ़वाली बोली का क्षेत्र

15 वीं शताब्दी के बाद पवार वंशज महाराज अजयपाल ने यहॉ के सवठकुरी राजाओं और सरदारों को जीतकर एक विस्तृत राज्य की स्थापना की[3] कहतें है, सुदूर तक फैले इस राज्य में 52 गढ़ो के होने के कारण लगभग 1500-1516 ई0 के बीच इसका नाम गढ़वाल पड़ा और यहॉ की बोली गढ़वाली कहलाई। इस समय इसे उत्तराखण्ड या उत्तरांचल नाम से जाना जाता है।

**गढ़वाली का उद्‌गम-** अधिकांश विद्वानों ने गढ़वाली की उत्पत्ति शौरसेनी से माना हैं **डॉ. उदयनारायण तिवारी** का विचार है कि गढ़वाली शौरसेनी प्रसूत है।[4] **डॉ. धीरेन्द्र वर्मा** ने पहाड़ी भाषाओं का सम्बन्ध शौरसेनी अपभ्रंश से ही माना है।[5] **डॉ. भोलाशंकर व्यास** का कहना है कि गढ़वाली की मूल भित्ति शुद्ध शौरसेनी की ही रही होगी तथा इस पर बाहरी तत्व केवल ऊपर से थोपे गये है।[6] **केलॉग** ने गढ़वाली को हिन्दी की बोली के रूप में माना है।[7] **मैक्समूलर** ने गढ़वाली को प्राकृतिक भाषा का एक रूप माना है।[8] **डॉ. हरिदत्त भट्ट शैलेश** गढ़वाली को उकार बहुला भाषा बताते हुए कहतें है कि गढ़वाली, कुमाऊँनी, नेपाली, आदि यद्यपि शौरसेनी प्रसूत हैं, तथापि इस पर मागधी का प्रभाव दृष्टि गोचर होता है।[9]

**गढ़वाली की सीमाएं-** इस बोली की सीमा के भीतर चमोली, टिहरी, पौढ़ी तथा उत्तर काशी जिले आते है। गढ़वाली के पूर्व में कुमाऊंनी, पश्चिम में पंजाबी, उत्तर में नेपाली और तिब्बती तथा दक्षिण में पश्चिमी हिन्दी की बोलियॉ बोली जाती है। टिहरी गढ़वाल की बोली आदर्श गढ़वाली मानी जाती है। गढ़वाल की ऐतिहासिक परम्परा में यक्ष, नाग, किन्नर, कोल-किरात, खश-गुर्जर

---

1. "खंडापंच हिमालयस्य कविता नेपाल-कूचर्मॉलौ केदारोऽय जलंधरोऽद्य रुधिर कश्मीर संज्ञोऽस्तिम।"
2. धुयॉल-डॉ. बासुदेव शरण अग्रवाल, पृ. 2
3. गढ़वाली साहित्य का इतिहास-डॉ. हरिकृष्ण रतूड़ीं, पृ. 1
4. भोजपुरी भाषा और साहित्य, पृ. 171
5. हिन्दी भाषा का इतिहास, पृ. 48
6. गढ़वाली भाषा की प्रस्थापना, पृ. 10
7. A Grammar of the Hindi Language, Page-69
8. Science of Language, Page 21
9. गढ़वाली भाषा और उसका साहित्य, पृ. 16

**हूण**, कुमुय, आर्य आदि अनेक जातियों की चर्चा की जाती है। इन विभिन्न जातियों ने यहाँ की भाषा और संस्कृति को अपने ढंग से प्रभावित किया है। **डॉ. भोला नाथ तिवारी** ने इसकी कई उपबोलियों की चर्चा की है, यथा - श्री नगरिया, राठी, लोहव्या या लोबयाली, बधानी, दसौलया, माँझ-कुमैया, नगपुरिया, सलानी, और टिहरी ।[1]

**गढ़वाली बोलने वालों की संख्या-**

1921 में **डॉ. ग्रियर्सन** के अनुसार-2 लाख के करीब थी।

1931 में **डॉ. धीरेन्द्र वर्मा** के अनुसार-2 लाख 47000 थी।

1941 में **डॉ. उदय नारायण तिवारी** के अनुसार-3 लाख 5102 थी।

1961 में **डॉ. हरदेव बाहरी** के अनुसार-7 लाख के करीब थी।

1981 में **डॉ. कैलाश नाथ पाण्डेय** के अनुसार-16 लाख 70769 थी।

1991 में पुन: **डॉ. कैलाश नाथ पाण्डेय** के अनुसार-19 लाख 57247 थी।

2001 की **जनगणना** के अनुसार-25 लाख 78331 है।

**साहित्य-** गढ़वाली की ऐतिहासिक परम्परा से यह स्पष्ट होता है कि कत्यूरियों के शासन काल से पहले अर्थात् नौवीं शताब्दी से पूर्व गढ़वाली में कोई क्रमबद्ध लिखित साहित्य उपलब्ध नही होता। गढ़वाली भाषा में लिखित साहित्य का समारम्भ सन् 1750 के आस पास माना जाता है। विश्वंभर नाथ चंदोला ने गढ़वाली में लिखित साहित्य का प्रारम्भ 1860 से 1880 के बीच माना है।[2] श्याम चन्द्र नेगी ने इसकी शुरुआत महाराज सुदर्शन शाह (सन् 1815-16) द्वारा लिखी गढ़वाली में 'गोरख्याणी'से माना है । गढ़वाली के आरम्भिक कवियों मे हरिकृष्ण, दुर्गादत्त रुड़ोला, हर्षपुरी तथा लीलानन्द कोटवाला आदि विशेष रूप से उल्लेख्य हैं। गढ़वाली में लोकगीतों, लोकथाओं और लोकोक्तियों की भरमार हैं। लोकगीतों में मांगल (धार्मिक गीत ), जागर (धार्मिक कथाएं ), तथा पवाड़े (वृत्त) आदि बहुत पुराने हैं। इनसे गढ़वाली भाषा का पुराना रूप स्पष्ट विदित होता हैं। गढ़वाली में कुछ पुराने लेख भी उपलब्ध होते हैं । इधर, कुछ खंड काव्य, नाटक तथा मुक्तक गीत लिखे गए हैं। गोपेश्वर कोटियाल, हरिकृष्ण रतूड़ी, डॉ. पातीराम, डॉ. श्यामचन्द्र नेगी तथा डॉ. हरिदत्त भट्ट 'शैलेश' गढ़वाली के प्रसिद्ध कृतिकार हैं। अभी हाल ही में गढ़वाली साहित्य पर विशेष अध्ययन शोध कार्य के लिए 'उत्तराखण्ड' विकास परिषद की स्थापना की गई है। जाने माने लेखक तथा गाजीपुर के पूर्व पुलिस अधीक्षक श्री गिरिराज शाह इस संस्थान के निदेशक बनाए गये हैं।

## गढ़वाली की व्याकरणिक विशेषताएँ

(1) गढ़वाली में ट् वर्गीय तथा र ध्वनियाँ प्राय: ल में परिणत हो जाती हैं। जैसे: पीला (पीड़ा), डेला (डेरा)। (2) ण ध्वनि ड़ के समकक्ष उच्चरित होती है तथा ङ और ञ का अभाव है। उनके स्थान पर गँ यँ ध्वनियाँ उच्चरित होती हैं। (3) ढ के स्थान पर ड़ह का प्रयोग होता है। (4) स्वरों को अनुनासिक करने की प्रवृत्ति जैसे- छायाँ, दैंत, पैंसा (1) प्राय: ओकारान्त शब्द एक वचन तथा आकारान्त बहुवचन होते हैं।

**(2) बहुवचन** के लिए, लोक, झणा तथा काँ प्रत्ययों का प्रयोग होता है।

**(3) परसर्गों में**-कर्ता- न या ल। कर्म- क कू के सणी, हणी, खुणी, छनैं, तैं । **करण-** न से सी ती। **सम्प्रदान-** कैं, तैं (लई), लैइक, लैइकू, सणी। **अपादान-** न, ती, निटे, से, पर, न। **संबंध-** का की को रु रा री, अधिकरण- पर, मा, मु, मँग मँ तनैं मवें उँइ।

**(4) सर्वनाम-** उत्तम पु. मूल मैं मइ भी मि आऊ, विकारी मेरो म्यारो म्यारी — हम हमूं — हमारो, हमारी

म.पु. — मूल - तू ताऊँ — तुम

विकारी- तेरो त्वै — तुमारो

अन्य पु. ओ वो (स्त्रीलिंग वा), इ यो (वा), जो जु (ज्वा), सो स्याँ (स्या)

कु को, कुइ क्वी (कौन) (कोई)

**(5) विशेषण-** पुल्लिंग ओकारान्त होते हैं। जबकि स्त्रीलिंग इकारान्त होते हैं। संख्यावाची विशेषण- एक, द्वि, तीन, एठ एग्यार

**(6) क्रियाएँ** (क) सामान्य वर्तमान में पंजाबी 'द' से युक्त तथा इकारान्त रूप: दोनों प्राप्त होते हैं जैसे-

---

1. हिन्दी भाषा, पृ. 321

2. गढ़वाली साहित्य की भूमिका-डॉ. हरिदत्त भट्ट 'शैलेश' पृ. 46

| | एकवचन | | बहुवचन |
|---|---|---|---|
| | करइँ, करदी, करदो | | करवाँ, करदा, करदा |
| **(ख) सामान्य भूत :** | चल्यूं, चल्यों, चल्यो | | चल्यां, चल्या, चलिन |
| **(ग) सामान्य भविष्य :** | पु. | स्त्री | |
| | चललू | (चललो) | चलला |
| | चललु | (चलली) | चलला (चलली) |
| | चललू | (चलली) | चलला( " ) |

**(घ) पूर्वकालिक कृदन्त** इ प्रत्यय से बनते हैं : मारिइ, देखिइ

**(च) भूतकालिक कृदन्त** इयो प्रत्यय जोड़कर बनते हैं : चल्यो

**(छ) वर्तमान कालिक कृदन्त** : इ या यो प्रत्यय जोड़कर बनाए जाते हैं।

**(ज)** गढ़वाली वाली प्रमुख सहायक क्रियाएँ निम्न हैं :वर्तमान में छः या उनके विविध रूप भूतकाल में थ या उनसे बने रूप भविष्य में ला, लो या उनसे बने रूप प्रयुक्त होते हैं, जैसे- छौ, छऊँ, छवाँ, छाँ, छ, छन, थौ, थयो, थान, थया आदि।

**(झ)** गढ़वाली में संयुक्त कृदन्त भी प्रयुक्त होते हैं : जैसे - खाइ, करी।

**(7) कुछ अव्यय-** निस्स (नीचे) भुई (नीचे) व्याले (बिहाने) आग्गे (आगे) कणेक (जरा सा) मट्ठ (धीरे) सात (साथ) संग्ध (साथ) अजि (यद्यपि) **कुछ शब्द -** मनखी (मनुष्य), कूड़ी (कुटी) बुडली (औरत), काँठो (कंठ) नौण (मक्खन), खुटो (पैर)

संक्षेप में गढ़वाली की कुछ अन्य व्याकरणिक विशेषताएँ इस प्रकार हैं -

(1) **बीम्स** (Beams) के अनुसार-"गढ़वाली में कर्त्ता के समान ही 'न' का प्रयोग करण और अपादान कारक के लिए भी होता **है, यथा**-'उ भूकन मरे' (वह भूख से मरा)-करण में।"[1]

(2) **डॉ. सुनीति कुमार चटर्जी**[2] तथा डॉ. सुकुमार सेन ने उक्त 'न' की व्युत्पत्ति संस्कृत कर्ण से मानी है।[3]

(3) **डॉ. उदय नारायण तिवारी** के अनुसार-"गढ़वाली में कर्म कारक और सम्प्रदान कारक के प्राय: एक जैसे ही विभक्ति चिन्ह हैं। गढ़वाली का 'क' प्रयोग हिन्दी के 'को' अवधी के 'क', ब्रज के 'को' और कन्नौजी के 'को' के समान ही हैं।"[4]

(4) **ट्रंप** (Trumph) ने उक्त 'को' की व्युत्पत्ति संस्कृत 'कृतम्' से माना है,[5] जबकि हॉर्नले (Hornley) और **बीम्स** ने इसकी व्युत्पत्ति 'कक्षम्' से माना है।[6]

(5) **डॉ. हरिदत्त भट्ट 'शैलेश'** के अनुसार-"गढ़वाली भाषा में प्रमुख सहायक क्रिया 'छ' है। इसका प्रयोग बंगला, गुजराती, राजस्थानी, पुरानी अवधी और प्राय: सभी पहाड़ी भाषाओं में होता है। संभवत: इसकी व्युत्पत्ति संस्कृत के 'अस्ति' से हुई, क्योंकि प्राकृत में 'आछ' और अपभ्रंश में 'अच्छ' तथा 'अच्छि' रूप मिलते हैं।।"[7] टर्नर (Turner) ने इसका उद्‌गम संस्कृत 'आ+क्षे' से माना है,[8] जबकि डॉ. सुनीति कुमार चटर्जी ने इसकी व्युत्पत्ति संस्कृत की 'स्था' धातु से माना है।[9]

(6) **डॉ. धीरेन्द्र वर्मा** के अनुसार-"गढ़वाली में काल मुख्यतया तीन ही हैं-वर्तमान, भूत और भविष्य, परन्तु व्यापार की पूर्णता, अपूर्णता, सामान्यता तथा आज्ञार्थ, संभावनार्थ और निश्चयार्थ-इन तीन मुख्य अर्थों को ध्यान में रखते हुए कालों के कई भेद हो जाते हैं।।'[10]

(7) **डॉ. हरदेव बाहरी** के अनुसार-"गढ़वाली के सर्वनाम ब्रजभाषा से मिलते जुलते हैं। गढ़वाली की क वर्गीय ध्वनियाँ कण्ठ और काकल के बीच बोली जाती हैं। च वर्गीय ध्वनियाँ संघर्षी हैं।"[11]

(8)**डॉ. अवधेश्वर अरुण** के अनुसार-"गढ़वाली में 'ल' अन्तस्थ नहीं, दन्ताग्र हैं।"[12]

---

1. Comparative Grammar of the Modern Arien Languages of India,-Beams, Part 2, Page-57
2. भारतीय आर्य भाषा और हिन्दी-डॉ. सुनीति कुमार चटर्जी, पृष्ठ-138
3. A Grammar of the Hindi Language-Dr. Sukumar Sen, Page-132
4. हिन्दी भाषा का उद्‌गम और विकास, पृष्ठ-441
5. Sindhi Grammar-Trumph, Page-115
6. Comparative Grammar of the Modern Arien Languages of India-Beams, Part-2, Page-58
7. गढ़वाली भाषा और उसका साहित्य-डॉ. हरिदत भट्ट शैलेश, पृष्ठ-47
8. Nepali Dictionary-R. L. Turner, Page-191
9. The Origin and Development of Bengali Language-Dr. S. K. Chatterji, Page-766
10. हिन्दी भाषा का इतिहास-डॉ. धीरेन्द्र वर्मा, पृ. 294
11. हिन्दी : उद्भव विकास और रूप-डॉ. हरदेव बाहरी, पृष्ठ-95
12. हिन्दी भाषा का स्वरूप, विकास-डॉ. अवधेश्वर अरुण, पृ. 46

(9) **डॉ. कैलाश तिवारी** के अनुसार-"गढ़वाली में 'ढ़' का प्रयोग बहुत ही कम है। उच्चारण में यह 'ड़ह' का रूप ग्रहण कर लेता है, यथा- पढ़-पड़हा।"[1]

(10) **डॉ. कैलाश नाथ पाण्डेय** के अनुसार-"गढ़वाली की अधिकतर क्रियाएँ संस्कृत से ही उपजी हैं।"[2]

**गढ़वाली गद्य का नमूना :**

एक बापणा की द्वी जनानी छई। जेठी जनानी का सात नौना अर कणसि को एक नौनो छयो। उ सात से छोटू छयो। बामण बिचारो पेले ही मरी गे छौ। सातु मा रोज झगड़ा होंदो छयो। एक दिन सब भायोंन बोले, भाई अलग-अलग होई जावा। सोत बाँटा होयेन। आधा जायदाद सात भायों मा अर आधा एक भाई मूँ। सात जो छाया ऊन सोचे किये मुंगे बड़ो खेत फुड़ी गाड़ी जाव। अब चलन लगे झगड़ा-फिसादे वैन बोले भाई जेकते धरति माता बोले याली वैको खेत रयो। उन बोले ठीक छ।

**गढ़वाली पद्य का नमूना-** प्रस्तुत गीत में घास काटती हुई किसी रूपसी से बटोही पूछ रहा है कि तुम किसकी बहू हो-

हे, लठ्याली तू कैकी बौराण छ?
धुँवाँ-सी धुपली, पाणी सी पतली, केला सी गलखी,
नौण सी गुँदकी, दिवा जसी जोत, कैकी बौराण छ?
इनी मेरी होंदी जिकुड़ी मा सेंदी, बादल सी झड़ी,
दबला सी लड़ी, भीमल सी सेटकी, लोबू सी ठेलकी
फ्यूली की-सी कली, कैकी बौराण छ?[3]

# 14. कुमायूँनी

**परिचय-** यमुना की सहायक टोंस तथा शारदा की सहायक काली नदी के मध्य स्थित कुमायूं अपनी विभिन्न विशेषताओं के कारण बहुत पहले से ही आकर्षण का केन्द्र रहा है। कुमायूँ के हिमाच्छादित शिखर, झीलों का समूह, नदी तटीय चबूतरे, जागेश्वर, बागेश्वर, तथा बैजनाथ जैसे तीर्थ स्थल और नैनीताल, रानीखेत तथा अल्मोड़ा के पर्यटन स्थल सभी को अपनी ओर आकर्षित करने की क्षमता रखते हैं। विद्वानों ने कुमायूँ शब्द की अनेक व्युत्पत्तियाँ सुझाई हैं। अधिकांश लोगों का कहना है कि कूर्मावतार के कारण ही इस प्रदेश का नाम कूर्मांचल पड़ा। कालान्तर में यही कूर्मांचल 'कुमु' में बदल गया और उसके बाद वही 'कुमु' 'कुमायूँ' बन गया और वहां की बोली 'कुमायूँनी' कहालायी।

**डॉ. ग्रियर्सन** ने 'कुमायूँनी' को खस अपभ्रंश से उपजी माना है। वस्तुतः कुमायूँनी पर राजस्थानी का इतना अधिक प्रभाव है कि इन दोनों में भेद बहुत कम जान पड़ता है। **डॉ. उदय नारायण तिवारी** ने इसकी उत्पत्ति शौरसेनी अपभ्रंश से बताया है। **डॉ. कैलाश तिवारी** का विचार है कि सही अर्थों में यह शौरसेनी अपभ्रंश से ही विकसित है।[4]

**कुमायूँनी की सीमाएँ-** कुमायूँनी-उत्तर में तिब्बती, दक्षिण में पश्चिमी हिन्दी, पश्चिम में गढ़वाली तथा पूरब में नेपाली के मध्य स्थित है। इस बीच यह अल्मोड़ा, नैनीताल तथा पिथौरागढ़ जिलों में अपने आदर्श रूप में बोली जाती है। इसके अलावा इसका मिश्रित रूप चमोली तथा उत्तर-काशी जिलों में भी बोला जाता है। इस प्रकार यह आदर्श तथा मिश्रित रूपों को मिलाकर 4000 वर्ग मील में बोली जाती है। कुमायूँनी की भी कई उपबोलियाँ विकसित हो गई हैं, जिनमें परस्पर काफी भेद पाया जाता है। **डॉ. भोलानाथ तिवारी** ने इन उपबोलियों का नाम इस प्रकार बताया है- खसपरजिया, कुमयाँ या कुमैयाँ, फल्दकोटिया, पछाई, चौगरखिया, गंगोला, दानपुरिया, सीराली, सोरियाली, अस्कोटी, जोहारी, रउचोभैंसी तथा भोटिया है।[5] कुमायूँनी का आदर्शतम निखरा हुआ रूप अल्मोड़ा में बोला जाता है।

**कुमायूँनी बोलने वालों की संख्या-**

1921 में **डॉ. ग्रियर्सन** के अनुसार-1 लाख 95000 के करीब थी।
1931 में **डॉ. धीरेन्द्र वर्मा** के अनुसार-2 लाख 25 हजार थी।
1941 में **डॉ. उदय नारायण तिवारी** के अनुसार-2 लाख 67 हजार थी।
1951 में **डॉ. भोलानाथ तिवारी** के अनुसार-4 लाख 36788 थी।
1961 में **डॉ. हरदेव बाहरी** के अनुसार-7 लाख 22949 थी।

1. हिन्दी और उसकी विविध बोलियाँ-डॉ. कैलाश तिवारी, पृ. 186
2. भाषा विज्ञान का अनुशीलन-डॉ. कैलाश नाथ पाण्डेय, पृ. 283
3. गढ़वाली भाषा और उसका साहित्य-डॉ0 हरिदत्त भट्ट 'शैलेश', पृ0 154
4. हिन्दी और उसकी विविध बोलियाँ-पृ0 192
5. हिन्दी भाषा, पृ0 313

1971 की **जनवार्ता वार्षिकी** के अनुसार-12 लाख 34903 थी।

1981 में **डॉ. कैलाश नाथ पाण्डेय** के अनुसार-23 लाख 68885 थी।

1991 में पुन: **डॉ. कैलाश नाथ पाण्डेय** के अनुसार-30 लाख 43195 थी।

2001 की **जनगणना** के अनुसार - 40 लाख 32326 है।

**साहित्य-** कुमायूँनी में लिखित साहित्य की परंपरा बहुत पुरानी नहीं है। 1800 ई0 के बाद ही इसके लिखित साहित्य की चर्चा की जाती है। 1900 ई0 के आस-पास इसमें विधिवत विविध विषयों पर लेखन शुरू हुआ। इधर विगत दो-तीन दशकों में कुमायूँनी में काफी लिखा जा चुका है। कुमायूँनी में लोक-साहित्य के काफी संकलन उपलब्ध होते हैं। चिंतामणि जोशी तथा गुमानी पंत आदि इसके लोक-कवि रहे हैं। आधुनिक पीढ़ी के कवियों में मथुरादत्त जोशी, रचना भारती आदि ने कुमायूँनी में कई काव्य-कहानी संग्रह प्रकाशित किये हैं। कुल मिलाकर कुमायूँनी का भविष्य उज्ज्वल है।

**कुमायूँनी बोली का क्षेत्र**

## कुमायूँनी की व्याकरणिक विशेषताएँ

### (1) ध्वन्यात्मक वैशिष्ट्य

(क) ए का प्रयोग केवल तद्भव शब्दों में होता है। तत्सम शब्दों में आई, अई जैसा होता है। (ख) शब्दान्त अ का उच्चारण नहीं होता। (ग) राजस्थानी और कुमायूँनी व्यञ्जन ध्वनियों में समानता पाई जाती है।(घ) इसमें ल ध्वनि पाई जाती है लेकिन मराठी से यह कोमल है।(ङ) ण् शब्दान्त में प्रयुक्त नहीं होता है।(च) ए तथा ओं के ह्रस्व और दीर्घ दोनों रूप मिलते हैं। (छ) अल्पप्राणीकरण की प्रवृत्ति इसमें अधिक है : पढ़ो > पड़ो(ज) ध्वनि इस बोली में सुरक्षित है।

**(2) परसर्ग- कर्ता -** ले, क। सम्प्रदान कर्म : कन, कँ, काणि, कै, हुणि।**अपादान :** ऐ, हे, बटे, बे, है, थें, थै, ले। **अधिकरण :** पर में म मों लों (तक)।

**सर्वनाम-** उ.पु. मैं, में, हंम, मेरो, मोरो, हमरो म. पु. तू, तु, तुम, तेरो, त्यारे, तुमारो, तुमुरो
अन्य पु. वी उ वूं वे ऊँ ती, यो ये यें यों चो, कै कैं कै कैं, सो ते तौं तन

**क्रियापद- (1) सामान्य वर्तमान :** जैसे- हिट्छूँ, हिटनूँ, हिटाँछ, हिटाछौं, हिटाँछ, हिटनी। **(2) सामान्य भूत :** वण्यूं (वणी स्त्री), वणां, वणै (वर्णा स्त्री), वणा, वणो, वणा। (3) **भविष्यत काल** में लो जुटता है। (4) **सहायक क्रियाओं** में निम्न **प्रत्यय जुटते हैं :** वर्तमान काल : छूँ, छ,छै, छी, छ, छन । भूत :-छियूं/छयूं (छियां/छयूं), छियां, छयाँ, छिये, छा, छिया, छिया (5) **संयुक्त क्रिया :** आई जाणो, खिति दिणों (6) **भूत कृदन्त :** रयो, ओ (आया) (7) **वर्तमान कृदन्त :** वणनो, मालणो (8) **पूर्वकालिक कृदन्त :** छिटि, जै (जाकर)

**अव्यय :** कैते(क्योंकि), तासै(तैसेही), उसिक(कैसे), दगड़े(साथ), म्यार(बाहर), यति(यहाँ), अधिन(अगले), नेरु (नरसो)

**कुछ शब्द :** नौटी (नाभि), ज्वे (पत्नी), जुंगा (मूँछ), कन (कंघा), चावो (चावल), चूक (नीर), कुड़ो (घर), मीना (फूफा)।

संक्षेप में कुमायूँनी की कुछ अन्य व्याकरणिक विशेषताएँ इस प्रकार हैं :

(1) **डॉ. धीरेन्द्र वर्मा** के अनुसार - "ब्रजभाषा के 'यों' वाले रूप का प्रचार कुमायूँनी में 'औ' प्रत्यय वाले (चल्यौ) भूतकालिक कृदंतज रूप में मिलता है।"[1]

(2) **डॉ. हरदेव बाहरी** के अनुसार - "कुमायूँनी में पुल्लिंग शब्द एक वचन खड़ी बोली की तरह आकारान्त न होकर, राजस्थानी और ब्रजभाषा की तरह ओकारान्त होता है, जैसे- 'वीको चाल्यो कति गयो' (उसका लड़का कहाँ गया)। सर्वनाम बहुत कुछ हिन्दी से मिलते-जुलते हैं।"[2]

(3) **डॉ. अवधेश्वर अरुण** के अनुसार - "कुमायूँनी में 'ने' के स्थान पर 'ले' और 'को' के स्थान पर 'कणि' परसर्ग इसकी अपनी विशेषता है। इसमें 'ए' और 'ओ' के स्थान पर 'या' और 'वा' हो जाते हैं।"[3]

(4) **डॉ. उदय नारायण तिवारी** के अनुसार - "कुमायूँनी शब्द 'सणि' की उत्पत्ति 'संगे' से और 'कणि' की उत्पत्ति 'कर्णे' से मानी गयी है।[4], लेकिन **डॉ. हेमचन्द्र जोशी** ने 'सते' से मानी है।"[5]

(5) **डॉ. कैलाश तिवारी** के अनुसार - "शब्द के अन्त में 'अ' का उच्चारण नहीं होता। कुमायूँनी की व्यंजन ध्वनियों एवं राजस्थानी व्यंजन ध्वनियों में साम्य है।"[6]

(6) **डॉ. कैलाश नाथ पाण्डेय** के अनुसार - "कुमायूँनी की निकटता लिंग-भेद के संदर्भ में हिन्दी और राजस्थानी से मिलती है।।"[7]

**कुमायूँनी गद्य का नमूना -**

पैली न यो पृथ्वी छी, न, आकाश छी, पाणि लै निछी। एक लै निरंकार गुरु छी। एक दिन गुरुल आपुणो डेणा आँउ के मल्। पासिणौं कि एक बूँद टपकि। मि छुटंते हिउ उसिणौं कि बूँद एक मादिन बाज में वदलिगे।

**कुमायूँनी पद्य का नमूना -**

पहाड़ै टुकी पाणिक ताल, चमक नौछौ चम-चम चार। फटक माँछौ छिंण छुटनि, पायल जसी झन-झन कार।।
हँसन कुंदन-दौड़न जाछौं, कभै नाचछ फ़रैंक मार। शिवज्यू नाक खुटना छौंछ, छलक मारछ पाणिकि धार।।
बताधीं ओड मे डडरि भुला! के हुनल ऊ डानन पार?[8]

# (ड.)बिहारी-हिन्दी

## 15. भोजपुरी

**परिचय-** पश्चिमी हिन्दी की बोलियों में जो मधुरता और भाव तरलता ब्रजभाषा में पाई जाती है, वही सरसता और पल भर में जी जुड़ा देने वाली ताज़गी (बिहारी हिन्दी की बोलियें में ) भोजपुरी में उपलब्ध होती है। मै तो कहूँगा, ब्रजभाषा से भी कहीं अधिक कोमलता और मिठास भोजपुरी में विद्यमान है। प्राचीन काल में भोजपुर स्वतंत्र तथा वैभवशाली राज्य था । राजा भोज के वंशजों ने उज्जैन (मालवा) से आकर इस राज्य को बसा अपनी राजधानी बनाया था। भोज राजाओं के कारण ही इस राज्य का नाम भोजपुर पड़ा। वस्तुत: इस क्षेत्र के 'भोजपुर' नामकरण के विषय में विद्वानों में मतभेद है।[9] **शाहाबाद गजेटियर**[10], **डॉ. ग्रियर्सन**[11] तथा **दुर्गा प्रसाद सिंह**[12] राजा भोज के नाम पर इस क्षेत्र का नामकरण मानते हैं, किन्तु **डॉ. पृथ्वी सिंह मेहता** का विचार है कि मालवा के राजा

1. ब्रजभाषा - डॉ. धीरेन्द्र वर्मा, पृष्ठ 101
2. हिन्दी : उद्भव, विकास और रूप - डॉ. हरदेव बाहरी, पृष्ठ - 94
3. हिन्दी भाषा का स्वरूप विकास - डॉ. अवधेश्वर अरुण, पृष्ठ - 46
4. हिन्दी भाषा का उद्गम और विकास - डॉ. उदय नारायण तिवारी, पृ0 442
5. प्राचीन भारतीय व्याकरण-डा. हेमचन्द्र जोशी, पृ. 525
6. हिन्दी और उसकी विविध बोलियाँ - डॉ. कैलाश तिवारी, पृ. 193
7. भाषा विज्ञान का अनुशीलन - डॉ. कैलाश नाथ पाण्डेय, पृ. 285
8. साहित्य भारती, उत्तर प्रदेश हिन्दी संस्थान, अप्रैल-जून 1999, पृ. 61, लखनऊ।
9. भोजपुरी लोक साहित्य : सांस्कृतिक अध्ययन - डॉ. श्रीधर मिश्र, पृ. 15, हिन्दुस्तानी एकेडेमी, इलाहाबाद 1971, मूल्य- 30 रूपया।
10. शाहाबाद गजेटियर - एल. एस. एस. वो माले, पृ. 158
11. linguistic Survey of India - G. L. Grierson, Vol-5, Page 3
12 भोजपुरी के कवि और काव्य - श्री दुर्गा प्रसाद सिंह, भूमिका, पृ. 5

भोज का बिहार से कोई रिश्ता ही नहीं था।[1] वहीं **डॉ. उदय नारायण तिवारी**[2] तथा **डॉ. कृष्णदेव उपाध्याय**[3] मानते हैं कि मालवा के उज्जैन भोजों के नाम पर यह क्षेत्र भोजपुर कहलाया, किन्तु एक अन्य विद्वान **डॉ. ए. बनर्जी शास्त्री** का कहना है कि भोजपुर का नामकरण विश्वामित्र के यजमान भोजों के नाम के आधार पर हुआ।[4] 'भोज' वस्तुत: किसी राजा का नाम नहीं, बल्कि एक उपाधि रही है, जिसे सभी उज्जैनी राजा अपने नाम के अन्त में प्रयुक्त करते थे। आज उस विशाल प्रान्त की ऑच समाप्त हो गयी है। बल्कि भोजपुर इस समय बिहार प्रान्त का एक जिला है, जिसका मुख्यालय आरा है। भोजपुर जनपद में डुमरॉव के पास इस समय केवल 'नवका भोजपुर' तथा 'पुरन का भोजपुर' नाम के दो गॉव ही उस भोजपुर राज्य की याद दिलाने के लिए शेष बचें है। इसी भोजपुर के आधार पर यहॉ की बोली भोजपुरी कही गयी।

**डॉ. कृष्णदेव उपाध्याय** लिखते हैं कि, "इस भाषा का नामकरण बिहार प्रदेश के शाहाबाद्द जिले में स्थित भोजपुर नामक गाँव के आधार पर हुआ है।"[5] प्राचीन काल में भोजपुर उज्जैन के समृद्धशाली राज्य की राजधानी थी, जिनके आधुनिक प्रतिनिधि डुमरॉव के राजा हैं। भोजपुर अब अपनी प्राचीन समृद्धि खो चुका है। वह शाहाबाद जिले के बक्सर सब डिवीजन में गंगा के निकट डुमरॉव से दो तीन मील उत्तर 'नवका भोजपुर' तथा 'पुरनका भोजपुर' इन दो छोटे-छोटे गाँवों के रूप में अवस्थित हैं। इसी प्राचीन भोजपुर नगर के आस-पास जो भाषा बोली जाती थी, उसका नाम 'भोजपुरी' पड़ गया। **डॉ. सुनीति कुमार चटर्जी** ने 'भोजपुरिया' नाम से इसका उल्लेख किया है, परन्तु इसका प्रसिद्ध तथा जनता में प्रचलित नाम 'भोजपुरी' ही है। भोजपुरी प्रदेश में निवास करने वाले लोगों को 'भोजपुरिया' कहते हैं। निम्न पद्य में यह स्पष्ट भी है-

**"भागलपुर के भगेलुआ भइया, कहलगाँव के ठग्ग।**
**पटना के देवालिया, तीनू नामजद्द।**
**सुनियावे भोजपुरिया त तुर तीनों के रग्ग।।"**[6]

**उत्पत्ति-** भोजपुरी की उत्पत्ति मागधी अपभ्रंश के पश्चिमी रूप से मानी गई है। भाषा के अर्थ मे भोजपुरी शब्द का प्रथम प्रयोग 1868ई0 में **जॉन बीम्स** ने अपने एक लेख में किया था।[7] बीम्स ने भोजपुरी को बंगला से अधिक निकट बताते हुए बहुत पहले ही इसे स्वतन्त्र बोली माना था। -"It is convenient to range the Bhojpuri as a dialect of Hindi and the Bangali as a distinct language......."[8] **डॉ. भोलानाथ तिवारी** ने भोजपुरी की चार प्रमुख उपबोलियां माना है। - उत्तरी, भोजपुरी, दक्षिणी भोजपुरी, पश्चिमी भोजपुरी, तथा नगपुरिया। इधर, एक सज्जन का विचार है मैथिली और मगही को बंगला की बोली किसी सीमा तक माना जा सकता है, किन्तु भोजपुरी को हम किसी भी भाषा के साथ साट नहीं सकते। वस्तुत: **डॉ. सुनीति कुमार चटर्जी** ने मैथिली के एक विद्वान **डॉ. जयकांत मिश्र** को लिखे पत्र में यह व्यक्त भी किया है,-"Togegher you may start calling Maithili-Magahi as a single speech Bihari xxxx Bhojpuri has developed an individuality of its own xxxx I have clossed it seperately as western Magadhan."[9]

**भोजपुरी की सीमाएं - सेंसस ऑफ इन्डिया** के अनुसार- भोजपुरी भाषा क्षेत्र लगभग 50 हजार वर्ग मील में फैला हुआ है। इसमें उत्तर प्रदेश के मिर्जापुर (चुनार), बनारस, गाजीपुर, बलिया, आजमगढ़, जौनपुर (केराकत), गोरखपुर, देवरिया तथा बस्ती जिले सम्मिलित हैं। बिहार के आरा, छपरा, चंपारन, पलामू तथा राँची (अब झारखण्ड) के जिले इसमें आते हैं। **डॉ. मनोरंजन प्रसाद** के अनुसार इसका विस्तार उत्तर प्रदेश तथा बिहार के चौदह जिलों में बतलाया गया है।[10]

**"आरे आवऽ छपरा आवऽ, बलिया मोतिहारी आवऽ।**
**राँची अउर पलामू आवऽ, गोरखपूर देवरिया आवऽ।**
**गाजीपुर आजमगढ़ आवऽ, बस्ती अउरी जौनपुर आवऽ।**
**मिर्जापुर, बनारस आवऽ, सोना के कटोरी में।**

1. बिहार : एक ऐतिहासिक दिग्दर्शन - पृथ्वी सिंह मेहता, पृ. 173
2. भोजपुरी भाषा और सहित्य - डॉ. उदय नारायण तिवारी, पृ. 5
3. भोजपुरी लोक साहित्य का अध्ययन - डॉ. कृष्ण देव उपाध्याय, पृ. 18
4. Proceedings and Transaction of the Sixteenth all India Oriental Confrence, Patna, 1930
5. हिन्दी साहित्य का वृहत इतिहास - डॉ. कृष्णदेव उपाध्याय, पृ. 85
6. भोजपुरी लोक साहित्य का अध्ययन - डॉ कृष्णदेव उपाध्याय, पृ0 15, हिन्दी प्रचारक पुस्तकालय, वाराणसी, 1958
7. भोजपुरी, वर्ष-1, अंके-4, पृ0 21
8. Journals of the Royal Asiatic Society. (Notes on the Bhojpuri dialects of Hindi spoken in western Bihar) Part III. Page-65
9. A History of Maithily Literature- Dr. Jaikant Mishra, Page-57
10. सेंसस ऑफ इन्डिया, Page-38, Languages, 1951, Census, Paper No.-1, 1954

**दूध भात ले ले आवऽ, बबुआ के मुँहवा में घुटूक।। "**

भोजपुरी की सीमा का निर्धारण इस प्रकार से किया जा सकता है, - पूर्व में गंगा नदी से उत्तर इस भाषा (भोजपुरी) की सीमा मुजफ्फरपुर जिले की पश्चिमी भाग की मैथिली है। फिर इस नदी के दक्षिण इसकी सीमा गया और हजारीबाग की मगही से मिल जाती है। वहाँ से यह सीमान्त रेखा दक्षिण पूर्व की ओर हजारीबाग की मगही से मिल जाती है। वहाँ से यह सीमान्त रेखा दक्षिण पूर्व की ओर हजारीबाग की मगही भाषा के उत्तर-उत्तर घूम कर संपूर्ण राँची पठार और पलामू एवं राँची जिले के अधिकांश भागों में फैल जाती है। दक्षिण की ओर यह सिंहभूमि की उड़िया भाषा से परिसीमित होती है। यहाँ से भोजपुरी की सीमा भूतपूर्व जसपुर रियासत के मध्य से होकर राँची पठार के सरहद के साथ-साथ दक्षिण की ओर जाती है, जहाँ भूतपूर्व सरगुजा और जसपुर स्टेट की छत्तीसगढ़ी भाषा से इसका विभेद होता है। पलामू के पश्चिमी प्रदेश से गुजरने के बाद भोजपुरी भाषा की सीमा उत्तर प्रदेश के मिर्जापुर जिले के दक्षिणी भाग में फैलकर गंगा तक पहुँचती है। यहाँ यह गंगा के बहाव के साथ-साथ पूर्व की ओर गंगा पार कर जाती है। इस प्रकार मिर्जापुर जिले के पूर्वी गांगेय प्रदेश में ही इसका प्रचार है।

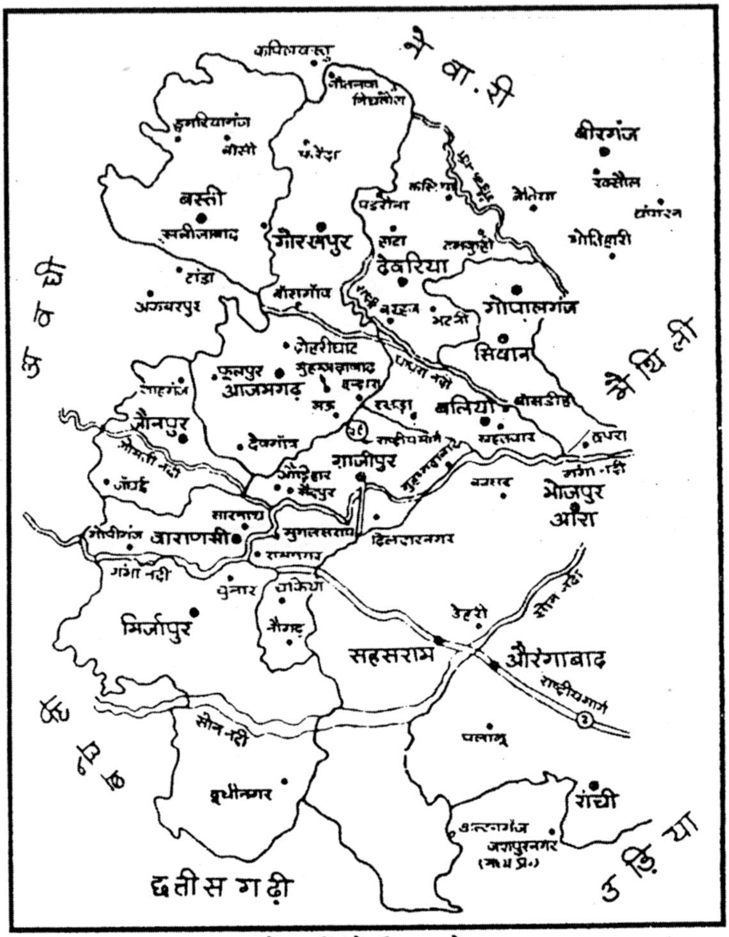


भोजपुरी बोली का क्षेत्र

गंगा पार करके भोजपुरी की सीमा बनारस जिले की पश्चिमी सीमा के साथ-साथ जौनपुर जिले के पूर्वी और आजमगढ़ जिले के पश्चिमी भाग के साथ फैजाबाद जिले के आर-पार फैल जाती है। टाँडा तहसील में इसका विस्तार सरयू नदी के साथ-साथ पश्चिम की ओर घूमता है और तब उत्तर की ओर हिमालय के नीचे की श्रेणियों तक बस्ती जिले को अपने में सम्मिलित कर लेता है। इस विस्तृत भू-भाग के अतिरिक्त भोजपुरी तराई की थारू जाति में-जो गोरखपुर और चंपारन जिलों में बसती है-मातृभाषा के रूप में व्यवहृत होती है।

भोजपुरी बोली का क्षेत्र 50 हजार वर्ग मील में फैला हुआ है। यह उत्तर में नेपाल की तलहटी से लेकर दक्षिण में छोटा नागपुर के पठार तक, पश्चिम में मिर्जापुर, बनारस तथा फैजाबाद की पूर्वी सीमा छूती हुई राँची पलामू तक बोली जाती है। इसके उत्तर में नेपाली, दक्षिण में उड़िया तथा छत्तीसगढ़ी, पूरब में मगही तथा मैथिली और पश्चिम में अवधी तथा बघेली बोलियों का क्षेत्र हैं **डॉ. ग्रियर्सन** ने भी भोजपुरी की लगभग यही सीमाएं बताया है - It reacheson the North a cross the Ganges and even beyond the Nepal frontier up to the lower ranges of the Himalayas from Champaran to Basti. In the South (it has crossed the Sone) and covers the great Ranchi- plateau of Chhota Nagpur, where it ulitmately finds itself in contact with the Bangali of Manbhum and withthe Oriya of Singhbhum."[1] वस्तुत: भोजपुरी क्षेत्र का सूक्ष्म सीमांकन किया जाय तो कह सकते हैं कि यह गोरखपुर, देवरिया, गाजीपुर, आजमगढ़ (इसका पश्चिमी

1. Linguistic Survey of India, Part II, Page-597

भाग अवधी से प्रभावित है ),बस्ती (केवल दक्षिणी पूर्वी हिस्सा , जौनपुर (केवल केराकत तहसील भोजपुरी के भीतर मानी जा सकती है ) चन्दौली, बनारस (काशी हिन्दू विश्वविद्यालय से पूरब ही भोजपुरी का क्षेत्र माना जा सकता है उसके पश्चिम में अवधी का क्षेत्र है ), भदोही, मिर्जापुर (केवल दक्षिणी पूर्वी तथा उत्तरी हिस्सा ) शाहाबाद, सारन, पालामऊ, चंपारन भोजपुर छपरा मोतीहारी, पटना तथा राची (पूर्वी भाग को छोड़ कर ) तक बोली जाती है। आदर्श भोजपुरी बलिया, छपरा, आरा मोतीहारी, गाजीपुर (घाट रेलवे स्टेशन से पूरब तक ही ) बोली जाती है। भोजपुरी क्षेत्र के बाहर भी यह मुंबई, कोलकाता, तथा आसाम के शहरों-जंगलों में निवास करने वाले लाखों लोगों द्वारा व्यवहृत होती है। इतना ही नहीं, अपने देश के बाहर मारीशश, फीजी, गुयाना, सूरीनाम, त्रिनिनाड, नेपाल आदि देशों में भी इसके बोलने वाले लोग बसे हैं।

**भोजपुरी बोलने वालों की संख्या-** सेंसस आफॅ इडिया के अनुसार भोजपुरी बोलने वालों की संख्या बहुत पहलें इस प्रकार थी।उक्त खोज रपट में लिखा गया है कि भोजपुरी भाषा उत्तर प्रदेश के नौ पूर्वी जिलों- बनारस, मिर्जापुर, जौनपुर,गाजीपुर, बलिया, गोरखपुर, देवरिया, बस्ती तथा आजमगढ़ में बोली जाती है ।बिहार राज्य के शाहाबाद पलामू, सारन, चंपारन, राँची इन पाँच जिलों में इसका व्यवहार मातृ भाषा के रूप में किया जाता है। इस प्रकार उत्तर प्रदेश तथा विहार के इन चौदह जिलों के निवासियों की मातृ भाषा भोजपुरी है।

सन् 1951 ई0 के जनगणना के अधिकारियों ने उत्तर प्रदेश के उपर्युक्त नौ जिलों के निवासियों की मातृ भाषा को हिन्दी, हिन्दुस्तानी और उर्दू इन तीन भागों विभक्त किया था । यह कहने की आवश्यकता नही कि हिन्दुस्तानी कोई भाषा नहीं है। गाँवों में निवास करने वालें मुसलामन उर्दू नही बोलतें। प्रत्युत इन जिलों में बोली जाने वाली भाषा भोजपुरी का ही व्यवहार करतें है। इन जिलों में खड़ी बोली नहीं बोली जाती। बल्कि स्थानीय भाषा अथवा भोजपुरी ही व्यवहृत होती है। अत: यहाँ पर भोजपुरी भाषा भाषियों का जो आकड़ा प्रस्तुत किया जा रहा है वह हिन्दी, हिन्दुस्तानी तथा उर्दू बोलने वालों की संख्या का योग है।

हिन्दी- 6123704, हिन्दुस्तानी-440768, उर्दू- 244502= 6808974

गोरखपुर डिवीजन के चार जिलों- गोरखपुर, देवरिया, बस्ती और आजमगढ़,के भोजपुरी भाषियों की सम्मिलित संख्या है-

हिन्दी-8333763, हिन्दुस्तानी- 222730 ,उर्दू- 261787 = 8818280

बनारस तथा गोरखपुर डिवीजन के भोजपुरी भाषियों का कुल योग है - 6808974+8818280=15627254

सेंसस आफ इंडिया के अनुसार 1951 में बिहार राज्य के निम्न पाँच जिलों में भोजपुरी भाषियों की संख्या इस प्रकार थी- 1- शाहाबाद -2688440, 2- सारन -315514, 3- चंपारन -2515343, 4- राँची - 1861207, 5- पलामू - 985767, समस्त योग-1205901

उत्तर प्रदेश के नौ जिलों तथा बिहार के शाहाबाद और सारन जिलों के लाखों व्यक्ति बंगाल के शहरों तथा आसाम के चाय बागानों में कुली का काम करतें है। इनकी मातृ भाषा भोजपुरी है। सन् 1951ई0 की जनगणना के अनुसार इन दोनों प्रान्तों में उनकी संख्या निम्नांकित थी -बंगाल-1774786, आसाम-135688, समस्त योग-1910464

इस प्रकार भोजपुरी भाषियों की कुल संख्या थी-उत्तर प्रदेश तथा विहार - 26833155, आसाम तथा बंगाल-1910474, समस्त योग-28743629

बहराइच तथा गोंडा जिलों में निवास करनें वाली 'थारू' नामक जाति के लोग भोजपुरी की उप बोली 'थरूई ' बोलतें है। नैनीताल जिले के रुद्रपुर न ़ स्थान के आस पास भोजपुरी भाषियों के अनेंक गॉव बस गये हैं।

1921 में **डॉ. ग्रियर्सन** के अनुसार - एक करोड़ से ऊपर थी

1931 में **डॉ. धीरेंद्र वर्मा** के अनुसार - 1 करोड़ 25 लाख थी।

1941 में **डॉ. उदयनारायण तिवारी** के अनुसार- 2 करोड़ 64 लाख थी ।

1961 में **डॉ. हरदेव बाहरी** के अनुसार - 5 करोड़ 50 लाख थी।

1971 में **डॉ. मुक्तेश्वर नाथ तिवारी** 'बेसुध'के जनवार्ता वार्षिकी में छपे लेख के अनुसार 9 करोड़ हो गयी थी।

1981 में **डॉ. कैलाश नाथ पाण्डेय** के अनुसार - 10 करोड़ 50 लाख 3715 थी।

1991 में पुन: **डॉ. कैलाश नाथ पाण्डेय** के अनुसार - 14 करोड़ 62 लाख 73532 थी।

2001 की जनगणना के अनुसार - 18 करोड़ 73 लाख 6728 है।

**साहित्य-** भोजपुरी में पुराने और उत्कृष्ट साहित्य का आभाव रहा है। पुराने कवियों में कबीर दास प्रमुख हैं। **स्व. परशुराम चतुर्वेदी** कहतें हैं कि संत कबीर द्वारा अपनाये जाने के कारण भोजपुरी का महत्व और बढ़ गया।[1] भोजपुरी क्षेत्र के बाहर रहने वाले

1. भारतीय साहित्य की सांस्कृतिक रेखाएँ- पृ. 86

पलटू साहब ने भी भोजपुरी में अपनी रचनाएं प्रस्तुत कीं। भीखा साहब तथा गुलाब साहब तथा कीनाराम आदि कुछ पुराने कवियों ने भुड़कुड़ा (गाजीपुर)मठ में रह कर भोजपुरी का अलख जगााया । भोजपुरी में लोक साहित्य की कथा यद्यपि पुरानी है फिर भी उसमे नवचेतना भरी पड़ी है।

भोजपुरी का आधुनिक साहित्य तो किसी भी उत्कृष्ट साहित्य से टक्कर लेने की क्षमता रखता है। परदेशी पति के वियोग में सिसकती स्त्री की विरह वेदना को आधार बनाकर भिखारी ठाकुर द्वारा लिखा गया 'विदेशिया' नाटक भोजपुरी की अमूल्य थाती है। गवँई संस्कृति तथा वहाँ की सोंधी हुई मिट्टी की पहचान करने वाले **डॉ. विवेकी राय** की - के कहल चुनरी रंगाल, ओझइती, फिर बैतलवा डाल पर - जनता के पोखरा आदि कृतियाँ भोजपुरी की शोभा हैं। प्रसिद्ध गीतकार स्व. भोला नाथ 'गहमरी 'के भोजपुरी काव्य संग्रह 'अंजुरी भर मोती' के गीत 'कहीं भीजें न कजरा ' में जीवन की जोदर्द है,उसकी तलाश अन्यत्र बहुत सरल नहीं है। भोजपुरी के स्थापित कलाकार मोती बी.ए.के लोक -संगीत संग्रह 'बन बन बोले ले कोइलिया' से कोई भी भोजपुरी रसिक अपरिचित नहीं होगा। इसके अतिरिक्त रामनाथ पाठक 'प्रणयी 'मुक्तेश्वर नाथ तिवारी बेसुध, चन्द्रशेखर मिश्र, कैलाश गौतम , जगदीश ओझा 'सुन्दर ' डॉ. स्वर्ण किरण , विजय बलियाटिक शान्ति सुमन, राघवेन्द्र प्रताप सिंह (महुआबारी ) रामबृक्ष राय 'विधुर' (झुरकि बहेना ) तथा आकाशवाणी के कलाकार गोपाल कृष्ण द्विवेदी (बाजि गइल बसुरी ) आदि कवियों ने भी भोजपुरी साहित्य की श्री वृद्धि की है इसके अलावा भोजपुरी के विकास केलिए अनेक भोजपुरी संस्थाएं बनाई गई हैं, यथा- भोजपुरी साहित्य परिषद, जमशेद पुर, बिहार (1960) भोजपुरी संसद, जगतगंज, वाराणसी (1964) भोजपुरी-लोक-मंच-इलाहाबाद (1955) तथा भोजपुरी संस्थान नोखा, रोहतास, (1985) इसके अलावा कुछ पत्रिकाएं भी भोजपुरी के प्रचार प्रसार के लिए समय समय पर प्रकाशित होती रहीं है। यथा- भोजपुरी (मासिक)हिलोर (मासिक ) अँजोर(त्रैमासिक )पुरवैया आदि । कुछ भोजपुरी कोश भी प्रकाशित हुएं हैं यथा- भोजपुरी भाषा का शब्द कोश (सेण्ट जोजेफ मिशन हाउस मोतिहारी 1940), कृषि कोश (बिहार राष्ट्र भाषा परिषद पटना 1959 'कहावत कोश' (1965), भोजपुरी लोक, भोजपुरी लोकोक्तिया और मुहावरें (हिन्दी परिषद आशापुर-चितबड़ा गॉव, बलिया )(उ. प्र. )1970

## भोजपुरी की व्याकरणिक विशेषताएं -

**ध्वनियाँ-** 1- अवधी तथा भोजपुरी ध्वनियाँ समान हैं। 2.हिन्दी मूर्धन्य ड तथा ढ का उच्चारण भोजपुरी में रह (Rh)र हो जाता है, जैसे पड़ना >परना । साहित्यिक हिन्दी का ल भोजपुरी में र या न हो जाता है। जैसे गाली >गारी, फल>फर, लॅगोट>निगोट। 3- साहित्यिक हिन्दी में स्वर के मध्य में आने वाले ह का लोप हो जाता है पर भोजपुरी में यह संधि अक्षर के रूप में विद्यमान रहता है। जैसे दिया > दिहलस । 4- भोजपुरी का झुकाव वृंतमुखी होता है। 5- कुछ कम वृंताकार अतिह्रस्व ध्वनि उ भोजपुरी में प्राप्य है। जैसे सासु, आजु, सेनुर, । 6- तीन स्वर संयुक्त रूप से भोजपुरी में प्रयुक्त होतें है मौत > मउअति=अ उ अ । कौआ> कउआ = अ उ आ । ननिहाल > ननिआउर = इ आ उ । 7- अ इ उ ऍ ओ के अति ह्रस्व रूप प्रयुक्त होते हैं तथा ए ओ का उच्चारण अई अ इ के रूप में होता है जैसे और >आउर पैसा>पइसा । 8- कहीं कहीं अनुनासिकता की प्रवृत्ति दीख पड़ती है, जैसे ढीठ, खाई, चापर हींसा । 9- दीर्घीकरण की प्रवृति भी दृष्टव्य हैं ऑजुरी, खाड़, तावा, माठा

**शब्द रूप-** 1- घोड़ा या भला भोजपुरी के मूल शब्द न हो कर खड़ी बोली के हैं। भोजपुरी के मूल शब्द हैं घोड़ भल। इसी प्रकार जो शब्द भोजपुरी में जेबन जाता है।

2- भोजपुरी में जहाँ संबध कारक के एक वचन के मध्य में ओ आता है वहीं खड़ी बोली में आ आता है। जैसे मोर (मो पु ) मेरा (ख बो )

3- हिन्दी (परि. नि.) में कर्ता तथा उसके तिर्यक रूप प्राप्त होतें है पर भोजपुरी में करण तथा अधिकरण के रूप में भी प्राप्त होते हैं। जैसे डंडे से, घरे, रास्ते

4- भोजपुरी के कर्ताकारक में ने पर सर्ग का प्रयोग नहीं होता है। भोजपुरी में घोड़ा का तिर्यक रूप घोड़ा ही प्रयुक्त होता है जैसे उ कइलस , कुल घोड़ा ।

**5- ऐसे संज्ञा शब्द जिसके अन्त में व्यंजन होतें है उनके तिर्यक रूप** 'अ' अथवा 'ए' मिलाकर बनते हैं जैसे घरे, वने, इसी प्रकार **ल से अन्त होने वाले क्रिया विशेष्य पदों के तिर्यक रूप** आ से अन्त होतें है। मारल > मारेला

**6- भोजपुरी में दो प्रकार के पर सर्ग होते हैं जो कभी बदलते नहीं हैं** जैसे ओकर घोड़ा, ओकर घोड़ी 2- जो पर सर्ग के बाद आने **वाले कर्ता अथवा तिर्यक रूपों के अनुसार बदलतें है जैसे ओकरे घोड़ा**, ओकरे घोड़ी, ओकरा घ्रोड़ा पर, ओकरी घोड़ी पर ।

**7- मध्यस्थ र का लोप हो जाता है जैसे लरिका > लइका, करि > कई**

**8- ङ यहाँ एक स्वतंत्र ध्वनि है जैसे कंगना> कङना, टॉग > टांङ, अँगिया > अङिया**

**9- न्द, न्ध का न्न न्ह हो जाता है जैसे सुन्दर >सुन्नर सिंदूर > सेनू , कन्धा > कन्हा, अन्धा > आन्हर**

10- उष्म व्यंजन श ष स का ह हो जाता है जैसे मास्टर > माहटर, निश्चय > निहचय

**व्याकरण:-** 1. भोजपुरी में संज्ञा के ह्रस्व दीर्घ और दीर्घतर रूप प्राप्त होतें है जैसे बाभन, बाभना, बभनवा, माली, मलिया, मलिया SSS।

2- स्त्री लिंग शब्द इकारान्त या ईकारान्त होतें है जैसे धोबिनि मास्टराइनि, डाइनि, छेरी

**बचन**- भोजपुरी में बहुबचन बनाने के लिए लोग जन आदि शब्द लगतें है ।तिर्यक रूपों में अन अनि अन्ह अन्हि लगाने से बहुवचन बनतें है जैसे घरन घरनि, घरन्ह, किताबन, किताबनि

**परसर्ग- 1- ने** का प्रयोंग कर्ता कारक में नहीं होता 2- कर्म संप्रदान- के क को ला ले लाग , खातिर , **वास्ते** 3- करण अपादान- से , सो, सते। 4- संबध- क , के , कर, कि का। 5- अधिकरण में , मों , पर

**सर्वनाम- उत्तम पुरुष** हम, हमरा के- एकवचन।बहुवचन हमनी का, हमनी, हमहन। **मध्यम पुरुष- तें, तूं, तू, तैं-** एकवचन, तोहनी का, तोहनी सो-बहुवचन तोहनीक, तोहरा, तोहार।**अन्य पुरुष-एकवचन, ऊ। उ, ओकरा, होनकर, ओकर, ई, ए, एकर, जउन, केऊ (केहू) कछु, किछु अपना, रउआ। बहुवचन- उसब, इसब, एनहन, ओनहनक, उन्हनीक।**

**कुछ अन्य सर्वनाम-** जे, जड़ना, से, तउन, तउना, के, कउना, का, के, केऊ (केहू) किहु (कुछू) आपनी।

**विशेषण-** 1. विशेषण के दीर्घ रूप प्राप्त होते हैं जैसे- बड़का का बड़कवा, गोर का गोरका, करिया का करियवा।

2. तुलना के लिए जियादा, बढ़िके, अधिक-कम, उनइस-बीस शब्दों का करण के साथ प्रयोग होता है, वहीं विशिष्ट के लिए सभ में सभ से बढ़िके शब्दों का प्रयोग होता है जैसे-'उ लइका ओकरा से कम सुन्नर नाहीं बाय' इ लइका सब से नीक हवे।

**3. (क) आकारान्त विशेषण-** जिनकी संख्या अल्प है: टटका, नोना, सुकठा, पकठा।

**(ख) कुछ अन्य विशेषण-** गहिर, गोर, नान्ह, नीमन, पातर।

**(ग) संख्याएँ** प्राय: वही हैं केवल उच्चारण का अन्तर है, फिर भी- दुइ, छव, एगारह, पनरह, चउरानबे आदि।

**क्रिया रूप-** भोजपुरी में, क्रिया रूपों का वैविध्य दर्शनीय है। एक ही अर्थ में कई प्रकार के वाक्य बनते हैं, जैसे- का खात हई, खातानी, खात बानी, खात बाटा।

| वर्तमान काल एकवचन (सहायक क्रिया)- | | **बहुवचन** |
|---|---|---|
| **उत्तम पुरुष-** | हई, होखीं, बानी, बाटीं, बाड़ी। | **बाड़ी, बाटी, हंउएँ, होईं।** |
| **मध्यम पुरुष-** | हवे, होख, बाटा, बाड़ा। | **हउआ, होंई, बाटे, बाड़ा** |
| **अन्य पुरुष-** | हौ, होखे, बाट, बाटे। | **होखी, बाटन, बाड़न, होईं।** |
| **सामान्य वर्तमान**-एकवचन | | **बहुवचन** |
| | हम चलत हई, चलत थई | **हम लोग चलत हई, चल थई** |
| | तू चल हउवा, चल थउवा | **तू लोग चलत हउवा, चल थउवा** |
| | ऊ चलत हव, चलथअ | **चलत हउन, चलथ हवे** |
| **भूतकाल-** | | |
| | रहलीं, रहलों | **रही, रहलीं जा** |
| | रहले, रहल, रहलेस | **रहला, रहुआ** |
| | रहे, रहलसि, रहुए | **रहलअं, रहलअंस, रहलन** |

**सामान्य भूत**-चललीं, चललीं जा, चलले, चलल, चललेस चलला सन, चलल, चललनि, चललसि। चललीं, चललअं, चलतोन्हि।

**भविष्य - रहबि, रहब, रहब, रहबि, रहबे, रहबै, रहबउ, रहबे,रहबि, रहबा, रही, रइहैं, रहिहेन,**

**सामान्य भविष्य- चलव, चलब, चलबे, चलबा, चली, चलबि, चलिहे**

**अव्यय- आजु, इहाँ, उहाँ, अब, नगीच, अन्ते, हेने, तहवां, जहवां, बेसी, बाकीत, अलबत।**

**शब्द कोश- टोवल (छूना), मउगी (स्त्री), कबारना, जोय (स्त्री), घोंटल (निगलना), निकिआयल (छीलना), दाँज (बराबरी), जखेड़ा (भीड़)।**

संक्षेप में भोजपुरी की कुछ अन्य व्याकरणिक विशेषताएँ इस प्रकार हैं:-

**1. टर्नर** ने भोजपुरी में प्रयुक्त होने वाले 'अछइत' (आछै) शब्द को 'आक्षोति' से उत्पन्न माना है।[1]

---

1. Nepali Dictionary-R. L. Turner, P. 201

**2. डॉ. उदयनारायण तिवारी** के अनुसार, - ''भोजपुरी में अवधी के समान 'ब' तथा 'ह' वाले रूपों का प्रयोग सामान्य भविष्यत् काल के अर्थ में होता है, जैसे-हम घर जाइब-मैं घर जाऊँगा।''[1]

**3. डॉ. हरदेव बाहरी** के अनुसार, - ''भोजपुरी की स्त्रीलिंग संज्ञाएँ प्रायः इकारान्त या ईकारान्त होती हैं, यथा, नातिनि-नातिन, बहिनि-बहिन, भूखि-भूख आदि। परसर्ग अवधी से मिलते हैं।''[2]

**4. डॉ. अवधेश्वर अरुण** के अनुसार, - ''भोजपुरी में क्रियापदों 'ल' की प्रधानता होती है,जैसे- कहल्, खायल आदि सहायक क्रिया में बाटे का प्रयोग विशिष्ट है।''[3]

**5. डॉ. रत्नचन्द्र शर्मा** के अनुसार, - ''सर्वनाम रूपों में 'मोरा के', 'हमरा के', 'हमरा में', 'तोरा के', 'तोहरा से', 'तोरा में' आदि रूप मिलते हैं।''[4]

**6. डॉ. राजकिशोर सिंह** के अनुसार, - ''भोजपुरी में विशेषण पद स्त्रीलिंग के साथ परिवर्तित भी होता है और पुल्लिंग के समान भी रहता है, जैसे-पु. बड़ घोड़ा, स्त्री. बड़ घोड़ी।''[5]

**7. डॉ. भोलानाथ तिवारी** के अनुसार, - ''भोजपुरी में आने वाले 'र्' का लगभग लोप हो जाता है, जैसे- लरिका-लइका, करि-कइ।''[6]

**8. डॉ. बालमुकुन्द** के अनुसार, - ''आधुनिक भोजपुरी में 'ब' प्रत्यय 'चलब' के प्रयोग का प्रचलन कम होता जा रहा है। इसका स्थान 'अल' प्रत्यय लेता जा रहा है।''[7]

**9. डॉ. कैलाश तिवारी** के अनुसार, - ''भोजपुरी में 'स्', 'श्' के स्थान पर 'ह' उच्चरित होता है, यथा-मास्टर-माह्टर, रास्ते-राह्ते।''[8]

**10. डॉ. कैलाश नाथ पाण्डेय** के अनुसार, - ''भोजपुरी में अधिकांशतया 'ल' के स्थान पर 'र' का प्रयोग होता है यथा-कजली-कजरी, फल-फर, हल-हर, बाल-वार, हल्दी-हरदी आदि।''[9]

**भोजपुरी गद्य का नमूना-** ''दूगो गँजेड़ी रहलन स। एक दिन खूब कसि के दम लागल। आ दम लागल त दूनो जना बेदम होके बगइचा में लोटि रहलन। बगइचा रेलवे लाइन से करीब आधा कोस फरका रहे का भइल कि एही बीचे एगो हवाई जहाज आइल। तनी निगिचा रहे। एह वजह से कुछ अधिका गड़गड़ात रहे। ओह गड़गड़ाहट का हड़बड़ाहट में एगो गंजेड़ी अन्हुवाइल उठल आ अपना संगी के झकझोरि के चिचियाये लागल---------------'अरे सारे, जल्दी जागि के भागु। हई देखु, जनात बाजे रेलिया बउरा के लाइन छोड़ि एही ओरि भागलि आवत बा।''[10]

**भोजपुरी पद्य का नमूना-**

करिके गवनवाँ भवनवाँ में छोड़के, अपने परइलन पुरूबवा बलमुआँ।
अँखिया से दिन भर गिरे लोर ढर-ढर, बटिया जोहत दिन बितेना बलमुआँ।[11]
आमा के रोअले गंगा बढ़ि अइली, बाबा नयनवा ढरे लोर।
भइया के रोअले चरन धोती भीजे, भउजी नयनवा ना लोर।।

## 16. मगही

**परिचय-** दक्षिण बिहार में स्थित मगध प्राचीन काल में वैभवशाली राज्य था। पाटलिपुत्र मगध की राजधानी थी। मगध का उल्लेख वेदों में भी मिलता है। ऐतिहासिक काल में मगध पर जिन विभिन्न राजवंशों ने शासन किया उनमें एक बिम्बिसार भी रहा है। यह विम्बिसार जैन धर्म के प्रवर्तक वर्धमान महावीर तथा बौद्ध धर्म के प्रवर्तक गौतम बुद्ध का समसामयिक बताया जाता है। मगध प्रदेश के नाम पर ही वहाँ की बोली का नाम 'मगही' पड़ा है। 'मगही' मागधी का अपभ्रंश है। मगध के आधार पर बहुत लोग इसे 'मागधी' भी कहतें है। बोली के रूप में मगही के प्रथम प्रयोग की जानकारी नहीं मिल पाती, फिर भी लोंगों का अनुमान है कि 8वीं से 11वीं

1. भोजपुरी भाषा और साहित्य-डॉ. उदयनारायण तिवारी, पृ. 577
2. हिन्दीः उद्भव विकास और रूप-डॉ. हरदेव बाहरी, पृ. 79
3. हिन्दी भाषा का स्वरूप विकास-डॉ. अवधेश्वर अरुण, पृ. 43
4. भाषा विज्ञान और मानक हिन्दी-डॉ. रत्नचन्द्र शर्मा, पृ. 167
5. भाषा विज्ञान प्रवेशिका-डॉ. राजकिशोर सिंह, पृ. 48
6. भाषा विज्ञान-डॉ. भोलानाथ तिवारी, पृ. 151
7. हिन्दी-क्रियाःस्वरूप और विश्लेषण-डॉ. बालमुकुन्द, पृ. 170
8. हिन्दी और उसकी विविध बोलियाँ-डॉ. कैलाश तिवारी, पृ. 173
9. भाषा विज्ञान का अनुशीलन-डॉ. कैलाश नाथ पाण्डेय, पृ. 288
10. कथुली गाँव-डॉ. विवेकी राय, पृ. 62, भोजपुरी साहित्य संस्थान, श्री भवन, महम्मदपुर लेन, महेन्द्रू, पटना, मूल्य 50 रूपये, प्रथम संस्करण, मार्च-2000
11. बिदेसिया-भिखारी ठाकुर

शताब्दी के बीच मगही बोली प्रचलन में आई होगी। कहतें है, सन् 959 -972 के मध्य पुष्पदन्त ने णयकुमार चरिउ मेंमगध के लिए मगध शब्द का प्रयोग किया था।

**मगही की सीमाएं-** मगही भाषा प्राचीन मगध तक ही सीमित नहीं है। यह समस्त गया जिला, समस्त पटना जिला एवं हजारीबाग, पलामू, मुंगेर तथा भागलपुर के बड़े भागों में बोली जाती है। छोटा नागपुर के उत्तरी पठार में भी मगही प्रचलित है। राँची पठार के पूर्वी किनारे से मानभूमि तक पूर्वी मगही का क्षेत्र है। यहाँ से वह पश्चिम की ओर मुड़ जाती है और राँची के दक्षिण किनारे होती, उड़िया भाषी सिंहभूमि के उत्तर में पहुँच कर पुन: आदर्श मगही के रूप में परिणत हो जाती है। संथाल परगना के उत्तर गंगापार, बांगला भाषी मालदा जिला है, जिसके पश्चिमी हिस्से पर मगही का अधिकार है। सरायकलाँ और खरसावाँ, बामरा और मयूरभंज में भी पूर्वी मगही बोली जाती हैं। इस प्रकार मगही भाषी क्षेत्र राँची पठार की तीन दिशाओं- उत्तर, पूर्व एवं दक्षिण-तक विस्तृत है। मगही की सीमाओं पर निम्नलिखित भाषाएँ हैं- पश्चिम और उत्तर में भोजपुरी, पूर्व में मैथिली तथा बंगला, दक्खिन में बंगला, संथाली, मुंडा आदि।[1] कुल मिलाकर मगही के उत्तर में मैथिली, दक्षिण में उड़िया, पूर्व में बंगला, तथा पश्चिम में भोजपुरी और छत्तीसगढ़ी बोलियों का क्षेत्र है। इस बीच यह कुछ हिस्सों को छोड़ कर पटना, हजारीबाग, गया, मुँगेर (केवल कुछ हिस्से में )दक्षिण पश्चिम में भागलपुर, सरायकेला, सिंहभूमि, पुरलिया, माल्दा जिले के पश्चिमी भाग , मानभूमि, राँची, मयूरभंज, राजगिरि, छोटा नागपुर के जंगलों पलामू मोकामा, बाढ़ आदि में अपने विभिन्न रूपों -आदर्श मगही, पूर्वी मगही, जंगली मगही, टलहा मगही, तथा सानवटी मगही-में बोली जाती है।

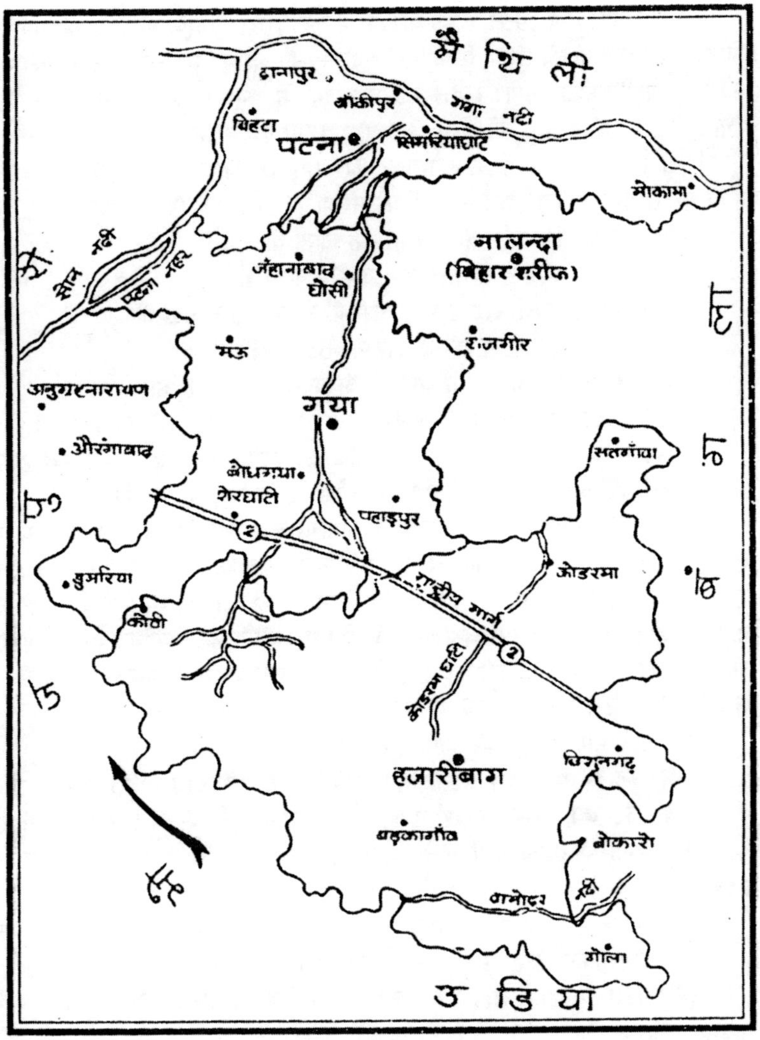


मगही बोली का क्षेत्र

**मगही बोलने वालों की संख्या-** मगही भाषी जन समुदाय मगही क्षेत्रों के अतिरिक्त मगहीतर क्षेत्रों में भी बसा है। **डॉ. ग्रियर्सन** ने 1901 की जनगणना के आधार पर मगही भाषियों के निम्नोक्त आँकड़े दिए हैं:-

| | |
|---|---|
| मगही भाषी क्षेत्रों में मगही भाषी- | 62, 39, 967 |
| अन्य मगहीतर क्षेत्रों में मगही भाषी- | 2, 31, 485 |
| आसाम के निचले भागों में मगही भाषी- | 33, 365 |
| कुल संख्या | **65, 04, 817** |

1. **हिन्दी साहित्य का वृहत् इतिहास- श्री मती संपत्ति आर्याणी का लेख, पृष्ठ-39, षोडश भाग, सं. राहुल सांकृत्यायन, नागरी प्रचारिणी सभा काशी।**

अंतिम जनगणना **1951** में हुई थी। इस में कुल 1 लाख मनुष्यों ने ही अपनी मातृभाषा के रूप में बिहारी बोलियों के नाम दिए, जिनमें मगही भाषियों की संख्या सिर्फ 3728 दी गई है। लगभग सभी लोगों ने जिनकी मातृभाषा भोजपुरी, मगही, मैथिली है, अपने को हिन्दी भाषी घोषित किया। 1901 की जनगणना के अनुसार कुल बिहारी बोलने वालों की संख्या लगभग 2, 30, 00, 000 (भोजपुरी 67, 00, 000, मैथिली 1, 00, 00, 000 एवं मगही 62, 00, 000) थी। **1951** की जनगणना के अनुसार बिहार में कुल हिन्दी बोलने वालों की संख्या लगभग 3, 50, 00, 000 (इसमें हिन्दी, बिहारी एवं उर्दू भाषियों की भी संख्या) है। इस तरह स्पष्ट है कि पचास वर्षों में बिहारी बोलने वालों की संख्या 2, 30, 00, 000 से बढ़कर 3, 50, 00, 000 हो गई।[1]

1921 में **डॉ. ग्रियर्सन** के अनुसार-18 लाख थी।

1931 में **डॉ. धीरेन्द्र वर्मा** के अनुसार-22 लाख थी।

1941 में **डॉ. उदय नारायण तिवारी** के अनुसार-30 लाख थी।

1961 में **डॉ. हरदेव बाहरी** के अनुसार-65 लाख थी।

1971 में **डॉ. भोलानाथ तिवारी** के अनुसार-1 करोड़ के आस पास थी।

1981 में **डॉ. कैलाशनाथ पाण्डेय** के अनुसार-1 करोड़, 63 लाख, 288 थी।

1991 में पुन: **डॉ. कैलाशनाथ पाण्डेय** के अनुसार-1 करोड़, 79 लाख, 2773 थी।

2001 की जनगणना के अनुसार-2 करोड़, 25 लाख, 5338 है।

**साहित्य-** मगही में पुराने साहित्य के नाम पर कुछ नही है। कुछ पुराने कवियों में बाबा करमदास, बाबा मोहनदास, आदि लोकप्रिय रहे हैं। मगही में लोक साहित्य अवश्य मिलता है। लोक कवियों में गोपीचंद्र तथा लोरिक प्रसिद्ध हैं। मिथिलेश मगही के उभरतें हुए कवि हैं तो अवधेश्वर अरुण स्थापित कवि हैं। मगही की लिपि प्रारम्भ में कैथी थी लेकिन अब नागरी लिपि का प्रचार भी धीरे धीरे वहाँ बढ़ रहा है। व्याकरणिक संरचना की दृष्टि से मगही की निकटता मैथिली और भोजपुरी से काफी है बिहार की राजधाना पटना के आस पास की बोली होने के कारण इस बोली में प्रचुर साहित्य इस समय रचा जा रहा है।

## मगही की व्याकरणिक विशेषताएँ-

1. मगही और भोजपुरी की ध्वनियाँ समान हैं।

**(क) स्वर-** अ (ह्रस्व) अऽ (दीर्घ विलम्बित) तथा ऑ (ह्रस्व ध्वनि) स्वर मिलतें हैं।

**(ख) 1. व्यज्जन-** आदर्श मगही में स ध्वनि का और बँगला से सटे क्षेत्रों में श ध्वनि का प्रयोग होता है।

2. अनुनासिक व्यज्जनों में ण के स्थान पर न और ड़. तथा ञ का स्वतंत्र प्रयोग होता है, जैसे- तड़. सड़.ग सड़.ख चुइञा सइञा।

3. व के स्थान पर ब ध्वनि तथा ल के स्थान पर र ध्वनि प्राप्त होती है : पाबल, आबऽ, मछरी, फर, तरवार।

4. महाप्राणीकरण की प्रवृत्ति-फेड़, फेन (पुन:)।

**(ग)संज्ञा-** मगही में संज्ञा के चार रूप प्राप्त होते है : 1. ह्रस्व निर्बल, 2. ह्रस्व सबल, 3. दीर्घ, 4. अतिरिक्त। घोड़, घोड़ा, घोड़वा, घोड़ववा।

**(घ) परसर्ग- कर्म-सम्प्रदान-** के या परसर्ग हीन, **करण- अपादान-** के, ला, ले, लेल, खातिर, बदे वास्ते। से, संता। **संबंध-** क, के, केर, केरी, में, मैं, मो, ने।

**(ड.) सर्वनाम-** हम, मोरा, हमनी, हमरनी, तू, तो, तोहनी, तोहरनी, अपने, आप, अपने, **सब, ई** एँह, इन्हकनी, इनकनी, उ, ओह, उन्हकनी, उन्हकरा, जउन, जौन, जे आदि।

**(च) विशेषण-** 1. संज्ञा की तरह विशेषण के तीन रूप होते हैं। 2. तुलना के लिए जादा, कम, बेसी शब्दों का प्रयोग होता है।

**(छ) संख्यावाचक शब्द-** एगो, दू, पान, छो, एकन्तर (इकहत्तर)।

**(ज) क्रिया पद-** 1. सामान्य वर्तमान- हम देखऽही, सामान्य भूत- हम देखली, सामान्य भविष्य- हम देखब।

**2. सहायक क्रियाएँ-** वर्तमान- हीं, ही, हम, हें, हीं, हौं, हे, हैं, हइ, हो, हकउ, हैं। भूतकाल- हली, हलूँ, हलिअइ, हलैं, हला, हले, हल, हइइ, हलउ। भविष्य- होब, होबी, होबइ, होबें, होबें, होई, होत, होतउ।

**क्रियापद की कुछ अन्य विशेषताएँ-** 1. वर्तमान कालिक कृदन्त- इत, अइत, अत, इती, अइती प्रत्यय जोड़कर बनाए जाते हैं। 2. भूतकालिक कृदन्त धातु ल, भेल, ली, भेली, याले जोड़कर बनते हैं। 3. पूर्वकालिक कृदन्त धातु के अन्त में के

**1.हिन्दी साहित्य का वृहत् इतिहास, पृष्ठ-45।**

प्रत्यय जोड़कर बनते हैं : खाके, जाके, आके। 4. क्रियार्थक संज्ञा धातु के अन्त में ए, ल, ब या ला प्रत्यय जोड़कर बनती है : देखे, देखल, देखला, देखब।

**अव्यय-** हियां, हुआं, जहाँ, आगे, परसूं, मीर (निकट), ओतना, अइसे।

**कुछ शब्द-** अँकुरी (भिगोया चना), अँचौनी (आचमनी), अगरा (लड़का), काकुर (गड़ासी), किरिंग (सूरज की किरन), गत्रौरा (कूड़ा कर्कट), कचऽम्बर (अधपका)।

संक्षेप में मगही की कुछ अन्य व्याकरणिक विशेषताएँ इस प्रकार हैं:-

**1. डॉ. उदयनारायण तिवारी** के अनुसार, - "इ, ई, उ, ऊ आदि स्वरों के उच्चारण के संबंध में मैथिली, मगही तथा भोजपुरी में पूर्ण समानता है। मैथिली, मगही तथा भोजपुरी, तीनों में संज्ञा तथा विशेषण के कई रूप होते हैं, जिनके अर्थ में विशेष अन्तर नहीं होता। ये रूप हैं- लघु (Short), गुरु (Long) तथा अनावश्यक या अतिरिक्त (Redundant)। लघु रूप में भी निर्बल (Weak) तथा सबल (Strong) रूप हो सकते हैं।"[1]

**2. डॉ. हरदेव बाहरी** के अनुसार, - "मगही और भोजपुरी में बहुत कम अन्तर है। लिंग, वचन के रूपों में कुछ भी अंतर नहीं। संज्ञा और सर्वनाम के परसर्ग जो भोजपुरी में हैं, मगही में उनके अतिरिक्त सम्प्रदान में 'ला', 'लेल' और अधिकरण में 'मों' प्रयुक्त होते हैं।"[2]

**3. डॉ. अवधेश्वर अरुण** के अनुसार, - "मगही में सहायक क्रिया 'हल्' है, जो हिन्दी 'है' का ही रूपान्तर है। इसके 'हकी', 'हथी', 'हलखिन' आदि रूप दृष्टव्य हैं।"[3]

**4. डॉ. कैलाश तिवारी** के अनुसार, - "तुलनात्मक मात्रा की अभिव्यक्ति के लिए विशेषण के पूर्व 'जादा', 'कम', 'बेसी' शब्दों का प्रयोग करते हैं, - जादा : ऊ घर से ई घर जादे बड़ा हइ। कम : उनका से का तूँ कम सुन्दर हऽ?"[4]

**5. डॉ. कैलाश नाथ पाण्डेय** के अनुसार, - "मगही में धातु के अंत में ए, ल, ब अथवा ला प्रत्यय जोड़कर क्रियार्थक संज्ञा बनाई जाती है, यथा- देखे, देखल, देखला, देखब।"[5]

**मगही गद्य का नमूना-** बाघ हुँडार और कैंदुआ, एक वेरी ई तीनों मिल के आपनन में मत मेराल् कन कि सब मिल के सिकार मारीं और फेन अपनन में बाँट लिही। ईंकह जंगलवा में उछले कूदे लगल थिन। और जब एगो बड़गो करिया हरिन मार लेलथिन तब बघवा बोल उठलइ कि लाव एकरा बाँटिअउ। और तुरते ओकर तीन कुद्दी करके हंभर कर बोल लइ कि, पहिल कुदिया तो हम लेबउ, काहेकि हम बन के राजा हिअइ।

**मगही पद्य का नमूना-**

"सुनत जानकी वचन उठै तब मारुत नन्दन।
वैदेही चरनार विन्द बन्देउ जगवन्दन।।
सुरगिरि सरिस विशाल बाल रवि छवि तन छाजै।
सिंह ध्वनि वरवारि धरि रन अंगन गाजै।।"[6]

# 17. मैथिली

**परिचय-**

**"गंगा-हिमवतोर्मध्ये नदीपंचदशान्तरे।**
**तैरभुक्तिरिति ख्यातो देशः परमपावनः।।**
**कौशिकीं तु समारभ्य गंडकीमधिगम्य वै।**
**योजनानि चतुर्विंशद् व्यायामः परिकीर्तितः।।**
**गंगा प्रवाहमारभ्य यावद्धेमवतं वनम्।**
**विस्तारः षोडश प्रोक्तो देशस्य कुलनंदन।।**
**मिथिला नाम नगरी यत्रास्ते लोक विश्रुता।।[7]"**

बिहार प्रान्त में गंगा नदी के उत्तरी सिरे में भोजपुरी क्षेत्र के पूर्व में तथा मगही के उत्तर में एक लम्बा चौड़ा भूभाग है जिसे मिथिला

1. हिन्दी भाषा का उद्गम और विकास-डॉ. उदयनारायण तिवारी, पृ. 307
2. हिन्दी उद्भव, विकास और रूप-डॉ. हरदेव बाहरी, पृ. 80
3. हिन्दी भाषा का स्वरूप विकास-डॉ. अवधेश्वर अरुण, पृ. 43
4. हिन्दी और उसकी विविध बोलियाँ-डॉ. कैलाश तिवारी, पृ. 180
5. भाषा विज्ञान का अनुशीलन - डॉ. कैलाश नाथ पाण्डेय, पृ. 290
6. हिन्दी साहित्य और बिहार- सं. शिवपूजन सहाय, पृष्ठ-142, बिहार राष्ट्रभाषा परिषद, पटना, मूल्य -5 रूपये 50 पैसे, 1960 ई.
7. वृहद् विष्णु पुराण, मिथिला खण्ड

कहते हैं। इस प्रदेश विशेष के नाम पर ही यहाँ की बोली का नाम मैथिली पड़ा। इस भू खण्ड का नाम मिथिला क्यों पड़ा - इस सम्बन्ध में एक राय का अभाव है ।कुछ लोगों का विचार है कि 'मिथि' नाम के किसी राजा ने इस प्रदेश पर अश्वमेघ यज्ञ किया था, अत: उस राजा के नाम पर ही इस प्रदेश का नाम मिथिला पड़ा। कुछ लोगों का विचार है कि यह वैशाली, विदेह तथा अंग जनपदों का संयुक्त (मिथ) प्रान्त रहा है । संयुक्त प्रान्त के कारण ही कालान्तर में इसे मिथिला कहा जाने लगा। मै तो समझता हूँ कि काशी की तरह यह प्रदेश भी विद्वान मैथिल ब्राम्हणों की जन्मभूमि रहा है !कदाचित इस कारण ही इस प्रान्त का नाम मिथिला पड़ गया हो. । मैथिल ब्राम्हण यहाँ सघन रूप में बसे हुए भी हुए हैं। प्राचीन काल में इस प्रदेश को विदेह तथा 'तिरहुत ' के अलग-अलग नामों से जाना जाता था। वेदों और पुराणों में इन नामों का उल्लेख भी मिलता है। मिथिला का एक अन्य नाम 'तिरहुत' है, जो संस्कृत 'तिरभुक्ति' का अपभ्रंश है। संभवत: इसीलिए इन्डियन ऐन्टी क्वेरी में मैथिली का दूसरा नाम 'तिरहुतिया' भी उपलब्ध होता है।[1] विद्यापति ने कीर्तिकला के प्रारंभ में इसकी भाषा को 'देसिल बअना' या 'अवहट्ट' कहा है। **डॉ. सुभद्र झा** के अनुसार, "'देसिल बअना' से उस समय की भद्र लोगों की भाषा से तात्पर्य है। आवहट्ट से विद्यापति की पदावली अथवा उनसे एक शताब्दी पूर्व होने वाले ज्योतिरीश्वर की भाषा से तुलना करने पर यह बात स्पष्ट हो जाती है कि उसमें विद्यापति ने उन शब्दों का प्रयोग किया है जो बोलचाल की मैथिली से लुप्त हो चुके थे। अवहट्ट से वस्तुत: अपभ्रंश प्राकृत से तात्पर्य नहीं है, अपितु यह प्रारंभिक नव्य भारतीय आर्यभाषा का ही एक दूसरा नाम है।"[2]

भाषा के अर्थ में मैथिली शब्द का प्रथम प्रयोग कोलब्रुक द्वारा सन् 1801 ई0 में उनके संस्कृत तथा प्राकृत भाषा संबधी लेखों में

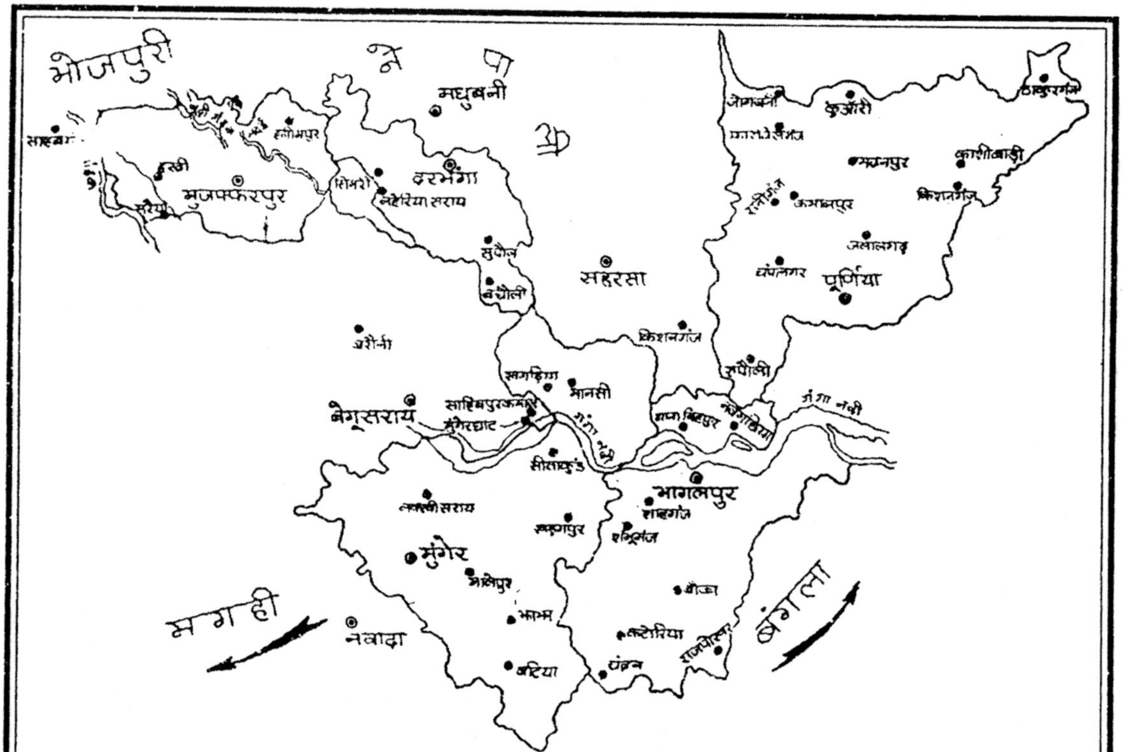


**मैथिली बोली का क्षेत्र**

किया गया।[3] **डॉ. ग्रियर्सन** ने कोल ब्रुक के इन निबंधों का उल्लेख अपने ग्रंथ में किया है।[4] डॉ. कोल ब्रुक ने अपने एक निबंध में मैथिली का संबंध बंगला से दिखाया है।[5] बाद में **हॉर्नले** तथा **केलॉग** ने भी मैथिली का अध्ययन स्वतंत्र भाषा के रूप में किया। मैथिली

1. Indian Antiquary, Buhler, P.97, 1903.
2. Formation of Maithily- Dr. Subhadra Jha, P.51.
3. Asiatic Research, part-7, Page-199
4. Introduction to the Maithily Dialect of Behari Languages as Spoken in North Behar, Introduction ,P, 15.
5. Asiatic Research, part-7, Page-200. 1803

की उत्पत्ति मागधी अपभ्रंश के मध्य रूप से मानी जाती है। इसमें तीन लिपियों का प्रयोग किया गया है। मैथिली ब्राम्हण मैथिली लिपि का प्रयोग करतें थे जो बंगला से काफी निकट मानी जाती थी। अन्य जाति के लोग कैथी लिपि का प्रयोग करतें थें। इन सबके बावजूद साहित्यिक कार्यो के लिए नागरी लिपि का प्रयोग होता था। आजकल यहाँ के लोगों में देवनागरी लिपि के प्रति काफी चाव बढ़ा है।

**मैथिली की सीमाएं-** मिथिला की परंपरागत प्राकृतिक सीमा उत्तर में हिमालय, दक्षिण में गंगा, पूर्व में कोसी नदी और पश्चिम में गंडक (शालग्रामी नदी) है।[1] **डॉ. श्याम नारायण सिंह** बताते हैं कि इसका विस्तार पूर्व-पश्चिम लगभग 290 किलोमीटर और उत्तर दक्षिण लगभग 193 किलोमीटर है, जो लगभग 55, 920 वर्ग किलोमीटर होता है।[2]
मैथिली की सीमाओं के संबध में नीचे की पंक्तियां बहुत प्रसिद्ध हैं, -

**गंगा बहथि जनिक दक्षिण दिशि पूर्व कौशिकी धारा।**
**पश्चिम बहथि गंडकी उत्तर हिमवत बल बिस्तारा ॥**

मैथिली बोली उत्तर में नेपाली, दक्षिण में मगही, पश्चिम में भोजपुरी तथा पूरब में बंगला से घिरी हुई है। अपने शुद्ध रूप में यह दरभंगा, पूर्णिया, मुंगेर, भागलपुर तथा मुजफ्फरपुर जिलों में बोली जाती है। **डॉ. भोला नाथ तिवारी** ने इसके विभिन्न रूपों की चर्चा की है- उत्तरी मैथिली, पूर्वी मैथिली, पश्चिमी मैथिली, छिकाछिकी तथा जोलहा बोली।[3] अपने इन विभिन्न रूपों के साथ यह उक्त जिलों के अतिरिक्त माल्दा (पं0 बंगाल), दिनाजपुर (पं0 बंगाल), चम्पारन, मधुबनी तथा तिरहुत संभाग (बिहार) के निकट नेपाल की तराई में कमाधिक बोली जाती है। आदर्श मैथिली दरभंगा के मैथिली ब्राम्हणों द्वारा बोली जाती है। लेकिन मिथिला के अधिकांश मुसलमान अवधी का प्रयोग करतें हैं।

**मैथिली बोलने वालों की संख्या-**

1921 में **डॉ. ग्रियर्सन** के अनुसार-45 लाख थी।
1931 में **डॉ. धीरेन्द्र वर्मा** के अनुसार-65 लाख के करीब थी।
1941 में **डॉ. उदयनारायण तिवारी** के अनुसार 80 लाख 10 हजार थी।
1961 में **डॉ. हरदेव बाहरी** के अनुसार 1 करोड़ के करीब थी।
1971 में **डॉ. भोलानाथ तिवारी** के अनुसार 1 करोड़ 20 लाख थी।
1981 में **डॉ. कैलाश नाथ पाण्डेय** के अनुसार 1 करोड़ 54 लाख 26244 थी।
1991 में पुन: **डॉ. कैलाश नाथ पाण्डेय** के अनुसार 1 करोड़ 95 लाख 94242 थी।
2001 की **जनगणना** के अनुसार- 2 करोड़ 40 लाख 8378 है।

**साहित्य-** मैथिली की साहित्य परंपरा बहुत पुरानी है। मैथिल कोकिल विद्यापति इसी जमीन की उपज हैं। वे अवहट्ट तथा देशी भाषा (मैथिली) के अप्रतिम विद्वान थें। मैथिली में विद्यापति से पहलें का भी साहित्य प्राप्त होता है। गाविन्द दास, रणजीतमल्ल, जगत प्रकाश मल्ल, चन्दा झा, तेजनाथ झा, आदि मैथिली के प्रसिद्ध कवि, गीतकार तथा नाटककार रहें है। शंकरदेव प्रसिद्ध मैथिली एकांकी नाटक कार रहें है। इधर, हरिवंश तरूँण का 'उगना' नाटक मैथिली में काफी सराहा गया है। गौरी शंकर चौधरी भी मैथिली के उभरते नाटक कार हैं। मैथिली में लोक साहित्य तथा लोक कथाएं काफी संख्या में प्रकाशित की गयी हैं। मैथिली में हुए अनेक शोध कार्य भी प्रकाश में आये हैं। इतना ही नहीं अनेक पत्रिकाएं भी मैथिली के प्रचार-प्रसार के लिए समय-समय पर अलग-अलग जगहों से प्रकाशित होती रहीं हैं। कुल मिला कर मैथिली का साहित्य उच्चकोटि का है। मैथिली की साहित्य विपुलता के कारण ही यहाँ के लोग इसे भाषाओं की अष्टम् सूची में रखने की मॉग बहुत दिनों से कर रहें हैं।

## मैथिली का व्याकरणिक वैशिष्ट्य-

**ध्वन्यात्मक वैशिष्ट्य- (क)स्वर** 1. मैथिली में अ, इ, उ के अतिह्रस्व रूप व्यवहार में आतें हैं। कुछ विकल्पों को छोड़कर अन्त्य अ का उच्चारण नहीं होता। 2. ङ ञ ह का उच्चारण स्वतंत्र रूप में होता है, पर ण् के स्थान पर न् ध्वनि प्रयुक्त होती है। जैसे- आङ्र, कङना, चाङ्र, टिप्पणी > टीपनी। 3. तत्सम शब्दों की स ध्वनि श हो जाती है और प्राय: सामान्य शब्दों में न का ल हो जाता है : शून्य > सुन्ना, नम्बर > लम्बर, नोट > लोट।

**(ख) संज्ञा-** संज्ञा के ह्रस्व, दीर्घ तथा दीर्घतर रूप पाए जाते हैं : माली > मलिया > मलियवा। **(ग) वचन-** सम, सबहि, सब, लोकन शब्द जोड़कर बहुवचन रूप बनते हैं। जैसे नेना (लड़का) समक, नेना लोगनि का। **(घ) लिङ.भेद** परिनिष्ठित हिन्दी के अनुसार। **(ङ.) परसर्ग-** कर्म सम्प्रदान के कें लेल खातिर। क़रण अपादान- से, सअ, सउँ, सों। संबंध- कर, केर, केरा।

---

**1. Early History of Tirhut- Yogendra Mishra, P. 1-2, Calcutta**

**2. History of Tirhut- Dr. Shyam Narain Singh, P. 5**

**3. हिन्दी भाषा-पृ. 362**

अधिकरण- में, मों। **(च) सर्वनाम-** भोजपुरी की ही तरह सर्वनाम प्रयुक्त होते हैं :

| | | | |
|---|---|---|---|
| मूल | हम, हमनी, हम सभ, हमरा सभ | यह- ई | इन्ह |
| तिर्यक् | मोरा, हमरा, मोरा, हमरा | वह- ओ | उन्ह |
| संबंध | मोर, हमार, मोर, हमार | जो- जे | जिन्ह |
| तो, तोंह | तोहनी, तोहरा सभ | के | काहि |
| तिर्यक् | तोरा, तो सभ, तोरा | की | के ओ अपने |
| संबंध | तोहर, तोर, तोहर, तोर | | |

**(छ) विशेषण-** संज्ञा की तरह विशेषण के भी तीन रूप होते हैं।

**क्रिया रूप-** 1. मैथिली में क्रिया कर्ता तथा कर्म दोनों के अनुसार होती है, साथ ही आदर तथा अनादर का भाव को दृष्टि में रखकर भी क्रिया रूपों में परिवर्तन होता है।

| | | | | |
|---|---|---|---|---|
| 2. सामान्य वर्तमान में : | हम चलै छी | हम सब चलै छी, | सामान्य भूत- हम चललौं | हम सब चललौं |
| | तो चलै छै | तो सब चलै छह | तो चलले | तो सब चलल |
| | वो चलैये | वो सब चलैये | वो चलल | वो सब चलल |
| सामान्य भविष्य- | हम चलब | हम सब चलब | | |
| | तो चलिहै | तो सब चलिहै | | |
| | वो चलत | वो सब चलत | | |

**(इ) सहायक क्रिया-**क. वर्तमान काल में छ (छह) या थिक क्रियाओं का प्रयोग होता है। ख. भूतकाल में छ और रह् धातुओं का प्रयोग होता है। ग. भविष्य काल में होउब के साथ ऊपर की सहायक क्रियाओं का प्रयोग होता है। घ. वर्तमान कालिक कृदन्त धातु के अन्त में त प्रत्यय जोड़कर बनाए जाते हैं, यथा- खाइत, आइत। च. भूतकालिक कृदन्त क प्रत्यय जोड़ कर बनती हैं, यथा- देखिल, खाइल। छ. पूर्वकालिक कृदन्त में धातु के अन्त में ल प्रत्यय जोड़ते हैं, यथा- देखि कै, जाइ कै। ज. क्रियार्थक संज्ञा में धातु के अन्त में ब या ल प्रत्यय जोड़ते हैं, यथा- देखब, सूतब, देखल, सूतल।

**अव्यय-** कैठयाँ (कहाँ), जेखनि, जबे (जब), केखति (कब),कखनौ (कभी), एखनि (अब), तेखनि (तब), ऊ।औ (भी),कने (कैसे)

**कुछ शब्द-** रउद (धूप), पताह (पागल), अकान (बुद्धू), समन्ध (पुनर्विवाह), छौड़ा (लड़का), कुसिया (ईख), अकान (बुद्धू)।

संक्षेप में मैथिली की कुछ अन्य व्याकरणिक विशेषताएँ इस प्रकार हैं, -

**1. पाश्चात्य चिन्तक टर्नर** के अनुसार, - "बंगला की 'आछ्' तथा 'थाक्' ये दो सहायक क्रियाएँ मैथिली में 'छ्' और 'थीक्' के रूप में दिखाई देती हैं।"[1]

**2. डॉ. जयकान्त मिश्र** के अनुसार, - "मैथिली में बंगला की भाँति ही बहुवचन के रूप बनते हैं। भोजपुरी में आदर प्रदर्शक सर्वनाम 'रउरे' तथा सहायक क्रिया बाटे का व्यवहार होता है, किन्तु इसका मैथिली में अभाव है।"[2]

**3. डॉ. उदयनारायण तिवारी** के अनुसार, - "जहाँ भोजपुरी में केवल दो क्रिया रूप मिलते हैं, वहाँ मैथिली में तीन। मैथिली क्रिया पदों की इस जटिलता का बँगला में भी अभाव है। यह आधुनिक मैथिली की अपनी विशेषता है।"[3]

**4. डॉ. हरदेव बाहरी** के अनुसार, - "मैथिली का 'अ' थोड़ा संवृत्त होता है। बलाघात हीन अ, इ, उ अति ह्रस्व होते हैं। ए, ऐ, ओ, औ, के दो-दो उच्चारण होते हैं। संज्ञा-घोरा, घोखा, घोरउवा अवधी के समान हैं।"[4]

**5. डॉ. अवधेश्वर अरुण** के अनुसार, - "मैथिली में सहायक क्रिया के रूप में 'छथि', 'छल' आदि का प्रयोग होता है। संज्ञा के सामान्य, दीर्घ और अनावश्यक रूप अवधी की तरह हैं।"[5]

**6. डॉ. रत्नचन्द्र शर्मा** के अनुसार, - "मैथिली की क्रियाओं में 'ल' की प्रवृत्ति अधिक रहती है, जैसे- 'गई' के स्थान पर **'गेलि'**, "पूजत्" के स्थान पर 'पूजल', 'लिया' के स्थान पर 'लेल', 'किया' के स्थान पर 'कराल' आदि।"[6]

**7. डॉ. कैलाश तिवारी** के अनुसार, - "तत्सम शब्दों की 'श्' ध्वनि 'स्' हो जाती है, - सून्रा-शून्य। 'न' का 'ल' में परिवर्तन मिलता है, लम्बर-नम्बर, लोट-नोट।"[7]

---

1. Nepali Dictionary-R. L. Turner, Page-191, 1931
2. A History of Maithily Literature,- Dr. Jai kant Mishra, P.63
3. हिन्दी भाषा का उद्गम विकास-डॉ. उदयनारायण तिवारी, पृ. 310
4. हिन्दी उद्भव, विकास और रूप-डॉ. हरदेव बाहरी, पृ.81
5. हिन्दी भाषा का स्वरूप विकास-डॉ. अवधेश्वर अरुण, पृ. 44
6. भाषा विज्ञान और मानक हिन्दी-डॉ. रत्नचन्द्र शर्मा, पृ. 167
7. हिन्दी और उसकी विविध बोलियाँ-डॉ. कैलाश तिवारी, पृ. 166

**मैथिली गद्य का नमूना-** ओहि राति पत्नी दुखित छलीह। पीठ में दर्द होइत रहनि। घरक भितरिया बरंडा पर खाट पर पड़ल छलीह। निन्न नहि होइत छलनि। धीया पूताक आवाजही, गपसप, खुटखुट, निन्न नहि होअय छनि। ओ अति ध्वनि ग्राही छथि -------- ओहि राति हम कनेक देरी सँ घर घूरल रही। देर सँ घूरब पत्नी के पसिन्न नहि छनि। हमर ई दिनचर्या हुनका लेल घोर आपत्तिजनक आ विपत्तिजनक।

**मैथिली पद्य का नमूना-**

घबराइत नहि अछि
जे ओ बूढ़ भऽरहल अछि
उदास होइत स्त्रीक शिकायति सँ
अंगनासँ जे अनेत अछि उदासी
एक खण्ड सपना छोड़ि।[1]

# हिन्दी की विभाषाएँ या विविध शैलियाँ

अपने जन्म काल से लेकर आज तक हिन्दी विभिन्न नामों से सुशोभित संबोधित होती रही है। ये सभी नाम उसके लिए भाषा के अर्थ में प्रयुक्त किये गयें है। कभी इसका नामकरण जातिगत आधार पर हिन्दुओं की भाषा (हिन्दवी)किया गया, तो कभी इसे बनावटी, मिश्रित या कृत्रिम भाषा (रेख्ता ) कहा गया। कभी इसे दक्षिण के मुसलमानों की भाषा (दक्खिनी )कहा गया तो कभी इसका राजनीतिक नामकरण 'हिन्दुस्तानी ' किया गया। हिन्दी के लिए समय -समय पर प्रयुक्त उक्त तथा अन्य नामों के संबन्ध में **डॉ. उदयनारायण तिवारी** लिखतें है कि '' भाषा के अर्थ में हिन्दी के अतिरिक्त हिन्दुई, हिन्दवी, हिन्द्वी, दक्खिनी, दखनी या दकनी, हिन्दुस्थानी, हिन्दोस्तानी, या हिन्दुस्तानी, खड़ी बोली, रेख्ता, रेख्ती, तथा उर्दू आदि का प्रयोंग होता है। ''[2] कुछ लोंगों ने इन सभी नामों को 'हिन्दी की विभाषाएं' 'हिन्दी के अन्य नाम' तथा कुछ लोगों ने 'हिन्दी की उपभाषाएं ' या 'हिन्दी का उपरूप' भी कहा है। मेरे विचार से इन्हें हिन्दी की विभाषाएं कहा जाय या 'हिन्दी की उपभाषाएं' - दोनों में कोई अन्तर नहीं जान पड़ता क्यों कि जब कोई बोली किन्ही विशेष कारणों से किसी प्रान्त या उपप्रान्त में प्रचलित हो जाती है तो बाद में वही 'उपभाषा ' या 'विभाषा' कही जाती है। यहाँ हमें यह ध्यान रखना चाहिए कि हिन्दी के लिए समय -समय पर प्रयुक्त जितने नामों का उल्लेख ऊपर किया गया है वे केवल हिन्दी की छ: विभाषाओं के लिए ही हैं, जिनकी चर्चा नीचे की जा रही है-

**1.हिन्दी-** इस भाषा का यह नाम 12वीं 13वीं शताब्दी के आस पास मुसलमानों द्वारा रखा गया- "some times the orgin of Hndi is traced to the twelfth or thirteenth century when early Muslims writers used the word Hindi or Hindvi. not for particular language but as an adjective for Hindi and for all the languages of Northern India."[3] हिन्दी प्रदेश शुरू से ही अति विस्तृत रहा है। हिन्दी भाषा अपनी अनेक बोलियों -खड़ी बोली,हरियाणवी, कन्नौजी,व्रजभाषा अवधी, बघेली, छत्तीसगढ़ी, भोजपुरी, मगही, मैथिली, कुमायूँनी, गढ़वाली, जयपुरी, मेवाती, मारवाड़ी तथा मालवी-के रूप में मध्यदेश अर्थात् पश्चिमोत्तर में उत्तरापथ (पश्चिमी पंजाब, काश्मीर तथा सीमान्त) पश्रिचम में सौराष्ट्र तथा पूरब में सुदूर प्राची (बंगाल तथा आसाम को छोड़कर) समस्त उत्तर भारत की मातृभाषा रही है- "Hindi as it is some times called High Hindi, is the literary language of upper India..... '' हिन्दी शब्द वस्तुत: 'हिन्द' शब्द से बना है। 'हिन्द' शब्द में ईरानी भाषा का प्रत्यय 'ईक्' जोड़कर 'हिन्द+ईक्=हिन्दीक्' शब्द बना। कालान्तर में अंतिम व्यंजन क् का लोप होकर 'हिन्दी' बन गया। संस्कृत, पालि, प्राकृत तथा अपभ्रंश के गर्भ से निकली हिन्दी इस समय हिन्दुस्तान की राष्ट्रभाषा-राजभाषा है। राष्ट्रस्तर पर रेडियो, टी.वी. फिल्म, समाचार-प्रसारण, लेखन-पठन, पत्र-पत्रिका का माध्यम यही हिन्दी है। 11 स्वरों तथा 33 व्यंजनों से युक्त 46 ध्वनियों वाली हिन्दी के पास युगों-युगों की विपुल ज्ञान-राशि सुरक्षित है। हिन्दी का आधुनिक स्वरूप एक लंबी विकास प्रक्रिया का परिणाम है। इसके विकास में सामाजिक, राजनैतिक तथा सांस्कृतिक कारणों के साथ अनेक मनीषियों ने भी अपना अप्रतिम योगदान दिया है। चाहे चारणकाल रहा हो अथवा सूर-तुलसी का भक्ति काल, कबीर की ओजस्वी वाणी हो या जायसी का प्रेम स्वर, द्विवेदी युगीन राष्ट्रीय जागरण हो या आधुनिक काल के निराला या दिनकर का घोर गर्जन या सिंहनाद हो-सभी ने इस हिन्दी के माध्यम से ही समय-समय पर भावात्मक एकता स्थापित करने का प्रयास किया। आज यह देश-विदेश में 80 करोड़ लोगों द्वारा बोली जा रही है।

**2. हिन्दुई, हिन्दवी अथवा हिन्द्वी-** हिन्दी की इस विभाषा का नामकरण भी मुसलमानों द्वारा ही किया गया है। हिन्दी की

---

**1. भाषा भारती, उत्तरप्रदेश हिन्दी संस्थान, पृष्ठ-218**
**2. हिन्दी भाषा का उद्‌गम और विकास पृ. 186**
**3. Scientific History of the Hindi Language -Shamsher ingh Narula- P.81**

अन्य विभाषाओं में यह अति प्राचीन नाम है। इन नामों के अलावा इस विभाषा के अन्य नाम भी मिलते हैं। **डॉ. कैलाशचन्द्र भाटिया** के अनुसार इसे 'देहलवी' (दिल्ली की भाषा) भी कहा जाता था।[1] इस विभाषा के नाम का प्रयोग 'उर्दू' के लिए हुआ मिलता है। **अबुल कादिर सरवरी** ने कहा है कि हिन्दी या हिन्दवी इस (उर्दू) का कदीमतरीन न था .......... उर्दू, हिन्दी, दक्खिनी एक ही जुबान के मुखतलिफ नाम हैं।[2] कुछ विद्वानों ने हिन्दुई को केवल हिन्दुओं की भाषा माना है। फ्रांसीसी इतिहासकार **गार्सा द तासी**[3] तथा **डॉ. भोलानाथ तिवारा**[4] इसी मत के पोषक हैं। लेकिन **डॉ. चन्द्रबली पाण्डेय** ने उक्त धारणाओं का खंडन करते हुए कहा है कि यह भी हिन्दी की भाँति ही शिक्षित हिन्दू-मुसलमानों की भाषा थी।[5]

वस्तुत: हिन्दुई, हिन्दवी या हिन्द्वी किसी खास धर्म, जाति अथवा सम्प्रदाय की भाषा नहीं रही है। इस विभाषा का विकास मध्यदेश में हुआ था। इसमें अरबी-फारसी के शब्दों का अपेक्षाकृत अभाव ही रहा है। शुरू में इसका प्रयोग हिन्दुओं ने अवश्य किया, लेकिन कालान्तर में मुसलमानों ने भी इसके प्रयोग में अपनी हिस्सेदारी की। इसी समय इस विभाषा में अरबी-फारसी के शब्द छिट-पुट रूप से उगने शुरू हो गये थे।

हिन्दी की इस विभाषा की व्युत्पत्ति के संबंध में विद्वानों की धारणाएँ साफ नहीं हैं। **डॉ. भोलानाथ तिवारी** ने 'हिन्दवी' शब्द की व्युत्पत्ति 'हिन्दुई' अथवा 'हिन्दवी' से माना है।[6] लेकिन **डॉ. शिवराज वर्मा** इस विचार से सहमत नहीं हैं। वर्मा जी का कहना है कि 'हिन्दवी' शब्द का प्रत्यक्ष संबंध 'हिन्दू' शब्द से न होकर 'हिन्द' से दीखता है, इसलिए 'हिन्दवी' शब्द से 'हिन्द की भाषा' यही अर्थ अभीष्ट तथा संगत प्रतीत होता है।[7] भाषाविद् **डॉ. सुनीति कुमार चटर्जी** ने इस विषय में कहा है कि हिन्द्वी अथवा हिन्दवी पश्चिमी हिन्दी की बोलियों से विकसित है तथा मुसलमानों की पंजाबी भाषा से प्रभावित एक अदृष्ट रूप से निर्मित हुई भाषा है। इसका व्यवहार दिल्ली के बाजारों में स्वभावत: होता था।[8] उक्त अध्ययन के पश्चात् यह कहा जा सकता है कि इसका विकास शौरसेनी अपभ्रंश से हुआ।

कहतें हैं, 'हिन्दी की भाषा' के संदर्भ में 'हिन्दवी' शब्द का प्रथम प्रयोग मुहम्मद औफी ने 13वीं शताब्दी में अपने ग्रंथ 'लुबाबुल अलबाल' में किया था।[9] एक अन्य लेखक सादल्दवलाह मसउदे (मु. 525 हि.) द्वारा 'हिन्दी दीवान' लिखे जाने की सूचना मिलती है।[10] कुछ मुसलमानों ने 'हिन्दवी' शब्द के प्रयोग पर काफी गौरव का अनुभव किया है। अमीर खुसरो उनमें से एक हैं। वे लिखते हैं-

**तुर्क-इ-हिंदुस्तानिम मनदर 'हिंदवी' गोएम जवाब।**
**शक्कर-इ-मिस्त्री न दरम कज अरब गोएम सुखन।।**

अर्थात् "मैं हिन्दुस्तानी तुर्क हूँ और हिन्दवी में उत्तर देता हूँ। मेरे पास मिस्त्र की शक्कर नहीं हैं, जिससे मैं अरबी में बात कर सकूँ।" उक्त पंक्तियाँ 'खालिकबारी' से प्रस्तुत की गई हैं। इस कृति के कृतिकार को लेकर काफी भ्रम है। **डॉ. भोलानाथ तिवारी** इस कृति को अमीर खुसरों के बाद के एक कवि अमीर शाह की रचना मानते हैं।[11] लेकिन कुछ विद्वानों ने इसे 13वीं शताब्दी के अमीर खुसरो की ही कृति माना है। कुछ विद्वान् बताते हैं कि 'खालिकबारी' में बारह बार 'हिन्दी' और पचपन बार 'हिन्दवी' शब्द आया है। इधर सादी के हमउम्र बाकर आगाह (1750) ने अपने दीवान का नाम 'दीवाने हिन्द' रखा था।[12] पश्चात् मुहम्मद जायसी ने 15वीं 16वीं शताब्दी में भाषा के अर्थ में 'हिन्दवी' शब्द का प्रयोग किया था-

**"तुरकी अरबी हिन्दवी भाषा जैती आहि।**
**जामे मारग प्रेम का, सबै सराहै ताहि।।"**

**गोस्वामी तुलसीदास** के संबंध में भी यही धारणा है कि उन्होंने अपने 'पंचनामा' में 'हिन्दवी' शब्द का प्रयोग किया था।[13]

समय-समय पर 'हिन्दवी' के प्रयोग के आधार पर कहा जा सकता है कि लगभग 12वीं शताब्दी से 18वीं शताब्दी तक हिन्दी के साथ-साथ 'हिन्दवी' शब्द का भी प्रयोग होता रहा है। इधर 19वीं शताब्दी में सैयद इंशा अल्ला खां ने इसी हिन्दवी में प्रसिद्ध 'रानी केतकी की कहानी' लिखा। 19वीं शताब्दी के आसपास संभवत: यह शब्द प्रचलन से गायब हो गया और उसकी जगह उत्तर भारत के मुसलमान कवियों द्वारा फारसी की तर्ज पर ढाली गई उक्त 'हिन्दवी' 'रेख्ता' या 'रेख्ती' कहलाई।

---

1. ब्रजभाषा और खड़ीबोली का तुलनात्मक अध्ययन-पृ.62।
2. उर्दू, जिल्द 9, हिस्सा 34, 20, 281-318
3. हिन्दुई साहित्य का इतिहास, पृ.55
4. हिन्दी भाषा, पृ.129
5. उर्दू का रहस्य (सैयद इंशा का हिन्दी छुट) पृ.40-48
6. हिन्दी भाषा, पृ. 130
7. हिन्दी का राष्ट्र भाषा के रूप में विकास, पृ. 52
8. भारतीय आर्य भाषा और हिन्दी, पृ. 205
9. पंजाब में उर्दू-हाफिज मुहम्मद शैरानी, पृ. 65
10. Early Hindustan Poetry-Aspeenge Journal of Asiatic-Society of Bengal, Vol.21, 1853
11. हिन्दी भाषा, पृ. 128
12. हिन्दी, उर्दू और हिन्दुस्तानी-पद्मसिंह शर्मा, पृ. 15-16
13. Persian influence of Hindi-Ambika Prasad Bajpai, P.15

**3. रेख्ता-रेख्ती-**रेख्ता या रेख्ती शब्द मूलत: फारसी के 'रेखतन मस्दर' शब्द से बने हैं, जिनका अर्थ-बनाना, रचना, डालना, मिलाना, तोड़ना आदि होता है। कहीं-कहीं इसका अर्थ बनावटी, कृत्रिम या मिश्रित भी किया जाता है- "Rekhta meant a mixture ....... where that mixing up of languages took place."[1] रेख्ता का एक अन्य फारसी अर्थ 'गिरा हुआ' बताया जाता है।[2] भावार्थ की दृष्टि से फारसी-हिन्दी शब्दों, रूपों, छन्दों आदि के मिश्रित रूप को 'रेख्ता' कहा गया है।[3] कुछेक विद्वानों का विचार है कि जब हिन्दी में फारसी भाषा के शब्दों का अधिक मिश्रण हुआ तो वह 'रेख्ता' कहलाई।[4] **डॉ. सुनीति कुमार चटर्जी** ने भी फारसी शब्द मिश्रण के विकीर्ण रूप को रेख्ता कहा है।[5] कुल मिलाकर यह कि फारसी शब्दों के बाहुल्य से युक्त रेख्ता हिन्दी की एक शैली रही है।

'रेख्ता' शब्द पुरुषों की भाषा के लिए प्रयुक्त किया जाता था तथा 'रेख्ती' शब्द का प्रयोग स्त्रियों की भाषा के लिए हुआ करता था। मुसलमान औरतों में प्रचलित मुहावरे तथा रूप आदि को 'रेख्ती' कहा जाता था। इस संबंध में **जॉर्ज ग्रियर्सन** कहते हैं कि, यह (रेख्ती) नाम रचना की उस शैली से ग्रहण किया गया है, जिसमें फारसी शब्द बिखरे रूप में प्रयुक्त होते हैं। जब उस बोली में कविता की रचना की जाती है, जो स्त्रियों में प्रचलित है, तथा जिसका शब्द समूह भी इन्हीं का होता है, तो उसे 'रेख्ती' नाम से अभिहित किया जाता है।[6]

भाषा के अर्थ में 'रेख्ता' शब्द का प्रयोग उर्दू से पुराना है। कुछ लोग इसे उर्दूं का पर्याय समझ लेते हैं। लोगों की इस समझ पर **डॉ. उदयनारायण तिवारी** को आपत्ति है। तिवारी जी के विचार से 'रेख्ता' को उर्दू का पर्यायवाची मानना अशुद्ध है। वे उर्दू को 'रेख्ता' की एक विशिष्ट शैली मानते हैं।[7] **गार्सा द तासी** 'रेख्ता' को हिन्दुस्तानी का पर्याय मानते हैं।[8] **पं. पद्मसिंह शर्मा** का ख्याल है कि "रेख्ता असल में उर्दू पद्य की भाषा का नाम था। बोलचाल की या उर्दू गद्य की भाषा के अर्थ में इसका प्रयोग नहीं होता था।"[9] 'रेख्ता' में अरबी-फारसी के शब्दों का भी समावेश रहता था। इसी आधार पर पाश्चात्य विद्वान् **बाटे** ने उक्त मिश्रित भाषा को ही 'रेख्ता' कहा था- "The Hindustani language-(being mixed one) is called Rekhta."

'रेख्ता' शब्द का प्रथम प्रयोग कुछ लोग सादी दक्खिनी के कलाम में हुआ बताते हैं। सादी दक्खिनी प्रसिद्ध कवि वली से पूर्व आदिल शाह अव्वल के समय (1586 ई.) में हुए थे।[10] इधर अठारहवीं शती के आसपास दक्खिनी के प्रसिद्ध कवि वली ने एक नवीन काव्य शैली को रचा। वली ने ही दक्षिण से उत्तर में आकर इसका प्रचार-प्रसार किया था। इसी समय के आस पास सैयद अताहुसेन खाँ तहसीन ने अपने 'चहार-दरवेश का तर्जुमा' में अपनी भाषा के लिए रेख्ता, हिन्दी तथा 'जवान-ए उर्दू-ए-मुअल्ला' इन तीनों नामों का प्रयोग किया है। कबीर के एक पद में भी इस शब्द का प्रयोग एक छन्द विशेष के अर्थ में किया हुआ मिलता है।[11] निचोड़ यह कि इस शब्द का प्रयोग विगत 18वीं शताब्दी तक मिलता है। इस प्रकार की भाषा में साहित्य रचना करने वाले अन्य कवियों में शाह मुबारक, मीर, सैदा, गालिब, जुरअत, कायम, आलम, पल्टू, कीनाराम, गरीबदास, दरियादास तथा भीखादास आदि के नाम प्रसिद्ध हैं।

**4. दक्खिनी, दखनी या दकनी-** हिन्दी की इस विभाषा के स्वरूप के संबंध में भी विद्वानों की धारणाएँ विभिन्न तरह की रही हैं। कुछ लोग 'दक्खिनी-हिन्दी' से दक्षिण की हिन्दी का अर्थ बताते हैं, तो कुछ लोग 'दक्षिण भू-भाग का रहने वाला' अर्थ करते हैं। **डॉ. देवेन्द्र कुमार शास्त्री** दक्खिनी हिन्दी के संबंध में अपना विचार इस तरह व्यक्त करते हैं- "हैदराबाद और उसके निकटवर्ती क्षेत्रों में जिस 'हिन्दवी' का साहित्य के रूप में प्रयोग किया गया, उसके कवि और शायर लखनऊ से आते समय मातृ-भाषा के रूप में जिस बोली को साथ में लेते गये, वही मध्यकालीन हिन्दी भाषा 'दक्खिनी हिन्दी' कही जाती है।"[12] हमारे प्राचीन साहित्य में 'दक्षिण' तथा 'दक्षिणापथ' शब्दों का प्रयोग मिलता है। मुसलमानों के आने के बाद 'दक्खिनी' शब्द का प्रयोग उस भू-भाग के लिए किया जाने लगा, जो किसी समय 'दक्षिणापथ' कहा जाता था। उस काल में गोदावरी तथा कृष्णा नदियों के मध्य के प्रदेश को 'दक्खिन' तथा उस प्रदेश की भाषा को 'दक्खिनी' कहा गया।[13] सच कहा जाय तो 'दक्खिनी' दक्षिण की कोई भाषा, उपभाषा या बोली नहीं थी। 14वीं-15वीं शताब्दी के लगभग दिल्ली के आस-पास जो खड़ी बोली विकसित हुई थी, वही साहित्य तथा दैनिक बोल-चाल के रूप में दक्खिन में विकसित हुई और 'दक्खिनी हिन्दी' कहलाई। **जॉर्ज ग्रियर्सन** की सोच इस

1. Scientific History of Hindi Language-Shamsher Singh Narula, P.81
2. हिन्दी भाषा, डॉ. भोलानाथ तिवारी, पृ. 231, 1966
3. भाषाशास्त्र तथा हिन्दी भाषा की रूपरेखा,-डॉ. देवेन्द्र कुमार शास्त्री, पृ.-278
4. हिन्दी का राष्ट्र भाषा के रूप में विकास-डॉ. शिवराज वर्मा, पृ. 55
5. भारतीय आर्य भाषा और हिन्दी, पृ.-214
6. Linguistic Survey of India, Vol.1, Part. 1, Page. 304
7. हिन्दी भाषा का उद्गम और विकास, पृ. 197
8. हिन्दुई साहित्य का इतिहास-भूमिका भाग, पृ. 39
9. हिन्दी, उर्दू और हिन्दुस्तानी, पृ. 18
10. वही, पृ. 19
11. हिन्दी-व्याकरण-कामता प्रसाद गुरु, पृ. 27
12. भाषाशास्त्र तथा हिन्दी भाषा की रूप-रेखा, पृ. 278
13. हिन्दी का राष्ट्र भाषा के रूप में विकास, पृ. 32

संबंध में कुछ अलग ही है। वे कहते हैं कि दक्खिनी हिन्दी, हिन्दुस्तानी का एक रूप है, जिसका प्रयोग दक्षिण के मुसलमान प्रमुख रूप से करते थे- ``Dakhini is the form of Hindostani used by Musalmans in the Daccan.Like Urdu it is written in the Persian character but is much more free from Persianisation"[1] फ्रांसीसी साहित्यकार **गार्सा द तासी** दक्षिण में व्यवहृत हिन्दू-मुसलमानों की मिश्रित भाषा को 'दक्खिनी' कहना उपयुक्त समझते हैं।[2] **डॉ. सुनीति कुमार चटर्जी** के विचार इस संबंध में बहुत स्पष्ट हैं। वे कहते हैं कि उत्तर भारतीय मुसलमान दक्षिण में अपनी बोलियों को भी साथ लेते गये। वहाँ जाने के बाद भी उन्होंने अपनी उत्तर भारतीय देशज भाषा को ही अपनाये रखा तथा तत्कालीन हिन्दुओं में इसका नाम 'मुसलमानी' पड़ गया। इस भाषा में साहित्य रचनाएँ होने लगीं तथा वहीं दक्षिण की एक मात्र साहित्यिक भाषा होने के कारण 'दक्खिनी' या 'दकनी' कहलाई।[3] **डॉ. बाबूराम सक्सेना**[4] तथा **डॉ. रामविलास शर्मा**[5] ने उसे खड़ी बोली का एक विशिष्ट रूप अथवा परंपरा माना है। **हॉब्सन-जॉब्सन कोश** के अनुसार यह हिन्दुस्तान की एक विचित्र बोली है, जिसे दक्षिण के मुसलमान बोलते हैं। इसी कोश में इसे एक स्वाभाविक भाषा भी बताया है- "Very peculiar dialects of Hindustani spoken by such people(Mohammadan inhabitation of Daccan) ........ The Daccani language Which is the natural language of the Country."[6]

**ख्वाजा बंदानवाज** (1318-1432) दक्खिनी के प्रथम ग्रंथकार बताये जाते हैं। 'मिराजुल आशिकीन' बंदानवाज का प्रसिद्ध ग्रंथ है। यही ग्रंथ दक्खिनी गद्य का प्राचीनतम नमूना बताया जाता है। 15वीं शताब्दी के निजामी इस विभाषा के प्रथम कवि माने गये हैं। दक्खिनी के पास विपुल तथा उत्कृष्ट साहित्य-भंडार है। इसमें संस्कृत के तत्सम तथा तद्भव शब्दों के साथ अरबी-फारसी के शब्द भी यत्र-तत्र मिल जाते हैं, साथ ही खड़ी बोली, पंजाबी, ब्रजी, अवधी, तमिल, तेलुगु शब्द भी प्रभूत रूप में मिलते हैं। इसका प्रचार-प्रसार दक्षिण भारत की गोलकुण्डा, बीजापुर, अहमदनगर रियासतों के अलावा मध्यप्रदेश तथा मुंबई में भी है। खुसरो, मसउद, फरीउद्दीन आदि ने अपनी रचनाएँ इसी में की हैं।

## दक्खिनी हिन्दी की व्याकरणिक विशेषताएँ

### ध्वन्यात्मक वैशिष्ट्य-

1. परिनिष्ठित हिन्दी से अलग दक्खिनी हिन्दी में उ और ओ के मध्य का स्वर मिलता है।

2. दीर्घ स्वरों के ह्रस्व होने की प्रवृत्ति जैसे आदमी का अदमी।

3. पढ़े लिखे लोग फारसी तथा अरबी के कुछ व्यञ्जन प्रयुक्त करते हैं। जैसे-क़, ख़, ज़, श, फ़ आदि प्राय: क़, ख़ हो जाता है यथा सौख, बखत।

4. दो मूर्धन्य ध्वनियों के साथ-साथ प्रयुक्त होने पर पूर्ववर्ती ध्वनि दन्त्य हो जाती है। जैसे-ठण्डी -थंडी, डाट-दाट।

5. अन्त्य **व्यंञ्जन** में बलाघात के कारण द्वित्व की प्रवृत्ति-तल्ली, दत्ती।

6. **महाप्राण** ध्वनियाँ अल्पप्राण हो जाती हैं देख > देक, रखते > रकते, इसी तरह ठ् का ग छ् > ज। छ > च, झ > ज, ठ > ट, ध > द, भ > ब।

7. शब्द के मध्य में स्थित ह का लोप हो जाता है जैसे ठहरते > ठैरते।

8. **संज्ञा-** मूल या विकृत रूपों में बहुवचन के लिए आँ प्रत्यय लगता है। औरताँ, हिन्दुआँ।

9. **लिंग-प्रयोग अस्पष्ट है।**

10. सर्वनामों में अनेकरूपता पाई जाती है, जैसे-मै, हम, मुज, हम, मेरा, मरा, म्हारा, हम।

तू तैं थम, तुज, तुम्ह, तेरा, तरा, थारा, यउहें, योह, यू (यह), ये यैं (बहुवचन) वे, ओह (बहुवचन) इनके अतिरिक्त कौण किस, जिस कै, आदि का प्रयोग होता है।

11. निम्नलिखित परसर्गों का प्रयोग होता हैं- कर्ता-नी-ने। कर्म-को, कूँ, कों। करण- सों ते थे, सती, संते, सेती, सात सम्प्रदान-खातिर तईं, अपादान- सों, ते, थे, सती, सेती, संबंध- केरा, केरी, केर, का, के, की। अधिकरण-मे, मने, मियाने, महँ, मँहि, पर उपराल, उपर।

12. ने का अनियमित प्रयोग यथा खुदा के दोस्ताँ ने बोले हैं।

13. क्रिया रूप- दक्खिनी हिन्दी की क्रिया कर्तृवाच्य की होती हैं।

---

**1. Linguistic Survey of India Part II, Page- 84**
**2. हिन्दुई साहित्य का इतिहास (भूमिका भाग), पृ. 3**
**3भारतीय आर्य भाषा और हिन्दी, पृ. 212**
**4. दक्खिनी हिन्दी, पृ. 33**
**5. भाषा और समाज, पृ. 204**
**6. Hobson- Jobson, Page-233-234.**

14. वर्तमान काल पुल्लिंग में ता और स्त्रीलिंग में त्या जोड़ दिया जाता है।
15. भूतकाल के रूपों में या जोड़ा जाता है जैसे- दौड़्या, बोल्या।
16. भविष्यत् काल में गा गे गी के अतिरिक्त स प्रत्यय भी लगते हैं जैसे- जासी, होसन।
17. है हैं के स्थान पर अछ, अह, अथ रूप मिलते हैं।
18. क्रियार्थक संज्ञा के रूप-निर्माण में अन्त में न जोड़ा जाता है : करन, देखन।
19. क्रिया से कर्तृवाचक शब्द 'हार' प्रत्यय लगाकर बनते हैं : करन हारा, समजन हारा।
20. कर का विशिष्ट प्रयोग जिसका अर्थ है समझ कर यो ऐसा मामला या कर बोल्या।

**अव्यय-** सात (साथ), कने (पास), भौत (बहुत), काँ याँ वाँ कधन, ताल (उस समय), की (क्यों)

**कुछ शब्द-** पतुल (अध्यापक), बोंता (रजाई), काद (दीवार), उमाल (बादल), सुत्रा (सोना), झटका (वाहन), भाग (बहिन)।

5. **हिन्दुस्तानी, हिन्दोस्तानी, अथवा हिन्दोस्थानी-** अपने नामकरण तथा उत्पत्ति को लेकर हिन्दुस्तानी शुरू से ही भ्रमपूर्ण, गोझइल तथा विवाद का विषय रही है और आज भी उक्त संबंध में इसकी स्थिति बहुत साफ नहीं हो पायी है। इसका प्रयोग कभी हिन्दी भाषा के लिए किया गया तो कभी उर्दू के लिए तथा कभी हिन्दी और उर्दू दोनों के मिले-जुलें रूप के अर्थ में यह व्यवहृत हुई। इसके नामकरण को लेकर भाषाविद् दो खेमों में बँटे हुए हैं। एक वर्ग इसके नाम को यूरोपीय देन मानता है तथा दूसरा वर्ग इसका खण्डन कर इसकी व्युत्पत्ति तुर्की से मानता है। अच्छा होगा कि यहीं उसकी उत्पत्ति संबंधी दोनों तरह के विचारों को देख लिया जाय। पहले कुछ यूरोपीय समर्थकों के कुछ महत्वपूर्ण विचार इस प्रकार हैं-

**डॉ. श्यामसुन्दर** कहते हैं कि,-"हिन्दुस्तानी नाम के जन्म दाता अंग्रेज ऑफीसर हैं। वे जिस साधारण बोली में साधारण लोगों से साधारण पढ़े-बे-पढ़े दोनों ढंग के लोगों से बातचीत और व्यवहार करते थे, उसे हिन्दुस्तानी कहने लगे।[1] **पं पद्मसिंह शर्मा** का विचार है कि-सत्रहवीं शताब्दी में 'हिन्दुस्तानी जबान' का शब्द भी पाया जाता है। इससे आगे चलकर हमारे मिहरबान यूरोपियन साहबान ने इस शब्द को अपने उच्चारण के अनोखे साँचे में ढालकर विचित्र रूप दे दिया।[2] **डॉ. धीरेन्द्र वर्मा** भी इसी विचार के समर्थक हैं। उनका विचार है कि हिन्दुस्तानी नाम यूरोपियन लोंगों का दिया हुआ है।[3] पाश्चात्य विद्वान् **सर जॉर्ज ग्रियर्सन** भी उक्त विद्वानों की बातों का समर्थन करते हुए कहते हैं कि- हिन्दुस्तानी शब्द यूरोप के लोगों की देन है-The word Hindustani was coined under European influence and means the language of Hindustani"[4]

और अब उन लोगों के विचार जो इसके नामकरण का रिश्ता तुर्की से जोड़ते हैं। **पं. उदयनारायण तिवारी** इसके यूरोपीय नाम को नकारते हुए कहते हैं कि-"ऐसा प्रतीत होता है कि हिन्दी, हिन्दुई तथा हिन्दवी की भाँति इस नाम के सूत्रपात करने वाले भी तुर्क विजेता ही थे। हाँ, यह दूसरी बात है कि इस नाम को सर्वाधिक प्रचलित करने मे यूरोप के लोगों का विशेष हाथ है।"[5] **पंडित ललिता प्रसाद सुकुल** का भी अनुमान है कि - भाषा के अर्थ में हिन्दुस्तानी नाम ईरानियों और तुर्कों के साथ 15वीं-16वीं शताब्दी में यहाँ आ चुका था। **उदयनारायण तिवारी** के विचार से सुकुल जी के उक्त कथन की पुष्टि **हॉब्सन-जॉब्सन कोश** भी करता है।[6] बाबर (1483-1530) तुर्क था।[7] उसने भी दौलत खाँ लोदी के संबंध में हिन्दुस्तानी का उल्लेख किया है - "I have made him sitdown before me and desired a man who understood the Hindustani language to explain to him what said sentence by sentence in order to ressure him"[8] **डॉ. चन्द्रभान रावत** का विचार है कि इस नाम का प्रवर्तन यूरोपियों ने किया, पर इसकी व्युत्पत्ति तुर्की से ही है।[9]

हॉन्सन-जाब्सन कोश में हिन्दुस्तानी के संबंध में अनेक तरह की सूचनाएँ मिलती हैं। इस कोश के अनुसार हिन्दुस्तानी शब्द विशेषण है, किन्तु संज्ञा के रूप में इसके दो अर्थ होते हैं-हिन्दुस्तान का निवासी तथा हिन्दुस्तानी जबान या हिन्दुस्तान की भाषा। इसे यहीं पर उत्तर तथा दक्षिण के मुसलमानों की भाषा भी बताया गया है। इसका विकास आगरा तथा दिल्ली के आसपास की हिन्दी, फारसी तथा विदेशी शब्दों के मिश्रण से बताया गया है। आगे इसका एक नाम उर्दू भी बताया गया है। इस कोश के अनुसार पुराने 'एंग्लो

---

1. हिन्दी भाषा, पृ. 33
2. हिन्दी, उर्दू और हिन्दुस्तानी, पृ. 25-26
3. हिन्दी भाषा का इतिहास (भूमिका भाग), पृ. 63
4. Lingustic Survey of India, Vol IX, Part I Page 43
5. हिन्दी भाषा का उद्गम और विकास, पृ. 188
6. Hobson-Jobson, Page 317.
7. कुछ लोग बाबर को मंगोल भी मानते हैं।
8. Memoirs of Baber, Lucas king Edition, Voll-II, Page-170
9. हिन्दी भाषा : विकास और विश्लेषण, पृ. 96

इन्डियन' इसे मूर (Moor) कहते थे।[1]

जाहिर है, उक्त कोश में हिन्दुस्तानी का विवादास्पद अर्थ करके अंग्रेजों ने हिन्दुस्तान में हिन्दुओं और मुसलमानों के बीच साम्प्रदायिक लड़ाई की एक अन्तहीन लकीर खींच दिया। हिन्दुस्तानी शब्द का अर्थ उन्होंने कभी उर्दू किया तो कभी हिन्दी। वे तो चले गये, लेकिन उनके द्वारा किये गये इस विषैले अर्थ का फल आज भी हम 'हिन्दी-उर्दू संघर्ष' के रूप में भोग रहे हैं।[2] अंग्रेजों ने इसे उर्दू के नाम पर काफी प्रोत्साहित किया। उर्दू के कई नए प्रशिक्षण केन्द्र अपने देश में खोले गये तथा कचहरियों में भी उर्दू को ही प्रमुख स्थान मिलने लगा। इसके पीछे अंग्रेजों की मंशा उर्दू के विकास की कम, बल्कि हिन्दू-मुसलमानों को विवादग्रस्त भाषिक हथियार सौंपकर लड़ाने की अधिक थी, जिससे इस देश पर वे काफी दिनों तक शासन कर सकें। लेकिन गांधीजी की कुशल अगुवाई में उक्त भाषा-विवाद काफी हद तक सुलझा, जिसका काफी विस्तृत इतिहास है।

हिन्दुस्तानी के कई नाम मिलते हैं, यथा-खड़ीबोली, नागरी, सरहिन्दी, साहित्यिक हिन्दी तथा वर्नाक्युलर हिन्दुस्तानी आदि।[3] As a dialect of western Hindi, Hindostani presents itself under several form... Vernacular Hindostani and the Literary Hindostani founded thereon. Vernacular Hindostani is the language of the upper Gangetic Doab and of the Western Rohilkhand. Literary Hindosatni is the Polite Speach of India, generally, and may be taken as the Vernacular of educated Musalmans.जहाँ तक इसकी व्युत्पत्ति के संबंध में ख्याल है, - 'हिन्दु' शब्द 'सिन्धु' शब्द का फारसीकृत रूप है। इसी के साथ फारसी 'स्तान' (हिन्दी-स्थान) शब्द जोड़कर 'हिन्दुस्तान' बना। पश्चात् उसमें 'ई' प्रत्यय जोड़ दिया गया अर्थात् हिन्दु+स्तान+ई=हिन्दुस्तानी, यही व्युत्पत्ति हिन्दुस्तानी शब्द की मानी जा सकती है। इसी शब्द के साथ इसी अर्थ में एक और शब्द 'हिन्दुस्थानी' का भी प्रयोग यत्र-तत्र मिलता है, जिसकी व्युत्पत्ति के लिए बताया जाता है कि फारसी भाषा के 'अस्तान' या 'इस्तान' के स्थान पर शुद्ध संस्कृत शब्द 'स्थान' के प्रयोग के कारण 'हिन्दुस्थानी' बना। **डॉ. सुनीति कुमार चटर्जी** ने दोनों शब्दों में भेद इस प्रकार किया है,-"'थ' वाले रूप से किसी एक बंगाली, महाराष्ट्रीय या गुजराती सज्जन को एक ऐसी भाषा का बोध होता है, जिसे वह सरलता से समझ सकता है तथा जो उर्दू की तरह फारसी शब्दों से लदी हुई नहीं है। ........दूसरी ओर 'त' वाले फारसी शब्द 'हिन्दुस्तानी' से प्राय: भारतीय मुसलमान, अंग्रेज तथा अन्य विदेशी जन उर्दू के सदृश भाषा का उर्दू ही का अर्थ लगाते हैं।"[4] एक और शब्द 'हिन्दोस्तानी' का भी प्रयोग 'हिन्दुस्तानी' शब्द की जगह कभी-कभार मिल जाया करता है। 'हिन्दोस्तानी' शब्द का प्रयोग मुख्यत: फारसी लिपि में हुआ बताते हैं। लेकिन इन तीनों शब्दों में 'हिन्दुस्तानी' शब्द से ही भारतीयता सर्वाधिक टपकती है। मुख्य रूप से गंगा के ऊपरी दोआब की भाषा हिन्दुस्तानी का व्याकरण हिन्दी का है, जो अति सरल-सहज भी है।

**6. उर्दू-** हिन्दी की विभाषाओं में उर्दू की व्युत्पत्ति-उत्पत्ति तथा नामकरण को लेकर काफी मतान्तर रहा है। विद्वानों ने इसके संबंध में जितने भी तर्क दिये हैं, कुछ को छोड़कर सबके सब एक दूसरे से भिन्न तथा बेमेल हैं। उनमें न तो कोई आपसी तालमेल है और न ही कोई संगति। यही कारण हैं कि उर्दू के मूल उत्स की सही पकड़ में दुविधा की स्थिति निरंतर बनी रही है। इस संबंध में अनेक मत स्थापित विद्वानों द्वारा सतर्क प्रस्तुत किये गये हैं। उनमें से किस मत को सर्वाधिक विशुद्ध तथा वैज्ञानिक माना जाय? इसका उत्तर बहुत सरल नहीं है। इस बात को स्पष्ट करने के लिए कुछ विद्वानों के उर्दू-संबंधी विचार नीचे दिये जा रहे हैं-

**मुहम्मद हसन आजाद** कहते हैं कि- "इतनी बात हर शख्स जानता है कि हमारी जबान ब्रजभाखा से निकली है।"[5] **मीर अम्मन देहलवी** के अनुसार "उर्दू बाजारी और लश्करी भाषा है।"[6] **सैय्यद इंशा अल्ला खाँ** (1908) ने उर्दू की उत्पत्ति अनेक भाषाओं के मिश्रण से मानते हुए कहा है कि, "बिल जुमला उर्दू मुश्तमिल अस्त बरचन्द जबान यानी अरबी व फारसी व तुर्की व बिरजी (ब्रजभाषा) वगैरा आन" अर्थात् उर्दू भाषा कई भाषाओं अर्थात् अरबी, फारसी, तुर्की व ब्रजभाषा आदि अनेक भाषाओं पर आधारित है।[7] **डॉ. ए. हमीद** ने भी **इंशा अल्ला खाँ** के ही विचारों का समर्थन किया है।[8] लखनऊ के **आबिद मिर्जा बेग** (1917) का भी यही विचार है कि उर्दू कई भाषाओं का मिश्रित रूप है-

**जिसे कहते हैं उर्दू है वह लश्कर, सुनी बातें जो लश्कर की जबां से।**
**उसी का नाम उर्दू हो गया है, कोई मुनकर नहीं मेरे बयां से।**
**हुई जब छावनी दिल्ली में ऐ भी, वहाँ लोग आ गये सारे जहाँ से।**

1. Hobson-Jobson, Page 317.
2. 'हिन्दी-उर्दू-विवाद' के संबंध में विस्तृत जानकारी के लिए मेरी दूसरी पुस्तक 'राष्ट्रभाषा हिन्दी : कुछ नयी चुनौतियाँ' को देखा जा सकता है।
3. Linguistic Survey of India, Part -II, Page-881
4. भारतीय आर्य भाषा और हिन्दी, पृ. 172
5. आबेहयात, पृ. 6
6. बागोबहार, पृ. 4
7. दरिया ए लताफत, पृ. 120, 1945
8. What is Hindi, P.29

**हुआ हर कौम के लोगों का मजमा,कोई काबुल कोई माजनदरां से।**
**अरब था और कोई अजम था,कोई शैराज कोई शेरवां से।**
**जो कीं आपस में इन लोगों ने बातें,तो उर्दू की जबां निकली यहाँ से।**

भारतीय भाषाओं के सर्वेक्षक सर जॉर्ज ग्रियर्सन का विचार है कि फारसी शब्दों से बोझिल हिन्दुस्तानी ही उर्दू है और इसीलिए वह केवल फारसी लिपि में ही लिखी जाती है, -"The name uurdu can there be confined to that special Variety of Hindostani in which Persian words are of frequent accurence and which hence can only be written in the Persian character."[1] **केलॉग** की भी सोच **ग्रियर्सन** जैसी ही है।[2] अंग्रेज विद्वान् **टी. ग्राहम बेली** उर्दू की उत्पत्ति पंजाबी से मानते हैं।

**डॉ. भोलानाथ तिवारी**[3] तथा **डॉ. माता बदल जायसवाल**[4] का विचार है कि उर्दू की उत्पत्ति का मूलाधार दिल्ली के आस-पास की प्रचलित लोक भाषा है तथा वह मुसलमानों द्वारा चुनी गई दिल्ली मेरठ की बोली है। **डॉ. सुनीति कुमार चटर्जी** का विचार है कि, ''जब फारसी अक्षरों में लिखित तथा फारसी की ओर झुकी हुई दिल्ली की 'हिन्दी' तथा 'खड़ी बोली' ने अपना विशिष्ट पथ-ग्रहण कर लिया तो वह उर्दू कहलाई।''[5] **डॉ. रामविलास शर्मा** उर्दू को सामान्य बोल-चाल की खड़ीबोली से उत्पन्न मानते हैं।[6] **ब्रज मोहन दत्तात्रेय कैफी** ने बताया है कि शौरसेनी प्राकृत में विदेशी शब्दों के सम्मिश्रण से ही उर्दू की उत्पत्ति हुई।[7]

ऊपर के अध्ययन का निचोड़ यदि निकाला जाय तो उर्दू की उत्पत्ति के संबंध में कई बातें उभर कर सामने आती हैं, जिनसे उर्दू की उत्पत्ति सिद्ध हो सकती है-

1. दिल्ली मेरठ की खड़ी बोली ही उर्दू की उत्पत्ति का आधार है,

2. उर्दू एक मिश्रित भाषा है, वह कई मिश्रित, खिचड़ी भाषाओं के योग से जन्मी है। इसके अतिरिक्त उर्दू की उत्पत्ति संबंधी अन्य सुझावों में अपेक्षित वैज्ञानिकता, तार्किकता तथा पुख्ता आधार का अभाव ही दीख पड़ता है। बेली द्वारा सुझाया गया आधार बहुत समीचीन नहीं है। हालाँकि पंजाबी का प्रभाव उर्दू पर देखा जा सकता है, लेकिन वाक्य-रचना तथा क्रिया-पदों के तुकताल की नजदीकी उर्दू से सिद्ध नहीं होती। ठीक यही स्थिति उर्दू संबंधी अन्य मतों की है। ये मत भाषाविज्ञान के मान्य चौखटे में 'फिट' नहीं बैठते।

वस्तुत: उर्दू शब्द मूलत: 'तुर्की' भाषा का है, जिसका अर्थ होता है-शाही शिविर, पड़ाव, छावनी, लश्कर, खेमा, तम्बू आदि। तुर्क लोग जिन तम्बुओं अथवा शिविरों में अपना जीवन व्यतीत करते थे-उन्हें 'उर्दू' कहा जाता था। पेशावर की सीमा पर आज भी उर्दू शब्द युद्ध में प्रवृत्त सैनिकों के 'शिविर' के लिए प्रयुक्त किया जाता है- ''The mixed language which grew up in the court and camp was called zaban-i-Urdu..... on the Peshawar frontier the word Urdu is still in frequent use as applied to the camp of a fiels force.''[8] तुर्की भाषा से यह शब्द शनै: शनै: अन्य भाषाओं-अंग्रेजी में 'होर्ड', फ्रांसीसी में 'होर्दे', इतालवी में 'ओर्दा', जर्मनी में 'होरदे', पॉलिश में 'होर्दा', रूसी में 'ओर्दा' तथा चीनी में 'ओर्दुस' के रूप में फैल गया। **डॉ. भोलानाथ तिवारी** तो इस शब्द का मूल स्रोत चीनी भाषा मानते हैं। उनके विचार से चीनियों द्वारा भगाए गये हूणों के साथ यह शब्द मध्येशिया में आया। भारत में तुर्कों के साथ इसका आगमन हुआ, जो मूलत: हूणों के वंशज थे।[9] कुछ अन्य लोग भी यह कह कर कि-''हूणों के वंशज तुर्कों के यहाँ भी यह शब्द चीनी स्रोत से ही आया और तुर्कों के साथ यह शब्द चीन से मंगोलिया होते हुए भारत में आया''- प्रकारान्तर से **डॉ. भोलानाथ तिवारी** के विचार का ही समर्थन करते हैं। कुछ लोग यह मानते हैं कि यह शब्द ईरान के माध्यम से एशिया में आया। जो कुछ भी हो, इतना तो तय है कि यह शब्द तुर्की भाषा का ही है और 16वीं शताब्दी में बाबर के साथ ही इसका आगमन भारत में हुआ। तुर्की में 'उर्दू' नाम की जाति और 'उर्दा' नगरी आज भी विद्यमान है।[10]

उर्दू का प्रथम प्रयोग स्थान वाचक ही मिलता है। 'आइने अकबरी' में 'उर्दू' शब्द का प्रयोग भाषा के अर्थ में न होकर अस्तबल,

---

**1. Linguistic Survey of India, Vol. ix, Part I, Page-47**
**2.A Grammar of Hindi Language, Preface, Page-xxi**
**3. हिन्दी भाषा, पृ. 224**
**4. हिन्दी साहित्य कोश, पृ. 180**
**5. भारत की भाषाएँ तथा भाषा संबन्धी समस्याएँ, पृ. 64**
**6. भाषा और समाज, पृ. 212**
**7. Proceedings and Transaction of all India Confrence, Lucknow, Page-247,1957**
**8. Hobson-Jobson, Page-488**
**9. हिन्दी भाषा, पृ. 223**
**10. हिन्दी और उसकी विविध बोलियाँ-डॉ. कैलाश तिवारी, पृ. 64**

तम्बू तथा मकान के लिए किया गया है। अकबर तथा जहाँगीर के समय में 'विशेष-अधिकारी' की नियुक्ति हुआ करती थी, जिसे 'काजी-ए-उर्दू' (छावनी का न्यायाधिकारी) कहा जाता था। तुर्क योद्धा तथा उनके शासक अथवा बादशाह जिन शिविरों-छावनियों में रहा करते थे, उन्हे भी 'उर्दू-ए-आलिया' कहा जाता था। हुमायूँ के समय में मुगल वंश के दरबारों को भी 'उर्दू' कहा जाता था। शाहजहाँ के जिस किले को आज हम 'लाल किला' कहते हैं, पहले उसे 'उर्दू-ए-मुअल्ला' कहा जाता था। मुगलकाल में सिपाहियों को सामान्य जनता से दूर छावनियों में रखा जाता था। इन छावनियों के आसपास बाजार लगाइ जाती थी, इस बाजार को 'उर्दू-बाजार' कहा जाता था। अपने देश के कई छोटे-बड़े शहरों-गाजीपुर, गोरखपुर,मुजफ्फरपुर तथा दिल्ली आदि-में आज भी पृथक रूप से उर्दू बाजार मिल जाते हैं। इन बाजारों में जिस बोली का प्रचलन था, उसे 'जबान-ए-उर्दू' (शिविर की भाषा) या 'जबान-ए-उर्दू-ए-मुअल्ला' (महान राज शिविर की भाषा) कहा जाता था। कुछ समय पश्चात् 'मुअल्ला' तथा उसके बाद 'जबान' शब्द उसमें से लुप्त हो गये। बच गया केवल 'उर्दू' शब्द, जो कालान्तर में स्थान विशेष की बोली के लिए प्रयुक्त होने लगा। **पं. कृष्ण शंकर शुक्ल** ने भी इसकी पुष्टि की है, ''प्रारंभ में यह भाषा 'उर्दू हिन्दी' (अर्थात् शिविरों की हिन्दी) कहलाती थी। उसके बाद उर्दू विशेषण-विशेष्य भाषा के रूप में प्रचलित हो गई।''[1]

भाषा के अर्थ में उर्दू का प्रयोग कब शुरू हुआ, यह सवाल भी 'यक्ष-प्रश्न' की तरह अभी अनुत्तरित बंना हुआ है। लोगों का विचार है कि मुगल दरबारों में 17वीं शताब्दी के अंत तक भाषा के अर्थ में उर्दू प्रचलित नहीं हुई थी। **पं. पद्मसिंह शर्मा** कहते हैं कि- ''उर्दू शब्द का प्रयोग इस काल (सन् 1797) में भी अच्छी तरह से प्रचलित नहीं हुआ। अलबत्ता इस समय को उर्दू शब्द के प्रचार का आरंभ काल कहा जा सकता है।''[2] **श्री हाफिज मुहम्मद शैरानी** का विचार है कि भाषा के अर्थ में 'उर्दू' का सर्व प्रथम प्रयोग अताहुसेन खां 'तहसीन' (18वीं शती) ने अपनी किताब 'नौतर्जे मुरस्सह' में किया है।[3] **डॉ. रामविलास शर्मा** का भी विचार है कि भाषा के अर्थ में उर्दू का प्रयोग 18वीं शती से पहले नहीं हुआ।[4] बेली का कहना है कि भाषा के अर्थ में उर्दू का प्रयोग मसहफी (मृत्यु सन् 1824 ई.) से पहले नहीं हुआ है। मसहफी का एक शेर इस प्रकार पेश है-

**''खुदा रक्खे जबां हमने सुनी है मीर बो मिरजा की,**
**कहें किस मुंह से हम ऐ 'मसहफी' उर्दू हमारी है।''**

कुल मिलाकर उपर्युक्त साक्ष्यों के आधार पर यह कहा जा सकता है कि भाषा के अर्थ में उर्दू का प्रयोग अठारहवीं शती से पहले नहीं मिलता। इस समय उर्दू के स्वतंत्र अस्तित्व को स्थापित करने के लिए संघर्ष का दौर-दौरा तेज हुआ है। लेकिन लोगों को जानना चाहिए कि हिन्दी के साथ हाथापाई करने से उर्दू का भला नहीं हो सकता। फिर, हिन्दी-उर्दू में अंतर कहा हैं? वाक्य-रचना, क्रिया, सर्वनाम सभी तो (हिन्दी उर्दू के) एक ही हैं। यदि अंतर है भी तो वह मात्र दोनों की शब्दावलियों का। तो क्या इतने से ही उर्दू को हिन्दी से पृथक किया जा सकता है? वस्तुत: भाषा शास्त्र के विचार से उर्दू हिन्दी की एक शैली है। उर्दू के लिए कृत्रिम हाहा-हीही करने वाले मौसमी राजनीतिज्ञों के कारण यह प्रदूषित हो चुकी है। ये तथाकथित राजनेता उर्दू को नहीं उबार सकते। यदि उर्दू का भला करना है, तो उसे हिन्दी के साथ समन्वित करना होगा।

# हिन्दी प्रदेश की प्रमुख बोलियाँ

# परस्पर संबंध - व्याकरणिक समानता तथा अन्तर

## 1. अवधी तथा ब्रजभाषा: समानता तथा अन्तर

शौरसेनी अपभ्रंश की दुहिता राधा और कृष्ण के राग रस से सराबोर ब्रजभाषा पश्चिमी अंचल ब्रज की साम्राज्ञी रही है तो अर्द्धमागधी की लाडली बेटी अवधी उत्तर कौशल के लोगों के हास-परिहास, दुख-दर्द के माध्यम के रूप में एक सहस्राब्दी से अनवरत प्रवाहित होती राम काव्य का माध्यम बन श्रान्त भारतीय मानस को रस विभोर कर राम रस से एकात्म है। एक पश्चिमी हिन्दी है तो दूसरी पूरब की। दोनों ने उत्तर भारत को ही नहीं, समग्र भारत को अपने सांस्कृतिक प्रवाह से न केवल सींचा, अपितु भक्ति काव्य को ऐसी धरोहर प्रदान किया, जिसे इतिहास के अंचल में बाँधकर, समूचा देश आज तक, गौरवान्वित है और युगों तक रहेगा। प्रतीच्य और प्राच्य की इन दोनों बोलियों में जो अन्तर हैं, उन्हें इस रूप में प्रस्तुत किया जा सकता है:-

**1. उच्चारण गत अन्तर-** (क) अवधी में अ, इ, उ के ह्रस्व और अति ह्रस्व-दो-दो रूप मिलतें हैं। शब्दान्त में अ नहीं आता। ऍ ऑ के ह्रस्व रूप उपलब्ध हैं। वहीं ब्रज भाषा में ऍ ऑ ह्रस्व अतिरिक्त ध्वनियाँ हैं। शब्दान्त में इ या उ जैसे बहुरि, बाधु, कनु,

---

**1. आधुनिक हिन्दी साहित्य का इतिहास, पृ. 97**
**2. हिन्दी, उर्दू और हिन्दुस्तानी, पृ. 25**
**3. पंजाब में उर्दू, पृ. 30**
**4. भाषा और समाज, पृ. 320**

कालु आदि या ओ आतें हैं। यह ओंकार बहुला भाषा है जैसे लेनो, देनो, झगरो, बसेरो, मयो। कहीं-कहीं ह्रस्व अें ध्वनि शब्दान्त में आती है जैसे बहुअँ। अवधी में भी व्यंजनान्त संज्ञा पदों के कर्ता एक वचन के रूपों में उ लगता है जैसे- घरु, मनु, बनु।

(ख) अवधी में ण ध्वनि के स्थान पर न उच्चरित होता है, ऐसा ही ब्रजभाषा में भी होता है।

(ग) व्यज्जन के अल्प प्राण करने की प्रवृत्ति ब्रज में आम बात है यथा- बारह-बारा, तुम्हारो-तुमारो, जबकि अवधी में यह प्रवृत्ति नहीं दीख पड़ती, क्योंकि महाप्राण ध्वनियां यहाँ स्पष्ट हैं। 'ल' के स्थान पर 'र' करने की प्रवृत्ति दोनों बोलियों में है। पीरो (पीला-ब्रज) अंजुरी (अंजलि-अवधी)। व का दोनों बोलियों में ब हो जाता है पर अवधी में कहीं-कहीं व का उ भी होता है।

(घ) सानु नासिकता की प्रवृत्ति दोनों बोलियों में है- न्ह, म्ह, रह, ल्ह ध्वनियां अवधी में माध्यमिक स्थिति में ही होती हैं जैसे बरम्हा, कुल्हड़ आदि पर ब्रज में उनका प्रयोग कहीं भी हो सकता है, जैसे- न्हात, म्हाक, उरहानो।

(ड.) ब्रज में व का कहीं-कहीं म हो जाता है जबकि अवधी में व का ब या उ होता है।

(च) ब्रज भाषा में मध्य स्थित र का लोप होकर र से संयुक्त व्यञ्जन का द्वित्व हो जाता है, जबकि अवधी में ऐसा कोई नियम नहीं है।

**2. व्याकरणिक अन्तर-**(क) संज्ञा रूपों में अवधी में सामान्यत: तीन रूप प्रचलित हैं- सामान्य, दीर्घ, दीर्घतर जैसे- घोड़ा, घोड़वा, घोड़उना। लेकिन ब्रजभाषा में केवल दो रूप ह्रस्व और दीर्घ ही पाए जाते हैं।

(ख) पुल्लिंग से स्त्रीलिंग बनाते समय ब्रज में इनि, इन, इनी- नी प्रत्यय लगते हैं और कहीं-कहीं मध्य र के होने पर अन्त में द्वित्व हो जाता है जैसे सियात्री। अवधी में स्त्रीलिंग के लिए इनी, या, आ, ई, आइन आदि प्रत्यय लगते हैं।

**3. परसर्ग-** (क) कर्ता- ब्रज में नें, ने, नै, नैं, न का प्रयोग होता है जबकि अवधी में ने या उसके रूपों का प्रयोग नहीं होता।

(ख) कर्म सम्प्रदान- ब्रज में कुँ, कूँ, कौं, कैं, कें का प्रयोग होता है, जबकि अवधी में क, का, कॉ, कह्माँ, कहँ, काह, कु, के, कऊँ, कहूँ, को, कइ (की नीतिन, की खातिर) का।

(ग) करण अपादान- ब्रज भाषा में सों, सूँ, ते, तें जबकि अवधी में से, सेनी, सेन का प्रयोग होता है।

(घ) अवधी में केवल सम्प्रदान के लिए बाड़े शब्द का प्रयोग किया जाता है, ब्रज में यह प्रयोग नहीं पाया जाता।

(ड.) संम्बंध- कौ, तिर्यक् (पुल्लिंग) के, (स्त्रीलिंग) की, ब्रज में प्रयुक्त होते हैं, जबकि अवधी में करे, कर, के, तिर्यक के और स्त्रीलिंग कै का प्रयोग होता है।

(च) अधिकरण- ब्रज में, मैं, पै, कौ तथा अवधी में, मे, म, पर आदि व्यवहृत होते हैं।

**4. विशेषण-** निर्माण विधि दोनों बोलियों में हिन्दी के समतुल्य है परन्तु दीर्घ पुल्लिंग आकारान्त शब्द ब्रज में औकारान्त हो जाते हैं, इनके तिर्यक एकवचन के रूप ऐ अथवा ए, और बहुवचन (पुल्लिंग) के रूप ए, एँ, ऐ, ऐ प्रत्ययान्त होते हैं। अवधी में भी लिंग परिवर्तन की प्रवृत्ति विशेषणों के प्रयोग के समय देखी जाती है जैसे आपन, स्त्रीलिंग आपनि, ऐस स्त्रीलिंग ऐसी, ओकर स्त्रीलिंग ओकरी।

**5. सर्वनाम-** ब्रजभाषा में उत्तम पुरुष एक वचन तथा बहुवचन में, मैं, सें, हौं, हँइ, मुज, मोहि, मोर (विकारी) मोहि, मुहि, मोए, माय, मेरौ, हम, मेर्‌यो, हमौ, हमैं, हमारो आदि का तथा अवधी में मैं, मो, मोर, हम (तिर्यक) हमरे, का ब्रज मध्यम पुरुष में तू, तूँ, तैं,तो, तुम, तो आदि तो अवधी मध्यम पुरुष तुइ, तो, तोर, तुम, तोहार आदि सर्वनाम प्रयुक्त होते हैं। प्रथम पुरुष ब्रजभाषा में तथा अवधी में काफी पार्थक्य दीख पड़ता है जैसे ब्रज भाषा में इसके लिए बो, बु, वो, वौ, ला, वा (स्त्रीलिंग) विस (विकारी) वै, बे, उन, विन आदि जहाँ प्रयुक्त होते है, वहीं अवधी में उ, इ, एकर, ओकर, ए, इनकर, ओ, ओनकर आदि शब्द प्रयोग में लाए जाते हैं।

**6. क्रिया-** 1. ब्रजभाषा में वर्तमान कालिक तथा भूत कालिक सहायक क्रियाओं के लिए अै, है, हैं, हौ, हौं, हो, ही, हीं आदि का प्रयोग होता है और कन्नौजी हुतो, हुती, हुते (भूत) आदि रूप भी प्रयुक्त होते हैं तो अवधी में बाटे, बाटेस, तथा अहेऊँ, अहीं आदि रूप वर्तमान काल में प्रयोग लाए जाते हैं वहीं भूतकाल में रहेऊँ, रहे, रहा आदि रूपों को प्रयुक्त किया जाता है।

2. क्रिया बोधक संज्ञा के लिए देनौ तथा दैबौं रूप ब्रज में तथा देखब अवधी में असमापिका क्रिया पद (ब्रज में) ह्वै या है के, तो अवधी में देख कै-या के रूप चलते हैं। अनियमित क्रिया पद के लिए (ब्रज में) हो नौं रूप होता है तो अवधी में होब होता है। होब के अन्य रूप भ, भा, भय, भै और भवा होते हैं। वर्तमान क्रियाबोधक विशेषण (Present Participle) में, ब्रज में मारतु, मारत रूप चलते हैं तो अवधी में देखत्, देखता, देखित आदि रूप बनतें हैं।

3. अतीत क्रिया बोधक विशेषण के ब्रज में मार्‌यों रूप तो अवधी में मारा रूप होते हैं। भविष्यत् में (ब्रजभाषा) दैहों, देउँगो, ह्वै, हौं, होइहौं, होउँगो रूप तो अवधी में देखबू, देखब, देखबे, देखबो आदि रूप बनते हैं।

4. अन्य क्रिया पदरूप- ब्रज में वर्तमान कालिक कृदन्त में त प्रत्यय लगते हैं जैसे जात, माँजत, खात। अवधी में त-ति प्रत्यय जुटकर करत, चकति रूप बनते हैं।

5. भूतकालिक कृदन्त- धातु के अन्त में अवधी में आ, ए, ई प्रत्यय जुटकर चला, देखा, चले, देखे, चली, देखी रूप निर्मित होते हैं, जबकि ब्रज में औ यौ (पु.) ई ईं (स्त्री.) प्रत्ययों का प्रयोग कर चलो, चल्यो (पु.), चली, चलीं (स्त्री.), चले बहुवचन रूप निर्मित होते हैं।

6. अवधी- पूर्वकालिक कृदन्त का निर्माण इ प्रत्यय की सहायता से होता है: चलि, करि, खाइ ब्रज- में इ इ कै प्रत्यय जुटते हैं और रूप बनते हैं देखि, जाइकै, सुनि, आइकै।

7. क्रियार्थक संज्ञा का निर्माण - अवधी में धातु के अन्त में अन, अब (अबु) प्रत्यय जुटते हैं और करन, भूलन, चलबु रूप बनते हैं ब्रजभाषा में नो, इबो, ने, इबे मूल धातु में जुटकर चलबो, चलिबो, खानो, खाइबो, सुनिने, कढ़िबे रूप बनते हैं।

## 2. ब्रजभाषा और खड़ी बोली : साम्य और वैषम्य-

**उच्चारण गत साम्य-** दोनों में दो स्वर एक साथ प्रयुक्त नहीं होते। 'इ' के बाद 'आ' का प्रयोग दोनों में न तो लिखने में होता है, न बोलने में, कारण है कि दोनों में संधि हो जाती है।

1. व्याकरणिक साम्य:- एक ही जननी के कोख से उद्भूत होने के कारण, भूतकालिक क्रियाओं में 'ने' परसर्ग प्रयुक्त होता है।

2. स्त्रीलिंग तथा आकारान्त बहुवचन में दोनों (भाषाओं) में रूप परिवर्तन की प्रकृति दीख पड़ती है जैसे घोड़ा -> घोड़े, सखी --> सखियाँ या सखियों।

3. भविष्यकाल में गा गे गी प्रत्यय, दोनों में प्रयुक्त होता है।

**व्याकरणिक वैषम्य-**1. खड़ी बोली आकारान्त है तो ब्रजभाषा और (अन्य पश्चिमी बोलियां भी) ओकारान्त हैं। खड़ी बोली के इस स्वभाव के पीछे पंजाबी प्रभाव विद्वानों के मत से माना जाता है।

2. क्रिया गत अन्तर- खड़ी बोली में काल रचना करने वाली क्रियाओं में 'है' के अलावा भूत और वर्तमान काल की सभी क्रियाएँ धातुज कृदन्त हैं। ब्रजभाषा में लिंग भेद रहित वर्तमान और भविष्य के कृदन्त रूप व्यवहार में लाए जाते हैं।

3. खड़ी बोली तथा ब्रजभाषा के अतीत कालिक रूपों में विशेष वैषम्य है। हिन्दी में जहाँ भूतकाल के लिए था थे थी का प्रयोग होता है वहाँ ब्रजी में हुतो, हुती, हुते, हो का प्रयोग होता है।

4. वर्तमान कृदन्तीय (शतृ) कर्तृवाच्य के रूप ब्रज में तु या त प्रत्ययान्त होते हैं। मारतु, मारत तो हिन्दी में इसके लिए मारता होता है।

5. खड़ी बोली में भूतकालिक कृदन्त 'आ' या होता 'या' है, जैसे मारा, गया, सुना, खाया, देखा पर ब्रज भाषा में अतीत कालिक कृदन्त यौ होता है : मार्यौ। यह 'य' संस्कृत के इ का अवशेष है जैसे मारितक > प्रा. मारिद्अ > मारिय > मारिऔ > ब्रज मार्यौ।

6. ब्रजभाषा में वर्तमान की सहायक क्रिया हूँ के लिए हौं तथा मध्यम पुरुष में खड़ी बोली की तरह है लगता है जैसे हौं मारौ हौं। (मै मारता हूँ) तू मारे है, तू मारता है। इसी प्रकार भूतकालिक रूपों में कहीं-कहीं (ब्रजभाषा में) था थे थी के लिए वर्तमानकालिक हौ या हे सहायक क्रिया का प्रयोग होता है जैसे मारै हौ (वह या मैं मारता था) मारे-हे (हम तुम अथवा वे मारते थे)।

7. भविष्य काल में (ब्रजभाषा में) साधारण वर्तमान के रूपों में गौ संयुक्त करके : मारौं-गौ-रूप बनते हैं। कहीं-कहीं धातु में इह या एह प्रत्यय जोड़कर भविष्यकालिक रूप भी निर्मित होते है जैसे-मारि हौ (मारुँगा)। जबकि खड़ी बोली गा गे गी रूप क्रिया में संयुक्त होते हैं जैसे मैं मारूँगा, गी, वे-गे, तुम-गो, हम-गे, वह-गा, वह-गी।

8. खड़ी बोली के स्थानीय रूपों में द्वित्व की प्रवृत्ति पाई जाती है यह ब्रजभाषा में प्राय: नहीं है।

9. खड़ी बोली के स्थानीय रूपों में सहायक क्रिया हीन क्रियाओं का प्रयोग द्रष्टव्य है जबकि ब्रज में यह बात नहीं है : जैसे आवे, करे, खावे।

10. खड़ी बोली क्रियाओं में दीर्घता की प्रवृत्ति पाई जाती है। फलत: ब्रज की तरह खड़ी बोली को तोड़ा, मरोड़ा नहीं जा सकता।

11. खड़ी बोली में संयुक्त क्रियाओं की प्रधानता है। ये क्रियाएँ दो प्रकार की हैं-

(1) काल बोधक- चलता है।, (2) विशेषार्थक- चल सकता है।

यह विशेषता ब्रज में नहीं पायी जाती। कुछ लोग इसे फारसी प्रभाव मानते हैं पर डॉ. शीति कण्ठ मिश्र कहते हैं, - "संस्कृत के उपसर्गों का स्थान हिन्दी में सहायक क्रियाओं ने ले लिया है। उदाहरण के लिए 'ह्ृ' धातु में 'आ' वि, प्र सम अप आदि उपसर्ग लगाकर आहरति, विहरति, प्रहरति, सहरति, अपहरति आदि भिन्नार्थक क्रियाएँ बनती हैं, उसी प्रकार हिन्दी में चल् धातु में चुकना,

**देना,** पड़ना, लेना, सकना आदि के योग से भिन्नार्थक संयुक्त क्रियाएँ बनायी जाती हैं।

इस प्रकार की प्रवृत्ति हमें अपभ्रंश से मिलने लगती है जैसे-लज्जिजइ, जाणिज्जइ। अन्त में **डॉ.उदय नारायण तिवारी** के शब्दों में- ''ग्रियर्सन के अनुसार हिन्दोस्तानी की अपेक्षा ब्रजभाषा पश्चिमी हिन्दी की श्रेष्ठतर प्रतिनिधि है। व्याकरण संबंधी विशेषता की दृष्टि से भी इसका हिन्दोस्तानी से अधिक महत्व है।'' सबसे बड़ी बात है : किसी भी हिन्दी परिवार की बोली में नपुंसक लिंग सुरक्षित नहीं है, पर ब्रजभाषा में है। यहाँ 'मारनौ' पुल्लिंग रूप ही नहीं, नपुंसक रूप भी मिलता है। साहित्यिक ब्रज की अपेक्षा ग्रामीण ब्रज में सोने का नपुंसक रूप 'सोनौ' प्रचलित है।

## 3. अवधी तथा बघेली : समानता तथा अन्तर

भाषा संबंधी वैशिष्ट्य को ध्यान में रखकर अगर हम उपर्युक्त बोलियों के अन्तर पर ध्यान दें, तो पता चलेगा कि अन्तर की अपेक्षा, सादृश्य ही ज्यादा है। इतना अधिक कि दोनों को अलग रखना उचित ज्ञान नहीं पड़ता। लेकिन बघेल खण्ड के ऐतिहासिक और सांस्कृतिक स्वरूप को ध्यान में रखते हुए, **डॉ. ग्रियर्सन** ने अपने लिंग्विस्टिक सर्वे में इसका पृथक अस्तित्व स्वीकृत किया। डॉ. ग्रियर्सन ने अवधी तथा बघेली के निम्नांकित अन्तरों को रेखांकित किया है:-

1. बघेली की अतीत काल की क्रिया में ते अथवा तैं संयुक्त किया जाता है, किन्तु अवधी में यह प्रवृत्ति नहीं है।

2. अवधी के उत्तम तथा मध्यम पुरुष के भविष्यत काल के रूप ब संयुक्त करके सम्पन्न होते हैं, बघेली में ये 'ह' जोड़कर बनाये जाते हैं। यथा- अवधी देखबौं, किन्तु बघेली देखिहौं ।

3. अवधी व बघेली में ब में परिणत हो जाता हैं जैसे आवाज > बघेली -आबाज। अवधी जवाब > बघेली जबाब। **डॉ बाबू राम सक्सेना,** उपर्युक्त वैशिष्ट्य पर ध्यान रखकर कहते हैं। ते तथा तै वस्तुत: हता, हतै अथवा हती के लघुतम रूप हैं। इस प्रकार के लघु रूप के वल अवधी तथा छत्तीसगढ़ी ही में नहीं मिलते, अपितु पश्चिमी हिन्दी की बोलियों में भी पाए जाते हैं, इसी प्रकार ह-भविष्यत् के रूप लखीमपुर सीतापुर, लखनऊ तथा बाराबंकी की भी बोलियों में पाए जाते हैं। व का ब में परिवर्तन भी अवधी की बोलियों में मिलता है, किन्तु इनके अतिरिक्त बघेली की निम्नलिखित दो विशेषताओं का अवधी में प्राय: अभाव है:-

1. बघेली विशेषण पदों के दीर्घान्त रूपों में-है संयुक्त होता यथा निकहा, अच्छा भला (भोजपुरी में निकहा तथा निहकन, दोनों, इसके लिए प्रयुक्त होते हैं।)

2. आदरार्थ आज्ञा का रूप देई (भोजपुरी में देईं हो जाता है, यथा रउँवा देईं।)

अस्तु यह कहना सार्थक लगता है कि अवधी तथा बघेली में यत् किंचित अन्तर है, उन्हें अलग रखने की कोई आवश्यकता नहीं हैं।

## 4. अवधी तथा छत्तीसगढ़ी : समानता तथा अंतर

अवधी अवध प्रान्त की भाषा है। उसी की एक बोली है- छत्तीसगढ़ी। यह छत्तीस गढ़ क्षेत्र महाकौशल के नाम से भी विश्रुत है 'सिंहासन बतीसी' (1886) में एक पद आता है जिसमें इस क्षेत्र का नाम आता है-

**तनमें दच्छिन कोसल देसा**
**जहँ हरि औतु केसरी बेसा**
**तासु मध्य छत्तिस गढ़ पावन**
**पुण्य रत्रि सुर भूमि मन भावन।।**

**अवधी तथा छत्तीसगढ़ी में अन्तर-**1. छत्तीसगढ़ी में स के स्थान पर छ हो जाता है अवधी में इस प्रकार की प्रवृत्ति नहीं है।

2. छत्तीस गढ़ी में अवधी की अपेक्षा महाप्राणी करण की प्रवृत्ति अधिक दीख पड़ती है। जैसे- कन्धा-खाँध, इलाका-इलाखा।

3. संज्ञा तथा सर्वनाम के रूप निश्चयार्थे -हर का प्रयोग केवल छत्तीस गढ़ी में होता है। जैसे- छोकरा-हर, छोटे-हर।

4. बहुवचन में मन का प्रयोग, यथा घेरान्मन (सुअरों)। सब के साथ भी मन लगता है, सबटूरा मन। इनके अतिरिक्त छत्तीस गढ़ी के अपने विशेष वचन निर्धारक शब्द हैं, गंज-गंज हाथी, 'मनन' कमिया मनन। उक्त प्रयोग अवधी में नहीं हैं।

5. **परसर्ग-** कर्म मे ला, करण ले अपादान-ला, बर खातर, अधिकरण माँ, हरां निश्चयार्थक परसर्ग।

6.छत्तीसगढ़ी भाषा के अपने परसर्गीय प्रयोग हैं। अवधी में ऐसे प्रयोग नहीं मिलते।

7. **सर्वनाम-** सर्वनाम प्रयोग के क्षेत्र में भी छत्तीस गढ़ी के अवधी से अलग कुछ अपने अलग शब्द हैं, जैसे मय, हममन, तूमन, तुह, तुमहार, तुँहर, तुँहार, जौनहर, इनहर, जिनहर, काकर आदि।

**8. क्रिया-** (क) अवधी की वर्तमान कालिक सहायक क्रियायें बाट् येउँ, बाटिउँ तथा अहेउ, अहिउँ, अही, अहिन् , के स्थान पर छत्तीस गढ़ी में हवऊँ, हवौं, हवन, हन, हौं, औं, ओंव, हवे, ऐ, हे, अय आदि का प्रयोग होता है।

(ख) भूतकालिक प्रयोग में रहे उँ के स्थान पर रहेंव, रह्यो, रहेन, रहेउ, रहा, रहीं के स्थान पर रहेब का प्रयोग होता है।

क्रियाओं के अन्य प्रयोग थोड़े परिवर्तनों के साथ प्राय: वही हैं।

9. अवधी से अलग, छत्तीस गढ़ के अपने कुछ निजी अव्यय द्रष्टव्य हैं। घलायं (भी), गुरथा (व्यर्थ), सुद्धा-साथ-ढ़ोका-सच, दुरिहा-दूर, तुरुत-तुरन्त। सँजहा (संध्या काल) आदि।

इस प्रकार अवध प्रान्त की भाषा अवधी महाकौशल में पहुँच कर स्थानीय विशेषताओं से संयुक्त होकर अपना एक अलग विशिष्ट स्वरूप बनाने में समर्थ तो हुई, पर अपनी बड़ी बहन छत्तीसगढ़ी से बहुत दूर नहीं जा सकी।

## 5. ब्रज तथा कन्नौजी : समानता तथा अन्तर

कन्नौजी ब्रज भाषा की ही एक शाखा है। दोनों में इतना साम्य है कि उन्हे दो बोलियों की संज्ञा देना केवल जनमत का सम्मान करना मात्र है। दोनों में यत्किंचित अन्तर है वे निम्नलिखित हैं:-

1. कन्नौजी, शब्दों के अन्त में प्राय: इ और उ अधिक आते हैं। ब्रज में भी उ की प्रवृत्ति है।

2. कन्नौजी में ऐ, औ ध्वनियां न्यून हैं। ब्रज में इनका प्रयोग अपेक्षाकृत अधिक है। इनके स्थान पर कन्नौजी में ऐ और ओ का प्रयोग होता है, जैसे- बड़ो, गयो।

3. ब्रज की अपेक्षा कन्नौजी में महाप्राणीकरण की प्रवृत्ति द्रष्टव्य है जैसे- मकबरा > मखबरा, दुपहर > दुफैर।

4. कन्नौजी में न के स्थान पर ल की प्रवृत्ति दीख पड़ती है। ऐसी प्रवृत्ति बिहारी समूह की बोलियों में दीख पड़ती है, ब्रज में नहीं। उदाहरण- जन्म > जलम, हनुमान > हलुमान, मैनेजर > मैलेजर।

5. द्वित्व की प्रवृत्ति ब्रज से कुछ अधिक ही कन्नौजी में प्राप्त होती है जैसे- थक गया > थग्गयो, दूध नहीं पिया > दुन्नाइपियो।

6. कन्नौजी में ल्ह, म्ह, र्‌ह शब्द के आरम्भ में भी आते हैं, ब्रज में इसका प्राय: अभाव है। जैसे- ल्हहसुन, म्हँगाई, र्‌हट।

7. कन्नौजी में दो स्वरों के बीच का ह लुप्त हो जाता है, यथा कहिहौं > कौह्यो। कन्नौजी आकारान्त पद तिर्यक में भी (कभी-कभी) एकारान्त में परिणत नहीं होते।

**8. व्याकरण:-**(क) लिंग विधान ब्रज तथा कन्नौजी में समान है।

(ख) कन्नौजी तथा ब्रज में परसर्गों का विधान समतुल्य है। स्थानीय विशेषताओं के कारण कुछ अन्तर द्रष्टव्य है, जैसे कन्नौजी के कर्म सम्प्रदान में, ब्रज से अलग ऐं कऊ कइहाँ, करण अपादान में-सेती, सन करि करके आदि, और अधिकरण में महिआं, मो माँझ लो, ए आदि परसर्गों का प्रयोग होता है।

(ग) सर्वनाम- कन्नौजी के अधिसंख्य सर्वनाम ब्रज के समान हैं, कुछ अन्तर निम्न हैं, जो स्थानीय विशेषताओं और अवधी के प्रभाव के कारण हैं : मध्यम पुरुष में तेयो, तोई, तुमाइ, अन्य पुरुष में बौ बु आदि की जगह, ऊँ उह ओ बउ उसे, वाको या इ उहि इको, इनको आदि ब्रजभाषा में प्रयुक्त नहीं होते, शेष प्राय: समान हैं।

(घ) क्रियापद- 1. ब्रज में वर्तमान कालिक कृदन्त त लगाकर निर्मित होता है जबकि कन्नौजी के कृदन्त-त तथा [illegible] बनते हैं।

2. ब्रजभाषा के भूतकालिक कृदन्त में औ और यौ (पु.) तथा ई, इ (स्त्री.) प्रत्ययों का प्रयोग होता है, बहुवचन में ए का प्रयोग होता है जबकि कन्नौजी में ओ (पु.) तथा ई (स्त्री.) का प्रयोग होता है।

3. कन्नौजी में अतीत काल अन्य पुरुष की क्रिया का एक विचित्र रूप में भावे प्रयोग होता है जैसे लरिका ने चलो गयो।

4. कन्नौजी में देना, लेना, जाना के अतीत काल के रूप दओ, गओ और लओ रूप होते हैं जबकि ब्रजभाषा में रहौ, हुतौ अथवा हौ हो जाते हैं।

## 6. ब्रजभाषा और बुन्देली : साम्य तथा वैषम्य-

1. उच्चारण की दृष्टि से ब्रजभाषा और बुन्देली में अत्यल्प अन्तर है। महाप्राण व्यज्जनों की अल्प प्राणीकरण की प्रवृत्ति इसमें ब्रजभाषा से अधिक है, जैसे दई (दही), कदा (कंधा), सूदो (सूधो), गदा (गधा), कइ (कही)।

2. शब्दों के मध्य 'र' का लोप पाया जाता है, इसका ब्रज में अभाव है जैसे साए, सारे, तुमाओ, गाई (गारी)।

3. ए, ओ जब ह्रस्व में ह्रस्व रूप में उच्चारित हैं, तो ब्रज के विपरीत बुन्देली में इ तथा उ में परिणत हो जाते हैं जैसे बेटी > बिटिया, घोटो > घुरवा। इसी प्रकार ऐ तथा औ क्रमश: ए और ओ में परिणत हो जाते हैं, जैसे कैहो > केहों, जैहै > जेहे। अ के स्थान

पर 'इ' भी हो जाता है जैसे बरोबर > बिरोबर।

4. ब्रज के विपरीत बुन्देली में स्वर मध्यम ह का लोप हो जाता है, जैसे कही > कयी या कै, रहन > रन, कहाबे के लाइक > कुआबे के लाक, पहिरा देओ > पैरा देओ।

5. आ के बाद यदि ह आता है तो उसके बाद 'अ' 'उ' में बदल जाता है, जैसे चाहत > चाउत, रहती है > रती है।

6. ब्रज से अलग बुन्देली में इकारान्त और उकारान्त संज्ञाओं का अभाव है। जैसे ब्रज सौति > बुन्देली सौत, घरु > घर।

**संज्ञा-**1. ब्रज में जहाँ हिन्दी की तरह ही पुल्लिंग तथा स्त्रीलिंग शब्दों के प्रयोग होते हैं, वहीं बुन्देली में आ (-वा) में अन्त होने वाली संज्ञाएँ पुल्लिंग तथा-इया अन्त वाली स्त्रीलिंग होती हैं, जैसे घोड़ा > घुड़वा, बैल > बैला, चिड़िया > चिरवा। स्त्रीलिंग- घुड़िया, चिरइया।

2. ऊकारान्त संज्ञाएँ स्त्रीलिंग तथा पुल्लिंग दोनों में होती है, जैस बिन्नु-(बहिन), नाऊ, डाँकू।

3. बहुवचन के लिए बुन्देली में ब्रज से अलग, अपनी व्यवस्था है, इसके लिए लोग, और, इर, सब, जन, शब्दांश संज्ञा में जोड़ देते हैं, जैसे तुम लोग, तुम औरें, बाई हरें।

**परसर्ग-**1. ब्रज भाषा से अलग, बुन्देली के अपने कुछ निजी परसर्ग है, जैसे-

कर्म सम्प्रदान में खो, खॉ, खें का, संबंध में कभी-कभी क के अतिरिक्त खों का भी प्रयोग होता है। संबंध कारक की तरह विशेषण के ओकारान्त तद्भव रूपों में भी परिवर्तन होते हैं। पुल्लिंग तिर्यक रूप ए, तथा स्त्रीलिंग इ संयुक्त करके सम्पन्न होते है, जैसे सबरो का तिर्यक सबरे स्त्रीलिंग सबरी।

**सर्वनाम-**1. बुन्देली के सर्वनाम प्राय: ब्रजभाषावत् है पर कुछ अपने विशिष्ट प्रयोग भी है, जैसे वह के लिए बो और ऊँ का, स्त्रीलिंग में बा, दोनों के लिए तिर्यक एकवचन में ऊ, ऊँ अथवा बा रूप मिलते हैं। कर्ता बहुवचन में बे तथा तिर्यक बहुवचन में बिन तथा उन रूप होते हैं।

2. 'यह' तथा 'कौन' के लिए बुन्देली में 'जो', 'जा', 'जे' रूप तथा यह के लिए ए या तिर्यन इन का प्रयोग होता है।

3. हिन्दी का आप ब्रजभाषा में प्रयुक्त नहीं होता, लेकिन बुन्देली में होता है। यह 'आप' शब्द सम्प्रदान में अपन-खो होता है। अपना अपनो हो जाता है।

**क्रियापद-**1. सहायक क्रिया- ब्रजभाषा की-सी है। यहाँ विकल्प से ह का लोप हो जाता है। जैसे हौं > औं, नहीं है, हूँ > नइया।

भविष्यत् काल के लिए ग रूप के साथ ह रूप भी चलते है, कुछ अधिक ही। जैसे जाउँगो, जैहौं, जैहन।

2. वर्तमान काल के रूप का प्रयोग भविष्य काल में भी किया जाता है और अवधी रूप 'बो', 'बे' भी प्रयुक्त होते हैं।

3. वर्तमान कृदन्तीय रूप द्वयर्थक भी होते हैं जैसे चाउत (चाहता, चाहते हुए), राउत (रहता, रहते हुए)

4. संज्ञार्थक क्रिया के लिए बो या नै जोड़ते हैं।

5. पूर्वकालिक क्रिया के लिए ब्रज में जहाँ 'करिकै', 'मारिकै' प्रयुक्त होता है वहीं बुन्देली में जाकै, खाकै, पढ़कै होता है।

संयुक्त क्रिया और प्रेरणार्थक क्रिया ब्रज भाषा वत् हैं।

## 7. मगही और भोजपुरी : समानता तथा अंतर-

बिहारी परिवार की इन दोनों बोलियों में परस्पर अति साम्य है। वैषम्य अत्यल्प है। भोजपुरी से इसकी भिन्नता निम्न है:-

1. मगही में भोजपुरी से अलग सम्प्रदान में ला, लेल, अधिकरण में मौ अतिरिक्त परसर्ग हैं।

2. 'रउवाँ' आदरार्थक सर्वनाम के स्थान पर हिन्दी का प्रयोग होता है।

3. सहायक क्रिया 'ह' रूप होने पर भी इनका रूपान्तरण भोजपुरी सहायक क्रिया, क्रियाओं बारे और भइल की तरह होता है। इन क्रियाओं में विकल्प से 'क' 'ख' 'घ' रूप जोड़े जाते हैं जैसे ही या ह की (मैहूँ) हलीख, या हलाखिन, या हलथिन (वेघे)।

## 8. मैथिली और भोजपुरी : समानता तथा अंतर-

दोनों बिहारी बहनें, दो सीमाओं से सटी होने के कारण, अत्यल्प अलग, अत्यधिक समान हैं। दोनों में वैषम्य निम्न हैं:-

1. भोजपुरी की सगी बहन की तरह उच्चारण गत साम्य होते हुए भी, मैथिली में सभी स्वर स्वरान्त होते हैं और 'अ' का उच्चारण बँगला की तरह वृत्ताकार होता है।

2. कारक रूप भोजपुरी के ही रूपान्तरण प्रयुक्त होते हैं, जैसे कर्म सम्प्रदान कै, करण सैं, सौं, एँ, संबंध क, कर, केर, अधिकरण मैं, प्रयुक्त होते हैं।

3. मैथिली में क्रिया रूप भोजपुरी से जटिल हैं। कर्ता और कर्म के रूप आदर सूचकता के अनुसार परिवर्तित हो जाते हैं। यह कहना उचित है कि मैथिली में कर्ता और कर्म के अनुसार क्रिया में रूप परिवर्तन होता है : जैसे देखलघ उन्होंने उसको देखा। देखलधिन्हि उन्होंने उनको देखा। भोजपुरी प्रत्येक दशा में क्रिया कर्ता पर आश्रित होती है।

4. मैथिली में 'ह' सहायक क्रिया के स्थान पर 'छ' रूप का प्रयोग होता है।

## 9. जयपुरी और मेवाती : समानता तथा अंतर:-

दोनों भाषाओं में परस्पर साम्य अत्यधिक है, व्याकरणिक अन्तर केवल दो हैं:-

1. जयपुरी में ने परसर्ग का प्रयोग कर्म सम्प्रदान में मिलता है, जबकि मेवाती में कर्ता के साथ भी।

2. जयपुरी में अपादान परसर्ग सूँ सै है पर मेवाती में तै का प्रयोग मिलता है।

## 10. मारवाड़ी और मालवी : साम्य तथा वैषम्य-

1. मारवाड़ी में ऐ और औं का उच्चारण तत्सम शब्दों में अइ और अउ जैसा लगता है। मालवी में ऐ का ए में तथा औ का ओ में परिवर्तन हो जाता है।

2. मालवी की विशेषता है कि इ उ और अ ध्वनियां परस्पर परिवर्तित होती रहती है जैसे ठाकुर ठाकर, दिन का दन। यही प्रवृत्ति राजस्थानी में भी मिलती है।

3. मालवी में मध्य और अल्प ड़ का ड हो जाता है।

4. मारवाड़ी में च और छ का उच्चारण स की तरह होता है जैसे- चक्की > सक्की, छाछ > सास।

5. परसर्ग-मालवी के कर्ता में, ने

कर्म सम्प्रदान में के रे खेने, करण अपादान स् से ऊँ संबंध को का की के कम रो रा री र अधिकरण में मै पर माप का प्रयोग होता है। उधर मारवाड़ी में ने का या उसके अन्य रूप नै, कने का प्रयोग कर्म सम्प्रदान में होता है। संबंध में रो नो और को आदि रूप प्रयुक्त होते हैं।

6. सहायक क्रिया के भूतकालिक रूप था-थो-थी मालवी में मिलते है जबकि मारवाड़ी में यो या ओ रूप जैसे देखियो, देखो, देखिया या देखा (या और आ रूप) प्रयुक्त होते हैं।

## 11. गढ़वाली और कुमायुंनी (कुमाउँनी) : समानता तथा अन्तर-

1. गढ़वाली पर पंजाबी, राजस्थानी और कुछ वैशाली का प्रभाव रहा है तो कुमायुंनी पर राजस्थानी, कौरवी, भोट तथा पूर्वी प्रभाव द्रष्टव्य है।

2. कुमायुंनी में ण का उच्चारण न में नहीं होता, जबकि गढ़वाली के साथ ऐसा नहीं है।

3. गढ़वाली में ढ़ का प्रयोग अल्प है और जो है वह डह का मिश्रित रूप है, यह प्रवृत्ति कुमायुंनी में नहीं है।

4. कुमायुंनी का लिंग विधान हिन्दी और राजस्थानी की तरह है, पर गढ़वाली का लिंग विधान ध्यातव्य है-

| | |
|---|---|
| स्त्रीलिंग | आदमीण |
| मनुष्य | मनखीण, |
| जन | झंणी |
| देवता | देवती आदि |

5. दोनों के परसर्गों में वैषम्य अधिक है:-

| | **गढ़वाली** | **कुमायुंनी** |
|---|---|---|
| **कर्ता** | न, या, ल | ले, ल |
| **कर्म** | क, कें, कू, सणी, हणी | कन, कँ, कणि, कैं, हुणि |
| **करण सम्प्रदान** | कै, तै कहक सणी। न से, सी ती | कर्म की तरह |
| **अपादान** | न, ती, निटेसे पर | ऐ, है बटे बे है थें थै ले |
| **संबंध** | क का रूप रू का रूप | क का रूप तथा आ ऊ ए |
| **अधिकरण** | पर औ म का रूप | पर मैं मँ मों लों |

**6. गढ़वाली का वर्तमान रूप पंजाबी प्रभावित अर्थात् ईकारान्त के साथ द कार का रूप भी मिलता है तो कुमायुँनी में छ और नी**

रूप भी मिलतें हैं।

7. कुमायुँनी की भूतकालिक तथा भविष्यत् काल की सहायक क्रियाओं में क्रमश: छियूं, छियां आदि और लो रूप मिलते हैं वहीं गढ़वाली में भूतकाल में ल्य रूप तथा भविष्यत काल मे लो लू ला आदि रूप लगते हैं।

## 12. खड़ी बोली तथा भोजपुरी : कुछ ध्वनिसंरचनात्मक अंतर-

1. भारतीय आर्यभाषा में 'ए' और 'ओ' के ह्रस्व रूपों 'एँ' और 'ओ' का विकास अपेक्षाकृत पश्चवर्ती है। प्राच्य भाषाओं ने इस विकास में पहल की। खड़ी बोली में ये ह्रस्व स्वर ध्वनियाँ शब्दों के आरंभ में प्राय: नहीं मिलतीं, किंतु भोजपुरी में प्रचुरता से प्रयुक्त हैं।

खड़ी बोली 'एँ' को प्राय: 'इ' के रूप में स्वीकार किया है।[1] उदाहरण:-

| **खड़ी बोली** | **भोजपुरी** | **खड़ी बोली** | **भोजपुरी** | **खड़ी बोली** | **भोजपुरी** |
|---|---|---|---|---|---|
| इकतीस | ऍकतीस | इकतालीस | ऍकतालीस | इकलौता | ऍकलौता |
| तिलहन | तेंलहन | खिलवाड़ | खेंलवाड़ | इक्का | ऍक्का |
| इकहरा | ऍकहरा | इकसठ | ऍकसठि | तिहरा | तेंहरा |
| दिखा | देंखा | भिजवा | भेंजवा | | |

'ओं' को खड़ी बोली ने प्राय: 'उ' के रूप में स्वीकार किया है। उदाहरण:-

| **खड़ी बोली** | **भोजपुरी** | **खड़ी बोली** | **भोजपुरी** | **खड़ी बोली** | **भोजपुरी** |
|---|---|---|---|---|---|
| उतना | ओंतना | उनसठ | ओंनसठ | उनतीस | ओंनतीस |
| उनचास | ओंनचास | कुठार | कोंठार | गुड़ाई | गोंड़ाई |
| घुड़साल | घोड़सार | छुड़ा | छोंड़ा | दुहरा | दोंहरा |
| सुनार | सोंनार | बुआई | बोंआई | | |

2.खड़ी बोली और भोजपुरी दोनों में अल्पप्राण तथा महाप्राण ध्वनियाँ हैं किंतु एक अंतर के साथ खड़ी बोली में दो महाप्राण ध्वनियाँ पार्श्ववर्ती होकर प्रयुक्त नहीं होतीं किंतु भोजपुरी में होती हैं। भोजपुरी में विकास या परिवर्तन का यह नवीन लक्षण है। दूसरी ओर खड़ी बोली ने प्राचीन भारतीय आर्यभाषा की परंपरा को अक्षुण्ण रखा। संस्कृत और ग्रीक दोनों में यह समानता प्राप्त है। जर्मनिक शाखाओं के विकास से संबंधित ग्रासमन नियम इसी आधार पर है। कुछ उदाहरण:-

| **खड़ी बोली** | **भोजपुरी** | **खड़ी बोली** | **भोजपुरी** | **खड़ी बोली** | **भोजपुरी** |
|---|---|---|---|---|---|
| भूक | भूख | धोका | धोखा | खंबाखंभा, | खम्हा |
| झूटा | झूठा | ठंडा | ठंढा | ठंडई | ठंढई |
| भाबी | भाभी | धंदा | धंधा | | |

खड़ी बोली का साहित्यकार लिखित रूप में भले ही 'धोखा' आदि शब्दों का व्यवहार करे किंतु सहज बोलचाल में 'धोका' आदि शब्दों का ही व्यवहार करता है।

3. खड़ी बोली में 'ह' के पश्चात् महाप्राण ध्वनि का प्रयोग नहीं होता किंतु भोजपुरी में होता है। कुछ उदाहरण:-

| **खड़ी बोली** | **भोजपुरी** | **खड़ी बोली** | **भोजपुरी** |
|---|---|---|---|
| हात | हाथ | हतेली | हथेली |
| हाती | हाथी | हट | हठ |

4. खड़ी बोली तथा भोजपुरी दोनों भाषा-क्षेत्रों में 'ड' और 'ड़' प्रयुक्त हैं। विशुद्ध ग्रामीण खड़ी बोली इसका अपवाद है। वहाँ 'ड़' प्रयुक्त नहीं। कस्बे और शहरी क्षेत्र की खड़ी बोली में उभय ध्वनियाँ हैं, भोजपुरी के समान। यहाँ एक अंतर द्रष्टव्य है। खड़ी बोली में अनुनासिकता (ँ) के पश्चात् 'ड' और 'ड़' में से केवल प्रथम का प्रयोग होता है। इसके विपरीत भोजपुरी में केवल द्वितीय का। उदाहरण:-

| **खड़ी बोली** | **भोजपुरी** | **खड़ी बोली** | **भोजपुरी** | **खड़ी बोली** | **भोजपुरी** |
|---|---|---|---|---|---|
| उँडेल | उँड़ेल | खाँड | खाँड़ | गँडासा | गँड़ासा |
| डाँड | डाँड़ | भाँड | भाँड़ | राँड | राँड़ |
| रेंडुआ | रँड़ुआ | साँड | साँड़ | सूँड | सूँड़ |

1. नागरी पत्रिका, नागरी प्रचारिणी सभा, काशी

5. खड़ी बोली तथा भोजपुरी में 'र' 'ल' की तुलना अध्ययनीय है। डॉ. उदयनारायण तिवारी के अनुसार-''पूर्वी हिंदी तथा भोजपुरी में मागधी के प्रभाव के कारण 'र' के स्थान पर सर्वत्र 'ल' ही होना चाहिए था किंतु पश्चिम की आदर्श भाषा तथा शिष्ट उच्चारण के कारण ऐसा नहीं हो पाया है और कहीं-कहीं तो पश्चिम का इतना अधिक प्रभाव पड़ा है कि जहाँ 'ल' सुरक्षित रहना चाहिए था वहां भी 'र' हो गया है।''

यदि अधिक छानबीन की जाय तो स्पष्ट होगा कि आदि में आनेवाला 'ल' भोजपुरी में भी प्राय: 'ल' ही रहता है। परिवर्तन का व्यापक प्रभाव और अंत्य 'ल' पर पड़ा है। इन स्थितियों में 'ल' का 'र' में परिवर्तन प्रचुरता से लक्षित है। पहले आदि में आनेवाले 'ल' के कुछ उदाहरण प्रस्तुत हैं।

| **खड़ी बोली** | **भोजपुरी** | **खड़ी बोली** | **भोजपुरी** | **खड़ी बोली** | **भोजपुरा** |
|---|---|---|---|---|---|
| लाज | लाज | लात | लात | लड्डू | लड्डू |
| लड़ाई | लड़ाई | लोटा | लोटा | लिख | लिख |
| लौट | लौट | लाठी | लाठी | लोग | लोग |
| लग | लग | लगन | लहन | लहर | लहरि |
| लुहार | लोंहार | लड़का | लइका, लड़िका | लंबा | लाम |

ध्वनियों की संरचना से स्पष्ट है कि मध्य और अंत्य स्थिति में 'ल' का 'र' में परिवर्तन अधिसंख्य शब्दों में हुआ है। इस तथ्य की पुष्टि के लिये अधोलिखित उदाहरण हैं:-

| **खड़ी बोली** | **भोजपुरी** | **खड़ी बोली** | **भोजपुरी** | **खड़ी बोली** | **भोजपुरी** |
|---|---|---|---|---|---|
| कटहल | कटहर | काजल | काजर | काला | करिया |
| केला | केरा | चौलाई, चुलाई | चौराई | चावल | चाउर |
| जल | जर | थाली | थारी | हल्दी | हरदी |
| हल | हर | फल | फर | बाल | बार |
| मंगल | मंगर | नेवला | नेउर | नारियल | नरियर |
| आँवला | आँवर | साँवला | साँवर | मूली | मूरी |
| सोलह | सोरह | परवल | परोरा | आँचल | अँचरा |
| उजला | ऊजर | पीतल | पीतर | पतला | पातर |

उक्त प्रवृत्ति के प्रतिलोम अति विरल हैं, अर्थात् मध्य या अंत्य र का परिवर्तन ल में कहने भर को है। उदाहरण:-

| **खड़ी बोली** | **भोजपुरी** | **खड़ी बोली** | **भोजपुरी** |
|---|---|---|---|
| मंदिर | मंदिल | पत्थल | पत्थल |

6. जहाँ मध्यग और अंत्य ल का र में परिवर्तन नहीं होता, उनके विशिष्ट कारण हो सकते हैं, जैसे:-

(क) आदर्श खड़ी बोली या द्विभाषिता का बढ़ता हुआ प्रभाव। 'बोल', 'झमेला', 'तेल', 'मेल', 'खेल', आदि शब्द इस प्रकार के माने जा सकते हैं। यहाँ दोनों ओर ल की समानता है।

(ख) ल का प्रत्ययविशेष के रूप में प्रचलन। कुछ उदाहरण:-

पहला पहिला

(घ) **उदयनारायण तिवारी** के अनुसार व्युत्पत्ति-क्रम सं. प्रथम > पढम + इल्ल > पढिल्ल > पहला।

| | | | | | |
|---|---|---|---|---|---|
| पिछला | (सं. पश्च + ला) | पिछला | मझला | (सं. मध्य + ला) | मझला |
| अगला | (सं. अग्र + ला) | अगिला | अड़ियल | (अड़ + इयल) | अड़ियल |

(ग) ध्वनि-भेद से अर्थ-भेद होना। यहाँ अर्थ की रक्षा के निमित्त ध्वनि-विशेष की रक्षा की गई है। उदाहरण:-

| **खड़ी बोली** | **भोजपुरी** | **खड़ी बोली** | **भोजपुरी** |
|---|---|---|---|
| चल | चल (चर नहीं) | ढोल | ढोल ('ढोर' नहीं) |
| मोल | मोल ('मोर' नहीं) | बैल | बैल ('बैर' फल विशेष) |

अध्याय-18

# हिन्दी भाषा का शब्द -समूह
# या
# हिन्दी की शब्द-सम्पदा
# अथवा
# उद्गम स्रोत के विचार से मानक हिन्दी का शब्द भण्डार
# (VOCABULARY)
## (मूल स्रोतों का निर्देश तथा शब्दावली का वर्गीकरण)

**देशी भाषाओं में विदेशी शब्दःएक दृष्टि-** 'शप'(आक्रोशे) + दन अथवा शब्द धातु अर्थात् संस्कृत शब्द घञ् से बने शब्द[1] भाषा के प्राण हैं। शब्दों से ही भाषा में स्पन्दनशीलता, जीवन्तता तथा प्राणवत्ता आती है। शब्द ही भाषा की शोभा,शृंगार तथा शक्ति हैं। शब्द भाषा के ज्योतिपुंज हैं, जिनसे भाषा की कांति विखरती है। शब्द और भाषा का रिश्ता नदी और उसके तट का-सा है। किसी भी भाषा की समृद्धता उसके शब्दों पर आधारित होती है। जो भाषा अपनी शब्द राशि दूसरी भाषाओं से आत्मसात् करके अनुदिन बढ़ाती जाती है, वही कालान्तर में धनी भाषा कही जाने लगती है। जिस भाषाई आँगन में शब्दो की नई पौध नहीं लगाई जाती, वह भाषाई आँगन कुछ दिन बाद ही वीरान हो जाता है। अंग्रेजी भाषा पूरे विश्व में अमरबेलि की तरह इसलिए फैल गई, क्योंकि उसमें अन्य भाषाओं के शब्दों के साथ समझौता करने की अधिक शक्ति है। शब्द-भण्डार की दृष्टि से विश्व की कोई भी भाषा अपने विशुद्ध रूप में नहीं होती। प्रत्येक भाषाओं पर अन्य भाषाओं का प्रभाव तथा उनकी शब्दावली का मिश्रण अवश्य रहता है। इसका कारण यह है कि जब दो भिन्न भाषा-भाषी व्यक्ति अथवा समुदाय भाषा के माध्यम से परस्पर विचारों का आदान-प्रदान करते हैं, तो एक -दूसरे की भाषा का प्रभाव एक -दूसरे पर पड़ता है, जो स्वाभाविक भी है। इतिहास गंवाह है कि एक भाषा ने दूसरी भाषा से बड़ी संख्या में शब्द उधार लिये हैं, अतः मेरे विचार से कोई भी भाषा अपनी रक्त-शुद्धता का अभिमान नहीं कर सकती। आज विश्व में शब्द उधार लेने की प्रक्रिया द्रुतगामी है। **मेरियो पेइ** (Mario Pei) ने शब्दों के विनिमय की क्रिया को एक अन्तर्राट्रीय शब्द बैंक (International Word

---

**1. शब्द की विभिन्न परिभाषाएँ-**

**I.**'अथ गौरित्यत्रकः शब्दः' गकारौकार विसर्जनीयाः इति भगवानुपवर्षः। श्रोत्रग्रहणेह्यर्थे शब्द शब्दः प्रसिद्धः। यद्येवमर्थप्रत्ययो नोपपद्यते।.......... यतोऽर्थप्रतिपत्तिः स्यात्"। (वृत्तिकार ग्रंथ, पृष्ठ-45)।

**II.** भर्तृहरि ने शब्दों को 'अनादि निधन' कहा है।

**III.** कामता प्रसाद गुरु के अनुसार एक या अधिक अक्षरों से बनी हुई स्वतंत्र सार्थक ध्वनि को शब्द कहते हैं।

**IV.** पश्चिम के विद्वान श्री जेस्पर्सन के अनुसार-अर्थ-प्रतीति को पैदा करने वाली ध्वनि ही शब्द कहलाएगी- Words are linguistic units, but they are not phonetic units: no merely phonetic analysis...etc

**V.** हेनरी स्वीट शब्द को 'An ultimate sense unit' मानते हैं।

**VI.** राबर्टसन् (Robertson) तथा कैसिडी (Cassidy) के अनुसार शब्द "The smallest independent unit within the sentence" है।

**VII.** मैलेट (Maillet) के अनुसार -'A Word is the result of the association of a given meaning with a given combination of sound, capable of a given grammatical use.

**VIII.** उल्मैन (Ullman) के विचार से " The smallest significant unit of language. है।

**IX.** इन्ट्वास्टिल कहते हैं कि "A word is an antonomous unit of thought and sense. It results from the asociation of a given meaning with a given grammatical employment or is a copmlex of sound which in it self possesses a meaning fixed and accepted by convention or is the smallest thought unit vocally expressive

**X.** गौरीनाथ शास्त्री के अनुसार- 'जिसका कुछ अर्थ हो, वह शब्द है।'- The Philosophy of Words and Meaning, Page-103

Bank) के काम से तुलना की है-'यह अन्तर्राष्ट्रीय शब्द-बैंक सभी देशों की शब्द-रूपी मुद्राओं को सबको देने के लिए तैयार रहता है और इसकी यह विशेषता है कि उधार लिए हुए शब्द लौटाने की आवश्यकता नहीं पड़ती है। यदि हो सके तो, इस ऋण के बदले में कुछ शब्द दे दिए जायँ।'[1]

विश्व की कुछ भाषाएँ विदेशी शब्दों से इतनी अधिक बोझिल हैं कि उन्हें देखकर आश्चर्यचकित रह जाना पड़ता है। स्वयं फारसी तथा अंग्रेजी भाषाओं में विदेशी शब्द आधे से अधिक हैं।[2] कहते हैं, अंग्रेजी में लगभग पाँच लाख शब्द हैं, जाहिर है, ढाई लाख शब्द उसमें विदेशी हैं, जो विश्व के विभिन्न भाषा-परिवारों अनुस्यूत हैं। **जी. सुब्बाराव** के अनुसार सुखद आश्चर्य तो यह है कि इन ढाई लाख विदेशी शब्दों में करीब नौसौ भारतीय मूल शब्द हैं और कई हजार शब्द उनसे उत्पन्न हैं।[3] आर्मीनियाँ (Armenia) की भाषा में मात्र तेईस प्रतिशत शब्द ही स्वदेशी हैं, शेष शब्द यूनानी, अरबी, सामी तथा पर्शियन आदि भाषाओं के हैं। अल्बानियाँ(Albania) की भाषा में अपने मूल शब्द केवल आठ प्रतिशत ही हैं, बाकी बानबे प्रतिशत विदेशी हैं। तुर्की(Turkey) भाषा के पाँच सौ इक्यावन शब्दों की छान-बीन करने पर दोसौ इक्यावन देशी, ठेठ तुर्की शब्द मिले अर्थात् आधे से भी कम।[4] फ्रेन्च (French) भाषा की भी यही स्थिति है। उसमें भी पचास प्रति सैकड़ा से भी अधिक शब्द विदेशी हैं।[5] तमिल (Tamil) की साहित्यिक तथा जन भाषा में करीब तीन हजार अंग्रेजी भाषा के शब्द हैं।[6] बंगला, गुजराती, मराठी तथा उर्दू आदि आधुनिक भारतीय आर्य भाषाओं में भी अरबी, फारसी ,यूनानी अंग्रेजी तथा अन्य भाषाओं के हजारों शब्द हैं।

इस दृष्टि से यदि विचार किया जाय तो कह सकते हैं कि हिन्दी भी एक कुशल धावक की तरह 'शब्द-ग्रहण-प्रतियोगिता' में सबसे आगे ही है। आज हिन्दी भाषा की समृद्धि का मूल कारण उसकी विशाल शब्द-राशि है। जैसा कि अभी स्पष्ट किया गया है, प्रत्येक समृद्ध भाषा केवल अपनी ही शब्दावली केआधार पर समृद्ध न होकर दूसरी भाषाओं के शब्दों को ग्रहण कर अपने शब्द-भण्डार की श्री-वृद्धि करती है। हिन्दी ने स्वयं अपने शब्दों के अतिरिक्त प्राचीन तथा मध्यकालीन भारतीय आर्य भाषाओं के शब्दों को ग्रहण किया है। यह भाषा अपने जन्म से ही संस्कृत भाषा से इतने अधिक शब्द लेती रही है तथा ले रही हैकि उसका ठीक-ठीक लेखा-जोखा करना प्रायः असंभव सा ही है।[6] ग्रीक जिस प्रकार योरोपीय भाषाओ के लिए कामधेनु है, ठीक उसी प्रकार भारतीय भाषाओं -मुख्यतः हिन्दी- के लिए संस्कृत की भी वही स्थिति है। हिन्दी में विभिन्न भाषाओं से आये बहुत से शब्द इतने अधिक घुल-मिल गये हैं कि उनके वास्तविक स्रोत का पता लगाना अत्यन्त दुष्कर कार्य है। अनुमानतः इस समय हिन्दी शब्द-कोष में देशी-विदेशी शब्दों की संख्या पाँच लाख है।

राष्ट्रभाषा(राजभाषा) के पद पर आरूढ़ होने के बाद हिन्दी में सभी भाषाओं के शब्दों का समावेश हुआ है। सामाजिक तथा सांस्कृतिक उत्थान के अतिरिक्त वैज्ञानिक प्रगति का प्रभाव भी नूतन शब्द-निर्माण के क्षेत्र में पड़ा है। एक भाषा में दूसरी भाषा के शब्द प्रायः नयी वस्तुओं के नाम या नए विचारों केद्योतक के रूप में आते हैं। कभी-कभी उक्त शब्द सीधे न आकर, किसी दूसरी भाषा के माध्यम से आते हैं। उदाहरण के लिए हिन्दी में पुर्तगाली शब्द बंगला तथा मराठी के माध्यम से, फ्रेंच,लैटिन,यूनानी तथा इटैलियन शब्द अंग्रेजी के माध्यम से आये। इसके अतिरिक्त जिन वस्तुओं,संस्थाओं,भावों तथा क्रियाओं के नामों का एक भाषा में अभाव होता हैं, उस भाषा-भाषी लोगो को लाचार होकर उन नामों के सूचक शब्दों को बाहर से आयात करना पड़ता है। उक्त कारणों से हिन्दी में भी विदेशी शब्द आये,आ रहे हैं और भविष्य में भी आते रहेंगे। सच पूछा जाय तो एक विकासशील भाषा के लिए यह शुभ-लक्षण ही है।

सामान्य रूप से हम हिन्दी शब्द-भण्डार को अधोलिखित वर्गों में बाँट सकते हैं

(1) भारतीय आर्य भाषाओं के शब्द,

(2) भारतीय अनार्य भाषाओं के शब्द तथा

(3) विदेशी भाषाओं के शब्द।

## 1.भारतीय आर्य भाषाओं के शब्द-

इस वर्ग के शब्दों को निम्नलिखित उपवर्गों में विभक्त किया जा सकता है-

| | |
|---|---|
| क. तत्सम, | ख. अर्द्ध तत्सम, |
| ग.तद्भव तथा | घ. देशी या देशज। |

1. The Story of Language- Mario Pei, P. 150
2. The Story of Language- Mario Pei, P. 151
3. Indian Words in English, P. 2
4. The Story of Language- Mario Pei, P. 151
5. Hindustan Times, New Delhi, 4 Nov. 1956
6. Indian Words in English, P. 2
7. हिन्दी भाषा- डॉ. भोलानाथ तिवारी, पृ. 664

**क.तत्सम–** तत्सम का शाब्दिक अर्थ है तत् = उसके (अर्थात संस्कृत), सम= समान , यानी संस्कृत के समान । इस तरह **तत्सम वे शब्द हैं, जिनकी आत्मा संस्कृत शरीर में अवस्थित है। हिन्दी में आने पर उनमें परिवर्तन नहीं हुआ है। जैसे – कक्ष, कण्ठ, कथा, कन्या, कर्म, कलश, कृष्णा, अक्षर, अग्नि, अरुण, वायु, सूर्य, चन्द्र, पृथ्वी, पक्ष, पुष्प, रात्रि, घृत, उषा, मास, ग्रीष्म, पश्चिम, उत्तर, दक्षिण, ब्राह्मण, जीवन, मृत्यु, गोत्र, जाति, सम्राट, पुरोहित, शत्रु, मित्र इत्यादि तत्सम हैं। पं. कामता प्रसाद गुरु** के अनुसार 'तत्सम वे शब्द हैं जो अपने असली स्वरूप में हिन्दी भाषा में प्रचलित हैं।'[1] **डॉ. भोलानाथ तिवारी** के अनुसार-'तत्सम वे शब्द हैं, जो संस्कृत के समान हैं अर्थात् जिनमें परिवर्तन नहीं हुआ है।'[2] **डॉ. सरयू प्रसाद अग्रवाल** लिखते हैं कि 'संस्कृत अथवा वैदिक बोलियाँ प्राकृत भाषाओं की मूल प्रकृति रहीं हैं अतएव प्राकृत भाषाओं को साहित्य और समाज में पूर्ण प्रतिष्ठित हो जाने पर आवश्यकतानुसार जो संस्कृत शब्दावली अपने विशुद्ध उच्चारण के साथ प्राकृत भाषाओं में अपनाई गई, उसे प्राकृत वैयाकरणों ने तत्सम शब्दावली की संज्ञा दी है। ठीक यही अर्थ हम हिन्दी के लिए भी अपना सकते हैं।'[3]

इस प्रसंग में यह बात भी उल्लेख्य है कि तत्सम कहे जाने वाले सभी शब्द मूलतः संस्कृत के ही नहीं हैं। वस्तुतः हिन्दी में आज भी ढेरों ऐसे शब्द तत्सम सिक्के के रूप में चल रहे हैं, जो न तो संस्कृत के हैं और न तो वैदिक भाषा के ही हैं। हमने महज भ्रमवश उन्हें संस्कृत मूल का मान लिया। उनमें से कुछ शब्दों की बानगी इस प्रकार देखिए,-

| | |
|---|---|
| **सुमेरी शब्द** | गो, लौह |
| **ईरानी शब्द** | बालिश, निःशाण |
| **यूनानी शब्द** | यवन, दम्भ, क्रेमल |
| **फिनो-उग्रिक शब्द** | कूप, श्लाका |
| **असीरियन शब्द** | असुर |
| **चीनी शब्द** | मसार तथा चीन |
| **द्राविड़ शब्द** | गण, नाना, पुष्प, रात्रि, शव आदि |
| **आस्ट्रिक शब्द** | कदली, बाण, ताम्बूल, गंगा, पिनाक, लिंग आदि। |
| **अरबी शब्द** | रमल, सहम |
| **तुर्की शब्द** | खच्चर, तुरुष्क |
| **लातीन शब्द** | रोमक, दीनार |

**डॉ. हरदेव बाहरी** के अनुसार तत्सम शब्द दो प्रकार के होते हैं,- 1. परंपरागत तथा 2. निर्मित।[4] परंपरागत वे शब्द हैं, जो संस्कृत से सीधे आये हैं और संस्कृत वाड्.मय में उपलब्ध हैं। दूसरे वे शब्द हैं जो नये विचारों को अभिव्यक्त करने के लिए संस्कृत-व्याकरण के अनुसार समय-समय पर तराश लिए गये। कुल मिलाकर कह सकते हैं कि ज्ञात सामग्री के आधार पर साहित्य तथा ज्ञान-विज्ञान के क्षेत्र में आज की हिन्दी पूर्ववर्ती आर्य भाषाओं से कई गुना सम्पन्न है। इसने संस्कृत के तत्सम शब्दों के पैंसठ-सत्तर प्रतिशत कोश पर अपना आधिपत्य कर लिया है और शेष पैंतीस-चालीस प्रतिशत शब्दों की अभाव पूर्ति नव-निर्मित शब्दों द्वारा कर ली है।

**ख. अर्द्धतत्सम–** इसका प्रयोग **ग्रियर्सन, चटर्जी** आदि आधुनिक काल के भाषा शास्त्रियों ने उन शब्दों के लिये किये हैं, जो एक प्रकार से तत्सम एवं तद्भव के बीच में हैं। हिन्दी में संस्कृत भाषा से आये उन शब्दों को अर्द्धतत्सम कहते हैं, जो संस्कृत अथवा अपने मूल रूप के शब्दों के अधिक निकट रहते हैं। कुल मिलाकर अर्द्धतत्सम शब्द वे हैं, जो प्राकृत ,अपभ्रंश काल में अथवा आधुनिक भाषा काल में संस्कृत भाषा से सीधे हिन्दी में गृहीत किए गये हैं और जिनमें तद्भव जैसे परिवर्तन नहीं हुये हैं, अपितु कुछ अन्य प्रकार के थोड़े बदलाव हुये हैं। ये शब्द तद्भवों की तुलना में तत्सम से कुछ ही हटे होते हैं उदाहरण के लिए 'कृष्ण' तत्सम शब्द है, तो 'कान्हा', 'कन्हैया' आदि तद्भव हैं, लेकिन 'किसुन','किसन' अर्द्ध तत्सम हैं। किन्तु **डॉ भोलानाथ तिवारी** के अनुसार इनका अर्द्धतत्सम नाम उचित नहीं है। वे इसे 'परवर्ती' तद्भव' कहना अधिक समीचीन समझते हैं। हिन्दी में प्रयुक्त 'करम', चन्दर, धरम, अच्छर, अगिन, कारज, लगन, मुहूरत आदि को वे अर्द्ध तत्सम न कहकर 'परवर्ती तद्भव' मानते हैं। इधर पंजाबी के प्रभाव से हिन्दी में ऐसे शब्दो की प्रचुरता बढ़ती जा रही है।

**ग. तद्भव–** वे शब्द जो तत्=उससे(अर्थात् संस्कृत) तथा भव=उत्पन्न हुए, उन्हे तद्भव कहा जाता है। उदाहरण के लिये काम< कर्म,दूध<दुग्ध, नाच<नृत्य, आज<अद्य, काज<कार्य आदि शब्द। वस्तुतः इसमें वे शब्द आते हैं, जिनका उद्गम तो संस्कृत है, किन्तु उनका मूल रूप अब सुरक्षित नहीं रह गया है। उनमें ध्वनि अथवा रूप-संबंधी परिवर्तन हो गये हैं। विचारों के लिए तत्सम शब्दों

1. हिन्दी व्याकरण - कामता प्रसाद गुरु- पृ. 23
2. हिन्दी भाषा- डॉ. भोलानाथ तिवारी, पृष्ठ-646
3. भाषाविज्ञान और हिन्दी- डॉ. सरयू प्रसाद अग्रवाल, पृष्ठ 213
4. हिन्दीः उद्भव, विकास ओर रु.प, पृ-139

का अधिक प्रयोग होता है, पर पदार्थ तथा वस्तुओं के लिए तद्भव शब्द बड़ी संख्या में मिलते है।[1]हिन्दी -प्रदेश की बोलियों में अनुपात की दृष्टि से सबसे अधिक संख्या तद्भव शब्दा की है। शैली की विविधता तथा अनुकूलता के कारण हिन्दी में तद्भव शब्दों का प्राचुर्य हैं।[2] **कामता प्रसाद गुरु** के अनुसार'तद्भव वे शब्द हैं, जो या तो सीधे प्राकृत से हिन्दी भाषा में आगये हैं या प्राकृत के द्वारा संस्कृत से निकले हैं।'[3]इधर, **डा. भोलानाथ तिवारी** तद्भव शब्दों का मूल स्रोत संस्कृत मानते हैं। उनके अनुसार-'वे शब्द जो 'तत्'अर्थात् संस्कृत से 'भव'अर्थात् उत्पन्न या विकसित हैं, तदभव कहलाते हैं।'[4]**डॉ. धीरेन्द्र वर्मा** तद्भव शब्दों को ही 'हिन्दी के वास्तविक तथा सच्चे शब्द' मानते है।[5] **डॉ. उदयनारायण तिवारी** ने तद्भव शब्दों को हिन्दी का मेरुदण्ड माना है। हिन्दी में प्रायः सभी संज्ञापद, सर्वनाम शब्द तथा क्रिया पदों में तद्भव शब्दों की ही प्रधानता रहती है।[6]

तद्भव को **भरत मुनि** ने 'विभ्रष्ट', **वाग्भट्ट** ने 'तज्ज' तथा **हेमचन्द्र** ने 'संस्कृत योनि' कहा है। इन्हे 'अपभ्रष्ट' तथा 'अपभ्रन्स' भी कहा गया है। **डॉ. बाहरी** के अनुसार साहित्य में उन्नीसवीं शती से पहले 'तद्भव' शब्दों की ही प्रधानता थी, किन्तु कबीर, तुलसी , जायसी, बिहारी, भारतेन्दु, महावीर प्रसाद द्विवेदी, प्रसाद, पंत आदि की भाषा में तद्भव शब्दों का क्रमिक ह्रास स्पष्ट लक्षित होता है।

**घ. देशी या देशज** — इस विभाग के अन्तर्गत् उन शब्दों को लिया जाता है, जिनका लगाव संस्कृत से सिद्ध या सन्दर्भित नहीं किया जा सकता। ये शब्द न तो विदेशी होते हैं, न तत्सम, न तद्भव और न अर्द्धतत्सम। ऐसे शब्द अपने भाषिक क्षेत्र में ही पुष्पित तथा पल्लवित होते हैं। इन शब्दों की व्युत्पत्ति के संबंध में कुछ निश्चयात्मक रूप से नहीं कहा जा सकता। आचार्य भरतमुनि के अनुसार, 'देशज शब्द' तत्सम या तद्भव शब्दों से भिन्न प्रकार के होते हैं। उन्होंने देशज शब्दों के लिए'देशीमत', 'देश्य' शब्दों को व्यवहृत किया है(नाट्यशास्त्र,17/3)- **हेमचन्द्र** की 'देशी नाम माला' देशी शब्दों का अक्षय कोश है, किन्तु जिन शब्दों को प्राकृत वैयाकरणों ने 'देशी' संज्ञा दी है, उनमें से कुछेक की व्युत्पत्ति संस्कृत से ही है।[7]

देशी नाम में **हेमचन्द्र** कहते भी हैं-

**'जे लक्खणे ण सिद्धा ण पसिद्धा सक्कया हि हाणेसु।**
**ण य गउणलक्खणासत्तसंभवा ते इह णिबद्धा।।**
**देस विसेस पद्धिइ भण्णमण्णा अणन्तया हुन्ति।**
**तम्हा अणाइपाइ अपयट्ट भासा विसेसाओ देसी।'** देशीनाममाला-1.3.4.।

छठी शताब्दी के **आचार्य चण्ड** ने 'देशी प्रसिद्ध की संज्ञा उन दोनों को ही दी है, जो न संस्कृत है और न प्राकृत।'[8] आधुनिक युग में **डॉ. बाबूराम सक्सेना** का देशज शब्दों-संबंधी अर्थ अत्यन्त स्पष्ट और साफ है। उनके अनुसार, 'उन शब्दों को हम देशज कहते है, जो आधुनिक समय की बोलचाल में स्वतः विकसित हुए हैं,- जैसे- पेड़, गड़बड़, ठंडाई आदि।'[9] हिन्दी के तत्सम ओर तद्भव शब्द-समूह में अनेक ऐसे शब्द हैं, जो प्राचीन काल में अनार्य भाषाओं से तत्कालीन आर्य-भाषाओं में ले लिए गये थे। हिन्दी ने उन्हें उसी रूप में ले लिया है। इस संबंध में **डॉ धीरेन्द्र वर्मा** ने लिखा है, 'प्राकृत वैयाकरण जिन प्राकृत शब्दों को संस्कृत शब्द-समूह में नहीं पाते थे, उन्हें 'देशी' अर्थात् अनार्य भाषाओं से आये हुए शब्द मान लेते थे।'[10] हिन्दी के अधिकारी विद्वान **श्री रामचन्द्र वर्मा** लिखते हैं कि'(शब्द) जो देश में ही उपजा या बना हो। जो न तो विदेशी हो और न किसी दूसरी भाषा के शब्द से बना हो, बल्कि किसी प्रदेश के लोगों ने बोलचाल में यों ही बना लिया हो।'[11]**हिन्दी शब्द सागर** के अनुसार'शब्द के तीन विभागों में से एक वह शब्द जो न संस्कृत का अपभ्रंश हो बल्कि किसी प्रदेश में लोगों की बोलचाल से यों ही उत्पन्न हो गया।[12]

अतः यह स्पष्ट है कि भाषा-वैज्ञानिको के एक दल के अनुसार देशी वे शब्द हैं, जो भारतीय अनार्य भाषाओं से आए हैं। उनके मतानुसार काफी(तमिल-काप्पी), चुरुट(तमिल-शुरुट), कोड़ी (संथाली-कुड़ी), पिल्ला (तेलुगु-पिल्ला) आदि को देशी कहा जाएगा। **ए. एन. उपाध्ये** इसी मत के पोषक हैं।[13] **डॉ. सुनीति कुमार चटर्जी** के अनुसार 'कुछ देशज शब्द आर्य पूर्व की भाषाओं से आये हैं तथा

1. हिन्दी शब्द रचना-डॉ. माई दयाल जैन, पृ023
2. हिन्दी का राष्ट्र भाषा के रूप में विकास-डॉ0 शिवराज वर्मा, पृ.46
3. हिन्दी व्याकरण-कामता प्रसाद गुरु, पृष्ठ 231
4. हिन्दी भाषा- डॉ. भोलानाथ तिवारी, पृ.-650
5. हिन्दी भाषा क इतिहास-डॉ. धीरेन्द्र वर्मा, पृ0 70
6. हिन्दी भाषा का उद्गम और विकास, पृ. 210
7. Objervation on Hem Chandra's Desi Name Mala "Annals of the Bhandaker, Oriental Research Instiute-P.L. Vaidya(Poona) 8. pp. 63-71
8. Historical Grammar of Apabhransha-Dr. Tagare, page-5
9. सामान्य भाषा विज्ञान, डॉ. बाबू राम सक्सेना पृ. 170
10. हिन्दी भाषा का इतिहास, डॉ. धीरेन्द्र वर्मा पृ. 74
11. मानक हिन्दी कोश- रामचन्द्र वर्मा, पृष्ठ-23
12. हिन्दी शब्द सागर, पृष्ठ-105, नागरी प्रचारिणी सभा, काशी।'
13. Kanarese words in Desi Lexicons, ABORI, 12,PP.274-84

कुछ का विकास देश में ही जन साधारण की बोल चाल से हो गया है।' उनका यह भी विचार है कि-'प्राचीन वैयाकरणों ने ध्वन्यात्मक शब्दों को भी इनके अन्तर्गत् रख दिया है।'[1] एक अन्य विद्वान **श्रीपूर्ण सिंह डबास** ने 'देशज' उन शब्दों को माना है जो संस्कृत काल के पश्चात् प्रदेश विशेष के लोक-व्यवहार में निराधार अथवा अनुकरणात्मक आधार पर निर्मित व्युत्पत्ति रहित हैं।[2] **डॉ. सरनाम सिंह** लिखते हैं, ' हिन्दी में आए अनार्य भाषाओं के शब्दों का इतिहास यह सूचित करता है कि उनको तदर्थ में स्वीकार नहीं किया गया है। द्रविड़ भाषाओं से आए हुए शब्दों का प्रयोग हिन्दी मे प्रायः बुरे अर्थों में होता है।[3] इधर **डॉ. उदय नारायण तिवारी** का विचार है कि,'देशी' शब्द भारत के आदिवासियों की भाषाओं तथा बोलियों से वैदिक तथा पाणिनीय संस्कृत एवं प्राकृत तथा नव्य आर्य भाषाओं में समय-समय पर आए हैं।[4] स्पष्ट है कि डॉ. तिवारी के अनुसार ये शब्द हिन्द को परंपरागत रूप में उत्तराधिकार में प्राप्त हैं। **प्रो. विलियम्स**(Williams) भी इसी मत की वकालत करते हैं।[5]**बीम्स** (Beams) महोदय देशज उन शब्दों को मानते हैं, जिनका उद्‌गम संस्कृत से नहीं है, या तो वे शब्द मूल निवासियों की भाषाओं से आये हैं अथवा संस्कृत काल के पश्चात् आर्यों ने ही उनका निर्माण किया हो।[6] पश्चिम के ही एक मशहूर विद्वान **डॉ. हार्नले** (Dr.Hornely) महोदय भी बीम्स की भाँति देशज शब्दों का उद्‌गम संस्कृत में नहीं मानते। मैकडोनल के अनुसार-'देश में उत्पन्न, स्थानीय, ठीक स्थान पर उत्पन्न या निर्मित शब्द ही देशज हैं।'[7]

हिन्दी के कुछ देशज शब्द अधोलिखित हैं- कबड्डी, घूंट, घपला, टक्कर, धब्बा, खादी, ठेठ, चूहा, थोथा, भोंदू, टीस, लेहड़ा (भोजपुरी में समूह के अर्थ में), लउकना(भोजपुरी में दिखाई देने के अर्थ में) आदि।हिन्दी में अनुकरणात्मक शब्द बनाने की प्रवृत्ति अधिक है। ये सब देशी कारीगरी के उत्तम निदर्शन तथा देशी संपत्ति के मुख्य अंश हैं, जैसे- भड़-भड़, चूँ चूँ, कायँ-कायँ, बक-बक, ठक-ठक, पों-पों, टें-टें, झुमका, लचक, झनकार आदि। कभी-कभी कुछ शब्द प्रतिध्वनि (Echo) के रूप में निर्मित कर लिए जाते हैं, जैसे बगल, सामाने, बाकी, पास, पड़ोस के पहले क्रमशः अगल, आमने, आकी, आस, अड़ोस अथवा गोल, चुप, मेल, रोटी, नंगा आदि के बाद क्रमशः मटोल, चाप, जोल, वोटी तथा धड़ंगा आदि। कई बार भाषिक दरिद्रता के कारण और आवश्यकता पड़ने पर स्त्री-पुरुष, बच्चे-बूढ़े अपनी-अपनी भावाभिव्यक्ति के लिए नए-नए शब्द तलाश लेते हैं, कालान्तर में उक्त शब्द ही समाज द्वारा मान्यता प्राप्त कर लेने पर भाषा की अमूल्य धरोहर बन जाते हैं, जैसे-भतीजा, लाला, देवर-देवरान, मौंसी, जेठ, काका-काकी, बाबा, आजी, दादी, नाना, नानी, चाचा-चाची, फूफा-फूफी, सास-पतोह आदि। हिन्दी में दोगले (hybrids), मिश्रित या दुभाषाई शब्द हैं, मेरे विचार से उन्हें यहीं देख लेना उत्तम होगा, क्योंकि वे इसी कोटि में आते हैं।

## दोगले, विमिश्र अथवा दुभाषाई या संकर (Hybrides) शब्द

कदाचित् ही विश्व की कोई ऐसी भाषा होगी, जिसमें भिन्न-भिन्न भाषाओं के शब्द तत्व उपस्थित न हों। हमारी राष्ट्रभाषा हिन्दी इस नियम से अछूती नहीं है। ऐसे शब्दों को भाषा-विज्ञानी उपेक्षा से 'सङ्कर' शब्द कहते हैं, किन्तु ऐसे शब्दों को दुभाषाई या विमिश्र कहना ही अधिक ठीक तथा न्यायपूर्ण होगा, क्योंकि,' ये दुभाषाई शब्द कलमी आमों, फलों और फूलों के समान विशिष्ट गुण-सम्पन्न होते हैं। भाषा में बहुभाषिता पैदा कर उसका रस बढ़ाते हैं, उसे बलवती बनाते हैं।'[8] इधर, **डॉ. श्यामसुन्दर दास** इस वर्ग के शब्दों को 'द्विज'नाम देते हैं[9]तो **डॉ. हरदेव बाहरी** इन्हें 'दोगला' कहते हैं[10] **डॉ. भोलानाथ तिवारी ने** इस वर्ग के लिए 'संकर' नाम दिया है।[11], लेकिन **डॉ. रघुवीर** इसमें कुछ संशोधन करते हैं और इन्हें 'संकर'की जगह 'प्रसंकर' कहने की सलाह देते हैं।[12]विदेशी विद्वान **डॉ. पं.आ. वारान्निकोव** इसे फरियाते हुए कहते हैं कि,-'संकर उन शब्दों को कह सकते हैं जिनके अवयवों का संबन्ध व्युत्पत्ति की दृष्टि से भिन्न शब्द शास्त्रीय वर्गों से हैं[13]

कुछ विद्वान इस तरह के शब्दों को 'मिलवाँ'नाम भी देते हैं। वे बताते हैं कि इन 'मिलवाँ' शब्दों की आयु यद्यपि बहुत कम होती

1. Origin and Development of Bengali Language-Dr. S.K. Chatterji, P, 192-93
2. राजर्षि अभिनंदन ग्रंथ, पृष्ठ- 537
3. हिन्दी की तद्भव शब्दावली, डॉ. सरनाम सिंह, पृ0- 3-4
4. हिन्दी भाषा का उद्‌गम और विकास, डॉ. उदय नारायण तिवारी, पृ0 212
5. Sanskrit Grammar Prof. Monier Williams, P, XXIV
6. A Comparative Grammar Of the Modern Dravedian Language of India, part-I Page -12
7. A Sanskrit English Dictionary- A.A.Macdonell P.91
8. हिन्दी शब्द रचना- डॉ0 माई दयाल जैन, पृ0119
9. हिन्दी भाषा, डॉ. श्याम सुन्दर दास, पृष्ठ-54
10. हिन्दीः उद्‌भव विकास और रूप, डॉ. हरदेव बाहरी, पृ. 143
11. शब्दों का अध्ययन- डॉ0 भोलानाथ तिवारी, पृष्ठ 24
12. Comprehensive English-Hindi Dictionary- Prof. Raghu Veer . P. 88
13. भाषा और साहित्य-डॉ. पं.आ वारान्निकोव, पृष्ठ 5

है, फिर भी उनमें से कुछ शब्द भाषा में स्थायी स्थान प्राप्त कर लेते हैं। **डॉ. स्टीफन उलमैन** इन मिलवाँ शब्दों के बारे में लिखते हैं- 'Blend may be of limeted importance among the creative processes of language, but they have other points of interst. Psychoanalysts have tried to interpret them as mainifestations of the subconscious. Leterary criticism has also had to concern itself with the problem since several writers, British and foreign, have practised beinding as a stylistic device'[1] अर्थात् भाषा की रचनात्मक विधियों या प्रवृत्तियों में मिलवाँ शब्दों का महत्त्व सीमित हो सकता हैं, पर उनमें दूसरी रोचक बातें होती हैं। मनोविश्लेषकों ने इसे अन्तश्चेतना का प्रकाशन कहकर इसकी व्याख्या करने का प्रयत्न किया है। साहित्यिक आलोचकों को भी इस समस्या से वास्ता पड़ा है क्योंकि बहुत से अंग्रेज तथा विदेशी लेखकों ने शब्द- मिश्रण को एक शैली की रीति के रूप में अपनाया है।

हिन्दी भाषा में बहुत से ऐसे शब्द हैं, जो भिन्न भाषाओं के शब्दों, शब्दांशों अथवा प्रत्ययों को जोड़कर बने हैं। किन्तु यह विमिश्रता या बहुभाषिता दो या कई भाषाओं के सह-अस्तित्व का स्वाभाविक फल है। पाश्चात्य विद्वान **ऐरिक पारट्रिज** अंग्रेजी में ऐसे शब्दों के अस्तित्व की चर्चा करते हुए लिखते हैं-"But whereas such hybrids as those may be found in large numbers in most Indo-European languages, the less obvious hybrides comporsed of a native root or stem and a foreign ending or suffix are much more frequent in English than elsewhere. Before such hybrides could be formed, there must have been already in the language so great a number of foreign words with the same ending that the formation-this foreign ending (a suffix) tacked on to a an English root would be felt to be perfectly transparent.[2] अर्थात् ऐसे दोगले शब्द बहुत सी भारोपीय भाषाओं में बड़ी संख्या में मिल सकते हैं।

बहुभाषी शब्द बनाने वालों की अपनी मातृभाषा के प्रति यह बहुत बड़ी देन है। वस्तुतः विश्व की विभिन्न जातियों तथा देशों के बीच पारस्परिक संबंध को बढ़ाने तथा आपसी सौहार्द्र का यह सुन्दर तरीका है। **डॉ. सुनीति कुमार चटर्जी** ने अपने एक लेख ' भारतीय आर्य भाषा में बहुभाषिता' में इस विषय की चर्चा विद्वता तथा खोजपूर्ण ढंग से उदाहरण सहित करते हुए बंगला में चलने वाले ऐसे ही कुछ शब्द और समस्त पद सविस्तार व्याख्या सहित दिया है।[3] **प्रो. वहीद उद्दीन सलीम** ने भी उर्दू में आने वाले शब्दों की सूची पेश करने से पहले लिखा है, ' वे मिसालें(उदाहरण) जो ज़ैल (नीचे) दी गई हैं, उनमें इस बात को बग़ौर देखना चाहिये कि अहले-ज़ुबान (भाषा-विशेषज्ञों) ने आजादी के साथ कभी हिन्दी लफ़्जो (शब्दों) का फारसी लफ़्जों के साथ, कभी हिन्दी लफ़्जों को अरबी लफ़्जों के साथ और कभी फारसी लफ़्जों को अरबी लफ़्जों के साथ मिलाया है और तुर्की और अंग्रेजी लफ़्जों के साथ भी यही रविश (ढंग) अख्तियार की है।'[4]

हिन्दी में प्रचलित कुछ दोग़ले या दुभाषी शब्द भाषावार इस प्रकार देखे जा सकते हैं। यदि हम इन्हें तीन वर्गों में विभक्त करें, तो समझने में अधिक सुविधा होगी–

(क) परवर्त्ती अंश हिन्दी का (ख)परवर्ती अंश अन्य भाषा का तथा (ग) दोनो अंश अन्य भाषा के।

## क. परवर्ती अंश हिन्दी का

| | |
|---|---|
| **1.संस्कृत+हिन्दी** | विमान-डाक, रात्रि-उड़ान, उपबोली, भोजन-गाड़ी, यान-तोड़क। |
| **2.अरबी+हिन्दी** | किताब घर, कलम चोर, आमचुनाव, मुसाफिर गाड़ी, अजायब घर, मालगाड़ी, अखबार वाला, हिस्सा-बाँट। |
| **3.फारसी+हिन्दी** | जेबकट, बे-डौल, कमरपट्टी, पनीर-पकौड़ा, मोमबत्ती, खरीदना, दिल चला, जेबघड़ी। |
| **4.अंग्रेजी+हिन्दी** | वोट दाता, साइकिल सवार, डबल रोटी, पॉकेटमार, टिकट घर, टिकटबाबू, रेल गाड़ी , इन्टरव्यू कार ट्राम गाड़ी, लगेज घर, सिनेमा घर। |
| **5.तुर्की+हिन्दी** | तोपगाड़ी, तोपतलवार |
| **6.पुर्तगाली+हिन्दी** | पाव रोटी, नीलाम घर |
| **7.मलय+हिन्दी** | साबूदाना |

1. Words and Their Use Dr, Stephen Ullman, p.60
2. The words of world- by Erric Partrige, P. 27
3. प्रेमी अभिनंदन ग्रंथ, पृ065-73
4. वज़ा इस्तालाहात, पृ. 119

### ख. परवर्ती अंश अन्य भाषा का

**1. हिन्दी + फारसी-** व्याह-शादी, खेल-तमाशा, चोली-दामन, कटोर-दान, मसालेदार, गली-कूचा, गुलाब-जामुन, घुड़-सवार, चोर-दरवाजा, जादूटोना, जादू-मंतर, तन-बदन, छापाखाना, थानेदार, नौकर-चाकर, धनदौलत, दरियाई-घोड़ा, पंचायतनामा, राजदरबार, सब्जीमंडी, सीधासादा, काम-काज, छमाही, दाना-पानी, काला-सियाह, फूल दान, मुँहजोर, बाल बच्चे, गई-गुजरी-बात।

**2.हिन्दी + अरबी+ अंग्रेजी-** हँसी-मजाक, इकतरफा, सफाचट, मोती-महल, पंचफैसला, मार्केट, जाँच कमीशन, कपड़ा-मिल, कुटाइम, चलेबुल (भोजपुरी प्रयोग)।

### ग.दोनो अंश अन्य भाषा के

**1. अरबी + फारसी-** कानून गो (अ.फा.), कम-ज्यादह (फा.अ.), किरायेदार (अ.फा.), गर्म मसाला (फा.अ.), जेबखर्च (अ.फा.), फिजूलखर्च (अ.फा.), दस्तखत (फा.अ.), मुखतारनामा (अ.फा.), तहसीलदार (अ.फा.), कलम बंद (अ.फा.), नमकहराम (फा.अ.), बे-मौत(फा.अ.), रंगमहल (फा.अ.), शीशमहल (फा.अ.), सफर खर्च (अ.फा.), हवादार(अ.फा.), गोताखोर (अ.फा.)।

**2.अंग्रेजी+फारसी–** कोचवान,नम्बरदार, जेलखाना, सील बन्द, टैंकदस्ता, पालिसीबाजी (भोजपुरी प्रयोग), शोदार।

**3.संस्कृत+फारसी-**दलबन्दी,छायादार, सशर्त, अग्नि बीमा, लोक शाही, विज्ञापन बाजी

**4.अंग्रजी+संस्कृत-** रेल यात्रा, रेलविभाग, प्रेस-संवाद दाता, टैंक-युद्ध, ट्रेनिंग केन्द्र, मशीनीकरण, आफिस कर्मचारी, प्रेस-सम्मेलन, फिल्म-उत्सव, सिने अभिनेत्री।

**5. अंग्रेजी+अरबी-** सिनेमा शौकीन, पॉकेट खर्च, सिविल नाफर मानी।

**6. तुर्की+अरबी-**कुर्क अमीन

**7. अंग्रेजी+जापानी-** साइकिल रिक्शा

इसी प्रकार विभिन्न भाषाओं के मेल से बने कुछ शब्दों को इस प्रकार देखा जा सकता है,- अजिल्द,सजिल्द, लापता, बेचैन, पैंतराबाजी, पार्टी बाजी, धूपदान, पानदान, थूकदान, अफीमची, मिडलची, स्लेटी, लठबन्द, जहरीला, डिगरीदार, कप्तानीपन, चालूपना(भोजपुरी प्रयोग) आदि।

## 2. भारतीय अनार्य भाषाओं के शब्द

आर्यों तथा अनार्यों का संबंध अति प्राचीन काल से रहा है। इसका सहज परिणाम यह हुआ कि आर्यों की भाषा में अनार्य भाषाओं के अनेक शब्द सम्मिलित होगए। हिन्दी के तत्सम तथा तद्भव शब्द-समूह में अनेक ऐसे शब्द हैं, जो प्राचीन काल में अनार्य भाषाओं से तत्कालीन आर्य भाषाओं में ले लिए गये थे। हिन्दी ने उन्हें उसी रूप में ले लिया है। यद्यपि इनकी संख्या अपेक्षाकृत कम है। आधुनिक भाषा शास्त्रियों ने तो लगभग साढ़े चार सौ संस्कृत के ऐसे शब्दों को ढूँढ़ निकाला है, जिनका स्रोत अनार्य है। ऐसे शब्दो में काल, कला, पुष्प, पुष्कर, पूजा, घोटक, कीचक, तितिड़ी,मयूर, कदलि, कम्बल तथा वाण आदि की गणना है [1]।

इनके अतिरिक्त कुछ और भी शब्द हैं, जिन्हे इसी कोटि में रखा जा सकता है,-

1.**तमिल-** चुरुट (शुरुट-Cheroot),काफी(काप्पी), चेटी, नय्यर, उपवास आदि शब्द।

2. **मुण्डा-** कोड़ी(कुड़ी), गोंड, संथाल आदि शब्द

3. **तेलुगु-** पिल्ला, आली आदि शब्द।

4. **कन्नड़-** नीरू, कुदिरे, गिदिरे आदि शब्द।

5. **मलयालम-** साबू (हिन्दी-दाना)=साबूदाना, चिल्लर, भंगी आदि शब्द।

## 3. विदेशी भाषाओं के शब्द

**डॉ .नरेश मिश्र** के विचार से हिन्दी शब्द समूह के इस वर्ग के नाम से ही स्पष्ट हो जाता है कि स्वेदश के अतिरिक्त अन्य देशों की भाषाओं से आये हुए शब्दों को विदेशी शब्द कहते हैं।[2] **डॉ. भोलानाथ** तिवारी भी इन शब्दों को 'आगत' या 'गृहीत' कहते हैं।[3] डॉ. तिवारी की उक्त बात को स्वीकारते हुए **डॉ. पूर्ण सिंह डबास** कहते हैं कि - 'हमारे विचार से देश की भावना के आधार पर शब्द समूह का नामकरण बहुत वैज्ञानिक नहीं है, क्योंकि राजनीति और समय के परिवर्तन से देशों की सीमाएँ घटती -बढ़ती रहती हैं। बर्मा, लंका तथा पाकिस्तान की भाषाएँ कभी हमारे लिए देशी भाषाएँ थीं, परन्तु अब विदेशी हो चुकी हैं।'[4] सच तो यह है कि विदेशी शब्द भारतीय

---

1. हिन्दी भाषा काउद्गम और विकास- डॉ. उदयनारायण तिवारी, पृ0 21
2. हिन्दी शब्द समूह का विकास–डॉ. नरेश मिश्र पृष्ठ-134, करनाल, हरियाणा,मूल्य130रूपये, प्रथम संस्करण-1985
3. हिन्दीभाषा- डॉ. भोलानाथ तिवारी पृष्ठ-646
4. हिन्दी के देशज शब्द - डॉ. पूर्ण सिंह डबास, पृष्ठ-32

आर्य भाषाओं में प्राचीन समय से ही आते रहे हैं। भारोपीय भाषा भाषियों ने भारत में आने से कई सौ वर्ष पूर्व सुमेरी भाषा से 'ग्वाउ' शब्द लिया था जो संस्कृत में, 'गो', अंग्रेजी में 'काऊ', फारसी में 'गाब' आदि हुआ।[1] इसी तरह भारत-ईरानियों ने यूराकी भाषा में से भी कुछ शब्द लिए, जो संस्कृत में 'मक्षिका', 'कफ', 'शलाका', 'वाराह' आदि रूप में आते रहे हैं। भारत में प्रारंभ से ही समय-समय पर अनेक विदेशी शब्द संस्कृत में आते रहे हैं। उदाहरणार्थ,- संस्कृत का 'द्रम्य', 'द्रम'या 'द्रम्भ' यूनानी 'drakh-me' से बना है। यह प्राकृत में 'दम्भ'तथा हिन्दी में 'दाम'या 'दमड़ी' के रूप में आज भी प्रयोग होता है।[2] संस्कृत का सूर्य अर्थ में प्रयुक्त होने वाला 'मिहिर' शब्द प्राचीन फारसी के 'मिश्र'से बना है। [3]मध्यकालीन फारसी 'तरत' का प्राकृत 'हठ' 'हठ्ठ', जो भोजपुरी, अवधी आदि क्षेत्रीय भाषाओं में 'टाठी' 'थाली', बना। **डॉ. भोलानाथ तिवारी** ठठेरा' को भी इसी से - फा. तश्त>प्रा. ठट्ट+कार+क=ठठयार अ> ठठेरा- संबंधित मानते हैं।[4] वस्तुतः विदेशी शब्द हिन्दी में दो तरह से आये। प्रथम यह कि भारती जनता ने उन्हें बोलचाल की भषा में ऋण लिया, जब कि शासनकर्ता विदेशियों से उसका संबंध स्थापित हुआ। दूसरे, यह कि कला एवं विज्ञान जैसे उच्च विद्या के कुछ शब्द थे, जो शिक्षित लोगों द्वारा अपनाये गये और उन्हीं की भाषा में शामिल हुए।[5]

10वीं-11वीं शर्ती से आधुनिक आर्य भाषाओं का काल शुरू होता है और तब से ही हिन्दी भाषी भू भाग पर विदेशी शासन करते रहे हैं। इसका फल यह हुआ कि विदेशी प्रशासन, धर्म, संस्कृति , शिक्षा , वेशभूषा, खान-पान तथा रहन-सहन के साथ विदेशी शब्द भी हिन्दी में प्रवेश करने लगे। कालान्तर में उक्त शब्द हिन्दी के विशिष्ट अंग बन गये। कहते हैं, हिन्दी प्रदेश को अंग्रेजी-प्रभाव को 200 वर्षो तक तथा फारसी प्रभाव को 600 वर्षो तक झेलना पड़ा था। तुर्की, अरबी के शब्द भी तकरीबन फारसी के माध्यम से हिन्दी में आये हैं। संभवतः तीन-चार हजार शब्द हिन्दी कोश में इन स्रोतों से आये हैं। **डॉ. धीरेन्द्र वर्मा** के अनुसार इनमें तुर्की के शब्द कम हैं, अरबी के उससे अधिक और फारसी के सबसे अधिक हैं। इन विदेशी शब्दों को हम क्रमशः इस प्रकार देख सकते हैं-

**1. अंग्रेजी शब्द-** जहाँ तक विश्वास है, फारसी शब्दों के बाद अंग्रेजी शब्दों की ही संख्या हिन्दी भाषा में सबसे अधिक है। आंग्ल भाषा के उक्त शब्द हिन्दी भाषा के साथ-साथ भारत की आधुनिक भाषाओं में भी घुल मिल गये हैं। भारतीय जमीन पर वर्षो शासन करने के साथ अंग्रेजो ने अपनी भाषा के शब्दों का जाल- सा बिछा दिया। यहाँ के लोगों ने भी अंग्रेजी शब्दों के प्रति अपनी लालसा व्यक्त की, परिणाम यह हुआ कि ये शब्द 'गवँई-बोलियों' में भी तैरने लगे। आज गाँव के अनपढ़ लोग भी धड़ल्ले से अंग्रेजी शब्दों का खूब व्यवहार करते हैं- 'सिंगलवा डाउन हो गइल बाटे।' नीचे कुछ अंग्रेजी के शब्दों की ऐसी सूची दी जा रही है, जिन्होने हिन्दी भाषा के साथ अपना तादात्म्य स्थापित कर लिया है-

अगस्त, अक्टूबर, अप्रैल, अपील, अर्दली, अस्पताल, अमरीका, ऑर्डर, ऑफिस, इंच, इन्जन, इन्जिनियर, इन्ज़ेक्शन, (इ) स्टूल,(इ) स्कूल, इस्टीमर, इनकमटैक्स, एजेन्ट, एजेंसी, एडवांस, ऐक्टर, ऐक्टिंग, ओवरसीयर, ओवरकोट, कलक्टर, कन्डक्टर, कम्पाउन्डर, कमिश्नर, कलैन्डर, कमीशन, कम्पनी, कटपीस, करनल, कमेटी, कॉलेज, कॉमन, कैमरा, कांग्रेस, कान्फ्रेन्स, कॉपी, कालर, क्वार्टर, क्लिप, क्रिकेट, क्रेन, कुनैन, कोचवान, गाटर, गिलास, गार्डर, ग्रामोफोन, गैस, चाक, चॉकलेट, चिमनी, चिट, चेन, जेन्टिलमेन, जज, जनवरी, जून, जुलाई, जूनियर, ज़ेलर, ट्रंक, टन, टब, टंकी, टेलिफोन, टीचर, टिफिन, टायर, ट्यूब, ट्रेन, टिकट, डबल, डॉक्टर, ड्रामा, डायरी, ड्राइवर, डेस्क, ड्यूटी, तारकोल, थर्मस, थर्मामीटर, दरजन, दिसंबर, नर्स, नम्बर, नवम्बर, नेकर, निब, नोट, नोटिस, पतलून, पलस्टर, पंचर, पंप, परमिट, पार्सल, पास, प्लाट, प्लेटफार्म, पेट्रोल, पिन, पिपरमिन्ट, प्लग, पुलिस[6] पेटीकोट, प्रेस, पाइप, पोस्टकार्ड, पाउडर, फलालेन, फरवरी, फर्लांग, फ्राक, फीस, फुटबाल, फेल, फैशन, फोटो, बम, बरान्डी, बरामदा, बटन, बैंक, बैरक, बूट, बैरा, बोतल, बोर्ड, बजट, मशीन, मजिस्ट्रेट, मई, मनिऑर्डर, मफलर, मैनेजर, माचिस, मास्टर, मिस, मील, मोटर, मिक्स्चर, रंगरूट, रबर, रसीद, रपट, राशन, रजिस्ट्री, रिवाल्वर, रिकॉर्ड, रूल, रेल, राइफल, रपट, लाइब्रेरी, लैम्प, लॉटरी, लाटसाहब, लालटेन, लेमनचूस, वारनिश, वायल, वारन्ट, वी.पी., वैसलीन, सम्मन, सन्तरी, सितंबर, सरकस, सिगरेट, सिमेन्ट, स्लेट, सूटकेस, सेकन्ड, स्कूटर, साइन्स ,

---

1. हिन्दी भाषा डॉ. भोलानाथ तिवारी, पृष्ठ-646
2. हिन्दी शब्द समूह का विकास- डॉ. नरेश मिश्र पृष्ठ-135
3. शब्दों का अध्ययन-डॉ. भोलानाथ तिवारी पृष्ठ-19
4. हिन्दी भाषा - डॉ. भोलानाथ तिवारी पृष्ठ-651
5. Afinity of Indian Languaes- Dr. S. K. Chatterji P. 26
6. श्री परिपूर्णानंद वर्मा के अनुसार 'पुलिस' परदेसी शब्द नहीं है। लेखक ने अपनी एक पुस्तक में 'पुलिस' को भारतीय शब्द बताकर प्रमाण में सम्राट अशोक के स्तंभ लेख, दिल्ली-शिवालिक 4 का उद्धरण 'लजुका पिलंयति पटिचलिटवे में पुलिसानि में छंदनानि' प्रस्तुत किया है। राज्यारोहण में 26वें वर्ष में प्रसारित इस आदेश का आशय यह था कि युक्त राजपुरुष (रज्जुक) हमारी आज्ञा का उल्लंघन करते हैं तो नीचे के अधिकारियों का यह कर्त्तव्य होगा कि वे हमारे आदेशों का पालन करवाएँ-भारतीय पुलिसः परिपूर्णानंद वर्मा, विश्वविद्यालय प्रकाशन, वाराणसी- पृष्ठ 243, मूल्य पचास रूपये

हारमोनियम, हॉकी, हुक, हीटर, हेडमास्टर, होस्टल, होमियोपैथ आदि शब्द।

**2. अरबी शब्द-** अरब देशों की भाषा अरबी सेमेटिक परिवार की महत्वपूर्ण, समृद्ध, साहित्यिक तथा जन भाषा है। अरब देशों के मुसलमानों के साथ ही वहाँ निवास करने वाले ईसाई भी अपनी साहित्य रचना अरबी में ही करते हैं। विश्व के जिस भू भाग में इस्लाम धर्म गया, वहीं अरबी भी पहुँची। भारत में भी इस्लाम अनुयायियों के साथ उनके शब्द भी आ गये। भारत देश की शायद ही कोई भाषा हो, जिसमें अरबी के शब्द न विखरे पड़े हों। हिन्दी में ठीक संख्या में अरबी-फारसी के कितने शब्द आये हैं और प्रचलित हैं, यह वास्तव में एक विवादग्रस्त विषय है। **डॉ. ताराचन्द** लिखते हैं कि 'यम. सैय्यद देहलवी, मशहूर शब्दकोश 'फरहंगे असफिया' के संकलनकर्ता ने कोश में संग्रहीत शब्दों का विश्लेषण किया है। कुल शब्दों की संख्या 54000 है, अरबी के ऋण शब्दों की संख्या 7584 है, फारसी से 6041, संस्कृत से 554, अंग्रेजी से 500 और अन्य से 181 तथा शेष स्थानीय हैं। यदि नागरी प्रचारिणी सभा द्वारा संपादित 'हिन्दी शब्द सागर' जैसे शब्द कोश के पृष्ठों को देखें तो ज्ञात होगा कि 7584 अरबी एवं 6041 फारसी शब्दों में से प्रत्येक इसमें मौजूद हैं।'[1] अरबी के हिन्दी में कुछ बहुप्रचलित शब्द इस प्रकार हैं,-

अर्क, अमीर, अकल, अल्ला, आखिर, आदमी, आसामी, आफत,, एहसान, ऐश, औजार, औरत, औलाद, इलाज, इस्तीफा, उम्र, कत्ल, कसूर, कर्ज, कलई, कानून, कैदी, काफिला, क़ौम, कुरान, किस्म, किस्मत, कीमत, कसरत, कुर्सी, किताब, कायदा, क़द, खत्म, खबर, खत, खतरा, खजाना, खाली, खुफिया, खंदक, गदर, गजब, गबन, गरीब, गुलाम, गैर, जहाज, जवाहर, जनाब, तकदीर तमाशा, तकाजा, तमीज, तकलीफ, रफ, तोता, तजुर्बा, तरह, तहसील, तबेला, तिजारत, दुकान, दौरा, दिमाग, दिवान, नहर, नतीजा, नकल, नकद, नक्शा, नखरा, नजर, नमाज, फकीर, फिजूल, फैसला, फायदा, फसल, फौज, फव्वारा, फर्क, बहस, बुखार, बजाज, बाकी; मकान, मदद, मतलब, मीनार, मुख्तार, मुफ्त, मुरब्बा, मल्लाह, मुकदमा, मामूली, माल, मुसाफिर, मालूम, मौका, मुलम्मा, रद्दी, रहीम, रोजा, रिश्वत, लेकिन, लिफाफा, लिहाफ, वलील, हलवाई, हलवा, वजीर, हुक्का आदि शब्द।

**3. फारसी शब्द-** हमारे देश में मुसलमानों के राज्य काल में फारसी राजभाषा तथा मुसलमानों की सांस्कृतिक भाषा के पद पर प्रतिष्ठित रही। हिन्दू और मुसलमान दोनों ही इसमें समान रुचि के साथ कविता, अध्ययन तथा अध्यापन किया करते थे। फल यह हुआ कि फारसी शब्द हिन्दी में ही नहीं, हमारे देश की प्रान्तीय भाषाओं में भी रल-मल गये।[2] **डॉ. अब्दुल हक** के अनुसार इन शब्दों का प्रयोग केवल सरकारी कागजों में ही नहीं होता था, वरन् साहित्य तथा जनता की दैनिक बोली में भी बराबर प्रयोग होता था। मराठी में हजारों फारसी शब्द हैं और फारसी शब्द हैं और फारसी का मराठी पर गहरा प्रभाव पड़ा है।[3] विभिन्न शब्द कोशों के अध्ययन के पश्चात् **डॉ. सुनीति कुमार चटर्जी** इस निष्कर्ष पर पहुँचे हैं कि बंगला में फारसी शब्दों की संख्या 2500 के करीब है। 75000 बंगला शब्दों के आधार पर वे पश्चिम एवं मध्यबंगाल में प्रचलित बंगला में फारसी शब्द संख्या को कुल शब्दों का 8 प्रतिशत मानते हैं।[4] इधर **हरदेव बाहरी** का मत है कि, "The History of Persian loan-Words in Hindi is perhapes unparreled in the linguistic word अर्थात हिन्दी में संभवतः फारसी ऋण शब्दों का इतिहास भाषा जगत में अद्वितीय है।[5] हिन्दी में प्रचलित फारसी के कुछ प्रमुख शब्द दृष्टव्य हैं-

अगर, अकसर, अनार, अंजीर, अंगूर, आइना, आसान, इत्र, ईमानदार, उस्तरा, कस्बा, कद्दू, कुल्फी, कमीज, किशमिश, कम, कलाकन्द, खून, खूनी, खरीद, खूब, गन्दगी, चन्दा, चश्मा, चपरासी, चरबी, चाकर, चीज, चुस्त, चुकन्दर, चापलूसी, चीलम, चालाक, चुगली, चुगली, जंग, जलेबी, जबरदस्ती, जहाज, जुलाहा, जादू, ज्यादा, जिला, जोश, जमादार, तख्त, तहखाना, तेज, तोशक, तीर, तरकारी, दंगल, दफ्तरी, दवा, दर्जी, दरवाजा, दलाल, दालान, दरबार, दुशाला, दोगला, देहात, नमक, नरम नगीना, नमूना, नाशपाती, निशानी, नासूर, " गना, पाजामा, प्याला, पोदीना, परेशान, फलाँ, फासला, फौज, बहाना, बर्फ, बल्कि, बरफी, बाग, बवासीर, बलवा, बरामदा, बदनाम, बाजार, बारीक, बादाम, बालूशाही, बिरादरी, बीमार, बीमा, बुनियाद, बेहया, बेगार, बेईमान, बेकार, बेशक, मर्ज, मरीज, मस्त, मजहब, मजेदार, मंजिल, मेज,[6] मुर्दा , मुहल्ला, मोजा, रसीद, रंगीन, रुमाल, रोशनदान, लगाम, लकवा, वकील, शर्म, शलवार, शहतूत, शहर, शादी, शानदार, शिकार, शिया, शेर, संगीन, सरकार, समोसा, सर्राफ, सईस, सख्त, सादा, साफ, सिपाही, हजामत, हकीम, हमेशा, हैजा, आदि शब्द।

**4. पुर्तगाली शब्द-** भारत और पुर्तगाल का व्यापार-संबंध-विश्व-विश्रुत रहा है। हमारे देश के पश्चिमी-दक्षिणी तट पर लगभग

---

1 The Problem of Hindustani-Dr. Tara Chand, P.95

2.हिन्दी पर फारसी का प्रभाव -श्री अंबिका प्रसाद वाजपेयी,पृ.29।

3. Development of Bengali Language- Dr. S. K. Chatterji, P.222

4. मराठी जबान पर फारसी का प्रभाव, पृ. 51

5. Persian Influence on Hindi- Dr- Hardeo Bahari, P.20

6. इस शब्द को एन्थनी, जेवियर सोरस पुर्तगाली 'मेजो' शब्द से बना हुआ और मोलसवर्थ फारसी मानते हैं- ' Influence of Portuguese in Asiatic Languages Authory Xavier Soares'

17 वीं शताब्दी में ही पुर्त गालियों का आगमन शुरू हो गया था। यही कारण है कि तटवर्ती प्रदेश की भाषाओं में सहस्रों की संख्या में पुर्तगाली शब्द बहने लगे। हिन्दी में पुर्तगाली शब्द मराठी तथा बंगला आदि के माध्यम से आए हैं। हुआ यों कि 18वीं शताब्दी में-पुर्तगाल, फ्रांस और इग्लैण्ड इन तीन देशों ने भारत पर अपना साम्राज्य स्थापित करना चाहा, अंततः सफलता अंग्रेजों को ही मिली। इसीलिए अंग्रेजी के शब्द हिन्दी भाषा में पुर्तगाली, फ्रांसीसी तथा डच इत्यादि भाषाओं के शब्दों से कहीं अधिक दृष्टिगोचर होते हैं। **एन्थनी जेवियार सोरस** ने अपनी प्रसिद्ध पुस्तक, "Influence of Portuguese Vocables in Asiatic Languages' में ' आधुनिक भारतीय भाषाओं पर पुर्तगाली का प्रभाव' से संबंधित अत्यन्त मनोहारी विश्लेषण प्रस्तुत किया है। **डॉ. कैलाश चन्द्र भाटिया** लिखते हैं कि हिन्दी में पुर्तगाली शब्दों की संख्या अंग्रेजी के बाद दूसरे स्थान पर है। हिन्दी से प्रत्यक्ष संबंध न होने पर भी भारतीय भाषाओं में सबसे पहले नए विचार एवं नवीन वस्तुओं से सम्बद्ध शब्द पुर्तगाली से ही आये। सर्वप्रथम मराठी (1498ई0) और बंगला (1537ई0) से पुर्तगाली का संपर्क हुआ। [1]**डॉ. सुनीति कुमार चटर्जी** ने लिखा है कि-'विभिन्न भारतीय भाषाओं में 200 से कुछ अधिक पुर्तगाली शब्द प्रचलित हैं। बंगला में ही 100 से अधिकशब्द हैं।'[2] इधर एक अन्य विद्वान **डॉ. मोहन लाल तिवारी** का कहना है कि -'हिन्दी में पुर्तगाली के प्रचलित शब्दों की संख्या 100 से कम है, किन्तु 50 से अधिक। ये शब्द खानपान, वेषभूषा, सजावट तथा धर्म इत्यादि से संबंधित है।'[3] हिन्दी में पुर्तगाली के बहु प्रचलित कुछ शब्दों को इस प्रकार देख सकते हैं–

अनानास, अल्मारी, अँचार, आलपीन, आया, अलकतरा, इस्त्री, इस्पात, कप्तान, कनिस्तर, कम्पास, काज, काफ़ी, काज़, कारतूस, गमला, गिरजा, गोभी, चाबी, तम्बाकू, तिजोरी, तौलिया, पशु, परात, नीलाम, पगार, पादरी, पीपा, फिरंगी,[4] फीता, फालतू, फ्रांसीसी, बंम्बा, बाल्टी, बिस्कुट, बोतल, मिस्त्री, साया, साबुन,आदि शब्द।

**5. तुर्की शब्द-** गज़नी (अफगानिस्तान) से मुहम्मद गजनी, मुहम्मदगोरी, तथा मुगल बादशाहों ने भारत में 1000 ई0 मे प्रवेश किया। मध्यएशिया की तुर्की भाषा ही इनकी मातृभाषा थी। स्मरण रहे, तुर्की तब तक मात्र एक 'बोली' थी। वह स्वस्थ साहित्यिक भाषा के स्वरूप से बहुत दूर थी। उसमें ज्ञान-विज्ञान, साहित्यिक, सांस्कृतिक, आध्यात्मिक भावों की निर्वाहिका पुस्तकों का सर्वथा अभाव था। तदर्थ उक्त बादशाहों को फारसी का भी आश्रय लेना पड़ा। वस्तुतः तुर्को ने सर्वप्रथम उत्तरी भारत पर अपना आधिपत्य स्थापित किया और वे ही भारत में फारसी लाए। यह एक आश्चर्यजनक बात है कि तुलनात्मक दृष्टि से कुछ ही तुर्की शब्द भारतीय भाषाओं में अपना स्थान बना सके हैं। **डॉ. सुनीति कुमार चटर्जी** के अनुसार मुश्किल से 80 तुर्की शब्द हिन्दुस्तानी या हिन्दी में और 40बंगला में विद्यमान है।[5] हिन्दी में बिखरे हुए तुर्की के कुछ शब्दों को इस प्रकार देखा जा सकता है-

आका(मालिक), काबू, कालीन, उर्दू, उज़बक, कैंची, कुर्त्ता, कुर्की, कुली, खान, गलीचा, चम्मच, चाकू,चारपाई, चेचक, जुर्राब, तलाश, तमगा, तुरुक, तोप, दरोगा, बहादुर, बारूद, बीबी, बुलबुल, बेगम, मुचलका, मुगल, लफंगा, लाश, सुराग, सौगात, आदि शब्द।

तुर्की प्रत्यय'ची' के योग से बने अनेक शब्द हिन्दी में फैले हुए हैं, जैसे- अफीमची, मिडलची, गोलची, मशालची, तोपची, नकलची आदि।

**6. फ्रांसीसी शब्द-** कुछ समय पहले फ्रांसीसी ही केन्द्र शासित प्रदेश पाण्डिचेरी की राजभाषा थी। संपूर्ण दक्षिणी भाषाओं में हिन्दी की तुलना में फ्रांसीसी शब्दों का बाहुल्य है। अंग्रेजी में फ्रांसीसी शब्द दूध-पानी के रूप में घुल-मिल गये हैं। इन्हें देखकर ऐसा लगता है, जैसे ये शब्द अंग्रेजी की ही संतान हों। **डॉ. मोहन लाल तिवारी** के अनुसार हिन्दी में दो-चार फ्रेंच शब्द बंगला के माध्यम से ही आ सके हैं शेष फ्रेंच शब्द अंग्रेजी बनकर उसके माध्यम से आए। दरअसल, चन्द्रनगर के उपनिवेश में बंगला और फ्रेंच का प्रत्यक्ष संबंध स्थापित हुआ, जहाँ फ्रेंच शब्द बंगला में आ सके। [6]अंग्रेजी के माध्यम से फ्रांसीसी शब्दों का परिचय हिन्दी से हुआ, जिन्हें इस प्रकार देखा जा सकता है -

अंग्रेज, इंजन, कर्फ्यू, कारतूस, कारटून, कान्स्टेबुल, कूपन, गन, जाकिट, टेबुल, टेनिस, निकोटिन, पेंसिल, पैम्पलेट, बिगुल, मार्सल, मीटर, मेम, लैम्प।

---

1. हिन्दी में अंग्रेजी के आगत शब्दों का भाषा तात्विक अध्ययन- डॉ. कैलाश चन्द्र भाटिया पृष्ठ- 48
2. Ifinity of Indian Languages-Dr. S.K.Chatterji P.27
3. हिन्दी भाषा पर फारसी और अंग्रेजी का प्रभाव-मोहनलाल तिवारी,पृष्ठ. 288
4. फिरंगी शब्द पहले पुर्तगालियों के लिए ही व्यवहृत होता था, कालान्तर में उक्त शब्द फ्रान्सीसियों तथा अंग्रेजों के साथ भी जुट गया, किन्तु अंग्रेज लोग इसे अपमान सूचक समझते थे। बाद में यह शब्द सभी यूरोपियों के लिए प्रयुक्त होने लगा- Indian words in English,P.13
5. Development of Bengali Languege- S. K. chatterji, P. 25
6. हिन्दी भाषा पर फारसी और अंग्रेजी का प्रभाव- डॉ. मोहनलाल तिवारी, पृष्ठ- 287

**7. पश्तो शब्द–** डॉ. **भोलानाथ** तिवारी हिन्दी भाषा में पश्तो शब्दों की संख्या 100 के करीब बतलाते हैं। इन शब्दों में कुछ तो सीधे और कुछ अन्य माध्यमों से आकर हिन्दी के उपादान बन गये हैं। कुछ प्रमुख शब्द यहाँ दिए जा रहे हैं-

अटकल, अखरोट, गुण्डा, जमालगोटा, डॉगर, (कड़ी भूमि), डेरा, नगाड़ा, पटाखा, पठान, भड़ास, मटरगश्ती, लताड़, लुच्चा, आदि शब्द।

**8. यूनानी शब्द–** विश्व की दो भिन्न धुरियों पर स्थित यूनान और भारत अपनी-अपनी सभ्यता तथा संस्कृतियों की जलती मशालों से विश्व को प्राचीन काल से ही आलोकित करते रहे हैं। चन्द्रगुप्त मौर्य (326 से 297 ई पू0) के समय से कुछ पहले ही दोनो देशों में सांस्कृतिक आदान-प्रदान होते रहे हैं। ज्योतिष संबंधी 'केन्द्र' और 'होरा' आदि शब्द यूनान से ही भारत में आये। संस्कृत का 'होडाचक्र' यूनानी 'होरा' से ही बना हैं। कुछ यूनानी शब्दों का संस्कृत में अनुवाद भी हुआ।[1] भारत में अग्रेजों के शासन काल में कुछ यूनानी शब्द अंग्रेजी के माध्यम से हिन्दी में आ गये, जैसे-

एकेडमी (अकादमी), एटलस, ऐटम, टेलीग्राफ, टेलीफोन, ग्रामोफोन, डेल्टा, बाइबिल आदि शब्द।

**9. चीनी शब्द–** बहुत अधिक तो नहीं, लेकिन कुछ चीनी भाषा के शब्द भी या तो सीधे अथवा किन्हीं अन्य भाषा के सहारे हिन्दी में प्रविष्ट हो गये हैं। चाय, सिन्दूर, लोकाट आदि शब्द हिन्दी के लिए चीनी भाषा की भेंट हैं। इनके अलावा लीची (चीनी-'लाचू') तथा तूफ़ान (चीनी-'ताइ-फूसे') अरबी के माध्यम से हिन्दी में प्रवेश हुए।[2] हिन्दी में 'तुफानीदौरा' इसी से बना है।[3] पटाखा (पुर्तगाली फोगेट- Foguete) के माध्यम से यहाँ पहुचाँ। इसे अनुकृति मूलक (Onomatopoetic) शब्द कहते हैं।

**10. रूसी शब्द–** विगत तीन दशकों के भारत-रूस के मैत्री-पूर्ण-संबंधों को देखकर यह निश्चित रूप से कहा जा सकता है कि सांस्कृतिक, औद्योगिक तथा वैज्ञानिक क्षेत्र में बहुत से रूसी शब्द हिन्दी में आ रहे हैं तथा भविष्य में भी आते रहेंगे। हिन्दी में समाहित कुछ रूसी शब्द निम्नलिखित हैं-टुन्ड्रा, टैगा, जार, रूबल, स्पुतनिक तथा सोवियत आदि शब्द।

**11. लैटिन शब्द–** अंग्रेजी भाषा में लैटिन शब्दों की बहुतायत है। हिन्दी भाषा में लैटिन शब्द अंग्रेजी के माध्यम सेही आये। उनमें से कुछ इस प्रकार हैं–

एज़ेण्डा, केतली, कोटा, कोरम, पार्लियामेन्ट, पेन्शन, पौण्ड, बोनस, राशन, रेडियो, मिल, हस्पताल, आदि शब्द।

**12. इटैलियन शब्द–** इटैलियन शब्द भी अंग्रेजी से चिपके हुए यहाँ आ गये। कुछ प्रमुख शब्द दृष्टव्य हैं-

अलारम, इन्फ्लुएन्जा, करनल, गजट, डेस्क, बालकनी, मलेरिया(मेल एयरिया) मॉडल, रॉकेट, रेजिमेन्ट, वायल, स्टुडियो आदि शब्द।

**13. रोमन शब्द–** इन शब्दों की भी संवाहिका अंग्रेजी ही है। अंग्रेजी शासन के कानूनी भाषा में रोमन शब्द बिखरे पड़े हैं। उन्ही के माध्यम से रोमन शब्द हिन्दी में आये हैं यथा- अगस्त, जुलाई, दिसंबर, फरवरी आदि शब्द।

**14. जापानी शब्द–** रिक्शा, मिकाडो आदि शब्द भी अंग्रेजी भाषा से होकर यहाँ आये हैं।

**15. अफ्रीकी शब्द–** गुरिल्का, बैंजों आदि शब्द। 'बैंजों' नीग्रो लोगों का लोकप्रिय वाद्य-यंत्र है और यह उसी रूप में हमारे भी यहाँ लोकप्रिय है।

**16. आयरिश तथा स्काच शब्द–** 'व्हिस्की'(water of life)-जीवन जल आदि शब्द।

**17. स्पेनी शब्द–** सिगरेट, सिगार, नीग्रो (हब्शी) आदि शब्द स्पेनी हैं। 'प्यून' भी अंग्रजी के माध्यम से हिन्दी में आ गया है।

**18. डच शब्द–** पम्प, स्काउट, बम, ड्रिल, तरुप (तास खेलने में), स्क्रूप (भोजपुरी में प्रचलित है)।

**19. आस्ट्रेलियन शब्द–** कंगारू, यूकिलिप्टस (श्वेत रंग का एक लंबा वृक्ष, जिसे हिन्दी में 'नीलगिरि' या सफेदा' कहते हैं)

**20. मैक्सिको शब्द–** टमाटर (Tomato), चॉकलेट, कोको आदि शब्द अंग्रेजी के साथ यहाँ आ गये हैं।

**21.जर्मनी शब्द–** सेमिनार, बैगन, 'ग्रस' बारह दर्जन (जर्मनी में 120 में वस्तुओं का बोधक था),डालर–[4]हाल्ट, नाजी आदि।

**22. मिस्त्री शब्द–** मिसरी (भोजपुरी में मिसिरी रूप में प्रचलित खाण्ड से बना खाद्य पदार्थ)।

**23. मलयी शब्द –** गटा पारचा, प्याला इत्यादि शब्द पुर्तगाली के माध्यम से भारत में आये। सागू, पिरच शब्द भी मलयी हैं, जिसका मूल 'पिरस' (Pirs) है।[5]

**24. इरानी शब्द–** तरबूज आदि शब्द।

---

1. शास्त्रीय पारिभाषिक कोश, संपादक- वी. आर. दांते तथा सी.जी. कोबें, भूमिका भाग
2. Romance of Words,by-Earnest Weekly, p 40
3. हिन्दी शब्द-रचना, माई दयाल जैन, पृ0 108
4. शब्द साधना पृ0 282
5. The Story of Language,P.223

**25. तिब्बती शब्द–** लामा आदि शब्द।

**26. पेरू शब्द–** अल्पका (एक कपड़ा विशेष)।

**27. ब्राजील शब्द–** तम्बाकू आदि शब्द पुर्तगाली के माध्यम से हिन्दी में आये। इनके अतिरिक्त कुछ और भी विदेशी शब्द हिन्दी भाषा और भारत की क्षेत्रीय भाषाओं में समाये हुए हैं। इनका सूक्ष्म विश्लेषण अपरिहार्य है। इधर कानूनी, सांस्कृतिक, वैज्ञानिक, तकनीकी तथा सामाजिक प्रगति के फलस्वरूप कुछ नये शब्द भी गढ़े गये हैं। **शिक्षा मंत्रालय, भारत सरकार** (Ministery of Educaion Govt. of India) द्वारा प्रकाशित 'पारिभाषित शब्द-संग्रह' में कुछ शब्द पहले ही भारत की अन्य भाषाओं में प्रचलित थे, किन्तु अब उन्हें हिन्दी में उनकी आत्मा के साथ उतार लिया गया है। उनके उदाहरण इस प्रकार हैं–

| | | |
|---|---|---|
| Legislature विधनांग(कन्नड़) | Judiciary न्यायांग (कन्नड़) | Executive कार्यांग (कन्नड़) |
| Debit नामें डालना(मारवाड़ी) | Brackets बन्धनी (बंगला) | |

## नवनिर्मित कुछ शब्दों की सूची इस प्रकार है

| | | |
|---|---|---|
| Annuity-वार्षिकी | Divergence-अपसरण | Design-परिकल्प |
| Interim-अन्तरिम | Disilled Water- आसुत जल | Grant- अनुदान |
| Next- आसन्न | International-अन्तर्राष्ट्रीय | Polling- समुच्चायन |
| Commissioner- आयुक्त | Repeal-निरसन | Colonialism- उपनिवेशवाद |
| Immigration-आप्रवास | Idealism- आदर्शवाद | law Point- विधिक प्रश्न |
| Modernity- आधुनिकता | Vice Chancellor-कुलपति | Republic- गणतंत्र |
| Sonorization-घोषीकरण | Technique-तकनीक | Naxalism-नक्सलवाद |
| Marxism- मार्क्सवाद | Directorate-निदेशालय | Lengthening-दीर्घीकरण |
| Democracy- प्रजातंत्र | Mysticism-रहस्यवाद | Governor- राज्यपाल |
| Nationalisation-राष्ट्रीयकरण | Realism-यथार्थवाद | Leninism-लेनिनवाद |
| Dissimilation-विषमीकरण | Coalition-संविद | Pigmatism-व्यवहारवाद, |
| Socialism-समाजवाद | Common Wealth of Nations-राष्ट्रमण्डल | Legislative-विधानसभा आदिशक। |

निष्कर्षतः हम कह सकते हैं कि यदि अपनी राष्ट्रभाषा के माध्यम से हम भावाभिभिवयक्ति करने में सक्षम हों तो अनावश्यक रूप से विदेशी शब्दों का प्रयोग नहीं करना चाहिए। हाँ, यदि नितान्त आवश्यक ही हुआ तो उन्हें अपना अंगीभृत बना लेना चाहिए, वह इसलिए कि विदेशी भाषाओं के शब्द हिन्दी के लिए न तो कलंक हैं और न हमारी मानसिक परतंत्रता के सूचक ही हैं। **डॉ. धीरेन्द्रवर्मा** के अनुसार- 'संपर्क में आने पर भी आवश्यक विदेशी शब्दों को अछूत सा मानकर न अपनाना अस्वाभाविक है। यत्न करने पर भी यह कभी संभव नहीं हो सका है। अनावश्यक विदेशी शब्दों का प्रयोग करना दूसरी अति है। मध्यम मार्ग यही है कि अपनी भाषा के ध्वनि-समूह के आधार पर विदेशी शब्दों के रूप में परिवर्त्तन करके उन्हें आवश्यकतानुसार सदा मिलाते रहना चाहिए। इस प्रकार शुद्धि करने के उपरान्त लिए गये विदेशी शब्द जीवित भाषाओं के शब्द-भण्डार को बढ़ाने के लिए सहायक होते हैं।'[1]

सच पूछा जाय तो भाषा को जीवित रखने तथा उसके विकास की दृष्टि से शब्दों का आदान प्रदान नितांत आवश्यक है। कुछ लोगों का तर्क है कि अपनी भाषा में विदेशी शब्दों का समावेश अपनी भाषा की हीनता तथा द्ररिद्रता को व्यक्त करता है, वहाँ मेरा निवेदन यह है कि अन्तर्राष्ट्रीय संपर्क को बनाए रखने के लिए अन्तर्राष्ट्रीय-वैज्ञानिक,सामाजिक,शैक्षिक-इत्यादि शब्दावली को ग्रहण करना बहुत जरूरी भी है। आज हिन्दी के विशाल उद्यान में दुभाषी शब्द पुष्प खिल रहे हैं। सुरुचि के साथ सुन्दर तथा अर्थपूर्ण ऐसे दुभाषी शब्द बनाने से हिन्दी समृद्धि ही हो रही है, कोई क्षति नही है।[2]

1. हिन्दी भाषा का इतिहास- डॉ. धीरेन्द्र वर्मा पृष्ठ-74

2. हिन्दी शब्द रचना-माइं दयाल जैन, पृष्ठ-126

# द्वितीय पर्व

अध्याय-19

## भाषा-विज्ञान की कुछ अन्य शाखाएं या अनुप्रयुक्त भाषा-विज्ञान

## शब्द-विज्ञान (Wordology) या शब्द - विचार

**शब्द का अर्थ और परिभाषा-** शब्द वह ध्वनि है, जिससे व्यवहार और लोक में पदार्थ की प्रतीति हो। प्रयोग एवं अर्थ दोनों दृष्टियों से भाषा की लघुतम इकाई शब्द है। **पतंजलि** महोदय, कहते हैं कि, -"**श्रोत्रोपलब्धिर्बुद्धिनिर्ग्राह्यः प्रयोगेणाभिज्वलितः आकाश देशः शब्दः**" अर्थात् महाभाष्यकार पतंजलि के अनुसार,-"शब्द कान से प्राप्त, बुद्धि से ग्राह्य तथा प्रयोग से स्फुरित होने वाली आकाशव्यापी ध्वनि है।" इस परिभाषा में शब्द की चार विशेषताएं स्पष्ट हैं- उच्चरित, श्रव्य, बुद्धिग्राह्य, अर्थबोधक। **महाभाष्य** में शब्द का रूपांकन करते हुए कहा गया है, -"**प्रतीत पदार्थ को लोके ध्वनिः शब्दः इत्युच्यते**" अर्थात् व्यावहारिक आधार पर शब्द वह ध्वनि है, जिससे व्यवहार या लोक में पदार्थ की प्रतीति हो।

वस्तुत: शब्द की पूर्ण परिभाषा नहीं दी जा सकती, क्योंकि यह ध्वनि के स्तर की लघुतम इकाई नहीं है, बल्कि शब्द अर्थ के स्तर पर भाषा की लघुतम स्वतंत्र इकाई है। कुछ पाश्चात्य विद्वानों ने भी शब्द के स्वरूप पर विचार किया है। **ब्लाक** तथा **ट्रेगर** लिखते हैं कि,-"A free form which can not be divided entirely in to smaller free form is a minimum free form or word."[1] अर्थात् वाक्य में प्रयुक्त रूपों के भी खण्ड हो सकते हैं। वे खण्ड रूप जो स्वतंत्र अर्थवान रूप में बोले जाते हैं, मुक्त रूप कहलाते हैं, जो खण्ड रूप स्वतंत्र अर्थवान रूप में नहीं बोले जाते हैं, आबद्ध रूप कहलाते हैं। इस प्रकार "आविभाज्य मुक्त रूप ही शब्द है।" प्रसिद्ध भाषाशास्त्री **ब्लूमफील्ड** के अनुसार - "A free form which is not a phrase is a word.A word then is a free form which does not consist entirely of lesser free forms, in brief a word is minimum free form."[2] अर्थात् मुक्त रूप जो वाक्यांश नहीं है, शब्द है। शब्द वह मुक्त रूप है, जो छोटे से छोटे मुक्त रूपों से मिलकर भी न बने। संक्षेप में, शब्द लघुतम मुक्त रूप है। पश्चिम के ही एक अन्य भाषाविद् **एल. आर. पामर** कहते हैं कि, -"लघुतम भाषण इकाई ही शब्द है - Word is the smallest speech unit capable of functioning as a complete utterance. कुल मिलाकर भाषा विज्ञानी **डॉ. निरंजन कुमार सिंह** के कथन को माने तो "शब्द स्वतंत्र होता है अर्थात् स्वावलम्बी होता है। प्रयोग और अर्थ दोनों दृष्टियों से शब्द लघुतम होता है, इसमें आबद्ध रूप नहीं लिए जा सकते, क्योंकि उनका कोई स्वतंत्र प्रयोग संभव नहीं हो सकता।"[3]

**शब्द का महत्व-** जाने-माने भाषाशास्त्री **डॉ. निरंजन कुमार सिंह**[4] लिखते हैं कि - शब्द ही भावों, विचारों का प्रतीक है। मनुष्य का भावात्मक एवं बौद्धिक विकास शब्दों के विकास से सम्पृक्त है। भावाभिव्यक्ति की क्षमता उपयुक्त शब्दावली पर ही निर्भर है। भाषा के निर्माणक तत्वों में शब्द का स्थान महत्वपूर्ण हैं, क्योंकि वाक्य और अनुच्छेद का अस्तित्व शब्द पर ही है। भाषा का मनुष्य के भावों, विचारों एवं अनुभूतियों से घनिष्ठ संबंध है। शब्द ही इन भावों, विचारों एवं अनुभूतियों के प्रकाशन के लिए प्रतीक का काम करते हैं। शब्दों के अभाव में मनुष्य के भावों, विचारो एवं अनुभूतियों की अभिव्यक्ति संभव नहीं हो पाती और अभिव्यक्ति की असमर्थता के कारण धीरे-धीरे भावों एवं विचारों की उद्भावना शक्ति भी कुंठित हो जाती है। जीवन के समस्त क्षेत्रों से संबंधित कार्य - कलापों का संपादन उपयुक्त शब्दावली के अभाव में संभव नहीं। जिस भाषा के पास शब्द - भंडार का अभाव है,वह भाषा स्वयं तो हीन समझी ही जाती है, पर यह स्थिति उन भाषा - भाषियों के भी बौद्धिक, भावात्मक एवं सांस्कृतिक ह्रास का द्योतक है। किसी भी

1- Outline of Linguistic Analysis - Block and Trager. P.54

2- Language - Bloomfield, P.178

3- माध्यमिक विद्यालयों में हिन्दी शिक्षण - डॉ0 निरंजन कुमार सिंह, पृष्ठ - 167, प्रकाशक - राजस्थान हिन्दी ग्रंथ अकादमी, जयपुर,राजस्थान, प्रथम संस्करण, मूल्य - 25 रू0 सन् 1973

4- माध्यमिक विद्यालयों में हिन्दी शिक्षण - डॉ0 निरंजन कुमार सिंह, पृष्ठ - 169

जाति के उत्कर्ष एवं अपकर्ष को हम उसकी भाषा से नाप सकते हैं। प्राचीन भारत का गौरव उस समय उसकी गरिमामयी सुसंपन्न संस्कृत भाषा के कारण प्रतिष्ठित हुआ और आज भी वह भाषा अपनी विपुल शब्दावली के कारण संसार की श्रेष्ठ भाषा कही जाती है। साहित्य सृजन की दृष्टि से भी शब्दों का महत्व असंदिग्ध है। एक ओर शब्दों की बहुलता और प्रचुरता से भाषा सम्पन्न और समृद्धशाली होती है, तो दूसरी ओर भाषा का लालित्य, चमत्कार, अर्थ गौरव, अभिव्यंजना शक्ति एवं प्रभविष्णुता उपयुक्त शब्दों के चयन, विन्यास एवं प्रयोग पर निर्भर हैं। शब्दों की व्यंजना शक्ति एवं अर्थ - गांभीर्य जितना ही बढ़ता जाता है, उतना ही भाषा का चमत्कार एवं उसकी कलात्मक शक्ति भी बढ़ती जाती है। कुल मिलाकर वाक्य पदीय के अनुसार, प्रत्येक ज्ञान के पूर्व भाषा व्यापार है। ऐसा प्रतिभासित होता है कि समस्त ज्ञान शब्द से विंधा हुआ है,-

''न सोऽस्ति प्रत्ययो लोके यः शब्दानुगमादृते।
अनुबद्धमिव ज्ञानं सर्व शब्देन भाषते।।''[1]

नाम या प्रतीक ही शब्द हैं। ये प्रतीक या शब्द ही भाषा - विकास के भी मूल रूप हैं,-

''देखिअ रूप नाम अधीना, रूप ज्ञान नहिं नाम विहीना।''

**भाषा के निर्माणक तत्वों में शब्द का स्थान-** भाषा के मूल निर्माणक तत्व हैं - सार्थक ध्वनियाँ, शब्द एवं वाक्य - संरचना। किन्तु इनमें भी शब्द सर्वाधिक सार्थक एवं महत्वपूर्ण निर्माणक तत्व है। प्रसिद्ध भाषा - शास्त्री **रामचन्द्र वर्मा** ने अपनी पुस्तक 'शब्द और अर्थ' में लिखा है कि भाषा रूपी वृक्ष का मूल शब्द - समूह ही है। शब्द - समूह से ही भाषा बनती है। यद्यपि भावाभिव्यक्ति की दृष्टि से वाक्य भाषा की सार्थक इकाई माना जाता है,किन्तु अनेक दृष्टियों से भाषा की सरलतम, सार्थक एवं संक्षिप्ततम इकाई शब्द है, क्योंकि इसके अभाव में वाक्य एवं अनुच्छेद का अस्तित्व ही संभव नहीं। इसका यह तात्पर्य नहीं कि वाक्य को भाषा की सार्थक इकाई मानना निराधार और तर्कहीन तथ्य है। निस्संदेह भाषा - प्रयोग की ऐसी स्थितियाँ होती हैं जिनमें वाक्य, और अनुच्छेद को सार्थक इकाई मानना पड़ता है और शब्द अपना स्वतंत्र अस्तित्व खोते हुए प्रतीत होते हैं तथा वाक्य द्वारा उत्पन्न परिस्थिति के अनुसार अपना अर्थ द्योतित करते हैं। इसी कारण भाषाविदों ने लिखा है कि 'वाक्य से पृथक शब्द का कोई पृथक अस्तित्व है भी क्या'? पर यह स्वीकार करते हुए भी शब्द की सार्थकता और उसकी सत्ता को अस्वीकार नहीं किया जा सकता, क्योंकि वाक्य या अनुच्छेद की सत्ता शब्दों के सहयोग और सामर्थ्य पर ही निर्भर है। शब्दों के बिना वाक्य एवं अनुच्छेद की कल्पना ही आकाश - कुसुम के समान है।

किसी भी भाषा के अध्ययन की दृष्टि सर्वप्रथम से हमारी दृष्टि शब्दों पर ही जाती हैं, क्योंकि पदार्थ, भाव एवं विचार के प्रतीक वे ही हैं। किसी भी भाषा के शब्द - कोश, विश्वकोश, शब्दानुशासन आदि ग्रंथ शब्द की सार्थकता तथा उसकी सशक्त सत्ता के परिचायक है।साहित्यकारों एवं कलाकारों का काव्य - चमत्कार, शब्द की ही शक्तियों पर निर्भर है। अत: शब्द को भाषा का सर्वाधिक महत्वपूर्ण निर्माणक तत्व माना जाता है। भाषा की ध्वनियाँ भी उस समय तक कोई महत्व नहीं रखतीं जब तक वे मिलकर शब्द का रूप ग्रहणकर किसी वस्तु, व्यक्ति, भाव या विचार का प्रतीक नहीं बन जाती। शब्द एक संकेत है, उसमें सांकेतिक अर्थ निहित हो जाता है। इसलिए भाषा -ज्ञान और प्रयोग के लिए शब्द का उचित ज्ञान और प्रयोग हर प्रकार से उपयोगी होता है। शब्द में एक या एकाधिक ध्वनियाँ संभव हैं, जैसे 'आ' (एक ध्वनि), अब् (दो ध्वनियाँ ), कल् (तीन ध्वनियाँ )। इस प्रकार शब्द जहाँ एक ओर अर्थ का क्षेत्र स्पर्श करता है, वहीं दूसरी ओर वाक्य - गठन का अंग बनकर आता है। इस दृष्टि से भी शब्द भाषा का एक प्रमुख निर्माणक तत्व है।[2]

**शब्दों का वर्गीकरण या शब्दों के भेद-** कृपया शब्दों के विभिन्न भेदों के अध्ययन के लिए इस कृति के 'रूप-विज्ञान' या 'पद विज्ञान' नामक अध्याय को देखें तथा शब्द की कुछ और भी परिभाषाओं के लिए रूप-विज्ञान तथा हिन्दी शब्द - समूह नामक अध्यायों को देखें ।

**शब्द - समूह** (Vocabnlary)- प्रसिद्ध भाषा विज्ञानी **डॉ. भोला नाथ तिवारी लिखतें हैं कि**[3] - किसी भाषा में प्रयुक्त होने वाले समस्त शब्दों के समूह को उस भाषा का 'शब्द - समूह' कहते हैं। किसी भाषा के पूरे शब्द समूह का ठीक - ठीक अनुमान संभव नहीं है। अंग्रेजी भाषा अन्य क्षेत्रों की भाँति शब्द - समूह के क्षेत्र में भी सबसे धनी कही जाती है। दूसरे शब्दों में, अपने

---

1- वाक्यपदीय, काण्ड - 1

2- साभार - माध्यमिक विद्यालयों में हिन्दी शिक्षण - डॉ. निरंजन कुमार सिंह, पृष्ठ -168

3- भावा -विज्ञान - डॉ. भोल नाथ तिवारी, पृष्ठ - 406

विपुल शब्द - भण्डार के कारण ही अंग्रेजी भाषा विश्व की श्रेष्ठतम शक्तिशालिनी और संपन्न भाषा कही जाती है। अंग्रेजी के 'वेब्स्टर कोश' में 1934 के संस्करण के अनुसार 550,000 से कुछ अधिक शब्द हैं। **मोनियर विलियम्स** के संस्कृत कोश के आधार पर संस्कृत भाषा में 125,000 शब्दों के होने का अनुमान लगाया जा सकता है।

हिन्दी भी एक जिन्दा - जीवंत तथा विकासशील जन भाषा है । उसमें अपनी परंपरागत शब्दावली, विकास क्रम में नवागत एवं रूप - परिवर्तित शब्दावली का भी समय - समय पर समावेश होता रहा है । शब्द समूह की दृष्टि से हिन्दी का सबसे बड़ा कोश 'बृहत् हिन्दी कोश ' है । इसमें लगभग 136,000 शब्द हैं । इसके आधार पर इस समय हिन्दी में लगभग ड़ेढ़ लाख शब्दों के होने का अनुमान है । डॉ0 तिवारी लिखते हैं कि भाषा की भाँति ग्रंथ तथा व्यक्ति का भी अपना शब्द समूह होता है । पुरानी बाइबिल में 5642, नई बाईबिल में 4800, होमर के ग्रंथों में 9000,मिल्टन में 8000, शेक्सपीयर में 15000, और तुलसीदास में लगभग 16000, शब्द प्रयुक्त हुए हैं। बिना पढ़े - लिखे सामान्य व्यक्ति का शब्द समूह 500-800 के बीच या कभी - कभी इससे भी कम होता है । चर्चिल के शब्द समूह में लगभग 60,000 शब्द कहे जाते हैं, जिनमें लगभग 30,000 का तो वे प्रयोग करते थे। अनेक वकीलों का शब्द - समूह 50,000 के लगभग का होता है, पर सबसे अधिक शब्द वैज्ञानिकों को ज्ञात रहते हैं। इसका कारण यह है कि अन्य लोगों के प्रयोग के सामान्य शब्द तो वे जानते ही हैं, साथ ही विज्ञान के पारिभाषिक शब्दों को भी उन्हें जानना पड़ता है। लोगों का ख्याल है कि अच्छे विज्ञानवेत्ता 80,000 शब्द जानते हैं।

**शब्द - समूह में परिवर्तन के कारण-** जीवन के आरंभ से लेकर अन्त तक व्यक्ति के शब्द -समूह में परिवर्तन होता रहता है और ठीक उसी प्रकार भाषा का शब्द -समूह भी परिवर्तित होता रहता है। यह परिवर्तन दो प्रकार से होता है - 1- प्राचीन शब्दों का लोप तथा 2- नवीन शब्दों का आगमन ।[1]

**1- प्राचीन शब्दों का लोप-** किसी भी भाषा के शब्द - समूह का लोप दो स्तरों पर होता है, एक - वैयाक्तिक तथा दूसरा सामाजिक। जब शब्द की आकृति - आकार बिगड़ कर अर्थाभिव्यक्ति में अक्षम -अपंग बन असमर्थ हो जाती है, तब व्यक्ति इस तरह के शब्दों के प्रयोग से परहेज करता है, अत: ऐसी स्थिति में शब्दों का लोप निजी या व्यक्तिगत स्तर पर शुरू हो जाता है, किन्तु जब सामाजिक परंपराओं, आचार - व्यवहारों, रस्म-रिवाजों के क्षरण - छिजाव के साथ उनकी अभिव्यक्ति में काम आने वाले शब्द भी लुप्तप्राय हो जातें हैं, तब यहाँ शब्दों का विलुप्तीकरण सामाजिक स्तर पर शुरू हो जाता है। इन्हे और अधिक निम्न प्रकार से स्पष्ट किया जा सकता है, -

**(क)- परंपराओं का लुप्त होना** - प्रत्येक शब्द का वस्तु, भाव या विचार से स्वाभाविक, निश्चित और शाश्वत संबंध होता है। जीवित परंपराओं के साथ ये निरतर यात्रा करते रहते हैं। परंपराएँ जब मरती हैं, तब ये भी दिवंगत हो जाते हैं। मोक्ष, धर्म, संस्कृति, अध्यात्म,पुरूषार्थ, कर्मकाण्ड, दर्शन, कला संबंधी समय - समय पर बदलती मान्यताओं -परंपराओं के कारण शब्द समूह से लुप्त हो चुके शब्द इसके पुष्ट साक्ष्य हैं।

**(ख)- जीवन शैली में बदलाव** -व्यक्ति के खान-पान, वेश-भूषा, साज-शृंगार, रहन-सहन में समय -समय पर बदलाव होता रहता है। इस बदलाव का सीधा असर शब्द समूह पर भी पड़ता है, क्योंकि पुराने खानपान की जगह नया खानपान, पुराने आभूषणों की जगह नए आभूषण, पुराने वस्त्रों की जगह नए वस्त्रों को धारण करने में उनसे संबंधित पुराने शब्द छूट जाते हैं और उनकी जगह नए शब्द प्रचलन में आ जाते हैं।

**(ग)- अभद्र - अश्लील शब्द अल्पजीवी** - प्राय: देखा गया है कि जिन शब्दों से जुबान के रिश्तों की संहिता कम होती है, वे कम उम्र के होते हैं। साफ शब्दों में, फूहड़ और अशिष्ट अर्थवाचक शब्द शिष्ट और सुशिक्षित समाज में प्रयोग में नहीं लाए जाते। जाहिर है, ऐसे शब्दों की चमक समय के धुधलके में ओझल हो जाती है, वे चलन से बाहर कर दिए जाते हैं, अत: लुप्त हो जाते हैं। मध्यवर्गीय परिवार में 'मूतने' और 'पेशाब' के लिए 'बाथरूम' जाना कहना इसका एक स्पष्ट उदाहरण है। लिंग, शौच, सहवास, वीर्य के प्रतीक शब्द अब लगभग अप्रचलित हो गए हैं।

**(घ)- अशुभ या अंध विश्वास से जुड़े शब्दों का लुप्त होना** - पढ़े लिखे, सुशिक्षित या विकसित समाज में तो कम, किन्तु अपढ़-निरक्षर और आदिवासी समाज में अंधविश्वास से जुड़े ढेर सारे शब्दों की मौत हो गयी । जंगली जातियाँ अपने देवता के नाराज होने के डर से अशुभ शब्दों का प्रयोग बन्द कर देती हैं, किन्तु कही-कही पढ़ा लिखा कुनबा भी इस अंधविश्वास का शिकार होता है। अपने देश में माता-पिता अपने बड़े लड़के का, पत्नी पति का तो पति पत्नी का, कहीं गुरू का, राजा का तथा अपना नाम न लेने

1- भाषा विज्ञान - डॉ भोला नाथ तिवारी, पृष्ठ -407

की परंपरा है। रात में साँप-बिच्छू के लिए 'जेवर' या 'रस्सी' शब्द का प्रयोग उसी परंपरा की एक कड़ी है। गाँवो में अब भी दिन का साँप रात में 'करियवा' या 'पौढ़ा' तथा बिच्छू 'टेढ़की' हो जाते हैं।

**2. नवीन शब्दों का आगमन-** इस धरती पर मनुष्य के आने -जाने की प्रक्रिया की तरह विश्व की प्रत्येक भाषा के शब्द-समूह में भी शब्दों के पुराने केचुल छूट कर गायब हो जाते हैं और पुन: नए अवतरित हो जाते हैं। यह क्रिया सतत् बनी रहती है।बहरहाल, नए शब्दों के आगमन में कुछ कारक इस प्रकार रेखांकित किए जा सकते हैं।

**1- आवागमन** - परस्पर संसर्ग से भाषाओं के शब्द - समूह में शब्दों का आगमन होता है। मुसलमानी तथा यूरोपीय शासन और प्रभाव के कारण ढेरों शब्द हिन्दी भाषा में घुल - मिल गए। फारसी, अरबी, तुर्की आदि भाषाओं के शब्द मुसलमानों के सम्पर्क में आने के कारण तथा यूरोपीय भाषाओं- पुर्तगाली, फ्रेंच तथा अंग्रेजी आदि भाषाओं के शब्द यूरोपीय जातियों के प्रभाव से हिन्दी में आए। इनमें कचहरी, फौज, स्कूल, धर्म, पोशाक, भोजन, खेलकूद , यँत्र से संबंधित अंग्रेजी शब्दों की संख्या हिन्दी में बहुत अधिक है।

**2- संक्षिप्तीकरण की प्रवृत्ति** - शब्दों के संक्षिप्तीकरण की ललक-लालसा के कारण भी नए -नए शब्द भाषाओं के शब्द -समूह में पैदा होते रहते हैं यथा - पेप्सू, इन्टक, यूनेस्को तथा नेफा आदि अंग्रेजी शब्दों की तर्ज पर हिन्दी में संसोपा, प्रसोपा, संविद, भाक्रांद राजद आदि शब्द बना लिए गए हैं।

**3- ध्वनिगत आधार** - कभी -कभी कुछ शब्द प्रतिध्वनि (Echo) के रूप में निर्मित कर लिए जाते हैं, जैसे - बगल, सामने, बाकी, पास, पड़ोस के पहले क्रमश: अगल, आमने, आकी, आस, अड़ोस अथवा गोल, चुप, मेल, रोटी, नंगा आदि शब्दों के बाद क्रमश: मटोल, चाप, जोल, बोटी तथा धड़ंगा आदि ।

**4- अनुकरणात्मकता** - अनुकरण की प्रवृत्ति भी शब्द समूह में नए शब्दों की आमद कराती है। हिन्दी में अनुकरणात्मक शब्द बनाने की प्रवृत्ति अधिक है। यह सभी शब्द देशी कारीगरी के उत्तम निदर्शन तथा देशी संपत्ति के मुख्य अंश हैं, जैसे - भड़-भड़, चूँ-चूँ, कायँ-कायँ, बक-बक, ठक-ठक, पों-पों, टें-टें, झुमका,लचक,झनकार आदि।

**5- भाषिक दरिद्रता** - कभी-कभी भाषिक दरिद्रता भी नए शब्दों के जन्मने का कारण बनती है। कई बार भाषिक दरिद्रता के कारण और आवश्यकता पड़ने पर स्त्री-पुरूष, बच्चे-बूढ़े अपनी-अपनी भावाभिव्यक्ति के लिए नए-नए शब्द तलाश लेते हैं। कालान्तर में उक्त शब्द ही समाज द्वारा मान्यता प्राप्त कर लेने पर भाषा के शब्द समूह की अमूल्य धरोहर बन जाते हैं, यथा- भतीजा, लाला, देवर-देवरान, मौसी, जेठ, काका-काकी ,बाबा, आजी, दादी, नानी, नाना, चाचा-चाची,फूफा-फूफी, सास-पतोह आदि।

**शब्द समूह में नवीन शब्दों के आगमन के स्त्रोत-** शब्द समूह में नए शब्दों के आगमन के कई स्त्रोत हैं।इन स्त्रोतों में दो मुख्य हैं,- 1-निर्माण तथा 2-उधार। साफ शबदों में, आवश्यकता तथा गरज के अनुसार कुछ शब्द गढ़ - बना लिए जाते हैं, जबकि कुछ अपनी तथा पराई नई-पुरानी भाषाओं तथा साहित्य से बतौर उधार ले लिए जाते है,कालान्तर में यही शब्द किसी भी शब्द समूह की मूल्यवान संपदा बन जाते हैं। इन्हे हम इस प्रकार देख सकते हैं,-

**1- निर्माण -(क)- दो शब्दों का सम्मिलन** - कभी-कभी अर्थाभिव्यक्ति के लिए शब्द अँटते नहीं है। विश्व की हर भाषा का शब्द समूह इस बात का पुष्ट साक्ष्य है कि माँग के दबाव ने नए-पुराने, देसी-विदेशी शब्दों के योग और मेल से तीसरे शब्दों को पैदा किया है। हिन्दी भाषा में बहुत से ऐसे शब्द हैं जो भिन्न भाषाओं के शब्दों, शब्दांशों अथवा प्रत्ययों को जोड़कर बने हैं, यथा-

| संस्कृत + हिन्दी, | अरबी + हिन्दी, | फारसी + हिन्दी | अंग्रेजी + हिन्दी |
|---|---|---|---|
| विमान डाक | किताब घर | जेब कट | वोट दाता |
| रात्रि उड़ान | कलम चोर | बे - डौल | साईकिल सवार |
| उप बाली | आम चुनाव | पनीर - पकौड़ा | डबल रोटी |

**(ख)- संक्षेपीकरण** - संक्षेपीकरण की प्रवृत्ति ने भी नए शब्दों के निर्माण में सहयोग किया है, जैसे - यूनाइटेड स्टेट्स ऑफ अमरीका - यू. एस. ए., राष्ट्रीय जनता दल =राजद, इसी तरह ओ. एन. जी. सी. तथा लिट्टे आदि शब्द भी दृष्टव्य है।

**(ग)-दृश्यात्मकता** - दृश्य भी शब्द निर्माण में सहायक होते हैं। मनोहर दृश्यों की अभिव्यक्ति के लिए मनुष्य नए शब्दो को गढ़ लेता है, यथा- लक-दक, बग-बग, चम-चम आदि।

**(घ)- ध्वन्यात्मकता** - ध्वन्यात्मकता के आधार पर भी नए शब्द रच लिए जाते हैं, यथा - हच-हच, तड़-तड़, भड़-भड़, सर-सर, चर-चर आदि।

**(ङ)- नूतन अभिव्यक्ति** - कभी-कभी योग्यता और बौद्धिक कुशलता के प्रदर्शन में व्यक्ति द्वारा जाने -अनजाने शब्दों के विभिन्न रूप निर्मित कर दिए जाते हैं। हिन्दी में इस प्रवृत्ति के फलस्वरूप अनेक नई क्रियाओं और विशेषणों का प्रयोग चलन में आ गया है, यथा - स्वीकारना (स्वीकार करना), असीसना (आसीस देंना), फिल्माना (फिल्म के रूप में दिखाना), बतियाना (बातें करना)। इसी तरह लजीली कली, बासी सांसें, शिथिल रोमांच, आकाश में टंगी चुप्पी आदि शब्द।

**(च)नव निर्माण की प्रवृत्ति** - नए-नए आविष्कार होने तथा नव -निर्माण के आरंभ होने पर जब नई-नई वस्तुओं की रचना होती है, तो उनके नए-नए नाम रखने की समस्या उत्पन्न होती है। ऐसी स्थिति में नए पदार्थों के सूचक नए शब्दों का प्रचलन होता है। टाइप - राइटर, पैन, तार, भौतिक विज्ञान, रसायन शास्त्र, जन्तु विज्ञान, उपग्रह (setellite), ऊर्जा (heat), अणु (molecule), योजना (scheme),गुरुत्व (gravity), तापमापी (Thermometer), ताप (temperature), कोशिका (cell), अभियंता (Engineer), आयुक्त (Commissioner), उपायुक्त (Deputy Commissioner) आदि ऐसे ही शब्द हैं।[1]

**2- उधार** - **(क)- विदेशी भाषाओं से शब्दों को ग्रहण करने की प्रवृत्ति** -देशी - विदेशी भाषाओं के संपर्क में आने पर शब्द समूह में इन भाषाओं के शब्दों का दाखिल हो जाना स्वाभाविक है। उदाहरण के लिए भारत में 10 वी -11वीं शती से आधुनिक आर्य भाषाओं का काल शुरू होता है और तबसे हिन्दी भाषी भू-भाग पर विदेशी शासन करते रहे हैं। इसका फल यह हुआ कि विदेशी प्रशासन, धर्म, संस्कृति, शिक्षा, वेश-भूषा, खान-पान, रहन-सहन के साथ विदेशी शब्द भी हिन्दी में प्रवेश करने लगे। कालान्तर में उक्त शब्द हिन्दी के विशिष्ट अंग बन गए। कहते हैं, हिन्दी प्रदेश को अंग्रेजी प्रभाव को 200 वर्षों तक तथा फारसी प्रभाव को 600 वर्षों तक झेलना पड़ा था। तुर्की, अरबी आदि के शब्द भी फारसी के माध्यम से हिन्दी में आए हैं। संभवत: तीन या चार हजार शब्द हिन्दी शब्द-समूह में इन स्रोतों से आए हैं।

**(ख)- देसी प्राचीन साहित्य और भाषाओं से** - कहते हैं, प्रगतिशीलता में परंपरा का सारांश अवश्य होता है। ठीक उसी तरह हर प्रगतिशील भाषा का शब्द-समूह अपनी प्राचीन भाषाओं की जमीन पर पनपा हुआ होता है। प्राचीन भाषाओं के शब्द नई भाषा के लिए अक्षय स्रोत होते हैं। उदाहरण के तौर पर हिन्दी के लिए संस्कृत भाषा उसी तरह कामधेनु की तरह है जिस प्रकार ग्रीक तथा लैटिन अंग्रेजी तथा फ्रेंच आदि यूरोपीय भाषाओं के लिए।

**(ग)- ठेठ गवँई बोलियों से शब्दों का आना** - गाँव उठकर भले ही शहरों में आ रहा हों, लेकिन ग्रामीण शब्दों में अब भी वही ताप और मारक क्षमता है, जो पहले थी। उदाहरण के लिए ग्रामीणांचल में बोले जाने वाले शब्द इस समय हिन्दी शब्द - भंडार की अकूत ताकत बने हुए हैं। कविता, कहानी, उपन्यास आदि हिन्दी की सशक्त विधाएँ अपने शब्द - भंडार में ग्रामीण बोलियों के शब्दों से पट रही हैं। प्रतीक, बिंब, उपमा तथा शब्द -समूह सभी - के - सभी ग्रामीणांचल से आकर राष्ट्रभाषा हिन्दी की अभिव्यक्ति क्षमता को और अधिक बढ़ा रहे हैं।

**शब्द विज्ञान भाषा - विज्ञान का अभिन्न अंग है- डॉ0 भोला नाथ तिवारी** लिखते हैं कि 'शब्द विज्ञान' शब्द का विज्ञान है। इसमें शब्द और उससे सम्बद्ध उन सारे अध्ययनों को रखा जा सकता है, जो भाषा - विज्ञान की पारंपरिक शाखाओं - ध्वनि विज्ञान, रूप विज्ञान, तथा अर्थ विज्ञान - में नहीं रखे जा सकते । आगे वे लिखते हैं कि भाषा - विज्ञान की प्रमुख शाखाएँ केवल चार - ध्वनि विज्ञान, रूप विज्ञान, वाक्य - विज्ञान, अर्थ - विज्ञान - परंपरागत रूप में मानी जाती हैं। मेरा विचार है कि 'शब्द - विज्ञान' नाम की पाँचवी शाखा इनके साथ जोड़ दी जानी चाहिए, क्योंकि इस अध्याय में शब्द के जिन पक्षों को लिया गया है, उन्हें वैज्ञानिक ढंग से सुविधापूर्वक, उपर्युक्त चार में किसी में भी नहीं रखा जा सकता और साथ ही भाषा के सर्वांगीण विवेचन से वे इतने संबद्ध हैं कि उन्हें छोड़ा भी नहीं जा सकता।[2]

---

1- भाषा विज्ञान - डॉ. भोला नाथ तिवारी, पृष्ठ - 403

2- भाषा विज्ञान - डॉ. भोला नाथ तिवारी, पृष्ठ - 403

अध्याय-20

# शैली - विज्ञान

**शैली : व्युत्पत्ति तथा स्वरूप-** काव्य शास्त्र के विद्वान्, रस - मर्मज्ञ स्व. **डॉ. नगेन्द्र** के अनुसार [1], 'शील' शब्द में 'अण् ' प्रत्यय के योग से शैली शब्द बना है। अत: शैली के मूल में 'शील' शब्द है। शील का अर्थ है - स्वभाव । अंग्रेजी 'स्टाइल' (Style),रीति, पद्धति, ढंग या विधि- इन शब्दों को विद्वानों ने अपने - अपने ढंग से परिभाषित करने का प्रयास किया है। अत: यह शब्द स्वयं में व्यापक अर्थों एवं अनेक संदर्भो में प्रयुक्त होने के कारण अनेकार्थी बन गया है। बोलचाल, रहन-सहन, खान-पान आदि से संबंधित शैली हो सकती है, किन्तु विवेचन संदर्भ में शैली का संबंध भाषिक अभिव्यक्ति की विधि से होने के कारण इसका अर्थ सीमित हो गया है। वस्तुत: भारतीय साहित्य में 'शैली' शब्द का प्रयोग अंग्रेजी शब्द Style के पर्याय के रूप में होता है। यह Style शब्द लैटिन के 'स्टिलत' से उत्पन्न माना जाता है,जिसका अर्थ पत्थर, हड्डी या धातु से बनी कलम अथवा लेखनी के रूप में होता था। 'स्पेनी' और 'पुर्तगाली' में यह 'स्टाइलो' लिखा जाता है और इटेलियन में 'स्टीलो'। यह 'स्टीलो' लैटिन के 'स्टिलस' शब्द से पैदा हुआ है।

इधर, ऑक्सफोर्ड डिक्शनरी [2] में अंग्रेजी Styleके अनेक प्रचलित - अप्रचलित अर्थ दिए गए हैं, यथा - लेखन, लेखन की विधि तथा व्यापक अर्थ में अभिव्यक्ति की विधि । **आचार्य नन्द दुलारे वाजपेयी** कहते हैं कि[3] -'शैली' शब्द Style से गृहीत हुआ है और Style के अर्थ में प्रयुक्त भी हो रहा है। मेरा अनुमान है कि 17 वीं शताब्दी तक पश्चिम में इस शब्द का प्रयोग काव्य की भूमिका के लिए हुआ करता था और इसकी व्याप्ति सीमित थी। प्राय: समीक्षकगण महाकाव्य की शैली या शब्द योजना, दुखान्त नाटक की शैली या शब्द - योजना, सुखान्त नाटक की शैली या शब्द - योजना पर ही विशेष रूप से विचार करते थे। जब से विदेशों में काव्य के अतिरिक्त गद्य की अनेक विधाओं का निर्माण होने लगा और उन विधाओं के अनुरूप अनेक प्रकार की शब्द और भाव - योजना प्रचलित होने लगी, तब से 'स्टाइल' शब्द का प्रयोग कवियों एवं लेखकों के यहाँ व्यक्तिगत रचना - विशेषता पर होने लगा । यद्यपि तब भी शैली शब्द मुख्यत: भाषा - प्रयोग तक सीमित था।

**शैली तथा रीति-** 'रीति' शब्द को कुछ लोग 'शैली' का पर्यायवाची मानतें हैं। इन लोगों के अनुसार रीति और शैली समानार्थी हैं। वस्तुत: 'रीति' शब्द संस्कृत साहित्य का है, जब कि 'शैली' पाश्चात्य Styleशब्द का हिन्दी - रूपान्तर है। यद्यपि दोनों शब्द पृथक - पृथक परंपराओं के हैं, परन्तु रीति और शैली अर्थ की दृष्टि से बहुत कुछ समीप माने जाते हैं और कभी - कभी इनका प्रयोग पर्यायवाची रूप में भी होता है। रीति का मूल अर्थ 'संघटना' है। रीति प्राय: विषयगत होती है। इस प्रकार हम देखते हैं कि रीति और शैली - शब्दों में बहुत दूर तक समानार्थकता है। **डॉ. द्वारिका प्रसाद सक्सेना** लिखते हैं कि[4] - ''यह 'शैली' शब्द अंग्रेजी के 'स्टाइल' शब्द का अनुवाद है। कुछ विद्वानों ने अंग्रेजी के 'स्टाइल' शब्द के लिए 'रीति' कहना उपयुक्त माना है। परन्तु 'रीति' शब्द 'रचना - विधि' या 'गमन - विधि' का वाचक होने के कारण 'स्टाइल' के सम्पूर्ण अर्थ का द्योतक नहीं है। 'स्टाइल' शब्द केवल 'रचना - विधि' या 'गमन - विधि' का ही द्योतक नही है, अपितु इसमें वक्ता की वक्तृत्व - पद्धति, लेखक की अभिव्यंजना - पद्धति, उसकी वैयक्तिक विशिष्टता. विषय - विवेचन की प्रविधि, व्यक्ति के आचार - व्यवहार का ढंग, बोलने या बातचीत करने का लहजा, किसी कवि या लेखक के मस्तिष्क में उठने वाले भावों या विचारों के प्रतिरूप आदि का भी समावेश रहता है। अत: 'स्टाइल' को 'रीति' कहना कदापि संभव नहीं हैं। इसी कारण **पं. रामदहिन मिश्र** ने स्पष्ट लिखा है कि 'शैली के लिए रीति का प्रयोग होता है, पर वह यथार्थ नहीं। शैली के लिए स्टाइल (Style) शब्द का प्रयोग उपयुक्त माना जाता है। इसको भाषा - शैली भी कहते हैं। भाषा - शैली भावानुरूप होनी चाहिए। भावनाएँ अपने आकार को प्रस्तुत करने के लिए काव्यांगों - गुण, रीति, अंलकार, वक्रोक्ति आदि - को अपनाती हैं। इसमें रीति व भाषा - शैली लेखक के भावात्मक शरीर को पहनाई हुई पोशाक नहीं है, बल्कि उसे उसकी चमड़ी समझनी चाहिए। इस बात को कभी नहीं भूलना चाहिए कि कलाकार का व्यक्तित्व भाषा - शैली से फूट पड़ता है।[5] पं. रामदहिन मिश्र के इस कथन से दो तथ्य

1. भारतीय काव्य शास्त्र की भूमिका शैली विज्ञान - डॉ. नगेन्द्र- पृ.18 सन् 1976
2- Oxford Dictionary - Page - 7, London
3- रीति और शैली - आचार्य नन्द दुलारे बाजपेयी, पृ. - 163, वाणी प्रकाशन, नई दिल्ली, मूल्य- 50 रूपये।
4. भाषा- विज्ञान का सिद्धान्त और हिन्दी भाषा, - पृ. 251
5. काव्यदर्पण- काव्य शास्त्र की भूमिका, 85-86

हमारे सामने उपस्थित होते हैं - एक तो यह कि 'रीति' शब्द 'स्टाइल' के उपयुक्त नहीं है। दूसरा यह कि 'रीति' शब्द इतना व्यापक नहीं है, जितना कि 'शैली' शब्द , क्योंकि रीति तो एक 'विशिष्ट पद - रचना' को ही कहते हैं और वक्रोक्ति , गुण, अंलकार आदि उससे सर्वथा भिन्न हैं, जबकि 'शैली' के अन्तर्गत न केवल रीति आती है, अपितु गुण, अलंकार, वक्रोक्ति, वृत्ति, प्रवृत्ति, दोष, ध्वनि आदि अभिव्यंजना के सभी तत्व आ जाते हैं। इतना ही नहीं, 'शैली' शब्द इतना व्यापक है कि इसके अन्तर्गत आज प्रतीक, बिम्ब, छन्द, लय, स्वरमैत्री, पदमैत्री, नादात्मकता आदि अभिव्यंजना की नूतन - नूतन पद्धतियों का भी समावेश हो जाता है। **डॉ. नगेन्द्र** ने ठीक ही लिखा है - 'रीति' शब्द शास्त्रारूढ़ बनकर रह गया है और उस पुराने सिक्के को आज चालू करना कठिन है, जबकि 'स्टाइल' के सम्पूर्ण अर्थ का वहन करता हुआ 'शैली' शब्द हिन्दी आलोचना का टकसाली सिक्का है। शब्दों का अर्थ - विशेषकर धारणामूलक शब्दों का अर्थ सतत विकासमान रहता है। जिस प्रकार अंग्रेजी में 'स्टाइल' शब्द रचना - विधि के अनेक सीमान्तों का स्पर्श करता हुआ अपने आधार - अर्थ को अक्षुण्ण बनाए हुए है, इसी प्रकार शैली की अर्थ - व्याप्ति को भी स्वीकार कर लेना चाहिए ।''[1]

अत: **डॉ. सक्सेना** के विचार से उपर्युक्त विवेचन से यह स्पष्ट है कि ''अंग्रेजी शब्द 'स्टाइल' के लिए 'रीति' शब्द उतना उपयुक्त एवं अर्थ - बोधक नहीं है, जितना कि 'शैली' शब्द है। इस 'शैली' शब्द में जितनी व्यापकता है, उतनी 'रीति' शब्द में नहीं है। 'रीति' शब्द काव्यशास्त्र की एक विशिष्ट पद्धति का द्योतक है, वह 'विशिष्ट पद - रचना' के लिए रूढ़ हो गया है,उसकी अपनी सीमा है और वह 'स्टाइल' के आन्तरिक भाव को स्पर्श नहीं कर सकता। इसके ठीक विपरीत 'शैली' शब्द न तो पुरातन पद्धति का परिचायक है, न काव्यशास्त्र की किसी रूढ़ि का द्योतक है, न यह केवल 'पद - रचना' तक सीमित है और न यह किसी वस्तुनिष्ठ अर्थ के लिए प्रयुक्त होता है, अपितु यह शब्द - अभिव्यंजना की विविध पद्धतियों को स्पर्श करता है, यह रचना - विधि के अनेक सीमान्तों तक व्याप्त है, यह रचना - प्रविधि के सभी तत्वों को अपने अन्तर्गत समाहित किये हुए है और यह कृति के अतिरिक्त कृतिकार के व्यक्तित्व, व्यवहार - पद्धति, आचार - विचार, रीति - नीति, वैयक्तिक वैशिष्ट्य आदि का भी द्योतक है।''

हिन्दी - विदुषी **डॉ. नरेन्द्र सैनी** का विचार है कि [2]- शैली - विज्ञान का प्रादुर्भाव **चार्ल्स बेली** द्वारा "Stylistic"शब्द के सर्वप्रथम अपनी दो पुस्तकों -Precis de Stylistique. Geneva. 1905 तथा Traitde Stylistions Tranciase. Heidelberg, 1904 में व्यवहार से हुआ, जिसका क्षेत्र कभी भाषा अध्ययन तक सीमित था, किन्तु आज यह स्वतंत्र ज्ञानानुशासन के रूप में स्थापित हो चुका है। अत: इस ज्ञानानुशासन की सैद्धान्तिकी का आधार क्षेत्र तो भाषा विज्ञान है, पर विश्लेषण का क्षेत्र साहित्य से सम्बद्ध है। शैली विज्ञान का वास्तविक प्रादुर्भाव नौवें अन्तर्राष्ट्रीय भाषाविद् अधिवेशन में **रोमन - याकोब्सन** की घोषणा से हुआ । अब तक भाषा का जो अध्ययन भाषा - वैज्ञानिक मात्र था, उसे साहित्य के क्षेत्र में लाया गया। इसी से शैली के वैज्ञानिक अध्ययन का आरंभ हुआ। पश्चिम के **हेलिडे** कहते हैं कि किसी भाषा - विशेष के ध्वनि, व्याकरण, शब्द तत्वों की आवृत्ति के अनुरूप प्रस्तावित पाठ का अध्ययन करना ही शैली विज्ञान का प्रमुख अंग है।

नयी - समीक्षा में काव्य - भाषा का प्रतिमान स्वतंत्र समीक्षा - विधि के रूप में भाषा - विज्ञान से जुड़ गया है,जिसे **डॉ. रवीन्द्र नाथ श्रीवास्तव** ने 'शैली - विज्ञान 'की संज्ञा दी है और **डॉ. विद्या निवास मिश्र** 'रीति - विज्ञान कहते हैं। उनका मत है कि पाश्चात्य 'स्टाइल' शब्द को 'रीति' और 'लिंग्वो स्टाइलिस्टिक्स' को भारतीय संदर्भ में 'रीति

विज्ञान कहते हैं। उनका मत है कि पाश्चात्य 'स्टाइल' शब्द को 'रीति' और 'लिंग्वो स्टाइलिस्टिक्स' को भारतीय संदर्भ में 'रीति विज्ञान' कहना अधिक उपयुक्त है ।[3] कुल मिलाकर हम शैली - विज्ञान का स्वरूप निर्धारण इस प्रकार कर सकते हैं, -

1- शैली विज्ञान साहित्य का अध्ययन है, 2- शैली विज्ञान साहित्यिक भाषा का वैज्ञानिक अध्ययन है, 3- शैली विज्ञान साहित्य का विज्ञान है, 4- शैली विज्ञान भाषा विज्ञान की वह शाखा है, जिसका क्षेत्र साहित्य है तथा, 5- शैली विज्ञान समीक्षा का वह नवीन आयाम है, जो साहित्य का अध्ययन भाषा - विज्ञान के सिद्धान्तों और प्रविधि के आधार पर करता है।[4] यद्यपि कुछ विद्वान शैली विज्ञान के उक्त स्वरूप को पूर्णकाम नहीं भी मान सकते हैं।

## शैली की परिभाषा- (क)- पाश्चात्य परिभाषाएँ -

1- **ज्योफ्री ऐन लीच** के अनसार, -''साहित्य में भाषागत अध्ययन शैली विज्ञान है।''[5]

1. शैली विज्ञान- डॉ. नगेन्द्र, 6
2. शैली विज्ञान और संरचनावाद की परस्परावलम्बिता (राम की शक्तिपूजा के संदर्भ में ) डॉ. नरेन्द्र सैनी, पृ. 8 भावना प्रकाशन 126, पहाड़गंज दिल्ली, प्रथम संस्करण, 1993, मूल्य 140
3. नयी कविता की भाषा डॉ. रविनाथ सिंह, पृष्ठ- 140
4- हिन्दी भाषा और साहित्य - डॉ0 कैलाश नाथ पाण्डेय,पृष्ठ 166, विजय प्रकाशन मंदिर, कमच्छा,वाराणसी सन् 2000
5- शैली विज्ञान की रूपरेखा - प्रस्तुति कृष्ण कुमार शर्मा, पृष्ठ - 23, संघी प्रकाशन, जयपुर - 1974

**2- न्यूनमैन** का विचार है कि, -" Style is thinking out in to language" अर्थात् " भाषा के अन्तर्गत सोचना ही शैली है।"

**3- गाल्प्रिन** के अनुसार -"शैली विज्ञान विशिष्ट स्तर का भाषा - विज्ञान है।"[1]

**4- गेटे** के विचार से - "An anthor, is style is faithful copy of his mind अर्थात् किसी भी कृतिकार की शैली उसके मस्तिष्क की विश्वसनीय प्रतिलिपि होती है।"

**5- रोमन याकोब्सन** का कहना है कि, - "भाषा विज्ञान शाब्दिक संरचना का सार्वभौम विज्ञान है, अत: साहित्यालोचन तक को इसका अंगभूत कहा जा सकता है।"[2]

**6- एलिस कहते हैं कि** -"Style is the very thought it self अर्थात् स्वयं विचार ही शैली है।

**7- रेनवेलक** कहते हैं कि -"मुझे शैली विज्ञान सर्वत्र भाषा विज्ञान का प्रभेद प्रतीत होता है। मैं नहीं समझता कि भाषा विज्ञान को इतना प्रसारात्मक और व्यापक समझने में किसी को विरोध क्यों है।"[3]

**8-मेरी** का कथन है कि -"Style is a quality of language which comunicates precisly emotions or thoughts,अर्थात् भाषा के उस वैशिष्ट्य को शैली कहते हैं, जो भावों और विचारों को उचित ढंग से प्रेषित करता है।"

**9 - डॉ. जानसन** का विचार है कि, -"हर व्यक्ति एक विशिष्ट शैली को अपनाता है,- . . . . Any man has a peculiar style."

**10- चेस्टरफील्ड** का कथन है कि ,- "विचारों के परिधान को शैली कहते हैं - Style is the dress of thoughts."

**11- बफो** की मान्यता है कि ,-"विचारक्रम तथा विचारगति को ही शैली कहते हैं, - Style consists in the order and the movement, which we introduce in to our thoughts."

**12-शौपन हावर** का मत है कि, -"शैली मस्तिष्क की बाह्यकृति को कहते हैं, - Style is the physiognomy of the mind."

**13-शेरन** का कथन है कि, -"किसी भी कलात्मक अभिव्यक्ति में व्यक्तित्व की विद्यमानता को शैली कह सकते हैं, -The term (style) simply indicates the presence of personality in the manner of artistic expression."

**14- स्लेद** की मान्यता है कि, -"शैली भाषा और विचार दोनों में ही विद्यमान रहती है - There is a style in thought as well as style in language."

**15- इसी प्रकार प्राउस्ट** का मत है कि, - "शैली एक तकनीक का प्रश्न नहीं, अपितु यह एक दृष्टि का प्रश्न हैं, -Style is a question not of technique but of vision."

16- कुल मिलाकर यह है कि **यूरोपीय** समीक्षकों के अनुसार यह पद्धति भाषा विज्ञान तथा साहित्यिक समीक्षा का संगम है, तो **रोमान्स** शैली विज्ञान में सौन्दर्य शास्त्र के मनोवैज्ञानिक सिद्धान्तों का विस्तृत प्रभाव है, **अमेरिकन** मान्यता के अनुसार सम्प्रेषण के स्तर पर शैली से संबंधित साहित्य केन्द्रित अध्ययन ही वस्तुत: शैली वैज्ञानिक अध्यन है तो **रूसी** तथा **चेक** साहित्य धारा में शैली विज्ञान रूसी रूपवाद और चेक संरचनावाद का मिश्रण है। **फ्रेंच** मान्यता के अनुसार कोई भी साहित्यिक कृति "शैलीबद्ध अभिव्यक्तियों की समष्टि है तो **जर्मन शैली** वैज्ञानिक इस विधा को वैयक्तिक शैली से संबंधित मानते हैं तथा **स्पेनी** विद्वान इसे साहित्य का विज्ञान मानते हैं।

## (ख)- भारतीय परिभाषाएँ

**1- डॉ. सुरेश कुमार** के अनुसार, -"शैली का वैज्ञानिक अध्ययन शैली विज्ञान है।"[4]

**2- डॉ. भोला नाथ तिवारी** के विचार से, -"शैली के वैज्ञानिक अध्ययन को शैली विज्ञान कहते हैं।"[5]

**3- डॉ. कृष्ण कुमार गोस्वामी** लिखते हैं कि, -" साहित्य भी भाषागत प्रयोग है और इन प्रयोगों का अध्ययन शैली विज्ञान

---

1- शैली विज्ञान : प्रतिमान और विश्लेषण - प्रस्तुति - पाण्डेय शशि भूषण 'शी.' शु', पृष्ठ -18, देवदार प्रकाशन, दिल्ली - 1984

2- Style in Language Roman Yokebsen, P.350,M.I.T.Press cambridge-1960

3- Stylistic, Poetics and criticism, Literary Style Asymposiam - Samoor chatman, P.66, Oxford, London - 1971

4- शैली विज्ञान - डॉ. सुरेश कुमार, पृष्ठ - 79, दि मैकमिलन कंपनी आफ इन्डिया लि0 दिल्ली - 1977

5- शैली विज्ञान - डॉ. भोला नाथ तिवारी, पृष्ठ -11, शब्दकार प्रकाशन, दिल्ली - 1977

करता है।''[1]

**4- डॉ. श्यामसुन्दर दास** का मानना है कि -''किसी कवि या लेखक की शब्द योजना, वाक्यांशों का प्रयोग, वाक्यों की बनावट और उनकी ध्वनि आदि का नाम ही शैली है।''[2]

**5- डॉ. नगेन्द्र** का मानना है कि, -''शैली विज्ञान की सही परिभाषा, उसका सही अर्थ और क्षेत्रविस्तार यही है कि वह भाषा - विज्ञान के नियमों तथा प्रविधि के अनुसार साहित्य के भाषिक विज्ञान का रूपात्मक अध्ययन है।[3]

6- हिन्दी के सुप्रसिद्ध समालोचक **डॉ. गुलाबराय** ने भी शैली की समीक्षा करते हुए उसके स्वरूप को इस प्रकार समझाया है - ''शैली शब्द के दो - तीन अर्थ हैं : एक तो वह अर्थ है जिसमें कि यह कहा जाता है कि शैली ही मनुष्य है (Style is the man) यहाँ इस अर्थ में शैली अभिव्यक्ति का वैयक्तिक प्रकार है। दूसरे अर्थ में शैली अभिव्यक्ति के सामान्य प्रकारों को कहते है। भारतीय समीक्षा - शास्त्र की रीतियाँ इसी अर्थ में शैलियाँ है। तीसरे अर्थ में शैली वर्णन की उत्तमता को कहते हैं। जब हम किसी रचना के संबंध में कहते हैं 'यह है शैली' अथवा किसी की विगर्हणा करते हुए कहते है कि 'यह क्या शैली है ? या 'वे क्या जानें कि शैली क्या है ?' तब हम उसको इसी अर्थ में प्रयुक्त करते हैं। शैली में न तो इतना निजीपन हो कि वह सनक की हद तक पहुँच जाय और न इतनी सामान्यता हो कि वह नीरस और निर्जीव हो जाय। शैली अभिव्यक्ति के उन गुणों को कहते हैं, जिन्हें लेखक या कवि अपने मन के प्रभाव को समान रूप में दूसरों तक पहुँचाने के लिए अपनाता है।[4]

**7- पं. रामदहिन मिश्र** ने शैली की परिभाषा करते हुए लिखा है कि 'किसी वर्णनीय विषय के स्वरूप को खड़ा करने के लिए उपयुक्त शब्दों का चुनाव और उनकी योजना को 'शैली' कहते हैं।[5] आपने शैली के चार गुण बतलाये हैं- ओजस्विता, सजीवता, प्रौढ़ता और प्रभावशालिता।[6] इसके साथ ही आपने सुन्दर शैली के तीन उपादान बतलाये हैं - 1-शब्दों का सुसंचय और सुप्रयोग, 2-वाक्य-विन्यास और 3- भाव प्रकाशन का ढंग।[7] इसके अतिरिक्त आपका विचार है कि रूचि भिन्नता, व्यक्ति-वैशिष्ट्य और प्रकाशन-भंगि की विविधता से शैलियाँ भी विविध होती हैं जैसे, 1- व्यावहारिक या स्वाभाविक शैली - इसमें सरल, सुबोध और मुहावरेदार भाषा का प्रयोग होता है। 2- ललित शैली - इसकी भाषा सुन्दर, मधुर शब्दों वाली तथा अलंकृत और चमत्कारिक होती है। 3- प्रौढ़ या उत्कृष्ट शैली - इसकी भाषा प्रौढ़ और उच्च विचारों के प्रकाशन योंग्य होती है। 4- गद्य काव्य शैली - सरस, सुन्दर और काव्य गुण वाली रचना इसके अन्तर्गत आती है। इसका एक रूप 'प्रलापक शैली' के नाम से प्रसिद्ध है। उसमें लेखक भावावेश में आकर किसी विषय पर मर्मस्पर्शी भाषा में अपने आन्तरिक उद्‌गारों और अनुभूतियों को व्यक्त करता है।[8]

**8- डॉ. द्वारिका प्रसाद सक्सेना** के अनुसार - शैली का संबंध किसी वक्ता, लेखक या कवि की अभिव्यंजना - पद्धति से होता है। प्रत्येक वक्ता, लेखक या कवि की अभिव्यंजना भाषा के माध्यम से होती है, उस भाषा में प्रयोक्ता के व्यक्तित्व की छाप रहती है तथा वह अभिव्यंजना किसी - न - किसी विषय से भी सम्बद्ध होती है। इतना ही नही, प्रत्येक वक्ता, लेखक या कवि जब किसी विषय की अभिव्यक्ति के लिए भाषा का प्रयोग करता है,तब वह अपनी रुचि के अनुकूल शब्दों का चयन करता है, कतिपय प्रचलित एवं प्रसिद्ध अभिव्यंजना - पद्धति से कुछ हटकर चलने का प्रयास करता है, प्राचीन एवं रूढ़ प्रयोगों को छोड़कर नूतन शब्द प्रयोग करता है, विभिन्न पुरातन उपमानों को छोड़कर नूतन उपमानों को अपनाता हुआ अपनी अप्रस्तुत योजना में भी नूतनता लाने का प्रयास करता है तथा अन्य अभिव्यक्ति के सहज-सुलभ उपलब्ध उपकरणों को अपनाता हुआ भी उनमें कुछ - न - कुछ नवीनता, चारुता एवं आकर्षण उत्पन्न करने का प्रयास करता है। इसी कारण उसकी अभिव्यंजना - पद्धति कुछ पृथक् सी दिखाई देने लगती है और उसकी अभिव्यक्ति में उसकी वैयक्तिक विशेषता भी आ जाती है। अतएव संक्षेप में, शैली का स्वरूप इन शब्दों में निर्धारित किया जा सकता है - 'भाषागत अभिव्यक्ति की विशिष्ट एवं वैयक्तिक पद्धति को शैली कहते हैं।

**शैली के प्रकार-** डॉ. **महेश प्रसाद जायसवाल** लिखतें है कि ''पिछले बीस, पचीस वर्षो से शैली अध्ययन के क्षेत्र में दो पक्ष उभर कर आए हैं। पहला व्यक्तिगत कथ्य शैली, जिसका संबंध लिखित अथवा साहित्यिक भाषा से होता है एवं वह भाषा के कलात्मक तथा परिनिष्ठित प्रयोग के लिए उत्तरदायी होती है। दूसरा, सामान्यजन की बोली जाने वाली भाषा की कथ्य शैली, जिसका संबंध अलिखित, सामाजिक व्यवहार, अकृत्रिम और सामयिक प्रयोग की भाषा से होता है। इसके अस्तित्व और विकास का दायित्व

---

**1- हिन्दी आलोचना का भाषावादी दृष्टिकोण और शैली विज्ञान-डॉ कृष्ण कुमार गोस्वामी,पृ0-54,दिल्ली1975**

**2-साहित्यालोचन - डॉ. श्याम सुन्दर दास, पृष्ठ - 302**

**3- शैली विज्ञान - डॉ. नगेन्द्र, पृष्ठ - 19, नेशनल पब्लिसिंग हाउस, दिल्ली 1976**

**4- सिद्धान्त और अध्ययन - डॉ. गुलाब राय, पृष्ठ - 190**

**5- काव्यदर्पण - डॉ. रामदहिन मिश्र, पृष्ठ - 352**

**6- काव्यदर्पण - डॉ. रामदहिन मिश्र, पृष्ठ - 352**

**7- काव्यदर्पण - डॉ. रामदहिन मिश्र, पृष्ठ - 352 - 53**

**8- काव्यदर्पण - डॉ. रामदहिन मिश्र, पृष्ठ - 353**

किसी व्यक्ति या विधा पर नहीं होता।''[1] शैली की इस परिकल्पना और पक्षों को लेकर महत्वपूर्ण कार्य फ्रांसीसी विद्वान **पियेर गिरांड** ने किया, जिसकी पुस्तक 'La Stylistique' - P. Guirand, 1954 में पेरिस से प्रकाशित हुई। इसमें लेखक ने शैली अध्ययन की विभिन्न प्रारंभिक समस्याओं पर प्रकाश डाला है। अभिव्यक्ति की शैली और 'व्यक्ति की शैली' - La Stylistuqie de L. expression Stylishque de Lindividual तथा Linguistics and Style - John Speneer and Michael Gregory, Oxford - दो शैली भेद मानते हुए उसने इनको एक दूसरे का पूरक एवं आश्रित भी माना। इस पूरकता एवं अन्योन्याश्रितता के दर्शन यथार्थवादी साहित्य तथा उच्च शिक्षित व्यक्तियों की बोलचाल की भाषा में होता है। फ्रेंच में लिखित को Langue तथा अलिखित कथा भाषा को Parole कहकर दोनों रूपों में तुलनात्मक विश्लेषण का काम सरल बना दिया गया है। अंग्रेजी के Language और speech से भी अधिक स्पष्टता इन फ्रेंच शब्दों में दिखाई देती है। शैली के अध्ययन के लिए भाषा के इन व्यावहारिक रूपों का स्पष्ट अलगाव आवश्यक है। [2] **एस. उलमैन** की पुस्तक 'फ्रेंच उपन्यास में शैली'। [3]साहित्यिक विधा की भाषा वैज्ञानिक विवेचना का सुन्दर उदाहरण है।

बहरहाल, शैली के दो पक्ष होते हैं - साधन और साध्य । साधन पक्ष में भाषा व्यवस्था की उप व्यवस्थाओं के आधार पर नाम होते हैं, जैसे - स्वनिम शैली (Phonological Style), शब्द शैली (lexical Style), वाक्य शैली (Synatctic Style), अलंकृत शैली (Figurative Style ) आदि। साध्य पक्ष में अनेक आधारों पर नामकरण हो सकते हैं। इनमें **पहला** है - भाषा शैली, जैसे - भाषण शैली, विज्ञापन शैली, समाचार पत्र शैली, साहित्यिक शैली आदि। **दूसरा** है - प्रसंग के घटक, जैसे - साहित्यिक शैली के अन्तर्गत कथानक शैली, चरित्र चित्रण शैली, वस्तु वर्णन शैली, भाव वर्णन शैली आदि। **तीसरा** आधार है, अभिव्यक्ति का गुण, जैसे - भव्य शैली, उदात्त शैली, स्पष्ट शैली, सादी शैली तथा कृत्रिम शैली आदि।

शैली के ये नामकरण पाठकी आंतरिक संरचना - शीर्ष स्थानीय साहित्यिक संरचना तथा उसकी मूलभूत भाषा संरचना - पर आधारित है। पाठके बाह्य पक्ष के आधार पर भी शैली के नामकरण किए जाते हैं। ये आधार हैं - पाठका शीर्षक (रचना का नाम), लेखक, विधा (साहित्यिक तथा साहित्येतर ) और युग । 'बाण भट्ट की आत्मकथा' कादम्बरी शैली की रचना है - इसमें शैली का नामकरण एक विशेष रचना 'कादम्बरी' के नाम पर हुआ है। हिन्दी कहानी में प्रसाद शैली का अनुकरण इतना नहीं हुआ, जितना प्रेमचन्द शैली का। इसमें नामकरण का आधार लेखक है। नाटक शैली, पत्र शैली आदि का नामकरण विधा पर आधारित है और छायावादी शैली, प्रगतिवादी शैली आदि नामकरण युग को लेकर किए गए हैं।[4]

**शैली की प्रकार्यगत (Functional) विशेषताएँ-** शैली विज्ञान पर कई महत्वपूर्ण कृतियों के लेखक और अधिकारी विद्वान आदरणीय **डॉ. पाण्डेय शशि भूषण 'शीतांशु'** ने शैली विज्ञान की कतिपय प्रकार्यगत विशेषताओं का उल्लेख निम्न प्रकार किया है,-[5] शैली विज्ञान आलोचना का भाषा माध्यमिक दृष्टिकोण है। साहित्यकार के समक्ष अभिव्यक्ति का एकमात्र साधन भाषा है और उसकी अभिव्यक्ति भी भाषा है। वह कथ्य को अभिव्यक्ति स्तर पर प्रभावपूर्ण बनाने हेतु भाषा के विशिष्ट प्रयोग करता है। इन विशिष्ट भाषिक प्रयोगों की साभिप्रायता को शैली - विज्ञान आलोचना के भाषावादी दृष्टिकोण से उद्घाटित करता है।

**1. कृति की स्वायत्तता-** शैली विज्ञान कृति को स्वायत्त घोषित करता है तथा इसी दृष्टि से कृति के कथ्य का उद्घाटन तथा मूल्यांकन करता है,

**2. वस्तुनिष्ठता एवं वैज्ञानिकता-** शैली विज्ञान, साहित्यालोचन की वस्तुनिष्ठ प्रणाली है। अत: अपने विश्लेषण कार्य को वैज्ञानिकता प्रदान करने के लिए भाषा वैज्ञानिक, शैली आधारित एवं साहित्य अवधारणा मूलक विविध प्रतिमानों का आधार ग्रहण करता है,

**3. विश्लेषणात्मकता-** शैली विज्ञान, कृति की विश्लेषण क्रिया प्रस्तुत करता है। उस प्रक्रिया में यह भाषा के माध्यम ग्रहण करता है तथा कृति के बाह्य संरचना के माध्यम से गहन संरचना को उद्घाटित करता है,

**4. भाषा माध्यमिक दृष्टिकोण-** शैली विज्ञान आलोचना का भाषा माध्यमिक दृष्टिकोण प्रस्तुत करता है। इस दृष्टि से भाषा के अवयव, ध्वनि, शब्द रूप, वाक्य, अर्थ और प्रोक्ति को विश्लेषण के उपकरण के रूप में प्रस्तुत करता है,

**5. साहित्यालोचन का सिद्धान्त-** शैली विज्ञान एक स्वतंत्र ज्ञानानुशासन होने के साथ - साथ साहित्यालोचन की

1. आधुनिक भाषा विज्ञान का इतिहास - डॉ. महेश प्रसाद जायसवाल, पृष्ठ - 201।
2. आधुनिक भाषा विज्ञान का इतिहास - डॉ. महेश प्रसाद जायसवाल, पृष्ठ - 201।
3. Style in the French Novel - S. Ullman, Oxford, 1964
4- शैली विज्ञान - डॉ. सुरेश कुमार, पृष्ठ - 58
5- शैली विज्ञान प्रतिमान और विश्लेषण - पाण्डेय शशिभूषण 'शीतांशु', पृष्ठ - 19

सैद्धान्तिकी प्रस्तुत करता है,

**6. साहित्यालोचन की प्रणाली-** शैली विज्ञान जहाँ सैद्धान्तिकी निर्भर प्रतिमानों (मॉडलों) की संरचना प्रस्तुत करता है, वहाँ विश्लेषण की प्रक्रिया में वस्तुनिष्ठ प्रणाली का भी कार्य संपन्न करता है,

**7. सौन्दर्य - उन्मीलकता-** शैली विज्ञान कृति के कथ्य - विश्लेषण के साथ -साथ कृति के सौन्दर्यात्मक पक्ष को खंडित नहीं करता। वह रचना के सौन्दर्य की शल्य - चिकित्सा नहीं करता, उसे अपनी विश्लेषण प्रक्रिया द्वारा संश्लिष्ट रूप में उन्मीलित करता है,

**8. विश्लेषण की क्षमता और संभावनाएँ-** शैली विज्ञान की प्रकार्यात्मिक उपलब्धियाँ असंदिग्ध हैं, इन्ही के परिप्रेक्ष्य में इस ज्ञानानुशासन की क्षमता एवं संभावनाओं का काव्यागत स्तर उजागर होता है। वस्तुत: शैली विज्ञान कृति के सौन्दर्यात्मक कथ्य को खंडित रूप में विश्लेषित नहीं करता, अपितु इन विश्लेषणात्मक प्रक्रिया में पाठ की अन्विति को ध्यान में रखते हुए अपने विश्लेषण का संश्लेष भी अपेक्षित रूप में प्रस्तुत करता है।

**शैली विज्ञान का महत्व-** **डॉ. रवीन्द्र नाथ श्रीवास्तव** की पुस्तक ''शैली विज्ञान और आलोचना की नयी भूमिका'' एक आन्दोलन के रूप में उभर कर आयी और प्रथम बार साहित्य को साहित्येतर आयामों से अलग देखने की प्रवृत्ति उभरी। डॉ. साहब ने शैली विज्ञान के स्वरूप को स्पष्ट करते हुए उसकी महत्ता का प्रतिपादन इस प्रकार किया है, - '' शैली विज्ञान, साहित्यिक आलोचना का सिद्धान्त भी है और प्रणाली भी। सिद्धान्त के रूप में उसकी यह प्रमुख मान्यता है कि साहित्य 'शाब्दिक कला (Verbal art) है और कृति के रूप में साहित्यिक रचना, भाषा की अपनी सीमा में बँधी एक स्वनिष्ठ (Autonomous) इकाई है। साहित्यिक कृति भाषा को न केवल अभिव्यक्ति का माध्यम बनाती है, अपितु स्वयं भाषा के भीतर ही अपना जन्म धारण करती है। शैली विज्ञान के अन्तर्गत भाषा का अध्ययन एक कला के रूप में किया जाता है। शैली - विज्ञान को साहित्यिक मूल्यांकन में भी बड़ा स्थान मिल चुका है। कुल मिलाकर -

1- यह सर्जनात्मक समीक्षा का नया आयाम है, 2-शैली विज्ञान को रीति विज्ञान के नाम से भी अभिहित करने का प्रयास हुआ, 3- शैली विज्ञान साहित्य के भाषिक विधान का रूपात्मक अध्ययन है, 4- शैली विज्ञान साहित्य भाषा के साभिप्राय अध्ययन का विज्ञान है, 5- शैली विज्ञान का एक सांख्यकीय आधार भी है, 6- शैली विज्ञान साहित्य को समझने की एक दृष्टि है। 7- यह विधा कृति में अन्तर्निहित साहित्यिकता का उद्घाटन करती है, 8- यह भाषा की प्रकृति एवं संरचना को स्पष्ट करने में सक्षम है तथा 9- यह सर्वथा नूतन आलोचना विधा किसी कृति की, उसके हर कोण से समीक्षा करने में सक्षम है।

**शैली विज्ञान की शाखाएँ-** डॉ. द्वारिका प्रसाद सक्सेना के अनुसार[1] भाषा विज्ञान के आधार पर भाषा की पाँच इकाइयाँ मानी गयी हैं - ध्वनि,शब्द, रूप, वाक्य और अर्थ। इन्ही इकाइयों के आधार पर शैली विज्ञान की भी पाँच शाखाएँ मानी जाती हैं, -(क)- ध्वनि शैली विज्ञान (Phono - Stylistics)(ख)- शब्द शैली विज्ञान (Wordo - Stylistics) (ग)- रूप शैली विज्ञान (Morpho - Stylistics) (घ)- वाक्य शैली विज्ञान (Syntexto - Stylistics)(ड़)- अर्थ शैली विज्ञान (Sementico - Stylistics)

**(क) ध्वनि - शैली विज्ञान-** इसके अन्तर्गत ध्वनि - विचलन; ध्वनि - चयन, ध्वनि - प्रभाव, ध्वनि -समानान्तरता, लय, छन्द, व्यवस्था आदि का वैज्ञानिक अध्ययन किया जाता है,

**(ख) शब्द शैली विज्ञान-** इसके अन्तर्गत शब्द - विचलन, शब्द - चयन, शब्द समानान्तरता, शब्दालंकारों में प्रयुक्त शब्दों के विचलन, चयन, समानान्तरता आदि का वैज्ञानिक अध्ययन किया जाता है।

**(ग) रूप शैली विज्ञान-** इसके अन्तर्गत रूप - विचलन, रूप - चयन, रूप - समानान्तरता आदि का वैज्ञानिक अध्ययन किया जाता है।

**(घ) वाक्य शैली विज्ञान-** इसके अन्तर्गत विविध प्रकार के वाक्यों, मुहावरों, वाक्य - चयन, वाक्य - विचलन आदि का अध्ययन किया जाता है, तथा

**(ड़) अर्थ शैली विज्ञान-** इसके अन्तर्गत भी विविध प्रकार के अर्थ - चयन, अर्थ - विचलन, अर्थ - प्रभाव आदि का अध्ययन किया जाता है।

---

1. भाषा विज्ञान का सिद्धान्त और हिन्दी भाषा- डॉ. द्वारिका प्रसाद सक्सेना, पृष्ठ-267

अध्याय-21

# अनुवाद विज्ञान

**अनुवाद शब्द की व्युत्पत्ति और अर्थ-** 'अनुवाद शब्द का संबंध 'वद्' धातु से है, जिसका अर्थ होता है 'बोलना' या 'कहना' 'वद्' धातु में 'घञ्' प्रत्यय से 'वाद शब्द बनता है। फिर उसमें 'पीछे', 'बाद में', 'अनुवर्तिता' आदि अर्थों में प्रयुक्त 'अनु' उपसर्ग जुड़ने से 'अनुवाद' शब्द निष्पन्न होता है। अनुवाद का मूल अर्थ है- 'पुन: कथन' या 'किसी के कहने के बाद कहना'। शब्दार्थ चिंतामणि कोष में अनुवाद का अर्थ **'प्राप्तस्य पुनः कथने या ज्ञातार्थस्य प्रतिपादने'** अर्थात् पहले कहे गए अर्थ को फिर से कहना, आदि दिया गया है।[1] वस्तुत: 'अनुवाद' शब्द 'अनु' और वाद से मिलकर बना है, जिसका शाब्दिक अर्थ है- पूर्वकथन के अनुसार कहना। इसकी व्युत्पत्ति 'अनु+वद्+घञ्' से हुई है, जिसका अर्थ है पुनरुक्ति अथवा उक्ति उक्ति का पुन: कथन। एक विद्वान् लिखते हैं कि अनुवाद 'अनु+वाद्+घत्र' शब्दों के योग से निष्पन्न होता है। पूर्व शब्द 'अनु' उपसर्ग का अर्थ 'बाद में अथवा 'अनुवर्तित' है। फलस्वरूप प्रस्तुत प्रसंग में अनुवाद का अर्थ है- 'पुनर्कथन'। इस अर्थ की पुष्टि ''शब्दार्थ चिन्तामणि कोश' प्रतिपादित इस कथन से होती है: **'प्राप्तस्य पुन: कथनै'** - 'प्राप्त कथन का पुनर्कथन'। संस्कृत के प्राचीनतम ग्रंथों में भी प्राय: अनुवाद का प्रयोग 'फिर से कहने' या दुहराने' के अर्थ में हुआ है।[2] संप्रति हिन्दी या अंग्रेजी भाषा में भी अनुवाद या इसके पर्यायवाची शब्दों के भी अर्थ उक्त अर्थ से भिन्न नहीं है। हिन्दी में 'अनुवाद' एक बहुप्रयुक्त शब्द है। हिन्दी में अनुवाद के लिए छाया, टीका, भावानुवाद, तर्जुमा, उल्था आदि शब्द भी प्रयुक्त हुए हैं। किंचित् भेद से ये सभी शब्द 'अनुवाद' के प्रतिपाद्य अर्थ को पुष्ट करते हैं।

कई शब्दों कोशों में अनुवाद का अर्थ है उल्था, भाषान्तर, पुनल्लेख या पुनरुक्ति, पश्चात् कथन, दुहराना, पुन: कथन, कहना, ज्ञात को कहना, समर्थन के लिए प्रयुक्त कथन, मीमांसा में किसी विधि प्राप्त आशय का दूसरे शब्दों में दुहराना, आवृत्ति, सार्थक आवृत्ति - किया गया है। पश्चिम के सुप्रसिद्ध भाषा शास्त्री **मोनियर विलियम्स** अनुवाद शब्द के उक्त विभिन्न अर्थ की पुष्टि इस प्रकार करते हैं, "Anuvada is saying after or again, repeating by way of explanation, explanatory, repetition or reitaration with corroboration or illustration, explanatory reference to anything aready said"[3] अनुवाद का अर्थ है- बाद में दुबारा कहना, व्याख्यात्मक रूप से पुन: कथन -निर्देश अथवा उद्धरण द्वारा व्याख्यात्मक पुन: कथन, पहले कही गयी वस्तु का व्याख्यात्मक निर्देश ही अनुवाद है।

**अनुवाद शब्द का अर्थ विकास तथा विभिन्न भाषाओं में अनुवाद के लिए प्रयुक्त होने वाले शब्द-** अनुवाद शब्द का अर्थ सामान्यत: व्याख्या या विश्लेषण है। इसका अर्थ पूर्व कथित बात का विश्लेषण या उल्लेख या एक भाषा से दूसरी भाषा में रूपान्तरण करना माना जाता है। संस्कृत साहित्य में विशेष रूप से ब्राह्मण ग्रंथों का वह भाग अनुवाद माना जाता है, जिसमें पूर्वोक्त निर्देश या विधि की व्याख्या, चित्रण या टीका निहित होती थी और जो स्वयं कोई विधि या निर्देश नहीं होता था। किसी कथन के पश्चात् किया गया 'वाद' ही अनुवाद था। कभी आचार्य अनुवाद करते थे, कभी कोई दक्ष शिष्य। आधुनिक साहित्य में अनुवाद शब्द के अर्थ का विकास या परिवर्तन हो जाने के कारण प्राचीन अर्थ मान्य नहीं रह गया है। अब एक भाषा में लिखे या कहे हुए विषय को दूसरी भाषा में रूपान्तरित करना अनुवाद कहा जाता है। यह कला सिर्फ लिखित भाषा के समान ही प्राचीन नहीं है, बल्कि मानव भाषा के समान अति प्राचीन काल से इसका अस्तित्व संभव माना जा सकता है; तब से जब किसी चतुर दुभाषिये ने उच्चरित भाषा या संकेत भाषा की सहायता से एक भाषा भाषी के कथ्य को दूसरे भाषा भाषी तक पहुंचाया होगा।[4]

---

1. अनुवाद विज्ञान डॉ. भोला नाथ तिवारी, पृ-9 शब्दकार, 2203, गली डकौतान, तुर्कमान गेट, दिल्ली -6, मूल्य बाहर रूप. 1972
2. ऋग्वेद 2,13,3, ऐतरेय ब्राह्मण 2,15, वृहदारण्य उपनिषद् 5,2,3, निरुक्त 1,16
3. Sanskrit English Dictionary- Monier Williams, P. 8
4. हिन्दी विश्व कोश- डॉ. मोहन लाल तिवारी, पृष्ठ 127, नागरी प्रचारिणी सभा, काशी

बहरहाल, उपर्युक्त शब्दों में अनुवाद शब्द का सही - सटीक पर्याय कौन शब्द होगा, यह कहना बहुत सरल नहीं है, लेकिन इतना सच है कि अनुवाद के लिए विभिन्न भाषाओं में विभिन्न समयों में विभिन्न शब्द इस्तेमाल किए जाते रहे हैं। संस्कृत भाषा में इसके लिए 'छाया', 'भाषा टीका', 'भाष्य' 'वार्तिक' 'व्याख्या' आदि शब्दों का प्रयोग हुआ है। अरबी, फारसी तथा उर्दू में अनुवाद के लिए स्थूल रूप से 'तर्जुमा' शब्द का प्रयोग किया जाता है। इन भाषाओं में 'तर्जुमा' का अर्थ होता है - एक जबान का दूसरी जबान में बयान करना। भारतेन्दु नाटकावली में भारतेन्दु जी 'नाटकों का तर्जुमा' शब्द का प्रयोग अनुवाद अर्थ में ही करते हैं। इधर, बंगला, असमी, गुजराती, उड़िया, पंजाबी तथा तेलुगु में भी इसे अनुवाद ही कहा जाता है।

अंग्रेजी भाषा में अनुवाद के लिए 'ट्रान्सलेशन' (Translation) शब्द व्यवहृत हुआ है। 'ट्रान्स' और 'लेशन या 'लिशन' शब्द से बने 'ट्रान्सलेशन' का शाब्दिक अर्थ है - पार (Trans) ले जाने क्रिया(lation)। इस प्रकार ट्रान्सलेशन का स्पष्ट अर्थ हुआ - स्थानान्तरण, एक जगह से दूसरे जगह ले जाना, पुनर्स्थापन या पारवहन आदि। इस व्युत्पत्तिपरक अर्थ के अलावा इस शब्द का अर्थ - अवतरण, सशरीर मुक्ति, क्रियान्वित करना, शरीर सहित स्वर्गगमन, भाषान्तर, व्यवहार रूप परिवर्तन, छायानुकरण तथा भाषान्तर निरूपण - आदि किया गया है। इधर, **आक्सफोर्ड डिक्शनरी** में 'ट्रान्सलेशन' शब्द के चार अर्थ बताए गए हैं, -

1. Transference, removal or Conveyance from one person, place or condition to another
2. Transference of non-material things removal from earth to heaven without death
3. Transference of a deasease from one person or part of the body to another तथा
4. The action or process of turning from one language in to another, also, the product of this, a version in a diffrernt language. [1]

**अनुवाद का स्वरूप तथा परिभाषा-** प्राचीन भारतीय ग्रंथों में आचार्यों ने अनुवाद को 'अनुवाक्' तथा 'अनुवचन' भी कहा है। ऋग्वेद में इसके लिए 'अनुवदति' अर्थात् 'पीछे से कहता है' या 'दुहराता है' का प्रयोग मिलता है। कुल मिलाकर यह कि विभिन्न ग्रंथों में अनुवाद की विभिन्न परिभाषाएँ दी गई हैं, उनमें से कुछ को इस प्रकार देखा जा सकता है-

1. **ऐतरेय ब्राह्मण** के अनुसार,-'यद् वाचि प्रोदितायाम् अनुब्रूयाद् अन्यस्यैवैनम् उदितानुवादिनम् कुर्यात् ।'

2. **पाणिनि** के अनुसार- 'यदा प्रतिपत्ता प्रमाणान्तरावगतमप्यर्थ कार्यान्तरार्थ प्रयोक्ता प्रतिपाद्यते तदानुवादो भवति' अर्थात् किसी और प्रमाण से विदित बात को ही, दूसरे कार्य के लिए किसी के द्वारा श्रोता से जब कहा जाता है, तब अनुवाद होता है।

3. **काशिका** में अनुवाद का अंकन इस प्रकार किया गया है-'प्रमाणान्तरावगतस्यार्थस्य शब्देन संकीर्तनमात्रमनुवादः' अर्थात अन्य किसी प्रमाण से जानी हुई बात का शब्द के द्वारा कथन ही अनुवाद है।

4. **मनुस्मृति** के टीकाकार कुल्लूक भट्ट कहते हैं-'सामागानश्रुतौ ऋग्यजुषोरनध्याय उक्तस्तस्यायमनुवादः' यहाँ भी अनुवाद का अर्थ पुन: कथन ही है।

5. **जैमिनीय न्यायमाला** में कहा गया है- 'ज्ञातस्य कथनमनुवादः' अर्थात् ज्ञात का कथन ही अनुवाद है।

6. सुप्रसिद्ध भाषा विज्ञानी और कोशकार **स्व. डॉ. भोलानाथ तिवारी** 'अनुवाद' को निम्न प्रकार से चित्रित करते हैं-'भाषा ध्वन्यात्मक प्रतीकों की व्यवस्था है और अनुवाद है- इन्ही प्रतीकों का प्रतिस्थापन अर्थात् एक भाषा के प्रतीकों के स्थान पर दूसरी भाषा के निकटतम (कथनत: और कथ्यत:) समतुल्य और सहज प्रतीकों का प्रयोग। इस प्रकार अनुवाद 'निकटतम समतुल्य और सहज प्रतिप्रतीकन' या 'यथासाध्य समानक प्रतिप्रतीकन प्रकिया' है अर्थात् प्रति प्रतीकन यथा साध्य ऐसा होना चाहिए कि स्रोत भाषा के कथ्य में लक्ष्य भाषा में [illegible]ने पर न तो विस्तार हो, न संकोच या अन्य किसी प्रकार का परिवर्तन। साथ ही स्रोत भाषा में कथ्य और अभिव्यक्ति का जैसा सामंजस्य हो, लक्ष्य भाषा में अनूदित होने पर भी यथासाध्य दोनों का सामंजस्य वैसा ही हो। समवेततः मूल सामग्री पढ़ या सुनकर स्रोत भाषाभाषी जो अर्थ ग्रहण करता हो, अनूदित सामग्री पढ़ या सुनकर लक्ष्य भाषा भाषी भी ठीक वही ग्रहण करे। संक्षेप में, अनुवाद कथनत: और कथ्यत: निकटतम सहज प्रतिप्रतीकन-प्रक्रिया है।[2]'

7. **नाइडा** (Nida) कहते हैं कि-``Translating consists in producing in the receptor language the colssest natural equivalent to the messageof the source language,first in meaning and secondary in style."

8. **कैटफोर्ड** (Catford) के विचार से एक भाषा से दूसरी भाषा में अनुभव संप्रेषण ही अनुवाद है-"The replacement of textual material in one language by equivalant textual material in another language."

9. **फोरेस्टर** (Forester) का कथन है कि एक भाषा से दूसरी भाषा में सन्दर्भों और विचारों का स्थानान्तरण ही अनुवाद है-

---

1. Oxford Dictionary- Introduction
2. अनुवाद विज्ञान- डॉ. **भोला नाथ तिवारी- पृष्ठ 18**

"Translation is the transference of the content of a text from one language in to another, bearing in mind that we can not always dissociate the content from the form."

10. पश्चिम के ही एक अन्य विद्वान के विचार से- ''अनुवाद एक कस्टम हाउस है, जिससे होकर स्रोत भाषा के प्रयोग का विदेशी माल लक्ष्य भाषा में अन्य स्रोतों की तुलना में अधिक आ जाता है, यदि अनुवादक अपेक्षित सतर्कता न बरते- `` Translation is a custom house through which passes if the custom officers are not alert, more smuggled goods of forigen idioms than, through any other lingusitic frorntier,"

**अनुवाद की आवश्यकता, महत्त्व या अनुवाद का उद्देश्य-** विश्व का कोई भी मानव समाज शायद ही अपने को हर दृष्टि से पूर्ण मानता हो। संस्कृति, शिक्षा, तकनीक,प्रौद्यौगिकी, ज्ञान-विज्ञान, आदि अनेक कोणों पर कहीं - न - कहीं वह अपने में खालीपन अवश्य महसूस करता है। हर समाज के मन में अपने से हटकर दूसरे समाज की आशा,आकांक्षा, मनस्ताप, टूटन, संत्रास, अफसुर्दगी, सौन्दर्यबोध, संवेदनाओं-समस्याओं, संघर्ष-क्षमता, अभिव्यक्ति की स्वतंत्रता, सामाजिक विखराव, जीवन पद्धति, सभ्यता तथा साहित्यिक हैसियत आदि को जानने की इच्छा बनी रहती है। यही जिज्ञासा एक समाज को दूसरे समाज के निकट ले आती है। जब एक समाज दूसरे समाज के निकट पहुँचता है तो एक-दूसरे को समझने-परखने की गरज और जरूरत के कारण ही जन्मती है - अनुवाद की आवश्यकता जिसका उद्देश्य होता है भाषा और साहित्य की समृद्धि के साथ-साथ एक-दूसरे को जानना और इस प्रकार पारस्परिकअवबोध के सहारे एक-दूसरे के अधिक निकट आना। इस अनुवाद के माध्यम से ही एक समाज-दूसरे समाज से अपना तादात्म्य तथा पारस्परिक रिश्ता तय कर पाता है। खासकर, आज की दुनियाँ में परस्पर भाई - चारे की भावना को विकसित करने, एक-दूसरे से मिलजुल कर रहने, मानवता का संदेश प्रसारित करने,विश्व - बंधुत्व और बसुधैव कुटुंबकम् का भाव स्थापित करने,एक-दूसरे के बीच निश्छल ममत्त्व, एका और आत्मीयता को पुख्ता करने के लिए अनुवाद एक सशक्त माध्यम सिद्ध हो सकता है[1] अपने देश पर बहुत दिनों तक अंग्रेजी शासन के कारण हमारा समाज इक्के - दुक्के अपवादों को छोड़कर देसी संस्कारों से कटी अंग्रेजी भाषा के माध्यम से ही दुनियाँ के दूसरे समाजों से जुटता रहा है। हाँ,यह बात अलग है कि पिछले दो-तीन दशकों से भारतीय समाज बिना किसी अन्य भाषा के माध्यम से सीधे रूसी समाज से जुटा हुआ है। बहुत दिनों तक अंग्रेजी शासन के कारण हमारा भारतीय समाज अंग्रेजी खान-पान तथा रहन-सहन के तौर-तरीकों की नकल तो किया ही, अंग्रेजी शब्दों को भी अपने शब्द कोशों में पाट लिया। कालान्तर में समय की माँग को देखते हुए हमारे समाज में यह सोच पैदा हुई कि अंग्रेजी के इन शब्दों को क्यों न तत्संबंधी-भाषाओं में अनूदित कर लिया जाय? इस सिलसिले में सरकारी-गैर सरकारी दोनों स्तरों पर प्रयास हुए। इन प्रयासों पर यदि हम सूक्ष्मता से विचार करें तो बेलौस कह सकते हैं कि कुछ को छोड़कर शेष निरर्थक, नीरस, बचकाने, अजनबी,अधकचरे,अपच-उबाऊ, क्लिष्ट और लद्धड़ ही सिद्ध हुए हैं।

यह तो रहा अनुवाद की आवश्यकता या उद्देश्य का एक चेहरा,जिसका 'टोटल' निष्कर्ष यह रहा कि आज के भूमंडलीकरण या ग्लोबलाइजेशन के इस आधुनिक दौर में जब संपूर्ण विश्व एक ग्लोबल समाज में तब्दील होने के लिए कसमसा और उतावला हो रहा है, तब अनुवाद एक महती जरूरत बन कर उभरा है। बेशक, अनुवाद संबंधों की नई जमीन बनाता और जोड़ता है। दो अपरिचित अजनबी समाजों के बीच यह पुल का कार्य करता है,यह इसकी सकारात्मक भूमिका का एक पक्ष है, किन्तु अनुवाद की विडंबनाओं का एक कृष्णपक्ष भी है। यह कृष्णपक्ष ही सवाल की आकृति धर कर हमारे सामने खड़ा होता है कि जो अनुवाद क्लिष्ट और नीरस हो, यहाँ तक तो गुंजाइश भी है, लेकिन जो अनुवाद मूलभाव को उसकी मूल आत्मा के साथ सामने न लाए, जो मूल से दूर हट जाय, वह अनुवाद किस काम का? अत: अनुवाद की आवश्यकता और उसका उद्देश्य ही क्या रह जायेगा? अंग्रेजी और इतालवी में कुछ कहावतें हैं कि-"If a woman is beautiful, she is not faitheful and if faithful not beautiful" अर्थात् सुन्दर स्त्रियाँ वफादार नहीं होती और वफादार स्त्रियाँ सुन्दर नहीं होती। इसी तरह अनुवाद के बारे में इनका विचार था कि,- "Translation is like a woman, if beautiful not faithful, if faithful not beautiful" अर्थात् यदि अनुवाद सुन्दर होगा तो मूलनिष्ठ नहीं होगा और मूलनिष्ठ होगा तो सुन्दर नहीं होगा।

अनुवाद के महत्व पर प्रकाश डालते हुए सुप्रसिद्ध रूसी विद्वान **लेव जिन्सवर्ग** (Lev Ginsburg) ने अनुवादक के सामर्थ्य के संबंध में लिखा है:- The creative translator has a duty to reproduce in his own language not only the text of the original but the essence of its speech characteristics, its psychological approach, its system of images, and its national and period feavour. It emerges quite clearly therefore, that the translater has no right to fade unobstrursively into the translation, to act as an automatan performing the author's will.

1. हिन्दी : कुछ नयी चुनौतियाँ- डॉ. कैलाश नाथ पाण्डेय, पृ. 151, लोकभारती प्रकाशन, इलाहाबाद, 2003

On the contrary, he must moblize all the resources of his mind and soul, all his artistic skill searching for equivalents, above all in his own "experience of felling."[1] इस प्रकार अनुवाद आधार ग्रंथ के कथ्य और कथन का एक स्वाभाविक और सार्थक प्रतीकान्तर होता है। इसकी सफलता विषय की मूल भाषा के अध्ययन से प्राप्त आनन्द और अवधारणा के ग्रहण में है। ज्ञान के विकास और प्रसार के उपयुक्त तथा अनुकूल माध्यमों में अनुवाद भी एक है। अनुवाद एक ऐसी नियोजित और सुलभ सुविधा है जिसके द्वारा एक भाषा भाषी समुदाय दूसरी भाषा भाषी समुदायों के जीवन, चिंतन,संस्कृति, भाषा आदि के संबंध में वास्तविक ज्ञान प्राप्त करता है।

वस्तुत: अनुवाद को प्रारंभ से ही परले दरजे का साहित्यकर्म माना जाता रहा है। विद्वानों का विचार रहा है कि किसी भी स्तर का कोई भी अनुवाद अपने मूल के शील - सतीत्व की रक्षा करते हुए प्रस्तुत नहीं किया जा सकता। कहीं - न - कहीं वह अभिव्यक्ति और भाव, कथ्य-वस्तु और शिल्प के स्तर पर चकनाचूर और चुन्नी-चुन्नी हो ही जाता है। इस तरह मूल रचना का लालित्य और सुहाग खंडित हो जाता है-"Nothing, which is harmonised by the bond of Muses can be change from one language to another without destroying its sweetness." मूल का कथ्य पोराही ईख की तरह मुरुक जाता है-``Translation of literary work is as tasteless as a stewed strawberry" तथा "Translation is medding with inspiration." इन आलोचकों का कहना है कि मूल आत्मा की शब्द ध्वनि को दूसरी भाषा में मूर्तिवत उपस्थित कर देना मुश्किल है-``Ideas can be translated but not the words and their association" हाँ, यदि कुछ उत्तम अनुवाद मिलते भी हैं तो वे महज एक समझौता से अधिक नहीं होते-"All translation is a compromise-the effort to be literal and effort to be idiomatic" संभवत: इसीलिए खासकर, धार्मिक ग्रंथों के अशुद्ध अनुवाद को देखकर किसी ने खीझते हुए कहा भी है कि अनुवाद कर्मपाप है- "Translation is a sin"

लेकिन इसका अर्थ यह नहीं है कि उक्त कहावतों के कारण आप अनुवाद को सतहा कर्म मानकर उसे फुर्र से उड़ा देगें। साहित्य की हर विधा अनुवाद के फ्रेम में चौचक बैठ सकती है यदि अनुवादक थोड़ा अनुभवी और मँजा - मँजाया हो तो। उसे कथ्य(Content) तथा अभिव्यक्ति (expression) के स्तर पर थोड़ा ध्यान देने की जरूरत है। फिर एक बात और, आज जब विश्व बाजार और प्रबंधन सन्निकट होते जा रहे हैं, पूरी दुनिया सांस्कृतिक धरातल पर सड़क के पिच की तरह जुड़ रही है, आधुनिकता और औद्यौगीकरण के चलते जहाँ मनुष्य के सामाजिक रिश्तों के तार छिन्न हुए हैं, बाजारीकरण के कारण जहाँ संस्कृति निरंतर छीज रही है, ऐसी स्थिति में अनुवाद का दीपक विश्वमें निरंतर जलना चाहिए, उसे बुझना नहीं चाहिए।

**अनुवाद के प्रकार-** विद्वानों ने अनुवाद के कई भेद स्वीकार किये हैं, लेकिन सुप्रसिद्ध भाषा विज्ञानी और कोशकार **स्व. डॉ. भोलानाथ तिवारी** ने अनुवाद के भेदों या प्रकारों के मुख्य चार आधार बताए हैं-[1] (1)गद्यत्व-पद्यत्व (2)साहित्यिक विधा (3)विषय तथा (4)अनुवाद की प्रकृति। इसे आगे और भी स्पष्ट करते हैं, -

**(क) अनुवाद के गद्य-पद्य होने के आधार पर-** (1)गद्यानुवाद,(2)पद्यानुवाद तथा (3) मुक्तछंदानुवाद

**(ख) साहित्यिक विधा के आधार पर-** (1)काव्यानुवाद (2)नाटकानुवाद तथा (3)कथानुवाद

**(ग) विषय के आधार पर -** यथा-सरकारी रिकार्डों का अनुवाद, गजेटियरों का अनुवाद, पत्रकारिता से सम्बद्ध अनुवाद, विधि साहित्य का अनुवाद,वैज्ञानिक साहित्य का अनुवाद, गणित साहित्य का अनुवाद, ऐतिहासिक साहित्य का अनुवाद,धार्मिक साहित्य का अनुवाद तथा ललित साहित्य का अनुवाद।

**(घ) अनुवाद की प्रकृति के आधार पर-** 1. मूलनिष्ठ अनुवाद तथा 2. मूलमुक्त अनुवाद डॉ. साहब ने इस तरह के अनुवादों के और भी कुछ सूक्ष्म भेद बताएँ हैं, यथा- (1)शब्दानुवाद (2) भावानुवाद (3) छायानुवाद (4)सारानुवाद (5) व्याख्यानुवाद, (6) अनुवाद (7) रूपान्तरण तथा (8) वार्तानुवाद अथवा आशु -अनुवाद।

**अनुवाद और भाषा - विज्ञान-** अनुवाद शिल्प, कला और विज्ञान इन तीनों में से क्या हैं, इस पर विवाद है। **डॉ. भोलानाथ तिवारी** अनुवाद को शिल्प कला और विज्ञान तीनों मानते हैं। किन्तु इनमें से भी वह अनुवाद को मुख्य रूप से विज्ञान ही मानते हैं और कहते हैं कि अनुवाद का भाषा-विज्ञान से सीधा संबन्ध है। इसे भाषा - विज्ञान का अविभाज्य अंग भी कहा जा सकता है। वस्तुत: अनुवाद के वैज्ञानिक विकास ने भाषा के सर्वांगीण रूप को देखना संभव बनाया है। 1965 में **डब्लू.टोश** ने 'वाक्यविन्याश्रित अनुवाद' नामक एक पुस्तक लिखी थी जिसमें भाषा के रूपान्तरण और वाक्य-व्यवस्था संबंधी जटिलताओं को समझाया गया है, किन्तु

1. An article entitle Translation and its Social Signficance, Publisshed in Soviet Literature.5 1971 Moscow, page 3.

अनुवाद क्षेत्र की नवीनतम उपलब्धि है- मशीन अनुवाद। संगणक(Computer)की कार्य पद्धति पर आधारित कुछ ऐसी मशीनें बननें लगी हैं, जो सामग्री 'फ़ील्ड' करने पर एक भाषा को अपेक्षित भाषा में लिखित रूप में रूपान्तरित कर देती हैं।[1] **पी. एल. गार्विन** तथा **बी. मोनिन** ने इस पर काफी कुछ लिखा है। यद्यपि भाषा-विज्ञानियों ने इसके परिणाम पर शंका उठायी है।[2]

कई भाषा - चिन्तकों ने अनुवाद का संबंध प्रायोगिक भाषा - विज्ञान तथा संप्रेषण विज्ञान से जोड़ा है तो दूसरी ओर वे इसे भाषा-विज्ञान की सर्वथा अलग शाखा भौतिकी का विषय भी घोषित करते हैं।[3] बहरहाल, इतना तो तय है कि भाषा - विज्ञान के विभिन्न भेदों से इसके रिश्तों की संहिता सशक्त और मजबूत होती है। अनुवाद की जमीन कोई-न-कोई भाषा ही होती है, साफ शब्दों में हर अनुवाद भाषा का रूपान्तरण (adoptation)ही होता है। बिना भाषा के अनुवाद की कल्पना असंभव है। कुल मिलाकर भाषा और अनुवाद का रिश्ता बहुत गहरा होता है। इस भाषा के छः अंग - ध्वनि, शब्द,वाक्य,रूप, अर्थ और लिपि - होते हैं। भाषा - विज्ञानी इन्हे ही ध्वनि- विज्ञान, शब्द - विज्ञान, वाक्य - विज्ञान, रूप-विज्ञान, अर्थ-विज्ञान, और लिपि-विज्ञान नाम की शाखाओं में विशिष्ट अध्ययन के लिए विभक्त करते हैं। उक्त शाखाओं को ही आधार बनाकर कोई अनुवादक अनुवाद कार्य सम्पन्न करता है।

इस प्रसंग में एक बात और भी संकेत्य है। भाषा - विज्ञान के चार रूप हैं-एक कालिक,बहुकालिक (ऐतिहासिक), तुलनात्मक तथा प्रायोगिक। इनमें एककालिक में किसी भाषा के किसी एक काल के रूप का विश्लेषण करतें हैं। ऐतिहासिक में कई एककालिक विश्लेषणों को श्रृंखलित करके उसका इतिहास देखते हैं। तुलनात्मक में दो या अधिक भाषाओं की तुलना करते हैं तथा प्रायोगिक में इन अध्ययनों के परिणामों का अन्य क्षेत्रों में प्रयोग करते हैं।इनमें से तुलनात्मक भाषा विज्ञान का अनुवाद से सीधा संबंध है। इसमें दो भाषाओं की तुलना की जाती है, किन्तु तुलना तब तक संभव नहीं, जब तक कि दोनों भाषाओं का 'एक काल' का विश्लेषण हमारे पास न हो। यह 'एक काल' स्रोत भाषा के लिए वह काल होता है, जिस काल की सामग्री का अनुवाद करना होता है तथा लक्ष्य भाषा के लिए वह काल होता है, जिस काल की भाषा में अनुवाद करना होता है। कुल मिलाकर इसका अर्थ यह हुआ कि अनुवाद तुलनात्मक भाषा विज्ञान से संबद्ध होते हुए भी मूलतः एक कालिक भाषा विज्ञान पर ही आधारित है। एक कालिक भाषा-विज्ञान ही स्रोत और लक्ष्य भाषा का विश्लेषण कर तुलनात्मक भाषा - विज्ञान या तुलना के लिए सामग्री प्रस्तुत करता है। इस तरह हम देखते हैं कि अनुवाद भाषा - विज्ञान से बहुत अधिक सम्बद्ध है। वह स्वयं प्रायोगिक भाषा विज्ञान के अन्तर्गत् आता है तथा उसके आधार पर मूलतः एककालिक भाषा - विज्ञान एवं तुलनात्मक भाषा - विज्ञान के निष्कर्ष होते हैं।[4]

**अनुवाद चिंतन की पाश्चात्य परम्परा-** आज के हिंसक वैश्विक समाज में शांति तथा प्रगति का भी जीवनधर्मी विचार धारा के आदान-प्रदान के लिए,अपनी अनिवार्य उपस्थिति दर्ज करा चुका अनुवाद आवेग त्वरित काल यात्री की तरह इस धरती पर अनथक यात्रा कर रहा है। सृजन की इस महत्त्वपूर्ण विधा अनुवाद ने सतत् गतिमान-गतिशील रहते हुए विश्व को अपने से पार देखने का निरंतर हौसला और संदेश दिया है, अशांत समाज में शान्ति का तृण रोपा है और समझाया है कि ग्लोबल समाज एक-दूसरे के सरोकार के लिए कितना अर्थपूर्ण है। अनुवाद को लोग भले ही दूसरी कतार का काम मानें,लेकिन इसका काम संपूर्ण विश्व को उत्तम विचारों की महासागरीय धारा से जोड़ना है। कुल मिलाकर समग्रता में देखें तो कह सकते हैं कि हर युग के परिदृश्य में, हर उठा-पटक, हर तरह की वर्जनाओं और निषेधों को तोड़ अनुवाद ने विश्व में सह अस्तित्व की आश्वस्तिकर मिसाल स्थापित की है। इसने निरंतर दो भिन्न भाषा - भाषी व्यक्तियों, समुदायों - समाजों को जोड़ा है, अतः इसकी महत्ता विश्व समुदाय के लिए असंदिग्ध है। अपनी इस भूमिका में यह आज भी जी रहा है और कालान्तर में भी जीएगा।

बताते हैं, ईसा से लगभग तीन हजार वर्ष पूर्व असीरिया के राजा सैरगोन(Sargon) द्वारा अपने देश के बहुभाषा भाषी समाज में अपने वीरतापूर्ण कार्यों की घोषणा के साथ अनुवाद का शुभारंभ हुआ। इस राजा ने अपनी उक्त घोषणाओं को अपने देश की कई भाषाओं में अनुवाद करवाया था। ठीक इसी तरह, बेबीलोन के शासक हम्मूरब्री (Hummurobi) ने तकरीबन इक्कीस सौ वर्ष ईसवी पूर्व के आसपास कुछ अनुवाद करवाया था। चौथी-पाँचवी सदी में यहूदियों ने धर्मशास्त्र संबंधी अनुवाद हिब्रू से आर्मेइक भाषा में कराया किन्तु विश्व का प्रामाणिक अनुवाद रोजेटापत्थर (Rosetta stone)पर दूसरी सदी में उत्कीर्ण माना जाता है। पश्चिम यानी यूनान में अनुवाद की व्यवस्थित परंपरा शुरू होती है दूसरी-तीसरी सदी से। सुप्रसिद्ध ग्रंथ बाइबिल की पुरानी पोथी (Old Testament) की

---

1. On Machine Translation -P.L.Garvin, P 45, Ed. 1964
   A- La Machine a traduire- G.Mounin,P.56Ed. 1964
   B-An Introduction to machine translation Eelamenay Page-98, London-1960
   Machine Translation of Languages- W.N. Locke & A.D. Booth, New York, 1955
2. Proposals for the mechanical resolution of German Syntex Patterns--V.S. Oswald & S.L. Fletecher P.36, Modern Language Form1971
3. भाषा-विज्ञान का इतिहास- डॉ महेश प्रसाद जायसवाल-पृष्ठ-223
4. अनुवाद विज्ञान- डॉ. भोलानाथ तिवारी,पृष्ठ-42-43

भाषा हिब्रू है। मिस्र तथा एलेक्सैंदिया के यूनानी अपने भाषा भाषी यहूदियों के लिए उक्त ग्रंथ का अनुवाद किया गया। कालान्तर में यूनानियों के ग्रंथों के अनुवाद रोमवासियों के लिए लैटिन में किए गये। लगभग 240ई.पूर्व में लिवियस ऐन्ड्रोनिकस (Livins Andronicus) ने होमर की ओडिसी (Odyssey) का लैटिन छन्दों में अनुवाद किया। नएवियस (Naevius), एनिअस (Ennius) तथा सिसरी इस समय के अनुवादकों में अग्रगण्य थे। एक प्रौढ़ अनुवादक की तरह सिसरो ने अनुवाद कर्म पर प्रकाश डालते हुए लिखा कि-"What mean like you...... call fidelity in translation the learned term pestilent minuteness..... it is hard to preserve in a translation the charm of expression which in another language are most felicitous, and if I render word for word, the result will sound uncouth, and if compelled by necessity...... translator " कालान्तर में रोमियो ने भी लैटिन में कई अनुवाद किए। चौथी सदी के सेंट जेरोम(Jerome) ने भी कई अनुवाद कार्य किया।

अरब में भी अनुवाद कर्म की सुदीर्घ परंपरा का पता चलता है। वस्तुत: अरब देश साहित्य,कला, ज्ञान-विज्ञान का बहुत पहले से ही प्रेमी रहा है। संयोग से अरब्र का पुराना रिश्ता भारत से था। इन अरबों ने भारतीय ब्राह्मणों की सहायता से 8वीं-9वीं तथा 10वीं शती के आसपास भारतीय संगीत,ज्योतिष, गणित, रेखागणित,सर्पशास्त्र, खगोल विज्ञान, चिकित्सा,तर्कशास्त्र, नीतिशास्त्र,रसायन शास्त्र, नीतिकथा तथा जादू साथ ही महाभारत, पंचतंत्र, सुश्रुत चरक, वृहस्पति सिद्धान्त आदि सुप्रसिद्ध ग्रंथों का अनुवाद करवाया। इसी तरह ग्रीक में भी ढेरों धार्मिक ग्रंथों के अनुवाद हुए। बेदे (Bede) ने 375 ई. में जॉन के गास्पल का अनुवाद किया। सीरियाई से अरबी, यूनानी से सीरियाई तथा अरबी से लैटिन में भी अनुवाद हुए। अनुवाद की यह धारा स्पेन,फ्रांस तथा जर्मनी में प्रभूत मात्रा में बही। बाइबिल के अनुवाद फ्रांसीसी, अंग्रेजी डच, चेक, जर्मन में भी हुए। मार्टिन लूथर इस समय के महत्वपूर्ण अनुवादकों में से हैं। इसका अनुमान इसी से लगाया जा सकता है कि लूथर द्वारा किए गए बाइबिल के अनुवाद का जर्मन भाषा पर बहुत गहरा असर हुआ। लूथर के ही समकालीन फ्रांसीसी विचारक एतीने दोले भी प्रमुख अनुवादकों में से थे। 16वीं शताब्दी में कैसिओदोरो दे रीना (Casiodorode Reina) ने बाइबिल का सुप्रसिद्ध अनुवाद स्पैनिश भाषा में किया। फ्रांस के बैतेक्स (Btteux) भी कुशल अनुवादक माने जाते हैं। इसी तरह प्रसिद्ध भाषा शास्त्री श्लेगेल तथा हर्डर भी जाने माने अनुवादकों में से हैं।

इंग्लैण्ड में अनुवाद की परम्परा पुख्ता रूप में बहुत पहले से ही मिलती है। मैं समझता हूँ कि अनुवाद की दृष्टि से इंग्लैण्ड समूचे विश्व में सर्वाधिक संपन्न रहा है। राजा एल्फ्रेड ने बीड के इतिहास का, जॉन विक्लिफ ने बाइबिल का, टॉमस नार्थ ने यूनानी और रोमन लोगों की जीवनियों का, जॉर्ज चॉपमैन ने होमर के इलियड का, अब्राहम काउली (A.Cowley) ने पिंडार (Pindar) के संबोधगीतों (Odes) का अनुवाद किया तो अर्ल रोस्कोमन ने अनुवाद पर अपना विचार इस प्रकार व्यक्त किया-

**"Your Anthor always will be the best advice**
**Fall when he falls and when he rises rise."**

कालान्तर में एलेक्जेंडर पोप (Alexander Pope), विलियम काउपर (William Cowper) जान वेस्ले (Jone Weslay), जॉर्ज कैम्पबेल (George Campbell) टिटलर (Alexander Fraser Tytler) मैथ्यू आर्नल्ड(Mathew Arnold), फ्रांसीस न्यूमैन (Francis Newman), फिट्जजेराल्ड (Edward Fitzgerald) आदि सुप्रसिद्ध अनुवादकों ने इस परंपरा को आगे बढ़ाया एवं अनुवाद साहित्य को समृद्ध किया।

तिब्बत तथा चीन में भी अनुवाद की बहुत लंबी परंपरा का पता चलता है। तिब्बती विद्वानों - जिन मित्र, शैलेन्द्र बोधि, सुरेतु बोधि,तथा बोधिमित्र ने बौद्ध ग्रंथों का तिब्बती में अनुवाद किया। तिब्बती विद्वान वुस्तान द्वारा किया गया अनुवाद 'कज्जुर'तथा 'तज्जुर' अत्यन्त प्रसिद्ध हैं। चीनी अनुवाद भी दूसरी शताब्दी में ही शुरू हो गया था। फाह्यान का 'महापरिनिर्वाण-सूत्र', परिनिर्वाण सूत्र, ईत्सिंग का, 'संस्कृत चीनी शब्द कोश', तथा युवान-चुवांग द्वारा किये गये संस्कृत के 70 ग्रंथों के अनुवाद सुप्रसिद्ध हैं।

**अनुवाद चिन्तन की भारतीय परंपरा-** पश्चिम की तरह भारतीय मनीषियों ने भी प्राचीन काल से ही अनुवाद के अपने महत्त्वपूर्ण सृजनकर्म से इस विधा की ऊसर - बांगर जमीन को तोड़ा है। अनुवाद का दीपक संस्कृत काल में ही जल चुका था। महाभारत, भागवत,पुराण, सत्यनारायण कथा, हितोपदेश, वैद्यक, नीति ग्रंथ, ज्योतिष, आदि के प्रौढ़-परिपक्व अनुवाद इस देश में बहुत पहले ही हो चुके थे। कहा जाता है कि ऋग्वेद और जेन्दावेस्ता की कुछ पंक्तियाँ थोड़े से ध्वन्यात्मक परिवर्तन से लगभग एक हो जाती हैं। कुछ वैदिक छंदों या अंशों के अनुवाद लौकिक संस्कृत में मिलते हैं। **महाभारत** के पूर्ण-अपूर्ण अंशों के अनुवादकों में - देवीदास, छत्रकवि, कुलपति मिश्र, तथा गोकुलनाथ, **भागवत** के पुरानी हिन्दी के अनुवादकों में - गोपीनाथ, नंददास, चतुरदास,पदुमन, कृपाराम, बालकृष्ण, रसखान, भूपति, भीष्म, मक्खन लाल, तथा अंगद शास्त्री आदि, **पुराण** में - कई पुराणों के हिन्दी अनुवादकों में- लखराज,परमदास,भगवानदास, निरंजनी,शिवसागर, दलेल सिंह, भिखारी तथा दुर्गा प्रसाद आदि, इसी तरह **पंचतंत्र** के अनुवादकों

में - अमर सिंह, कृष्णभट्ट, देवीलाल, तथा पोल्हावन, **हितोपदेश** के अनुवादकों में - पदुमन दास, वंशीधर, जयसिंह दास, छविनाथ, लल्लू लाल,कवि,आदि, **सत्यनारायण कथा** के अनुवादकों में - गंगाधर शास्त्री, ईश्वर नाथ, रामप्रसाद गूजर तथा गणेशदत्त, **वैद्यक ग्रंथों के अनुवादकों में** - पुरुषोत्तम, चेतसिंह, भगवान, बाबू राम पाण्डेय, दरियाव सिंह, ठाकुर प्रसाद, मदन पाल, शेख मुहम्मद आदि, **ज्योतिष ग्रंथों** के अनुवादकों में-लालचन्द, छाजू राम द्विवेदी, गुलाब दास, अखैराम, चन्द्रमणि, **बासुदेव सनाढ्य, दत्तराम, टीका राम, इसी तरह नीति ग्रंथों के अनुवादकों में -** देवीदास, व्यास, भवानी दास, गोपाल, नैन चन्द, तथा श्रीलाल आदि सुप्रसिद्ध हैं।

इसी तरह अश्वघोष, भास, कालिदास, श्रीहर्ष, आदि के हिन्दी अनुवाद भी उच्चस्तर के उपलब्ध होते हैं। प्राकृत अंशों की ढेरों संस्कृत छायाएँ भी मिलती हैं। आर्यासप्तशती तथा अमरूशतक के भी श्रेष्ठ अनुवाद किए गए हैं। बताते हैं पालि के कुछ ग्रंथों का चीनी भाषा में अनुवाद किया गया था। संस्कृत के बाल्मीकि रामायण, मेघदूत, अभिज्ञान शाकुंतल आदि के छायानुवाद प्राकृत-अपभ्रंश की कृतियों में -महावीर चरित्र, पउम चरिउ,भविसयत्तकहा, सुदंसण चरिउ, में आसानी से प्राप्त हो जाते हैं। अपभ्रंश की कुछ कृतियों के अनुवाद तिब्बती भाषा में भी प्राप्त हुए हैं। अपभ्रंश की कुछ पंक्तियों के छायानुवाद पुरानी हिन्दी में प्राप्त होते हैं, यथा-**पाहुड़ दोहा में-**

**बहुपयईं पठियइं मूढ़ पर तालू सुक्कइ जेया।**
**एक्कु जि अक्खरु तं पढ़हु .......।।**

**कबीर** भी कहते हैं- **पढ़ते-पढ़ते जग मुआ पंडित भया न कोय।**
**एकहि आखर प्रेम का पढ़े सो पंड़ित होय।।**

**हेमचन्द** की पंक्तियाँ- **बाह विछोउवि जाहि तुहुं हउँ तेवइँ को दोसु।**
**हिअयट्ठिअ जइ नीसरहि जाणउ मुंजु सरोसु।।**

**सूरदास** भी कहते हैं- **बाँह छोड़ाए जात हो निबल जानि के मोहिं।**
**हिरदै ते जब जाहुगे सबल जानुँगो तोहि।।**

इसी तरह सिद्धों तथा नाथों की अनेक पंक्तियों में संस्कृत, प्राकृत तथा अपभ्रंश की छाया मिलेगी। विद्यापति, सूरदास, तुलसी, बिहारी, आदि कवियों की रचनाओं में पूर्व रचनाकारों की भाव साम्यता या छायानुवाद सहज रूप में प्राप्त होता है। **मम्मट** कहते हैं- नीवीं प्रति प्रणिहिते तु करे प्रियेण। सख्य: शयामि यदि किंचदपि स्मरामि।। तो इसे **विद्यापति** इस प्रकार कहते हैं- जब निबि बध खसाओल कान। तोहर सपथ हम किछु जदि जान।। **संस्कृत** का यह श्लोक, - तत्रैव गंगा यमुना च वेणी गोदावरी सिन्धु सरस्वती च। सर्वाणि तीर्थानि वसन्ति तत्र, यत्राच्युतोदारकथाप्रसंग:।। तो **सूरदास** इसी को कहते हैं, - हरि की कथा होइ जब जहाँ, गंगा हू चलि आवैं तहाँ। जमुना सिन्धु सुरसरी आवै, गोदावरी बिलंब न लावै।। गालव संहिता का यह पद- मित्रस्य दुखेन जना दुखिता नो भवन्ति ये। तेषां दर्शनमात्रेण पातकं बहुलं भवेत् ।। तो इसी को महाकवि **तुलसीदास** इस प्रकार कहते हैं- जे न मित्र दुख होहिं दुखारी। तिन्हहिं बिलोकत पातक भारी।। **गाहा सतसई** का निम्नदोहा- फुरिए वामच्छि तुए जइ एहिय सो पिओ ज्ज ता सुइरम। संमीलिअ दाहिणअं तुइ अवि एहं पलोइस्सम् ।। **बिहारी** में इस प्रकार परिवर्तित होता है,- बाम बाहु फरकत मिलैं, जो हरि जीवन मूरि। तौं तोहीं सों भेटिहौं राखि दाहिनी दूरि।।

19 वीं शताब्दी में हिन्दी में काफी अनुवाद किए गए। हिन्दी में मुख्य रूप से संस्कृत, बंगला, अंग्रेजी तथा मराठी नाटकों, कहानियों, उपन्यासों, काव्यों तथा निबंधों के अनुवाद किए गए। नाटकों में प्रबोध चन्द्रोदय, हनुमन्ननाटक, मुद्राराक्षस, शकुन्तला, मालती माधव, उत्तर रामचरितम् , रत्नावली, कर्पूर मंजरी, कुंदमाला, मृच्छकटिक, मर्चेन्ट आफ़ वेनिस,ऐज यू लाइक इट, मैकबेथ, ओथेलो, हेमलेट, ली बर्जिस गतील हामे, जैसे सैकड़ों ग्रंथों के हिन्दी में अनुवाद किए गये तो, कविताओं में पोप,मिल्टन, शेली,वायरन,बर्ड्सवर्थ, कीट्स,टेनिसन तथा गोल्डस्मिथ की श्रेष्ठ काव्य पंक्तियाँ अनूदित की गईं। इसी तरह गणित,अर्थशास्त्र, कृषि, इन्जीनियरिंग, भौतिकशास्त्र, जीवविज्ञान, रसायन,राजनीति विज्ञान, भाषा - विज्ञान, काव्यशास्त्र, इतिहास तथा समाज शास्त्र जैसे विषयों में भी हिन्दी अनुवाद हुए।

कालान्तर में आचार्य रामचन्द्र शुक्ल, लल्ली प्रसाद पाण्ड़ेय, देवी प्रसाद पूर्ण, रामधारी सिंह दिनकर, बच्चन, डॉ.रांगेय राघव, राहुल सांकृत्यायन, भदंत आनन्द कौसल्यायन, जगमोहन सिंह, श्रीधर पाठक, मिश्र बन्धु, जगन्नाथ दास रत्नाकर तथा इधर पंडित जवाहर लाल नेहरू ने अनुवाद विधा को पुष्टपीन बनाया है। यही नहीं अब भी ढेरों कृतियों के अनुवाद हिन्दी में सतत् जारी हैं और जारी रहेंगे। इस प्रकार हम देखते हैं कि भारतीय अनुवाद चिंतन पश्चिम की तुलना में काफी सम्पन्न और ठोस हुआ है।

**अनुवाद सम्बन्धी समस्याएँ-** छोटे-बड़े ब्योरों के साथ दृश्यों को बुनने और स्रोत पुस्तक के सभी चरित्रों को सजीव और संवादों को विश्वसनीय बनाने में जो अनुवाद सक्षम-समर्थ होता है,वही श्रेष्ठ माना जाता है। भाषिक कौशल,कथ्य की परिपक्व प्रस्तुति, उपयोगी संदर्भ तथा तत्संबंधी कृति की प्रयोगशीलता तथा प्रयोजन शीलता को जो अनुवाद सुन्दर तस्वीर और तलस्पर्शी स्पर्श के साथ पाठकों के समक्ष प्रस्तुत करे, वही कालजयी और असरकारक होता है, जो अनुवाद अनूदित कृति में उठाए गए जरूरी सवालों, घटनाओं व्याख्याओं, अंतरंग चित्रों को उनकी मूल आत्मा के साथ परत दर-परत उघाड़े, वही अनुवाद प्रामाणिक माना जाता है।

इसके बरक्स अजीब, अनगढ़, कृत्रिम, अप्रत्याशित और कुटिल अनुवाद अक्षम और विडंम्बनापूर्ण माना जाता है तो अनुवादक वंचक-"Traduttori traditori" वस्तुत: अनुवाद का मुख्य गुण मूलनिष्ठता माना जाता है। अनुवाद को पढ़कर मूलपुस्तक का आनंद मिलना चाहिए-"A translation should affect us in the same way as the original may be supposed to have affected its first heares."पश्चिम के सुप्रसिद्ध कवि फिट्जजेराल्ड (Edward Fitzgerald) कहते हैं कि अनुवाद शब्द-प्रति - शब्द नहीं होना चाहिए, हाँ अनुवादक को अपनी रूचि के अनुसार अनुवाद में मूल रचना की पुनर्रचना जरूरत पर करलेनी चाहिए-"I am persuaded that....translator....... must recast the original in to his own likeness." क्योंकि कि मरे शेर से जीवित कुत्ता कहीं अच्छा होता है -" The live dog is better than dead lion"

बनावटी शैली, बनावटी अभिव्यंजना, निरर्थक शब्द-योजनाएँ, कथ्य के साथ खिलंदड़पन, निष्क्रयता संदर्भों को न पकड़पाना आदि दुर्गुण अनुवाद के सामने खड़े खतरे माने जाते हैं। ये कमजोरियाँ अनुवाद के चरित्र को खंडित करती हैं, अनुवाद का ताप इनकी वजह से छीजता और मरता है। सुप्रसिद्ध ग्रंथ बाइबिल के एक भदेस और फूहड़ अनुवाद को देखकर पश्चिम के एक प्रसिद्ध विद्वान ह्यू ब्राउटन ने कहा था कि-"The translation bred in me a sadness that will grieve me while I breath. It is soill done. Tell his majesty that I had rather be rent in pieces with wild horses than any such translation by my consent shoud be urged upon poor churches."अर्थात् इस अनुवाद को देखकर मुझे जो दुख हुआ है, मृत्युपर्यन्त दूर नहीं हो सकता। यह अनुवाद बहुत ही खराब है। मुझे चाहे टुकड़े-टुकड़े कर दिया जाय, किंतु ऐसा अनुवाद चर्चों के ऊपर थोपने को मेरी आत्मा बर्दाश्त नहीं कर सकती।" तो देखा आपने, अनुवाद की उक्त कच्ची और अपरिपक्व समझ ने कितनी विकट-जटिल समस्या पैदा कर दी।

दरअसल, अनुवाद कर्म बहुत कठिन प्रक्रिया है। इसमें जिस कृति का अनुवाद करना है, उसके शिल्प की मजबूत पकड़, भाषा में गहरी पैठ तथा उसके 'टोटल स्ट्रक्चर'(Total Structure) पर नियंत्रण आवश्यक है, तभी अनुवाद अपनी मूल शक्ल-सबीह में दूसरी भाषा में जनम ले सकता है, क्योंकि अनुवाद कर्म दुहरी प्रकिया माना जाता है। यदि अनुवादक अनुभवहीन, टुटपुंजिया और जागरूक नहीं है तो उसका अनुवाद पश्चिम के डेनहम की निम्न पंक्तियों को याद दिलाएगा कि जो साहित्य के क्षेत्र में सफल नहीं हो सका, भाषाशास्त्री बन बैठा। ठीक यही बात अनुवाद के विषय में भी कही जाती है-

"Such is a our pride, our folly, or our fate.
The few, but such as can not write, translate."

फ्रैंकलिन ने भी इसी तरह कहा था कि-

"........Hands impure dispese
The sacred steams of ancient eloquence.
Pedants assume the tasks for scholars fit
And block heads rise in interpreters of wit."

**अनुवाद संबंधी समस्याओं के समाधान-** हिन्दी अनुवाद के विकास में बाधक कुछ निम्न समाधानों - सुझावों पर यदि विचार किया जाय तो संभवत: अनुवाद विश्वसनीय और ऊर्जस्वित होगा। अनुवाद कर्म के प्रति आस्था पैदा करने के लिए सर्वप्रथम अपने देश में अनुवाद - संबंधी प्रशिक्षण - केन्द्रों और प्रयोगशालाओं को स्थापित करना होगा। गोष्ठियों, वार्ताओं और समय-समय पर होने वाले आयोजनों-बैठकों में अनुवाद को 'अनुवाद कला' के प्रयोग की खराद पर चढ़ाया जाना चाहिए। अगली बात यह कि विदेशी कृतियों के अनुवाद के वक्त हमें कठिन शब्दों के प्रयोग से बचना चाहिए। भरसक स्थानीय, देसी या बोलचाल की शब्दावली का प्रयोग हो तो यह उत्तम माना जाएगा। ऐसे अनुवादों के प्रति लोगों के रुझान एवं चाव में वृद्धि होगी।

वस्तुत: गंभीर अनुवाद के नाम पर कठिन शब्दावली अनुवादको दुर्बोध, पंडिताऊपन से बोझिल तथा जिह्वा के लिए उटपटांग ही सिद्ध होगी। इससे अनुवाद के विरूद्ध माहौल तैयार होगा। वह अनुवाद प्रासंगिक और महत्त्वपूर्ण नहीं रह जायेगा। प्रत्येक अनुवादक

को 'हम हमारे, तुम तुम्हारे', विवेकानंदा, योगा, केरला, आन्ध्रा, कर्नाटका, हिमालया, कोनारका, शुंगा, वेदाज, कुषाणा, मिश्रा, गुप्ता, पुरवाई,-पुर्वाई,बरसात-वर्सात,फर्श-फरस,कीजिये-किजिये या करिये जैसे भ्रष्ट और बेशर्म प्रयोगों से बचना चाहिएं क्योंकि वर्तनी का संकट और भाषा भी दुविधा हर अनुवाद के लिए दुवारे पर खड़े शत्रु की तरह हैं।

खासकर, यदि अनुवाद हिन्दी भाषा में हो रहा है तो तत्काल सवाल पैदा होगा कि अनुवाद के नाम पर हिन्दी की शब्दावली में कठिन शब्द गढ़कर गोशाला के गायों की तरह जबरिया ठूँस देना कहाँ तक न्यायोचित माना जाएगा? हिन्दी के लिए इससे बड़ा दुर्भाग्य और क्या हो सकता है कि आज तक अपने ही देश में इसकी कोई विशिष्ट पहचान, एक निश्चित ठोस आकार प्रकार या व्यक्तित्व और स्वरूप की कोई रचनात्मक कल्पना पूरी तरह ीं बन पाई है, तो ऐसी स्थिति में यह कहाँ तक उचित है कि अपने अस्तित्व के लिए संघर्षरत और जूझ रही हिन्दी को कृत्रिम, बेडौल, मसनूई, तथा गढ़े हुए कठिन शब्दों से लैस दिया जाय?

एक अच्छा अनुवाद वही हो सकता है जो व्यापक परिप्रेक्ष्य में वैज्ञानिक दृष्टि से सरल-सहज भाषा में प्रस्तुत हो। यदि ऐसा नहीं होगा तो अनुवाद और पाठक एक-दूसरे के लिए अजनबी बने रहेंगे। यदि निष्पक्ष बात की जाय तो कहेंगे की अनुवाद का कारोबार पिछले चार दशक में काफी बढ़ा है। कई तरह की अनुवाद संबंधी संस्थाएँ और दुकानें खोलकर एक तबका इस देश में हिन्दी विकास के नाम पर अपना भरपूर विकास और हितलाभ कर रहा है। इन दुकानों और संस्थानों में बिल्कुल बनावटी,नीरस और व्यर्थ का अनुवाद तैयार हो रहा है। अंग्रेजी से हिन्दी के नाम पर आज छोटे - मोटे उद्योग पनप चुके हैं। बड़े-बड़े अनुवाद ग्रंथ जन्में हैं। अपनी साहित्यिक महत्वाकांक्षाओं की प्रपूर्ति हेतु साधन बने इस कार्य-व्यापार और अनुवाद से हिन्दी का कुछ भी भला नहीं हो रहा है, बल्कि हिन्दी महज अनुवाद की संस्कृति का हिस्सा और कतरा-टुकड़ा बन कर रह गयी है। अत: आज जरूरत है-निहायत मशीनी भाषा की जगह, सरल-सहज,सीधे-सादे, सहज-अकृत्रिम, उलझाव और जटिलता से मुक्त, अवक्र, निराभरण, स्वाभाविक तथा जन सामान्य की जिह्वा पर आसानी से चढ़ने वाली, पत्ती के टूसे की तरह कोमल भाषा में अनुवाद किया जाय। कुल मिलाकर अनुवाद जैसे समादृत कार्य को प्रामाणिक रूप में संपन्न करने के लिए या तो अखिल भारतीय स्तर पर किसी एक संस्था, विश्वविद्यालय, व्यक्ति, समूहों या साधन संपन्न सतत् प्रयत्नशील भाषा - संस्थान को सामने आना होगा, जिसमें समर्पित, सुविज्ञ, ज्ञानवान निष्ठावान अनुवाद कर्मियों-शिल्पियों की सशक्त टोलियों या समूहों का सहयोग जुटा हो, अन्यथा यदि मुद्रालाभ की पनपती व्यावसायिकता को ध्यान में रखकर, बाजार में माँग के कारण अनुवाद के नाम पर अनुवाद की गाद और तलछट को झटपट गढ़ रच कर हमने समाज को सौंप दिया तो अनुवाद से पाठक निरंतर वैसे ही भड़केंगे जैसे लाल साड़ी देखकर साँड़ भड़कता है।

अध्याय-22

# कोश - विज्ञान

'कोश विज्ञान' उस विज्ञान को कहते हैं, जिसमें कोश-निर्माण की विधि का वैज्ञानिक विवेचन किया जाता है। आजकल कोश-विज्ञान को भी भाषा-विज्ञान की एक शाखा के रूप में मान्यता प्राप्त है, क्योंकि यह कोश के बारे में व्यवस्थित ज्ञान प्रदान करनेवाली एक ऐसी विद्या है, जो विभिन्न व्यक्तियों, भाषाओं, पुस्तकों, साहित्यों आदि की महत्त्वपूर्ण जानकारी प्रदान करती है तथा जिसमें वैज्ञानिक प्रक्रिया के आधार पर विषय का विभाजन एवं विवेचन किया जाता है। अंग्रेजी में इसे लैक्सीकोलॉजी (Lexicology) कहते हैं। कुछ विद्वान् इसे कोश-कला अर्थात् लैक्जीकोग्राफी (Lexicography) कहना उपयुक्त समझते हैं और इसे कोशविज्ञान से पृथक् मानते हैं। उनका तर्क यह है कि 'कोश' में उन सिद्धानों का विवेचन किया जाता है, जिनके आधार पर कोशों का निर्माण किया जाता है और 'कोश-कला' उस प्रक्रिया का नाम है, जिसके आधार पर विषय-विभाजन करके किसी कोश का निर्माण किया जाता है। इनमें से कोश विज्ञान यदि कोश के सिद्धान्त पक्ष का द्योतक है, तो कोश-कला उसके कला-पक्ष की वाचक है। इस प्रकार कोश-कला को कोश विज्ञान का व्यावहारिक रूप कह सकते हैं, परन्तु ध्यानपूर्वक देखा जाय, तो दोनों परस्पर सम्बद्ध हैं, क्योंकि प्रत्येक विज्ञान के दोपक्ष होते हैं, जिनमें से पहला सैद्धान्तिक पक्ष कहलाता है और दूसरा व्यावहारिक पक्ष होता है। इस दृष्टि से कोश-निर्माण सम्बन्धी विज्ञान के लिए उक्त दोनों ही पक्ष पूर्णतया अपेक्षित है। अत: दोनों को पृथक्-पृथक् न नामकर दोनों का अन्तर्भाव 'कोशविज्ञान' में ही हो सकता है।[1]

**कोश निर्माण का विश्व इतिहास-** विश्वकोशीय रचना पाँचवीं शताब्दी से आरम्भ होती है और इसके प्रारंभकर्ता का श्रेय अफ्रीका निवासी मार्सिअनस मिनस फेलिक्स कॉपेला को है। गद्य, पद्य में उसने 'सटीराअ सटीरिक' नामक कृतिका प्रणयन किया। उसी युग में और भी कृतियों का निर्माण हुआ। तेरहवीं शताब्दी का इसी प्रकार का ग्रंथ'बीब्लियोथेकामंडी' या 'स्पेकुलस मेजस', जो ब्यूबिअस के विंसेंट की कृति थी, ज्ञान के महान् संग्रह के रूप में समादृत हुई। प्राचीन ग्रीस के इतिहास में भी ऐसे ग्रंथों की रचना हुई थी। स्प्यूपिपस वनस्पतियों एवं पशुओं का विश्व कोशी वर्गीकरण था। अरस्तू ने अपने शिष्यों के लिए अपने सारे ज्ञान को अनेक ग्रंथों में संक्षिप्त रूप से प्रस्तुत किया। उस प्राचीन युग में प्रणीत मध्ययुग का उच्च आकर ग्रंथ 'नेचुरल हिस्ट्री' रोम निवासी प्लिनी कृत है। 2493 अध्यायों में विभक्त 37 (सैंतीस) खण्डों में प्रस्तुत इस ग्रंथ में 100 लेखकों के 2000 ग्रंथों से संग्रहित 20,000 शीर्षकों का समावेश है। यह इतना अधिक लोकप्रिय था कि सन् 1536 के पूर्व ही इसके 43 संस्करण प्रकाशित हो चुके थे।

सन् 1360 ई. में फ्रांसीसी भाषा में 19 खंडों में "डि प्रॉप्रिएटैटीबस रेरम" का प्रकाशन हुआ। 1495 ई. में इसका अंग्रेजी अनुवाद हुआ और सन् 1500 ई. तक इसके 15 संस्करण प्रकाशित हो चुके थे। इसके प्रणेता थे- बार्थोलोव मिव द ग्लैबिल। प्राचीन समय में रची गई इन कृतियों को विश्वकोश की संज्ञा नहीं प्राप्त हुई। विश्वकोश की संज्ञा का प्रारम्भ सन् 1541 और सन् 1599 अर्थात् 16 वीं शताब्दी के मध्य से होता है। सन् 1541 ई. में जाकिअस फाटिअस रिजल बर्जिअस एवं हंगरी के काउंट पाल स्कैलिसस द लिका (1599) की ऐसी कृतियाँ हैं। इनसाइक्लोपीडिया सैप्टे टॉमिस डिस्टिका जोहान हेनरिच आस्टेड की कृति 1630 में प्रकाशित हुई। यह अपने सही अर्थों में विश्वकोश का प्रारंभिक रूप प्रस्तुत करती है। 'ला साइंस यूनिवर्स' दस खंडों में कार्जिन डी मैगनन, जो फ्रांस के शाही इतिहासकार थे, की कृति है। यह ईश्वरीय प्रकृति से से लेकर मनुष्य के पर्यावसान तक का आख्यान प्रस्तुत करती है। सन् 1674 में लुइस मोररी ने एक विश्वकोश की रचना की जो मूलत: इतिहास वंशानुसंक्रमण तथा जीवचरित्रों से संवलित है। इसके सन् 1759 तक 20 संस्करण प्रकाशित हो चुके थे। सन् 1713 की इटीन चाविन की कृति काटेजिनयन प्रस्तुत हुई जो दर्श का कोश है। फ्रेंच एकेडमी द्वारा प्रस्तुत फ्रेंच भाषा का महान् शब्दकोश सन् 1964 में प्रस्तुत हुआ। इनके बाद कोशों, विश्वकोशों आदि की एक प्रबल शृंखला का पश्चिम में सूत्रपात हुआ।

17 वीं शताब्दी की यह उपलब्धि विश्व की भाषा और साहित्य में महान् गौरवशाली है। 18 वीं शती के प्रारम्भ में सन् 1701 में वर्णानुक्रम के अनुसार 45 खंडों में इटली की भाषा में विब्लिओटेका यूनिवर्सल सक्रोप्रोफाना' के प्रकाशन का निश्चय किया गया जिसके केवल 7 ही खंड प्रकाशिक हो सके। 18 वीं शती में अंग्रेजी भाषा में प्रथम विश्वकोश का प्रणयन जान हैरिस द्वारा सन् 1704

---

1. भाषा विज्ञान का सिद्धान्त और हिन्दी भाषा- डॉ द्वारिका प्रसाद सक्सेना, पृष्ठ 292

ई में 'एन यूनिवर्सल इंग्लिश डिक्शनरी आफ आर्ट्स एंड साइंस' के नाम से छपा और 1710 ई. में इस का दूसरा खंड प्रकाशित हुआ जो केवल गणित तथा ज्योतिष से संबंधित था। इन्हीं वर्षों में (1704 और 1710 ई) रेक्टर जोहान हुज्जर के नाम पर दो शब्द कोश प्रकाशित हुआ जिसके अनेक संस्करण हुए। सन् 1728 में इफेम चैंबर्स की इनसाइक्लोपीडिया दो खंडों में ससंदर्भ प्रकाशित हुई। सन् 1748-49 में इसका इतावली में अनुवाद भी हुआ। चैंबर्स द्वारा संकलित सामग्री का संपादन कर एक पूरक ग्रंथ डॉ जॉन हिल ने 1753 ई. में प्रकाशित किया। अब्राहम रीज ने सन् 1778-88 ई. में इसका संशोधित और परिवर्धित संस्करण प्रकाशित किया। विश्वकोश के क्षेत्र में इसका उपरान्त कार्य लाइपाजिंग से हुआ। जोहान हेनरिच जडलर ने सात सुयोग्य संपादकों की सहायता से सन् 1750 तक इसके 64 खंड, 'जडलर्स यूनिवर्सल लेक्सिकन' नाम से प्रकाशित किए। सन् 1751 से 1754 के मध्य इसके और 4 पूरक खंड मुद्रित हुए।

अंग्रेज विद्वान् जॉन मिल्स ने मटिफसेलस के सहयोग से 1745 में चेंबर्स साइक्लोपीडिया के फ्रेंच अनुवाद का कार्य शुरू किया किंतु वह उसे प्रकाशित न करा सके और अनेक विद्वानों द्वारा एक एक कर इसका संपादन हुआ तथा अनेक विकट संघर्षों के उपरांत इसका प्रकाशन हुआ। राजनीतिक तथा साहित्यिक दृष्टि से इसकी क्रातदर्शी चर्चा हुई किन्तु ज्ञान की दृष्टि से यह विसंगतियों और त्रुटियों से पूर्ण था। इसे 'फ्रेंच इनसाइक्लोपीडिया' की संज्ञा दी गई। विश्वविख्यात 'इनसाइक्लोपीडिया ब्रिटानिका'सन् 1771 में 3 खंडों में एडिनवर्ग से प्रकाशित हुई और दिनोत्तर इसका विस्तार और प्रस्तार होता गया। अब यह 24 खंडों में उपलब्ध है और यह संसार का महान विश्वकोश माना जाता है तथा दिनोत्तर इसके विस्तार और प्रस्तार का आयोजन होता जा रहा है और अपने क्षेत्र में इसका अक्षुण्ण है। अमेरिका में भी इसका सर्वाधिक मान है। सन् 1858 से 63 के बीच जार्ज रिप्ले एवं चार्ल्स एंडरसन डाना ने न्यू अमेरिकन साइक्लोपीडिया 16 खंडों में प्रकाशित की जिसका दूसरा संस्करण सन् 1873 से 1876 के बीच हुआ। 'जान्संस न्यू यूनिवर्सल साइक्लोपीडिया' सन् 1875-77 के बीच 4 खंडों में प्रकाशित हुआ। एलविन जे जोन्सन की इस कृति का 1893-95 के बीच आठ खंडों में प्रकाशन हुआ। इनसाइक्लोपीडिया अमेरिकाना का प्रकाशन फ्रांसिस लिवर ने 1829 ई. में प्रारंभ किया। 1833 तक 13 और 1835 में इसका 14 वाँ खंड प्रकाशित हुआ। सन् 1858 में इसका पुन: प्रकाशन हुआ सन् 1903-04 में 16 खंडों में, इनसाइक्लोपीडिया अमेरिकाना, के नाम से एक नया विश्वकोश प्रकाशित हुआ। यह पूर्ववर्ती इनसाइक्लोपीडिया अमेरिकाना से भिन्न है। बाद में इसके अनेक परिवर्धित एवं संशोधित संस्करण निकले। इसकी ख्याति विश्वव्यापी है। संसार के अनेक देशों में इधर विश्वकोश का प्रणयन हुआ है, जैसे रूस जापान आदि तथा प्राय: सभी स्वतंत्र एवं समुन्नत देश विश्वकोश की रचना में लगे हैं।

भारत में विश्वकोशीय रचना होती रही है। पुराण, शब्द कल्पद्रुम जैसे ग्रंथ इसके प्रमाण हैं। आधुनिक ढंग से इस युग में विश्वकोश की परंपरा का शुभारंभ नागेन्द्र बसु ने बंगला में 1911 में किया। यह बंगला में 22 खंडों में प्रकाशित हुआ था। अनेक हिंदी विद्वानों के सहयोग से श्री बसु ने सन् 1916-32 के मध्य इसका 25 खंडों में प्रकाशन किया। श्रीधर वेंकटेशकेतकर ने 23 खंडों में मराठी विश्कोश की रचना महाराष्ट्रीय ज्ञानकोशमंडल द्वारा किया जिसका अनुवाद भी श्री केतकर के निर्देशन में गुजराती में हुआ। सन् 1947 में भारतीय स्वतंत्रता के बाद प्राय: सभी भारतीय भाषाओं में विश्वकोश की रचना का संकल्प किया गया और तेलगू और तमिल में भी अन्य भाषाओं के साथ विश्वकोशों की रचना आरंभ हुई जिसमें से कुछ के कार्य प्राय: पूरे हो चुके हैं और कुछ प्रगति के पथ पर हैं।

निघंटु भारतीय कोश का प्राचीनतम रूप है। निघंटु सामान्यत: उन कोशों को कहते थे जिनमें ऐसे प्राचीन शब्दों का विवेचन होता था जो तत्काल प्रचलित न हों। निघंटु का आरंभ वैदिक भाषा के ऐसे शब्दों के संग्रह के लिये हुआ था जिनका प्रचलन लोक से उठ गया था और लोगों को उनके समझने में कठिनाई होने लगी थी। यास्क का निरुक्त ऐसे ही एक निघंटु का भाष्य है। यास्क द्वारा व्याख्यात निघंटु पंचाध्यायी कहा जाता है। इसके प्रथम तीन अध्यायों का निघंटुक कांड कहा गया है। इनकांडों के शब्दों की व्याख्या यास्क ने अपने निरुक्त के दूसरे और तीसरे अध्याय में की है। इनमें 1341 शब्द हैं पर व्याख्या केवल 230 शब्दों की ही है। निघंटु के परिगणित शब्दो में संज्ञा अर्थात नाम और आख्यात् एवं अव्यय पदों का संकलन है। सर्वप्रथम पृथिवी बोधक इक्कीस पर्यायवाची शब्दों का परिचय है; तदनन्तर ज्वलनार्थक अग्नि के ग्यारह पर्याय किए गए हैं। इस रूप में तीनों अध्यायों में पर्यायवाची अथवा समानार्थक बोधक शब्दों का समूह है। इनमें अनेक शब्द अनेकार्थक भी हैं। निघंटु में उनका संकलन पर्याय के रूप में ही हुआ है; निरुक्त में उनके अनेक अर्थ उदाहरण सहित बताए गए हैं। चतुर्थ अध्याय में 278 स्वतंत्र पदों का, जो किसी के पर्याय नहीं हैं, संकलन हैं। इनमें वे शब्द हैं जिनके अनेक अर्थ हैं अथवा ऐसे शब्द हैं जिनकी व्युत्पत्ति अज्ञात हैं। अंतिम अध्याय में वैदिक देवताबोधक 151 नाम हैं। इस निघंटु के रचयिता के संबंध में निश्चयपूर्वक कुछ भी नहीं कहा जा सकता। कुछ लोग यास्क को ही निघंटु और निरुक्त का रचयिता अनुमानकरते है। कुछ उसे ऐसे वेदज्ञ ऋषि की रचना मानते हैं जिसका नाम अज्ञात है और कुछ उसे अनेक व्यक्तियों की रचना बताते हैं। इस उपलब्ध निघंटु के अतिरिक्त अन्य अनेक निघंटु तैयार हुए होंगें पर वे सभी लुप्त हैं।

वैदिक निघंटुओं की परंपरा कदाचित् आगे चलकर लुप्त हो गई परंतु अथर्ववेद के उपवेद आयुर्वेद में इस नाम के ग्रंथों की परंपरा

चलती रही। इस प्रकार का एक निघंटु 'धन्वंतरि निघंटु' है जो चौथी शती ई. के पूर्व किसी समय की रचना अनुमान की जाती है। नौ अध्याय के इस ग्रंथ में पारिभाषिक शब्दों के अर्थ के साथ-साथ उनके गुण-दोष का भी उल्लेख है। निघंटु ग्रंथों के अनंतर संस्कृत कोशों की परंपरा का उद्‌भव धातु पाठ, उणादि सूत्र, गणपाठ, लिंगानुशासन के रूप में हुआ। आगे चलकर संस्कृत के जो कोश प्रस्तुत हुए, वे धातुपाठ अथवा गणपाठ शैली से सर्वथा भिन्न हैं। इन कोशों में मुख्यत: नामपदों और अव्ययों का संग्रह है। कवियों को काव्यरचना करते समय शब्दों के चयन में सुविधाहो, इस दृष्टि से वाङ्गमय के विस्तृत क्षेत्र से शब्दों का संग्रह करके मुरारी, मयूर, वाण, श्री हर्ष, विल्हण, आदि कवियों ने कोश प्रस्तुत किए। संस्कृत कोश प्रधानत: पद्यात्मक हैं और उनमें शब्द और अर्थ का परिचय है।

संस्कृत के किसी प्राचीनतम कोश का आठ पृष्ठों के रूप में मध्य एशिया के काशगर नामक स्थान से प्राप्त हुआ है। उसे किसी बौद्धधर्मी ने प्रस्तुत किया था। काशिका नानार्थ, कात्यायन का नाम माला, वाचस्पति का शब्दार्णव, विक्रमादित्य का संसारावर्त, व्याडि की उत्पलिनी संस्कृत के प्राचीन कोश हैं किन्तु प्राचीन कोशों में सर्वश्रेष्ठ अमरसिंह विरचित नामालिंगानुशासन है जो अमरकोश के नाम से विख्यात है। इसमें समानार्थी शब्दों का संग्रह है। यह लगभग चौथी-पाँचवीं शती ई. की और उपर्युक्त कोशों के कदाचित् बाद की रचना है। प्राचीन कालीन जो भारतीय कोश उपलब्ध है, उनमें शब्दों का संग्रह किसी विशेष क्रम से नहीं किया गया है। उसमें संक्षेप में अर्थ का ही संग्रह है। संस्कृत के कोष दो प्रकार के हैं 1. सामानार्थी शब्दों के संग्रह और 2. अनेकार्थवाची शब्दों के संग्रह। इन दोनों ही प्रकार के कोशों का कोई व्यवस्थित रूप नहीं है। प्रत्येक कोश में एक दूसरे से भिन्न पद्धति अपनाई गई है। कुछ कोश अक्षर अनुक्रम से हैं तो कुछ शब्दों के अक्षरों की संख्या के अनुसार हैं और कुछ पर्यायबहुल्य शब्दों के संग्रह हैं। किसी में लिंग को संग्रह का आधार बनाया गया है। मध्ययुगीन कोशों में अनेकार्थ समुच्चय महत्व का कोश समझा जाता है। उसके बाद हलायुध के अभिधान रत्नमाला का स्थान है। इसकी रचना दसवीं शती के आसपास हुई थी। इसके सौ वर्ष पश्चात् मानव प्रकाश अथवा वैजयंती नाम से एक विस्तृत कोश की रचना हुई। इसमें प्रथम अक्षर की संख्या के आधार पर शब्दों का संग्रह किया गया है। उसके बाद लिंग-पद्धति से शब्द दिए गए हैं और फिर प्रत्यय प्रकरण में अक्षर क्रम से शब्द हैं। इस कोश में बड़ी मात्रा में नए शब्दों का संकलन है। बारहवीं शती के पूर्वार्ध में धनंजय नामक जैन कवि ने नाममाला और महेश्वक कवि ने विश्वप्रकाश नामक कोश प्रस्तत किए। विश्वप्रकाश नानार्थ कोश है। महेश्वर ने इसकी प्रस्तावना में अपने पूर्ववर्ती कोशकारों के रूप में योगींद्र, कात्यायन, वोपालित और भागुरी का उल्लेख किया है। इसी काल में मंख ने एक अनेकार्थ कोश की रचना की थी किंतु काश्मीर के बाहर उसका प्रचार नहीं है। इसी काल के एक अन्य प्रसिद्ध कोशकार हैं- हेमचन्द्र (1088-1172ई)। उनके चार कोश उपलब्ध होते हैं- 1. अभिधान चिंतामणि माला - एकार्थ शब्द कोश; 2. अनेकार्थ संग्रह; 3. देशी नाममाला और 4. निघंटु शेष। इन चारों कोशों को उन्होंने अपने व्याकरण के परिशिष्ट के रूप में दिया है। दसवीं और तेरहवीं शती के बीच किसी समय पुरुषोत्तमदेव ने अमर कोश के परिशिष्ट के रूप में त्रिकांडशेष नामक कोश प्रस्तुत किया। इसमें बौद्ध संस्कृत वाङ्गमय से महत्व के शब्द चुने गए हैं। उन्होंने हारावली नाम से एक अन्य कोश की रचना की है, जिसमें त्रिकांडशेष की अपेक्षा अधिक महत्व के शब्द संग्रहीत हैं। 1200 ई. के आसपास केशवस्वामी ने 'नानार्थार्णवसंक्षेप' नामक कोश की रचना की। उसमें शब्द अक्षर क्रम और लिंग अनुगम से संकलित हैं। चौदहव शती में मेदिनीकर ने मेदिनी नामक नानार्थ शब्द कोश तैयार किया था जिसकी काफी ख्याति है। प्रकृत कोशों में सबसे प्राचीन धर्मपालकृत पाइयलच्छी नाममाला (972 ई) है। इसका उपयोग हेमचन्द्र ने अपने देशी नाममाला में किया है। 12 वीं शती में रचित अभिधान प्पदीपिका प्राकृत का एक अन्य प्रसिद्ध कोश है। अकबर के शासनकाल में कृष्णदास ने पारसी प्रकाश नाम से पारसी-संस्कृत कोश तैयार किया था। शाहजहाँ के समय वेदांगराय ने पारसी-प्रकाश नाम से ज्योतिष विषयक कोश बनाया था। इसी काल का क्षेमेद्र कृत व्यवहारोपयोगी शब्दों का कोश लोकप्रकाश है।

हिन्दी में कोशों की रचना हिन्दी साहित्य के मध्य काल से ही होने लगी थी, ऐसा हिन्दी ग्रंथों के खोज विवरणों से ज्ञात होता है। ऐसा ज्ञात होता है कि अनेक छोटे-बड़े कोश बने थे जिनमें से अनेक लुप्त हो गए। जो उपलब्ध हैं उनसे ऐसा जान पड़ता है कि उनपर संस्कृत के कोशों से संकलित विषय और उनकी पद्धति का काफी प्रभाव रहा है। अधिकांश कोशकारों ने अमरकोश को अपनी रचना का आधार बनाया है। कुछ कोशकारों ने मेदिनी आदि से भी सहायता ली है। 'नाममाला' और 'अनेकार्थमंजरी' नंददास रचित दो कोश हैं। जिनका स्वरूप उनके नाम से ही स्पष्ट है। तदन्तर गरीबदास का अनंगप्रबोध (1615 ई) और रत्नजीत (1713ई) के भाषाशब्दसिंधु और भाषाधातुमाला अन्य उल्लेखनीय कोश हैं। मिर्जा खाँ का 'तुहफत्-उल-हिंद' और खुसरो की खालिकबारी मुसलमान कोशकारों के उल्लेखनीय ग्रंथ हैं। मिर्जा खाँ का कोश अनेक दृष्टि से नूतन पद्धति का निदर्शन उपस्थित करता है। इसमें शब्द संयोजन में नवीनता और भाषा वैज्ञानिक दृष्टिकोण परिलक्षित होता है।

यूरोप में लतिन (लैटिन) रोमन धर्म और साम्राज्य की धार्मिक एवं राजनीतिक महत्ता के कारण प्रमुख भाषा बन गई थी। उस भाषा के ग्रंथों का अध्ययन महत्व का मान जाता था। एक प्रकार से वह समस्त विद्या और ज्ञान की प्रवेश द्वार थी। अत: लातिन शब्दयूनियो थे, जिन्हें 'ग्लासेज' कहते थे, पाश्चात्य कोश रचना काल का प्रस्फुरण हुआ। लातिन ग्रंथों के पाठक ग्रंथों के हाशिए पर

दुर्बोध और कठिन शब्दों का बोध देते थे और कभी-कभी अपनी स्मृति के आधार पर अथवा अन्य लोगों की सहायता से इन शब्दों के अर्थ भी लिख देते थे। यह 'ग्लास' कहलाता था। यह 'ग्लास-पद्धति' केल्टिक एवं ट्यूटानिक प्रदेशों में उपयोगी सिद्ध हुई और व्यापक रूप से अपेक्षा कृत अधिविस्तृत आयाम में इस प्रकार की शब्द सूचियाँ बनीं। इस प्रकार सैक्सन, इंग्लिश, आयरिश, गाथिक (प्राचीन जर्मन) आदि भाषाओं के प्राचीन शब्द रूप बड़ी मात्रा में सुरक्षित हुए और ये शब्द संग्रह 'ग्लासेरियम' कहलाए। 12 वीं-13 वीं शती ई. पहुँचते पहुँचते यूरोप के विभिन्न भाषाओं में अनेक प्रकार के विभिन्न वर्गों के शब्दों की सूचियाँ संकलित की जाने लगीं। जिस प्रकार संस्कृत के अमरकोश आदि में पर्यायवाची शब्दों का वर्गाश्रित संग्रह मिलता है उसी प्रकार इन शब्दसूचियों में भी शारीरिक अंगों, पारिवारिक संबंधों, मनुष्य के पदों, श्रेणियों, घरेलू और जंगली पशुओं, वृक्षों, व्यवसायों, वस्त्राभूषणादि का अर्थ सहित संग्रह होता था। ये सुचियाँ 'वाक्युयुलेरियम्' कहलाई इन्हीं 'वाक्युयुलेरियम्' से 'डिक्शेनरियस' का विकास हुआ और कालक्रम में यूरोप की विभिन्न भाषाओं के अपने-अपने शब्द संग्रह हुए और उन्होंने अकारादिक्रम वाले कोशों का रूप धारण किया जिसे हम डिक्शनरी के नाम से जानते हैं।

जब यूरोप वासियों, विशेषत: अग्रेजों का भारत के साथ निकट संबंध स्थापित हुआ तब नवांगतुक अंग्रेजों को इस देश की भाषाएँ जानने की विशेष आवश्यकता प्रतीत हुई और तब उन्होंने अपनी सुविधा के लिए अपनी देश भाषा के कोशों के अनुकरण पर भारतीय भाषाओं के कोश बनाए। इस प्रकार इस देश में आधुनिक ढंग के और अकारादि क्रम से बनने वाले शब्दकोशों की रचना का सूत्रपात हुआ। भारतीय भाषाओं में कदाचित् सबसे पहले हिंदी, जिसे उस समय अंग्रेज हिंदुस्तानी कहा करते थे, के दो कोश जे. फर्गुसनने तैयार किए, जो 1773 ई. में लंदन में छपे। इनमें एक हिंदुस्तानी अंग्रेजी और दूसरा अंग्रेजी हिंदुस्तानी का था। इस प्रकार हेनरी हेरिस के प्रयास के परिणामस्वरूप इसी ढंग का एक अन्य कोश 1790 ई. में मद्रास में छपा। 1808 ई. में जोजेफ टेलर और विलियम हंटर के संयुक्त प्रयास से एक हिंदुस्तानी-अंग्रेजी कोश कलकत्ता से प्रकाशित हुआ। तदुपरांत 1810 में एडिनबरासे जे. बी. गिलक्राइस्ट का और 1817 में लंदन से जे. शेक्सपियर का अंग्रेजी-हिंदुस्तानी और हिंदुस्तानी-अँग्रेजी कोश निकले। ये सभी कोश रोमन अक्षरों में मुद्रित किए गए थे।

हिंदी भाषा और नागरी अक्षरों में पहला कोश पादरी एम. टी एडम ने तैयार किया जो 1829 ई. में कलकत्ता से प्रकाशित हुआ। उसके बाद ऐसे अनेक कोश प्रस्तुत हुए जिनमें हिंदी शब्दों के अर्थ अंग्रेजी में अथवा अंग्रेजी शब्दों के अर्थ हिन्दी में होते थे। ऐसे कोश प्रस्तुत करने वालों में एम. डब्ल्यू. फेलन, जे. टी. प्लाट्स और जे. डी. बट के नाम विशेष उल्लेखनीय है। मुंशी राधेलाल पहले भारतीय थे जिन्होंने 1873 ई. में कोश प्रस्तुत किया। 1880 ई में सैयद जामिल अली जलाल का गुलशन फैज नामक कोश प्रकाशित हुआ जो फारसी लिपि में था पर उसमें अधिकांश शब्द हिंदी के थे। 1892 ई. में बांकीपुर (पटना) से बाबा बैजूदास का विवेक कोश निकला। तदुपरांत हिंदी के छोटे छोटे अनेक कोश निकले।

इस शती के आरंभ में **काशी नागरी प्रचारिणी सभा** ने हिंदी के ऐसे कोश के प्रकाशन की आवश्यकता का अनुभव किया जिसमें हिंदी के पुराने पद्य और नये गद्य दोनों में व्यवहृत होने वाले समस्त शब्दों का समावेश हो और 1904 में वह इस ओर अग्रसर हुई तथा उसने दस खडों में हिन्दी शब्द सागर नाम से बृहत् कोश प्रकाशित किया। पूर्ववर्ती अधिकांश कोशों की भाँति यह कोश किसी एक व्यक्ति द्वारा निर्मित नहोकर भाषा और साहित्य के मर्मज्ञ अनेक सुधीजनों द्वारा तैयार किया गया था। इसमें ग्रंथों और व्यहारप्रयुक्त भाषा और बोलियों के प्राय: समस्त उपलब्ध सामान्य और विशेष शब्द संगृहीत किए हैं। इसमें अर्थनिर्धारण के लिए व्याख्यात्मक पद्धति अपनाई गई है। हिंदी शब्दसागर के प्रकाशन के पश्चात् उसका एक संक्षिप्त संस्करण भी प्रकाशित किया गया। इसे प्रथम व्यावहारिक और प्रामाणिक हिंदी कोश कहा जा सकता है। इसके पश्चात् उसके अनुकरण पर अथवा किंचित् भिन्न कोश समय समय पर प्रकाशित हुए हैं।

सामान्य कोशों के अतिरिक्त कोश कला ज्ञानकोश के रूप में विकसित हुई हैं। इसके बृहत्तम और उत्कृष्ट रूप को अंग्रेजी भाषा में 'एंसाइक्लोपीडिया' कहा गया है। इसके लिये हिंदी में 'विश्वकोश' शब्द का प्रयोग होता है। इस शब्द का प्रयोग सर्वप्रथम बंगला भाषा में किया गया था और वहाँ से वह हिंदी में गृहीत हुआ है। हिंदी में पहले विश्वकोश के रूप में बंगला विश्वकोश का भाषांतर प्रकाशित हुआ था। तदनंतर नागरी प्रचारिणी सभा ने बारह खंडों में 'हिन्दी विश्वकोश' प्रस्तुत किया।[1]

**कोश और व्याकरण संबंधों का गहरापन-** कुछ अपवादों को छोड़कर विद्वानों के अनुसार कोश और व्याकरण में बहुत सन्निकटता है। कौन शब्द किस रंग तथा रूप का है- इसे बताना व्याकरण का कार्य है। ठीक इसी तरह कोशों में भी व्याकरण के रूप अपनी सीमा में निर्दिष्ट किए जाते हैं। व्याकरण में यदि शब्दों की जन्म कुण्डली, उनके इतिहास पर रोशनी डाली जाती है तो कोशों में भी उनके भेदों पभेद बताने की प्रथा रही है। इस तरह व्याकरण और कोश में गहरा संबंध है। उन्हें हम निम्न प्रकार देख सकते हैं, **पादरी आदम** के 'हिन्दी कोष' में आठ प्रकार के शब्द भेदों की चर्चा है। सं. संज्ञा, पुं.-पुलिंग, स्त्री. स्त्रीलिंग, सर्व-सर्वनामवाचक, अक. क्रि.- अकर्मक क्रिया, सं. क्रिया.-सकर्मक क्रिया, अ. अव्यय, गुण.-गुण वाचक। श्रीधर भाषा कोश में - पुं.

**1. साभार हिन्दी विश्वकोश, नागरी प्रचारिणी सभा काशी।**

पुंलिंग, स्त्री- स्त्रीलिंग, ब. व. -बहुवचन,गु. -गुणवाचक, सर्वना. - सर्वनाम। सं. सर्वना. सम्बन्धी सर्वनाम। नित्य सं. - नित्य संबंन्धवान या कृत । क्रिया. अ. - क्रिया अकर्मक। क्रि. स. - क्रिया सकर्मक। क्रि. वि. -क्रिया विशेषण। उपस. उपसर्ग।गु. उपस. - गुणवाच उपसर्ग। समुच्चय. - समुच्चायक अव्यय। वि. वो. विस्मयादि बोधक। अव्य. अव्यय। क. कर्तृवाचक, क. कर्मवाचक, प. करण वाचक, भा. भाववाचक,धि- अधकिरण वाचक।

हिंदी कोशों में व्याकरण के ये रूप तब प्रचलित थे जब कि हिंदी में 'गुरु' का व्याकरण नहीं आया था। ऐसा जान पड़ता है कि भाषा में कोश और व्याकरण का कार्य समान स्तर पर चलता है। जिस समय हिंदी का महत्वपूर्ण कोश 'हिंदी शब्द सागर' तैयार हुआ करीब-करीब उसी के आसपास हिंदी में 'गुरुजी' का उच्च कोटि का व्याकरण भी बना। इसके पहले पादरी आदम, पं. रामजसन, डॉ. ग्रियर्सन आदि कोशकारों ने कोश के साथ ही व्याकरण का भी निर्माण किया था। इनके अतिरिक्त बहुत से स्वतंत्र व्याकरण भी थे जिनके व्याकरण संबंधी तब के बने ग्रंथ आज भी महत्व रखते हैं। आजकल कोशों में मुख्य रूप से व्याकरण के निम्न भेदों का निर्देश होता है। अ. अव्यय, उप.- उपसर्ग, एकव. - एकवचन, कर्ता- कर्ताकारक,क्रि.- क्रिया,क्रि. अ. क्रिया अकर्मक, क्रि. स.- क्रिया सकर्मक, ना. धा. -नाम धातु,पुं. -पुलिंग,प्रत्य. - प्रत्यय, प्रे. रूप प्रेरणार्थक रूप,बहुव.- बहुवचन, भाव. भाववाचकसंज्ञा,वि. विशेषण, सं. पु. संज्ञा पुंलिंग, सं. स्त्री. संज्ञा स्त्रीलिंग,संयो. क्रि.- संयोजन क्रिया,सर्व. सर्वनाम।

अंग्रेजी आदि भाषाओं में तो मात्र व्याकरण के कोश भी बनने लगे हैं। इस प्रकार के एक कोशकार ने अपने कोश की भूमिका में लिखा है- 'शब्दकोश की तरह यह अक्षरानुक्रम से शब्दों का संगह है, किन्तु कोशों से भिन्न यह प्रत्येक शब्द का विस्तृत व्याकरण देता है। यह शब्दों का व्याकरण है।[1] कोशों में व्याकरण की महत्ता पर विचार करते हुए प्रसिद्ध कोश कार फैलन ने लिखा है- 'व्याकरण शास्त्रीय भाषाओं के रत्नभंडारागार को खोलने की ताली है। लोकभाषाओं का व्याकरण द्वारा व्याख्या और निर्माण होता है।[2] अंत में कोश की एक समस्या जो इस प्रकरण के संबंध रखती है उस पर विचार कर लेना आवश्यक है। लेखक कभी जानकर और कभी अनजान में शब्दों का प्रयोग सर्वस्वीकृत लिंग-वचन से भिन्न लिंग वचन में कर जाते हैं। अगर इस भिन्नता की स्वीकृति और लोग भी दे देते हैं तो कोशकार उसे स्वीकार कर लेता है। यथा सं. हिं. सा. में 'सामर्थ्य' शब्द स्त्रीलिंग और पुलिंग दोनों माना गया है। यह ऐसे शब्दों में से एक का उदाहरण है जिन्हें लोक का एक भाग स्त्रीलिंग और दूसरा भाग पुलिंग में प्रयोग करता है। किंतु प्रश्न ऐसे शब्दों का है जिन्हें एक लेखक ने भिन्न लिंग-वचन में प्रयुक्त किया है। यथा 'बकाया' शब्द कोशों तथा लोकव्यवहार में पुंलिंग है किन्तु प्रेमचन्द ने उसका प्रयोग स्त्रीलिंग में किया है।[3] इसी प्रकार 'प्रसाद' जी तथा दूसरे लेखकों की रचनाओं में लिंगादि संबंधी परिवर्तन है। इस सम्बन्ध में में शब्द के रूप तथा अर्थ के आधार पर कुछ शब्दों को स्त्रीलिंग और कुछ को पुंलिंग मानने का आग्रह है। कविवर सुमित्रानंदन पंत ने पल्लव की भूमिका इन बातों की ओर संकेत किया है।

बहरहाल, इस संबन्ध में इतना ही कहा जा सकता हैं कि ये विशेष प्रयोग है तथा विशेष प्रयोग जबतक सामान्य प्रयोग नहीं बन जाते तबतक सामान्य कोशों में उन्हें स्थान मिलने में कठिनाई होती है। अत: ऐसे विशेष प्रयोगों को विशिष्ट ढंग के कोशों में ही स्थान देना चाहिए। उदाहरण के लिए पंत साहित्य या दूसरे लेखकों के साहित्य का कोई कोश बने तो ऐसे शब्दों के आगे इस विशिष्ट प्रयोग का निर्देश अवश्य करना चाहिए। विशिष्ट कोशों के विशिष्ट प्रयोगों को छोड़ देना दोष कहा जायेगा।[4]

**कोश रचना का उद्देश्य-** हर सर्जना का अँखुवा उद्देश्य की निश्चित् मिट्टी से ही डिभियाकर आकार ग्रहण करता है। कोश रचना के पीछे भी कुछ - न - कुछ मंशा अवश्य रही है, मनीषियों की। संस्कृत कोशों से लेकर आधुनिक कोशों तक को छानने पर स्पष्ट आहट मिलती है कि हर कोश के रचाव के पीछे उनके कोशकारों के अपने-अपने निहितार्थ रहे हैं। किन्तु इसी बीच एक आर्श्चयजनक तथ्य आपके सम्मुख रखते हुए कुछ ठिठकना पड़ता है कि संस्कृत के कोशकार अपनी कोश रचना के सवाल पर मौन हैं। एक ओर निघण्टु और निरुक्त में उद्देश्य के सन्दर्भ में चुप्पी है तो 'नामलिंगानुशासन' नामक कोश के कोशकार आदरणीय अमरसिंह भी इस सन्नाटे को नहीं तोड़ते। कहीं ऐसा तो नहीं कि उस समय कोशों की रचना के उद्देश्य पर रोशनी डालने की प्रथा ही नहीं थी या महज़ 'कवीनां सुखहेतवे' ही लक्ष्य था। बहरहाल, ढेरों कोशों में अपने जन्मने के कारणों पर प्रकाश डाला गया है। कविराज मुरारीदीन अपने 'डिंगल कोश' में उद्देश्य की ओर इशारा करते हुए कहते हैं,-

''रुढ़ र जोगिक मिसर रा नांमा रो कर नेम।

1. A Grammar of English Words- Herand E, P. 20
2. A New Hidustani English Dictionary Failon. P. 15
3. 'होरी' अपनी बकाया के साथ उसकी बकाया चुकाने के लिए भी कर्ज लेने को तैयार था'। गोदान, पृ. 122
4. हिन्दी कोष-विज्ञान का उद्‌भव और विकास- डॉ. युगेश्वर पृ. 173, भारतीय विद्याप्रकाशन, कचौड़ी गली, वाराणसी, मू. 15 रूपये 1971

**सुकवं रचूं इण कोस मैं, प्रणमि सारदा प्रेम।।''**

'अवधान' के माला कार उदयराम कोश के दो उद्देश्य बताते हैं, 1. अनेक ग्रंथों का अर्थ जानना तथा 2. कविता में सहायक होना-

**''अनेक ग्रंथ सूझे अरथ, कव कविता कायब कहण।**
**श्रब जांण गुण भारा सुतन, महाराव देसल महण।।''**

अनेकार्थ के उद्देश्य पर उसके कोशकार लिखते हैं कि, यह कोश उन लोगों के लिए निर्मित किया जा रहा है, जो संस्कृत का ठीक से न तो उच्चारण कर सकते हैं और न उसेसमझ सकते हैं,-

**''उचारि सकत नहिं संस्कृत, समुझन को असमर्थ।**
**तिन लगि नन्द स्वमति जथा, भाषा कियो सुअर्थ।''**

ठीक इसी तरह 'नाममाल' के कोश कार कवि नंददास भी बताते हैं कि, -

**''उचर सकत नहि संस्कृत, जान्यो चाहत नाम।**
**तिन हित नन्द स्वमति यथा, रचत नाम की दाम।।''**

ठीक इसी तरह देसी-विदेशी कुछ आधुनिक कोशकारों ने अपने-अपने कोशों के उद्देश्य पर प्रकाश डाला है। "The Students Sanskrit English Dictionary" में **वी. एम. आप्टे** लिखते हैं कि इस कोश की रचना विद्यार्थियों द्वारा बहुत दिनों से की जाने वाली पूर्ण और सस्ते संस्कृत अंग्रेजी कोश की पूर्ति के लिए हुई है।[1] 'हिन्दी शब्द सागर'के निर्माण पर प्रकाशपात करते हुए लिखा गया है कि यह हिन्दी का एक वृहत् और सर्वांगपूर्ण कोश है। **नागरी प्रचारिणी सभा काशी** से प्रकाशित हिन्दी विश्वकोश के उद्देश्य की ओर संकेत करते हुए बताया गया है कि कार्य आरंभ करने पर अनुभव हुआ कि मानव ज्ञान की जो राशि बढ़ गयी है, उसके परिप्रेक्ष्य में विश्वकोश को अद्यतन करने के लिए यह आवश्यक है कि इसका सर्वथा नवीन संसोधित तथा परिवर्धित संस्करण प्रकाशित किया जाय, ताकि इसकी उपयोगिता बनी रहे।[2] "The Little Oxford Dictionary" के उद्देश्य पर इस प्रकार प्रकाश डाला गया है- ऐसे कोश की माँग हुई जो 'पाकेट आक्सफोर्ड डिक्शनरी' का छोटा रूप हो, किन्तु उसके सभी शब्दों को या और भी विस्तृत शब्दों को ग्रहण कर लें तो यह साफ था कि कोश को सुगठित बनाने की समस्या कोश विज्ञान की न होकर अनुभवी संग्राहक की तकनीकी कला की थी। American College Dictionary (अमेरिकन कालेज कोश) का विचार है कि कोश को यह बताना चाहिए कि सामान्यत: प्रचलित प्रयोग क्या है और भिन्न भिन्न वर्गों और क्षेत्रों के बोलने वालों में भाषा के प्रयोग में कहाँ भिन्नता है?

कुल मिलाकर यह कि[3] सभी प्रकार के कोश किसी विशेष उद्देश्य तथा किसी विशेष क्षेत्र की आवश्यकता की पूर्ति के लिए ही बनाए जाते हैं। अत: कोश रचना में मुख्यत: इसी उद्देश्य या आवश्यकता का ध्यान रखना पड़ता है। दूसरे, इस बात का भी बराबर ध्यान रखना पड़ता है कि उसका सारा कलेवर सभी दृष्टियों से संतुलित रहे, ऐसा न हो कि कोई अंग तो आवश्यकता या औचित्य से अधिक बढ़ जाय और कोई उसकी तुलना में क्षीणकाय या हीन जान पड़े। शब्दों का विवेचन और उस विवेचन के अंगों का क्रम भी सदा एक- सा रहना चाहिए। शब्दों की जातियाँ और वर्ग होते हैं, अत: एक जाति या वर्ग के सब शब्दों का सारा विवेचन एक सा होना चाहिए। यदि प्रामाणिक ग्रंथों अथवा लेखकों के उदाहरण लिए जाँय तो उनका उतना ही अंश लेना चाहिए, जितने में आशय स्पष्ट हो सके और जिज्ञासु का समाधान हो जाय। अच्छे कोशों में सभी प्रकार के क्षेत्रों और विषयों के पारिभाषिक शब्द भी रहते हैं, इसलिए संपादक को अधिक - से - अधिक विषयों का सामान्य ज्ञान या बोध होना चाहिए। कोश रचना के कार्य में दृष्टि बहुत व्यापक रखनी चाहिए और वृत्ति मधुकरी होनी चाहिए। दृष्टि इतनी पैनी और सूक्ष्म होनी चाहिए जो सहज में नीर - क्षीर - विवेक कर सके और पुरानी त्रुटियों, दोषों भूलों आदि को ढूँढ़कर सहज में उनका संशोधन तथा सुधार कर सके। कोश कार में पक्षपात या रागद्वेष नाम मात्र भी नहीं होना चाहिए। उसका एक मात्र उद्देश्य होना चाहिए- भाषा तथा साहित्य की सेवा।

**कोश की सीमा या परिधि-** कोश के उद्देश्य का एक छोर किसी - न - किसी पड़ाव पर कोश की सीमा या परिधि से अवश्य जुड़ता है। कोश निर्माण का जैसा उद्देश्य होगा, कोश की परिधि, उसकी आकृति भी वैसी ही होगी। प्राचीन काल में कोश निर्माण का उद्देश्य फ़कत कवि समाज की सेवा था, अत: उस, समय कोश की सीमा संक्षिप्त और नातिदीर्घ थी, किन्तु आज के बढ़ते बौद्धिक परिवेश गत दबाब के कारण कोश की सीमा विशाल हो गयी है, तभी तो **डॉ. हरदेव बाहरी** ने लिखा है कि एक व्यक्ति द्वारा कोश निर्माण के दिन बीत गए।[4] वस्तुत: समय और समाज ने भी कोश की सीमा समय - समय पर तय की है। प्राचीन काल की गुरुकुल

1. प्रस्तावना, प्रामाणिक हिन्दी कोश, पृष्ठ-1 तथा 2
2. हिन्दी विश्वकोश, सं. सुधाकर पाण्डेय, प्राक्कथन, नागरी प्रचारिणी सभा, काशी
3. विश्व हिन्दी कोश- रामचन्द्र वर्मा, पृष्ठ 182, नागरी प्रचारिणी सभा, काशी
4. वृहत् अंग्रेजी हिन्दी कोश- भूमिका भाग- डॉ. हरदेव बाहरी

की शिक्षा और आज के वैश्विक और भूमंडलीकरण की चुनौतियों का सामना करने वाली अद्यतन शिक्षा ने कोश की शक्ल - सबीह को बदल दिया है। वैदिक शब्दों का कोश 'निघण्टु अपनी सीमा और परिधि में छोटा है, किन्तु आज के किसी हिन्दी कोश में यदि ग्रंथों का पाठ निर्धारण सही नहीं है, शब्दों की सम्यक् व्युत्पत्तियाँ नहीं दी गयी हैं, शब्दों का प्रामाणिक संग्रह नहीं है, पारिभाषिक शब्दों पर प्रकाश नहीं डाला गया है, शब्दों की व्युत्पत्ति उनके रूप और भाव पर प्रामाणिक प्रकाश नहीं डाला गया है तो वह अधूरा और आंशिक ही माना जाएगा। आज के कोश की सीमा और परिधि विस्तार पर प्रकाश डालते हुए प्रसिद्ध कोशकार **श्री रामचन्द्र वर्मा** कहते हैं कि, "कोशकार को मधुकारी वृत्ति वाला होना चाहिए। कोशकार को सब ओर से व्यापक दृष्टि रखनी पड़ती है और सभी तरह के फूलों से रस लेना पड़ता है- सभी जगहों से काम की बात चुनकर उन्हें सुन्दर और मधुर रूप देना पड़ता है।[1]

उपरोक्त तत्वों के आलोक में साफ है कि वर्मा जी ने कोश की सीमाओं को स्पष्ट कर दिया है। कोश में शब्दों, अर्थों और सूचनाओं आदि का योग होना चाहिए। आदर्श कोश में साहित्य के शब्दों, दैनिक व्यवहार में आने वाले शब्दों, सामान्य बातचीत में आने वाले शब्दो, बोलियों तथा बोल चाल के शब्दों कला, विज्ञान इतिहास, पुराण, धर्म, कानून, वाणिज्य, राजनीति, समाज आदि संबंधी शब्दों का समावेश होना चाहिए।वस्तुत: कोश का अर्थ ही है, शब्द के बारे में बिना लाग लपेट के सब कुछ बता देना, तभी तो इसे भाषा के ज्ञान भण्डार की कुंजी (key of all the store of Knowledge of language) कहा गया है उपरोक्त विशेषताओं से लैस कोई भी कोश अपनी सीमा और परिधि में अर्थक्षम और प्रभविष्णु प्रभाव पाठक के ऊपर डाल सकता है।

**कोश विज्ञान एवं अर्थ तत्व-** हिन्दी कोश में अर्थ तत्त्व अर्थात् अर्थ निर्धारण की समस्या को नजरंदाज नहीं किया जा सकता। वस्तुत: शब्द कोशों के निर्माण में तमाम उद्देश्यों और लक्ष्यों के साथ एक यह भी ध्येय होता है कि प्रत्येक शब्द कोश शब्दों का सुस्पष्ट, उपयुक्त और विश्वसनीय अर्थ दे, तभी शब्द कोश सार्थक सिद्ध होता है। कोश में अर्थ निर्धारण के लिए शब्द रूप, व्याकरण व्युत्पत्ति, विपर्याय, प्रयोग आदि पर ध्यान देना नितांत मौजू है। यद्यपि शब्द के अर्थ प्रकाशन के लिए कई अन्य तरीकें भी कोशकारों ने ईजाद किए हैं। उदाहरण के लिए अर्थ स्प‿ करने के लिए अनुवादों का माध्यम समय - समय पर खूब अख्तियार किया गया है। हिन्दी में कुछ ऐसे शब्द कोश हैं, जहाँ अंग्रेजी या संस्कृत के शब्द कोशों का हू - बहू अनुवाद कर लिया गया है। अर्थ निर्धारण के लिए अनुवाक्षें के माध्यम के अतिरिक्त अंग्रेजी आदिभाषाओं के पर्याय देने से भी परंपरा हिन्दी में चल पड़ी है। शब्दों के अर्थ निर्धारण में इस समय चित्रांकन और रेखांकन का भी प्रचुर सहयोग लिया जा रहा है। यद्यपि हिन्दी में चित्रों के माध्यम से अर्थाभिव्यक्ति की परंपरा बहुत कम मिलती है। अर्थ-निर्धारण के लिए पुरातन काल से मुख्य रूप से चार पद्धतियों - व्याख्या पर्याय, परिचय तथा चित्र या रेखांकन - सहारा लिया जाता रहा है।

वस्तुत: अर्थ विवेचन ही किसी भी कोश का मुख्य लक्ष्य होता है, यही उसकी सफलता का मुख्य मानक भी होना चाहिए। पश्चिम के एक विद्वान लिखते हैं कि कोश की सबसे प्रथम विशेषता यह है कि अर्थ को साधारण, ठीक और छोटा होना चाहिए। अप्रचलित शब्दों का प्रयोग न कर केवल सामान्य प्रयोग में आने वाले शब्दों द्वारा ही अर्थ निर्धारण होना चाहिए।[2] विचार करें, तो पायेंगें कि कठिन शब्दों का इस्तेमाल कोश को बौना तो बनाता ही है, उसमें अस्पष्टता का दोष और धुंध भी पैदा करता है। कोशकार यदि अपने पाठक का ख्याल करें तो कोश में कठिनता संबंधी दोष पैदा ही नहीं हो सकता। शब्दों के अर्थ नपे-तुले, मर्यादित-शिष्ट तथा संक्षिप्त होने चाहिए। उनमें अव्याप्ति या अतिव्याप्ति का दोष न हो। यदि कोशकार अर्थ निर्धारण में अपनी देशी परंपरा का ध्यान दे तो और उत्तम होगा साथ ही उसे यह भी ध्यान रखना चाहिए कि शब्द और उसका अर्थ प्रयोग की खराद पर शुद्ध, सटीक और जन समान्य मे लोकप्रिय हों।

शब्दों के कु रूप तो मानक होते हैं और बहुत से रूप स्थानिक या प्रांतीय होते हैं। जिन स्थानिक या प्रांतीय शब्दों के मानक रूप प्राप्त हों, उनका सारा विवेचन उन्हीं मानक शब्दों के अन्तर्गत् रहना चाहिए और उनके स्थानिक या प्रान्तीय रूपों के आगे उनके मानक रूपों का अभिदेश मात्र होना चाहिए। इससे बहुत बड़ा लाभ यह होता है कि अन्य भाषा भाषियों को सहज में शब्दों के मानक रूप का पता चल जाता है और भाषा का मानक रूप स्थिर होने में सहायता मिलती है अपरिचितों के द्वारा भाषा का रूप सहसा बिगड़ने नहीं पाता। यही बात ऐसे संस्कृत शब्दों के संबंध में भी होनी चाहिए, जिसके बहुत से पर्याय हों, जैसे- कमल, नदी, पर्वत, समुद्र आदि। शब्दों कै आगे उनके पर्याय देते समय भी इस बात का ध्यान रहना चाहिए कि पर्याय वही दिए जायें, जो मूल शब्द का ठीक आशय या माप बताने वाले हों। जिन पर्यायों के कारण कुछ भी भ्रम उत्पन्न हो सकता हो, उन पर्यायों का ऐसे प्रसंगों में परित्याग करना ही श्रेयस्कर होगा। कोशकारों के सामने इधर हाल में वेवस्टर की 'न्यू वर्ड डिक्शनरी'' (New Word Dictionary) ने एक नया आदर्श रखा है, जो

1. कोश कला- रामचन्द्र वर्मा, पृष्ठ-12

2. The Wisten English Dictionary- Introduction, George G. Horpe & Company, London

बहुत उपयोगी तथा उपादेय होने के कारण शब्दकोशों के लिए विशेष अनुकरणीय हैं। उसमें अनेक शब्दों के अन्तर्गत् उनसे मिलते - जुलते पर्यायों के सूक्ष्म अंतर भी दिखलाए गए हैं, यथा फीयर (Fear) के अन्तर्ग ड्रेड (Dread) फ्राइट (Fright), एलार्म (Alarm), डिस्मे (Dismay), टेरर (Terror) और पैनिक (Panic) के सूक्ष्म अंतर भी बतला दिए गए हैं। कुल मिलाकर कोशकार का काम शब्दों के अर्थ बतला देने से ही समाप्त नहीं हो जाता वरन् उससे भी आगे बड़कर उसका काम लोगों के शब्दो के ठीक प्रयोग भी बतलाना होता है।[1]

**कोशों के प्रकार या भेद-** सुप्रसिद्ध कोशकार आदरणीय **श्री रामचन्द्र वर्मा** लिखते हैं कि यों तो कोश अनेक प्रकार होते हैं, पर अर्थ के विचार से वे दो भागों में बाँटें जा सकते हैं। एक तो वे जिनमें किसी भाषा के शब्दों के अर्थ और विवेचन उसी भाषा में और दूसरे वे जिनमें एक भाषा के शब्दों के अर्थ दूसरी भाषा या भाषाओं में दिए जाते हैं। विषय के विचार से कोश अनेक प्रकार के हो सकते हैं गणित कोश, विधिक कोश, वैद्यक कोश, साहित्य कोश आदि। ऐसे कोशों की गिनती प्राय: शब्दावलियों में होती है, जैसै- कृषि शब्दावली, दार्शनिक शब्दावली, भौगोलिक शब्दावली आदि। इसके सिवा कुछ विशिष्ट कवियों, बोलियों आदि के भी अलग-अलग कोश होते हैं, जैसे तुलसी कोश, सूर कोश, अवधी कोश, ब्रजभाषा कोश आदि। किसी विशिष्ट विषय के महत्त्वपूर्ण ग्रंथ में आए हुए मुख्य प्रतीकों, विषयों या शब्दों के जो कोश या तालिकाएँ होती हैं, उन्हें प्रतीकानुक्रमणिका, विषयानुक्रमणिका या शब्दानुक्रमणिका कहते हैं।

इधर 'हिन्दी कोश विज्ञान का उद्भव और विकास' जैसे सुप्रसिद्ध ग्रंथ के लेखक **डॉ. युगेश्वर** ने अपने उक्त ग्रंथ में आधुनिक युग के विभिन्न प्रकार के कोशों की तालिका प्रस्तुत की हैं।[2]

**शब्द कोश-** इस कोश को अर्थ कोश भी कहा जाता है। शब्द कोश का फलक स्वत: इतना विस्तृत है कि सभी कोश इसके भीतर अँट जाते हैं। कोशकारों ने शब्द कोश को दो टुकड़ों में बाँटा है। सामान्य या साहित्यिक कोश तथा पारिभाषिक कोश। सामान्य कोश में पारिभाषिक शब्दों का विवेचन लगभग नहीं किया जाता और यदि किंचित् पारिभाषिक शब्द आ भी जाते हैं, तो उनका अर्थ सामान्य संदर्भ में ही लिया जाता है। कुल मिलाकर इस तरह के कोश में जन सामान्य तथा साहित्य के क्षेत्र में निरंतर प्रयोग होने वाले शब्दों का ही संग्रह किया जाता है।

**बहुभाषी कोश-** एक भाषी तथा बहुभाषी-भाषा की दृष्टि से वर्गीकृत ये दो प्रकार हैं कोशों के। इनके नाम से ध्वनित होता है कि इनमें कुछ बुनियादी फासला है। वस्तुत: एक भाषा कोश में शब्द जिस भाषा से लिया जाता है, उसका आशय भी उसी भाषा में स्पष्ट किया जाता है। यदि शब्द बाहरी भाषा के गृहीत हो तो भी अर्थ का खुलासा प्रस्तुत भाषा में ही दिया जाएगा, बहुभाषी शब्द कोश में मूल शब्द एक भाषा का होता है तो उसका अर्थ दूसरी भाषाया भाषाओं में होता है। इसीलिए तो इसका नामकरण बहुभाषी कोश किया गया है। **मथुरा प्रसाद मिश्र** का 'ट्रायलिंग्वल कोश' बहुभाषी कोश का उत्तंम उदाहरण है। कोशकारों ने बहुभाषी कोशो के भी दो प्रकार बताए हैं। श्री रामचन्द्र वर्मा 'ऊर्दू-हिन्दी कोश, या हिन्दी मराठी कोश, तेलुगु हिन्दी कोश. A New Hindustani Dictionary आदि कोश इसी तरह के कोश हैं।

**भाषा कोश-एक भाषी कोश-** यह कोश भी तीन प्रकार- व्याख्या कोश, पर्याय कोश तथा विलोम- का होता है। आगे चलकर व्याख्या कोश के भी कई भेद हो जाते हैं, यथा अर्थ कोश या एक भाषा का पूर्ण कोश, उत्पत्ति कोश, उच्चारण कोश, व्यक्ति कोश, ग्रंथ विशेष कोश तथा बोली कोश। एक भाषी कोश में कोशकार भरसक एक भाषा के अधिकांश महत्त्वपूर्ण शब्दों को संकलित कर उन्हें पाठकों के सामने रखता है। इस तरह केकोश निर्माण में आधुनिक कोश संपादन कला की सभी विशेषताओं और सजगता का ध्यान रखा जाता है। एक भाषी कोश में एक ओर ग्रामीणांचल में प्रयुक्त बोलियों के शब्द या प्रान्तीय शब्द, सामान्य शब्द तथा पारिभाषिक शब्दों को संग्रहीत किया जाता है तो दूसरी ओर वैज्ञानिक, तकनीकी और विदेशी शब्द जो जन सामान्य के बीच प्रयुक्त होते हैं, उन्हें भी शामिल किया जाता है।

**पारिभाषिक कोश-** पारिभाषिक कोश ऐसे शब्दों का संग्रह करते हैं, जिनका विशेष अर्थ और विशेष महत्त्व होता है। स्वभावत: इसमें ऐसे हजारों शब्दों का संग्रह होता है, जिनका नित्य की बातचीत में कोई हिस्सा नहीं होता। दूसरी ओर इसमें हजारों ऐसे शब्द होते हैं, जिनका दैनिक बातचीत में हिस्सा होता है, किन्तु जो वैज्ञानिकों और प्राविधिज्ञों के क्षेत्र में आकर विशेष अर्थ और विशेष महत्त्व प्राप्त कर लेते हैं। पारिभाषिक भाषा सामान्य बातचीत से बिलकुल अलग की भाषा होती है। पारिभाषिक शब्द वस्तुत: प्राविधिज्ञों और विशेषज्ञों द्वारा अपने निश्चित कथनों को बाधा रहित एवं विचारों को स्थायी बनाने के लिए अंगीकृत, व्यवहृत तथा आविष्कृत होते हैं। Chambers Technical Dictionary (चैम्बर्स टेक्निकल डिक्शनरी),-'ट्वेन्टीएन्थ सेन्चुरी कोश, 'कृषि

1. हिन्दी विश्वकोश- पृ. 182, 183, नागरी प्रचारिणी सभा, काशी
2. हिन्दी कोश विज्ञान का उद्भव और विकास- डॉ. युगेश्वर, पृष्ठ 84-85

कोश', 'भाषा विज्ञान कोश', 'समाचार पत्र कोश', 'संगीत कोश' आदि इसी श्रेणी के कोश माने जाते हैं।

**पर्याय कोश -** जिस कोश में किसी एक भाषा के शब्द के लगभग सभी संभव पर्यायवाची शब्द उसी भाषा में संकलित होते हैं, उन्हें पर्याय कोश कहा जाता है। इस कोश में महज अर्थ की दृष्टि से समानार्थी शब्द ही दिए गए होते हैं। आधुनिक कोश कला की विशेषताओं और शर्तों का होना यहां बहुत आवश्यक नहीं माना जाता, हाँ, यदि वे विशेषताएँ यहाँ प्रभूत माना में हों तो सोने में सुहागा ही कहा जाएगा। **अमर सिंह** का 'अमर कोश', **भोलानाथ तिवारी** का 'वृहत् हिन्दी पर्यायवाची कोश' आदि इस तरह के कोशों में श्रेष्ठ निदर्शन हैं। अंग्रेजी में भी इस तरह के कई कोश हैं।

**पद कोश-** इस तरह के कोशों में लोकोक्तियों, वाक्यों, मुहावरों, वाक्य खंडों तथा कहावतों आदि का संकलन होता है। यहाँ किसी भाषा के शब्दों का संग्रह नहीं होता। कोशकारों ने इसके दो भेद माने हैं। प्रथम प्रकार का कोश 'मुहावरादि कोश' कहा जाता है। यहाँ शब्द स्वतंत्र अर्थ बिखेरता है, क्योंकि स्वतंत्र अर्थ देने वाली लोकोक्तियों, कहावतों तथा मुहावरों को ही यहाँ एकत्र किया जाता है। हिन्दी लोकोक्ति कोश , हिन्दी मुहावरा कोश, मुहावरा कोश तथा राजस्थानी कहावतें आदि इसी श्रेणी में आते हैं। दूसरे प्रकार के कोशों में वाक्य या वाक्यांशों का संकलन होता है। इन्हें सूची ग्रंथ भी कहा जा सकता है।

**व्यक्ति कोश-** इस तरह के कोश में कोश एक साहित्यकार द्वारा अपनी रचनाओं में प्रयुक्त सभी शब्दों को वर्णानुक्रम से सजा कर उनकी स्पष्ट व्याख्या की जाती है। यहाँ यह भी ध्यान रखा जाता है कि उस साहित्याकार या लेखक विशेष के संपूर्ण साहित्य में पसरे सभी शब्दों को क्रमादि से लगाते समय उन पृष्ठों का भी उल्लेख किया जाता है, जहाँ से वे उद्धृत किए गए होते हैं। कालान्तर में उन शब्दों के अथों का भी विवेचन किया जाता है। इसे ही 'व्यक्ति कोश' नाम से अभिहित किया जाता है। किसी एक लेखक, कवि, कृतिकार, साहित्यकार को आपादमस्तक जानने के लिए इस तरह के कोश बहुत उपयोगी होते हैं। अंग्रेजी में शेक्सपियर डिक्शनरी, तथा हिन्दी में तुलसी कोश, प्रसाद कोश, निराला कोश आदि 'व्यक्ति कोश' की ही श्रेणी में आते हैं।

**विषय कोश-** विभिन्न विषयों को ..... बनाकर निर्मित किए गए कोश विषय कोश की संज्ञा से नवाजे जाते हैं। किसी एक विषय से संबंधित गहन जानकारी, संपूर्ण सामग्री का चयन इस तरह के कोशों में की जाती है। संभवत: विषय विशेष में पैदा हुई जानकारी संबंधी भूख के कारण ही आज दर्शन कोश, भूगोल कोश, विज्ञान कोश, इतिहास कोश, समाज शास्त्र कोश, अर्थ विज्ञान कोश भाषा विज्ञान कोश तथा राजनीति कोश का निर्माण संभव हो पाया है। इस तरह के कोश तत्संबंधी विषय को जानने की इच्छा रखने वालों के लिए बहुत उपयोगी होते हैं।

**पुस्तक कोश-** किसी पुस्तक विशेष को आधार बनाकर तैयार किया गया कोश 'पुस्तक कोश' के नाम से जाना जाता है। इस कोश के माध्यम से पाठक किसी पुस्तक का विधिवत अनुशीलन कर सकता है। इस तरह के कोश की सर्जना के लिए किसी पुस्तक का चयन कर, उसमें प्रयुक्त शब्दों को अकारादि क्रम से सजा कर, उनकी पृष्ठ संख्या का उल्लेख करते हुए शब्दों की स्पष्ट तथा सांगोपांग व्याख्या की जाती है। **श्री रामचरित मानस कोश** इस तरह के कोश का सर्वोत्तम उदाहरण है।

**विश्वकोश-** इसे ही अंग्रेजी में 'इन्साइक्लोपीडिया' कहतेहैं। इस तरह के कोश में किसी एक विषय या ज्ञान से संबंधित प्रत्येक तरह की जानकारी एक स्थान पर एकत्र कर दी जाती है। इस कोश से मनुष्य को किसी भी विषय से संबंधित प्रामाणिक एवं अद्यतन जानकारी एक स्थान पर ही सुगमता से मिल जाती है। नागरी प्रचारिणी सभा काशी का 'हिन्दी विश्व कोश', 'ब्रिटेन का विश्व कोश' (इनसाइक्लोपीडिया ब्रिटानिका) गोल्डन बुक आफ इन्साइक्लोपीडिया, सचित्र विश्वकोश, समाज शास्त्र का विश्वकोश, हिन्दी विश्व भारती आदि इसी तरह के कोश हैं।

**कोग निर्माण की विधियाँ-** हर श्रेष्ठ, सुन्दर और गम्भीर रचना उत्कृष्ट वस्तु-सामग्री, के साथ-साथ क्रमबद्ध प्रस्तुति की माँग करती है। नाटक, उपन्यास, कहानी,एकांकी और निबंध अर्थात हिन्दी की प्रत्येक विधाओं की तरह कोश का प्रणयन भी पाठकों की तमाम बौद्धिक जिज्ञासाओं, शंकाओं के समाधानार्थ होता है। सटीक और उपयोगी तथा प्रामाणिक जानकारी पाठकों को प्रस्तुत करना ही किसी भी समादृत कोश की पहली शर्त होती है। इनके अभाव में वह बेडौल,ऊबड़-खाबड़ और गड्ड-मड्ड मान उपेक्षा का शिकार होता है। अत: ऐसी स्थिति में कोशकारों ने किसी भी मानक और आदर्श कोश के गढ़ाव के लिए कुछ मानदण्डों की ओर इशारा किया है, यदि इनका समुचित पालन किया जाय तो कोई भी कोश अपने होने का एहसास करा सकता है। वे कुछ बिन्दु इस प्रकार हैं:-

**1. शब्द संग्रह -** किसी भी कोश की मूल संपदा शब्द ही होते हैं। साफ शब्दों में कोश निर्माण के लिए सर्वप्रथम शब्द संग्रह करना पड़ता है। यह कार्य थोड़ा दुष्कर होता है। यदि कोशकार किसी समसामयिक भाषा का कोश बना रहा है तो उसे उस भाषा को बोलने वाले तथा उसके साहित्य से शब्दों का संकलन करना पड़ता है और यदि वह किसी पुरानी भाषा का कोश रच रहा हो तो उसे उस पुरानी भाषा के प्रामाणिक ग्रंथों से शब्दावली का चयन करना पड़ता है। हाँ यहाँ यह ध्यान रखना चाहिए कि किसी भी नयी-पुरानी भाषा

का कोश बनाते समय कोई प्रामाणिक कृति छूट न जाय, अन्यथा शब्दों के छूट जाने का खतरा निरंतर बना रहेगा। कुछ विद्वान् कहते हैं कि पुरानी भाषा की कोश रचना इसलिए आसान होती है कि उसके शब्द स्थिर होते हैं,उनके घटाव बढ़ाव संबंधी किसी समस्या की बात सामने नहीं आती, किन्तु इसकी तुलना में समसामयिक अर्थात् जीवित भाषाओं के कोश-निर्माण के समय कुछ समस्याएँ इसलिए पैदा होती हैं, क्योंकि इनके शब्द घटते-बढ़ते रहते हैं, वे स्थिर नहीं होते। बहरहाल, यदि कोशकार जागरुक और उत्साही है तो उसके लिए जिन्दा और जीवित-जीवंत भाषाओं के शब्दों को संग्रहीत कर लेना बहुत मुश्किल नहीं है।

**2. वर्तनी-** कोश निर्माण में शब्द-संग्रह के बाद क्रम आता है- वर्तनी (Spelling) का। यदि कोश में प्रयुक्त वर्तनी अशुद्ध है तो वह उत्कृष्ट शब्दसंग्रह को मुँह बिराएगी। कोश को प्रामाणिकता की खराद पर नहीं चढ़ने देगी। दरअसल, कोश, जिज्ञासु पाठक का सबसे बड़ा और अन्तरंग मित्र होता है और यदि वही कोश वर्तनी की अशुद्धियों से पीड़ित और रोगी है तो वह उस पाठक की जिज्ञासा को और रोगग्रस्त बना देगा। इसलिए कोशकार को चाहिए कि वह प्रामाणिक वर्तनी ही अपने कोश में दे। हाँ, यदि कुछ परेशानी है तो शुद्ध-अशुद्ध वर्तनी की सूचना कोशकार को कोश के शुरुआती पृष्ठों में दे देना चाहिए।

**3. शब्द निर्णय-** शुद्ध वर्तनी की तरह कोशकार को शब्द निर्णय भी अधिकांशतया संशय के दोराहे परखड़ा कर देता है। वस्तुत: शब्दों का चुनाव, कोश में प्रयुक्त होने के लिए उपयुक्त शब्दों का प्रयोग एक जटिल और टेढ़ी समस्या बन जाती है। उदाहरण के लिए कुछ शब्द ध्वनि और रूपगत दृष्टि से तो समान होते हैं किन्तु उनके अर्थ के चेहरे भिन्न-भिन्न होते हैं। अब यहीं पर शब्द निर्णय की विकट समस्या कोशकार के सामने खड़ी होती है, कि उक्त भिन्नार्थ शब्दों में किस शब्द का सटीक चयन किया जाय, जिससे कोश शब्द-निर्णय के लिहाज से कमजोर न हो।

**4. शब्द क्रम-** कोश में शब्दों की क्रमबद्ध और संतुलित सजावट को ही 'शब्दक्रम' कहा जाता है। इसके लिए अनुभवी कोशकार को निम्न बिन्दुओं का ध्यान रखना पड़ता है।

**(क)- वर्णानुक्रम-** वर्णों के अनुक्रम के अनुसार शब्दों का चयन और संग्रह ही 'वर्णानुक्रम' है। इस विधि में वर्णमाला के जिस अक्षर की हम शुरुआत करेंगें, उससे संबंधित सभी शब्द क्रम से रखे जाएँगे। इसमें भी पहले, दूसरे, तीसरे और सभी वर्णों के क्रम पर विचार किया जाता है, यथा- 'क' , 'का', 'कि', 'कु', 'कू', 'के' आदि।

**(ख) अक्षर क्रम या एकाक्षरी-** कोश में अक्षर के क्रम के आधार पर शब्दों का चुनाव तथा संग्रह ही अक्षरक्रम या एकाक्षरी नाम से जाना जाता है। उदाहरण के लिए पहले एक अक्षर वाले, फिर दो अक्षर वाले फिर तीन अक्षर वाले शब्दों का संकलन इसी श्रेणी में आता है। भारत में एकाक्षरी कोशों की रचना पहले हुआ करती थी।

**(ग) विषय क्रम-** महत्त्व की दृष्टि से सभी विषयों से संबंधित शब्दों का संकलन इस विधि में किया जाता है। उसके पश्चात् एक विषय से जुड़े सभी शब्द एक अध्याय में उसके बाद दूसरे विषय के दूसरे अध्याय में। यथा प्रकृति से संबंधित शब्द एक जगह, जीव से संबंधित एक स्थान पर, खाद्य पदार्थ से संबंधित एक स्थान पर, धर्म से संबंधित, साहित्य में संबंधति एक स्थान पर, 'अमरकोश' इस तरह का श्रेष्ठ निदर्शन है।

**(घ)सुरक्रम-** किसी किसी कोश केनिर्माण में वर्णों का क्रम, अक्षर क्रम तथा विषय क्रम को उपेक्षित कर इनकी जगह सुरक्रम को महत्व दिया जाता है। इस तरह के कोशों में बलाघात पर विशेष ध्यान देते हैं।

**(ङ) व्युत्पत्ति क्रम-** जब किसी कोश में शब्दों का संग्रह उनकी व्युत्पत्ति विशेष को ध्यान में रखकर किया जाता है तो उन्हें 'व्युत्पत्ति क्रम' कहते हैं। इस तरह के कोश उत्तम कोटि के कोश माने जाते हैं। अरबी के कोशों में इस तरह की प्रथापायी जाती है।

**5. व्याकरण-** कोश निर्माण की विधियों में यदि व्याकरणिक कोटियों पर ख्याल किया जाय तो वह कोश प्रामाणिक मानाजाएगा। अत: कोशकार को चाहिए कि सर्वप्रथम वह शब्दों का संग्रह करे, पश्चात् वह पाठक की सुविधा के लिए शब्दों के आगे संज्ञा, सर्वनाम, विशेषण, क्रिया आदि व्याकरणिक तत्त्वों का जिक्र करे इस विधि से शब्दों के मूल का पता पाठक को साफ-साफ लग जाएगा।

**6. उच्चारण-** प्रत्येक कोशकार को कोश में संग्रहीत शब्दों के उच्चारण को भी साफ-साफ लिखना चाहिए। इससे पाठक को शब्दों के उच्चारण संबंधी मुश्किल से राहत मिलती है, वह इसलिए कि कभी कभी शब्द तो लिखा जाता है कुछ, किन्तु उनका उच्चारण होता है, कुछ। अंग्रेजी का पुट (Put) तथा बट (But), चाक (Chalk), तथा साइकोलॉजी(Psychology) इसका पुख्ता उदाहरण है। इसी तरह औड़िहार (Aurihar) तथा सिंह (Singh)) भी उच्चारण संबंधी झंझट पैदा करते हैं।

**7. व्युत्पत्ति-** कोश को प्रामाणिक बनाने के लिए कोशकार को कोश में संग्रहीत शब्दों की सही-सटीक व्युत्पत्ति भी प्रस्तुत करनी चाहिए। इससे अध्येता को शब्दों की प्रकृति और प्रत्यय, उपसर्ग, धातु आदि के विषय में सांगोपांग जानकारी मिल जाती है।

**8. अर्थ-** संग्रहीत शब्दों का प्रामाणिक अर्थ किसी कोश को स्थापित कराने में सहायक होता है। यहाँ यह ध्यान देना चाहिए कि शब्दों के वहीं अर्थ दिए जायँ जो सामान्यजन में सिक्के की तरह ठनठना कर चल रहे हों। वस्तुत: सहज अर्थ पाठक से शीघ्र ही अपना रिश्ता स्थापित कर लेता है। शब्दों के पुराने-नए इतिहास को टटोलकर यदि अर्थ दिया जाय तो यह और भी उत्तमोत्तम होगा, यथा 'बास' (सुवास) शब्द का पुराना अर्थ था 'सुगन्ध', किन्तु कालान्तर में यही 'बास' हिन्दी तथा भोजपुरी आदि में 'बस्साना' (दुर्गन्ध) बन गया।

**9. प्रयोग-** शब्दों की स्पष्ट और सम्यक् समझ के लिए कोशकारों को शब्दों के अर्थ का प्रामाणिक प्रयोग भी देना चाहिए। प्रामाणिक प्रयोग देने से पाठक को शब्द का अर्थ यथाशीघ्र और कम कसरत से हृदयंगम होता है। खासकर, मुहावरों, कहावतों और लोकोक्तियों में तो इसका महत्त्व और भी बढ़ जाता है।

**10. चित्र-** मूक चित्र अपने भीतर गूढ़ अर्थ छिपाये रहते हैं। ये सांकेतिक भाषा में बहुत कुछ बोलते और कहते हैं, इसलिए कभी-कभी जब शब्द के अर्थ की गाँठ न खुले तो कोशकार को चाहिए कि वह शब्दों से संबंधित वस्तुओं के चित्र अपने कोश में दे। नागरी प्रचारिणी सभा, काशी से प्रकाशित लगभग हर स्थापित और विश्व स्तर के कोशों में अर्थ को स्पष्ट करने के लिए चित्रों को स्थान दिया गया है, यही कारण है कि यहाँ के सभी कोश विशेष आकर्षण पैदा करते हैं।

**कोश का कार्य, उपयोगिता या महत्त्व-** कोश ज्ञान की खान और खाँड़ की रोटी होते हैं। खाँड़ की रोटी जिधर से खाइये, मीठी ही लगती है। ठीक इसी तरह कोश के किसी भी पृष्ठ को पलटिए, उसमें से बौद्धिक आँच और तपिश ही निकलती है। कोश का महत्वपूर्ण कार्य पाठक की जानकारी संबंधी शंकाओं का उपशमन करना है। वस्तुत: कोश में पृथ्वी पर फैले हुए सभी तरह के ज्ञानों का संकलन, एक निश्चित योजना के तहत एक स्थान पर किया जाता है। शंकाओं और भ्रांतियों के झुंड यहां बेरोकटोक आकर श्रेष्ठतर समाधान प्राप्त करते हैं। यही कोश की उपयोगिता है और यही उसका महत्त्व है। एक श्रेष्ठ कोश मानव ज्ञान की सभी शाखाओं का विस्तृत सारांश निर्व्याज हितैषी की तरह अपने पाठकों को परोसता है। पाठक उसमें ऊभता चूभता है और अंत में अपनी भ्रांतियों की जड़ता को तोड़ता है।

कोशकार कामिल बुल्के अपने अंग्रेजी हिन्दी कोश के महत्व और उपयोगिता पर प्रकाश डालते हुए कहते हैं कि यह कोश प्रमुख रूप से हिन्दी सीखने वालों की समस्याएँ दूर करने के उद्देश्य से लिखा गया है, फिर भी मुझे आशा है कि यह हिन्दी भाषियों के लिए समान रूप से उपयोगी होगा- The purpose of this glossary is to help cultured people, especially those whose mother tongue is not Hindi, to express themselves in the national language, on the arts and sciences and similar topics. "[1] वस्तुत: आदर्श मानदण्डों पर रचे गए कोश एक ओर शब्दों की ऐतिहासिक विकास यात्रा प्रस्तुत करते हैं, जिससे भाषा और साहित्य की बहुत सी गुत्थियों को समझने और सुलझाने में बहुत अधिक सुविधा होती है, वहीं दूसरी ओर वे शब्द का सही उच्चारण, उनकी व्युत्पत्ति, व्याकरण निर्देश, उच्चारण चिन्ह, अप्रयुक्त शब्दों की सूचना, चित्रों, नक्शों और रेखाओं का प्रयोग, प्रत्येक अर्थ की प्रयोग द्वारा पुष्टि, हर वर्गके दैनिक व्यवहार में आने वाले बहु प्रचलित साहित्यिक, तकनीकी, प्राशासनिक शब्द, पदांश, मुहावरे, पर्याय विपर्याय, शब्दों का दूसरी भाषाओं में अर्थ, उस अर्थ को स्पष्ट करने के लिए हिन्दी, उर्दू, संस्कृत आदि भाषाओं के समानार्थी शब्दों का संकलन, शुद्ध वर्तनी, व्याकरण का ज्ञान, व्याकरणिक कोटियों का उल्लेख, अक्षरों की संरचना, तद्भव या ततसम शब्दों की व्युत्पत्ति, देशी शब्दों में आगत विदेशी शब्दों के स्रोत, महत्वपूर्ण शब्दचयन, वाग्धारा, लोकोक्ति, विशिष्ट अभिव्यंजना, आलोचना, इतिहास, अनुसंधान, साहित्य की प्राचीन और नवीन पारिभाषिक शब्दावली का प्रामाणिक अर्थ, साहित्यिक गतिविधि को संचालित और प्रभावित करने वाले विविध वादों और प्रवृत्तियों का ऐतिहासिक तथा शास्त्रीय परिचय, पौराणिक संदर्भों, पारिभाषिक शब्दों के स्थिरीकरण की दिशा में किए गए प्रयासों आदि का भी लेखा जोखा प्रस्तुत करते हैं।

अब आप स्वत: निर्णय कीजिए कि उक्त तमाम विशेषताओं से संपृक्त कोश अपने पाठकों के लिए कितना महत्वपूर्ण, उपयोगी तथा कार्य के प्रति सजग सतर्क होगा। कुल मिलाकर ऐसा कोश नितांत कल्याणकारी और ज्ञान तृप्ति में सहायक होता है।

---

1. अंग्रेजी हिन्दी कोश सं. कामिल बुल्के, भूमिका भाग, एस चन्द एण्ड कंपनी लिं. रामनगर, नई दिल्ली, 1990

अध्याय-23

# भाषा-शिक्षण

(Language Teaching)

शिक्षा का संबंध सभ्यता के विकास के साथ जुड़ा हुआ है। सभ्यता का क्रमश: विकास शिक्षा के कारण ही सम्भव हुआ है। शिक्षा व्यक्ति का सर्वांगीण विकास करती है। हमारे देश भारत में शिक्षा के प्रति प्रेम मानव सभ्यता के प्रादुर्भाव से ही दिखाई देता है। भारत की शिक्षा प्रणाली की अपनी विशिष्टता के कारण ही महान वेद की ऋचाओं को लोगों ने हजारों वर्षों तक अपनी जुबान पर रखा। इन्हीं वेद की ऋचाओं से ही विश्व में अनेक युगान्तकारी विचार उत्पन्न हुए। **एफ. डब्लू. थामस** ने लिखा है कि "ऐसा कोई भी देश नहीं है जहाँ ज्ञान के प्रति प्रेम इतने प्राचीन समय में आरम्भ हुआ हो, या जिसने इतना स्थायी और शक्तिशाली प्रभाव उत्पन्न किया हो। वैदिक युग के साधारण कवियों से लेकर आधुनिक युग के बंगाली दार्शनिकों तक, शिक्षकों और विद्वानों का एक सतत् क्रम रहा है।"[1] ज्ञान एवं दर्शन के क्षेत्र में भारत ने हमेशा ही विश्वगुरु की भूमिका का निर्वाह किया है।

**शिक्षा का अर्थ-** व्याकरणिक दृष्टि से शिक्षा शब्द स्त्रीलिंग संज्ञा है। 'शिक्षा' शब्द की उत्पत्ति संस्कृत 'शिक्ष्' धातु से हुई है जिसका तात्पर्य मनुष्य के ज्ञानात्मक संवर्द्धन से है। भर्तृहरि के नीति शतकम् के अनुसार "विद्याहीन मनुष्य पशु के समान है।"[2] शिक्षा शब्द का अंग्रेजी समानार्थी 'Education' है। इस शब्द की व्युत्पत्ति लैटिन भाषा के तीन शब्दों से मानी जाती है-

1. Education- Act of teaching or act of training.
2. Educare- To Educate, To bring up, To raise. तथा
3. Educere- To bring torth, To lead out.

अंग्रेजी और हिन्दी की इन दोनों ही व्युत्पत्तियों में शिक्षा का अर्थ प्रशिक्षण, संवर्द्धन और पथ प्रदर्शन से है। इसको पारिभाषित करते हुए **डॉ. अनन्त सदाशिव अल्तेकर** ने लिखा है- "From the Vadic Age down words the control conception of the Indian's has been that it is a source of illumination, giving us a correct lead in the varicans spheres of life." अर्थात् 'वैदिक युग से आज तक शिक्षा से हमारा मूल तात्पर्य यह रहा है कि- 'शिक्षा वह प्रकाश स्रोत है जो जीवन के विभिन्न क्षेत्रों में हमारा सच्चा पथ-प्रदर्शन करती है।' भारतीय शास्त्र परम्परा में शिक्षा को मनुष्य का विवेक रूपी तीसरा नेत्र कहा गया है जिसके माध्यम से मनुष्य के भीतर सद्-असद्, शुभ-अशुभ, मंगल-अमंगल का विवेक एवं व्यवहार उत्पन्न होता है। **सी. वी. कुड** के **डिक्सनरी ऑफ एजुकेशन** के अनुसार- "शिक्षा से तात्पर्य (1) उन सभी साधनों तथा प्रक्रियाओं के कुल योग से है जो व्यक्ति की योग्यता, क्षमता, अभिवृत्ति तथा अन्य सकारात्मक मूल्यों और उनके व्यवहारों से है जो उसे समाज के अनुकूल बनाते हैं जिसमें वह रहता है तथा (2) शिक्षा वह सामाजिक प्रक्रिया है जिसके द्वारा विशिष्ट व्यवहार से व्यक्ति इस प्रकार प्रभावित होता है जिससे वह सामाजिक क्षमता तथा उच्चतम वैयक्तिक विकास कर सके।"[3] "**जी. एस. थामसन** के अनुसार- शिक्षा, व्यक्ति के विचार, व्यवहार, स्वभाव आदि में स्थायी परिवर्तन करने वाला प्रभाव है।"[4]

---

**1. There has been no country where the love of learning had so early an origin or has exercised so testing and powerfull an enfluence. From the simple poets of the Vedic Age. To the Bengali Philosophy of the present day. there has been an uninterrupted succession of teachers and scholars. - The History and Prospects of. British Education in India. W.D.S.Thomas P-1.**

**2. विद्याविहीन: पशुभि समान: - भर्तृहरि।**

**3. (i) The agreegate of all the procedures by means of which a person develops abilities, attidudes and other forms of behaviours of positive values in the society in which he lives. (ii) The social proces by which people are subjected to the influence of a select and controlled environment (especially, that of the school) so that they may of tain socid competence and optimum individual development. -Dictonary of Eduacation-C. V. Cood, P.-145.**

**4. The influence of invironment with a view to producing a permamant charge in his habit, or behaviour, or thought and attitude.**

इस प्रकार देखा जाय तो शिक्षा एक व्यापक वस्तु है, जिसका उद्देश्य मनुष्य का विकास करना है, तथा जिसका संबंध मनुष्य से आजीवन बना रहता है। शिक्षा के दो रूप हैं, - एक व्यापक और दूसरा संकुचित। शिक्षा के व्यापक रूप का संबंध मनुष्य के सम्पूर्ण जीवन में उसको मिलने वाली सीख से है तों **संकुचित रूप** का संबंध विद्यालयी व्यवस्था में गुरु से मिलने वाली शिक्षा से है।

**शिक्षण का अर्थ एवं परिभाषा** (Teaching : Meaning and Definition)**-** शिक्षण शिक्षा प्रदान करने का कौशल है। यह स्पष्ट किया जा चुका है कि शिक्षा के दो रूप हैं -व्यापक एवं संकुचित। इसी तर्क के परिप्रेक्ष्य में यह भी कहा जा सकता है कि शिक्षण के भी वही दोनों पक्ष हैं। व्यापक का संबंध जीवनपर्यन्त होता है तो संकुचित का समयबद्ध। **हेनरी सिसल वाइल्ड** ने युनिवर्सल डिक्शनरी आफ इंग्लिश लैंग्वेज में लिखा है कि- अध्ययन, कौशल, अनुभव, ज्ञान आदि के शिशुक्षुत्व के लिए बालको को निर्देश देना ही शिक्षण है। किसी विषय में ज्ञान कौशल आदि प्रदान करना भी शिक्षण कहलाता है[1]। इसी प्रकार **डब्लू. एम. रामवर्न**[2] ने बालक की समस्त शक्तियों को विकसित करने में योगदान देने वाले कारक को शिक्षण कहा। जबकि **बैन**[3] इसे एक प्रकार का प्रशिक्षण मानते हैं। इन सबका तात्पर्य यह है कि मनुष्य के सीखने की क्षमता के विकास का सशक्त पर्याय शिक्षण है। यह प्रक्रिया मनुष्य को उसकी जागरुकता के कारण चतुर्दिक से मिलती है अर्थात् शिक्षण की समस्त प्रक्रिया मनोवैज्ञानिक आधार पर विकसित होती है। शिक्षण के अनेक सिद्धान्तों का आधार मनोविज्ञान ही है। एक टेकनीशियन अपनी मशीनों पर कार्य करता तो है, परन्तु उनमें रागात्मक सम्बन्ध नहीं होता। इसके विपरीत शिक्षक या शिक्षा शिल्पी का अपने विषयों (छात्रों) से रागात्मक संबंध होता है। शिक्षा शिल्पी का मुख्य कार्य है, सही चिन्तन से सही चिंतन कौशल की सर्जना करना। यदि अध्यापक सही विचार प्रस्तुत करेगा तो उसका परिणाम भी सही होगा। अत: **एम.एल. विग** के अनुसार- शिक्षण का वास्तविक कार्य केवल ज्ञान प्रदान करना ही नहीं अपितु विचारों के द्वारा आन्तरिक अनुशासन तथा संकल्प की अभिव्यक्ति भी कराना है। छात्रों का निर्माण उन विचारों से होता है जो उन्हें दिए जाते हैं।[4]

**शिक्षण कौशल अर्थ एवं उपयोग** (Meaning and Application of Teaching Strategies)- शिक्षण की प्रक्रिया में शिक्षण कौशल की महत्वपूर्ण भूमिका होती है। शिक्षण की क्रिया शिक्षक और शिक्षार्थी के बीच की पारस्परिक क्रिया है। शिक्षालय में एक समय में एक शिक्षक अनेक शिक्षार्थियों को शिक्षा प्रदान करता है किंतु प्रत्येक शिक्षार्थी से अलग-अलग सम्बन्ध स्थापित करता है। इन सम्बन्धों का मूल आधार शिक्षण कौशल (Teaching Strategies) होता है।

शिक्षा के अनेक उद्देश्य होते है और सभी प्रकार के उद्देश्यों को प्राप्त करने की अपनी Strategies होती है। शिक्षण का कौशल शिक्षक एवं शिक्षार्थी के लिए अलग-अलग होता है। शिक्षण कौशल के माध्यम से ही शिक्षक अपने उद्देश्यों को प्राप्त करने में सफल होता है। शिक्षण कौशल की सफलता का आधार शिक्षार्थी का अधिगम होता है इसलिए शिक्षण कौशल में शिक्षार्थी की योग्यता, क्षमता, अभिरुचि आदि का ध्यान भी रखना पड़ता है। शिक्षण की रूपरेखा पर ही कौशल की सफलता निश्चित होती है। शिक्षण कौशल में अनेक कारणों का योग रहता है। चूँकि शिक्षण उद्दीपन से नियमित होता है, इसलिए शिक्षण कौशल उद्दीपनों को सशक्त बनाते हैं। **स्मिथ** के अनुसार- शिक्षण कार्यो की एक व्यवस्था है जिसमें अभिकरण, परिस्थिति, परिणाम तथा परिवेश में कारकों के दो समूह निहित होते हैं। एक स्मूह ऐसा होता है जिस पर अभिकरण का नियंत्रण नही होता है और एक समूह को अभिकरण परिणामों के सन्दर्भ में संशोधित कर सकता है।

**भाषा अधिगम और भाषा शिक्षण** (Language learning and Language Teaching)-**अधिगम का अर्थ और भाषा अधिगम-** अधिगम का अर्थ सीखना है। यह एक ऐसी प्रक्रिया है, जो शिक्षण के बिना भी चलती रहती है। एक विद्वान् लिखते हैं कि अधिगम मानव की आधारभूत क्रिया है, जिसे वह जन्म से लेकर मृत्यु पर्यन्त अपनाए रहता है। इस क्रिया के माध्यम से वह मानव व्यवहार सीखता है, समायोजन सीखता है। परिस्थितियों के अनुसार वह अपना व्यवहार संशोधित करता है तथा नए स्वरुप एवं व्यवहार को अपनाता है। शिक्षा शास्त्री **क्रान बेक** (Cranback) शिक्षण क्रिया के लिए अधिगम सिद्धान्त को अपरिहार्य मानते हैं, तो वहीं दूसरी तरफ पश्चिम के ही एक अन्य शिक्षाविद् **गैगने** (Gagne) भी शिक्षण प्रक्रिया

1. To give instruction to guide or import knowledge, experience, Skill to teach children apprentices to give instruction to bring one to a knowledge of or skill in a subject-शिक्षण शिल्प विज्ञान, डॉ. आर.पी.रस्तोगी से साभार
2. Teaching is a reeatanship which helps the child to develope all his powers.
3. Teaching is not telling but training.
4. शिक्षण शिल्प विज्ञान- डॉ.आर.पी.रस्तोगी, एवं डॉ. सुरेश भटनागर, पृष्ठ-41

को अधिगम सिद्धान्तों द्वारा नियमित मानते हुए कहते हैं कि शिक्षण सिद्धान्त अधिगम सिद्धान्तों पर आधारित होते हैं- "**Theories of teaching** can be based on theories of learning, कुल मिलाकर अधिगम के उद्देश्यों में सीखने की क्रिया में सोद्देश्यता, सर्जनात्मकता रचनात्मकता का विकास, नए अर्थों का उत्पन्न होना प्रमुख है। **डेविड पी. ओसुबेल** इस तथ्य का खुलासा करते हुए कहते हैं कि सार्थक अधिगम में नवीन अर्थों को ग्रहण किया जाता है और नवीन अर्थ सार्थक अधिगम के परिणाम होते हैं। सीखने वाले में नवीन अर्थों का विकसित हो जाना ही सार्थक अधिगम की प्रक्रिया का सम्पन्न होना है- Meaningful learning involceves the acquisition of new meaning and new meaning are the products of meaining ful learning

अंत में यह कि भाषा अधिगम अर्थात् भाषा सीखने के लिए बालक को दबाबों से मुक्त होना चाहिए। वांछित अनुभव (Appropriate experience) रुचि के उपयोग (Ues of interest) अभ्यास तथा साधना, कुशल व्यक्तित्वत्व सामाजिक क्षमता(Social Competence) शिक्षण कला (Art of teaching) आदि के द्वारा बालक को भाषा का अधिगम कराया जा सकता है।

**भाषा शिक्षण-** **डॉ. निरंजन कुमार सिंह** के शब्दों में- शिक्षण मूलत: एक कला है। यह एक नैसर्गिक प्रतिभा है। कवि एवं कलाकार की भाँति शिक्षक भी जन्मजात होता है। यह बात भाषा के शिक्षक पर और भी लागू होती है। अत: कुछ विद्वानों का विचार है कि शिक्षण विधियों, युक्तियों आदि का ज्ञान और प्रशिक्षण भाषा शिक्षक के लिए आवश्यक नहीं । पर यह धारणा निर्मूल है। जिस प्रकार अन्य कलाओं में पारंगत होने के लिए प्रतिभा के साथ-साथ अध्ययन, प्रशिक्षण, प्रयोग एवं अभ्यास की आवश्यकता पड़ती है, उसी प्रकार भाषा शिक्षण में भी इनकी आवश्यकता पड़ती है, जिससे शिक्षक को नई अन्तर्दृष्टि प्राप्त हो सके और वह अपनी प्रतिभा का दक्षता के साथ उपयोग कर सके। सच तो यह है कि शोधी शिक्षक अपने शिक्षण में सुधार के लिए नित नए-नए प्रयोग करता है। वह भाषा शिक्षण संबंधी कठिनाइयों का निरंतर पता लगाता रहता है, इस दिशा में आने वाली समस्याओं का वैज्ञानिक ढंग से समाधान करने का यत्न करता है,-The teacher who does research, who experiments to improve his teaching is dedicate to evidence. He tries to solve his problems scientfically. He is an educational researcher. He Conducts his research to improve his own practice.

भाषा शिक्षण की स्थिति अन्य विषयों से कुछ भिन्न है। इसका क्षेत्र कहीं अधिक विशद और व्यापक है। वह अन्य विषयों की भाँति एक विषय ही नहीं है, बल्कि बालकों के ज्ञानार्जन एवं अनुभव प्राप्ति का माध्यम है। उनके सांवेगिक, बौद्धिक एवं सांस्कृतिक उत्कर्ष का आधार है। भाषा शक्ति का अभाव भावात्मक प्रतिरोध,विचार शून्यता, मानसिक विक्षिप्तता एवं कलात्मकत जड़ता का प्रमुख कारण है। अत: भाषा-शिक्षण को अधिकाधिक प्रभावशाली बनाने के लिए भाषा शिक्षण संबंधी विविध विधियों, युक्तियों, प्रणालियों, नवीन शोधों तथा प्रयोगों आदि से अवगत होना अनिवार्य है। भाषा शिक्षण के क्षेत्र में क्रियात्मक शोध की उपयोगिता सर्वाधिक है, क्योंकि भाषा का क्षेत्र अतिव्यापक है और भाषा शिक्षक को प्राय: भाषा शिक्षण संबन्धी किसी-न किसी समस्या उच्चारण वर्तनी, पठन,पाठन,लेखन, शब्द-रचना, शब्द प्रयोग,वाक्य रचना तथा व्याख्या आदि का सामना करना ही पड़ता है और उस समस्या का वैज्ञानिक अध्ययन करके यदि उचित समाधान नहीं प्राप्त किया जाता तो बालकों की भाषा योग्यताओं का समुचित विकास नहीं हो पाता।

**डॉ. निरंजन कुमार सिंह** के अनुसार-भाषा शिक्षण में दो पक्ष सामने आते हैं- भाषा शिक्षण एवं साहित्य की शिक्षा। पर, ये दोनों परस्पर सम्बद्ध एवं अविच्छेद्य है। भाषिक तत्वों के शिक्षण की दृष्टि से भाषा का शिक्षक एक विज्ञानी है तो साहित्य शिक्षण की दृष्टि से कलाकार। वस्तुत: इस स्तर पर भाषा शिक्षण विज्ञान एवं कला का संगम है। भाषा का ललित, अलंकृत एवं कलात्मक पक्ष तथा प्रयोग ही साहित्य है। कुला मिलाकर भाषा शिक्षण की सामान्य पृष्ठभूमि के परिचय के लिए भाषा की परिभाषा, प्रकृति भाषा-सीखने की प्रक्रिया, भाषा के विविध पक्ष, भाषा-अध्ययन संबंधी दृष्टिकोण, शिक्षा में विविध भाषाओं का सापेक्षिक स्थान, मातृभाषा का महत्व, मातृभाषा शिक्षण के उद्देश्य, भाषा शिक्षण के सामान्य सिद्धान्त आदि का परिचय आवश्यक है।[1]

**भाषा शिक्षण का सामाजिक, राष्ट्रीय और शैक्षिक सन्दर्भ-** मनुष्य सामाजिक प्राणी है। वह अकेले रहने के बजाय समाज के किसी सामाजिक समूह में रहकर ही अपना जीवन बिताना चाहता है। समूह में दो या दो से अधिक व्यक्ति होते हैं। शिक्षा इसी समाज की संस्कृति एवं सभ्यता का संरक्षण करती है। प्रत्येक समाज के अपने रीति-रिवाज, परंपराएँ, नैतिकता, धर्म, विश्वास आदि होते हैं जिनको उस समाज ने अति प्राचीन समय से लेकर आज तक अर्जित किया है।[2] ठीक इसी तरह समाज शास्त्रीय

1. माध्यमिक विद्यालयों में हिन्दी शिक्षण- डॉ. निरंजन कुमार सिंह

2. शिक्षा के दार्शनिक सिद्धान्त-पी. डी. पाठक, पृ. 409।

विद्वान् भाषा को एक सामाजिक क्रिया मानते हैं। मनुष्य एकाकी जीवन नहीं व्यतीत कर सकता। वह प्रकृत्या सामाजिक प्राणी है। प्रत्येक मनुष्य एक या अधिक समाज का सदस्य होता ही है और वह अपने समस्त सामाजिक कार्यों के लिए भाषा पर ही निर्भर रहता है। बिना भाषा के मानव समाज का विचार ही कल्पनातीत है। सामाजिक रचना एवं समाज में विचार-विनिमय की आवश्यकता ने भाषा को जन्म दिया। इसी कारण विभिन्न स्थानों एवं कालों में उत्पन्न भाषाओं में भिन्नता पाई जाती है, क्योंकि वहाँ के तत्कालीन समाज विशेष ने कुछ विशिष्ट ध्वनियों को मान्यता प्रदान की और उनके आधार पर वस्तुओं का नामकरण हुआ। धीरे-धीरे सामाजिक जीवन यापन की आवश्यकताओं से विभिन्न देशकालगत समुदायों ने अपनी-अपनी भाषा-ध्वनि, शब्द, वाक्य आदि का विकास किया। व्यक्ति तो किसी भाषिक समुदाय का ही अंग होता है। वह न तो भाषा उत्पन्न कर सकता है और न उसे सर्वथा बदल सकता है। हर स्थिति में भाषा समाज सापेक्ष क्रिया ही है, क्योंकि भाषा के व्यवहार में आदान-प्रदान, बोध-अभिव्यक्ति शामिल है। दूसरे शब्दों में वक्ता और श्रोता दोनों का होना आवश्यक है और इस कारण समाजशास्त्रीय दृष्टिकोण सामाजिक क्रिया के रूप में भाषा अध्ययन और भाषा शिक्षण पर बल देता है।[1]

ठीक इसी तरह भाषा-शिक्षण का राष्ट्रीय महत्व भी है। राष्ट्रीय भावना का विकास करने के लिए राष्ट्र के अन्य भाषा-भाषियों के साथ तादात्म्य स्थापित करने के लिए अन्य भाषा का शिक्षण नितांत मौजू है। अन्धी और संकीर्ण राष्ट्रीयता का खण्डन,राष्ट्रीय समाज के निर्माण में सहायक मूल्यों और उद्देश्यों में आस्था रखने के लिए, राष्ट्र के समस्त व्यक्तियों के रहन-सहन के ढंगों, मूल्यों, आकांक्षाओं से परिचित कराने के लिए समस्त राष्ट्रीयताओं, संस्कृतियों और प्रजातियों को समान समझने की भावना उत्पन्न करने के लिए संपूर्ण, राष्ट्र को आर्थिक, राजनीतिक, सामाजिक तथा सांस्कृतिक तत्त्वों में एका स्थापित करने के साथ ही सभी देशवासियों में राष्ट्रीय नागरिकता की भावना पैदा करने के लिए एवं राष्ट्रीय स्तर पर समस्त न्यायिक, प्राशासनिक तथा प्राविधिक तकनीकी जानकारियों के लिए अन्य भाषा शिक्षण की बहुत आवश्यकता होती है। विभिन्न भाषाओं के शिक्षण से ही देश में यत्र-तत्र उत्पन्न हो रही अराजकता, विसंगतियों, और नासमझी को दूर किया जा सकता है तथा हमारा विश्व-प्रसिद्ध राष्ट्रीय लोकतंत्रीय ढाँचा भी सुरक्षित रह सकता है। भावात्मक तथा राष्ट्रीय एकता का यही मूल मंत्र है।

भाषा शिक्षण का शैक्षिक संदर्भ में विशिष्ट महत्त्व है। शिक्षा शास्त्री **जान. एस. ब्रूबेचर** कहते है किं किसी शिक्षा के उद्देश्यों का वर्णन करना ही उसके शैक्षिक मूल्यों का वर्णन करना है-To state one's aiws of education is at one to state his educational values'' कुलमिलाकर शैक्षिक मूल्य शिक्षा में उपयोगिता (utility), अभिप्राय (purpose) तथा उपयुक्तता (uesfulness) का निरूपण करते हैं। भाषा शिक्षण से शिक्षा के उक्त मूल्यों की सुरक्षा होती है। अगली बात यह कि विद्यार्थी के जीवन में मातृभाषा, राष्ट्रभाषा तथा विदेशी भाषाओं का अक्षुण्ण महत्त्व है। इन सभी भाषाओं की जानकारी के लिए इन्हें शैक्षिक पाठ्यक्रम में रखा जाना आवश्यक है, तभी विद्यार्थी को इनका बोध हो सकता है। शैक्षिक पाठ्यक्रमों में अन्तर प्रान्तीय भाषाओं को पढ़ाए जाने, त्रिभाषा सूत्र का पुख्ता अनुपालन करने से बहुत हद तक भाषिक वैमनस्य को पाटा जा सकता है।

**भाषा शिक्षण** (Language teaching), **शिक्षण विधि** (Teaching method) **तथा भाषा शिक्षा की प्रविधियाँ** (Teaching devices)**-** भाषा अभिव्यक्ति का माध्यम है। इसका शिक्षण एक जटिल प्रक्रिया है। इसमें शब्दों को समझना, उनका अर्थ बोध एवं भाव बोध दोनों का बड़ा महत्व है। यहाँ शब्द प्रयोग की उपयुक्तता पर ध्यान देना अनिवार्य होता है, अन्यथा अर्थ का अनर्थ हो जाने का सदैव भय बना रहता है। अत: भाषा को सीखने एवं सिखाने में छात्र एवं अध्यापक दोनों को सजग एवं सावधान रहना पड़ता है। भाषा को ठीक से समझने एवं समझाने के लिए शिक्षण, शिक्षण विधि एवं शिक्षण प्रविधियों का ज्ञान होना आवश्यक है जिसको संक्षिप्तत: इस प्रकार समझा जा सकता है,-

**शिक्षण** (Teaching)- शिक्षण एक ऐसी प्रक्रिया है जिसमें एक अनुभवी व्यक्ति, कम अनुभवी व्यक्ति को सीखने या ज्ञान प्राप्त करने में सहायता करता है। वास्तव में शिक्षण सिखाना ही है। इसका उद्देश्य सीखने वाले के पूर्व के व्यवहार में वांछित परिवर्तन लाना है। शिक्षण ज्ञान प्रदान करने की प्रक्रिया है। इसमें उन सभी क्रियाओं को सम्मिलित किया जाता है जो सीखने में सहायता करती हैं।

**शिक्षण विधि** (Teaching methods)- पढ़ाने के तौर-तरीका को शिक्षण विधि कहते हैं। यह कक्षा में पाठ्य-वस्तु के प्रस्तुतीकरण की शैली या माध्यम है। ''Teaching methods is a style of the presentation of content in the class room.'' विधि एक व्यापक प्रत्यय है। यह अँग्रेजी शब्द method का हिन्दी रूपान्तर है, जिसका अर्थ रास्ता या माध्यम (Mode

1. माध्यमिक विद्यालयों में हिन्दी-शिक्षण-डॉ निरंजन कुमार सिंह, पृ. 20।

या way) किया जाता है। शिक्षण विधि का उद्देश्य पाठ्य वस्तु पर अधिकार प्राप्त कराना है, जिसकी पूर्ति विभिन्न शिक्षण प्रविधियों से की जा सकती है।

**शिक्षण प्रविधिया** (Teaching Devices)- कक्षा में शिक्षण की सफलता उपयुक्त शिक्षण प्रविधियों के प्रयोग से ही सम्भव हो सकती है। इसके उपयोग से पाठ्य वस्तु को स्पष्ट किया जाता है, प्रस्तुतीकरण को बोधगम्य बनाया जाता है, तथा सीखने वाले को प्रेरित एवं उत्साहित करके अधिगम प्राप्त के लिए तैयार किया जाता है। वास्तव में सम्पूर्ण शिक्षण, शिक्षण प्रविधियों का समूह है। आवश्यकतानुसार कक्षा शिक्षण में इसका प्रयोग किया जाता है। अलग-अलग विषयों में अलग-अलग शिक्षण प्रविधियों का प्रयोग होता है। कक्षा के स्तरों के अनुसार भी शिक्षण प्रविधियों में बदलाव होता है। शिक्षण प्रविधियों का उद्देश्य शिक्षण बिन्दुओं का ज्ञान कराने तक ही सीमित रहता है। इसके लिए जिन प्रविधियों का प्रयोग करते हैं, वे निम्नलिखित हैं:-

1. व्याख्या प्रविधि (Device of Explanation), 2. विवरण प्रविधि (Device of Description), 3. स्पष्टीकरण प्रविधि (Device of Exposition), 4. वर्णनात्मक प्रविधि (Device of Narration), 5. तुलना प्रविधि (Device of Comparison), 6. कहानी प्रविधि (Device of story Telling), 7. व्याख्यान प्रविधि (Device of Lecturing), 8. पुस्तक पठन प्रविधि (Device of Reading book), 9. नाटकीकरण प्रविधि (Device of Dramatisation), 10. प्रयोग प्रदर्शन (Device of Demonstration), 11. निरीक्षित अध्ययन (Device of Supervised study), 12. प्रश्नोन्तर प्रविधि (Device of Questioning), 13. विचार-विमर्श प्रविधि (Device of Discussion), 14. विचार गोष्ठी प्रविधि (Device of Seminar), 15. समिति कार्य प्रविधि (Device of Commitee work), 16. पुनरावृत्ति प्रविधि (Device of Recaptuation), 17. अभ्यास कार्य (Device of Drill work), 18. समीक्षा (Device of Review), 19. गृह कार्य (Device of Home work).

उपर्युक्त शिक्षण की प्रविधियों में भाषा-शिक्षण के लिए व्याख्या, स्पष्टीकरण, वर्णनात्मक, व्याख्यान, प्रश्नोत्तर, पुस्तक पठन, पुनरावृत्ति एवं गृहकार्य प्रविधियों का मुख्य रूप से प्रयोग किया जाता है। परन्तु आयु एवं कक्षा स्तर को ध्यान में रखकर इनमें से उपयुक्त प्रविधियों का प्रयोग किया जाना उत्तम होता है। ऐसा न करने से शिक्षण को असफल होने का भय बना रहता है। वास्तव में भाषा शिक्षण जटिल कार्य है। इसकी जटिलता को उत्तम शिक्षण से ही दूर किया जा सकता है। उत्तम शिक्षण के लिए सही एवं उपयुक्त शिक्षण प्रविधियों का चयन किया जाना चाहिए। सही प्रविधि चयन का उत्तरदायित्व मुख्य रूप से शिक्षक का होता है।

शिक्षण प्रक्रिया में भाषा का विशेष महत्व है। भाषा का ठीक-ठीक ज्ञान न होने पर कक्षा में प्रस्तुतीकरण ठीक नहीं होता है। शिक्षण सत्र में भाषा सरल, स्पष्ट एवं बोधगम्य होनी चाहिए। इससे शिक्षण प्रभावी एवं सफल होता है। इस प्रकार देखते हैं कि भाषा एवं शिक्षण का घनिष्ट सम्बन्ध है। भाषा वर्तनी से प्रारम्भ होती है। इसलिए इसमें सर्वप्रथम अक्षर, फिर शब्द और वाक्य रचनाओं का अध्ययन एवं अध्यापन क्रमबद्ध किया जाना उत्तम माना जाता है। प्राचीन मान्यता है कि शुद्ध एवं सही भाषा का ज्ञान व्याकरण के बिना सम्भव नहीं है। अत: भाषा शिक्षण में व्याकरण की शिक्षा अवश्य दी जानी चाहिए। व्याकरण भाषा को परिमार्जित एवं परिष्कृत बनाता है जिसकी आवश्यकता शिक्षण में अनिवार्य रूप से होती है।[1]

---

1. **विद्वान् प्राध्यापक-डॉ. सुदर्शन गिरि, बी. एड. विभाग, पी. जी. कालेज, गाजीपुर की सद्य: प्रकाशित कृति ''शिक्षण का विज्ञान'' से साभार।**

अध्याय-24

# समाज भाषा-विज्ञान : स्वरूप एवं प्रकृति

**संक्षिप्त परिचय-** यह एक पिटी-पिटाई एवं बासी उक्ति प्रचलित है कि, - ''मनुष्य एक सामाजिक प्राणी है, परन्तु ध्यान से विचार करें तो पाएँगे कि सामाजिकता केवल मनुष्य का ही गुण नहीं हैं, अन्य जीवों में भी यह गुण किसी सीमा तक देखा गया है, यथा- चींटी जैसे क्षुद्र जीव में श्रम विभाजन जैसा सामाजिक गुण देखा गया है। अत: मनुष्य का वह गुण जो अन्य जीवों में न मिले, कुछ और ही है, वह है- 'संस्कृति'। अत: यह कहना अधिक समीचीन होगा कि मनुष्य एक सांस्कृतिक प्राणी है। प्रसिद्ध मानव शास्त्री **यंग** एवं **मैक** संस्कृति को सीखा हुआ और साझे का व्यवहार (learned and showed behaviour) मानते हैं। इस तरह संस्कृति के दो तत्व हुए-सीखना तथा सीखे हुए को बाँटना। भाषा संस्कृति का सर्वाधिक महत्वपूर्ण गुण, तत्व एवं उपकरण है। विश्व में विभिन्न संस्कृतियाँ इसीलिए पायी जाती हैं कि उनमें भाषा की भिन्नता है। भाषा भिन्नता का लक्षण है, कारण नहीं। कारण तो देश एवं कालगत परिस्थिति है। इस प्रकार भाषा देश एवं काल से परिसीमित होती है, क्योंकि वह स्वयं संस्कृति का अंग है।''

भाषा और समाज अनन्योन्याश्रित संबंध रखते हैं अर्थात् भाषा के बिना समाज की कल्पना और समाज के बिना भाषा की कल्पना असंभव है। भाषा-विज्ञान की वह शाखा, जो समाज के साथ भाषा के विशिष्ट संबंध का निरूपण करती है, अत्यन्त महत्वपूर्ण विषय है। वस्तुत: आधारभूत संबंधों की तरफ यहीं विचार करना संभव है। समाज और भाषा के संबंध वस्तुत: भाषा-विज्ञान के प्रत्येक अंग का स्पर्श करते हैं। ध्वनि विज्ञान हो अथवा रूप-विज्ञान, वाक्य-विज्ञान हो अथवा अर्थ विज्ञान-सभी भाषा-विज्ञान से अर्थ-ग्रहण करते हैं। भाषा और समाज के संबंध वस्तुत: उन संबंधों को अभिव्यक्त करते हैं, जो मानव अपने अस्तित्व के लिए विशिष्ट परिस्थितियों में ग्रहण करते हैं या यह कहना अधिक समीचीन होगा कि विशिष्ट परिस्थितियों में जो अर्थ तत्व भाषिक स्वरूप ग्रहण करते हैं, उन्हे ही भाषा-विज्ञान में स्थान मिलता है, यथा-

**ध्वनि विज्ञान और समाज-** उच्चारण पद्धति किसी भाषिक समूह की विशिष्टता होती है। वस्तुत: एक परिनिष्ठित भाषा को अंगीकार कर चुके लोगों की उच्चारण पद्धतियों में जब भिन्नता होती है, तब उसका कारण उनकी उस बोली में होता है, जो मानकीकरण की प्रक्रिया में परिनिष्ठित भाषा की अंग हो चुकी होती हैं, यथा-संस्कृत भाषा में 'जगत' एवं 'जगद', 'रामात' एवं 'रामाद' उच्चारणों में 'तकार' एवं 'दकार' का भेद वस्तुत: उन बोलियों के कारण हैं, जिनमें विचार, श्वास एवं अघोष की प्रधानता के कारण 'तकार' का उच्चारण अधिक होता है, यथा-'रामात' वहीं 'दकार' के आग्रह का कारण उन बोलियों में छिपा है, जिनकी विशिष्टता संवार, नाद एवं घोष ध्वनियाँ हैं। **पाणिनि** ने उत्तर, दक्षिण, पूरब एवं पश्चिम दिशाओं का उल्लेख करके, विशिष्ट जनों की उच्चारण पद्धतियों का अध्ययन करके अपने व्याकरण में समाहित किया। मागधी प्राकृत में उच्चारण पद्धति में उच्चारण पद्धति वही नहीं होगी, जो शौरसेनी में है। संस्कृत नाटकों का एक प्रसिद्ध पात्र 'शकार' प्रसिद्ध है, जो तालव्य उच्चारण ही करता है। आज भी हम जानते हैं कि बंगला की जनता में 'स' की जगह 'श' स्वाभाविक है। ठीक वैसे ही भोजपुरी में 'श' की जगह 'स' दन्त्य ध्वनि स्वाभाविक है। उच्चारण की विशिष्टता उत्तर भारत की आर्य भाषाओं एवं दक्षिणं भारत की द्रविड़ भाषाओं में भी दिखती है। आज भी 'तमिल' जैसे प्रसिद्ध शब्द का उच्चारण, जो तमिलनाडु में सहज ढंग से मिलता है, वह अत्यन्त सावधानी बरतने पर भी उत्तर भारत में असंभव नहीं तो दुर्लभ अवश्य है। यह विषय इतना महत्वपूर्ण है कि उदाहरण के रूप में ऋगवेद के प्रथम मंत्र, - ''**अग्नि मीळे पुरोहितम्**'' के ळकार का उच्चारण दाक्षिणात्यों को छोड़कर अन्यजनों में नहीं सुनाई पड़ता।

वस्तुत: वैदिक साहित्य की यह अमूल्य निधि ''ऋक संहिता'' अनेक जनों की साझी संपदा है, जिनमें उच्चारण की भिन्नताएँ प्रचुर मात्रा में थीं। अत: यह कहा जा सकता है कि उच्चारण पद्धति स्थानीय विशेषता है, जो मानक संस्कृत भाषा की अंगभूत इकाई के रूप में अपनी विशिष्टताओं को सुरक्षित रख पाने में सफल रही। उच्चारण पद्धति सामाजिक व्यवहार के क्षेत्र में कभी-कभी हास-परिहास का कारण भी बनती है, यथा शौरसेनी प्राकृत क्षेत्र की आज की भाषाओं को प्राय: लट्ठमार भाषा की पदवी से विभूषित किया जाता है। यद्यपि हर भाषिक समूह अपनी भाषा की उच्चारण पद्धति को श्रेष्ठ समझता है। यदि एक ही शब्द को भिन्न भाषिक विशिष्टता के लोग उच्चारित करें तो उनकी पहचान स्पष्ट रहती है, यथा 'जय' के 'अकार' को बंगला भाषी गोलित उच्चारण पद्धति के कारण 'जॉय' उच्चरित करते हैं और कभी-कभी तो इसी विशिष्टता के कारण हिन्दी प्रदेश के 'भजन' शब्द के 'अकार' को गोलित करके 'भँजन'

उच्चरित कर हिन्दी भाषी को भ्रमित भी कर देते हैं। एक रोचक उदाहरण कुछ इस प्रकार का है, - प्रात: काल एक बंगला भाषी पड़ोसी ने अपने हिन्दी भाषी पड़ोसी को सादर निमंत्रित करते हुए कहा कि आज हमारे घर दोपहर में 'भँजन' का कार्यक्रम है। आप यदि पधारें तो हमें खुशी होगी। हिन्दी भाषी महोदय ने 'भजन' को 'भोजन' समझकर निमंत्रण स्वीकार किया और उस दिन के प्रात:कालीन अल्पाहार का परित्याग कर जब बंगलाभाषी मित्र के यहाँ पहुँचे तो 'भँजन' की जगह भूखे 'भजन' ही करना पड़ा। वस्तुत: सामाजिक विशिष्टता के कारण भाषिक इकाई अन्य इकाइयों की उच्चारण पद्धति को सहज पचा नहीं पाती और अपनी विशिष्टता को कायम रखकर ही सामाजिक संबंधों का निर्वाह करती है। यही कारण है कि अन्तर्राष्ट्रीय स्तर पर एक ही अंग्रेजी भाषा को अलग-अलग राष्ट्रीय जातियाँ भिन्न-भिन्न ढंग से उच्चरित करती हैं। राष्ट्रीय फलक पर भी एक ही हिन्दी को गैर हिन्दी भाषी अपनी-अपनी उच्चारण प्रकृति के कारण भिन्न रीति से उच्चारित करते हैं। इतना ही नहीं, यह तथ्य बोलियों पर भी लागू होता है, यथा-पूर्वी उत्तर प्रदेश से लेकर उत्तर बिहार तक फैला हुआ भोजपुरी प्रदेश की बोली भोजपुरी को भिन्न-भिन्न रीति से जनपदों एवं तहसीलों तक अलग-अलग स्वर पद्धतियों एवं बलाघातों से बोला जाता है। अत: मानक उच्चारण पद्धति जैसी परिघटना के बावजूद स्थानीय विशिष्टताएँ बनी रहती हैं। इस प्रकार समाज एवं भाषा के अन्त: संबंधों के कारण उच्चारण पद्धति के विभिन्न पक्षों का अध्ययन भाषा-विज्ञान के ध्वनि-विज्ञान के अंग का विषय है।

**रूप - विज्ञान और समाज-** भाषा - विज्ञान के अन्यतम अंग रूप-विज्ञान की दृष्टि से समाज और भाषा के संबंधों का अध्ययन महत्वपूर्ण है, क्योंकि भाषिक रूप की विशिष्टता उच्चारण की विशिष्टता की ही भाँति विविध होती है, यद्यपि मानक रूपों की स्थापना अपेक्षाकृत सरल होती है। बोलियों के स्तर से उठकर जब परिनिष्ठित भाषा के स्तर पर कोई भाषा जाती है, तो अनेक उपलब्ध वैकल्पिक रूपों में से कोई एक तो मानक होता है, शेष स्थानीय प्रयोग के रूप में बच जाते हैं। कभी-कभी तो बलवती भाषिक इकाईयाँ वैकल्पिक मानकों का भी दबाव देती हैं, जैसे- ''मघवत: या मघोन:'', ''भूँकते या भुनक्ति''। लिंग के क्षेत्र में भी वैकल्पिक रूप संस्कृत में उपलब्ध हैं, यथा- 'तट' शब्द तीनों ही लिंगों-'तट:, तटी, तटम्' में उपलब्ध है। वाणी के पर्याय 'वाक्' एवं 'वचस्'- क्रमश: स्त्रीलिंग एवं नपुंसक लिंग में व्यवहृत होते हैं, जो पूर्वत: एक ही शब्द के रूपान्तर हैं। हिन्दी में 'कर' धातु का भूतकालीन क्रिया रूप मानक रूप में तो 'किया' स्वीकृत है, परन्तु बोलचाल की भाषा में दिल्ली के आस-पास के उस क्षेत्र में-जहाँ से खड़ी बोली ने अपना विकास परिनिष्ठित भाषा के रूप में किया-'करा' के रूप में उपलब्ध है। यह आश्चर्य नहीं कि यदि इस रूप का शिष्ट जनों के बीच समादर होता रहा तो यह वैकल्पिक मानक रूप भी हो सकता है। कर्मवाच्य, क्रिया रूपों यथा, - 'दिखना' एवं 'दीखना' में भी रूपों का वैकल्पिक विधान स्वीकृत हो चुका है। भोजपुरी, अवधी, मगही आदि हिन्दी की बोलियों के क्षेत्र में जो हिन्दी प्रचलित है, उसमें यह प्रवृत्ति देखी जाती है कि क्रिया रूपों में भूतकाल अभिव्यक्ति के लिए प्राय: कर्ता कारक वाच्य होता है, न कि कर्म कारक। यद्यपि यह मानक तो नहीं है, फिर भी इसका दबाव अवश्य है, यथा-''आप यह पुस्तक पढ़ें हैं''। यहाँ 'पढ़े' रूप की वाच्यता कर्ता कारक 'आप' की है, न कि कर्म कारक 'पुस्तक' की। व्याकरण के चश्मे से यह अशुद्ध भले हो, लेकिन स्थानीय बोलियों के प्रभाव में चल रहे इन क्रिया रूपों का दबाव यदि वैकल्पिक विधान का रूप ले ले तो आश्चर्य नहीं। भोजपुरी आदि क्षेत्रों में कर्ता कारक से 'ने' विभक्ति का प्रचलन स्वाभाविक नहीं है। यही कारण है कि क्रिया रूपों में कर्म की वाच्यता नहीं दिखती। पश्चिमी उत्तर प्रदेश से लेकर दिल्ली, हरियाणा तथा पंजाब की हिन्दी में कर्ता कारक में 'ने' का प्रयोग स्वाभाविक रूप से मिलता है। वस्तुत: वहाँ की बोलियों के प्रभाव में हिन्दी ने 'ने' का मानक प्रयोग स्वीकृत किया। रूप - विज्ञान के सन्दर्भ में मानकीकरण का दिलचस्प तथ्य यह है कि राजनीति हो अथवा क्रिया शीलता का कोई क्षेत्र-स्थानीय भाषिक रूप जितना ही प्रभावकारी होगा, उसके द्वारा व्यवहृत रूप कालान्तर में मानक के रूप में समादृत होते हैं। उदाहरण ज्वलंत है। खड़ी बोली का ही विकास परिनिष्ठित हिन्दी में हुआ, क्योंकि खड़ी बोली के भाषिक रूप आगरा, दिल्ली आदि क्षेत्रों से लेकर संपूर्ण उत्तर भारत पर अपना प्रभाव स्थापित करने में सफल हो सके थे। अन्य स्थानीय बोलियाँ मात्र दबाव दे सकती हैं। स्वीकृति भविष्य के गर्भ में है। कभी-कभी तो विशुद्ध साहित्यिक क्षेत्र में स्थानीय बोलियों के रूप परिनिष्ठित भाषा के क्षेत्र में समादृत हो जाते हैं, यथा- अमीर खुसरो से लेकर आज के फिल्मी गीतों में संज्ञा रूपों से 'वा' प्रत्यय लगना भोजपुरी क्षेत्र की देन है, यथा- ''तोहरा से लागी ना रे बलमुआ'', ''हमरी ना मानो रंगरेजवा से पूछो'', जैसे ''अमवा के मोजरा से रसे चुवैला'' आदि। इसी प्रकार राजनीतिक क्षेत्र में प्रभावकारी शक्तियाँ यथा-विश्व हिन्दू परिषद, ने 'कार' सेवा जैसा शब्द प्रचलित किया, जो मूलत: पंजाबी भाषा का विशेष रूप से सिक्ख सम्प्रदाय का है। अयोध्या के मंदिर आन्दोलन के सन्दर्भ में शक्तिशाली अभिकरणों द्वारा संप्रेषित होकर यह शब्द मानक रूप में समादृत हो सका। इसी प्रकार पंजाबी का ही 'तनखइया' तथा 'छद्मधर्मनिरपेक्षता' आदि शब्दों को भी समझा जा सकता है। सारांश यह है कि किसी भाषा में रूपों का विकास एवं अन्यत्र रूप उनका ग्रहण मूलत: सांस्कृतिक गतिविधियों के क्षेत्र में होने वाली परिघटना है, जो भिन्न जनों के बीच आदान-प्रदान की प्रक्रिया से समृद्ध होती है।

**वाक्य-विज्ञान और समाज-** वाक्य-गठन, भाषा-विज्ञान का अत्यन्त महत्वपूर्ण विषय है, जो सामाजिक क्षेत्र में भिन्न-भिन्न भाषिक समूहों की अन्त: क्रिया के फलस्वरूप मानक रूप ग्रहण करता है। अन्तर्राष्ट्रीय स्तर पर परिनिष्ठित भाषा अथवा अंग्रेजी में अभिजन की संपर्कभाषा (Lingua Franka) के रूप में आज अंग्रेजी भाषा सर्वोपरि समादृत है। यह भाषा वाक्य-गठन की दृष्टि से विभक्ति प्रधान न होकर स्थान प्रधान है।यहाँ यदि वाक्य-गठन में कारकों के स्थान बदल दिए जॉय तो अर्थ के अनर्थ होने का खतरा होता है, यथा- "Ram beats Shyam" में यदि राम एवं श्याम के स्थान बदल दिए जॉय तो कर्ताकारक एवं कर्मकारक में परिवर्तन हो जाएगा, परन्तु यही बात संस्कृत पर लागू नहीं होती, जो विभक्ति प्रधान है। यहाँ तो कारकों की सूचक विभक्तियाँ अर्थ-संप्रेषण करती हैं, वाक्य में वे कहीं भी हों। यह तो भाषाओं की आन्तरिक संरचना का विषय है, परन्तु संरचनाएँ भी तो देश एवं काल के अनुसार बदलती रहती हैं। किसी भाषा का व्याकरण स्थिर नहीं रहता, यथा-वैदिक संस्कृत का व्याकरण लौकिक संस्कृत के व्याकरण से सर्वथा भिन्न है। संस्कृत के अतिरिक्त किसी भी प्राचीन भाषा का यही इतिहास है। हिन्दी उत्तरोत्तर निखार पाती हुई यदि डेढ़-दो शताब्दी पूर्व व्यवहृत होने वाले वाक्यों की दृष्टि से देखी जाय तो बहुत बड़ा अन्तर दिखता है। दयानन्द सरस्वती ने "सत्यार्थ प्रकाश" में जिस हिन्दी का प्रयोग किया, वह आज की हिन्दी से भिन्न है, फिर भी चूँकि भाषा एक है, इसलिए निरंतरता के कुछ बिन्दु होते ही हैं। वाक्य-विज्ञान का अध्ययन समाज के संदर्भ में जब होता है, तब शास्त्रीयता कम-ऐतिहासिकता पर बल अधिक होता है। आज हिन्दी वाक्यों में अंग्रेजी भाषा का कितना प्रभाव है, यह किसी से छिपा नहीं है। अंग्रेजी से प्रभावित वाक्य-संरचना का मानकीकरण भले न हुआ हो, लेकिन अभिजन की बोल चाल में जो हिन्दी वाक्य आते हैं, उसमें 'वस्तुत:' की जगह 'Actuallyया Really' अथवा 'प्रिय' की जगह ' My dear' का प्रयोग हो या क्रिया पदों में Please या Do't mind जैसे वाक्यांशों का हिन्दी वाक्यों में धड़ल्ले से प्रयोग पश्चिमीकरण की प्रक्रिया का प्रभाव द्योतित करते हैं। यह परिघटना कुछ वैसी ही है, जैसे हिन्दुस्तानी अथवा कर्नाटक संगीत के साथ 'पॉप' म्यूजिक का संकरण। यह परिघटना कोई नयी नहीं है। हिन्दी के एक वैकल्पिक रूप 'उर्दू' में क्रमश: अरबी और फारसी शब्दों एवं वाक्यांशों का प्रयोग कभी प्रचुर मात्रा में शुरू होकर आज स्थिर हो गया है। मात्रभूमि के लिए 'मादरेवतन' का प्रयोग विशुद्ध फारसी प्रभाव है। वैदिक साहित्य में विभिन्न जनों की बोलियों का परस्पर आदान-प्रदान इतना हुआ कि लौकिक संस्कृत के रूप में मानकीकृत भाषा का व्याकरण पाणिनि जैसे लोगों ने जब रचा तो वाक्य-विन्यासों में वैकल्पिक रूपों को स्थान दिया यथा- "माँग कर लौटाना" में दो संस्कृत वाक्य मानक हैं। प्रथम- "**अपमित्य याचते**" तथा द्वितीय "**याचित्वा अपमयते**'। इन प्रयोगों के लिए पाणिनि ने अष्टाध्यायी में एक सूत्र दिया, - "**उदीचां मांङो व्यतिहारे**"। इस सूत्र में "उदीचां" का अर्थ है-उत्तर के लोगों का। पाणिनि ने इसी प्रकार पूरब के लोगों का, दक्षिण के लोगों का तथा पश्चिम के लोगों का वैशिष्ट्य ध्यान में रखते हुए उनके वाक्य-प्रयोगों का वैकल्पिक विधान स्वीकृत किया। यह तथ्य उस भाषा पर अब भी लागू होता है, जो विभिन्न भाषिक इकाइयों के क्षेत्र में प्रसार करती हुई उनके जीवन के हर क्षेत्र में व्याप्त हो जाती हैं। भारत में कश्मीर से लेकर कन्याकुमारी तक अभिजन तो संस्कृत बोलते थे, वह मानकीकरण की दृष्टि से भिन्न-भिन्न वाक्य-गठन वाली होती थी। आज अंग्रेजी की भी वही दशा है। भारत में जो अंग्रेजी अभिजन बोलते हैं, उसे अपना विशिष्ट रूप प्राप्त हो चुका है। हाल ही में कुछ साहित्यकारों-**वी. एस. नायपॉल** तथा **अरुन्धती राय** आदि की-रचनाओं को जो अन्तर्राष्ट्रीय स्वीकृति मिली है, उनकी भाषा अमेरिका, इग्लैण्ड और आस्ट्रेलिया वाली भाषा से कुछ भिन्न है। यह रूप और अर्थ-दोनों की दृष्टि से भिन्न तो है ही, वाक्य-गठन भी स्थानीय है। भारतीय उपमहाद्वीप में बोली जाने वाली अंग्रेजी को 'हिन्द लिश' या 'हिंग्लिश' शब्द से अभिहित किया जाने लगा है। वाक्य-विन्यास का कोई अन्तिम रूप संभव नहीं, क्योंकि भाषा ठहरा पानी नहीं होती, उसे व्याकरण बाँध नहीं सकता। अजस्त्र प्रवाह वाली भाषा का कोई वाक्य-विन्यास "वीची तरंग न्यास" से चलता है। जब जैसी हवा चलती है, तरंगें अपना स्वरूप बदल देती हैं। अत: यह संपूर्ण घटना समाज सापेक्ष है। लोक व्यवहार के फलक पर जो कुछ भी वाक्य रूप देश और काल की हवा संपन्न करती है, वही भाषा में स्वीकृत होता है।

**अर्थ-विज्ञान और समाज-** अर्थ- विज्ञान के क्षेत्र में समाज और भाषा के संबंधों का अध्ययन सर्वाधिक संवेदनशील है, क्योंकि अर्थ ही वह तत्व है, जिसके संप्रेषण के लिए भाषा जैसा उपकरण विकसित हुआ है। अर्थों की समृद्धि और सूक्ष्मता के अनुसार ही भाषिक उपकरणों का तराश एवं जटिलता हुआ करती है। अर्थ मूलत: मनोव्यापार की वस्तु है। भाषा उस अखण्ड संस्कृति का भौतिक रूप है जिसकी सूक्ष्म एवं आध्यात्मिक संरचना कोई जाति परंपर्या विकसित करती है। भारत में ही नहीं, विश्व के किसी भी देश में जातीय विशेषता के कारण कोई अर्थ यदि कहीं नहीं होता, तो उसके वाचक शब्द भी नहीं मिलते, यथा-भारत में 'कन्यादान' शब्द का अर्थ यूरोप के किसी देश में बोली जाने वाली भाषा में अनुपलब्ध होगा, क्योंकि कन्यादान एक मूल्य है, जो भारतीय संस्कृति में ही अस्तित्व रखता है। वस्तुत: इस दृष्टि से एक भाषा का दूसरी भाषा में अनुवाद असंभव कल्पना है, क्योंकि अर्थ भावजगत की वस्तु है। एक छोटा उदाहरण इस तथ्य को उजागर कर देता है। संस्कृत में या हिन्दी में 'चन्द्रमा' के अनेक पर्याय हैं, यथा- हिमांशु, सुधांशु,

रजनीकर, निशापति, मृगांक, प्रभृति। पर, ये पर्याय महज कहने भर को हैं, क्योंकि एक तो अर्थ की दृष्टि से ये अनूठे हैं, दूसरे-हर पर्याय अर्थ के एक अंश को छूता है, दूसरे को नहीं। अंग्रेजी में Moon इनका एक मात्र अनुवाद उपलब्ध है, जो स्थूल पिण्ड एवं अर्थ को संकेतित करता है, परन्तु उसके सूक्ष्म अर्थ तत्वों को छूता तक नहीं। इसी प्रकार जिन देशों में मानवीय संबंधों के विशिष्ट रूप स्थानीय संस्कृति के अंग हों, भिन्न संस्कृतियों में उनके वाचक नहीं मिलते। हिन्दी में 'चाचा', 'मामा', 'फूफा', 'मौसी', 'बुआ', आदि पृथक शब्द हैं। अंग्रेजी में इनका अनुवाद करते समय कठिनाई होती है, फिर भी 'मामा' के लिए 'Materanal uncle' शब्द समूह से काम चलाया जाता है। साल में 'भैयादूज' या 'पितृपक्ष' शब्दों का प्रयोग जितना सहज भारत में है, अर्थत: उतना ही कठिन भिन्न संस्कृतियों - इस्लाम, इसाईयत आदि में होगा। इतना ही नहीं, विशुद्ध भौतिक क्षेत्रों में जिन अर्थों का प्रयोग भौगोलिक कारणों से सीमित है, उनके शब्द अन्य क्षेत्रों में नहीं मिलते, यथा- जहाँ 'ताड़' या 'खजूर' के पेड़ नहीं मिलतें, वहाँ 'लबनी' शब्द से वाच्य अर्थ का अनस्तित्व होने के कारण पर्याय भी नहीं मिलेगा। जहाँ गन्ना नहीं होता, वहाँ 'लवाही-पोराही' शब्दों के अर्थ का अनस्तित्व होने के कारण पर्यायों का भी मिलना असंभव है। संक्षेप में, मनुष्य की भावलोक की संपूर्ण संपदा, इच्छाएँ, ज्ञानराशि एवं सुख-दुख आदि के अनन्त अर्थ तत्व मूलत: किसी भाषा के बोलने वालों की सांस्कृतिक विशेषता होती है। चूँकि भाषा सांस्कृतिक तत्व है, इसलिए वह इन अर्थों की वाहिका होती है। यही कारण है कि भाषा एवं समाज के संबंध के निरूपण में अर्थ-विज्ञान जन-गण की संस्कृति को ध्यान में रखकर ही विचार करता है। यहाँ कोई सामान्यीकरण आसान नहीं, मानवीकरण तो कदापि नहीं। यह भाषिक समुदाय की निजता का प्रश्न है। अत: जब हम भाषा की अस्मिता का प्रश्न उठाते हैं, तो वस्तुत: वह अर्थ की दृष्टि से सांस्कृतिक प्रश्न होता है, क्योंकि अर्थ के लिए ही भाषा समर्पित होती है, उसका अपने में कोई अर्थ नहीं।

किसी जाति की आन्तरिक सांस्कृतिक यात्रा के टकरावों एवं मेल-मिलाप का प्रभाव अर्थ-क्षेत्र पर भी पड़ता है, तदनुरूप उनके वाचकों की शब्द-संपदा उस भाषा के द्वारा स्वीकृत होते हैं, यथा-बौद्ध धर्म तथा वैदिक धर्म के टकराव के कारण कालान्तर में 'बुद्ध' का 'बुद्धू', अशोक की उपाधि ''देवानां प्रिय'' का 'मूर्ख', कबीर का 'कबीरा' (होली के अवसर पर गाया जाने वाला गीत), जोगी को 'जोगीरा' आदि इस तथ्य के द्योतक हैं कि भाषा और समाज के अन्त:संबंधों के मूल में सांस्कृतिक विकास की धाराओं में-वैमनस्य-सौमनस्य, संघटन-विघटन, स्वीकार-अस्वीकार एवं अंगीकार-जैसी क्रियाओं के परिणाम स्वरूप अर्थ तत्व उभरते हैं, जिनके वाचकों के आने से भाषा समृद्ध होती है।

## साहित्य के अध्ययन में भाषा-विज्ञान के अंगों की उपयोगिता

**भाषा -वैज्ञानिक पद्धति का साहित्य पर प्रभाव-** परंपरागत साहित्य चिन्तन में प्राय: वे ही विचारणीय बिन्दु रहे हैं, जो भाषा -विज्ञान में प्रसिद्ध हैं, यथा उच्चारण, पद, साधुत्व, अर्थ-विज्ञान, पदों का वाक्य में स्थान एवं शब्दों के विविध अर्थों का निश्चय, परन्तु परंपरागत चिंतन का आधार या तो मिथकीय रहा है अथवा विशुद्ध तात्विक। वैज्ञानिक पद्धति अनुभवाश्रित होती है, वह भाषा को ऐतिहासिक दृष्टि से देखती है। वस्तु की तरह भाषा को नित्य परिर्वतन एवं अन्त: संबन्धों के भीतर रखकर देखा जाता है। परंपरागत साहित्य चिन्तन में तर्क शास्त्रीय पद्धतिकारण से कार्य की तरह या सामान्य से विशेष की तरफ होती रही है जिसे अंग्रेजी में Aproiori reasonig कहते हैं।। वैज्ञानिक पद्धति इससे सर्वथा भिन्न होती है। इसमें तर्क पद्धति परिणाम या कार्य से हेतु या कारण की तरफ होती है। विशेष से सामान्य की तरफ गति होना भी इसका लक्षण है। तर्क शास्त्रीय दृष्टि से इस पद्धति को Aposteriori reasoning कहते हैं। इस संदर्भ में परंपरा और आधुनिकता का दृष्टिभेद इस बिन्दु पर भी उभरता है कि परंपरागत साहित्य चिन्तन की मान्यता में आत्यान्तिकता (Absulteness) तथा निश्चयात्मकता (Certintive) पर आग्रह होता है, जब कि आधुनिक दृष्टि (भाषा विज्ञान) में आग्रह सापेक्षता (Relativety) तथा संभाव्यतता (Probaobility) पर होता है। दृष्टि का यह भेद साहित्य के प्रति परंपरागत मनोभाव और आधुनिक मनोभाव का कितना अन्तर उपस्थित करता है, यह संस्कृत, प्राकृतों और आधुनिक बोलियों के अन्त: संबंधों की समझ में परिलक्षित होता है। परंपरा के अनुसार देव भाषा संस्कृत मौलिक भाषा है। वह जननी है। प्राकृत स्थान भेद से चाहे जो भी हो, संस्कृत से उत्पन्न होकर अभी भी उस मूल से बधे हुए हैं। आधुनिक बोलियां प्राकृतों की अगली पीढ़ियाँ है, जो आदिमाता संस्कृत से जुड़ी हुई हैं। परंपरागत मान्यता में संस्कृत कारण है, जिससे प्राकृत एवं बोलियों की कार्य शृंखला बनती है और यह कार्य कारण संबंध देश एवं काल से निरपेक्ष एवं सनातन सत्य है. परन्तु आधुनिक दृष्टि के अनुसार भाषा विज्ञान की मान्यता है कि बोलियों से क्रमश: परिनिष्ठित भाषा का विकास होता है। उनमें परस्पर प्रभाव की गुंजाइश होती है। मानकीकरण कभी स्थायी नहीं होता। अनन्त प्रवाह की प्रकृति वाली भाषा में अनेक उपधाराएँ मिली होती हैं और गंगोत्री से गंगासागर तक की यात्रा में गंगा के प्रति परंपरागत और आधुनिक दृष्टि की तरह भाषा के प्रति दृष्टि भी पृथक-पृथक होती है। आधुनिक दृष्टि यहाँ यह स्पष्ट करती है कि अनेक प्राकृतों में से किसी जन के (संभवत: कुरुजन) की प्राकृत परिनिष्ठित होकर संस्कृत के रूप में प्रतिष्ठित हुई, जिसने अपने सुदीर्घ अभियान में

अनेक प्राकृतों को अंशत: अथवा सर्वश: आत्मसात् किया। प्राकृतों ने उस पर प्रभाव डाले और उसने प्राकृतों पर, फिर भी संस्कृत और प्राकृत का द्वैतवाद बना रहा। प्रवाह जारी है। संभाव्यता और सापेक्षता जीवंतता का प्रभाव है।

भाषा विज्ञान की इस दृष्टि का प्रभाव आधुनिक भाषाओं के चिंतन पर देखा जा सकता है। प्रयोगों के स्तर पर रचनात्मकता (Creativity) इस लिए संभव हो पाई, क्योंकि परंपरागत दृष्टिकोण जाता रहा। अब तो मानक भाषा एवं स्थानीय बोलियों का शांतिपूर्ण सह अस्तित्व जैसा भी संभव है, जैसे हिन्दी की एक बोली भोजपुरी है। अपने संपूर्ण रचनात्मक वैभव के साथ मानक भाषा हिन्दी के साथ सम्मानजनक स्थिति रखती है। संक्षेप में यह कहा जा सकता है कि भाषा के प्रति इस दृष्टिकोण का प्रभाव कुछ उसी तरह का है, जो समाज के प्रति पारंपरिक मान्यताओं के विरुद्ध आधुनिक मान्यताओं का है। परिणामत: अब कोई राजतंत्र की वकालत नहीं करता, क्योंकि लोकतंत्र समादृत है। साहित्य चिंतन में अब भाषा विज्ञान का प्रभाव इतना दूर तक है कि अन्यभाषाओं के साथ सचेतन रूप से संबंधनिरूपित किया जाता है। मानकीकरण में उसका सहयोग लिया जाता है और इस प्रकार एक व्यापक फलक पर भाषिक एकीकरण एवं स्थानीय विशेषता दोनों संभव हुई।

## भाषा विज्ञान के अंगों का साहित्य के अध्ययन में दाय

**1. ध्वनि विज्ञान की दृष्टि से साहित्य अध्ययन -** हर भाषा प्रकृति से चूँकि व्यवहार से बंधी होती है, इसलिए उसके उच्चारण का अलग से अध्ययन बेमानी होता है।, परन्तु जब कोई भाषा अपने मौलिक भाषिक क्षेत्र का अतिक्रमण करके अन्य भाषिक क्षेत्रों में विस्तार करती है तो उच्चारण पद्धतियों में विविधता के चलते अराजकता सी आती है। ऐसी दशा में उच्चारण के मानकीकरण की आवश्यकता पड़ती है। भाषा - वैज्ञानिक दृष्टि से हर भाषा को ध्वनि की दृष्टि से सूक्ष्मतम इकाइयों में विभक्त किया जा सकता है, ताकि इकाइयों के समवाय भूत उच्चारित शब्दों को ठीक-ठीक अनुशासन दिया जा सके। परंपरागत रूप से यह कार्य व्याकरण शास्त्र में होता रहा है, परन्तु व्याकरण शास्त्र में निरूपित वर्ण समाम्नाय वेदान्त के ब्रह्म की तरह कूटस्थ नित्य माने जाते हैं। उनमें विकार की कल्पना नहीं की जा सकती, यथा संस्कृतवर्ण समाम्नाय की दृष्टि से 'ऋ' एवं 'लृ' स्वर हैं अर्थात् इनके उच्चारण में व्यंजन का लेस मात्र सहयोग संभव नहीं। व्यंजनों में मूर्धन्य ध्वनि 'ष' व्याकरण में यथावत मान्यता प्राप्त है, परन्तु व्यवहार में उसकी मूर्धन्यता प्रमाणित नहीं है। भाषा वैज्ञानिक दृष्टि से 'लृ' 'ऋ' स्वरों एवं मूर्धन्य व्यंजन 'ष' ध्वनि ह्रास नियम के अन्तर्गत उसी तरह उच्छिन्न हो गए हैं, जैसे जीव-जगत में डायनासोर आदि, परन्तु डाइनासोर के कंकाल उपलब्ध हैं, यहाँ भी उन ध्वनियों की लिपियाँ सुरक्षित हैं, जो संकेत करती हैं कि इन ध्वनियों का कभी अस्तित्व था। अब आधुनिक वर्ण समाम्नाय, जहाँ तक भाषा-विज्ञान से प्रभावित है, वह उच्चरित ध्वनि इकाइयों को ही वर्ण माला में स्थान देने का समर्थन करता है न कि उच्छिन्न (extinct) ध्वनियों का। एक दिलचस्प उदाहरण हिन्दी की बोली भोजपुरी और बंगला का है। दोनों ही भाषाओं के अभिजन संस्कृत वर्ण समाम्नाय के पक्षपाती हैं। भोजपुरी में तालव्य 'शकार' का अस्तित्व नहीं है और बंगला में 'सकार' का अस्तित्व नहीं है। ठेठ भोजपुरी में 'शंकर' को 'संकर' उच्चरित किया जाता है और बंगला में 'संकर' को 'शंकर', परन्तु वर्ण सामाम्नाय यदि परंपरावादी है तो भोजपुरी में तालव्य का और बंगला में दन्त्य का आग्रह बना रहेगा, परन्तु आधुनिकता का दबाव इतना है कि पढ़ालिखा भोजपुरी भाषी 'शंकर' बोलता है और पढ़ा लिखा बंगाली भी प्रयास करके संकर को 'शंकर' ही उच्चरित करेगा।

मानकीकरण की प्रक्रिया में स्थानीय बोलियोंका प्रभाव उत्तरोत्तर क्षीण होता है, क्योंकि उच्चारण की अराजकता मानकीकरण को अवरुद्ध करती है। कभी-कभी तो स्थानीय उच्चारण में स्थानीयता, परन्तु लिखित भाषा में यथेष्ठ मानकीरण का निर्वाह किया जाता है, जैसे 'विद्यालय' को उच्चरित बंगला में 'विद्दालय' कहते हैं, परन्तु लिखित रूप में 'विद्यालय'। यही स्थिति 'आत्मा' और 'लक्ष्मी' शब्दों की है। अन्तर्राष्ट्रीय स्तर पर अमेरिकन और ब्रिटिश अंग्रेजी के उच्चारण पद्धतियों का वैशिष्ट्य स्वीकार किया जाता है। ब्रिटिश परंपरावादी हैं। वह उच्चरित भाषा में 'कलर' (में 'U' का उच्चारण नहीं करता, परन्तु लिखित भाषा में 'U' का उच्चारण बनाए रखता है। इधर, अमेरिकी परंपरा के संस्कार से मुक्त हैं। वे लिखित और उच्चरित की दूरी को पाटना चाहते हैं, अत: वे लिखित अंग्रेजी में 'U' में का प्रयोग नहीं करते। यह तथ्य ध्वनि-शास्त्रीय दृष्टि से इतना महत्वपूर्ण है कि यदि क्रमश: आधुनिकता का नेतृत्त्व अमेरिकी अंग्रेजी का उत्तरोत्तर प्रबलतर होता रहा तो अंग्रेजी भाषा में वर्तनी की अराजकता का संभवत: कोई स्थायी निदान हो सके, क्योंकि अंग्रेजी में वर्तनी की समस्या वस्तुत: ध्वनि शास्त्र में परंपरा का दबाव है। एक और रोचक उदाहरण भारोपीय भाषा परिवार का 'अष्ट' (संस्कृत) एवं Eight (अंग्रेजी) का है। अंग्रेजी में उच्चरित ध्वनियाँ 'इ' एवं 'ट' परन्तु 'igh' को परंपरा के आग्रह से लिखित अंग्रेजी में सुरक्षित रखा जाता है। संस्कृत के अष्ट में मूर्धन्य ध्वनि 'ष' के स्थान पर उच्चरित भाषा में कहीं दन्त्य 'स' और कहीं तालव्य 'श' ध्वनियाँ बोली जाती हैं, परन्तु लिखित भाषा में मूर्धन्य का अस्तित्व है। इस मूर्धन्य ध्वनि का समकक्ष अंग्रेजी का 'gh' है परन्तु 'gh' में 'g' और 'h'- दोनों पृथक - पृथक स्वनिम हैं। इनमें कोई मूर्धन्य नहीं परन्तु संस्कृत में मूर्धन्य का अस्तित्व लिपि के ही रूप में सही

दर्शाया जाता है। अंग्रेजी और संस्कृत दोनों में ही मूर्धन्य ध्वनि मूल में है, परन्तु स्वनिम की दृष्टि से उच्चरित वर्ण समाम्नाय में इन ध्वनियोंका ह्रास हो गया है।

ध्वनि विज्ञान की दृष्टि से भाषाओं की ध्वनि इकाइयों का पुनरीक्षण एवं संकलन नए सिरे से होने लगा है। यदि हिन्दी वर्ण माला में आने वाले समय में परंपरागत वर्णमाला से कुछ वर्णच्युत हों तो कोई आश्चर्य नहीं। यह भाषा विज्ञान के विशिष्ट अंग ध्वनि विज्ञान का भाषागत प्रभाव एवं सचेतन उपयोग है।

**2. रूपविज्ञान की दृष्टि से साहित्य का अध्ययन-** ध्वनि इकाइयों के समवाय शब्दों के मानक रूप वाक्य में संग्रहीत होते हैं, परन्तु ध्वनि इकाइयों से वह रूप बनते हैं अथवा रूपों को व्यवस्थित करने के लिए ध्वनि इकाइयाँ कल्पित की जाती हैं। यह आधुनिक एवं परंपरागत दृष्टियों का भेद हो सकता है। परंपरा कहती है कि वर्णों से पद बनते हैं। भाषा विज्ञान ने यह खोज की है कि पद अविभाज्य ही होते हैं, रही बात वर्णों की, तो ये पदों के यथेष्ट अनुशासन की दृष्टि से कल्पित हैं, अन्यथा पदों से पृथक ध्वनि इकाइयोंका अस्तित्व कहाँ? विश्व में किसी-न-किसी रूप में वाक्य के अवयव भूत रूपों एवं पदों की कल्पना है। भाषिक परिवारों की विशिष्टताओं के बावजूद भाषा विज्ञानमें रूपिम (पदिम-Morpheme) की अवधारणा स्थापित है। यहाँ यह कहना महत्वपूर्ण होगा कि रूप या पद परंपस से स्थायी स्वरूप वाले माने जाते हैं, जबकि भाषा विज्ञान की दृष्टि से रूपिम का स्थायित्व सापेक्ष ही होता है। सर्वाधिक स्थायित्व का आग्रह सर्वनाम पदों में बताया जाता है, परन्तु अंग्रेजी अथवा हिन्दी के सर्वनाम पदों पर ध्यान दिया जाय तो अंग्रेजी के 'Thou' अथवा 'you' तथा संस्कृत के 'त्वम्' और हिन्दी के 'तुम' की विकास यात्रा सुदीर्घ रही है। यही नहीं यदि मानक पदों के साथ-साथ मान्यता के लिए जद्दोजहद करते हुए स्थानीय पदों पर ध्यान दें तो यह बात और अधिक स्पष्ट होती है जैसे हिन्दी की धातु 'कर' से भूत कालीन क्रियापद 'किया' और 'करा' उपलब्ध हैं। इनमें से 'किया' मानक है, परन्तु खड़ी बोली के उसी क्षेत्र में प्रचलित रूप 'करा' कब वैकल्पिक रूप बन जाय, कहा नहीं जा सकता। संस्कृत में वैकल्पिक रूप प्रचुर मात्रा में उपलब्ध हैं। संज्ञा और सर्वनाम दोनों ही रूपों में यथा 'वह' एवं 'युष्माकं', नः अथवा 'अस्माकं' में अथवा 'मह्यम्' सर्वनाम रूप साथ-साथ चलते हैं, तो संज्ञा रूपों 'मघोनः' और 'मघवतः' भी साथ-साथ चलते हैं। 'माता पितरौ' कहें या केवल पितरौ कोई अन्तर नहीं पड़ता क्योंकि मानकीकरण में वैकल्पिक रूपिम उपलब्ध हैं, क्योंकि कभी -कभी तो प्रकृति प्रत्यय एवं समासगत रूपिम के उदाहरण रोचक मिलते हैं, जैसे 'तिरुपति' में पूर्वपद द्रविड़ भाषा का है तो 'पति' संस्कृत का। प्रत्यय के क्षेत्र में उर्दू के शब्द 'समाजी' में लगा 'ई' संस्कृत' अथवा हिन्दी के 'सामाजिक' के इक' का समकक्ष है। उर्दू ने संस्कृत की प्रकृति से अपना प्रत्यय लगाया है। भाषा वैज्ञानिक दृष्टि से यह भाषिक अन्तरावलंबन के क्षेत्र में रूपिम का श्रेष्ठ उदाहरण है। यही नहीं, रूप भी कभी-कभी अजीबोगरीब लगते हैं, परन्तु होते हैं एक। जैसे 'कंदर्प एवं 'गधर्व' ये दोनों ही रूप भाषा वैज्ञानिक दृष्टि से एक हैं, परन्तु भिन्न-भिन्न ध्वनि समूहों की प्रणालियों में उच्चरित होने के कारण रूपिम वस्तुतः वाक्य में अन्वित शब्द का न्यूनतम तत्त्व के रूप में समादृत है। अतः वह उस अंश में सार्थक उच्चारण होता है जैसे अंग्रेजी के coming में लगा 'ing' सार्थक उच्चारण होने के कारण अपना अलग अस्तित्व रखता है। संस्कृत भाषा के सुबन्त, तिङन्त, कृदन्त, तद्धितान्त एवं समास ऐसे भाषिक तत्व हैं, जिनमें एक से अधिक रूपिमों से बने वृहत्तर रूपिम दृष्टव्य हैं यथा 'विष्णु' का पर्याय 'पीताम्बर एक वृहत्तर रूपिम है, जो 'पीत' एवं 'अंबर' रूपिमों से बना है। भाषा विज्ञान के अंग के रूप में रूप विज्ञान का अध्ययन करके कभी-कभी रचनात्मक प्रयोग किए जाते हैं, यथा छायावादी कवि जय शंकर प्रसाद द्वारा 'कमली' का प्रयोग। परंपरागत शब्द राशि में 'कमल' के स्त्री लिंग के रूप में 'कमलिनी' उपलब्ध था, जिसके दो अर्थ होते हैं, एक -कमल पुष्प समूह और दूसरा 'सनाल कमल पुष्प' । 'कमली' में 'कमल' के स्त्रीत्व मात्र का द्योतन कराने के लिए 'इ' प्रत्यय लगाया गया है, जिस प्रकार - गोप से गोपी होता है, वैसे ही कमल से 'कमली' क्यों न हो? यह भाषा वैज्ञानिक सादृश्य नियम (Anology) के आधार पर किया गया रूपिम प्रयोग है। ऐसे प्रयोग भाषा में अभिवृद्धि करते हैं, जड़ता को तोड़ते हैं, अन्यथा बंधे जल की तरह भाषा भी विकृत हो जाती है। भाषा विज्ञान का जाने अनजाने प्रयोग यदि मानकी करण में व्यवधान भी बने तो स्वागत योग्य है क्योंकि कोई मानक शास्त्र की तरह वास्तविक प्रयोगों का अनुगामी होता है, कर्ता, धर्ता और संहर्ता नहीं, यही कारण है कि प्रयोक्ता, वरेण्य होता है, शास्त्रकार मात्र उसके प्रयोग को मानक मानकर अनुशासन करने वाला। इस दृष्टि से व्यास, वाल्मीकि एवं कालीदास जैसे महा रचनाकार भाषा के प्राणदायक होते हैं, इनके ही प्रयोग शब्द राशियों में रूपिम का आकार ग्रहण करके मानक बन जाते हैं। व्याकरण इन्हीं की शिक्षा देता है। अब नए रूपिमों का नया व्याकरण होना चाहिए और यह व्याकरण भाषा विज्ञान का अनुगामी होगा, न कि स्वायत्त। यह रूप-विज्ञान की मर्यादा के सर्वथा अनुकूल है।

**3. वाक्य-विज्ञान की दृष्टि से साहित्य का अध्ययन -** पदों से वाक्य बनते हैं, यह सहज बोध परम्परागत है परन्तु वाक्य तो अर्थ-सम्प्रेषण की दृष्टि से अखंड होता है। वह पदों का योग कैसे हो सकता है? परंपरागत व्याकरण शास्त्र यथा-पाणिनि व्याकरण वाक्य की परिभाषा करता है- ''एक तिङ वाक्यम् अर्थात्'' वाक्य वह पद समूह है जिसमें कम - से - कम एक तिङ्त पद (क्रियापद) हो, परन्तु यह तो ''बालानाम सुख बोधाय'' अर्थात् बच्चों को आसानी से समझाने लिए कहा गया था, अन्यथा शब्द ब्रह्म

होता है, अतएव अखंड होता है। आज भी कोई शिशु यदि 'आ' कहता है तो वह उसका सम्पूर्ण वाक्य होता है। माँ समझती है कि उसे प्यास लगी है। वह चाहे तो शिशु के अर्थ के अनुसार आवश्यक पदों का अध्याहार कर के वाक्य सृजित करले। हम सभी यही करते हैं। व्यवहार की दृष्टि से यथेष्ट अर्थ को संप्रेषित कर सकने वाले पद समूह विशिष्ट संबन्धों में बँधकर ही अर्थ का संप्रेषण करते हैं। अतः स्वतंत्र रूपिम कुछ नहीं, जब तक अन्य रूपिमों से अन्वित होकर वे एक वाक्यता न स्थापित करलें। परंपरागत व्याकरण इस संदर्भ को एक विशिष्ट अध्याय के अन्तर्गत् रखता है, जिसे कारक कहते हैं। जिन भाषाओं में कारक विभक्तियाँ नहीं होतीं, वहाँ भी रूपिमों का परस्पर अन्वय वाक्य में स्थान एवं उच्चारण से नियंत्रित होता है, संस्कृत भाषा में रूप वाक्य में कहीं हो कारक, विभक्तियों से अन्वय का बोध हो जाता है। परन्तु यही बात अंग्रेजी में नहीं है क्योंकिRam beats Shyam वाक्य में राम और श्याम के स्थानान्तरण के कारण कर्ता एवं कर्म कारक का अर्थ बदल जाता है। इस प्रकार विभक्ति एवं रूपिमों के संबंधों की दृष्टि से महत्वपूर्ण हैं। वाक्य विन्यास (Syntax) भाषा विज्ञान में इतना महत्वपूर्ण है कि संबंधों की दृष्टि से कूटभाषिक प्रयोग भी सृजित किए जा सकते है। एस्पेरोन्तों तो भाषा वैज्ञानिकों की मानसी सृष्टि है ही आज कंम्प्यूटर विज्ञान के युग में रूपिमों के विविध संबंधों के नए नए प्रयोग एवं संप्रेषण की विधियाँ अनुसंधान के विषय हैं, क्योंकि प्राकृतिक भाषाओं के अध्ययन पर आधारित जो निष्कर्ष भाषा विज्ञान ने लिए है, उन्हीं के आधार पर कृत्रिम वाक्यों का जाल रचा जा सकता है। भाषा जितनी ही प्रतीकात्मक होती जाती है, उसके घटकों के अन्तः संबंध उतने ही जटिल होते हैं, जैसे गणित एवं भौतिकी की भाषा में विशिष्ट अर्थतत्वों के व्यंजक संबन्धों को लौकिक भाषा में व्यक्त करना असंभव है। इसी प्रकार लौकिक भाषाओं में भी कुछ रचनाकारों की भाषाएँ सापेक्ष रूप से ही सही, यदि जटिल अर्थ संबंधों को आधार बनाती हैं तो वह सर्वजन गम्य नहीं होती, जैसे केशव 'दास कठिन काव्य के प्रेत' उपाधि से विभूषित होते हैं। उनके पदों में पद तो परिचित हैं, लेकिन अर्थ संबंध क्लिष्ट होने के कारण अपरिचित हैं। यही कारण है कि जब तक भाषा के स्वाभाविक सम्बन्ध का शास्त्रीय अध्ययन नहीं किया जाता, तब तक भाषा सहज रहती है और अर्थ तत्वों को विशिष्ट संबंधों में शास्त्रीय रीति से देखकर जो रचना की जाती है, वह पांडित्यपूर्ण होने के साथ-साथ क्लिष्ट होती है। प्रयोक्ता चाहे तो पद संबंधों के ज्ञान के आधार पर सहज एवं सुन्दर रचना भी कर सकता है, कम - से - कम भाषा - विज्ञान ने तो इतना सबंल प्रदान कर ही दिया है। अतः यह कहा जा सकता है कि वाक्य विज्ञान के प्रचार प्रसार का आवश्यक परिणाम साहित्य के क्षेत्र में रचनात्मक प्रयोगों के लिए प्रेरक रहा है। हाँ, प्रेरित होने वाला अपनी रचना को जनवादी आधार पर रखे या अभिजनवादी, भाषा - विज्ञान को इससे लेना - देना नहीं है।

**4. अर्थ विज्ञान की दृष्टि से साहित्य का अध्ययन-** अर्थ-विज्ञान यद्यपि आधुनिक वस्तु है परन्तु परंपरागत व्याकरण शास्त्र में जितना कुछ अध्ययन हो चुका है, उसमें इनका परिणामात्मक तो न सही गुणात्मक योगदान अवश्य है। संस्कृत काव्य शास्त्र विशेष रूप से ध्वनि संप्रदाय में एक ही शब्द के भिन्न - भिन्न परिस्थितियों में अनेक अर्थों के वाचकत्व का अध्ययन मिलता है। शब्द में अभिधा, लक्षण एवं व्यंजना शब्द शक्तियों की कल्पना मिलती है. मीमांसक **कुमारिल भट्ट** ने चौथी शब्द शक्ति 'तात्पर्याख्या' तथा भट्टनायक ने 'भावकत्व' एवं 'भोज कत्व' शब्द शक्तियों की उद्‌भावना की। कहने का आशय है कि परंपरागत साहित्य चिन्तन में वाक्य में अन्वित पदों के विविध अर्थों के संप्रेषण का शास्त्रीय विवेचन गहनतम रूप में हुआ है। यहाँ तक कि रामायण जैसी संपूर्ण कृति को एक वाक्य मानकर उसका संप्रेष्य अर्थ "राम जैसा उच्चारण करना चाहिए।" रावण जैसा नहीं घोषित किया गया। यह पार्यन्तिक अर्थ है, जिसके अन्तर्गत् छोटे-छोटे प्रासंगिक अर्थों की विशाल राशि है। आधुनिक भाषा विज्ञान उन संभावनाओं का अध्ययन करता है, जिससे परिचित शब्द राशि में संप्रेष्य अर्थ की विविधताएँ बनती हैं। इनके पीछे अनेक कारण हो सकते हैं। उन कारणों की खोज भाषा विज्ञान का विषय है।

भारतीय दार्शनिकों में **प्रभाकर** का मत था कि सुधी प्रयोक्ता साधारण शब्द का अर्थ ग्रहण करके जब उनका वाक्य में प्रयोग करता है, तो उसकी संप्रेषण क्षमता कई गुना बढ़ जाती है, जैसे -एक कुशल धनुर्धर द्वारा छोड़ा गया बाण शत्रु के कवच का भेदन उरोविदारण एवं प्राणापहरण - यह सब कुछ एक बारगी कर जाता है, वैसे ही एक कुशल प्रयोक्ता परंपरागत शब्द राशि से उपयुक्त शब्दों का चयन करके पदों के रूप में वाक्य में अन्वित करके जब प्रयोग करता है तो अर्थ अभिधेय, लक्ष्यार्थ एवं व्यंग्यार्थ सब कुछ घटित हो जाता है। **आनन्दवर्धन** जैसे मनीषियों ने तो यहाँ तक कहा है कि महाकवियों के शब्द साधारण नहीं होते। यत्नपूर्वक योगी की भाँति उनकी साधना करनी चाहिए क्योंकि ऊपर से साधारण दिखने वाले अन्दर से सारगर्भित अर्थ ही प्रयोक्ता को महाकवि की पदवी देता है। मध्ययुग के हिन्दी कवि बिहारी की सतसई के दोहे 'नाविक के तीर' ही तो थे,जो देखने में छोटे किन्तु अर्थ की दृष्टि से दूर तक मार करने वाले थे।

अर्थ विज्ञान की दृष्टि से रचनात्मक प्रयोग का क्षेत्र अधिक महत्वपूर्ण है और रचनात्मक क्षेत्र में केन्द्रीय भूमिका साहित्य की है। **इस प्रकार अर्थ विज्ञान से अन्तर्दृष्टि से साहित्य के क्षेत्र में नित्य नूतन प्रयोगों की सम्भावनाएँ नित्य नूतन बनी रहती हैं। यह अर्थ विज्ञान का साहित्य को अप्रतिम देन है, जो भूमिका कभी व्याकरण की थी वह आज उत्तराधिकार में भाषा विज्ञान को मिली है।**

अध्याय-25

# भाषा -भूगोल
## (Linguistic Geography)

**नामकरण का इतिहास-** भौगोलिक परिवेश में जब किसी भाषा का अध्ययन किया जाता है,तो वह 'भाषा भूगोल' कहलाता है। भाषा भूगोल का तात्पर्य उस शाखा से है जो भाषायी व्यापार की भौगोलिक स्थिति तथा परिसीमाओं का अध्ययन तथा वर्गीकरण प्रस्तुत करती है अर्थात् इस शास्त्र की सहायता से किसी भी क्षेत्र-विशेष की स्थानीय बोली या बोलियों में स्वन, स्वनिम, सुर, शब्द -समूह , रूप तथा वाक्य-रचना आदि की विशेषताओं का अध्ययन प्रस्तुत किया जाता है, साथ ही यह भी देखा जाता है कि उपयुर्क्त दिशाओं में कहाँ-कहाँ क्या-क्या अंतर है।[1] भाषा-भूगोल के अन्य नाम - 'बोली-भूगोल' (Dialect Geography) तथा 'बोली विज्ञान' (Dialectology) भी मिलते हैं। क्षेत्र-विशेष की बोली के अध्ययन के कारण ही इसको क्षेत्र भाषा-विज्ञान (Arealinguistics), क्षेत्रीय भाषा-विज्ञान (Areal Linguistics)भी कहते हैं और बोली का अध्ययन होने के कारण यही बोली विज्ञान या भाषिक -भूगोल (Dialect Geography) भी कहलाता है। ये सभी नाम एक दिशा की ओर ही ले जाते है, जिनमें 'क्षेत्र' तथा 'बोली' का महत्व प्रतिपादित किया जाता है। 'बोली' के अध्ययन पर बल होने के कारण 'बोली विज्ञान' कहा जाता है और जब 'क्षेत्र' को महत्व दिया जाय तो वही अध्ययन 'बोली भूगोल' कहलाता है।[2]

आजकल के नए शास्त्रों यथा-जीव रसायन शास्त्र, सामाजिक मनोविज्ञान, भूभौतिक शास्त्र, जीव भौतिक शास्त्र, जीव भाषा-विज्ञान तथा सामाजिक भाषा-विज्ञान की तरह 'भाषा -भूगोल' का जन्म भी हाल की ही घटना है, - Linguistic geography is a "Liason Science",because it uses material drawn from other subject matter fields than that of linguistics Proper. The most important of these fields are history, economics, Sociology and demography. Infact, not only does it draw upon these disciplines, it contributes to them as well.[3] किन्तु **डॉ. महेश प्रसाद जायसवाल** [4] ऐसा नही मानते,...... भाषा- भूगोल सर्वथा नवीन अध्ययन पद्धति होते हुए भी इसे एकदम आधुनिक खोज समझना गलत है। वस्तुत: प्राचीन युग में भी कई भाषाओं के नाम भौगोलिक क्षेत्र के आधार पर रखे गये थे। शौरसेनी, मागधी, पैशाची आदि प्राकृत एवं अपभ्रंश भाषाओं के नाम इसी प्रवृत्ति के द्योतक हैं। प्राचीन यूनानी भाषाविज्ञानियों ने भी हैलेनिक भाषाओं के भेद-विभेद को क्षेत्रीय सन्दर्भो में प्रस्तुत किया था। रूस,स्विटजरलैंड तथा ऐसे कई देश जहाँ भौगोलिक बनावट भाषा वैभिन्य के लिये भारी जिम्मेदारी सिद्ध हुई जाति और परम्परा की बजाय भाषाओं की भौगोलिक स्थिति की दृष्टि से विशेष महत्वपूर्ण थे। कॉकेशियाई, यूराल-अल्ताई, बाल्टिक, पामीरी, चित्राली, पहाड़ी,प्रशान्त महासागरीय आदि से भी भाषा-भूगोल की प्रारंभिक दृष्टि का परिचय मिलता है। पुरबिया, दक्खिनी, पछुआ, जमुनापारी, गंगापारी आदि आज के सम्बोधन निरर्थक नहीं है। गाँवों, शहरों,जिलों और प्रखण्डों के नाम पर सैकड़ों बोलियों के नाम अपने देश में मिलेंगे। इनमें किसी जाति, राज्य, अनुवंश या परम्परा से मुक्ति का सन्देश मिलता है। किन्तु इन सम्बोधनों का अभी तक कोई वैज्ञानिक आधार नहीं मिलता। कुछ कथ्य प्रवृत्तियों और सांस्कृतिक ऐक्य भावना से प्रेरित होकर ही इनका नामकरण किया गया होगा।आधुनिक भाषा विज्ञान में बोलियों के भौगोलिक अध्ययन ने स्वन,स्वनिम, बलाघात रूपिम, वाक्य विन्यास शब्दरूप और अर्थतत्व के ऐतिहासिक और तुलनात्मक विश्लेषण के द्वारा वैज्ञानिक पद्धति का रूप प्राप्त कर लिया है। भाषा-भूगोल या बोली भूगोल पर भारत के साथ-साथ विश्व के कई देशों में गंभीर कार्य हुआ है। डेनमार्क, जर्मनी, रूमानिया, फ्रांस, हालैण्ड, बेल्जियम, अमेरिका, हंगरी, इटली, वेल्स, इग्लैण्ड आदि देशों में भाषाओं के भौगोलिक अध्ययन पर काफी बल दिया जाता रहा है।

**बोली मानचित्रावली-** बोली मानचित्र को अंग्रेजी में Dialect Atlases कहते हैं। किसी भी बोली की भौगोलिक स्थिति, राजनीतिक स्थिति तथा सांस्कृतिक स्थिति के सम्यक अध्ययन के लिये बोली मानचित्रावली बेहद सहायक उपकरण है। आजमगढ़ (उ.

1. भाषा-भूगोल तथा भाषा सर्वेक्षण- डॉ कैलाश चन्द्र भाटिया, पृष्ठ-36
2. वही, पृष्ठ-36
3. The Structure of American English- W. Nelson Francis, P. 39
4. भाषा विज्ञान का इतिहास- डॉ. महेश प्रसाद जायसवाल, पृष्ठ-204

प्र.) जिले की बोली पर नितांत मौलिक और सुप्रसिद्ध कार्य करने वाले भाषा विज्ञानी **डॉ. महेन्द्र नाथ दूबे** लिखते हैं कि[1] - **बोली मानचित्र** (Dialect atlases) जो सम-वाक् रेखाओं से विभक्त होते हैं, बोलियों में पारस्पिक विशेषताओं को समझाने में अधिक सहायक होते हैं। ये **संवाक रेखाएं** (Isoglosses) भाषा की प्रत्येक विशिष्टताओं के आधार पर बनाई जा सकती है। बोली की गठनात्मक (structural), पदग्रामिक (morphonemic), ध्वन्यात्मक (Phonemic), वाक्य गठनात्मक (syntactic), एवं उच्चारण-प्रक्रिया की विभिन्नताओं के प्रसार की सीमा का निर्धारण संवाक रेखा खींच कर दिखाया जाता है। जहाँ पर बोली की ऐसी विभिनताओं को परिलक्षित करने वाली संवाक रेखाओं का गुच्छ (bundle of isoglosses) बन जाता है[2] वही से बोली का पार्थक्य सूचित होता है। **बोलियों की स्थिति-** पृथक-पृथक प्रत्येक सीमावर्त्ती बोली दूसरी से अधिकांश समानता रखती है। यदि बोलियों का क्रम 'क' से 'ह' तक हो तो 'क' अपनी सीमावर्ती 'ख' से अधिक समानता लिए होगी और ख ,ग से। इस प्रकार प्रत्येक का क्रम होगा, पर 'क' तथा 'ह' में स्पस्टत: भिन्नता दिखाई पड़ेगी। अत: संवाक रेखा भिन्नता के स्थान का निर्देश लगभग की मात्रा में ही बताती है। एक कठिनाई यह भी होती है कि प्रत्येक उपादान के लिये यदि ऐसे मानचित्र बनाए जाए तो हमें बहुत अधिक मानचित्रों की अपेक्षा होगी, जो बड़ा दुरूह कार्य होगा। साथ ही एक व्यक्ति व्यापक क्षेत्रफल पर कार्य नहीं कर सकता। इन सब कमियों के होते हुए भी 'बोली-भूगोल' बोली-अध्ययन में विशेष सहायक हुआ है। शब्दों के औच्चारणिक - रूप, क्रियाओं के लिंगानुसार भेद, वाक्यों के संगठनात्मक स्वरूप जिस स्पष्टता से संवाक रेखाओं द्वारा पृथक किए जाते हैं उनसे बोलियों के तुलनात्मक अध्ययन में पर्याप्त सरलता हो जाती है। वैसे तो प्रत्येक शब्द का अपना पृथक इतिहास होता है और उसके औच्चारणिक -रूप के अनुसार उसकी संवाक रेखाओं का निदर्शन किया जा सकता है पर वाक्यों में, जो भाषा की मूल इकाई होते हैं, इन शब्दों के ध्वन्यात्मक-रूप साथ के शब्दों के अनुरूप ढल जाते हैं इस ढलान के परिणाम स्वरूप कुछ दूर तक तो यह भेद मात्र स्वनो (allophones) का होता है पर आगे चलकर यह ध्वनिग्रामीय (Phonemic) तथा पदग्रामीय (morphonemic) भी हो जाता है।

बोलियों का इस प्रकार का अध्ययन जर्मन भाषाविद् **जार्ज वेंकर** (Georg wenker) ने 1876 में प्रारम्भ किया था तथा 1881 ई0 में उन्होंने अपने अध्ययन के छह मानचित्र प्रकाशित किए। बाद मे जर्मनी सरकार की सहायता से उन्होंने जर्मनी की बोलियों का व्यापक सर्वेक्षण किया। इसके लिये उन्होंने चालीस वाक्यों की एक सूची तैयार की थी जिसे लगभग 40 हजार क्षेत्रों के पाठशाला अध्यापकों से उन क्षेत्रों की बोलियों के अनुरूप अनूदित कराया था, जिनके आधार पर मानचित्रों पर इन विभिन्नताओं को प्रदर्शित किया। इनका प्रकाशन 1927 ई0 के पश्चात **एफ. रेड** (F.wrede) के संपादकत्व में आरम्भ हुआ। बेंकर महोदय का कार्य एक विस्तृत क्षेत्र पर होने के कारण अब भी अपनी महत्ता रखता है परन्तु इसकी बड़ी भारी कमी यह है कि इसका विधिवत पूर्ण प्रकाशन नहीं हो सका है। दूसरी कमी इस कारण भी आ गई है कि सर्वेक्षण का यह कार्य प्रशिक्षित भाषाविदों द्वारा सम्पन्न न होने के कारण इससे ध्वनियों का वास्तविक रूप स्पष्ट नहीं हो पाया है। इसके अतिरिक्त चालीस वाक्यों में भाषा की बहुत कम विशेषताओं का विवेचन हो सका है। बाद में इन कमियों को दूर करने के लिये 1938 में **मिजक** (mitgka) तथा **ई. वरनर** (E. Zwirner) ने नए सेट तैयार किए तथा सर्वेक्षण का कार्य विशेषत: टेप रिकार्ड द्वारा कराया, जिससे संकलित सामग्री विश्लेषणार्थ अन्य भाषाविदों को भी देने की सुविधा हो गई।

फ्रांस में **जे. गिलेरा** (Jules gillieron) ने वेंकर की कमियों से बचने के लिये अपने एक शिष्य **एडमंड एडमांट** को पूर्ण प्रशिक्षित कर उसी के द्वारा एक सीमित क्षेत्र में सर्वेक्षण करवाया। एडमांट ने 639 अंचलों से संकलन किया जिसके आधार पर जे0 गिलेरा ने अपना फ्रेंच भाषा का मानचित्र 1910 में प्रकाशित किया। बाद में इटली, डेनमार्क तथा रूमानियाँ आदि में भी मानचित्रों का प्रकाशन हुआ। इन प्रकाशनों में अमेरिका के **हान्स कुरथ** (Hans kurath) के सम्पादकत्व में प्रकाशित न्यू इंगलैंड एटलस विशेष रूप से उललेख्य है। उन्होंने सामग्री-संकलन की शुद्धता एवं परिपूर्णता के लिये सर्वतोभावेन सम्पन्न एक प्रश्नावली (Questionnaire) तैयार की तथा सर्वेक्षणार्थ ध्वनि -अनुरूप-लेख या प्रतिलेखन (transcription) में कुशल प्रशिक्षित व्यक्तियों को सर्वेक्षण के लिये नियुक्त किया।साथ ही उन्होनें उचित क्षेत्र एवं उचित सूचकों (informants) से ही सामग्री संकलित करने का निर्देश दिया। उनके सूचकों में विशेषकर 70 वर्ष से ऊपर की वय के लोग थे। इसके अतिरिक्त सामाजिक एवं शैक्षणिक स्तर के अनुरूप सामग्री का पृथक संग्रह किया गया। इस प्रकार की भरी-पूरी सामग्री से अपना बोली-मानचित्र उन्होंने 1943 में प्रकाशित किया। अब लगभग विश्व के सभी देशों में इस प्रकार के मानचित्र-प्रकाशन का कार्य चल रहा है।**डॉ. कैलाश चन्द्र भाटिया** लिखते है कि इधर, स्वतंत्रता के बाद भारत की भाषाओं पर जितने कार्य हुए हैं अधिकाशं में ग्रियर्सन के सर्वेक्षण की पर्याप्त सहायता ली गयी है और निष्कर्ष में पुराने सर्वेक्षण

---

**1. आजमगढ़ जिले की बोली- डॉ. महेन्द्र नाथ दूबे, पृष्ठ 10**

**2. डॉ. ग्रियर्सन ने भ्रमवश हलबी को छत्तीसगढ़ी की शैली न मानकर मराठी की शैली मानना अधिक समीचीन समझा था। किन्तु वस्तुतः हलबी, जिसे बस्तरिया भी कहा जाता है, छत्तीसगढ़ी का दक्षिणी रूप मात्र है। डॉ. कान्तिकुमार-छत्तीसगढ़ी, सन् 1969 ई., पृ. 63**

से भिन्न नये तथ्य तथा फल प्रस्तुत किये गये है, अथवा उन्हीं निष्कर्षो की पुष्टि की गयी है। जैसे ग्रियर्सन ने छत्तीसगढ़ी की 'हलबी' का संबंध मराठी से स्थापित किया था, जब कि **डॉ. भालचन्द्र राव तैलंग** तथा **कान्ति कुमार**[1] ने हलबी को छत्तीसगढ़ी की ही उपबोली स्वीकार किया है। ग्रियर्सन द्वारा प्रतिपादित सिद्धान्तों की पुष्टि के भी उदाहरण मिलते हैं और जब वे 'भाषा-भूगोल' के सिद्धान्तों के अनुसार पुष्ट किये जाते है तो दृढ़ हो जाते हैं, जैसे **डॉ. विश्वनाथ प्रसाद**[1] ने मानभूम की 'कुरमाली' को बंगला की नहीं मगही की उपबोली के रूप मे स्वीकार किया है। ग्रियर्सन ने स्वयं भी पर्याप्त रूप से पुराने चले आ रहे छिटपुट कार्यो में व्याप्त भ्रमों को दूर किया था, जैसे ,

**डॉ. ग्रियर्सन** के पूर्व 'परजी' के संबंध में एक भ्रान्ति थी कि स्टेन नो ने परजी को गोड़ी भाषा की उपभाषा स्वीकार किया है। वस्तुतः परजी गोंडी की उपभाषा न व्याकरण की दृष्टि"से और न शब्दसमूह की दृष्टि से है। काफी लम्बे समय तक द्रविड़ भाषा की इस स्वतंत्र भाषा के संबंध में भ्रम बना रहा। डॉ. ग्रियर्सन के भाषा-सर्वेक्षण का योगदान स्वीकार किया जाना चाहिए जिसने 'परजी' को सही स्थान दिया.... परजी और भुतरा को एक दूसरे का पर्याय न मानकर स्वतंत्र भाषा मानने का कार्य सबसे पहले डॉ. ग्रियर्सन ने भाषा-सर्वेक्षण में किया जिसकी आगे चलकर **टी.बरो** ने पुष्टि की।[2]

**मानचित्र के प्रकार-** भाषा विदों ने मानचित्र के मुख्य रूप से तीन प्रकार माना है - स्वनिक मानचित्र, शब्दपरक मानचित्र तथा रूप प्रक्रियात्मक मानचित्र। इन तीनों को संक्षेप में इस प्रकार देख सकते हैं,-

**1-स्वनिक मानचित्र -** स्वनिक मानचित्र अर्थात् ध्वनि परक मानचित्र। जब किसी एक समुदाय के सूचकों से प्राप्त एक ही शब्द के उच्चारण में भिन्नता हो या विभिन्न स्थानों के अनेक सूचकों से प्राप्त सामग्री एक ही शब्द के उच्चारण में भिन्नता हो और इन भिन्नताओं को ही मानचित्र पर प्रस्तुत किया जाय तो वे मानचित्र स्वनिक मानचित्र कहलाते हैं। उच्चारणगत भिन्नता व्यक्तिगत न होकर जब क्षेत्रीय रूप में विभाजित हो जाती है तो भिन्न-भिन्न ध्वनियों को प्रदर्शित करने वाली स्वनिक समभाषांश रेखाएं खीची जा सकती हैं। अनेक स्थानों पर इस प्रकार की स्वनपरक सम भाषांश रेखाएं ही बोलियों की सीमा का निर्धारण करनें में सहायता प्रदान करती है, जैसे - उच्च जर्मन तथा निम्न जर्मन।[3]

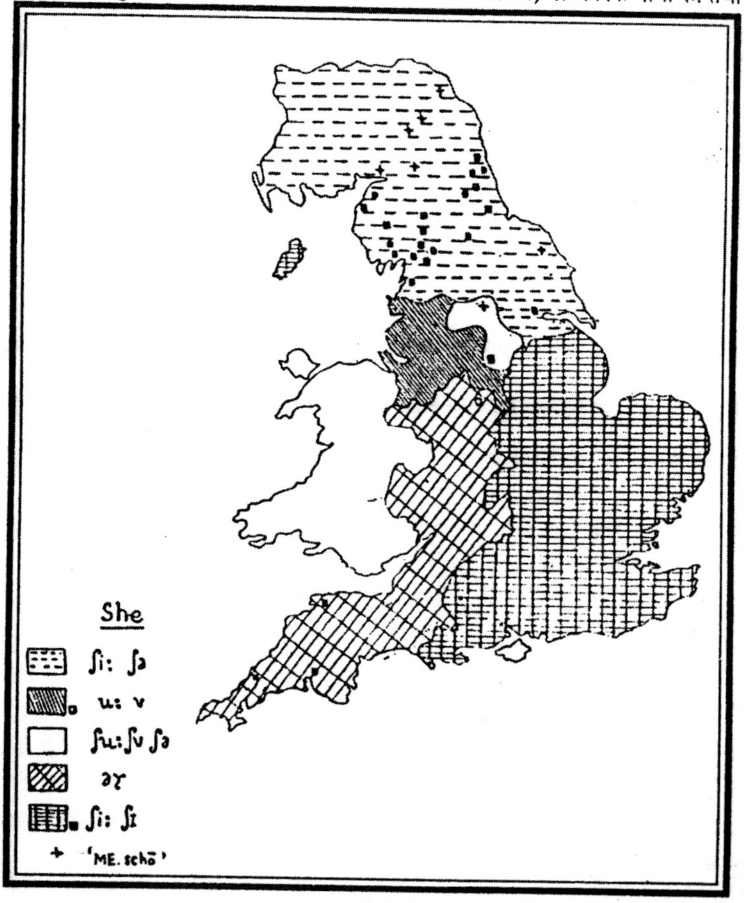


**2-शब्द परक मानचित्र -** वस्तुतः शब्द परक मानचित्र का अध्ययन शब्द-भूगोल के अन्तर्गत किया जाता है। शब्दपरक मानचित्र का अर्थ होता है- जब महज एक ही वस्तु के लिये ढेरों शब्दों का इस्तेमाल किया जाय साथ ही उन्हें मानचित्र पर उसी स्थान पर अंकित कर लिया जाए। **डॉ. कैलाश चन्द्र भाटिया**

1. **Grierson was therefore perfectly right in classifying kurmali under the head Eastern-Magahi.**
**Dr. B.N.Parasad-Linguistic Survey of Sadar Subdivision of Manbhum and Dhalbum, Page 2.**

2. **Parji emerges as a new independent member of the Dravidian family and in the sense that it is not merely dialect of some other language- भाषा, मार्च 1964।**

3. **भाषा-भूगोल तथा भाषा-सर्वेक्षण, पृ. 95**

कहते हैं कि, -"एक ही भाव या विचार के लिये अनेक शब्दों का वितरण जब क्षेत्रीय वितरण के आधार पर संभव हो तो शब्दों के क्षेत्रीय वितरण के आधार पर सम भाषांश रेखाएं खीची जा सकती हैं। शब्द -भूगोल के अन्तर्गत मुख्यत: तुलनात्मक दृष्टि से क्षेत्र विशेष की शब्दावली का अध्ययन किया जाता है।[1] पश्चिम के **मैक इंटोश** महोदय इसे ही डायटोपिक (Diatopic) कहते हैं इधर, **डॉ. अम्बा प्रसाद सुमन** लिखतें हैं कि[2] एक ही वस्तु या भाव के लिये विभिन्न शब्द पड़ोसी क्षेत्र में भी प्रयोग में आ सकते है, जैसे 'पौहहें' के लिये अलीगढ़ की टप्पल तहसील में 'डंगर' का प्रयोग होता है तो बुलंदशहर की खुर्जा तहसील में 'ढोर'। 'भैस' के बच्चें के लिये अलीगढ़ की कोल और हाथरस तहसील में 'पड़रा', खैर (खुर्जा में भी) 'पड्डा' और टप्पल में 'कटरा' का प्रयोग होता हैं। फटे दूध के लिये खैर, इगलास तथा अतरौली में 'कीला', हाथरस में 'कोल', खुर्जा में 'खीस' प्रयोग में आता है। खेत को चौरस करने वाले लकड़ी के एक चौड़े तख्ते के लिये इगलास तहसील में 'पटेला', खैर-खुर्जा में 'साहिल' तो सादाबाद तहसील में 'हासिर' प्रयोग में आता है।

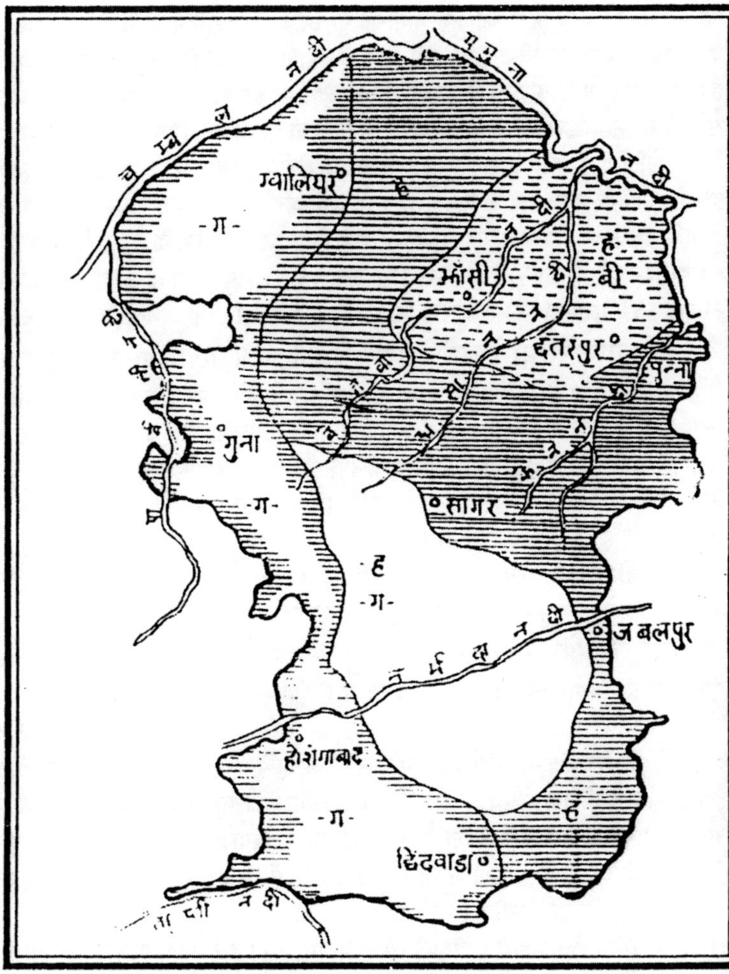


**3- रूप क्रियात्मक मानचित्र** - जब किसी एक समुदाय अथवा भिन्न-भिन्न समुदायों में किसी एक व्याकरणिक इकाई यथा-सर्वनाम, संज्ञा, विशेषण, क्रिया आदि के लिये निश्चित स्थिति में कई 'रूप' या 'चित्र' चलन में हो तथा जब उन चालू रूपों को मानचित्र पर अंकित कर लिया जाय तो उसे 'रूप क्रियात्मक मानचित्र' नाम से जाना जाता है। **डॉ. रामेश्वर प्रसाद अग्रवाल** ने इस दृष्टि से संपूर्ण बुन्देलखण्ड को तीन भागों में बाँटा है, उत्तर -पूर्वी, उत्तर-पश्चिमी तथा दक्षिणी।

**सम भाषांश रेखा-समूह** - (Bundle of Isoglosses)- इसका प्रयोग बोलियों के अलगाव को सूचित करने के लिये किया जाता है। दूसरे शब्दों में, बोलियों के पार्थक्य को परिलक्षित करने में Bundle of Isoglosses अर्थात् बोलियों के गुच्छ का प्रयोग किया जाता है। समभाषांश रेखा समूह को **डॉ. सिद्धेश्वर वर्मा** 'लक्षण समुच्चय' तथा **डॉ. देवीशंकर द्विवेदी** ने 'समच्छविगुच्छ' कहा है।[3] **डॉ. कैलाश चन्द्र भाटिया** इसे परिभाषित करते हुए लिखते है कि - जब विभिन्न प्रकार की भाषिक विशेषताओं को प्रदर्शित करने वाली एक से अधिक रेखाएँ किसी भू-भाग से होकर आसपास से जाती हैं। तो इनको 'समभाषांश रेखा समूह' कहा जाता है।[4] जर्मन भाषा समभाषांश रेखा समूह का उत्कृष्ट उदाहरण मानी जाती है।

**समध्वनि या समस्वन सीमा रेखा** (Isophone)- ऐसी ध्वनियाँ या स्वन जिन्हें बोलियों और भाषाओं में प्रयुक्त किया

---

1. वही, पृ. 112
2. ब्रजभाषा शब्दावली- डॉ. सुमन, पृ. 104
3. वही, पृ. 140
4. वही, पृ. 141

जाता है, के स्थानीय अंतर को जब मानचित्र पर अंकित कर समान ध्वनियो के क्षेत्र को रेखाओं द्वारा परस्पर संयुक्त कर दिया जाए तो ऐसी रेखाएँ, समस्वन सीमा रेखा कही जाती हैं। भाषा विज्ञानी डॉ. **कैलाश चन्द्र भाटिया** इसे और अधिक साफ करते हुए समझाते है।[1] मान लिजिए, एक अंग्रेजी शब्द 'stane' है, जो इग्लैण्ड तथा स्काटलैण्ड के बड़े व्यापक क्षेत्र में प्रयुक्त होता है, पर एक स्थान से दूसरे स्थान पर इसके विभिन्न उच्चरित रूप मिलते हैं, जैसे- stane, steen, styane,stone। हम कह सकते हैं कि सभी रूप विभिन्न बोलियों में अथवा एक ही बोली के विभिन्न क्षेत्रीय उपरूपों में प्रचलित हैं। एक ही शब्द के विभिन्न रूप होते हुए भी हम साधारणत: इसको एक और एक ही शब्द कहते हैं। ऐसा क्यों कहते है ? अगर हम इन सभी प्रचलित उप रूपों के प्राचीन रूपों की ओर पीछे चलें तो ऐतिहासिक भाषा विज्ञान यह सिद्ध करता है कि वस्तुत: ये एक ही हैं अर्थात् एक ही रूप के काल तथा स्थान परक अन्तर होते गए हैं। इग्लैण्ड में 'आइज' के विभिन्न रूप प्रचलित हैं। संयुक्त राज्य अमेरिका में 'Orange' का प्रथम स्वर गोलीकृत है अथवा अगोलीकृत।Greasy का उच्चारण 'स - S' के साथ 'ग्रीसी'है अथवा 'ज -Z' के साथ 'ग्रीजी'।

**समशब्द सीमा रेखा -** भाषा-भूगोल में इस प्रकार का अध्ययन बहुत महत्व का माना जाता है। सम शब्द का आशय है समान शब्द अर्थात किसी एक ही शब्द का अर्थ जब अलग-अलग इलाकों या स्थानों में अलग-अलग होता है, तब उनका अध्ययन 'सम शब्द सीमा रेखा' के तहत माना जाता है। कभी-कभी कालगत या इतिहास के दबाव में इस तरह के शब्दों का अर्थ भिन्न-भिन्न हो जाता है। ध्वनि -विज्ञानी इतिहास और भूगोल के आधार पर यह सम्यक् रूप से सिद्ध कर सकता है कि अमुक शब्द का अर्थ क्यों और कैसे बदल गया। अखिल देशीय स्तर के साथ-साथ स्थानीय स्तर पर भी कुछ शब्द ऐसे होते हैं, जो एक ही क्षेत्र - जवार में विभिन्न नामों से बोले जाते है, किन्तु उनका अर्थ एक ही होता है, यथा - गाजीपुर (उ. प्र.) सैदपुर तहसील में गंगाजी के किनारे-किनारे जिसे हम 'लाठी' कहते हैं, थोड़ा उत्तर चलने पर वही 'लउर' हो जाती है, थोड़ा और उत्तर बढ़ने पर वही 'लकड़ा' बन जाती है। मेरे गांव के आसपास कस्बे के रूप में विकसित 'बाजार' को जनपद के उत्तर-पूर्वी सरहद पर 'चट्टी' कहते हैं।

**केन्द्रीय क्षेत्र -**(Focal Area) जब समभाषांश रेखाएं समूह रूप (Bundle of isoglosses) में सम या विषम दूरी के साथ एक-दूसरे के साथ निकट आकर किसी स्थान विशेष को केन्द्र मानकर उसके चारों ओर स्थिर रहती हैं, तब उक्त स्थान विशेष को 'केन्द्रीय क्षेत्र' नाम से जाना जाता है। इस केन्द्र की संरचना में सांस्कृतिक, सामाजिक, भौगोलिक तथा राजनीतिक कारक सहायक हो सकते हैं। केन्द्रीय क्षेत्र के निर्माण में इन कारकों की भूमिका पर प्रकाश डालते हुए **आदरणीय डॉ. कैलाश चन्द्र भाटिया** लिखते है कि[2] -1-राजनीतिक महत्व, जैसे - दिल्ली, आगरा को महत्व मिलता है। यही कारण है कि लल्लू लाल जी ने **'खड़ी बोली'** को अपनाते हुए दिल्ली आगरा की खड़ी बोली को महत्व दिया।

2-धार्मिक महत्व - युगों -युगों से उत्तर भारत में स्थित यमुना के किनारे मथुरा का विशेष स्थान है, यही कारण है कि ब्रजभाषा में मथुरा की बोली को केन्द्रीय रूप में मान्यता मिली।

3- सांस्कृतिक महत्व - त्रिवेणी स्थित प्रयाग, युगों तक आवागमन के कारणों से सांस्कृतिक केन्द्र बना रहा।

4- ऐतिहासिक महत्व - केन्द्रीय स्थल पहचाननें में इतिहास भी सहायक सिद्ध होता है वोस्टन से जो 'टॉनिक' का अर्थ विकसित हुआ, उसके पीछे यही ऐतिहासिक कारण है कि सर्वप्रथम यहाँ पर 'Soft Drink Co' ने 'टॉनिक' शब्द का प्रयोग कई वर्षों तक अपनी वस्तुओं के साथ 'ट्रेडमार्क' के साथ किया।

**संक्रमण क्षेत्र -**(Transition Area) संक्रमण क्षेत्र यानी मिलन स्थल या संधि स्थल। दो अलग-अलग केन्द्रीय क्षेत्रों के बीच आ गए किसी क्षेत्र को संक्रमण क्षेत्र कह सकते हैं। इस संक्रमण क्षेत्र में दोनों केन्द्रीय क्षेत्रों में प्रचलित रूप सतत चलते रहते हैं। 'भाषा-भूगोल' के अन्तर्गत इस क्षेत्र का अध्ययन महत्व का माना जाता है। यह संक्रमण क्षेत्र सर्वत्र एक चौड़ाई का हो भी सकता है, नहीं भी हो सकता है अर्थात् यह क्षेत्र कहीं अधिक लंबा, कहीं अधिक चौड़ा, कहीं कम चौड़ा तो कहीं कम लंबा भी हो सकता है। आदरास्पद डॉ. भाटिया साहब लिखते हैं कि[3] कभी-कभी संक्रमण क्षेत्र पट्टी के रूप में काफी लंबा हो सकता है, जैसे उत्तर भारत की दो प्रमुख बोलियों -ब्रज तथा खड़ी बोली की सीमा रेखा पर दोनों ओर काफी लंबा 'संक्रमण क्षेत्र' लम्बी पट्टी के रूप में मिलता है। यह पट्टी अलीगढ़ के समीप बुलंदशहर से प्रारम्भ होकर बरेली तक चली गई है। हिन्दी की कई उपभाषाओं की सीमा पर स्थित इस प्रकार के संक्रमण क्षेत्र का कार्य हो चुका है।

---

**1. वही पृ. 141**

**2. भाषा- भूगोल तथा भाषा- सर्वेक्षण- डॉ. भाटिया, पृ. 140** **3. वही, पृ. 143**

# तृतीय पर्व
## हिन्दी की व्याकरणिक कोटियाँ
## या
## हिन्दी शब्द रचना
## हिन्दी में कारक विधान
## या
## कारक रचना और प्रयोग

**कारक का इतिहास-** इतिहास के अतीत का यदि उत्खनन किया जाय तो तमाम तरह की आहटों-आवाजों के बीच यह साफ़ सुनाई देगा कि बदलाव की धारा ने परिस्थितिजन्य और समयगत दबावों के तहत हर कुलिष-कठोर, मुलायम-सुचिक्कण पदार्थ-वस्तु, सभ्यता, परंपरा, तमद्दुन, आस्था-अनास्था, वैचारिकता आदि की शक्ल-शबीह, रूप-रंग को निर्ममतापूर्वक बदला है। प्रयाग (इलाहाबाद) के संगम पर तीसरी और आज खोई हुई नदी सरस्वती का उल्लेख ऋग्वेद में मिलता है, पर वर्तमान में वह हमारे लिए मिथक बन गयी हैं। बीते हुए क्षण, दिन, महीने और साल हमारे लिए स्मृति और इतिहास बोध की वस्तु बन गए हैं। काल के अछोर तटों को छूकर स्मृति का अनंत कोष रच रही विराट संस्कृति पर कभी बदलाव का पहिया घूम कर उसे बिलो-बाट और नेस्तनाबूद कर देता है, जिससे समय-समय पर उसमें न ज़ाने गुजरात के कितने कच्छ-भुज, उत्तराखण्ड के टिहरी गढ़वाल और महाराष्ट्र के लातूर समा जाते हैं, तो वहीं दूसरी ओर वही बदलाव सभ्यता के अमृत कुण्ड का भी निर्माण कर देता है। ये सारे बदलाव धरती के भीतर और ऊपर समय-समय पर होते रहते हैं। वस्तुत: धरती और स्त्री को ही जीवन भर झेलना पड़ता है। जो ऊगा है, उसे डूबना है, जो आकाश में उड़ रहे हैं, उन्हें गिरकर धरती पर आना ही है, बक़ौल **कबीर दास ''जो उगा सो आथवैं , जे चिड़िया सो ढहि परैं।''** कुल मिलाकर यह जगत् क्षणिक है और जब जगत क्षणिक है तो दुख का भी मूल है। **बौद्ध** यही तो कहते हैं-**''सर्व शून्यं शून्यं, सर्व क्षणिकं क्षणिकं, सर्व दुखं दुखम्।'** इधर, छायावादी कविता के ताकतवर कवि **श्री जयशंकर प्रसाद** कहते हैं जिस पल्लव-पतई से दरख्त अपनी ताकत इकट्ठा करता है, वही पत्ते जब रसहीन खड्खड़ ,पीले और बूढ़े हो जाते हैं, तो उन्हे झटक कर निर्ममतापूर्वक धरती की ओर फेकने में वही वृक्ष पल भर भी देर नहीं करता- ''पुरातनता का यह निर्मोक, सहन करती न प्रकृति पल एक।''

अत: **'गच्छतीति जगत्'** के अनुसार जब यह तय हो गया कि हर वस्तु विनष्ट होकर समय के अनुसार नये की सर्जना करती है, तो फिर भाषा और उसके हाथ -गोड़ 'व्याकरण' के पास वह कूव्वत और विसात कहाँ है कि वह बदलाव या परिवर्तन की निर्मम लपेट से अपने को अनछुवा रख ले। किताबी सिद्धान्तों के आँकड़ागत विश्लेषण की ही यदि हम बात करें तो यह पता चलेगा कि विश्व में न जाने कितनी भाषाएं जन्मीं, बदलाव ने कालान्तर में उन्हें ढेर कर दिया। यदि वे जीवित बचीं, तो समय-समय पर 'लोप', 'लुप्त', 'घिस', 'परिवर्तन' नामक घुन ने कुतुर-कुतुर कर उनके व्याकरण को झेंगुर की तरह काटा और चाटा, जिससे उनमें ठहराव, विकृति-विकार और सड़न सड़ांध पैदा हो गयी। कितने दीर्घ स्वर लघु उच्चारण के कारण निर्बल होते-होते हस्व होकर लुप्त हो गये, कुछ का क्षीण रूप आज अवशिष्ट रूप में बचा है। कितनी बोलियों के रूप बदल गए। कहीं उच्चारण-संबंधी अंतर आया तो कहीं संज्ञाओं के रूप सबल से निर्बल (short) तो कहीं लघु से गुरु(Longl) हो गए। कुछ ध्वनियाँ (यथा 'ऋ' आदि) अब हिन्दी में आवंछनीय और भाषा पर भार समझी जाने लगीं हैं। संभव है , इन्हें जल्दी ही हिन्दी ध्वनियों की विरादरी से खारिज भी कर दिया जाएगा, कुछ प्रत्यय संस्कृत में वर्तमान थे, हिन्दी में आज इनके मूल रूप में विकार पैदा हो गया है, जो संज्ञाएं प्राचीन भारतीय आर्य भाषा काल में दुरुह एवं विविध रूपा थीं, आधुनिक भारतीय आर्य भाषा काल में सरल एवं एक रूपा हो गयीं; प्राचीन भारतीय आर्य भाषा काल में जिन विशेषण-पदों के रूपों में विकार ग्रस्तता आ गयी थी, वर्तमान हिन्दी में विकार की उस पुरानी परंपरा को छोड़ उन्होंने नए रूप में अपने को शामिल और दाखिल दफ्तर कर लिया, संस्कृत में सर्वनाम के जो रूप बहुत- कुछ स्थिर और सुरक्षित थे, अपनी विराट भाषाई और सांस्कृतिक यात्रा के विभिन्न पड़ावों-प्राकृत, अपभ्रंश तथा आधुनिक भाषाओं की सरहद पार करते इनमें प्रभूत परिवर्तन हो गया। साफ शब्दों में, संज्ञा पदों की भाँति, सर्वनामों के विकसित रूपों का भी समय के धुँधलके में लोप हो गया। जो धातुएँ, प्राचीन भारतीय आर्य भाषा काल

में जटिल प्रक्रिया में गुजर रही थीं, आधुनिक काल में आते-आते सरलता के साथ वे कुछ नयी प्रवृत्तियों से लैस हो गयीं। संस्कृत में तीन लिंग-पुल्लिंग स्त्रीलिंग तथा नपुंसक थे-अपभ्रंश काल तक आते-आते नपुंसक लिंग पुल्लिंग और स्त्रीलिंग में अन्तर्भुक्त हो गया। इसी तरह प्राचीन भारतीय आर्यभाषा काल में कुल आठ कारक थे, किन्तु प्राकृत काल तक आते-आते संप्रदान ने संबंध के साथ और संबोधन ने कर्त्ता के साथ अपना घर बसा लिया। इस प्रकार प्राकृत में महज छ: कारक ही बच गए थे। प्राचीन भारतीय आर्यभाषा की जटिल कारक रचना का इस सीमा तक सरलीकरण हुआ कि नव्य भारतीय आर्य भाषाओं में केवल दो ही भेद रह गए- अविकारी या मूल रूप तथा विकारी या तिर्यक् रूप। अविकारी रूप कर्तृवाच्य कर्त्ता , अप्राणिवाचक कर्म तथा संबोधन में और विकारी रूप कर्मवाच्य कर्त्ता(तृतीयान्त), प्राणिवाचक कर्म, करण, सम्प्रदान, अपादान, सम्बन्ध, अधिकरण में प्रयुक्त होते हैं।[1] कुल मिलाकर वर्तमान हिन्दी में कारकों की निश्चित संख्या के सवाल पर हिन्दी के भाषाविद् अनिश्चय के धुंध में फँसे हुए हैं। यही है, व्याकरण के अंगो के साथ कारक का इतिहास।

**कारक की परिभाषा तथा लक्षण-** 'कृ' धातु में 'ण्वुल्' प्रत्यय के योग से बने कारक[2] शब्द का अर्थ है- 'करने वाला'। कारक को 'साधन' भी कहा गया है। क्रिया की निष्पत्ति में लगी हुई द्रव्य शक्ति को साधन कहते हैं-**''स्वाश्रये समवेतानां तद्वदेवाश्रयान्तरे। क्रियाणामभिनिष्पत्तौ सामर्थ्यं साधनं विन्दुः।''** [3] दक्षिण भारत के सुप्रसिद्ध हिन्दी विद्वान् **प्रो. ना. नागप्पा** कारक का स्वरूप स्थिर करते हुए कहते हैं कि, "AKaraka is that form of a noun or a pronoun by which its relation with regard to another word in the sentence is known." अर्थात् कारक का मुख्य संबंध क्रिया से होता है। कारक का अर्थ है-करने वाला। **आचार्य किशोरी दास बाजपेयी** कारक को इस प्रकार परिभाषित करते हैं, - **''क्रियान्वयित्वं कारकत्वम्''** अर्थात् क्रिया के साथ अन्वय की योग्यता कारकत्व है तथा जिसमें कारकत्व हो, वह कारक।''[4] **डॉ. बासुनन्दन प्रसाद** के शब्दों में ''संज्ञा या सर्वनाम के जिस रूप से वाक्य के अन्य शब्दों के साथ उनका (संज्ञा या सर्वनाम का) संबन्ध सूचित हो उसे (उस रूप को) कारक कहते हैं।[5] **डॉ. ओम प्रकाश शर्मा** लिखते हैं कि, ''वाक्य में प्रयुक्त संज्ञा, सर्वनाम का वाक्य के अन्य शब्दों (विशेषत: क्रिया) से संबंध बताने वाले शब्द रूप कारक कहलाते हैं''।[6]

वस्तुत: क्रिया का निष्पादक ही कारक की संज्ञा से नवाजा जाता है। लगभग प्रत्येक विद्वान् इसी बात को अपनी-अपनी भाषा में कहते हैं। हाँ, **डॉ. लक्ष्मण प्रसाद सिन्हा** लीक से हटकर कहते हैं कि नाम पद के साथ क्रिया का जो संबंध है, उसे कारक कहा जाता है।[7] इधर, किशोरी दास बाजपेयी पहले ही कह चुके हैं कि क्रिया में ही कारक का मूल सन्निहित रहता है और क्रिया के साथ इसका सीधा संबंध होता है।[8] अब आप यहाँ ध्यान दीजिये, एक ओर कारक के संबंध में यह धारणा है कि क्रिया के साथ उसका अविच्छिन्न संबंध है, किन्तु वहीं दूसरी ओर कुछ वैयाकरण नाम पद के साथ आख्यात के संबंध को आवश्यक नहीं मानते। **पं. कामता प्रसाद गुरु** कहते भी हैं, ''(संज्ञा या सर्वनाम) के जिस रूप से उसका संबन्ध वाक्य के किसी दूसरे शब्द के साथ प्रकाशित होता है, उस रूप को कारक कहते हैं।''[9] स्पष्टत: इस वर्ग के वैयाकरण किन्हीं भी दो पदों के संबंध को ''कारक'' मान लेते हैं। पश्चिमी व्याकरणविद् **श्री ऑटो जेस्पर्सन** उक्त तथ्य की तसदीक करते हुए कहते भी हैं, "Case is defined as one of the varied form of substantive adjective or pronoun which expresses the various relation in which it may stand to some other word in the sentence." [10] संस्कृत के आचार्यों ने कारक का खाका इस तरह खींचा है, **''क्रिया निमित्तं कारकम्''। ''क्रिया निष्पत्ति कारणं कर्त्रादि कारकसंज्ञं भवति। वृत्तिः गोपी चन्द्र। ''क्रिया हेतुः कारकम्।''**

**कारक तथा 'केस'** (Case)- हिन्दी में जब कारकों की संख्या का सवाल उठता है, तब मुझे अंग्रेजी के 'case' का स्मरण आ जाता है। प्रश्न है, हिन्दी का 'कारक' क्या अंग्रेजी 'case' का पर्याय है? क्या दोनों समानधर्मी हैं। किसी पड़ाव पर क्या दोनों

1. हिन्दी भाषा का परिचय- डॉ. विन्दुमाधव मिश्र, पृष्ठ-181
2. अष्टाध्यायी में कारकों का वर्णन प्रथमाध्याय के चतुर्थ पाद के 23 वें सूत्र से आरंभ हुआ है। अपादान कारक का 24 से 31 तक, करण का 42 से 44 तक, अधिकरण का 45 से 48 तक, कर्म का 49 से 53 तक में विश्लेषण किया गया है अर्थात् पाणिनि ने 'विप्रतिषेधे परं कार्यम्' के अनुसार 'गरीयो यद् यदुत्तरम्' का क्रम रखा है।
3. वाक्यपदीय साधनमुद्देश्य-3
4. हिन्दी शब्दानुशासन- किशोरी दास बाजपेयी, पृ. 1363.
5. आधुनिक हिन्दी व्याकरण और रचना- डॉ. बासुनन्दन प्रसाद, पृष्ठ-133
6. हिन्दी व्याकरण: नव मूल्यांकन- डॉ. ओम प्रकाश शर्मा, पृ. 140, सूर्य प्रकाशन, नई सड़क, दिल्ली-6, मूल्य -20 रूपया, प्रथम संस्करण-1977)
7. रूपिमीय विश्लेषण-डॉ. लक्ष्मण प्रसाद सिन्हा, पृ. 200
8. हिन्दी शब्दानुशासन- किशोरी दास बाजपेयी, पृष्ठ-136
9. हिन्दी व्याकरण- पं. कामता प्रसाद गुरु, पृ. 16, सं. 2014
10. The Modern Engilish Grammar - Otto Jesperson, P. 29

**में कोई अर्थ-साम्य है? मैं तो ऐसा नहीं मानता, पर बहुत से भाषा वैज्ञानिक दोनों को एक-दूसरे का पूरक मानते हैं। हिन्दी में परम्परया आठ कारक स्वीकार किए जाते रहे हैं परन्तु उक्त 'case' का ही असर है कि आधुनिक वैयाकरणों ने हिन्दी में आठ की जगह दो या तीन कारक मानना शुरू कर दिया है।** एक विद्वान् ने संकेत भी किया है कि 'case' का सामान्य अर्थ हिन्दी में 'कारक' मान लिया जाता है, "The Word 'Karaka' occurs for the first time in Panini. It is not found in the Nirukta nor in the PratiSakhyas. It is formed from the root Kr 'to do' with the agent suffix nvue and means literally 'doer' or agentbut as the good old word 'Karta' was used in this sense the sense of 'Karaka' was generalized and it was used for Case.

वस्तुत: कारक तथा 'case' में काफी फासला है। ध्यान से विचार करने पर यह स्पष्ट हो जाता है कि कारक अर्थ द्योतक होता है, जबकि 'केस' (case) रूप द्योतक होता है। अत: जहाँ तक हिन्दी का संबंध है, कारक को 'केस' (case) का समानार्थक या पर्यायवाची नहीं मानना चाहिए। हिन्दी का विकास प्राकृत और अपभ्रंश भाषाओं से हुआ है और अर्थ की दृष्टि से हिन्दी में कारकों की संख्या वही है, जो प्राकृत और अपभ्रंश भाषाओं में थी। उसे अंग्रेजी के अनुकरण पर निश्चित करना उचित प्रतीत नहीं होता।[1] सच तो यह है कि 'केस' (case) लैटिन से अनुस्यूत है। 'केस' और उसके भेदों की चर्चा करते हुए एक विद्वान् संकेत करते हैं कि, - "The name for 'Karaka' is case in Latin. It comes from 'casus' meaning ' afalling'. The Nominative Case was regarded as the original case and the other cases as a falling away from Nominative, Vocative, Acensative, Genitive, Dative, Ablative............The nominative case was called 'onama', the genitive was called 'genike', the name of the dative was 'do like'. The accusative was called by the stoics 'aitiatike'. संभवत: यही कारण है कि **डॉ. सतीश कुमार रोहरा** ने भी अंग्रेजी केस (case) और हिन्दी कारक में भेद माना है, बल्कि 'केस' के लिये वे कारक' के स्थान पर विकारक' शब्द के प्रयोग का सुझाव देते हैं।[2] यह विकारक भी हिन्दी में तीन प्रकार का होता है, यथा - सामान्य विकारक, तिर्यक् विकारक तथा संबोधन।

**कारक:संख्या का गहरा विवाद-** विश्व की भिन्न-भिन्न भाषाओं में कारकों की संख्या अलग-अलग है। कहते हैं, कारकों की संख्या दो से लेकर तेईस तक पाई जाती है। अंग्रेजी में केवल दो, जर्मनी और लैटिन भाषाओं में पाँच, पुरानी स्लाविक भाषाओं में छ:, लिथुआनी तथा संस्कृत में सात और जॉर्जी में तेईस कारक होते हैं। 'षष्ठी शेषे' कह कर संस्कृत में संबंध को कारक नहीं माना गया, क्योंकि क्रिया की निष्पत्ति में उसका योग नहीं रहता। कुछ संस्कृत के वैयाकरण संस्कृत में कारकों की संख्या सामान्यत: छह और कुछ ने आठ भी मानी है। **भर्तृहरि** जी संस्कृत में कारकों की छ:, सात और आठ संख्या के झगड़े की पंचायत करते हुए सूत्र रूप में निम्न कथन कहते हैं, ''सामान्य कारकं, तस्य सप्ताद्या: भेदयोनय:। षट्कर्मांख्यादि भेदेन शेषभेदस्तु सप्तमी'' अर्थात् सामान्य कारक एक ही है, सात आदि उसी की भेद योनियाँ हैं। छ: भेद तो कर्मकरणादि के रूप में जाने जाते हैं, सातवाँ भेद 'शेष' नाम से पृथक गिन लिया जाता है।

बहरहाल, संस्कृत के अधिकांश आचार्यों ने छह ही कारक माने हैं, पर नेसफील्ड व्याकरण के अनुसार अंग्रेजी में संबोधन और संबंध भी कारक माने गये हैं तथा करण, अपादान और अधिकरण को स्थान नहीं मिला है-There are five case in English, the Nominative the Vocative, the Genitive, the Accusative and the Dative.[3] फारसी में केवल पाँच कारक माने गये हैं।[4] पर, हिन्दी में कारकों की संख्या कितनी मानी जाय, इस संबंध में अधिकांश विद्वान् नितांत हाच-पाच और अनिश्चय की स्थिति में हैं। **श्री कामता प्रसाद गुरु** हिन्दी में कुल आठ कारक- कर्त्ता, कर्म,करण, सम्प्रदान, अपादान, संबंध, अधिकरण और संबोधन- मानते हैं। हिन्दी के पाणिनि कहे जाने वाले आदरणीय **आचार्य किशोरी दास बाजपेयी** तो संस्कृत व्याकरण का अनुसरण करते हुए केवल छह ही कारक मानते हैं। क्रिया से अन्वय न होने के कारण वे संबंध को कारक नहीं मानते तथा संबोधन का अन्तर्भाव- उनके अनुसार-कर्त्ता कारक में ही हो जाता है। एक, अगला मत उन भाषाविदों का है, जो हिन्दी में पाँच ही कारक मानते हैं। वे सम्प्रदान को स्वतंत्र कारक मानने के स्थान पर उसे कर्म में ही समाहित कर देते हैं। इनके अनुसार, कर्म कारक के दो भेद हैं- मुख्य कर्म तथा गौण कर्म और गौण कर्म ही व्याकरण सम्मत सम्प्रदान कारक है। इस प्रकार कारकों की संख्या- कर्त्ता, कर्म (मुख्य कर्म और गौण कर्म), करण, अपादान, अधिकरण- पाँच ही रह जाती है।[5] इधर **डॉ. देवेन्द्र नाथ शर्मा** लिखते हैं कि सम्प्रदान भी परंपरया कर्म ही हैं,

---

**1. भाषा विज्ञान और मानक हिन्दी- डॉ रत्न चन्द्र शर्मा, पृ. 190**
**2. भाषा एवं हिन्दी भाषा- डॉ. सतीशु कुमार रोहरा, पृ, 228**
**3. Nasfield's Vayakaran, Part-58**
**4.Higher Persian Grammar- D.C. Fillot, P, 49**
**5. सुधा 'भाषा', पृ. 46-47, सितंबर-1966**

इसीलिए, अंग्रेजी में सम्प्रदान (Dative Case) को परंपरित (indirect object) कहते हैं और हिन्दी में भी कर्म तथा सम्प्रदान दोनों के लिए एक ही चिन्ह है 'को'। 'के लिए' सम्प्रदान में नहीं, दूसरे प्रकार की चतुर्थी विभक्ति (तादर्थ्य आदि) में आती है, जैसे भूषण के लिए सोना, मच्छर, के लिए धुआं। सच तो यह है कि डॉ. शर्मा भी सच्चा कारकत्व कर्त्ता, कर्म, करण तथा अधिकरण इन चार में ही मानते हैं। वे लिखते हैं, "छह कारकों में कर्त्ता, कर्म, करण तथा अधिकरण- इन चार शब्दों की निष्पत्ति 'कृ धातु' से और स्वयं कारक भी 'कृ धातु' से ही बना है। इससे यह सिद्ध होता है कि इन चारों में ही सच्चा और पूरा कारकत्त्व है।सम्प्रदान तथा अपादान में कारकत्त्व अपूर्ण है, क्योंकि दान क्रिया में जिसे दान दिया जाता है, उसकी तथा अलगाव में - जिससे कोई वस्तु अलग होती है, उसकी कोई चेष्टा नहीं देखी जाती। इसीलिए इन दोनों शब्दों को कृ धातु से नहीं दा धातु से सिद्ध किया गया है।[1] **दीमशित्स** जैसे भाषाविद् हिन्दी में तीन ही कारक स्वीकार करते हैं- ॠजु, तिर्यक् तथा संबोधन। वे लिखते हैं, "हमारे मतानुसार हिन्दी के संज्ञा शब्दों के तीन कारक होते हैं सामान्य कारक- (Direct case), असामान्य कारक (Indirect case)संबोधन कारक।"[2] एक अन्य विद्वान् **डॉ. अंबा प्रसाद सुमन** इन्हें ॠजु, तिर्यक् और संबोधन कहते हैं, विद्वान् इसे ही अधिक समीचीन मानते भी हैं।[3] **डॉ. स्व. भोलानाथ तिवारी** तो हिन्दी में केवल दो ही कारक मानते हैं। वे लिखते हैं, - हिन्दी में केवल दो ही कारक हैं -कर्त्ता और कर्म। शेष सभी तथा कथित कारक विशेषण या परिशेषक हैं, चाहे उनकी रूप-रचना कैसी भी क्यों न हुई हो।"[4]

**विभक्ति (चिहन) तथा परसर्ग का परिचय-** जो विभाजित करें, वह विभक्ति है, अर्थात् विभक्ति का नाम विभाजन के आधार पर पड़ा है। विभाजन यहाँ, वचन, कारक और पुरुष आदि के भेद से होने वाले शब्द रूपों का होता है। विभक्ति के लिए अंग्रेजी विद्वानों ने कहा है कि, "The word Vibhakti is derivd from "vi-bhaj" 'to divide', distribute and means 'separation, partition, division, modification" संस्कृत में इसके लिये कहा गया है, "विभक्ति शब्दः सुपां वाचकः। विभागवचनो वा। कारक शक्ति विभागः। विभज्यते प्रातिपादिकार्थोऽनयेति कृत्वा।" Vibhakti is used in the sense of discrimination according to **Keith Eggeling** and hillebrandt, however, Hold that Vibhakti is used here in the sense of case." **नाट्यशास्त्र** में विभक्ति का लक्षण इस प्रकार दिया गया है-"एकस्य बहूनां वा धातोर्लिङ्गस्य पदानां वा। विभज्यन्त्यर्थं यस्माद् विभक्तयस्तेन ता प्रोक्ता:"

**Panini** and **Katantra** used the term Vibhakti also to denote the Taddhita Suffixes tas, tra, ha, dha, rhi, adhuna, danim, tha, tham, atas etc. Which practically serve the purpose of Vibhakti." विभक्ति के लिए और भी कहा गया है- जो कर्ता, कर्म, करण आदि का विभाजन करे वह विभक्ति है।

"**विभिज्यन्ते विभागशः प्रकाश्यन्ते कर्तृकर्मादयोऽर्था अनया। विभजनं वा। लघुन्यास।**" विभक्ति सात हैं। '**विभक्ति सुप्तिङौ स्मृतौ।**' तथा - 'विभक्ति संज्ञा विज्ञेया वक्ष्यन्तेऽतः परं तुये। अद्वादेः सर्वनाम्नस्ते बहौश्चैव परास्मृताः।" तथा "क्रियते चेत् साधु विभक्ति चिन्ता। व्यक्तिस्तदा सा प्रथमाभिधेया या स्वौजसां साधुयितं विलासै। स्तावत् क्षमा नापपदं बहुस्याम्।"[5]

हिन्दी में प्राय: प्रत्येक कारक के लिए अपना पृथक परसर्ग है, किन्तु फारसी के कर्ता कारक में सकर्मक भूतकालिक क्रियाओं के कर्ता के साथ भी कोई पूर्व सर्ग या परसर्ग नहीं जुटता, क्योंकि वहाँ ये क्रियाएँ वस्तुतः तिङन्त हैं हिन्दी की तरह कृदन्तज नहीं।[6] बहरहाल, हिन्दी के आठ कारक तथा उनमें प्रयुक्त होने वाले चिन्ह (विभक्तियाँ) इस प्रकार हैं, -

| कारक | चिन्ह (विभक्तियाँ) |
|---|---|
| 1. कर्त्ता (Nominative या Subject) | 0, ने |
| 2. कर्म( Objective या Object) | 0, को |
| 3. करण (Instrumental या Help) | से |
| 4. सम्प्रदान (Dative या Gift to someone) | को, के, लिए |
| 5. अपादान (Oblative या Seperation) | से |
| 6. सम्बन्ध (Genitive या Relation) | का, के, की रा, रे, री, ना, ने, नी |

1. हिन्दी भाषा विकास डॉ. देवेन्द्र नाथ शर्मा, पृ. 120
2. हिन्दी व्याकरण की रूपरेखा- डॉ. दीमशित्स, पृष्ठ-80
3. हिन्दी भाषाः अतीत और वर्तमान- डॉ. अंबा प्रसाद सुमन, पृ-80
4. भाषा चिन्तन- डॉ. भोलानाथ तिवारी, पृष्ठ 148-49
5. नैषध चरितम् - 3।23
6. हिन्दी भाषा पर फारसी और अंग्रेजी का प्रभाव-डॉ. मोहनलाल तिवारी, पृष्ठ118, नागरी प्रचारिणी सभा, काशी, मूल्य 18 रूपये।

7. अधिकरण(Locative या Location) में, पर
8- सम्बोधन (Addressive Address या Vocative) 0, हे, अजी, अहो, अरे

**विश्व की भाषाओं में विभक्तियों की संख्या-** विश्व की भाषाओं में विभक्तियों की संख्या समान नहीं हैं। कुछ भाषाओं में विभक्तियों की संख्या चार है तो कुछ में सात। लातीनी भाषाओं, ग्रीक, जर्मन और रूसी भाषाओं में चार विभक्तियाँ हैं- नामिनेटिव, इक्यूजेटिव, डेटिव तथा पजेस्सिव। चीनी भाषा की स्थिति विभक्ति के संदर्भ में बहुत साफ नहीं है, क्योंकि वहाँ कारकों का स्पष्ट विभाजन नहीं हो सका है, इसलिए विभक्ति की सत्ता वहाँ लगभग स्वीकार नहीं की गई है।

इधर, भारोपीय परिवार की भाषाओं में भी विभक्तियों की संख्या बराबर नहीं हैं। संस्कृत में सात विभक्तियाँ हैं, तो पालि और प्राकृत में उससे कम। वस्तुत: भाषा के विकास, सांस्कृतिक परिवेश एवं अन्य माध्यमों की उपलब्धि आदि के कारण विभक्तियों की संख्या घट-बढ़ सकती है। विभक्तियों की भौतिक उपस्थिति या अनुपस्थिति भाषा की सप्रत्यय या अप्रत्यय प्रकृति पर निर्भर करती है। विभक्तियों का स्थान स्वतंत्र प्रत्यय अथवा Preposition और कर्म प्रवचनीय आदि भी ले सकते हैं। उस स्थिति में विभक्ति का शब्द के साथ संयोग या वियोग महत्वपूर्ण नहीं रह जाता। जिन भाषाओं में प्रत्यय हैं ही नहीं, वहाँ तो विभक्ति-विवेचन उतना महत्वपूर्ण भी नहीं रह जाता।[1] विभक्ति को द्रव्य की सूचक माना जाता है। भर्तृहरि लिखते भी हैं कि समान विभक्ति का आशय द्रव्यों की समान स्थिति है-

"सरूपसमुदायान्तु विभक्तिर्या विधीयते।
एकस्तत्रार्थवान् सिद्धः समुदायस्य वाचक:"। [2]

**विभक्ति (चिहन) तथा परसर्ग:परिभाषा तथा अंतर-** कारकों की संख्या की तरह हिन्दी के विद्वान् 'विभक्ति' और 'परसर्ग' के स्वरूप पर भी एक विचार नहीं रखते। कुछ लोग विभक्ति और परसर्ग को एकात्म मानते हैं। इनके विचार से विभक्ति और परसर्ग एक ही हैं। बहरहाल इस संशय को दूर करने के लिए आइए, विद्वानों की 'विभक्ति' और 'परसर्ग' संबंधी कुछ सम्मतियों को देख निष्कर्ष के किसी ठोस पड़ाव पर पहुँचा जाय। सवाल है विभक्ति या परसर्ग किसे कहते हैं, **डॉ. अवधेश्वर अरुण** के अनुसार, "कारकों की रचना में शब्द के मूल रूपों के साथ जो संबन्ध तत्त्व जोड़े जाते हैं, उन्हें विभक्ति या कारक चिन्ह या परसर्ग कहते हैं, जैसे 'वृक्षात्', पत्र पतति में 'आत' और 'वृक्ष' से पत्ता गिरता है में 'से' कारक चिन्ह हैं। [3] एक अन्य विद्वान् **डॉ. ओम प्रकाश शर्मा** के अनुसार, "शब्द चिन्ह ही विभक्ति है, अर्थात् कारकों का रूप प्रकट करने के लिए उनके साथ जो शब्द चिन्ह लगते हैं, उन्हें विभक्ति कहते हैं।[4] एक बात यहाँ आपको बताना भूल गया था कि कारकों की तरह ये विभक्तियाँ भी समय-समय पर उगती-घिसती रही हैं। साफ शब्दों में ये भी परिवर्तित होती रही हैं। उदाहरण के लिए मध्ययुगीन भाषा काल में ये विभक्तियाँ इतनी घिस गई थीं कि अर्थ का साफ चेहरा दिखाई नहीं पड़ता था। इस कठिनाई को दूर करने के लिए ही संभवत: घिसी-पिटी विभक्तियों के साथ स्वतंत्र शब्दों का इस्तेमाल होने लगा। हिन्दी के कारक चिन्ह इन्हीं घिसी विभक्तियों या स्वतंत्र शब्दों के अवशिष्ट रूप हैं।[5] **डॉ. भोलानाथ तिवारी** के अनुसार, "इनमें अब इतना ध्वनि परिवर्तन और कभी-कभी अर्थ परिवर्तन हो गया है कि इनके मूल रूप को जान पाना कठिन है।"[6] **डॉ. धीरेन्द्र वर्मा** लिखते हैं कि, " भाषा के साधारण शब्द समूह में इनका पृथक अस्तित्व नहीं रह गया है। इसी कारण इन्हें संज्ञा के मूल रूपों के साथ लिखने की प्रवृत्ति हो रही है।"[7] इधर, एक अन्य विद्वान् **डॉ. विन्दु माधव मिश्र** भी इसी बतिया को इस प्रकार लिखते हैं, "प्राकृत काल से विभक्तियों के घिसते रहने और अपभ्रंश काल से निर्विभक्तिक प्रयोगों के चल निकलने से कारक संबंधों का द्योतन दुष्कर होने लगा, जिसके कारण परसर्गों का प्रयोग किया गया। परसर्ग मूलत: अव्यय शब्द थे या फिर करण-अधिकरण, अपादान कारक की संज्ञाएँ थे या फिर विशेषण अथवा कृदन्त, जिनमें अन्य सामान्य शब्दों से अधिक ध्वन्यात्मक परिवर्तन दिखाई पड़ता है और जो अपना मूल अर्थ छोड़ चुके हैं। आज हिन्दी में परसर्गों का व्यापक प्रयोग है।[8] इनके अतिरिक्त कुछ अन्य विद्वानों ने भी विभक्ति और परसर्ग के स्वरूप और अंतर को इस प्रकार रेखांकित किया है-

**1. डॉ. अंबा प्रसाद सुमन के अनुसार,** "विभक्ति, कारकीय अवस्था को सूचित करने वाला प्रत्यय है, जो संश्लिष्टावस्था में रहता है, लेकिन 'परसर्ग ' विश्लिष्टावस्था में निर्दिष्ट संज्ञा या सर्वनाम आदि के पीछे आया करते हैं। संस्कृत परंपरा के अनुसार इसे निपात (अव्यय) कह सकते हैं। **डॉ. सुमन** आगे लिखते हैं कि संस्कृत की विभक्तियों अर्थात् विभक्ति प्रत्ययों से हिन्दी परसर्ग विकसित

---

1. व्याकरण की दार्शनिक भूमिका- डॉ. सत्यकाम वर्मा, पृष्ठ 159
2. वाक्यपदीय 3.1.90
3. हिन्दी भाषा का स्वरूप विकास-डॉ. अवधेश्वर अरुण, पृष्ठ-86
4. हिन्दी व्याकरण का नव मूल्यांकन- डॉ. ओम प्रकाश, पृष्ठ-140
5. हिन्दी भाषा का स्वरूप-डॉ. अवधेश्वर अरुण, पृ-87
6. हिन्दी भाषा- डॉ. भोलानाथ तिवारी, पृ. 164
7. हिन्दी भाषा का इतिहास- डॉ. धीरेन्द्र वर्मा, पृ. 258
8. हिन्दी भाषा का परिचय - डॉ. बिन्दु माधव मिश्र, पृ. 181-82

नहीं हुए हैं। उनका विकास स्वतंत्र शब्दों से हुआ है।[1]

**2. एक अन्य विद्वान् के अनुसार,** "विभक्ति संश्लिष्ट होती है और निपात विश्लिष्ट (पृथक्)। इसी निपात् को आधुनिक भाषा शास्त्री 'कारकीय परसर्ग ' या केवल 'परसर्ग' शब्द से अभिहित करते हैं। परसर्ग विश्लिष्टावस्था में होता है और अपरिपवर्तित रहता है।[2]

**3. डॉ. महेश चन्द्र गर्ग लिखते हैं,** " भारतीय भाषा शास्त्र की परंपरा में 'विभक्ति' प्रातिपदिकीय पदान्त तत्व हैं, जैसे बालकम् पद में 'अम्'। किसी एक पद में एक विभक्ति के बाद दूसरी विभक्ति नहीं होती।"[3]

**4. एक अन्य भाषा विद्** का कहना है कि, "परसर्ग और विभक्ति में अंतर है। जो स्वतंत्र शब्दों से विकसित होकर कारक निर्माण के हेतु अलग से जुड़ता है, उसे परसर्ग कहते हैं। इसके योग से शब्द में विकार नहीं होता और जो विकार कारक निर्माण के हेतु मूल शब्द में हो जाता है, उसे विभक्ति कहते हैं।[4]

**5. 'सुधा'** में छपे एक लेख के अनुसार, "हिन्दी परसर्ग - ने, को, के, लिए, से, में, पर -अविकारी हैं। लिंग-वचन का भेद होने पर भी इनका रूप अविकृत रहता है। **डॉ. बाबू राम सक्सेना, डॉ. धीरेन्द्र वर्मा, डॉ. उदयनारायण तिवारी** का भी यही मत है वे, 'मुझको', 'के', 'को', को परसर्ग और 'मुझे' के- - 'ए' को विभक्ति मानते हैं।[5]

**6. आचार्य किशोरी दास बाजपेयी** इस पारिभाषिक शब्दावली से संतुष्ट नहीं हैं। उनका विचार है कि अंग्रेजी व्याकरण के प्रभावाधीन हिन्दी भाषाविद् शब्दों की रूप -रचना में उन शब्दों के साथ प्रयुक्त होने वाले चिन्हों को 'परसर्ग' कहना अधिक उपयुक्त समझते हैं लेकिन उपसर्ग के सादृश्य पर इन्हें 'परसर्ग' कहना समीचीन नहीं, क्योंकि उपसर्ग तो प्रातिपदिक के पूर्व जुड़कर एक नवीन अर्थ की सृष्टि करते हैं, जबकि, 'परसर्ग' शब्द के बाद प्रयुक्त होने पर भी इस प्रकार शब्द निर्माण नहीं करते। अन्यत्र भी प्रत्ययों के वर्गीकरण में उपसर्ग एवं प्रत्यय (Prefix and Suffix)व्युत्पादक प्रत्यय नहीं माने गए हैं।[6]

**7. डॉ. चमन लाल अग्रवाल** लिखते हैं कि, "दूसरी बात यह है कि यदि ने, को, से आदि को परसर्ग कहा जाए तो ई, ए को क्या कहा जाएगा? अत: हिन्दी की विश्लेषणात्मक प्रवृत्ति को ध्यान में रखते हुए हिन्दी में दो प्रकार की विभक्तियां स्वीकार करनी होंगी। एक -विश्लिष्ट और दूसरी संश्लिष्ट। ने, को, से आदि को विश्लिष्ट तथा ई. ए, आदि को संश्लिष्ट वर्ग में रखकर इस समस्या का समाधान किया जाना चाहिए।"[7]

## कारकों का का परिचय

**1. कर्ता कारक- क्रिया को करने वाला कर्ता** कहलाता है। दूसरे शब्दों में वाक्य में जो शब्द काम करने वाले के अर्थ में आता है उसे कर्ता कहते हैं। पाणिनि ने **कर्ता को** "स्वतंन्त्र: कर्ता" कहा है।[8] जिसका 'स्व' (आत्मा), 'तंत्र' (प्रधान) हो, वह स्वतंत्र है। **इधर,** भर्तृहरि का **विचार है कि क्रिया में जब व्यापार अर्थ की मुख्यता होती है,** तो वहाँ कारक में कर्ता अवश्य होता है-'धातुनोक्तक्रिये नित्यं कारके कर्तृतेष्यते।[9] वस्तुत: **कर्ता दूर से ही उपकारी होता है,** किन्तु अन्य कारकों में वह शक्ति नहीं है।[10] बिना कर्ता के क्रिया नहीं होती। कर्तृ **धर्म शाब्दिक है, शब्द से जहाँ** इनकी अभिव्यक्ति हो, वहाँ कर्तृत्व रहता है। **हेलाराज** कर्ता के संबन्ध में लिखते हैं, **"अर्थीकर्ता तथा युक्तश्च" हिन्दी आचार्यों में पं. कामता प्रसाद गुरु** लिखते हैं कि, "क्रिया के साथ कर्ता का सीधा संबन्ध है, **क्योंकि क्रिया के जिस वस्तु के विषय में विधान** किया जाता है, उसे सूचित करने वाले संज्ञा के रूप को कर्ता कहते हैं।[11]

**'ने' चिह्न का प्रयोग- इस चिन्ह का प्रयोग** अधिकांशत: पश्चिमी हिन्दी बोलियों में होता है। इसके अतिरिक्त यह पंजाबी, **गुजराती, मराठी आदि भाषाओं में भी कर्ता, कर्म** या सम्प्रदान कारक के चिह्न के रूप में प्रयुक्त होता है। हिन्दी भाषा में इसका प्रयोग **कुछ खास स्थितियों या विशिष्ट क्रियाओं के साथ होता है,** जैसे-

**1. सामान्य भूत-उसने स्नान किया, तुमने खाना खाया।**

**2. संदिग्ध भूत- तुम्हीं ने पुस्तक फाड़ी होगी,** उसने ही पैसा चुराया होगा।

---

1. हिन्दी भाषा: अतीत और वर्तमान- डॉ. अंबा प्रसाद सुमन, पृ. 201
2. भाषा, पृ. 49, दिसंबर-1972
3. परिनिष्ठित हिन्दी का रूपग्रामिक अध्ययन- डॉ. महेश चन्द्र गर्ग, पृ. 28 कल्पना प्रकाशन, 7 कावेरी बाजार, मेरठ, मूल्य- 25 रूपये, 1978
4. गवेषणा-डॉ. जय कृष्ण विद्यालंकार, पृ. 90, अंक-15
5. सुधा, पृष्ठ-47, सितंबर-1966
6. हिन्दी शब्दानुशासन-आचार्य किशोरी दास बाजपेयी, पृष्ठ-258
7. भाषा, पृष्ठ 7-8, मार्च - 1974
8. पा.1.4.54
9. वाक्यपदीय, पृष्ठ-167
10. संस्कृत व्याकरण दर्शन डॉ. रामसुरेश त्रिपाठी, पृ. 280
11. हिन्दी व्याकरण- आचार्य किशोरी दास बाजपेयी, पृष्ठ-150, सं 2029

**3. आसन्न भूत-** मैंने उसे देखा है, सोहन ने आम खाया है।

**4. पूर्णभूत-** मैंने तुम्हे देखा था, तुमने भैंस को मारा।

**2. कर्म कारक-** क्रिया का सीधा प्रभाव जिस पर पड़ता है, वह कर्म कहलाता है। कर्म का बोध फलाश्रय के रूप में होता है। पाणिनि कर्म को परिभाषित करते हुए कहते हैं कि, **''कर्तुरीप्सिततं कर्म तथायुक्तं चानीप्सितम्''** अर्थात् कर्ता की दृष्टि में जो निकटतम और अभीष्टतम रूप में सम्बद्ध कारक है, उसे कर्म कहते हैं। दूसरे शब्दों में ,कर्ता द्वारा निष्पाद्यमान क्रिया का फल, जिस द्रव्य को मिलता है, या उसका प्रभाव जिस निकटस्थ द्रव्य पर पड़ता है, उसे कर्म कहते हैं। कर्म को ईप्सिततम इसलिए कहा गया है कि वह कर्ता का अभीष्टतम तथा क्रिया से निकटतम है।

संस्कृत के अन्य आचार्यों ने कर्म के लिए कहा है, **''यत क्रियते तत् कर्म:''**। **'क्रियते इति कर्म'**। **'क्रिया व्याप्यं कर्म'**।**'क्रिया यत् साधिका तत् कर्म'**। अंग्रेजी के विद्वान् **एच.सी.स्कॉलबर्ग** कर्म कारक को चित्रित करते हुए लिखते हैं, "A Karma Karka is that form of a noun or pronoun which is used as an object in a sentence. The form of the noun or pronoun denoting the object is said to be in a accusative. The accusative in 'को' refers to a specific or a rational or collective plurality."[1] अर्थात् संज्ञा या सर्वनाम के उस रूप को कर्म कहते हैं, जिससे उस वस्तु या व्यक्ति का बोध हो, जिस पर क्रिया के व्यापार का फल पड़ता है। इधर, **डॉ. लक्ष्मण सिन्हा** लिखते हैं कि,''जिस वस्तु पर क्रिया का फल पड़े, उसे सूचित करने वाले रूप कर्म कहलाते हैं, अर्थात् कर्म वह है, जिस वस्तु से क्रिया के द्वारा कर्ता संबन्ध स्थापित करता है।''[2]

**कर्म के भेद -** वाक्यपदीयकार आदरणीय भर्तृहरि ने कर्म के सात भेद माने हैं- निर्वत्य, विकार्य, प्राप्य, उदासीन, अनीप्सित, संज्ञातर और अन्य पूर्वक, किन्तु आधुनिक वैयाकरणों ने कर्म के दो रूप माने हैं- प्रत्यक्ष या तात्कालिक और अप्रत्यक्ष या दूरतर। तात्कालिक कर्म को वे 'द्वितीया' विभक्ति (Accusative Case) का विषय तथा दूरतर कर्म को 'चतुर्थी' विभक्ति (Dative Case) या तदर्थ Preposition का विषय बताते हैं।

**'को' चिन्ह का प्रयोग-** इसका चिन्ह 'को' है, जिसका प्रयोग कुछ निम्न स्थितियों में होता है,-

**1. निश्चित कर्म में-** लड़के ने कुत्ते को मारा, हमने हिरण को देखा

**2. विशिष्ट कर्म में-** (इसे कुछ लोग 'निश्चित कर्म' भी कहते हैं) जैसे-मैंने इस बच्ची को देखा, उसने बैल को पकड़ा।

**3. बल देने के लिए निर्जीव कर्म के साथ-** आम को खाओ, पुस्तक को लौटाओ।

**4. 'मारना' क्रिया जान से न मारने के अर्थ में-** मैंने लड़की को मारा, श्याम ने सोहन को मारा। यहाँ यह ध्यान रखना चाहिए कि उक्त वाक्यों में 'को' चिन्ह का प्रयोग न करने पर जान से मारना अर्थ हो जाएगा, जैसे- मैंने साँप मारा, मोहन ने चूहा मारा।

**'को' चिन्ह का प्रयोग निम्न स्थितियों में नहीं होता-**

**1. द्विकर्मक क्रिया के मुख्य कर्म में -** मैंने श्याम को पुस्तक दी, राजा ने ब्राह्मण को धन दिया।

**2. सामान्य कर्म के साथ-** (इसमें किसी विशेष या व्यक्ति वाचक कर्म की चर्चा नहीं होती) जैसे तुमने आम खाया, उसने पुस्तक पढ़ी।

**3. निर्जीव कर्म के साथ-** जल पियो, पुस्तक पढ़ो।

**3. करण कारक-** संज्ञा, सर्वनाम के जिस रूप से क्रिया के साधन का बोध होता है उसे करण कहते हैं। दूसरे शब्दों में, करण का प्रयोग साधन बताने वाले कारक के रूप में होता है। वस्तुत: क्रिया की निष्पत्ति में करण सर्वाधिक सहायक होता है, **''अव्यवधानेन फल जनक व्यापारवान्।''** संस्कृत के आचार्यों ने इस संदर्भ में कहा भी है,

**''क्रियाया: परिनिष्पत्तिर्यद्वा व्यापारदनन्तरम्। विवक्ष्यते यदा तत्र करणत्वं तदा स्मृतम्।**
**वस्तुतस्तद निर्देश्यं न हि वस्तु व्यवस्थितम्। स्थाल्या पच्यत् इत्येषा क्विक्षा दृश्यते यत:।।**

**पाणिनि** करण को 'साधकतम' कहते हैं, **''साधकतम् करणं। येन क्रियते तत् करणम्''** अर्थात् जिस व्यापार के अनन्तर क्रिया की निष्पत्ति विवक्षित होती है, वह करण मानाजाता है। इधर, एक सुप्रसिद्ध आचार्य पूज्य **श्री भर्तृहरि** जी के अनुसार करण अनिर्देश्य होता है, उसका कोई नियत रूप नहीं है। कर्ता निरपेक्ष है तो करणसापेक्ष। **मण्डन मिश्र** ने विशेष स्थल पर अभिधान के आधार पर करण की प्रधानता स्वीकार की है। **''करणं नाम सर्वत्र कर्तृव्यापार गोचर:। तिरोदधाति कर्तारं प्रधान्नं तन्निबन्धनम्''**

1. Concise Grammar of the Hindi Language- H. C. Scholberg. P. 41. O. U. P. 1962
2. रूपिमीय विश्लेषण-डॉ. लक्ष्मण सिन्हा, पृष्ठ-29

अंग्रेजी के एक विद्वान् संक्षेप में करण के विषय में कहते हैं कि, " Karana means doing. Karanaa Karaka (Instrumental) denotes help in doing some thing." अर्थात् करण कारक संज्ञा के उस रूप को कहते हैं, जिससे क्रिया के साधन का बोध होता है, जैसे-हम आँख से देखते हैं, मैं लाठी से साँप को मारता हूँ।[1] करण का चिन्ह 'से' है।

**'से' चिन्ह का प्रयोग-** इस कारक का चिन्ह 'से' है। सामान्य स्थिति में इसका प्रयोग इस प्रकार होता है, यथा- वह कुल्हाड़ी से वृक्ष काटता है। साधुओं की संगति से बुद्धि परिष्कृत होती है। कभी-कभी करण कारक में कोई चिन्ह नहीं लगता, जैसे -उसने लात मारा, सिपाही ने चोर को डंडा मारा। 'से' चिन्ह के अतिरिक्त करण कारक के लिए 'द्वारा', 'के द्वारा', 'जरिए', 'के साथ', 'बिना' आदि शब्द भी प्रयुक्त किए जाते हैं, जैसे - उसके द्वारा मेरा काम होगा, उसके साथ मैं जाऊँगा, इसे रेल के जरिए भेजो।

**4. सम्प्रदान कारक-** वृत्तिकार ने सम्प्रदान का लक्षण स्थिर करते हुए बताया है, **"सम्यक् प्रदीयते यस्मै तत् सम्प्रदानम्"** अर्थात् सम्प्रदान का अर्थ है- सम्यक प्रदान या पूर्ण रूप से 'देना'। वस्तुत: सम्प्रदान कारक किसी वस्तु के प्रदान के लिए किए गये कार्य के हेतु आता है। साफ शब्दों में जिस वस्तु के लिए कोई क्रिया की जाती है, उसकी वाचक संज्ञा के रूप को सम्प्रदान कहते हैं।[2] आदरणीय **पाणिनि** सम्प्रदान के विषय में लिखते हैं, **"कर्मणा यमभिप्रैति स सम्प्रदानम्"** अर्थात् करण रूप कर्म के द्वारा जिससे अभिसंबंधचाहा जाता है, वह सम्प्रदान है।[3] पाणिनि के अलावा कुछ अन्य संस्कृताचार्यों ने भी सम्प्रदान का खाका उकेरा है, यथा **"यस्मै दितसा रोचते धारयते वा तत् सम्प्रदानम् " "सम्प्रदाने चतुर्थी"**। तथा

**" सम्यग दानं यमुद्दिश्य रुच्यर्थे प्रीतिमांस्तु यः। धारेर्ऋण प्रदाता यो यश्चेच्छा विषय स्पृहेः।**
**क्रियायोगे यन्निमित्तं सम्प्रदानं तदिष्यते। प्रदेयाभिः सम्बन्ध्यमान सम्प्रदानम्।।"**

**भर्तृहरि** सम्प्रदान को 'त्यागांग' कहते हैं। आधुनिक श्तालवी भाषा में इसके तुल्य धातु है 'दारे' (Dare)= 'देना'। ग्रीक और लातीनी व्याकरण में सम्प्रदान को 'दातीव' या 'तत्सम' नामों से जाना जाता है। अंग्रेजी में इसे 'डेटिव' (Dative) कहा जाता है। इन सबका संबंध 'दा' धातु से है, जिसका अर्थ है- 'देना'। इधर, अंग्रेजी में सम्प्रदान के विषय में कहा गया है, "The Sampradana (Dative) also occurs for the first time in the **Astadhyayi** as technical term. It is used in the sense of handing down by tradition and in the Kausitaki Upanishad it means 'gift'."

**सम्प्रदान के भेद-** इसके तीन भेद-प्रेरक, अनुमन्तृक और अनिराकर्तृक -माने गए हैं। भोज ने सम्प्रदान के उक्त तीनों भेदों को दूसरे रूप में इस प्रकार बताया है, **"ददाति कर्माप्य, कर्ममात्राय और क्रियाप्य"**।[4]

**'को' या 'के लिए' चिन्हों का प्रयोग-** इस कारक के लिए 'को' या 'के' लिए चिन्हों का प्रयोग किया जाता है, यथा- उसने बच्चों को कपड़ा खरीदा, पिताजी ने बच्चों के लिए मिठाइयाँ खरीदे। इनके अतिक्ति सम्प्रदान के साथ कुछ और भी विभक्ति चिन्ह प्रयोग में लाए जाते हैं, यथा-

**अ. के वास्ते-** रमेश **के वास्ते** कपड़ा लिया। **ब. के निमित्त-** यह सब मनोहर के विवाह के **निमित्त** हुआ है।

**स. ए-** यह पुस्तक **मुझे** (मुझ+ए) दे दो। **द. एँ-** मैंने पुस्तकें **उन्हें** (उन्ह+एँ) दे दी हैं।

**5. अपादान-** अपादान का अर्थ होता है- 'अलग होना'। जहाँ कहीं भी अलगाव -विलगाव की प्रक्रिया होगी, वहाँ अपादान अवश्य होगा। वस्तुत: अपादान कारक संज्ञा के उस रूप को कहते हैं, जिससे क्रिया के विभाग की अवधि सूचित होती है- Apadan Karaka show seperation, comparision, place of birth etc, जैसे- पेड़ से फल गिरा, बीच सड़क से हटकर चलो।[5] **पाणिनि** महोदय ने अपादान को **"ध्रुवमपायेऽपादानम् "** कहा है।[6] वे अपादान का वास्तविक आधार मानते हैं 'अपाय' को। 'अपाय' का अर्थ विघ्न और विनाशकारी भी हो सकता है, किन्तु अप+अय के रूप में 'अपाय' का शाब्दिक अर्थ दूरगमन या दूरी भाव सिद्ध होता है। इसे कुछ लोग 'विश्लेष' भी कहते हैं। 'अपाय' में दूरी और विलगाव का भाव प्रधान होता है।[7] संस्कृत के कुछ दूसरे आचार्यों ने अपादान को इस प्रकार परिभाषित किया है, **"यतोऽपैतिभयामादत्ते वा तदपादानम् "** तथा

**"यतोऽपादायादानरक्षावारणान्तर्धि जन्मभिः। यश्चासह्यः पराजेः स्यात् तदपादानकारकम्।"**

---

1. अभिनव हिन्दी व्याकरण- ना. नागप्पा, पृ. 197, राजपाल ऐण्ड सन्स, कश्मीरी गेट, दिल्ली, मूल्य- 8 रूपये, प्रथम संस्करण, 1971
2. रूपिमीय विश्लेषण-डॉ. लक्ष्मण सिन्हा, पृष्ठ-15
3. पा. 1.4.32
4. श्रृंगार प्रकाश, पृ. 151
5. अभिनव:हिंदी व्याकरण- प्रो. ना. नागप्पा, पृष्ठ-201
6. पा. 1.4.24
7. संस्कृत व्याकरण दर्शन-डॉ. रामसुरेश त्रिपाठी, पृष्ठ-77

संस्कृत के आंग्ल वैयाकरण इसे 'एब्लेटिव्' (Ablative) नाम देते हैं। वहाँ भी अपादान कारक विलगाव और पृथकता का ही अर्थ देता है। वस्तुत: यूरोपीय भाषाओं में षष्ठी और पंचमी विभक्ति का रूप हर तरह से एक ही है। हिन्दी में इसके लिए पंचमी विभक्ति का प्रयोग होता है। इधर, अंग्रेजी में दूरी का भाव 'फ्राम'(From) जैसे निपात के प्रोयग से पूरी तरह व्यक्त हो जाता है। अंग्रेजी में अपादान को चित्रित करते हुए लिखा गया है, " The next case is Apadana, a word which is derived from 'apa-a-da', "to take off or away" and wich appears to have been coined by grammarians for the purpose of their science and is used rarelly, it at all, in literature. It is found for the first time in Panini."

**अपादान के भेद- महर्षि पाणिनि** ने अपादान के तीन भेद किया है, 'निर्दिष्ट विषय अपादन', 'उपात्त विषय अपादान तथा 'अपेक्षित क्रिय' । भर्तृहरि भी इसे बाँटते हुए कहते हैं- **''निर्दिष्ट विषयं किंचिद् उपात्त विषयं तथा। अपेक्षित क्रियं चेति त्रिधाऽपादानमुच्यते।''** **'से' चिन्ह का प्रयोग-** अपादान और करण दोनों कारकों के लिए 'से' चिन्ह का प्रयोग किया जाता है। पर, दोनों के लिए 'से' चिन्ह के प्रयोग में बुनियादी अंतर भी है। करण में जहाँ पास या सहायक होने का भाव रहता है, वहीं अपादान में किसी चीज से दूसरी चीज के दूर होने का भाव होता है। साफ शब्दों में, अपादान में एकदम से पृथकता का भाव बोध रहता है, जैसे- वृक्ष से पत्ते गिरे, पतंग आसमान से गिरी। इसके अलावा कुछ अन्य भावों को प्रकट करने के लिए भी अपादान कारक का प्रयोग होता है।[1] उदाहरण नीचे दिए जा रहे हैं- **अ. निकलने के अर्थ में-** गंगा हिमालय से निकलती हैं। **आ. डरने के अर्थ में-** बच्चे बन्दर से डरते हैं। **इ. सीखने के अर्थ में-** छात्र अध्यापक से पढ़ते हैं। **ई. लजाने के अर्थ में-** मोहिनी अपने जीजाजी से लजाती है। **ऋ. तुलना के अर्थ में** -कृष्णा किरण से चंचल व चालाक थी। **ऊ. दूरी के अर्थ में-** मेरा घर नगर से दूर है। **ए. दूर हटने के अर्थ में-** खाना बनाते समय स्टोव से हटकर बैठो। **ऐ. बचाने के अर्थ में -** इस साहसी छात्र ने एक बच्चे को नदी में डूबने से बचाया।

**6. संबन्ध कारक-** संज्ञा सर्वनाम के जिस रूप से उसकी वाच्य वस्तु का सम्बन्ध किसी दूसरी वस्तु के साथ सूचित होता है उस रूप को संबंध कारक कहते हैं। वस्तुत: एक वस्तु से दूसरी वस्तु का संबंध दिखाने के लिए इस कारक का प्रयोग होता है । संस्कृत व्याकरण में संबन्ध कारक[2] और तत्सम्बद्ध षष्ठी विभक्ति की सत्ता सदैव विवादास्पद रही है। इस पर **डॉ. सत्यकाम वर्मा** लिखते हैं कि विभक्ति पर तो विवाद व्यर्थ है, क्योंकि वह तो रूपात्मक विश्लेषण मात्र है।''[3] कुछ विद्वान् संबंध कारक को वस्तुत: एक विशेषण मानते हैं।

**चिन्हों का प्रयोग-** ना, नी, ने, का, की, के तथा रा, री, रे- संबंध कारक के चिन्ह हैं। इन चिन्हों के कुछ प्रयोग इस इस प्रकार हैं, - ना, रा, का -(एक वचन पुलिंग के साथ) राम का घोड़ा, तुम्हारा हाथ, अपना घर। नी, री, की -(स्त्रीलिंग के सभी वचनों के साथ)- तुम्हारी बहन, अपनी किताब, श्याम की गाय। ने, रे, के -(बहुवचन पुल्लिंग के साथ)- अपने लोग, तुम्हारे हाथ, उसके बैल।

उक्त चिन्हों के अलावा संबंध कारक के लिए 'वाला', 'वाली' चिन्हों का भी प्रयोग करते हैं। यथा-रामवाली किताब, प्रेमचन्द वाली कहानियाँ, सुकुल वाला गमछा। गोलू वाला बस्ता। इन प्रयोगों के अलावा उक्त चिन्हों का प्रयोग निम्न दशाओं में भी होता है।[4] स्वामित्व(Owner ship), अंग - अंगी संबंध (Possessor-possessed relationship) जन्य-जनक संबंध (Father- son relation), कारण कार्य संबंध (Cause-effect relation), कर्ता कर्म सम्बन्ध (Doer- deed relation )आधार-आधेय सम्बन्ध (Container-contained relation), सेवक सेव्य सम्बन्ध (Servant-master relation) भाग भागी सम्बन्ध (Part whole ralation) गुण -गुणी सम्बन्ध (Quality-qualified relation), वाहन- वाहक सम्बन्ध (Carrier carried ralation) नाते- रिश्ते सम्बन्ध (Blood relation) जातिगत सम्बन्ध (Relation of Caste) प्रयोजन परक सम्बन्ध(Purpose relation), मोल भाव सम्बन्ध(Price relation), परिमाण सम्बन्ध (Quantity ralation)माप सम्बन्ध (Measure) अवस्था, वय या काल का सम्बन्ध (Age) काल -सम्बन्ध (Time-relation) अभेद सम्बन्ध (Identity) साकल्य सम्बन्ध (Entirety), अविकार्य सम्बन्ध (Changelessness) विकार्य सम्बन्ध (Change beyond rec-

1. हिन्दी व्याकरम: नव मूल्यांकन- डॉ. ओम प्रकाश शर्मा, पृ. 149
2. सच तो यह है कि संस्कृत व्याकरण में कारकों के बीच संबन्ध कारक की स्थिति स्वस्थ बच्चों के बीच समय से पहले पैदा हो गए छेहर-दुब्बर, छमासा-सतमासा बच्चों की तरह है। यहाँ संबन्ध कारक के अस्तित्व को लेकर निरंतर विवाद रहा है। मैंने देखा अरबी, फारसी और अंग्रेजी व्याकरणों में भी लगभग यही स्थिति है, बल्कि हिन्दी ने इस कारक को उचित सम्मान दिया है- लेखक
3. सैद्धान्तिक भाषा विज्ञान डॉ. सत्यकाम वर्मा, पृष्ट 157
4. अभिनव हिन्दी व्याकरण-प्रो. ना. नागप्पा, पृष्ठ-205

ognition) वैषमिक सम्बन्ध (Object to relation) असंभावना अयोग्यता या अशक्यता पर आधारित सम्बन्ध (Impossibility) निश्चय (Decision, dermination), अनुमान या कल्पना का विरोध (Contradiction to expectation) अपादान सम्बन्ध(Characteristic relationship), नामाश्रित सम्बन्ध (Dependence) गंतव्य स्थान सम्बन्ध (Place of destinaton) उपादान सम्बन्ध (The Metarial that constitutes a thing) तथा स्वामी स्वामित्व सम्बन्ध (Ruled ruler relation)।

**7. अधिकरण कारक-** अधिकरण का अर्थ है आधार। संज्ञा सर्वनाम के जिस रूप से क्रिया के आधार (स्थान, समय, अवसर आदि) का ज्ञान होता है, उसे अधिकरण कहते हैं। पाणिनि ने **''आधारोऽधिकरणम्''**[1] अर्थात् 'अधिकरण' को 'आधार' का अपर पर्याय माना है। यद्यपि उन्होने यह साफ नहीं किया कि 'आधार' कैसा और किसका? किन्तु, सौभाग्य से **भर्तृहरि** ने इसे साफ करते हुए कहा कि जो कर्ता या कर्म सहित क्रिया का उसके निष्पादन का आधार बन सके, वह अधिकरण है,-**''कर्तृकर्मान्तरित क्रियायाधारोऽधिकरणम्'' ''कर्तृकर्मव्यवहितम्''** (वाक्यपदीय 3.7.148. अ) कुछ लोग अन्य वैयाकरणों ने भी अधिकरण के बारे में यह कहा है, **''वैषायिकाद्यधिकरणम्''** तथा **''कर्तृकर्मव्ययहितामसाक्षाद्धारयत् क्रियाम्। उपकुर्वन्त क्रियासिद्धौ शास्त्रेऽधिकरणं स्मृतम्।''** इधर,एक अंग्रेजी के विद्वान् 'अधिकरण' के विषय में लिखते हैं कि, "In its tenchnical sense Adhikran occurs for the first time in the Astadhyayi."

**अधिकरण के भेद- आचार्य भर्तृहरि** ने अधिकरण को वैज्ञानिक दृष्टि से तीन भागों में बाँटा है 1. औपश्लेषिक, 2. सामवायिक तथा 3. सांयोगिक। इधर, एक दूसरे **आचार्य श्री रामचन्द्र** ने चार प्रकारों में अधिकरण को बाँटते हुए लिखते हैं, ''औपश्लेषिकः, सामीपिकः, विषयोव्याप्तः इति।''[2]

**चिन्हों का प्रयोग-** अधिकरण का चिन्ह 'में', 'पर' है। किन्तु कभी-कभी 'ऊपर', 'के ऊपर' के बीच, 'के मध्य' चिन्हों का भी प्रयोग किया जाता है। बहरहाल, में और 'पर' के कुछ प्रयोग देखिए,-

**में का प्रयोग स्थान-**(location -गाँव में)अवधि (duration- दिन में), दाम (price कितने में), तुलना (comparision सबसे अच्छा), मेल तथा अन्तर (compare and contrast- भाई-भाई में झगड़ा), स्थिति (Condition- युद्ध में), श्रद्धा, रुचि, बाँधना, लगाना (earnestness, taste etc दर्शन शास्त्र में रुचि), सामीप्य (nearness मेरा घर नौकापुरा (लंका) मुहल्ले में है), स्थान का घेरा (area- कल मलिकपूरा में पानी बरसा), कमजोरी (Weakness- मजहब नहीं सिखाता आपस में बैर रखना), तृप्ति (satisfaction or satiation-दो रोटी खाकर तृप्त हूँ), कालवाचक अधिकरण (locative of time-चमक उठी सन् सत्तावन में वह तलवार पुरानी थी- सुभद्रा कुमारी चौहान) आदि में होता है।

**'पर' का प्रयोग-** एक देशाधिकार (Occupation - सिंहासन पर), सामीप्य (nearness-लंका पर), दूरी (distance-कोस-कोस पर), विषयाधार (basis-वचन पर टिके रहो), निश्चित काल (fixed time दो -दो घण्टे पर), अनन्तरता (after-wards-भोजन पर पान खाया जाता है।, स्थान (location -किताब मेज पर), अधिकता (increase-दिन पर दिन वस्तुओं के दाम), अनुसरण बोधक अधिकरण (locative of tradion-पूर्वजों के मार्ग पर), निमित्त (locative of reason-मानव की लज्जा लुटती है, टुकड़े के दानों पर), दया (mercy- हे भगवान्! मेरे परिवार पर दया करो) अधिकार, स्वामित्व (possession-हाथ में पैसा, माल पर कब्जा) आदि में किया जाता है।[3]

**8. सम्बोधन-** संज्ञा या सर्वनाम के जिस रूप से किसी को पुकारा, बुलाया या संबोधित किया जाता है, उसे संबोधन कारक कहते हैं। दूसरे शब्दों में, किसी वस्तु को बुलाने, आश्चर्य व्यक्त करने आदि के अर्थों में संबोधन का प्रयोग किया जाता है, जैसे- हे बजरंगबली! मेरी रक्षा करो, अरे भाई! सुनो तो। कभी कभी उक्त चिन्हों का प्रयोग वाक्य के अंत में भी करते हैं, यथा -मीनू की मम्मी, सुनती हो जी! अंग्रेजी में भी संबोधन को लगभग इसी तरह परिभाषित किया गया है, - "The Vocative is used in calling or alerting somebody or attracting some body's attention. The Vocative form is used at the beginning of sentece." अर्थात् संबोधन कारक का प्रयोग किसी को बुलाने में पुकारने में, टेरने में, सचेत करने में या अपनी तरफ किसी का ध्यान आकृष्ट करने में होता है। इसे 'अभिमुखीकरण' भी कहा गया है।

लेकिन दुर्भाग्य से, संबंध कारक की तरह ही संस्कृत के अधिकांश आचार्यों ने संबोधन को भी कनखिया और घूरकर ही देखा है। **भर्तृहरि** तो साफ लिखते हैं कि संबोधन का प्रयोग करें या न करें, न तो वह वाक्यार्थ का ही अंग बन पाता है न ही क्रिया की

---

**1. पा. 1.4.45**

**2. प्रक्रिया कौमुदी श्री रामचन्द्र पृष्ठ 455**

**3. अभिनव हिन्दी व्याकरण-प्रो. ना. नागप्पा. पृष्ठ207**

अभिनिष्पत्ति में उसका कोई योगदान रहता है। इसीआधार पर भर्तृहरि इसे 'कारक कल्पना' से बाहर का मानते हैं।यद्यपि, विभक्ति संबन्ध की दृष्टि से उसे भी प्रथमा से सम्बद्ध ही माना गया है। बहरहाल, भर्तृहरि के शब्दों में, -

**''सम्बोधनं न वाक्यार्थ इति वृद्धेभ्य: आगम:। उद्देशेन विभक्त्यर्थ: वाक्यांथा समुपोद्धता।''**[1]

अर्थात् यह गुरुपरंपरा से चली आ रही बात है कि संबोधन को 'वाक्यार्थ क़ा अंग' स्वीकार नहीं किया जाता। संबोधन की स्थिति स्वतंत्र सी है।

## हिन्दी परसर्गों, कारक चिन्हों या विभक्तियों का ऐतिहासिक विकासात्मक परिचय-

शायद ही हिन्दी का कोई परसर्ग, कारक चिन्ह अथवा विभक्ति हो जो अपने विकास और उत्पत्ति की दृष्टि से निर्विवाद हो। कोई भी विद्वान् , किसी दूसरे विद्वान् की बताई व्युत्पत्ति को सहज रूप में स्वीकार करने के लिए तैयार नहीं हैं। अत: ऐसी स्थिति में इन व्युत्पत्तियों को लेकर मन में संशय पैदा होती है कि आखिर इनमें से किसे सही और जमीनी माना जाय? लेकिन इसका अर्थ यह नहीं है कि हम इन पर विचार ही न करें। अपनी बौद्धिक सीमा में इन पर तो हमें विचार करना ही है, सो, आइये प्याज के छिलके की तरह भ्रांतियों की परत में लिपटी इन व्युत्पत्तियों को इस प्रकार देखा जाय-

**शून्य-** कई विद्वानों का कहना है कि कर्ता कारक का असली चिन्ह तो शून्य ही है। पर, दुर्भाग्य से **डॉ. धीरेन्द्र वर्मा, डॉ. उदयनारायण तिवारी** तथा **डॉ. देवेन्द्र शर्मा** अपनी-अपनी पुस्तकों में इस पर खास चर्चा नहीं करते। **हाँ डॉ भोलानाथ तिवारी** ने इसे विभक्तिवत् स्वीकार भी किया है तो दूसरी ओर **डॉ. विन्दुमाधव मिश्र** के अनुसार **डॉ. तिवारी** शून्य विभक्ति को अविकारी कारक मानकर एक मौलिक गड़बड़ी कर गये हैं।[2] बहरहाल, **डॉ. भोलानाथ तिवारी** अकारान्त पु. शब्दों के प्रथमा एक. - अ: और नपु. एक. अम् तथा बहु. आनि का लोप मानकर शून्य रूपों को सिद्ध किया है और तत्सम तथा विदेशी शब्दों में भी तद्भव शब्दों के विभक्ति लोप के [illegible] पर शून्य रूप बताए हैं। इस पर, डॉ. **बिन्दुमाधव मिश्र डॉ. तिवारी** से सवाल पूछते हैं कि आखिर, प्रथमा विभक्ति से अन्य कारकों का बोध कैसे होगा? **डॉ अवधेश्वर अरुण** कहते हैं कि जहाँ विभक्ति आकार लुप्त हो जाय, वहाँ शून्य चिन्ह माना जाता है। हिन्दी में अम् या विसर्ग की जगह केवल शून्य का ही प्रयोग होता है।[3]

**ए-** यह चिन्ह विकारी कारक में आकारान्त पु. एक. तथा बहुवचन में, अविकारी कारक में आकारान्त पु. बहु. में तथा सम्बोधन एक वचन में मिलता है। इसकी व्युत्पत्ति विवादों के घेरे में है। पश्चिमी व्याकरणविद् **केलाग** तथा **हार्नले** विकारी एक. तथा अवि. बहु. को एक ही स्वीकार करते हैं। **डॉ. चटर्जी** 'ए' का विकास एभि:>अहि> अई >ए । **डॉ. देवेन्द्र नाथ शर्मा केलाग** की व्युत्पत्ति संबंधी धारणा को स्वीकृत करते 'ए' की व्युत्पत्ति स्य>स्स विकल्प में सि>हि>इ और संधि से 'ए' मानते हैं। **डॉ. उदयनारायण तिवारी** भी केलाग और चटर्जी की व्युत्पत्ति को ही सही मानते हैं।

**ओं-** इसका प्रयोग सभी शब्दों के विकारी बहु. में होता है। **डॉ. देवेन्द्र नाथ शर्मा** ओं को पु. द्वितीया बहुवचन आन् और नपु. प्रथमा द्वितीया बहु. आनि से पैदा बताते हैं तो **डॉ. बिन्दु माधव मिश्र** सं. षष्ठी बहु. आनाम्>आणं>अउणं>औं-ओं के क्रम में व्युत्पन्न मानते हैं।[4]

**एँ-** इसकी व्युत्पत्ति लगभग विवाद रहित है। इसका प्रयोग उकारान्त- ऊकारान्त स्त्री. के अविकारी तथा अकारान्त- आकारान्त के बहुवचन में होता है। इसकी व्युत्पत्ति आनि>आइँ>अइँ>एँ-इस प्रकार मानी जाती है।

**आँ-** इसकी व्युत्पत्ति सं. आनि>आइँ>आँ के क्रम में मानी जाती है। इसका प्रयोग इकारान्त-ईकारान्त स्त्रीलिंग के अविकारी बहुवचन में होता है। कभी-कभी 'आँ' का उच्चारण 'याँ' रूप में भी होता है, यथा बतियाँ, रतियाँ, आदि।

**ओ-** इस विकारी बहुवचन ओं का अननुनासिक रूप माना जाता है। इसका प्रयोग सभी शब्दों के सम्बोधन बहुवचन में होता है। इसकी व्युत्पत्ति अ+हो>अहु>अउ>ओ- इस प्रकार मानी जाती है।

**ने-** यह पश्चिमी हिन्दी का मुख्य परसर्ग तो है ही, पंजाबी, मराठी, उर्दु तथा गुजराती आदि भाषाओं में भी कर्त्ता, कर्म, करण तथा सम्प्रदान कारक के चिन्ह के रूप में व्यवहृत होता है। प्रयोग की प्राचीनता की दृष्टि से इसका इतिहास कबीर की उम्र से बड़ा नहीं है। यह पश्चिमी हिन्दी और पूर्वी हिन्दी में अंतर की ओर इशारा करता है। कर्त्ता कारक का यह चिन्ह वैकल्पिक है। सकर्मक क्रिया रहने पर भूतकाल के सामान्य, आसन्न, पूर्ण और संदिग्ध भेदों में कर्त्तरि प्रयोग के रूप में तथा कर्मण और भावे प्रयोगों में इसका व्यवहार किया जाता है।[5]

---

**1. वा. 3.7.164**
**2. हिन्दी भाषा का परिचय - डॉ. बिन्दु माधव मिश्र-184**
**3. हिन्दी भाषा स्वरूप विकास - डॉ. अवधेश्वर अरुण, पृष्ठ-89**
**4. हिन्दी भाषा का परिचय - डॉ. बिन्दु माधव मिश्र-187**
**5. हिन्दी भाषा स्वरूप विकास-डॉ. अवधेश्वर अरुण**

**'ने' का विकास संदिग्ध है।** विद्वानों के अपने अपने मत हैं। विदेशी विद्वान् **ट्रम्प, कामता प्रसाद गुरु, श्री किशोरी दास बाजपेयी** प्रभृति विद्वान् 'ने' का विकास संस्कृत के तृतीया एकवचन की विभक्ति 'एन' से मानते हैं, यथा एन>एण>ए (वर्ण विपर्यय से) 'ने' किन्तु **डॉ. उदयनारायण तिवारी** तथा **डॉ. भोलानाथ तिवारी** इस व्युत्पत्ति को खारिज कर देते हैं। **बीम्स** भी इससे असहमत हो तर्क देते हैं कि 'एन' का रूप चन्दबरदाई तथा माराठी में 'एँ' है और गुजराती में 'ए' हो गया है। इसलिए उसका 'ने' होना असंभव प्रतीत होता है। अत: बीम्स ने इसका संबंध पुरानी हिन्दी के कर्म कारक चिन्ह 'नै' के साथ जोड़ा है। उनके अनुसार पुरानी हिन्दी 'नै' और आधुनिक हिन्दी कर्त्ताकारक चिन्ह 'ने' में पूर्णतया साम्य है।[1] इधर, केलाग ने इसका विकास संस्कृत 'लग' धातु के भूत कालिक कृदन्त रूप 'लग्य' से नामा है, यथा - सं. लग्य> प्रा. लग्गिओ> हि. लागि.> लइ> ले.> ने।[2] **केलाग** की उक्त व्युत्पत्ति को थोड़े संशोधन के साथ डॉ. भोलानाथ तिवारी कहते हैं कि, ''मेरे विचार से यदि इसे इस रूप में रखा जाय तो विकास अधिक स्पष्ट हो सकेगा। सं. लग् धातु का भूत कृदन्त रूप लग्य+क: >प्रा. लग्गिओ>लग्गिअ>लागिअ (>लागि>लाई)>लागि>लाइ> लै>नै> ले>ने।[3]

**ग्रियर्सन** और **ब्लाख** 'ने' का रिश्ता 'तन' से जोड़ते हैं। भारतीय विद्वानों में **डॉ. सुकुमार सेन, डॉ. सुनीति कुमार चटर्जी** तथा **डॉ उदयनारायण तिवारी** 'ने' की पैदाइश संस्कृत के 'कर्ण' शब्द से मानते हैं, यथा -सं. कर्ण>कन्न>कन्नहि>हिन्दी 'ने'। बहरहाल, उक्त सारी व्युत्पत्तियाँ अनुमानजन्य हैं। हाँ, यदि विश्वास करना हो तो 'ने' का मूल उत्स 'एन' हो सकता है, क्योंकि क्रिया का प्रातिपादिक के साथ जो संबंध 'एन' व्यक्त करता है, वही 'ने' कर रहा है। विभक्ति पर सर्ग नहीं बन सकती, यह कोई नियम नहीं है। न तो एन>ने के विकास में एँ वाली स्थिति बाधक है,क्योंकि त्वम् से तुम, तूँ, तों आदि अनेक रूप बने हैं। यदि यही होता तो त्वम् से तुम क्यों बनता। उसी प्रकार एन से ने भी और एँ भी (मराठी वाला) विकसित हुआ है। इसी व्युत्पत्ति को आज सर्वाधिक स्वीकृति मिली है।[4]

**को-** इस परसर्ग का प्रयोग कर्म कारक और सम्प्रदान कारक- दोनों के लिए होता है, जैसे उसने मोर को देखा (कर्म), तथा वह कपड़े को (के लिए) तरसताथा (सम्प्रदान)। कभी-कभी इसका प्रयोग कर्त्ता एवं अन्य कारकों में भी होता है, यथा रमेश को पढ़ना है। विभिन्न बोलियों में इसका प्रयोग अलग-अलग रूपों में होता है यथा- 'को' के लिए अवधी में 'क', ब्रज में 'कौ', बघेली में 'केहे', कन्नौजी में 'को', मारवाड़ी में 'नै', मेवाड़ी में 'ए' बुन्देली में 'खों', कुमायूँनी में 'कणि', गढ़वाली में 'सणि' तथा नेपाली में 'लाइ'।

इसकी व्युत्पत्ति भी गहरे विवाद का विषय है। **ट्रम्प** ने इसकी व्युत्पत्ति सं. 'कृत् ' से माना है, किन्तु **बीम्स** और **हार्नले** ने इसका खण्डन कर 'को' की व्युत्पत्ति सं. 'कक्ष' (बगल, समीप) से इस प्रकार बता दी- सं. कक्ष>कक्खं>कांख>काहं>कहुँ>हिन्दी कौं>को>क। लेकिन **डॉ. भोलानाथ तिवारी बीम्स** की 'को' सम्बन्धी व्युत्पत्ति को सिरे से नकारा नहीं घोषित करते, बल्कि उसे थोड़ा खंगालते हुए-सं. कृतं>कतं>कदं>कअँ>कहं>कहुँ>कउँ>कौं>को- इस प्रकार सिद्ध करते हैं, विद्वानों ने बीम्स की ही व्युत्पत्ति को प्रामाणिक माना है।

**से-** यदि ध्यान से देखा जाय तो इस परसर्ग का प्रयोग कर्त्ता, कर्म, करण तथा अपादान- इन चारों कारकों के लिए किया जाता है, जैसे मोहनसे खाया नहीं जाता (कर्त्ता), मुझे तुमसे कुछ कहना है (कर्म), राम ने बाण से रावण को मारा (करण), तथा वृक्ष से पत्ते गिरे (अपादान)। हिन्दी की विभिन्न बोलियों- यथा अवधी में 'से' 'सन' हो जाता है तो ब्रजभाषा में 'सैं','सों', 'सो' के रूप में उच्चरित होता है।

**'से' की व्युत्पत्ति भी झमेले का विषय है।** मशहूर व्याकरणविद् **हार्नले** इसे 'अस' धातु से उपजा मानते हैं, यथा अस>संतों>सुतो>सों, सू>से, तो **बीम्स** इसकी व्युत्पत्ति संस्कृत अव्यय 'समं' से मानते हैं, यथा-समं>सों>से। **केलाग** इसे सं. 'सङ्गे' से नत्थी करते हैं तो **डॉ. सुनीति कुमार चटर्जी** इसका सम्बन्ध 'समहि' से मानते हैं, जिसका संस्कृत रूप 'सअइ' बनता है। उसमें गुण होकर 'से' निर्मित हो जाता है। इधर, **डॉ. उदयनारायण तिवारी** इसकी विकास प्रक्रिया सं. सम-एन>सएं>सइं>सें>से मानते हैं [5] तो **डॉ. भोला नाथ तिवारी** इसकी व्युत्पत्ति से संबंधित सभी रूपों को समोते हुए इसे क्रमश: समं, संगे और अस- इन तीनों से अनुस्यूत करते हैं।

**के लिए-** यह परसर्ग सम्प्रदान के लिए प्रयुक्त किया जाता है, यथा 'सुरेश के लिए भोजन दो'। कुछ लोग इसका विकास 'कृते ग्ने' से मानते हैं, तो **डॉ. सत्यजीवन वर्मा** 'के लिए' में 'के' की व्युत्पत्ति 'केरक' से मानते हैं। **डॉ. उदयनारायण तिवारी** 'के' का

---

1. भाषा विज्ञान और मानक हिन्दी- डॉ. रत्न चन्द्र शर्मा, पृष्ठ-192
2. A Grammar of the Sanskrit Language- Kelog, P. 132
3. हिन्दी भाषा-डॉ. भोलानाथ तिवारी, पृ-166
4. हिन्दी भाषा का परिचय- डॉ. बिन्दु माधव मिश्र पृ-188
5. हिन्दी भाषा का उद्गम और विकास -डॉ. उदयनारायण तिवारी, पृष्ठ-433

विकास 'कृते' से मानते हैं, यथा सं. कृते>किने>किये>किए>कए>के तथा 'लिए' का विकास सं. लग्गे>लग्ये>लग्गि>लागि>**लगे>लिए। हार्नले** के अनुसार 'लिए' की व्युत्पत्ति 'लब्धे' से हुई है।

**का, के, की-** यह संबंध कारक का चिन्ह है। यद्यपि संस्कृत के वैयाकरण संबंध को कारक नहीं मानते, क्योंकि क्रिया के साथ इसका संबंध नहीं रहता। विद्वानों का विचार है कि 'के' और की 'रूप' 'का' से ही विकसित हुए हैं। इस 'का' को ब्रज में 'कौ', 'कों', तथा अवधी में 'केर', 'केरि', 'केइ' आदि रूप में बोलते हैं।

'का' की व्युत्पत्ति **बीम्स** और **हार्नले** के अनुसार 'कृत:' से है। बीम्स के हिसाब से इसकी विकास प्रक्रिया कृतक:>करितो>करिओ>केरको>केरओ,केरो>केर>के>का - इस प्रकार है। **केलाग** के अनुसार इसकी व्युत्पत्ति इस प्रकार हुई है, संस्कृत. कृत:>किद>कद>कअ>का। **बेवर** तथा **पिशेल** प्रभृति विद्वान् इसका विकास 'कार्यम्' से साटते हैं, यथा सं. कार्य>कार>का। **डॉ. सुनीति कुमार चटर्जी** इसे स्वार्थे 'क' से मानने की सलाह देते हैं।[1] **डॉ. देवेन्द्रनाथ शर्मा** इसे 'इक' प्रत्यय से उपजा मानते हैं, क्योंकि 'इक' में 'इ' के लोप और 'क' के दीर्घीकरण से 'का' प्राप्त हो जाता है। बहरहाल, अधिकांश विद्वान् इसका उत्स 'कृत:' ही मानते हैं।

**में, पर-** ये दोनों परसर्ग अधिकरण कारक में प्रयुक्त होते हैं। हिन्दी की विभिन्न बोलियों में 'में' 'पर' को अलग-अलग रूपों में बोला जाता है, यथा ब्रज में 'में' का उच्चारण 'मैं', 'मंह', 'मांहि'तथा अवधी में 'मां' और 'मंह' के रूप में होता है। इसी तरह 'पर' के लिए 'पै', 'पइ', 'परि' आदि रूप भी हिन्दी में चलते हैं। 'में' की व्युत्पत्ति अधिकांश विद्वानों के अनुसार संस्कृत के 'मध्ये' शब्द से हुई है, यथा सं. मध्ये>मज्झे>मज्झि>महि (माँझ, माँह, महँ)>मइँ>मैं>में। किन्तु 'पर' की पैदाइश को लेकर विद्वानों में मतभेद हैं। **केलाग** तथा **डॉ. धीरेन्द्र वर्मा** इसे संस्कृत के 'उपरि' शब्द से विकसित मानते हैं, यथा - सं. उपरि >परि> पइ> हि. पै> पे> पर। **डॉ. हार्नले** और **डॉ. उदय नारायण तिवारी** 'पर' की व्युत्पत्ति 'परे' से मानते हैं, यथा सं. परे> परि >हि पर। अधिकांश विद्वान् केलाग और डॉ वर्मा की व्युत्पत्ति को ही सही मानते हैं।

**परसर्गों के समान प्रयुक्त होने वाले अन्य शब्द-** हिन्दी में कुछ ऐसे शब्द भी हैं, जो परसर्गों की तरह ही कारकों के अर्थ को व्यंजित करते हैं। इनमें से कुछ तो अरबी हैं और शेष हिन्दी हैं। इस प्रकार के शब्दों में कुछ मुख्य इस प्रकार हैं; भीतर, मध्य, बाहर, आगे, पीछे, साथ, पास, मारे, ऊपर, नीचे, ओर, बिना, अन्दर, वास्ते , खातिर तथा कारण आदि। इनमें कुछ की व्युत्पत्ति इस प्रकार है, **भीतर-** अभ्यन्तरे >भिन्तरे, भित्तरे, भित्तरि >भीतरे, भीतरि >भीतर। **बाहर-**बहिर >बाहिर >बाहर। **ऊपर-** उपरि>उप्परि>उपुपर>ऊपर। **नीचे-** नीचै:>नीचे। **आगे-** अग्रे>अग्गे>अगे>आगे। **पीछे-**पश्चे >पच्छे >पिच्छे >पीछे या पश्चे >पच्छे >पाछे। **पास-**पार्श्वे>पाश्शे-पास्से>पास्सि>पासि>पास। **साथ-**सार्थे, सत्थि>साथि>साथ। **ओर-**अवार>ओर [2]। **मारे-**सं. मारितेन>मारिएन>मारिए>मारे। **सामने**>सं. सम्मुख>सामने।

## हिन्दी की लिङ्ग व्यवस्था और प्रयोग

**''स्तनकेशवती स्त्री स्यालोमशः पुरुष स्मृतः। उभयोरंन्तरं यच्च तदभावे नपुंसकम् ।।**
**लिंगात् स्त्री पुंसर्योज्ञाने भ्रूकुंसे टाप् प्रसज्यते। नत्वं खरकुटीः पश्य खद्वावृक्षौन सिध्यतः।।**
**नापुंसकं भवेत्तस्मिन् तदभावे नपुंसकम् असतत्तु मृगतृष्णावत् गन्धर्व नगरं यथा।।**
**आदित्यगति वत्सन्न वस्त्रान्तर्हित वच्च तत् । तयोस्तुत्कृतं दृष्ट्वा यथाकाशेन ज्योतिषः।।**
**अन्योन्यसंश्रयं त्वेतत् प्रत्यक्षेण विरुध्यते। तटे च सर्व लिंगानि दृष्ट्वा कोऽध्यवसास्यति।।**
**संस्त्यान प्रसवौ लिंग मास्थयौ स्वकृतान्तन्तः। संस्त्यानेनस्त्यायतेर्ड्द् स्त्री सूतेः सम्प्रसवे पुमान्।।**

लिंग के संबंध में संभवत: आपको इतनी विशद व्याख्या विश्व के किसी भी वाङ्मय में नहीं मिलेगी। श्लोक वार्तिककार और **कात्यायन** आदि प्राचीन भारतीय मनीषियों ने बहुत पहले ही लिंग पर प्रकाश डाला था। **गोपथ ब्राह्मण** में तो ''त्रिषु लिंगेषु'' कहकर लिंग की चर्चा की गई है। उक्त पदों में लिंग के स्वरूप तथा भेदपर विधिवत प्रकाश डाला गया है। यौन चिन्ह स्त्री-पुरुष के भेदक माने गए हैं। कुछ शारीरिक विशेषताओं के कारण किसी को स्त्री और किसी को पुरुष मान लिया गया है। यही विशेषताएँ भाषा में लिंग भेद का कारण बनती हैं। स्तन्, केश आदि स्त्रीत्व के द्योतक हैं। संस्कृत के प्रतिष्ठित आचार्य **नागेश** तो कहीं-कहीं 'केश' का अर्थ 'भग' करते हैं, फिर प्राचीन ग्रंथों में इस अर्थ में वह प्रयुक्त भी हुआ है, ''अटूट शूला जनपदा: शिवशूला द्विजापत:। केश शूलाश्च कामिन्य:

---

**1. Origin and Development of Begali Language- Dr. S. K. Chatterji P.756**
**2. हिन्दी भाषा-डॉ. भोलानाथ तिवारी, पृष्ठ-176**

प्राप्ते कलि युगे नृणाम् ............... शिवस्तु वेदो विज्ञेय: केशोभग इति स्मृत:।[1]

व्याकरण दर्शन (Philosophy of Grammar) के विद्वान् व्याकरणिक कोटियों में लिंग को बहुत महत्व देते हैं। यद्यपि इनका विचार है कि अन्य व्याकरणिक कोटियों की तरह लिंग की स्वतंत्र हैसियत और मुक्त इयत्ता नहीं है। यह एक पराश्रित कोटि है, फिर भी यह व्याकरण का नितांत अनिवार्य और प्रमुख अंग है, जिसकी कत्तई उपेक्षा नहीं की जा सकती।

**लिंग की परिभाषा और स्वरूप-** लिंग संस्कृत भाषा का शब्द है, जिसका अर्थ होता है- चिन्ह या निशान। सामान्य शब्दों में कह सकते हैं कि संज्ञा के जिस रूप से व्यक्ति या वस्तु की जाति का बोध हो, उसे व्याकरण में लिंग कहा जाता है। प्रसिद्ध कोश **'शब्द कल्प द्रुम'** में लिंग की परिभाषा देते हुए लिखा गया है कि- **'लिंगयते अनेन इति लिंगम् '** अर्थात् जिससे किसी की पहचान हो, उसे लिंग कहते हैं, किन्तु लिंगको स्त्री नपुंसकादि तक सीमित कर पारिभाषित करना, इसकी समग्र-परिभाषा नहीं है। जाति भेद (sex) को व्याकरणिक लिंग अर्थात् (gender) मानना भ्रमपूर्ण है।[2] संभवत: इसीलिए महाभाष्यकार पतंजलि इसे साफ करते हुए कहते भी हैं कि-**''न वैयाकरणे शक्यं लौकिकं लिंगम् आस्थातुम् ''** इससे स्पष्ट है कि जाति परक विभेद (sex) का प्रभाव व्याकरणिक लिंग पर सभी स्थानों पर नहीं है।

इधर, अंग्रेजी के एक विद्वान् लिंग के स्वरूप और उसके महत्व पर प्रकाश डालते हुए कहते हैं कि, "The word 'linga' is used the Upanishads in the sense of 'mark' taken, characterstic'. In the Nirukta also the word is used in the sense of characterstic. From this, on the other hand linga' came to mean the characterstic of the male phallus, on the other hand it came to signify 'grammatical gender." नपुंसक लिंग का चित्र पाणिनि के अनुसार -

**''नपुंसकमिति ज्ञात्वा प्रियायै प्रेषितं मनः।**
**तत्तु तत्रैव रमते हताः पाणिनिना वयम् ।।**

ख्याति लब्ध भाषाविद् **प्रो. फोदोर स्तेवेन** लिंग का रूपांकन करते हुए लिखते हैं, "Genus is a grammatical category the menifests itself in morphological divisions bought about on the members of syntactic units standing in identical relations to each other (chiefly, subject, predicate or attributive qualified words) genus is always a syntactic phenominon exhibiting morphological features." अर्थात् जिसकी अभिव्यक्ति वाक्य में परस्पर समान रूप रखने वाले विविध अवयवों के ...... लिंग का सदैव वाक्य रचना से संबंध होता है और उसके आधार पर वाक्य अवयवों के रूप तय होते हैं।[3] इधर, प्रसिद्ध भाषा चिन्तक **जैस्पर्सन** लिखते हैं कि," By the term gender here is meant any grammatical class division presently some anology to the distinction in the Aryan languages between masculine femenine neuter, whether the division be beased on the natural division in to the two sexes or on that between animal or inanimate or on some thing else." अर्थात् लिंग शब्द से आशय व्याकरण के उस अंग से है, जो आर्य कुल की भाषाओं से प्राप्त स्त्री-पुरुष और नपुंसक के भेद से मिलता जुलता है और जिसका आधार नरमादा आदि का प्राकृतिक भेद भी हो सकता है, सजीव निर्जीव का भेद भी और अन्य कोई भेद भी ।[4]

**लिंग-निर्णय के नियम अथवा लिंग विभाजन के आधार-** संस्कृत व्याकरणों में लिंग-निर्णय संबंधी कोई निश्चित दिशा निर्देश नहीं दिए गए हैं। इसके पीछे वैयाकरणों की संभवत: यह मंशा रही हो कि लिंग के नियम व्याकरण द्वारा नियंत्रित नहीं किए जा सकते, शायद इसी लिए उन्होंने यह कहा भी है कि लिंग - निर्णय के लिए महज कोरा शास्त्रोपदेश उचित और अनिवार्य नहीं है, **''शात्रोपदेशेन विनापि सिद्धिः लिंगस्य लोकव्यवहारा गम्या।''**[5] फिर भी , पाणिनि आदि महान् आचार्यो ने लिंग निर्णय के संबंध में कुछ विशिष्ट नियमों की ओर **'लिंगानुशासन'** में इशारा किया है, जो उनकी प्रतिभा की जीवित तसवीर है। आचार्य भर्तृहरि लिंग निर्णय के सात आधार इस प्रकार गिनाते हैं- **''यथा प्रसिद्धेऽप्ये कत्वे नाना त्वाभिनिवेशिनः।। नानात्वं जनयन्तीव शब्दा लिंगेऽपि स क्रम।''**

व्याकरण की दृष्टि से विविध भाषाओं में लिंगों की व्यवस्था भिन्न-भिन्न है, जैसे अंग्रेजी में पुलिंग, स्त्री लिंग, उभयार्थक (Common Gender) और नपुंसक लिंग मिलाकर कुल चार भेद हैं। संस्कृत, प्राकृत मराठी, गुजराती आदि में केवल तीन लिंग पुलिंग, स्त्रीलिंग, और नपुंसकलिंग हैं। हिन्दी, पंजाबी राजस्थानी आदि भाषा में केवल दो लिंग हैं- पुल्लिंग और स्त्रीलिंग। किन्तु बंगाली , उड़िया , बिहारी आदि कुछ ऐसी भाषाएँ हैं, जिनमें लिंग भेद प्राय: नहीं हैं। इनमें हिन्दी की लिंग व्यवस्था मध्यवर्ती है। न तो

---

1. Science of Emesense- Dr. Bhagwan Das, P. 437
2. नागरी प्रचारिणी पत्रिका- डॉ. आनन्द स्वरूप पाठक, पृष्ठ 32 नागरी प्रचारिणी सभा, काशी, 2001
3. Origin to Gender - Fodor Stoven Lingua, P. 2. January- 1952
4. Philosophy of Grammar- Jesperson, P. 227
5. भाष्य पदीय -कैयट, 5.4.66

उसमें अंग्रेजी की भाँति लिंग भेद की अधिकता है और न बंगला, उड़िया की भाँति उसका अभाव [1]। इसी तरह विश्व भाषाई फलक पर देखें तो हम पाएंगे कि फ्रेंच, अरबी, फारसी, रसियन, लैटिन, ग्रीक, संस्कृत, तमिल आदि सलिंगी भाषाएँ हैं, जब कि ढेरों भाषाएँ ऐसी भी हैं, जो लिंग-विहीन हैं।

अब यहाँ एक विचित्रता देखिए- विश्व की जो भाषाएँ सलिंगी हैं, उनमें लिंग विभाजन का आधार ठठाकर हँसाने वाला है। सच तो यह है कि दुनिया की सभी भाषाओं में लिंग-विभाजन समान रूप से नहीं मिलता। कुछ भाषाएँ ऐसी भी हैं, जहाँ लिंग विभाजन है ही नहीं, और जहाँ लिंग-विभाजन मिलता भी है,वहाँ उनका आधार अजूबा और चकित कर देने वाला है, यथा- किसी भाषा में सुन्दर-असुन्दर के आधार पर, किसी में स्त्री-पुरुष के आधार पर यथा हिन्दी और सेमेटिक भाषाएँ, किसी में सजीव-निर्जीव के आधार पर[2], यथा- श्रीलंका की सिंहली भाषा, कुछ मणिपुरी भाषा, अंडमान दीप की भाषा तथा अमेरिका की अलगोरियन कुल की भाषा, किसी में दीर्घ-लघु, स्थूल-सूक्ष्म के आधार पर, यथा- सेमेटिक, हेमेटिक तथा हिन्दी भाषाएँ। सेमेटिक भाषाओं में स्थूल को पुलिंग तथा लघु को स्त्रीलिंग मानते हैं। हेमेटिक भाषाओं में भी बड़े और शक्तिशाली जीव तथा पदार्थ,जैसे- तलवार, छोटी घास,पत्थर, खरगोश, आदि के बोधक शब्द स्त्रीलिंग होते हैं। हिन्दी में भी इसी प्रकार होता है, जैसे- चूहा, चुहिया, थाल, थाली, हिन्दी में शक्तिशाली सिंह को पुलिंग तथा सापेक्ष भाव से शक्तिहीन लोमड़ी को स्त्रीलिंग मानने में इसी प्रवृत्ति का परिचय मिलता है।[3] और तो और हिन्दी में प्रचलित कुछ अंग्रेजी के शब्द भी दुर्बल-निर्बल, दीर्घ-लघु के आधार पर पुलिंग-स्त्रीलिंग बन गए हैं। एक ही सकल सूरत की मोटर साइकलि हिन्दी में स्त्रीलिंग है, तो स्कूटर पुलिंग, बस स्त्रीलिंग है तो ट्रकपुलिंग,जहाज स्त्रीलिंग है तो हेलिकाप्टर पुलिंग, शर्ट स्त्रीलिंग है तो उससे थोड़ा बड़ा होने के कारण पैंट पुलिंग। कहीं कहीं श्रेष्ठता-हीनता के आधार पर, तो कहीं-कहीं अर्थ के आधार पर यथा- बुशमैन परिवार की भाषाओं में प्राणिवाचक 'हिरन' आदि शब्द सजीव लिंग और अप्राणिवाचक 'पत्थर'आदि निर्जीव लिंग होते हैं।[4]

हिन्दी में शब्द का रूप आकारान्त होने पर भी यदि अर्थ स्त्रीलिंग से सम्बद्ध है तो शब्द स्त्रीलिंग माना जाता है, यथा- दारा,माता, आत्मा आदि। इसके अलावा अर्थ से भिन्न यदि शब्द का रूप ईकारान्त है तो शब्द स्त्रीलिंग में माना जायेगा, जैसे- गिलहरी, तितली, मक्खी, मछली आदि। अगली बात यह कि शब्द रूप स्त्रीलिंग (ईकारान्त) का होने पर भी कुछ शब्दों के लिंग-निर्णय में जाति की ही प्रधानता होती है, जैसे-दूध, घी, मट्ठा, मक्खन, पुलिंग है तो 'दही' भी पुलिंग है। हीरा, पन्ना, पुखराज, पुलिंग है तो 'मोती' भी पुलिंग है, ऐसे ही बैल, ऊँट,घोड़ा,के साथ हाथी भी।[5] **आचार्य किशोरीदास बाजपेयी** कहते हैं कि-''हिन्दी ने अपनी पुं. विभक्ति 'आ' (ा) स्थिर की ओर लड़का,डंडा, हंडा, कंघा, आदि का पुलिंग मार्ग स्पष्ट किया । ऐसे शब्दों को स्त्रीलिंग में लाने के लिए अन्त्य 'आ' को 'ई' कर देते हैं, यथा- लड़की,डंडी, कंघी। यह संस्कृत पद्धति का अनुकरण है।''[6] अंत में, हिन्दी के व्याकरणविद् **डॉ. आनन्द स्वरूप पाठक**[7] विश्व की भाषाओं में लिंग निर्धारण अथवा लिंग निर्णय में सहायक अधोलिखित तत्त्वों की ओर हमारा ध्यान आकर्षित करते हैं, उन्हें आप इस प्रकार देखिए-

1- उपसर्ग(Prefix)बान्टू कुल की भाषाओं में,2. प्रत्यय (Suffix) भारतीय आर्य और द्रविड़ भाषाएँ,3.निर्देशक शब्द (Article) डेनिश भाषा में, 4. वचन (Number) सोमाली भाषा में, 5.संबन्ध बोधक शब्द (Preposition) स्पेनिश भाषा में, 6.आदि या अंत का शब्द(First or Last word) हिन्दी,संस्कृत,के समान शब्दों में, 7. समुदाय बोधक शब्द (Collective) जटलैंड की भाषा में, 8.ध्वनि(Sound) हेमेटिक परिवार की गल्ल भाषा में, 9. चेतन-अचेतन का भेद(Animate, inamimate object) बुशमैन परिवार की भाषाओं में तथा भारत की मणिपुरी भाषा में, 10.स्थूल-सूक्ष्म (Big, Small) हेमेटिक परिवार की भाषाओं में तथा 11. अर्थ (Meaning) हिन्दी, अंग्रेजी आदि भाषाओं में।

## विश्व की भाषाओं में लिंग- व्यवस्था अथवा लिंग की स्थिति

विश्व की भाषाओं में लिंग की स्थिति बेहद अचरज और अजीब है। विश्व की कुछ भाषाएँ ऐसी हैं, जहाँ लिंग टिड्डियों की तरह छपर गए हैं,वही कुछ भाषाएँ ऐसी भी है जहाँ लिंग का अकाल और सूखा है। दूसरे शब्दों में, कुछ भाषाओं में लिंग इक्कीस तक हैं तो कहीं महज एक। अफ्रीका की बान्ट्र परिवार की भाषाओं और बोलियों में 21प्रकार के लिंग भेद माने गये हैं। पुरुष, स्त्री और जड़ सृष्टि की इन जातियों के द्योतन के लिए विश्व की प्राचीनतम देवभाषा संस्कृत में तीन लिंग प्रचलित हैं- पुलिंग, स्त्रीलिंग और नपुंसकलिंग।

---

1. हिन्दी भाषा और लिपि का ऐतिहासिक विकास- डॉ. सत्यनारायण तिवारी, पृ. 150
2. कुछ कवियों ने निर्जीव का सजीव बनाते समय उसे स्त्रीलिंग में बदल दिया है। ऐसे कई उदाहरण मिलते हैं- -In animate objects or qualities or some times spoken as if they were persons, they are then said to be personified such things are regarded as male or female and hence the noun expressing them can be masculine or femimene- English Indian Grammar and Synthesis- J. C. Nesfield. p.20.
3. नागरी प्रचारिणी पत्रिका- डॉ. आनन्द स्वरूप पाठक, पृष्ठ- 37
4. सामान्य भाषा विज्ञान- डॉ. बाबू राम सक्सेना, पृष्ठ-199
5. हिन्दी भाषा पर फ़ारसी और अंग्रेजी का प्रभाव- डॉ. मोहन लाल तिवारी, पृष्ठ- 113
6. हिन्दी शब्दानुशासन-किशोरीदास बाजपेयी, पृष्ठ- 185
7. नागरी प्रचारिणी पत्रिका- डॉ. आनन्द स्वरूप पाठक, पृष्ठ- 34

प्राकृत में गुजराती तथा मराठी में भी तीन लिंग ही पाए जाते हैं। जर्मन, ग्रीक और रूसी भाषाओं के व्याकरण में भी तीन लिंग ही प्रचलित हैं। फ्रेंच की स्थिति इन भाषाओं से अलग है। इस भाषा में केवल दो ही लिंग-स्त्रीलिंग तथा पुलिंग का चलन है। मुण्डा और फारसी में स्त्रीलिंग और पुलिंग का भेद नहीं है। वस्तुत: फारसी व्याकरण में है तो दो लिंग-विधान- पुलिंग (तजकीर या मुजकर) तथा स्त्रीलिंग (तानीस या मुअन्नस), किन्तु इनका भेद विभाजन कुछ नाम वाचक शब्दों तक ही सीमित है। फारसी विशेषण और क्रिया में कोई लिंग विभाजन नहीं है, फलस्वरूप, फारसी लिंग हिन्दी की तुलना में बिल्कुल आसान हैं।[1] अरबी में नपुंसक लिंग का अभाव है। संज्ञावाची शब्दों में स्त्रीलिंग पदों की ही संख्या अधिक है।[2] अंग्रेजी के विद्वान् फिलॉट महोदय लिखते हैं "Nouns are either Masculine or Femimine and when in persian qualifedley Arabic adjective, distinction of qualified by Gender is some times observed."[3] अर्थात अरबी संज्ञाएँ या तो पुलिंग होती हैं या स्त्रीलिंग और फारसी में अरबी विशेषणों से युक्त होने पर लिंग भेद कभी-कभी स्पष्ट भी हो जाता है। दरअसल, अरबी विशेषणों में लिंग संबंधी परिवर्तन होता है, यथा- पेसरे जमील(सुन्दर लड़का)। दुख्तरे जमील ह् >जमीला (सुन्दर लड़की), मर्दे हसीन (सुन्दर पुरुष), जने हसीनह् (सुन्दर स्त्री)। फारसी विशेषणों में वचन सम्बन्धी परिवर्तन नहीं होता, जबकि आकारान्त हिन्दी विशेषणों में केवल पुलिंग में वचनगत परिर्वतन होता है न कि स्त्रीलिंग में।[4] इधर, अंग्रेजी में चार लिंग पुलिंग, स्त्रीलिंग, नपुंसक लिंग तथा सामान्य लिंग पाए जाते हैं। एक ओर स्वाहिली तथा काकेशी परिवार में पुलिंग और नपुंसक लिंग तो हैं, लेकिन स्त्रीलिंग ही यहाँ नहीं है और इनसबके उलट अलगोक्विअन परिवार की एक भाषा में छ: लिंग की चर्चा की जाती है, तो हित्ती परिवार की भाषा में अठारह लिंग पाए जाते हैं।

हिन्दी भाषा में केवल दो लिंग - स्त्रीलिंग और पुलिंग पाए जाते हैं।पुरुषत्व का भाव व्यक्त करने वाले निर्जीव या सजीव शब्द पुलिंग तथा स्त्रीलिंग के भाव बोधक निर्जीव - सजीव शब्द स्त्रीलिंग के भीतर आते हैं। वस्तुत: प्राचीन भारतीय आर्य भाषा काल में तीन लिंग, प्रचलित थे। अपभ्रंश काल तक नपुंसक लिंग समाप्त हो गया है। नपुंसक शब्दों के रूप पुलिंग के समान बनने लगे, जिससे दोनों का भेंद मिट गया। हिन्दी में नपुंसक लिंग सर्वथा समाप्त हो गया।[5] हिन्दी में दो लिंग की परंपरा संस्कृत की अपेक्षा अपभ्रंश से प्राप्त हुई है। इसका ऐतिहासिक कारण बताते हुए **डॉ. रामगोपाल शर्मा 'दिनेश'** लिखते हैं- "धीरे-धीरे शब्द रूपों में एकता लाने की प्रवृत्ति बढ़ने पर अपभ्रंश में नपुंसक लिंग लुप्त हो गया। ऐसे सभी शब्द जो संस्कृत में नपुंसक लिंग माने जाते थे, प्राय: पुलिंग माने जाने लगे। इस प्रकार नपुंसक लिंग के पुलिंग में लय हो जाने से हिन्दी में आते-आते केवल दो लिंग रह गये। लिंग संबन्धी परिवर्तन उत्तर और पूर्व की मध्य देशीय भाषाओं- हिन्दी, पंजाबी, राजस्थानी तथा सिन्धी में हुआ, जिनमें दो ही लिंग मिलते हैं।"

**हिन्दी की लिंग व्यवस्था और प्रयोग-** हिन्दी का जन्म संस्कृत की वंश-परम्परा में अवश्य हुआ है, लेकिन लिंग के संबन्ध में हिन्दी की प्रकृति संस्कृत से भिन्न हो गयी है। संस्कृत के नपुंसक लिंग का चलन हिन्दी में नहीं है, केवल स्त्रीलिंग और पुलिंग के रूप में महज दो ही लिंग हिन्दी में शेष हैं। नपुंसक लिंग के अन्तर्गत आने वाले शब्द हिन्दी में स्त्रीलिंग और पुलिंग के रूप में समाहित हो गए है। संभवत: इसीलिए हिन्दी में लिंग-व्यवस्था कुछ दुष्कर कार्य माना जाता है। वस्तुत: यौनधारी शब्दों का लिंग निर्णय तो आसानी से हो जाता है, किन्तु यौनेतर शब्दों के लिंग निर्णय या लिंग व्यवस्था में खासी मशक्कत करनी पड़ती है। हालाँकि इस तरह की परेशानी स्वत: संस्कृत,फ्रेंच, ग्रीक आदि भाषाओं में भी है, उसी क्रम में हिन्दी की लिंग - व्यवस्था कुछ जटिल और दुर्बोध अवश्य बन गयी है। **डॉ. सत्यनारायण तिवारी** के अनुसार इसके तीन मुख्य कारण हैं **एक** हिन्दी शब्दों में इतना रूपान्तर हो गया है कि उनके मूल रूप से संबंध स्थापित कर **लिंग** निर्णय करना कठिन है, **दो** हिन्दी मे नपुंसक लिंग न होने के कारण परंपरागत नपुंसक लिंग को पहचानने में कठिनाई होती है,**तीन** परंपरा से प्राप्त अनेक तत्सम शब्दों के लिंग मूल रूप लिंग से भिन्न है, जैसे 'तारा'संस्कृत में स्त्रीलिंग है तो हिन्दी में पुलिंग । इसी तरह संस्कृत का 'देह' शब्द हिन्दी में आकर स्त्रीलिंग हो गया है। बहरहाल, हिन्दी की लिंग व्यवस्था और उसके प्रयोग को हम संक्षेप में इस प्रकार देख सकते हैं।

**(क) स्त्रीलिंग वाची प्रत्यय-** 1. हिन्दी में जिन शब्दों के अर्थों में ओज, बल,कठोरता, उग्रता तथा विशालता आदि की अनुभूति होती है, वे सामान्यतया पुल्लिंग में माने जाते हैं, लेकिन जिन शब्दों के अर्थों में मसृणता, मधुरता-कोमलता, सुन्दरता तथा लघुता आदि की व्यंजना होती है, वे स्त्रीलिंग में प्रयुक्त किये जाते हैं।

2. हिन्दी के अधिकांश तत्सम अकारान्त और इकारान्त शब्द स्त्रीलिंग में प्रयुक्त होते हैं, यथा- धारा, माता,मात्रा, पुस्तिका,माया, तथा चाची, नानी, लम्बी-चौड़ी आदि।

---

1. हिन्दी भाषा पर फार ि और अंग्रेजी का प्रभाव-डॉ. मोहन लाल तिवारी पृ. 113
2. हिन्दी व्याकरण- कामता प्रसाद गुरु, पृष्ठ- 249
3. Higher Persian Grammar-D.C. Fellot, Page 49
4. Persian Influence on Hindi- Dr. Hardeo Bahari P56
5. जदीद कवायद उर्दू- सैय्यद मुहम्मद अमीर पृष्ठ- 46

3. हिन्दी के विदेशी भाषाओं के अकारान्त शब्द प्राय: पुल्लिंग में प्रयुक्त किये जाते हैं, जैसे-हैजा, पाजामा आदि।

4. हिन्दी में कुछ पशुओं-पक्षियों के साथ स्त्री लिंग का प्रयोग नहीं होता, जैसे- कौआ, मैना, खटमल, तोता, खरगोश, भेड़िया, भालू, तथा चील, मक्खी, लोमड़ी, तितली आदि।

5. हिन्दी में देशज तथा तद्भव दोनों ही तरह के अकारान्त शब्दों का प्रयोग प्राय: पुल्लिग में होता है- यथा- गदहा, घोड़ा, लड़का, पैसा, छोटा, पहला, दूसरा, आदि।

6. अरबी शब्द 'रूह' के आधार पर संस्कृत शब्द 'आत्मा' हिन्दी में पुल्लिंग में प्रयुक्त न होकर स्त्रीलिंग में व्यवहृत होता है। इसी तरह देवता, व्यक्ति, तारा, आदि कुछ शब्द संस्कृत में स्त्रीलिंग में थे, पर हिन्दी में उनका प्रयोग पुल्लिंग में किया जाता है।

निम्नलिखित प्रत्यय हिन्दी के जिन शब्दों के आखिर में हों उनका प्रयोग स्त्रीलिंग में होता है।

**1. ई-** यह हिन्दी का सर्वाधिक प्रचलित **स्त्रीलिंग प्रत्यय है। इसके विकास के दो स्रोत हैं-** सं.इ(सुन्दरी, कुमारी, **ब्राह्मणी**, ,. पुत्री) से तथा सं. इका (घोटिका, शाटिका,) >इआ >इअ > ई के क्रम से। गधा- गधी, अच्छा, अच्छी, कौड़ा, कौड़ी, पाटा-पाटी।[1]

**2. इया-** डब्बा-डिब्बी, डिबिया, बूढ़ा, बूढ़ी-बुढ़िया, चूहा-चूही, चूहिया, गगरा, गगरी, गगरिया, नगर, नगर, नगरिया। विद्वान इसे मूलत: पूर्वी प्रवृत्ति बताते हैं, जहाँ बाजार और बजारिया के अर्थ में कोई मौलिक अन्तर नहीं होता।

**3. आनी-** सेठ- सिठानी, जेठ-जिठानी, देवर-देवरानी। बताते हैं, इसका भी मूल संस्कृत का 'इ' प्रत्यय ही है।

**4. ता प्रत्यय-** जनता, कोमलता, सुनीता, ममता, मोहकता आदि।

**5. ति प्रत्यय-** रति, मति, गति, स्मृति, आदि।

**6.आन प्रत्यय-** उठान, रुझान, चढ़ान, ढलान आदि।

**7.हट् तथा वट् प्रत्यय-** मुस्कुराहट, कड़ुवाहट तथा गिरावट, मिलावट, थकावट, अमावट आदि।

**8. आइन, इन** तथा **आई** प्रत्यय- 1पण्डिताइन, ठकुराइन, कोहाइन, बनियाइन आदि।लेकिन पछाहीं बोलियों में शुक्ल-सुकुलानी, त्रिपाठी-तिरपठानी, ठाकुर-ठकुरानी रूप मिलते हैं। 2. भरिन, लोहारिन, सोनारिन आदि। 3.कटाई, मड़ाई, पढ़ाई, लिखाई आदि।

**(ख) पुल्लिंग वाची प्रत्यय-** हिन्दी का मुख्य पुल्लिंग प्रत्यय 'आ' है। इसकी व्युत्पत्ति संस्कृत 'अक' से मानी गयी है। यथा- संस्कृत 'अक' >प्राकृत 'अ' - हिन्दी-'आ'। जैसे- घोटक > घोड़अ > घोड़ा। इसके अलावा ;

1. **डॉ. भोलानाथ तिवारी** के अनुसार संस्कृत अन् और तृ से भी यह व्युत्पन्न माना जाता है।[2]

2. **डॉ. अवधेश्वर अरुण** के अनुसार- कुछ शब्दों में 'अ' पुल्लिंग प्रत्यय के रूप में प्रयुक्त होता है। उसकी व्युत्पत्ति भी इसी से समझनी चाहिए।[3]

3. **डॉ. रत्नचन्द्र शर्मा** लिखते हैं कि अकारान्त, इकारान्त, उकारान्त आदि, शब्द भी पुल्लिंग में होते हैं।[4]

4. **डॉ. विन्दु माधव मिश्र** 'आ' को फारसी प्रत्यय बताते हैं और कहते हैं कि शायर-शायरा, साहब, साहबा, तथा मास्टर, मास्टरा में इसे देखा जा सकता है।[5]

**पं. रमापति शुक्ल** ने अपनी पुस्तक " हिन्दी का नागरिक व्याकरण और रचना" में हिन्दी के प्रायोगिक पक्ष पर काफी गंभीरता से विचार किया है। उन्होंने उक्त पुस्तक में कुछ ऐसे शब्दों की सूची प्रस्तुत किया है, जिनमें परस्पर स्त्रीलिंग और पुल्लिंग होने का भ्रम पैदा होता है, जब कि वास्तविकता यह है कि ये शब्द परस्पर भिन्नार्थक हैं। उनमें से कुछ शब्दों को यहाँ देखा जा सकता है।-

बाछा- (गाय का नर बच्चा) बछेड़ा (घोड़ी का नर बच्चा) बछेड़ी (घोड़ी का मादा बच्चा)

साँड़-(छूटा हुआ बैल) साड़िनी (ऊँटनी) साड़ियाँ(ऊँट का बच्चा)

भेड़- (एक ऊन वाला पशु) भेड़िया (बकरी इत्यादि को खाने वाला जानवर)

ड्यौढ़ा- (एक और आधा योग) ड्यौढ़ी (द्वार का निम्न भाग)।

काढ़ा- (दवा) कढ़ी(खाद्य व्यंजन) कढ़ाई (पात्र विशेष) अथवा स्वेटर आदि काढ़ने का कार्य

चोला- (शरीर) चोली(वस्त्र विशेष)

थाला- (वृक्ष सींचने का गढ्ढा) थाली (वर्तन विशेष)

---

1. हिन्दी भाषा का परिचय- डॉ. बिन्दु माधव मिश्र पृष्ठ-154
2. हिन्दी भाषा, पृष्ठ- 154
3. हिन्दी भाषा का स्वरूप-विकास, पृष्ठ-96
4. भाषा विज्ञान और मानक हिन्दी, पृष्ठ-189
5. हिन्दी भाषा का परिचय-डॉ. बिन्दु माधव मिश्र, पृष्ठ 180

**हिन्दी लिंग निर्णय या विभाजन की जटिलता या दुरूहता-** हिन्दी भाषा में लिंग का एक खास महत्त्व है। अन्य भाषाओं में इसका प्रभाव संज्ञा, सर्वनाम विशेषण तक ही सीमित रहता है, लेकिन हिन्दी में तो क्रिया भी लिंग के प्रभाव से अछूती नहीं रह पाई है, यथा- श्याम सोता है, शीला पढ़ती है। वस्तुत: हिन्दी का लिंग विधान व्याकरणिक है। कुछ लोग हिन्दी के लिंग भेद को 'मनमाना' कहते हैं। संस्कृत में भी 'मनमाना' लिंग का विधान किया गया है। इसके संबन्ध में **श्री वामन शिवराम आप्टे** कहते हैं- '' लिंग के बारे में संस्कृत में जितना मनमानापन है, यह तो इसी से जाना जा सकता है कि 'स्त्री' के बोधक संस्कृत के 'दार', 'कलत्र', और 'भार्या'- ये तीन शब्द हैं और तीनों भिन्न-भिन्न लिंगों में है, 'दार' पुलिंग है, 'कलत्र' नपुंसक लिंग और 'भार्या' स्त्रीलिंग है। इसी प्रकार शरीर के बोधक 'काय', 'तनु' और 'शरीर' ये तीन शब्द हैं और तीनों भिन्न-भिन्न लिंगों में हैं। 'काय' पुल्लिंग है, 'तनु' स्त्रीलिंग है और 'शरीर' नपुंसक लिंग है।''[1] इतना ही क्यों। हिन्दी में भी कुछ उदाहरण देखिए- 'हिन्दी में पुरुष की मूँछ' का लिंग स्त्रीलिंग है, ''मूँछ अच्छी है।'' स्त्री के उरोज एवं गाय भैंस के थन का लिंग पुल्लिंग है उभरे उरोज' 'मोटे थन'। 'कान', 'दाँत', 'ओठ', पुल्लिंग' क्यों है तथा 'नाक', 'आँख', 'जीभ' स्त्रीलिंग क्यों है। सिर के बाल जैसा सूक्ष्म एवं कोमल अवयव पुल्लिंग है उसके सिर के बाल अच्छे हैं, शरीर की कठोर हड्डियों का लिंग स्त्रीलिंग है- उसकी हड्डियों में दर्द है।[2]

वस्तुत: इस तरह की जटिलता-दुर्बोधता विश्व की कई भाषाओं में भी मिलती है। उदाहरण के लिए पहले फ्रेंच को लीजिए। वैसे शब्दों के लिंग निर्णय में , जिनका यौन रूप अस्पष्ट नहीं होता, फ्रेंच व्याकरण में यादृच्छिक ढंग अपना लिया गया है। 'बिस्ट' (वनैले पशु) तथा 'सेटिनेल' (संतरी) शब्द फ्रेंच व्याकरण में स्त्रीलिंग में हैं। स्त्रीलिंग जीवधारी वनैले पशु तो फ्रेंच व्याकरण में स्त्रीलिंग हैं ही, पुलिंग जीवधारी वनैले पशु भी स्त्रीलिंग वर्ग के अन्तर्गत समाहित है। इसी तरह संतरी के रूप में प्राय: शत प्रतिशत पुरुष ही नियोजित होते हैं, किन्तु व्याकरण की विचित्र विडंबना है कि पुरुष संतरी भी फ्रेंच व्याकरण में स्त्रीलिंग ही माना जाता है। ऐसी स्थिति में फ्रेंच के व्याकरणिक लिंग की प्रत्यक्ष अवहेलना दृष्टिगत है। फ्रेंच के समान ही हिन्दी में भी कुछ ऐसे शब्द हैं, जिनके निर्णीत लिंग कभी-कभी आश्चर्य में डाल देते हैं। 'पुलिस' शब्द हिन्दी में भी स्त्रीलिंग का द्योतन करता है, जबकि स्थिति यह है कि इस विभाग में प्राय: अट्ठानबे प्रतिशत पुरुष ही काम करते हैं। इसी प्रकार 'संतान' शब्द स्त्रीलिंग है- संतान चाहे बेटा हो या बेटी। 'मूँछ' और 'दाढ़ी' पर तो पुरुषों का एकाधिकार है, किन्तु हिन्दी व्याकरण में तो ये शब्द स्त्रीलिंग ही निर्णीत किये गये हैं।[3]

इसी तरह प्राचीन ग्रीक व्याकरण में बच्चे का द्योतन करने वाला शब्द नपुंसक लिंग के अन्तर्गत रखा गया है। अंग्रेजी में 'कार' तथा 'साइकिल' को स्त्रीलिंग में व्यवहृत करने की परंपरा चल पड़ी है।[4] किन्तु ऐसी मान्यता का कोई तर्क सम्मत आधार नहीं मिलता। एक ही शब्द भिन्न-भिन्न भाषा के व्याकरण में भिन्न लिंगी होता है। 'कलम' शब्द हिन्दी में स्त्रीलिंग है, किन्तु उर्दू में पुलिंग, इसका पर्यायवाची शब्द 'पेन' अंग्रेजी में नपुंसक लिंग है। स्पेनिश में मून (Moon-चाँद) स्त्रीलिंग है, किन्तु यही 'मून' जर्मनी में पुलिंग है। हिन्दी में तो यह पुल्लिंग है ही। बहरहाल, सभी जानते हैं कि संस्कृत का व्याकरण सर्वाधिक वैज्ञानिक तथा समृद्ध हैं, फिर भी लिंग संबंधी अनिश्चितता उसमें भी वर्तमान है, यहाँ तक की सृष्टि के रचयिता 'ब्रह्म' शब्द को संस्कृत में नपुंसक लिंग के अन्तर्गत् रखा गया है।[5] तो फिर उसी की कोख जाया हिन्दी में भी लिंग संबंधी कुछ न कुछ अशुद्धियाँ हो सकती है।

**डॉ. रामदेव त्रिपाठी**[6] लिखते हैं कि संस्कृत तथा अंग्रेजी में तो क्रिया में लिंग नहीं होता अत: केवल पुरुष और वचन का विचार है, पर हिन्दी में क्रिया अपने कर्त्ता के लिंग को भी व्यक्त करती है। अत: यह प्रश्न हो सकता है कि जहाँ अनेक लिंग के कर्त्ता हों, वहां क्रिया किस लिंग को व्यक्त करेगी। इस विषय में भी हिन्दी संस्कृत का ही अनुसरण करती है। संस्कृत में क्रिया में लिंग व्यवस्था नहीं है पर विशेषण में है। पाणिनि के अनुसार पुल्लिंग और स्त्रीलिंग के एक साथ आने पर पुल्लिंग का एक शेष होता है, जैसे- **'शोभनश्च शोभन चं शोभने शोभना च, शोभनश्च, शोभनं च शोभनानि।'** हिन्दी में नपुंसक तो होता नहीं और विशेषण में लिंगपरिवर्तन की प्रवृत्ति प्राय: समाप्त होती जा रही है, किन्तु क्रिया में लिंग परिवर्तन है। अत: जहाँ पुल्लिंग और स्त्रीलिंग दोनों कर्त्ता हों, वहाँ क्रिया पुल्लिंग में रहेगी, पर वचन दोनों का कहेगी। **कामता प्रसाद गुरु** का विचार है कि हिन्दी व्याकरण में यह नियम केवल प्राणिवाचकों सह विवक्षा में चलाया जा रहा है, अप्राणिवाचक शब्द रहने पर क्रिया निकटवर्ती लिंग का अनुसरण करती है, जैसे, ''महाराज और समूची सभा उसके दोषों को भली भाँति जानती है '', ईसा की जीवनी में उनके हिसाब का खाता तथा डायरी न मिलेगी।''[7] किन्तु इन वाक्यों में केवल लिंग नियम का ही नहीं, वचन व्यवस्था का भी अतिक्रमण है, अनेक कर्त्ता रहने पर क्रिया एक वचन है। पतंजलि ने

1. Studen's Guide to Sanskrit Composition Page-30
2. भाषा एवं भाषा विज्ञान - डॉ. महावीर सरन जैन पृष्ठ 143
3. रूपमीय विश्लेषण- डॉ. लक्ष्मण सिन्हा, पृष्ठ 176
4. General Linguistic: An Introductory Survey-R.H. Robins, P.265
5. रूपिमीय विश्लेषण- डॉ. लक्ष्मण सिन्हा पृष्ठ-177
6. भाषा विज्ञान की भारतीय परंपरा और पाणिनि- डॉ. रामदेव त्रिपाठी, पृष्ठ 561
7. हिन्दी व्याकरण - कामता प्रसाद गुरु, पृ. 470

भी अर्थवत् सूत्र के भाष्य में अप्राणी कर्त्ता के साथ वचन और लिंग नियम की व्यवस्था तोड़कर कुछ प्रयोग किये हैं- जैसे- **''कर्तृकर्मणी गुणश्चानिर्दिष्टः '', ''कर्तृकर्मणी क्रिया चानिर्दिष्टा ''** आदि। यहाँ 'अनिर्दिष्टानि' होना चाहिए था, क्योंकि कर्त्ता में तीन पदार्थ हैं, जिनमें एक नपुंसक है। इससे प्रतीत होता है कि संस्कृत में भी यह नियम दृढ़ नहीं था। निकटवर्ती कर्त्ता के अनुसार ही लिंग वचन होते थे।[1]

इनके सबसे अलावा लिंग - विधानं की कुछ अन्य दुरुहताओं - जटिलताओं की ओर भी विद्वानों ने इशारा किया है, जिन्हें हम संक्षेप में निम्नवत् इस प्रकार देख सकते हैं-

(1) **एक भाषा वैज्ञानिक** के अनुसार हिन्दी में पुल्लिंग एवं स्त्रीलिंग तद्भव शब्दों का लिंग साधारण रूप से संस्कृत, प्राकृत और अपभ्रंश की तरह ही है, परन्तु यह स्पष्ट है कि संस्कृत में लिंग विधान प्रत्ययों के आधार पर ही निश्चित किया गया था, वे प्रत्यय हिन्दी तक आते-आते इतने घिस गये हैं, कि उनके मूल रूप का ज्ञान नहीं हो पाता। परिणामत: अहिन्दी प्रदेशों एवं विदेशी लोगों तथा अन्य भाषा-भाषियों को हिन्दी के लिंग विधान को समझने में कठिनाई होती है, वे हिन्दी भाषा के लिंग निर्णय में जटिलता का अनुभव करते हैं।[2]

(2) **डॉ. धीरेन्द्र वर्मा** लिखते है किं हिन्दी में नपुंसक लिंग नहीं है, अत: प्रत्येक अचेतन पदार्थ के नाम को पुल्लिंग या स्त्रीलिंग के अन्तर्गत् रखना पड़ता है और तत्संबन्धी समस्त रूप परिवर्तन इन शब्दों में भी करने पड़ते हैं।[3]

(3) **डॉ. माई दयाल जैन** के विचार से हिन्दी में न तो संस्कत के समान तीन लिंग हैं और न अंग्रेजी के समान चार बल्कि इसमें केवल दो ही लिंग हैं, - स्त्रीलिंग तथा पुल्लिंग। व्याकरण संबंधी लिंग भेद अन्य भारतीय भाषाओं से कुछ कठिन अवश्य है।[4]

(4)**डॉ. विन्दु माधव मिश्र** हिन्दी लिंग विधान की कठिन पेंच की ओर संकेत करते बताते हैं कि संस्कृत के नपुंसक शब्दों का हिन्दी में पुल्लिंग-स्त्री में अन्तर्भुक्त होना दुरुहता का एक कारण है यथा- फल,विष तो पुल्लिंग बने, किन्तु अक्षि, कलत्र स्त्री लिंग हो गये। संस्कृत शब्दों के हिन्दी में आने पर लिंग व्यत्यय होना-अगली कठिनाई बन गया। वाक्य के अन्तर्गत् लिंग निर्देश केवल इष्ट शब्द में ही न किया जाकर उसके विशेषण, संबंध बोधक परसर्ग, क्रिया रूप में भी किया जाने लगा।[5]

**समाधान संबंधी कुछ ठोस सुझाव-** वस्तुत: हिन्दी में लिंग निर्णय एक जटिल कार्य है। कुछ शब्द यहाँ ऐसे भी हैं जिनका प्रयोग हिन्दी में दोनों लिंगों में किया जाता है। यथा- दही, बर्फ, बालू,पवन, मजा, शरीर आदि। क्या ही विचित्रता है कि पुरुषत्व का प्रतीक 'मूँछ' का प्रयोग हिन्दी में स्त्रीलिंग में किया जाता है। हिन्दी में निर्जीव पदार्थो के लिंग विधान के संबंध में जो जटिलता पैदा हुई है, उसके संबंध में हिन्दी के प्रकाण्ड विद्वान **डॉ. भगीरथ मिश्र** ने एक समाधान सुझाते हुए कहा है कि हिन्दी में पुल्लिंग और स्त्रीलिंग के साथ एक उभय लिंग भी स्वीकार किया जाना चाहिए और ऐसे शब्दों की सूची होनी चाहिये, जो दोनों लिंगों में प्रयुक्त होते हैं।

यदि हिन्दी लिंग विधान के आलोचक अपनी मानसिकता में लचीलापन ले आयें तो उन्हें जानकर यह सुखद आश्चर्य होगा कि अन्य भाषाओं की तुलना में हिन्दी की लिंग व्यवस्था न तो बहुत जटिल है और न अनियमित। यदि लोगों को हिन्दी भाषा के विकास क्रम तथा उसकी विशेषताओं की सटीक जानकारी हो तो हिन्दी लिंग - विधान को वे कत्तई कठिन जटिल कह ही नहीं सकते। सच तो यह है कि लिंग नियम के छोटे-बड़े अपवाद से देश-विदेश की लगभग सभी भाषाएँ पीड़ित हैं। संस्कृत के समान मराठी और गुजराती में आज भी तीन लिंग प्रचलित हैं और वहाँ लिंग का निर्धारण बहुत आसान नहीं है। अत: सवाल उठता है कि क्या इन्हें हीन और कमजोर भाषा कहने की कोई हिम्मत कर सकता है। **डॉ. बी.एम. कानिकर** इन भाषाओं के लिंग के संबंध में लिखते हैं-''The Gender of Nouns is most difficult part of Marathi Grammar for a foreigner.The only sure way to master the gender is to read Marathi novels and other books in that light and to convers with the Marathi knowing persons and get the ideas fixed by the trial and error method In English inanimate objects are in the Neuter gender, unless they are personified in each case they are either Masculine or Feminine.But in Marathi they may be one of the three genders, In Marathi many words have come down from Sanskrit. Naturally they have the same gender as they are of Sanskrit

---

1. भाषा विज्ञान की भारतीय परंपरा और पाणिनि- डॉ. रामदेव त्रिपाठी, पृ. 561
2. भाषा विज्ञान पृष्ठ 276-277
3. हिन्दी भाषा का इतिहास- डॉ. धीरेन्द्र वर्मा, पृष्ठ 98
4. हिन्दी शब्द रचना- डॉ. माइदयाल जैन, पृ. 19, भारतीय ज्ञानपीठ प्रकाशन, 1966
5. अखिल देशीय हिन्दी का वांछनीय स्वरूप (राष्ट्रभाषा विचार संग्रह) पृ. 211-214

equivalents."[1]

जो लोग हिन्दी की लिंग व्यवस्था को अटपटी, ऊबड़-खाबड़ या बेमेल बताते हैं हिन्दी और संस्कृत के सुप्रसिद्ध भाषा वैज्ञानिक **डॉ. देवेन्द्र नाथ शर्मा** इस पर बेहद एतराज दर्ज कराते हैं। पहले वे विनम्रतापूर्वक हिन्दी लिंग व्यवस्था के आलोचकों को समझाते हैं कि हिन्दी की लिंग व्यवस्था न कठिन है न अकारण और न नियम निरपेक्ष। इस पर भी जो लोग उनकी बात नहीं मानते, तपाक् से वे एक सवाल अपनी सुप्रसिद्ध कृति 'राष्ट्रभाषा हिन्दी: समस्याएँ और समाधान' में उछालते हुए पूछतें हैं कि मानवीकृत (Personified) वस्तुओं के संबंध में **नेसफील्ड** ने जो नियम दिए हैं, उस पर पूरा ध्यान देनेवाला हिन्दी की लिंग व्यवस्था के संबंध में मुँह खोलने का भी साहस नहीं करेगा।[2]

वे लिखते हैं कि अरबी में जिक्र पुल्लिंग और फिक्र स्त्रीलिंग है, फारसी में जहर पुल्लिंग और नहर स्त्रीलिंग। जिक्र - फिक्र या जहर - नहर की शक्ल सूरत में कोई फर्क है और जब कोई फर्क नहीं तो लिंग में भेद नहीं होना चाहिए।[3] इधर, **डॉ. उदय नारायण तिवारी** कहते हैं कि- "भाषा के विकास क्रम को ध्यान में रखने पर हिन्दी के लिंग विधान की सरलतया व्याख्या की जा सकती है।"[4]

इधर, **प्रभात रंजन सरकार** के निर्देश पर आचार्य **परेशानंद अवधूत** ने "प्रभात" हिन्दी लिंग व्यवस्था शीर्षक से हिन्दी लिंग सम्बन्धी कुछ समाधान प्रस्तुत किया है, जिन्हें इस प्रकार देखा जा सकता है,-

**(1)** जिन प्राणियों का लिंग प्रकृति द्वारा स्पष्टत: निर्धारित है, उन प्राणिवाचक शब्दों का हिन्दी में प्रयोग पुलिंग या स्त्रीलिंग में होगा। जैसे- बैल, ऊँट, घोड़ा, भैंसा, मनुष्य या पुरुष के लिए पुरुषवाचक क्रिया और गाय, घोड़ी, बकरी, कुतिया के लिए स्त्रीवाचक क्रिया का प्रयोग होगा।

**(2)** क्तिन् , ता, टाप् , ङीप् , प्रत्यान्त संस्कृत (तत्सम) शब्दों का हिन्दी में प्रयोग स्त्रीलिंग में होगा जैसे-

(क) 'क्तिन्' प्रत्ययान्त शब्द: मुक्ति, भक्ति, शक्ति, अनुरक्ति, परिस्थिति, अनुमति आदि।

(ख) 'ता' प्रत्ययान्त शब्द: ममता, उदारता, सरलता आदि।

(ग) 'टाप्' प्रत्ययान्त शब्द: यमुना, गङ्गा, यशोदा, दानशीला, सुधा आदि।

(घ) 'ङीप' प्रत्ययान्त शब्द: नारायणी, मायाविनी, गुणिनी, देशिनी, गण्डकी, कोशी आदि।

(ङ) 'ङीप्' प्रत्ययान्त शब्द: नदी, देवी, तरुणी आदि।

**(3)** (अल् , अच् ) और घञ् प्रत्ययान्त संस्कृत (तत्सम) शब्द हिन्दी में पुल्लिंग होंगे। जैसे:

(क) 'अच्' प्रत्ययान्त शब्द: कर, वर, चित्र, चरित्र, नद, गण्डक आदि।

(ख) 'घञ्' प्रत्ययान्त शब्द: द्वेष, देश, द्रोह, क्रोध, लोभ आदि।

**(4)** संस्कृत के सभी नपुंसक शब्द हिन्दी में पुलिंग होंगे । जैसे फल, नगर, तट, नख आदि।

**(5)** अप्राणिवाचक और भाववाचक 'देशज' और 'विदेशज' सभी शब्द हिन्दी में पुलिंग होंगे। जैसे

**(क) अप्राणिवाचक शब्द -** किताब, फसल, शराब, सरकार, मूँछ, धोती, रोटी, डायरी, दाल, हवा, सजा, दवा, बाँह, ईख, राह, लात, डाल, दुकान, तलवार, कमर, आँख, मिठाई, आदि। **(ख) भाववाचक शब्द-** आदत, कोशिश, लिखाई, डिग्री, कीमत, गजल, चमक, दौड़, गरमी आदि। किताब अच्छा है। फसल खड़ा है। रोटी मोटा है। धोती पतला है। यह मेरा इजाज़त है।

**1. Marathi without Tears- Dr. B. M. Kanitakar, P. 58**

**2. Gender of Personified Things- "Things Without life When they are personified are regarded as male or female and so in speaking of them, we use masculine or femimine pronouns.**

**Masculine- The strong forces and more striking objicts in nature(Winds, Rivers, Mountains, the Ocean, Storm, Thunder, The sun, Summer, Autum, Winter) the violent passions (love, Fear, Anger, Despaier etc) Violent actions (Murder, war etc.)**

**Femimine- The gentler forces and objects(as the moon) what ever implies fertility or claims attachment (the Church, Nature, Cities, the Earth, the Mother Country, Countries, Universitites, Ships, the Season of spring) the gentler feelings (Hopes, Cocord, Justics, Mercy, Charity, Faith, Hummanity, Modesty etc.) the inferi or passions (Jealously, Pride, Anger, Reveng) the Arts and Science fame liberty Religion Philosphy, Adversity, Prosperity Fortune Night, Morning. Aship is always spoken of as she. There is a tendency to use she in speaking of train. a motor car or may fammilar pices of machinery. we also speak of a sister ship. a sister is stitution a sister gun. English Grammar: Pastand Present- J.C. Nesfield page- 15"**

**3. राष्ट्रभाषा हिन्दी: समस्याएँ और समाधान, पृष्ठ-72 राजकमल प्रकाशन दिल्ली, द्वितीय संस्करण 1996**

**4. हिन्दी भाषा का उद्गम और विकास, पृष्ठ-69**

**श्री प्रभात रंजन सरकार** के अभिमत के अनुसार हिन्दी भाषा के लिंग निर्धारण की इस व्यवस्था से हिन्दी की लिंग सम्बन्धी जटिलता दूर होगी और यह विश्व की सरलतम भाषा हो, दीर्घजीवी होगी। अहिन्दी भाषा-भाषियों को इसे अपनाने में सहजता होगी। हिन्दी भारत की जनभाषा के रूप में लोकस्वीकृत प्राप्त कर गौरवान्वित होगी।[1]

## हिन्दी वर्तनी का शुद्ध प्रयोग और उच्चारण

**हिन्दी वर्तनी की प्रमुख अशुद्धियों के कारण-** शुद्ध वर्तनी(Spelling) किसी भी भाषा की प्राण शक्ति होती है। शुद्ध वर्तनी से ही भाषा में सौष्ठव और कमनीयता पैदा होती है। इसके बिना भाषा निष्प्राण, तेजहीन, ऊबड़-खाबड़ और विकारग्रस्त हो जाती है। उत्तम कोटि के विचार भी शुद्ध वर्तनी के अभाव में प्रदूषित हो जाते हैं। अब यहाँ सवाल उठता है कि वर्तनी संबंधी अशुद्धियाँ आखिर किस कारण से जन्मती हैं । मेरे विचार से इस प्रश्न के कई उत्तर दिये जा सकते हैं, जैसे-शब्दों की सही व्युत्पत्ति की जानकारी न होना, व्याकरण के ज्ञान का अभाव, जल्दी-जल्दी लिखने में वर्तनी पर ध्यान न देना, गलत वर्तनी लिखने की आदत पड़ जाना तथा कभी-कभी लेखन में एक विशेष चमत्कार या वैशिष्ट्य उत्पन्न करने के प्रयास में वर्तनी संबंधी भूलों का हो जाना आदि। लेकिन उक्त कारणों के अलावा कुछ और भी कारण हैं, जिनसे वर्तनी संबंधी अनेकरूपता या भ्रांतियाँ पैदा हो जाती हैं, जैसे देश-भेद, काल-भेद, तथा उच्चारण भेद। यहाँ एक बात यह ध्यान देने की है कि केवल हिन्दी भाषा में ही उक्त कारणों से वर्तनी संबंधी दोष पैदा नहीं होते, बल्कि विश्व की अन्य अनेक भाषाएँ भी इस दोष से दूषित हुई हैं। उदाहरण के लिए हम अंग्रेजी भाषा को देख सकते हैं। अंग्रेजी भाषा में भी कई ऐसे शब्द हैं, जिनके दो-दो रूप अमेरिका और इंग्लैण्ड में प्रचलित हैं।

कुछ हिन्दी विरोधियों का विचार है कि वर्तनी-संबंधी दोषों (जैसे गई-गयी, गए-गये) के कारण हिन्दी भाषा वैज्ञानिकता की परिधि में नहीं आ सकती। एक ही शब्द के कई रूप भ्रम पैदा करते हैं। इस संबंध में मेरा कुछ निवेदन है। पहला तो यह कि हिन्दी, चूँकि संस्कृत, पालि, प्राकृत तथा अपभ्रंश से विकसित हुई है, इसलिए हिन्दी की वर्तनी इन भाषाओं के प्रभाव के कारण विविधरूपा हो गयी है। दूसरी बात यह कि अनेक भाषा-भाषियों के प्रभाव के कारण भी इसकी वर्तनी में भेद पैदा हुआ है और तीसरी बात यह कि चूँकि हिन्दी बहुत विस्तृत क्षेत्र में बोली जाती है, इसलिए यदि हिन्दी में उच्चारण या लेखन संबंधी दोष उत्पन्न होता है तो बहुत आश्चर्य की बात नहीं। उच्चारण संबंधी भेद का एक छोटा सा उदाहरण मैं अपने पड़ोस की बोलियों का दे रहा हूँ। जिन शब्दों का उच्चारण हम भोजपुरी में वृक्ष, पृथ्वी, कृष्ण के रूप में करते हैं, उन्हें ही हम-बुंदेली और कहीं-कहीं कन्नौजी में भी ब्रज, प्रथ्वी और क्रष्ण के रूप में उच्चारण करते हैं। इतना ही नहीं भोजपुरी के'गृहमंत्री' बुन्देली में 'ग्रहमंत्री' हो जाते हैं। लेकिन इसका अर्थ यह नहीं है कि हम वर्तनी-संबंधी दोषों पर ध्यान ही न दें। लिखते और पढ़ते समय हमें वर्तनी पर विशेष ध्यान देकर इस दोष को दूर करने का प्रयास करना चाहिए। **डी.पी.पटनायक** के अनुसार- ''हमारे देश में लेखन की सुडौलता और शुद्धता पर सदा ही बल रहा है। निसंदेह ही लेखन में सुलेख का उतना ही महत्त्व है, जितना भाषण में शुद्ध उच्चारण का। पर भारत में लिपि को एक महत्त्वपूर्ण धार्मिक महत्त्व प्राप्त है। परिणामत: सुन्दर सुडौल तथा शुद्ध लेखन के लक्ष्य का पालन बड़े धार्मिक भाव से किया जाता है `` In India emphasis has always been put on the well formedness of writing.There is no doubt that good hand writing is as important in writing as good pronounciation is speech But in India, Script has assumed a mystice religious significance............ As a good '[2] सच तो यह है कि वर्तनीगत शुद्धता लिखित भाषा की शुद्धता का अनिवार्य अंग है। इसके अभाव में भाषा की शक्ति अपना महत्त्व खो देती है। अशुद्ध वर्तनी भाषा का एक विकृत रूप प्रस्तुत करती है और उसका प्रभाव उच्चारण, गठन तथा रचनागत अन्य रूपों पर पड़ता है। उदाहरणार्थ नीचे कुछ शब्द दिए जा रहे हैं, जो गलत वर्तनी के साथ प्रयुक्त कर दिए जाते हैं-

## हिन्दी वर्तनी की प्रमुख अशुद्धियों का परिचय तथा उनका शुद्धिकरण

| अशुद्ध | शुद्ध | अशुद्ध | शुद्ध | अशुद्ध | शुद्ध | अशुद्ध | शुद्ध |
|---|---|---|---|---|---|---|---|
| अनुग्रहीत | अनुगृहीत | सदृश्य | सदृश | गद्यांस | गद्यांश | शिस्टाचार | शिष्टाचार |
| परिनिस्ठित | परिनिष्ठित | आर्शीवाद | आशीर्वाद | व्योधान | व्यवधान | अस्तित्त्व | अस्तित्व |
| निशचयात्मक | निश्चयात्मक | विवर्त्त | विवर्त | अस्मर्थ | असमर्थ | वाह् यगत | वाह्यगत |
| सार्दूल | शार्दूल | रच्छा | रक्षा | सन्यासी | संन्यासी | औतार | अवतार |
| इक्षा | इच्छा | बरदायक | वरदायक | पुस्कल | पुष्कल | चिन्ह | चिह्न |
| कुडमल | कुड्मल | अंसुमाली | अंशुमाली | ऊख | ईख | पराम्मुख | परोन्मुख |

1. आनन्द रेखा- आचार्य परेशानन्द अवधूत, पृष्ठ-5

2. Teaching of Script to Adult Learner- D.P. Pattanayak.P.60

| | | | | | | | |
|---|---|---|---|---|---|---|---|
| द्रविण-(धन)- | द्रविड़ (दाक्षिणात्य) | उज्जवल | उज्ज्वल | कवियित्री | कवयित्री | पश्चाताप | पश्चात्ताप |
| महान | महान् | अर्थात | अर्थात् | उतपल | उत्पल | पुररवा | पुरुरवा |
| पूज्यनीय | पूज्य/पूजनीय | कृतग्य | कृतज्ञ | परसन्त्रता | प्रसन्नता | विकाश | विकास |
| प्रथ्वी | पृथ्वी | अर्न्तगत | अन्तर्गत | प्रगट | प्रकट | उपरोक्त | उपर्युक्त |
| हरि-समरण | हरिस्मरण | कड़ोर | करोड़ | प्रसंसा | प्रशंसा | विशवविद्यालय | विश्वविद्यालय |
| किरपाकरके | कृपा | औगुण | अवगुण | अस्तुति | स्तुति | क्षात्र | छात्र |
| कालीदास | कालिदास | सूरज | सूर्य | पहिले | पहले | उर्वसी | उर्वशी |
| सरजू | सरयू | अद्वितिय | अद्वितीय | अर्नगल | अनर्गल | मिरग | मृग |
| मैथिलीसरण | मैथिलीशरण | पराकास्ठा | पराकाष्ठा | अमरित | अमृत | अध्यन | अध्ययन |
| श्रोत | स्रोत | पूजा | पूजा | द्वन्द | द्वन्द्व | तातपर्य | तात्पर्य |
| प्रतिनिध | प्रतिनिधि | उलंघन | उल्लंघन | पृस्ठभूमि | पृष्ठभूमि | परकास | प्रकाश |
| राज्यमहल | राजमहल | प्रसस्ति | प्रशस्ति | रिज | ऋजु | इर्षा | ईर्ष्या |
| विश्फोटक | विस्फोटक | त्रिष्ना | तृष्णा | सौन्दर्यता | सौन्दर्य | उन्मील | उन्मीलन |
| स्तुतात्मक | स्तुत्यात्मक | नमश्कार | नमस्कार | संप्रक्त | संपृक्त | मध्यान्ह | मध्याह्न |
| ससि | शशि | मानविय | मानवीय | संसमरण | संस्मरण | साधू | साधु |
| अवतारित | अवतरित | अभिषाप | अभिशाप | अध्यात्मिक | आध्यात्मिक | आरण्य | अरण्य |
| श्राप | शाप | महानता | महत्ता | सिघ्र | शीघ्र | पराकृतिक | प्राकृतिक |
| अमरित | अमृत | प्रतिनिध | प्रतिनिधि | चिन्ह | चिह्न | परकास | प्रकाश |
| स्तुतात्मक | स्तुत्यात्मक | रिजु | ऋजु | मध्यान्ह | मध्याह्न | त्रिष्ना | तृष्णा |
| संसमरण | संस्मरण | ब्रम्ह | ब्रह्म | अभिषाप | अभिशाप | आरण्य | अरण्य |
| पराकृतिक | प्राकृतिक | गद्यांस | गद्यांश | आर्शीवाद | आशीर्वाद | बाहयगत | वाह्यगत |
| अध्यन | अध्ययन | द्वन्द | द्वन्द्व | राज्यमहल | राजमहल | ईर्षा | ईर्ष्या |
| सौन्दर्यता | सौन्दर्य | नमश्कार | नमस्कार | विद्यर्थी | विद्यार्थी | सामाजीक | सामाजिक |
| मनीशा | मनीषा | मर्जादा | मर्यादा | प्रशाद | प्रसाद | स्वक्ष | स्वच्छ |
| श्रोत | स्रोत | मूलश्रोत | मूलस्रोत | सांस्कृत्यायन | सांकृत्यायन | कामयनी | कामायनी |
| वैस्णव | वैष्णव | वुन्देली | बुन्देली | दक्खिण | दक्षिण | अपभ्रंस | अपभ्रंश |
| रचियिता | रचयिता | शाशन | शासन | प्रालब्ध | प्रारब्ध | गिरस्थी | गृहस्थी |
| निरिक्षण | निरीक्षण | दिवाली | दीवाली | निरोग | नीरोग | अगामी | आगामी |
| बदाम | बादाम | आवस्यकता | आवश्यकता | प्रदर्शिनी | प्रदर्शनी | गृहणी | गृहिणी |
| विरहणी | विरहिणी | युधीष्ठिर | युधिष्ठिर | नुपुर | नूपुर | इकाइ | इकाई |
| भागिरथी | भागीरथी | निरहार | निराहार | मंजू | मंजु | अहर्निशि | अहर्निस |
| वाल्मिकि | वाल्मीकि | सत्ताइस | सत्ताईस | अन्तर्राष्ट्रीय | अन्तरराष्ट्रीय | दधिची | दधीचि |
| बिमार | बीमार | कृप्या | कृपया | गुरू | गुरु | ऊधो | उद्धव |
| साधू | साधु | ब्याख्या | व्याख्या | श्रीवास्तवा | श्रीवास्तव | व्यंग | व्यंग्य |
| अस्वस्थ्य | अस्वस्थ | टिप्पड़ी | टिप्पणी | निस्वार्थ | नि:स्वार्थ | वगैर: | वगैरह |
| डाँका | डाका | नदीओं | नदियों | आवो | आओ | संतावना | सान्त्वना |
| सहास | साहस या सहसा | बृष्टि | वृष्टि | वहिरंग | बहिरंग | बाचक | वाचक |
| कलस | कलश | तपश्या | तपस्या | नास | नाश | दुस्कर | दुष्कर |
| अन्ताक्षरी | अन्त्याक्षरी | स्वास्थ | स्वास्थ्य | प्रमाणु | परमाणु | सहस्त्र | सहस्त्र |
| काव्य सुसुमा | काव्यसुषमा | काव्य गुड़ | काव्यगुण | उपरोल्लिखित | उपरिलिखित | श्रोंत | स्रोत |
| वेद-उपनिसद | वेद-उपनिषद | श्रीमान | श्रीमान् | तवियत | तवीयत | दूबे | दुबे |

| | | | | | | | |
|---|---|---|---|---|---|---|---|
| सुक्ला | शुक्ला | विमार | बीमार | पाड़नी | पाणिनि | कवित्री | कवयित्री |
| निहचल | निश्चल | उछाह | उत्साह | बृष्टि | वृष्टि | दिवाली | दीपावली |
| आकास | आकाश | सरण | शरण | कलेस | क्लेश | चिड़ीया | चिड़ियाँ |
| अंगरेज | अंग्रेज | जयसंकर प्रसाद | जयशंकर प्रसाद | एकमुश्त | एकमुस्त | फिट | फुट |
| सुनहरी | सुनहरे | प्रौढावस्था | प्रौढ़ावस्था | हुयी | हुई | इन्डियन | इण्डियन |
| इन्तजार | इंतजार | अन्धकार | अंधकार | मालुम | मालूम | अन्तरजगत् | अन्तर्जगत् |
| प्रशाद | प्रसाद | लच्छणा | लक्षणा | अनेकों | अनेक | जनारदन | जनार्दन |
| सुदिर्घ | सुदीर्घ | केन्द्रिय | केन्द्रीय | गिरिश | गिरीश | अकलंक | कलंक |
| मनगढ़न्त | मनगढंत | शव्दकोष | शब्दकोश | छठवाँ | छठा | महती | महत् |
| सुन्दरी युवती | सुन्दर युवती | स्वर्ण जंयती वर्ष | स्वर्ण जयंती | यादिच्छिक | यादृच्छिक | अस्टाधाई | अष्टाध्यायी |
| विशेसड़ | विशेषण | अनिक्षा | अनिच्छा | अविधा | अभिधा | सदिक्षा | सदिच्छा |
| प्रपीताम: | प्रपितामह | वर्तिनी | वर्तनी | श्रीमान | श्रीमान् | अन्ताक्षड़ी | अन्त्याक्षरी |
| अपभ्रंस | अपभ्रंश | उत्रिस | उत्रीस | स्वछन्द | स्वच्छन्द | सुस्वागतम् | स्वागतम् |
| अमल्तास | अमलतास | साश्वत | शाश्वत | अविरति | अविरत | चिरनतन | चिरन्तन |
| मनोग्रहीत | मनोगृहीत | बहुउद्देशी | बहुऊद्देशीय | सम्बाद | संवाद | रक्तवर्णी | रक्तवर्णी |
| ताजी | ताजा | भाश्कर | भाष्कर | व्यंग | व्यंग्य | चौबिश | चौबीस |
| सारदा | शारदा | मड़िदिप | मणिद्वीप | पश्चमी | पश्चिमी | मालुम | मालूम |
| अन्पूर्णा | अन्नपूर्णा | कमलेस | कमलेश | शंसय | संशय | सुधांसु | सुधांशु |

## हिन्दी की वाक्य-रचना और प्रयोग

सार्थक ध्वनि को हम **शब्द** कहते हैं। यही शब्द जब किसी अर्थ या भाव को समझाने के लिए प्रयुक्त किए जाते हैं, तब हम उसे **पद** कहते हैं, क्योंकि प्रयोग में आने पर किसी शब्द का एक निश्चित स्थान या पद हो जाता है, इसलिए प्रयोगार्ह शब्द को पद कहा जाता है। यही पद मिलकर जब पूर्ण अर्थ को प्रकट करते हैं, तब उस पद समूह या पदावली को **वाक्य** कहते हैं।[1] कुल मिलाकर यह कि वाक्य ऐसी रचना है, जो किसी पूर्ण विचार की अभिव्यक्ति में समर्थ होती है। भाषा की न्यूनतम पूर्ण सार्थक इकाई वाक्य ही है।[2] इस बात को आचार्य भर्तृहरि भी बहुत पहले कह चुके हैं -

**पदे न वर्णा विद्यन्ते वर्णेष्ववयवा न च।**
**वाक्यात्पदानामत्यन्तं प्रविवेको न कश्चन् ।।**

**डॉ. हरदेव बाहरी** का कहना है कि, - "वास्तव में वाक्य ही भाषा की सार्थक इकाई है। शब्द भी अपने में अर्थवान होते हैं, किन्तु वाक्य तभी बनता है, जब अर्थवान शब्दों को ऐसे क्रम में रखा जाय कि उससे पूरे विचार या भाव का ग्रहण हो।"[3] इधर, **डॉ. भोलानाथ तिवारी** वाक्य का रूप स्थिर करते हुए कहते है, - "वह अर्थवान ध्वनि समूह जो पूरी बात या भाव की तुलना में अपूर्ण होते हुए भी अपने आप में पूर्ण हो तथा जिसमें प्रत्यक्ष या परोक्ष रूप से क्रिया का भाव हो, वाक्य है।"[4]

अंग्रेजी की तुलना में हिन्दी और संस्कृत वाक्य-रचना में अन्तर है। **आचार्य किशोरी दास बाजपेयी** लिखते हैं कि, - "अंग्रेजी आदि की तरह हिन्दी और संस्कृत पदों का विन्यास-क्रम नियमों की बेड़ियों से ऐसा जकड़ा हुआ नहीं है कि हिल-डुल न सके। यहाँ तो भाषा का स्वरूप ही ऐसा है कि पद-प्रयोग में अक्रम होने पर भी साधारणत: अर्थ बोध में कोई गड़बड़ी नहीं पड़ती। जहाँ पद क्रम की अनिवार्य व्यवस्था है, वहीं विशेष ध्यान देना पड़ता है ----------- हमारे कहने का मतलब यह नहीं है कि हिन्दी में पदों का प्रयोग अव्यवस्थित है। व्यवस्था तो बड़ी सुन्दर है, जटिल भी नहीं है। पदों का जो साधारण क्रम रहता है, कविता आदि में वह इधर-उधर हो जाए, तो भी अव्वय बोध में कोई कठिनाई नहीं होती। हाँ, यदि कोई बिल्कुल ही अंट-संट लिखें तब तो बात ही दूसरी है। तब भाषा का नहीं, प्रयोक्ता का दोष समझिए।"[5]

1. भाषा विवेचन- डॉ. भगीरथ मिश्र, पृ 14
2. भाषा विज्ञान- डॉ. देवदत्त कौशिक, पृ,. 108
3. हिन्दी, उद्भव, विकास और रूप- डॉ. हरदेव बाहरी
4. भाषा विज्ञान - डॉ. भोलानाथ तिवारी, पृष्ठ 51
5. हिंदी शब्दानुशासन- किशोरी दास बाजपेयी, पृष्ठ-330

| अशुद्ध वाक्य | शुद्ध वाक्य |
|---|---|
| मेरे को दही अच्छी लगती है | मुझे दही अच्छा लगता है। |
| यह सरकारी मिट्‌टी के तेल की दुकान है | यह सरकारी मिट्‌टी के तेल का दुकान है |
| वे सज्जन व्यक्ति हैं | वे सज्जन हैं |
| लोकमान्य तिलक आधुनिक भारत के सृष्टा-दृष्टा और अनेकों ग्रंथों के रचयिता थे | लोकमान्य तिलक आधुनिक भारत के स्रष्टा-दृष्टा और अनेक ग्रंथों के रचयिता थे। |
| हमारे नगर में माननीय अमृतलाल नागर आ रहे हैं | हमारे नगर में अमृतलाल नागर आ रहे हैं। |
| लोग कलाकार की सौजन्यता, सौन्दर्यता और कुशलता पर मुग्ध हो गए। | लोग कलाकार के सौजन्य, सौन्दर्य और कौशलपर मुग्ध हो गये |
| वे हमें भलीभाँति जानते हैं तथा हमारी आर्थिक स्थिति से भी भिज्ञ हैं | वे हमें भली भाँति जानते हैं तथा हमारी आर्थिक स्थिति से भी अभिज्ञ हैं। |
| राम रावण को मार गिराये | राम ने रावण को मार गिराया |
| मैंने खाना खाया है | मुझे खाना खाना है |
| हमें एक दूसरे से परस्पर सहयोग करना चाहिए | हमें परस्पर सहयोग करना चाहिए |
| सुरदास, ब्रजभाषा के सर्वश्रेष्ठ लेखक हैं | सूरदास ब्रजभाषा के श्रेष्ठ कवि हैं। |
| हम जो कहे थे, वही सत्य है | हमने जो कहा था, वही सत्य है |
| धरती आकाश सब ईश्वर का रचना है | धरती, आकाश सब ईश्वर की रचना है |
| राम वन गमन सुनकर दशरथ मूर्छा खा गई | रामवन गमन सुनकर दशरथ मूर्च्छा खा गये। |
| भारतीय शासन व्यवस्था बड़ा अच्छा है | भारतीय शासन व्यवस्था बड़ी अच्छी है। |
| शिष्य मण्डल चली जा रही है | शिष्य मण्डल चला जा रहा है। |
| तुम्हारी नेतागीरी नहीं चलेगा | तुम्हारी नेतागिरी नहीं चलेगी। |
| श्याम की माता ने उसे आशीर्वाद प्रदान की | श्याम की माता ने उसे आशीर्वाद प्रदान किया। |
| प्रेमचन्द ने अपनी गोदान लिखि थी। | प्रेमचन्द ने अपना गोदान लिखा था |
| समाज की जितनी दुर्गति पहले कभी नहीं हुई | समाज की इतनी दुर्गति कभी नहीं हुई। |
| वह कक्षा का सर्वश्रेष्ठ विद्यार्थी है | वह कक्षा का सर्वश्रेष्ठ विद्यार्थी है |
| उसने अपनी भूल के लिए दया मांगी | उसने अपनी भूल के लिए क्षमा माँगी। |
| कई दिनों की बदली के पीछे आज धूप आई है | कई दिनों की बदली के बाद आज धूप आयी है |
| रविवार के दिन छुट्‌टी बनती है | रविवार के दिन छुट्‌टी होती है। |
| सन्ध्याकाल के समय मेरे मित्र आएगें | सन्ध्या के समय मेरे मित्र आएँगे। |
| आप मेरे पर कृपा करें | आप मुझ पर कृपा करें। |
| मेरी सौभाग्यवती कन्या का शुभ विवाह कल है | मेरी सौभाग्यकांक्षिणी कन्या का शुभ विवाह कल है |
| अधिकांश लोहे की चीजें काली पड़ गई | लोहे की अधिकांश चीजें काली पड़ गईं। |
| सीता जो राधा की सहेली है, से पूछो | राधा की सहेली सीता से पूछो |
| अरे, तुमने झूठे हाथ से खाना छू दिया | अरे,तुमने जूठे हाथ से खाना छू दिया। |
| उन दोनों का घोर सम्बन्ध है | उन दोनों में घनिष्ठ संम्बन्ध है। |
| यह सब का सब मैंने नहीं खाना | यह सब का सब मुझे नहीं खाना |
| मैंने सिपाही से पता पूछा किन्तु उसने बता के नहीं दिया | मैंने सिपाही से पता पूछा किन्तु उसने नहीं बताया |
| वहाँ सर्वोत्कृष्ट ज्वर की चिकित्सा होती है | वहाँ विकटतम ज्वर की चिकित्सा होती है। |
| मैं कड़ा से कड़ा काम करने सकता हूँ | मैं कठिन-से-कठिन काम कर सकता हूँ |
| मुझे कान ही पुर जाना है | मुझे कानपुर ही जाना है |
| चमचमाती चाँदी के बर्तन बड़े आकर्षक थे | चमचमाते चाँदी के वर्तन बड़े आकर्षक थे |

| | |
|---|---|
| तेरे को क्या हो गया है? | तुझे क्या हो गया है? |
| शिवाय आपको छोड़कर कोई ऐसी बातें नही करता | सिवाय आपके कोई ऐसी बातें नहीं करता |
| वह असमय में मर गया | वह असमय मर गया |
| मैं तुम जैसी कृतघ्नी का मुँह नहीं देखना चाहता | तुम जैसे कृतघ्न का मुँह नहीं देखना चाहता |
| इनका वर्गीकरण करना आसान नहीं है | इनका वर्गीकरण आसान नहीं है |
| मैंने अपनी स्वेच्छा से यह किया है | मैंने स्वेच्छा से यह किया है |
| श्याम,जो राम का दोस्त है के लिए टिकट चाहिए | राम के दोस्त श्याम के लिए टिकट चाहिए |
| आपका पत्र धन्यवाद के साथ मिला | आपका पत्र मिला, धन्यवाद। |
| वे एक तीर मारे | उन्होने एक तीर मारा |
| उसने तलवार द्वारा शेर की गर्दन काट दिया | उसने तलवार से शेर की गर्दन काट दी |
| उसके हाथों की मोती सुन्दर है | उसके हाथों का मोती सुन्दर है |
| प्रत्येक व्यक्तियों ने उनके कार्य को सराहा | प्रत्येक व्यक्ति ने उनके कार्य को सराहा |
| वे कहे कि हमें घर जाना है | उन्होंने कहा कि उन्हें घर जाना है |
| किसान नेताओं और सरकार में सीधा टकराव हो सकती है | किसान नेताओं और सरकार में सीधा टकराव हो सकता है |
| तुलसीदास हिन्दी के श्रेष्ठतम कवि हैं | तुलसीदास हिन्दी के श्रेष्ठ कवि हैं |
| अपनी दही को कोई खट्टी नहीं कहता | अपनी दही को कोई खट्टा नहीं कहता |
| आपके आग्रह के वावजूद भी मैं नहीं आया | आपके आग्रह के वावजूद मैं नहीं आया |
| दुर्वासा ने शकुन्तला को श्राप दिया | दुर्वासा ने शकुन्तला को शाप दिया |
| हम देश के अपमान और अपेक्षा का बदला कर रहेंगे | हम देश के अपमान और उपेक्षा का बदला ले लेकर रहेगें |
| आपका श्रृंगार और सुन्दरताई देखकर कौन न रीझ उठेगा | आपका श्रृंगार और सुन्दरता देखकर कौन न रीझ उठेगा। |
| उद्यान से पुष्प चयन निषेध है | उद्यान से पुष्प चयन निषिद्ध है |
| स्वप्न सुन्दर कण्ठ से एक मोतियों की हार पहने हैं | कण्ठ में एक स्वप्न सुन्दर मोतियों का हार पहने हैं। |
| उपरोक्त राजाज्ञा से सभी अधिनस्थ कर्मचारियों को परिचित करा दीजिए। | उपर्युक्त राजाज्ञा में सभी अधीनस्थ कर्मचारियों को परिचित करा दीजिए। |
| सभी छात्र श्रीनगर जाने में उद्धत हैं | सभी छात्र श्रीनगर जाने को उद्यत हैं |
| अच्छा अब हमें जाने की आज्ञा दीजिए | अच्छा,अब हमें जाने की अनुमति दीजिये |
| सीता मनसा वाचा कर्मणा से पवित्र थीं | सीता मनसा,वाचा, कर्मणा पवित्र थीं। |
| उन्होंने आजीवन पर्यन्त ब्रह्मचर्य का पालन किया | उन्होंने आजीवन ब्रह्मचर्य का पालन किया। |
| आरोग्यता रहित जीवन निरर्थक है | आरोग्य रहित जीवन निरर्थक है। |
| कृपया कार्यक्रम में पधारें | कार्यक्रम में पधारें। |
| मेले में बच्ची फूट-फूट कर चिल्ला रही थी | मेले में बच्ची फूट-फूट कर रो रही थी। |
| सारे देश में यह बात फैल गयी। | देश भर में यह बात फैल गयी। |
| सभा में अनेकों वक्ताओं ने विचार व्यक्त किए | सभा में अनेक वक्ताओं ने अपने विचार व्यक्त किये। |
| मेरे को अब काम नहीं करना | मुझे अब काम नहीं करना। |
| मुझे खेलने में मजा आती है | मुझे खेलने में मजा आता है। |
| मुझसे बेफजूल बात मत करो | मुझसे फिजूल बात मत करो। |
| आपकी सौभाग्यवती कन्या के विवाह में अवश्य आऊँगा | आपकी सौभाग्यकांक्षिणी कन्या के विवाह में अवश्य आऊँगा। |
| उसने सिर के ऊपर टोपी सही नहीं लगाई | उसने सिर पर टोपी सही नहीं लगाई। |
| तुलसीदास अवधी भाषा के सर्वश्रेष्ठ कवि हैं | तुलसीदास अवधी के श्रेष्ठ कवि हैं। |
| राष्ट्रपति ने उन्हें पद्मभूषण की उपाधि अर्पित की | राष्ट्रपति ने उन्हें पद्मभूषण की उपाधि प्रदान की |
| दोनों सेनाओं में घमासान का युद्ध हो रहा था | दोनों सेनाओं में घमासान हो रहा था। |

| | |
|---|---|
| मैं यह पुस्तक पढ़ा हूँ | मैने यह पुस्तक पढ़ी है। |
| मेरी माँ मुझे वाराणसी बुलायी हैं | मेरी माँ ने मुझे वाराणसी बुलाया है। |
| एक गाय, दो बकरी और तीन भेड़े मैदान में चर रहे हैं | एक गाय, दो बकरियाँ और तीन भेड़ें मैदान में चर रही हैं |
| हो सकता है वह अवश्य पास हो जाय | हो सकता है, वह पास हो जाय |
| महादेवी जी एक महान कवित्री हैं | महादेवी जी एक महान् कवयित्री हैं। |
| बहुत से पत्र और पत्रिकाओं का प्रकाशन बंद हो गया | बहुत से पत्र पत्रिकाओं के प्रकाशन बंद हो गए। |
| पत्नी दुख की साथी है | पत्नी दुख की साथी है। |
| उसने बातें किया | उसने बातें की। |
| मोहन ने अपने मित्र को दावत दी | मोहन ने अपने मित्र को दावत दिया। |
| सज्जन आदमी का आदर करना चाहिए | सज्जन का आदर करना चाहिए। |
| तुमको जाना है तो जाइए | तुमको जाना है तो जाओ। |
| वह विद्यार्थी कहाँ खेल रहे हैं | वे विद्यार्थी कहाँ खेल रहे हैं। |
| ये सुन्दर पुस्तक है | यह सुन्दर पुस्तक है। |
| सूरदास ब्रजभाषा के सर्वश्रेष्ठ लेखक हैं | सूरदास ब्रजभाषा के सर्वश्रेष्ठ कवि हैं। |
| मीराबाई जी एक महान कवित्री हैं | मीराबाई जी एक महान् कवयित्री हैं। |
| चोर दण्ड देने के योग्य है | चोर दण्ड देने योग्य है। |
| यह सब विदेशी पर्यटक हैं | ये सब विदेशी पर्यटक हैं। |
| तुलसीदास उच्चकोटि के कवी थे | तुलसीदास उच्चकोटि के कवि थे। |
| वह परीक्षा में उत्तीर्ण हो गया | उसने परीक्षा उत्तीर्ण की। |
| उन दोनों के बीच गहरी शत्रुता है | उन दोनों में गहरी शत्रुता है। |
| तुम लोग अपने भाव व्यक्त करें | तुम लोग अपने भाव व्यक्त करो। |
| मैंने मेरा काम कर लिया है | मैंने अपना काम कर लिया है। |
| दरअसल में उसकी आदतें अच्छा नहीं है | दरअसल, उसकी आदतें अच्छी नहीं हैं। |
| शिक्षा पद्धति को सरल बनाएँ | शिक्षा पद्धति को सरल बनाएँ। |
| उसने सिर के ऊपर टोपी लगायी | उसने सिर पर टोपी लगायी। |
| गोस्वामी तुलसीदास अवधी के सर्वश्रेष्ठ लेखक हैं | गोस्वामी तुलसी दास अवधी के सर्वश्रेष्ठ कवि हैं |
| उपरोक्त वाक्य अच्छा नहीं है | उपर्युक्त वाक्य अच्छा नहीं है। |
| मैं तथा मेरे भतीजे का घर है | मेरा तथा मेरे भतीजे का घर है। |
| हम और तुम खेलेंगे | तुम और हम खेलेंगे। |
| विश्वामित्र ऋषी राम के गुरु थे | ऋषि विश्वामित्र राम के गुरु थे। |
| डेस्क पर किताब, पेन, पेन्सिल है | डेस्क पर किताब, पेन, पेन्सिल हैं। |
| वास्तव में वह मुर्ख है | वास्तव में वह मूर्ख है |
| श्रीमती सुमित्राकुमारी सिन्हा एक महान कवित्री हैं | श्रीमती सुमित्रा कुमारी सिन्हा एक महान कवयित्री हैं |
| उसने बातें किया | उसने बातें की। |
| दरअसल में उनकी आदतें अच्छी नहीं हैं | दरअसल, उनकी आदतें अच्छी नहीं है। |
| बेटी पराए घर का धन होता है | बेटी पराए घर की धन होती है। |
| उन्होंने आँखे फेरना ही सीख रखी है | उन्होंने आँखें फेरना ही सीख रखा है। |
| बहुत रे वार्थी लोग अन्न संचय किये हैं | बहुत से स्वार्थी लोगों ने अन्न संचय किया है। |
| मैं कुछ का कुछ लिख दिया हूँ | मैंने कुछ लिख दिया है। |
| मैं उसे नहीं पहचाना हूँ | मैंने उसे नहीं पहचाना है। |
| अपने गुरुजन की इच्छानुसार काम करना चाहिए | अपने गुरूजन की आज्ञानुसार काम करना चाहिए। |
| दिये के लौ को देखो | दिए की लौ को देखो। |

| | |
|---|---|
| तुम क्या काम करता है | तुम क्या काम करते हो। |
| तुम्हारे से कोई काम नहीं हो सकता | तुमसे कोई काम नहीं हो सकता। |
| इस रोग के लिए कोई इलाज नहीं है | इस रोग का कोई इलाज नहीं है। |
| मैं लिख लिया हूँ | मैंने लिख लिया है। |
| वह, तुम और मैं एक ही विद्यालय में पढ़ूँगा | वह, तुम और मैं एक ही विद्यालय में पढ़ेंगे। |
| सीता पुस्तक पढ़ी | सीता ने पुस्तक पढ़ी। |
| जिसका लाठी उसका भैंस | जिसकी लाठी उसकी भैंस। |
| आज की गोष्ठी के अनेकों विद्वान भाग लेंगे | आज की गोष्ठी में अनेक लोग भाग लेंगे। |
| राम, श्याम और सीता गयी | राम,श्याम और सीता गए। |
| अब शरीर काम नहीं करती | अब शरीर काम नहीं करता। |
| दही मीठी थी | दही मीठा था। |
| पुस्तकें आलमारी पर रख दो | पुस्तकें आलमारी में रख दो। |
| माला और क्षमा को परस्पर आपस में झगड़ना नहीं चाहिए | माला और क्षमा को परस्पर झगड़ना नहीं चाहिए। |
| अपना धन बेकार पड़े रहने न दीजिये | अपने धन को बेकार न रहने दीजिए। |
| तुम्हें सब काम करना होंगे | तुम्हें सब काम करने होंगे। |
| मैं चाहता हूँ कि वह छुट्टी ले लेता | मैं चाहता हूँ कि वह छुट्टी ले ले। |
| बात कर कर चले जाना | बात करके चले जाना। |
| हम यह किताब पढ़ लिये हैं | हमने यह किताब पढ़ ली है। |
| नदियों के जल सूख गया | नदियों का जल सूख गया। |
| परशुराम के क्रोधाग्नि ने क्षत्रिय राजाओं कोजला दिया। | परशुराम की क्रोधाग्नि ने क्षत्रिय राजाओं को जला दिया। |
| उसने अपने बुद्धि के बल पर यह काम किया | उसने अपने बुद्धि के बल से यह काम किया। |
| कृपया उत्तर देने की कृपा करें। | कृपया उत्तर दें। |
| मैं कह दिया हूँ | मैंने कह दिया है। |
| लोकसभा का चुनाव निकट आसन्न है | लोकसभा का चुनाव निकट है। |
| श्रीधर, संकर्षण और शुभ्रा गयी | श्रीधर,संकर्षण और शुभ्रा गये। |
| निराला वैविध्य का कवि थे | निराला वैविध्य के कवि थे। |
| मुझे कपड़े सिलानी है | मुझे कपड़े सिलाने हैं। |
| मैंने किताब पढ़ना है | मुझे किताब पढ़नी है। |
| विश्वविद्यालय में छात्र-छात्राएँ पढ़ने आती हैं। | विश्वविद्यालय में छात्र-छात्राएँ पढ़ने आते हैं. |
| आत्मा कहती है कि परमात्मा अच्छा है | आत्मा कहता है कि परमात्मा अच्छा है। |
| राम ने विभीषण को संर्पूण रूप से पूरा भरोसा दिया | राम ने विभीषण को पूरा भरोसा दिया । |
| वे व्यायाम कर लिए हैं | उन्होंने व्यायाम कर लिया है। |
| कृपया मेरा पत्र पहुँचाने की कृपा कीजिये | कृपया मेरा पत्र पहुँचाएँ। |
| निर्जन वन जन रहित था | वन निर्जन था। |
| भाषा समाज की निर्धारक तत्व है | भाषा समाज का निर्धारक तत्व है। |
| शब्द का अपना इयत्ता होता है | शब्द की अपनी इयत्ता होती है। |
| सूफी कवियों ने परमात्म ज्योति के लिए नूर को दिखा दिया है | सूफी कवियों ने परमात्म के लिए नूर को दिखा दिया है। |
| सौन्दर्य की आधार केवल रूप नहीं है | सौन्दर्य का आधार केवल रूप नहीं है। |
| सर्वसाधारण को पता है कि आकाश बरसती है और पृथ्वी भींग जाती है | सर्वसाधारण को पता है कि आकाश बरसता है और पृथ्वी भींग जाती है। |
| रफीक मनोहर और शीला गयी | रफीक,मनोहर और शीला गए। |

| | |
|---|---|
| आप सज्जन व्यक्ति हैं | आप सज्जन हैं। |
| कलम मेज में रखो | कलम मेज पर रखो। |
| आपका काम पूरा एक दम हो गया | आप का काम पूरा हो गया। |
| जाओ और लौट आओ | जाकर लौट आओ। |
| विश्वविद्यालय में अनेकों विभाग हैं | विश्वविद्यालय में अनेक विभाग हैं। |
| आत्मा ने कही | आत्मा ने कहा। |
| बिहारी ने सागर में गागर भर दिया है | बिहारी ने सागर में गागर भरा है। |
| विश्वविद्यालय पर पूरा संपूर्ण भरोसा है | विश्वविद्यालय पर पूरा भरोसा है। |
| गुरु और ईश्वर में सबसे बड़ा कौन है | गुरु और ईश्वर में बड़ा कौन है। |
| मैं मेरे घर में रहता हूँ | मैं अपने घर में रहता हूँ। |
| उनकी बहुतों ने प्रशंसा की | उनकी बहुत लोगों ने प्रशंसा की। |
| आपके मित्र सज्जन व्यक्ति हैं | आपके मित्र सज्जन हैं। |
| आभा,विभा और शुभा गयीं | आभा,विभा, और शुभा गये। |
| केशव केशनि असकरी | केसव केसनि असकरी। |
| मेरी बाधाभव हरौ,नागरि राधा सोइ | मेरी भव बाधा हरौ, राधा नागरि सोइ। |
| बाढ़ में शहर का अधिकांश भाग डूब गया | बाढ़ में शहर का अधिकांश डूब गया |
| अब नगर पर संपूर्ण रूप से पूरा विश्वास है | अब नगर पर संपूर्ण रूप से विश्वास है। |
| नि:स्वार्थ की भावना से काम करना चाहिए | नि:स्वार्थ भावना से काम करना चाहिए। |
| गांधी जी अनेकों बार जेल गये | गांधी जी अनेक बार जेल गये। |
| उस पर तरस आती है | उस पर तरस आता है। |
| हिन्दी की शिक्षा अनिवार्य कर दिया गया | हिन्दी की शिक्षा अनिवार्य कर दी गयी। |
| सबसे मधुरतम ध्वनि कोयल की है | सबसे मधुर ध्वनि कोयल की है। |
| उसका चरित्र उज्वल है | उसका चरित्र उज्ज्वल है। |
| इस दुकान पर चाय,विस्कुट और सिगरेट मिलता है | इस दुकान पर चाय,विस्कुटऔर सिगरेट मिलते हैं |
| कृपया हमें अवकाश देने की कृपा करें | कृपया हमें अवकाश दें। |
| मेरी सौभाग्यवती कन्या का शुभ विवाह फरवरी माह में है | मेरी सौभाग्यकांक्षिणी कन्या का विवाह फरवरी माह में है। |
| शुक्ल जी ने अत्याधिक पुस्तकें लिखी हैं | शुक्ल जी ने अत्यधिक पुस्तकें लिखी हैं। |
| प्रसाद जी ने अलंकारिक भाषा का प्रयोग किया है | प्रसाद जी ने अलंकारिक भाषा का प्रयोग किया है। |
| हमारे पूज्यनीय पिताजी आज आयेंगे | हमारे पूजनीय पिता जी आज आयेंगे। |
| मैं अनुग्रहीत हूँ | मैं अनुगृहीत हूँ। |
| तेलगु द्रविड़ कुल की भाषा है | तेलुगु द्रविड़ कुल की भाषा है। |
| दखिनी प्रयोग दो अरथों में होता है | दक्खिनी प्रयोग दो अर्थो में होता है। |
| भाषा,विभाषा का अन्तर बताते हुए विशेषता लिखें | भाषा विभाषा का अन्तर बताते हुए इनकी विशेषताएँ लिखें। |
| उसको जाने दो | उसे जाने दो। |
| हम शेर मारा | हमने शेर मारा। |
| माया मिला न राम | माया मिली न राम। |
| श्याम और राम मित्रता है | श्याम और राम में मित्रता है। |
| उसके आवास में कई कमरा है | उसके आवास में कई कमरे हैं। |
| वह सर्वोतम अच्छा प्राचार्य है | वह सर्वोत्तम प्राचार्य हैं। |
| कोट उतार जाओ | कोट उतार आओ। |

# उपसर्ग
## (Prefixes)

**सर्ग का अर्थ-** अंग्रेजी में उपसर्ग का मनोहारी खाका खींचते हुए एक विद्वान लिखते है कि-Upasarga from upa 'near 'and srj 'todischarge' means literally 'discharged near then' addition"then addition to the verb It occurse first in the Aitareya Brahmana" इसी तरह उपसर्ग के लिए संस्कृत में कहा गया है,-

**''उपसर्गास्तु विज्ञेयाः क्रिया योगेन विंशतिः । विवेचयंति ते ह्यर्थं नामाख्यात विभक्तिषु ।।**
**अच्छ श्रदन्तरित्येतानाचार्यः शाकटायनः । उपसर्गान् क्रिया योगान्मेने तेतु त्रयोधिकां ।।**

'सृज् +घञ्' धातु से बने 'सर्ग' का अर्थ है - 'सृजन'। शब्द रूपों का सृजन कई प्रकार से किया जाता है। जितने प्रकारों से भी शब्द रूपों का सृजन किया जाता है, वे सब सर्ग-पद्धति में आ सकते हैं। इस दृष्टि से समस्त व्याकरणिक प्रक्रिया सर्ग-पद्धति के अन्तर्गत आती है । परन्तु आज कल भाषा वैज्ञानिक इसका संकुचित अर्थ लेते है और इसका उसी अर्थ में प्रयोग करते है , जिसमें अंग्रेजी के Affix शब्द का प्रयोग किया जाता है । इस दृष्टि से सर्ग शब्द के पूर्व में अथवा शब्द के पश्चात् जुड़ कर एक शब्द से दूसरा शब्द (एकरूप से दूसरा रूप) बना देता है । जैसे - 'मार्ग शब्द से पूर्व 'कु ' जोड़ने पर 'कुमार्ग ' और 'सु 'जोड़ने पर 'सुमार्ग ' बन जाता है , 'नम्र ' शब्द के पश्चात् 'ता ' जोड़ने से 'नम्रता ', 'मम ' शब्द के पश्चात् 'त्व' जोड़ने पर 'ममत्व ' ,'सुत ' शब्द के पश्चात् 'आ ' जोड़ने पर 'सुता ' आदि शब्द बन जाते है , 'जय ' शब्द के पूर्व 'वि और बाद में 'ई ' जोड़ने पर 'विजयी ' शब्द बन जाता है । इस प्रकार सर्ग दो रूपों में कार्य करता है ।[1]

## उपसर्ग की परिभाषा

1- **वामन शिवराम आप्टे** के अनुसार, धातु के पूर्व लगने वाला सर्ग उपसर्ग कहलाता है- **निपाताश्चादयो ज्ञेयाः प्रादयस्तूपसर्गकाः, द्योतकत्वात् क्रियायोगे लोकादवगता इमे** ।'' आगे वे लिखते हैं कि इन उपसर्गों की विशेषता के संबंध में दो सिद्धान्त हैं। एक सिद्धान्त के अनुसार तो धातुओं के अनेक अर्थ होते हैं - **''अनेकार्था हि धातवः''** । जब उपसर्ग उन धातुओं के पूर्व जोड़े जाते हैं , तो वह केवल धातुओं में पहले से विद्यमान- परन्तु गुप्त पड़ें हुए - अर्थ को प्रकाशित कर देते हैं , वह स्वयं अर्थ की अभिव्यक्ति नहीं करते , क्योंकि वह हैं ही अर्थहीन। दूसरे सिद्धान्त के अनुसार उपसर्ग अपना स्वतंत्र अर्थ प्रकट करते हैं और वह धातुओं के अर्थों में सुधार करते हैं , बढ़ाते हैं और उनके कई अर्थों को बिल्कुल बदल देते हैं - **''उपसर्गेण धात्वर्थो बलादन्यत्र नीयते , प्रहाराहारसंहार विहारपरिहारवत् '' तथा '' धात्वर्य बाधते कश्चित्कश्चित्तमनुवर्त्तते , तमेव विशिनष्ट्यन्य उपसर्ग गतिस्त्रिधा ।''**[2]

2- पंडित **कामता प्रसाद गुरु** के अनुसार -'' जिस अक्षर या अक्षर समूह में स्वतंत्रतापूर्वक कोई अर्थ नहीं पाया जाता अर्थात् स्वतंत्रतापूर्वक जिसका प्रयोग नहीं होता और जो किसी शब्द के आश्रय से उसके आगे अथवा पीछे आकर अर्थवान होता है , उसे उपसर्ग अथवा प्रत्यय कहते हैं ।''[3]

3- **डॉ.भोला नाथ तिवारी** के अनुसार - '' उपसर्ग उस वर्ण या समूह को कहते हैं , जिसका स्वतंत्र प्रयोग न होता हो और जो किसी शब्द के पूर्व , कुछ आर्थिक विशेषता लाने के लिए जोड़ा जाय ।''[4] हिन्दी भाषा शास्त्रियों यथा - **कामता प्रसाद गुरु, डॉ. धीरेन्द्र वर्मा तथा डा. उदय नारायण तिवारी** आदि ने 'कम', 'खुश', 'हर', 'गैर', 'भर' आदि अनेक शब्दों को भी उपसर्ग मान लिया है, जो ~~ंत्र शब्द हैं[5] (वह खुश है, कटोरा भर, मेरे पास कम है, वह तो गैर है आदि) किन्तु **डॉ. भोला नाथ तिवारी** इन पर आपत्ति करते हुए लिखते हैं कि - ''वस्तुतः इनके योग से बनने वाले शब्द सामासिक पद (खुशबू, कमजोर, गैर हाजिर) हैं यदि इनको उपसर्ग मान लिया जाए तो सामासिक पद एवं उपसर्ग से बने शब्दों के बीच सीमा रेखा खींचना असंभव होगा। ऐसी स्थिति में केवल उन शब्दों को ही उपसर्ग मानना होगा, जो स्वतंत्र प्रयोग में न आते हों, जैसे- अ,आ,सु,कु आदि [5]

4- **डॉ. विजय पाल सिंह** के अनुसार- '' उपसर्ग उस शब्दाशं को कहते हैं, जो किसी शब्द के पूर्व जोड़ा जाता है ऐसा करने से जो नया शब्द बनता है, उसका अर्थ मूल शब्द से कुछ परिवर्तित या बदला हुआ रहता है। 'हार','से' 'प्रहार', 'विहार', 'आहार', 'संहार' 'शब्द' प्र.वि.आ.सं उपसर्ग जोडकर बनाए गये है[6]

1. भाषा विज्ञान और मानक हिन्दी- डॉ. रत्नचनद्र शर्मा, पृष्ठ-183-184
2. संस्कृत हिन्दी कोश- सं. वामन शिवराम आप्टे, पृष्ठ 631, नाग प्रकाशन, जलालपुर माफी, चुनार मिर्जापुर (उ. प्र.), मूल्य 120 रूपये
3. हिन्दी व्याकरण कामता प्रसादगुरु, पृ. 24
4. हिन्दी भाषा - डॉ भोलानाथ तिवारी, पृ. 143
5. हिन्दी भाषा -डॉ. भोलानाथ तिवारी , पृष्ठ 143
6. हिन्दी का व्यावहारिक व्याकरण- डॉ. विजयपाल सिंह, पृष्ठ-24, ग्रंथम, रामबाग, कानपुर, 1975, मूल्य - 5 रुपये

**हिन्दी में प्रयुक्त होने वाले उपसर्गों का परिचय-** भारोपीय परिवार में उपसर्गों का इतिहास काफी प्राचीन काल तक जाता है। बताते हैं पहले ये शब्द स्वतंत्र थे तथा इनका अपना अर्थ था। बाद में इनकी यह स्वतंत्रता समाप्त हो गयी और ये केवल मूल शब्द से सम्बद्ध या अनुस्यूत होकर आने लगे। इस समय हिन्दी में संस्कृत, हिन्दी,उर्दू तथा कभी-कभार अंग्रेजी उपसर्गों का प्रयोग भी होता है, किन्तु इनमें बहुलता संस्कृत उपसर्गों की ही है, क्योंकि हिन्दी में तत्सम व तद्भव शब्दों की ही बहुलता है । नीचे क्रमश: तीनों -चारों भाषाओं के उपसर्ग दिए जा रहे है। यहाँ आप ध्यान रखिए कि संस्कृत में कुल 22, हिन्दी में कुल 13, किन्तु कुछ लोग हिन्दी उपसर्गों की संख्या 20 तक मानते हैं,- "The Upasargas are to be recognised as twenty because of their connexion with verbs. They introduce modifications in the sense of ending of noun and verbs." तथा उर्दू में कुल 19 उपसर्ग होते है।[1]

**(क) - संस्कृत उपसर्ग -** संस्कृत के उपसर्गों की कुल संख्या 22 है। शेष को अव्यय माना गया है। संस्कृत में इन उपसर्गो को धातुओं से पहले लगाने से उनके अर्थ में हेर-फेर होता हैं,-

**''उपसर्गेण धात्वर्थो बलादन्यत्रनीयते**
**प्रहाराहारसंहार विहार परिहारवत्** '' तथा -
**''धात्वर्थ बाधते कश्चित्काश्यित्तमनुवर्तते**
**तमेव विशिनष्ट्यन्य उपसर्ग गतिस्त्रिधा''**

बहरहाल, संस्कृत में 22 उपसर्ग इस प्रकार हैं- अति, अधि, अनु, अव, अपि, अभि, सु, नि, आ,उद, अप, उप, दुर, दुस, निर, निस, परा,परि,प्र,प्रति,वि,सम्। संस्कृत में दो-दो उपसर्ग एक साथ कभी-कभी आते हैं, जैसे- अभि+उत्+स्था+ न = अभ्युत्थान (to uphold)

**(ख)- हिन्दी -उपसर्ग -** हिन्दी के उपसर्ग प्राय: संस्कृत के ही विकृत रूप हैं हिन्दी में प्रयुक्त होने वाले इन उपसर्गों को हम मुख्य रूप से दो टुकड़ों- तत्सम तथा तद्भव- में बाँट कर उन्हें इस प्रकार देख सकते हैं-

## तत्सम उपसर्ग

| उपसर्ग | अर्थ | उदाहरण |
|---|---|---|
| अति | अधिक | अतिरिक्त (in addition to, besides), अत्युदार(very generous) |
| अधि | ऊपर,श्रेष्ठ | अधिकार (power),अधिकर (super tax) |
| अप | बुरा,हीन | अपमान (disgrace), अपशकुन (illomen) |
| अव | नीचे, बुरा | अवगुण (disqualification), अवमूल्यन (devaluation), अवचेतन (subconsciouns) |
| अभि | ओर,सामने,पास | अभिमान (pride),अभिरक्षा (custody),अभिलाषा (desire) |
| अनु | पीछे | अनुकरण (imitation),अनुवाद (translation) |
| आ | तक,समेत | आक्रमण (attack),आकार (shape) |
| प्र | अधिक,आगे | प्रचार (publicity),प्रक्रिया (process),प्रयोग (experiment), प्रतिध्वनि (echo) |
| प्र | अधिक आगे | प्रचार (publicity),प्रक्रिया (process),प्रयोग (experiment),प्रतिध्वनि (Echo) |
| उत् | ऊँचा,ऊपर, अधिक | उत्कर्ष (elevation), उद्घाटन (opening), उपदेश (advice), उपनाम (surname) |
| दुर् | कठिन,बुरा | दुरजन (villain),दुरबल (weak) |
| नि | भीतर,नीचे,अभाव | निदान (diagnosis), नियुक्त (posted) |
| निस् | निषेध (नहीं),रहित | नि:शंक (doubtless), निष्कलंक (pure) |
| परा | उलटा, पीछे | पराजय (defeat), पराक्रम (valour) |
| परि | चारों ओर,आस-पास | परिणाम (result), परिचय (introduction) |
| वि | विशेष,अभाव,भिन्न | विदेश (foreign country), विभाग (division, distribution) |
| सम् | पूर्ण,अच्छा,साथ | सम्मेलन (conference), संवाद (dialogue) |
| सु | सहज,अच्छा | सुकृत (पुण्य-agood dead), सुशिक्षित (well educated), सुडौल (beautiful) |

1. भाषा विवेचन - डॉ. भगीरथ मिश्र, पृ. 76, साहित्य भवन, प्रा. लि. जीरो रोड, प्रयाग (इलाहाबाद)

### तद्भव उपसर्ग

| उपसर्ग | अर्थ | उदाहरण |
|---|---|---|
| अ | अभाव,निषेध | अज्ञान (ignorance), अनीति, अधर्म, अलौकिक |
| अद्यस् | नीचे | अध:पतन (downfall), अधोगति, अधोभाग |
| अन | अभाव,निषेध | अनजाने (without knowing) |
| अन्तर | भीतर | अन्तर्दशा (inner condition), भीतरी स्थिति (inner state of affairs) |
| दु (सं. दुर,दुस्) | बुरा,हीन | दुबला (weak), दुभाषिया, दुकाल |
| भर | पूरा,ठीक | भरपेट (bellyful), भरसक, भरपूर (plentyful) |
| अन | अभाव, निषेध | अनन्तर (afterwards) |
| अन् | अभाव,निषेध | अनादि (beginningless) |
| कु (क) | बुरा | कुचाल (misconduct, badways) |
| निस् | निषेध (नहीं) | नि:संतान (a person without a progeny) |
| अ | अभाव,निषेध | अथाह (गहरा-deep), अबेर, अछूत (an untouchable) |
| अन | अभाव,निषेध | अनपढ़ (uneducated), अनहोनी, अनबन |

**ग- विदेशी उपसर्ग-** हिन्दी में विदेशी उपसर्ग मुख्य रूप से दो स्रोतों -फारसी एवं अंग्रेजी से आये हैं। अरबी के भी कुछ उपसर्ग हिन्दी में आये हैं, लेकिन उनके आने का रास्ता फारसी से ही है। अरबी - फारसी के ये उपसर्ग हिन्दी में तो चल ही रहे हैं, उर्दू के भी ये अमूल्य निधि बन गये हैं। अरबी-फारसी के उपसर्गों का प्रयोग हिन्दी के लगभग वे ही लोग करते हैं, जो हिन्दी भाषा को विशेष पुट और छौंक-वघार कर लुट-पुटार तरकारी की तरह स्वादिष्ट बनाना चाहते हैं। बहरहाल आइये,अरबी - फारसी (Perso-Arabic Prefixes)तथा उर्दू के इन उपसर्गों को देखा जाए-

### 1. अरबी - फारसी तथा उर्दू-उपसर्ग (Perso-Arabic Prefixes)

| उपसर्ग | अर्थ | उदाहरण |
|---|---|---|
| गैर | बिना,भिन्न, अनुचित | गैरहाजिर (absent),गैरकानूनी(illegal),गैर सरकारी (unofficial) |
| कम | थोड़ा, हीन | कमजोर (weak), कम्बख्त (unlucky), कम उम्र, कमसिन |
| खुश | अच्छा | खुशकिस्मत (lucky-भाग्यशाली) |
| हर | प्रत्येक | हर कोई (every one),हर माह अथवा दर माह (every month) |
| ना | अभाव,नहीं | नापसंद (unliked), नाखुश (displeased) |
| ला | अभाव | लावारिस (without a heir),लापता (missing),लाइलाज (incurable),लाजबाब (speechless, uncomparably) |
| बे | बिना | बेरहम (merciless), बेजान (lifeless), बेखटके (fearlessly),बेवकूफ (fool) |
| अल | निश्चित | अलबेला (beautiful),अलमस्त, अलगरज |
| ऐन | पूरा,ठीक | ऐनवक्त (on that time),ऐनमौका, ऐनजवानी |
| ब | में, सहित | बखूबी, बनाम ,बदौलत (on behalf of) |
| दर | में | दरअसल(inreal),दरख्वास्त (application),दरबार |
| बर | पर,ऊपर | बराबर, बरखास्त (suspend),बरदाश्त,बरकरार |
| बा | साथ,सहित | बाअदब(withcourtesy), बाकायदा, बाजाब्ता |
| बिला | बिना | बिला नाग (continue), बिलाशक (without doubt) |
| सर | मुख्य | सरकार,सरदार, सरहद,सरपंच |
| बद | भद्दा, बुरा | बदनाम (defame), बदबू (bad smell),बदसूरत (ugly) |
| हम | साथ,समान | हमराही,हमउम्र (same age), हमदर्द, हमसाया |
| फ़ी | में,पर | फ़ी आदमी(perhead), फ़ी सैकड़ा (per hundred),फ़ी सेर (per seer) |

## 2.अंग्रेजी उपसर्ग (English Prefixes)

तमाम तरह के तथाकथित विरोधों, ना-नुकुर और हाँ-ना,ना-हाँ के बीच अंग्रेजी का प्रयोग इस देश में दाल में नमक की तरह अनिवार्य हो गया है। अपनी देसी भाषाओं में जब तक अंग्रेजी शब्दों का प्रयोग यहाँ के लोग नहीं कर लेते, तब तक उनकी मूँछ ऊपर नहीं उठ पाती। हिन्दी तो खैर, यहाँ के लोगों की पतिष्णु नियति का शिकार है ही। गली-कूचे की बतकही से लेकर हजारों की भीड़ को संबोधित करने तक यहाँ के लोग अपनी पहचान और सामने वाले पर रूआब गाँठने के लिए हिन्दी भाषा में असंख्य अंग्रेजी शब्दों को झोंक देते हैं,फलत: अंग्रेजी के शब्द इस देश के गाँव - जवार, ठेठ-अनपढ़ सभी की जिह्वा पर दिन भर में न जाने कितनी बार गिरते-फिसलते रहते हैं। यही कारण है कि अंग्रेजी के उपसर्ग आज भी हिन्दी में बेलौस प्रयुक्त होते हैं, किन्तु वे जुड़ते अंग्रेजी के आगत शब्दों में ही है, जैसे -

| उपसर्ग | अर्थ | उदाहरण |
|---|---|---|
| हेड(Chief) | मुख्य | हेड पंडित (Senior Pandit),हेडमास्टर,(Head Master -प्रधान अध्यापक) |
| डिप्टी (Deputy) | सहायक | डिप्टी रजिस्ट्रार (Deputy Registrar), डिप्टी मिनिस्टर (Deputy Minister) |
| जनरल(General) | प्रधान | जनरल मैनेजर (General Manager),जनरल सेक्रेटरी (General Secretary), ऑडीटर जनरल (Auditor General),डाइरेक्टर जनरल (Director General) |
| सब (Sub) | सहायक,अधीन | सब इन्स्पेक्टर (Sub Inspector), सब जज,(Sub Judge), सब कमेटी (Sub - Commeettee) |
| वायस (voice) | सहायक | वायस चांसलर् (Voice-Chancellor),वायस प्रेसीडेन्ट (Voice President) |
| हाफ (Half) | आधा | हाफ पैंट (Half Pant),हाफ साइड (Halfside),हाफ टी (half tea),हाफ टाईम (Half Time) |

कुल मिलाकर **डॉ. मोहन लाल तिवारी** के शब्दों में फारसी के उपसर्ग अधिक संख्या में हिन्दी में - हिन्दी और फारसी - दोनों शब्दों के साथ प्रचलित हैं, किन्तु अंग्रेजी उपसर्ग या उपसर्ग तुल्य पद ग्राम कम संख्या में विद्यमान हैं। एक-दो शब्दों का उपसर्गात्मक प्रयोग हिन्दी पदों के साथ होने लगा है, जैसे - हाफ कमीज, हेडदफ्तरी, किन्तु अधिकतर उपसर्ग और उपसर्ग तुल्य शब्द हिन्दी में प्रचलित और स्वीकृत अंग्रेजी पदों के साथ इस्तेमाल किए जाते हैं, जैसे- हेड मास्टर, सब - डिप्टी, परसेन्ट।[1]

**शब्द रचना में उपसर्गों की भूमिका-** शब्द रचना में उपसर्ग और प्रत्यय का विशेष महत्व है। प्रकृति अथवा मूल शब्द में इनके योग से शब्द के अर्थ में अन्तर आ जाता है। यही नहीं शब्द अपना मूल रूप छोड़कर नयी भूमिका में भी अवतरित होता है।[2] हिन्दी उपसर्गों के प्रयोग के संबन्ध में कुछ महत्वपूर्ण बातें कही जा सकती हैं। प्रथम यह कि आधुनिक हिन्दी में फारसी उपसर्गों का प्रयोग प्राय: वे ही लेखक करते हैं जो उर्दू का पुट देकर हिन्दी लिखते हैं। दूसरी बात यह कि अंग्रेजी उपसर्गों का प्रयोग प्राय: कम होता है। तीसरी बात यह कि तद्भव उपसर्गों का जितना प्रयोग मध्ययुगीन हिन्दी में मिलता है, उतना आधुनिक युगीन हिन्दी में नहीं। चौथी बात यह की आधुनिक हिन्दी में संस्कृत उपसर्गों का प्रयोग सर्वाधिक होता है इसके दो कारण है। 1. हिन्दी लेखकों का एक वर्ग ऐसा है, जो आभिजात्य गरिमा, सांस्कृतिक दृष्टिकोण और परिष्कृत रुचि के कारण तद्भव उपसर्गों के प्रयोग मे हल्कापन महसूस करता है। तथा 2. जब से हिन्दी में शिक्षा, प्रशासन, विज्ञान आदि के क्षेत्रों में अंग्रेजी शब्दों के हिन्दी पर्याय या पारिभाषिक शब्द बनने लगे हैं तब से ऐसे उपसर्गों का प्रयोग बढ़ गया है क्योंकि इन शब्दों के निर्माण का आकरस्रोत संस्कृत भाषा है और संस्कृत शब्दों में विभिन्न उपसर्गों या प्रत्ययों के योग से एक ही प्रकार के भिन्न रूपात्मक शब्द बड़ी सुगमता से बन जाते हैं।[3] **डा. माई दयाल जैन** लिखते हैं कि "व्याकरण की परम्पराओं तथा सीमाओं को तोड़कर ये उपसर्ग समान भाषाओं वाले के साथ ही नहीं, वरन् सुविधानुसार किसी भी दूसरी भाषा के शब्दों के साथ चमत्कारपूर्ण तथा क्रान्तिकारी ढंग से स्वतंत्रता के साथ लगाए जाते हैं।[4]

वस्तुत: हिन्दी में शब्द-रचना की ढ़ेरों पद्धतियाँ-विधियां हैं। भाषा शास्त्रियों ने इन पद्धतियों को मुख्य रूप से दो वर्गो-मुख्य तथा उप-में बाँटा है। मुख्य पद्धतियों के कुल पाँच प्रकार किए गये है और इन्ही से भारोपीय भाषाओं के अधिकाशंतया शब्द बनते हैं, जबकि उप पद्धतियों के कुल छ: प्रकार हैं और इन पद्धतियों से शब्द-निर्माण में मुख्य पद्धति की तुलना में कमसहायता मिलती है। जाहिर है, शब्द-रचना में महत्व की दृष्टि से मुख्य पाँचों पद्धतियों का ही प्रथमत: उल्लेख यहाँ श्लाघनीय होगा, बाद में उप-पद्धतियो का ।

---

1. **हिन्दी भाषा पर फारसी और अंग्रेजी का प्रभाव-डॉ. मोहन लाल तिवारी, पृष्ठ-251, नागरी प्रचारिणी सभा-काशी**
2. **हिन्दी भाषा का परिचय- डॉ. बिन्दु माधव मिश्र, पृ. 160**
3. **हिन्दी भाषा का स्वरूप विकास-डॉ. अवधेश्वर अरुण, पृ. 152-153**
4. **हिन्दी शब्द रचना - डॉ. माई दयाल जैन, पृ.29, भारतीय ज्ञानपीठ प्रकाशन, नेताजी सुभाष मार्ग, दिल्ली-6, मूल्य 6 रूपये, प्रथम संस्करण,1966**

## शब्द रचना में सहायक मुख्य पाँचों पद्धतियाँ और उनके उपभेद

**1-** व्युत्पत्ति पद्धति (derivation) इसके दो भेद हैं- (अ) उपसर्ग (Prefix) तथा (ब) प्रत्यय (Suffix) लगाकर नए शब्द बनाना, 2- समास पद्धति (compound words), **3-** शब्द उधार लेना (word borrowing) इसके भी तीन भेद हैं, (अ) उधारे शब्द (loan words) (आ) संकर शब्द (hylerid word) और अनूदित शब्द (translation loans words) **4-** वर्ण-विपर्यय पद्धति (meta thesis) अर्थात् वणों के उलट-फेर से नए शब्द बनाना, ध्वनि विपर्यय भी इसी में आता है **5-** अर्थ परिवर्तन पद्धति (semantic changes)।

**उपपद्धतियों के भेद-**1- कटवाँ शब्द (clipped word) 2- सांकेतिक शब्द (acrostic word) 3- मिलवाँ शब्द (lelended word) 4- ढर्रे पर गढ़े गए शब्द (kind word) 5- पूर्वोन्मुखी शब्द (leack formation) तथा 6-प्राचीनवर्ती शब्द (through wakes)

कुल मिलाकर हम कह सकते है कि शब्द-रचना में उपसर्गो की महत्वपूर्ण भूमिका को झुठलाया नहीं जा सकता । इनके प्रयोग से कहीं शब्द के अर्थ में परिवर्तन होता है, तो कहीं अर्थ संबंधी नयी विशेषताओं का समावेश होता है, कहीं शब्दार्थ की सम्पुष्टि होती है तो कहीं भाषा की सृजनात्मका को नयी ताकत मिलती है, भाषा में प्रांजलता के साथ उसे नया संस्कार भी मिलता है। आज के भूमंडलीकरण और वैश्वीकरण की उठी आँधी में हिन्दी को अपनी विशिष्ट पहचान और पाकीजगी बनाए रखने के लिए मुख्यतया तत्सम, तद्भव अर्थात् संस्कृत के उपसर्गो का प्रयोग करना चाहिए, क्योंकि ये उपसर्ग ही हिन्दी को पुख्ता और मुकम्मल दस्तावेज की तरह सुरक्षित रखेंगे ।

# प्रत्यय या परसर्ग

# (Suffixes or Postposition)

प्रति+ इ+अच् धातु से बने प्रत्यय का एक नाम 'परसर्ग' भी है। शब्द के बाद में जोड़े जाने वाले सर्ग को सामान्य भाषा में प्रत्यय कहते हैं, - "Pratyaya" is derived from prati-i 'to go to words or against' and means 'that which follows' and is used in the Pratisakhyas and their commentaries in the sense of "subsequent word or sound". In V.P. the word is used both in the sense of following and in the sense of 'suftix' ........ In C.A. 'Pratyaya' is used in the sense of suftix . But in the commentary it is used in the sense of subsequent also,-

**"पूर्व रूपस्य मात्रार्थं समान करणं परम् ।**
**प्रत्ययेन भवेत् कार्यमेतत् संयुक्तमिष्यते ।।"**

अपनी निश्चित संख्या और वर्गीकरण को लेकर प्रत्यय हिन्दी में खासाविवाद के विषय बन गये हैं। उपसर्गो की तुलना में प्रत्ययों की संख्या बहुत अधिक है। सबसे पहले आइये, प्रत्यय के स्वरूप पर विचार कर लिया जाय,-

## प्रत्यय की परिभाषा

1- **डॉ. छैल बिहारी मिश्र** के अनुसार,-"व्याकरण में वह अक्षर या अक्षर समूह जो किसी धातु या मूल शब्द के अंत में, उसके अर्थ में कोई विशेषता उत्पन्न करने के अर्थ में लगाया जाय,उसे प्रत्यय कहते है।"[1]

2- **वृहत् हिन्दी कोश** के अनुसार,-" वह उपसर्ग जैसा शब्द जो किसी धातु या मूल शब्द के अंत में कोई संज्ञापद, क्रिया पद, अव्यय या विशेषण बनाने के लिए लगाया जाता है,प्रत्यय कहलाता है।"[2]

3- **डॉ. भोला नाथ तिवारी** के अनुसार,-" प्रत्यय ध्वनि अथवा ध्वनि समूह की वह इकाई है,जिसे किसी शब्द अथवा धातु के अंत में जोड़कर शब्द अथवा रूप की रचना की जाती है।"[3]

4- **डॉ. ओम प्रकाश शर्मा** के अनुसार,-" प्रत्यय शब्द के अन्त में जुड़ने वाले शब्दांश हैं, अर्थात् जो शब्दांश किसी शब्द के अन्त में जुड़कर उसके अर्थ मे परिवर्तन या विशेषता ला देते है, उन्हें 'प्रत्यय' कहते हैं, जैसे- 'चतुर' शब्द के अंत में 'आई' जोड़ने से

---

**1- अभिनव हिन्दी अंगरेजी हिन्दी कोश- छैल बिहारी मिश्र,पृ. 283,आलोक भारती, 588 बी,एवेन्यू रोड, बंगलूर,मूल्य-130 रू. 1991**

**2- वृहत् हिन्दी कोश- सं. कालिका प्रसाद, पृ.712, ज्ञान मंडल लिमिटेड, लंका,वाराणसी,मूल्य-160रू0),छठाँ संस्करण, 1989**

**3- हिन्दी भाषा - डॉ. भोला नाथ तिवारी, पृ.- 145**

बना 'चतुराई'। इसमें 'आई' प्रत्यय है।''[1]

5- **डॉ. विजय पाल सिंह** के अनुसार,- ''प्रत्यय उस शब्दांश को कहते हैं, जिसे किसी धातु या शब्द के पीछे लगाकर कोई नया शब्द बनावें, जैसे-'मूर्ख' में 'ता' प्रत्यय जोड़कर 'मूर्खता'।''[2]

**शब्द-रचना में प्रत्ययों का योगदान-** हिन्दी प्रत्ययों की परंपरा मूल भारोपीय भाषा को छूती है। प्रकृति के नियम के अनुसार समय-समय पर प्रत्ययों की संख्या घटती-बढ़ती रही है। समय की मार ने कुछ पुराने प्रत्ययों को समाप्त किया तो कुछ नए प्रत्यय पल्लव या नए टेसू की तरह विकसित भी हो गए। फिर भी कुल मिलाकर यह सच है कि प्रत्यय प्रयोग की परम्परा संस्कृत , पालि, प्राकृत तथा अपभ्रंश से होती हुई हिन्दी में आई है। आप जानते हैं, उपसर्गों की अपेक्षा हिन्दी में प्रत्ययों की भेड़िया-धसान है। जाहिर है, जब प्रत्ययों की संख्या बहुत अधिक है, तो उनसे बनने वाले शब्दों की संख्या भी हिन्दी में बहुत अधिक होगी,और है भी। शुरुआती दौर में, ढेरों प्रत्यय मूल रूप में स्वतंत्र शब्द की हैसियत रखते थे और समस्त पदों के बाद वाले भाग में सैकड़ों साल तक प्रयुक्त होते-होते अपनी स्वतंत्रता गवाँ चुके। कालान्तर में परिणाम यह हुआ कि वे महज संकेत, चिन्ह या प्रतीक मात्र रह गये। पाश्चात्य भाषा चिन्तक **स्टीफेन उलमैन** (Stephen Ulman) ने तो यहाँ तक बताया है कि इन घिसे हुए रूपों का प्रयोग पुन: शब्दों के अंतमें होने लगा,- ''Many of our suftixes were originally independent words.Having appeared as second terms in countless compounds they gradualy lost their independence and sank to the level of grammatical elements ready to enter any fresh combination. '[3] उन्होंने उदाहरण में अंग्रेजी प्रत्यय 'ली' (ly)दिया है, जो फादरली (Fatherly) गॉडली (Godly) आदि शब्दों में आता है। उनका मत यह है कि यह प्रत्यय अपने मूल रूप में लाइक (like) शब्द था जो गॉड लाइक (God like) में अब भी मौजूद है। हिन्दी में आने वाला संस्कृत शब्द 'आलय' घिसते-घिसते 'आल' और 'ल' रह गया है, यथा ससुराल आदि में और 'ल' का प्रयोग देवल (देवालय) में देखने योग्य है।[4] मेरे जनपद गाजीपुर (उ. प्र.) के पूर्वी छोर पर बिहार की सीमा से सटे कर्मनाशा नदी के पश्चिमी करार पर स्थित 'देवल' गाँव में कीनाराम की प्राचीन मठ के साथ-साथ संभवत: ढेरो मंदिर थे, इसलिए यह गाँव अब 'देवालय' की जगह 'देवल' हो गया है।

हिन्दी में आने वाले संस्कृत, फारसी, अरबी, तुर्की तथा अंग्रेजी के प्रत्ययों ने उसे काफी समृद्ध किया है।[5] हिन्दी में उपसर्गों की भाँति ही संस्कृत, हिन्दी तथा उर्दू (अरबी-फारसी सहित) के प्रत्यय ने अपने कृदन्त और तद्धित रूपों में हिन्दी की शब्द रचना में अपूर्व योगदान किया है। हिन्दी के तद्धित रूप तो तद्भव तथा देशज शब्दों के अंत में जुड़कर नया शब्द रचते हैं। उर्दू में अरबी-फारसी के कृदन्त पर्याप्त मात्रा में उपस्थित हैं, किन्तु हिन्दी में उन सबका प्रयोग नहीं होता, फिर भी जिनका प्रयोग होता है, वे नई शब्द-रचना कर हिन्दी को संपुष्ट ही करते हैं। विभिन्न प्रत्ययों से शब्द-निर्माण के कुछ उदाहरण इस प्रकार है,-

| मूल शब्द | प्रत्यय | निर्मित शब्द |
|---|---|---|
| बच | आव | बचाव |
| देख | आवट | दिखावट |
| साँप | एरा | सँपेरा |
| बहुत | आयत | बहुतायत |
| लाल | इमा | लालिमा |
| गुरु | त्व | गुरुत्व |
| खाट | इया | खटिया |
| झगड़ा | आलू | झगड़ालू |
| कुल | वन्त | कुलवन्त |
| दूध | वाला | दूधवाला[6] |

**प्रत्यय - वर्गीकरण-** हिन्दी में प्रत्ययों का वर्गीकरण काफी मशक्कत और झमेले का विषय बन गया है, संभवत: इसीलिए कुछ भाषाविद् इस विषय पर उदासीन हैं। **डॉ. सत्यनारायन तिवारी** लिखते हैं कि- संस्कृत में दो प्रकार के प्रत्यय होते हैं,-

---

1- हिन्दी व्याकरण: नव मूल्याकनं - डॉ. ओम प्रकाश शर्मा, पृ.-475
2- हिन्दी का व्यावहारिक व्याकरण - डॉ. विजय पाल सिंह, पृ.-25
3- Words and Their Use- Stephen Ulman, Page-68
4- हिन्दी शब्द-रचना - डॉ. माई दयाल जैन, पृ.-33
5- Comparative Grammar of Modern Aryan Languges (Part-2)- JohnBeams, Page-88
6- हिन्दी व्याकरण: नव मूल्याकनं- डॉ. ओमप्रकाश शर्मा, पृ.505

कृत् और तद्धित। कृत् प्रत्ययों का प्रयोग धातुओं से शब्द रूप बनाने में होता है और तद्धित प्रत्ययों को संज्ञा, विशेषण आदि में लगाकर नए शब्द रूप बनाए जाते हैं।[1]

किन्तु **डॉ. भोला नाथ तिवारी** को इस पर आपत्ति है। डॉ. भोला नाथ तिवारी कहते हैं कि हिन्दी में कृत् और तद्धित का भेद करना अनावश्यक है, क्योंकि कई प्रत्यय, जैसे- आऊ,खाऊ,कमाऊ, पंडिताऊ-दोनों रूपों में आते हैं।[2] बहरहाल, पीछे लौटकर देखिए तो हमें ज्ञात होता है कि संस्कृत के तद्धित प्रत्ययों को 10 वर्गों में बाँटा गया है,- अपत्यार्थ, मत्वर्थीय, भावार्थ, कर्मार्थ, समूहार्थ, विकरार्थ, परिमाणार्थ, क्रिया-विशेषणार्थ, हितार्थ, शैषिक और प्रकीर्णक। हालाँकि **डॉ. सत्यनारायण तिवारी** भी **डॉ. भोलानाथ तिवारी** की बात को स्वीकार करते हुए कहते हैं कि हिन्दी के कुछ व्याकरणों में हिन्दी प्रत्ययों को भी कृत् और तद्धित में विभाजित किया गया है, जो अव्यावहारिक है, क्योंकि व्याकरण की दृष्टि से इनका अंतर न तो बहुत स्पष्ट है और न ऐसे विभाजन की अधिक उपयोगिता ही है। आगे अपना सुझाव देते हुए **डॉ. सत्यनारायण तिवारी** लिखते हैं कि अर्थ की दृष्टि से जिस प्रकार संस्कृत में तद्धित प्रत्ययों का वर्गीकरण किया गया है, उसी प्रकार प्रयोग और अर्थ के आधार पर हिन्दी प्रत्ययों का विभाजन किया जा सकता है। **डॉ. सत्यनारायण तिवारी** ने प्रयोगार्थ की दृष्टि से हिन्दी प्रत्ययों को **सात** भागों में विभाजित किया है- संज्ञार्थक, संबंधार्थक,लिंगार्थक, विशेषणार्थक, क्रिया-विशेषणार्थक , विविधार्थक, और शैषिक ।[3] **डॉ. भोलानाथ तिवारी** ने हिन्दी प्रत्ययों को तीन आधारों पर वर्गीकृत किया है, (क) **अर्थ** (भावार्थक-ता,,सुन्दरता), **अपत्यार्थक**-आयन, वात्स्यायन, **कर्तृवाचक**-वाला, जाने वाला, (ख) **प्रयोग, जैसे- संज्ञा** (आई,आरी,आस,एरा,पा,पन),**संबंधी-** (एरा, ममेरा, चचेरा), **लिंग** (आ, इन, नी, इया), **बहुवचन** (ए, एँ, आँ, ओं), **विशेषण** (आऊ, आलू, ईय, ई), **क्रिया विशेषण** (शः, तः) तथा (ग) **इतिहास-** (तत्सम, तद्भव, विदेशी तथा देशज)।[4] एक अन्य विद्वान् **डॉ. विन्दु माधव मिश्र** के अनुसार प्रत्यय **चार** प्रकार के होते हैं,- **1**- कारक प्रत्यय अथवा विभक्ति (सुप्), **2**- धातु के साथ लगने वाले प्रत्यय जो क्रिया पद का निर्माण करते हैं (तिङ्.), **3**- धातु के साथ लगने वाले प्रत्यय जो विशेषण आदि बनाते हैं (कृत्) तथा **4**- संज्ञा-विशेषण में लगने वाले प्रत्यय (तद्धित)। बहरहाल , यहाँ प्रत्यय के दो स्थूल प्रकार - कृत् प्रत्यय और तद्धित प्रत्यय - के आधार पर ही हिन्दी में प्रयुक्त होने वाले प्रत्ययों पर विचार किया जा रहा हैं,-

**कृत प्रत्यय -** (Primary Suftixes)-धातु (क्रिया)शब्दों के अंत में जुड़ कर संज्ञा, विशेषण आदि विविध प्रकार के शब्दों की रचना करने वाले प्रत्यय प्रत्यय कहलाते हैं। कुल मिलाकर यह कि कृत् प्रत्यय धातुओं के अंत में जोड़े जाते हैं और कृदन्त (कृत् + अंत)शब्दों की रचना करते हैं। 'शून्य' कृत् प्रत्यय हैं। इनके उदाहरण इस प्रकार है,-

| **धातु** (Root) **क्रिया** | (Verb) **कृतन्त (क्रियेतर) शब्द** |
|---|---|
| झगड़ (quarrel) | झगड़ा (झगड़ +आ) 'quarrel' (noun) (-'आ') (कृत प्रत्यय कोष्टक में दिया गया है ) |
| लड़ (fight) | लड़ाई (लड़ +आई) 'fight'(noun) (-'आई') |
| तैर (swim) | तैराक (तैर +आक) 'swimmer'(noun) (-'आक') |
| भूल (forget) | भुलक्कड़ (भूल + अक्कड़) `forget ful'(adj ) (-'अक्कड़') |
| टिक (last) | टिकाऊ (टिक् +आऊ) 'durable (adj ) ' (-'आऊ') |
| पहन (wear) | पहनावा (पहन् +आवा) 'dress'(noun) (-'आवा') |
| अड़ (tobeobstinate) | अड़ियल (अड़ +इयल) 'obstinate' (adJ ) (-'इयल') |
| उठ (rise)(-'आन') | उठान (उठ् + आन) 'rise growth'(an abstract noun) |
| चिल्ला(cry) | चिल्लाहट (चिल्ल् + आहट) 'cry'(abstract noun) (-'आहट') |
| लिख (write) | लिखावट (लिख +आवट् ) 'writting' (an abstract noun) (-'आवट') |
| लूट (rob) | लुटेरा (लूट् + एरा) 'robber'(noun) (-'एरा') |
| बढ़ (grow) | बढ़ती (बढ़ +ती) 'increase'(abstract noun) (-'ती' ) |
| हँस (laugh) | हँसी (हँस् +ई) 'laughter' ( abstract noun)(-'ई') |
| मुसक (smile) | मुसकान (मुसक् +आन) 'smile' (abstract noun) (-'आन ') |
| बच (be saved) | बचत (बच +त) 'saving' (abstract noun) (-'त') |

1- हिन्दी भाषा और लिपि का ऐतिहासिक विकास- डॉ. सत्यनारायण तिवारी, पृ.-138, विश्वविद्यालय प्रकाशन,चौक, वाराणसी, मूल्य - 5 रूपये, तृतीय संस्करण - 1981

2- हिन्दी भाषा- डॉ. भोला नाथ तिवारी, पृ.161

3- हिन्दी भाषा और लिपि का ऐतिहासिक विकास- डॉ.सत्यनारायण तिवारी, पृ.-141

4- हिन्दी भाषा - डॉ. भोला नाथ तिवारी, पृ.- 170

## हिन्दी के मुख्य तद्धित प्रत्यय

**(अ)- तद्धितान्त शब्द-** जब तद्धित प्रत्यय धातुओं से अतिरिक्त अन्य शब्दों के अंत में जुड़ते हैं, तब तद्धितान्त शब्दों की रचना करते हैं। दक्षिण भारत के हिन्दी के एक सुप्रसिद्ध भाषा विज्ञानी **प्रो0 ना0 नागप्पा** के अनुसार,-" A Taddlhtanta word is formed by adding a primary sufftix and another sufftix to the root or by adding a प्रत्यय (sufftix) to a word other than the verb in Hindi."

| | | | | | |
|---|---|---|---|---|---|
| (अ)- (भू) | भवि | भवितव्य | भवितव्यता | तव्य | तल् |
| | चुर् | चोर | चौर्य | णिच् ,अ, | ष्यञ् |
| | शच | पाक | पाकी | घञ् | इनि |

(ब)- क्रियेतर शब्द

| क्रियेतर शब्द | तद्धितान्त शब्द | तद्धित प्रत्यय |
|---|---|---|
| A Noun or an adjective a Noun Verb | Taddhitant word | Taddhitanta Pratyaya (Sufix) |
| भूख hunger(abs.noun) | भूखा hungry(adj) | -आ |
| चतुर clever (adj) | चतुराई cleverness(abs.noun) | -आई |
| कड़वा bitter (adj) | कड़वाहट betterness(ads.noun) | -आहट |
| मीठा sweet(adj) | मिठास sweetness (ads.noun) | -आस |
| प्यार love(abs noun) | प्यारा beloved (ads. noun) | -आ |
| अच्छा good (adj) | अच्छाईgoodness (ads.noun) | -आई |
| दिल्ली Delhi (noun) | दिल्लीवाला belonging to Delhi (adj) | -ई |
| बंबई Bombay (noun) | बंबइया grown in Bombay (adj) | -इया |
| मद्रास Madras (noun) | मद्रासी madrasee (adj) | -ई |
| पहाड़ mountain (noun) | पहाड़ी hillock (Noun) | -ई |
| | पहाड़ी mountanuonus (adj) | -ई |
| रस्सा rope (noun) | रस्सी rope (Noun) | -ई |
| गुलाब rose (noun) | गुलाबी of the rose colour,rosy (adj) | -ई |
| चोर thief (noun) | चोरी Theft (abs. noun) | -ई |
| रस juice (noun) | रसीलाjuicy (adj) | -ईला |
| विषpoison (noun) | विषैलाpoisonous (adj) | -ईला |
| खेत field (noun) | खेती forming (ads.noun) | -ई |
| सफेदWhite (adj) | सफेदी whiteness (abs.noun) | -ई |
| मामा uncle (noun) | ममेरा maternal (adj) | -एरा |
| पानीwater (noun) | पनीला watery (adj) | -ईला |
| पेट stomach (noun) | पेटू voracions (adj) | -ऊ |
| बच्चा child (noun) | बचपन children(abs.noun) | -पन |
| बूढ़ा old (adj) | बुढ़ाया oldage (abs.noun) | -पा |
| लकड़ी wood (noun) | लकड़हारा Awood enther (abs.noun) | -हारा |

## ध्वनि मूलक शब्द (Onomatopoeic Words)

**(अ)- विशेषण** (adjective) **(1)गड़बड़िया** = गड़बड़ करने वाला, **(2) खटपटिया** = खटपट करने वाला

**(ब)- अनुकरण वाचक शब्द** (Echo Words)

**संज्ञा- (Noun) 1- गड़गड़ाहट -** गाड़ियों की **गड़गड़ाहट** तथा मल्लाहों का कोलाहल सुनाई पड़ा।[1] **2- भनभन - मक्खियों की भनभनाहट** बुरी लगती है। **3- झनझन -** "पान लगाकर रामू की बहू सास को पान देने चली गई और कबरी ने

**1- नमक का दरोगा- प्रेमचन्द, पृ.- 40**

छलांग मारी, पंजा कटोरे में लगा और कटोरा **झनझनाहट** की आवाज के साथ फर्श पर।"[1]

'यह कैसा जीवन का गान,
अलि! कोमल कल् मल् टल् मल् ।
अरी! शैल वाले नादान,
वय अविरल कल् कल् छल् छल् ?'[2]

यहाँ पर '**कल् मल् टल् मल्** ' '**कल् कल् छल् छल्** ' निर्झरी या नदी के बहने की ध्वनि का सूचक है।

**(स) क्रिया** (Verb) (1) सोने दोगे कि यहाँ से हट जाऊँ । '**कांय-कांय**' क्या मचा रखी है ।[3] (2) **छल छल करके** थल-थल तरके विखराती है पारा ।[4] (3) वह घण्टे भर से **चबर-चबर** कर रही है ।[5]

**(द) क्रिया विशेषण -** (1) छलकती जाती है दिन-रैन **लबालब** तेरी प्याली मीत ।[6]

(2) आँखे टक-टक,
छाती **धक धक**,
कभी अचानक ही मिल जाता, दिल का दामन गीर ।[7]

(3) हंसती **खल खल**
अबला चंचल
ज्यों फूट पड़ा हो स्रोत सरल [8]

ताबड़तोड़, धकधक, खल खल, लबालब भी अनुकरण वाचक या ध्वनिमूलक शब्द हैं ।

**अपूर्ण पुनरुक्त शब्द -** (Partially Imitative Words or Partial Onometopoeic Words)लूला-लंगड़ा, बाल-बच्चे, काला-कलूटा, जोर-शोर, ऐसे-वैसे, आर-पार, काम-काज आदि अपूर्ण पुनरुक्त शब्द भी प्रत्यय के रूप में हिन्दी में प्रयोग किये जाते हैं ।

**विदेशी प्रत्यय-** विदेशी उपसर्गों की तरह विदेशी प्रत्यय भी हिन्दी में व्यवहार में आते हैं । इनकी विशेषता यह है कि ये विदेशी प्रत्यय प्राय: उन्हीं शब्दों के साथ लगते हैं, जिनके माध्यम से ये आयें होते हैं । इन विदेशी प्रत्ययो में ज्यादातर अरबी-फारसी के प्रत्यय हैं, जिन्हें उर्दू में निरंतर प्रयोग में लाया जाता है । उर्दू की मूल्यवान संपदा बन चुके ये प्रत्यय भी हिन्दी तथा संस्कृत की भांति दो भागों- कृदन्त तथा तद्धित - में बांटे गये हैं । हिन्दी में कुछ अंग्रेजी के भी प्रत्यय प्रयोग में लाए जाते हैं, लेकिन अरबी-फारसी की तुलना में इनकी संख्या बहुत कम है। बहरहाल, नीचे उर्दू में प्रयुक्त होने वाले कुछ प्रत्ययों को देखिए,-

## (1) फारसी प्रत्यय

| | | |
|---|---|---|
| दोस्त friend (noun) | दोस्ती friendship (abs.noun) | -ई |
| दावा plaint(noun) | दावेदार plaintiful (noun) | -दार |
| रोज Day | रोजाना Daily (adj) | -आना |
| जमीन landed property | जमींदार Owner of landed property Zamindar (noun) | -दार |
| किराया rent (noun) | किराएदार tenant (noun) | -दार |
| सौदा trade (noun) | सौदागर merchant (noun) | -गर |
| रंग colour (noun) | 'रंगीन colourful (adj) | -ईन |
| खतराdanger (noun) | खतरनाक dangerous (adj) | -नाक |
| हवा air (noun) | हवादार airy (adj) | -दार |
| फायदा profit (noun) | फायदेमंद profitable (adj) | -मंद |
| मदद help (abs.noun) | मददगार helpful (adj) | -गार |

1- प्रायश्चित-भगवती चरण वर्मा, पृ.-57
2- 'निर्झरी' नामक सुमित्रानन्दनपंत की कविता - सं.. हरिवंश राय बच्चन, पृष्ठ-117, राजपाल ऐण्ड संस, दिल्ली
3- कब तक पुकारुँ - रांगेय राघव पृ. -369
4- साकेत - मैथिलीशरण गुप्त, पृ.-75
5- कब तक पुकारुँ - रांगेय राघव, पृ.-370
6- 'स्वर्ग का था नीरव उच्छ्वास' कविता - सुमित्रानदन पंत, पृष्ठ-91
7- हरिवंश राय बच्चन रचनावली, पृष्ठ-130
8- 'ग्राम युवती' नामक सुमित्रानंदन पंत की कविता, पृष्ठ-149

पैसा money(noun) पैसेवाला moneyed (adj) -वाला

**सूचना-** 'आ'कारान्त पुल्लिंग शब्दों के अंग रूप (ablique) में तद्धित प्रत्यय 'दार','वाला' लगते हैं, यथा- दुकान (shop)=दुकानदार(shopkeeper, थाना (police station)=थानेदार(A police Inspector), खरीद (perchase) =खरीददार(perchaser), साया(shade)=सायेदार (shady) आदि।

'दान' प्रत्यय लगाकर- कलम=कलमदान, इत्र=इत्रदान, पान=पानदान, खान=खानदान, कदर=कदरदान, शमअ=शमादान

इसमें 'ई' स्त्री प्रत्यय लगाकर 'दानी' भी बना लेते हैं, यथा-चायदानी, मच्छरदानी, चूहेदानी, मूसदानी, बच्चेदानी आदि। इनके अतिरिक्त- पाँव=पैताने (atone's feet), पीछा=पिछवाड़े (at the back), फूल=फुलवाड़ी (agarden), सिर=सिरहाने (close to one's head), गोला=गोलाबारी (shooting), आगा=आगे(in the front) आदि भी तद्धित ही हैं, साथ ही - ताकत (stamina) से ताकतवर (full of stamina) तथा आम=अमूमन (especially) भी उर्दू तद्धित हैं।[1] **डॉ. मोहन लाल तिवारी** के अनुसार फारसी ने हिन्दी परसर्गों को भी संपन्न बनाया और हिन्दी के वियोगात्मक होने में सहायता दी।[2]

**(2)- अंग्रेजी प्रत्यय-** इज्म (ism)=गांधीइज्म (Gandhism), मार्क्सइज्म (Marxism)इस्ट (Ist)=सोसलिस्ट (Socialist), मार्क्सिस्ट (Marxist)

**उपसर्ग और प्रत्यय में अंतर-** यदि मोटे तौर पर देखा जाए तो उपसर्ग और प्रत्यय एक ही परंपरा और कुल-खानदान तथा सगोतिया होते हुए भी कुछ- न -कुछ परस्पर दूरी रखते हैं। उपसर्ग सामान्यतया किसी शब्द के पूर्व जोड़े जाते हैं तो वहीं ठीक उसके उलट प्रत्यय किसी शब्द के अंत या बाद में जोड़े जाते हैं। साफ शब्दों में जो शब्दांश किसी शब्द के **प्रारंभ** या **आदि** में जुड़कर उसके अर्थ में नई चमक या परिवर्तन पैदा करते हैं, वे उपसर्ग की संज्ञा से सुशोभित किए जाते हैं, यथा- अतिक्रमण में, **'अति'** उपसर्ग है, क्योंकि 'क्रमण' से पहले जुड़ा है। इसी प्रकार अधि +पति=अधिपति, अनु +करण=अनुकरण, उत् +कर्ष=उत्कर्ष, निस् +चल=निश्चल, सु+पुत्र=सुपुत्र में क्रमशः **अधि, अनु, उत् , निस्** तथा **सु** शब्द से पहले लगने के कारण उपसर्ग हैं।

प्रत्यय की स्थिति इससे भिन्न है, इसे भी साफ करते हुए कह सकते हैं कि जो शब्दांश किसी शब्द के **अंत** या **आखिर** में जुड़कर उसके अर्थ में अपनी क्षमता के अनुसार बदलाव पैदा करते हैं, सीधी-सरल भाषा में वे प्रत्यय कहे जाते हैं, यथा-पाठक में'अक' प्रत्यय है, क्योंकि यह 'पाठ' के बाद जुड़ा है। इसी प्रकार रटन्त=रट+अन्त, कमाई =कम+आई, पढ़ाई=पढ़+आई, मुस्कान=मुस्करा+आन, बनौवल = बनाना + औवल, सुहावना=सुहाना+आवना में क्रमशः **अन्त, आई, आन, औवल** तथा **आवना** प्रत्यय हैं।

## हिन्दी के वचन (Number)

**वचन का अर्थ तथा महत्व-** किसी वस्तु आदि की संख्या के एक या अनेक होने- का बोध या ज्ञान कराने वाले शब्द रूप वचन कहलाते हैं, जैसे- बालक-बालकों, शहर-शहरों, नाटक-नाटकों आदि। वस्तुतः संख्या-भेद की मूल जमीन ही वचन का प्रमुख आधार होती है। साफ शब्दों में, वचन शब्दों या पदों के संख्या भेद का 'इन्डिकेटर' या सूचक होता है। पदों की रचना में वचन अपनी नितांत महत्वपूर्ण भूमिका निभाता है। वचन ही हमें यह बताता है कि वस्तु या व्यक्ति एक है या अनेक हैं। बिना वचन की सहायता से पद, वाक्य-संरचना, फॉर्म(form)भाषा का संगठन (structure) अधूरापन लिए रहता है। इसके अभाव में भाषा का आत्मीय ताप तो मरता ही है, जैसे टुकड़ो में बँटा पद भी अपना संपूर्ण आकार और तेवर अख्तियार नहीं कर पाता। **डॉ. देवदत्त कौशिक** के शब्दों में,- "अपने मूल व्यक्तित्व में वचन का व्याकरण पर बहुत प्रभाव हैं क्योंकि इसका संबंध संज्ञा से भी है, सर्वनाम से भी और क्रिया से भी । विशेषण से भी इसका संबंध कुछ श्लिष्ट योगात्मक भाषाओं में मिलता है। उदाहरण के लिए संस्कृत में द्विवचन में इसका प्रभाव देखा जा सकता है।"[3] वचन के सही-सटीक प्रयोग से पद के साथ-साथ भाषा में भी सुघड़ता आती है, पद भी सारवान बनता है। भाषा के प्लेटफार्म पर पद की मुकम्मल और पुख्ता सूरत तथा रूप-निर्माण में यही है वचन का विशिष्ट प्रदाय।

**वचन का इतिहास या विश्व की भाषाओं में वचन की स्थिति-** विश्व की भाषाओं के साथ-साथ यदि हम भारतीय भाषाओं की जड़ में हेल-प्रवेश कर तफसील करें तो बहुत सुभीते से निष्कर्ष के इस मुहाने पर पहुँच जाएँगें कि कारक, लिंग, वर्तनी आदि की तरह वचन को भी समय-समय पर बदलाव की बेहद पेंचीदी और जटिल प्रक्रियाओं से गुजरना पड़ा है। तो क्या इसे भाषिक बदलाव की सतत् स्वाभाविक गतिशीलस्थिति मान लिया जाए ?बहरहाल, जो भी हो, लेकिन इतना तो कहा ही जा सकता है

---

1- अभिनव हिन्दी व्याकरण- ना. नागप्पा, पृ.- 222

2- हिन्दी भाषा पर फारसी और अंग्रेजी का प्रभाव -डॉ. मोहन लाल तिवारी, पृ.- 124

3- भाषा-विज्ञान-डॉ. देवदत्त कौशिक, पृ.- 201, अशोक प्रकाशन, नई दिल्ली-6, मूल्य-20 रूपया, प्रथम संस्करण-1972

कि सृजन और लोप के बीच के दोहरे दबावों को वचन ने झेला है, तभी तो विश्व की कुछ भाषाओं में तीन वचन हैं, कहीं वचनों की संख्या दो है तो कहीं वचन तलाशने पर भी नहीं मिलता। विश्व की प्राचीनतम भाषा देववाणी संस्कृत में तीन वचन हैं, जिनमें एक द्विवचन भी है। लिथुआनी, तोखारी, जेंद,अरबी, लैटिन, ग्रीक तथा आस्ट्रोएशियाटिक परिवार की भाषाओं में भी वचनों की संख्या तीन है, एकवचन, द्विवचन और बहुवचन। कुछ लोग बताते हैं कि अफ्रीकी भाषाओं में तो त्रिवचन भी पाया जाता है। इधर, मलय बहुद्वीपीय परिवार की भाषाओं में वचन की स्थिति शून्य-सिफर है। यहाँ बहुवचन का बोध द्वित्व से कराया जाता है। संभवत: यहाँ शुरू मेंएकवचन रहा होगा, कालान्तर में एक से अधिक की अभिव्यक्ति संबंधीगरज और जरूरत ने अन्य परवर्ती वचनों को जन्मा हो। इसी तरह, हामी परिवार की भाषाओं में वचन का ज्ञान-भान कराने के लिए 'समूहात्मक और 'विभागात्मक'वचन की परिकल्पना की गई है। इस परिवार की भाषाओं में वचन संबंधी एक अनूठापन यह पाया जाता है कि यहाँ संज्ञाओं का वचन बदलने पर उनका लिंग भी बदल जाता हैं।

प्राचीन भारतीय आर्य-भाषाओं में तीन वचन थे किन्तु मध्यकालीन भारतीय आर्यभाषा तक आते-आते द्विवचन लुप्त होने लगा। सच तो यह है कि द्विवचन संस्कृत में ही उपेक्षित हो गया था, इसीलिए भाषा-विकास के प्रारम्भिक दौर में ही इसका लोप हो गया। अशोक के शिलालेखों में द्विवचन के लिए संख्यावाचक शब्द प्रयुक्त हुआ मिलता है, यथा 'दुवे मउला' अर्थात् द्वौ मयूरौ। आधुनिक आर्य भाषाओं मे तो द्विवचन सर्वथा लुप्त और बिला गया है। इसी कारण हिन्दी,गुजराती, पंजाबी आदि भाषाओं में द्विवचन है ही नहीं। अब इन भाषाओं में दो ही वचन हैं- एकवचन और बहुवचन।यहाँ द्विवचन को सूचित करने के लिए संख्यावाचक विशेषण को प्रयोग में लाते हैं, यथा-एक बालक, दो सड़कें आदि। कुल मिलाकर, एकवचन एक ही वस्तु या व्यक्ति का बोधक होता है और बहुवचन एक से अधिक वस्तुओं या व्यक्तियों के समूह-झुंड का द्योतन करता है। यहाँ एक बात ध्यातव्य है कि संख्यात्मक ह्रास के साथ-साथ वचन से उत्पन्न विकारों का भी लोप होने लगा और हिन्दी तक आते-आते संस्कृत के अधिकांश कारकों के प्रत्यय लुप्त हो गए।[1] **डॉ. राम गोपाल शर्मा दिनेश** के शब्दों में,-''विभिन्न कारकों में वचन की सूचना देने के लिए विभक्ति प्रत्ययों की यह अदला-बदली मध्यकालीन आर्य भाषाओं में बहुत बढ़ गयी थी और उसी के आधार पर हिन्दी वचनों के रूप विकसित हुए।''[2] निचोड़ रूप में पुन: कहा जा सकता है कि संस्कृत, जेन्द, अरबी,इब्रानी(हिब्रू), यूनानी और लैटिन भाषाओं में तीन वचन होते हैं, 1- एकवचन,2-द्विवचनतथा 3-बहुवचन[3] , किन्तु लैटिन में द्विवचन रूप नहीं पाया जाता [4] । फारसी, हिन्दी और अंग्रेजी में दो ही वचन - एकवचन तथाबहुवचन प्रचलित हैं। वचन शब्दों की संख्या का बोध कराते हैं। प्राचीन भारतीय आर्य भाषा के तीन वचन से भिन्न मध्यकालीन भारतीय आर्य भाषा काल (प्राकृत काल) के प्रारंभ में ही व्याकरण से द्विवचन लुप्त हो गया। द्विवचन शब्दों की अभिव्यक्ति के लिए 'द्वि' शब्द का प्रयोग किया जाने लगा। अशोक के अभिलेखों में 'दुवे मजुला' (दो मोर) इत्यादि प्रयोग मिलते है[5]। इस प्रकार हिन्दी जैसी आधुनिक भारतीय आर्य भाषाओं में दो ही वचन की परंपरा आयी। बहुवचन बनाने का हिन्दी का अपना तरीका भी संस्कृत से भिन्न और स्वतंत्र है।

**वचन के भेद-** हिन्दी मे वचन के दो भेद या प्रकार हैं,- 1- एकवचन (Singular Number)तथा बहुवचन (Plural Number)। एक वस्तु या पदार्थ का बोधक शब्द एकवचन कहलाता है। साफ शब्दों में एकवचन से एकत्व का बोध होता है, यथा- गाय, वृक्ष, पहलवान, चश्मा, लड़की आदि। एक से अधिक का बोध कराने वाला शब्द बहुवचन कहलाता है अर्थात् बहुवचन से एक से अधिक अनेकत्व का बोध होता है, यथा- गायें, वृक्षों, पहलवानों, चश्मों, लड़कियाँ आदि । प्राचीन भारतीय आर्य भाषा का द्विवचन हिन्दी में नहीं हैं।

**एकवचन से बहुवचन बनाने के नियम-** लिंग की भाँति हिन्दी में वचन भी दो ही हैं। हमे यह जानकर प्रसन्नता होती है कि लिंग की व्यवस्था और निर्णय की जटिल प्रक्रिया पर जितनी तीखी टिप्पणियां सामान्य लोगों की होती रहती है, वचन ने उन आरोपों के घेरे से अपने को बचा लिया है। दूसरे शब्दों में वचन निर्णय हिन्दी में बहुत सरल और सहज है। यहाँ लोगों को बहुत बौद्धिक व्यायाम या द्रविड़ प्राणायाम नहीं करना पड़ता। आवश्यकता होती है, महज हल्का सा ध्यान देने की। बहरहाल, कुछ मुख्य नियमों को यहां अधोलिखित रूप में देखा जा सकता है,-

1- **डॉ. अवधेश्वर अरुण** के शब्दों में,-''कुछ शब्दों का रूप दोनों वचनों में एक ही रहता है। केवल क्रिया से उसका अंतर

---

**1- हिन्दी भाषा का स्वरूप-विकास-डॉ. अवधेश्वर अरुण, पृ- 98**

**2- हिन्दी भाषा और उसका इतिहास- डॉ. राम गोपाल शर्मा'दिनेश', पृ.-179**

**3. हिन्दी व्याकरण-कामता प्रसाद गुरु, पृष्ठ-261**

**4. संस्कृत का भाषा शास्त्रीय अध्ययन- डॉ. भोला शंकर व्यास, पृष्ठ-321**

**5. हिन्दी भाषा का उद्भव और विकास- डॉ. उदय नारायण तिवारी, पृष्ठ-424**

सूचित किया जाता है, जैसे घर, वर्तन, आदमी, प्राण, भाई इत्यादि। यह मेरा वर्तन है। ये मेरे वर्तन हैं।''[1]

**2**- कुछ आकारान्त स्त्रीलिंग शब्दों के अंतिम 'अ' को 'एँ' करने से वे बहुवचन बन जाते है, यथा- बाँह-बाँहें, गाय-गायें, बात-बातें, सड़क-सड़कें आदि।

**3**-जिन स्त्रीलिंग शब्दों के अंत में 'या' होता है, उसे 'याँ' कर देने से वे बहुवचन बन जाते हैं, यथा-चिड़िया-चिड़ियाँ, डिबिया-डिबियाँ, सखिया-सखियाँ आदि ।

**4- डॉ. ओम प्रकाश शर्मा** के अनुसार,-''इकारान्त तथा ईकारान्त स्त्रीलिंग शब्दों के अंत में 'याँ' जोड़ने तथा 'ई' को 'इ' करने से बहुवचन बन जाते है, यथा- नीति-नीतियाँ, तिथि-तिथियाँ , रीति-रीतियाँ, रानी-रानियाँ, नारी-नारियाँ, कली-कलियाँ, पुत्री-पुत्रियाँ आदि ।[2]

**(5)- डॉ. रत्नचन्द्र शर्मा** के अनुसार,-'' उकरान्त और अकारान्त पुल्लिंग शब्दों से बहुवचन में परिवर्तन नहीं होता, परन्तु स्त्रीलिंग में 'एं' जोड़ा जाता है और 'ऊ' को ह्रस्व 'उ' कर दिया जाता है, जैसे- पुल्लिंग में साधु, गुरु, डाकू, चाकू आदि। स्त्रीलिंग में वस्तु से वस्तुएं, बहू से बहुएं आदि ।''[3]

**(6)- डॉ. बिन्दु माधव मिश्र** के अनुसार,-'' विकारी रूपों के साथ परसर्ग का प्रयोग करने पर एकवचन में केवल आकारान्त पुल्लिंग शब्दों में विकार होता है, अन्यत्र नहीं- लड़के ने, को, से, के लिए, से,का-की-के, में या पर, लेकिन बहुवचन में सभी अंत वाले शब्दों में- 'ओं' विकार होता है, यथा-लड़को ने,को, से, के लिए, से, का-की-के, में या पर। अन्य अंत वाले शब्द भी इसी प्रकार-हाथों ने-घासों ने, मुनियों ने-गतियों ने, हाथियों ने-नदियों ने, भानुओं ने-वस्तुओं ने, उल्लुओं ने-बहुओं ने आदि ।''[4]

(7)- कुछ विदेशी शब्दों यथा-मेज, टेबुल, स्कूल, लाइन, अखबार, मकान,डॉक्टर, अफसर, वोटर इत्यादि विदेशी शब्दों के बहुवचन भी हिन्दी के अनुकरण और तर्ज पर 'ओं' लगाकर बना लिए गये हैं, यथा-मेजों, टेबुलों, स्कूलों, लाइनों , अखबारों, मकानों, डॉक्टरों, अफसरों, वोटरों आदि ।

**वचन संबंधी रूपों का विकास-** प्रसिद्ध भाषा-चिनतक **डॉ. सत्यनारायण तिवारी** के अनुसार,-'' विभिन्न भाषा-अवस्थाओं से विकसित हुए प्राचीन भारतीय आर्यभाषा के वचन संबंधी रूप आधुनिक काल तक आते-आते बहुत कुछ परिवर्तित हो गए। उनमें लगने वाले बहुत से प्रत्यय या तो विलुप्त हो गये या परिवर्तित'' ।[5] डॉ. तिवारी की पुस्तक से साभार इन रूपों का विकास नीचे प्रस्तुत किया जा रहा है,-

**(क)-निर्विभक्तिक रूप-** निर्विभक्तिक एकवचन रूपों में संज्ञा का मूल रूप ही व्यवहृत होता है। संस्कृत कर्त्ता कारक एकवचन का प्रत्यय स् (: )प्राकृत में ओ और अपभ्रंश में उ होकर हिन्दी में लुप्त हो गया । सं. एकवचन पुत्र->पुत्तु>हि0पूत् । आकारान्त पुल्लिंग शब्दों के बहुवचन रूपों में प्रयुक्त 'ए' का संबंध संस्कृत बहुवचन आ: से न होकर सर्वनाम के प्रथमा बहुवचन रूप 'सर्वे' से माना जाता है। **डॉ. सुनीति कुमार चटर्जी** के अनुसार इसका संबंध संस्कृत के तृतीया बहुवचन : एभि: से है, सं. एभि:>म.भा.आ. आहीं,अही>अइ>ए। स्त्रीलिंग शब्दों के निर्विभक्तिक बहुवचन में प्रयुक्त होने वाले यों (लड़कियों)और एँ (किताबें) का विकास सं. नपुंसक लिंग बहुवचन प्रत्यय आनि से हुआ है, सं. आनि>म.भा.आ.आइँ>इयाँ>एँ।

**(ख)- सविभक्तिक रूप -** सविभक्तिक आकारान्त शब्दों के एकवचन 'ए' (लड़के को) का विकास संस्कृत क संबंध कारक स्य और अधिकरण कारक स्मिन् के मध्यकालीन रूप 'ह' और 'हि' से हुआ है। मध्यकालीन भारतीय आर्य भाषाओं में ये प्रत्यय भी सभी कारकों में लगते थे और 'अ ओ' अंत वाले शब्दों में ये 'अइ' में रूपान्तरित हो गये थे। इसी 'अइ' से हिन्दी 'ए' विकसित हुआ है। इस तरह यह हिन्दी प्रत्यय कर्त्ताकारक को छोड़कर समस्त पूर्ववर्ती कारकों के एकवचन प्रत्ययों का अवशिष्ट रूप है। पुल्लिंग स्त्रीलिंग शब्दों के सविभक्तिक बहुवचन प्रत्यय ओं या यों का विकास संस्कृत के संबंध कारकीय बहुवचन प्रत्यय आनाम से हुआ है, सं. आनाम्>म.भा.आ.आनं,आणं+ह>अउं>यों,ओं।

---

**1- हिन्दी भाषा का स्वरूप-विकास-डॉ. अवधेश्वर 'अरुण', पृ.-99**

**2- हिन्दी व्याकरण: नव मूल्यांकन- डॉ. ओमप्रकाश शर्मा, पृ.-132, सूर्य प्रकाशन, नई सड़क,दिल्ली-6,मूल्य-20 रूपया,प्रथम संस्करण-1977**

**3- भाषा विज्ञान और मानक हिन्दी-रत्नचन्द्र शर्मा, पृ.-190**

**4- हिन्दी भाषा का परिचय-डॉ. विन्दु माधब मिश्र, पृ.- 182**

**5- हिन्दी भाषा और लिपि का ऐतिहासिक विकास- डॉ. सत्यनारायण तिवारी, पृ.-169**

# अव्यय या अविकारी (In declinable word)

**परिचय तथा परिभाषा-** अव्यय के संबंध में एक विद्वान कहते हैं कि, - 'Avyaya literally means that which undergoes and was probably applied first the supreme deity. Transferred to the province of grammar it meant indeclinable.'' गोपथ ब्राह्मण में अव्यय के लिए कहा गया है। - ''न व्येतीत्यव्ययमिति। क्व पुनर्न व्येति ? स्त्रीपुन्नपुंसकानि सत्वगुणाः, एकत्व द्वित्व बहुत्वानि च। एतानर्थान केचिद् वियन्ति, केचिन्न वियन्ति। येन वियन्ति तदव्ययम्। '' वृत्तिकार ने भी कहा है कि-

**''स्वरादि प्रादि रूर्यादिरा वते र्धादितद्धिताः।**
**विभक्तयाभाः क्ताम सन्ध्यक्षरान्ताश्च कृतोऽव्ययाः।।''**(वृत्ति 1।450)

सरल-सहज और सामान्य भाषा में कह सकते हैं कि जिसका व्यय न हो, वह अव्यय है-**''यन्नव्येति तदव्ययम्''**। व्याकरणगत् बदलाव की कठिन प्रक्रियाओं में भी जिसने अपना स्वरूप अक्षत रखा, उसे हम अव्यय कह सकते हैं। साफ शब्दों में, जिसमें किसी तरह की परिवर्तन संबंधी क्षरण-छिजाव, विकृति-विकार या सड़ांध पैदा नहीं हुई, उस शब्द को हम अव्यय कहें तो अनुपयुक्त नहीं होगा। विकारग्रस्तता के रोग से अपने को बचा लेने के कारण ही तो इन्हें 'अविकारी' भी कहा गया है। कुछ भाषा चिन्तक तो अति उत्साह मे इन्हें 'शब्द ब्रह्म' की संज्ञा से भी नवाजते हैं। ब्रह्म की तरह ये भी अक्षर हैं। इनके रूप-स्वरूप में कभी किसी तरह की दाग या मोरचा नहीं लगता। इस दृष्टि से संज्ञा, सर्वनाम, विशेषण और क्रिया विकारी हैं, अर्थात् इनके ऊपर परिवर्तन की स्पष्ट चिन्हाटी देखी जा सकती है, इनके रूप, लिंग, वचन, कारक, पुरुष- ये सभी काल के अनुसार बदलते रहते हैं, किन्तु अविकारी या अव्यय में व्याकरण संबंधी परिवर्तन नहीं होता,-

**'' न व्येति विविधं विकारं न गच्छतीत्यव्ययम् ''।**

यही नहीं, अथर्ववेद में भी कहा गया है,-

**''सदृशं त्रिषु लिंगेषु, सर्वासु च विभक्तिषु ।**
**सर्वेषु च वचनेषु, यन्नव्येति तदव्ययम् ।।''**

कुल मिलाकर यह कि इनकी आकृति में किसी तरह का विकार नहीं आता, इसलिए ये अव्यय कहलाते हैं। अब आइये, कुछ अन्य विद्वानों की अव्यय संबंधी धारणाओं-परिभाषाओं को देखा जाए, यद्यपि सभी ने अव्यय के संबंध में लगभग एक ही बात कही है, फिर भी उन्हें नीचे देख लेना हमारे लिए मौजू होगा,-

**(1)- निगमानन्द परमहंस** लिखते हैं,-'' कुछ शब्द गुणों के वाचक, कुछ शब्द क्रियाओं के वाचक तथा कुछ शब्द वस्तुओं के वाचक होते हैं, परन्तु कुछ शब्द ऐसे भी हैं, जो न गुणों के वाचक हैं, न क्रियाओं के और न वस्तुओं के।न वे नारीवाची होते हैं, न नरवाची। नपुंसकवाची तो कोई शब्द हिन्दी में है ही नहीं। इनमें एकवचन, द्विवचन और बहुवचन भी नहीं होते ×××× अव्यय सदा एक से रहते हैं।''[1]

**(2)- डा भोला नाथ तिवारी** लिखते हैं कि,-'' अव्यय का अर्थ है, जो व्यय नहो अर्थात् जो लिंग, वचन आदि के अनुसार- 'परिवर्तित' न हो।'' आगे वे कहते हैं कि,-'' हिन्दी में अधिकांश अव्यय तो परिवर्तित नहीं होते, किन्तु कुछ क्रिया-विशेषण अव्यय ऐसे भी हैं, जो लिंग, वचन के अनुसार परिवर्तित होते हैं, यथा- 'राम दौड़ता आया','सीता दौड़ती आई', लड़के दौड़ते आए। हाँ, ऐसे शब्द मूलत: क्रिया-विशेषण अव्यय न होकर प्रयोगत: क्रिया-विशेषण अव्यय होते हैं।''[2]

(3)- **डॉ. विन्दु माधव मिश्र** के अनुसार,-'' ×××× किन्तु कुछ शब्द ऐसे हैं, जो सदा एकरस रहते हैं अर्थात् व्यय रहित, विकार रहित, जिनमें घट-बढ़ नहीं होती। ये अव्यय हैं। संस्कृत, पालि, प्राकृत में संज्ञा, सर्वनाम, विशेषण, क्रिया में प्रत्यय लगाकर अव्यय बना लिये गये हैं। एक बार अव्यय बन जाने पर फिर उनका रूप नहीं बदलता। उदाहरण के लिए नीच, उच्च और दूर से क्रमश: नीचे:, उच्चै:, दूरात् बने। अब ये अव्यय हो गए।''[3]

**(4)- डॉ.सत्यनारायण तिवारी** के अनुसार,-''अव्यय की सबसे बड़ी विशेषता उसकी अविकारी प्रवृत्ति है। उसमें व्याकरण संबंधी परिवर्तन नहीं होते। इसलिए ऐतिहासिक कालक्रम में भी उनमें से प्राय: अनेक में रूप-परिवर्तन बहुत-कम हुआ है। हिन्दी के अधिकांश अव्यय परंपरा से विकसित होकर आये हैं। विदेशी भाषाओं -अरबी फारसी -के अव्यय भी हिन्दी में प्रयुक्त होते हैं।''[4]

---

**1- हिन्दी का मौलिक व्याकरण-निगमानन्द परमहंस, पृ.-69, सं. डॉ. स्वर्णकान्ता 'स्वर्णिम':विभू प्रकाशन, साहिबाबाद, द्वितीय संस्करण, मूल्य-30 रूपये-1980**

**2- हिन्दी भाषा-डॉ. भोला नाथ तिवारी, पृ.-181**

**3- हिन्दी भाषा का परिचय- डॉ. विन्दु माधव मिश्र, पृ.- 232**

4- हिन्दी भाषा और लिपि का ऐतिहासिक विकास-**डॉ. सत्यनारायण तिवारी, पृ.-** 176

(5)- **डॉ. ओम प्रकाश शर्मा** अव्यय की बहुत सरल परिभाषा देते हैं,-"अव्यय शब्द का अर्थ है, जिसमें व्यय अर्थात् परिवर्तन न हो। इस प्रकार जिन शब्दों में लिंग, वचन, कारक आदि के कारण कोई विकार (परिवर्तन) नहीं होता, उन्हें अविकारी या अव्यय कहते हैं।"[1]

## अव्यय के भेद-

(1)**डॉ. विन्दु माधव मिश्र**[2] विकास की दृष्टि से अव्ययों की निम्नलिखित कोटियाँ मानते हैं,-

1- तत्सम-दूर, निकट, सहित, निरंतर आदि प्राय:।

2- तद्भव तथा अर्ध तत्सम- क्यों, इधर, उधर, ऐसे, वैसे, बिना, जदपि ।

3- सर्वनामों से निर्मित- क्यों, इधर, ऐसे, यहाँ अब, कब।

4- संज्ञा शब्दों से- रातदिन, सबेरे, फुर्ती, घड़ी।

5- विशेषण शब्दों से- भले ही ऊँचे, दाहिने, बाएँ, पहले।

6- क्रिया पदों से- फिर, उलटे, मानो, जानो।

7- अव्यय शब्दों से- आगे, पीछे, कल, तुरन्त, नित्य।

8- विदेशी स्रोत से आये-गिर्द, नजदीक, पेश, जुदे, अव्वल। अनेक अंग्रेजी अव्यय भी आज बोल-चाल में हैं,बट (But), फार(For), इन(In), नो(No), यस(Yes) आदि।

**रचना की दृष्टि** से अव्यय के निम्न भेद माने गए हैं,-

1- प्रत्यय रहित रूप- कल, आज, नित्य, निकट, ऊपर।

2- प्रत्यय युक्त रूप- आगे,नीचे, ऊँचे,बाएँ। ये प्राय: सप्तम्यन्त रूप हैं।

3- अवधारणार्थक प्रत्यय युक्त रूप- कभी, जभी, तभी, वहीं, कहीं। इनमें अव्यय के साथ हि-हीं अवधारण प्रत्यय संयुक्त हैं।

4- परसर्ग युक्त रूप- इससे, उस पर, यहाँ पर, किधर से-पढ़ो, जिससे पास हो जाओ, मैं बोलता नहीं, उस पर सर चढ़ रहे हो।

(2)- **डॉ. सत्यनारायण तिवारी** ने ऐतिहासिक विकास की दृष्टि से निम्न अव्ययों को महत्वपूर्ण माना है,[3] 1- कालवाचक, 2- स्थानवाचक, 3- दिशावाचक तथा रीतिवाचक। डॉ. तिवारी ने अधोलिखित अव्ययों का भी उल्लेख किया है,-1- परिणामवाचक, 2- स्वीकारार्थक अव्यय, 3- निषेधार्थक अव्यय, 4- समुच्चय बोधक अव्यय, 5- प्रतिषेधक संयोजक, 6- विभाजक अव्यय, 7- अनुधारणार्थक अव्यय, 8- संयोजक अव्यय तथा 9- विस्मय बोधक अव्यय।

(3)-**डॉ. अवधेश्वर अरुण**[4] तथा **डॉ. ओम प्रकाश शर्मा**[5] ने उक्त सबको अन्तर्भुक्त करते हुए अव्यय के मोटे तौर पर चार भेद माने हैं,- 1- क्रिया-विशेषण-काल,स्थान, रीति, निषेध, हेतु ,कारण, व्यतिरेक तथा परिमाण आदि के वाचक।2- समुच्चय बोधक। 3- संबंध सूचक तथा 4- विस्मयादि बोधक।

किन्तु डॉ. ओमप्रकाश शर्मा[6] के अनुसार कुछ विद्वान इस विभाजन को अंग्रेजी व्याकरण से ग्रहण की गई परंपरा मानते हैं। उनका कहना है कि समस्त अव्यय शब्द इन भेदोंकी परिधि में नहीं आ पाते, अत: इन भेदों की संख्या बढ़नी चाहिए, जिनमें 'निपात' भी एक नाम है। अस्तु, एक वर्ग ऐसा है, जो संज्ञा, सर्वनाम, विशेषण तथा क्रिया शब्दों से बचे शेष शब्दों को 'अव्यय' नाम देने के ही विरुद्ध है, वह इसे संस्कृत का अन्धानुकरण मानता है। बहरहाल, कुछ प्रमुख अव्यय शब्द मय व्युत्पत्ति के नीचे इस प्रकार दिए जा रहे हैं,

**(1)- क्रिया-विशेषण-** क्रिया के व्यापारों, गुणों, स्थितियों की विशेषता बताने वाले अविकारी शब्दों को 'क्रिया-विशेषण' कहा जाता है। इस तरह के अव्ययों में कुछ तो **संज्ञा, क्रिया एवं विशेषण** में प्रत्युय के संयोग से बनते हैं तथा कुछ सर्वनामों में प्रत्यय के संयोग से। इस तरह उक्त आधार पर इनके मोटे **तौर पर दो** विभाग किए गये हैं। अ. संज्ञादिक तथा ब. सार्वनामिक। इनके भी कई भेद किए गये हैं।

**(अ)- संज्ञादिक- (क)- काल वाचक-** काल वाचक अविकारी या अव्यय शब्द क्रिया के होने या करने का समय सूचित करते हैं। आज, कल, परसों, तुरन्त, अब,जब, आदि, पहले, बांरबार, परसों-नरसों-तरसों, बेर, झट आदि। इनमें से कुछ की व्युत्पत्ति इस प्रकार है,-

---

**1- हिन्दी व्याकरण: नवमूल्यांकन-डॉ. ओमप्रकाश शर्मा, पृ.- 450**

**2-हिन्दी भाषा का परिचय- डॉ. विन्दु माधव मिश्र, 225**

**3- हिन्दी भाषा और लिपि का ऐतिहासिक विकास- डॉ. सत्य तिवारी, पृ.-191**

**4- हिन्दी भाषा का स्वरूप विकास- डॉ. अवधेश्वर अरुण, पृ.151**

**5- हिन्दी व्याकरण: नव मूल्याकंन-डॉ. ओमप्रकाश शर्मा, पृ.-466**

**6- हिन्दी व्याकरण: नव मूल्याकंन-डॉ. ओमप्रकाश शर्मा, पृ.-467**

**आज-** इसकी व्युत्पत्ति संस्कृत अद्य से मानी गई है, यथा- सं. अद्य>प्रा. अज्ज>हि. आज।

**कल-** इसकी व्युत्पत्ति सस्कृत 'कल्यम् ' से मानी गई है, जिसका विकास इस प्रकार हुआ है-कल्यम्>कल्लं>कल।

**परसों-** इसकी व्युत्पत्ति संस्कृत 'परश्व' से मानी जाती है।

**तरसों-** इसकी व्युत्पत्ति अति परश्व से मानी जाती है, यथा अति+परश्व>अतरसों>तरसों।

**तुरंत-** इसका विकास संस्कृत 'त्वरितम् ' से है, यथा-सं. त्वरित>प्रा.तुवरन्त>तुरै>हि.तुरन्त,तुरत।

**(ख) स्थानवाचक-** स्थानवाचक अव्यय शब्दों से क्रिया के होने के स्थान का बोध होता है। इनमें बाहर, भीतर, आगे, नीचे, ऊँचे, तहाँ, कहाँ, इधर, उधर, जिधर, किधर, अलग-अलग, चारों ओर आदि शब्दों की गणना की जाती है। इनमें से कुछ का विकास इस प्रकार दिया जा रहा है-

**बाहर-** इसका विकास सं. 'वहि:' से हुआ है,यथा वहि:>प्रा. वाहिरो>प्रा. वाहिरअ>हि.बाहर।

**भीतर-** यह सं. 'अभ्यन्तर' से व्युत्पन्न है, यथा,-अभ्यन्तर>प्रा.भित्तर हिन्दी>भीतर।

**आगे-** यह सं. 'अग्रे' से विकसित है, यथा-अग्रे>अग्गे>आगे।

**पीछे-** यह सं. 'पश्च' से विकसित है, यथा,- पश्च>पिच्छ>पीछे।

**नीचे-ऊँचे-** इनका विकास संस्कृत के क्रमश: 'नीचै:' से और 'उच्चै:' से हुआ है।

**ऊपर-** यह सं. के 'उपरि' से विकसित हुआ है, यथा.- उपरि>उप्परि>ऊपर।

**(ग)-रीतिवाचक-**क्रिया की रीति, स्वीकृति, निश्चय आदि का ज्ञान कराने वाले अविकारी शब्द रीतिवाचक कहे जाते हैं, यथा- जानो, मानो, जैसा, अचानक, ठीक, तुरन्त, त्यूँ,त्यों क्यूँ, क्यों, उलटे, सीधे आदि इनमें से कुछ की व्युत्पत्ति निम्नवत् है-

**जानों-** इसकी व्युत्पत्ति संस्कृत 'ज्ञातुम् ' से सिद्ध की गई है।

**मानो-** मानो की व्युत्पत्ति संस्कृत 'मान्यतु' स ६, यथा- सं. मान्यतु>प्रा. मण्णउ>हिन्दी मानो।

**जैसा-** इसका विकास संस्कृत 'यादृश' से माना जाता है।

**(ब)- सार्वनामिक- (क)- कालवाची या कालवाचक-** हिन्दी में कालवाची अव्ययों में-आज, कल, नित, अब, जब, तब, कब, अभी, तभी, कभी, जब तक, दिन रात, तब तक, दिनदिन, साँझ-सवेरे, बारहो महीने, चौबीसों घण्टे,जनमभर, अभी-अभी, कभी-कभी,कल तक, झटपट आदि प्रमुख हैं। इनमें से कुछ कालवाची अव्यय रूपों की व्युत्पत्ति इस प्रकार हैं,- आज<प्रा.अज्ज<सं. अद्य,कल<प्रा. कल्लं<सं. कल्यम् , कल्ये, नित<सं.नित्य>प्रा. नित्त>हि.नित आदि की व्युत्पत्ति को लेकर भाषा विज्ञानियों में बहस लगभग न के बराबर है,किन्तु अब, जब, तब और कब आदि शब्दों की विकास धारा पर काफी झमेला और बहुमत है। **डॉ. सत्यनारायण तिवारी** के अनुसार इनका पूर्वांश सार्वनामिक है। उत्तरांश सब में 'ब' है।[1] 'ब' अंश को पश्चिमी भाषा चिन्तक **केलॉग** तथा **जाहन बीम्स** सं. 'बेला' से जोड़ते हैं। सर्वनाम अंश+ब<वेला। **डॉ. विन्दु माधव मिश्र** कहते हैं कि इस व्युत्पत्ति का कोई तुक समझ में नहीं आता, हालॉकि एवम् संस्कृत में प्रकार वाचक हैं।[2] इधर **डॉ. सुनीति कुमार चटर्जी** के अनुसार उत्तरांश 'ब' वेदिक एवं 'एवा' से विकसित है- हिन्दी 'ब' <प्रा.एब्बं सं<सं.एव<वैदिक एव,एवा। जब,कब का संबंध संस्कृत 'यदा-कदा' से जोड़ने का भी प्रयास किया गया है। **आचार्य किशोरी दास वाजपेयी** लिखतें हैं कि,-''कुरु जांगल (करनाल, रोहतक आदि में) 'यदा-कदा' को 'जद-कद' जैसा बोला जाता है। कुरु जनपद (मेरठ मंडल) में 'द' को 'ब' करके 'जब','कब' आदि रूप हो जाते है।''[3]

**(ख) स्थान वाचक-**कहाँ ,कहाँ, जहाँ, तहाँ, यहाँ, वहाँ, यहीं वहीं , आगे-पीछे, ऊपर-नीचे, न्यारा,न्यारे, संग,बीच,भीतर, बाहर, नजदीक आसपास, पास पड़ोस, संगसाथ, अलग-थलग आदि स्थानवाचक सार्वनामिक क्रिया विशेषण हैं। इनमें भीतर<अप.भिन्तर<प्रा. अब्भन्तर<सं. अभ्यन्तर, बाहर<सं. वहि:, नजदीक (फारसी-नज़दीक), नीचे<सं. नीचैस् आदि की व्युत्पत्ति तो लगभग निर्विवाद है, लेकिन इनके अतिरिक्त हिन्दी के कुछ मुख्य स्थानवाचक अव्यय यथा-वहाँ,जहाँ,कहाँ,तहाँ,यहाँ की व्युत्पत्ति संशय एवं विवाद का विषय बन गयी है। यथा-

**यहाँ- बीम्स** की दृष्टि मे 'हाँ'' वाले अव्ययों की पैदाइश संस्कृत शब्द 'स्थान' से है, यथा

'तहाँ ' <सं. तत्स्थाने। एक अन्य विद्वान **टर्नर** ने यहाँ, तहाँ, कहाँ, वहाँ को सर्वनाम अंश+हाँ>स्मिन् से जोड़ा है। डॉ. **एस.के.चटर्जी** इन्हें यत्र,तत्र के 'त्र' से जोड़ते हैं, यथा- त्र>त्थ>ट्ठ>ह>आँ। कुछ लोग इसे सीधी व्युत्पत्ति मानते हैं। कुछ विद्वान् टर्नर का समर्थन करते हुए कहते है कि यहाँ, वहाँ आदि के उत्तरांश का विकास संस्कृत 'स्मिन्' से मानना उचित है, यथा- 1- यहाँ-

---

**1-हिन्दी भाषा और लिपि का ऐतिहासिक विकास- डॉ. सत्यनारायण तिवारी,पृ.-180**

**2- हिन्दी भाषा का परिचय- डा. विन्दु माधव मिश्र, पृ.-234**

**3- हिन्दी शब्दानुशासन- आचार्य किशोरी दास बाजपेयी, पृ.-252-253**

(य+इहा)>सं0यो+स्मिन् , 2- वहाँ (व+इहाँ)इहा<सं. स्मिन् ,3- जहाँ (ज+इहाँ)इहा<सं. स्मिन् ,4- कहाँ (क+इहाँ)इहा<सं.स्मिन्, 5- तहाँ(त+इहाँ)इहा<सं.स्मिन् ।

**इधर-** इसी तरह जिधर, उधर, इधर,किधर, तिधर आदि में 'धर' की व्युत्पत्ति बीम्स संस्कृत मुख के लघुत्व बोधक कल्पित रूप मुखर>म्हर>न्हर>न्धर>धर रूप में मानते है।[1] **डॉ. विन्दु माधव मिश्र** के अनुसार धर अंश यत्र आदि के त्र>तर>दर>धर के क्रम में माना गया है। **हॉर्नले** (Hornely)इसका विकास इदृश>प्रा.एद्रिह>इद्दह में प्राचीन सप्तमी प्रत्यय 'र' के योग से मानते हैं। **डॉ भोला नाथ तिवारी-** यत्र,तत्र आदि में प्राप्त त्र से 'धर' का विकास मानते हैं,यथा-त्र>तर>दर>धर। **डॉ. अवधेश्वर अरुण** बीम्स की व्युत्पत्ति को अधिक ठीक मानते हैं।[2]

**(ग)परिमाणवाचक-** जिन अविकारी शब्दों से क्रिया के परिमाण-न्यूनता या अधिकता- का बोध होता है, उन्हें परिमाणवाचक अव्यय कहा जाता है, यथा- बहुत, कुछ, केवल, जितना, अत्यन्त, अतिशय, बड़ा, बहुत-अधिक, कम-ज्यादा, कुल, तनिक, बस, यथेष्ट, ठीक, काफी, कम से कम, अधिक से अधिक, थोड़ा-थोड़ा, बढ़कर ,क्रमशः,एक-एक करके, तिल-तिल करके आदि शब्द इसी श्रेणी में आते हैं। इनमें कम और ज्यादा फारसी स्रोत से आये हैं। 'कुल' शब्द को **डॉ. उदय नारायण तिवारी** संस्कृत 'कुलम्' से पैदा मानते है।[3] बहुत शब्द को 'बहुत्वम' या 'बहुः' का विकसित रूप माना जाता है।

**(घ)- रीतिवाचक-गुण-**वाचक विशेषणों की भाति रीतिवाचक क्रिया विशेषण भी असंख्यहैं। अतः जिन क्रिया-विशेषण शब्दो का उक्त भेदों में समावेश नहीं किया जा सकता, वे सब रीतिवाचक मान लिए जाते हैं। जैसे-तैसे,ज्यों-त्यों,धीरे-धीरे, भले ही, अपने आप, यों, ऐसे, भरसक, ऊपर से, एक तो, सहसा, अनायास, अकस्मात, सा, फटाफट आदि इसी प्रकार के अव्यय हैं।इनमें से कुछ की व्युत्पत्ति इस प्रकार देखी जा सकती है,- **यों-** यों, ज्यों, त्यों, क्यों आदि रीतिवाचक अव्ययों की व्युत्पत्ति बहुत साफ नहीं है। कुछ लोग इनका विकास सं. किम् +उ (वितर्क अर्थ में)= किमु>किउँ>क्यूँ-क्यों के वजन पर हुआ मानते हैं। **बीम्स** के अनुसार इनका विकास सं. मत>प्रा. मन्तों से हुआ है। **केलॉग** के अनुसार इन सबकी व्युत्पत्ति सं. इत्थं, कथं जैसे रूपों से हुई हैं। चटर्जी के अनुसार इनका संबंध प्राचीन भारतीय आर्य भाषा के कल्पित रूप-येव, तेव, केव से है। ये रूप वैदिक भाषा के 'एव' के अनुकरण पर कल्पित हुए हैं। विशेषतः यों की व्युत्पत्ति **केलॉग** और **चटर्जी** ने एव>इव >इउ >यु-यूँ-यों के क्रम में माना है। अन्य रीतिवाचक अव्ययों में जानो, मानो का संबंध क्रमशः हि. जानना, मानना से, सचमुच का सं. सत्य से और ठीक का सं.स्था से है।

**(2)- समुच्चय बोधक-डॉ. ओम प्रकाश शर्मा** के अनुसार[4] समुच्चय बोधक ऐसे अविकारी शब्द हैं, जो वाक्य के अंगों, संयुक्त वाक्य के खण्डों तथा स्वतंत्र वाक्यों को जोड़ते और उनके बीच अर्थ पूर्ण संबंध प्रकट करते हैं। वाक्यों तथा वाक्य खण्डों आदि के जोड़ने के कारण ही इन्हें 'योजक' भी कहते हैं। अतः समुच्चय वोधक या योजक की परिभाषा होगी- ''दो शब्दों, वाक्याशों या वाक्यों को परस्पर मिलाने अर्थात् जोड़ने वाले अविकारी (अव्यय) शब्दों को समुच्चय बोधक या योजक अव्यय कहते हैं।'' और, तथा ,एवं जो, तो, इसलिए, या, वा, चाहे, कि, न कि, नहीं तो, भी, पर, परन्तु, किन्तु, वरना(वरन्), अपितु, प्रत्युत-बल्कि,अतः, अतएव, जिससे,जिसमें, सो, अर्थात, यानी, मानो, जैसे कि, अगर-तो, जो-तो, यदि-तो, जैसे कि, यहाँ तक कि आदि शब्द समुच्चय बोधक अव्यय के भीतर ही माने जाएँगे। इनमें से कुछ की व्युत्पत्तियां इस प्रकार हैं,-

**और-** इसकी व्युत्पत्ति सं. अपरम् से है। हि. और, अवर>प्रा.अवरं<पा.अपरं<सं. अपरम्।

**जो-** संस्कृत यदि>प्रा.जद>अप.जद् , जउ(कल्पित) हि. जो।

**तो-** संस्कृत ततः>प्रा.तओ>हि.तो। **पर-** संस्कृत परं>हि.पर

**भी-** इसकी व्युत्पत्ति सं. अपि से है। अपि>प्रा.अवि>हि.भी। ब के महाप्राणीकरण से भ बना।

**कि-** यह फारसी से आया है। कुछ लोग इसे सं.किम्>प्रा.किं>हि. कि के रूप में व्युत्पन्न मानते हैं।

**या-** यह अरबी प्रत्यय है। **मानों-** मन् -मानय>माण >मान+ओ **पर-** परम्> पर>पर

**भी-** अपि> अवि<भी

**(3)संबंध सूचक-** जो अव्यय शब्द संज्ञा, सर्वनाम के साथ आकर उसका संबंध वाक्य के दूसरे शब्दों- संज्ञा, सर्वनाम, क्रिया से बताते हैं, उन्हें संबंध सूचक या संबंध बोधक शब्द कहते हैं। तक, सहित, मात्र, द्वारा, पर्यन्त, निकट, हेतु, वास्ते, भीतर,भर, बिना,सिवा, मारे, सरीखे, जैसा, कारण, दूर, तरफ, निमित्त, प्रति, आगे, पीछे, योग्य, ऐसा, जैसा, बदले, पलटे, समीप, सामने,

---

**1- हिन्दी भाषा का स्वरूप विकास- डॉ. अवधेश्वर अरुण, पृ.-148**

**2- हिन्दी भाषा का स्वरूप विकास- डॉ. अवधेश्वर अरुण,पृ.-148**

**3- हिन्दी भाषा का उद्गम और विकास- डॉ. उदय नारायण तिवारी, पृ.-495**

**4- हिन्दी व्याकरणः नव मूल्यांकन- डॉ. ओमप्रकाश शर्मा, पृ.- 434**

बूते, आसपास, पार, लायक, अनुसार, मुताबिक, सदृश,नाईं, तरह, समान, बलबूते, सा, बनिस्बत, अलावा,बगैर, बदले, अपेक्षा, लेखे, खिलाफ, विषय, नामक, पूर्वक, सहित, लौं, वश, विरुद्ध आदि इसी कोटिमें आते हैं। कुछ की व्युत्पत्ति इस प्रकार है,-

**सामने-** इसका मूल सम्मुख बताया जाता है। **डॉ. देवेन्द्र नाथ शर्मा** ने इसके लिए अभ्यर्णे के वजन पर समर्णे की कल्पना की है। **डॉ. विन्दु माधव मिश्र** लिखते हैं कि इसका संबंध सामुहें>सम्मुखे से सीधा है। सामुहें में 'ह्' का लोप, एँ का ने और 'मु' में 'उ' का लोप। पहली और दूसरी प्रवृत्ति पछाहीं है। सामने भी मूलत: पछाँह का ही है। पूर्वी में आज भी सामुहें चलता है। अवधी में-**समहें** =सामने।[1]

**सरीखे-** सदृश-सदृक्ष >रु.रिक्ख <सरीख +आ+ए।

**लेखे-** लक्ष् > लक्ख>लेख+आ+ए (तृतीया)

**मारे-** मारे - मार्>मार+ए

**बिना-** विना

**भीतर-** अभ्यन्तर

**आगे-** अग्रे **पीछे-** पश्चे

**(4)- विस्मयादि बोधक-** इस तरह के अव्यय किसी वस्तु या पदार्थ की विशेषताओं को न बताकर केवल मन प्रदेश में स्थित भावों की ओर ही संकेत करते हैं। साफ शब्दों में ह्रदय में आकस्मिक रूप से प्रकट,शोक, हर्ष, विस्मय, घृणा आदि का ज्ञान करानें वाले अव्यय विस्मयादि बोधक कोटि में आते हैं, यथा- हाय! अहा! छि:वाह, आह!, उफ!, बाप रे, राम-राम!,हैं:, ऐं!, अहो!, ओहो!, अरे!, क्या!, हाँ!, ऐसा!, धिक, दुर!, हट:, ठीक!, अच्छा!, दुहाई, जी!,हा!, धन्य, शाबाश, वाह, वा!, खैर!धत्, हैलो!, हूँ, चुप!, बस! थू-थू!, सावधान!, होशियार! खबरदार, त्राहि-त्राहि!, हरे-हरे!, शिव-शिव!, रे बाप:, जा-जा, शान्तं पापम् , क्या खूब, क्यों न हो! कमाल है! भगवान न करे! हाहाकार आदि इस कोटि के अव्यय हैं। **थू-थू-** संस्कृत थूत्कार, प्रा. थू से हिन्दी थू बना है। **आह-** यह संस्कृत आ: से विकसित है। विसर्ग का उच्चारण 'ह' की तरह होता है, अत: विसर्ग के बदले हिन्दी में 'ह' लिखा जाता है। **ओहो-** यह संस्कृत अहो का विकसित रूप है। **हैं.ऐं-** इसका संबंध संस्कृत अह से बताते हैं। **छि: छि:** - इसकी व्युत्पत्ति कुछ लोग सं. धिक्-धिक् से मानतें हैं। अर्द्ध क् के लोप और थ के छ में बदल जाने से यह बना है। **शाबाश-** यह फारसी शादबाद का तद्भव रूप है, जो मध्य व्यंजन द के लोप से बना है। **दुहाई -** कुछ लोग इसे दो + हाव का विकसित रूप मानते हैं।

**कुछ अन्य अव्यय- स्वीकारार्थ अव्यय-** 'हाँ' मुख्य स्वीकारार्थ अव्यय है। इसकी व्युत्पत्ति सं. आम् से मानी जाती है। **केलाग** इसे मराठी आहें, आहों सें, **डॉ. उदय नारायण तिवारी** सं.आम् से तथा **डॉ. भोला नाथ तिवारी** तुर्की 'हा' में अनुनासिकता के आगम से इसका विकास मानते हैं।

**निषेधार्थक अव्यय-** हिन्दी में न, ना, नहीं, निषेधार्थक अव्यय हैं। न, ना का विस्तृत रूप है। न, सं. न से ना विस्तृत रूप है। **केलाग** इसे न +आहि का विकसित रूप मानतें है। **चटर्जी** इसे नहीं<मं..भा.आ.न- अहइ<असति <सं. अस्ति रूप में विकसित मानते हैं। **किशोरी दास बाजपेयी** के अनुसार न के बाद ही का स्वर अनुनासिक हो गया है।[2]

**अनुधारणार्थक अव्यय-** 'तो' अनुधारणार्थक अव्यय है। इसका विकास सं. तत: से हुआ है।

**प्रतिषेधक संयोजक-** इस रूप में किन्तु, परन्तु, मगर, लेकिन का प्रयोग होता है। किन्तु, परन्तु संस्कृत के तत्सम रूप हैं और मगर, लेकिन अरबी-फारसी के शब्द हैं।

**विभाजक अव्यय-** या,वा,अथवा में वा, अथवा संस्कृत के हैं और या अरबी शब्द है।मुख्य विभाजक अव्यय 'कि' है। इसकी व्युत्पत्ति सं. किम् से हुई है। हि. कि<म.भा.आ कि <सं. किम् । फारसी 'कि' से भी इसका संबंध जोड़ा जाता है। 'चाहे' भी विभाजक अव्यय है। इसकी व्युत्पत्ति इस प्रकार है, हि.< चाहना<प्रा. चाहइ<सं. चक्षते।[3]

संयोजक अव्यय- मानो, तथा, कि, जैसा संयोजक अव्ययहै। मानों का विकास सं. मान्यतु से हुआहै- हिं मानो < मण्णउ<सं. मान्यतु। जैसा सं. यादृश से विकसित है।

## सर्वनाम (Pronoun)

सर्वनामों का बँटवारा यदि निर्विवाद रहा होता तो शायद हिन्दी भाषा की सबसे ताकतवर व्याकरणिक संपदा सर्वनाम ही माना जाता। हिन्दी सर्वनामों की अपनी कुछ अच्छाइयाँ हैं, यथा- यहाँ लिंग-भेद एकदम नहीं होता, केवल वचन और कारक के आधार पर ही रूपान्तर होता है। इधर, संस्कृत में एक ही सर्वनाम के अनेक भेद मिलते हैं, तो दूसरी ओर अंग्रेजी में आज तक why, what तथा which आदि के प्रयोग स्थिर और निश्चित नहीं हो पाए हैं। यह इन भाषाओं का विडंबनात्मक और कमजोर पक्ष ही कहा जाएगा, जब

---

1-हिन्दी भाषा का परिचय- डॉ. विन्दु माधव मिश्र, पृ.-174

2- हिन्दी शब्दानुशासन- किशोरी दास बाजपेयी, पृ.-254

3. हिन्दी भाषा और लिपि का ऐतिहासिक विकास- डॉ. एस. एन. तिवारी, पृ. 191

कि हिन्दी इस रोग से मुक्त हैं।

सर्वनामों में संबोधन कारक का प्रयोग नहीं होता। कुल मिलाकर यह कि विवादास्पद वर्गीकरण के बावजूद हिन्दी सर्वनाम संख्या में सर्वाधिक कम और दूसरी ओर स्थान तथा रूप के लिहाज से निश्चित सर्वनाम महज़ हिन्दी व्याकरण में ही मिलते हैं, विश्व की अन्य दूसरी भाषाओं में लगभग नहीं। इस प्रकार हिन्दी के ये सर्वनाम शैली की विविधता, रोचकता, मौलिकता तथा सर्जनात्मकता को नयी आंच देकर भाषा को रोचक और उसकी गाद को छान-निथार कर शुद्ध-अनाविल बनाने में सक्षम होते हैं।

## स्वरूप तथा परिभाषा-

1- **प्रो. ना.नागप्पा** केअनुसार,-"A pronoun is a word which is used in the place of Noun." अर्थात् सर्वनाम संज्ञा के स्थान पर आने वाला अर्थात् प्रयुक्त होने वाला शब्द हैं।[1]

2- **नेसफील्ड** व्याकरण के अनुसार,- "A Pronoun is a word used in stead of a Noun or Noun equivalent." अर्थात् सर्वनाम वह है, जो संज्ञा के बदले व्यवहृत होता है।[2]

3-**डॉ. भगीरथ मिश्र** के अनुसार,-"पूर्ववर्त्ती संज्ञा शब्दों के लिए प्रयुक्त होने वाले विकारी शब्दों को सर्वनाम कहते हैं।"[3]

4- **डॉ.अवधेश्वर अरुण** लिखते हैं कि,-" संज्ञा के बदले प्रयुक्त होने वाले शब्द व्याकरण के अनुसार सर्वनाम कहे जाते है। एक ही संज्ञा के बार-बार प्रयोग से जो असुन्दरता भाषा में आती है,उसका परिहार सर्वनाम से हो जाता है।"[4]

5- **डॉ. ओम प्रकाश शर्मा** भी उक्त परिभाषाओं को दुहराते हुए कहते हैं कि,-'सर्वनाम' शब्द सर्व+नाम से मिलकर बना है, जिसका अर्थ है,- सर्व = सब, नाम= संज्ञा- सबका नाम अर्थात् जो सबका नाम हो, जिसका सब अपने लिए प्रयोग करें। वैसे तो संज्ञा 'नाम' को ही कहते हैं, किन्तु संज्ञा केवल उसी वस्तु का बोध कराती है, जिसका वह नाम है, परन्तु सर्वनाम एक तक ही सीमित न रहकर सबका नाम बताते है।"[5]

6- हिन्दी के एक अन्य अधिकारी विद्वान् **डॉ. महेशचन्द्र गर्ग** के अनुसार,-"समस्त नामों (संज्ञा रूपों) के स्थानापन्न रूप में प्रयुक्त हो सकने वाले पदों को सर्वनाम कहते हैं।"[6]

---

1- अभिनव हिन्दी व्याकरण - ना. नागप्पा, पृष्ठ-47

2- English Grammar:Past and Present-J.C.Nesfield, P.109

3- भाषा-विवेचन - डॉ. भगीरथ मिश्र, पृष्ठ-67, मूल्य-35रु. साहित्य भवन, प्रा.लि. 93, के. पी. कक्कड़ रोड, प्रयाग, 1990

4- हिन्दी भाषा का स्वरुप-विकास - डॉ. अवधेश्वर अरुण, पृष्ठ-100

5- हिन्दी व्याकरण नव मूल्यांकन - डॉ. ओमप्रकाश शर्मा, पृष्ठ-174

6- परिनिष्ठित हिन्दी का रूप ग्रामिक अध्ययन - डॉ. महेश चन्द्रगर्ग, पृष्ठ-58

पर, डॉ. भोलानाथ तिवारी को डॉ. गर्ग की सर्वनाम संबंधी उक्त परिभाषा पर आपत्ति है । स्व. डॉ. तिवारी लिखते हैं कि,-"इस बहु प्रचलित परिभाषा में अतिव्याप्ति तथा अव्याप्ति दोनों ही दोष हैं। सर्वनाम संज्ञा के स्थान पर तो आता है (बच्चा छत से गिरा और देखते ही देखते वह चल बसा), किन्तु वह विशेषण+संज्ञा(राजा का सबसे छोटा लड़का छत से गिरा और देखते ही देखते वह चल बसा ) के स्थान पर भी आता है। इसी प्रकार संज्ञा के स्थान पर केवल सर्वनाम ही नहीं आता तथाकथित अव्यय या क्रिया विशेषण भी (भारत, जहां कभी अन्न की बहुतायत थी, आज भूखमरी का शिकार हो रहा है) आते हैं। यही नहीं, सर्वनाम सर्वत्र संज्ञा के स्थान पर नहीं आ सकता। 'घोड़ा तेज है' के स्थान पर 'वह तेज है' तो कह सकते हैं, किन्तु 'तेज घोड़ा लाना' के स्थान पर 'तेज वह लाना' नहीं कह सकते अर्थात् विशेषण के बाद की संज्ञा का स्थान सर्वनाम नहीं ले सकता। इसी प्रकार संबोधन कारक की संज्ञा के स्थान पर भी सर्वनाम नहीं आ सकता। xxxx परिणामतः सर्वनाम की परिभाषा सामान्यतः व्यावहारिक रूप में ठीक होने पर भी तात्विक दृष्टि से भ्रामक और अशुद्ध है।''भाषा चिन्तन',पृ.146 ,इसी पुस्तक में डॉ. तिवारी सर्वनाम का अलग भेद स्वीकार न कर उसे संज्ञा का ही एक भेद मानते हुए संज्ञा में अन्तर्भुक्त कर लेते हैं,-"इस प्रकार मेरे विचार से संज्ञा, विशेषण, क्रिया और चिरशेषक- ये चार भेद ही वाग्भेद माने जाने चाहिए। इनमें संज्ञा के दो भेद हैं। एक में- मैं, तू, वह, यह, जो, कौन, क्या, कोई,कुछ आप(आदरार्थी), आप (निजार्थी)हैं तथा दूसरे में शेष संज्ञाएँ"'भाषा चिन्तन, पृ.-148

डॉ. महेश चन्द्र गर्ग ,डॉ. तिवारी के उक्त वक्तव्य पर अपनी आपत्ति दर्ज कराते हुए कहते हैं कि डॉ. तिवारी की उक्त दोनों स्थापनाएं परस्पर विरोधी हैं। एक ओर वे सर्वनाम को संज्ञा का स्थानापन्न तक मानने पर आपत्ति करते हैं, तो दूसरी ओर उसे ही संज्ञा मान लेते हैं। यदि सर्वनाम को संज्ञा मान लिया जाय, तो उपर्युक्त प्रत्येक स्थिति में उसे आ ही सकना चाहिए, जिससे डॉ. तिवारी की आपत्ति का स्वयमेव निराकरण हो जाता है। उधर, संस्कृत वैयाकरणों ने सर्वनाम को संज्ञा का स्थानापन्न मात्र कहा है और ऐसा कहते समय भी यह स्थापना कहीं नहीं की कि दूसरा कोई वाग्वेद (Parts of Speech) संज्ञा का स्थान ले ही नहीं सकता। ऐसी स्थिति में उन वैयाकरणों की सर्वनाम संबंधी परिभाषा सदोष नहीं कही जा सकती, क्योंकि स्थानापन्न, स्थानापन्न ही है, असल या मूल नहीं। राष्ट्रपति की अनुपस्थिति में कार्य करने वाला स्थानापन्न राष्ट्रपति असली राष्ट्रपति नहीं बन जाता। वह काम चलाऊ ही रहता है। ठीक इसी प्रकार, सर्वनाम भी संज्ञा के स्थान पर कार्य करते हैं, पर स्वयं संज्ञा नहीं बन जाते हैं। अतः यदि संज्ञा के समान वह विशेषण के बाद की स्थिति में नहीं आ सकते तो इससे- परिभाषा खण्डित नहीं हो जाती, क्योंकि परिभाषा में समस्त नामों के स्थान पर प्रयुक्त हो सकने की बात कही गई है, सर्वत्र प्रयुक्त हो सकने की बात नहीं। यहाँ समस्त और सर्वत्र शब्द विचारणीय हैं, जो डॉ. तिवारी की आपत्ति का यथोचित निराकरण कर देते हैं।

**सर्वनाम के प्रकार या भेद-** हिन्दी सर्वनामों के वर्गीकरण को लेकर हिन्दी भाषा-विदों में काफी बतरस और मतान्तर रहा है। सर्वनामों की निश्चित संख्या पर सहमति का ठोस पड़ाव न मिलने से कहा जा सकता है कि यहाँ अपनी-अपनी ढपली और अपना-अपना राग की स्थिति बनी हुई है। कुछ विद्वानों ने सर्वनामों की संख्या छः तो किसी ने सात तो किसी ने आठ, तो किसी ने नौ तथा किसी ने दस तक स्वीकारी है। मैंने जो अध्ययन किया है, उसके हिसाब से संख्या यही है। अब सवाल है, उक्त बँटवारे में से किसको सही माना जाय, इसका उत्तर बहुत आसान नहीं है, क्योंकि प्रत्येक विद्वानों के अपने-अपने गढ़े हुए तर्क हैं, जिन्हें आप खर-पतवार और अलियार की तरह टार-बटोर कर उपेक्षा के पन्डोहा और नाबदान में नहीं फेक सकते। इनमें से कुछ विद्वानों के वर्गीकरणों को निम्नवत् देखिए,-

**डॉ भगीरथ मिश्र**[1], **डॉ. ना. नागप्पा**[2], **डॉ.महेश चन्द्र गर्ग**[3], **डॉ. रत्न चन्द्र शर्मा** [4] **तथा डॉ. ओम प्रकाश शर्मा** [5]ने हिन्दी सर्वनामों के 6 भेद माने हैं,- 1- व्यक्तिवाचकया पुरुष वाचक(Personal Pronoun),2- निश्चय वाचक (Definite या Demonstrative Pronoun),3- निज वाचक (Reflexive Pronoun),4- अनिश्चय वाचक (Indefinite Pronoun),5- प्रश्न वाचक (Interrogative Pronoun),6- संबंध वाचक (Relative Pronoun)

**डॉ. भोला नाथ तिवारी** मोटे तौर पर 4 तथा सूक्ष्म रूप में शेष और 4 जोड़कर 8 भेद इस प्रकार बताते हैं,-**1-** निजवाचक, **(क)-** उत्तम पुरुष, **3-** मध्यम पुरुष, तथा **4-** अन्य पुरुष। इन्होंने अन्य पुरुष के चार भेद- **(क)**- निश्चय वाचक, **(ख)**- अनिश्चय वाचक, **(ग)**- प्रश्नवाचक तथा**(घ)**- संबंधवाचक भी बताया हैं [6]।

**डॉ. अवधेश्वर अरुण** ने निम्न 7 भेद स्थिर किया है,-**1-** पुरुषवाचक **(क)**-उत्तम पुरुष, **(ख)**-मध्यम पुरुष, **2-** निश्चय वाचक, **3-** अनिश्चयवाचक, **4-** प्रश्नवाचक, **5-** संबंधवाचक, **6-** निजवाचक तथा **7-** सर्ववाचक[7]

**डॉ. धीरेन्द्र वर्मा** ने 8 भेद निम्नवत् बताया है,-**1-** पुरुष वाचक, **2-** निश्चय वाचक, **3-** संबंधवाचक, **4-** नित्यवाचक, **5-** प्रश्नवाचक, **6-** अनिश्चयवाचक, **7-** निजवाचक तथा **8-** आदरवाचक[8]

**डॉ. उदय नारायण तिवारी** ने 9 भेद बताने के साथउनके नाम भी अलग रखा है,- **1-** व्यक्तिवाचक या पुरुषवाचक(Personal), **2-** उल्लेख सूचक(Demonstrative), (क)- प्रत्यक्ष उल्लेख सूचक (Near Demonstrative), (ख)- परोक्ष या दूरत्व उल्लेख सूचक(Remote Demonstrative), **3-** साकल्यवाचक(Inclusive), **4-** संबंधवाचक(Relative), **5-** पारस्परिक संबंध वाचक(Co-Relative), **6-** प्रश्नसूचक (Interrogative), **7-** अनिश्चयवाचक (Indefinite), **8-** आत्मवाचक(Reflexive)तथा **9-** पारस्परिक (Reciprocal)[9]

**डॉ. विन्दु माधव मिश्र** ने सर्वनामों को 10 वर्गों में बॉटते हुए इनके दो उपभेद भी बताया है,-1- पुरुष वाचक, उत्तम पुरुष 2- मध्यम पुरुष, 3- अन्य पुरुष(प्रत्यक्ष या निकटवर्ती), 4- परोक्ष या दूरवर्ती, 5- संबंध वाचक, 6- नित्य संबंधी (C0-Relative), 7- अनिश्चयवाचक, 8- निजवाचक तथा आदरार्थ, 9- प्रश्नवाचक,10- सार्वनामिक विशेषण (इसके दो भेद है)- (क)- परिमाण वाचक, (ख)- गुणवाचक[10]

अब आप सर्वनाम के भेदों से संबंधित उक्त सभी नामों को निचोड़िए - गारिए तो पाएँगे कि कई नाम एक ही नाम के अनावश्यक विस्तार हैं। **डॉ. धीरेन्द्र वर्मा** के नामकरण में परम्परया नामों की ही गूँज और गमक है।**डॉ. उदय नारायण तिवारी** के नामकरण में भी वही पुराना दुहराव और बासीपन दिखाई पड़ता है, नया नाम देकर उन्होंने मेरे विचार से सर्वनामों को उनके पुराने नामों की परंपरा से काटने की ही कोशिश की है। हाँ, उनके 'साकल्यवाचक' नाम पर अवश्य विचार किया जा सकता है। इधर, स्व. **डॉ भोला नाथतिवारी** सर्वनामों के स्वतः प्रसूत नामों के संबंध में अपनी सफाई देते हुए लिखते हैं,-" मोटे ढंग से यह कहा जा सकता है कि सर्वनाम या तो उत्तम पुरुष होगा या मध्यम पुरुष या अन्य पुरुष। निजवाचक 'आप' प्रयोगानुसार तीनों में आता है। क्या, कुछ पुरुष के लिए न आकर वस्तु के लिए आते हैं, किन्तु पुरुष के अर्थ में विस्तार कर उन्हें भी इसके अन्तर्गत् ले लेते हैं। इस प्रकार, आप को छोड़कर शेष सभी इन तीन पुरुषों के अन्तर्गत् आ जाते हैं। अर्थ के आधार पर अन्य पुरुष के निश्चय वाचक, अनिश्चय वाचक,

**1- भाषा-विवेचन- डॉ. भगीरथ मिश्र, पृ.-67**

**2-अभिनव हिन्दी व्याकरण- डॉ. ना. नागप्पा, पृ.-226**

**3- परिनिष्ठित हिन्दी का रूप ग्रामिक अध्ययन- डॉ. महेश चन्द्र गर्ग, पृ-59**

**4- भाषा-विज्ञान और मानक हिन्दी- डॉ. रत्नचन्द्र शर्मा, पृ.-195**

**5- हिन्दी व्याकरणः नव मूल्याकनं- डॉ. ओम प्रकाश शर्मा, पृ.-174**

**6- हिन्दी भाषा- डॉ. भोला नाथ तिवारी, पृ.- 179**

**7- हिन्दी भाषा का स्वरूप विकास- डॉ. अवधेश्वर अरुण, पृ.-102**

**8- हिन्दी भाषा का इतिहास- डॉ. धीरेन्द्र वर्मा, पृ.-280**

**9 हिन्दी भाषा का उद्‌गम विकास- डॉ. उदय नारायण तिवारी, पृ.-449**

**10- हिन्दी भाषा का परिचय- डॉ. विन्दु माधव मिश्र, पृ.-201**

प्रश्नवाचक, संबंधवाचक आदि अन्य उपभेद किए जा सकते है।''[1] कुल मिलाकर कहें तो उक्त छः नामों के भीतर ही सर्वनाम अपने संपूर्ण आकार में अँट जाता है। नामों का मेला कोई बहुत बौद्धिक सयानापन और क्षमता नहीं प्रदर्शन करता।

**हिन्दी सर्वनामों का विकास-** हिन्दी सर्वनाम भी वैदिक तथा लौकिक संस्कृत की ही कोख जाया हैं, किन्तु अपने जन्म से लेकर आज तक विकास के ढेरों पड़ावों-प्राकृत, अपभ्रंश तथा आधुनिक आर्य -भाषाओं को छूते-छूते इनमें प्रभूत परिवर्तन तो हुए ही हैं, सरलता भी सहज रूप में आ गयी। दरअसल, संज्ञापदों की भाति ही, समय की प्रगति के साथ-साथ सर्वनामों के विकारी रूपो का भी लोप होता गया और उनके स्थान पर संबंध और अधिकरण कारकों के रूपों का व्यवहार होने लगा। संस्कृत में उत्तम तथा मध्यम पुरुष के सर्वनामों में वस्तुत: लिंग भेद न था, किन्तु अन्य पुरुष के सर्वनाम में लिंग का विचार किया जाता था। आधुनिक आर्य भाषाओं में प्राय: इसका भी लोप हो गया। एक विद्वान के अनुसार आधुनिक आर्य भाषाओं के संबंध कारक रूप वस्तुत: विशेषण हैं क्योंकि लिंग तथा वचन में वे विशेष्य के अनुसार होते हैं। प्राकृत तथा अपभ्रंश में भी ये रूप विशेषण ही थे और हिन्दी में इनका यह रूप आज भी अक्षुण्ण है, यथा हिन्दी- मेरा बैल, मेरी गाय।[2] यहाँ हमें यह ध्यान रखनाहोगा कि उक्त सर्वनामों के सभी रूपों के अमूमन दो भेद - (1)- अविकारी तथा (2)-विकारी- मिलते हैं। सभी सर्वनामों का विकासात्मक परिचय नीचे दिया जा रहा है,-

**(1)- पुरुष वाचक सर्वनाम-** जो सर्वनाम वक्ता (बोलने वाले का), श्रोता (सुनने वाले का) तथा जिसके बारे में कुछ कहा जाता है,उसका बोध कराते हैं,उन्हें पुरुषवाचक सर्वनाम कहते हैं। यथा- मैं, तू, आप, यह, वह आदि। पुरुषवाचक सर्वनाम के तीन भेद होते हैं। (क)- उत्तमपुरुष- मैं, हम (ख)- मध्यम पुरुष- तू, तुम और आाप(ग)- अन्य पुरुष- यह, ये, वह, वे

बोलने वाला या लिखने वाला अपने लिए जिन सर्वनामों का प्रयोग करता है, उन्हें उत्तम पुरुष यथा- मैं, हम आदि बोलने वाला सुनने वाले के लिए जिन सर्वनामो का प्रयोग करता है उसे मध्यम पुरुष यथा- तू, तुम और आप तथा जो सर्वनाम बोलने वाला या लिखने वाले के द्वारा सुनने वाले के अतिरिक्त किसी अन्य (तीसरे) के लिए प्रयोग में आते हैं, उन्हें अन्य पुरुष कहते हैं, यथा- यह, वह, ये, वे आदि। संस्कृत में इसे ही प्रथम पुरुष भी कहा जाता है। इन सभी की रूप तालिका इस प्रकार हैं,-

**(1) उत्तम पुरुष- 'मैं'**

| कारक | एकवचन | बहुवचन |
|---|---|---|
| कर्ता | मैं, मैंने | हम, हमने |
| कर्म | मुझे, मुझको | हमें, हमको |
| करण | मुझसे | हमसे |
| सम्प्रदान | मेरे लिए, मुझे,मुझको | हमारे लिए, हमें, हमको |
| अपादान | मुझसे | हमसे |
| सम्बन्ध | मेरा, मेरी, मेरे | हमारा, हमारी, हमारे |
| अधिकरण | मुझमें, मुझ पर | हममें, हम पर |

**(2) मध्यम पुरुष- 'तू'**

| | | |
|---|---|---|
| कर्ता | तू, तूने | तुम, तुमने, |
| कर्म | तुझे, तुझको | तुम्हें, तुमको |
| करण | तुझसे | तुमसे |
| सम्प्रदान | तेरे लिए, तुझे, तुझको | तुम्हारे लिए, तुम्हें, तुमको |
| अपादान | तुझसे | तुमसे |
| सम्बन्ध | तेरा, तेरी, तेरे | तुम्हारा, तुम्हारी |
| अधिकरण | तुझमें, तुझ पर | तुममें, तुम पर |

**(3) अन्य पुरुष- 'वह'**

| | | |
|---|---|---|
| कर्ता | उसने | उन्होंने |
| कर्म | उसे, उसको | उन्हें, उनको |
| करण | उससे, उसके द्वारा | उनसे, उनके द्वारा |
| सम्प्रदान | उसको, उसे, उसके लिए | उनको, उन्हे, उनके लिए |

1- हिन्दी भाषा- डॉ. भोलानाथ तिवारी, पृ.-180 2-हिन्दी भाषा -डॉ. भोलानाथ तिवारी, पृ.-180

| | | |
|---|---|---|
| अपादान | उससे | उनसे |
| सम्बन्ध | उसका, उसकी,उसके | उनका, उनकी, उनके |
| अधिकरण | उसमें, उस पर | उनमें, उन पर |

## पुरुषवाची या पुरुष वाचक सर्वनामों का विकासात्मक परिचय-

**(1) उत्तम पुरुष (मैं, मुझ, मेर् , हमें, हमार् , हम)- मैं-** अधिकांश विद्वानों ने इसकी व्युत्पत्ति संस्कृत 'अस्मद् ' के तृतीया एकवचन रूप मया से प्रा. मया>अप.मइ-मइँ> मैं के रूप में स्वीकार किया है और कहा है कि यह व्युत्पत्ति निर्विवाद है, जबकि मेरे विचार से यह विकास विवादास्पद है, क्योंकि हिन्दी विद्वानों का एक समूह इसकी पैदाइश संस्कृत के 'अहम् ' शब्द से अहम् > अम्ह>मैं के रूप में भी स्वीकार करता है। **डॉ. उदय नारायण तिवारी** ने 'मैं' की व्युत्पत्ति 'मया+एन' से माना है। हालांकि अंग्रेजी भाषाविद् **बीम्स, केलॉग,** भारतीय विद्वान **डॉ. सुनीति कुमार चटर्जी** तथा **डॉ. धीरेन्द्र वर्मा** ने इसके जन्म को 'मया' के साथ ही जोड़ा है।

**मुझ-** इस सर्वनाम का विकास सं. अस्मद् के चतुर्थी एक. मह्यम>मज्झं>मज्झ-मज्झु>मुज्झ-मुझ से मानी जाता है। यहाँ 'मुझ' में 'उ' का प्रयोग 'तुभ्यम् 'से विकसित 'तुझ' के अनुकरण पर हुआ है। पुरानी हिन्दी में 'मझ' रूप भी प्राप्त होता है। 'मुझे' इसी का तिर्यकरूप है, जिसे हिन्दी के ज्यादातर विद्वान स्वीकार भी करते हैं।

**मेर्-** (इ, ए)**डॉ. भोला नाथ तिवारी** ने इसे 'मह्यं +कृतक' अथवा 'मम +कृतक' से विकसित माना है, यथा- मह्यंकृतक >महकेरक >मएर अ >मेरा और मम +कृतक >मम केरक >ममेर अ >मेरा । **पिशेल, केलॉग, तेसिटरी** तथा **डॉ. धीरेन्द्र वर्मा** ने इसे 'मह्यम' के 'मह' में 'केरक' जोड़ने से विकसित माना है यथा- मह्यं केरक>महकेरो>म्हारो>मारो>मेरा। **डॉ. उदयनारायण तिवारी** ने 'मम +केर'> ममेर>मेर +आ>मेरा से इसका विकास माना है।

**हम- डॉ. अवधेश्वर अरुण** कहते हैं कि लौकिक संस्कृत में इसका कोई रूप नहीं मिलता, वहाँ बहुवचन के लिए 'वय' शब्द है, इससे हम की व्युत्पत्ति संभव नहीं हैं।[1] इसीलिए **डॉ. सुनीति कुमार चटर्जी** तथा **धीरेन्द्र वर्मा** आदि विद्वान इसका विकास वैदिक संस्कृत में सम्प्रदान और अधिकरण में बहुवचन में प्रयुक्त अस्मे से सं. अस्मे>प्रा. अम्हे>प्रा. अम्हे>अप. अम्हे>अम्ह>मह>हि. हम माना है। मह में विपर्यय होने से हम बन गया है। दूसरी ओर कुछ विद्वानों ने इसका विकास प्राकृत 'अम्हइ' से माना है।

**हमार (आ, इ, ए)- डॉ धीरेन्द्र वर्मा** ने 'अम्ह करको' से इसका विकास इस प्रकार माना है- अम्ह करको>अम्ह अरओ>अम्हारो>हमारा। **डॉ. उदयनारायण तिवारी** इसे 'अस्मकर' से जुड़ा मानते हैं, यथा- अस्मकर>हमारा। विद्वानों का वर्ग इसे 'अस्म +कार्यक:' से जोड़कर अस्म कार्यक>अम्हकेरो>अम्हएरो >अम्हआरो>हमारो,हमारा व्युत्पत्ति सिद्ध करता है। कुछ लोग इसी व्युत्पत्ति को अधिक समीचीन भी मानते हैं।

**(2)मध्यम पुरुष- (तू, तुझ, तेर् , तुम, तुम्हे, तुम्हार् )- तू- हॉर्नले, डॉ. सुनीति कुमार चटर्जी** ने इसे संस्कृत 'त्वम् ' से उपजा माना है, यथा- सं. त्वम् >प्रा. तुं, तुवं>अप. तुहुं, >हि. तूँ, तू। कुछ लोग इसका विकास 'त्वया' से भी जोड़ते हैं।

**तुझ- डॉ. धीरेन्द्र वर्मा** इसका विकास 'तुभ्यम् ' से माना है, यथा- सं. तुभ्यम्>तुज्झं>तुज्झ>तुझ। डॉ. भोला नाथ तिवारी ने इसे वैदिक रूप 'तुह्य' से विकसित हुआ माना है। 'तुझे' इसी का तिर्यक या विकृत रूप है।

**तेर् (आ +इ +ए)-** पश्चिम के भाषाविद् **बाप** ने इसे 'त्वदीय' से उपजा माना है। **डॉ. उदय नारायण तिवारी** ने इसे 'तव + केर' से व्युत्पन्न माना है। कुछ लोग इसे तव +कृतक या तुभ्यं +कृतक से विकास मानते हुए तव + कृतक>तव +केरक>तवेरअ>तेरा से इसका विकास सिद्ध किया है।

**तुम-** इसकी व्युत्पत्ति निरापद नहीं है। **पिशेल, डॉ. धीरेन्द्र वर्मा** तथा **डॉ. उदय नारायण तिवारी** ने इसका विकास कल्पित रूप 'तुष्मे' से इस प्रकार माना है- तुष्मे>प्रा. तुम्हे, तुम्ह>हि. तुम। कुछ लोग इसे 'त्वम् ' से पैदा मानकर इसका विकास यों सिद्ध करते हैं,-त्वम् >तुवं>तुं>तुम। वहीं कुछ लोग इसे 'त्वया' से भी जोड़ते हैं,यथा-त्वया>तम् ।

**तुम्हे- डॉ. धीरेन्द्र वर्मा** के अनुसार तुम्हे का संबंध प्राकृत तुम्हइं से है।[2] किन्तु डॉ. भोला नाथ तिवारी इसे वैदिक युष्मे से अनुस्यूत कर इसका विकास पा. तुम्हें>प्रा. अप. तुम्हें हि. तुम्हें के रूप में विकसित माना है। यहाँ अनुनासिकता का कारण म का प्रभाव है अर्थात् अनुनासिक 'म' का महाप्राण 'म्ह' हो गया है।

**तुम्हार (आ, इ, ए)- डॉ. उदय नारायण तिवारी** ने तुम्हारा की व्युत्पत्ति- 'युष्म +केर' से, **डॉ. भोला नाथ तिवारी** ने **युष्मे + कार्यक:** >तुम्ह कारको>तुम्हारउ>तुम्हारौ>तुम्हारा से, **डॉ. धीरेन्द्र वर्मा** तथा **बीम्स** ने तुम्ह करको>तुम्ह अरओ>तुम्हारौ>तुम्हारो,

---

**1- हिन्दी भाषा का स्वरूप- विकास- डॉ. अवधेश्वर अरुण, पृष्ठ- 105     2- हिन्दी भाषा का इतिहास- डॉ. धीरेन्द्र वर्मा, पृ.-283**

तुम्हारा से मानी है। 'तुम्हारे' इसी का तिर्यक रूप है।

**(3)अन्य पुरुष या प्रथम पुरुष (यह, ये, इस, इन, वह, वे, उस, उन)** यह- इसकी व्युत्पत्ति निर्विवाद मानते हुए प्राय: सभी विद्वानों ने इसका विकास 'एष:'से>एसो>एहो>एहु>एह>यह के रूप में स्वीकारा है।

**ये-** इस सर्वनाम की व्युत्पत्ति भी विवादास्पद नहीं है। 'ये' 'यह' का बहुवचन है। इसे 'एते' से इस प्रकार विकसित माना जाता है- सं.एते>एए>एये>एह>ये।

**इस- डॉ. सुनीति कुमार चटर्जी, डॉ. धीरेन्द्र वर्मा तथा डॉ. उदय नारायण तिवारी** ने 'एतस्य' से इसका विकास इस प्रकार स्वीकार किया है- एतस्य>एअस्य>अस्स या एस्स>इस। बीम्स इसे 'अस्य' से नाथते हैं।

**इन-** इस सर्वनाम की व्युत्पत्ति कुछ लोग 'एतेन' से मानते हैं, तो **डॉ. भोला नाथ तिवारी** 'एषाम्' से। **डॉ. उदय नारायण तिवारी** ने इसका रिश्ता 'एतेषाम'से जोड़ते हुए इसकी विकास यात्रा- सं. एतेषाम् >एतानाम्>एआण>एण्ह>इन्ह>इन- इस प्रकार बताया है। इन्हे इसी का तिर्यक या विकृत रूप है।

**वह- डॉ. भंडारकर** तथा **डॉ. उदय नारायण तिवारी** ने इस सर्वनाम को 'असौ' से पैदा मान इसकी विकास यात्रा इस प्रकार सिद्ध की है- सं. असौ>पा. असु>प्रा. असो, अहो>अप. ओहु>प्रा.हि.वहु>हि. वह। इधर, **आचार्य किशोरी दास बाजपेयी** इसका विकास सं0 स: >प्रा0 सो>हि. वह- के रूप में स्वीकार करते हैं। लेकिन अंग्रेज विद्वान् **जाहन बीम्स** उक्त सभी व्युत्पत्तियों को किनारे लगाते हुए कहते हैं कि इसका मूल शब्द संस्कृत में है ही नहीं।

**वे-** इसका विकास भी वह की तरह विवादास्पद हो गया है। कुछ लोग इसे 'एभि:'से पैदा मानते हैं, यथा- एभि: >अहि>ए >वे तो कुछ लोग इसे 'वह' का ही विकृत रूप मानते हैं।इधर, **डॉ. भोला नाथ तिवारी** इसका रिश्ता मूल भारोपीय शब्द 'अव'से जोड़ते हुए इसके विकास का चित्र इस प्रकार खींचते हैं,- मूल भारोपीय अव> भारत-इरानी, सं. पा. तथा प्रा. में कल्पित रूप अव, अवो, वो>अपभ्रंश ओ, ओउ>ह के आगम से ओहु>प्रा. हिन्दी वहु>हि. वह।

**उस- डॉ. श्यामसुन्दर दास** तथा **डॉ. उदय नारायण तिवारी** ने इस सर्वनाम की उत्पत्ति सं.'अमुष्य' से मानते हुए- अमुष्य>अयुस्स>अउस्स>उस की तरह विकसित माना है। इसका तिर्यक रूप 'उसे'है। **डॉ. अवधेश्वर अरुण** कहते हैं कि व्याकरण की दृष्टि से 'उस''वह' का विकारी रूप है।

**उन-** इस सर्वनाम की व्युत्पत्ति विवादों के घेरे में है। **डॉ. भोला नाथ तिवारी** इसे अमून तथा कल्पित रूप अवानां **से संबद्ध** करते हैं तो **डॉ. उदय नारायण तिवारी** इसका विकास 'अमुष्याम्'से मानते हैं, यथा-अमुष्याम् >अमूनाम>अउण>उण्ह>उन।

**(2)- निश्चय वाचक सर्वनाम-** जो सर्वनाम निकट अथवा दूर की किसी वस्तु या व्यक्ति का निश्चित बोध कराते हैं, उन्हे निश्चयवाचक सर्वनाम कहते हैं, यथा- यह, वह, ये, वे, इस, उस, इन, उन आदि। इनमें से यह, ये, इस, इन आदि शब्द निकटवर्ती निश्चयवाचक तथा वह, वे, उस, उन आदि दूरवर्ती निश्चयवाचक सर्वनाम कहलाते हैं। कुछ विद्वान 'सो' को निश्चयवाचक सर्वनाम मानते हैं, क्योंकि उनका तर्क है कि आज हिन्दी में 'सो' के स्थान पर 'वह' शब्द का प्रयोग हो रहा है। कुछ विद्वान मानते हैं कि वस्तुत: 'यह' तथा 'वह' ये दो ही मूल सर्वनाम हिन्दी में हैं, 'ये' तथा 'वे' इनके बहुवचन रूप हैं। इनकी रूप-तालिका इस प्रकार है,-

**'वह'**

| **कारक** | **एकवचन** | **बहुवचन** |
|---|---|---|
| कर्ता | वह,उसने | वे,उन्होंने |
| कर्म,सम्प्रदान | उसको,उसे | उनको,उन्हें |
| करण-सम्प्रदान | उससे | उनसे |
| सम्बन्ध | उसका-के-की | उनका-के-की |
| अधिकरण | उसमें,उस पर | उनमें,उन पर |

**'यह'**

| **कारक** | **एकवचन** | **बहुवचन** |
|---|---|---|
| कर्ता | यह,इसने | ये,इन्होंने |
| कर्म सम्प्रदान | इसको,इसे | इनको,इन्हें |
| करण सम्प्रदान | इससे | इनसे |
| सम्बन्ध | इसका-के-की | इनका-के-की |
| अधिकरण | इसमें,इस पर | इनमें,इन पर |

**सूचना -** निश्चयवाचक सर्वनाम के अन्तर्गत आने वाले सभी शब्द वहीं हैं, जो पुरुषवाचक सर्वनाम के हैं, अत: इन सभी की व्युत्पत्ति तथा विकासात्मक परिचय के लिए आप पुरुषवाची या पुरुषवाचक सर्वनाम का ही अध्ययन कीजिए।

**(3) अनिश्चयवाचक सर्वनाम -** जिस सर्वनाम से किसी निश्चित वस्तु का बोध न हो, उसे अनिश्चयवाचक सर्वनाम कहते हैं, जैसे - कोई,कुछ,बहुत-कुछ,किस,किसे,किसी,किन,किन्हे,किन्ही। 'कोई' का प्रयोग प्राय: चेतन पदार्थों के लिए तथा 'कुछ' का प्रयोग जड़ या निर्जीव पदार्थों के लिए होता है। 'कोई' तथा 'कुछ' अविकारी हैं तथा 'किसी', 'किन्हीं' विकारी माने गये हैं। इसकी रूप तालिका निम्न प्रकार है,-

**'कोई'**

| **कारक** | **एकवचन** | **बहुवचन** |
|---|---|---|
| कर्ता | कोई,किसी ने | कोई,किन्हीं ने |
| कर्म-सम्प्रदान | किसी को | किन्हीं को |
| करण-सम्प्रदान | किसी से | किन्हीं से |
| सम्बन्ध | का,के,की | का,के,की |
| अधिकरण | में,पर | में,पर |

## अनिश्चयवाची या अनिश्चयवाचक शब्दों का विकासात्मक परिचय -

**कोई-** विद्वानों ने इसकी व्युत्पत्ति 'कोऽपि' से मान इसका विकास कोऽपि>कोपि>कोवि>कोइ>कोई इस प्रकार बताया है।

**किस -** अधिसंख्य विद्वानों ने 'किस' सर्वनाम की व्युत्पत्ति 'कस्य' से सिद्ध किया है, यथा - कस्य>कस्स>किस्स>किस। किसे इसका तिर्यक रूप है।

**किसी -** इस सर्वनाम की व्युत्पत्ति निर्विवाद नहींहैं, क्योंकि कुछ लोग इसकी व्युत्पत्ति 'कस्यापि' से मानकर इसका विकास- कस्यापि>कस्सवि>कस्सइ>किसी - सिद्ध किया है, वहीं कुछ लोग'किस' का ही तिर्यक रूप मानते हैं।

**किन-** इस शब्द के लिए प्राकृत में'किणं' तथा अपभ्रंश में 'किण' रूप मिलते है। **डॉ. धीरेन्द्र वर्मा** इसकी व्युत्पत्ति **'केषां'** के कल्पित रूप 'कानां' से मानते हैं, लेकिन अधिकांश लोग इस तर्क से सहमत नहीं है, इन्ही विद्वानों ने इसका विकास 'केषाम् ' से इस प्रकार बताया है - केषाम् , केषां>काणं>काण>किण>किन।

**किन्ही-** यह सर्वनाम बहुवचन विकारी रूप है। **डॉ. भोला नाथ तिवारी** इसे कल्पित शब्द 'किषानामपि' से जोड़ते हैं तो **डॉ. धीरेन्द्र वर्मा** अपने को इस सन्दर्भ में अनिश्चय में मानते हैं। **डॉ. उदय नारायण तिवारी** ने इसका विकास केषामपि>कानामपि>काणंपि>काणंवि>काणइ>किन्ही-सिद्ध किया है। **डॉ. अवधेश्वर अरुण** का विचार है कि इसे संस्कृत केषाम् से बने किन के महाप्राणीकृत रूप किन्ह का ही विकृत रूप मानना चाहिए। उन्ही, तुम्हीं आदि के ढंग से यह रूप भी हिन्दी में ही निर्मित हुआ है।

**कुछ-** इस सर्वनाम की व्युत्पत्ति पर विद्वान एक राय नहीं हैं । **डॉ धीरेन्द्र वर्मा** कहते हैं कि नपुंसक लिंग का संबंध सं. कश्चिद् से है, यथा- कश्चिद्>कच्छु>कछु>कुछ।[1] बुन्देली में इस अर्थ में कछु का ही प्रयोग आज भी होता है। **डॉ. उदय नारायण तिवारी** इसे 'किंचिद्' से पैदा मानते हैं, यथा- किंचिद् >किंचि>किंछि>किच्छ>किछु>कुछ। अपभ्रंश में 'किच्छु' या 'किछु' रूप मिलते हैं। **डॉ. भोला नाथ तिवारी** का विचार है कि- '' कुछ में छ महाप्राण है, इस दृष्टि से यह निश्चय ही कश्चिद् के समीप है, किन्तु अर्थ की दृष्टि से किंचित् अपेक्षाकृत अधिक समीप है।[2] अत: **डॉ. अवधेश्वर अरुण** का विचार है कि स्पष्ट ही इसका विकास किंचिद् या किंचित् से ही मानना उपयुक्त है।[3]

**4- प्रश्नवाचक सर्वनाम -** किसी वस्तु या व्यक्ति - संबंधी प्रश्न पूछने के लिए जिन सर्वनामों का प्रयोग किया जाता है, उन्हें प्रश्नवाचक सर्वनाम कहते हैं, यथा - कौन,क्या,किस,किसे,किन,किन्हे। इनमें से कौन, क्या-अविकारी हैं, किस, किन-विकारी हैं तथा किसे, किन्हे-कर्मकारकीय हैं। इनकी रूप-तालिका इस प्रकार है -

**'कौन'**

| **कारक** | **एकवचन** | **बहुवचन** |
|---|---|---|
| कर्ता | कौन,किसनेक़ौन, | किनने,किन्होने |
| कर्म-सम्प्रदान | किसको,किसे | किनको,किन्हे |
| करण-सम्प्रदान | किससे | किनसे |
| सम्बन्ध | किसका,के,की | किनका,के,की |
| अधिकरण | किसमें,किस पर | किनमें, किन पर |

**सूचना -** इनमें से अधिकांश की व्युत्पत्ति तथा विकास दिया जा चुका है, शेष की व्युत्पत्ति और विकास निम्न हैं।

**कौन -** इस सर्वनाम की व्युत्पत्ति पर विद्वानों में एक राय नहीं है। कुछ भाषा-चिन्तकों ने इसका रिश्ता 'क:' से जोड़ा है तो कुछ

---

**1- हिन्दी भाषा का इतिहास- डॉ. धीरेन्द्र वर्मा, पृष्ठ- 286**

**2- हिन्दी भाषा- डॉ. भोला नाथ तिवारी, पृष्ठ- 208**

**3- हिन्दी भाषा का स्वरूप- विकास- डॉ. अवधेश्वर अरुण, पृष्ठ- 108**

ने 'क: पुनः' से। **डॉ. श्यामसुन्दर दास** तथा **कामता प्रसाद गुरु** इसे 'क:' से पैदा मानते हुए इसका विकास क:>को>कवण>कौन - इस तरह मानते हैं, लेकिन **टर्नर. सुनीति कुमार चटर्जी, डॉ. धीरेन्द्र वर्मा** तथा **डॉ. उदय नारायण तिवारी** इसे क: पुन: से जोड़ते हुए इस का विकास निम्न प्रकार बताते हैं,-सं. क:पुन:>कपुण>कवुण>कउण>कौण>कौन। फिर कवण,कउण,कवुण आदि रूप अपभ्रंश में मिलते भी हैं।

**क्या-** यह शब्द भी व्युत्पत्ति संबंधी दुविधा में लिपटा हुआ है। पाश्चात्य भाषा-चिन्तक **प्लाट्स** ने इसे 'कीदृश:' से उपजा माना है, तो **डॉ. श्याम सुन्दर दास** तथा **पं. कामता प्रसाद गुरु** 'किम्' से, यथा-किम्>काहँ>क्या। **डॉ. भोलानाथ तिवारी** इसे 'कस्य' से जोड़ते हुए इसका विकास कस्य>कस्स>किस्स>कीस>क्या। अधिकांश विद्वान **प्लाट्स** द्वारा बतायी गयी व्युत्पत्ति-कीदृश:>केद्दहो>केहौ>किहा>किआ>किया>क्या-को ही थोड़े संशोधन के साथ सही बताते हैं।

**5- संबंध वाचक सर्वनाम- प्रो. ना. नागप्पा** इस सर्वनाम के संबंध में लिखते हैं-"A relative pronoun is related to a noun or a pronoun occuring in the main sentence , the relative itself occuring in a subordinate sentence and joining the two." अर्थात् जिस सर्वनाम से वाक्य में किसी दूसरे सर्वनाम से संबंध स्थापित किया जाए, उसे **संबंध** वाचक सर्वनाम कहते हैं, यथा- जो, सो, जिस, जिसे, जिन, जिन्हें, तिस, तिन्हे,तिन। इनमें जो सो- अविकारी हैं, जिस, तिस, जिन, तिन - विकारी हैं, तथा जिसे, तिसे, जिन्हे, तिन्हे - कर्मकारकीय हैं। इसकी रूपतालिका इस प्रकार है,-

**'जो'**

| **कारक** | **एकवचन** | **बहुवचन** |
|---|---|---|
| कर्ता | जो, जिसने | जो, जिन्होंने |
| कर्म-सम्प्रदान | जिसको, जिसे | जिनको, जिन्हे |
| करण-सम्प्रदान | जिससे | जिनसे |
| सम्बन्ध | जिसका, के, की | जिनका, के, की |
| अधिकरण | जिसमें, जिस पर | जिनमें, जिन पर |

## संबंधवाची सर्वनामों का विकासात्मक परिचय-

**जो-** इसकी व्युत्पत्ति निर्विवाद रूप से सं. 'य:' से हुई है, यथा- य:>यो>जो।

**जिस-** कुछ विद्वानों ने इसे संस्कृत शब्द 'यस्य' से जोड़कर इसका विकास यस्य>जस्स>जिस्स>जिस-इस प्रकार स्थिर किया है, तो कुछ विद्वान इसे 'जो'का तिर्यक रूप मानते हैं। इसका ही तिर्यक रूप 'जिसे' है।

**जिन- डॉ. अवधेश्वर अरुण** के अनुसार येषाम से व्युत्पन्न इस शब्द की विकास प्रक्रिया यों है- येषाम्>प्रा. जाणं, जान>अप. जिण, जिन, हि. जिन>जिन्हे।[1] **बीम्स,डॉ चटर्जी** तथा **डॉ. धीरेन्द्र वर्मा** इसका विकास सं. 'येषां' के कल्पित रूप 'यानां' से इस प्रकार माना है,- यानां>जाणं>जिन। 'जिन' का ही तिर्यक रूप 'जिन्हे' है, जो, 'इन्हें' के अनुकरण पर है।[2]

**सो- डॉ. उदय नारायण तिवारी** ने इस सर्वनाम की व्युत्पत्ति गोस्वामी तुलसीदास द्वारा श्रीराम चरित मानस मे प्रयुक्त 'सोई' शब्द के आधार पर 'स एव' से मानी है। **टर्नर, डॉ. धीरेन्द्र वर्मा, डॉ. भोला नाथ तिवारी** आदि इसकी व्युत्पत्ति 'स:' से इस प्रकार स्वीकार किया है,- स:>सो>सो।

**तिस-** इसकी व्युत्पत्ति 'तस्य' से मानी गयी है, यथा- तस्य>तस्स, तिस्स>तिस।

**तिन-** इस सर्वनाम का विकास विद्वानों के अनुसार येषांम् की तर्ज पर तेषांम् से इस प्रकार हुआ है,- तेषांम्>प्रा. तिणं,तिन>अप. तिण>हि. तिन,तिन्ह।

**जिन्हे-तिन्हे-** ये दोनों रूप जिन और तिन के महाप्राणीकृत रूप ' जिन्ह' और 'तिन्ह' में विकारी 'ए' के योग से निर्मित हुए हैं।

**(6)- निजवाचक सर्वनाम-** जो सर्वनाम तीनों पुरुषों में निजत्व (अपने-आप) का बोध कराते हैं, उन्हे निजवाचक सर्वनाम कहते हैं, यथा- आप, अपने-आप, स्वयम्, खुद, अपना। इसकी रूप-तालिका निम्न प्रकार है,-

**'आप'**

| **कारक** | **एकवचन और बहुवचन** |
|---|---|
| कर्ता | आप, अपने, आप |
| कर्म | आपको,अपने को,अपने आपको |

1-हिन्दी भाषा का स्वरूप विकास- डॉ. अवधेश्वर अरुण, पृष्ठ- 110

2. भाषा-विज्ञान और मानक हिन्दी- डॉ. रत्नचन्द्र शर्मा, पृष्ठ-201

| | |
|---|---|
| करण | आपसे,अपने से,अपने आप से,आप से आप |
| सम्प्रदान | आपको,अपने आपको,अपने लिए |
| अपादान | आपसे,अपने से,अपने आप से,आप से आप |
| सम्बन्ध | अपना,अपनी,अपने,आपका,के,की |
| अधिकरण | अपने में,अपने आप में,आपस में |

## निजवाचक सर्वनामों का विकासात्मक परिचय-

**आप** - कुछ विद्वान् इस सर्वनाम का संबंध सं. 'आत्म' शब्द से जोड़ते हुए इसका विकास निम्न तरह से बताते हैं,- आत्म>अप्प>आपा>आप । वहीं कुछ लोग इसे 'आत्मन्'से जोड़ इसका विकास आत्मन् या आत्मा>अप्पा>आपा>आप- इस तरह सिद्ध करते हैं।[1]

**स्वयम्** - यह संस्कृत का तत्सम रूप है।

**खुद**- यह फारसी का तत्सम रूप है।

**अपना**- पाश्चात्य भाषा चिन्तक **पिशेल** इस सर्वनाम की व्युत्पत्ति सं. 'आत्मानक' से बता इसकी विकास-प्रक्रिया पर निम्न प्रकार से रोशनी डालते हैं,- आत्मानक-अटपण अ अ - अपना, किन्तु **डॉ. धीरेन्द्र वर्मा** इसे 'अप्पाणो' से विकसित हुआ मानते हैं। **डॉ. अवधेश्वर अरुण** इसे 'आप' का ही संबंध कारकीय रूप मान इसका विकास आत्मन>प्रा. अप्पणो,अप्पणा>अप. अप्पणउ,अपणा>परवर्ती अपभ्रंश आपण,आपणु>हि. अपना-बताते हैं,तो **डॉ. रत्नचन्द्र शर्मा** इसे 'आत्मन:' से उपजा मान इसका विकास आत्मन:-पा. अत्तन:-प्रा. अप्पणउ>अप. अप्पणउ>आपणु>आपण>अपना मानते हैं। 'अपने' बहुवचनान्त और 'अपनी' स्त्री प्रत्ययान्त रूप है।

# संज्ञा पद

**परिभाषा तथा लक्षण**- किसी वस्तु व्यक्ति अर्थात् प्राणी, भाव तथा कार्य इत्यादि का नाम बताने वाले शब्द संज्ञा नाम से अभिहित किए जाते हैं-A noun is word used as the name of a persons, place or thing'' जैसे-

| | | |
|---|---|---|
| **वाराणसी** धार्मिक नगरी है। | **प्रयाग** सांस्कृतिक नगरी है। | **लखनऊ** ऐतिहासिक शहर है। |
| **गाजीपुर** सैनिकों की धरती है। | **हवा** तेज चल रही हैं। | सभी लोग सबका **भला सोचें**। |
| **पिंकी** सुन्दर खाना बनाती है। | अधिक **सोने** से स्वास्थ्य खराब होता है। | |

उक्त वाक्यों में वाराणसी, प्रयाग, लखनऊ गाजीपुर, हवा,भला, खाना सोने से शब्द नगर (स्थान) वस्तु व्यक्ति, प्राणी भाव तथा कार्य के नाम हैं। अत: ये सभी संज्ञा नाम से ज़ाने जाते हैं।

**इतिहास**- संस्कृत में स्वरान्त और व्यंजनान्त- दोनों प्रकार के संज्ञा शब्द विद्यमान थे परन्तु मध्य काल के अन्त में व्यंजनान्त प्रातिपदिक समाप्त हो गए थे और केवल स्वरान्त संज्ञा शब्दों का प्रयोग होने लग गया था, परन्तु हिन्दी तक पहुँचते-पहुँचते स्थिति में फिर परिवर्तन हुआ और आधुनिक आर्य भाषाओं में पदान्त ह्रस्व स्वरों के लोप की प्रवृत्ति चल पड़ी। यही कारण है कि आजकल हिन्दी में स्वरान्त और व्यंजनान्त दोनों प्रकार के संज्ञा शब्द मिल रहे हैं। जैसे-

**स्वरान्त संज्ञाएँ**- बालक, लड़का,लड़के,मुक्ति,रीति, लड़की, रानी, साधु,गुरु, आलू, भालू, चौबे, दूबे आदि।

**व्यंजनान्त संज्ञाएँ**- नाक्,कान्, चमक् , राख, सेद् , खाद् साँप् काम् नाम् नाव् राहू छाँह आदि।[2]

**संज्ञा के भेद**- रूप-रचना की दृष्टि से संज्ञा के दो भेद 1. गणनीय संज्ञा तथा 2. अगणनीय संज्ञा, माने जाते हैं। कुछ लोग स्थूल रूप से संज्ञा के तीन भेद ही स्वीकार करते हैं। 1. व्यक्ति वाचक संज्ञा 2. जातिवाचक संज्ञा 3. भाववाचक संज्ञा , किन्तु कुछ लोग अंग्रेजी व्याकरण के आधार पर संज्ञा के पाँच भेद मानते हैं, - 1. व्यक्तिवाचक संज्ञा(Proper Noun) 2. जातिवाचक संज्ञा(Common Noun) 3. समूहवाचक संज्ञा(Collective Noun) 4. द्रव्यवाचक या पदार्थवाचक संज्ञा(Material Noun) तथा 5. भाववाचक संज्ञा (Abstract Noun)। बहरहाल, हम उक्त पाँच भेदों के आधार पर ही संज्ञा के विभिन्न भेदों का **अध्ययन**

---

1- 'आप'की व्युत्पत्ति संस्कृत 'आप्त' से भी मानी जाती है, कुछ लोग इसे द्रविड़ 'अप्प' से भी उत्पन्न मानते हैं- (भाषा-पृष्ठ 72,1965)। इधर आचार्य किशोरी दास वाजपेयी 'आप' को विशेषण मानते हैं, सर्वनाम नहीं, पर अधिकांश भाषाविदों ने इसे सर्वनाम ही माना है-हिन्दी शब्दानुशासन, पृष्ठ- 263

2. भाषा विज्ञान और मानक हिन्दी- डॉ. रत्नचन्द्र शर्मा, पृ. 107

करेंगे-

**1. व्यक्तिवाचक संज्ञा-** जिन शब्दों से किसी एक व्यक्ति, वस्तु या स्थान का बोध होता है, उन्हें व्यक्तिवाचक संज्ञा कहते हैं, जैसे- गौतमबुद्ध, कबीर, तुलसी, केशव, महात्मा गांधी आदि। व्यक्ति वाचक संज्ञा में व्यक्तियों, दिशाओं, पर्वतों, ग्रहों, दिनों, महीनों, नदियों, उत्सवों, त्योहारों, पुस्तकों, समाचार पत्रों आदि के नाम आते हैं।

**2. जातिवाचक संज्ञा-** जिनशब्दों से किसी व्यक्ति विशेष का बोध न होकर एक जाति के सभी समूहों या पदार्थों का ज्ञान होता है, उन्हें जातिवाचक संज्ञा कहा जाता है। उदाहरण के लिए पशु पक्षियों के नाम- बकरी, गाय, शेर, कौवा, **प्राकृतिक तत्वों के नाम-** संर्दी, गर्मी, तूफान, **धातुओं और खनिजों के नाम-** ताबाँ,पीतल, लोहा, सोना, फल, **फूलों एवं सब्जियों के नाम-** अमरूद, जामुन, केला संतरा, खीरा, टमाटर,लौकी, आदि तथा गाँव, चौराहा, कस्बा, सभा, भीड़ आदि भी जाति वाचक संज्ञा ही माने जाते हैं।

**3. समूहवाचक संज्ञा-** जिस शब्द से वस्तु अथवा व्यक्ति के समूह का बोध हो, उसे समूह वाचकसंज्ञा कहते हैं, जैसे- सेना, कक्षा, सभा, समूह, परिवार, झुण्ड, टोली आदि।

**4. द्रव्य या पदार्थ वाचक संज्ञा-**जिस शब्द से वस्तु की नाप, तौल, या द्रव्य पदार्थ तथा धातु आदि का भान होता है, उसे द्रव्य या पदार्थवाचक संज्ञा कहते हैं, यथा- दूध,पानी,चाँदी, अनाज, तेल, घी आदि। इस संज्ञा की एक विशेषता यह होती है कि यहाँ प्राय: इनके बहुवचन नहीं बनते।

**5.भाववाचक संज्ञा-** जिन शब्दों से व्यक्ति या वस्तु के गुण, धर्म, दशा, व्यापार, (कार्य या चेष्टा) का बोध होता है, वहाँ भाववाचक संज्ञा होती है, यथा- व्यापार, पढ़ाई, लिखाई, गुण-दोष-प्रेम, मित्रता, नम्रता, उदारता, अर्मूत भाव- क्रोध, राग, हर्ष दुख, कसाव अवस्था-किशोरावस्था, यौवन, बुढ़ापा आदि।

## क्रिया - (Verb)

किसी कार्य-व्यापार, घटना या वस्तु के अस्तित्व का ज्ञान-भान या बोध कराने वाले शब्द ही क्रिया कहलाते हैं। क्रिया वाक्य का महत्वपूर्ण अंग है। बिना क्रिया की सहायता के वाक्य का निर्माण नहीं हो सकता। यद्यपि यह विवाद का विषय है कि वाक्य-रचना क्या बिना क्रिया की सहायता से नहीं हो सकती ? इस पर दो राय हैं। कुछ लोग कहते हैं कि, वाक्य क्रिया के बिना भी रचा जा सकता है। पश्चिम के विचारक और दार्शनिक **अरस्तू** की धारणा यही है - "A sentence may dispense even with the verb".[1] इधर, भारतीय **आचार्य जगदीश** भी इसी मान्यता के पोषक है। वे स्पष्ट कहते हैं,- **क्रिया रहितं न वाक्यमस्तीति प्राचांप्रवादो निर्युक्तिकत्वाद श्रद्धेय:।**" [2] लेकिन कुछ लोग इस मान्यता का खण्डन करते हैं और कहते हैं कि वाक्य निर्माण में क्रिया का सबसे प्रमुख हाथ होता है। पश्चिम के भाषाविद् **येस्पर्सन**[3] तथा भारतीय वैयाकरणों में **पुण्यराज** यही मानते हैं कि वाक्य का महत्वपूर्ण घटक क्रिया ही है- **''अख्यात शब्दो वाक्यस्मिन् पक्षे क्रियावाक्यार्थ:।''**

क्रिया का दूसरा नाम आख्यात भी है-"A Khya-ta, literally means that which has been described fully then it came to mean that which describes fully, the finite verb." यह आख्यात शब्द, वाक्य बनाने में अकेले पर्याप्त है,-

**''आख्यात शब्द: संघातो जाति: संघातवर्तिनी।**
**एकोऽनवयव: शब्द: क्रम:।।''**

**भर्तृहरि** क्रिया, काल, पुरुष आदि का ग्रहण आख्यातार्थ के रूप में करते हैं,-**''प्रवृत्तिर्जन्मादि क्रिया आख्यात पद निबंधना।'** **डॉ. राम सुरेश त्रिपाठी** [4] के विचार से क्रिया आख्यात गम्य है। आख्यात अर्थ में क्रिया ही प्रधान मानी जाती है। महाभाष्यकार ने **''क्रिया प्रधान माख्यातं भवति''** कहा है। न्यासकार ने भी क्रिया और साधन-दोनों को आख्यात का वाच्य मानते हुए क्रिया को ही उसका प्रधान अर्थ माना है-**''आख्यातस्य यद्यपि क्रिया साधन ञ्चोभयं वाच्यं, तथापि तस्य क्रियैव प्रधानमर्थ:।''** इधर, कुछ आचार्य मानते हैं कि क्रिया उत्पन्न होती है, अभिव्यक्त नहीं होती। कुछ लोग मानते हैं कि क्रिया अनित्य होती है, कुछ आचार्य कहते हैं कि जिस व्यापार के अनन्तर फल की निष्पत्ति होती है, वही क्रिया है। भर्तृहरि क्रिया का शास्त्रीय लक्षण देते हुए कहते है,-

**'' यावत सिद्धम सिद्धंवा साध्यतोनाभिधीयते।**

---

**1.Poeties-Aristotle, P-71**
**2. शब्द शक्ति प्रकशिका- आचार्य जगदीश, पृ. 13**
**3. -Philo sophy of Grammer- Jespersen,P.-86**
**4. संस्कृत व्याकरण दर्शन-डॉ. राम सुरेश त्रिपाठी, पृष्ठ-298**

**आश्रित क्रम रूपत्वात् तत (सा)क्रियेत्यभिधीयते।।''**

**शैवागम** के अनुसार क्रिया विमर्श स्वभावा है। विमर्श रूप होने के कारण क्रिया का मूल रूप संवेदन है। व्याकरण दर्शन में भावना और क्रिया में कुछ भेद माना जाता है, क्योंकि भावना सदा सकर्मक ही होती है, जबकि क्रिया सकर्मक भी होती है और अकर्मक भी होती है, फिर भी साध्य रूप दोनों में समान है,[1] किन्तु **हेलाराज** ने भावना और क्रिया में थोड़ा सा भेद माना है,- **''यद्यमीह दर्शने भावना धात्वर्थ एव तथापि फल पर्यान्ताऽसौ कर्तृव्यापार रूपा**--------------''।

## क्रिया की परिभाषा-

1- **यास्क** के अनुसार क्रिया की परिभाषा इस प्रकार है,- **''भाव प्रधानमाख्यातम्''** अर्थात् क्रिया ऐसा शब्द है, जो भाव को सूचित करता है।[2]

2- **महर्षि पाणिनि** कहते हैं कि क्रिया क्रियानिवर्त्तिका होती है,-'' **एवं तर्हि क्रियाया: क्रियानिवर्त्तिका भवति**''।[3]

3- **पं. कामता प्रसाद गुरु** के अनुसार,-'' जिस विकारी शब्द के प्रयोग से हम किसी वस्तु के विषय में कुछ विधान करते हैं, उसे क्रिया कहते हैं।[4]

4- **डॉ. भोला नाथ तिवारी** के विचार से,- ''क्रिया वह है, जिससे किसी का कुछ करना या होना ज्ञात हो।''[5]

5- **डॉ. महेश चन्द्र गर्ग** के अनुसार,-''क्रिया शब्द कृ धातु से बना है और इसका अर्थ है-'कुछ किया जाना'। वाक्य में वस्तुत: दो ही तत्व सर्वाधिक प्रमुख हैं- नाम और आख्यात। आख्यात को ही क्रिया कहते हैं। वाक्य के उद्देश्य भाग का प्राण तत्व यदि 'नाम'है, तो विधेय भाग का 'क्रिया'। वस्तुत: नाम और आख्यात परस्पर इतने सम्बद्ध हैं कि उन्हें एक-दूसरे में परिवर्तित किया जा सकता है। इन दोनो में मुख्य अंतर यही है कि जब व्यापार पर जोर हो तो 'क्रिया' और जब द्रव्य पर जोर हो तो 'नाम' कहलाता है।[6]

6- **डॉ. बाल मुकुन्द** के अनुसार,-''ऐसे शब्द जो किसी वस्तु की स्थिति की सूचना देते हैं, क्रिया कहलाते है।''[7]

7-**अरस्तू** के अनुसार,-'' A verb is a composite significant of sound, marking time, in which, as in the noun, no past is itself siginficant." अर्थात् क्रिया ध्वनि की एक महत्वपूर्ण संरचना है, जो समय की सूचना देती है, जिसमें संज्ञा की भाँति स्वयं कोई अंश अर्थपूर्ण नहीं होता।''[8]

8- **प्रो. ना. नागप्पा** के हिसाब से,-''A verb is an action word." अर्थात् व्यापार बोधक शब्द क्रिया है।[9]

9- **अंग्रेजी व्याकरण** ग्रंथ के अनुसार,-'' A verb is a word used for saving something about some person or thing." अर्थात् क्रिया वह हैं जो किसी व्यक्ति या वस्तु के विषय में कुछ कहने के लिए व्यवहृत होती है।[10]

यदि आप संस्कृत-हिन्दी तथा अंग्रेजी की क्रिया-संबंधी परिभाषाओं को देखें तो इनमें परस्पर घनघोर विसंगति दिखाई देगी। अरस्तू क्रिया के प्रधान अभिप्राय: का उल्लेख किए बिना ही काल को असंगत ढंग से महत्व देते दिखाई देते हैं, तो अंग्रेजी व्याकरण ग्रंथ में जे. सी. नेसफील्ड की क्रिया की परिभाषा में भी कुछ दोष हैं। प्रश्न है, क्रिया के अतिरिक्त अन्य पद-विभाग के अन्तर्गत् आने वाले शब्द किसी वस्तु या विषय के बारे में क्या कुछ नहीं कहते ? यदि वे कुछ कहते हैं, तो क्रिया के अतिरिक्त यह कैसे संभव है ? अत: ऐसी स्थिति में संस्कृत वैयाकरणों द्वारा दी गई क्रिया-संबंधी परिभाषाएं हिन्दी क्रिया के लिए पूर्णत: सटीक और वैज्ञानिक प्रतीत होती हैं।

**क्रिया रूपों का विकास : जटिलता से सरलता की ओर-** हिन्दी व्याकरण के अन्य अंगों की भांति क्रिया का मूल उत्स भी संस्कृत ही है। साफ शब्दों में हिन्दी क्रियाएं संस्कृत से ही विकसित हुई हैं। हाँ, विकास के इन पड़ावों और मोड़ों पर इनमें विभिन्न तरह के बदलाव होते रहे।संस्कृत से लेकर आज तक की हिन्दी को छानिए तो पता चलेगा कि प्रारंभ में क्रियाओं के रूप बहुत जंजाली और जटिल थे तो प्राकृत, पालि और अपभ्रंश के दुर्गम दरों को पार कर आधुनिक हिन्दी को छूती क्रियाओं के रूप क्रमश:

1. संस्कृत व्याकरण दर्शन-डॉ. राम सुरेश त्रिपाठी, पृष्ठ-298
2-निरुक्त- 1/1
3- महाभाष्य वार्तिक-2,पाणिनि-1/3/1
4-हिन्दी व्याकरण- पं. कामता प्रसाद गुरु, पृष्ठ-141
5-भाषा-विज्ञान कोश- डॉ. भोला नाथ तिवारी, पृष्ठ-178
6- परिनिष्ठित हिन्दी का रूप ग्रामिक अध्ययन-डॉ. महेश चन्द्र गर्ग, पृष्ठ-61
7- हिन्दी क्रिया: स्वरूप और विश्लेषण- डॉ. बाल मुकुन्द, पृष्ठ-14
8- Poetics-P.c. chakravarti Page-71
9-अभिनव हिन्दी व्याकरण- प्रो. ना. नागप्पा, पृष्ट 196
10- English Grammar : Past and Present- J. c.Nesfield, Page-5

सरल होते गए और उनमें गणों, पदों, वचनों, पुरुषों, कालों, कृदन्ती रूपों, लकारों आदि के भारी-भरकम पंख सिमट-सिकुड़ गये या झड़ गये। **डॉ. बाल मुकुन्द** लिखते हैं कि[1] हिन्दी क्रिया रूपों के विकास में मध्य भारतीय आर्यभाषा के क्रिया रूपों का विशेष योगदान रहा है। संस्कृत के क्रिया रूप पूर्ण संयोगात्मक थे, उसमें धातु के रूप 540 होते थे, पालि में 240 और प्राकृत में इसकी संख्या लगभग 72 हो गयी। जहाँ संस्कृत में तिङन्तज रूपों का व्यवहार कृदंतज रूपों की अपेक्षा कम नहीं होता था अपितु कृदन्तज रूपों का कार्य तिङन्तज रूपों के द्वारा भी संपन्न हो सकता था, वहीं पर मध्य भारतीय आर्य भाषा काल में कृदन्तज रूपों की बाढ़ सी आ गयी। यद्यपि प्राकृत तक क्रियाएँ तिङन्त तद्भव थीं, कृदन्तज क्रियाओं का प्रयोग वहाँ पर बहुत कम मिलता है, परन्तु इसके बाद की स्थिति अपभ्रंश की आती है, जिसमें कृदन्त तद्‌भव रूपों के प्रयोग में बाहुल्य दिखलाई पड़ता है।

संस्कृत में क्रिया का रूप बेहद टेढ़ा, जटिल और संश्लिष्ट था। प्राकृतजन बहुत जद्दोजहद और कशमकश के बाद भी उक्त रूपों का प्रयोग करना तो दूर, समझने में भी अपने को बेबस और निखालिश लाचार पाता था, यथा-संस्कृत में समस्त धातुएं दस गणों, वर्गो या टुकड़ों में विभक्त थी,[2] हर धातु के दस लकारों के आधार पर अलग-अलग रूप होते थे।[3] तीन पुरुषों[4] तथा तीन वचनों[5] एवं रूप-भिन्नता की दृष्टि से तीन वाच्यों[6] का विधान था। अलग-अलग प्रयोगों के लिए क्रियाओं के अलग-अलग रूप निश्चित थे। संस्कृत में क्रियाओं के रूप (पद) तीन प्रकार के थे।[7] तीन प्रत्ययान्त[8] भी थे। इस प्रकार क्रियाओं का प्रपंच और ढंढ-कमंडल सामान्य व्यक्ति के लिए प्रयोग के स्तर पर त्रासद तो था ही, प्रयोगकर्त्ता और क्रियाओं के बीच फांक और 'वैक्यूम' (रिक्तता) भी पैदा करता था।

लेकिन रउवा सभी जानते हैं, भाषा का स्वभाव, उसकी नियति-प्रकृति सरल-सहज रास्ते पर चलने की होती है। जटिलता उसमें ऊब, थकान, अकेलापन और विसंगति पैदा करती है। इससे भाषा का चरित्र खंडित होता है। उसका मुदित मन ठिठकता है। फलत: समय और आवश्यकता के दोहरे दबाव से लंबे अरसे से लंबी दूरी तय करके बना हुआ क्रियाओं का जटिल ढाँचा ध्वस्त हुआ। क्रियाओं ने अपने विशाल कायनात बटोरे। कुल मिलाकर क्रियाओं की जटिलता का मिथक टूटा। पालि, प्राकृत तथा अपभ्रंश के क्रिया संसार में प्रवेश करने पर ये सारे तथ्य खुली खिडक़ी की तरह दिखाई देते हैं।

भाषाओं के मध्यकाल से ही क्रिया रूपों की गझिनता-सघनता कम होती दिखाई देती है। डॉ. **सत्यनारायण तिवारी** लिखते हैं कि,-"पाली में चार गण समाप्त हो गये। द्विवचन लुप्त हो गया। लकार आठ ही शेष रहे। प्रयोगों में भी कमी हुई। फलत: संस्कृत की तुलना में आधे से भी कम संयोगात्मक रूप रह गये"।[9] इस तथ्य की पुष्टि **डॉ. भरत सिंह उपाध्याय** भी करते हैं और कहते है,- "पालि के क्रिया रूपों में सरलीकरण की प्रवृत्ति स्पष्ट दृष्टिगोचर होती है। यद्यपि पालि में संस्कृत की भाति परस्मैपद तथा आत्मनेपद-दोनों प्रकार के पदों का व्यवहार होता है, परन्तु आत्मने पद का व्यवहार बहुत कम होता है। पालि में भूतकाल के अर्थ को द्योतित करने के लिए लड्. और लुड्. रूपों का व्यवहार होता है, परन्तु लुड्. का ही प्रयोग अधिक दिखाई पड़ता है, लड्. का बहुत कम[10]। लिट् लकार का प्रयोग पालि में अत्यल्प दिखाई पड़ता हैं।[11] पालि में यड.न्त धातुएँ सीधे संस्कृत से आयी तो हैं[12], लेकिन कालान्तर में क्रिया के ऐसे रूप पालि में बहुत कम हो गए।[13]

प्राकृत काल तक आते-आते क्रिया के रूप पालि की तुलना में काफी निझा-निचुड़ गए। अब यहाँ महज एक पद, एक गण, दो वाच्य, दो प्रयोग (सामान्य और णिजन्त), तीन पुरुष, दो वचन तथा चार लकार-लट्, लिड़्, लोट्, लृट्- ही अपना **अस्तित्व बचा पाये** हैं। **पी.एल.वैद्य** के अनुसार संस्कृत में भविष्यत काल के तीन भेद थे-सामान्य भविष्य (लृट्), अनद्यतन भविष्य (लुट्) और परोक्ष

---

**1- हिन्दी क्रिया: स्वरूप और विश्लेषण-डॉ. बाल मुकुन्द, पृष्ठ-66**

**2- दस गण-भ्वादिगण, अदादिगण, जुहोत्यादिगण, दिवादिगण, स्वादिगण, तुदादिगण, क्रयादिगण, चुरादिगण, तनादिगण तथा रूधादिगण।**

**3- दस लकार- लट् (वर्तमान), लड्. (अनद्यतन भूत), लिड्. (विधि लिंग), लोट् (आज्ञा), लिट् (परोक्ष भूत), लिड्. (सामान्य भूत), लृट् (सामान्य भविष्य), लृड्. (क्रियातिपत्ति या संकेतवाचक), लुट् (अनद्यतन भविष्य), आशीर्लिड्. (आशीर्वादात्मक रूप)। इनमें लिड्. (विध्यार्थ), लोट् (आज्ञार्थ), लृड्. (संकेतार्थ) और आशीर्लिड्. (आशीवादार्थक) अर्थ (Moods) हैं, बाकी काल हैं।**

**4- तीन पुरूष- उत्तम, मध्यम, अन्य।**

**5- तीन वचन- एकवचन, द्विवचन और बहुवचन।**

**6- तीन वाच्य- कर्तृ, कर्म और भाव**

**7- पद परस्मैपद, आत्मने पद तथा उभयपद।**

**8- प्रत्ययान्त णिजन्त, सन्नत तथा यड़न्त।**

**9- हिन्दी भाषा और लिपि का ऐतिहासिक विकास-डॉ. सत्यनारायण तिवारी, पृष्ठ-174**

**10- पालि साहित्य का इतिहास- भरत सिंह उपाध्याय, पृष्ठ,-21**

**11. Historical Grammar Apabhramsha- G.V.Tagare, P.307 Poona, 1948**

**12- Pali Literature and Language-W.Geiger, P.211**

**13- कच्चायन व्याकरण- डॉ. उदय नारायण तिवारी, पृष्ठ-251**

भविष्य (क्रियातिपत्ति-लृङ्), परन्तु प्राकृत में मात्र परोक्ष भविष्य (क्रियातिपत्ति) का ही प्रयोग दिखाई पड़ता है।[1] आत्मनेपदी धातुओं के प्राय: लोप होने के कारण प्राकृत में माण मान वाले रूपों का व्यवहार बहुत कम दिखाई पड़ता है।[2] इन सबके अतिरिक्त प्राकृत में कुछ नवीन धातु रूपों का भी विकास दिखाई देता है।[3]

अपभ्रंश तक आते-आते संस्कृत के क्रिया रूपों की जटिलता प्राय: समाप्त हो चुकी थी। संस्कृत में भूतकाल के अर्थ को द्योतित करने के लिए तीन लकारों लुङ्, लङ् तथा लिट् का प्रयोग होता था। वहाँ 'क्त' प्रत्ययान्त कृदन्तों का प्रयोग केवल कर्मवाच्य में ही होता था।[4] प्राकृत में भूतकाल की व्यंजना के लिए निष्ठा वाले कृदन्त रूपों के साथ सहायक क्रिया का प्रयोग किया जाता था, अपभ्रंश में केवल निष्ठा वाले रूपों का प्रयोग ही शेष रह गया। पुरानी हिन्दी में भी प्राय: निष्ठा वाले रूपों के ही दर्शन होते हैं।[5] कुल मिलाकर यह कि अपभ्रंश में तो संयोगात्मक रूपों की इतनी कमी हो गयी कि भिन्न-भिन्न प्रकार के भावों की अभिव्यक्ति असंभव हो गई। अत: क्रिया के साथ सहायक शब्दों को जोड़कर विभिन्न प्रकार के भाव व्यक्त किये गये।[6] संस्कृत से प्राकृत और तत्पश्चात् में क्रियाएं अत्यन्त सरल हो गयीं। जहाँ संस्कृत में क्रिया पूर्ण संयोगात्मक थी, वहाँ अपभ्रंश तक आते-आते उसकी वियोगात्मक प्रकृति चरमोत्कर्ष पर पहुँच गई।[7]

हिन्दी में भी क्रिया का रूप-गठन प्राय: वियोगात्मक ही दिखाई देता है। हिन्दी क्रिया रूपों के विकास में पुरानी हिन्दी या परवर्ती अपभ्रंश के क्रिया रूपों का विशेष योगदान है। पुरानी हिन्दी में 'प्राकृत पैंगलम'[8]तथा संदेश रासक[9] की अपभ्रंश भाषा के क्रिया रूपों का प्रभूत दर्शन होता है। संयुक्त क्रिया के निर्माण की प्रवृत्ति अपभ्रंश से ही दिखाई देने लगी थी, पुरानी हिन्दी में इसके प्रचुर प्रयोग मिल जाते हैं। संयुक्त क्रियाओं का प्रयोग पुरानी हिन्दी की निजी विशेषता है।[10] **डॉ. बाल मुकुन्द** के अनुसार हिन्दी में वर्तमान कालिक कृदन्त 'ता', 'को', 'ते' कर देने से अपूर्ण क्रिया द्योतक की रचना होती है। यह प्रवृत्ति पुरानी हिन्दी के काल से ही दिखाई देने लगी थी।[11] **डॉ. बाबू राम सक्सेना** ने इस प्रकार के रूपों को क्रियार्थक संज्ञा का विकृत रूप माना है।[12]**डॉ. सुनीति कुमार चटर्जी** ने इसे सामान्य वर्तमान काल(Present Progressive) स्वीकार किया है।[13]**डॉ. शिव प्रसाद सिंह** ने इसे अपूर्ण क्रिया द्योतक कृदन्त का रूप स्वीकार किया है।[14] अंत में यह कि क्रियाओं के तीन पुरुष हिन्दी में अब भी वर्तमान हैं, परन्तु तीन वचनों के स्थान पर दो वचनों का व्यवहार मध्य भारतीय आर्य भाषा काल से ही देखा जाने लगा।[15] आज की हिन्दी में धातुओं के मुख्यतया दो रूप पाए जाते हैं-मूल धातुएँ तथा यौगिक धातुएँ। मध्य भारतीय आर्य भाषा में संस्कृत की कई धातुओं के विकरण युक्त रूपों का प्रयोग धातुवत देखा जाता है, हिन्दी में भी उक्त काल के विकरण युक्त कुछ धातु रूप दिखाई पड़ जाते हैं।[16] यदि लकार संबंधी कुछ कठिनाईयां हिन्दी क्रियाओं में नहीं होती, तो कहा जा सकता है कि हिन्दी क्रिया सापेक्ष अन्य काल के सहज और एकरूपा हो चुकी हैं।

अब हम हिन्दी-क्रियाओं का अध्ययन निम्न प्रमुख शीर्षकों में करेंगे,-

**(1)- धातु (Root)-** अंग्रेजी में धातु को Root कहते हैं । अंग्रेजी के एक विद्वान लिखते हैं कि- "Dhatu(from dhato lay,prt)Originally meant Lay-er, Constituent part"In grammar it means "elements or essential in gredients of words and is first found in the Gopatha Brahmana. In the Nirnkta it is correctly derived from the root dha" धातु के विषय में संस्कृत के वैयाकरणों ने कहा है-

लिङ्गं धातुं विभक्ति च सन्नयेत् तत्र तत्र् च ।
यद् यद् स्याच्छान्दसं यन्त्रे तत्तत् कुर्यात्तु लौकिम् ।।

---

1- Hem Chandra's Prakrit, Grammar-P.L.Vaidya,P.98

2- Comparative Grammar of the Prakrit Langunage_R.Pichel,P.386,1900

3- प्राकृत पैंगलम- डॉ. भोला शंकर व्यास, भाग-2, पृष्ठ-255

4- हिन्दी क्रिया: स्वरूप और विश्लेषण- डॉ. बाल मुकुन्द, पृष्ठ-110

5- वर्ण-रत्नाकर भूमिका- डॉ. सुनीति कुमार चटर्जी, पृष्ठ-56

6- हिन्दी भाषा और लिपि का ऐतिहासिक विकास-डॉ. सत्यनारायण तिवारी, पृष्ठ-175

7- Intro duction to Pali-A,Barua,P.46

8- प्राकृत पैंगलम- डॉ. भोला शंकर व्यास, पृष्ठ-234

9- संदेश रासक- (Sandesh Rasak-Study)-पृष्ठ-60

10- सूर पूर्व ब्रजभाषा और उसका साहित्य- डॉ. शिवप्रसाद सिंह, पृष्ठ-65

11- हिन्दी क्रिया: स्वरूप और विश्लेषण- डॉ. बाल मुकुन्द, पृष्ठ-121

12. कीर्तिलता- डॉ. बाबूराम सक्सेना, पृष्ठ-52

13- वर्ण रत्नाकर (भूमिका)- डॉ. सुनीति कुमार चटर्जी, पृष्ठ-50

14- कीर्तिलता और अवहट्ट भाषा- डॉ. शिवप्रसाद सिंह, पृष्ठ-117

15- प्राकृत व्याकरण- पं. बेचर दास जीवराज दोशी, पृष्ठ-245, गुजरात पुरातत्व मंदिर, अहमदाबाद।

16- Hindi Roots - R. Hornle,(Introduction)

इधर कालिदास ने भी रघुवंश में 'धातु' शब्द का प्रयोग 'तकनीकी संदर्भ'(TechnicalSense)में इस प्रकार किया है,-

**रामादेशादनुगता सेना तस्मार्थ सिद्धये ।**
**पश्चादध्ययनार्थस्य धातोरधि रिवाभवत् ।।**

**प्रो. ना. नागप्पा** धातु का स्वरूप स्थिर करते हुए कहते हैं कि,- "Root is the basis to which prefixes, suffixes or modification are added to form a verb."[1] अर्थात् क्रिया का मूल रूप धातु कहलाता है। आप इसे इस तरह भी समझिए कि जिस मूल शब्द में विकार होने से क्रिया बनती है, उसे 'धातु' कहते हैं, जैसे- पढ़ता, पढ़ा, पढ़े, पढ़ो, पढ़ना, पढ़िए, पढ़िएगा आदि क्रिया रूपों का मूल या असली रूप 'पढ़' है, अत: यही धातु है। इस 'पढ़' धातु में ही ता, आ, ए, ई, ओ, आदि जुड़कर ये रूप बने हैं। विविध क्रिया-रूपों का मूलांश धातु कहा जाता है। वैयाकरणों के अनुसार धातुएं हमेशा किसी- न -किसी कार्य-व्यापार को सूचित करती रहती हैं, अत: इन्हें 'सार्थक ध्वनि' की संज्ञा से भी नवाजा गया है। **डॉ बाल मुकुन्द** के अनुसार[2], ,- व्याकरण विज्ञान में धातु को प्रकृति की संज्ञा दी जाती है। धातुएं वे मूल तत्व हैं, जिसमें से सभी शब्द-रूप उत्पन्न हुए माने जाते हैं। ये तत्व या ध्वनि रूप भाषा-वैज्ञानिक दृष्टि से उन सभी क्रिया रूपों के उद्‌गम को सूचित करते हैं, जिससे हम भली-भाँति परिचित हैं। इन धातुओं की महत्ता वैयाकरणों और व्युत्पत्तिवादियों-दोनों ने समान रूप से स्वीकार किया है। इसका मुख्य कारण यह है कि धातुएं केवल भाषा-वैज्ञानिक विश्लेषण की अन्तिम परिणाम ही नहीं हैं, बल्कि सभी शब्दों के यथार्थ आधार हैं।**प्रो. सेज** कहते हैं कि धातु का शब्दों से वही संबंध है, जो जीवन का प्राणिमात्र से।[3] इधर, **पी.सी. चक्रवर्ती** कहते हैं कि जिसको भारतीय वैयाकरणों ने धातु की संज्ञा दी है, शब्दों का इतिहास वास्तव में इस प्रकार की भाषा के मूल रूप से प्रारंभ होता है।[4] भारत में अन्य भाषा-परिवारों की तरह संस्कृत के पास धातु का विशाल अक्षत् कोष है। वैदिक संस्कृत में धातु के विविध रूप हैं। विद्वानों का कहना है कि ग्रीक और वैदिक संस्कृत दो ही ऐसी भाषाएं हैं, जिनके धातु रूपों में तीन वचन, तीन पुरुष तथा पाँच भाव प्राप्त होते हैं। वैदिक संस्कृत की भाँति लौकिक संस्कृत की भी प्राय: सभी धातुएं एकाक्षरी हैं।[5]

## धातुओं की संख्या तथा उनका वर्गीकरण-

धातुओं की संख्या के सवाल पर भाषा विद् एक राय नहीं है ।संस्कृत वैयाकरणों में संस्कृत भाषा की धातुओं की संख्या लगभग दो हजार मानी है , किन्तु इनका यह भी कहना है कि इनमें से लगभग आधे का प्रयोग नहीं होता। शेष धातुओं में काफी संख्या में द्वित्व रूप, शुद्ध धातु रूप और नाम धातु हैं । इन सब धातुओं का बहिष्कार कर देने पर आठ सौ के आसपास धातुएँ शेष रह जाती हैं, इनकी रचना संस्कृत के तिङन्त प्रक्रियाओं पर ही आधारित नहीं है, अपितु इनकी रचना में परम्परागत नामिक प्रातिपदिक भी सहायक हैं।[6] इधर, **भोला नाथ तिवारी** संभवत: संस्कृत को ही आधार बनाकर धातुओ की संख्या 2000 बताते हैं। अंग्रेज विद्वान **हार्नले** धातुओं की संख्या 582 बताते हैं।[7] अब यहाँ कौतूहल सना बुनियादी सवाल यह है कि हिन्दी में क्रियाओं की तरह धातुओं का अस्तित्व है कि नहीं? **डा. माई दयाल जैन** तो कहते हैं कि हिन्दी में संस्कृत धातु जैसी कोई चीज नहीं होती, इसलिए जिस प्रकार संस्कृत में एक धातु के आरंभ में भिन्न-भिन्न उपसर्ग लगाकर अनेक क्रिया शब्द बनाए जा सकते हैं, वह सुभीता हिन्दी को प्राप्त नहीं हैं।[8] हिन्दी में तो क्रियाएं सामान्य नियम का अनुसरण करती हैं,- " Simplification is in fact the rule in all branches of the Indo-European family of languages and in those we are now discussing the verb follows this general law."[9]

जो हो, हिन्दी में धातुओं को वर्गीकृत करने का काम कई विद्वानों ने किया है, लेकिन सबसे अधिक प्रामाणिक बँटवारा **डॉ. सुनीति कुमार चटर्जी** का माना जाता है। सभी लोगों ने इसमें किंचित संशोधन के साथ अपनी सहमति व्यक्त की है, तो फिर इसे ही क्यों न देखा जाए-

**डॉ. चटर्जी का वर्गीकरण-**

**मूल** -1- तद्‌भव (साधारण, उपसर्गयुक्त), 2- प्रेरणार्थक तद्भव,3- तत्सम, अर्द्धतत्सम, 4- संदिग्ध व्युत्पत्तिवाली

---

1- अभिनव हिन्दी व्याकरण- ना. नागप्पा. पृष्ठ- 201

2- हिन्दी क्रिया: स्वरूप और विश्लेषण- डॉ. बाल मुकुन्द

3- The Scien^^ of Language % Prof., Sayce-Voll. II, P.3

4- The Linguistic Speclation of Hindus- P.C. Chakravarti,P.-219

5- संस्कृत का भाषा शास्त्रीय अध्ययन- डॉ. भोला शंकर व्यास, पृष्ठ-192

6- Sanskrit Language- T. Buro P. 204

7- A Comparative Grammar of the Guadian Languages,P.83,London,1880

8- हिन्दी शब्द रचना- डॉ. माई दयाल जैन, पृष्ठ-269

9. A Comparative Grammar of the Modern Aryan Langnages in India- John Beams,Vol-iii,P.2

**यौगिक** 1- आकारान्त प्रेरणार्थक, 2- नामधातु- तद्भव प्राचीन, मध्ययुगीन-नवीन, तत्सम, अर्द्धतत्सम, विदेशी, 3- संयुक्त एवं प्रत्यययुक्त, 4- ध्वन्यात्मक, 5- संदिग्ध

**डॉ. उदय नारायण तिवारी का वर्गीकरण-**

**1- सिद्ध धातुएँ-** (Primary roots) (क) संस्कृत से आई तद्भव सिद्ध धातुएँ, 1- साधारण धातुएँ, 2- उपसर्ग युक्त धातुएँ। (ख) संस्कृत णिजंन्त (प्रेरणार्थक) से आई धातुएं, (ग) संस्कृत से नई आगत तत्सम एवं अर्द्ध तत्सम धातुएं, (घ) संदिग्ध व्युत्पत्ति वाली धातुएं।

**2- साधित धातुएं-** (Secondary roots)- क- आकारान्त णिजन्त धातुएं (प्रेरणार्थक), ख- नाम धातुएं, 1- तद्भव- प्राचीन सूत्र से तथा नई निर्मिति, 2- तत्सम शब्दों से, 3- विदेशी शब्दों से, ग- मिश्रित एवं प्रत्यययुक्त तद्भव धातुएं, घ- ध्वन्यात्मक अथवा अनुकरणात्मक धातुएं, ङ- संदिग्ध व्युत्पत्ति वाली धातुएं[1]

संस्कृत व्याकरण के इतिहास में धातुओं को प्रथमत: - एकाच् तथा अनेकाच् - दो भागों में बाँटा गया। पुन: उनके रूप के आधार पर- परस्मैपदी, आत्मनेपदी तथा उभय पदी- के रूप में उन्हें बाँटा गया। पुन: इन्ही धातुओ को तीन भागों में-साधारण या मूल धातु, सौत्रधातु तथा प्रत्ययान्त धातु- में बांटा गया। पुन: उन्हें कालान्तर में मूल तथा गौण तथा पुन: पश्चात् मूल धातु तथा यौगिक धातु के रूप में बाँटा गया।

इन्ही की देखादेखी हिन्दी विद्वानों ने भी इन धातुओं का वर्गीकरण प्रस्तुत किया। अभी आपने **डॉ. चटर्जी** तथा **डॉ. उदय नारायण तिवारी** का वर्गीकरण देखा ही है। कुछ और वर्गीकरणों को भी मय उनके आधार के इस प्रकार देखिए,- **प्रकृति की दृष्टि से**-सकर्मक और अकर्मक, **स्वरूप की दृष्टि से**-मूल धातु(Basic Root) तथा निर्मित धातु, **रचना की दृष्टि से**-एकल तथा यौगिक, **स्त्रोत की दृष्टि से**- ज्ञात और अज्ञात। पश्चिमी भाषा-वैज्ञानिकों ने धातुओं को- साधारण तथा यौगिक-रूपों(Derived Root) में विभक्त किया है।

जिस क्रिया सेसूचित होने वाले व्यापार का फल कर्ता को छोड़कर कर्म पर पड़े, वह **सकर्मक क्रिया** कहलाती है,- "A Transitive verb is a verb that denotes an action which passes over from the door or subject to an object." यथा- बच्चा दूध पीता है, छात्र कहानी लिखते हैं। संस्कृत के प्राचीन पंडितों ने अकर्मक धातुओं का परिगणन किया है। जिन धातुओं का निम्नलिखित अर्थ हो, वे अकर्मक होती हैं, यथा- 1-शरमाना, 2- होना, 3- जागना, 4- बढ़ना, 5- छीजना, 6- डरना, 7- जीना, 8- मरना, 9- सोना, 10-खेलना, 11-रुचना और 12- शोभा देना-

**'' लज्जा-सत्ता-स्थिति-जागरणम् वृद्धि-क्षय-भय-जीवितं-मरणम्।**
**शयन-क्रीड़ा-रुचि दीप्त्यर्थम धातुगण तमकर्मक माहुः ।।**

कुल मिलाकर जिन क्रियाओं के व्यापार और फल दोनों कर्ता में ही होते हैं, उन्हें **अकर्मक क्रिया** कहते हैं- मोहन सो रहा है, गाड़ी दौड़ती है। जो धातु किसी दूसरे शब्द से नहीं बनी हो, **मूल या परंपरागत** कही जाती है, यथा- चल, उठ, देख, लिख, भाग आदि। **हार्नले** इनकी संख्या हिन्दी में 393 बताते हैं। इस प्रकार की धातुएं संस्कृत की धातुओं से तद्भव प्रक्रिया से गुजरकर हिन्दी में आयी हैं। जिन धातुओं के स्त्रोतों का निश्चित सुराक पता नहीं है, उन्हें **अज्ञात धातुएं** कहते हैं, यथा-बटोर, पलट आदि, किन्तु जिन धातुओं के स्रोत ज्ञात हैं उन्हें **ज्ञात धातुओं** की श्रेणी में रखा जाता है, यथा-पढ़, चल, कर, कह आदि। ज्ञात धातुएं तीन भागों- तत्सम,तद्भव और निर्मित में विभक्त हैं। जो धातुएं संस्कृत में अपने मौलिक चेहरे के साथ हिन्दी में आयी हैं, वे **तत्सम धातुएं** कही जाती हैं, यथा- ५ल्,रच् आदि, जो संस्कृत से विकृत होकर परंपरा से हिन्दी में चली आयी हैं, उन्हें **तद्भव धातुएं** कहते हैं,यथा- गरज, निरख तथा जो धातुएं संज्ञा, सर्वनाम तथा विशेषण आदि शब्दों से बनाई जाती है, उन्हें **निर्मित धातुएं** कहते हैं, यथा- फिल्म से फिल्मा, गर्म से गर्मा आदि। शेष धातुओं को इस प्रकार देखिए-

**2. प्रेरणार्थक धातु** (Casuative Verbs)**-** इसका एक नाम संस्कृत में 'णिजन्त' भी है। इस धातु में 'प्रेरणा' का भाव पाया जाता है, साफ शब्दों में **यहाँ कर्ता केवल प्रेरणा या उकसाने का कार्य करता है, वह स्वत: कार्य नहीं करता। अत: हम कह सकते हैं कि जहाँ कर्ता स्वयं कार्य न करके किसी अन्य को करने के लिए प्रेरित करता है, वह प्रेरणार्थक क्रिया कहलाती है, यथा- 'पिता पुत्र से पत्र पढ़वाता है' इस वाक्य में 'पढ़वाता है' प्रेरणार्थक क्रिया है, क्यों कि इसका कर्ता पिता है, किन्तु 'पढ़ने' का काम कर रहा है 'पुत्र'। अत: वास्तविक कर्त्ता तो पुत्र है, पर पुत्र पत्र पढ़ने का काम तभी करता है, जब पिता उसे ऐसा करने के लिए कहता या प्रेरित करता है। इस धातु के दो रूप- प्रथम प्रेरणार्थक तथा द्वितीय प्रेरणार्थक- होते हैं।**

**1- हिन्दी भाषा का उद्भव और विकास-डॉ. उदय नारायण तिवारी, पृष्ठ-466**

संस्कृत में किसी धातु के द्वारा प्रेरणा के अर्थ को सूचित करने के लिए उसमें णिच् प्रत्यय जोड़ दिया जाता है,[1] जैसे-

| | |
|---|---|
| पढ़ना-पढ़ाना या पढ़वाना | चलना-चलवाना |
| कहना-कहवाना या कहलाना | लिखना-लिखवाना |
| कटना- काटना[2] या कटवाना | पिटना-पीटना, पिटवाना |

संस्कृत में प्रेरणार्थक रूप बनाने के लिए धातु और तिङ् प्रत्ययों के बीच में 'अय' जोड़ दिया जाता है। इनके रूप चुरादिगण धातुओं के समान चलते हैं, यथा-

| | | |
|---|---|---|
| बुध् (बोधति) | - | बोधयति |
| अद् (अत्ति) | - | आदयति |
| सु (सुनोति) | - | सावयति |

पालि में प्रेरणार्थक रूप बनाने के लिए धातु के उपरान्त एतहि, याति, आपेति, आपयति आदि प्रत्यय जोड़े जाते हैं,[3] यथा-

कर-कारेति, कारयति, कारापेति, कारापयति< सं. कारयति
पच-पाचेति, पाचयति, पाचायेति, पाचापयति< सं. पाच्यते
कम्प-कम्पेति, कम्पयति, कम्पापेति, कम्पापयति< सं. कम्प्यते

मध्य भारतीय आर्य भाषा में प्रेरणार्थक क्रियाओं के दो रूप पाए जाते हैं, 1- ए वाले रूप तथा 2- आव-अव या आवे-आवे वाले रूप। अपभ्रंश तथा पुरानी हिन्दी में द्वितीय रूपों का काफी प्रचार है।[4] यद्यपि **डॉ. भोला शंकर व्यास** ने अपवाद स्वरूप संदेश रासक से एक उदाहरण प्रस्तुत किया है- सारसि (संदेश रासक 1/56)। यह संस्कृत का अर्द्ध तत्सम रूप है, जिसका संबंध 'स्मारयसि' से है।[5] वर्ण-रत्नाकर में भी 'आपय' से उत्पन्न आव-अय वाले रूपों के विभिन्न प्रयोग दृष्टिगोचर होते हैं, यथा- करावए (24 क), कराओल (29 ख), रूखाओल (77 ख) इत्यादि।[6]

हिन्दी में मुख्य रूप से दो प्रेरणार्थक रूपों का व्यवहार होता है- 1-वा और 2-ला।[7] प्रेरणार्थक धातु के इन दोनो रूपों का प्रयोग थोड़े - बहुत परिवर्तन के साथ हिन्दी तथा उसकी विभाषाओं में उपलब्ध होते हैं, जिनके उदाहरण मध्ययुगीन और आधुनिक हिन्दी (परिनिष्ठित हिन्दी) में प्रभूत मात्रा में उपलब्ध होते हैं,[8] यथा-

**'वा'** वाले रूप- काहू कछु न **जनावत**।[9] विविध भाँति भोजन **करवावा**।[10] उत्साह की उमंग जिस प्रकार हाथ **पैर चलवाती** है।[11]

**'ला'** वाले रूप- कर्म सौन्दर्य के सच्चे उपासक ही सच्चे **कहलाते** हैं।[12]

**3. नाम धातु** (Verbal root)- इसे नामाश्रित क्रिया भी कहा जाता है। **डा. ओम प्रकाश शर्मा** कहते हैं[13] कि व्याकरण में 'नाम' कहते हैं- संज्ञा, सर्वनाम आदि शब्दों को तथा 'धातु' कहते हैं-क्रियावाची (क्रिया का अर्थ देने वाले) शब्दों को। अत: नाम धातु का अर्थ हुआ - जहाँ, संज्ञा आदि शब्द ही क्रिया वाची हों अर्थात् नाम धातु में 'नाम' ही धातु के समान प्रयोग में आते हैं। यह क्रिया के क्षेत्र में विलक्षण शक्ति है, जो क्रिया के मूल अर्थात् (मूल धातुओं) को छोड़कर संज्ञा, सर्वनाम तथा विशेषण के साथ अपनी सृष्टि रचाती है। इस प्रकार मूल धातुओं को छोड़कर अन्य शब्दों (संज्ञा, सर्वनाम तथा विशेषण आदि) में प्रत्यय आदि लगाकर बनने वाली क्रिया को नाम धातु कहते हैं, जैसे- हाथ से हथियाना = उसने मेरी सारी सम्पत्ति हथिया ली है। 'हथियाना' का अर्थ है-'हस्तगत.

---

1- हिन्दी क्रिया: स्वरूप और विश्लेषण- डॉ.बाल मुकुन्द, पृष्ठ-57
2- आचार्य किशोरी दास का यह मत सर्वथा उपयुकत है कि- 'काटना' ही मूल धातु है, 'कटना' नहीं क्योंकि वृक्षादि कोई भी वस्तु स्वयं नहीं कट सकती, उसे काटना पड़ता है। अतः मूल धातु 'काटना' ही मानना चाहिए, 'कटना' (वृक्ष कट रहे हैं) उसका कर्म कर्तृक प्रयोग है- हिन्दी शब्दानुशासन, पृष्ठ-472
3- कच्चायन व्याकरण- डॉ. उदय नारायण तिवारी, पृष्ठ-253
4- Comparative Grammar of the Prakrit Languages- R. Pichel, P.551, 1900
5- प्राकृत पैंगलम्- डॉ. भोला शंकर व्यास, पृष्ठ-254, भाग-2
6- वर्ण-रत्नाकर- डॉ. सुनीति कुमार चटर्जी, भूमिका भाग
7- हिन्दी भाषा का उद्गम और विकास- डॉ. उदय नारायण तिवारी, पृष्ठ-464
8- हिन्दी क्रिया: स्वरूप और विश्लेशण- डॉ. बाल मुकुन्द, पृष्ठ-166
9- सूर सागर- सूरदास, 8/4
10- श्री रामचरित मानस- तुलसीदास, 1/207
11- चिन्तामणि - राम चन्द्र शुक्ल, पृष्ठ-10, नागरी प्रचारिणी सभा, काशी
12- चिन्तामणि - राम चन्द्र शुक्ल, पृष्ठ -10, नागरी प्रचारिणी सभा, काशी
13- हिन्दी व्याकरण: नव मूल्यांकन- डॉ. ओम प्रकाश शर्मा, पृष्ठ-261

करना'।'हाथ' संज्ञा है, इससे यह क्रिया बनी है, अत: नाम धातु है। हिन्दी में नाम धातु प्राय: संज्ञा, सर्वनाम, विशेषण तथा अव्यय शब्दों से मिलकर बनती हैं।

संस्कृत में किसी सुबन्त शब्द (संज्ञा) के पश्चात् जब कोई प्रत्यय जोड़कर धातु बना लिया जाता है, तो उसे नाम धातु की संज्ञा दी जाती है, जैसे-नमस् + क्यच् = नमस्यति (नमस्कार करता है), रथर्यति (रथ + क्यच) =रथ पर चढ़ता है, इत्यादि। यद्यपि नाम धातु के रूप सभी लकारों में चल सकते हैं, परन्तु बहुधा इनका प्रयोग वर्तमान काल में ही देखा जाता है।[1] पालि में नामिक रूपों (संज्ञा आदि) के अनन्तर 'आय' और 'इच' प्रत्यय जोड़कर नाम धातु बनाया जाता है, जैसे- पुत +आय +ति = पुतायति < सं. पुत्रायते। छत्त + ईय + ति = छत्तीयति < सं. छत्रायते ।[2]

हिन्दी की यौगिक धातुओं का दूसरा वर्ग नाम धातु है। संज्ञा पद तथा क्रिया मूलक विशेषण से क्रिया पद बनाने की प्रक्रिया प्रा. भा. आ. काल से ही पाई जाती है। म. भा. आ. काल में नाम धातुओं की संख्या में काफी वृद्धि हुई। आ.भा.आ. में तो न केवल प्रा.आ.भा. और म.भा.आ. के नाम धातु प्रयुक्त होते हैं, अपितु विदेशी संज्ञा तथा विशेषण शब्दों से नाम धातु बनाने की प्रथा देखी जाती है, आ.भा.आ. में नाम धातु की रचना के लिए 'आ' प्रत्यय का व्यवहार होता है, जिसका संबंध प्रा.भा.आ. के प्रेरणार्थक (णिजन्त) 'आय' से है।[3] संज्ञा, सर्वनाम, विशेषण तथा अव्यय शब्दों से मिलकर बने नाम धातु के कुछ उदाहरण इस प्रकार हैं,-

| | | | |
|---|---|---|---|
| संज्ञा | लाज - लजाना | विशेषण | गर्म - गर्माना |
| | झूठ - झुठलाना | | नरम - नरमाना |
| | जूता - जुतियाना | | मोटा - मोटाना |
| | दुख - दुखाना | | चिकना - चिकनाना |
| | धुँआ - [illegible] | | साठ - सठियाना |
| | बात - बतियाना | | |
| सर्वनाम | अपना - अपनाना | अव्यय | थपथप - थपथपाना |
| | मैं-मैं - मिमियाना | | हिन हिन - हिनहिनाना |

**4. अनुकरणात्मक धातु -** किसी वस्तु, पदार्थ की ध्वनि के अनुकरण पर बनी धातु को अनुकरणात्मक धातु कहते हैं, जैसे-

| | |
|---|---|
| थरथर = थरथराना | खटखट = खटखटाना |
| गड़गड़ = गड़गड़ाना | टिमटिम = टिमटिमाना |
| भिनभिन = भिनभिनाना | टर्र टर्र = टर्राना |
| बड़ बड़ = बड़बड़ाना | फड़ फड़ = फड़फड़ाना |
| सन सन = सनसनाना | हिन हिन = हिनहिनाना |

कुछ विद्वान ऐसी धातुओं को 'आवृत धातु' कहते हुए उसको इस प्रकार परिभाषित करते हैं,- जिन धातुओं में उन्हीं के किसी अंश की आवृत्ति हो, उन्हें आवृत्त धातुएं कहते हैं, जैसे - फड़फड़ाना, छटपटाना, जगमगाना, तिलमिलाना आदि।[4] इन सबके बावजूद इस धातु के साथ एक विवाद जुड़ा हुआ है। कुछ विद्वान इस तरह की धातुओं को स्वतंत्र महत्व न देकर इन्हें नाम धातु के भीतर ही रखते हैं। इनका कहना है कि इनका अलग वर्ग मानकर नामधातु में ही माना जाना उचित है।[5]

**5. सहायत्क क्रिया** (Auxiliary Verb)- **किशोरी दास बाजपेयी** के अनुसार जिस क्रिया की सहायता से संयुक्त काल बनाए जाते हैं, उन्हें सहायक क्रिया कहते हैं।[6] इधर, **डॉ. महेश चन्द्र गर्ग** कहते हैं[7] कि मुख्य क्रिया के सहायक रूप में आकर उसके अर्थ को पूर्णता प्रदान करने वाली क्रिया सहायक क्रिया कहलाती है। इसमें और संयुक्त क्रिया में अन्तर यह है कि संयुक्त क्रिया अपने वाच्चार्थ को छोड़कर मुख्य क्रिया के अर्थ को एक विशेष अर्थच्छाया प्रदान करती है, जब कि सहायक क्रिया अपने वाच्चार्थ का परित्याग न कर मुख्य क्रिया के अर्थ को पूर्ण बनाती है, जैसे- वह **उठ बैठा** में 'उठ बैठा' क्रिया का अर्थ है - 'उठकर बैठ गया'। इस प्रकार 'बैठा' सहायक क्रिया अपने अर्थ को सुरक्षित रखकर मुख्य क्रिया 'उठ' के अर्थ को पूर्णता प्रदान कर रही है।

---

1. A Vedic Grammar for Students- A.Macdonell]P.430,Oxford University Press
2- कच्चायन व्याकरण- डॉ. उदय नारायण तिवारी, पृष्ठ-251
3. हिन्दी भाषा का उद्गम और विकास- डॉ. उदयनारायण तिवारी, पृष्ठ-474
4. गवेषणा- पृष्ठ-102, मार्च-1969
5- हिन्दी व्याकरण : नव मूल्यांकन - डॉ. ओम प्रकाश, पृ.-262
6- हिन्दी शब्दानुशासन - किशोरी दास बाजपेयी, पृ.-91
7- परिनिष्ठित हिन्दी का रूप ग्रामिक अध्ययन - डॉ. महेश चन्द्र गर्ग, पृ.-79

हिन्दी के संयुक्त कालों की रचना में 'होना' सहायक क्रिया का व्यवहार होता है । 'होना' सहायक क्रिया दो रूपों में प्रयुक्त होती है- (1) स्थिति दर्शक सहायक क्रिया के रूप में तथा (2) विकार दर्शक सहायक क्रिया के रूप में। हिन्दी की सहायक क्रियाओं का संबंध संस्कृत के तिङन्त रूपों से है। पूर्वी हिन्दी की कुछ बोलियों में 'बाटै' आदि रूपों का व्यवहार सहायक क्रिया के रूप में होता है, जैसे- ऊ जात बाटै। इसका संबंध सं. वृत्तसे माना जाता है, यथा- सं. वर्तते>वट्टति>वट्ठे>बाटै,बाड़ै>बा।[1] अवधी तथा भोजपुरी आदि कुछ बोलियों में 'रहना' सहायक क्रिया का प्रयोग होता है। **टर्नर** इसका संबंध रह से मानते हैं।[2] बंगला में 'आछ्' तथा 'थाक्' दो अन्य सहायक क्रियाओं का प्रयोग होता है, जो मैथिली में 'छ्' और 'थीक्' के रूप में दिखायी देते हैं। कुल मिलाकर सहायक क्रिया मुख्य क्रिया की कार्यविधि, प्रकार और काल को व्यक्त करती है।[3]

हिन्दी में 'हो' धातु का प्रयोग काल संबंधी ज्ञान कराने के लिए सहायक क्रिया के रूप में किया जाता है।[4] हूँ, हो, हैं, थी, थे, आदि 'हो' के ही रूप हैं। 'हो' धातु या क्रिया का तीनों कालों में प्रयुक्त होने वाला रूप इस प्रकार है,-

| वर्तमान काल | | | भूतकाल (पुल्लिंग) | | |
|---|---|---|---|---|---|
| **पुरुष** | **एकवचन** | **बहुवचन** | **पुरुष** | **एकवचन** | **बहुवचन** |
| उत्तम पुरुष | हूँ | हैं | उत्तम पुरुष | था | थे |
| मध्यम पुरुष | है | हो | मध्यम पुरुष | था | थे |
| अन्य पुरुष | है | हैं | अन्य पुरुष | था | थे |

**भूतकाल (स्त्रीलिंग)**

| पुरुष | एकवचन | बहुवचन |
|---|---|---|
| उत्तम पुरुष | थी | थीं |
| मध्यम पुरुष | थी | थीं |
| अन्य पुरुष | थी | थीं |

| भविष्यत् काल (पुल्लिंग) | | | भविष्यत् काल (स्त्रीलिंग) | | |
|---|---|---|---|---|---|
| **पुरुष** | **एकवचन** | **बहुवचन** | **पुरुष** | **एकवचन** | **बहुवचन** |
| उत्तम पुरुष | हूँगा, होऊँगा | होंगे | उत्तम पुरुष | हूँगी | होंगी |
| मध्यम पुरुष | होगा | होंगे | मध्यम पुरुष | होगी | होगी |
| अन्य पुरुष | होगा | होंगे | अन्य पुरुष | होगी | होंगी |

| संभावनार्थ (1)(पुल्लिंग) | | | संभावनार्थ (1) (स्त्रीलिंग) | | |
|---|---|---|---|---|---|
| **पुरुष** | **एकवचन** | **बहुवचन** | **पुरुष** | **एकवचन** | **बहुवचन** |
| उत्तम पुरुष | होता | होते | उत्तम पुरुष | होती | होतीं |
| मध्यम पुरुष | होता | होते | मध्यम पुरुष | होती | होतीं |
| अन्य पुरुष | होता | होते | अन्य पुरुष | होती | होतीं |

**संभावनार्थ (2)**

| पुरुष | एकवचन | बहुवचन |
|---|---|---|
| उत्तम पुरुष | हूँ, होऊँ | हों |
| मध्यम पुरुष | हो | हों |
| आदरार्थ मध्यम पुरुष | (आप)हों | हों |
| अन्य पुरुष | हो | हों |

सामान्य भूतकाल के 'था' आदि रूपों का संबंध सं. 'स्था' से माना जाता है,- सं. स्था>प्रा. थाइ,>ठाइ>हि. था। **डॉ. नामवर सिंह** 'था' का संबंध भू-अभूत से मानते हैं, जैसे-अभूत>अहूत>हूत>हुतो, तो था (त + ह)।[5] ब्रजभाषा में 'था' के स्थान पर 'हुतो' हो, तो आदि रूपों का व्यवहार होता है।[6] **डॉ. बाबू राम सक्सेना** के अनुसार 'था' वाले रूपों का प्रचुर प्रयोग दक्खिनी हिन्दी में देखने को

1- हिन्दी क्रिया : स्वरूप और विश्लेषण - डॉ.बाल मुकुन्द, पृ.-204

2- Nepali Dictionary - R.L. Turner, P. 191, 1931

3- Dictionary of Linguistics - Mario Pei, P-23

4- हिन्दी व्याकरण : नव मूल्यांकन - डॉ. ओम प्रकाश शर्मा, पृ.-272

5. हिन्दी के विकास में अपभ्रंश का योग- डॉ नामवर सिंह पृ 136

6. हिन्दी क्रिया : स्वरूप और विश्लेषण - डॉ. बालमुकुन्द पृ. 137

मिलता है, यथा- ''अथे दो जने, रतन यो अथे।''[1]**डॉ. अवधेश्वर अरुण** के अनुसार,- 'होता' की व्युत्पत्ति 'भू' धातु से बने रूप 'भवन्त:' से सर्वमान्य है। विकास की प्रक्रिया यह है- सं. भवन्त:>प्रा. होन्तो>हि. होता।[2] हूं, है, हो, हैं का विकास संस्कृत की 'अस' धातु से माना गया है। लेकिन **केलॉग** तथा **बीम्स** आदि विद्वान इसे अस्वीकार करते हैं। **डॉ. धीरेन्द्र वर्मा** इनका विकास अस्मि, अस्ति से मानते हैं, यथा- अस्मि>अम्हि>अहौं>हों>हूँ अस्ति>अत्थ>अहि>अहै>है।

किन्तु **डॉ. भोला नाथ तिवारी** इनका संबंध 'भू' धातु के विभिन्न रूपों से मानते हैं, यथा-

सं. भवामि>प्रा. होमि>अप. कल्पित होवि, होंव>हि.हौं,हूँ।

सं. भवसि, भवति>प्रा. होसि, होइ>अप. हइ>हि. है।

सं. भवाम:>प्रा. होम:>अप. होइ, हइ>हि. है।

सं. भवथ>प्रा. होथ>प्रा. होइ>अप. होइ>हि. हो।

होउंगा, होंगे, होगा, होगें में 'गा' की व्युत्पत्ति साफ तौर पर 'गत:' से हुई है, जिसका विकास निम्न प्रकार है,- गत:>गदो>गओ>गो, गअ>गा। 'गे' और 'गी' इसी के वचन एवं लिंगगत रूपान्तर हैं।होऊँ, हों आदि को **डॉ. धीरेन्द्र वर्मा** वर्तमान संभावनार्थ से विकसित मानते हैं, जैसे- सं. चलामि>प्रा. चलामि>अप. चलउं>हि. चलूं+गा।[3]

## हिन्दी क्रिया रूपों की रचना में सहायक क्रियाओं का महत्व-

सहायक क्रिया का एक अन्य **नामगौण क्रिया** भी हैं। काल आदि की दृष्टि से मुख्य क्रिया की सहायता करने वाली क्रिया ही सहायक या गौण क्रिया कही जाती है। सवाल है, मुख्य क्रिया का स्वरूप क्या है? अर्थात् मुख्य क्रिया किसे कहते है? उत्तर है- कार्य का विधान करने वाली क्रिया-मुख्य क्रिया कहलाती है। सहायक क्रिया इसी मुख्य क्रिया की सहायक होती है और हिन्दी में क्रिया-रूपों कीरचना करने के लिए सहायक क्रियाएं गरज और जरूरत के अनुसार अपनी-अपनीभूमिका में जीती हैं। बिना इनकी सहायता के क्रिया रूपों का ढाँचा लगभग अधूरा ही रहता है। जाना, आना, चुकना, चाहना, होना, बैठना, डालना, लगना,सकना, करना, देना, पड़ना, बनना आदि सहायक क्रियाएं मुख्य रूप से क्रिया रूपों के निर्माण में सहायक होती हैं।

उक्त कुछ मुख्य सहायक क्रियाओं में 'सकना' क्रिया का प्रयोग ही अमूमन सहायक क्रिया के रूप में होता है, अन्यथा शेष सहायक क्रियाएं मुख्य क्रियाओं के रूप में भी व्यवहृत होती हैं। भाषाविज्ञानी **डॉ. रत्नचन्द्र शर्मा** कहते हैं[4] कि 'होना' क्रिया सबसे अधिक उल्लेखनीय है, क्योंकि पश्चिमी हिन्दी में, जिसका सबसे अधिक महत्वपूर्ण एवं प्रचलित रूप मानक हिन्दी या खड़ी बोली है, वर्तमान काल की सहायक क्रियाओं के लिए इसी के विभिन्न रूपों का प्रयोग किया जाता है। यह किसी कार्य विशेष का संकेत तो नहीं करती, केवल किसी स्थिति के होने का संकेत करती है। परन्तु हिन्दी की काल-रचना में इससे अधिक सहायता मिलती है, जैसे वर्तमान काल के क्रिया रूपों में है, हैं,हूँ, हौं, हो, होऊँ, होवें, होवे आदि सब इसी के रूप हैं। पूर्वी हिन्दी में 'ह' वाले रूपों के अतिरिक्त 'बाट' वाले रूप भी प्रयुक्त होते हैं, जैसे- बाटैं, बाटै,बाटे, बाटी आदि। सम्भाव्य वर्तमान में 'होता' 'होती','होते' आदि का प्रयोग होता है।

पश्चिमी हिन्दी में भूतकाल के लिए 'होना' क्रिया के 'थ', 'ह' और 'हत' वाले रूपों का प्रयोग होता है, जैसे- था, थी, थीं, थे, हो, हीं, हे, हतो, हते, हतीं आदि । पूर्वी हिन्दी में 'रह' वाले रूप भी प्रचलित हैं, जैसे- रहौं, रहैं, रहन, रहेउ, रहिस आदि। भविष्यत् काल में इसके 'ग' वाले रूपों का प्रयोग होता है, जैसे- हूँगा, हूँगी, होंगे, होंगी, होगा, होगी आदि, जैसे- देखेगा, चलेगी, खाऊँगी, जाएँगे आदि। पूर्वी हिन्दी में भविष्यत् काल के लिए 'है' वाले रूप प्रयुक्त होते हैं, जैसे- देखिहै, चलिहै आदि। पश्चिमी हिन्दी में संज्ञार्थक क्रियाएं 'न', 'ण' और 'ब' के योग से बनती हैं, जैसे- चलना, चलणा, चलिबो, रहना, रहिबो आदि। पूर्वी हिन्दी में ऐसी क्रियाओं को बनाने के लिए केवल 'ब' का ही योग रहता है, जैसे- चलब, रहब, देखब, सुनब आदि।

# 6.संयुक्त क्रिया (Compound Verb)

'संयुक्त' शब्द 'संयोग' शब्द से बना है, जिसका अर्थ है- मेल। इस प्रकार संयुक्त क्रिया का अर्थ हुआ- क्रियाओं का मेल। संयुक्त क्रिया-संबंधी कुछ परिभाषाओं को इस प्रकार देखिए,-

**परिभाषा-1**- पंडित **रमापति शुक्ल** के अनुसार,- ''कृदन्त, संज्ञा या विशेषण के साथ क्रिया के ऐसे संयोग को संयुक्त

---

1. दक्खिनी हिन्दी- डॉ. बाबू राम सक्सेना, पृष्ठ- 61
2- हिन्दी भाषा का स्वरूप विकास- डॉ. अवधेश्वर अरुण, पृष्ठ-132
3. हिन्दी भाषा का इतिहास - डॉ. धीरेन्द्र वर्मा, पृ- 97
4. भाषा-विज्ञान और मानक हिन्दी- डॉ. रत्नचन्द शर्मा, पृष्ठ 210-11

क्रिया कहते हैं, जिसमें संयुज्यमान अवयवों के स्वतंत्र अर्थ भासित न हो, किन्तु समस्त संयोग एक समन्वित अर्थ का अभिधान करे।''[1]

**2- डॉ. महेश चन्द्र गर्ग** के अनुसार,-"दो या दो से अधिक धातुओं के मेल से बनने वाली उन क्रियाओं को संयुक्त क्रिया कहते हैं, जिनमें मुख्य क्रिया से जुड़ने वाली सहायक क्रियाएं अपना वाच्चर्थ खोकर मुख्य क्रिया के अर्थ में विशेष अर्थच्छटा उत्पन्न कर देती हैं। संयुक्त क्रियाओं में इस प्रकार जो अर्थगत नवीनता, द्योतनता एवं सूक्ष्मता उत्पन्न हो जाती है, वह अभिव्यक्ति सामर्थ्य की दृष्टि से अपूर्व होती है।''[2]

**3- डॉ. ओम प्रकाश शर्मा** लिखते हैं कि,- '' किसी विशेष अर्थ को प्रकट करने के लिए जब दो या अधिक क्रियाएं मिलकर किसी एक पूर्ण क्रिया का निर्माण करती हैं, तो उसे संयुक्त क्रिया कहते हैं।[3]

**4- प्रो. ना. नागप्पा** के विचार से,- "A Compound Verb is bringing together of two or more verbs-used as a single verb in an idiomatic sense, The meaning of the first part of the compound verb is emphasised or otherwise stressed in the second part in varying degrees there by expressing the force of attitude with which the action denoted by the first part is executed."[4]

प्राय: भ्रमवश हिन्दी के पाठक दो या दो से अधिक क्रियाओं के योग को संयुक्त क्रिया मान लेते हैं, इस पर कुछ विद्वानों को एतराज है। बहरहाल, संयुक्त क्रिया में पहली क्रिया मुख्य और बाद की क्रिया या क्रियाएं गौण होती हैं। संयुक्त क्रिया में एक से अधिक क्रियाओं को एक साथ लाकर ऐसा प्रयोग किया जाता है, मानो वे सब क्रियाएँ या क्रिया समूह एक ही मुहावरेदार क्रिया-वाक्याशं हो। संयुक्त क्रिया में प्राय: दो अंश होते हैं- पूर्व अंश और उत्तर अंश। पूर्व अंश व्यापार का द्योतक है, किन्तु उत्तर अंश इस बात का द्योतक है कि पूर्वोक्त व्यापार कैसे सम्पन्न किया जाता है।

## संयुक्त क्रियाओं का वर्गीकरण- (Classification of Compound Verbs)

(1)- **अर्थ की दृष्टि से संयुक्त क्रिया के निम्न भेद होते हैं -**

1- भृशार्थक (Intesives), 2- शक्यता बोधक (Potentials), 3- पूर्णता बोधक (Completives), 4- बारंबार या नित्यता बोधक (Frequentatives), 5- इच्छार्थक (Desiratives), 6- आरंभिकता बोधक (Inceptives),7- अनुमति बोधक (Permissives), 8- सामर्थ्य बोधक (Acquisitives), 9- प्रगति बोधक (Progressives), 10- गत्यर्थक (Staticals) तथा 11- विशेषण या विशेष पद (Nominal)।[5]

(2)- **रचना की दृष्टि** से संयुक्त क्रियाओं के निम्न 8 भेद हो सकते हैं,-[6]

1- नामिका - आज्ञा लेना, माफ करना, कान भरना इत्यादि।

2- **वैशेषणिक** - अच्छा होना, एक होना, तीन-तेरह होना इत्यादि।

3- सार्वनामिक - अपनी कहना, सबकी सुनना इत्यादि।

4- **ध्वन्यात्मक** - धकधक करना, फरफर उड़ना, घरघर करना इत्यादि।

5- **दृश्यात्मक** - चकमक करना, दकदक करना, जगमग करना इत्यादि।

6- **क्रियात्मक** - कर डालना, उड़ा देना, खा जाना, आया करना, जाया करना, सोते रहना, पढ़ते जाना, जाने देना इत्यादि।

7- **क्रिया विशेषणिक** - आगा - पीछा सोचना, भाग - दौड़ करना इत्यादि।

8- **अभ्यासात्मक** - मरहम पट्टी करना, साफ - सुथरा रहना, मारना - पीटना, सोचना - समझना आदि।

**संयुक्त क्रियाओं का विकास और प्रयोग-** संयुक्त क्रिया के निर्माण की प्रवृत्ति के बीज प्राचीन भारतीय आर्य भाषाओं में ही पड़ गए थे। **डॉ. बाल मुकुन्द** लिखते हैं कि[7] हिन्दी में संयुक्त क्रियाओं के विकास की प्रवृत्ति **अपभ्रंश** और **पुरानी हिन्दी** में व्यवहृत संयुक्त क्रिया रूपों से ही जोड़ी जाती है,-

1- **क्रियार्थक संज्ञा के योग से बनी हुई** - पयोधर के भरे **भागए चह** (कीर्तिलता-विद्यापति 2/147)

2- **वर्तमान कालिक कृदन्त के योग से बनी हुई** - पहिउ रडन्तउ जाइ (हेमचन्द्र - 4/445)

---

**1- नागरी पत्रिका - रमापति शुक्ल, पृष्ठ-58, नागरी प्रचारिणी सभा, काशी**

**2- परिनिष्ठित हिन्दी का रूप ग्रामिक अध्ययन-डॉ. महेश चन्द्र गर्ग, पृष्ठ**

**3. हिन्दी व्याकरण : नवमूल्यांकन -डॉ. ओमप्रकाश शर्मा, पृ. 263**

**4. अभिनव हिन्दी व्याकरण प्रो. ना. नागप्पा, पृष्ठ 263**

**5. The Grammar of Hindi Languae- S. H. Kellog. P. 63**

**6. हिन्दी भाषा का स्वरूप विकास डॉ. अवधेश्वर अरुण, पृष्ठ - 143**

**7- हिन्दी क्रिया : स्वरूप और विश्लेषण - डॉ. बाल मुकुन्द, पृष्ठ 121**

3- **भूत कालिक कृदन्त के योग से बनी हुई** - जइ भग्गा घर एन्तु (हेमचन्द्र - 4/35)

4- **पूर्वकालिक कृदन्त के योग से बनी हुई** - पुनि **उट्ठइ सँभलि** (प्राकृत पैंगलम् 180/5)

5- **अपूर्ण क्रिया द्योतक कृदन्त के योग से बनी हुई** - सहसि न **पारइ** (कीर्तिलता - 3/28)

संयुक्त क्रियाओं के प्रयोग कीलस्सी यहीं समाप्त नहीं हुई, बल्कि वह मध्ययुगीन हिन्दी में प्रभूत मात्रा में व्यवहृत होती दिखाई देती है। तुलसी, जायसी, सूर, कबीर आदि मध्ययुगीन तथा उसके पूर्व के कवियों ने संयुक्त क्रियाओं का प्रयोग अपनी रचनाओं में जमकर किया है। इस काल में क्रियार्थक संज्ञा वर्तमान कालिक कृदन्त, भूत कालिक कृदन्त, पूर्व कालिक कृदन्त, अपूर्ण क्रिया द्योतक कृदन्त तथा पूर्ण क्रिया द्योतक कृदन्त के योग से बनी हुई संयुक्त क्रियाओं के विभिन्न रूपों के प्रचुर प्रयोग सरलता से दिखाई देते हैं।

1- **आरंभ बोधक क्रिया** - **लगे कहन हरि कथा** रसाला (मानस)
2- **अनुमति बोधक क्रिया** - खेलन फिरन देव (ठाकुर)
3- **अवकाश बोधक क्रिया** - **चलत न पावत** निगम मग (बिहारी रत्नाकर-बिहारी)
4- **आवश्यकता बोधक क्रिया** - **चाहहिं बेध** कीन्ह कंचुकी (जायसी)
5- **नित्यता बोधक क्रिया** - कबीर कहता **जात हूँ** (कबीर - 2/1)
6- **निरंतरता बोधक क्रिया** - पपीहा छन छन **रटत रहात** (भ्रमरगीतसार -सूरदास)
7- **तत्परता बोधक क्रिया** - **चले जात** सिव सती समेता (मानस 1/50)
8- **इच्छा बोधक क्रिया** - **देखा चहौं** जानकी माता (मानस)
9- **अवधारण बोधक क्रिया** - कल युगह मस्यूँ लड़ि पड़्या (कबीर)
10- **शक्ति बोधक क्रिया** - **पकरि सकै** नहिं ताही (नंददास ग्रंथावली - सं0 ब्रजरत्न दास)
11- **निश्चय बोधक क्रिया** - **कहे देति** यह रावरो, सब गुन बिन गुनमाल (बिहारी)

आधुनिक भारतीय भाषाओं में भी पूर्व की तरह संयुक्त क्रियाओं का प्रयोग खूब हुआ है। कभी-कभी तो इन संयुक्त क्रियाओं में दो या तीन क्रियाओं का प्रयोग एक साथ दिखाई दे जाता है। ख्यातिप्राप्त भाषा वैज्ञानिक **डॉ. बाल मुकुन्द** लिखते हैं कि संयुक्त क्रियाओं के विविध रूपों से आवश्यकता, आरंभ, अनुमति, अवकाश, नित्यता, अपूर्णता, निरंतरता, निश्चय, तत्परता, इच्छा, अभ्यास, अधिक निश्चय, शक्ति पूर्णता आदि भाव सूचित होते हैं। इन्हे इस प्रकार देखा जा सकता है,-

1- **आवश्यकता बोधक क्रिया** - घंटे भर के बाद मुझे चला **जाना पड़ेगा** (सिन्दूर की होली-लक्ष्मी नारायण मिश्र)
2- **आरंभ बोधक क्रिया** - हाथ जोड़ **कहने लगे** (नासिकेतोपाख्यान, पृष्ठ -2)
3- **अनुमति बोधक क्रिया** - **जाने दीजिए** बच्चा मुझे न चाहिए (चिन्तामणि)
4- **अवकाश बोधक क्रिया** - साठे तक पहुँचने की नौबत न **पाएगी** धनिया (गोदान - प्रेमचन्द)
5- **नित्यता बोधक क्रिया** - एक शूद्र **मारता आता है** (प्रेमचन्द)
6- **अपूर्णता बोधक क्रिया** - जब वह जाएगा तो तुम **पड़े रहोगे**
7- **निरंतरता बोधक क्रिया** - वह निरंतर कार्य **करती रहती है**
8- **निश्चय बोधक क्रिया** - वह गठरी लेकर **चलता बना** (बाल मुकुन्द)
9- **तत्परता बोधक क्रिया** - सिन्धु की लोल लहरियों से **लिखी जाती है** (स्कन्दगुप्त - जयशंकर प्रसाद)
10- **इच्छा बोधक क्रिया** - देखा चहौं जानकी माता (मानस)
11- **अभ्यास बोधक क्रिया** - बारह बरस दिल्ली रहे पर भाड़ ही **झोंका किए** (भारत भारती-मैथिली शरण गुप्त)
12- **अवधारण बोधक क्रिया** - मोहि देखत **कहि उठी** (सूरदास)
13- **शक्ति बोधक क्रिया** - इसलिए कलि के बीच मैं नहीं **चल सकता** (प्रेमचन्द)
14- **पूर्णता बोधक क्रिया** - नहीं तो अब तक कभी की **आ चुकी होती** (सत्य हरिश्चन्द्र - 1/2)
15- **योग्यता बोधक क्रिया** - उससे **खाते नहीं बनता** (बाल मुकुन्द)
16- **निश्चय बोधक क्रिया** - **कहे देति** यह रावरो सब गुन बिन गुल माल (बिहारी)
17- **नाम बोधक क्रिया** - सरजू तट **खेलत - डोलत हैं** (कवितावली-तुलसीदास)

**संयुक्त क्रिया का महत्व -** हिन्दी में संयुक्त क्रियाओं के प्राय: दो रूप दिखाई देते हैं- (1)- संश्लिष्ट तथा (2)- विश्लिष्ट। भाषाविदों का मानना है कि हिन्दी में प्रयुक्त होने वाली संयुक्त क्रियाओं में से अधिकांशतया विश्लिष्ट हैं। अपने इस रूप में

ये क्रियाएं हिन्दी की वाक्य-रचना में सक्षम होती हैं। **डॉ. देवेन्द्र नाथ शर्मा** संयुक्त क्रिया की महत्ता पर प्रकाश-पात इस प्रकार करते हैं,- "संयुक्त क्रिया में हिन्दी की समृद्धि यहाँ तक बढ़ चुकी है कि वह संस्कृत को तो इस क्षेत्र में बहुत पीछे छोड़ आयी है, अंग्रेजी आदि आधुनिक सुविकसित भाषाओं को भी चुनौती दे रही है।"[1] पाश्चात्य भाषाविदों का भी ध्यान हिन्दी की संयुक्त क्रियाओं की उक्त अर्थ-व्यंजकता की ओर गया है, तभी तो वे लिखते हैं,-"The attention of a Linguist is in Voluntarily attracted by the Compound Verbs, the most original traint of Hindi morphology, syntax and semantics. The compound verbs, being the latest stage in the devlopment of Indo-Aryan verb, strike us not only as a historical fact, they are even more interesting when considered from a psychological and a general theoretical point of view. It is not in the least astonishing, there fore, that the compound verbs have occupied an exceptionally important place in the works of Indian and European scholars."[2]

## 7.क्रियार्थक क्रिया

हिन्दी के कुछ विद्वान इसे क्रियार्थक संज्ञा भी कहते हैं तो कुछ लोग इसे पूर्वकालिक क्रिया के विरुद्ध स्वभावधर्मी होने के कारण उत्तरकालिक क्रिया भी कहते हैं। बहरहाल, क्रिया का वह सामान्य रूप जिसके निमित्त वाक्य का पूर्ण अर्थात् मुख्य क्रिया का होना पाया जाता है, उसे क्रियार्थक क्रिया कह सकते हैं। संस्कृत में यह क्रिया 'तुम' प्रत्यय लगाकर बनती है, जैसे- 'गन्तुम्' = जाने के लिए, कर्तुम = करने के लिए, जबकि हिन्दी में धातु में भाववाच्य 'ना' लगाकर, उसके अन्त्य 'आ' को 'ए' करने से यह बनती है, जैसे- जा+ना=जाना=जाने आदि।प्रा. भा. आ. में इसके लिए 'अन' रूप व्यवहृत होता था, जो प्राकृत के अण>अन>न>ना के क्रम से विकसित होकर हिन्दी में प्रचलित हुआ है।[3] मध्ययुगीन हिन्दी में (ब्रजभाषा की कृतियों में) मुख्य रूप से क्रियार्थक संज्ञा के दो रूप प्राप्त होते हैं- 1-'ब' वाले रूप तथा 2- 'न' वाले रूप।[4] **डॉ. धीरेन्द्र वर्मा** के अनुसार अनेक स्थलों पर 'नो' वाले रूपों का प्रयोग दिखाई पड़ता है,- "फिर बूझति हैं, चलनो अब केतिक।[5] 'न' अन्त वाले रूप **डॉ. बाबू राम सक्सेना** के अनुसार - दक्खिनी हिन्दी में भी मूल तथा विकृत रूपों में मिलते हैं,-"मैं भी चुलबलाने जानती हूँ।"[6] 'ब' वाले रूपों की व्युत्पत्ति संस्कृत भविष्यत्कालिक कृदन्तज रूप 'तव्य' से दी जाती है, - हि0 चलब <प्रा0 चलैअब्बं, चलिअव्वं <सं0 चलितव्यम् ।[7]

## 8. कृदन्त (Participle या Primary derivative)

**अर्थ - (1)- पं. कामता प्रसाद गुरु** कृदन्त का आशय स्पष्ट करते हुए लिखते हैं कि,- "क्रिया के जिन रूपों का प्रयोग दूसरे शब्द भेदों (अर्थात् संज्ञा, विशेषण आदि) के समान होता है, उन्हें कृदन्त (participle) कहते हैं। कृदन्त सीधे धातुओं में प्रत्यय जोड़ने से बनते हैं।"[8]

**(2)- प्रो. ना. नागप्पा** के अनुसार,-"हिन्दी में कृदन्त क्रिया के उस रूप को कहते हैं, जो क्रियार्थ को बनाए रखते हुए भी क्रिया को छोड़कर किसी दूसरे अर्थ में प्रयुक्त होता है,- A participle is a verbal adjective qualifying a noun or a pronoun while retaining the force of a verb." यह प्राय: विशेषण के अर्थ में प्रयुक्त होता है।[9]

**(3)- डॉ. बाल मुकुन्द** कृदन्त का अर्थ और अधिक साफ करते हुए यों समझाते हैं,-" प्रत्ययों से निर्मित शब्दों के दो भेद किए जाते हैं, (1)- कृदन्त और (2)- तद्धित। धातुओं के अनंतर जिस प्रत्यय को जोड़कर संज्ञा, विशेषण अथवा अव्यय बनता है, उसे कृत् प्रत्यय कहते हैं और कृत् प्रत्ययों के योग से जिस शब्द की निर्मिति होती है, उसे कृदन्त की संज्ञा दी जाती है। धातुओं के अतिरिक्त शेष सभी शब्दों के पश्चात् प्रत्यय लगाने से जो शब्द बनते हैं, उन्हें **तद्धित** कहते हैं, यथा- जाता - जा + ता (कृदन्त), भूखा - भूख + आ

---

**1- हिन्दी भाषा का विकास- डॉ. देवेन्द्र नाथ शर्मा, पृष्ठ -171**

**2- On the Problem of Compound Verbs in the Hindi Language- Prof A. Barannik off in 'कोशोत्सव स्मारक-संग्रह' p.473**

**3- हिन्दी क्रिया : स्वरूप और विश्लेषण - डॉ. बाल मुकुन्द, पृष्ठ - 138**

**4- हिन्दी क्रिया : स्वरूप और विश्लेषण - डॉ. बाल मुकुन्द, पृष्ठ - 142**

**5- ब्रजभाषा - डॉ. धीरेन्द्र वर्मा, पृष्ठ - 102**

**6- दक्खिनी हिन्दी - डॉ. बाबू राम सक्सेना, पृष्ठ - 59**

**7-Evolution of Hindi- Dr. Babu Ram Saxena, P.340**

**8- हिन्दी व्याकरण - कामता प्रसाद गुरु, पृष्ठ-314**

**9- अभिनव हिन्दी व्याकरण- प्रो. ना. नागप्पा, पृष्ठ-203**

(तद्धित)''[1]

**कृदन्तों के भेद -** स्थूल रूप से कृदन्तो के दो भेद - विकारी तथा अविकारी - किए जाते हैं।

1. **विकारी**- जिन कृदन्तों में लिंग वचन के कारण विकार पैदा होता है, वे विकारीकी कोटि में आते हैं। क्रियार्थक संज्ञा (verbal noun), वर्तमान कालिक कृदन्त (present participle), भूतकालिक कृदन्त (past participle) तथा कर्तृवाचक कृदन्त इसी प्रकार के हैं।

2. **अविकारी**- लिगं, वचन से प्रभावित न होकर सदा एक रूप रहने वाले कृदन्त अविकारी कहलाते हैं। **पं. कामता प्रसाद गुरु** इन्हें 'कृदन्त अथवा अव्यय' कहते हैं।[2] अविकारी कृदन्त के भीतर पूर्व कालिक कृदन्त (conjunctive participle), तात्कालिक कृदन्त, अपूर्व क्रिया द्योतक कृदन्त एवं पूर्ण क्रिया द्योतक कृदन्त आते हैं। हिन्दी विद्वानों ने इनके अलावा कृदन्तों के कुछ सूक्ष्म भेदों की ओर भी इशारा किया है, यथा-

**1- डॉ. अवधेश्वर अरुण के अनुसार-**

1- वर्तमान कालिक कृदन्त
2- भूत कालिक कृदन्त
3- विध्यर्थक कृदन्त
4- पूर्व कालिक कृदन्त
5- कर्तृवाचक कृदन्त

**2- डॉ. बाल मुकुन्द के अनुसार-**

1- क्रियार्थक संज्ञा
2- कर्तृवाचक संज्ञा
3- वर्तमान कालिक कृदन्त
4- भूत कालिक कृदन्त
5- पूर्व कालिक कृदन्त
6- तात्कालिक कृदन्त
7- अपूर्ण क्रिया द्योतक कृदन्त
8- पूर्ण क्रिया द्योतक कृदन्त

बहरहाल, **डॉ. अवधेश्वर अरुण** के वर्गीकरण के आधार पर कृदन्तों का परिचय इस प्रकार दिया जा रहा है,-

**1- वर्तमान कालिक कृदन्त** - नाम से ही स्पष्ट है,- क्रिया की वर्तमान कालिक अवस्था को सूचित करने वाले कृदन्त इस कोटि में आते हैं। हिन्दी में इस कृदन्त के निर्माण के लिए क्रिया के अन्त में 'ता', 'ती', 'ते', रूप का प्रयोग होता हैं, यथा- खा +ता = खाता, जा + ता=जाता आदि। **एम. आर. काले** के अनुसार,-''संस्कृत में 'न्त'(त्) मान तथा आन प्रत्ययों को धातुओं में लगाने से वर्तमान कालिक कृदन्तों की रचना होती है। न्त (त्) परस्मैपदी रूपों के साथ तथा अन्य दोनों आत्मनेपदी रूपों के साथ जुड़ते है।''[3]

प्राचीन भारतीय आर्य भाषाओं में धातुओं के उपरान्त-अन्त या मान-आन (शतृ और शानच् प्रत्यय) लगाकर वर्तमान कालिक कृदन्त रूप बनाए जाते हैं। प्राकृत में आकर अन् (अन्त) का अन्तोरूप (पढ़न्तो भणन्तो) रूप दिखाई पड़ता हैं। स्त्रीलिंगमें अन्तो का अंती (पढ़न्ती, भणन्ती) हो जाता है।[4] पाश्चात्य भाषा चिन्तक **आर. पिशेल** लिखते हैं कि आत्मने पदी धातुओं के प्रायः लोप होने के कारण प्राकृत में माण-मान वाले रूपों का व्यवहार बहुत कम दिखाई पड़ता है [5] इधर, **जी. वी. टगारे** कहते हैं कि अपभ्रंश में प्राय: 'अन्त' वाले रूप ही प्राप्त होते हैं, उसमें पाए जाने वाले माण वाले रूप प्राकृतीकृत हैं। [6] **भायाणी** के अनुसार संदेश रासक में - अन्त रूप तथा स्त्रीलिंग में अन्ती रूप उपलब्ध होता है।[7] **ए. बरुआ** के अनुसार पालि में परस्मैपदी धातुओं में भी 'न' के अलावा मान् प्रन्यय का प्रयोग समान रूप से होता है, जैसे- गच्छ, गच्छन्तो, गच्छमानो<सं. गच्छन् ।[8] मध्यकालीन हिन्दी में वर्तमान कालिक कृदन्त के रूप प्राय: अकारान्त धातुओं के साथ दोनो लिंगों में - अत लगाकर तथा अन्य समस्त धातुओं के साथ - 'ते' लगाकर बनाए जाते हैं,[9] यथा- बकसीस ईसजू की खीस होत **देखिअत**।[10] **डॉ. नामवर सिंह** कहते हैं कि,- प्राचीन पश्चिमी राजस्थानी में पुल्लिंग में 'अतउ', स्त्रीलिंग में- अती, नपुंसक लिंग में -अन्तउ धातु के अंत में जोड़ने पर वर्तमान कालिक कृदन्त बनता है जो- <अप. अन्तउ, अन्ती, अन्तउं <सं. अन्तक:,अन्तकी, अन्तम् का प्रतिरूप है, जैसे- चलन्तु, धरन्तु, फिरन्ता,करन्ती इत्यादि।[11] **कामता प्रसाद गुरु** कहते हैं कि परिनिष्ठित हिन्दी (खड़ी बोली ) में धातु के अन्त में 'ता' जोड़ने से वर्तमान कालिक कृदन्त बनता है।[12] भोजपुरी में 'अत्' प्रत्यय के संयोग से वर्तमान कालिक कृदन्त बनता है, जैसे- पढ़त् , देखत् इत्यादि।[13]

---

1- हिन्दी क्रिया : स्वरूप और विश्लेषण - डॉ. बाल मुकुन्द, पृष्ठ -111
2- हिन्दी व्याकरण - कामता प्रसाद गुरु, पृष्ठ - 314
3. Higher Sanskrit Grammar- M. R. Kale. P. 417
4- हिन्दी क्रिया : स्वरूप और विश्लेषण- डॉ. बाल मुकुन्द, पृष्ठ- 83
5- Comparative Grammar of the Prakrit Languages - R.Pischel P.360,1900
6. Historical Grammar of Apabhramsh-G.V. Tagare P. 314 Poone
7- संदेश रासक - भायणी, पृष्ठ- 643
8- Introduction to Pali-A.Barua, P.204
9- हिन्दी क्रिया : स्वरूप और विश्लेषण- डॉ. बाल मुकुन्द , पृष्ठ -138
10- कवितावली - तुलसीदास
11- तेस्सितोरी - पुरानी राजस्थानी - अनु. डॉ. नामवर सिंह, पृष्ठ - 154, नागरी प्रचारिणी सभा, काशी
12- हिन्दी व्याकरण - कामता प्रसाद गुरु, पृष्ठ - 272
13- हिन्दी क्रिया : स्वरूप और विश्लेषण - डॉ. बाल मुकुन्द, पृष्ठ - 199

**2. भूत कालिक कृदन्त** - जिससे क्रिया के भूतकालिक आशय की अभिव्यक्ति या प्रतीति हो उसे हम भूत कालिक कृदन्त कह सकते हैं। हिन्दी में यह संज्ञा, विशेषण, क्रिया तथा क्रिया विशेषण के रूप में व्यवहृत होता है। इस कृदन्त के दो रूप - भूत कालिक कर्मवाच्य कृदन्त तथा भूत कालिक कर्तृवाच्य कृदन्त- पाए जाते हैं। भूतकालिक कर्मवाच्य कृदन्त धातु के दुर्बल रूप के साथ क्त (त) प्रत्यय जोड़कर बनाया जाता है, यथा- ज्ञा+त = ज्ञातः, नी + त =नीतः। **एम. आर. काले** के विचार से इस प्रत्यय में भी अन्य तिड.न्त रूपों की भाँति सहायक स्वर ध्वनि- 'इ' का प्रयोग होता है, जैसे- पत-पतितः (गिरा हुआ) आदि। कर्तृवाचक भूतकालिक कृदन्त की रचना के लिए संस्कृत में धातु के साथ तवत -तवन्त (सं. क्तवत् ) प्रत्यय जोड़ा जाता है। तवत् प्रत्यय का प्रयोग केवल कर्तृवाच्य में होता है।[1] मध्य भारतीय आर्य भाषा में त (क्त) वाले रूपों का विकास 'इअ' के रूप में दिखाई पड़ता हैं। **आर. पिशेल** के अनुसार शौरसेनी में इसका इद रूप मिलता है, यथा- दुहिअ <दुग्ध (सं. दुहितः), जणिद (शौरसेनी) <जनित, (जनितः)।[2] **डॉ. उदय नारायण तिवारी** के अनुसार पालि में धातु के पश्चात् 'क्त' प्रत्यय लगाने से भूतकालिक कृदन्त बनता है, जैसे- दिस = दिट्ठो<सं. दृष्टः, हस = हसितं <सं. हसितम् ।[3] पुनः डॉ. तिवारी लिखतें हैं कि भोजपुरी में धातु के अंत में 'ल्' प्रत्यय जोड़ने से तथा इसके कर्मवाच्य में 'इल्' प्रत्यय जोड़ने से बहुधा भूतकालिक कृदन्तज रूप बनते हैं। इसकी व्युत्पत्ति त + अल तथा इसके कर्मवाच्य की उत्पत्ति त् + अ + इल् से मानी जाती है, यथा- सुनाइल् , देखाइल, मराइल् , पिटाइल् आदि।[4]

**3. विध्यर्थक कृदन्त** -ना, नी, ने, के योग से सूचित होने वाले कृदन्त इस श्रेणी में आते हैं। पाश्चात्य भाषाविद **बीम्स** उक्त ना,नी, ने का संबंध अनीय अन्त वाले भविष्यत कृदन्त से जोड़ते हैं, जैसे - सं. करणीय>प्रा. करणीअ,करणअ>हि. करना। **डॉ. भोला नाथ तिवारी** का अनुमान है कि ये अब अन्त वाले क्रियार्थक संज्ञा से व्युत्पन्न हैं, यथा- कथनं>कहन>कहना,चलन>चलना इत्यादि। चूँकि करना, चलना आदि क्रियार्थक संज्ञा हैं, अतः इनका विकास संस्कृत क्रियार्थक संज्ञा से ही मानना उपयुक्त है। अतः ये आनीय अन्त वाले भविष्यत् कृदन्तों से नहीं, अनं अंतवाले क्रियार्थक संज्ञाओं से ही व्युत्पन्न हैं। हिन्दी में ये संज्ञा और क्रिया के रूप में प्रयुक्त होते हैं, जैसे- हँसना मना है, लड़ना बुरा है। (संज्ञा), तुम पढ़ना, तुम कहना, तुम चलना (क्रिया)।[5]

**4. पूर्वकालिक कृदन्त**-हिन्दी की धातुओं में करके, के, कर जोड़कर इन कृदन्तों का निर्माण करते हैं। संस्कृत में **डॉ. बाल मुकुन्द** के अनुसार पूर्वकालिक क्रिया के अर्थ को सूचित करने के लिए दो प्रकार के प्रत्यय व्यवहृत होते हैं- त्वा और य।[6] **मैकडानेल** के अनुसार उपसर्ग रहित धातु में 'त्वा' प्रत्यय और उपसर्ग युक्त धातु के साथ 'य' प्रत्यय का प्रयोग होता है, जैसे- त्वा प्रत्यय = गम् + त्वा =गत्वा, कृ + त्वा = कृत्वा, पा + त्वा =पीत्वा। 'य' प्रत्यय = उप + नीय = उपनीय, आ + दा + य = आदाय।[7] पूर्वकालिक रूप का बोध कराने हेतु प्राकृत में 'त्ता' रूप का व्यवहार मिलता है। **डॉ. उदय नारायण तिवारी** के अनुसार पालि में पूर्वकालिक क्रिया के अर्थ को सूचित करने के लिए धातु के पश्चात् 'त्वा''त्वान' और 'तून' प्रत्यय लगाया जाता है, किन्तु त्वा प्रत्यय का व्यवहार अधिक देखा जाता है।[8] **ए. बरुआ** का विचार है कि 'तून' प्रत्यय का प्रयोग कदाचित् ही होता हैं।[9] मध्ययुगीन हिन्दी में पूर्वकालिक कृदन्तों की रचना करते समय एकारान्त धातुओं को ऐकारान्त कर दिया जाता है।

**5. कर्तृवाचक कृदन्त**- हिन्दी में क्रियार्थक संज्ञा के विकृत रूप 'वाला', 'हारा' तथा उपभाषाओं में ना,न,वारा,वार आदि के योग से कर्तृवाचक कृदन्त बनाए जाते हैं, जैसे- करने वाला, खेवनहारा,दहन, करना, रखवारा इत्यादि। संस्कृत में इस कृदन्त के लिए धातु के साथ - 'तवत-तवन्त' प्रत्यय जोड़ते हैं तो पालि में धातु के पश्चात् 'वाला' के अर्थ में 'क्तु' और 'णक' प्रत्यय जोड़ा जाता है। अपभ्रंश में कर्तृवाचक कृदन्त की रचना के लिए धातु के अंत में 'अणअ' प्रत्यय जोड़ा जाता है, यथा-मार +अणअ-मारणअ-मारणउ (<मारकः)। मध्ययुगीन हिन्दी मे कर्तृवाचक कृदन्त का बोध कराने के हेतु मुख्यतः 'न','वार','हार' का प्रयोग दिखाई पड़ता है। **पं. कामता प्रसाद गुरु** के अनुसार आधुनिक हिन्दी में कर्तृवाचक कृदन्त की रचना क्रियार्थक संज्ञा के विकृत रूप में 'वाला' प्रत्यय लगाने से होती है, यथा- पढ़ने वाला, खाने वाला, सोने वाला इत्यादि ।[10]

**कृदन्त और तिडन्त में अंतर** - जिन प्रत्ययों के जुड़ने से क्रिया के रूपों में दूसरे शब्दों - संज्ञा, विशेषण तथा अव्यय

1- Comparative Grammar of the Prakrit Languages - R. Pischel,P. 205

2- कच्चायन व्याकरण - डॉ. उदय नारायण तिवारी, पृष्ठ - 314

3- भोजपुरी भाषा और साहित्य - डॉ. उदय नारायण तिवारी, पृष्ठ -640

4- हिन्दी भाषा का स्वरूप विकास - डॉ. अवधेश्वर अरूण, पृष्ठ-137

5- हिन्दी क्रिया : स्वरूप और विश्लेषण - डॉ. बाल मुकुन्द, पृष्ठ - 15

6- A Vedic Grammar for Students,- A. Macdonell, P. 190

7- कच्चायन व्याकरण - डॉ. उदय नारायण तिवारी, पृष्ठ -314

8- Introduction to Pali - A. Barua, P. 60

9- प्राकृत व्याकरण - हेमचन्द्र पृष्ठ - 4/439-40

10- हिन्दी व्याकरण - कामता प्रसाद गुरु, पृष्ठ - 89

शब्दों - की भाँति ही लिंग आदि के अनुसार परिवर्तन हो जाता है, उन्हे कृदन्त प्रत्यय कहते हैं, वहीं दूसरी ओर जिन प्रत्ययों के जुड़ने से क्रिया के रूपों में लिंग-भेद के कारण कोई बदलाव नहीं होता, दूसरे शब्दों में, पुल्लिंग और स्त्रीलिंग में क्रिया रूप एक से ही रहते हैं, बदलते नहीं-उन्हें तिङन्त कहते हैं। संस्कृत में तिङन्त क्रियाओं की बहुलता है, तो हिन्दी में कृदन्तीय क्रियाओं का प्राधान्य है।[1] **डॉ. महेश चन्द्र गर्ग** लिखते हैं कि,-"हिन्दी क्रियाओं का एक मुख्य भेद तिङन्त और कृदन्त के रूप में दीख पड़ता है। तिङन्त क्रियाएं कर्ता या कर्म के पुरुष और वचन से प्रभावित होती हैं, पर लिंग से नहीं, दूसरी ओर कृदन्त क्रियाएं कर्ता या कर्म के लिंग और वचन से प्रभावित होती हैं, पर पुरुष से नहीं। इस प्रकार ये दोनो ही क्रियाएं वचन भेद तो समान भाव से सूचित करती हैं, पर पुरुष भेद केवल तिङन्त क्रियाएं सूचित करती हैं और लिंग-भेद केवल कृदन्त क्रियाएं। यही इनका मुख्य भेदक लक्षण है।"[2] सच तो यह है कि कृदन्त संज्ञा, विशेषण अथवा अव्यय होते हैं, क्रिया नहीं, किन्तु तिङन्त सदा क्रिया ही होते हैं। जो कृदन्त संज्ञा अथवा विशेषण होते हैं, उनमें रूपान्तर दिखाई पड़ता है, जो अव्यय होते हैं, वे सदा एक रूप रहते हैं। विधि, आदेश, प्रार्थना, अनुमति,प्रश्न आदि के भावें तिङन्त क्रिंयाओं के द्वारा द्योतित होते हैं। कर्ता या कर्म के लिंग भेद के कारण इनमें कोई भी रूपान्तर नहीं होता, यथा- राम पुस्तक पढ़े,शीला पुस्तक पढ़े है।[3]

**हिन्दी क्रिया पर विदेशी भाषाओं का प्रभाव-** हिन्दी क्रिया पर विदेशी भाषाओं के प्रभाव को नकारा नहीं जा सकता। खान-पान, रहन-सहन, वेश-भूषा और भाषा की तरह व्याकरण का मुख्य अवयव क्रिया भी विदेशी प्रभाव की गिरफ्त से अपने को बचा नहीं सकी। इनमें फारसी और अंग्रेजी का तो स्पष्ट प्रभाव हिन्दी क्रिया पर देखा जा सकता है। वस्तुत: आरंभिक विकास के दिनों में हिन्दी भाषा का फ़ारसी से निकट संबंध स्थापित हुआ। अस्तु, यह स्वाभाविक था कि फारसी धातु या नामधातु का हिन्दी में आदान होता। संस्कृत में संयुक्त क्रिया की प्रवृत्ति कम है, जबकि फारसी में अधिक। हिन्दी में संयुक्त क्रिया के बाहुल्य पर फारसी प्रभाव स्पष्ट है। संज्ञा और विशेषण में करना, होना, पड़ना, लेना-देना, आना-जाना इत्यादि जोड़कर हिन्दी क्रिया का निर्माण करना मुख्यत: फारसी नमूने पर आधारित है।[4]

इधर, **डॉ. मोहन लाल तिवारी** अंग्रेजी प्रभाव की ओर संकेत करते हुए कहते हैं कि,-"अंग्रेजी क्रिया का साधारण प्रभाव हिन्दी पर अवश्य स्वीकार करना चाहिए, किन्तु यह भी ध्यान रखना चाहिए कि हिन्दी ने अंग्रेजी से कोई क्रिया पद स्वीकार नहीं किया है।"[5] वस्तुत: हिन्दी क्रिया का काल विभाजन अपूर्ण और कुछ लोग अनिश्चित मानते हैं। अस्तु, वाक्य में हिन्दी क्रिया के काल-व्यापार के अनुसार स्वरूप निर्धारण हिन्दी क्रम में वास्तव में नहीं होता, बल्कि अंग्रेजी ढ़ंग से ही क्रियाओं की रचना होती देखी जाती रही है। इसके अतिरिक्त क्रिया पर अंग्रेजी का कोई और महत्वपूर्ण प्रभाव दृष्टिगोचर नहीं होता, क्योंकि **डॉ. राम विलास शर्मा** के अनुसार,- " जब देशी शब्दों का स्थान विदेशी शब्द ले लेते हैं, तब भी क्रियाओं में कम- से- कम परिवर्तन होता है।"[6]

## 9. काल (Tense) रचना

**काल का अर्थ-** इस तथ्य में कोई छेद, फाँक अथवा शक की गुंजाइश नहीं है कि काल अनन्त है, अखण्ड है, सीमातीत है। इन्हें न तो परिभाषा की किसी जद या घेरे में घेरा जा सकता है और न तो वर्गीकरण के नाम पर टुकड़ों में आसानी से बाँटा ही जा सकता है। भारतीय धर्म, दर्शन में काल की अतुलनीय महिमा प्रतिपादित की गई है। काल की सर्वश्रेष्ठ तत्व के रूप में प्रतिष्ठा - अथर्ववेद के दो सूक्तों (19 कांड, 54 तथा 63 सूक्त) में प्रतिपादित की गई है,-

**काले मनः काले प्राणः काले नाम समाहितम्।**
**कालेन सर्वा नन्दनन्त्यागतेन प्रजा इमाः ।।** [7]

एक ओर यर्थाथवादी दर्शन काल की व्यावहारिक तथा पारमार्थिक सत्ता का निषेध करते हैं तो आदर्शवादी दर्शन काल की पारमार्थिक सत्ता का निषेध करते हैं। न्याय मत में काल की अनुमान जन्य सिद्धि होती है, तो सांख्य दर्शन के आचार्य काल का अन्तर्भाव आकाश में मानते हैं। नव्य नैयायिकों की दृष्टि में दिक् और काल-दोनों ही ईश्वर से अतिरिक्त नहीं होते तो मायावादी काल की पारमार्थिक सत्ता स्वीकार नहीं करते। जैनमत में काल की सत्ता अनुमान्य जन्य मानी गई है तो योगदर्शन -" **शब्द ज्ञानानुपाती वस्तु**

1- हिन्दी भाषा का स्वरूप विकास - डॉ. अवधेश्वर अरुण, पृष्ठ - 144

2- परिनिष्ठित हिन्दी का रूप ग्रामिक अध्ययन - डॉ. महेश चन्द्र गर्ग, पृष्ठ - 51

3- हिन्दी क्रिया : स्वरूप और विश्लेषण - डॉ. बाल मुकुन्द

4. Persian Influence on Hindi - Dr. HarDeo Bahari, P. 57

5. हिन्दी भाषा पर अंग्रेजी और फारसी का प्रभाव - डॉ. मोहन लाल तिवारी, पृष्ठ - 259

6. भाषा और समाज - डॉ. राम विलास शर्मा, - पृष्ठ-100

7- अथर्ववेद (19/63/7)

शून्यों विकल्प:'' काल को वास्तव न मानकर विकल्प मात्र मानता है। वैयाकरणों ने काल शब्द को तन्मात्रा का परिणाम माना है। योगी लोग काल को वस्तु न मानकर केवल क्षण का क्रम मानते हैं, क्योंकि उनके अनुसार मुहुर्त, मिनट, घण्टा, दिन, रात आदि समस्त काल सूचक व्यवहार अवास्तव हैं, क्योंकि दो क्षणों का समाहार कभी नहीं होता।

इन सबके बावजूद लोक व्यवहार में वर्तमान, भूत और भविष्य की कल्पना मान्य है। वैयाकरणों ने काल को परिभाषित और उन्हें वर्गीकृत करने का फिर भी साहस किया है। **पंतजलि** ने अपने महाभाष्य में कहा है कि ''जिससे मूर्तियों का उपचय और अपचय लक्षित होता है, उसे काल कहतें हैं। आदित्य की गति से युक्त होने वाला वही काल दिन तथा रात्रि की संज्ञा पाता है।''[1] इधर, एक अन्य विद्वान **प्रो. ना. नागप्पा** लिखतें हैं कि,-''व्यापार कब, कैसे और किस स्थिति में घटित हुआ - यह बतलाने वाला क्रिया रूप काल कहलाता है -" Verb is an action word. Tense is the form of a verb indicating the time manner and mode of action."[2] **डॉ. ओम प्रकाश शर्मा** की काल संबंधी सरल परिभाषा इस प्रकार है,- ''जिस क्रिया रूप से -क्रिया के होने के समय तथा उसकी पूर्णता या अपूर्णता का ज्ञान होता है, उसे काल कहते हैं।''[3] काल को 'क्रिया-रूप' भी कहते हैं।

**काल के भेद-** वैयाकरणो ने स्थूल रूप से काल के तीन भेद - वर्तमान, भूत और भविष्य - माने हैं। **सामान्य वर्तमान काल -** (Present Indicative)की क्रिया सूचित करती है कि व्यापार (कार्य) का प्रारंभ बोलने के समय हुआ - A verb in Present Tense denotes an action as taking place at present. तो **सामान्य भूतकाल** - (Past Indicative) की क्रिया से विदित होता है कि व्यापार (कार्य) बोलने के पहले हुआ -A verb in the Past Tense denotes an action as having taken place in the past. तथा **सामान्य भविष्यत् काल -** (Future Indicative) की क्रिया से ज्ञात होता है कि व्यापार (कार्य) का **प्रारंभ होने वाला है-** A verb in Future denotes an action due to take place in future.

उक्त कालों के भी कई भेद इस प्रकार हैं,-

**(क)- भूतकाल-** 1- सामान्य भूतकाल, 2- पूर्ण भूतकाल, 3- अपूर्ण भूतकाल
**(ख)- वर्तमान काल -** 1- सामान्य वर्तमान, 2- पूर्ण वर्तमान, 3- अपूर्ण वर्तमान
**(ग)- भविष्यत् काल -** 1- सामान्य भविष्यत् , 2- पूर्ण भविष्यत् 3- अपूर्ण भविष्यत्

जिससे केवल काल बोध हो, पर व्यापार की पूर्णता-अपूर्णता द्योतित न हो, वह सामान्य अवस्था (indefinite)है, जिससे व्यापार पूर्ण न होकर जारी रहने का भाव प्रकट हो, वह अपूर्ण अवस्था (imperfect or continuous) तथा जिससे व्यापार की पूर्णता व्यंजित हो, वह पूर्ण - अवस्था (perfect) है। पर, **पंडित कामता प्रसाद गुरु**[4] तथा **डॉ. महेश चन्द्र गर्ग**[5] उक्त तीनो कालों के नौ भेदों को यथावत स्वीकार नहीं करते। इन लोगों ने भविष्यत् काल के सामान्य भविष्यत् को तो कालों की श्रेणी में रखा है, पर पूर्ण भविष्यत् तथा अपूर्ण भविष्यत् को खारिज करते हुए कालों के केवल सात भेद ही स्वीकारा है। नवीन रीति पर कालों का वर्गीकरण करने वाले ये विद्वान प्राचीन काल विभाजन को - भूतकाल के छ: भेद, वर्तमान काल के तीन भेद तथा भविष्यत् काल के तीन भेद - को इस आधार पर अवैज्ञानिक बतलाते हैं कि इस वर्गीकरण में काल और अर्थ (प्रकार या विधि) को साथ-साथ मिला दिया गया है, जबकि काल और विधि दो अलग-अलग वस्तु हैं। अत: दोनों के आधार पर अलग-अलग ही विभाजन होना चाहिए।[6] वैयाकरणों ने उक्त तीनों कालों के कुछ और भी सूक्ष्म भेद किए हैं,-

**(क)- भूतकाल -** सामान्य भूत , आसन्न भूत[7] , पूर्ण भूत, अपूर्ण भूत, संदिग्ध भूत तथा हेतुहेतुमद् भूत।
**(ख)- वर्तमान काल -** सामान्य वर्तमान, अपूर्ण वर्तमान तथा संदिग्ध वर्तमान।
**(ग)- भविष्यत् काल -** सामान्य भविष्यत् , संभाव्य भविष्यत् तथा हेतुहेतुमद भविष्यत् ।

रचना के आधार पर हिन्दी कालों को मुख्य रूप से - मौलिक तथा यौगिक काल समूह - इन दो भागों में बाँटा गया है। **डॉ. उदय नारायण तिवारी** ने इनका वर्गीकरण निम्न प्रकार से किया हैं,-

**(अ)- मौलिक काल समूह -** जहाँ बिना सहायक क्रिया की सहायता से कृदन्त और तिङन्त रूप प्रयोग में लाए जाते हैं,

---

1- महाभाष्य - पतंजलि (2/2/5-सूत्र)
2- अभिनव हिन्दी व्याकरण - प्रो. ना. नागप्पा, पृष्ठ - 103
3- हिन्दी व्याकरण : नव मूल्याकंन - डॉ. ओम प्रकाश शर्मा, पृष्ठ - 341
4- हिन्दी व्याकरण - कामता प्रसाद गुरु, पृष्ठ - 92
5- परिनिष्ठित हिन्दी का रूप ग्रामिक अध्ययन - डॉ. महेश चन्द्र गर्ग, पृष्ठ - 53
6- हिन्दी व्याकरण : नव मूल्याकंन - डॉ. ओम प्रकाश शर्मा, पृष्ठ - 341
7- कुछ विद्वान् आसन्न भूत को पूर्ण वर्तमान भी कहते हैं, क्योंकि इसकी क्रिया का आसन्न वर्तमान में ही समापन होना पाया जाता है।

उन्हे मौलिक काल कहते हैं,- इनके भेद इस प्रकार हैं [1],-

**(क)- तिङन्तज रूपों से बने हुए काल-**

i- मूलात्मक काल- 1- संभाव्य भविष्यत् (वर्तमान इच्छार्थक) 2- प्रत्यक्ष विधि (वर्तमान आज्ञार्थक)

ii- प्रत्यय एवं कृदन्त के सहयोग से निर्मित काल- 3- सामान्य भविष्यत् काल

**(ख)- कृदन्तज रूपों से बने हुए काल -** 4- सामान्य संकेतार्थक काल (कारणात्मक अतीत) 5- सामान्य भूतकाल (साधारण अथवा नित्य अतीत) 6- भविष्य आज्ञार्थक।

**(ब)- यौगिक काल समूह -** जहाँ निश्चित् रूप से कृदन्तज रूप के साथ सहायक क्रिया प्रयोग में लायी जाए, वहाँ यौगिक काल होता है। इनके भेद इस प्रकार हैं,-

**(क)- वर्तमान कालिक कृदन्त + सहायक क्रिया-** 7- सामान्य वर्तमान काल (घटमान वर्तमान), 8- अपूर्ण भूतकाल (घटमान भूत), 9- संभाव्य वर्तमान काल (घटमान संभाव्य वर्तमान), 10- संदिग्ध वर्तमान काल (घटमान भविष्यत्), 11- अपूर्ण संकेतार्थ काल (घटमान संभाव्य अतीत),

**(ख)-भूतकालिक कृदन्त + सहायक क्रिया-** 12- आसन्न भूतकाल या पूर्ण वर्तमान काल (पुराघटित वर्तमान), 13- पूर्ण भूतकाल (पुराघटित भूत), 14- संभाव्य भूतकाल, 15- संदिग्ध भूत काल (पुराघटित भविष्यत्), 16- पूर्ण संकेतार्थक काल (पुरा घटित संभाव्य भूत)

**काल - निर्धारण अथवा काल - रचना में कृदन्तों तथा सहायक क्रियाओं का उपयोग एवं महत्व-** स्थूल रूप से क्रियाओं के दो भेद होते हैं- तिङन्त और कृदन्त। इनके भी दो भेद हैं-विकारी तथा अविकारी। इनके भी दो और नाम हैं- समापिका क्रिया तथा असमापिक क्रिया। विकारी कृदन्त चार प्रकार के होते हैं,- क्रियार्थक संज्ञा, कर्तृवाचक संज्ञा, वर्तमानकालिक कृदन्त और भूतकालिक कृदन्त। इसी तरह अविकारी कृदन्त भी चार तरह के होते हैं-पूर्वकालिक कृदन्त, तात्कालिक कृदन्त, अपूर्ण क्रिया द्योतक तथा पूर्णक्रिया द्योतक। रचना के आधार पर क्रियाओं के जहाँ सोलह भेद विद्वानों द्वारा किए गये हैं, वहीं अर्थ की दृष्टि से पाँच भेद -निश्चयार्थ (Indicative),आज्ञार्थ (Imperative),संभावनार्थ (subjunctive),संकेतार्थ तथा संदेहार्थ- होते हैं। विधि, आज्ञा तथा संभावना- ये तिङन्त के भीतर परिगणित किए जाते हैं। बहरहाल, मेरे कहने का आशय यह कि उक्त तिङन्त और कृदन्त सहायक क्रियाओं के सहयोग से अपने भारी-भरकम वंश-वृक्ष, वंश-परंपरा, कुल-गोत्र और लाव-लश्कर के साथ कालों का निर्धारण तथा उनकी रचना करते रहते हैं। काल निर्धारण में कृदन्तों की उक्त महती भूमिका को विदेशी विद्वान **जेस्पर्सन** ने भी स्वीकारा हैं।[2]

कालों के रचाव में कृदन्तों की भूमिका का छोटा -सा किन्तु दिलचस्प इतिहास है। हिन्दी की काल-रचना में आज सारा दारोमदार कृदन्तों पर है, किन्तु देववाणी संस्कृत में काल रचना कृदन्तों की तुलना में तिड़न्तों से अधिक हुआ करती थी। संस्कृत में विधि और संभावना के रूप में तिङन्त द्वारा काल रचना हुआ करती थी। **डॉ. विन्दु माधव मिश्र** तो कहते हैं कि संस्कृत में सभी क्रियाएं तिङन्त थीं।[3] काल-निर्माण में तिड़न्तों के प्रयोग की यह परंपरा धारा संस्कृत से प्राकृत तक बेखौफ बहती चली आयी। प्राकृत काल में तिङन्त तद्भव क्रियाएं ही कालों की रचना में सक्रिय दिखाई देती हैं इनकी तुलना में कृदन्तों का प्रयोग करीब-करीब बराए-नाम ही समझिए । संस्कृत की भाँति प्राकृत में भी प्राय: वर्तमान काल के तिड़् प्रत्यय जुड़ते हैं। भविष्यत् काल की रचना में प्राकृत या समस्त मध्यकालीन भारतीय आर्य भाषा में दो रूपों-'स्स' वाले रूप तथा 'ह' वाले रूप - का प्रयोग मिलता है।[4] प्राकृत में 'ह' तिड़् चिन्ह के द्वारा वर्तमान काल मध्यम पुरूष, बहुवचन का बोध कराया जाता है। जिसका विकास प्रा.भा.आ. 'थ' वर्तमान, मध्यम पुरुष बहुवचन वाले रूप से माना जाता है, जैसे - हसह (हस + ह) < सं. हसथ (हस् + थ)

होअह (हो + 'अ' ह) < सं. भवथ (भू + थ)

णमह (णम 'नम' + ह) < सं. नमथ (नम् + थ)।[5]

**लेकिन इसका अर्थ यह नहीं है कि संस्कृत और प्राकृत में कृदन्त रूपों से कालनिर्माण हुआ ही नहीं।** तिङन्त के साथ -साथ कृदन्त रूप भी काल निर्माण में अपनी भूमिका में जी रहे थे। हाँ कालान्तर में तिङन्त रूप के प्रयोग की धारा कुछ क्षीण और श्लथ ज़रूर होनी

---

**1-हिन्दी भाषा का उद्भव और विकास - डॉ. उदय नारायण तिवारी, पृष्ठ - 273**

**2- Philosophy of Grammar - Otto Jespersen, P.87**

**3-हिन्दी भाषा का परिचय - डॉ. विन्दु माधव मिश्र, पृष्ठ - 214**

**4- Comparative Grammar of the Prakrit Languages- R.Pischel,P.286,1900**

**5- हिन्दी क्रिया : स्वरूप और विश्लेषण - डॉ. बाल मुकुन्द, पृष्ठ - 75**

शुरू होती है। अपभ्रंश तक आते-आते यह धारा लगभग सूख सी जाती है और तिङन्त की जगह कृदन्त काल रचना में महत्वपूर्ण योगदान देना शुरू करते हैं। लेकिन प्राकृत और अपभ्रंश के बीच एक सशक्त भाषा-दोनों भाषाओं को जोड़ने के लिए पुल की तरह खड़ी है, उसका नाम है- पालि। पालि ने संस्कृत और प्राकृत के तमाम दुर्लभ तत्वों को अपने भीतर सुरक्षित रखा, जिसे उन्होने उपेक्षित मानकर फेक दिया था। दरअसल, क्रिया के सरलीकरण की प्रवृत्ति यहीं से शुरू होती है। यहाँ परस्मैपद तथा आत्मने पद - दोनों का व्यवहार दिखाई देता है। भूतकाल के अर्थ को प्रकाशित करने के लिए - लङ् तथा लुङ् - विशेष रूप से लुङ् का प्रयोग अधिक दृष्टिगोचर होता है। पालि में प्रेरणार्थक रूप बनाने के लिए धातु के उपरांत एतहि, याति, आपेति, आपयति आदि प्रत्यय जोड़े जाते हैं, जैसे -

कर - कारेति, कारयति, कारापेति, कारापयति < सं. कारयति
पच - पाचेति, पाचयति, पाचापेति, पाचापयति < सं. पाच्यते
कम्प - कम्पेति, कम्पयति, कम्पापेति, कम्पापयति < सं. कम्प्यते
लिख - लेखेति, लेखपति, लेखातेति, लेखापयति < सं. लेखयति, लिख्यते ।[1]

पालि की यउण्न्त धातुएँ सीधे संस्कृत से आयी हैं,[2] जैसे - कम = चड़क्मति <सं. चड़कक्रम्यते।[3] **ए. बरुआ** के अनुसार क्रिया के ऐसे रूप पालि में बहुत कम मिलते हैं।[4]

आप सभी जानते हैं, संस्कृत भाषा के क्रिया रूप पूर्ण संयोगात्मक थे किन्तु अपभ्रंश तक आते - आते जहाँ क्रियाएँ सरलीकरण की शिकार हुईं, वहीं वे पूर्ण वियोगात्मक भी हो गयी। काल - सर्जना के परिदृश्य से तिङन्त रूप प्राय: ओझल और तिरोहित हो गये। इनकी जगह कृदन्तों ने ले ली। साफ शब्दों में काल और कृदन्तों के बीच रिश्तों की संहिता और मित्रता गहराई। अपभ्रंश में समापिका क्रियाओं के अन्तर्गत प्राय: चार प्रकार के क्रिया रूप आते हैं- वर्तमान निर्देशक प्रकार, आज्ञा प्रकार, भविष्यत कालिक रूप और विधि प्रकार। अपभ्रंश में वर्तमान काल में उत्तम पुरुष एक वचन और बहुवचन में क्रमश: मि, उं और मु, मो, हुँ रूपों का प्रयोग मिलता है। 'उं' अपभ्रंश का निजी रूप है। इसका संबंध संस्कृत वर्तमान काल उत्तम पुरूष एकवचन 'मि' से है, जैसे - करोमि>करोवि>करउं।[5] अपभ्रंश में उत्तम पुरुष बहुवचन का बोध कराने के लिए 'हुं ' रुप का प्रयोग उपलब्ध होता है। **हार्नले** इसका संबंध अउँ (वर्तमान काल, उत्तम पुरुष एकवचन अपभ्रंश क्रिया रूप)> प्रा. अमु से जोड़ते हैं।[6] इधर, डॉ. बाल मुकुन्द जी लिखते हैं कि प्रा. भा.आ. में वर्तमान काल (लट् लकार) मध्यम पुरुष एकवचन में 'सि' (पठसि)रूप का व्यवहार होता था, जो म.भा.आ. (प्राकृत अपभ्रंश)में आकर भी उसी रूप में व्यवहृत होने लगा। अपभ्रंश में 'सि' के अतिरिक्त 'हि' रूप का प्रयोग भी होता हैं।[7] पूर्वी अपभ्रंश में केवल 'सि' वाले ही रूप उपलब्ध होते हैं। **टगारे** के अनुसार - दक्षिणी अपभ्रंश में केवल 'हि' वाले रूपों का बाहुल्य है।[8] **डॉ. ज्यूल ब्लाख** के अनुसार इन 'हि' वाले रूपों का संबंध आज्ञा मध्यम पुरुष एकवचन 'धि' से है।[9] 'प्राकृत पैंगलम्[10] और कीर्तिलता [11] में 'सि' और 'हि' दोनों रूपों का प्रयोग देखा जाता है।**डॉ. बाल मुकुन्द**[12] के अनुसार पुरानी हिन्दी में वर्तमान कालिक कृदन्तों का समापिका क्रियागत प्रयोग भी देखा जाता है, जिसका विकास वर्तमान आर्य भाषाओं से हुआ है। वर्तमान कालिक इन रूपों की रचना शतृ प्रत्यय 'अन्त' तथा 'अत्' से हुई है। पुरानी हिन्दी में व्यवहृत इन रूपों का अध्ययन हिन्दी कृदन्तज रूपों के संबंध में उपस्थित जटिलताओं को दूर कर देता है। अपभ्रंश में भूतकाल में कृदन्तज रूपों की बहुलता देखने को मिलती है। वहाँ प्राय: दो रूपों 'इअ' और 'इज्ज' का प्रयोग पाया जाता है।

मध्यकालीन आर्य भाषाओं की संध्या होते -होते काल - रचना में कृदन्तों के प्रयोग की सघनता काफी बढ़ गयी। हिन्दी की समापिका और असमापिका क्रियाएँ काल-रचना में कृदन्तों की शक्ल में सक्रिय हो गयीं। कुल मिलाकर यह कि हिन्दी में कृदन्तों का शासन स्थापित हो गया। हिन्दी काल-रचना में कृदन्तों का व्यवहार इतना बढ़ गया कि कृदन्तज रूपों अथवा कृदन्त और सहायक क्रियाओं के योग से बने तिङन्त-तद्भव रूपों से ही आज हमारा काम चल जाता है।यद्यपि संस्कृत के कालों की अपेक्षा हिन्दी में इनकी

---

**1- कच्चायन व्याकरण - डॉ. उदय नारायण तिवारी, पृष्ठ- 253**
**2- Pali literature and Language - W. Geiger, P.211**
**3- हिन्दी क्रिया:स्वरूप और विश्लेषण - डॉ. बालमुकुन्द, पृष्ठ - 91**
**4- Introduction to Pali - A. Barua, P. 58**
**5-Ukti-Vy..cti Prakarana of Damodara - Dr. S.K.chatterji, P. 57, Bombay, 1953**
**6- A Comparative Grammar of the Gaudian Languages - R.Hornle, P. 427, London, 1880**
**7- हिन्दी क्रिया:स्वरूप और विश्लेषण-डॉ. बालमुकुन्द , पृष्ठ - 103**
**8- Historical Grammar of Apabhramsh - G.V.Tagave,P. 138, Poona,1948**
**9- Comparative Grammar of the Prakrit Language - R.Pischel, P.560-61,1900**
**10. प्राकृत पेंगलम् - डॉ. भोला शंकर व्यास, पृष्ठ - 255, भाग -2**
**11- कीर्तिलता - डॉ. बाबूराम सक्सेना, पृष्ठ - 52**
**12- हिन्दी क्रिया : स्वरूप ओर विश्लेषण - डॉ. बालमुकुन्द, पृष्ठ - 116**

संख्या बढ़ गयी, फिर भी सहायक क्रियाओं की संख्या तथा उनके रूप स्थिर होने के कारण उनकी जटिलता जाती रही।[1] काल-निर्धारण में तिङन्तो का प्रयोग आज की हिन्दी में पूर्व की तुलना में छिट-पुट और छिटका रूप में यदा-कदा खड़ी बोली, ब्रज तथा पूर्वी हिन्दी की बोलियों के कथ्य के रूप में ही मिलता है। हिन्दी में कृदन्तों का प्रयोग अव्यय, विशेषण के रूप में काल-रचना के लिए होता है।खड़ी बोली में वर्तमान कालिक कृदन्त के त, ता रूप के साथ स्थिति दर्शक सहकारी क्रिया के वर्तमान काल के रूप जोड़ देने पर सामान्य वर्तमान काल की रचना होती है।[2] इसके रूप निम्नलिखित पद्धति पर निष्पन्न होते हैं,-

| कर्ता पुलिंग | | कर्ता स्त्रीलिंग | |
|---|---|---|---|
| एकवचन | बहुवचन | एकवचन | बहुवचन |
| 1- मैं चलता हूँ | हम चलते हैं | 1- मैं चलती हूँ | हम चलती हैं |
| 2- तू चलता है | तुम चलते हो | 2- तू चलती है | तुम चलती हो |
| 3- वह चलता है | वे चलते हैं | 3- वह चलती है | वे चलती हैं।[3] |

**डॉ. धीरेन्द्र वर्मा** के अनुसार ब्रजभाषा में सामान्य वर्तमान काल का दूसरा रूप वर्तमान कालिक कृदन्तों से निर्मित है। वहाँ पर धातुओं के पश्चात् 'त्' प्रत्यय लगाकर इस वर्ग के रूप बनाए जाते हैं, यथा - जात् , पढ़त् , चलत् ।[4] **डॉ. बाबू राम सक्सेना** के अनुसार आधुनिक अवधी में सामान्य वर्तमान काल - भूतकाल एवं वर्तमान कालिक कृदन्त से निर्मित - प्रत्युक्त होते है।[5] भोजपुरी में अवधी के समान 'ब' तथा 'ह' वाले रूपों का प्रयोग सामान्य भविष्यत् काल के अर्थ में होता है, जैसे- हम घर जाइब - मैं घर जाऊँगा, उ पोथी पढ़िहैं - वे पोथी पढ़ेंगे।[6] **डॉ. धीरेन्द्र वर्मा** लिखते हैं कि ब्रजभाषा के 'यो' वाले रूप का प्रचार गुंजराती, राजस्थानी, नेपाली, गढ़वाली, गुर्जरी आदि बोलियों में भी है। बुन्देली तथा कुमायुनी में 'औ' प्रत्यय वाले (चल्यौ) भूतकालिक कृदन्तज रूप मिलते है।[7]

इस प्रकार हम देखते है कि हिन्दी काल-रचना की प्रणाली प्राचीन भारतीय आर्य भाषाओं से बिल्कुल भिन्न है।[8] हिन्दी ने प्रा.भा.आ. के तीन रूपों का आधार लेकर अपने काल-रचना की निर्मिति की है, वे है- वर्तमान कालिक तिङन्तज रूप (लट् लकार) - हि. चले <म.भा.आ. चलइ < सं. चलति , वर्तमान कालिक कृदन्त रूप-हि. चलता < सं. चलत और भूतकालिक कृदन्तज रूप हि. गया < म. भा.आ. गअ, गय<सं. गतः।[9]

# 10. वाच्य (Voice) या प्रयोग-

'वाच्य' शब्द के ढेरों अर्थ होते हैं, यथा- कहे जाने या बतलाए जाने योग्य - **'वाच्य स्त्वया मद्वचनात्स राजा अथवा निन्दनीय या डॉटने-फटकारने योग्य - 'प्रमदामनु संस्थितः शुचा नृपतिः सन्निति वाच्य दर्शनात्'**, किन्तु इनके अलावा व्याकरणिक - फ्रेम में वाच्य शब्द का जो अर्थ - चित्र उभरता है, वह है,- अभिव्यक्त अर्थ जो अभिधा द्वारा ज्ञात हो - **''अपि तु वाच्य वैचित्र्य प्रतिभासादेव चारुता प्रतीतिः ।''** जिससे क्रिया की वाच्यता में श्रीवृद्धि हो - वह वाच्य है। सच तो यह है कि वाच्य - प्रयोग से काव्य में सौन्दर्यात्मक संवेदना तो जन्मती ही है, प्रयोक्ता द्वारा प्रयुक्त शब्द सिक्के की तरह ठनकता - खनकता है और अपने ठाठ में बाँका एवं रसीला भी हो जाता है। यह बात बहस का बायस नहीं बन सकती कि वाच्य प्रयोग से शब्द का रंग चटख बन जाता है और उसका भदेसपन तथा देसीपन गायब हो जाता है। संस्कृत कोशों में वाच्य और प्रयोग समानार्थी हैं, लेकिन हिन्दी के कुछ विद्वान ऐसा न मान दोनों की स्वतंत्र सत्ता घोषित करते हैं।

## वाच्य का स्वरूप तथा परिभाषा

**1- कामता प्रसाद गुरु** के अनुसार, ''क्रिया के उस रूपान्तर को वाच्य कहते हैं, जिससे वाक्य में प्रयुक्त कर्त्ता, कर्म या भाव के विषय में विधेयता सूचित होती है।''[10]

**2- डॉ. अवधेश्वर अरुण** के लिहाज से,- ''वाच्य क्रिया का वह रूपान्तर है, जिसमें यह जाना जाय कि क्रिया कर्ता के अनुसार

1- हिन्दी भाषा का उद्‌गम और विकास - डॉ. उदय नारायण तिवारी, पृष्ठ -372
2- हिन्दी व्याकरण - कामता प्रसाद गुरु, पृष्ठ - 28
3- हिन्दी क्रिया : स्वरूप और विश्लेषण - डॉ. बाल मुकुन्द, पृष्ठ - 170
4- ब्रजभाषा - डॉ. धीरेन्द्र वर्मा, पृष्ठ - 120
5- Evolution of Awadhi - Dr. B.R. Saxena, P. 283
6-भोजपुरी भाषा और साहित्य - डॉ. उदय नारायण तिवारी, पृष्ठ - 642
7- ब्रजभाषा - डॉ. धीरेन्द्र वर्मा, पृष्ठ - 94
8- हिन्दी क्रिया : स्वरूप और विश्लेषण - डॉ. बालमुकुन्द, पृष्ठ - 30
9 - हिन्दी भाषा का उद्गम और विकास - डॉ. उदय नारायण तिवारी, पृष्ठ - 483
10- हिन्दी व्याकरण - पं. कामता प्रसाद गुरू, पृष्ठ - 255

है या कर्म के अनुसारया दोनों में किसी के अनुसार न होकर एकवचन पुल्लिंग रूप में हैं।[1]

3- **डॉ. रत्न चन्द्र शर्मा** कहते हैं कि, -"वाच्य से यह जाना जाता है कि क्रिया में कर्ता की प्रधानता है या कर्म की प्रधानता है अथवा भाव की प्रधानता है। दूसरे शब्दों में कहा जा सकता हे कि क्रिया पद में कारकी प्रधानता को बताने के व्याकरणिक साधन को 'वाच्य' कहते हैं।[2]

**4- डॉ. महेश चन्द्र गर्ग** के अनुसार, -" क्रिया के उस परिवर्तन को वाच्य कहते हैं, जिसके द्वारा यह जाना जाता है कि वाक्य में क्रिया पुरुष, लिंग, वचन में कर्ता का अनुगमन करती है या कर्म का या दोनों में से किसी का भी नहीं।"[3]

**5- डॉ. ओम प्रकाश शर्मा** लिखते हैं कि,- "क्रिया की गति कभी कर्ता के अनुसार होती है, कभी कर्म के, तो कभी इन दोनों से भिन्न स्वतंत्र होती है। इसी रूपगत गति को व्याकरण में 'वाच्य' कहते हैं।[4]

## वाच्य के भेद

हिन्दी में वाच्य के तीन प्रकार - कर्तृवाच्य, कर्मवाच्य तथा भाववाच्य - हैं। संस्कृत तथा पालि में भी वाच्य के यही भेद माने गये हैं, किन्तु संस्कृत वाङ्गमय में वाच्य को प्रयोग भी कहते हैं, इसलिए वहाँ इनके नाम कर्तरि प्रयोग, कर्मणि प्रयोग तथा भावे प्रयोग हैं।

**1- कर्तृवाच्य-** सामान्य भाषा में कह सकते है कि यदि कर्ता स्वयं कार्य का संपादन करता है तो वहाँ कर्तृवाच्य होगा। दूसरे शब्दों में वह क्रिया रूप , जिसके माध्यम से यह ज्ञात हो कि वाक्य का उद्देश्य कर्ता है, उसे कर्तृवाच्य कहते हैं, यथा- बालक पुस्तक पढ़ता है, राम जंगल जा रहे थे। यहाँ आप ध्यान रखिए कि कर्तृवाच्य अकर्मक और सकर्मक- दोनों प्रकार की क्रियाओं में होता है और दूसरी बात यह कि हिन्दी में कर्तृवाच्य का ही अधिक प्रयोग भी होता है। **डॉ. बाल मुकुन्द** [5] लिखते हैं कि इस कृदन्त की रचना हेतु संस्कृत में धातु के साथ -तवत् -तवन्त (सं. क्तवत्)प्रत्यय जोड़ा जाता है, जो वास्तव में 'त' प्रत्यय वाले रूपों के साथ -वन्त (वत्)लगाकर बनता है, जैसे- पठ् - पठितवन्त (पठितवान्), उक्त -उक्तवन्त (उक्तवान्), चिन्तित् - चिन्तितवन्त (चिन्तितवान्)। मध्ययुगीन हिन्दी में कर्तृवाच्य में वर्तमान और भविष्यत् काल में अकर्मक और सकर्मक - दोनों प्रकार की क्रियाओं का प्रयोग दिखाई देता है। हिन्दी में वर्तमान काल की क्रियाएँ प्राय: कर्तृवाच्य में ही आती हैं। **डॉ. सुनीति कुमार चटर्जी** का कहना है कि आधुनिक मैथिली में क्रिया की रचना का स्थान कर्तृवाच्य ने ले लिया है, यहाँ तक कि सकर्मक क्रिया के लिए भी और प्राचीन भूतकालिक क्रिया विशेषण की प्रवृत्ति कुछ छिटपुट कविताओं में मिलती है, जहाँ पर कि हम स्त्रीलिंग -'इ' प्रत्यय को - अल - के साथ प्रयुक्त पाते हैं[6] यथा- गएनेसर मारल तथा काहु देल ऋण उधार (कीर्तिलता - 216 तथा 7)। इधर, **पं. किशोरी दास बाजपेयी** वर्तमान काल की क्रियाओं के संबंध में लिखते हैं कि ऐसी क्रियाएँ शक्ति और निषेध के अर्थ में भाववाच्य और कर्मवाच्य में भी प्रयुक्त होती हैं, यथा- मुझसे पुस्तक नहीं पढ़ी जाती। तुमसे चला नहीं जाता[7]

**2- कर्मवाच्य -** यदि कार्य कर्ता के द्वारा संपन्न न होकर कर्म के द्वारा होता है तो उसे कर्मवाच्य कहते हैं। दूसरे शब्दों में कह सकते हैं कि क्रिया के जिस रूप से यह जाना जाता है कि वाक्य का उद्देश्य कर्ता न होकर क्रिया का कर्म है, उसे 'कर्मवाच्य' कहते हैं। कुल मिलाकर यहाँ कर्म की प्रधानता होती है, यथा- मोहन से पुस्तक भेजी गई, श्याम से फल खाया जाता है। कर्मवाच्य के लिए संस्कृत में तीन प्रत्ययों - य, तव्य और अनीय- का प्रयोग मिलता है। **डॉ. बालमुकुन्द** के अनुसार इनमें से 'य' का संबंध प्राचीन भारतीय यू. से जोड़ा जाता है, यथा- ज्ञा +य = ज्ञेय, ध्या +य = ध्येय, कृ +य =कार्य:, त्यज् +य = त्याज्य:, भू + य = भाव्य: इत्यादि।[8] **डॉ. भोला शंकर व्यास** के अनुसार तव्य प्रत्यय का संबंध प्रा.भा.यू. 'तआ' से जोड़ा जाता है, जो ग्रीक 'दातआस' (सं. दातव्यम्) से स्पष्ट है।[9] इधर, **टीबरो** के अनुसार अनीय प्रत्यय वाले भविष्यत् कालिक कृदन्त रूपों का दर्शन सबसे पहले अथर्ववेद में होता है।[10] पुरानी हिन्दी में विधि अर्थ में ही कर्मवाच्य का प्रयोग अधिकतर मिलता है। ये रूप हैं - इज्ज तथा इय ।**पिशेल** (R. Pischel) इन रूपों का विकास प्रा. भा. आ. 'य' >म. भा. आ. एटय - इज्ज> इय्य - इज्ज से मानते हैं।[11] **डॉ. हरिश्चन्द्र शर्मा** के अनुसार आधुनिक आर्य

**1- हिन्दी भाषा का स्वरूप विकास - डॉ. अवधेश्वर अरुण, पृष्ठ - 141**
**2- भाषा विज्ञान और मानक हिन्दी - डॉ. रत्न चन्द्र शर्मा, पृष्ठ -15**
**3- परिनिष्ठित हिन्दी का रूप ग्रामिक अध्ययन - डॉ. महेश चन्द्र गर्ग, पृष्ठ -8?**
**4- हिन्दी व्याकरण : नव मूल्यांकन - डॉ. ओम प्रकाश शर्मा, पृष्ठ - 273**
**5- हिन्दी क्रिया : स्वरूप और विश्लेषण - डॉ. बालमुकुन्द, पृष्ठ -62**
**6- वर्ण -रत्नाकर भूमिका - डॉ. सुनीति कुमार चटर्जी, भूमिका भाग पृष्ठ -56**
**7- हिन्दी शब्दानुशासन - किशोरी दास बाजपेयी, पृष्ठ - 410**
**8- हिन्दी क्रिया : स्वरूप और विश्लेषण - डॉ .बालमुकुन्द, पृष्ठ -63**
**9- संस्कृत भाषा का शास्त्रीय अध्ययन - डॉ. भोला शंकर व्यास, पृष्ठ 240**
**10- संस्कृत भाषा - टी. बरो (अनु. डॉ. भोला शंकर व्यास) पृष्ठ - 448**
**11- Comparative Grammar of the Prakrit Language - R.Pischel, P. 535**

भाषाओं में खड़ी बोली में प्रेरणार्थक क्रियाओं से भी कर्मवाच्य के रूप बनते हैं, जिसे 'आ' कर्मवाच्य कहा गया है,यथा- ऊ तो लड़ाई करवावे।[1]

**3- भाव वाच्य -** क्रिया के भाव पर जब जोर या बल दिया जाता है, तब भाव वाच्य बनता है। साफ शब्दों में क्रिया के जिस रूप से यह जाना जाता है कि वाक्य का उद्देश्य क्रिया का कर्त्ता या कर्म न होकर केवल भाव (धात्वर्थ) है, उसे भाव वाच्य कहते हैं। भाव वाच्य में अकर्मक क्रिया रूप ही प्रयुक्त होते हैं। **डॉ. कैलाश नाथ शुक्ल** का विचार है कि, -" रूप रचना की दृष्टि से भाव वाच्य के प्रयोग कर्मवाच्य के प्रयोगों से भिन्न नहीं हैं।[2] मध्ययुगीन हिन्दी में भाव वाच्य वाले रूप प्राय: कर्मवाच्य की पद्धति पर बनते हैं, अन्तर यह है कि इस वाच्य में प्रयुक्त क्रियाएं सदैव पुल्लिंग, एकवचन और अन्य पुरुष में व्यवहृत होती हैं,[3] यथा- मो पै सह्या न जाइ (कबीर 3/35), रह्या न परै भवन (सूर 01367)। भाव वाच्य या भावे प्रयोग के संबंध में **डॉ. स्व. हरदेव बाहरी** का विचार है कि, -" भावे प्रयोग में अलग रूप नहीं है। मुझसे खाया नहीं जाता अर्थ में भले ही भावे प्रयोग के अनुरूप हो, किन्तु इसका रूप वही है जो कर्मणि प्रयोग का।"[4]

## कर्तृवाच्य से कर्मवाच्य बनाने के कुछ महत्वपूर्ण नियम -

1- जो धातुएं बिना किसी उपसर्ग के योग के सकर्मक हैं, उनसे कर्मवाच्य का वाक्य बनता है, जैसे- 'श्याम: गीतां पठति'। यह हिन्दी तथा अंग्रेजी में भी लागू है। 2- जब अकर्मक धातु उपसर्ग के योग से सकर्मक बन जाती है, तब वह भी कर्मवाच्य के वाक्य बना सकती है, जैसे- **"स: पीडाम् अनुभवति - तेन पीडा अनुभूयते।"** यह नियम भी अंग्रेजी तथा हिन्दी में लागू है,- "The difficulty was over come, the trial was under gone, the point was over looked." 3- कभी-कभी कुछ सकर्मक धातुओं में उपसर्ग का योग होने से उनका अर्थ बदल जाता है, फिर भी वे सकर्मक बनी रहती हैं और उनसे कर्म में प्रत्यय होता है, कर्मवाच्य के वाक्य बनते हैं, जैसे -'श्याम: आतपं परिहरति - श्यामेन आतप: परिन्हियते।' यह नियम भी अंग्रेजी में ज्यों का त्यों है- "The report was seen through, the subject was touched upon, the boy was searched for" आदि। 4- किन्तु अंग्रेजी में कई ऐसी धातुएँ हैं, जिन्हे नियमत: सकर्मक नहीं कह सकते, क्योंकि उनके और "object" के बीच Pre position लगाए बिना कभी भी उनका प्रयोग नहीं होता, फिर भी उनसे कर्मवाच्य के वाक्य बनते हैं, इन्हें "Psendo transitive" ही कहना चाहिए, जैसे -"The request was accepted to, the plan was addhered to,Shyam was prevailedove , the event was passed over ."[5]

## 11.पुरुष

इसके विशेष अध्ययन के लिए कृपया इस पुस्तक के 308 को देखिए।

## 12. भाव या भाव पक्ष या भाव दशा या मूड (Mood)

'भू' धातु से निष्पन्न भाव अपने अर्थ, लकार, क्रिया, काल, धातु, द्रव्य तथा सत् या सत्ता से रिश्ते और निश्चित संख्या को लेकर काफी विवाद का विषय बना हुआ है। पहला सवाल है, भाव का अर्थ क्या है ? इसके उत्तर के लिए हमें संस्कृत वैयाकरणों की 'भाव, संबंधी परिभाषाओं को देखना होगा। पंतजलि ने भाव की व्याख्या तीन तरह से की है,- 1- **"भवते: स्व पदार्थो भवनं भाव इति"**,2-**"भवतीति भाव:"** तथा 3- **"भाव्यते य: स: भाव, इति"** अर्थात् 'होना','होने वाला' और कालान्तर में साध्य ये तीन अर्थ भाव के हैं। **पंतजलि** ने इन तीनों लक्षणों को क्रिया पर घटित माना है। इधर, **हेलाराज** कहते हैं कि-**"यातोऽनुभूता: स्मर्यमाणावस्था: जायन्तेः भावाश्चानुभूतौ स्मर्यमाणावस्था:"** अर्थात् क्रिया का एक विशिष्ट काल प्रयोग और उसकी अनुभूति ही भाव है।

**भावों का विभिन्न तत्वों से संबंध-** कुछ विद्वान बताते हैं कि भाव शब्द पदार्थ का पर्याय है,-" **कस्यचिद् भावस्याचिरव्यासा**" तथा **'स्तम्भ कुम्भादयो'** यहाँ भाव शब्द पदार्थ के रूप में देखा गया है, तो कुछ वैयाकरण भाव शब्द का

---

1- खड़ी बोली (बोली रूप)के विकास का अध्ययन - डॉ. हरिश्चन्द्र शर्मा, पृष्ठ - 528

2- पश्चिमी हिन्दी बोलियों की व्याकरणिक कोटियाँ - डॉ. कैलाश नाथ शुक्ल, पृष्ठ - 183

3- हिन्दी क्रिया : स्वरूप और विश्लेषण - डॉ. बालमुकुन्द , पृष्ठ - 156

4- हिन्दी: उद्भव, विकास और रूप - डॉ. हरदेव बाहरी, पृष्ठ - 181

5. भाषा विज्ञान की भारतीय परंपरा और पाणिनि - डॉ. रामदेव त्रिपाठी, पृष्ठ - 525

अगला अर्थ 'भाव' ही बतातें हैं,-'' **यद्वा सर्वे भावाः स्वेन भावेन भवन्ति स तेषां भावैः**'', संभवतः आचार्य पंतजलि भाव शब्द को 'भाव' रूप में लेते हुए कहते भी हैं,- ''**यद्वा सर्वे शब्दाः स्वे नार्थेन भवन्ति सतेषमार्थः**'' (महाभाष्य-5/1)तो कुछ आचार्य भाव का अर्थ क्रिया करते हैं। भाव को वे क्रिया का दूसरा चेहरा और लौछार मानते हैं। वे भाव और क्रिया को समानार्थक मानते हैं। **यास्क** महोदय तो काई की तरह इस तथ्य को काछते हुए साफ कहते हैं कि क्रिया ऐसा शब्द है, जो भाव को सूचित करता है,- ''**भाव प्रधानमाख्यातम्** ''[1]

लेकिन ढेरों आचार्य ऐसे भी हैं, जो भाव और क्रिया में अंतर मानते हैं। कुछ लोग 'अपरिस्पन्दन साधन साध्य धात्वर्थ' को भाव कहते हैं, तो कुछ लोग 'सपरिस्पन्दन साधन साध्य' को क्रिया कहते हैं। **भर्तृहरि** का कथन है कि -

**''कालानुपाति यद रूपं तदस्तीति प्रतीयते।**
**परितस्तु परिच्छिन्नं भाव इत्येव कथ्यते।।''[2]**

अर्थात् काल के साथ सीमित सा प्रतीत होने वाला रूप 'अस्ति' द्वारा क्रिया के रूप में ज्ञात होता है, पर वही रूप चारों ओर से कालहीन सा लगता हुआ 'भाव' कहलाता है। भर्तृहरि के कथन की पुष्टि करते हुए आचार्य **हेलाराज** कहते हैं,- ''**तदेवमाख्यातानियत कालाऽस्ति क्रिया प्रतीयते। सैव च सत्ता नाम पदातसिद्धतया प्रतीयते भाव इति। अपूर्वा परोहि भावः शब्द शक्त्यनुरोधात् तिङ्न्तेनासादित पूर्वापरोऽभिधीयते पचतीति। कृता तु सिद्ध रूपः पाक इति**'' अर्थात् आख्यात का तिङन्त रूप काल की सूचना देने के कारण 'अस्ति' आदि क्रियाओं से सूचित होता है। 'तिङ्' आदि का विभाग है ही कालानुपाती । सत्ता रूप में वही बात नामपद के रूप में 'भाव' कहलाने लगती है।

दूसरी ओर कुछ वैयाकरण भाव और सत्ता को एकात्म मानते हैं। वे भाव तथा सत् या सत्ता में अटूट रिश्ता जोड़ते हैं। ये आचार्य,सत्ता, को भाव रूप में लेते हुए उसी को क्रिया मानते हैं,-''**सत्तैव भाव शब्द वाच्या मुखः क्रियेत मन्यते।**''[3] भर्तृहरि भाव शब्द के सत्ता वाले पक्ष पर ज्यादा बल देते हैं। इसी सत्ता को कुछ लोग परमात्मा अथवा परब्रह्म के रूप में स्वीकार करतें हैं। वह सत्ता परा प्रकृति है। वही सत्य है। इसकी पुष्टि में भर्तृहरि ने कहा है,-''**पृथिवी धातौ किं सत्यं विकल्पः विकल्पे किं सत्य विज्ञानं, विज्ञानें कि सत्यं ऊं अथ तद् ब्रह्म इति।**''[4] कुल मिलाकर यह कि इन आचार्यो का कहना है कि जिसका उद्गम स्थल असत् है, ऐसे भाव के विषय में वे सोच भी नहीं सकते-''नासतो विद्यते भावो नाभावो विद्यते सतः।'' अतः भाव और सत् एक हैं।

कुछ आचार्य द्रव्य और भाव को एक मानते हैं। इन्हे बुनियादी स्तर पर भाव और द्रव्य में कोई फासला नहीं लगता है। **पाणिनि** तो महाभाष्य में स्पष्ट लिखते हैं कि समय पाकर भाव का द्रव्यीकरण भी हो जाता है,- ''**क्वदभिहितो भावो द्रव्यवद्भवतीति।**''[5] इसी प्रकार 'वृहद्देवता' में स्पष्ट उल्लेख हे कि क्रिया और द्रव्यभीपरस्पराश्रित होते हैं,-

**''क्रियाभिनिवृत्तिवशोपजातः कृदन्त शब्दाभिहितो यदा स्यात् ।**
**संख्यविभक्त्य व्ययलिंगयुक्तों भावस्तदा द्रव्यमिवोपलक्ष्यः।।''**

कुछ आचार्य धातु का मूल अर्थ भाव मानते हैं। वे कहते हैं कि जहां धातु का अपना अर्थ ही मुख्य है, तथा जब उसमें काल का अनुबन्ध समवेत नहीं होता, उस स्थिति को ही 'भाव' कहते हैं। भर्तृहरि कहते हैं,-

**"भाव एव हि धात्वर्थ इत्य विच्छिन्न आगमः। प्रत्यस्त रूपां भावेषु क्रियेति प्रतिजानते।**
**जायमानान्न जन्मान्यद् विनाशेऽप्यपदार्थता। अतो भाव विकारेषु सत्तै का व्यवतिष्ठते।।"**

अर्थात् धातु का मूल अर्थ ही भाव होता है। इन मूल भावों मे ही 'क्रिया' छिपी रहती है। अगला प्रश्न है - भाव और काल क्या एक हैं ? उत्तर है - भाव और काल मूलतः दो भिन्न शक्तियां हैं, क्योंकि काल समय पाकर भाव को अपने भीतर समाहित कर लेता हैं, तभी तो भर्तृहरि महोदय कहते हैं,-

**"कालेनिधाय स्व रूपं प्रज्ञया यन्नि गृह्यते। भावास्ततो निवर्त्तन्ते तत्र संक्रान्त शक्तयः।**
**भाविनां चैव यद्रूपं तस्य च प्रतिबिंबकम्। सुनर्मृष्ट इवादर्शे काल एवोपद्यते।।"[6]**

अर्थात् भाव बुद्धि द्वारा गृहीत अपने रूप को काल में ही निहित करके स्वयं अदृश्य हो जाते हैं। उनकी शक्ति काल में ही अन्तरित हो जाती है। तब काल के भीतर से भावों का प्रतिबिम्ब झलकता है । अगला प्रश्न है - भाव और 'मूड' का क्या कोई अन्तः संबंध है? देशी और विदेशी व्याकरणों में वस्तुतः दोंनो में फाँक-फासला है। भारतीय व्याकरण में भाव की स्थिति मूड (Mood)की तुलना में

---

1. निरूक्त - 1/1
2. वाक्य पदीय 3-8-12
3-वाक्यपदीय, हेलाराज, क्रिया समुद्देश्य - 23
4- महाभाष्य त्रिपादी - Main script - श्री ब्रह्म दत्त जी जिज्ञासु का हस्तलेख
5-महाभाष्य - पाणिनि, 5/4/19
6-वा. -3-9-39

अधिक व्यापक स्वीकार की गई है, जबकि विदेशी खासकर ग्रीक व्याकरण में मूड और भाव की स्थिति अलग मानी गई है। अंतिम सवाल है, भाव और लकार के बीच क्या किसी तरह की एका-एकता है? यदि एकता है भी तो कितनी स्थायी ? इस संबंध में **डॉ. सत्यकाम वर्मा** कहते हैं कि भावों का संबंध लकारों से स्थायी नहीं है। इन्हें प्रकट करने के लिए बहुधा सहायक शब्दों से भी काम चलाया जा सकता है। ग्रीक और लातीनी भाषा भूत (Aorist) और अपूर्णभूत (Imperfect) की सत्ता वर्तमान योरोपीय भाषाओं में कदाचित् ही कहीं खोजी जा सकती है।[1]

**भावों की संख्या-** भावों की निश्चित संख्या को लेकर देशी-विदेशी विद्वानों में एकमत नहीं है। खुद विदेशी विद्वानों में अन्तर्विरोध है। किसी ने तीन, तो किसी ने चार और कहीं-कहीं तो सोलह प्रकार भी भाव के माने गये हैं। तो आइए, पहले इन विदेशी विद्वानों द्वारा भाव संबंधी वर्गीकरण को ही देख लिया जाय । भाषाविद् **येस्पर्सन** तीन भावों को ही स्वीकृति देते हुए स्थूल रूप में उन्हें दो आधारों पर विभाजित भी करते हैं, 1- इच्छा पर आधारित भाव तथा 2- इच्छा के स्वातंत्र्य से रहित भाव।[2] एक अन्य अंग्रेज विद्वान भावों या 'मूड' को मुख्यत: चार खानों में विभक्त करते हैं, -सूचक (Indicative), 2- आज्ञात्मक या विधि (Imperestive), 3- अनिर्दिष्ट (Subjective)और क्रियार्थक (Infinitive) भाव। जर्मनी के एक प्रख्यात व्याकरणविद् **डायच बाइन** भी ग्रीक व्याकरण का अनुकरण करते हुए भावों को चार टुकड़ों में ही बाँटते हैं, 1- कोजिटेटिव्स (Cogitativus), 2-आप्टैटिव्स(Optativus), 3- वोलुटेंटिव्स (Voluntativus) तथा 4- एक्स्पैक्टैटिव्स (Expectativus)। इन सबके अलावा कई पाश्चात्य वैयाकरणों ने भावों की संख्या 16 तक मानी है, यथा-

1- वर्तमान ,
2- अपरोक्ष (Indicative)
3- परोक्ष (Perfect),
4- अनद्यतन (भविष्य - ImpendingPromosivus),
5- अनद्यतन (भूत- Imperfect),
6- इच्छा (Voluntativus)
7- आकांक्षा (Expectativus)
8- प्रश्न (Queestive या Interogatery)
9- क्रिया समाभिहार -(Intensive),
10-विधि (Optative),
11-निमंत्रण पत्रादि (Imperative),
12-आशंसा
13- आशी:
14- हेतु-हेतु मद भाव (Conditional)
15- भूत (सामान्य -Aorist)
16- मर्यादा(Portation)

इधर, भारतीय आचार्यो ने यद्यपि भाव को अखण्ड मान उसके भीतर असीम रचना-शक्ति की ओर संकेत किया है,- **''कारणात्मनि भावे सर्वे एते भाव विकारा: सन्ति। सामर्थ्य प्रसशक्तित्वातस्य''**- (दुर्गा ) फिर भी, इन लोगों ने भी भाव का वैज्ञानिक वर्गीकरण किया है। कुछ आचार्यों ने मूल भाव विकार तीन माने हैं- जायते, अस्ति और विनश्यति।कुछ ने मूल भाव दो ही माने हैं, इनमें भी सत्ता लक्षण को वे प्रमुख भाव मानते हैं। इनका कहना है कि सत्ता लक्षण भाव नित्य है, उसमें उदय और ध्वंस संभव नहीं है। इन्ही के भीतर शेष भाव-विकार किसी - न -किसी रूप में आ जाते हैं।[3] अत:भाव-विकारों में एक सत्ता ही रह जाती है,- ''अत: भाव विकारेषु सत्तैका व्यवतिष्ठते।''

आचार्य **वार्ष्यायणि** इन सबसे अलग हटकर 6 प्रकार के भावों की बात करते हैं, **''षड्भाव विकारा भवन्तीति वार्ष्यायणि:''**। इनके नाम हैं- जायते, अस्ति, विपरिणमते, वर्धते, अपक्षीयते और विनश्यति। आचार्य **यास्क** ने भी उक्त 6 प्रकार के ही भावों की कल्पना की है,- उत्पत्ति, सत्ता, परिवर्तन, वृद्धि, पतन और विनष्टीकरण या प्रलय।[4] अब थोड़ा इन भावों के विषय में जान लिया जाए। भाव की पहली कोटि 'जायते' है। जायते से जन्म का बोध होता है। भर्तृहरि के अनुसार 'जायते' से उत्पन्न होने की प्रक्रिया मात्र की अभिव्यक्ति होती है- **''पूर्वावस्था मजहत् संस्पृशन् धर्ममुत्तरम्। संमूर्च्छित इवार्थात्मा जायमानोऽभिधीयते।''**[5]- दूसरा भाव विकार 'अस्ति' है। यह 'अस्ति' जायते का उत्तर भाग यानी बाद वाला हिस्सा है। भाव का तीसरा प्रकार- 'विपरिणमते' है। इसका अर्थ होता है-परिवर्तन। इससे वस्तु का परिवर्तन दिखाई देता है। भाव का चौथा रूप 'वर्धते' है। आचार्यो का मानना है कि कोई भी वस्तु अपने मूल स्वरूप या structure में स्थिर नहीं रहती । उसमें समय और काल के दबाव से घटाव-बढ़ाव लगा रहता है। इस बढ़ाव का ही सूचक है 'वर्धते' या वृद्धि नाम का चौथा भाव। पाँचवाँ भाव है - 'अपक्षीयते' अर्थात् पतन। यह चौथे अर्थात् 'वर्धते' का विपरीत गुणधर्मी है। भाव की अंतिम अर्थात् छठीं अवस्था का नाम है- 'विनश्यति'। इसमें नाश की सूचना मिलती है। कुछ आचार्य इसे

---

1. व्याकरण की दार्शनिक भूमिका - डॉ. सत्यकाम वर्मा, पृष्ठ - 81
2. The plilosophy of Grammar - Yesperson, p.320
3. संस्कृत व्याकरण दर्शन - डॉ. राम सुरेश त्रिपाठी , पृष्ठ- 166
4. निरूक्त - यास्क, 1/1
5. वाक्य पदीय, भर्तृहरि, साधनमुद्देश्य-116

'नाश' न कहकर 'तिरोधान' या 'तिरोभाव' भी कहते हैं।

## 13. शब्दांश

व्याकरणविद् **आचार्य कामता प्रसाद गुरु** शब्द -रचना, शब्द -परिचय या शब्द - साधन के तीन आधार मानते हैं, 1-वर्गीकरण, 2- रूपान्तर और 3- व्युत्पत्ति अर्थात् रचना। प्रथम कोटि अर्थात् वर्गीकरण में शब्द के भेद - उपभेद आते हैं, तो दूसरी अर्थात् 'रूपान्तर' में वचन, काल, पुरुष, लिंग आदि शब्द - विकार आते हैं और तीसरी अर्थात् व्युत्पत्ति में के आधार पर शब्दो के भेद की चर्चा की जाती है। शब्द - रचना में इस तीसरी कोटि का ही खासा महत्व होता है। व्युत्पत्ति के आधार पर वैयाकरणों ने शब्द के तीन भेद किए हैं,- 1-रूढ़, 2- यौगिक तथा 3-योगरूढ़। इनमें से तीसरे अर्थात् योगरूढ़ को वैयाकरण यौगिक में ही समाहित मानते हैं। इनका कहना है कि योगरूढ़ तो अर्थ की दृष्टि से 'रूढ़ होता है', अत: इस तरह से शब्द के उक्त तीन भेदों में से बचे केवल दो भेद - रूढ़ तथा यौगिक - अब आइये, रूढ़ पर विचार कर लिया जाय। विद्वानों का विचार है कि 'रूढ़' के सार्थक खण्ड नहीं हो सकते, क्योंकि वह अविभाज्य इकाई है। वस्तुत: रूढ़ शब्द बने-बनाये ही प्रयोग में आते हैं। इस तरह के शब्द दो तत्वों के योग से कभी निर्मित नहीं होते।

अब, इनमें से बचा केवल यौगिक शब्द। शब्द रचना में यौगिक शब्द अपनी सार्थक भूमिका में जीते हैं। यौगिक शब्दों के खण्ड सार्थक होते हैं। इनका जन्म ही दो शब्दों के योग से होता है, यथा-पाठशाला = पाठ +शाला, पीताम्बर = पीत + अम्बर। कुल मिलाकर यौगिक शब्द, दो शब्दों या शब्दांशों के योग या जोड़ अथवा मेल से बनते हैं। शब्दों की रचना में यौगिक शब्द ही सर्वाधिक महत्वपूर्ण हैं,क्योंकि उपसर्ग, प्रत्यय तथा संधि, समास आदि सभी इसी के अन्तर्गत आते हैं।[1] इन यौगिक शब्दों की रचना तीन प्रकार से होती है,

1- किसी शब्द से पूर्व (पहले) शब्दांश लगाने से,

2- किसी शब्द के अंत में शब्दांश लगाने से तथा

3- किसी शब्द के साथ दूसरा शब्द लगाने से अर्थात् दो या अधिक शब्दों के योग से।

शब्द के पूर्व जुड़ने वाला शब्दांश उपसर्ग, अन्त में जुड़ने वाला प्रत्यय तथा दो या अधिक शबदों के योग से बनने वाला शब्द समास या समस्त पद कहलाता है।[2]

शब्दांश शब्द यौगिक है। इसकी सर्जना ही 'शब्द + अंश' के जोड़ से हुई है, जिसका आशय होता है- शब्द के अंश। इस तरह ये शब्दांश स्वत: तो सार्थक नहीं होते, किन्त अन्य शब्दों के प्रारम्भ या अंत में जुड़कर ये अर्थ क्षम और ताकतवर हो जाते हैं। यही इनकी विशेषता है। इनकी कुछ विशेषताएं और भी हैं, यथा- शब्दांश जिस शब्द के साथ सटते हैं, उनमें अर्थ-संबंधी नया चमत्कार और वैशिष्ट्य पैदा कर देते हैं। बेजान और श्रीहीन शब्द भी अर्थ की नयी भाव भूमि पर खड़ा हो जाता है।

एक शब्द है 'मान', जिसका अर्थ है- सम्मान या आदर। इससे पूर्व 'अप' जोड़ने से बन गया 'अपमान' अर्थात् अनादर। इसी प्रकार-

| **आदि में जुड़कर** | **अंत में जुड़कर** |
|---|---|
| प्र + कार = प्रकार | सरल + ता = सरलता |
| परा + क्रम = पराक्रम | बच्चा + पन = बचपन |
| क + पूत = कपूत | श्रद्धा + लु = श्रद्धालु |
| स + हित = सहित | आदर +नीय = आदरणीय |

अगली विशेषता यह है कि 'शब्दांश' शब्द से भिन्न होता है । यद्यपि कभी-कभी शब्द एकाक्षरी (एक ही अक्षर से बना) और शब्दांश अनेकाक्षरी भी होता है, तथापि उन (शब्द या शब्दांश) का अंतर अर्थ के ही आधार पर जाना जा सकता है, अर्थात् जो 'अक्षर' या अक्षर समूह स्वतंत्रतापूर्वक किसी अर्थ का ज्ञान कराता है, वह शब्द और जो अक्षर या अक्षर समूह अपना स्वतंत्र अर्थ नहीं बता पाता, वह 'शब्दांश' कहलाता है। शब्दांश किसी शब्द का आश्रय लेकर ही अर्थवान बन पाता है। [3]-

## 14. शब्द और पद

'शब्द'और 'पद' के विस्तृत अध्ययन के लिए इस कृति के पृष्ठ 304 को देखिए।

---

1. हिन्दी व्याकरण: नव मूल्यांकन- डॉ. ओम प्रकाश शर्मा, पृष्ठ - 88
2. हिन्दी व्याकरण:नव मूल्यांकन - डॉ. ओमप्रकाश शर्मा,पृष्ठ-465
3. हिन्दी व्याकरण: नव मूल्यांकन - डॉ. ओम प्रकाश शर्मा, पृष्ठ - 466

# 15. पदबन्ध या पद संहिति

पदबंध भाषा-विज्ञान की नितांत नई व्याकरणिक इकाई मानी जाती है। कुछ वर्ष पूर्व तक वाक्य या उपवाक्य और पद के बीच किसी अन्य इकाई का उल्लेख नहीं होता था, किन्तु भाषाओं में वाक्य और पद के बीच 'पदबंध' नामक एक नई सत्ता की ओर सर्वप्रथम इशारा किया - भाषा - विज्ञान के धाकड़ - धुरंधर लेखक, गाजीपुर (उ.प्र.) के आरीपुर गाँव में जन्मे स्व. डॉ. भोला नाथ तिवारी ने। 'अनुवाद' त्रैमासिक पत्रिका के संयुक्तांक 17-18 में 'हिन्दी व्याकरण पर पुनर्विचारक नामक अपने लेख में डॉ. भोला नाथ तिवारी ने 'पदबंध' को वाक्य और पद के बीच ताकतवर इकाई और सेतु बताया है।

**पदबंध क्या है ?** सवाल है, आखिर पदबंध है क्या ? सरल भाषा में कह सकते हैं कि "एक साथ बँधे अनेक पद" पदबंध कहे जा सकते हैं। स्वयं **डॉ. भोला नाथ तिवारी** कहते हैं कि,[1] **"एक से अधिक पदों का यह वाक्यात्मकेतर अथवा उपवाक्येतर अंश, जो किसी वाक्य में कोई एक व्याकरणिक कार्य करें, पदबंध है।"** इसे और अधिक साफ करते हुए वे कहते हैं कि यदि अर्थ की बात छोड़ दें तो भाषा का विश्लेषण परंपरागत रूप से चार इकाइयों के आधार पर होता है-ध्वनि, शब्द,पद तथा वाक्य । वाक्य पद या पदों से बनता है, पद शब्द से तथा शब्द ध्वनि या ध्वनियों से। कभी-कभी वाक्य में उपवाक्य भी होते हैं, इस प्रकार कुछ वाक्यों के विश्लेषण में एक चौथी इकाई उपवाक्य भी विश्लेषण के समय हमारा ध्यान खीचती है। अभी कुछ वर्ष पहले तक वाक्य या उपवाक्य तथा पद के बीच में किसी अन्य इकाई की चर्चा नहीं थी, किन्तु भाषाओं में इन दोनों के बीच पदबंध की भी सत्ता है। इधर, एक अन्य विद्वान **डॉ. ओम प्रकाश शर्मा** कहते हैं [2] कि,- वाक्य पदों (या शब्दों)से बनता है और पदो से पदबंध बनते हैं, अर्थात् जब एक से अधिक पद मिल या बँधकर एक व्याकरणिक इकाई, जैसे - संज्ञा, विशेषण, क्रिया-विशेषण आदि का-काम करते हैं, तब उस बँधी इकाई को पदबंध कहते हैं, जैसे - वहाँ पानी ही पानी था। उनके घरके चारों ओर पानी ही पानी था।

पहले वाक्य में यदि 'वहाँ' स्थानवाचक क्रिया विशेषण है, तो दूसरे वाक्य में 'उनके घर के चारों ओर'भी स्थान का ज्ञान कराने के कारण स्थानवाचक क्रिया - विशेषण ही है। अत: स्पष्ट है कि 'वहाँ' एक पद है तो 'उसके घर के चारो ओर' अनेक पदों से मिलकर बनी एक व्याकरणिक इकाई है, अत: यह 'पदबंध' है, 'वहाँ' क्रिया - विशेषण पद है तो यह क्रिया विशेषण पदबंध है। व्याकरणविद् **डॉ. महेश चन्द्र गर्ग** कहते हैं कि-"सम्बद्ध पद समूहों को ही पदबंध कहते हैं।एक से अधिक पदों का वह समूह, जो किसी वाक्य में कोइ एक व्याकरणिक कार्य करे, पर उपवाक्य से भिन्न हो, पदबंध कहलाता है।"[3] डॉ. गर्ग पदबंध और उपवाक्य में अंतर मानते हैं।

कुल मिलाकर यह कि पदबंध एक नई व्याकरणिक संकल्पना है किन्तु आधुनिक भारतीय भाषाओं के व्याकरण को समझने के लिए बहुत उपयोगी है। अब तक पद और वाक्य के बीच उपवाक्य (clause) को छोड़ और किसी भाषिक इकाई की सत्ता नहीं मानी जाती थी, पर अब पदबंध को भी एक भाषिक इकाई के रूप में स्वीकार किया गया है। इसे अंग्रेजी 'फ्रेज'(Phrase) का समानार्थक माना जा सकता है, क्योंकि अंग्रेजी भाषा विज्ञान कोश के अनुसार 'फ्रेज'- "A group of words not containing a subject or predicate" अर्थात् ऐसे शब्दों का समूह, जिसमें उद्देश्य और विधेय न हो। पदबंध में भी यही विशेषता पाई जाती है।[4]

**पदबंध के प्रकार या भेद -** डॉ. भोलानाथ नाथ तिवारी हिन्दी में पाँच पदबंध मानते हैं, 1- संज्ञा पद बन्धं, 2- सर्वनाम पदबंध, 3- विशेषण पदबंध, 4- क्रिया पदबंध तथा 5- क्रिया विशेषण पदबंध। लेकिन **डॉ. महेश चन्द्र गर्ग** तथा **डॉ. ओम प्रकाश शर्मा** केवल चार ही पदबंध मानते हैं। इन लोगों का कहना है कि क्रिया विशेषण पदबंध उन्ही में अन्तभुर्क्त है। कुछ ऐसे भी विद्वान् हैं, जिनके शक की सूई क्रिया पदबंध के अस्तित्व पर घूमती है। इनके अनुसार क्रिया पद बंध किसी अन्य पदबंध के साथ मिलकर पदबंध नहीं बनाते। पर, **डॉ. हरदेव बाहरी** [5], **डॉ. भोला नाथ तिवारी**[6] , और **डॉ. न.वी राजगोपालन**[7] प्रभृति विद्वान इस तथ्य का सख्त खण्डन करते हैं। इधर, डॉ. महेश चन्द्र गर्ग कहते हैं कि,-"क्रिया विशेषणों को क्रिया के साथ संयुक्त करके भी क्रिया पदबंध की स्थिति मानना ठीक नहीं, क्योंकि यद्यपि एक पदबंध में दूसरा पदबंध निहित रह सकता है, पर संज्ञा पदबंध अपने अस्तित्व के लिए केवल विशेषण पदबन्ध पर ही निर्भर नहीं, उसकी रचना अन्य प्रकार से भी संभव है। दूसरी ओर, यदि क्रिया विशेषण पदबंध के योग

---

1. भाषा-चिन्तन - डॉ. भोलानाथ तिवारी, पृष्ठ - 151-152
2. हिन्दी व्याकरण : नव मूल्याकंन - डॉ. ओम प्रकाश शर्मा, पृष्ठ - 549
3. परिनिष्ठित हिन्दी का रूप ग्रामिक अध्ययन - डॉ. महेश चन्द्र गर्ग, पृष्ठ -50
4. परिनिष्ठित हिन्दी का रूप ग्रामिक अध्ययन- डॉ. महेश चन्द्र गर्ग, पृष्ठ - 51
5. व्यावहारिक हिन्दी व्याकरण - डॉ. हरदेव बाहरी , पृष्ठ - 162
6. भाषा चिन्तन - डॉ. भोला नाथ तिवारी , पृष्ठ - 152
7. हिन्दी का भाषा वैज्ञानिक व्याकरण - डॉ. न.वी. राजगोपालन, पृष्ठ -55

से क्रिया पदबंध की स्थिति स्वीकार भी कर ली जाय तो क्रिया विशेषण पदबंध के अतिरिक्त भी तो क्रिया पदबंध की रचना संभव होनी चाहिए । पर, बात ऐसी है नहीं। अत: क्रिया विशेषण पदबंध की स्वतंत्र सत्ता स्वीकार करते हुए भी क्रिया-पदबंध की सत्ता स्वीकार न करना ही तर्क संगत लगता है।''[1] संक्षेप में सभी पदबंधों का परिचय इस प्रकार है,-

**1- संज्ञा पदबंध** - जब अनेक पद मिलकर किसी वाक्य में संज्ञा पद का काम करते हैं, तब उन्हें संज्ञा पदबंध नाम से जाना जाता है। हिन्दी पदबंधों की ओर पहली बार ध्यान दिलाने वाले **डॉ. भोला नाथ तिवारी** इसे तीन तरह का मानते हैं,-

**(क)- संज्ञावत् प्रयुक्त विशेषण पदबंध -**

**अ- दिन में चार-चार बार भाँग पीने वाला,** भला काम क्या करेगा।!

**ब- इतनी तीव्र गति से दौड़ता,** गिरेगा नहीं तो क्या होगा !

**स- पाँचवी मंजिल से गिरा,** मरेगा नहीं तो क्या जिन्दा रहेगा !

इन सभी उदाहरणों में संज्ञा पदबंध मूलत: विशेषण पदबंध हैं।

**(ख)- विशेषण पदबंध - संज्ञा**

अ- पूरे वर्ष परिश्रम से पढ़ने वाले छात्र परीक्षा में अवश्य सफल होंगे।

ब- बाप दादों की अर्जित संपत्ति को उड़ाने वाले लड़के पैसे के वास्तविक मूल्य को क्या जाने ?

यहाँ यों तो 'छात्र' और 'लड़के' कर्ता (संज्ञा) हैं, किन्तु इन वाक्यों में जिन छात्रों के 'अवश्य सफल' होने या जिन लड़कों के 'पैसे के वास्तविक मूल्य को न जानने' की बात कही जा रही है, वे सामान्य छात्र या लड़के नहीं हैं, अपितु 'पूरे वर्ष परिश्रम से पढ़ने वाले' तथा 'बाप दादों की अर्जित संपत्ति को उड़ाने वाले' हैं, अत: विशेषण पदबंध संज्ञा से बनने वाले संज्ञा पदबंध ही यहाँ वास्तविक रूप में कर्ता (संज्ञा) है।

**(ग)- अन्य-**

**अ- इतनी जल्दी-जल्दी खाते रहना** स्वास्थ्य के लिए बहुत बुरा है।

**ब- रोज-रोज आपस में लड़ते रहना** कोई अच्छी बात थोड़े है।

संज्ञा पदबंध का प्रयोग परंपरागत सभी कारकों में तथा पूरक रूप में मिलता है।[2]

**(2)- सर्वनाम पदबंध-** जब कई पदबंध मिलकर एक सर्वनाम - पद का काम करते हैं, तब वहाँ सर्वनाम पदबंध होता है। यद्यपि सर्वनाम पदबंध का प्रयोग कम होता है। कभी-कभी ये पदबंध सर्वनाम शब्द से पहले और कभी बाद में भी आते हैं, यथा,-

**अ- तकदीर का मारा मैं फिर** उनके चंगुल में जा फसा।

**ब- सदा ऊँचा सिर करके चलने वाला** मैं तुम्हारे लिए दो घण्टे तक उसकी खुशामद करता रहा।[3]

**3. क्रिया विशेषण पदबंध-** क्रिया की विशेषता बता, उसे विशेषीकृत करने वाले पदबंध क्रिया विशेषण पदबंध कहे जाते हैं। स्थान, दिशा, अवधि, तुलना, रीति आदि की दृष्टि से विशेषण पदबंध कई तरह के होते हैं, यथा -

**स्थान - उस घर के कोने में** सामान रखा है।

**समय -** यह कुआँ **मेरे पिताजी ने सौ साल पहले बनवाया था।**

**तुलना -** मीनू, **गुड़िया से तेज हैं।**

**दिशा - घटाटोप अंधकार को भेदते हुए वह घर की ओर** चला गया।

**अवधि - अगले महीने मैं** सागर जाऊँगा ।

**अधिक -** रिंकू **जरूरत से ज्यादा** बोलती हैं।

**4. विशेषण पदबंध-** किसी संज्ञा या सर्वनाम की विशेषता बता, उसे विशेषीकृत करने वाले पदबंध विशेषण पदबंध कहे जाते हैं,-स्वरूप, आकार, रंग, काल, दशा, स्थान, गुण, परिणाम, संख्या आदि की दृष्टि से ये कई तरह के होते हैं, जैसे -

**रूप - दुधिया रंग में नहायी चादँनी** किसे सुहावनी नहीं लगती।

---

1. 'भाषा'- हिन्दी भाषा विज्ञान अंक - डॉ. महेश चन्द्र गर्ग, पृष्ठ - 117
2. भाषा चिन्तन - डॉ. भोला नाथ तिवारी, पृष्ठ - 154
3. हिन्दी व्याकरण: नव मूल्यांकन - डॉ. ओमप्रकाश शर्मा, पृष्ठ - 551

**काल - उस जमाने में** रामपुर माँझा से गाजीपुर का भाड़ा 90 पैसे था।
**रंग - रक्तिम वर्णी सूर्य** की किरणें कमलिनी को जैसे जगा रही हों।
**परिमाण -** एक बित्ता जमीन की लड़ाई में वह कंगाल हो गया।
**संख्या -** तादाद में दो सौ छात्र पी.सी.एस. की परीक्षा में उत्तीर्ण हुए हैं।
**स्वरूप -** हाथी की तरह मस्त कर देने वाली सुन्दर चाल सबको पंसद होती हैं।

# 16. पदभेद

**पदभेद की देशी-विदेशी कल्पना-** अंग्रेजी का 'पार्ट्स ऑफ स्पीच'(Parts of Speech) हिन्दी में 'पदभेद' नाम से जाना जाता है। यह पार्ट्स आफ स्पीच अपनी मूल आत्मा के साथ पदभेद नामक हिन्दी की व्याकरणिक कोटि में कितना समा और अँट पाया है, यह तो बहस का विषय है, किन्तु इतनां तो मेरे विचार से तय है कि हिन्दी में पदभेद की संकल्पना अंग्रेजी के पार्ट्स आफ स्पीच से बहुत पुरानी है। भारत में इस इकाई के वर्गीकरण का मूल श्रेय यदि पाणिनि को छूता है तो पश्चिम में विश्व के सुप्रसिद्ध दार्शनिक और भाषा चिन्तक श्री **अरस्तू** को बताते हैं, पदभेद की कल्पना का श्रीगणेश अरस्तू के जीवन काल में ही शुरू हो गया था । पर, अरस्तू और पाणिनि के पदभेद संबंधी वर्गीकरण में काफी अंतर है। पाणिनि का पदभेद लगभग निर्विवाद रहा है, लेकिन अरस्तू का पदभेद कई बार संशय और दुविधा का शिकार हो चुका है। उसमें कई बार संशोधन - सुधार भी हुए हैं। अरस्तू महोदय ने अपनी प्रसिद्ध पुस्तक 'पोइटिक्स'(Poetics) में प्रथमत: 8 पदभेद की कल्पना की थी- यथा - समुच्चय बोधक निपात, अव्यय (Article), संज्ञा, आख्यात, सर्वनाम, विशेषण, क्रिया - विशेषण आदि।[1], किन्तु भाषा वैज्ञानिकों ने इनमें से महज चार को ही भाषा तात्विक दृष्टि से शुद्ध करार दिया। ये हैं - समुच्चय बोधक निपात, अव्यय, संज्ञा और आख्यात। शेष को लोगों ने सतहा और बाद की कल्पना बताया। कालान्तर में काफी माथाचक्की और मशक्कत के बाद ग्रीक और लातीनी व्याकरणों में कुछ थोड़े-बहुत हेर-फेर के साथ आठ पदों को स्वीकृति मिली। इन आठ पद भेदों के नाम हैं - संज्ञा, सर्वनाम, विशेषण, क्रिया - विशेषण, क्रिया आदि निपात, उपसर्ग (Prefix), गति एवं कर्मप्रवचनीय (Preposition)। यद्यपि आम स्वीकृति के बाद भी यह विभाजन कहीं - न - कहीं विकंलाग - बौना है, क्योंकि विश्व की संपूर्ण भाषाओं पर यह खरा नहीं उतरता, वह इसलिए कि एक ओर यह भारोपीय परिवार की यूरोपीय भाषाओं पर तो लागू होता है, किन्तु दूसरी ओर भारोपीय परिवार की भारतीय आर्य भाषाओं पर बेअसर सिद्ध होता है।

**पदभेद के प्रकार -** पदभेद की संख्या को लेकर देशी-विदेशी विद्वानों में काफी मतान्तर है। भारत में पदभेद के भेदों की संख्या तीन से लेकर पॉच तक मानी गयी है। पश्चिम के सुप्रसिद्ध भाषा वैज्ञानिक **येंस्पर्सन** (Yesperson) ने Encyclopeadia Britanika में पदभेद की संख्या पॉच मानी हैं, पर यदि आप विचार करें तो पाएँगे कि पाणिनि के तीन पदभेदों में येंस्पर्सन के पॉचों पदभेद अन्तर्भुक्त हो जाते हैं, यहाँ तक कि येस्पर्सन के सत्व, विशेषण और सर्वनाम नामक पदभेद के लिए पाणिनि का 'नाम' नामक पदभेद ही पर्याप्त है। इधर, **पतंजलि, यास्क** और **कात्यायन** ने - -**'नामाख्यातोपसर्ग निपाताश्च'** की कल्पना में पदभेद की संख्या चार मानी है। **भर्तृहरि** ने इनमें कुछ अपना संशोधन प्रस्तुत करते हुए 'कर्मप्रवचनीय' नामक पदभेद की नई कल्पना कर इसकी संख्या पॉच कर दी। यद्यपि इस विभाजन का भी पाणिनि के विभाजन से कोई विशेष अंतर सिद्ध नहीं होता। यास्क के समय तक, वैदिक परंपरा में, उपसर्ग की स्थिति, क्रियाओं से असंयुक्त होकर भी विद्यमान थी, इसीलिए उनहें कर्मप्रवचनीय आदि को अलग से गिनाने की आवश्यकता अनुभव नहीं हुई, किन्तु पाणिनि पहचान गये थे कि यदि निपातों से उपसर्गो का भेद करना ही है, तब उनका पूरा वर्गीकरण उपसर्ग, गति, कर्म प्रवचनीय और निपात के रूप करना उचित रहेगा। गति और उपसर्ग को गौण मानकर ही भर्तृहरि 'गति' की पृथक से गणना उचित नहीं समझते। इसीलिए वे परंपरागत रूप में चार पद मात्र ही गिनवाकर, कर्मप्रवचनीय सहित पाँच भेदों का भी उल्लेख करते हैं।

## पदभेद की तालिका

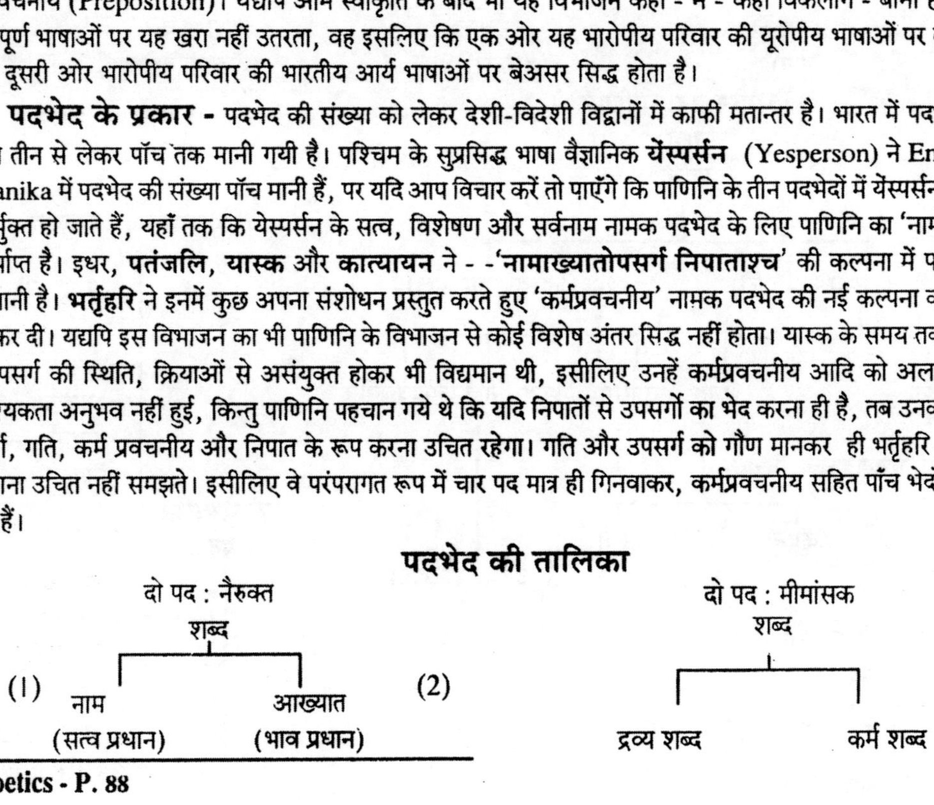


1. Poetics - P. 88

**(3)चार/पाँच पद : वैयाकरण**

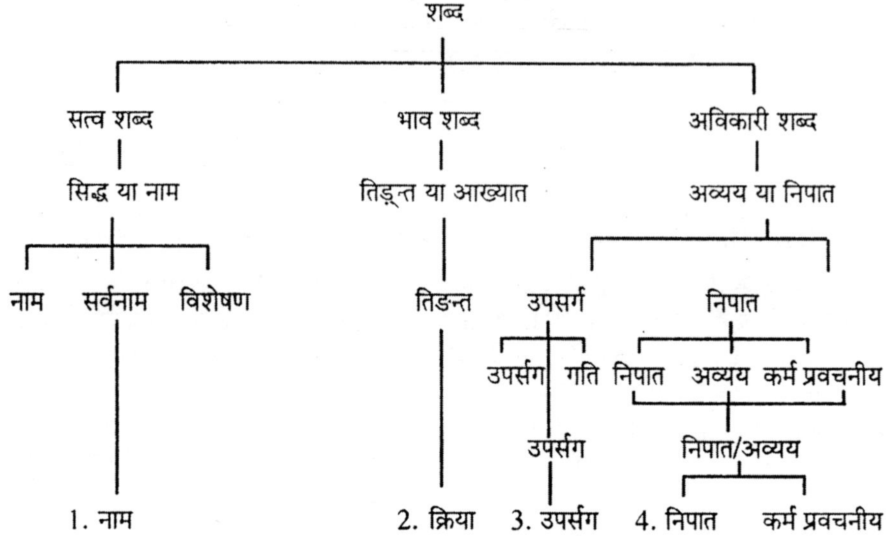


**(4)तीन पद : मीमांसक (शबर स्वामी)**

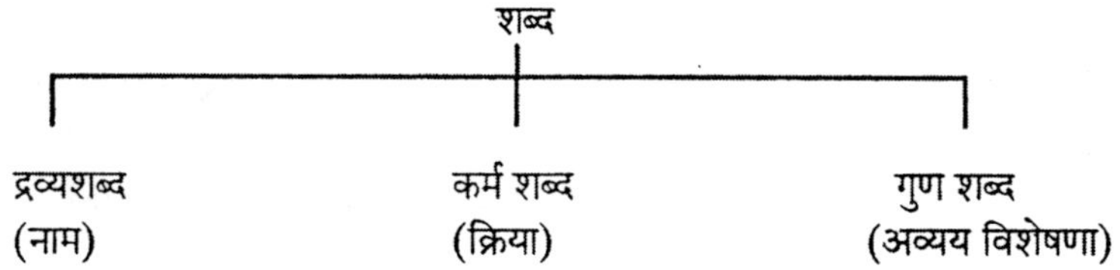


**(5)तीन पदः पाणिनि**

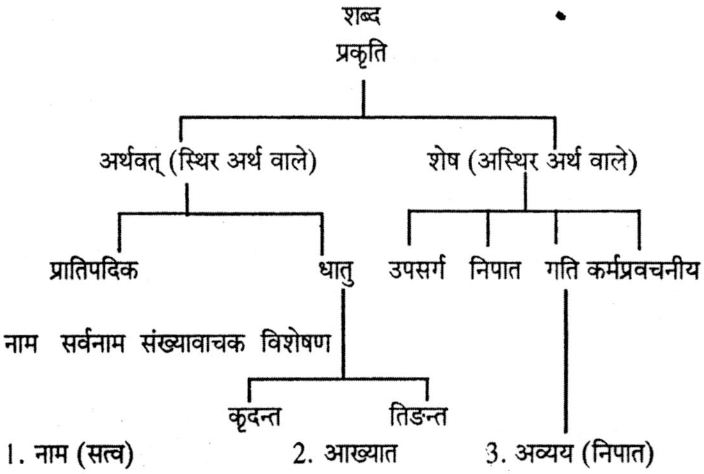


**(6) चार पद : नैरुक्त**

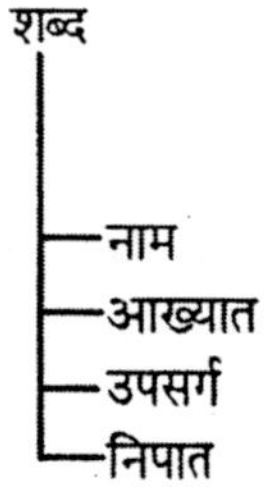


**(7) येस्पर्सन**

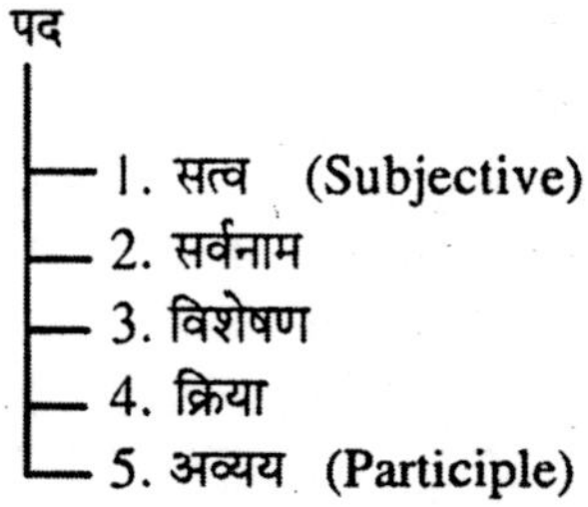


**(8)समन्वित मत**

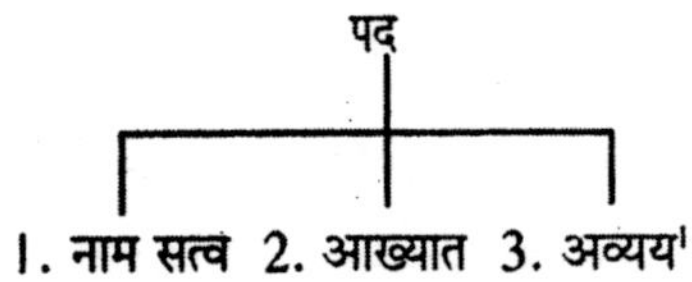

# 17. लकार

**हिन्दी क्रिया के लकार-** अंग्रेजी भाषा का (Tense)शब्द हिन्दी में लकार का वाचक माना गया है। भाषा वैज्ञानिक इस टेन्स का रिश्ता ग्रीक भाषा के एक शब्द 'खानोस' तथा लैटिन भाषा के शब्द 'टैम्पुस' से साटते हुए पुरानी फ्रेंच तक ले जाते हैं। लकारों को काल की अभिव्यक्ति का सर्वाधिक जीवंत माध्यम माना जाता है। यद्यपि कुछ विद्वान मानते हैं कि सभी कारकों का अभिधायक लकार ही होता है। वस्तुत: लकार का संबंध धातु से ही होना चाहिए, फिर भी लकार का संबंध सभी कारकों से न होकर कर्त्ता, कर्म से ही इसलिए होता है कि प्रधान रूप में कर्त्ता और कर्मके ही व्यापार लकारान्त से प्रतीत होते हैं।[2] कई व्याकरणिक कोटियों की तरह लकार भी अपने विभेदों तथा प्रणालियों को लेकर विवाद का विषय बना हुआ है। कुछ विद्वानों के अनुसार दुनिया की कई भाषाएं ऐसी हैं, जिनमें लकार हैं ही नही। मलय तथा यूरोप की संभवत: कुछ भाषाएँ ऐसी हैं, जहाँ काल की श्रेणियों का विभाजन हुआ ही नहीं है। The Philosophy of Grammar के सुप्रसिद्ध लेखक **येस्पर्सन** साहब भी लकारों के बटँवारे के सवाल पर दुविधाग्रस्त हो गए लगते हैं।

अंग्रेजी के साथ-साथ हिन्दी में भी काल के बँटवारे की डड़वारी अवैज्ञानिक और असंगत मानी जाती है। यहाँ काल मुख्यत: तीन- भूतकाल, वर्तमान काल एवं भविष्यत् काल - माने गए हैं। स्थूल दृष्टि से देखने पर तो काल का प्रस्तुत विभाजन अत्यन्त सरल एवं स्पष्ट प्रतीत होता है, किन्तु सूक्ष्म दृष्टि से हम इसका विश्लेषण करें तो हमें अत्यन्त दुर्बोधता एवं जटिलता मिलेगी। कार्य - व्यापार के आधार पर काल - निर्धारण हो अथवा रूप - रचना के आधार पर - अर्थ एवं भाव के विनिश्चयन में बड़ी विविधता है। वस्तुत: काल अविभाज्य एवं अखंड हैं।उसमें आदि से ही एक नैरंतर्य चला आ रहा है। उसका विभाजन तो केवल व्यवहार सापेक्ष ही स्वीकार किया गया है।विद्वानों में किसी ने भूत की सत्ता स्वीकार की है तो किसी ने वर्तमान की, भविष्य तो सदैव दृष्टि से ओझल रहा हैं।[3] **भर्तृहरि** के अनुसार, -" भूत और वर्तमान सापेक्ष शब्द हैं, नित्य इकाइयाँ नहीं। अत: उन्हे काल का नित्य विभाग नहीं कहा जा सकता, और यदि ये दोनों नित्य इकाइयाँ नहीं हैं, तो भविष्यत नाम का कोई काल ही नहीं ठहरता ×××× यही बात वर्तमान काल के साथ भी है। इस दृष्टि से काल का केवल एक ही विभाग स्पष्टत: पृथक रह जाता है- भूतकाल। पर, वह भी स्थिर रूप में एक काल सीमा के लिए स्थिर नहीं कहा जा सकता।"[4]

इधर, आचार्य **ऋषि गोपाल** भी कहते हैं कि,- "काल का तीन भागों में विभाजन हम अपनी सुविधा की दृष्टि से करते हैं, वैसे काल एक ही हैं।"[5] कुछ विद्वान वर्तमान काल के अलावा शेष कालों को कालों की बिरादरी से एकदम बहरिया देते हैं और कहते हैं,- "वर्तमान भाषाओं की काल-प्रक्रिया को यदि हम सूक्ष्म दृष्टि से देखें तो पता चलता है कि वर्तमान काल के रूप तो असंदिग्ध और सुस्पष्ट हैं, अन्यों के नहीं।"[6] इसी बात की पुष्टि **डॉ. सरयू प्रसाद अग्रवाल** भी करते हैं, -"वर्तमान काल ही निश्चित और असंदिग्ध है, क्योंकि भूत और भविष्य तो दृष्टि से ओझल हो जाते हैं।"[7]

संस्कृत भाषा में दस लकार पाए जाते हैं - लट् , लिट् , लुट् , लृट , लेट् ,लोट् , लड़् , लुड़् , लिड़् , लृड़् । **डॉ. बाल मुकुन्द** के अनुसार ये लकार विभिन्न कालों के बोधक हैं, साथ ही आज्ञा, निमंत्रण आदि अर्थों की भी सूचना इनसे मिलती है। लेट् लकार का प्रयोग लौकिक संस्कृत में नहीं मिलता, वह केवल वैदिक भाषा में व्यवहृत हुआ है। इन लकारों के लिए तिड़् प्रत्यय का आदेश होता हैं।[8] इन लकारों में छ: तो काल सूचक हैं, शेष चार भाव - सूचक हैं। इनमें भी लट् लकार से वर्तमान काल का बोध होता है तो लिट् से परोक्ष भूत का, लुट् लकार से अनद्यतन भविष्यत् के अर्थ का बोध होता है तो लृट् लकार से सामान्य भविष्यत काल के अर्थ का द्योतन होता है, लोट् लकार आज्ञा के अर्थ में प्रयुक्त होता है तो लड़् अनद्यतन भूतकाल के लिए आता है, लिड़् संभावना और इच्छा को व्यक्त करता है तो आशीर्लिड़् आशीर्वाद के अर्थ को सूचित करता है।

**लकार और भाव-** लकारों का भावों से रिश्ता अटूट होता है, किन्तु प्रत्येक भाव का संबंध एक निश्चित लकार से स्थिर नहीं होता, यद्यपि पाणिनि महोदय के विचार से - लुट् , लुड़् और लिट् - का प्रयोग एक - एक भाव में प्राय: स्थिर है, शेष सबके प्रयोग

---

1. व्याकरण की दार्शनिक भूमिका-डॉ. सत्यकाम वर्मा, पृष्ठ-125
2. संस्कृत व्याकरण दर्शन - डॉ. राम सुरेश त्रिपाठी, पृष्ठ -165
3. पश्चिमी हिन्दी की व्याकरणिक कोटियाँ - डॉ. कैलाश नाथ शुक्ल, पृष्ठ - 72
4- भाषा तत्व और वाक्य पदीय - डॉ. सत्यकाम वर्मा, पृष्ठ - 17, प्रथम संस्करण, दिल्ली
5. हिन्दी का भाषा वैज्ञानिक अध्ययन - डॉ. ऋषि गोपाल, पृष्ठ - 140, प्रथम संस्करण
6. सामान्य भाषा विज्ञान - डॉ. बाबू राम सक्सेना, पृष्ठ - 96, पाँचवा संस्करण
7. भाषा विज्ञान और हिन्दी - डॉ. सरयू प्रसाद अग्रवाल, पृष्ठ - 69
8. हिन्दी क्रिया : स्वरूप असैर विश्लेषण - डॉ. बाल मुकुन्द, पृष्ठ -52

लगभग अनिश्चित हैं। अब हम पाणिनीय दृष्टि से लकार, काल और भाव का परस्पर संबंध देखेंगे, लेकिन यहाँ आप को ध्यान दिला दें कि पाणिनि ने दस की जगह ग्यारह लकारों की ओर संकेत किया है, यथा -

| लकार | काल | भाव[1] |
|---|---|---|
| 1- लट् | वर्तमान, वर्तमान सामीप्य | अपरोक्ष,उत्तर,'स्म'योग और वर्तमानता। |
| 2- लिट् | (भूत) | परोक्ष |
| 3- लुट् | (अनद्यतन भविष्यत्) | अनद्यतन, आशंसा। |
| 4- लृट् | भविष्यत् | क्षिप्रवचन, प्रश्न,शेष विवक्षा,अभिज्ञावचन,साकांक्ष |
| 5- लोट् | (भविष्य) | इच्छा, विधि, निमंत्रण, प्रश्न, प्रार्थना, स्मयोग, आशी:, क्रिया समभिहार । |
| 6- लेट् | (अनिर्दिष्ट: व्यामिश्र) | 'लिड.र्थे'। |
| 7- लङ् | भूत | अनद्यतन् , परोक्ष, आसन्न काल, प्रश्न । |
| 8- विधि लिङ् | (भविष्यत्) | आशंसा, मर्यादा, प्रश्न, विधि, निमंत्रण, प्रार्थना। |
| 9- आशीर्लिङ् | (भविष्यत्) | आशी:,इच्छा,हेत-हेत मद भाव, प्रश्न,मर्यादा। |
| 10- लुङ् | भूत | सामान्य भूतेच्छा, निषेध योग |
| 11- लृङ् | भूत | (हेतु हेतु मद्भाव निमित्ता), क्रियातिपत्ति, भूतार्थवृत्ति। |

## 18. कर्ता (उद्देश्य ), विधेय-अधियोजी

**नाभिकीय और बहिर्नाभिक-** हर सरल वाक्य दोघटकों से अन्वित होकर निर्मित होता है, ये दो घटक हैं: उद्देश्य (कर्त्ता) और विधेय। इस घटक द्वय से जुटे-कारण, प्रकार काल और स्थान वाची इच्छित पद भी होते हैं। ये ऐच्छिक घटक वाक्य के अनिवार्य तत्व न होकर, वैकल्पिक होते हैं। अगर इन पदों को वाक्य से निकाल बाहर किया जाय, तो वाक्य की संरचना बेअसर रहेगी। इन ऐच्छिक पदों को **अधियोजी** नाम दिया गया है। एक उदाहरण से इसे स्पष्ट किया जा साकता है: शिकारियों ने हरिण को वियाबान जंगल मेंरात में क्रूरता से मार डाला। उक्त वाक्य का न्यूक्लियस या केन्द्रक शिकारियों ने हरिण को मार डाला है। शेष पद जो काल स्थान तथा भाववाची है, मात्र ऐच्छिक है। इनके वाक्य से विलय करने पर उसके स्वरूप अर्थवत्ता, संगठन और व्याकरणिक संयोजन पर कोई असर नहीं पड़ता। वाक्य के केन्द्रक का निर्माणं उद्देश्य (कर्ता) और विधेय के मिलने से होता है जबकि वैकल्पिक पदों की योजना को बहिर्नाभिक या अधियोजी नाम दिया जाता है।

**कर्ता (उद्देश्य) और विधेय-** प्राचीन व्याकरण विदों ने जिस नाम और आख्यात का प्रतिपादन किया था, वह वस्तुत: उद्देश्य (कर्ता) और विधेय ही है। आज के भाषा वैज्ञानिक **सेपीर**, जो प्राचीन व्याकरण से प्रभावित से जान पड़ते हैं; कहतें हैं -, '' किसी कथन में कुछ विषय हो (कर्ता) और विषय के सम्बन्ध में कुछ कही जाने वाली (कथ्य) बात भी होनी चाहिए। कथन का विषय नाम होता है.......कोई भी भाषा नाम और क्रिया में विभेद करने में सर्वथा असफल नहीं रहती, यद्यपि स्थिति विशेष में इस विभेद की प्रकृति छलावा भी सिद्ध हो सकती है। यहां वह अव्यक्त रूप से कर्ता की परिभाषा उस व्यक्ति यावस्तु के रूप में करते हैं, जिसके संबंध में कुछ कहा जाता है और विधेय की विधेय के संबंध में ''उस व्यक्ति के संबंध में कही गई बात के रूप (कथ्य) में''। पर यह तो प्राचीन वैयाकरणों द्वारा व्यक्त कर्ता और विधेय की परिभाषा ही है।

अब हाकेट के सन्दर्भ में विचार करते हुए, केन्द्र स्थित व्यक्ति या वस्तु को विषय और वक्तव्य को टिप्पणी के नाम से उच्चरित करेंगे। हाकेट कहते हैं: '' विधेयक रचनाओं का सर्वाधिक सामान्य लक्षण विषय और टिप्पणी संज्ञाओं से ध्वनित होता है।....... वक्ता किसी विषय की घोषणा करके उसके विषय में कु छ कहता है। इस प्रकार ''जोन/रैन अवे' और देट न्यूबुक बाई थौमस/आई हैव'न्ट रैड येट''/ अंग्रेजी आदि भारोपीय भाषाओं में विषय ही कर्ता और टिप्पणी ही विधेय के रूप में पाई जाती है जोन रैन अवे में यही बात है किन्तु यह समीकरण सार्थक नहीं ठहरता: बोलचाल की या ग्रामीण अंग्रेजी में बहुधा, औपचारिक अंग्रेजी में कुछ विशिष्ट स्थिति में नियमत: और कुछ अयूरोपीय भाषाओं में सामान्यत:।'' हॉकेट के उक्त कथन से दो बातें उभरती हैं -**1.** वाक्य संरचनात्मकता की दृष्टि से कर्ता और विधेय क्रमश: टिप्पणी से विभेदित होते हैं। **2.** द्वितीय विषय सर्वदा टिप्पणी से पूर्व आता है। अपने दूसरे उदाहरण के संदर्भ में हॉकेट कहते हैं ''दैट न्यू बुक बाई थौमस'' को पहले इस लिए बोला जाता है, क्योंकि इससे निर्दिष्ट होता हैकि वक्ता किसके विषय में

**1. भाषा तत्व और वाक्य पदीय - डॉ. सत्यकाम वर्मा, पृष्ठ - 416 - 117**

कहने वाला है: यह इस वाक्य का विषय है, यद्यपि यह इसका कर्ता नहीं है यही विषय बाद में कही गईक्रिया ''हैवन्ट रैड् (यट)'' का कर्म है। उसी क्रिया का कर्ता आई (मैं) है जो सम्पूर्ण वाक्य में टिप्पणी का अंश है।

इस संबंध में **हैलिडे** की अनेकधारणाओं की चर्चा आवश्यक है। उन्होंने 'दत्त' और 'नया' की परिभाषा प्रस्तुत करते हुए, विषय और टिप्पणी के संदर्भ में एक दम नये ढंग से विचार किया है: विषय या कथन का उद्देश्य एक 'अवयव' होता है। यह अवयव किसी सामान्य स्थिति या उत्तरित स्पष्ट प्रश्न में 'प्रदत्त' होता है। टिप्पणी कथन का वह अंश है जो कुछ नयी बात जोड़ता है। अस्तु बिना 'दत्त' को जाने, उक्ति के 'विषय' और टिप्पणी का ज्ञान नहीं हो सकता। अब जोन दौड़ गया में कौन दौड़ गया? स्पष्ट प्रश्न के उत्तर में 'जोन' 'दत्त' तथा नयी सूचना की कसौटी के आधार टिप्पणी पर कहा 'जाएगा और दौड़ गया' विषय। 'जोन दौड़गया' वाक्यांश में जोन विषय तभी माना जाएगा, जब प्रश्न हो कि जोन ने क्या किया। तब दौड़ गया टिप्पणी भाग सिद्ध होगा। प्राय: सभी भाषाओं में इस 'दत्त नए शर्त का पालन नहीं होता। वस्तुत: उपर्युक्त शर्त ऐसी नहीं है कि सभी भाषाओं पर लागू किया जाय।

**सार्वभौम और विशिष्ट-** अब हम प्राचीन वैयाकरणों की दृष्टि का उपयोग इस संदर्भ में करेंगें। वे कहते हैं 'सत्व या द्रव्य वह व्यक्ति या वस्तु है जिसके सांयोगिक गुण धर्मों जैसे - मात्रा उत्कृष्टता संबंध क्रिया स्थान, स्थिति आदि- का कथन न्याय की दृष्टि से सुगठित वाक्यों में किया जा सकता है। जैसे वह ठिगना है, रमा वाराणसी में रहती है। मानव विवेकवान होता है आदि वाक्यों में वह, रमा मानव आदि पद द्रव्य बोधक हैं तो ठिगना, वाराणसी में रहती है, विवेकवान होता है आदि विधेय कथन है। ये तीनों गुण, क्रिया, स्थान और गुण का आख्यान करते हैं। व्यक्ति वाचकसंज्ञाओं अथवा विशेष व्यक्ति और वस्तु को इंगित करने वाले सर्वनाम या पद बंध जैसे वह, रमा, मानव सबसे अधिक **सत्वात्मक** या **द्रव्यात्मक** माने जाएंगे, क्योंकि वे किसी एक ही द्रव्य की ओर नामात्मक रूप से इंगित करते हैं। इसी लिए ये द्रव्य या सब्स्टेण्टिव कहे जाते हैं। ऐसे शब्दों को व्यष्टि या एक वाचक कहा जाता है। इनसे किसी निश्चित व्यक्ति वाचक द्रव्य का बोध होता है। अन्य शब्द (पद बंध भी) अनिश्चित सामान्य नाम (जाति नाम) भावात्मक या अमूर्त नाम तथा क्रिया, विशेषण, क्रिया विशेषण आदि को सार्वभौम या सामान्य कहा जा सकता है। वे अपने व्यक्ति द्रव्यों का बोध तभी कराते हैं जब संरचनात्मक दृष्टि से उनसे निर्देशित विशेष व्यक्ति का ही निर्देश (विशेष) न हो, जैसे - वह जो आदमी वहाँ खड़ा है मे आदमी एक व्यक्ति विशेष की जानकारी देता है। जबकि उक्त शब्द व्यक्तियों के स्तर , गुणों, स्थितियों और क्रियाओं आदि का बोध कराते हैं। ये स्थितियाँ व्यक्ति सहचारी होती हैं। कुछ तर्कशात्रियों ने सार्वभौम या जाति शब्दों को दो भागों में विभाजित किया है 1. समूहक (सार्टल) जाति शब्द। ये व्यक्तियों को 'श्रेणियों' के समूह में बाँटते हैं। 2. लक्षण वर्णनात्मक जाति शब्द। ये गुण, स्थिति, क्रिया आदि को सूचित करते हैं। पुराने व्याकरण के जो जाति वाचक संज्ञा शब्द हैं, वे ही समूह जाति शब्द कहे जा सकते हैं। विशिष्ट लक्षणात्मक जाति शब्द के अन्तर्गत् वाचक संज्ञा शब्द, क्रिया विशेषण और क्रिया विशेषण आते हैं।

उपर्युक्त विभाजनों के आधार पर, हम सार्वभौम या जाति शब्द कर्ता या विधेय की दोनों अवस्थाओं में, वाक्यों में प्रयुक्त हो सकते हैं। व्यक्ति वाचक शब्दों का प्रयोग केवल कर्त्ता की स्थिति में ही होता है। विशिष्ट जाति शब्द और विशिष्ट व्यक्ति वाची शब्दों का प्रयोग वाक्यों में निम्नवत् हो सकता है: सुकरात मनुष्य है - (समूहक), सुकरात बुद्धिमान है - (लाक्षणिक)। दो जाति वाचक से निर्मित शब्द वाक्य मनुष्य बुद्धिमान है। यहाँ कम विशिष्ट शब्द अधिक विशिष्ट शब्द का विधेय कथन हुआ है।

**कर्ता (साधक) और इप्सित (कर्म)-** एक वाक्य लें, राम रावण को मारते हैं। इसका केन्द्रक दो नामों से संयुत होकर निर्मित हुआ है और क्रिया एक है। यहाँ राम की व्याकरणात्मक स्थिति वही है, जो किसी अकर्मक क्रिया से युक्त वाक्य के कर्ता की होती है। रावण को मारते हैं की स्थिति अकर्मक वाक्य के विधेय समरूप है। ''राम रावण को मारते हैं और राम भागते हैं'' में इस तथ्य की एकता है कि एक वचन राम के साथ - एकवचन क्रिया मारते और भागते हैं प्रयुक्त हुई है। कर्म की दृष्टि से रावण का वचन योग की दृष्टि से व्यर्थ है।

यदि हम नाम के स्थान पर सर्वनामों का प्रयोग करें, तो राम के स्थान पर वह जोन के समतुल्य ही प्रयोग किया जाएगा। यह तथ्य सर्वत्र अर्थात् सकर्मक और अकर्मक दोनों स्थानों पर लागू होगा। जैसे वह रावण को मारता है, वह भाग जाता है। वहीं सकर्मक में रावण का समस्थानिक उसे अर्थात् द्वितीया एक वचन का रूप धारण करेगा। राम उसे मारते हैं उपर्युक्त दोनों वाक्यों को हम किसी भी क्रम से जोड़ सकते हैं और निर्मित समस्त वाक्य में से राम को एक स्थान से त्यागा जा सकता है। राम रावण को मारता है और भाग जाता है। अथवा राम भाग जाता है और रावण को मारता है। उपर्युक्तवाक्य सहघटन के रचनान्तरण नियम वा (वाक्य)- नासं (नामसंघ) + क्रि. सं. के अनुरूप है।

सब्जेक्ट या विषय नाम को साधक या कर्त्ता कहा जाता है। इसके विपरीत कर्म नाम को इप्सित कहते हैं। प्राय: सभी भारोपीय भाषाओं में कर्तृवाचक सकर्मक वाक्य का कर्ता, सही माने में क्रियाओं का सम्पादक होता है। कर्म उसकी सबसे बड़ी चाहत होती है।

**कर्त्तुरीप्सितमं कर्म**। प्राय: अधिसंख्य सकर्मक क्रियाओं के कर्ता कर्तृवाच्य की स्थिति में सजीव नाम रूप वाले होते हैं। इसके विपरीत अकर्मक क्रियाओं के कर्ता तथा सकर्मक के कर्म नाम सजीव तथा निर्जीव के अन्तर के प्रति तुलनात्मक दृष्टि से निरपेक्ष होते हैं।

**निकषों में संघर्ष-** परम्परागत व्याकरण में नाम और कर्ता समरूप होते हैं। ऐसे साधारण वाक्य जो विशिष्ट और सार्वभौम पदों से सृजित हैं, उनमें द्रव्य और घटना के आधार पर विषय + टिप्पणी - निकष (उद्देश्य या विधेय) का निश्चय होता है। लेकिन यदि दोनों पद सार्वभौम या जातिवाची हैं, तो विषय टिप्पणी -निकष का विनिश्चय व्याकरणणिक संरचना के आधार पर होता है।

कर्ता और विधेय की प्रारम्भिक अवधारणा के विकास में तर्क शास्त्र ने महत्वपूर्ण भूमिका अदा की है। तर्क शास्त्र के साथ-साथ दार्शनिक चिन्तनों ने भी गहरा प्रभाव डाला है। हर क्रिया का कर्ता कोई-न-कोई द्रव्य होता है या वे क्रियाओं से निश्चित ही प्रभावित होते हैं। इन द्रव्यों (जीव : अजीव) की कुछ अपनी विशेषताएँ होती हैं। प्रारंभिक स्थिति में कर्ता और विधेय की अवधारणा में, एक नाभिक या केन्द्रक (कर्ता) के साथ किसी क्रिया को संयुत कर वाक्य संरचना पर बल दिया गया होगा। विकासक्रम में हम देखेंगें कि, कर्ता के निर्धारण में किंचित् वाक्य की जटिल संरचना के कारण अनेक कठिनाइयाँ उत्पन्न होती गईं। भारोपीय भाषाओं में हम यह मानकर चलते हैं कि सकर्मक क्रियाओं का कर्ता और अकर्मक क्रियाओं के कर्ता को विभक्ति स्थिति समान रहती है: **इन्द्र वरं ददाति - इन्द्रः धावति**! इनमें कर्ता के पुरुष तथा वचन के अनुसार क्रिया की स्थिति होती है। सकर्मक क्रिया का कर्ता क्रिया का साधक होताहै जबकिअकर्मक क्रिया के साथ, वह विषय नाम। कुछ भाषाएँ ऐसी भी हैं जहाँ यह स्थिति नहीं है जैसे एस्किमों भाषा में हम संघर्ष की स्थिति पाएँगें। दो वाक्य हैं : किम्मी-प-अग्ना-कताकु-ब-आ-आ (कुत्ता स्त्री को देख रहा है)किम्मी क -अग्ना-प-ताकु-ब-आ-आ (स्त्री कुत्ते को देख रही है) यहाँ हम कह सकते हैं कि सकर्मक वाक्यों में प प्रत्यय कर्ता (साधक) की सूचना देता है और क प्रत्यय क्रिया के इप्सित की। इस शर्त की आधार पर किम्मी प् को वाक्य(1) का और अग्ना प् का वाक्य (2) का कर्ता कहा जा सकता है। लेकिन स्त्री भाग रही है या कुत्ता भाग रहा है - में किम्मी या अग्ना के साथ क प्रत्यय जुटता है। सकर्मक क्रिया, क्रिया के कर्म और अकर्मक के कर्त्ता में यह समानता मात्र साधकता का परिणाम है।

कर्मवाच्य की स्थिति में लैटिन, ग्रीक तथा अंग्रेजी भाषा(हिन्दी और संस्कृत में भी) साधक कर्त्ता और इप्सित (कर्म ) की व्याख्या करने वाले निकष में संरचनागत संघर्ष दीख पड़ता है। एक उदाहरण से यह स्पष्ट होगा 'बिल इज किल्ड बाई जोन' इस वाक्य में जोन साधक है और इप्सित है बिल। इस नजरिए से जॉनकिल्स बिल और बिल इज किल्ड बाई जोन' ये दोनों समरूप हैं। लेकिन परम्परा की दृष्टि से क्रमश: जोन और बिल कर्त्ता हैं। इसमें कारण निम्नवत् है (1) इप्सित नाम की कर्मवाच्य में विभक्ति प्रथमा है।, (2) कर्तृवाच्य की तरह कर्मवाच्य का भी 'इप्सित नाम' क्रिया के वचन का निर्धारण करता है। (3) कर्मवाच्य का 'इप्सित नाम' भी सकर्मक या अकर्मक कर्तृवाच्य के साधक कर्ता के समरूप ही, सहरचना में कार्य करता है। कर्मवाच्य में साधक की जगह 'इप्सित' कर्ता होता है क्योंकि साधक एक वैकल्पिक और बहिर्नाभिक घटक है।

**कर्ता के विविध प्रकार- चोम्स्की** ने कर्ताओं के दो विभेद किए हैं (1) व्याकरणात्मक (2) तर्काश्रित। 'बिल वाज किल्ड बाई जोन' में व्याकरणात्मक कर्ता बिल है और तर्काश्रित जोन। जोन किल्ड बिल में, जोन दोनों प्रकार का कर्ता है। चोम्स्की ने कहा है: अन्त: संरचना के कर्ता (विषय) विधेय के लगभग सभी संवादी रूप में ही पृष्ठ संरचना में **विषय टिप्पणी** के बीच में भी संबंध मौलिक व्याकरणात्मक ही होता है। इस प्रकार वाक्य के 'विषय' को सर्वाधिक बाएँ स्थित नाम संघ (नास) के रूप में कहा जा सकता है जो पृष्ठ संरचना (सर) से अभिभूत होता है जबकि वाक्य के 'टिप्पणी भाग' को शेष सूत्र के रूप में कहा जा सकता है। चोम्सकी के सुझाव आंशिक सत्य हैं। 'विषय पृष्ठ संरचना' में कर्ता से ही एक रूप नहीं होता। एक उदाहरण है - यह पुस्तक लाखों लोग पढ़ चुके हैं या यह पुस्तक लाखों लोगों द्वारा पढ़ी गयी है। इनमें एक कतृ.वा. तो . दूसरा कर्म वा. है। चोम्स्की के अनुसार दोनों वाक्यों में विषय घोषित करना पड़ सकता है। पर सच्चाई यह है कि परवर्ती वाक्य में ही कर्ता स्थित है।

इससे यह निष्कर्ष निकलता है कर्ता तथा विधेय की धारणा की पुष्टि एक नाभिक अभिव्यक्ति और अकर्मक विधेय के मिलने से होती है।

## 19. विशेषक या अधियोजी

अधियोजी शीर्ष के साथ संबद्ध एक संशोधक या विशेषक होता है। यह शीर्ष पर ही आधारित होता है। इस विशेषक को वाक्य से, रचना को बिना नुकसान पहुँचाए विलग किया जा सकता है। आगे बढ़ने के पूर्व हम संशोधक, शीर्ष आदि का अर्थ समझ लें तो ज्यादा अच्छा हो। **ब्लूमफील्ड** ने रचनाओं के धटक अवयवों के वितरण के आधार पर अन्त:केन्द्रिक और बहि:केन्द्रिक के रूप में श्रेणी बद्ध किया है। अत: केन्द्रिक रचना में, वितरण अपने घटकों के वितरण के समान होती है। जब ऐसा नहीं होता तब वह रचना

बहि:केन्द्रिक कही जाती है। हर रचना या तो प्रथम श्रेणी की होती है या द्वितीय श्रेणी की। उदाहरण के लिए 'ब्लाइण्ड जोन' या 'अंधा मोहन' प्रयोग अंत:केन्द्रिक होगा। उनका वितरण जोन और मोहन के समतुल्य ही होगा। अर्थात् उक्त दोनों का प्रयोग जोन और मोहन के स्थान पर ही होगा। मोहन नाम है, तो अंधा मोहन पदबंध भी नाम होगा। इसके विपरीत **दिल्ली** में प्रयोग बहि:केन्द्रिक है क्योंकि इसका वितरण न तो **दिल्ली** के समतुल्य है न तो **में** के । यह यहाँ वहाँ आदि स्थान वाली अव्ययों के समान है। यह क्रिया विशेषणिक पदबंध या अव्यय पदबंध कहा जा सकता है। अंत: केन्द्रित रचनाएँ भी दो प्रकार की हो सकती हैं-(1)समानाधिकरण रचना (2) आश्रित। प्रथम रचना वह होती है जिनका वितरण अपने घटक के अलग-अलग वितरण के समान होता है। जैसे 'रोटी और मक्खन' 'दूध या दही' पदबंध। आश्रित रचनाओं का वितरण अपने किसी एक घटक के समतुल्य होता है। उदाहरण के रूप में विशेषण नाम (वि+ना) अंधा मोहन। क्रिया वि.+ ाव (अत्यधिक चतुर) नाम या नाम संघ (वाचानाम) + क्रि.. वि. या क्रि. वि. सं या जैसे नासं दी मैन आन दि बस। इन दोनों घटकों में से जिसका वितरण रचित रचना के समतुल्य या समान होता है उसे शीर्ष कहते हैं। शेष घटक को विशेषक कहते हैं। दी टाप आफ दि बस में द टाप शीर्ष आफ द बस विशेषक। यहाँ हम वाक्य अधियोजी के सम्बन्ध में विचार करेंगे।

वाक्य अधियोजी का एक उदाहरण प्रस्तुत है -ज्यों ही वह आया (वाक्यान्तर) तीन घंटे बाद (पदबंध) तत्काल (पद) श्याम कार्यालय चला गया। उक्त तीनों की नाभिक वाक्य श्याम कार्यालय चला गया के साथ अधियोजी के रूप में संयुत हो सकते हैं। उक्त तीनों के अभाव में 'श्याम कार्यालय चला गया' एक सम्पूर्ण वाक्य है। ये अधियोजी विविध श्रेणियों के हो सकते हैं, काल, स्थान,प्रयोजन,परिणाम और अनुबंध आदि।

**अधियोजी और पूरक-** अधियोजी और पूरक को समान समझना बहुत बड़ी भूल होगी। पूरक वाक्य की पूर्णता का एक अनिवार्य घटक है जबकि अधियोजी के अलग कर देने से वाक्य के स्वरूप पर कोई असर नहीं पड़ता जैसे-दो प्रकार के वाक्य लिए जा रहे हैं,(1) जोन काट दी बाल इन सेन्ट्रल पार्क (2) अ- द परेड वाज इन सेन्ट्रल पार्क -ब -द डिमास्ट्रेशन वाज आन सण्डे। प्रथम वाक्य में स्थानात्मक प्रयोग के अलग करने से मूल वाक्य के स्वास्थ्य पर कोई असर नहीं पड़ेगा, जबकि अंतिम दोनों वाक्यों के पूरक नाभिकीय और अनिवार्य घटक हैं।

**लकार और काल सूचक अधियोजी-** जिन भाषाओं में लकारों का प्रयोग होता है, उन भाषाओं के कालसूचक पद या विशेषक क्रिया में ही घुले हुए होते हैं। संस्कृत या लैटिन या ग्रीक में इस प्रकार की प्रवृत्ति दर्शनीय है। संस्कृत भाषा में दूरवर्तीभूत, अद्यतनभूत, अनद्यतन भूत का अन्तर कालात्मक ही होता है। ऐसी भाषाओं में कालात्मक विशेषक क्रिया के साथ जुटा होता है।

## 20. वाक्यान्तर

कोई ऐसा शब्द समूह जिसके अपने उद्देश्य और विधेय हों, और वह किसी बड़े वाक्य का अंगभूत हो 'क्लाज' या वाक्यान्तर कहलाता है। ये वाक्यान्तर या उपवाक्य दो प्रकार के होते हैं।

**(1) प्रधान उपवाक्य-** वाक्य के भीतर अनाश्रित वाक्य प्रधान उपवाक्य होता है, जैसे वह आदमी अभी बैठा है जिसे मैंने बुलाया था। यह प्रथम वाक्य सर्वथा स्वतंत्र है।

**(2) आश्रित उपवाक्य-** आश्रित (प्रधान उपवाक्य) पर उपवाक्य जो गौण होता है आश्रित उपवाक्य कहा जाता है जैसे जिसे मैंने बुलाया था।

## 21. रचनान्तरण प्रजनक भाषिकी

ट्रान्सफार्मेशनल जनरेटिव (टी. जी.) अर्थात् रचनान्तरण प्रजनक के क्षेत्र में एक महत्वपूर्ण संगे मील है। इस सिद्धान्त के प्रस्तोता सम्मिलित रूप से **चोम्स्की** और **हैरिस** हैं। लेकिन **चोम्स्की** की पुस्तक सिंन्टैक्टिक स्ट्रक्चर (1957) में इस विषय का सम्यक् विवेचन किया गया है। रूसी भाषा विद् **शौम्यान** ने रचनान्तरक नियमों के आधार पर व्याकरणात्मक विश्लेषण की एक तीसरी प्रणाली का प्रस्ताव किया।

**रचनान्तरणी व्याकरण- जोन लियोन्स** के अनुसार जो भी व्याकरण प्रत्येक वाक्य की पृष्ठ संरचना और गहरी संरचना का विश्लेषण करता है, तथा उन दोनों विश्लेषणों के बीच प्रणालीबद्ध संबंध स्थापित करता है, उसे 'रचनान्तरणी व्याकरण' कहा जा सकता है। प्रजनक शब्द गणितीय पारिभाषिक शब्द है। इसका शाब्दिक अर्थ है गणना करना या मापना या आरेखित करना। रचनान्तरणी व्याकरण न तो भाषा के तत्वों को और न शब्दों को व्युत्पन्न करता है अपितु शब्द समवाद के तत्वों की योजना करके, संरचना के सूत्रों का उपयोग करके या उनका अन्वयन करके, नूतन वाक्यों की सर्जना करता है। इस प्रक्रिया में सृजित होने वाले वाक्यों के पूर्व रूपों का कथन किया जाता है। यह प्रणाली वाक्यों के बीच आन्तरिक संबंधों की व्याख्या करती है, जिन्हें हम रचनान्तरक कहते

हैं।

**प्रणाली का मूल लक्ष्य-** किसी विवेच्य मूल भाषा के बोलने वाले की दक्षता, उसकी सहज अनुभूति, उसके भाषा बोध का विवेचन करना ही उस विधि का मूल उद्देश्य है। हम जानते हैं कि किसी भी भाषा परिवार का व्यक्ति, काल स्थान तथा वैयक्तिक विशेषताओं से युक्त होता है। और उसका भाषा प्रयोग भी निजी होता है। लेकिन व्यक्ति बोलियों के बावजूद हर बोलने वाला, व्यक्तिगत विभेद के बावजूद एक दूसरे की उक्ति को आसानी से समझ सकने में समर्थ होता है। इस समझ के पीछे एक भाषिक सामाजिक मानसिक चेतना होती है। इस चेतना का आधार बैद्धिक भाषायी आन्तरिक ऊर्जा है। इसे हम सूक्ष्म बौद्धिक दक्षता का नाम दे सकते हैं। यही दक्षता भाषागत विभेद के मध्य एक रूपता स्थापित करती है। इसी दक्षता को आधार बनाकर व्याकरण की संरचना होती है। भाषा परिवार का वक्ता व्यक्ति नये नये वाक्यों को बोलता है। उसके कथन के पीछे उसकी बुद्धि में छिपे भाषा रचना के सूत्र, अव्यक्त रूप से समाहित होते हैं। अगर हम कोई दूसरी भाषा सीखना चाहते हैं तो, हमें उन संरचना सूत्रों को हृदयंगम करना पड़ता है। उन्हीं के आधार पर हम भी अनेक वाक्यों की रचना करने में सक्षम हो सकते हैं। रचनान्तरण भाषिकी उन्हीं रचना सूत्रों को समझने में सहयोग देती है। जब हम इन भाषायी तत्वों को प्रयुक्त करतेहैं तो जो अंश हमें प्राप्त होते हैं, उसे अंतिम शृंखला कहते हैं। वाक्यों पर सूत्रों का प्रयोग करने से इस अंतिम शृंखला का विकास होता है। यह विकास क्रम प्रजनन या व्युत्पादन कहलाता है। यह अंतिम शृंखला, पद रूपों की एक शृंखला होती है। पद रूपों की श्रंखला पर ध्वनि प्रक्रिया के सूत्रों को संयोजित करके वाक्य की संरचना की जाती है. यह भाषा के सहज व्यवहार की वस्तु है। किसी भी भाषा में वाक्य के अनेक रूप होते हैं। जैसे विधि, निषेध, प्रश्न, सन्देह, आज्ञा आदि। हर वाक्य में समानता के तत्व विद्यमान होते हैं। उन समानताओं का विवेचन परम्परागत व्याकरण में न होकर, रचनान्तरणी व्याकरण में होता है। इसमें संरचनाओं के संबंधों को व्याख्यायित करने का प्रयास किया जाता है। यह शाखा यह मानकर चलती है कि हर भाषा में उसकी अपनी व्यवस्था होती है यह व्यवस्था अत्यन्त सुगठित होती है। इसके हर कार्य निर्धारित होते हैं और उस व्यवस्था की विवेचना और परिगणना सम्भव होती है। गणित के माध्यम से हम अनेक इकाइयों और उनके अन्त संबंधों को आसानी से समझ सकते हैं। यही कारण है कि किसी भी भाषा की व्याख्या के निमित्त गणितीय पद्धति से संकेतों प्रतीकों तथा अंकन पद्धति का प्रयोग आरम्भ हुआ।

**रचनान्तरणी अस्पष्टता-** व्याकरण की अस्पष्टताओं को दूर करने के लिए कोष्ठन या घटक संरचना का सहारा लिया जाता है लेकिन कुछ ऐसी अस्पष्टताएँ होती हैं, जिनका आधार उक्त भाषा के आन्तरिक संबंधों पर स्थित होता है, उन्हें हम 'रचनान्तरणी' कहते हैं। एक अंग्रेजी का उदाहरण लेकर हम इसे स्पष्ट करने का प्रयास करेंगे 'दी लव आफ गॉड' पद बंध का संबंध दो वाक्यों से साथ हो सकता है। प्रथम 'गॉड लब्स' यहाँ गॉड कर्ता है। लव्स गॉड: में कर्म। जैसे गॉड लव्ज मैन काइण्ड, या मैन काइण्ड लव्ज गॉड। यह वाक्य प्रस्तुत करें ''इट इज दी लब आफ गॉड व्हिच इन्सायायरर्स मेनटू वर्क फार देयर फालोज'' तो यहाँ अस्पष्टता बरकरार मिलेगी।

**चोम्स्की** का एक उदाहरण 'फ्लाइंग प्लेन्स' एक अस्पष्ट पदबंध हैं। लेकिन (क)फ्लाइंग प्लेन्स ऑर डेन्जरस या (ख)फ्लाइंग प्लेन्स इज डैन्जरस में प्रथम **फ्लाइंग** पार्टिसिपुल है जिसकी उत्पत्ति क्रिया से है पर यहाँ विशेषण वत् काम कर रहा है तो दूसरी ओर जिरण्ड संज्ञा का काम करता हुआ भी क्रिया से उद्भूत है। प्लेन्स कर्ता बहुवचन होने से 'ऑर' सहायक क्रिया से युक्त है और वह अन्त: केन्द्रित संघ फ्लाइंग प्लेन्स के शीर्ष पर है। (ख) में फ्लाइँग प्लेन्स के रूप में सम्पूर्ण संघ कर्ता है। इस प्रकार कृदन्त और क्रियार्थक प्रयोगों के विषय में परम्परागत वैयाकरणों के वक्तव्य स्वभावत: रचनान्तरणी हैं। इसे हम इस प्रकार कह सकते हैं कि कोई विशेष शब्द एकं वाक्य में क्रिया और रचनान्तरणी पद बंध की स्थिति में विशेषक बनकर रह सकता है, या एक वाक्य में क्रिया और रचनान्तरण से संबंधित संघ में 'नाम' बन कर आ सकता है।

**रचनान्तरण में अंकात्मक लिपि का प्रयोग:-** हमारे सामने एक वाक्य प्रस्तुत है। जिसका गणितीय अंकन हम इस प्रकार करेंगें। अविनाश बच्चे को प्यार करता है। इसका अंकन इस प्रकार होगा-

अविनाश=नाम संघ । बच्चे को+ नाम संघ 2 प्यार करता है=क्रि. संक ना सं.1 ना स 2 क्रि संक

यहाँ सूत्रीकरण की प्रक्रिया क्रमश: दीर्घ से लघुतर शाब्दिक इकाइयों के रूप में सम्पन्न होती है। रचनान्तरणी व्याकरण के चार विभाग हैं। 1. मूल सूत्र या शब्दसंवर्ग 2. रचनान्तरण सूत्र 3. स्वन प्रक्रियात्मक सूत्र 4. अर्थात्मक विवेचन

मूलसूत्र भी दो भागों में विभक्त होता है (क) संरचना सूत्र (मूल वाक्य) के इन्हें पद वंध संरचना सूत्र या निर्माण सूत्र कह सकते हैं। (ख) संयोजित शब्दावली का समुच्चय

**सूत्र निर्माण प्रकिया-** शब्द से पदबंध तथा पदबंधों से वाक्यों की निर्मिति होती है। वाक्य भी दो प्रकार के होते हैं। प्रथम

आधार वाक्य, द्वितीय रचनान्तरित वाक्य। आधार वाक्य को ही मूल वाक्य कहा जाता है। मूल वाक्य सरल, कर्ताप्रधान, कथन प्रधान और विधिवाक्य होते हैं। रचनान्तरण के द्वारा इन्हे प्रश्न वाचक, नकारात्मक, मिश्र वाक्य कर्मणि तथा संयुक्त वाक्य के रूप में प्रजनित करते हैं। जब मूल वाक्य को प्रजनित किया जाता है,तब उससे सूत्र विनिर्मित होते हैं। यही सूत्र पदबंध संरचना नियम कहे जाते हैं। इस नियम के अन्तर्गत व्याकरण की कोटियों, उसके कार्य तथा पद्धतियों का विनियोजन गणित के सूत्रों के साथ करते हैं। ये गणितीय चिन्ह हैं +(धन), - (ऋण), > (पुनर्लेखन) किसी वाक्य के दो हिस्से होते हैं- वाक्य > उद्देश्य (नाम संघ) + विधेय (क्रिया संघ) विशेष्य+विशेषण उद्देश्य के अन्तर्गत नाम संघ तथा क्रिया संघ के अन्तर्गत नामपद, अव्यय, क्रिया विशेषण और क्रिया पद होते हैं।

व्याकरण के संवर्गों को संक्षेप में इस प्रकार लिखते हैं।

वा. वाक्य

नाम संघ या संज्ञा पद बंध=ना. सं. या संप. ना सं2 या संप 2

क्रिया संघ या क्रिया पद बंध=क्रि सं ग्रा क्रिप

क्रियाविशेषण=क्रि विपू=पूरकउद्देश्य=उविधेय=वि

**सूत्रण का ढंग** 1. वा - नासं1 + वि 2. वि-- नांस 2 + क्रिसं 3. क्रि सं - (क्रि वि) (पू)) कि4. -- मुख्य + (सहायक)( ) इसके भीतर का अंश विकल्प से आता है। () एक समुच्चय का सूचक है।

## आरेख

वृक्षशाखा

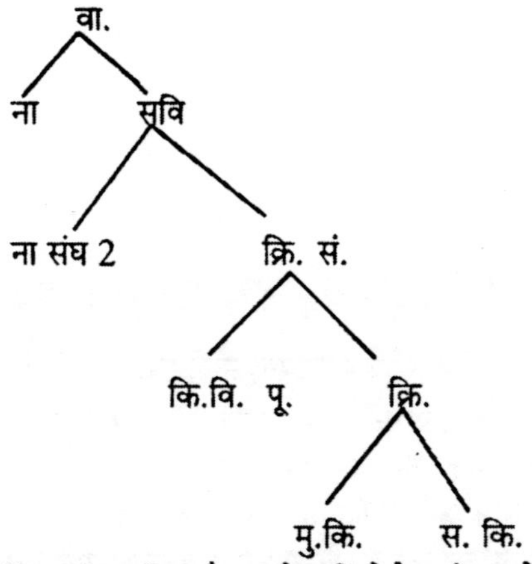


उक्त आरेख में दो रेखाओं का मिलन बिन्दु संगम बिन्दु है। अधोगामी दो रेखाएँ पात रेखाएँ हैं। पात रेखा जिस अंग की ओर उन्मुख होती है वह अंश उस संगम विन्दु के प्रभाव क्षेत्र में होता है।

## वाक्य का आरेखन

सुन्दर लड़की आम खाती है।

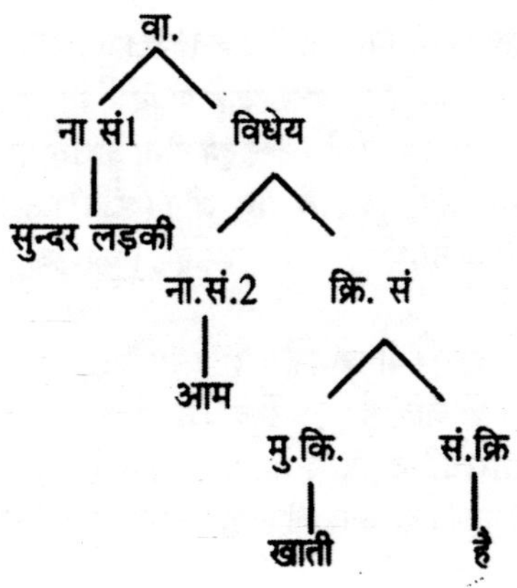

**प्रजन सूत्र-**

1. (उ) व-नासं.1+ वि 2. वि- (ना सं2) क्रिसं 3. क्रिसं- (क्रिवि.), क्रि 4. क्रि- मुख्य + (सहा.)
5.मु.क्रि- धातु + प्रत्यय 6. सह.क्रि. 7.नासं1 - नासं+ (ने) 8. नासं- वि शे.+ नाम
9. ना सं- नासं+ (0 को )10. नासं- (नासं2 नासं 3) 11. नासं 3- (क ख ग)

सुन्दर लड़की आम खाती है।

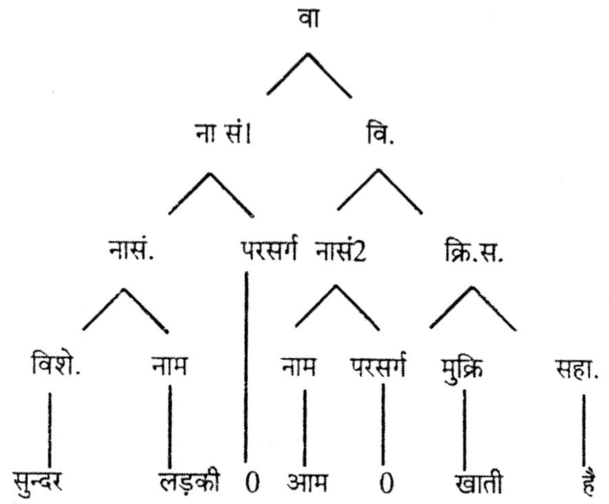


## 22. पदबंध- रचनात्मक व्याकरण

**श्रृंखला और रैखिकता-** सभी वाक्यों की संरचना सरल रैखिक होती है। इसका अर्थ यह है कि व्याकरण की नजर में हर वाक्य पूरी तरह घटकों, या पदों के सूत्र या श्रृंखला में पिरोया गया होता है। सूत्र का अर्थ है : भाषा की व्याकरणात्मक संरचना को समझाने के लिए प्रयोग में लाई गई एक गणितीय संज्ञा जैसे क+ख+ग+घ

यहाँ+ या योग का प्रयोग अनुबंधन को प्रदर्शित करता है। यह 'सूत्र' घटकों या अवयवों या पदों का एक विशेष अवस्था में 'संघात' होने से निर्मित होता है। 'व्यवस्था' का अर्थ है -किसी विशेष घटना के प्रति इस प्रणाली के प्रयोग (विनियोग) के वक्त की जाने वाली उसकी व्याख्या। प्राय: अधिसंख्य भाषाओं में लिखित प्रणाली बाएँ से दाएँ की ओर होती है। वास्तव में यह रैखिक व्यवस्था होती है। व्याकरण के नियमों पर आधारित बने शब्द समूह एक शब्द श्रृंखला का निर्माण करते हैं यह श्रृंखला भाषा में प्रयुक्त शब्दों की व्यवस्था के अनुरूप होती है। सूत्र (श्रृंखला) एक विशेष प्रकार के विन्यास होते हैं। यह श्रृंखलन 'संघात' का एक विशेष प्रकार होता है।

**सन्निहित घटक-** भाषा विज्ञान की पुस्तकों में सन्निहित -घटक विश्लेषण पर विशेष बल दिया जाता है। इस नाम का प्रयोग सबसे पहले **ब्लूमफील्ड** ने 1933 में किया था। उन्होंने एक सीधा उदाहरण दिया था: 'पुअर जोन रैन अवे' उपर्युक्त वाक्य में प्रयुक्त घटकों को दो भागों में विभाजित कर सकते हैं 1. पुअर जोन 2. रैन अवे इन दोनों का विभाजन इस रूप में होगा पुअर+जोन, रैन+अवे। उक्त वाक्य का कर्त्ता नाम संघ है तथा विधेय 'क्रिया संघ' पुअर वि. तथा जोन (संज्ञा)। उसीप्रकार रैन क्रिया और अवे क्रिया विशेषण। नियम यह है कि प्रत्येक उच्च स्तरीय घटक का निम्नस्तरीय घटक अंग बनता है। कोष्ठक का प्रयोग कर हम इस प्रकार लिख सकते हैं। [(पुअर जोन)(रैन अवे)]

घटक संरचना सिद्धान्त के विकास में तीन युगों का योगदान है:- 1. ब्लूमफील्ड ने वाक्योंके घटकों में समुचित विश्लेषण का अर्थ किया, ऐसा विश्लेषण जिसमें अर्था का धायान रखा जाता है। 2. उनके शिष्यों **वेल्स** और **हेरिस** ने विशेष रूप से स्पष्ट करते हुए, 'वितरणात्मक निकष' उपस्थापित किया। 3. **चोम्स्की** आदि ने घटक संरचना के उस सिद्धान्त को गणितीय. अध्ययन का विषय बनाकर वर्णित किया। साथ ही उन्होंने नियमों की प्रकृति की ओर भी विशेष ध्यान दिया, जो घटक संरचना जनित वाक्यों के लिए उचित हों।

**व्याकरणात्मक अस्पष्टता-** एक सिद्धान्त कि 'वाक्य या वाक्यांश अरैखिक संरचना से युक्त होते हैं' को यदि हम स्वीकारें तो व्याकरण वर्णन में आने वाली बहुत सी अस्पष्टताओं से निजात पा सकते हैं। कोई भी वाक्यगत अस्पष्टता या तो घटकों की घटकसंरचना या वितरणात्मक वर्गीकरण का 'प्रकार्य' है। अस्तु वाक्योंका विश्लेषण करते समय दोनों तथ्यों पर ध्यान रखना आवश्यक है। इसके लिए कोष्ठकीय संरचनाओं या प्रशासखीय आरेखों की ग्रन्थियों के साथ पर संकेत रखें जाने चाहिए।

वा. न सं (वि[पुअर]+ना.[जोन्स] + क्रि. सं. (क्रि. [रैन)+क्रि. वि. (अवे]}

इस प्रशाखीय आरेख से इसे स्पष्ट किया जा सकता है।

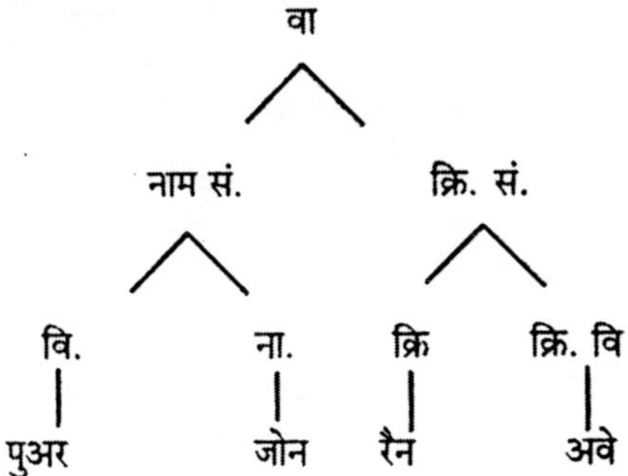


पुरानी मान्यता के अनुसार पुअर जोन नाम संघ कहा जाता है। क्योंकि वाक्य में यह या तो ''उस जैसा काम करता है'' या उसकी जगह कार्य करता है। इसका मतलब यह हुआ कि नाम तथा विशेषण से बने पद बंध व्याकरण प्रजनित वाक्यों में नाम के समान वितरण वाले होते हैं, अर्थात् पूअर जोन, न्यू कार आदि पद वंध मुक्त रूप से जोन और कार का स्थान प्राप्त कर सकते हैं और इस प्रकार व्याकरण सम्मत एक नया वाक्य प्रस्तुत करते हैं। उपर्युक्त ग्रन्थि हमें सूचित करती है कि नाम और विशेषण परस्पर सम्बद्ध होकर नाम संघ की रचना करते हैं। अंग्रेजी या अन्य भाषाओं में अनेक नाम संघ हैं। उनके रूप इस सूत्र से स्पष्ट किये जा सकते है। वि+ना;+ना2। उनकों पूर्ण स्पष्ट करने के लिए नए घटक का सृजन किया जा सकता है। जैसे -वि+ (ना।+ना2) अथवा वि (वि+ना1)+ना.2 वाक्यों में वास्तविक प्रयोग होने पर अत: पदवंध भ्रान्ति नहीं उत्पन्न करते।

## 23. पदबंध रचनात्मक व्याकरण

**पदबंध रचना** -कोष्ठक को निबद्ध करने के अतिरिक्त प्रजनक नियमों की प्रणाली का सृजन अति महत्त्वपूर्ण है। इस प्रकार वाक्यों में शुद्ध संरचना घटकों का प्रयोग सम्भव है। व्याकरण नियमों की अनेक ऐसी प्रणालियों की संरचना सम्भव है, जिन नियमों, का प्रयोग रचित वाक्यों पर घटक संरचना के विश्लेषण, के संदर्भ में किया जा साकता है। यहाँ चोम्स्की द्वारा प्रयुक्त सानुबंधन पुनर्लेखन प्रणालियों का परिचय कराया जायेगा। इन प्रणालियों को पद बंध -रचनात्मक व्याकरण कहेंगे।

**पुनर्लेखन प्रणाली-** यहाँ उक्त प्रणाली के तीन नियमों का उल्लेख होगा।

वा ⟶ ना सं. + क्रि सं        क्रि ⟶ क्रि+ क्रि वि        नाम ⟶ सं वि+ ना

प्रथम नियम का निगर्म करना हो तो इस प्रकार होगा।

1. वा {नासं+क्रिसं)      2. दूसरे नियम का विनियोग का परिणाम निम्न होगा वा {नासं.+क्रिसं+(कि+क्रिवि)}। 3. तीसरे नियम का परिणाम निम्न होगा- वा {ना सं (वि+ ना) + क्रिसं )क्रि+ क्रिवि)}

यहाँ हर नियम ने समस्त घटकों को एक कोष्ठक में सीमित कर दिया है। इनके द्वारा एक पारिभाषित संरचना का निर्माण होता है। संरचना का स्तर, उस व्यवस्था द्वारा जिनमें नियमों का विनियोग होता है, निर्धारित होता है। उपर्युक्त उदाहरण में दूसरे के स्थान पर यदि तीसरे नियम का विनियोजन किया जाए, तो भी प्रतिफल समान ही होता। लेकिन सबसे पहले प्रथम नियम का विनियोजन आवश्यक है, जिससे कि दूसरे और तीसरे नियम के अनुसार अवयवों का निर्माण हो सके।

अब पहले नियम में स्थित नाम को लें। नाम उस रचना का प्रतिनिधि है जिसके हर अवयव वहीं होंगें जो व्याकरण से जन्म लिए हैं। यहाँ 'नाम' प्रथम प्रतीक कहा जाएगा। कोषीय अवयव अन्त्य प्रतीक कहे जाएँगें। अर्थात् कोष्ठगत् सूत्रों को अन्त्य सूत्र से नामित किया जाएगा। उक्त तीनों सूत्र एक वाक्य Poor John ranaway को शुद्ध घटक संरचना के साथ प्रजनित करने में पूरी तरह सक्षम हैं।

ना= {जोन आदि}    क्रि. = {रैन आदि}   वि. = {पुअर आदि} क्रि. वि. = {अवे आदि}

अब हर शब्द के स्थान पर उसे प्रतीक को रखकर विपरीत क्रम में प्रतीकात्मक सूत्र का सृजन करे

अवे=क्रि. वि    जोन=नाम    पुअर= वि.    रैन=क्रि.

इस प्रकार हम पहले प्रतीक तक पहुँच गए।

**वैकल्पिक नियम-** इस नियम की विवेचना के निमित्त हम एक दूसरा वाक्य लेंगे: ओल्ड मेन लव यंग वीमेन। अब नाम संघ के पुनर्लेखन के पश्चात् यहाँ क्रि सं का पुनर्लेखन किया जायेगा और उसके लिए नए नियम का निर्माणा करना पड़ेगा।

1. वा → नाम सं+ क्रिया संघ    2. अ. → क्रि. सं क्रि अक + क्रि वि

2. ब. → क्रि सं क्रि सक +ना सं    3. ना → सं वि+ना

ऊपर अक=अकर्मक क्रिया तथा सक=सकर्मक क्रिया का प्रतीक है।

यह याद रखना चाहिए (2-अ): और (2-ब) में से किसी एक नियम का प्रयोग निश्चय ही होना चाहिए। अगर नियम (2-अ) का प्रयोग होगा तो क्रिया रैन आदि होगी और सक. क्रिया का प्रयोग होने पर लव, किल आदि क्रिया का।

**स्वैच्छिक या अनिवार्य नियम-**यह नियम तृतीय नीचे लिखे दो नियमों में पुनर्रचित करने का यदि प्रयास करें तो

नासं → ना    ना → वि+ना

अब इनमें से तीसरे नाम को अत्यावश्यक मान कर, चौथे नियम को इच्छानुसार समझें तो व्याकरणिक नियमों के द्वारा निम्न वाक्य भी निर्मित हो सकते हैं, (1) जोन रैन अवे, (2) पुअर जौन रैन अवे,(3) मेन लव वीमेन, (4) ओल्ड मेन लव वीमेन

यदि उपर्युक्त वाक्यों का प्रशाखन बनाएँ तो वे निम्नवत बनेंगें:

1

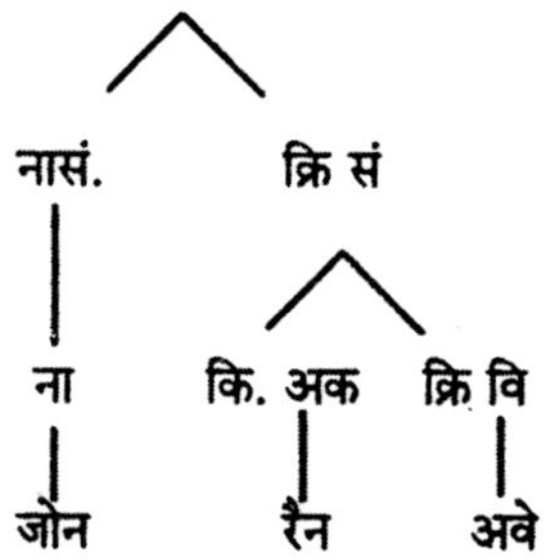


2.

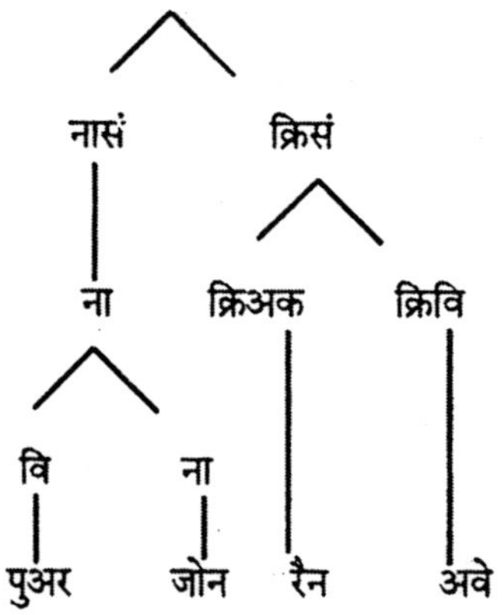


1

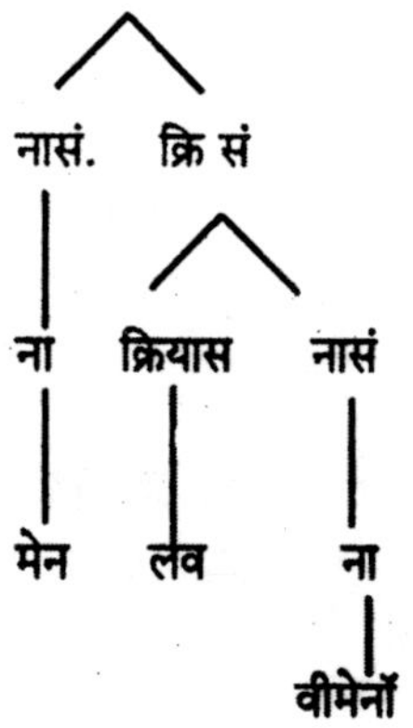


2.

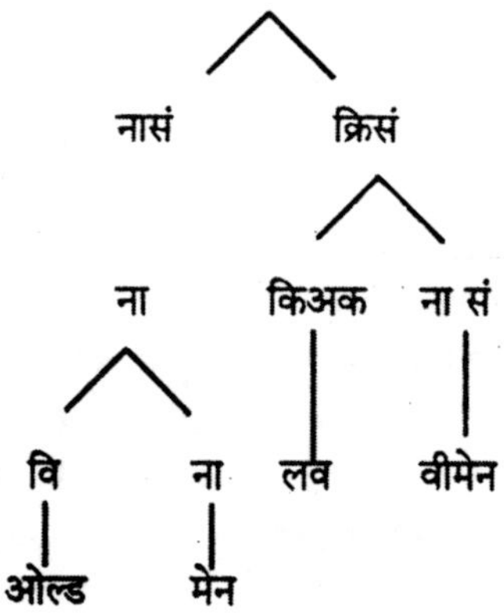

इसी प्रकार अन्य दो वाक्यों का भी प्रशाखन किया जा सकता है।

निष्कर्ष रूप में हम कह सकते हैं कि (नियामक) नियमों पर ध्यान देकर) उपर्युक्त समस्त आरेख वा (ना सं+ क्रि सं) के ही उपभेद या प्रकार हैं। विश्लेषण के स्तर पर सभी समान हैं। कुछ विशेष ध्यान देने पर पाएँगें कि पहले और दूसरे वाक्य समान हैं पर तीसरे और चौथे तक वाक्य रचना की दृष्टि से अलग है। ये स्वैच्छिक और वैकल्पिक नियम व्याकरण की रचना शक्ति को विवर्धित करते हैं और अनेक रचना विन्यासों को एक ही सामान्य प्रकार के उप प्रकार में समूह बद्ध कर देते हैं।

**नियमों का क्रम स्थापन-** उपरोक्त कथनों में नियमों का परिपालन क्रम बद्ध ढंग से किया गया है, क्योंकि क्रम हीन होने पर व्याकरणिक उत्पाद में अन्तर आ जायेगा। एक उदाहण लें, तीन सूत्र तो पहले के हों, उनके बाद चौथा नया ,सूत्र जोड़ें तो-

1. वा → नासं+क्रिसं
2. आ → क्रिसं क्रि अक+ क्रिवि
2. ब → क्रिसं क्रिसक+ ना सं
3. नासं → नाम
4. ना → आ+ ना
5. ना → वि+ना

यहाँ 'आ' आर्टिकिल का प्रतीक है। वैकल्पिक नियम 3 और 4 का प्रयोग करने पर व्याकरण प्रसूत शब्द बनेंगें। मेन, वीमेन, गुड मेन, दी गुड मेन। यदि के पूर्व 5 को प्रयुक्त किया जाए, 'तो गुड दी मेन' शृंखला बनी जो उचित नहीं है। महत्त्वपूर्ण नियम 3 के पूर्व रखने पर, उसके बाद भी इसे रखना पडेगा। जिससे क्रिस किसक+ ना सं में ना सं का पूर्ण फैलाव हो सके।

पुनर्लेखन घटक संरचनी व्याकरण में नियम क्रम दो कारणों से ध्यान देनें योग्य हैं-

1. अनुचित अवयव शृंखला का प्रजनन न हो सके,

2. इच्छित नियमों की संख्या में कमी आ सके। अस्पष्टता दूर करने के लिए, नियमों के विशेष वर्ग को विशेष क्रम में प्रयोग किया जाना चाहिए। उदाहरण के लिए, निम्न आकार की संज्ञाओं को साथ साथ प्रयोग करने के लिए, एक वैकल्पिक नियम का प्रयोग करने पर 6 ना → ना + एंड+ ना यदि इन्हें नियम 5 के पूर्व किया जाय तो ऐसे प्रयोग बनेंगें- (औल्डमेन) एण्ड वीमेन, मेन एण्ड (ओल्ड वीमेन)

बाद में प्रयोग करने पर ओल्ड (मेन एण्ड वीमेन उत्पादित करेगा यह अर्थ की दृष्टि से (ओल्ड मेन) एण्ड (ओल्ड वीमेन) के समान होगा। यह तभी होगा जब नियम 6 के बाद 5 को पुन: प्रयुक्त किया जाय।

**पुनरावर्ती नियम -** 'और' से नामों को जोड़ कर नाम संघ बनाने के लिए, छठें नियम का प्रयोग कई बार करना चाहिए। बार - बार दुहराए जाने वाले नियम को पुनरावर्ती नियम कहते हैं।

**असन्तत घटक -** प्राय: यह माना जाता है कि किसी भी संरचना के अवयव वाक्यों में एक दूसरे के पश्चात् आते हैं लेकिन नीचे के वाक्य में ऐसी बात नहीं है - ''जोन काल्ड बिल अब'' यहाँ प्रमुख रूप से ध्यान देने योग्य है कि काल्ड स्वैच्छिक रूप से तब असन्तत कहा जाएगा, जब कर्म नाम शब्द होता है, लेकिन कर्म यदि सर्वनाम हो, तो निश्चय रूपेण होता है।

**अधिपूरक नियम -** किसी भाषा का व्याकरण दो प्रकार के नियमों से युक्त होता है: 1. संघ रचना नियमों से, 2. अधिपूरक नियम से इनका कार्य घटक संरचना नियमों के द्वारा उत्पन्न अंतिम सूत्रों को वास्तविक वाक्यों की रचना में प्रयुक्त करना है।

**मिश्र वाक्य -** घटक संरचनी व्याकरण जटिल तथा सरल वाक्य रचना में सहायक (समान रूप से) होता है। एक वाक्य नीचे है - बिल बाज रीडिंग दी न्यूजपेपर व्हेन जोन एराइव्ड। ऐसा वाक्य भी पुनर्लेखन नियम प्रणाली द्वारा निम्न नियमों के सहयोग से निर्मित (प्रजनित) हो सकता है।

क. वा → ना सं +क्रि सं (काल क्रि वि), ख. काल क्रि वि कर्मप्रवचनीय +काल नाम काल समुच्चय - निपात + वा

यहाँ ध्यातव्य है कि (क) नियम के द्वारा काल क्रि. वि. को वाक्य के एक स्वैच्छिक घटक के रूप में प्रस्तुत किया गया है। उधर (ख) नियम भी स्वैच्छिक है, उक्त का प्रयोग न करने पर भी काल क्रिया विशेषण अंतिम सूत्र में प्रकट होगा, इसके स्थान पर यस्टरडे आदि का प्रयोग हो सकता है। यदि (ख) नियम का प्रयोग करने पर और कर्मप्रवचनीय +काल नाम वाले विकल्प को अपनाया जा सकता है, तब अंतिम प्रतिफल आन ट्यूजडे या आन जनवरी होगा। उक्त का आरेख निम्नवत् होगा:-

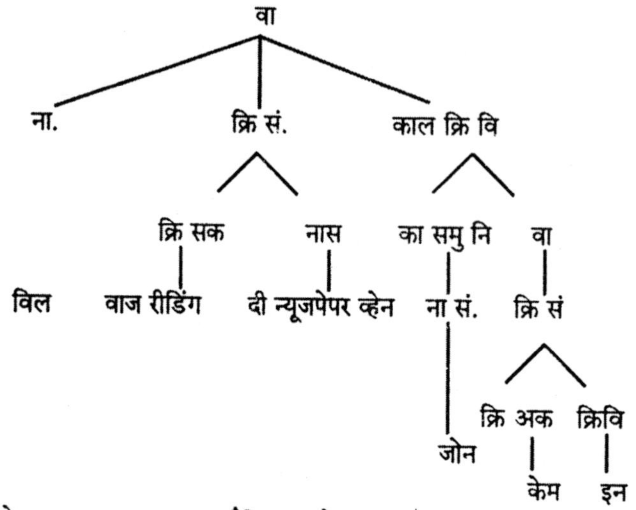


लेकिन उक्त (इन जनवरी) के स्थान पर ख का दूसरा स्वैच्छिक प्रयोग काल समुच्चय निपात + वा की ही हमें आवश्यकता है।

**संदर्भ युक्त पद बंध रचनात्मक व्याकरणों का रूपायन-** यहाँ 'वा' क है तथा ख अन्त्य प्रतीक है। ख इन शब्द श्रेणियों को सूचित करताहै ना, क्रिसक, क्रिअक, वि, । ऐसे नियम जिनमें क को ख में बदलने में सन्दर्भ का आशय लेने की आवश्यकता नहीं रहती, संदर्भ मुक्त नियम कहलाते हैं।

**निर्बल और सबल समतुल्यता -** ऐसे व्याकरण जो एक जैसे वाक्यों को जन्म देते हैं निर्बल समतुल्य कहे जाते हैं जब कि सबल समतुल्य व्याकरण जैसे वाक्यों को प्रजनित करने के साथ - साथ विवरण में भी एक समान होते हैं।

## संदर्भ विषयक या संदर्भ संवेद्य व्याकरण

संदर्भ संवेद्य व्याकरण और संदर्भ संबद्ध व्याकरण दोनों एक ही होते हैं। जिस व्याकरण में एक से अधिक संदर्भ बद्ध नियम होते हैं उन्हें संदर्भ संवेद्य या संदर्भ संबद्ध संघ संरचनी व्याकरण के रूप में जाना जाता है। अगर हम भाषाओं के संसार पर ध्यान दें, तब हमें पता चलेगा कि तमाम ऐसी भाषाएँ हैं जिनमें आपस में लिंग, वचन, विभक्ति, पुरुष आदि की नजर में पदों या घटकों के संजोयन में एक तरह की समानता प्राप्त होती है। इसे हम समरूपता का भी नाम दे सकते हैं। हमारी प्राचीन भाषा संस्कृत से हम एक उदाहरण लेकर इस समरूपता का आकलन करने की कोशिश करेंगे। उदाहरण है - एकारूपवती भार्या, एकं सुन्दरं पुष्पम्, एक: रूपवान् पुरुष:। हिन्दी में क्रिया का प्रयोग कर्ता के लिंग वचन से प्रभावित होता है। जैसे-,

1. वह खाता है, 2. वे खाते हैं हैं, 3. वह खाती है, 4. वे खातीं हैं। 1. कर्ता पुल्लिंग एक व. अन्य. पु. क्रिया पु. एक वचन 2. कर्ता पु. बहु. अन्य + क्रिया पु. बहु. ब. 3. कर्ता-स्त्री. लिं. एक वचन, अन्य पु+क्रिया स्त्री एक व 4. कर्ता स्त्री लिंग बहु व अन्य पु+ क्रिया स्त्री लिंग बहुव

अस्तु संदर्भ संवेद्य भाषाओं के विश्लेषण के लिए एक विशेष व्याकरणिक प्रणाली का प्रयोग किया जाता है, उस प्रणाली को संदर्भ संवेद्य व्याकरण के नाम से जाना जाता है।

उपर्युक्त के अतिरिक्त कुछ भाषाओं में कारकीय नियंत्रण क्रिया विशेष के द्वारा होता है ऐसी भाषाओं मेंग्रीक, लैटिन, संस्कृत आदि प्रमुख हैं। उदाहरण स्वरूप 'दा' नाम चतुर्थी के अन्तर्गत, जिसे कुछ दिया जाय, वहाँ चतुर्थी होतीहै। जैसे - तुभ्यं मोदकं ददामि, इसी रूच्, नम्, पा आदि में चतुर्थी का प्रयोग होता है। कहीं विभक्ति का निर्णय निपातों द्वारा भी होता है। जैसे सह साकं समं सार्धं के साथ तृतीया का प्रयोग होता है। ये नियम केवल बहि: केन्द्रित होते हैं। उधर अन्विति अन्त: केन्द्रिक और बहिकेन्द्रिक दोनों ही प्रकार की रचनाओं में पाई जाती है।

हम लोगों द्वारा प्राय: प्रयुक्त भाषाओं जैसे हिन्दी, अंग्रेजी आदि के लिए अन्विति के नियम निरूपित करने में संदर्भ संवेद्य व्याकरण कहीं अधिक सहायक हो सकता है। संदंभ संवेद्य व्याकरण में सूत्र निर्मिति के लिए कुछ नियम निर्दिष्ट हैं, वे निम्न हैं -

क $\rightarrow$ ख/क्ष ........ भ के संदर्भ में

किन्तु उस दशा में 'क' केवल एक ही प्रतीक का प्रतिनिधि होना चाहिए और ख को क का समरूप नहीं होना चाहिए। ये शर्तें उस प्रणाली के अन्तर्गत निम्न नियमों को सुनिरूपित करेगी

क. प ⟶ क/च+छ+..........+ज के संदर्भ में

ख. प ⟶ क+ा/च+........+ज+झ+ट के संदर्भ में

ग. प ⟶ रु+स+त/ज+..............+झ के संदर्भ में

किन्तु इनके द्वारा व्याकरण में निम्न नियमों का ग्रहण नहीं होगा।

घ. प ⟶ प/च+............+छ के संदर्भ में

ङ प ⟶ च.........+छ के संदर्भ में

जब संदर्भ युक्त और संदर्भ संवेद्य एक ही ढाँचे में आ जाते हैं तब उसे संघ संरचनी व्याकरण कह सकते हैं। क ⟶ ख/क्ष..........त्र के संदर्भ में

अब यदि किसी विशिष्ट नियम के लिए निश्चित हो कि कि संदर्भात्मक परिवर्ती क्ष और त्र मूल्य की दृष्टि से अप्रतिहत है तब इस नियम को संदर्भ मुक्त कहेंगें। किन्तु यदि क्ष या त्र का मूल्य सीमित या बद्ध अर्थात् धनात्मक या शून्य के रूप में निश्चित हो तब इसे संदर्भ संवेद्य कहेंगें।

## 24. प्रत्ययिम प्रक्रिया

उक्त प्रक्रिया के प्रथम प्रयोक्ता श्री **पाइक** हैं। इस प्रणाली का प्रस्तुतीकरण उन्होंने 1954-60 के मध्य किया। प्रत्ययिम प्रक्रिया को अंग्रेजी में 'टैग्मीमिक्स' कहा जाता है। इस प्रणाली का प्रयोग व्याकरणिक विश्लेषण के संदर्भ में विशेष रूप से किया जाता है। **ब्लूमफील्ड** के भाषिक विचारों से तुलना करने पर यह उनके अत्यन्त समीप लगती है। पाइक के द्वारा प्रस्तुत इस प्रणाली के विकास में **एल्सन पिकेट लोगेके हैरिस** आदि ने अत्यधिक योगदान दिया।

इन विद्वानों ने प्रत्ययिम को विश्लेषण तथावर्णन की केन्द्रीय संकल्पना के रूप में स्वीकार किया। उनके अनुसार टैग्मीम का किसी संरचना में स्थान विशेष होता है। उस संरचना में स्थित स्थान विशेष में आने वाले तत्वों के रूपात्मक वर्ग का भी समावेश उसमें होता है। उस स्थान विशेष को स्लॉट या खाँचा कहतेहैं। वहाँ जो तत्व प्रयुक्त होते हैं, उन्हें फिर या पूरक कहते हैं। इस खांचे में जो विनिमेय इकाइयाँ आती हैं, उनके वर्ग के साथ किसी व्याकरणिक प्रकार्य या खाँचे का सह सम्बंध ही टैग्मीम कहलाता है।

परम्परागत व्याकरणिक इकाइयों जैसे संज्ञा, सर्वनाम, क्रिया, क्रिया विशेषण आदि के साथ उद्देश्य विधेय, कर्म तथा पूरक के संयोजन का कार्य, टैग्मीय प्रक्रिया में किया जाता है। एक उदाहरण से इसे इस प्रकार समझा जा सकता है -,राम फल खाता है वाक्य में तीन प्रत्ययिम हैं। 1. संज्ञा से पूर्ण उद्देश्य (राम), 2. समूह वाचक संज्ञा से पूरित कर्म, 3. कर्म के साथ सकर्मक क्रिया से पूरित विधेय

सूत्रात्मक भाषा में इसका प्रस्तुतीकरण निम्नवत होगा +उ (S): ना (n)+ वि (P): क (o)+ : ना (n) सक्रि (TV)

अंग्रेजी में कर्ता के पश्चात् क्रिया, उसके बाद कर्म आता है, इस लिए, उसका प्रत्ययिम क्रम निम्नवत् होगा +S:n/SPn+P:Tv+o:n

प्रत्ययिम प्रक्रिया से शब्द संरचना से लेकर वाक्य और वाक्यान्तर आदि का विवेचन किया जाता है। प्रत्ययिम प्रक्रिया के सूत्रीकरण के लिए कुछ विशेष चिह्नों का प्रयोग किया जाता है, जैसे + चिह्न का प्रयोग आवश्यक संघटक प्रत्ययिमों के पूर्व तथा ± का प्रयोग वैकल्पिक संघटकों के पूर्व किया जाता है। ये चिह्न इस प्रक्रिया के महत्वपूर्ण अंग हैं। एक उदाहरण और प्रस्तुत है:

गीता पुस्तक पढ़ती है। इसका सूत्रण निम्नवत् होगा :+उ:ना+वि:सक्रि±क: ना

सकर्मक क्रिया#या विधेय किसी उद्देश्य संज्ञा या सर्वनाम के पीछे चलता है। यह कर्म संज्ञा हिन्दी में पहले तथा अंग्रेजी में पश्चात् प्रयुक्त होती है। संघटक विश्लेषण तथा रचनान्तरणी पदबंध के विपरीत प्रत्ययिम प्रक्रिया में आनुक्रमिक तथा समतुलित प्रत्ययिमों का समावेश होता है। इन प्रत्ययिम अनुक्रमों को शृंखला या strings भी कहा जाता है।

एक टैग्माम में अन्य उपटैग्मीम का भी प्रयोग हो सकता है। अनियत क्रम वाली भाषाओं जैसे संस्कृत, लैटिन आदि में अकेले टैग्मीम का प्रतिनिधित्व करने वाले अलग उपटैग्मा सम्भव हो सकते हैं। इस संदर्भ में **आर. एच. रोबिन्स** कहते हैं"किसी व्याकरणिक प्रकार्य (संरचनात्मक अर्थ के साथ) तथा एक रूपात्मक वर्ग को एक इकाई में संगठित करने में भाषाओं के ऐसे विश्लेषणों के लिए टैग्मीम विशेष रूप से उपयोगी प्रतीत होता है; जहाँ कि व्याकरणिक प्रकार्यों की विविधता को रूपात्मक दृष्टि से भिन्न-भिन्न तत्वों की विविधता के द्वारा परिपूर्ण किया जा सकता है। टैग्मीम प्रक्रिया सभी संरचनावादी संदर्भ में प्रकार्य का पुनर्प्रतिज्ञापन है।

# 25. समास

**व्युत्पत्ति, लक्षण तथा परिभाषा-** समास शब्द संस्कृत का है जो 'अस' धातु में 'सम्' उपसर्ग तथा 'घञ् ' प्रत्यय लगाकर बना है, जिसका अर्थ है - संक्षेपीकरण अर्थात् संक्षिप्त करना। जैसे - ''कान है कटा हुआ जिसका'' इस शब्द समूह का संक्षिप्त रूप होगा- ''कनकटा''। इस संक्षेपीकरण की सबसे बड़ी विशेषता यह है कि 'शब्द समूह संक्षिप्त भी हो जाता है और उसके अर्थ में भी किसी प्रकार का परिवर्तन नहीं होता, जैसा कि उक्त उदाहरण 'कनकटा' से स्पष्ट है। इस प्रकार के संक्षिप्त किए गए शब्द '**समस्त पद**' या '**सामासिक शब्द**' कहलाते हैं अर्थात् समास करते समय दोनों शब्दों के बीच की विभक्तियों या योजक आदि अव्ययों का लोप होकर जो शब्द बनता है, उसे 'समस्त पद' या 'सामासिक शब्द' कहते हैं, जैसे पीत है जो अंबर=पीताम्बर, चक्र है पाणि (हाथ ) में जिसके = चक्रपाणि। यहाँ 'पीताम्बर' तथा 'चक्रपाणि' समस्त पद या सामासिक शब्द हैं।[1]

''**एकार्थ वाचकतां प्राप्तो भिन्नार्थकानेकपद समूहः समासः**'' अर्थात् दो या अधिक पदों के एकपदीकरण को समास कहते हैं। समान्य रूप में कह सकते हैं कि 'सम+आस' की सन्धि से बने हुए 'समास' का अर्थ है - संक्षेप या छोटा करना। समास में दो शब्दों या पदों की प्रधानता रहती है। सच तो यह है कि हिन्दी में समास प्राय: दो शब्दों से ही बनते हैं, जबकि संस्कृत में इसके ठीक उलट ये अनेक शब्दों से बनते और बहुत लम्बे-लम्बे भी होते हैं।

**संधि और समास में अन्तर-** समास और संधि में अन्तर होता है। संधि में दो वर्णों के मेल से एक विकृत रूप बनता है। समास में दो पद अपनी विभक्ति छोड़कर या बीच के संयोजक शब्दों को छोड़कर मिलते हैं। कभी-कभी समासयुक्त पदों में वर्णों की सन्धि भी हो जाती है। सन्धि के वर्णों को अलग-अलग करने का नाम सन्धि विच्छेद है, जब कि समास युक्त पदों को अलग - अलग करके मूल रूप में रखने का नाम है - समास विग्रह। उदाहरण के लिए एक शब्द है- जलोदर। इसका सन्धि विच्छेद होगा- जल+उदर=जलोदर, परन्तु समास विग्रह होगा - उदर में जल बढ़ जाने से जो रोग होगा, वह जलोदर। यह बहुव्रीहि समास हुआ, जब कि सन्धि हुई गुण स्वर सन्धि।[2] इधर, **डॉ. ओम प्रकाश शर्मा** लिखते हैं कि सन्धि और समास - दोनों अपना - अपना स्वतंत्र अस्तित्व रखने वाले व्याकरण के अंग हैं, तथापि दोनों में एक ही प्रक्रिया है- 'मेल' की, जो दोनों को एक - दूसरे के समीप लाती है। किसी भी शब्द में पहले समास होता है और बाद में 'सन्धि'। जैसे धर्म और अधर्म का समस्त पद बनते समय पहले 'और' शब्द का लोप होगा, तदुपरांत धर्म-अधर्म में सन्धि होकर धर्माधर्म होगा। अर्थ की दृष्टि से यद्यपि दोनों सन्धि और समास शब्द समान हैं अर्थात् दोनों का अर्थ 'मेल' ही है, तथापि दोनों में थोड़ा अन्तर है, क्योंकि सन्धि यदि समन्वय है तो समास संयोग। सन्धि यदि वर्णों का मेल है तो समास शब्दों का मेल है।[3]

**समास के भेद-''समास पंचधा। तत्र समसन समासः। स च विशेष संज्ञाविनिर्मुक्त केवल समासः प्रथमः। प्रायेण पूर्वपदार्थ प्रधानोऽव्ययीभावो द्वितीयः। प्रायेणोत्तर पदार्थ प्रधानस्तत्पुरुषस्तृतीयः। तत्पुरुष भेद कर्मधारयः। कर्मधारय भेदो द्विगुः। प्रायेणान्यपदार्थ प्रधानो बहुब्रीहिश्चतुर्थः प्रायेणोभयपदार्थ प्रधानो द्वन्द्वः पञ्चमः**'' अर्थात् उक्त पंक्तियों के आधार पर समास के पाँच भेद होते हैं। 1. केवल समास, 2. अव्ययी भाव, 3. तत्पुरुष, 4. बहुब्रीहि तथा 5. द्वन्द्व, किन्तु पदों की प्रधानता के आधार पर कुछ लोग समास के चार ही भेद - 1. अव्ययीभाव 2.तत्पुरुष, 2. द्वन्द्व तथा 4. बहुब्रीहि - मानते हैं। इधर, **डॉ. भगीरथ मिश्र** समासों की संख्या छ: तक मानते हुए कहते हैं कि, ''समास छ: प्रकार के माने गए हैं द्वन्द्व, दिगु, कर्मधारय, तत्पुरुष, अव्ययी भाव और बहुव्रीहि। परंतु, कुछ वैयाकरण चार प्रकार के ही समास मानते हैं - द्वन्द्व, तत्पुरुष, अव्ययी भाव और बहुव्रीहि। द्विगु और कर्मधारय को वे तत्पुरुष के भेद ही मान लेते हैं, अलग प्रकार नहीं । परन्तु सुविधा और समझने की सुगमता की दृष्टि से छ: भेद मानना ही अधिक समीचीन है।[4]

## समासों का परिचय

**1. द्वन्द्व समास - ''चार्थे द्वन्द्वः। अनेकं सुबन्तं चार्थे वर्तमानं वा समस्यते स द्वन्द्वः। समुच्चयान्वचयेतरेतरयोगसमाहाराश्चार्थाः। तत्र 'ईश्वरगुरं च भजस्व' इति परस्पर निरपैक्षस्यान कस्यैस्मिन् अन्वयः समुच्चयः। 'भिक्षामट गा चानय' इत्यन्तरस्यानुषङ्गिकत्वेनान्वयः 'अन्वाचयः' अनयोरसामर्थ्यात् समासो न। 'धवखदिरौ छिन्धीति मिलितानामन्वय इतरेतर योगः। संज्ञा परिभाषामिति समूहः समाहारः।''**

1. हिन्दी व्याकरण : नव मूल्यांकन- डॉ. ओम प्रकाश शर्मा, पृष्ठ 286
2. भाषा विवेचन : डॉ. भगीरथ मिश्र- 95 साहित्य भवन, इलाहाबाद 1990
3. हिन्दी व्याकरण : नव मूल्यांकन- डॉ. ओम प्रकाश शर्मा, पृष्ठ 286
4. भाषा विवेचन : डॉ. भगीरथ मिश्र, पृष्ठ 96

वस्तुत: द्वन्द्व शब्द का अर्थ ही है -दो या उससे ज्यादा वस्तुओं का जोड़ा। इस जोड़े में दोनों पद प्रधान होते हैं। अत: इस आधार पर हम कह सकते हैं कि जहाँ दो पदों के बीच जोड़ने वाले संयोजक शब्दों का लोप हो जाता है और उनका संक्षिप्त रूप बन जाता है, वहाँ द्वन्द्व समास होता है। इसके योजक चिन्ह 'और', 'वा', 'अथवा' 'या', 'तथा' हैं। जैसे -

| **संस्कृत शब्द** | **हिन्दी शब्द** | **उर्दू शब्द** |
|---|---|---|
| राधा-कृष्ण=राधा और कृष्ण | वेद-पुराण=वेद और पुराण | नाम-निशान=नाम और निशान |
| पाप-पुण्य=पाप और पुण्य | दूध-दही=दूध और दही | आबहवा=आब (पानी) और हवा |
| निशि-वासर=निशि (रात) और वासर (दिन) | माँ-बाप=माँ और बाप | दीन-इमान=दीन और इमान |
| अन्न-जल=अन्न और जल | देश-विदेश=देश और विदेश | आमद-रफ्त=आमद (आना)और रफ्त (जाना) |

**द्वन्द्व समास के तीन भेद - 1. इतरेतर द्वन्द्व 2. वैकल्पिक द्वन्द्व तथा 3. समाहार द्वन्द्व** माने गयें हैं।

**2. द्विगु समास -** तत्सम शब्द 'द्विगु' का अर्थ होता है- दो गायों का समूह। यह समास समूह अथवा समाहार का बोध कराता है। जिस समास में पहला पद संख्या बोधक हो, उसे द्विगु कहते हैं। इसे कुछ लोग द्विगु कर्मधारय कहकर कर्मधारय समास का एक भेद मानते हैं, परन्तु जब इसका स्पष्ट अलग नाम है तब इसे स्वतंत्र समास ही मानना चाहिए। द्विगु समास के दो भेद हैं 1. समाहार द्विगु तथा 2 उत्तर पद प्रधान द्विगु। समाहार द्विगु में एक समुदाय या एकात्रता का बोध होता है, जैसे- पंचवटी = पाँच वट जाति के वृक्षों का झुरमुट। पसेरी =पाँच सेर की एक साथ तौल, त्रिभुवन =तीनों भुवनों का समाहार। उत्तर पद प्रधान द्विगु में बाद वाले पद का अर्थ महत्त्वपूर्ण होता है जैसे- दोपहर,नवरात्र, सतसई, चौराहा,पंचशील, बारहमासा आदि। पंचतत्त्व,नवग्रह, सप्ताह, त्रिवेणी, अष्टाध्यायी, चौपाई, त्रिफला, चौराहा, चौमासा, दोपहर, आदि इसके अन्य उदाहरण हैं।

**3. कर्मधारय समास-** जिस समास में विशेषण-विशेष्य रूप से दो पदों का समाहार हो, वहाँ पर कर्मधारय समास होता है। इसमें दोनों पद प्रथमा विभक्ति कर्त्ता कारक में होते हैं। जिनमें से एक विशेषण और एक विशेष्य होता है। कर्मधारय समास का पूर्ण पद संज्ञा के समान प्रयुक्त होता है, जबकि बहुव्रीहि में विशेषण के रूप में यही दोनों समासों का अंतर होता है। कर्मधारय को तत्पुरुष का ही एक भेद स्वीकार कर इसे समानाधिकरण तत्पुरुष नाम दिया गया है,जैसे-

| | | | |
|---|---|---|---|
| कमलनयन | = कमल के समान है जो नयन | भलामानस | = भला है जो मानुष |
| नीलकलम | = नील है जो कमल | पीताम्बर | = पीत है जो अबंर |
| चन्द्रमुख | = चन्द्र के समान है जो मुख | चरणकमल | = कमल रूपीचरण |
| भुजदण्ड | = भुजा के समान है जो दण्ड | शुभागमन | = शुभ है जो आगमन |
| लाल मिर्च | = लाल है जो मिर्च | महाविद्यालय | = महान है जो विद्यालय |
| महाराजा | = महान् है राजा | नरसिंह | = सिंह के समान है जो नर् |

**4. अव्ययी भाव समास-** अव्ययी भाव शब्द का यौगिक अर्थ है- जो अव्यय नहीं था,उसका अव्यय हो जाना । यह अर्थ ही इस समास का मूल है। इसे परिभाषित करते हुए इस प्रकार भी कह सकते हैं। कि जिस समास में पहला शब्द अव्यय हो और समास बनने पर उसी शब्द की प्रधानता बनी रहे, उसे अव्ययी भाव समास कहते हैं। इस समास में पूर्व पद की प्रधानता होती है और दोनों के मेल से जो सामासिक पद बनता है, वह अव्यय होता है, उस पर लिंग, वचन, कारक आदि का प्रभाव नहीं होता। संस्कृत में अव्ययी भाव का खाका इस प्रकार खींचा गया है,- **''विभक्त्यर्थादिषु वर्तमानमव्ययं सुबन्तेन सह नित्यं समस्यते''** अर्थात् विभक्ति आदि अर्थों में विद्यमान अव्यय समर्थ सुबन्त के साथ नित्य समस्त होता है वह अव्ययी भाव समास कहलाता है, जैसे-

| **संस्कृत अव्ययी भाव** | **हिन्दी अव्ययी भाव** | **उर्दू अव्ययी भाव** |
|---|---|---|
| यावज्जीवन = जब तक जीवन शेष है | दूर-दूर = दूर ही दूर | बखूबी = खूबी के साथ |
| यथा शक्ति = शक्ति के अनुसार | हाथों हाथ= हाथ ही हाथ | हर रोज = रोज़-रोज़ |
| यथा संभव = जितना संभव हो | बन-बन = बन ही बन | बाक़ायदा = कायदे के अनुसार |
| प्रतिदिन = दिन-दिन | बीचोबीच = बीच ही बीच | बेफ़ायदा = फायदा के बिना |
| अभूतपूर्व = जैसा पहले नहीं हुआ | निडर = डर के बिना | बेशक = बिना सन्देह |

**5. बहुब्रीहि समास-** बहु = बहु +ब्रीहि = धान्य व्यक्ति अर्थात् सम्पन्न व्यक्ति। साफ शब्दों में यह समासों का राजा है, क्योंकि कि सभी समास इसमें ही अन्तर्भुक्त हो जाते हैं। इसकी परिभाषा में कहा जा सकता है कि जहाँ समास में आए पदों को छोड़कर किसी अन्य पदार्थ की प्रधानता होती है, वहाँ बहुब्रीहि समास होता है। शब्दान्तर की विशेषणता या विशेष अर्थ न होने पर बहुब्रीहि समास

के शब्द यत्र-यत्र कर्मधारय व द्विगु समास में परिणत हो जाते हैं, जैसे 'पीताम्बर' में पीला वस्त्र अर्थ होने पर कर्मधारय समास होता है तथा 'चतुर्भुज' का अर्थ 'विष्णु न होकर चार भुजाएँ' होने पर द्विगु समास होता है। इस संबंध में एक कमनीय और मनोरम श्लोक देखिए, जहाँ एक बार एक भिक्षु ब्राह्मण किसी राजा के निकट जाकर बोला-

**आहञ्च त्वञ्च राजेन्द्र लोकनाथवुभावपि।**
**बहुब्रीहिरहं राजन् षष्ठीतत्पुरुषो भवान् ।।**

अर्थात् हे राजा ! मैं भी लोकनाथ हूँ और आप भी, अर्थात् हम दोनों लोकनाथ (लोकस्वामी) हैं, किन्तु हे नृप! मैं बहुब्रीहि समास हूँ और आप षष्ठी तत्पुरुष, अर्थात् मेरी दशा में 'लोकनाथ' का अर्थ होगा- **लोकः प्रजाः नाथाः पालकाः यस्य सः**- प्रजाएँ जिसका पालन करें और आपकी दशा में लोकनाथ का अर्थ होगा-**लोकानां नाथः** प्रजाओं का पालन करने वाले अथवा- **लोकस्यं संसारस्य नाथः** स्वामी -संसार के स्वामी। बहुब्रीहि के मुख्यतया दो भेद किए गए हैं-1. समानाधिकरण बहुब्रीहि तथा 2 व्यधिकरण बहुब्रीहि। यहाँ एक तथ्य का ख्याल रखना चाहिए कि - अ, अन, नि,वि, परा, सु, कु, आदि, शब्दों से प्रारम्भ होने वाले समस्त पदों में बहुब्रीहि होता है। उदाहरण-

| | |
|---|---|
| पीताम्बर = पीला है अंबर जिसका, वह कृष्ण | नाक= न(नहीं) अक (दुख) हो जिसमें अर्थात् स्वर्ग |
| वीणापाणि = वीणा है पाणि या हाथ में जिसके ऐसी सरस्वती | चक्रधर= चक्र को धारण करने वाले अर्थात् विष्णु |
| शूलपाणि = शूल है पाणि या हाथ में जिसके, ऐसे शंकर | दिगंबर = दिशाएँ हैं, वस्त्र जिसके, ऐसे शंकर |
| अजातशत्रु= नहीं पैदा हुआ हो शत्रु जिसका (कोई व्यक्ति) | दशमुख = दस हैं मुख जिसके अर्थात् रावण |
| राजीव लोचन= कमल के समान नेत्र हैं जिसके (कोई व्यक्ति) | लम्बोदर= लंबा है उदर जिसका, ऐसे गणेश जी |
| चारपाई= चार हैं पाए। जिसके अर्थात् खाट | विषपायी= विष पी लिया है, जिसने अर्थात् शिव जी |

**6. तत्पुरुष समास-** तत्पुरुष का शाब्दिक अर्थ होता है तत् = वह , पुरुष = आदमी अर्थात् दूसरा आदमी। संभवतः इसी लिए इसका यह नाम भी पड़ा है, वह इसलिए यहाँ दूसरा ही पद प्रधान होता है। प्रथम पद में यहाँ कर्त्ता को छोड़कर सब कारक होते हैं। यदि दोनों पदों में प्रथमा विभक्ति या कर्त्ता कारक होता है, तो वहाँ कर्मधारय समास होता है। इसका एक भेद द्विगु भी माना जाता है। तत्पुरुष समास के कई अन्य भेद भी बताए गए हैं, यथा- कर्मतत्पुरुष,करणतत्पुरुष, सम्प्रदान तत्पुरुष, अपादान तत्पुरुष, सम्बन्ध तत्पुरुष, अधिकरण तत्पुरुष, अलुक् तत्पुरुष, उपपद तत्पुरुष तथा नञ् तत्पुरुष आदि। इस समास के कुछ उदाहरण इस प्रकार हैं-

| | | |
|---|---|---|
| घर फोड़ा= घर को फोड़ने वाला | ठाकुर सुहाती = ठाकुर को सुहाती (अच्छी लगने वाली) | |
| शोकाकुल = शोक से आकुल | यज्ञशाला = यज्ञ के लिए शाला | विद्यागृह = विद्या के लिए गृह |
| लिपिकार = लिपि लिखने वाला | प्रजापति = प्रजा का पति | कलाप्रवीण = कला में प्रवीण |
| गुरु-दक्षिणा= गुरु के लिए दक्षिणा | ऋण मुक्त = ऋण से मुक्त | |

## 26- विशेषण

'विशेषण' शब्द संस्कृत का है। संस्कृत में विशेषण भेदक को कहते हैं, -" **विशेषणं - विशेष्येण बहुलम = भेदकं भेद्येन बहुलं समस्यते इति।**" पूज्य श्री **निगमानंद जी परमहंस** लिखते हैं कि, -" विशेषण दूसरों से भिन्न करता है,अलग करता है, इसलिए 'विशेषण' कहलाता है। वैसे तो 'लक्षण' भी दूसरों से अलग करता है, परन्तु लक्षण सभी सजातीय और विजातीय पदार्थों से अलग करता है तथा विशेषण केवल सजातीयों से ही पृथक करता है।[1]- इधर, एक सज्जन विशेषण का खाका खींचते हुए कहते हैं कि, -"An adjuctive qualifies a noun. It limits the aved of the meaning of a noun." कुल मिलाकर संज्ञा की विशेषता बताने वाला शब्द विशेषण है। विशेषण संज्ञा की व्युत्पत्ति को मर्यादित करता है।

**हिन्दी में विदेशी विशेषण -** हिन्दी भाषा में विदेशी विशेषणों ने अपनी - अपनी सीमा में काफी कुछ दखल दिया है। उदाहरण के लिए अंग्रेजी भाषा के कुछ विशेषण शब्द हिन्दी में लोकप्रिय होकर प्रचलित हो गए हैं, जिनका बोलचाल में ही नहीं, बल्कि लिखित साहित्य में भी प्रचलन हो गया हैं, किन्तु हिन्दी में अंग्रेजी से उतने विशेषण स्वीकार नहीं किए गए, जितने फारसी से।[2] साफ शब्दों में, संज्ञा शब्दों के समान अनेक फारसी विशेषण शब्दों का भी हिन्दी में आदान हुआ है। साथ ही फारसी विशेषण शब्दों के लिंग

---

1. **हिन्दी का मौलिक व्याकरण - निगमानंद परमहंस, पृष्ठ - 69, संपादक - डॉ. स्वर्णकान्ता, विभू प्रकाशन, ज्ञानी बार्डर, साहिबाबाद, द्वितीय संस्करण, मूल्य - 30 रू 0 1980।**

2. **हिन्दी भाषा पर फारसी और अंग्रेजी का प्रभाव - डॉ. मोहन लाल तिवारी, पृष्ठ - 57।**

-वचन का हिन्दी विशेषण के लिंग - वचन पर प्रभाव पड़ा है। हिन्दी के कुछ विशेषणों में लिंग - संबंधी परिवर्तन वैसे ही नहीं होता, जैसे फारसी में, यथा - सुन्दर लड़का, सुन्दर लड़के, सुन्दर लड़की, सुन्दर लड़कियाँ और फारसी में जने पीर (श्रेष्ठ स्त्री), मर्दे पीर (श्रेष्ठ पुरुष)। इसी प्रकार जनाने पीर (श्रेष्ठ स्त्रियां), मर्दाने पीर (श्रेष्ठ पुरुष)[1]

**विशेषण के भेद या प्रकार-** संज्ञा शब्दों का विशेषण शब्दों के साथ निकट का रिश्ता है, क्योंकि संज्ञा शब्द विशेषण शब्दों के विशेष्य बनते हैं। बहरहाल, विशेषण के भेद निम्न प्रकार हैं, -

**1- रचना की दृष्टि से - (क)- विकारी तथा (ख)- अविकारी।**

**2- अर्थ की दृष्टि से -**

**(क)- गुणवाचक विशेषण** (Adjuctive of quality) - यथा - सज्जन, दुष्ट, शान्त, सच्चा, झूठा, उचित, अनुचित, वीर, कायर, लाल, हरा, चमकीला आदि । वस्तुत: "An adjuctive of quality shows the kind or quality of a person or thing" अर्थात् संज्ञा (विशेष्य) के गुण, रंग, आकार, स्थिति संबंधी विशेषता का कथन करने वाला शब्द गुणवाचक विशेषण कहलाता है।

**(ख)- संख्यावाचक विशेषण** (Numeral of Adjuctive)- जिन शब्दों से संज्ञा या सर्वनाम के गुण का बोध न होकर उसकी संख्या का बोध होता है, उन्हें संख्यावाचक विशेषण कहते हैं। यथा - दस गायें, पन्द्रह घोड़े, सौ रूपये, कुछ लोग, चौगुना लाभ, दो-दो किलो आदि। ये विशेषण गणना, कम, आवृत्ति, समूह आदि का बोध कराते हैं।

**(ग)- परिमाणवाचक** (Adjuctive of quantity)- इस प्रकार के विशेषणों से किसी वस्तु की नाप (measure)या तौल (weight )का बोध होता है - "An Adj. of quautity shows how much of a thing is meant."

**(घ)- सार्वनामिक या निर्देश विशेषण** (Pronominal Adj.)- इन विशेषणों में यह, ये, वह, वे आदि आते हैं।

**विशेषणों का विकास-** विकास की दृष्टि से आकारान्त विशेषणों के साथ 'आ','ए' और 'ई' प्रत्यय जोड़े जाते हैं। ये प्रत्यय संज्ञा शब्दों के साथ भी जुड़ते हैं। अत: इस दृष्टि से आकारान्त संज्ञा शब्दों में और आकारान्त विशेषण शब्दों में कोई अंतर नहीं है। दोनों की रूप - प्रक्रिया एक ही है। आकारान्त विशेषणों को छोड़कर अन्य विशेषण अविकारी हैं, अत: उनमें परिवर्तन नहीं होता। जहाँ तक सार्वनामिक विशेषणों का संबंध है, वे रूपात्मक दृष्टि से सर्वनाम ही होते हैं, केवल विशेषणों के रूप में व्यवहृत होते हैं, परिमाणवाचक विशेषण एक प्रकार से संख्यावाचक विशेषण ही होते हैं, केवल उनमें कोई निश्चित संख्या प्रतिपादित नहीं होती। संख्यावाचक विशेषण किसी निश्चित संख्या के परिचायक होते हैं, जबकि परिमाणवाचक विशेषण किसी राशि अथवा समूह के सूचक पदार्थो को संकेतित करते हैं।[1] विशेषणों के क्षेत्र में सबसे महत्वपूर्ण विकास संख्यावाचक विशेषणों का है। ये संख्यावाचक विशेषण प्राय: सभी भारतीय आर्य भाषाओं में समान रूप और ध्वनि वाले हैं।[3]

**संख्यावाचक विशेषणों के प्रकार तथा उनका विकास -** संख्यावाचक विशेषण पाँच प्रकार के होते हैं, -

| | |
|---|---|
| **1- पूर्ण संख्यावाचक** | - एक, दो, तीन, सौ, हजार, लाख, करोड़ आदि । |
| **2- अपूर्ण संख्यावाचक** | - पाव, आधा, डेढ़, तिहाई, चौथाई, साढ़े तीन आदि । |
| **3- क्रम संख्यावाचक** | - पहला, दूसरा, तीसरा आदि । |
| **4- आवृत्ति संख्यावाचक** | - दुगुना, तिगुना, चौगुना, पाँच गुना आदि तथा |
| **5- समुदाय संख्यावाचक** | - दर्जन, कौड़ी, चौका, पंजा, छक्का, गंडा, गाही आदि। |

अब इनके विकास पर अलग-अलग विचार सुप्रसिद्ध भाषा वैज्ञानिक आदरणीय **डॉ. अवधेश्वर जी अरुण** के अनुसार इस प्रकार किया जा रहा है -

## 1- पूर्ण संख्यावाचक विशेषण -

**एक -** इसकी व्युत्पत्ति संस्कृत एक से है। पालि में भी एक ही है। किन्तु सविभक्तिक रूप भी मिलते हैं। प्राकृतों में बहुधा एँवक रूप मिलता है।[4] एँक्का रूप स्त्रीलिंग में मिलता है। अपभ्रंश में आकर एक, एक्क, इक्क आदि रूप मिलते हैं। यही हिन्दी में एक हो

1. Persian Influence on Hindi - Dr. Hardeo Bahari, P.170
2. भाषा विज्ञान और मानक हिन्दी - डॉ. रत्नचन्द्र शर्मा, पृष्ठ - 202
3. हिन्दी भाषा का स्वरूप विकास - डॉ. अवधेश्वर अरुण, पृष्ठ - 113
4. हिन्दी भाषा:विकास और विश्लेषण- डॉ. चन्द्रभान रावत, पृ. 273

जाता है। इस प्रकार एक की विकास प्रक्रिया यों है - सं. एक > प्रा. एँवक, एक्क>अप. एक, इक्क>हि. एक । एक से संयुक्त अन्य संख्यावाचक शब्दों में ए की जगह इ भी मिलता है। जैसे- इक्कीस, इकतीस इत्यादि। ग्यारह में एका के बदले ग्या या एगा मिलता है जो संभवत: क के घोषीकरण का परिणाम है।

**दो -** यह संस्कृत द्वौ से उत्पन्न है। इसका विकास इस प्रकार है - सं. द्वौ >प्रा. दो > हि. दो । द्वौ में व् बलहीन है अत: इसका लोप होने से दो बना है। किन्तु अन्य संख्याओं में द्वौ का रूप बा या बया मिलता है जो स्वाभाविक नहीं हैं। **डॉ. भोला नाथ तिवारी** मानते हैं कि द्वौ का विकास द्‌ब में हुआ होगा और बाद में द् के लोप होने से ब बच गया होगा। अशोक के गिरनार वाले शिलालेख में द्‌ब रूप मिलता भी है अत: इसे अनुपयुक्त नहीं कहा जा सकता। पालि तथा प्राकृत में दुबे दो, दुबे, वे आदि रूप मिलने लगते हैं। बयालीस आदि के बया में य श्रुति है और आ अन्य समीपवर्ती संख्याओं का पभाव। अन्य शब्दों में दो या दु रूप मिलते हैं। जैसे-दोपहर, दुनाली इत्यादि ।

**तीन -** संस्कृत त्रीणि >पा. तीणि >प्रा. तिण्णि >अप. तिण्ण,तिन्न, तिन >हि. तीन, यही इसकी विकास प्रकिया है।त्रीणि से तिण्णि का सीधा विकास नहीं हुआ है । यह संभवत: पालि रूप 'तीणि' में द्वित्व प्रवृत्ति के प्रभाव स्वरूप हुआ है । **डॉ. उदयनारायण तिवारी** इसके लिए त्रीणि और तिण्णि के बीच तीर्णि रूप की कल्पना करते हैं । अन्य संख्याओं में तीन के ते, तें,ति तथा तिर रूप मिलते हैं जो संस्कृत त्रय या त्रि से विकसित हैं। समासों में भी यही रूप प्राप्त होते हैं।

**चार -** यह संस्कृत चत्वारि से व्युत्पन्न है। विकास का क्रम इस प्रकार है - चत्वारि > पा., प्रा. चत्तारि > अप. चयारि, चारि > हि. चारि, चार । अन्य संख्याओ में चौ, चौं रूप मिलते हैं। जैसे - चौदह, चौंसठ समासों में चौ और चार रूप मिलते हैं। जैसे - चौपाया, चारपाई। चौ या चौं का विकास संस्कृत रूप चतुर > प्रा., अप. > चउर > हि. चौ के रूप में हुआ हैं।

**पाँच -** संस्कृत पंच > प्रा., अप. पंच > हि. पाँच के रूप में इसका विकास हुआ है। संयुक्त संख्याओं तथा समासों में यह पाँच, पन, पैं, पच, पंच आदि रूपों में आता है। इनमें पंच का विकास पाँच > पंच (आ > अ) रूप में हैं। तथा पन संस्कृत पंच > पन्न > पन रूप में विकसित है। पैं का विकास पंच में च के लोप होने और श्रुति रूप में य के आने से पंय > पैं, इस प्रकार हुआ है।

**छह -** इसकी व्युत्पत्ति विवादास्पद है।**डॉ. धीरेन्द्र वर्मा** के अनुसार यह सं. षट् (षष्) से षट् > छ > छह रूप में विकसित है। **डॉ. भोला नाथ तिवारी** विकास का रूप यों मानते हैं - सं. षट् > पा., प्रा. छअ (उच्चरित रूप छ) > अप. छह (ह का आगम) > हि. छह । डॉ. चन्द्रभान रावत के अनुसार पालि में ही ष का छ में विकास हो गया दीखता है। यहाँ विकास से अधिक विचारणीय यह है कि षट् के ष का छ कैसे हो गया। **टर्नर** ने इसे असंभव मानकर षट् के स्थान पर क्षट् की कल्पना की और **डॉ. चटर्जी** ने क्षक् या क्षष् रूप की कल्पना। **डॉ. भोला नाथ तिवारी** कहते है कि ष - श - स आपस में परिवर्त्य रहे हैं और श या स का छ में परिवर्तन विरल होते हुए भी अप्राप्य नहीं है।[1] जैसे- सं. शिक्या - हि. छीका, सं. शकट - हि. छकड़ा (बोलियों में - सूक्ष्म - छुछुम)। इसलिए मेरी दृष्टि में छ की सिद्धि के लिए किसी कल्पित रूप की स्थापना के बदले ष को ही मान लेना उपयुक्त है।

**सात -** यह संस्कृत सप्त से व्युत्पन्न है। सप्त > प्राकृत सत्त > अप. सत्त > हि. सात। सात, सत, सत्त, सर, सड़, सैं आदि इसके अन्य रूप विभिन्न संख्याओं में मिलते हैं। इनमें सैं का विकास सत्त > सय (श्रुति) > सै, सैं रूप में हुआ है। सड़ या सर में ड़ अथवा र डॉ. चटर्जी के अनुसार अड़सठ आदि का प्रभाव है। ज कि भोला नाथ तिवारी इसकी व्युत्पत्ति इस प्रकार देते हैं - सप्त > सत्त > सत > सट > सड > सड़ > सर ।

**आठ -** यह संस्कृत अष्ट से विकसित है। अष्ट > पा., प्रा., अप. अट्‌ठ > हि. आठ। अन्य संख्याओं में यह आठ, अठ, अट्‌ठ, अड़, अर, अड़ आदि रूपों में मिलता है।

**नौ -** सं. नव > प्रा., अप., हि. नौ। संयुक्त संख्याओं में उन (अर्थात् दहाई में एक कम) रूप ही मिलता है - उन > उण > उन। समासों में नव, न, नौ आदि रूप मिलते हैं।

**दस -** संस्कृत दश > प्रा. दस, दह, डह, रह, लह > अप. दस > हि. दस । संयुक्त संख्याओं में रह, लह,दह आदि मिलते हैं जो प्राकृतकालीन हैं और अपरिवर्तित रूप में चले आए हैं।

**ग्यारह -** यह संस्कृत एकादश से व्युत्पन्न है। संभवत: मूल रूप एकदश ही था मगर द्वादश के साम्य पर एकादश हो गया। इसका प्राकृत में एआरह तथा एग्गारह रूप मिलता है। एकादश के क के लोप होने तथा द एवं श का रह में परिवर्तन होने से एआरह तो बनना ठीक है मगर एग्गारह कैसे बना, यह विचारणीय है। जिस प्रकार प्राकृत में संस्कृत एक का क सुरक्षित ही नहीं रहा बल्कि दीर्घीकरण की प्रवृत्ति के कारण एक्क हो गया उसी प्रकार एकादश में यह क्क अपने घोषीकृत रूप ग्ग में परिणत होकर गृहीत हुआ। अघोष क का घोष

---

**1. हिन्दी भाषा- डॉ. भोला नाथ तिवारी, पृष्ठ 219**

ग में परिवर्तन स्वाभाविक है। प्राकृत रूप एग्गारह का हिन्दी में ग्यारह बना। इसके दो कारण हो सकते हैं। या तो ए लुप्त हो गया और श्रुति के कारण ग का परिवर्तन य में हुआ। या फिर ए एकांगी विपर्यय से ग के स्थान पर य बनकर बैठ गया। इसमें पहला ही अधिक संगत प्रतीत होता है। इस तरह ग्यारह की पूरी विकास प्रक्रिया यों है - सं. एकादश > प्रा., अप. एआरह, इग्यारह > हिन्दी ग्यारह ।

**बारह -** संस्कृत द्वादश में द्वा का पालि रूप द्ब मिलता है। इसी में आधा होने के कारण संभवत: द् का लोप हो गया और बा अवशिष्ट रहा। दश का रह हुआ और इस प्रकार बारह की उत्पत्ति हुई- द्वादश > बारह > बारह ।

**तेरह -** सं. त्रयोदश > प्रा., अप. तेरह > हि. तेरह । संस्कृत त्रयो में त्र का त में परिवर्तन हुआ तथा अर्द्धस्वर य लुप्त हो गया। साथ ही ओकार एकार में परिवर्तित होकर त से मिल गया । इस प्रकार त्रयो का ते में परिवर्तन हुआ।दश का रह में परिवर्तन हुआ और तेरह बना ।

**चौदह -** संस्कृत चतुर्दश > प्रा., अप. चउद्दह > हि. चौदह । चतुर्दश में चतुर मूल रूप है। इसका प्राकृत तथा अपभ्रंश में चउर रूप मिलता है। चउर के उकार का औकार में परिवर्तन सामान्य रूप से हुआ और र का लोप हो गया। इस प्रकार चउर का चौ बना। उधर दश में श का ह में परिवर्तन हुआ तथा द परिणत होकर र बनने के बदले अपरिवर्तित रह गया । इस तरह चौदह की सिद्धि हुई ।

**पन्द्रह -** यह संस्कृत पंचदश से व्युत्पन्न है। प्राकृत में पणरह, पणरहो, पणारहो आदि रूप मिलते हैं तथा अपभ्रंश में पण्णरह। इसके विकास प्रक्रिया में थोड़ी - सी असामान्यता है। पंचदश के पंच का पण और दश का रह रूप तो ठीक है। मगर हिन्दी में आकर इसमें द का आगम अस्वाभाविक रूप से हो जाता है। इसे यदि मध्य व्यंजनागम मान ले तो समस्या सुलझ जाती है। वानर - बन्दर , जैसे कुछ रूपों से इस प्रकार के आगम मिलते है भी हैं। इस प्रकार के आगम से पणरह का हिन्दी रूप पनदरह होना चाहिए। मगर मिलता है पन्द्रह। इसका कारण डॉ. अवधेश्वर अरुण की समझ से यह है कि द के प्रभावस्वरूप अन्तस्थ र और आपुपासिक न अपने अर्द्धरूप में होकर द से मिल गये। स्पर्शी द की तुलना में आनुनासिक न और अन्तस्थ र की बलहीनता सहज सिद्ध है।

**सोलह -** संस्कृत षोडश > प्रा., अप. सोलह > हि. सोलह । यहाँ ष का स में ड का ल में और श का ह में परिवर्तन होने से सोलह बना। ये तीनों परिवर्तन सामान्य है।

**सत्रह -** यह संस्कृत सप्तदश से व्युत्पन्न है। सं. सप्तदश > प्रा. सत्तरह > अप. सत्तरह > हि. सत्रह। प्त का त्त में और फिर त में परिवर्तन होता है। यह हम सात की व्युत्पत्ति के क्रम में देख आए हैं। उसी विधि से यहाँ सप्त का सत्त हुआ तथा (द और श के क्रमश: र और ह में परिणत होने से)सत्तरह बना। हिन्दी में इसका रूप सतरह होना चाहिए। बोलियों में चलता भी है। किन्तु हिन्दी में तर अलग - अलग न रहकर त्र में परिणत हो गये हैं। इसका कारण या तो पन्द्रह में द और र के मेल का प्रभाव माननाहोगा या फिर बलवान स्पर्शी त के साथ बलहीन अन्तस्थ र का सामीप्य के कारण संयुक्त होना माना जाएगा।

**अठारह -** सं. अष्टादश > प्रा., अप. अटठ्ारह > हि. अठारह । इसमें दश का रह तो सामान्य परिवर्तन है। अष्टा का प्राकृत में अटठ्ा हुआ और हिन्दी में आकर अर्द्ध होने के कारण बलहीन ट् लुप्त हो गया। इस प्रकार अठारह बना ।

**उन्नीस -** यह संस्कृत एक (उपसर्ग) + उनविंशति से व्युत्पन्न है। एकोनविंशति > ऊनविशति > प्रा. ऊणवीसइ, उनवीसा, एकूनवीसा > उन्नीस। इसमें विंशति का बीस हुआ है। जो आगे स्पष्ट किया जाएगा तथा उन अपने अपरिवर्तित रूप में रह गया है। जिससे प्राकृत में उनवीस हुआ है। हिन्दी में इसका रूप या तो उन्नीस होना चाहिए या उनइस होना चाहिए। बोलियों में उनइस चलता भी है । कारण, उणवीस के ण का हिन्दी में न होगा और अर्धस्वर व के लोप होने पर ई बचेगा। इस तरह अलग रहने पर उनईस और संयुक्त होने पर उनीस होना चाहिए। किन्तु यहाँ भी न का आगम होने से उन्नीस हुआ है।

**बीस -** इसका संस्कृत में विंशति > प्रा. में बीसई > अप. में बीस और हिन्दी में बीस मिलता है। इसमें परिवर्तन साधारण है। विंशति के ति का सर्वथा लोप हो गया है तथा श स में परिवर्तित हो गया है जो सनियम है। इसी प्रकार व का ब में परिवर्तन अनुस्वार का लोप और ह्रस्व इ का दीर्घ ई में परिवर्तन हुआ है।

इक्कीस से निन्यानबे तक की संख्याओं की व्युत्पत्ति पर विस्तारपूर्वक विचार न कर उनका संक्षिप्त विकास भर प्रस्तुत किया जाता है।

(21)सं. एकविंशति >प्रा. एक्कवीसा, एक्कवीसअ > एक्कबीस > हि. इक्कीस ।

(22)- सं. द्वाविंशति > पा. बावीसति, बावीस > प्रा. बावीस > अप. वावीस, बाइस > हि. बाईस ।

(23)- सं. त्रयोविंशति > पा., प्रा., अप. > तेवीस > हि. तेइस, तेईस ।

(24)- सं. चतुर्विंशति > चतुवीसति > प्रा. चउव्वीस > अप. चउवीस हि. चौबीस ।

(25)- सं. पचविंशति > पा. पंचवीसति > प्रा. पंचवीस > अप. पंचवीस पचीस > हि. पचीस, पच्चीस (बलाघात से उत्पन्न वर्ण द्वित्व के कारण)।

(26)- सं. षड्‌विंशति > पा. छब्बीसति > प्रा., अप. छब्बीस > हि. छब्बीस ।

(27)- सं. सप्तविंशति > पा. सत्तवीसति > प्रा. सत्तवीसा > अप. सत्ताइसा, सत्ताइस > हि. सत्ताइस।

(28)- सं. अष्टाविंशति > पा. अटठ्‌ावीसति > प्रा. अप. अटठ्‌ावीस > हि. अटठ्‌ाइस ।

(29)- सं. एकोनत्रिंशत > प्रा. एकूनतिंसति > प्रा. अउणत्तास > अप. उणत्तीस, उणतीस > हि. उन्तीस।

(30)- सं. त्रिंशत् > पा. तिंसति > प्रा. अप. तीस > हि. तीस ।

(31)- सं. एकत्रिंशत > पा. एकत्तिंसति > प्रा. इक्कत्तीस > अप. एकत्तिस > हि. इकत्तीस,इकतीस ।

(32)- सं. द्वात्रिंशत् > पा. बत्तिंसति > प्रा. बत्तीसा > अप. बत्तीस > हि. बत्तीस ।

(33)- सं. त्रयस्त्रिंशत् > पा. तेत्तिंसति > प्रा. तेत्तीसा, तेत्तीसं > अप. तेत्तीस, तेत्रिस > हि. तेंतिस, तैंतिस।

(34)- सं. चतुस्त्रिंशत > चतुर्त्रिसति > प्रा. चोत्तीसं > अप. चउतीस हि. चौंतीस ।

(35)- सं. पंचत्रिंशत् > पा. पंचतिसंति > प्रा. पणतीसं > अप. पइंतिस > हि. पैंतीस ।

(36)- सं. षट्‌त्रिंशत > पा. छत्तिंसति > प्रा. छत्तीसा > अप. छत्रिस > हि. छत्तीस ।

(37)- सं. सप्तत्रिंशत् > पा. सत्ततिंसति > प्रा. संततीसं > अप. सयंतीस (कल्पित रूप) हि. सैंतीस ।

(38)- अष्ट्‌ात्रिंशत् > पा. अटठ्‌ात्तिंसति > प्रा. अट्‌ठातीसा > अप. अट्‌ठतीस > हि. अड़तीस ।

(39)- सं. एकोनचत्वारिंशत् > पा. एकूनचत्तालिसति > प्रा. उन्तालीस > अप. उन्तालिस > हि. उन्तालीस। (चालीस के साम्य पर उच्चरित)।

(40)- सं. चत्वारिंशत > पा. चत्रालीसं > प्रा. चत्तालीसा > अप. चालीस > हि. चालीस ।

(41)- सं. एकचत्वारिंशत > पा. एकचत्तालीसति >प्रा. एक्कचतालीसा > अप. एकतालीस > हि. इकतालीस।

(42)- सं. द्वाचत्वारिंशत् > प्रा. बयालीस > अप. बैतालीस > हि. बयालीस, बयालिस ।

(43)- सं. त्रिचत्वारिंशत > पा. तिचत्तालीसति > प्रा. तेआलीसा > अप. तेत्तालीस > हि. तैंतालिस।

(44)- सं. चतुश्चत्वारिंशत् > पा. चोत्तालीसति > प्रा. चोवालीसा > अप. चउआलीस > हि. चौवालिस, चौवालीस ।

(45)- पंचचत्वारिंशत् > पा. पंच चत्तालीसति > प्रा. पन्नचत्तानीसा > अप. पणतालीस > हि. पैंतालीस ।

(46) - सं. षट्‌चत्वारिंशत् > पा. छवततालीसति > प्रा. छवालीस > अ. छायालिस > हि. छयालिस।

(47)- सप्तचत्वारिंशत् > पा. सत्ता चत्तालीसति > प्रा. सत्त अत्तालीसं (कल्पित रूप) > अप. सततालीस> हि. सैंतालिस।

(48)- अष्टचत्वारिंशत > पा. अट्‌ठचत्तालीसति > प्रा. अट्‌ठअत्तालीसं > अप. अट्‌ठतालीस > हि. अड़तालीस ।

(49)- एकोनपंचाशत् > पा. एकूनपंचासा > प्रा. ऊणपंचासा > अप. उणंचास (कल्पित) > हि. उनचास,उन्चास।

(50)- सं. पंचाशत् > पा. पंचासा > अप. पंचास > हि. पचास ।

(51)- एकपंचाशत् > प्रा. एक्कावर्ण >अप. एक्कावण > हि. इक्यावन।

(52)- द्वापंचाशत् > प्रा. बावण्ण > अप. बावण > हि. बावन ।

(53)- त्रिपंचाशत् > प्रा. तिरपण > अप. त्रेपन > हि. तिरपन ।

(54)- सं. चतुः पंचाशत् > प्रा. चउव्वण > अप. चउवण > हि. चौवन ।

(55)- सं. पंच पंचाशत् > प्रा. पंचपण्ण > अप. पचपण > हि. पचपन।

(56)- सं. षट्‌पंचाशत् > प्रा. छप्पण > अप. छप्पण > हि. छप्पन ।

(57)- सं. सप्तपंचाशत् > प्रा. सत्तावण्ण > अप. सत्तावण > हि. सत्तावन ।

(58)- सं. अष्टापंचाशत् > पा. अट्‌ठापंचासा > प्रा. अट्‌ठावण्ण > अप. अट्‌ठावण > हि. अठ्‌ठावन

(59)- सं. एकोनषष्टि > पा. एक्कनसट्ठि > प्रा. अउणसट्ठि, उणसट्ठि > अप. उणसट्‌ठ > हि. उनसठ।

(60)- सं. षष्टि > पा., प्रा., अप. सट्ठि > हि. साठि, साठ।

(61)- सं. एकषष्टि > पा., प्रा. अप. एकसट्ठि > हि. इकसठ।

(62)- सं. द्वाषष्टि > पा. द्वासट्ठि > प्रा., अप. बासट्ठि > हि. बासठ ।

(63)- सं. त्रिषष्टि > पा. तिसट्ठि > प्रा. तेसट्ठि > अप. त्रेसठि > हि. तिरसठ ।

(64)- सं. चतुष्षष्टि > पा. चतुसट्ठि > प्रा. चउसट्ठि > अप. चउसट्ठि, चउसठि > हि. चौंसठ।

(65)- पंचषष्टि > पा. पचसट्ठि > प्रा. पणसट्ठि > अप. पणसठि > हि. पैंसठ।

(66)- षट्‌षष्टि > पा. छसट्ठि > प्रा. छासट्ठि > अप. छावट्ठि > हि. छासठ, छियासठ।

(67)- सप्तषष्टि > पा., प्रा., अप. सत्तसट्ठि > हि. सड़सठ ।

(68)- सं. अष्ट षष्टि > पा., प्रा., अप. अट्ठसट्ठि > हि. अड़सठ ।

(69)- सं. एकोन सप्तति > पा. एकून सत्तति > प्रा. एगून सत्तरि > अप. उणसत्तरि > हि. उनहत्तर (स का ह में परिवर्तन होने से )।

(70)- सं. सप्तति > पा. सत्तति > प्रा. सत्तरि > अप. सत्तरि > हि. सत्तर।

(71)- सं. एक सप्तति > पा. एक सत्तति > प्रा. एक्क सत्तरि > अप. एकहत्तर (कल्पित)> हि. इकहत्तर।

(72)- सं. द्वासप्तति > पा. द्वासत्तति > प्रा. बास्सतरि (कल्पित) > अप. बहत्तरि > हि. बहत्तर।

(73)- सं. त्रिसप्तति > पा. तिसत्तति > प्रा. तिसत्तरि > अप. तिहत्तरि > हि. तिहत्तर ।

(74)- सं. चतुस्सप्तति > पा. चतुसतति > प्रा. चउहत्तरि > अप. चउस्तरि (कल्पित) > हि. चौहत्तर।

(75)- सं. पंच सप्तति > पा. पंचसत्तति > प्रा. पंचहत्तरि > अप. पंचसत्तर > हि. पचहत्तर।

(76)- सं. षष्ट्मप्तति > पा. छसत्तति > प्रा. छहत्तरि, छेहत्तर (कल्पित) > हि. छिहतर ।

(77)- सं. सप्तसप्तति > पा. सत्तसत्तति > प्रा. सत्तहत्तरि > अप. सत्तहत्तर > हि. सतहत्तर ।

(78)- सं. अष्टसप्तति > पा. अट्ठसत्तति > प्रा. अट्ठहत्तरि > अप. अट्ठहत्तरि > हि. अठहत्तर ।

(79)- सं. एकोनाशीति > पा. एकूनासीति > प्रा. एगूनासीइ, उणास्सी > अप. उणासी > हि. उनासी।

(80)- सं. अशीति > पा. असीति > प्रा. असीइ > अप. असिइ, असी, अस्सी > हि. अस्सी।

(81)- सं. एकाशीति > पा. एकासीति > प्रा. एक्कासीइ > अप. इकयासी > हि. इक्यासी, एकासी।

(82)- सं. द्वाशीति > पा. द्वेअसीति > प्रा. बेआसी, बायासी > हि. बयासी, बेरासी (तिरासी के साम्य पर)।

(83)- सं. त्रयशीति > प्रा. त्रेयासी > अप. त्रेयासी > हि. तेरासी, तिरासी ।

(84)- सं. चतुरशीति > पा. चतुरासीति > प्रा. चउरासीइ > अप. चउरासी > हि. चौरासी ।

(85)- सं. पंचाशीति > पा. पंचासीति > प्रा. पंचासीइ > अप. पच्चासी > हि. पच्चासी, पचासी।

(86)- सं. षडशीति > पा. छासीति > प्रा. छयासीइ > अप. छयासी > हि. छियासी ।

(87)- सं. सप्ताशीति > पा. सतासीति > प्रा. सत्तासीइ > अप. सत्तासी > हि. सत्तासी, सतासी।

(88)- सं. अष्टाशीति > पा. अट्ठासीति > प्रा. अट्ठासीइ > अप. अट्ठासी > हि. अट्ठासी, अठासी।

(89)- सं. नवाशीति > पा. नवासीति > प्रा. नवासीइ > अप. नवासी > हि. नवासी ।

(90)- सं. नवति > पा. नवति, नवुति > प्रा. णवदि, णवइ, णउइ > अप. णवदि, णवइ, नव्बए > हि. नब्बे।

(91)- सं. एक नवति > पा. एक नवुति > प्रा. एकूणउइ > अप. एक्काणउइ > हि. इक्यानवे।

(92)- सं. द्वानवति > पा. द्वानवुति > प्रा. बाणउइ > अप. बाणवइ, बानवे > हि. बानवे।

(93)- सं. त्रिनवति > प्रा. तिरण्णउइ > अप. तिरण्णउइ > अप. हि. तिरानवे ।

(94)- सं. चतुर्नवति > पा. चतुनवुति > प्रा. चउणउइ > अप. चउराणवइ > हि. चौरानवे।

(95)- पंचनवति > पा. पंचनवुति > प्रा. पंचणउइ > अप. पंचण्णवइ > हि. पंचानवे ।

(96)- सं. षण्णवति > पा. छन्नवुति > प्रा. छण्णउइ, छण्णवइ > अप. छण्णउइ, छण्णवइ > हि. छानवे।

(97)- सं. सप्तनवति > पा. सत्तनवुति > प्रा. सत्ताणउइ > अप. सत्ताणवइ, सत्तानउए > हि. सत्तानवे।

(98)- सं. अट्ठानवति > पा. अट्ठानवुति > प्रा. अट्ठाणउइ > अप. अट्ठाणवइ > हि. अट्ठानवे ।

(99)- सं. नवनवति > पा. नवनवुति > प्रा. णवणवइ > अप. णवणउयइ > निन्यानवें।

**सौ -** यह संस्कृत शत् से व्युत्पन्न है। इसी के उच्चारण के आधार पर भारत - ईरानी कुल की आर्य भाषाओं को शतम् वर्ग में रखा जाता है तथा अन्य योरोपीय भाषाओं को केन्तुम वर्ग में। क्योंकि वहाँ सौ का उच्चारण शतम् न होकर केन्तुम होता है। शत् से सौ की विकास प्रक्रिया इस प्रकार है - सं. शत् > प्रा. सअ,सय > अप. सउ, सइ > हि. सै, सौ। बोलियों में सै भी चलता है। अत: अपभ्रंश में सउ के साथ - साथ एक रूप सइ भी मानना उचित होगा ।

**हजार -** यह फारसी से हिन्दी में आया हैं। संस्कृत में इसके लिए सहस्र शब्द है जो सहस रूप में चलता है। संस्कृत सहस्र का अवेस्ता में हजार रूप हो जाता है। कारण संस्कृत स इरानी में ह तथा स का ही घोष रूप ज़ हो जाता है। इस आधार पर हजार का ही बाद में अ के आ में परिणत होकर ज से मिल जाने पर हजार बना।

**लाख -** यह संस्कृत लक्ष से व्युत्पन्न है। लक्ष > प्रा. लक्ख > हि. लाख । यही विकास का रूप है।

**करोड़ -** इसका संबंध कोटि से है। सं. कोटि > प्रा., अप. कोटि > हि. करोड़। कोटि का करोड़ होने में **डॉ. भोला नाथ तिवारी** र का आगम मानते हैं।

**अरब -** यह अर्वुद से व्युत्पन्न है। अर्वुद में र पूर्ण होकर आ गया। व का ब में परिवर्तन हुआ। उकार तथा अंतिम द लुप्त हो गया।

**खरब -** यह सं. खर्व से व्युत्पन्न है। खर्व में संयुक्ताक्षर का विलगाव होने और व का ब होने से खरब बना है।

इसके अतिरिक्त **नील, शंख, पद्म,** आदि कुछ और भी पूर्ण संख्यावाचक विशेषण हैं जो अपने तत्सम रूप में ही चलते हैं। वैसे इनका व्यावहारिक प्रयोग विरल ही मिलता है।

**2. अपूर्ण संख्यावाचक -** हिन्दी में निम्नलिखित शब्द अपूर्ण संख्यावाचक विशेषण के रूप में प्रयुक्त होते हैं - पाव, चौथाई, तिहाई, आधा, पौन, सवा, डेढ़,ढाई, साढ़े । हुट्ठा, ढ्योंचा आदि शब्द अब नहीं चलते । उपयुर्क्त शब्दों की व्युत्पत्ति नीचे दी जाती है।

**पाव -** यह संस्कृत पाद से व्युत्पन्न है। सं. पादः > प्रा. पाओ > अप. पाउ > हि. पाव, यही विकास की प्रक्रिया है। बोलियों में एक और रूप चलता है - पउआ । इसकी व्युत्पत्ति सं. पादक से है। विकास इस प्रकार हैं। सं. पादक >प्रा. पाअक > पाउअ > पाउआ > हि. पउआ । अधपई आदि शब्दों में प्रयुक्त पइ रूप संस्कृत पादिका से व्युत्पन्न है - पादिका > प्रा. पाइआ > पइआ > पई।

**चौथाई -** यह संस्कृत चतुर्थिक से व्युत्पन्न है। प्राकृत में चउत्थिअ रूप मिलता है जो उसकी स्वरबहुला प्रवृत्ति के अनुरूप है। यही चउत्थिअ हिन्दी में चौथाई बन गया । विकास की दिशा यह है - सं. चतुर्थिक > प्रा. चउत्थिअ > हि. चौथाई।

**तिहाई -** इसका विकास संस्कृत त्रिभागिका से हुआ है। प्रक्रिया यह है - सं. त्रिभागिका > प्रा. तिहाइआ > हि. तिहाई (आ के लोप होने से )।

**आधा -** इसकी व्युत्पत्ति **डॉ. धीरेन्द्र वर्मा** अर्द्ध से तथा **डॉ. भोलानाथ तिवारी** अर्द्धक से मानते हैं।

(i) सं. अर्द्ध > प्रा. अद्ध > हि. आध > आधा। (ii) अर्द्धक > प्रा. अद्धअ > हि. आधा ।

**पौन -** यह संस्कृत पादो न से व्युत्पन्न है। सं. पादोन > प्रा. पाओन > पाउण > पौन । डॉ. भोला नाथ तिवारी इसे एक तत्सम शब्द न मानकर पाद + उन (अर्थात् पाव कम) के योग से निर्मित मानते हैं।

**सवा -** इसका विकास संस्कृत सपाद से है। सं. सपाद > प्रा. सवाअ > हि. सवा ।

**डेढ़ -** इसकी व्युत्पत्ति के संबंध में मुख्य तीन मत है। **डॉ. वर्मा** इसे द्वयर्द्ध से जोड़ते हैं - द्वयर्द्ध > दिअड्ढ़ > डेढ़।**डा. उदय नारायण तिवारी** के अनुसार यह द्वि + अर्द्ध (क) से व्युत्पन्न है। द्वि + अर्द्ध (क) द्वि - अड्ढ़ (अ) > ड्योढ़ा > डेढ़ । **डॉ. भोला नाथ तिवारी** द्विकार्द्ध से इसकी व्युत्पत्ति मानते हैं। द्विकार्द्ध > प्रा. दिवड्ढ़ > अप. दिअड्ढ़ । **डॉ. अवधेश्वर अरुण** की समझ में **डॉ. वर्मा** का मत अधिक ठीक है।

**ढ़ाई -** यह संस्कृत अर्द्धतृतीय से व्युत्पन्न है। सं. अर्द्धतृतीय > प्रा. अड्डाइअ > अढ़ाई > ढ़ाई है।

**साढ़े -** यह सार्द्ध से विकसित है। सार्द्ध > सड्ढ > अप. सड्ढ़े > साढ़े ।

**3. क्रम संख्यावाचक -** हिन्दी में पहला, दूसरा, तीसरा, चौथा, छठा ये क्रम संख्यावाचक विशेषण हैं। शेष संख्याओं में वाँ लगा देने पर क्रमवाचक बन जाता है जैसे - पाँचवा , सातवाँ इत्यादि।

**पहला -** डॉ. वर्मा इसका विकास प्र - थ + इल > पथिल्ल, पढ़िल्ल > पहिला, पहला रूप में मानते हैं। डॉ. उदय नारायण तिवारी संस्कृत प्रथम > प्रा. (पढ़म + इल्ल) पढ़िल्ल > अप. पहिल > हि. पहला से इसकी व्युत्पत्ति मानते है। डॉ. भोला नाथ तिवारी भी प्रथम में इल प्रत्यय जोड़कर ही इसकी व्युत्पत्ति निरूपित करते हैं। वस्तुतः पहिला शब्द अपभ्रंश काल की देन है जहाँ हमें इल्ल प्रत्यय की प्रधानता मिलती है।

**दूसरा,तीसरा -** बीम्स इनकी व्युत्पत्ति द्वि + सृतः, त्रि + सृतः से जोड़ते हैं। भोला नाथ तिवारी का तर्कपूर्ण अनुमान है कि भारोपीय में तीन के दो मूल थे - त्रि और तिसृ । इसी तिसृ से तीसरा की व्युत्पत्ति हुई है। दूसरा शब्द तीसरा के सादृश्य पर निर्मित हुआ है। हार्नले ने भी सरा की व्युत्पत्ति सृत से मानी है। इस प्रकार द्विसृत और त्रिसृत से दूसरा और तीसरा की व्युत्पत्ति उचित दीखती है। लेकिन यह भी स्पष्ट है कि इनका कोई रूप प्राकृत या अपभ्रंश में नहीं मिलता है। वहाँ दुइय, विइय जैसे रूप मिलते हैं।

**चौथा - डॉ. वर्मा** तथा **डॉ. उदय नारायन तिवारी** इसे चतुर्थ से व्युत्पन्न मानते हैं - चतुर्थ > चउत्थ > चौथा । भोला नाथ तिवारी चतुर्थकः से विकास मानते हैं। चतुर्थकः > चउत्थअ > चउत्था > चौथा । डॉ.अरुण दृष्टि में पहला अधिक सरल है और वैज्ञानिक भी क्योंकि चौथा के लिए तत्सम रूप चतुर्थ ही चलता है।

**छठा -** इसका विकास सं. षष्ठकः से है। विकास इस प्रकार हुआ है - सं. षष्ठकः > प्रा. छट्ठओ > अप. छट्ठम, छट्ठय >

हि. छठा ।

**पाँचवाँ - सातवाँ आदि -** इसमें पुल्लिंग में वाँ प्रत्यय तथा स्त्रीलिंग में वीं प्रत्यय लगता है। इसकी व्युत्पत्ति बीम्स और **डॉ. धीरेन्द्र वर्मा** - तम से मानते हैं। जैसे पंचतम - पाँचवाँ । डॉ. उदय नारायण तिवारी इसे म: से सम्बद्ध मानते हैं। पचम: > पाँचवाँ । डॉ0 भोला नाथ तिवारी इसे मक से सम्बद्ध मानते है। पंचमक - पाँचवाँ, पंचमिका - पाँचवी। डॉ.अरुण दृष्टि में यह अम् से व्युत्पन्न है। संस्कृत में हम पंचम् सप्तम आदि का प्रयोग करते हैं और इसी अर्थ में हिन्दी में पाँचवाँ ,सातवाँ का प्रयोग होता है।

**4. आवृत्ति संख्यावाचक-** आवृत्ति संख्यावाचक विशेषण के रूप में निम्नलिखित शब्दों का प्रयोग होता है। (i)गुना या इसी के अन्य रूप गूना और उना का । (ii)हरा ।

**गुना -** यह डॉ. वर्मा के अनुसार संस्कृत गुण से व्युत्पन्न है। जैसे द्विगुण - दुगुना, दूना या दुगुना । मगर डॉ. तिवारी - द्वय के अनुसार यह गुण + क से व्युत्पन्न है। विकास यों है - गुण + क > प्रा. गुणअ > हि. गुना , ग के लोप से उना और उ के लोप से गुना।

**हरा -** इसका विकास डॉ. उदय नारायण तिवारी संस्कृत हर (भाग)से मानते हैं। हार्नले इसे विध से व्युत्पन्न मानते हैं। जैसे - द्विविध > दुविह > दोहउ > दोहरा । भोला नाथ तिवारी इसे हर + क से निकला मानते हैं। विकास प्रक्रिया यह है हर + क > प्रा. अप. हरअ > हि. हरा ।

**5. समुदाय संख्यावाचक - (i)-** इक्का, दुग्गी, नहला, दहला आदि समुदायवाचक संख्याएं ताश के पत्तों के नाम के रूप में प्रयुक्त होते हैं। इनका संबंध डॉ0 भोला नाथ तिवारी संस्कृत रूप में क जोड़कर बनाने से मानते हैं । जैसे - सप्तक > सतअ >सत्ता।

**(ii)-** नहला, दहला - शब्द या तो पहला के सादृश्य पर बने हैं या उपयुर्क्त संख्याओं नौ और दस में ला जोड़ने से बने हैं।

**(iii)-** सैकड़ा, चौकड़ी आदि संस्कृत रूप में कृतक या कृतिका जोड़ने से बने हैं। जैसे - शत + कृतक > सैकड़ा। चतु: + कृतिका > चौकड़ी इत्यादि।

**(iv)-** जोड़ा - जोड़ी - इनकी व्युत्पत्ति डॉ. उदय नारायण तिवारी के अनुसार संस्कृत युटक (युट + क) से है। मगर डॉ0 भोला नाथ तिवारी इसे उजेवेक शब्द जोरा से विकसित मानने की अत्यधिक संभावना प्रकट करते हैं।

**(v)-**गंडा - यह संथाली एवं मुंडा भाषा से गृहीत शब्द है।

**(vi)-** गाही - यह भोला नाथ तिवारी के अनुसार द्रविड़ ग्वाइ से सम्बद्ध लगता है या संस्कृत ग्रह (कदाचित पहले पाँच ग्रह माने जाते रहे हों) से व्युत्पन्न है।

**(vii)-** दर्जन - यह अंग्रेजी Dozen का तद्‌भवीकृत रूप है जो हिन्दी में स्वीकार कर लिया गया है।

**(viii)-** कोड़ी - बीस के लिए प्रयुक्त यह शब्द कोल भाषा का है।

इसके अतिरिक्त बीसा, चालीसा, हजारा, बत्तीसी, छत्तीसी आदि शब्द भी चलते हैं जो वस्तुत: मूल शब्द में आ और ई प्रतयय जोड़कर बनाए गए हैं।[1]

## 27. क्रिया-विशेषण (Adverb)

क्रिया की विशेषता बताने वाला क्रिया - विशेषण नाम से जाना जाता है - "An adverb modifies a verb or an adjective in a sentence." महाभाष्य में क्रिया-विशेषक या क्रिया विशेषण की चर्चा हुई है। **भर्तृहरि** महोदय ने भी अव्यय के एक भेद को क्रिया - प्रधान - **''किंचिद्व्ययं क्रिया प्रधानम् ''** कहा है। उन्होंने कर्म प्रवचनीय की स्थिति की संभावना इसी रूप में स्वीकार की है। अव्यय नाम वस्तुत: आकृति मूलक है, अत: विद्वानों का विचार है कि इसके सामने क्रिया - विशेषण नाम अधिक व्यापक और ग्राह्य नहीं कहा जा सकता । आचार्य **पंतजलि** और पश्चिम के **येंस्पर्सन** (Yesperson) ने सप्रयोग यह सिद्ध किया है कि क्रिया - विशेषण को सामान्य से एकदम विभक्त करके नहीं देखा जा सकता ।विशेषण या गुण की भावना उन दोनों में ही समान रूप में ही उपलब्ध होती है। पाणिनि क्रिया वचन या क्रिया - विशेषण की पृथक गणना नहीं करते है।[2]

क्रिया - विशेषण की परिभाषा के संबंध में विद्वानोंमें मतैक्य नहीं है। वैयाकरणों का एक वर्ग यह मानता है कि क्रिया की विशेषता बताने वाले को ही क्रिया - विशेषण माना जाना चाहिए, किन्तु अन्य वैयाकरण यथा **पं. कामता प्रसाद गुरु**, -'' विशेषण और क्रिया - विशेषण की विशेषता बताने वाले शब्दों को भी क्रिया विशेषण की संज्ञा देते हैं।''[3], किन्तु इधर, किशोरी दास वाजपेयी विशेषण की

1. प्रसिद्ध भाषा वैज्ञानिक डॉ. अवधेश्वर अरुण की कृति ''हिन्दी भाषा का स्वरूप-विकास'' से साभार, सधन्यवाद।

2. व्याकरण की दार्शनिक भूमिका - डॉ. सत्यकाम वर्मा, पृष्ठ - 191

3. हिन्दी व्याकरण - कामता प्रसाद गुरु, पृष्ठ - 93

विशेषता बताने वाले को 'क्रिया - विशेषण' नहीं मानते। उनकी मान्यता है कि विशेषण के विशेषण को बतलाने वाले को **प्रविशेषण** कहना चाहिए ।[1]

वस्तुतः क्रिया विशेषण ऐसा पद भेद है, जो क्रिया, विशेषण, अन्य क्रिया विशेषण या क्रिया विशेषण - संघ को **विशेषित या** संशोधित करता है। परंपरागत व्याकरण में विशेषण को जहाँ सर्वोत्तम 'संशोधक' माना जाता है, वहीं क्रिया विशेषण एक विषमजन्य श्रेणी मानी गई है। दूसरी बात यह है कि अन्य पद भेदों की अपेक्षा क्रिया विशेषण अधिक 'पुनरावर्त्ती कोटि' का है।[2]

**क्रिया - विशेषण के भेद या प्रकार -** अर्थ की दृष्टि से वैयाकरणों ने क्रिया विशेषण के पाँच भेद किए हैं, - 1- कालवाचक, 2- स्थानवाचक, 3- रीतिवाचक, 4- दिशावाचक तथा 5- परिमाण वाचक।

**1. कालवाचक क्रिया विशेषण -** क्रिया के करने या पूर्ण होने का बोधक है - कालवाचक क्रिया विशेषण, यथा- कल - परसों, अब, तब, कब, कल । कुछ चर्चित कालवाचक क्रिया विशेषणों का विकास निम्न ढ़ंग से हुआ है,-

**अब** - सं. एवं > एब्बं > एब्ब > इब > अब । **तब** - सं. तैवं (ता + एवम्) > तेवं > तब । **कब** - सं. कैवं (का + एवम्) >केवं > कब । **जब** - सं. यैवं (या + एवम्) > जेवं > जब । **आज** - सं. अद्य > अज्ज > आज ।**कल** - सं. कल्य >कल्ल > कल । **तुरंत** - सं. त्वरितं >तुरतं > तुरत, तुरंत । **झट** - सं. झटिति > झट्ट > झट । **परसों** - सं. परश्वः > परस्सउ > परसों । **तरसों** - सं. त्रिश्व > तरसउ > तरसों ।

**बीम्स** ने अब, कत, जब, तब, की व्युत्पत्ति 'वेला' शब्द से पहले सर्वनामों के अंग जोड़कर एते वेले, एतावेला, तेवेले, तावेला आदि से मानी है। इनके साथ 'ही' जोड़कर अभी, कभी, तभी, जभी रूप भी बनाए जाते हैं। कुछ बोलियों में एहिबेर, ओहिबेर, एबेर, जेबेर, जबै, तबै आदि रूप भी मिलते हैं, जो इनकी व्युत्पत्ति 'एव' की अपेक्षा 'वेला' से ही सिद्ध करते हैं।[3]

**2. स्थानवाचक क्रिया विशेषण -** क्रिया के घटित होने वाले स्थान का सूचक स्थानवाचक क्रिया विशेषण कहलाता है। ऊपर, नीचे, बाहर, भीतर, आगे, पीछे आदि इसके उदाहरण हैं। इनका विकास इस प्रकार हुआ है,-

**ऊपर** सं. उपरि > उफरि > ऊपर ।**नीचे** सं. नीचैः > निच्चैइ > नीचे ।**बाहर** सं. बहिर् > बहिर > बहिर, बाहर । **भीतर** सं. अभ्यन्तर > भिंतर > भीतर ।**आगे** सं. अग्रे > अग्गे > आगे ।**पीछे** सं. पश्चे > पच्छे > पाछे, पीछे ।**यहाँ** सं. एतस्मात् > ए अम्हा > ए अहा > इहाँ, यहाँ ।**वहाँ** सं. अयुष्मात् > अउम्हा > उहाँ > उहाँ, वहाँ ।**जहाँ** सं. यस्मात् > जम्हा > जहाँ । **तहाँ** सं. तस्मात् > तम्हा > तहाँ ।**कहाँ** सं. कस्मात् > कम्हा > कहाँ ।

**3. रीतिवाचक क्रिया - विशेषण -** कार्य या क्रिया के होने की रीति, शैली, ढंग की सूचना जिससे मिले, वह रीतिवाचक क्रिया विशेषण नाम से जाना जाता है। ज्यों, त्यों, यों, क्यों, ऐसे, जैसे, कैसे, वैसे, और, तैसे इसके निदर्शन हैं। उक्त सभी शब्दो की व्युत्पत्ति विवादास्पद है। भाषाविद अलग -अलग व्युत्पत्तियों के पोषक है यथा - ज्यों, त्यों, क्यों की व्युत्पत्ति के लिए **डॉ. सुनीति कुमार चटर्जी** इनका रिश्ता अपभ्रंश के जेवं, तेवं, केवं रूपों से जोड़ते हैं। इधर, **केलॉग** इनकी व्युत्पत्ति सं. 'इत्थम्' तथा 'कत्थम्' से बताते हैं, किन्तु **डॉ. धीरेन्द्र वर्मा** उक्त सभी व्युत्पत्तियों को दुविधाग्रस्त मानते हैं। इधर, भाषाविद् **डॉ. रत्नचन्द्र शर्मा** ऐसे, जैसे, कैसे, वैसे और तैसे - शब्दों की व्युत्पत्ति क्रमशः ईदृशी, यादृशी, कीदृशी, अमुदृशी और तादृशी से हुई मानते हैं, जैसे - **ऐसे** < अइसई < ईदृशी ।**वैसे** < अवुसई < अमुदृशी ।**जैसे** < जइसई < यादृशी ।**तैसे** < तइसई < तादृशी । **कैसे** < कइसई < कीदृशी ।

**4. दिशावाचक क्रिया विशेषण -** कार्य - व्यापार की दिशा का सूचक दिशावाचक क्रिया विशेषण कहलाता है। हिन्दी में इस तरह के पाँच क्रिया विशेषण उपलब्ध होते हैं - इधर, उधर, जिधर, किधर और तिधर। अंतिम यानी तिधर का प्रयोग हिन्दी में बहुत कम होता है। उक्त सभी शब्दों की व्युत्पत्ति विवादास्पद हैं। पश्चिम के भाषा वैज्ञानिक **बीम्स** इनका संबंध 'धर' से जोड़ते हैं।

**5- परिमाणवाचक क्रिया विशेषण -** इस विशेषण से क्रिया का परिमाण सूचित होता है। दिशावाचक क्रिया - विशेषण की तरह इनकी भी संख्या हिन्दी में पांच ही मानी गई है - इतना, उतना, कितना, जितना तथा तितना।दिशावाचक क्रिया विशेषण 'तिधर' की तरह 'तितना' का भी प्रयोग हिन्दी में बराए नाम ही होता है। जहाँ तक इन शब्दों की व्युत्पत्ति का सवाल है - वह विवादास्पद ही है। फिर भी, भाषा-चिन्तक संस्कृत के प्रत्ययान्त सर्वनाम शब्दों - एतावत्, यावत् , तावत आदि से इनकी पैदाइश मानतें हैं।

---

**1. हिन्दी शब्दानुशासन - किशोरी दास बाजपेयी, पृष्ठ -220**

**2- सैद्धान्तिक भाषा विज्ञान - डॉ. सत्यकाम वर्मा, पृष्ठ - 329**

**3. भाषा विज्ञान और मानक हिन्दी - डॉ. रत्नचन्द्र शर्मा, पृष्ठ - 213**

अध्याय - 37

# चतुर्थ पर्व

## राजभाषा हिन्दी की संवैधानिक स्थिति

**पृष्ठभूमि-** देश के स्वतंत्र होने के बाद आजाद देश की स्वतंत्र अभिव्यक्ति के लिये सर्वमान्य भाषा की तलाश हुई। प्रधानमंत्री थे- पण्डित जवाहर लाल नेहरू। पण्डित नेहरू का औपनिवेशिक गठन भारतीय भाषाओं को हिकारत की दृष्टि से देखता था। उनके प्रधानमंत्रित्व काल में ही हिन्दी दुर्भाग्य के पृष्ठ फड़फड़ाना शुरू हुए। इस देश की धूल-धूप, माँटी-पानी में सदियों से पली-बढ़ी हिन्दी ने इस दौर में तमाम तरह के ताप-मलूल और दबाव झेला-सहा। संघ की भाषा के लिये विभिन्न भाषाओं के नाम, लिपि, अंकों के प्रयोग और समय आदि को लेकर काफी जद्दोजहद और कशमकश हुई। राजभाषा के सवाल पर संविधान सभा में 12 सितम्बर 1949 ई0 से 14 सितम्बर 1949 ई0 तक चर्चा हुई। आप यह जानिए कि यह चर्चा बहुत आसान नहीं थी क्योंकि संघ की भाषा के लिये अंग्रेजी, संस्कृत, बंगला, हिन्दुस्तानी तथा हिन्दी आदि भाषाओं ने अपने-अपने दावे प्रस्तुत किए। हालांकि मैंने कहीं पढ़ा है कि स्वतंत्रता मिलने के पश्चात् बहुसंख्यकों की भाषा के नाम पर हिन्दी को भारत की राजभाषा-राष्ट्रभाषा के रूप में प्रतिष्ठित करने के लिये 26 जनवरी 1948 ई0 को ही संवैधानिक स्वीकृति मिल गई थी। यह संवैधानिक स्थिति भारतीय संविधान के अन्तर्गत भाग-17, राजकीय भाषा विधेयक-4 अध्यायों में रखी गई और यह स्वीकार किया गया कि प्रस्तुत संविधान 26 जनवरी 1950 ई0 से केन्द्र के प्रशासनिक, व्यावहारिक तथा लोकसभा में व्यवहार के रूप [illegible] में प्रयुक्त होगा। बहरहाल भारत के संविधान को 22 भागों में बांटा गया है जिसमें कुल 392 अनुच्छेद हैं। संविधान में राजभाषा को पर्याप्त महत्व दिया गया है और भाग -17 पूर्णतया से राजभाषा के लिए समर्पित है जिसमें चार अध्याय और 343 से 351 तक ग्यारह अनुच्छेद हैं। अध्याय एक में संघ की भाषा के बारे में उल्लेख है। अध्याय दो का नाम 'प्रादेशिक भाषाएं' हैं। अध्याय तीन में दिया है कि उच्चतम न्यायालय और उच्च न्यायालयों आदि की भाषा क्या हो। अध्याय चार काफी महत्वपूर्ण है। इसमें विशेष निर्देश (Special Directives) हैं। अनुच्छेद 350 व्यथा (Grievance) के निवारण के लिये अभ्यावेदन में प्रयोग की जाने वाली भाषा के बारे में है। 350 (क) प्राथमिक स्तर पर मातृभाषा में शिक्षा की सुविधाओं के बारे में हैं। 350 (ख) के अधीन भाषायी अल्पसंख्यक वर्गों के लिये विशेष अधिकारी की नियुक्ति की व्यवस्था की गई हैं। अनुच्छेद 351 यह निर्देश देता है कि हिन्दी भाषा का विकास किस प्रकार किया जाना चाहिए। भाग 17 के अतिरिक्त राजभाषा के बारे में दो अन्य स्थानों पर भी उल्लेख है - भाग 5 में अनुच्छेद 120, जो संसद में प्रयोग की जाने वाली भाषा के संबंध में है और भाग - 6 में अनुच्छेद 210, जिसमें विधान मंडल में प्रयोग की जाने वाली भाषा के बारे में उल्लेख है। इसके अतिरिक्त संविधान की आठवीं अनुसूची में (संविधान में कुल 10 अनुसूचियां हैं) प्रमुख आधुनिक भाषाओं की सूची प्रस्तुत की गयी है जिनकी संख्या अब 21 है।[1]

### भारतीय संविधान में राजभाषा संबंधी अनुच्छेद

भारतीय संविधान में राजभाषा से संबंधित अनुच्छेदों को हम निम्नवत् इस प्रकार देख सकते हैं :-

अध्याय-1 - **संघ की भाषा** (Official Language)

**संघ की राजभाषा -** (Official Language of the Union)

**343. Official Language of the Union -**
(1) The Official language of the Union shall be Hindi in Devanagari script. The form of numerals to be used for the official purposes of the Union shall be the international form of Indian numerals.

(2) Notwithstanding anything in clause (1), for a period of fifteen years from the commencement of this Constitution, the English language

**343. संघ की राजभाषा -** (1) संघ की राजभाषा हिन्दी और लिपि देवनागरी होगी। संघ के राजकीय प्रयोजनों के लिये प्रयोग होने वाले अंकों का रूप भारतीय अंकों का अन्तर्राष्ट्रीय रूप होगा।

(2) खंड (1) में किसी बात के होते हुए भी, इस संविधान के प्रारंभ से पन्द्रह वर्ष की कालावधि के लिये संघ के उन सब राजकीय प्रयोजनों के लिये अंग्रेजी भाषा प्रयोग की जाती रहेगी

**1-नागरी पत्रिका - 15 अप्रैल 2004-14 जून 2004) पृष्ठ - 24**

shall continue to be used for all the official purposes of the Union for which it was being used immediately before such commencement:

Provided that the President may, during the said period, by order authorise the use of the Hindi language in addition to the English language and of the Devanagari form of numerals in addition to the international form of Indian numerals for any of the official purposes of the Union.

(3) No'twithstanding anything in this article, Parliament may by law provide for the use, after the said period of fifteen years, of -

(a) the English language, or

(b) the Devanagari form of numerals, for such purposes as may be specifed in law.

**344. Commission and Committee of Parliament on official Language** - (1) The President shall, at the expiration of five years from the commencement of this Constitution and thereafter at the expiration of ten years from such commencement, by order constitute a Commission which shall consist of a Chairman and such other members representing the different language specified in the Eighth Schedule as the President may appoint, and the order shall define the procedure to be followed by the Commission.

(2) It shall be the duty of the Commission to make recommendations to the President as to-

(a) the progressive use of the Hindi language for the official purposes of the Union;

(b) restrictions on the use of the English language for all or any of the official purposes of the Union;

(c) the language to be used for all or any of the purposes mentioned in article 348;

(d) the form of numerals to be used for any one or more specified purposes of the Union;

(e) any other matter referred to the Commission by the President as regards the official language of the Union and the language for communication between the Union and a State or between one State and another and their use.

(3) In making their recommendations under clause (2), the Commission shall have due regard to

जिन के लिए ऐसे प्रारंभ से ठीक पहले वह प्रयोग की जाती थी :

परन्तु राष्ट्रपति उक्त कालावधि में, आदेश द्वारा, संघ के राजकीय प्रयोजनों में से किसी के लिए अँग्रेजी भाषा के साथ-साथ हिन्दी भाषा का तथा भारतीय अंकों के अन्तर्राष्ट्रीय रूप के साथ-साथ देवनागरी रूप का प्रयोग प्राधिकृत कर सकेगा।

(3) इस अनुच्छेद में किसी बात के होते हुए भी, संसद विधि द्वारा, उक्त पन्द्रह साल की कालावधि के पश्चात् -

(क)- अँग्रेजी भाषा का; अथवा

(ख)- अंकों के देवनागरी रूप का;

ऐसे प्रयोजनों के लिए प्रयोग उपबंधित कर सकेगी जैसे कि ऐसी विधि में उल्लिखित हो।

**344. राजभाषा के लिये आयोग और संसद की समिति** (1) राष्ट्रपति, इस संविधान के प्रारंभ से पाँच वर्ष की समाप्ति पर तथा तत्पश्चात् ऐसे प्रारंभ से दस वर्ष की समाप्ति पर आदेश द्वारा एक आयोग गठित करेगा जो एक अध्यक्ष और अष्ठम अनुसूची में उल्लिखित भिन्न भाषाओं का प्रतिनिधित्व करने वालें ऐसे अन्य सदस्यों से मिलकर बनेगा जैसे कि राष्ट्रपति नियुक्त करे, तथा आयोग द्वारा अनुसरण की जाने वाली प्रक्रिया भी आदेश परिभाषित करेगा।

(2)- राष्ट्रपति को -

(क)- संघ के राजकीय प्रयोजनों के लिए हिन्दी भाषा के उत्तरोत्तर अधिक प्रयोग के,

(ख)- संघ के राजकीय प्रयोजनों में से सब या किसी के लिये अँग्रेजी भाषा के प्रयोग पर निर्बन्धनों के,

(ग)- अनुच्छेद 348 में वर्णित प्रयोजनों में से सब या किसी के लिये प्रयोग की जाने वाली भाषा के,

(घ)- संघ के किसी एक या अधिक उल्लिखित प्रयोजनों के लिए प्रयोग किये जाने वाले अंकों के रूप के,

(ङ)- संघ की राजभाषा तथा संघ और किसी राज्य के बीच अथवा एक राज्य और दूसरे राज्य के बीच संचार की भाषा तथा उनके प्रयोग के बारे में राष्ट्रपति द्वारा आयोग से पृच्छा किये हुए किसी अन्य विषय के, बारे में सिफारिश करने का आयोग का कर्तव्य होगा।

(3) खंड (2) के अधीन अपनी सिफारिशें करने में आयोग भारत की औद्योगिक, सांस्कृतिक और वैज्ञानिक उन्नति का तथा

the industrial,cultural and scientific advancement of India, and the just claims and the interests of persons belonging to the non-Hindi speaking areas in regard to the public services.

(4) There shall be constituted a Committee consisting of thirty members, of whom twenty shall be members of the House of the People and ten shall be members of the Council of States to be elected respectively by the members of the House of the People and the members of the Council of States in accordance with the system of proportional representation by means of the single transferable vote.

(5) It shall be the duty of the Committee to examine the recommendations of the Commission constituted under clause (1) and to report to the President their opinion thereon.

(6) Notwithstanding anything in article 343, the President may, after consideration of the report referred to in clause (5), issue directions in accordance with the whole or any part of that report अर्थात

## CHAPTER II-REGIONAL LANGUAGES

**345. Official language[a] or languages of a State** - Subject to the provisions of articles 346 and 347, the Legislature of a State may by law adopt any one or more of the languages in use in

लोक सेवाओं के बारे में अहिन्दी भाषा भाषी क्षेत्रों के लोगों के न्यायपूर्ण दावों और हितों का सम्यक् ध्यान रखेगा।

(4) तीस सदस्यों की एक समिति गठित की जायेगी जिनमें से बीस लोकसभा के सदस्य होंगे तथा दस राज्यसभा के सदस्य होंगे जो कि क्रमश: लोकसभा के सदस्यों तथा राज्यसभा के सदस्यों द्वारा अनुपाती प्रतिनिधित्व पद्धति के अनुसार एकल संक्रमणीय मत द्वारा निर्वाचित होंगे।

(5) खंड (1) के अधीन गठित आयोग की सिफारिशों की परीक्षा करना तथा उन पर अपनी राय का प्रतिवेदन राष्ट्रपति को करना, समिति का कर्तव्य होगा।

(6)अनुच्छेद 343 में किसी बात के होते हुए भी, राष्ट्रपति खंड (5) में निर्दिष्ट प्रतिवेदन पर विचार करने के पश्चात् उस सारे प्रतिवेदन के या उसके किसी भाग के अनुसार निर्देश निकाल सकेगा।

## अध्याय -2प्रादेशिक भाषाएँ

**345. राज्य की राजभाषा या राजभाषाएँ** अनुच्छेद 346 और 347 के उपबन्धों के अधीन रहते हुए, राज्य का विधानमंडल, विधि द्वारा, उस राज्य के राजकीय प्रयोजनों में से

(a) The following Acts have been passed by the State Legislatures :

(1) A.P. Official languages Act, 1966 (A.P. Act 9 of 1966)(w.e.f. 29-3-1968)
(2) Assam Official languages Act, 1960 (Assam Act 33 of 1960) (31-7-1964)
(3) Bihar languages of Laws Act, 1955 (Bihar Act 23 of 1955)
(4) Gujarat Official languages Act, 1960 (Guj. Act 1 of 1961)(16-2-1961)
(5) Haryana Official languages Act, 1969 (Haryana Act 17 of 1969)
(6) Kerala State Legislature (Continuance of Use of English languages)Act, 1965 (Presi. Act 1 of 1965)(as re-enacted by Presi. Act 1 of 1966 and Kerala Act 8 of 1968).
(7) kerala Official languages (Legislation)Act, 1969 (Ker. Act 8 of 1969)
(8) Maharashtra Official Language Act, 1964 (Maha. Act 5 of 1965) (26-1-1965)
(9) Mysore Official languagess Act. 1963 (Mys. Act 26 of 1963) (w.e.f. 1-4-1968)
(10) Orissa Official Languages Act, 1954 (Orissa Act 14 of 1954) (w.e.f. 16-5-1966)
(11) Pondicherry Official Languages Act, 1963 (Pondi. Act 3 of 1965) (w.e.f. 1-7-1966)
(12) Punjab official languages Act, 1967 (Punj. Act 25 of 1967) (w.e.f. 1-1-1968)
(13) Rajasthan official Languages Act, 1956 (Raj. Act 47 of 1956)
(14) Tamil Nadu State Legislature (Continuance of Use of English language) Act, 1964 (Mad. Act 38 of 1964) (26-1-1965)
(15) Tamil Nadu Official Languages Act, 1956 (Madras Act 39 of 1956)(w.e.f. 1-1-1967)
(16) U.P. Official languages Act, 1951 (U.P. Act 20 of 1951) (w.e.f. 26-1-1968)
(17) W.B. Official languages Act, 1961 (W.B. Act 24 of 1961)(w.e.f. 26-1-1965)

the State or Hindi as the language or languages to be used for all or any of the official purposes at that State:

Provided that, until the Legislature of the State otherwise provides by law, the English language shall continue to be used for those official purposes with in the State for which it was being used immediately before the commencement of this Constitution.

**346. Official language for communication between one State and another or between a State and the Union** - The language for the time being authorised for use in the Union for official purposes shall be the official language for communication between one State and another State and between a State and the Union:

Provided that if two or more States agree that Hindi language should be the official language for communication between such States, that language may be used for such communication.

**347. Special provision relating to language spoken by a section of the population of a State**- On a demand being made in that behalf the President may, if he is satisfied that a substantial proportion of the population of a State desire the use of any language spoken by them to be recognised by that State, direct that such language shall also be officially recognised throughout that State or any part there of for such purpose as he may specify.

## CHAPTER III
## LANGUAGE OF THE SUPREME COURT, HIGH COURTS, ETC.

**348. Language to be used in the Supreme Court and in the high Courts and for**

सब या किसी के लिए प्रयोग के अर्थ उस राज्य में प्रयुक्त होने वाली भाषाओं में से किसी एक या अनेक को या हिन्दी को अंगीकार कर सकेगा :

परन्तु जब तक राज्य का विधानमंडल विधि द्वारा इससे अन्यथा उपबंधन करे तब तक राज्य के भीतर उन प्रयोजनों के लिये अँग्रेजी भाषा प्रयोग की जाती रहेगी जिनके लिए इस संविधान के प्रारंभ से ठीक पहिले वह प्रयोग की जाती थी।

**346. एक राज्य और दूसरे के बीच में अथवा राज्य और संघ के बीच में संचार के लिये राजभाषा**

संघ में राजकीय प्रयोजनों के लिये प्रयुक्त होने के लिए तत्समय प्राधिकृत भाषा, एक राज्य और दूसरे के बीच में तथा किसी राज्य और संघ के बीच में संचार के लिये राजभाषा होगी :

परन्तु यदि दो या अधिक राज्य करार करते हैं कि ऐसे राज्यों के बीच में संचार के लिये राजभाषा हिन्दी भाषा होगी तो ऐसे संचार के लिये वह भाषा प्रयोग की जा सकेगी।

**347. किसी राज्य के जनसमुदाय के किसी विभाग द्वारा बोली जाने वाली भाषा के संबंध में विशेष उपबंध** तद्विषयक माँग की जाने पर यदि राष्ट्रपति का समाधान हो जाये कि किसी राज्य के जनसमुदाय का पर्याप्त अनुपात चाहता है कि उसके द्वारा बोली जाने वाली किसी भाषा को राज्य द्वारा मान्यता दी जाये तो वह निर्देश दे सकेगा कि ऐसी भाषा की उस राज्य में सर्वत्र अथवा उसके किसी भाग में ऐसे प्रयोजन के लिए जैसा कि वह उल्लिखित करें राजकीय मान्यता दी जाये।

## अध्याय -3
## उच्चतम न्यायालय, उच्च न्यायालयों आदि की भाषा

**348. उच्चतम न्यायालय और उच्च न्यायालयों में तथा अधिनियमों, विधेयकों आदि में प्रयोग की जाने**

---

**1- इस उपखंड का आशय यथानिम्नलिखित है :-**

**''(i) विधेयक संसद के प्रत्येक सदन में पुरःस्थापित किये जायें अथवा उनके जो संशोधन ऐसे सदन में प्रस्तावित किये जायें उन सब के प्राधिकृत पाठ,।''**

**2- ''अधिनियम संसद द्वारा या राज्य के विधानमंडल द्वारा पारित किये जायें तथा जो अध्यादेश राष्ट्रपति या राज्यपाल द्वारा प्रख्यापित किये जायें, उनके प्राधिकृत पाठ, तथा,''।**

**Acts, Bills, etc.**- (1) Notwithstanding anything in the foregoing provisions of this Part, until Parliament by law otherwise provides -

(a) all proceedings in the Supreme Court and in every High Court,

(b) the authoritative texts -

(i) of all Bills to be introduced or amendments thereto to be moved in either House of Parliament or in the House or either House of the Legislature of a State,

(ii) of all Acts passed by Pariament or the Legislature of a State and of all Ordinances promulgated by the President or the Governer[a] [* * *] of a State, and

(iii) of all orders, rules regulations and bye-laws issued under this Constitution or under any law made by Parliament or the Legislature of a State,

shall be in the English language.

(2) Notwithstanding anything in Sub-clause (a) of clause (1), the Governor[a] [ * * ] of a State may, with the previous consent of the President, authorise the use of the Hindi language, or any other language used for any official purposes of the State, in proceedings in the High Court having its principal seat in that State :

Provided that nothing in this clause shall apply to any judgment, decree or order passed or made by such High court.

(3) Notwithstanding anything in sub-clause (b) of clause (1), where the Legislature of a State has prescribed any language other than the English language for use in Bills introduced

**वाली भाषा** -(1) इस भाग के पूर्ववर्ती उपबंधों में किसी बात के होते हुए भी, जब तक संसद विधि द्वारा अन्यथा उपबंध न करे तब तक-

(क)- उच्चतम न्यायालय में तथा प्रत्येक उच्च न्यायालय में सब कार्यवाहियाँ,

(ख)- जो -

(i)[1] विधेयक, अथवा उन पर प्रस्तावित किये जाने वाले जो संशोधन, संसद के प्रत्येक सदन में पुर:स्थापित किये जायें उन सब के प्राधिकृत पाठ,

(ii)[2] अधिनियम संसद द्वारा या राज्य के विधानमंडल द्वारा पारित किये जायें, तथा जो अध्यादेश राष्ट्रपति या राज्यपाल या राज-प्रमुख द्वारा प्रख्यापित किये जायें, उन सबके प्राधिकृत पाठ, तथा,

(iii) आदेश, नियम, विनियम और उपविधि इस संविधान के अधीन, अथवा, संसद या राज्यों के विधानमंडल द्वारा निर्मित किसी विधि के अधीन, निकाले जायें उन सबके प्राधिकृत पाठ, अँग्रेजी भाषा में होंगे।

(2) खंड (1) के उपबंध (क) में किसी बात के होते हुए भी, किसी राज्य का राज्यपाल या राजप्रमुख राष्ट्रपति की पूर्व सम्मति से हिन्दी भाषा का या उस राज्य में राजकीय प्रयोजन के लिये प्रयोग होने वाली किसी अन्य भाषा का प्रयोग उस राज्य में मुख्य स्थान रखने वाले उच्च न्यायालय में की कार्यवाहियों के लिये प्राधिकृत कर सकेगा :

परन्तु इस खंड की कोई बात वैसे उच्च न्यायालय द्वारा दिये गये निर्णय, आज्ञप्ति अथवा आदेश को लागू न होगी।

(3) खंड (1) के उपखंड (ख) में किसी बात के होते हुए भी, जहाँ किसी राज्य के विधानमंडल ने, उस विधानमंडल में

---

**1-संविधान (सप्तम संशोधन) अधिनियम, 1956 की धारा 29 और अनुसूची द्वारा संशोधनों के पश्चात् खंड (2) और (3) का वर्तमान स्वरूप इस प्रकार है-**

**"(2) खंड (1) के उपखंड (क) में किसी बात के होते हुए भी, किसी राज्य का राज्यपाल राष्ट्रपति की पूर्व सम्मति से हिन्दी भाषा का या उस राज्य में राजकीय प्रयोजन के लिए प्रयुक्त होने वाली किसी अन्य भाषा का प्रयोग उस राज्य में मुख्य स्थान रखने वाले उच्च न्यायालय में की कार्यवाहियों के लिए प्राधिकृत कर सकेगा**

**परन्तु इस खंड की कोई बात वैसे उच्च न्यायालय द्वारा दिये गये निर्णय, आज्ञप्ति अथवा आदेश को लागू न होगी।**

**(3) खंड (1) के उपखंड (ख) में किसी बात के होते हुए भी, जहाँ किसी राज्य के विधानमंडल ने, उस विधानमंडल में पुर:स्थापित विधेयकों या उसके द्वारा पारित अधिनियमों में अथवा उस राज्य के राज्यपाल द्वारा प्रख्यापित अध्यादेशों में अथवा उस उपखंड की कंडिका (iii) में निर्दिष्ट किसी आदेश, नियम, विनियम या उपविधि में प्रयोग के लिये अँग्रेजी भाषा से अन्य किसी भाषा के प्रयोग को विहित किया है वहाँ उस राज्य के राजकीय सूचनापत्र में उस राज्य के राज्यपाल के प्राधिकार से प्रकाशित अँग्रेजी भाषा में उसका अनुवाद उस खंड के अभिप्रायों के लिए उसका अँग्रेजी भाषा में प्राधिकृत पाठ समझा जायेगा।"**

in, or Acts passed by, the legislature of the State or in Ordinances promulgated by the Governor[a] [ * * ] of the State or in any order, rule, regulation or bye-law referred to in paragraph (iii) of that sub-clause, a translation of the same in the English language published under the authority of the Governor[a] [ * * ] of the State or in any order, rule, regulation or bye-law referred to in paragraph (iii) of that sub-clause, a translation of the same in the English language published under the authority of the Governor[a] [ * * ]of the State in the official Gazette of that State shall be deemed to be the authoritative text thereof in the English language under this article.

**349. Special procedure for enactment of certain laws relating to language** - During the period of fifteen years from the commencement of this Constitution, no Bill or amendment making provision[a] for the language to be used for any of the purposes mentioned in clause (1) of article 348 shall be introduced or moved in either House of Parliament without the previous sanction of the President, and the President shall not give his sanction to the introduction of any such Bill or the moving of any such amendment except after he has taken in to consideration the recommendations of the Commission constituted under clause (1) of article 344 and the report of the Committee constituted under clause (4) of that article.

## CHAPTER IV
## SPECIAL DIRECTIVES

**350 Lanugage to be used in representations for redress of grievances** - Every person shall be entitled to submit a representation for the redress of any grievance to any officer or authority of the Union or a State in any of the languages used in the Union or in the State, as the case may be.[a]

[a] **[350A. Facilities for instruction in mother-tongue at primary stage- It shall be the endeavour of every State and of every local authority with in the State to provide adequate**

पुर:स्थापित विधेयकों या उसके द्वारा पारित अधिनियमों में अथवा उस राज्यपाल या राजप्रमुख द्वारा प्रख्यापित अध्यादेशों में अथवा उस उपखंड की कंडिका (iii) में निर्दिष्ट किसी आदेश, नियम, विनियम या उपविधि में प्रयोग के लिये अँग्रेजी भाषा से अन्य किसी भाषा के प्रयोग को विहित किया है वहाँ उस राज्य के राजकीय सूचनापत्र में उस राज्य के राज्यपाल या राजप्रमुख के

प्राधिकार से प्रकाशित अँग्रेजी भाषा में उसका अनुवाद उस खंड के अभिप्रायों के लिए उस का अँग्रेजी भाषा में प्राधिकृत पाठ समझा जायेगा।[1]

**349. भाषा संबंधी विधियों को अधिनियमित करने के लिए विशेष प्रक्रिया** -इस संविधान के प्रारम्भ से पन्द्रह वर्षो की कालावधि तक अनुच्छेद 348 के खंड (1) में वर्णित प्रयोजनों में से किसी के लिए प्रयोग की जाने वाली भाषा के लिए उपबंध करने वाला कोई विधेयक या संशोधन संसद के किसी सदन में राष्ट्रपति की पूर्व मंजूरी के बिना पुर:स्थापित या प्रस्तावित नहीं किया जायेगा तथा ऐसे किसी विधेयक के पुर:स्थापित अथवा ऐसे किसी संशोधन के प्रस्तावित किये जाने की मंजूरी अनुच्छेद 344 के खंड (1) के अधीन गठित आयोग की सिफारिशों पर, तथा उस अनुच्छेद के खंड (4) के अधीन गठित समिति के प्रतिवेदन पर विचार करने के पश्चात् ही राष्ट्रपति देगा।

## अध्याय -4
## विशेष निर्देश

**350.किसी व्यथा के निवारण के लिए अभिवेदन में प्रयोक्तव्य भाषा** किसी व्यथा के निवारण के लिये संघ या राज्य के पदाधिकारी या प्राधिकारी को, यथास्थिति, संघ में या राज्य में प्रयोग होने वाली किसी भाषा में अभिवेदन देने का, प्रत्येक व्यक्ति को हक होगा।-[1]

**1 "350 क. प्राथमिक स्तर पर मातृभाषा में शिक्षा देने के लिए सुविधाएँ- प्रत्येक राज्य और राज्य के अंदर प्रत्येक स्थानीय प्राधिकारी का यह प्रयास होगा कि भाषाजात अल्पसंख्यक वर्गों के बालकों को**

**351. Directive for development of the Hindi language** - It shall be the duty of the Union to promote the spread of the Hindi language, to develop it so that it may serve as a medium of expression for all the elements of the composite culture of India and to secure its enrichment by assimilating without interfering with its genus, the forms, style and expression, used in Hindustani and in the other languages of India specified in the Eighth Schedule, and by drawing, wherever necessary or desirable, for its vocabulary, primarily on Sanskrit and secondarily on other languages.

**351. हिन्दी भाषा के विकास के लिये निर्देश** - हिन्दी भाषा की प्रसार-वृद्धि करना, उसका विकास करना ताकि वह भारत की सामाजिक संस्कृति के सब तत्वों की अभिव्यक्ति का माध्यम हो सके, तथा उसकी आत्मीयता में हस्तक्षेप किये बिना हिन्दुस्तानी और अष्टम अनुसूची में उल्लिखित अन्य भारतीय भाषाओं के रूप, शैली और पदावलि को आत्मसात् करते हुए तथा जहाँ आवश्यक या वांछनीय हो वहाँ उसके शब्द-भंडार के लिए मुख्यत: संस्कृत से तथा गौणत: अन्य भाषाओं से शब्द ग्रहण करते हुए उसकी समृद्धि सुनिश्चित करना संघ का कर्तव्य होगा।

**अनुच्छेद 343 : एक सिंहावलोकन-** संविधान में टंकित हिन्दी संबंधी इन धाराओं को हिलोर-पछोर कर देखें तो स्पष्ट पता चलता है कि ये सभी धाराएँ हिन्दी-हित-संपोषक हैं। यथा अनुच्छेद 343 का मुख्य स्वर यही है कि संघ की राजभाषा हिन्दी और लिपि देवनागरी होगी तो अनुच्छेद 344 यह साफ संकेत करता है कि संघ के सरकारी कार्यों के लिये हिन्दी भाषा के उत्तरोत्तर एव अधिक प्रयोग के लिये संघ के सरकारी प्रयोजनों में से सब या किसी के लिये अंग्रेजी भाषा के प्रयोग को कम करने या उस पर रोक लगाने के लिये राष्ट्रपति सिफारिश करें। इसी तरह अनुच्छेद 345 में यह व्यवस्था है कि राज्य का विधान मंडल विधि द्वारा एक या अधिक

---

**facilities for instruction in the mother-tongue at the primary stage of education to children belonging to linguistic minority groups; and the president may issue such directions to any State as he considers necessary or proper for securing the provision of such facilities.]**

**[a] Inserted by the Constitution (Seventh Amendment) Act, 1956,S.21(1-11-1956)**

**OBJECTS AND REASONS**

**"The new article 350 A proposed in this clause is designed to implement one of the States Reorganisation Commission's important recommendations regarding safeguards for linquistic minorities in the States after reorganisation." - Gaz. of Ind., 1956,Pt.ii,S.2,Ext.,P.218**

**[a] [350B. special officer for linguistic minorities.- (1) There shall be a Special officer for linguistic minorities to be appointed by the President.**

**(2) It shall be the duty of the Special officer to investigate all matters relating to the safeguards provided for linguistic minorities under this Constitution and report to the President up on those matters at such intervals as the President may direct, and the President shall cause all such reports to be laid before each House of Parliament, and sent to the Governments of the State concerned.]**

**[a]Inserted by the Constitution (Seventh Amendment) Act, 1956, S. 29 and Sch. (1-11-1956)**

**शिक्षा के प्राथमिक स्तर में मातृभाषा में शिक्षा देने के लिए पर्याप्त सुविधाओं की व्यवस्था की जाये, और राष्ट्रपति किसी राज्य को ऐसे निर्देश दे सकेगा जैसे कि वह ऐसी सुविधाओं का उपबंध सुनिश्चित कराने के लिए आवश्यक या उचित समझता है।**

**1- संविधान (सप्तम संशोधन) अधिनियम, 1956 की धारा 21 द्वारा अनुच्छेद 350 के पश्चात् निम्नलिखित अनुच्छेद जोड़ दिये गये हैं**

**उद्देश्य एवं कारण**

**350 ख. भाषाई अल्पसंख्यकों के लिए विशेष पदाधिकारी**

**(1) भाषाई अल्नसंख्यकों के लिए एक विशेष पदाधिकारी होगा, जो राष्ट्रपति द्वारा नियुक्त किया जायेगा।**

**(2) भाषाई अल्पसंख्यकों के लिए जिन संरक्षणों की इस संविधान के अधीन व्यवस्था की जाये उनसे संबद्ध सब विषयों का अनुसंधान करना और ऐसी अंतरावधियों पर उन विषयों के संबंध में, जैसे कि राष्ट्रपति निर्दिष्ट करे, राष्ट्रपति को प्रतिवेदन देना विशेष पदाधिकारी का कर्तव्य होगा, और राष्ट्रपति ऐसे सब प्रतिवेदनों को संसद के प्रत्येक सदन के समक्ष रखवायेगा और संबंधित राज्यों की सरकारों को भिजवायेगा।"**

प्रादेशिक भाषाओं या हिन्दी को सरकारी प्रयोजनों के लिये स्वीकार कर सकेगा तो 346 में यह स्पष्ट आदेश है कि राज्य और संघ के बीच में पत्र-व्यवहार के लिये संघ की राजभाषा का ही प्रयोग होगा। संविधान का अनुच्छेद 351 सर्वाधिक महत्वपूर्ण है। इस अनुच्छेद में यह पुख्ता रूप में ध्वनित है कि संघ सरकार का यह कर्तव्य है कि वह हिन्दी भाषा के विकास और प्रयास के लिये समुचित प्रयास करेगा ताकि भारत में राजभाषा हिन्दी के ऐसे स्वरूप का विकास हो, जो समूचे देश में प्रयुक्त हो सकें और जो भारत की मिली-जुली संस्कृति की अभिव्यक्ति की वाहिका बन सकें।

कुल मिलाकर यह कि 4 अध्यायों में विभक्त भारतीय संविधान के राजभाषा संबंधी 343 से 351 तक के अनुच्छेदों में राजभाषा नीति निर्धारित हुई। लेकिन आपका ध्यान आकर्षित करते हुए इस बात का हार्दिक कष्ट हो रहा है कि इन धाराओं में 343 अर्थात् हिन्दी के विकास के लिये बनी पहली ही धारा पर जितना विवाद हुआ, शायद ही किसी अन्य दूसरी धारा को लेकर इतना बवाल हुआ हो। अनुच्छेद 343 की चार विशेषताएँ हैं,(1) संघ की राजभाषा हिन्दी, (2) उसकी लिपि - देवनागरी, (3) राजकाज के कार्यों में भारतीय अंकों के अन्तर्राष्ट्रीय रूप का प्रयोग तथा (4) संविधान के लागू होने से पन्द्रह वर्ष की अवधि तक अंग्रेज़ी भाषा का उन सभी सरकारी कार्यों में प्रयोग, जैसा स्वतंत्रता पूर्व होता था। इस अंतिम आदेश पर काफी बहस मुबाहसा हुआ। बहस का यह अंधड़ इतना तेज उठा कि कुछ लोग हिन्दी की जगह अंग्रेजी को, कुछ संस्कृत को, कुछ बंगला को तथा कुछ हिन्दुस्तानी को इस देश की राजभाषा बनाना चाहते थे। कुछ उदाहरण देखिए -

**अंग्रेज़ी** - (1) भाषा प्रस्ताव का मसौदा तैयार करने वालों में से एक **श्री एन. गोपालास्वामी** संघ की भाषा के लिये अंग्रेजी का इस्तेमाल चाहते थे। उन्होंने अंग्रेजी का पक्ष लेते हुये कहा कि,-"English is a language on which I think, We have built and achieved our freedom. अर्थात् मेरे विचार में इस भाषा द्वारा हमनें अपनी स्वतंत्रता प्राप्त की है और इस पर अपनी आजादी की इमारत खड़ी की है।''[1]

(2) श्री नजीरुद्दीन अहमद ने अंग्रेजी को 'संसार की भाषा' बताते हुए इसे हिन्दुस्तान की राजभाषा बनाने का आग्रह किया। अपने तर्क के पक्ष में उनहोंने जापान का उदहरण देते हुए कहा कि,- "It adopted the English language as the official language Voluntarily. They(Japanese) went to America and other places and learnt English and with the help of English language, English science, modern thoughts and world activities were open to her. But for the unfortunate entry of Japan in the last war, Japan would have been one of the greatesd nations of the world. That is why I submit that English should compulsory. It may be a disagreeabe necessity; but still, It is a necessity. अर्थात् उसने (जापान ने) स्वेच्छया अंग्रेजी को राजभाषा बनाया। जापान के लोग अमरीका और अन्य देशों में गये और अंग्रेजी भाषा सीखी। इस भाषा के द्वारा विज्ञान, नवीन चिन्तन और कार्यालयों का पूरा संसार उनके सामने उपस्थित हो गया। यदि दुर्भाग्यवश जापान को पिछले महायुद्ध में न कूदना पड़ता तो जापान आज दुनिया की सबसे बड़ी ताकत होता। इसलिये मेरा अनुरोध है कि अंग्रेजी को अनिवार्य भाषा बनाया जाय। यह अनिवार्यता भले ही अरुचिकर हो, पर यह अपरिहार्य है।''

(3) एंग्लो इन्डियन नेता **फ्रैंक ऐन्थनी** अंग्रेजी के मुखर पक्षधर थे। उनका विचार था कि,- "After all, a Knowledge of English which our people have acquired over a period of 200 years is one of the greatest assets which India possesses in the inter national field. I say this without qualification that India,s claim, India,s acceptance of leadership in the international field is due largely, it not entirely to the capacity of or representative abroad to hold their own, more than hold their own in speaking English in international forums. अर्थात् हमारे देशवासियों ने पिछले 200 वर्षों में अंग्रेजी भाषा का जो ज्ञान अर्जित किया है, वह अन्तर्राष्ट्रीय कामों के लिये भारत की महान निधि है। मैं बलपूर्वक यह कहने को तैयार हूँ कि अन्तर्राष्ट्रीय क्षेत्र में भारत के अग्रणी होने के दावे का आधार एवं अन्य देशों द्वारा इस प्रकार की मान्यता प्राप्त करने का एकमात्र कारण यही है कि विदेशों में रहने वाले हमारे प्रतिनिधि अन्तर्राष्ट्रीय मंचों पर अधिकारपूर्ण अंग्रेजी भाषा के माध्यम से अपने विचार व्यक्त कर सकते है।''

(4) **डॉ. श्यामा प्रसाद मुखर्जी** राजभाषा के लिये हिन्दी का प्रयोग चाहते थे, फिर भी राष्ट्रीय जीवन में उन्होंने अंग्रेजी को अति आवश्यक बताया,- "After all, it is on account of that language that we have been able to achieve many things; apart from the rale that English has played in unifying India politically, and thus in our attaiming political freedom; it opened to us the civilisation of large parts of the world. It opened to us Knowl-

edge. specially in the realm of science and technology which it would have been difficult to achiere otherwise. अर्थात् आखिर, इस भाषा के कारण ही हमें अनेक उपलब्धियाँ हुई हैं। इसके अतिरिक्त, देश के राजनीतिक एकीकरण और इसकी स्वतंत्रता प्राप्ति में अंग्रेजी का बहुत बड़ा हाथ है। इसके माध्यम से संसार के अनेक भागों की संस्कृति के द्वार हमारे लिये खुल गये। विज्ञान तथा प्रौद्योगिकी की जो प्राप्ति हमें अंग्रेजी पढ़ने से हुई, वह अंग्रेजी की जानकारी के बिना मुश्किल थी।''

(5) बहुत कुछ इसी तरह का वक्तव्य तत्कालीन प्रधानमंत्री **श्री नेहरू** ने भी दिया,- "Wemust have our language .......... but English must continue to be a most important language in India............. Why ? well, English to day is for more important in the world than it was when British came here. It is undoubtedly to day the nearest approach to an international language. अर्थात् हमें अवश्य अपनी भाषा का प्रयोग करना चाहिये।......... परन्तु अंग्रेजी भी भारत की एक सर्वाधिक महत्वपूर्ण भाषा बनी रहनी चाहिये। क्यों ? जब अंग्रेज हिन्दुस्तान में आये, उस समय की अपेक्षा संसार में अंग्रेजी का महत्व आज कहीं अधिक है। नि:सन्देह, अंग्रेजी एक अन्तर्राष्ट्रीय भाषा के निकटतम है।''

(6) **श्री आर. पी. धुलेकर** ने **श्री एन. गोपालास्वामी** के उक्त तर्कों का विरोध करते हुये कहा कि, -" Only those people joined the freedom,s fight who forgot the English language, and who had extreme hatred for the English language **and who knew that the English language was a poison and that** it will kill our country. अर्थात् केवल उन्हीं लोगों ने स्वतंत्रता संग्राम में भाग लिया, जिन्होंने अंग्रेजी को भुला दिया, जिनकी अंग्रेजी के प्रति अनास्था थी और जो यह समझते थे कि अंग्रेजी भाषा एक ऐसी विषैली वस्तु है जो देश का नाश कर देगी।''

(7) अहिन्दी भाषी राज्य उड़ीसा के रहने वाले **श्री लक्ष्मीनारायण साहू** ने अंग्रेजी समर्थकों की तुलना उस शराबी से की, जो यह सोचता है कि नशाबन्दी से उसकी मृत्यु हो जायेगी,-" ×××××× a drunkard who felt that he would dieif there is prohibition and he is not allowed to drink."

(8) **अलगू राम शास्त्री** अंग्रेजी के मुखर विरोधी थे। उन्होंने अंग्रेजी को इस देश की राजभाषा बनाने की हिम्मत करने वालों को ललकारा और कहा कि, -" ×××××× not a language which is the language of the people of any part of our country. अर्थात् यह (अंग्रेजी)देश के किसी भी भाग की भाषा नहीं है।''

(9) स्वतंत्रता सेनानी और भाषाविद् **सेठ गोविन्द दास** ने कहा कि,- ''यह बडा दुखद है कि स्वतंत्र भारत की संविधान सभा अंग्रेजी को राष्ट्रभाषा बनाने की कोशिश करें।''[1]

**संस्कृत** -संविधान सभा के कुछ सदस्य संस्कृत को भारत की राजभाषा बनाने के आग्रही थे। इसके लिये उनके पास कुछ अपने विशिष्ट किस्म के तर्क थे। उनका विचार था कि इस देश की चेतना, परम्परा, संस्कृति और सभ्यता सब कुछ इस देवभाषा में सुरक्षित है। कुछ विचार यहाँ देखे जा सकते हैं, -

(1) अहिन्दी भाषी **लक्ष्मी कान्त मैत्र** राजभाषा के लिये हिन्दी की जगह संस्कृत की स्थापना चाहते थे। उन्होंने कहा कि,- "Sanskrit had the oldest and most respectable pedigree of all the languages in the world ......... (and that it could be used) either for very serious subjects as philosophy, science and also for light literature, it is an easy vehicle of expression for all shades of thoughts. अर्थात् संसार की सभी भाषाओं की अपेक्षा संस्कृत की वंशावली प्राचीनतम एवं प्रतिष्ठाप्राप्त है।......... चाहे तो हम संस्कृत को गहन दर्शन अथवा विज्ञान के अध्ययन में इस्तेमाल करें और चाहें तो सुगम साहित्य के लिये। सभी प्रकार की अर्थ-छटायें इस भाषा के माध्यम द्वारा आसानी से व्यक्त की जा सकती हैं।''

(2) अहिन्दी भाषी **कुलाधार छालिया** भी संस्कृत को ही इस देश की राष्ट्रभाषा-राजभाषा बनाने के पक्षधर थे। उन्होंने कहा कि,-" I personally feel that we should have Sanskrit as our national language. Sanskrit and India are co-extensive ............... our institutions are inter woven with it and values of our lives have been created out of its philosophy. अर्थात् मेरा व्यक्तिगत मत है कि संस्कृत हमारी राष्ट्रीय भाषा होनी चाहिये। संस्कृत और भारत का विकास एक साथ हुआ है- हमारी संस्थायें इस भाषा के साथ जुड़ी हुई हैं और हमारे जीवन मूल्यों के निर्माण में संस्कृत भाषा के दर्शन ग्रंथों का बहुत बड़ा हाथ है।''

---

**1- The Framing of India,s Constitution, The Indian Institute of Public Administration- B. Shiva Rao, Page -783,New Delhi.**

**बंगला** - कुछ सदस्य बंगला भाषा को इस देश की राजभाषा बनाना चाहते थे। **सतीश चन्द्र सामंत** इनमें से एक थे। उन्होंने बंगला भाषा की अकूत ऊर्जा की ओर इशारा करते हुये संविधान सभा के सदस्यों को इसकी हद और हैसियत बताया और कहा,-".... intelligibility to the largest number should not be the criterion and that other cousiderations were move important. The official language of India should have the capacity to become the international language. ........Bengali was taught in foreign universities such as oxford, Warsaw; Ravindralagy was taught in Harvard in the U.S.A. and Tagore was a name in the- international world were factors in favour of the Bengali language." यह सब कहने के उपरान्त अपने भाषण की समाप्ति से पूर्व उन्होंने यह भी कहा कि,- " I have put forward before you the case of Bengali and I may say that for my part I am ready to accept the language which will be accepted by the over whelming majority of this House." अर्थात् अधिक संख्या में लोग हिन्दी समझते हैं, इस आधार पर हिन्दी के पक्ष में निर्णय लेना सही नहीं होगा। इससे अधिक महत्वपूर्ण मानदण्ड कुछ और हैं। भारत की राजभाषा अन्तर्राष्ट्रीय भाषा बनने के लिये समर्थ होनी चाहिये। बंगाली भाषा आक्सफोर्ड, वार्सा आदि विश्वविद्यालयों में पढ़ाई जाती है, हार्वर्ड (अमरीका) में रवीन्द्रपीठ है और टैगोर का नाम सारी दुनिया जानती है।'' अपने भाषण के अंत में उनहोंने कहा कि,- ''मैंने आपके सम्मुख बंगाली की बात रखी है, परन्तु मैं यह भी कहना चाहूँगा कि व्यक्तिगत तौर पर मैं उस निर्णय को मानने के लिये तैयार हूँ जो इस सदन में बहुमत से लिया जायेगा।''[1]

**हिन्दुस्तानी** -इस देश की राजभाषा के लिये हिन्दुस्तानी के नाम पर सर्वाधिक विवाद हुआ। सदस्य दो खेमों में बंटे हुये थे। कुछ लोग हिन्दी के पक्षधर थे तो कुछ हिन्दुस्तानी के। दोनों के पास अपने-अपने तर्कों की जमीन थी। सेठ गोविन्द दास तथा राजर्षि **पुरुषोत्तम दास टण्डन** आदि हिन्दी के पक्षधर थे, तो महात्मा गांधी, जवाहर लाल नेहरू तथा मौलाना आजाद आदि हिन्दुस्तानी को राजभाषा बनाना चाहते थे।

(1) **सेठ गोविन्द दास** तथा उनके समर्थकों का विचार था कि चूँकि हिन्दुस्तानी का काफी झुकाव उर्दू की ओर है, इसलिये भारत के बँटवारे और पाकिस्तान बन जाने के बाद उर्दू का महत्व स्वत: कम हो गया है। अत: इस देश के लिये 'हिन्दुस्तानी' अब अप्रासंगिक बन चुकी है। उसकी सार्थकता और नामोनिशान यहाँ के लिये बेमानी बन चुके हैं। हमारे देश में राजकाज और नियम कानून की भाषा वह कत्तई नहीं बन सकती। उक्त सारे तर्कों के आधार पर सेठ गोविन्द दास ने हिन्दुस्तानी की जगह देवनागरी लिपि में लिखित हिन्दी को राष्ट्रभाषा स्वीकार करने का आग्रह किया।[2]

(2) **पण्डित रविशंकर शुक्ल** ने हिन्दुस्तानी का विरोध इसलिये किया कि यह भाषा हिन्दी की एक शैली मात्र है और भाषा के स्वरूप का निश्चय उसके बोलने वाले करते हैं न कि संविधान सभायें - "Ravi Shankar Shukla opposed Hindustani on the ground that it was only a form and style of Hindi and the form of the language is decided by the people out side in course of time and could not be decided in the House."[3]

(3) प्रसिद्ध भाषाशास्त्री **श्री रघुवीर** का विचार था कि,-" I am neither pleading for Hindi nor for Urdu but I am just putting to you the problem of nomenclature. If we take the case toan impartial tribunal composed of the judges of the High court, put the word-Hindustani before them and all the evidence pertaining to it, the tribunal can come to only one conclusion and there can be no second that Hindustani is Urdu ......when the word Hindustani is capable of being interpreted differently by different people it is always better to use a clear word. अर्थात् मैं न तो हिन्दी का पक्ष ले रहा हूँ और न उर्दू का। मैं आपके सामने **केवल नामकरण की समस्या प्रस्तुत कर रहा हूँ। यदि यह मामला एक निष्पक्ष अधिकरण के सामने** जिसमें उच्च न्यायालय के न्यायाधीश हों, पेश करें और हिन्दुस्तानी शब्द और इससे संबंधित सभी प्रमाण इस अधिकरण के सामने रख दें तो उनका सर्व सम्मत यही निर्णय होगा कि हिन्दुस्तानी उर्दू है। जब भिन्न-भिन्न लोगों के हिन्दुस्तानी शब्द का अभिप्राय अलग-अलग है, तो ऐसी स्थिति में एक निश्चित

**1- उक्त सभी उद्धरण हिन्दी तथा अंग्रेजी के प्रसिद्ध विद्वान-भाषाविद् डॉ0 कन्हैया लाल गान्धी की - "The Problem of official Language in India" तथा 'राजभाषा समस्या : व्यावहारिक समाधान' से साभार उद्धत किये गये हैं।**

**2 आत्म निरीक्षण - सेठ गोविन्द दास, तृतीय भाग, पृष्ठ - 121**

**3- राजभाषा समस्या : व्यावहारिक समाधान - डॉ0 कन्हैया लाल गांधी, पृष्ठ - 37**

शब्दावली का प्रयोग करना ही उत्तम होगा।[1]

(4) **महात्मा गांधी** इस देश में हिन्दू-मुसलमान की मिली-जुली संस्कृति के पोषक थे, इसलिये उनका विचार था कि इस देश में एक ऐसी भाषा का प्रयोग हो जो हिन्दू और मुसलमान में सार्थक और सही समन्वय स्थापित कर सके। हिन्दुस्तानी को उन्होंने साझी संस्कृति की प्रतीक भाषा माना और इसे ही राजभाषा बनाने की वकालत की।'[2]

(5) **पंडित जवाहर लाल नेहरू** ने भी हिन्दुस्तानी का ही पक्ष लेते हुये प्रकारान्तर से कहा कि,-"इसमें जल्दबाज़ी दिखाने से नुकसान ही होगा। अगर हम किसी अहम किस्म के मसले पर देश के कुछ हिस्सों में या सदन में भी अल्पसंख्यकों पर बहुमत का दबाव डालकर जबरदस्ती कुछ करवाना चाहें, तो हम अपने मकसद में कभी भी कामयाब नहीं होगें।[3]अत: उन्होंने आग्रह किया कि, "हिन्दुस्तानी को अखिल भाषा के रूप में स्वीकार किया जाय।"[4]

(6) **श्री मोटुरि सत्यनारायण** का विचार था कि,-"देश में हिन्दुस्तानी भाषा को पूर्ण अस्तित्व है तथा वही एकमात्र देश की राजभाषा बन सकती है।"[5]

(7) मद्रास के **पोकर साहब बहादुर** भी हिन्दुस्तानी को ही भारत की राजभाषा बनाने के प्रबल पक्षधर थे। उनका तर्क था कि,- "चूँकि हिन्दुस्तानी शब्द महात्मा गान्धी जी द्वारा समर्थित रहा है, इसलिये गांधी जी की स्मृति को स्थिर रखने के लिये हिन्दुस्तानी को ही राजभाषा के रूप में मान्य करना चाहिये।[6]

हिन्दुस्तानी को राजभाषा न बनाये जाने को लेकर सर्वाधिक नाराज कुछ मुसलमान नेता थे। इन मुसलमान नेताओं का कहना था कि भारत पाक बँटवारे की प्रतिक्रिया के कारण ही हिन्दुस्तानी की जगह हिन्दी को भारत की राजभाषा बनाया जा रहा है। उन्होंने जोर दिया कि इस मसले पर विचार स्थगित किया जाय और उसे संसद के लिये छोड़ दिया जाय। अगर यह संभव नहीं हो तो हिन्दुस्तानी को राष्ट्रभाषा मान लिया जाय।[7]

(8) हिन्दुस्तानी के लिये सबसे सर्वाधिक मुखर आग्रह **मौलाना आजाद** का था,- 'हिन्दुस्तानी' शब्द का बड़ा व्यापक अर्थ हो गया हे। इसने उत्तरी हिन्दुस्तान में बोली जाने वाली सारी भाषाओं के रूपों को आत्मसात् कर लिया है। इसमें हिन्दी,उर्दू और उनके अलावा भी बहुत कुछ शामिल हैं। हमको अंग्रेजी, जो एक अदबी और वसीह जुबान है, को हटाकर उसकी जगह इस देश की एक भाषा को लाना है। यह तभी हो सकता है, जब हम अपनी जुबान को भरपूर और वसीह बना दें। इस जुबान का नाम हिन्दुस्तानी रखकर ही आप इसका दायरा बढ़ा सकते हैं।'[8]

(9-) कुल मिलाकर हिन्दुस्तानी के समर्थकों का तर्क था कि हिन्दुस्तानी को इस देश की राजभाषा स्वीकार कर लेने से संस्कृतियों का सुखद मिलन होगा, जिससे भारत के प्रत्येक वर्ग की भलाई और सुखद समृद्धि होगी।[9]

(10) वही कुछ ऐसे लोग भी थे, जो राजभाषा के लिये 'हिन्दी' और 'हिन्दुस्तानी' के नाम पर अलहदा विचार रखते थे। हुकुम सिंह ने पहले देवनागरी लिपि में हिन्दी का समर्थन किया, किन्तु बाद में उनके नजरिये में फर्क आ गया। उन्होंने कहा कि,-" I am one of those who have with drawn their support from Hindi in Devanagar script simply becanse of the fauaticism and intolerance of those who support it. अर्थात् मैं उन लोगों में से हूँ जिन्होंने हिन्दी के समर्थकों के कट्टरपन और अनुदारता के दृष्टिकोण को देखकर इस भाषा को अपना समर्थन देना बंद कर दिया है।"[10]

(11) इसी तरह **डॉ. आर. वी. धुलेकर** ने हिन्दुस्तानी-समर्थकों को समझाया कि वे दो-तीन साल तक चुप रहें। उन्होंने कहा कि,-"अगर आप हिन्दुस्तानी के समर्थन में आज कुछ कहेंगे तो आपकी बात कोई नहीं सुनेगा। लोग आपके विचारों को गलत तरीके से प्रस्तुत करेंगे और आपको गलत समझेंगे।"[11]

---

1- Language and Society in India,- Indian Institute of Advanced Study, Shimla, Page-20, 1969

2-Thoughtson Linguistic Status - B.R.Ambedkar, Page-14

3-आत्म-निरीक्षण-सेठ गोविन्द दास, तृतीय भाग, पृष्ठ- 128-29

4- हिन्दी : अस्तित्व की तलाश - डॉ0 सुधाकर द्विवेदी, पृष्ठ-34

5- "The Indian Constitution- Coruer Stone of a Nation"- Page-300

6- डॉ0 कन्हैया लाल गाँधी की उक्त दोनों पुस्तकों से।

7- डॉ0 कन्हैया लाल गाँधी की उक्त दोनों पुस्तको से।

8- 'हरिजन सेवक' - 1947

9- India, Constitnent Assembly, Debates, New Delhi, Constituent Assembly, 1949, Vol. vii, Page-321

10- Language Conflict and National Development- Jyoti Rindra Das Gupta, Page-11

11- India, Constitnent Assembly, Debates, Voll. vii. Page- 358-383

बहरहाल, संविधान सभा की 14 जुलाई 1947 ई0 को हुई चौथी बैठक में राजभाषा के लिये 'हिन्दी' और 'हिन्दुस्तानी' के नाम पर जब कोई सहमति नहीं हो पायी तब सदस्यों ने मतदान करने का निर्णय लिया। इस मतदान में 63 मत हिन्दी के पक्ष में और 32 मत हिन्दुस्तानी के पक्ष में पड़े। इस प्रकार हिन्दी बहुमत के आधार पर इस देश की राजभाषा घोषित हुई।[1]

**हिन्दी** -अंतत: काफी कशमकश और जद्दोजहद के बाद हिन्दी को बराहेअदब इस देश की राजभाषा का दर्जा मिला। संविधान सभा में हिन्दी समर्थकों ने धमकाया कि बहुमत के बाद भी यदि हिन्दी के विरुद्ध कोई अप्रिय निर्णय लिया गया तो हम कांग्रेस तथा संविधान सभा से सदैव के लिये त्याग पत्र दे देंगे। इस देश की सांस्कृतिक उदारता और बहुलता के तत्वों को अपने भीतर परम्परा से सहेजने-समेटने वाली हिन्दी को जिन लोगों ने राजभाषा बनाने के लिये अनथक संघर्ष किया, उनमें से कुछ के वक्तव्य इस प्रकार दिये जा रहे हैं, -

(1) **एन गोपालास्वामी** के प्रस्ताव प्रस्तुत करने के तुरन्त बाद **सेठ गोविन्द दास** ने कहा,- I express my gratitude to my friends from South India and from non Hindi regions for having accepted at least one thing- that is Hindi in Devanagari Script alone can be the language of the union, whether we call it the National language or the State language. अर्थात् दक्षिण भारत तथा अन्य अहिन्दी भाषी क्षेत्रों से निर्वाचित सदस्यों के प्रति मैं अपना आभार प्रकट करता हूँ कि उन्होंने कम से कम एक बात तो स्वीकार कर ली है कि देवनागरी लिपि में हिन्दी ही संघ की भाषा बन सकती है, चाहे इसे राष्ट्रीय भाषा का नाम दें अथवा राजभाषा का।[2]''

(2) **डा. श्यामा प्रसाद मुखर्जी** ने 'बहुसंख्यक जनता की भाषा' के नाम पर हिन्दी का समर्थन किया। उनका विचार था कि,- "Not that it (Hindi) is necessarily the best of Indian languages. It is for the main reason that it is the one language which is understood by the largest single majority in this country today. It 14 crores of people out of 32 today under stand a particular language, and it is also capable of progressive development, we say, let us accept that language for the purpose of the whole of India, but do it in such a way that in the interim period it may not result in the deterioration of our official conduct of business or administration and at no time retard true advancement of India and her other great language. अर्थात् ऐसी बात नहीं है कि हिन्दी निर्विवाद रूप से देश की सर्वोत्तम भाषा हो। इसे राजभाषा मानने का सबसे बड़ा कारण यह है कि देश की अधिकतम जनता इसे समझती है।यदि भारत के 32 करोड़ लोगों में से 14 करोड़ किसी एक भाषा को समझते हों और यह भाषा क्रमिक विकास के भी समर्थ हो, तो हमारा कहना है कि इसे समस्त भारत के लिये स्वीकार कर लेना चाहिये, परन्तु यह सब कुछ इस प्रकार होना चाहिये कि इससे राजकार्य अथवा प्रशासनिक कामों के स्तर में कोई अपकर्ष न आये और न ही किसी प्रकार से देश या इसकी भाषाओं की प्रगति में कोई विघ्न पड़े।''

(3) **बी. दास** ने कहा कि,-" We know we must have a linguafranca. We accept Hindi. अर्थात् हमें मालूम है कि इस देश में एक जनभाषा होनी चाहिये। हम हिन्दी को स्वीकार करते है।[3]''

(4) **लक्ष्मी नारायण साहू** ने हिन्दी का समर्थन करते हुए कहा कि,-"Mr. President, I belong to Utkal, yet, I fully agree to the adoption of Hindi as the national language ...... And which accepting Hindi we will also accept its literature. It is not possible to reject the literature while accepting the language........ It can not be possible to evolve a Hindi which only contains simple words and is easily under stood by all the people of the country. This can never be the case. When we speak English, we take care to speak it rightly and not merely to speak it in any way we may care to. अर्थात् अध्यक्ष महोदय, मैं उत्कल निवासी हूँ, परन्तु मैं हिन्दी को राष्ट्रभाषा बनाने का पूरा समर्थन करता हूँ। हिन्दी भाषा के साथ हमें इसका साहित्य भी ग्रहण करना होगा। यह मुमकिन नहीं है कि कोई भाषा तो अपना ली जाये और उसके साहित्य का परित्याग कर दिया जाये। ऐसी हिन्दी का निर्माण नितांत असंभव है जिसमें ऐसे सरल शब्द हों, जो देश के सभी जनसाधारण आसानी से समझ लें। यह स्थिति कभी नहीं आ सकती। जब हम अंग्रेजी बोलते हैं तो इस बात का ध्यान रखतें है कि हम ठीक बोले न कि जैसे हमारी मर्जी आये, वैसे बोलते जाये।''[4]

---

1- वही, पृष्ठ - 362-63

2- हिन्दी : अस्तित्व की तलाश - डॉ0 सुधाकर द्विवेदी, पृष्ठ -31

3- India, Constitnent Assembly, Debates, Page - 1454 and 1456

4. प्रयोजनमूलक हिन्दी- विनोद गोदरे, पृ. 87

**शंका समाधान -**राजभाषा के रूप में जन्मतें ही हिन्दी के साथ इसके सूतिकागार में ही विरोध के ढेरों झोल उठ खड़े हुए। इनमें से एक था कि हिन्दी महज एक 'वोट' से संघ की राजभाषा बनी। जबकि सच यह है कि यह आरोप वास्तविकता से अनदेखी की उपज है।दरअसल, अंकों के प्रयोग के सवाल पर ऐसा अवश्य हुआ था, जिसकी चर्चा थोड़ी देर बाद मैं करुंगा। फकत एक वोट से हिन्दी के राजभाषा बनने के मुद्दे का जोरदार विरोध जिन्होंने किया उनमें **डा. सुनीति कुमार चटर्जी** और **डॉ. भीम राव अंबेडकर** भी थे। मैंने अपनी 'भाषा-विज्ञान का अनुशीलन' तथा 'उर्दू : दूसरी राजभाषा' आदि कृतियों में कई स्थलों पर उल्लेख किया है कि हिन्दी के प्रति डा चटर्जी के भीतर का भाषा विज्ञानी हमेशा संशय के दोराहे पर खड़ा रहा। हिन्दी को कभी उन्होंने इस देश की महत्वपूर्ण भाषा के रूप में नवाजा तो कभी उसे अनिकेत एवं नाशुदनी करने में भी नहीं चूके। **डा. चटर्जी** ने हिन्दी की शक्ति और अकूत संभावना को सतत् नकारा। उन्होंने हिन्दी को सदैव विरोध की दृष्टि से टटोला। कुल मिलाकर हिन्दी के प्रति वे निरन्तर उदासीन और असंवेदनशील रहे। हिन्दी के प्रति फटकार का भाव उनकी जेहन में अजस्त्रम् खदबदाता रहता था, इसीलिये Institute of Advanced Study, Shimla द्वारा आयोजित एक 'सेमिनार' का उद्घाटन करते हुए डॉ. चटर्जी ने राजभाषा हिन्दी के लिये कहा कि,-" हिन्दी को संघ की राजभाषा बनाने का निर्णय संविधान सभा ने पहले ही ले लिया था। निर्णय का आधार कांग्रेसी सदस्यों की बैठक में लिया गया निर्णय था। इस महत्वपूर्ण निर्णय के लिये केवल एक वोट का बहुमत था और वह भी डॉ. राजेन्द्र प्रसाद के 'कास्टिंग वोट' के कारण संभव हुआ।"[1]इसी तरह डॉ. अम्बेडकर ने भी कहा कि,-" काफी लंबी चर्चा के बाद जब इस प्रश्न पर वोट लिया गया तो 78 वोट पक्ष में आये और इतने ही वोट विपक्ष में आये। इस बराबरी को सुलझाने का कोई उपाय नहीं दिखाई पड़ता था। काफी समय बाद जब फिर से वोट लिया गया तो हिन्दी के पक्ष में 78 वोट आये और 77 उसके विपक्ष में। इस तरह हिन्दी एक वोट से राष्ट्रभाषा का अपना स्थान प्राप्त कर सकी।"[2] कुछ लोगों का विचार है कि सेठ गोविन्द दास भी इस सवाल पर गफलत के शिकार हो गये थे। उन्होंने भी अंकों के प्रश्न को राजभाषा का प्रश्न समझ लिया, सो उन्होंने कहा कि,- "अंत में जब मत लिया गया तो हिन्द्री के पक्ष में 78 और हिन्दुस्तानी के पक्ष में 77 मत आये ×××××× पटियाला के काका भगवत राय हिन्दी के पक्ष में अपना मत देकर .......... किसी आवश्यक कार्यवश बाहर चले गये थे ........... जब फिर मत लिया गया तो हिन्दी के पक्ष में एक मत कम हो गया और इस तरह दोनो पक्षों की संख्या बराबर (77-77) हो गयी।"[3]

साफ तो यह है कि भाषा और अंकों के प्रश्न पर संविधान सभा के सदस्यों के बीच तीन बार मतदान हुआ। पहली बार भाषा के सवाल पर हुए मतदान में हिन्दी-पक्षधरों को सफलता मिली।दूसरी बार अंकों के प्रयोग के सवाल पर मतदान हुआ। 26 अगस्त 1949 ई0 को हुए मतदान में महज एक वोट का अंतर था, पर जब तीसरी बार 2-9-1949 ई0 को मतदान हुआ तो उसमें बराबर अर्थात् 77-77 मत पड़े। 26 अगस्त 1949 ई0 को अंकों के सवाल पर हुए मतदान को ही दुर्भाग्य से डॉ0 चटर्जी तथा अन्य लोगों ने 'राजभाषा' का मतदान समझ लिया। वस्तुत: राजभाषा का मसला तो जुलाई 1947 ई0 में ही सुलझ गया था और उस समय हिन्दी को राजभाषा बनाने के प्रस्ताव को भारी समर्थन प्राप्त हुआ था। एक विद्वान श्री ग्रेनविल ऑस्टिन ने उक्त विवादों पर प्रकाश डालते हुए कहा कि,- " अंबेडकर और गोविन्द दास तथ्यों को लेकर कुछ चकरा गये हैं और अंकों के प्रश्न पर एक वोट के बहुमत को हिन्दी की विजय समझ बैठे है।"

## 3- हिन्दी प्रयोग संबंधी राष्ट्रपति के आदेश 1952 तथा 1955

भारत के संविधान के अनुच्छेद 343 खंड (1) में यह स्पष्ट है कि "संघ की राजभाषा हिन्दी और लिपि देवनागरी होगी और संघ के राजकीय प्रयोजनों के लिए प्रयोग होने वाले अंकों का रूप भारतीय अंकों का अन्तर्राष्ट्रीय रूप होगा।" उक्त अनुच्छेद के खंड (2) में आगे यह कहा गया है कि इस संविधान के प्रारम्भ से पन्द्रह वर्ष की कालावधि के लिए संघ उन सब राजकीय प्रयोजनों के लिए अँग्रेजी भाषा प्रयोग की जाती रहेगी, जिनके लिए इसके ठीक पहले वह प्रयोग की जाती थी। खंड (2) के परंतुक के अधीन "राष्ट्रपति उक्त कालावधि में, आदेश द्वारा, संघ के राजकीय प्रयोजनों में से किसी के लिए अंग्रेजी भाषा के साथ-साथ हिन्दी भाषा तथा भारतीय अंकों के अन्तर्राष्ट्रीय रूप के साथ-साथ देवनागरी रूप का प्रयोग प्राधिकृत कर सकेगा।" तदनुसार राष्ट्रपति ने 27 मई, 1952 को एक आदेश जारी किया (क्र0सं0 2, विधि मंत्रालय की दि0 27 मई, 1952 की अधिसूचना संख्या एस आर ओ 938 ए), जिसके द्वारा उनहोंने (1) राज्यों के राज्यपालों, (2) उच्चतम न्यायालय के न्यायाधीशों, और (3) उच्च न्यायालयों के न्यायाधीशों की नियुक्तियों

1- The Problem of Official Language in India - Dr. K.L. Gandhi, Page. 37

2- India, Constitnent Assembly Debates, Vol-ix, Page 1351, September 1949

3- The Hindustan Times, 17 July, 1947, New Delhi

के अधिपत्रों में संघ के सरकारी प्रयोजनों के लिए अंग्रेजी भाषा के साथ-साथ हिन्दी भाषा तथा भारतीय अंकों के अन्तर्राष्ट्रीय रूप के साथ-साथ देवनागरी रूप का प्रयोग प्राधिकृत किया।

राष्ट्रपति ने संविधान के अनुच्छेद 343 के खंड (2) के परंतुक के अधीन संविधान (सरकारी प्रयोजनों के लिए हिन्दी भाषा) आदेश 1955 नामक एक अन्य आदेश (गृह मंत्रालय की दि0 3 दिसम्बर, 1955 की अधिसूचना संख्या 59/2/54 प ब फ) जारी किया, जिसमें संघ के निम्नलिखित सरकारी प्रयोजनों के लिए अंग्रेजी के अतिरिक्त हिन्दी के प्रयोग को प्राधिकृत किया गया -

1- जनता के साथ पत्र-व्यवहार।

2- प्रशासनिक रिपोर्टों, सरकारी पत्रिकाएँ तथा संसद को प्रस्तुत की जाने वाली रिपोर्ट।

3- सरकारी संकल्प तथा विधायी अधिनियमिति।

4- जिन राज्य सरकारों ने हिन्दी को सरकारी भाषा के रूप में अपना लिया है, उनके साथ पत्र-व्यवहार।

5- संधि पत्र और करार।

6- अन्य देशों की सरकारों तथा उनके दूतों और अंतर्राष्ट्रीय संगठनों के साथ पत्र-व्यवहार।

7- राजनयिक तथा कांसुली अधिकारियों और अन्तर्राष्ट्रीय संगठनों में भारत के प्रतिनिधियों को जारी किए जाने वाले औपचारिक कागजात।

अंग्रेजी के साथ-साथ हिन्दी के प्रयोग को धीरे-धीरे बढ़ाने के लिए जो सुझाव दिए गए थे, उन पर भारत सरकार की एक अंतर-विभागीय बैठक में चर्चा की गई और भारत सरकार के सभी मंत्रालयों को अपने कुछ कामों में हिन्दी का प्रयोग करने की सलाह दी गई। इस संबंध में ता0 8 दिसम्बर, 1955 को गृह मंत्रालय ने एक कार्यालय ज्ञापन जारी किया। इसमें भारत सरकार के सभी मंत्रालयों को ये सुझाव दिए गए -

1- जनता से जो पत्रादि हिन्दी में मिले, उनके उत्तर जहाँ तक सम्भव हो, हिन्दी में ही दिए जाएँ, उनकी भाषा सरल होनी चाहिए।

2- प्रशासनिक रिपोर्टों, सरकारी पत्रिकाओं, संसद को प्रस्तुत की जाने वाली रिपोर्टों आदि को, यथा संभव अंग्रेजी और हिन्दी दोनों में प्रकाशित किया जाए।

3- सरकारी संकल्पों, विधायी अधिनियमों आदि को, यथासंभव अंग्रेजी और हिन्दी में जारी किया जाए। किन्तु इन पर यह बात स्पष्ट रूप से लिख देनी चाहिए कि अंग्रेजी पाठ ही प्रामाणिक माना जाएगा।

4- जिन राज्य सरकारों ने हिन्दी को अपनी राजभाषा के रूप में मान लिया है, उनके साथ पत्र-व्यवहार अंग्रेजी में किया जाए, परन्तु यदि सम्भव हो तो भारत सरकार द्वारा भेजे गए सभी पत्रादि के साथ उनका हिन्दी अनुवाद भी भेजा जाए ताकि सांविधानिक कठिनाइयों का सामना न करना पड़े।

स्पष्ट है कि हिन्दी के संबंध में मात्र औपचारिकता का निभाव हुआ है। "यथासंभव" एवं "यदि संभव हो" ऐसे शब्दों के द्वारा राष्ट्रपति के हिन्दी प्रयोग संबंधी आदेशों का पालन करने से साफ-साफ बचा जा सकता था।

## 4- राजभाषा आयोग, 1955

भारतीय संविधान के अनुच्छेद 344 के अनुसार संविधान के लागू होने के पांच साल बाद राष्ट्रपति को एक राजभाषा आयोग नियुक्त करने का अधिकार दिया गया था। इसके अनुसार 7 जून, 1955 को राष्ट्रपति द्वारा एक राजभाषा आयोग का गठन किया गया। बम्बई राज्य के भूतपूर्व मुख्यमन्त्री स्वर्गीय श्री बाल गंगाधर खेर इस आयोग के अध्यक्ष थे और विभिन्न राज्यों के इसमें अन्य 20 प्रतिनिधि थे। आयोग की पहली बैठक 15 जुलाई, 1950 को हुई। इसने अनेक सरकारी, गैर-सरकारी व्यक्तियों, प्रतिनिधियों, संस्थाओं आदि से भेंट की। अन्त में आयोग ने अपना एक विस्तृत प्रतिवेदन जुलाई, 1956 में राष्ट्रपति के समक्ष प्रस्तुत किया। इस प्रतिवेदन में राजभाषा के संबंध में आयोग ने जो मुख्य सुझाव दिए, वे इस प्रकार हैं:[1]

1- भारत के सम्पूर्ण जनतांत्रिक आधार को ध्यान में रखते हुए अखिल भारतीय स्तर पर सामूहिक माध्यम के रूप में अंग्रेजी को स्वीकार करना सम्भव नहीं तथा भारतीय भाषाओं के माध्यम से ही अनिवार्य प्राथमिक शिक्षा के कार्यक्रम के प्रश्न पर विचार किया जा सकता है। विज्ञान एवं अनुसंधान के क्षेत्रों तथा अन्तर्राष्ट्रीय मामलों में अंग्रेजी भाषा का ज्ञान आवश्यक है, परन्तु शिक्षा, प्रशासन, सार्वजनिक जीवन एवं दैनिक कार्यकलापों में विदेशी भाषा का व्यवहार उचित नहीं है।

2- यद्यपि साहित्यिक दृष्टि से भारत की सभी भाषाएं समृद्ध हैं, फिर भी अधिक लोगों द्वारा बोली तथा समझी जाने के कारण

---

**1. प्रयोजना मूलक हिन्दी, विनोद गोदरे, पृष्ठ-77-79, वाणी प्रकाशन, दिल्ली**

हिन्दी समस्त भारत के लिए एक सुस्पष्ट भाषा-माध्यम है।

3- पारिभाषिक शब्दावली के निर्माण में स्पष्टता, अर्थ की शुद्धता, सरलता, पांडित्यपूर्ण भाषा का त्याग एवं अधिकाधिक देशज और लोकप्रिय शब्दों के प्रयोग पर ध्यान दिया जाना चाहिए। अन्तर्राष्ट्रीय शब्दावली को भारतीय भाषाओं की प्रकृति के अनुसार थोड़े हेर-फेर के साथ स्वीकार कर लेना चाहिए। पारिभाषिक शब्दावली के निर्माण की गति तीव्र होनी चाहिए।

4- चौदह वर्ष की उम्र तक के प्रत्येक विद्यार्थी को हिन्दी का उचित ज्ञान प्राप्त कराया जाए ताकि प्रत्येक नागरिक सार्वजनिक जीवन की गतिविधियों और सरकार की कार्यवाहियों को समझ सके।

5- सारे देश में माध्यमिक शिक्षा के स्तर पर हिन्दी का शिक्षण अनिवार्य कर दिया जाए। हिन्दी भाषी क्षेत्रों के विद्यार्थियों के लिये दूसरी दक्षिण भारतीय भाषाओं का ज्ञान अनिवार्य किया जाना आयोग को मान्य नहीं है।

6- शिक्षा के माध्यम के रूप में विषय और शिक्षण की सुविधाओं को ध्यान में रखते हुए सभी विश्वविद्यालय आपस में परामर्श करके निर्णय करें कि भिन्न-भिन्न अभ्यास-क्रमों के लिये किस माध्यम को स्वीकार किया जाए। परन्तु फिर भी सभी विश्वविद्यालयों को चाहिए कि हिन्दी-माध्यम से जो विद्यार्थी परीक्षाओं में बैठना चाहें, उनके लिये वे उचित प्रबन्ध करें।

7- प्रशासनिक कर्मचारियों के लिये हिन्दी का निश्चित अवधि में आवश्यक ज्ञान प्राप्त करने के लिए नियम लागू किया जाए और ऐसा न करने वालों को दण्डित किया जाए तथा निर्धारित स्तर से अधिक ज्ञान प्राप्त करने पर कर्मचारियों को पुरस्कार आदि देकर प्रोत्साहित किया जाए।

8- जनता से सीधा सम्पर्क रखने वाले विभागों और संगठनों के आंतरिक कार्य में हिन्दी और जनता से व्यवहार हेतु क्षेत्रीय भाषा काम में लाई जाए। ऐसे विभागों में भर्ती के लिए क्षेत्रीय भाषा के ज्ञान के साथ-साथ हिन्दी की योग्यता का स्तर भी निर्धारित किया जाए और बाद में विभागीय प्रशिक्षण द्वारा हिन्दी की योग्यता बढ़ाई जाए।

9- भारत सरकार के संवैधानिक प्रकाशन अधिक से अधिक हिन्दी भाषा में प्रकाशित किए जाएं और हिन्दी की प्रगति के लिये सरकार द्वारा भरसक प्रयत्न किए जाएं।

10- राज्य और संघ सरकार के अधिकारियों के लिए किसी स्तर का हिन्दी का ज्ञान अनिवार्य किया जाए और उसके लिये उन्हें अधिकाधिक पुरस्कार देकर प्रोत्साहित किया जाए।

11- संसद और विधानमण्डलों की कार्यवाहियों की सफलता की दृष्टि से हिन्दी और क्षेत्रीय भाषाओं दोनों का व्यवहार होना चाहिए। स्वीकृत सरकारी कानून हिन्दी में ही होने चाहिए, परन्तु जनता की सुविधा के लिए क्षेत्रीय भाषाओं में उनके अनुवाद प्रकाशित किए जाने चाहिए और माध्यम के पूर्ण रूप से बदल जाने पर देश के सम्पूर्ण संवैधानिक ग्रन्थ हिन्दी भाषा में ही उपलब्ध होने चाहिए।

12- देश में न्याय देश की भाषा में किया जाए। इसके लिए यह जरूरी है कि उच्चतम न्यायालय और उच्च न्यायालयों की समस्त कार्यवाही तथा अभिलेखों, निर्णयों और आदेशों के आवश्यकतानुसार क्षेत्रीय भाषा में अनुवाद भी साथ में रखे जाएं। उच्च न्यायालयों के न्यायाधीशों को अंग्रेजी के साथ-साथ क्षेत्रीय भाषाओं में भी निर्णय देने का अधिकार होना चाहिए।

13- प्रतियोगिता परीक्षाओं का माध्यम सुसंगत होना चाहिए। अखिल भारतीय एवं केन्द्रीय सेवाओं के हेतु कर्मचारियों के लिए हिन्दी की योग्यता रखना आवश्यक किया जाए। अत: परीक्षाओं में हिन्दी का अनिवार्य प्रश्नपत्र रखा जाए, परन्तु अहिन्दीभाषी विद्यार्थियों से इतर भाषाओं से सम्बन्धित विषयों पर वैकल्पिक प्रश्न पूछे जाने के लिए एक प्रश्नपत्र रखा जाए, जिससे समानता बनी रहे।

14- हिन्दी के विकास एवं प्रचार की दृष्टि से सरकार को ठोस कदम उठाने चाहिए। सरकार स्वैच्छिक हिन्दी संस्थानों के कार्यों में सामंजस्य स्थापित करने के लिए भी आवश्यक कदम उठाए तथा उन्हें आर्थिक सहायता प्रदान करें।

15- भारत की सब भाषाओं के लिये यदि एक लिपि रखने का प्रश्न हो तो इसके लिये देवनागरी लिपि ही सर्वथा उपयुक्त होगी। रोमन लिपि को स्वीकार करने से कोई लाभ नहीं होगा। देवनागरी लिपि के सुधार के लिए भी सरकार को आवश्यक कदम उठाने चाहिए।

16- हिन्दी एवं क्षेत्रीय भाषाओं की शब्दावली तथा अभिव्यक्ति के मानकीकरण के लिये सरकार को चाहिए कि वह भारतीय भाषाओं के समाचारपत्रों को इस दृष्टि से सुविधाएं प्रदान करें और इसके लिए हिन्दी तथा क्षेत्रीय भाषाओं में समाचार देने वाली संस्थाओं के निर्माण करने का प्रयत्न करे।

17- राजभाषा हिन्दी के सफल उन्नयन एवं विकास तथा उसके उचित अधीक्षण का उत्तरदायित्व विशेष रूप से केन्द्रीय सरकार

की एक प्रशासकीय इकाई पर डालना चाहिए। संघभाषा हिन्दी तथा क्षेत्रीय भाषाओं के विकास के लिए 'भारतीय भाषाओं की राष्ट्रीय अकादमी' की यदि स्थापना की जाए तो अति हितकर होगा।

18- भारत के भाषागत एवं सांस्कृतिक ढांचे में गहरी समानता लाने तथा भारत की विभिन्न भाषाओं के बीच की दूरी को कम करने के लिए बहुभाषिकता के सिद्धान्त को प्रोत्साहित किया जाए तथा इस उद्देश्य की पूर्ति के लिए माध्यमिक एवं विश्वविद्यालय की शिक्षा पद्धति में समुचित व्यवस्था की जाए।

राजभाषा आयोग के उपर्युक्त प्रमुख सुझावों पर दृष्टि डालते हुए यह कहा जा सकता है कि आयोग ने हिन्दी के अधिकाधिक और प्रगामी प्रयोग पर बल दिया था। खेर आयोग ने जो ठोस सुझाव रखे थे, सरकार ने उन्हें औपचारिक मानते हुए राजभाषा हिन्दी के विकास के लिए कोई ठोस कदम नही उठाए। आयोग के सुझावों को अमल में लाने के दुष्परिणाम आज राजभाषा हिन्दी को भोगने पड़ रहे हैं। अगर ठोस कदम उस वक्त उठाए होते तो राजभाषा हिन्दी का पक्ष काफी मजबूत होता और हिन्दी की वर्तमान स्थिति देखने की नौबत नहीं आई होती।

## 5- संसदीय राजभाषा समिति -1957

राजभाषा आयोग के प्रतिवेदन पर विचार करने के लिए भारतीय संविधान के अनुच्छेद 344 खण्ड (4) और (5) में दी गई व्यवस्था के अनुसार लोकसभा के 20 और राज्यसभा के 10 सदस्यों की एक संसदीय समिति का गठन किया गया और तत्कालीन केन्द्रीय गृहमंत्री श्री गोविन्दवल्लभ पंत इस समिति के अध्यक्ष चुने गये। इस समिति ने लगातार कई बैठकों के पश्चात् अपना अंतिम निर्णय लिया और 8 फरवरी, 1959 को अपनी रिपोर्ट राष्ट्रपति को प्रस्तुत की। अप्रैल, 1959 में यही रिपोर्ट संसद में चर्चा के लिए प्रस्तुत की गई। समिति के प्रमुख सुझाव इस प्रकार थे :

1- सरकारी पदों और नौकरियों के लिए इस समय जो अंग्रेजी की शिक्षा का स्तर निर्धारित है, संक्रमण की अवस्थाओं में हिन्दी-ज्ञान का स्तर यदि कुछ कम भी हो तो चल सकता है।

2- निर्धारित समय में कर्मचारियों द्वारा निर्धारित हिन्दी का ज्ञान प्राप्त न करने पर उनको दंडित किया जाना असंगत होगा।

3- संघ सरकार के प्रशासन में जहाँ भारतीय पारिभाषिक शब्दावली के विकास की आवश्यकता न हो तथा विदेशों से संबंध बनाए रखने के लिए अनिश्चित काल तक अंग्रेजी का प्रयोग नही होना चाहिए।

4- 45 वर्ष से ऊपर की आयु वाले सरकारी कर्मचारियों को हिन्दी के प्रशिक्षण से छूट दी जानी चाहिए।

5- संघ सरकार द्वारा ऐसी योजना बनाई जाए, जिससे हिन्दी का राजभाषा के रूप में अधिकाधिक प्रयोग एवं विकास किया जा सके।

6- सरकार एवं मंत्रालयों के प्रकाशनों में रोमन अंकों के साथ-साथ देवनागरी अंकों को प्रयुक्त करने के बारे में संघ सरकार की मूलभूत समान नीति होनी चाहिए।

7- संसद तथा राज्यों के विधानमण्डलों में पारित होने वाले विधेयकों की भाषा अंग्रेजी का स्थान जब तक हिन्दी न ले ले, तब तक संसद में विधि-निर्माण का कार्य अंग्रेजी में होता रहे। कानूनों के हिन्दी में प्राधिकृत अनुवाद दिए जाएं तथा संभव हो तो विभिन्न राज्यों की राजभाषाओं में भी उनके अनुवाद की व्यवस्था की जाए।

8- राज्यों की विधानसभाओं, अपने राज्यों की राजभाषाओं में विधि निर्माण-कार्य कर सकती है, परन्तु संविधान के 348 अनुच्छेद के अनुसार कानूनों का प्राधिकृत पाठ अंग्रेजी में प्रकाशित करना आवश्यक है। यदि कानून का मूलपाठ अन्य भाषा में है तो साथ में हिन्दी अनुवाद भी प्रस्तुत किया जा सकता है।

9- राष्ट्रपति की पूर्व सहमति से उच्च न्यायालयों में राज्य की राजभाषा अथवा हिन्दी का प्रयोग किया जा सकता है, परन्तु उनके द्वारा किए जाने वाले निर्णयों, अभिलेखों और आदेशों को अंग्रेजी में ही होना चाहिए तथा दूसरी भाषाओं में दिए जाने वाले निर्णयों, डिग्रियों एवं आदेशों का अंग्रेजी अनुवाद साथ में रहना चाहिए।

10- हिन्दी तथा क्षेत्रीय भाषाओं का ज्ञान न्यायाधीशों के लिए उपयुक्त हो सकता है, परन्तु उनके लिए भाषा संबंधी परीक्षाएं निर्धारित करना उचित नहीं है।

11- साविधिक ग्रन्थों के अनुवाद तथा कानूनी पारिभाषिक शब्दावली आदि के निर्माण की उचित योजना बनाने तथा संपूर्ण कार्य की व्यवस्था करने के लिए भारत के विभिन्न भाषा-भाषी विधि विशारदों के स्थायी आयोग की उच्चस्तरीय समिति का निर्माण किया जाना चाहिए।

12- अखिल भारतीय तथा उच्चस्तरीय केन्द्रीय सेवाओं की परीक्षाओं के माध्यम के रूप में अंग्रेजी को चलने दिया जाए तथा कुछ समय बाद हिन्दी को वैकल्पिक माध्यम के रूप में स्वीकार किया जाए। तदनन्तर हिन्दी और अंग्रेजी दोनों को वैकल्पिक माध्यम के रूप में चलने दिया जाए।

13- सन् 1965 तक भारत सरकार के राजकाज की प्रधान भाषा अंग्रेजी रहे और इस अवधि में हिन्दी गौण राजभाषा रहे। सन् 1965 के बाद हिन्दी प्रधान राजभाषा रहे तथा अंग्रेजी को सह-राजभाषा का स्थान दिया जाए। संसद अपने अधिनियम द्वारा अंग्रेजी के प्रयोग के लिए जो सीमा एवं क्षेत्र निर्धारित करेगी तब तक आवश्यकतानुसार उनका प्रयोग जारी रहे।

संसदीय राजभाषा समिति के पीछे दिए मुख्य सुझावों से राजर्षि पुरूषोत्तम दास टण्डन और सेठ गोविन्द दास असहमत और असंतुष्ट थे और उन्होंने यह आरोप लगाया कि सरकार ने हिन्दी को राजभाषा के रूप में प्रस्थापित करने के लिए आवश्यक कदम नहीं उठाए हैं।

इन दोनों नेताओं ने समिति द्वारा अंग्रेजी को राजभाषा बनाए रखने का भी घोर विरोध किया। संसदीय समिति ने राजभाषा आयोग के अधिकांश सुझावों को स्वीकार करने की राय राष्ट्रपति को दी। इसके अनुसार राष्ट्रपति ने 27 अप्रैल, 1960 को संघ राजभाषा के संबंध में एक आदेश जारी किया।

## 6-संघ राजभाषा के संबंध में राष्ट्रपति का 1960 का आदेश-

संसदीय राजभाषा समिति की रिपोर्ट पर भारतीय संविधान के अनुच्छेद 344 के खण्ड (6) द्वारा दी गई शक्तियों का प्रयोग करते हुए तथा राजभाषा आयोग की सिफारिशों पर समिति द्वारा अभिव्यक्त राय को ध्यान में रखकर राष्ट्रपति ने संघ की राजभाषा के सम्बन्ध में 27 अप्रैल, 1960 का एक आदेश जारी किया। इसमें निम्नलिखित प्रमुख निर्देश विहित हैं -

1- निर्धारित सिद्धान्तों के अनुसार हिन्दी तथा अन्य भारतीय भाषाओं में वैज्ञानिक तथा तकनीकी शब्दावली के निर्माण एवं समन्वय का प्रयत्न किया जाए तथा इसके लिए शिक्षा मंत्रालय आवश्यक व्यवस्था करते हुए एक आयोग का निर्माण करे।

2- सभी प्रशासनिक साहित्य का अनुवाद किया जाए तथा उसमें एकरूपता हो। असांविधिक अनुवाद शिक्षा मंत्रालय द्वारा किया जाए और सांविधिक अनुवाद विधि मंत्रालय करे।

3- शिक्षा मंत्रालय हिन्दी-प्रसार की व्यवस्था करे और इस कार्य में लगी गैर सरकारी संस्थाओं की भी सहायता करे।

4- केन्द्रीय सरकारी विभागों के स्थानीय कार्यालय अपने आन्तरिक कार्यो के लिए हिन्दी का प्रयोग करें और जनता के व्यवहार में प्रादेशिक भाषा का प्रयोग किया जाए। कर्मचारियों की भरती तथा विकेन्द्रीकरण आदि में इस आवश्यकता को ध्यान में रखा जाए।

5- प्रशिक्षण-संस्थाओं में प्रवेश के लिए अंग्रेजी और हिन्दी दोनों ही परीक्षा के माध्यम रहें।

6- अखिल भारतीय सेवाओं और उच्चतर केन्द्रीय सेवाओं में भरती के लिए परीक्षा का माध्यम अभी अंग्रेजी बनी रहे और कुछ समय बाद हिन्दी वैकल्पिक माध्यम के रूप में अपना ली जाए। बाद में किसी प्रकार की नियत कोटा प्रणाली अपनाए बिना परीक्षा के माध्यम के रूप में विभिन्न प्रादेशिक भाषाओं का प्रयोग शुरू करने की व्यवहार्यता की जाए।

7- संसदीय अधिनियम एवं विधेयक अंग्रेजी में बनते रहें किन्तु उनका प्राधिकृत हिन्दी-अनुवाद उपलब्ध कराया जाए। यह विधि मंत्रालय का उत्तरदायित्व है।

8- उच्चतम न्यायालय की भाषा अंततः हिन्दी होनी चाहिए। उच्च न्यायालयों के नियमों, आज्ञप्तियों और आदेशों के प्रयोजनों के लिए हिन्दी और राज्यों की राजभाषाओं का प्रयोग विकल्पतः किया जा सकेगा। इस संबंध में विधि मंत्रालय को आवश्यक कार्यवाही करनी चाहिए।

9- एक मानक विधि शब्दकोश बनाने, हिन्दी में कानून बनाने और कानूनी शब्दावली के निर्माण के लिए विभिन्न राष्ट्रीय भाषाओं का प्रतिनिधित्व करने वाले कानून के विशेषज्ञों का एक स्थायी आयोग स्थापित किया जाए।

10- तृतीय श्रेणी से नीचे के कर्मचारियों, औद्योगिक संस्थानों के कर्मचारियों और कार्य-प्रभारित कर्मचारियों को छोड़कर उन सभी केन्द्रीय सरकारी कर्मचारियों के लिए हिन्दी का सेवाकाली प्रशिक्षण अनिवार्य बना दिया जाए, जिनकी आयु 1.1.61 को 45 वर्ष से कम हो। गृह मंत्रालय टंककों को, आशुलिपिकों को हिन्दी टंकण तथा आशु-लेखन में प्रशिक्षण देने के लिए भी प्रबन्ध करे। 27 अप्रैल, 1960 को राष्ट्रपति के उपर्युक्त आदेश के पैरा 14 में यह व्यवस्था की गई है कि गृह मंत्रालय एक ऐसी योजना तैयार करने और उसे कार्यान्वित करने के लिये आवश्यक कार्यवाही करे, जो संघ के प्रशासन में हिन्दी का प्रयोग सरल बनाने के प्रारम्भिक उपायों से सम्बन्धित हो, अतएव गृह मंत्रालय ने सम्बन्धित मंत्रालयों से विचार विमर्श करने के बाद एक

कार्यक्रम तैयार किया। मंत्रिमंडल के अनुमोदन के पश्चात् यह कार्यक्रम 27 मार्च, 1961 को गृह मंत्रालय ने एक कार्यालय ज्ञापन के रूप में जारी किया। इस कार्यक्रम में वैज्ञानिक शब्दावली के निर्माण, अहिन्दी-भाषी कर्मचारियों को हिन्दी प्रशिक्षण देना, नियमों और मैनुअलों आदि के अनुवाद का काम, जिसे संघ के सरकारी काम-काज के लिए हिन्दी लागू करने के लिए पूर्व आवश्यक समझा जा सकता है, संघ के सरकारी प्रयोजनों के लिए हिन्दी के प्रगामी प्रयोग में सहायता करने के हेतु कुछ प्रारम्भिक उपायों को पूरा करने के लिए अन्तिम तारीखें आदि दी गई हैं। इसके अतिरिक्त सभी मंत्रालयों से निम्नलिखित प्रबन्ध करने का अनुरोध किया गया था।

1- सरकारी संकल्प हिन्दी में भी जारी करना।

2- हिन्दी के पत्रों का उत्तर हिन्दी में ही दिया जाना,

3-फार्मों और रजिस्टरों में अंग्रेजी के अतिरिक्त हिन्दी का भी प्रयोग करना,

4- जिन चुने हुए अनुभागों में अधिकतर कर्मचारी हिन्दी का कार्यसाधक ज्ञान रखते हैं, उनमें फाइलों पर टिप्पणी में हिन्दी के प्रयोग की अनुमति देना, तथा

5- भारत के राजपत्र के कुछ भागों को हिन्दी में भी प्रकाशित करना।

निम्नलिखित प्रयोजनों के लिए हिन्दी का प्रयोग करने के हेतु प्रशासनिक आदेश जारी किए गए .

1- सरकारी आयोजनों के लिए निमन्त्रण पत्र आदि हिन्दी में जारी करना,

2- हिन्दी-भाषी क्षेत्रों में स्थित कार्यालयों से सम्बन्धित परिपत्र, आदेश आदि और चतुर्थ श्रेणी कर्मचारियों के साथ पत्र-व्यवहार,

3- भारत सरकार और उन राज्यों के बीच पत्र-व्यवहार के लिए, जिन्होंने हिन्दी को राजभाषा के रूप में स्वीकार कर लिय है,

4- लैटर-हैड, लिफाफे, कार्यालय की मुद्राओं आदि के लिए,

5- हिन्दी-भाषी क्षेत्रों में चतुर्थ श्रेणी के कर्मचारियों को अभियोग-पत्र जारी करना,

6- भारत सरकार के विभिन्न मंत्रालयों और कार्यालयों के तार के पतों का पंजीयन,

7- नए सरकारी संगठनों के नाम रखना,

8- हिन्दी-भाषी क्षेत्रों में स्थित स्थानीय अथवा शाखा कार्यालयों द्वारा केन्द्रीय मंत्रालयों से प्राप्त पत्रों के उत्तर,

9- कर्मचारियों के कल्याण-संबंधी कार्यक्रम के सामान्य आदेश तथा परिपत्र जारी करना,

10- हिन्दी में प्राप्त पत्रों को डायरी करना,

11- जो परिपत्र स्थायी आदेश के रूप में हों तथा प्रशासनिक अनुदेशों के संबंध में हों अथवा जो कार्यविधि साहित्य के रूप में हों, उनका हिन्दी अनुवाद साथ-साथ जारी करना,

12- स्थानीय कार्यालयों और व्यक्तियों को भेजे जाने वाले लिफाफों पर पते लिखना।[1]

## 7.पन्द्रह वर्ष की कालावधि और राजभाषा अधिनियम 1963-

यद्यपि संविधान के अनुच्छेद 343 (2) के अनुसार संविधान के लागू होने से पन्द्रह वर्ष की अवधि तक अर्थात् 25 जनवरी 1965 तक ही सरकारी कामकाज में अंग्रेजी के प्रयोग को जारी रखने की व्यवस्था की गई थी, परन्तु अनुच्छेद 343 (3) के अनुसार संसद को यह अधिकार दिया गया कि वह अधिनियम पारित करके 26 जनवरी 1965 के बाद भी सरकारी कार्य में अंग्रेजी का प्रयोग जारी रख सकती है। इसी व्यवस्था के आधार पर संसद ने राजभाषा अधिनियम 1963 पारित किया। सच तो यह है कि भारतीय संविधान के 344 अनुच्छेद के अनुसार संविधान लागू होने के पाँच साल बाद राष्ट्रपति को एक राजभाषा आयोग नियुक्त करने का अधिकार दिया गया था। तदनुसार 7 जून 1955 को राजभाषा आयोग की नियुक्ति की गई। इस आयोग ने जुलाई 1956 ई. में राष्ट्रपति के समक्ष राजभाषा के प्रगामी प्रयोग को लेकर अपना प्रतिवेदन प्रस्तुत किया, परन्तु दुर्भाग्य से इस प्रतिवेदन के प्रकाशित होते ही दक्षिण भारत में हिन्दी के राजभाषा बनाए जाने का तीव्र विरोध प्रारंभ हुआ। फलतः इस विरोध के उपशमित करने के लिए भारत सरकार ने शिथिल नीति का पालन किया, जिसके परिणाम स्वरूप राजभाषा अधिनियम 1963 का जन्म हुआ। यह अधिनियम संविधान के अनुच्छेद 343 के खण्ड (3) में विहित उपबंधों के आधार पर बनाया गया है। यह विधेयक लोकसभा में 13 अप्रैल, 1963 को तथा राज्यसभा में 3 मई 1963 को प्रस्तुत किया गया और क्रमशः 25 अप्रैल तथा 7 मई को पारित हुआ। राष्ट्रपति की स्वीकृति मिलने पर यही राजभाषा अधिनियम 1963 के नाम से लागू हुआ।

---

1-प्रयोजनमूलक हिन्दी - विनोद गोदरे, पृष्ठ -87, वाणी प्रकाशन, दिल्ली

## THE OFFICIAL LANGUAGES ACT, 1963 (Act No. 19 of 1963)

[10th May, 1963]

**An Act to provide for the languages which may be used for the official purposes of the Union, for transaction of business in Parliament, for Central and State Acts and for certain purposes in High Courts.**

Be it enacted by Parliament in the fourteenth year of the Republic of India as follows :-

**1. Short title and commencement** (1) This Act may be called the official Language Act,1963.

(2) Section 3 shall coe in to force on the 26th day of January,1965 and the remaining provisions of this Act shall come in to force on such date[1] as the Central Government may,by notification in the offcial Gazette, appoint and different dates may be appointed for different provisions of this Act.

2. **Defnitions.** In this Act, unless the context otherwise requires, -

(a) "appoinred day", in relation to section 3, means the 26th day of january, 1965 and in relation to any other provision of this Act, means the day on which that provision comes in to force;

(b) "Hindi" means Hindi in Devanagari Script.

[2][3. **Continuance of English Language for offcial purposes of the Union and for use in Parilament.** (1) Notwithstanding the expiration of the period of fifteen years from the commencement of the Constitution, the English language may, as from the appointed day, continue to be used, in addition to Hindi, -

1-S. 5(1) comes into force on the 10th January, 1965 vide notification No. S.O. 94, dated the 4th january, 1965, Gazette of India, Pt. II,Sea. 3 (ii),p.128.S. 6 comes into force on the 19th May,1969,vide notification No.S.O.1945,date the 14th May, 1969, Gazette of India, Pt. II, Sec. 3 (ii) p. 2024.S.O. 841 dated the 26th February,1970 Gazette of India,Pt.II, Sec. 3 (ii) S. 5 (2) comes into force on the 1st Oct. vide Notifcation No. S.O. 655 (E) dated the 5th October, 1976, Gazette of India, Pt.II, Sec. 3 (ii),p.1901.

2. Substituted by Act 1 of 1968, section 2 for section 3.

**राजभाषा अधिनियम 1963** - (1963 का अधिनियम संख्यांक 19)

(10 मई, 1963)

**उन भाषाओं का, जो संघ के राजकीय प्रयोजनों, संसद में कार्य के संव्यवहार, केन्द्रीय और राज्य अधिनियमों और उच्च न्यायालयों में कतिपय प्रयोजनों के लिये प्रयोग में लाई जा सकेंगी, उपबन्ध करने के लिये अधिनियम -**

भारत गणराज्य के चौदहवें वर्ष में संसद द्वारा निम्नलिखित रूप में यह अधिनियमित हो :-

**1- संक्षिप्त नाम और प्रारम्भ** - (1) यह अधिनियम राजभाषा अधिनियम 1963 कहा जा सकेगा।

(2) धारा 3 जनवरी 1965 के 26वें दिन को प्रवृत्त होगी और इस अधिनियम के शेष उपबन्ध उस तारीख[1] को प्रवृत्त होंगे जिसे केन्द्रीय सरकार, शासकीय राजपत्र में अधिसूचना द्वारा, नियत करे और इस अधिनियम के विभित्र उपबन्धों के लिये विभित्र तारीखें नियत की जा सकेंगी।

2- **परिभाषाएं** - इस अधिनियम में जब तक कि सन्दर्भ से अन्यथा अपेक्षित न हो :-

(क)- ''नियत दिन'' से, धारा 3 के संबंध में, जनवरी, 1965 का 26 वां दिन अभिप्रेत है और इस अधिनियम के किसी अन्य उपबन्ध के संबंध में वह दिन अभिप्रेत है जिस दिन को वह उपबन्ध प्रवृत्त होता है;

(ख)- ''हिन्दी'' से वह हिन्दी अभिप्रेत है जिसकी लिपि देवनागरी है।

[2]3. **संघ के राजकीय प्रयोजनों के लिए और संसद में प्रयोग के लिए अंग्रेजी भाषा का बना रहना** - (1) संविधान के प्रारम्भ से पन्द्रह वर्ष की कालावधि की समाप्ति हो जाने पर भी, हिन्दी के अतिरिक्त अंग्रेजी भाषा, नियत दिन से ही:-

1-तारीख 10 जनवरी, 1965 को धारा 5 (1) प्रवृत्त हुई, देखिए भारत का राजपत्र, (अंग्रेजी), भाग-2 अनुभाग 3 (ii) पृष्ठ 128 पर प्रकाशित अधिसूचना संख्यांक का0आ0 94,तारीख 4 जनवरी, 1965; तारीख 19 मई, 1969 को धारा 6 प्रवृत्त हुई, देखिए भारत का राजपत्र, (अंग्रेजी) भाग 2 अनुभाग 3 (ii) पृष्ठ 2024 पर प्रकाशित अधिसूचना संख्यांक का0आ0 1945, तारीख 14 मई, 1969; तारीख 7 मार्च, 1970 को धारा 7 प्रवृत्त हुई, देखिए भारत का राजपत्र, (अंग्रेजी), भाग 2, अनुभाग 3 (ii) में प्रकाशित अधिसूचना संख्यांक का0आ0 841, तारीख 26 फरवरी, 1970 तारीख 1 अक्टूबर, 1977 को। धारा 5 (2) प्रवृत्त हुई, देखिए भारत का राजपत्र (अंग्रेजी), भाग-2 अनुभाग 3 (ii) पृष्ठ 1901 पर प्रकाशित अधिसूचना संख्यांक का0आ0 655 (अ),तारीख 5 अक्टूबर, 1976,

2- 1968 के अधिनियम संख्यांक 1 की धारा 2 द्वारा धारा 3 के स्थान पर प्रतिस्थापित।

(a) for all the official purposes of the Union for which it was being used immediately before that day,and

(b) for the transaction of business in Parliament :

Provided that the English langauge shall be used for purposes of communication between the Union and a State which has not adopted Hindi as its official Language :

Provided further that where Hindi is used for purposes of communication between one State which has adopted Hindi as its official Language and another State which has not adopted Hindi as its official language, such communication in Hindi shall be accompanied by a translation of the same in the English language:

Provided also that nothing in this sub-section shall be construed as preventing a State which has not adopted Hindi as its official language from using Hindi for purposes of communication with the Union or with a State which has adopted Hindi as its official language, or by agreement with any other State, and in such a case, it shall not be obligatory to use the English language for purposes of communication with that State.

(2) Notwithstanding anything contained in subsection (1), where Hindi or the English Language is used for purposes of communication -

(i) between one Ministry or Department or office of the Central Government and another;

(ii) between one Ministry or Department or office of the Central Government and any corporation or company owned or controlled by the Central Government or any office there of ;

(iii) between any corporation or company owned or controlled by the Central Government or any office there of and another;

a translation of such communication in the English language or, as the case may be, in Hindi shall also be provided till such date as the staff of the concerned Ministry, Department, office or corporation or company aforesaid have acquired a working knowledge of Hindi.

(3) Notwithstanding anything contained in subsection (1) both Hindi and the English languages shall be used for-

(i) resolutions, general orders, rules, notifica-

(क)- संघ के उन सब राजकीय प्रयोजनों के लिए जिनके लिए वह उस दिन से ठीक पहले प्रयोग में लाई जाती थी, तथा

(ख)- सन्दर्भ में कार्य के संव्यवहार के लिए,प्रयोग में लाई जा सकेगी।

परन्तु संघ और किसी ऐसे राज्य के बीच, जिसने हिन्दी को अपनी राजभाषा के रूप में नहीं अपनाया है, पत्रादि के प्रयोजनों के लिये अंग्रेजी भाषा प्रयोग में लाई जाएगी :

परन्तु यह और कि जहाँ किसी ऐसे राज्य के, जिसने हिन्दी को अपनी राजभाषा के रूप में नहीं अपनाया है, बीच पत्रादि के प्रयोजनों के लिए हिन्दी को प्रयोग में लाया जाता है वहाँ हिन्दी में ऐसे पत्रादि के साथ-साथ उसका अनुवाद अंग्रेजी भाषा में भेजा जायेगा :

परन्तु यह और भी कि इस उपधारा की किसी भी बात का यह अर्थ नहीं लगाया जाएगा कि वह किसी ऐसे राज्य को, जिसने हिन्दी को अपनी राजभाषा के रूप में नहीं अपनाया है संघ के साथ या किसी ऐसे राज्य के साथ, जिसने हिन्दी को अपनी राजभाषा के रूप में अपनाया है, या किसी अन्य राज्य के साथ, उसकी सहमति से, पत्रादि के प्रयोजनों के लिए हिन्दी को प्रयोग में लाने से निवारित करती है, और ऐसे किसी मामले में उस राज्य के साथ पत्रादि के प्रयोजनों के लिए अंग्रेजी भाषा का प्रयोग बाध्यकर न होगा।

**(2) उपधारा** (1) में अन्तर्विष्ट किसी बात के होते हुए भी, जहाँ पत्रादि के प्रयोजनों के हिए हिन्दी या अंग्रेजी भाषा -

(i) केन्द्रीय सरकार के एक मंत्रालय या विभाग या कार्यालय के और दूसरे मन्त्रालय या विभाग या कार्यालय के बीच,

(ii) केन्द्रीय सरकार के एक मन्त्रालय या विभाग या कार्यालय के और केन्द्रीय सरकार के स्वामित्व में के या नियन्त्रण में के किसी निगम या कम्पनी या उसके किसी कार्यालय के बीच;

(iii) केन्द्रीय सरकार के स्वामित्व में के या नियन्त्रण में के किसी निगम या कम्पनियाँ उसके किसी कार्यालय के और किसी अन्य ऐसे निगम या कम्पनी या कार्यालय के बीच ;

प्रयोग में लाई जाती है वहाँ उस तारीख तक, जब तक पूर्वोक्त संबंधित मन्त्रालय, विभाग,कार्यालय या निगम या कम्पनी का कर्मचारीवृन्द हिन्दी का कार्यसाधक ज्ञान प्राप्त नहीं कर लेता ऐसे पत्रादि का अनुवाद, यथास्थिति, अंग्रेजी भाषा या हिन्दी में भी दिया जाएगा।

**(3) उपधारा** (1) में अन्तर्विष्ट किसी बात के होते हुए भी, हिन्दी और अंग्रेजी भाषा दोनों ही -

(i) संकल्पों, साधारण आदेशों, नियमों, अधिसूचनाओं,

tions, adminstrative or other reports or press communiques issued or made by the Central Government or by a Ministry, Department or office thereof or by a corporation or company owned or controlled by the Central Government or by any office of such corporation or company;

(ii) administrative and other reports and offcial papers laid before a House or the Houses of Parliament;

(iii) contracts and agreements executed, and licences, permits, notices and forms of tender issued, by or on behalf of the Central Government or any Ministry, Department or office thereof or by a corporation or company owned or controlled by the Central Government or by any office of such corporation or company.

(4) Without prejudice to the provisions of sub-section (1) or sub-section (2) or sub-section (3) the Central Government may,by rules made under section 8, provide for the language or languages to be used for the offcial purpose of the Union,including the working of any Ministry, Department, section or offce, and in making such rules, due consideration shall be given to the quick and efficient disposal of the official business and the interests of the general public and in particular,the rules so made shall ensure that persons serving in connection with the affairs of the Union and having proficiency either in Hindi or in the English language may function effectively and that they are not placed at a disadvantage on the ground that they do not have proficiency in both the languages.

(5) The provisions of clause (a) of sub-section (1), and the provisions of sub-section (2), sub-section(3) and sub-section (4) shall remain in force until resolutions for the discontinuance of the use of the English language for the purposes mentioned therein have been passed by the legislatures of all the States which have not adopted Hindi as their official language and until after considering the resolions aforesaid, a resolution for such discontinuance has been passed by each House of Parliament.

4. **Committee on offcial language,** (1) After the expiration of ten years from the date on which section 3 comes into force,there shall be constituted a Committee on offcial Language, on a resolution to that effect being moved in either House of Parlia-

प्रशासनिक या अन्य प्रतिवेदनों या प्रेस विज्ञप्तियों के लिये, जो केन्द्रीय सरकार द्वारा या उनके किसी मंत्रालय, विभाग या कार्यालय द्वारा या केन्द्रीय सरकार के स्वामित्व में के या नियन्त्रण में के किसी निगम या कम्पनी द्वारा या ऐसे निगम या कम्पनी के किसी कार्यालय द्वारा निकाले जाते हैं या किये जाते हैं,

(ii) संसद के किसी सदन या सदनों के समक्ष रखे गये प्रशासनिक तथा अन्य प्रतिवेदनों और राजकीय कागज-पत्रों के लिए,

(iii) केन्द्रीय सरकार या उसके किसी मंत्रालय, विभाग या कार्यालय द्वारा या उसकी ओर से या केन्द्रीय सरकार के स्वामित्व में के या नियंत्रण में के किसी निगम या कम्पनी द्वारा या ऐसे निगम या कम्पनी के किसी कार्यालय द्वारा निष्पादित संविदाओं और करारों के लिए तथा निकाली गई अनुज्ञप्तियों, अनुज्ञापत्रों सूचनाओं और निविदा-प्रारूपों के लिए, प्रयोग में लाई जाएगी।

(4)उपधारा (1)या उपधारा (2)या उपधारा (3) के उपबन्धों पर प्रतिकूल प्रभाव डाले बिना यह है कि केन्द्रीय सरकार धारा 8 के अधीन बनाए गए नियमों द्वारा उस भाषा या उन भाषाओं का उपबन्ध कर सकेगी जिसे या जिन्हें संघ के राजकीय प्रयोजन के लिए जिसके अन्तर्गत किसी मंत्रालय, विभाग, अनुभाग या कार्यालय का कार्यकरण है, प्रयोग में लाया जाना है और ऐसे नियम बनाने में राजकीय कार्य के शीघ्रता और दक्षता के साथ निपटारे का तथा जन साधारण के हितों का सम्यक ध्यान रखा जाएगा और इस प्रकार बनाए गए नियम विशिष्टतया यह सुनिश्चित करेंगे कि जो व्यक्ति संघ के कार्यकलाप के संबंध में सेवा कर रहे है और जो या तो हिन्दी में या अंग्रेजी भाषा में प्रवीण है वे प्रभावी रूप से अपना काम कर सकें और यह भी कि केवल इस आधार पर कि वे दोनों ही भाषाओं में प्रवीण नहीं है उनका कोई अहित नही होता है।

(5)उपधारा (1)के खण्ड (क) के उपबन्ध और उपधारा (2),उपधारा (3) और उपधारा (4) के उपबन्ध तब तक प्रवृत्त बने रहेगें जब तक उनमें वर्णित प्रयोजनों के लिये अंग्रेजी भाषा का प्रयोग समाप्त कर देने के लिए सभी राज्यों के विधानमण्डलों द्वारा, जिन्होंने हिन्दी को अपनी राजभाषा के रूप में नही, अपनाया है, संकल्प पारित नहीं कर दिए जाते हैं और जब तक पूर्वोक्त संकल्पों पर विचार कर लेने के पश्चात् ऐसी समाप्ति के लिए संसद के हर एक सदन द्वारा संकल्प पारित नहीं कर दिया जाता।

4. **राजभाषा के संबंध में समिति** - (1)जिस तारीख को धारा 3 प्रवृत्त होती है उससे दस वर्ष की समाप्ति के पश्चात, राजभाषा के संबंध में एक समिति, इस विषय का संकल्प संसद

ment with the previous sanction of the President and passed by both Houses.

(2) The Committee shall consist of thirty members, of whom twenty shall be members of the House of the People and ten shall be members of the Council of States, to be elected respectively by the members of the House of the People and the members of the Council of States in accordance with the system of proportional representation by means of the single transferable vote.

(3) It shall be the duty of the Comittee to review the progress made in the use of Hindi for the official purpose of the Union and submit a report to the President making recommendations thereon and the President shall cause the report to be laid before each House of Parliament, and sent to all the State Governments.

(4) The President may, after consideration of the report referred to in sub-section (3), and the views, if any, expressed by the State Government thereon, issue directions in accordance with the whole or any part of that report :

[1][Provided that the directions so issued shall not be inconsistent with the provisions of section 3.]

**5. Authorised Hindi translation of Central Acts, etc.** (1) A translation in Hindi published under the authority of the President in the official Gazette on and after the appointed day-

(a) of any Central Act or of any Ordinance promulgated by the President, or

(b) of any order,rule, regulation or by-law issued under the Constitution or under any Central Act;

Shall be deemed to be the authoritaive text thereof in Hindi.

(2) As from the appointed day, the authoritative text in the English language of all Bills to be introduced or amendments thereto be moved in either House of Parliament shall be accompanied by a translation of the same in Hindi authorised in such manner as may be prescribed by rules made under this Act.

**6. Authorised Hindi translation of State Acts**

1.Inserted by Act 1 of 1968, section 3.

के किसी भी सदन में राष्ट्रपति की पूर्व मंजूरी से प्रस्तावित और दोनों सदनों द्वारा पारित किए जाने पर, गठित की जायेगी।

(2) इस समिति में तीस सदस्य होंगे जिनमें से 20 लोकसभा के सदस्य होंगे तथा 10 राज्य सभा के सदस्य होंगे, जो क्रमश: लोकसभा के सदस्यों तथा राज्यसभा के सदस्यों द्वारा आनुपातिक प्रतिनिधित्व पद्धति के अनुसार एकल संक्रमणीय मत द्वारा निर्वाचित होंगे।

(3) इस समिति का कर्तव्य होगा कि वह संघ के राजकीय प्रयोजनों के लिए हिन्दी के प्रयोग में की गई प्रगति का पुनर्विलोकन करे और उस पर सिफारिशें करते हुए राष्ट्रपति को प्रतिवेदन करे और राष्ट्रपति उस प्रतिवेदन को संसद के हर एक सदन के समक्ष रखवाएगा और सभी राज्य सरकारों को भिजवाएगा।

(4) राष्ट्रपति उपधारा (3) में निर्दिष्ट प्रतिवेदन पर और उस पर राज्य सरकारों ने यदि कोई मत अभिव्यक्त किए हों तो उन पर विचार करने के पश्चात् उस समस्त प्रतिवेदन के या उसके किसी भाग के अनुसार निदेश निकाल सकेगा :

[1][परन्तु इस प्रकार निकाले गए निदेश धारा 3 के उपबन्धों से असंगत नहीं होंगे।]

**5. केन्द्रीय अधिनियमों आदि का प्राधिकृत हिन्दी अनुवाद-** (1) नियत दिन को और उसके पश्चात् शासकीय राजपत्र में राष्ट्रपति के प्राधिकार से प्रकाशित -

(क) किसी केन्द्रीय अधिनियम का या राष्ट्रपति द्वारा प्रख्यापित किसी अध्यादेश का, अथवा

(ख) संविधान के अधीन या किसी केन्द्रीय अधिनियम के अधीन निकाले गए किसी आदेश, नियम, विनियम या उपविधि का,

हिन्दी में अनुवाद उसका हिन्दी में प्राधिकृत पाठ समझा जाएगा।

(2) नियत दिन से ही उन सब विधेयकों के, जो संसद के किसी भी सदन में पुर:स्थापित किए जाने हों और उन सब संशोधनों के, जो उनके संबंध में, संसद के किसी भी सदन में प्रस्तावित किए जाने हो, अंग्रेजी भाषा के प्राधिकृत पाठ के साथ-साथ उनका हिन्दी में अनुवाद भी होगा जो ऐसी रीति से प्राधिकृत किया जाएगा, जो इस अधिनियम के अधीन बनाए गए नियमों द्वारा विहित की जाए।

**in certain cases.** Where the legislature of a State has prescribed any language other than Hindi for use in Acts passed by the Legislature of the State or in Ordinances promulgated by the Governor of the State a translation of the same in Hindi, in addition to a translation thereof in the English language as required by clause (3) of article 348 of the Constitution, may be published on or after the appointed day under the authority of the Governor of the State in the official Gazette of that State and in such a case,the translation in Hindi or any such Act or Ordinance shall be deemed to be the authoritative text thereof in the Hindi language.

7. **Optional use of Hindi or other offcial language in judgements etc,of High Courts.** As from the appointed day or any day thereafter the Governor of a State may, with the previous consent of the President, authorise the use of Hindi or the official language of the State in addition to the English language,for the purposes of any judgement, decree or order passed or made by the High court for that State and where any judgement,decree or order is passed or made in any such language (other than the English language), it shall be accompanied by a translation of the same in the English language issued under the authority of the High Court.

8. **Power to make rules.** (1) The Central Government may,by notifcation in the official Gazette, make rules for carrying out the purposes of this Act.

(2) Every rule made under this section shall be laid, as soon as may be after it is made, before each House of Parliament while it is in session for a total period of thirty days which may be comprised in one session or in two successive sessions, and if before the expity of the session in which it is so laid or the session immediately following, both House agree in making any modifcation in the rule or both Houses agree that the rule should note be made, the rule shall thereafter have effect only in such modifed form or be of no effect, as the case may be, so however that any such modifcation or annulment shall be without prejudice to the validity of any things previously done under that rule.

9. **Certain provisions not to apply to Jammu and Kashmir.** The provisions of section 6 and section 7 shall not apply to the State of Jammu and Kashmir.

6. **कतिपय दशाओं में राज्य अधिनियमों का प्राधिकृत अनुवाद** - जहाँ किसी राज्य के विधानमंडल ने उस राज्य के विधानमंडल द्वारा पारित अधिनियमों में अथवा उस राज्य के राज्यपाल द्वारा प्रख्यापित अध्यादेशों में प्रयोग के लिए हिन्दी से भिन्न कोई भाषा विहित की है वहाँ, संविधान के अनुच्छेद 348 के खण्ड (3) द्वारा अपेक्षित अंग्रेजी भाषा में उसके अनुवाद के अतिरिक्त, उसका हिन्दी में अनुवाद उस राज्य के शासकीय राजपत्र में, उस राज्य के राज्यपाल के प्राधिकार से, नियत दिन को या उसके पश्चात् प्रकाशित किया जा सकेगा और ऐसी दशा में ऐसे किसी अधिनियम या अध्यादेश का हिन्दी में अनुवाद हिन्दी भाषा में उसका प्राधिकृत पाठ समझा जाएगा।

7. **उच्च न्यायालयों के निर्णयो, आदि में हिन्दी या अन्य राजभाषा का वैकल्पिक प्रयोग** - नियत दिन से ही या तत्पश्चात् किसी भी दिन से किसी राज्य का राज्यपाल, राष्ट्रपति की पूर्व सम्मति से, अंग्रेजी भाषा के अतिरिक्त हिन्दी या उस राज्य की राजभाषा का प्रयोग, उस राज्य के उच्च न्यायालय द्वारा पारित या दिए गए किसी निर्णय, डिक्री या आदेश के प्रयोजनों के लिए प्राधिकृत कर सकेगा और जहाँ कोई निर्णय, डिक्री या आदेश (अंग्रेजी भाषा से भिन्न) ऐसी किसी भाषा में पारित किया या दिया जाता है वहाँ उसके साथ-साथ उच्च न्यायालय के प्राधिकार से निकाला गया अंग्रेजी भाषा में उसका अनुवाद भी होगा।

8. **नियम बनाने की शक्ति** - (1) केन्द्रीय सरकार इस अधिनियम के प्रयोजनों को कार्यान्वित करने के लिए नियम शासकीय राजपत्र में अधिसूचना द्वारा, बना सकेगी।

(2) इस धारा के अधीन बनाया गया हर नियम, बनाये जाने के पश्चात् यथाशक्य शीघ्र संसद के हर एक सदन के समक्ष, उस समय जब वह सत्र में हो,कुल मिलाकर तीस दिन की कालावधि के लिए, जो एक सत्र में या दो क्रमवर्ती सत्रों में समाविष्ट हो सकेगी, रखा जायेगा और यदि उस सत्र के जिसमें वह ऐसे रखा गया हो, या ठीक पश्चात्वर्ती सत्र के अवसान के पूर्व दोनों सदन उस नियम में कोई उपान्तर करने के लिए सहमत हो जाएँ या दोनों सदन सहमत हो जाएँ कि वह नियम नहीं बनाया जाना चाहिए तो तत्पश्चात् ,यथास्थिति, वह नियम ऐसे उपान्तरित रूप में ही प्रभावशाली होगा या उसका कोई भी प्रभाव न होगा, किन्तु इस प्रकार कि ऐसा कोई उपान्तर या बातिलकरण उस नियम के अधीन पहले की गई किसी बात की विधिमान्यता पर प्रतिकूल प्रभाव डाले बिना होगा।

9. **कतिपय उपबन्धों का जम्मू-कश्मीर को लागू न होना** - धारा 6 और धारा 7 के उपलब्ध जम्मू-कश्मीर राज्य को लागू न होगें।

## 8- द्विभाषिक स्थिति, 1965

इस नये राजभाषा अधिनियम, 1963 के अनुसार संविधान के अनुच्छेद 343 के अनुरूप 26 जनवरी, 1965 से हिन्दी संघ की राजभाषा तो रहेगी ही, पर उस समय से हिन्दी के अतिरिक्त अंग्रेजी भी संघ के उन सभी सरकारी प्रयोजनों के लिए बराबर प्रयुक्त होती रहेगी, जिनके लिए वह उस तिथि के तुरन्त पहले प्रयुक्त की जा रही थी। इस प्रकार 26 जनवरी, 1965 से राजभाषा अधिनियम, 1963 के अनुसार द्विभाषिक अवधि की स्थिति प्रारम्भ हुई, जिसमें कि संघ के सरकारी प्रयोजनों के लिए हिन्दी और अंग्रेजी दोनों ही भाषाएं प्रयुक्त की जा सकती थीं। इस अधिनियम के मुख्य उपबन्धों के अनुसार संसद तथा राज्यों की विधानसभाओं की सभी कार्यवाहियों की भाषा क्रमश: हिन्दी तथा प्रादेशिक भाषाएं होंगी और उनका प्राधिकृत अंग्रेजी अनुवाद देना होगा। इसकी धारा 5, उपधारा 2 के अनुसार सभी विधेयक दोनों भाषाओं में एक साथ प्रस्तुत करने तथा दोनों को प्रामाणिक मानने की व्यवस्था की गई। धारा 4 में यह व्यवस्था रखी गई कि इसके लागू होने के दस वर्ष बाद तीस संसद सदस्यों की एक समिति हिन्दी की प्रगति की जांच करेगी। इसकी नियुक्ति संसद के द्वारा होगी। समिति के प्रतिवेदन पर राज्य सरकारों की राय ली जाएगी। पुन: वह रिपोर्ट संसद में प्रस्तुत होगी। तदनुसार राष्ट्रपति आदेश जारी करेंगे। 1965 के बाद किसी भी राज्य के राज्यपाल राष्ट्रपति की अनुमति से अंग्रेजी के साथ हिन्दी या राज्य की अन्य किसी भाषा को राजभाषा का स्थान दे सकते हैं।

इस तरह इस अधिनियम की धारा 3 के अनुसार संविधान के प्रारम्भ होने से 15 वर्ष की समाप्ति के बाद हिन्दी के अतिरिक्त अंग्रेजी का सभी राज्यों में सभी प्रयोजनों के लिए प्रयोग जारी रखने की व्यवस्था की गई।[1]

## 9. राजभाषा (संशोधन) अधिनियम, 1967 तथा राजभाषा संकल्प-1968

समय-समय पर संसद में और बाहर पं0 जवाहर लाल नेहरू द्वारा दिए गए आश्वासनों और श्री लाल बहादुर शास्त्री द्वारा राजभाषा विधेयक, 1963 को प्रस्तुत करते समय अहिन्दीभाषियों को दिलाए गए विश्वास को मूर्त रूप प्रदान करने के उद्देश्य से 1967 में संसद ने एक नया राजभाषा संशोधन अधिनियम पारित किया, जिसमें राजभाषा विधेयक, 1965 की धारा 3 के स्थान पर नये उपबन्ध लागू हुए। यह विधेयक लोकसभा में 17 नवम्बर, 1967 को लोकसभा में प्रस्तुत किया गया और 16 दिसम्बर 1967 को लोकसभा ने उसे पारित कर दिया। 8 जनवरी, 1968 को इसे राष्ट्रपति की अनुमति प्राप्त हुई।

**MINISTRY OF HOME AFFAIRS**

New Delhi, the 8 January, 1968

**N0. F.5/8/65-OL.-** The following Government Resolution, as adopted by both Houses of Parliament, is hereby published for general information :-

**RESOLUTION**

"WHEREAS under article 343 of the Constitution Hindi shall be the ofcial language of the Union, and article 351 thereof it is the duty of the Union to promote the spread of the Hindi Language and to develop it so that it may serve as a medium of expression for all the elements of the composite culture of India.

This House resolves that a more intensive and comprehensive programme shall be prepared and implemented by the Government of India for accelerating the spread and development of Hindi, and its progressive use for the various ofcial purposes of the Union and an annual assessment report giving details of the measures taken and the progress achieved shall be laid on the Table of both Houses of Parliament and sent to all State Government;

2. WHEREAS the Eighth Schedule to the Constitution specifies 14 major languages of India be-

**गृह मन्त्रालय**

नई दिल्ली -1, दिनांक 8 जनवरी, 1968

**सं0 एफ0 5/8/65-रा0भा0** - संसद के दोनों सदनों द्वारा पारित निम्नलिखित सरकारी संकल्प आम जानकारी के लिए प्रकाशित किया जाता है :-

**संकल्प**

"जबकि संविधान के अनुच्छेद 243 के अनुसार संघ की राजभाषा हिन्दी रहेगी और उसके अनुच्छेद 351 के अनुसार हिन्दी भाषा की प्रसार वृद्धि करना और उसका विकास करना ताकि वह भारत की सामासिक संस्कृति के सब तत्वों की अभिव्यक्ति का माध्यम हो सके, संघ का कर्तव्य है;

यह सभा संकल्प करती है कि हिन्दी के प्रसार एवं विकास की गति बढ़ाने के हेतु तथा संघ के विभिन्न राजकीय प्रयोजनों के लिए उत्तरोत्तर इसके प्रयोग हेतु भारत सरकार द्वारा एक अधिक गहन एवं व्यापक कार्यक्रम तैयार किया जाएगा और उसे कार्यान्वित किया जाएगा और किए जाने वाले उपायों एवं की जाने वाली प्रगति की विस्तृत वार्षिक मूल्यांकन रिपोर्ट संसद की दोनों सभाओं के पटल पर रखी जायेगी और सब राज्य सरकारों को भेजी जायेगी;

2- जबकि संविधान की आठवीं अनुसूची में हिन्दी के अतिरिक्त भारत की 14मुख्य भाषाओं का उल्लेख किया गया

1. भारतीय राष्ट्रभाषा: सीमाएँ तथा समस्याएँ- डॉ. सत्यव्रत, पृष्ठ-175

sides Hindi, and it is necessary in the interest of the educational and cultural advancement of the country that concerted measures should be taken for the full development of these languages;

The House resolves that a programme shall be prepared and implemented by the Government of India, in collaboration with the state Governments for the co-ordinated development of all these languages, alongside Hindi so that they grow rapidly in richness, and become effective means of communicating modern knowledge.

3. WHEREAS it is necessary for promoting the sense of unity and facilitating communication between people in different parts of the country that effective steps should be taken for implementing fully in all State the three-language formula evolved by the Government of India in consultation with the State Governments.

This House resolves that arrangements should be made in accordance with that formula for the study of a modern Indian language, preferably one the Southern languages, aport from Hindi and English in the Hindi speaking areas and of Hindi along with the regional languages and English in the non-Hindi speaking areas.

4. AND, WHEREAS it is necessary to ensure that the just claims and interest of people belonging to different parts of the country in regard to the public services of the Union are fully safe guarded;

This House resolves -

(a) that compulsory knowledge of either Hindi or English shall be required at the stage of selection of candidates for recruitment to the Union services or posts except in respect of any special services or posts for which a high standard of knowledge of English alone are Hindi alone, or boh as the case may be, is considered essential for the satisfactory performance of the duties of any such service or post; and

(b) that all the languages included in the Eighth Schedule to the Constitution and English shall be permitted as alternative media for the All India and higher Central Services examinations after ascertaining the views of the Union Public Service Commission on the future scheme of the examinations, the procedural aspects and the timing."

R.D. THAPAR,

Joint Secretary to the Government of India

है, और देश की शैक्षणिक एवं सांस्कृतिक उन्नति के लिये आवश्यक है कि इन भाषाओं के पूर्ण विकास के हेतु सामूहिक उपाय किए जाने चाहिए;

यह सभा संकल्प करती है कि हिन्दी के साथ-साथ इन सब भाषाओं के समन्वित विकास के हेतु भारत सरकार द्वारा राज्य सरकारों के सहयोग से एक कार्यक्रम तैयार किया जाएगा और उसे कार्यान्वित किया जाएगा ताकि वे शीघ्र समृद्ध हो और आधुनिक ज्ञान के संचार का प्रभावी माध्यम बनें;

3- जबकि एकता की भावना के संवर्धन तथा देश के विभिन्न भागों में जनता में संचार की सुविधा के हेतु यह आवश्यक है कि भारत सरकार द्वारा राज्य सरकारों के परामर्श से तैयार किए गए त्रै-भाषा सूत्र को सभी राज्यों में पूर्णत: कार्यान्वित करने के लिए प्रभावी किया जाना चाहिए;

यह सभा संकल्प करती है कि हिन्दी-भाषी क्षेत्रों में, हिन्दी तथा अंग्रेजी के अतिरिक्त एक आधुनिक भारतीय भाषा के, दक्षिण भारत की भाषाओं में से किसी एक को तरजीह देते हुए, और अहिन्दी भाषी क्षेत्रों में प्रादेशिक भाषाओं एवं अंग्रेजी के साथ-साथ हिन्दी के अध्ययन के लिए उस सूत्र के अनुसार प्रबन्ध किया जाना चाहिए।

4- और जबकि यह सुनिश्चित करना आवश्यक है कि संघ की लोक सेवाओं के विषय में देश के विभिन्न भागों के लोगों के न्यायोचित दावों और हितों का पूर्ण परित्राण किया जाए :

यह सभा संकल्प करती है :-

(क) कि उन विशेष सेवाओं अथवा पदों को छोड़कर जिनके लिए ऐसी किसी सेवा अथवा पद के कर्तव्यों के सन्तोषजनक निष्पादन के हेतु केवल अंग्रेजी अथवा केवल हिन्दी अथवा दोनों जैसी कि स्थिति हो, का उच्च स्तर का ज्ञान आवश्यक समझा जाये, संघ सेवाओं अथवा पदों के लिए भर्ती करने के हेतु उम्मीदवारों के चयन के समय हिन्दी अथवा अंग्रेजी में से किसी एक का ज्ञान अनिवार्यत: अपेक्षित होगा; और

(ख) कि परीक्षाओं की भावी योजना, प्रक्रिया संबंधी पहलुओं एवं समय के विषय में संघ लोक सेवा आयोग के विचार जानने के पश्चात् अखिल भारतीय एवं उच्चतर केन्द्रीय सेवाओं संबंधी परीक्षाओं के लिए संविधान की आठवीं अनुसूची में सम्मिलित सभी भाषाओं तथा अंग्रेजी को वैकल्पिक माध्यम के रूप में रखने की अनुमति होगी।''

आर0डी0 थापर,

संयुक्त सचिव, भारत सरकार

10.Rules

THE OFFICIAL LANGUAGES (USE FOR OFFICAIL PURPOSES OF THE UNION) RULE 1976

G.S.R.1052- In exercise of the powers conferred by section 8, read with sub-section(4) of section 3 of the official Languages, Act, 1963 (19 of 1963), the Central Government hereby makes the following rules, namely :-

**1. Short title, extent and commencement-** (1) These rules may be called the official Languages (Use for Official Purposes of the Union) Rules, 1976

(2) They shall extend to the whole of India, except the State of Tamilnadu.

(3) They shall come in to force on the date of their publication in the official Gazette.

**2. Definitions** - In these rules, unless the context otherwise requires :-

(a) "Act" means the Official Languages Act, 1963 (19 of 1963)l;

(b) "Central Government Office" includes -

(i) any Ministry, Department or office of the Central Government;

(ii) any office of a Commission, Committee or Tribunal appointed by the Central Government; and

(iii) any office of a corporation or company owned or controlled by the Central Government;

(c) "Employee" means any person employed in a Central Government office;

(d) "notified office" means an office notified under sub-rule (4) of rule 10:

(e) "Proficiency in Hindi" means proficiency in Hindi as described in rule 9;

(f) "Region A" means the States of Bihar, Haryana, Himachal Pradesh, Madhya Pradesh, Rajasthan and Uttar Pradesh and the Union Territory of Delhi;

(g) "Region B" means the States of Gujarat, Maharashtra and Punjab and the Union territories of Andaman and Nicobar Islands and Chandigarh;

(h) "Region C" means the States and the Unionterritories other than those referred to in clause (f) and (g);

## 10.नियम
## राजभाषा अधिनियम - 1976

सा.का.नि. 1052- राजभाषा अधिनियम, 1963 (1963 का 19) की धारा 3 की उपधारा (4) के साथ पठित धारा 8 द्वारा प्रदत्त शक्तियों का प्रयोग करते हुए, केन्द्रीय सरकार निम्नलिखित नियम बनाती है, अर्थात् :-

1- **संक्षिप्त नाम, विस्तार और प्रारम्भ** - (1) इन नियमों का नाम राजभाषा (संघ के शासकीय प्रयोजनों के लिये प्रयोग) नियम,1976 है।

(2) इनका विस्तार, तमिलनाडु राज्य के सिवाय सम्पूर्ण भारत पर है।

(3) ये शासकीय राजपत्र में प्रकाशित होने की तारीख को प्रवृत्त होगें।

2. **परिभाषाएं** - इन नियमों में जब तक कि सन्दर्भ से अन्यथा अपेक्षित न हो -

(क)''अधिनियम'' से राजभाषा अधिनियम, 1963 (1963 का 19) अभिप्रेत है;

(ख)''केन्द्रीय सरकार के कार्यालय'' के अन्तर्गत निम्नलिखित है, अर्थात् :-

(i) केन्द्रीय सरकार का कोई मन्त्रालय, विभाग या कार्यालय,

(ii) केन्द्रीय सरकार द्वारा नियुक्त किसी आयोग, समिति या अधिकरण का कोई कार्यालय, और

(iii) केन्द्रीय सरकार के स्वामित्व में या नियन्त्रण के अधीन किसी निगम या कम्पनी का कोई कार्यालय;

(ग) ''कर्मचारी'' से केन्द्रीय सरकार के कार्यालय में नियोजित कोई व्यक्ति अभिप्रेत है;

(घ) ''अधिसूचित कार्यालय'' से नियम 10 के उपनियम (4) के अधीन अधिसूचित कार्यालय अभिप्रेत है;

(ड़) ''हिन्दी में प्रवीणता'' से नियम 9 में वर्णित प्रवीणता अभिप्रेत है;

(च) क्षेत्र ''क'' से बिहार, हरियाणा, हिमाचल प्रदेश, मध्यप्रदेश, राजस्थान और उत्तर प्रदेश राज्य तथा दिल्ली संघ राज्य क्षेत्र अभिप्रेत है;

(छ) क्षेत्र ''ख'' से गुजरत, महाराष्ट्र और पंजाब राज्य तथा अण्डमान और निकोबार द्वीप समूह तथा चण्डीगढ़ संघ राज्यक्षेत्र अभिप्रेत है;

(ज) क्षेत्र ''ग'' से खण्ड (च) और (छ) में निर्दिष्ट राज्यों और संघ राज्य क्षेत्रों से भिन्न राज्य तथा संघ राज्य क्षेत्र अभिप्रेत है;

(i) "Working knowledge of Hindi" means working knowledge of Hindi as described in rule 10.

**3. Communications to States etc. other than to Central Government offices** - (1) Communications from a Central Government office to a State or a Union territory in Region A or to any office (not being a Central Government office) or person in such State or Union territory shall, save in exceptional cases, be in Hindi, and if any communication is issued to any of them in English it shall be accompanied by a Hindi translation thereof.

(2) Communications from a Central Government office :-

(a) to a State or Union territory in Region B or to any office (not being a Central Government office) in such State or Union territory shall ordinarily be in Hindi and if any communication is issued to any of them in English, it shall be accompanied by a Hindi translation thereof :

Provided that if any such State or Union territory desires the communications of any particular class or category or those intended for any of its offices, to be sent, for a period specified by the Govenment of the State or Union territory concerned, in English, or in Hindi with a translation in the other languages, such communication shall be sent in that manner;

(b) to any person in a State or Union territory of Region B may be either in Hindi or English.

(3) Communications from a Central Government office to a State or Union territory in Region C or to any office (not being a Central Government office) or person in such State shall be in English.

(4) notwithstanding anything contained in sub-rules (1) and (2), communications from a Central Government office in Region C to a State or Union territory of Region A or Region B or to any office (not being a Central Government office) or person in such State may be either in Hindi or in English.

**4. Communications between Central Government offices - Communications -**

(a) between one Ministry or Department of the Central Govenment and another may be in Hindi or in English;

(झ) हिन्दी का कार्यसाधक ज्ञान से नियम 10 में वर्णित कार्यसाधक ज्ञान अभिप्रेत है।

**3. राज्यों आदि और केन्द्रीय सरकार के कार्यालयों से भिन्न कार्यालयों के साथ पत्रादि** - (1) केन्द्रीय सरकार के कार्यालय से क्षेत्र 'क' में किसी राज्य या संघ राज्य क्षेत्र को या ऐसे राज्य या संघ राज्य क्षेत्र में किसी कार्यालय (जो केन्द्रीय सरकार का कार्यालय न हो) या व्यक्ति को पत्रादि असाधारण दशाओं को छोड़कर हिन्दी में होंगे और यदि उनमें से किसी को कोई पत्रादि अंग्रेजी में भेजे जाते हैं तो उनके साथ उनका हिन्दी अनुवाद भी भेजा जाएगा।

**(2) केन्द्रीय सरकार के कार्यालय से -**

(क) क्षेत्र 'ख' में किसी राज्य या संघ राज्य क्षेत्र को या ऐसे राज्य या संघ राज्य क्षेत्र में किसी कार्यालय (जो केन्द्रीय सरकार का कार्यालय न हो) या व्यक्ति को पत्रादि मामूली तौर पर हिन्दी में होंगे और यदि उनमें से किसी को पत्रादि अंग्रेजी में भेजे जाते है तो उसके साथ उनका हिन्दी अनुवाद भी भेजा जायेगा :

परन्तु यदि कोई ऐसा राज्य या संघ राज्यक्षेत्र यह चाहता है कि किसी विशिष्ट वर्ग का प्रवर्ग के पत्रादि या उसके किसी कार्यालय के लिए आशयित पत्रादि सम्बद्ध राज्य या संघ राज्यक्षेत्र की सरकार द्वारा विनिर्दिष्ट अवधि तक अंग्रेजी या हिन्दी में भेजे जाएं और उसके साथ दूसरी भाषा में उसका अनुवाद भी भेजा जाये तो ऐसे पत्रादि उसी रीति से भेजे जायेंगे।

(ख) क्षेत्र 'ख' के किसी राज्य या संघ राज्यक्षेत्र में किसी व्यक्ति को पत्रादि हिन्दी या अंग्रेजी में भेजे जा सकते हैं।

(3) केन्द्रीय सरकार के कार्यालय से क्षेत्र 'ग' में किसी राज्य या संघ राज्य क्षेत्र को या ऐसे राज्य में किसी कार्यालय (जो केन्द्रीय सरकार का कार्यालय न हो) या व्यक्ति को पत्रादि अंग्रेजी में होंगे।

(4) उपनियम (1) और (2) में किसी बात के हुए भी क्षेत्र 'ग' में केन्द्रीय सरकार के कार्यालय से क्षेत्र 'क' या 'ख' में किसी राज्य या संघ राज्यक्षेत्र को या ऐसे राज्य में किसी कार्यालय (जो केन्द्रीय सरकार का कार्यालय न हो) या व्यक्ति को पत्रादि हिन्दी या अंग्रेजी में हो सकते हैं।

**4. केन्द्रीय सरकार के कार्यालयों के बीच पत्रादि-**

(क) केन्द्रीय सरकार के किसी एक मंत्रालय या विभाग और किसी दूसरे मंत्रालय या विभाग के बीच पत्रादि हिन्दी या अंग्रेजी में हो सकते हैं;

(b) between one Ministry or Department of the Central Government and attached or subordinate offices situated in Region A, shall be in Hindi and in such proportion as the Central Government may, having regard to the number of persons having a working knowledge of Hindi in such offices, the facilites for sendig communications in Hindi and matters incidental thereto, determine from time to time;

(c) between Central Government offices situated in Region A, other than those specified inclause (a) or clause (b), shall be in Hindi;

(d) by Central Government offices situated in Region A, Region B or region C may be in Hindi or in English;

(e) between Central Government offices situated in Region B or Region C may be in Hindi or English;

Provided that a translation of such communication in the other language shall -

(i) where that communication is addressed to an office in Region A or Region B,be provided, if necessary, at the receiving end;

(ii) where the communication is addressed to an office in Region C, be provided alongwith such communication:

Provided further that no such translation in the other language shall be required to be provided, if the communication is addressed to a notified office.

**5. Replies to communications received in Hindi** - Notwithstading anything contained in rules 3 and 4, communications in Hindi shall be in Hindi.

**6. Use of both Hindi and English** - Both Hindi and English shall be used for all documents referred to in sub-section (3) of section 3 of the Act and it shall be the responsibility of the persons signing such documents to ensure that such documents are made, executed or issued both in Hindi and in English.

**7. Application, representations etc.**- (1) An employee may submit an application, appeal or representation in Hindi or in English.

(ख) केन्द्रीय सरकार के एक मंत्रालय या विभाग और क्षेत्र 'क' में स्थित संलग्न या अधीनस्थ कार्यालयों के बीच पत्रादि हिन्दी में होंगे और ऐसे अनुपात में होंगे जो केन्द्रीय सरकार ऐसे कार्यालयों में हिन्दी का कार्यसाधक ज्ञान रखने वाले व्यक्तियों की संख्या हिन्दी में पत्रादि भेजने की सुविधाओं और उससे सम्बन्धित आनुषंगिक बातों को ध्यान में रखते हुए, समय-समय पर, अवधारित करे।

(ग) क्षेत्र 'क' में स्थित केन्द्रीय सरकार के ऐसे कार्यालयों के बीच, जो खण्ड (क) या खण्ड (ख) में विनिर्दिष्ट कार्यालय से भिन्न हैं, पत्रादि हिन्दी में होंगे;

(घ) क्षेत्र 'क' में स्थित केन्द्रीय सरकार के कार्यालयों और क्षेत्र 'ख' या क्षेत्र 'ग' में स्थित केन्द्रीय सरकार के कार्यालयों के बीच पत्रादि हिन्दी या अंग्रेजी में हो सकते है;

(ड़) क्षेत्र 'ख' या क्षेत्र 'ग' में स्थित केन्द्रीय सरकार के कार्यालयों के बीच पत्रादि हिन्दी या अंग्रेजी में हो सकते हैं :

परन्तु जहाँ ऐसे पत्रादि -

(i) क्षेत्र 'क' या क्षेत्र 'ख' के किसी कार्यालय को सम्बोधित है वहाँ, यदि आवश्यक हो तो, उनकी दूसरी भाषा में अनुवाद पत्रादि प्राप्त करने के स्थान पर किया जायेगा;

(ii) क्षेत्र 'ग' में किसी कार्यालय को सम्बोधित है वहाँ उनका दूसरी भाषा में अनुवाद उनके साथ भेजा जाएगा :

परन्तु यह और कि यदि कोई पत्रादि किसी अधिसूचित कार्यालय को सम्बोधित है तो दूसरी भाषा में ऐसा अनुवाद उपलब्ध कराने की अपेक्षा नहीं की जायेगी।

5. **हिन्दी में प्राप्त पत्रादि के उत्तर** - नियम 3 और नियम 4 में किसी बात के होते हुए भी, हिन्दी में पत्रादि के उत्तर केन्द्रीय सरकार के कार्यालय से हिन्दी में दिए जायेंगे।

6. **हिन्दी और अंग्रेजी दोनों का प्रयोग** - अधिनियम की धारा 3 की उपधारा (3) में निर्दिष्ट सभी दस्तावेजों के लिए हिन्दी और अंग्रेजी दोनों का प्रयोग किया जायेगा और ऐसे दस्तावेजों पर हस्ताक्षर करने वाले व्यक्तियों का यह उत्तरदायित्व होगा कि वे यह सुनिश्चित कर लें कि ऐसी दस्तावेजें हिन्दी और अंग्रेजी दोनों में ही तैयार की जाती है निष्पादित की जाती है और जारी की जाती है।

7. **आवेदन अन्यावेदन, आदि** - (1) कोई कर्मचारी आवेदन, अपील या अभ्यावेदन हिन्दी या अंग्रेजी कर सकता है।

(2)Any Application, appeal or representation referred to in sub-rule (1) when made or signed in Hindi, shall be replied to in Hindi.

(3) Where an employee desires any order or notice relating to service matters (including disciplinary proceedings) required to be served on him to be in Hindi, or, as the case may be, in English, it shall be given to him in that language without undue delay.

**8. Noting in Central Government offices** - (1) An employee may record a note or minute on a file in Hindi or in English without being himself required to furnish a translation thereof in the other language.

(2) No Central Government employee possessing a working knowledge of Hindi may ask for an English translation of any document in Hindi except in the case of documents of legal or technical nature.

(3) If any queston arises as to whether a particular document is of a legal or technical nature, it shall be decided by the Head of the Department or office.

(4) Notwithstanding anything contained in sub-rule (1), the Central Government may, by order specify the notified offices where Hindi alone shall be used for noting, drafting and for such other official purposes as may be specified in the order by employees who possess proficiency in Hindi.

**9. Proficiency in Hindi** - An employee shall be deemed to possess proficiency in Hindi if-

(a) he has passed the Matriculation or any equivalent or higher examination with Hindi as the medium of examination; or

(b) he has taken Hindi as an elective subject in the degree examination or any other examination equivalent to or higher than the degree examinaion; or

(c) he declares himself to possess proficiency in Hindi in the form annexed to these rules.

**10. Working knowledge of Hindi** - An employee shall be deemed to have acquired a working

(2) जब उपनियम (1) में निर्दिष्ट कोई आवेदन, अपील या अभ्यावेदन हिन्दी में किया गया हो या उस पर हिन्दी में हस्ताक्षर किये गये हों तब उसका उत्तर हिन्दी में दिया जायेगा।

(3) यदि कोई कर्मचारी यह चाहता है कि सेवा सम्बन्धी विषयों (जिनके अन्तर्गत अनुशासनिक कार्यवाहियां भी है।) से संबंधित कोई आदेश या सूचना,जिसका कर्मचारी पर तामील किया जाना अपेक्षित है, यथास्थिति हिन्दी या अंग्रेजी में होनी चाहिए तो वह उसे असम्यक विलम्ब के बिना उसी भाषा में दी जायेगी।

8. **केन्द्रीय सरकार के कार्यालयों में टिप्पणी का लिखा जाना** - (1) कोई कर्मचारी किसी फाईल पर टिप्पण या मसौदा हिन्दी या अंग्रेजी में लिख सकता है और उससे यह अपेक्षा नहीं की जायेगी कि वह उसका अनुवाद दूसरी भाषा में प्रस्तुत करे।

(2) केन्द्रीय सरकार का कोई भी कर्मचारी, जो हिन्दी का कार्य साधक ज्ञान रखता है, हिन्दी में किसी दस्तावेज के अंग्रेजी अनुवाद की मांग तभी कर सकता है, जब वह दस्तावेज विधिक या तकनीकी प्रकृति का है, अन्यथा नहीं।

(3) यदि यह प्रश्न उठता है कि कोई विशिष्ट दस्तावेज विधिक या तकनीकी प्रकृति का है या नहीं तो विभाग या कार्यालय का प्रधान उसका विनिश्चय करेगा।

(4) उपनियम (1) में किसी बात के होते हुए भी, केन्द्रीय सरकार, आदेश द्वारा ऐसे अधिसूचित कार्यालयों को विनिर्दिष्ट कर सकती है जहाँ ऐसे कर्मचारियों द्वारा, जिन्हें हिन्दी में प्रवीणता प्राप्त है, टिप्पण, प्रारूपण और ऐसे अन्य शासकीय प्रयोजनों के लिए, जो आदेश में विनिर्दिष्ट किये जायें, केवल हिन्दी का प्रयोग किया जायेगा।

9. **हिन्दी में प्रवीणता - यदि किसी कर्मचारी ने -**

(क) मैट्रिक परीक्षा या उसकी समतुल्य या उससे उच्चतर कोई परीक्षा हिन्दी के माध्यम से उत्तीर्ण कर ली है; या

(ख) स्नातक परीक्षा में अथवा स्नातक परीक्षा की समतुल्य या उससे उच्चतर किसी अन्य परीक्षा में हिन्दी को एक वैकल्पिक विषय के रूप में लिया था; या

(ग) यदि वह इन नियमों से उपाबद्ध प्रारूप में यह घोषणा करता है कि उसे हिन्दी में प्रवीणता प्राप्त है,तो उसके बारे में यह समझा जायेगा कि उसने हिन्दी में प्रवीणता प्राप्त कर ली है।

10- **हिन्दी का कार्यसाधक ज्ञान** - (1) (क) यदि

knowledge of Hindi -

(a) if he has passed -

(i) the Matriculation or an equivalent or higher examination with Hindi as one of the subjects; or

(ii) the Pragya examination conducted under the Hindi Teaching Scheme of the Central Government or when so specified by that Govenment in respect of any particular category of posts, any lower examination under that Scheme; or

(iii) any other examination specified in that behalf by the Central Government; or

(b) if he declares himself to have acquired such knowledge in the form annexed to these rules.

(2) The staff of a Central Government office shall ordinarily be deemed to have acquired a working knowledge of Hindi if eighty per cent of the staff working therein have acquired such knowledge.

(3) The Central Government or any officer specified in this behalf by the Central Government may determine whether the staff of a Central Government office has acquired a working knowledge of Hindi.

(4) The names of the Cenral Government offices, the staff where have acquired a working knowledge of Hindi, shall be notified in the official Gazette:

Provided that the Central Government may if it is of opinion that the percentage of the staff working in a notified office and having a working knowledge of Hindi has gone below the percentagespecified in sub-rule (2) from any date, it may, by notification in the official in the official Gazette declare that the said office shall cease to be a notified office from that date.

**11. Manuals, Codes other procedural literature, articles of Stationery, etc.** - (1) All manuals, codes and other procedural literature relating to Central Government offices shall be printed or cyclostyled, as the case may be, and published both in Hindi ..nd English in diglot form.

(2) The forms and heading of registers used in any Central Government office shall be in Hindi and in English.

किसी कर्मचारी ने -

(i) मैट्रिक परीक्षा या उसकी समतुल्य या उससे उच्चतर परीक्षा हिन्दी विषय के साथ उत्तीर्ण कर ली है; या

(ii) केन्द्रीय सरकार की हिन्दी शिक्षण योजना के अन्तर्गत आयोजित प्राज्ञ परीक्षा या, जब उस सरकार द्वारा किसी विशिष्ट प्रवर्ग के पदों के संबंध में उस योजना के अन्तर्गत कोई निम्नतर परीक्षा विनिर्दिष्ट है, तब वह परीक्षा उत्तीर्ण कर ली है; या

(iii) केन्द्रीय सरकार द्वारा उस निमित्त विनिर्दिष्ट कोई अन्य परीक्षा उत्तीर्ण कर ली है; या

(ख) यदि वह इन नियमों से उपाबद्ध प्रारूप में यह घोषणा करता है कि उसने ऐसा ज्ञान प्राप्त कर लिया है, तो उसके बारे में यह समझा जायेगा कि उसने हिन्दी का कार्यसाधक ज्ञान प्राप्त कर लिया है।

(2) यदि केन्द्रीय सरकार के किसी कार्यालय में कार्य करने वाले कर्मचारियों में से अस्सी प्रतिशत ने हिन्दी का ऐसा ज्ञान प्राप्त कर लिया है तो उस कार्यालय के कर्मचारियों के बारे में सामान्यतया यह समझा जायेगा कि उन्होंने हिन्दी का कार्यसाधक ज्ञान प्राप्त कर लिया है।

(3) केन्द्रीय सरकार या केन्द्रीय सरकार द्वारा इस निमित्त विनिर्दिष्ट कोई अधिकारी यह अवधारित कर सकता है कि केन्द्रीय सरकार के किसी कार्यालय के कर्मचारियों ने हिन्दी का कार्यसाधक ज्ञान प्राप्त कर लिया है या नहीं।

(4) केन्द्रीय सरकार के जिन कार्यालयों के कर्मचारियों ने हिन्दी का कार्यसाधक ज्ञान प्राप्त कर लिया है, उन कार्यालयों के नाम, राजपत्र में अधिसूचित किये जायेंगे :

परन्तु यदि केन्द्रीय सरकार की राय है कि किसी अधिसूचित कार्यालय में काम करने वाले और हिन्दी का कार्यसाधक ज्ञान रखने वाले कर्मचारियों का प्रतिशत किसी तारीख से, उपनियम (2) में विनिर्दिष्ट प्रतिशत से कम हो गया है, तो वह राजपत्र में अधिसूचना द्वारा, घोषित कर सकती है कि उक्त कार्यालय उस तारीख से अधिसूचित कार्यालय नहीं रह जायेगा।

**11. मैन्युअल संहिताएं और प्रक्रिया संबंधी अन्य साहित्य, लेखन सामग्री आदि** - (1) केन्द्रीय सरकार के कार्यालयों में संबंधित सभी मैन्युअल, संहिताएँ और प्रक्रिया संबंधी अन्य साहित्य हिन्दी और अंग्रेजी में द्विभाषिक रूप में, यथास्थिति मुद्रित या साइक्लोस्टाइल किया जायेगा और प्रकाशित किया जायेगा।

(2) केन्द्रीय सरकार के किसी कर्यालय में प्रयोग किए जाने वाले रजिस्टरों के प्रारूप और शीर्षक हिन्दी और अंग्रेजी में होंगे।

(3) All name-plates, sign- boards, letter- heads and inscriptions on envelopes and other items of stationery written, printed or inscribed for use in any Central Government office shall be in Hindi and in English :

Provided that the Central Government may, if it is considered necessary to do so by general or special order exempt any Central Government office from all or any of the provisions of this rule.

**12. Responsibility for compliance** - (1) It shall be the responsibility of the administrative head of each Central Government office -

(i) to ensure that the provisions of the Act and these rules are properly complied with;and

(ii) to devise suitable and effective check points for this purpose.

(2) The Central Government may from time to time issue such directions to its employees and officers as may be necessary for the due compliance of the provisions of the Act and these rules.

FORM

**(See rules 9 and 10)**

I hereby declare that I* possess proficiency in Hindi/have acquired a working knowledge of Hindi in view of the following :-

Signature

Date

* Delete whichever is inapplicable.

(3) केन्द्रीय सरकार के किसी कार्यालय में प्रयोग के लिए सभी नामपट्ट, सूचनापट्ट, पत्र शीर्ष और लिफाफों पर उत्कीर्ण लेख या लेखन सामग्री की अन्य मदें हिन्दी और अंग्रेजी में लिखी जायेगी, मुद्रित या उत्कीर्ण होगी :

परन्तु यदि केन्द्रीय सरकार ऐसा करना आवश्यक समझती है तो वह साधारण या विशेष आदेश द्वारा, केन्द्रीय सरकार के किसी कार्यालय को इस नियम के सभी या किन्हीं उपबन्धों से छूट दे सकती है।

12. **अनुपालन का उत्तरदायित्व** - (1) केन्द्रीय सरकार के प्रत्येक कार्यालय के प्रशासनिक प्रधान का यह उत्तरदायित्व होगा कि वह -

(i) यह सुनिश्चित करे कि अधिनियम और इन नियमों के उपबन्धों का समुचित रूप से अनुपालन हो रहा ; और

(ii) इस प्रयोजन के लिये उपयुक्त और प्रभावकारी जांच के लिये उपाय करे।

(2) केन्द्रीय सरकार अधिनियम और इन नियमों के उपबन्धों के सम्यक अनुपालन के लिये अपने कर्मचारियों और कार्यालयों को समय-समय पर आवश्यक निर्देश जारी कर सकती है।

प्रारूप

**(नियम 9 और 10 देखिए)**

मैं इसके द्वारा यह घोषणा करता हूँ कि निम्नलिखित के आधार पर * मुझे हिन्दी में प्रवीणता प्राप्त है मैंने हिन्दी का कार्यसाधक ज्ञान प्राप्त कर लिया है :-

हस्ताक्षर

तारीख

* जो लागू न होता हो, उसे कृपया काट दीजिए।

अध्याय -38

# संवैधानिक प्रावधानों के तहत राजभाषा हिन्दी की प्रगति या राजभाषा संबंधी संवैधानिक प्रावधानों के क्रियान्वयन की समीक्षा

अब आइये, राजभाषा हिन्दी के कुछ अनछुये पक्षों का स्पर्श किया जाये। केन्द्र सरकार ने भारत तथा प्रादेशिक सरकारों के विभिन्न कार्यालयों ,मंत्रालयों, उपक्रमों, प्रतिष्ठानों, विभागों, निगमों,निकायों तथा स्वैच्छिक संस्थाओं आदि में राजभाषा हिन्दी के प्रचार-प्रसार के लिये ढेरों समितियों यथा - हिन्दी सलाहकार समितियों, संसदीय सलाहकार समितियों, राजभाषा कार्यान्वयन समितियों नगर राजभाषा कार्यान्वयन समितियों, राष्ट्रीयकृत बैंकों की राजभाषा कार्यान्वयन समितियों, विभागीय राजभाषा कार्यान्वयन समितियों, हिन्दी-विकास केन्द्र, अनगिनत हिन्दी संस्थाओं,हिन्दी ग्रंथ अकादमियों, हिन्दी अनुभागों, हिन्दी अधिकारियों, हिन्दी दिवस, एककों, गोष्ठियों,

शिविरों, सम्मेलनों,प्रदर्शनियों, कार्यशालाओं, सभाओं, केन्द्रीय हिन्दी निदेशालयों, केन्द्रीय अनुवाद व्यूरो, वैज्ञानिक तथा तकनीकी शब्दावली आयोग, पुरस्कारों, वेतनवृद्धियों, इन्दिरा गांधी शील्ड (ट्राफी) तथा राजभाषा आयोग आदि का गठन किया है, पर दुर्भाग्य से मुझे यह कहने में किंचित भी संकोच नहीं हो रहा है कि हिन्दी-विकास के नाम पर बनी उक्त ढंढ -कमंडल योजनाओं की प्रभविष्णुता पुआल के राख की तरह महज क्षणिक और बेदम रही है। इतना ही क्यों, यह भी जानिये कि राष्ट्रपति के राजभाषा संबंधी आदेश, राजभाषा (विधायी) आयोग का गठन, राजभाषा अधिनियम-1963 और संशोधन-1967 की धाराओं के कार्यान्वयन, 1968 के संकल्प विधेयकों और अधिनियमों के हिन्दी-रूपान्तर को प्रामाणिक रूप देने के साथ ही 1976 के राजभाषा कानून बनाये जाने के बाद भी हिन्दी कुछ अपवादों को छोड़कर यथास्थितिवाद की शिकार है। सवाल है, समितियों के इतने टंट-घंट होने के बाद भी हिन्दी आज बाजारवाद की शिकार क्यों हो रही है? कहीं ऐसा तो नहीं कि हिन्दी प्रचार-प्रसार में लगी उक्त समितियाँ खाने के दाँत और तथा दिखाने के दाँत और की भूमिका में जी रही हैं? क्या यह सच नहीं है कि हिन्दी को बढ़ावा देने के नाम पर बनी उक्त समितियाँ कुछ लोगों के ऐशो-आराम, मोटी तनख्वाह तथा भत्ते के रूप में करोड़ों रूपयों की लूट-खसोट और सैर-सपाटे के लिये पुख्ता 'प्लेटफार्म' सिद्ध हो रही है? यदि ऐसा नहीं हैं तो, इन समितियों के नाम पर हर साल पानी की तरह बहने वाला केन्द्र सरकार का करोड़ों रूपया कहाँ चला जाता है? प्रधानमंत्री कार्यालय से लेकर रामपुर मांझा गाँव तक हिन्दी को ठेल-ढकेल कर, मुँह बिराती-चिढ़ाती हकीकत की तरह अंग्रेजी स्वतंत्रता की अर्द्धशती बीत जाने के बाद भी निढाल होकर क्यों पसरी हुई है? कुल मिलाकर यह कि हिन्दी की पालकी ढोती इन समितियों का परिणाम अब तक ढाक के तीन पात ही क्यों हुआ है?

कदाचित् आपको ज्ञात हो कि 1964-65 के हिन्दी-विरोधी आन्दोलन के पश्चात् हिन्दी सलाहकार समितियाँ केन्द्रीय सरकार के मंत्रालयों में गठित की जाने लगीं। राजकाज के प्रयोजन हेतु हिन्दी के प्रयोग के लिये संपूर्ण देश को 'अ', 'ब' तथा 'स' क्षेत्रों में बाँटा गया। हिन्दी भाषी क्षेत्र - उत्तर प्रदेश, बिहार, मध्यप्रदेश, दिल्ली, हरियाणा, हिमाचल प्रदेश और राजस्थान ''अ'' क्षेत्र में रखे गये। इसी तरह महाराष्ट्र, गुजरात ,पंजाब, जम्मू कश्मीर, बंगाल, उड़ीसा, असम तथा नागालैण्ड एवं मणिपुर आदि सीमांत प्रदेश साथ ही गोवा आदि भारतीय आर्ष भाषा भाषी प्रदेश ''ब'' क्षेत्र में रखे गये। शेष चार राज्य - आन्ध्र प्रदेश, तमिलनाडु,केरल तथा कर्नाटक ''स'' क्षेत्र में रखे गये। 'अ' क्षेत्र के प्रत्येक राज्य के राज्यीय तथा केन्द्रीय कार्यालयों के सभी विभागों में हिन्दी में काम करना अनिवार्य कर दिया गया। 'ब' क्षेत्र के राज्यों में राजकाज में हिन्दी के उपयोग को क्षेत्रीय भाषा के साथ-साथ चलाने की नीति घोषित की गयी अर्थात् महाराष्ट्र में राजकाज का सारा व्यवहार मराठी भाषा में होना तय हुआ, पर केन्द्र तथा गुजरात, पंजाब में हिन्दी में, किन्तु इस शर्त के साथ कि दोनों राज्य इसे मान लें अर्थात् गुजरात और महाराष्ट्र परस्पर राजकाज हिन्दी में करने की बात मान लें तो दोनों के बीच हिन्दी में संपर्क साधा जा सकेगा पर,यहाँ भी शर्त यह है कि जब राष्ट्रपति इसे अध्यादेश द्वारा स्वीकारें, तभी ऐसा हो सकता है। 'स' प्रदेश में स्थित केन्द्रीय सरकार के कार्यालयों - डाक,तार, टेलीफोन, राजस्व, रेलवे, आयकर, भूविज्ञान, सुरक्षा जैसे विभागों के लिये कम से कम दस प्रतिशत कार्य हिन्दी में तय किया गया। यह भी निश्चित किया गया कि यदि कोई पत्र हिन्दी में प्राप्त हो, तो उसका उत्तर हिन्दी में दिया जाए। यही नीति अब सरकारी कार्यालयों में स्वीकृत है। सरकार की भाषा नीति सरकार के वाह्य क्षेत्रों में जनता द्वारा व्यवहृत भाषा-नीति पर निर्भर रहा करती है। दक्षिण भारत अर्थात् 'स' क्षेत्र में यह आमतौर पर कहा जाता है कि जब भारत सरकार ही हिन्दी (राजभाषा)नीति पर ढिलाई बरत रही है, तब हिन्दी को राजकाज में लाने की गति में जल्दी क्या है? केन्द्रीय सरकार के कर्मचारी भी इस दिशा में कछुये की चाल चल रहे है। ये कर्मचारी कुछ तो उदासीन, कुछ हिन्दी के प्रयोग में असमर्थ, कुछ तो हिन्दी जानने पर भी राजभाषा या राजकाज में प्रयोजनीय हिन्दी की रूप-रेखा से सर्वथा अनभिज्ञ और कतिपय हिन्दी जानते हुए भी बदस्तूर पूर्ववत् अंग्रेजी ही बरत रहे हैं। 'स' क्षेत्र में हिन्दी कार्यान्वयन समिति का औपचारिक तिमाही अधिवेशन हर केन्द्रीय सरकारी कार्यालय में हुआ करता है। वहाँ की कार्यवाही कुछ इस प्रकार, निश्चित की गयी -

1- कार्यालय की उपस्थिति बही (Register) हिन्दी और अंग्रेजी दोनों में लिखी जाये,

2- कार्यालयीय सूचनायें समय-समय पर हिन्दी और अंग्रेजी दोनों में भेजी जायें,

3- कार्यालय में हिन्दी बिल्कुल नहीं जानने वाले लोगों को हिन्दी सीखने के लिये प्रोत्साहित किया जाये। (इस क्षेत्र में कार्यालय में हिन्दी जानने-लिखने वाले बहुत कम संख्या में होते है। हिन्दी न जानने वालों के लिये हिन्दी की कक्षा में उपस्थिति अनिवार्य करने का अधिकार शासन को नहीं है। कर्मचारी स्वेच्छा से ही हिन्दी सीखेंगे),

4- कार्यालय के लिये हिन्दी का टाइप-राइटर (टंकण-यंत्र) उपलब्ध किया जाये,

5- हिन्दी में आये पत्रों का उत्तर हिन्दी में ही दिया जाये,

6- हिन्दी पत्रों का उत्तर हिन्दी में भेजने तथा अन्य काम-काज के लिये हिन्दी के जानकार कर्मचारी को 25 रूपये (अब यह राशि बढ़ाई गई है।) भत्ता दिया जाए,

7- पदनाम और कार्यालयों में लगे बोर्ड हिन्दी तथा अंग्रेजी दोनों में होने चाहिये,

8- कार्यालयीय बृहत् बोर्ड तीनों भाषाओं - क्षेत्रीय भाषा, राजभाषा हिन्दी तथा अंग्रेजी में होने चाहिये,

9- किसी भी 'मीटिंग' (गोष्ठी आदि) खासकर हिन्दी संबंधी 'मीटिंग' की कार्यवाही हिन्दी में भी लिखी जाये तथा

10- प्रत्येक कार्यालय में एक हिन्दी पुस्तकालय होना चाहिये। उसमें भी प्रतिवर्ष हिन्दी की पुस्तकें बढ़ायी जाये। उक्त बातों के कार्यान्वयन तक ही 'स' क्षेत्र में स्थित केन्द्र सरकार के कार्यालयों में हिन्दी का प्रयोग होता है।[1]

किन्तु यह तिक्त सच है कि उक्त समितियाँ वक्त पर धोखा देकर भाग जाने वाले दगाबाज मुखबिर की तरह हैं, बल्कि यह कहिये कि ये समितियाँ हरे-भरे विशाल चारागाह की तरह हैं,जिसे हिन्दी प्रचार-प्रसार के नाम पर कुछ सफेद हाथी बारहों महीने निरापद चरते रहते है। दुर्भाग्य से इन हाथियों के रहते हुए भी केन्द्र सरकार के बही खाते, चिट्ठी-पत्री, 'फार्म', 'टेंडर फार्म', 'टेन्डर नोटिस', निविदायें, सामान्य आदेश, 'लेटर पैड', 'स्टाक रजिस्टर', लिफाफे, मुहरें, नाम पट्ट तथा 'स्टेशनरी' आदि से संबंधित कागजात अंग्रेजी में छपते रहते है, फिर भी इन्हें अंग्रेजी के इस राज्याभिषेक की कोई शर्मसारी महसूस नहीं होती। समय आ जाने पर ये हौले-हौले हिन्दी दिवस और हिन्दी पखवाड़ा का पाखंड शुरू करते हैं। हिन्दी के ये सफेद चरन्तू हाथी हिन्दी दिवस को पितृपक्ष मान सप्ताह भर हिन्दी का पिंडा पारते हैं। पिन्डा पारने और मुंडन करने का यह कार्यक्रम कुछ दिखावटी कार्यक्रमों, कुछ प्रतियोगिताओं, कुछ भाषणों, कुछ कवि सम्मेलनों, हिन्दी की कुछ खामियाँ गिनाने, समाचार पत्रों में बड़े अधिकारियों के फोटो छपवाने, कुछ मेज-कुर्सी एकत्र कर सरकारी चाय पीते निजी हालचाल करने तक सिमटा होता है। वस्तुत: यह राजभाषा हिन्दी के प्रचार -प्रसार की समूची परिकल्पना के 'फेल' होने की दास्तान है। एक खासियत यह कि ये समितियाँ चाहे रेल मंत्रालय से संबंधित हों या जन संचार माध्यमों से, स्वास्थ्य और परिवार कल्याण मंत्रालय से संबंधित हों या डाक तथा संचार विभाग या उड्डयन विभाग से संबंधित हों, मिली-भगत के इस 'लूट-फ्रेम' में कुछ ऐसे पिटे-पिटाये लोग होते हैं, जो बार-बार इनमें 'फिट' किये जाते है। इन समितियों का इनसे कोई भला हो या न हो, लेकिन ये आकंठ उनमें डूबकर गुटरगूँ करते रहते हैं।

राजभाषा हिन्दी के प्रचार-प्रसार के लिये अथवा हिन्दी को प्राशासनिक स्तर पर उचित स्थान दिलाने तथा सरकार द्वारा राजभाषा नीति के संबंध में जारी किये गये नियमों,अधिनियमों एवं आदेशों को कार्यान्वित करने के लिये भारत सरकार ने गृह मंत्रालय के अधीन राजभाषा विभाग की स्थापना की थी। 1963 ई0 में राजभाषा अधिनियम पारित किया गया। इसे 1967 ई0 में संशोधित किया गया। 1967 ई0 में दोनों सदनों ने संकल्प किया कि हिन्दी के प्रचार-प्रसार और संघ के राजकाज में उसके इस्तेमाल के लिये गहन कार्यक्रम बनाये जायेंगे और उसे कार्यान्वित किया जायेगा। 18 जनवरी 1868 ई0 को गृह मंत्रालय ने "राजभाषा संकल्प" की अधिसूचना जारी की। हिन्दी कार्य के महत्व को देखते हुए उसे और अधिक क्षिप्र और सुचारु रूप से चलाने के उद्देश्य से 26 जून 1975 ई0 को भारत सरकार ने एक सचिव के अधीन स्वतंत्र राजभाषा विभाग की स्थापना की। इस विभाग को अधोलिखित कार्य सौंपे गये, -

1- संविधान के राजभाषा से संबंधित उपबन्धों तथा राजभाषा अधिनियम - 1963 के उपबन्धों का कार्यान्वयन।

2- राज्य के उच्च न्यायालय की कार्यवाहियों में अंग्रेजी भाषा से भिन्न किसी भाषा का सीमित प्रयोग प्राधिकृत करने के लिये राष्ट्रपति का पूर्व अनुमोदन,

3- संघ के विभिन्न शासकीय प्रयोजनों के लिये हिन्दी के प्रगामी प्रयोग से संबंधित सभी मामले,

4-संविधान, राष्ट्रपति के 27 अप्रैल 1960 के आदेश, राजभाषा अधिनियम 1963 और भाषा के बारे में सरकार के 18 जनवरी 1968 के संकल्प के उपबन्धों के संदर्भ में विभिन्न मंत्रालयों,विभागों द्वारा किये जा रहे राजभाषा से संबंधित कार्यो का समन्वय,

5- केन्द्रीय सरकार के कर्मचारियों के लिये हिन्दी-शिक्षण योजना का दायित्व,

6- केन्द्रीय हिन्दी समिति से संबंधित मामले,

7- विभिन्न मंत्रालयों, विभागों द्वारा स्थापित हिन्दी सलाहकार समितियों से संबंधित कार्यों का समन्वय तथा

8- केन्द्रीय अनुवाद व्यूरों से संबंधित मामले।

राजभाषा विभाग का कार्य सचिव एवं भारत सरकार के हिन्दी सलाहकार के अधीन संचालित किया जाता है। राजभाषा विभाग में 82 पद स्वीकृत हैं, जिसमें 54 अराजपत्रित और 29 राजपत्रित हैं। इनमें 1 संयुक्त सचिव तथा 3 उपसचिव के पद है। राजभाषा विभाग के 4 अधीनस्थ कार्यालय हैं, 1- केन्द्रीय अनुवाद व्यूरों, 2- उपनिदेशक कार्यालय मुंबई, 3- हिन्दी शिक्षण योजना तथा 4- केन्द्रीय हिन्दी प्रशिक्षण संस्थान। केन्द्रीय अनुवाद व्यूरों के 3 केन्द्र कलकत्ता, बंगलूर और मुंबई में है। इसी तरह केन्द्रीय हिन्दी

---

**1- हिन्दी संघ समाचार - पृष्ठ -3, अखिल भारतीय हिन्दी संस्था संघ, नई दिल्ली, वर्ष51, मूल्य-4रूपये, 1985**

प्रशिक्षण संस्थान के 5 उपस्थान - मुंबई, बंगलूर, कलकत्ता, हैदराबाद तथा चेन्नई में है। हिन्दी शिक्षण योजना (नई दिल्ली) के भी 5 कार्यालय पूरे देश में खोले गये हैं। इसके अतिरिक्त राजभाषा कार्यान्वयन के लिये 8 कार्यालय - बंगलूर, मुंबई, कलकत्ता, गुवाहाटी, भोपाल, कोचीन, दिल्ली तथा गाजियाबाद में खोले गये हैं। यहाँ उपनिदेशक स्तर के अधिकारी बैठते हैं। राजभाषा नीति को लागू कराने के लिये 5 प्रमुख उप समितियाँ हैं। इनमें केन्द्रीय हिन्दी समिति सर्वोच्च है। इसी तरह हिन्दी की प्रगति की समीक्षा के लिये विभिन्न मंत्रालयों और विभागों में हिन्दी सलाहकार समितियाँ हैं, जो राजभाषा नीति के पालन के लिये ठोस उपाय सुझाती हैं।

पर, असलियत की रोशनी में तलाशने पर हमें साफ पता चलता है कि राजभाषा संबंधी उक्त नियम, अधिनियम पकी फसल से लदे खेत से कौओं को उड़ाने वाले पुतलों और धोख की तरह ही हैं, वह इसलिये कि शताब्दी की डूबती साँझ के गर्भ से सूरज उग चुका है, फिर भी उक्त अधिनियमों के होने के बावजूद हिन्दी अपनी स्पष्ट पहचान और मुकम्मल मुकाम के लिये जद्दोजहद कर रही है। संसदीय राजभाषा समिति के दिवंगत उपाध्यक्ष **शंकर दयाल सिंह** के शब्दों में यह सवाल आज भी प्रासंगिक है कि,-"संसदीय राजभाषा समिति के द्वारा कहीं हम भी देश को बहला या फुसला तो नहीं रहे हैं? हिन्दी जब देश की राजभाषा है, उसे जब संवैधानिक अधिकार प्राप्त है, उसके साथ अधिनियम-नियम हैं, संकल्प और सरकारी सूचनायें हैं, धारा-3 (3) और 10(4) और 8(4) का प्रावधान है और गृह मंत्रालय का वार्षिक कार्यक्रम और राष्ट्रपति का आदेश है, फिर भी हिन्दी है कहाँ ? मात्र उन फाइलों और होठों पर तो नहीं, जिनका वास्ता संसदीय समिति से है। इस प्रकार हम किसे छल रहे हैं - संविधान को ?- राष्ट्रपति को ? राष्ट्र को ? या अपने आपको ? वस्तुत: चूक कहाँ हो रही है ? यदि आप राजभाषा हिन्दी के विषय में थोड़ी सी भी जिज्ञासा रखते हों तो जानिये कि राजभाषा के इतिहास में वर्ष 1976 का विशेष स्थान है। भारत सरकार ने इसी वर्ष 17 मार्च 1976 को ज्ञापन संख्या 11/13834/23/75-रा.भा. (ग) के अनुसार एक परिपत्र जारी करके केन्द्रीय सरकार के सभी कार्यालयों, यथा-रेलवे, रक्षा, डाक-तार, बीमा-निगम, बैंक आदि को निर्देश दिया था कि वे अपने दैनिक कार्यों में राजभाषा-नियमों, अधिनियमों, संकल्पों, निर्देशों और आदेशों का समुचित इस्तेमाल करें। इसी वर्ष संसदीय राजभाषा समिति गठित की गयी। इसकी सीमा और अधिकारों की ओर संकेत करते हुए कहा गया था कि इस समिति का कर्तव्य है कि वह संघ के काम काज में हिन्दी के प्रयोग में की गयी प्रगति का पुनर्विलोकन करें और उस पर सिफारिशें करते हुए राष्ट्रपति को प्रतिवेदन प्रस्तुत करें। राष्ट्रपति को उस प्रतिवेदन को दोनों सदनों में रखवाना और सभी राज्य सरकारों को भिजवाना होता है। राष्ट्रपति को समिति के प्रतिवेदन पर अभिव्यक्त मतों को ध्यान में रखते हुए अपने आदेश देने होते हैं। समय-समय पर विशेषकर लोकसभा के प्रत्येक चुनाव के बाद समिति की सदस्यता में परिवर्तन होते रहे हैं। समिति के पहले अध्यक्ष तत्कालीन गृह राज्यमंत्री श्री ओम मेहता थे। 1977 में जनता पार्टी की केन्द्र में सरकार बनने के बाद श्री मेहता ने त्याग पत्र दे दिया। उसके बाद समिति की कार्य विधि और कार्य संचालन के नियमों के अनुसार तथा एक परंपरा का निर्वाह करते हुए समिति के सदस्यों द्वारा समय-समय पर भारत के गृहमंत्री क्रम से चौधरी चरण सिंह, श्री एच.एम. पटेल, ज्ञानी जैल सिंह, पी.सी. सेठी, एस.बी. चह्वाण, सरदार बूटा सिंह, मुफ्ती मोहम्मद सईद, एस.बी. चह्वाण (दूसरी बार) और कामरेड इन्द्रजीत गुप्त को समिति के अध्यक्ष के रूप में चुना गया। बहरहाल, उक्त संसदीय राजभाषा समिति ने अपना निरीक्षण कार्य प्रारंभ कर विभिन्न कार्यालयों, विभागों, उपक्रमों और मंत्रालयों में राजभाषा के प्रगामी प्रयोग को दिशा-निर्देश दिया। इस समिति में समय-समय पर कई उपसमितियाँ गठित की गयी, जिनके कार्य संपादन का अपना तरीका होता है, यथा-विभिन्न कार्यालयों को निरीक्षण से पूर्व सूचना देते हुए एक प्रश्नावली भेज दी जाती है, जिसमें अपेक्षित सूचनायें कार्यालयों द्वारा उपसमिति को उपलब्ध करायी जाती है। निरीक्षण के दौरान, प्रश्नावली में दी गयी सूचनाओं के आधार पर आगे चर्चा होती है। मंत्रालयों और विभागों के निरीक्षण संबंधी बैठकों में उनके प्रभारी मंत्रीगण भी कई बार उपस्थित होते रहे हैं। विभागों से सम्बद्ध, अधीनस्थ कार्यालयों और उपक्रमों, संस्थानों आदि के निरीक्षण के दौरान संबंधित मंत्रालय, विभाग के प्रतिनिधि भी उपस्थित रहते हैं। इन निरीक्षणों में अन्य मदों के साथ-साथ कार्यालयों में उपलब्ध हिन्दी जानने वाली कार्मिक शक्ति, हिन्दी 'टाईपिंग', 'आशुलिपि' और 'कम्प्यूटर' जानने वाले कर्मचारियों की उपलब्धता तथा उनके प्रशिक्षण संबंधी सुविधाओं और उनके वास्तविक उपयोग की अद्यतन स्थिति, हिन्दी में काम करने के लिये उपलब्ध यांत्रिक सुविधाओं, सहायक और संदर्भ साहित्य, पत्राचार और विशेष दस्तावेजों में हिन्दी और अंग्रेजी के नियमानुसार प्रयोग की स्थिति, अनुवाद व्यवस्था, विभागीय परीक्षाओं और साक्षात्कारों में हिन्दी माध्यम के विकल्प के बारे में चर्चा की जाती है। उपसमिति इस संबंध में आने वाली कठिनाईयों को भी समझने की कोशिश करती है। इन सबके अलावा समिति द्वारा यह भी निर्णय किया गया था कि शिक्षा, हिन्दी प्रचार-प्रसार में रत स्वयं-सेवी संगठनों, मंत्रालयों और विभागों के सचिवों, उच्च न्यायालय के मुख्य न्यायाधीशों, मुख्यमंत्रियों, विधि विशेषज्ञों, भरती संगठनों, प्रचार माध्यमों, यांत्रिक सुविधाओं के निर्माताओं आदि विभिन्न क्षेत्रों के गणमान्य व्यक्तियों को भी मौखिक साक्ष्य के लिये आमंत्रित किया जाये। इस प्रकार समिति अब तक लगभग साढ़े चार सौ व्यक्तियों से मौखिक साक्ष्यों के दौरान विचार-विमर्श कर चुकी है। इन निरीक्षणों और साक्ष्यों के आधार पर समिति अपना

प्रतिवेदन तैयार करती है। 1985 तक तो समिति में यह विवाद चलता रहा कि प्रतिवेदन या अंतरिम प्रतिवेदन ही कब प्रस्तुत किया जाय। अंत में जून 1985 में निर्णय लिया गया कि समिति का प्रतिवेदन 6 खण्डों में तैयार किया जाये और इनमें से प्रत्येक खण्ड राजभाषा हिन्दी के किसी विशेष पहलू के बारे में हो ताकि सदस्यगण उस विषय के बारे में गहराई से चिन्तन-मनन करके अपनी सिफारिशें स्थिर कर सके।[1] 20 लोकसभा और 10 राज्यसभा के सदस्यों से युक्त इस संसदीय राजभाषा समिति ने 1976 से 1992 तक 3 उप समितियों में बंटकर, देश के विभिन्न हिस्सों का दौरा करते हुए 6 हजार कार्यालयों का मौके पर जाकर निरीक्षण कार्य किया और राष्ट्रपति को विभिन्न विषयों से संबंधित 5 'रिपोर्ट' निम्नलिखित 6 खण्डों में प्रस्तुत की [2], जिन्हें इस प्रकार देखा जा सकता है,-

1- अनुवाद व्यवस्था और शब्दावली निर्माण संबंधी प्रतिवेदन - 30 दिसम्बर 1986

2- यांत्रिक व्यवस्था, कार्मिक शक्ति की उपलब्धता और प्रशिक्षण संबंधी प्रतिवेदन - 30 जून 1987

3- सरकारी कर्मचारियों के लिये हिन्दी-शिक्षण और माध्यम से प्रशिक्षण की व्यवस्था संबंधी प्रतिवेदन - 31 दिसम्बर 1988

4- उप समितियों के निरीक्षण के आधार पर सरकारी कार्यालयों और उपक्रमों में हिन्दी के प्रयोग की स्थिति संबंधी प्रतिवेदन - 30 सितम्बर 1989

5- विधायन की भाषा और विभिन्न न्यायालयों और न्यायाधिकरणों में प्रयोग की जाने वाली भाषा संबंधी प्रतिवेदन - 24 जनवरी 1992

6- केन्द्र सरकार और राज्य सरकारों तथा राज्य सरकारों के परस्पर पत्र - व्यवहार में भाषा-प्रयोग के बारे में प्रतिवेदन - 12मार्च 1997

फिर भी, संवैधानिक प्रावधानों के तहत राजभाषा हिन्दी की प्रगति से संबंधित सरकारी प्रयासों को झुठला कर उन्हें उपेक्षा के घूर पर फेंक देना अनुपयुक्त होगा। केन्द्र सरकार ने राजभाषा नीति के अनुपालन के लिए समय-समय पर जो घोषणाएँ की हैं, उनमें से कुछ ने आकार भी ग्रहण कर लिया है। राजभाषा विभाग से "राजभाषा पुष्पमाला" तथा "राजभाषा भारती" जैसी मशहूर मासिक तथा त्रैमासिक पत्रिकाएँ प्रकाशित हो रही हैं। इन पत्रिकाओं से पाठकों को राजभाषा-विषय के अनेक उपयोगी सामग्री, गतिविधियाँ, क्रिया-कलापों, सूचनाएँ उपलब्ध हो रही हैं। कई तरह के कैलेण्डर और पोस्टर भी इस संदर्भ में समय-समय पर प्रकाशित होते रहते हैं। राजभाषा के कार्यान्वयन और उसके प्रचार-प्रसार के लिए सरकार ने कई तरह के इलेक्ट्रानिक और यांत्रिक उपकरण भी विकसित किए हैं। इसी तरह के प्रयास के तहत 1985 से राजभाषा विभाग के तहत एक "तकनीकी कक्ष" काम कर रहा है। अब तो द्विभाषी इलैक्ट्रानिक टाइपराइटर, कम्प्यूटर (संगणक) प्रणालियाँ, साफ्टवेयर तथा टेलीप्रिंटर भी उपलब्ध हो गए हैं। 1971 से केन्द्रीय गृह मंत्रालय के अधीन कार्यरत "अनुवाद ब्यूरों" के माध्यम से अब तक 12 लाख मानक पृष्ठों के अनुवाद भी हो चुके हैं। इतना ही नहीं, लगभग 6 हजार कर्मचारियों को त्रैमासिक तथा 5 हजार कर्मचारियों को साप्ताहिक अनुवाद प्रशिक्षण भी दिया गया है। राजभाषा निदेशक, हिन्दी अधिकारी, अनुवादक, आशुलिपिक, टंकक आदि के रूप में इस समय 36 हजार लोग कार्य कर रहे हैं। विभागीय विषयों पर मूलत: हिन्दी में पुस्तकें लिखने के लिए भी प्रतिवर्ष पुरस्कार दिए जाते हैं।कुल मिलाकर यह कि सांविधानिक प्रावधानों के तहत राजभाषा हिन्दी की प्रगति हो तो रही है, लेकिन अपेक्षा के अनुसार नहीं।

---

**1-नागरी पत्रिका - (संसदीय राजभाषा समिति) - कृष्ण कुमार ग्रोवर, प्रकाशक - नागरी प्रचारिणी सभा, वाराणसी, मूल्य -2 रूपया, पृष्ठ -18-19, अंक -9, 15 दिसम्बर 1997, 14 जनवरी 1999**

**2- आप यह स्मरण रखे कि यह कोई स्थायी समिति नहीं है। काफी लम्बे समय तक कार्यरत होने के कारण कुछ लोग भ्रमवश इसे स्थायी मान लेते है। सच तो यह है कि प्रतिवेदन का छठाँ और अंतिम खण्ड प्रस्तुत करने के बाद उक्त समिति का काम समाप्त हो चुका है, यद्यपि समिति का निरीक्षण कार्य अब भी सतत जारी है-लेखक**

अध्याय -39

# राष्ट्रभाषा के रूप में हिन्दी की प्रमुख समस्याएँ तथा समाधान

अथवा

# राष्ट्रभाषा के रूप में हिन्दी की प्रगति, उसकी विकास यात्रा का इतिहास, प्रचार-प्रसार की पृष्ठभूमि तथा व्यवधान संबंधी कारणों का रेखांकन

अथवा

# भारतीय संघ की राजभाषा के रूप में हिन्दी का विकास, वर्तमान स्थिति तथा सम्यक् रूप से प्रतिष्ठित न होने के कारणों की पड़ताल

**मेरे दोस्त !**<br>
**उस भाषा में मेरे लिये**<br>
**शुभ की कामना मत करो**<br>
**जिसकी चुभती हुई ध्वनि मुझे**<br>
**उन गुलामी के दिनों की याद दे जाती हैं -**<br>
**चाबुक की बौछारों का आदेश**<br>
**निकलता था जिस भाषा में**<br>
**उस भाषा को मेरी भाषा मत कह**<br>
**मेरे दोस्त !**

मारीशस के प्रसिद्ध हिन्दी उपन्यासकार और कवि **श्री अभिमन्यु अनत** की उक्त काव्य पंक्तियां पश्चिमी जर्मनी की एक पत्रिका में भारत की राष्ट्रभाषा विवाद के बारे में प्रकाशित एक निबंध की याद ताजा कर देती है। पश्चिमी जर्मनी की एक पत्रिका में एक बार भारत की राष्ट्रभाषा विवाद के संबंध में एक लेख छपा था - कि इतना बड़ा देश है भारत, लगभग 75 करोड़ भारतीय हैं, इतनी प्राचीन सभ्यता हैं, लेकिन कहाँ है, ''भारती'' ? उस लेख में इस सवाल को कई बार उठाया गया था तथा सवाल उठाने के अंदाज में वहीं उत्तर भी दे दिया गया था कि,- ''**एस गिब्ट इंडर, आबर काइन इन्डिश**'' अर्थात् भारतीय तो हैं, लेकिन कोई ''भारती'' नहीं है। अब आप स्वत: सोचिए कि राष्ट्रभाषा के संदर्भ में विदेशों में कितनी खंडित और चटकी हुई तस्वीर है इस देश की। हिन्दी इस देश में राजभाषा, संपर्क भाषा, लोक भाषा आदि कई रूपों में जी रही है, लेकिन 'राष्ट्रगान','राष्ट्रध्वज' की तरह 'राष्ट्रभाषा' की इसकी हैसियत नहीं बन पा रही है। संविधान में हिन्दी के लिए कहीं भी 'राष्ट्रभाषा' शब्द का इस्तेमाल नहीं किया गया है। इसे या तो संघ की भाषा (Language of the Union) या संघ की राजभाषा (Official Language of the Union) कहा गया है। अब यहाँ एक मौलिक सवाल जन्मता है कि आखिर राष्ट्रभाषा का अर्थ और आशय क्या है ? क्या राष्ट्रभाषा के फ्रेम और खाँचे में हिन्दी 'फिट' नहीं बैठती?

**राष्ट्रभाषा का अर्थ - आशय** - राष्ट्र भाषा के लिये कुछ लोग अंग्रेजी शब्द 'National Language' का प्रयोग करते हैं, किन्तु यह शब्द तो मात्र अनुवाद है, वहीं कुछ लोग 'Lingua Franca' (लिंग्वा फ्रैंका ) शब्द का अर्थ 'राष्ट्रभाषा' करते हैं। 'Lingua Franca'का अर्थ Oxford Dictionary में इस प्रकार किया गया है, - "Mixture of Italian with French, Greek] Arabic and, Spanish, used in the Levant, any language serving as medium between different nation's whose own languages are not the same system providing national understanding." सुप्रसिद्ध भाषा-**वैज्ञानिक डॉ. रवीन्द्र नाथ श्रीवास्तव** लिखतें हैं कि,-''बहुभाषा-भाषी देश की संप्रेषण व्यवस्था अनिवार्यत: संपर्क भाषा अर्थात् वृहत्तर आयाम पर लिंगुआ फ्रैंका को जन्म देती है। राष्ट्रीय संदर्भ में कभी इसका रूप राजभाषा को जन्म देता है और कभी राष्ट्रभाषा को।'' **डॉ. कैलाश चन्द्र भाटिया** के अनुसार,- राष्ट्रभाषा का शाब्दिक अर्थ बिल्कुल स्पष्ट है,- 'राष्ट्र की भाषा' अर्थात् वह भाषा

जिसका संपूर्ण राष्ट्र में प्रयोग होता हो। जब कोई बोली आदर्श भाषा बनकर, 'मानक भाषा' का रूप ले लेती है और बाद में उन्नति कर अपने क्षेत्र में व्यापकता स्थापित कर लेती है तो वह और भी महत्वपूर्ण बन जाती है। फलत: पूरे राष्ट्र में अन्य भाषा-भाषी भी इस भाषा का प्रयोग सार्वजनिक कार्यों में करने लगते हैं तो वही भाषा 'राष्ट्र भाषा' का पद प्राप्त कर लेती है। **डॉ. हरदेव बाहरी** राष्ट्रभाषा का खाका इस प्रकार खींचते हैं,-"Any language widely used as a means of Communication among speakers of two or more language which coutribute to its vocaulary and ideas." डॉ. भाटिया पुन: कहते हैं कि राष्ट्रभाषा न किसी प्रदेश की होती है, न किसी जाति की, वह तो सारे राष्ट्र की होती है, इसलिए समस्त राष्ट्र उसे अपनाने का गौरव प्राप्त करता है। 'राष्ट्रभाषा' का निर्माण नहीं किया जा सकता, वह तो स्वयं विकसित होती है और उसके साथ ही संस्कृति जुड़ी रहती है। वह तो जनता के बीच ही बढ़ती तथा फलती-फूलती है, फलत: राष्ट्र की प्रमुख भाषा बन जाती है, उसके माध्यम से राष्ट्र भावनात्मक रूप से जुड़ा रहता है। उस भाषा का गुण सुगमता तथा सुबोधता है। उसमें सांस्कृतिक चेतना अभिव्यक्त होती है। इन गुणों से ही उसकी लोकप्रियता राष्ट्र में बढ़ जाती है। इस दृष्टि से यदि **डॉ. धीरेन्द्र वर्मा** के शब्दों में यदि हम विचार करते हैं तो पाते हैं कि,-''भारतवर्ष में मध्यदेश अर्थात् वर्तमान हिन्दी प्रदेश एक ऐसी इकाई है, जिसका देश के इतिहास में असाधारण महत्व है और जिसका एक अपना विशेष व्यक्तित्व है। इसका व्यक्तित्व हिन्दी की प्रधान बोलियों के रूप में स्पष्टतया दिखलाई पड़ता है।''

अतं: अब यहाँ एक सवाल पैदा होता है कि राष्ट्रभाषा बनने की आखिर वह कौन सी शर्त है, जिसे हिन्दी पूरा नहीं कर पा रही है। यह कितनी विडम्बना और अचरज की बात है कि जो हिन्दी विश्व के 133 विश्वविद्यालयों में पढ़ाई जा रही है,फिजी, गुयाना, मारीशस, नेपाल,कंबोडिया, त्रिनिनाद आदि देशों में जिसका अध्ययन अनिवार्य रूप में हो रहा है, जिस हिन्दी में 1909 से ही मारीशस में 'हिन्दूस्तान' तथा फिजी में 'फिजी समाचार' नामक साप्ताहिक छप रहे हैं, जिसको पढ़ाने वाले अमेरिका में 114 केन्द्र तथा सोवियत रूस में 10 हिन्दी शोध संस्थान चल रहे हैं, लंदन की सबसे प्राचीन संस्था "School of Oriental and Aftican Studies" में भी जिस हिन्दी को पढ़ने की व्यवस्था की गई हैं, जो फ्रांस में एक स्वतंत्र विषय के रूप में पढ़ाई जा रही है, यहाँ तक कि हिन्दी प्रचार-प्रसार हेतु ब्रिटिश भारत में 1803 में पहला परिपत्र जारी किया गया ताकि सभी नियमों,विनियमों का हिन्दी अनुवाद किया जा सके, दक्षिण भारत में जिस हिन्दी का प्रवेश 1296 में ही अलाउद्दीन के आक्रमण के बाद हो गया था, बल्कि तारिक फरिश्ता नामक पुस्तक के अनुसार - 14वीं सदी के अहमदनगर, बीजापुर, गोलकुण्डा, बीदर, आदिलशाही, कुतुबशाही, बरीदशाही आदि दक्षिण के राज्यों ने हिन्दी को अपनी राजभाषा बनाया था, सूचना मिलती है कि तंजावुर के राजा श्री शाह ने हिन्दी में 'विश्वजीत' तथा 'आधा विलास' नामक दो नाटक क्रमश: 1674 और 1711 में लिखे थे, जिस हिन्दी की लिपि देवनागरी के टाइप अक्षर 1667 में ही यूरोप में तैयार हो चुके थे, जिसमें इस समय करीब 5000 पुस्तकें प्रतिवर्ष छपती हैं, जिस हिन्दी के संबंध में रूस के हिन्दी विद्वान **डॉ. पं. आ. वारान्निकोव** कहते है,-'' हिन्दी एक सरल भाषा है और देवनागरी जैसी सरल लिपि तो शायद ही कोई हो '', जिस हिन्दी के प्रति बेल्जियम के **फादर कामिल बुल्के** कहते हैं कि,-'' हिन्दी भाषा इतनी समृद्ध और सक्षम है कि सारा कामकाज सुचारु रूप से हिन्दी में किया जा सकता है। ××××× भारत में संस्कृत माँ है, हिन्दी गृहिणी तथा अंग्रेजी नौकरानी, जिस हिन्दी के लिए **महात्मा गांधी** ने कहा था कि - राष्ट्र भाषा बनने की क्षमता केवल हिन्दी में ही है,- "I have attended all the congress sessions, but one since 1915, I have studied then specially in order to study the utility of Hindustani compared to English for the conduct of its proceedings, I have spoken to hundreds of delegates and thousands of visitors and I have perhapes covered a large area and seen a much larger number of people, literate and illiterate than any public man, not execluding ............ can possibly become a national medium for exchange of ideas or for the conduct of National proceeding." तथा जिस हिन्दी को बोलने वाले लोग संपूर्ण भारत में फैले हुए है - The Hindi speaking man speakes Hindi where ever he goes and no one is suprised at this. The Hindi speaking Hindu Preacher and Urdu Molvi make their religions speeches in Hindi and Urdu and even the illiterate masses understand them, even an unlittered Gujrati when he goes to the north attempts to speak a few Hindi words but the northern Bhaiya who works as a gatekeeper to the Bombay Seth declines to speak in Gujrati and its the seth, his employer, who is obliged to speak to him in broken Hindi. I have heard Hindi is spoken even in the far of Southern provinces. It is not correct to say there in Madras One can not do with English. I have succesfully used Hindi there for all may work. In the trains, I have heard Madras passenger speaking to other passenger in Hindi. Besides the Muslimes of

Madras know enough Hindi to use it succesfully well, and thing Hindi has already established as national language of India." तथा जो हिन्दी विश्व-फलक पर संपुज है, प्रमाण के लिये देखिए इन आँकड़ो को -

**संसार की प्रमुख भाषाएं -**

| क्र.स. भाषाएं | भाषा-भाषियों की संख्या (मिलियन) | स्थान | क्र.स. भाषाएं | भाषा-भाषियों की संख्या (मिलियन) | स्थान |
|---|---|---|---|---|---|
| 1-हिन्दी (Hindi) | 730 | 1 | 2-चीनी (Mandarin- China) | 726 | 2 |
| 3-अंग्रेजी (English) | 397 | 3 | 4-रूसी (Russian) | 274 | 4 |
| 5-स्पेनी (Spanish) | 258 | 5 | 6-अरबी (Arabic) | 155 | 6 |
| 7-पुर्तगाली (Portuguese) | 151 | 7 | 8-बाँग्ला (Bengali) | 151 | 7 |
| 9-जर्मन (German) | 119 | 8 | 10-जापानी (Japani) | 119 | 8 |
| 11-मलय (Malay- Indonesia) | 115 | 9 | 12 फ्रैंच (French) | 107 | 10 |
| 13-उर्दू (Urdu) | 72 | 11 | 14- पंजाबी (Punjabi) | 66 | 12 |
| 15- इतालवी (Italian) | 62 | 13 | 16-कोरियाई (Korean) | 60 | 14 |
| 17-तेलुगू (Telugu) | 60 | 14 | 18-तमिल (Tamil) | 59 | 5 |
| 19-मराठी (marathi) | 57 | 16 | 20-कैंटनी (Contonese- china) | 55 | 17 |
| 21-वू (Wu-china) | 51 | 18 | 22-जावायी (Javanese) | 49 | 19 |
| 23-वियतनामी (Vietanamese) | 45 | 20 | 24-तुर्की (Turkish) | 45 | 20 |
| 25-मिन (Min-china) | 42 | 21 | 26-उक्रेनियन (Ukrainian) | 42 | 21 |
| 27-थाई (Thai) | 39 | 22 | 28-प्लिस (Plish) | 39 | 22 |
| 29-गुजराती (Gujarati) | 34 | 23 | 30-स्वेहीली (Swahili- E.Africa) | 32 | 24 |
| 31-कन्नड़ (Kannada) | 32 | 24 | 32-मलयालम (Malayalam) | 31 | 25 |
| 33-फारसी (Persian) | 28 | 26 | 34- उड़िया (Oriya) | 27 | 27 |
| 35-बर्मा (Burmese) | 26 | 28 | 36-तगलॉग (Tagalog- Phillippines) | 26 | 28 |
| 37-हांसा (Hansa-Africa) | 23 | 29 | 38-रोमानियन (Romanian) | 23 | 29 |
| 39-हक्का (Hakka-china) | 23 | 29 | 40-डच (Dutch & Flemsh) | 20 | 30 |
| 41- शाना (Shana-Burma) | 20 | 30 | 42-पास्तु (Pasthu) | 18 | 31 |
| 43-सूडानी (Sudanies) | .17 | 32 | 44-असमी (Assamese) | 15 | 33 |
| 45-योरूबा (Yoruba- W. Africa) | 14 | 34 | 46-म्याँमार (Magyar-Hungarian) | 13 | 35 |
| 47-ल्बो (Lbo-Africa) | 12 | 36 | 48-चेक (Czech) | 11 | 37 |
| 49-सिंहली (Sinhalese) | 11 | 37 | 50-नेपाली (Nepali) | 11 | 37 |
| 51-अम्हेरी (Amharic - Ethopia) | 10 | 38 | 52-उज्बेक (Uzbek) | 10 | 38 |
| 53-सिन्धी (Sindhi) | 10 | 38 | 54-(Fula- W. Africa) | 10 | 38 |
| 55-स्वीडिश (Swedish) | 10 | 38 | 56-यूनानी (Greek) | 10 | 38 |

## विश्व में हिन्दी जानने वालों की संख्या

| राष्ट्र | जनसंख्या | हिन्दी जानने वालों का प्रतिशत | हिन्दी जानने वालों की कुल संख्या |
|---|---|---|---|
| 1. अर्जेंटीना | 3,66,00,000 | 10 | 3,66,000 |
| 2. बहरीन | 6,66,000 | 3 | 18,180 |
| 3. बांग्लादेश | 12,69,00,000 | 30 | 3,80,70,000 |
| 4. भूटान | 21,00,000 | 30 | 6,30,000 |
| 5. ब्राजील | 16,80,00,000 | 1 | 16,80,000 |
| 6- म्याँमार | 4,51,00,000 | 5 | 22,55,000 |

| | | | |
|---|---|---|---|
| 7- कोलंबिया | 4,16,00,000 | 1 | 4,16,000 |
| 8- कोस्टारिका | 39,00,000 | 0.4 | 15,600 |
| 9- इक्वेडर | 1,24,00,000 | 25 | 31,00,000 |
| 10-अल साल्वड़ोर | 62,00,000 | 10 | 6,20,000 |
| 11-फीजी | 8,06,000 | 50 | 4,03,000 |
| 12-ग्वाटेमाला | 1,11,00,000 | 50 | 55,50,000 |
| 13-गुयाना | 8,55,000 | 50 | 4,27,500 |
| 14-होंडूरास | 63,00,000 | 8 | 5,04,000 |
| 15-इंडोनेशिया | 20,93,00,000 | 2 | 41,86,000 |
| 16-कुवैत | 19,00,000 | 13 | 2,47,000 |
| 17-मलेशिया | 2,18,00,000 | 7 | 15,26,000 |
| 18-मॉरीशस | 12,00,000 | 69 | 8,28,000 |
| 19-मैक्सिको | 9,74,00,000 | 9 | 87,66,000 |
| 20-मोजाम्बिक | 1,93,00,000 | 5 | 9,65,000 |
| 21-नेपाल | 2,34,00,000 | 80 | 1,87,20,000 |
| 22-निकारागुआ | 49,00,000 | 3 | 1,47,000 |
| 23-ओमान | 25,00,000 | 2 | 50,000 |
| 24-पाकिस्तान | 15,23,00,000 | 80 | 12,18,40,000 |
| 25-पनामा | 28,00,000 | 5 | 1,40,000 |
| 26-उरूग्वे | 54,00,000 | 3 | 1,62,000 |
| 27-पेरू | 2,52,00,000 | 7 | 17,64,000 |
| 28-कतर | 5,89,000 | 5 | 29,450 |
| 29-सउदी अरब | 2,09,00,000 | 3 | 6,27,000 |
| 30-सेशेल्स | 78,700 | 1 | 787 |
| 31-सिंगापुर | 35,00,000 | 4 | 1,40,000 |
| 32-श्रीलंका | 1,86,00,000 | 4 | 7,44,000 |
| 33-सूरीनाम | 4,15,000 | 37 | 1,53,550 |
| 34-थाईलैंड | 6,09,00,000 | 2 | 12,18,000 |
| 35-संयुक्त अरब अमीरात | 24,00,000 | 50. | 12,00,000 |
| 36-वेनजुएला | 2,37,00,000 | 2 | 4,74,000 |
| 37-दक्षिणी यमन | 1,75,00,000 | 10 | 17,50,000 |
| 38-संयुक्त राष्ट्र अमेरिका | 27,62,00,000 | 4 | 1,10,48,000 |
| 39-जाम्बिया | 90,00,000 | 1 | 90,000 |
| 40-ट्रिनिडाड | 13,00,000 | 30 | 3,90,000 |
| 41-ब्रिटेन | 5,87,00,000 | 5 | 29,35,000 |
| 42-कनाडा | 3,09,00,000 | 4 | 12,36,000 |
| 43-भारत | 91,69,36,830 | 73.31 | 67,22,06,390 |
| 44-रूस तथा अन्य राष्ट्र | 3,37,72,52,470 | 18.9 | 19,53,57,990 |
| कुल | 5,84,87,39,000 | 18.9 | 1,10,29,96,447 |

स्रोत : 1.सिडनी एस कल्बर्ट गुथ्री हाल एन आई विश्वविद्यालय, वाशिंगटन - 1982 2.डॉ. ज.प्र. नौटियाल, वरिष्ठ प्रबंधक (राजभाषा), कॉर्पोरेशन बैंक, मंगलौर द्वारा किया गया शोध अध्ययन - 1996 3. द वर्ल्ड आल्मेनक एंड बुक ऑफ फैक्ट्स, न्यूजपेपर एन्टरप्राइजेज इंक, न्यूयॉर्क, 4.डॉ. ज.प्र. नौटियाल, वरिष्ठ प्रबंधक (राजभाषा), कॉर्पोरेशन बैंक, मंगलौर द्वारा किया गया शोध अध्ययन - 1996 3.मनोरमा इयर बुक -2(X)(X)

## भारत में हिन्दी जानने वालों की संख्या -

(आधार 1999 जनसंख्या CENSUS)

| क्र.सं. | राज्य | जनसंख्या | हिन्दी जानने वालो का प्रतिशत | हिन्दी जाननेवालो की कुल संख्या |
|---|---|---|---|---|
| **राजभाषा नियम, 1976 के अनुसार 'क' क्षेत्र** | | | | |
| 1. | बिहार | 86,374,765 | 100% | 86,374,465 |
| 2. | हरियाणा | 16,463,618 | 100% | 16,463,618 |
| 3. | हि0प्र0 | 5,170,877 | 100% | 5,170,877 |
| 4. | म0प्र0 | 66,181,110 | 100% | 66,181,110 |
| 5. | राजस्थान | 44,005,990 | 100% | 44,005,990 |
| 6. | उत्तर प्रदेश | 1,39,112,287 | 100% | 1,39,112,287 |
| 7. | दिल्ली | 9,420,616 | 100% | 9,420,616 |
| 8. | अं0एव नि0 | 280,661 | 100% | 280,661 |
| | कुल | 36,70,09,624 | 100% | 36,70,09,634 |
| **राजभाषा नियम, 1976 के अनुसार 'ख' क्षेत्र -** | | | | |
| 1- | गुजरात | 41,309,582 | 80% | 33,047,665 |
| 2- | महाराष्ट्र | 78,937,187 | 80% | 63,149,749 |
| 3- | पंजाब | 20,281,967 | 80% | 16,225,574 |
| 4- | चंडीगढ़ | 643,015 | 80% | 513,612 |
| | कुल | 14,11,780,751 | 80% | 11,29,36,600 |
| **राजभाषा नियम, 1976 के अनुसार 'ग' क्षेत्र -** | | | | |
| 1- | आंध्र प्रदेश | 66,508,008 | 40% | 26,603,203 |
| 2- | अरूणाचंल | 864,558 | 30% | 259,367 |
| 3- | असम | 22,414,322 | 50% | 11,207,161 |
| 4- | गोवा | 169,793 | 70% | 118,855 |
| 5- | ज0 एवं क0 | 7,718,700 | 90% | 6,946,830 |
| 6- | कर्नाटक | 44,977,201 | 45% | 20,239,740 |
| 7- | केरल | 29,698,518 | 35% | 10,394,485 |
| 8- | मणिपुर | 1,837,119 | 30% | 551,135 |
| 9- | मेघालय | 1,774,778 | 30% | 532,433 |
| 10- | मिजोरम | 698,756 | 35% | 241,414 |
| 11- | नागालैण्ड | 1,209,546 | 25% | 302,386 |
| 12- | उड़ीसा | 31,659,736 | 60% | 18,995,841 |
| 13- | सिक्किम | 406,457 | 60% | 243,874 |
| 14- | तमिलनाडु | 55,858,946 | 20% | 11,171,789 |
| 15- | त्रिपुरा | 2,757,205 | 25% | 689,301 |
| 16- | प0 बंगाल | 1,39,112,287 | 60% | 3,467,372 |
| 17- | दा0 एवं ना0 | 138,447 | 65% | 9,900 |
| 18- | दीव एवं दमण | 101,586 | 65% | 60,000 |

| | | | |
|---|---|---|---|
| 19-लक्षद्वीप | 51,707 | 25% | 12,926 |
| 20-पांडिचेरी | 807,785 | 20% | 161,557 |
| कुल | 14,11,70,751 80 | | 11,29,36,600 |

कुल जनसंख्या : 91,69,36,830
हिन्दी जानने वालों की संख्या : 67,22,41,910
हिन्दी जानने वालों का प्रतिशत: 73.31%

इसके बावजूद वह इस देश की राष्ट्रभाषा बनने की क्षमता नहीं रखती। आखिर, इसके पीछे कारण क्या हो सकते है। तो आइए समस्याओं की उस जमीन को तलाशा जाय, जो राष्ट्रभाषा, राजभाषा के रूप में इसके फैलाव में बाधक सिद्ध हो रही हैं, साथ ही यह भी विचार किया जाय कि इन समस्याओं का समाधान क्या है ?

**हिन्दी के राजनीतिक विरोध की समस्या-** भाषाओं का इतिहास बताता है कि दुनिया के किसी भी देश में जब-जब राजनीति ने भाषा के निषिद्ध क्षेत्र में प्रवेश किया है, भाषाओं का चेहरा और चरित्र खण्डित हुआ है, भाषाओं का ठाट तथा शिल्प चटक-तड़क कर खलास हुआ है। साफ शब्दों में, भाषा को जब परम्परा के विरुद्ध खानों और खेमों में लाँघ-बाँटकर तथा उसे उसकी जड़ों से काटकर जबरिया अपनी शर्तों पर जीने के लिये बाध्य किया जाता है, तब यहीं पर वह आक्रामक रूख अख्तियार कर विद्रोह करती है, क्योंकि वह महज अभिव्यक्ति का इकहरा वाहन और माध्यम ही नही होती, उसके कुछ अपने बुनियादी सरोकार भी होते है। हिन्दी कभी इस देश में इंफाल से अटारी तथा कश्मीर से कन्याकुमारी यहाँ तक कि 'ब्रजबुलि' नामकी काव्य भाषा के रूप में इसका प्रयोग मिथिला, बंगाल, असम, उड़ीसा, नेपाल साथ ही बांगलादेश के मेमनसिंह, सिलहट, चटगाँव तक निर्बाध रूप से साधु-सन्तों, वैष्णवी सम्प्रदाय के भक्त कवियों द्वारा होता रहा है। पंजाब में पूज्य सिक्ख गुरुओं ने हिन्दू तथा हिन्दी की मुक्त मन से सेवा की, दक्षिण के अलवार संतों ने उत्तर में हिन्दी से तमाम संपर्क साधा। इधर, हिन्दी भाषी इलाके के लोगों को जब-जब झुलनिया का धक्का लगता रहा है, वे भागकर कलकत्ता पहुँचते रहे हैं और यह सदाशय कलकत्ता इन्हें तथा इनकी हिन्दी को 'बासा' देकर बसाता रहा है, लेकिन आज की उत्तर-दक्षिण तथा पूरब -पश्चिम की विकृत प्रादेशिक राजनीति ने हिन्दी को निश्चित जद में घेर दिया। कभी तमिलनाडु के लोग,-''हिन्दी अल्ल आंगिलम मट्ट में देसिय मोलिय इरुक्कुम'' अर्थात् हिन्दी नहीं, हिन्दुस्तान की राष्ट्रभाषा अंग्रेजी होगी, तथा मद्रास कभी भी हिन्दी स्वीकार नहीं करेगा। "Madras will have to be taught through Tamil, Telgu, Kanares or Malayalam.To him Hindi is as foreigh as English, French or Russian........you can never make Madras Hindi." तो कभी महाराष्ट्र के लोग कहते हैंकि महाराष्ट्र में हिन्दी मत बोलो - ''महाराष्ट्रातमद्ये हिन्दी बोलू न का'' तो कभी बंगाल के लोग यह नारा लगाते हैं कि,-''हिन्दि भाषार व्यवहारे बंगाली जाति भारतवर्षे दितीयो श्रेणीर नागरिक परिणत होबे'' अर्थात् हिन्दी से हम बंगाली हिन्दुस्तान में द्वितीय श्रेणी के नागरिक बन जाएगें तो इधर, पंजाब के लोग ''ना हिन्दी ते न हिन्दू'' अर्थात् पंजाब में न हिन्दू के लिए जगह है और न हिन्दी के लिए।हिन्दी की एक समस्या यह है।

**हिन्दी के विकास में अंग्रेजी घातक-** सभी जानते हैं, अंग्रेजी साम्राज्यवादी भाषा है।इसने ताकतवर आक्रान्ता की तरह भारत को अपना दूसरा 'पाहीघर'बना लिया है। **डॉ. राम मनोहर लोहिया** ने अंग्रेजी के अंधाधुंध प्रयोग पर चिन्ता व्यक्त करते हुए कहा था कि,-''भाषा पर होने वाली बहस में अब तक मुख्य मुद्दा उठाया ही नहीं गया है। अर्थ व्यवस्था में अंग्रेजी के इस्तेमाल से कार्य-कुशलता घटती है, शिक्षा में अंग्रेजी विषय-ज्ञान को घटाती है और अनुसंधान को करीब-करीब नष्ट कर देती है, समाज में गैरबराबरी पैदा करती है। जनतंत्र के लिये यह जरूरी है कि वह जनता की भाषा में काम करें।'' इस देश की गहरी जड़ों से रस खींचकर पनपी हिन्दी के विस्थापन में अंग्रेजी की भूमिका मुख्य है। इसने हिन्दी के साथ संपूर्ण भारतीय भाषाओं को अपने पाश में बाँधकर उनकी अस्मिता को दुर्दिन दिखाया है। अंग्रेजी ने इस देश में अनिश्चय और विषमता का बेपनाह धुंध फैला रखा है। हिन्दी के सामने तो आज भी यह बिना हल किए सवाल की तरह खड़ी है। इसकी ही वजह से हिन्दी अपने ही घर में दोयम दर्जे की भाषा बन गयी है। यह आज भी-वेदाज,शुंगा, केरला, अशोका, कर्नाटका, यादवा, मिश्रा, गुप्ता, कुषाणा - के रूप में हिन्दी अक्षरों को मुँह बिरा रही है।

**हिन्दी के लिए उर्दू अलग चुनौती है -** हिन्दी के सामने अगली समस्या और संकट उर्दू है। आपको ज्ञात है, हिन्दी-उर्दू में कोई अन्तर नहीं है। उर्दू, हिन्दी की सहजात सहजीवी भाषा है। वह हिन्दी की सहोदरा है। व्याकरण, वाक्य-विन्यास, अधिकांश शब्द-भंडार, शब्द-सम्पदा, जुमला, स्वर-व्यंजन, संज्ञा, सर्वनाम, विशेषण, प्रत्यय, उपसर्ग, क्रियापद, वाक्यांश, वाक्य-रचना, छन्द, कहावत, मुहावरा आदि अनेक दृष्टियों से दोनों मूलत: एक हैं। हिन्दी, उर्दू कभी साझी संस्कृति की प्रतीक थीं। दोनों की विरासत एक थी। दोनों सगोतियाँ थीं। दोनों का बासा एक ही छत के नीचे था। दोनों की परम्परा धारा एक थी। दोनों के संस्कार और अस्तित्व एक

थे। पर, आज की साम्प्रदायिकता प्रधान राजनीति ने अनावश्यक हस्तक्षेप कर हिन्दी'उर्दू के मिले-जुलेपन को दो टुकड़ो में बाँट दिया। उर्दू अपने अलग अस्तित्व, पहचान, अस्मिता और सत्ता के लिए संघर्षरत हो गयी। फल यह हुआ कि दोनो भाषाएँ भाषायी तनाव की शिकार हो गयीं। कुल मिलाकर उर्दू हिन्दी से अलग होकर अपना दूसरा घर बसा हिन्दी को कमजोर कर गयी।

**हिन्दी अनुवाद की कठिन भाषा बना दी गयी-**हिन्दी के लिये इससे बड़ा दुर्भाग्य और क्या हो सकता है कि आज तक अपने ही देश में इसकी कोई विशिष्ट पहचान, एक निश्चित ठोस आकार-प्रकार या व्यक्तित्व और स्वरूप की कोई रचनात्मक कल्पना पूरी नहीं बन पायी है, अत: सवाल पैदा होता है कि ऐसी स्थिति में यह कहाँ तक उचित है कि अपने अस्तित्व के लिये संघर्षरत और जूझ रही हिन्दी को कृत्रिम, बेडौल, मसनूई तथा गढ़े हुए कृत्रिम शब्दों से लैस दिया जाय ? उदाहरण के लिये अंग्रेजी शब्दों का कुछ हिन्दी अनुवाद देखिए और यह बताइए कि इनमें से कितने, कितनी बार आपकी जिव्हा पर चढ़ पाते हैं,-

| | | | | | |
|---|---|---|---|---|---|
| रिक्शा | (Rickshaw) | - नरयान, | कस्टडी | (Custody) | - आसेध, |
| फाउन्टनपेन | (Fountain) | - मसीपथ, | ड्यूटी | (Duty) | - देयत्व, |
| मिल | (Mill) | - निर्माणी, | फाइनल | (Final) | - अविकल्प |
| बोतल | (Bottle) | - कूपी, | हाउस सर्च | (House search) | - गृह विचयन |
| आक्सीजन | (Oxygen) | - जारक, | रॉबर | (Robber) | - अवस्कंदक |
| ऑक्साइड | (Oxide) - | जारेय | प्रेयर | (Prayer) | - अर्थना |
| क्लोरोफॉर्म | (Chloroform) | - सम्मोहिनी | रीडर | (Reader) | - उपस्थापक |
| इंजन | (Engine) | - गंत्र | मजीस्ट्रेट | (magistrate) | - महत्तक |

अब आप स्वत: सोचिए कि अपने ही घर में अपने अस्तित्व की रक्षा के लिए सतत् कशमकश और जद्दोजहद कर रही हिन्दी के लिए कठिन शब्द बाधक बनेंगे कि साधक ? वस्तुत: आज हमें हिन्दी की शब्दावली को इतना आसान और सरल बनाना है कि वह जन सामान्य के बीच अधिक से अधिक व्यावहारिक और लोकप्रिय हो सके। हिन्दी के प्रति कठिनता-क्लिष्टता का जो धुंध लोगों के मन में छाया हुआ है, वह दूर हो सके। हमें हिन्दी-विरोधियों को यह कहने का अवसर नहीं देना है कि हिन्दी तो अंग्रेजी या अन्य विदेशी भाषाओं से भी कठिन है।

**वैज्ञानिक एवं तकनीकी शब्दावली के अभाव का मिथ्यारोप -**कुछ लोग यह आरोप लगाते हैं कि हिन्दी अभी तक तकनीकी एवं वैज्ञानिक भाषा नहीं बन पायी है। खास कर अंग्रेजी-पसन्द लोग तो हिन्दी के साथ-साथ संपूर्ण भारतीय भाषाओं को खारिज करते हुए कहते हैं कि तकनीकी भाषा के इस्तेमाल के लिये भारतीय भाषाएँ पर्याप्त विकसित नहीं हैं। पहले उनका आधुनिक होना जरूरी है,- "One standard orgument against the use of Indian languages as medium of technical education is that these are not `developed' enough right now to be so used, they need to be `modernized' first." सच तो यह है कि हिन्दी में तकनीकी या प्रयोजन मूलक रूप का विकास तकनीकी विद्याओं के पठन-पाठन, व्यावसायिक शिक्षण, उत्पादन से जुड़ा हुआ है। चूँकि हमारे देश में प्रौद्योगिकी बड़े पैमाने पर बाहर से लाई गयी है, इसलिए उसे समझने की भाषा भी बाहर से लाई गयी। इधर, शक्तिशाली राजनीतिज्ञों में से अधिकतर अंग्रेजी माध्यम से पढ़े हैं, अत: तकनीकी भाषा के लिये हिन्दी को ग्रहण करना अपने क्षुद्र स्वार्थ के लिये उन्होंने उपयुक्त नहीं समझा। इस देश में जब-जब यह बात उठती है कि विज्ञान और प्रौद्योगिकी की भाषा हिन्दी और अन्य भारतीय भाषाएँ होनी चाहिये, तब-तब ये अंग्रेजी के तथाकथित 'एलीट' यह कहना शुरू कर देते हैं कि देश को पीछे ढकेलने की साजिश हो रही है तथा भाषान्ध लोग देश को वैज्ञानिक दृष्टि से वंचित करना चाहते है। वस्तुत: ये दोनो बाते तर्कहीन और मनगढन्त है। ऐसा नहीं है कि सारी तकनीक अंग्रेजी में ही ढुकी हुई है। सरकारी और निजी स्तर पर हिन्दी में भी अब पर्याप्त साहित्य रचा जा चुका है। सामान्य विज्ञान, चिकित्सा, कृषि, पशुपालन, अभियांत्रिक, मानविकी, सामाजिक विज्ञान, अंतरिक्ष विज्ञान भूगोल, भू-विज्ञान, वनस्पति विज्ञान, गणित, रसायन, भौतिकी तथा प्राणि-विज्ञान आदि में ढेरों काम हिन्दी भाषा के माध्यम से संपादित किए जा रहे है।केन्द्रीय हिन्दी निदेशालय तथा तकनीकी एवं वैज्ञानिक शब्दावली आयोग द्वारा अब तक प्रकाशित शब्द-संग्रहों और उनमें संकलित प्रविष्टियों का टटका-ताजा व्यौरा इस प्रकार हैं,-

| | | | |
|---|---|---|---|
| 1-वृहत् पारिभाषिक शब्द संग्रह | 1,30,000 | 2-वृहत् पारिभाषिक शब्द संग्रह (विज्ञान) | लगभग |
| 3-वृहत् पारिभाषिक (मानविकी) | 80,000 | 4-वृहत् पारिभाषिक (आयुर्विज्ञान) | 50,000 |
| 5-वृहत् पारिभाषिक (इंजीनियरी) | 45,000 | 6-वृहत् पारिभाषिक शब्द-संग्रह (कृषि) | 18,000 |
| 7-समेकित रक्षा शब्दावली | 27,000 | 8-वानिकी शब्दावली | 27,000 |

| | | | |
|---|---|---|---|
| 9-प्रशासन शब्दावली | 8,000 | 10-रेल शब्दावली | 3,000 |
| 11-डाकतार शब्दावली | 3,500 | 12-खेल-कूद शब्दावली | 3,000 |

**हिन्दी वर्णमाला की वास्तविक कठिनाइयां - डॉ. ब्रज गोपाल राय** कहते हैं कि - हिन्दी में जो 48 अक्षर हैं इन में से काफी अक्षर तो बिलकुल बेकार हैं। आजकल हिन्दी में जो भी लिखा, छापा या पढ़ा जाता है, उन में से बहुत से अक्षरों का तो प्रयोग नगण्य ही है और जहाँ होता भी है तो उनके स्थान पर दूसरे अक्षरों से काम चल जाता है। अब यदि किसी युग में उन अक्षरों का प्रयोग होता रहा हो और प्राचीन संस्कृति के पक्षधर उसको पकड़े रहना चाहते हों तो बात अलग है अन्यथा जिन अक्षरों की हम यहाँ चर्चा कर रहे हैं, उनका प्रयोग जिस ढंग से आजकल हो रहा है, उसे देखते हुए यह कहा जा सकता है कि या तो हिन्दी ही अशुद्ध लिखी जा रही है या फिर इन मुर्दा अक्षरों को निकाल देने से भावी पीढ़ी को थोड़ा कम बोझ लगेगा।

हिन्दी वर्णमाला में बच्चों को जो प्रवेशिका पढ़ाई जाती है, उसमें 48 अक्षर हैं। इन में से 12 मात्राएँ है और 36 व्यंजन। इनके अलावा ऋ, रेफ आदि है। ये अक्षर इस प्रकार हैं - अ, आ,इ,ई,उ,ऊ,ऋ,ए,ऐ,ओ,औ,अं,अः,क,ख,ग,घ,ङ,च,छ,ज,झ,ञ,ट,ठ,ड,ढ,ण,त, थ,द,ध,न,प,फ,ब,भ,म,य,र,ल,व,श,ष,स,ह,क्ष,त्र,ज्ञ।

अब इनमें से 'ऋ' अक्षर की क्या अहमियत है,यह हमारी समझ में नहीं आता। इसकी पूर्ति 'रि' से हो जाती है।उच्चारण बिलकुल यही है। आप स्वयं बोलते हुए पढ़ कर देखिए - ऋषि कपूर, रिषि कपूर, इसके अतिरिक्त इस अकेले अक्षर (ऋ भी दो थे, अब तो एक ही माना जाता है पहले छोटी 'ऋ' तथा बड़ी 'ॠ' भी थी) द्वारा लिखे जाने वाले शब्द (बोला तो 'रि' ही जाता है) बहुत ही थोड़े हैं, ऋषि, मुनियों द्वारा लिखित, ऋग्वेद आदि वेदों, शास्त्रों अथवा संस्कृत में ही इसका प्रयोग हैं।

दूसरे,हम इन बिन्दु (ं), चंद्रबिन्दु (ँ) और विसर्ग (:) से बड़े दुखी हैं। 'चांद' और 'चाँद' को पढ़ कर फिर बोल कर देखिए। किस 'चाँद' को बोलने में हमें विशेष ताकत लगानी पड़ी या उच्चारण में अंतर आया ? हमारा विचार है कि या तो चंद्रबिन्दु ही रखिए या सिर्फ बिन्दु, इसके लिए बढ़ाया गया अक्षर 'अं' भी व्यर्थ।विसर्गों का हिन्दी में कही भी प्रयोग नहीं होता। इसका उच्चारण संस्कृत में 'अह' होता है। कुछ हिन्दी पताकारोही बलात 'दु:खी','दु:शासन' जैसे शब्दों में विसर्ग लगाते है। मजा यह है कि इसे लगाने के बावजूद कोई न कोई 'दुअहखी' बोलता है न 'दुअहशासन'। विसर्गों की जरूरत से हम इसलिए भी परेशान हैं कि इस अनावश्यक गोरखधंधे के लिये 'अ:' जैसा अक्षर बढ़ाया गया है।इन मात्राओं के अतिरिक्त जो 36 अन्य अक्षर हैं उन में से हम कुछ अन्य अक्षरों के बारें में भी चर्चा करना चाहते हैं। ये अक्षर हैं- ङ,ञ,ण। हम यह पूछना चाहते है कि इन अक्षरों को विशेष रूप से रखने की क्या आवश्यकता है ? ङ.ञ,ण, अक्षरों का जहाँ भी प्रयोग होता है व्यर्थ होता है। इन सभी का काम अकेला बिन्दु (या चन्द्रबिन्दु) चला सकता है।भाषाशास्त्रियों के अनुसार 'अंगरक्षक' शब्द गलत है,'अङ्गरक्षक'सही। इसी प्रकार 'चंचल' गलत है,'चञ्चल' सही। पंडित गलत है, 'पण्डित' सही। 'ण', 'ङ'तथा 'ञ' में आखिर क्या भेद है ? सभी का उच्चारण एक ही है।

ऊपर आप ने देखा कि उपर्युक्त सभी शब्दों का काम अकेले बिन्दु रखने भर से चल जाता है। सूत्र रूप में कहा जाए तो 'इन अक्षरों का प्रयोग प्रत्येक अनुस्वारमूलक शब्द के प्रथम अक्षर से पहले किया जाना चाहिए, जिस वर्ग का वह अक्षर हो। ये अक्षर प्रत्येक वर्ग के अंतिम अक्षर हैं। 'ङ','ञ','ण' क्रमश: कवर्ग, चवर्ग, तथा टवर्ग के अंतिम अक्षर है। 'न' अक्षर भी अनुस्वार के काम में आ जाता है। यह भी तवर्ग का अंतिम अक्षर है। लोग इससे बनने वाले शब्दों पर भी बिन्दु रख देते है। जैसे 'सुन्दर' का 'सुंदर'(उदाहरण बतौर अंतर, मंथन, बंधन, बंदर शब्द गलत है और बन्दर, बन्धन, मन्थन,अन्तर सही )। अब या तो भाषा की शुद्धि के लिए ङ, ञ,तथा ण अक्षरों को बिलकुल समाप्त कर देना चाहिए या फिर उपर्युक्त उदाहरणों जैसे बिन्दु रख कर लिखे जाने वाले शब्दों को अशुद्ध माना जाना चाहिए। 'ण' अक्षर 'ण' के रूप में भी लिखा जाता है। इस गोरख धंधे को भी सुलझाया जाना चाहिए।

'क्ष','त्र','ज्ञ' अक्षरों को वर्णमाला में रखना बिलकुल व्यर्थ है, 'त्र','त' तथा 'र' से मिल कर बना है। इसका कोई विशेष उच्चारण नहीं है। इसी प्रकार 'क्ष' क्रमश: क तथा ष से तथा 'ज्ञ','ज' तथा 'ञ' से मिल कर बने हैं। मिश्रित अक्षरों से सैकड़ों नए अक्षर बन सकते हैं तो क्या उन्हें भी वर्णमाला में रखा जाएगा ? 'क्ष' के स्थान पर 'क्ष'अधिक शुद्ध है। इसी प्रकार 'ज्ञ' के स्थान पर 'ज्ञ'। 'ज्ञ' के बारे में एक बड़ा दोष यह है कि इस का उच्चारण लोग 'ग्य' जैसा करते हैं। यह गलत है। इसी प्रकार 'श' को 'श्र' लिखा जाता है तथा 'ॐ' अक्षर भी मिश्रित है।

या तो 'ए' अक्षर गलत है अथवा 'के' लिखा जाना गलत है। जब 'कैसे' शब्द लिखा जाता है, तब 'कै' में बड़ी 'ऐ' की मात्रा (ै) लगाई जाती है। तथा 'से' पर छोटी 'ए' का मात्रा (े)की। जब कि 'ए' अक्षर पर वर्णमाला में कोई मात्रा नहीं होती। छोटी 'ए','ऐ' लिखी जानी चाहिए और बड़ी 'ऐ' 'ऐ̐'- आप 'ओ' तथा 'औ' को देखिए।

एक विचित्र बात और भी देखिए। वर्णमाला में क,ख,ग,घ, के बाद अक्षर आता है ङ, जब कि इसका उच्चारण तो किया जाता

है- 'ग'। पर वर्णमाला में छापा जाता है 'ड़' आप पूरी वर्णमाला देख लीजिए, 'गं' अक्षर आप को कहीं भी नहीं मिलेगा और 'ड़' अक्ष का प्रयोग सर्वदा अनुस्वारात्मक शब्दों में ही किया जाता है।

हिन्दी ध्वजारोहियों का वर्णमाला की एक और बड़ी भयंकर भूल की ओर हम ध्यान आकर्षित करना चाहते हैं। संपूर्ण वर्णमा में 'ड़' की तरह ही 'ढ़' अक्षर भी नहीं है। क्यों नहीं है ? ट,ठ,ड,ढ के बाद 'ण' अक्षर आता है जबकि 'ढ़' खूब लिखा बोला, पढ़ा छापा जाता है उच्चारण भी अलग है। यह कैसी हिन्दी वर्णमाला है ?

फिर भी, कुल मिलाकर हिन्दी क्षेत्रीयता, प्रान्तीयता, साम्प्रदायिकता से परे हटकर एक लम्बी, प्राचीन और यशस्वी परम्परा साथ एकताधर्मी तत्व के रूप में देश के हर प्रान्त में सम्मान और दुलार के साथ जीती रही है। आज यदि कुछ लोग इसे क्लिष्ट भा घोषित करते हैं, तो उनकी मंशा में कहीं न कहीं खोट है। हिन्दी जैसी सरल सुबोध भाषा पर इस तरह की टिप्पणी साटना उपयुक्त न फिर भाषा कोई भी हो, वह व्यवहार और प्रयोग से विकसित हो सरल बन जाती है,-"Language is a human custom and tl Concept of custom implies that it should both be actively and purposively caved and should passive allowed it self to be used." वस्तुत:, माँटी के लोने की तरह गूँथकर जितनी सुन्दर अभिव्यक्ति आप अपनी मातृभाषा में क सकते हैं, परायी भाषा में कदापि नहीं,- "The mother tongue is atonce a tool, a source of Joyand -happiness ar knowledge ...... our creative power." भावोद्रेक का मूल स्रोत मातृभाषा ही होती है। अगली बात यह कि परायी भाषा क भी तूफान की तरह अकेले नहीं आती, वह अपने साथ उस विशेष किस्म की बुनावट का चारित्रिक अंधड़ भी लाती है, जिससे समाज खल्वाट और प्रदूषित होता है। आज के ग्लोबलाइजेशन, भूमण्डलीकरण या वैश्वीकरण के युग में हिन्दी को बाजार की भ बनने के लिए ढेरों किस्म की चुनौतियों का सामना करना है। कम्प्यूटर के इस युग में हमें नयी भाषिक चुनौती के अनुरूप नये हार्डवेय साफ्टवेयर तैयार करने होंगे। हिन्दी की बहुमूल्य पुस्तकों को दीर्घजीवी बनाने के लिए उन्हें 'इलेक्ट्रानिक फॉर्मेट' में ले आना होग 'इन्फोटेक सेल' की स्थापना करनी होगी। दरअसल,भाषा का रिश्ता महज हमारी संस्कृति और संस्कारों से ही नहीं, बल्कि संपूर्ण सम से होता है। दूसरी बात यह कि आज भाषा केवल संवैधानिक और सांस्कृतिक सवाल बनकर नहीं रह गयी है, बल्कि इसके बरक्स संप्रति तकनीकी, व्यावसायिक और सामयिक विकास का सवाल भी है। अत: हमें हिन्दी में इन्टरनेट, बेवसाइट और सूचना प्रौद्योगि की तमाम चुनौतियों का सामना करने के लिये ई-कामर्स, ई-मेल, ई-बुक व सेल-फोन को हिन्दी के अनुरूप ढालना होगा,तभी हम हिन्दी विश्व-फलक पर मुकम्मल और पुख्ता भाषा बन पाएगी और विश्व-बाजार में अपनी पहचान सुरक्षित रख सकेगी।

अध्याय-40

# हिन्दी भाषा का मानकीकरण

## 1. मानक भाषा का अर्थ और स्वरूप -

केन्द्रीय शब्दावली आयोग ने अंग्रेजी शब्द Standard का हिन्दी अनुवाद 'मानक' निश्चित किया है। जब कोई विभाषा शिष्ट सामाजिक वर्ग की भाषा के पद पर प्रतिष्ठित हो जाती है, तब वह मानक भाषा कहलाती है। साफ शब्दों में, किसी भी भाषा की अनेक बोलियों में से कोई एक बोली जब विविध कारणों से प्रमुखता ग्रहण करती है एवं परिस्थितिवश अपनी सीमाओं को विस्तृत करती हुई पहले विभाषा का और फिर 'परिनिष्ठित' एवं 'साहित्यिक भाषा' का रूप ग्रहण करती हुई मानक भाषा का पद ग्रहण करती है, तब उसके आसपास की अन्य बोली युक्त शैलियाँ अपनी छोटी-छोटी विशेषताएँ खो देती हैं और फलस्वरूप मानक स्वरूप ही सर्वमान्यता ग्रहण कर लेता है। वह मानक शैली अपने आदर्श एवं शिष्ट एवं सभ्य जगत की भाषा मान ली जाती है।[1] वस्तुत: हर विकसित भाषा, जो राष्ट्र या विश्व के एक विशाल समुदाय द्वारा बोली, लिखी और समझी जाती है - का सामान्यीकृत आदर्श होता है। ऐसी ही भाषा का साहित्य के सृजन, शासनकार्य, अध्ययन-अध्यापन और संचार माध्यमों के रूप में व्यापक स्तर पर प्रयोग होता है। अत: जिस भाषा का एक परिनिष्ठित स्वरूप होता है, तथा जो शिक्षित वर्ग के द्वारा सामान्य रूप से प्रयुक्त होती है, वही भाषा मानकीकृत होती है। साहित्य, पत्र-पत्रिकाएँ, संचार माध्यम, दूर-दर्शन और राजकाज की अधिकृत मानक भाषा होती है।[2] मानक भाषा की संकल्पना प्रमुखत: सामाजिक होती है।[3]

**डॉ. फादर कामिल बुल्के** ने अपने अंग्रेजी हिन्दी कोश में 'स्टैण्डर्ड' शब्द का अर्थ मानक लिया है।[4] संक्षिप्त हिन्दी, शब्द सागर में प्रसिद्ध कोशकार **श्री रामचन्द्र वर्मा** लिखते हैं कि,-'मानक शब्द संस्कृत के मान +क से बना है। किसी वस्तु का वह रूप या माप जिसके अनुसार उस वर्ग की और चीजों के गुण-दोषों का माप होता है - मानदण्ड' कहा जाता है। ।[5] **डॉ. कैलाश चन्द्र भाटिया** का कहना है कि - 'विभिन्न स्तरों को पारकर', 'गँवारू बोली' अथवा अपभाषा ही साहित्यिक एवं मानक भाषा का रूप ग्रहण कर लेती है।[6] इधर, **डॉ. भोला नाथ तिवारी** ने मानक भाषा का स्वरूप इस प्रकार स्थिर किया है,'मानक भाषा किसी भाषा के उस रूप को कहते हैं जो उस भाषा के पूरे क्षेत्र में शुद्ध माना जाता है तथा जिसे उस प्रदेश का शिक्षित और शिष्ट समाज अपनी भाषा का आदर्श रूप मानता है और प्राय: सभी औपचारिक परिस्थितियों में, लेखन में, प्रशासन और शिक्षा के माध्यम के रूप में यथासाध्य उसी का प्रयोग करने का यत्न करता है।'[7] कुल मिलाकर किसी भाषा का शुद्ध, आदर्श, परिनिष्ठित, बोधगम्य स्वरूप ही मानक कहलाता है।

## 2. मानक भाषा के विविध रूप-

भाषाविदों ने भाषा के विविध मानक निर्धारित किए हैं, यथा -

1- साहित्यिक मानक/लिखित मानक (Literary Standard/Written Standard),

2- पढ़े-लिखे लोगों द्वारा बोलचाल में व्यवहृत भाषा रूप/ मौखिक मानक (Colloquial Standard/ Spoken standard)

3- किसी भौगोलिक क्षेत्र विशेष में पढ़े -लिखे लोगों के द्वारा व्यवहृत रूप/प्रादेशिक/क्षेत्रीय मानक (Regional/ Provincial standard) तथा

4- इन तीनों से भिन्न रूप जो सीमित इलाकों में बिना पढ़े-लिखे लोगों द्वारा व्यवहृत होता है को अवमानक (Sub-standard) रूप कहा जाता है।

---

1-भाषा विज्ञान और मानक हिन्दी - डॉ. रत्नचन्द्र शर्मा, पृष्ठ - 84

2-हिन्दी भाषा का मानकीकरण : समस्या और समाधान -डॉ. भगवान देव पाण्डेय, पृ0 20

3-मानक भाषा की संकल्पना - डॉ. स्नेहलता प्रकाश, पृ0 101, विभूति प्रकाशन, दिल्ली, 1986

4-अंग्रेजी-हिन्दी कोश - कामिल बुल्के, पृ0 670

5-संक्षिप्त हिन्दी शब्द सागर - श्री राम चन्द्र वर्मा, पृष्ठ -103

6-भाषा भूगोल - डॉ. कैलाश चन्द्र भाटिया, पृ0 -23

7-हिन्दी भाषा - डॉ. भोलानाथ तिवारी, पृ0- 70

**एस्पर्सन** (Yespersen) ने भाषा के मानक रूपों को सात टुकड़ों में विभाजित किया है,-

1- विद्वत् वर्ग का मानक (Scholars standard), 2- भौगोलिक मानक (Geographical standard)

3- साहित्यिक मानक (Literary standard) 4- अभिजात्य वर्गीय/कुलीन मानक (Aristrocratic standard)

5- जनतांत्रिक मानक (Democratic standard) 6- तार्किक मानक (Logical standard) तथा

7- सौन्दर्य मानक (Aestletic standard)

भाषा का मानक रूप बाहर से थोपा हुआ नहीं होता। वह भाषा की किसी बोली का रूप ही होता है, जो किन्ही भाषान्तर कारणों से कालान्तर में पूरे समुदाय के द्वारा आदृत होकर मानक रूपों को प्राप्त करता है, जैसे - लंदन की बोली से मानक अंग्रेजी, फ्लोरेंटीन बोली से मानक इटालियन, पेरिस की बोली से मानक फ्रेंच, कृष्णनगर व नदिया की बोली से मानक (चलित्) बंगला, पुणे की बोली से मानक मराठी का निर्माण हुआ है।[1]

## 3. मानक भाषा के गुण या विशेषताएँ

1- मानक भाषा एक-रूपा होती है। 2- मानक भाषा समाज के शिक्षित समुदाय द्वारा समग्र अभिव्यक्ति - माध्यम के रूप में स्वीकृत होती है। 3- मानक भाषा में उच्चारणगत एकरूपता, स्थिरता तथा सुव्यवस्था होती है। 4- मानकीकृत भाषा में विधि-न्याय, प्रशासन, वैज्ञानिक, तकनीकी शब्दावली, विश्वविद्यालयी - विषयों की शब्दावली और शैक्षणिक शब्दावली की वर्तनी के और उच्चारण और लेखन में स्थिरता, एकरूपता होती है। 5- मानकीकृत भाषा का स्वरूप, व्यापार-वाणिज्य, निजी-पत्र-व्यवहार, धर्म-कर्म के अनुष्ठान और जीवन के अन्य क्षेत्रों में स्पष्ट होता है। 6- मानक भाषा के उच्चारण, वर्तनी, शब्दावली, व्याकरण और वाक्य योजना में जितनी अधिक स्थिरता और एकरूपता होती है, वह भाषा उतनी ही अधिक सम्पन्न, व्यापक और विकसित मानी जाती है। 7- मानक भाषा शिक्षा, संचार और प्रशासन की भाषा होती है। 8- शिक्षित जन इसी भाषा में विचार विनिमय करते हैं। 9- मानक भाषा का प्रसार-प्रचार पूरे भाषा क्षेत्र में होता है। 10- साहित्य, कला और वैज्ञानिक रूपों की अभिव्यक्ति का माध्यम मानक अथवा परिनिष्ठित भाषा ही होती है। 11- उक्त भाषा-क्षेत्र में बोली जाने वाली भाषाएँ उसकी उपभाषा या बोलियाँ होती है। 12- मानक भाषा में विचार विनिमय प्रतिष्ठा का कारण होता है। 13- दो दूरस्थ बोलियों के बोलने वाले (एक भाषा क्षेत्र में स्थित) मानक भाषा का प्रयोग करते हैं। ऐसी स्थिति को "फर्गूसन बोलियों की परत पर मानक भाषा की ऊर्ध्व प्रस्थापना (Superposition)[2] और गम्पर्ज बाइलेक्टल (Bilectal)[3] के नाम से पुकारते हैं। 14- चूँकि मानक भाषा एक अतिविस्तृत क्षेत्र में प्रयुक्त होती है इसलिए, यह अपने मूल स्वरूप से अत्यधिक परिवर्तित और परिवर्धित रूप की हो जाती है।

## 4- हिन्दी भाषा के मानकीकरण की आवश्यकता-

1- बहुरूप-प्रयोग से युक्तभाषा, नियम रहित और शुद्धि-अशुद्धि-विवेकहीन होती है।

2- मानक भाषा का प्रचार-प्रसार सहज रूप से किया जा सकता है।

3- बहुरूप भाषा निष्प्रभावी तथा समझने में असहज होती है।

4- मानक भाषा जहाँ संस्कार तथा प्रतिष्ठा देती है वहीं अपरिनिष्ठित भाषा स्तर-भेद तथा जाति-भेद उत्पन्न करती है।

5- भाषा की एकता वैचारिक तथा भावगत ऐक्य उत्पन्न कर, राष्ट्र को सँवारने में सहयोग देती है।

6- मानक भाषा राष्ट्र की अन्य बोलियों तथा विभाषाओं से प्राण-रस प्राप्त कर, जीवन्त बनी रहती है।

7- मानक भाषा आंशिक रूप से कृत्रिम होते हुए भी एक विशाल-समाज की अभिव्यक्ति माध्यम बन उर्जस्वित प्राण-संयुत हो जाती है।

8- परिनिष्ठित भाषा तभी तक प्राणवान होती है, जब तक वह अपने मूल से प्राणरस गृहीत करती रहती है, अन्यथा देव भाषा बन देवलोक सिधार जाती है।

## 5- हिन्दी भाषा के मानकीकरण का ऐतिहासिक विकास अथवा हिन्दी के मानक या परिनिष्ठित स्वरूप का विकास या हिन्दी के मानकीकरण के प्रयत्नों का परिचय -

वर्तमान हिन्दी के मानक स्वरूप का विकास अंग्रेजों के आने के पश्चात् आरम्भ हुआ।

---

1-नागरी पत्रिका - डॉ. विजय राघव रेड्डी, पृष्ठ-25, नागरी प्रचारिणी सभा, वाराणसी, 15 जनवरी 1998।

2- Diglossia, Word - Ferguson, P. 15, PP 325-340 (1959)

Speech Variation and the, Study of Indian Civilization - American Authropologist - Gumperz, PP. 976-988, Vol-63, Year 1961

**भारतेन्दु पूर्व या भारतेन्दु युग** - उक्त दोनों युगों में हिन्दी भाषा अपने सामान्यीकृत रूप को प्राप्त नहीं कर सकी थी।

1- तत्कालीन लेखकों की भाषा में शैलीगत अन्तर अधिक, रूपगत स्थिरता और समानता न के बराबर है।

2- उनकी भाषा में व्याकरणिक अस्थिरता, शब्द प्रयोग-वैविध्य, शिथिल -वाक्य-योजना तथा अन्वय रहितता आसानी से दृष्टिगत की जा सकती है।

## द्विवेदी युग

### हिन्दी के मानकीकरण में महावीर प्रसाद द्विवेदी के प्रयत्न और योगदान का परिचय -

भारतेन्दु के अस्त होने के पश्चात् हिन्दी में अवरुद्धता दिखायी देने लगी थी। उनकी मित्रमंडली ही कुछ न कुछ कार्य करती रही। नए लेखकों का प्रादुर्भाव नहीं हो रहा था। लार्ड मैकाले ने अंग्रेजी को शिक्षा का माध्यम बनाकर यहाँ के निवासियों के मन में विदेशी भाषा के लिए प्रबल आकर्षण उत्पन्न कर दिया था। संस्कृत का समृद्ध साहित्य उसके अनुशीलकों को हिन्दी की ओर उपेक्षा की दृष्टि रखने को विवश कर रहा था। परिणाम यह हुआ कि अंग्रेजी पढ़ने वाले हिन्दी को उपयोग की भाषा ही नहीं समझते थे। हिन्दी की पढ़ाई-लिखाई की ठीक-ठीक व्यवस्था न होने के कारण इसका ज्ञान श्रम साध्य समझकर लोग इससे पराङ्मुख ही रहते थे। व्याकरण की ठीक-ठीक व्यवस्था न होने से अंग्रेजी वाले इसके जानने में कठिनाई का अनुभव करते थे और संस्कृत वाले इसे ठीक-ठिकाने की भाषा ही मानने में संकोच करते थे। इसलिए दो बातों की आवश्यकता थी। एक तो यह कि व्याकरण की व्यवस्था की जाए और दूसरी यह कि हिन्दी सचमुच लिखने-पढ़ने और समझने-समझाने की भाषा समझी जाए।

भारतेन्दु के पश्चात् बाबू राधा कृष्ण दास और बाबू श्याम सुन्दर दास आदि के प्रयास से काशी में 'नागरी प्रचारिणी सभा' की स्थापना हुई और उसके तत्वावधान में 'सरस्वती' पत्रिका निकलने लगी। 'सरस्वती' पत्रिका निकलने के दो-तीन वर्ष के अनंतर पंडित महावीर प्रसाद द्विवेदी ने उसका संपादन भार अपने कंधों पर उठाया। इनके पहले पत्रिका का संपादन संपादक मंडल द्वारा होता था।

द्विवेदी जी ने मैदान में आते ही व्याकरण की व्यवस्था पर ध्यान दिया और प्रमाणित किया कि हिन्दी भी पढ़ने-लिखने योग्य भाषा है। अब तक हिन्दी में दूसरी भाषाओं से नाटकों या उपन्यासों में ही अनुवाद हुए थे। इन्होंने अन्य भाषाओं के सामाजिक वाङ्मय के संपर्क में हिन्दी के पाठकों को पहुँचाने का प्रयास किया। मराठी, गुजराती, बँगला, अंग्रेजी आदि भाषाओं में निकलने वाले पत्रों और विविध विषयों के लेखों से हिन्दी वालों को परिचित कराना आरम्भ किया। भारतेन्दु शुद्ध साहित्य की विविध शाखाओं के अतिरिक्त लोकोपयोगी अन्य वाङ्मयों की ओर केवल प्रवृत्त होकर ही रह गए थे। उन्होंने केवल मार्ग-प्रदर्शन का काम किया। सब प्रकार के विषयों का समावेश वे उस समय हिन्दी में न कर सके। द्विवेदी जी ने हिन्दी को सब प्रकार के विषयों की ओर उन्मुख करके उसकी समृद्धि और प्रसार का मार्ग खोल दिया। अंग्रेजी की सम्पन्न भाषा में जितने विषयों पर विचार किया गया था उन्हें हिन्दी में प्रस्तुत करने का प्रयत्न इन्होंने अधिक किया, जिससे केवल हिन्दी जानने वाले भी सब प्रकार के आवश्यक विषयों से परिचित हो सकें। इस सबके लिए हिन्दी के व्याकरण, कोश, वैज्ञानिक शब्दावली और इतिहास की आवश्यकता प्रतीत होने लगी। 'नागरी प्रचारिणी सभा' के संचालकों का ध्यान इधर गया और धीरे-धीरे ये सब ग्रन्थ हिन्दी में प्रस्तुत किए गए।

द्विवेदी जी में गद्य की भिन्न-भिन्न शैलियाँ तो वैसी नहीं दिखाई देतीं किन्तु इन्होंने हिन्दी की वाह्य समृद्धि का जो प्रयत्न किया वह हिन्दी जगत् में सदा स्मरणीय रहेगा। शैली का विचार करने पर स्पष्ट लक्षित होता है कि कुछ लेखक विशेष प्रकार के आवेश (मूड) में ही विशिष्ट-शैली-सम्पन्न भाषा का प्रयोग कर सकते हैं। यह बात हिन्दी के दो लेखकों से सिद्ध हो जाती है - एक **पं. बालकृष्ण भट्ट** से और दूसरे **पं. महावीर प्रसाद द्विवेदी** से। **भट्ट जी** चिड़चिड़े व्यक्ति थे। खीझने पर ही उनकी विशिष्ट शैली के दर्शन होते थे। अत: उनके निबन्धों में वे ही उत्तम हैं जिनमें उनका चिड़चिड़ापन दिखाई पड़ता है। द्विवेदी जी क्रोधी व्यक्ति थे। अत: रोषावेश में ही इनकी विशिष्ट शैली दिखाई देती है।

**द्विवेदी जी** ने 'सरस्वती' के माध्यम से गद्य तथा पद्य की भाषा का परिमार्जन कर खड़ी बोली को व्याकरण की दृष्टि से व्यवस्थित किया। **मैथिलीशरण गुप्त** जैसे कवियों को हिन्दी में लाने का श्रेय भी द्विवेदी जी को प्राप्त है। 'कुमार संभव सार' नाम से इन्होंने कालिदास के 'कुमार -संभव' काव्य के पाँच सर्गो का हिन्दी में अनुवाद किया। इसके विषय में **आचार्य शुक्ल** लिखते है -'यह अनुवाद बहुत ही उत्तम हुआ है। इसमें मूल के भाव बड़ी सफाई से आए हैं। संस्कृत के अनुवादों में मूल का भाव लाने के प्रयत्न में भाषा में प्राय: जटिलता आ जाया करती है, पर इसमें यह बात जरा भी नहीं है।'

इसके अतिरिक्त इन्होंने जगन्नाथ कृत संस्कृत की 'गंगा लहरी' का भी हिन्दी में अनुवाद किया। 'काव्य-मंजूषा', 'सुमन' तथा 'कविता-कलाप' (अन्य कवियों की कविताओं के साथ) इनके तीन मौलिक काव्य संकलन हैं। इनकी मौलिक कविताओं में भी कवित्व के स्थान पर आचार्यत्व का रूप ही अधिक उद्घाटित हुआ है। कविताओं के माध्यम से उन्होनें कविता के आदर्शों की स्थापना का ही

अधिक प्रयास किया है। आचार्य द्विवेदी कविता का उद्देश्य शिक्षा तथा मनोरंजन मानते थे। समाज सुधार, अतिशय शृंगारिकता का निरसन, राष्ट्रीय भावना आदि इनकी कविता के विषय थे। इनकी शैली इतिवृत्तात्मक, प्रकथन प्रधान तथा वर्णनात्मक है, जिसका समस्त द्विवेदी युगीन काव्य पर प्रभाव दिखाई पड़ता है। **पं विश्वनाथ प्रसाद मिश्र द्विवेदी जी** के आचार्यत्व के महत्व के विषय में लिखते हैं - ''द्विवेदी जी वस्तुत: आचार्य थे। आचार्य का कार्य मार्ग प्रदर्शन होता है। साहित्य में जितने आचार्य होते हैं, वे शुद्ध साहित्य का अधिक निर्माण नहीं करते, रीति की प्रतिष्ठा करते हैं। द्विवेदी जी ने हिन्दी में रीति की प्रस्थापना का कार्य किया, साहित्य निर्माण करने वाले तो दूसरे थे, जिन्हें उन्होंने लेखक और कवि बना दिया था। संस्कृत में अभिनव गुप्त पादाचार्य, मम्मटाचार्य आदि का मान कालिदास, भवभूति आदि से कम नहीं है, बहुत अधिक है। द्विवेदी जी का हिन्दी में वैसा ही स्थान मानना पड़ेगा। वे आचार्य थे, इतना ही कहना उनके स्वरूप का पूरा परिचय देना होगा।''

निस्संदेह, **द्विवेदी जी** ने अपने प्रभावशाली व्यक्तित्व एवं प्रयत्नों से खड़ी बोली को साहित्यिक भाषा का रूप प्रदान किया तथा बहुत से साहित्यकारों को इस भाषा में लिखने के लिये प्रोत्साहित किया। इस प्रकार महावीर प्रसाद द्विवेदी ने हिन्दी-काव्य को एक दिशा प्रदान की है। इसी तरह आचार्य द्विवेदी ने हिन्दी गद्य को भी परिष्कार करके उसे साहित्यिक गौरव प्रदान किया।आधुनिक हिन्दी गद्य में जो नया जीवन प्रस्फुटित हुआ है उसका श्रेय अधिकाशं इन्ही को है। हिन्दी गद्य के निर्माण में द्विवेदी जी के ऋण को स्वीकार करते हुए **आचार्य शुक्ल** कहते हैं-''हमारा हिन्दी साहित्य पण्डित महावीर प्रसाद द्विवेदी का सदा ऋणी रहेगा। व्याकरण की शुद्धता और भाषा की सफाई के प्रवर्तक द्विवेदी जी ही थे 'सरस्वती' के सम्पादक के रूप में उन्होंने आई हुई पुस्तकों के भीतर व्याकरण की अशुद्धियाँ दिखा-दिखाकर लेखकों को बहुत सावधान कर दिया। ....... गद्य की भाषा पर द्विवेदी जी के इस शुभ प्रभाव का जब तक भाषा के लिए शुद्धता आवश्यक समझी जाएगी तब तक बना रहेगा।''

**द्विवेदी जी** भारतेन्दु हरिश्चन्द्र तथा बालकृष्ण भट्ट के उपरान्त हिन्दी-गद्य के निर्माणकों में सर्वोच्च स्थान के अधिकारी हैं। **द्विवेदी** जी ने 'सरस्वती' पत्रिका के माध्यम से सन् 1903 से सन् 1920 तक भाषा के अनुशासन का कार्य किया। **डॉ. राम खेलावन पाण्डेय** लिखते है - ''सतर्क सम्पादन नीति और सजग तथा दृढ़ व्यक्तित्व के कारण महावीर प्रसाद द्विवेदी ने 'सरस्वती' को वैसी स्थिति दिला दी, जिसके कारण उसकी स्वीकृति साहित्यिक स्वीकृति का प्रमाण बन गई। जीवन की निर्दिष्ट व्यवस्था ने भाषागत निर्दिष्टता का स्वरूप ग्रहण किया। भाषागत एकरूपता के स्थापन और हिन्दी को उसकी प्रकृति और शक्ति से परिचित कराने में द्विवेदी जी की देन अप्रतिम सिद्ध हुई।''

हिन्दी गद्य को परिष्कृत एवं व्याकरण सम्मत बनाने में 'सरस्वती' की देन अप्रतिम है। भाषागत अव्यवस्था को रोकने में इस पत्रिका का सर्वाधिक योग है। ऐसा लगता है कि 'सरस्वती' एक पत्रिका न होकर अपने आप में एक संस्था थी। इतना गुरुतर कार्य करने का उत्साह इसके संपादक द्विवेदी जी के ही पास था। द्विवेदी जी कवि, निबन्धकार, संपादक एवं आचार्य समालोचक थे।संस्कृत के प्रकांड पण्डित थे, परन्तु संस्कृतनिष्ठ भाषा के पक्षपाती नहीं थे। इस विषय में उनका विचार था - ''संस्कृत के कठिन तत्सम शब्द क्यों लिखे जाय ? 'घर' शब्द क्या बुरा है जो 'गृह' लिखा जाय ? ऊँचा क्या बुरा है जो उच्च लिखा जाय ?''

वस्तुत: **द्विवेदी जी** विषयानुकूल व्याकरण सम्मत एवं सरल भाषा लिखने के पक्ष में थे। भाषा-सुधार के साथ उन्होंने गद्य को विषयगत एवं शैलीगत वैविध्य भी प्रदान किया है। अपने दीर्घ लेखन काल में द्विवेदी जी ने लगभग अस्सी पुस्तकों की रचना की तथा इतिहास, अर्थशास्त्र, विज्ञान, पुरातत्व, चिकित्सा, राजनीति, जीवनी, भाषा, साहित्य, अनुवाद, नीतिशास्त्र, धर्मशास्त्र आदि अनेक अंगों पर लिखा। ये कवि, आलोचक, निबंधकार, अनुवादक तथा सम्पादकाचार्य थे। काव्य के क्षेत्र में मौलिक काव्य रचना की ओर इनकी विशेष प्रवृत्ति नहीं थी, अनुदित काव्य कृतियाँ अधिक सरस हैं। 'काव्य मंजूषा','सुमन','काव्य कुन्ज','अबला-विलाप' (मौलिक पद्य), 'गंगा लहरी', 'ऋतु-तरंगिणी','कुमार संभव सार' (अनूदित) आदि द्विवेदी जी की उल्लेखनीय रचनाएँ है। इनकी कविता सहज, सरल और प्राय: उपदेशपूर्ण होती थी। इन्होंने अपनी कविता में दो प्रकार की भाषा का प्रयोग किया है - एक तो तत्सम-प्रधान समस्त भाषा का, दूसरे प्रचलित शब्दावलीयुक्त सरल भाषा का। दोनों तरह का एक-एक उदाहरण नीचे दिया जाता है -

(अ-) पृथ्वी - समुद्र - सरित - नर - नाग - सृष्टि। मांगल्य - मूल - मय - वारिद - वारि - वृष्टि ।। कर्तरि कौन इनका ? किस हेतु नाना - व्यापार भार सहता रहता महाना ?

(आ-) तुम्ही अन्नदाता भारत के सचमुच बैलराज ! महाराज !
बिना तुम्हारे हो जाते हम दाना-दाना को मोहताज।।
तुम्हें षण्ड कर देते है जो महानिर्दयी जन सिर ताज।
धिक उनको, उन पर हँसता है, बुरी तरह यह सकल समाज।।

महावीर प्रसाद द्विवेदी का व्यक्तित्व समीक्षा के क्षेत्र में भी बहुत कर्मठ अध्यवसायी सिद्ध हुआ है। उन्होंने 'कालिदास की 'निरंकुशता', 'मेघदूत', 'विक्रमांकदेव चरित-चर्चा' आदि के रूप में स्वत: समीक्षा करके निर्णायक समीक्षा के मार्ग का सूत्रपात किया। 'सरस्वती' में प्रकाशित परिचयात्मक आलोचनाएँ प्राय: महावीर प्रसाद द्विवेदी द्वारा ही लिखी गयी हैं। द्विवेदी जी समालोचना को पत्रकारिता से अलग करके नहीं देख सके। यही उनकी दुर्बलता या सीमा थी। उन्होंने समालोचना का कर्तव्य निर्धारित करते हुए कहा था - ''किसी पुस्तक या प्रबन्ध में क्या लिखा गया है, किस ढंग से लिखा गया है, वह विषय उपयोगी है या नहीं, उससे किसी का मनोरंजन हो सकता है या नहीं, उससे किसी को लाभ पहुँच सकता है या नहीं, लेखक ने कोई नयी बात लिखी है या नही, यही विचारणीय विषय है। समालोचक को प्रधानत: इन्ही बातों पर विचार करना चाहिये।''

द्विवेदी जी ने विषय-विवेचन के साथ ही भाषा-संबंधी त्रुटियों की ओर भी ध्यान आकृष्ट किया। आलोचना के क्षेत्र उनके महत्व को स्वीकार करते हुए आचार्य शुक्ल ने कहा है - ''यदि द्विवेदी जी न उठ खड़े होते तो जैसी अव्यवस्थित, व्याकरण विरुद्ध और ऊटपटाँग भाषा चारों ओर दिखायी पड़ती थी, उसकी परम्परा जल्दी न रुकती।''

द्विवेदी जी के बहुसंख्यक निबन्ध भी परिचयात्मक या आलोचनात्मक टिप्पणियों के रूप में है। उनमें आत्म व्यंजन का तत्व नगण्य है। कहीं-कहीं आक्रोश या क्षोभ में आकर जब उन्होंने अनुचित कार्यो का प्रतिकार करना चाहा है तब व्यंग्य रूप में उनकी आन्तरिक-भावना प्रकट हो गयी है और उनकी न्यायनिष्ठ आत्मा की झलक मिल गयी है। 'मयूनिसपैलिटी के कारनामें' निबन्ध में उनकी व्यंग्य शैली का रूप देखा जा सकता है। 'आत्म-निवेदन', 'प्रभात', 'सुतापराधेजनकस्य दण्ड:' आदि निबन्धों में व्यक्तित्व व्यंजना के तत्व भी मिलते है।

इस प्रकार खड़ी बोली को परिष्कार तथा स्थिरता प्रदान करने वालों में आचार्य महावीर प्रसाद द्विवेदी अग्रगण्य हैं। इनके प्रोत्साहन तथा मार्ग-दर्शन के परिणाम स्वरूप कवियों और लेखकों की एक पीढ़ी का निर्माण हुआ। 'सरस्वती' के संपादक के रूप में इन्होंने हिन्दी भाषा और साहित्य के उत्थान के लिए जो कार्य किया वह चिरस्मरणीय रहेगा।

कुल मिलाकर यह कि द्विवेदी युग में सबसे पहले आचार्य द्विवेदी ने हिन्दी के मानकीकरण के प्रश्न को एक आन्दोलन का रूप दिया। इसके लिये, उन्होने तीन सुझाव दिये।

1- हिन्दी को परिनिष्ठित स्वरूप प्रदान किया जाय।

2- क्षेत्रीय भाषाओं का दामन छोड़ा जाय।

3- गद्य तथा पद्य की भाषा को एक रूप किया जाय।

(क)- फलत: अयोध्या प्रसाद खत्री, श्रीधर पाठक, आचार्य द्विवेदी, गया प्रसाद सनेही, हरिऔध और मैथिलीशरण गुप्त ने हिन्दी भाषा के परिनिष्ठित स्वरूप के विकास में अपना महत्वपूर्ण योगदान दिया।

(ख)- हिन्दी के मानक स्वरूप-विकास में नागरी-प्रचारिणी सभा, हिन्दी-साहित्य-सम्मेलन तथा विश्वविद्यालयों के हिन्दी विभागों ने अपना अमूल्य सहयोग प्रदान किया।

(ग)- इस कार्य में संचार माध्यमों का भी बहुत बड़ा योगदान रहा।

## द्विवेदी युग की ठोस उपलब्धियाँ -

**1- शब्द-प्रयोग का मानकीकरण -**आचार्य द्विवेदी ने कहा :-

(i)शब्द चाहे जिस भाषा के हों, उनका प्रयोग हिन्दी में जिस रूप में हो रहा है, उन्हें हिन्दी का मान उसी रूप में प्रयुक्त किया जाय।

(ii) शब्दों के अभाव की स्थिति में संस्कृत से शब्द लिए जाये।

(iii) सरल विषयों के प्रतिपादन में बोलचाल की भाषा का प्रयोग किया जाय।

**2- व्याकरणिक प्रयोगों का मानकीकरण -** आचार्य द्विवेदी की प्रेरणा से कामता प्रसाद गुरु ने सर्वप्रथम हिन्दी व्याकरण का सृजन किया। उनके इस कार्य में अन्य भाषाविदों ने भी सहयोग दिया। उस काल विशेष में प्रयोगगत निम्न सुधार किए गए :-

(क)- परसर्गों को संज्ञा से अलग, लेकिन सर्वनाम से सटाकर लिखना चाहिये। जैसे - राम ने, मैंने।

(ख)- द्विविध लिंगी शब्द-प्रयोग में एक रूपता उत्पन्न करने की चेष्टा की गई, इसके लिए प्रचलन पर ध्यान दिया गया जैसे संस्कृत के पुल्लिंग शब्द जो आम जनता में स्त्रीलिंगवत् प्रयुक्त होते थे, इन्हें स्त्रीलिंग माना गया तथा उर्दू के लेखक जिन आकारान्त शब्दों को पुल्लिंग मानते थे, उन्हें भी स्त्रीलिंग माना गया, जैसे - अग्नि, मृत्यु, वायु या धर्मशाला, चर्चा, मर्यादा आदि।

(ग)- आकारान्त पुल्लिंग बहुवचन और स्त्रीलिंग बहुवचन के लिये अप्रचलित रूपों जैसे राजे, देवते, सूरमें या लड़किये ,बातै आदि को छोड़ने पर बल दिया गया। उनके स्थान पर संख्या वाची या बहुवचनवाची (लोग, सब, सभी) शब्द लगा, शब्द को उसी रूप

में रखा गया, जैसे दो राजा, बहुत से देवता। स्त्रीलिंग में याँ, या, यों प्रत्यय जोड़कर लड़कियाँ, लड़कियों, पुल्लिंग को राजाओं, देवताओं (ओ प्रत्यय) आदि शब्द रूपों के प्रयोग को उचित ठहराया गया। लेकिन मानवेतर प्राणियों के लिए गण, जन, लोग आदि शब्दों के प्रयोग को रोका गया।

(घ)- संस्कृतवत् सम्बोधन वाची शब्द जैसे शकुन्तले, सीते आदि के प्रयोगों को हतोत्साहित किया गया।

(ड़)- सर्वनामों में इनने, उनने के स्थान पर इन्होंने और उन्होंने को उचित माना गया। इसी तरह यह, वह के लिये ये और वे बहुवचन रूप उचित समझे गए। जो , सो अथवा सो, क्या के स्थान पर तो, और मैं का बहुवचन हम प्रयोग किया जाने लगा।

(च)- आकारान्त विशेषणों को ही विकारी माना, शेष विशेषण अविकारी माने गए।

(छ)- क्रिया प्रयोगों में सुधार कर,आवै, जावै, लीजै, दीजिओं आदि रूपों का प्रयोग बन्द कर दिया गया। इसी प्रकार तिस पर भी, कुछ दिने पीछे आदि का प्रयोग छोड़ दिए गए।

(ज)- विराम चिह्नों का उचित प्रयोग प्रचलित किया गया।

इस प्रकार द्विवेदी युग ने हिन्दी भाषा के मानकीकरण पर विशेष बल ही नहीं दिया अपितु एक अविकसित भाषा को विकास की महान सरणि प्रदान की।

**छायावादी, प्रयोगवादी तथा प्रगतिवादी युग में हिन्दी के मानकीकरण का परिचय -** इन युगों में भाषा-मानकीकरण का कोई आन्दोलन विधिवत् नहीं चला, पर द्विवेदी युग के व्याकरणिक नियमों का प्रतिपालन करते हुए, छायावादी कवियों ने तत्सम प्रधान भाषा शैली तथा अन्य ने व्यावहारिक भाषा शैली का प्रयोग करते हुए, भाषा के मानकीकरण में सहयोग दिया।

**स्वातन्त्र्य - प्राप्ति के पश्चात् हिन्दी के मानकीकरण का परिचय -**जब संविधान-सभा ने हिन्दी को राष्ट्र के रूप में स्वीकृति प्रदान की, उसी के साथ उसकी जिम्मेदारियाँ बढ़ गईं। अस्तु हिन्दी के मानकीकरण पर विशेष रूप से विचार किया जाने लगा। विद्वानों के समक्ष हिन्दी भाषा का स्तरीकरण करने के लिये तीन बातों पर विचार किया जाने लगा कि -

1- उसकी लिपि छपाई के उपयुक्त ढाली जाय।

2- विज्ञान, शासन, न्याय और अन्य विषयों की अभिव्यक्ति के लिए समान पारिभाषिक शब्दावली का निर्माण किया जाय।

3- शब्द समूह, लिपि, वर्तनी, व्याकरण तथा शैलियों को आधुनिक आवश्यकताओं के अनुरूप ढाला जाय।

भारत सरकार के निर्देश पर, केन्द्रीय हिन्दी निदेशालय तथा भारतीय हिन्दी परिषद ने अपनी संस्तुतियां प्रस्तुत कीं।

**केन्द्रीय हिन्दी निदेशालय की संस्तुतियाँ -** केन्द्रीय हिन्दी निदेशालय द्वारा एक पुस्तिका ''देवनागरी लिपि तथा हिन्दी की वर्तनी का मानकीकरण'' शीर्षक से प्रकाशित की गई है, जिसमें हिन्दी वर्णमाला दी हुई है। इसमें संयुक्त व्यंजन के रूप में चारवर्ण क्ष,त्र,ज्ञ,श्र - दिए गए हैं। हिन्दी का एक अन्य संयुक्त वर्ण है - द्य, यथा-यद्यपि, उद्यान,द्योतक। इस द्य को प्रकट करने वाला कोई रूप स्पष्ट नहीं किया गया है।[1] हिन्दी वर्तनी के मानकीकरण के बारे में इस पुस्तिका में लिखा गया है। किसी भाषा के सीखने-सिखाने में सहायक या बाधा बनने वाले दो प्रमुख तत्व हैं, उसका व्याकरण और लिपि। लिपि का एक पक्ष है - सामान्य और विशिष्ट स्वनों के पृथक प्रतीक वर्णों में समृद्धि, उनका परस्पर स्पष्ट आकार भेद, लिखावट में सरलता तथा स्थान प्रयत्न एवं लाघव प्रयत्न। लिपि का दूसरा पक्ष है - वर्तनी। एक स्वन को प्रकट करने के लिये विविध वर्णों का प्रयोग वर्तनी को जटिल बना देता है और यह लिपि का एक सामान्य दोष माना जाता है। यद्यपि देवनागरी लिपि में यह दोष न्यूनतम है,फिर भी उसकी कुछ विशिष्ट कठिनाईयाँ भी है।[2] इसके लिये एक विशेषज्ञ समिति शिक्षा मंत्रालय ने 1961 में नियुक्त की थी। समिति ने अंतिम सिफारिशें 1962 में प्रस्तुत की, जिन्हें 1967 में ''हिन्दी वर्तनी का मानकीकरण'' शीर्षक पुस्तिका में प्रकाशित किया गया था। बाद में निदेशालय ने सारे मानक रूपों को प्रस्तुत करके यह निष्कर्ष दिया है कि- भाषा विषयक कठोर नियम बना देने से उनकी स्वीकार्यता तो संदेहास्पद हो ही जाती है, साथ ही भाषा के स्वाभाविक विकास में भी अवरोध आने का थोड़ा सा डर रहता है। फलत: भाषा गतिशील, जीवंत और समयानुरूप नहीं रह पाती। हिन्दी वर्णमाला के मानकीकरण में और हिन्दी वर्तनी की एकरूपता विषयक नियम निर्धारित करते समय इन सब तथ्यों को ध्यान में रखा गया है और जहाँ तक बन पड़ा है, काफी हद तक उदारतापूर्ण नीति अपनाई गयी है।[3]

**1- अव्ययों का पृथक प्रयोग -**जैसे विस्मयादि बोधक अव्यय, ओह, हाय, आह आदि निपात: ही, तो, न भी, भर मात्र आदि क्रिया विशेषण : अब, जब, तब, कब, यहाँ, वहाँ, जहाँ, कहाँ, सदा, क्या आदि, समुच्चय बोधक अव्यय - कि, किन्तु, अगर, मगर यदि, लेकिन, परन्तु, चाहे, या, अथवा, तथा, और आदि संबंधबोधक अव्यय के बाहर, के नीचे, के ऊपर। समस्त पदों के अव्यय

---

1- हिन्दी भाषा का मानकीकरण : समस्या और समाधान - डॉ० भगवान देव पाण्डेय, पृष्ठ -18

2- देवनागरी लिपि तथा हिन्दी वर्तनी का मानकीकरण, पृष्ठ - 9

3- देवनागरी लिपि तथा हिन्दी वर्तनी का मानकीकरण, पृष्ठ - 10

संयुक्त प्रयुक्त होंगे जैसे - प्रतिदिन, जीवमात्र, यथाविधि।

2- अर्द्ध स्वर य, व, के, स्थान पर विकल्प से, ऐ स्वर प्रयोग उचित है जैसे गए, आए, हुवा-हुआ, कुएँ। यही नियम क्रिया, विशेषण, संज्ञा आदि सभी रूपों में लागू किया जाय। जैसे नयी - नई, चतुरायी -चतुराई। लेकिन जहाँ य -श्रुति व्याकरणिक परिवर्तन से नहीं बनती वहाँ परिवर्तन नहीं होगा जैसे स्थायी, उत्तरदायी।

3- कुछ द्विरूपी शब्दों को बनाए रखा जाय। जैसे -गर्दन - गरदन, कुरसी -कुर्सी आदि।

4- तत्सम शब्दों की वर्तनी संस्कृतवत् रखी जाय।

**संख्यावाची शब्दों के मानक रूप**- निदेशालय ने संख्यावाची शब्दों के मानक रूप निम्नलिखित रूप में प्रस्तुत किए :-

एक, दो, तीन, चार, पाँच, छह, सात, आठ, नौ, दस, ग्यारह, बारह, तेरह, चौदह, पन्द्रह, सोलह, सत्रह, अठारह, उन्नीस, बीस, इक्कीस, बाईस, तेईस, चौबीस, पच्चीस, छब्बीस, सत्ताईस, अट्ठाईस, उन्तीस, तीस, इकतीस, बत्तीस, तैंतीस, चौंतीस, पैंतीस आदि अठावन, उनसठ, उनासी, इक्यानवे, बानवे, अठानवे, निन्यानवें, सौ।

**भारतीय हिन्दी परिषद की संस्तुतियाँ**- सन् 1950 में इलाहाबाद विश्वविद्यालय के हिन्दी विभाग ने हिन्दी के मानकीकरण का प्रश्न उठाया। **डॉ. धीरेन्द्र वर्मा** की अध्यक्षता में एक समिति गठित की गई, जिसके सदस्य थे : **डॉ. ब्रजेश्वर वर्मा, डॉ. हरदेव बाहरी, डॉ. माता प्रसाद गुप्त। डॉ. ब्रजेश्वर वर्मा** ने हिन्दी व्याकरण, डॉ. बाहरी ने वर्ण-विन्यास की समस्या तथा धीरेन्द्र वर्मा ने देवनागरी लिपि चिह्नो में एकरूपता और डॉ. माता प्रसाद ने हिन्दी शब्द भंडार के स्थिरीकरण पर अपने-अपने प्रतिवेदन प्रस्तुत किये। उन रपटों पर विस्तार से विचार हुआ था।

## 6- (क) हिन्दी वर्तनी के मानकीकरण की दिशा में किए गए प्रयासों का महत्व तथा कुछ सुझाव-

संविधान के निर्देशों के अनुसार हिन्दी का यह दायित्व भारत का संघ प्रशासन वहन कर रहा है। इसके अधीन भारत सरकार ने हिन्दी प्रचार-प्रसार की विविध उपयोगी योजनाओं को हाथ में लेने के साथ-साथ पारिभाषिक शब्दावली निर्माण, देवनागरी लिपि के मानकीकरण एवं हिन्दी वर्तनी के मानकीकरण की योजनाओं पर कार्य किया तथा मानकीकृत हिन्दी वर्णमाला, परिवर्धित देवनागरी एवं मानक हिन्दी वर्तनी से संबंधित चार्ट व पुस्तिकाएं आदि प्रकाशित कर वितरित किया। इस सिलसिले में उल्लेखनीय कार्य इस प्रकार है:-

1- उत्तर प्रदेश शासन ने 1953 एवं 1957 में देवनागरी वर्णो में जो सुधार सुझाये उन्हें भारत सरकार ने देश के विशेषज्ञों के सम्मुख विचारार्थ प्रस्तुत किया तथा उनकी राय को दृष्टि में रखकर 8-9 अगस्त 1959 को सम्पन्न भारत के शिक्षामंत्रियों के सम्मेलन में मानक देवनागरी लिपि को अंतिम रूप देकर उसे केन्द्रीय हिन्दी निदेशालय द्वारा प्रसारित करवाया। इस प्रक्रिया में एक ही वर्ण के जो एकाधिक रूप प्रचलित थे उनमें से एक ही रूप को स्वीकार किया गया। संयुक्त वर्ण निर्माण की विधि में जो विविधता थी उसे समाप्त कर एक ही वैज्ञानिक विधि की स्वीकृति दी गयी है। इसी प्रकार वर्ण जिन रेखाओं के योग से बनता है, उनको क्रमिक रूप से तथा आनुपातिक लंबाई एवं चौड़ाई से जोड़ने की विधि निर्धारित कर वर्ण की बनावट में सुडौलता, सुस्पष्टता एवं सुन्दरता लाने का प्रयास किया गया। अनुस्वार चिह्न आदि विशेषक चिह्नों को निर्धारित कर उनके स्थानगत प्रयोग की विधि स्पष्ट कर दी गयी।

2- अहिन्दी भाषियों के हिन्दी लिपि-लेखन अभ्यास के लिये केन्द्रीय हिन्दी संस्थान आगरा द्वारा पांच लाइनों एवं चार खानों में निर्मित हिन्दी लिपि भाग 1, 2 और 3 तथा Hindi Script : Work Book (लेखक : डॉ. विजयराघव रेड्डी) अभ्यास पुस्तकों की विधि को मानक स्वीकार कर केन्द्रीय हिन्दी निदेशालय, भारत सरकार, नई दिल्ली ने "देवनागरी लिपि अभ्यास पुस्तिका" तैयार कर उसको प्रसारित किया।

3- 15 अक्टूबर 1959 को संपन्न केन्द्र की मंत्रिमंडलीय बैठक के निर्णय के अनुसार भारत सरकार ने हिन्दी में अन्य भारतीय भाषाओं के मानक लिप्यंतरण की आवश्यकता को दृष्टि में रखकर देवनागरी में अन्य भारतीय भाषाओं की जिन विशिष्ट ध्वनियों के लिये लिपि चिह्न नहीं है, उनके लिये नये लिपि चिह्नों के निर्धारण के लिये 1960 में भाषाविदों की एक समिति गठित की थी, जिसने जून 1965 में अपना प्रतिवेदन प्रस्तुत किया। इस प्रतिवेदन की सिफारिशों को देश के विविध विश्वविद्यालयों के भाषा विभागों एवं अन्य शैक्षिक संस्थाओं एवं विद्वानों के पास भेजकर उनकी राय मांगी गयी। इस प्रतिवेदन की सिफारिशों को संस्थाओं/विद्वानों से प्राप्त रायों को दृष्टि में रखकर भारत सरकार ने 23 मार्च 1966 को अंतिम रूप देकर उन्हे अनुमोदित कर 'परिवर्धित देवनागरी वर्णमाला' के नाम से प्रसारित किया।

4- हिन्दी वर्तनी में प्रचलित विविध रूपों को दूर कर उसमें एकरूपता स्थापित करने के उद्देश्य से शिक्षा मंत्रालय भारत सरकार ने 1961 में आठ सदस्यीय एक हिन्दी वर्तनी समिति का गठन किया। इस समिति ने 19 अप्रैल 1961 को संपन्न अपनी अंतिम और चौथी बैठक में सभी पहलुओं पर गंभीर विचारविमर्श के बाद हिन्दी वर्तनी के संबध में एक नियमावली निर्धारित की। इस नियमावली

को अन्य विद्वानों एवं संस्थाओं के पास प्रेषित कर उनके सुझावों के आधार पर समिति ने अपनी सिफारिशें सरकार के पास अप्रैल 1962 में प्रेषित की। शिक्षा मंत्रालय ने इस विषय पर विभिन्न भाषाविदों से हिन्दी वर्तनी समिति की सिफारिशों पर गंभीरता से विचार-विमर्श के बाद अपनी संस्तुतियाँ 1967 में "हिन्दी वर्तनी का मानकीकरण" नामक पुस्तिका के रूप में प्रकाशित की।

5- किसी भाषा के मानकीकरण में लिपि एवं वर्तनी के अतिरिक्त उसकी संरचना में भी एकरूपता व मानकीकरण की आवश्यकता होती है। इस उद्देश्य की पूर्ति के लिये भारत सरकार ने 1954 में 5 सदस्यीय एक समिति का गठन किया। इस समिति ने आधुनिक संदर्भ में हिन्दी की भूमिका को दृष्टि में रखकर हिन्दी व्याकरण की रूपरेखा तैयार की।समिति के सदस्य **डॉ. आर्येन्द्र शर्मा** ने इस रूपरेखा के आधार पर अंग्रेजी में एक व्याकरण ग्रंथ प्रस्तुत किया जिसे शिक्षा मंत्रालय भारत सरकार ने 1958 में "A basic grammar of a modern Hindi" के नाम से प्रकाशित कर प्रसारित किया।

6- तृतीय विश्व हिन्दी सम्मेलन के अवसर पर 1983 में केन्द्रीय हिन्दी निदेशालय, भारत सरकार ने देश के लगभग 50 भाषाविदों से परामर्श कर 'देवनागरी लिपि तथा हिन्दी वर्तनी का मानकीकरण' नाम से एक 30 पृष्ठीय पुस्तिका प्रकाशित कर प्रसारित की है जिसमें मानकीकरण से संबद्ध कुछ नये बिन्दु जोड़ दिये गये।

मात्र सरकार के प्रयासों से हिन्दी या किसी भाषा के मानकीकरण की समस्या का समाधान नही मिल सकता। हिन्दी भाषा के प्रयोक्ता जब मानकीकृत रूप को प्रयोग में लाएंगे तभी भाषा में एकरूपता आ पाएगी तथा हिन्दी भाषा शक्ति एवं एकता की भाषा बन पाएगी।[1]

भारत जैसे विशाल भू-भाग के 7 राज्यों एवं संघ की राजभाषा के रूप में स्वीकृत हिन्दी जैसी भाषा जो आधुनिकीकरण की प्रक्रिया से गुजर रही है उस भाषा के मानकीकरण में कई बातों पर ध्यान देने की आवश्यकता होती है। **डॉ. गोपाल शर्मा**[2] ने इस संबंध में जो निम्नलिखित प्रश्न उठाए है।उनके समाधान ढूंढ़ने पर ही मानकीकरण की समस्या बहुत हद तक परिष्कृत की जा सकती है :-

(क)- एक सामान्य शिक्षित व्यक्ति की व्यावहारिक आवश्यकताओं को पूरा करने वाले भाषा का अपेक्षाकृत स्थिर रूप क्या हो?

(ख)- हिन्दी की बोली के प्रभाव को किस सीमा तक विस्तृत प्रयोग की हिन्दी में आत्मसात् किया जाए ?

(ग)- अन्य भाषाभाषियों के लिए हिन्दी के रूप, पदावली और मुहावरे में हटाव की स्वीकृति की सीमा (सह्य सीमा Tolarance Zone) क्या मानी जाए ?

(घ)- विभिन्न क्षेत्रों की प्रयुक्तियों के रूप में लिखी या बोली जाने वाली आज की हिन्दी में शब्दावली, पद और वाक्य विन्यास की दृष्टि से क्या सुधार लाया जाए ताकि वह सरल होते हुए भी विशिष्ट क्षेत्रों की जरूरतों को सही -सही पूरा कर सके ?

(ड़)- सरलता का मापदंड किसे माना जाए -1.हिन्दुस्तानीपन ? 2.फैली हुई विशिष्ट वाक्य रचना ? 3. पारिभाषिक शब्दावली में सुधार ? 4. अंग्रेजी शब्दों का बड़े पैमाने पर स्वीकरण ?

**सुझाव-**

1-संस्कृत के तत्सम शब्दों की वर्तनी व्याकरणिक सम्मत हो, अस्तु उनके स्थानापत्र शब्दों का प्रयोग करना उचित नहीं है :

| प्रयोज्य - | निषिद्ध |
|---|---|
| तीव्र बाह्य अगार- | तीव्र वाह -आगार |
| तत्व ज्योतिष अधीन- | तत्व ज्यौषित आधीन् |
| छत्रच्छाया ईर्ष्या - | छत्रछाया इर्षा |
| एकत्र चिह्न उच्छ्वास - | एकत्रित चिन्ह उछ्वास |
| कलश, औषध, उज्ज्वल - | कलस, औषधि उज्वल |
| मनोमोहन, महत्व महारथ | मनमोहन महत्व महारथी |
| मिष्ठात्र, मूर्च्छा, व्यंग्य - | मिष्ठान, मूर्छा, व्यंग |
| शशि कुमार सत्व दुर्गन्ध | शशी कुमार सत्व दुर्गन्धि |

2- रेफ के कारण विकल्प से होने वाले द्वित्व की प्रवृत्ति का निरोध किया जाय जैसे - आर्य्य (आर्य) शर्म्मा (शर्मा) कर्म्म (कर्म)

3- अंत्य हल चिह्नों तथा मध्यस्थ विसर्ग चिह्नों का अंकन किया जाय जैसे -

जगत् ,भगवान् ,परिषद्, वाक्,संसद्, सम्राट् उपर्युक्त शब्दों में हल् का प्रयोग न करने पर संधि के नियम अर्थहीन हो जायेंगे जैसे-

---

1- नागरी पत्रिका -डा0 विजय राघव रेड्डी, पृ0 27-28, फरवरी, 1998

2- निबंध -जनतंत्र में भाषा-योजना की समस्या और उनका स्वरूप गवेषण - अंक 31, 1978।

वाग्जाल, वाक्पति, संसत्सदस्य। इसी तरह दु:ख, नि:शंक, नि:श्वास, प्रात: स्मरणीय।

4- पंचमाक्षरों के स्थान पर अनुस्वार की प्रथा जारी रखी जाय।

5- द्विअर्थी या अर्थभेद वाले दो रूपों को चलाया जा सकता है। जैसे सूर (सूरदास, सूर्य) शूर (वीर) भंडार (स्टोर) भांडार (पैन्ट्री)

6- क.,ख.,ग.,ज.,र.,फ. का सामान्यीकरण हो क ख ग ज र फ हो चुका है फिर भी; यदि इन्हें अपनाया जाय, तो उचित होगा।

7- द्विरूपी अरबी फारसी शब्दों को संयुक्त व्यंञ्जन के स्थान पर सरल रूप में लिखा जाय जैसे सरदी दफतर, चरबी। इसी तरह कुछ उर्दू के शब्दों में लोग इ के स्थान पर य रखते है यह गलत हैं, गुंजाइश (गुंजायश) पैदाइश (पैदायश) फरमाइश (फरमायश) कुछ उर्दू शब्दों में एकरूपता उत्पन्न करने की आवश्यकता है।

| उचित प्रयोग | निषिद्ध प्रयोग |
|---|---|
| परेशान, साहब | परीशान, साहिब |
| प्याला, प्याज, ज्यादा | पियाला, पियाज, जियादा |
| दुकान, रोशनी | दूकान, रौशनी |

8- अंग्रेजी की न तथा म ध्वंनि के लिये अनुस्वार का प्रयोग उचित है।

9- अंग्रेजी के ह्रस्व ए, ओ, इ,ए आदि ध्वनियों के उच्चारण के लिए चिह्न आवश्यक है, अन्यथा टेस्ट (Test)और टेस्ट (Taste) में अन्तर करना कठिन होगा।

10- रपट अन्त्य या रूपों को बनाये रखने के पक्ष में है यद्यपि कि ए तथा ई रूप भी चलाये जा सकते हैं।

11- कुछ द्विरूपी शब्दों में उ या इ रखने की संस्तुति की गई है जैसे - गुसाई (गोसाई), गुहार (गोहार), मुटापा (मोटापा), छुटाई (छोटाई),दुबारा (दोबारा)

12-निम्नांकित शब्द जो कोष्ठक से बाहर है उचित हैं : घबराना (घबड़ाना), पिंजरा (पिजड़ा), मच्छर (मच्छड़), दीवार (दीवाल), राल (लार), भोली (भोरी), फुटकर (फुटकल), दाढ़ी (डाढ़ी), ढूढना (ढूढ़ना), फूरती (फुर्ती), सरदी (सर्दी),गरमी (गर्मी), चरचा (चर्चा), सचाई (सच्चाई), उचाट (उच्चाट)।

## (ख)- शब्दावली के मानकीकरण के संबंध में संस्तुतियाँ-

समिति ने शब्दावली के मानकीकरण से संबंधित पाँच शब्द समूहों के प्रयोग के संदर्भ में अपने विचार प्रस्तुत किए : 1- बोलचाल के शब्द, 2- साहित्यिक शब्द, 3- अखिल भारतीय स्तर के शब्द, 4- राजभाषा की शब्दावली, 5- अन्तरराष्ट्रीय भाषा की शब्दावली।

उपर्युक्त पाँच समूहों के संबंध में विचार करते हुए समिति ने निम्न सुझाव दिये :-

**1-** समिति का सुझाव था कि **लोक भाषा शब्दावली में पुनरुक्ति दोष का प्राधान्य** होता है। रस पुनरुक्ति से बचने के लिए, लेखकगण पर्यायवाची शब्दों का प्रयोग करते हैं; लेकिन एक ही शब्द के एकार्थी अनेक पर्याय, भाषा के स्वास्थ्य के लिये उचित नहीं होते, अस्तु उचित यही है कि उन पर्यायवाची शब्दों को पूर्ण के स्थान पर अपूर्ण पर्याय बना दिया जाय। इससे भाषा में समृद्धि आएगी।

**2- प्रादेशिक भाषाओं से शब्द ग्रहण-** हिन्दी भाषा की आत्मा को आहत न करते हुए, ऐसे शब्द जो इस भाषा में नहीं हैं, अन्य प्रान्तीय भाषाओं से ग्रहण किया जाय,क्योंकि संविधान की धारा 351 के अन्तर्गत हिन्दी को अन्य प्रान्तीय भाषाओं से रूप शैली और प्रयोग ग्रहण कर विकसित होना है।

**3- किसी विशिष्ट अर्थ के लिए एक शब्द का प्रयोग-** प्रशासन के क्षेत्र में, हर प्रदेश में किसी एक पद के लिए एक ही शब्द का प्रयोग करना उचित है जैसे डाइरेक्टर के लिए कहीं निदेशक तो कही निर्देशक या संचालक शब्द का प्रयोग करना अनुचित है। विधिन्याय या आर्थिक क्षेत्र में पर्यायवाची शब्द भ्रम उत्पन्न करते हैं।

4- **अमानकीकृत शब्दावली को निष्कासित किया जाय-** हमारे शब्द कोशों में ढेरों शब्द ऐसे है जिनका प्रयोग नहीं होता जैसे वायु के 49 पर्याय, सूर्य के लिये उतने ही शब्द हैं; इसी प्रकार एक संबंध के लिए जैसे भौजी, भौजाई, भाभी, भ्रात्टजाया, भौजो आदि शब्दों में से एक का निर्धारण उचित है।

## (ग)- व्याकरण के मानकीकरण के संबंध में सुझाव-

1- पश्चिमी तथा पूर्वी प्रयोगों से अलग मानकीकृत प्रयोग की प्रवृत्ति डाली जाय, जैसे 'मैंने वहाँ जाना है' पश्चिमी प्रयोग है तो 'हमको वहाँ जाना है' पूर्वी प्रयोग है। या हमको उसको रूपये देने है। इन प्रयोगों से अलग उचित तथा स्पष्ट वाक्य प्रयोग होना चाहिए।

2- लिंग विधान में द्विरूपी शब्द प्रयोग (विशेषत: स्त्रीलिंग में) बन्द होना चाहिए जैसे - 'रोटियां' रोटियें नहीं, 'लड़कियां' लड़किएँ

नहीं।

3- 'आठ बीघे खेत सींचा' इस वाक्य में समूहगत अर्थ है, अस्तु वाक्य सही है। इसी तरह 'आठ बीघे खेत जोता' में गणना का अर्थ है अस्तु दोनों रूप मान्य हैं।इसी प्रकार संबोधन के लियें अनुस्वार विहीन 'भाईयों','बहनों' आदि शब्दों का प्रयोग उचित है

4- संदिग्ध लिंग वाले शब्दों को पुल्लिंग या स्त्रीलिंग माना जाये : जैसे, कैसे, कुदाल,पिस्तौल, प्याज, आलू, दही आदि।

5- पद वाची शब्दों को लिंग भेद से ऊपर रखा जाय : जैसे मंत्री, राष्ट्रपति, शिक्षक आदि।

6- क्रिया प्रयोग में नियम के अनुसार स्त्रीलिंग या पुल्लिग क्रियाओं का प्रयोग हो।

7- हिन्दी की प्रकृति के अनुसार अप्रत्यक्ष कथन के लिए मात्र 'कि' का प्रयोग कर बात सीधे-सीधे कही जाय। जैसे उसने कहा कि मै जाऊँगा।

कुल मिलाकर जहाँ तक किसी भाषा के मानकीकरण का प्रश्न है तो मतभेद तो बने रहेंगे। विश्व की सभी भाषाओं के संदर्भ में ऐसा होता आया है, काल और प्रयोग हर समस्या का निदान बन जाता है।

## 7.मानक हिन्दी की व्याकरणिक रचना

अथवा

## प्रमुख व्याकरणिक रूपों के परिप्रेक्ष्य में हिन्दी के मानक रूपों का विश्लेषण

अथवा

## मानक हिन्दी की व्याकरणिक विशेषताएँ

अथवा

## मानक हिन्दी का भाषावैज्ञानिक विवरण (रूपगत)

अथवा

## मानक हिन्दी की (1)- ध्वनिगत, 2- शब्द रचना तथा 3- व्याकरणिक कोटियों का परिचय

### मानक हिन्दी की व्याकरणिक विशेषताएँ

मानक हिन्दी -भाषा खड़ी बोली हिन्दी का सर्वाधिक विकसित अद्यतन रूप है। यह दीर्घकालीन ऐतिहासिक विकास और प्रयोग की प्रक्रिया में परिष्कृत हिन्दी भाषा का वह आदर्श रूप है,जिसे विस्तृत भौगोलिक क्षेत्र की सम्पर्क् भाषा, शिक्षा तथा ज्ञान, साहित्य, कला एवं संस्कृति, विज्ञान एवं व्यवसाय; प्रशासन एवं कार्यालय की भाषा होने के साथ-साथ भारत की राष्ट्रभाषा एवं कई प्रदेशों की राजभाषा होने का भी गौरव प्राप्त है। उसकी भाषा-वैज्ञानिक एवं व्याकरणिक विशेषताओं को निम्नलिखित रूपों में देखा जा सकता है :-

(क)- ध्वन्यात्मक विशेषताएं

(ख)- रूप (शब्द एवं पद) रचनात्मक विशेषताएँ

(ग)- वाक्य रचनात्मक विशेषताएँ

**(क)- ध्वन्यात्मक विशेषताएँ-** 1- मानक हिन्दी की ध्वनियाँ स्वर एवं व्यंजन दो वर्गो मे विभक्त होते हुए भी आक्षरिक अर्थात् 'अ' स्वर युक्त होने से स्वराधारित ही है। जैसे - क = क् + अ, ख = ख् + अ आदि।

2- देवनागरी में प्रत्येक व्यंजन यद्यपि 'अ' स्वर युक्त माना जाता है परन्तु व्यवहार में कहता, चलता, लिखता तथा आप आदि में 'ह्','ल्','ख्' तथा 'प्' उच्चारण 'अ' स्वर रहित मिलता है।

3- अ+इ तथा अ+उ के योग से बने संधि -स्वर जैसे ए-ऐ, ओ-औ आदि मानक हिन्दी में मूल स्वर मान लिए गए हैं।

4- मानक हिन्दी में अनुतान और बलाघात आदि से बिना शब्द परिवर्तन के बलाघात से ही अर्थ-परिवर्तन हो जाते हैं। जैसे 'देख लेंगे' (आश्वासन परक); 'देख लेंगे' (चुनौती परक) तथा 'जायेंगे नहीं' (प्रश्नवाचक) तथा 'जाएंगे नहीं' (जाने के लिए आदेशात्मक) तथा 'जाएंगे नहीं' (सूचनात्मक)।

5- मानक हिन्दी में हिन्दी परिवार की कई बोलियों में प्रचलित उकार एवं ओकार प्रधान शब्द रूप के स्थान पर खड़ी बोली की प्रकृति के अनुरूप सिर्फ 'आ' स्वर प्रधान शब्द रूप ही स्वीकार किए जाते हैं - जैसे बड़ा, घोड़ा, आया, गया, चला आदि।

6- मानक हिन्दी में 'श' और 'स' का उच्चारण तो शुद्ध रूप में होता है किन्तु 'श' और 'ष' व्यंजन लिखित रूप में पृथक होते हुए भी उच्चारण में 'श' है।

7-मानक हिन्दी में 'ऋ' स्वर लेखन में तो है किन्तु उच्चारण में 'रि' हो गया है।

8- मानक हिन्दी में अंग्रेजी और अरबी-फारसी मूल के कुछ शब्दों को उनके उच्चारण के अनुरूप लिखित स्वरूप प्रदान करने के लिये 'ऑ' (डॉक्टर, ऑफिस आदि) तथा नुक्तों का प्रयोग (कायदा,कुरान, जरा, गौर आदि शब्दों में) किया जाता है।

9- मानक हिन्दी में 'ङ','ञ','ण','म','न' आदि अनुनासिक व्यंजनों का मूल्यांकन अनुस्वार (ं) के माध्यम से किया जाने लगा है।

10- 'ड़' और 'ढ़' व्यंजन वर्णमाला में न होकर भी अनेक हिन्दी शब्दों की रचना करते हैं। जैसे - सड़क, लड़ाई, चढ़ा,गढ़ा आदि।

11- मानक हिन्दी में संस्कृत के तत्सम, हिन्दी के तद्भव तथा अरबी-फारसी अंग्रेजी आदि अनेक भाषाओं के शब्दों का आत्मसाती करण मिलता है, किन्तु उनका लिंग-विभ्रान हिन्दी के अपने लिंग-विधान की परम्परा और उसकी प्रकृति के अनुसार ही लक्षित होता है। हिन्दी में व्यंजनान्त शब्द प्रायः पुल्लिग और इकारान्त या आकारान्त शब्द स्त्रीलिंग माने जाते हैं।

12- मानक हिन्दी में मूल और यौगिक - दोनों शब्दों का मानक प्रयोग मिलता है।

13- मानक हिन्दी में द्वित्व और संयुक्त दोनों प्रकार के व्यंजनों का प्रयोग मूल ध्वनि के रूप में होता है। जैसे - उद्दाम, (द्द), उत्तर (त्त) तथा चिह्न, ब्रह्म, सिद्ध, विद्या और उद्यम आदि।

**(ख)- रूप (शब्द एवं पद) रचनात्मक विशेषताएँ -** मानक हिन्दी की रूप रचनात्मक विशेषताओं के अन्तर्गत् विविध ध्वनियों से निर्मित शब्दों एवं पदों के वे विकारी-अविकारी रूप आते हैं, जिनमें लिंग, वचन, कारक और वाच्य आदि के कारण परिवर्तन उपस्थित हो जाते हैं। कुछ उल्लेखनीय विशेषताएँ इस प्रकार हैं -

1- हिन्दी में व्याकरणिक स्तर पर सभी शब्द विकारी (परिवर्तनीय) और अविकारी (अपरिवर्तनीय) दो वर्ग में विभक्त हैं।विकारी शब्दों में संज्ञा, सर्वनाम, विशेषण तथा क्रिया आते हैं जो रूप, लिंग, कारक और वाच्य आदि के कारण बदलते रहते है। अविकारी शब्दों में क्रिया-विशेषण, योजक, समुच्चय बोधक और विस्मयादि बोधक शब्द आते हैं, जो कि हर स्थिति में एक रूप रहते हैं- जैसे तथा, एवं, और, धीरे, बिना आदि।

2- मानक हिन्दी में संज्ञा शब्दों के चार रूप होते हैं। जैसे आकारान्त - छात्रा, छात्राएं, छात्राओं,छात्राओ आदि तथा इकारान्त - लड़की, लड़कियां, लड़कियों और लड़कियो आदि। ये रूप एकवचन, बहुवचन में मूल तथा संबोधन आदि के लिए बनते हैं।

3- मानक हिन्दी में दो लिंग (पुल्लिग और स्त्रीलिंग) तथा दो वचन (एकवचन और बहुवचन) हैं।

4- मानक हिन्दी में कारकों के विभक्ति-चिन्ह (ने,को,पर,से आदि) संज्ञा या सर्वनाम पदों के बाद परसर्ग रूप में प्रयुक्त होते हैं, जबकि अंग्रेजी के टूफ्राम,इन,आन आदि पहले आते हैं।

5- खड़ी बोली से प्राप्त कर्त्ता-कारक में 'ने' विभक्ति-चिह्न का प्रयोग मानक हिन्दी की मौलिक विशेषता है।

6- मानक हिन्दी के सभी आठ कारकों में मूल और विभक्ति चिन्हयुक्त मात्र दो रूप ही बनते हैं।

7- मानक हिन्दी में क्रिया के सामान्य रूप अंत में 'ना' प्रत्यय जोड़ने से बन जाते हैं। जैसे - चलना, खाना, पाना, देना, उठना, भागना, पढ़ना, सोना आदि।

8- हिन्दी में सर्वनामों के अन्तर्गत् शब्दों के कई रूप प्रचलित हैं, जिनमें मेरे को, हमारे को, मेरे से, तेरे से, तेरे को जैसे अमानक रूप भी हैं। इनमें मानक रूप मुझे-मुझकों, हमें-हमको, तुम्हें-तुमकों तथा मुझसे-तुझसे आदि ही हैं।

9- अंग्रेजी में विशेषण तथा क्रिया पदों रूप लिंग, वचन आदि के अनुसार नहीं बदलते हैं जबकि मानक हिन्दी मे संज्ञा पदों के लिंग-वचन के अनुसार उनमें परिवर्तन हो जाता है जैसे - अच्छा, लड़का, अच्छी, लड़की, अच्छे लोग आदि।

10- हिन्दी में प्रचलित करा,करिए, करिएगा, कीजिएगा जैसे रूप मानक नहीं है। मानक रूप किया, करो, कीजिए, है, हैं, 'होऊँ' आदि ही हैं।

11- मानक हिन्दी की क्रिया-संरचना में भूत, वर्तमान और भविष्यत् - तीन काल, निश्चयार्थ, आज्ञार्थ और संभावनार्थ - तीन अभिप्रेत, सामान्य, पूर्ण और अपूर्ण -तीन कालावस्था तथा कर्तृ, कर्म और भाव - तीन वाच्य होते हैं।

**(ग)- वाक्य संरचनात्मक विशेषताएँ -** वाक्य संरचना के अन्तर्गत् मानक हिन्दी की पद-क्रम अन्वय और लोप की विविध स्थितियां आती हैं, जिनमें से प्रमुख इस प्रकार है :-

**(अ)-पदक्रम-** 1- मानक हिन्दी में व्याकरणिक पद-क्रम-कर्ता + कर्म + क्रिया (जैसे - 'राम ने रावण को मारा') की व्यवस्था

मिलती है। कभी-कभी विशेष प्रयोजन से यह क्रम बदल भी सकता हैं, जैसे - 'आ चुके तुम।'

2- मानक हिन्दी में विशेषण पदों को विशेष्य या संज्ञा पदों से पहले, क्रिया विशेषण को क्रिया से पहले तथा कई विशेषण होने पर संख्यावाची सबसे पहले प्रयुक्त होता है। अपवाद प्रयोगों में वाक्य के अन्त में भी विशेषण प्रयुक्त होते हैं। जैसे - 'मानो या मत मानो, आदमी है वह बहुत बुरा।'

3- पूर्ण कालिक क्रिया पदों का प्रयोग मुख्य किय्रा पदों से पहले होता है। जैसे - वह छिपकर रोने लगा।

4- विस्मयादि बोधक, संबोधन पदों तथा 'केवल' आदि का प्रयोग वाक्य के आरम्भ में ही किया जाता है। संबोधन में अपवाद संभव है।

5- समुच्चय बोधक अव्यय और आदि दो पदों के मध्य में तथा कई पद होने पर अन्तिम दो के मध्य में प्रयुक्त होते हैं।

6- निषेधात्मक अव्यय क्रिया से पहले प्रयुक्त होते हैं।

7- आग्रह पर बल देने के लिए 'न' 'क' प्रयोग सदैव वाक्यांत में किया जाता है, जैसे, 'तुम आओगे न।'

**(ब)- अन्वय** - वाक्य में व्याकरणिक स्तर पर एक या अनुरूप प्रयोग मानक हिन्दी की अन्वय संबंधी विशेषता के अन्तर्गत् आते है। इसी के कारण 'कलकत्ता जा रहे हैं' परिवर्तित होकर 'कलकत्ते जा रहे हैं' तथा 'आगरा से लाना हैं','आगरे से लाने हैं' हो जाता है। मानक हिन्दी में अन्वय संबंधी कुछ विशेषताएँ इस प्रकार है :-

1- जिन वाक्यों में कर्ता के साथ कारक-चिहन नहीं होते उनमें क्रिया कर्ता के अनुसार बदलती है, परन्तु जिन वाक्यों में कर्ता के साथ ने, को ,से आदि कारक-चिह्न लगे होते हैं, उनमें क्रिया, कर्ता के अनुसार नहीं बदलती। जैसे - सीता गाना गा रही है और सीता ने गाना गाया।

2- मानक हिन्दी के आदर सूचक वाक्यों में एकवचन कर्ता के साथ बहुवचन क्रिया का प्रयोग होता है, जैसे - गुरूजी जा रहे हैं।

3- एक ही लिंग के बहुसंख्यक प्रयोग वाले वाक्यों में क्रिया उसी लिंग के बहुवचन में तथा अलग-अलग लिंग के बहुसंख्यक प्रयोग में क्रिया पुल्लिग बहुवचन प्रयुक्त होती है, जैसे - पति-पत्नी जा रहे हैं।

4- मानक हिन्दी में कर्ता के साथ कारक-चिन्ह होने पर क्रिया में परिवर्तन कर्म के अनुसार होता है। जैसे - श्याम ने लकड़ी तोड़ी। तथा 'सीता ने पत्थर तोड़ा।'

5- मानक हिन्दी में कर्ता और कर्म दोनों के साथ कारक-चिन्ह होने पर क्रिया का प्रयोग सदैव ही पुल्लिग एकवचन में किया जाता है, जैसे - छात्रों ने छात्राओं से प्रश्न पूछा।

6- विशेषण पद विशेष्य के लिंग, वचन के अनुसार बदलते हैं। जैसे - काली लड़की, काला लड़का, काले लड़के आदि।

7- क्योकि मानक हिन्दी में जड़-निर्जीव वस्तुओं का भी स्त्रीलिंग या पुल्लिग के रूप में कल्पित लिंग-निर्धारण हो जाता है, इसलिए ऐसे विशेष्य और विशेषण का अन्वय उनके लिंग-निर्धारण के अनुसार ही होता है।

**(स)- लोप** - मानक हिन्दी में वाक्य की संक्षिप्ति तथा व्याकरणिक पुनरावृत्ति से बचने के लिए कर्ता, क्रिया तथा वाक्यांश का लोप मानक प्रयोग है। ऐसा प्राय: प्रश्नोत्तर एवं संयुक्त वाक्यों की संरचना में होता है।

इस प्रकार मानक हिन्दी में ऐसी संरचनात्मक विशेषताएँ उपस्थित हैं जो पूर्ण निजता एवं मौलिकता के साथ उसे विशिष्ट भाषा-वैज्ञानिक पहचान और व्याकरणिक व्यक्तित्व प्रदान करती है। निरन्तर परिष्कार और विकास की संभावनाएँ समेटे हुए मानक हिन्दी भाषा बिना अनुकृति बने ही स्वायत्तता, पूर्णता और वैज्ञानिकता की दिशा में अग्रसर है।

अध्याय -41

# हिन्दी भाषा का वैज्ञानिक एवं तकनीकी विकास

अथवा

# वैज्ञानिक एवं तकनीकी क्षेत्र में हिन्दी की स्थिति

तमाम तरह के अन्तर्विरोधी झोलों को झेल रही हिन्दी के साथ समय-समय पर एक मायूसूकुन और दुखद सवाल चस्पा कर दिया जाता है कि इसके पास वैज्ञानिक और तकनीकी शब्दावली नहीं है। दूसरे शब्दों में, तकनीकी और वैज्ञानिक दृष्टि से हिन्दी कंगाल है। जो थोड़ी-सी इस तरह की शब्दावली है भी, वह जड़, स्थिर और नाकाबिल है, क्योंकि आधुनिक विज्ञान उक्त बासी और कुंद हो गई शब्दावलियों से बहुत आगे जा चुका है। अत: लगे हाथ यहीं पर इनका दूसरा आरोप दगना शुरू हो जाता है कि उक्त कंगाल शब्दावलियों के आधार पर तैयार वैज्ञानिक अपनी और देश की कितनी वैज्ञानिक प्रगति कर पाएंगा ? दरअसल, ये सभी सवाल मनगढ़ंत, कृत्रिम, गढ़े गए और मिराकी हैं। हिन्दी के पास अपार वैज्ञानिक और तकनीक शब्द -संपदा है। अंग्रेजी पक्षधरों ने हिन्दी की इन शब्दावलियों को पृष्ठो से बाहर निकलकर उन्हें उपेक्षित मान, उनका प्रयोग होने ही नहीं दिया तो आखिर उनका दोष क्या है? आप स्वत: सोचिये कि हिन्दी आज जब नई-नई समस्याओं से जद्दोजहद कर आज के बाजार को ताल ठोंकती हुई महज साहित्य की भाषा से अपने को ऊपर उठाकर विधि, वाणिज्य, पत्रकारिता, ईधन, भवन-निर्माण,चिकित्सा विज्ञान,मंदिर निर्माण,कागज-मुद्रण,बारूद-निर्माण, आयुर्विज्ञान, ज्योतिष विज्ञान, सैन्य विज्ञान, नाभिकीय विज्ञान,नाभिकीय भौतिक, रासायनिक, अभियांत्रिकी, रेडियो रासायनिक, रेडियो धातुकी, ईधन रासायनिक, विकिरण रासायनिकी, रियेक्टर रासायनिकी, भारी पानी उत्पादन संबंधी प्रौद्योगिकी की विभिन्न विधाओं में शब्द-संपदा का विशाल भण्डार बढ़ा कर एक-दूसरे से संपर्क-सूत्र की समर्थ भाषा का दर्जा हासिल कर चुकी है, तब भी हिन्दी के ऊपर वैज्ञानिक और तकनीकी शब्दों के अभाव का आरोप लगाना कितना उचित है ?

सच तो यह है कि भारत में ईसा युग के लगभग दो वैज्ञानिक पाठ्य-पुस्तकें मिलती है - (1) शल्य से संबंधित सुश्रुत संहिता (400-100ई0पू0)(2) उपचार औषधियों की मूल जानकारी से सबंधित चरक संहिता (100ई0)। इसमें कोई शक नहीं कि गणित और ज्योतिष के क्षेत्र में हिन्दू-विज्ञान अपने चरमोत्कर्ष पर था। इन क्षेत्रों में लगभग 100 ई0 से 1100 ई0 तक, एक हजार वर्षोकी परम्परा सामने आती है। उसके बाद भी फुटकर गतिविधियों का क्रम तो कभी रुका ही नहीं। छोटी-बड़ी अनेक पाठ्य-पुस्तकें थीं जिनमें शास्त्रीय सामग्री के साथ नये अन्वेषण संबंधी सामग्री भी सम्मिलित थी। इनमें प्रमुख ग्रंथ है **वाराह मिहिर** की 'पंचसिद्धान्तिका'(505ई0) और **भास्कर द्वितीय** का सिद्धान्त शिरोमणि (1150ई0)। पंच सिद्धान्तिका में सौर, वशिष्ठ, पौलूस, रोमका और पितामह सिद्धान्त क्रम की ज्योतिष संबंधी प्रमुख खोंजे संग्रहीत है। सिद्धान्त शिरोमणि चार उच्चकोटि की कृतियों का संकलन है - गणित पर लीलावती का कार्य, बीजगणित, 'गोलाध्याय' और 'गणिताध्याय', ये दोनों ज्योतिष की पुस्तकें है। भास्कर द्वितीय ने व्यापक रूप से वैज्ञानिक शब्दावली का प्रयोग किया और उनमें से कुछ का उसने स्वयं निर्माण भी किया था। कल्पनाशील विद्वानों के क्षेत्र में दो प्रसिद्ध हिन्दू-पुस्तकें हैं - **कौटिल्य** का अर्थशास्त्र (300 ई0पू0) जिनमें अर्थशास्त्र,राजनीति, विज्ञान और विज्ञान-नीतियों के नियमन आदि के बारे में लिखा गया है, और दूसरी **वात्स्यायन** का 'काम-सूत्र', (सही तिथि उपलब्ध नहीं है)जिसमें मनुष्य के वैयक्तिक और सामाजिक व्यवहार के बारे में विस्तार से विचार किया है। आधुनिक विज्ञान संबंधी पुस्तकों के विस्फोट की तुलना में ये पुस्तकें बहुत कम मालूम पड़ सकती हैं। लेकिन हमें ध्यान रखना है कि यूनानी ग्रन्थों के अतिरिक्त पश्चिम में पुनर्जागरण से पूर्व बहुत अधिक वैज्ञानिक लेखन नहीं था। यह ध्यान रखना चाहिए कि आधुनिक भारतीय संस्कृति का एक भाग अरब-परम्परा से आया है। यूरोप के अँधेरे-युग के दौरान मध्यपूर्व के लोगों ने ही वैज्ञानिक संस्कृति को पाला-पोसा था और अरबी विज्ञान की अन्तर्राष्ट्रीय भाषा बन गई थी। यूनान और हिन्दू स्रोत-सामग्री का भी बड़े पैमाने पर अनुवाद किया गया था। उनमें प्रबन्ध लिखे गये थे। उनमें - वे हैं **इब्न हेयां** (776 ई0) की कीमियागिरी में, **अता-ख्वारिज़मी** की (850 ई0) की गणित खगोलशास्त्र और भूगोल में; **अल रजी** की (850-823 ई0) निदान -चिकित्सा में, **अल-मसूदी** (913-957 ई0) की भूगोल में; **अबूल-वफा** (940-998 ई0) की गणित और खगोलशास्त्र में, **अल-बरुनी** (973-1048 ई0) की गणित, खगोलशास्त्र और भूगोल में पुस्तकें थी। गणित में सर्वाधिक महत्वपूर्ण पुस्तक **औमर-खय्याम** (1038-1124 ई0) की थी। मध्ययुग में इनमें से बहुत-सी पुस्तकें भारत में प्रचलित थीं। भारत-अरब अन्तर्सम्बन्ध का एक चक्र उस

समय पूरा हुआ जब उत्तर मध्यकाल के कुछ लेखकों - **जगन्नाथ** (A.D. -1652) और **नयनसुखोपाध्याय** (A.D.-1700 ई0) ने अरबी ग्रंथों से ली गई अनुवादित सामग्री को अपने संस्कृत के ग्रन्थों में शामिल किया।[1]

हिन्दी में विज्ञान-लेखन की परम्परा बहुत पुरानी है। कुछ लोग इसकी समय सीमा 150 साल पहले अर्थात् 1873 से मानते हैं, किन्तु आप जानते हैं हिन्दी का विकास आज से हज़ारों साल पहले हुआ है, तभी से इसमें लकड़ी, बागवानी, चमड़े की वस्तुएँ बनाने, गलीचा बुनने, मौसम का पूर्वानुमान लगाने, रसायन निर्माण, कपड़ा बुनने, फसलों को उगाने, धातुकर्म से संबंधित तकनीकें तथा गणित से लेकर अंतरिक्ष विज्ञान पर्यावरण, जीव विज्ञान साथ ही आज इलेक्ट्रानिक से लेकर मत्स्य-विज्ञान तक कोई भी विषय ऐसा नहीं है, जिसकी बुनियादी शब्दावली का निर्माण हिन्दी में न हो गया हो। आज लगभग चार लाख वैज्ञानिक तथा तकनीकीं शब्दों का भंडार हिन्दी के पास हो गया है।वस्तुत: अंग्रेजों के आने से पहले जो तकनीकी साहित्य हिन्दी में रचा गया, वह मुख्य रूप से संस्कृत से अनूदित था। हिन्दी में शुरुआती दौर का तकनीकी लेखन कम किन्तु ठोस दिखाई देता है। 'महरी पुराण','पुष्प पुराण','पुष्पवाटिका' आदि पुस्तकों में विज्ञान लेखन की आहट सुनाई पड़ती है। 'घाघ' और 'भड्डरी' का मौसम संबंधी पूर्व सूचनाओं का साहित्य इसका पुख्ता प्रमाण है। किन्तु हिन्दी में विज्ञान लेखन की विधिवत शुरुआत होती है उन्नीसवीं शताब्दी के उत्तरार्द्ध अर्थात् भारतेन्दु हरिश्चन्द्र के समय में। 23 अगस्त 1873 की 'कविवचन सुधा' में **भारतेन्दु** ने एक टिप्पणी में लिखा था - ''कायस्थ राजकीय पाठशाला के गणित विद्या के मुख्य अध्यापक पण्डित लक्ष्मीशंकर मिश्र एम.ए. ने हिन्दी भाषा में गणित विद्या की पूरी श्रेणी (Mathematical Series) बनाने का संकल्प किया है तथा उक्त महाशय ने सरल त्रिकोणमिति (Plane Trignomatry) हिन्दी भाषा में प्रस्तुत कर ली।'' प्राचीन संग्रहों से पता चलता है कि पण्डित लक्ष्मीशंकर मिश्र ने इन पुस्तकों के अतिरिक्त स्थितिविद्या, गतिविद्या, वायुमंडल विज्ञान, प्राकृतिक भूगोल पदार्थ विज्ञान आदि अनेक विषयों की पुस्तकें लिखीं। यह बात उन्हीं दिनों की है जब **महामहोपाध्याय पण्डित सुधाकर द्विवेदी** 'चलन-कलन' आदि गणित की पुस्तके लिख चुके थे। उन्नीसवीं सदी के हिन्दी लेखकों की दिलचस्पी नये शब्दों के संग्रह और निर्माण में कम न थी। पुस्तक-प्रणयन के साथ-साथ उन्होंने शब्द-संग्रह पर भी ध्यान दिया था। **लल्लू जी लाल** ने 1810 में साढ़े तीन हजार हिन्दी शब्दों की सूची तैयार की थी और उन शब्दों के फारसी और अंग्रेजी प्रतिरूप भी दिए थे। सभी शब्द पारिभाषिक न थे, किन्तु नये विषयों पर पुस्तक लिखने के लिए उपयोगी थे। इसी तरह **जॉन शेक्सपियर** और **फैलन** ने भी अंग्रेजी हिन्दी तथा हिन्दी-अंग्रेजी कोशों की रचना की, जिनमें विज्ञान के अनेक पारिभाषिक शब्दों का समावेश किया गया है। उस युग के शब्द-कोशों को देखने से एक बात साफ मालूम होती है कि उस समय अंग्रेजों का आंतक चाहे जितना रहा हो, अंग्रेजी का आतंक बहुत कम था। आज स्थिति उलटी है। आज अंग्रेजी का आंतक कहीं अधिक है। यह आतंक हिन्दी में नये शब्द गढ़ते समय साफ नजर आता है। सरकारी 'पारिभाषिक शब्द-समूह' इस आतंक का दर्पण है।

बहरहाल, इस शताब्दी के आरम्भिक काल में कुछ संस्थानों तथा निजी व्यक्तियों ने विज्ञान में मौलिक कृतियों का सृजन किया। सृजन का दीप जलाया सर्वप्रथम नागरी प्रचारिणी सभा, काशी ने 1901 में। इस संस्था ने एक ही समय सात विषयों की शब्दावली पर कार्य शुरू किया। इस प्रयास का ही परिणाम था कि हिन्दी के प्रसिद्ध समालोचक **बाबू श्याम सुन्दर दास** की गणित से संबंधित शब्दावली 1901 में तथा **ठाकुर प्रसाद खत्री** का भौतिकी विषयक कोश का प्रकाशन 1902 में हुआ। इसी समय **फूलदेव सहाय वर्मा, गोरख प्रसाद, महेश चरण सिन्हा, डॉ. सत्य प्रकाश** (अब स्वामी सत्य प्रकाश) ने विभिन्न विषयों यथा -भूगोल, दर्शन, कृषि कोश,मौसम की कहानी आदि का महत्वपूर्ण प्रकाशन करवाया। 1906 में रसायन तथा भूगोल से संबंधित एक महाकोश का प्रकाशन भी हुआ। इसके पश्चात् 1911 में 'विज्ञान प्रवेशिका भौतिक शास्त्र' का प्रकाशन हुआ। इसी समय विश्व भारती शांति निकेतन, कोलकाता तथा गुरुकुल कांगडी, हरिद्वार (उत्तरांचल) जैसी सुप्रसिद्ध संस्थाएँ भी हिन्दी में विज्ञान लेखन के क्षेत्र में सक्रिय हो गईं। कालान्तर में 1913 में इलाहाबाद में 'विज्ञान-परिषद' की स्थापना हुई और यही से 'विज्ञान-प्रवेशिका'भाग-एक की एक महत्वपूर्ण पुस्तक 1915 में छपी। तदनन्तर **डॉ. सत्यप्रकाश जी** ने 1930 के 'विज्ञान' के सितम्बर अंक में 'वैज्ञानिक पारिभाषिक शब्दावली' प्रकाशित की। उसके बाद 'भारतीय हिन्दी परिषद् , इलाहाबाद' ने 1942 में 'अंग्रेजी-हिन्दी वैज्ञानिक कोश' का प्रकाशन दो भागों में कराया। उसके बाद सुप्रसिद्ध कोशकार **डॉ. रघुवीर** ने अंग्रेजी हिन्दी शब्दावली कोष चार जिल्दों में प्रकाशित किया। आपने रसायन विज्ञान तथा अन्य वैज्ञानिक उपकरणों सहित ढेरों शब्द इसमें सम्मिलित किये हैं। डॉ. रघुवीर पर शब्दों के निर्माण में क्लिष्टता का आरोप अवश्य लगाया जाता है, किन्तु इस कोशकार ने संस्कृत की 520 धातुओं, 20 उपसर्गो एवं 80 प्रत्ययों की सहायता से लाखों तकनीकी एवं वैज्ञानिक शब्द गढ़कर संस्कृत की असीमित शब्द-निर्माण की क्षमता को सिद्ध कर दिया।

हिन्दी में विज्ञान एवं तकनीकी विषयों पर काम करने का सिलसिला आगे भी जारी रहा। विज्ञान एवं तकनीकी क्षेत्र में प्रगति के

---

**1-भाषा और प्रौद्योगिकी, पृष्ठ -268, सं. डा0 गिरिराज किशोर, रचनात्मक लेखन और प्रकाशन केन्द्र, आई.आई. टी. कानपुर, 1988**

लिये हिन्दी भाषा में प्रकाशन एवं लेखन हेतु शब्दावली के निर्माण के लिये भारत सरकार के शिक्षा मंत्रालय ने 1950 मे वैज्ञानिक शब्दावली आयोग की स्थापना की। राष्ट्रपति के 2 अप्रैल 1960 की विज्ञप्ति के अनुसार अक्टूबर 1961 में वैज्ञानिक एवं तकनीकी शब्दावली आयोग का गठन किया गया। इसी समय विशिष्ट भाषाविदों, साहित्यकारों एवं कुशल वैज्ञानिकों के सहयोग से तकनीकी शब्दों की सूची तैयार की गई। शब्दों के मूल-स्रोत का कार्य संस्कृत ने किया। हिन्दी में तकनीकी एवं वैज्ञानिक लेखन की चुनौतियों को स्वीकार करते हुए प्रत्येक हिन्दी भाषी प्रान्त में एक हिन्दी ग्रंथ अकादमी की स्थापना की गई। काशी हिन्दू विश्वविद्यालय, वाराणसी तथा दिल्ली विश्वविद्यालय जैसे अन्तर्राष्ट्रीय ख्याति के दो महत्वपूर्ण संस्थानों में भी हिन्दी में वैज्ञानिक एवं तकनीकी साहित्य से संबंधित ग्रंथ निर्माण की योजना आरंभ की गई। इन संस्थानों ने बहुत श्रम करके विज्ञान के सभी विषयों में स्नातकोत्तर स्तर के लिए आवश्यक पुस्तकों के प्रणयन का कार्य बहुत दक्षता-कुशलता के साथ पूरा किया। 1963 में केन्द्रीय सरकार द्वारा रुढ़की विश्वविद्यालय में एक 'शब्दावली विकास एकक' की स्थापना हुई और लगभग 5 वर्षो में इस एकक ने विभिन्न इन्जिनीयरिंग की हिन्दी शब्दावली के विकास का महत्वपूर्ण कार्य संपादित किया। तदन्तर शब्दावली आयोग ने शब्द-सूचियों की समीक्षा करके संबंधित विद्वानों एवं कोशकारों के सहयोग से पुनरीक्षित शब्दावली तैयार की। पहले चरण में ये शब्दावलियाँ विषयवार प्रकाशित की गईं और बाद में इन्हें वृहत् पारिभाषिक शब्द-संग्रह के रूप में मुद्रित किया गया।

वस्तुत: देश के स्वतंत्र होने के बाद से ही यह सवाल खदबदाने लगा कि हिन्दी इस देश के बहुमत की भाषा है, फिर भी हिन्दी में विज्ञान की पुस्तकें नही हैं। धीरे-धीरे इस दिशा में सरकारी-गैर सरकारी स्तर पर प्रयास शुरू हुए। इसी क्रम में सुझाव आया कि अंग्रेजी के मानक ग्रंथो का हिन्दी में अनुवाद कर लिया जाय। इस प्रयास को आगे बढ़ाते हुए 1965 में हिन्दी भाषी क्षेत्रों के विश्वविद्यालयों के कुलपतियों का महत्वपूर्ण सम्मेलन हुआ। इस सम्मेलन में यह तय किया गया कि वैज्ञानिक एवं तकनीकी विषयों में भी हिन्दी माध्यम अपनाने के लिए अपेक्षित पाठ्य-पुस्तकों का यथाशीघ्र निर्माण किया जाय। 1968-69 में केन्द्र सरकार ने राज्य सरकारों को अंग्रेजी पुस्तकों के हिन्दीकरण का आदेश दिया। इतना ही नही 1970 में यह भी माँग प्रबल रूप से उठी कि जुलाई 1971 से कृषि, पशु चिकित्सा आदि विषयों में स्नातक स्तर की शिक्षा हिन्दी माध्यम से आरंभ कर दी जाय। इस प्रयास को आगे बढ़ाते हुए 1983 में तृतीय विश्व हिन्दी सम्मेलन के अवसर पर वैज्ञानिक और औद्योगिक अनुसंधान परिषद (C.S.I.R.) ने 'हिन्दी वैज्ञानिक और तकनीकी प्रकाशन निदेशिका' प्रकाशित की। इसमें 1966 से 1980 तक प्रकाशित हिन्दी में प्रकाशित वैज्ञानिक एवं तकनीकी पुस्तकों का विवरण है, जिसे निम्न रूप में देखा जा सकता है, -

| विषय | मौलिक पुस्तकें | अनुदित पुस्तकें | कुल पुस्तकें |
|---|---|---|---|
| सामान्य विज्ञान | 159 | 18 | 177 |
| गणित | 314 | 29 | 343 |
| खगोल-विज्ञान | 57 | 18 | 75 |
| भौतिकी | 236 | 77 | 313 |
| रसायन-विज्ञान | 230 | 27 | 257 |
| भूविज्ञान | 77 | 24 | 101 |
| जीवाश्म विज्ञान | 2 | 1 | 3 |
| मानव विज्ञान | 84 | 32 | 116 |
| वनस्पति विज्ञान | 113 | 16 | 129 |
| प्राणी विज्ञान | 105 | 24 | 129 |
| प्रौद्योगिकी | 23 | 15 | 38 |
| चिकित्सा विज्ञान | 453 | 83 | 536 |
| अभियांत्रिकी | 261 | 47 | 308 |
| कृषि विज्ञान | 386 | 42 | 428 |
| गृह विज्ञान | 112 | 8 | 120 |
| व्यवसाय और व्यवसाय पद्धति | 114 | 7 | 121 |
| रसायनिक शिल्प विज्ञान | 59 | 1 | 60 |
| औद्योगिक निर्माण | 30 | 2 | 32 |

| | | | |
|---|---|---|---|
| शिल्प उद्योग | 28 | 0 | 28 |
| भवन निर्माण उद्योग | 27 | 3 | 30 |
| कुल | 2870 | 474 | 3344 |

हिन्दी में प्रारम्भिक दौर की कुछ महत्वपूर्ण पुस्तकें बकौल **अनिल कुमार शुक्ल** इस प्रकार हैं, :-

1- सरल त्रिकोणमिति की रूपरेखा (1873), श्री लक्ष्मीशंकर मिश्र, मेडिकल हाल प्रेस, बनारस।

2- विज्ञान-प्रवेशिका भाग दो (1917), श्री महावीर प्रसाद श्रीवास्तव, विज्ञान परिषद, प्रयाग।

3- चुम्बक (1917), श्री सालिगराम भार्गव, विज्ञान परिषद, प्रयाग।

4- प्रारंभिक भौतिक विज्ञान,(1930), श्री निहालकरण सेठी, हिन्दी प्रकाशन मंडल, काशी हिन्दू विश्वविद्यालय।

5- चर्म बनाने के सिद्धान्त (1930), श्री देवदत्त अरोड़ा, हिन्दुस्तानी एकेडमी, उत्तर प्रदेश, इलाहाबाद।

6- विज्ञान (सितम्बर 1930), मासिक पत्रिका, विज्ञान परिषद, इलाहाबाद।

7- वायुमंडल (1940), डॉ. कल्याण बक्ष माथुर, विज्ञान परिषद, प्रयाग।

8- वायुमंडल की सूक्ष्म हवाएँ (1946),डॉ. सन्त प्रसाद टंडन, विज्ञान परिषद, प्रयाग।

9- रासायनिक तत्ता विश्लेषण (1949), श्री गोरख प्रसाद श्रीवास्तव, हिन्दी प्रकाशन मंडल, काशी हिन्दू विश्वविद्यालय।

10- भौतिक रसायन की रूपरेखा (1954), डॉ. रामचरण मेहरोत्रा, उत्तर प्रदेश हिन्दी साहित्य सम्मेलन, प्रयाग।

11- ठोस ज्यामिति (1955), प्रथम संस्करण (1945), डॉ. ब्रजमोहन, हिन्दी साहित्य सम्मेलन, प्रयाग।

12- प्रकाश विज्ञान (1955), डॉ. निहालकरण सेठी, एस0 चन्द एण्ड कम्पनी, दिल्ली।

13- चुम्बकत्व और विद्युत (1960),डॉ.निहालकरण सेठी, हिन्दुस्तानी एकेडेमी, उत्तर प्रदेश, इलाहाबाद।

14- Comprehensive English-Hindi Dictionary (1960) By Prof. Raghuvira International Acadamy of Indian Culture New Delhi -16

15- वैज्ञानिक परिब्राजक (1967), स्वामी सत्यप्रकाश सरस्वती अभिनंदन ग्रंथ विज्ञान परिषद प्रयाग।

16- वैज्ञानिक शब्दावली : इतिहास और सिद्धान्त (1968)- ओम प्रकाश शर्मा

17- हिन्दी विश्वकोश (1968) नागरी प्रचारिणी सभा काशी (दसवाँ खण्ड)

हाल के वर्षो में हिन्दी में तकनीकी एवं वैज्ञानिक शब्दावली के विकास के लिये सरकार ने कोठारी आयोग की संस्तुतियों और सिफारिशों को स्वीकार कर बहुत प्रशंसनीय कार्य किया है। संघ लोक सेवा आयोग भी अब अपनी परीक्षाओं को हिन्दी में आयोजित कर रहा है। कई इन्जीनियरी विश्वविद्यालयों में प्रवेश परीक्षा हेतु हिन्दी माध्यम को स्वीकृत किया गया है। अनुसंधान क्षेत्र एवं संगोष्ठियाँ तथा विज्ञान-लेखन अब हिन्दी में हो रहा है।

## कुछ ठोस सुझाव

एक ज्वलंत सवाल सामने आता है कि तकनीकी एवं वैज्ञानिक विकास की भाषा क्या हो, देसी या विदेशी ? उत्तर है - देसी। इस धरती पर ढेरों ऐसे देश हैं, यथा - चीन, जापान, फ्रांस, स्पेन आदि जिन्होनें अपनी भाषा में विज्ञान को विकसित कर उसे सामान्य जनता को मुहैया कराया। इग्लैण्ड ने फ्रेंच भाषा के विरुद्ध इस चुनौती को स्वीकार कर अपनी संस्कृति और संवेदना की रक्षा करते हुए विज्ञान को विकसित किया। अगर हमारे भीतर भी वही संकल्प, सही दृष्टि, इच्छा शक्ति और सामर्थ्य के प्रति आत्मविश्वास है तो हम भी आगे बढ़ सकते हैं। सुप्रसिद्ध वैज्ञानिक **विक्रम साराभाई** के अनुसार,-"Our late arrival on the scene, our enitial back wardness and the meagre investments made by us in the past need not remain our handicaps but may be converted to our valuable assets. If we now develop the vision, the will and the determinati on to move forward with firm steps and with the confidence in our ability to achieve our cherished objectives." अगली बात यह है कि हिन्दी में तकनीकी साहित्य मुख्यत: अंग्रेजी के माध्यम से आ रहा है, अत: इसके अनुवाद की समस्या विकट है। अंग्रेजी शब्दों का अनुवाद करते समय हमें उसकी बोधगम्यता एवं संम्प्रेषणीयता पर ध्यान देना चाहिये। वस्तुत: भाषा की प्रकृति को जाने बिना किया गया अनुवाद विषय को दुर्बोध एवं अपच-उबाऊ बना देता है। सुप्रसिद्ध वैज्ञानिक **प्रो. जे. एन. कपूर** कहते हैं कि जब हम जनता तक विज्ञान और तकनीक पहुँचाने की बात करते हैं तो यह सरकारी वैज्ञानिक शब्दावली हमारे बहुत काम की साबित नहीं होती। उदाहरण के लिये कृषि विज्ञान को ही लें। हमें भारतीय कृषि अनुसंधान परिषद की लगभग 40 प्रयोगशालाओं और देश भर में फैले हुए 23 कृषि विश्वविद्यालयों में किए जा रहे वैज्ञानिक अनुसंधान द्वारा निकाली गई खेती और पशुपालन की सुधरी तकनीकों को जल्दी से

जल्दी किसानों तक पहुँचाना है। इसके लिये जहाँ दूसरे साधन इस्तेमाल में लाए जा रहे हैं, वही पत्र-पत्रिकाएँ, परचें, पुस्तके-पुस्तिकाएँ जैसी मुद्रित सामग्री भी बहुत जरूरी मानी गई हैं। भारतीय कृषि अनुसंधान परिषद 'खेती' (मासिक-पत्रिका)'फल-फूल' (त्रैमासिक-पत्रिका) और 'कृषि चयनिका' (त्रैमासिक-पत्रिका) प्रकाशित करने के साथ ही गेहूँ से गुलाब तक सभी विषयों में हिन्दी में पुस्तकें छप रही है और अब तक 500 पुस्तकें छप चुकी है, लेकिन इस सामग्री को तैयार करने में भारत सरकार के वैज्ञानिक शब्दावली आयोग द्वारा प्रकाशित शब्दावली का सहारा यदि लिया जाय तो ऐसा अनुवाद तैयार होगा, जो किसानों के पल्ले नहीं पड़ने वाला। यहाँ तक कि हमारी सभी फसलों, मछलियों, चिड़ियों तथा पेड़-पौधों के नाम भी किसी एक शब्दकोश में सही नही मिलते। अंग्रेजी शब्दों के जो हिन्दी अनुवाद किए जा रहे हैं, उनमें मूल आत्मा नहीं उतर पाती। अब भी हमारे यहाँ 'ग्रीन ग्राम' (Green Gram) का अनुवाद 'मूँग' की बजाय 'हरा चना','ब्लैक ग्राम' (Black Gram) का अनुवाद 'उड़द' की जगह 'काला चना' तथा रेडग्राम (Red Gram) का अनुवाद 'अरहर' की जगह 'लाल चना' किया जा रहा है। दूसरी ओर इन अनुवादों की हिन्दी शब्दावली बेहद कठिन भी है, यथा -

| | | | |
|---|---|---|---|
| Reciever | अभिग्राहक, | Differential gain | अवकलीयलब्धि |
| Linear resolution | एकधाती पृथकता | Scanning | क्रमवीक्षण |
| Field of View | दर्शन क्षेत्र | Compressed | संपीड़ित |
| Augumental | आवर्धी | Horizental Bpanking | क्षैतिज लोपन |
| Internal | अंतराल | Sampling | प्रतीचयी |
| Interpolated | अन्तर्वेशित | Phase dis tortion | फेस विरूपण |

अत: उक्त कठिन शब्दावली से बचने के लिये हमें तकनीकी साहित्य के संदर्भ में मौलिक भाषा का प्रयोग करना चाहिये, - "All Mathematics and Science Education in School can be and should be given through the Hindi Medium, but we need a massive programme of producing good text books, good supplementary readers, good popular books and good popular magazinesin Hindi..........We also do not have a magzive comparable to `Science To-day' in Hindi" अगला आरोप यह लगाया जाता है कि हिन्दी अंग्रेजी के तकनीकी शब्दों की संकल्पना को स्पष्ठ नहीं कर पाती है, इसलिए हिन्दी में तकनीकी एवं वैज्ञानिक शब्द-संपदा नहीं बन पा रही है, किन्तु यह धारणा एकदम गलत है। यदि अंग्रेजी शब्दों का हिन्दी में उचित स्थानापत्र किया जाय तो समस्या का कुछ हल संभव है, यथा अंग्रेजी के Telescope, Telephone, Telivision, Teleprinter, Tele Communication के लिये हिन्दी में क्रमश: दूरबीन,दूरभाष, दूरदर्शन, दूरमुद्रण, दूरसंचार शब्द मिल जाते है, जो एकदम आसान हैं। अगला सुझाव यह है कि वैज्ञानिक एवं तकनीकी अनुवाद सिखाने के लिये हिन्दी और भारतीय भाषाओं में जगह-जगह कार्यशालाएँ आयोजित की जायें। राजभाषा कार्यान्वयन की समीक्षा में हिन्दी में लिखी गई तकनीकी रिपोर्टो, हिन्दी में तकनीकी पत्रिका के प्रकाशन और इस दिशा में कार्यरत वैज्ञानिकों को प्रोत्साहन दिया जाय। तकनीकी शब्दों के अर्थ सुनिश्चित और स्पष्ट होने चाहिए। तकनीकी तथा वैज्ञानिक शब्दावली को अंतिम रूप देने का उत्तरदायित्व राष्ट्रीय वैज्ञानिक एवं प्रौद्योगिकी परिषद को सौंपा जाय तथा राष्ट्र के सभी निकायों, आयोंगो, अनुसंधान एवं विकास संगठनों, विश्वविद्यालयों तथा भारतीय प्रौद्योगिकी संस्थानों से परिषद द्वारा मान्य शब्दावली के प्रयोग पर जोर दिया जाय। तमाम दावों के बावजूद दूरदर्शन पर विज्ञान से संबंधित हिन्दी में कार्यक्रम लगभग नहीं के बराबर हैं, अत: आकाशवाणी की तरह दूरदर्शन में भी अलग से 'सांइस सेल' बनायी जाय। कहीं भी विज्ञान या तकनीकी संबंधी साक्षात्कार हो, जहाँ कहीं प्रायोगिक परीक्षा हो, वहाँ पर हिन्दी को प्राथमिकता दी जाय। अनुसंधान परक चर्चाएं एवं शोध साहित्य हिन्दी में लिखने-बोलने की अनुमति दी जाय तथा अध्यापकों की नियुक्ति एवं प्रोन्नति में हिन्दी में लिखी पुस्तकों एवं शोध पत्रों को महत्व दिया जाय, अंग्रेजी पक्षधरों को यह समझाया जाय कि हिन्दी समर्थ एवं सरल भाषा है। इसकी वर्ण माला, शब्द-विन्यास, वाक्य-गठन तथा पदावलियाँ सीखने में आसन है। अत: ऐसी हिन्दी में ही तकनीक एवं विज्ञान तथा वैज्ञानिक फल-फूल सकते हैं, अंग्रेजी में नहीं।

अध्याय -42

# स्वतंत्रता संघर्ष के दौरान हिन्दी का राष्ट्रभाषा के रूप में विकास तथा उस संघर्ष में हिन्दी का योगदान

अथवा

# राष्ट्रभाषा के रूप में हिन्दी के प्रचार-प्रसार और उसकी प्रतिष्ठा के प्रति, स्वतंत्रता आन्दोलन के मध्य, विभिन्न पत्र -पत्रिकाओं एवं समाचार-पत्रों का योगदान

या

# हिन्दी की विकास यात्रा और समसामयिक हिन्दी पत्रकारिता

कहते हैं, भाषा अपनी जमीन से उखड़ कर भटक गए लोगों को अन्धेरे में मशाल थमाती है। वह व्यक्ति और समाज के बीच जीवित संवाद बनती है। वह परंपरा को आधुनिकता से मिलाती है। वस्तुत: भाषा किसी भी देश की संस्कृति का अक्षय कोष होती है। हिन्दी ने इस देश में भाषा के उक्त सभी गुणों को जिया। इसने भारत की परम्परा, संस्कृति और विचार की धरोहर को वहन करते हुए इन सबको अपने भीतर अक्षुण्ण रखा। वह भारतीय सर्जनात्मकता का अपराजेय संकल्प रही है। स्वतंत्रता आन्दोलन के दौर में वह गुलामी और अंधकार, हताशा और दुख से लड़ने का औजार थी। इसने भारतीय धरती के रूप-रंग, गंध-रस इन सबका समय-समय पर एहसास कराया। आजादी के दरम्यान मुरझाए मनों को अपनी विशिष्ट ऊर्जा से सींचकर हरा किया। विचारों के बंजरपन, द्वन्द्व और संशय में इसने जीवन संघर्ष का जीवट और सृजन की प्रेरणा दी। कुल मिलाकर हर तरह की जड़ता के विरुद्ध संस्कृति की गतिशीलता की लड़ाई लड़ी। इसके विपरीत अंग्रेजी ने इस देश के सांस्कृतिक बोध को कुचला, राष्ट्र के टुकड़े किए, आबादियों को बाँटा, फिर भी हिन्दी ने संस्कृति के तार टूटने नहीं दिया। इसने इस देश की उदारता, परिवेश, छवि, संवेदना - इन सभी को विशिष्ट चिन्तन सरणि के लौह साँचे में ढाल कर एक सार तथा भिन्नताहीन बनाया। आज भी हिन्दी के भीतर इस देश का संपूर्ण इतिहास फेटकर समाहित है। आज भी यह इस देश की जलधारा की भाषा है, लोकगीत की भाषा है, आसमान के रंग और नदी के उठते उफान की भाषा है, आदिम रिश्तों की भाषा है, साथ ही भाषा के भोजपत्र पर लिखी विप्लव की अग्नि ऋचा भी है, किन्तु इस देश की धरती पर सरहदों की कशीदाकारी करने वालों ने इसे टुकड़ों-टुकड़ों में बाँटा। स्वतंत्रता संग्राम की भाषा हिन्दी आज भी आरोपित जटिलता का संकट झेल रही है। अपने ही देश में यह पना[illegible]ीन बन खून और खाक में घिसट रही है।

आप जानते हैं, 1857 ई0 में इस देश में रोमांचकारी खूनी विद्रोह हुआ था। इसे ही भारत के इतिहास में 'प्रथम स्वतंत्रत[illegible]' के नाम से जाना जाता है। अंग्रेजी राज से मुक्ति की छटपटाहट में पूरे देश की जनता एकजुट थी। जरूरत थी तो महज एक ऐसी भाषा की - जो पूरे मुल्क की पुख्ता आवाज बनकर उभरे। वह भाषा थी हिन्दी। हिन्दी इस देश के बहुलांश की भाषा थी। इसने इस चुनौती को स्वीकार कर स्वतंत्रता आन्दोलन में अपनी सक्रिय हिस्सेदारी निभाई। भोजपुरी, ब्रजभाषा, मगही, कन्नौजी, जयपुरी आदि विभिन्न रूपों में हिन्दी बिखरी अवश्य थी, किन्तु गद्य की शक्ल खासकर बोलचाल, भाषण, सूचना आदि के स्तर पर यही अखिलदेशीय संवाद का माध्यम बन रही थी। इसी को समय-समय पर हिन्दी, हिन्दुई, हिन्दुस्तानी आदि नामों .. विविध पैरहन और वेशभूषा से सजाया जाता रहा। लेकिन इसका अर्थ यह नहीं है कि हिन्दी संपूर्ण देश की आम स्वीकृति की निरापद भाषा बन गई थी।

तत्कालीन शासक अंग्रेजों ने हिन्दी का विरोध हर स्तर पर किया। उन्होनें हिन्दी को आजादी की लड़ाई की भाषा बनने में हर अव[illegible]ध खड़ा किया। 'फूट डालो और शासन करो' की अपनी नीति के तहत इन अंग्रेजों यथा - **बीम्स, डॉण्डफ, ट्रेवेलियन, प्राइस, टेलर, गिल काइस्ट** तथा **गार्सा द तासी** ने प्रथमत: हिन्दी को हिन्दुओं से तथा उर्दू को मुसलमानों से जोड़ा। इन्होंने उर्दू की तुलना में हिन्दी को जहाँ हेय, गवारू - "They opposed the introduction of Hindi in Law Courts and Government Departments on the ground that Hindi was too Vulgar and Common place a lauguage to be given official recognition, it lacked both poise and dignity ....... besides it was a difficult language."[1] चुकी हुई तथा अनिश्चय दस-बारह बोलियों का समूह मात्र बताया, वहीं उर्दू को मुसलमानों की जाति, मजहब, सम्प्रदाय, पहचान और अन्तत: खाँटी इस्लामियत से नत्थी तो किया ही 'मुस्लिम सांस्कृतिक अल्पमत' का एक नया नारा गढ़ते हुए मुसलमानों को चेताया भी कि ''इस्लामियत की पहचान उर्दू खतरे में है।'' हम लोग अपनी 'किंग्स इंग्लिश' (King's English) की तरह तुम लोगों की उर्दू को भी 'किंग्स लैंग्वेज' (शासन की भाषा) बनाना चाहते हैं। गिल क्राइस्ट तो हिन्दी को बुतपरस्तों की भाषा मानते थे। हिन्दी को फूटी आँखों से न देखने वाले डॉ. गिल क्राइस्ट उर्दू की जगह हिन्दी तथा अन्य देशी भाषाओं के पक्ष में निर्गत सरकारी आदेशों की अवहेलना निरन्तर करते रहे, - It is hereby enacted that from the Firstday of December 1837, it shall be lawful for the Governer General of India in Council, by an order in Council to dispence either generally, or with in such local limits, as may seen to him meet with any provision of any Regulation of the Bengal Code, which enjoins the use of the Persian language ......... in such proceedings. अंग्रेजों के इस हिन्दी-विरोधीकुकर्म में **सर सैय्यद अहमद खाँ** ने भी सहयोग दिया। **सर सैय्यद खाँ** ने उर्दू की लड़ाई लड़ने के लिये 1893 ई0 में बाकायदा `Urdu Defence Association'(M.A.O.) कायम करते हुए हिन्दी के विरुद्ध एक जबर्दस्त आन्दोलन चलाया और कहा कि मुसलमानों के लिए हिन्दी बहुत घातक सिद्ध होगी,-"Sir Syed Ahmad Khan openly denounced the pro-Hindi agitation saying that the adoption of Hindi language would greatly injure educated Mussalmans.'He held to be the greatest injury save deprivation of their religion." कुल मिलाकर उर्दू समर्थकों ने हिन्दी को उर्दू के टाट से बाहर कर दिया। सूफी कवि नूर मुहम्मद ने कहा, -

**''जानत है वह सिरजन हारा। जो कुछ है मन-मरम हमारा।।**
**हिन्दू मग पर पाँव न राखेउँ। का जौं बहुतै हिन्दी भाखेउँ।।**
**मन इसलाम मसल कै माजेउं। दीन जेवरी करकस भाजेउँ।।''**

इतना ही नहीं, उस्ताद 'सौदा' के लिए तो हिन्दुस्तान ही रौरव नरक बन गया -

**''गर हो काशिशे शाहे खुरासान तो सौदा,**
**सिजदा न करूँ हिन्द की नापाक जमीं पे।''**

बहरहाल, काफी झूमा झटकी, मशक्कत, जुलूस, नारेबाजी के बाद तो हिन्दी का उसका आंशिक हक मिला, क्योंकि फारसी लिपि हिन्दी का साथ छोड़ने का नाम नहीं ले रही थी। **मैकडोनेल** के आदेश No. 585/3-343C,68-1900 के साथ हिन्दी का गौरव पुन: उसे वापस मिला, 1- All person may present their petitions or complaints either in the Nagri or in the Persian character, as they shall desire. 2- All summons, proclamations and like in Vernacular issuing to the public from the courts or from Revenue official, shall be in the Persian and Nagri character and the portion in the letter in variably be field up as well as that in the farmer. 3- No one shall be appointed, except in a purely English office, to any ministrial appointment after one year from the date of this Resolution unless he knows both Hindi and Urdu, and any one appointed in the interval who knows one of these languages not the other, shall be required to equaly in the language, which he does not know with in one year of his appointment." दरअसल इन अंग्रेजों का स्पष्ट लक्ष्य हिन्दू धर्म और हिन्दी भाषा का अपमान करना था। भारतीयों के लिये **मैकाले** ने लिखा,- "A race debased by three thousand years of despostism and priest-craftand sunk in slavery and superstition."

किन्तु इस देश और हिन्दी को **महात्मा गांधी** का जीवन भर ऋणी रहना पड़ेगा, क्योंकि स्वतंत्रता आन्दोलन की भाषा हिन्दी के प्रति महात्मा जी का बड़ा भारी दाय है। महात्मा गांधी ने 1916 ई0 के कांग्रेस अधिवेशन के अध्यक्ष **श्री बाल गंगाधर तिलक** से जब हिन्दी में बोलने का आग्रह किया तो बगल में बैठी **श्रीमती एनी बिसेन्ट** ने इस पर नाखुशी जाहिर की।गाँधी जी, आपको ज्ञात है, गुजराती भाषी थे, चूँकि लंदन में उन्होंने वकालत की शिक्षा प्राप्त की थी, सो अंग्रेजी का भी उन्हें गहरा बोध था। इसके बावजूद भारतीय स्वाधीनता आन्दोलन के केन्द्रीय सूत्रधार बने गांधी ने हिन्दी का अखिल देशीय चन्दोवा और वितान गढ़ा, रचा तथा बुना जबकि स्वतंत्रता की फसल को बेखौफ काट उससे अपना घर ऊभ-चूभ कर पाटने वाले बाद के नेताओं ने अपनी चिन्ता तो जरूर की, पर हिन्दी की नहीं की। भारतीय राजनीति के फलक पर गांधी जी का उदय सन् 1916 ई0 के आसपास हुआ था। इसके पहले चूँकि उनका कार्य क्षेत्र लगभग गुजरात ही था, अत: हिन्दी से उनका रिश्ता दूर का ही था, फिर भी स्वतंत्रता आन्दोलन की भाषा बनाने और जन-जन तक

पहुँचाने के लिये उन्होंने हिन्दी का नया चेहरा और चरित्र निर्मित किया। इस संदर्भ में सर्वप्रथम गुजरात के शिक्षित वर्ग को स्वभाषा गौरव का महत्व समझाते हुए गांधी जी ने 1909 में कहा कि,-" क्या वे लोग जो अपनी मातृभाषा का अपमान करते हैं, कभी देश का भला कर सकते है ××××× जो लोग अपनी भाषा छोड़ देते हैं, वे देशद्रोही हैं और जनता के प्रति विश्वासघात करते है।"[1] उनके इसी स्वभाषा प्रेम का उदात्तीकरण राष्ट्रभाषा के रूप में हुआ।[2] उन्होंने बड़े मनोयोग से हिन्दी सीखी और भविष्य में हर स्तर पर हिन्दी में ही कार्य करने का संकल्प लिया।

बहरहाल, प्रसंग को पीछे खिसकाते हुए मैं आपको बता रहा हूँ कि एनी बिसेन्ट की हिन्दी-संबंधी आपत्ति पर गाँधी जी ने स्पष्ट कहा कि,-"काग्रेस का करीब-करीब सारा ही काम अंग्रेजी में चलाने से राष्ट्र को बहुत नुकसान उठाना पड़ा है ××××× इन तमाम वर्षो के लम्बे समय में कांग्रेस दिखाने भर को राष्ट्रीय रही है, लोक शिक्षा की कसौटी पर उसे कसें, उसकी कीमत कूतें तो कहना होगा कि वह कभी राष्ट्रीय नही थी।[3] उनकी इस भावना को मराठी के प्रखर विद्वान् अंग्रेजी के कुशल प्रवक्ता श्री तिलक ने सच्चे हृदय से स्वीकार करते हुए कानपुर के एक सार्वजनिक समारोह में कहा कि,-"यदि मैं उन लोगों मे से हूँ जो चाहते हैं और जिनका विचार है कि हिन्दी ही राष्ट्र भाषा हो सकती है। मैं हिन्दी समझ सकता हूँ और टूटी-फूटी बोल भी सकता हूँ, व्याख्यान नहीं कर सकता।"[4] इधर,हिन्दी के महत्व की जमीनी सच्चाई को भाँपते हुए अंतत: श्रीमती एनी बिसेन्ट को भी मद्रास में 1928 में हुए हिन्दी सम्मेलन में हिन्दी के प्रति अपना पूर्ण विश्वास व्यक्त करते हुए कहना पड़ा कि,-"I do hope to see that Hindi becomes the common- language of India and I do think that the teaching of Hindi should be made compulsory in Indian schools in stead of compulsory knowledge of English, if you can not have both."[5] फिर क्या था, कालान्तर में उनके मन में हिन्दी के प्रति एक तीव्र जिज्ञासा और जुस्तजू का एहसास हुआ, जिसे उन्होंने अपने एक प्रसिद्ध ग्रंथ में व्यक्त किया कि - "भारतवर्ष के भिन्न-भिन्न भागों में जो अनेक देसी भाषाएँ बोली जाती हैं, उनमें एक भाषा ऐसी है, जिसमें सभी भाषाओं की अपेक्षा एक विशेषता यह है कि वह सबसे अधिक बोली जाती है, वह है, हिन्दी। हिन्दी जानने वाला व्यक्ति संपूर्ण भारत में यात्रा कर सकता है और उसे हर जगह हिन्दी बोलने वाले मिल जाएँगे - "Among the Various Varnaculars that are spoken in the different parts of India, there is on that stands out strongly from the rest, as that which is most widest known. It is Hindi. A man who knows Hindi can travell all over India and fined every where Hindi speeking people........ The learning of Hindi is a sacrfice that Southern India might well make to the unification of the Indian Nation."[6]

गांधी जी का विचार था कि - "मेरी मातृभाषा में कितनी ही खामियाँ क्यों न हों, मैं उससे उसी तरह चिपटा रहूँगा, जिस तरह अपनी माँ की छाती से।"[7] अंतत: गांधी जी ने घोषणा की कि,-" अगर स्वराज करोड़ो भूखों मरने वालों का, करोड़ो निरक्षरों का, निरक्षर बहनों और दलितों व अन्त्यजों का हो और इन सबके लिए हो तो हिन्दी एकमात्र राष्ट्रभाषा हो सकती है।"[8] संभवत: इसीलिए सन् 1918 में प्रथम विश्व युद्ध के दौरान भारत की अंग्रेजी सरकार द्वारा 'गठित युद्ध-परिषद' में जब गांधी जी को भी आहूत किया गया तो जाने से पहले उन्होने यह पहली शर्त रखी कि,-"मुझे हिन्दी या हिन्दुस्तानी में बोलने की अनुमति दी जाय।" गांधी जी के इस प्रस्ताव को तत्कालीन अंग्रेज वायसराय को अंतत: स्वीकार करना पड़ा। यही नहीं, गांधी जी के ही निर्देश पर मद्रास के तत्कालीन मुख्यमंत्री श्री राजगोपालाचारी ने सभी विद्यालयों में हिन्दी-शिक्षण अनिवार्य किया। तमिलनाडु में हिन्दी प्रचार का कार्य सर्वप्रथम सेलम शहर में राजा जी के सहयोग से शुरू हुआ। सन् 1927 ई0 में जब मद्रास सरकार ने प्रथमत: हिन्दी को पाठ्यक्रम में स्थान दिया तो उस समय कुछ लोगों ने सरकार की उक्त नीति का विरोध किया। उन दिनों श्री राजगोपालाचारी जी 'दक्षिण भारत हिन्दी प्रचार सभा' के उपाध्यक्ष थे। उन्होंने विरोधियो को कड़ी डाँट-पिलाते हुए छात्रों के नाम एक प्रस्तावना प्रकाशित कर यहाँ तक लिखा कि,-"हिन्दी का अध्यापन विद्यालयों में अनिवार्य विषय के रूप में लागू किया जाना चाहिए, किन्तु छात्रों को तब तक प्रतीक्षा नहीं करनी चाहिये, जब तक शिक्षाधिकारी राष्ट्रभाषा हिन्दी के महत्व को समझ कर उसे विद्यालयों के लिये अनिवार्य विषय बनाते हैं, - "Every student should utilize his spare time to learning the national language. It should be compulaory part of the school

---

1-Thoughts on National Language, P.189, Nawa Jeevan Publishing House Ahmadabad
2- हिन्दी भाषा और साहित्य - डॉ. राम प्रकाश, पृ0-45, नोएडा 1990
3-यंग इण्डिया - 21 जनवरी 1920
4-सरस्वती, फरवरी -1917
5-हिन्दी प्रचारक, मद्रास
6 -Nation Building - Ani Besant, P.87
7-शिक्षा का माध्यम - महात्मा गांधी, पृष्ठ - 11
8-यंग इण्डिया, जून - 1931

courses, but we should not wait till the Education Authorties realise their duty." इतना ही नहीं राजा जी ने तो यहाँ तक कहा कि सभी दक्षिण वालों को हिन्दी सीखनी चाहिए, क्योंकि अगर भारत में किसी भी प्रकार की जनतांत्रिक सरकार बनेगी, तो हिन्दी ही एकमात्र राजकीय भाषा हो सकेगी,-"Hindi should be a neccessary part of the South Indian School curriculum from the political, social and commercial points of view. South Indian could afford to be disfranchised in the coming Swaraj. They should all learn Hindi, which have any form of democratic Government." श्री राजा जी के साथ प्रमुख शिक्षाशास्त्री **टी0 विजय राघवचारी, श्रीरंग स्वामी आयंगर** तथा **श्री रामास्वामी अय्यर** ने भी दक्षिण में हिन्दी शिक्षण पर बल दिया।

इसके बाद तो हिन्दी स्वराज आंदोलन की मुख्य भाषा बन गई। कलकत्ता,पूना, बंगलौर, लखनऊ, खंडवा, जबलपुर, लाहौर, वृन्दावन, दिल्ली, उदयपुर आदि स्थानों से हिन्दी में साप्ताहिक, मासिक, त्रैमासिक,पत्र-पत्रिकायें निकलनी शुरू हो गयीं। पूरे देश में राष्ट्रभाषा के रूप में हिन्दी की अलख जगी। हिन्दी नयी राष्ट्रीय चेतना की भाषा बनी। हिन्दी का फैलाव पूरे देश में हो गया। हिन्दी को बढ़ावा देने के लिए **स्वामी दयानंद सरस्वती, भूदेव मुखोपाध्याय, न्यायमूर्ति शारदा चरण मित्र, लोकमान्य बाल गंगाधर तिलक, पं0 केशववामन पेठे, न्यायमूर्ति कृष्ण स्वामी अय्यर,संत बिनोवा भावे, डॉ. वी.के. आर.वी. राव, डॉ. एस.एम. कत्रे, डॉ. वी. राघवन, श्री वी.के. गोकाक, श्री वी. कृष्णवारियार, सर गुरुदास बनर्जी, श्री एच.ए. अजवानी, श्री बालकृष्ण भट्ट, श्री महादेव गोविन्द राना डे, गोपाल कृष्ण गोखले, मदन मोहन मालवीय, रामानन्द चटर्जी, रविन्द्र नाथ टैगोर, रमेश चन्द्र दत्त, श्री मन्नारायण,किशोर लाल घनश्याम मशरूवाला, वीर सावरकर बन्धु, काका कालेलकर, सं0 गोविन्द दास, डॉ. राजेन्द्र प्रसाद** आदि के अलावा कुछ संस्थानों यथा - **नागरी प्रचारिणी सभा- काशी, लिपि विकास-पार... कलकत्ता, राष्ट्रभाषा परिषद-वर्धा, हिन्दी साहित्य सम्मेलन -प्रयाग** ने भी मुक्तमन से सहयोग दिया।

लेकिन इन सबसे अलग बंगभाषी मनीषियों ने हिन्दी को स्वराज आन्दोलन की भाषा बनाने में अपूर्व योगदान दिया। हिन्दी को इन्होनें अपने सैद्धान्तिक चिन्तन,मनन और कृतित्व का आधार बनाया।बंगाल में हिन्दी का विशाल फलक तैयार करने वालों में सबसे पहला नाम आता है- आदरणीय **तारिणी चरण मित्र** का। 1875 में कलकत्ता में स्थापित फोर्ट विलियम कालेज में हेड मुंशी रहे श्री मित्र ने अपने संपादकत्व में 1805 में 'वैताल पचीसी' का प्रकाशन करवा हिन्दी को राष्ट्रभाषा के रूप में मान्यता दिलाने की पूरी कोशिश की। "The Oriental Febulist" नाम के चर्चित ग्रंथ का हिन्दी अनुवाद भी उन्होंने किया। बाद में ब्रह्म-समाज के संस्थापक श्री **राजाराम मोहन राय** ने 1815 में 'वेदान्त सार' का हिन्दी अनुवाद कर उसकी प्रतियाँ नि:शुल्क घर-घर बँटवायीं। उनके हिन्दी गद्य का एक नमूना देखिए, -"जो सब ब्राह्मण सांगवेद अध्ययन नहीं करते, सो सब ब्रात्य हैं। यह प्रमाण करने की इच्छा करके ब्राह्मण धर्म-परायण श्री सुब्रह्मण्य शास्त्री ने जो पत्र सांग वेदाध्ययन-हीन अनेक इस देश के ब्राह्मणों के समीप पठाया है,उसमें देखा, जो उन्होने लिखा है - वेदाध्ययनहीन मनुष्य को स्वर्ग और मोक्ष होने शक्ता नहीं।" **श्री ईश्वर चन्द्र विद्यासागर** ने भारतेन्दु हरिश्चन्द्र की पत्रिका 'कविवचन - सुधा' में समय-समय पर अपने निबंधों को प्रकाशित करवाया। मशहूर लोक सेवक **श्री केशव चन्द्र सेन** ने हिन्दी की प्रस्तुति के लिए 'सुलभ समाचार' नामक पत्र का संपादन किया। आपने हिन्दी को राष्ट्रीय भाषा बनाने के लिये 1875 में जोरदार शब्दों में लिखा कि,-"यदि भारतवर्ष एक ना हइले, भारतवर्ष एकता न हय, तब तहार उपाय कि ? समस्त भारतवर्षे एक भाषा व्यवहार करइ उपाय। एकन्ह नो गुलि भाषा भारत प्रचलित आछे, तहार मध्य हिन्दि भाषा सर्वत्र - इ प्रचलित। एह हिन्दि भाषा के यदि भारतवर्षेर एकमात्र भाषा करा जाय, तबे अनायासे शीघ्र संपन्न होइते पारे ××××× भाषा एक न हइले एकता हइते पारे का ?"

हिन्दी को बहुमान दिलाने वालों में जस्टिक आफ पीस कहे जाने वाले श्री नवीन बाबू ने 1863 से 1881 के बीच 'हिन्दू बांधव', 'ज्ञान प्रदायिनी' आदि पत्रिकाओं का प्रकाशन किया। **नवीन बाबू** की सुपुत्री **श्रीमती हेमंत कुमारी** ने 1888 में 'सुगृहिणी' नाम की महिलापयोगी हिन्दी पत्रिका का प्रकाशन किया। बंगाल के ऋषि और तत्व चिन्तक **श्री अरविन्द घोष** ने हिन्दी को रवानगी देने के लिये 'कर्मयोगी' तथा 'धर्म' नामक दो पत्रिकाओं का संपादन किया। बंगला साहित्य के प्रथम पंक्ति के निबंधकार **श्री भूदेव मुखोपाध्याय** भी हिन्दी के लिए सदैव जिए-मरे। उनकी कुछ पंक्तियाँ देखिए -

**"धन्य-धन्य गवर्नमेन्ट, परजा सुखदायी। जामनीक दूरि करी, नागरी चलायी।**
**भुवनदेव करि, प्रकार, लाट निकट जाई। परजा दुख दूर करह, जामनी दुराई।।"**

'आनंद मठ' के लेखक और 'वन्दे मातरम्' के मंत्र दृष्टा श्री बंकिम चन्द्र चटर्जी ने हिन्दी के विकास में कृती भूमिका का निर्वहन किया। उन्होने अपनी पत्रिका 'बंग-दर्शन' में 1878 में हिन्दी के लिये दो टूक और बेलाग लिखा कि,-"**ईग्रेजी भाषा द्वारा जाहा हौक किन्तु हिन्दी शिक्षा न करिले कोनो कमेइ चलिवे ना। हिन्दि भाषाय पुस्तक ओ वक्तृता द्वारा भारतेर अधिकांश स्थानेर मंगल साधन**

करिबेन, केवल बंगला ओ इंग्रेजी चर्चाय हइवे ना। ××××× बांगलार न्याय जे हिन्दिर उन्नति हइते छेना, इहा देशेर दुर्भाग्येर विषय।'' **तारा मोहन मित्र** ने अपने किसिम का पहला हिन्दी अखबार 'बनारस' का प्रकाशन आगरा से 1844 में किया। कालान्तर में इन्होंने 1850 में बनारस से 'सुधाकर' नामक अखबार का प्रकाशन किया। हिन्दी को राष्ट्रभाषा के विरुद से जोड़ने की नीयत रखने वाले प्रयाग के इन्डियन प्रेस के मैनेजर **बाबू गिरिजा प्रसाद घोष** का योगदान हिन्दी के प्रति समर्पण की उनकी शिनाख्त करवाता है। हिन्दी में वे 'लाला पार्वती नंदन' नाम से लिखते थे। इसी तरह कथ्य की दृष्टि से हिन्दी में अपनी तरह की अकेली कहानी लिखने वाली '**बंग महिला**' की 'दुलाई वाली' कहानी पर हिन्दी को गर्व है। **रविन्द्र नाथ ठाकुर** ने हिन्दी को पुरस्सर सहयोग दिया, इसे सभी जानते हैं। क्रांति आस्फिया **श्री सुभाष चन्द्र बोस** हिन्दी को स्वाधीनता आन्दोलन की भाषा बनाने के प्रबल पक्षधर थे। 'हिन्दी बंगवासी' के संपादक **श्री अमृत लाल चक्रवर्ती** ने तमाम बन्धेजों को पार करते हुए हिन्दी की अक्षत सेवा की। 1905 में कोलकाता में 'लिपि विस्तार परिषद' नाम की सांस्कृतिक संस्था के संस्थापक न्यायमूर्ति **श्री शारदा चरण मित्र** ने कहा कि,-''इंगरा जी भाषा आमादेर साधारण भाषा हदते पारे ना। वर्तमान हिन्दि अनेक परिमाणेय आमादेर राष्ट्र भाषार अभाव पूरन करिते पारे। हिन्दि सहजे शिक्षा कर जाए, सुतरां सहजेइ आर्यावर्तेर राष्ट्रभाषा हइते पारे।''

इसी तरह **क्षिति मोहन सेन, रामानन्द चटर्जी, सुरेश चन्द्र समाजपति, नागेन्द्र नाथ बसु, श्यामा प्रसाद मुखर्जी, बंधु बांधव उपाध्याय, सुनील गंगोपाध्याय, केशव चन्द्र सेन, रमेश चन्द्र दत्त,आई.सी.एस., स्वर्ण कुमारी घोषाल, बुद्धदेव बसु, अशोक कुमार भट्टाचार्य, गोपाल वेदान्त शास्त्री, अमृत लाल चक्रवर्ती, तारा मोहन मित्र, नीरेन्द्र नाथ चक्रवर्ती, डॉ. राजेन्द्र लाल मित्र, अन्नदा शंकर राय, श्याम सुन्दर सेन, हीरेन मुखर्जी, नारायण दास भौमिक** तथा प्रसिद्ध भाषा वैज्ञानिक **डॉ. सुनीति कुमार चटर्जी** ने हिन्दी को राष्ट्रीय फलक पर आसीन कराने में मदद की। **डॉ. श्यामा प्रसाद मुखर्जी** तो हिन्दी को पूरे देश के लोगों के अनुभव का हिस्सा बनाना चाहते थे। उन्होंने संविधान सभा के समक्ष हिन्दी के पक्ष में ललकारते हुए कहा कि,-"Not that it (Hindi) is neccessarily the best of Indian languages. It is for, the main reason that is the one language which is under stood by the largest single majority in this country tc day."

भारतीय जन-जागरण और स्वदेश प्रेम को पल्लवित करने तथा हिन्दी को राष्ट्रीय आन्दोलन की भाषा बनाने में पत्र-पत्रिकाओं की बहुत सक्रिय भूमिका रही है। 1850-57 का समय इस देश में 'गदर' के नाम से जाना जाता है। देश को स्वतंत्र कराने के लिये राजनैतिक संघर्ष उस समय चरम पर था। आन्दोलन, सत्याग्रह, धरना, जुलूस, स्वतंत्रता आन्दोलन के अभिन्न हिस्से थे। लेकिन पत्रकार, पत्रिकाएँ और अखबार की भूमिका इनसे कमतर नहीं थी। इन अखबारों-समाचार पत्रों की स्पष्ट घोषणा थी कि, जब बन्दूक सामने हो, तो तुम अखबार निकालो -

**खींचो न कमानों को न तलवार निकालो।**
**जब तोप मुकाबिल है तो अखबार निकालो।।**

बहरहाल अंग्रेजों से जूझते, उनसे संघर्ष करते ये अखबार, दैनिक, साप्ताहिक, पाक्षिक और मासिक बन कर निकलते थे। इनके माध्यम से ही हिन्दी स्वतंत्रता संग्राम सेनानी बनी। ये सभी माध्यम संपूर्ण देश से हिन्दी में निकलते थे। लेकिन आपको बतायें कि हिन्दी पत्रकारिता की प्रसवभूमि बंगाल ही है। हिन्दी के टाइप भी सबसे पहले बंगाल में श्रीरामपुर जिले के पंचानन कर्मकार ने बनाए थे। हिन्दी का प्रथम पत्र 'उदन्त मार्तण्ड' 30 मई, 1826 ई0 को **श्री युगल किशोर शुक्ल** के संपादन में यहीं से निकला था। उसके मुख पृष्ठ पर यह श्लोक लिखा रहता था -

**''दिवाकान्त कान्ति बिना ध्वान्तमन्तं, न चाप्नोति तद्वज्जगत्यज्ञ लोकः।**
**समाचार सेवामृते ज्ञत्वमाप्तं, न शक्नोति तस्मांत्करोमिति यत्नं।।''**

किन्तु आर्थिक विषमताओं के कारण प्रति मंगलवार को प्रकाशित होने वाला यह समाचार पत्र 4 दिसम्बर 1827 को हमेशा के लिये बंद हो गया। इसके अंतिम अंक में संपादक ने लिखा -

**''आज दिवस लौं उग चुक्यौं मार्तण्ड उदन्त।**
**अस्तांचल को जात है, दिनकर दिन अब अन्त।।''**

**हिन्दी को स्वतंत्रता आन्दोलन के दौर में राष्ट्रव्यापी स्वरूप अख्तियार कराने में निम्न अखबारों की भूमिका महत्वपूर्ण थी -**

| | | |
|---|---|---|
| 1- संवाद कौमुदी - 1820, | 2- मार्तण्ड - 1846, | 3- बनारस सुधाकर - 1850 |
| 4- भारत मित्र - 1878, | 5- उचित वक्ता - 1880, | 6- हिन्दी बंगवासी - 1890 |

**इस दौर में देश के विभिन्न अंचलों से निकलने वाले कुछ और समाचार पत्रों की सूची देखिए :-**

**1- अल्मोड़ा अखबार - संवत 1928, संपादक पं0 सदानन्द सलवाल**

| | |
|---|---|
| 2- हिन्दी दीप्ति प्रकाश - | 1929 सं. कार्तिक प्रसाद खत्री, कलकत्ता |
| 3- बिहार बन्धु - | 1929, केशव राम भट्ट |
| 4- सदादर्श - | 1931, लाला श्री निवास दास, दिल्ली |
| 5- काशी पत्रिका - | 1933, वाँ बालेश्वर प्रसाद (मासिक) |
| 6- भारतबन्धु - | 1933, सं. तोताराम, अलीगढ़ |
| 7- भारत मित्र - | 1934, सं. रूद्रदत्त, कलकत्ता |
| 8- मित्र-विलास - | 1934, कन्हैया लाल, लाहौर |
| 9- हिन्दी प्रदीप - | 1934, बालकृष्ण भट्ट, प्रयाग (मासिक) |
| 10- आर्य दर्पण - | 1934, मु0 बख्तावर सिंह, शाहजहाँपुर |
| 11- सार सुधा निधि - | 1935, सं. सदानन्द मिश्र, कलकत्ता |
| 12- उचित वक्ता - | 1935, सं. दुर्गा प्रसाद मिश्र, कलकत्ता |
| 13- सज्जन कीर्ति सुधाकर - | 1936, वंशीध्र, उदयपुर |
| 14- भारत सुदशा प्रवर्तक - | 1936, गणेश प्रसाद, फर्रुखाबाद |
| 15- आनंद कादंबिनी | 1938, बदरी नारायण चौधरी, मिर्जापुर |
| 16- देश हितैषी - | 1929, अजमेर |
| 17- दिनकर प्रकाश - | 1940, रामदास वर्मा, लखनऊ |
| 18- धर्म दिवाकर - | 1940,देवी सहाय, कलकत्ता |
| 19- प्रयाग समाचार - | 1940, देवकीनन्दन त्रिपाठी |
| 20- ब्राह्मण - | 1940, प्रताप नारायण मिश्र |
| 21- शुभ चिंतक - | 1940, सीताराम, जबलपुर |
| 22- सदाचार मार्तण्ड - | 1940, लाला चन्द्र शास्त्री, जयपुर |
| 23-हिन्दो स्थान - | 1940, राजा रामपाल सिंह, इंग्लैण्ड |
| 24- पीयूष प्रवाह - | 1941, अंबिका दत्त व्यास, काशी |
| 25- भारत जीवन - | 1941, रामकृष्ण वर्मा, काशी |
| 26- भारतेन्दु - | 1941, राधा चरण गोस्वामी, वृन्दावन |
| 27- कविकुल रंज दिवाकर - | 1941, रामनाथ शुक्ल, बस्ती |

**द्विवेदी युगीन पत्रिकाएं-**1- समालोचक - 1902, जयपुर, 2- हिन्द केसरी -1904, नागपुर, 3-स्त्री दर्पण - 1904, प्रयाग,4- अभ्युदय - 1907, प्रयाग,5- इन्दु - 1909, काशी, 6- सम्मेलन पत्रिका - 1911, प्रयाग, 7- प्रताप - 1913, कानपुर, 8- कलकत्ता समाचार -1914,कलकत्ता, 9- सर्व हितैषी - 1914,चपरौली।

**गांधी युगीन पत्रिकाएँ-**1- चाँद - 1922, प्रयाग, (मासिक), 2- मतवाला -1923, कलकत्ता (साप्ताहिक),3- अर्जुन - 1925, दिल्ली (दैनिक), 4- हिन्दू पंथ - 1926, कलकत्ता, (साप्ताहिक), 5- कल्याण - 1927, गोरखपुर (मासिक),6- भारत - 1928, प्रयाग, (दैनिक),7- विशाल भारत - 1928, कलकत्ता (मासिक),8- पंजाब केशरी - 1929, लाहौर,(साप्ताहिक), 9- हंस - 1930, काशी,(मासिक),10- विश्व बन्धु - 1933, लाहौर, (दैनिक),11- हिन्दुस्तान - 1937, दिल्ली,(दैनिक),12- सरिता - 1945, दिल्ली (मासिक), 13- मधुकर - 1946, टीकमगढ़ (पाक्षिक)

**कुछ और दैनिक-** 1- आज - 1920, काशी,2- नवयुग - 1933, दिल्ली,3- जागृति - 1936, कलकत्ता,4- नवज्योति - 1936, अजमेर, 5- अधिकार - 1938, लखनऊ,6- नवभारत - 1939, नागपुर,7- जागरण- 1942,झांसी, 8 - संसार - 1944, काशी,9- नया हिन्दुस्तान - 1944, दिल्ली, 10- जय हिन्द - 1946, जबलपुर, 11- सन्मार्ग - 1946, काशी

**कुल मिलाकर यह कि हिन्दी आजाद हिन्द फौज की भाषा थी, संतो की भाषा थी, अंग्रेजों से लड़ने की भाषा थी, स्वतंत्रता संग्राम और राष्ट्रीय एकता की भाषा थी। स्वदेशी और स्वराज स्थापन हेतु इसने उक्त पत्र-पत्रिकाओं के अलावा सरस्वती, स्वराज, स्वदेश, प्रभा, केसरी, भारत बन्धु, कर्मयोगी, लोकमान्य, नृसिंह, महारथी, उत्साह, देहाती, अवधवासी, देवनगर, समाज, मथुरा गजट, सैनिक, मालवा अखबार, बुद्धि प्रकाश, हरिश्चन्द्र पत्रिका, नागरी पत्रिका, वीणा, वेंकटेश्वर समाचार, रणभेरी, अंजलि और अग्रदूत के रूप में स्वतंत्रता संग्राम के पक्ष में महान आहुतियाँ दे आजादी की पालकी ढोया।**

अध्याय-43

# मध्यकालीन काव्य भाषा के रूप में अवधी का उदय तथा विकास

## अथवा

# हिन्दी के विकास में अवधी का योगदान

हिन्दी के विकास में उसकी विविध बोलियों की महती भूमिका रही है। अनेक प्राकृतों और अपभ्रंशों की कोख से उद्भूत ये बोलियाँ, युग विशेष में अपने गरिमामय पद पर अभिषिक्त होकर, जलद की तरह आज अपना सम्पूर्ण वैभव-जल हिन्दी भूमि पर बरसाकर, भले ही रीती हो गई हैं, पर इनका मध्यकालीन तेज साहित्याकाश में आज भी विकासमान है। उनमें करीब एक सहस्राब्दी के हास और रुदन समाहित है। उन बोलियों में 'अवधी' अग्रगण्य है।

**उद्भव-स्रोत-** भाषा-सरिता है। काल के किस बिन्दु से कोई भाषा उद्भूत हो एक प्रवाह बन जाती है, इसको तय कर पाना उतना ही कठिन है जितना कठिन यह निश्चय करना है कि जल के किस प्रवाह ने नदी का रूप धारण कर लिया। इस संबंध में विद्वानों के अलग-अलग मत है

1- कुछ विद्वान अवधी को अर्द्धमागधी की तनया मानते है। सन् 200 ई.पू0 से 200 ई. तक पिपरहवा, सोहगौरा और सारनाथ से कुछ अभिलेख उपलब्ध हुए है, जिनमें अवधी के कुछ तत्व प्राप्त हुए है। इस संबंध में डा0 नामवर सिंह का मत है कि -"अवध प्रान्त शूरसेन और मगध के बीच में होने से दोनो क्षेत्रों की भाषा संबंधी विशेषताओं से युक्त समझा जाता है ........ इन दोनों के मध्य में अर्द्धमागधी-अपभ्रंश का प्रचलन रहा होगा। इसी अनुमान पर अर्द्धमागधी से अवधी के उद्गम का अनुमान किया जाता है।"

2- **डा. ग्रियर्सन** ने भी अवधी की उत्पत्ति अर्द्धमागधी से होना स्वीकार किया है।

3- **आचार्य शुक्ल** इसे नागर अपभ्रंश की बेटी समझते हैं।

4- **डॉ. जगन्नाथ दास रत्नाकर** अवधी का स्रोत शौरसेनी में खोजते हैं।

5- **डॉ. बाबू राम सक्सेना** के अनुसार "पूर्वी हिन्दी जैन अर्द्धमागधी की तुलना में, पाली से कहीं अधिक संबंधित हैं।"

6- किसी अन्य सर्वग्राह्य रूप से अवधी के उद्भव की परिकल्पना भी की गई है, इस संबंध में **डॉ. बड़थ्वाल** का मत है कि- "प्रारम्भ में हिन्दी का एक सर्वग्राह्य रूप रहा होगा, वही विकसित होकर ब्रज, अवधी तथा खड़ी बोली आदि रूपों में अलग-अलग बढ़ा। इसकी झलक नरपति नाल्ह,चन्द, जगनिक गोरखनाथ, अमीर खुसरों तथा विद्यापति और कबीर में स्पष्ट दिखाई देती है। कबीर में अवधी के रूप प्राप्त होते हैं तो रासो में ब्रजभाषा की झलक और खुसरों में खड़ी बोली का अधिकाधिक प्रयोग।"

7- प्राकृत पैंगलम (9वींशती से 14 वीं शती) राउल बेल 11वीं शती, उक्ति व्यक्ति प्रकरण (12 वीं शती) तथा कीर्तिलता (14 वीं शती) आदि रचनायें भले ही परवर्ती हों पर उनकी भाषा प्राचीन है। इन रचनाओं में अवधी का उत्स हम आसानी से खोज सकते है क्योंकि इनमें से कुछ वाराणसी में लिखी गईं।

**विकास-सरिणि -** मध्यकालीन विविध आन्दोलनों धार्मिक और राजनैतिक परिस्थितियों ने इन बोलियों के विकास की सारिणि प्रशस्त की। इस संबंध में कथन है कि - "From about the 15th Century begins the golden age of the development of Hindi language. Literary development of two main forms of Hindi, Awadhi and Braj- Bhasha took place in the 16th Century. The older forms of Hindi flawered forth, chiefly, as Braj, Awadhi and to a much lesser extent as `Khariboli.' उक्त धार्मिक आन्दोलनों से प्रभावित अवध के रचनाकारों ने अवधी को अपनी कृति सर्जना का माध्यम स्वीकार किया।साहित्यिक अवधी का प्रथम प्राप्त प्रामाणिक ग्रन्थ मुल्लादाउद कृत चान्दायन (1370) है। इस रचना के संबंध में **डॉ. माता प्रसाद गुप्त** का कथन है कि "यदि दाउद की रचना को देखा जाय तो उसका प्रारम्भिक अंश दोनो परम्पराओं में खप सकता है किन्तु जहाँ तक प्रयुक्त छन्द विधान तथा प्रबंध व्यवस्था की बात है वह पूर्ण रूप से भारतीय है।" चांदायन की भाषा में इतनी अधिक साहित्यिक प्रौढ़ता है कि उसे किसी जन भाषा की प्रथम रचना मानने में झिझक मालूम होती है। किसी भी साहित्यिक भाषा में, व्यंग्यात्मक, लाक्षणिकता,बिम्ब -विधान और अप्रस्तुत

विधान स्वत: उपलब्ध होते है और चांदायन में वे समस्त तत्व हैं। कुछ उद्धरण प्रस्तुत है -

**दीया जोति रहनि जसि बारी।कारें सीस दीस रतनारी।।**

जैसे दीपक की प्रकाश रेखा अंधकार के मध्य ज्योतित हो रही हो, उसी प्रकार काले केशों में रक्तिम सिन्दूरी रेखा शोभित हो रही है। यहाँ उपमा की छटा दृष्टव्य हैं।भ्रमरों की तरह काले केशों को मैंने देखा। ऐसा अनुभूत हो रहा है, मानों विषैले नाग अमृत-कोष पर लेट रहे है। लम्बे केश आपाद मस्तक फैले है और सिन्दूर रंजित केशों के कारण ऐसा दृश्य उपस्थित होता है मानों सिन्दूर-लिप्त नाग शोभित हो रहे हैं,

**भँवर बरन भइँ देखे बारा, जनु विसहर लुरि परे भंडारा**
**लाष केस सिर पा धुटि आए, जानु सें दुरे नाग सोहार।**

ऊपर की पंक्तियों में दृश्यबिम्बात्मकता का अपूर्व उदाहरण दृष्टव्य है। मुल्ला दाऊद की भाषा ठेठ अवधी है जिसमें तत्सम और तद्भव शब्दों का प्राधान्य है, व्याकरणगत दोषों से युक्त होते हुए भी विकसित अवधी के कुछ लक्षण इसमें पाए जाते हैं।

**सर्वनाम-** मइँ हउँ तूँ तुम्ह सो ते (वे कि लिये) जो, कवन कोई, किच्छु

**परसर्ग -** कहँ (को के लिए) लागि (लिए) सेउँ, हुत (से) क का केर पहि (पै, पर) माँझ (में के लिए)

**सहायक क्रिया -** आई, आहइ (है) अहै। (है)अहही, आचहि (है)अहा,हता (था) भवा (हुआ)। मुल्ला दाऊद जैसे सूफी सन्तों के प्यार की अजस्रधारा ने ग्रामीण अवधी को एक श्रेष्ठ काव्य भाषा-प्रवाह के रूप में रूपान्तरित किया। मध्यकालीन अवधी की तीन शैलियां विकसित हुई :

1- सूफियों की ठेठ अवधी 2- हिन्दू कवियों के प्रेमाख्यानक काव्यों की पश्चिमी परम्परा वाली अवधी 3- रामभक्त कवियों की साहित्यिक अवधी।

## सूफियों की ठेठ अवधी

ठेठ अवधी का प्रयोग करने वाले कवि प्रेममार्गी सूफी सन्त मुसलमान थे। इनका लक्ष्य सूफी मत काप्रतिपादन या प्रचार करना था। इस परम्परा के काव्य प्रबंधात्मक शैली में रचित हैं। इन प्रेमाख्यान रचयिताओं ने भारतीय वातावरण एवं हिन्दू समाज की मान्यताओं के अनुरूप ही अपना चित्रण प्रस्तुत किया। चूँकि इन्हें अपने मत का प्रचार करना था इसलिए इन्होंने जन साधारण की बोली अवधी को अपनाया और उसे सजीव और प्रभविष्णु बनाया। इस संबंध में **डॉ. सावित्री सिन्हा** का कथन देखिए -

The earliest form of old Hindi is Awadhi. It was used in the works of saint poets of Niraguna Panth. They have adopted the language of the Common people for more effective propagation of their beliefs and thus their language was not stictly speaking literary in character but rather didactic and propogandistic in nature. The sufi poets of Premashrayi sect modified and embellished Awadhi.[1]

इन कवियों की शैली में गम्भीरता है। इनकी रचनाओं में कथा तत्व का प्राधान्य होने से इतिवृत्तात्मक शैली का प्रयोग हुआ है। समर्थ कवियों ने अन्योक्ति, समासोक्ति, रूपक, प्रतीक आदि के आयोजन से अपनी शैली में व्यंजना का वैभव सहज स्वाभाविक रूप से संचरित किया है। अन्योक्ति, समासोक्ति, प्रतीकों के साथ-साथ व्यंग्यार्थ की प्रधानता के कारण इनके काव्य को ध्वनि काव्य के क्षेत्र में परिगणित करना उचित लगता है। इन कवियों में से कुछ के काव्य वर्णन विस्तार और व्यंजना की दृष्टि से एक अत्यन्त उच्चकोटि के काव्य लगते हैं। शैली की दृष्टि से उनकी प्रमुख विशेषता अतिशयोक्ति है जिस पर प्राय: इनका बल रहा है। इनकी अलंकार योजना में भाव प्रवणता अधिक है, चमत्कार प्रदर्शन की प्रवृत्ति कम। अलंकार सर्जना में यत्न विशेष के स्थान पर अनुभूति-विशेष प्रभावी रहा है। अलंकारों के प्रति अत्यधिक मोह (कहीं-कहीं) के कारण इनकी उक्तियाँ बिम्ब योजना से आरम्भ होती हैं पर तुरत ही उपमा या उत्प्रेक्षा में रूपान्तरित हो जाती हैं। अवधी वर्णनों के लिये एक उपयुक्त माध्यम सिद्ध हुई, यही कारण है कि प्रकृति वर्णन, विरह वर्णन,सौन्दर्य वर्णन और घटनाओं के वर्णन के क्षेत्र में सूफी कवि अग्रगण्य रहे हैं।

**कुतुबन शेख -** कुतुबन शेख ने मृगावती नाम की प्रेमकथा अवधी भाषा में लिखी। यह सूफी साहित्य का प्रथम ग्रन्थ है, जिसके द्वारा सूफी मत का हिन्दी साहित्य में पदार्पण हुआ। कुतुबन ने दोहे चौपाइयों का प्रयोग किया। उनकी कविता में जनभाषा के साथ तद्भव शब्दों का आधिक्य है। एक उदाहरण -

---

1-The Indian Literature - Dr. Savitri Sinha -P. 598

**रूकमिनी पुनिवैसहि मरि गई।**
**कुलवन्ती सत सों सति गई।।**
**विधि कर चरित न जानै आनू।**
**जो सिरजा सो जाहि नियानू ।।**

**मंझन -** मंझन द्वारा प्रणीत मधु मालती नामक प्रेमगाथा सरल तथा सटीक अवधी से युक्त हैं। शुक्ल जी ने लिखा है : ''जन्म जन्मान्तर और यौन्यन्तर के बीच प्रेम की अखण्डता दिखा कर मंझन ने प्रेम तत्व की व्यापकता और नित्यता का आभास दिया है।''मंझन सब रूपों में छिपी परम ज्योति का आभास देखते हैं :

**देखत ही पहिचानेउ तोही, एहि रूप जेहि छदन्यों मोंही।**
**विरह अवधि अवगाह अपारा, कोटि मांहि एक परैत पारा**

× × ×

**रतन कि सागर सागरहि, गजमोत गजकोई**
**चन्दन कि बन-बन उपजै, विरह तन-तन होई।**

**जायसी -** जायसी ने अवधी में पदमावत, अखरावट, आखिरी कलाम, कहरनामा, चित्ररेखा तथा मसालनामा आदि कई ग्रन्थों का सृजन किया, पर उनकी सम्पूर्ण कीर्ति का आधार पद्मावत है। **जे फर्ग्यूसन** लिखते हैं कि - "Malik Mohammad Jayasi was the author of Padmavat. This book relates the story of Padmini, the queen of Mewar." [1]

यह ग्रन्थ हर दृष्टि से समर्थ एवं प्रौढ़ ग्रन्थ है। इसकी भाषा, व्याकरणिक संरचना में गँवईपन होने के बावजूद अद्भुत अभिव्यंजना शक्ति गुण, शब्द शक्ति, अलंकार योजना, प्रतीकात्मकता तथा बिम्बात्मकता, गूढ़ता, सरसता गम्भीरता और रोचकता आदि विशेषताओं से युक्त होने के कारण निर्विवाद रूप से सभी सूफी कवियों से अलग है। **आचार्य रामचन्द्र शुक्ल** ने जायसी की भाषा की प्रशंसा करते हुए कहा है - ''जायसी की भाषा बहुत ही मधुर है, पर उसका माधुर्य निराला है। वह संस्कृत की कोमल कान्त पदावली पर अवलम्बित नहीं। उसमें अवधी अपनी निज की स्वाभाविक मिठास लिए हुए है ........ अवधी की खालिस, बेमेल मिठास के लिए पद्मावत का नाम बराबर लिया जायेगा।''

कला पक्ष और भाव पक्ष में प्रस्तुत के वर्णन,और अप्रस्तुत की अभिव्यंजना में जायसी की भाषा पूर्ण सफल है। साहित्यिक भाषा में वर्ण-ध्वनि अपना विशिष्ट स्थान रखती है। जायसी ने जहाँ आवश्यक है, मधुर वर्णो का प्रयोग किया है :

**रंगाराती पिय संग निसि जागै। गरजै चमकि चौकिगर लागै।**

अनुप्रास की छटा दर्शनीय है : **सीस सबन्ह के सेन्दुर पूरा। सीस पूरि सब अंग सेन्दुरा**

यथावसर लक्षणा और व्यंजना के प्रयोग से भाषा में रवानी आ गई है :

लक्षणा - **लहकहि नैन बाँछ हिय खिला।**
**प्रेम की आगि जरें जो कोई।।**
**अस कर नैन औछ हत्यारे।**

**व्यंजना -** **पिय सों कहेउ सन्देसड़ा**
**ऐ भँवरा, ऐ काग।**
**सो धनि बिरहै जरि मुई**
**तेहि क धुआँ हम लाग।।**

**अलंकार योजना -** **तन जस पियर पात भा भोरा।**
**हिय हिडोल अस डोलै मोरा।।**

**बिम्ब योजना -** **कंचन रेख कसौटी कसी।**
**जनु घन महं दामिनी परगसी।।**
**जमुना मॉह सुरसती देखी।।**

जायसी के पश्चात् **उसमान** ने चित्रावली प्रस्तुत किया। यह रचना भी पद्मावत के नक्शे-कदम पर लिखी गई है। इनकी भाषा में फारसी शब्दों का प्रयोग कम हुआ है और शब्दावली हिन्दू अर्थो से संयुत है। इनके अतिरिक्त अन्य सूफी कवियों ने भी अपनी रचनाएँ प्रस्तुत कीं, पर इनकी रचनाओं और भाषा में वह साहित्यिकता नहीं आ पायी जो पद्मावत में प्राप्य है।

**1- History of Indian and Eastern Architecture - J.Ferguson. Page -103**

## जायसी की काव्य भाषा और व्याकरणिक वैशिष्ट्य-

1- संज्ञा रूपों में कोई व्यक्त व्यवस्था नहीं दीख पड़ती।

2- संज्ञाओं की पहचान के लिये पुल्लिंग में उकारान्त तथा स्त्रीलिंग में इकारान्त के प्रयोग पर निर्भर रहना पड़ता है।

3- बहुवचनांत में न नि न्हि मिलता है।

4- **सर्वनाम -** मइँ, मैं हौ हम्ह, हम्हार तूँ तुंइ तैं तुम्ह तुम्हार
वह ओइ तेजो, जो जेइँ जेहि
से तहिं किधु, कोउ काहू
को कौनु आपु

5- **संज्ञा और सर्वनाम के परसर्ग -** ऐ (ने के लिए) क कहँ काँ काँह (को के लिए) सों सौं ते सेंती (से के लिए) काके कै केर कर, केरा (का के लिए) लगि (के लिए की जगह) महँ महि माँह माँहा, माँझि (में के लिए) हि सभी परसर्गो के लिए। कुछ अपूर्व परसर्ग मीत मै (मित्र से) तर मै (नीचे से) तहाँहाइ (वहाँ से)

6- **क्रिया -** वर्तमान काल - करत (ता,ते,ती) सूझ (सूझता)
भूतकाल - आव (आया) छूट (छूटा) कइल (किया) केन्हसि (किया) दीन्हि (दी) दीहिसि (दिया)
भविष्यत्काल - जाब, चलब, चलहि, करहि।

7- **सहायक क्रिया -** हुत (था) अहा (था) अछिलो (था) आहि अहै (है) भा (हुआ) मै (हुए)। क्रिया रूप अस्थिर थे।

**प्रेमाख्यानक काव्यों के हिन्दू रचनाकार** - इन रचनाकारों में प्रमुख है ईश्वर दास, पुडकर नरपति व्यास लखनऊ वाले सूरदास, दुखहरन दास, मुकुन्द सिंह, जीवन लाल नागर, जनकुज कवि, सेवाराम। इनके संबंध में **डॉ. हरिकान्त श्रीवास्तव** कहते है - ''हिन्दू प्रेमाख्यान कवियों में लगभग 34 कवियों की खोज अब तक हुई है, परन्तु इन 34 कवियों में से केवल 11 ने विशुद्ध अवधी भाषा में अपने काव्य ग्रन्थों की रचना की है।'' इन कवियों की भाषा में वैविध्य होने से इनकी स्वत: की अपनी कोई परम्परा नहीं बन पायी।

**रामकाव्य की साहित्यिक अवधी** - इस शाखा के सर्वश्रेष्ठ कवि महात्मा तुलसी दास है। उनकी प्रसिद्धि का मूल आधार रामचरित मानस है। सूफी सन्तों के विपरीत तुलसी की अवधी संस्कृतनिष्ठ है। तुलसी की अवधी बोलचाल की अवधी नहीं है। चूंकि काव्य का प्रतिपाद्य धार्मिक और भक्ति प्रधान है इसलिए संस्कृत शब्दावली का प्रयोग स्वाभाविक है। लेकिन सूफियों के काव्य में तद्भव शब्दोंका प्रयोग और उनके द्वारा सूक्ष्म और उत्कृष्टतम भावनाओं की अभिव्यक्ति, वह भी सहज भाव से, अपूर्व है भाषा प्रयोग के क्षेत्र में, समन्वयवादी तुलसी विदेशी, प्रान्तीय, बोलियों के शब्दों का जिस प्रकार साधिकार प्रयोग करते हैं, वह अद्भुत है। इस संबंध में **डॉ सावित्री सिन्हा** का कहना है : "And finally the powerful, creative genius of Tulsi das, made it through use of Sanskrit, eminently suitable for literary expression. It is to be noted, however, that althogh an im mortal work like Ram Charit Manas had been written in Awadhi." बेशक अवधी के प्रति तुलसी पूर्ण समर्पित थे। डॉ. त्रिलोकी नाथ दीक्षित कहते है ''तुलसी का पूरा -पूरा मन या ध्यान अवधी पर ही केन्द्रित था। उनकी प्रमुख कृतियों, उनकी ख्याति और कला के मुख्याधार ग्रन्थों की रचना अवधी में ही हुई।'' महात्मा तुलसी का अवधी पर एकाधिकार होने का कारण था कि वह उसी क्षेत्र विशेष के थे। इस संबंध में आचार्य शुक्ल का कहना है - ''किसी कवि की रचना में यदि किसी स्थान विशेष के भीतर ही बोले जाने वाले अनेक शब्द मिलें, तो उस स्थान विशेष से कवि का निवास संबंध समझना चाहिये। xxxx ठेठ अवधी की जो मिठास हमें पद्मावत में मिलती है, वही जानकी मंगल, पार्वती मंगल, बरवै रामायण और रामलला नहछू में हम पाते हैं।''

पश्चिम के सुप्रसिद्ध विद्वान **डॉ. स्मिथ** तुलसी दास की कविताओं के संबंध में लिखते है कि - " The morality of the poem is as lofty as the theology and there is not an impure word or idea in it from begning to end. Rama's wife Sita is depicted as the ideal of woman hood. The Poem is to the Hindus of Northern India,even more than the Bible to ordinary British Christian.[1] तो **सर जॉर्ज ग्रियर्सन** तुलसीदास को हिन्दी कविता का "Tallest tree" बताते हुए कहते है कि तुलसीदास भारत के बहुत बड़े सुधारक हैं,-"One of the greatest reformers and One of the greatest poets that India has produced to the present writer, he is, in both characters, the greatest he disdained to found .........own kith and kin."[1]

तुलसी की रचनाओं में पूर्वी, पश्चिमी तथा बैसवाडी, अवधी के तीनों रूपों का दर्शन कर सकते है। उन्होंने बरवै तथा राम लला नहछू को पूर्वी अवधी, जानकी तथा पार्वती मंगल को पश्चिमी अवधी तथा राम चरित मानस को बैसवाड़ी अवधी में लिखा। महान कवि

---

**1- Akbar's Tomb,Sikandarah, near Agra - E.W. Smith, P.80**

अपने को तुच्छ समझता है। वह अपने को अकवि कहते हैं (कवि न होऊँ नहि वचन प्रबीनू ) पर वह जीवन की अन्तर्दशाओं और बहिर्दशाओं का चित्रण बड़ी निपुणता से करते हैं। एक स्वाभाविक, सरस,सरल, भावानुकूल और रसानुकूल भाषा के प्रयोग में वह निष्णात है। एक उदाहरण प्रस्तुत है :

**विरह अगिनि तन तूल समीर। सास जरइ, छन माहि सरीरा**
**नयन स्त्रवहिजलु हित लागी जरै न पाव देह बिरहागी।**

यहाँ शरीर के तीनों पर्याय तन, शरीर,देह अलग -अलग सार्थक रूप में प्रयुक्त हैं।

उनकी रचनाओं में - लक्षणा, व्यंजना, ओज और माधुर्य के अविस्मरणीय स्थल सर्वत्र छिटके पड़े हैं:

लक्षणा - **मंगलमोद उछाह नित, जाहि दिवस एहि भांति**
**उमँगी अवध आनन्द भरि, अधिक अधिक अधिकाति। (मानस)**

व्यंजना - **कंपहि भूप बिलोकत जाके।**
**जिमि गज हरि किसोर के ताके।। (मानस)**

माधुर्य **सरद चन्द निंदक मुखनी के।**
**नीरज नयन भावते जीके।।**
**चितवत चारु मार मद हरनी।**
**भावति हृदय जाति नहिं बरनी।। (मानस)**

ओज - **बोल्लहिं जो जय जय मुंडरूंड प्रचण्ड सिर बिनु धावहीं।**
**खप्परिन्ह खग्गअलुज्झि झुज्झहिं सुभट भटन्ह ढहावहीं।।**

**अंलकार** - आलंकारिक सौन्दर्य और अभिव्यक्ति सौन्दर्य में मानस अद्वितीय है। मानस में इतने अधिक अलंकार प्रयुक्त हुए हैं कि उनकी संख्या गिनाना बेमानी है। दृश यमूलक अलंकारों का प्रयोग करते समय उनकी भाषा बिम्ब प्रधान हो गई है। विविध बिम्बों के प्रयोग के क्षेत्र में तुलसी की अवधी भाषा श्रेष्ठ है। तुलसी ने अनुप्रास को उतना सम्मान नहीं दिया है, जितना उपमा और रूपक को। अवधी में प्रचलित समस्त छन्दों का प्रयोग उन्होंने किया है।

**तुलसी का व्याकरणिक वैशिष्ट्य सर्वनाम** - मैं, हम, तु, तुम्ह, सोवह, ते, जो को कौन, कोई, किछू।

**संज्ञा सर्वनाम के परसर्ग** - का, कहँ, को, लागि हित (के लिए)
सई, सैं, तै (से) कै, केर केरा, की पर में , माहिं।

**क्रिया रूप** - क्रिया रूपों में सरलता आ गई थी। सहायक क्रिया अछ का लोप हो गया था। आटै, बाटै का प्रयोग भी कम हो गया था। क्रियाओं के सामान्य रूप जो आज भी प्रचलित हैं : अहै, है, अहै भया, भवा, भये आदि रूपों का प्रयोग उन्होंने किया है।

**राम भक्ति शाखा के कुछ अन्य कवि** - स्वामी अग्रदास, भक्त नाभादास (अष्टयाम) लाल दास (अवध विलास) राम प्रियाशरण (सीतायन) जानकी रसिक शरण (अवधी सागर) राम चरणदास (राम चरित्र) रीतिकाल और आधुनिक काल में अवधी को काव्य भाषा के रूप में बहुत कम कवियों ने अपनाया, पर वे साहित्य जगत पर अपनी अमिट छाप न छोड़ सकें।

**अवधी साहित्य का हिन्दी पर प्रभाव** - आज की परिनिष्ठित हिन्दी अपने अतीत के समष्टि तत्व को उदरस्थ कर ही प्रगतिशील है। अवधी साहित्य के प्रभाव को हम इन दो प्रश्नों के उत्तर के रूप में पा सकते है: ।- क्या अवधी साहित्य की उत्तमोत्तम रचनाएँ हिन्दी साहित्य की अमूल्य निधि है? उत्तर है - पद्मावत और रामचरित मानस के बिना हिन्दी जगत सूना हो जायेगा।2- क्या उक्त भाषा के महान ग्रन्थों में प्रयुक्त कथ्य ने परवर्ती साहित्य को पुनर्रचना के लिए प्रेरित किया? उत्तर है, परिनिष्ठित हिन्दी में सृजित अनेक राम काव्य। अवधी आज भले काव्य भाषा के शीर्ष बिन्दु से उतर कर मात्र एक बोली रह गई हो, पर उसकी देन अमूल्य है:

**निर्जन कुटिया सूने में**
**रजनी भर जलते जाना**
**क्या स्नेह भरे दीपक का**
**देखा यों ही बुझ जाना।**

**1- Literature of Hindustani - G. Grierson, P. 105**

अध्याय - 44

# मध्यकालीन काव्य भाषा के रूप में ब्रजभाषा का उदय और विकास

## अथवा

# ब्रजभाषा का साहित्यिक विकास

**ब्रज शब्द का अर्थ-** 'ब्रज' शब्द मूलत:धातु रूप में 'गमन' या गति अर्थ में प्रयुक्त होता है। कालान्तर में चल कर यह पशु समूह, गोचर भूमि, पशु आवास के लिये प्रयुक्त होने लगा।[1] पशुपालन प्रवृत्ति की व्यापकता को देखते हुए, यह शब्द स्थानवाची स्वरूप ग्रहण करता हुआ, जनपदवाची हो गया और मथुरा या शूरसेन प्रदेश का नामवाची शब्द बन बैठा। श्री कृष्ण काल में जो 'ब्रज' एक सीमित भूमि का संकेतक था, मध्य काल में समूचा शूरसेन प्रदेश उसकी जद में आ गया। बौद्धकाल में यह प्रदेश मज्झिम देश कहलाता था और उससे भी पूर्व यही मध्यदेश या ब्रह्म देश था।

**ब्रजभाषा का उद्भव -** चूँकि शूरसेन प्रदेश नौ महाजनपदों में अति महत्वपूर्ण था, अस्तु इसी जनपद की मूलभाषा शौरसेनी प्राकृत को केन्द्रीय स्थिति प्राप्त हुई। यही शौरसेनी अपभ्रंश या प्राकृत ब्रजभाषा की जननी है। इस संबंध में डॉ. भंडारकर का अभिमत है : "After the 16th Century no important book was written in Awadhi where as Braj Bhasha recieved on the one hand religions patronge through Vallabhacharya and, on the other hand. a place of honour in the course of native rulers as well as muslim kings. Thus Braj Bhasha acquired the position of literary language of entire Hindi speaking region. The history of the 17th century Hindi literature is therefore the history of Braj Bhaha a literature, through thier genins. The 'Astacchap' poets of the 'Reetikal' made it an highly ornate poetic diction. Braj Bhasha contains severals words belonging to other dialects of Hindi. At first it was considered quite proper to import these words in to the language but after words a reactin set in and Bhraj Bhasha also tendeel to refined and exclusive. Ghananand is considered to be the chief represantative of this movement. The tradition of Braj Bhasha poetry did not dieout with close of the mindle period. For along while in the modern period, it was employed as the language of poetry and as a dialect of Hindi, it is very much alive, evch to day."[2]

इसी तथ्य की पुष्टि **डॉ. चादुर्ज्या** भी करते है "नवीं से बारहवीं शताब्दी के काल में परिनिष्ठित अपभ्रंश, राजपूत राजाओं की प्रतिष्ठा और प्रभाव के कारण, जिनके दरबारों में इसी शौरसेनी की परवर्ती या उसी पर आधृत भाषाएँ व्यवहृत होती थीं और जिसे चारणों ने समृद्ध और शक्ति सम्पन्न बनाया था, पश्चिम में पंजाब या गुजरात से लेकर पूरब में समूचे आर्य भारत में प्रचलित हो गई। सम्भवत: यह उस काल की राष्ट्र भाषा मानी जाती थी।"[3]

## विकास-सरिणि-

**मूल उत्स -** शौरसेनी अपभ्रंश की कोख से उद्भूत, यह ब्रज भाषा उसी से रस और रक्त पाकर एक युग में राष्ट्र भाषा या सम्पर्क भाषा की गरिमा से मण्डित हो गई थी। **डॉ. शिव प्रसाद सिंह** अपने शोध प्रबंध में सिद्ध करते है कि - "1000 ई. के आसपास शौरसेनी अपभ्रंश कीं अपनी जन्मभूमि में जिस ब्रजभाषा का उदय हुआ, आरम्भ में, उसके सिर पर साहित्यिक अपभ्रंश की छाया थी और रक्त में शौरसेनी भाषाओं की परम्परा तथा अन्य सामाजिक तत्वों का ओज और बल था। यह भाषा चौदहवीं शताब्दी तक अपभ्रंश बहुल संज्ञाशब्दों और प्राचीन प्रयोगों के आवरण में ढँकी रहने के कारण परवर्ती ब्रजभाषा से भिन्न प्रतीत होती है, पर भाषा वैज्ञानिक कसौटी पर नि:सन्देह उसी का पूर्वरूप सिद्ध होती है।"[4] इस प्रकार मध्यकाल में सूरदास की प्रतिभा का आश्रय पाकर शौरसेनी सुता एक कमनीय कन्या से विवर्धित होकर कामिनी बन चुकी थी। इस संबंध में **डॉ. सत्येन्द्र** कहते है "ईस्वी 1000 के लगभग की ब्रजभाषा

1-ऋग्वेद 2,38,8;5/3/5/4,7/2,7/1, अर्थववेद 3/2/5,4/38/7, शाखायन आरण्यक 2/16

2-Wilson Philogical Leltures - Dr. Bhandarker, P.-30

3- Origin and Development of Bengali language - D.S.K. Chatterji, P.133

4- सूर पूर्व ब्रजभाषा और उसका साहित्य (भूमिका) डॉ0 हजारी प्रसाद द्विवेदी पृ0 (ख)

5- भारतीय आर्य भाषा और हिन्दी - डॉ0 सुनीति कुमार चटर्जी, पृ0-178-79

शौरसेनी अपभ्रंश की गोदी में खेलती हुई बालिका के समान है,ईस्वी 1400 के लगभग की ब्रजभाषा अपभ्रंश की उँगली पकड़ कर चल रही है और सूरदास के समय की ब्रज भाषा पूर्णत: अपने पैरों पर खड़ी है तथा दूसरी भाषाओं को प्रभावित करने वाली है।''[5]

**अंकुरण (क)-पूर्व पीठिका**

(1) जैनाचार्य हेमचन्द्र (1088 से 1172 ई.) रचित पश्चिमी अपभ्रंश व्याकरण में उदाहरण के रूप में प्रस्तुत कुछ अपभ्रंश खण्डों से हमें पता चलता है कि उस काल की भाषा हिन्दी के अत्यधिक निकट थी। यही ब्रज भाषा की पूर्व पीठिका मानी जा सकती है। हेमचन्द्र व्याकरण में प्रयुक्त समस्त ध्वनियां ब्रज भाषा में सुरक्षित हैं। ब्रज भाषा में भूतकालीन निष्ठा क्रियारूप तथा औकारान्त और ओकारान्त का प्रयोग उसे अन्य बोलियों से बिलग कर देता है। हेमचन्द्र व्याकरण में भूतकाल के यही क्रिया रूप प्रयुक्त हुए हैं। यही नहीं वहाँ प्रयुक्त वर्तमान कालिक तिगन्त रूप भी ब्रज भाषा में विकसित रूप में प्रयोग में लाये गए हैं। वाक्य गठन की दृष्टि से तो अपभ्रंश के हेमचन्द्र व्याकरण के दोंहो की भाषा ब्रज के और भी नजदीक मालूम होती है। इस संबंध में **डॉ. चाटुर्ज्या** ने भी ब्रजभाषा के इस विकसित रूप की व्याख्या इस प्रकार प्रस्तुत की है : ''ब्रजभाषा पुरानी शौरसेनी भाषा की सबसे महत्वपूर्ण और शुद्ध प्रतिनिधि है, हेम व्याकरण के अपभ्रंश दोहों की भाषा इसी की पूर्व पीठिका है''[1] The dialect of Braj is most important and in the sence most faithful representative Sauerseni speech the Apabhrams verses quoted in the prabit Grammar of Hem Chandra (1018-1117 A.D.) are in Saurseni speech which represents the premodern stage of Western Hindi. कुछ उदाहरण :- जैसे अइसो, एंड एत्तुलो (इतना) ओक्खल, काहारो, कोल्हुओ, गड्डो, घट्टो, छइल्लों, छलियो, दोरो (डोरा) बप्पो, बाड़ल्लो आदि।

(2) प्रारम्भिक काल में ब्रजभाषा के दो रूप प्रचलित थे, **प्रथम** वह जो प्राकृत पैंगलम् , रणमल छन्द, रासों ग्रन्थों और कुछ पिंगल ग्रन्थों में प्राप्य हैं। **द्वितीय** जो उक्ति रचनाओं में जैसे उक्ति व्यक्ति प्रकरण बालावबोध, उक्ति रत्नाकर आदि में उपलब्ध है।

उक्त ग्रन्थों में प्रयुक्त ;

1- द्वित्व व्यंजन जैसे अक्खर अग्गे, अग्गि अज्जु आदि जो आगे चलकर सरलीकृत हो। आखर आगे, आग और आज के रूप में परिवर्तित हो, ब्रजभाषा में प्रयुक्त होने लगे।

2- ओकारान्त रूप जैसे - **गई भवित्तो का हमारो**
**नअण झँपिओं।**
**पफुल्लअ कंद उगो सहिचन्द।**

उक्ति व्यक्ति प्रकरण के कुछ उदाहरण - **सूऔ माणुस जेउं बोलइ। कुंमार हांडो फडइ**

**उक्ति रत्नाकर-** इस ग्रन्थ में प्रयुक्त देशी क्रियाओं ,क्रिया विशेषण, सर्वनाम और क्रिया रूपों से ब्रजभाषा की प्रगति की दिशा का ज्ञान होता है। गुरू मच्छेन्द्र नाथ की भाषा में ब्रजभाषा का प्रयोग -

**पखेरू उडिसी आय लीयो बीसराम।**
**ज्यौ-ज्यौ नट स्वारथ करै कोई न सजायौ काम।**

**नाम ग्रहण-**एक स्वंत्रत भाषा के रूप में ब्रज भाषा का उन्मुक्त प्रवाह सूर पूर्व ही आरम्भ हो गया था लेकिन ब्रजभाषा नाम तो उसका बहुत बाद में पड़ा। भिखारी दास जी अपने काव्य निर्णय में कहते है :

**ब्रजभाषा रूचिर, कहैं सुमति सब कोइ। या**
**ब्रजभाषान्हेत ब्रजवास हीन अनुमानौ**
**ऐसे-ऐसे कविन की बानी हूँ सों जानिए।**

पहले ब्रजभाषा का नाम मात्र भाषा या भाखा था। यह भाषा या भाखा कहने की प्रवृत्ति बहुत बाद तक चलती रही। उदाहरण स्वरूप कुछ कवियों की उक्तियाँ प्रस्तुत है :

| | |
|---|---|
| **कबीर** | **संस किरत है कूप जल भाषा बहता नीर** |
| **विष्णुदास** | **तुछ मत मोरी थोरी सी बौराई,भाषा काव्य बनाई।** |
| **सूरदास** | **सूरदास सोई कहै पद भाषा करि गाइ** |
| **नन्ददास** | **ताही सों यह कथा जथामति भाखा कीनी** |
| **तुलसीदास** | **भाषा बद्ध करब मैं सोई** |
| **केशव** | **भाषा कवि मो मंद मति तिहि कुल केसोदास।** |

**1-Origins Development of the Bengali language Dr. S. K. Chatterji, P. 47**

इस प्रकार शौरसेनी प्राकृत और अपभ्रंश किस प्रकार रूप परिवर्तन करती हुई एक विशाल प्रवाह ब्रजभाषा रूप कब धारण कर गई? एक लम्बी प्रक्रिया है। एक दिन की नही, सदियों की। ब्रजभाषा के अन्य नाम भी प्रयुक्त हुए, जैसे मध्यदेशीय, अन्तर्वेदीय और ग्वालियरी।

## मुक्त -प्रवाह -निर्माण काल

1- सबसे प्राचीन ग्रन्थ, ब्रजभाषा में लिखा गया, प्रद्युम्न चरित। इसका रचनाकाल 1354 ई. है। रचनाकार सुधीर अग्रवाल है उक्त रचना का एक उदाहरण प्रस्तुत हैं : माँ रूक्मणि विलाप करती कहती हैं :

**की मइँ पुरिष विछोही नारि।**
**की दव घाली वणह मझरि।**
**की मइँ लोग तेल घृत हर पऊँ।**
**पुत्त संताप कवण गुण पर पउँ।।**

2- **जाखूमणयार -** ब्रजभाषा के दूसरे चर्चित कवि थे। इनकी भाषा में नैसर्गिकता, सरलता और लोक भाषा का पुट दीख पड़ता है जैसे - विप्र पूँछि वर भीतर जाई। रानी अकली परी बिलखाई।

**सुत-सुत कहइ वयण उच्चरई, नयण नीर जिमि पाउ सझरई**

3- **विष्णु दास** - सूर से एक शती पूर्व ही ग्वालियर के श्री विष्णु दास ने वहाँ की प्रचलित भाषा में और साहित्य भाषा में महाभारत, रामायण कथा, रूक्मिणी मंगल, स्नेह लीला आदि रचनाएँ प्रणीत कीं। पेश है एक उदाहरण -

**अपनी-अपनी मंडली मिलि ग्वालन के वृन्द।**
**मुरली मधुर बजावहीं, गावहिं गुन गोविन्द।।**
**गोदोहन मोहन जिय, टेरत लै-लै नाँव**
**गोरज उड़ि अंबर लगी, छवि पावत नन्द गाँव।।**

उक्त पंक्तियों में एक अपरिपक्व सूर विद्योतित हो रहा है। इनकी काव्य भाषा परिनिष्ठित, भावानुकूल, सहज और प्रांजल है। अन्य कवियों में प्रमुख हैं लक्ष्मणसेन-पद्मावती कथा के रचयितादामोकवि चतुर्भुज दास। नारायण दास की छिताई वार्ता।

4- **गुरु ग्रन्थ साहब** - में संग्रहीत संतों की बानी के कुछ अंश ब्रजभाषा में है। ब्रजभाषा में पद लिखने वाले जिन प्रमुख संत गण की बानियाँ और पद गुरुग्रन्थ साहब में उपलबध है; वे है : गुरु नानक देव जी, अंगद जी, रामदास जी, अमरदास जी तथा इनके अतिरिक्त नामदेव, कबीर त्रिलोचन, साधना, बेनी, रामानन्द, धन्ना, पीपा सेन, रैदास आदि।

गुरु नानक जी -गुरु नानक जी के ढेरों पद ब्रजभाषा में है। उन्होंने इस भाषा में लोगों को स्वार्थान्ध तथा अन्य तरह की दूसरी बुराइयों को छोड़ने की सलाह दी - "He wanted his followers to give up the false hood, selfishness and worldlines. He put great emphasis on good actions and purety of life. According to him" class and caste distiuctions are just so much non sense, that all men are born equall." [1]

**असंख मूरख अंध घोर, असंख चोर हरामखोर**
**असंख गलवढ़ हतिया कराहिं असंख पापी पाप कर जाहि**
**असंख कुड़िहार कूड़े फिराहिं असंख मलेच्छ मल भीख खाहिं।।**

दादू दयाल - **साईं सुन्दरि सेज परि, सदा एक रस होइ।**
**दादू खेलै पीयसों तासमि और न कोई।।**

गुरु अर्जुन देव की भाषा कुछ पंजाबी मिश्रित ब्रज है :

**सम किछु घरमहि बाहरि नाहीं। बाहरि डोलै सो भरमि भुलाही।**
**गुरु परसादी जिनि अन्तरि पाइया। सो अन्तरि बाहरि सुहेल जीउ।**

**नामदेव -**भक्ति आन्दोलन के शिखर पुरुषों में से एक नामदेव जी महाराष्ट्र के रहने वाले थे। दर्जी जाति के इस महानायक की रचनाओं में ब्रजभाषा की सुन्दर गमक मिलती है। **वाई. हुसेन** लिखते है कि -"Another preacher of the Bhakti movement was Namdeva. he belonged to Maharastra and his followers belonged to all castes and classes. He had faith in the unity of God and believed that One could attain salvation only through love of God."[2]

**इमै बील् उमै बीठलु बीठलु बिनु संसार नहीं।**
**थान थनंतरि नामा प्रणवै, पूरि रहिउतूँ सरवमही।**

---

**1 Guru Nanak in History - J.S. Grewal. P.110 2-Glimpses of Medieval Indian Culture - Y.Husain P.17**

**रैदास -** **माधो भरम कैसे हुन बिलाई**
**तातै द्वैत दरसै आई।**
**कनक कुंडल सूत पर जुदा रजुभुअंगु भ्रम जैसा**
**जल तरंग पाहन प्रतिमाज्यौं ब्रह्म जीव इति तैसा।**

## सूर पूर्व ब्रज भाषा का ध्वन्यात्मक वैशिष्ट्य -

1- परवर्ती ब्रजभाषा में अन्त्य 'अ' का लोप दिखाई पड़ता है पर तत्कालीन ब्रजभाषा में संस्कृत की तरह अ स्वर अन्त्य व्यंजन में अपने पूर्ण रूप में विद्यमान है।

2- पालि और संस्कृत की तरह ब्रजभाषा के शब्दों में अनुनासिकता की प्रवृत्ति दीख पड़ती है। जैसे - कहँ, महँ, करहिँ आदि।

3- तत्कालीन ब्रज में ण के न के रूप में परिवर्तित करने की प्रवृत्ति व्यापक रूप से विद्यमान है जैसे बयण, नयण, जाणिये, निरंजण आदि।

4- ष का उच्चारण ख की तरह होता था।

5- स्वरों के प्रयोग में तीन रूप दर्शनीय है इकारान्त या उकारान्त - जैसे चाल्यउ, करउ, धरइ ।ए ओ वाले रूप- जैसे- गयो, मिल्यो, ज्यो। ऐ औ वाले रूप - जैसे - पीवै, दरसै, नावै आदि।

व्यंजन के द्वित्व रूप - जैसे - सज्जहि, छइल्लो, बप्पो।

## व्याकरणगत वैशिष्ट्य

1- **परसर्गो** में ने, सम, सउँ तै ते ते लागि, को के की, माझि। माँहि कहुँ कौं कूँ हिं से आदि का प्रयोग होने लगा था, लेकिन अभी पूर्ण स्थिरता का अभाव था। परसर्ग हीन प्रयोग भी प्राप्त होते थे।

**सर्वनाम पद -** हुई हौ, मइँ मै मोहि मेरो हमारो
तू तुम तुव तेरो, तुम्हारो तिहारो
सो वह, तेइं तेउ वेवै कोउ कोई जो
को कवण, कौण आपणौ आदि।

**क्रिया पद -**

| | |
|---|---|
| वर्तमान - | करत, जाते |
| भूतकाल - | कियो कियौ |
| भविष्यत् - | करहि, जाहि |

ग रु अविकसित था।
सहायक क्रिया - है, है, हैं, है मयो मई मये

## सूरकालीन या भक्ति कालीन ब्रजभाषा-

ब्रजभाषा के विभव विस्तार में भारत भर के कृष्ण भक्त कवियों का महान योगदान रहा। उन्होंने ही ब्रजभाषा के माधुर्य गेयात्मकता, संगीतात्मकता, प्रभावोत्पादकता, रमणीयता, ध्वन्यात्मकता, वर्णयोजना, काव्यात्मकता, लक्षणा व्यंजना-चमत्कार और भावात्मकता का विकास किया। कष्ण भक्त शिरोमणि सूर वह महानद थे जिनकी प्रतिभा के जल ने कल-छल करती एक वन्या को सुरसरि का रूप प्रदान किया। **डॉ. धीरेन्द्र वर्मा कहते है** ''जिस समय श्री महाप्रभु बल्लभाचार्य को ब्रज जाकर गोकुल तथा गोवर्धन को अपना केन्द्र बनाने की प्रेरणा हुई, उसी दिन से ब्रज की प्रादेशिक बोली के भाग्य पलटे।'' यह 15वीं शताब्दी का काल था जब गोवर्धन में श्रीनाथ जी के विशाल मन्दिर की नींव रखी गई। ब्रजभाषा में कृष्णकाव्य रचना का प्रधान श्रेय श्री बल्लभाचार्य जी को जाता है जिनके द्वारा प्रचारित पुष्टिमार्ग में दीक्षित होकर सूरदास आदि अष्ट छाप के कवियों ने उत्कृष्ट कृष्ण काव्य की रचना की। पुष्टिमार्ग के प्रभाव में आकर अनेक भक्त कवि भगवान की लीला गायन में तल्लीन हो गए। वे कृष्ण जी के नैमित्तिक कार्यो पर ह्रदय स्पर्शी पद बनाकर राधाकृष्ण लीला का गान करते। बल्लभाचार्य जी के पुत्र गोस्वामी बिट्ठलनाथ जी ने उन कवियों में से सर्वश्रेष्ठ आठ कवियो को चुनकर 'अष्ट छाप' की स्थापना की। The history of the 17th century Hindi literature is there fore the history of BrajBhasha literature. Through their genius, th "Ashtachhap" poets of the "Reetikal" made it an highly ornate poetic diction.[1]

बल्लभ सम्प्रदाय के अतिरिक्त कृष्ण काव्य और ब्रजभाषा को उत्कर्ष प्रदान करने वाले अन्य सम्प्रदाय भी थे, जिनमे प्रमुख है :

---

**1-Indian Literalure - Dr. Savitry Sinha, P.598**

गौडीय सम्प्रदाय, राधाबल्लभी सम्प्रदाय, निम्बार्क सम्प्रदाय, हरदासी सम्प्रदाय। इन सम्प्रदायों के प्रमुख कवि थे - हरिवंश, ध्रुवदास, श्री भट्ठ हरि व्यास देव परशुराम देव, चैतन्य सम्प्रदाय के माधवदास। अन्य में मीरा, रसखान जो सम्प्रदाय विरहित थे, तथा अन्य ढेरों बहुत से कृष्ण भक्त कविगण जिनकी संख्या बहुत अधिक है।

**सूर तथा अन्य कवियों पर पूर्व परम्परा का प्रभाव-**कृष्ण भक्ति काव्य परम्परा का विकास सूर पूर्व से ही होने लगा था। इस संबंध में **डॉ. राम कुमार वर्मा** का कथन है ''सूर के आराध्य कृष्ण का चित्रण विद्यापति और जयदेव कर चुके थे। इन दोनों महाकवियों ने रस के दृष्टिकोण से श्रीकृष्ण की लीला गाई थी।××× इस साहित्यिक परम्परा का प्रभाव सूरदास पर भी पड़ा''।

**सूरदास और उनका काव्य-** सूर की भाषा उत्कृष्ट है। वह विषय वस्तु और भावानुकूल हो प्रतिपल नव-नवल रूप धारण करती है। उनकी प्रतिभा अपरिमित है और अभिव्यक्ति क्षमता नैसर्गिक। सजीव शब्द राशि उनके एक इंगित पर, जल बिन्दु की तरह, प्रवाह की तरह उर्मिल तरंगे बन जाती हैं। अर्थभारालस वाक्य और पदबंध उनके राग-रस से सिक्त हो, उनकी इच्छा के अनुसार जीवन के स्पन्दन बन जाते हैं। कृष्ण लीला के अति वर्णनात्मक विषयों में सूर का भावुक हृदय रम नहीं पाया अस्तु, भागवत पुराण वर्णित कथाएँ और अन्य अवसरों के वर्णन नीरस और उबाऊ हो गए हैं। बालक श्रीकृष्ण के संस्कार वर्णन उनके व्यक्तित्व की खानापूर्ति जैसे लगते है। जहाँ घटना विशेष का वर्णन सूर करते हैं, वहाँ की भाषा तद्भव प्रधान, सुष्ठ और चटुल तरंगमयी दीख पड़ती है।कृष्ण अलौकिक बालक हैं। सूर का प्रतिपाद्य अलौकिक होते हुए भी, सामान्य से सामान्य रसिक को भी उनका काव्य सहज आनन्द प्रदान करता है। उनके द्वारा वर्णित समस्त चित्र मानवीय और सामान्य हैं।

उनका बाल्य वर्णन विश्व साहित्य में अनुपम है; सरल है, नैसर्गिक है। शृंगार वर्णन में जीवन की धड़कन है। अभिव्यक्ति की पूर्णता है। सूर ने क्षेत्र विशेष की एक बोली को इतना सौन्दर्य-वैभव, आकर्षण अभिव्यक्ति क्षमता, सहजता, राग,विराग, प्रेम -प्रतीति, बिम्बात्मकता, आलंकारिता और वक्रता प्रदान की कि एक अनाम 'भाखा'मात्र ब्रज भाषा बन अगले चार सौ वर्षों तक कृष्ण-भक्त कवियों तथा रीति काव्य स्रष्टाओं की अभिव्यक्ति-वाणी बनी रही।उनके संवादों में नाटकीयता है। वात्सल्य वर्णनों में व्यावहारिक शैली की छटा है तो कहीं उनकी सौन्दर्य वृत्ति अंलकार बहुल बन, उन वर्णनों को सतरंगी आभा प्रदान करती है। उनकी भाषागत प्रौढ़ता अविस्मरणीय है। रूप वर्णनों में अलंकार उनके आगे-पीछे दौड़ते नजर आते हैं। दीनता और शृंगारी भावों के अंकन में भाषा की पुष्टता और उसके साहित्यिक सौन्दर्य की प्रभा अनुपम छटा विकीर्ण करती है। शैली में कही गाम्भीर्य है तो स्पष्टता है। समास युक्त पदावली है तो प्रयोग में संयम है। भ्रंमर-गीत के पदों में जहाँ मार्मिकता है, तो दूसरी ओर गहन प्रौढ़ता है। कूट पदों की भाषा कहीं कृत्रिम है तो कहीं काठिन्य और क्लिष्टता के साथ-साथ अलंकारों की भीड़ की खनखनाहट भी है।सूर के काव्य वैशिष्ट्य को व्यक्त करने वाले कुछ उदाहरण प्रस्तुत हैं।

कृष्ण की छवि पर गोपियाँ मुग्ध हैं। कृष्ण माखन चुराकर उन्हें उकसाते हैं और प्रेम का भव्य रूप प्रगट होता है। प्रेम के अंकुरण काल से राधा कृष्ण का परिचय होता है। यह परिचय कितना स्वाभाविक है -

**खेलन हरि निकसे ब्रज खोरी**<br>
**गये स्याम रवि तनया के तट अंग लसत चन्दन की खोरी**<br>
**औचक ही देखी तह राधा, नैन विसाल भाल दिए रोरी।**<br>
**सूर स्याम देखत ही रीझे, नैन-नैन मिलि परी ठगौरी**

उक्त पद में तत्सम-तद्भव पदों का सन्तुलन तथा मुहावरों का सन्तुलन अपूर्व है। सूर की शब्द राशि महासागर है। अर्थ सम्पदा अकूत है। छन्द और संगीत चयन भावानुकूल है।

## सूरसागर का व्याकरणिक वैशिष्ट्य

**सर्वनाम -** उ0पु0 हौं, मैं, मो,कौ, मो, सउँ मेरौ हम हमै<br>
म.पु. तेरौं, तिहारौ, तुम्हारौ, तू, तैं , तुम, तुम्हे आपु<br>
अन्य पु. वह, वे वाकी, वामै, बाकौ (स्त्री) उन

**अन्य सर्वनाम -**यह, ए, या. याकौ, यामै इन जो जाकौ, जिहिं जे सौ, सु, ता, तिन, तिहि को कौन कोउ काहु का कहा किन।

**कारक या परसर्ग -** नै, को कौं कौ, सौ तैं करि लौं लगि हेत धौं को के की केरा मैं माहिं पैं पर। इनके अतिरिक्त विभक्ति युक्त पद भी सूर सागर में प्राप्य हैं।

**क्रिया पद -** वर्तमान 'त' रूप जैसे करत, करति, बन्दौ, बोलै।<br>
भूतकालीन रूप - कियौ, कीन्हौ, चलौ<br>
भविष्यत् - करैगो, करिहै (ग रूप और ह रूप)<br>
सहायक क्रिया - - (वर्तमान) है हैं हौं हौ

भूतकाल- हुतौ, हुती, हुते, ता, ते ती
अव्यय - फिरि, पुनि, कित, बिनु, नाई, जहँ तहँ

साहित्य की हर दृष्टि से सूर बेजोड़ है। उनकी भाषा अनुपम है। अलंकार योजना अद्वितीय है। **डॉ. हजारी प्रसाद द्विवेदी** के शब्दों में -

"सूरदास जब अपने प्रिय विषय का वर्णन शुरू करते हैं। तो मानो अलंकार शास्त्र हाथ जोड़कर उनके पीछे -पीछे दौड़ा करता है। उपमाओं की बाढ़ आ जाती है, रूपकों की वर्षा होने लगती है। ××× पन्ने पर पन्ने पढ़ते जाइये, केवल उपमाओं और रूपकों की छटा, अन्योक्तियों का ठाठ, लक्षणा और व्यंजना का चमत्कार ,यहाँ तक कि एक ही चीज दो-दो चार-चार, दस-दस बार तक दुहराई जा रही है, फिर भी स्वाभाविक और सहज प्रवाह कहीं भी आहत नहीं हुआ है,"

**रूप प्रेम आनन्द रस जो कछु जग में आहि।**
**सो सब गिरधर देव को निधरक बरनौ ताहि।।**

**डॉ. वी.डी. महाजन** लिखतें है कि- "Another important writer in Hindi was Surdas, the blind bard of Agra. The name of Surdas is included in Abul Fazal's list of 36 singers and musicians employed at the court of Akbar. Surdas excelled in all styles. His famous book is known as" Sur Sagar. Sur has given description of the sports of Lord Krishna in his child hood and also the beauty of Lord Krishna and his beloved Radha. He wrote in BrijBhasa and employed imagery. The following conplet points out the greatness of Surdas,-

"Sur is the Sun. Tulsi the moon,
keshva is a cluster of stars,
But the poets of modern age are
like roaring glow- worms,
giving light here and there."[1]

## नन्ददास -

नन्ददास उच्च और भावुक कवि है। इनके काव्य में अनुभूति की सरसता है। माधुर्य का मंजुल मयंक उनके समूचे साहित्य जगत को पीयूष स्राव सिक्त करता रहता है। उनके द्वारा वर्णित ज्ञान-भक्ति विवाद का तार्किक पक्ष, हृदयस्पर्शी है। बुद्धि को कुरेदता है। भाषा में अलंकार वैभव है। चमत्कारों की छटा है। प्रवाह की तीव्रता है। प्रसाद गुण सम्पन्नता है। भाषा में तत्समता है। ओज, गाम्भीर्य, निर्भीकता तथा मनोहारि माधुर्य से समन्वित अभिव्यक्ति छटा अनुपम है। संस्कृत पद विन्यास युक्त साहित्यिक ब्रज भाषा में उनके द्वारा प्रस्तुत तर्क सामान्य और भोली-भाली गोपियों के मुख से अनुपयुक्त से लगते हैं। फिर भी मानवीय हृदय का गहन अंकन प्रस्तुत करने में वह सफल रहे है। ब्रजभाषा के विकास में नन्ददास का योग अपूर्व और अद्भूत है। इनके बारे में एक उक्ति प्रसिद्ध है और वह सार्थक है, और कवि गढ़िया, नन्ददास जड़िया। गोपियों का तर्कवाद नन्ददास के भ्रमर गीत के एक पद में देखा जा सकता है:

**जौ उनके गुन नाहिं और गुन भये कहाँ ते ?**
**बीज बिना तरु जयै मोहिं तुम कहौ कहाँ ते ?**
**वा गुन की पर छाँह री माया-दरपन बीच**
**गुन ते गुन न्यारे भर, अमल बारि बिच नीच**
**सखा सुनु स्याम के**

अष्ट छाप के अन्य कवियों में परमानन्द दास के काव्य में सूक्ष्मता के साथ सरलता और सच्चाई मिलती है। कुम्भन दास की आसक्ति विशेष रूप से निकुंज लीला में थी। इनके काव्य में माधुर्य भक्ति सूचक दान मान के पद अधिक मिलते हैं। कृष्ण दास की आसक्ति रासलीला में अधिक होने से अनुराग के पद अधिक हैं। चतुर्भुज दास ने बाल लीला का मनोवैज्ञानिक वर्णन प्रस्तुत किया है। गोविन्द स्वामी में वात्सल्य तथा छीत स्वामी में प्रेमानुभूति तथा रूपासक्ति का प्राधान्य है।

**पुष्टि सम्प्रदाय का योगदान -** इस सम्प्रदाय ने ब्रजभाषा के गद्य तथा पद्य : दोनों विधाओं के विकास में अपना महान योगदान प्रस्तुत किया। इन कवियों ने साहित्य जगत के साथ-साथ संगीत जगत् को भी अपने महान अवदान से अलंकृत किया।

**अन्य कृष्ण भक्त कवि -** गदाधर भट्ट, चैतन्य महाप्रभु के परम समर्पित शिष्य संस्कृत में पारंगत विद्वान थे। उनके वैदुष्य

**1-Muslim Rule in India - V.D. Mahajan, P. 272**

का प्रभाव उनकी भाषा पर दीख पड़ता है।

**मीराबाई -** मीराबाई की राजस्थानी मिश्रित ब्रजभाषा में कबीर साहब सी लापरवाही है, लेकिन भक्ति की अद्भुत तल्लीनता है। यवन कृष्ण भक्त कवि रसखान की भाषा में भक्ति का नैसर्गिक प्रवाह है। परिनिष्ठित ब्रज भाषा में सरलता, मादकता तथा संगीत की झंकृति है। चित्रात्मक शैली में सम्पन्न भाषा में अलंकार पर कहीं विशेष बल नहीं दिया गया है।

रामभक्त तुलसी का ब्रजभाषा साहित्य ; भावानुरूप तत्सम प्रधान, परिपक्व और रससिक्त है।

## रीतिकाल-

यह युग श्रृंगार, सौन्दर्य और अलंकरण का था। जैसा कि **श्याम सुन्दर दास** कहते हैं। "हिन्दी साहित्य में रीतिकाल के सौन्दर्यपासक और प्रेमी कवियों का स्थान अमर है।" **आचार्य शुक्ल** कहते हैं "वास्तव में शृंगार और वीर इन्हीं दो रसों की कविता इस काल में हुई। प्रधानता शृंगार की ही रही। इससे इस काल को रस के विचार से कोई शृंगार काल कहे तो कह सकता है।" इस काल के कवियों को दो भागों में विभाजित कर सकते हैं : रीतिबद्ध तथा रीतिमुक्त। रीतिबद्ध कवियों में से कुछ ने लक्षण और लक्ष्य ग्रन्थ लिखे कुछ ने मात्र उदाहरण प्रस्तुत किए। प्रथम प्रकार के कवि थे: देव, मतिराम, चिन्तामणि, पद्माकर आदि। दूसरे बिहारी, देव आदि रीतिकालीन कवियों ने नियमों के बंधन को अस्वीकार कर, स्वतंत्र अभिव्यक्ति पर बल दिया।

**प्रवृत्ति-**श्रृंगार की प्रधानता देख, विद्वानों ने इसका नाम श्रृंगार काल रखना ही उचित समझा। **आचार्य विश्वनाथ प्रसाद मिश्र** कहते है- "भक्ति काल के बीतते न बीतते हिन्दी में श्रृंगार की धारा वेग से प्रवाहित हुई। शृंगार की अभिव्यक्ति के लिये अधिकतर कवियों ने रीति को अर्थात् इस नायक-नायिका, अलंकार, पिंगल आदि काव्यांगों के भेदोपभेदों को आधार बनाया।" यह काल राजनीतिक अवनति तथा रूग्ण मनोभाव का काल था। चरम उन्नति पर पहुँचा मुगल काल वासना से विषाक्त हो, सड़ान की ओर चलने लगा था। आश्रयदाताओं के कृपाकांक्षी कविगण लक्ष्मी प्राप्ति हेतु, विलास रस में आकष्ठ मग्न हो तन-रस की सृष्टि में निमग्न हो गए। संकुचित आत्मा सम्पन्न समाज नैतिक स्तर से पतित हो कला को वासना पूर्ति का साधन मानने लगा था। **डॉ. हजारी प्रसाद द्विवेदी** कहते हैं - "इस काल को श्रृंगार भावना में एक प्रकार का रूग्ण मनोभाव है।" इस काल का हर कवि चमत्कार पूर्ण उक्ति कलात्मक छन्द -विधान तथा अप्रस्तुतों की कड़ियों की संरचना में निमग्न था। कविता जीवन की संदेशवाहिका न होकर मात्र मनोरंजन का साधन बनी। डॉ. हजारी प्रसाद द्विवेदी के शब्दों में "विश्रामदायक और विनोद गुणों का खूब मार्जन हुआ।" लौकिक शृंगार की अभिव्यंजना, दरबारी संस्कृति की कामवासना के उद्दीपन, काम प्रवृत्ति के स्वछन्द निरूपण, श्रृंगार के अतिरेक आदि के सोद्देश्य वर्णनों के कारण भाषा सहजता, स्वतंत्रता रहित अलंकारों से बोझिल तथा कृत्रिम और जड़ हो चली। यही कारण है कि यह कहा जाने लगा कि भूषन बिनु न विराजई, कविता वनिता मित्त। **आचार्य विश्वनाथ मिश्र** कहते है- "प्रेमोन्माद के अभिव्यंजक इन कर्त्ताओं के लिए राधा-कृष्ण या गोपी-कृष्ण की लीलाएँ काव्य सामाग्री का काम देती रही हैं। ××× पर उनकी वृति भक्ति में लीन नहीं हुई है।"

**भाषागत विकृति-** ब्रजभाषा अपने विकास के चरम बिन्दु की ओर अग्रसर हो चली थी। परिणामत: अन्य प्रदेशों के कविगणों के द्वारा ब्रजभाषा में काव्य रचना के कारण, उन क्षेत्रों में शब्द, यहाँ तक कि वाक्य गठन भी, इसे प्रभावित करने लगे। अपने उच्चतम विकास की ओर उन्मुख किसी भी भाषा में ऐसी अव्यवस्था स्वत: उत्पन्न हो जाती है क्योंकि वह अपनी क्षेत्रीय सीमा का अतिक्रमण करती है और इस प्रक्रिया में एक विशाल क्षेत्र में एकरूपता बनाए रखना एक कष्ट साध्य कार्य है; "Braj Bhasha contains several words belonging to other dialects of Hindi. At first it was condsidered quite proper to import those words in to the language but after words a reaction set in and Braj Bhasa also tended to berefined and exclusive."

ब्रजभाषा के भक्ति विस्तार ने भाषा की प्रकृति को विलुप्त कर दिया। यद्यपि कि हिन्दी को और उसकी अन्य बोलियों को अपनी साहित्य सम्पदा से इसने अतिशय प्रभावति किया।

## ब्रजभाषा का रीतिकालीन यात्रा-पथ

**महाकवि केशव-** जिसके कुल के अनुचर भी 'भाखा -बोल' नही जानते थे, उस कुल के मंदमति केशव भाखा के कवि हुए। हिन्दी के भक्ति कालीन प्रथम रीतिवादी आचार्य अलंकार के उन्मुक्त प्रवाहकर्त्ता, शास्त्रीय और पाण्डित्यपूर्ण भाषा तथा बहुशैलियों के प्रयोग की नींव रखने वाले महा पण्डित केशव का शब्द कौशल, वाग्वैदग्ध्य, चमत्कार-चातुर्य, संवादों की संरचना में पटु-भाषा का प्रयोग और उनकी आलंकारिकता साहित्य जगत में सर्व विदित है। वह एक सिद्ध आचार्य थे। इस संबंध में **डॉ. चन्द्रबली पाण्डेय** कहते है कि अब तक किसी कवि ने संस्कृत साहित्य में निरूपित काव्यांगों का पूरा परिचय नहीं कराया था। यह काम केशव दास जी ने किया। इनकी भाषा में भावानुभूति का अभाव है। **डॉ. हजारी प्रसाद द्विवेदी** कहते है - "कवि को जिस प्रकार का संवेदनशील और

प्रेषण धर्म वाला हृदय चाहिए, वैसा केशव दास को नहीं मिला था।'' एक उदाहरण -

**विष मय यह गोदावरी, अमृतन के फल देति।**
**केशव जीवन हार के, दुख असेस हरि लेत।।**

2- **आचार्य चिन्तामणि** अलंकारों को शोभाकारी धर्म मानते हैं। वह कहते हैं :

**सगुन अलंकारन सहित, दोष - रहित जो होइ।**
**शब्द अर्थ वारौ कवित, बिबुध कहत सब कोइ।।**

3- **आचार्य मतिराम** - इनकी रसराज और ललित ललाम कृति की आचार्य शुक्ल सराहना करते कहते हैं- ''अपने विषय के अनुपम ग्रन्थ हैं। उदाहरणों की रमणीयता से अनायास रसों और अलंकारों का अभ्यास होता चलता है।'' यह सरस कवित्व के लिये भी प्रसिद्ध है :

**ज्यों - ज्यों निहारिए, नेरे है नैननि।**
**त्यों - त्यों खरी निकरै - सी निकाई।।**

**आचार्य भिखारी दास** - दास जी काव्यांग निरूपक प्रमुख आचार्य हैं। आचार्य शुक्ल जी कहते हैं - काव्यांगों के निरूपण में दास जी को सर्व प्रधान स्थान दिया जाता है क्योंकि इन्होंने छन्द रस अलंकार, रीति, गुण, दोष,शब्द, शक्ति आदि सब विषयों का औरों से विस्तृत प्रतिपादन किया है।

**आचार्य महाकवि देव** - चमत्कारपूर्ण, अलंकृत परिनिष्ठित, मृदुल, सरस, संगीतमयी और व्यवस्थित भाषा में रचना करने वाले देव के कथन अलंकार सहज और मौलिक है। **आचार्य शुक्ल** कहते हैं - इनका सा अर्थ सौष्ठव और नवोन्मेष विरले ही कवियों में मिलता है। रीतिकाल के कवियों में ये बड़े ही प्रगल्भ और प्रतिभा सम्पन्न कवि थे, इसमें सन्देह नहीं।काव्य के शब्द में उनकी मान्यता है:

**शब्द जीव तिहिं अरथमन, रसमय सुजस सरीर।**
**चलत वहै जुग छन्द गति, अलंका गम्भीर।।**

**बिहारी लाल** - यदि किसी एक रीतिकालीन कवि के काव्य में , दोहें जैसे छोटे छन्द में सुन्दरतम भाव विलास, विचारों और कल्पनाओं का सामंजस्य, काव्यत्व का उत्कर्ष, सजीव और मनोवैज्ञानिक वर्णन प्रकृति का आलम्बनगत सुन्दर चित्रण, नैतिक व्यवहार नीति, सुभाषितों का उत्कर्ष, अलंकारों की सुन्दर योजना,रस की मधुर व्यंज, शब्द लालित्य के स्थान पर शब्द संयोजन, उहात्मक वर्णनों का अतिरेक, श्रृंगार के दोनों पक्षों का सहज, स्वाभाविक, कलात्मक वर्णन, समासपद्धति, सामर्थ्यवान भाषा का प्रयोग शब्द चयन की कलात्मकता और कहीं-कहीं शब्दों को तोड़-मरोड़कर उनके अर्थ को परिवर्तित करने की प्रवृत्ति और घोर श्रृंगारिकता दीख पड़े तो समझ लें, वह दोहा बिहारी लाल जी की कृति है। **केशरी प्रसाद चौरसिया** कहते है - ''मानव जीवन की कोमलतम सूक्ष्म अनुभूतियों का जैसा चित्र बिहारी सतसई में विद्यमान है वैसा अन्यत्र दुर्लभ है।'' एक उदाहरण -

**त्यों-त्यों प्यासोई रहत, ज्यो-ज्यों पियत अघाय।**
**सगुन सलौने रूप की, जु न चख तृषा बुझाय।।**

**सेनापति** जी अलंकृत लेकिन तद्भव शब्द बहुल भाषा के प्रयोग में निष्णात हैं।

**श्रीपति** की भाषा में - मधुर ओज प्रधान और प्रसाद गुण सम्पन्न वाक्य-योजना हैं। उनकी भाषा में माधुर्य है, गाम्भीर्य हैं और है उक्तियों का चमत्कार। अलंकारों का प्रयोग है पर वे अभिव्यक्ति और अनुभूति में बाधक नहीं हैं।

बेनी,रसलीन, दीन दयाल गिरि तथा बोधा की भाषा में रीतिकालीन अलंकृत भाषा का वैशिष्ट्य मिलता है। वोधा की भाषा में पूर्वीपन और फारसी का पुट मिलता है। यूँ उनकी भाषा प्रवाह पूर्ण तथा मुहावरेदार है।

**पद्माकर-** परवर्ती रीतिकालीन रचनाकारों में पद्माकर कविराज शिरोमणि पदवी से विभूषित है।इनकी श्रृंगारिक रचनाओं में भाषा और भाव का चमत्कार दर्शनीय है। इन्होंने परिनिष्ठित और शुद्ध ब्रजभाषा का प्रयोग किया है। इनकी सोच, कल्पना और रचना सर्जना में अपनी मौलिक शैली की झलक मिलती है। अनुप्रास के प्रति इनकी रुचि जग जाहिर है। तद्भव शब्दों के प्रयोग में माहिर यह अलंकारों के माध्यम से चमत्कार प्रदर्शन करने में अवसर के अनुकूल नहीं चूकते। एक उदाहरण -

**जाहिरै जागत-सी जमुना, जब बूड़ै बहै उमहै वह बेनी।**
**त्यों पद्माकर हीरा के ह्वारन गंग तरंग-सी सुख देनी।**
**पायन के रंग सो रँगि जात-सी भाँति-भाति ही सरस्वती सेनी।**
**पैरे जहाँ इजहाँ वह बाल तहाँ -तहाँ ताल में होत त्रिवेनी।**

## रीतिमुक्त काव्य धारा के प्रतिनिधि कवि

**घनानन्द-बोधा-ठाकुर-** इन तीनों कवियों ने श्रृंगार के उदात्त रूप का निरूपण किया। इनका प्रेम सीमातीत होने से स्वच्छन्द प्रेम की कोटि में आयेगा। प्रेम भाव तीव्र है एकान्तिक है। उदाहरण के लिए -

घनआनन्द प्यारे सुजान सुनों, यहाँ एकते दूसरो आँव नहीं।

तुम कौन -धो पाटी पढ़े हो कहौ, मन लेहु पै देहु छँटाक नहीं।।

ये कविगण प्रेम में इतने तन्मय हो जाते हैं कि प्रेम की मदिरा पीकर बुत हो गए हों। विरहानुभूति इतनी मार्मिक है कि इन्हें संयोग में भी वियोग का दर्शन होता है। भाषा सहज और अनुभूति का अनुसरण करती है। वाग्वैदग्ध्य और उक्ति वैचित्र्य रसिकों को विभोर कर देता है। घनानन्द ने विरोधाभास का प्रचुर प्रयोग किया है।

नेह नीर भीज्यौ जीव तऊ गुड़ी लौ उड्यो रहै। विरोधाभास अलंकारों से संयुक्त होकर प्रभ विष्णु हो गया है। उक्ति वैचित्र्य भी दर्शनीय है -

मोहि तुम एक, तुम्है मो सम अनेक आहि।
कहा कछु चन्दहि चकोरनि की कमी है।

मुहावरों और लोकोक्तियों से इनकी भाषा में मनोहरता आ गई है - अब तो सब सीस चढ़ाइ लई, जुक छू मन भाई सु कीजिए जू।।

घनानन्द ने परिनिष्ठित ब्रजभाषा की अभिव्यक्ति क्षमता को अत्यधिक विवर्धित किया। तत्सम शब्दों के साथ कहीं फारसी के शब्द भी मिलते हैं। अन्त में **आचार्य विश्वनाथ प्रसाद मिश्र** के शब्दों में -"घनानन्द ब्रजभाषा प्रवीण भी थे, इसी लिए उन्होंने ब्रजभाषा को बड़ी मधुरता प्रदान की। इनकी भाषा में अधिकतर शुद्ध और संस्कृत रूपों के दर्शन होते हैं किन्तु कहीं-कहीं फारसी के शब्दों का भी सफल प्रयोग मिलता है।"

**अन्य कविगण -** अन्य कवियों में मान लाल, सूदन, श्रीधर, चन्द्रशेखर और भूषण प्रसिद्ध हैं। भाषा विकास की दृष्टि से तथा राष्ट्रीय काव्य-भाव अभिव्यक्ति की दृष्टि से भूषण सर्वोपरि हैं।

**भूषण -** भूषण के संबधं में **आचार्य हजारी प्रसाद द्विवेदी** का कथन है- "भूषण की कविता में प्राण है। वह सोये हुए समाज को उद्बुद्ध करने की शक्ति रखती है।" भूषण की भाषा वीर रस के अनुकूल है। कविता में विषय के अनुकूल वीर रस का उत्तम परिपाक हुआ है। भूषण का स्वर तत्कालीन राष्ट्रीयता का स्वर है। भावों के अनुसार उन्होंने ब्रजभाषा की प्रकृति का अतिक्रमण भी किया है। उनमें अपभ्रंश, राजस्थानी, बून्देलखण्डी, खड़ी बोली तथा अरबी और फारसी के विकृत शब्द भी प्रयुक्त हुए हैं।

एक उदाहरण - मारि करि पातसाही खाक साही कीन्ही जिन।

**जेर कीन्हौ जोर सों लैहद्द सब मारेकी।**
**खिसि गई सेखी किसि गई सूरताई सब।**
**हिसि गई हिम्मत हजारों लोग सारे की।**

**ब्रजभाषा का अवसान -** रीति कालीन कवियों ने जहाँ एक ओर भाषा के विकास में अपना महत्वपूर्ण योगदान दिया वहीं दूसरी ओर, अभिव्यक्ति के सीमित होने के कारण, मात्र श्रृंगार को अपनी अभिव्यक्ति का विषय चुनने के कारण, इसकी व्यापकता और सामर्थ्य का समापन हो चला। ब्रजभाषा के शब्द समूह रूढ़, जड़ एक रूप और व्यापक धरातल पर अभिव्यक्ति की सामर्थ्य से हीन हो गए। आधुनिक काल में ब्रज भाषा ने अपनी सम्पूर्ण परम्परा राशि खड़ी बोली को सौंप फिर एक क्षेत्रीय बोली-मात्र बन गई।

अध्याय -45

# मध्यकालीन काव्य भाषा के रूप में खड़ी बोली का उदय तथा विकास

अथवा

# खड़ी बोली का साहित्यिक भाषा के रूप में विकास

सत्ता, सरित प्रवाह और अभिव्यक्ति माध्यम, युग-परिस्थितियों और युग-सत्य के अनुरूप बनते और बिगड़ते हैं। धरा के तल पर अन्तहीन वनस्पतियां और जीव-समूह, अविकसित अवस्था में पड़े रहते हैं, पर भौगोलिक परिस्थितियों के परिवर्तन होते ही विकास की उच्च भाव भूमि पर पहुँच जाते हैं। यही जीवन का सत्य है। भारतीय राजनीति में सत्रहवीं शती से एक परिवर्तन दीख पड़ने लगा था।मुगल वंश- औरंगजेब की मृत्यु के पश्चात् ही क्रमश: निष्प्रभ हो चला। केन्द्रीय सत्ता के शिथिल होते ही उत्तर, दक्षिण, पूर्व और पश्चिम के प्रान्त स्वतंत्र हो गए। उन रियासतों में उत्तर की तरह दक्षिण और मुल्क के अन्य भागों में, दिल्ली के सरकारी कर्मचारी, नागरिक और व्यापारियों ने, अपने-अपने कार्य क्षेत्र बना लिये। परिणामत: दिल्ली के समीप बोली जाने वाली कौरवी भाषा या खड़ी बोली, उनके साथ उन रियासतों में जा पहुँची। एक भाषा, जो मात्र एक बोली थी, धीरे-धीरे अखिल भारतीय स्तर लेती गई। इसी समय एक नयी घटना हो रही थी,पश्चिमी दिशा से अवतीर्ण होने वाली एक यूरोपीय शक्ति, आहिस्ता-आहिस्ता भारतीय सत्ता मंच पर आसीन हो चली। मध्ययुगीन जड़ता टूट रही थी और एक नया युग उदित हो रहा था। उस नये युग की अभिव्यक्ति के लिये, आई हुई सत्ता से अभिव्यक्ति संबंध स्थापित करने के लिये और अभिव्यजंना के क्षेत्र में रिक्त स्थान की पूर्ति के लिये, जो साहित्यिक माध्यम सफल हुआ, उसका नाम है खड़ी बोली।

## हिन्दी खड़ी बोली के पुनर्पल्लवन के कारण-

**1- भारत में अंग्रेजी राज्य की स्थापना** -यह काल अंग्रेजी राज्य के विस्तार का काल था। नवागन्तुक सत्ता यहाँ की जनता से व्यवहार की भाषा की तलाश में थी और उसे एक व्यापक भाषा के रूप में खड़ी बोली ही पसन्द आई। उन्होंने इसे प्रोत्साहित किया।इसके लिये फोर्ट विलियम कालेज की स्थापना की गई, जिसके प्रिंसिपल गिल क्राइस्ट महोदय थे। उन्ही की अध्यक्षता में हिन्दी खड़ी बोली की कई शैलियों की नींव रखी गई।

**2- ईसाई धर्म प्रचारकों के प्रचार का माध्यम खड़ी बोली थी** - यूरोप से आने वाली मिशनरियों ने भी अंग्रेजों के नक्शेकदम पर चलते हुए, अपने प्रचार का माध्यम हिन्दी खड़ी बोली को अपनाया, इसके लिये, उन्होंने बाइबिल का खड़ी बोली की गद्य भाषा में अनुवाद भी प्रस्तुत किया।

**3- हिन्दू समाज सुधारकों द्वारा हिन्दी को ही अपने मन्तव्य -अभिव्यक्ति का माध्यम बनाया गया** - ईसाई मिशनरियों के धर्म-प्रचार की प्रतिक्रिया में और भारतीय जनता की सुप्त चेतना में एक नया प्रकाश भरने के लिए, आर्यसमाज के प्रवर्तक स्वामी दयानन्द ने ब्रह्म समाज के संस्थापक राजा राम मोहन राय और हिन्दू महासभा के संस्थापक श्री फिल्लोरी जी ने अपने प्रचार-साहित्य की भाषा के रूप में हिन्दी खड़ी बोली को अपनाया।

**4- प्रिटिंग प्रेस** - अंग्रेजों ने अपने आगमन के साथ ही, वैज्ञानिक विकास के नव-चरण से भारत को परिचित कराया। फलत: प्रिटिंग प्रेसों की स्थापना हुई और पत्र-पत्रिकाएँ प्रकाशित होने लगीं। उनकी भाषा के रूप में खड़ी बोली का प्रयोग हुआ।

**5- विद्यालयी पाठ्य पुस्तकों की भाषा खड़ी बोली** - अंग्रेजों ने तथा अन्य विद्वानों ने स्कूली पाठ्य पुस्तकों की भाषा के रूप में , इसी भाषा को स्वीकार किया।

**6- ब्रजभाषा का पराभव काल** - ब्रज भाषा का अपनी जन्म भूमि (ब्रज मण्डल) से बाहर के क्षेत्रों में विस्तार तो हो गया था, पर वे कवि ब्रजभाषा के परिनिष्ठित स्वरूप से दूर होतेचले गए। अन्य बोलियों के शब्दों, वाक्यों और क्रिया रूपों को उसमें भरते रहे। भाषा का मूल स्वरूप विकृत होता गया। मात्र भाव प्रधान होता गया, भाषा गौण हो गई। फलत: भाषा की अभिव्यक्ति क्षमता सिकुड़ती गई। उसमें सहज रवानी के स्थान पर कृत्रिमता आती गई।

**7- ब्रजभाषा मात्र कविता की भाषा रह गई** - मध्यकालीन कवियों का रूझान जितना कविता के प्रति था, गद्य के प्रति उतना नही था। पश्चिमी जगत से सम्पर्क के कारण भारतीय समाज में नव जागरण हो रहा था। उस स्वर को अभिव्यक्ति देने के लिए गद्य भाषा की आवश्यकता थी, जिसका ब्रजभाषा में अभाव था।फलत: ब्रजभाषा उक्त काल-चेतना की अभिव्यक्ति-माध्यम के अयोग्य सिद्ध हुई और उसका स्थान खड़ी बोली ने ले लिया। खड़ी बोली की दूसरी शैली उर्दू तथा दक्खिनी हिन्दी में गद्य-साहित्य विकसित हो

गया था, जिसका लाभ खड़ी बोली को भरपूर मिला।

**इतिहास के झरोखे से: खड़ी बोली-** कोई चीज अकस्मात् नहीं होती। एक पूर्व-परम्परा पहले से ही विद्यमान रहती है। हिन्दी खड़ी बोली का प्रारम्भिक रूप, अन्य बोलियों की तरह, अपभ्रंश तथा परवर्ती अपभ्रंश (अवहट्ट) में ही प्राप्त होने लगता है। उदाहरण के लिये हेमचन्द्र ने अपने अपभ्रंश व्याकरण में जो उदाहरण प्रस्तुत किए है उनमें खड़ी बोली के दिल की धड़कन ही नहीं अपितु उसका चेहरा भी साफ-साफ दीख पड़ने लगता है : भल्ला हुआ जुमारिया, बहिणि म्हारा कंतु।

**सिद्ध और नाथ साहित्य में खड़ी बोली** - इन साधकों की बानियों में खड़ी बोली की स्पष्ट छवि कौधने लगती है :

1- कहयां सुण्या सूं केसा
गगन मण्डल में ताली लागी जोग पंथ है ऐसा

2- गुरुदयाल जो अग्या पाऊँ - गोरखनाथ

3- ढोला मारूरा इहा - रात्रि जु सारस कुरलिया गूंजि रहे सब ताल
जिड़की जोड़ी बिछड़ी तिण का कवण हवाल।

4- **अमीर खुसरो** - खीर बनाई जतन से, चरखा दिया चलाय
आया कुत्ता खा गया, मैं बैठी ढोल बजाय।

प्राचीन खड़ी बोली की रचनाएँ दो स्वरूपों में मिलती है।

1- ऐसी रचनायें जो अविरल रूप से खड़ी बोली में प्राप्त होती है।

2- वाक्यांश के रूप में इधर-उधर छिटकी रचनाएँ।

**1-अविरल खड़ी बोली में लिखी रचनाएँ** - पहली कृति कुतुबशतक है। रचनाकाल है 15वींशती। एक उदाहरण -

" एक सिद्य उस देवर [illegible] मालती का भेष कर्‌या पक्कीयां नारिंग्याँ जमेरियाँ भरा।

इससे भी पूर्व 11वीं शती में राउल बेल में ऐसी ही भाषा का रूप प्राप्त होता है। अकबर कालीन अफजल की रचना में 16 वीं शती की खड़ी बोली का स्वरूप द्रष्टव्य हैं। इसी प्रकार तत्कालीन सुप्रसिद्ध कवि रहीम के मदनाष्टक में हम उस काल की खड़ी बोली का रूप पा सकते है,

सखी अगहन सियरु मास आया
सजना आए न कागज लिख पठाया - अफजल
दृग छकित छबीली छेलरा की छटी थी।
मणि-जटित रसीली माधुरी मूदरी थी - रहीम

**सत्रहवीं शती - कवि आलम** -रचना सुदामा चरित्र। अगर यत्र-तत्र छिटके ब्रज-शब्दों को छोड़ दिया जाय, तो यह खड़ी बोली की एक अच्छी रचना है : 1- चले राह में जाहि सुदामा सुकर करे अपने दिल अन्दर
मेरे बड़े भाग के पूरन जो मेरे मोहन मुरली धर।

2- उसी काल की दूसरी रचना है : इश्क चमन और रचनाकार है नागरीदास।

उदाहरण - इस्क उसी की झलक है, ज्यों सूरज की धूप
जहाँ इस्क तहाँ आप है, कागर नारद रूप।

**2- छिटकी रचनाएँ** - मध्यकालीन सन्त कवियों की रचनाओं में, अनायास खड़ी बोली के वाक्यांश बिखरे पड़े है।

(क)- **नामदेव** - पाँडे तुमारी गायत्री लोधे का खेत खाती थी।- **रामानन्द** (ख)- उलटिया सूर गगन भेद न किया।

(ग)- **कबीर** - हमन है इश्क मस्ताना, हमन को बेकरारी क्या।(घ)- **रैदास** -नरहरि चंचल है मति मेरी।

इस संबंध में एक विद्वान का कहना है कि - "Amir Khusro had composed his riddles in khariboli in the 14h century of the vikram era, Kabir's poetry contains traces of khariboli and sufficient poetry was produced in Aurangzeb's time, in persia ised khari boli."

**दक्षिणी हिन्दी** -मुगल शासन के हीन-वीर्य होते ही, दक्षिण में मुसलमान रिसायतें स्थापित हुईं। वहाँ प्रणीत रचनाओं में खड़ी बोली के सहज स्वरूप प्राप्त होते है। कुछ उदाहरण -

1- **वजही** -पूनम चाँद ज्यों दोनों घटने लगे 2- **वली** -मुख बात बोलता हूँ शिकवा तेरे कपट का 3-**कुली कुतुबशाह** - किसे चित्र बुलावे किसे रेजगावें। 4-**शाह तुराब** की पूरी रचना मन समझावन खड़ी बोली में विरचित है। उससे एक उद्धरण -

यो परपंच का सब है झूठा पसारा
नहीं है ये माया हमारा तुमारा।

# अध्याय -46 उन्नीसवीं शताब्दी या आधुनिक काल में खड़ी बोली - आन्दोलन का इतिहास-विकास

किसी भाषा के पुनर्पल्लवन के कारणों की जाँच करने पर, पता चलता है कि भाषाओं के साहित्यिक स्वरूप धारण करने के पीछे युगीन माँग प्रमुख होती है। खड़ी बोली के लिए 19 वीं शती ने वैसी ही विकास भूमि तैयार की थी। 19वीं शती में हिन्दी के विकास की दिशाएँ , दो स्तरों पर दीख पड़ती हैं, 1- भारतेन्दु पूर्व में और, 2-भारतेन्दु काल में।

1- भारतेन्दु पूर्व युग में - खड़ी बोली की स्थिति को हम दो भागों में विभाजित करेंगे।(क) 19वीं शती से पूर्व की स्थिति। (ख) 19 वीं शती में भारतेन्दु पूर्व की स्थिति।

19वीं शती से पूर्व की स्थिति - पद्य की तरह गद्य के क्षेत्र में भी हिन्दी खड़ी बोली की एक अविरल परम्परा मिलती है। इसका प्राचीनतम गद्य साहित्य नव साहित्य में प्राप्त होता है। इसके पश्चात् की रचनायें और रचनाकार निम्न हैं:

1- गंग का चंद छन्द वर्णन की महिमा (1570) 2- कुतुब शतम् (17वीं शती)
3- भाषा उपनिषद् (1919) 4- गीतानुवाद (1723)
5- राम प्रसाद निरंजनी का भाषा योग वशिष्ठ (1714) 6- दौलत राम जैन - पद्मपुराण (1766)

**फोर्ट विलियम कॉलेज की भाषा नीति** -सन् 1799 ई. में कलकत्ते में फोर्ट विलियम कालेज की स्थापना हुई। इस कालेज की स्थापना लार्ड वेलेजली द्वारा हुई थी। यह भारतीय भाषाओं के अध्ययन का केन्द्र था। इस कालेज की मुख्य देन यह है कि इसके द्वारा भारतीय भाषाओं में गद्य लेखन को प्रोत्साहन मिला। फोर्ट विलियम कालेज के अध्यापकों से देश भाषा में पाठ्य पुस्तकें, कोश और व्याकरण तैयार करने का काम लिया गया। इस प्रकार इस कालेज के माध्यम से अंग्रेजों ने संस्कृत, अरबी, फारसी की शिक्षा के साथ-साथ हिन्दुस्तानी आदि में पुस्तकें लिखने का कार्य प्रारम्भ किया। अंग्रेजों के यहाँ जम जाने पर देश भाषा की आवश्यकता प्रतीत हुई। उन्होंने देखा कि जिसे 'उर्दू' कहते हैं वह देश की प्रकृत भाषा नहीं है और न उसमें प्रस्तुत साहित्य ही देश की संस्कृति का अनुयायी है। अत: उन्होंने उर्दू और हिन्दी अर्थात् खड़ी के दोनों रूपों की खोज की। फोर्ट विलियम कालेज में जान गिल क्राइस्ट ने दोनों शैलियों में अलग-अलग पुस्तकें लिखाने का आयोजन किया। गिल क्राइस्ट इस कालेज में हिन्दुस्तानी के अध्यापक नियुक्त हुए थे। वैसे तो इस कालेज में अलग-अलग भाषाओं के कई प्रोफेसरों की नियुक्ति हुई किन्तु इनमें डॉ. जॉन गिल क्राइस्ट सर्वाधिक उल्लेखनीय हैं।इन्होंने हिन्दुस्तानी से संबंधित बीस से भी अधिक ग्रन्थों की रचना की। अंग्रेजी के माध्यम से हिन्दी का मार्ग प्रशस्त करने की दृष्टि से इनका कार्य महत्वपूर्ण है। गिल क्राइस्ट ने हिन्दुस्तानी के अन्तर्गत उर्दू को विशेष महत्व दिया। किन्तु बाद में विलियम क्राइस ने उर्दू के स्थान पर हिन्दी को प्रमुखता दी और इस पर हिन्दी को महत्व मिला। फलत: भाषा (हिन्दी) में पुस्तकें तैयार करने की योजनाएँ बनीं। इसके अन्तर्गत फोर्ट विलियम कालेज के भाषा मुंशी (अध्यापक) लल्लू लाल ने 'प्रेम सागर' और इसी कालेज से संबंधित हिन्दी पण्डित सदल मिश्र 'नासिकेतोपाख्यान' की रचना की। इस कालेज के प्राचार्य डॉ. गिल क्राइस्ट की कंपनी की नीति के अन्तर्गत उक्त हिन्दुस्तानी में उर्दू शब्दों की बहुलता थी, फिर भी श्री गिल काइस्ट महोदय ने चार महानुभावों को हिन्दी की मौलिक शैली विकसित करने का कार्य भार सौंपा। यह चार महानुभाव थे : इंशा अल्ला खाँ, लल्लू लाल, सदल मिश्र, सदा सुख लाल।

**इंशा अल्ला खाँ** - इन्होंने 'रानी केतकी की कहानी' की रचना की। यह रचना भाषा प्रयोग के रूप में की गई थी। इन्होंने भूमिका में स्पष्ट लिखा है: ''कोई कहानी ऐसी कहिए कि हिन्दी की छुट और किसी बोली का पुट न मिले, तब जाके मेरा जी फूल कली के रूप में फूले'' अपन निजी शैली के विकास की प्रक्रिया में उन्होंने निम्न सावधानी बरती -

(1)- फारसी तथा संस्कृत शब्दावली से बचने का प्रयास,(2)- गँवारू या प्रान्तीय भाषाओं के शब्दों से दूर रहने की कोशिश। (3)- उनकी भाषा स्वयं उनके द्वारा निर्मित पथ पर संचरण करे।

**उनकी भाषा का एक नमूना:** कोई क्या कह सके, जितने घाट दोनों राज की नदियों में थे, पक्के चाँदी थक्के से होकर, लोगों को हक्का -बक्का कर रहे थे xxx और जितनी ढव की नावें थीं, सुनहरी सजी सजाई, कसी-कसाई, सौ-सौ लचके खातियाँ, आतिया,जातियाँ,ठहरातियाँ, फिरातियाँ थीं। उन सभी पर खचाखच कंचनिया रामजनियाँ, ठोमनियाँ भरी हुई xxx धूमे मचातियाँ अगड़ातियाँ जम्हातियाँ उगलियाँ नचातियाँ और ढ़ुली पड़तियाँ थीं।

इंशा अल्ला हिन्दी नहीं, हिन्दुोस्तानी लिखना चाह रहे थे। वह विदेशी शब्दों से भले ही बचना चाह रहे थे , पर उनकी भाषा का वाक्य विन्यास फारसी की तरह है। अलंकारों और जीवन्त मुहावरों का प्रयोग जी भर कर किया गया है। यह वास्तव में, ठेठ हिन्दी का ठाठ है। पर, अत्यधिक काव्यमयता उक्ति चमत्कार, लयात्मकता और तुक बन्दी ने रचना को बोझिल बना दिया है। तुक बन्दी के चक्कर में वह व्याकरण को भी खा बैठे है : जैसे नैनो की सजावट पुतलियों की लजावट, पलकों की रुधावट हँसी की लगावट, मिस्सी की उदावट आदि। उन्होने स्त्रीलिंग विशेषणों तथा कृदन्तीय पदों के बहुवचन रूपों में दक्खिनी हिन्दी का अनुकरण किया है। **आचार्य शुक्ल** ने लिखा है - ''.........इंशा की भाषा, सबसे चटकीली, मुहावरेदार और चलती है।''

**लल्लू जी लाल -** लल्लू जी लाल का जन्म 1763 ई. तथा मृत्यु 1825 ई. में हुई थी। इनके अनेक ग्रन्थ मिलते हैं। कुछ इनमें उर्दू में लिखे हुए हैं और कुछ ब्रजभाषा में है। 1803 ई. लल्लू जी लाल कलकत्ते में फोर्ट विलियम कालेज में अध्यापक नियुक्त हुए। इस कालेज के अध्यापक जॉन गिल क्राइस्ट के कहने पर इन्होंने 'प्रेम सागर' नामक ग्रन्थ लिखा जो भागवत के दशम स्कन्ध की कथा से सम्बन्धित हैं। 'प्रेम सागर' के अतिरिक्त 'माधोनल','राजनीति','सभाविलास', 'सिहासन-बत्तीसी' 'बेताल पचीसी','माधव विलास','शकुन्तला नाटक','लाल-चन्द्रिका' आदि इनकी अन्य कृतियाँ हैं लेकिन इनका विशेष महत्व नहीं है। कलकत्ते में इन्होंने एक प्रेस भी खोला था, जिसे ये फोर्ट विलियम कालेज की नौकरी समाप्त हो जाने के बाद आगरे ले आए थे। लतायफ-इ-हिन्दी, सभा-विलास इत्यादि भी इनकी रचनाएँ हैं किन्तु ये ग्रन्थ मौलिक नहीं है। इस सन्दर्भ में इनकी एक मौलिक कृति 'ब्रजभाषा व्याकरण' उल्लेखनीय है। खड़ी बोली गद्य की दृष्टि से लल्लू लाल के 'प्रेम-सागर' का विशेष महत्व है। इनकी अन्य रचनाओं में ब्रजभाषा की प्रधानता है अथवा वे उर्दू-फारसी से प्रभावित हैं। ब्रजभाषा के कवि होने के कारण लल्लू लाल की भाषा में ब्रजभाषा के शब्दों का प्रयोग हुआ है और वाक्य रचना भी ब्रजभाषा से प्रभावित है। पद्यात्मकता की प्रवृत्ति भी इनमें अधिक है। शब्दाडम्बर, आत्ममयता और अनुप्रासमयता के कारण इनका गद्य शिथिल हो गया है। **डॉ. लक्ष्मी सागर वार्ष्णेय** इस संदर्भ में लिखते है- ''सम्यक् दृष्टि से विचार करने पर 'प्रेम सागर' की भाषा में माधुर्य और सरसता है, काव्याभास है, लेकिन वाक्य रचना में सुसम्बद्धता नहीं है। प्रत्येक वाक्य अपनी-अपनी ध्वनि अलग-अलग उत्पन्न करता है। यह स्मरण रखना चाहिए कि लल्लू लाल ने 'प्रेम सागर' की रचना प्रचार की दृष्टि से नहीं, वरन् पाठ्य पुस्तक के रूप में की थी। इसलिए उसमें आश्चर्यजनक बात नहीं है।'' 'प्रेमसागर' की भाषा का एक उदाहरण निम्नवत है - ''इतना कह महादेव जी गिरिजा को साथ ले गंगा तीर पर जाय, नीर में न्हाय न्हिलाय, अति लाड़ प्यार से लगे पार्वती जी को वस्त्र आभूषण पहिराने। निदान अति आनन्द में मग्न हो डमरू बजाय, तांडव,नाच-नाच, संगीत शास्त्र की रीति से गाय लगे रिझाने।'''प्रेम सागर' की भाषा का ही एक अन्य उदाहरण देखिए - ''श्री शुकदेवमुनि बोले - महाराज ! ग्रीष्म की अति अनीति देख, नृप पावस, प्रचंड पशु-पक्षी, जीव-जन्तुओं की दशा विचार, चारों ओर से दल-बादल साथ ले उड़ने को चढ़ आया। तिस समय घन जो गरजता था सोई तो धौंसा बजता था और वर्ण-वर्ण की घटा जो घिर आई थी, सोई शूरवीर रावत थे, तिनके बीच बिजली की दमक शस्त्र की सी चमक थी .........।'' कुल मिलाकर उनकी रचनाओं में युगीन विशेषताएँ द्रष्टव्य हैं:

1- उर्दू तथा विदेशी शब्दों का बहिष्कार

2- ब्रजभाषापन जैसे 'नीर में' न्हाय, आन बैठा, तिन्होकूँ आदि।

3- तुकबन्दी, लय, अलंकरों तथा मुहावरों का भरपूर प्रयोग।

4- दखिनी हिन्दी के प्रयोग जैसे आतियाँ, जातियाँ

5- परसर्गो का मानक भाषा के रूप में प्रयोग। सर्वनामों उस काल में प्रयुक्त उस्ने, किस्ने,उन्ने आदि का प्रयोग। कौरवी क्रियाओं, पूर्वकालिक क्रियाओं और क्रिया विशेषणों का प्रयोग जैसे जद तद और निपट।

6- लल्लू लाल जी की भाषा 19 वीं शती की प्रतिनिधि भाषा कही जा सकती है।

**सदल मिश्र** (सं0 1825 - 1905) -सदल मिश्र का भी फोर्ट विलियम कालेज से सम्बन्धित हिन्दी पण्डितों में महत्वपूर्ण स्थान है। इन्होंने भी कालेज के अधिकारियें से प्रेरित होकर गद्य रचना की थी। इनकी साहित्यिक कृतियों में 'चंद्रावती' (संवत् 1860), राम चरित्र (सं0 1863) तथा हिन्दी-पर्शियन 'वाके-बुलरी' (सं0 1866) उल्लेखनीय है। इनमें से प्रथम दो का हिन्दी गद्य के विकास में महत्वपूर्ण स्थान हैं। 'चन्द्रावती' या 'नासिकेतोपाख्यान' कठोपनिषद् में वर्णित नचिकेता की कथा का खड़ी बोली गद्य में रूपान्तर है। इनका 'राम चरित्र' अध्यात्म रामायण पर आधारित है। यह सात काण्डों में विभक्त 320 पृष्ठों की अनुवाद रचना है। सदल मिश्र बिहार प्रान्त के आरा जिले के निवासी थे।अत: उनकी भाषा पर बिहारी का स्पष्ट प्रभाव है, कुछ बँगला का भी प्रभाव है। इनकी भाषा में पण्डिताऊपन भी है। यह भाषा ब्रजभाषा तथा पूरबी प्रयोगों से भी सर्वथा मुक्त नहीं है। यह सब होते हुए भी इनकी भाषा 'प्रेम-सागरी - भाषा' से अधिक प्रौढ़ है तथा परिमार्जित गद्य की कई विशेषताओं को लिए हुए है। **आचार्य शुक्ल** के अनुसार - ''इन्होंने व्यवहारोंपयोगी भाषा लिखने का प्रयत्न किया है और जहाँ तक हो सका है खड़ी बोली का ही व्यवहार किया है।'' सदल मिश्र की भाषा का एक उदाहरण प्रस्तुत है-''जो अपने धर्म से हीन पाप में ही गड़े रहते है तो माता-पिता के हित की बात को नहीं सुनते, सबसे बैर बढ़ाते

हैं, ऐसे जो पापी जन हैं सो महाडरावने दक्षिण द्वार से जा नरकों में पड़ते हैं।''

'नासिकेतोपाख्यान' से भाषा का एक अन्य उदाहरण द्रष्टव्य है -''इस प्रकार से नासिकेत मुनि यम की पुरी सहित नरक का वर्णन कर फिर जौन जौन कर्म किए से जो भोग होता है सो सब ऋषियों को सुनाने लगे कि गौ, ब्राह्मण, माता-पिता, मित्र,बालक, स्त्री, स्वामी, वृद्ध, गुरु इनका जो बध करते हैं वो झूठ ही कर्म में दिन रात लगे रहते हैं।'' इस प्रकार सदल मिश्र ने व्यवहार की भाषा का ही प्रयोग अधिक किया है और जहाँ तक हो सका है खड़ी बोली का ही प्रयोग किया है। इनकी भाषा कही कही संस्कृत गर्भित भी है और कहीं-कहीं उस पर ब्रज और भोजपुरी का रंग चढ़ा हुआ है।

फोर्ट विलियम कालेज के बाहर भी खड़ी बोली में गद्य रचना होती रही, इस प्रकार आश्रय में रहे बिना जो लोग इस प्रकार खड़ी बोली गद्य की श्रीवृद्धि में लगे थे, उनमें मुशी सदा सुखलाल तथा इंशा अल्ला खाँ उल्लेखनीय है।सदा सुख लाल ने 'सुख सागर' की रचना की उनकी भाषा कथा वाचकों की भाषा से मिलती -जुलती है जैसे- ''जो बात सत्य होय उसे कहा चाहिए कोई बुरा माने कि भला माने। विद्या इस हेतु पढ़ते हैं कि तात्पर्य इसका सतोवृत्ति है वह प्राप्त हो और उससे निज स्वरूप में लय हूजिए।'' उनकी तुलना में इंशा अल्ला खाँ ने 'रानी केतकी की कहानी' लिखकर प्रौढ़ भाषा का उदाहरण प्रस्तुत किया।

उपर्युक्त गद्य-विकास के विवेचन से स्पष्ट है कि इस समय तक इसके विकास हेतु दो परम्पराएँ कार्य कर रही थीं। एक अंग्रेजों से प्रभावित गद्य-परम्परा, जिसमें फोर्ट विलियम के लल्लू लाल, सदल मिश्र आदि आते हैं तथा दूसरी अंग्रेजों के प्रभाव से मुक्त गद्य परम्परा जिसमें राम प्रसाद 'निरंजनी',दौलत राम, सदा सुखलाल 'नियाज' तथा इंशा अल्ला खाँ उल्लेख्य है। अंग्रेजों से प्रभावित गद्य परम्परा हिन्दी में अधिक अनुकूल नहीं थी। तुलनात्मक दृष्टि से उपयुर्क्त लेखकों में इंशा का महत्व सर्वाधिक है।

फोर्ट विलियम कालेज के प्रकाशनों के साथ-साथ खड़ी बोली हिन्दी के स्वरूप निर्धारण में उन ईसाई पादरियों का योगदान भी है जिन्होंने ईसाई धर्म प्रचार हेतु हिन्दी में छोटी-बड़ी पुस्तकों का निर्माण किया। 1801 ई. में 'न्यू टेस्टामेंट' का हिन्दी अनुवाद छपकर तैयार हो गया था। इसके बाद 1832 तक भारत की चालीस विभिन्न भाषाओं में इंजील और धर्म पुस्तकें भी प्रकाशित हुईं। ईसाई पादरियों का योगदान हिन्दी के सन्दर्भ में विशेष महत्वपूर्ण है। भले ही उन्होंने धर्म प्रचार के लिये ही यह सब किया, उनकी पुस्तकों में शिथिल भाषा, व्याकरण संबंधी भूलें तथा अशुद्ध मुहावरे मिलते हैं लेकिन शिक्षा संबंधी पुस्तकें और देवनागरी का सुन्दर टाइप पहले पहल इन्होंने ही तैयार किया। विलियम कैरे ने 'इंजील' का अनुवाद किया और चेम्बर लेन ने 'न्यू टेस्टामेंट' का अनुवाद।

इस प्रकार ईसाई पादरियों द्वारा प्रोत्साहित फोर्ट विलियम कालेज तथा धर्म-प्रचार संबंधी पुस्तकों ने हिन्दी गद्य को आधुनिक रूप देने के सन्दर्भ में उल्लेखनीय योगदान दिया। कुल मिलाकर इनकी भाषा की विशेषताएँ निम्न हैं -

1- व्यावहारिक भाषा का प्रयोग। 2- मध्यम मार्ग का अनुसरण। 3- भाषा में पूर्वीपन जैसे गर्भमया,कुल को दूषन देने हारा, जाननिहारा नाश करावन हारा, यह सुनि, सिगरे लोक अरु, मनभावतु, किसे, दिये से, मोतिन्ह से, तारन्ह भरा एक बैर आदि।

4- कौरवी का ठेठ प्रयोग जैसे मुजको, आज्ञाकी, विसकै आगे, विन को, तिस पर, क्यूं आदि। 5- लड़खड़ाती भाषा का प्रयोग- जीस से, फीरते है, झुठाने नही सकता आदि 6- पर कुछ दोषों को छोड़, इनकी भाषा में वाक्य सरल हैं, स्वाभाविक मुहावरों का प्रयोग हुआ है, संस्कृत की ओर झुकाव है, कुल मिलाकर हिन्दी का भावी रूप वहाँ उपलब्ध था।

**सदा सुखलाल -**इन्होंने 'सुख सागर' की रचना की। 'सुख सागर' में प्रयुक्त भाषा की विशेषताएँ निम्न हैं:

1- इनकी (सदा सुखलाल जी) भाषा में पंडिताऊपन और पूर्णतया पश्चिम की बोलियों का मिश्रित रूप मिलता है।

2- इनकी भाषा अन्यों की तुलना में मानक भाषा के अधिक करीब थी, एक उदाहरण - ''विद्या इस हेतु पढ़ते है कि तात्पर्य इसका सतोवृत्ति है वह प्राप्त हो .......।इस हेतु नहीं पढ़ते कि चतुराई की बाते कहके लोगों को बहकाइये और फुसलाइये और असत्य छिपाइये व्याभिचार कीजिए और सुरापान कीजिये।''

3- ग्रामीण बोली का प्रभाव: तिस पाछे, जब लग, जो सत्य होय, जनम ताई, जब पावते आदि।

**निष्कर्ष-** सचपूछा जाय तो, इन चारों महानुभावों की शैलियों का प्रभाव पश्चात् कालीन गद्य भाषा पर नहीं के बराबर पड़ा।क्योंकि ये लोग भाषा का कोई व्यावहारिक मानक या प्रतिष्ठित स्वरूप उपस्थित नहीं कर सके।

## खड़ी बोली के विकास में पत्र और पत्रिकाओं का योगदान

भारतेन्दु जी के पूर्व ही हिन्दी में पत्र पत्रिकाओं का प्रकाशन आरम्भ हो गया था। हिन्दी का सर्वप्रथम प्रकाशित पत्र 'उदन्त मार्तण्ड' 1826 ई. में कलकत्ता से प्रकाशित हुआ। इसका जीवनकाल अल्प रहा। पुन: 1828 में बंगदूत का प्रकाशन हुआ, यह भी सरकारी हस्तक्षेप के कारण 1829 में बंद हो गया। राजा शिव प्रसाद सितारेहिन्द ने 1844 ई. में हिन्दोस्तानी अखबार बनारस से आरम्भ किया। इसकी उर्दू शैली के विरोध में 'सुधार' पत्र प्रकाशित हुआ। इसी प्रकार समाचार सुधावर्षण, पत्र और ज्ञान प्रकाशिनी पत्रिका आदि का प्रकाशन आरम्भ हुआ।

**पत्रों की भाषा शैली-** इन्होंने खड़ी बोली के प्रचार-प्रसार में अपना अप्रतिम योगदान दिया। इनकी भाषा ठेठ, प्रचलित और मिश्रित थी। अधिकतर की भाषा तत्सम प्रधान होने के कारण, कहीं-कहीं निर्जीवता का बोध होता था। ब्रजभाषा और पूर्वीपन से भी तत्कालीन पत्रिकाएं मुक्त न थीं। व्याकरणिक भूलें आम थीं। फिर भी एक भाषा क्रमशः सुधर रही थी। उर्दू की उपेक्षा के कारण, सम्पादक तत्समता की ओर विशेष झुक रहे थे।

**राजा शिव प्रसाद 'सितारेहिन्द' -** हिन्दी गद्य को आधुनिक रूप देने के सन्दर्भ में तत्कालीन नवीन शिक्षा प्रणाली, ईसाई पादरियों द्वारा प्रोत्साहित फोर्ट विलियम कालेज तथा धर्म-प्रचार संबंधी पुस्तकों के उपरांत तत्कालीन पत्र-पत्रिकाओं ने भी अपना महत्वपूर्ण योगदान दिया था। उन्नीसवीं शताब्दी में अनेक पत्र-पत्रिकाएँ हिन्दी भाषी क्षेत्रों से हिन्दी में निकलनी आरम्भ हुईं। इसी समय हिन्दी के दो महत्वपूर्ण व्यक्तियों- राजा शिव प्रसाद सिंह 'सितारेहिन्द' तथा राजा लक्ष्मण सिंह का आगमन हुआ । जिन्होंने नितान्त नयी परम्पराएँ डालीं। इन दोनों प्रसिद्ध लेखकों ने हिन्दी के स्वरूप निर्धारण के प्रश्न पर दो सीमांतों का अनुगमन किया। राजा लक्ष्मण सिंह ने विशुद्ध संस्कृत निष्ठ हिन्दी का समर्थन किया और राजा शिव प्रसाद ने हिन्दी का गँवारूपन दूर करते-करते उसे उर्दू-ए-मुअल्ला बना दिया। राजा शिव प्रसाद सितारे हिन्द आरम्भ में जिस प्रकार की भाषा लिखा करते थे वह चलती थी और उसमें संस्कृत या अरबी फारसी के अनावश्यक शब्दों का मेल बिलकुल नहीं था। किन्तु धीरे-धीरे ये उर्दू शैली की ओर झुके और इन्होंने भाषा में अरबी-फारसी के शब्द भर दिए। इन्होंने लेख लिखकर भाषा-संबंधी इस नीति का समर्थन भी किया था। राजा शिव प्रसाद स्कूल-इस्पैक्टर थे। इन्होंने हिन्दी में स्कूलों के लिये पुस्तकें लिखी। शिक्षा विभाग के लिये ये जो पुस्तकें प्रस्तुत कर रहे थे वे ऐसी भाषा में जान-बूझ कर निर्मित की गईं जो यदि नागरी लिपि में छापी जाय तो हिन्दी समझी जाय और फारसी लिपि में छापी जाय तो उर्दू। 'सितारेहिन्द' देवनागरी लिपि में बोलचाल की भाषा लिखने के पक्ष में थे। उनका झुकाव उर्दू की ओर अधिक था तथा वे हिन्दी की ग्रामीणता को दूर करने के लिये अरबी-फारसी के शब्दों का समावेश उचित समझते थे। इनकी आरम्भिक कृतियों में उर्दूपन अपेक्षाकृत कम है पर बाद की रचनाओं में वह अधिक होता गया है। 'आलसियों का कोड़ा,'वर्णमाला','स्वयंबोध उर्दू','बामामन रंजन','विद्यांकुर','राजा भोज का सपना','भूगोल हस्तामलक', 'इतिहास तिमिर नाशक','हिन्दुस्तान के पुराने राजाओं का हाल','मानव धर्म सार','सिक्खों का उदय और अस्त','योगवशिष्ठ के कुछ चुने हुए श्लोक','उपनिषद सार' आदि इनकी कृतियाँ है।इन रचनाओं में 'मानव धर्म सार','उपनिषद सार' तथा 'योग वशिष्ठ के कुछ चुने हुए श्लोक' की भाषा संस्कृतनिष्ठ है। कहीं - कहीं इनमें ब्रजभाषा के शब्द भी आए हैं। 'भूगोल-हस्तामलक','बामामनरंजन','विद्यांकुर','आलसियों का कोड़ा'तथा 'राजा भोज का सपना' आदि की भाषा व्यावहारिक हिन्दी है। 'इतिहास तिमिर नाशक','सिक्खों का उदय और अस्त' तथा 'हिन्दुस्तान के पुराने राजाओं का हाल' में उनका उर्दू की ओर झुकाव अधिक है। उनके 'बनारस अखबार' की भाषा भी उर्दूनिष्ठ ही थी। बनारस में, हिन्दी क्षेत्र में शिवप्रसाद सितारेहिन्द और उनके बनारस अखबार की तूती बोलती थी। 'बनारस अखबार' 1844-45 से छपना आरम्भ हुआ। इस पत्र की भाषा उर्दू के निकट किन्तु लिपि देवनागरी थी। शिवप्रसाद स्कूल इन्सपेक्टरी करने के अनन्तर धीरे-धीरे उर्दू-परस्त होते गए और इतिहास तिमिर नाशक की भूमिका में (अंग्रेजी में) उर्दू को मातृभाषा के समान मानने लगे। साथ ही इसी भूमिका में उन्होंने नागरी लिपि को परम आवश्यक लिपि माना और फारसी लिपि की निःसारता भी सिद्ध की। यह कहना पूर्ण रूप से ठीक नहीं है कि शासकों का रूख देखकर ही शिवप्रसाद ने अपना झुकाव उर्दू की ओर दिखलाया। अपने इतिहास तिमिरनाशक में उन्होंने अँगरेज इतिहासकारों की भूलों का दिग्दर्शन भी उसी दृढ़ता से कराया था।

"Eeven so cautious a writer as Elphistore was liable to commit such mistakes as to say that, Firoz Tuglak, when Dow calls him,'his cousin';or that Nasir-ud-din Mahmud was the grandson of Altamash (correctly Altimash) when he was in fact his son, or that Altamash was purchased for 50,000 pieces of silver, when only 50,000 chitals were paid for him, 50 of which make a tanka or rupee of that time ........Like Marsman....... he calls `Raja Jey Singh of Jeypore and Raja Jesswunt Singh of Joudhpore',`Marhatta generals' ....... The difficulty of correcting Indian names written in Persian is rather greater than those written in English.

........My endeavour is in this part to prove to my countrymen that,not with standing their very strong antipathy to change,they have changed, and will change, that not with standing the many heroic actions ascribed to our ancient Hindu Rajahas, there was no such thing as an empire in existence; that the country was divided between numerous chiefs always fighting each other for temporary superiority ; that, not with standing the splendour attributed to Muhammadan dynasties, the country was sadly misgoverned, even during the reigns of the most powerful Emperors; and that although the diamonds and pearls were weighed by `Maunds' in the royal treasures, the people in general were very poor and utterly miserable.

....... I may be pardoned for saying a few words here to those who always urge the exclusion of persian words, even those which have become our house hold words, from our Hindi books, and use in their stead Sanskrit words, quite out of place and tashnion, or those coarse expressions which can be tolerated only among a rustic population....Our court language is Urdu, and court language has always been regarded by all nations as the most Fashion able language of the day. Urdu is now becoming our mother tongue and is spoken, more or less, and well or badly, by all is North Western Provinces."

नागरी का समर्थन तो उन्होंने किया ही था।इनकी पहली पुस्तक 'सिक्खों का उदय और अस्त' सन् 1851 में छपी किन्तु शिव प्रसाद युग का आरम्भ 1845 से, 'बनारस अखबार' के प्रकाशन के समय से माना जाता है। इसके कई कारंण हैं। सितारेहिन्द की भाषा-संबंधी नीति का सूत्रपात इसी समय से होता है। आगरा, इलाहाबाद, मिर्जापुर, बनारस तक में सब प्रेसों में शिव प्रसाद जी की लिखी पाठ्य पुस्तकें छपती थीं। अनुवाद कार्य और स्वतंत्र रूप से इतिहास लेख में शिव प्रसाद की भाषा नीति दृढ़तापूर्वक झलकती है। 'हिन्दी सेलेक्शन्स' नाम से 1867 में प्रकाशित इनकी पुस्तक इस युग की सम्भवत: श्रेष्ठ सम्पादित और मुद्रित पुस्तक है। शिव प्रसाद जी ने यह पुस्तक सरकारी आज्ञा से जूनियर सिविल सर्वेन्ट्स ऐण्ड मिलिटरी आफिसर्स की भाषा ज्ञान-परीक्षा के लिये सम्पादित की। बनारस मेडिकल हाल प्रेस ने इसे 28 सेन्टीमीटर लम्बे आकार में और सुन्दर सुडौल टाइपों से छापा। इसके प्रत्येक गद्य या पद्य खण्ड के आगे अँग्रेजी में परिचयात्मक टिप्पणी है।

इस प्रकार सितारे हिन्द अपने युग के पत्रकार, मौलिक लेखक, पाठ्य पुस्तक रचयिता के साथ-साथ एक विशेष प्रकार की भाषा नीति के पोषक के रूप में दीख पड़ते हैं। हिन्दी के लेखकों में उस समय उनका व्यक्तित्व नि:सन्देह सर्वोपरि था। यह दूसरी बात है कि हिन्दी भाषा का भविष्य राजा शव प्रसाद सितारेहिन्द के विचारों के अनुसार न बना। उनकी भाषा के दो उदाहरण प्रस्तुत हैं -

1- "निदान यह बंगाले का मैदान नदियों से सिंचा हुआ गंगा के दोनों तरफ हिमालय और बिन्ध के बीच हरिद्वार तक चला गया है और गंगा-यमुना के बीच जो देश पड़ा है, उसे अन्तरवेद और पुराना दोआबा भी कहते हैं।" (सरल एवं व्यावहारिक हिन्दी)

2- "तुगलक का भाई मसऊद खाँ निहायत हसीन था। बगावत का शुबहा हुआ। पूछने पर उलूबत और सियासत के डर से झूठा इंकार कर दिया।" (उर्दूनिष्ठ हिन्दी)

निष्कर्षत: कहा जा सकता हैं कि 'सितारे हिन्द नागरी लिपि के तो अवश्य पोषक थे, किन्तु खड़ी बोली (हिन्दी) गद्य के वे पोषक नहीं जान पड़ते। वे उर्दू के रूप पर मुग्ध थे और उर्दू के प्रति उनका झुकाव उत्तरोतर बढ़ता ही गया। फिर भी हिन्दी गद्य के प्रारम्भिक लेखकों में उनका अपना ऐतिहासिक महत्व है, विशेष रूप से उनकी आरम्भिक कृतियों का। इनके गद्य की विशेषताओं के विषय में **डॉ.वार्ष्णेय** का कथन है,- "राजा साहब की रचनाओं में शैली की प्रौढ़ता, रोचकता, परिमार्जन, वर्णन शक्ति, सुन्दर पद निर्माण, पुष्ट वाक्य रचना विचारों का पूर्वा पर संबंध, विचारों का स्पष्ट विभाजन आदि विशेषताएँ मिलती है।" कुल मिलाकर शिव प्रसाद सितारे हिन्द राजा साहब चूँकि शिक्षा विभाग में सरकारी मुलाजिम थे, अस्तु सरकारी नीतियों के अनुसार उनकी भाषा में उर्दू शब्दों का बाहुल्य था। वह आम फहम तथा 'खास पसन्द' हिन्दी का रूप निर्माण करना चाह रहे थे। वह कहते थे कि "हम लोगों को जहाँ तक बन पड़े चुनने में उन शब्दों को लेना चाहिए जो आम फहम और खास पसन्द हो, अर्थात् जिनको ज्यादा आदमी समझ सकते हों।"

**राजा शिव प्रसाद की देन -** 1- उन्होने हिन्दी को सरकारी विद्यालयों की भाषा बनने में सहयोग किया। इस प्रकार खड़ी भाषा के स्वरूप में निखार आया। 2- भाषा ब्रज भाषा तथा पडिताऊपन से मुक्त हो, प्रवाहमयी बनी। 3- क.,ख.,ज.,फ.,ग., : ये अरबी-फारसी ध्वनियों के उच्चारण के लिए, देवनागरी में बिन्दी लगाने की प्रथा, उन्होंने ही आरम्भ की। 4- उनके द्वारा प्रयुक्त भाषा प्रारम्भ में भले ही ठेठ हिन्दी थी, पर पश्चात् में उर्दू निष्ठ होने से विरोध का सामना करने लगी और अग्राह्य हो गयी। **आचार्य शुक्ल** ने उनकी भाषा नीति के संबंध में कहा है - "आम फहम खास पसन्द' इल्मी जरूरत जनता के बीच प्रचलित शब्द कदापि नहीं है। xxx किसी देश के साहित्य का संबंध उस देश की संस्कृति परम्परा से होता है।"

**राजा लक्ष्मण सिंह -**राजा शिव प्रसाद की भाषा नीति का जम कर विरोध हुआ। फलस्वरूप लेखकों का बहुसंख्यक वर्ग तत्सम प्रधान भाषा की ओर झुका। उनमें राजा लक्ष्मण सिंह प्रधान थे। उन्होंने कहा - "हमारे मत से हिन्दी और उर्दू दो बोली न्यारी-न्यारी है। हिन्दी इस देश के हिन्दू बोलते है और उर्दू यहाँ के मुसलमानों और फारसी पढ़े हिन्दुओं की बोलचाल है। xxx परन्तु यह आवश्यक नहीं कि अरबी-फारसी के शब्दों के बिना हिन्दी न बोली जाय और न हम उस भाषा को हिन्दी कहते हैं जिसमें अरबी-फारसी के शब्द भरे हों।"

**राजा लक्ष्मण की देन-** 1- राजा साहब की भाषा तत्सम प्रधान और उर्दू शब्दों से पूर्णत: रहित है। 2- 'शकुन्तला' नाटक

में इन्होंने शुद्ध तत्सम प्रधान शैली का रूप प्रदान किया। 3- इस धारा के प्रमुख लेखक थे : अम्बिका दत्त व्यास, छायावादी प्रमुख कवि प्रसाद, पन्त और महादेवी।

**ईसाई मिशनरियों का योगदान-** इन संस्थाओं ने अपने धर्म का प्रचार जनता के मध्य में करने के लिये, खड़ी बोली को माध्यम बनाया। इसके लिये जनता में संस्कार भरने के लिए, उन्होंने शिक्षा और पुस्तक प्रकाशन की योजना बनाई। प्रमुख शहरों में 'बुक सोसाइटियों' की स्थापना की। स्कूल-कालेज खोले। इन सोसाइटियों ने विविध विषयों पर पाठ्य पुस्तकें हिन्दी खड़ी बोली में प्रकाशित कराई। इस प्रकार खड़ी बोली का स्वत: प्रचार हुआ। तत्कालीन भाषा के कुछ उदाहरण : ''परमेश्वर ने मनुष्यों की प्राण-रक्षा के लिये, जिन वस्तुओं की सृष्टि की है उनमे विचार करने से हमारा बड़ा आश्चर्य बोध होता है।'' या ''लोन अच्छा है परन्तु यदि लोग अपनी लोनाई को खोवे तो तुम उसको किससे स्वादित करोगे ;आप में लोन रक्खों, और आपुस में मिले रहो।''

**मिशनरियों की देन -** 1- तत्कालीन भाषा स्वरूप में निखार आया। 2- हिन्दी स्कूली शिक्षा का माध्यम बनी। 3- अंग्रेजी विराम चिह्नों का प्रयोग हिन्दी भाषा में भी होने लगा, जो एक अच्छी बात थी।

**हरिश्चन्द्र युग: भारतेन्दु हरिश्चन्द्र की भाषा दृष्टि-** खड़ी बोली के उस अव्यवस्था के युग में , एक पुनर्प्रसूत भाषा के प्रवाह के लिए उचित सरिणि प्रदान करना एक महत्वपूर्ण कार्य था, और उस कार्य को अंजाम दिया, भारतेन्दु हरिश्चन्द्र ने। वह एक सामान्य भाषा शैली के जन्मदाता थे। उन्होंने तथाकथित हिन्दुस्तानी समर्थकों की आम फहम शैली और दूसरी ओर हिन्दी को मात्र हिन्दुओं की भाषा समझ, उसे तत्सम प्रधान बनाने पर आरूढ़ लेखकों के मध्य का मार्ग अपनाया। उनकी भाषा आम जनता की भाषा थी। सभी पनों से दूर। उसमें न उर्दूपन था, न पूर्वीपन, न ब्रजभाषापन न मात्र तत्समों की प्रधानता। उन्होंने हिन्दी को साम्प्रदायिक भाषा बनने से रोक आम जनता की भाषा के रूप में प्रस्तुत किया। **डॉ. हजारी प्रसाद द्विवेदी** के शब्दों में - ''भारतेन्दु युग की भाषा'' बहुत स्वाभाविक और भाव प्रकाशन में सक्षम भाषा थी।'' वह नवीन जागरण काल के - नवीन जागृति के अग्रदूत थे।

कुल मिलाकर युग-प्रवर्तक भारतेन्दु हरिश्चन्द्र ने हिन्दी-गद्य को अनिश्चितता के कर्दम से निकाल कर उसे निश्चित मार्ग पर आरूढ़ किया, उसके दिशा-भ्रम को हटाकर उपर्युक्त मार्ग का निर्देशन किया। उन्होंने मध्यमार्ग का अनुसरण करते हुए गद्य के आदर्श स्वरूप का प्रतिपादन किया। इसीलिए आलोचकों का प्राय: यह मन्तव्य है कि 'भाषा का निखरा हुआ शिष्ट सामान्य रूप भारतेन्दु की कला के साथ ही प्रगट हुआ।' भारतेन्दु ने उर्दू को तत्सम शब्दों से भरी और उर्दू वाक्य-रचना-प्रणाली से पूर्ण शैली के साथ संस्कृतनिष्ठ भाषा को भी अमान्य ठहराकर दोनों के मध्यमार्ग अथवा समन्वित मार्ग को ग्रहण किया। 'हिन्दी भाषा' नामक पुस्तक में उन्होंने शुद्ध हिन्दी के रूप में निम्नलिखित उदाहरण दिया है - ''पर मेरे प्रीतम अब तक घर न आए, क्या उस देश में बरसात नहीं होती, या किसी सौत के फंदे में पड़ गए कि इधर की सुध ही भूल गए। कहाँ (तो) वह प्यार की बातें कहाँ एक संग ऐसा भूल जाना कि चिट्ठी भी न भिजवाना। हाँ ! मैं कहाँ जाऊँ कैसी करूँ मेरी तो ऐसी कोई मुँह बोली सहेली भी नहीं कि उससे दु:खड़ा रो सुनाऊँ कुछ इधर-उधर की बातों से ही जी बहलाऊँ।''

भारतेन्दु की गद्य रचनाओं, विशेष रूप से नाटकों में, इसी प्रकार की हिन्दी का प्रयोग है। भारतेन्दु ने गद्य -शैली को व्यावहारिक रूप प्रदान करने के साथ निबन्ध, नाटक, इतिहास, समालोचना, यात्रा-वृत्त आदि विभिन्न गद्य -विधाओं के क्षेत्र में भारतेन्दु के योगदान का यथास्थान सम्यक् मूल्यांकन किया जा सकता है। गद्य-लेखन के प्रोत्साहन के लिये भारतेन्दु ने 'कवि वचन सुधा','हरश्चिन्द्र मैगजीन' तथा 'बाला बोधिनी' इन तीन पत्रिकाओं का भी प्रकाशन किया।

भारतेन्दु के गद्य में एक ओर तद्भव एवं देशज शब्दों एवं मुहावरों का प्राधान्य है तथा दूसरी ओर जन-जीवन में घुले हुए विदेशी शब्दों से भी विशेष परहेज नहीं किया गया है। तत्सम शब्दों के प्रयोग उन्होंने संतुलित रूप से किए हैं। विषय, भावदशा एवं स्थिति - अनुकूल उनकी भाषा-शैली में परिवर्तन होता है और वह विविधमुखी रूप धारण करती है। प्रणय, शोक, विरह वर्णन में उनकी भाषा का सुकुमार-मधुर रूप देखने को मिलता है और हास्य के प्रसंगों में वह चुलबुला रूप धारण कर लेती है। उनके नाटकों तथा समीक्षात्मक- निबन्धों की भाषा-शैली में पर्याप्त अन्तर है। निस्संदेह भारतेन्दु भाषा के मर्म को समझते थे तथा प्रसंगानुकूल भाषा प्रयोग में वे निपुण थे। भारतेन्दु ने भाषा से ग्राम्यत्व हटाकर नागरिक स्निग्धता प्रदान करने का भी प्रयत्न किया, परन्तु उन्हें भाषा के पूर्ण परिमार्जन करने के स्थान पर भाषा के व्यावहारिक अथवा आदर्श रूप की प्रतिष्ठा करने का श्रेय अधिक प्राप्त है। कहीं-कहीं पण्डिताऊपन तथा ब्रजभाषा का प्रभाव भी उनके गद्य पर लक्षित होता है।

भारतेन्दु के प्रयत्नों से हिन्दी गद्य में शब्द भंडार की वृद्धि हुई है तथा उसकी अभिव्यंजना शक्ति भी बढ़ी है। उसमें नए विचारों को धारण करने का सामर्थ्य आ रहा था। भारतेन्दु युग के साथ हिन्दी गद्य नए रूप में ढलने लगा था। 'अन्धेर-नगरी' में भारतेन्दु की भाषा-शैली का एक उदाहरण प्रस्तुत है - ''बात यह है कि कल कोतवाल को फाँसी हुकुम हुआ था। जब फाँसी देने को उसको ले गए, तो फाँसी का फंदा बड़ा हुआ, क्योंकि कोतवाल साहब दुबले हैं। हम लोगों ने महाराज से अर्ज किया, इस पर हुक्म हुआ कि एक मोटा आदमी पकड़ कर फंासी दे दो क्योंकि बकरी मारने के अपराध में किसी न किसी को सजा होना जरूरी है नहीं तो न्याय न होगा।''

इस प्रकार भारतेन्दु हरिश्चन्द्र आधुनिक गद्य के सच्चे निर्माणक एवं प्रचारक थे उन्होंने हिन्दी के विकास के लिए समकालीन गद्य लेखकों एवं कवियों का मंडल बनाया था। इन गद्य लेखकों में पण्डित प्रताप नारायण मिश्र, बालकृष्ण भट्ट, बदरी नारायण चौधरी 'प्रेमघन', श्री निवास दास, ठाकुर जगमोहन सिंह आदि प्रमुख थे। सामान्यत: ये भारतेन्दु के भाषा संबंधी आदर्शों का अनुसरण करते थे। **डॉ. रामचन्द्र तिवारी** के शब्दों में - ''इन सभी लेखकों को अपनी परम्परागत भाषा की प्रवृत्ति का पूरा परिचय था। संस्कृत के अप्रचलित शब्दों का प्रयोग ये लोग नहीं करते थे। साथ ही आवश्यकतानुसार अन्य भाषाओं के शब्द लेने में भी इन्हें हिचक न थी। लोक जीवन में प्रचलित सुन्दर अभिव्यंजना पूर्ण शब्दों को ग्रहण करने में भी ये लोग हिन्दी का हित जानते थे।''

भारतेन्दु हरश्चिन्द्र का 'निज भाषा' के प्रति अगाध प्रेम था।इसी से उन्होंने हिन्दी भाषा में उच्चकोटि के साहित्य का निर्माण किया। भारतेन्दु की कविता की भाषा मुख्यत: ब्रजभाषा ही थी। साथ ही उन्होंने खड़ी बोली, अवधी तथा उर्दू में भी काव्य रचना की है। गद्य के क्षेत्र में तो उन्होंने खड़ी बोली के महत्व की प्रतिष्ठापना की, परन्तु कविता में वे ब्रजभाषा के प्रति अपनी आसक्ति नहीं छोड़ सके। उनकी ब्रजभाषा की अपनी मौलिक विशेषताएँ हैं। उसमें एक आत्मीयता, स्वच्छता, स्वाभाविकता तथा भावानुकूलता है। उन्होंने ब्रजभाषा में भक्ति एवं श्रृंगार के पुराने विषयों का ही प्रतिपादन नहीं किया प्रत्युत राष्ट्रीय भावना, सामाजिक जागरण, हास्य व्यंग्य आदि नए विषयों की भी ब्रजभाषा में सफल अभिव्यक्ति की है। विषयानुकूल ओज एवं माधुर्यगुण का भी उनके काव्य में समावेश हुआ है। भारतेन्दु ने मुख्यत: मुक्तक एवं गीति शैली को अपनाया है। उनके गीति काव्य में भावात्मकता ,संगीतात्मकता, कोमलता आदि गुण मिलते हैं। मुक्तकों में उन्होंने कवित्त, सवैया, रोला तथा दोहा, छंदो का प्रयोग किया है। इनके छंदो के विषय में **डॉ. केशरी नारायण शुक्ल** लिखते है - ''इनमें छंद सौन्दर्य का नवीन उपक्रम नहीं लक्षित होता।'' लोक छंदो में लावनी और कजली का प्रयोग भी भारतेन्दु ने किया है।

इस प्रकार हम देखते हैं कि भाषायी चेतना का भारतेन्दु युगीन काव्यादर्श में महत्वपूर्ण स्थान है। उर्दू को प्राप्त शासकीय संरक्षण के संदर्भ में हिन्दी को उसका दाय दिलाने के लिये भारतेन्दु द्वारा विरचित 'हिन्दी भाषा' केवल राजनीतिक कारणों से प्रेरित रचना नहीं थी, अपितु तत्कालीन साहित्यिक भाषा में उर्दू-फारसी की जटिल तत्सम पदावली का बहिष्कार भी इसी रचना की देन है। यों भारतेन्दु उर्दू के एकांत विरोधी नहीं थे - 'फूलों का गुच्छा' में उन्होंने उर्दू शब्दावली का प्रचुर प्रयोग किया है। अभिव्यंजना-क्षेत्र में उन्होंने इस प्रकार परस्पर विरोधी प्रतीत होने वाली प्रवृत्तियों को अपनाया है। यह उनकी प्रयोग धर्मी मनोवृत्ति का प्रमाण है। 'हिन्दी भाषा' में प्रबल हिन्दीवादी के रूप में सामने आने पर भी उन्होंने उर्दू शैली में कविताएँ लिखी हैं और काव्य रचना के लिये ब्रज भाषा को ही उपयुक्त मानने पर भी वे खड़ी बोली में 'दशरथ -विलाप' तथा 'फूलो का गुच्छा' कविताएँ लिखते दिखायी देते हैं।

संक्षेप में यह कहा जा सकता है कि भाषा और साहित्य के क्षेत्र में भारतेन्दु नवयुग के अग्रदूत थे। अपनी ओजस्विता, सरलता, भाव मर्मज्ञता और प्रभविष्णुता में उनका साहित्य इतना प्राणवान है कि उस युग का शायद ही कोई कवि या लेखक उनसे अप्रभावित रहा हो।

**पत्रिकाओं का प्रकाशन -** सन् 1873 में हरिश्चन्द्र मैगजीन के प्रकाशन के साथ एक नये युग का आरम्भ हुआ। उक्त पत्रिका में उन्होने हिन्दी खड़ी बोली के व्यावहारिक स्वरूप को प्रस्तुत किया। वस्तुत: हिन्दी खड़ी बोली के विकास में उनके वास्तविक योगदान का पता हरिश्चन्द्र मैगजीन, हरिश्चन्द्र चन्द्रिका और बालाबोधिनी पत्रिकाओं में मुद्रित निबन्धों, से चलता है।

**कृतित्व** - वह एक बहुमुखी साहित्यकार थे। पद्य साहित्य तो उन्होंने ब्रजभाषा में लिखा पर, गद्य भाषा के रूप में खड़ी बोली का प्रयोग किया। वह एक साथ ही समर्थ कवि, नाटककार, कहानीकार, अनुवादक और निबंधकार थे। उनके प्रसिद्ध नाटक हैं सत्य-हरिश्चन्द्र, चन्द्रावली, नील देवी, भारत - दुर्दशा, प्रेम योगिनी, वैदिकी हिंसा हिंसा न भवति आदि।

**नूतन शैली का विकास -** भारतेन्दु जी उस युग में प्रचलित प्राय: सभी शैलियों को आजमाने की कोशिश की। पर तरजीह दिया, एक मध्यममार्गीय शैली को। उनकी शैलियों की कुछ बानगी

1- **तत्सम प्रधान शैली** - कैसी अपूर्व और विचित्र वर्षा ऋतु साम्प्रत प्राप्त हुई है। अनवरत आकाश मेघाच्छत्र रहता है।

2- **तद्भव प्रधान शैली** - पर मेरे प्रीतम अब तक घर न आये। क्या उस देश में बरसात नहीं होती या किसी सौत के फन्दे में पड़ गए।

3- **फारसी प्रधान शैली** - सबो रोज दिलवर की सुहबत रहे रंजोगम दूर हो।

4- **अंग्रेजी प्रधान शैली -** के सैकड़ो गैंग इधर से उधर कुली लोग लिये फिरते है लालटेन में गिलास बल रहे हैं।

5- **पूर्वीपन लिए शैली -** का साहेब आप कब्बो कलकत्ता गए हो कि नाहीं।

**वस्तुत: इतने विविध प्रयोगों का कारण कुछ तो तत्कालीन था और कुछ वह परिस्थिति और पात्र के अनुसार अपनी शैली परिवर्तित कर लेते थे। बेशक वह आधुनिक हिन्दी के अग्रदूत थे। उनकी सबसे बड़ी कमी उनका ब्रजभाषा के प्रति मोहभाव था, जो उनके गद्य साहित्य में झलक जाता है। वह एक मार्ग दर्शक थे, अपना काम जल्दी से पूर्णकर इस धरा से चले गए। तत्कालीन एक**

पत्रिका 'मित्र विलास' (17.10.1887) में मुद्रित ये वाक्य कितने स्पृहणीय है :

" क्योंकि हिन्दी के रसिक एक स्वर से यही कहते आये है कि हिन्दी के मुख्य प्रचारक श्री हरिश्चन्द्र जी हैं। पक्षपात शून्य होकर विचार करने से यही सिद्ध होता है, कारण इनके पूर्व की जो हिन्दी है उसमें ऐसा सहज माधुर्य नहीं पाया जाता। जो लोग विवेकी हैं वे इसे अवश्य स्वीकारेंगे कि श्री हरिश्चन्द्र जी ने उस बिगड़ी हुई भाषा को जो ग्रामीण स्त्री के वेश में थी, सुधार कर सुसम्पन्न नागरी करके नागरी शब्द को सार्थक कर दिखाया।" सन् 1880 के बाद की उनकी कृतियों में हमें एक आदर्श खड़ी बोली का स्वरूप प्राप्त होता है। इस संबंध में **आचार्य शुक्ल** का कथन कितना सार्थक है , "जब भारतेन्दु अपनी मँजी हुई परिष्कृत भाषा सामने लाए, तो हिन्दी बोलने वाली जनता को गद्य के लिये खड़ी बोली का प्रकृत साहित्यिक रूप मिल गया और भाषा के स्वरूप का प्रश्न न रह गया। भाषा का स्वरूप स्थिर हो गया।"

**भारतेन्दु युग के अन्य गद्यकार-** भारतेन्दु जी साहित्याकाश के प्रभा समान इन्दु थे। उनकी निर्मल ज्योति से प्रभावित, कितने ही लेखक उन्हीं के आदर्शो का अनुकरण करते रहे। इन साहित्यकारों में प्रमुख थे : प्रताप नारायण मिश्र, चौधरी बदरी नारायण 'प्रेमघन', श्री निवास दास, राधा चरण गोस्वामी और बालमुकुन्द गुप्त। तत्कालीन लेखकों में से कुछ ने, अपनी निजी शैली विकसित करने की कोशिश की। उनके, भारतेन्दु के आदर्शो से हटने के निम्नलिखित कारण थे :

1- कुछ लेखक गण भारतेन्दु की नीति से सहमत न होने के कारण अपने-अपने प्रयोगों में तल्लीन रहे।

2- कुछ साहित्यकारों की रुचियों में वैभिन्य होने के कारण और परम्परा निर्वाह की प्रवृत्ति बलवती होने के कारण वे अपने निजी पथ का पालन करते रहे।

3-उस युग के साहित्यिक वातावरण, लेखकों की अपनी बोली के प्रभाव और भाषा निर्माण की अपनी वैयक्तिक सामर्थ्य और असामर्थ्य ने कई प्रयोग -धाराओं को प्रसूत किया।

4- कुछ लेखक आदतन पाडिण्यपूर्ण तत्सम प्रधान भाषा लिखने की ओर प्रवृत हो जाते थे।

**भारतेन्दु युगीन लेखकों की भाषाशैली -** 1- तत्कालीन लेखकों ने शब्दों के प्रयोग में निम्नलिखित बातों पर विशेष बल दिया। (क)- प्रचलित शब्दों का प्रयोग, (ख)- तद्भव की प्रधानता, (ग)- बोलचाल में प्रयुक्त उर्दू शब्दों का प्रयोग, (घ)- प्रचलित विदेशी शब्दो का प्रयोग, (च)- हिन्दी की प्रकृति में खप जाने वाले तत्सम शब्दों का प्रयोग।

2- बाल कृष्ण भट्ट, प्रताप नारायण मिश्र और लाला श्री निवास दास आदि ने व्यावहारिक और मुहावरेदार तथा प्रसंगानुकूल भाषा का प्रयोग किया।

3- प्राय: सभी लेखकों ने विविध शैलियों का प्रयोग किया, जिनमें प्रधान थी : भाव-प्रधान, विचार -प्रधान, वर्णनात्मक व्यंग्य विनोद तथा उद्बोधन शैली।

4- साहित्यिक विकास की उच्चतर स्थिति यह है कि प्रत्येक रचनाकार निजी शैली विकसित करे, और यह उस काल में हुआ।

5- पारिभाषिक अंग्रेजी शब्दों के प्रयोग के समय, या तो उनका हिन्दी अर्थ कोष्ठक में दे दिया जाता था, जैसे Instinct (पशुबुद्धि) या हिन्दी शब्द देकर, उसका अंग्रेजी पर्याय प्रस्तुत किया जाता था, जैसे विचार (Policy)

6- भाषा-प्रसार में डूबे, तत्कालीन साहित्यकारों ने व्याकरणगत, वर्तनीगत तथा विराम-चिह्नगत त्रुटियों पर विशेष ध्यान नहीं दिया।

7- वर्तनीगत श्लथता के कारण वे साधू,शोनित, चान्द, जज्ज सच्च आदि सरल शब्दों का भी गलत प्रयोग करते रहे और दूसरी ओर क्रिया प्रयोग के क्षेत्र में वर्तनी के द्विरूप दीख पड़ते है: जैसे - जायेगी, जायगी, छिपाओं छिपावों आदि।

8- इसी प्रकार संज्ञा रूपों के प्रयोग के वचन संबंधी अनियमितता, सामान्य बात है: दो स्त्री थीं, तीन उँगली, यात्रियों के सन्तान काफी है, कब्रै आदि।

9- त्रुटिपूर्ण सर्वनामों का प्रयोग : जैसे - हमैं, उस्को इन्के, उन्के, तिस पर

10- अनुचित क्रिया प्रयोग - कर्ता हूँ, सकता हूँ, हूजै, मारने चाहती, द्विरूपीय क्रिया प्रयोग जैसे -आके, आकर, जाओ, जावो, बनाये, बनवाए।

11- त्रुटिपूर्ण अव्ययों का प्रयोग - धीरा तथा च, बरंच, किंच अथच, परस्पर में

12- विरामों के क्षेत्र में अव्यवस्था -लेखकों ने अंग्रेजी के अनुकरण पर विराम चिह्नों का प्रयोग आरम्भ तो किया था,पर उनमें नियम बद्धता न थी।

**उन्नीसवीं शती का काव्य साहित्य -** उस काल की काव्य भाषा ब्रज भाषा ही थी, फिर भी कुछ साहित्यकारों ने हिन्दी खड़ी बोली में लिखने का प्रयास किया। ऐसे कवियों में प्रमुख थे - श्रीधर पाठक, बालमुकुन्द गुप्त, अम्बिका दत्त व्यास, प्रेमघन ,प्रताप

नारायण मिश्र।

**तत्कालीन काव्य भाषा का वैशिष्ट्य** -1- उक्त काल की खड़ी बोली में जो काव्य में प्रयुक्त हुई, साहित्यिकता का अभाव होते हुए भी, एक विकासमान सौन्दर्य परिलक्षित होने लगा था। जैसे -

नव यौवन के सुधा सलिल में,
क्या विष - बिन्दु मिलाया है
अपनी सौख्य वाटिका में
क्या कंटक वृक्ष लगाया है। (श्रीधर पाठक)

2- प्राय: सभी कवियों की भाषा अभिधा प्रधान थी।

3- तत्कालीन प्रचलित छन्दों में फिट करने के लिए, उन्होंने मात्राओं में फेर बदल किया। जैसे -खीर, अनंद, छबी।

4- मानक भाषा के अभाव में- दरिया को दर्या, कर्ने, जिस्से जैसे शब्द भी प्रयुक्त होते थे।

5- लोक भाषा के शब्दों का निवेश और व्याकरणगत अशुद्धियाँ आम बात थी। 1- झख मारेंगी, फुलवारी की लता इनों के आगे अंबिका दत्त व्यास 2- वचन- श्रोताजन आलस खोता था

6- तत्कालीन प्रचलित हिन्दी, हिन्दोस्तानी तथा उर्दू शैलियों का प्रयोग एक साथ हो रहा था।

(i) तिरछी तिउरी देख तुम्हारी क्यों कर सीस नवाऊँ - प्रेमघन

(ii) सुसौन्दर्य जो पुष्प का सत्व है - प्रताप नारायण मिश्र

(iii) नामवरी पर लानत है, उस नाम पै जो बदनाम न हो - प्रताप नारायण मिश्र

(iv) उस काल की भाषा में मुहावरों और कहावतों का प्रयोग अधिक है।

वह खड़ी बोली का शैशव काल था। वह उठ खड़ी हुई थी। उसके संस्कार के लिए आचार्य महावीर प्रसाद द्विवेदी की आवश्यकता थी।

**अध्याय - 47**

# सिद्धनाथ साहित्य, खुसरो, संत साहित्य, रहीम आदि कवियों और दक्खिनी हिन्दी में खड़ी बोली का प्रारंम्भिक स्वरूप

जिस प्रकार मागधी से बिहारी समूह की हिन्दी, अर्द्धमागधी से अवधी तथा शौरसेनी से ब्रजभाषा विकसित हुई, उसी प्रकार शौरसेनी की एक शाखा कुरूदेशीय अपभ्रंश से खड़ी बोली प्रसूत हुई। अपभ्रंश काल में जिन अपभ्रंश भाषाओं का प्रचलन था, उनके गर्भ में वर्तमान हिन्दी और उसकी बोलियों के शब्द और उनकी वाक्य-संरचना के रेखाचिह्न दृष्टिगोचर होने लगे थे। सबसे पहले खड़ी बोली की उपस्थिति का प्रमाण हमें दक्षिणाचार्य 'चिह्नो द्योतन' की 'कुवलय माला कहा' से मिलता है। उक्त रचना में तेरे, मेरे, मेरें और आउ जैसे हिन्दी शब्दों का प्रयोग उदाहरण के रूप में किया गया है।

**अपभ्रंश भाषा और हिन्दी** - सम्भव है कुरु - जनपद में प्रयुक्त होने वाली अपभ्रंश से विकसित होकर खड़ी बोली प्राचीन काल से ही आम लोगों की सामान्य भाषा रही हो। वस्तुत: जिसे हम अपभ्रंश कहते है, भरतमुनि ने उसे 'देश भाषा' कह कर पुकारा है। इसी प्रकार बाणभट्ट ने भी तत्कालीन भाषा कवियों का उल्लेख किया है। उक्त देश भाषा को हम 'प्राकृताभास भाषा' का नाम दे सकते है। हेमचन्द्र ने देशभाषा अर्थात् अपभ्रंश के व्याकरण ग्रन्थ 'सिद्ध हेमचन्द्र शब्दानुशासन' में जिन उदाहरणों का संकलन किया है, उनमें से कुछ में खड़ी बोली का आभास मिलता है।

**भल्ला हुआ जुमारिया बहिणिमहारा कंतु**
**लज्जेजं तु वयंसिअहु जइ भग्गा [illegible] एन्तु।**

विद्याधर की एक रचना देखें :-

**भअ भज्जिय बंगा भंगु कलिंगा तेलंगारण मुन्ति चले।**
**मरहट्ठा धिट्ठा लग्गिअ कट्ठा सोरट्ठा भअ पाअ पले।**
**चंपारण कंपा पंब्वअ झंपा उत्थी उत्थी जीव हरे।**
**कासीसर राणा किअउ पआणा, विज्जाहर भण मंतिवरे।**

**हिन्दी और बौद्ध सिद्धों की रचनाएँ -** आठवीं शती के आसपास जो पुरानी हिन्दी प्रयुक्त हो रही थी, उसमें 'देश-भाषा' स्पष्ट रूप से आभासित होने लगी थी। इस संबंध में आचार्य शुक्ल का कथन है- पहली बात है भाषा। सिद्धों की उद्धृत रचनाओं की भाषा देशभाषा मिश्रित अपभ्रंश या पुरानी हिन्दी की काव्य भाषा है, यह तो स्पष्ट है। ......... पुरानी हिन्दी की व्यापक काव्य भाषा का ढाँचा शौरसेनी प्रसूत अपभ्रंश अर्थात् ब्रज और खड़ी बोली का था। ......... वह यह कि उनके उपदेश की भाषा तो पुरानी टकसाली हिन्दी है पर गीत की भाषा तो पुरानी बिहारी या पूरबी बोली मिली है। यही भेद हम आगे चलकर कबीर की साखी, रमैनी की भाषा में पातें है। साखी की भाषा तो खड़ी बोली राजस्थानी मिश्रित सामान्य भाषा सधुक्कड़ी है पर रमैनी के पदों की भाषा में काव्य की ब्रजभाषा और कही-कही पूरबी बोली भी है। उन प्रवृत्तियों का दर्शन हम सरहपा और अन्य भाषा में भी करते है जिसमें सिद्धों की खड़ी बोली स्पष्ट रूप से झाँकती दृष्टिगोचर हो रही होती है :-

**जहि मन पवन न संचरइ, रवि ससि नांहि पवेश**
**तहि बट चिन्त विसाम करु, सदहे कहिअ उवेस**

या

**भा न होइ, अभावण जाइ।**
**अइस संबोहे को पतिआइ।**

या

**मारिअ सासु नणंदशाली, माअमारि कण्ह भइल कबाली**

या

**बलद बिआएल गविआ बाँझे**
**पिय दुहिए एतिना साँझे।**

उक्त उदाहरणों से स्पष्ट है कि बौद्ध सिद्धों ने, जो थे तो पौर्वात्य पर, तत्कालीन 'देसिल बयना' में अपनी बात कहते रहे, जिससे कि उनका अपेक्षित प्रभाव जनमानस पर पड़े। उनकी देशी वाणी में खड़ी बोली भी सम्मिलित थी। घुली-मिली थी।

**नाथ पंथियों की रचनाओं में खड़ी बोली -** नाथ पंथ के मुख्य प्रस्तोता गोरखनाथ जी की बानियों और गद्य कृतियों का संग्रह, पीताम्बर दत्त बड़थ्वाल की रचना गोरखबानी में संग्रहीत है। गोरक्षनाथ जी की रचनाओं का मूल्यांकन करने पर हम खड़ी बोली का आभास नहीं, स्वयं खड़ी बोली हिन्दी को वहाँ प्रयुक्त पाते हैं। यद्यपि कि उनकी रचनाओं की मौलिकता और भाषा के प्रति कुछ विद्वानों के मन में सन्देह का भाव है फिर भी वे रचनाएँ।2वीं शती के पूर्व की तो हैं ही। गोरख बानी में प्रयुक्त भाषा का नमूना-नीचे द्रष्टव्य है :

**अवधू रहिया हाटे बाटे**
**रूष विरष की छाया।**
**तजिबा काम क्रोध लोभ मोह संसार की माया। या,**
**गुरू दयाल जो अग्या पाऊँ। या ,**
**नौ लख पातरि आगे नाचैं, पीछे सहज अखाड़ा**
**ऐसे मन लैजोगी खेलै, तब अन्तरि बसै भंडारा। या,**
**अंजनि माँहि निरंजन भेट्या ,तिल मुख भेट्या तेल।**
**मूरति माहि अमूरति परस्या भया निरन्तरि खेल।।**

गोरखनाथ जी की रचनाओं के आधार पर और अन्य गोरख पंथियों की कृतियों के अध्ययन के पश्चात् हम इस निष्कर्ष पर पहुँच सकते हैं कि सातवीं या आठवीं शतीं से हिन्दी (खड़ी बोली) की गोमुखी धारा का क्षीण प्रवाह आरम्भ हुआ था, वह हिन्दी की अन्य विकासमान बोलियों के साथ क्रमिक रूप से विकसित होता रहा। जिन प्रवृत्तियों का दर्शन हम बौद्धसिद्धों तथा नाथ पंथियों में पाते हैं, वहीं प्रवृत्तियाँ युगानुकूल रूप धारण कर, संत कवियों में भी मिलने लगती हैं। मध्यकाल पूर्व एवं मध्य काल में हम, हिन्दी-खड़ी बोली

के अस्तित्व को दो रूपों में पाते है :-

1- वे रचनाएँ जिनमें यत्र-तत्र खड़ी बोली के रूप, वाक्यांश या वाक्य आदि है।

2- वे रचनाएँ जो आद्यन्त खड़ी बोली में है, बौद्ध सिद्धों, नाथ पंथियों, जैन सन्तों तथा निर्गुनियाँ सन्तों की रचनाएँ प्रथम कोटि में आएँगी।

**निर्गुण धारा के कवियों की रचनाओं में खड़ी बोली-** भाषागत या विचारगत जो प्रवृत्तियाँ बौद्धसिद्धों और नाथ पंथियों में मिलती है, उसी खाद्य भूमि में भक्ति का बिरवा अंकुरित होकर निर्गुण मार्ग बन जाता है। कोई भी भाषा विकास का अध्येता कबीर और अन्य निर्गुनियाँ सन्तों की भाषा में आसानी से खड़ी बोली के तन्तु प्रसार को लक्ष्य कर सकता है। उन सन्तों की भाषा तो है पंचमेल खिचड़ी, पर उस खिचड़ी में एक तत्व है खड़ी बोली का। सात स्वरों में, एक प्रमुख स्वर हमारी वर्तमान राष्ट्रभाषा का भी है। कुछ उदाहरण पेश है :-

**कबीर -**

कबीर मन निर्मल भया, जैसा गंगा तीर।
कबीर कहता जात हूँ, सुनता है सब कोइ।
राम कहे भला होयगा, नहितर भला न होइ।। या
आऊँगा न जाऊँगा, मरूँगा न जीऊँगा।
गुरु के सबद रम-रम रहूँगा। या
झिलमिल झगरा झूलते, बाकी रही न काहु।
गोरख अटके कालपुर, कौन कहावै साहु।

**नामदेव -**

मन मेरी सुई, तन मेरा धागा।
खेचर जी के परती पर नामा सिंपी लागा।
माइ न होती, बाप न होते, कर्म्म न होता काया।
हम नाहिं होते, तुम नहिं होते, कौन कहाँ ते आया।
चन्द न होता सूर न होता, पानी पवन मिलाया।
शास्त्र न होता, वेद न होता, करम कहाँ ते आया। या
पांडे तुम्हरा रामचन्द, सो भी आवत देखा था

**गुरु नानक जी -**इनकी भाषा, पंजाबी मिश्रित खड़ी बोली है :-

सोच विचार करे मत मन मैं
जिसने ढूढ़ा उसने पाया।
नानक भक्तन दे पद परसे
निस दिन राम चरन चित्त लाया।

**मलूक दास -** इनकी भाषा बोलचाल की खड़ी बोली है,

सब हिन के हम सबै हमारे, जीव जन्तु मोंहि लगै पियारे।
तीनों लोक हमारी माया, अंत कतहुं से कोइ न पाया।
छत्तिस पवन हमारी जाति, हमहीं दिनऔ हमहीं राति।
हमहीं तरवर कीट पतंगा, हमहीं दुर्गा हमहीं गंगा।

इस प्रकार ऊपर प्रस्तुत विविध उदाहरणों से यह निष्कर्ष निकाला जा सकता है : **डॉ. बड़थ्वाल** के शब्दों में - "आरम्भ में मध्यदेश में हिन्दी का एक सर्वग्राह्य रूप रहा होगा, जो विकसित होकर, ब्रज खड़ी और अवधी, के अलग-अलग रूपों में मिलता है .......... नामदेव, मीरा, रैदास आदि मध्यदेशी और बाहरी साधु सन्तों की भी भाषा का प्राय: यही स्वरूप दिखाई पड़ता है।"

**आद्यन्त खड़ी बोली में रचित रचनाएँ -**व्याकरणिक दृष्टि से, खड़ी बोली की प्रथम रचना, रोडाकृत 'राउल बेल' को माना जा सकता है। उसमें टक्क प्रदेश की एक स्त्री का वर्णन कुल 14 पंक्तियों में किया गया है। उसमें से एक पंक्ति : "अंधिहि कय्यलु डहरा दित्ता, जो निहालि करि मयणूसत्ता"

उस स्त्री के गहरे काजल को देखकर कामदेव भी मस्त हो रहा है।

15वीं शती में रचित 'कुतुब शतक' आद्यन्त खड़ी बोली में रचित द्वितीय रचना मानी जा सकती है। एक उदाहरण -

एक सिद्यउस देवर ठठिनी मालिनी का भेष करया
पक्कीयां नारिंग्या जंभेरियां भरा।

राउब बेल पूर्णतया खड़ी बोली की रचना नहीं कही जा सकती क्योंकि उसमें कई अन्य बोलियों का समावेश है। पर 'कुतुब शतक' आद्यन्त खड़ी बोली में लिखी गई है। इसके पश्चात् खड़ी बोली की रचनाओं में अफजल का लिखा "विकट बारहमासा" है। इसमें अकबर कालीन खड़ी बोली का रूप सुरक्षित है।प्रथम मुगल सम्राट बाबर की आत्मकथा तुर्की में है। इसमें कुछ हिन्दी के शब्द मिलते है, जैसे - शिवालिक पर्वत। हिन्दी जुबान में 'सवाई लाख' का अर्थ होता है - एक लाख और उसका पौन हिस्सा अर्थात् 125,000 और परवत का अर्थ है - 'पहाड़'। इस तरह शिवालिक पर्वत का अर्थ हुआ - 'सवा लाख पहाड़ियों वाला पर्वत'। बाबर की इस आत्मकथा में कुछ दोहे भी मिलते हैं, यथा,

"मुज-का न हुआ कुज हवस-ए-भानक-ओ-मोती।
फुकरा हालीन बस बुलुसिन्दूर पानी-ओ-रोती।।"

**अमीर खुसरों** - (संवत् 1340 के आसपास) खुसरों की रचनाओं में दो प्रकार की भाषाओं का स्वरूप पाया जाता है। 1- ठेठ खड़ी बोलचाल की भाषा, 2- ब्रजभाषा की झलक वाली भाषा। **एम. डब्ल्यू मिर्जा** लिखते है कि,-"Khusrau was essentially a Persian poet but he was also interested in Hindi poetry. He has referred to the greatness of the Hindi language in his poem called Ashiqua. He also compared the grammar and syntax in Arabic to that in Hindi."[1] **आचार्य शुक्ल** कहते है "........ खुसरों का, ध्यान बोलचाल की भाषा की ओर अधिक था ×××× खुसरो का लक्ष्य जनता का मनोरंजन था।" अमीर खुसरो ने अपनी 'नुरसिपहर'. नाम की मसनवी के तीसरे सिपहर (सर्ग) में भारतीय भाषाओं के लिए सामान्य रूप से 'हिन्दुई' शब्द का प्रयोग किया है। इस मसनवी में भारत की भाषाओं की तत्कालीन स्थिति की चर्चा करते हुए वह लिखते है, -"भारतवर्ष में पहले हिन्दुई भाषाएँ प्राचीन काल से अपने-अपने क्षेत्रों में व्यवहार के काम में आ रही थीं। किन्तु मुसलमानों के आक्रमण के बाद यह स्थिति बदली। बाहर से आने वालो की भाषा फारसी थी, उनका राज्य स्थापित होने के बाद, सभी छोटे-बड़े फारसी सीखने लगे इसलिये स्थानीय भाषाओं का पूर्ण विकास नहीं हो सका। सभी भाषाएँ खुदा की दी हुई हैं, इसीलिए सभी भाषाएँ अच्छी हैं, अपनी भाषा में प्रेम स्वाभाविक है, किन्तु दूसरी भाषाओं को अपनी भाषा से छोटा समझना मूर्खता है, चाहे अपनी भाषा तुर्की या फारसी ही क्यों न हो। खुसरों की अन्य रचनाओं में हिन्दी शब्द का प्रयोग भाषा विशेष के अर्थ में किया गया है। उनकी एक सुप्रसिद्ध पहेली है -

फारसी बोले आइना, तुरकी सोचे पाइना।
हिन्दी बोले आरसी आये, मुँह देखे जो इसे बताए।।

आगे वे अपनी मसनवी 'इश्किया' में लिखते हैं कि,-"हिन्दी फारसी से किसी भी प्रकार कम नहीं है, जो लोग हिन्दी का महत्व कम समझते है, वे नादान है। शब्द भण्डार और विचारों की दृष्टि से हिन्दी कम नहीं है। हिन्दी में बहुत से ऐसे शब्द है, जो छोटे होने पर भी अर्थ की गंभीरता रखते है। वे एक बूंद में समुद्र की शक्ति रखने वाले है। जिन लोगों ने हिन्दुस्तान की गंगा को नहीं देखा है, वे नील और दजला पर अभियान कर सकते है, जिन्होने केवल बुलबुल की सुन्दरता को देखना सीखा है, वे हिन्दुस्तानी तोते का महत्व क्या समझ सकते है? मैं इन तीनों भाषाओं को जानता हूँ, इसीलिए ऐसा कहता हूँ।[2]"

निसन्देह खुसरो की रचनाएँ आज की परिनिष्ठित हिन्दी के बहुत समीप थीं :

एक थाल मोती से भरा, सबके सिर पर औधा धरा।
चारों ओर वह थाली फिरे, मोती उससे एक न गिरे।। या
एक नार दो को ले बैठी टेढ़ी होके बिल में पैठी।
जिसके बैठे उसे सुहाय - खुसरो उसके बल-बल जाय।।

**अब्दुर्रहीम खान खाना**-रहीम जी कई भाषाओं में पारंगत थे। **इ.बी. हावेल** कहते हैं कि,-"Mirza Abdur Rahim Khan-I-Khanan was not only a poet himself but hepatronised other poets as well. His famous book is Rahim Satsayi which is a collection of Dohas."[3] ये ब्रज और अवधी-पश्चिमी और पूर्वी-भाषाओं में समान रूप से कुशल थे। इन्होंने अपनी एक छोटी-सी रचना 'मदनाष्टक' खड़ी बोली में लिखी है। हमे रहीम के काव्य में भारतीय प्रेम जीवन की वास्तविक झलक और प्रणयी ह्रदय की छलक मिलती है:

कलित ललित माला वा, जवाहिर जड़ा था।
चपक चखन वाला चाँदनी में खड़ा था।

1- Life and Works of Amir Khusru - M.W. Mirza, P. 120, Edn. 1935

2-मसनवी इश्किया - अमीर खुसरो, पृष्ठ - 57

3-Hand Book to Agra and the Taj - .B.Havell, P.92, Longmans, 1912

करि तत बिच मेला पीत से ला नवेला।
अलि, बन अलबेला यार मेरा अकेला। या,
हग छकित छबीली छेलरा की छरी थी
मणि-जड़ित रसीली माधुरी मूदरी थी।

**कवि आलम** (17वीं शती) के काव्य में कुछ ब्रज मिश्रित खड़ी बोली का प्रयोग द्रष्टव्य है -

चले राह में जाहि सुदामा सुकर करे अपने दिल अन्दर
मेरे बड़े भाग के पूरन, जो मेरे मोहन मुरली धर

**नागरी दास** की रचना इश्क चमन (अठारहवी शती) से एक रचनांश प्रस्तुत है:

इश्क उसी की झलक है ज्यों सूरज की धूप।
जहाँ इश्क तहाँ आप, कागर नारद रूप।।

## हिन्दी खड़ी बोली के विकास में दक्षिण भारतीय यवन कवियों का योगदान-

खड़ी बोली का मूल उत्स भले ही कौरव प्रदेश रहा, पर उत्तर के इस क्षीण प्रवाह को, दिल्ली के समीप विकसित हो रहे बाल-वृक्ष को, दक्षिण भारत के यवन कवियों ने, प्रवाह-पथ प्रदान कर और अन्तर स्राव से सींचकर, केवल साहित्यिक दृष्टि से ही नहीं, राष्ट्रीय एकता की दृष्टि से भी महान कार्य किया। उन्होंने एक क्षेत्रीय भाषा को अन्तर्देशीय तथा धर्म निरपेक्ष स्वरूप प्रदान किया। हिन्दी खड़ी बोली के दक्षिणी रचनाकार, प्राय: सभी यवन या इस्लाम धर्म के अनुयायी थे। इस संबंध में **डॉ. राहुल सांकृत्यायन** लिखते है: **दक्खिनी हिन्दी, हिन्दी साहित्य के विकास की एक महत्वपूर्ण कड़ी है और इसके समाहार के बिना हिन्दी भाषा का सर्वांग पूर्ण इतिहास नहीं लिखा जा सकता।**

14वीं शती से 18 वीं शती तक, निर्बाध हिन्दी खड़ी बोली की जिस शैली का विकास दक्षिण भारत में हुआ, उस विकास में बहमनी कुतुबशाही और आदिलशाही आदि राज्यों के सुल्तानों का बहुत बड़ा योगदान था। दक्षिणी राज्यों में हिन्दवी या दक्खिनी के विकास का आगाज अलाउद्दीन खिलजी के देवागिरि पर आक्रमण के साथ होता है। वह काल भारतीय राजनीति और भाषा विकास के क्षेत्र में एक मोड़-बिन्दु था। उत्तर भारत से सरकारी कर्मचारियों, सैनिको, धर्म, गुरुओं और व्यापारियों के दक्षिण प्रवास के कारण दक्षिणांचल में भाषा की समस्या आरम्भ हुई। वहाँ जाने वाले लोगों में अधिसंख्य दिल्ली के समीप के थे और कौरवी भाषा-भाषी थे। दक्षिणी भाषा उनकी समझ के परे थी और अरबी-फारसी सबके वश में थी नहीं, अस्तु यही बोली ही उनकी अभिव्यक्ति और साहित्य की भाषा बनी और विकसित हुई, सनअती कहते है:

जिसे फारसी का न कुछ ज्ञान है।
सो दक्खिनी जबां उसको आसान है।

1690 ई. में जनूनी इस तथ्य को स्वीकार करते रहते है

मैं इसको दर हिन्दी जबां इस वास्ते कहने लगा
जो फारसी समझे नहीं समझे इसे खुश होकर

दक्खिनी में तद्भव रूपों का आधिक्य है। इसे दक्षिण में हिन्दी, हिन्दवी, दक्खिनी गुजरी, दकनी रेख्ता तथा देहलवी आदि अनेक नामों से अभिहित किया गया। अरबी फारसी के तद्भव रूपों का प्रयोग दक्खिनी में देखकर कुछ उर्दू दां लोगों ने इसे उर्दू का पूर्व रूप माना हैं। पर **बाबू राम सक्सेना** कहते है - "इसे दक्खिनी हिन्दी कहना ही अधिक सुसंगत है।" पाकिस्तान के सुप्रसिद्ध आलोचक **डॉ. सुहेल बुटवारी** कहते है: "इस भाषा को कदीम उर्दू कहने का कोई तर्क पूर्ण कारण नहीं है।"

डॉ. परमानन्द पांचाल लिखते है : "उत्तरी भारत में जिस काल में सूर, तुलसी और मीरा की स्वर लहरियाँ गूँज रही थी, केशव और बिहारी की श्रृंगारिक रचनाओं से सर्वत्र मादकता व्याप्त थी, उसी समय नवरस और सबरस जैसी रचनाओं से दूर दक्षिणापथ जनमानस भी रस विभोर हो रहा था। कुतुब मुस्तरी, फूलबन, चन्द्र बदन व माहियार जैसे प्रेमाख्यानकों से साहित्य के भंडार को भरा जा रहा था।"

**दक्खिनी हिन्दी के प्रमुख कवि -** बन्दानवाज (1322-1423)

| | |
|---|---|
| निजामी | असरफ |
| लुतफी | शाह मीरान जी |
| फिरोज | शाहंबाज हुसैनी. |

असरफ (रचना-नौसरहार) की एक कविता की बानगी, प्रस्तुत है :

नामा कितना बोल सँवार, जानूं मोतियों केराहार
सोने की ज्यो खूँटी पर, मानक मोती हीरे जड़
एक-एक बोल पे मानक मोल सीन तराजू से ही तोल
बंद पराये सोने तार सच्चा हवा-नौसर हार।।

## दक्खिनी हिन्दी के विकास में योगदान देने वाले दो राजवंश -

1- **आदिलशाही राजवंश-** इस राजवंश के सुल्तान, स्वयं ही कवि और साहित्यकार थे। उन सुल्तानों ने अपने दरबारों में विद्वानों, साहित्यकारों और कवियों संगीतज्ञों को स्थान दिया। नवरस जो एक संस्कृत-बहुला रचना है और छन्द अलंकार भी हिन्दी के है, जैसी कालजयी रचना के रचनाकार इब्राहीम आदिलशाह द्वितीय स्वयं सुल्तान थे। इस वंश का काल 1490 से 1686 है। इब्राहीम की एक नायिका का त्रिलोक जयी सौन्दर्य,रीतिकालीन बिहारी से किसी माने में कम नहीं है :

सोम सेत मघ स्यामं , मानों नैन सुन्दर रूप लछन।
बादर आँचरता पर हरत लागे, कब प्रकट दरो बदन।।

हर क्षण परिवर्तित सौन्दर्य संभार का अंकन क्या सरल है," क्षणे-क्षणे यन्नवतामुपैति, तदेव रूपं रमणीयातायाः"।

एक नार खड़ी सामने
पूनम रात की मकर चाँदनी
चितारी चितन सके हुए मानी
ज्यों मौज पै मौज आवै पानी।

**अन्य प्रमुख कवि** -बुराहानुद्दीन जानम (1544-1583) अब्दुल, मुकीमी नुस्रतो (1669) हशमी, बहरी आदि।

कुतुबशाही :- इस काल में भी अनेक सिद्धहस्त और प्रतिभाशाली कवि हुए, उनमें प्रमुख है: गवासी, तवई मुल्लाबजही (1550-1660) एक रचना प्रस्तुत है- पूनम चाँद ज्यों घटने लगे।सितारे अख्यां मे से टूटने लगे।।

मुल्लावजही नें 'सबरस' नामक हिन्दी गद्य रचना प्रस्तुत की है, जो खड़ी बोली गद्य के इतिहास में एक मील का पत्थर माना जा सकता है। अन्य कवि और साहित्यकार है: कुतुबी जुनैदी मुख्तार। मुहम्मद कुली कुतुबशाह (16115-1625) की एक रचना "किसे चित्र बुलावें, किसे रे जगावे। किसे दिल तवावे, किसे मन रिझावे"।

मुगलकाल में भाषा का स्वरूप परिवर्तित होने लगा था, पर शाह तुराब की एक रचना 'मन समझावन' एक उच्च रचना है।'मन समझावन' का एक उदाहरण प्रस्तुत है:

यो पर पंच का है सब झूठा पसारा।
नहीं है ये माया हमारा तुमारा।।
अलक ओ निरंजन है सबसूं नियारा।
शब्द सूं यो ब्रह्माण्ड सारा सँवारा।।

अथवा

न काबा गया हूँ गया हूँ न काशी।
न हाजी हुआ पे न झुब्बा लिबासी।।

**खेद है,हम अपभ्रंश तथा उत्तर भारत में प्रणीत ढ़ेरो रचनाओं में हिन्दी के वंशवृक्ष के पल्लवन का अनुसंधान करने में तल्लीन है, वहीं एक लम्बी परंपरा, जो दक्षिण भारत में पल्लवित हुई, हमारी शिक्षा परिधि से तिरोहित है। उसे भी वही सम्मान मिलना चाहिए, जो उत्तर भारत की हिन्दी रचनाओं को मिला।**

अध्याय - 48

# ब्रजभाषा बनाम खड़ी बोली

ब्रज मण्डल की भाषा होने के कारण इसे 'ब्रज' अथवा 'ब्रजभाषा' कहते हैं। इसका विकास शौरसेनी प्राकृत के अपभ्रंश रूप से हुआ है। इसका क्षेत्र कभी 'शूरसेन' प्रदेश कहलाता था। आजकल यह मथुरा, आगरा, अलीगढ़ और धौलपुर की मुख्य बोली है। यह पश्चिमी हिन्दी की मुख्य बोली है। इसलिए इसके अध्ययन से पहाड़ी और राजस्थानी भाषाओं के समझने में भी सहायता मिलती है। ब्रजभाषा का साहित्य हिन्दी साहित्य में महत्वपूर्ण स्थान रखता है। वस्तुत: हिन्दी का मध्य काल एक प्रकार से 'ब्रजभाषा काल' था, क्योंकि उस समय अवधी की कुछ रचनाओं को छोड़कर, समस्त भक्ति साहित्य और रीति-साहित्य ब्रज में ही लिखा गया। आधुनिक काल में भी महावीर प्रसाद द्विवेदी से पहले हिन्दी कविता ब्रज में ही लिखी जाती थी। भुक्सा, (नैनीताल), अन्तर्वेदी (एटा,बदायूँ, बरेली), डांगी (धौलपुर) आदि ब्रज की उपबोलियाँ हैं। आगरा, मथुरा और अलीगढ़ की ब्रज को 'परिनिष्ठित ब्रज' कहा जा सकता है। भक्ति काल और रीतिकाल में ब्रजभाषा का वर्चस्व रहा है।इस काल में धर्म की प्रधानता के कारण राम-स्थान की भाषा अवधी तथा कृष्ण स्थान की भाषा ब्रज में ही विशेष रूप से साहित्य रचा गया। यों दक्खिनी, उर्दू, डिंगल, मैथिली और खड़ी -बोली में भी साहित्य रचना हुई। इस काल के प्रमुख साहित्यकार जायसी,सूर, मीरा, तुलसी, केशव, बिहारी, भूषण, देव, बरहानुद्दीन, नुसरती, कुली कुतुबशाह,वजही तथा वली आदि हैं। अपनी सरलता, कोमलता एवं काव्योचित विशेषताओं के कारण कवियों ने कविता के लिए ब्रजभाषा को बहुत अधिक अपनाया था। रीतिकाल से पूर्व भी और रीतिकाल में आकर तो ब्रजभाषा में गद्य-लेखन की प्रवृत्ति बड़े वेग से देखने में आती है। काव्य के ग्रन्थों का रीतिकाल में चलन बढ़ा तो उसकी टीकाएँ भी सामने आईं और वे प्राय: ब्रज भाषा में ही लिखी गईं। विद्वानों ने ब्रजभाषा गद्य के भी अनेक रूप गिनाए हैं जैसे - वार्ता, जीवनी, पत्र, संवाद, वचनिका, टीका, वार्तिक अनुवाद, ललित गद्य आदि। ब्रजभाषा गद्य में वर्णित विषय धर्म, दर्शन, इतिहास, भूगोल, ज्योतिष, गणित, चित्रकारी, काव्यशास्त्र आदि हैं।

ब्रजभाषा गद्य में वार्ता-साहित्य बहुत महत्वपूर्ण है। उसमें अधिकतर वे रचनाएँ हैं जो धार्मिक हैं या किसी धर्म -सम्प्रदाय के तत्वों का निरूपण करती हैं। ''चौरासी वैष्णवन की वार्ता'',''दो सौ बावन वैष्णवन की वार्ता'' इसी प्रकार की हैं। इनमें क्रमश: वल्लभाचार्य के शिष्यों और उनके पुत्र विट्ठलनाथ के शिष्यों के जीवन चरित हैं। बहुत सी वार्ताओं और वचनामृतों को संकलित और संपादित करने का श्रेय स्वामी हरिराय को है। इन्होनें स्वयं भी बहुत सी वार्ताएँ लिखी हैं। इनके वचनामृत ऐसे हैं जिनमें उस समय के इतिहास की भी झाँकी मिल जाती है। कुछ वचनामृतों के नाम ये हैं - चौरासी बैठक चरित, बनयात्रा, अट्ठाईस बैठक चरित्र, गिरिधर दास की बैठकन के चरित्र,नित्य सेवा प्रकार आदि। इन्होंने भावना संज्ञक रचनाएँ भी गद्य में की। उनके नाम इस प्रकार हैं- ''चौरासी वैष्णवन की भावना वार्ता'', ''दो सौ बावन वैष्णवन'',''नित्य लीला भावना'',''सेल-भावना'' आदि अनेक रचनाएँ हैं। ब्रजभाषा गद्य में ललित गद्य की जो रचनाएँ हुई उनमें प्रमुख हैं - 'सेवक जू कौ चरित्र' - लेखक - प्रियादास 'भक्ति विवेचन' - लेखक - दामोदर स्वामी 'हस्तामलक' - लेखक - प्राणनाथ, 'सुधर्म बोधिनी' - लेखक - लाडली दास।

**खड़ी बोली :-** पश्चिमी हिन्दी की सबसे मुख्य बोली 'खड़ी बोली' है। परिनिष्ठित हिन्दी, उर्दू और हिन्दुस्तानी का आधार यह खड़ी बोली ही है। इस नाम के सम्बन्ध में विभिन्न मत हैं, परन्तु अधिक मान्य मत यह है कि 'खड़ी'< 'खरी' अर्थात् परिनिष्ठित अर्थ का द्योतन करने वाली। कुछ अन्य विद्वानों के अनुसार यह 'ब्रज' की अपेक्षा खड़ापन लिए है अर्थात् इसकी क्रियाएँ 'गया','चला','किया','दिया' आदि ब्रजभाषा की क्रियाओं 'गयो','चलो','कियो','दियो' आदि की अपेक्षा खड़ापन लिए है इसलिए इसे खड़ी बोली कहते है। इसके लिए सरहिन्दी, कौरवी, हिन्दुस्तानी आदि अनेक अन्य नाम भी प्रयुक्त किए गए हैं, परन्तु 'खड़ी बोली' यह नाम ही अधिक प्रचलित है। यह अम्बाला, सहारनपुर, मुजफ्फपुर, मेरठ, दिल्ली, बिजनौर, रामपुर आदि स्थानों की स्थानीय बोली है, परन्तु इसमें उर्दू-फारसी के शब्द भी पर्याप्त संख्या में सम्मिलित हो चुके हैं। खड़ी बोली आकारान्त बोली है। जो शब्द ब्रज में ओकारान्त एवं अवधी में व्यंजनान्त हैं वे खड़ी बोली में आकारान्त हैं। जैसे -

| ब्रज | अवधी | खड़ी बोली | ब्रज | अवधी | खड़ी बोली |
|---|---|---|---|---|---|
| घोरो | घोड़ | घोड़ा | करतो | करत | करता |
| चलतो | चलत | चलता | | | |

खड़ी बोली में कहीं-कहीं स्वरो के मध्य में और दीर्घ स्वर के पश्चात् भी द्वित्व की प्रवृत्ति दिखायी देती है, जैसे - बेटा >बेट्टा, बापू >बाप्पू, बैठा > बैट्ठा आदि।

तिर्यक बहुवचन परसर्ग 'ऊँ' भी प्रयुक्त होता है, जैसे - मरद >मरदूं, बेटी >बेट्यूँ आदि।

भूतकाल के एकवचन का रूप बनाने के लिए 'आ' प्रत्यय के साथ 'या' प्रत्यय भी लगाया जाता है, जैसे - 'रिह्या', 'उठया', 'कहया', ('रहा', 'उठा', 'कहा') आदि। अपूर्ण भूत में 'मारन था', 'मारे था' आदि रूप भी मिलते हैं।

**खड़ी बोली और ब्रज में भेद-** खड़ी बोली और ब्रज की परस्पर तुलना करने पर दोनों में परस्पर निम्नलिखित भेद उपलब्ध होते हैं-

(क) - खड़ी बोली के आकारान्त ब्रज में प्राय: ओकारान्त अथवा औकारान्त हो जाते हैं। जैसे - दूजा >दूजौ, आया >आयो, गया > गयो आदि।

(ख)- खड़ी बोली के 'ए' और 'ओ' ब्रज में क्रमश: 'ऐ' और 'औ' बन जाते हैं, जैसे - में >मैं, को > कौ, राखो > राखौ आदि।

(ग)- खड़ी बोली के व्यंजनान्त शब्द ब्रज में पुल्लिंग में उकारान्त और स्त्रीलिंग में इकारान्त हो जाते हैं, जैसे - सुख > सुखु, दुख > दुखु , दूर >दूरि आदि

(घ)- ब्रज सर्वनामों में 'मैं' (खड़ी बोली) के स्थान पर 'हौं' का प्रयोग मिलता है।

(ङ)- ब्रज में वर्तमान काल में सहायक क्रिया हूँ (खड़ी बोली) के स्थान पर 'हों', भूतकाल में था (खड़ी बोली) के स्थान पर 'हतो' और भविष्य काल में होगा (खड़ी बोली) के स्थान पर 'हवै है' आदि के प्रयोग मिलते हैं।

हिन्दी साहित्य के आधुनिक काल में भाषा के सन्दर्भ में भी परिवर्तन दृष्टिगोचर होता है और खड़ी बोली का साहित्य क्षेत्र में एकाधिकार स्थापित होता है। यथार्थ की प्रवृत्ति का प्रभाव पद्य की शैली के परिवर्तन में दृष्टिगत होता है। अब पद्य एवं गद्य दोनों के लिए ही खड़ी बोली ही उपयुक्त भाषा थी। धीरे-धीरे नवयुग में यह खड़ी बोली हिन्दी राष्ट्रभाषा ही हो गयी है और उसका वैज्ञानिक विकास हो रहा है। भाषा के सम्बन्ध में एक बात और स्मरण रखने योग्य है, और वह है - अंग्रेजी भाषा का प्रभाव। खड़ी बोली का क्षेत्र व्यापक होने के साथ ही इसमें अंग्रेजी और उर्दू के शब्दों का समावेश भी हुआ। वर्तमान युग में इसे सरकार द्वारा संस्कृत गर्भित बनाने का प्रयत्न हो रहा है जिससे देश की अन्य प्रादेशिक भाषाओं के साथ इसका सामन्जस्य स्थापित हो सके।

# अध्याय - 49 | खड़ी बोली के हिन्दी और उर्दू रूपों का सम्बन्ध

हिन्दी उर्दू की एकता और परस्पर भेद के बारे में 8 सितम्बर 1873 की 'कवि वचन सुधा' में भारतेन्दु ने जो कुछ लिखा था, उससे बढ़कर अभी तक कोई कुछ नहीं लिख सका है। शीर्षक अंग्रेजी में था - "Hindi verses Urdu, Philologically"'**हिन्दी और उर्दू'इसमें यह महत्वपूर्ण स्थापना है,** ''हिन्दी और उर्दू में अन्तर क्या है हम बिना संकोच के उत्तर देते हैं कि भाषाओं में कुछ अन्तर नहीं है क्योंकि व्याकरण की विभक्तियाँ और नियम दोनों के एक हैं, पर इतना ही अंतर है कि हिन्दी में जिसके लिये हिन्दी शब्द नहीं मिलता वहाँ संस्कृत शब्द काम में आते हैं और उर्दू में सहज हिन्दी शब्द होने पर भी और जहाँ शब्द नहीं मिलते हैं वहाँ तो अवश्य ही अरबी और फारसी के शब्द लिखे जाते हैं यही दोनों में अन्तर है।'' अपनी इस स्थापना के अनुरूप भारतेन्दु ने उर्दू के प्रचलित शब्दों का बहिष्कार नहीं किया। नजीर अकबरावादी और अन्य सूफियों की काव्य परम्परा का अनुसरण करते हुए उन्होंने खड़ी बोली में इस तरह की रचनाएँ भी की हैं -

''श्री राधा माधव जुगल चरन रस का अपने को मस्त बना।
पी प्रेम पियाला भर-भर कर कुछ इस मैं का भी देख मजा।।''

**भारतेन्दु** की हिन्दी नीति का अनुसरण करते हुए बालकृष्ण भट्ट भी उर्दू के सरल शब्दों का प्रयोग करते थे। वह हिन्दी उर्दू को एक ही भाषा मानते थे। उन्होंने फरवरी 1885 के ''हिन्दी-प्रदीप'' में लिखा था, ''यह कौन कहता है कि उर्दू दूसरी वस्तु है। सच पूछो तो उर्दू भी इसी हिन्दी का एक रूपान्तर है।''

**बाल मुकुन्द गुप्त** हिन्दी-उर्दू को एक ही भाषा के दो रूप मानते थे। दोनो में लिपि और शब्दावली का भेद था। उन्होंने लिखा

था,''इसं समय हिन्दी के दो रूप हैं। एक उर्दू दूसरा हिन्दी। दोनो में केवल शब्दों का ही नही लिपि भेद बड़ा भारी पड़ा हुआ है। यदि यह भेद न होता तो दोनों रूप मिलकर एक हेा जाते। यदि आदि से फारसी लिपि के स्थान में द्रेवनागरी लिपि रहती तो यह भेद ही न होता। अब भी लिपि एक होने से भेद मिट सकता है। पर जल्द ऐसा होने की आशा कम है। अभी दोनों रूप कुछ काल तक अलग-अलग अपनी-अपनी चमक-दमक दिखाने की चेष्टा करेंगे। आगे जो समय करावैगा, वहा होगा।''गुप्त जी को विश्वास था कि दोनों रूप मिलकर एक होंगे, इसलिए हिन्दी उर्दू के साहित्यकारों को एक-दूसरे के साहित्य से परिचित होना चाहिए। उन्होनें हिन्दी-भाषियों को उर्दू साहित्य से परिचित कराने के लिये अनेक निबन्ध लिखे थे। उपर्युक्त वाक्य उन्होंने ''हिन्दी भाषा की भूमिका'' नाम के निबन्ध में लिखे थे। उसी में आगे लिखा था,''बड़ी कठिनाई तो यह है कि दोनों एक-दूसरे को न पहचानते हैं न पहचानने की चेष्टा करते हैं। इससे बड़ा भारी अन्तर हो जाता है। जो लोग उर्दू में अच्छे कवि और ज्ञाता हैं, वह हिन्दी की ओर ध्यान देना कुछ आवश्यक नहीं समझते। इसी से देवनागरी अक्षर भी नहीं सीखते औरं भारतवर्ष के साहित्य से निरे अनभिज्ञ हैं।अरब और फारिस के साहित्य की ओर खिंचते हैं। साथ-साथ भारतवर्ष के साहित्य से घृणा करते और जी चुराते हैं। उधर हिन्दी के प्रेमी भी उर्दू की ओर कम दृष्टि रखते हैं और उर्दू वालों को अपनी ओर की बातें ठीक-ठीक समझाने की चेष्टा नहीं करते।'' यदि दोनों ओर के लोग चेष्टा करें तो किस भाषा की उन्नति होगी - हिन्दी की या उर्दू की ? गुप्त जी का आशय उस सामान्य भाषा से है जिसके आधार पर हिन्दी उर्दू की दो शैलियों का विकास हुआ था। उनका अपना प्रयत्न यह था कि सबसे पहले हिन्दी उर्दू वाले एक-दूसरे के साहित्य से परिचित हों।''

आज हिन्दी प्रदेश में प्रचलित भाषाओं, उपभाषाओं और बोलियों का अथवा हिन्दी परिवार का अथवा हिन्दी भाषा मण्डल का केन्द्र 'परिनिष्ठित हिन्दी' या 'मानक हिन्दी'या 'साधु हिन्दी' या 'साहित्यिक हिन्दी' है। उर्दू और हिन्दुस्तानी इसी के उपरूप हैं।

'परिनिष्ठित हिन्दी' या 'मानक हिन्दी' हिन्दी प्रदेश या हिन्दी परिवार या हिन्दी भाषा मण्डल का केन्द्रीय रूप है और राष्ट्रभाषा है। यह ''सहभाषी प्रान्तों में अन्तर-प्रान्तीय व्यवहार का माध्यम है'' और ''इन प्रान्तों में साहित्य, शिक्षा, प्रशासन के अतिरिक्त सामाजिक अवसरों पर शिष्ट समाज के वार्तालाप का साधन भी है।'' इसकी ध्वन्यात्मकता तथा व्याकरणात्मक संरचना का मुख्य आधार पश्चिमी हिन्दी की खड़ी बोली है किन्तु फारसी अंग्रेजी आदि विदेशी भाषाओं के प्रभाव से इसमें कुछ नयी ध्वनियों एवं नए व्याकरणिक प्रयोगों का प्रचलन भी आरम्भ हो चुका है।

उर्दू हिन्दी के परिनिष्ठित या मानक रूप का एक उपरूप अथवा शैली है। 'उर्दू' शब्द तुर्की भाषा का शब्द है जिसका अर्थ है 'शिविर','पड़ाव','सैनिक शिविर','खेमा' आदि। शाही पड़ाव को 'उर्दू-ए-मुअल्ला' कहा जाता था। पड़ावों और सैनिक शिविरों में प्रयुक्त होने के कारण इसे 'जबान-ए-उर्दू-ए-मुअल्ला' कहा जाने लगा। धीरे-धीरे उनका संक्षिप्त रूप 'उर्दू' रह गया और वही जनता में प्रचलित हो गया।

उर्दू के उद्भव के सम्बन्ध में विभित्र धारणाएँ हैं। कुछ विद्वानों के अनुसार उर्दू की उत्पत्ति ब्रज से हुई, कुछ के अनुसार पंजाबी से और कुछ के अनुसार सिंधी से। परन्तु वास्तविकता यह है कि इसका उद्भव एवं विकास दिल्ली के आस-पास में बोली जाने वाली खड़ी बोली से हुआ। दिल्ली मुसलमान शासकों की राजधानी थी और मुसलमान शासकों ने उसके आस-पास की बोली को अपनाया एवं उसमें अरबी-फारसी के शब्द मिलाकर एक कामचलाऊ भाषा बना ली जो आगे चलकर 'उर्दू' नाम से प्रसिद्ध हो गयी। इसकी उत्पत्ति उसी समय हुई जब दिल्ली पर मुसलमान सुल्तानों का शासन स्थापित हुआ और शासन का काम चलाने के लिए जनता के सम्पर्क में आना पड़ा। बाद में वही काम चलाऊ भाषा दक्षिण में पहुँची और 'दक्खिनी' कहलाने लगी एवं उसमें साहित्य रचना की जाने लगी। 'दक्खिनी' का प्रसिद्ध कवि वली जब उत्तर भारत में आया तो यह भी उत्तर भारत पहुँच गयी और मुसलमान शासकों का आश्रय पाकर फलने फूलने लगी। मुसलमान शासकों के सम्पर्क एवं प्रभाव से इसमें अरबी और फारसी के शब्दों की बहुतायत होती गयी। अरबी और फारसी के प्रभाव से ही इसके कुछ व्याकरणिक रूप भी (जिसमें ध्वन्यात्मक रूप भी सम्मिलित है) खड़ी बोली हिन्दी से भित्र हो गए।

संरचनात्मक दृष्टि से हिन्दी और उर्दू में अधिक भेद नहीं है, परन्तु फिर भी दोनों भाषाओं में कुछ भित्रताएँ पायी जाती हैं। हिन्दी में संस्कृत के तत्सम और तद्भव शब्दों की अधिकता है परन्तु उर्दू में अरबी, फारसी और तुर्की शब्द अधिक हैं। हिन्दी में क,ख,ग,ज और फ ध्वनियाँ नहीं थी, उर्दू में अरबी-फारसी के प्रभाव से आ चुकी थी। अब हिन्दी में भी इन्हें अपना लिया गया है और पढ़े-लिखे लोग इनका उच्चारण करते हैं।

हिन्दी में विसंगति शब्दों की संख्या न के बराबर है, परन्तु उर्दू में ऐसे शब्दों का पर्याप्त संख्या में प्रयोग किया जाता है जैसे - 'मलिक:','आईद:', 'कायद:' आदि। हिन्दी में उर्दू के ऐसे शब्द आकारान्त रूप में प्रयुक्त होते हैं, जैसे - 'मलिका','आईदा','कायदा' आदि।

अध्याय – 50

# देवनागरी लिपि का कम्प्यूटरीकरण

**देवनागरी लिपि के आधुनिकीकरण या मानकीकरण के संदर्भ में कम्प्यूटरीकरण (संगणक।करण) के लिए अपेक्षित सुधार संबन्धी कुछ महत्वपूर्ण सुझाव–** कम्प्यूटर को हिन्दी में संगणक कहते हैं। बीसवीं शताब्दी में अनेक वैज्ञानिक आविष्कार हुए हैं, कम्प्यूटर संभवतः उनमें आधुनिक इलेक्ट्रानिक माध्यम की सबसे महव्वपूर्ण उपलब्धि है। इसे कुछ लोग कृत्रिम मस्तिष्क भी कहते हैं। शिक्षा ,चिकित्सा , वैज्ञानिक खोज , व्यापार क्षेत्र , संचार व्यवस्था , पर्यावरण , पुस्तकालय कला तथा सांस्कृतिक आदि क्षेत्रों में इसने अपने योगदान से अपनी महत्वपूर्ण उपस्थिति में भी काफी सहयोग किया है। मेडिकल इंजिनियरिंग , मैंनेजमेंट साइंस, अनुवाद कार्य में मदद के साथ इसने भाषा–विज्ञान के अध्ययन में भी इतनी सहायता की है कि अब तो **'' संगणकीय भाषा–विज्ञान ''** नाम की एक नयी शाखा ही अध्ययन के लिए सामने आ गयी है।

पुख्ता सूचनाओं के आधार पर कम्प्यूटर और हिन्दी का रिश्ता लगभग चार दशक पुराना बताया जाता है। यद्यपि कम्प्यूटर के लिए विश्व की कोई भी भाषा कठिन नहीं है , फिर भी गरज़ और जरूरत के अनुरूप भारत में द्विभाषी कम्प्यूटर यथा–अंग्रेजी , हिन्दी – देवनागरी , गुजराती , मराठी , तमिल ,बंगला आदि बनाए गये। आप जानते हैं , विश्व का प्रत्येक भाषा–वैज्ञानिक देवनागरी को मुक्त मन से अति वैज्ञानिक लिपि मानता है। यदि इसमें से बची–खुची अशुद्धियों की गाद या तलछट को निकाल दिया जाय तो दुनिया की संभवतः यह सर्वाधिक निर्दोष और विकार रहित लिपि बन जाएगी। अमेरिकी भाषा–विज्ञानियों ने तो कहा भी है कि समग्र विश्व में कम्प्यूटर के लिए सर्वाधिक उपयुक्त लिपि देवनागरी ही है। बहरहाल, भारतीय वैज्ञानिकों ने देवनागरी के मानकीकरण और आधुनिकीकरण के संदर्भ मे कम्प्यूटरीकरण के लिए पहला प्रयास 1965 ई0 में शुरू किया। 1970 ई0 तक आते–आते इस सिलसिले में उन्हें काफी सफलता मिली। सच कहा जाय तो देवनागरी के कम्प्यूटरीकरण का पहला श्रेय भारतीय प्रौद्योगिकी संस्थान (आई0 आई0 टी0) कानपुर का है। इस संस्थान के कम्प्यूटर वैज्ञानिकों डॉ0 आर0 एम0 के0 सिन्हा ,अनुसंधान इंजिनियर मोहन लाम्बे , प्रो0 डॉ0 एस0 के0 मलिक–आदि के अनथक श्रम से 1971–72 में एक बहुत ही सरल कुंजीफलक (Key-Board) और उसकी प्रणाली तैयार की गई। इसे सभी भारतीय भाषाओं के लिए प्रयोग किया जा सकता था। यहीं पर 1978 ई0 में सभी भारतीय भाषाओं में प्रयुक्त हो सकने वाला पहला ' प्रोटा टाइप टर्मिनल ' तैयार किया गया और यहीं पर पूर्णीकृत देवनागरी कम्प्यूटर (Integrated Deva Nagari Computer) भी जन्मा। इसके आ जाने से मुद्रण प्रकाशन , सम्प्रेषण और भारतीय भाषाओं में मशीन संचालन की समस्याएँ लगभग सुलझा ली गई हैं। इस देवनागरी कम्प्यूटर का निर्माण महज छः महीने के अल्पअवधि में ही किया गया। यहीं नहीं, ,नई दिल्ली मे तृतीय विश्व हिन्दी सम्मेलन के अवसर पर इस कम्प्यूटर को प्रस्तुत भी किया गया था। आपको यहीं बता दें कि , सौभाग्य से अमेरिका और जापान में भी देवनागरी कम्प्यूटर तैयार किये जा चुके हैं। दिल्ली , मुम्बई ,कोलकाता और बंगलोर आदि महानगरों की कुछ कम्पनियों भी निजी स्तर देवनागरी कम्प्यूटर के निर्माण में सतत प्रयासरत हैं।

आई0 आई0 टी0 कानपुर ने अंग्रेजी–हिन्दी का जो कम्प्यूटर तैयार किया , वह अधिक विकसित किस्म का है। इसमें अंग्रेजी के 7 बिट मानक संकेत प्रणाली को 8 बिट प्रणाली में विस्तृत कर देवनागरी के लिए स्थान बनाया गया है। रोमन लिपि के अक्षरों को इलेक्ट्रानिक व्यवस्था से दृश्य पटल पर अंकित करने के लिए अनेक तरह की व्यवस्थाएं हैं। डॉट मैट्रिक्स से देवनागरी के जो अक्षर बनते हैं , वे काफी सुन्दर दिखाई

**देते हैं।** बिन्दुओं , रेखाओं और वक्रों की योजनाओं से अक्षर सुन्दर बनाए जा सकते हैं। इस कार्य के लिए **गणितीय व्यवस्थाएं हैं।** अतः इलेक्ट्रानिकी के साधनों से अक्षरों या चिन्हों को अनेक प्रकार के रूप दिए जा सकते **हैं। इन** साधनों के अधिकाधिक प्रयोग से नए–नए प्रकार के डिजाइन तैयार किये जा रहे हैं ,ताकि सुन्दर और तरह–तरह के अक्षर प्राप्त किए जा सकें।

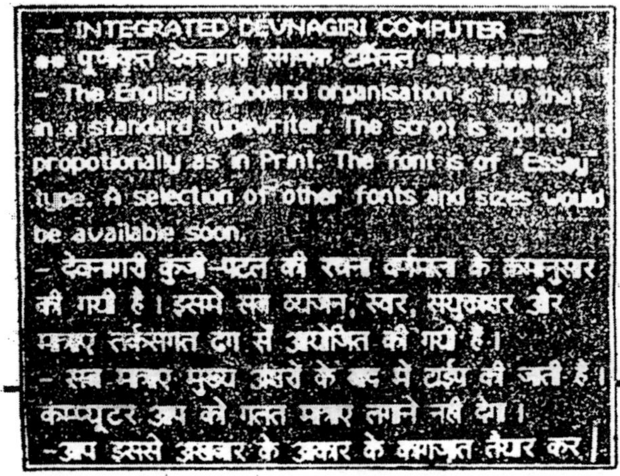


आई0 आई0 टी0, कानपुर द्वारा विकसित अंग्रेजी–देवनागरी कम्प्यूटर के अंकित

द्विभाषी विवरण दृश्य पटल पर

देवनागरी कम्प्यूटर का मुख्य उपयोग मूल पाठ तैयार करने में है। कम्प्यूटर में कर्सर अर्थात् संकेतक से मूल पाठ को किसी भी स्थान पर पहुँचाया जा सकता है। इससे कई काम किये जा सकते है। किसी भी पैराग्राफ या पंक्ति में अक्षर या शब्दों को निकाला जा सकता है साथ ही अक्षर , शब्द , पूरा वाक्य या वाक्यांश जोड़ा भी जा सकता है। देवनागरी कम्प्यूटर अथवा शब्द–संसाधन (Word Processer) से विभिन्न प्रकार के फर्मे भी तैयार किये जा सकते हैं। इतना ही नहीं देवनागरी कम्प्यूटर से ड्राइंग या ग्राफ का भी काम किया जा सकता है। देवनागरी कम्प्यूटर पर दिखाई गई प्रणालियों को मीनू कहते हैं। पूर्णीकृत देवनागरी कम्प्यूटर में कई तरह के मीनू होने के कारण इसमें कई नयी सुविधाएं जुड़ गयी हैं।

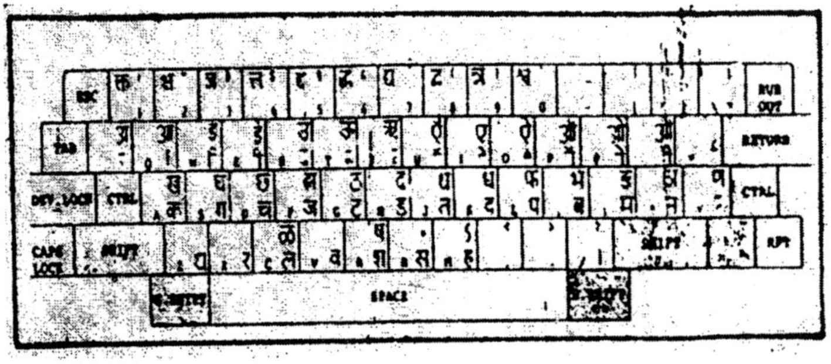


आई0 आई0 टी0 ,कानपुर के द्विभाषी कम्प्यूटर का कुंजी पटल

**29 जुलाई 1985 को** गृह राज्य मंत्री की अध्यक्षता में " देवनागरी कम्प्यूटरों पर एक अन्तर्विभागीय उच्च स्तरीय समिति का गठन किया गया । इसमें इलेक्ट्रानिकी विभाग , राजभाषा विभाग, राष्ट्रीय सूचना विज्ञान केन्द्र (N.I.C.) भारतीय रिजर्व बैंक , सी0 एम0 सी0 तथा अन्य कम्प्यूटर विशेषज्ञों का उच्चस्तरीय प्रतिनिधित्व था। इसी तरह देवनागरी के आधुनिकीकरण के लिए कई अन्य शब्द– संसाधक निर्मित किये गये **हैं। अभी हाल ही में एक त्रैभाषिक कम्प्यूटर बनाया गया है।** इसका नाम लिपि रखा गया है। इसमें अंग्रेजी के **अलावा हिन्दी, तमिल, मराठी,, तेलगु , कन्नड़ , मलयालम आदि में से किन्ही दो भाषाओं की व्यवस्था संभव है।**

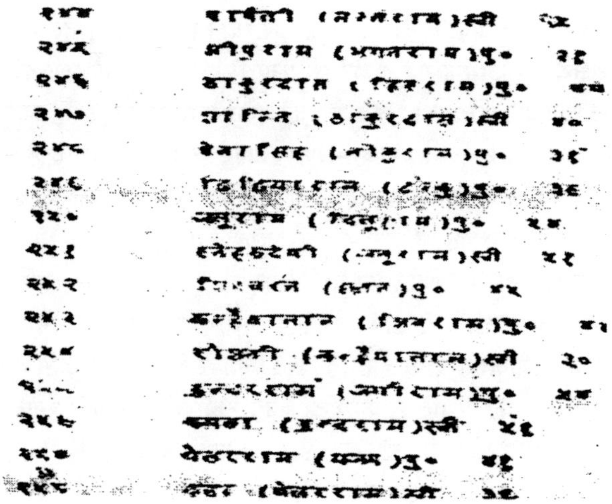

जापान में निर्मित 32,32 बिन्दु जाल (हांट मैट्रिक्स) कांजी प्रिण्टर SP-7N
के देवनागरी में छपाई का 1980 का एक नमूना

इसी तरह ' हिन्दीट्रान ' (मुंबई) की ओर से ' आलेख ' तथा शब्दमाला नामक अंग्रेजी– हिन्दी शब्द संसाधक भी बनाये गये हैं। शब्द माला में 114 संकेतों का हिन्दी कुंजी फलक रेमिंगटन के हिन्दी कुंजी फलक के अनुरूप है। अक्षर , मल्टीवर्ड आदि साफ्टवेयर भी अब बाजार में उपलब्ध हो गये हैं। हार्डवेयर के रूप में पुणे के सी–डे नामक शोध संस्थान द्वारा विकसित जिस्ट कार्ड टर्मिनल न केवल हिन्दी अपितु भारत के संविधान की अष्टम् अनुसूची में उल्लिखित सभी 21 भाषाओं में कार्य कर सकता है।

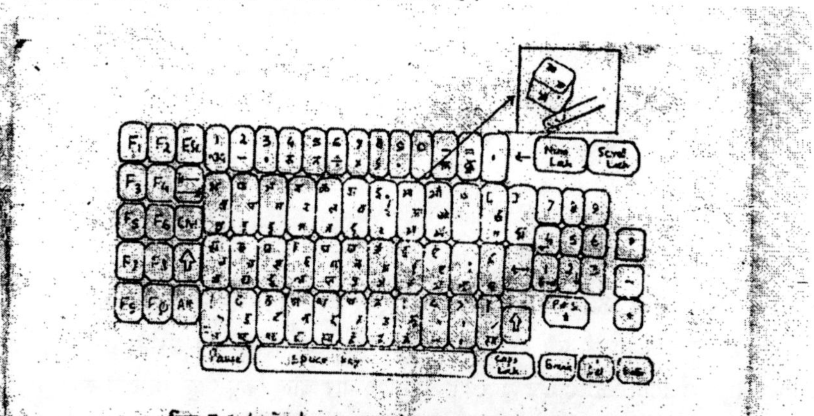

चित्र 7.6. 'आलेख' नामक शब्द संसाधक का हिन्दी कुंजी फलक

**हिन्दी बहुविधि सम्पर्कशील भाषा है। सहजता और स्वाभाविकता हिन्दी का आकर्षण है। बोलियाँ इसकी सोधीं महक हैं , तो पंजाबी , मराठी , बंगला , गुजराती आदि भाषाओं के शब्द गमक। हिन्दी बहुलता भरी भाषा है। अपने बहुविध संपर्क से कहीं यह कलकतिया हिन्दी बन जाती है , तो कहीं मुंबइया , तो कहीं अपने पिजिन भेद से मदरासी और दक्खिनी हिन्दी बन सभी के प्रभाव को अपने में समो लेती है। कुल मिलाकर यह कि जहाँ भी रहती है , वहाँ घुलमिलकर अपना समाज निर्मित कर लेती है। अतः यहाँ यह आवश्यक हो जाता है कि हिन्दी की लिपि देवनागरी को कम्प्यूटर के नितांत अनुकूल बनाने के लिए , उसका मानक रूप**

तय करने के लिए कुछ अधोलिखित बिन्दुओं पर ध्यान दिया जाय। द्रुत और क्षिप्र गति से कम्प्यूटर माध्यम से देवनागरी अक्षरों को कागज़ पर टॉकने के लिए लिपि का सरलीकरण बहुत आवश्यक हैं। कम्प्यूटर के लिए शब्द स्तर पर न केवल उच्चारण एवं वर्तनी की एकरूपता महत्वपूर्ण है , अपितु वाक्य स्तर पर एकरूपता लाना कम्प्यूटर के माध्यम से अनुवाद , भाषा–शिक्षण आदि के लिए वांछनीय है। एक विद्वान तो यहाँ तक कहते हैं कि द्रुत गति के साधन के रूप में कम्प्यूटर की हिन्दी की सबसे पहली आवश्यकता मानकीकरण है , तत्पश्चात आधुनिकीकरण । एक उदाहरण देखिए – देवनागरी कम्प्यूटर में अभी भी श्रृ की जगह श्रृ ही प्रयोग में चल रहा है। इसी तरह त्त के स्थान पर क्त ' कर्त्तव्य ' के स्थान पर कर्तव्य रव के स्थान पर ख ही प्रयोग में लाये जा रहे हैं। अगली बात आप जानते हैं , स्थान भेद , व्यक्ति– भेद तथा विषय– भेद से एक अर्थ की अलग–अलग अभिव्यक्तियाँ प्राप्त होती हैं। अतः जाहिर है , एक ही अभिव्यक्ति के लिए विभिन्न तरह के अक्षर अर्थात् वैकल्पिकता की स्थिति में कम्प्यूटर काम नहीं कर सकता । साफ शब्दो में लिपि की एकरूपता और मानकीकरण यहाँ बहुत आवश्यक हो जाता है , अन्यथा देवनागरी लिपि में अशुद्धियाँ बढ़ेगीं , समय ज्यादा लगेगा अतः उच्चारण और वर्तनी में एकरूपता लाना इस लिपि के मानकीकरण और आधुनिकीकरण के लिए बहुत आवश्यक है , यथा –

| **हिन्दी में उपलब्ध अनेक रूप –** | **कम्प्यूटर के लिए वांछनीय एकरूप** |
|---|---|
| विद्‌या , विद्या | विद्या |
| विद्‌वान , विद्वान | विद्वान् |
| गई , गयी | गई |
| गए , गये | गए |
| चाहिए , चाहिये | चाहिए |
| लिए , लिये | लिए |
| जाय , जाये , जावे | जाए |
| ब्रह्‌मा , ब्रह्मा , ब्रम्हा | ब्रह्मा |
| संभल , सँभल , सम्हल | सँभल |
| चिह्‌न , चिह्न , चिन्ह | चिह्न |

## (ब) भाषा–विज्ञान और कम्प्यूटर–

**कम्प्यूटर : निष्पत्ति और संरचना–** कम्प्यूटर शब्द की उत्पत्ति अंग्रेजी के कंप्यूट शब्द से हुई है जिसका अर्थ है– गणना या गिनती करना। कम्प्यूटर एक स्वचालित और असीम प्रयोजनों (उद्‌देश्यों) वाली इलेक्ट्रानिक युक्ति (Electronic Device) है ,जो एक बार चालू किए जाने के बाद स्वतः ही चलता रहता है और इससे एक साथ अनेक कार्य किए जा सकते हैं। कम्प्यूटर में तार्किक शक्ति व मैमोरी (स्मृति) का भी भंडार होता है। आधुनिक कम्प्यूटरों में दिए गए निर्देशों को स्वीकार कर उनको स्मृति में बनाए रखने और उनका अक्षरशः पालन करने की क्षमता होती है।

यदि कम्प्यूटर के इतिहास पर नजर डालें तो पता चलता है आज से करीब 3000 वर्ष पूर्व चीन के शिक्षाविदों ने एक यंत्र 'अबाकस ' बनाया था जिसे कम्प्यूटर का सबसे पहला प्रारूप (Model) माना जाता है। यह यंत्र आज भी पूरे संसार में छोटे बच्चों को गिनती सिखाने के लिए काम में आता है। पिछले पृष्ठ पर दिए गए चित्रानुसार एक लकड़ी के फ्रेम में कई समानान्तर तार लगे होते हैं , जिसमें पॉच या उससे अधिक मनके लगे होते हैं। इन मनकों को सरकाकर जोड़ , घटाना , गुणा या भाग की क्रियायें की जाती हैं। अमरीका के हावर्ड विश्वविद्यालय के प्रोफेसर होवर्ड आइकन ने सन् 1937 से सन् 1944 के दौरान प्रारम्भिक कम्प्यूटर बनाया था ,जिसका वजन लगभग दो टन था। सन् 1945 में पेन्सिलवानिया के वैज्ञानिकों ने सबसे पहला

इलेक्ट्रांनिक कम्प्यूटर बनाया जिससे मात्र एक सेकेण्ड में ही 5000 गिनतियां की जा सकती थीं। लेकिन इस कम्प्यूटर को चलाने के लिए बहुत अधिक मात्रा में बिजली खर्च होती थीं और इसमें ऊष्मा भी उत्पन्न होती थी। इसी बीच सिलिकन और जर्मेनियम जैसी धातुओं की खोज और ट्रांजिस्टर जैसी तकनीक का विकास हुआ। इस आधार पर बनाये जाने वाले कम्प्यूटर कीमत में अत्यन्त कम ,गति में तेज और विश्वसनीय थे। सन् 1962 में फ्रांस के 19 वर्षीय युवक ब्लेज पास्कल ने गियर्स (Gears) की सहायता से विश्व का प्रथम यांत्रिक कम्प्यूटर बनाया ,जो पास्कलीन के नाम से प्रसिद्ध हुआ। सन् 1975 मे अत्यन्त छोटे कम्प्यूटरों का विकास हुआ जो दैनिक जीवन में भी काम आने लगे। 1980 के दशक में सूक्ष्म माइक्रोचिप कम्प्यूटरों का निर्माण होने लगा जिनकी स्मृति पहले की तुलना में 25000 गुना अधिक थीं। सन् 1985 के बाद जो कम्प्यूटर बनाए गए उनमे मानव सदृश गुणों को समावेश करने का प्रयास किए गए। इधर पिछले 3–4 वर्षो से कम्प्यूटर विज्ञान के क्षेत्र में आधुनिकतम तकनीकें विकसित हुई हैं। आधुनिक कम्प्यूटरों को पॉचवीं पीढ़ी का कम्प्यूटर कहा जाता है। कम्प्यूटर का प्रमुख भाग केन्द्रीय विश्लेषक एकक (Central Processing unit) होता है जिसमें शब्दों , सन्देशों , सूचनाओं , आंकड़ों आदि को एकत्रित किया जाता है। यह भाग कम्प्यूटर को निर्देश देता है कि उसे कौन सा कार्य करना है या किन–किन सूचनाओं , संदेशों पर कार्य करना है। इसके अलावा कम्प्यूटर में ' की बोर्ड ' , डिस्क संचय एकक मानीटर स्क्रीन , इण्टरफेस यूनिट , टेपडेक इकाई आदि भाग होते हैं।

टाइपराइटर के समान कम्प्यूटर के ' की–बोर्ड ' पर अंग्रेजी वर्णमाला के सभी 26 अक्षर ,अंक ,कोष्ठक ,कामा (अल्प विराम), फुल स्टाप (पूर्ण विराम ) आदि संकेत होते हैं।इसकी सहायता से कम्प्यूटर को निर्देश दिया जाता है। प्रिटंर आंकड़ों के विश्लेषण से प्राप्त हुए परिणामों को कागज पर प्रिंट करता है। ये प्रिंटर्स ,डाट मैट्रिक्स , इंक जेट , लेजर प्रिटर्स आदि होते हैं। डिस्क संचय एकक में परिणामों सूचनाओं या जानकारियों को संग्रहीत किया जाता है। इन संग्रहीत सूचनाओं को आवश्यकता पड़ने पर पुनः उपयोग में लाया जा सकता है। मानीटर के स्क्रीन पर कम्प्यूटर मे दर्ज सूचनाओं को टी0 वी0 की तरह देखा जा सकता है। इसे विजुअल डिस्प्ले यूनिट (VDU) भी कहते हैं। प्रत्येक कम्प्यूटर में असंख्य सूक्ष्म इलेक्ट्रानिक सर्किटों का जाल बिछा होता है। कम्प्यूटरों की सूचनाओं या आंकड़ों को इन सर्किटों से होकर गुजरना पड़ता है। कम्प्यूटर का इण्टरफेस यूनिट नामक भाग इन सूचनाओं को ऐसे कोंड या संकेतों में परिवर्तित कर देता है जिनको कम्प्यूटर में समझा जा सके। कम्प्यूटर मे जो भाषा प्रयोग आती है , वह सामान्य भाषा से अलग होती है। चूँकि कम्प्यूटर उसी भाषा को समझ सकता है , जिनकी वाक्य रचना बिल्कुल सही हो। कम्प्यूटर की भाषाएं भी तीन प्रकार की होती हैं– यंत्र भाषा , कोडान्तरण भाषा और उच्चतर भाषा। यंत्र भाषा में अंकों या संख्याओं का प्रयोग किया जाता है। कम्प्यूटर के सर्किट का निर्माण इस तरह किया जाता है कि वह यंत्र भाषा को ग्रहण कर उसे विद्युत संकेतों में परिवर्तित कर देता है जिससे कम्प्यूटर चलता है। यदि यंत्र भाषा की संख्याओं को अक्षरों या प्रतीकों में बदल दिया जाए तो उसे कोडांतरण भाषा कहते हैं। कम्प्यूटर की उच्च स्तरीय भाषाएं किसी भी कम्प्यूटर में काम आ सकतीं है। उच्च स्तर भाषा , हिन्दी या संस्कृत के रूप में हो सकती हैं। कम्प्यूटर एक पुस्तक के समान है जिसके द्वारा तैयार की गई सूचनाओं या आंकड़ों को जब चाहे दुबारा प्राप्त किया जा सकता है। कम्प्यूटर का महत्व जिस गुण के कारण आंका जाता है ,वह है उसकी तेजी से कार्य करने की विलक्षण क्षमता। साधारण कम्प्यूटर एक सेकेण्ड के एक लाखवें हिस्से ($10^5$ सेकेण्ड) तक में आसानी से गणना कर सकता है। आधुनिक कम्प्यूटर नेनों सेकेण्ड ( $10^9$ सेकेण्ड , सेकेण्ड का एक अरबवॉ भाग)पिको सेकेण्ड ($10^{-12}$ सेकेण्ड , सेकेण्ड का दस खरबवां भाग) तक सूक्ष्म समय को माप सकता है।

कम्प्यूटर का दूसरा महत्वपूर्ण गुण इसकी मेमोरी है जिसमें संग्रहीत सूचनाओं, जानकारियों को पुस्तक की तरह पढ़ा जा सकता है। कम्प्यूटर की स्मृति दो प्रकार की होती है – आंतरिक स्मृति व मुख्य स्मृति । आंतरिक स्मृति तुलनात्मक रूप से काफी कम होती है और एक सीमित मात्रा में ही सूचनाआ या आंकड़ों को एकत्रित कर सकती है। मख्य स्मृति को जो सचना या जानकारी एक बार दी जाती है । वह उसमें संग्रहीत

**हो जाती है** जिसे जब चाहे काम में लिया जा सकता है। मुख्य स्मृति में इकट्ठा की गई जानकारी या सूचना को किलोबाइट या केबी में मापा जाता है। 1024 अक्षरों का संग्रह करने वाली क्षमता को एक केबी कहते हैं। यदि किसी कम्प्यूटर की स्मृति 1000 केबी है तो इसका अर्थ यह हुआ कि उसकी मुख्य स्मृति में 1000 x 1024 =1024000 अक्षर इकट्ठे किए जा सकते हैं।

हालांकि प्रारम्भ में कम्प्यूटर को जटिल गणितीय गणनाओं के शीघ्र हल के लिए बनाया गया परन्तु आज इसका कार्य क्षेत्र काफी विस्तृत हो चुका है। वर्तमान युग को यदि कम्प्यूटर युग कहा जाए तो कोई अतिशयोक्ति नहीं होगी।

मौसम की भविष्यवाणी हो या मकानों , इमारतों व मशीनों की डिजाइन हो , अंतरिक्ष यात्रा पर जा रहे यान की दिशा निर्धारित करनी हो ,अथवा पुस्तकों ,पत्र–पत्रिकाओं की छपाई हो ,कम्प्यूटर की हलचल इन सभी क्षेत्रों में दिखाई देती है। अस्पतालों में किसी गम्भीर बीमारी का परीक्षण , हवाई जहाज मे सीट की बुकिंग फैक्ट्रियों ,कारखानों में काम करने वाले कर्मचारियों के वेतन का हिसाब आदि कार्य कम्प्यूटर के उपयोग के बाद अत्यन्त आसान हो गये हैं। अब तो कम्पूटर उन क्षेत्रों में भी पहुँच चुके हैं जहाँ बुद्धि की आवश्यकता होती है जैसे शतरंज व ब्रिज खेलना ,गणित में ज्यामिती के नियमों को सिद्ध करना ,भाषाओं को समझना और उनसे संकेत देना ,छोटे बच्चें को खेल खेल में पढ़ाना ,चिकित्सा शास्त्र के रोग पहचानना इत्यादि। 1

**हिन्दी में कम्प्यूटर सुविधाएँ** – कम्प्यूटर वस्तुतः भाषा निरपेक्ष यंत्र है जो अंकों को पहचानता है , कम्प्यूटर केवल हिन्दी के लिए ही नहीं वरन् अनेक भारतीय भाषाओं के लिए भी उतना ही उपयेागी है जितना कि वह अंग्रेजी अथवा अन्य किसी भाषा के लिए हो सकता है । उल्लेखनीय है कि कम्प्यूटर के जन्म और विकास की यात्रा का संबंध चूँकि विदेशों मे हुआ इसलिए प्रारम्भ में उस पर जिस भाषा में कार्य किया जाना संभव हो सका उसे अधिकतर लोगों ने अंग्रेजी के नाम से ही जाना , कालान्तर में भारत सहित अन्य देशों ने अपनी–अपनी आवश्यकताओं के अनुरूप विभिन्न भाषाओं में साफ्टवेयर का विकास किया ,आज भी यह मिथक कायम है कि कम्प्यूटर पर केवल अंग्रेजी में कार्य किया जा सकता है जब कि हिन्दी साफ्टवेयर के विकास के साथ यह भ्रम समाप्त हो जाना चाहिये। कुछ ही वर्षो पूर्व विकसित एपीएस 2000 साफ्टवेयर ने कम्प्यूटर पर हिन्दी में कार्य करने की जो विशेष सुविधाएँ कम्प्यूटर के प्रयोगकर्ताओं को उपलब्ध करायी हैं उससे आम प्रयोगकर्ता का कार्य बेहद आसान हो गया है , अब हिन्दी टंकण जानने वाला व्यक्ति भी सरलता से कम्प्यूटर पर अपना कार्य हिन्दी में कर सकता है , जहाँ तक कम्प्यूटर पर हिन्दी में कार्य करने का संबंध है हम यह स्पष्ट करना चाहेंगे कि यूँ तो पिछले एक दशक में अनेक साफ्टवेयर विकसित किये गये किन्तु एपीएस 2000 ने सभी साफ्टवेयरों को पीछे छोड़ दिया है इस साफ्टवेयर की सबसे बड़ी विशेषता यह है कि इसके परिचालन से कम्प्यूटर परिचालन का सामान्य सा ज्ञान रखने वाला व्यक्ति अत्यंत सुगमता से हिन्दी में वह सारा कार्य कर सकता है जिनके लिये विशेष रूप से पैकेजों/प्रोग्रामों को पहले से ही अंग्रेजी में तैयार नहीं किया गया है।

कम्पयूटर के प्रयोग से एक लेखक को अनावश्यक रूप से अपने लेखन के लिए कागज बरबाद करने की आवश्यकता नहीं रह जाती , एक लेखक अपने कम्प्यूटर पर आसानी से अपनी रचना को उतार सकता है ,बाद में आवश्यकता के अनुरूप उसमें संशोधन कर सकता है , उसे फ्लापी में हमेशा–हमेशा के लिए सुरक्षित रख सकता है ,मोटी–मोटी जिल्दों में न अँट पाने के लिए विशालकाय ग्रंथों को सरलता से 9 X 9 सेंटीमीटर की फ्लापी में सुरक्षित रखा जा सकता है तथा आवश्यकता पड़ने पर उनसे मुद्रण किया जा सकता है। कम्प्यूटर के प्रयोग से अब हर तरह की सूची , तालिका , ग्राफिक्स सरलता से तैयार किये जा सकते हैं तथा इन्हें सरलता से मनचाहा रूपाकार भी दिया जा सकता है। एक प्रकार की आकृति यदि उपयुक्त नहीं प्रतीत होती तो उसमें परिवर्तन भी किया जा सकता है। उस आकृति के स्थान पर बिना किसी विशेष परेशानी के दूसरी आकृति को प्रति स्थापित किया जा सकता है। इससे समय और श्रम दोनों की ही बचत हो सकती है। इस प्रकार कम्प्यूटर रचनाधर्मी साहित्यकारों के लिए अत्यंत उपयोगी है।

1. ए टू जैड कम्प्यूटर कोर्स — हेमन्त कुमार गोयल, पृ. 11-12

सूचना तकनीक प्रणाली में कम्प्यूटर की सहायता से क्रांतिकारी परिवर्तन हो चुके हैं ई–मेंल की सहायता तथा मोडेम के जरिये कम्प्यूटर के माध्यम से समाचार चित्रलेख आदि कुछ ही पलों में इतनी लम्बी दूरी तय कर लेते हैं जिसके लिए बीते जमाने में कई–कई दिन सप्ताह या माह लग जाते थे अब ये सभी कार्य कम्प्यूटर की मदद से हिन्दी में आसानी से किये जा सकते हैं। सरकारी कार्यालयों में राजभाषा के रूप में हिन्दी के प्रयोग को स्थापित करने तथा उसे स्थायित्व प्रदान करने में कम्प्यूटर अत्यंत उपयोगी है ,कम्प्यूटर पर हिन्दी में आसानी से वे सभी कार्य किये जा सकते हैं जिनके लिए कल तक अंग्रेजी का ही बोलबाला था , जहॉ तक हिन्दी पत्राचार का प्रश्न है कम्प्यूटर की भूमिका अत्यत महत्वपूर्ण है क्योंकि किसी भी कार्यालय से भेजे जाने वाले अधिकांश पत्रों की भाषा प्रायः एक तरह की ही होती है। इन पत्रों का मानकीकरण करके उन्हें यदि एक बार कम्प्यूटर में सुरक्षित (Save) कर दिया जाय तो अगली बार उनका प्रयोग करते समय केवल नाम, तारीख ,पत्रांक अथवा उसमें किसी प्रकार के ऑकड़े भी हैं ,तो उनमें ही यत्र–तत्र परिवर्तन करने की ही आवश्यकता रह जाती है जिसके कारण परिणामस्वरूप कार्य न केवल शीघ्रता से सम्पन्न हो जाता है बल्कि साफ–सुथरा भी रहता है। कम्प्यूटर पर एक्सेल की सहायता से सभी प्रकार के फार्म आदि सरलता से हिन्दी में तैयार किये जा सकते हैं ,सरकारी कार्यालयों से भेजी जाने वाली सभी प्रकार की रिपोर्टो के प्रारूप हिन्दी में तैयार किये जा सकते हैं जहॉ तक आंकड़ों का संबंध है उनमें परिवर्तन किये जा सकते हैं , उनका योग किया जा सकता है तथा प्रतिशत आदि का परिकलन भी सरलता से किया जा सकता है। कार्यालय के मोटे–मोटे रजिस्टरों में रखी जाने वाली विभिन्न प्रकार की सूचनाएॅ सरलता से कम्प्यूटर में सुरक्षित रखी जा सकती हैं या फिर उन्हे यथावश्यकता फलापी मे सुरक्षित रखा जा सकता है। हमारा स्पष्ट मत है कि हिन्दी के प्रसार के लिए आज कम्प्यूटर सर्वाधिक उपयोगी है।

**ऑकड़ा संसाधन** – ऑकड़ा संसाधन संबंधी कार्य हिन्दी में सम्पन्न करने के लिए दो विकल्प हैं : हार्डवेयर विकल्प और साफ्टवेयर विकल्प।

(क) **हार्डवेयर विकल्प** – इस दिशा में आई0 आई0 टी0 कानपुर का प्रयास विशेष रूप से उल्लेखनीय है। इनके द्वारा विकसित प्रणाली जिस्ट प्रौद्योगिकी (Graphics and intelligence based script technology) के रूप में प्रसिद्ध है ,और इस पर आधारित विभिन्न अनुप्रयोगों के विकास का दायित्व भारत सरकार की ' सी–डैक नामक सोसायटी को सौंप दिया गया है। सी–डैक(Center for Development of Advanced Computering) नाम से विख्यात संस्था पुणें में स्थित है। ' जिस्ट प्रौद्योगिकी ' के अन्तर्गत के पर्सनल कम्प्यूटर के मदर बोर्ड पर एक ' प्लग इन कार्ड ' लगा दिया जाता है । इस कार्ड को जिस्ट कार्ड कहा जाता है। इस कार्ड की सहायता से कम्प्यूटर पर शब्द संसाधन तथा डाटा संसाधन के लिए प्रचलित रोमन के सभी पैकेजों का प्रयोग द्विभाषिक या बहुभाषिक किया जा सकता है।

(ख) **साफ्टवेअर विकल्प** – साफ्टवेअर विकल्प के अन्तर्गत कम्प्यूटर में किसी प्रकार के परिवर्तन की आवश्यकता नहीं होती । ये पैकेज फ्लापी डिस्क के रूप मे उपलब्ध होते हैं। ये पैकेज दो प्रकार के होते हैं। (1) समर्पित साफ्टवेअर प्रोग्राम (Didicated Software Programmes) और (2) सामान्य उद्देश्यीय साफ्टवेअर परिवेश (General Purpose Software environment)।[1]

**शब्द संसाधन** – यद्यपि कम्प्यूटर ने अंक संसाधन (Data Processing) के साथ अपना कार्य आरम्भ किया है , अब अन्य सभी क्षेत्रों में भी उसका उपयोग फैल गया है। अंकों के बाद कम्प्यूटर शब्दों के संसाधन (Word Processing) में भी प्रयोग किया जाने लगा है। वर्ड प्रोसेसिंग की इस क्रिया में अक्षर , शब्द वाक्य और पैराग्राफ डाटा के रूप में प्रयुक्त होते हैं। इन डाटा के संसाधन के अन्तर्गत निम्नलिखित कार्य सम्पन्न हो सकते हैं – शब्दों को व्यवस्थित रूप से लिखना और मानिटर तथा प्रिंटर पर प्रदर्शित करना । शब्दों तथा वाक्यों को

---

1– प्रयोजनमूलक हिन्दी – डॉ0 माधव सोनटक्के ,पृष्ठ – 316

**संशोधित(edit)** करना ,इन्हें बोल्ड ,अण्डरलाइन ,इटालिक आदि स्टाइल्स में प्रस्तुत करना । पैराग्राफ को इच्छानुसार बायीं या दायीं ओर जस्टीफाइ करना या दोनों ओर जस्टीफाई करना । दायीं और बायीं के मार्जिन सेट करना तथा पैराग्राफ को मार्जिन के बीच सेण्टर करना । पैराग्राफ को मार्जिन के अन्दर या बाहर (इण्डेन्ट या आउटडेन्ट) करना । पेज की लम्बाई सेट करना तथा पेज पर हेडर , पेज नम्बर , फुटनोट आदि देना। शब्दों वाक्यों तथा पैरा को एक स्थान से दूसरे स्थान पर ले जाना , उन्हें कापी करना या उन्हें हटाना। अक्षरों को छोटा या बड़ा करना (प्वाइंट साइज बदलना) किसी लेख में प्रयुक्त शब्द विशेष को ढूँढ कर उसे किसी अन्य शब्द में बदलना (Search and replace) । शब्द की वर्तनी (spelling) जॉच कर गलती दर्शाना आदि।

उपर्युक्त सूची से हम समझ सकते हैं कि कम्प्यूटर किसी भाषा में लेख आदि लिखने का कार्य सरल एवं सुविधाजनक बनाता है। शब्द संसाधन के लिए विशेष साफ्टवेयर पैकेज बनाये गये हैं। इनका प्रयोग कर भाषा के लेखन संबंधी उपर्युक्त सभी कार्य सम्पन्न कर सकते हैं। इस प्रकार एक लेख (पत्रावली , सर्कुलर , टिप्पणी आदेश आदि) तैयार कर उसकी स्थाई प्रति प्रिंटर पर प्राप्त कर सकते है। फिर उसे एक नामित फाइल रूप में हार्ड डिस्क या फ्लापी डिस्क पर संचालित कर सकते हैं। आवश्यक हो तो इसे किसी अन्य समय मे खोलकर , आवश्यक संशोधन कर , उस संशोधित लेख का प्रयोग कर सकते हैं। इस प्रक्रिया को सुविधाजनक बनाने के लिए , हम कुछ आसान रास्ते (short cuts) भी अपना सकते हैं। जैसे– किसी एक वाक्य के लिए एक विशिष्ट कुंजी का प्रयोग करना ,किसी अन्य लेख से आवश्यक अंश इस लेख में कापी करना आदि। इन विशेष पैकेजों का उपयेाग भी बहुत सरल होता है। आवश्यक सभी कमांड दर्ज करने की विधि ,हमेशा देख सकते हैं। फाइल खोजने ,उसे खोलने ,फाइल को संचित (save) करने आदि के लिए सही मार्गदर्शन भी होता है। इस प्रकार कार्यालयों का पत्र व्यवहार में कम्प्यूटर का प्रयोग कर हम कार्य को शीघ्रता के साथ–साथ साफ –सुथरी प्रतिलिपि भी अपने लक्ष्य पर प्रेषित कर सकते हैं।[1]

**मशीनी अनुवाद** – अनुवाद के क्षेत्र में परिणाम और दृष्टियों से पर्याप्त विकास हुआ है। लक्ष्य है वैज्ञानिकता। भावानुवाद , शब्दानुवाद या दुभाषियाई अनुवाद की अपनी सीमाएँ हैं। अनुवाद के वैज्ञानिक विकास ने भाषा के सर्वांगीण रूप को देखना संभव बनाया है। 1965 ई0 में डब्ल्यू 0 टोश ने ' वाक्यविन्यासाश्रित अनुवाद ' नामक एक पुस्तक लिखी थी जिसमें भाषा के रूपान्तरण और वाक्य व्यवस्था संबंधी जटिलताओं को समझाया गया है। साहित्यिक अनुवाद विधि के लिए वी0 राफेल का ग्रंथ The Forked Tongue - A study of the Translaticn process (1971) उल्लेखनीय है। इन्हीं दिनों जे0 एस0 होम्स ने भी अनुवाद की प्रकृति और प्रक्रिया पर एक शोध ग्रंथ संपादित किया जिसमें ब्रातिस्लावा (चेकोस्लोवाकिया) में 1968 में अनुवाद कला पर आयोजित एक वृहत संगोष्ठी में प्रस्तुत निबन्धों का संग्रह है। इसमें दुभाषियाई कार्य , भाषानुवाद , पद्य का रूपात्मक अनुवाद शैली और अनुवाद की पारस्परिक समस्या आदि पक्षों पर विशद विवेचना मिलती है। किन्तु अनुवाद क्षेत्र की नवीनतम उपलब्धि है मशीनी अनुवाद। संगणक की कार्य पद्धति पर आधारित कुछ ऐसी मशीनें बनने लगी हैं। जो सामग्री फीड करने पर एक भाषा को अपेक्षित भाषा में लिखित रूप में रूपान्तरित कर देती है। 1950 में एम0 आई0 टी0 (अमेरिका) में एक सम्मेलन मे एक स्विस भाषाविद डिफुसग्राफ ने प्रथम बार ऐसी मशीन का उल्लेख किया था। उसमें माइक्रोफोन के द्वारा प्राप्त ध्वनि तरंगों के आधार पर अनुवाद कार्य होता था। किन्तु यह कई दृष्टियों से दोषपूर्ण कार्य सिद्ध हुआ। उस तथाकथित 'सोनोग्राफ ' से अन्य इंजीनियरों ने प्रेरणा ली और शीघ्र ही यह अनुवाद पद्धति विकसित हुई। बाद में सी0 पी0 स्मिथ ने कुछ मशीनों के साथ प्रयोग किये। आज सोवियत संघ ,अमेरिका और जापान में ,जहाँ इलेक्ट्रानिक यांत्रिकी विकास की चरमावस्था पर है , अनुवादोपयोगी मशीनों और संगणकों का निर्माण होने लगा है। इसके सैद्धांतिक पक्ष पर भी काफी कुछ लिखा जा रहा है। उल्लेखनीय हैं पी0 एल0 गार्विन और वी0 मोनिन की पुस्तकें। टोश की उपर्युक्त पुस्तक भी मशीनी अनुवाद के लिए एक उपयोगी पीठिका तैयार करती हैं तथापि यह तकनीक अभी बहुत अविकसित अवस्था में है। भाषाविज्ञानियों ने इसकें परिणाम और प्रायोगिकता पर अनेक शंकाए उठायी हैं। इसमें सम्पूर्ण यंत्रीकरण ने

---

**1– कार्यालयीय हिन्दी – डॉ0 विजय पाल सिंह ,पृष्ठ –122**

मशीन अनुवाद को अब भाषा यांत्रिकी का एक विषय बना दिया है जो यों भी प्रायोगिक भाषाविज्ञान अथवा सम्प्रेषण विज्ञान का विषय है। कई भाषाविद् इसे भाषाविज्ञान की सर्वथा अलग भौतिकी का विषय भी घोषित करते हैं।[1]

**हिन्दी भाषा–शिक्षण** – भारत में सुपर कम्प्यूटर के निर्माता सी–डैक ,पुणे ने कम्प्यूटर के जरिये हिन्दी सिखाने के लिए एक ऐसा बहुआयामी साफ्टवेटर पैकेज विकसित किया है , जिससे हम न केवल हिन्दी की संरचना की बारीकियों को समझ सकते हैं , बल्कि प्रामाणिक उच्चारण और चित्रों की सहायता से हिन्दी पढ़ाना , बोलना और लिखना सीख सकते हैं। इस साफ्टवेअर को ' लीला (LILA) कहते हैं। यह वस्तुतः Learn Indian Languages Through Artificial Intelligence का एक्रोनिम है। इसकी सहायता से कार्यालयी कामकाज में हिन्दी के प्रयोग के लिए सुविधा हो गई है। **लीला हिन्दी प्रबोध** नामक साफ्टवेयर की सहायता से कर्मचारी और अधिकारी कम्प्यूटर की सहायता से प्रबोध स्तर तक की हिन्दी सीख सकते हैं। देवनागरी वर्ण की लेखन–विधि ग्राफिक्स के रूप में चित्रित है और देवनागरी वर्णो की रचना विधि ट्रेसर (स्ट्रोक बाई स्ट्रोक) और उसके उच्चारण के सम्बन्ध में आवश्यक जानकारी मिलती है। इसकी मुख्य विशेषताएँ इस तरह हैं–

1 – ध्वनि तथा उच्चारण की व्यवस्था के तहत शब्दों में वर्णो का मानक उच्चारण सुना जा सकता है।

2 – उच्चारण सुनकर अपनी वाणी रिकार्ड कर सकते हैं और मानक उच्चारण के साथ उसकी तुलना भी कर सकते हैं।

3 – ऑन लाइन कोष की व्यवस्था है।

4 – दृश्य–साधन क्लिपिंग के रूप में उपलब्ध है।

5 – शब्दों के ग्राफिक्स/ चित्र भी उपलब्ध हैं।

6 – मूल्यांकन की व्यवस्था भी है जिससे उसकी संप्राप्ति का वितरण प्राप्त हो जाता है।

इस पद्धति पर **लीला हिन्दी प्रवीण** भी तैयार कर लिया गया है और **लीला हिन्दी प्राज्ञ** निर्माणाधीन है। यह पद्धति अब सुचारु रूप से काम करती है और डॉस के साथ विंडोज पर भी उपलब्ध है।[2]

**भाषा विज्ञान के अध्ययन में कम्प्यूटर का योगदान** – हाल के वर्षो में भाषा विज्ञान और कम्प्यूटर (संगणक) का संबंध काफी गहरा और रूचिकर बना है। शिक्षा , साहित्य ,पुस्तकालय ,कला ,दवा विज्ञान और आवागमन तथा वाणिज्य– व्यवसाय के क्षेत्र में कम्प्यूटर ने जितना सार्थक हस्तक्षेप किया है ,ठीक उतना ही विश्व की विभिन्न भाषाएं भी उसके अध्ययन के दायरे मे आयी हैं। मिसाल के तौर पर दुनिया के सर्वाधिक विकसित और उन्नतिशील कहे जाने वाले देश अमेरिका में मातृभाषाओं के अध्ययन में कम्प्यूटर प्रयोग के शुरूआती दौर में औद्योगिक देशों के कुछ भाषाविद् यद्यपि इसके प्रयोग से भरसक बचने का प्रयास करते थे , लेकिन भाषाओं के प्रामाणिक अध्ययन में कम्प्यूटर के अतीव और महती भूमिका ने उनके मन–प्रदेश पर बहुत नाटकीय प्रभाव पैदा किया। शुरू में तो यह प्रभाव बहुत धीमी और श्लथ गति वाला था , किन्तु कालान्तर में वृद्धिपरक और ठोस निष्कर्ष वाला सिद्ध हुआ । कम्प्यूटर ने भाषाविदों के व्यावसायिक जीवन को बदला है। जिस सुन्दर , तकनीक तरीके से भाषाएँ कम्प्यूटर के शोध का विषय बनी हैं , उससे यह उम्मीद जगी है कि भाषाओं के आदिम जड़ तक अब हम पहुँच सकते हैं। 20वीं शती के पूर्वार्द्ध में अमेरिकन मातृभाषाओं के फील्डवर्क के अनुभव ने एक नयी अवधारणा को जन्म दिया है। वहाँ पर अब शताब्दी के उत्तरार्ध में कम्प्यूटर प्रयोग करने का सामान्य अनुभव भाषा और भाषा विज्ञान की अवधारणा (concept) के तौर–तरीकों को एक नया कलेवर प्रदान कर रहा है। भाषा विज्ञानियों का विचार है कि भाषाओं की जड़ तक कम्प्यूटर इतनी आसानी से इसलिए पलक झपकते पहुँच जाता है क्योंकि भाषाएँ साफ्टवेयर (Software) का एक रूप हैं। जिस तरह मनुष्य के मस्तिष्क कम्प्यूटर का हार्डवेयर (Hardware) के प्रारूप बना था ,उसी तरह मनुष्य की भाषा भी कम्प्यूटर साफ्टवेयर के नितांत अनुकूल बनी हैं। आज स्थिति यहाँ तक पहुँच गयी है कि लगभग डेढ़ दो दशक के गहरे और विस्तृत अनुभव के पश्चात् कम्प्यूटर यह बता पाने में सक्षक समर्थ सिद्ध हो गया है कि अमुक भाषा का मूल स्रोत फलाँ है।

---

1– भाषा–विज्ञान का इतिहास – डॉ0 महेश प्रसाद जायसवाल ,पृष्ठ– 223

2– प्रयोजनमूलक हिन्दी– डॉ0 माधव सोनटक्के पृष्ठ 1

सच तो यह है कि भाषा–विज्ञान और कम्प्यूटर की सामाजिक सांस्कृतिक और बौद्धिक गतिविधियाँ एक ही तरह के वैचारिक तानों–बानों से बुनी गई हैं। आज भाषा विज्ञान और कम्प्यूटर के बीच संबन्ध न केवल Metaphoric वरन् सामन्जस्यपूर्ण भी हो गया है। कम्प्यूटर तकनीक भाषाविदों को व्यक्तिगत और विषयगत दोनों स्तरों पर लाभ प्रदान करती हैं। कम्प्यूटर ने अधिक शीघ्रता से सूचनाएँ एकत्रकर बड़े–बड़े ऑकड़ों का और अधिक सक्षमतापूर्वक विश्लेषण करके ,व्यक्तिगत अध्ययन कार्यक्रमों के द्वारा विभिन्न तरह के विद्यार्थियों के समूह तक पहुँचकर भाषाओं के व्यक्तिगत अनुसंधान और अध्यापन को और अधिक सुविधाजनक बना दिया है। संभवतः यही कारण है कि भाषा विज्ञान और कम्प्यूटर के बीच रिश्तों की संहिता काफी नजदीक हुई है। कुल मिलाकर यह कि कम्प्यूटर ने भाषाओं के गहन गह्वर में प्रवेश कर नए आँकड़ों ,नए अनुसंधान और नए विश्लेषक औजारों से भाषाओं के रोंए–रेशे को प्रकाशित किया है। बदलते परिवेश मे कम्प्यूटर तकनीक ने भाषाओं के विषय में विस्तृत सूचनाएँ मुहैया करायी हैं। आज दुनियाँ में ढेरों ऐसे भाषा–विद् हैं। जिन्होने भाषा–संबंधी जटिल तथ्यों को अपने स्तर पर साफ्टवेयर विकसित करके उनमें भर कर उन्हे सुरक्षित कर लिया है।[1]

[1] अंग्रेजी के एक विद्वान् भाषा–विज्ञान और कम्प्यूटर के परस्पर सहयोग पर कुछ इस प्रकार प्रकाश डालते हुए कहते हैं– Few linguists in industrialized countries have managed to avoid using computers in the last decade. More important for the future of the profession , almost none of these are young linguists. Computers have dramatically changed the professional life of the ordianary working lingusit (OWL) altering the things we can do the ways we can do them and even the ways we can think about them. The change has been gradual incremental , and largely experiential. But the handwriting is already on the screen- the rate of change is accelerating and the end is not in sight.

The relation between computing and linguistics are in fact deeper and more interesting than mere technological change might suggest. Indeed the advent of widespread access to computing power may well have had an effect on the discipline comparable to that of the early stduy of native American languages. In the first half of this century , the experience of doing fieldwork on native American languages shaped the concepts and methodologies of American Structuralism ; now in the second half of the century , the common experience of using computers is shaping the way we conceptualize both linguistics and language.

This is apparent ,for example in the metaphors we use. As is widely recognized the metaphor of automatic data processing underlines and informs the goals and methodology of generative grammar And whatever the validity of this image as an intellectual or ideological basis for linguistic theory it is in questionably valid in representing the actual experience of doing linguistics today, as anyone who has studied both syntax and programming will attest.

Of course one reason the computing metophor works sowell is that language truly is a form of software. Just as the human brain was the model for computer hardware human language was the model of computer software.

---

1– महावीर कॉलेज मलिकपुरा(गाजीपुर) के विद्वान अंग्रेजी प्राध्यापक श्री जितेन्द्र कुमार सिंह के सौजन्य से ।

# परिशिष्ट

## सहायक ग्रंथ-सूची

### संस्कृत ग्रंथ


अमरकोश -अमर सिंह

अलंकार सर्वस्व-जयरथ

अभिज्ञान शांकुन्तलम -कालिदास

अर्थशास्त्र- कौटिल्य

अष्टाध्यायी -पाणिनि

ईश्वर प्रत्यभिज्ञा विवित्ति विमर्शिनी -अभिनवगुप्त

ऐतरेय ब्राह्मण-अभिनवगुप्त

ऐतरेय अराण्यक-आर्ष ग्रन्थ

कर्पूरमंजरी सट्टक

काव्यादर्श- दण्डी

काव्यादर्श टीका-दण्डी

काव्यालंकार-भामह

काव्यत्रयी-जिनदत्त

कुमार संभव-कालिदास

गोपथ ब्राह्मण पूना-सं. सातवलेकर,

छान्दोग्य उपनिषद-गीता प्रेस, गोरखपुर

जैमिनीय उपनिषद ब्राह्मण -गीता प्रेस, गोरखपुर

तर्क संग्रह-अन्नम भट्ट

तत्व विन्दु -वाचस्पति मिश्र

तत्वचिन्तामणि-वादीभ सिंहसू

तंत्र वार्तिक-कुमारिल भट्ट

तैतरीय उपनिषद-गीता प्रेस, गोरखपुर

द्वादशारनयचक्र -मल्लवादि

न्याय भाष्य-वात्स्यायन

न्याय मंजरी-जयंत भट्ट

नाट्य शास्त्र-भरतमुनि

नारद स्मृति-महर्षि नारद

नाट्य दर्पण-रामचन्द्र गुणचन्द्र

निरुक्त सम्मर्श-यास्क

नैषध चरितम-श्री हर्ष

महाभाष्य-महर्षि पतंजलि

परम लघु मंजूषा-नागेश

प्रदीप महाभाष्य-कैय्यट

प्रत्यभिज्ञा हृदय-क्षेमराज

प्राकृत सर्वस्व-मार्कण्डेय

प्राकृत प्रकाश-वररुचि

प्राकृतानुशासन-पुरुषोत्तम

भाष्य पदीय- कैय्यट

भारद्वाज शिक्षा-दीक्षित तथा अय्यर

मनुस्मृति-मनु

महाभारत-वेदव्यास

महापुराण-गीता प्रेस, गोरखपुर

महाभाष्य प्रदीप-कैय्यट

मालती माधवम् -जगद्धर

मांडूकी शिक्षा -भगवद्दत

मीमांसा सूत्र-कुमारिल भट्ट

रघुवंश-कालिदास

लघुसिद्धान्त कौमुदी-डॉ उमेश चन्द्र पाण्डेय

वृहद आरण्यक-उपनिषद्

वाक्य पदीय-भर्तृहरि

वाक्य पदीय-चारुदत्त शास्त्री

वाक्य पदीय-हेलाराय

वाग्भट्टालंकार-वाग्भट्ट

विश्व ज्ञान संहिता-हिन्दी विकास समिति, चेन्नई

साहित्य दर्पण-आचार्य विश्वनाथ

सांख्य तत्व कौमुदी-वाचस्पति मिश्र

स्यांद्वादर रत्नाकर-वादिदेव सूरि

सिंह देवमणि-वाग्भट्ट

सिद्धहेम शब्दानुशासन-हेमचन्द्र

शब्द शक्ति प्रकाशिका -आचार्य जगदीश

श्लोक वार्तिक-कुमारिल भट्ट

ऋग्वेद - संहिता-पूना प्रकाशन

ऋग्वेदादि भाष्य-सायण

ऋक्प्रातिशाख्य-बनारस संस्करण

## हिन्दी- ग्रन्थ


अक्षर अमर रहें-वाचस्पति गैरोला
अभिनव भाषा - विज्ञान-आचार्य नरेन्द्र नाथ
अभिनव हिन्दी-व्याकरण-प्रो.ना. नागप्पा
अनुवाद विज्ञान-डॉ. भोला नाथ तिवारी
अन्य भाषा-शिक्षण-डॉ. महावीर सरन जैन
अपभ्रंश भाषा का अध्ययन-डॉ. वीरेन्द्र श्रीवास्तव
अपभ्रंश भाषा और साहित्य की प्रवृत्तियाँ-डॉ. देवेन्द्र कुमार शास्त्री
अलवर गजेटियर-मेजर पॉलेट
अर्थ-विज्ञान और व्याकरण दर्शन-डॉ. कपिलदेव द्विवेदी
अखिल देशीय हिन्दी का वांछनीय स्वरूप-डॉ. भगीरथ मिश्र
आधुनिक अवधी, भोजपुरी :इतिहास और काव्य-डॉ. शलिग्राम शुक्ल 'नीर'
आबेहयात-मु. हुसेन आजाद
आधुनिक हिन्दी साहित्य का इतिहास-डॉ. कृष्ण शंकर शुक्ल
आर्य भाषाओं के विकास क्रम में अपभ्रंश तथा अन्य निबंध-डॉ. सरनाम सिंह
आधुनिक भाषा-विज्ञान की भूमिका-डॉ. मोती लाल गुप्त
आधुनिक भाषा विज्ञान का इतिहास-डॉ. महेश प्रसाद जायसवाल
आधुनिक अवधी जन काव्य;परम्परा और प्रयोग-डॉ. मत्स्येन्द्र शुक्ल
आधुनिक हिन्दी व्याकरण- डॉ. बासुनंदन प्रसाद
आजमगढ़ जिले की बोली -डॉ. महेन्द्र नाथ दूबे
आलोचक और आलोचना-डॉ. बच्चन सिंह
इत्सिंग की भारत यात्रा-सन्तराम बी.ए.
उर्दू -अबुल कादिर सरवरी
उर्दू का रहस्य-आचार्य चन्द्रबली पाण्डेय
उर्दू की उत्पत्ति-प्रो. हक
उर्दू भाषा और साहित्य-डॉ. रघुपति सहाय 'फिराक'
एक साहित्यिक की डायरी -ग.मा. मुक्तिबोध
ऐतिहासिक भाषा विज्ञान :सिद्धान्त और व्यवहार-डॉ. जयकुमार 'जलज'
कब तक पुकारूँ-रांगेय राघव
कवितावली-तुलसीदास
कन्नौजी बोली का अनुशीलन तथा ठेठ ब्रज से तुलना-डॉ. शंकर लाल शर्मा
कलील व दिमना-अब्दुल हमीद
करबल कथा-दहमजलिस औरंगाबादी
कथुली गाँव-डॉ. विवेकी राय
कच्चायन व्याकरण-डॉ. उदय नारायण तिवारी
कालिदास-चन्द्रबली पाण्डेय
कामायनी-जयशंकर प्रसाद
क्या भूलूँ क्या याद करूँ-हरिवंश राय 'बच्चन'
कीर्तिलता-विद्यापति
कीर्तिलता-डॉ. बाबूराम सक्सेना
कीर्तिलता और अवहट्ट-डॉ. शिव प्रसाद सिंह
केशव कौमुदी-लाला भगवान दीन
कुलजम स्वरूप-डॉ. माताबदल जायसवाल
कोशकला-श्री रामचन्द्र वर्मा
खड़ी बोली का आन्दोलन डॉ. शितिकंठ मिश्र
खड़ी बोली काव्य में अभिव्यंजना डॉ. आशा गुप्ता
खड़ी बोली-हिन्दी साहित्य काइतिहास-डॉ. ब्रजरत्न दास
खड़ी बोली के विकास का अध्ययन-डॉ. हरिश्चन्द्र शर्मा
गढ़वाली साहित्य का इतिहास-डॉ. हरिकृष्ण रतूड़ी
गढ़वाली साहित्य की भूमिका-डॉ. हरिदत्त भट्ट 'शैलेश'
गढ़वाली भाषा की प्रस्थापना-डॉ. भोला शंकर व्यास
गढ़वाली भाषा और उसकासाहित्य-डॉ. हरिदत्त भट्ट शैलेश'
ग्रामीण हिन्दी बोलियाँ-डॉ. हरदेव बाहरी
ग्राम युवति-पंत
गुजराती व्याकरण में जाति और परिमाण: हिन्दी अनुशीलन डॉ. प्रबोध बेचरदास
गोरखबानी-पीतांबरदत्त बड़थ्वाल
गोदान-मुंशी प्रेमचन्द
चारुचन्द्र लेख-आचार्य हजारी प्रसाद द्विवेदी
चिन्तामणि-आचार्य रामचन्द्र शुक्ल
छत्तीसगढ़ परिचय-डॉ. बलदेव प्रसाद मिश्र
छत्तीसगढ़ी बोली : व्याकरणऔर कोश-कांतिकुमार जैन
छत्तीसगढ़ की प्राचीनता-डॉ. प्यारे लाल गुप्त
छत्तीसगढ़ की आत्मा-डॉ. पुन्नालाल बक्शी
छत्तीसगढ़ी और खड़ी बोली के व्याकरणों का तुलनात्मक अध्ययन-श्रीमती साधना कांति कुमार जैन
जदीद कवायद उर्दू-सैय्यद मुहम्मद अमीर
जायसी ग्रंथावली-श्री रामचन्द्र शुक्ल

जैन महाराष्ट्री-याकोबी
तवारीख मेवात-मो. अबू.मु.शकूर मेवाती
तेस्सितोरी (पुरानी राजस्थानी)-अनु. डॉ. नामवर सिंह
तुलनात्मक भाषा विज्ञान की भूमिका-डॉ. पी.डी. गुणे
दक्खिनी हिन्दी-डॉ. बाबू राम सक्सेना
दरिया -ए - लताफल-सैय्यद इंशा अल्ला खाँ
दास्तान-अमीर हमजह
दास्तान रानी केतकी की कहानी निहाल चन्द्र लाहौरी-दीवाच -गुर्उल कमाल खुसरू
देवनागरी लिपि : विशेषताएँ एवं-न्यूनताएँ- डॉ. कैलाश चन्द भाटिया
देवनागरी लिपि : उद्भव और विकास-डॉ. राजेन्द्र प्रसाद श्रीवास्तव
देवनागरी लिपि-डॉ. महेन्द्र धींगड़ा
देवनागरी लिपि : स्वरूप, विकास और समस्याएँ-सं. जोगलेकर
देवनागरी लिपि : स्वरूप, विकास और समस्याएँ-डॉ. भगवान दास तिवारी
देवनागरी लिपि की वैज्ञानिकता- डॉ. राजेन्द्र प्रसाद श्रीवास्तव
दूसरा सप्तक-भवानी प्रसाद मिश्र
ध्वनि विज्ञान-डॉ. गोलोक बिहारी धल
ध्वनि संप्रदाय और उसके सिद्धान्त- डॉ. भोला शंकर व्यास
धुयाल-डॉ. बासुदेव शरण अग्रवाल
नयी कविता की भाषा-डॉ. रविनाथ सिंह
नमक का दरोगा-प्रेमचन्द
नया हिन्दी काव्य और विवेचना-डॉ. शंभूनाथ चतुर्वेदी
नागरी लिपि और हिन्दी वर्तनी-डॉ. अनन्त चौधरी
निरुक्त के पाँच अध्याय-शिवनारायण शास्त्री
निर्झरी-हरिवंश राय बच्चन
पंजाब में उदू-हाफिज मु. शैरानी
प्रमुख राजनीतिक विचारक-डॉ. पुखराज जैन
प्रयोजन मूलक हिन्दी-डॉ. विनोद गोदरे
पश्चिमी हिन्दी बोलियों की व्याकरणिक कोटियाँ-डॉ. कैलाश नाथ शुक्ल
प्राचीन लिपि माला-डॉ. गौरी शंकर ओझा
प्राकृत भाषा और साहित्य का आलोचनात्मक इतिहास-डॉ. नेमिचन्द्र शास्त्री
प्राकृत पैंगलम-डॉ. भोला शंकर व्यास
प्राकृत और अपभ्रंश साहित्य तथा उनका साहित्य पर प्रभाव-रामसिंह तोमर
पाइअ सद्दमहावणो-पाहुण दोहा
पाणिनि के उत्तराधिकारी-डॉ. उदय नारायण तिवारी
पाणिनिकालीन भारतवर्ष-डॉ. बासुदेव शरण अग्रवाल
पालि महाव्याकरण-भिक्षु जगदीश कश्यप
पालि साहित्य का इतिहास-मैक्स वेलेसर
पुरानी हिन्दी-चन्द्रधर शर्मा गुलेरी
ब्रजभाषा शब्दावली-डॉ. सुमन कुमार
ब्रजभाषा बनाम खड़ी बोली-डॉ. कपिल देव सिंह
ब्रजभाषा और खड़ी बोली का तुलनात्मक अध्ययन-डॉ. कैलाश चन्द्र भाटिया
ब्रजभाषा-डॉ. धीरेन्द्र वर्मा
ब्रज साहित्य का इतिहास-डॉ. सत्येन्द्र
ब्रज का सांस्कृतिक इतिहास-डॉ. प्रभुदयाल मित्तल
बच्चे का पहला शब्द-डॉ. रमेश चन्द्र मेहरोत्रा
बागो बहार-मीर अम्मन देहलवी
बिदेशिया-भिखारी ठाकुर
बिहारी रत्नाकर-बिहारी
बिहारी रत्नाकर-जगन्नाथ दास रत्नाकर
बिहारी एक ऐतिहासिक दिग्दर्शन-पृथ्वी सिंह मेहता
बुन्देली काव्य परम्परा-डॉ. बलभद्र तिवारी
बुन्देलखण्ड का संक्षिप्त इतिहास-डॉ. गोरेलाल तिवारी
बुन्देली का भाषा शास्त्रीय अध्ययन-डॉ. रामेश्वर अग्रवाल
बुन्देल खण्ड की प्राचीनता-डॉ. भगीरथ प्रसाद त्रिपाठी
भविसयत्त कहा-याकोबी
भाषा- विज्ञान-डॉ. श्याम सुन्दर दास
भाषा- विज्ञान-डॉ. भोला नाथ तिवारी
भाषा- विज्ञान-डॉ. मंगलदेव शास्त्री
भाषा- विज्ञान-डॉ. देवदत्त कौशिक
भाषा- विज्ञान-डॉ. नलिनी मोहन सान्याल
भाषा- विज्ञान-डॉ. रामचन्द्र वर्मा
भाषा- विज्ञान-डॉ. कर्ण सिंह
भाषा- विज्ञान और हिन्दी- डॉ. सरयू प्रसाद अग्रवाल
भाषा- विज्ञान और मानक हिन्दी- डॉ. रत्न चन्द्र शर्मा
भाषा- विज्ञान की भूमिका- डॉ. देवेन्द्र नाथ शर्मा
भाषा- विज्ञान पर आख्यान-अनु. डॉ. हेमचन्द्र जोशी
भाषा- विज्ञान : सिद्धान्त और प्रयोग-डॉ. अम्बा प्रसाद सुमन
भाषा विज्ञान की भारतीयपरम्परा और पाणिनि-डॉ. रामदेव त्रिपाठी

भाषा- विज्ञान का अनुशीलन-डॉ. कैलाश नाथ पाण्डेय
भाषा- विज्ञान पर भाषण-मैक्समूलर
भाषा- विज्ञान की रूपरेखा-डॉ. हरीश शर्मा
भाषा- विज्ञान के सिद्धान्त-डॉ. रामेश्वर दयाल
भाषा- विज्ञान के सिद्धान्त और हिन्दी भाषा-डॉ. द्वारिका प्रसाद सक्सेना
भाषा- विज्ञान एवं भाषाशास्त्र-डॉ. कपिलदेव द्विवेदी
भाषा- विज्ञान - प्रवेशिका-डॉ. राज किशोर सिंह
भाषा- वैज्ञानिक निबंध-डॉ. हेमचन्द्र जोशी
भाषा शास्त्र की रूपरेखा-डॉ. उदय नारायण तिवारी
भाषा शास्त्र तथा हिन्दी भाषा की रूपरेखा-देवेन्द्र कुमार शास्त्री
भाषाशास्त्र प्रवेशिका-डॉ. अमर बहादुर सिंह
भाषा- चिन्तन-डॉ. भोला नाथ तिवारी
भाषा- रहस्य-डॉ. श्याम सुन्दर दास
भाषा और समाज-डॉ. राम विलास शर्मा
भाषा और भाषिकी-डॉ. देवी शंकर अवस्थी
भाषा तत्व और वाक्य पदीय-डॉ. सत्यकाम वर्मा
भाषा एवं भाषा विज्ञान-डॉ. महावीर सरन जैन
भाषा इतिहास की भाषा वैज्ञानिकभूमिका-जगवंश किशोर बलवीर
भाषा- भूगोल-डॉ. महेन्द्र नाथ दूबे
भाषा एवं हिन्दी भाषा-डॉ. सतीश कुमार रोहरा
भाषा- विवेचन-डॉ.भगीरथ मिश्र
भाषा- भूगोल तथा भाषा -सर्वेक्षण-डॉ. कैलाश चन्द्र भाटिया
भाषा और साहित्य-डॉ. प.आ. वरान्निकोव
भाषा और प्रौद्योगिकी-सं. डॉ. गिरिराज किशोर
भारत की मौलिक एकता-डॉ. बासुदेव शरण अग्रवाल
भारत की भाषाएँ तथा भाषा संबंधी समस्याएँ-डॉ. सु. कुमार चटर्जी
भारत की पन्द्रह भाषाएँ बोलिए सीखिए -प्रभाकर माचवे
भारत का भाषा-सर्वेक्षण-सर जार्ज अब्राहम ग्रियर्सन
भारत भूमि और उसके निवासी-चन्द्रगुप्त विद्यालंकार
भारतीय भाषा विज्ञान-पं. किशोरी दास बाजपेयी
भारतीय पुलिस-डॉ. परिपूर्णानंद वर्मा
भारतीय आर्य भाषा और हिन्दी-डॉ. सुनीति कुमार चटर्जी
भारतीय साहित्य की सांस्कृतिक रेखाएँ-पं. परशुराम चतुर्वेदी
भारतीय काव्य शास्त्र की भूमिका और शैली विज्ञान-डॉ.नगेन्द्र
भारतीय साहित्य-डॉ. सुकुमार सेन
भारतीय भाषा विज्ञान की भूमिका डॉ. भोला नाथ तिवारी
भारतीय भाषा विज्ञान की भूमिका डॉ. अवनीनु कुमार
भारतीय साहित्य-कु.मु. हिन्दी तथा भाषा वि.पी. आगरा
भारतीय वाड़मय-डॉ. सुकुमार सेन
भोजपुरी भाषा और साहित्य-डॉ. उदय नारायण तिवारी
भोजपुरी के कवि और काव्य-श्री दुर्गा प्रसाद सिंह
भोजपुरी लोक साहित्य का अध्ययन-कृष्णदेव उपाध्याय
भोजपुरी लोक साहित्य : सांस्कृतिक अध्ययन -डॉ. श्रीधर मिश्र
महाकाल-अमृत लाल नागर
मराठी जुबान पर फारसी का प्रभाव-डॉ. अब्दुल हक
मध्य भारत की बोलियाँ और मालवा-डॉ. श्याम परमार
महाराष्ट्र सारस्वत-विनायक भावे
मसायल हिन्दी-मुहम्मद शाहमाली
मसनवी इश्किया-अमीर खुसरो
मालवी लोक साहित्य-डॉ. श्याम परमार
माध्यमिक विद्यालयों में हिन्दी शिक्षण-डॉ. निरंजन सिंह
मानक भाषा की संकल्पना डॉ. स्नेहलता प्रकाश
मैला आँचल-फणीश्वर नाथ रेणु
मैथिली भाषा का विकास-डॉ. जयकान्त मिश्र
मीराबाई की पदावली-प्रयाग
यारों के यार तीन पहाड़-कृष्णा सोबती
योर्स फेथफुली-मुद्राराक्षस
रंग दर्शन-डॉ. नेमिचन्द्र जैन
रंग मंच-डॉ. केदार नाथ सिंह
रामचरित मानस-गोस्वामी तुलसीदास
राष्ट्रभाषा का सवाल-जवाहर लाल नेहरू
राष्ट्रभाषा हिन्दी : समस्याएँ और समाधान-डॉ. देवेन्द्र नाथ शर्मा
राजर्षि टण्डन दास रचनावली- इलाहाबाद
रायपुर रश्मि-गोकुल प्रसाद
राजस्थानी भाषा और स्वरूप-डॉ. मोती लाल मेनारिया
राजपूताने का इतिहास-डॉ. जगदीश गौतम
रीति और शैली-नन्द दुलारे बाजपेयी
लाल दास बीतक-लाल दास
लाल दासवी-प्राणनाथ
वर्ण रत्नाकर - भूमिका-डॉ. सुनीति कुमार चटर्जी
वनमानुष से मनुष्य तक के संक्रमण में श्रम का योगदान- एफ. एजेल्स
वजा इस्तालाहात-प्रो. वहीदउद्दीन सलीम
व्याकरण की दार्शनिक भूमिका-डॉ. सत्यकाम वर्मा

व्याकरणिक कोटियों का विश्लेषणात्मक अध्ययन-डॉ. दीप्ति शर्मा
वाक्य पदीय, प्रथम काण्ड की भूमिका-चारुदेव शास्त्री
विद्यापति पदावली-खगेन्द्र मित्र
विनय पत्रिका-गीता प्रेस, गोरखपुर
विश्व साहित्य शास्त्र-डॉ. नगेन्द्र
वैदिक साहित्य-डॉ. राम गोविन्द त्रिवेदी
वैदिक साहित्य परिशीलन डॉ. रजनीकांत ओझा
संस्कृत भाषा विज्ञान-डॉ. राजकिशोर सिंह
संस्कृति के चार अध्याय-डॉ. रामधारी सिंह दिनकर
संस्कृत साहित्य का आलोचनात्मक इतिहास-डॉ. एस.एन. पाण्डेय
संस्कृत व्याकरण दर्शन-डॉ. राम सुरेश त्रिपाठी
संस्कृत व्याकरण शास्त्र काइतिहास-पं. युधिष्ठिर मीमांसक
संस्कृत का भाषाशास्त्रीय अध्ययन-डॉ. भोला शंकर व्यास
संदेश रासक-डॉ. हजारी प्रसाद द्विवेदी
.संदेश रासक-भायाणी
संत कबीर-डॉ. रामकुमार वर्मा
सरल भाषा विज्ञान-डॉ. मनमोहन सिंह
समाज बोलता है : एक समाज शास्त्रीय अध्ययन-डॉ. मदन लाल वर्मा
स्वर्ग का नीरव-सुमित्रानंदन पंत
साकेत-मैथिलीशरण गुप्त
साहित्यालोचन-डॉ. श्याम सुन्दर दास
साहित्य निबंधावली-राहुल सांकृत्यायन
साहित्य परिशीलन-डॉ. रामेश्वर प्रसाद भार्गव
सामान्य भाषा विज्ञान-डॉ. बाबू राम सक्सेना
सामान्य भाषा विज्ञान-डॉ. वैश्वा नारंग
साहित्येतिहास : संरचना और स्वरूप-डॉ. सुमन राजे
साहित्य सिद्धान्त-डॉ. वी.एस. पालीवाल
साँचो प्रेम-लक्ष्मीशंकर मिश्र 'निशंक'
सिन्धु सभ्यता का आदि केन्द्र हड़प्पा-डॉ. केदार नाथ
सिन्धी भाषा का संक्षिप्त परिचय-श्री कृष्ण चन्द्र जेतली
सिद्धान्त और अध्ययन-डॉ. गुलाब राय
सूरसागर तथा नंददास ग्रंथावली-इलाहाबाद विश्वविद्यालय
सूर पूर्व ब्रजभाषा और उसका साहित्य-डॉ. शिव प्रसाद सिंह
सूरसागर-सूरदास
सैद्धान्तिक भाषा विज्ञान-डॉ. सत्यकाम वर्मा
षड्भाषा चन्द्रिका-सं. के.पी. त्रिवेदी
शब्दों का अध्ययन-डॉ. भोला नाथ तिवारी
शब्दों का व्युत्पत्तिमूलक भाषा-वैज्ञानिक अध्ययन-डॉ. रणजीत शर्मा
शिक्षा का माध्यम-महात्मा गांधी
शिक्षण का विज्ञान-डॉ. सुदर्शन गिरि
शिक्षा के दार्शनिक सिद्धान्त-डॉ. पी.डी. पाठक
शिक्षण शिल्प-विज्ञान-डॉ. आर. पी. रस्तोगी
शैली विज्ञान और आलोचना की नई भूमिका -डॉ. रवीन्द्र नाथ श्रीवास्तव
शैली विज्ञान और संरचनावाद की परावलंबिता-नरेन्द्र सेनी
शैली विज्ञान की रूपरेखा- डॉ. कृष्ण कुमार शर्मा
शैली विज्ञान : प्रतिमान औरविश्लेषण-पाण्डेय शशि भूषण
शैली विज्ञान-डॉ. सुरेश कुमार
शैली विज्ञान-डॉ. भोला नाथ तिवारी
शैली विज्ञान-डॉ. नगेन्द्र
हमारा राजस्थान-पृथ्वी सिंह मेहता
हर्ष चरित : एक अध्ययन- बासुदेव शरण अग्रवाल
हरियाणा के लोकगीत-देवीशरण प्रभाकर
हरियाणा प्रदेश का लोक साहित्य- शंकर लाल यादव
हरियाणा : एक सांस्कृतिक अध्ययन -देवी शंकर प्रभाकर
हरियाणवी का उद्भम तथा विकास-नानक चन्द्र शर्मा
हरियाणे की भाषा-डॉ. स्थाणुदत्त शर्मा
हिन्दी भाषा-डॉ. श्याम सुन्दर दास
हिन्दी भाषा का उद्भम और विकास- डॉ. उदय नारायण तिवारी
हिन्दी भाषा का इतिहास-डॉ. धीरेन्द्र वर्मा
हिन्दी भाषा : अतीत और वर्तमान-डॉ. अंबा प्रसाद
हिन्दी भाषा : विकास औरविश्लेषण-डॉ. चन्द्रभान रावत
हिन्दी भाषा का वैज्ञानिक अध्ययन-डॉ. ऋषि गोपाल
हिन्दी भाषा-डॉ. श्याम सुन्दर दास
हिन्दी भाषा-डॉ. बाल मुकुन्द गुप्त
हिन्दी भाषा-डॉ. भोला नाथ तिवारी
हिन्दी भाषा का इतिहास-डॉ. धीरेन्द्र वर्मा
हिन्दी भाषा का स्वरूप विकास-डॉ. अवधेश्वर अरुण
हिन्दी भाषा का रूपिमीय विश्लेषण-डॉ. लक्ष्मण प्रसाद सिन्हा
हिन्दी भाषा और नागरी अक्षर-केशव वामन पेठे
हिन्दी भाषा का परिचय-डॉ. विन्दु माधव मिश्र
हिन्दी भाषा और साहित्य-डॉ. राम प्रकाश
हिन्दी भाषा का मानकीकरण :समस्या और समाधान डॉ. भगवान देव पाण्डेय

हिन्दी भाषा का विकास-डॉ. देवेन्द्र नाथ शर्मा
हिन्दी भाषा और उसका इतिहास-डॉ. राम गोपाल शर्मा 'दिनेश'
हिन्दी भाषा और लिपि का ऐतिहासिक विकास-डॉ. सत्य नारायण तिवारी
हिन्दी भाषा पर फारसी और अंग्रेजी का प्रभाव-डॉ. मोहन लाल तिवारी
हिन्दी भाषा और साहित्य-डॉ. कैलाश नाथ पाण्डेय
हिन्दी साहित्य का इतिहास-आचार्य रामचन्द्र शुक्ल
हिन्दी साहित्य का इतिहास-आचार्य राजबली पाण्डेय
हिन्दी साहित्य : संक्षिप्त परिचय-डॉ. लक्ष्मण सिंह 'विष्ट'
हिन्दी साहित्य की भूमिका -डॉ. लक्ष्मी सागर वार्ष्णेय
हिन्दी साहित्य का वृहद् इतिहास -डॉ. कृष्णदेव उपाध्याय
हिन्दी साहित्य का वृहत इतिहास-सं. राहुल सांकृत्यायन
हिन्दी साहित्य और बिहार -सं. शिवपूजन सहाय
हिन्दी साहित्य : एक परिचय-डॉ. त्रिभुवन सिंह
हिन्दुई साहित्य का इतिहास-गार्सा द तासी
हिन्दी : उद्भव, विकास और रूप -डॉ. हरदेव बाहरी
हिन्दी और उसकी विविध बोलियाँ -डॉ. कैलाश तिवारी
हिन्दी की लिपि : स्वरूप और समस्याएँ-डॉ. वी.रा. जगन्नाथन
हिन्दी की अभिवादन शब्दावली का समाज भाषा वैज्ञानिक अध्ययन-डॉ. व्रजेश प्रताप श्रीवास्तव
हिन्दी का राष्ट्रभाषा के रूप में विकास-डॉ. शिवराज वर्मा
हिन्दी में रूपिम निर्धारण की कुछसमस्याएँ-डॉ. जगदेव सिंह
हिन्दी और उसकी बोलियाँ डॉ. उदय नारायण तिवारी
हिन्दी का भाषा वैज्ञानिक अध्ययन डॉ. न.वी. राजगोपालन
हिन्दी का मौलिक व्याकरण-निगमानंद परमहंस
हिन्दी का व्यावहारिक व्याकरण-डॉ. विजयपाल सिंह
हिन्दी का तद्भव शब्दावली डॉ. सरनाम सिंह
हिन्दी देशज शब्द-डॉ. पूर्ण सिंह डबास
हिन्दी में अंग्रेजी के आगत शब्दों का भाषा तात्विक अध्ययन -डॉ. कैलाश चन्द्र भाटिया
हिन्दी व्याकरण -किशोरी दास वाजपेयी
हिन्दी व्याकरण : नव मूल्यांकन-डॉ. ओम प्रकाश
हिन्दी व्याकरण की रूपरेखा-डॉ. दीमशित्स
हिन्दी व्याकरण-कामता प्रसाद गुरु
हिन्दी पर फारसी का प्रभाव-अंबिका प्रसाद वाजपेयी
हिन्दी के विकास में अपभ्रंश का योग-डॉ. नामवर सिंह
हिन्दी शब्दानुशासन-किशोरी दास वाजपेयी
हिन्दी, उर्दू और हिन्दुस्तानी-पद्म सिंह शर्मा
हिन्दी शब्द रचना-डॉ. माई दयाल जैन
हिन्दी ध्वनिमी और ध्वनिकी-रमेश चन्द्र मेहरोत्रा
हिन्दी काव्यधारा-राहुल सांकृत्यायन
हिन्दी क्रिया : स्वरूप और विश्लेषण-डॉ. बाल मुकुन्द
हिन्दी आलोचना का भाषावादी दृष्टिकोण और शैली विज्ञान -डॉ. कृष्ण कुमार गोस्वामी
हिन्दी : कुछ नयी चुनौतियाँ-डॉ. कैलाश नाथ पाण्डेय
हिन्दी कोषविज्ञान का उद्भव और विकास-डॉ. युगेश्वर
हिन्दी शब्द-समूह का विकास-डॉ. नरेश मिश्र
हिन्दू समाज और जाति व्यवस्था-डॉ. इरावती कर्वे
ज्ञानेश्वरी-संत ज्ञानेश्वर

## हिन्दी पत्र-पत्रिकाएँ, कोश, गजेटियर्स तथा सेंसस रिपोर्ट आदि

**पत्र-पत्रिकाएँ -**

आज, जनसत्ता, जनवार्ता, भाषा, सुधा, नईधारा, दस्तावेज, धर्मयुग, विशाल भारत, विचारधारा, हिन्दुस्तानी पत्रिका, म.प्र. बाल भारती, गवेषणा, ज्ञानपीठ पत्रिका, नागरी प्रचारिणी पत्रिका, हिन्दी प्रदीप, सरस्वती, देवनागर, हिन्द स्वराज, हिन्दी नवजीवन, जयभारती, हरिजन सेवक, स्वतंत्रता रजत जयंती सप्ताह समापन स्मारिका, विश्व हिन्दी दर्शन, हिन्दी भाषा आन्दोलन, दैनिक प्रताप, दैनिक आर्यावर्त्त, आलोचना, नागरी प्रचारिणी सभा खोज रिपोर्ट, हिन्दुस्तानी भाग - 7, 1937, चम्पा (भागलपुर विश्वविद्यालय की पत्रिका - 1962), जमाना, भारत जीवन, सरस्वती, मंगल प्रभात, एक लिपि का विस्तार परिषद् -कलकत्ता, हिन्द स्वराज, जय भारती, विश्व हिन्दी दर्शन, नागरी संगम, नागरी लिपि सम्मेलन स्मारिका, उर्दू - 1934, युगधर्म, भाषा-भारती (उ.प्र. हिन्दी संस्थान), कृष्णार्जुन संवाद ज्ञान माला, वीणा-मालवी अंक, साहित्य भारती (उ.प्र. हिन्दी संस्थान - 1999), शृंगार प्रकाश, हिन्दी प्रचारक -मद्रास, मनोरमा इयर बुक-2..., आनंद रेखा, यंग इण्डिया, राष्ट्रभाषा, हिन्दी संघ समाचार (अखिल भारतीय हिन्दी संस्था संघ, नई दिल्ली - 1985)।

**कोश -**
संस्कृत -हिन्दी कोश - नाग प्रकाशन (नई दिल्ली),
मानक हिन्दी कोश - रामचन्द्र वर्मा
भाषा- विज्ञान कोश -डॉ. भोला नाथ तिवारी,
भारतीय व्यवहार कोश -डॉ. विश्वनाथ दिनकर नरवणे
शास्त्रीय पारिभाषिक कोश -वी.आर. दांते,
हिन्दी साहित्य कोश -डॉ. माताबदल जायसवाल
हिन्दी विश्वकोश -डॉ. करुणापति त्रिपाठी,
हिन्दी शब्द सागर -नागरी प्रचारिणी सभा, काशी

**गजेटियर्स -**
फर्रुखाबाद डिस्ट्रिक्ट गजेटियर, जनपद डिस्ट्रिक्ट गजेटियर - रायपुर - 1909,
शाहाबाद डिस्ट्रिक्ट गजेटियर, सेंसस ऑफ इन्डिया - 1951, भारत का राजपत्र (अंग्रेजी), गाजीपुर डिस्ट्रिक्ट गजेटियर्स तथा जयपुर रेकॉर्ड्स।

हिन्दी विश्व कोश -डॉ. बासुदेव शरण अग्रवाल,
विश्व हिन्दी कोश -नागरी प्रचारिणी सभा, काशी
प्रामाणिक हिन्दी कोश -नागरी प्रचारिणी सभा, काशी,
वृहत अंग्रेजी-हिन्दी कोश - डॉ. हरदेव बाहरी
अंग्रेजी-हिन्दी कोश -कामिल बुल्के,
अभिनव हिन्दी-अंग्रेजी कोश -छैल बिहारी मिश्र
संक्षिप्त हिन्दी शब्द सागर -श्री रामचन्द्र वर्मा,
वृहत हिन्दी कोश -कालिका प्रसाद
वृहद विष्णु पुराण खण्ड - मिथिला खण्ड,

विविध संस्कृत ग्रंथ - अथर्ववेद, ऋग्वेद, ऐतरेय ब्राह्मण, वृहदारण्य उपनिषद, निरुक्त।

## अंग्रेजी ग्रंथ

A Grammar of the Hindi Language - H.S. Kellog
A Grammar of the Hindi Language - John Beams
A Grammar of the Eastern Hindi - A.F. Rudolf Hoernley
A Grammar of the Hindi Language - E.B. East Wick
A Grammar of the Hindi Language - Dr. SukumarSen
A Grammar of English Words - Herand
A Grammar of Prakrit Language - University of Calcutta
A Grammar of Sanskrit Language - Kelog
A Grammar of Chhattisgarhi Dialect - Dr. L.P. Pandey
A Vedic Grammar for Students - A.A. Macdonell
A Comparative Gr. of the Modern Dravidian Languages. of India - Beams
A Common Character for Indian Vernaculars - Tilak
A Course in Modern Linguisties - C.F. Hocket
A Geographical Theory of Sound Shrifting - Henrich Meyer
A History of Sanskrit Literature - A.A. Macdonell
A Dctionary of Selected Synonyms in the Principal Indo-European Languages- D. Buck
A History of Poltical Theory - Sabine
A History of Ancient Sanskrit Literature - Max Muller
A Formation Dela Language Marathe- Block
A Short History of Linguistics- R.H. Robins
A History of Maithily Literature - Dr. Jai Kant Mishra
A Manual of Comparative Philology - Prof. P. Gailze
Aefred Louise Kroeber- H. Dell
Alphabet- David Diringer
Alberuni's India- Sachan
Aspects of the Theory of Syntax- Noam Chomsky
Awesta Reader- A.W. William Jaction
Abdul Rahman's Sandesh Rasakand Jayasi's Padmawat- Prof. H.C. Bhayani
Archological Survey of India report - Cunnigham
Afinity of Indian Languages - Dr. S.K. Chatterji
Abhinav Gupta : An Historical and Philosophical. Study- K.C. Pandey
Akabar's Tomb, Sikandarah, near Agra- E.W. Smith
All about Language - Mario Pei

Ancient Indian Historical Tradition - F.E. Pargiter
An Enquiry in to Meaning and Truth - B. Russel
An Introduction to the Study of Speech - E. Sapire
An Introduction to Comparative Phipology- Dr. P.D. Gune
An Introduction to Linguistic Science- E.H. Sturtevent
An Introduction to Descriptive Linguistics - H.A. Gleason
An Introduction to the Comparative Philology of Indo-Aryan Languages- Geerdor
An Introduction on to Kachchayana's Grammar of Pali Language- D. Alwis
An Introduction to the General Linguistics - P. Francis
An Introduction to transformational Grammars- Emmon Bach
An Introduction to Morphology and Syntax- Benjamin Elson
An Introduction to Machine Translation - Eelamenay
Anals of Bhandarkar Oriental Reseach - Dr. K.M. Sharma
An Out lines of Linguistic Analysis - B. Block
Bengali Language : Origin and Develapment- Dr. S.K. Chatterji
Bhartiya Prachin Lipi Mala- G.S. Ojha
Course in General Linguistics- F. Saussure
Coural Gardens and their Magic- B. Malinowski
Critical Studies in the Phonetics Observations of Indian Grammarians- S. Verma
Consolidated Glossary of Technical Terms- Govt. of India
Comparative Linguistic- Robert Lord
Comparative Grammar of the Gaudian Languages- Hoernley
Coparative Grammar of Dravidian Languages- Allis
Comparative Grammar of the Modern Aryan Languaes of India- Beams
Comparative Grammar of the Prakrit Language - R. Pichel
Concise Grammar of the Hindi Language- H.C. Scholberg
Coins of Ancient India- Cunningham
Die Strichnschriften Von Susa- F. Bork
Die Indus Culture- E. Mackay
Diglossia Word- Chals A. fergusen, 1959
Development of Bengali Language- Dr. S.K. Chatterji
Element of South Indian Palaeography- Burnell
Element of Science of Language- Taraporewala
Essays Concerning Human Understanding- Locke Buck
Essays on language and Use- Dean & Wilson
Evolution of Awadhi- Dr. B.R. Saxena
English Indian Grammar and Synthesis- J.C. Nesfield
English Grammar : Past and Present- J.C.Nesfield
Early History of Tirhut- Dr. Yogendra Mishra
Ethnographic Analysis and Language with reference to Malinowski's Views in Man and Culture- J.R. Firth
Foundation of Language- L.H. Gray
Formation of Maithily- Dr. Subhadra Jha
General Linguistics : An Introductory Survey- R.H. Robins
General Phonetics- R.M.S. Hefner
General American Oriental Society- Whitney
General Anthropology- M. Jacabsand B. Stem
Grammar of English Grammar- Gold Brown
Grammar- Frank Palmar
Guru Nanak in History- J.S. Grewal
Glimpses of Medieval Indian Culture- Y. Hussan
Greek Political Theory- Plato and his Predecessors- Barker
Grammaticder Prakrit Sprachen- Pischel
Gujrati Phonology- Prof. Turner
History of Tirhut- Dr. Shyam Narain Singh
History of Indian and Eastern Architecture- J. Ferguson
Historical Gr. of Apabhramsha- G.V. Tagare
History of Ancient Sanskrit Literature- maxmuller
Hindustani Philology- GillChrist

Hindu Polity- Dr. K.N. JaiSawal
Hindu Roots- R. Hornle
Higher Persian Grammar- D.C. Fillot
Higher Sanskrit Grammar- M.R. Kale
Hem Chandra's Prakrit Grammar- P.L. Vaidya
Hand Book to Agra and the Taj- B. Harvell
Introduction to the Science of Language- A.H. Sayce
Introduction to the Natural History of Language- F.G. Tucker
Introduction to the Devanagri Script- H.M. Lambert
Introduction to Vaseshik Philosophy According to Das Parathe Shastra- H. Yee
Introduction : Hand Book of American Indian Languages- F. Boas
Introduction to Prakrit- A.C. Woolner
Introduction to Pali - A. Barua
Introduction to Linguistic Structure archibald- A. Hill
Introductory Linguistics- Robert A. Hall
Introduction to the Maithily Dialect of Behari Languages- Coal Brook
Indian Antiquary- Buhler
Indian Words in English- G. Subba Rao
Indian Palaeography- Dr. Raj Bali Pandey
Indian Linguistics- J. Burton Page
Indian Linguistics- Mahadeo Apte
Indian Historical Quality- Dr. R.C. Majumdar
Indian Theories of Meaning- K. Kunjuni Raja
Indian Culture- H. Heras
India of Aurangzeb- Dr. Yadu Nath Sarkar
Indo Aryan and Hindi- Dr. S.K. Chatterji
Indonesia's National Language- Dr. S.K. Chatterji
Idoms, Grammar and Synthesis- J.C. Nesfield
Indische Palaeography- Buhler
Indian Literature- Savitri Sinha
India and Linguistics- J. Aos
Invitation to Linguistics- Mario A. Pei
Influence of Portugues in Asiatic Languages- Anthony Xavier Soares
Inscriptions Graecae- O. Kern
Kachchayana's Pali Grammar- Fr. Mason
Kaccayana- Vidya Bhuson
Kaecayana ppaka rande- E. Kuhn
Katyayana and Patanjali; Their relation to each other and to Panini- Keal Horn
Kanarese Words in Desi lexicons- A.N. Upadhyay
Language- J. Vendryes
Language- leonard Bloomfield
Language-E. Sapir
Language : Its Nature, Development and Origin- Otto Jespersen
Language : A Modern Synthesis - John Joshua Whotmough
Language and its Study - Whitney
Language : An Introduction to the, Study of Speech- E. Sapir
Language for Everybody- Mario Pei
Language Structure and Language Use- Charles A. ferguesen
Language : Thought and Reality- B.L. Whorf
Language and Mind- N. Chomsky
Language in Culture- Harry Hoeijer
La. Machine a tradure- G. Mounin
Leviathan- Hobbs
Lectureson the Republic of Plato- Nettleship
Linguistic Survey of India- George Abraham Grierson
Linguistic Change- E.H. Sturtevent
Linguistic Change in Present dayEnglish- Chares Barbar
Linguistic Study of Bundeli- Dr. M.P. Jaisawal
Linguistic Conception of Kashmiri- G.A. Grierson
Linguistic- David Crystal
Linguistic Survey of Sadar Subdivision of Man Bhumand Dhalblum- B.N. Prasad
Linguistics and Ethnology in Translation- Egen Nida
Literature Criticism in Antiquity- J.W.H. Atkins
Literature of Hindustani - G.A. Grierson
Life and Works of Amir Khusru- M.W. Mirza
Morphology- Engene A. Nida.
Modern Linguistics- Symon Potter

Modern Poetry- Louis Macneice
Mohanjodaro and the Indian Civilization- S. Heras
Master of Political Thought- Foster
Marathi Without tears- Dr. B.M. Kanitakar
Machine Translation of Language - W.N.Lock
Man in the Primitive World- E.H.Hoebel
Method in Structure Linguistics- Zelling S. Heras
Memoirs of Babar- Babar
Muslim Rule in India- Dr. V.D. Mahajan
Nunrismatic Cronical- E. Thomus
Nunrismatic Cronical- No III, 1883
National Script and Numearals- P.N. Chatterji
Nation Building - Ani Besant
Nepalese Inscriptions in Gupta Character- R. Gloni
Nesfield's Vyakaran- Nesfield
Notes Tensitivity and Theam in English- M.A.K. Halliday
Out line of English Phonetics- D. Jones
Out line of Hindi Grammar- R.S. Gregor
Out line of Linguistic Analysis- Block and Georgel Trager
Out line of Indian Philology and other Philological Paper- Beam
On the whole Problem of Kaccayana's Grammar- R.O. Frank
On the Sarda Alphabet- Journ Roy A.S. Society
On the Origin of the Indian Brahm Alphabet- George Buhler
On the Problem of Compound Verbs in the Hindi Language- A.Barannikow
On Machine Translation- P.L. Garvin
On the System of Conjugation in Sanskrit- Franj Bopp
Origin of Indian Writtings- Lassen
Origin and Development of Bengali Language- Dr. S.K. Chatterji
Organic Evolution- Recheads Swanlat
Orgin to Gender- Foder Stoven
Oxford History of India- Smith
Observation on Hem Chandras Desi Name Mala- P.L. Vaidya
Poetics- Aristole
Poetics- P.C. Chakravarti
Pali and Sanskrit- R.O. Frank
Pali Grammar and Lexicographie- Steasburg
Pali Literature and Language- Geiger
Philosophy of Grammar- Otto Jespersen
Primitive Culture- E.B. Tyler
Prinsep's Indian Antiquities- E. Thomus
Pre-Historical Civilization of the Indus Valley- K.N. Dixit
Pre-Historical Ancient and Hindu India- R.D. Bnerji
Problems of Meaning in Indian Philosophy- Dr. R.B. Pandey
Persian Influence on Hindi- Ambica Prasad Bajpai
Proposals for the machinical resulution of German Syntax Patterns- V.S.Oswal
Phonetics in Ancient India- W.S. Allen
Phonetic Observations of Ancient Hindus- Sidheswar Verma
Political Philosophy- Maxey Chaster
Panini:His Place in Sanskrit Literature - Gold Stucker
Pattern of Culture- Ruth Bendict
Perspectives in Linguistics- John T. Waterman
Romance in Words- Earnest Weekly
Rastravani- Dr. Amar Nath Jha
Rise of Muslims in Indian Politics- R.Z.Zakaria
Sound- A.T. Johns
Student's Cunide to Sanskrit Composition- W.S. Aptey
Studies in Ethnomenthodology- Harnold Grainkel
Science of Language- F. Maxmuller
Science of Emesens- Dr. Bhagwan Das
Scientific History of the Hindi Language- S.S. Narula
Semantics : An Introduction to the Science of Meaning- S.Ullman
Sanskrit Grammar- Prof. Monier Williams

Sanskrit Language- T. Buro
Sign, Symbol and Script- Hans Jensen
Speech Variation and the Study of Indian Civilization- Gumperz
Story of Philosophy- Will Durant
Selected Writing of Edward Sapirin Language, Culture and Society- David
Selected Writing of Otto Jespersent- Jamen Harf
Social Class and modes of Commuication- L. Schatzman
Some Relations of Linguistics and Ethnology Language- A.L. Kroeber
Sociolinguistic Variation and Language Change- W.B. Ramanujan
Some Indian Theories of Meaning- J. Brough
Some Navya Bharteeya Arya Bhasha's Word From Apabh ransh- Kali Pad Mitra
Sakya and Buddhist Origins- Smt. Rease Davids
Style in French Novel- S. Ullman
Style in Language- Roman Yokebsen
Stylistic, Poetics and Criticism Literary, Style : A Symposiam - Samoor Chnatman
Sindhi Grammar- Trumph
Structural Linguistics- Zelling Harris
The Alphabet- Dr. David Diringer
The Alphabet- Taylor
The Alphabet- E. Thomos
The History and Prospects of British Education in India W.D.S. Thomas
The History of Language- Henry Sweet
The History Of Indian Literature- Govin
The History of Political Science from Plato to the Present- Murray
The History of Origian of Language- A.S. Diamond
The Words of World- Earnest Weekly
The Words of World- Errielartige
The Theory of Speech and Language- Sir Allen Gaurdiner
The Story of Language- Mario Pei
The Story of Alphabet- Edward Clodd
The Tree of language- Gellen and Charton
The Origin of Deva Nagari Alphabet- R. Shama Shastri
The Conversion of Scripts- Hens H. Wellish
The Meaning of Meaning- Dr. Shiller
The Foundation of Psychology- Dr. J.S. Moor
The Question of Language- Jawahar Lal Nehru
The Hindu Raja Under the Moghal- Dr. Tara Chand
The Modern Vernacular of Hindustani- Dr. Griersen
The Hindi Story Teller- John Gill Chriest
The Oriental Febulist- John Gill Chriest
The Hindi-Roman Ortho- Epigraphic- Gill Chriest
The Structure of American English- W. Nelson Froncis
The Modern English Grammar- Otto Jesperson
The Science of Language- Prof. Sayce
The Linguistic Speclation of Hindus- P.C. Chakravarti
The Making of Literatre- Scott Janes
The Prague School of Linguistics- Paul and Govin
The Elementory forms of Religious Life- Emile Durkheim
The Nature of Culture- A.L. Kroeber
The Structure of Sementic Theory- Katzand Foder
The Study of a Man- R. Liuton
The Genetic Component of Language Heredity- C.D. Darlington
The Sound of Language- L.F. Brosuahan
The Art and Seience of Voice Training- F.C. Field
The Jourual of Shri Venkatesvara Oriental Institue- Venkata Charya
The Third Anniversery Discourse- Sir William Jones
The Theory of Speech and Language- Sir Allen Gardiner
The World's Chief Language- Mario Pei
The Grammar of Prakrit Language- Pischel

The Songs of Vidyapati- Dr. Subhadra Jha
The Origin and Development of Bengali Language- Dr. S.K. Chatterji
The Problem of Official Language- Dr. K.L. Gandhi
The Kam Roop Apabhransh- Dr. Parikshit Hazarika
The Karaka Theory and Case of Grammar- H.S. Anautha Narayana
The Philosophy of Word and Meaning- G.N. Shastri
The Meaning of Meaning- A. Schizuck
Theories of Asthetic- Cro Chem
Theories of Society-Person- Gleason
Technical Terms and Technique of Sanskrit Grammar- Dr. K.C. Chatterji
Tamil Studies- Shri Niwas Aiyangar
This Hind and Devanagari- Dr. Madan Gopal
Thoughts on National Language- Dr. K.L. Gandhi
Uktivyakti Prakaran of Damodara- S.K. Chatterji
What is Hindi- Dr. A. Hamid
Words and Their Use- Dr. Stephen Ullman
Wilson Philological Lectures- Dr. Bhandarker

## अंग्रेजी पत्र-पत्रिकाएं, कोश, गजेटियर्स तथा सेंसस रिपोर्ट आदि

Rastravani Patna
Hindustan Times
Asiatic Research
Soviet Literature
Impirial Recods
The journal of Rayal Asiatic Research- 19.8
The Journal of Banaras Hindu University- 1937
The Journal of University of Bombay- 1936
The Journal of Royal Asiatic Society of Bengal- 1937
The Journal of the Shri Venkatesvara Oriental Institute
Impirial Gazetiar of India- Calcutta. India- 19.8
Proceedings and Transaction of the Sixteenth all India Oriental Conference. Patna- 193.
The World Almenak and Book of facts. News Paper Interprises, New York
Report of the Official Language Commulssion
ACommon character for Indian Vernacular
The Hindustan Review and Kayastha Samachar
Epigraphia India
Encyclopaedia Britanica
Fa-Wan-Shu-Lin(चीनी विश्वकोश)
A Dictionary of Urdu Classical Hindi and English- Oxford Uni.Press
AEnglish Hindustani Dictionary of Wordsand Phrases
Dictionary of Linguistics
Nepali Dictionary- R.L. Turner
Hobson- Jobson Dictionary
Oxford Dictionary London
Gilchrist Dictionary
Dictionary of Education- C.V. Coou
Dictionary of Linguistic- MarioPei
Encyclopaedia of the Social Sciences
The New Encyclopaedia- Britanica
Comprehensive English- Hindi Dictionary- Prof. Raghuveer
A Sanskrit English Dictionary- A.A.Macdonell
A New Hindustani English Dictionary- Failen
The Western English Dictionary- London